献　给
中华人民共和国 70 华诞

新中国
儿童文学

（1949—2019）　上

Children's Literature
of New China
in 70 Years

王泉根　主编

长江出版传媒
长江少年儿童出版社

1987 年春,叶圣陶和冰心在一起

1978 年 12 月 17 日,《儿童文学》编
辑部举办的第二期讲习会全体成员
拜访茅盾

1980 年,《儿童文学概论》
编写组成员拜访张天翼

1978 年 12 月，严文井、金近在儿童文学讲习会上向学员赠书

1982 年秋，陈伯吹在南昌为少先队员题词

1992 年 5 月，台湾作家林海音、林良访问北京

1980 年 5 月 30 日，第二次全国少年儿童文艺创作评奖（1954—1979）授奖大会在北京人民大会堂隆重举行。图为大会合影

1986 年 5 月，首次全国儿童文学创作会议在山东烟台举行。图为全体代表合影

1999 年 9 月，首届海峡两岸儿童文学教学研讨会在北京师范大学举行

2002 年 8 月，第六届亚洲儿童文学大会在辽宁大连举行

2009 年 4 月，全国儿
童文学理论研讨会在
广西桂林举行

2007 年 12 月 22 日，中国作家
协会第七届全国优秀儿童文学
奖颁奖典礼在北京举行

2017 年 9 月，中国作家协会第十届全国优秀儿童文学奖颁奖典礼在北京举行

2018 年 8 月，第十四届亚洲儿童文学大会在长沙举行。图为大会合影

2018 年 3 月，第五届"大白鲸"原创幻想儿童文学颁奖典礼在大连举行

2019 年 10 月，《新中国成立 70 周年献礼：儿童文学光荣榜》书系发布会在北京举行

2019 年 11 月，陈伯吹国际儿童文学奖颁奖典礼在上海举行

1978年10月，全国少儿读物出版工作座谈会在江西庐山举行。图为陈伯吹、贺宜、张乐平等在庐山

1979年，上海《少年文艺》举行迎春茶话会

1982年6月，东北、华北地区儿童文学讲习班在辽宁沈阳举办

1983 年 6 月，文化部组织的儿童文学讲师团到广东讲学

1986 年 10 月，《新潮儿童文学丛书》编委会在江西庐山举行

1990 年 11 月，'90 上海儿童文学研讨会在上海举行

1996 年 10 月，中国少儿出版物成就展在北京举行

1999 年 7 月，参加大幻想文学研讨会的儿童文学作家在泰国曼谷参观

2004 年 10 月，中国作家协会在广东深圳举行全国儿童文学创作会议

2006 年 1 月 8 日，《百年百部中国儿童文学经典书系》座谈会在北京举行

2008 年 5 月，中国原创图画书发展论坛在山东济南举行

2014 年 6 月，首届北京国际儿童阅读大会在清华大学举行

1986 年 6 月 14 日，中国作家协会第四届主席团第四次会议上，通过了《中国作家协会关于改进和加强少年儿童文学工作的决议》。自左至右为冯牧、束沛德、唐达成

1997 年 7 月 21 日，调整后的中国作家协会儿童文学委员会第一次会议在北京举行

1997 年 7 月，中国作家协会举办的儿童文学青年作家讲习班在北京举行开学典礼

2005 年 11 月，中国作家协会儿童文学委员会年会在江苏南京、扬州举行

2006 年 12 月，参加中国作家协会第七次全国代表大会的部分儿童文学作家在人民大会堂前合影

2007 年 5 月 9 日，鲁迅文学院第六届中青年作家高级研讨班（儿童文学作家班）开学典礼合影

1987 年 4 月，首届沪港儿童文学交流会在上海举行

1989 年 8 月，台湾儿童文学作家一行首次赴大陆访问，与上海儿童文学作家合影

1989 年 8 月，叶君健夫妇会见来访的台湾儿童文学作家

1990 年 5 月，世界华文儿童文学笔会在湖南长沙、衡山举行

1994 年 5 月，大陆儿童文学工作者首次赴台湾访问

2005 年 12 月 10 日，纪念安徒生诞辰 200 周年学术研讨会在北京举行

2006 年 9 月，国际儿童读物联盟(IBBY)第 30 届世界大会在澳门举行

2007 年 5 月，青少年文学国际学术研讨会在浙江宁波举行

2007 年 11 月 4 日，国际安徒生奖评委会主席佐拉·丹尼在北京与中国作家协会儿童文学委员会部分委员交流

1982 年 5 月 21 日，第一届儿童文学园丁奖（后改为陈伯吹儿童文学奖）授奖大会在上海举行

2000 年 5 月 29 日，第五届宋庆龄儿童文学奖、中国作家协会第四届全国优秀儿童文学奖颁奖典礼在北京举行

2002 年，冰心奖颁奖大会在北京举行

2004 年 4 月 13 日，北京师范大学中国儿童文学研究中心成立

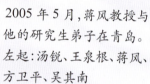

2005 年 5 月，蒋风教授与他的研究生弟子在青岛。
左起：汤锐、王泉根、蒋风、方卫平、吴其南

2006 年 10 月 2 日，浙江师范大学儿童文化研究院举行揭牌仪式

1956年6月1日,中国儿童艺术剧院成立。图为建院公演现场,孩子们兴高采烈地前往观看演出《花献给孩子们》

1956年6月1日,中国少年儿童出版社在北京成立,部分工作人员于北京宽街三号(原址)门前合影

1964年,上海作家协会儿童文学组成员在龙华采风

2004年9月14日,江苏未成年人思想道德建设文学在线系列活动在北京举行开幕式

2007 年 9 月 6 日，儿童文学作家进校园活动在江苏昆山举行

2007 年 9 月 8 日,参加儿童文学创作研讨会的作家在江南古镇周庄采风

蔼翠琳与冰心老人、英籍作家韩素音在一起(1990 年)

任大星、圣野、樊发
稼、任溶溶、孙毅等
在一起(前排左起)

孙幼军与小读者在一起

金波与小读者在一起

2006年,刘先平夫妇在独龙江考察

张之路与电视剧《第三军团》小演员在一起

2006年6月高洪波重走长征路时为汶川羌族萝卜寨题词。此寨在汶川大地震时受到重大损失

2016 年 8 月，曹文轩在新西兰领取"国际安徒生奖"

秦文君与小读者在一起

杨红樱与小读者在一起

沈石溪与小读者在一起

辽宁"小虎队"作家群

新时代儿童文学的新力
量、新作为

《儿童时代》创刊号
(1950 年)

《中国少年报》创刊号
(1951 年)

《少年文艺》（上海）创刊号
(1953 年)

《儿童文学研究》创刊号
(1959 年)

《儿童文学》创刊号
(1963 年)

《朝花》创刊号
(1980 年)

《儿童文学选刊》
创刊号(1981 年)

《幼儿画报》创刊
号(1982 年)

《文艺报·儿童文学
评论》第 1 期 (1987
年 1 月 24 日)

《中国少儿出版》创
刊号(1997 年)

《神笔马良》，少年儿童出版社 1956 年 9 月第 1 版

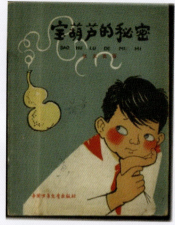

《宝葫芦的秘密》，中国少年儿童出版社 1958 年 3 月第 1 版

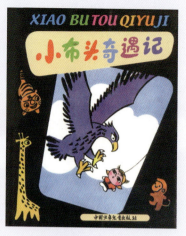

《小布头奇遇记》，中国少年儿童出版社 1961 年 12 月第 1 版

《小兵张嘎》，中国少年儿童出版社 1962 年 5 月第 1 版

《金波儿童诗选》，人民文学出版社 1983 年 8 月第 1 版

《一百个中国孩子的梦》，江西少年儿童出版社 1989 年 5 月第 1 版

《第三军团》，中国少年儿童出版社 1991 年第 1 版

《男生贾里》，少年儿童出版社 1993 年 10 月第 1 版

《草房子》，江苏少年儿童出版社 1997 年 12 月第 1 版

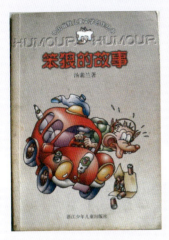
《笨狼的故事》，浙江少年儿童出版社1998年9月第1版

《大头儿子和小头爸爸全集》，少年儿童出版社2000年4月第1版

《淘气包马小跳系列》，接力出版社2003年7月—2009年1月出版

《百年百部中国儿童文学经典书系》，湖北少年儿童出版社2006年1月—2007年1月出版

《狼王梦》，湖北少年儿童出版社2006年1月第1版

《三体》，重庆出版社2008年1月第1版

《没头脑和不高兴》，浙江少年儿童出版社2012年4月第1版

《少年的荣耀》，希望出版社2014年3月第1版

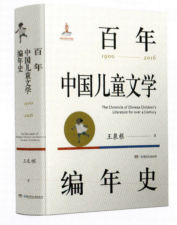
《百年中国儿童文学编年史》，湖南少年儿童出版社2017年12月第1版

本书照片提供者为：束沛德、陈子君、陈模、任大星、蒋风、葛翠琳、孙幼军、金波、樊发稼、高洪波、海飞、张之路、王泉根、曹文轩、秦文君、方卫平、杨红樱、周基亭、李东华、崔昕平等，谨此一并致谢。

总 策 划　何 龙　姚 磊

责任编辑　胡同印　吴炫凝　何晓青

　　　　　石 如　梅 倩　邓晓素

　　　　　胡文婧　黄如洁

美术编辑　王 贝

责任校对　莫大伟

特约编审　刘健飞

排　　版　郑庭英　方 莹　刘 政

翻　　译　舒 伟

督　　印　邱 刚

序

新中国儿童文学70年（1949—2019）

　　中国儿童文学深深植根于由甲骨文字传承下来的五千年中华民族的文化沃土，远接"夸父追日""精卫填海"等上古神话的图腾，承续秦汉以来农耕文明色彩斑斓的民间童话、童谣宝库，进入近现代，又以开放兼容的胸襟，吸纳以欧美、苏俄为典型的外国儿童文学新元素、新样式，从而形成现代性的中国儿童文学。

　　1949年10月，中华人民共和国成立，开启了古老的中华民族伟大复兴的历史新纪元，中国历史的巨大转型与变革，带给当代中国文学新的思想内涵、新的题材内容、新的描写对象与新的创作力量。从1949年到2019年，新中国儿童文学已经走过了70年不平凡的道路，这是一条光荣的荆棘路。这70年也是中国儿童文学发展最快、成就最为显著的时期，岁月如歌，砥砺前行，一个个辉煌的业迹铺就了70年儿童文学的灿烂光带。

一、新中国儿童文学的第一个"黄金时期"与艰难探索

"十七年"（1949 年—1965 年）儿童文学是新中国儿童文学的崭新奠基与开拓创造的时期，这时期的儿童文学最能显示其作为"儿童的"文学的特殊发展规律与演进态势的是这样三种现象：就文学制度而言，是共青团中央和中国作家协会双重管理下的童书出版与儿童文学；就文学思潮与创作气脉而言，是少先队文学与"共产主义教育方向性"的红色基因；就文学的中外关系而言，是苏联儿童文学从理论到创作的多方面影响。

正是由于 1955 年毛泽东主席高度重视儿童文学的一份批件，促使中国作家协会、团中央、文化部、教育部以及出版部门，在短时期内密集召开会议研究落实中央精神；特别是中国作家协会，制定了 1955 年至 1956 年有关发展儿童文学创作的具体计划，敦促各地作协分会都来切实重视抓好儿童文学，并规定了 190 多位作家的创作任务，从而极大地激发了广大作家的创作热情，由此迎来了新中国儿童文学创作的第一个黄金时期，奠定了社会主义儿童文学的美学基础。这一时期涌现了一大批年轻的儿童文学新人，代表作家、诗人有：萧平、柯岩、徐光耀、袁鹰、胡奇、郑文光、臮向真、任德耀、任大星、任大霖、任溶溶、洪汛涛、葛翠琳、邱勋、宗璞、刘饶民、熊塞声、张有德、孙毅、张继楼、刘厚明、吴景芳、李心田、揭祥麟、谢璞等，以及更年轻的孙幼军、金波，评论家有蒋风、束沛德。

"十七年"儿童文学中的小说创作，大致集中在两个方面：一是革命历史题材，二是少先队校园内外生活题材。加强革命传统教育，表现理想主义、爱国主义、英雄主义，是这一时期少儿小说创作的主脉。影响较大的作品有：徐光耀的《小兵张嘎》、胡奇的《小马枪》、郭墟的《杨司令的少先队》、王愿坚的《小游击队员》、杨朔的《雪花飘飘》、袁静的《红色少年夺粮记》、王世镇的《枪》、杨大群的《小矿工》、崔坪的《红色游击队》、颜一烟的《小马倌和"大皮靴"叔叔》、韩作黎的《二千里行军》、鲁彦周的《找红军》、周骥良的《我们在地下作战》、萧平的《三月雪》、李伯宁的《铁娃娃》等。少先队校园题材作品多角度、多层次、多侧面地描写了新中国第一代少年儿童的生活世界，具有鲜明的时代烙印。代表作有：张天翼的《罗文应的故事》、冰心的《陶奇的暑假日记》、胡奇的《五彩路》、萧平的《海滨的孩子》、臮向真的《小胖和小松》、马烽的《韩梅梅》、张有德的《妹妹上学》、任大星的《吕小钢和他的妹妹》、魏金枝的《越早越好》、任大霖的《蟋蟀》、谢璞的《竹娃》、揭祥麟的《桂花村的孩子们》等，塑造了罗文应、陶奇、陈步高、韩梅梅、大虎、吕小钢等一批崭新的少年人物形象。

"十七年"童话创作注重从我国传统民间故事、神话、传说中吸取丰富的艺术营养，借鉴民间文学的题材、形式，强调童话的民族特色、中国气派，注意拓宽幻想空间、张扬游戏精神以及营造作品整体的审美效果。代表作品有：张天翼

的《宝葫芦的秘密》、严文井的《小溪流的歌》《"下次开船"港》、陈伯吹的《一只想飞的猫》、贺宜的《小公鸡历险记》、金近的《小猫钓鱼》《小鲤鱼跳龙门》、包蕾的《火萤与金鱼》《猪八戒吃西瓜》、洪汛涛的《神笔马良》、葛翠琳的《野葡萄》、黄庆云的《奇异的红星》、任溶溶的《一个天才的杂技演员》《"没头脑"和"不高兴"》、钟子芒的《孔雀的焰火》等；以及任德耀的童话剧《马兰花》、老舍的童话剧《宝船》、阮章竞的长篇童话诗《金色的海螺》等。其间还出现了一大批直接从民间文学转化过来的优秀之作，塑造了"葫芦娃""九色鹿""渔童""阿凡提"等深深植根于一代孩子记忆深处的艺术形象。此外，儿童诗如柯岩的《"小兵"的故事》《"小迷糊"阿姨》，袁鹰的《时光老人的礼物》，儿歌如鲁兵的《小猪奴尼》、张继楼的《夏天到来虫虫飞》，寓言如金江的《乌鸦兄弟》，科幻小说如郑文光的《飞向人马座》等也是这一时期可圈可点的佳作。

文学创作结合各项"中心""任务"，曾是20世纪60年代以后一个不断被强化的话语，儿童文学难免出现公式化、概念化倾向。但同时也涌现出孙幼军的长篇童话《小布头奇遇记》、金波的儿童诗集《回声》、沈虎根的儿童小说《大师兄和小师弟》、葛翠琳的儿童剧《草原小姐妹》等一批扎根于现实土壤的优秀之作。

20世纪60年代后期的儿童文学一度进入停滞与艰难探索时期。1966年上半年儿童文学作品的出版依然如常进行，但自1966年下半年起，文学与儿童文学开始从人们的视线中淡出，直至1969年以后才逐渐发生了一些变化。据国家出版事业管理局版本图书馆编的《1949—1979全国少年儿童图书综录》（中国少年儿童出版社1980年5月出版）的记录统计，从1966年至1976年，全国共出版本土原创儿童文学作品1291种，其中儿童小说、故事436种，儿童诗、儿歌203种，儿童散文、特写、报告文学41种，儿童戏剧、曲艺39种，低幼读物图画故事（图画书）534种，低幼童话16种，童话寓言3种，科学义艺19种。

20世纪70年代前期的儿童文学出版物几乎全是现实题材的儿童小说，出现小说"一家独大"的现象，其中最有影响的是李心田的《闪闪的红星》、杨啸的《红雨》、童边的《新来的小石柱》三部长篇。《闪闪的红星》于1974年改编成同名电影播映后引起轰动。由上海青年工人金月苓作曲的儿童歌曲《我爱北京天安门》，儿童文学诗人张秋生作词的儿童歌曲《火车向着韶山跑》，电影《闪闪的红星》主题曲《红星照我去战斗》等，是70年代传唱最广的儿童歌曲，成为一代人的童年记忆。

二、新时期的变革、挑战与发展

20世纪70年代末，中国进入改革开放的历史新时期。这一阶段与中国儿童生存状态关系最为紧密并直接影响到儿童文学创作思潮的重大事情有：一是1989年联合国大会通过《儿童权利公约》，中国政府于1991年通过批准该公约的决定,并于 1992 年实施《中华人民共和国未成年人保护法》,将儿童的生存权、发展权、受保护权、受教育权用法律形式肯定下来;二是从 1982 年开始中国实施"独生子女"政策,到 2016 年又"放开二胎";三是 20 世纪 90 年代开始的教育产业化,由此出现了私立学校、民办幼儿园、各种各样的课外补习班、培训机构;四是中小学语文教学改革,语文教科书由放开多种版本,到重新回到人民教育出版社的教育部统编教材;五是 2010 年年底起,出版社实行转企改制,38 家专业少儿出版社完全变成企业公司,市场经济背景下的经济效率与运作方式,对童书与儿童文学产生种种影响;六是几亿农民工进城所造成的千百万农村留守儿童以及跟随父母进城的城市流动儿童,他们的教育、心理、社会问题对儿童文学的现实主义书写提出了新的命题与挑战。

改革开放以来的儿童文学正是在以上种种直接影响、决定着中国儿童的生存权、发展权、受保护权、受教育权等的重大事情的背景下,在与中国当代文学同步演进的过程中,艰难曲折地同时也是成就辉煌地走过来的。中国儿童文学不但迎来了童书出版与儿童文学创作的"黄金十年",迎来了曹文轩获得国际安徒生奖,迎来了 2016 年儿童文学图书总印数已占全国出版的文学类图书一半的比例这样的骄人奇迹。

一个多重文化背景下的多元共荣的儿童文学新格局在这样的语境下逐步形成,进入新世纪显得更为生动清晰。站在 20 世纪八九十年代与世纪之初儿童文学前列的作家作品有:曹文轩坚守古典、追求永恒的《草房子》,秦文君贴近现实、感动当下的《男生贾里》,张之路集校园、成长于一体的《第三军团》《霹雳贝贝》,董宏猷跨文体现实主义写作的《一百个中国孩子的梦》,黄蓓佳的长篇校园小说《我要做好孩子》,沈石溪全新的动物小说《狼王梦》,杨红樱、郑春华独创品牌的《淘气包马小跳》《大头儿子和小头爸爸》,刘先平的大自然文学系列作品,张品成的红色题材系列作品,孙云晓的少年报告文学《16 岁的思索》,吴然的儿童散文《天使的花房》以及金波《我们去看海》《十四行诗》、高洪波《我喜欢你,狐狸》、樊发稼《小娃娃的歌》、王宜振《笛王的故事》、徐鲁《我们这个年纪的梦》等拥抱童真、独创诗艺的儿童诗。同时激荡创作潮头的还有孙幼军的京味童话、金波的诗性童话、彭懿等的热闹型童话、周锐的哲思型童话、冰波的抒情型童话、张秋生的小巴掌童话,以及成长小说、动物小说、双媒互动小说。20 世纪八九十年代还出现了旗号林立、新潮迭出的创作景象,涌现出大幻想文学、幽默儿童文学、大自然文学、少年环境文学、生命状态文学、自画青春文学等一面面创新旗帜。

21 世纪伊始,面对市场化、网络化以及新兴媒体的介入所引发的少年儿童新的阅读期待和阅读兴趣的多样化,儿童文学创作进入了一个剧烈的转型期与更新期,在创作理念、艺术手法、审美追求和阅读推广上出现了新的特征。首先是从 2003 年开始,国内原创儿童文学在数量上出现"井喷"之势,打破了世纪之交国外儿童文学占据畅销榜单的格局。其次,"两头大,中间小"的局面出现嬗变,幼年文学和少年文学一直是中国儿童文学的主力,但新世纪之初,童年文学开始异军突起,并取得很大突破。再次,幻想文学创作方兴未艾,本土幻想文学的发展在一定程度上结束了长期由欧美、日韩等引进作品独大的局面。最后,新世纪之初的儿童文学呈现出更多元化的发展态势,如追求深度阅读体验的精品性儿童文学与注重当下阅读效应的类型化儿童文学,直面现实、书写少年严峻生存状态的现实性儿童文学与张扬幻想、重在虚幻世界建构的幻想性儿童文学交相辉映、互补共荣等。新世纪第一个十年的儿童文学尽管也存在商业化、平庸化、碎片化等问题,但依然经受住了挑战,并由此开拓出民族特色的新路。

三、新力量、新业态、新作为

进入新世纪第二个十年尤其是党的十八大以来,儿童文学与整个文学一样出现了不忘初心、砥砺前行的新气象,一个重要标志是儿童文学新力量的崛起,一大批"70后""80后"以及更年轻的"90后"作家已成长为中坚力量,一些儿童文学创作实力强劲的地区,已形成自己的年轻作家方阵。他们推进现实主义儿童文学创作的新作为、新发展,加强儿童性,塑造典型人物,讲好中国孩子的故事,在原创儿童文学方面的新思维、新成果呈现出新时代儿童文学耀眼的光芒。其中最具影响力和特色的地域作家群是:

由李东华、杨鹏、张国龙、翌平、汪玥含、安武林、孙卫卫、保冬妮、葛竞、左昡、史雷、周敏、吕丽娜、英娃、韦枫、熊磊、王苗等组成的"北京方阵";由殷健灵、陆梅、张洁、萧萍、李学斌、郁雨君、谢倩霓、唐池子、张弘、周晴、周桥、金建华等组成的上海作家群;由祁智、韩青辰、王巨成、李志伟、王一梅、胡继风、饶雪漫、苏梅、顾鹰、徐玲、龚房芳、郭姜燕、张菱、沈习武、庞余亮等组成的江苏作家群;由汤汤、毛芦芦、赵海虹、吴洲星、小河丁丁、赵菱、顾抒、王路、慈琪、孙昱、吴新星等组成的浙江作家群,以及伍美珍、李秀英、杨老黑、王蜀、谢鑫、许诺晨等组成的安徽作家群和彭学军、李秋沅、晓玲叮当、王君心等合力形成的"江南方阵";由薛涛、黑鹤、车培晶、刘东、王立春、董恒波、老臣、于立极、常星儿、满涛、肖显志、李丽萍、商晓娜、许迎坡、宋晓杰、马传思、肖云峰、常笑予等组成的"东北方阵";由汤素兰、邓湘子、谢乐军、皮朝晖、陶永喜、陶永灿、毛云尔、邓一光、陈静、唐樱、周静、龙向梅、宋庆莲等湖南作家与萧袤、林彦、童喜喜、黄春华、舒辉波、伍剑、章建华、胡坚、黄艾艾、易羊、陈梦敏、彭绪洛、邹超颖、严晓萍、叶子紫、巴布、李伟、周羽、杜蕾、新月等湖北作家组成的"湘鄂方阵";由张玉清、肖定丽、周志勇、赵静、兰兰、翟英琴等组成的"燕赵方阵";由郝月梅、张晓楠、李岫青、鲁冰、于潇湉、刘北、张吉宙、刘青梅、周习、杨绍军、代士晓、王倩等组成的"齐鲁方阵";由杨红樱、钟代华、湘女(陈约红)、汤萍、余雷、曾维惠、蒋蓓、简梅梅、李姗姗、雷旦旦、肖体高、骆平、王林柏、麦子、刘珈辰、李秀儿、沈涛、和晓梅等组成的"西南方阵";由李国伟、曾小春、陈诗哥、袁博、郝周、李碧梅、陈华清、黄德青、杜梅、香杰新、胡永红、何腾江、陈维等广东作家与王勇英、盘晓昱、林玉椿、夏商周、李一鱼、郭丽莎、磨金梅、黄蓉蓉等广西作家组成的"两广方阵";由李利芳、赵剑云、曹雪纯、张琳、张佳羽、苟天晓、刘虎、张元等组成的"甘肃儿童文学八骏"以及包括高凯、赵华、刘乃亭、王琦、陶耘(孟绍勇)、王欢、刘海云等在内的山西与西北作家群等。

新时代还涌现了一支年轻而充满思想锐气以女性为主的儿童文学与童书评论、儿童阅读教育研究队伍,被学界称为"第五代儿童文学批评家"。前沿评论家与研究者有李利芳、崔昕平、徐妍、王林、张国龙、王志庚、李学斌、杜传坤、李红叶、谈凤霞、刘颋、陈香、王蕾、侯颖、陈恩黎、胡丽娜、金莉莉、王家勇、冯臻、赵霞、姚苏平、刘秀娟等。这是中国当代儿童文学继往开来、砥砺前行的一支年轻而强大的力量。在他们与前辈作家们的共同努力耕耘下,儿童文学的丰富性、多样性以及交叉性越来越明显,很多新文体、新业态正是经由他们之手出现的或做大做强的,如幻想儿童文学、成长小说、动物小说、网游文学等。亲子共读最好的艺术形式原创图画书,主要也是最近十年发展起来的。

新时代以来,如何加强现实题材创作,将当今时代多姿多彩的现实生活融化进儿童文学,让少年儿童感染到祖国正在经历的巨大社会变革和中国梦的伟大实践,从中汲取精神成长的力量,这对儿童文学作家而言既是一种历史责任,也是一个艺术考验。在这方面,一批作家深入生活一线,做了有益的探索,淬炼出难得的精品力作。如董宏猷的《一百个孩子的中国梦》、刘先平的《美丽的西沙群岛》、吴然的《独龙花开》、徐鲁的《追寻》《罗布泊的孩子》、韩青辰的《因为爸爸》、于潇湉的《深蓝色的七千米》、彭学军的《黑指——建一座窑送给你》、曹文芳的《牧鹤女孩》、陶耘的《梦想天空》以及刘烈娃的长篇报告文学《脊梁——女儿眼中的罗阳》等。

加强现实题材创作还体现在反映农村留守儿童生活以及城市农民工流动儿童生活的题材都有充分的艺术表达,一批作家推出了多部接地气、有分量、有温度的小说作品,如牧铃的《影子行动》、孟宪明的《花儿与歌声》、陆梅的《当着落叶纷飞》、胡继风的《鸟背上的故乡》、张国龙的《无法抵达的渡口》、曾小春的《公元前的桃花》、邓湘子的《像蝉一样歌唱》、徐玲的《流动的花朵》以及邱易东的报告文学《空巢十二月:留守中学生的成长故事》等。

直面现实,也不忘回顾往昔,关注少年儿童在学校、家庭、社会交互环境下的"社会化"过程与精神成长,是新时代成长小说的重要主题,这方面值得重视的作品有张之路的《吉祥时光》、刘海栖的《小兵雄赳赳》、常新港的《尼克代表我》、汤素兰的《阿莲》、殷健灵的《访问童年》、李东华的《焰火》、汪玥含的《我是一个任性的孩子》、陆梅的《格子的时光书》、麦子的《大熊的女儿》、周敏的《北京小孩》、张吉宙的《我的湾是大海》等。居住在呼伦贝尔草原的黑鹤，以对日渐消逝的荒野文化的追忆及对自然生灵持之以恒的热爱，写出了洋溢着北国旷野气息的《血驹》《我的原始森林笔记》等别具特色的动物文学。

历史题材和战争题材的书写一直是儿童文学现实主义创作的重要方面，这在新时代以来出现了一个小高潮，而且均是中长篇小说，代表性的有：曹文轩的《火印》、李东华的《少年的荣耀》、谷应的《谢谢青木关》、黄蓓佳的《野峰飞舞》、薛涛的《满山打鬼子》、左昡的《纸飞机》、孟宪明的《三十六声枪响》、肖显志的《北方有热雪》、赖尔的《我和爷爷是战友》、史雷的《将军胡同》、王苗的《雪落北平》等。这些作品都被作家赋予了更鲜明的当代意义，激励中华民族下一代不忘初心，融铸家国情怀与阳刚精神，受到小读者的普遍欢迎。

新时代儿童文学的新作为还体现在儿童文学作家直接进入儿童网游创作等新业态，这方面的实践早期是南方的一批作家，如上海周锐执笔的"功夫派"系列，江苏李志伟执笔的"赛尔号"系列、苏梅执笔的"小花仙"系列，安徽伍美珍执笔的"惜呆兔咪"系列等，以后有北京杨鹏执笔的"精灵星球"系列。特别是金波、高洪波、葛冰、白冰、刘丙钧等北京儿童文学作家组成的"男婴笔会"所创作的"植物大战僵尸·武器秘密故事"系列等，一举改变了以前"网游写手"粗糙混乱的格局，从根本上保证了网游产品的道德底线与文化品质，远离儿童不宜的因子，从而使"妈妈放心，老师安心"，这也是为什么现在网游商家更看好儿童文学作家。

曾获第九届全国优秀儿童文学奖（2013）的刘慈欣，因长篇小说《三体》获得的巨大成功与世界性影响，带动了新一轮科幻文学热，少儿科幻文学创作也迎来新的发展契机。特别是大连出版社举办的连续六届"大白鲸原创幻想儿童文学优秀作品征集活动"，所推出的获奖作品如王林柏的《拯救天才》、马传思的《冰冻星球》《奇迹之夏》、赵华的《大漠寻星人》《疯狂的外星人》、彭绪洛的《重返地球》等，都是可圈可点的少儿科幻精品。科幻作家杨平、赵海虹、郑军、星河、潘海天、凌晨等以及更年轻的何夕、夏笳、飞氘、郝景芳、江波、超侠等，也都把目光投向儿童世界。让科幻拥抱少儿，对接儿童文学。只有当科幻作品的想象力、思想力、探索力与青少年儿童这个无穷大的生命世界联系起来的时候，科幻文学才会有无限的发展空间。

作为幻想文学重要载体的童话，近年一批中青年作家在开拓童话艺术新的审美边界、童话幻想如何融汇表达现实生活内容以及在"保卫想象力"方面，所作出的探索与取得的思维成果将新时代童话推向了一个更广阔的精神领域，这方面引人瞩目的作品有：汤素兰的《犟向绿心》《南村传奇》、萧袤的《住在先生小姐城》、陈诗歌的《童话之书》、郭姜燕《布罗镇的邮递员》、汤汤《水妖喀喀莎》、周静的《一千朵跳跃的花蕾》、龙向梅的《寻找蓝色风》等。

成人文学名家参与儿童文学创作的热度不断升温,构成了新时代儿童文学新作为、新发展的一个标志性事件。2014、2015 年,张炜创作的儿童小说《少年与海》《寻找鱼王》获得好评,并屡获奖项。2014 年,科幻作家王晋康的少儿幻想小说《古蜀》,获得首届"大白鲸原创幻想儿童文学"特等奖。2016 年阿来出版了儿童小说《三只虫草》。似乎商量好了一样,近年一大批文坛名家的儿童文学作品蜂拥面世,有不少被一印再印,如肖复兴的《红脸儿》、徐则臣的《青云谷童话》、柳建伟的《永远追随》、马金莲的《数星星的孩子》《小穆萨的飞翔》、叶广芩的《耗子大爷起晚了》、赵丽宏的《黑木头》、刘心武的《刘心武爷爷讲红楼梦》周晓枫的《小翅膀》《星鱼》、杨志军的《巴颜喀拉山的孩子》、裘山山的《雪山上的达娃》、梁晓声的《梁晓声童话》等。

　　同时,中国儿童文学还涌现了一支包括阅读推广人、专门阅读机构以及广大中小学校教师参与的强大的阅读推广队伍。优秀儿童文学作品已成为学校阅读教育与书香校园建设的重要内容,融媒体、多媒体、线上线下阅读,成为儿童阅读接受的新方式、新途径。社会各界积极搭建以儿童阅读、家庭分享、行业创新、产业发展为服务维度的"四位一体"生态型儿童阅读推广服务平台。与此同时,中外儿童文学的交流比以往任何时候都更加密切,中国不但引进了大量世界各地的儿童文学作品,也有自己民族的原创儿童文学作品源源不断地走出去。21 世纪的第二个十年是中国儿童文学创作和出版的又一个"黄金时期",中国正在从儿童文学大国向儿童文学强国迈进。

　　触摸历史,不忘来路,我们自然会深深致敬奠基新中国儿童文学的那一代作家。令人欣喜的是,一批与新中国儿童文学同步成长、如今已进入耄耋之年的作家,依然童心永驻,宝刀不老,继续为新时代的孩子们奉献着力作。例如:上海诗人圣野(97 岁)的儿童诗、任溶溶(96 岁)的散文《我也有过小时候》、孙毅(96 岁)的革命题材长篇小说《上海小囡三部曲》、蒋风(94 岁)的文学鉴赏《蒋风爷爷教你学写诗》、张继楼(92 岁)的儿童诗、李有干(88 岁)的长篇小说《蔷薇河》、袁鹰(95 岁)的儿童诗、葛翠琳(89 岁)的童话、束沛德(88 岁)的散文《我的舞台我的家》等,尤其是金波(84 岁)的创作近年进入了一个活跃期,而且是冲刺长篇童话,接连推出了《乌丢丢的奇遇》《小绿人三部曲》,并有多种儿童诗集出版。

　　2019 年 8 月,中国作家协会主席铁凝在致金波儿童诗交流活动的贺信中说:"今年是新中国成立 70 周年,金波先生的文学生涯从新中国成立初期开始,不断坚持探索,发挥相当的精力提携后进,致力于儿童文学的理论研究,为中国当代儿童文学的繁荣发展做出多方面的重要贡献。""茅盾先生曾说,儿童文学最难写。金波先生乐此不疲地写了 60 多年,因为他深爱着孩子,孩子们也深爱着金波先生。"儿童文学永远是"青春在眼童心热"的朝阳文学,选择儿童文学是人生的幸福选择,坚持为孩子写作的人是幸运的人、光荣的人。

四、关于本书

以上内容无疑是中国儿童文学史与理论研究的基本问题,同样也成为70年中国儿童文学理论批评、学科建设的重要内容。本书正是从理论层面全面探讨70年中国儿童文学而立项的。本书编委会由王泉根、李利芳、崔昕平、王家勇、王蕾组成,王泉根主编。

《新中国儿童文学70年(1949—2019)》是在2009年出版的《中国儿童文学60年(1949—2009)》(王泉根主编)基础上重新规划设计编纂而成的,一以贯之地立足于"史论"的建构,忠实于"史实"的精神,落实于"史料"的细节,意在多角度、多层面、全方位地回顾、梳理、探讨中华人民共和国成立70年来儿童文学的发展思潮、理论观念、作家作品批评、文体建设、中外关系以及儿童文学与出版传播、高校教学、阅读推广、地域文化等诸领域的关系问题,同时特别关注进入新世纪第二个十年尤其是党的十八大以来,儿童文学的新力量、新作为、新发展。

经编委会研究,全书分为两个大类、十一个板块:第一大类是理论文章,由第一辑至第八辑八个板块组成,除个别文章是本书特约撰写的以外,全是已经公开发表过的文章,很多文章在发表当时就已产生过影响;第二大类是文献资料,由第九辑至第十一辑三个板块组成,包括70年儿童文学历史纪程、图书辑目、国家大奖等。这十一个板块是:

一、70年儿童文学发展演进;

二、新时代儿童文学的新作为;

三、70年儿童文学理论观念;

四、70年儿童文学作家原创;

五、70年儿童文学文体建设;

六、70年儿童文学地域巡礼;

七、70年儿童文学系统工程;

八、70年中外儿童文学交流互鉴;

九、70年儿童文学历史纪程;

十、70年儿童文学图书辑目;

十一、70年儿童文学国家大奖。

本书的立项出版,对于回顾、总结中华人民共和国成立70年来儿童文学的发展历程、经验获益与巨大成就,对于激励、促进新时代儿童文学的进一步繁荣发展,无疑具有重要的现实意义与学术价值;同时对于丰富中国文学史与理论研究成果,加大中国现当代文学新的学术生长点,开展中外文学交流互鉴等,也具有积极的学术意义与文献、出版价值。

我们坚信,承续着千年儿童文学传统、百年现代儿童文学血脉、70年新中国儿童文学基因,尤其是党的十八大以来儿童文学的新作为、新精神,中国儿童文学必将在21世纪取得更大的成就,为滋养、引领未来一代精神生命的健康成长做出更大的贡献! 这正是:

七十春秋童心如歌、儿童文学走过光荣荆棘路、育人与醒世并举;

不忘初心繁花似锦、童书事业迎来世纪满园春、担当和梦想同行。

《新中国儿童文学70年(1949—2019)》编委会

(王泉根执笔)

2019 年 8 月 18 日于北京

Preface

Chinese children's literature is deeply rooted in the fertile soil of the Chinese traditional culture with five thousand years, which has been passed down from the ancient oracle bone characters, descending far from the totem culture of ancient myths, such as "Kuafu chasing after the sun" and "JingWei's reclamation of the sea waters" and others, and then taking to advance on the basis of the colorful folk fairy tales, the treasury of nursery rhymes from the farming civilization ever since the Qin Dynasty and Han Dynasty; After ushering into the modern times, Chinese children's literature, with an open and compatible mind, absorbing the new elements and new styles of foreign children's literatures, represented by children's literature of Europe, of America and of Russia, has grown up to modern and present Chinese children's literature.

In October 1949, the founding of the People's Republic of China has opened a new era of the great rejuvenation of the Chinese nation with a very long history; the tremendous transformation and great changes in the history of China have brought new ideology, ne w subject matters, new objects of representation and new creative forces into contemporary Chinese literature. From 1949 to 2019, the children's literature of new China has gone through the course of seventy years of extraordinary development, really a "glorious road full of thorns". These 70 years of Chinese children's literature turn out to be a period of the fastest growing one in the history of Chinese children's literature with the most significant and outstanding achievements; metaphorically, the years are brilliantly like songs, the people concerned are self-motivated forward, and one after another glorious deeds have paved the way to the bright galaxy of seventy years of Chinese children's literature.

1. The First "Golden Age" of Children's Literature in New China and the Hard Exploration

"The Seventeen years" (1949—1965) of Chinese children's literature is the period of the very foundation and pioneering development for children's literature in new China; It is by three kinds of phenomena that the special law of development and the evolution trends for being "children's" literature can be most evidently shown: in terms of literary system, it is motivated under the dual management of the Central Committee of Communist Youth league and the China Writers Association for the publishing of children's books and children's literature; in terms of literary ideological trends and creative nadis, it is bound to be bred with red genes of Young Pioneer literature and "the orientation of communist education"; in the case of the relationship between Chinese literature and foreign literature, it is definitely influenced in many aspects from the field of theory to the practice of literary creation by children's literature of the Soviet Union.

It is in the year 1955, an approval document attaching great importance to children's literature by Chairman Mao Zedong, has prompted the actions from China Writers Association, Central Committee of Communist Youth League, the Ministry of Culture, and the Ministry of Education and the publication institutions, all of them intensively held meetings in a short span of time to study and to carry out the instruction of the Central Committee of CCP; among them China Writers Association especially established specific plans about the development of the creation of children's literature from 1955 to 1956, and called on the local writers associations in the country to pay great attention to and focus actually on children's literature, and required more than 190 writers for specific writing tasks — all these greatly inspired the creative enthusiasm of masses of writers, and thus ushered in the first "Golden Age" of children's literature in New China, thus having laid the aesthetic basis for socialist children's literature. A large number of young writers and critics of children's literature have emerged during this period, among them are the representative writers and poets: Xiao Ping, Ke Yan, Xu Guangyao, Yuan Ying, Hu Qi, Zheng Wenguang, Gao Xiangzhen, Ren Deyao, Ren Daxing, Ren Dalin, Ren Rongrong, Hong Xuntao, Ge Cuilin, Qiu Xun, Zong Pu, Liu Raomin, Xiong Saisheng, Zhang Youde, Sun Yi, Zhang Jilou, Liu Houming, Wu Jingfang, Li Xintian, Jie Xianglin, Xie Pu, etc, and the younger ones such as Sun Youjun, Jin Bo, as well as the critics such as Jiang Feng, Shu Peide.

The subject matters of the novels of children's literature in these "17 years" are generally concentrated in two aspects: one is the subject of the revolutionary history, the other is about the life of the young pioneers in and outside the school campus. The main trend of literary creation during this period is to strengthen the education for revolutionary traditions and to present idealism, patriotism and heroism. The influential works include: *Little Soldier Zhang Ga* by Xu Guangyao, *The Small Janjawid* by Hu Qi, *Commander Yang's Young Pioneers* by Guo Xu, *The Little Guerrilla* by Wang Yuanjian, *The Fluttering Snowflakes* by Yang Shuo, *How the Red Boys Have Taken Back the Food* by Yuan Jing, *The Gun* by Wang Shizhen, *The Little Miners* by Yang Daqun, *The Red Guerrillas* by Cui Ping, *The Little Hostler* and *The "Big Boots" Uncle* by Yan Yiyan, *The Long March of Two Thousand Miles* by Han Zuoli, *Looking for the Red Army* by Lu Yanzhou, *We Stick to Fighting Underground* by Zhou Jiliang, *Snow in March* by Xiao Ping, *The Iron Little Ones* by Li Boning, etc. The novels with school campus subject of the young pioneers have contained the presentation by multi-angles, multi-levels and many sides of the life of the first generation of children in New China, bearing distinctive marks of the age. Among the representative works are: *The Story of Luo Wenying* by Zhang Tianyi, *The Summer Dairy of Tao Qi* by Bing Xin, *The Colorful Road* by Hu Qi, *The Seaside Children* by Xiao Ping, *Xiao Pang and Xiao Song* by Gao Xiangzhen, *Han Meimei* by Ma Feng, *The Younger Sister Going to School* by Zhang Youde, *Lv Xiaogang and His Sister* by Ren Daxing, *The Sooner the Better* by Wei Jinzhi, *The Crickets* by Ren Dalin, *The Bamboo Child* by Xie Pu, *The Children from Osmanthus Village* by Jie Xianglin and so on, these characters have shaped a number of completely new images of young juveniles, such as Luo Wenying, Tao Qi, Chen Bugao, Han Meimei, Da Hu (literally meaning the big tiger) and Lv Xiaogang, etc.

The literary fairy-tale creation in these "Seventeen years" takes to absorb rich nutrition of art from Chinese traditional folk stories, myths, legends, assimilating the subject matters, artistic forms of folklore and folk literature, highlighting the national characteristics and Chinese style of the genre of fairy tale, making much efforts to broaden the fantasy space; to stimulate the game spirit and to work out the aesthetic effects of the work as a whole construction. Representative works include: *The Secret of the Magic Gourd* by Zhang Tianyi, *The Song of Small Streams* and *Sailing at Next Time* by Yan Wenjing, *A Cat Longing to Fly* by Chen Bochui, *The Adventures of a Little Rooster* by He Yi, *The Kitten Is Fishing* and *The Little Carp Jumping over the Dragon Gate* by Jin Jin, *The Fire Glow and the Goldfish* and *The Story of Pigsy Eating Watermelon* by Bao Lei, *Ma Liang with the Magic Brush* by Hong Xuntao, *The Wild Grapes* by Ge Cuilin, *The Marvellous Red Star* by Huang Qingyun, *An Acrobatic Prodigy* and *The Mindless and the Unhappy One* by Ren Rongrong, *The Fireworks of the Peacock* by Zhong Zimang, etc.; The pantomime *The Horse Orchid* by Ren Deyao, The pantomime *The Treasure Ship* by Lao She, the long fairy tale poem *The Golden Conch* by Ruan Zhangjing, etc. Meanwhile, a large number of excellent works have been grafted and conversed directly from the folklore, creating the artistic images such as the "Gourd Boys" "the Nine-Colored Deer" "the Fisher Boy" and "Avanti" and others which have been deeply rooted in the memory of a whole generation of children. In addition, the poems for children such as the Story of the "*Little Soldier*", and *A "Little Muddled" Aunt* by Ke Yan, *The Gift from the Old Man of the Time* by Yuan Ying, the nursery rhymes such as *Piggy Nu Ni* by Lu Bing, and *Insects are Flying in Summer* by Zhang Jilou, the fables such as *The Crow Brothers* by Jin Jiang, the science fiction such as *Flying toward the Constellation Sagittarius* by Zheng Wenguang—all above are commendable good works during this period.

Literary creation should be combined with the "central" "task", and it turned out to be a gradually enforced discourse ever since the 1960s, then consequently there was a tendency in children's literature towards formulation and conceptualization. However, at the same time there also emerged a group of excellent works that were rooted in the soil of the reality, such as Sun Youjun's full-length fairy tale *The Adventures of the Little Cloth Doll*, Jin Bo's collection of children's poetry *The Echoes*, Shen Hugen's fiction *The Senior Brother* and *The Junior Fellow*, and Ge Cuilin's play *The Little Sisters of the Prairie*.

In the late 60s of last century, Chinese children's literature stepped for a time into stagnation and difficult exploration. The publication of children's literary works in the first half of 1966 was carried on as usual, but since the second half of 1966, literature and children's literature had instantly fade out from the sight of readers, and not until 1969 did some changes had taken place in the coming years. According to the statistics from *The National Children's Books Index*(1949—1979), compiled by the Book Versions Library attached to State Administration of Publishing Business (published by the Chinese Children's Publishing House in May, 1980) that from 1966 to 1976, 1291 kinds of originally created literary works of children's literature had been published in the country, including 436 kinds of children's fiction and stories; 203 kinds of children's poetry and nursery rhymes; 41 kinds of children's prose, sketches, literary reportage; 39 kinds of children's drama, folk art forms, 534 kinds of children's easy reading stories with pictures (picture books), 16 kinds of fairy tale for young kids, 3 kinds of fairy-tale fable, 19 kinds of science art work.

In the early 1970s the publication of children's literature is almost entirely of the novels with realistic themes, a phenomenon exclusively of the "dominance" of novels, among the most influential novels are Li Xintian's *Sparkling Red Star*, Yang Xiao's *Red Rain* and Tong Bian's *Little Shi Zhu the New Comer* ("Shi Zhu" literally meaning a stone pillar). *Sparkling Red Star* was *adapted into a movie in 1974 and it caused a sensation after its broadcast. The children's song I Love Beijing Tian An Men* (Gate of Heavenly Peace), composed by Jin Yueling, the young worker in Shanghai; the children's song *The Train is Running towards Shao Shan*, words composed by the poet of children's literature, Zhang Qiusheng; the theme song *I Fight under the Shining Red Star*, from the movie *Sparkling Red Star* etc., become the most popular songs for children in the 1970s, and they turn to be the memory of childhood for a whole generation.

2. The Changes, Challenges and Development in the New Period

In the late 1970s, China had entered the new historical period of "reform and opening up". Since then the major events that were most closely related to the child survival and living state and that had directly affected the ideological trends of children's literature were as follows: firstly, *The Convention on the Rights of the Child* was adopted and ratified by the United Nations General Assembly in 1989; and this convention was approved by Chinese government in 1991, and then *The Law of the People's*

Republic of China on the Protection of Minors was put into implementation in 1992, thus ensuring in terms of legal form children's rights of survival and development, and of being protected and educated; secondly starting from 1982 China adopted the "one-child" policy, and then in 2016, the country began to carry out the "two children for one family" policy; thirdly, in 1990's, with the industrialization of the education, the private schools, the private kindergartens, and all kinds of after-school classes and training institutions began to appear in society; fourthly, the reform of the course of Chinese teaching in primary and middle schools and the Chinese textbooks, which were previously open to various versions, have come back to the use of unified teaching textbooks compiled by People's Education Press under the Ministry of Education; fifthly, at the end of 2010, all the publishing houses in the country have been turned into business enterprises, and all of the 38 professional publishing houses of children's books have been turned completely into enterprise companies, thus the aims of economic efficiency and the efforts of making the best sellers under the background of market economy take to have great impact on children's books and children's literature; lastly, with hundreds of millions of migrant workers moving from the countryside into the city, there are millions of rural left-behind children and those urban migrant children who follow their parents into the city, and then there are the issues concerning their education, their psychological problems, and the coming social problems; whether for the left-behind children in the countryside or for the migrant children in the city, the realistic presentation in children's literature is bound to confront new propositions and new challenges.

Under the background of these significant events that directly affect and decide the children's rights of survival and development, and of being protected and educated, Chinese children's literature since the time of reform and opening up to the outside world, marches on together with contemporary Chinese literature, through hardships and twists, harvesting great and brilliant achievements. Chinese children's literature not only ushered in the "golden decade" of the publishing of children's books and the literary creation of children's literature, but also witnessed Cao Wenxuan's winning of the international Hans Christian Andersen Award, and what's more, in the 2016 book publishing the total amount of the books of children's have accounted for half the proportion of the national section of published literary books, as an impressive miracle.

A new situation of children's literature with multiple elements and co-prosperity under multicultural background is being gradually formed in such context of time, and it becomes more vivid and clear after entering the new century. The outstanding writers and works of children's literature at 1980s and 1990s, and at the beginning of the new century are as follows: Cao Wenxuan and his *Straw Cottage* with persistent pursuit of the classic, and the eternal quality; Qin Wenjun and her *Jia Li the Boy Student*, close to reality, and moving for the present readers; Zhang Zhilu and his *The Third Army* with the integration of the school campus and growth story, and also his science fiction *Beibei the Thunderbolt*; Dong Hongyou and his *The Dreams of One Hundred Chinese Children*, as the realistic writing with elements of multiple genres; Huang Beijia and her full-length campus novel *I Want to be a Good Child*, Shen Shixi and his brand new animal fiction *The Dream of the Wolf King*; Yang Hongying and her original brand work *The Naughty Boy Ma Xiaotiao*, Zheng Chunhua and her original brand work *Big-head Son and Small-head Dad*; Liu Xianping and his literary work of the great nature; Zhang

Pincheng and his series of work about revolutionary theme; Sun Yunxiao and his juvenile reportage *Reflections at the Age of 16*; Wu Ran and his prose work for children *The Greenhouse of Angels*; then Jin Bo and his poems for children *Let's Go to See the Sea* and *The Sonnets*; Gao Hongbo and his poem for children *Fox, I'm Fond of You*; Fan Fajia and his poem for children *The Song of Little Kids*; Wang Yizhen and his poem for children *The Story of the Flute Master*; Xu Lu and his poem for children *The Dreams at Our Age* — all these poems are teeming with childlike innocence, and with original poetic artistry. At the same time, the works that agitate and reverberate the tides of literary creation of children's literatureare as follows: Sun Youjun's literary fairy tales with Beijing flavour, Jin Bo's poetic fairy tales, Peng Yi's lively type of fairy tales, Zhou Rui's philosophical fairy tales, Bing Bo's lyrical fairy tales, Zhang Qiusheng's Small Slap fairy tales, and bildungsroman, animal fiction, bi-media interaction fiction. In 1980s and 1990s, there are so many banners of artistic proposals and so many new trends of schools, flags of literary innovation have sprung up, such as the general fantasy literature, children's humorous literature, literary work about the great Nature, environmental literature for juveniles, literature about the status quo of life, self-portrait literature of youth, etc.

At the beginning of the 21st century, facing the new reading expectation and the diversification of reading interest of children, caused by the intervention of marketization, popular network and as well as the newly emerging media, the creation of children's literature has entered a dramatic transformation and updating phase, there are new characteristics concerning the creation concepts, artistic approaches, aesthetic pursuit and the promotion of reading activities. Firstly, starting in 2003, the originally created domestic children's literature grew rapidly with great number as if in a "blowout", breaking through the set pattern of the best-selling list occupied at the turn of the century by foreign children's literature; and then, secondly, the situation of "the two ends of the child years being presented much more than the middle phase" went through a transmutation. As a matter of fact early childhood literature and the juvenile literature have always been the main trends of Chinese children's literature, then at the beginning of the new century, as "Yang Hongying phenomenon" became more fashionable, literature of childhood began to boom, and has achieved a great break-through. On the other hand, the fantasy literature is on the upward surge, the development of domestic fantasy literature to a certain extent has ended the long-term dominance of imported foreign works, such as from Europe, America, Japan and South Korea. Finally, at the beginning of the new century, children's literature presents a more diversified developmental trends, such as the high-quality works of children's literature with the pursuit of reading experience at depth, and the typed children's literature with a focus on the present effect of reading; the realistic writing of children's literature that confronts the grim existential state of the juveniles goes side by side with the children's fantasy literature, teeming with fantastic elements and stressing the construction of an unreal world, and it thus enhances each other's artistic appeal, with complementary strength and co-prosperity, etc. In the first decade of the new century, although children's literature were influenced by the problems such as commercialization, mediocrity and fragmentation, it still had withstood all the challenges, and came to develop new ways with national characteristics.

3. New Forces, New Formats and New Endeavors

Upon entering the second decade of the new century, especially since the 18th National Congress of the Communist Party of China (2012), children's literature, together with the overall literature of the country, presents a kind of new atmosphere of "never forgetting the original goals, and stay firmly true to the road ahead," an important symbol of this atmosphere should be the rise of new forces of children's literature, with a large number of writers from the post-70s generation, post-80s generation, and even the much younger post-90s generation have become the backbone forces of the Chinese children's literature; in some certain regions where the forces of literary creation are strong enough, their own phalanxes of young writers have been formed. The new enterprise and the new development for pushing forward realistic writing of children's literature, and the efforts to strengthen the childlike characteristics in writing for children and to build up typical characterization, to eloquently tell good stories about Chinese children; the new mode of thinking and the new achievements in the field of domestic children's literature; all are shining out with great brilliancy of children's literature of a new era. Among them, the most influential groups of regional writers with distinguished characteristic are as follows:

The "Beijing phalanx" of children's literature includes Li Donghua, Yang Peng, Zhang Guolong, Yi Ping, Wang Yuehan, An Wulin, Sun Weiwei, Bao Dongni, Ge Jing, Zuo Xuan, Shi Lei, Zhou Min, Lyu Lina, Ying Wa, Wei Feng, Xiong Lei, Wang Miao and others. The Shanghai Group of writers includes Yin Jianling, Lu Mei, Zhang Jie, Xiao Ping, Li Xuebin, Yu Yujun, Xie Qianni, Tang Chizi, Zhang Hong, Zhou Qing, Zhou Qiao, Jin Jianhua and others. The Jiangsu Group of writers includes Qi Zhi, Han Qingchen, Wang Jucheng, Li Zhiwei, Wang Yimei, Hu Jifeng, Rao Xueman, Su Mei, Gu Ying, Xu Ling, Gong Fangfang, Guo Jiangyan, Zhang Ling, Shen Xiwu, Pang Yuliang and others. The Zhejiang Group of writers includes Tang Tang, Mao Lulu, Zhao Haihong, Wu Zhouxing, Xiaohe Dingding, Zhao Ling, Gu Shu, Wang Lu, Ci Qi, Sun Yu, Wu Xinxing. The "Jiangnan phalanx" of children's literature includes Wu Meizhen, Li Xiuying, Yang Laohei, Wang Shu, Xie Xin, Xu Nuochen, groups such as Anhui Group of writers, and Peng Xuejun, Li Qiuyuan, Xiaoling Dingdang, Wang Junxin and others. The "Northeast China phalanx" of children's literature includes Xue Tao, Hei He(literally meaning "black stork"), Che Peijing, Liu Dong, Wang Lichun, Dong Hengbo, Lao Chen, Yu Liji, Chang Xing'er, Man Tao, Xiao Xianzhi, Li Liping, Shang Xiaona, Xu Yingpo, Song Xiaojie, Ma Chuansi, Xiao Yunfeng, Chang Xiaoyu and others. The "Xiang'e phalanx" of children's literature includes writers from Hunan Province such as Tang Sulan, Deng Xiangzi, Xie Lejun, Pi Zhaohui, Tao Yongxi, Tao Yongcan, Mao Yun'er, Deng Yiguang, Chen Jing, Tang Ying, Zhou Jing, Long Xiangmei, Song Qinglian and others, and the writers from Hubei Province such as Xiao Mao, Lin Yan, Tong Xixi, Huang Chunhua, Shu Huibo, Wu Jian, Zhang Jianhua, Hu Jian, Huang Ai'ai, Yi Yang, Chen Mengmin, Peng Xuluo, Zou Chaoying, Yan Xiaoping, Ye Zizi, Ba Bu, Li Wei, Zhou Yu, Du Lei, Xin Yue and others. The "Yanzhao phalanx" of children's literature includes Zhang Yuqing, Xiao Dingli, Zhou Zhiyong, Zhao Jing, Lan Lan, Zhai Yingqin and others. The "Qilu phalanx" of children's literature includes Hao Yuemei, Zhang Xiaonan, Li Xiuqing, Lu Bing, Yu Xiaotian, Liu Bei, Zhang Jizhou, Liu Qingmei, Zhou Xi, Yang Shaojun, Dai Shixiao, Wang Qian and others. The "Southwest China phalanx" of children's literature includes Yang Hongying, Zhong Daihua, Xiang Nv (Chen Yuehong), Tang Ping, Yu Lei, Zeng Weihui, Jiang Bei, Jian Meimei, Li Shanshan, Lei Dandan, Xiao Tigao, Luo Ping, Wang Linbai, Mai Zi, Liu Jiachen, Li Xiu'er, Shen Tao, He Xiaomei and others. The "phalanx of Guangdong and Guangxi" includes writers from Guangdong Province such as Li Guowei, Zeng Xiaochun, Chen Shige, Yuan Bo, Hao Zhou, Li Bimei, Chen Huaqing, Huang Deqing, Du Mei, Xiang Jiexin, Hu Yonghong, He Tengjiang, Chen Wei, and writers from Guangxi Province such as Wang Yongying, Pan Xiaoyu, Lin Yuchun, Xia Shangzhou, Li Yiyu, Guo Lisha, Mo Jinmei, Huang Rongrong and so on. The "Eight Steed" of children's literature of Gansu Province includes Li Lifang, Zhao Jianyun, Cao Xuechun, Zhang Lin, Zhang Jiayu, Gou Tianxiao, Liu Hu, Zhang Yuan and others; and the group of Shanxi Province and Northwest China writers of children's literature includes Gao Kai, Zhao Hua, Liu Naiting, Wang Qi, Tao Yun (Meng Shaoyong), Wang Huan, Liu Haiyun and others.

In the new era there has sprung up a research team for studying children's literature, children's book reviews and the education of children's reading, the members are predominantly female, full of youthful ardor and vigorous thinking, called in the academic circle the fifth generation of critics of children's literature. Among the leading researchers and critics are Li Lifang, Cui Xinping, Xu Yan, Wang Lin, Zhang Guolong, Wang Zhigeng, Li Xuebin, Du Chuankun, Li Hongye, Tan Fengxia, Liu Ting, Chen Xiang, Wang Lei, Hou Ying, Chen Enli, Hu Lina, Jin Lili, Wang Jiayong, Feng Zhen, Zhao Xia, Yao Suping, Liu Xiujuan and others.

This is a young and mighty force for contemporary Chinese children's literature to carry forward the cause and achievements of the predecessors and to forge ahead and make further progress in the coming future. Under the joint endeavors and cultivation together with the senior predecessors of writers, the richness, diversity and cross-interaction of children's literature become more and more obvious, it is just through their efforts that a lot of new styles, new formats of children's literature come into being and grow stronger, such as children's fantasy literature, bildungsroman, animal novels and online literature, etc. The best art form of originally created picture books for children's reading with parents is mainly developed in recent ten years.

Since the new era, the issue is how to strengthen the literary creation of realistic subject matters, how to naturally transmute the lively and colorful social life of present age into children's literature, so that the children could feel heartedly the ongoing great social changes and the great practice of realizing the Chinese dreams in our motherland, to gain the power for their spiritual growth, therefore it turns out to be a kind of historical responsibility, as well as an artistic challenge for the writers of children's literature. In this respect, a group of writers have taken to experience the life at grass-roots level, and have carried out beneficial explorations in writing, forging works with rare refinement and excellence. Among the works are Dong Hongyou's *Chinese Dreams of One Hundred Children*, Liu Xianping's *The Beautiful Xisha Islands*, Wu Ran's *The Booming Dulong Flowers*, Xu Lu's *The Pursuit* and *The Children of Lop Nur*, Han Qingchen's *It's Because of Dad*, Yu Xiaotian's *The Dark Blue of Seven Kilometers*, Peng Xuejun's *The Black Finger: to Build a*

Kiln for You, Cao Wenfang's *The Crane Maiden*, Tao Yun's *Dreaming Sky* and Liu Liewa's full-length reportage *The Backbone: Luo Yang in the Eyes of his Daughter*, etc.

The endeavor to strengthen the writing of realistic subject matters is also embodied in representing the life of rural left-behind children and the life of children of urban migrant workers, and these subject matters have found full artistic expression. A group of writers have launched a number of works of fiction keeping intimate touch with real life, with weight and warmth, such as Mu Ling's *Shadow Action*, Meng Xianming's *Flowers and Singing Songs*, Lu Mei's *In Front of the Fallen Leaves*, Hu Jifeng's *Hometown at the back of the Bird*, Zhang Guolong's *Unable to Reach the Ferry*, Zeng Xiaochun's *The Peach Blossom of the Year BC*, Deng Xiangzi's *Singing Like Cicadas*, Xu Ling's *Floating Flowers* and Qiu Yidong's reportage work *Empty Nests in December: the Stories of the Growth of Left-behind Students*, etc.

While facing the reality, writers of children's literature also make efforts to review yesterday, pay special attention to the process of "socialization" and the spiritual growth of the juveniles under the interacted environments of schools, families and society, and this becomes an important theme of growth novels in the new era. In this field the worthy works are as follows: Zhang Zhilu's *The Auspicious Time*, Liu Haiqi's *The Masculine Little Soldiers*, Chang Xingang's *Nick on Behalf of Myself*, Tang Sulan's *Ah Lian*, Yin Jianling's *Revisiting the Childhood*, Li Donghua's *Fireworks*, Wang Yuehan's *I am a Wayward Child*, Lu Mei's *The Time Book of the Grids*, Mai Zi's *The Daughter of the Great Bear*, Zhou Min's *Beijing Kid*, Zhang Jizhou's *My Bay is the Sea* and so on. Hei He(literarily meaning "black stork"), who lives in Hulun Buir grassland, in remembrance of the gradual disappearing of wilderness culture and with permanent love of natural beings, gives out distinctive literary work of animals that is permeated with the breath of the desolated northlands, such as *Blood Colt and My Notes on the Primeval Forest*.

The writing of the subject matters of history and war has been the important aspect of realistic creation of children's literature, and in the new era there emerged a small high tide, and all the works are middle-length and full-length novels, among the representative ones are: Cao Wenxuan's *Branding Iron*, Li Donghua's *The Glory of Youth*, Gu Ying's *Thank You, Qingmuguan*, Huang Beijia's *The Flying Wild Peak*, Xue Tao's *Man Shan Fighting against Japanese Invaders*, Zuo Xuan's *The Paper Airplane*, Meng Xianming's *Thirty-Six Shots*, Xiao Xianzhi's *There Are Hot Snows in the North*, Lai Er's *My Grandpa and I are Comrades in Arms*, Shi Lei's *Hutong of the General*, Wang Miao's *Snow Falling on Peking*, etc. All these works are endowed by the authors with more distinctive contemporary significance, in order to inspire the younger generation of the Chinese nation to always bear in mind the original goals of the revolutionary predecessors, to forge home country and motherland feelings and to cultivate the masculine spirit, and therefore these works have been well received by the young readers.

The new endeavors of children's literature in the new era is also embodied in the fact that the writers of children's literature have getting directly into the new formats such as children's online games, and the early practice came from a group of southern writers, for instance Zhou Rui in Shanghai writes for "Kung Fu" series, Li Zhiwei in Jiangsu province writes for "Seer" series, Su Mei in Jiangsu province writes for the "Little Flower Fairy" series, Wu Meizhen in Anhui province writes for "Four

Little Rabbits" series and so on, hereafter Yang Peng in Beijing writes for "the Fairry Planet" series. Especially the "Baby Inkling" that is composed of the writers of children's literature in Beijing, including Jin Bo, Gao Hongbo, Ge Bing, Bai Bing, Liu Bingjun and so on, has created "Plants vs. Zombies · Stories of Secret Weapons" series, this endeavor takes to radically change the previously rough and chaotic situation of the "online games" writers, thus providing fundamental guarantee the moral bottom line and the cultural quality for online game products, to keep the children far away from the unfavorable and harmful factors, so that "mothers should be at ease, teachers should feel peace of mind", and that is why at present the merchants of online games become more dependent on the writers of children's literature.

Liu Cixin's full-length science fiction *Three Bodies* won the 9th national prize for excellent works of children's literature (2013). With its great success and worldwide influence in the new era, it led to a new round of thermal wave of science literature, and thereafter, the literary creation of children's science fiction also ushered in an opportunity for new development. Especially Dalian Publishing House has run for six consecutive terms the solicitation activities in the name of "Great-White-Whale Originally-created Children's Fantasy Literature", and have launched a number of award-winning works such as Wang Linbai's *To Rescue the Genius*, Ma Chuansi's *The Frozen Planet* and *The Summer of Miracles*, Zhao Hua's *In Search of Stars at the Desert* and *The Crazy Aliens*, Peng Xuluo's *Returning to the Earth* and so on, all of them are commendable children's science fiction. Science fiction writers such as Yang Ping, Zhao Haihong, Zheng Jun, Xing He, Pan Haitian, Ling Chen, etc. And the younger group of writers such as He Xi, Xia Jia, Fei Hong(literarily meaning "flying deuterium"), Hao Jingfang, Jiang Bo, Chao Xia(literarily meaning "superman"), etc. All turned their eyes to children's world, to embrace children with science fiction and to join children's literature. Only when the imagination, the power of thinking and power of exploration of science fiction come to be linked to the infinite life world of children and juveniles, science literature shall come to gain infinite space for its development.

Fairy tale takes to be an important medium of fantasy literature, and in recent years, a group of young and middle-aged writers have made efforts to develop the new aesthetic borders of the art of fairy tale, exploring how to integrate the fantasy of fairy tale with the representation of real life and how to "defend children's imagination"; the exploration and the ideological achievements have led the literary creation of fairy tales in the new era into a broader spiritual field, the notable works include: Tang Sulan's *Towards the Green Heart* and *Legend of the South Village*, Xiao Mao's *Living in the City of Mr and Miss*, Chen Shige's *The Book of Fairy Tales*, Guo Jiangyan's *The Postman in Buluo Town*, Tang Tang's *Ka-Ka-Sha the Water Goblin*, Zhou Jing's *One Thousand Bouncing Buds*, Long Xiangmei's *Looking for Blue Wind* etc.

The enthusiasm of famous writers of adult literature taking part in writing in the field of children's literature has been running higher and higher, and it constitutes a landmark event of the new endeavors and new development of children's literature in the new era. Respectively in 2014 and 2015, Zhang Wei's novel for children *The Boy and the Sea* and *Looking for Fish King* received good reviews and won various prizes. In 2014, science fiction writer Wang Jinkang's science fiction for children *The Ancient Kingdom of Shu* was awarded the special prize of the "Great White Whale

Originally-created Children's Fantasy Literature" in its first term. In 2016 Ah Lai published his novel for children *Three Chinese Caterpillar Fungus*. It seems to have a common agreement after joint discussion that in recent years, a large number of literary works as children's literature by the outstanding writers in literary world come into being like mushrooms after rain, and many of them have been printed again and again, such as Xiao Fuxing's *Red Face*, Xu Zechen's *The Fairytale of Green Cloud Valley*, Liu Jianwei's *Always Follow*, Ma Jinlian's *The Children Counting the Stars*, *The Flying of Little Musa*, Ye Guangqin's *Uncle Mouse Getting up Late*, Zhao Lihong's *Black Wood the Dog*, Liu Xinwu's *Grandpa Liu Xinwu Telling about the Dream of Red Mansions*, Zhou Xiaofeng's *Little Wings* and *Star Fish*, Yang Zhijun's *Children of Bayan Har Mountains*, Qiu Shanshan's *Da Wa on the Snowy Mountain*, Liang Xiaosheng's *Fairy Tales of Liang Xiaosheng*, etc.

At the same time, in the field of Chinese children's literature there also emerges a strong team for promoting children's reading, it includes promoters of children's reading, specialized reading institutions as well as the participation of masses of teachers from primary schools and middle schools. Excellent works of children's literary have become the important contents of the reading education in schools and of scholarly fragrant campus construction, and the means of converged media, multimedia, online reading and offline reading have become the new ways for children's reading reception. The social forces from all walks of life make active efforts to build up the ecotype service platform for promoting children's reading, with the "four in one" service dimensions of children's reading, shared reading in families, professional innovation and industrial development. At the same time, the inter-communication between Chinese children's literature and foreign children's literature becomes more close than ever before, China not only introduced a large number of works of children's literature from all over the world, but also children have their own nation's original literary works continuously to go out. The second decade of the 21st century comes to be another "golden age" of the literary creation and publication of Chinese children's literature, China is marching on from a big nation of children's literature to the great nation of children's literature.

In retrospect of the history, and in remembrance of previous course of development, we naturally feel bound to pay deep salute to the generation of writers who has based the path of children's literature of New China. Happily enough, a number of these writers whose life and work are in synchronization with the growth of children's literature in New China, now have entered the stage of octogenarian and nonagenarian, they still remain young at heart and full of vitality, as if good swords always remaining sharp. They continue to contribute masterpieces for the children of the new era. Among them are the poems for children by Sheng Ye (97 years old), the prose *"When I Was a Child"* by Ren Rongrong, the full-length novel with revolutionary subject *Trilogy of Shanghai Maid* by Sun Yi (96 years old), the literary appreciation book *Grandpa Jiang Feng Telling You How to Write Poetry* by Jiang Feng (94 years old), poems for children by Zhang Jilou(92 years old), the full-length novel *The Rose River* (2018) by Li Yougan (88 years old), poems for children by Yuan Ying (95 years old), the fairy tales by Ge Cuilin (89 years old), the prose *My Stage My Home* by Shu Peide (88 years old), etc. Especially for Jin Bo (84 years old) whose literary creation has come into an active phase in recent years, exerting himself in writing full-length fairy tales, having launched *The Adventures of "Wu Diudiu"* and *Trilogy of Little Green Ones*, and has published a number of collections of poetry for children, and what's more, he takes to go among the children to give lectures.

In August 2019, Tie Ning, chairwoman of China Writers Association, in the letter of congratulation addressed to the conference on the exchanges of Jin Bo's poetry for children, said: "this year is the 70th anniversary of the founding of the People's Republic of China, Mr. Jin Bo's literary career started just in the early days after the foundation of New China, he has persistently made great efforts in exploration and in cultivating the junior writers of younger generations, devoting himself to the theoretical study of children's literature, making important contributions in many aspects to the prosperous development of contemporary Chinese children's literature." "Mr. Mao Dun had once said that it's the most difficult task to write for children's literature. Mr. Jin Bo has joyfully written for more than 60 years, it's because he loves children so deeply and children love Mr. Jin Bo so deeply." Children's literature remains forever the promising and sunny literature as "the youth always in the sight, heart always remaining childlike"; therefore the choice of children's literature is the happiest choice of life, and those who stick to writing for children are lucky writers and glorious writers.

4. An Account about This Book

The above contents are definitely concerned with the fundamental issues of the literary history and theoretical research of Chinese children's literature as well as the important contents of the theoretical criticism and disciplinary construction of Chinese children's literature in the seventy years. Due to the proposed project, this book is aimed to explore comprehensively Chinese children's literature in the seventy years on theoretical level. The editorial board of this book is composed of Wang Quangen, Li Lifang, Cui Xinping, Wang Jiayong, Wang Lei, with Wang Quangen as the chief editor.

On the basis of *Chinese children's literature in 60 Years (1949—2009)* which was published in 2009 (chief editor Wang Quangen), the present *Children's literature of New China in 70 Years (1949—2019)* is compiled after re-planning and re-design, consistently keeping the foothold on the construction of "historical exposition", faithful to the spirit of "historical facts", seeking the implementation of the details by "historical materials"; it is aimed to review, to summarize and to investigate by multi-angles, multi-levels and comprehensive aspects the children's literature in 70 years since the founding of the People's Republic of China, concerning the developing ideological trends, the theoretical concepts, the criticism of writers and works, the construction of genres, the relations between China and foreign countries as well as the relations between children's literature and the medium of publication and dissemination; between children's literature and the teaching in colleges and universities; between children's literature and the reading promotion; and between children's literature and other related issues such as the regional cultures, and meanwhile, it pays special attention to the new forces, new endeavors and new development of children's literature after entering the second decade of the new century, especially since the 18th National Congress of the

Communist Party of China.

Having been discussed and studied by the editorial board, the book is divided into two major categories with eleven parts: the first category is consisted of the theoretical articles, starting from the first part to the eighth part, and with the exception of the articles by specially invited arrangement, all of them have been publicly published and many of them become influential by the time of their publication; the second category is consisted of literature and documents, starting from the ninth part to the eleventh part, including the historical chronicles of children's literature, bibliographycatalogues of books, titles of the winners of important awards of children's literature in seventy years, etc. The total eleven parts of the book are as follows:

1. Evolution of Children's Literature in 70 Years.

2. New Endeavors and New Accomplishments of Children's Literature in the New Era.

3. The Theoretical Ideas of Children's Literature in 70 Years.

4. On the Original Creation of the Writers of Children's Literature in 70 Years.

5. The Literary Genre Construction of Children's Literature in 70 Years.

6. The Regional Review of Children's Literature in 70 Years.

7. The System Projects of Children's Literature in 70 Years.

8. The Exchange and Mutual Learning between Chinese Children's Literature and Foreign Children's Literature in 70 Years .

9. The Historical Progress of Children's Literature in 70 Years.

10. The Compilation of the Index of Works of Children's Literature.

11. National Awards of Children's Literature in 70 Years.

The proposal and approval of the project of the book is undoubtedly of important practical significance and academic value to review and summarize the course of development of children's literature for 70 years since the founding of the People's Republic of China, its beneficial experience and tremendous achievements, to inspire and promote further prosperity and development of children's literature in the new era; at the same time, the project of the book is of a very positive significance of academic study and value of literature and publication for enriching the achievements of the study of the history of Chinese literature and the theoretical research, enhancing the new academic growth of modern and contemporary Chinese literature, and for carrying out the exchange and mutual learning between Chinese literature and foreign literatures, and so on.

We firmly believe that born to the tradition of children's literature for thousands of years, and bearing the blood linkage to the modern children's literature for one hundred years, and with the genes of seventy years of children's literature of the People's Republic of China, especially with all the new endeavors and new spiritual atmosphere since the 18th National Congress of the Communist Party of China, Chinese children's literature is definitely sure to harvest greater achievements in the 21st century, to make greater contributions for nourishing and leading the future generations to the healthy growth of the spiritual life!

This is how we feel:

The cycle of spring and autumn in seventy years, the childlike heart being brilliant like songs, children's literature has gone through thorny and glorious path, cultivating and waking up the world;

Always remember the beginner's mind, the career of children's books brings the spring of full-blossoming flowers to the garden of centennial children's literature, marching forward with responsibilities and dreams.

The Editorial Board of *Children's Literature of New China in 70 Years (1949 — 2019)*, written by Wang Quangen, on August 18, 2019, Beijing.

(Translated by Shu Wei)

mulu 目录

序 ················· 《新中国儿童文学70年(1949—2019)》编委会 1

第一辑 70年儿童文学发展演进

大量创作、出版、发行少年儿童读物 ················《人民日报》社论 5

中国作家协会关于发展少年儿童文学的指示(1955年) ··············· 7

　　附:中国作家协会关于少年儿童文学创作的计划(摘要) ··········· 8

多多地为少年儿童们写作 ·······················《文艺报》社论 9

请为少年儿童写作 ································· 郭沫若 12

《1954—1955儿童文学选》序言 ························· 严文井 14

《1956儿童文学选》序言 ···························· 冰 心 20

谈儿童文学创作上的几个问题 ························· 陈伯吹 24

关于少年儿童文学创作的一些问题

　　——在全国青年文学创作者会议上的发言 ············· 袁 鹰 31

情趣从何而来 ···································· 束沛德 38

《给孩子们》第一版序 ······························ 张天翼 46

六〇年少年儿童文学漫谈 ···························· 茅 盾 48

《1959—1961儿童文学选》序言 ························· 冰 心 62

"十七年"儿童文学演进的整体考察 ····················· 王泉根 67

"十七年"童话:在政治与传统之间的艺术新变 ……………… 钱淑英 87

尽快地把少年儿童读物出版工作促上去

　　　——国务院批转《关于加强少年儿童读物出版工作的报告》 ……… 94

中国儿童文学是大有希望的 ……………………………………… 茅 盾 97

为了未来的一代

　　　——在第二次全国少年儿童文艺创作评奖授奖大会上的讲话 ……… 周 扬 98

又是一年春草绿

　　　——1984年儿童小说漫谈 …………………………………… 高洪波 101

为创造更多的儿童文学精品开拓前进

　　　——第一次全国儿童文学创作会议开幕词 ………………… 束沛德 104

中国作家协会关于改进和加强少年儿童文学工作的决议(1986年) ……… 108

1959年以后的中国儿童文学 …………………………………… 曹文轩 110

回归艺术的正道

　　　——《新潮儿童文学丛书》总序 ………… 《新潮儿童文学丛书》编委会 115

让儿童文学繁花似锦 ………………………………… 《人民日报》评论员 117

人的时代:新时期儿童文学 ……………………………………… 汤 锐 119

从中国大陆新时期少年文学的崛起看亚洲华文文学的曙光 ……… 孙建江 125

20世纪中国文学中的儿童形象 ………………………………… 吴其南 133

论当代儿童文学形象塑造的演变过程 ………………………… 方卫平 140

20世纪80年代中国儿童文学巡礼 ……………………………… 金燕玉 149

20世纪90年代中国儿童文学的发展 …………………………… 汤 锐 154

20世纪八九十年代儿童文学创作态势与队伍建设 …………… 束沛德 157

20世纪八九十年代儿童文学系统工程的建设 ………………… 王泉根 165

20世纪八九十年代中国儿童文学的走向 ……………………… 蒋 风 181

儿童文学:40年艰难曲折的道路

　　　——《中国当代儿童文学史》绪论 ………………………… 蒋 风 190

《1949—1999中国当代儿童文学作品精选》导论 ……………… 樊发稼 200

中国儿童文学的1977—2000 …………………………………… 秦文君 208

迎接儿童文学新纪元

  ——第二次全国儿童文学创作会议开幕词 ·················· 束沛德 213

中国作家协会关于进一步加强儿童文学工作的决议（2001年）·············· 215

新景观 大趋势：世纪之交中国儿童文学扫描 ·················· 束沛德 217

为未成年人健康成长营造良好文学环境 进一步发展繁荣儿童文学事业

  ——在第三次全国儿童文学创作会议上的讲话 ·················· 金炳华 225

改革开放30年来中国作家协会的儿童文学工作 ·················· 束沛德 232

记录中国儿童文学不平凡的30年

  ——《改革开放三十年的中国儿童文学》序 ·················· 高洪波 242

新世纪中国儿童文学走向的思考 ·················· 汤 锐 245

新世纪中国儿童文学创作征候分析 ·················· 王泉根 247

新世纪中国儿童文学的发展走向 ·················· 朱自强 253

2000—2010年中国儿童文学现象考察 ·················· 张国龙 257

百年中国儿童文学的历史经验与人文价值 ··················

  ——《百年百部中国儿童文学经典书系》总序 ·········· 高端选编委员会 267

关于"全国儿童文学理论研讨会" ·················· 曹文轩 271

中国儿童文学的目光 ·················· 张之路 276

《共和国儿童文学金奖文库》序言 ·················· 束沛德 279

沸腾的边缘：新世纪的中国儿童文学 ·················· 李东华 284

媒介角力与新世纪儿童文学图书出版格局之变 ·················· 崔昕平 290

新中国的儿童文学与少儿出版70年 ·················· 海 飞 296

中国少数民族儿童文学70年 ·················· 张锦贻 299

新中国儿童文学70年回顾与展望 ·················· 李利芳 316

新中国成立70年来儿童文学的发展与成就：童心无界 文学有情

  ·················· 行 超 教鹤然 319

中华人民共和国70年原创儿童文学的精神走向

  ——《中华人民共和国成立70周年优秀文学作品精选·儿童文学卷》序言

  ·················· 李东华 322

70年，见证新中国儿童文学发展历程 ·················· 束沛德 陈菁霞 325

第二辑 新时代儿童文学的新作为

奉献无愧于民族无愧于时代的儿童文学作品 ……………… 铁 凝 335

塑造时代新人 攀登文学高峰 ……………………………… 钱小芊 340

儿童文学的再准备 ………………………………………… 李敬泽 349

全国儿童文学创作出版座谈会发言摘登 …… 张之路 李学谦 白 冰 刘海栖 352

儿童文学界学习贯彻党的十九大精神座谈会发言摘登 ……… 高洪波等 358

儿童文学与时代同行

　　——浅议改革开放40年之儿童文学 ………………… 徐德霞 363

为中国孩子讲好故事

　　——谈现实主义儿童文学创作 …………………………… 王泉根 366

新时代中国儿童文学:自信与创新的目光 ……………… 张之路 369

当代原创儿童文学中的童年美学思考

　　——以三部获奖长篇儿童小说为例 ………………… 方卫平 372

新时代儿童文学的责任 …………………………………… 左 昡 383

少年文学的缺失意味着什么 ……………………………… 李东华 386

《新时代儿童文学观念及变革笔谈》开栏第一期 …… 崔昕平 方卫平 曹文轩 388

抗战题材少儿小说的历史担当与艺术追求 ……………… 王泉根 394

探寻儿童文学的艺术新境

　　——第十届全国优秀儿童文学奖评述 ………………… 方卫平 398

童年经验的治理:当成人文学作家走向儿童文学 ……… 侯 颖 403

2015年中国童书出版状况探察 ………………………… 张国龙 411

繁荣与可持续的动力

　　——2016年儿童文学综述 ……………………………… 王利娟 420

精神观照下的童年书写

　　——近期儿童文学短篇创作的新趋向 ………………… 何家欢 425

第五代学者登场:直面儿童文学新时代课题 …………… 陈 香 431

少儿出版社自设文学奖:培育原创儿童文学的沃土 …… 刘秀娟 436

儿童文学研究与语文教育发展 ……………………………… 王 蕾 441

市场化时代儿童文学评论的责任 ……………………………… 崔昕平 444

儿童文学批评价值体系建构的问题意识与方法路径 ……………… 李利芳 447

新时代民间团体儿童阅读推广特点探究 ……………… 王 蕾 陈云川 454

分级阅读研究现状及研究价值探析 ……………………………… 李 丽 459

中国当下青少年文学创作现状及引导策略 ……………………… 张国龙 468

关于童书的原创性思考 ……………………………………… 王家勇 474

促进原创儿童文学的发展 ……………………………………… 纳 杨 479

第三辑 70年儿童文学理论观念

儿童文学笔谈会(一) ……………… 冰 心 金 近 陈伯吹 韩作黎 487

儿童文学笔谈会(二) ……………… 张天翼 柯 岩 任溶溶 包 蕾 491

促进少年儿童文艺创作的新繁荣 ……… 金 近 洪汛涛 郑文光 葛翠琳 496

从人物出发及其他 ……………………………………… 张天翼 504

"童心"与"童心论" ……………………………………… 陈伯吹 506

儿童文学创作的一个关键问题——儿童化 …………………… 贺 宜 518

再谈扩大儿童文学创作的领域 ………………………………… 叶君健 530

从《小兵张嘎》谈起 …………………………………………… 徐光耀 532

导思·染情·益智·添趣
　　——试谈儿童文学的功能 ………………………………… 刘厚明 536

关于儿童文学创新的思考 ……………………………………… 束沛德 541

衡量儿童文学发展水准的尺度及其他 ………………………… 韦 苇 545

论儿童文学作家的类型 ………………………………………… 黄云生 550

谈儿童文学的主旋律及其他 …………………………………… 束沛德 557

为什么为孩子写作 ……………………………………………… 高洪波 560

拿什么感动我们的孩子 ………………………………………… 张之路 562

　　附:读《第三军团》 ………………………………………… 韩少华 566

觉醒、嬗变、困惑:儿童文学 ·· 曹文轩　569

追随永恒 ·· 曹文轩　578

文学应给孩子什么 ·· 曹文轩　580

漫谈儿童文学的价值 ·· 秦文君　586

多媒体时代的儿童文学 ·· 汤　锐　590

发展原创是繁荣儿童文学之根本 ·· 樊发稼　596

建设原创儿童文学的和谐生态 ·· 韩　进　599

慎重考虑市场需求与艺术追求 ·· 李东华　603

论少年儿童年龄特征的差异性与多层次的儿童文学分类 ······ 王泉根　607

儿童文学的三大母题(提要) ··· 刘绪源　617

当代儿童文学观念几题 ·· 班　马　623

论儿童文学的基本美学特征 ·· 王泉根　626

对儿童文学整体结构的美学思考 ·· 班　马　640

对大自然探险小说美学的蠡测 ·· 刘先平　656

在运动中产生美

　　——兼论儿童文学的美感效应 ··· 孙建江　662

游戏精神:再造童年和自我超越

　　——论童年文学的审美价值取向 ·· 李学斌　669

童年:儿童文学理论的逻辑起点 ·· 方卫平　680

童年:征服心中那只狂野的野兽 ·· 彭　懿　686

论儿童文学的关键词:"儿童" ··· 马　力　689

儿童精神发生学对儿童教育、儿童文学的影响 ······················ 刘晓东　697

儿童文学:尽可能地接近儿童本然的生命状态 ······················ 陈思和　705

童年的消逝与现代文化的危机 ·· 赵　霞　710

中国当代儿童观与儿童文学观 ·· 陈　晖　720

论中国当代儿童文学的儿童观 ·· 朱自强　725

以新"童年观"重塑儿童文学 ··· 杜传坤　730

演进与发展中的"童心论" ·· 乔世华　732

中国式童年的艺术表现及其超越 ·· 方卫平　738

书写中国式童年的思索 ……………………………………… 崔昕平 745

寂静、想象与对话:现代童年书写的诗学途径 ……………… 谈凤霞 749

消亡抑或重构

　　——童年变迁与儿童文学生存危机论 ……………… 胡丽娜 756

儿童文学叙事中的权力与对话 ………………………………… 金莉莉 763

论儿童文学的主体间性 ………………………………………… 李利芳 768

论原始思维与儿童文学创造 …………………………………… 王泉根 776

儿童文学的趣味性 ……………………………………………… 蒋　风 785

荒诞之于儿童文学 ……………………………………………… 韦　苇 792

论中国儿童文学的母爱精神 …………………………………… 孙建江 798

网络儿童文学的正负文化价值透视 …………………………… 侯　颖 803

商业化趋势中儿童文学的建设 ………………………………… 汤　锐 807

儿童文学呼唤现实主义精神 …………………………………… 李东华 810

中国儿童文学的增殖空间:"中间地带"书写 ………………… 张国龙 813

关于童书写作的两个维度 ……………………………………… 陆　梅 817

凄美的深潭:"低龄化写作"对传统儿童文学的颠覆 ………… 徐　妍 821

陷入儿童文学之"洞" ………………………………………… 王　欢 827

杨红樱童书:一个有意味的话题 ……………………………… 乔世华 830

儿童文学评论的价值学视角 …………………………………… 李利芳 836

当代儿童文学批评的精英情结与儿童本位缺席 ……………… 崔昕平 839

儿童文学产业化发展之理论思考 ……………………………… 乔世华 845

当前儿童文学理论批评建设的几点思考 ……………………… 李利芳 849

1949—1989 年:40 年来的中国儿童文学研究 ……………… 蒋　风 856

我国儿童文学研究现状的初步考察 …………………………… 方卫平 863

新时期中国儿童文学理论景观 ………………………………… 竺洪波 870

论"分化期"的中国儿童文学及其学科发展 ………………… 朱自强 885

新世纪中国儿童文学研究的主要趋向、理论热点与学科建设 …… 王泉根 890

百年中国儿童文学演进史的研究述评 ………………………… 吴翔宇 911

研究中国儿童文学史的维度与难度 …………………………… 王泉根 923

第四辑 70 年儿童文学作家原创

（本辑以所论作家的出生年月先后为序，标题前的数字为作家生年）

1894 试论叶圣陶的童话创作 ····················· 蒋　风　937

1900 论冰心的儿童文学创作 ····················· 卓　如　944

1905 高士其及其作品 ····························· 叶永烈　949

1906 张天翼童话中的扁形和圆形人物 ············· 陈道林　956

1906 陈伯吹的道路 ······························· 王一方　961

1912 颜一烟：《盐丁儿》的艺术魅力 ················ 谷斯涌　968

1914 评袁静的《小黑马的故事》 ··················· 鲍　昌　970

1914 略论叶君健对儿童文学的贡献 ··············· 张美妮　974

1915 贺宜解放后的童话创作 ····················· 汪习麟　976

1915 金近论 ··································· 孙钧政　980

1915 严文井童话创作论 ························· 李红叶　985

1918 任德耀儿童剧作的特色 ····················· 程式如　989

1918 包蕾和他的童话 ··························· 李学斌　997

1918 郭风：用无邪的童心歌唱 ··················· 汪习麟　1000

1918 读胡奇的《五彩路》 ························· 陈伯吹　1005

1920 杲向真儿童小说散论 ······················· 黄云生　1009

1920 黄庆云和她的童话创作 ····················· 浦漫汀　1014

1921 评吴梦起的《老鼠看下棋》 ··················· 陈伯吹　1020

1921 管桦与《小英雄雨来》 ······················· 劲　驰　1021

1922 圣野：一个诗的梦想 ······················· 金　波　1024

1922 刘饶民的儿童诗：大自然的赞歌 ············· 张美妮　1026

1923 任溶溶和他的儿童诗 ······················· 柯　岩　1030

1923 金江寓言：时代精神的艺术折光 ············· 马　达　1035

1923 陈模儿童文学创作述评 ····················· 浦漫汀　1039

1924 论鲁兵的童话诗 ··························· 金　波　1044

1924	袁鹰:为祖国的未来歌唱 …………………………………	袁 鹰	1054
1924	敖德斯尔:《小冈苏赫》与民族儿童典型的塑造 …………	张锦贻	1060
1925	徐光耀《小兵张嘎》的艺术成就 ………………………	高洪波	1064
1925	任大星少年乡土小说欣赏 ……………………………	程逸汝	1067
1926	谈萧平的儿童文学创作 ………………………………	宋遂良	1071
1926	张继楼的儿童诗和幼儿戏剧创作 ……………………	彭斯远	1073
1927	田地:对儿童思维的把握 ……………………………	孙建江	1076
1927	乔羽的儿童歌词创作 …………………………………	金 波	1084
1927	于之:用心灵的火焰照亮孩子的世界 ………………	金 波	1086
1927	赵燕翼:永远的西部民间 ……………………………	李利芳	1090
1928	宗璞:人的呼唤 ………………………………………	孙 犁	1095
1928	洪汛涛:民族化、现代化的艺术追求 …………………	汪习麟	1097
1929	任大霖:童心世界的不倦探求者 ……………………	雷 达	1102
1929	论郑文光的《飞向人马座》 ……………………………	吴 岩	1107
1929	柯岩儿童诗的儿童情趣 ………………………………	吴其南	1114
1929	王愿坚:儿童短篇小说的艺术特色与传播状况 ……	杨 珊	1117
1929	李心田与"《闪闪的红星》现象" ……………………	王泉根	1120
1930	葛翠琳童话艺术特色分析 ……………………………	安武林	1124
1930	漫说刘真和她的《我和小荣》 ………………………	周 晓	1127
1931	胡景芳儿童小说初探 …………………………………	乔世华	1130
1931	刘兴诗科幻作品评论片断 ……………………………	郑 军	1137
1931	试说谢璞的"楚风" ……………………………………	张锦江	1139
1933	孙幼军:一个生就的而非造就的童话作家 …………	吴其南	1143
1933	《邱勋儿童短篇小说选》序 …………………………	陈伯吹	1151
1933	论刘厚明儿童小说的创作 ……………………………	钱光培	1154
1933	沈虎根小说:独特的风格,独特的成果 ……………	汪习麟	1159
1935	金波:儿童文学的花灯与盛宴 ………………………	徐 鲁	1163
1936	谈杨啸的儿童文学创作 ………………………………	高占祥	1167
1936	鹿子(陈丽):让人生从这里开始 …………………	雷 达	1171

1936 评韩辉光《校园插曲》 ……………………………………………… 周　晓　1174

1937 樊发稼儿童诗:明敏·自然·优美 ………………………………… 金　波　1176

1938 刘先平与他的大自然文学 ………………………………………… 韩　进　1182

1938 张秋生:小巴掌越拍越响 …………………………………………… 金　波　1185

1939 夏有志:善的主题,美的结构 ……………………………………… 曹文轩　1187

1939 谷应:为一种梦想而感动 …………………………………………… 孟繁华　1191

1939 李少白:从儿童生活中生长出来的文学 ………………………… 李利芳　1195

1940 叶永烈《小灵通漫游未来》创作历程 …………………………… 叶永烈　1198

1940 李建树于儿童文学 ………………………………………………… 沈虎根　1205

1941 谈李凤杰儿童文学创作的现实主义品格 ……………………… 李　星　1210

1943 谈谈罗辰生的《白脖儿》 ………………………………………… 周微林　1216

1943 漫谈董天柚的儿童小说 …………………………………………… 曹文轩　1219

1945 吴然:寻找"回到"童年的路 ……………………………………… 徐　鲁　1221

1945 我所熟悉的张之路 ………………………………………………… 金　波　1225

1945 又读葛冰 …………………………………………………………… 高洪波　1228

1946 金曾豪:小表叔角色·大自然视角 ……………………………… 束沛德　1230

1946 王宜振:跨越时代的童诗 ………………………………………… 孙绍振　1233

1949 30 年后看梅子涵 ………………………………………………… 刘绪源　1236

1949 评竹林中篇小说《夜明珠》《晨露》 ……………………………… 吴周文　1239

1950 董宏猷儿童小说创作道路初探 ………………………………… 易文翔　1246

1951 评高洪波的儿童文学创作 ……………………………………… 刘秀娟　1253

1951 论班马幽幻小说的美学特质 …………………………………… 李俏梅　1256

1952 沈石溪:生命的拷问 ……………………………………………… 王泉根　1263

1953 刘健屏:塑造未来民族性格的雕刻刀 ………………………… 金燕玉　1269

1953 周锐论 ……………………………………………………………… 吴其南　1272

1954 曹文轩:坚守记忆并承担责任 ………………………………… 徐　妍　1279

1954 秦文君的 80 年代和 90 年代 ………………………………… 梅子涵　1285

1954 刘海栖《小兵雄赳赳》:重探自我之谜的成长书写 ………… 顾广梅　1291

1955 黄蓓佳近期儿童文学创作论 ……………………… 汪　政　晓　华　1293

1955　孙云晓少年报告文学创作初谈 ·············· 吴继路　1299

1956　郑渊洁:属于当代儿童的新童话 ·············· 张美妮　1303

1956　白冰和他的儿童诗 ························ 金　波　1305

1957　冰波的意义 ···························· 班　马　1307

1957　常新港:从严峻艰辛中写出美 ·············· 束沛德　1309

1957　张品成:红军情结与顽童意识 ·············· 高洪波　1312

1958　彭懿幻想文学透视 ······················ 王　玉　1314

1959　郑春华:纯正的儿童本位艺术 ·············· 汤　锐　1318

1962　杨红樱:一位童书作家的生成 ·············· 李　虹　1320

1962　论徐鲁的少年抒情诗 ···················· 王金禾　1324

1962　论吴岩的科幻小说创作与科幻文学理论建构 ······ 王家勇　1329

1963　彭学军:追寻化蛹为蝶的成长 ·············· 陈　莉　1336

1964　邓湘子长篇小说《牛说话》:谁能延续乡村文明 ······ 李红叶　1340

1965　汤素兰:羽化后的展翅 ···················· 陈恩黎　1342

1965　王立春儿童诗创作论 ···················· 李利芳　1347

1966　翌平:追求崇高,憧憬辽阔 ················ 徐　鲁　1352

1966　张玉清:从"真挚"到"深刻" ·············· 赵　霞　1356

1966　仇美珍的童年文本群 ···················· 王泉根等　1361

1968　萧袤《童话山海经》的当代童话叙事特征 ········ 舒　伟　1363

1968　萧萍的书写:文本与文体的意义 ·············· 聂震宁　1366

1969　张洁:别忘了童年的老银杏树 ·············· 徐　鲁　1370

1969　毛芦芦的儿童散文创作:情感之真与性灵之美 ······ 李学斌　1372

1970　王一梅:下雨天也是晴朗的 ·············· 朱效文　1376

1971　李东华的儿童文学:在新世纪中的突围 ········ 徐　妍　1380

1971　陆梅:星星的孩子闪耀着金黄的光芒 ·········· 徐　鲁　1384

1971　苏梅:为儿童写作的智慧 ·················· 金　波　1395

1971　薛涛中短篇小说的创作 ·················· 孔凡飞　1398

1971　殷健灵:关于《纸人》的随想 ·············· 彭学军　1401

1972　张国龙:青葱韶华的心灵歌者 ·············· 崔昕平　1404

1972　杨鹏科幻小说的科技伦理教谕及其消费导向化创作 ……………… 王一平　1410

1973　汪玥含：用记忆向世界告白 ……………………………………… 星　河　1416

1974　郁秀：少年作家的心灵之歌 ……………………………………… 郭姜燕　1419

1974　郭姜燕《布罗镇的邮递员》：一路投递着情谊和幸福 …………… 任哥舒　1424

1975　黑鹤动物小说的解读 ……………………………………………… 曹文轩　1426

1975　孙卫卫：真实、真诚、真童心的惬意抒写 ……………………… 崔昕平　1431

1976　赵华：不一样的艺术探索，不一样的"外星人" ……… 王泉根　严晓驰　1434

1976　麦子（廖小琴）：带着"大熊"上路，一场爱的"确认"赛 ……… 侯　颖　1438

1976　徐玲：冷峻而暖亮的现实主义创作 ……………………………… 李利芳　1441

1977　王勇英小说：芒花飞舞，万物有灵 ……………………………… 徐　鲁　1443

1977　汤汤的童话创作 …………………………………………………… 齐童巍　1445

1980　陈诗哥《星星小时候》：独树一帜的"儿童创世说" …………… 涂明求　1449

1981　左昡《纸飞机》：重归那座"不死的城" ………………………… 崔昕平　1451

1982　周静：溯回心之桃花源，让美如花绽放 ………………………… 崔昕平　1455

[综评]中国当代寓言二十家 ………………………………………… 顾建华　1458

第五辑　70年儿童文学文体建设

小　说

《儿童文学·短篇小说选》序 ………………………………………… 严文井　1467

漫谈儿童小说的语言 ………………………………………………… 任大霖　1470

我和中国的儿童小说 ………………………………………………… 曹文轩　1480

论"成长小说" ………………………………………………………… 曹文轩　1486

"成长小说"及其在中国的生长 ……………………………………… 张国龙　1491

略论近年来动物小说创作 …………………………………………… 高洪波　1500

中国当代动物小说动物形象塑造视角研究 ………………………… 李蓉梅　1507

论少年小说与少年性心理 …………………………………………… 朱自强　1513

论少年小说与少年心理 ……………………………………………… 王泉根　1523

八九十年代少年小说的艺术自觉 …………………… 周　晓　方卫平 1528

90年代少年长篇小说创作热现象思考 …………………… 周晓波 1533

中国儿童幻想小说的生态意象 …………………… 何卫青 1537

童话·寓言

谈"童话" …………………………………………… 陈伯吹 1543

泛论童话 …………………………………………… 严文井 1552

童话的逻辑性和象征性 …………………………… 贺　宜 1556

童话四论 …………………………………………… 韦　苇 1562

论童话的母题及其功能 …………………………… 舒　伟 1566

论童话及其当代价值 ……………………………… 方卫平 1575

80年代童话世界的观念更新 ……………………… 汤　锐 1580

八九十年代童话创作反思 ………………………… 吴其南 1584

对新世纪中国童话的描述、思考与想象 ………… 汤素兰 1596

小说童话：一种新的文学体裁 …………………… 朱自强 1602

幻想文学：幻想与现实的双重变奏 ……………… 李学斌 1609

谈谈童话作家的想象力 …………………………… 陈诗哥 1613

童话空间中的"子宫"意象研究 ………………… 严晓驰 1618

大白鲸幻想的多维叙事及其精神价值 …………… 李利芳 1626

智慧的语言,锐利的武器

　　——略论寓言 …………………………………… 贺　宜 1629

寓言散论 …………………………………………… 樊发稼 1636

寓言鉴赏导论 ……………………………………… 陈蒲清 1639

新时期寓言文学的发展 …………………………… 吴秋林 1647

诗　歌

《儿童文学·诗选》序言 ………………………… 袁　鹰 1654

漫谈儿童诗的写作 ………………………………… 任溶溶 1660

十四行诗找到了儿童诗诗人金波 ………………… 屠　岸 1665

关于儿歌创作的几个问题 ………………………… 金　波 1667

幼儿诗：把梦还给孩子 ······················· 高洪波 1671

进一步提高儿童诗创作的质量 ················· 樊发稼 1673

《中国当代儿童诗丛》序 ····················· 束沛德 1677

中国当代儿童诗发展概述 ····················· 樊发稼 1680

儿歌：自觉于现代文学语境的百年 ············· 崔昕平 1687

我们为什么要开展诗教 ······················· 王宜振 1694

散文·报告文学

漫谈儿童散文 ······························· 谢　冕 1697

平静出散文 ································· 高洪波 1709

在儿童散文的路上 ··························· 吴　然 1710

十年儿童散文述评 ··························· 韦　苇 1714

新世纪少儿散文：在寂寞中韧性成长 ··········· 李东华 1717

再谈少年报告文学的震撼力 ··················· 孙云晓 1722

八九十年代儿童散文和儿童报告文学巡礼 ······· 徐　鲁 1726

戏剧·影视

试谈儿童剧 ································· 柯　岩 1748

我写儿童剧 ································· 刘厚明 1758

试谈儿童剧作家的儿童观 ····················· 程式如 1761

新时期儿童剧创作概谈 ······················· 樊发稼 1766

论成长电影 ································· 张之路 1770

儿童电影的创作规律认识 ····················· 朱小鸥 1779

不断成长的新时期儿童电影创作 ··············· 张震钦 1786

中国儿童故事片发展概述 ····················· 林阿绵 1796

重拾改编传统：中国儿童电影的智慧选择 ······· 郑欢欢 1811

现代性与新中国 60 年儿童影视中的儿童形象 ··········· 简德彬　林　铁 1818

论儿童电视剧的艺术特征问题 ················· 王云缦 1821

青春·教化·苦难

　　——近三届华表奖优秀少儿童牛影片获奖作品的主题解析 ········ 王家勇 1826

科学文艺

谈谈儿童科学读物的创作问题 …………………… 高士其 1830

谈儿童科学文艺 …………………………………… 郑文光 1833

儿童科学文艺漫笔 ………………………………… 叶永烈 1837

"科幻小说"概念研究 ……………………………… 吴 岩 1848

中国科幻小说:百年载人航天梦 …………… 吴 岩 杨 平 1854

科幻与儿童文学 …………………………………… 吴 岩 1857

新中国的科幻文学之路 …………………………… 吴 岩 1861

动漫 · 图画书

关于中国动漫产业的现状及发展策略 …………… 高洪波 1873

中国卡通"卡"在哪里 …………………………… 杨 鹏 1876

图画书的性质与特征 ……………………………… 陈 晖 1882

新世纪以来中国新原创图画书的萌动 …………… 朱自强 1887

文学图画书里的文学 ……………………………… 梅子涵 1895

创意为王

　　——论图画书的艺术品性 ……………………… 朱自强 1900

突围与束缚:中国本土图画书的民族化道路 …… 谈凤霞 1909

幼儿文学

《中国幼儿文学集成》序 …………………………… 鲁 兵 1916

幼儿文学的语言 …………………………………… 蒋 风 1920

关于幼儿文学的思考 ……………………………… 金 波 1926

论低幼儿童文学的审美价值及其他 ……………… 张锦贻 1930

幼儿文学的社会功能 ……………………………… 郑光中 1937

当代幼儿文学发展概述 …………………………… 张美妮 1941

《中国新时期幼儿文学大系》序 …………………… 束沛德 1946

走向新世纪的中国幼儿文学 ……………………… 黄云生 1950

金波:幼儿读物不仅要做好还要用好 …………… 刘蓓蓓 1961

第六辑 70 年儿童文学地域巡礼

华 北

北京新时期儿童文学研究 …………………………………… 徐敏珍 1967

北京新锐儿童文学作家评论 ………………………………… 王升山 1980

河北儿童文学的审美品质及现代建构 ……………………… 杨红莉 1983

论河北抗战题材儿童文学创作 ……………………………… 刘增安 1990

山西儿童文学的创作现状与发展之思 ……………………… 崔昕平 1993

发展中的内蒙古各民族儿童文学 …………………………… 张锦贻 1999

东 北

新时期的辽宁儿童文学 ……………………………………… 宁珍志 2009

吉林省儿童文学发展综述 …………………………… 侯 颖 郭大森 2024

黑龙江儿童文学创作厚积薄发 ……………………………… 杨宁舒 2031

华 东

上海儿童文学创作论评 ……………………………………… 周 晓 2034

上海儿童文学 1978—2018：一代作家的童年情怀与文学生活 … 李学斌 2042

江苏儿童文学发展之回顾 …………………………………… 金燕玉 2046

江苏儿童文学 40 年（1978—2018） ………………………… 姚苏平 2053

浙江儿童文学的一个轮廓 …………………………………… 孙建江 2063

浙江儿童文学 30 年业绩评估 ……………………………… 韦 苇 2070

安徽儿童文学发展论析 …………………………… 刘先平 韩 进 2072

福建儿童文学发展综述 ……………………………………… 杨佃青 2084

江西新时期儿童文学综述 …………………………………… 孙海浪 2091

山东儿童文学的作家团队 …………………………………… 郝月梅 2096

山东青年儿童文学创作综论 ………………………………… 朱东丽 2103

中 南

河南儿童文学观察 …………………………………………… 张中义 2109

湖北儿童文学的上升势头 ……………………………………… 董宏猷 2119

新时期以来的湖北儿童文学 ……………………………………… 徐 鲁 2128

湖南儿童文学的湘军方阵 ……………………………………… 谢清风 2141

湖南儿童文学的新作为 ……………………………………… 李红叶 2152

广东当代儿童文学发展轨迹 ……………………………………… 陈子典 2158

21 世纪以来广东儿童文学印象 ……………………………………… 王少瑜 2169

　　附:深圳儿童文苑春意盎然 ……………………………………… 束沛德 2173

广西儿童文学创作的地域民族文化特色 ……………………… 邓 琴　温存超 2175

西　南

四川与重庆儿童文学巡视 ……………………………………… 彭斯远 2185

云南儿童文学的地域文化特色 ……………………………………… 施荣华 2197

云南儿童文学再出发 ……………………… 云南省作家协会儿童文学委员会 2204

贵州儿童文学的发展态势 ……………………………………… 马筑生 2206

西　北

陕西儿童文学创作队伍与作品 ……………………………………… 李凤杰 2213

创新发展中的甘肃儿童文学 ……………………………………… 李利芳 2218

宁夏儿童文学 60 年 ……………………… 李生滨　薄其一　施浩南 2227

新疆当代儿童文学创作概述 ……………………… 张佳婷　邹淑琴 2237

港澳台

走向 21 世纪的香港儿童文学 ……………………………………… 蒋 风 2242

香港儿童文学的多元书写 ……………………………………… 方卫平 2250

台湾儿童文学鸟瞰 ……………………………………… 王景山 2253

综　合

当前中国西部儿童文学的文化多样性 ……………………………………… 李利芳 2258

浙江寓言文学:中国寓言文学的高原

　　——《1917—2017 百年浙江寓言精选》研讨会综述 ……… 陆生作 2264

少数民族儿童文学的主题嬗变与创作衍变 ……………………………………… 张锦贻 2269

20 世纪八九十年代海峡两岸儿童文学的交流 ……………………………………… 王泉根 2275

我看海峡两岸儿童文学交流活动 ……………………………………… 束沛德 2285

第七辑　70年儿童文学系统工程

教学·阅读·推广

谈童话与小学语文教学 …………………………… 陈伯吹 2295

谈寓言与小学语文教学 …………………………… 陈伯吹 2300

为儿童做事是美好的

　　——祝北京师范大学中国儿童文学研究中心成立 ………… 高洪波 2302

走在光荣的荆棘路上

　　——我与浙江师范大学的儿童文学教学 ………… 蒋 风 2304

新世纪儿童文学学科建设面临的机遇与挑战 ………… 王泉根 2308

儿童文学与语文教育关系论 …………………… 王 蕾 2325

儿童文学推广的现状及相关策略 ………………… 陈 晖 2330

以儿童阅读运动推动儿童文学发展 ……………… 王 林 2335

让幼儿文学走进幼儿园 …………………………… 陈琼辉 2340

阅读经典　亲近母语

　　——论阅读《百年百部中国儿童文学经典书系》的意义 ……… 许军娥 2345

儿童文学阅读教学的理论和方法 ………………… 朱自强 2353

加强地方高校儿童文学课程建设的构想与实践 ………… 邓 琴 2359

中国儿童文学的传播与推广 ……………………… 余 人 2364

编辑·出版·传播

做好儿童文学编辑 …………………………………… 金 近 2370

改革开放30年中国少儿出版的四大变化 ………… 海 飞 2376

从新时期三套丛书看出版对中国儿童文学的推动 ……… 孙建江 2382

儿童文学出版新趋向及价值诉求 ………………… 韩 进 2389

试论理想的出版文化对儿童文学的未来建构 ………… 陈苗苗 2393

新中国少儿期刊50年 ……………………………… 吴乐平 2402

《文艺报·儿童文学评论》出刊百期 ……………… 高洪波 2406

《儿童文学选刊》12 年 ·············· 周 晓 2408

少儿数字出版的趋势与展望 ·············· 崔昕平 2412

改革开放 40 年,少儿出版全景图 ·············· 盛 娟 余若歆 周 贺 2417

新中国童书出版 70 年发展史 ·············· 海 飞 2433

论自媒体时代童书的传播方式嬗变及其传播效果 ·············· 王家勇 2444

第八辑 70 年中外儿童文学交流互鉴

谈外国儿童文学作品在中国 ·············· 陈伯吹 2453

小英雄人物的塑造

    ——谈盖达尔的儿童文学创作 ·············· 阎 纲 2460

安徒生在中国 ·············· 叶君健 2471

中西童话类型的演变 ·············· 周晓波 2477

中西儿童文学的比较 ·············· 汤 锐 2484

中日儿童文学术语异同比较 ·············· 朱自强 2489

中日战争儿童文学比较 ·············· 桐 欣 2496

俄苏儿童文学与中国 ·············· 韦 苇 2501

中日儿童文学交流的回顾及前瞻 ·············· 蒋 风 2506

开放的中国受惠于儿童文学的国际共享性

    ——在世界儿童文学大会上的主题发言 ·············· 韦 苇 2525

当代中国儿童文学的外来影响与对外交流(1949—2000) ·············· 王泉根 2527

美国儿童文学的多元文化格局 ·············· 金燕玉 2553

英美儿童文学市场上的民间故事及其改编 ·············· 陈敏捷 2559

安徒生在中国 ·············· 李红叶 2568

从托尔金的童话文学观看《西游记》的童话性 ·············· 舒 伟 2575

西方儿童文学的研究与借鉴 ·············· 韦 苇 2586

论国内外儿童文学评奖与图书馆系统的关系 ·············· 齐童巍 2596

关于西方文学童话研究的几个基本问题 ·············· 舒 伟 2601

历史与当下:国际大奖儿童文学丛书的出版现状与问题 ·············· 胡丽娜 2614

论中美儿童文学中儿童观的差异 …………………………… 徐德荣　江建利　2617

20世纪上半叶美国儿童文学的译介 ………………………… 应承霏　陈　秀　2623

西方儿童文学的中国化

　　——以《伊索寓言》的考察为例 ……………………………… 胡丽娜　2629

架起儿童与图书的桥梁 ………………………………………… 张明舟　2635

后现代文化语境中的儿童与儿童文学 ………………………… 方卫平　2638

融通与互鉴：中美儿童文学理论发展的未来建构 ………… 聂爱萍　侯　颖　2645

曹文轩与中国儿童文学的国际化进程 ………………………… 赵　霞　2649

文化场的差异与意义转述

　　——论西方少年小说中译本的"变脸" ………………………… 谈凤霞　2656

我国少儿出版"走出去"的路径探讨 …………………………… 张海霞　2666

从全球图书馆收藏视角看中国童书的世界影响 ……………… 何明星　2670

童书出版的中国梦 ……………………………………………… 海　飞　2675

YA文学缘何风靡全球

　　——论欧美青少年文学的发展 ………………………………… 赵易平　2678

论东方儿童文学美学标准建构 ………………………………… 李利芳　2683

佩里·诺德曼和中国儿童文学理论的话语转型 ……………… 吴其南　2686

在儿童心田播洒阳光

　　——专访新当选的国际儿童读物联盟主席张明舟 …………… 董洪亮　2689

改革开放以来我国儿童文学的国际出版纵览 ………………… 谈凤霞　2691

曹文轩儿童文学作品在英语世界的译介与阐释 ……………… 惠海峰　2700

从艾萨克·沃兹到刘易斯·卡罗尔：时代变迁中的英国维多利亚时期的童诗和童

趣及其汉译 ……………………………………………………… 舒　伟　2708

中国儿童戏剧初创期的外来影响与民族创新

　　——以《马兰花》与库里涅夫为例 …………………………… 马亚琼　2722

中国儿童文学走向世界的意义 ………………………………… 王泉根　2728

第九辑 70年儿童文学历史纪程

70年儿童文学历史纪程(1949—2019) ………………………… 柳林风 整理 2737

第十辑 70年儿童文学图书辑目

70年儿童文学图书辑目 ………………………… 王泉根 王家勇 辑录 2989

第十一辑 70年儿童文学国家大奖

第一、二次全国少年儿童文艺创作评奖获奖名单 ………………………… 3231

历届中国作家协会全国优秀儿童文学奖获奖名单 ………………………… 3239

历届宋庆龄儿童文学奖获奖名单 ………………………… 3254

历届中宣部"五个一工程"奖中获奖少儿类图书 ………………………… 3258

历届国家图书奖中获奖少儿类图书 ………………………… 3263

历届中国出版政府奖中获奖少儿类图书 ………………………… 3267

历届中国图书奖中获奖少儿类图书 ………………………… 3270

历届中华优秀出版物奖中获奖少儿类图书 ………………………… 3276

编后记 ………………………… 《新中国儿童文学70年(1949—2019)》编委会 3281

Contents

Preface ·········· The editorial board of *Children's Literature of New China in 70 Years*(*1949—2019*)   1

Part 1   Evolution of Children's Literature in 70 Years

Promoting the creation,publication and distribution of children's books in great numbers·················
··· *People's Daily* editorial   5
Chinese Writers Association's instructions on the development of children's literature (1955)   ······   7
    Appendix: China Writers Association's Plan for juvenile and children's literalure (Abstract) ······   8
Write more and more for children and adolescents ·············Editorial of *Journal of Literature and Art*   9
Please write for children···   Guo Moruo   12
Preface of *Selected Readings of Children's Literature: 1954—1955* ·······························   Yan Wenjing   14
Preface of *Selected Readings of Children's Literature in 1956* ·································   Bing Xin   20
On several issues of writing for children's literature ·······································   Chen Bochui   24
Some problems of the creation of children's literature: speech at the National Conference of Young Writers
···   Yuan Ying   31
Where does the taste come from ···   Shu Peide   38
Preface of *To the Children*(the first edition)·······································   Zhang Tianyi   46
Talking about children's literature in 1960 ·······································   Mao Dun   48
Preface of *Selected Readings of Children's Literature: 1959—1961* ·······································   Bing Xin   62
An overall investigation on the evolution of children's literature over the "Seventeen Years" ···············
···   Wang Quangen   67
Fairy tales over the "Seventeen Years": artistic innovation between politics and tradition ······Qian Shuying   87
To promote the effective publication of children's books as soon as possible: *report on Strengthening the Work of Publication of children's Books* approved and transmitted by the State Council ····················   94

Chinese children's literature is highly promising ································· Mao Dun   97

For our future generation: speech at the Second National Awards Conference of Literary and Artistic
Creation for Children ································· Zhou Yang   98

As another year's spring grass greens: thoughts on children's literature in 1984 ········· Gao Hongbo   101

To promote the innovative creation of more good works of children's literature: the opening remarks at
the First National Children's Literature Conference ································· Shu Peide   104

Chinese Writers Association's Resolution on Improving and Strengthening the Project of Children's
Literature (1986) ·································   108

Chinese children's literature since 1959 ································· Cao Wenxuan   110

To return to the right track of artistic creation: general Preface to *The Series of New Waves of Children's
Literature* ················· The Editorial Board of *The Series of New Waves of Children's Literature*   115

Let children's literature bloom and prosper ································· *People's Daily* commentator   117

The era of man: Chinese children's literature in the New Period ································· Tang Rui   119

The dawn of the literature in Chinese language in Asia: the rise of juvenile literature of the New Period
in mainland China ································· Sun Jianjiang   125

The image of children in Chinese literature of the 20th century ································· Wu Qinan   133

On the evolution of characters' image in contemporary children's literature ············· Fang Weiping   140

A survey of Chinese children's literature in 1980s ································· Jin Yanyu   149

The development of Chinese children's literature in 1990s ································· Tang Rui   154

The creation momentum, the orientation and team construction of children's literature between 1980s
and 1990s ································· Shu Peide   157

System engineering of China's children's literature in 1980s and 1990s ················· Wang Quangen   165

The orientation of Chinese children's literature in 1980s and 1990s ················· Jiang Feng   181

Children's literature: forty years of arduous work: introduction of *History of Contemporary Chinese
Children's Literature* ································· Jiang Feng   190

Introduction to *The Selected works of Contemporary Chinese Children's Literature* (1949—1999) ···
································· Fan Fajia   200

Chinese children's literature(1977—2000) ································· Qin Wenjun   208

To greet a new era in children's literature: the opening remarks at the Second National Conference of
Children's Literature ································· Shu Peide   213

Chinese Writers Association's Resolution on further strengthening the work of children's literature (2001)
································· 215

New landscape and great trend: a survey of Chinese children's literature at the turn of the century ······
································· Shu Peide   217

To create a favorable environment for the further development and prosperity of the cause of children's
literature in order to safeguard the sound growth of children and juvenile: speech at the Third National
Conference of Children's Literature ································· Jin Binghua   225

Children's literature-related work of China Writers Association over 30 years of reform and opening-up
································· Shu Peide   232

The record of the remarkable three decades of Chinese children's literature: general Preface of *Chinese
Children's Literature in the Three Decades since the time of Reform and Opening-up* ··· Gao Hongbo   242

On the trend of Chinese children's literature in the New Century ································· Tang Rui   245

Symptom analysis of Chinese children's literature in the New Century ················· Wang Quangen   247

Developmental trend of Chinese children's literature in the New Century ················· Zhu Ziqiang   253

An overview of China's children's literature from 2000 to 2010 ················· Zhang Guolong   257

The historical experience and humanistic value of Chinese children's literature in a century: a General Preface to *The Serial of Centenary Classics of Chinese Children's literature in Centenary Years* ······ ·············· The Authoritative Committee of Selection and Compilation 267

Reflection on the National Symposium of Theoretic Study of Children's Literature ······ Cao Wenxuan 271

The insight of Chinese children's literature ···················· Zhang Zhilu 276

Preface to *The Champion Winner Treasury of Children's Literature in People's Republic of China* ······ ····················Shu Peide 279

On the verge of the boiling situation: China's children's literature in the New Century ······ Li Donghua 284

Media wrestling and the change of the publishing pattern of children's literature in the New Century ······ ····················Cui Xinping 290

Children's literature and children's books publishing of the New China over 70 years ············Hai Fei 296

Children's literature of ethnicminorities in China over 70 Years ···················· Zhang Jinyi 299

Review of children's literature of the New China over 70 years and an outlook on its development ······ ···················· Li Lifang 316

Development and achievements of children's literature over 70 years since the founding of New China: the boundless childlike heart, the sympathetic literature ···················· Xing Chao and Jiao Heran 319

The spiritual tendency of original children's literature of the People's Republic of China over 70 years: preface to *Selection of Outstanding Literary Works over 70 Years since the Founding of PRC. Children's Literature* ···················· Li Donghua *322*

To witness the development of children's literature in the New China in 70 years ···················· ···················· Shu Peide and Chen Jingxia 325

Part 2   New Endeavors and New Accomplishments of Children's Literature in the New Era

To contribute to children the works of children's literature worthy of the nation and the times ············ ···················· Tie Ning 335

To mouldnew talents of the time, to reach new height in literature ···················· Qian Xiaoqian 340

The re-preparation for children's literature ···················· Li Jingze 349

Excerpts of speeches on the national forum on the creation and publishing of children's literature ······ ···················· Zhang Zhilu, Li Xueqian, Bai Bing and Liu Haiqi 352

Excerpts of speeches on the forum of children's literature circles on studying and implementing the guiding principles of the 19th Party Congress of CCP ···················· Gao Hongbo et al. 358

Keeping pace with the times—discussion on children's literature over four decades after the reform and opening-up ···················· Xu Dexia 363

To tell Chinese children wonderful stories — on the realistic writing of children's literature ············· ···················· Wang Quangen 366

China's children's literature in the New Era: with confidence and creative sights ············Zhang Zhilu 369

Reflections on the aesthetic of childhood in original contemporary children's literature: with three award-winning full-length children's novels as examples ···················· Fang Weiping 372

Responsibility of children's literature in the New Era ···················· Zuo Xuan 383

What does the absence of juvenile literature mean ···················· Li Donghua 386

The first issue of the opening notes on the *Ideas and Changes of Children's Literature in the New Era*
.... Cui Xinping, Fang Weiping and Cao Wenxuan 388

The historical role and artistic pursuit of Anti-Japanese War-themed children's fiction ....
.... Wang Quangen 394

Exploring a new artistic realm of children's literature — comments on the 10th National Outstanding
Children's Literature Award .... Fang Weiping 398

Governance of the childhood experience: when writers of adult literature turn to children's literature ...
.... Hou Ying 403

Survey of the publication status of children's books in China in 2015 .... Zhang Guolong 411

Prosperity and sustainable motive power — overview of children's literature in 2016 ... Wang Lijuan 420

Childhood writing from a spiritual perspective — new trends in recent short stories of children's literature
.... He Jiahuan 425

Debut of the Fifth Generation of Scholars: confronting tasks of children's literature in the New Era ......
.... Chen Xiang 431

Juvenile & Children's Publishing Houses setting up literature awards: pave the fertile soil for original
children's literature .... Liu Xiujuan 436

Research of children's literature and the development of Chinese language education .... Wang Lei 441

Responsibility of the reviews of children's literature in marketing era .... Cui Xinping 444

Problem awareness and strategic ways of the construction of value system of the criticism of children's
literature .... Li Lifang 447

Study on the characteristics of promotion of children's reading among civil societies in the New Era ...
.... Wang Lei and Chen Yunchuan 454

Analysis of the research status and value of leveled reading .... Li Li 459

The present situation of juvenile literature writing in China and the guiding strategies .... Zhang Guolong 468

Reflection on the originality of children's books .... Wang Jiayong 474

On the promotion of the development of original children's literature .... Na Yang 479

Part 3 The Theoretical Ideas of Children's Literature in 70 Years

Discussion in written form on children's literature (1)   Bing Xin, Jin Jin, Chen Bochui and Han Zuoli 487

Discussion in written form on children's literature (2) ....
.... Zhang Tianyi, Ke Yan, Ren Rongrong and Bao Lei 491

To promote new prosperity of literary and artistic creation for children's literature ....
.... JinJin, Hong Xuntao, Zheng Wenguang and Ge Cuilin 496

Starting from the characters and other issues .... Zhang Tianyi 504

"Childlike innocence" and "the ideology of childlike innocence" .... Chen Bochui 506

A key issue in the literary creation of children's literature — to be child-oriented .... He Yi 518

On expanding the realm of literary creation of children's literature .... Ye Junjian 530

On *Zhang Ga the Little Soldier* .... Xu Guangyao 532

Being mentally instructing and emotionally beneficial, developing intelligence and adding fun: on the
function of children's literature .... Liu Houming 536

Reflections on the innovation of Children's literature .... Shu Peide 541

The measure for the degree of development of children's literature and other issues .... Wei Wei 545

On the types of writers of children's literature ················ Huang Yunsheng 550

On the prevailing theme of children's literature and other issues ··············· Shu Peide 557

Why should we write for children ················ Gao Hongbo 560

With what elements can we touch the hearts of our children··············· Zhang Zhilu 562

Attached: Reading *The Third Army Group* ················ Han Shaohua 566

Awakening, evolution, puzzling: on children's literature ··············· Cao Wenxuan 569

To pursue eternity ················ Cao Wenxuan 578

What should literature contribute to children·············· Cao Wenxuan 580

Random thoughts on the value of children's literature ················ Qin Wenjun 586

Children's literature in multimedia era ················ Tang Rui 590

Original literary creation is the root of prosperity of children's literature ············· Fan Fajia 596

Constructing the harmonious ecology for the original literary creation of children's literature ···Han Jin 599

Carefully considering the market demand and the artistic pursuit················ Li Donghua 603

On the differences of children's age characteristics and the multi-leveled category of children's literature
················ Wang Quangen 607

Three motives of children's literature (Summary) ················ Liu Xuyuan 617

Several notes on the ideology of contemporary children's literature ··············· Ban Ma 623

On the basic aesthetic features of children's literature ················ Wang Quangen 626

The aesthetical meditation on the overall structure of children's literature ··············· Ban Ma 640

A tentative study on the aesthetics of Nature Adventure Novels ················ Liu Xianping 656

Producing Beauty in dynamic motions: also on the aesthetic effect of children's literature ···············
················ Sun Jianjiang 662

Game spirit: back to childhood and self-transcendence—on the aesthetic value-orientation of childhood
literature ················Li Xuebin 669

Childhood: the logical starting point for the theory of children's literary················ Fang Weiping 680

Childhood: to conquer the wild beast in your heart ················ Peng Yi 686

On the key words of children's literature: "Children" ················ Ma Li 689

The influence of children's psychogony on children education and children's literature ···············
················ Liu Xiaodong 697

Children's literature: try to be close to children's natural state ················ Chen Sihe 705

The disappearance of childhood and the crisis of modern culture················ Zhao Xia 710

The contemporary views on children and children's literature in China ················ Chen Hui 720

On the ideology about the child in contemporary Chinese children's literature ··············· Zhu Ziqiang 725

Reshaping children's literature with the new "childhood view" ················ Du Chuankun 730

The theory of childlike mind in progress and development ················ Qiao Shihua 732

Artistic expression and its transcendence of Chinese-style childhood ················ Fang Weiping 738

Reflection on writing Chinese-style childhood ················ Cui Xinping 745

Silence, imagination and dialogue: poetic ways of writing modern childhood ··············· Tan Fengxia 749

Withering or reconstructing—on the change of childhood and the crisis of children's literature ·········
················ Hu Lina 756

The power and dialogue in the narration of children's literature ················ Jin Lili 763

On the inter-subjectivity of children's literature ················ Li Lifang 768

On the primitive mode of thinking and the literary creation of children's literature ······ Wang Quangen 776

The delight and taste of children's literature················ Jiang Feng 785

Absurdity in children's literature ················ Wei Wei 792

On the maternal love in Chinese children's literature ⋯⋯⋯⋯⋯⋯⋯⋯ Sun Jianjiang 798

The perspective of the positive and negative cultural values of online children's literature ⋯ Hou Ying 803

The construction of children's literature in the commercialization trends ⋯⋯⋯⋯⋯⋯⋯⋯ Tang Rui 807

The realistic spirit is needed in children's literature ⋯⋯⋯⋯⋯⋯⋯⋯⋯⋯ Li Donghua 810

The value adding space of Chinese children's literature: writing of the intermediate area ⋯⋯⋯⋯⋯

⋯⋯⋯⋯⋯⋯⋯⋯⋯⋯⋯⋯⋯⋯⋯⋯⋯⋯⋯⋯⋯⋯⋯⋯⋯⋯⋯ Zhang Guolong 813

Two dimensions on the writing of children's books ⋯⋯⋯⋯⋯⋯⋯⋯⋯⋯⋯Lu Mei 817

The poignant pools: subversion of traditional children's literature in "writing in the young age" ⋯⋯⋯⋯

⋯⋯⋯⋯⋯⋯⋯⋯⋯⋯⋯⋯⋯⋯⋯⋯⋯⋯⋯⋯⋯⋯⋯⋯⋯⋯⋯⋯⋯⋯Xu Yan 821

Trapped in the "hole" of children's literature ⋯⋯⋯⋯⋯⋯⋯⋯⋯⋯⋯ Wang Huan 827

Yang Hongying's books for children: a meaningful topic⋯⋯⋯⋯⋯⋯⋯⋯⋯Qiao Shihua 830

The axiology perspective of the review of children's literature ⋯⋯⋯⋯⋯⋯⋯ Li Lifang 836

The elite complex and the absence of child-orientation of the criticism of contemporary children's literature

⋯⋯⋯⋯⋯⋯⋯⋯⋯⋯⋯⋯⋯⋯⋯⋯⋯⋯⋯⋯⋯⋯⋯⋯⋯⋯⋯⋯Cui Xinping 839

Theoretical thinking on the industrialized development of children's literature ⋯⋯⋯⋯⋯Qiao Shihua 845

Several opinions on the criticism construction of contemporary children's literature ⋯⋯⋯⋯ Li Lifang 849

The study of Chinese children's literature in four decades: 1949—1989 ⋯⋯⋯⋯⋯⋯ Jiang Feng 856

A preliminary investigation of the present research of children's literature in China ⋯⋯⋯ Fang Weiping 863

The landscape of theoretic research of Chinese children's literature in the New Period ⋯⋯⋯Zhu Hongbo 870

On Chinese children's literature in the "differentiation phase" and its disciplinary development ⋯⋯⋯⋯

⋯⋯⋯⋯⋯⋯⋯⋯⋯⋯⋯⋯⋯⋯⋯⋯⋯⋯⋯⋯⋯⋯⋯⋯⋯⋯⋯⋯Zhu Ziqiang 885

Major trends, theoretical focus and disciplinary construction of the research of Chinese children's literature

in the New Century ⋯⋯⋯⋯⋯⋯⋯⋯⋯⋯⋯⋯⋯⋯⋯⋯⋯⋯⋯⋯ Wang Quangen 890

Literature review of the evolution history of century-old Chinese children's literature ⋯⋯⋯ Wu Xiangyu 911

Dimensions and difficulties in studying the history of Chinese children's literature ⋯⋯⋯Wang Quangen 923

Part 4　On the Original Creation of the Writers
of Children's Literature in 70 Years

(The order of the writers in this part is based on their birth dates and the figures before the titles are respectively the birth years.)

1894　On the fairy tale creation of Ye Shengtao ⋯⋯⋯⋯⋯⋯⋯⋯⋯⋯⋯⋯⋯ Jiang Feng 937

1900　On Bing Xin's artistic creation of children's literature ⋯⋯⋯⋯⋯⋯⋯⋯⋯ Zhuo Ru 944

1905　Gao Shiqi and his works⋯⋯⋯⋯⋯⋯⋯⋯⋯⋯⋯⋯⋯⋯⋯⋯⋯⋯ Ye Yonglie 949

1906　On the flat and round characters in Zhang Tianyi's fairy tales ⋯⋯⋯⋯⋯⋯ Chen Daolin 956

1906　Chen Bochui's artistic road ⋯⋯⋯⋯⋯⋯⋯⋯⋯⋯⋯⋯⋯⋯⋯⋯ Wang Yifang 961

1912　Yan Yiyan: the artistic charms of *A Grain of Salt* ⋯⋯⋯⋯⋯⋯⋯⋯⋯⋯ Gu Siyong 968

1914　Comments on Yuan Jing's *Story of a Little Dark Horse* ⋯⋯⋯⋯⋯⋯⋯⋯ Bao Chang 970

1914　On Ye Junjian's contributions to children's literature ⋯⋯⋯⋯⋯⋯⋯⋯⋯ Zhang Meini 974

1915　He Yi's artistic creation of fairy tales since 1949 ⋯⋯⋯⋯⋯⋯⋯⋯⋯⋯ Wang Xilin 976

1915　On JinJin⋯⋯⋯⋯⋯⋯⋯⋯⋯⋯⋯⋯⋯⋯⋯⋯⋯⋯⋯⋯⋯⋯ Sun Junzheng 980

1915　On Yan Wenjing's artistic creation of fairy tales ⋯⋯⋯⋯⋯⋯⋯⋯⋯⋯ Li Hongye 985

1918 On the characteristics of Ren Deyao's children plays ·················· Cheng Shiru 989

1918 Bao Lei and his fairy stories ·················· Li Xuebin 997

1918 Guo Feng: singing with the heart of innocent children ·················· Wang Xilin 1000

1918 On reading Hu Qi's *The Colorful Road* ·················· Chen Bochui 1005

1920 On Gao Xiangzhen's children novels ·················· Huang Yunsheng 1009

1920 Huang Qingyun and her artistic creation of fairy stories ·················· Pu Manting 1014

1921 Comments on Wu Mengqi's *A Mouse Came to See the Game of Chess* ··········· Chen Bochui 1020

1921 Guan Hua and *Yu Lai the Little Hero* ·················· Jing Chi 1021

1922 Sheng Ye: a poetic dream ·················· Jin Bo 1024

1922 Liu Raomin's children's poetry: a paean of Nature ·················· Zhang Meini 1026

1923 Ren Rongrong and his children's poetry ·················· Ke Yan 1030

1923 Jin Jiang's fables: the artistic reflection of the times ·················· Ma Da 1035

1923 Review of Chen Mo's artistic creation of children's literature ·················· Pu Manting 1039

1924 On Lu Bing's fairy-tale poetry ·················· Jin Bo 1044

1924 Yuan Ying: singing for the future of our motherland ·················· Yuan Ying 1054

1924 Aode Si Er: *Little Gangsu He* and the characterization of ethnic children ········· Zhang Jinyi 1060

1925 The artistic achievements of Xu Guangyao's *Zhang Ga the Little Soldier* ········· Gao Hongbo 1064

1925 Appreciative review of Ren Daxing's local juvenile novels ·················· Cheng Yiru 1067

1926 On Xiao Ping's artistic creation of children's literature ·················· Song Suiliang 1071

1926 Zhang Jilou's artistic creation of children's poetry and children's drama ········· Peng Siyuan 1073

1927 Tian Di: the mastery of children's mode of thinking ·················· Sun Jianjiang 1076

1927 On Qiao Yu's artistic creation of children's songs ·················· Jin Bo 1084

1927 Yu Zhi: illuminating the children's world with the fire of soul ·················· Jin Bo 1086

1927 Zhao Yanyi: the eternal western frontiers ·················· Li Lifang 1090

1928 Zong Pu: the cry of man ·················· Sun Li 1095

1928 Hong Xuntao: the artistic pursuit of nationalization and modernization ··········· Wang Xilin 1097

1929 Ren Dalin: the tireless explorer of the world of childlike naivety ·················· Lei Da 1102

1929 On Zheng Wenguang's *Flying to Sagittarius* ·················· Wu Yan 1107

1929 The childlike delight in Ke Yan's children's poetry ·················· Wu Qinan 1114

1929 Wang Yuanjian: the artistic characteristics and spreading situations of children's short stories
·················· Yang Shan 1117

1929 Li Xintian and "the phenomenon of *The Sparkling Red Star*" ·················· Wang Quangen 1120

1930 An analysis of the artistic features of Ge Cuilin's fairy stories ·················· An Wulin 1124

1930 On Liu Zhen and her story *Xiao Rong and I* ·················· Zhou Xiao 1127

1931 Exploring Hu Jingfang's children's novels ·················· Qiao Shihua 1130

1931 Comments on Liu Xingshi's science fiction works ·················· Zheng Jun 1137

1931 On Xie Pu's "Chu style" ·················· Zhang Jinjiang 1139

1933 Sun Youjun: a fairy-story writer born rather than made ·················· Wu Qinan 1143

1933 Preface of *Collections of Qiuxun's Children's Short Stories* ·················· Chen Bochui 1151

1933 On Liu Houming's artistic creation of children's fiction ·················· Qian Guangpei 1154

1933 On Shen Hugen's fiction: unique style, unique achievements ·················· Wang Xilin 1159

1935 Jin Bo: lanterns and feast of children's literature ·················· Xu Lu 1163

1936 On Yang Xiao's artistic creation of children's literature ·················· Gao Zhanxiang 1167

1936 On Luzi(Chen Li): let life starts right from here ·················· Lei Da 1171

1936 Comments on Han Huiguang's *Campus Episodes* ·················· Zhou Xiao 1174

1937 On Fan Fajia's children poetry: sagacious, natural and beautiful ··············Jin Bo 1176

1938 On Liu Xianping and his literary writings of Nature··············· Han Jin 1182

1938 Zhang Qiusheng: little palms slapping with clearer sounds ···············Jin Bo 1185

1939 Xia Youzhi: theme of benevolence, structure with subtle aesthetics ···············Cao Wenxuan 1187

1939 Gu Ying: deeply moved by a dream ···············Meng Fanhua 1191

1939 Li Shaobai: the literary work growing from children's lives ··············· Li Lifang 1195

1940 The process of how I created *Little Smart Roaming the Future* ··············· Ye Yonglie 1198

1940 Li Jianshu and children's literature ··············· Shen Hugen 1205

1941 On Li Fengjie's realistic qualities of children's literature writing ··············· Li Xing 1210

1943 On Luo Chensheng's *The White Neck* ··············· Zhou Weilin 1216

1943 On Dong Tianyou's children novels ··············· Cao Wenxuan 1219

1945 Wu Ran: finding the road "back to" childhood···············Xu Lu 1221

1945 Zhang Zhilu as much as I know ···············Jin Bo 1225

1945 Re-reading Ge Bing ··············· Gao Hongbo 1228

1946 Jin Zenghao: the role of a little uncle, the perspective of Nature ··············· Shu Peide 1230

1946 Wang Yizhen: his time-spanning children poetry ··············· Sun Shaozhen 1233

1949 A review of Mei Zihan after thirty years ··············· Liu Xuyuan 1236

1949 Comments on Zhu Lin's novella *Glowing Pearl* and *The Morning Dew* ··············· Wu Zhouwen 1239

1950 Exploring Dong Hongyou's road of artistic creation of children's fiction ··············· Yi Wenxiang 1246

1951 Comments on Gao Hongbo's artistic creation of children's literature ··············· Liu Xiujuan 1253

1951 On Ban Ma's aesthetic properties of the secluded fantasy fiction ··············· Li Qiaomei 1256

1952 Shen Shixi: the interrogation of life ··············· Wang Quangen 1263

1953 Liu Jianping: the engraver for shaping the future national character··············· Jin Yanyu 1269

1953 On Zhou Rui ··············· Wu Qinan 1272

1954 Cao Wenxuan: sticking to memory and firmly duty-bound ··············· Xu Yan 1279

1954 Qin Wenjun in 1980s and 1990s··············· Mei Zihan 1285

1954 Liu Haiqi's *Valiant Little Soldiers*: re-exploring the growth writing of the self-enigma ··············· ··············· Gu Guangmei 1291

1955 Huang Beijia's present artistic creation of children's literature ··· Wang Zheng and Xiao Hua 1293

1955 Tentative review of Sun Yunxiao's juvenile reportage fiction ··············· Wu Jilu 1299

1956 Zheng Yuanjie: new fairy stories belonging to contemporary children ··············· Zhang Meini 1303

1956 Bai Bing and his children's poetry ···············Jin Bo 1305

1957 The significance of Bing Bo ··············· Ban Ma 1307

1957 Chang Xingang: creating beauty from the severe hardships ··············· Shu Peide 1309

1957 Zhang Pincheng: the Red Army complex and the sense of naughty boy ··············· Gao Hongbo 1312

1958 Investigating Peng Yi's fantasy literary writing ··············· Wang Yu 1314

1959 Zheng Chunhua: the genuine child-oriented arts ··············· Tang Rui 1318

1962 Yang Hongying: a writer of children's books ··············· Li Hong 1320

1962 On Xu Lu's lyrical juvenile poetry ··············· Wang Jinhe 1324

1962 On Wu Yan's science fiction writing and science literature theory construction ····· Wang Jiayong 1329

1963 Peng Xuejun: pursuing the growth of butterflies ··············· Chen Li 1336

1964 *The Cow Speaks*, a full-length novel of Deng Xiangzi: who can sustain rural civilization ··············· Li Hongye 1340

1965 Tang Sulan: flying with newly-sprouted wings ··············· Chen Enli 1342

1965 On the creation of Wang Lichun's poetry for children ··············· Li Lifang 1347

1966 Yi Ping: pursuing loftiness, longing for extensiveness ··················Xu Lu 1352

1966 Zhang Yuqing: from "sincerity" to "profoundness" ·················· Zhao Xia 1356

1966 The groups of childhood texts of Wu Meizhen ·············· Wang Quangen et al. 1361

1968 The narrative characteristics of contemporary fairy tales of Xiao Mao's *Fairy-tale Version of The Classic of Mountains and Seas* ·············· Shu Wei 1363

1968 The writing of Xiao Ping: texts and the significance of style ·············Nie Zhenning 1366

1969 Zhang Jie: pray not to forget the old ginkgo tree in childhood ·············Xu Lu 1370

1969 The creation of children's prose of Mao Lulu: the heart-felt emotion and beautiful spirit ······ ·············· Li Xuebin 1373

1970 Wang Yimei: rainy days are also sunny days ···············Zhu Xiaowen 1376

1971 The children's literature of Li Donghua: standing out in the New Century············· Xu Yan 1380

1971 Lu Mei: the children of stars radiate golden rays ···············Xu Lu 1384

1971 Su Mei: the wisdom of writing for children ···············Jin Bo 1395

1971 The creation of Xue Tao's novellas and short stories ·············· Kong Fanfei 1398

1971 Yin Jianling: meditation on *The Paper Man* ·············· Peng Xuejun 1401

1972 Zhang Guolong: a soul singer for flourishing youth ·············· Cui Xinping 1404

1972 The scientific and technological ethic instruction and consumption-oriented creation of Yang Peng's science fictions ·············· Wang Yiping 1410

1973 Wang Yuehan: confessing to the world through memory ·············· Xing He 1416

1974 Yu Xiu: the song from the soul of a juvenile writer ······ Shu Peide, Fan Fajia and Gao Hongbo 1419

1974 Guo Jiangyan's *The Postman in the Town of Buluo*: spreading friendship and happiness along the way ·············· Ren Geshu 1424

1975 The interpretations of Hei He's animal novels·············· Cao Wenxuan 1426

1975 Sun Weiwei: cozy writing with truth, sincerity and real childishness ·············· Cui Xinping 1431

1976 Zhao Hua: different artistic exploration and different aliens ······ Wang Quangen and Yan Xiaochi 1434

1976 Maizi (Liao Xiaoqin): traveling with the "Great Bear" as a competition of "identifying" love ·············· Hou Ying 1438

1976 Xu Ling: the realistic creation which is cool yet warm and bright ·············· Li Lifang 1441

1977 Novels of Wang Yongying: the rest-harrow are flying, everything has its soul ········· Xu Lu 1443

1977 On the fairy tale creation of Tang Tang ·············· Qi Tongwei 1445

1980 Chen Shige's *When Stars are Young*: the unique "children's genesis" ············· Tu Mingqiu 1449

1981 Zuo Xuan's *Paper Plane*: go back to the "city that will never die" ·············· Cui Xinping 1451

1982 Zhou Jing: back to the peach garden in your heart and let beauty bloom like flowers ············· ·············· Cui Xinping 1455

[An Overall Evaluation] twenty masters of contemporary Chinese fables ·············· Gu Jianhua 1458

Part 5　The Literary Genre Construction of Children's Literature in 70 Years

Fiction

Preface of *Children's Literature: Selected Collection of Short Stories* ·············· Yan Wenjing 1467

On the language of children's fiction ·············· Ren Dalin 1470

Chinese children's fiction and I·············· Cao Wenxuan 1480

On the "Bildungsroman" ·············· Cao Wenxuan 1486

"Bildungsroman" and its growth in China ··············· Zhang Guolong 1491

On the writing of animal novels in recent years ··············· Gao Hongbo 1500

On the perspectives of image-building in contemporary Chinese animal novels ··········· Li Rongmei 1507

On juvenile fiction and juvenile sexual-psychology ··············· Zhu Ziqiang 1513

On juvenile fiction and juvenile psychology ··············· Wang Quangen 1523

The artistic consciousness of juvenile fiction in 1980s and 1990s ······ Zhou Xiao and Fang Weiping 1528

Reflection on the phenomena of heated creation of juvenile saga novels in 1990s ········· Zhou Xiaobo 1533

The ecological imagery of Chinese children's fantasy fiction ··············· He Weiqing 1537

Fairy Stories and Fables

On "fairy tale" ··············· Chen Bochui 1543

On the fairy stories ··············· Yan Wenjing 1552

The logic and symbolism of fairy stories ··············· He Yi 1556

Four points on fairy stories ··············· Wei Wei 1562

On fairy-stories's motifs and their functions ··············· Shu Wei 1566

On fairy stories and their contemporary value ··············· Fang Weiping 1575

Changing notions of the realm of fairy-stories in 1980s ··············· Tang Rui 1580

Reflections of the artistic creation of fairy stories in 1980s and 1990s ··············· Wu Qinan 1584

Description, reflection and imagination of Chinese fairy stories in the New Century ········· Tang Sulan 1596

Fairytale fiction: a new literary genre ··············· Zhu Ziqiang 1602

Fantasy literature: the dual variations of fantasy and reality ··············· Li Xuebin 1609

On the imagination of fairy tale writers ··············· Chen Shige 1613

A study of the image of the uterus in fairy tale spaces ··············· Yan Xiaochi 1618

The White Whale Fantasy and the multidimensional narrative and its spiritual value ········· Li Lifang 1626

The witty language and the sharp weapon: on fables and parables ··············· He Yi 1629

Essays on fables ··············· Fan Fajia 1636

Introduction to the appreciation of fables ··············· Chen Puqing 1639

The development of literary fables in the New Period ··············· Wu Qiulin 1647

Poetry

Preface of *Children's Literature: Selected Collection of Poetry* ··············· Yuan Ying 1654

On the artistic creation of children's poetry ··············· Ren Rongrong 1660

Jin Bo the poet for children finds his expression in sonnets ··············· Tu An 1665

Some issues on the artistic creation of children's songs and ballads ··············· Jin Bo 1667

The poetry for young child: giving the dreams back to the child ··············· Gao Hongbo 1671

To further improve the quality of artistic creation of children's poetry ··············· Fan Fajia 1673

Preface of *Contemporary Chinese Children's Poetry* ··············· Shu Peide 1677

An overview of the development of Chinese contemporary children's poetry ··············· Fan Fajia 1680

Songs for children: awareness in the context of one hundred years of modern literature ··· Cui Xinping 1687

Why do we teach poetry ··············· Wang Yizhen 1694

Prose and Reportage

On children's prose ··············· Xie Mian 1697

Prose out of tranquility ··············· Gao Hongbo 1709

On the road of children's prose ··············· Wu Ran 1710

Review of children's prose of the decade ··············· Wei Wei 1714

Children's prose in the New Century: growing toughly in solitude ··············· Li Donghua 1717

On the shocking impact of juvenile reportage ··············· Sun Yunxiao 1722

A review tour over children's prose and children's reportage 1980s and 1990s ·················· Xu Lu 1726

Drama, TV & Films

On children's drama ·· Ke Yan 1748

How I write children's plays ·· Liu Houming 1758

On the children's playwrights' ideology about the child ·························· Cheng Shiru 1761

On the artistic creation of children's plays in the New Period ····················· Fan Fajia 1766

On the film of growing-up ··· Zhang Zhilu 1770

Understanding the laws of the artistic creation of children's films ················· Zhu Xiaoou 1779

The constant development of children's film-making in the New Period ············· Zhang Zhenqin 1786

An overview of the development of Chinese children's feature film ·················· Lin Amian 1796

Restoring the adaptation traditions: a wise choice of Chinese children's film ········· Zheng Huanhuan 1811

Modernity and the images of children in children's film and television in the 60 years of new China ······

··· Jian Debin and Lin Tie 1818

On the issue of artistic features of children's TV series ························· Wang Yunman 1821

Youth · education · suffering: an analysis of the themes of award-winning excellent children's films

from the past three times of Huabiao Film Awards ······························ Wang Jiayong 1826

Science Fiction and Art

On the issue of the artistic creation of children's science books ·················· Gao Shiqi 1830

On children's literature and art of science ···································· Zheng Wenguang 1833

Random thoughts on children's literature and art of science ····················· Ye Yonglie 1837

Study of the concept of "science fiction" ·· Wu Yan 1848

Chinese science fiction: a century's dream of manned space flight ·········· Wu Yan and Yang Ping 1854

Science fiction and children's literature ·· Wu Yan 1857

The new China's road to science fiction ··· Wu Yan 1861

Comic and Picture Books

The current situation of China's animation industry and the strategy of development ····· Gao Hongbo 1873

What are the problems of Chinese cartoon ······································· Yang Peng 1876

The nature and features of picture books ·· Chen Hui 1882

The budding waves of China's new originally created picture books in the New Century ···············

··· Zhu Ziqiang 1887

Literature in literary picture books ·· Mei Zihan 1895

Originality is king: a discussion of the artistic nature of picture books ··················· Zhu Ziqiang 1900

Breakthroughs and constraints: the road to nationalizing of Chinese local picture books ···············

··· Tan Fengxia 1909

Literature for Younger Children

Preface of *A Treasury of Chinese Literature for Young Children* ···················· Lu Bing 1916

The language of the literature for young children ······························· Jiang Feng 1920

Reflection on the literature for young children ····································· Jin Bo 1926

On the aesthetic value of the literature for young children and other issues ············· Zhang Jinyi 1930

The social function of the literature for young children ························ Zheng Guangzhong 1937

A brief survey of the development of contemporary literature for young children ········· Zhang Meini 1941

Preface of *Chinese Literature for Young Children in the New Period* ················· Shu Peide 1946

Chinese literature for young children advancing towards the New Century ·········· Huang Yunsheng 1950

Jin Bo: reading materials for younger children should be designed well and used well ····· Liu Beibei 1961

Part 6　The Regional Review of Children's Literature in 70 Years

North China

Beijing children's literature research in the New Period ···················· Xu Minzhen　1967

Comments on Beijing's new and vigorous writers of children's literature ············ Wang Shengshan　1980

The aesthetic quality and modern construction of children's literature in Hebei ············ Yang Hongli　1983

A Discussion of Hebei's Anti-Japanese War-themed creation of children's literature ··· Liu Zeng'an　1990

Reflection on the status quo and development of Shanxi's children's literature creation　Cui Xinping　1993

The developing children's literature of ethnic minorities in Inner Mongolia ············ Zhang Jinyi　1999

Northeast China

Children's literature of Liaoning in the New Period ························· Ning Zhenzhi　2009

A comprehensive survey of the development of children's literature in Jilin ············
··· Hou Ying and Guo Dasen　2024

Great achievements after accumulation of forces: the creation of children's literature in Heilongjiang ···
··· Yang Ningshu　2031

East China

The evaluation of children's literature in Shanghai ························· Zhou Xiao　2034

Shanghai's children's literature 1978—2018: the childhood emotions and literary lives of a generation
of writers ··· Li Xuebin　2042

Review of the development of children's literature in Jiangsu ···················· JinYanyu　2046

Jiangsu's children's literature of the 40 years (1978-2018) ···················· Yao Suping　2053

An outline of children's literature in Zhejiang ························· Sun Jianjiang　2063

The performance assessment of Zhejiang's children's literature of the 30 years··············· Wei Wei　2070

The analytic account of the development of children's literature in Anhui ······ Liu Xianping and Han Jin　2072

A comprehensive survey of the development of children's literature in Fujian ········ Yang Dianqing　2084

A comprehensive survey of children's literature of Jiangxi in the New Period ············ Sun Hailang　2091

The team of children's literature writers in Shandong ························· HaoYuemei　2096

An overview of the creation of Shandong's youth and children's literature ············ Zhu Dongli　2103

South Central China

The observation of children's literature in Henan ························· Zhang Zhongyi　2109

The rising trend of children's literature in Hubei ························· Dong Hongyou　2119

Hubei's children's literature in the New Era ························· Xu Lu　2128

The phalanx of children's literature writers in Hunan ························· Xie Qingfeng　2141

Hunan's new endeavors and achievements in children's literature ············ Li Hongye　2152

The developmental track of contemporary children's literature in Guangdong ············ Chen Zidian　2158

The Impression of Guangdong's children's literature in the 21st century ··············· Wang Shaoyu　2169

　　Appendix: the vitality and vigor of Shenzhen's children's literature ············ Shu Peide　2173

Regional and national cultural characteristics of children's literature in Guangxi ·······················
··· Deng Qin and Wen Cunchao　2175

Southwest China

A survey of children's literature in Sichuan and Chongqing ························· Peng Siyuan　2185

Regional and cultural characteristics of children's literature in Yunnan ············ Shi Ronghua　2197

Yunnan's children's literature once again on the road ···
································· The Children's Literature Committee of Yunnan Writers Association   2204
The developing trends of Guizhou's children's literature ······························Ma Zhusheng   2206
Northwest China
Writers and works of children's literature in Shanxi································· Li Fengjie   2213
The innovation and development of children's literature in Gansu ·························· Li Lifang   2218
Ningxia's children's literature of the 60 years ··················· Li Shengbin, Bo Qiyi and Shi Haonan   2227
An overview of the creation of Xinjiang's contemporary children's literature ·····················
·· Zhang Jiating and Zou Shuqin   2237
Hong Kong, Macao and Taiwan
Hong Kong's children's literature marching towards 21st century ·························· Jiang Feng   2242
The diverse writings of Hong Kong's children's literature ························· Fang Weiping   2250
A bird's-eye view of Taiwan's children's literature ·····························Wang Jinshan   2253
the Comprehensive Part
The cultural diversity of today's children's literature in west China ····················· Li Lifang   2258
Zhejiang's fable literature: the highland of China's fable literature························· Lu Shengzuo   2264
The evolvement of themes and the transformation of creation of children's literature of the ethnic minorities
··· Zhang Jinyi   2269
The systematic construction engineering of Chinese children's literature in 1980s and 1990s ············
·· Wang Quangen   2275
My view on the exchanges of children's literature between mainland China and Taiwan district ·········
·· Shu Peide   2285

Part 7   The System Projects of Children's Literature in 70 Years

Teaching · Reading · Promotion
On fairy tales and Chinese language teaching in primary schools························· Chen Bochui   2295
On fables and Chinese language teaching in primary schools ························· Chen Bochui   2300
To work for children is a beautiful thing: congratulations on the establishment of Chinese Children's
Literature Research Center in Beijing Normal University······························· Gao Hongbo   2302
Advancing in glory on the road of thorns: my career of teaching children's literature in Zhejiang Normal
University ·· Jiang Feng   2304
The opportunities and challenges confronted by the discipline of children's literature in the New Century
··· Wang Quangen   2308
On the relationship between children's literature and Chinese language education ············ Wang Lei   2325
The current situation of the popularization of children's literature and the related strategies ·············
·· Chen Hui   2330
Promoting the development of children's literature through children's reading activities ··· Wang Lin   2335
Bringing the literature for young children come into the kindergarten ·········· Chen Qionghui   2340
Reading the classical canon and getting close to the motifs: on the significance of reading The Serial of
One Hundred Classic Books in Centennial Chinese Children's Literature ·················· Xu Jun'e   2345
Theories and approaches to the reading teaching of children's literature ················· Zhu Ziqiang   2353
Conceptions and practices of strengthening the course construction of children's literature in local

universities and colleges·· Deng Qin 2359

Dissemination and promotion of Chinese children's literature ····························· Yu Ren 2364

Editing · Publishing · Communicating

To be a qualified editor for children's literature ··· Jin Jin 2370

Four major changes in Chinese children books publishing in the thirty years since the reform and opening-up

·· Hai Fei 2376

The publication of three series of books in the New Period: how do publishing houses promote the advance

of Chinese children's literature ·· Sun Jianjiang 2382

New trends and the value of pursuit of children's literature publication ···················· Han Jin 2389

On the construction of children's literature by the ideal culture of publication ······ Chen Miaomiao 2393

Children's journals in the fifty years of New China ································· Wu Leping 2402

On the 100th issue of *The Newspaper of Literature and Art: Children's Literature Review* ················

·· Gao Hongbo 2406

Twelve years of the *Journal of Selected Works of Children's Literature* ················ Zhou Xiao 2408

Trends and prospect of the digital publishing of children's books ················· Cui Xinping 2412

The 40 Years since the reform and opening up: apanorama of the publication of children's books·········

··· Sheng Juan, Yu Ruoxin and Zhou He 2417

The development history of the publication of Chinese children's books in the 70 years ······ Hai Fei 2433

On the evolution of propagation mode and its effect on children's books in the we-media era ············

·· Wang Jiayong 2444

Part 8   The Exchange and Mutual Learning between Chinese Children's Literature and Foreign Children's Literature in 70 Years

Foreign children's literature in China ··· Chen Bochui 2453

The construction of the child hero: on the creation of Arkady Gaidar's children's literature Yan Gang 2461

Hans Christian Andersen in China ··· Ye Junjian 2472

The evolution of the types of both Chinese fairy tales and western fairy tales ············· Zhou Xiaobo 2478

A comparative study of Chinese children's literature and western children's literature ······ Tang Rui 2485

A comparative study of the similarities and differences of the literary terms of Chinese children's literature and

Japanese children's literature ·· Zhu Ziqiang 2490

A comparative study of the war-themed works of Chinese children's literature and Japanese children's literature

·· Tong Xin 2497

Soviet Rusian children's literature and China ·· Wei Wei 2502

Review and prospect of the communication between Chinese children's literature and Japanese children's lit-

erature ·· Jiang Feng 2507

The international sharing of children's literature is beneficial to an open China ············· Wei Wei 2526

The foreign influence and the exchange of contemporary Chinese children's literature (1949 — 2000)

··· Wang Quangen 2528

The multicultural pattern of American children's literature ····························· Jin Yanyu 2554

The folk tales and their adaptations in the book market of American and British children's literature ···

·· Chen Minjie 2560

Hans Christian Andersen in China ··· Li Hongye 2569

An analytical study of the fairy tale characteristics in *Journey to the West* from the perspective of J.R.R. Tolkien's fairy tales theory ·· Shu Wei 2576

The research of and learning from western children's literature ································· Wei Wei 2587

On the relationship between children's literature awards and the library systems of China and abroad ··· ··· Qi Tongwei 2597

On several essential issues of the studies of western fairy tale literature ························· Shu Wei 2602

Past and present: an analysis of the publishing status and the problems of international award-wining children's literature series ··· Hu Lina 2615

On the different views of the child between Chinese children's literature and American children's literature ·· Xu Derong and Jiang Jianli 2618

The translation and introduction of American children's literature in the first-half of the 20th century ··· ·· Ying Chengfei and Chen Xiu 2624

The Chineseization of western children's literature: taking Aesop's Fables as an example ·············· ··· Hu Lina 2630

Constructing a bridge between children and books ··························· Zhang Mingzhou 2636

Children and children's literature in the context of postmodern culture ················· Fang Weiping 2639

Interaction and mutual learning: the future construction of the theoretic development of Chinese children's literature and American children's literature ································ Nie Aiping and Hou Ying 2646

Cao Wenxuan and the Internationalization Process of Chinese Children's Literature ········· Zhao Xia 2650

The differences of cultural fields and the reinterpretation of meanings: an analysis of the changing in the translations of western juvenile novels ································· Tan Fengxia 2657

The exploration of ways of "going abroad" for the publication of Chinese juvenile books ················· ·· Zhang Haixia 2667

An analysis of the global influence of Chinese children's books from the perspective of global library collections ··· He Mingxing 2671

The Chinese dream of the publication of children's books ····························· Hai Fei 2676

Why does YA literature enjoy global popularity: an analysis of the development of young adult literature in Europe and America ··· Zhao Yiping 2679

On the construction of the oriental aesthetic standards of children's literature ·············· Li Lifang 2684

Perry Nodelman and the discourse transformation of the literary theory of Chinese children's literature ·· Wu Qinan 2687

Shedding sunlight to children's heart: an interview with Zhang Mingzhou—the new-elected chairman of the International Board on Books for Young People ····························· Dong Hongliang 2690

An overview of the international publication of Chinese children's literature since the reform and opening up ··· Tan Fengxia 2692

The translation and interpretation of Cao Wenxuan's literary works for children in the English-speaking world ··· Hui Haifeng 2701

From Isaac Watts to Lewis Carroll in the context of the changing times: British Victorian children's poetry with childlike interest and its Chinese translation ··························· Shu Wei 2709

Foreign influence and national innovation in the initial stage of Chinese children's drama: taking *Malan Orchid* and Kulnev as examples·· Ma Yaqiong 2723

The significance of the globalization of Chinese children's literature ················ Wang Quangen 2729

Part 9   The Historical Progress of Children's Literature in 70 Years

The historical progress of children's literature in 70 years ·························· Edited by Liu Linfeng   2737

Part 10   The Compilation of the Index of Works of Children's Literature in 70 Years

The Compilation of the Index of Works of Children's Literature ···
··· Compiled by Wang Quangen and Wang Jiayong   2989

Part 11   National Awards of Children's Literature in 70 Years

Award lists of the First and Second National Awards for Children's Literary and Artistic Creation ···   3231
Award-winning works of the Successive National Awards for Excellent Children's Literature of Chinese
Writers Association ···   3239
Award-winning works of the Successive Song Qingling Children's Literature Awards ················   3254
Award-winning books of Children's Literature of the Successive "Five One Project" Awards (a good
book, a good TV series, a good play, a good film and a good article) of the Publicity Department of the
Communist Party of China Central Committee ···   3258
Award-winning books of Children's Literature of the Successive National Book Awards ··············   3263
Award-winning books of Children's Literature of the Successive Chinese Government Awards for
Publications ··   3267
Award-winning books of Children's Literature of the Successive China Book Awards ················   3270
Award-winning books of Children's Literature of the Successive Chinese Excellent Publication Awards
··   3276

Afterword ······ The editorial boart of *Children's Literature of New China in 70 Years(1949—2019)*   3281

第一辑

70年儿童文学发展演进

导　言

从 1949 到 2019 年，中国儿童文学已经走过了 70 年不平凡的道路。70 年儿童文学是与中国社会文化、中国当代文学同步发展演进的。70 年儿童文学的生存状况与中国政治意识形态和文学制度有着非常密切的关系。儿童文学的发展既受文学内部规律和文学普遍性思潮的制约，又受文学的外部因素，尤其是政治意识形态因素的制约。因而，如何客观理性地阐释 70 年中国儿童文学的发展历史，自然是儿童文学研究的一个重点。

70 年儿童文学的发展思潮、审美理想、艺术追求与理论批评体系，既与 70 年整个文学具有同一性，同时又有其特殊性。毕竟儿童文学是一种基于童心的写作，儿童文学在自身的美学精神、价值承诺、文体秩序、艺术章法乃至语言运用等方面，必须满足于"为儿童"并为儿童所接受的需求。70 年儿童文学正是在同一性与特殊性、时代性与儿童性的交互规范、影响下不断探索前进，并由此形成了 70 年儿童文学以现实主义为主的文学思潮；进入 21 世纪，呈现出多元共生、百鸟和鸣的景象。

本辑所选文章立足于"史论"的构架，以"宏观"透视为主，既有体现不同历史时期政治意识形态和文学制度对儿童文学的要求与规范的文献，也有郭沫若、茅盾、冰心、张天翼等前辈大家的儿童文学观念，同时又有力图对 70 年儿童文学进行理性思辨和考察、具有"宏大叙事"性质的研究文章。本辑希望从不同角度、不同时段的研究中，勾勒出 70 年中国儿童文学发展演进的"史论"线索，在对已经成为历史的 70 年的思考中，积累经验，凝聚力量，继续出发，为促进新时代儿童文学的进一步繁荣发展,实现儿童文学的强国之梦做出我们更大的贡献。

七十春秋岁月如歌,儿童文学走过光荣荆棘路,育人和醒世并举;

不忘初心繁花似锦,童书出版迎来世纪满园春,担当与梦想并行。

大量创作、出版、发行少年儿童读物

《人民日报》社论

　　优良的少年儿童读物是向少年儿童进行共产主义教育的有力工具。近两年来,我国少年儿童读物的出版工作发生了很大变化,国营和公私合营儿童读物出版社所出版的少年儿童读物已占绝对优势,基本上完成了对私营儿童读物出版商的社会主义改造,因而少年儿童读物的质量有了提高,粗制滥造的状况大大改变。但是,少年儿童读物的出版工作至今还存在不少问题,最严重的是少年儿童读物奇缺,种类、数量、质量都远远不能满足少年儿童的需要。解决这些问题就是目前少年儿童教育事业中的一项极其重要的任务。

　　应该看看少年儿童读物缺乏的现状:1954年全国少年儿童读物的印数共1369万多册,全国6岁到15岁的少年儿童约1.2亿人,其中识字的约有7000万人,平均5个人才有一册。旅大市(现大连市)就学儿童共18万人,全市儿童图书馆和文化馆的少年儿童书籍,却只有4万多册,平均四五个人才有1本。农村的少年儿童读物更是缺乏,据河北省统计,平均1100多个儿童才有1本。少年儿童没有必要的读物,便阅读一些不适合自己水平的书籍。这不只不能促进他们智力的正常发展,而且会因为这些书籍难懂,破坏了少年儿童爱好读书的优良习惯。更严重的是许多少年儿童至今还在互相传看反动、淫秽、荒诞的图书,身心健康都遭受毒害。

　　少年儿童读物之所以十分缺乏,是因为创作、出版和发行部门不关心少年儿童,不了解保证少年儿童读物的供应是关系一代新人的教育的重大问题,因而没有重视这件事情,没有把它摆在自己工作计划之内,或没有给它一定的位置。中国作家协会很少认真研究发展少年儿童文学创作的问题,各地文联大多没有关于少年儿童文学创作的计划,有些作家存在轻视少年儿童文学创作的错误思想。专业的少年儿童读物出版社的出版编辑力量很薄弱,而各省市的人民出版社又忽视这一工作,有的甚至从来没有出版过少年儿童读物,工作计划里也根本没有这一条。书店供应发行工作也做得很差,不少书店工作人员有片面的看法,认为只要"做好工农兵的发行工作就行了,儿童读物管不管没有关系"。有些书店工作人员还存在资本主义经营观点,只愿推销价高利大的厚本书,对本薄、价低、利小的少年儿童读物没有兴趣,不愿进货。

　　我们有必要向作家们、编辑们、出版发行工作者们提出要求:更多地注意少年儿童读物的创作、出版和发行工作吧!因为少年儿童是未来的建设事业的担当者。现在的1.2亿少年儿童,将是第二个五年计划或第三个五年计划的执行者。他们的体格、文化教养和品质,对于我们国家的未来,有着最直接的影响。我们必须把他们培养成为社会主义的新人,把他们培养成为体质健壮,具有共产主义道德品质、唯物主义世界观、科学知识、生产基础知识及文化教养的新人,一旦他们长大成人,就可以继承长辈的事业,把艰巨的社会主义共产主义建设任务担当起来。所以少年儿童教育真正是关系我们国家和社会

未来的一项根本事业,真正是我们国家的百年大计。少年儿童虽然主要是在学校的课堂中受到教育,但他们也要在校外和课外受到教育,阅读文艺的和科学的读物。同时,过去的两三年和今后的若干年内,每年还有一批不能升学的高小毕业生,或者从事生产,或者参加自学,他们也需要巩固在学校里面得到的知识,并不断吸取新的知识,这主要依靠阅读少年儿童读物和其他读物。所以不论在校少年儿童或校外少年儿童,都迫切需要大量的儿童读物。

根据广大少年儿童的需要和目前儿童读物奇缺的情况,我们的方针应当是大量创作、出版、发行少年儿童读物,以努力保证少年儿童读物的源源供应。为此,首先需要由中国作家协会拟订繁荣少年儿童文学创作的计划,加强对少年儿童文学创作的领导。要在作家当中提倡为少年儿童写作的风气,克服轻视少年儿童文学的思想,组织一批具有一定水平的作家深入生活,为少年儿童创作,并要求作家们在一定时间之内为少年儿童写一定数量的东西。为了不断加强少年儿童文学创作工作,一方面要建立一支专业的少年儿童文学作家的队伍,这支队伍不必很大,目的在于起骨干示范作用,以提高少年儿童读物的写作水平。一方面要大量培养新作家。目前在青年团干部、教师、辅导员、国家工作人员当中,有不少喜爱写作少年儿童读物并有发展前途的初学写作者。中国作家协会和各地文联应当给他们以热情的关怀和指导,帮助他们成长起来,而不应任其自生自灭。另外,中国作家协会还应当配合中华全国科学技术普及协会,组织一些科学家和作家,用合作的方法,逐年为少年儿童创作一些优美的科学文艺读物,以克服目前少年儿童科学读物枯燥乏味的现象。

必须扩大现有的少年儿童读物出版机构的编辑部门,并增设专业的少年儿童读物出版社;在各省市有条件的人民出版社设立儿童读物编辑室,负责出版一部分当地需要的儿童读物。出版社应当努力改进业务,加强群众工作,真正把读者和作者密切地联系起来,给作家以切实的帮助,同时应当降低少年儿童读物的价格,提高少年儿童读物的印刷质量。政府有关部门对少年儿童读物的出版工作应给予种种必要和可能的优待。这样,在两三年内每年都可以印刷 4000 万到 6000 万册少年儿童读物。新华书店总店和若干省市分店应当设立专门管理少年儿童读物发行工作的机构,并逐步建立一套发行制度。加强对书店工作人员的社会主义思想教育,克服某些资本主义经营思想。鼓励他们积极为少年儿童服务,面向少年儿童,同学校建立密切联系,主动地向学校、家长、少年儿童推荐新书。

目前应当着重解决儿童读物的数量问题,这是正确的;但不能因此忽视质量。粗制滥造也是不对的。应当说,不论在内容方面、形式方面,儿童读物都还有不少缺点。1954年中国青年出版社和少年儿童出版社的 187 种少年儿童读物,能够赶上 1953 年评奖作品水平的极少,这是很值得注意的问题。因此,不断提高少年儿童读物的质量,仍然是一项重要的任务。

改变少年儿童读物严重奇缺的状况,是一件重要的事情。各有关部门应当认真对待这件事情,确定改进少年儿童读物创作、出版、发行工作的计划,争取在最短的时间内,基本上改变这种状况,使孩子们有更多的书读。

(原载《人民日报》1955 年 9 月 16 日)

中国作家协会关于发展少年儿童文学的指示（1955 年）

各分会：

作家协会第十四次理事会主席团会议（扩大）讨论了发展少年儿童文学创作的问题。主席团会议（扩大）认为，少年儿童文学是培养年轻一代成为优秀的社会主义事业接班人的强有力的工具；发展少年儿童文学创作，是关系着 1.2 亿少年儿童的精神食粮的极其迫切的任务。但长期以来，作家协会对少年儿童文学不够重视：很少研究儿童文学创作的情况和问题，没有采取有效的措施组织作家为少年儿童写作，各机关刊物也很少发表有关少年儿童文学的稿件。为了使少年儿童文学真正担负起对年轻一代进行共产主义教育的庄严任务，必须坚决地有计划地改变目前少年儿童文学读物十分缺乏的令人不满的状况。各地分会应该把发展少年儿童文学的问题列入自己经常的工作日程，积极组织少年儿童文学创作，纠正许多作家轻视少年儿童文学的错误思想，组织并扩大少年儿童文学队伍，培养少年儿童文学的新生力量，并加强对少年儿童文学创作的思想指导。

少年儿童文学作品的内容应当是以共产主义精神教育少年儿童，培养他们新的品德，但题材应当是多方面的，只要所描写的内容、所表现的思想感情能为少年儿童理解、体会和喜爱，并且是能够启发少年儿童的想象和智慧的，或者是能够丰富少年儿童历史和生活知识的，都应当欢迎。尤其应当注意培养少年儿童丰富的想象力、坚定的意志和勇敢的精神，不要把孩子们教育成呆头呆脑和谨小慎微。

应当提倡作家和科学家合作，为少年儿童写作一些生动有趣的科学文艺读物。提倡作家和历史研究者合作，为少年儿童写作名人传记——中国的和世界的伟大人物、发明家、探险家等的传记；这些传记不是要求全面介绍某一伟大人物、发明家或探险家，也不是论定这些历史人物，而是要求通过这些传记来培养少年儿童热爱祖国、爱真理、爱科学的品德，同时也培养少年儿童的不畏困难、目光远大、勇于创造的性格。

提高少年儿童文学作品的思想性和政治性自然是完全必要的，但是文学作品的思想性和政治性是通过活生生的艺术形象表现出来的。不要在作品中千篇一律地对孩子进行说教、训诫，不要生硬地在作品里附加政治口号，或者把一般动物和植物的生活与人类现实生活作不伦不类的比拟。

作品的形式和体裁应该丰富多样。不仅要有小说、故事、诗歌、剧本，也要有童话故事、民间传说、科学幻想读物；并且应该特别注意发展为广大少年儿童喜爱而目前又十分缺乏的童话、惊险小说、科学幻想读物、儿童游记和儿童剧本。

童话、科学幻想小说也必须以生活的真实作基础，它应当是从现实概括出来的，所描写的人物与故事应当是入情入理的。那种认为创作少年儿童文学作品，可以不顾生活的真实的看法，是不对的。

为改变少年儿童文学创作的落后状况，理事会主席团讨论通过了一个从现在起到1956 年底这一时期的发展少年儿童文学创作的计划，现发给你们作参考，希望结合你们

的实际情况进行研究,订出适当的计划,并望将你们组织领导少年儿童文学创作的经验和问题告诉我们。

1955 年 11 月 18 日

附:

中国作家协会关于少年儿童文学创作的计划(摘要)

1955 年 10 月 27 日召开的中国作家协会第十四次理事会主席团会议(扩大)上,讨论并通过了"中国作家协会关于少年儿童文学创作的计划"。计划共分三个部分:第一,要加强对少年儿童文学创作的领导。计划指出:中国作家协会的创作委员会应该加强对少年儿童文学作品的研究,经常了解少年儿童文学创作的情况和问题,向主席团提出汇报与建议;中国作家协会和上海分会的少年儿童文学组,应订出工作计划和各组员的写作计划;各地分会,凡未成立少年儿童文学组者,均应成立,并应在今年年底前,专门讨论一次发展少年儿童文学的问题,做出切实可行的决议;中国作家协会及各地分会所领导的文艺刊物,也应经常发表少年儿童文学作品及理论、评介文章;同时计划中建议中国文联主席团责成各地文联采取必要措施,加强这方面的工作,计划还决定于 1956 年下半年,召开全国少年儿童文学创作会议,检查计划的执行情况,研究进一步发展少年儿童文学创作问题。第二,计划决定组织丁玲等 193 名在北京和华北各省的会员作家、理论批评家,于 1956 年内写出(或翻译)一篇(部)少年儿童文学作品或一篇研究性的文章;各地分会与创作委员会少年儿童文学组的作家在今年和 1956 年年底前,应完成一定数目的少年儿童文学创作和理论文章。同时计划中决定:凡担任国家机关工作或从事其他社会职业的会员作家与青年作者,为写作少年儿童文学作品,可按照中国作家协会之"创作贷款及津贴暂行办法"请求帮助。第三,关于培养少年儿童文学创作的新生力量。计划指出:中国作家协会和各分会的少年儿童文学组应通过讨论、讲座、报告等方式来帮助少年儿童文学作者,同时责成创作委员会在今年 11 月或 12 月举行一次少年儿童文学创作问题座谈会;邀请苏联专家作报告;并与青年团中央联合举办一次文学晚会。计划还指出:《人民文学》和各分会刊物编辑部应把发现、培养少年儿童文学创作的新生力量,当作自己的重要任务;在明年召开的青年文学创作者会议中,也将吸收一批从事少年儿童文学创作的青年作者参加。

(原载束沛德著《守望与期待:束沛德儿童文学论集》,接力出版社 2003 年 11 月版)

多多地为少年儿童们写作

《文艺报》社论

从时间上说，现在不是六一儿童节前后。但是，本刊最近突然比较注意了儿童文艺的问题，这一期更有着关于这方面的较多的表示。这种现象，也许会使人感到奇怪吧！

人们是应当奇怪的，因为我们对少年儿童文艺问题的确一向太不关心了。我们大多只是在每年六一儿童节前后，在刊物上和其他工作中，聊备一格地表示一下态度，点缀少许儿童文艺方面的内容；六一一过，似乎就胜利完成任务，并且毫不为怪，习以为常。本刊过去的态度，就是如此。作家协会的其他刊物，也和本刊差不太多，很少发表少年儿童文艺创作，很少登载有关少年儿童文艺的研究介绍文章。去年年底召开的苏联第二次作家代表大会上所有的报告和副报告，我国文艺刊物几乎大都分别发表了；但大会上的第一个副报告《苏联的少年儿童文学》，竟遭到了包括本刊在内的所有文艺刊物的冷遇——谁也没有发表；这难道可以说是偶然的现象吗？就拿目前的事实来说吧！如果不是《人民日报》在《大量创作、出版、发行少年儿童读物》的社论和郭沫若的《请为少年儿童写作》等文章中向我们提出了严厉的批评和紧急的号召，如果不是青少年儿童报刊和广大的少年儿童向我们发出了警钟一样的呼声，那么，应该坦率地诚恳地说：我们大概还不会在目前提起少年儿童文艺的问题。

但严重的情况还并不只是这些。正如《人民日报》社论所指出："中国作家协会很少认真研究发展少年儿童文学创作的问题，各地文联大多没有关于少年儿童文学创作的计划，有些作家存在轻视少年儿童文学创作的错误思想。"作协和各地文联以及文艺报刊，对于读者提出的有关少年儿童文艺的问题，从来就很少加以认真处理；而且也没有一个部门掌管和研究这方面的数据，会议上更是很少讨论这方面的工作。最近一年来，作家协会对少年儿童文艺比较注意一些，主席团在今天会议进行了讨论并且发了号召，本刊和其他刊物也发表了若干向文学艺术界呼吁的文章；然而，这些号召和呼吁，对于一般作家和艺术家，似乎并未被引起应有的注意。他们有着各式各样的创作计划，他们有的竟吝啬到从来不肯为少年儿童写一篇文章或谱一支曲。有的初学作者写了一两篇儿童故事，但却似乎只把这种做法当成进入"文坛"的"敲门砖"；儿童故事发表了，作者马上就"改了行"，写开了别的东西，俨然把少年儿童文学的创作看作是比一般的艺术品低一等的雕虫小技。于是，从作家协会来说，少年儿童文学很自然地被看作只是少年儿童文学组的事情。而少年儿童文学组组员不过十多人，其中还有对少年儿童文学并不闻问的人。力量十分薄弱，队伍更是极难扩充。文艺界的同志们！你们看，这难道不是十分严重的情况吗？

我们绝不是说，少年儿童文艺就丝毫没有成绩。目前我国少年儿童文艺的情况，与旧的中国有着本质的不同。这是任何人都不能加以否认的事实。但从《人民日报》社论所指出的情形来看，我国识字的儿童，在文化比较为普及的城市，平均四五个人才有一本书，在农村甚至一千一百多个儿童才有一本。许多少年儿童节省下买玩具和糖果的钱，走进书店却买不到新书。在北京市图书馆儿童分馆，有一回一个小孩去借书，服务员给他的书刚拿到手，他就还了；他说："这本书我看过五遍了。没有新书吗？"即使这样，孩子们每天还是要到这个图书馆去排队等着看书，有时甚至等上几个钟头都不肯走。就是我们的许多作家和艺术家，也常常要为自己的子女没有新书看和歌唱而发愁；常常因为带着高高兴兴的孩子走进电影院或戏院，但孩子接受不了银幕上和舞台上演出的内容竟悄悄地睡着了，而不能不感到难过。在这样情形下，有些少年儿童不得不去阅读和观看一些不适合自己水平的书籍和戏剧，甚至不得不去阅读一些反动、淫秽、荒诞的图书。目前正是我国国庆六周年，有些和我们的国家一同生长起来的五六岁的儿童，甚至也不得不看一些旧中国遗留的含有毒素的图片。想起这些孩子智力的发展和身心的健康将可能遭到一定的阻碍和毒害，一切稍有责任感的作家和艺术家，能够不深自感到惭愧吗？

少年儿童是我们未来的希望，是我们未来建设事业的担当者。我们建设社会主义，也可以说就是为了少年儿童。我们文学艺术的任务是以共产主义思想教育人民，因而帮助我们新的一代形成他们共产主义的意识、性格和理想，这正是我们最幸福最光荣的责任，这也是我们文学艺术的党性的表现。我们知道鲁迅很关心连环图画，并且写过一些描述儿童生活的优美的文章。我们也知道高尔基和马雅可夫斯基以及其他许多伟大的作家和艺术家，曾经是怎样特别地关怀少年儿童文艺。为了国家的社会主义建设，为了祖国美好的未来，现在是必须立即终止对于少年儿童文艺的冷淡态度，争取少年儿童文艺创作的繁荣和整个文艺事业的繁荣，高度发挥我们文学艺术的党性的时候了。

目前中国作家协会和作协少年儿童文学组正在讨论最近时期发展少年儿童文学的计划。关于加强这方面工作的组织领导，关于组织创作和研究，以及关于扩大少年儿童文学的创作队伍和培养新生力量，作家协会都将订出具体的方针和切实的办法。此外，就我们所知，目前已有部分作家从思想上认真地重视了少年儿童文学的创作问题。但是，把这一工作提到一个新的应有的重要高度，无疑地在目前还仅仅只是一个开始；或者说，在全国广大的文学艺术工作者当中，对这一工作还没有普遍开始注意。因而文艺界的同志有必要严肃认真地考虑《人民日报》社论向我们提出的要求，深切认识关心少年儿童文艺的创作就是自己最大的荣誉和党性的表现；必须肃清一切违反文学艺术的党性原则的个人打算，从行动上而不是从口头上重视少年儿童文学，尽可能地为少年儿童多写一些东西。

在我们文艺工作者当中存在的一些对少年儿童文艺创作的错误的看法，也亟有必要加以澄清和批判。比如认为给孩子们写作是比较简单的事，认为少年儿童读物是比其他的艺术作品低一等的玩意儿，等等。其实，教育儿童不仅不是一件简单的事，而且，按照加里宁的说法，倒是一件"再困难不过的事情"。少年儿童读物所担负的是帮助培养新人的任务，是极为细致的灵魂工程师的任务。为少年儿童们写作，不仅要具有进步的世界观和丰富的生活知识，而且要具有对于未来、对于少年儿童的强烈的爱，要具有纯洁无瑕的想象、智慧和美感，要深刻理解少年儿童的生活兴趣。而优秀的少年儿童文艺创作也不仅不会比任何艺术作品低下，倒反而会比其他艺术作品赢得更高的荣誉，它们的艺术力量将会长远地教育无数代最为广大的少年儿童和成年人。我们今年纪念过的安徒生，他的作品深入到了地球的各个角落，而且还在继续深入下去。最优秀的艺术品《钢铁是怎样炼成的》和《青年近卫军》，它们在少年和成年人身上的影响，恐怕是任何数字都难以说明的。这里且不用说盖达尔和马尔夏克，就以我国去年得奖的一批少年儿童文艺创作来说，也都是早被公认的艺术品。认为少年儿童文艺创作是简单的、低下的一类看法，只能说明抱有这种看法的人本身并不高尚。当然，文艺工作者当中也还有另外一些看法，认为自己不熟悉儿童的生活和语言，不懂得儿童心理，因而蛮有理由地把为少年儿童写作当作无法负担的任务——这显然也只是一种毫无道理的借口。因为这些同志绝不会根本忘记自己的儿童时代，绝不会根本看不见祖国的未来和自己的儿女，也绝不会不了解，不熟、不懂是完全可以经过自己的努力，达到熟悉和懂得的。

目前我们的国家和近一亿二千万少年儿童向我们提出了迫切的正当的要求。这个要求本来是我们文艺工作者早就应该自觉地完成的，但我们没有做到。现在我们就必须做到，我们所有的作家和艺术家都有必要定期地为少年儿童写作一些东西，并有必要把这个工作为自己长远的、终身的任务之一。自然，我们还需要一支能起骨干示范作用的少年儿童文艺的队伍，以便通过这支队伍经常产生一些作品，经常研究和评论一些问题，并且不断地、有效地帮助和培养新生力量。这支队伍应由作家协会和其他各个协会以及各地文联认真地组织和领导，但我们全体文艺工作者和广大的业余作者并不能因此降低自己的责任，而应成为这一支骨干队伍的战友。最后，关于大量创作和出版少年儿童读物，主要地当然是依靠我们文艺界能够经常产生新的作品；但少年儿童需要的是全面的知识，我们不能把创作的范围限制得太狭。只要是适合少年儿童阅读的作品，比如古典作品、外国作品和我国现代一些流行的作品，加以必要的整理、改写、编译，也是可以出版的。这里绝不是提倡草率和凑数；内容的有益，以甚于插图、封面、广告的美观和引人入胜等，也都是必须切实注意的。

多多地为少年儿童写作吧！争取在最短的时间内，让孩子们能够读到一批批的新书，能够不断有新的歌唱、新的电影和戏看吧！这是我们每一个文艺工作者对于社会主义事业的最光荣的责任。

请为少年儿童写作

郭沫若

二三十年来我就感觉着奇怪：在我们中国，以少年儿童为对象的文学作品为什么这样少？在旧时代是这样，在"五四"以来是这样，甚至直到最近似乎也没有多大改变。

在中国，从古到今，似乎还指不出有哪一位作家是儿童文学的专家；甚至于我们还没有接触到像《格林姆童话集》（德国格林姆兄弟所收集的民间童话）那样的儿童文学的专集。

中国是儿童最多的国家。苏联的名作家考涅楚克今年3月来中国，在中国走了不少的地方，他在重庆曾经对我说：真是到处都是小朋友！世界上无论是哪一国的儿童都没有中国这样多！

儿童多，在我们是值得夸耀的。但是，可怜！中国却怕要算是儿童文学最少的国家！

这是什么道理呢？儿童这样多，儿童文学却这样少！

是儿童们不需要文学吗？不是这样，儿童们对于儿童读物实在是如饥似渴。

旧式的小人书，那受欢迎的程度，简直是有些可怕。不仅内容有问题，不健康，有毒素，书被翻得差不多和铅印的内容一样墨黑，然而孩子们在街道巷口站着可以翻看好几个钟头。

新式的小人书自然也很受欢迎。我自己有5个孩子在中小学读书，他们就是小人书专家。那真是每书必读，一读起来连饭都不要吃。

这能说儿童们不需要文学吗？当然不能！

我们目前正在加意取缔那些不健康的、有毒素的以少年儿童为对象的读物，这在保护我们新生一代上是非常必要的应急处置。

但是我们要问：让那些毒物横行，让儿童们饥不择食，我们作家们能够说一点责任也没有吗？

要取缔有毒素的不良读物，最积极的办法是多多产生出道德品质高、艺术水平高的好作品。

新式小人书的大量出版是非常必要的，在这里我却发现了一个现象——那就是书的内容采自苏联作品的在80%以上。苏联作品对于我们的教育意义很大，儿童们也很欢迎，这自然是很好的。但是，中国作家们到哪儿去了呢？

我似乎可以肯定地说：大多数的中国作家们并不重视儿童，因而也就不重视儿童文学。这话假如说得不正确，我倒希望有更多相反的事实来推翻我这个不正确的推断。

少年儿童是未来的国家的主人，是几年或十几年后的国家建设的主力军，为什么我们不能加以应有的重视呢？

我们不能让少年儿童们缺乏物质食粮，成为街头的流浪儿；我们能够忍心让少年儿童们缺乏精神食粮，成为精神上的流浪儿吗？

今天和今后，我们要把我们的祖国建设成为社会主义和共产主义的国家，我们的国家的建设者就必须陶养成这样的人物——具有共产主义的道德品质和唯物主义的世界观。

儿童的可塑性大,古人曾用素丝来做譬喻,"染于苍则苍,染于黄则黄"。成人的改造就很不容易。

我们大家都知道:文学在陶冶道德品质和树立正确的人生观上是很好的工具,但为什么我们对于易于铸造和急需铸造的少年儿童不加以应有的重视,而对在我们手里的工具也不好好地加以利用呢?

或许有朋友们在这样想:搞儿童文学没出息,气魄不大,水平不高,不能成为大作家。

假如谁有这样的想法,我敢于说,这人的灵魂就是还有问题的。太虚夸了!

事实上儿童文学是最难做好的东西。我是这样想的:一个人要在精神上比较没有渣滓,才能做得出好的儿童文学。

对于敌人和反革命分子,我们不能够太天真;但对于纯洁的少年儿童,我们的天真是不会感觉着过剩的。

要做好儿童文学,有必要努力恢复我们自己的少年儿童时代的活泼纯洁的精神,并努力向今天的少年儿童的生活作深入的体会。

为了不断地铸造我们自己的灵魂和新生一代的灵魂,我们就请多多写作少年儿童文学吧。

努力写作儿童文学,不仅可以实践"灵魂工程师"的任务,而且可以使文艺的水平提高——也就是"在普及的基础上提高"。理由不想多说,因为大家都是可以推想得到的。

我愿意诚恳地提出一个建议:在一二年内,每一位作家都要为少年儿童至少写一篇东西。诗歌也好,小说也好,剧本也好。能够把中国旧有的故事和寓言编成现代语,并辑成专集,不用说也好。

但在今天来说,我们要树立唯物主义世界观,我们就不能不要作品的内容有相应的科学知识的基础。旧有的儿童故事或寓言,往往是出于纯粹的空想,有许多同今天的要求是不合适的。

我可以举一个例子,像《蜜蜂与蝴蝶》这个寓言说,蜜蜂朴素,在夏天劳动,所以在冬天有粮食;蝴蝶只讲好看,在夏天只是玩耍,所以到秋天来便饿死了。

这是从欧洲传过来的寓言,教育意义是有的,但违背了最基本的科学常识。最近,我在我们的儿童刊物上还看到了这个寓言,但我的孩子们就不满意。他们说:蝴蝶是蝴蝶,蜜蜂是蜜蜂;蝴蝶并不只是玩耍,也不是饿死的。

这样看来,如果作品的内容缺乏相应的科学知识,那就难于收到所企图的应有的教育意义。

从这一角度来说,我们应该更欢迎反映新的现实,适合新时代要求的儿童文学的创作。

朋友们,我向你们请求。假如你们赞成,就请把这订在创作计划里面吧——一二年内,至少要为少年儿童写一篇东西。

（原载《人民日报》1955 年 9 月 16 日）

《1954—1955 儿童文学选》序言

严文井

编完这本选集以后，明显感到少年儿童文学发展中的一种令人鼓舞的好的趋势。从 1953 年 9 月二次文代大会，以及 12 月举行少年儿童文学作品全国评奖以后到现在，这方面写作的人是一天比一天多起来了，好作品也一天比一天多起来了。这是前所未有的现象。这个现象绝非偶然出现的，这正是我们执行了党的文艺方针的结果。当然作品的数量和质量离满足少年儿童读者的需要还差得很远；但从这种趋势看，只要今后我们的工作对劲儿，能够按照社会主义建设所要求的速度勇敢前进，这距离一定是可以缩短，而且可以很快缩短的。自 1955 年 9 月《人民日报》发表了《大量创作、出版、发行少年儿童读物》的社论后，便普遍引起对这件工作的关怀和注意，使我们完全有信心对今后做一个乐观的预言：愿意热情地为少年儿童们贡献自己的智慧和力量的新作者一定还会大批涌现出来，优秀的作品一定还会增加起来。

这一年多当中，我们发现少年儿童文学领域内出现了这样一批值得注意、值得欢迎的新名字。他们当中很多人都是新生力量，少数人可能早已开始了写作，但也只是在这一年多当中才以比较突出的好作品引起了少年儿童读者们的注意。例如：在选集中有作品的作者，谢力鸣、张有德、熊塞声、柏萧、王蒙、白小文、吴梦起、郑文光、冯健男、杲向真、柯岩、卢大容、任大星、任大霖、赵沛、曹源冰、萧平等，以及没有列入选集中的中篇和长篇的作者，崔坪（《饮马河边》的作者）、林蓝（《杨永丽和江林》的作者）、朱明政和朱明军（二人都是《三个先生》的作者）等。我们少年儿童文学这一年多来的收获必须首先看到他们所做的贡献。

我们也注意到这一年多当中一些有经验的作家在这方面的劳绩。有些在过去没有专门为少年儿童写作或者做得不多的作家，现在也积极为他们写作了，例如魏金枝、康濯、马烽、阮章竞等。他们对少年儿童文学说来，也是一种强力的"新生力量"。

不仅作者的队伍是一天天扩大，而且这一年多来新产生的作品所反映的方面比以前广，所接触的问题也比以前多了。

应该承认，学校的圈子是突破了；不过细细算一算，这些作品里写得最多的仍然是关于学校、学生、少先队的生活和问题。首先应该提一提这方面比较突出的好作品，马烽的《韩梅梅》。这篇反映高小毕业生参加农业生产问题的小说，不仅引起了广大少年儿童读者的注意，而且也引起了很多青年读者的注意。之所以能够这样，不只是由于这篇小说提出而且解答了他们共同关怀的一个切身问题，歌颂了劳动和社会主义精神，同时也是由于它里面出现了一个活生生的具有坚强的性格的人物，读者们可以从韩梅梅的榜样上具体学习到什么叫作有出息，怎样向困难作斗争。这篇作品的思想性和艺术性比较统一，而且它有着一种明快的风格，这些都是有助于读者来迅速接受它的。

张有德的《五分》则从另外一个角度接触了劳动这一主题，讲到农村中两个功课很好的女学生怎样在星期天自动帮助合作社点玉米,使自己的劳动也得到了"五分"。这个并不算复杂的小小的故事却有着一种新鲜的生活气息,产生一种鼓舞人的力量。这个作者另外还给少年儿童写了不少小故事,从那些作品里看得出他相当熟悉农村生活,他是在努力追求表现少年儿童的新的品质的,他有可能写出更成熟的作品来。

谢力鸣在《火热的心》里反映了抗美援朝战争,塑造了一个英雄人物的形象。孙国瑞,那个"坐火车也嫌慢"的中国人民志愿军飞行员,把腿骨摔断成三截,但他不灰心失望,终于耐心地把断了的骨头接好,把腿锻炼得恢复了正常,重新飞上了天空。他的爱国主义热情、国际主义精神和坚强的意志,是不能不使人产生强烈的印象的。

《我和小荣》的作者刘真,在1953年12月少年儿童文学作品全国评奖的时候曾经以小说《好大娘》得奖,对一般读者来说已经不是陌生人了。《我和小荣》写的是抗日战争时期八路军两个小交通员的故事,反映了当时中国人民的英雄气概。这篇作品显示了作者对生活的热爱和敏锐的感受能力,渗透着浓厚的生活色彩。

卢大容在《和爸爸一起坐牢的日子》里,回忆了1947年中国人民解放战争时期,在国民党统治地区自己的一段亲身遭遇。共产党员卢志英烈士在监牢中进行斗争的忠贞不屈的形象是深深令人感动的。

阮章竞和熊塞声都根据民间传说,但却不被原来的传说所限制住,大胆而成功地创造了美丽的童话诗《金色的海螺》和《马莲花》。这两首长诗都可以算这一个时期内少年儿童文学的重大收获,为不太发达的童话这一部门增加了光彩。特别是《金色的海螺》以它的人民性,它的对于斗争、对于生活的乐观主义精神,强烈地鼓舞了读者,增强了他们为美好生活而斗争的信心。

许多作者也注意了"肃反"的题材,这方面也产生了一些较好的作品。这本选集里就有这样题材的三篇小说:王蒙的《小豆儿》、白小文的《刘士海爸爸的皮包》、衣奇的《三苕子》和一个独幕剧:赵沛和曹源冰合写的《海防前线的早晨》。这几篇作品都具有一定水平,作者都是新人。其中尤以《小豆儿》和《刘士海爸爸的皮包》为突出。《小豆儿》写出了青年团员和少先队员的新的品质,并适当展示了人物的内心生活,合情合理地表达出了我们新的一代人的新的精神怎样在起着主导作用。《刘士海爸爸的皮包》反映了少年儿童的智慧,它的曲折的故事是引人入胜的。

此外,柏萧的《我和瓦夏》是一篇反映中苏人民友谊的动人的作品,吴梦起的《北大荒好地方》反映了边疆的国营农场的垦荒生活,反映了祖国社会主义建设的背景,哪怕只是触及这个雄伟背景的某一小部分,对读者也是具有很大的吸引力的。郑文光的《从地球到火星》是一篇能引起读者兴趣而又有教育意义的作品,尤其因为今天写作科学幻想小说的人还少,作者为这样一篇比较优秀的作品所做的努力就更加引起了注意。

收获不少,可是问题也有不少。为了加速少年儿童文学创作的发展,进一步把这个工作做好,我们认为在这里把这些问题提出来还是有必要的,希望能引起进一步的研究。我们所看到的材料还很有限,单就这本选集来说,在体裁和样式方面有这样一些缺陷:专为少年儿童写的特写、游记还很少,反映少年儿童各方面生活的散文也很少,英雄人物传记很缺乏,专为儿童写的能够有效代替旧武侠小说的惊险小说几乎就没有,童话很少,适合少年儿童看和演出的剧本也很少。在主题和题材方面,比较多的作者还是把主要的注意力放在学校和少先队的生活和问题上,其中又以反映城市中的学校生活为最多。这些都是应该写的,但是因为比较多的作者只注意了这一个方面,无形之中就限制了主题和

15

新中国儿童文学

题材的多样性和丰富性,把少年儿童所应该认识的生活范围缩小了。该写而没有写的题材当然有许多,最严重的是当前社会主义建设事业中多方面的斗争很少在少年儿童文学作品中得到反映。例如,在选集的编选过程中,就很少看到专为少年儿童读者写的反映工业建设的文学作品;同样,也很难看到专以农业合作化运动为题材的优秀的少年儿童文学作品。从这一本选集的整个内容来看,就反映了这样一种严重的情况,而这种情况是不能以任何借口来加以原谅的。

对于我们作者自身来说,我们必须特别注意造成这种现象的主观原因。根本原因还是由于作者缺少生活实践和马克思列宁主义的思想锻炼,对生活认识不深,因而忽略了或不能很好地反映现实的各种重大斗争。但在少年儿童文学领域内,我们某些作者还由于在创作思想上对有些问题存在着误解,更加重了这个毛病。

这些误解表现在一些具体问题上,但很多都关联到对所谓少年儿童文学的特殊性这一问题的理解上去。例如:有人以为少年儿童文学的特点就在于写少年儿童,因此就把题材严格地限制在少年儿童的圈子里;有人注意到少年儿童文学作品是写给少年儿童看的,却单纯从表面形式着眼,以为它的特点就在于模拟小孩的口气说话;有人把少年儿童文学的教育意义作了狭隘的理解,认为既然是教育儿童,大概不外总是谈谈同儿童直接有关的课堂纪律、少先队的团结等问题,这样才算是教育,很少考虑到其他方面;有人以为少年儿童文学的特点在于它的幻想成分多,因而简直可以不必去体验什么生活;或者即使认为多少应该有一点生活,却又以为少年儿童的生活是自己已经经历过了的,而且自己现在也有了孩子,生活已经不成问题了,现在只需动手写自己的童年或者自己的孩子,加上一点什么教训就行了,这想法实际也还是否定了生活。所有这些误解最后又都会牵连到作品内容和生活这一类根本问题上去,影响到对它们的看法,以致不能正确地对待它们;当前许多重大斗争没有在少年儿童文学作品内得到应有的反映,这个现象绝不是偶然形成的。因此有必要研究一下这个所谓少年儿童文学的特殊性。

如果说少年儿童文学除了整个儿童文学所共有的特点外,还可以找到自己的特点,那么这个特点绝不是我们所能任意加给它的,而只能是由它的特定读者对象所决定的。好的儿童文学作品有时候可能也受到成年读者的欢迎,但它一定首先是以少年儿童能看懂或者能听懂作为条件的。所以,一篇作品能否称为少年儿童文学主要不在于它里面是否写了少年儿童,而在于它是否为了少年儿童,对他们有帮助,并能为他们所理解,所接受。当然,为少年儿童所欢迎的作品常常有少年儿童的主角在内,但有时也不一定非这样不可。相反,有些以少年儿童为主角的作品可能受成年人欣赏,可能对做父母的、做教师的人有帮助,但并不一定能为少年儿童读者所接受。这样的作品倒是很难称作少年儿童文学的。从"少年儿童文学就是写少年儿童自己"这种误解出发,就会发展到一个极端,在所谓少年儿童文学的领域内排斥写成人。排斥写成人,其结果就是排斥了现实生活中很多重要的东西。这种离开成人专写孩子的想法可以说是,不要有父母而又要有孩子,不要有老师而又要有学生,把孩子和成人截然划开了。就是在少先队的夏令营里,我们也很难设想孩子们怎么能够完全离开成人而存在。在生活里既然不可能如此,在作品里当然也是行不通的。为了教育少年儿童,应该告诉他们多方面的生活,特别是当前的各种重大斗争;应该写他们自己,也应该写成人。当然,针对他们不同年龄、不同学历等特点,各种少年儿童读物对于主题和题材可以而且应该有所选择;但在整个少年儿童文学领域内,却不应该借口它的特殊性,把生活加以阉割,定出若干特别的禁条来。这种把少年儿童从生活的许多领域内驱逐出去，或者把成人从少年儿童文学领域内驱逐出去的做法，都是不让他们认识生活的全貌，只能培养他们将来成为近视、迂阔，品德和智力都得不到健全发展的人，而这同怎样真正对少年儿童进行深刻教育的要求是毫不相干，甚至是背道而驰的。

因此怎样正确地理解少年儿童文学的特点对我们说来是极有必要的。好像还没有出现关于这个问题的专门著作。我们作者如果想掌握这个特点，除了从怎样更多接近孩子，更多懂得少年儿童本身的特点着手外，大概不可能有旁的妙诀。我们应当善于从少年儿童们的角度出发，善于以他们的眼睛，他们的耳朵，尤其是他们的心灵，来观察和认识他们所能接触到的，以及他们虽然没有普遍接触但渴望更多知道的那个完整统一而又丰富多样的世界。同他们在一起，但又要比他们站得高。比他们站得高，可又要尊重他们。一定让作品做到：使他们看得懂，喜欢看，并且真正可以从当中得到有益的东西。一定要善于用他们自己的方式讲话，而这同装天真，装幼稚，满嘴结结巴巴的所谓孩子腔，绝不是一回事。

少年儿童文学的特点并不那样神秘，终于还是可以为我们掌握住的。但真正要写出好作品来，只是注意这个特点还不够；在这以外还有更值得注意的东西。我们在研究怎样写作品才能使今天的少年儿童读者接受，但如果我们离开了社会主义现实主义的创作方法，不论怎样研究和懂得了孩子们的一些特点，也决不会成功的；而且，如果我们不能以共产主义的精神去教育他们，即使文章做到了可以使他们看懂，那又有什么意义呢？所以，最要紧的还是要使我们的作品首先成为充满共产主义党性的文学作品。

另一个值得我们注意的问题是对于少年儿童文学的教育意义的理解问题。这个问题和前面的问题有联系，也是一个直接有关今后少年儿童文学创作能否健康发展的重要问题。谈到在我们的作品里应该以共产主义精神教育少年儿童这一点，在今天大概不会有什么分歧，但怎样在少年儿童文学作品里来进行这个教育，实际上却存在着分歧，这里所涉及的已经不是什么对少年儿童文学的特点的理解问题，而是对文学的特点的理解问题了。

在少年儿童文学领域内有人对文学作品的教育意义作了狭隘的和错误的理解，表现为：他们判断一个作品有没有教育意义就看它里面包不包含一些说教，或者看它能不能很简单地套上几条道德的训诫。如果按照这种意见进行创作，结果常常是由乏味的说教代替了生动的形象。当然应该要求文学作品有明确的教育意义，能够帮助读者得到明显有益的教训；当然作者可以在作品里发议论；问题是不能把教育意义同这些议论完全等同起来，不应该在作品里只见议论，不见形象，不应该用概念代替形象。这种对教育意义的庸俗的狭隘的看法除了助长在作品中进行枯燥的说教的倾向外，它的主要危害还在于限制了、缩小了文学作品的教育作用。那些把作品的教育意义作狭隘的理解的人常常只注意一些比较小的或比较枝节的问题，而容易忽略有关少年儿童的精神品质成长的一些比较大的或比较根本的问题，无形中助长了那些以为少年儿童文学就是写少年儿童自身的作者的做法。在他们眼光里，似乎只有写学生遵守课堂纪律，听话，少先队员拾金不昧，彼此不吵架这一类直接有关改善他们某一项行为的教训才算有教育意义。其实他们不懂得除了学生手册上的一些条文和学校圈子里发生的一些事情外，生活里还有旁的许多重要东西也可以拿来教育孩子，而且比那些只是提倡孩子们听话的故事要更富于教育意义一些，比那类描写在一块石头一根树枝的问题上大大争吵一场以后又来搞好团结的

故事要更动人一些。我们的作者只有坚决摆脱那样一些狭隘看法的影响，勇敢冲破他们有意无意划定的那个圈子，才会写出更多的真正富有教育意义的作品来。当然，这不是说今后就不应该写学校生活和少先队的问题了；有些作者，特别现在还在当教师和辅导员的业余作者，他们还应该多以这方面的生活作为他们的题材。这一方面的好作品仍然是为少年儿童读者所需要的，对他们有帮助的，不过从对整个少年儿童文学创作的要求看来，我们应该特别注意过去我们所忽略了的一些方面。我们今后不仅应该注意以学校圈子以内的坏学生转变等例子来教育儿童，而且还应该特别注意以学校圈子以外的工厂、矿山、农村、部队等方面的许多具有远大政治眼光、高尚道德品质的模范人物，他们怎样在为实现社会主义而斗争的生动例子来教育他们。

那种以幻想作为少年儿童文学的主要特点，甚至是唯一的特点的理论也应该受到反对。那种观点的危害性更大，它可能使某些作者甚至连最起码的生活也都不去加以注意。他们认为儿童文学创作既然主要是依靠幻想，作者没有生活也可以写，那么就不必有意去体验什么生活了。从这里可以看出，他们把文学的幻想当成一种任意的空想；按照他们的逻辑，从事少年儿童文学创作是最可以享受这种任意空想的特权的。这当然也是一种误解。我们都知道，一切文学样式不问它是为教育少年儿童的目的，还是教育成年读者的目的而被运用，都同样容许幻想的存在；特别像童话这种形式，它容许的幻想成分可能更多一些。但是任何幻想，甚至连纯粹的空想在内，都不会凭空产生。我们生活里存在着各式各样积极的勇敢的幻想，但那都是有一定的现实基础作为根据的。人们欢迎美丽的幻想，就是因为它的积极意义；它先明天而来，吸引人奔向明天。除了代表没落阶级思想的人们之外，没有人需要消极的与生活前进步伐背道而驰的幻想。今天任何一个作者如果脱离了生活，不懂得现在，连队伍都跟不上，根本就谈不上有产生关于未来的勇敢的幻想的可能。他极可能有一大堆混乱的近似梦呓的空想。但那对他的创作毫无帮助。而且背着这个包袱，也很难跳越过形式主义的泥坑；他进行所谓创作，不是凭空虚构，就是依靠"自我扩张"法。动起笔来，情况总是不妙。大孩子在他手里不由自主地变小了，说起话来总是"糕糕、饼饼"一串；小孩子在他手里又不由自主地变大了，甚至变成了小"大人"，一举一动，成人气味十足。没有生活的作者经常就是这样窘；他没有控制住幻想，而幻想倒是捉弄了他。

也是由于把童话同幻想画了一个等号，而又把幻想当作了任意的空想，于是另一面又有人认为童话在今天是不能继续存在的。具体的说法是：今天在我们的作品里不能出现王子和仙女，不能按照古老的童话做同样的幻想，因此再也不能产生新的童话了。这同样也是一种形式主义的观点，也是离开生活，把幻想当作一种从古至今不变，甚至是没有内容的纯粹消极的东西来看待。今天童话创作的情况确实不能令人满意。关于童话的问题有很多，首先是新的童话产量少；而在那很少的童话里我们又看到了那么多的狼，总是同样代表着帝国主义，那么多的小白兔和小白鸽，总是同样代表着和平人民，几乎看不见什么个性。当然其中有些作品是写得比较好的；但不少却是把动物和人做生硬的比拟，既看不见真实的人，又看不见真实的动物；既没有生活，又没有幻想。这却怨不了童话，不能因此就对这种样式进行判决，一笔勾销它的存在。能判决它应不应该继续存在的只有读者。只要一天少年儿童还要求看童话，这种形式就一天不能被取消。

困难虽然不少，可是这条路还不是那样窄。我们还需要大量的科学幻想童话。我们也需要大量的寓言。寓言依然是向敌人，向落后的东西，向各种阶级异己思想进行斗争的锋利武器。我们也要"小狗小猫说话"的故事。少年儿童喜爱动物和植物,他们除了想了解关于动物和植物的科学知识外,还希望从动物和植物的生活里找到诗;既是关于动物和植物的诗,同时也是,而且主要的是关于人的诗。整理我们美丽的民间传说和神话的工作也还有许多。总之新的童话的领域宽阔得很,要紧的是我们作者自己的政治水平、思想水平、生活知识和科学知识等都要尽量提高和丰富起来,进行创造性的工作,做到了这些,就用不着去担心童话在今天是否要完结的问题,事实上这方面的工作是做不完的。

最后,我们还必须克服主观上另外一个很大的障碍,那就是一种认为从事儿童文学创作可以不花多少劳动就可以轻易取得成功的想法。如果不能说为少年儿童写作比为成人写作要困难一些,至少也不能说是更容易一些。这是同样需要进行艰苦而持久的劳动的。要成为一个熟练的劳动者需要付出许多代价。我们必须提高自己的政治热情,深入生活,参加斗争,在作品中表现出热烈的共产主义党性精神。除了作品的思想内容外,我们还必须注意艺术技巧、语言文字等问题。应该拿出自己认为最好的东西来交给少年儿童,要把对他们不负责任的行为当作一种犯罪的行为来看待。我们要热情地大量为他们创作,但决不能粗制滥造。

问题虽然不少,但情况终究是改善了。

今后一定会有更大的丰收。

我们对今后满怀着信心和希望。

希望有更多的新生力量涌现出来。希望现在显得有些落后的体裁、样式得到发展。希望以多样的主题和题材来对少年儿童进行深刻的教育;特别是希望反映我们国家在建设社会主义过程中的各种重大斗争,创造斗争中英雄人物的形象,以这些东西来积极培养少年儿童的共产主义精神。

从这本选集所显露的趋势看,作这样一些希望是完全有根据的。

1956 年 1 月 2 日

(原载中国作家协会编《1954—1955 儿童文学选》,人民文学出版社 1956 年版)

《1956 儿童文学选》序言

冰 心

　　这是我们的第二本儿童文学选集。分类还是依照从前的,每种体裁内作品的排列,是以发表或出版的先后为序。

　　在今年的小说创作里,反映历史斗争的作品,比较多了一些。显然是作者们在选题的时候,他们自己过去所参加的惊天动地的革命斗争中,有些和大人们在一起奋斗的孩子们,为着解放祖国保卫祖国,贡献出细小的身躯里最大的力量,他们所表现的坚强勇敢的气概,给作者以极深刻、极生动、极鲜明的印象。故事的一切背景,对于作者也是熟悉亲切的。因此他能在回忆的激动里,很快很顺利地把它写了下来。这种描写"自己熟悉的人物"的做法,我认为是对的。这集里选进了杨朔的《雪花飘飘》和王路遥的《小星星》等8篇。还有长些的,如孙肖平的《我们一家人》和郭墟的《接关系》,因为篇幅关系,没能够编进去。

　　反映学校、学生、少先队的生活的作品,比去年少些了,但却有内容比较新颖的,如陈炎荣的《省城来的新同学》。这里描写一个城市的孩子,跑到乡村学校来上学,她和她的同学们,在不同的生活环境里长大的城市和乡村的孩子,以好奇的眼光互相窥探,从乡村同学的"恶作剧"开始,发展成城市和乡村孩子的互相喜爱,生活知识上的互相补充,在新事物的认识和应用上的互相帮助。这种从学校生活的特殊方面来选题取材,比停留在"拾物不昧""由吵架到团结""由捣乱到守纪律"的那种概念化、公式化、孩子们看了开头就猜着结尾的东西强得多。

　　反映农村生活和农业生产的作品,也不算多。这里选了王汶石的《少年突击手》和王福慧的《社里的孩子》,是比较活泼可喜的。反映工业建设的几乎没有,通过儿童生活来表现工厂、矿山等方面社会主义建设情况,还有待于作者的努力。同时描写广泛的反映社会生活的作品却加多了,这是一个值得欢迎的现象! 这里选进了杲向真的《向日葵是怎样变成大蘑菇的》和王若望的《阿福寻宝记》等9篇。秦牧的《回国》反映了华侨儿童在海外的生活,和他们对于祖国的向往和热爱。梁学政的《在台湾一个五月的夜里》是描写台湾小同胞的悲惨生活。这两篇是更会引起在祖国光明的环境中过着幸福生活的儿童对于华侨和台湾儿童的同情和关怀。季康的《蒙帕在幻想》是描写一个瑶族的少年,在幻想过当猎人、当解放军、当画家之后,选择了农业,要"改变我们家乡那种落后的生产方法"。这篇仍是汉族作家写的。我们的许多兄弟民族,都有和汉族同胞一样或更黑暗的过去,又有和汉族同胞一样光明幸福的现在与将来。他们有许许多多美丽而充满了人民性的生活斗争的传说和故事。我们希望多有兄弟民族作家,替全国的儿童们写出和他们的歌舞一样丰富多彩的儿童文学。

　　总起来说,小说部分里反映历史斗争的作品多,反映现实作品的少,虽然有它的原因,但不能不说是个缺点。我们希望作家们能够深入下去,使得自己对于目前现实的人物背景,也能和历史斗争的人物背景一样的亲切熟悉,那写起来也会很好的。

今年的散文,数量虽然不多,而内容却更清新活泼了!菡子的《五颗小小的心》,简洁精炼,就像她所描写的 5 个孩子一样的天真、可爱。任大霖的《童年时代的朋友》娓娓地写来,不但生动地描写了几个可爱的小动物,背后还衬托着新中国成立前劳动人民穷苦的生活,和作者童年从他们那里学来的对于压迫者的反抗。叶圣陶的《一个少年的笔记》,我们只能选到他已发表的一小部分。黄秋云的《高士其伯伯的故事》,写得很好。高士其同志是儿童们熟识的儿童文学作家,他们对于他的童年和他一生的斗争事迹,是极感兴趣的。这类的传记,无疑地对于儿童高尚人格的形成会有很大的帮助。我们欢迎作家们多写点儿童所敬爱的历史上或是近代人物的传记。江山野的《贝斯特洛夫和他的父亲》,从家庭休假的背景中,写出中苏人民亲如家人的友谊和一个永远活泼、不停劳动的老人的形象,是很别致而生动的。

在诗歌的园地里,产量是最高的。我们选了 11 位作者的诗。这里面有袁鹰的表现国际主义同情友爱精神的《在美国,有一个孩子被人杀死了》和柯岩的最被读者喜爱的《小兵的故事》等篇。百蒸的《妈妈! 放开手罢》表现了孩子的独立自主的要求,是比较别致的一篇。《营地哨岗》是少年自己的作品,作者刘君长在写这首诗的时候还是一个中学生。

剧本的数量仍然不多,质量也有问题,最突出的是题材的狭窄。除了童话剧以外,大部分是写少先队的活动,似乎少年儿童剧本,一定要儿童演给儿童看的! 此外,剧本的"戏剧性"很差,人为的冲突比较明显,看去使人觉得很勉强,不自然。儿童剧作者还要格外地努力钻研这种文学体裁的特征和特殊的艺术技巧,因为舞台上的效果,也是一个很重要的因素。这里选了梁彦、熊塞声的《巧媳妇》,姚易非、陈友罕的《小公鸡》,李钦的《姐姐》,容曜的《妈妈在你身旁》和柏叶的《金苹果》。

科学文艺的作者中,今年添了一位迟叔昌。他把科学知识极有风趣地融合在幻想的故事里,很引人入胜。我们选了他和于止合写的一篇《割掉鼻子的大象》。科学文艺作品是极受儿童欢迎而应该提倡的,我们希望这支队伍不断地扩大。

童话的题材,比去年宽阔了些。邓十喆的《活矿工和死把头》,是流传在阜新矿区的传说。我们相信跟着建设社会主义社会的工作队伍而深入到祖国各个角落的作者们,一定还会发掘出许多关于我国各族人民生活斗争的童话材料,来丰富这个领域的内容。这里选进的童话有葛翠琳的《雪梨树》、吴梦起的《小雁归队》等 3 篇。童话诗有李鲤的《神仙山》,张永枚的《神笔之歌》等 6 篇。

至于儿童们还迫切需要的好的惊险小说、寓言和游记,还选不出来。在这几种体裁上努力的作家,还是太少,是我们目前最大的缺憾!

从头再看一遍今年选集的目录,我们觉得今年的儿童文学作品,无论从题材的宽阔性和描写的深刻性来说,都比去年有了一定的进步。但是从儿童文学这个宽广的领域来看——它除了自己特有的"童话"以外,还几乎包括一切的文学体裁,作者尽可以自由应用——我们对于目前儿童文学的质和量,都还是不能满意的。

但是,从头看看作品下面的作者名字,我们高兴地发现这些名字中有近半数不是儿童文学文坛上所熟悉的人物,其中有很大一部分是新涌现出来的业余儿童文学作者,这个情况说明儿童文学前途是充满了蓬勃的气象,非常使人乐观的! 同时,这种情况也向

我们提出了这样一个问题，就是帮助和注意青年业余作者，在儿童文学领域内，比其他方面尤为重要。

去年10月，创作委员会曾发出一些信函，请求读者和作者提出在阅读或创作儿童文学中所遇到的问题。在我们所收到的几十封回信中，大多数都提到现在的儿童文学作品题材窄、概念化、公式化，以说教代替形象感染，人物没有性格，等等。其次就是缺乏文字的技巧、语言太晦涩、不简练、不美，等等。

我们觉得这些问题，可以从两方面来看。儿童文学的作者有两种，一种是有创作经验和文学修养的老作家，或者经常能写些东西的作者，他们为着"赶任务"或者以为写儿童文学是轻而易举的事情，可以不必从深入生活出发，可以不劳而获。他们抓住一个教育上的问题，预先画下了框子，然后去到儿童多的地方，比如和少先队过几次队日，到小学校或幼儿园去"生活"几天，观察了孩子们的警戒矜持的表面的现象，听取了教师们谈的几件突出的自己没有看过的事实，就拼凑一段有"矛盾"有"转变"的故事，再引申出一些教训。这种作品，不可避免地就会枯燥、生硬，"人物没有性格"，"以说教代替感染"！

写惯了以大人为阅读对象的作者，在客串地写儿童文学的时候，往往不自觉地忘了我们面对的不是低头凝注的成人，而是睁着灵活的大眼，带着紧张的笑容，唯恐从你嘴边漏掉一个字的孩子。我们不熟悉儿童的生活，不懂得儿童的心理，不照顾儿童的特征，不会向鲁迅先生学习：努力写出"比做古文还难"、"不用难字"、用"比较容易懂的话"的作品，结果作品中人物嘴里所说的都是那些"小大人"或"大小人"式的呆板晦涩的话！

儿童文学作者的另一种，在数量上占绝对多数的，是生活在儿童当中，但是文学素养比较差的青年。这些作者熟悉儿童的生活，在选材上，当然是"近水楼台"，但是他们的文学素养差，看到了可写的现象，却抓不住突出的艺术特点；抓住了突出的特点，又缺乏描写的技巧。他们因此很苦恼，他们常向老作家要求指示写作成功的秘诀。

我们认为任何一种劳动的成功，都不是不劳而获的！都得有一段很艰苦的学习锻炼的过程。我们只有学习，学习，再学习。向老作家学习，向世界上的文学巨匠学习，广泛地读，细细地读！不断地写，好好地写；不要急于求成，不要急于发表，等到我们写到"得心应手"的时候，我们才算是开始走上创作的道路。

此外，我们认为，一个儿童文学作者，除了和一般文学的作者一样，必须有很高的思想水平、艺术水平之外，他还必须有一颗"童心"。

所谓"童心"，就是儿童的心理特征。"童心"不只是天真活泼而已，这里还包括有：强烈的正义感——因此儿童不能容忍原谅人们说谎作伪；深厚的同情心——因此儿童看到被压迫损害的人和物，都会发出不平的呼声，落下伤心的眼泪；以及他们对于比自己能力高、年纪大、经验多的人的羡慕和钦佩——因此他们崇拜名人英雄，模仿父母师长兄姐的言行。他们热爱生活；喜欢集体活动；喜爱一切美丽、新奇、活动的东西，也爱看灿烂的颜色，爱听谐美的声音。他们对于新事物充满着好奇心，勇于尝试，不怕危险……

针对着这些心理特点，我们就要学会用他们所熟悉、能接受、能欣赏的语言，给他们写出能激发他们的正义感和同情心的散文和小说；写出有生活趣味，能引起他们钦慕仿效的伟大人物的传记；以及美丽动人的童话，朗朗上口的诗歌，和使他们增加知识活泼心灵的游记，惊险故事和科学文艺作品。我们求得的效果：我们的小读者对我们的作品感兴趣，觉得新鲜，直到爱不忍释地把它读完，把书合上之后，书中的背景，在他脑中还是一幅幅的鲜明的图画。书中的人物，在他脑中是一个个站起来的活人。小读者们自己独在的时候，不断地思索着它，和人家在一起的时候，热烈地谈论着它，整个故事使他们活泼奋发，快乐也好，伤心也好，其影响是使他们成为一个更诚实、更勇敢、更活泼、更健壮的社会主义社会的新人。

1953年12月的"少年儿童文学作品全国评奖大会"为新中国儿童文学的创作开辟了一大片的土地；1955年9月《人民日报》《大量创作、出版、发行少年儿童读物》的社论，好像在这片土地上进行了深耕；1956年6月，党中央"百花齐放、百家争鸣"的号召，又好像在这一片大地下了一番透雨。举目四望，我们看见了到处呈现的新绿！从《中国少年报》和《少年文艺》去年联合征文的4万个应征者的人数看来，在儿童文学创作上作努力的尝试的人真是不少，虽然质量还差。我们希望青年作家们，继续努力去深入熟悉我们的对象——新中国的少年儿童；熟悉我们现实的生活——我们祖国今天在建设社会主义社会过程中的蓬勃热烈的情况。好好学习，深深钻研，多多写作。积累的经验多了，就有进步。同时，只要写的人多了，我们就可以从量中求质，明年的选集，一定会比今年的更丰富一些。

1957年2月15日

（原载中国作家协会编《1956儿童文学选》，人民文学出版社1957年版）

谈儿童文学创作上的几个问题

陈伯吹

较长的时期以来,读到了不少不相识的、然而是很可敬爱的青年们的来信。

如果把这些充满着热情的一部分信的内容综合归纳起来, 可以得出如下的几个问题:什么是儿童文学? 它的特点是什么? 这种作品是不是要写儿童? 可不可以写成人? 光写成人行吗? 写的题材是否只限于写儿童的日常生活以及他们所熟悉的事物? 等等。自从 1955 年 9 月《人民日报》发表了《大量创作、出版、发行少年儿童读物》的社论以后,这类的信更加多起来。这是一个极可喜的现象,也是一件极值得重视的事情。

这样的一些问题,在从事业余写作的人来说,是并不轻的"额外"的负担;尤其是对我来说,是做了力不胜任的课题,很可能谈得不全面、不深刻,还有错误,心里很惶惑。现在特地写出来,无非也作为问题提出来,引起同志们的讨论。

一

什么是"儿童文学"呢? 这正像"文学"一样,要直截了当、完整又扼要、一语中的地说出它的一个概念来,可实在不容易。如果说"儿童文学是专为儿童而创作的文学作品",当然不能说是不正确的说法,但是等于没有回答问题。我想根据平时学习所得,尝试着作这样的回答:

儿童文学是文学领域中的一个部门。它反映着一般的文学的方向和潮流,并且和成人文学同样从属于政治而为政治服务。一些革命英雄斗争的、社会主义和平建设的,包括工业化和农业集体化等重大主题,在儿童文学中也毫不例外地同样可以作为重要的题材而创作。而社会主义现实主义的创作方法,是儿童文学不是唯一的、但是是最好的创作方法。在创作过程中,应该、必须掌握和照顾儿童年龄特征。

儿童文学并不是教育学的一部分。但是它要担负起教育的任务,贯彻党所指示的教育政策,经常地密切配合国家教育机关和学校、家庭对这基础阶段的教育所提出来的要求——培养社会主义新人,通过它的艺术形象,发出巨大的感染力量,来扩大教育的作用,借以获得影响深刻的教育效果。

儿童文学要运用多种多样的体裁(小说、童话、寓言、诗歌、剧本、传记、游记和历史的、科学的故事,等等),为它的读者对象揭示社会生活现象,扩大知识范围,培养他们唯物主义的世界观,以及高尚的道德情操和艺术兴趣。

它除了完成文学所应有的共同任务以外,还要完成一项特殊的任务,进行语言教育以发展、丰富儿童的语言,并提高他们阅读的能力。为此,在强调儿童文学的思想性和教育意义的同时,也要反对忽视和轻视它的艺术性,不把它看作艺术品的错误观点。

这样的说法，自然也不是完满的，只能对于"什么是儿童文学"这一问题提供作为一种讨论的参考意见罢了。

不过有一点可以肯定下来，就是儿童文学有它的"特点"，或者说是儿童文学的"特殊性"也可以。要不，它何所区别于成人文学，而必须在文学以外另立名目呢？

如果能够读一读国内的和苏联的儿童文学作品，在分析研究作品的基础上，联系实际地去理解儿童文学的意义是更加有益的。举例来说：关于革命英勇斗争的《鸡毛信》《我和小荣》《让它发光》《总工程师》等；关于肃反防特的《刘士海爸爸的皮包》《偷听来的谈话》等；关于农业集体化的《五分》《蟋蟀》《小小的牛司令》《野樱树》《米嘉的幸福》《绿山谷集体农庄》等，这些作品和同样主题思想内容的成人文学作品，在处理题材上、在剪裁结构上、在描写形象上、在语言艺术上，是有些什么不同的地方，为什么会不同，要从这些上面去好好地比较、分析、钻研，是可以得出相当的结论来的，同时也就能够理解"什么是儿童文学"的正确意义了。

二

目前，在我们从事儿童文学工作的同志们中间，对于所谓"儿童文学的特殊性"这一问题，存在着不同的看法，因为彼此理解不一致的缘故，反映在创作和批评上的看法也有了分歧。

这是值得谈一下的问题。

有一些同志忽视儿童文学的特殊性，在思想上存在一种"轻视"，以为这无所谓，只要写得浅些、短些，少用艰深的字眼，少写冗长的、复杂的语句，反过来多写一些"猫啊，狗啊……跳呀跳，蹦呀蹦……"这就够了。这样的简单化、庸俗化的理解，不仅是显得非常不够，而且是犯了追求"儿童化"的形式主义的错误。高尔基说过："文体的简洁和明晰，并不是用降低文学质量的办法来达到的，这是真正艺术技巧的结果。"所以为儿童写作，需要和给成年人写作同样严肃认真，甚至需要加倍努力才对。绝不是"不同于成人文学的仅仅是写得坏一些，仅仅是在里面以简陋代替朴素"。[①]

儿童文学的特殊性是在于具有教育的方向性，首先是照顾儿童年龄的特征。说明白些，是要求了解儿童的心理状态，他们的好奇、求知、思想、感情、意志、行动、注意力和兴趣等的成长过程。在这一基础上运用文学创作的艺术手法，根据共产主义教育的目的和内容，用丰富多彩的人物形象，用艺术风趣的文学语言，来揭露他们的精神世界和反映他们的生活，同时也就在这艺术的生活图景中，教会少年儿童如何对待生活，如何培养自己的道德和人生观，同时也传达了科学知识———一般的文学只通过思想、形象来感染读者，而不传达科学知识的，但儿童文学在形象感染之外，还传授知识，这就是儿童文学中的科学文艺作品的任务。这当然又是儿童文学的特点之一。

谁也明白这个道理：学龄前的幼童，小学校的低年级、中年级、高年级生，以及中学校的初中生，因为他们的年龄不同，也就是他们的心理、生理的成长和发展不同，形成思想观念和掌握科技知识也是在不同的阶段上，儿童文学作品必须在客观上和它的读者对象的主观条件相适应，这才算是真正的儿童的文学作品。

"每一个进入儿童文学的作者都应当考虑读者年龄的一切特点。否则他的书就成为没有用的书，儿童不需要，成人也不需要。"高尔基的这几句话说得多么精辟啊。

因此，怎样正确地、深刻地理解儿童文学的特殊性，对我们儿童文学工作者来说，是极端必要的，并且是有益的。

有一些同志，相反的，过于把儿童文学的特殊性看得深奥而神秘，认为这是一种专门知识，因此小心谨慎地在"专门"的前面，不敢"破除迷信"，怅然而去，这就使得儿童文学门前冷落，这情形是阻碍着儿童文学的发展和繁荣的。

其实，儿童文学在业务知识上除开特别要钻研"教育学""儿童心理学"等以外，也很难说有其他特殊之点。它既然是文学领域中的一个部门，它的理论根据也就是一般的文学理论，也还同样要学习政治，使具有高度的思想水平；深入生活，求得丰富的积累；提高文学修养，掌握艺术技巧，才能创作优秀的儿童文学作品。

一个有成就的作家，能够和儿童站在一起，善于从儿童的角度出发，以儿童的耳朵去听，以儿童的眼睛去看，特别以儿童的心灵去体会，就必然会写出儿童所看得懂、喜欢看的作品来。作家既然是"人类灵魂的工程师"，当然比儿童站得高、听得清、看得远、观察得精确，所以作品里必然还会带来新鲜的和进步的东西，这就是儿童精神食粮中的美味和营养。正如苏联教育家马卡连柯所说的："它应该一直在这一综合②的前面，把儿童带向前进，到他还没有到达的那些目的。"专给儿童喝乳汁是不可能成长得正常健康的。

如果作家以为创作儿童文学，必须和儿童站得一样高，比如我们有这种情形，尽力在自己的作品中学小娃娃的话，装"老天真"，学"孩儿腔"，这对于作家来说，显然是一种"委屈"，也显然是对于儿童文学特殊性的一种误解。

儿童文学是有它的特殊性，但并不是不可捉摸的，而是能够掌握它的。在创作的时候，这个特殊性也的确增加了麻烦的条件，然而也不是不能克服的困难。作家如果忠实于社会主义现实主义的创作，这就不是额外的劳动负担。既然作家要求进行社会主义现实主义的创作，而这一作品又是针对某一特定的读者对象——有意识地为儿童创作的，那么，除了必须考虑适合儿童的主题思想、题材内容、艺术形式，以及估量他们的文化程度和阅读能力以外，也还必须体验儿童的生活，了解他们的求知的心理，好奇的兴趣，注意力的容易涣散和不易持久，由于生理上迅速成长的缘故，喜爱活动而憎厌安坐……必须这样做，作家才能写出自己所熟悉的生活，同时写出了儿童真实的生活。

读过《罗文应的故事》《小胖和小松》《海滨的孩子》《小兵的故事》，以及苏联优秀的儿童文学作品《小哥儿俩》《尼基塔和他的朋友们》《丘克和盖克》③，大家都感觉到作家把孩子们写得太好了，典型性格的刻画，生活气息的描绘，儿童语言的运用，就使得儿童形象在纸面上跳跃，紧紧地吸住了小读者的心。

一篇儿童文学作品，一般说来，要求主题突出，结构单纯而能引人入胜，语言生动又风趣，乃至于人物形象鲜明、情节紧凑有趣，多叙述动的图景，少描绘静的事物，等等，这些不是没有根据的。千万别让作品中的人物打瞌睡，或者坐下来想什么心事，或者自言自语地唠叨一阵子。

鲁迅先生在他的《社戏》中写着这么一段：

> 然而老旦终于出台了。老旦本来是我所最怕的东西，尤其是怕他坐下了唱。这时候，看见大家也都很扫兴，才知道他们的意见是和我一致的。那老旦当初还只是踱来踱去的唱，后来竟在中间的一把交椅上坐下了。我很担心；双

喜他们却就破口喃喃的骂。我忍耐的等着，许多工夫，只见那老旦将手一抬，我以为就要站起来了。不料他却又慢慢的放下在原地方，仍旧唱。全船里几个人不住的吁气，其余的也打起呵欠来。……

这一段细腻的描写，把孩子们的心理状态活生生地画了出来，他们所喜爱的究竟是什么？是连翻84个跟头的孙悟空之类。而这样的儿童心理现象，在全世界的孩子们来说，是具有共同性的。我们的儿童文学作品，可千万别写成"老旦"这副样儿，那是不受儿童欢迎的。

三

有一些同志在儿童文学创作实践上，发生了儿童文学作品是不是一定要写儿童，或者是不是也可以写"成人"的问题。而这样的问题所以会产生，通常是由于这样的考虑而来的：既然是儿童文学作品，顾名思义是应该写儿童；但是专写儿童，顾虑到儿童生活面比较狭小，情况比较单纯，写出来的作品也可能会没有分量，因此想到也写成人；但是又怕插进了成人，就不算是儿童文学作品。

这，还是一个对儿童文学创作的理解和认识的问题。

如果用社会主义现实主义的创作方法来创作儿童文学作品，忠实地反映儿童的真实生活，就能发现儿童的世界也是广阔而丰富多彩的。即使是一般成年人所最不喜欢谈论的天气，对于儿童来说，他们也是会感兴趣的。当他们用明亮的小眼睛出神地凝望着蔚蓝无边的天空，会构成了有趣的话题："是的，那不太冷，也不太热，是一个不冷不热的好日子，咱们玩儿去。"正因为成年人平时太不关心孩子们的生活，不细致深入地观察研究，才会对他们衣袋里装满了的野草或者碎石子，只粗暴地给以"脏孩子"的责骂，却没有循循善诱地以"小植物学家"或者"小矿物学家"来启发诱导他们。这是多么可惜的事啊！

儿童文学作家既然是"儿童灵魂工程师"，就得好好地研究儿童的"本质"，才能塑造出一个典范的儿童形象来。

尽管绝大多数的儿童正在学校中学习，然而学校生活也并不是孤立的小天地，它是我们伟大的祖国人民生活的一部分，是与成人社会有着千丝万缕的联系而不能分割的。所以即使是写他们的学校生活(即一般所谓"学校小说")，难道能够不关联地写到学校以外的社会和家庭，写到小学生自己而不关联地写到老师、辅导员、家长，以及广大社会上的那些值得尊敬、学习的人们吗？如果谁要只写学校四垛墙壁以内的事物，那不过是表示他对儿童生活的不理解罢了。而且这样短视地、局限地写，当然会使题材干枯、狭隘，作品不生动，甚至于不真实了。

试看先进的苏联儿童文学中有关"学校小说"的作品：

尼·尼·诺索夫的《马列耶夫在学校和家里》①写两个小学生的生活：从不喜欢功课、不专心学习、要依赖别人、怕和困难做斗争、设法偷懒逃学，到获得老师、同学等的帮助，才从落后转变到先进。虽然是一些非常平凡的事情，可是作家运用了更广阔的题材，也就是更丰富的生活，特别是孩子们异常丰富的精神世界。写踢球、写装病、写看马戏、写训练小狗……写得有声有色，吸住了读者喜悦的心，起了很大的教育作用。广大的孩子们成立"马列耶夫学习班"来搞好他们自己的学习。

另外，叶·施瓦尔茨的《一年级小学生》，写的不过是一个一年级的小学生，从报名上

学开始到读完一学年功课的事情,里头讲的全是一些怎样有礼貌、怎样听话、怎样过集体生活、怎样辨别哪些是好的、对的,哪些是坏的、错的;可是这位女作家也运用了多方面的题材,超越了课堂,超越了学校,到了大街上,到了郊外去,因此写来富有情趣,富有说服力量。不论小读者和大读者都会爱着这个聪明能干、活泼勇敢、有自尊心的小女孩玛鲁霞。为什么能够达到这样高的动人的艺术境地? 简单些说,主要是作家有生活,遵循了社会主义现实主义创作的原则,写出了真的人、真的事、真的生活。

如果谁还读了高尔基认为具有重大意义的、对它评价很高的阿·邦金的《我的学校》⑤,对于所谓写学校生活的"学校小说",一定会有更深、更广的理解的。

有一些同志指出目前儿童文学作品的内容放在学校和少先队的生活上,而不注意反映其他方面,不写社会主义建设事业和农业合作化运动等,因而形成了题材狭隘性、一般化。这样的批评是正确的,也是绝对需要的,特别在创作的方向上和进一步提高的要求上,应该这么尖锐地指出来。

不过从另一方面来说,也还应该指出:就是我们连学校和少先队生活的作品也还没有写好。试问新中国成立七年多来,在这一方面的作品有哪几篇是写得深入人心,能够给予千百万幼小的心灵留下深刻的影响呢? 因此对于这方面生活熟悉的作家们和老师们,不仅应该鼓励他们写学校的题材,还应要求他们写出出色的作品来。

作为一个儿童文学作家,写学校小说就只限于写学校,写人物就只限于写儿童,如果这不是犯了庸俗社会学或者烦琐哲学的错误,就是没有真正在实际生活中观察儿童生活,而只是从概念、臆想出发到脱离实际的公式化、概念化,写了一个"真空"的儿童世界。既然是真空,读了也得不到什么,也就没有人要读了。反过来说,写的是一个真实的儿童世界,那么,正在儿童时代成长的孩子们,是不可能远离成年人而独立生活的,也就不可能在写儿童的同时,硬把成年人排挤开去,因为这样既不忠实于生活,也不忠实于艺术。

让我们好好地读一读阿·盖达尔的《丘克和盖克》,写的不过是两个小孩子的家庭生活,然而写得多么丰富、广阔! 作家让他们跟着母亲 1000 千米又加上 1000 千米那么远地去旅行,出现的成年人除了他们自己的父母以外,还有邮递员、赶车人、守站人以及火车上的乘务员和旅客夫妇等。如果我们肯认真地多多地钻研这样优秀的作品(顺便值得提一笔的,还有穆·卡利姆的《欢乐的家》⑥),这个问题也就迎刃而解了。

四

有一些同志以为儿童文学作品不一定要写儿童,甚至于完全可以不写儿童,只要所写的作品实质上是儿童文学作品。这当然也没有什么不可以。不过这样的提法,是否妥善,也还值得考虑。看来不免是个有些偏激的主张吧。

儿童文学主要是写儿童,正等于成人文学主要是写成人。这不是没有理由的。主要的理由是由于它的特定的读者对象所决定的。

作为儿童文学作品的主要读者对象是儿童,而作品中所描画的人物正是他们自己。他们在阅读作品时,就像站在明净的镜子面前照见了自己的面貌。这样,读者和作品中的主人公就会有呼吸相通的亲切的感觉,感染的力量在无形中就增大了,对于典型人物的模范行为的学习,也不至于产生高不可攀的感觉。所以在先进的苏联儿童文学中,杰出的儿童文学作家盖达尔和班台莱耶夫的作品,几乎全部是以儿童为主人公的。无论是《远方》《林中烟》《小渡船》《老实话》乃至于为大家所熟悉的《铁木儿和他的伙伴》《表》

等都是。其他一些著名的作品，也是如此。如：阿·雷巴柯夫的《短剑》，尼·杜波夫的《河上的灯火》，普·巴甫连柯的《草原的太阳》，阿·穆萨托夫的《北斗星村》，勒·伏隆柯娃的《大晴天》[⑦]等，都是描写以孩子们为主人公的世界。但是这并不等于说只准写儿童，不准写成年人。在作品中的思想教育上，成年人往往是处于主导地位，这也就是作家要求他们在作品中就近直接教育儿童。可是描写的主体应该放在儿童身上，不论他们在什么剧里头总得让他们当主角，多演戏，因为这是"儿童文学"。

或者也有很少数的儿童文学作品，题材内容是描写着成年人，可是教育作用却仍然落在儿童身上，这类作品可能是儿童文学中的传记，以及历史故事一类的作品。例如阿·柯诺诺夫的《列宁的故事》和《夏伯阳的故事》，还有奥·伊凡年柯的《太阳快要出来了》[⑧]。然而为了很好地教育儿童，更直接地教育儿童，前者还有不少篇页描绘这位伟大人物和孩子们在一起的生活。而后者还另外有一位作家叫斯·莫吉列夫斯卡雅的，写了一本《小夏伯阳》[⑨]。这样的道理是不难明白的。

不过，如果儿童年龄渐大，文化程度逐渐提高，当他们已经进入少年时代，作品中只要有教育意义，不描写儿童，自然也能让他们受到教育。如果说是一定要写儿童，可能是一种机械的说法。我们应该正确地、辩证地看问题。

假使（这当然是不会有的事），儿童文学作品，全部专写成年人来教育儿童，尽管在理论上没有什么说不通。但是在实际上，成年人的生活天地壮阔，社会关系复杂，环境事物多种多样，因而题材内容可能会使儿童难于接受；如果为了要适合儿童阅读理解力的缘故，不惜降格以求，把成年人的生活压缩，简化，这样做，会降低了作品的质量，毛病在于削足适履，也很可能糟蹋了好题材，这样做是不一定好的。

五

有一些同志同意儿童文学主体写儿童，但有另外的"偏见"：儿童经验不足，知识不够，文化程度低，理解能力差，所以作品的内容应该以"儿童所熟悉的事物"为限；作品的语文应该以"小学生的语汇和用语以及他们的文法知识程度"为准。这样的说法是没有从发展的观点来看问题。

从教育学的观点向儿童文学提出的要求固然是：以儿童的身体和心理发展状况，以及和这种状况相适应的教育任务为根据的。可是，还应该提出的是：我们的新教育，是培养社会主义新人的全面发展的教育，从小起就培养他们自觉地作为参加祖国伟大建设的接班人，和劳动创造美好生活的新生力量。因此，才在人生大道上跨出第一步的孩子们，目光炯炯地注视着周围的世界，如饥如渴地寻求知识，对于一切新鲜事物有着好奇和喜悦，儿童文学作家正应该打开他们的眼界，扩大他们的生活天地，不断地引导他们从已经获得的知识和经验的阵地，迅速向前占领新阵地。

作家不能忘记：共产主义社会的生产是建筑在科学高度成就的基础上的。

儿童文学应该和学校的教育工作密切地结合起来，用新思想、新知识、新观念武装孩子们的头脑，并丰富他们的语汇，让他们接触艺术的文学语言。

改良主义的教育家以为"儿童心智脆弱，无力抗拒外来的影响，也无力接受不熟悉的新事物"的那种虚无的理论早已破产。我们的教育学在于使合乎社会主义需要的教育目的和儿童的接受能力取得一致。

儿童文学应该在新教育的理论基础上考虑问题。

[注释]

①阿·苏尔柯夫:《苏联儿童文学和它的任务》(报告笔录)。

②指一定年龄的心理综合。

③《小胖和小松》收入《节日的礼物》中,此书和《小兵的故事》均为天津人民出版社版;《海滨的孩子》收入《养鸡场长》中,此书和其余的书均为上海的少年儿童出版社版。

④《马列耶夫在学校和家里》,少年儿童出版社版。

⑤《一年级小学生》和《我的学校》,均为少年儿童出版社版。

⑥《欢乐的家》,少年儿童出版社版。

⑦⑧⑨举述的苏联儿童文学作品,都有译本,均为少年儿童出版社版。

(原载上海《文艺月报》1956年6月号)

关于少年儿童文学创作的一些问题

——在全国青年文学创作者会议上的发言

袁　鹰

少年儿童文学的现状

1953 年年底，中国人民保卫儿童全国委员会会同有关单位举办了全国四年来儿童文艺创作评奖。这是几年来少年儿童文学工作中的头一件大事。这次评奖，检阅了共和国成立四年来儿童文艺创作的情况和发展的情况。这几年来，由于党和政府的无限关怀，不断地给予指导和鼓励，少年儿童文学这个新的事业，有了很大的发展；新的、优秀的儿童文学作品受到广大的孩子们的热烈欢迎。对培养少年儿童爱祖国、爱人民、爱劳动、爱科学、爱护公共财物的品质，培养儿童勇敢坚强不怕困难的进取心，和守纪律、讲礼貌、团结互助的精神，都起了不少作用。我们可以自豪地说，我们用我们的创作劳动，帮助党教育了广大的少年儿童，让他们健康地成长。

少年儿童文学工作者的队伍也正在不断扩大。尽管少年儿童文学由于它的历史短，力量弱，还没有普遍被重视，但是，在各个角落、各个工作岗位上，还是有很大的潜在力量，有不少具有写作才能的作者，这是今后儿童文学获得迅速发展的重要保证之一。青年作者的数量不断增加，新的作者的名字不断出现，许多作者在给出版社、报刊的信上都说，他是受了评奖的鼓舞，愿意终身从事少年儿童文学工作。

评奖以后，我们的事业遵循着健康的大道前进。更多的、优秀的为广大的少年儿童所喜爱的作品不断出现，更多的作者参加了儿童文学创作的行列。

近年来儿童文学工作上的另一件大事，就是去年秋天由于党中央和毛主席的重视而掀起的重视儿童读物的高潮。党中央机关报《人民日报》在 9 月 12 日发表的题为《大量创作、出版、发行少年儿童读物》的社论，在作家、出版发行部门、教师和孩子们中间，引起了热烈的回响。在这以后，我们看到了许多措施：中国作家协会主席团讨论了加强儿童文学创作的问题，规定了 190 多位作家的创作任务，要求他们在一年内写出一些儿童文学作品或者评论；团中央在北京创设了中国少年儿童出版社，在上海的少年儿童出版社也扩大和加强了出版工作；许多省的出版社也开始出版儿童文艺读物，全国性和地方的文学刊物上，比较多地发表儿童文学作品。少年儿童文学创作的队伍一天天扩大了。

这些情况，就逐渐改变了我们的儿童文学的面貌。中国作家协会编选的两套选集中的关于儿童文学方面的两本，就是近年来儿童文学上的丰富收获的具体标志。

从这两本选集里，我们可以看到：优秀的儿童文学以它们的主题的积极意义，教育了广大的少年儿童。以《海滨的孩子》这本选集为例，教育儿童热爱劳动方面的，有《五分》《蟋蟀》《小小的牛司令》《森林里的宴会》《从技工学校回家》等篇；以集体主义精神教育

儿童的,有《新衣裳》《五个杏子》《晓英入队的故事》等篇;以培养教育儿童勇敢、坚强、机智、不怕困难为主题的,有《我和小荣》《小豆儿》《三苕子》《海滨的孩子》《野葡萄》《小胖和小松》等篇;写团结友爱、帮助别人的有《吕小钢和他的妹妹》。这些主题,对儿童身心的健康发展,培养儿童新的道德品质、形成共产主义人生观等方面,都是具有重要意义的。

从这两本选集里,也可以看出儿童文学的题材开始跨出学校的大门,走向比较广阔的天地。它们反映了不同历史阶段的儿童生活的各个侧面:大的事件如描写伟大抗日战争的艰苦条件下中国人民英勇斗争的故事(《我和小荣》),当前肃反运动中少年儿童的英雄事迹(《小豆儿》);小的事件也可以写一次游水(《海滨的孩子》)、钉一个纽扣(《纽扣》),有以学校作背景的,也有以农村生活和少数民族生活作背景的。

从这些比较广阔的生活场景里,我们能比过去更深一些地接触和认识我们的新的一代。作者们都能遵循社会主义现实主义的创作原则,重视典型人物的塑造。小王、小荣(《我和小荣》)、小豆儿、三苕子、大虎(《海滨的孩子》)、小泉(《新衣裳》)、赵大云(《蟋蟀》)等,都给我们留下比较鲜明可爱的形象,我们闭上眼睛就会想象到他们是什么样子。

在语言的运用上,一般也能做到简明、朴素,注意到儿童的生活习惯和心理特点。许多作品都具有比较浓厚的生活气息。

这就是从这两本选集里看到的目前少年儿童文学的基本状况。

我们之所以要回顾一下这些情况,自然绝不是为了自满,为了可以高枕无忧。绝不是! 我们之所以要肯定这些方面,是为了说明近几年来,我们的儿童文学,同整个的文学创作一样,尽管还有许多缺点,但是它是向前发展的,绝不是像某些人所说的"萎缩"和"衰退",也不像某些同志好心地担心着的一团糟,或者虚无主义地认为根本就没有什么儿童文学。悲观和失望是完全没有根据的。肯定这些,是为了加强我们的信心,坚定我们的步伐,努力改进我们创作上的缺点,争取和推动少年儿童文学创作的繁荣。

下面,想试着谈一下目前少年儿童文学创作上的两个问题。

丰满地表现儿童的生活,创造鲜明的儿童典型形象,是我们当前的重要任务

文学作品里的真实的少年儿童的正面形象,永远是儿童文学获得成功的最重要因素。提到苏联优秀的儿童文学作品,我们就会想起铁木儿、鲍里斯·葛里科夫、瓦洛加·杜比宁、维嘉·马列耶夫和舍什金、丘克和盖克;提到中国的优秀儿童文学作品,我们就能想到韩梅梅、罗文应、海娃、黑姑、林东秀这些孩子们的形象。这些生动的典型人物,对我们广大的少年儿童是非常熟悉、非常亲切的,就好像同他们一起生活一样。他们经常提出"向×××学习"一类的口号,立志要以这些正面人物的言行作为自己的榜样。

这些优秀的儿童文学作品都是成功地刻画了少年儿童的正面的典型形象,而这些人物的性格又比较鲜明,他们的思想感情和精神世界得到比较充分的、多方面的揭示。孩子们不仅看到他在生活里采取了积极的行动和正确的行为,而且也能了解他为什么这样行动,他经过一些什么样的内心活动,什么样的思想终于使他采取这个行动而不是别的行动。孩子们对这一点了解得越是清楚,就越能探索到人物心头的秘密,通过他自己切身的体会,就越会感到这个人物的真实可信,激起了对于这个人物的热爱和同情,从这个人物身上学会了怎样对待生活、怎样对待劳动、怎样对待朋友和集体、怎样对待他四周围

的一切事物。这样,也就自然地产生一种由衷的愿望,拿这一个人作为自己在生活里仿效的榜样。也只有在这个时候,这个作品的思想性和艺术成就,才能得到正确的评价。

我们从《我和小荣》(刘真作)里可以找到证明。作者在那样尖锐、紧张的斗争中,用饱满的、真挚的热情,刻画了两个小交通员的形象,他们具有抗日根据地新的一代的共同的品质,同时又各自表现了鲜明的个性。作者对他们的声容笑貌和那些显示心理特征的细节的描写,是细腻的,也是符合少年儿童的特性的。这样就产生了一股相当强烈的艺术的魅力,使我们被作品深深地吸引住,同小王和小荣一起欢乐、一起悲苦,关心他们的命运,肯定他们,热爱他们。这个作品就不仅能影响我们的理智,而且也能影响我们的感情。

然而,我们也不能不承认,像《我和小荣》以及这两本选集里其他一些优秀的作品,同我们整个的儿童文学相比,还是少数。在我们的许多作品里,对典型形象的创造还不够多,不够丰满,甚至有时还不够真实。

首先,少年儿童的丰富多彩的生活,在我们有些同志的笔下,似乎还不够丰满。人不能离开整个的社会而生活,正如鱼不能离开水一样,孩子们同样也不能离开这个错综复杂的社会生活,孤立地去表现自己的进步或者一个什么改变。在我们的某些作品里,把少年儿童的生活简单化、抽象化的现象是存在的。生活不是以它的原有的丰富多彩再现在我们的作品里,而是为了说明一个道理、一个教训而来做些点缀。写到孩子的生活,总是在教室和队里打转转,好像除了教室,他们不再接触什么,除了老师、辅导员、同学再加上家长,他们也不再接触任何人了;写一个孩子爱玩耽误做功课,就是一直玩到底,仿佛他的脑子里除了玩什么也不想。除了作者所规定的主题以外,孩子们和作品里的成年人,也不再谈任何其他的话。在一些比较好的作品里,虽然也刻画了人物的性格,有一些生动的场面,但是为什么看了总还有一些枯燥的感觉呢?我想大约就是由于生活被表现得简单了,不是用生活本身去感染读者,而是用一种比较勉强的"戏剧性"和说教去说服读者。"典型环境里的典型性格"是一个整体,典型环境既然是简单枯燥的,典型人物也就不会生动有力。

其次,由于把生活简单化了,就会产生许多公式:表现诚实、礼貌的品质,就是拾金不昧,电车上让座给老太太;表现爱护公共财物,就是风雨之夜到学校去关窗子,修理桌椅;表现热情参加社会活动,就是帮助烈军属劈柴挑水;表现集体主义精神,就是中队怎样帮助一个落后同学进步,终于入了队。往往我们看了许多作品,都会产生一种"似曾相识"的感觉,"差不多的调调"。

人物的性格也简单化了,有时候简单到成为一种符号。用一些形容词就可以概括他们:这个是"热情"的,那个是"骄傲"的,第三个是"鲁莽"的,等等。

这种公式主义限制了我们对生活做更深的了解和探索,在我们的作品里于是就产生了一些不符合甚至违反生活真实的人为的矛盾。从最近上映的影片《罗小妹的决心》和《春天的园地》里,我们也能找到这方面的例子。从影片里看,罗小妹和李小蕙都是好孩子,一个是活泼的六年级学生,对周围的新鲜事物充满了好奇心。像高尔基所说的"生来就有一种追求光明的、不平凡的事物的意向";另一个是具有独立性格的姑娘,她热爱植物试验,具有可贵的钻研精神。这两个人物在影片里都成为被批评的人物,在她们面前,出现了不同的矛盾,一个是功课和玩的矛盾,一个是个人兴趣和集体劳动的矛盾。我们可以研究一下:这两个矛盾究竟是不是存在呢?这样的解决矛盾是不是对头呢?我认

为,对这个问题的探讨,也许可以帮助我们加深对生活的认识,究竟什么是本质的东西,什么又是非本质的? 什么是偶然出现的现象,什么又是有必然联系的? 在这些足以使我们眼花缭乱的生活现象面前,我们究竟抓住什么东西? 又怎么去表现它?

如果我们在观察和表现少年儿童生活的时候,不从生活的具体实际出发,而是从生活的抽象观念出发;不按照生活的全部复杂性和多样性来表现生活,而是把生活简单化、片面化,甚至制造一些人为的矛盾,我们又怎么能够去观察、研究新的一代的优良品质,探索他们心头的秘密呢?

我们的许多作者都是有生活基础的,努力遵循社会主义现实主义的创作原则的。那么,为什么会产生公式主义的毛病呢? 这里,我只想转引周扬同志在向作家协会第二次理事会会议上所作的《建设社会主义文学的任务》的报告里的一段话。他说:"这种倾向的产生,主要是由于年轻作家缺乏创作经验,而有经验的老作家对人民的新生活又还不够熟悉;很多题材是新颖的,前人所没有写过的,作家不容易驾驭它们;同时也由于一些作家对文艺创作的特点缺乏正确的理解。公式主义使得我们的许多作家把我国丰富的、色彩绚烂的现实生活描绘成了单调的、灰色的、乏味的东西;他们的作品中缺少鲜明的、生动的人物形象,缺少引人入胜的情节,缺少艺术作品中应有的振动人心的力量。公式主义限制了作家不同的个性、风格和才能的发展。"

这一段话,我认为对于我们少年儿童文学工作者,同样是一针见血,值得我们三思的。我们常常用"日新月异"这个形容词去形容祖国各方面面貌的变化,对儿童来说,这个形容也同样恰当的。韩梅梅、小王和小荣、林东秀和其他许多孩子,都是儿童生活中活生生的英雄人物。像这样的表现了各种优秀品质的孩子,在生活里到处都是,正像毛主席在《中国农村的社会主义高潮》的"编者按语"里所指出的:"这类英雄人物何止成千上万,可惜文学家们还没有去找他们。"

不克服公式主义倾向,我们的创作就不会前进。我们就不可能更丰满地表现少年儿童的生活,创造足以表现我们的时代,表现新中国少年儿童的鲜明的、突出的典型形象!

扩大儿童文学的主题范围和样式

我们的儿童文学的领域,需要大大地扩大。应该提倡内容的广阔性和样式的多样性。

这首先是因为儿童文学本身所负的使命要求我们这样做。我们都熟悉,列宁曾经说过:"只有用人类创造出来的全部知识宝藏来丰富自己头脑时,才能成为共产主义者。"高尔基根据这个原则,要求儿童文学供给儿童范围极广的各种各样的知识。他曾经说过:"……我们必须把一切儿童文学在全新的、并为生动的科学文艺的思想开辟广阔前途的原则上建立起来。这个原则可以这样来表述:在人类社会中,正燃烧着为把工人群众的劳动力从私有制的压迫下,从资本家的支配下解放出来的斗争,燃烧着为使人们的体力劳动转化为精神劳动——智力劳动的斗争,为支配自然力,为劳动人民的健康和长寿,为争取全世界劳动人民的团结一致以及为争取劳动人民的能力和天才得以自由地、多样地、无限地发展的斗争。这个原则应当成为一切儿童文学以及从幼童读物算起的每一本小书的基础。"高尔基是这样地把儿童文学的使命,同我们整个的革命事业,同社会主义、共产主义的建设联系起来。这是值得我们深思的。在他的"论主题"中,他提出了著名的定义:"关于儿童书籍的主题问题,不用说,就是关于儿童社会教育的方针问题。"

我们需要给孩子们多方面的教育,引导他们走向广阔无垠的天地,在他们面前展开祖国的社会主义建设的惊心动魄的场景，使他们从小就知道国家和社会的一些重大事件，养成并且鼓舞他们热爱祖国、热爱社会主义建设事业的豪迈的感情，使祖国各个战线上的英雄人物，能够在我们的未来的建设者的心里，留下不可磨灭的印象，在长长的岁月里，成为学习的榜样。

其次，也因为少年儿童有这样的迫切的需要。他们并不满足于我们为他们写的一些作品。他们所要求的，要多得多。我们的出版社、报纸、刊物，就经常听到来自各方面的呼声。他们要求从文学作品里知道祖国大规模的工业建设在怎样地进行；知道在大兴安岭的森林地带、在帕米尔高原下、在西南边疆上，发生了什么故事；他们要求知道轰轰烈烈的农业合作化运动在农村里发生了什么样的变化；要求知道兄弟民族的故事，要求知道地质勘查队员和修路工人的生活，要求欣赏祖国的美丽河山，要求知道祖国的海岸线上和海洋上有些什么故事；他们还要求看到中国人民革命斗争的历史的许许多多的英雄人物。更重要的，大家也知道，孩子们特别如饥似渴地迫切要求看到的，是革命领袖们的传记。

谁能说他们的这些要求是过多的，或者是不合理的呢？难道我们不应该满足这些要求吗？

大家也许会同意：我们目前所写的主题范围，实在还太不够宽广。我们的作品，大半是限于描写儿童生活，学校和家庭的生活（早几年，更是大半是描写城市儿童的，这一两年来才有了些改进）。对儿童的社会生活方面，接触得就比较少；对成年人的生活，整个国家社会生活，更是好像被排斥在儿童文学的范围之外了。

有那样一种看法，妨碍着儿童文学主题范围的扩大。这就是：儿童文学就是写儿童的文学。出现在儿童文学里的，除了儿童自己或者再加上教师之外，只能是小猫小狗了。这种看法之所以不正确，是因为它把儿童生活同我们整个国家社会生活孤立起来，割断了它们之间的联系。这样就违反了我们的党把儿童看作国家的未来，看作社会主义的新人，看作是要把共产主义的旗帜撑持到最后胜利的人的根本政策。

我们曾经向那些专业和业余的作家们提过扩大少年儿童文学主题范围的要求，向他们说明：少年儿童文学的主题范围，可以同一般的文学同样的广泛。所不同的，只是所写的生活、所表现的思想感情，以及所运用的形式、语言，应该为少年儿童所能理解、体会和喜爱罢了。

有的同志提出：在少年儿童文学的领域里，也应该采取"百花齐放"的方针，这是完全正确的。

"百花齐放"还应该表现在体裁、样式的多样性上。

我们现在看到的比较多的，是小说和诗。近一两年来，童话、民间故事、传记和科学文艺读物也都开始有了发展。虽然在这些方面也还存在不少问题，但这些新的样式毕竟是出现了。

我想在这里再提到一些目前还不是那么普遍地受到注意的体裁。

第一，是特写和游记

近两年来，特写这一种文学样式，由于报纸和刊物的提倡，开始受到作家们的重视，在作家们的创作实践中，也证明它是最能及时地、迅速地反映现实生活的文艺武器。它能够把现实生活的一些重大事件、一些先进的英雄人物，生动地、如实地描绘下来，传播到人民群众中去。

新中国儿童文学

我认为：在儿童文学领域里，也应该发展这一样式。前面所提到的当前社会主义建设事业中各个战线上的斗争和斗争中涌现的大批的英雄模范，就足够产生多少篇生动的特写呵！然而可惜的是，这方面我们的收获还不多。我们有些作家，在工厂和农村里生活很久，见过许多大工程，写了不少的小说或诗歌，但是，却吝惜为孩子们写一篇两千字的特写。我们的少年儿童报刊、少年儿童读物在这方面就长时期留着空白。这就意味着在孩子们的生活中，关于祖国的社会主义建设和社会主义改造的面貌，也是长时期留着空白。

至于游记，情况也不太妙。孩子们对于祖国的河山，对于祖国辽阔广大的土地上的一切事物，都是抱着极大的兴趣和无比的热爱的。他们常常幻想着自己能长上翅膀，像燕子一样在祖国的东南西北飞翔，从松花江到海南岛，从喜马拉雅山到大海上。这种想法是完全可以理解的。优美的游记，应该满足他们的欲望，启发和鼓舞他们对祖国的热爱。

我们的创作和出版的游记实在太少了。

第二，是探险故事和惊险小说

如果我们稍微去研究一下为什么孩子对小人书摊上的神怪剑侠故事那么喜欢，我们就会发现：他们并不是去寻找那些神仙、妖魔的迷信，少数人是去找寻飞檐走壁、口吐宝剑的方法，而绝大多数的孩子是去找寻勇敢、大胆、冒险和机智。"青城十九侠"之类，正是在这方面吸引了大批的孩子。

要把孩子们从这些黄色书刊的泥坑里抢救出来，给他们正确的勇敢、机智、乐观的思想教育，就需要发展探险故事、惊险小说这一样式的创作。自从政府对黄色书刊采取措施以后，少年儿童的兴趣就转到苏联的惊险小说上面。这自然是一种好的转变。但是，应该说有许多苏联的惊险小说，也并不完全适合少年儿童阅读，有许多东西他们还不能完全理会。同时，孩子们在读了太多的这类小说以后，也产生些副作用，整天精神紧张，走在街上疑神疑鬼，看见一只空火柴盒，也疑心里面一定有特务的暗号；看见有谁在公园里靠在树底下吸烟，就以为这一定是在等一个特务，等等。这样下去，非但不能达到教育儿童提高警惕、勇敢机智的教育效果，也许还会培养出一些神经过敏的孩子。

我们幼年时候读过的一些探险故事，例如《鲁滨孙漂流记》之类，在很长时期内影响着我们，不会忘记。我们现在有比鲁滨孙不知丰富、生动到多少倍的题材，我们的国防军生活、公安人员的对敌斗争，也有无数的生动的故事。可是我们为儿童创作的这样的作品还不多。

第三，是学龄前儿童的读物

学龄前儿童，是指那些3岁到7岁的孩子。他们也非常迫切要求有适合他们年龄的特点、能够哺育他们成长的文学作品。我们每个人可以回忆一下，自从我们懂事的时候起就听到的故事，曾经怎样地在很长的时间内都没有忘记，妈妈、奶奶、保姆所讲的那些老的故事，怎样唤起我们最初的对于这个世界的一种美的感觉。

可是现在，据说我们的孩子还在听"司马光打破缸救人"的故事。这种故事，正像鲁迅先生在《表》的"译者的话"里就感慨地说过："这些故事出世的时候，岂但儿童们的父母的父母还没有出世呢，连高祖父母也没有出世，那么，那'有益'和'有味'之处，也就可想而知了。"今天的生活，非但不能同司马光打破缸的时代相比，也不能同20年前鲁迅先生翻译《表》的年代相比了。而我们的幼年儿童的精神食粮，却仍然如此的贫乏、无味，这实在是应该引起我们严重地注意的。

我们都会记得马卡连柯的一句名言："主要的教育是在5岁之前完成的,这就是整个教育过程的90%。以后,教育人、改造人的工作,不过是教育过程的继续罢了。"学龄前的孩子,对一切都是感到新奇的,不可理解的。他们对什么都会一连串地问"为什么?为什么"他们需要讲解生活和知识的百科全书,需要短小、愉快能够培养他们新的道德品质的诗和儿歌,需要具有鲜明的人民性、有着丰富色彩的语言的民间故事、童话、笑话、谜语,等等。我们有什么理由不去满足几千万学龄前儿童的这些要求呢? 为学龄前的儿童创作大量的有意义、有趣而又优美的作品,也应该成为我们儿童文学工作者的重要职责之一。

最后,我想说几句关于儿童文学批评的问题

在我们儿童文学的领域里,批评是不够旺盛的,简直少得可怜。这种情况,也影响我们事业的积极发展。

写儿童文学批评的人很少。理论批评家似乎不屑去写,儿童文学工作者又不愿意写,只有少数几个同志在坚持这项工作;作家协会及其分会的少年儿童组,对创作问题的深入研究,也不够经常,不够多;我想,这大约就是我们儿童文学批评不景气的重要原因。

难道我们的儿童文学创作已经没有什么可以批评的吗? 当然不是;难道我们的新的儿童文学的理论已经建立起来了吗? 当然更不是。我们的事业还年轻得很、幼稚得很,年轻、幼稚的事业,不仅需要鼓励、支持,也同样需要批评、监督。作品一篇一篇写出来了,书一本一本出版了,然而如石沉大海,一点回响没有,那却是最悲哀的事。

依靠谁来写评论文章呢? 我觉得,除了向作家协会儿童文学组呼吁,向那些专业的评论家呼吁之外,还要依靠我们自己。我们大家都来动手写评论。我们都比较接近儿童,自己又是搞些创作、懂得一些创作甘苦的人,我们应该有这个义务和责任,把儿童文学批评工作也担负起来。

只要我们热爱我们的事业,认真学习马克思列宁主义,学习党的教育政策,认真观察、研究少年儿童的丰富多彩的生活,遵循社会主义现实主义的创作原则,努力去创造无愧于我们这个伟大的时代的少年儿童的典型形象,不断地扩大儿童文学的题材范围和样式,并且不断地磨炼我们的笔,提高写作技巧,那么,就完全可以预期:我们的儿童文学就会迅速健康地发展,儿童文学创作繁荣的时期就会更早些到来!

（原载长江文艺出版社辑《儿童文学论文选》,长江文艺出版社1956年版）

新
中
国
儿
童
文
学

情趣从何而来

束沛德

一

柯岩是儿童文学队伍里的一个新兵。她的处女作《儿童诗三首》发表在 1955 年 12 月号《人民文学》上。在这 3 首短诗里，作者以她的生动的笔触和明快的调子表现了幼年儿童的生活、兴趣和志向。从这些诗篇的字里行间，我们看到了青年诗人的才华的闪光。

最近一年多来，柯岩又陆续在《人民文学》《文艺学习》《中国少年报》和《文艺月报》等报刊上发表了不少首儿童诗。这些诗大多是描写年龄较小的学前儿童或学龄儿童的，而且大多是从儿童的家庭生活、日常生活汲取题材的。从当前儿童诗歌创作的水平来看，我以为这些诗都能称得起为好诗。其中《帽子的秘密》（《人民文学》1956 年 4 月号）、《看球记》（《文艺学习》1956 年 10 月号）、《爸爸的眼镜》（《人民文学》1956 年 6 月号）、《小红马的遭遇》（《人民文学》1957 年 3 月号）等首又显得特别有光彩。

我读了柯岩的诗，特别感兴趣的是，她的诗篇里充满着令人激动的儿童情趣。在我看来，目前的很多儿童文学作品，包括儿童诗在内，还非常缺乏这种情趣。柯岩正是在这方面显示出她的创作的鲜明特色。

二

从柯岩的儿童诗里可以看出，诗的情趣是从生活中来，从儿童世界里来的。我们时代儿童的生活真正是丰富多彩的，他们有着许许多多奇幻美丽的梦想，也有着许许多多引人发笑的问题。他们的理想、渴望往往带着英雄主义、乐观主义的色彩，甚至连他们的苦恼、委屈也都是天真有趣的。如果一个儿童文学作家能够深入到儿童的内心世界里去，他就一定能发现有趣的、引人入胜的东西。就拿《帽子的秘密》这首诗来说吧，作者正是抓取了儿童游戏中一个非常有趣的冲突，作为作品的情节的。诗一开头就吸引了读者的兴趣，使我们同诗中的妈妈和弟弟一样地感到奇怪：为什么哥哥的帽檐缝了又缝，却老是掉下来呢？当弟弟终于发现哥哥摘下帽檐扮演海军的秘密时，他忽然被哥哥的"部下"抓住了。接着，作者用鲜明的色彩给我们画出了一幅既严肃又有趣的儿童生活图景：

> 两个水兵向哥哥敬礼，
> 报告抓到了什么"奸细"，
> 哥哥看也不看我一眼，
> 就下命令把我枪毙。

我生气地说："我不是什么奸细,
我是你的弟弟!"
可是哥哥皱着眉说:
"是奸细就不是弟弟!"

这么欺负人还能行?
我就又踢又打吵个不停,
两个水兵只好安慰我,
说枪毙是假的一点不疼。

我说:"反正我不能叫你们枪毙,
不管它疼还是不疼,
我长大了要当解放军,
随便说我是奸细就不成!"

水兵们都哈哈大笑,
哥哥也只得把命令取消,
大伙说:"这可不是个胆小鬼,
欢迎他参加我们'海军部队'。"

　　这段富有情趣的描写具有很大的艺术魅力。它会使小读者感到很亲切,好像诗中的主人公就是他自己和他的同伴。诗的情趣会激起孩子们快乐的情绪,丰富他们的想象。而对我们这些大读者来说,它又把我们带回到童年时代,使我们好像也生活在孩子们中间,感到和孩子们是那么接近。甚至想参加到孩子们游戏的行列中去,和他们一块儿跳跳蹦蹦,说说笑笑,打打闹闹。这可以说是诗中的儿童情趣唤起了我们纯真的童心。
　　这种儿童情趣当然不是向壁虚构,也不是离开儿童生活去加油添醋。它是诗人用儿童的眼光从生活中观察、发现出来的。柯岩之所以能够把儿童的心理、儿童的性格描绘得那么惟妙惟肖,之所以能够揭示出许多别人没有发现的儿童情趣,我以为,她的秘诀正在于她真正生活在她的小主人公的世界里;她的心灵,她的气质都同孩子们十分相近,她那儿童的眼光可以洞察孩子们心底的秘密。
　　我们还可以举出《小红花》(《人民文学》1956年6月号)这首颇有情趣的诗来谈一谈。它描写几个幼年儿童十分热心地栽培一朵小红花。他们一会儿把它端到太阳底下,一会儿又把它端到厨房里的炉台上,一会儿用手摸摸花,一会儿又用湿布擦擦叶子。他们盼望着小红花快快长大,准备在"五一"节送给妈妈。可是由于他们爱之太深,抚之太勤,结果却断送了这朵小红花的生命。这首诗的构思相当新鲜,它是从儿童生活中来的,有着相当浓烈的生活真实感。作者表达出孩子们一种美好的感情,一种善良的愿望,以及他们经历到的事与愿违的苦恼。诗里跳动着一颗一颗天真的童心,洋溢着一片可爱的稚气。当他们"拔苗助长"的时候,我感到好笑;当他们折断了小红花还不知道错处在哪儿的时候,我又很同情。在这里,作者并没有特别着意渲染什么,而是朴素地忠实地表现了儿童真实的性格。这就说明了在儿童天真、活泼的性格里就孕育着丰富的情趣。作品

揭示出儿童的性格以及他们的性格冲突,就一定会生动有趣。

自然,并不是只有表现儿童生活的作品才能有情趣,表现成人生活、现实生活各个方面的儿童文学作品也都是可以富有情趣的。因为我们献身的共产主义事业正是各种有趣的创造性劳动的总和。我们的劳动已经创造出丰富的、美丽的、神奇的新事物,这种新事物就是生活中最有趣的东西。而且,在那些最困难的工作、最艰苦的环境里往往有着特别迷人的趣味。重要的问题是我们的儿童文学作家要置身在热火朝天的社会主义建设的洪流里,要善于从生活斗争中观察、探索、选择、揭示出那些动人的有趣的东西,来激励鼓舞我们的孩子。

柯岩的儿童诗从家庭生活、日常生活的角度成功地表现出了儿童世界的一些情趣。自然,这还只是现实世界、儿童世界里蕴藏着的趣味的一鳞半爪。在这方面还有着一片无垠的未被开垦的处女地,等待着我们的诗人、作家去开拓、耕耘哩!

三

我们说现实生活里蕴藏着无穷的情趣,这是不是意味着,有趣的事物都一目了然地摆在作家面前,只要把这些事物摹写下来,就会使作品富有情趣呢?不,不是这样的。作品的情趣,不仅是作家在生活中独特的发现,而且是和作家巧妙的构思、生动的想象分不开的。没有这种创造性的构思和想象,就不能把生活中有趣的事物充分地揭示出来。

这里可以试举柯岩的《看球记》一诗来探讨一下。这首诗通过几个年龄较小的儿童看一场小足球比赛时的心情和反应,表现了这一代儿童生活的欢乐和幸福,表现了儿童们的性格、兴趣和爱好,从小就得到了健康的发展。诗的这个思想不是直截了当地说出来的,而是借着有趣的构思、有趣的情节表达出来的。诗中描写小弟在球赛刚结束时,挤到球员旁边,一把抱住9号运动员,称赞他很勇敢。接着,作者写出了最精彩、最逗人的两节:

> 夜里大家已经睡熟,
> 可是小弟还在梦里踢球,
> 一脚把被窝踢到地下,
> 还用脑袋拼命去顶枕头。
>
> 妈妈叹口气去给他盖被,
> 他一脚丫正踢着妈妈的手。
> 妈妈笑着把他侧过身去,
> 一看,背心上还用红墨水涂了个大"9"。

当我读到这里,不禁失声大笑起来。这是一个多么富有色彩的喜剧镜头,里面洋溢着多少令人喜悦的情趣啊!从这儿可以看出,这首诗艺术构思的巧妙之处就在于它把儿童真实的生活和梦境的情景相互对照、相互辉映,交织成一幅绚丽的儿童世界的图画,突出地表现出了一个孩子活泼可爱的性格。也许现实生活不一定会提供这样一幅完整的儿童内心生活的图画。但是作者的本领和技巧正是在这里显露出来:她没有拘泥于生活的本来面貌,她善于从生活出发,从自己的生活积累中抽取出有用的材料,形成了新鲜的有趣的构思。如果诗中不描写小弟在梦境里那些可笑又可爱的行动,不把小弟的生活和梦境巧妙地联结起来,那么这首诗就不会那么生动有趣了。

在柯岩的另外一首诗《爸爸的眼镜》里,我们又可以看出作者生动的想象怎样使诗的情趣浓郁起来。这首诗描写小弟的爸爸在上班前忽然发觉自己的眼镜不见了。于是一家人手忙脚乱地到处寻找,找了半天也找不见。后来才发现:原来是小弟躲在储藏室里,把爸爸的眼镜架在自己的翘鼻子上,睡着了。这首诗的故事情节是引人入胜的。作者抓住小弟戴眼镜这个有趣的情节展开了丰富的想象,借着小弟的梦,巧妙地揭示出一个幼年儿童的内心世界。

小弟在梦里想到许多引人发笑的问题:为什么爸爸把眼镜往鼻子上一架,就会解答姐姐拿去的算术题;为什么爸爸把眼镜往鼻子上一架,就能用妹妹拿去的红笔画出闪亮的红星和一座座高楼大厦;为什么爸爸把眼镜往鼻子上一架,就能念出妈妈拿去的厚厚的书里的苏联话……接着,作者生动地揭示出了小弟的渴望和苦恼:

> 我也想知道算术怎么算,
> 我也要知道祖国多伟大,
> 我也要把红星画在大楼上,
> 我也要会说苏联话。
>
> 眼镜呵眼镜,
> 为什么你光都爸爸的忙?
> 眼镜呵眼镜,
> 为什么你不听我的话!

小弟的这些天真的有趣的想法,自然不会是一个幼年儿童的梦境的真实记录。这也许是作者在生活里看到了小孩偷偷摸摸地戴上大人的眼镜这样一件有趣的事情,因而勾起了作者的想象,把作者引入了儿童世界。于是作者用儿童的眼光、儿童的思维方式观察着、思考着那些引起儿童兴趣的事物,最后,作者把活泼的想象编织成了一个新的画面——小弟的有趣的梦。从这里,我们可以看出,作者生动活泼的想象使得诗的情节发展了,丰富了。不难设想,如果这首诗止于描述小弟戴爸爸的眼镜这个生活现象上,而不通过小弟在梦里和眼镜吵架这个情节,揭示出他的天真烂漫的心理,探求知识的愿望,那么,不仅这首诗的构思显得不完整,而且它的情趣将要打一个不小的折扣。

儿童是富于想象的,在学前儿童的心理发展上,想象又起着特别重要的作用。幼年儿童往往是通过富有创造性想象的游戏来认识、掌握世界上的一些事物的。从《爸爸的眼镜》和另外一些诗看来,柯岩是懂得幼年儿童的这个心理特征的,而且善于借着儿童自己的想象揭示出儿童世界的情趣。在《儿童诗三首》里,描写孩子们把小板凳摆成一排当火车开(《坐火车》),把一根小竹竿一会儿当马骑,一会儿又当枪放(《我的小竹竿》)。这虽然都是儿童普通的日常生活,不是什么特别新鲜、稀罕的事情,但这些活动里充满了孩子们所特有的想象,带着儿童世界所特有的声音和色彩。当小读者从诗篇里看到:孩子们幻想着这列"火车"跑遍全中国,幻想着用那杆"枪"消灭侵略我们的强盗……他们会感到无限的快活。这是因为作者从那些活动里面发掘、揭示出了儿童的趣味,而且又用自己的想象把这种儿童趣味渲染上一层富有魅力的色彩。

我以为,从柯岩的儿童诗里,可以觉察出这样一点:儿童文学需要有想象,比成人文学更大胆更丰富的想象。但这种想象一定要符合儿童的心理状态和他们的理解能力,不能用成人的想象来代替儿童的想象。对现实生活和儿童心理的理解愈深,作者就能借着想象的翅膀飞翔得愈高愈远,以现实为基础的想象愈加开阔、丰富,那么作品揭示出来的情趣就会愈加浓郁,愈加具有打动儿童心灵的力量。

四

柯岩诗中的儿童形象,无论是《看球记》里的小弟,《放学以后》(1956年12月13日《中国少年报》)里的小华,还是《帽子的秘密》里的哥哥和弟弟,都是一个个活泼有趣、有个性的人物。我认为,正是这些小主人公的鲜明性格,吸引了儿童的兴趣。因此,谈到柯岩诗中的情趣,又不能不稍微说一说作者揭示人物性格的艺术手法上的特色。

在我看来,从行动中揭示性格,这固然是一切文学体裁描写人物的一个重要手法,但对儿童文学来说,却有着特别重要的意义。因为儿童不喜欢慢吞吞的连篇累牍的叙述,不喜欢静止的细腻入微的心理描写。他们怀着热烈的兴趣注视着作品中主人公的行动,他们的情绪总是跟随着主人公的行动变化、发展的。儿童诗这种"复杂而细致的体裁"在创造人物性格上虽然有它自己的规律、自己的方法,但它也不能不考虑到儿童的这个心理特点的要求。苏联著名诗人马尔夏克说,给孩子们写的诗,应当是积极的、行动的、有韵脚的(着重号是本文作者加的)。我想,这正是根据儿童好动的特点,要求儿童诗从行动中来表现人物,使小读者也和小主人公一同行动起来,活跃起来。

从柯岩的儿童诗里可以看出,作者是善于从行动中来揭示儿童的性格的。而且在这方面,作者还有她自己独特的艺术手法,那就是她善于从儿童的日常生活中选择一些有趣而又是必要的细节、动作和冲突把儿童的性格勾画出来。在她的诗篇里,没有琐碎的、毫无意义的细节描写;她选择的每一个细节,差不多都是和人物的行动紧密地结合在一起的。在《看球记》一诗中,作者只用寥寥几笔就把小弟的性格栩栩如生地揭示出来了:球赛前,"小弟从清早就在院子里看天,有一朵乌云他就急得跺脚。"当爸爸、妈妈、妹妹各自根据某种理由希望"青岛"队或"新疆"队得胜的时候,"只有小弟什么也不懂,他说最好让两边都赢。"这想法多么有趣! 这里,作者把小弟的天真、善良的心灵打开在我们面前了。再读下去,诗中描写球赛进行中,"有一次'新疆'把球踢出场外,他站起来差一点跳出了看台。"小弟的这个行动不禁使我们为他捏一把汗,唯恐他真的从看台上摔下去。诗的结尾,描写小弟在梦里踢球,用脚踢被窝,用脑袋顶枕头。通过这些连续的有趣的动作,一个天真活泼的儿童形象就令人难忘地留在读者的脑海里了。

在一首短诗里,用很朴素的笔触刻画出一个活生生的儿童形象。这里虽然没有什么秘方,但它确实显示出作者自己的艺术手法。这种艺术手法是贯穿在作者观察生活的角度、提炼题材的角度上的。从《看球记》可以看出,作者从观察体验生活的时候起,就注意抓取那些富有特征的有趣细节、动作和冲突;在题材提炼的过程中,她又把这些有趣的细节、动作和冲突构成作品的基本情节,并且把它突出出来。通过这个有趣的情节,作者表现出了小弟的性格。如果没有动作,没有冲突,没有情节,那么也就不能在诗中鲜明地揭示出性格。

《放学以后》这首诗尽管在题材的提炼、语言的锤炼上还存在着缺点,但它仍不失为一首有趣的诗。诗中描写两个孩子放学以后听到了歌声和笑声,想尽办法探听是怎么一回事;而新成立的舞蹈小组,为了在晚会上表演新鲜的节目,却想尽办法不让别人看他们排练。一方要保守秘密，另一方要探听秘密，于是引起一场有趣的冲突：两个孩子刚迈上礼堂的台阶，就被舞蹈小组的一个六年级生撵了出来。他们又爬上了房，想从烟囱眼往里望，可是烟囱眼早塞上了报纸卷；他们又从后台木板壁的夹缝中往里钻，终于爬到了侧幕旁边，看见舞蹈小组在排练民族团结舞。他们看着看着，不禁笑出了声，被正在排演的同学发现了，责骂了一顿。这首诗的情节就是以这个有趣的冲突为基础的，因此它一步一步地引人入胜。也就是通过这个有趣的冲突和那一连串的行动，揭示出了两个顽皮的孩子好奇的心理。我以为，诗中主人公的那些鲜明的、"神出鬼没"的行动，特别富有令人着迷的趣味；它使小读者也想参加到人物的活动中去，和主人公一起行动。

《"小兵"的故事》（包括《帽子的秘密》《两个"将军"》《军医和护士》三首）的有趣的连贯的情节也是由几个孩子之间的关系和冲突构成的。而这种关系和冲突在作品中是通过具有特征的行动表现出来的。在《帽子的秘密》里，通过扮演海军的哥哥下令枪毙被当作奸细的弟弟这个有趣的戏剧性的冲突，刻画了两个生动的儿童形象。特别是从小弟被抓住后，又踢又打又吵的行动里，我们感到小弟这个孩子是那么倔强，有志气，自尊心是那么强，敌我、是非界限是那么鲜明。我们时代一个儿童的真实而闪光的性格就这样深入了小读者的心灵。在《两个"将军"》里展开的儿童生活图景更显得有声有色：

> 哥哥当了大"将军"，
> 派我当他的警卫员。
>
> ……
>
> 他一天对我下一百次命令，
> 哪一次慢一点都不行。
> 一会儿"稍息"，一会儿"立正"，
> 一会儿跑步一会儿停。
>
> 一会儿下令"向妹妹进攻！"
> 一会儿下令"向弟弟冲锋！"
> 他一刀砍伤了妹妹的小泥人，
> 我一枪刺破了弟弟的大布熊。
>
> 弟弟哭着要报仇，
> 带着妹妹来反攻，
> 小桌小凳当坦克，
> 炮声震耳轰隆隆。
>
> "将军"拿枕头挡不住，
> 我拿被窝把头蒙，
> 奶奶从厨房赶过来，
> 气得半天不作声。

在这里，人物描写富有鲜明的动作性。小主人公几乎一刻也没有离开行动；就在这种连续的、紧张的、具体的行动里，描绘出了一个活泼而又淘气的"将军"形象。接着，诗中又通过具体的行动，描绘出了另一个活泼而惹人喜爱的"将军"——隔壁小林的哥哥。一个"将军"欺负弟弟妹妹，惹大人生气，另一个"将军"爱护弟弟妹妹和他们一同玩，并帮助大人做事。作者把这两个"将军"的具体行动形成鲜明的强烈的对比，使小读者从主人公的行动中感受到什么是好的，什么是不好的。

在我看来，柯岩的这种通过人物的鲜明的、具有特征的行动来揭示性格的艺术手法，是增加作品趣味的一个重要因素，是适合儿童的兴趣和年龄特征的。

也许可以这样说，儿童诗的形象如果离开人物的具体行动，就不会鲜明生动，不会引人入胜。

五

用儿童的眼光观察生活，从生活本身发现有趣的事物；以生活为基础的巧妙构思和生动想象，通过具有特征的行动揭示性格，我以为柯岩就是借着这些艺术手段使得她的诗篇充满情趣的。我在这篇文章里着重探讨这个问题，是由于我感到趣味问题对儿童文学来说，是一个非常重要的问题，它是和儿童文学的任务——用共产主义思想教育儿童一代的任务紧密联系着的。

在柯岩的诗篇里，是用明朗、高尚的儿童性格去感染、影响儿童的感情和意志的。当小读者看到这些富有情趣的诗篇，一定会欢笑，会激动。像《帽子的秘密》里弟弟那种倔强、活泼的性格，《小红花》里那几个孩子的一片纯洁、善良的童心，《看球记》里小弟那种天真无邪的稚气，怎么会不使儿童幼小的心灵受到陶冶和启示，怎么会不使他们的精神丰富起来，情感善良起来呢？我想，作品的教育意义正是饱含在这些生动的艺术形象和鲜明的生活图画里；而不是在艺术形象之外去进行枯燥乏味的说教、训诫、议论。

如果我们用功利主义的观点来理解儿童文学的教育意义，把儿童文学作品当作"立见功效"的万应膏药，那么我们就忽视了文学的美学要求，忽视了文学在塑造儿童灵魂上的那种潜移默化的影响。我认为，既然儿童文学是以艺术形象作为自己的教育手段，那么，一篇儿童文学作品的教育意义也只能在于借着人物形象的艺术说服力和感染力来帮助年轻一代形成共产主义的人生观。在这里，需要探讨的问题是儿童文学到底怎么样才能更好地完成以共产主义精神教育年轻一代的任务。在我看来，重要的关键之一是儿童文学作品一定要写得有趣，也就是要用有趣的形式揭示出有趣的事物。如果作品"没有趣味，孩子就要打呵欠，掩上了它，那么作家的所有意思不管怎么好，就只有他自己、他的妻子、编辑、排字工人和校对人欣赏了"（波列伏依）。而且我们强调儿童文学的趣味性，还不仅是估计到儿童的年龄特征和特殊需要，不仅是从儿童的兴趣出发，更重要的是为了把儿童一代培养成为未来的活泼、乐观、生气勃勃的共产主义建设者。只有当作家在儿童面前揭示出生活中有趣的、美好的、新奇的事物，才能使儿童的想象丰富起来，思想开阔起来，并坚定、乐观地奔向共产主义的未来。

当然，我们的儿童文学需要的是高尚的、健康的趣味，而不是庸俗的、无聊的、虚伪的趣味。这就要求我们的儿童文学作家首先应当是一个心地纯洁、道德高尚的人，是一个为人民利益斗争的积极战士；他不只是要用儿童的眼光，更重要的是要用马克思主义的眼光去观察、研究生活，把马克思主义思想和生活的真实、生活的情趣融合在一起。只有这样，才能写出趣味高尚的作品。从柯岩的诗里，我们可以看出她不是用轻佻的逗笑、油滑的噱头来廉价地博得孩子的笑声,而是用生活中真实的趣味来打动孩子的心灵的。我想,高尚的、健康的趣味只有从我们时代人民的生活和斗争中去发现。离开生活的真实追寻到的离奇的趣味,或者是挖空心思编造出来的小趣味,一定是庸俗的、灰色的、没有意思、没有生命的。

我看,趣味主义、唯美主义在任何时候都是要坚决反对的,但也不必因此忌讳谈论儿童文学的趣味问题。应当让我们的儿童读到更多的像柯岩的儿童诗那样富有情趣的作品。

附记:本文中所引诗句,是根据柯岩的诗集《小红花》(中国少年儿童出版社出版)、《"小兵"的故事》(天津人民出版社出版)。

1957 年 2 月写、10 月修改

(原载《文艺报》1957 年第 35 期,本文原署名舒霈)

《给孩子们》第一版序

张天翼

1951年以来，我曾经陆续给孩子们——主要是少先队员们写了几则故事。

我在跟孩子们的接触当中，发现有一些个问题——用几句话说不清，得打比方，设譬喻，讲到后来就形成了类似寓言那样的东西。有时要找生活里的例子来谈，到后来就形成了故事。

可是其中有好些没有写下来。那多半是某一地区某些孩子中间的特殊问题，只要对这些孩子讲了就够了；或者只是一时发生的问题，当时解决了就行了——要写出来让所有孩子们普遍去阅读，那实在没有意思，有时甚至还会起副作用。还有一些，看看好像是孩子们的问题，关键其实是在于大人——比如，有些有关孩子们的事情本该他管的，他却不管，不过问，一推了事；或是管而管得不对头，他脑子里有那么一套既跟咱们社会主义的生活毫不相干，又跟咱们中国人民的生活毫不相干的儿童教育观在那里作祟。遇上这类事的时候，你顶多只能教孩子们去尽他们力之所及地搞好他们的分内事，解决一些枝节问题，皮毛问题；而要根本解决，你非另外对那位大人做一番工作不可。

至于为孩子们写下来的东西，我们想应该努力办到这两件事，或者说两个标准：

（一）要让孩子们看了能够得到一些益处，例如使孩子们能够在思想方面和情操方面受到好的影响和教育，在他们的行为习惯方面或是性格品质的发展和形成方面受到好的影响和教育，等等。这是为孩子们写东西的目的。为了要达到这个目的，那么还要——

（二）要让孩子们爱看，看得进，能够领会。

写作时候的一切问题、困难，都是为了要办好这两件事才发生的。写作时候的一切劳动、苦功，以至艺术上的考究、技巧上的考究等，也都是为这两件事服务的。除开这两件事——两个标准以外，老实说，我就不去考虑了。

这个看法也许太简单了些。因此，每逢有人一问到我关于有些儿童文学的什么问题——这些问题是应该由一部叫作"儿童文学概论"那样的书来讨论的——我就直发窘。例如吧，有人告诉我，我的一篇童话，跟某一篇论童话的论文里所规定的不符。他质问：

"难道童话可以像你这么写吗？难道可以拿当前的现实生活插到童话里去吗？难道这可以叫作童话吗？"

我就回答不上。

"您瞧着办吧。"

"或者不如叫作寓言……"他这么自言自语说了一句，马上又怀疑起来："可是寓言——寓言哪兴写这么长的？"于是他又问我：

"那么，什么是童话，你自己说？"

我还是答不上。我没有研究过。

"那你是怎么写出来的？你为什么要采取这种方法来写？为什么要用民间故事里的材料，写这么一个幻想的故事？"

我只好老实交代：我只是为了方便，才这么办的。你说这所写的不过是个比方，是个譬喻，也可以。说是个幻想故事，也可以。我之所以要这么写，无非为了更容易表达出我那个想要表达的思想内容，为了想把这个思想内容表达得更集中，更恰当，更明显，更为孩子们所能领会。

要不然，我不会想到要这么写。

只看是什么思想内容，什么题材，写给哪种读者看，这才决定怎么样写，用怎样一种表现形式。我可从来没有去想过这配不配叫作童话或其他的什么什么。

假如您认为它不符合您的童话的定义，那您就别叫它童话就是。你爱叫它什么就叫它什么，我都没有意见。

这行吗？这算是哪一种作品呢？

那我只要问这作品办到刚才举例的那两件事——那两条标准没有。要是办到了，那就行，就可以印出来给孩子们看，管它叫什么。

可是，这两件事办到没办到，你自己怎么知道呢？

那得请教孩子们。拿作品到孩子们中间去试验试验，看他们的反应怎么样，有什么意见，有什么想法。但要搞这样的试验，首先得检查一下我跟这些孩子们之间的关系是不是平等。假如我被当作"作家"在台上供起来，而老师或辅导员又帮着吹了一通，于是只许孩子们致颂辞，鼓掌——我随便扯些什么，他们也得对我鼓掌——那就不是试验。一定得跟孩子们真正交上朋友，让他们在我们面前能够自自然然，自在在在，无话不说，然后听他们自己说，或观察他们的反应，这才能判断他们到底对这篇东西喜欢不喜欢，能不能领会。

更要紧的，是看他们读了以后的实际影响怎么样。

据我自己的经验，给孩子们写的东西往往是很快就会在孩子们中间看出影响来的，而且他们往往就会在行动上表现出来。有时我直接或间接知道有的孩子因读了我的某篇东西而得了些益处（能进步，能变得更好，或是能改正自己的缺点，等等），那真是我的最大快慰，最大喜悦，也就是给予我这项劳作的最大酬报。我的目的已经达到了，别的什么我都不需要了。我在写这东西时候所吃的苦，也补偿过来了。——老实说，为孩子们写东西，在我是一件最吃力最艰苦的工作，比写给成人看的东西要多花到几倍以至十几倍的时间和精力，而且还总是写了又重新写过，改而又改，有时搞得每天饮食睡眠都不正常。可是孩子们！只要你们能从我所写的东西里得到一些好处，受到一点教育的话，那我就心甘情愿地愉愉快快地来为你们下苦功，为你们干活，那些苦都算不了什么了。

我搞这个，当然是个外行。可是我认为我们每个人——无论你是不是专搞儿童文学的，总也可以而且应该为咱们孩子们做一点事。

出版社叫我把这些给孩子们写的故事编成一集，说这种版本不只是为了孩子们，主要还是供给成人们。我想这也好，倒可以抛砖引玉。就照着办了。有些地方又作了一些文字上的修改。

还叫写一篇序。就写了上面这一些。这当然不是谈什么儿童文学问题，只是老实讲一下我个人在写这些东西时候的一些实际情况而已。

1958 年 9 月

（原载张天翼著《给孩子们》，人民文学出版社 1959 年版）

新中国儿童文学

70 年

1949-2019

六〇年少年儿童文学漫谈①

茅　盾

1960 年是少年儿童文学理论斗争最热烈的一年，然而，恕我直言，也是少年儿童文学创作歉收的一年。

理论的争辩，破立如何？ "全""片"得失如何？ 这一场几乎延长到一年之久的争论对于创作的影响如何？ 这一些问题，都是我们十分关心的。我读了大部的争辩论文，又读了几乎全部的去年出版的少年儿童文学作品和读物（所以又有"读物"这一类，因为"少年儿童出版社"出版的书籍，有几套是标明"××读物"或"××文艺读物"的，也就是说，后者是文艺性质的，而前者不是），颇有所感；3 月间写《六〇年短篇小说漫评》时，曾经打算捎带着也谈谈少年儿童文学创作，后因"漫评"太长，如再节外生枝，哓哓不休，更将惹起读者的厌烦，于是一刀砍断。但此题似亦值得注意（我没有对普天下的为父母者作过调查工作，但作为一个老祖父，我面对着孙儿女们向我索讨精神食粮的压力，实在穷于应付；我拣遍了我所有的"珍藏"的少年儿童文学作品，实在选不出多少种刚刚适合于像他们这样六、七、八、九岁的小儿女的胃口的东西）。因而不揣浅陋，信口雌黄，权代小儿女辈作迫切之呼吁。同时，也还却一笔拖欠已久的文债。

一

本文开头，我就说 1960 年又是少年儿童文学创作歉收的一年；说起来，这话好像是浇冷水，然而事实既已如此，我以为不应当浮夸虚报，以鸵鸟自居。让我们先来看一点数目字罢。

这些数目字可分两大类。第一大类是单行本，第二大类是全国大型、小型文学刊物上发表过的少年儿童文学作品的数目字。先谈第一大类。

我向文化部出版局借阅了 1960 年全年和 1961 年 5 月以前出版的少年儿童文学作品和读物（北京和上海的两个少年儿童出版社出版的），按书籍的内容，权且分类如下：

一、在真人真事的基础上，歌颂我们这时代的少年们的英雄品质的，共 9 册。计开：

A.《红色少年》第八、九集，共收短篇（报道和特写性质的）13 篇（其中，《毛主席的好孩子》与单行本的《毛主席的好孩子刘文学》重出，作者亦同为李致等 3 人，唯较单行本简略而已。又第九集的《列宁的故事》一篇，不是今天少年们的真人真事，应作例外。又，《红旗飘飘巴山上》是一组儿歌，共 6 首，今亦作 1 篇计算）。此 13 篇中，除 1 篇例外，大部分是记述我国各个革命时期的少年先锋队和儿童团的英勇事迹，小部分写新中国成立后社会主义建设各个时期中少年儿童的支援农业、工业等动人事迹。

B.《星星火炬丛书》4 册：《党抚育我们成长》《红领巾和红旗手》《和祖国一起跃进》《生活在友谊的集体里》。此 4 册共 34 篇，但《毛主席的好孩子刘文学》又重出，故实为 33 篇。这 33 篇的题材和主人公全是新中国成立以后的了，它们记述了红领巾们在生产战线上和文教战线上的各种活动,而《和祖国一起跃进》共 8 篇则专记红领巾们在"大跃进"中如何办小工厂、小农场、气象站、邮电站,支援人民公社等活动,故书名总称《和祖国一起跃进》。

C.《星星火炬》,这是从《星星火炬丛书》精选出来的 24 篇,记述了新中国成立后 10 年间少先队的成长和发展以及少先队员们的丰富多彩的生活,这都是报道性的短篇。

D. 传记式作品两册,《毛主席的好孩子刘文学》和《英雄安业民》(皆已先在刊物上发表过)。

以上属于第一类之第一目者,共书 9 册。

二、也是以真人真事为基础,但主角不是少年而是青年(也有中年和老年),他们的先进业绩给少年儿童提供了学习的榜样,共 7 册。计开:

A.《大跃进的尖兵》,小题为《先进生产者的故事》(特写集),共 7 篇。《总路线的红旗手》(特写集),共 18 篇。《从红领巾到红旗手》,小题《群英会人物特写》,共 7 篇。《当代英雄》,小题《群英会人物特写集》,共 7 篇。以上 4 册,共 39 篇,写了 39 个全国闻名的先进工作者,其范围包括工、农、文化、教育等方面。这些特写几乎全部是在报刊上发表过的。

B.《红色的文教战士》,小题《先进工作者的故事》,共 7 篇。《英雄创奇迹》,共 13 篇,记技术革命、技术革新运动中产生的新人新事,大部分以真人真事为基础。《人间七仙女》,共 5 篇,记妇女的先进工作者,都是在人民公社化以后产生的,都是以真人真事为基础的。以上 3 册,共 25 篇,也是曾经发表于报刊的特写。

以上属于第一类之第二目者,共书 7 册,64 篇。

三、革命历史题材的作品,此则大都以少年或青年为主,虽然也有真人真事作为基础,可是经过集中、概括,并且还有"发展"——即作者的想象。这一类书共 9 册,计开:

A.《平原歼敌记》,符成珍。10 万言小说。据作者的"后记",此书为回忆录性质,但不是真人真事(作者本人于 13 岁参加革命)。全书共 20 章,写活跃于华北平原的抗日游击队。

B.《少年铁血队》,原东北抗日联军少年铁血队指导员王传盛、队员徐光口述,《新少年报》文艺组整理。2—3 万字的小说。此亦为回忆录,但基本上是真人真事。

C.《东平湖的鸟声》,雁翼,叙事长诗。这也是写抗日战争时期游击队小队员的英勇活动的。

D.《不灭的灯》,洪汛涛。共收散文 10 篇(共约 3 万字),以罗曼蒂克的笔调歌颂了国内革命战争年代苏区少年们的英勇坚决的斗争。

E.《雨过天晴》,陈四火。共收故事 3 篇(全书 3 万余字),写新中国成立前福建人民的对敌斗争,这些斗争中也有少年参加。

F.《把秧歌舞扭到上海去》,苏苏。这是 8 万言的小说。写小巧子和她的父母在新中国成立前的上海做地下工作的革命英雄主义和革命乐观主义的精神和行动。此书写于新中国成立前,曾在解放区出版,受到小读者们热烈的欢迎。

G.《踏破万重山》,广西军区政治部编。共收 26 篇短故事(约共 10 万字),都是剿匪(蒋帮溃败时有计划地留在山区和边沿地区的反动武装和特务等)斗争的纪实。

H.《革命红旗满山岗》,革命儿歌,82 首。这是第二次国内革命战争时期流传于苏区和游击区的歌谣的集子,内容歌颂党、毛主席、红军,有若干首是暴露蒋帮和白军的罪

恶的。

Ⅰ.《红旗飞满天》,革命儿歌选,84首。内容与前书同,唯范围更广泛,反映了历次的国内革命战争,也反映了抗日战争。有少数几首与前书重出。

以上属于第一类第三目者共9册,计长篇小说二,短篇小说集二,散文集一,中篇小说一,叙事长诗一,革命歌谣集二。

四、以少先队的活动以及少先队员如何支援工业、农业乃至边防为题材的作品,共12册,计开:

A.《我们并肩前进》,崔雁荡,10万言的小说。《微山湖上》,邱勋,10万言的小说(此书于1961年2月初版,但作者自注1959年7月改写于济南,所以我们也把它算在1960年账上)。《不相识的同桌》,6个短篇小说。《小歌手的烦恼》,黄世衡,7个小故事,2万言。以上4册都是记述少先队员的集体活动和个别少先队员的学习、社会活动等。

B.《山村里的新事物》,金近,11万字的小说。《猪舍一少年》,殷志扬,6万字的小说。以上二书都是描写少年们支援农业的(前者写11个少年种试验田,后者写一个初中毕业生当饲养员)。

C.《小拖拉机手》,5个短篇,约2万余字,都是写少年、儿童们如何热爱人民公社,并为公社服务。《隔河的朋友》,任东流,约4万字的4个短篇,写城市的少年为公社服务。以上二书都是以人民公社为中心的。

D.《海防少年》,胡奇,9万余字的小说。这是写1958年秋,福建前线我军炮击金门、马祖时少先队们积极、勇敢的支前活动。

E.《英雄小八路》,陈耘,话剧(8场)。写1958年我海防炮兵大显神威、严惩国民党军时,5个少年坚决留在阵地上,为解放军洗补衣服,送茶送水、捉特务等英雄故事。

F.《一九〇中队》,蒋文焕、姚时晓,话剧(6场)。写杭州的少先队员把马尾松子寄给海防前线的解放军战士,后来,在解放一江山岛战斗中,某部肖排长把这些凝结着自己鲜血的种子播种在刚刚解放的一九〇高地上,这种英雄事迹大大教育了少先队,他们的中队因而命名为一九〇中队。

G.《农家孩子的歌》,王牧、张诚,30多首儿歌。反映了农业生产、水利、交通、炼钢、文化生活等方面的新成就,以及农村少年儿童的幸福生活、思想、感情和志气。

以上第一类第四目共12册,计长篇小说四,短篇小说集四,中篇小说一,话剧二,儿歌集一。

五、供给少年(青年)读者以祖国的历史、地理、工农业社会主义建设的一般知识以及各行各业的基本知识的书籍,共10册,计开:

A.《我爱祖国小丛书》共3册,一为《通向幸福的金桥》,一为《冰川雪峰上的战斗》。前者是游记体,介绍了乌库公路、青藏公路、海南中线公路的新建设,共3篇;后者记述高山冰雪利用研究队如何向冰川雪海进军,初步摸清了高山冰川的分布、特性、类型等问题,亦共3个短篇。又一为《北京的新建筑》,描写了大跃进中的新建筑。

B.《我们怎样工作丛书》共2册,一为《采购员》,一为《我们在轮船上工作》。这两册都是介绍某种职业的情况、业务知识,以及从业人员的忠诚尽职。前者用第一人称,有小故事作为贯串全书的线索;后者则就轮船上各职位(领航员、报务员等)的工作性质,以说故事的方法逐一做了简略的说明。

C.《沙漠里找宝》,刘雷。叙述改造沙漠的尖兵如何勤劳而又愉快地工作,在祖国的沙漠地区发现不少宝藏。《田野讲的故事》（按此为1961年4月初版），杨谋，写新中国成立后人民在党的领导下向大自然斗争，利用高山冰雪，征服沙漠，南水北调，利用地下水，变盐碱为沃土等雄伟的规划和灿烂的成就，共9篇。按此二书和上述《我爱祖国小丛书》实为同一性质，因出版社并非一家，故不入该项丛书。

D.《万紫千红塔里木》，林海清，游记体，记开发塔里木的英勇故事。此书为1961年4月初版，但作者脱稿于1960年3月。全书3万余字。

E.《在云南的森林中》，任廷根，用工作日记体裁描写了云南省西双版纳傣族自治州的高山密林中的各种动物，笔墨相当生动。

F.《漫游乌苏里江》，丁继松，这是用游记体描写了乌苏里江沿岸的建设以及住在那边的少数民族的生活。颇能引起小读者的兴趣。

以上第一类第五目，计游记体三，叙述体用第一人称者三，第三人称者三。

六、关于少数民族的少年生活的，共6册；这一类的书都有惊险场面，鼓励少年儿童要勇敢机智。

A.《林中篝火》，段斌、昂旺、斯丹珍（藏族），曾用《猎人的孩子》为题，连载于1959—1960年的《少年文艺》杂志。这是写藏族的少年的。

B.《小冈苏赫》，敖德斯尔（蒙古族）。冈苏赫是一个7岁的蒙古族孩子，诚实而勇敢，此书写他在大风暴时救了邻家老婆婆的一群羊。中篇小说。

C.《鄂伦春猎人》，朝襄，中篇小说。此书借猎人的生活描写了鄂伦春人在新中国成立前的悲惨生活，与新中国成立后的自由幸福生活作对比。

D.《夜哨》，长煊，此为5个短篇，介绍云南边疆少数民族和边防军战士的生活的剪影。

E.《边疆早春》，刘绮，此为7个短篇，叙述了傣族、哈尼族和彝族的儿童生活。

F.《苦聪人有了太阳》，黄昌禄。苦聪人是云南省边境少数民族之一，此书写新中国成立后，党和人民政府派干部进山，帮助苦聪人改善生活。

以上第一类第六目，共6册，计中篇四，短篇二，介绍了六七个少数民族。

七、杂类，共26册，计开：

A. 民间故事和传说：《懒猴是怎样来的》，凉山彝族童话选。《刘孕》，根据义和团传说，主人公是一个少年（此为中篇小说）。

B. 歌颂人民公社的：《果园的春天》，共收短篇9个，大多数以少年儿童为主角。《王家平的歌声》，描写上海近郊人民公社的新面貌。

C. 关于转业军人垦荒的：《钢姑娘》，共3个短篇，但有连续性。《钢姑娘》是其中一篇。

D.《老红军的本色》，共2篇，题名为《老红军的本色》者写甘祖昌将军回江西老家后，积极投入劳动生产，建设美好的家乡；题名为《北大荒的老红军》者记余友清副师长响应党的号召，到北大荒垦荒。这两篇都是真人真事、能感动人的记叙体文学。《解放军叔叔和北大荒爷爷》，共2题，又一为童话《蜜蜂山》。

E.《母子闹革命》，施小妹。这是回忆录，施是退休工人，此书记她早年参加革命斗争到底和她的儿子为革命而贡献了生命等动人的故事。

F.《我守卫在桃花河畔》，黎汝清，长篇小说，描写新战士逐步成长的过程，故事性强，富有教育意义而文字并不枯燥。

G.《我在农村落户》，王培珍，真人真事的日记体。此为王培珍自述其在高中毕业后响应党的号召，参加农业生产，帮助农民学文化，并努力钻研农业科学技术等动人的事迹。

H.《黄浦江边的儿歌》《天上太阳红东东》（新儿歌选），前者反映上海地区各方面的新气象和人们的新精神面貌，其中《给他一个大拳头》等4首，揭露美帝国主义的罪恶。后者是范围更广泛的新儿歌选，共计7类，大部分反映"三面红旗"的胜利，一小部分关于国际重大事件（如苏联卫星上了天）。

I. 关于工人的发明创造和技术革命运动的：《工农科学家的道路》，共6篇，介绍了6位工农出身的科学家，包括光学仪器、机车、橡胶、电机、电工器材、医疗等6个方面。《成功在三七一次》，此与前书第一篇故事相同，作者亦为费礼文，但加上合作者马信德。《一串亮晶晶的珍珠》，介绍技术革新、技术革命运动中一些小故事，共20题。

J. 科学幻想小说，《古峡迷雾》，童恩正，这是从一把新出土的青铜剑幻想公元前4世纪巴族的一段历史，也描写了新中国成立前美帝国主义的所谓科学家如何盗窃中国古代文物。

K.《列车开往北京》，话剧，描写中苏儿童友谊。

L.《鲁班的传说》《积极开展少年科技活动，做探索自然秘密的尖兵》，共小故事3个。

M.《运动场上的小健将》，真人真事，短篇故事8篇。

N.《辛弃疾》，传记小说（在我国古代许多科学家、文学家、爱国名将之中，忽然用传记体小说体裁介绍此公，颇觉突兀，虽然我是十分喜爱此公的文学作品的）。

O.《小仆人》，叶君健，共收5个短篇小说，其中反映社会主义国家少年儿童的幸福生活和光明未来的2篇，写资本主义制度下少年儿童的厄运者1篇，写殖民地少年儿童的非人生活者2篇。

P.《太阳拜节》，贺宜，诗集，其中有赞美中苏、中保儿童友谊的诗，有暴露帝国主义罪行的诗；各诗写作时间，有早在1958年的。

Q.《洵河红莲》，长正，中篇小说，写一个人民教师自幼年至长大的过程，最后，为了救人而贡献了自己的生命。

R.《少年诗歌》，这都是少年们的作品，共68首，其中歌颂党和毛主席的，10首；歌颂"三面红旗"的，10首；其余各首歌咏水库、水电站、公路、拖拉机、丰收、养猪、学文化、民兵、炼钢、绿化、除四害等，包罗万象。

S.《红花开得万万年》，传统儿歌选。

以上第一类第七目共26册，计长篇小说一，中篇小说四（其中包括传记体），短篇小说集六，特写集（包括真人真事）七，回忆录和日记各一，诗歌集五，话剧一。

八、学（龄）前儿童读物，学前儿童文艺读物，低年级儿童读物，低年级儿童文艺读物：这一类的书籍共计43册。但是这个数字未必准确。这个数目字只能代表我所借到的和读过的此类书籍。事实上，1960年全年和1961年5月以前两个少年儿童出版社所编印的，大概不止此数，何况还有若干省、市的人民出版社和美术出版社，甚至电影出版社也编印这样性质的读物，这个数字我就无法统计了。这里还要说明，此类书籍，有标明为"学前儿童读物"或"学前儿童文艺读物"的，有标明为"低年级儿童读物"或"低年级儿童文艺读物"的，但在内容和形式（半图半文）上实属一类；而且加了"文艺"两字的读物与没有"文艺"两字的，也看不出有多大差别。现在姑就这43册作个分类的统计，大致如下：

A.《朱德同志的故事》《英雄黄继光》（皆标明为学前儿童读物），《少年英雄龙卓钦》（没有标明是学前或低年级的）——这是以真人真事教育儿童的，共3册。

B.《一件花棉袄》《儿童列车》《小医生》《两个幼儿园》《小松鼠吱吱》《榕良和鸬鹚》

《小碗》《太阳爬上窗》,《小丹珠的红领巾》《洛娃和牛角号》(以上两册都以藏族儿童新生活为题材)——这是主要以儿童为故事的中心的,共10册。

C.《大树上飘红旗》《三张标语》《红军帽》《秘密快报》——革命历史题材,共4册。

D.《雨婆婆请假》,《三个运动员》(小马、小熊、小猪赛跑),《小桃仁》,《小苹果树请医生》,《花袄娃娃》,《小燕子为什么哭》,《小姑娘学飞》,《躲躲雨避避风》,《一棵大白菜》,《布娃娃过桥》——这都是所谓童话的作品,共10册,看题目就知道大都是拟人化的。这些小册子有的标明为"文艺读物",有的只标明为"读物"。其实标明为"读物"的《三个运动员》《小苹果树请医生》等童话,我看它们的文艺性并不比标明为"文艺读物"的《敬老院里外婆多》《房子是谁造的》《小燕子为什么哭》等低了多少。如果再看"学前"和"低年级"的区分,那标准也很难准确;我就看不出标明为"学前读物"的《三个运动员》比起标明为"低年级文艺读物"的《小燕子为什么哭》在内容和形式上有多少距离。

E. 其他,共16册:《大家一齐欢乐》(这是16幅画,第一幅为毛主席像,余为汉族及14个主要兄弟民族的"行乐图",每图注明是某族,别无文字说明),《房子是谁造的》(看题可以猜内容,但形式却是诗歌体),《敬老院里外婆多》(新儿歌,赞美人民公社的12首儿歌,不但赞美敬老院,还赞美小高炉、铁牛、两人抬的一穗麦子、顶破天的甘蔗、大如斗的鸡蛋,等等),《革新花开遍上海》(歌颂技术革新),《小鸡生大鸡》(赞美"蚂蚁啃骨头"的小机床加工大部件的方法),《江底的战斗》(赞美潜水员的勇敢机智),《为了六十一个阶级兄弟》《心儿向着共产党》(儿歌集,内容为歌颂农业、工业、交通运输的"大跃进"),《五封信》(歌颂日本、韩国、土耳其、古巴、刚果人民的反美斗争的五组诗),《9和0》《1到0》(这两册都是教认数字的,但分属于"读物"和"文艺读物"两个部分),《鲁班学艺》,《有趣的动物》,《幸福的孩子们》(新儿歌),《黄浦江边的大事情》(技术革新),《壁画里的故事》等。这里举到的书,全是半图半文,内容相若,但有标明为"学前读物"或"学前文艺读物"的,有不标明的;也有标明为"低年级读物"或"低年级文艺读物"的。"低年级"和"学前","读物"和"文艺"的界线很难明确划分。

九、《农村幼儿园丛书》(半图半文),共16册。这一类书籍标明专用于农村幼儿园,然而它的内容同上开第八目的学前儿童读物没有多大差别。今亦试作分类统计如下:

A. 以真人真事对儿童进行教育的——《空军英雄杜凤瑞小时候的故事》,共1册。

B. 以儿童作为故事的中心进行教育的——《自己的事情自己做》,《不说谎》,《听医生的话》,《小明爱清洁》,共4册。

C. 赞美人民公社的——《人人都说公社好》,《小鲤鱼跳龙门》(此为赞美公社所修的水库,用拟人体童话,相当有趣),共2册。

D. 其他——《小小交通警》,《工人叔叔造大船》,《解放军叔叔捉敌舰》,《快快乐乐过节日》(诗歌,介绍一年之内我国及国际的重要节日,如春节、六一、五一、七一、八一、十一等),《1到0》(教认数字),《五颜六色的花公鸡》(此无故事,这是用歌诀的方式教幼儿用蜡笔照书上的蓝本画红气球、方手巾、花公鸡,然后剪贴),《小苹果树请医生》(介绍啄木鸟除害虫),《司马光和文彦博》(讲破缸救儿、灌树穴取球两个小故事),《车站上的小阿姨》(写列车服务员),共9册。

十、《农村低年级儿童读物丛书》(半图半文),共20册。这是标明为专用于"农村",又专用于"低年级"的,可是从内容上看,和上开第八第九两目的书籍,没有多大差别。也试作分类统计如下:

A. 歌颂毛主席、歌颂祖国新面貌、介绍北京十大建筑、纪念列宁各 1 册，共 4 册。

B. 以儿童作为故事中心进行教育的——《什么好，什么不好》（教小朋友爱劳动、爱集体、爱整洁、有礼貌、学习好、爱护公物等），《你的姿势好不好》（教儿童端正其读书、写字、立、坐、卧的姿势），《红五分》、《两个书包》、《好孩子》（有图无字之小连环画，表现儿童日常生活），共 5 册。

C. 歌颂人民公社——《人民公社多么好》《公社机器多》《搬进了公社楼房》，共 3 册。

D. 其他《神笔》，《骄傲的小燕子》（以上皆童话），《小平参加少先队》，《卫星号和少先号》，《我要读书》（高玉宝童年故事），《苗族小号手》，《用木材做的》，《猜猜看》（猜谜，谜面为儿歌体，颇有生动多彩者），共 8 册。

以上标明为专用于农村的两套丛书，看来编辑时并无整个计划，而是临时急就，抓到什么就编进去，凑成了 16 和 20 的比较整齐的数目。标明为"低年级"使用的《什么好，什么不好》《你的姿势好不好》两书，其实也可用于幼儿园，而标明为幼儿园使用的《工人叔叔造大船》等册子也可用于低年级，两者界限颇难划分妥当。

十一、《少年农业知识丛书》，共 20 册。这一套丛书相当全面地介绍了农业生产的基本知识（也包括养猪、羊、鸡、兔、鱼等）。大部分都是用浅明的文字介绍技术知识，有小部分用故事体。

十二、关于增加少年科技知识的书籍，计丛书一套，单行本五，共 12 册。计开：

A.《少年科技活动丛书》，共 3 册（木制电动玩具、天文望远镜、矿石收音机）。

B.《我们爱科学》，1 至 4 集，此为丛刊，每集有小品、小故事、话剧、相声等，内容介绍科学知识或少年儿童的科技活动。

C.《碳的一家》，科学小品文 12 篇，系统地介绍碳和含碳物的种类以及如何利用。《万能的电》，和上书性质相当。《在城市中》，介绍城市建筑、交通、照明设备、通信设备等知识。《十万个为什么》已出 2 册。这 2 册中的"题目"和解答，程度深浅相差甚巨，而且文字（因出许多人之手）的生动性和形象性也各篇不同。这样的书，性质是专供少年、青年（高中学生）用的百科辞典，资产阶级的出版家编过很多，当然渗了资产阶级的世界观，可是编辑的技巧、文字之生动富于兴趣，插图之多种多样，仍然是值得我们学习的。

二

读者看了上面那些枯燥的材料，大概有点不耐烦了。不过，还是请耐心些。我也曾经用了很大的耐心和很多的时间，这才把上面讲到的那些书看完，并且还耐心地做了提要。为什么呢？因为如果不这样，就看不出问题来。

问题之一：1960 年全年和 1961 年 5 月以前我国两个少年儿童出版社编印的书籍（包括第八目的半图半文的小册子）中，以真人真事为基础的（包括群英会特写），占绝大多数。而且，除了革命题材的少数几册，其余的几乎全是描写（当然也就是鼓励）少年儿童们怎样支援工业、农业（而以支援农业为描写的重点），参加各种具有思想教育作用的活动。当然，这样的主题是重要的，应当大写特写的，然而，这些富有共产主义思想教育作用的作品，对于低年级儿童实在高深了一点，他们消化不了。因此适合于低年级儿童的精神食粮（文学作品和科学基本知识的读物），实在太少。上文提到的标明是"低年级儿童读物"的，品种太少，这且不说，内容也生硬粗糙，解答问题简单化，故事千篇一律。所谓低年级儿童者，对这套小册子不感兴趣，看了就丢，自然说不上对他们有所启发，对他们的日后发展的推理、想象、审美等精神活动有所帮助了。

至于学龄前的儿童，那就更可怜了。除了标明为"学前"的小册子而外，少年儿童出版社还印了一套以图为主、文字为辅的小册子（豆腐干大小的），其目的是儿童看画，阿姨们根据图画下边的一句或两句的说明文字讲解给儿童们听。这一套袖珍连环画大概是以学龄前儿童作为对象了，可是恕我直言，这套袖珍连环画的内容也还十分单薄（例如《乌鸦喝水》这一册包含《乌鸦喝水》《斑马进了动物园》《猴子和篮子》3个小故事，每个故事很简单，不能满足小读者——他们看了一遍不想再看第二遍），而且，这些袖珍本也还在向它们的大哥哥们看齐，于是，就有了说教气味极为浓重的《少年号柴油机》《我跟爸爸当红军》之类的册子（以上诸册子其出版年份远者为1958年，近者为1960年）。人民美术出版社也编印了同样格式的小册子，总名为"小小连环画"，其内容和少年儿童出版社编印者大致相同。大概为了配合政治任务，我所见到的1959年出版的"小小连环画"其最突出的主题是支援农业和歌颂人民公社。我以为这些内容好则好，可惜五六岁的儿童消化不了。消化不了的东西，教过就忘，看过不留印象，这岂非也是一种浪费吗？既浪费了儿童们的时间，也浪费了阿姨们的时间。

恕我说句不大敬的话：我们的少年儿童文学的内容好像在比赛"提高"。学龄前儿童读物和低年级儿童读物一般高，而低年级儿童读物又和少年读物一般高（除了书本子厚薄不同）。这就迫使五六岁的儿童不得不向八九岁乃至十一二岁的大哥、大姊们看齐，这在"一年等于二十年"的今天也许是"理所必然"，但是儿童的身心发育毕竟还跳不出自然规律，这样的"拔苗助长"，后果未必良好。

总而言之，我们的少年儿童文学中非常缺乏所谓"童话"这一个部门，而且，进行社会主义、共产主义思想教育的童话，究竟应当采用什么题材（去年是题材之路愈来愈窄），应当保持怎样的风格，这些问题在去年的争论中都还没有解决。——这是问题之一。

问题之二：看了上面的资料，最初的印象是五花八门，实质上大同小异；看起来政治挂帅，思想性强，实质上却是说教过多，文采不足，是"填鸭"式的灌输，而不是循循善诱、举一反三的启发。我这样说，该得个"否定成绩"的批评，但是如果不这样说，难道就不是浮夸自满吗？让我们平心静气研究一下材料罢。

为什么说是表面上五花八门，实质上大同小异？看了本文第一节所介绍的情况，就会有此印象，但如果你也像我一样读过了这里讲到的那些书，那么，印象就更深。大同小异在何处？在于故事的形式，在于题材的方面，在于书中人物的面貌，也在于使用文字的技巧。

说得具体些罢，那么，第一类第一目和第二目的16册书，其大同小异的程度比别的更深。但此两目所收各册，也不能一概而论。依我看来，此一目中属于回忆录性质的若干短篇，可称佳品。而采访了先进工作者（群英会）的一些特写，则逊色得多。两部传记（刘文学和安业民）都是有骨无肉。第三目中，《平原歼敌记》和《少年铁血队》，最为出色，一半因为故事本身富于吸引力，一半也因为是回忆录性质自然而然有了概括、集中、提炼等艺术加工。第四目各册，我说句大不敬的话，虽然它们肥瘦不同，但它们都是孪生兄弟；书中那些男女主人公虽然既勇敢又懂事，使人钦佩，然而太像个小干部了，总使人感到不自然；有时作者在这些小干部脸上故意搽点"天真""稚气"的脂粉，其效果反而更糟。第五目各书是介绍知识的，但其中的材料大部分不是小读者经常习见的事物（例如《我爱祖国小丛书》两册，以及《沙漠里找宝》和《田野讲的故事》等），也许作者（尤其是出版社的

编辑部）所欣赏的，正是这些材料中的革命浪漫主义的精神，意在鼓励小读者们翘首天外，发展其高远丰富的想象，如果是这样，恕我直言，作品的文字却不足以负荷这使命的什一，意图虽佳，效果并不相应。第六、七两目共30多册，仅《小钢苏和》《刘尕》《我守卫在桃花河畔》《懒猴是怎样来的》《小仆人》等数种在故事和人物这两方面不落窠臼，不概念化，而文字也还流利生动，至少没有说教味和报告腔。

　　总而言之，题材的路太窄，故事公式化和人物概念化的毛病相当严重，而文字又不够鲜明、生动。——这是问题之二。

　　问题之三：少年儿童文学作品的文字是否应当有它的特殊性？我看应当有，而且必须有。是怎样的特殊性呢？依我看来，语法（造句）要单纯而又不呆板，语汇要丰富多彩而又不堆砌，句调要铿锵悦耳而又不故意追求节奏。少年儿童文学作品要求尽可能少用抽象的词句，尽可能多用形象化的词句。但是这些形象化的词句又必须适合读者对象（不同年龄的少年和儿童）的理解力和欣赏力。毋庸讳言，上面所提到的那些作品，从文字上看来，一般都没有什么特殊性。在这一点上，我们不能不说去年的产品不及前数年的，这也许是反"童心论"的副作用。最糟糕的是小主人公（其年龄从五六岁到十七八岁）的面目是一般化的，都像个小干部，而作为年龄大小的标志的，不是别的而是政治上成熟程度的高低。这样一来，"童心论"固无遗臭，然而从作家主观的哈哈镜上反映出来的小主人公们的形象不免令人啼笑皆非。

　　少年、儿童文学作品的文字应不应当有其特点（即这些作品的文学语言和一般文学作品的文学语言应当不同呢还是可以相同），这个问题，据说和少年、儿童的特点有关系。那么，怎样理解少年、儿童的特点呢？据说有人把少年、儿童的特点理解为年龄特征。当然，年龄特征不失为一个论点，可是，应不应当进一步追问：所谓年龄特征，究竟意味着少年只是缩小了的成年人，而儿童又是缩小了的少年呢？还是儿童的想象、情感和趣味与少年确有不同，而少年的想象、情感和趣味又与成人确有不同？从作品来看，似乎确有很多人是把一些由于种种原因而突出地早熟了的少年、儿童认作普遍现象，从而"找到事实根据"，以为儿童只是缩小了的少年，而少年只是缩小了的成年人。因为"缩小论"势必引导到这样的结论：少年、儿童文学不需要不同于一般文学作品的文学语言，只要在故事结构和人物描写上比一般文学作品简单些，在文字上浅近些就可以了。而去年的多数的少年、儿童文学作品恰好（如果不算挖苦）是故事结构和人物描写颇为简单，文字颇为浅近而已。人物性格之简单化特别惊人，绝大多数小主人公没有个性，只有"年龄"性（即小主人公们彼此之间不同的特征，不在性格，而在年龄，大哥哥不同于小弟弟之处在于大哥哥政治觉悟更高，说话更像一个好干部，如此而已）。我不知道社会主义少年儿童文学是否应该如此，无奈社会主义社会的小读者并不以此为满足，这些作品，他们读过或听过一遍以后就要求另给新的，却很少回过头去咀嚼一遍。事实既已如此，我们不能不研究少年儿童文学的特点何在？——这是问题之三。

　　也许有人提出质问：你根据两个少年儿童出版社的几十部书就信口雌黄，怎能叫人信服？问得对。我们总得看看两个出版社以外的各种刊物上的表现。这就是本文开头所说的第三大类的数目字。现在就再谈谈这第二类的资料。

　　十分惭愧，我仅仅弄到了29种文艺杂志（包括中央级、大区级、省级、市级，乃至县办、厂办的文艺杂志），并仔细阅读了它们的1960年6月号。这些文艺杂志平时都不登或者极少登少年儿童文学作品,但在6月号都有少年儿童文学特辑或至少刊登一二篇儿童文学作品(《人民文学》5、6两号都有)。我不知道1960年全国定期出版的各级文艺刊物究竟有多少,我问过应当掌握这个数字、拥有这份资料的单位,可是它给我的只此29种。那就在这29种刊物中来找材料吧。仍请让我先来个简单的分类统计:

一、小说、童话等,共计56篇,计开:

A. 以少先队员的活动(如支援农业、支援水库工地、搞科学试验、养兔、养鸡,乃至协助边防军进行宣传工作;捉特务等)为题材的,共36篇,都是短篇小说或特写的形式,作品中主人公的年龄最小十一二岁,最大十七八岁,而以十三四岁者为最多。

B. 以第二次国内革命战争、抗日战争、解放战争时期苏区、白区、根据地、游击区的少先队活动和"红小鬼"的故事作为题材的,共计9篇,其中若干篇是回忆录,属于真人真事性质。

C. 童话(动物、植物拟人化的短篇小说)共计4篇:《小铁脑壳遇险记》(《人民文学》2月号),《梅花小鹿银点点》(《红旗手》6月号),《美丽的花朵》(《奔流》6月号),《在森林中》(《芜湖文艺》6月号)。

二、歌剧:《青蛙骑手》,老舍,《人民文学》(6月号),这是根据藏族民间故事改写的。

三、杂类6篇,其中有小烈士传记(《共产主义的幼苗龙卓钦》,原载《热风》6月号),有教育对象实非儿童而为教育儿童的教师或儿童的长辈者2篇(小说),游记1篇,主人公并非少年儿童而为成年人或老年人者2篇。

四、上述29种刊物中有27种登载了以少年儿童为对象的诗歌共221首,其中标明为儿歌或新儿歌者,119首,以"红领巾之歌"或"给孩子们的诗"为栏名者,70首,小叙事诗2首;可知这些诗的90%强是以儿童为对象的。221首诗,如按题材分类,大体是这样:

A. 支援人民公社者,36首;

B. 支援农业者(从养鸡、养兔、积肥直到搞小小的试验田),66首;

C. 支援工业(包括社办工业)者,10首;

D. 歌颂技术革命、技术革新者,7首;

E. 其他(大部分为反映少年儿童的生活和学习,小部分为反映农村新气象的),101首。

但是E项的101首诗,其中有一半是以抒情诗的形式歌咏了儿童们对支援农业的志愿和热心,例如歌咏他们在玩游戏时就模仿大人在田间的劳动,借儿童的嘴巴说将来立誓做饲养员、拖拉机手等,因此,如果把这一部分的诗歌(鼓励儿童们支援农业的),和B项的诗歌(少年儿童用实际行动支援农业的),合起来计算,那么,在221首诗中,足有半数以上是为农业生产服务的。何况歌颂人民公社的36首,实质上也是支援农业的,这样算来,那就有70%左右是和支援农业有关的。

除了综合性的文学杂志,我们还有专门为少年、儿童服务的定期刊物:《儿童时代》和《少年文艺》。前者是综合性刊物,就1960年的各期看来,它配合运动和中心任务,相当卖力。后者则是以少年作为对象的文艺刊物,1960年出版了7期。现在试就此7期的内容,分类统计如下:

一、小说19篇(有连载的中篇),计开:

A. 支援社会主义建设的(农业、水库工地、林业),共6篇,其中农业的占4篇,这些小说的主人公全是少先队员。

B. 反映技术革命者，2篇。这里作品的主人公就不是红领巾而是青年或成年人了。

C. 传记小说2篇（安业民和龙卓钦的传记）。

D. 其他9篇（包括历史故事、少数民族的少年生活、地下少先队的活动、猎人生活、养猪等）。

二、童话2篇。《五个女儿》，赵燕翼；《鹁鸪》，李国楠（借鹁鸪讽刺只顾目前、得过且过的懒汉）。此二篇皆见该刊1960年2月号。

三、科学小品及其他意在增加少年儿童的科学知识和社会知识的小品文，共12篇（该刊3月号有"科学文艺专辑"共收7篇，其中有科学幻想小说1篇《五万年以前的客人》，童恩正作；关于养兔、养鸭的，各1篇）。

四、报道和特写，共18篇。计开：

A. 关于少先队活动者，2篇；

B. 关于中苏友谊者，2篇；

C. 纪念列宁，2篇；

D. 先进生产者的故事，4篇；

E. 对于特殊事件的报道，2篇（一为攀登珠穆朗玛峰，一为上海华山路的新面目——服务行业中的技术革新）；

F. 歌颂城市人民公社者5篇；

G. 一般地歌颂祖国的社会主义建设者1篇。

五、其他，共7篇（包括小品文、杂文、相声等）。

六、诗歌，共计31首，计开：

A. 叙事诗3篇：《东平湖的鸟声》，已见单行本；《模范队员龙卓钦》，此与传记小说龙卓钦同一题材，《马灯》，此为革命历史题材；

B. 歌颂党、领袖、总路线、"三面红旗"等（其中有标明为儿歌的），共14篇；

C. "幸福花"儿歌5首；

D. 关于中苏儿童友谊和纪念列宁的，各1首；

E. 其他，7首（其中3首为关于国际时事的宣传诗和讽刺诗）。

七、剧本3个：《少年英雄刘文学》，《艾克旅行记》（讽刺艾森豪威尔访问远东时出的丑相），《假日里》（少先队生活）。

八、"金色的小草地"专栏，共11篇；这是专为业余写作者设立之专栏，投稿者大多为中学生，题材多种多样，涉及学习、支援农业、工业等。

现在我们不妨下这样一个结论：29种各级文学杂志所刊登的少年儿童文学作品和1960年的《少年文艺》各期的内容，正同两个出版社所印的单行本一样，最为普遍的题材仍是少先队员支援农业和先进工作者（群英会上人物）的故事，其次是革命历史题材。谁也不会否认这两种题材的重要性，而且我认为如果要对少年儿童进行革命英雄主义和革命乐观主义教育，进行社会主义、共产主义的思想教育，那就只有通过上述两类题材，而且十分自然，人物一定是少先队员，活动一定是集体，活动场所一定是在田野、校园和建筑工地。但即使我们肯定了这些方面，上文说过的存在于当前的少年儿童文学中的三个问题却依然存在。应当说，阅读了29种文学杂志6月号的儿童文学专辑以后，更加感到这三个问题必须严肃对待，细致地求得解决。

题材的一边倒现象，带来了表面上五花八门、实质上大同小异的后果，这是不利于少年儿童的品性和才能的全面发展的。但是问题还有另一面,这就是凡属于此类题材的作品即使主人公只有八九岁至多十二三岁,其思想、感情、动作宛然是个小干部。29种文学杂志的6月号特辑和1960年的《少年文艺》共刊登了小说72篇,绝大部分可以用下列的五句话来概括:政治挂了帅,艺术脱了班,故事公式化,人物概念化,文字干巴巴。只有少数几篇,小主人公还像个小孩,而文字亦有风趣。例如《小树苗》(鲁庸,《文学青年》1960年6月号),写了父母子女4个人物,批判了自私自利的落后思想和行动,四个人物都有性格(子如其父、女如其母),故事不落套,文字亦生动峭拔;然而作为儿童文学来看,还缺少特点,作为普通的短篇小说来看,这却是一篇优秀的。

1969年最倒霉的,是童话。我们提到过6篇童话,都是发表在定期刊物上的;《少年文艺》2月号一口气登了两篇,可是后来却一篇也没有了。这说明了自此以后,童话有点抬不起头来。6篇童话之中,用了动植物拟人化的,居其5篇,可是,这5篇都不能算是成功之作。故事的情节陈旧(例如幼小的动物不听话,乱跑乱闯,结果吃了苦头),文字亦无特色。如果从"理论"上来攻击动植物拟人化的评论家实不足畏,那么,动植物拟人化作品本身的站不住,却实在可忧。另一篇童话《五个女儿》却是难得的佳作。主题倒并不新鲜,5个女儿遭到后父的歧视,以至谋害,然而因祸得福。特点在于故事的结构和文字的生动、鲜艳、音调铿锵。通篇应用重叠的句法或前后一样的重叠句子,有些句子像诗句一般押了韵。所有这一切的表现方法使得这篇作品别具风格。我不知道这篇作品是否以民间故事作为蓝本而加了工的,如果是这样,作者的技巧也是值得赞扬的。

至于数量很多的诗歌,大部分都很"面熟";为什么这样"面熟"? 仔细认认,原来它们大都"脱胎"于1958年、1959年盛极一时的新民歌;意境犹是也,甚至一些豪言壮语亦犹是也,不过换了小主人公而已。少数较佳之作,多为儿歌体,例如《新媳妇》(《火箭》6月号),《蘑菇姑》(《长春》6月号),《小吹鼓手》(《北京文艺》6月号),《小乐队》(《奔流》6月号),《小河水》(《安徽文学》6月号),等等,这是随手举的例子,事实上不止此数首。有一点值得注意:凡是清新可读的,都是抒情式歌咏农村日常生活的小诗,而大主题的,如歌颂"三面红旗"、水利网、电气化之类的作品,大都缺乏新的意境,也缺乏新的语汇。最糟糕的诗歌是各种标语口号的剪接。

三

正如有些评论家所说,我们今天的少年儿童文学的时代特征是"紧紧扣住了时代的脉搏,不管写的是革命斗争还是生产建设,它们都是把儿童放在火热的现实生活中间,与斗争和建设事业紧紧相连,因此作品的思想内容和所表现的生活幅度就更加深刻和广阔"(引见1960年5月号《人民文学》,许以《推荐〈月光下〉和〈草原的儿子〉》一文)。这个意见,可以代表绝大多数少年儿童文学工作者(作家和评论家)的意见。我高举双手拥护这个意见。我庆祝我们的少年儿童文学工作者能够担负起这样光荣的任务。但是,殷切的盼望,往往继之以求全的责备。如果严格的要求可以推动工作的改进,那么,我打算提这么一点小小意见:许以那段话的上半截,我认为是事实,但"因此"以下的半截,我却以为不完全符合事实。直接地说,我以为我们去年的少年儿童文学确实"紧紧扣住了时代的脉搏⋯⋯把儿童放在火热的现实斗争中间,与斗争和建设事业紧紧相连",但是却并未"因此"而使作品的"思想内容和所表现的生活幅度就更加深刻和广阔"。就拿许以这篇评论所推荐的《月光下》和《草原的儿子》而言(按:此两篇都是转载的,前者原刊于《长江

文艺》1959 年 6 月号，后者原刊于《少年文艺》，1959 年 4 月号），火热诚火热矣，思想内容却未必深刻，而生活幅度广阔到如何程度，我也怀疑。这里无暇分析这两篇作品，请读者找这两篇来仔细读一遍，严肃地想一想吧。也许我要求高一点，但这个高一点的要求，我以为是必要的。因为，一看到 1960 年生产的少年儿童文学作品在题材、形式、思想内容、艺术水平诸方面，都还与《月光下》等两篇伯仲之间，而且题材一边倒的倾向又如此显著，我就觉得提出高一点的要求是必要的。

据说少年儿童们喜欢革命历史题材的作品，例如《平原歼敌记》；我也颇有同感。我读过了百多篇以少年儿童为对象的长短小说，窃以为优秀的革命历史题材的作品至少有两个特点：一、故事性强，情节曲折复杂；二、人物性格鲜明而突出，有智有勇，而又不是缩小了的干部，确是少年。相形之下，那些以社会主义建设为题材，把少年儿童放在火热的生产斗争中的作品大多数却是故事公式化、情节简单化，人物"干部化"而加上概念化。如果容许我作个譬喻，那么，前者好比广东的丁香辣椒，莫看它小，可实在辣；后者好比灯笼辣椒，尽管是庞然大物，却平淡而无烈性。

如果再容许我作个譬喻，那么，我以为少年儿童确实也应当吃点辣的，不应当多吃甜的，然而老给辣椒吃，竟无选择之余地，那也未必合于卫生之道罢？显然，身心正在发展的少年儿童需要各种各样的营养，而辣椒虽富于维生素某某，总不能代表（或包办代替）了少年儿童发育期所必需的其他各种营养。

这个问题，牵连到 1960 年所进行的少年儿童文学理论的争论。这一场大辩论（几乎所有的中央级和省级的文学刊物都加入了），有人称之为少年儿童文学的两条道路的斗争。因此，值得我们——不，应当说，有必要在这里回顾一下。

争论是从"童心论"或"儿童本位论"引起来的。我们都知道，这是资产阶级儿童文学理论。资产阶级文艺理论家一向是挑起了"客观的""超然于政治"的幌子；在儿童文学理论上，他们根据儿童心理学宣传儿童文学作品要服从于儿童本位、儿童情趣、儿童观点等，其实隐藏在这俨然"客观"的花招之后的，还是资产阶级的世界观。还有这样一些情况：资产阶级的少年儿童文学作品中还夹杂着大批以民间传说和民间故事、寓言等为基础而改写的作品，这些作品有一部分还保留着原作所有的人民性，而思想进步的儿童文学大师如安徒生还在他的创作中表现了批判资产阶级社会现实的精神；这些情况都掩蔽了资产阶级儿童文学理论为资产阶级政治服务的本质。如果没有分析这些复杂的情况，只按照表面价值接受了"儿童本位""儿童情趣"等理论，认为资产阶级少年儿童文学中那些直到今天还有积极意义的东西就是在"儿童本位""儿童情趣"等理论指导下产生的，因而误以为这些论点有科学根据，可以原封不动搬到我们这里来，这就容易成为资产阶级儿童文艺理论的俘虏。

那么，资产阶级儿童文艺理论中那些借自儿童心理学的论点，是不是完全胡说八道呢？这也要分析对待。首先，如果从有关儿童心理的论点得出儿童是超阶级的论断，这显然是荒谬的。在阶级社会内，儿童自懂事的时候起（甚至在牙牙学语的时候起），便逐渐有了阶级意识，而且，还不断地从他们所接触的事物中受到阶级教育（包括本阶级和敌对阶级的），直到由于自己的阶级出身和社会地位而确定了他们的阶级立场，那时他们已进入少年时代。但是，从 4 岁到 14 岁这 10 年中，即由童年而进入少年时代这 10 年中，小朋友们的理解、联想、推论、判断的能力，是年复一年都不相同的，而且同年龄的儿童或少年也不具有完全相同的理解、联想、推论、判断的能力。这种由于年龄关系而产生的智力上的差别,是自然的法则,为儿童或少年服务的作家们如果无视这种自然法则,主观地硬要把8岁儿童才能理解、消化的东西塞给五六岁的儿童,那就不仅事倍功半而已,而且不利儿童智力的健全发展。资产阶级的儿童文学理论家弄得很神秘的什么儿童本位、儿童情趣等说法,其科学的依据只此一端。但是,儿童智力发展的阶段论是一回事,儿童之超阶级论却又是一回事。资产阶级儿童文学家挂起"儿童超阶级"的羊头,卖他们的"资产阶级的阶级教育"的狗肉,可是他们却很懂得,不能无视儿童智力发展的不同阶段而机械地无差别地对于不同年龄的儿童、少年一律喂以同样的读物。我们要反对资产阶级儿童文学理论家的虚伪的(因为他们自己也根本不相信)儿童超阶级论,可是我们也应当吸收他们的工作经验——按照儿童、少年的智力发展的不同阶段该喂奶的时候就喂奶,该搭点细粮时就搭点细粮,而不能不管三七二十一,一开头就硬塞高粱饼子。十分遗憾,我不得不直言不讳,照去年的少年儿童文学的创作和评论的实际表现看来,我们的办法真有点像一句欧洲的俗谚:泼掉盆中的脏水,却连孩子都扔了。

要描写儿童,发誓说你将以你的笔为儿童服务,自然不能不了解儿童,自然不能以你的主观去画你所自以为是儿童的儿童,这与儿童超阶级论是两回事,然而,了解儿童可不是一件轻而易举的事情。儿童心理学那一大套材料有参考的价值,然而在创作实践时未必完全顶事。必须同儿童做朋友,观察他们,然后能了解他们的心理活动的特点。了解儿童、少年心理活动的特点,这句话,同资产阶级儿童文学理论家所喷喷称道的"作家必须自己也变成孩子",也完全是两回事。"作家必须自己也变成孩子"这句话不但意义模糊,而且从这句话引申出来的终点将必然是"为儿童而儿童",即所谓"儿童立场",肯定儿童立场即是否定阶级立场,因为没有抽象的儿童,因而这句话是荒谬的;肯定"儿童立场"那就是实质上放弃了儿童文学要为无产阶级政治服务的任务。但是,了解不同年龄的儿童、少年心理活动的特点,却是必要的;而所以要了解他们的特点,就为的是要找出最适合于不同年龄儿童、少年的不同的表现方式。在这里,题材不成问题,主要是看你用的是怎样的表现方式。你心目中的小读者是学龄前儿童呢,还是低年级儿童,还是十三四岁的少年。你就得考虑,怎样的表现方式最有效、最有吸引力;同时,而且当然,你就得在你的作品中尽量使用你的小读者们会感到亲切、生动、富于形象性的语言,而努力避免那些干巴巴的、有点像某些报告中所用的语言。

为了培养共产主义的接班人,我们的少年儿童文学工作者的任务是光荣的,同时也是艰巨的;然而,对少年儿童进行社会主义、共产主义思想教育的文学作品的现状,实在不能满足少年儿童们的要求。不揣浅陋,漫谈鄙见,目的只是代小朋友们提出呼吁,求之迫不觉其言之切,诚惶诚恐,如此而已。

1961年6月23日·北京

[注释]

① 1980年,茅盾把这篇文章收进自己选编的《茅盾文艺评论集》时,曾对第三部分五、六节做了部分修改,合并为一节。本文是已改过的文章。

(原载《上海文学》1961年第8期)

《1959—1961 儿童文学选》序言

冰 心

重新看了儿童文学三年选(1959—1961)的目录,不由得心里高兴。如果这是我们给亲爱的小读者所摆出的一桌筵席的话,这席面也不算太寒碜了。

谈到儿童文学创作,首先要弄清楚什么是儿童文学。关于这一点,大家是没有异议的,就是:儿童文学具备文学的一切特点,所不同的是,我们的读者对象是少年儿童,因此,儿童文学的创作,必须照顾到儿童的一切特点,如年龄特点、智力特点、兴趣特点等,这也是大家没有异议的。

但是,我们还要牢牢记住,在阶级存在的社会里,不可能有超阶级的儿童。同时,生活在不同社会的儿童,他们的特点也是有区别的。不同社会的儿童,从呱呱坠地起就耳濡目染,他们的爱好、愿望、理想,也会因着他们所处的社会的影响而有了区别。毛主席指示我们说:"无产阶级要按照自己的世界观改造世界,资产阶级也要按照自己的世界观改造世界。在这一方面,社会主义和资本主义之间谁胜谁负的问题还没有真正解决。"无产阶级要把世界改造为共产主义社会,我们不但要消灭剥削制度,而且要消灭从剥削制度产生的一切旧思想、旧习惯,这需要经过长期而复杂的教育和斗争,才能解决。党的八届十中全会指出:"在无产阶级革命和无产阶级专政的整个历史时期,在由资本主义过渡到共产主义的整个历史时期(这个时期需要几十年,甚至更多的时间)存在着无产阶级和资产阶级之间的阶级斗争,存在着社会主义和资本主义这两条道路的斗争……这是马克思列宁主义早就阐明了的一条历史规律,我们千万不要忘记。这种阶级斗争是错综复杂的、曲折的、时起时伏的,有时甚至是很激烈的。"因此,大力加强我们少年儿童的思想教育,使他们能在未来的几十年或更多的时间中,在建设社会主义、共产主义的道路上,遇到骇浪惊涛,经得起风险,遇到浓雾乌云,认得清方向,成为勇敢坚定的接班人,是我们儿童文学的光荣任务。

我们不难看出,资产阶级是如何地通过他们的儿童文学,来和无产阶级争夺下一代。尤其是美帝国主义者,他们利用滑稽画、小人书,向他们的儿童灌输损人利己、好逸恶劳的剥削思想。仅举一段小小的滑稽画为例:亨利的妈妈,拿一角钱雇他在自己的院子里推草。而亨利却拿五分钱去买冰棒,用其余的五分钱转雇邻居的孩子来替他推草,他自己安闲地在树荫下吃着冰棒,乐悠悠地看着人家在烈日下替他劳动。这种孩子,就是资产阶级所标榜为聪明的、有办法的!还有关于所谓侠客的连环画,也是鼓励孩子们为了个人的金钱、名誉、地位去冒险,去掠夺别人,压迫别人,给侵略集团做爪牙和工具。还有更隐蔽更恶毒的,就是用一套超阶级的人道、人性、人类爱否认阶级斗争的观点,来迷惑儿童、麻痹儿童,来瓦解他们的革命斗志,使他们安于现状,只顾个人和小集团的幸福生活,不敢革命,害怕斗争,死心塌地地做了资产阶级思想的俘虏,这是帝国主义者和现代修正主义者策使社会主义向资本主义"和平演变"的阴谋的一部分,我们必须对这个阴谋做针锋相对的斗争！

把问题拉回到我们今天的儿童文学创作上来。我们今天所面对的1亿以上的小读者，他们和我们小时候是大不相同了。他们看到了许多新鲜事物，他们知道了许多国际大事，他们在生活和学习各方面，都受到党和政府的无微不至的关怀，他们的天地是无边广阔的，他们周围的空气是清新自由的。但是，他们的绝大多数是新中国成立后诞生的，对于新中国成立前劳动人民所受的剥削压迫，以及长时期的残酷的阶级斗争，或者是印象极浅，或者是茫无所知。不知革命缔造之艰难，也不晓当前生活之可贵。同时，从旧社会遗留下来的旧思想和恶习惯的残余也不可避免地向他们侵蚀袭击。针对这些情况，我们首先要帮助他们懂得什么是阶级，什么是剥削，谁是朋友，谁是敌人，新旧社会的区别在哪里，作为新中国的儿童应当有什么样的雄心大志，等等，我们要教育他们学习无产阶级的优秀品质：团结友爱，勇敢诚实，关心集体，热爱劳动，爱护公物，遵守纪律，艰苦朴素等。我们也要引导儿童关心国际大事和资本主义国家的儿童生活，用当前的国际阶级斗争事实，来激发他们的爱国主义、国际主义精神和热爱阶级朋友、反对我们的共同敌人——帝国主义者的决心。

我们小读者这一代，成长起来，是要走上伟大而光荣的社会主义共产主义建设的道路的，在他们前进的道路上，不但有艰巨的生产斗争，有更复杂的阶级斗争，他们迫切地需要易于消化富于营养的精神食粮，使他们能够好好地发育壮大。为儿童准备精神食粮的人们，就必须精心烹调，做到端出来的饭菜，在色、香、味上无一不佳。使他们一看见就会引起食欲，欣然举箸，点滴不遗。因此，为要儿童爱吃他们的精神食粮，我们必须讲究我们的烹调艺术，也就是必须讲究我们的创作艺术。

我们认为，促进创作艺术的唯一方法，就是怀着一颗热爱我们的事业，热爱儿童的心，钻进儿童的群中去，在思想感情上和他们打成一片，知道他们的愿望，熟悉他们的语言，和他们在一起的时候，仔细地观察、体验、研究、分析一切人物，一切环境，从实际生活中提炼出更多、更强烈、更有集中性、更典型、更理想的故事来。这样的作品，必须是有浓厚清新的儿童生活气息的，是照顾到新中国儿童的一切特征，是儿童所能够欣赏并乐于接受的，而绝不是故事公式化，人物概念化，"大人说小人话"或是"小孩儿说大人话"的"干巴巴、粗拉拉、板蹋蹋"的不亲切、不真实的东西。

我们不是说这本三年选中的44篇作品（各栏目下的次序，是按照发表的先后编排的。计有：小说、散文、特写11篇；革命斗争故事5篇；诗歌16首；民间故事4篇；童话、寓言3篇；剧本、曲艺3篇；科学幻想故事2篇），篇篇都合乎我们的理想标准，我们也不敢说这三年中儿童文学作品的题材比以前更广阔了，内容比以前更深刻了。但是，这44篇，究竟是经过全国各文艺报刊，特别是儿童出版社和儿童报刊所推荐的300多篇作品中，初选再选而决定下来的。初选的工作，是由人民文学出版社做的。这是一道十分繁重的挑选筛滤的工作，我们在此表示深深的感谢！

在这44篇作品中，先从小说、散文、特写说起。这里面，写学校生活和农村生活的仍是比较多。《小茶碗变成大脸盆》和《我们楼里的一群少年》，就用的是学校生活的题材。前一篇是写没有恒心、见异思迁和懒惰淘气的孩子，怎样地得到老师和同学们集体的帮助，而改正缺点。后一篇是学校放假以后，一个少先队的大队长还在想种种办法，和同学们在一起，维持了他们所居住的大楼的秩序和清洁。在《妈妈割麦去了》篇内，妈妈并没有出场，却描写了托儿所里的一位保育员和一位驾驶员，对于因为妈妈不在、而不能回家

的两个孩子的无微不至的关怀，说明新社会里的每一个人，直接间接地对于农业生产的支持。《一条鞭子》《村头小河旁》和《荣荣》，也是写农村生活的。《一条鞭子》里的小羊倌，从一条鞭子上学到了，而且永远记住了他们社主任的勤俭办社的优良传统。《村头小河旁》是描写一个跟着支援农业生产的爸爸下乡上学的孩子，怎样地得到当地小朋友的欢迎，使他更加热爱了农村的环境。《荣荣》是写一个把集体利益放在个人利益之上的孩子，为着保护公社里的白薯，把自留地里的还没长大的白薯，刨了出来给弟弟吃。《小仆人》和《三个小伙伴》都写的是海外儿童的生活和斗争。在帝国主义者们的种族歧视之下，阿联酋儿童阿卜杜拉，受着白种人的欺凌、戏弄、猜疑，而他却在恶毒的眼光下昂然挺立，显示出他的见义勇为的优良品质。《三个小伙伴》里的三个中国、印度、马来亚的孩子，在美帝资本家的压迫下，坚强地团结起来，向强暴的势力，作不屈不挠的斗争。从《小仆人》里的法国孩子皮埃尔和《三个小伙伴》里的美国孩子小琼斯的描写上，都可以看出资产阶级奸诈凶狠、欺软怕硬的阶级本质，怎样地侵蚀了他们的儿童。《我想念着你，谢尼亚》是写中国作家与苏联乌兹别克共和国的一个男孩中间的热烈友谊。《草原的儿子》和《"强盗"的女儿》，都是描写新中国成立前的残酷阶级斗争，以及在斗争中成长的少年。《"强盗"的女儿》的笔力尤其鲜明而生动。

情绪火炽、情节紧张的革命斗争故事，永远是儿童们所最爱看的。这里选的《三号瞭望哨》是写抗战时期，敌后的孩子们，怎样机智勇敢地做着情报工作，帮助了游击队的斗争。《找红军》是叙述一个游击队员的儿子，妈妈牺牲了，他跟着爸爸顽强勇敢地经过千辛万苦，终于找到了他们的亲人——红军。《泥鳅看瓜》是写的抗战时期，一个勇敢机警、像泥鳅一样迅疾的少年，把一个伪军揪到一个苇塘里的故事。《少年铁血队》是写跟着杨靖宇将军转战东北坚持抗日的少年儿童队伍，故事里充满了勇敢乐观的精神。《在风雨中长大》是写上海做地下工作的革命英雄的一家，在父母被捕以后，这个从小受着革命教育的孩子，虽然受尽敌人的诱吓，始终没有泄露自己的朋友，还千方百计地给狱中的父母传递消息。这些故事中的儿童，都是爱憎分明、立场坚定、不怕艰难、不畏强暴的，都是我们的小读者所最羡慕敬爱的人物。

诗歌共16篇，长短不同，内容包括得也很广泛。但它们也有相同之点，就是大都清新、活泼；音乐性比较强，易于朗朗上口；短的念过几篇，可以不忘，就是较长一点的，也很适宜于儿童的朗诵。诗里有故事的如《普洛夫迪夫一女孩》，是写保加利亚一个女孩，通过参观中国的展览会，引起了她对于遥远的中国的热爱。《"小迷糊"阿姨》是作者的许多好儿童诗中之一首，她很形象化地形容一个迷糊的孩子，怎样地从一出儿童剧中得到了帮助和启发，10年之后，他又去拜访了这个头发已经发白的演员阿姨，向她致谢。《电姑娘》是把电拟人化了，对孩子们述说了电的种种用处，只要能好好地利用它，共产主义就会早早实现。《刘文学》是叙事体的长诗，歌颂全国闻名的、为了保护公社财产和阶级敌人舍死斗争、而牺牲自己幼小的生命的少年英雄。末一段强调斗争没有停止，是我们的少年儿童所应该时刻记住的诗句。

民间故事，常常是介于小说和童话、寓言之间的一种文学形式，表达了劳动人民的愿望，和他们对于他们所爱戴的人物的怀念。我国18世纪中叶的捻军起义，鼓舞了被压迫的广大人民。捻军的失败，也引起人民无尽的悲愤，他们对起义的英雄们是永志不忘的。《鲁王与小黄马》是许多关于捻军的传说中最广泛流传的一段。故事里提到，不但是英雄的鲁王，就是他坐下的小黄马，也是威声四震、至死不屈的。《鱼抬梁，土堆亭》，是从许许多多鲁班的传说中选出来的。劳动人民对于在实际生活上给他们办过好事的古人,总有无限的敬爱,他们还把许多新的创造,都归功到这些人物身上。故事里鲁班的形象,总是"不露相"的"真人",缄默、谦虚、朴素,但他却能创造奇迹。《铃当儿》是个很典型的中国民间故事:一对异母兄弟,情投意合,相亲相爱,凶狠的后娘,却千方百计地想陷害哥哥,好心的弟弟和喜鹊、红果都帮他的忙,结果是后母受了感化。《兔子》写一只自以为聪明的兔子想欺骗小鸡、老牛、小羊和乌龟,结果反把自己的嘴也变成三角的,耳朵也变长了,尾巴也变短了,等等。

童话是儿童文学独有的一种文学形式,它的特点就是富于幻想。童话的创作方法,正在大家热烈讨论之中,而且大家也在热心地创作,这是值得欢迎的好现象。我们认为童话是儿童文学中最富有幻想的一种形式,它的题材范围应该是十分广阔的。只要有实际生活的基础,有新时代的思想感情,古人、动物和工、农、兵,是可以写入童话的。这里我们选了三篇:《鹁鸪》是从民谚"夜里想起千条路,日里变成懒鹁鸪"发展出来的故事,讽刺只想不做、得过且过的懒汉。《小白鹅在这里》写被一个小学生所珍爱的一只小白鹅,它淘气地跑得很远,遇到了一连串的意外的事情,终于在一个牧场里被收养了下来。当小学生到牧场参观的时候,惊喜地找到了他的心爱的朋友,但是他并不想把它抱回去,因为"它在这里生活过得挺好的,就留在这里吧"。表明在社会主义大家庭里,到处都是同情和关怀。《猪八戒学本领》是从作者的好几段猪八戒的故事中选出来的。《西游记》是广大儿童所熟悉的故事,猪八戒也是广大儿童所熟悉和喜见的形象。从他身上发展故事,有事半功倍的效果,是一种有价值的尝试。

剧本有《常河叔叔》,写了水库建设,写了工人的光辉形象,也写了忠勇的少先队员,剧情有曲折,有悬望,对话也简练有力。《宝船》是在民间传说的基础上写成的童话喜剧,有歌有舞,也有阶级斗争。在对话上尤其表现出作者特有的幽默愉快的风格。相声是儿童最欢迎的一种曲艺,紧凑而滑稽的对话,总能紧紧地吸引住他们的注意力,鲜明而突出的形象化的语言,也会长久地遗留在他们的记忆里。《一封信》是从一封充满了错字寄不出的信说起,教育儿童要好好地学习语文,否则连一封信都写不好。

科学幻想故事的创作,必须兼有丰富的科学常识和丰富的幻想,写来才能引人入胜。《五万年以前的客人》,运用了中国历史上关于天文的真实记载,联系上儿童们所最感兴趣的火箭科学,是个很新颖很有趣味的故事。《大鲸牧场》用飞机钓鱼、大海养鲸等有趣的情节,把儿童带进大鲸工厂,介绍了鲸鱼全身是宝的科学知识,效果不错。

在这里应该提到一件很有意思的事,就是这三年之中,我们比较大的收获,还是不能收在这本集子里的长篇作品,这些也是适应儿童爱看大部头著作的迫切需要而产生的。我们在此把这些书名提一下,就是:《林中篝火》写的是山区藏族儿童的生活。《小兵张嘎》写的是白洋淀儿童的抗日故事。《我守卫在桃花河畔》写的是一个新战士的成长。《母子闹革命》写的是母子一同参加革命斗争的回忆。《小布头奇遇记》写的是一个布娃娃从城里到农村的遭遇。《英雄小八路》是一个写海防前线的少年支持海防战士英勇抗敌的剧本。《李时珍》是我国 16 世纪著名科学家李时珍的传记。《战斗在北大荒》是牡丹江青年垦荒队的故事。这些都是政治性和艺术性比较强的作品,是充实儿童书架的好材料。

我们也要郑重地提到,我国著名的作家、诗人、学者不是专写儿童文学的,像郭沫若、臧克家、李季、阮章竞都给儿童写过诗,李四光等14位科学家给儿童写过《科学家谈二十一世纪》,杨朔、袁静等为儿童写过小说、散文……我们不能一一提名,只借这个机会,代

表儿童们向他们深深致谢,并热烈请求他们再多多地为儿童写作。

瞻望前途,我们感到已有的儿童文学作品,在质量和数量上,都还远远不能满足我们伟大时代的需要。我们还是要提出历年来大家所不断提出的几项要求,就是:我们要有更广阔更多样的题材,要有更多地反映我们时代各方面生活和斗争的作品;我们要有更大的儿童文学作者的队伍——专业的和业余的——声势浩大地来做儿童文学创作的伟大事业;我们欢迎有更多的批评家,多多注意我们新出的儿童文学作品,一方面给作者以鼓励和关怀,一方面给儿童们以阅读指导。

繁荣儿童文学,事关我们共产主义接班人的成长和我们共产主义的最后胜利,只有社会各方面一同努力,才能收到较大的成绩,我们在此再作一次热烈诚恳的呼吁!

1962 年 12 月 26 日

(原载冰心编选《1959—1961 儿童文学选》,人民文学出版社 1963 年版)

"十七年"儿童文学演进的整体考察

王泉根

1949 年 10 月中华人民共和国的诞生揭开了中国文化、中国文学及其独立组成部分——中国儿童文学的崭新篇章。中国历史的巨大转型与变革,带给当代中国文学新的思想内涵、新的题材内容、新的描写对象与新的创作力量。"十七年"(1949—1965)儿童文学作为十七年整个当代文学的组成部分,其发展思潮、文化语境、文学气脉、创作流变乃至顺逆曲直,既与整个大文学合辙同构,又显示出儿童文学自身的特殊性。考察"十七年"儿童文学,最能显示其作为"儿童的"文学的特殊发展规律与演进态势的是这样三种现象:就文学制度而言,是共青团中央和中国作家协会双重管理下的童书出版与儿童文学;就文学思潮与创作气脉而言,是少先队的文学与"共产主义教育方向性"的红色基因;就文学的中外关系而言,是苏联儿童文学从理论到创作的多方面影响。

一、共青团中央和中国作家协会
双重管理下的童书出版与儿童文学

儿童文学的发展变革与整个文学具有一致性,在现代社会,特别与文学的体制管理、文艺制度以及传播出版机制密切相关。进入新中国成立后的 20 世纪 50 年代,先由共青团中央管理,以后中国作家协会才高度重视儿童文学并纳入重要工作,这是考察"十七年"儿童文学,尤其是 50 年代儿童文学的一个重要维度与入口。

(一)新的文学与新的文学体制

传统的中国现代文学史研究将"第三个十年"(1937 年至 1949 年)的文学按照政治区域划分为解放区文学、国统区文学和沦陷区文学,但作为"转折年代",20 世纪 40 年代尤其是 1945 年之后的文学史,恰恰是上述区域文学格局发生变迁的历史过程,或者更确切地说,是解放区文学逐渐一统山河,发展为新中国文学的过程。像抗日战争初期一样,这一转折年代也出现了文学艺术家群体的大规模跨区域流动,但方向却截然相反,不是东部城市的左翼知识分子辗转投奔延安,而是解放区文艺工作者随军东进——40 年代中期从西北和华北农村根据地进入城市及工业最密集的东北地区,40 年代末又从北方解放区南下。超越区域限制的新中国文化正是在这一文化主体的流动过程中逐步全面建立起来的,解放区文艺工作者作为新中国文化的创造主体,如何接收和改造沦陷区、国统区的区域遗产,如何在对不同地方经验的处理中将诞生于特定地理环境的解放区文化发展为新的国家文化,这构成了现代中国文学包括儿童文学在内的转折年代里最为关键的文化景观。①

1949 年 7 月,在北京召开的第一次中华全国文学艺术工作者代表大会标志着解放区与国统区两支文艺队伍的会师,这次代表大会"是从老解放区来的与从新解放区来的两部分文艺军队的会师,也是新文艺部队的代表与赞成改造的旧文艺的代表的会师,又

是在农村中的、在城市中的、在部队中的这三部分文艺军队的会师"②。在第一次全国文代会的 650 名代表中,属于既从事成人文学又从事儿童文学的"双肩挑"作家、评论家有郑振铎、叶圣陶、丰子恺、赵景深、高士其、张天翼、陈伯吹、严文井、阮章竞、苏苏、徐调孚、何公超、金近、胡奇等。第一次全国文代会在"全国文艺工作者团结起来为工农兵服务"的口号声中闭幕,标志着毛泽东文艺思想受到全国广大文艺工作者的拥护,奠定了此后文艺为工农兵、为广大人民、为社会主义服务的方向。

20 世纪 50 年代新中国成立初的文艺政策,主要沿袭了战争年代的思路,把文艺作为整个革命事业的一条重要战线,对文艺工作高度重视,将其纳入革命和建设的总体目标。这势必出现新中国成立初以政权建设为依托,建立起全国统一的文艺领导和组织机构(中华全国文学艺术工作者联盟简称中国文联、中国作家协会),提出统一的文艺方针与政策,进行统一的规划和管理,对文艺发展提供了过去所不可比拟的条件,从而使新中国文艺发展逐步走上一体化体制的建设。③

(二)共青团中央管理的童书出版与儿童文学

解放区文化发展为新的国家文化与文艺发展的一体化体制建设和管理,这是 20 世纪 50 年代新中国文学发展的两个基本特征。但是对于新中国文学的特殊组成部分的儿童文学,新生政权则是采取了特殊的规划和管理方式,即把儿童报刊图书的出版与儿童文学事业交给了党的后备军:中国共产主义青年团中央(1957 年 5 月以前称中国新民主主义青年团)。共青团是共产党的助手和后备军,共青团中央受党中央领导。中国少年先锋队(简称"少先队")是中国少年儿童的群众组织,少先队的创立者是中国共产党(1949年 10 月 13 日是少先队建队日)。中国共产党委托共青团直接领导少先队。在这种垂直领导建制下,由共青团中央管理和领导直接影响亿万少年儿童思想道德建设与精神生命健康成长的少儿图书报刊与儿童文学事业,也就成了一件顺理成章的事。于是,由团中央管理并派出解放区干部接手童书出版,并进而规划儿童文学,自然成为 50 年代初期直接决定和影响中国童书与儿童文学发展的重要现象。

对此现象,本文根据相关文献资料,按时间顺序整理出下列一份清晰的历史路线图:

1950 年,党中央把发展青少年儿童读物出版业的任务,交给了团中央。团中央为此成立了团中央出版委员会,由李庚任主任,并立即着手在北京组建青年出版社④。李庚(1917—1997),福建闽侯人。曾参加"一二·九"学生运动。历任武汉全国学联、全国青年救亡协会负责人,八路军驻桂林办事处《青年生活》杂志编辑,新四军 3 师地方工作干部。

1950 年 1 月,青年团中央在北京创办青年出版社,1953 年与开明书店合并组建中国青年出版社。李庚任中国青年出版社副社长、总编辑。中国青年出版社高度重视出版儿童文学,自 1950 年至 1955 年,出版了 155 种儿童图书。

1950 年 11 月 5 日,团中央主办的中国少年先锋队队报《中国少年报》(周刊)创刊,其前身是《中国少年儿童》。毛泽东主席亲笔为《中国少年报》题名。首任总编辑左林。左林,湖南浏阳人。1938 年加入中国共产党。1946 年任苏北解放区华中少年出版社社长、《新华日报》华中版特约记者。1951 年后,历任团中央委员、团中央少年部部长。《中国少年报》的四大专栏人物"小虎子""知心姐姐""动脑筋爷爷""小灵通",深受少年儿童喜爱。

1950 年 6 月 1 日,共青团西南工作委员会主办的综合性少先队刊物《红领巾》在重庆创刊。

1951年,据《华东地区公私营图书出版业名录(1951年1月至6月)》的统计,1951年中国出版重心上海以及江浙共有出版少儿读物的出版机构20家(18家在上海),其中国营出版社2家:青年出版社华东营业处、新少年报社,均在上海;公私合营1家:新儿童书店,在上海;私营17家:15家在上海,有人世间出版社、三民图书公司、大陆书局、大富书店、兄弟图书公司、东南书局、春秋书社、国光书店、国民书局、启明书局、童联书店、华光书店、万象书店、万业书店、艺术书店,浙江1家中国儿童书店,南京1家民丰印书馆。

1952年1月1日,团中央和华东军政委员会新闻出版局决定,在上海成立"少年儿童出版社筹备委员会",以上海的新儿童书店为基础,商务印书馆、中华书局、大东书局参加。庞来青任主任委员,包蕾任秘书。庞来青(1899—1978),浙江宁波人。1926年加入中国共产党,曾任团中央直属的青年出版社华东营业处行政委员会主任。

1952年12月28日,由团中央主管的少年儿童出版社在上海成立,宋庆龄题写社名。这是1949年后我国第一个专业的全国性儿童读物出版机构。郭云任社长,陈伯吹任副社长。关于少年儿童出版社的筹建过程经过:1950年年底,团中央出版委员会主任李庚,以上海军管会特派军代表的身份,接管了被官僚资本渗入的私企儿童书局,并吸收了几家小型私人儿童书店,组建成立公私合营性质的新儿童书店。1951年,又吸收了商务印书馆、中华书局、大东书局等的部分编辑出版人员,最终于1952年12月成立少年儿童出版社。1954年,又有启明、基本、华光、春秋四家私企书局并入,人员增至百余人。少年儿童出版社的编辑业务由团中央领导,经营和党务归上海市委与华东军政委员会新闻出版局兼管。1958年8月,团中央将少年儿童出版社移交给上海市出版局,从此成为上海市属的出版机构。⑤

1953年9月,中宣部专门召开了研究少儿读物出版的工作会议。会议认为:"国营及公私合营出版社出版的儿童读物太少,1950年至1952年三年中,国营及公私合营出版社出版的儿童读物只占全部儿童读物种类的27.56%,占印行册数的53.22%;私营出版社占种数的72.44%,占印行册数的46.78%。"私营出版社出版的图书大多粗制滥造,内容非常恶劣。为了改善儿童读物的现状与存在问题,会议要求教育部来管理儿童读物;要求少年儿童出版社提高儿童读物的种类和数量;要求对私营出版社的儿童读物适当的加以限制;进一步加强对私营出版社的整顿改造。⑥

1954年,全国基本完成了对私营出版业的社会主义改造,新版、再版少儿图书1260种,印行1369万册,其中国营出版社及公私合营出版社出版的品种占60%,印数占80.4%。

历史文献表明,1949年至1954年期间,在共青团中央的管理与努力之下,新中国已在几乎一片废墟的基础上,重建了完全崭新的少儿出版报刊体系,儿童文学的新气候新作为正在逐渐形成。这一时期最重要的收获是新中国第一家专业少儿读物出版机构——少年儿童出版社在上海高规格成立,同时重要省、市、地区的团委创办了一批少儿报刊,如《中国少年报》《新少年报》《红领巾》《少先队员》《中学生》等。当时中国的童书与儿童文学作品的出版发表,北以中国青年出版社、南以少年儿童出版社为中心,再加上一批少先队报刊,这使儿童文学作家有了一展身手的平台,推出了共和国最初的一批优秀作品。如中国青年出版社出版的张天翼的儿童小说《罗文应的故事》、高士其的科学文艺《我们的土壤妈妈》、秦兆阳的童话《小燕子万里飞行记》、冯雪峰的人物传记《鲁迅和他少年时代的朋友》、郭墟的儿童故事《杨司令的少先队》,这5部作品参与"第一次全国少年儿童文艺创作评奖(1949—1953)"的评奖,囊括了全部一等奖。

但是，由于这一时期的童书与儿童文学归口共青团/少先队系统，很难引起广大作家、艺术家的关注，再加上从"五四"以来形成的"双肩挑"传统——一大批儿童文学作家，同时也在现代文学创作领域卓有建树，而不是专业为儿童写作，如叶圣陶、冰心、张天翼、严文井等，而新生的年轻儿童文学作家还未成长起来，这就势必造成本土原创儿童文学的薄弱，因而不得不依靠外国儿童文学尤其是苏联作品的翻译。1955年9月，郭沫若在《人民日报》发表《请为少年儿童写作》，指出国内儿童读物的内容"采自苏联作品的在80%以上"，批评"大多数的中国作家们并不重视儿童，因而也就不重视儿童文学"。这是符合当时实情的。儿童读物奇缺，儿童文学亟须花大力气发展，这已成为一种普遍性的社会呼吁。

（三）毛泽东主席的批示促使中国作家协会重视儿童文学

1955年是中国童书出版与儿童文学事业的管理体制发生重大调整的时间节点，也是共和国儿童文学出现快速发展的转机之年：中国作家协会开始重视儿童文学，并将儿童文学纳入作协的重要工作之中。发生这一转变的契机是毛泽东主席高度重视儿童文学的一份批件。本文根据相关文献资料，按时间顺序整理如下：

1955年8月2日，中共中央书记处第一办公室编印的《情况简报》第334号刊载了《儿童读物奇缺，有关部门重视不够》的材料，中共中央副秘书长、国务院第二办公室主任林枫向毛泽东主席报告："主席：过去未及注意此事。现即着手了解情况，集中意见，设法解决之。方案定后再报。"材料介绍：

"中国少年报社最近召集有关部门座谈关于儿童读物问题，会上普遍反映儿童迫切需要的作品和中国儿童文学奇缺，许多应该有的读物没有，在仅有的读物中，又多半只适合小学四、五、六年级的学生阅读。（毛泽东主席在这段话的旁边批注："书少。"）造成此种情况的主要原因是：（一）各地文化、教育部门和团委不重视儿童读物的创作和供应，各地出版社都没有编儿童读物的干部和出版计划。（二）一般作家不愿给儿童写东西，也有些作家觉得搞儿童文学'糊不了口，出不了名'。（毛泽东主席在这两行旁批注："无人编。"）（三）全国多数书店不卖儿童读物，有的虽推销，也不积极，只停留在少数门市部，没有面向学校和孩子们。（四）书价过高，一般的儿童读物价钱都在一二角以上，有的翻译作品需七八角甚至一元，孩子们没钱买。（毛泽东主席在这一行旁批注："太贵。"）8月4日，毛泽东主席将这份《情况简报》批给时任中共中央副秘书长、国务院第二办公室主任林枫："林枫同志：此事请你注意，邀些有关的同志谈一下，设法解决。"⑦

同年8月15日，团中央书记处向党中央呈报了《关于当前少年儿童读物奇缺问题的报告》，报告在汇报了河北、江苏、山东等地有关情况后，提出了"大力繁荣儿童文学"和"加强儿童读物出版力量"的措施。团中央决定在继续办好归属团中央管辖的在上海的少年儿童出版社、加强小学中年级及学前儿童读物的出版外，在北京创办中国少年儿童出版社，加强小学高年级和初中学生读物的出版；同时建议江苏、浙江、山东、河北等15个省、自治区的人民出版社设立儿童读物室，加强全国儿童读物的出版。报告还提出适当提高稿酬标准、加强发行和宣传工作、增设儿童阅读场所等建议。

同年8月27日，党中央批转了团中央《关于当前少年儿童读物奇缺问题的报告》，要求全国有关方面积极地、有计划地改善少年儿童读物的写作、翻译、出版和发行工作。⑧

同年9月6日，《中国青年报》发表宋庆龄《源源不断地供给孩子们精神食粮》。面对少儿读物"奇缺"的情况，她号召文艺家们把儿童文学创作列入每年的创作计划中。

同年 9 月 10 日,《光明日报》发表陈伯吹《关于儿童文学的现状和进展》。文章提出上海的少年儿童出版社这几年虽已出版了 2800 多种、发行了 6000 多万册的儿童读物,但仍"远远地落后于客观的殷切的需求",期望有着"人类灵魂工程师"崇高称号的作家们、教师和辅导员们等一起来推进儿童文学事业。

　　同年 9 月 13 日,《中国青年报》发表社论《让孩子们有更加丰富多彩的读物》。

　　同年 9 月 16 日,《人民日报》发表社论《大量创作、出版、发行少年儿童读物》。社论指出,目前少年儿童读物奇缺,种类、数量、质量都远远不能满足少年儿童的需要,解决这些问题是目前少年儿童教育事业中的一项极其重要的任务。社论作了如下批评:"中国作家协会很少认真研究发展少年儿童文学创作的问题,各地文联大多没有关于少年儿童文学创作的计划,有些作家存在轻视少年儿童文学创作的错误思想,专业的少年儿童读物出版社的出版编辑力量很薄弱,而各省市的人民出版社又忽视这一工作,有的甚至从来没有出版过少年儿童读物。"社论提出为了不断加强儿童文学创作工作,"首先须要由中国作家协会拟定繁荣少年儿童文学创作的计划,加强对少年儿童文学创作的领导",一方面要建立一支能起骨干示范作用的专业儿童文学作家队伍,另一方面要在"团干部、教师、辅导员、国家工作人员当中"大量培养新作家。社论期望,各有关部门应当认真对待这件事情,确定改进少年儿童读物创作、出版、发行工作的计划,争取在最短的时间内,基本上改变这种状况,使孩子们有更多的书读。

　　同年 9 月 16 日,郭沫若在《人民日报》发表《请为少年儿童写作》。郭沫若指出国内儿童读物的内容"采自苏联作品的在 80% 以上",批评"大多数的中国作家们并不重视儿童,因而也就不重视儿童文学"。郭沫若认为"文学在陶冶道德品质和树立正确的人生观上是很好的工具","一个人要在精神上比较没有渣滓,才能做得出好的儿童文学"。

　　同年 9 月 24 日,中国作家协会创作委员会少年儿童组干事会召开干事会议,讨论关于少年儿童创作问题。

　　同年 9 月,北京师范大学中文系举办儿童文学进修班,导师为儿童文学教研室主任穆木天教授。

　　同年 10 月 5 日,文化部发出《关于少年儿童读物的出版情况和今后改进意见的请示报告》。

　　同年 10 月 27 日,中国作家协会召开第十四次理事会主席团会议,讨论并通过了《中国作家协会关于少年儿童文学创作的计划》。《计划》分为三个部分:一是加强对少年儿童文学创作的领导,要求各地分会成立儿童文学组,作协与各地分会的文艺刊物经常发表儿童文学作品与理论、评介文章,并于 1956 年下半年召开全国少年儿童文学创作会议。二是决定组织丁玲等 193 名在北京和华北各省的作家、理论批评家,在 1956 年每人写出一篇(部)儿童文学作品,或译作,或研究性文章;各地分会也应完成一定数量的儿童文学作品与理论文章;作家为写作儿童文学作品,可申请中国作协"创作贷款及津贴暂行办法"的帮助。三是通过讨论、讲座、报告等形式,大力培养儿童文学创作的新生力量,要求《人民文学》与各地分会的刊物编辑部,把发现、培养儿童文学创作的新生力量,当作自己的重要任务。

　　同年 11 月 1 日,毛泽东主席批阅中共中央副秘书长、国务院第二办公室主任林枫关于少儿读物的来信。林枫信中说:关于改善少年儿童读物的创作和发行等问题,我们根据主席和中央的指示,曾和文化部、教育部、中国作家协会、中国保卫儿童委员会、团中央

以及有关出版社的负责同志进行了座谈。现将中国作家协会党组关于改进少年儿童读物创作问题的报告、文化部党组关于改进少年儿童读物出版发行工作的报告及教育部党组关于少年儿童读物问题的报告送请审阅。毛泽东主席批示:"林枫同志,此信已阅,附件还来不及看。你们可以照你们的布置去做,不要等候我提意见。"⑧

同年 11 月 18 日,中国作家协会召开第十四次理事会主席团会议(扩大),专门讨论了发展少年儿童文学创作的问题,会后向全国各地的分会下发了《关于发展少年儿童文学的指示》,并制定了 1955—1956 年有关发展儿童文学创作的具体计划。《指示》就发展儿童文学的重要性、现状及繁荣创作等问题做了具体部署。《指示》指出:"少年儿童文学是培养年轻一代成为优秀的社会主义事业接班人的强有力的工具;发展少年儿童文学创作,是关系着 1 亿 2000 万少年儿童的精神食粮的极其迫切的任务。但长期以来,作家协会对少年儿童文学不够重视:很少研究儿童文学创作的情况和问题,没有采取有效的措施组织作家为少年儿童写作,各级机关刊物也很少发表有关少年儿童文学的稿件。为了使少年儿童文学真正担负起对年轻一代进行共产主义教育的庄严任务,必须坚决地有计划地改变目前少年儿童文学读物十分缺乏的令人不满的状况。"为此,中国作协要求各地分会"应该把发展少年儿童文学的问题列入自己经常性的工作日程,积极组织少年儿童文学创作,纠正许多作家轻视少年儿童文学的错误思想,组织并扩大少年儿童文学队伍,培养少年儿童文学的新生力量,并加强对少年儿童文学创作的思想指导"。《指示》并就少年儿童文学的题材内容,思想性和艺术性的关系,形式和体裁,童话科幻也必须以生活真实为基础,以及作家和科学家合作,为少年儿童创作科学文艺、名人传记等问题做了具体指示。

同年 11 月 24 日,中国作家协会召开少年儿童文学座谈会,张天翼在会上做了《关于作家深入少年儿童生活问题》的发言。

同年 11 月 26 日,新华书店总店发出《改进少年儿童读物发行工作》的通知。

同年 11 月,《长江文艺》发表社论《为孩子们拿起笔来》。

同年,冰心在《人民文学》8 月号上发表《一人一篇》,响应郭沫若在《请为少年儿童写作》中关于"一二年内,每一位作家都要为少年儿童至少写一篇东西"的倡议,并呼吁作家们反省"社会上对于我们的批评和指责","大多数的中国作家并不重视儿童,因而也就不重视儿童文学"。

同年,《文艺报》第十八号发表专论《多多地为少年儿童文学写作》,专论接受《人民日报》社论《大量创作、出版、发行少年儿童读物》和郭沫若等文章中对中国作协不重视少年儿童文学创作"提出了严厉的批评和紧急的号召",呼吁广大文艺工作者"多多地为少年儿童们写作吧! 争取在最短的时间内,让孩子们能够读到一批批的新书,能够不断有新的歌子唱、新的电影和戏看吧! 这是我们每一个文艺工作者对于社会主义事业的最光荣的责任"。

1956 年 3 月,中国作家协会在北京召开"全国青年文学创作者会议",袁鹰在会上做了《关于少年儿童文学创作的一些问题》的长篇发言,论述了"去年秋天由于党中央和毛主席的重视而掀起的重视儿童读物的高潮",儿童文学创作的成绩以及发展空间。

1956 年 6 月 1 日,共青团中央在北京成立中国少年儿童出版社,这是中国唯一的国家级专业少年儿童读物出版社。叶圣陶之子叶至善担任第一任社长兼总编辑。

(四)共和国儿童文学迎来黄金时期

历史文献表明,正是由于毛泽东主席高度重视儿童文学的一份批件,从 1955 年以后,儿童文学开始走上良性发展的快车道。儿童文学对于民族下一代精神生命的健康成长,对于"培养年轻一代成为优秀的社会主义事业接班人的强有力的工具",引起了上上下下的充分关注与重视。中国作家协会、团中央、文化部、教育部以及出版部门,在短时期内密集召开会议研究部署落实中央精神;《人民日报》《光明日报》《文艺报》《中国青年报》等媒体纷纷发表社论,呼吁全社会特别是文学界与出版界拿出切实措施加强儿童文学建设;郭沫若、宋庆龄、冰心、张天翼、陈伯吹等名家发表文章,力倡儿童文学与为儿童写作。特别是中国作家协会,制定了 1955—1956 年有关发展儿童文学创作的具体计划,部署各地分会都来切实重视抓好儿童文学,规定了 190 多位作家的创作任务。可以说,1955 年是"中国儿童文学年"。从 1955 年以后,儿童文学在中国文学界的地位与影响迅速得到提升,极大地激发了广大作家的创作热情,并由此迎来了当代儿童文学创作的第一个黄金时期。

首先是从"五四"走过来的,再加上三四十年代成长起来的百年中国儿童文学的第一代与第二代作家,他们正处于人生的中壮年时期(虽然有的并不是专写儿童文学),如叶圣陶、冰心、张天翼、陈伯吹、严文井、何公超、贺宜、金近、苏苏、包蕾、黄庆云、郭风、鲁兵、圣野、田地、施雁冰等,可以说开启了儿童文学创作的第二春,他们依据厚实的艺术功底与对新时代的满怀憧憬,在短时间内发表了一大批蜚声文坛的精心之作。

冰心在《人民文学》上发表《一人一篇》,响应郭沫若"一二年内,每一位作家都要为少年儿童至少写一篇东西"的倡议,并带头动笔,很快出版了小说《陶奇的暑假日记》(1956)、《小橘灯》(1957)、故事《我爱劳动了》(1956),还写出了系列散文《再寄小读者》,主编《1959—1961 儿童文学选》。张天翼在继小说《罗文应的故事》(1952)、儿童剧《大灰狼》(1954)之后,出版了童话《不动脑筋的故事》(1956)、《宝葫芦的秘密》(1956),重版童话《大林和小林》(1956),还创作了小说《给孩子们》(1959)。陈伯吹的创作热情十分高涨,不但写出了小说《毛主席派人来了》(1956)、《一个秘密》《从山冈上跑下来的小女孩子》(1957)、《中国铁木儿》《飞虎队和野猪林》《最好的一课》(1959),还出版了童话《一只想飞的猫》(1956)、《小火车头上学校》(1957)、《哈叭狗和红天鹅的故事》(1958)、《幻想张着彩色的翅膀》(1959)等。严文井的童话创作也出现一个小高峰,继出版《丁丁的一次奇怪旅行》《蜜蜂和蝴蝶》(1950)以后,创作的新作有《三只骄傲的小猫》(1954)《小溪流的歌》(1956)等。老舍在创作《龙须沟》《茶馆》之后,满怀热情为孩子们写了两部童话剧《宝船》(1961)、《青蛙骑手》。黎锦晖的两种著名儿童歌舞剧《喜鹊和小孩》《小小画家》,也在 1957 年修订出版。

此外,如贺宜的童话《小公鸡历险记》(1956)、《鸡毛小不点儿》(1958)、《小神风和小平安》(1959),何公超的童话《龙女和三郎》(1955)、小说《波浪里的孩子》(1958 年),黄庆云的童话《奇异的红星》(1956)、《七个哥哥和一个妹妹》(1957),金近的童话《小鲤鱼跳龙门》(1957)、儿童诗《小队长的苦恼》(1955)、《在我们村子里》(1956)、《中队的鼓手》(1958),包蕾的童话《火萤与金鱼》(1959),郭风的散文与散文诗《会飞的种子》(1955)、《洗澡的虎》(1956)、《在植物园里》(1956),以及李季的儿童诗《幸福的钥匙》(1956)、《三边一少年》(1959),周而复的小说《西流水的孩子们》(1956),周立波的小说《腊妹子》(1958),阮章竞的童话诗《金色的海螺》(1956)、《牛仔王》(1958)等,也都是在这个激情迸发的年代创作的。

新中国成立后,在社会主义文艺领域,从刚刚获得解放的工农群众中培养写作者,使

之成为社会主义"新的文学力量"，变成一项自觉的文艺实践。在新的社会语境下，这一文艺实践在工厂、农村、部队中普遍展开，并相应地成为建设社会主义文学的一项重要任务。为了实现这一任务，党的各级文艺部门不仅有自觉的理论倡导，同时也制定长期规划，且有周详的制度安排。在整个十七年时期，无论是各地文学创作小组的成立，通讯员制度的实施，短期培训班的举办，还是文学讲座、文学会议的召开，老作家的专门辅导，新人作品集的出版，专门文学院的设立，等等，都为文学新生力量成长提供了良好的制度保障。

对于当代中国儿童文学史而言，特别应当记得的是这一时期涌现的一大批年轻儿童文学新人，他们正遇上"百花齐放，百家争鸣"的文化春天，又遇到从中国作协到团中央、教育部等多部门齐抓共促培养儿童文学新人的时机。尤其是中国作家协会，1956年3月，中国作协第二次理事会会议通过的《中国作家协会一九五六年到一九六七年的工作纲要》，明确将"培养青年作家"定为作协的重要工作，并列出十条具体实施细则。在当代中国，1956年是"青年创作者"群体的兴起之年，中国作协主席茅盾在1956年作协理事会所作报告《培养新生力量，扩大文学队伍》中指出，这支"青年创作者"群体多数来自"工厂、农村、部队、学校、机关"，他们是不同于上一代作家的直接扎根于社会基层、生活在第一线的新生文学力量，同时在社会上有很高的美誉度。⑩须知，在20世纪五六十年代，直至70年代，"文学青年""青年创作者"，甚至"业余作者"，在社会上都是被高看一眼的，是青年中的佼佼者、精英。百年中国儿童文学的第三代，正是在这一时期快速出道、起飞的。他们中的代表作家、诗人有：萧平、柯岩、徐光耀、袁鹰、胡奇、郑文光、杲向真、刘真、任德耀、任大星、任大霖、任溶溶、洪汛涛、葛翠琳、邱勋、宗璞、刘饶民、熊塞声、张有德、张继楼、刘厚明、李心田、揭祥麟等，以及更年轻的孙幼军、金波，评论家有蒋风、束沛德。

这一批年轻的儿童文学"青年创作者"群体，一经登上文坛，用他们对新生共和国的挚爱、信念与担当，用他们那一颗颗充满青春、浪漫与理想的心灵，用他们既脚踏生活一线土地又想象力无边飞扬的职业与年龄优势，从1956年至60年代初，短短五六年间，创作了一大批秀华光发的作品，几乎在儿童文学的各种门类，都奉献出了精品力作，有不少是传之久远、影响数代人的经典。

小说如徐光耀的《小兵张嘎》、萧平的《三月雪》、邱勋的《微山湖上》，杲向真的《小胖和小松》、刘真的《我和小荣》、胡奇《五彩路》、任大星的《吕小钢和他的妹妹》、任大霖的《蟋蟀》、揭祥麟的《桂花村的孩子们》；童话如洪汛涛的《神笔马良》、葛翠琳的《野葡萄》、任溶溶的《"没头脑"和"不高兴"》、钟子芒的《孔雀的焰火》；儿童诗如柯岩的《"小兵"的故事》《"小迷糊"阿姨》、袁鹰的《彩色幻想》《时光老人的礼物》，儿歌张继楼的《夏天来了虫虫飞》；儿童剧如任德耀的《马兰花》；科幻小说如郑文光的《飞向人马座》，等等。

柯岩走上儿童文学道路很有意思，她的丈夫是著名诗人贺敬之，1955年的一天夜里，贺敬之为响应中国作协为儿童写作的号召伏案作诗，但写了一夜也没写成，柯岩说她来试试。二十一岁的柯岩由于十分熟悉儿童生活，童心活跃，当天一口气就写了九首儿童诗，贺敬之读后大为欣赏，其中的三首很快发表在《人民文学》1955年12月号上。⑪柯岩以前是从事戏剧创作的，从此一发而不可收，走上了儿童文学道路，为孩子们创作了《"小兵"的故事》《大红花》《最美的画册》（1956）、《"小迷糊"阿姨》（1959）、《我对雷锋叔叔说》（1963）、《打电话》（1964）等一系列儿童诗和诗集，成为当代中国儿童诗的代表诗人之一。柯岩走上儿童文学道路偶然中蕴含着必然，正是50年代举国上下重视儿童教育与儿童文学的时代氛围把她推了出来。她的诗满含着对新时代的生活激情,善于从平凡、琐碎的小事中发掘出富有情趣的充满诗意与时代精神的东西,揭示出孩子们的童心童趣与生活理想,有着自己的诗歌美学。如《大红花》:"我家有两朵大红花,/挂在毛主席像底下的这一朵,妈当模范得的它。/那一朵,爸当英雄得的它。/我天天抬头看红花/夜夜做梦梦见它/快长大吧快长大/长大也戴大红花。"

茅盾曾高度评价 20 世纪 50 年代崛起的"青年创作者"群体:"这些新的作者,给我们的文学带来了新的声音,注入了新的血液。他们的共同特点,是对新事物具有敏锐的感觉,对生活和斗争怀有充沛的热情。他们不愧为我们文学事业的生力军。"⑫中国儿童文学史需要再加一句:他们也不愧为我们儿童文学事业的生力军!他们的创作成就与迎来第二春的上一代作家的创作成就汇聚在一起,掀起了当代中国儿童文学第一个黄金时期的澎湃大潮。

在中国儿童文学史上,20 世纪 20 年代是本土原创儿童文学跨越式发展的第一个奇迹,它的驱动力是五四运动后中国人"儿童观"的变革,并借助文学研究会发起的"儿童文学运动"得以实现。20 世纪 50 年代则是本土原创儿童文学跨越式发展的第二个奇迹,它的驱动力是新生共和国新的社会文化、新的社会变革带给文学全新的一切与希望,诚如鲁迅所期待的那样:"为了新的孩子们,是一定要给他新作品,使他向着变化不停的新世界,不断地发荣滋长的。"⑬

二、少先队的文学与"共产主义的教育方向性"

儿童文学是一种特殊文学,其最大的特殊性在于:它的生产者(创作、编辑、出版、评论乃至讲解)是主宰现世社会运转的成年人,而消费者(购买、阅读、接受)则是天真未凿的孩子。一件儿童文学作品,只有经过成年人接二连三地用文化规范的尺度和理性判断的筛子过滤之后,才能最终送到孩子手里。这种由上而下的单向给定方式,势必受制于成年人心目中的"儿童观",也即成年人怎样看待和对待儿童的观念。一部儿童文学史,在很大程度上就是成年人"儿童观"的演变史。有什么样的儿童观,就有什么样的儿童命运与社会地位,也就有什么样的儿童文学价值尺度与美学判断。"十七年"儿童文学,突出体现了社会主义中国完全不同于以往时代的"儿童观"及其影响下的"儿童文学观"。20 世纪 50 年代初期共青团中央直接管理童书出版与儿童文学,则从团的工作实际出发,将儿童文学纳入少先队工作的目标。

(一)少先队组织与少先队的文学

新中国崭新的社会制度把少年儿童看作"祖国的花朵""民族的希望",国家主流意识形态更把少年儿童作为"共产主义事业的接班人",要求他们"好好学习,天天向上","成为有社会主义觉悟的有文化的劳动者"。20 世纪 50 年代儿童文学创作第一个高峰期,正是在这样的基本文化语境中出现的,而共青团与少年队组织则在当时发挥了特殊的作用。

20 世纪 50 年代中国儿童文学的主要传媒《中国少年报》《中学生》《红领巾》《少先队员》《儿童时代》以及全国两家专业少儿读物出版社——上海的少年儿童出版社(1952年成立)与北京的中国少年儿童出版社(1956 年成立)均隶属于共青团组织,其中的两社一报(《中国少年报》)则是团中央的直属单位。共青团以此作为依托和基地,实施一系列直接影响 50 年代儿童文学建设的举措,同时接受苏联儿童文学的思想影响,奠定了少先队的文学与儿童文学创作的"共产主义教育方向性"原则。

新中国儿童文学

少先队组织是影响当代中国儿童精神生命成长的最广泛、最深刻的群团组织。可以说,当代中国儿童从一入学开始,就全面接受少先队组织的教育、引导与展开的各项活动。"十七年"儿童文学集中笔调,浓墨重彩地描绘了少年儿童在队旗下的生活,力图形象地艺术地揭示"儿童组织"在儿童生活和儿童教育方面"不可取代"的作用。"少先队的文学"是当代中国儿童文学极其重要的文学现象,既以其鲜明的时代生活内容与教育方向性区别于以往"革命范式"的儿童文学(如 20 世纪 30 年代的左翼儿童文学创作),也有别于以后八九十年代改革开放文化语境中的校园文化与校园文学。

以充满感激、崇拜、青春的激情,歌颂中国共产党,歌颂新中国,歌颂英雄先烈,歌颂新人新事新社会,立志做共产主义事业接班人,这是少先队活动的主要内容之一,同时这也是"十七年"儿童文学尤其是 20 世纪 50 年代儿童文学创作的突出特点。阳光、春天、鲜花、海浪、骏马、燕子、和平鸽、小树苗、向日葵……这些洋溢着蓬勃生命意蕴与朝气的词汇,是 50 年代儿童文学最常见的诗歌意象。诗人们一往情深地歌颂祖国的春天与青春的祖国:"春天,/她像一个美丽、幸福小姑娘,/快乐地走遍了/祖国的每一个地方。"(田地《祖国的春天》1954)诗人们用诚挚、朴素的感情"吹出了对故土的深沉眷恋,/吹出了对于故乡景色的激越赞美,/吹出了对于生活的爱,/吹出了自由的歌、劳动的歌、火焰似的燃烧着青春的歌"(郭风《叶笛》1955)。袁鹰的《在陶然亭,有一棵小松树》一诗,是 50 年代儿童文学突出"主旋律",体现当代中国社会对民族未来一代进行文化设计与文化规范的典型之作:

> 在陶然亭,有一棵小树苗,/这棵小树苗是我亲手栽下。/我把它插在小坡上,/用清清的湖水灌溉它。//在陶然亭,有一棵小树苗,/太阳呀,你要多多照着它。/今天它是一棵幼苗,/明天就会开一树鲜花。//在陶然亭,有一棵小树苗,/我时时刻刻想念它,/昨夜里有一场秋雨,/你又该长高了些吧!//陶然亭的小树苗,/快快跟我一同长大,/绿化首都,建设首都,/每天都在催着咱们哪!

"小树苗"在党和人民的阳光雨露沐浴之下,迅速成长,成为建设首都、建设新中国的栋梁。"小树苗"是一种意象,一种期待,一种喻体,同时也是 50 年代儿童文学写作姿态与美学风格的缩影。

共和国成立之初的第一个十年,一大批有影响的儿童文学作品尤其是诗歌,以颂歌般的满腔激情,昂奋乐观的格调,清新嘹亮的风格,营造了当代中国儿童文学创作第一个高峰期的基本旋律与审美意象。这些作品有:郭沫若的《中国少年先锋队队歌》,袁鹰的《丁丁游历北京城》《篝火燃烧的时候》《我也要红领巾》,郭风的《火柴盒的火车》《叶笛集》《月亮的船》,田地的《和志愿军叔叔一样》《明天》《他在阳光下走》,贺宜的《四季儿歌》《仙乐》,田间的《向日葵》,韩笑的《战士和孩子》,金近的《我真想入队》《小队长的苦恼》《中队的鼓手》《在我们的村子里》,李季的《幸福的钥匙》,乔羽的《让我们荡起双桨》,刘御的《小青蛙》,刘饶民的《打钟》,鲁兵的《不落的太阳》,熊塞声的《马莲花》,邵燕祥的《八月的营火》,柯岩的《"小迷糊"阿姨》《帽子的秘密》等。

(二)在"队旗下"的精神成长

浓墨重彩描写少先队生活,描写新中国一代儿童在"队旗下"的精神成长,表现社会主义新时代新儿童的新思想、新风貌,这是 20 世纪 50 年代儿童文学的主要景观。诗人袁鹰的经验可以概括少先队文学的美学目的,他说他的作品"都是为红领巾而写的,写的也是少先队的生活,少先队员的欢欣和苦恼、希望和追求",用以"反映我们祖国新一代的生活和理想、爱和憎"。⑭

　　热情投入这一题材创作的除了老作家,主要是 20 世纪 50 年代出现的一批年轻作者,他们熟悉学校生活,深入少先队活动,有的本身就是教师或少先队辅导员。这些作品多角度、多层次、多侧面地描写了 20 世纪 50 年代儿童的生活世界,具有鲜明的时代烙印。代表作有:张天翼的《罗文应的故事》,冰心的《陶奇的暑假日记》,袁静的《小黑马的故事》,胡奇的《五彩路》,萧平的《海滨的孩子》,杲向真的《小胖和小松》,马烽的《韩梅梅》,张有德的《五分》,任大星的《吕小钢和他的妹妹》,魏金枝的《越早越好》,任大霖的《蟋蟀》,谢璞的《竹娃》,揭祥麟的《竹林牛会》等,推出了罗文应、陶奇、陈步高、韩梅梅、大虎、吕小钢等一批新的少年人物形象。

　　袁静的中篇小说《小黑马的故事》(1958),以小黑马、牛牛、大眼猴等天津流浪儿新旧社会两重天的对比描写,刻绘了新社会的新道德、新风尚如何将社会下层的小乞丐、小偷儿感化教育成为热爱集体、热爱劳动的国营农场优秀少年,小说充满浓郁的生活气息,以情感人,深接地气,堪称中国版的"苏联小说《表》"(鲁迅译)。

　　军旅作家胡奇的中篇小说《五彩路》(1957),将现实与幻想融为一体,三个藏族少年勇于探索,翻越雪山,忍受困苦,去远方寻找传说中的"五彩放光的路"。小说描写了解放军艰难修筑的康藏公路,从一个侧面反映出年轻共和国欣欣向荣的建设事业,体现出"勇敢者的道路就是幸福生活的道路"的哲思。《五彩路》以散文诗般的语言与童话般的神奇色彩,使作品充满浓郁的西南地域色彩,表达了作者自身深远的艺术眼光。

　　对集体与集体主义精神的歌颂,是少先队文学的一个重要主题。描写少年儿童在集体(少先队、班集体、合作社、公社)生活中所接受的教育和帮助,克服缺点,进步成长,关心集体,热爱集体,为集体做好事,向破坏集体(如合作社、生产队的财产)的行为作斗争等,是儿童文学小说创作中不断被演绎、深化、重复、张扬的基本内容。例如,爱占小便宜的小学生陈步高在教师的耐心启发和解放军叔叔的模范行为教育下,终于认识和改正了缺点(《越早越好》)。淘气贪玩不爱学习的小学生吕小朵,也是在少先队集体的帮助与哥哥吕小钢的影响下,有了上进心,得到了进步(《吕小钢和他的妹妹》)。决心立志务农做合作社新农民而又贪玩爱斗蟋蟀的小学毕业生吕力喧,在小伙伴和集体的帮助下,终于扔掉心爱的蟋蟀,挑起助理会计的担子(《蟋蟀》)。如何在集体的帮助教育下,克服种种"缺点",最后得到进步,这似乎成了 20 世纪 50 年代儿童文学"问题小说"的一种创作"模式"。类似的作品还可以找出很多,而且都是当时产生较大影响被作为优秀作品来评价的。

　　反映少先队生活的儿童诗也不例外。如管桦的《在果园里》,通过老爷爷的教诲,使孩子懂得"有了友谊才有团结"的道理。汪静之的《少先队员满海滩》,教育孩子要有大海一样宽广的胸怀,而孩子身上的缺点和错误,则在诗化语言的善意批评中得到了消解。金近的《小队长的苦恼》,说明脱离同学,自以为是的工作方法搞不好少先队工作。

　　影响最大的作品是张天翼的短篇小说《罗文应的故事》与袁鹰的儿童长诗《刘文学》。六年级学生罗文应具有通常男孩一样的好奇、好动、好玩、好看热闹的天性,经常被各种有趣的事情吸引,因此分散了精力,影响了学习。在解放军叔叔的期待和同学们的集体帮助下,罗文应终于"管住了"自己,学习成绩进步了,最后加入了少先队。罗文应的转变

得益于集体的力量和少先队的帮助。这篇被誉为 20 世纪 50 年代儿童文学典范之作的小说,由于作家纯熟的表现技巧与对儿童心理、儿童语言的生动刻画,因而避免了"说教"模式。但把好奇、好玩的儿童天性作为一种"缺点"加以批评,则是忽视儿童精神个性的反映。

袁鹰是一位浓墨重彩地热情讴歌少先队生活的诗人,他认为:"人民群众的生活和斗争,少年儿童、少先队的多彩多姿的生活,以及表现在生活中的思想和情感,永远是一切儿童文学、包括儿童诗在内取之下尽、用之不竭的创作源泉。"少先队员的生活和成长,是袁鹰儿童诗创作的重要题材,他发表的一大批叙事诗、抒情诗、朗诵诗,多角度地抒写了少先队员的学习、生活与斗争,成为"十七年"儿童诗的一种精神标本。袁鹰"写少先队员们参加社会主义建设和社会生活的诗(《彩色的幻想》《在陶然亭,有一棵小松树》《什么花红红开满山》《夜晚,在丝瓜棚下》《少先队员游鞍山》《点起豆油灯》《说不清的志愿》《小姑娘养猪》),写少先队员缅怀革命先烈、继承革命传统的炽热情怀的诗(《烈士墓前》《篝火燃烧的时候》《井冈山上小红军》《忠魂曲》《在毛主席身边长大》),写那些勇敢同阶级敌人战斗、勇敢保卫集体财产的少年英雄事迹的诗(《保卫红领巾》《刘文学》《草原小姐妹》《大巴山上小青松》),写少先队员们渴望着走向未来、成长为共产主义接班人的诗(《献给英雄的长辈》《红领巾十年》《时刻准备着》《沿着雷锋叔叔成长的道路》)"。[15]

袁鹰的叙事长诗《刘文学》,以新中国第一个少年英雄刘文学(1945—1959)的真实事迹为素材,讴歌了小英雄短暂而宝贵的一生。1959 年冬,四川省合川县(今属重庆市)渠嘉乡双江村少先队员刘文学,为保护集体财产,与偷盗生产队海椒的坏人展开斗争,终因年幼力薄,被坏人活活掐死,年仅 14 岁。刘文学的事迹迅速传遍大江南北,全国各地少先队开展了"学习刘文学,做党的好孩子"的活动。长诗《刘文学》将英雄叙事与诗性抒情熔于一炉,刻绘了少年成长与特定时代的风雨洗礼,留下了那个年代"在队旗下"成长的少先队员人物传奇。诗的结尾这样写道:"黄桷树啊根深叶茂,/刘文学你活在我们心里。/就像那岩边大树,/郁郁葱葱永不老。"《刘文学》在 1980 年获"第二次全国少年儿童文艺创作评奖"一等奖。

(三)革命历史题材的小说创作

20 世纪 50 年代儿童文学中的小说创作题材,大致集中在两个方面:一是革命历史题材,二是少先队校园内外生活题材(主要是校内)。加强革命传统教育,表现理想主义、爱国主义、英雄主义,是这一时期少儿小说创作的主脉。作者既有参加过革命与救亡的过来人,也有长在红旗下的年轻人。亲历与体验、想象与虚构的交织,革命传统内容与现实教育意义的合奏,将现代中国一幕幕波澜壮阔的历史演绎成充满传奇色彩、爱国主义、英雄主义、乐观精神的生动文本,成为对少先队员和广大儿童进行革命传统教育、忆苦思甜教育、政治思想教育的形象教材。

影响较大的作品有:袁静的《红色少年夺粮记》,徐光耀的《小兵张嘎》,胡奇的《小马枪》,郭墟的《杨司令的少先队》,王愿坚的《小游击队员》,杨朔的《雪花飘飘》,王世镇的《枪》,杨大群的《小矿工》,崔坪的《饮马河马》《红色游击队》,颜一烟的《小马倌和"大皮靴"叔叔》,韩作黎的《二千里行军》,鲁彦周的《找红军》,周骥良的《我们在地下作战》,萧平的《三月雪》,李伯宁的《铁娃娃》等。

韩作黎的中篇小说《二千里行军》(1955)是对 1947 年延安保卫战与撤离延安的宏大历史叙事。作品描写延安解放区保育院小学的孩子们,从延安出发,历经千难万险,一次次摆脱敌机和军队的围追堵截,行军二千里,终于胜利转移到华北解放区。小说塑造了赵铁生、李红梅等在革命斗争中成长起来的少年形象,同时写了全身心保护孩子们转移的校长、老师们的感人事迹。《二千里行军》是50年代广受欢迎的畅销儿童小说。

小兵张嘎是"十七年"儿童文学塑造的一个突出的典型形象。小说再现了抗日战争时最残酷年代冀中平原的斗争场景,以"枪"为线索结构故事,从游击队老钟叔送给张嘎一支木头手枪始,到区队长亲自颁奖真枪终,中间经历了嘎子爱枪、护枪、缴枪、藏枪、送枪等一系列情节,突出描写了村公所遭遇战、青纱帐伏击战与鬼不灵围歼战等三次对敌斗争高潮。作品将人物放在严酷的生存环境中,正面描写战争的艰苦性、复杂性,在运动中塑造了张嘎这样一位既机智、勇敢、敢爱敢恨,又顽皮不驯、野性十足、满身"嘎"气的少年英雄形象。真实可信的人物性格与环环相扣、一气呵成的故事情节,使《小兵张嘎》赢得了小读者的广泛喜爱。小说改编成电影后,更传遍全国,影响五六十年代成长的一代儿童。

与《小兵张嘎》《二千里行军》强调故事性可读性不同,刘真的《我和小荣》《好大娘》,胡奇的《小马枪》《琴声响叮咚》以及萧平的《三月雪》等,一般都不正面描写战争,而是以一种抒情化、散文化的笔调,注重人物心理刻画,抒发少年儿童对战争与革命、革命队伍中同志之爱与群众之情的感受、感动及其精神成长,在充满人情味的艺术氛围中,表现出革命战士的人格魅力。尽管战争残酷无情,但依然流动着乐观昂奋的基调,并不失儿童世界的天真、单纯与稚拙。

(四)追求民族化、儿童化的童话

20世纪50年代是童话创作特别活跃、佳作迭出的时期。从我国传统民间故事、神话、传说中吸取丰富的艺术营养,借鉴民间文学的题材、形式,强调童话的民族特色、中国气派,注意拓宽幻想空间、张扬游戏精神以及营造作品整体的审美效果,这是50年代童话创作的显著特色。代表作品有:张天翼的《宝葫芦的秘密》(1956),严文井的《小溪流的歌》(1956)、"下次开船"港》(1957),陈伯吹的《一只想飞的猫》(1955),贺宜的《小公鸡历险记》(1956),金近的《小猫钓鱼》《小鲤鱼跳龙门》(1958),包蕾的《火萤与金鱼》(1959)、《猪八戒吃西瓜》,洪汛涛的《神笔马良》(1956),葛翠琳的《野葡萄》(1956),黄庆云的《奇异的红星》(1956),任溶溶的《天才杂技演员》《"没头脑"和"不高兴"》等;此外,任德耀的童话剧《马兰花》(1955)、老舍的童话剧《宝船》(1961)、阮章竞的长篇童话诗《金色的海螺》(1955),也是可圈可点的童话文学佳作。50年代还出现了一大批直接从民间文学嫁接转化过来的优秀之作,塑造了"葫芦娃""九色鹿""渔童""阿凡提"等深深植根于一代孩子记忆深处的艺术形象。

张天翼以童话形式表现当代少年儿童现实生活的中篇童话《宝葫芦的秘密》(1957)是"十七年"儿童文学幻想艺术的高峰之作。童话的重要功能之一是用来表达和满足人类愿望,特别是儿童的愿望,现实世界上难以实现的愿望与梦想都能轻而易举地得到满足,这正是《宝葫芦的秘密》之所以能广受孩子欢迎的重要艺术因素。但是,当王葆发现自己愿望的满足竟然是宝葫芦通过不择手段甚至触碰道德底线来实现时,这自然违背了他本性向善的性格,宝葫芦不但没有给他带来快乐,反而使他陷入巨大的精神痛苦与纠结之中,因而故事的最终结局只能是王葆与宝葫芦一刀两断。《宝葫芦的秘密》将幻想的"宝物"与校园生活自然地融合起来,小男孩王葆性格的双重性(追求进步而又想不劳而获)与最后的转变(丢弃宝葫芦)自然合辙,符合人物性格的逻辑发展。整部作品构思奇

新中国儿童文学

巧,以虚写实,幻极而真,既很好地呈现了童话的艺术想象力,同时又有很强的现实批判性,与"十七年"中国社会倡导的劳动光荣助人为乐、反对不劳而获损人利己的社会精神一脉相承,在今天依然有深刻的社会批判意义。1963年上海天马电影制片厂将《宝葫芦的秘密》摄制成同名故事影片,2007年中国电影集团重新投拍了同名彩色动画影片;此外,还有同名电影版图书与同名歌曲。《宝葫芦的秘密》影响了中国几代少年儿童。

严文井的作品善于在运动中创造美,较好地把握了运动的美学观点和儿童思维不稳定的特点。《小溪流的歌》《"下次开船"港》《蚯蚓和蜜蜂的故事》等,都是通过"在运动变化中进行对比"来完成童话人物性格发展的。这里有动与静的对比,动的形象与静的形象的对比,虚与实的对比,美与丑的对比等,让小读者感受到童话的幻想魅力与艺术形象的亲切感、真实性。

20世纪50年代为当代儿童文学创作提供了良好的生态环境,尽管当时已出现某种为"赶任务"而写的公式化、说教化的倾向,但从总体上看50年代儿童文学的基本精神是健康的、向上的,充满青春、乐观、清新的基调;50年代儿童文学的写作姿态是认真的、严肃的,张天翼提出儿童文学的两个标准:一要"孩子们看了能够得到一些益处";二要"让孩子们爱看,看得进"⑯,陈伯吹提出的儿童文学作家要用儿童的眼睛看、耳朵听、心灵体会的著名的"童心说"⑰,代表了这一时期儿童文学的主体观念与审美走向。

(五)教育儿童的文学与结合"中心""任务"

"教育儿童的文学"与结合各项"中心""任务",这是"十七年"儿童文学进入60年代以后的一个不断被强化的基本理论话语,导致出现文学创作中的公式化、概念化倾向。但在60年代早期也出现了以孙幼军的长篇童话《小布头奇遇记》(1961)、金波的儿童诗集《回声》(1963)为代表的一批扎根现实土壤的优秀作品。

关于对儿童文学的教育功能的认识与理解,儿童文学界在50年代就已做过讨论。严文井在《〈1954—1955儿童文学选〉序言》(1956)中提出:"为了教育少年儿童,应该告诉他们多方面的生活,特别是当前的各种重大斗争",但必须克服"由乏味的说教代替生动的形象"的倾向,"不应该在作品里只见议论,不见形象,不应该用概念代替形象"。冰心在《〈1956儿童文学选〉序言》(1957)中强调"童心"之于儿童文学的意义。所谓童心,冰心认为"就是儿童的心理特征",这些特征包括:天真活泼,强烈的正义感,深厚的同情心,崇拜名人英雄,模仿性,乐群,爱美,充满好奇心等。只有针对儿童心理特征,用"他们所熟悉,能接受,能欣赏的语言",才能写出小读者喜闻乐见的好作品,而那种为着"赶任务"而"拼凑"的作品,"不可避免地就会枯燥、生硬,人物没有性格,以说教代替感染"。陈伯吹在《谈儿童文学创作上的几个问题》(1956)一文中,提出了著名的"童心论":"一个有成就的作家,愿意和儿童站在一起,善于从儿童的角度出发,以儿童的耳朵去听,以儿童的眼睛去看,特别以儿童的心灵去体会,就必然会写出儿童能看得懂、喜欢看的作品来。"50年代中期,严文井、冰心、陈伯吹三位儿童文学前辈先后一致提出了"童心"的重要性,对于当时儿童文学创作中那种已露苗头,脱离儿童世界,以说教代替形象的现象进行了严肃批评。然而,三位重量级作家力倡的儿童文学精神并未形成气候,相反倒是不愿被看到的东西愈演愈烈。

1958年的"大跃进",1959年的"反右倾",接踵而来是"三年困难时期"。从1961年开始,各个领域出现了反思1958年以来的成就与失误的议论。在儿童文学领域,作为当时文化部负责人与中国作协主席的茅盾,于1961年6月写了《六〇年少年儿童文学漫谈》⑱的长文。

茅盾在阅读了有关 1960 年批判陈伯吹"童心论"的大部分争辩论文,及几乎全部的少儿文学作品和读物之后,直截了当地指出:"1960 年是少年儿童文学理论斗争最热烈的一年",但也是"创作歉收的一年"。儿童文学创作存在着诸多问题:一是题材单一。为了配合各项政治运动,内容"几乎全是描写少年儿童们怎样支援工业,农业,参加各种具有思想教育作用的活动",脱离儿童,尤其是低幼儿童的理解接受能力。二是用概念、说教代替形象。虽然从表现上看,似乎"五花八门,实质上大同小异;看起来政治挂帅,思想性强,实质上却是说教过多,文采不足,是'填鸭'式的灌输"。三是由于批判"童心论",使儿童文学的特殊性丧失殆尽,无论是人物形象、语言,写出来都"不免令人啼笑皆非"。茅盾尖锐地批评说:这些作品"绝大部分可以用下列的五句话来概括:政治挂了帅,艺术脱了班,故事公式化,人物概念化,文字干巴巴"。

造成当时儿童文学这种局面的原因固然是多方面的,但主要原因,则"牵连到 1960 年所进行的少年儿童文学理论的争论",即批判陈伯吹的"童心论","这一场大辩论(几乎所有的中央级和省级的文学刊物都加入了),有人称之为少年儿童文学的两条道路的斗争"。茅盾就"童心论""儿童情趣"问题,发表了自己的看法:"我们要反对资产阶级儿童文学理论家的虚伪的儿童超阶级论,可是我们也应当吸收他们的工作经验——按照儿童、少年的智力发展的不同阶段该喂奶的时候就喂奶,该搭点细粮时就搭点细粮,而不能不管三七二十一,一开头就硬塞高粱饼子。"不应该将盆中的脏水和孩子一起泼掉。茅盾的《六〇年少年儿童文学漫谈》一文,是认识 60 年代前期儿童文学创作中存在的公式化、概念化倾向及理论批评复杂状况的重要文献。

(六)叶圣陶激赏的《小布头奇遇记》

20 世纪 60 年代初,北京两位刚走出大学校门的青年作家创作的作品,给儿童文学带来了一股清新暖色的风,这两位新人就是北京大学中文系毕业的孙幼军与北京师范学院(1992 年改为首都师范大学)中文系毕业的金波。金波是一位专注儿童诗创作的诗人,1963 年出版有诗集《回声》等。

孙幼军,出生于哈尔滨,1960 年北大中文系毕业后分配到外交学院执教。1961 年,中国少年儿童出版社出版了他的第一部长篇童话《小布头奇遇记》,出版后深受小读者欢迎,累计发行百万册以上。孙幼军受此鼓舞,从此走上了毕生献身童话创作的道路,以后发表的主要童话作品有《小狗的小房子》(1981)、《怪老头》(1991)、《小猪唏哩呼噜》(1995)等,他是我国第一位获国际安徒生文学奖提名的作家(1990)。孙幼军属于本性酷爱童话而又具有儿童般天性的作家,因而他的创作是一种抑制不住内心冲动的"自觉、自发"型儿童文学作家的创作,由于这种儿童式的艺术倾诉是根植于童心的,自然最容易走进儿童的精神领域。

《小布头奇遇记》是孙幼军的处女作也是成名作,叶圣陶对这部童话爱不释手,他在应邀为中国少年儿童出版社写的内容简介中,忍不住效仿起孙幼军的语言风格:"有一个小朋友,名字叫苹苹。苹苹得到了一个小布娃娃,名字叫'小布头'。小布娃娃干吗要叫'小布头'呢?这……你看了就知道啦!'小布头'想做一个勇敢的孩子,有一回,他从酱油瓶上跳下来……干吗要从酱油瓶上跳下来呢?这……你看了也会知道的。'小布头'从酱油瓶上跳下来,碰翻了苹苹的饭碗,把米饭粒撒了一地。苹苹可生气啦,她批评'小布头'不爱惜粮食。'小布头'也生气啦,他不接受苹苹的批评,从苹苹那儿逃了出来。以

81

新中国儿童文学

后，'小布头'遇到了许多奇奇怪怪的事情，认识了许多新朋友，听它们讲了许多很有意思的故事。这些事情，这些故事，书上写得清清楚楚，明明白白，你快自己看吧！'小布头'后来怎么样了呢？后来，'小布头'懂得了为什么要爱惜粮食的道理。他变成了一个真正勇敢的小布娃娃。当然喽，他又回到了苹苹的身边。"

叶圣陶又在《文艺报》1962年第9期上发表了推荐《小布头奇遇记》的文章《谈谈〈小布头奇遇记〉》。叶圣陶认为勇敢成长与爱惜粮食是《小布头奇遇记》的两条互为因果的主线。布娃娃小布头以为勇敢就是胆子大，却因胆大闯了祸，糟蹋了粮食，而又不接受小主人苹苹的批评，离家出走，于是开始了小布头的一系列"奇遇"，小布头正是在"奇遇"中成长起来的，并真正懂得了勇敢，知道了盘中餐的来之不易，而促使他勇敢成长、爱惜粮食的根本原因是他走进了五六十年代中国社会主义时代的真实生活长廊：小布头碰巧坐上火车跟下乡的小电动机一起去农村，他看到了公社社员热烈欢迎工人老大哥支援农业、大办粮食的动人场景；他从郭大铁勺讲的故事里，了解到旧社会穷人的悲惨和现在的改观，这才真正懂得了粮食对于人们多么重要；他从城里来到乡村，见到了许多又新鲜又奇怪的事情，还结识了小母鸡、麦子等许多新朋友，建立起互相的信任与友情，而不是被告诫"不要和陌生人说话"；他看到的是公有制的物观，社员们爱机器，是因为它为人民做贡献，各种玩具、机器、生活用具如小发电机、大铁勺，也都各司其职，勤恳做事，这使小布头也立志要为小朋友带来快乐。童话的结尾是苹苹与下放支援农业的父母亲一起来到了乡下，小布头快乐地和苹苹重逢了。小布头在从城里到乡下的一系列"奇遇"中成长了起来，并真正懂得了什么是勇敢。叶圣陶这样写道："小布头懂得唯有勤勤恳恳为大伙儿劳动，才是真正的勇敢；唯有敢于跟损害大伙儿的利益的坏人坏事作斗争，才是真正的勇敢。"很明显，这样的成长环境与对勇敢的认知只能出现在20世纪五六十年代社会主义的中国。《小布头奇遇记》从童话的艺术维度真实地反映了那个时代中国社会的集体主义、理想主义，人与人之间的平等信任关系与社会风气，也铭刻下了人民公社、工业支援农业、大办农业、大办粮食的时代生活印记。从一定意义上说，《小布头奇遇记》是"十七年"期间社会主义儿童文学的范本。

关于"十七年"儿童文学创作，尤其是童话创作，曾经遇到过一个"现实生活内容和童话艺术形式如何协调融合"的问题，由于理论观念的不同，曾产生过多次争鸣，这在1956年对广东作家欧阳山的童话《慧眼》、1957年对《小朋友》杂志发表的连环组画《老鼠的一家》的批评中一度成为热点，实际上茅盾的《六〇年少年儿童文学漫谈》一文也涉及这一问题。

作家究竟应该如何在童话创作中处理好现实内容与童话形式的关系？如何让生活扑进童话？叶圣陶认为《小布头奇遇记》做出了很有意义的探索："在这部童话里，作者把布娃娃小布头写成个活生生的孩子。"而且直接将60年代初期中国社会大办农业、节约粮食的现实内容作为童话的主要话题，同时又通过郭大铁勺讲述贫苦农民在新旧社会的变化，说明大办粮食、节约粮食的重要性。显然这是典型的童话艺术反映现实内容，甚至是零距离的融合。叶圣陶指出："应该承认这是个真的故事，就像优秀的小说、戏剧一样，人物和情节全是虚构的，却写出了历史的真实和社会的真实，在这个意义上所以说它'真'。"叶圣陶认为《小布头奇遇记》用童话反映现实之所以获得成功、大受孩子们的欢迎，在于孙幼军对拟人化童话人物"物的逻辑性"的准确把握，即按照人物本身的"物"的属性来加以创作："这部童话是这样写的：小布头、布猴子、布老虎（布娃娃）、小芦花（小母鸡）、小金球、黄珠儿（麦苗儿）之类所谓'物'能听见'人'说话，能观察'人'的行动，能彼此相互交谈,可是这些'物'不跟'人'说话,因而'人'不能知道这些'物'想些什么。"童话创作中的拟人化人物根据原来事物的生态属性展开故事情节,这对成年人来说似乎难以接受,但"孩子们不会觉得奇怪","孩子们对着周围的'物',植物、动物、无生物,不免以己度'物'地想,这些东西也会想心思、动感情吧,也会抱什么意愿,干什么事儿吧。童话写所有的'物'各有活动,或干好事,或干坏事,各有思想感情,智勇奸猾,喜怒哀乐,兼容并陈,给孩子们展示了一个想象的世界,也就是所谓童话的世界,这不仅使他们感到满足,更重要的还在于启发他们的想象。"叶圣陶对孙幼军童话的充分肯定,这里面既有作为中国现代第一代童话作家的艺术经验的总结,也是对 60 年代初围绕"童心论"批判所出现的芜杂理论现象的回应。

儿童文学是为儿童所写的,因而儿童能否接受、是否喜爱就成了作品成功与否的一个重要尺度。叶圣陶特别提出《小布头奇遇记》在语言方面的特色:"这部童话运用语言有极大的优点……简洁,活泼,有情趣,念下去宛然孩子的口气,可是没有孩子常有的种种语病。"更难得的是,孙幼军还是一位富于幽默感,而又善于调动民间歌谣的作家,因而孩子们阅读《小布头奇遇记》是一种发自内心的快乐阅读,这在 60 年代初期公式化、概念化一度呈现的氛围中是十分难得的。如作品对那五只被认为是"坏典型"的小老鼠的描写,它们本来是偷吃粮食的坏蛋,但在故事里被描写得活灵活现、憨态可掬,不少小读者还能背下关于它们的打油诗:

> 鼠老五,鼠老五,
> 溜出洞来散散步。
> 最好找块甜点心,
> 外加一个烤白薯。

在这五只老鼠的身上,孙幼军非常自然娴熟地使用上民间歌谣的高招,轻快的几笔就勾画出了它们的形象,童稚大然的语言牢牢吸引住小读者的兴趣,曲折的情节设计把故事引向高潮。童趣、幽默、好玩,表现得淋漓尽致,而整个作品却是直面零距离般接触的社会现实生活。

三、苏联儿童文学对"十七年"儿童文学的影响

当代中国儿童文学与外国儿童文学的关系,从来就是一个开放交流、双向互动的关系。但就与具体国家、民族的儿童文学交流的密切程度与所受影响而言,则受制于 1949 年以后共和国特定时期的意识形态、对外关系与文学思潮。具体考察则可分为以下三个方面,也即三种交流路向:

一是 20 世纪 50 年代与苏联、东欧儿童文学的交往;二是 80、90 年代与欧美国家为主流的西方儿童文学交往;三是 80—90 年代与东南亚华人文化圈为主体的世界华文儿童文学的交往,以及与日本等亚洲国家儿童文学的交往。50 年代与苏联、东欧儿童文学的交往是中外儿童文学交流的重点,苏联儿童文学对中国儿童文学产生了多方面的重要影响。

(一)大量译介苏联儿童文学

苏联曾是世界儿童文学的重要创作基地与"出口"大国。据 80 年代统计,苏联国内

有 70 多家出版社,用各民族 52 种语言出版少儿读物。数量已超过 100 亿册,并大量向国外译介,苏联优秀儿童文学作品几乎都被译成世界所有语言出版。苏联儿童文学对中国儿童文学一直有着广泛而深刻的影响,从 20 世纪 20 年代末至 50 年代,苏联政治文化对中国社会的影响越来越大,苏联文学及其儿童文学也是如此。30—40 年代,苏联儿童文学与理论话语逐渐进入中国,高尔基、马尔夏克、盖达尔、班台莱耶夫等人的著述深受中国儿童文学界的欢迎。50 年代初期,由于中国奉行"学习苏联老大哥"的一边倒政策,苏联社会主义现实主义儿童文学蜂拥而入,大量翻译苏联作品几乎成了一种浩大的运动。苏联儿童文学不但深刻影响着当代中国少年儿童的精神成长,而且几乎左右着中国儿童文学的发展走向。

史料显示,大量译介苏联儿童文学是 20 世纪 50 年代中国少儿出版界、翻译界一道最为生动抢眼的风景线。共和国成立之初,有关部门曾对少儿读物做过多次较大规模的清理,认为有不少读物存在这样那样的问题,不适合新中国儿童阅读。清理后所出现的阅读空白与当时向苏联学习的一整套决策相适应,于是大量译介苏联儿童文学以解中国儿童的精神饥渴,自然成为 50 年代中国儿童文学的重要活动。

50 年代的苏联儿童文学翻译、出版,以上海、北京为基地,而 1952 年成立的新中国第一家少儿读物专业出版社——少年儿童出版社(上海)则是其时的译介中心。主要翻译家有任溶溶、陈伯吹、李俍民、曹靖华、汝龙、草婴、黄衣青、戈宝权、梦海、吴墨兰、鲍倏萍、吕漠野、穆木天、楼适夷、张广英等,经过短短几年努力,就将苏联儿童文学的主要作品译入了进来,用任溶溶的话说是"眼前展现了一个新世界"[③]。这种翻译热情虽然后来在 60—70 年代因"反修防修"及"文革"而中断,但"文革"后又被很快接续。

(二)以小说为主体的苏联现实主义儿童文学

在苏联儿童文学创作中,以张扬现实主义精神的少年儿童小说取得的成就最大,盖达尔、尼·诺索夫、阿列克辛是三位最具代表性的小说作家,60 年代后的重要小说作家则有阿列克赛耶夫、巴鲁兹金、热列兹尼科夫、雷巴科夫、李哈诺夫、波戈廷等。"人与大自然"一向是苏联儿童文学的传统内容,也是出版量最大最稳定的少儿读物。被誉为"动物文学大师"的比安基,曾与肖洛霍夫一起作为诺贝尔文学奖候选人提名的帕乌斯托夫斯基,以及酷爱旅行、探险、农艺的普里什文是俄苏大自然文学的三位巨匠。

苏联儿童文学中的诗歌与幼儿文学创作也有相当成就,普希金、马雅可夫斯基、马尔夏克、米哈尔科夫等都为孩子们写过优秀的诗歌。相对而言,苏联童话创作比较薄弱。经过中国翻译家持续不断的努力,苏联儿童文学已被广泛译介进来,从普希金的童话诗《渔夫和金鱼的故事》到比安基的《森林报》,从卡塔耶夫描写卫国战争的少年小说《团的儿子》到盖达尔的《远方》《丘克和盖克》,从阿·托尔斯泰为儿童编写的俄罗斯民间童话到曾被苏联禁止发表作品的作家如安·普拉东诺夫的小说《还有个妈妈》等,都走进了中国孩子中间。外国儿童文学研究专家韦苇认为:"论及外国儿童文学对中国儿童文学影响之深广,是没有第二个国家可与俄罗斯相匹比的。1985 年前,第一流和接近第一流的俄罗斯儿童文学作品大都被译成汉文出版。外国儿童文学作品汉译工作做到这一步的,唯俄罗斯一国而已。"[④]

如果我们将《钢铁是怎样炼成的》(奥斯特洛夫斯基)、《卓娅和舒拉的故事》(柯斯莫杰敏斯卡)、《普通一兵》(茹尔巴)、《古丽娅的道路》(伊林娜)、《儿子的故事》(柯舍娃娅)等描写苏联红军战士、青年英雄的青年文学读物包括在内,苏联青少年文学的汉译书籍出版几乎是一个天文数字。50—60年代的中国少年儿童可以说是在苏联青少年儿童文学的影响下成长起来的。当时不少学校里有"卓娅班""保尔·柯察金班""铁木儿小组"等班组。其中对中国青少年影响最大的是长篇小说《钢铁是怎样炼成的》。

在血与火考验中成长起来的穷苦家庭出身的作家奥斯特洛夫斯基，用深刻、细腻的笔触塑造了红军战士保尔·柯察金的生动形象。保尔最根本的人生主张与理想是为全人类的解放而奋斗献身，他那战胜困难、战胜自我、不屈不挠、奋发向上的人格魅力以及在坚持信念、坚持真理上表现出的超越死亡的钢铁般意志的"保尔精神"，深深感动了几代读者。据资料，这部小说自1945年译入中国后，从1952年至1995年的44年间共印刷57次，光是人民文学出版社就发行了近300万册。1999年国庆50周年前夕，在北京举办的"感动共和国的50本书"群众投票评选活动中，该书位居第一。

（三）"苏式文论"对中国儿童文学理论的影响

当代中国的文学理论曾深受"苏式文论"的影响。"苏式文论"既有哲学基础，又有基本范畴和成套概念（如本体论、作家论、作品论、创作论、文体论、批评鉴赏论等），同时又有严格的逻辑程序和相对完备的体例，有可供阐释和验证的经典文学作品，因而"苏式文论"有很长一个历史时期为中国文坛，尤其是高校的"文学概论"课所吸纳接受，甚至全盘照搬。有意味的是，"苏式儿童文学文论"也是如此，而且由于中国儿童文学理论基础本身的薄弱，更为儿童文学界看好。

20世纪50年代，中国出版了15种左右的苏联儿童文学理论书籍，重要的有：密德魏杰娃编的《高尔基论儿童文学》（中国青年出版社1956年版）、柯恩编的《苏联儿童文学论文集（第一集）》（中国青年出版社1954年版）、格列奇什尼科娃的《苏联儿童文学》（中国青年出版社1956年版）、凯洛尔等的《论苏联儿童文学的教育意义》（人民教育出版社1954年版）、杜伯罗维娜的《从儿童共产主义教育的任务看苏维埃儿童文学》（中国青年出版社1954年版）、伊林的《论儿童的科学读物》（中国青年出版社1953年版）、费·爱宾的《盖达尔的生平和创作》（少年儿童出版社1959年版）等，此外北京师范大学中文系穆木天等编的两卷本《儿童文学参考资料》（1956年出版）也以五分之三的篇幅收录了苏联儿童文学重要论文。这些翻译的理论著作在当时整个中国儿童文学界有着极其深刻的影响，并一直延续到80年代初期。

苏联儿童文学忠实于由别林斯基建立起来的，后经高尔基、盖达尔等完善的传统。构成苏联儿童文学理论体系的四大基本话语——坚持儿童文学的共产主义教育方向性原则；主张文学作品应适应少年儿童的年龄特征；强调儿童文学的教育作用必须通过"巨大的艺术感染力"，用艺术的力量去"撬动少年儿童心理上的巨石"；张扬现实主义的创作道路，帮助少年儿童树立正确的生活理想——不但在很大程度上规范着中国儿童文学的基本观念与理论框架，而且在很长一段时期里被内化为中国儿童文学的价值判断与审美尺度。如果说50—60年代由于中国儿童文学理论研究的薄弱，基本上是照搬照抄苏式儿童文学文论的话，那么到了70年代末80年代初，则是对苏式文论进行加工改制，以建构自己的理论体系，但在大框架上依然没有摆脱苏式文论的格局。例如，1982年出版的北师大等五院校合著《儿童文学概论》（四川少年儿童出版社出版）以及蒋风著的《儿童文学概论》（湖南少年儿童出版社出版），仍然把"教育的方向性"和"儿童年龄特征"作为儿童文学的两大基本特征。

在这里，我们一方面看到了"苏式文论"对中国儿童文学的强势影响和支配性，但另

一方面也说明建构具有中国特色的自身儿童文学理论的重要性。苏联儿童文学对中国当代儿童文学尤其是对"十七年"儿童文学的这种强势、复杂、胶着状态的影响关系，是其他任何国家的儿童文学所不能相比的。

[注释]

①刘岩：《转折年代的文化地方性问题与新中国地方文艺生产的形成——以东北文艺为中心》，《文艺理论与批评》2018 年第 2 期。

②周恩来：《在中华全国文学艺术工作者代表大会上的政治报告》《中华全国文学艺术工作者代表大会纪念文集》，新华书店 1949 年版，第 33 页。

③杨匡汉主编：《共和国文学 60 年》，人民出版社 2009 年版，第 53—54 页。

④李庚：《回忆和祝贺》《少年儿童出版社的三十五年》，少年儿童出版社 1987 年版，第 7—8 页。

⑤中国青少年研究中心主编：《百年中国儿童》，新世纪出版社 2000 年版，第 288 页。

⑥袁亮：《中华人民共和国出版史料 5：一九五三年》，中国书籍出版社 1999 年版，第 507 页。

⑦中国出版科学研究所、中央档案馆编：《中华人民共和国出版史料 7：1955》，中国书籍出版社 2001 年版，第 224—225 页。

⑧海飞：《童书业六十正年轻——新中国少儿出版 60 年述评》，《编辑之友》2009 年第 10 期。

⑨中共中央文献研究室编：《毛泽东年谱》第 2 卷，中央文献出版社 2013 年版，第 461 页。

⑩⑪茅盾：《培养新生力量，扩大文学队伍》，《文艺报》1956 年第 5、6 号合刊。

⑫柯岩：《答问》，叶圣陶等著《我和儿童文学》，少年儿童出版社 1980 年版，第 417 页。

⑬鲁迅：《〈表〉译者的话》，《译文》1935 年 3 月第 2 卷第 1 期。徐妍辑笺《鲁迅论儿童文学》，海豚出版社 2013 年版，第 342 页。

⑭袁鹰：《为祖国的未来歌唱》，叶圣陶等著《我和儿童文学》，少年儿童出版社 1980 年版，第 254 页。

⑮袁鹰：《为祖国的未来歌唱》，叶圣陶等著《我和儿童文学》，少年儿童出版社 1980 年版，第 254—256 页。

⑯张天翼：《〈给孩子们〉第一版序》，人民文学出版社 1959 年版。

⑰陈伯吹：《谈儿童文学创作上的几个问题》，上海《文艺月报》1956 年 6 月号。

⑱茅盾：《六○年少年儿童文学漫谈》，《上海文学》1961 年第 8 期。

⑲任溶溶《我叫任溶溶，我又不叫任溶溶》，叶圣陶等著《我和儿童文学》，少年儿童出版社 1980 年版，第 236 页。

⑳韦苇：《俄罗斯儿童文学论谭》，湖南少年儿童出版社 1994 年版，第 2 页。

（原载《中国现代文学研究丛刊》2019 年第 4 期）

"十七年"童话：
在政治与传统之间的艺术新变

钱淑英

1949年以后，中国进入一个全新的历史阶段。伴随着政治文化环境的变化，中国儿童文学在20世纪50年代开创了一个前所未有的"黄金时代"，同时又在60年代出现了创作上的严重滑坡。与此相对应，"十七年"时期的童话创作，也经历了从繁荣走向低迷的发展过程。

"十七年"时期出现的优秀童话作品，大多产生于20世纪50年代中后期，这与当时较为宽松的政治环境以及"双百方针"的提出密切相关。在《中国童话史》中，吴其南从时代性、教育性、儿童性、艺术性等多个角度，概括了50年代童话创作的艺术成就。他说："从整个童话领域看，50年代童话注意不同体裁、不同风格的童话并存和竞争，大致做到童话创作自身的生态平衡。"遗憾的是，童话创作的繁荣景象并没有持续多久。政治环境的急剧变化，使得童话创作在60年代遭遇挫折，直至"文革"走入最低谷。

应该说，在既有的儿童文学史中，研究者对"十七年"童话的描述是客观公正的，尤其对处于"黄金时代"的童话创作给予了充分的肯定。尽管如此，相较于成人文学界对"十七年"文学全方位的重新解读和评价，儿童文学界对"十七年"童话的考察和梳理还是显得很不够。很少有研究者从整体上去探究，为何这一时期的童话作家创造出了如此多的优秀作品，他们又如何在当时的政治文化语境中完成童话艺术上的探索。而这，正是笔者在这篇文章中所要重点讨论的。

在我看来，"十七年"童话作家在政治主题的自觉表达和童话艺术的继承发展之间，找到了一条创作的通道，他们在复归传统的民族化写作、包含儿童视角的主旨传达以及文体形式的创作实践等方面，为中国当代童话创作提供了可供借鉴和反思的重要经验。

一、民族化写作：在复归传统中彰显童话魅力

新中国成立以后的艺术创作，必定和新时代的政治理想、文化理想紧密联系在一起，主张反映社会主义新生活、新人物、新气象，对一切旧的东西持有批判性和警惕性。与此同时，我们又可以发现，"十七年"时期人们对传统的民间文艺形式并不完全排斥。当时，毛泽东就主张尊重并合理地继承民族文化遗产，他说："艺术有形式问题，有民族形式问题。艺术离不开人民的习惯、感情以致语言，离不开民族的历史发展。艺术的民族保守性比较强一些，甚至可以保持几千年。古代的艺术，后人还是喜欢它。"

事实也表明，传统艺术形式拥有众多读者。1951年，北京大学的国文系教授孙楷第在题为《中国短篇小说的发展与艺术上的特点》的长篇论文中提到，五四运动中受批判、被摒弃的古典小说形式在新中国成立初期有复苏的迹象。他说："现在写小说，要教育人民，要为人民服务。这个理论，颠扑不破，稍微通道理的人，都不反对。不过，我想，人民

87

新中国儿童文学

是喜欢听故事的,并且听故事已经习惯了。我们要教育人民,必须通过故事去教育。""十七年"时期产生的一些红色经典小说,如《红旗谱》《林海雪原》《铁道游击队》等,正是因为吸收了传统的英雄传奇的写作经验,同时融入了现代生活经验,所以在读者中受到广泛欢迎。

董之林在《旧梦新知:"十七年"小说论稿》中提出:"在文学领域,对历史和由文化传统长期形成的审美心理,想要以人为的方式,甚至采取强硬的政治手段加以扭转,都是行不通,或者是自欺欺人的。"她认为,"十七年"文学趋新与复归传统之间的联系,是一个需要展开认真论述的问题。董之林所说的趋新与复归传统的现象,在"十七年"儿童文学中同样存在。尤其是在童话领域,出现了很多具有民族化风格的优秀作品,它们在民间童话的传统叙述模式中注入新的时代内容,将传统形式与当代主题进行了很好的融合。

"十七年"时期,中国民间文艺界出现了一股搜集和整理民间文学的潮流,受此影响,当时的童话领域也呈示出民族化写作的倾向,并产生了一批优秀作品。在 1980 年第二次全国少年儿童文艺创作评奖中,获得童话一、二等奖的 6 篇童话作品里,就有 4 篇采用了民族化写作的方式,它们或者是对民间流传文本的整理和加工,或者依据民间童话原型创作而成。获得二等奖的《渔童》和《龙王公主》都源自民间传说故事,前者是张士杰搜集整理的义和团故事中的一个作品,后者是陈玮君所改编的一个流传于江浙一带的故事,两位作者都是著名的民间文学家。获得一等奖的《神笔马良》和《野葡萄》更加广为人知,由作者洪汛涛和葛翠琳取材于民间文学素材再创造而成,充满浓郁的民族风格。

这些极具民间文学色彩的童话故事,现已成为中国童话的经典作品。它们用一种看似古老、民众乐于接受的传统创作形式,不仅真切表达了符合时代大众心理需求的思想情感,而且也达到了教化民众的目的。以追求童话民族化写作而著称的洪汛涛,就始终遵循着为社会主义服务、为人民服务的原则,主张在创作中传递时代精神。在他看来,"童话应该以当前社会对儿童的要求,去为当前我国广大的孩子群服务,去反映他们、帮助他们、满足他们,给他们以教益和欢乐"。

这说明,即使采用传统形式进行民族化童话写作,作家仍然无法摆脱时代的影响。他们谨遵新中国第一次文代会所确定的文艺方针,强调文学的阶级性、人民性、典型性和理想性。尤其是在依据民间故事原型再创作的童话故事中,作家更容易通过故事情节的安排以及人物关系的设置反映时代性和阶级性。洪汛涛笔下的马良,对穷苦人民充满了同情,他的画笔只为穷人服务。面对大财主和皇帝这样的权贵,马良充满了仇恨感,他不仅不会满足他们的贪婪欲望,而且还借用神笔对他们进行了嘲讽和惩罚。葛翠琳的《野葡萄》虽然没有如此强烈地表达阶级情感,但她对主人公浓墨重彩的描写,则是用另一种方式彰显了作家的道德理想。勇敢善良的白鹅女不仅用葡萄治愈了自己的双眼,而且还让更多身处黑暗中的人重见光明,包括自己的小妹妹,那个弄瞎自己双眼的恶毒婶娘的女儿。这种带着女神光环的理想之光,也是对时代精神的一种映照。

然而,这种阶级性的主题,并没有使这些童话作品随着时间的推移而被淘汰。弱者对强者的反抗,实际上正是民间童话普遍存在的一种情节动力。《神笔马良》《野葡萄》《渔童》等作品所表现出的穷苦民众对权贵者的反抗,以及《龙王公主》中所描写的主人公对爱情和勇敢、善良品性的执着追求,反映的是中西方民间童话的共通主题,从中表达了民众对美好生活的强烈渴望。因此,这些以传统形态出现的童话作品,既满足了"十七年"时期民众的精神诉求,同时也超越了时代的限制而得以传承久远。

另一方面,作家的文学表现力也在很大程度上决定了作品的艺术面貌,他们不仅在借鉴和吸收传统文化的过程中融入了新的时代内容,而且在忠实民间故事形态的基础上加入了自己的艺术创造。张士杰在公布《渔童》这一作品的原始材料时,承认自己进行了三处加工:一是在渔翁得宝一段做了详细描写;二是把渔童的边钓边唱具体化为八句歌谣;三是结尾处增加了渔翁质问县官和洋牧师让他们哑口无言的情节和对话。作家的加工和改编,使《渔童》成为一篇颇具艺术性的童话作品,既凸显了民族意识,也增强了文学性的内涵。陈玮君的《龙王公主》在语言艺术上也堪称精品,作者以近似歌谣体的短句结构故事,很好地保留了民间文学叙事的明白和洗练。同时,作者用诗一般的语言讲述故事,使作品饱含独特的文学情韵,让人读后回味永久。而何公超的《龙女和三郎》和管桦的《竹笛》,则以生动的细节描写,展现了神奇瑰丽的童话世界,使作品充满地域色彩和浪漫主义情调。

正是在对民间童话挖掘整理和再创造的过程中,"十七年"童话创作达到了一个很高的艺术水准。当时的童话作家虽然无法摆脱时代所需的社会意识形态,但他们能够在趋新和复归传统之间找到童话创作的最佳路径,使作品跨越特定的政治语境和时代局限,彰显出恒久的艺术魅力。

二、教育童话:在教育主旨中隐含儿童立场

站在今天的立场重新考察"十七年"童话,我们不能回避其政治教育功能可能带来的艺术缺失。不论是具有民族风格的童话作品,还是主张表现社会主义新生活的新型童话,"十七年"童话都深深地刻上了时代的烙印。

以获得第一次全国少年儿童文艺创作评奖一等奖的《小燕子万里飞行记》(秦兆阳)为例,这个作品就典型地宣扬了集体主义精神。故事中的两只小燕子在遭遇许多挫折后成了坚强勇敢的战士,当它们最终和自己的母亲相遇后,决心去往祖国的四面八方,继续接受锻炼。而在黄庆云创作的童话《奇异的红星》(第二次全国少年儿童文艺创作评奖一等奖)中,这种政治性的符号以一种更为直接的方式进入,作家强烈地表达人民对红军的炽热情感。"奇异的红星"象征着红军的战斗精神,它始终照耀着主人公阿力的内心世界,并给他带来童话般的奇迹。这两个作品彰显了新中国成立初期人们对胜利的憧憬和向往,其中所洋溢的英雄豪迈之气,和当时的整个时代精神极为契合。

"十七年"童话创作中所包含的这种政治意图,与三四十年代的童话创作可以说是一脉相承的。不同的是,其重心更多地从以民族为核心的社会革命、阶级斗争等主题转向以儿童为主体的思想道德教育主题。所以,"十七年"童话被称为"教育童话",它与三四十年代的"政治童话"既相呼应又有不同侧重。贺宜在1958年讨论《老鼠一家》时曾说:"每一篇儿童读物都应当有它的教育任务。我们要用动人的艺术形象和优美的思想感情来影响孩子们的生活、思想和道德品质。这是社会主义的儿童文学所规定的任务。忽视了这一点,是作者们的严重失职。"《不动脑筋的故事》《"没头脑"和"不高兴"》《一只想飞的猫》《小猫钓鱼》《小雁归队》等作品,都明晰地反映了"十七年"童话作家的创作意图。他们希望通过带有幻想色彩的童话故事,教育孩子克服懒惰、粗心、三心二意、不劳而获、不爱学习等缺点,或引导他们在集体中寻找成长的动力。

如此强化思想教育功能,不可避免地会减损文学作品的艺术性,这是"十七年"儿童文学留给我们的主要教训。对此,我们必须进行批判和反思。不过,我们也应当意识到,

"十七年"儿童文学在艺术上取得的一些成功，也是需要我们加以吸收和借鉴的。朱自强认为，"十七年"儿童文学，尤其是新中国成立后八年时间里创造的"黄金时代"，与以往的儿童文学创作相比，在两方面艺术表现上有所突破与提升，一是向儿童立场靠近，二是着眼于"儿童情趣"。他说："50年代在可读性、趣味性上取得的成绩和经验，是值得中国儿童文学记取和借鉴的。"教育意图和艺术趣味的交织和融合，的确构成了"十七年"儿童文学整体性的创作形态。作家教育儿童的目标中，自然包含了面向儿童的观察视角，他们以一种亲近儿童的本能描写儿童的真实心理和情感，从而使文本呈现出特有的儿童情趣。在童话领域，这样的创作现象显得更加意味深长。

由于儿童文学创作要求密切反映儿童的现实生活并对儿童展开教育，因此，"十七年"童话作家开始更多地关注儿童的心理世界和日常生活世界，以幻想的方式构建了符合孩童接受心理的童话趣味和美学。不可否认，在《宝葫芦的秘密》《"没头脑"和"不高兴"》《猪八戒吃西瓜》等代表性作品中，作家无一例外地表现了自己的教育意图，他们通过夸张和想象放大孩子们的缺点，并在情节安排、人物描写、心理刻画等各个环节渗透和融入教育主题。然而，正是在这个过程中，作家把全部注意力集中在孩子身上，同时借由幻想的通道彰显出主人公的个体欲望和孩童性情，由此触探到了儿童的内心世界和情感需求。这其中所暗含的儿童立场和儿童情趣，使作品在少儿读者中产生了心理上的强烈共鸣，并在一定程度上弱化了说教的痕迹。

张天翼于1957年创作的《宝葫芦的秘密》，就在不经意间为小读者创造了一个满足梦想的童话故事。孩子们对宝葫芦的关注和喜爱，是作家原先并没有预料到的，在张天翼看来，这表明他想要竭力表达的"劳动创造世界"的教育思想未收到成效。《宝葫芦的秘密》1978年再版时，张天翼在写给小读者的信中，再一次重申了自己的创作立场，并为自己没把故事讲明白感到"失职"。他说："宝葫芦这玩意儿可不是什么宝贝，我们千万不要幻想得到它。我正是要批判那种总想不劳而获的思想，才写了这篇故事的。但是在故事中，这个思想意图表现得不够充分，所以使得有些小读者提出疑问。这该批评我这个讲故事的。"

这表明，作家的意图和读者的接受之间是存在一定错位的，成人作家所极力批判的东西，反而成了儿童内心所渴望寻求的东西。张天翼在童话中所刻画的主人公的复杂心理活动凌驾于抽象的思想内容之上，使作品在儿童心理的细致描摹和准确传达中获得了儿童读者的认同，也因此拥有了跨越时代的艺术魅力。《宝葫芦的秘密》之所以被认为是"形象大于思想的典范"，在艺术性上超越了作家之前创作的童话《大林和小林》和《秃秃大王》，是因为张天翼不再借助童话进行抽象的政治图解，而是谨慎地将教育意图潜隐于故事和形象之中，从而在最大程度上消弭了作品的时代局限性。"作者对此可能并不十分自觉，然而他的人生体验，他的审美经验，他的那支优美神奇的笔，引导着他的作品，不断走向丰富和完美。"

孙幼军于1961年出版的《小布头奇遇记》也同样能够说明问题。这部写于"三年困难时期"的童话，获得了第二次全国少年儿童文艺创作评奖一等奖。作家通过一个用小布头做成的布娃娃的历险故事，反映了工农业建设和人民公社的发展。对于作品存在的时代局限性，孙幼军自己有着清醒的认识。他说："事实上，在我这本'处女作'里，主人公小布头被我当作所谓'反映现实'的工具。我精心安排的不是主人公个性的发展，而是那背景。好比拍摄人物像，我把焦距对准人物身后的建筑物。结果是，背景是清晰的，人物面目却模模糊糊。听到赞扬的话越多，我越觉得它不该有这样严重的缺陷。"

《小布头奇遇记》所直接包含的政治性主题，的确对作品的文学性构成了很大伤害。然而，我们却不能否认孙幼军在这部童话中所展露的创作才华和个人风格。当年，叶圣陶就对《小布头奇遇记》给予了充分的肯定。他认为，作者把小布头刻画成了一个"活生生的孩子"，有些段落"写得特别切合孩子们的心理"，而且有着极好的语言表现力，"简洁，活泼，有情趣，念下去宛然孩子的口气，可是没有孩子常有的种种语病"。事实也证明，这部童话始终受到孩子们的喜爱。1993 年，孙幼军修订出版了《小布头奇遇记》，2003年又继续推出《小布头新奇遇记》，可见作品在小读者中的影响力。

这些童话在艺术上取得的成功，与作家创作的形象思维密切相关。如果童话作家不以形象思维融化僵硬的教育意图，必然会阻碍"十七年"童话走向经典。在当时出现的优秀低幼童话中，我们既看到了直接明了的教育主题，同时也在其中感受了清新、活泼的艺术风格。《小蝌蚪找妈妈》《萝卜回来了》《小马过河》等获得第二次全国少年儿童文艺创作评奖一等奖的作品，在今天看来仍有着无法超越的艺术价值。它们之所以成为童话杰作，和作家对幼儿认知和心理特点的准确把握以及艺术传达是分不开的。

而作家对孩子心理的把握和传达，其实在很大程度上取决于作家内心所保留的孩童天性。这种不自觉的面向儿童的立场，再加上自身的创作才情，共同带领着"十七年"童话作家跳出时代思想的樊笼，实现文学对政治的超越。我们甚至可以说，作家于显在的道德目标与潜在的自我表现间产生的抵牾和冲撞，反而使得"十七年"童话呈现出一定的艺术张力，由此构建了特殊时代的童话经典。

三、"新童话"：在创作实践中完成现代转型

"双百方针"所带来的"早春天气"，加上党中央对儿童文学的重视，促使新中国童话在 20 世纪 50 年中后期进入一个繁荣发展时期。不过，这样的气象并没有持续多久。50年代后期的反右斗争以及儿童文学界围绕"童心论"、《老鼠一家》以及"古人动物"的批判，使童话创作在 60 年代遭遇了挫折。茅盾在《六〇年少年儿童漫谈》一文中特别提道："1960 年最倒霉的，是童话。我们提到过的六篇童话，都是发表在定期刊物上的。《少年文艺》2 月号一口气登了两篇，可是后来却一篇也没有了。这说明自此以后，童话有点抬不起头来。"

然而，这并不意味着，60 年代的童话创作就是死水一潭、毫无生机，而是随着政治环境的变化出现了一些起伏。1960 年 8 月，中央在研究 1961 年国民经济计划控制数字时提出"调整、巩固、充实、提高"八字方针，1960 年 10 月开始，为纠正共产风、浮夸风、强迫命令风、生产瞎指挥风和干部特殊化风（五风）造成的一系列重大失误，中央发出《紧急指示信》。与经济上的调整相呼应，文化领域各项工作也随之进行调整，缓解了反右斗争以后的紧张局面。在此形势下，从 1960 年到 1964 年前后，文学出现了短期的活跃局面，预示着"十七年文学"又将出现一个短暂的春天。与此相呼应，童话创作也出现了转机，而这一转机，主要和"新童话"的理论探讨和创作实践有关。正如吴其南在《中国童话史》中所说："1962 年前后，童话创作在经过一段时间的沉寂后终于又出现复苏的迹象，主要表现就是'新童话'的提倡和创作。"

实际上，"新童话"并不是 60 年代创造的一个新名词，它在 50 年代就已经出现。1958年，蒋成瑀在《儿童文学研究》上发表文章，首次提出"新童话"的概念，认为"新童话"是

"直接反映儿童生活的童话"，它体现出三个方面的特征："童话的时代背景是今天的现实，人物是现实中随处可碰到的人"；"童话有丰富的诗意的幻想，把幻想融化在现实之中，运用幻想来描写人物和环境，通过幻想来展开故事情节，又使人不觉其是幻想，而只觉其逼真"；"新童话具有正确的思想观点"。蒋成瑀对"新童话"的论述虽然在当时并没有引发广泛关注，但他首次对"新童话"做出了整体阐述，并指出了"新童话"与传统童话的主要差别。

20世纪50年代的童话领域，已经开始"新童话"的创作实践。我们可以发现，当时的童话作家，除了注重挖掘和整理民间童话以外，还十分强调童话幻想世界与现实生活的融合，因此创作出了一些具有"新童话"特质的作品，如《宝葫芦的秘密》《"下次开船"港》《"没头脑"和"不高兴"》等。在这些作品中，作家虽然借鉴了民间童话的意象和结构，但在写法上却采用了区别于民间童话的传统模式，从而使童话创作显示出某种现代形态。

到了20世纪60年代，儿童文学界开始更为集中地在理论上探讨"新童话"，并视"新童话"为一种特殊的童话类型。在钟子芒看来，童话作为一种"特殊的题材"，应该"向少年儿童进行共产主义教育，表现革命发展中的现实和美好的理想"。陈伯吹则向当时的创作者指出了一个原则性的问题："童话的变革，如果不是在思想内容上有所革新，任何变革都将流于形式主义的改革，而不能形成真正的新童话"。由此可见，"新童话"代表了新中国成立后人们对童话新面貌的一种期待，他们希望作家能够创作出反映社会主义新气象的新型童话。正因为其探求重点主要在于思想内容，所以作家们努力在童话中反映"新的主题"，以此写出不同于传统童话的"新的童话"。

可以说，"新童话"的理论倡导，在某种程度上带来了60年代童话创作上新的起色，金近、贺宜、孙幼军、任大星等作家写了一批有相当质量的童话作品，这在一定程度上挽回了童话创作的颓势，使童话领域呈现某种新的气象。当然，在今天看来，这种基于意识形态要求而进行的童话创作，必定会对童话艺术产生消极影响。但是，从历史的角度来看，"新童话"所带来的童话形式上的变革，的确对中国当代童话发展产生了不可忽视的意义。

正因为十分强调表现社会主义新生活，所以"新童话"与儿童日常生活产生了更加紧密的联系。这一方面凸显了日常生活在现代童话中的价值和意义，使童话对孩子的现实世界构成更直接的影响；另一方面也带来了童话文体的变革，由此拓展了童话创作的空间。陈伯吹指出，"新童话"的"新"，首先在于思想内容上的"新"，但是"内容决定形式"，新的思想内容必然地对于童话这一传统的体裁式样带来若干的"变形"。这里所说的"变形"，主要指的就是形式上的变化。而在童话形式的探求上，孙幼军的长篇童话《小布头奇遇记》是一个很好的例证。

《小布头奇遇记》是20世纪60年代"新童话"创作实践的重要成果，旨在歌颂祖国建设的大好形势，作家希望透过小布头的视角呈现一个又一个的清晰镜头，用以全面反映当时的工农业建设和人民公社的发展，由此而创建了独特的童话结构。也就是说，对新的思想内容的追求，带动着作家在童话写法上进行探索，最终完成"新童话"创作的艺术实践。孙幼军让这一故事遵循特定的童话逻辑，作为布偶玩具的小布头的历险始终处在被动情境中，现实世界和幻想世界断然分开、交替呈现，物与人之间从不展开对话。这样的写法在中国童话中并不多见。而在西方童话中，这种"双线平行"的结构却已成为童话叙事的经典模式，怀特的《夏洛的网》和乔治·塞尔登的《时代广场的蟋蟀》，都采用这样一种"双线平行"的叙事结构,使幻想世界和现实世界既保持独立的生机,同时又相互影响和渗透,呈现出现代童话的丰富内涵。正是在这一层面上,孙幼军的《小布头奇遇记》为中国童话提供了一种新的创作范式。

朱自强和何卫青在《中国幻想小说论》中提出,孙幼军的《小布头奇遇记》"基本属于幻想小说",而张天翼的《宝葫芦的秘密》、严文井的《"下次开船"港》则是"非自觉的幻想小说作品"。这样的文体界定,或许还有待商榷,但两位论者由此触及了"十七年"童话创作的一个重要转向,即从纯粹表现幻境的传统童话写作模式,过渡到现实和幻想相互融合的幻想小说写作模式。如同19世纪出现的《爱丽丝漫游奇境》《水孩子》《北风的背后》将西方传统童话引向另一个新的阶段一样,"十七年"时期出现的这些"新童话"经典之作,对中国童话创作的现代转型产生了重要的影响和作用。

这就意味着,"新童话"作品的出现,除了政治和文化环境的影响之外,也与童话文体自身发展的要求有关。就像吴其南所说的那样:"'新童话'的应运而生既是现实压力的结果,也是童话这一文体自身变革的反映。"面对一个全新的时代,传统童话模式无法包罗万象,必定需要开拓新的路径来实现自身的艺术突围,以满足新时代人们的精神需求。因此我们说,关于"新童话"的讨论在"十七年"时期虽然并没有形成学术上的共识,而且"新童话"创作带来的短暂复兴,也不能从根本上改变"十七年"后期童话从整体走向衰落的大趋势,但是这样的理论探讨和创作实践,对中国童话发展而言意义重大。它不仅是对新时代童话走向的一次梳理和思考,其中触及了现代童话创作的一些重要命题,而且通过童话作家的成功实践,基本完成了中国童话创作的现代转型。

余　论

最后需要说明的是,对于"十七年"童话的解读和评价,必须放置在历史和当下的双重维度中,既需要考虑历史的语境,更需要有指向未来的理论判断。在此,笔者并无意抬高"十七年"童话的艺术高度,只是希望通过结合时代背景和文本形态的整体考量,使"十七年"童话的艺术内涵及其文学史价值更加全面地被认知。

与此同时,我们不得不承认,意识形态已然成为"十七年"童话的一个重要表征,并对其艺术性产生了消极影响。语言天生地包含意识形态,而意识形态最有效的时候,是它的运作不着痕迹的时候。面对充满意识形态色彩的"十七年"童话,我们看到了这样一个事实:一方面,"十七年"童话以其强烈的意识形态干预着读者的道德价值判断,其中的很多作品由于时代的隔阂会被阻挡在当下及未来读者的视野之外;另一方面,经过时间淘洗的"十七年"优秀童话文本,既包含了意识形态又超越于意识形态之上,才拥有经典的品质。这样的经验和教训,对于今天的童话创作而言,仍具有启示意义。

（原载《文艺争鸣》2013年第11期）

尽快地把少年儿童读物出版工作促上去

——国务院批转《关于加强少年儿童读物出版工作的报告》

去年 12 月 21 日，国务院以国发[1978]266 号文批转了国家出版局、教育部、文化部、共青团中央、全国妇联、全国文联、全国科协《关于加强少年儿童读物出版工作的报告》，并且加了重要的批语，要求各省、市、自治区，国务院各部委和有关部门，都要关心和重视少儿读物出版工作，尽快地把这方面的工作促上去。

国家出版局等部门《关于加强少年儿童读物出版工作的报告》首先指出：少年儿童是革命的未来，祖国的希望。对他们的培养教育，是改造中国、改造社会伟大工作的一部分。为少年儿童出版更多更好的读物，则是一个十分重要而又十分迫切的任务。《报告》在肯定了新中国成立以来少儿读物出版工作的成绩和分析了遭到林彪、"四人帮"干扰破坏造成的严重后果后指出，粉碎"四人帮"之后，这方面的工作虽然已在积极恢复、整顿和开展，但由于"四人帮"造成的创伤很深，少年儿童书荒现象至今还严重存在。急需动员各有关方面的力量，下大决心，花大气力，迅速改变目前的严重落后状况。

《报告》针对被林彪、"四人帮"长期搞乱了的是非界限，就怎样肃清流毒、消除余悸，做好少儿读物出版工作，提出五条意见：

（一）少年儿童读物出版工作，必须为党在新时期的总任务服务，为提高整个中华民族的科学文化水平贡献力量。要通过各种读物，用马列主义毛泽东思想教育少年儿童，用现代科学文化知识武装少年儿童，引导他们好好学习，天天向上，使他们从小健全地发育身体，培养共产主义的情操、风格和集体英雄主义的气概，从小养成爱科学、学科学、用科学的优良风尚，逐步成长为德智体全面发展的共产主义接班人。

（二）少年儿童读物应该具有少年儿童的特点。孩子们年龄幼小，有不同于成人的生活、兴趣爱好和欣赏习惯，有自己观察事物的角度，有自己需要理解的问题。正如鲁迅所说的，孩子们有自己的"孩子世界"。我们一定要了解儿童，熟悉儿童，才能够创作出版为他们所需要、所喜爱的读物。不仅要区别少年儿童读物和成人读物的不同要求，还要注意不同年龄，高年级和低年级，入学后和学龄前儿童的不同需要。毛主席一贯教导我们，要从实际出发，实事求是，有的放矢，写文章和演说都要看对象。我们强调少年儿童特点，就是要求给孩子们出版的读物，从选题、内容、语言、表现形式或阐述方法，以至装帧、插图、开本、印刷等方面，都照顾到孩子们的年龄和心理特征，考虑到孩子们的阅读能力、理解水平。不顾这些特点，主观地把成年人才能理解和感兴趣的东西，硬塞给孩子们，是错误的。

（三）少年儿童读物应该富有知识性。孩子们正处于长身体、长知识的时期，求知欲特别强，最富于幻想，最容易接受新鲜事物。在幼小的心灵里，总是渴望认识生活，认识周围世界，几乎什么都要问一个"是什么""为什么"。为他们编写的读物，应该是知识的宝库，要从各方面启发孩子们的求知欲，助长孩子们对知识的浓厚兴趣和爱好，引导他们立志探索大自然的秘密、向科学高峰攀登,树立建设现代化社会主义祖国的远大理想。

(四)少年儿童读物还应该富有趣味性。一切图书、一切宣传文字,都应该力求写得有趣,能吸引人、感染人。给孩子们看的书,更应该努力做到这一点。毛主席一向提倡"说话要有趣味"。鲁迅也强调,给孩子们的读物,既要"有益",又要"有趣"。我们提倡趣味性,就是要求写得生动、活泼、形象、幽默,有吸引力,能够启发儿童的阅读兴趣,吸引孩子们的注意力和好奇心,并且要留下一些问题让孩子们自己去思索。把纷繁复杂的现象和艰深难懂的事物,用生动活泼的语言、趣味盎然的笔调,深入浅出地讲给孩子们听,不只是简单地告诉他们现成的结论,而且能启发他们开动脑筋去进一步探索问题,这是一种艺术,一种本领。当前,这样的作品还很少,要大力提倡。

(五)要提倡题材、体裁多样化。少儿读物在图书的百花园里,应该是特别灿烂夺目、丰富多彩的。比起成人读物来,花色品种更应该多样。要坚决贯彻"百花齐放、百家争鸣"的方针,敢于创新,努力克服题材狭窄、样式单调的缺点。要大力开阔少儿读物的写作领域,只要符合新时期总任务的精神,有利于少年儿童德智体的全面发展,什么题材都可以写。少儿读物的各个品种,小说、童话、寓言、诗歌、散文、故事、游记、传记、书信、歌曲、图画、戏剧、曲艺、猜谜、科技制作、自制玩具等,都要发展,并要在实践中不断创造更多的丰富多彩的新形式,对孩子们进行多方面的教育。科学文艺是少年儿童喜闻乐见的品种,要大力提倡和扶植。

要加强少年儿童读物的理论研究和评论工作。要提倡民主讨论的空气。艺术上的不同见解,学术上的不同观点,应该通过实践、争鸣的方法去解决。要提倡批评,也允许反批评。坚决废除"四人帮"搞的那一套乱抓辫子、乱扣帽子、乱打棍子的恶劣做法。

《报告》还就制订全面规划,扩大作者队伍和编辑队伍,大力发展创作,尽快改进印刷条件等方面,提出了一些具体意见。《报告》提出,到1979年六一国际儿童节前后,全国要有1000个品种的少儿读物在新华书店供应。主要措施如下:

(一)加强少年儿童读物出版机构,扩大编辑出版队伍。要充实和加强中国少年儿童出版社和上海少年儿童出版社,逐步增加编辑人员。其他省、市、自治区出版社也要充实和加强少儿读物的编辑力量,还没有少儿读物编辑室的,要尽快建立编辑室。已调走的有专长的少儿读物编辑人员,应尽快归队。少数民族聚居的省、自治区还应建立民族文字的少儿读物编辑室。天津、沈阳、广州、成都、西安等地,要积极创造条件成立少年儿童出版社,使每个大的地区都有一家专门出版少儿读物的出版社。

各级出版部门,要积极创造条件,采取多种形式,组织编辑人员的学习和进修。

要加强中央和地方出版社之间的经验交流,组织全国和地区性的分工协作。

(二)发展壮大作者队伍,大力繁荣少儿读物的创作。建议全国文联各协会,中国科普创作协会及其在各地的分会建立相应的组织,负责研究、指导、组织少年儿童读物的创作,并尽快地组织一批作家深入生活,争取在一两年内每人都能拿出作品。要积极组织老一辈的革命家和科学家,教育、文学、美术、音乐、戏剧工作者,为少年儿童写作。要充分发挥专业作家的作用,同时积极发展业余创作,大力发现和培养新作者。各出版社、少年儿童报刊,要互相协作,制订规划,努力在培养新人方面做出成绩。

对积极从事少儿读物写作的业余作者,希望所在单位给予热情支持。已有比较成熟的创作计划者,要给予一定的写作时间和写作条件。

为了培养创作和理论研究方面的新生力量,建议在有条件的大学和师范学院的中文

系,恢复或建立儿童文学专业,并招收儿童文学研究生;有条件的美术院校,开设儿童画课。

为鼓励创作,恢复少儿读物评奖制度,每隔一二年评选一次,对优秀作品给予奖励。明年,在国庆30周年前后,要表彰一批长期为少年儿童写作有成就、有贡献的作者。

(三)加强少年儿童读物的印刷力量,进一步做好发行工作。建议上海建立一家主要印刷少儿读物的印刷厂;扩建青年出版社印刷厂,充实职工,增加现代化设备,使之适应印刷少儿读物的需要。其他省、市、自治区也要尽快改变目前印刷品种单一的状况,逐步做到能印多种规格的少儿读物,并努力缩短印刷周期,提高印装质量。

发行部门要努力把少儿读物尽快地送到小读者手中。要注意加强农村和边远地区的发行工作。各大城市新华书店要恢复少儿读物门市部,其他书店要开辟专柜。同时,要加强和扩大向国外特别是港澳出口的工作。

要充分发挥现有图书的作用。各大城市要办好儿童图书馆和阅览室。共青团、少先队要开展各种切实可行的读书活动。

(四)要办好少年儿童报刊,努力提高质量。共青团中央除已恢复《中国少年报》外,拟创办一个《少年科技报》。面向全国的儿童刊物,包括《儿童文学》《我们爱科学》《儿童时代》《少年文艺》《少年科学》《小朋友》等,从明年起争取能增加印数。

各省、市、自治区的少儿刊物,要加强领导,提高质量,努力办出自己的特色。

最后,《报告》着重指出,培养教育少年儿童的工作,是全党的事业。要把少儿读物出版工作搞好,需要各方面、各部门的支持与合作,而关键在于加强各级党委的领导。建议省、市、自治区党委宣传部,每年抓一二次少儿读物的创作和出版工作,切实帮助解决实际困难。报刊、广播电台要加强宣传,造成强大的社会舆论,以引起各个方面对少年儿童读物的重视。出版部门和教育部门、文化部门、共青团、妇联、文联各协会、科协和科普创作协会,要密切配合,共同做好少儿读物的创作和出版工作。

(原载《出版工作》1979年第2期)

中国儿童文学是大有希望的①

茅　盾

儿童文学最难写。试看自古至今，全世界有名的作家有多少，其中儿童文学作家却只寥寥可数的几个。

儿童文学又最重要。现在感到适合于儿童的文学性读物还是很少。70年前，商务印书馆编译的童话如《无猫国》之类，大概有百种之多，这中间五花八门，难道都不适合于我们这时代的儿童吗？何不审核一下，也许还有可以翻印的材料。

介绍科学知识的儿童读物也很重要，可是也最少。高士其同志是我国的科学知识儿童读物的创始人，现在他老了，有病，写作的困难更大了。希望后继有人。

十分需要像法布尔的《昆虫记》那样的作品。关于动物（例如益虫、益鸟，害虫、害鸟之类）的儿童读物是一个广阔天地，值得儿童文学工作者去探讨；我相信儿童们也十分欢喜看这方面的书。

新中国成立以后，从事儿童文学者都特别注重于作品的教育意义，而又把所谓"教育意义"看得太狭太窄，把政治性和教育意义等同起来，于是就觉得可写的东西不多了，这真是作茧自缚。

我以为繁荣儿童文学之道，首先还是解放思想。这才能使儿童文学园地来个百花齐放。

关于儿童文学的理论建设也要来个百家争鸣。过去对于"童心论"的批评也该以争鸣的方法进一步深入探索。要看看资产阶级学者的儿童心理学是否还有合理的核心，不要一棍子打倒。

你们是新生力量，是儿童文学的生力军，我希望你们好好努力。中国儿童文学是大有希望的。我预祝你们成功！

[注释]
①这是茅盾1978年12月17日会见儿童文学创作学习会全体学员时的谈话。

（原载《人民日报》1979年3月26日）

为了未来的一代

——在第二次全国少年儿童文艺创作
评奖授奖大会上的讲话

周 扬

今天在这里开大会,对我国少年儿童文艺创作的优秀作品授奖,这是一件值得庆贺的大事。我代表文学艺术界,向得奖的同志们表示祝贺!向所有为少年儿童写作、卓有成绩的文学家、艺术家、教育家表示祝贺和敬意。

新中国成立以来,全国性的少年儿童文艺创作评奖,这是第二次。第一次是在1954年,从那时到现在恰好是四分之一世纪。在这一段并不算短的时间里,我们的国家发生了巨大的变化,走了一段曲折的、崎岖不平的路程,我们的少年儿童文艺工作者同全国人民一样,在这一段时间里,既分享过新中国所带来的幸福,也饱尝了十年浩劫的痛苦。但不管怎样,我们的革命事业还是向前了!我们的少年儿童文艺创作也有了新的发展。

这次少年儿童文艺评奖,方面之广泛,内容之丰富,形式之多样,都远远超过了第一次,它有力地表明:尽管我们在前进的道路上遭到了挫折和困难,我们的少年儿童文艺的创造力,像永不熄灭的火焰一样,仍然迸发出耀目的光彩。从这,我们不仅看到了我国少年儿童文艺作家的坚韧不拔的性格,也看到了我们少年儿童文艺创作日益兴旺的辉煌前景。

这次评奖和第一次评奖,还有一点不同,增添了一项荣誉奖。这是专为"五四"以来的老一辈少年儿童文艺家们而设的。我国的现代儿童文艺是"五四"新文艺运动的产物。叶圣陶、冰心等老同志就是这老一辈作家的代表。20世纪50年代以来,随着革命文艺运动的进展,我国又出现了张天翼、陈伯吹等儿童文学家和张乐平等儿童艺术家。这次获得荣誉奖的几位老同志,就是在不同的历史时期为建立和发展我国的少年儿童文艺做出了重要贡献的作家,他们是我国少年儿童文艺的拓荒者,是为我国少年儿童开创道路的人。我们用荣誉奖的形式向他们表示尊重,也就表明,我们尊重自己的历史。

现在,我国人民正在党中央的领导下,向着社会主义的现代化进军。在当前,我国少年儿童文艺的任务是什么?人们对它们抱有一些什么希望呢?

我们的少年儿童文学家、艺术家,是为未来一代工作的,是塑造未来一代灵魂的工程师。毫无疑问,首先应当关心的是我们的未来一代的精神面貌。他们的精神面貌怎么样,他们的社会理想、道德品质、文化教养怎么样,将影响我们国家的命运和前途。这是一个十分值得重视的问题。可以说,在今天,全世界都面临着这个问题——青少年往何处去?搞社会主义还是搞资本主义?这是当前在青少年中的一个重要问题。资产阶级和无产阶级正在争夺青少年;封建迷信还在毒害青少年,我们在批判资产阶级思想的同时,还要批判封建主义思想。用什么思想引导和教育青少年,这是思想战线上的一场极其严重的斗争。我们相信马克思主义的科学真理,相信社会主义前途。因此,摆在我们少年儿童文学家、艺术家、教育家面前的一项庄严的任务,就是要用青少年所乐于接受的新鲜语言,用深入浅出的道理和具体的活生生的事实,来向他们宣传科学社会主义的思想和实践,帮助他们抵御各种与社会主义不相容的思想倾向的侵蚀,引导他们坚定地走社会主义道路。重要的是要善于引起他们的兴趣,启发他们的独立思考而不是向他们背诵教条。

我们中国本来是个富于道德观念的国家。西方资本主义启蒙时期的许多大思想家、大文学家都曾经称赞过我们祖先的高尚道德。当然,过去几千年的道德基本上是封建道德,在"五四"时期我们批判了它,这是完全必要的,今后我们还要继续完成这个批判任务。但是,我们批判封建道德,并不是不要道德。我们共产党人应该是最有道德的人。在长期的革命斗争中,尤其是在新中国成立以后,我国人民形成了社会主义的新的道德风尚,赢得了世界各国人民的热烈赞许。可是后来,由于林彪、"四人帮"所造成的十年动乱,我国的道德风尚和社会风气遭到了空前严重的破坏。在我国人民所遭到的这种灾难中,少年儿童是受害很深的。党的三中全会以后,我们党和国家的面貌,整个社会风气,都开始为之改观。但是,十年浩劫在我国人民以及少年儿童的心灵上所留下的创伤,还没有完全平复。因此,提高我国少年儿童的道德品质,帮助他们尽快地医治好他们精神上的创伤,也是摆在我们少年儿童文学家、艺术家、教育家面前的一项重要任务。

我们不仅要使未来的一代成为有革命信念的人,有高尚道德的人,还要使他们成为具有高度现代科学文化知识的、如马克思所预言、所期望的全面发展的人。这就是我们对于未来一代的希望,也是我国少年儿童文艺家应当为之全力以赴的崇高使命和神圣职责。

为了更好地完成这一崇高使命,为了进一步提高少年儿童文艺创作水平,我们希望少年儿童文艺工作者:

第一,要了解少年儿童。我们不是常说,少年儿童文艺工作者应当给孩子们的心灵开一扇窗户,帮助他们了解广大的世界吗? 但是,真正要把他们心灵的窗户打开,就必须真正地懂得他们的心灵,知道他们经常在想些什么。也就是说,要了解他们的内心世界,了解他们的心理。"四人帮"时期,心理学被破坏了,儿童心理也不讲了,甚至连教育学是一门科学也被否定了。作为塑造未来一代灵魂的工程师的少年儿童文艺工作者,不懂儿童心理,怎么能够描写儿童的心灵世界呢? 我们的少年儿童文艺需要深入了解儿童的心理,而这是很不容易的,因年龄的关系,他们的心理同成年人就有很多的不同。要了解他们,就必须同他们建立忘年之交,同他们交朋友,打通心,关心他们的冷热,掌握他们的脉搏的每一跳动。中年、老年人,当然不能像少年儿童那样天真,但也要有童心,有赤子之心,才能和他们心心相印。

其次,要了解我们今天的少年儿童,就要了解我们今天所处的时代。今天我们国家已经进入了一个新的历史时期,在这个新时期中,我们从事社会主义的现代化建设,要向世界打开大门,要引进学习和研究现代新的科学技术,这就使得我们的时代,不仅同革命战争时期大不相同了,甚至同新中国成立以后的时期也不相同了。新的时期必然给文学艺术提出新的要求。我们的少年儿童文艺,毫无疑问,也应当跟上时代的步伐,努力去反映新的时代风貌。当然,这并不是说,我们的少年儿童文艺就不需要写过去的斗争,不需要写阶级斗争了。过去的红小鬼、小八路的故事至今还是脍炙人口的,今后也还会给少

新中国儿童文学

年儿童们以教育和鼓舞。但是现在有新的斗争在前面,就是在中国实现四个现代化,使中国变为现代化的社会主义强国,这个斗争远比过去的斗争更为艰巨,更为复杂,也必然会产生出许许多多更为动人的小英雄的斗争故事来。我们的少年儿童文艺在继续反映革命历史题材的同时应该着重地去表现新长征中的各种儿童,反映他们的愿望和心理,反映他们多方面的生活和斗争。

最后,希望我们的少年儿童文学家、艺术家们不断提高自己创作的思想水平和艺术水平,写出更加美好的、更能吸引人的、又有艺术幻想、又有科学智慧的各种形式各种题材的少年儿童文艺作品来。由于现代世界科学技术的伟大进步,我们对于世界的认识比过去是无限地深入和广阔了。不论是宏观世界和微观世界,都在人们的面前展现了前所未见的奇观异景。这里面,不知有多少的少年儿童们所急切想要知道的、饶有趣味的事情。在这个广大的世界中,我们的少年儿童文学家、艺术家们大有用武之地,可以在现实主义的基础上自由驰骋自己的想象,充分发挥自己的聪明才智,不断地在思想上和艺术上进行新的探索,这样就一定能够创造出无愧于我们这个时代的少年儿童文艺作品来,使我们的少年儿童文艺达到一个新的水平。

丹麦出了一个安徒生,赢得了世界的、不只限于少年儿童的广大读者。我们中国也要有自己民族的、社会主义的安徒生!

为未来一代工作,为未来一代创造,这是最崇高的事业! 让我们大家为此而努力吧!

1980 年 5 月 30 日

(原载第二届全国少年儿童文艺创作评奖委员会编《儿童文学作家作品论》,中国少年儿童出版社 1981 年 4 月版)

又是一年春草绿

——1984 年儿童小说漫谈

高洪波

近年来,以一年为范围的作品选集多了起来,对于读者、编者和研究者,其实都提供了极大的方便。比如我在写这篇小文时,就刚刚收到了一本《儿童文学选刊》编辑部编选的 1983 年全国优秀儿童小说选,和 1983 年的小说相比较,我以为 1984 年的儿童小说是在前进着的,尽管不是大幅度地、令人瞩目地前进。

一

首先值得欣慰的,是儿童小说在题材的开拓上没有故步自封,作者们好像在暗自较着劲儿,亮出自己的"绝活儿",结果使得原本单调的题材领域,呈现出五彩的颜色。如我们还记忆犹新的动物小说《第七条猎狗》的作者沈石溪,一直没有放弃自己心爱的题材,并力争出新。《戴银铃的长臂猿》即是沈石溪作品中的又一佳作。

沈石溪曾用多情的笔触,塑造过忠诚的猎狗、坚贞的白鸽以及无畏的野牛等诸多动物英雄的形象,此篇中的小长臂猿南尼,可称为沈石溪动物画廊中又一幅成功的肖像。他借南尼从马戏团逃跑后的生活遭际,通过它和专横的"国王"、凶残的花豹的殊死拼搏,终于从危险中学会了"长臂飞旋"的高难度动作,最后成为猴群首领的过程,写出了大自然中种种不为人知或鲜为人知的趣闻轶事,也写出了小长臂猿与人类的深切感情,整个故事充满了浓郁的人情味儿。

云南的两位中年作家辛勤与乔传藻,占地利之便,于动物小说的创作上当仁不让,各自在 1984 年拿出一篇精粹之作。辛勤的《在嘎玛大森林前沿》,文笔细腻,告诉读者许多新鲜的知识,认识价值颇高。别的不说,仅小主人公驱赶羊群穿过可怕的蚂蟥箐一章,便让人生出许多敬意!

乔传藻的《阿塔斯的小熊》以饶有民族特色的边地风情取胜,小熊与人类的友谊令人生羡,它的命运又使人同情。作者以含蓄而有节制的笔调,把人类社会里善良与丑恶两种不同侧面揭示出来。是人类的手把小熊领出森林,又是人类的枪把它逼回森林,小熊的一来一去,一往一返,寄托了作者绝大的愤懑和期待。

除了动物小说之外,载于《儿童文学》七月号上的小说《孤独的时候》(刘健屏)、载于《少年文艺》一月号上的《今夜月儿明》(丁阿虎)都属题材独特、开掘较深并体现作者思考的锋芒的作品。丁阿虎的这篇小说可以说是闯了一下儿童文学创作的"禁区",径直去表现少男少女间朦胧的爱情,并曾引起了社会上的注意。刘健屏这篇小说很敏锐地捕捉到"盗窃犯的弟弟"吴小舟独特的心理,把少年儿童的自尊心和社会上对于"株连"的反应描写出来,批判的力量是沉重的。

小说的高明之处不仅在于揭示出好学生吴小舟面临逆境的失落感和悲凉感,而是以

反衬的手法写出了他一旦重新获得自己的地位后，对于患难朋友姜生福态度的转变。这种转变愈是不自觉的、无意识的，给人的沉重感愈加强烈！小说结尾一笔力重千钧，将一个古老而新鲜的道德准则摆在我们的小读者面前。姜生福被吴小舟遗忘了，生活中那沉重、严峻的一面过早地摆在他面前，然而他却坦然、真挚、一如既往地爱着朋友。——刘健屏长于选择这种带"火药味儿"的题材，去年他的《我要我的雕刻刀》曾引起反响，此篇相信同样能够促人深思。我以为作者能平等地与自己的读者谈心，从人生到社会，从友谊到道德，他虽然一直皱着眉头，内心却涌动着温馨而美好的情感。他希望自己的小主人公纯朴善良、正视现实、自强不息，更希望他们能严肃正直，无愧于朋友，无愧于师长，也无愧于自己的良心。基于这一点，刘健屏方能不回避矛盾，坦然而真诚地写出自己感受最深的东西，并希望能影响自己的读者。他那更深一层的开掘，往往也源于这种信任感。

在题材的选择上有特点的，还有赵沛的《黑珍珠》，曹文轩的《第十一根红布条》。这两篇小说，前者写出乡下顽童斗黄头的种种风习，很有艺术魅力；后者塑造江南水乡一个孤独而善良的老人形象，写他的古怪性格同时，衬以一头倔强的独角老牛，人与牛的感情表现得十分沉重，令人读后不能平静。

方国荣的《第691种烟壳》从当前风靡全国的集邮热中取材，且角度新颖，切入颇深。小说中两个孩子，一大一小，有不同的爱好：一爱集邮（世俗的爱好），一爱烟壳（独特的爱好），在这两个孩子爱好的对比中，作者写出了小一点的孩子辛诚对美的执着的追求，一种对个性自由的渴望。在小说结尾，"我"已成人，自海外归来，不忘旧情，为辛诚捎回一张高价收买的"旭光"烟壳，本为补偿儿时的缺憾，孰料十几年的变异，社会生活已对当年的辛诚完成了再铸造的过程，昔日纯真的辛诚已不复存在。字里行间撒满了作者"淡淡的、无可名状"的怅惜。这种使我们可以感受到的暗示，多么发人深思！世俗的、流行的审美情趣，与独特的、个别的审美要求之间，按理说是应该有着某种可以互相沟通的渠道，可是辛诚没有找到，在邮票本身所具有的经济价值和烟壳对于孩子的个性发展所占据的位置之间，也本来不该是势同水火的，可惜由于粗暴的家庭教育，把这二者对立起来，结果辛诚流于平庸，终于随俗，这种结局，怎不令人扼腕！

二

综观1984年的儿童小说，我们还可以看到一批情节淡化的诗体小说，这些作品无疑是小说观念更新后的产物，它们不以惊心动魄的情节取胜，反而以情见长，内中蕴含着淡淡的诗意，状似令人回味的橄榄，阅毕使人受到诗意的洗濯。

谷应的《阿薇》、程玮的《傍晚时的雨》、白冰的《洁白的茉莉花》都属于这类作品。它们的共同特点是恬淡中见优美，素雅中显深沉，十分适合好静的女孩子阅读。白冰本人就是一位儿童诗人，这篇小说是他由诗歌转向小说创作后的几篇作品之一。背景是他所熟悉的部队医院，人物是三个小姑娘，白冰用诗意葱茏的笔触，刻画出病中的小女孩柳溪对于生命、生活的感情，以及孩子们之间那种成人体味不到的真挚情感。同时作者把严酷的死放到幕后去写，读后给人一种美的熏陶和向上的力量。

《阿薇》更像一帧勾勒细致的童趣图，借一串"珠串儿"为道具，串起整个故事，把姐姐的善良、小男孩的责任感同阿薇的自私与幼稚对比起来描写，幽默中显示出了作者的艺术功力。《傍晚时的雨》通过小女孩的视角，表现了儿童心灵世界的纯洁。固然，成人世界的生活准则对于孩子来说，未必都是金科玉律，孩子有孩子们自己评定是非善恶的标准，我以为孩子们的标准更接近诗的领域。

这三篇作品的出现，意味着一种传统表现手法的突破。它们集小说、散文、诗歌于一身，自由自在地表达着作者的创作主旨，也许在以后相当长的时期，这类风格的作品会日益增多。

三

诗意固然是我们应该追寻的，它的存在可以使作品呈现出美丽的色泽，柔和的音调，但如果过于追求淡化、距离、氛围，舍本求末，反而有种遥远的距离感，使人感到"不解渴"。在 1984 年的小说中，有几篇"解渴"的作品，它们以浓郁的生活气息和强烈的时代感，以一种对于少年儿童的深厚感情与责任感，深深地打动了我。这就是发表在《儿童文学》上的两篇小说《蓝军越过防线》（李建树）和《在长长的跑道上》（张之路），以及刘心武的《我可不怕十三岁》、苏纪明的《"滑头"班长》等。

这几篇小说的主要特点在于观念的更新，在于对待一些传统的逆反。所表现的时代感，由于这种逆反，而显得十分鲜明、强烈。如《蓝军越过防线》着力塑造的张汉光，是个"小能人"，他好表现自己，个性鲜明，不善掩饰，直爽坦荡，虽不计较个人的得失，却愿意在生活中占据自己应有的位置。若在从前，这类人每每以"个人英雄主义"冠之，可此篇却一反从前的观念，用充满由衷的赞叹之情的笔触，歌颂了张汉光。实际上小说涉及 20 世纪 80 年代中学生的时代特点，在张汉光身上集中显现出来。

张之路的《在长长的跑道上》，旨在写出一种精神，一种顽强进取、永不屈服的精神！故事虽非惊险曲折，却不乏撼人心魄的感情力量。在长长的跑道上虽居落后而奔跑不止的凌小成，固然体质孱弱，实则强悍异常，集体荣誉感支撑着他跑完全程，作者对于民族气节、风骨的呼唤，对于坚忍不拔精神的礼赞，引发了读者的共鸣。把我们领到更高层次的人生道路上，去勇敢地迎接一切不请自来而又无法回避的风风雨雨。

刘心武的《我可不怕十三岁》，写活了一个处于 13 岁年龄线的男孩形象，他的反抗与服从，思考与行动，无不具备鲜明的时代特征，这的确是一个 80 年代初中生的形象。而《"滑头"班长》中的"滑头"，与从前那些听话的"小绵羊"相比，也是不可同日而语的。

四

总而言之，我之所以推出上述作品，只是想说明一点：1984 年的小说创作与 1983 年相比，没有停滞，而是在前进，在发展。尽管这种前进的尺度不那么显著，都仍以自己的特色在提醒着每一位读者的注意。

当然，儿童文学创作与时代的要求相比，与本身所担负的重任相比，不足之处是明显的。从目前的创作情况看，一些精彩的作品被大量平庸、一般化的作品所淹没，选材上似曾相识者多，新鲜有趣的少；人物塑造上单线条勾勒者多，立体化的少；艺术上粗糙者多，以情动人的少。这几多几少，几乎成了我们儿童小说创作的"老大难"问题，我希望能在不久的将来读到突破性的作品！

1985 年 4 月

（原载高洪波著《鹅背驮着的童话——中外儿童文学管窥》，安徽少年儿童出版社 1987 年 2 月版）

为创造更多的儿童文学精品开拓前进

——第一次全国儿童文学创作会议开幕词

束沛德

全国儿童文学创作会议现在开幕了。首先,我代表文化部、中国作家协会向出席这次会议的儿童文学作家、评论家、编辑、出版工作者表示热烈的欢迎! 向全国所有在儿童文学园地里辛勤耕耘的园丁们致以亲切的问候和崇高的敬意! 向热心支持这次会议的山东省、烟台市的各级领导和同志们表示深切的感谢!

由文化部、中国作家协会联合召开这样全国范围的儿童文学创作会议,新中国成立以来还是第一次。参加这次会议的有来自全国各地的近 200 位有代表性的老、中、青作家、评论家和编辑,可说是儿童文学战线群英毕至。这么多作家欢聚一堂,共议繁荣儿童文学创作、更好地为 3 亿多儿童少年服务的大事,是我国儿童文学界前所未有的一次盛会。全国政协副主席、全国妇联主席康克清同志,儿童文学老前辈叶圣陶、冰心及著名作家严文井等同志为会议写来贺词,表达了他们关心儿童文学事业的满腔热忱,我谨代表到会的同志向他们表示由衷的感谢和美好的祝愿!

我们这次会议是在六届全国人大四次会议闭幕后不久召开的。这次人代会通过的"七五"计划,为我们描绘了今后五年建设和改革的宏伟蓝图,制定了两个文明建设一起抓的雄图大略。"希望广大思想文化工作者,都能够坚持为人民服务、为社会主义服务的方向,坚持把社会效益放在首位,联系群众,深入生活,勇于开拓创新,为人民提供更多更好的精神产品,以丰富和提高人们的文化素养和精神境界,培育人们高尚的道德情操、生活情趣和健康的审美观念,激励人民满腔热情地献身四化建设。"党和人民对思想文化工作者的这些要求和期望,我们儿童文学作家理应在自己的创作活动中认真贯彻、落实。我们这次会议的主旨就是要进一步落实党中央关于把少年儿童工作提到战略地位的号召,更好地发挥儿童文学在加强社会主义精神文明建设、培育一代"四有"新人中的作用,增强作家的社会责任感,努力提高儿童文学创作的思想、艺术水平,为广大少年儿童提供丰富优质的精神食粮。

儿童文学是我国社会主义文学的一个重要组成部分。在新的历史时期,儿童文学同文学其他各个门类一样,取得了明显的、长足的进展,呈现出一派前所未有的创作活跃、人才辈出的喜人景象;儿童文学理论批评也在开拓中不断前进。

我们已经形成一支相当可观的、富有朝气和活力的儿童文学创作队伍。现在中国作家协会会员中以从事儿童文学为主的约有 150 人;加上各地分会会员,总数就上千了。如果再算上分布在各条战线、还没有加入作协的业余儿童文学作者,就组成了一支为数3000 左右的庞大队伍。这支队伍在三中全会路线指引和党的文艺方针鼓舞下,逐步摆脱了"左"的思想桎梏和旧的清规戒律的束缚,在儿童文学观念上有所开拓和更新,对儿童文学的功能有了更为开阔的理解,思想日益活跃,创作热情高涨。老一辈作家壮心不已,笔力犹健,努力为儿童文学这个百花园锦上添花,继续以自己的心血浇灌祖国的花朵。中年作家思想、艺术上日趋成熟,他们勤耕细耘,不断有新作佳构问世。特别令人高兴的是儿童文学战线上一支生气勃勃的新军崛起,他们思想活跃,视野开阔,敢于探索,勇于创新,是我国社会主义儿童文学更大繁荣的希望所在。

我们高兴地看到,在新时期,儿童文学的各种体裁、样式,包括小说、诗歌、童话、寓言、散文、传记、报告文学、科学文艺、剧本、影视文学等,都出现了一批深受小读者喜爱的优秀作品。整个创作呈现一种开拓、创新、多样化的发展势头,显示出了若干引人注目的特色,这表现在:进一步拓展了创作题材,注意把儿童生活同成人生活、广阔的社会生活联系起来描绘;坚持从生活出发,多层次、多色调地刻画新时期少年儿童的性格,着力表现巨大现实变革在孩子心灵上的投影;更加重视文学艺术的特征和儿童文学自身的艺术规律,注重以情感人;打破某些陈旧的创作模式和框架,探索、追求符合当代少年儿童审美情趣、欣赏习惯的新的表现手法、形式和技巧。儿童文学创作上的这些新进展、新收获,是值得重视和赞许的。

当然,对于已经取得的成就,没有丝毫足以自满的理由。我们要清醒地看到,同伟大时代的前进步伐和历史赋予我们的崇高使命相比,同广大少年儿童多方面的精神需求相比,我们儿童文学创作的思想、艺术质量还很不相称,在紧扣时代脉搏,贴近现实生活,反映少年儿童心声,塑造当代少年新人形象,探求艺术形式、表现手法的新和美方面还有不小的差距。思想、艺术上出类拔萃,能够深深打动孩子心灵,在新时期少年儿童一代中具有广泛、深刻影响的力作、精品还是太少了。正因为如此,我们认为,儿童文学界最迫切的任务是要在提高作品的质量上下功夫,争取儿童文学创作的思想水平、艺术水平有一个新的突破,创造出更多的优秀精美的作品,满足亿万小读者多方面、不同层次的精神需要。

我想,围绕着如何进一步提高儿童文学创作质量这个主题,我们这次会议可以把讨论的重点放在以下三个方面:

一、儿童文学创作如何更好地反映我们伟大的时代、增强时代特色,塑造更多闪耀时代光彩的、能够鼓舞少年儿童奋发向上的人物形象?

二、儿童文学创作如何更好地遵循自身的艺术规律,在思想、艺术上创新? 如何看待创新与时代、创新与传统的关系?

三、提高儿童文学创作质量的关键何在? 如何进一步提高儿童文学创作队伍的思想、业务素质?

我们处于建设四化、振兴中华的历史新时期。按照教育面向现代化、面向世界、面向未来的方针,党和人民要求把少年儿童培养成为具有开拓性、创造性素质的建设者,成为有理想、有道德、有文化、有纪律的一代社会主义新人。我们的儿童文学作家应当更加明确、深刻地意识到自己肩负的加强精神文明建设、培育一代"四有"新人、提高中华民族素质的历史责任。充分而完美地体现伟大时代对未来一代的期望和要求,真实而生动地反映新时期少年儿童丰富多彩的生活,鲜明而丰满地塑造当代少年儿童新人的性格,勇敢而执着地探求为孩子们喜闻乐见的新的形式、风格,是摆在儿童文学作家面前的光荣而艰巨的任务,也是提高儿童文学创作质量题中应有之义。我们的儿童文学理应通过生动感人的艺术形象给少年儿童以爱国主义、集体主义、社会主义、共产主义思想的熏陶和启

迪；但又不能把儿童文学的社会功能理解得过于狭隘，有利于净化心灵、陶冶性情、开阔视野、启迪智慧的，都应当得到肯定和鼓励。我们提倡和鼓励作家更多地关注现实变革，更充分地反映伟大时代面貌和孩子的心声，着力塑造新时期少年儿童新人的典型形象。同时，又要坚持百花齐放，提倡题材、主题、人物、形式的多样化。各种题材、体裁、样式，古代历史题材或革命历史题材，动物小说或科幻小说，童话或寓言，等等，在儿童文学领域中都应当有作家自由驰骋笔墨的广阔天地。我们期望这样的作品也力求投射以鲜明的时代光彩。

　　时代在前进，生活在发展，小读者的审美趣味、欣赏习惯也在发展变化。面对大变革的时代，面对小读者不同层次的审美需要，儿童文学在内容和形式上要不断有所创新和突破。创新，标新立异，首先要在思想内容上推陈出新，标社会主义之新，也就是要更好地表现新的时代特色。我们生活在一个瞬息万变、日新月异的时代。在时代激流的涌动、荡涤下，少年儿童的精神面貌、心理状况已经发生了新的、深刻的变化。思想活跃，眼界开阔，上进心强，求知欲盛，善于独立思考、勇于探索创造，对"四化"大业充满激情和幻想，已经成为当代少年儿童生活、思想感情的主旋律。同时，又不能忽略十年动乱和当前社会的不正之风在孩子心灵上投下的阴影。力求把对当代少年儿童独特心理的把握与色彩斑驳的现实变革的生活图景统一起来，这样写出的作品就会富有更加浓郁的时代特色。儿童文学的艺术创新，既要继承和发扬我们民族文学的优秀传统，又要借鉴、吸取外国文学的优秀成果。这种继承和借鉴，是为了更好地表现新的时代、新的生活，创造出为中国当代少年儿童所喜闻乐见的作品。从儿童文学的创作现状来看，开拓、创新的精神似嫌不足。我们要热情鼓励、支持儿童文学作家一切大胆的、有益的探索和创新。各种表现手法、风格，传统的写实手法或西方现代主义手法，富于哲理或长于抒情，编织故事或追求意境，恢宏庄重或幽默诙谐，在儿童文学中都可以探索、尝试。要进一步创造一种有利于艺术探索创新的和谐融洽、活泼宽松的环境和气氛。当然，吸收、利用中国古代或外国文学中的某些表现手法、形式和技巧，绝不能生吞活剥，盲目照搬，而是要从所表现的生活内容出发，咀嚼、消化、融会贯通，化为自己的血肉，力求与中国当代少年儿童的思想感情、心理特点、欣赏习惯相沟通、相适合。

　　要提高儿童文学创作的质量，必须提高儿童文学创作队伍的政治素质、思想素质和业务素质；而提高队伍素质的根本途径在于加强马克思主义的理论武装，深入人民群众生活。胡耀邦同志不久前在谈到提高干部素质时，曾提出了"一要向上攀登，二要向下深入"的要求，希望干部"从两个方面下功夫，一要干部掌握马克思主义理论，以及现代的科学技术知识和经营管理知识，二要干部熟谙我国国情、本省省情，努力实践，取得比较丰富的实际工作经验"。这些期望和要求同样适用于儿童文学队伍。我们的儿童文学作家应当更加自觉、认真地学习马克思列宁主义，使自己的思想更加活跃，更加开阔，具有对新事物的敏感，并能够站在时代的、历史的高度，深刻认识、概括当代生活的伟大变革；同时，应当积极、热情地投身于四化建设和改革洪流，投身于生动活泼的儿童世界，在群众生活这个大课堂里，不断地充实、提高自己，进一步了解、熟悉新时期的少年儿童，洞察和把握生活变革中少年儿童的内心世界。为了提高队伍的业务素质，儿童文学作家，特别是中青年作家，还要丰富各方面的知识，学习历史、经济、科学知识，学习美学、社会学、教育学、心理学等，努力提高自己的文化素养和艺术功力。只有在思想、生活、艺术三方面下苦功夫，才有可能成为儿童文学的大手笔，创造出无愧于伟大时代、为广大少年儿童喜闻乐见的艺术精品来。

我们这次创作会议,是儿童文学界难得的一次相互切磋、交流经验的聚会,也是关系今后儿童文学创作繁荣和提高的一次重要集会。为了开好这次会议,我们提出三点希望:一是要抓住会议的主题,围绕讨论的重点,集中探讨、研究如何提高儿童文学创作质量的问题。座谈讨论一定要从实际出发,紧密联系儿童文学创作的现状,尽量避免泛泛而谈。我们热忱欢迎到会的同志提出关于改进和加强儿童文学工作的意见和建议,会议将安排一定的时间认真听取大家的意见,只是希望不要过早地转入实际工作和具体问题的议论,以免冲淡了会议的主题。二是要树立正常的、自由的、生动活泼的讨论和争鸣的风气,要有在真理面前人人平等的精神。希望大家各抒己见,畅所欲言,有了不同看法和意见,可以展开和风细雨的、充分说理的论争。我们都要有倾听不同意见、相反意见的气度和雅量。三是要以团结为重。青年作家要尊重老作家的劳绩和贡献,老作家则要考虑青年作家的特点和长处,互敬互爱,取长补短。希望这次会议通过相互之间的接触和了解,能够进一步增进和加强儿童文学界的团结。让我们如巴老所期望的:"大家团结起来在创作实践上争长短、比高低吧。"

同志们,我们从事的是关系培养一代"四有"新人、提高中华民族精神素质的崇高事业。为了民族的振兴,为了祖国的未来,我们一定要更加勇敢地探索,更加勤奋地创造,写出更多的儿童文学精品,为把我国儿童文学创作提到新的、更高的水平而开拓前进!

1986 年 5 月 6 日

（原载《儿童文学研究》第 26 辑,少年儿童出版社 1987 年 11 月版）

中国作家协会关于改进和加强少年儿童文学工作的决议（1986年）

（1986年6月14日中国作协第四届主席团第四次会议通过）

中国作家协会主席团听取了书记处关于最近在山东烟台同文化部联合召开的全国儿童文学创作会议情况的汇报。主席团一致认为，少年儿童文学在加强社会主义精神文明建设，培养一代有理想、有道德、有文化、有纪律的社会主义新人，提高中华民族的精神素质方面，担负着崇高的、重要的职责。新时期以来，少年儿童文学取得了明显的、令人可喜的进展和成绩，儿童文学园地呈现创作活跃、新人辈出的兴旺景象；但是，也应当看到，儿童文学作品的思想、艺术质量仍不能满足3亿多儿童少年的精神需求。儿童文学在创作和理论方面有不少新的、重要的问题，如：如何进一步开拓、更新儿童文学观念，摆脱陈旧的创作思想、模式的束缚，在思想、艺术上创新的问题；如何更好地紧扣时代脉搏，反映少年儿童心声，塑造更多闪耀时代光彩的少年儿童形象问题；如何按照当代少年儿童的心理特点、审美趣味、欣赏水平，创造出为小读者所喜闻乐见的作品等问题，都需要认真讨论和探索。中国作家协会过去在这方面做的工作很不够。为了促进少年儿童文学的进一步发展和繁荣，主席团认为，作家协会应当采取以下措施来改进和加强自己的工作：

一、作家协会及各地分会应当进一步学习领会、贯彻落实党中央关于全党全社会都来关心少年儿童的健康成长、把少年儿童工作提到战略地位的号召，真正把少年儿童文学工作列入自己重要的工作日程，主席团或书记处每年认真讨论一两次。作家协会创作研究室应加强对少年儿童文学创作现状的研究，定期向主席团、书记处提出创作情况汇报。

二、在现有的创作委员会儿童文学组的基础上，经过充分酝酿后，恢复作家协会儿童文学委员会，作为主席团的参谋、咨询机构，并协助组织有关儿童文学创作、评论、评奖等活动。各地分会尚未设立相应机构的，希望在今年内建立。

三、鼓励、组织更多的作家、业余作者为少年儿童写作。作家协会及各地分会会员在制订自己的创作计划时，应根据自己的实际情况，力争在一定时间内为少年儿童写出质量较高的作品。作家协会主席团要求作协总会会员及各地分会会员，首先是理事会和主席团的成员，从现在起到明年年底这一年半内，每人为少年儿童写作或翻译一篇作品或评论文章，体裁、形式、字数不拘。作家协会及分会有关部门要了解会员完成这项写作计划的情况。

四、希望各文学创作、评论刊物经常选发一定数量的儿童文学作品及有关儿童文学的评论文章。作家协会主办的《文艺报》《人民文学》《中国作家》《中国》《民族文学》《诗刊》《小说选刊》等刊物及各地分会主办的刊物在这方面应起带头作用。

五、设立中国作家协会儿童文学奖，以鼓励优秀创作，奖掖文学新人，暂定每两年评奖一次;每次评奖结束后编辑出版获奖作品集。

六、进一步加强儿童文学的理论研究和作品评论工作。作家协会及有关刊物、出版社要积极组织有关儿童文学作品和创作、理论问题的讨论、争鸣,文学评论家要更多地关注儿童文学的发展,帮助作家总结创作经验,促进创作质量的提高。

七、作家协会及各地分会应把加强儿童文学队伍建设、提高儿童文学作者的思想、业务素质作为自己的一项重要工作,有计划地组织他们深入生活;作家协会鲁迅文学院及各地分会举办的文学讲习班要注意吸收儿童文学作者参加。

八、作家协会及各地分会要积极加强同儿童少年工作协调委员会、共青团、妇联、文联、科协和政府文化、教育、出版等部门的联系,取得他们的帮助和支持,密切合作,共同为繁荣少年儿童文学多做切实有益的工作。

（原载束沛德著《守望与期待：束沛德儿童文学论集》，接力出版社 2003 年 11 月版）

1959年以后的中国儿童文学①

曹文轩

一

20世纪50年代至70年代末，中国儿童文学的历史，是被政治严重渗透的历史。儿童文学如同其他意识形态，也被纳入"为政治服务"的轨道。它成为政治的一翼，是随着政治趋向和内容的变化来选择主题和构思故事的，是对政治的形象化图解。

中国文学家似乎历来好问津政治，好议论国事，好道德风尚，好忧国忧民。"文以载道"，这是中国文学的基础理论。为人生，为社会，为政治，为道德的艺术观，作为一盘大基石，矗立起一座中国文学艺术的殿堂。

从屈原对国家衰亡的浪漫主义悲叹，到杜甫对社会黑暗的现实主义批驳，从曹雪芹对社会重压下的人生进行的悲剧性描述，到鲁迅先生对无声之中国的苍凉呐喊，中国文学的大略始终是"文以载道"。"道"为主，"文"为从，似乎一贯如此。回首看，中国少有不着政治色彩、不含道德精神、不带社会气息而仅供审美之用的纯文学艺术（相对而言，没有绝对的纯文学艺术）。

这种现象肇于伦理型思维。

中国是一个伦理大国。中国人的心思、思想、精神，大多用在了人伦关系上面。统治中国的儒家学说，实际上就是伦理学说。这些学说，成为公民实践、处世、生活的准则后，又反过来进一步强化了这种学说，使它成为任何公民不得违拗的公约。

伦理思维最初就含有政治思维。在父子、夫妇、兄弟、朋友诸种人伦关系上，建立了国家。国家自然就成了这些关系的最高表现。强调人伦关系的目的，不仅仅是人伦的，而是政治的。维护父子、夫妇、兄弟、朋友之关系，是为了维护君臣之关系，也就是说，是为了维护一种政治格局。治国安邦是最终的视点。随着历史的变迁，那些人伦观念越来越淡化了，政治色彩却日益浓重起来。

这种思维变为艺术思维以后，使得中国的文学艺术始终笼罩在政治氛围之下，而不能有它自己。几乎每一个中国文学艺术家在他所处的社会条件下，都养成了关心和热心政治的习惯，而把文学艺术变为政治抒情和表示政治见解的载体。他们庄严地代表着群体或阶级，艺术品受着沉重的社会责任的负荷的压力。"它本身是艺术"——这一意识反而没太重要的位置。

以上是从传统来分析的。从现实而言，中国当代文学则又注定了要把大量篇幅交给政治。因为，国家空前地强调了政治，并且空前明确地从理论和制度上规定了文学与政治的从属关系。并且，由于多种原因，在这一时期，人们对政治确实由衷地有着一种高涨的热情。

无论是传统的原因，还是现实的原因，中国20世纪50年代末以后的儿童文学，都必然使自己的历史具有浓重的政治色彩。

这样一个趋势,发展到 20 世纪 60 年代中期,便到达登峰造极之地步。到了"文化大革命",儿童文学就只剩一个主题:阶级斗争。作品千篇一律地写阶级异己分子的破坏以及心明眼亮的少年如何粉碎敌对分子的阴谋。儿童文学在虚幻的紧张中,在人造的对立中度过了一年又一年。

这一时期,由于闭关锁国,对外来文化竭力排斥,因此,包括日本儿童文学在内的其他各国的儿童文学,都未能对中国儿童文学发生实际的影响与作用。甚至就没有得到介绍。中国儿童文学完全是一个特殊的格局。前进、徘徊、后退,都是在孤独中进行的。它是世界儿童文学的一个例外。由于缺乏文学的可通性,它几乎完全没有走向世界,更未得到世界的认可。

对于文学与政治的相连关系,我们不能简单地做出否定的判断。但,这种关系的极端化、庸俗化,确实使中国的儿童文学失去了广阔的天地,未能取得预期的成就。当然,即使在这样一种情景中,中国也仍然从夹缝里产生了一批立得住的作品,这些作品至今也仍然具有光彩。

进入 20 世纪 80 年代初,由于社会环境的改变和新思潮的产生与涌入,儿童文学欲从艺术的歧路回归艺术的正道的愿望日益强烈,并按捺不住。它决心结束长期在艺术外围徘徊的局面,让文学自身的内驱力作为文学的动力。现实的中国儿童文学正开始告别浮躁的历史,一种本位意识正在巩固。它不再像从前那样急躁地喧闹着,不再扬扬得意地宣扬某种主义、宣泄某种情感。它不太在乎轰动效应,稍稍收敛住对临时性政治问题关注的癖好,执着地走向自己。

这十年,无疑是现代中国儿童文学历史中的辉煌年代。

二

新观念在不可遏制地成长。中国儿童文学以新的姿态,出现于世人面前。这里我们不可能一一列出这些新的观念,而只能从中挑选出最主要的讲一讲。

1. 存在意识

由于中国文学把全部注意力放在了社会和政治方面,因此,它很少意识到人这样一个特殊存在。儿童文学似乎更缺乏这种意识。集体主义的过度张扬以及对政治化、道德化的事件的全神贯注的关心,使作家很难收住目光来审视作为人的儿童自身。

新十年的儿童文学首先注意到了这个存在,并强烈要求社会注意这个存在。它直截了当地批评了社会对这个存在的忘却和忽视,呼吁社会想到这个存在。儿童文学从注意政治性行为、事件、主题,转入到对人的注意。这是中国儿童文学的历史性觉醒。现在看来,这时期开初的作品,还是较为肤浅的,当它过渡到对这个存在的定义、含意、价值等命题的探索时,作品才走向深刻,特别是当作家们从哲学角度去思考这一存在时,作品获得了空前的高度。

2. 忧患意识

这一意识是与存在意识相连的,是在对存在深入思考后的一种意识。中国的儿童文学,是长期浸泡在欢乐的氛围之中的。这种欢乐是轻浮的。它仅仅依赖于空洞的政治幻想和社会理想。它没有意识到人作为存在的悲剧性质。中国儿童文学也曾有过悲剧,但,仅限于对以往制度的控诉,是一种制度的悲剧,而不是人的存在悲剧。这种悲剧实际上是忆苦。

就 20 世纪 80 年代的整个中国文学而言,其基调是悲剧性的,这是谁都能感觉到的。文学与连绵不断的忧患结伴,在荒寂中行进。悲愁、怨愤、忧郁、苦闷……这种种悲剧性的情绪,割不断扯不尽地缠绕着文学。即使一些喜剧性的作品,也在骨子里含着悲剧情愫。悲剧色彩笼罩着文学。身居其中的儿童文学也深深地被这种意识所感染,而摆脱不掉一种淡淡的忧郁情调。

比如它对孤独感的注意。它认为,现代生活带来的孤独感正在侵袭天真烂漫、活泼可爱的儿童。这种孤独感或是因为知识的竞争迫使家长将孩子逼到书桌前而与群体隔离,或是因为物质痛苦的消失使痛苦从外部转向内部,或是因为不断加强的教养,使孩子心灵世界复杂化、细腻化,或是因为中国不得不采取的计划生育措施而导致的家庭中孩子的伴侣的消失……

更深层次的忧患意识是哲学性的。主题是:孩子对世界的茫然、对人生的困惑、对死亡与衰老的不可理解、对生命的感觉、对善与恶的困难选择……

3. 审美意识

新十年的儿童文学对功利主义深恶痛绝。它对以往儿童文学不注意美感的现象进行反思,从而出现了一些可称为"漂亮"的作品。它说出一个道理:当一个人的情感由于文学的陶冶而变得富有美感时,其人格的质量丝毫不亚于一个观念深刻的人格;给孩子们美感,这就够了,还要什么呢?

作家们用诗人的目光去关注大自然,将日月星辰、江河湖海、花鸟草虫极为美丽地呈现出来。蓝色的大自然的精灵在这里飘动游荡。他们选择了那些富有象征意味、极有意境的形象。语言不再用来进行直白的叙述,它本身似乎都有美感。作家遣词造句,作品中生出一种优美的情调、优美的感觉。儿童文学出现了一批属于"美文"的作品。这些作品,给孩子们创造了一个脱离平庸尘世的新的世界。这个世界成为孩子们的心灵的港湾。在这里,他们被文学净化着。

4. 曝光意识

作家们合力一拉,把生活的大门朝天真纯洁的孩子们拉开了。过去的儿童文学,有的品质不佳,行"瞒"和"骗"之能事。它将生活的大门锁闭,让那些孩子们在大门外的虚幻世界里转悠。他们在这个由金色的谎言捏造而实际上并不存在的世界里失去了自己。后来门开了,但只给一条狭窄得可怜的缝隙,让他们窥视门内。作家们不满足,认为儿童文学必须介入生活。他们显出一派欲把生活全部抖搂出来的劲头。清澄与浑噩,直率与弯曲,高贵与庸俗,美好与丑恶,真诚与虚伪,苦甜酸辣,喜怒哀乐,一切的一切,都让孩子们看见,都让他们经验经验。他们不想掩掩藏藏,吞吞吐吐,犹抱琵琶半遮面,索性毫不羞涩地把生活全部曝光:看吧,孩子们,生活就是这么回事儿!

诚然,他们也承认儿童文学对生活有一个选择性的问题,但他们同时认为这种选择性是很大的。对于孩子,并没有那么多一定要保守的秘密。他们把孩子放到阔荡的天空下去,放到喧哗骚动的人流中去。儿童文学不再总是吹嘘"净土"和"圣界"了。它认为:世界上根本不存在那响着笙箫管笛、闪着珠光宝气的伊甸园;世界是一个充满纠纷和矛盾的混沌体,单用提纯的精神食物去喂养,孩子是很难结实的。他们的性格只会像玻璃一样脆弱,思想只会像竹篾一般单薄;他们需要原质的生活。

5. 爱的意识

新十年的儿童文学在自己的旗帜上写着一个大字:爱。它从虚幻的斗争中走出,去掉了冷酷无情的面孔,向孩子们提供人类高贵的情感,提供可以温暖心灵的文字。

现代生活在向人类逼近。它是人类所梦寐以求的。人类所做的一切,就是为了它的到来。然而世界充满矛盾,有所得必有所失。当世界的硬部(物质)变得日益发达时,世界的软部(情感)却会变得越来越稀薄。竞争、淘汰,松懈了人与人之间的关系。人的情感出现萎缩现象。它影响了人类的精神健康。人类在走向现代文明的进程中,对软部的渴求将会愈来愈强烈。在此时,文学应承担起调节硬部和软部之间平衡的责任。作为儿童文学尤应如此。它应在保证后一代人能够没有缺陷地成长中做出贡献。

中国儿童文学由于特定的社会背景,对此更为在意。在十年间,这一意识成为它的主旋律。

三

在儿童形象塑造方面,新十年与过去有明显区别。

1. 承认有缺憾的儿童形象

中国 20 世纪 70 年代的文艺思想是世界上绝无仅有的。中国有一整套严密的创作宗旨和创作方法。其中之一,谓之"塑造高大完美的艺术形象",即:作为主人公的人物形象要写得尽善尽美,不能有半点瑕疵。这一思想折射到儿童文学这里,儿童形象便也成为一种高、大、全的形象。这些经过任意拔高的形象,从现在看来,除了落得贻笑大方的结局外,几乎一无是处。

新十年的儿童文学,恰恰认为,有缺憾的儿童形象才是可爱的,因为,这是合乎自然的。自然的便是美的。作家们毫不犹豫地将儿童形象的缺憾一面呈示出来。他们甚至大胆地写到了孩子的恶。在善与恶的碰撞中,完成了儿童形象的塑造。所谓英雄少年,已不再是儿童形象塑造的模式。儿童就是儿童。

2. 刻画圆形形象

人物性格可用一个单词做出总结的,如"勇敢""憨厚"等,可称之为"扁平形象"。人物性格需用几个单词甚至用了几个单词也无法说清楚的,可称之为"圆形形象"。长久以来,中国儿童文学中的儿童形象,大多属于"扁平形象"一类。这些形象缺少层次,性格是不发展的,即使发展,也是在做一种直线运动。

大量出现"圆形形象"是在新的十年中。这些形象的性格含有多种因素甚至对立的因素。他们的性格在变迁,而且在不断地显示不同的侧面,向前发展时,是做一种曲线运动,甚至是相反方向的运动。这些形象与过去的形象相比,更接近客观现实,也更具有艺术的魅力。

3. 未来民族性格的雏形

"儿童文学承担着塑造未来民族性格的天职!"

在新的十年中,这一论点一度在中国儿童文学界引起共鸣,产生巨大反响,并出现一大批与这一意识相关的作品。

这一意识的产生,是中国现实使然。

中国在发生了一次重大历史转折之后,沉入了深刻的民族自省。在充分肯定悠久的民族历史和辉煌灿烂的民族文化之后,人们承认:中华民族的性格有待完善和加强。

儿童文学在承认了这一事实之后,对过去那种顺从的、老实的、单纯的儿童形象加以否定。它向人们表明:它喜欢坚韧的、精明的、雄辩的孩子。它不希望我们的民族在世界面前仅仅是一个温顺的、厚道的形象。它希望全世界看到,中华民族是开朗的、充满生气的、强悍的、浑身透着灵气和英气的。

这些作品或写人与大自然的矛盾,在满含神秘巨力的大自然中,显示一个少年的勇敢和顽强;或写沉重的生活负荷,一个少年如何在坎坷的人生道路上艰难竭蹶地行进,显示重压之下小男子汉的优雅风度;或写少年不安于精神锁链的束缚而奋力挣扎,将一个叛逆者的形象推送到人们面前⋯⋯

中国的儿童文学将在与包括日本儿童文学在内的世界儿童文学的交流中,取得更令世人满意的成就。这是命中注定了的。

[注释]

①本文是作者 1990 年 10 月 13 日在日本大阪举行的"中日儿童文学的过去、现在及其将来"学术讨论会上的发言。

（原载曹文轩著《曹文轩儿童文学论集》，二十一世纪出版社 1998 年 1 月版）

回归艺术的正道

——《新潮儿童文学丛书》总序

《新潮儿童文学丛书》编委会

《新潮儿童文学丛书》是从新时期洋洋大观的儿童文学作品中精选出来的部分作品的汇集。它们从各个侧面反映着中国儿童文学的新动机和新趋势。人们可以从这些作品的深部,获悉从痛苦中崛起的儿童文学所热烈追求的新的艺术价值体系。

"新潮"不具有迎合时髦之含义。所谓"新潮",只是指文学要从艺术的歧路回归艺术的正道。"新潮"也不具有年龄的含义,我们只按艺术的标准进行选择,年龄概念在这里没有意义。

我们赞成文学要有爱的意识。

事实:所有能在文学艺术史上永垂不朽的艺术家,他们的目光无一不聚焦于人和人类的命运之上。尽管他们分别以爱和恨的不同形式出现,但本质上是一致的:爱。他们高度的艺术成就,在很大程度上得益于伟大的爱之心。在沉闷萧森、枯竭衰退的世纪里,他们曾是感情焦渴的人类的庇荫和走出情感荒漠的北斗。对于被忧患所缠的人类来讲,爱之美,是最伟大、最崇高的美。

随着现代生活的逼近,人类生活的硬部(物质)变得越来越发达。这时,人类社会的软部(情感)则可能会变得越来越薄弱——而它却又是维系人类社会存在所必需的。因此,人类在走向现代文明的进程中,对软部的渴求则会变得愈来愈强烈。文学是激烈的人生搏斗后,人所需要的宁静的情感的港湾。文学是人在与世界粗糙的摩擦后所需要的湿润的情感的绿荫。文学应当进一步地承担这种硬部和软部失去平衡时的调节职能。它要在自己的旗帜上更清晰、更深刻地写着:爱。

儿童文学当仁不让。它肩负着创造一个充满爱的未来世界的天职。

我们推崇遵循文学内部规律的真正艺术品。

过去,我们的文学常受庸俗政治学的摆布,而不能受自身内驱力的驱使。它长时间在艺术的外围徘徊。它有时甚至歪曲生活图景,起了扭曲儿童心理以致使其心理畸变、精神弱化的作用。它失却了自己的本质。进入新时期以来,儿童文学作家们同心协力,终于冲决了拘囿艺术的庸俗政治学的栅栏,使文学这匹桀骜不驯的野马冲上了广阔无垠的艺术原野。

丛书不选那些为解决某一个具体的、时期性的问题而制作的头疼医头、脚疼医脚的工作性作品,不选那些仅仅以触动敏感的政治神经引起反响而在艺术上却很粗糙、很简陋的爆炸性作品(尽管我们有时也需要一些这样的作品)。对那既与时代潮流合拍,又自觉地接受艺术规律制约的作品,我们当然表示格外的青睐。

我们尊重艺术个性。

"总不能希望玫瑰花和紫罗兰发同样的香气,最丰富的东西、精神,为什么要嵌在一个模子里！"（马克思）文学不能按一个规格的模式统一铸造。它的生命正在于无数个性的相互对立。豪放也好，婉约也好，以人物取胜也好，以意境取胜也好，以精神蕴藏量的丰富取胜也好，以文体的优雅高贵取胜也好，只要是艺术品，就都同样有生存的权利。"人各一性，不可强人以同于己，不可强己以同于人。有所同，必有所不同。"（[清]焦循曾）艺术个性是否得到承认和发展，是衡量文学是昌荣还是衰朽的标志，个性的消亡，是文学的莫大的悲剧。

我们赞同文学变法。

进入 20 世纪 80 年代以后，中国的儿童文学发生了历史性的变化。它推开和摒弃了过去的许多观念，而向新的观念伸开拥抱的双臂。这是一种深刻的嬗变。老一代在进行伟大的自我超度，坚强地从自己身上跨越过去。新一代带着压抑不住的开创精神，发出沉重而响亮的足音进军文坛。新与旧之间划了一道深深的刻印。文学在变法。

文学变法一是因为它内部的渴求生命的力量所驱使，二是因为中国的生活几乎是发生了突变。文学的表现对象、欣赏对象有了新的精神和新的审美趣味。变法，是顺应世运、顺应生活的大潮。

我们既看重水平接受，又看重垂直接受，既看重当时价值，又看重久远价值。而要使作品能够水平接受和垂直接受兼而有之，我们以为是绝不可缺少以上所言的那些文学精神的。

好作品甚多，但因丛书在量上无法容纳，我们只能采之一粟以观沧海。儿童文学界的同仁们自然会体谅的。

1987 年写于庐山

（原载 1987—1989 年江西少年儿童出版社出版的《新潮儿童文学丛书》）

让儿童文学繁花似锦

《人民日报》评论员

在六一国际儿童节来临之际,中国作家协会举办的第三届(1992—1994)全国优秀儿童文学奖评选揭晓。获奖的 19 部作品展示了当前儿童文学创作的面貌和实绩,是热心为孩子写作的作家落实江泽民总书记关于繁荣少儿文艺的重要指示,献给亿万少年儿童的一份精美的节日礼物。

少年儿童是祖国的希望和未来,开拓 21 世纪大业,实现我国社会主义现代化建设第三步战略目标的历史重任,最终将落在这一代少年儿童肩上。跨世纪的一代新人应当从小树立为中华民族全面振兴、建功立业的远大志向,努力做到德、智、体、美全面发展。儿童文学对于塑造新世纪的民族魂,陶冶未来一代的思想性格和道德情操,提高思想道德素质和科学文化素质,具有不可忽视的潜移默化的作用。江泽民总书记关于繁荣少儿文艺的重要指示,正是从培养跨世纪的建设者和社会主义接班人,提高中华民族的精神道德文化素质的历史高度、时代高度提出来的。从事儿童文学创作、编辑、出版的同志们一定要清醒地意识到自己在培育一代有理想、有道德、有文化、有纪律的社会主义新人中肩负的历史责任,努力创作、出版更多我们自己的、为少年儿童喜闻乐见的、富有艺术魅力的少儿文艺作品,满足广大小读者日益增长的阅读、欣赏需求。

我国有 3 亿多少年儿童,其中少先队员有 1.3 亿,这是我们儿童文学的服务对象,也是文学作品最为广大的读者群。近年来,广大儿童文学作家和文学工作者积极响应以江泽民同志为核心的党中央的号召,贴近儿童,精心创作,儿童文学取得了明显的进步和发展,发表、出版了一批思想内容健康向上、艺术形式新颖多样的优秀作品,深受少年儿童喜爱。这次获奖的 19 部小说、童话、诗歌、散文、幼儿文学作品,是从全国各地推荐的 157 部作品中评选出来的。

这些作品基本上反映了当前我国儿童文学创作的思想水平、艺术水平,堪称上乘之作、优秀之作。但是,毋庸讳言,我们的儿童文学创作、出版、发行,无论在品种、数量、质量上,同时代的要求、小读者的要求相比,同关心孩子成长的父母们、教师们的期望相比,都还存在着相当的差距。特别是思想性、艺术性、可读性俱佳的优秀之作为数不多,精品更少,一些小读者疏离了文学读物的状况,更应当引起高度重视。

时代呼唤精品,儿童渴望精品。创作更多的具有时代特色和民族特色、贴近当代少年儿童生活和心灵、具有强烈的艺术吸引力和感染力的精品力作,是作家义不容辞的光荣职责。正确的创作思想、热爱和熟悉孩子的童心、深厚的生活根基和熟练的艺术技巧,是产生优秀之作不可缺一的条件。要推出儿童文学精品力作,就要求热心为孩子写作的作家在思想、生活、艺术三方面锲而不舍地下功夫。当前,我国改革开放和现代化建设的伟大事业奔腾向前,现实生活变化日新月异,要使我们的思想跟上形势,正确地认识时代生活本质,准确地反映当代儿童生活,就要加强对邓小平建设有中国特色社会主义理论

的学习，认真贯彻党的基本路线、基本方针，并把理论学习同生活实践、创作实践很好地结合起来，使自己的创作更充分地反映新的时代精神，更加适应改革开放和现代化建设事业的需要，适应塑造跨世纪一代新人心灵的需要。要像江泽民总书记等中央领导同志所期望的那样，着力塑造出更多能成为广大少年儿童的楷模和朋友，能鼓舞他们爱祖国、爱人民、奋发向上的典型形象，激励少年儿童发扬中华民族的优秀传统，立志为民族振兴、国家富强而艰苦创业。在艺术探索和审美情趣上，要提倡题材、样式、形式、风格、表现手法的多样化，创作出更多的有利于当代儿童净化心灵、陶冶性情、启迪智慧、开发想象力的丰富多彩、饶有趣味的作品。

繁荣儿童文学、振兴儿童文学、建立儿童文学精品机制，是一个系统工程，需要社会各界的关心与支持。党和政府的有关部门，文联、作家协会等群众团体，要把繁荣儿童文学创作、培养儿童文学新人、提高这支队伍的思想、业务素质列入自己的工作日程，常抓不懈，加强对儿童文学创作、出版的规划、引导。要为儿童文学作家营造良好的创作环境，在学习、写作、生活等方面，尽可能为他们提供较好的条件，在思想政治上、社会地位和权益保障上更多地关心他们，尊重他们的创造性劳动。要吸引更多的成人文学作家和有条件的科学家、老红军、老战士为少年儿童写作、讲故事；并注意从密切联系少年儿童的中小学教师、幼儿园保育员、少先队辅导员中发现、培养儿童文学新人，不断壮大创作队伍。新闻出版部门要改进儿童文学读物的编辑、出版、印刷、发行工作，坚持社会效益第一，以高尚的思想、精湛的艺术陶冶儿童的心灵，给孩子们提供丰富、精美的精神食粮，努力实现社会效益与经济效益相统一。报刊要加大对儿童文学的宣传力度、评论力度。各有关报刊，首先是各文学创作、评论刊物要经常选登一些儿童文学作品、评论文章。巩固、扩大儿童文学评论队伍，在儿童文学小百花园里，倡导积极的、健康的、科学的、与人为善的文学评论和文学批评。国家教委、共青团、妇联要提倡并鼓励教师、辅导员、家长关注中小学生的文学阅读，推荐优秀文学读物，积极开展多种多样的读书活动。

我们相信，经过一段不太长的时间，一定会推出一批无愧于我们时代的儿童文学精品，迎来儿童文学繁花似锦的又一个春天。

（原载《人民日报》1996 年 5 月 30 日）

人的时代：新时期儿童文学

汤 锐

一、背 景

1978 年的金秋,对中国的儿童文学事业是一个重要的转折点,粉碎"四人帮"以后的第一次全国少年儿童读物出版工作座谈会于风景如画的江西庐山召开。这是中国儿童文学界从长达十年的政治噩梦中复苏的第一个信号。

自此,便一发不可收拾。"据统计,1977 年我国出版的少年儿童读物还不到 200 种,1979 年即迅增至 1200 多种,1981 年和 1982 年均达到 3000 左右,其中儿童文学读物约占三分之一。到 1982 年底为止,全国各省、市、自治区基本上都办起了少年儿童报刊,总数达 80 多种。这些报刊,每期都载有一定数量的儿童文学作品。专门发表儿童文学作品的期刊、大型丛刊和报纸,全国已有近 20 家之多……在'文化大革命'前就有的两家少儿出版社即中国少年儿童出版社和上海的少年儿童出版社得到恢复之后,又相继成立了天津新蕾、四川、湖南、河南四家少儿出版社……儿童文学园地之多,儿童读物出版机构之多,都是前所未有的。"(《新时期文学六年·儿童文学和科学文艺》,中国社科出版社1983 年版)

自然而然地,这股声势浩大的儿童文学浪潮推出了数不胜数的儿童文学作品,其中有《三寄小读者》(冰心)、《南风的话》(严文井)、《骆驼寻宝记》(陈伯吹)、《黄鱼和盘子》(金近)、《黑与白》(包蕾)、《翻跟头的小木偶》(葛翠琳)、《神笔马良》(洪汛涛)、《小贝流浪记》(孙幼军)、《题画诗》(柯岩)、《林中的鸟声》(金波)、《母亲和魔鬼》(鲁兵)、《春娃娃》(圣野)等数不胜数的新作。

真正开始使人产生惊世骇俗之感是在进入 20 世纪 80 年代的第一个年头,儿童文学在第一阵热情迸发之后似乎恢复了冷静,开始有思考、有准备地向一个个尘封多年的"禁区"发起进攻,先是为"童心"正名,再是冲破写光明、正面教育的约束,接下来便是逐步深入少儿隐秘的心理世界,探寻青春期奥秘……人们对儿童文学的混沌的狂热也开始冷却、分化,开始思考这一切究竟意味着什么,它从何来? 向何处去?

要解决它从何来的问题,就必须认真琢磨一下七八十年代之交的中国究竟发生了什么事情,文学与社会生活的密不可分,儿童文学也毫不例外。

还是在中国儿童文学发生转折的1978 年,理论界掀起一场以关于"实践是检验真理的唯一标准"的讨论为起点的思想解放运动,这一运动震动了人们长期以来封闭、僵化的思想领域,而当年党的十一届三中全会则宛如强劲的号角,从此改革浪潮席卷华夏大地。随着经济的开放,西方现代文化思潮也大量涌入,使国人的心灵开始一点点面朝世界敞开。从"五四"以来,20 世纪 80 年代是中西文化在中国土地上第二次碰撞和交流的时代,在这种碰撞和交流中,中西在经济水平上的巨大差距使人们从盲目的乐观转向忧虑和焦灼,并试图从中华民族五千年的文化发展史中寻找形成差距的原因,终于,人们批评的目光集中于我们民族文化结构和文化性格中的某些弱点上。这样,开放的结果,就将中国推到了一个严肃又严重的文化选择的历史关口,同时,经济改革的广泛铺开也动摇着传统价值观的根基,人们越来越意识到,现代化的实现首先依赖于实现人的现代化,因为"再完美的现代制度和管理方式,再先进的技术工艺,也会在一群传统人的手中变成废纸一堆"(《人的现代化》)。

中国新时期的成人文学正是在这种文化的探索中完成着自己由"伤痕文学"→"反思文学"→"反封建文学"→"人的文学"→"改革文学"→"现代派文学"→"寻根文学"等的一系列转变。

成人文学的这一系列转变也带动着处在十字路口的儿童文学,然而对于以"树人"为终极目的的中国儿童文学来说,人的问题更具有吸引力,特别是在这样一个文化反思和文化选择的关口。因而它在"反封建的文学""人的文学"阶段上流连忘返,几乎将全部思考都注入了这个主题,试图将这个主题的视野尽可能地拓展得最为宽阔和丰满。

既然人的现代化与否对我们民族的命运具有决定性的意义,儿童文学当然义不容辞地视之为己任,于是"塑造未来民族的性格"这样一个观念就自然而然地将成为当代中国儿童文学主题的核心。"塑造未来民族性格",这是一个充满忧患情绪、强调社会责任感、具有功利性质的观念,是传统儿童文学之主旋律"树人"观念的延伸和变奏,具有鲜明的民族文化特征。

二、主要倾向

总主题:重建人的意识

重新审度"人"的价值和修正评价标准是 20 世纪 80 年代儿童文学"人"的主题之首要内涵。70 年代以前,中国儿童文学有关"人"的价值的理解和评价完全体现于一个充满道德色彩的"好孩子"观念之中,"好孩子"就是"乖孩子":他(她)听从老师和家长的话,忠于职守、心地善良、乐于助人、先人后己、自制能力强,等等。但是如前所述,既然现代化对人的素质提出了新的要求,那么传统的"好孩子"观念就显得远远不够了。于是有见识的作家们便纷纷起而探寻现代化的"好孩子"之标准,一时间"塑造 80 年代少儿形象"蔚为风气,成为人们兴奋的热点。

同时,承认、正视作为"人"的少年儿童真实、复杂、立体的个性和人性,和探寻其与成人世界双向的联系,构成了"人的主题"的另一方面的内涵。这种正视的结果便引出了第三方面,即对少年儿童作为"人"的一切正当权利的肯定,而这些在相当的程度上改变了20 世纪 80 年代中国儿童文学作家们的创作思维方式和出发点。

事实上,"人的主题"的出现,正是"五四"时期中国儿童文学发生之契机"人道主义"的深化,其出发点及归宿仍然体现了一种伦理型的特质。

这种"人的主题"之轮廓可以从四个方面勾勒出来。

第一,反传统。侧重于从这个方面着手表现人的主题的作家们,大都对沿袭的教育思想、教育方法和传统的人格理想进行了尖锐的批评。这种批评最初是王安忆的小说《谁是未来的中队长》引出来的,关于遇事有主见、爱打抱不平和"鲁莽"的李铁锚与乖巧伶俐、动辄报告老师的张莎莎的争执实际上是两种人格理想的冲突、交锋。这场争论尚未平息,刘健屏的小说《我要我的雕刻刀》又以挑战的气势,更加严峻的态度向这片本来已是沸沸扬扬的水域扔下一枚重磅炸弹。《我要我的雕刻刀》不仅继续了上述两种人格理想的交锋（在章杰和庄大伟之间），而且还将矛盾的重心移至学生与教师（一种教育思想的具体体现者和教育方法的具体执行者）之间，将之与"文革"动乱、与几代人的性格悲剧联系起来，第一次涉及教育对人格的塑造（雕刻）所应负的责任。继其后，又有了《一个与众不同的学生》（范锡林）、《新星女队一号》（庄之明）、《蓝军越过防线》（李建树）、《皮皮鲁和鲁西西新传》（郑渊洁）、《没有纽扣的红衬衫》（铁凝）、《被扭曲了的树秧》（刘岩）、《脚下的路》（刘健屏）等相当一批继续沿着这条思路进行探索的作品，其中有一些探索的笔触超越学校伸向社会与家庭的背景深处。这些作品在对传统教育思想和教育方法采取批判态度的同时，往往还热衷于塑造具有新个性的少儿形象来表达自己对"树人"的理解和所追求的人格理想，在新的人格理想中，与以往强调统一的伦理品质所不同的是鲜明独特的个性（包括独立思考与独立行动的能力、开放的性格、自信自尊和善良的情操、自我实现的强烈欲望和高远又不脱离实际的抱负，等等），在当代人看来，良好的个性比单纯拥有严格的道德感对一个人来说更为重要和完整。

第二，探索和表现青春期心理奥秘。侧重于从这个方面来把握今天的少年一代，实际上是与前面谈及的那一个方面紧密联系着的，潜在的意识仍是对传统教育思想和教育方面（广义的、扩展到家庭和社会）中封建、僵化成分的冲击和反动，试图通过对少年人萌芽中的个性的探究和肯定，重新唤起对年幼一代人格与人性的尊重和爱护。这方面较突出的自然是那些少男少女小说，如刘心武的《我可不怕十三岁》、陈丹燕的《上锁的抽屉》《黑发》和程玮的《街上流行黄裙子》等作品。在这些作品中，作家们对少年人在青春期发生的某些生理心理的变化进行了比较细腻的描绘，并写出这些变化对少年性格乃至人生观、伦理观的影响。这里可以看出当代世界心理学研究成果和成人文学中"反封建"意识的渗透，可以看出当代中国的儿童观再一次走向科学化，和作家们试图进一步接近自己的读者对象，深入其内部世界的种种努力。曾引起轩然大波的"早恋小说"正是这一类作品的先导，《今夜月儿明》（丁阿虎）、《柳眉儿落了》（卢新华）、《早恋》（肖复兴）、《早安，朋友》（张贤亮），从朦胧的精神向往直到赤裸裸的生理冲动，尽管作家们写得不亦乐乎，理论界也颇为关注，褒贬不一，结果却是不了了之。这类作品不尽成功，其中不乏败笔，但正是这类作品的出现为探索青春期心理的作家们打开了另一扇窗，引出了又一条思路。

第三，人与人（儿童与儿童、儿童与成人）之间相互沟通和理解。这是一个崭新的领域，在我们过去的（20世纪70年代以前的）儿童文学中这个领域差不多是封闭着的。罗辰生的短篇小说《吃拖拉机的故事》是这个领域中较早出现的作品之一，这是从儿童的角度审视成人世界的开始，而且采用的是批评成年人的目光，类似的还有《没有歌声的春天》、《我发誓……》（张微）等，这是一种从社会的、外部的联系上去沟通儿童与成人世界的尝试，《云雀》（陈丽）、《三色圆珠笔》（邱勋）则涉及以教育者身份出现的成年人对儿童往往是多么缺乏理解乃至造成对儿童个性的压抑和扭曲。从心理的、内部的联系上去沟通儿童与成人两个世界的尝试，使这个领域的视野进一步从表层向深层掘进，刘霆燕的小说《老人的黑帽子》、舒婷的小说《飞翔的灵魂》、程玮的小说《洁白的贝壳》、常新港的小说《独船》可看作这种尝试的佼佼之作，前两篇将忘年之交的心灵沟通升华到无比纯净而又丰富的人生境界，盈溢着美不胜收的诗意；后两篇描写了成年人的漠视和误解（实际上是不尊重）在儿童的心灵上造成的创伤，创伤的含义不仅仅是惆怅、抑郁和孤独，甚至是一种人生的悲剧（《独船》的作者就以十分具体的方式实实在在地表现了这种悲剧的残酷和震人魂魄）。

另一个方面是少年人之间的相互沟通和理解，如程玮的小说《来自异国的孩子》、秦文君的小说《告别裔凡》便揭示了：原本我们大家都认为万分神秘、坚不可摧的界限（前者是在中国孩子与外国孩子之间、后者是在少男与少女之间）其实是那样地容易沟通，容易理解，而一旦沟通了、理解了，世界又变得那般坦荡而纯净，那般丰富而美好。作者们同时也揭示了沟通的奥秘：那就是自尊而且尊重他人。

由于对这个领域的深入开掘，使我们儿童文学单向输入的传统创作图式之根基开始疏松和动摇了，沟通和理解需要对话，对话意味着平等，而只有以平等为前提方可能敞开心扉，因此单向输入是难以达到真正的沟通和理解的，特别是在儿童与成年人之间。上述作品几乎全都是从儿童的角度来观察来表现来倾诉，"对话"不仅仅作为一种手段，而且制约着作品的内涵、主题。以往作家的群体原则代言人的单一身份正在改变。在对话的图式中存在着四个层次：成年人向儿童讲述着什么，儿童向成年人倾诉着什么，成年人向儿童敞开襟怀，儿童向成年人洞开心扉。对话的意识不仅形成作品题材的四个层次，而且引出了"对话"的艺术手法，程玮《来自异国的孩子》正是运用了这种轮流自白的方式，使"对话"在儿童与儿童之间、儿童与成人之间、中国儿童与外国儿童之间立体交叉地展开，这的确是富有感染力的形式，正如"对话"本身是富有感染力的一样。同样的手法在陈丹燕的小说《黑发》中则显得更娴熟自如了。

文学归属意识

"人的主题"是从社会的、功利的角度对儿童文学本质和功能所做的重新审视和界定，而文学归属意识则是从艺术的、超功利的角度对儿童文学本质及功能的重新审视和界定。二者是并行的，缺一不可；二者又是互补的，保持着平衡和完整。

我们在第三章中述及，中国的儿童文学在西方儿童文学经典作品大量译介的情况下，曾有过短暂的迷醉于唯美之境，但很快地，一种巨大的历史惯力自然而然地就将儿童文学从"儿童本位"的、娱乐的"迷途"中拽回到"文以载道"的传统轨道上来了。从此，儿童文学始终不曾逾出实用的、说教的框架一步。

抱着文学归属态度来审视儿童文学的作家们发现，这种过于强调实用、说教的理性框架使儿童文学的重心失去了平衡，囿于明确的教育主旨，在审美方面则要求节制和规范，这就在一定程度上偏离了它作为"文学"应属的本质而变得拘谨和枯燥了。笔者还记得这样一件事：某次在给邻居家的 6 岁幼儿读童话的时候，一篇中国的一篇外国的交替着读，孩子的母亲来招呼孩子回家吃饭，孩子无论如何不肯，硬要继续听下去，并且当笔者又拿起中国童话选集来时，孩子竟然提出异议，将小手指向那本外国童话选集，那本童话集中选有安徒生、豪夫、格林等西方童话大师的优美新异的童话作品。或许是由于这样的实例屡屡发生，我们的儿童文学作家们终于开始悟到：儿童对文学的要求并不是功利的，而是审美的，作为"文学"之一个组成部分的儿童文学，自然地应具有文学的审美功能。

于是，自 1983 年以来，不断地有作家在各种会议上呼吁重视儿童文学的审美功能，同时，强化文学归属意识正为越来越多的儿童文学作家所追求。

这种追求主要表现于两个方面：

一是追求娱乐、宣泄的大众化审美倾向，这种倾向主要表现于童话的创作。在这方面，幻想除了作为图释寓意之手段外，其自身的独立价值和美学内涵开始为人们所认识和重视。现代心理学已经昭示了人类意识深处存在的感性个体与理性社会之间悲剧性冲突的奥秘，无论成人还是孩童，总是怀有各种各样潜在欲望的，而由于某种原因（生理、环境、社会因素、传统观念等），相当大部分是受到压抑的。童话的幻想恰恰唤醒并迎合了儿童潜意识中不自觉的抑制着的种种欲念，使之在对童话幻想的审美观照中得到释放和宣泄。

童话幻想之独立价值的另一方面，是它对于培养丰富的想象力、拓展思维空间，具有无可匹敌的作用。在我们闭关自守的民族历史上，那想象力的贫弱、思维空间的平面和狭窄、思维模式的封闭性、无可置疑地削弱了我们民族争雄于世的膂力，重新造就一代勇于开拓创新的民族中坚，想象力的培养、思维空间的拓展正是不可或缺的，而打破时空常规、冲出思维常轨，正是童话幻想的基本品质。

对幻想独立价值的肯定和追求，使跳出狭隘功利主义的童话获得崭新特质，它不仅是外部世界的折射，同时也是内部世界的自现。幻想已不仅是某种手段，而是目的与手段的统一。在这一类作品中，像《皮皮鲁全传》（郑渊洁）、《系列理发膏》（周锐）、《约克先生全传》（朱奎）等是具有代表性的。

二是追求艺术个性的表现和美学内涵丰富性、多层次性的倾向。譬如近年出现了一批富有浪漫情调、艺术层次较高的作品，其中金逸铭的《交响童话：长河—少年》通过全景与特写镜头的推拉、不同心理视角的转换、章节之间情绪上和语言上的节奏变化，力求制造一种交响乐般雄浑、丰富、多层次的复杂和声的效果。赵冰波的《神奇的颜色》细腻而富有质感地描绘了那只误入迷途的小螃蟹对红绸结的一系列视觉上、心理上的微妙通感和莫名冲动，揭示出某种来自本体世界的神秘韵味，这个渺小的动物不惜付出生命的代价追求美与自由的悲剧，几乎使人联想到安徒生笔下的人鱼公主的悲剧。曹文轩的《埋在雪下的小屋》，落笔的重点已离开了孩子们遇难自救的情节，而将注意力放在了生与死的强烈反差上，用大野与小女伴在林间湖畔天真嬉戏的回忆场景，用雪丫在幻觉中反复吟诵的童话片段，用四个孩子盼望生还的种种美妙幻想来构织一幅流溢着生命的绚丽色彩和光环的画面。常新港的《独船》，渲染出一片孤寂、压抑、滞重、悲壮的色调，人与人之间的心灵隔膜、内心激烈而抑郁的矛盾冲突，少年与精神的和自然的灾难之间的殊死拼搏、重复出现的死亡的情节，生者的痛悔……所有这些形成作品中回旋不已、犷悍深沉的感情冲击力。班马的《鱼幻》《野蛮的风》中对少年作为人类童年的象征所蕴含的原始的、未来的、无限丰富的历史信息的层层揭示，使作品中的人物、背景、自然现象都笼罩上一层令人激动的神秘莫测的纱幕。

在所有这些作品中，尽管侧重点不同（如《长河—少年》《鱼幻》所追求的某种悠远的历史感，《神奇的颜色》所竭力捕捉的某种细微的感觉瞬间，《独船》《黑发》《街上流行黄裙子》《你是一片云》《蔷薇谷》所表达的各类深刻的内心体验，等等），但它们都具有强烈的主体意识和内向化的特征，具有扩大审美空间和思想容量的倾向，具有文体实验的性质。

上述两种追求是文学归属意识在两个审美层次上的体现，在儿童文学、读者需求及社会生活之间保持着某种必要的平衡，从而构成"人的时代"中国儿童文学在美学性格上的完整性。

开放意识与少年文学的崛起

上述文体实验，追求高审美层次，是基于一个重要的带有科学性的前提，即儿童文学

新中国儿童文学

有层次之分。除上面论及的审美层次之外，还有年龄层次的差异，而后者更重要。

进入 20 世纪 80 年代以来，大多数儿童文学作家都越来越惊奇地发现他们的读者对象之早熟，津津有味地捧阅成人书刊的十几岁少年大有人在，甚至有一些"文学少年"的作品竟与成人作品水平不相上下，"正宗的"儿童文学受到儿童的冷落，儿童书刊的印数不断下跌。但同时，传统的儿童文学观念及创作图式仍是固定的，仍以 50 年代初儿童心理发展研究的数据为普遍标准，在这种变化面前便暴露出了捉襟见肘的局限。例如原有的儿童心理学指出青春期是在 11 岁至 12 岁开始，而最新的研究表明儿童青春期的发生已提前了两年左右。在这种生理上早熟的促动下和现代社会各种信息的刺激下，儿童的心理早熟则更明显。

在这种情况下，有些作家率先尝试改造原有的儿童文学创作图式，使之适应提高了的儿童鉴赏水准，但要把握适度自然不太容易，这就在 1984 年前后引出了一场绵绵未尽的争论，对于儿童文学究竟写深一点好，还是写浅一点好，争论不休，直至一年多后，人们方才恍然彻悟：原来他们是各自立足于儿童文学中不同的年龄层次（少年、儿童、幼儿）来加入这场争论的，难怪旷日持久而收效甚微。年龄阶段的重新划分不仅使人们发现了少年，而且还发现了"准青年"，在幼儿之下又发现了婴儿，随着年龄划分中混沌状态的结束，标准尺度日渐清晰起来。但是，随着少年的发现，特别是"准青年"的发现，使儿童文学与成人文学的界限又开始变得模糊起来，特别是在英国当代作家戈尔丁的小说《蝇王》和美国作家塞林格的《麦田里的守望者》的译本出现之后，中国的儿童文学作家受到较大的震动，这两部世界名著从儿童生存现状中透视整个时代人类生活本质的方式，以及它们因此而产生的超越童年的哲学生命力，都强烈地吸引着当代一些年轻的儿童文学作家们，他们果然乐而忘返，并在自己的创作中尝试把个体童年和成长看作整个人类生活及发展的缩影，《野蛮的风》《长河—少年》等是这尝试的第一批结晶。

值得注意的是，这种对儿童文学本体的探索和创作图式的改造与"人的主题"有着深刻的内在联系。

如前所述，"人的主题"是改革开放的产物，具有一种深沉的忧患性质，它基于对民族文化性格的认同和反思，又从民族近代落后的耻辱中获得巨大动力，它着眼于民族的现代化前景，着眼于在儿童身上塑造出未来社会的建设者、现代化宏愿的实现者和未来现代化的社会成员，总之，在这个主题中儿童的一切均指向未来，儿童的存在和意义与民族的生存和意义是融为一体的，"儿童"这个概念充满强烈的过渡意味。同时，少年作为心理学上"儿童"与"成年"之间的中介状态，其生理、心理、行为方式也都处于一种介乎于成熟与未成熟之间的状态，少年的这种心理学上的中介状态使之以十分具体化的形式证实了"过渡"的含义。这二者的契合是必然的。因此，在少年文学领域中所出现的模糊界限、淡化界限的倾向，就是在"人的主题"导引下对儿童文学本体的某种不可避免的理解。

（原载汤锐著《比较儿童文学初探》，湖北少年儿童出版社 1990 年版）

从中国大陆新时期少年文学的崛起看亚洲华文文学的曙光

孙建江

在中国文学的发展进程中,新时期是一个极为重要的时间概念。"新时期"特指中国大陆"文化大革命"结束后的 20 世纪 70 年代后期到中国大陆开始步入市场经济后的 90 年代初期这一特殊的历史时期。

新时期的标志之一是现代文化意识的普遍觉醒。而现代文化意识觉醒必然导致作家艺术选择的多样化。不满足,不满意,渴望超越,渴望突破,可以说是新时期作家(包括少年文学作家)的一种普遍追求。

新时期中国大陆少年文学正是在这样的背景下全面崛起的。

新时期中国大陆少年文学明显具有以下的特点。

在内容方面

其一,承认传递主体意识的重要性

儿童文学之所以成为儿童文学,儿童文学之所以区别于成人文学,其最主要的一个原因就在于它的读者对象的特殊性,或者说在于其成人作者与儿童读者之间的差异性。儿童文学创作当然存在着一个"儿童化"的问题。但是儿童化并不等于浅层次,更不等于一味地"牙牙学语"。儿童文学的创作主体主要是成人作家,这是一个基本事实。既然如此,儿童文学当然也存在着一个传递成人作家主体意识的问题。一味的成人意识当然不好。但问题是以往的儿童文学基本上是否定或避而不谈成人意识的存在的。似乎涉及传递主体性,表现成人的自我就是对儿童文学的不敬。其实问题远非如此简单,一味地"牙牙学语",一味地抹杀作家主体性的存在,倒是更容易失却儿童文学本该拥有的那份深刻性(儿童文学应该而且完全可以拥有自己的深刻性),从而最终失去儿童文学的特点。人为地排斥成人作家的主体性,显然不符合儿童文学创作的实际情况,而且也限制了儿童文学的进一步发展。新时期儿童文学作家们承认传递主体意识的重要性,正是基于这一考虑。当然新时期儿童文学作家承认传递主体意识的重要性,与新时期整个文化界(特别是哲学界和文学界)关于主体性讨论的影响不无关系。新时期主体性讨论给人最大的启发就在于创作个性的强化和主体能动作用的确认,一句话,在于创造精神的肯定。也就是说,新时期关于主体性问题的讨论,为儿童文学传递主体意识提供了理论依托;而儿童文学创作的现状,为主体意识的传递提供了实际的可能。新时期儿童文学的主体意识,正是在这个意义上确立起来的。由于确立了这一观念,儿童文学作家们可以认真地在自己的作品中渗以适当的成人意识了。人们可以坦言儿童文学也是一种人生的表现,也是一种自我的表述。生命毕竟是以个体的形式表现出来的,没有个体的自我表现,也就不会有整个人生(包括社会)的表现。儿童文学作家有义务、有责任以自己的观念、认识以及创作主体人格力量去引导,不是教育儿童向上看,使儿童获得更高人生阶

段有关生命、社会、审美的种种体验和感受。

其二，文学属性的强化

儿童文学首先是文学，这本是明白无误、无须争议的问题。但进入新时期后，儿童文学是否首先是文学，却的的确确被当作问题来讨论过，以致这种讨论本身倒成了"问题"。文学属性的讨论的针对面是所谓儿童文学的教育性问题，也即儿童文学是不是"教育"儿童的文学的问题。儿童文学具有教育的属性这本没有错，但视"教育"为儿童文学的根本属性则无疑是一种本末倒置，是文学根本属性与教育学根本属性的严重错位。如果文学的根本属性是教育，那么文学根本就无须成为独立于教育学的一种存在。当然，视教育为儿童文学的根本属性，这与十年"文革"的影响有极大的关系。在很长一段时期内，儿童文学就等同于教育（而且这种教育还是那种逆历史发展的政治教育）。对这种政治教育人们当然不会认同，但儿童文学等同于教育这一思维模式却潜在地延续了下来。尽管人们强调的"教育"，其本身具有积极意义，或者很有意义，但这些人的思维模式却并没有多少改变。他们并没有明确意识到自己的"文学"与"教育学"的大前提已发生错位。而且儿童文学如果强调的只是教育，那么这种所谓的"儿童文学"也只能是"儿童教育学"了。这也正是在新时期，"儿童文学首先是文学"这一根本不应成为问题的命题却成了问题，儿童文学的文学属性得以强化的原因所在。明确提出"儿童文学首先是文学"，就是对儿童文学教育工具论的明确否定；明确提出"儿童文学首先是文学"，就是企盼儿童文学回归艺术正道，企盼中国出现更多的、名副其实的儿童文学，以无愧于新时代之于儿童文学的馈赠。

其三，题材的拓展

在很长一段时期内，儿童文学的题材应该说是欠丰富的，尤其是在 20 世纪 50 年代中后期至 70 年代中后期。这一时期，题材的单一化已明显阻碍了儿童文学的发展。不少人对题材的理解往往是"即时的"和"眼前的"。这就使得人们一窝蜂地拥向了最现成的学校生活题材。久而久之，"儿童生活"便成了"学校生活"，"学校生活"便成了儿童文学题材的代名词。这类题材在时间和空间上呈封闭性，这一现象的产生与长期以来影响人们创作的急功近利的思想密切相关。从时间上来说，急功近利思想主张对儿童文学的读者进行教育，这种教育必须是直接的、立竿见影的，也即"即时的"。而这种即时的教育，最"有效"的当然是老师对学生的教育，老师对学生的教育当然又不能不与学校发生联系。这样，儿童文学的题材从"时间"上选择了"学校生活"。从空间上来说，急功近利思想所谓的教育性，是明白具体的，它无须什么远距离、深层次地显示与观照，它最理想的方式是对对象做现在状态，也即"眼前的"取舍。学校生活对于儿童文学的读者来说，无疑符合"眼前的"特点。这样，儿童文学的题材从"空间"上也选择了"学校生活"。其实，儿童文学选择学校生活题材本身并没有错，学校生活过去是、现在是、将来也同样是儿童文学重要的题材。问题是这种一窝蜂的倾向，这种狭隘的题材观无疑将阻碍儿童文学的进一步发展。因为，儿童文学的时空毕竟宽广得多。儿童文学除却学校生活题材，毕竟还有许多其他的题材。新时期儿童文学在题材领域觉醒的明显标志就是打破了学校生活的单一化格局。人们的目光开始投向了校园以外，投向了旷野荒漠、古堡森林、小街小镇、孤旅僻径、江河湖海、植物动物……投向了过去儿童文学作品很少出现，却又实实在在存在着的现实。人们要拉大儿童文学的时空距离，反对儿童文学的小家子气，让儿童读者体验生活的丰富性，体验校园生活以外的种种人生的经历，感悟、憧憬、体验当代儿童特别是少年应该知道的所有事情，还一个完整的世界给读者，还一个开阔的视野给读者。

其四，文学主题的多样化

作为一种倾向，新时期一批作家不约而同地疏离学校生活，这实际上是对封闭性社会的一种疏离。因为在以往的很多描写学校生活的作品中，作家往往是社会的代言人，他们所以选择学校生活，是因为学校这种"教"与"学"的特定情境，有助于他们将儿童读者引导到标准化、格式化了的社会规范上来。这当然与中国传统的大一统的社会理想是一致的。这种对标准化、格式化社会规范的追求的积极意义在于，它吻合了人类社会的现实。因为人毕竟是社会的人，所以无论儿童身上还保留了多少先天的自然属性，他们终究都是要向社会化的成人过渡和生成的。从这个意义上说，选择学校生活，即选择了以社会为本位的观照角度。但是这种对标准化、格式化社会规范追求的消极面也是很明显的。最突出处在于，它常常忽略个体生命的自然发展，使个体生命发展过程中多方面的需求变成单一规定的接受，从而抹杀作为儿童的人个性的存在，更勿说当这种社会意识本身就是逆历史发展的了（比如"文化大革命"）。新时期的一批作家之所以会不约而同疏离学校生活，正说明他们开始具备了一种互补意识。（新时期当然有不少描写校园生活的优秀作品。但这些作品所张扬的恰恰是个性与创造。它不是以"疏离"来批判某种标准化、格式化的社会规范，而是以"介入"来改造个体与集体，个性与社会的关系。这同样是一种互补意识。）也正因为这种互补意识的萌生，新时期儿童文学的主题开始变得多样化了，以前很少见到或者根本未见的文学主题开始在儿童文学中出现了。比如：

审父主题。这里的"父亲"主要不是指具体的人，而是指以父亲为代表的某种文化类型，指一种以"严厉""庄重""训导""社会规范化"等为特征的父亲文化。"审父"就是对父亲文化进行新的审视与观照。比如对传统生活习惯的挑战（铁凝《没有纽扣的红衬衫》），比如对考试制度的质疑（张微《雾锁桃李》），比如对新教师形象的呼唤（程玮《女家庭教师》）。

流浪主题。当社会本位与个体本位在学校这一空间发生尖锐冲突而无法调和时，外出流浪便在所难免了。外出流浪与其说是主动选择的结果，不如说是不得已而为之的无奈。然而无论是主动的还是被动的，外出流浪毕竟是对标准化、格式化社会规范的一种能够做到的质疑。流浪主题主要从对学校生活的厌倦、外面世界的诱惑和在途中的感受这三个层面展开。当然，流浪是暂时的，因为在现代社会，学校终究是儿童的内心归宿。流浪主题的作品揭示出儿童对于学校的想摆脱又无法摆脱的现状。这类作品有班马的《六年级大逃亡》、梅子涵的《我们没有表》等。

代沟主题。代沟任何时期都存在，但当一个时代发生了剧变以后，两代人之间的冲突往往会变得愈发激烈。这些冲突有偏重思想观念的（刘健屏《假如我是个男孩》），有偏重行为规范的（茅晓群《为了还没有失去的》），有偏重内心情感的（陈丹燕《上锁的抽屉》）。代沟主题当然也涵纳两代人之间的如何沟通（任大霖《喀戎在挣扎》）。

新人格主题。之所以在人格前加上"新"字，是因为新时期以来，人们已愈来愈认识到塑造未来民族性格的重要性。过去人们赞赏的儿童多为听话、老实、顺从、唯唯诺诺、小心翼翼的。而新时期人们呼唤的则是强悍的、雄辩的、精明的、敢想敢说敢干的、潇潇洒洒的、硬硬朗朗的性格。唯有如此，才能抗衡新世纪的挑战。这类作品有曹文轩的《山羊不吃天堂草》、刘健屏的《初涉尘世》等。

孤独主题。将孤独作为文学的主题其实表明了一种对待人生的态度。孤独作为文明社会的产物，它的出现可以说是不以人们的意志为转移的，正视它，面对它，进而认识它，把握它，这同样是摆在当代少年面前的一个任务。这类作品有常新港的《独船》、刘健屏的《孤独的时候》等。

少男少女隐秘心理主题。在新时期，少男少女前青春期的心理萌动，早就不是一个理论命题，而是一个实实在在的现实存在。既然儿童文学是对生活的反映，那么反映少男少女生活的少年文学就没有必要回避这一切。少男少女隐秘心理主题的作品并非只是展示某种"朦胧爱"，这一主题的作品最有价值的地方倒是在于它所展示的前青春期原生态和这种原生态与现实的关系或冲突。这一主题在陈丹燕、秦文君、程玮、韦伶等人的作品中有突出的反映。

其五，审美指向的多元化

题材的拓展，主题的多样，自然也带来作品审美指向的多元化。新时期的儿童文学作家们没有否定过去作品在美学上显示出来的诸如阴柔、情趣、明快等类型，但却拓展了审美的疆野。对原来的美感形态，他们同样重视，写出了一大批这样的作品。像金波大部分作品中的阴柔，罗辰生前期小说中的情趣，夏有志大部分小说中的明快。同时，他们也勇于创造新的美感形态。这里的"新"不是绝对意义上的新，而是说他们所创造的美感形态，有的过去有，但数量少，且不为人重视；有的过去则无，被认为不宜引入儿童文学，而事实却证明儿童读者可以接受。这些美感形态主要有如下一些：

阳刚。这一形态在新时期儿童文学中大量出现。是对传统儿童文学阴柔之气的互补。过去的儿童文学是十分注重对阴柔的传达的。应该说，这一形态在中国儿童文学里发展得最为完善，也最为充分。除了"文革"，几乎每个时期都有这一形态的儿童文学作品。但不可否认的事实是，由于大多数人的目光都投向了阴柔，另一极的阳刚则无意中被忽略了，而更重要的是中国的儿童又十分需要阳刚之气。由于儿童自身弱小，他们尤为企盼精神上的强大。他们需要阳刚美，需要"力"。他们崇拜英雄，敬仰硬汉子形象，渴望孙悟空、铁臂阿童木、变形金刚。新时期儿童文学之所以注重阳刚美的传递，正是由于意识到了这一点。董宏猷、刘健屏、沈石溪、王左泓、蔺瑾等人的不少作品就属于这一类。

象征。把象征作为一种美感形态引入"现实感""即时性"一直较强的中国儿童文学，这是要冒点险的。因为在许多人的观念深处，儿童文学仍然是教育的一种工具（尽管不少人不会公开承认这一点）。教育讲究直白明了，立竿见影。而象征的最大特点在于它的距离感，在于它的间接性。其实，象征之于儿童文学的积极作用是十分明显的。象征可以直接诱发儿童读者的想象力，让儿童读者在想象的空间里获得作品的美感。新时期象征类型的被重视，不仅仅表现在幻想特质很强的童话创作中，比如冰波、金逸铭、顾乡等人的童话，还表现在大量的小说、诗歌等的创作中，比如任大霖、曹文轩、班马、程玮、梅子涵、董宏猷、张之路、韦伶、沈石溪、金曾豪等人的小说，高洪波、金波、刘丙钧、婴草、徐鲁、班马、顾城、金逸铭、东达等人的诗歌。

空灵。长期以来，我们的儿童文学十分强调故事情节性。讲究故事情节性，这当然没什么错。故事情节曲折确实有助于吸引儿童读者。但是不分表述对象一概强调故事情节，往往会使一些作品失却打动人、感染人的力量，直至最后倒读者的胃口。因为儿童读者喜欢情节性强的作品，也能品味情节淡化、空灵的作品。安徒生的大部分作品的情节性并不强，但却受到一代代小读者的欢迎即是例证。新时期儿童文学强调空灵，即是注意到了空灵感之于儿童审美的不可替代性。空灵是读者从儿童文学中获得美感的另一种途径。新时期的这类作家作品有冰波的童话，郭风的散文，程玮、白冰、韦伶、方国荣的小说，等等。

神秘。神秘形态与空灵形态尽管比较相近，但两者还毕竟不是一码事。空灵讲究轻盈、清新、温情，而神秘则注重野性、力、感官刺激。新时期儿童文学神秘形态的出现，与题材的开拓有着很大的关系。当人们将目光投向那些完全陌生的大漠荒原、森林古刹、海洋孤岛的时候，其实也就为神秘形态的出现创造了条件。可以说，新时期儿童文学题材的拓展，促成了神秘形态的出现。神秘形态强化了读者的审美感知能力。从接受与被接受的关系上说，神秘形态是对儿童读者原有审美领域的拓展。毫无疑问，神秘形态会给儿童读者以新的审美感受。新时期在这方面突出的，是班马、金逸铭等人的作品。

幽默。幽默形态虽然在新时期以前就已存在，但毕竟不太为人所重视，而且具有幽默形态的作品为数也十分有限。幽默形态在美学上的重要性是进入新时期以后才为人们普遍重视的。人们开始意识到幽默之于儿童审美领域的巨大潜力，幽默之于提升儿童文学品位的巨大作用。新时期的这类作家作品有任溶溶、鲁兵、高洪波、柯岩、薛卫民等人的一些诗歌，周锐、葛冰、庄大伟等人的一些童话，韩辉光、张之路、李建树等人的一些小说。

在形式方面

事实上，文学观念的真正改变，必然要引发文体的革命。任何文体都是因一定的内容而存在的。没有内容，文体便无法存在，也无从存在。文体与内容是一个有机统一的整体。新时期儿童文学强调文体革命，实际上是强调对同一内容的不同阐释和对不同内容的不同阐释，强调传递的多样性和准确性——说到底是强调寻找反映某项内容的最佳表达形式。不过，虽然文体与内容是一个有机统一体，但由于文体特有的"外在性"，文体的变化又总是最直接地先行反映出来。

新时期少年文学文体的变化可以说是全方位展开的。

其一，从篇幅容量上展开

新时期儿童文学在文体上进行了许多成功的尝试，其中尤以系列作品和微型作品最为突出。系列作品有中篇系列、短篇系列，像孙幼军、郑渊洁、冰波、葛冰等的童话，郭风等的散文，徐强华等的寓言。有长、中、短篇混合系列，典型的例子是郑渊洁的童话《皮皮鲁全传》。系列作品中最让人注目的是董宏猷长达 37 万字的系列短篇小说《一百个中国孩子的梦》（小说写了 4 至 15 岁 12 个年龄段共计 100 个中国孩子的梦）。这部作品的规模之大，不要说在以往的中国儿童文学中不曾见过，就是在世界儿童文学中也是极为罕见的，而且 100 个故事能通过"梦"又复合为一个整体。可以毫不夸张地说，董宏猷《一百个中国孩子的梦》的出现，是中国儿童文学的骄傲。如果说系列作品以"大"而"全"著称，那么微型作品则以"小"而"精"见长。除了系列作品，新时期的微型作品亦成绩卓然。微型作品有微型小说、微型童话、微型诗歌、微型寓言、微型散文、微型剧等。微型作品中成绩最突出的是童话和寓言。在童话中，张秋生的创作尤其让人称道。张秋生的微型童话（用他自己的话说是"小巴掌童话"）最长者也不过千把字，短者几百字，甚至百十字。他的这些童话迄今已出版 6 部集子。数量之多在微型篇中可谓首屈一指。不过，也还有比微型童话更微型的作品，那就是微型寓言。微型寓言过去极偶然地也出现过一些，但应该说都还未真正引起人们从文体的高度给予重视（这些极偶然出现的微型寓言不仅没能形成群体的"势"，就连自身也多只是一种外在的形式）。真正从文体的高度对微型寓言进行把握，也即是说真正从内容的最佳传递上进行微型篇幅把握的，是进入新时期以后。黄永玉和雨雨是这方面明显具有文体意识的两位。他们的寓言都相当短（或者说已短得不能再短）——只有一句话。

其二，从叙述语言上展开

新时期少年文学的叙述语言除了通常采用的现代生活语言（成人的现代生活语言和孩子的现代生活语言），还大胆"引进"了古语、超现代生活语、地方语等。所谓古语并非指纯粹的古代语言，而是指经过作者精心加工过的古代语言。这方面，周锐、鲁兵和赵燕翼是突出的代表，周锐《九重天》《宋街》《天吃星下凡》《赤脚门神》《无敌小神仙》等童话作品中显示出来的古语神韵，非常贴切地配合了作品题旨的阐释。鲁兵的寓言集《寓言的寓言》也明显借助了古语的力量。而赵燕翼的《蛤蟆教书》则直接采用了"浅近的文言"。所谓超现代生活语，是指实际生活中并不常使用，但又明显具有"超现实"意味的语言。这方面的突出代表是梅子涵。他的《双人茶座》《蓝鸟》《我们没有表》《老丹行动》等小说，叙述语言随随意意，东扯西拉，叙述语句又特别长。尽管现代生活中的儿童实际上并不这样说话，但这些着意设置的语言却很好地传递出了特定情境中的某些现代意味（比如荒谬年代中儿童的无所事事、玩世不恭、茫然、黑色幽默等）。所谓地方语，就是通常所说的方言。方言在以往的儿童文学作品中当然存在，但方言在儿童文学作品中能够自如运用、传递出特殊的韵味并且成"势"（群体之"势"），无疑是进入新时期以后的事。这方面突出的代表是罗辰生、夏有志、郑渊洁、张之路、孙幼军等北京作家群，他们作品中的方言已不是一种外在的点缀或噱头。如果将他们这些作品中的方言换成通常的普通话，他们作品的韵味即会受到直接的损害。因为方言与他们的整个作品已融为了一个有机整体。当然，这些语言的运用，往往是各有侧重，交叉进行的。

其三，从叙述结构上展开

以往儿童文学的叙述结构往往较为单一，新时期以来这一状况有了相当的改观。叙述结构主要体现在空间结构和时间结构两个方面。从空间上来讲，以往的儿童文学多采用一种单情节线的结构，新时期以来则出现了大量的非单情节线结构。陈丹燕的小说《女中学生之死》，采用"日记体"的形式，将女中学生生前的日记和记者日后的追述日记这两个不同的叙述空间巧妙地缝合在了一起。梅子涵的小说《走在路上》，则通过小主人公和奶奶走在路上的感觉，与小主人公闪回到过去和奶奶在一起时的回忆将不同的空间连接了起来。曹文轩的小说《埋在雪下的小屋》用大野与小女伴在林间湖畔天真嬉戏的回忆，用雪丫在幻觉中反复吟诵的童话片段画面，用四个孩子盼望生还的种种美妙幻想构筑成了作品的空间。冰波的童话《秋千，秋千……》则通过小兔与小猴、小兔与妈妈两组空间反复地"间隔化"形成自己的空间。从时间上来讲，新时期的儿童文学已明显突破了以往人们常采用的一种时间的叙述结构。庄大伟的"双面"童话《超时空遭遇战》，A面写古代的南宋年间牛皋抗击金兵的故事，故事中却出现了民警、电车、小轿车、警车等现代人、物，继而牛皋又进入了现代的豪华宾馆，B面写当代生活中抓小偷的事。警察马飞发现了小偷，追着追着，竟遇上了身着古战袍的古代将领和皇上，进入了古代。两个空间完全交织了起来。宗璞的童话《总鳍鱼的故事》的时间跨度达3亿多年。前半部分写总鳍鱼进化前的故事，后半部分写总鳍鱼进化后的故事。时间是顺向发展的。郑渊洁的童话《鼠王偷时间》中的时间则是逆向发展的。金曾豪的小说《魔树》采用数种时间或前或后或并行的时间结构。围绕着祖孙二人前后与小岛的关系，是几种时间，围绕着小岛及其周围环境或前或后的关系，又是数种时间。其实，时间与空间是无法一一分开来的，上面所说新时期儿童文学作品拥有不同的空间，实际上也即是说这些作品拥有不同的时间。我之所以分开来讲，仅仅是为了叙述上的方便。显然，新时期以来不少儿童文学作品的空间和时间已不是单向度的，而是多维的。新时期儿童文学的叙述具有了更大的包容性。

其四，从叙述视角上展开

视角的展开首先须确定叙述人称。叙述人称不外乎第一、第二、第三人称三种。一般来说，以往的儿童文学多采用第一或第三人称叙述。新时期以来，第二人称的叙述，开始渐渐多了起来。班马的小说《鱼幻》《迷失在深夏的古镇中》《康叔的云》，诗《感谢童年》，梅子涵的小说《你的高地》等作品即属此类。这些作品试图通过第二人称这种规定性很强的叙述视角展示作品的独特韵味和可能性。不过，我要说的主要还不是第二人称的采用，因为第二人称毕竟有很强的规定性。我以为，新时期儿童文学叙述视角的拓展，更应注意的是在不同叙述人称基础上视角的不断转换和视角的非全知全能性。比如，三种人称的相互结合；比如，同是第一人称，具体的叙述视点却因具体第一人称的不同而不同，等等。陈丹燕的小说《黑发》同时采用了第一人称与第三人称的叙述。在第一人称的叙述中，具体的叙述视角又因何以佳、姑姑、赵老师三位具体人物的不同而不同。何以佳、姑姑、赵老师各有各自的黑发观，作为第三人称叙述者的作者也有自己的黑发观（比如，作品最后一句"枯老的榆树和鲜绿的合欢树在星的光流中孤独地叹息"所流露出的作者的主观倾向）。这样，多重的叙述视角便最大限度地展示了"黑发"所承载的作品内涵。如果这篇小说采取单一的叙述视角，显然就难以达到现在的效果。夏有志的小说《普来维梯彻公司》采用的也是第一人称与第三人称结合的叙述。其第一人称却又分为5位主人公劳格达、荞麦皮、四眼儿、美丽痘、肯德鸡5个具体视角。班马的小说《六年级大逃亡》采用的第一人称有两个，开始大部分是主人公小乔（"我"）的第一人称，到了最后结尾则是讲述者"班马叔叔"（"我"）的第一人称，同时又出现了小乔"你"的第二人称。几种人称视角的同时使用，使得整个故事给人以一种非常真实的感觉：小乔讲的故事，都是真的，因为"我"（"班马叔叔"）当时和小乔一起经历过。叙述视角的变化，造成了一种艺术的真实感。

其五，从不同文体手段、不同表现方法的借鉴上展开

这实际上已是一种综合展开了。所谓从不同文体手段、不同表现方法的借鉴上展开，主要是指新时期的儿童文学对各种成人文学的、儿童文学的、中国的、外国的、古代的、现代的等文体手段、表现方法的借鉴和运用。新时期以来出现了一大批这样的作品。这些作品有的可以较明显地看出借鉴了某种手段和方法，有的则同时借鉴了多种手段和方法，是杂合型的。不过无论哪一类，这些作品对其他优秀手段和方法的积极借鉴和运用是显而易见的。有的借鉴了拉美魔幻现实主义手法，比如金曾豪的小说《魔树》。有的借鉴了中国神话、聊斋志异的手法，比如张之路的《空箱子》、戈戎的《美髯羊》、孙文圣的《神秘的酸枣谷》等小说，周锐的《神秘的眼睛》等童话。有的借鉴了荒诞的手法，比如杜晓峰的《蜕变》、少鸿的《鱼孩》等小说。有的借鉴了黑色幽默手法，比如梅子涵的小说《双人茶座》《老丹行动》《蓝鸟》《黑色的秋天》等。有的借鉴了意识流手法，比如董宏猷的

《渴望》《"女儿潭"边的呐喊》《少女的梦》《百慕大"魔鬼三角"的秘密》《醉谷之谜》,梅子涵的《走在路上》等小说。有的借鉴了笔记小说的手法,比如谢华的《似非而是》《似是而非》,李建树的《五美图》等小说。有的则模仿塞林格《麦田里的守望者》式的叙述语言的随意、粗俗、口语性、原生性,比如班马的小说《六年级大逃亡》和梅子涵的一些小说。有的对绕口令手法有所借鉴,比如刘丙钧的诗《绿蚂蚁》《麦子,草莓,还有猕猴桃》。同时,由于童话、小说、诗歌、寓言、戏剧等文体手段彼此之间的借鉴,从文体角度看,又出现了明显兼有其他文体特征的新文体:出现了童话化的小说,比如方国荣的《如意镜》《彩色的梦》,班马的《野蛮的风》等;出现了戏剧(画面)化的小说,比如夏有志的《普来维梯彻公司》,鱼在洋的《迷人的声音》;出现了诗化的小说,比如韦伶、程玮的一些作品;出现了小说化的童话,比如周锐、葛冰、庄大伟、周基亭、刘厚明等人的一些童话作品;出现了诗化的童话,比如冰波、张秋生、金波等人的一些童话作品;出现了戏剧(画面)化的童话,比如冰波的《红纱巾》等作品;出现了散文化、故事化的诗,比如任溶溶、鲁兵、高洪波、刘丙钧、李华、徐鲁、邱易东等人的诗歌作品;出现了戏剧(场次)化的寓言,比如刘征的《骏马和骑手》、金笛的《黎明之前》等作品;出现了诗化的寓言,比如雨雨的《青蛙的叫声》;出现了童话化的散文,比如郭风等人的散文作品。

毫无疑问,少年文学的崛起是新时期中国文学的一个骄傲。而中国文学作为亚洲华文文学的主体,它的崛起和繁荣也必将带来亚洲华文文学的崛起和繁荣。

光荣与梦想——这已不是遥远的期待。

(原载《亚洲华文儿童文学研讨会论文集》,亚洲华文儿童文学研讨会筹委会[吉隆坡]1994年版)

20 世纪中国文学中的儿童形象

吴其南

少年儿童大量地、群体性地在文学作品中出现,是 20 世纪中国文学中的新现象。鲁迅先生第一篇作品《怀旧》用的就是儿童视角,新文学的第一篇作品《狂人日记》也发出了"救救孩子"的呐喊声。文学研究会倡言"写人生",纲领之一就是提出"儿童问题",并于 1925 年出版了"妇女儿童专号"。以此为发端,20 世纪中国文学不仅创造了大批少年儿童形象,而且在这些形象身上反映、寄寓了深刻的社会人生内容,表现出丰富的艺术、美学理想。深入地分析这些儿童形象,不仅引导我们进入 20 世纪中国文学又一道独具魅力的风景,也找到一个深入观照 20 世纪中国文学的新视角。

一、安琪儿:提纯了的道德境界的象征

将儿童、儿童生活诗意化、审美化,甚至在某种程度上搞儿童崇拜,是一种普遍的、历史久远的文化现象。20 世纪中国文学中的这类价值取向主要出现在下列三类作品中:一是象征性的作品,如叶圣陶的《小白船》、贺宜的《儿童国》、张一弓的《孤猎》等;二是虽然写现实中的儿童和儿童生活,但却多少将表现对象虚化、诗化了的作品,如冰心、丰子恺的散文,废名、张炜等人的某些小说,如《桥》《竹林的故事》《童眸》《一潭清水》等;三是某些写自己的童年,但同样在某种程度上将其诗化了的小说,如林海音的《城南旧事》、迟子建的《北极村的故事》等。这三类作品虽然在立意和表现手法上各有差异,但大的方面却有非常接近的精神特征。

偏重提纯了的道德境界的,如叶圣陶的《小白船》,一条小白船载着一男一女两个孩子被风吹到一个美丽陌生的地方, 遇到一个长相有点让人害怕但心地却很善良的乡野人。乡野人愿意送他们回去但要他们回答三个问题:鸟儿为什么歌唱? 花儿为什么香? 为什么你们乘坐小白船? 孩子们的回答是:鸟儿歌唱是唱给爱它们的人听;花香是因为香是善;我们乘坐小白船是因为我们纯洁。这些话出诸孩子的口不甚自然,但正是作家要借孩子的口将自己的理解表现出来。

偏重提纯了的人格理想的,如鲁迅的《社戏》等作品中的儿童形象,就是相对自己在城市成人社会中的几次不愉快的经历而创造出来的质朴清新、充满生命活力的儿童形象。冰心、丰子恺散文中的孩子是纯洁和爱的天使,也是处在生命源头活泼泼的大自然本身。新时期莫言《透明的红萝卜》中的小黑子,当成人由于社会的异化变得因循、僵化、几乎没有自己个体的生命的时候,他的感觉仍那样新鲜、丰富、敏锐,在沉闷、死寂一般的生活中幻化着感知出一个五彩的世界。在这些作品中,儿童、童心作为一种理想化了的道德尺度和人格精神放射着永恒的诗性的光辉。

这种提纯了的道德境界和人格精神多数情况下是就个人人格而言的。如果扩而大之,将其作为某种社会理想,作为某种处理人与人之间关系的准则,它就有了社会批判的

性质。如贺宜的《儿童国》写于20世纪40年代,批判锋芒直指当时的社会。作者愤慨于当时社会的黑暗,让童话中的诗人带着两个流浪的儿童离开他们生活的地方去寻找传说中的儿童国。那里,没有剥削,没有压迫,没有虚伪,没有欺骗,更没有各种各样的等级制度,每个人都怀有一颗童心,连总统都像值日生一样是选举和轮流的。张一弓的《孤猎》,写于80年代,故事中的老猎人只身上山打猎,被狼群包围,处境十分危急。村民们自私懦弱,害怕山神的报复,不敢上山相救。只有还是孩子的小石锁挺身而出,不顾大人的劝阻举着一支火把上山去了。作品有意淡化了故事年代,但分明让人看到了现实社会人性的异化和扭曲。这些作品,由于触及社会生活中某些具有普遍意义的问题,常显得愤世嫉俗,自有其透视的犀利和深刻。但是,也正由于将主要属于道德领域的价值取向引向社会领域,成为一种社会观,自然显出其粗糙性。须知童心无法成为一种救世济时的良方,人们在文学作品中塑造的纯洁的安琪儿形象,本质上只是一个美学范畴。以为社会的黑暗、反动、落后都是因为失却童心,只要永葆或复归童心,人人"能婴孩",社会就会纯净、光明,是幼稚的。

儿童形象作为一个含义丰富的文本,不同的人原就有不同的解读。在一些人从儿童身上见出天真、纯洁、优美的时候,一些人也读出了幼稚、浅陋、无知,"一代不如一代"。十年动乱之后,这后一种形象正越来越多地在中国文学中表现出来。韩少功的《爸爸爸》创造了一个苍老的幼儿形象;王安忆《小鲍庄》中的捞渣,虽然有与生俱来的纯洁和仁义,但戴在他头上的种种光环,又显然是人们出于某种需要想象和创造的,与儿童自己并不怎么相干。这就在一定程度上将儿童作为提纯了的道德境界的形象颠覆和解构。20世纪90年代以后的作家大都反对将儿童提纯,努力将儿童还原具体的生活,如苏童、余华、王朔等,他们作品中的儿童既有年幼者的积极、热情,也有未成年者的局狭、幼稚,更有各自具体的生活环境带给他们的封闭、迷惘、富于攻击性等,已很难用一种颜色对他们进行概括了。这种颠覆、解构、复杂化的倾向不会完全阻止人们创造诗化儿童形象的热情,但会从另一个角度丰富象征性儿童形象的内涵,使诗化儿童形象更丰满也更有深度。

二、精神家园的守望者

童年记忆是生活对作家的巨大馈赠。作家苏童说:"热爱也好,憎恨也好,一个写作者一生的行囊中,最重的那一颗也许装的就是他的童年记忆。"在以儿童、儿童生活为表现对象的作品中,写童年记忆的作品更是占了突出的比重。这些作品,有些以作者回忆的形式出现,叙述者"我"和作品中的人物出现在同一世界,比较明显地有着作家童年生活的影子,如鲁迅的《社戏》《朝花夕拾》,萧红的《呼兰河传》,林海音的《城南旧事》等;有些有作家生活的影子,但作家并不以具象的人物在作品中出现,所表现的主要是作家的情绪记忆,人物、事件很多是虚构的,如鲁彦、废名、沈从文、汪曾祺、苏童、迟子建等人的小说。

童年作为叙述对象,其特殊性首先在于它和叙述行为之间巨大的时间间隔。回忆童年,回忆者已不在童年之中了。在回忆中,不仅回忆对象摆脱经历时的多重联系从具体的世界中虚化出来,回忆者也因进入回忆而摆脱现实的物质重负,在一个淡化了实际功利的世界里与往昔相遇,氤氲化合,将一个新的世界召唤出来。如果回忆者带有的是一颗历经沧桑、疲惫而又伤痕累累的心灵,抚今追昔自然会给他无限的感慨。正是回忆的这些特点,多数童年小说常表现出怀旧、感伤、诗化文学的特征。读《朝花夕拾》,读《竹林的故事》，读《城南旧事》，都能感到娓娓的叙说中流露出的淡淡的哀怨。这哀怨注定要伴随许多童年小说，并成为它们一种特殊的美。

与童年的时间距离很多时候也是一种空间距离。20 世纪中国文学的一个特殊现实是，许多作家都是从乡村走出来的。他们来到城市，在城市中挣扎、沉浮，或成功，或失败，当他们停下来抚今追昔的时候，其实是站在今日的城市向昔日的乡村眺望，对童年的追忆同时也就成为对乡村的怀念。虽然现实中人们趋之若鹜地奔向城市，但在文学中，人们的审美价值取向几乎一致地倾向乡村。在许多童年小说里，童年的乡村代表了与城市的喧嚣、繁华、拥挤、堕落对比的另一极，是空阔、质朴、安宁、原始与清新。鲁迅的《社戏》，以沁人心脾的笔触记述了自己童年一次看社戏的经历，但所以有这一回忆，却起因于自己在都市几次看戏的不愉快的遭遇。张承志的《绿夜》，主人公是一位北京知青，在内蒙古插队 8 年，整个生命都和大草原连在一起。尤其是房东的小女儿奥云娜，只有 5 岁，天真纯洁，红红的小脸如初升的太阳。8 年后他重回北京，感觉到处是喧嚣、拥挤、倾轧，以及无法忍受的冷漠与紧张，最后他终于再次离开北京，回到大草原寻找他的小奥云娜去了。还有沈从文的湘西纪事、汪曾祺的大淖纪事，等等。

童年回忆负载着文化人的乡愁，是漂泊的现代人一个挥之不去的家园梦。当漂泊的心灵感到沉重、感到痛苦、感到疲惫的时候，童年回忆给它们一块暂时的栖息地，文学中的童年形象正是这块精神家园的守护者。张洁的一篇散文《梦》写得很真切：在梦中主人公带着疲惫的心回到故乡，遍访童年的大山、老屋、小溪，触目物是人非，痛苦中她觉得自己被故乡遗弃，此地似不再是自己的世界。可就在这时，她听到空中传来一个小姑娘的声音，亲切地召唤她，这女孩就是永恒的童年形象，成年人永不消失的童年梦。

将童年作为一个与现实相对清纯美好的世界是 20 世纪童年文学的主色调，但也有其他类型的色调在。人们曾谈及萧红童年回忆中的梦魇感。在《呼兰河传》中，作为叙述者童年的小女孩虽然受到大自然和爷爷的许多关爱，她的心却是寂寞而孤独的。家庭的矛盾，人与人之间的冷漠，特别是在封建桎梏下许多年轻生命受到的压迫和戕害，在作者幼小的心灵里留下永远抹不去的阴影。"文革"以后，许多青年作家如苏童、余华等，更发展了这种梦魇感。苏童的《城北地带》《舒家兄弟》《刺青时代》等，故事背景动荡凌乱，正常的社会秩序全被打乱，少年儿童被抛出正常的生活轨道，在狂野的破坏中宣泄着人的动物性，整个童年成为一种"一无所获的等待"。他的童年小说中塑造的就是这种无助无望的儿童形象。余华的《在细雨中呼喊》也有类似的表现。如果说童年看作一种精神的家园，苏童、余华等人的这片家园一开始就是荒芜的。

三、苦难的体现者

作品中的人物形象和作品的创作方法往往是紧密地联系在一起的，诗化的儿童形象主要出现在象征主义或带浪漫主义特征的作品中。当我们将目光转向 20 世纪中国文学中的最主要类型——现实主义或批判现实主义的时候，儿童形象便显出另一种情形，即一批作为苦难体现者的少儿形象。从艺术表现的角度说，幼弱的、天真无助的孩子承受苦难、受到伤害，能更醒目地揭露伤害的残忍性、非人道性，产生更加震撼人心的艺术效果。文学研究会当年提出"儿童问题"，就是将"儿童问题"作为社会问题之一予以关照和表现的。这一艺术精神贯穿于 20 世纪的批判现实主义文学。

儿童作为苦难体现者的最一般表现是苦儿、孤儿、童工、畸形儿等形象，即生活在社会最底层，基本的物质生活、基本的生存权利都得不到保障的儿童形象。如朱自清的《生命的价格：七毛钱》，记述了儿童在大街上以极贱的价格公开被卖的悲惨景象，控诉了社会的冷酷与残忍，对苦难的儿童表现出深切的同情；叶圣陶的《阿凤》描写了孤儿、童养媳的非人生活；夏衍的《包身工》揭露了资本家对童工的剥削和压榨；胡万春的《骨肉》、杨朔的《雪花飘飘》等都写到儿童基本的生存权利的被剥夺；张乐平的《三毛的故事》、袁静的《小黑马的故事》则写尽城市流浪儿的辛酸。还有一些作品写社会革命、矛盾冲突波及儿童，使儿童成为灾难深重的受害者。如罗大容的《和爸爸一起坐牢的日子》，写小小年纪的孩子成了囚犯。而在著名长篇小说《红岩》中，八九岁的小萝卜头成了"老政治犯"，"监狱之花"一生下就成了囚徒。这些儿童形象，从侧面折射着 20 世纪中国苦难的历史。

批判现实主义往往以人道主义为旗帜。20 世纪新文学是随着鲁迅"救救孩子"的呐喊而诞生的。可许多人似乎忘了，"救救孩子"并非担心孩子在一般意义上之被吃，而是担心孩子心灵被扭曲，异化成为吃人者。孩子本性并不吃人。后来成为吃人者是环境教给他的。从纯洁的孩子到吃人者，这里有一个扭曲、演变的过程，经过这一过程就是被罪恶的环境所吞噬。鲁迅在世纪初的呼喊在世纪末得到回应。刘心武的《班主任》不仅再次重复了鲁迅的呼喊，而且实际地创造了一个被扭曲、被吃的少年形象。谢惠敏本是一个素质不错的学生，热情、积极、要求上进，可在错误的愚民政策的导引下，误入歧途，越是"进步"，越是陷入褊狭、狂热、僵化的泥潭，以至价值倒错，将世界上最优秀的文化当作封资修的东西批判、摒弃，最后竟和完全否认人类文化的小混混式的人物宋宝琦站到一起去了。葛翠林的《翻跟头的小木偶》、陈丹燕的《黑发》都塑造了这种少年儿童在异化的过程中的"被吃"现象。李锐的《无风之树》中的苦根儿，则让意识形态话语占领自己生活的全部空间，生活在自己想象的神话世界里，政治话语对人的扭曲被推到极端。

谈被扭曲的少年儿童，似乎不能不谈及教育题材中的少儿形象。在 20 世纪中国文学中，反映儿童受教育权的被剥夺、儿童不能上学读书的痛苦，曾是作家们揭示社会苦难的重要内容之一。高玉宝的"我要读书"的呼喊很长时间一直是批判现实主义者无法释怀的声音。至 20 世纪末，随着社会物质条件的改善及教育的普及，这一声音才逐渐淡化，代之而起的是对学校僵化、沉闷、机械教条等等压制儿童个性等异化了的生存状况的描写。近 20 年教育类文学最常见的内容就是揭示儿童学习生活日见恶化的生存状态，如学习任务的极度繁重，教育内容的僵化、陈旧，教学方法的落后、野蛮，学校生活的紧张、沉闷，儿童不仅被剥夺了游戏、快乐，一定意义上是被剥夺了整个童年。于是培养人的学校成了压制、摧残儿童的地方，教育变成了反人性、非人道。张微的《雾锁桃李》等塑造的就是这类儿童形象。"学校根本就不是学校呀，是一座很没有劲的大工厂，教室就是车间，老师就是车间主任，什么都像工厂那样管着……"当班马《六年级大逃亡》中的李小乔这样诉说的时候，作家们对当今学校环境的描写几乎有了一种浓黑的性质。

四、红色接班人

革命文学的萌生、发展、兴盛并在很长一段时间里成为中国几近唯一的文学品类而后又走向衰落，是 20 世纪中国最突出的文学现象。革命文学自然要创造革命者的英雄形象。延伸到儿童世界，便是一些小英雄、小战士，特别是红色接班人的形象。

这类形象，最早如郭沫若《一只手》中的小普罗。《一只手》是一篇虚构的童话体小说，以形象的方式演绎了作者心目中的无产阶级起义、夺权的过程，而这一切却是通过一个孩子——小普罗的眼睛表现的,他本人也是这场革命暴动的参加者。但真正成系列地创造这类形象,还是在 1949 年革命成功以后。如雨来(管桦《雨来没有死》)、海娃(华山《鸡毛信》)、张嘎(徐光耀《小兵张嘎》)、李小娟(萧平《三月雪》)、潘冬子(李心田《闪闪的红星》)等。红小鬼、小英雄、小战士、赤色小子,其特点一是"小",二是"红""赤""英雄""战士"。"小"指他们的年龄,而"红""赤""战士""英雄"才是他们的精神特征。较好的作品能将这两者有机地统一起来,既写出人物的英雄行为又写出这一行为出现在儿童身上的合理性。有些作品则超越儿童的实际能力写"英雄",甚至由赞颂反抗偏颇到鼓吹复仇,由赞颂勇敢偏颇到赞颂残忍。《闪闪的红星》中就有潘冬子看到敌人将自己的母亲活活烧死能忍住不哭,最后举着明晃晃的大刀向胡汉三的光脑袋砍去的描写。至五六十年代,为适应当时社会政治情势的需要,一些作品以现实生活为背景,创造阶级斗争中的小英雄形象,如《刘文学》中的刘文学则是此类形象的末流了。

　　1949 年,中国的无产阶级革命取得了胜利。革命创造了一种新秩序,文学中的革命者的任务不再是摧毁旧世界、改变旧秩序而是维护新秩序,并将这种新秩序永远地延续下去,"接班"的问题就提出来了。写于当时的《中国少年先锋队队歌》很明白地道出这一点:"我们是新中国的儿童/我们是新少年的先锋/团结起来继承着我们的父兄……","准备好了吗? 时刻准备着! "虽然当时强调"革命传统","共产主义的方向性",但仍强调文化知识、一般意义上的集体主义精神等。随着 20 世纪 50 年代后期的国际国内形势的变化,"接班"的问题不仅越来越紧迫,"班"的内容也越来越局狭,条件也越来越明确:就是阶级斗争、路线斗争的觉悟。最集中体现这种价值取向的人物形象就是《红灯记》中的李铁梅。李铁梅的亲生父亲在"二七"大罢工中死去了,这一缺位既剪断了她与一般亲情的联系,为完全地接受革命思想创造了条件,也交给她一个任务:继承父亲遗志,为烈士复仇,将革命进行到底。李铁梅高举红灯在舞台上亮相,20 世纪中国文学中的接班人形象也在这儿定格,鲜明化也简单化了。

　　接班人形象在十年动乱中走向极端。开始是横冲直撞、被封为"捉拿牛鬼蛇神的天兵天将"的红卫兵,接着是"我们也有两只手,不在城里吃闲饭"的上山下乡知识青年。随着长时间不停地闹革命和 8 亿人民 8 年只看 8 个样板戏,少年儿童形象也从文学中淡出了。"文革"后的接班人形象依然存在,但主流趋向已发生变化。有两种表现较引人注目。一种虽然仍是写小战士、接班人,但悄悄调整了形象的内涵,人物形象也因此变得复杂、丰富,更有人性的深度了。如张品成《赤色小子》中的某些作品。《真》中的瘦小极其痛恨地主疤胖,可当人们把一桩不是疤胖做的错事放在疤胖身上使他有可能被冤枉而受处罚时,瘦小站出来澄清了事实;《一隅》中的毛弟非常喜爱山后的一片树林,为了不使这片树林在战火中被毁,他在敌人尚未完全进入伏击圈时敲响了战鼓,使部队付出了比原来设想的大得多的代价。另一种是以审视的目光看待长时间以来包含在革命接班人标准中的负面因素,在形象的塑造中加进较多的批判、反讽的内容。李锐的《无风之树》写苦根儿童年生活的篇幅很少却很重要。他和李铁梅一样是一个失去亲生父母的孩子,父母的缺位仍是割断人物与一般亲情的联系,继承的只是他们的精神遗产,为人物完全成为党的孩子铺平了道路。他的精神空间完全被革命话语所占领,在苦根儿身上,"本我""自我"均不存在,存在的只是神话状态的"超我"。结果,不仅没有实现他的愿望反而加重人民的苦难。以崇高为主要追求目标的接班人形象于是带上反讽因素,向喜剧人物的方向偏转了。

五、浪子和逆子

审父意识中的浪子、逆子形象最早出现于"五四"时期的一些作品。"五四"本身就是一个审父的时代。强调个性解放即从作为"他者"的"父亲"中挣脱出来，是"五四"新文学的主要精神特征。鲁迅的《怀旧》《从百草园到三味书屋》都从儿童感受的角度嘲讽地描写了父辈文化的没落、腐朽及它们与儿童天性的格格不入。在郭沫若的《广寒宫》中，冬烘先生张果老给一群青春焕发却被关在"别院"里的女孩子讲功课，受到女孩子们放肆的嘲笑和捉弄。她们最后竟设法将老师绑在月桂树上，一起跑到广寒宫跳舞去了。这种越轨性的举动反映着那一代青少年对父亲权威的蔑视，体现着他们觉醒了的个性意识和积极健康的民主精神，是一个新时代正从旧文化的母体中挣脱出来的鲜明表征。但此后不久，强大的"父亲"就卷土重来，审父意识完全被驯子话语代替了。包括红卫兵时期的"反潮流""怀疑一切，打倒一切"，其实也是奉旨行事，"指到哪里就打到哪里"。直到20世纪80年代中期甚至90年代以后，审父意识才重新浮现出来，并带上和"五四"时代不尽相同的内容。

"文革"后中国文学的审父意识其实是从那些接班人的身上开始的。《班主任》中的谢惠敏，《伤痕》中的王晓华，原来都是好学生，是被象征秩序认可并着力培养的接班人。但在十年动乱中，特别是在上山下乡运动中，他们痛苦地发现，即使是被象征秩序所接纳，也是以自身的被阉割为代价的。原来视为神圣的父亲其实也非原来想象的那般美好。在狂热的激情退潮之后，留下的只是荒芜、贫瘠和伤痕累累。他们抚摸着伤痕向曾被自己伤害过的母亲哀哀哭诉。尽管谢惠敏等在当时的条件下，还不可能对"父亲"进行谴责和批判，他们对伤痕的展览其实已成为对"父亲"的一种控诉和新的审视。

正面的冲突很快就开始了。这主要是一批青年作家的创作。青年作家能以审视、批判的目光看待父辈文化，不仅在于他们没有太多的历史记忆，较少受父辈文化的束缚，更在于他们生活在"文革"后相对开放的环境中，睁开眼睛看世界，能从世界先进文化中找到参照，看到那自称放之四海而皆准的文化的极度僵化、贫弱、甚至荒诞可笑。程玮的《来自异国的孩子》写一个外国专家的孩子到某小学插班就读的故事。教育主管部门、学校领导，以至许多老师如遇洪水猛兽，层层开会，层层设防，生怕给学校带来负面影响。可孩子们却没有那么多顾忌，十分平静、坦然地接受了他，并很快融为一体，成了很好的同学和伙伴。两相比较，成人的保守、僵化、杯弓蛇影及自以为是被表现得淋漓尽致，可笑亦复可悲。陈丹燕的《黑发》中，初二学生何以佳只是理了一个披肩的长发，就被管生活的赵老师处罚，在操场上一圈又一圈地跑步。还有铁凝的《没有纽扣的红衬衫》、刘健屏的《我要我的雕刻刀》等。如果说这些作品中的"父与子""师与生"冲突还主要表现在一般的生活习惯、兴趣爱好的领域，到20世纪90年代的苏童、余华等一批先锋作家那儿，审父意识就成为自觉的，这一代人对他们父辈从文化到人格的全面审视了。在苏童的《城北地带》《舒家兄弟》《1934年的逃亡》等作品中，儿子眼里的父亲喝酒、赌博、告密、无操守、没有责任心，像猪狗一样谩骂、斗殴。这里，子女对父亲最后的一点尊重都消失了，他们像谈一个完全不相干的男人一样谈论自己的父亲。他们不仅不再仰着头看自己的父亲，甚至站在比他们更优势的文化位置上俯视父辈和父辈文化，看出他们的虚伪，看出他们的猥琐，甚至看出他们的卑劣。联系到中国传统的家、国一体的制度文化，不难看出这种审视中包含的意识形态意义。

但审父不等于弑父。"文革"后的中国文学有审父情结但很少有弑父情结。毋宁说，就是在那些最具审父意识的少儿形象那儿，他们在审视、批判父亲的同时仍在渴望一个真正的父亲。美国心理学家科尔比夫妇在《父亲：神话与角色的变换》一书中曾分出天父、皇父、地父三种父亲形象，当代中国文学逃离和抨击的是一个专制的皇父形象，渴望父亲如科尔比夫妇所说的地父一样亲切、宽容，兼具一些母亲的特征。张抗抗的《七彩圆盘》中的继父就有这样的特征。钟琮是母亲下乡插队时生下的孩子，父亲去世后母亲回城另嫁，钟琮留在农村由祖父母抚养。暑假钟琮进城去看母亲，临行时，族人怕他受母亲的影响向他灌输一大堆族内的观念。但一从大山中走出来，一走进母亲的家庭，他便被继父深深地吸引了。继父是一个大学讲师，懂球赛，懂音乐，有极高的教养和丰富的知识，他在钟琮面前开启了一个全新的世界，一种属于现代文明的生活方式。这位宽宏睿智的继父是一个理想的父亲形象。通过这一形象，20世纪末的中国文学表达了建立一种新型的"父子关系"的希望。

（原载《温州师范学院学报》2003年第3期，收入本书时略有删改）

论当代儿童文学形象塑造的演变过程

方卫平

大约从 20 世纪 70 年代末期开始,我们便不断听到这样的呼吁:"希望今天的儿童文学能够创造出有新时期特点的先进少年儿童形象,写出新时代的铁木儿、张嘎来。"①然而光阴荏苒,儿童文学似乎无所作为——那光彩四射、激奋人心的新的英雄形象终于未能出现。

于是,人们开始怀念起过去了的那些好时光,怀念起小荣、张嘎、罗文应、韩梅梅那样一些令人难忘的艺术形象。的确,新时期儿童文学创作中迄今尚未出现一个有如奇峰突起,惹得满城争说、人人效仿的艺术形象。大量涌来的,则是我们传统的文学视觉所不甚习惯的、突破了既有模式的新的形象群。我以为,考察当代儿童文学人物形象塑造的流变过程,对于我们更好地理解和把握当代儿童文学发展的历史及现状,无疑将是一个有效的途径。②

一

伴随着一个光明的新时代出现的,是充满了自豪和激奋情感的社会心态。新中国成立初期,尽管新生活的大厦还有待人们在废墟上建造,但是生活依然充满温馨的芬芳;人们对生活的理解,渗透着热情和幻想。这种强烈的乐观而豪迈的精神,给了那个时期的文学创作以有力的影响。表现在儿童文学创作上,则是当时的作品中普遍洋溢着一种愉快而热烈的情调:年幼的小胖和小松(呆向真《小胖和小松》)姐弟游园失散,却引来了一出暖意融融的生活喜剧;一群"小兵"(柯岩《"小兵"的故事》)的游戏,展现的是一幕活泼有趣、健康向上的儿童生活图景。即使是在有缺点的孩子罗文应(张天翼《罗文应的故事》)的转变过程中,也时时散发着轻松快乐的气息,一派天真气象。就在这样一种气氛里,当代儿童文学人物画廊的第一批形象向我们走来。

应当说,20 世纪 50 年代和 60 年代前期的儿童文学作品,是重视人物形象的塑造的。虽然就整体而言,也有不少作品囿于狭隘的功利目的,仅仅从善良的教育愿望出发,让人物充当意念的载体直奔主题,以致缺乏应有的艺术内涵和美学价值,问世不久便成了明日黄花,但是,那些真正有才气的儿童文学作家,却通过尊重艺术规律的创作实践,获得了让人艳羡的报偿:他们的作品中塑造了一批富于时代感和有相当艺术感染力的人物形象。正是这样一些作品,理所当然地成了我们检视的主要对象。

根据人物形象不同的活动背景和特质进行归纳,我们可以看到当时儿童文学中较有影响的人物形象主要有以下几类:

1.战争年代的"小英雄型"。如小王和小荣(刘真《我和小荣》)、曹百岁(杨朔《雪花飘飘》)、樟伢子(王愿坚《小游击队员》)、张嘎(徐光耀《小兵张嘎》)、周小真(周骥良《我们在地下作战》)等,都属于这一类。

2. 旧社会的"苦难型"。有胡万春的《骨肉》中的"我"和妹妹、沈虎根的《小师弟》中的水根，还有程小牛(杨大群《小矿工》)、苦牛(胡景芳《苦牛》)等。

3. 新时代的"先进型"。大虎(萧平《海滨的孩子》)、韩梅梅(马烽《韩梅梅》)、赵大云(任大霖《蟋蟀》)、张福珍(张有德《五分》)等是这类形象的代表。

4. 新社会的"转变型"。像陈步高(魏金枝《越早越好》)、罗文应(张天翼《罗文应的故事》)、唐小西(严文井《"下次开船"港》)、阿福(王若望《阿福寻宝记》)、小黑马(袁静《小黑马的故事》)等都是。

如果上面的归类大体不至于走板的话，那么我们不妨再试着提出这样一个问题：这些形象的出现向我们暗示、传递着一种什么样的审美风尚？

我以为，是一种根植于那个时代的崇尚英雄、充满理想和乐观精神的审美风尚。这种审美风尚与儿童稚嫩纯朴、蓬勃向上的主体世界之间似乎有一种天然的联系和契合。这就很自然地构成了当时儿童文学真诚、纯朴、乐观、活泼的精神主调和整体美学风貌。

你看，刘真在她的《我和小荣》这篇脍炙人口的小说中，与其说是在描绘严酷的战争过早地把未成年的孩子推向战火的冷峻现实，还不如说她是在借这些小战士的形象表现人民不可战胜的英雄性格和豪迈气概更恰当些。尽管战争残酷无情，但作品的基调仍然昂奋、乐观；尽管战火使孩子变得坚强、早熟，但小战士仍然流露着天真和稚气。这是一种有代表性的文学情绪，我们在当时许多描绘小英雄传奇式经历的作品中都可以感受到这种情绪。比较起来，描绘旧社会"苦难型"儿童不幸生活遭遇的作品由于感情通常较为凝重深沉而在当时居于一个相对次要的位置。很自然，这类形象在当时所激起的反响，也远不如"小英雄型"形象那样来得热烈。

同样，新时代的"先进型"人物也跟"英雄型"人物一样，挺立在理想主义的光环之下。聪明能干的海滨孩子大虎，在海水猛涨的危急关头，勇敢地帮助二锁脱了险；高小毕业生韩梅梅，毅然顶着种种偏见和困难，回乡参加农业生产，在养猪工作中做出了出色的成绩。人物脚下延伸的并非坦途，但他们毕竟具有战胜困难的充裕的力量。至于那些"转变型"人物，也给人们以这样的信心：我们的社会完全可以给这些有缺点的孩子以良好而有力的影响；榜样的力量、耐心的教育、集体的温暖，终能促成陈步高、罗文应、陶奇(冰心《陶奇的暑假日记》)等孩子的积极转变。

上面提到的这些形象，在当时大都产生了不同程度的影响。它们无疑也是十七年间出现的比较成功的艺术形象。在这里，分析一下这些形象成功的原因，是有意思的。

从创作过程看，精心塑造人物形象是当时一些优秀儿童文学作家(远非所有作家)自觉的创作意识。以创作《小兵张嘎》而闻名的徐光耀说："我在创作上向来注重两个'出发'：一个从生活出发，一个从人物出发。""文学的最终目的是要写人的，是靠人的形象去感染、打动和影响读者的。特别在叙事的文学里，抽调了人——社会的阶级的人，就不可能反映现实，更谈不上什么形象和社会意义。"③《五彩路》的作者胡奇也认为，在儿童文学中，"人物是放在重要位置的"；"要注意生动的故事"，但"故事是随着人物思想成长、性格发展形成的。离开塑造人物，专写故事，仅止是故事而已，意思不大。"④这些在今天看来并不惊人的条条，却在当时得到了那些优秀作家的响应。当然，也有似乎是例外的情况。老作家张天翼就曾经坦率地承认："我在跟孩子们的接触当中，发现有一些个问题——用几句话说不清，得打比方，设譬喻，讲到后来就形成了类似寓言那样的东西。有时要找生活里的例子来谈，到后来就形成了故事"。⑤但是，这位艺术功力深厚的老作家在创作过程中关心的绝不仅仅是问题和故事情节。在一次儿童文学座谈会上,他这样说:"情节要想写得离奇曲折并不难,编个故事还是容易的。但重要的是要写人,人物写得活,自然吸引人,如果人物写得不真实、不典型,读者就只好要求故事的离奇曲折了。"⑥"因此,当他以写《华威先生》的手笔为小读者写作时,他笔下出现的就不是只能医治问题的文学"药方",而是栩栩如生、呼之欲出的罗文应、王葆、蓉生这些人物形象了。事实上,在优秀的文学作品中,人物和事件总是以一定的方式交融化合的。正如亨利·詹姆斯在他的《小说的艺术》一文中所问的:"如果人物不是事件发生的决定者,那他会是什么呢? 如果事件不能展现出人物来,那事件又是什么呢?"⑦

其次,从十七年间儿童文学中那些比较成功的形象本身来考察,它们一般都刻画得鲜明生动,性格比较丰满。在当时的文学观念中,塑造形象,便等于刻画性格。即使在成人文学创作中,"内宇宙"也并未得到真正的认识和开发,内心世界的丰富矿藏被湮没在外部行为现象的描写中。然而对儿童文学来说,刻画鲜明可感的人物性格,却带来了更多的成功的机会。譬如张嘎,"嘎气"十足是其性格的基本特征。围绕这一性格主轴,作品展示了张嘎这一人物的各种性格元素:机灵、顽皮、勇敢、任性……同时,张嘎性格的表现既是一种放射状的展开,又是一个动态的演变过程,这就是张嘎从一个"嘎小子"成长为一个勇敢的小战士的过程。因此,张嘎这个形象的性格不是单一的,而是丰满的,不是凝固的,而是流动的。借用英国小说理论家福斯特在《小说面面观》中的说法,可以说这是一个"圆形人物",而不是一个"扁形人物",即是一个思想性格复杂、内涵丰富的人物,而不是思想性格都十分单一的人物。此外,像小荣、大虎、吕小钢等,也都不同程度地属于圆形人物或凸圆形人物。它们比起那些扁形人物来,显然较富于立体感,具有更强的审美感染力。于是,尽管这些形象本身并不具有多么可观的心理容量,但它们鲜明的性格和具体丰富的可感因素,却更好地适应了读者的接受特点。

再次,不能忽视在文学欣赏过程中,由于读者审美心理的积极活动而产生的对于艺术形象的"逆向强化效应",即应该看到五六十年代普遍流行的审美心理对确立上述形象在当代文坛的地位所产生的影响。下列观点无疑已为越来越多的人所接受:作品的意义和价值只有在阅读过程中才能表现出来,文学形象只有经过读者的再创造才能最后完成。杜夫海纳在《审美经验现象学》一书中,将"艺术作品"与"审美对象"区别开来。这位法国美学家认为,艺术作品是作家的一种永久的结构的创造;经过审美过程中主体审美知觉的积极参与和介入,艺术品才超越它自己而成为审美对象。⑧这一区分是有道理的。一般说来,当文学作品与一定的审美心理构成某种暗合、对应关系,实现了某种沟通、交流时,审美过程中主客体之间的双向活动就变得活跃而丰富起来:一方面是艺术信息给予欣赏者的正向的刺激,另一方面则是欣赏者的创造作用使作品的美学价值得到充分的实现,并对艺术形象产生"逆向强化效应"。反之,如果作品不能诱导读者进行审美再创造,则作品可能具有的潜在的审美价值也会受到抑制,产生"逆向弱化效应"。十七年间儿童文学塑造的那些成功的艺术形象所展现的气质和风貌,与当时人们真诚、乐观、向上的精神面貌和崇尚英雄、追求理想的审美趣味十分合拍,于是,这些形象走到了少年儿童的生活中间。正如一位评论者当时说的那样:我们的广大少年儿童对韩梅梅、罗文应等生动的典型人物,"是非常熟悉、非常亲切的",就好像同自己一起生活一样。"他们经常提出'向×××学习'一类的口号,立志要以这些正面人物的言行作为自己的榜样。"⑨正是这种审美主体与审美对象之间的充分交流和对话,促成了文学形象艺术内涵的充分揭示和审美价值的充分实现,也使得形象本身的艺术感染力在欣赏过程中(并且延伸到欣赏过程以外)得到了强化。这一切,以观念化形态融入人们的审美意识,既支撑着人们对张嘎、韩梅梅、罗文应等形象的高度评价,又构成了人们在评说我国当代儿童文学发展的历史和现状时难以摆脱的标准和尺度。

由于这些原因,人们普遍具有的"怀旧"心理就不难理解了。但是,当我们做出上述分析时,我们面对的只是事实的一部分,还有许多现象被暂时排除在我们的视野之外。实际上,在取得成绩的同时,缺乏节制的乐观主义和浪漫热情也已经在不知不觉中把创作导向了与现实运动相悖逆的方向:生活的严峻和艰辛被淡化甚至被滤去了,而鲜花则被推到了前景并加以放大。儿童文学的本体特征越来越被漠视,结果是生产了大量一般化的、平庸的作品。这些作品想当然地把生活纳入一些简单而圆满的情节模式中:一个先进的儿童怎样做好事;中队怎样帮助一个落后的同学进步;一群少年怎样抓住了一个笨拙的敌特。在强调真实反映时代生活的旗帜下,儿童文学将自身的观念纳入了反文学的畸形框架中。这是一个令人尴尬和痛苦的玩笑。自然,由此产生的作品没能给我们留下真正有价值的形象。

不妨再进一步挑明了说,即使那些被认为是有代表性的作品,也隐伏着某种危机。也许是"旁观者清"的缘故,日本儿童文学理论家上笙一郎曾对中、苏两国儿童文学发表过他的意见。他在谈到苏联作家诺索夫的《马列耶夫在学校和家里》时认为:"因懒惰学习成绩不好的马列耶夫和西什金,在集体中受到锻炼,改正了自己的缺点,变成优秀少年,读后的印象是使人感到一切都太过于理想化。这不仅局限于这部作品,它与苏联儿童文学的整体特点有关。"⑩他接着又说:"中国的情况亦是如此。这种特点从谢冰心的《陶奇的暑假日记》以及上一节已提及过的张天翼的《宝葫芦的秘密》等现代儿童小说、童话中也可以看到。也就是说,前者是淘气的女孩儿陶奇通过与伙伴们的接近,后者是男孩儿王葆通过与宝葫芦的纠葛,最后,他们都转变成模范的少年儿童。过于理想化了。"⑪上笙一郎先生发表这些言论时对中国当代儿童文学了解得并不太多,但他的见解却是中肯的。

有一个过程。我们注意到,十七年间出现的那些有影响的人物形象,大多数诞生于20世纪50年代前期和中期。随后,成人文学领域里批判"现实主义——广阔的道路",禁止"现实主义深化论",儿童文学领域批判所谓"童心论",还有对所谓"写本质"的创作理论的形而上学的界说,都给文学创作以沉重的打击。"紧箍咒"越念,儿童文学的艺术空间越狭窄。周晓先生等在谈到当时的儿童中、长篇小说创作时说:"以儿童为主人公的中长篇,都非写孩子们参加'三大革命运动'不可,不是支农就是支工,或是支援边防。到了60年代初期,又只得一窝蜂地去表现阶级斗争。"⑫其实,整个儿童文学创作又何尝不是如此!在这类作品中,人物形象戴上呆板的面具,操着正儿八经、千篇一律的语言,做着各种夸张而不自然的动作;这标志着当代儿童文学创作逐渐由波峰下跌。迨至"文化大革命",便一头跌入波谷。

在一片精神的荒漠中,饥渴已久的人们"若大旱之望云霓"。然而这期间的儿童文学却被绑到政治运动的战车上冲锋陷阵。当然,我们不能不提到李心田的《闪闪的红星》。这部20世纪70年代前期出版的中篇小说,塑造了潘冬子这样一个在当时家喻户晓的艺术形象。从人物形象的艺术内涵来考察,这一形象并不是一个新的创作时期的熹微晨光和最初预示,而毋宁说是那个早已过去了的黄金时期的遥远而艰难的折光。

二

新时期儿童文学走过了 10 年的路程。在这 10 年中，我国当代儿童文学从失落而逐步觉醒，并开始走向新的自觉。这既是令人欣喜的演进，又是包含着痛苦的蜕变过程。很显然，同那些长期盘踞在我们大脑意识深处的陈旧的儿童文学观念决裂，并不是一件十分容易的事情。尽管如此，新的生活毕竟导致了时代精神的转换，并调节着整个社会的审美心理使之与时代生活的节拍、律动相吻合。而社会审美心理的某些深刻的变更，又强化了文学创作的进取势头。人们看到，新时期文学——我这里主要是指成人文学——表现出了巨大的创造活力，并且实现着不断的腾跃。这种突进态势，对儿童文学形成了不可抵御的诱惑、感召力量，刺激、带动，并在某种意义上引导着儿童文学向前发展。因此，虽然社会生活和历史运动为文学的演变提供了根本的依据，但是从文学系统内部各子系统之间的相互影响来考察，我们可以有把握地说，新时期儿童文学的发展在很大程度上得益于同时期成人文学创作的启迪。

从人物形象塑造来看，成人文学的启示乃至牵引就很明显。人们可能早已注意到，新时期文学中具有关键性突破意义的少儿形象不是来自儿童文学，而是来自刘心武的成人小说《班主任》。

1977 年问世的《班主任》，以它的敏锐的艺术洞察力和充满激情的艺术思考引起了当时文坛的震惊。谢惠敏，一个真诚然而却深中魔法之毒的少女形象，唤醒了当代文学的现实精神、思辨热情和忧患意识。诚如一位青年评论家所说的：《班主任》"把焦心如焚的忧国忧民的思索引入短篇小说；故事线是平常的、不起眼的，隐伏在画面的背后，问题是惊心动魄的，思考是独特的、充满了激情的，被凸现在画面的亮处"。⑬而在浩劫刚刚结束，新生活的全部多样性、复杂性在一个新的层次上开始展开的时候，宋宝琦、石红的形象也是富有意义的。他们与孙长宁（张洁《从森林里来的孩子》）等一起，给处于转折时期的我国当代儿童文学创作以重要的启示。

这就是当代儿童文学终于从本体论的角度明白了自身与社会生活和历史运动之间的密切联系，从而开始逐渐在实践中更新着自己的艺术哲学。儿童文学不再被认为是一个封闭的、只具有内向型性格的艺术体系，也不再被当作是"花朵文学""纯净文学"的代名词，而是被理解成为一种具有开放意识的、多元的，同样需要争夺生活空间的艺术体系。作为结果，新时期儿童文学从总体上说大致发生了这样的转变：文学情绪从充溢着浮浅的热情、天真、乐观转而为蕴含着内在的冷隽、深沉和严峻；理想主义的热烈颂歌，转而为现实主义的全景式的立体观照。具体说来，这种转变主要表现在两个方面：

首先是艺术视角的拓展。与以往比较起来，今天儿童文学创作的艺术视角已经开始进入了全方位阶段，历史和现实的更为广阔的、多样的生活内容纳入了儿童文学作家的视野，从而大大充实了儿童文学的社会历史学容量。题材的开拓成了作家热切关注的中心。那些曾经被认为是不适宜或不那么适宜于儿童文学表现的题材，在新的文学观念指导下——进入儿童文学领域。《吃拖拉机的故事》让读者看到了社会上蔓延的不正之风如果不加扫除将会带来怎样的后果；《苜蓿篮子》描写的是三年困难时期发生的饥荒故事；程乃珊的《"欢乐女神"的故事》诉说了一个香港女孩子的绝不能算欢乐的遭遇，而常新港的《独船》所写的则是一个令人揪心的悲剧。特别值得注意的是，在广阔的社会生活的"外宇宙"受到全面审视的同时，儿童文学的视野也更深入地向着人物心理的"内宇宙"

延伸。夏有志的《彩霞》、罗辰生的《白脖儿》等一批富有心理深度的作品的出现，显然在很大程度上扩大了儿童文学的艺术心理学内涵。这一切，都大大拓展了儿童文学创作的艺术空间。当然，与同时期成人文学的突破气势比较起来，我们也许会觉得儿童文学的步伐还显得谨慎了一些。不过，这种开拓终究已经给儿童文学创作带来了新的风度和气派，何况我们任何时候都不应当在儿童文学与成人文学之间作简单机械的类比。

其次是艺术的"情"与"理"在更高的层次上实现了新的融合。《班主任》的那种将艺术思辨与艺术激情融为一体的创作精神，在儿童文学创作中得到了广泛的响应。理性之光的照耀与情感意识的渗透，使儿童文学作品超越题材的限制而获得了主题的升华。新时期儿童文学带有明显的"思考"特征，一个又一个问题出现在儿童文学作品中，就仿佛一个涉世未深而又面对生活的斑斓多变的少年在低头沉思：究竟应该由谁来当未来的中队长（王安忆《谁是未来的中队长》）？问题背后隐伏着的是对传统教育观的反思和对新的价值评判尺度的意向性选择；到底是什么因素粗暴地阻隔了一个中国孩子与一个异国小伙伴之间一沟即通的心灵交流（程玮《See You》）？答案中显然蕴含着对某种反常的社会心态的批评和对健全的民族心智的寻求。还有，应该怎样珍惜红领巾的荣誉（张微《他保卫了什么》）？如何看待曾经失足过的同学（邱勋《三色圆珠笔》）？发生在县委食堂里的事情说明了什么（汪黔初《在县委食堂打饭的孩子们》）？自我意识趋于觉醒的少女心中的秘密应否得到尊重（陈丹燕《上锁的抽屉》）？是的，我们还可以列举出许许多多这样的问题。应该说，在这些作品中，对理性的眷恋并未导致作家艺术情致的畸形化，感情不是被放逐而是更强烈地渗透到创作的领地。《弓》（曹文轩）、《老师，我们等着您》（胡尹强）、《金鱼》（郑渊洁）、《彩色的梦》（方国荣）、《理查三世》（张之路）、《盐丁儿》（颜一烟）等一批作品所取得的成绩也向我们证明了这一点。

伴随着艺术视野的不断拓展和艺术精神的重新塑造，儿童文学在人物形象塑造方面也经历了明显的变化。新时期儿童文学创作中出现的较有影响的形象，已经不再属于那些理想化了的"小英雄型""转变型"的人物，而是由新的质素铸成的更为复杂、往往也更显得凝重的形象。毫无疑问，这些形象的出现，是新时期儿童文学创作的重要收获之一。

由《班主任》中那个不甚起眼的石红起头，儿童文学出现了一个"新质型"人物形象系列。人们一定还记得那个爱读《青春之歌》《钢铁是怎样炼成的》等文学名著，爱穿"带小碎花的短袖衬衫，还有那种带褶子的短裙"的石红。在她身上所体现出来的新的素质，实际上是转折时期生活的积极光亮的投射。因此，这一形象理所当然地成了人们反复呼吁的"新型少年儿童形象"的先导。能够进入这一形象系列的有李铁锚（王安忆《谁是未来的中队长》）、刘丽华（余通化《勇气》）、汪盈（庄之明《新星女队一号》）、华子强（丁阿虎《华子强》）、章杰（刘健屏《我要我的雕刻刀》）、熊荣（范锡林《一个与众不同的学生》）、潘奇（庄之明《迷你书屋》）等。这些形象所包容的艺术内涵，显然已经超出了五六十年代的"先进型"人物形象所能提供的东西，而在不同程度上具有与新的社会变革进程相适应的现代意识和心理内容。但是另一方面，这些形象与其说是试图提供一种供人们效仿的理想模式，还不如说是表现了一种启人深思的独特的艺术思考更恰当些。它们以富于挑战意味的姿态出现在人们面前，表现了儿童文学作家对新生活的关注，对生活流动在少年儿童心灵深处的折射的敏锐感受和甚至不乏机智的理解与把握。因此，它们事实上已经给儿童文学创作带来了不可小觑的冲击力，尽管成绩称不上斐然，却弥足珍贵。

然而生活提供的可能性和选择机会又是多种多样的：文学当然不能漠视这一点。对新时期儿童文学稍加检视我们便会发现，跟在谢惠敏身后的，是那些心灵中不同程度地渗入了一些病态因素的"扭曲型"形象系列。我们可以举出张莎莎（王安忆《谁是未来的中队长》）、方娟娟（罗辰生《白脖儿》）、金莹莹（刘岩《被扭曲了的树秧》）、黄毛（徐风、沈振明《木根卖菜》）、杜大学（江黔初《在县委食堂打饭的孩子们》）、范冲（张之路《理查三世》）等。虽然这些形象不如谢惠敏那样具有突出的警醒意义，但它们也一再提醒人们：生活不会一帆风顺地铸就理想人格，却可能提供许多与我们的主观愿望相悖逆的东西。这些形象无疑是新的儿童文学观念的产物。

像宋宝琦那样的失足少年的命运，得到了儿童文学作家更多的关注。韩小元（刘厚明《绿色钱包》）、徐小冬（邱勋《三色圆珠笔》）、邢玉柱（刘厚明《黑箭》）、唐不知（王路遥《一个刀枪不入的孩子》）、梁一星（任大霖《喀戎在挣扎》）等，构成了一个"受损型"的形象系列。与"扭曲型"形象不同的是，这类"受损型"的人物形象，已经被人们自觉地认为是应该拯救的对象，然而究竟应该怎样去发现这些孩子身上的闪光点，唤醒他们的尚未泯灭的良知？上述作品通过令人深思的形象塑造，不仅仅是从教育学的角度，更是从心理学、社会学的角度对此进行了有益的思考。人们会强烈地感觉到，韩小元们、徐小冬们不仅应该得到教育和挽救，他们同样需要尊重和理解，需要爱和温暖。

不能否认，在题材不断得到开拓的同时，新时期儿童文学在形象塑造方面也呈现了更为多元的特征。除了上述人物形象系列外，我们还看到了程玮笔下哲理意味浓郁的艺术形象、黄蓓佳塑造的抒情色彩强烈的主人公、常新港作品中的悲剧性人物形象，等等。当然，我们也愿意承认这样一个事实：上述形象的审美冲击力还是十分有限的，它们没有能够从读者那里获得像五六十年代的罗文应、张嘎曾经获得过的那样的青睐和荣誉。

这似乎与新时期儿童文学已经取得的进展很不协调。其实，这种情形正向我们暗示了当代儿童文学观念和儿童审美意识的某些深刻而复杂的发展。

从创作方面来看，可以说，以相对完整的情节构架为依托塑造人物形象，已经不是儿童文学作家今天追求的唯一目标。虽然在淡化情节、展现心态、象征写意、探索历史文化与民族心理结构等方面，儿童文学由于受制于自身固有的"约束力"，而不可能像成人文学那样迅捷多变、挥洒自如，但是，儿童文学作家也通过不断的反思，逐渐形成新的创作意识，并开始在实践中实现着新的艺术追求。程玮表白说："在我提笔以前，我首先考虑的不是什么能写，什么不能写，而是怎样写，怎样写得深一些，美一些。哪怕是淡淡的、轻轻的。对于一篇短篇小说来说，我以为这样已经完成了它的使命，不必刻意追求主题或题材的所谓分量。"⑭《孩子·老人和雕塑》《深的绿、浅的绿》《白色的塔》等一些作品，就是这种创作意识的物态化成果。而曹文轩则将自己的作品归结为三类："如果说《牛桩》《第十一根红布条》等作品的特点是'真'，《海牛》《古堡》等作品的特点是'力'的话，那我在《再见了，我的星星》里追求的则是'美'。"⑮这种艺术触角的多向延伸，反映了当今儿童文学作家不愿"安分守己"的进取心理以及艺术思维空间逐渐开阔的趋势。我们可以确信这一点：当今儿童文学的艺术胸怀比以往任何时候都更加宽广，更加富有朝气，也更加充满希望。

从欣赏方面来看，由于社会生活和时代情绪的变化，社会审美场、人们的审美意识和审美评判尺度也早已发生了或明显、或微妙的变化。例如，随着文艺传播媒介和方式的发展，儿童的审美趣味呈现了普泛化的倾向，以电视为代表的影视艺术在儿童的审美场中，越来越成为一种重要的刺激因素，而文学在儿童的"精神食物"构成中所占的比重则有所下降(就总体而言)。同时,与五六十年代比较起来,今天的少年儿童更具有正视现实的自觉意识和独立思考的可贵能力,他们从生活本身学到的东西,远远超过了上几代同龄人。幼稚、不成熟中渗入、融汇了比较复杂的社会现实感受,这就构成了当今少年儿童的基本心态。简单化的善恶标准,理想化的正面人物,都难以让他们不加怀疑便立即接受。从这个意义上来说,类似韩梅梅、罗文应那样的少儿形象,今天不可能在欣赏过程中再产生20世纪50年代曾经产生过的那种审美"逆向强化效应"了。而那些具有新的时代特点、更有个性、因此内涵也更复杂的人物形象,却很难作为一种榜样,让少年儿童群起效仿了。

三

20世纪70年代末期以来我国儿童文学在基本走向上发生的变化不是偶然的。如前所述,社会历史的深刻运动促成了这一变化,成人文学创作的不断突破又刺激了这种变化。从世界各国儿童文学的发展趋势看,近几十年来都有一个相似的定向。比如苏联,这个国家的人们开始认识到,今天少年儿童的生活观比以往任何时候都自由、开放,他们身上具有时代的新意以及这种新意的外部征兆。有的评论家形象地比喻说:"他们像一张酸纸,能反映社会心理的变化和生活的更新。"⑯近些年来,苏联儿童文学从整体上看比以往更注重提出问题,分析问题,更富于理性精神,"而热情洋溢的言辞,欢欣雀跃的场面,令人快乐的希冀则比过去少了,小说中的主人公日益经常地面临严峻的困难的抉择。"⑰在英美等国,自第二次世界大战,尤其是自60年代以来,儿童文学中数量最大的是所谓"现实主义小说"。1960年以前的传统现实主义小说表现的都是传统的道德观念,如孩子对家庭的关心,对老人的尊敬,对弟妹的爱护,对同伴的友爱,对穷人的同情和帮助等,而60年代以后,儿童文学的主要题材则是一些社会问题,如暴力、吸毒、离婚、残疾儿童、无父母的孩子等,有的甚至包括了爱情和性的描写。这就是所谓的"新现实主义小说"。谢尔顿·L·特给"新现实主义小说"下的定义是:"为青少年读者写的小说,专门涉及广大公众过去认为是儿童小说禁忌的个人问题和社会问题。"⑱当然,这种变化既反映了当代西方社会生活的真实流动,又不免泥沙俱下,夹杂着资本主义社会的腐朽意识和趣味。尽管如此,这种趋向仍然是值得我们注意的。在日本,战后不少儿童文学作家也认识到:"过去的儿童文学已经满足不了读者的要求了,现在的儿童读者并不光是需要有艺术性和娱乐性,而更需要关于人生问题的探究。"⑲看来,更深刻地反映和思考社会现实,是许多国家儿童文学的共同流向。很显然,这个潮流提供给儿童的往往不是榜样和偶像,而是现实和人生。

至此,我们几乎已经得出了一个悲观的结论:今天的儿童文学已经不可能再创作出那种能引得满城争说、人人效仿的人物形象了。

情况就是这样。笔者深深理解那些怀着真诚、善良、美好愿望的人们所发出的呼吁,然而这种往往是囿于狭隘的教育观和教育目的的呼吁在今天已经难以在文学实践中引起回声了。这样说,绝不是对儿童文学现状的悲观失望,恰恰相反,当我们对儿童文学获得一种新的理解,并重新审视、选择自己的儿童文学理念的时候,我们是充满乐观和自信的。因为我们终于摆脱了那种狭隘的文学实用主义观念的束缚,而逐渐开始了对作为一种艺术结构系统的儿童文学本体的真正了解——这也正孕育和预示着新的希望。

当然,盲目乐观也没有出息。应该意识到:新时期儿童文学的进取态势又可能是以失掉另一些宝贵的艺术风貌作为代价的。文学的二律背反往往存在于现实的文学运动中。新时期儿童文学在人物形象塑造上,一方面以恢宏的气度容纳了更为多样的人物,另一方面,人物又相对地改变了自己的地位,从艺术聚光的焦点退了下来;一方面,人物形象的社会学、心理学、教育学内涵变得丰富、凝重起来,另一方面,它的艺术学内涵却没有得到相应的扩充,因而在美学上相对显得贫乏、浮浅起来。结果,儿童文学的人物形象往往引起读者的震惊、思考,却未能给人们带来更大的审美享受。所以,如何在当代社会生活、当代儿童心理和新的文学观念共同构成的三维坐标中,在新的艺术创作实践中确立儿童文学的美学个性和美学风貌,塑造具有独特审美价值的艺术形象,仍然是需要当代儿童文学作家共同探索的课题。

当代少年儿童并不与时代相暌隔,他们以自己特有的精神方式理解、把握现实和人生,以自己特有的方式与时代一起思考和成熟。儿童文学应该向他们提供具有新的审美冲击力的艺术形象;这些形象未必是可供效法的楷模,却可以给少年儿童以更强烈而丰富的审美感受,对他们的精神世界产生更深刻而久远的影响。

[注释]

①周晓:《儿童小说创作探索录》,广东人民出版社 1983 年版,第 56 页。

②为了便于论述,本文的考察对象主要是当代儿童小说创作。

③锡金等主编:《儿童文学论文选(1949—1979)》,中国少年儿童出版社 1981 年版,第 160 页。

④锡金等主编:《儿童文学论文选(1949—1979)》,中国少年儿童出版社 1981 年版,第 155 页。

⑤锡金等主编:《儿童文学论文选(1949—1979)》,中国少年儿童出版社 1981 年版,第 147 页。

⑥锡金等主编:《儿童文学论文选(1949—1979)》,中国少年儿童出版社 1981 年版,第 154 页。

⑦[美]雷·韦勒克等:《文学理论》,三联书店 1984 年版,第 242 页。

⑧朱狄:《当代西方美学》,人民出版社 1984 年版,第一章第八节。

⑨锡金等主编:《儿童文学论文选(1949—1979)》,中国少年儿童出版社 1981 年版,第 42 页。

⑩[日]上笙一郎:《儿童文学引论》,四川少年儿童出版社 1983 年版,第 123 页。

⑪[日]上笙一郎:《儿童文学引论》,四川少年儿童出版社 1983 年版,第 123—124 页。

⑫周晓:《儿童小说创作探索录》,广东人民出版社 1983 年版,第 48 页。

⑬黄子平:《论中国当代短篇小说的艺术发展》,载《文学评论》1984 年第 5 期。

⑭程玮:《从〈白色的塔〉说开去》,载《儿童文学选刊》1985 年第 5 期。

⑮曹文轩:《我的追求》,载《儿童文学》1985 年第 7 期。

⑯四川外语学院外国儿童文学研究室编:《外国儿童文学研究》第一辑,第 8 页。

⑰四川外语学院外国儿童文学研究室编:《外国儿童文学研究》第一辑,第 9 页。

⑱四川外语学院外国儿童文学研究室编:《外国儿童文学研究》第一辑,第 47 页。

⑲四川外语学院外国儿童文学研究室编:《外国儿童文学研究》第一辑,第 38 页。

(原载《浙江师范大学学报》1986 年儿童文学研究专辑)

20世纪80年代中国儿童文学巡礼

金燕玉

20世纪80年代的中国儿童文学家们在干什么？一言以蔽之，他们在含辛茹苦地构筑起一个大世界中的小世界，说得明确一点，那就是成人世界中的孩子世界。

任何一个时代，任何一个社会的儿童文学作家都会碰到两个世界的问题，任何一种儿童文学理论，都要在两个世界面前徘徊探索。有的在小心翼翼地卫护孩子世界的纯洁美好，有的则大胆地敞开成人世界的复杂纷纭，有的主张将快乐还给儿童，有的主张让儿童尝到苦难。而中国曾经有过遗忘孩子世界的时代！20世纪80年代的中国儿童文学作家们经过深深的反思，终于把目光投向孩子的世界，把创作的基点和中心放在孩子的世界。与此同时，他们也并不忽略孩子世界和成人世界的天然联系，每每在孩子的世界中显示成人世界的投影，力图使笔下的少年儿童走向社会的大世界。于是，大世界中的小世界就成为80年代中国儿童文学的新格局，标志着中国儿童文学的发展和成熟，因为它与少年儿童的生活特征是相适应、相吻合的。在这种新格局中，中国的儿童文学显得生气勃勃，富有创造力和活力，作品的艺术形象、思想内涵和审美形式都呈现出新风貌，少儿小说和童话这两大品种获得了可喜的成绩。在这个新格局中，出现了四种引人注目的创作倾向。

第一，塑造未来民族性格的创作倾向。未来，是小世界和大世界的会合点。一批年轻的少年小说家在这个会合点上找到了他们创作的理想目标和总体构想，立足于塑造未来民族的性格。20世纪80年代的中国少年儿童将以什么样的精神姿态从小世界走向大世界，走向未来？这正是萦绕在他们心头的一个共同的创作动机，一个共同的主题。他们试图通过少年形象的塑造去勾勒理想中的未来民族性格的轮廓，用自己的作品培养一种勇敢的、坚韧的、自信的、开放的、独立自主的、创造开拓的少年性格。性格，成为他们描写的中心，他们着重讴歌和强化少年们在初涉人生中形成的可贵意志和力量。小主人公们往往被放置在广阔的生活面和突如其来的变化之中，围绕着一个多变化、多色彩的环境。人生，对于这些尚跳跃着一颗童心的少年来说，已不再是抽象而遥远的东西，它就在面前，有着实在的内容。面对人生，稚嫩的胸膛变得坚强，迸发出"小小男子汉"的气概。

在少年小说中，首先出现了十年动乱时代的少年强者的身影。短篇小说《白山林》（常新港）所刻画的那个长白山下的少年，是作家"沉在记忆深处不肯离去的孩子的形象"，烙印着作者少年时代的经历。作品采用第一人称叙述，让读者倾听同龄人"我"的诉说，诉说"当爸爸被关进那座破旧的仓库里时，我已学会像个男子汉一样说话，干活了"。所描述的只是平凡日常的家庭劳动，但却处处表现出少年强者的坚韧气质，挖掘出少年心理的变化，所达到的审美力度和深度，已超出长篇小说《乱世少年》（萧育轩）。《乱世少年》是一部具有传奇色彩的作品，以宏大的结构描述了少年马强在十年动乱开始的一段岁月中的曲折复杂的遭遇，从父母被批斗到被迫独自离家，从冒充首都红卫兵到逃亡大

森林,从发现土匪到深入匪穴,故事结构得有声有色。虽然对小主人公性格的塑造和内心世界的揭示尚欠功力,但少年马强那独立闯荡的人生历程,对当今少年性格的养成有着直接的启迪意义。

接着,小小男子汉的形象也闯进校园小说的领地,突破了平面静止的描写模式,突破了"中学生守则"的形象模式,引起一阵喧哗和骚动。短篇小说《我要我的雕刻刀》(刘健屏)肯定了一个爱说"我的脑袋又不是长在别人的肩膀上"的初中生章杰,率先表现20世纪80年代孩子的自主意识和陈旧的教育观念之间的矛盾,展示了父辈和新一代性格风貌的历史性变化——从驯服工具型转变为独立思考型。这位作者的另一部长篇小说《初涉尘世》所塑造的高一新生潘阿亮的形象,更显示了勇敢地迎接人生挑战的充满自信的性格。这个16岁的少年走出闭塞的荷叶村,跨进高中的大门后,很快地以不甘示弱、富有锋芒的性格赢得了自尊,又在一个诈骗事件中靠自己的力量证明了自己的无辜。在农村和城市、社会和学校立体交叉的人生场景之中,潘阿亮经历了性格的考验,终于能昂起头来看着未来:"是的,未来是神秘的、未知的。但他已经相信,只要他不停地走,坚定地勇敢地充满热情地走,未来也就在他面前了。"少年与未来,这正是作者所瞩目的前景。

塑造未来民族性格创作倾向的代表作还有短篇小说《古堡》(曹文轩)。"儿童文学,请你清醒地意识到你对塑造民族个性的天职!"小说的作者曾经作过如此震动人心的呼吁,《古堡》实际上就是这种呼吁的形象体现。这是一篇象征性很强的作品,故事的背景虚化,作者似乎在叙述一个永恒的事件:传说大山上有个古堡,两个孩子——山儿和森仔在7岁那年就尝试过爬山去看古堡,但没有成功,到了14岁,终于爬上山顶,却发现没有古堡。他们没有成为"第一个看见山顶那座古堡的人",而成为"这个世界上第一个知道山顶上没有古堡的人"。少年读者们都不难从这个故事中领悟到勇于开拓才能有所发现的哲理,受到"成为第一个"的强烈的审美感染。作者在山儿和森仔的身上寄托了对于未来民族性格的理想,这理想具有时代的感觉!他热诚地希望,中国的新一代能够像山儿和森仔一样,以开拓进取的性格从小世界走向大世界!

20世纪80年代的中国儿童文学中还有一种人格审美的创作倾向,一些作家开始发掘、维护和赞颂少年儿童的人格美,他们的创作体现出对少年儿童的尊重和理解,努力创造出一个洋溢着尊重和理解的孩子世界,得到成人们尊重和理解的孩子世界,在小世界和大世界之间架起一座沟通的桥梁。他们的小说往往在表现少年儿童的深层心理方面获得成功。

请看年轻女作家程玮的中篇小说《来自异国的孩子》。作品运用多角度第一人称的方法讲述了法国孩子菲力浦到中国小学读书的故事,中间插入路老师童年时代与苏联小姑娘玛莎建立友谊的回忆,结尾是菲力浦从阿尔卑斯山的来信,他在那儿度暑假时又结识了一个新朋友——苏联男孩伊万。全篇以一首小诗为结束:"我们是孩子,/我们就是我们,/再也没有他们、你们。"菲力浦和中国孩子夏芸芸、安小夏、卜卜、朱鹿等冲破了外界的人为隔阂,克服了各自的心理障碍,走到一起,结成一体,成为"我们"。不同国别的孩子之间那共同的渴望着平等、交流、友情的纯真童心被浓缩在故事之中,被作者那支跳动的、细腻的笔描画出来,以世界性的广阔空间显示孩子们的人格美。另一位年轻女作家陈丹燕的《上锁的抽屉》则在家庭的小空间中展开一场少女与父母的冲突,笔力集中于少女的心理空间,通过少女把自己的抽屉上锁的事件去开掘微妙的丰富的变化的心理,表现处于少年期的女孩自我意识的萌发,以及渴望从大人的全面管理下独立出去建立内心世界的需要,窥见一片既兴奋又惶惑、既神秘又美好的少女心灵的天地。

当儿童文学作家们接触到那些被伤害了人格的少年心灵时,他们的笔是沉重的悲哀的。邱勋发表短篇小说《三色圆珠笔》后,写下了《徐小冬们的苦恼、挣扎和希冀》一文,他对小主人公的深切同情溢于言表,希望大家伸出温暖的、热情的手,去抚平孩子心灵上的伤害。徐小冬是个有"掏包"过失而一心想改过的五年级学生,同学齐娟娟的三色圆珠笔丢了,全班竟一致"选"他为偷笔者,老师限他三天还笔。其实那支圆珠笔没有丢,就掉在齐娟娟床上。受冤枉的徐小冬却因为三天攒不下买笔钱而被迫去商店偷笔,他在得不到尊重和信任的处境中当了"小偷"! 这是一个悲剧,孩子被歧视的悲剧。刘健屏的短篇小说《孤独的时候》也写一个悲剧,一个孤独孩子的悲剧。孤独,意味着得不到一点尊重、理解和友情,作品的主人公初一学生姜生福就处在如此个人悲哀的境地。他成绩差,个子大、脑子笨,无人搭理。当同学吴小舟因哥哥盗窃也变成班上的孤独者以后,只有他真诚相待,成为吴小舟孤独中的伙伴、逆境中的朋友,帮助吴小舟找到哥哥的赃物上交。被荣誉包围住的吴小舟却不再视他为朋友,他只能默默地一个人孤独下去。作者在孤独的孩子身上发现了完善的人格,为孤独的孩子发出呼吁。无论是失足者,还是孤独者,都是孩子世界中不被注意、不被重视的一群,都被儿童文学作家们纳入人格审美对象,可见 20世纪 80 年代中国儿童文学对少年儿童人格问题关注的广度和深度。

努力表现孩子世界中的感情生活,是 20 世纪 80 年代中国儿童文学又一种重要的创作倾向,许多儿童文学作家都在孜孜不倦地开辟孩子心田中的感情绿地。也许是因为经过十年动乱以后倍觉感情的可贵,也许是已经意识到爱的教育的必要,也许是出于对少年儿童精神世界的深入理解,他们都把真挚、深切、纯洁、隽永的感情视为童心的美好体现和孩子世界中的生命要素,编出一支支动人的乐曲,反复地歌唱。特别需要指出的是,他们对少年儿童感情的表现,没有停留在"以情动人"的传统水平上,而从表层进入深层,着重揭示感情后面的精神基础,表现蕴藏丰富内涵的感情境界,鲜明地体现出当代的观念,获得了前所未有的感情力度和强度。

在曹文轩的短篇小说《再见了,我的星星》中,打动人心的不仅仅是知识青年雅姐和农村少年星星之间那段相濡以沫的感情,还有他们对文明和美的共同追求。在星星的眼中,雅姐就代表着文化、代表着美,"她身上有一股奇特的力量,调整着、改变着、引导着这个乡下顽童"。"她给了星星许多人世间的道理、许多人生哲学,教会了他许多乡下孩子不会有的道理。她按照城里一个文化人家的标准塑造这个有着天分的捏泥巴的男孩儿"。在作者的笔下,星星和雅姐的友情已经升华为一种美化、净化心灵的精神引导,培养着星星身上那天然的艺术素质。这篇小说为农村孩子相对闭塞的生活世界打开了一扇通向广阔世界的窗户,通过感情的感染力量达到文化的、美的熏陶。

论及描写感情的优秀小说,不能不提到刘厚明《阿诚的龟》。作者曾经说过:"我给孩子们写的小说……有个总的主题,即:歌唱爱和善良。我并非把这个主题看得比其他主题更高明,只是我对人性中善良的一面敏感而多情,总想呼吁人们的良知和爱心。这是我的全部人生阅历所造就的个性和审美观的自然流露。"在刘厚明歌唱爱和善良的作品中,《阿诚的龟》最为出色,它所表现的感情境界,挖掘出了孩子的精神世界。它不像《再见了,我的星星》那般浪漫,却有着踏实厚重的生活感,用海南农村生活的真实环境烘托出农家少年阿诚和灵岩八板龟的故事,其中最为动人的是:为躲避龟贩子的捕捉,"阿诚的龟"带着 6 个小龟回到阿诚的家,"它们相信阿诚一定会保护它们","小龟们的信赖,使

新中国儿童文学

70
年
1949—2019

阿诚万分感动",使得阿诚"觉得自己是一个大人,是个有力量的人"。这种油然而生的自豪感和力量感,把阿诚与小龟紧紧地维系在一起,无论是台风袭击庄稼被毁的困境,还是龟贩子收买的高价,都无法使他们分开。11岁的阿诚成为小龟的强有力的保护者,他对小龟的爱闪烁着精神成长的光辉,凝聚着他对真和善的坚定信仰。这是何等美好、何等深邃的感情,突破了孩子感情的幼稚模式。因此可以说,《阿诚的龟》对孩子感情的把握、理解和表现进入了一个更高、更新的审美层次,体现出把感情作为健全孩子心智的生命因素的当代观念。这种观念正在成为中国儿童文学作家的共识。

上面所论述的三种创作倾向,在童话创作中也同样存在着,童话的成就足以与小说平分秋色。短篇童话《总鳍鱼的故事》(宗璞)所刻画的总鳍鱼真掌的童话形象具有开拓进取的性格,它在中生代泥盆纪时代离开即将干枯的大海爬向陆地,变成人类的祖先。作者热情地讴歌真掌及其后代:"他们来自海洋,但不把自己圈囿在海洋里。"《不愿割短掉尾巴的狗》(彭万州)中的小狗滚雪的形象具有创新变革的性格,用自己的生命为代价,破除了大巴山区割短狗尾巴的陈规陋习。《狼毫笔的秘密》(洪汛涛)将一直充当反面角色的黄鼠狼塑造成人格清白的童话形象,打破传统的审美定势。《魔鬼脸壳》(刘厚明)中的童话主人公猴子灰灰,必须带着一副魔鬼脸壳才能生存下去,失去了自我和本色,一点也不快乐,他内心沉重的悲哀是对独立人格的有力呼唤。中篇童话《雁翅下的星光》(路展)展开了奇特的草原风光和雁群的生活世界,以老雁加木苏和小雁敖劳相依为命的生活经历,表现坚韧性格的培养和人情的美好,醇厚有味,美感洋溢。年轻的童话作家冰波的抒情童话《秋千、秋千》以理想和友谊的交织构筑了一个感情的世界,用抒情的笔触描写了双目失明的小兔白白对秋千的美妙向往,描写了猴哥哥用身体做成秋千的高尚举动,饱含着令人陶醉的美好情愫。另一位童话新人班马的《沙滩上,有一行温暖的诗》也是抒情童话的佳作,对童话形象的心理感觉作细腻微妙的刻画,别具一格地讲述了小蟹和小女孩真诚地相互关怀的故事,表现出精神相通的感情境界,使人感到温馨和慰藉。

除此以外,20世纪80年代的中国童话还有自己的追求。孙幼军、郑渊洁、周锐等中青年童话作家掀起了把想象和趣味还给儿童的童话潮,形成中国儿童文学的第四种创作倾向。他们努力开拓童话艺术思维的空间,释放想象的能量,增强游戏的分量,重视童话幻想的独立价值和快乐精神,把童话作为培养孩子丰富活跃的想象力及保持活泼自由童心的精神食粮。这股童话潮成功地促使中国童话现代化,赢得了广大的小读者。

中国的少年儿童都十分熟悉孙幼军笔下的怪老头,郑渊洁笔下的皮皮鲁,周锐笔下的可可。超人怪老头是孙幼军的系列童话《怪老头儿》中的神仙形象,既有中国特点,又有20世纪80年代的特点。他那无所不能、随意变幻的魔法是中国式的,例如,将小鸟放进人体吃虫子,剪纸为屋,照镜成人等,都有中国古代童话幻想的影子;他那无所不知、洞察一切的超人能力的内核又是理解和尊重孩子的当代意识。怪老头的个性风趣、快活、赤诚、天真,乐则大笑,气则大吵,感情毕露,毫不掩饰,甚至还有孩子般的脾气习性,挺讲哥们义气,生病了吃炸糕,早上嫌麻烦不叠被。他不但是孩子们的知己,而且几乎就是孩子中的一员。这样一个神通广大却童心犹存、总是为孩子分忧排难的神仙形象,是小世界和大世界的沟通者。郑渊洁的系列童话《皮皮鲁全传》中的主人公皮皮鲁则是一个体现着开放时代精神的具有开放心态的童话典型形象。这个12岁的男孩,淘气、聪明、大胆,身上强烈表现出长期被忽略的孩子天性,爱玩,贪玩,玩得痛快;他身上体现着孩子蓬勃的生命力,探险,探奇,敢于创造。作为童话形象,他更有不同于小说中孩子形象的审美特征,是一个具有非凡想象力的奇迹创造者,哪儿有皮皮鲁,哪儿就有神奇的事迹。皮皮鲁的各种妙不可言的创举,在刺激着少年儿童的想象能力和创造欲望,使他们兴奋,使他们快乐,使他们轻松。周锐的中篇童话《特别通行证》中的主人公可可也是个孩子,他手持布丁总统的特别通行证,闯入成人世界,用孩子特有的方式干预社会生活。他的游戏行为或者具有正义性,或者具有创造性,都是当代儿童独立意识和能动精神的幻想化,满足着孩子们跳出孩子世界介入成人世界的心理欲望。

怪老头、皮皮鲁、可可这三个童话形象,反映了 20 世纪 80 年代中国童话的精神,也是中国儿童文学立足于小世界走向大世界的标志。

(原载陈子君编选《儿童文学探讨》,河北少年儿童出版社 1991 年 12 月版)

20世纪90年代中国儿童文学的发展

汤 锐

进入20世纪90年代以来,中国儿童文学也进入了一个发展的转变时期。

在八九十年代之交,儿童文学创作由20世纪80年代的热闹亢奋、激情洋溢的状态一下显得寂寥冷清起来,人人谈论的热点消散了,争鸣也少了,儿童文学作家队伍也有了较大变化,一些作家离开了儿童文学创作(或转向商业文化,或出国,或转向成人文学及其他方面),另一些作家暂时放弃短篇创作,而将主要精力沉潜到长篇的创作之中……总之,那种热烈激昂、一呼百应、百家争鸣的氛围消失了,儿童文学显得淡泊了许多,似乎进入了低谷状态。然而,这毕竟是任何一段较长时期的亢奋之后必要的休整、过渡,作家们长时间处于热络中的头脑开始冷静下来回味和思索,总结、整理、反省、沉淀、筛选以往的探索成果,寻求创作上新的突破口。这种思索、总结、反省、沉淀的成果突出地体现在90年代中长篇创作系列、理论专著系列的出版上。

相对于20世纪80年代短篇创作的活跃、热络,90年代则是一个中长篇迭出的时期。譬如,较有代表性的中长篇系列有江苏少年儿童出版社推出的《中华当代少年文学丛书》《中华当代童话新作丛书》,少年儿童出版社的《巨人丛书》,福建少年儿童出版社出版的《"童话列车"丛书》,安徽少年儿童出版社出版的《"青春口哨"文学丛书》,浙江少年儿童出版社出版的《中国幽默儿童文学创作丛书》等。这些丛书基本上是自八九十年代之交至90年代上半期中长篇少儿文学新作的集中荟萃,其中尤以江苏少年儿童出版社的《中华当代少儿文学丛书》和少年儿童出版社的《巨人丛书》影响最为广泛。前者重点在"少年",无论选材立意乃至艺术表现方式都以初中以上少年的审美水准为原则,更多地关注于作品反映人生与人性的广度和深度,关注作品的社会文化背景与内涵,以及追求独特的艺术形式和现代美学风格。例如曹文轩的《山羊不吃天堂草》,对现代都市中的打工少年在城乡文明冲突、交融中的精神变异的剖析,王左泓的《危险的森林》对北部边疆游牧民族少年在古老又特殊的文化氛围中独特的生存状态和精神成长的描述,董宏猷的《十四岁的森林》对60年代初鄂北山区一群知青在与大自然的残酷搏斗中坎坷成长历程的描述,班马的《六年级大逃亡》对现代都市商品大潮冲击下少年一代在价值观的矛盾迷惘中精神流浪的心路历程的深刻描绘等,特别是这些作品在艺术表现方式上流露的浓郁的现代气息和鲜明的个人风格,均在少年小说的创作上有所突破。可以说,这套丛书从一定程度上看,是对80年代"少年小说"艺术探索的一个总结和提升。而少年儿童出版社的《巨人丛书》则另有侧重,其中大多数作品是兼顾小学中高年级读者的,因此其更多地将重点放在选材的多样化和贴近当代儿童生活,以及作品的故事性、趣味性、艺术表达的通俗性、人物的生动性等"可读性"艺术特征方面,譬如秦文君的《男生贾里》、范锡林的《秘道》、李子玉的《古猿人北征》、李晓海的《最后一个地球人》、孙云晓的《金猴小队》等,都是较为典型的例子。可以说,《巨人丛书》从某种意义上来看亦代表了80年代以来"儿童小说"创作的另一主流,即以小学中高年级儿童为重心的审美价值取向,这里也不乏艺术上的创新精品。

在儿童文学理论研究与批评方面，20 世纪 80 年代可谓新旧儿童文学观念大碰撞、大论争的时代，各种针对传统儿童文学观的论争此起彼伏、轮番上演，简直是一个火花迸溅的时代。而 90 年代则是理论大建设的时代，笔伐争鸣大多偃旗息鼓，研究者们开始冷静地梳理和筛选那些在十年的碰撞之中迸出的新观念火花及理论灵感，开始从纷乱的思绪中整理和尝试较为系统的表达。于是，以 70 年代末以后涌现出来的中青年理论工作者为主、体现着新的儿童文学价值观念体系的理论专著和文论集雨后春笋般地在 90 年代最初几年纷纷出现，如湖北少年儿童出版社(现长江少年儿童出版社)出版的《儿童文学新论丛书》、江苏少年儿童出版社出版的《中华当代儿童文学理论丛书》、甘肃少年儿童出版社出版的《中国当代中青年学者儿童文学论丛》、湖南少年儿童出版社出版的《世界儿童文学研究丛书》等。这些丛书中的大部分著作是作者在 80 年代反复论争的基础上对旧的儿童文学理论进行了细致的反思和清理之后，开始尝试构建新的儿童文学理论框架，这已足以表明中国儿童文学理论正在从震荡、蜕变阶段进入一个新生阶段。比起 80年代各种论争中时常出现的概念、范畴、论证基点、逻辑层次的混乱状态，90 年代的儿童文学理论研究正在逐步进入一个更加清晰、有序、系统和规范化的阶段，譬如孙建江的《二十世纪中国儿童文学导论》和方卫平的《中国儿童文学理论批评史》，分别从创作实践和理论研究两个方面，对 20 世纪中国儿童文学的起源、流变做了系统的梳理和分析阐述；又如王泉根的《儿童文学的审美指令》、刘绪源的《儿童文学的三大母题》、汤锐的《现代儿童文学本体论》、班马的《前艺术思想》等则分别从不同的角度、不同的逻辑基点和不同的研究方法出发，对当代儿童文学理论新框架做出了建设性尝试；吴其南和金燕玉的两本《中国童话史》、孙建江的《童话艺术空间论》等则在儿童文学体裁专论方面辟出了新思路。凡此种种，尽管这些理论研究的成果还有不尽如人意之处，但毕竟显示了 90 年代中国儿童文学理论研究在走向成熟的道路上又迈出了可喜的步伐。

20 世纪 90 年代的儿童文学创作虽然失却了 80 年代的那种热闹亢奋、轰轰烈烈，然而在表面的淡泊和沉寂之下仍然涌动着探索的激情。一些在 80 年代乃至更早就已成名的儿童文学作家如孙幼军、金波、梅子涵、班马、秦文君、张之路、李建树、冰波、周锐、葛冰等，仍在坚持不懈地走着新的探索之路。而且这种探索与 80 年代强调的探索有较明显的不同与分野，可以说，80 年代探索的热点主要集中于创作主题的开掘深度和题材的"突破禁区"、人物的时代性格等"内容"方面，而 90 年代的作家们探索的重点则集中于对儿童文学艺术形式、表现方式、问题特征等方面，在一定程度上强化了 80 年代后期就已出现的儿童文学"文体实验"倾向，这正是文学发展过程中必然出现的规律所致，它体现了儿童文学文体意识的自觉和走向成熟。譬如梅子涵通过他的老丹系列、《我们没有表》《曹迪民先生的故事》《女儿的故事》等小说，对少年小说的"叙述形式"不断地进行探索和尝试，努力寻求着一种更能够契合与沟通作家和读者自然心态，并且更能传达人物生存状态的特殊语体及叙述角度；又譬如秦文君透过她的《男生贾里》《女生贾梅》等小说，以一种轻松、诙谐、更富喜剧色彩的表达和呈现，试图将反映少年儿童生活的真实性与作品可读性以最佳方式交融组合；又譬如周锐的熔中国古代笔记小说、白话传奇、民间故事、传统戏曲及幽默荒诞的现代幻想于一炉的、具有浓郁民族特色的童话；以及葛冰介于童话和小说之间的"幽默少年武侠小说"等，在探索的现代意识与阅读接受的平衡方面，无不是较为成功的。

特别是一批起点较高、创作锐气十足的儿童文学新人的崛起，更加有力地推动了 20世纪 90 年代儿童文学的艺术探索。譬如崔晓勇的小说《马健挖坟》《零高地》以十分独

特的角度和黑色幽默式的叙述方式揭示了战争与人性的深广主题；彭学军的《油纸伞》《载歌载舞》《北宋浮桥》等小说则以强烈而细腻的情感体验、浓浓的诗化的语言和朦胧的神秘色彩构成极端鲜明的浪漫风格；汤素兰的《小朵朵和大魔法师》《小朵朵和半个巫婆》等童话作品在构思上力图将强烈的戏剧性、幻想性与自然随意性相结合，在语体上于机智、诙谐之中透出浓郁的人情味，使作品更贴近儿童的自然生活形态。其他如曾小春、常星儿、玉清、车培晶、谢华、小民、老臣、杨老黑等人的作品也正在形成各自独特的艺术风格，在90年代儿童文学艺术探索的潮流中亦各显示出其独具的魅力。此外如《少年文艺》杂志近两年所开设的"新体验小说"栏目，倡导一种以创作主体的主观亲历性、非虚构性的体验为突出特征的少年小说新文体的创造。虽然"新体验小说"及其理论主张均为成人文学的舶来品，虽然已发表在这个栏目的具体作品尚未与传统少年小说文本在艺术特质上拉开距离（这说明对于一种新的艺术形式的探索尚处于幼稚状态，无论倡导者还是实践者对新形式艺术特质的认识都还比较模糊，也说明"探索"从习惯于对题材内容的关注转向深层的艺术本体并不是轻而易举便可到位的），但是，这毕竟是90年代儿童文学艺术形式探索方面明确地打出的第一面旗帜，它意味着90年代儿童文学的探索正在走向丰富和深化儿童文学文体特质的纯艺术性方面，这毕竟是令人感到欣慰的。因为它再一次提醒我们90年代的儿童文学所潜藏着的探索热情与锐气，相信在不久的将来，必定会结出丰硕的果实。

在总结20世纪80年代、寻求新的突破的同时，90年代的儿童文学界还开始关注在过去的十几年间一直处于不发达状态的儿童诗歌和散文等"弱小文体"。在"'96江南儿童文学散文之旅研讨会"上，与会的海峡两岸作家及理论工作者详尽地讨论了少儿散文的艺术特质和可能性发展空间，一致提出几点重要的建设性意见：①由于近几年中国社会的商业休闲文化环境和成人文坛的散文小品热等外部因素的影响，以及当代少年儿童所面临的各种竞争压力、成长中的精神问题所带来的特殊阅读需求，少儿散文拥有较大的潜在发展空间；②少儿散文在题材方面的"创作主体亲历性"、结构方面的"非戏剧性"、语体方面的"两代人对话的直接性"以及"读者年龄越小越侧重于作品的情节性（故事性）"等基本艺术特征对突出少儿散文的艺术魅力有重要意义；③少儿散文应在传统的抒情散文、叙事散文基础上提倡百花齐放、多样化发展，对诸如具有较高艺术品位和较丰富文化内涵的少儿知识性散文等应给予充分关注；④改革传统少儿抒情散文感情表达的空洞性和表现手法的单调性，倡导回归作家的真我、本我，回归散文的自在；⑤尽快启动少儿散文的"编、创、评"系统工程，等等。可以说，"'96江南儿童文学散文之旅研讨会"是90年代少儿散文领域的一次最有深度的研讨，也是一次真正务实的具有强烈"企划性""操作性"的文体关注和推动。此外，停刊达12年的《儿童诗》丛刊的复刊号——"希望号"在1996年推出，伴随着《儿童文学研究》编辑部为此而召开的"怎样提高诗歌在儿童文学中的地位"研讨会，均使人感到儿童文学在90年代文体意识的进一步增强和发展的希望。

总而言之，20世纪90年代的中国儿童文学比之于80年代虽然显得相对沉寂和淡泊，但在冷静的总结、整理和反思之中减少了曾有过的浮躁和幼稚，更多了几分沧桑和成熟，更重要的是探索和发展的脚步并未停止，这正是中国儿童文学走向进一步的发展和繁荣的必要前提。相信中国儿童文学在跨世纪的时代会获得更丰硕的果实。

（原载《中国图书评论》1997年第6期）

20世纪八九十年代儿童文学创作态势与队伍建设①

束沛德

关于儿童文学创作的现状

自中国作家协会举办的首届(1980—1985)全国优秀儿童文学奖于1988年3月揭晓至今,又过去了五六个年头。这些年来,儿童文学创作不算很活跃、旺盛,但仍呈稳步发展的趋势。在全国各地,还是涌现出一批贴近时代、贴近孩子,在思想、艺术上有新的探索、开拓的好作品。纵观儿童文学创作现状,不难发现一些令人鼓舞的新景象——

中长篇小说,特别是少年小说引人注目

不久前,中国作协举办的第二届(1986—1991)全国优秀儿童文学评奖已揭晓,获奖的29部作品中,中长篇小说有10部,占总数的三分之一。一些富有经验的老作家近些年均有长篇新作问世,如邱勋的《雪国梦》、吴梦起的《小响马传》、李心田的《屋顶上的蓝星》等。一些成人文学作家也加入中长篇儿童小说创作行列,如张抗抗写了《暑假的卡拉OK》。江苏少年儿童出版社出版的《中华当代少年文学丛书》,可说是囊括了当代儿童文苑最活跃的一批中年作者,已经出版的11部长篇小说中,包括曹文轩的《山羊不吃天堂草》、程玮的《少女的红发卡》、沈石溪的《一只猎雕的遭遇》、夏有志的《普来维梯彻公司》、张微的《雾锁桃李》、赵立中的《金秋还遥远》等这样一些受到广泛好评的作品。另外,《今年你七岁》(刘健屏)、《第三军团》(张之路)、《下世纪的公民们》(罗辰生)、《孩子,抬起头》(孙云晓)、《男生贾里》《女生贾梅》(秦文君)、《太阳梦见了我》(李扬扬)、《水祥和他的三只耳朵》(李凤杰)等中长篇发表出版后也都引起热烈的讨论,得到肯定的评价。

长篇小说日趋繁荣,是儿童文学园地的一大景观,标志着儿童文学创作及其作者逐步走向成熟。

逐步形成一个动物题材小说、散文作家群

在儿童文学园地里涌现出一批擅长写动物题材小说、散文的能手,其中突出者有:沈石溪、乔传藻、金曾豪、蔺瑾、朱新望、李迪、李子玉、梁泊等。辽宁少年儿童出版社出版的《中国动物小说名篇精选》,选了十几位作家的作品,展示了动物小说作家群的创作成果。全国性的儿童文学评奖中,差不多每次都有动物题材小说、散文、故事、科学文艺作品入选。近几年发表出版的动物题材佳作有沈石溪的《一只猎雕的遭遇》《狼王梦》、金曾豪的《狼的故事》《红狐的故事》、乔传藻的《哨猴》、李子玉的《海狼》、冰波的《毒蜘蛛之死》、曲一日的《狐狸探长艾克》等。

这一时期的动物小说更加注重动物的性格化、人性化,写它们的精神、情感,写它们的喜怒哀乐,并把动物世界与人类社会交融起来描写,写人与动物情感的交流,倾注了作者对社会、人生的思考。不少作品具有强烈的艺术震撼力。

童话呈现多样化追求的格局

有的论者认为近几年童话创作处于低谷状态。但从作协第二届儿童文学评奖来看，获奖的童话有 5 部，仅次于中长篇小说。袁静、梅志、葛翠琳、吴梦起、赵燕翼等老作家仍有新作问世。一批创作力旺盛的中年作者更是不断地推出新作。孙幼军的系列童话《怪老头儿》、张秋生的《小巴掌童话》、周锐的《扣子老三》、冰波的《毒蜘蛛之死》、郑允钦的《吃耳朵的妖精》、郑渊洁的《牛王醉酒》、刘海栖的《灰颜色白影子》、倪树根的《甜葡萄王国里发生的怪事》等，都是博得好评的佳作。

在童话创作园地里，传统派、抒情派、热闹派各显神通，异彩纷呈。无论是孙幼军的注重人物性格塑造还是冰波的着力于情感的抒发、沟通，也无论是郑渊洁、周锐的荒诞、变形手法还是张秋生的拟人化手法，都反映了童话创作在艺术风格、艺术手法上的多样化追求正向纵深发展。童话的体裁、样式也越来越丰富多样，出现了童话小说、童话散文、童话诗、童话剧、童话相声以及巴掌童话、拇指童话、一分钟童话等品种。

少年报告文学在平稳中发展

报告文学及时反映当代少年儿童的欢乐与苦恼、希望与追求，具有贴近现实人生、贴近孩子心理的优点，因而一直受到小读者的青睐。

北京、上海、广东、南京、南宁五省市多家报刊举办了 1988—1989 少年报告文学大奖赛。少年儿童出版社于 1991 年召开了少年报告文学创作研讨会。沪、宁两地的《少年文艺》差不多每期都发表一篇报告文学作品。所有这些举措，都促进了少年报告文学的发展。

"南刘（保法）北孙（云晓）"依然生气勃勃地驰骋于少年报告文学之苑。刘保法的《女中学生的感情世界》《多梦季节》《中学生圆舞曲》，孙云晓的《一个少女和三千封来信》《16 岁的思索》，都是少年读者喜爱的作品。肖复兴、秦文君、陈丹燕、庄大伟、张成新、须一心、孙海浪等写的一些报告文学作品也都各具特色。

校园文学整体上有新的起色

现在全国各地校园的文学社团数以万计，已经形成一支浩浩荡荡的百万中学生文学大军。校园文学园地上涌现出不少新苗。

反映校园生活的校园文学，其中一部分是以中学生、少男少女为读者对象的，是少年文学的一个组成部分。近些年来，已有为数不多的作者致力于以少年为读者对象的校园文学创作。如韩辉光就是专写校园小说的，他的短篇小说集《校园喜剧》，构思新颖且具有幽默特色。徐康、蒲华清、王宜振、徐鲁等都是擅长写校园诗的。《我们这个年纪的梦》（徐鲁）、《红蜻蜓蓝蜻蜓》（徐康）、《献给中学生的一束诗》（王宜振）、《校园朗诵诗》（蒲华清）等，都是有相当水准的校园诗集。

校园散文在《中国校园文学》杂志提倡写千字文的推动下，也有了新的发展。

除了上述五个方面以外，短篇小说、散文、低幼文学、寓言、科学文艺作品等，也都有新的收获、新的进展。

概括起来说，近几年儿童文学创作的新进展，呈现出如下几个特色：

一是在着力刻画孩子生活的同时，力求把孩子的小世界、小社会同成人生活的大世界、大社会联结起来。在广阔的、色彩斑斓的社会背景下描写少年儿童的生活，或从少年儿童的视角来展现丰富多彩的社会生活。这在少年小说、报告文学中表现得尤为明显。

二是更加注意从生活出发，在普通、平凡的日常生活中写人物、写性格，着力揭示少年儿童的内心世界、感情世界，力求贴近孩子的生活，贴近孩子的心灵。并有一批作者努力探索、追求更好地塑造民族未来的性格，或揭示社会主义新一代的人性美、人情美、人格美。

三是思想、艺术上的探索、创新在冷静、深沉的反思中继续前行。经过一阵子淡化生活、淡化情节的探索、尝试之后，现在更多的作者似又回归到重视故事上来，尊重孩子乐于听故事的天性，讲究讲故事的艺术。我们既要充分肯定儿童文学作家在体裁、样式、风格、文体、语言上追求的意义和价值，又要不断调整路子，逐渐取得共识：向小读者靠拢，力争为少年儿童所喜闻乐见。既有时代特色又有民族风格，这仍然是多数作者潜心探索、追求的目标。

在看到儿童文学小百花园中上述这些新景象、新特色的同时，也不能忽略近年来儿童文学界乃至全社会呼唤精品、呼唤新人、呼唤走向小读者的声音越来越强烈。我们应当认真地总结经验，更好地研究、把握未来儿童文学的走向，用出好作品、好人才的实际行动来回应这些热切的呼唤。

关于儿童文学的发展趋势

考察我国儿童文学今后的发展趋势，我以为，一不能离开社会大环境；二不能离开小读者的阅读心理和兴趣；三不能离开国际儿童读物的潮流、行情。

在商品经济、市场经济的大潮面前，儿童文学作家同成人文学作家一样，何去何从，面临着三种选择：一是把文学当作一种事业，执着地、苦苦地追求，安于清贫，甘于寂寞，不为金钱、功利、物质利益所动，决心把自己的心血奉献于培育未来一代，为他们提供真正高品位的精神食粮。我们队伍中的大多数都属于这一种，至今仍留在儿童文苑中默默耕耘。二是有一些作家顺应瞬息万变、充满竞争的社会大环境，受商品经济浪潮的冲击和阅读市场机制的调节，改换门庭去从事更富于娱乐功能的通俗文学作品或"消费型"作品的写作。三是极少数作者弃文经商，或者是一边写作一边从商。他们"下海"，有的是为了丰富自己的生活阅历，为今后的写作积累素材；有的是为了先经营好"经济基础"，然后再从容地从事写作。

总之，面对迅猛发展的市场经济的冲击和挑战，儿童文学作家在价值取向、创作思想、题材选择上都发生了一些引人注目的变化，队伍开始出现小小的分流。儿童文学自身也朝着严肃文学、通俗文学两个方面分化。

其次，我们来看看随着社会生活的变化和现代科学技术的发展，少年儿童的阅读心理、审美情趣有了一些什么变化。我手边的一份《来自读者的报告——北京市部分儿童阅读情况调查》(作者为北师大中文系张美妮、汤锐等)表明：中学生"喜爱描写中学生生活的、反映他们所关心的问题的作品"，"喜爱格调轻松、给人以笑声的作品"，"推崇反映当代中学生的个性的作品"。小学生对各种体裁的作品，"选择童话者居首位，达81%，选择故事者次之，占71%，选择科幻作品者居第三位，占53%……散文居最末，仅为14%"。而在童话中，喜欢"热闹派"童话的占85%，喜欢抒情童话的占24%。在各种文学题材中，喜欢户外探险、宇宙中神秘、幻想题材的占79%，喜欢描写"学校和家庭中跟我们有关的事"的占37%~50%。3~6岁的幼儿则特别喜欢富于游戏精神的作品，他们都爱听故事，大班的孩子除爱听动物童话外，也爱听生活故事、科幻故事；小班孩子还特别喜爱儿歌，尤其是那些顺口、短小、浅显易记的儿歌。方卫平在《中学生的文学阅读现状的初步调查与分析》一文中写道："中学生对文艺的需求呈现出普泛化的趋向，文学在当代中学生总体艺术消费中所占的比例也就不那么显赫了"；从中学生的阅读书目看，"中外文学名著和通俗小说仍然占据主要位置，而当代少儿文学作品却很少进入他们的阅读视野"。他还提道："中学生越来越多被吸引到电视机边，文学阅读时间相应地减少"，"一半以上的学生表示看电视的时间超过看文学作品的时间"。卜卫在《大众传播媒介

和儿童社会化》一文中也谈到,在各种传播媒介中,被抽样调查的 660 名 3~6 年级儿童,一个月内接触电视的,占 90.1%,居首位;其次是字书,占 84.7%,报纸 77.3%,收音机 66.4%,连环画 57.1%,杂志 49.9%。他根据调查结果,做出如下分析:"儿童年龄越大,越喜欢知识型内容(科学与幻想、科学知识、历史、新奇性知识、新闻);年龄越小,越对刺激性、娱乐性内容感兴趣(惊险探险、侦探、武打、战争、武侠)。"

这几篇调查报告提出了不少引人思索的情况和问题,对我们了解当前幼儿、儿童、少年的阅读心理、欣赏趣味是有帮助的。

再次,我们需要约略了解一下当前国际儿童读物、儿童文学的大致走向。我在《打开窗户看世界》(见《儿童文学研究》1993 年第 5 期)一文中,曾谈及当前外国儿童读物的发展趋势中有几点值得我们注意:一是创作题材越来越广泛多样,人类所普遍关注的问题,诸如世界和平、环境保护、生态平衡、尊重人的权利、关心残疾人、人际关系、父母离异等,都在儿童读物、儿童文学中得到真实、生动的反映。二是更加重视儿童文学的娱乐性、幽默感,十分强调给孩子以快乐,激发他们的兴趣,给他们以美的享受。三是随着现代科学技术的迅猛发展,瞬息万变的信息时代的到来,在儿童读物、儿童文学中越来越重视启迪、开发孩子的想象力。

外国儿童读物、儿童文学的新趋向,与当代错综复杂的社会生活、突飞猛进的科学技术、日益普及的大众传播媒介(尤其是影视、音像)、形形色色的社会思潮和文艺思潮、不断变化的儿童心理、审美要求,紧密地联系在一起,不可分割。

在大致了解当代中国社会现实、小读者的文学需求和欣赏趣味、外国儿童读物走向的基础上,展望我国少年儿童文学今后的发展趋势,我以为,随着时间的推移,会越来越明显、清晰地呈现出以下几个特点:

第一,更加重视儿童文学的多种功能

可以预期,我们的儿童文学今后将继续按照培养一代"四有"新人的目标,弘扬主旋律,以爱国主义、集体主义、社会主义的思想和精神塑造少年儿童的心灵,更好地发挥儿童文学的教育功能。同时,也可以预期,随着当今世界进入大科学时代,我国为了实现四个现代化,继续向知识、技术密集社会、信息社会迈进,会越来越重视儿童文学的知识性。作家学习、掌握更多的科学知识,科学家加入文学创作的行列,作家与科学家合作,将促使文学与科学更好地结合。而现实生活节奏的加快,社会、学校、家庭诸多矛盾给孩子带来的压力和烦恼,则会促使儿童文学增强趣味性、娱乐性,让孩子们在精神上、情绪上得到宣泄和休息。社会的进步、生活的发展,会启迪作家比以往任何时候都更深刻地认识到全面发挥儿童文学的教育功能、认识功能、审美功能、娱乐功能的重要性,更自觉、更巧妙地"寓教于乐",将教育意味、主题思想含而不露地寄寓于生动、有趣的故事情节和人物形象之中,给孩子们以快乐和美的享受。

第二,更加重视不同年龄段儿童文学的不同特点

在我国,将儿童文学划分为幼儿文学、儿童文学、少年文学,已取得了共识。随着社会经济的发展和人民生活水平的提高,对独生子女教育的倍加重视,家长、教师对儿童文学读物的选择,越来越迫切地要求契合不同年龄层次孩子的接受能力和审美情趣。图书市场反馈的信息和对少年儿童阅读心理的深入研究,也将促使作家更细致、更深入地了解、把握不同年龄阶段孩子的心理特点、审美趣味、欣赏习惯,进一步明确区分幼儿文学、儿童文学、少年文学的服务对象、美学追求、艺术特征,在作品内容、体裁、形式、表现方

法、语言的选择上更有针对性，以充分发挥三个年龄层次的儿童文学各自的潜能。儿童文学理论研究、评论工作者也会在深入总结作家创作经验、研究少年儿童阅读心理、审美情趣的基础上，逐步确立幼儿文学、儿童文学、少年文学三者既有联系又有区别的艺术标准，而不是用一把统一的尺子衡量、评判不同年龄层次的儿童文学作品。

第三，与现代传播媒介更加紧密地结合

随着电子视听技术的发展，电视机在我国的基本普及，有线电视的方兴未艾，越来越多的少年儿童被吸引到电视机周围，儿童文学面临电视文化的挑战。与此同时，影视、广播、音像等现代手段又为儿童文学的传播开辟了极为广阔的天地。面对这种情况，一部分重视儿童文学特有的审美功能的作家，仍然会坚持不懈地提高创作质量，增强儿童文学的艺术魅力，以赢得众多的小读者。同时也将会有越来越多的作家去"触电"，加入儿童电影、电视剧、广播小说、卡通脚本、MTV 歌词等体裁、样式的创作。儿童文学与电视、广播、音像等媒体嫁接，还会出现一些新的、为少年儿童所喜闻乐见的文体。

第四，在艺术形式、表现手法、创作风格上更加多样化

社会主义市场经济的发展，亿万小读者多层次的精神需求及当代各种文艺思潮与成人文学的影响，使今后少年儿童文学在创作方法、艺术表现手法、形式、风格上将愈加呈现八面来风、五彩纷呈的格局。在创作方法上，现实主义依然具有强大的生命力，浪漫主义也会显示它特有的魅力。在艺术表现手法上，传统手法与现代手法并存，各显其能，生活流、意识流、抒情、象征、荒诞、魔幻、变形也都会有一席之地。主张儿童文学应给人以快乐的，主张要具有一种美感的忧郁情调的，或刻意追求幽默、调侃的，都将在儿童文苑中驰骋笔墨，一展风采。

关于儿童文学创作队伍的建设

我国已有一支具有相当规模、实力的儿童文学创作队伍。从全国范围来说，经常发表作品的儿童文学作家、业余作者约有三四千人，其中中国作家协会总会会员约 400 人。据我所了解的情况，北京地区从事儿童文学创作的共 200 多人，其中北京作家协会会员近 90 人。上海市作家协会从事儿童文学创作的会员有 100 人，未加入作家协会的儿童文学作者还有 200 多人。云南有一个"太阳鸟"作家群，儿童文学作者超过 100 人。天津、江苏、浙江、湖南、广东等省、市的儿童文学创作力量都比较强。

在半个多月前召开的北京儿童文学研讨会上，我曾谈到：从北京整个儿童文学队伍来看，可以说是美满的"四世同堂"。从全国来说，则是一个"五代同堂"的大家庭。

第一代（1919—1936）　健在的还有谢冰心、陈伯吹等儿童文学老前辈。

第二代（1937—1949）　代表性人物有严文井、叶君健、梅志、郭风、袁鹰、任溶溶、鲁兵、圣野、田地、管桦、黄庆云等。

第三代（1949—1966）　以任大星、任大霖、洪汛涛、任德耀、呆向真、郑文光、葛翠琳、刘真、袁静、吴梦起、柯岩、刘饶民、邱勋、叶永烈、谢璞、胡景芳、赵燕翼、沈虎根、孙幼军、金波、于之、张继楼、聪聪、肖建亨等为代表。

第四代（1978—1988）　新时期的前十年开始活跃于儿童文苑的有夏有志、曹文轩、张之路、罗辰生、高洪波、郑渊洁、孙云晓、刘健屏、程玮、张秋生、周锐、秦文君、陈丹燕、常新港、刘保法、乔传藻、沈石溪、李凤杰、王宜振等。他们是当前我国儿童文学创作的中坚力量。

第五代（1989—   ） 20世纪80年代以来涌现的一批小诗人和近三四年脱颖而出的新作者有：闫妮、任寰、田晓菲、刘梦琳、韩晓征、徐鲁、曾小春、常星儿、彭学军等。

这支"五代同堂"的儿童文学大军，紧密团结，凝聚力较强；每个成员都怀有一颗纯真的童心，热情、执着地为未来一代辛勤笔耕；勤于学习，勇于开拓，严于律己。应当说，这是一支很可爱的、朝气蓬勃的队伍。但是，另一方面，也要清醒地看到：这支队伍已经有点老化，出现青黄不接的苗头。新中国成立以来，中国作家协会召开过三次青年文学创作者会议。参加1956年那次会议的儿童文学作家有39人，包括任大霖、刘真、柯岩、葛翠琳等，当时他们大多25岁左右。参加1990年青年作家会议的儿童文学作家有22人，包括孙云晓、沈石溪、秦文君、常新港等，与会时年龄为35岁左右，但他们在儿童文苑崭露头角时也只有25岁左右。如今，中国作家协会会员中30岁以下的凤毛麟角。儿童文学界发出"呼唤新人"的声音，说明改变队伍老化的现状已是刻不容缓了。再一个问题是部分中青年作者的生活积累不足、学识素养不足，已经影响到创作思想、艺术质量的提高。所以，摆在儿童文学创作队伍面前的，有一个进一步提高自身的思想素质、业务素质的问题。

围绕提高儿童文学作家的思想、业务素质，加强队伍建设这个题目，我提出以下几点粗浅的看法和意见：

（一）进一步解放思想，更新观念

改革开放大潮奔腾向前，现实生活的变化日新月异，要使我们的思想跟上当前的形势，就需要认真、深入地学习邓小平同志关于建设有中国特色社会主义的理论，特别是今春小平同志南方谈话的精神。

小平同志南方谈话对我们儿童文学工作者提出一些什么要求呢？

同各条战线一样，我们要强化以经济建设为中心的意识，更好地服从于和服务于经济建设这个大局，满腔热情地支持改革开放，正确分析和认识经济建设和改革开放中的一些新现象、新问题，弄清社会主义的本质，坚持党的基本路线一百年不动摇。

要抓住当前深化改革、扩大开放的有利时机，加快儿童文学事业的发展和繁荣，力争儿童文学创作迈上一个新台阶，创作出更多的健康向上、让小读者喜闻乐见的作品，满足他们日益增长的精神文化需要。

思想要更解放一点，在创作上更加大胆地探索、创新。进一步清理、破除一些左的思想束缚，全面理解儿童文学的教育、认识、审美、娱乐等多种功能，在创作思想、创作方法上作一些必要的调整，保持良好的创作心态，使自己的创作更好地适应改革开放的时代和广大少年儿童的需要。

加强、扩大中外儿童文学的交流，借鉴和吸收外国一切优秀的儿童文学成果，学习世界各国家、各民族优秀儿童文学作家的创造精神和丰富经验，"洋为中用"，用以建设和发展具有中国特色的社会主义儿童文学。

用邓小平建设有中国特色社会主义的理论武装头脑，提高自己的理论素养，才能清醒地识别、抵制来自"左"和"右"两个方面的干扰，并不断更新自身的那些过时的思想、观念，正确地认识生活、分析生活、表现生活。

（二）自觉地深入新的生活，投身于改革开放的洪流

改革开放的大潮、商品经济的大潮，不仅有力地推动着我们的社会前进，也波及生活的各个角落，影响着每个人的生活、命运，促使人们思想感情、精神面貌、伦理道德、价值

观念等各个方面发生着深刻的变化。高科技、广信息、大文化的时代背景，商品经济发展、新旧体制交替的社会环境，对少年儿童的生活、心理、行为也发生着广泛、深刻的影响。要真实反映大时代、大社会背景下孩子的小世界、小天地，儿童文学作家、业余作者就要根据自己的具体情况和条件，采取多种方式，进一步深入新的生活，从改革开放的大潮中去捕捉和把握当代少年儿童的生活和心态。

深入新的生活，既是历史变革的要求、时代的召唤，也是提高儿童文学创作思想、艺术质量的关键所在。"创作要上去，作家要下去。"儿童文学界对此也已经取得了共识。但是，至今还有一些生活积累不足的作家缺乏投身新的生活激流的紧迫感。

深入生活的方式多种多样：同原来的生活基地保持经常的联系是一种方式；到学校等基层单位挂职一段时间，又是一种方式；参观访问、走马观花，也是一种方式。究竟采取哪一种方式，这要根据自己的生活经历、创作计划等具体情况来做出选择。一般来讲，既有一个生活的点，又采用点面结合的方式，对多数作家来说更为合适。曹文轩生长在农村，那是他的生活根据地。如今他工作在大城市的高等学府，差不多每年都利用假期回自己的故乡住一些日子，同现实生活保持着密切的联系。这样，他就可以把过去对农村的了解与今天对农村的再认识很好地联结起来，对生活的观察和思考更深入一点，从而有了新的、独特的体验。他的《山羊不吃天堂草》，就是回故乡所见、所闻、所感、所悟的产物。

深入生活就是深入群众、深入人心；对儿童文学作家来说，就是要深入孩子的心，努力了解、熟悉孩子的内心世界、感情世界。这样，才有可能写出贴近孩子心灵、叩动孩子心弦的好作品。

（三）丰富自己的学识，全面提高思想理论素养和文化艺术素养

作家是以写作为职业的，那当然就得熟悉文学创作这个专业，提高写作本领，掌握创作技巧。艺术表现能力的提高，固然离不开生活，是从生活经验的日积月累中一步一步磨炼出来的；但它也离不开读书，离不开学习中外古今文学名著。精读博览群书，从古今中外一切优秀的艺术珍品中吸取养分，就能不断丰富和提高自己的艺术表现能力。

作家要有多方面的知识，不仅要有马列主义基本理论的知识，还要有历史、经济、科学方面的知识。夏衍同志说得好："我们面临着一个紧迫而严峻的学习任务。要了解、研究、分析、熟悉新的现实生活，就要学习辩证唯物主义和历史唯物主义，就要学习邓小平关于建设有中国特色的社会主义的理论，要创作有中国特色、为中国人民喜闻乐见的作品，就得学一点中国历史，要适应当前这个科学技术迅猛发展的信息时代，得有一点科学知识。"这里面还包括学习一点社会主义市场经济的知识，国际政治的知识，等等。作为一个儿童文学作家，还要学一点社会学、教育学、心理学、美学等。

几年以前，王蒙就提出作家学者化的主张。作家汪曾祺则认为："作家应该是一个通人。三方面的通：一是中西之间的通，二是古典文学与当代文学之间的通，第三个通，是古典文学、当代文学和民间文学之间的打通。"无论是学者还是通人，都要求既学习、继承本民族文化传统，又借鉴、汲取外国一切优秀文化成果，并将中西文化融会贯通。茅盾、钱钟书等，就是学贯中西的学者型的大作家。在他们身上，我们可以清晰地看到，一个作家的学养对于提高作品的质量、品位有着多么重要的意义。

中外文学艺术遗产极其丰富，名家名著浩如烟海，不胜枚举。继承和借鉴如何入手？我以为，可根据自己的具体情况，制定一个较长时间的学习规划，以便有计划、有步骤、有系统地进行学习。1954年《文艺学习》杂志上刊登过一份《文艺工作者学习政治理论和古典文学的参考书目》；1980年《作家通讯》上又刊登过一份《文艺理论、文学名著学习书

目》，这都可以作为我们制订学习规划的参考。

（四）重视品格修养，永葆纯真的童心

儿童文学作家负有培育一代"四有"新人、提高中华民族精神素质的使命，是塑造儿童灵魂、重塑未来一代性格的工程师之一，理应十分重视自己的品格修养。

我们常常说"文如其人"。一般来讲，人品影响着、决定着文品。备受文学界和广大读者尊敬的冰心老人十分注重人品。她的女儿吴青在一篇文章中曾这样描述："妈妈喜欢的人都有一个共同的特点。他们对我们这个多灾多难的国家和人民都充满了爱。他们都说真话。他们不怕邪恶势力。他们都豁得出去。妈妈总为她有这么多好朋友而感到快慰。"冰心的作品感情真挚、清丽隽永，正是同她如此鲜明的爱与憎分不开的。已故儿童文学作家金近的人品与文品也是和谐统一的，他那于质朴中见优美的创作风格，正是他的淳朴宽厚的思想品格的体现。

做一个作家，固然要加强多方面的学习、锻炼，但"在学习中首先要作为一个人成长起来，使自己的人格成长起来"（伊萨柯夫斯基语）。要使自己具有博大的胸襟、高尚的品格，对于一个儿童文学作家来说，尤为重要的是永葆童心。中外作家都极为重视在气质上保持天真，保持纯真的童心，珍惜童年时代的生活对自己的馈赠。诗人金波说："儿童诗所记下的是一颗单纯、天真、诚实的心灵的历程"，"既然我选择了儿童诗创作，我就要格外珍爱这颗孩子般的心灵，去亲近孩子，去亲近自己的童年生活。诗的源泉就在这里。"瑞典儿童文学作家阿·林格伦说："世界上只有一个孩子能给我以灵感，那就是童年时代的我自己。为了写好给孩子的作品，必须回想你童年时代是什么样子的。……我写作品，唯一的审验者和批评者就是我自己，只不过是童年时代的我自己。那个孩子在我心灵中，一直活到今天。"

失却童心，失却童年生活对自己的馈赠，那你就可能捕捉不到生活中的美和诗意，捕捉不到孩子们独特的情感、心理、想象，以至你就难以成为一个为儿童写作的优秀诗人或作家。

回眸往昔，展望未来，我们对少年儿童文学的发展及其在培育一代跨世纪的社会主义接班人上所能发挥的特殊功能，满怀希望和信心。让我们努力提高自身的思想素质、业务素质，并扶持、帮助更多的儿童文学新人脱颖而出，共同创造出健康向上、富有艺术魅力的精品，以赢得更多的小读者。

1992 年 10 月写，1994 年 3 月修改

[注释]

①本文系作者在《中国少年报》举办的西北地区文艺作者座谈会上的讲稿。

（原载《未来》第 29 辑，江苏少年儿童出版社 1995 年版）

20世纪八九十年代儿童文学系统工程的建设

王泉根

对中国20世纪八九十年代的儿童文学进行宏观考察，理所当然应对它的"外部因素"进行一番扫描。这不仅因为"流传极广、盛行各处的种种文学研究的方法都关系到文学的背景、文学的环境、文学的外因。这些对文学外在因素的研究方法，并不限用于研究过去的文学，同样可用于研究今天的文学"①，而且因为基本事实是：这一时期儿童文学的发展得力于改革开放的时代背景、知识界气氛及舆论"环境"，得力于整个大文化、大文学的哺育与催化。

进入20世纪八九十年代，中国儿童文学生态环境改善的实质性情况，以及作为精神生产系统工程建设的相关"配套项目"的具体实施情况，是影响儿童文学发展的必不可少的条件。整体性（或说总体性）是系统论的一个最基本的原则。在文学系统工程中，作家与批评家，著作家与出版家，文学作品的社会输入、传播（出版、发表）、社会评估（评奖）、反馈，以及作品作为社会精神财富的积累（丛书、集成的编印）、收藏（图书馆）与研究、教学等，是在整体性原则下对文学系统工程必须考察的重要方面。开放性是文学系统工程的特点。这是因为，文学的对象无论是作为艺术的客体（读者等），还是作为艺术的主体（作者等），都是社会中的人，所以文学活动实际是关于人际精神活动的科学。它不仅要研究这一群人（作家群体）对另一群人（社会群体）精神领域的内容输入和干涉，而且还要研究社会整体对作家群体的反馈和再生产的影响，这种由此及彼与由彼及此的循环往复过程呈现一种不间断的、回旋上升的运动，很难界定它的终点。

以下，本章将从整体性与开放性的角度，对新时期儿童文学系统工程的建设进行一个系统而概略的考察。

一、政府职能部门的重视与有力举措

1978年10月，由国家出版事业管理局、教育部、文化部等中央单位在江西庐山联合召开的"全国少年儿童读物出版工作会议"（庐山会议），是中国当代儿童文学发展的转折点，预示着一个生机勃勃的新局面的到来。接着，1980年1月，中国作家协会举行主席团会议，决定成立儿童文学委员会，推选严文井担任委员会主任委员。同年六一前夕，由中国人民保卫儿童全国委员会、中国作家协会、文化部、教育部、国家出版事业管理局等中央有关单位、部门联合举办的"第二次全国少年儿童文艺创作评奖"在北京举行。这次评奖是对1954年至1979年间儿童文学艺术创作实绩的大检阅，获奖作品大都是"文革"前的优秀之作，包括儿童文学以及儿童戏剧、歌舞、音乐、美术创作等。这对于当时儿童文学艺术界的推陈出新、鼓励创作、振奋精神起了巨大的推动作用。

同年10月，文化部宣布成立"文化部少年儿童文化艺术委员会"。1981年5月，"全国少年儿童文化艺术委员会"成立；同年6月，文化部专门设立了少年儿童文化艺术司，

新中国儿童文学

作为这个委员会的办事机构;同年 10 月,国家出版事业管理局再次在山东泰安召开"全国少年儿童出版工作会议"(泰安会议),根据庐山会议提出的要求,具体部署落实出版工作规划。几乎与此同时,各省、自治区、直辖市也先后在本地区组建了相应的地区性"少年儿童文化艺术委员会",并在文化厅(局)内设立了"少年儿童文化艺术处(科)"等办事机构。中国作家协会在各地的分会,则成立了分会的儿童文学委员会。这样,从中央到地方,从政府机关到作家群众团体,开始形成了一个专门主管包括儿童文学在内的少年儿童文化艺术工作的职能部门,在思想认识、行政组织方面初步理顺了少年儿童文化艺术的体制问题。

20 世纪 80 年代初期的这些重要举措,无疑是对中国社会、中国文化、中国文学繁荣发展的一个全新的推动,它标志着儿童精神食粮的问题再度受到全社会的重视。显然,这一次的"发现"与"五四"时期的"发现"有着完全不同的文化背景与内涵:"五四"时期的"发现"是基于民主与科学的目标,把儿童从封建桎梏的压制下解放出来,使之享有作为一个正当的"人"的权利;而这一次的"发现"则是从改革开放、振兴中华的目标出发,塑造中华民族未来一代崭新的精神性格,培养造就千百万"有理想、有道德、有文化、有纪律"的"四有"新人。儿童与儿童文学的再发现,无论从何种角度考察,都是儿童文学发展史上的重大事件,是中国当代儿童文学的生态环境得以改善与儿童文学系统工程建设得以顺利进行的根本保证。

进入 20 世纪 90 年代,特别是 1992 年以后,中国社会由计划经济转变为市场经济。社会主义市场经济体制的建立,深刻影响着中国社会的各行各业,包括文化与文学事业。由于突如其来的市场经济的冲击与电子音像、电脑网络、游戏机、外国卡通、通俗文学等多元文化与传播媒介的挑战,90 年代前期的文学及儿童文学一度跌入了低谷,过去初版即可印制发行上万甚至数万册的童话读物,锐减到数千册甚至千余册,大量安徒生童话的小书迷转而成为外国卡通与游戏机的卡通迷、游戏迷。针对市场经济与多元文化和传播媒介影响下的文学现状,1994 年底,时任国家主席的江泽民做出了繁荣长篇小说、儿童文学、影视文学"三大件"的重要指示,以后又做了"创作出我们自己的、为少年儿童所喜闻乐见的、富有艺术魅力的儿童文艺作品"的重要讲话。儿童文学又一次被作为精神文明建设的重头戏列入了政府有关职能部门,特别是文学主管部门的重要工作日程。

中国作家协会为此采取了一系列卓有成效的举措:首先重新组建了新一届儿童文学委员会,由束沛德担任委员会主任,委员会自 1997 年起每年举行全委会会议,讨论、指导、开展了一系列具有全局性影响的儿童文学的活动;其次,作为由中国作家协会主办的、中国具有最高荣誉的大奖之一的全国优秀儿童文学奖进入规范化操作,每三年评奖一次,其中第三届(1992 年—1994 年)、第四届(1995 年—1997 年)的评奖工作,共评出各类优秀儿童文学作品 37 部(篇);再次,中国作家协会儿童文学委员会、鲁迅文学院与《儿童文学》杂志社联合,分别于 1997 年、1998 年在北京、北戴河举办了两期"全国儿童文学青年作家讲习班",以培养、造就 90 年代涌现出来的中国最年轻的一代儿童文学作家,全国各地有 50 余位青年作家接受培训。

卡通(即漫画、动画片)在中国少儿图书市场成为"热点"始于 20 世纪 90 年代初。为抵制国外(尤其是日本)引进版卡通对我国少年儿童的不良影响及对图书市场产生的冲击,中宣部出版局和新闻出版署于 1996 年起开始实施名为"5155"的中国儿童动画图书出版工程。经过数年努力,"5155"工程已达到预期目标,发展前景喜人:一是先后建立了京津、上海、广西、四川、辽宁等五个卡通出版基地；二是"神脑聪仔卡通系列"丛书（100集）、《中国少年奇才》彩色卡通连环画、《地球保卫战》（10集）、《中华五千年历史故事》（250集）等15套重点大型系列卡通图书已陆续出版；三是创办了五家卡通杂志，分别是：北京出版社的《北京卡通》、中国连环画出版社的《少年漫画》、人民美术出版社的《漫画大王》、中国少年儿童出版社的《中国卡通》，少年儿童出版社的《卡通先锋》。

儿童文学作为一种需要由主宰社会运行的成年人特别关注与扶持的弱势文学，政府职能部门的有效投入并采取相应的举措，无疑是新时期儿童文学发展繁荣的根本前提，也是儿童文学系统工程建设得以"可持续发展"的根本保障。

二、作家队伍的建设

作家队伍的建设是文学系统工程建设的重中之重。作家是文学作品的直接生产者，没有作家创作就没有作品，也就没有文学系统工程的其他诸多活动。社会对作家及其劳动的肯定包括三方面：（一）肯定作家是我们社会群体中的一员；（二）肯定他们和我们广大的社会财富生产者有共同的目标；（三）肯定作家们生产劳动的一般性及特殊性。有了这三方面的肯定，社会还应正确对待作家，这就是对他们的关心和培养。作家需要天赋，但更需要社会的培养。作家不是超人，但也不是工匠，他们需要社会的理解和关照。

"文革"结束后，儿童文学系统工程的建设，一直把作家队伍的培养作为重要工作。1978年12月1—20日，中国少年儿童出版社《儿童文学》编辑部与《中国少年报》在北京联合举办了"文革"结束后的第一次全国"儿童文学创作学习会"。茅盾、冰心、张天翼、严文井、冯牧等19位著名作家向来自全国23个省、自治区、直辖市的47位青年作者做了有关儿童文学与文学的系列讲座与讲话。茅盾发表了《中国儿童文学是大有希望的》讲话，提出"繁荣儿童文学之道，首先还是解放思想。这才能使儿童文学园地来个百花齐放"。1978年12月，国务院批转《关于加强少年儿童读物出版工作的报告》，该报告强调指出，"发展壮大作者队伍，大力繁荣少儿读物的创作"，全国文联各协会、中国科普创作协会及其在各地的分会都应"建立相应的组织，负责研究、指导、组织少年儿童读物的创作"，"要充分发挥专业作家的作用，同时积极发展业余创作，大力发展和培养新作者"。这一项大规模培养儿童文学新人的活动，在70年代末80年代初迅速开展起来，除了各地文联、作协、出版社的相关培训活动外，全国性的培训主要由文化部少儿司承担。

20世纪80年代初，文化部少儿司与有关省、市联合举办了多次儿童文学讲习班，每次半个月或一个月不等。计有"东北、华北地区儿童文学讲习班"（1982年6月，沈阳）、"西南、西北地区儿童文学讲习班"（1982年6月，成都）、"全国低幼文学讲习班"（1983年7月，西安）、"广东儿童文学讲习班"（1983年6月，广州）、"广西儿童文学讲习班"（1983年7月，南宁）、"湖南儿童文学讲习班"（1983年7月，长沙）等。讲习班邀请国内一些著名儿童文学作家前往讲课，与学员共聚一堂，交流创作经验，探讨理论课题，对培养儿童文学新人起了重要作用。如"沈阳班"先后有陈伯吹、刘厚明、蒋风、郭风、郑文光、洪汛涛、葛翠琳等讲课。参加讲习班学习的各地学员，之后很多都成了儿童文学创作的重要骨干力量。

各地作协为培养本地区的儿童文学新人，开展了形式多样的活动。如北京作家协会儿童文学委员会举办了多期"北京市中小幼教儿童文学作家班"，参加学习的学员有150余人；重庆作家协会儿童文学委员会从20世纪80年代初开始，一直坚持每年六一前后举办全市性的"巴蜀（后改巴渝）儿童诗会"征文活动，帮助作者改稿、荐稿，从中发现和培养了一批儿童诗新人，如钟代华、杜虹、谭小乔等。中国作家协会鲁迅文学院举办的青年作家班，也注意吸收儿童文学新人参加学习。

新时期中国儿童文学拥有一支老中青结合、五代同堂的儿童文学作家队伍，既有如叶圣陶、冰心等"五四"时期成名的先驱者；也有三四十年代就献身儿童文学事业的老一辈作家，如张天翼、陈伯吹、高士其、严文井、叶君健、贺宜、何公超、金近、包蕾、郭风、韩作黎、方轶群、黄衣青、鲁兵、圣野、田地等；还有五六十年代成长起来而后成为儿童文学主力军的一批作家，如袁鹰、任溶溶、秦牧、任大星、任大霖、郑文光、葛翠琳、洪汛涛、刘真、刘厚明、柯岩、胡奇、萧平、邱勋、徐光耀、吴梦起、杲向真、颜一烟、黄庆云、任德耀、管桦、胡景芳、刘饶民、金波、孙幼军、王一地、尹世霖、张秋生、金江、沈虎根、谢璞、张继楼、杨啸、赵燕翼、文牧、张有德、梁泊、叶永烈、童恩正、刘兴诗、李少白、倪树根、邬朝祝、于之、宗璞、谷斯涌、路展、崔坪、鄂华、萧建亨等。

尤其是进入20世纪80年代，大批经历过"文革"、插队、再进城就业或考上大学，有着对当代中国社会特殊体验与生活积累的年轻作家迅速崛起，并成为八九十年代儿童文学创作的中坚力量。这有：曹文轩、秦文君、沈石溪、董宏猷、高洪波、班马、郑渊洁、周锐、刘健屏、陈丹燕、梅子涵、冰波、白冰、孙云晓、郑春华、黄蓓佳、张成新、关夕芝、金曾豪、邱易东、薛卫民、张品成、车培晶、郑允钦、程玮、彭懿、董天柚、谢华、牧铃、刘海栖、刘丙钧、刘保法、庄大伟、常新港、王慧骐、杨楠、张明照、朱效文、武玉桂、陆弘、周基亭、李国伟、金逸铭、范锡林、朱新望、李子玉、东达、宁珍志、董恒波、任哥舒、夏辇生、袁丽娟、王业伦、韦伶、黄一辉、王晓晴、方圆等。

还有一批出生于三四十年代，其经历虽不同于前者，但同样也有着坚定的人生追求与文学追求的作家，他们与前者一起组成了新时期最为重要的儿童文学作家方阵，如樊发稼、张之路、夏有志、罗辰生、刘先平、陈丽、常瑞、王路遥、佟希仁、孙幼忱、宗介华、赵惠中、关登瀛、乔传藻、吴然、庄之明、李建树、李凤杰、何群英、葛冰、谷应、詹岱尔、丁阿虎、郭明志、康复昆、饶远、韩辉光、张微、余通化、蒲华清、郑开慧、马光复、孙海浪、聪聪、尤异、金振林、尤凤伟、姚业涌、野军、陈秋影、赵立中、卢振中、王宜振等。

到20世纪90年代，一批既不同于五六十年代、也与80年代作家有着不同特色的更年轻的新生代儿童文学作家开始成长起来，并逐渐引起了文坛的关注，他们是：祁智、彭学军、汤素兰、庞敏、肖显志、杨鹏、钟代华、殷健灵、张洁、谢倩霓、邓湘子、萧萍、牟坚、章红、玉清、薛涛、星河、保冬妮、老臣、郁秀、肖铁等。据统计，1999年中国作家协会有5200余位会员，其中有近200位儿童文学会员作家，加上各省、自治区、直辖市作家协会中的儿童文学会员作家，数量已达1000余人，其中骨干作家有400余人。这是新时期儿童文学的强大创作力量，也是促进跨世纪儿童文学发展繁荣的根本智力资源。

三、传播媒介的发展

作为文学大系统中的一个独立组成部分的儿童文学，从由作家的创作转化为广大小读者的接受，需要经过的流程是：作家→作品→出版等部门的传播→读者→作家。具体地说，它包括作家到作品的创作过程、作品问世的扩散与传播过程、读者的接受过程以及由读者的反馈到文学作品再生产的过程。在这整个传播过程中，社会出版的传播扩散是诸环节中非常重要的中介环节，没有出版的传播扩散，一切文学作品的美学价值与社会功用就无从谈起。即便是司马迁的《史记》，也要"得其人而后传"。新时期儿童文学系统工程的建设，顺理成章地把出版社等传播手段置于重要地位。这项建设包括出版机构与报章杂志两个方面。

从1978年"庐山会议"以后，我国的少年儿童读物出版社得到迅速发展，除老资格的中国少年儿童出版社与少年儿童出版社之外，各地先后成立的专业性少儿读物出版机构有(以成立时间先后为序)：新蕾出版社(1979年9月)、四川少年儿童出版社(1980年10月)、湖南少年儿童出版社(1982年2月)、辽宁少年儿童出版社(1982年5月)、内蒙古少年儿童出版社(1982年7月)、海燕出版社(1982年11月，曾名河南少年儿童出版社)、湖北少年儿童出版社(1982年11月)、浙江少年儿童出版社(1983年3月)、未来出版社(1983年5月，曾名陕西少年儿童出版社)、北京少年儿童出版社(1983年6月)、黑龙江少年儿童出版社(1983年12月)、江苏少年儿童出版社(1983年12月)、明天出版社(1984年1月，曾名山东少年儿童出版社)、福建少年儿童出版社(1984年8月)、北方妇女儿童出版社(1984年9月)、安徽少年儿童出版社(1984年9月)、河北少年儿童出版社(1985年1月)、希望出版社(1985年2月)、晨光出版社(1985年6月，曾名云南少年儿童出版社)、新世纪出版社(1985年6月)、二十一世纪出版社(1985年6月，曾名江西少年儿童出版社)、甘肃少年儿童出版社(1985年6月)、中国和平出版社(1985年10月)、新疆青少年出版社(1985年，曾名新疆青年出版社)、海豚出版社(1986年)、接力出版社(1989年7月)、宁夏少年儿童出版社(1994年3月)、童趣出版有限公司(1994年)、朝花少年儿童出版社(1999年1月)等。这31家专业性少年儿童读物出版机构，遍布全国各地，其中东部沿海地区从北到南每个省(自治区、市)都有一家。

据统计，到20世纪90年代末，全国除31家专业少儿读物出版社外，另有130多家出版社(如重庆出版社、青岛出版社、海天出版社等)尤其是各地的教育出版社，都设有少儿读物编辑室或出版少儿图书。我国出版的少儿图书年产量已从1977年的近200种发展到90年代末的6000余种，年出版1.5亿册以上，我国已成为少儿读物出版大国。正是依托于出版事业的大发展，我们的儿童文学作家才有了广阔的耕耘园地，亿万小读者每年才有源源不断的新读物可读。

少年儿童报刊的发展是新时期儿童文学传播媒介建设的另一重要方面。据不完全统计，20世纪90年代全国共有综合性或专业性少儿报纸70余种，少儿期刊100余种，其主办单位分属作家协会、少儿出版社、教育部门和共青团四大系统。其中最有影响的以发表儿童文学作品为主的报刊有：

《儿童文学》(北京)、《少年文艺》(上海)、《少年文艺》(南京)、《少年小说》(天津)、《东方少年》(北京)、《少男少女》(广州)、《中外少年》(南宁)、《少年人生》(贵阳)、《世界儿童》(重庆)、《少年世界》(武汉)、《小溪流》(长沙)、《文学少年》(沈阳)、《小朋友》(上海)、《幼儿文学报》(上海)、《小蜜蜂》(长沙)、《童话报》(上海)、《少年报》(上海)、《少年儿童故事报》(杭州)、《童话王国》(天津)、《童话大王》(太原)、《故事大王》(上海)、《幼儿故事大王》(杭州)等。先后发行过的大型儿童文学刊物有《朝花》(北京)、《巨人》(上海)、《明天》(济南)等；集中发表精选之作的有《儿童文学选刊》(上海)。

这些报刊已组成了从幼年文学到少年文学的一条龙报刊群，这是中国儿童文学史上前所未有的景观。

四、文学评奖的设立

文学评奖是文艺界总结实绩、标榜突破、扶掖新秀、发布新说的重要举措。每一次评奖活动都会推出一批文学新人、奖励一批优秀新作,这对于鼓舞士气、振奋精神、引导创作倾向、吸引社会对文学的关注具有重要意义。20 世纪 80 年代以来的儿童文学评奖,除了各地作家协会、有关出版单位或报刊不定期举办的地区性、年度性、单项性等的评奖(如《儿童文学》《少年文艺》《东方少年》的评奖)外,属于全国性、常设性、综合性的重大评奖活动,有下列几项:

全国优秀儿童文学奖

由中国作家协会主办,是中国具有最高荣誉的文学大奖之一。首届评奖范围为 1980—1985 年间的作品,获奖作品篇目于 1988 年公布,分长篇小说、中篇小说、短篇小说、中篇童话、短篇童话、诗歌、散文、寓言、报告文学和科幻小说等多种文体奖项。这次评奖坚持时代性、文学性、可读性,热情鼓励艺术探索与创新,集中展现了 20 世纪 80 年代前期儿童文学创作的优秀成果,并推出了曹文轩、关夕芝、刘健屏、常新港、沈石溪、陈丹燕、罗辰生、方国荣、郑渊洁、高洪波、程玮、郑春华、董宏猷等一批 80 年代崭露头角的青年作家的新锐之作,同时也表彰了严阵、颜一烟、柯岩、邱勋、刘心武、葛翠琳、孙幼军、吴梦起、洪汛涛、田地、金波、樊发稼、胡景芳、蔺瑾、张歧等中壮年作家的优秀作品。首届全国优秀儿童文学奖的颁布,标志着我国儿童文学评奖开始走向科学化、民主化和经常化,在儿童文学界产生了广泛影响。第二届评奖范围为 1986—1991 年,于 1993 年公布评奖结果,有《今年你七岁》(刘健屏)、《一只猎雕的遭遇》(沈石溪)、《少女罗薇》(秦文君)、《第三军团》(张之路)、《小巴掌童话》(张秋生)、《扣子老三》(周锐)、《怪老头儿》(孙幼军)等 29 部作品获奖。第三届(1992—1994 年)、第四届(1995—1997 年)共有 37 部作品获奖。在这四届评奖中,获奖三次的作家有:孙幼军、沈石溪、金波、曹文轩、秦文君、董宏猷、张之路、金曾豪;获奖两次的作家有:高洪波、刘健屏、罗辰生、张秋生、周锐、葛翠琳、郑春华、程玮、邱勋、冰波、常新港、关登瀛、薛卫民、郑允钦。

宋庆龄儿童文学奖

由宋庆龄基金会会同文化部、教育部、广播电影电视总局、共青团中央、全国妇联、中国作家协会、中国科学技术协会等,于 1986 年设立,从 1987 年起开始颁奖。奖金由冰心、巴金、丁玲等著名作家和社会各界捐助提供。1987 年、1990 年、1992 年举办三届,该奖重在扶持、鼓励儿童文学创作中急需但又比较薄弱的艺术门类。1999 年举办的第五届宋庆龄儿童文学奖将作品评奖范围扩大为 1994 年至 1998 年间发表的中长篇儿童小说、童话、科学文艺与幼儿文学,并首次增设了"新人奖"。曹文轩的《草房子》、班马的《绿人》、葛冰的《梅花鹿的角树》分别获小说、童话、幼儿文学类大奖,沈石溪的《混血豺王》、秦文君的《男生贾里全传》等几部作品获提名奖,向民胜、张洁、杨鹏、薛涛、郁秀五人获新人奖。据 2000 年 5 月 29 日在京举办的第五届宋庆龄儿童文学奖和第四届全国优秀儿童文学奖联合颁奖大会宣布:由宋庆龄基金会等单位主办的宋庆龄儿童文学奖和由中国作家协会主办的全国优秀儿童文学奖合并为一个奖项,全称为宋庆龄全国优秀儿童文学奖,简称宋庆龄儿童文学奖。2005 年后,并入全国优秀儿童文学奖。

冰心儿童图书奖

该奖由儿童文学作家葛翠琳于 1990 年在北京设立,以冰心的名字命名,并成立以著名英籍华裔女作家韩素音为名誉主席、老舍夫人胡絜青为副主席的评奖委员会。该奖注重奖励、鼓舞边远地区、少数民族地区儿童文学与儿童读物的新人佳作。每届获奖作品结集为《冰心儿童图书新作奖获奖作品集》，由浙江少年儿童出版社出版。

陈伯吹国际儿童文学奖

1988 年以前名为"儿童文学园丁奖"，2014 年 8 月正式更名为"陈伯吹国际儿童文学奖"。这是目前中国连续运作时间最长、获奖作家最多的文学奖项之一，由著名儿童文学泰斗陈伯吹老人设立、捐款，于 1981 年在上海创设。每届获奖作品均由评奖委员会编成《陈伯吹儿童文学奖获奖精品集》，由少年儿童出版社出版。该奖的创设为推进新时期儿童文学尤其是作为中国儿童文学"大本营"之一的上海地区儿童文学创作的繁荣，做出了独特的贡献。

中国新时期优秀少年儿童文艺读物评奖

由全国少年儿童文化艺术委员会举办。该奖于 1989 年 5 月在北京颁发，评奖范围是由全国 20 家少年儿童出版社和部分综合性出版社推荐的近 200 种儿童文艺读物，有17 种获一等奖，43 种获二等奖。这次评奖通过鼓励、奖励新时期以来的优秀作品，再一次向文坛推出了一批富于创新精神的新人新作。

首届全国儿童文学理论评奖

由中国儿童文学研究会举办。该奖于 1988 年 11 月颁发，有 20 部专著与 38 篇论文获奖，这是中国儿童文学史上第一次全国性的理论评奖。

五、学会、笔会、研讨会等活动

进入 20 世纪 80 年代，儿童文学界的横向交流活动空前活跃，学会的组建，笔会、研讨会、作品讨论会、评奖会等的不断举办，使儿童文学界进行理论探讨、信息交流、佳作观摩、平等对话的机会越来越多，作家与评论家、作家与编辑、作家与读者、老中青作家之间的沟通与联系，越来越密切、和谐。

八九十年代，国内有四个全国性的、从事儿童文学研究的民间团体。它们是：中国儿童文学研究会（1980 年成立于北京），全国儿童文学教学研究会（1982 年成立于北京），中国出版工作者协会幼儿读物研究会（1986 年成立于石家庄），全国幼师、普师儿童文学教学研究会（1984 年成立于金华）。这些民间学术团体不定期举行全国性的研讨会，交流研究成果，活跃学术氛围。

中国儿童文学研究会联合有关省的文联、作协、出版社等单位召开过"全国当代儿童文学新趋向讨论会"（1986 年 10 月，贵州黄果树）、"90 年代中国儿童文学展望研讨会"（1990 年 5 月，云南昆明）、"全国儿童文学创作分析会"（1991 年 7 月，河北承德）。

全国儿童文学教学研究会结合高等师范、中等师范的儿童文学课教学实践，先后在吉林省吉林市（1983 年 8 月）、甘肃兰州（1984 年 8 月）、辽宁大连（1985 年 8 月）开过三届年会。

中国出版工作者协会幼儿读物研究会自 1986 年 3 月召开成立大会后，坚持每年开展活动。该学会侧重于幼儿读物文学、美术的编辑研究与经验交流，先后召开过"第一次幼儿读物美术研讨会"（1986 年 11 月，云南昆明）、"第一次幼儿期刊研讨会"（1987 年 10月，山东烟台）、"第二次幼儿读物美术研讨会"（1987 年 11 月，四川金堂）、"第一次幼儿文学研讨会"（1988 年 10 月，湖南长沙）、"全国第一次少数民族文学幼儿读物研讨会"

（1989 年 8 月，新疆乌鲁木齐）、"幼儿读物研究会第二次代表大会"（1990 年 10 月，广西桂林）、"第二次幼儿文学研讨会"（1992 年 4 月，江苏扬州）、"第四次全国幼儿读物美术研究会"（1992 年 9 月，山东烟台）、"全国第二次少数民族文学幼儿读物研讨会"（1993 年 9 月，吉林延边）、"全国婴儿读物研讨会"（1993 年 10 月，湖北宜昌）、"幼儿读物研究会第三次代表大会"（1994 年 9 月，北京）、"'96 幼儿文学研讨会"（1996 年 5 月，陕西西安）、"'98 幼儿读物展暨幼儿读物研讨会"（1998 年 5 月，广东深圳）。此外，该学会还在 1987年、1990 年举办过两次全国幼儿类图书的评奖活动，1991 年 5 月与上海出版协会在上海联合举办了"幼儿读物编辑培训班"，1991 年 7 月以国际儿童读物联盟中国分会的名义在北京举办"幼儿图书研讨班"，并出版有会刊《幼儿读物研究》（1986 年 11 月创刊，至1998 年已出版 24 期）。

全国幼师、普师儿童文学教学研究会曾先后在金华（1984 年）、西安（1986 年）、天津（1988 年）、贵阳（1993 年）、成都（1995 年）、包头（1997 年）、重庆（1999 年）等地分别召开过七届年会暨幼儿文学教学研讨会，组织力量编写出版了《幼儿文学教学大纲》《幼儿文学选萃点评》《当代儿童文学教学论文集》等，并进行幼儿文学教材、论文的评奖，有力地促进了幼儿文学教学。

上述四个民间学术社团均由清一色的儿童文学、儿童读物工作者组成。此外，国内还有一个以成人文学工作者为主体组成的"中国寓言文学研究会"。该学会于 1984 年 7月在吉林长春成立，成员大多是从事古典寓言、外国寓言研究的大学教师与学者，也有樊发稼、韶华、金江、凝溪等当代儿童文学寓言作家，已举办过数次全国性的学术讨论会，出版过《寓言辞典》（鲍延毅主编，1988 年）、《中国寓言文学史》（凝溪著，1992 年）、《世界寓言史》（吴秋林著，1994 年）等引人瞩目的成果。

新时期以来的全国性重大儿童文学活动与会议，主要是由文化部、中国作家协会、全国少年儿童文化艺术委员会与文化部少年儿童文化艺术司（简称少儿司）等中央有关部门举办的。由文化部召开的"全国儿童文学理论座谈会"（1984 年 6 月，河北石家庄）、"全国儿童文学理论规划会议"（1985 年 7 月，云南昆明），由中国作家协会召开的"全国儿童文学创作会议"（1986 年 5 月，山东烟台）、"儿童文学发展新趋势讨论会"（1988 年 10 月，山东烟台），由全国少年儿童文化艺术委员会委托四川外语学院（今四川外国语大学）召开的"外国儿童文学座谈会"（1986 年 11 月，重庆）等，是 80 年代最重要的五次全国性儿童文学会议。这五次会议紧密结合当时儿童文学的创作现状、理论热点、文学思潮、发展趋向等，就儿童文学的本质特征与价值功能问题以及如何繁荣儿童文学创作与理论研究、怎样正确评估新时期儿童文学的发展趋向、怎样推进中外儿童文学翻译交流等重大问题，展开了热烈讨论，并制定了一些切实的措施。这几次会议对于引导新时期儿童文学的创作走向、理论兴趣，对于儿童文学界贯彻"百花齐放、百家争鸣"的方针，对于推动儿童文学创作、理论、翻译的繁荣，产生了广泛的影响。束沛德、罗英、陈子君等是这些会议的主要策划者与组织者。

新时期儿童文学的研讨会、笔会、评奖会等之所以搞得有声有色，还有另一个重要因素，即各地作家协会普遍举办过有关儿童文学的活动，尤以 80 年代初较为频繁。其中浙江作家协会自 1980 年起，坚持每年暑假召开全省性的儿童文学创作会议，这是浙江儿童文学创作一直比较活跃的重要原因。湖南省作家协会、四川省作家协会、江苏省作家协会、辽宁省作家协会、云南省作家协会，也是举行儿童文学活动比较多的作家协会，如湖南省作家协会曾于 1990 年 5 月承办过首届"世界华文儿童文学笔会"。至于儿童文学作家人才济济的上海市作家协会、北京市作家协会,活动就更频繁了。上海除了常年性的"陈伯吹国际儿童文学奖"评奖活动、创作笔会外,还热衷于开展对外交流,曾举办过"首届沪港儿童文学交流会"(1987 年 4 月)、"中日儿童文学交流研讨会"(1989 年 12 月)、上海与台湾儿童文学作家交流活动(1989 年 8 月)等。

我们必须提及全国 31 家少儿读物专业出版社举办儿童文学活动的积极性。少儿出版社举办的笔会、研讨会、评奖会、作品大奖赛、作品讨论会之类的活动,大都有着明确的选题组稿与联系、扶持作者的目的,因此,其在培养文学新人、发现人才、奖励新秀方面具有特别重要的作用。不少儿童文学新人正是在少儿出版社的扶持下脱颖而出;同时,一些具有探索性、前瞻性的作品也往往需要有眼光、有气魄的出版家的大胆支持,才有可能与读者见面。在这方面,湖北少年儿童出版社通过"神农架笔会"(1987 年 10 月)组稿出版的"儿童文学新论丛书"(7 册),二十一世纪出版社通过"庐山笔会"(1987 年 9 月)组稿出版的"新潮儿童文学丛书"(10 册)是两个成功的范例。这两套丛书分别代表了新时期儿童文学理论探索与创作探索的最新成果,同时也体现出这两家少儿出版社敏锐的目光与出版家的气度。此外,湖南少年儿童出版社通过"张家界笔会"(1992 年 8 月)组稿出版的"世界儿童文学研究丛书"(9 册),少年儿童出版社通过"上海会议"(1995 年 8 月)组稿出版的"跨世纪儿童文学论丛"(6 册)也取得了成功。这两套丛书拓宽了 90 年代儿童文学研究的理论空间与学术视野。

1990 年 11 月,少年儿童出版社在上海召开的"'90 上海儿童文学研讨会"是进入 90 年代后的一次重要会议。参加这次会议的有来自全国 22 个省市的 130 余位卓有建树的儿童文学作家、理论家。会议还邀请了 12 位来自德国、日本、捷克斯洛伐克的儿童文学专家。这次研讨会是一次"四世同堂"的盛会,被誉为是继 1986 年中国作家协会在烟台召开的"全国儿童文学创作会议"之后新时期中国儿童文学界的第二次大会师。会议出版的论文集《眼中有孩子心中有未来——'90 上海儿童文学研讨会论文集》,收录了 72 篇论文,涉及儿童文学的主旋律、创作艺术、探索性儿童小说、儿童文学与环境保护等多种论题,反映了 90 年代初儿童文学理论探讨的新特点与新热点。

六、高等学校儿童文学教学的提升

关于儿童文学教学事业的重要性,陈伯吹早在 1947 年撰写的《儿童读物的编著与供应》一文中发表了很好的意见。他认为:"编著儿童读物是一种专门的工作,所以需要专门的人才……人才的培养,已经到了急不及待的时机。我个人以为高中师范、专科师范、大学教育学院、师范大学,亟应添设'儿童文学'或'儿童读物'一学程,并且规定为'必修科目',这样,数十年后,也许会得人才辈出,而优秀的儿童读物,也琳琅满目,美不胜收了。"从 20 世纪二三十年代开始,我国的师范院校(如上海、江苏等地)已逐渐设立了"儿童文学"或"青少年读物"的课程。最早的一批儿童文学论著,如 1923 年商务印书馆版《儿童文学概论》(魏寿镛、周侯于著)、1924 年中华书局版《儿童文学概论》(朱鼎元著)、1928 年商务印书馆版《儿童文学研究》(张圣瑜著)等,都是作为师范学校儿童文学课的课本而编写出版的。

20 世纪 50 年代,各地师范学院、师范大学的中文系、教育系,曾普遍开设"儿童文学"作为学生的必修课。其中北京师范大学、华东师范学院(今华东师范大学)、东北师范大

学、西南师范学院(今西南大学)、浙江师范学院(今浙江师范大学)等学校都有相当的师资力量,儿童文学的教学研究搞得有声有色。曾兼任过北京师范大学儿童文学教授的陈伯吹,还有《师范学校儿童文学讲授提纲》(1956年)出版。北京师范大学编印过两卷本《儿童文学参考资料》(穆木天等编,1956年),主办过一期儿童文学进修班。东北师范大学的锡金教授曾招收过儿童文学研究生。上海、吉林等地也分别编印过作为普通师范学校儿童文学课本的《儿童文学》(1956年,上海)与《儿童文学课本》(1957年,吉林)。但从50年代末开始,因为"学制要缩短,教育要革命",儿童文学课程便被取消了。这一大段空白,一直等到20年后才得以填补。

1978年,教育部在武汉召开教材工作会议后,北京师范大学因钟敬文先生等的倡议,率先恢复了儿童文学专业,并在中文系单独成立儿童文学教研室。1982年,该校受教育部委托,举办了"全国高校儿童文学教师进修班",有27名教师参加了为期半年的学习。这批教师之后大多成为各地高校儿童文学课的骨干教学力量。几乎与此同时,南方的浙江师范学院也闻风而动,积极推动、开展儿童文学教学。1979年,该校中文系成立了儿童文学研究室,招收了第一届儿童文学研究方向的硕士研究生,并创建了专业资料室。从1982年开始,还为全国幼儿师范学校、普通师范学校举办了三期儿童文学师资进修班,学员共计130人。自此,我国形成北京师范大学与浙江师范学院南北两个儿童文学教学中心。

进入20世纪80年代以后,随着儿童文学事业的发展与教学改革的深入,儿童文学学科的重要性已在高等师范系统形成一种共识,儿童文学教学逐步走上了正轨,并出现了新的突破。这表现在:

一、各地有师资条件的师范院校以及部分综合性大学,普遍在中文系、教育系恢复了儿童文学课程,或作为必修课,或作为选修课。有的大学(如北京师范大学)还在全校范围内开设了跨系儿童文学选修课。其中,华北地区的北京(北京师范大学、首都师范大学),东北地区的吉林、辽宁、黑龙江(东北师范大学、吉林师范学院、沈阳师范学院、哈尔滨师范大学),华东、华中地区的浙江、上海、江苏、湖北(浙江师范大学、杭州师范学院、上海师范大学、南京师范大学、湖北大学),西南地区的重庆、四川、云南(西南师范大学、重庆师范学院、四川师范大学、云南师范大学),西北地区的甘肃、新疆(西北师范大学、新疆师范大学)等地的高校,开课比较正常,开展的活动也较多。

二、儿童文学的教材建设有了突破。1982年5月,北京师范大学、华中师范学院(今华中师范大学)、河南师范大学、杭州大学、浙江师范学院(今浙江师范大学)等五所院校合著的《儿童文学概论》由四川少年儿童出版社出版,这是新时期第一部有较大影响的儿童文学基础教程。几乎与此同时,浙江师范大学的蒋风教授也出版了一部个人著作的《儿童文学概论》(湖南少年儿童出版社,1982年版)。1991年3月,北京师范大学浦漫汀教授主编的《儿童文学教程》以及与之配套的《中国儿童文学作品选》《外国儿童文学作品选》,由山东文艺出版社出版。这套教材被列入国家教委"七五"规划的高等学校文科教材中。

此外,由广州师范学院陈子典主编的《儿童文学大全》(广西人民出版社,1988年版)、新疆师范大学冉红的《儿童文学写作概说》(福建少年儿童出版社,1989年版)、南京师范大学郁炳隆等主编的《儿童文学理论基础》(南京大学出版社,1990年版)、杭州师范学院李标晶的《儿童文学原理》(希望出版社,1991年版)、浙江师范大学蒋风主编的《儿童文学教程》(希望出版社,1993年版)、首都师范大学吴继路著的《少年文学论稿》(首都师范大学出版社,1994年版)、浙江师范大学黄云生主编的《儿童文学教程》(浙江大学出版社,1996年版)、蒋风主编的《儿童文学原理》(安徽教育出版社,1998年版)等,都是新时期高校儿童文学教材建设的重要收获。

值得一提的是,幼儿师范的儿童文学教材也有了新的起色,这方面的成果有:成都幼儿师范学校郑光中编著的《幼儿文学ABC》(四川少年儿童出版社,1988年版)、华东七省市与四川省幼儿园教师进修教材协作编写委员会主编的《幼儿文学》(上海教育出版社,1987年版)、杭州师范学院章红、李标晶等合著的《幼儿文学教程》(浙江少年儿童出版社,1991年版)、浙江师范大学黄云生的《幼儿文学原理》(江苏教育出版社,1995年版)、北京师范大学张美妮等合著的《幼儿文学概论》(重庆出版社,1996年版)、四川省教委师范处策划、郑光中主编的《幼儿文学教程》(四川民族出版社,1998年版)等。

三、研究生教学的起步。研究生教学是培养科学研究人员、高等学校师资或其他高级专门人才的重要途径。我国儿童文学学科的研究生培养,在20世纪80年代出现了新的突破。1979年,浙江师范学院儿童文学研究室率先招收中国现代文学专业儿童文学研究方向的硕士研究生;1984年12月,吴其南、汤锐、王泉根三人通过杭州大学硕士学位论文答辩,成为我国第一批获得文学硕士学位的儿童文学研究方向硕士毕业生。从1986年起,北京师范大学中文系儿童文学教研室也开始招收硕士研究生。以后陆续招收研究生的有华中师范大学、东北师范大学、南京师范大学、西南师范大学、上海师范大学、重庆师范学院、沈阳师范学院等。从2000年起,北京师范大学开始招收儿童文学方向的博士研究生。北京师范大学还招收了日本、新加坡等国的儿童文学研究生与留学生。90年代,国内已有40多名儿童文学研究生毕业,他们大多成为高校儿童文学专业教师或少儿出版社文学编辑,为儿童文学的教学与理论研究增添了一股生气勃勃的力量。

1985年,四川外语学院(重庆)成立了我国第一个儿童文学研究机构——外国儿童文学研究所(简称四川所),并创办了专业理论刊物《外国儿童文学研究》。1988年,浙江师范大学中文系儿童文学研究室扩大建制,改为儿童文学研究所(简称浙江所)。1987年12月,广州师范学院中文系也组建了儿童文学研究室(简称广州室)。这三个研究机构各具特色,各有侧重。四川所重点研究外国儿童文学,浙江所偏重于基础理论与文学史,广州室则以香港、台湾以及海外华文儿童文学为主要研究对象,并均推出了一批研究成果。其中尤以浙江所成绩最为显著,已出版有《世界儿童文学事典》《中国现代儿童文学史》《中国当代儿童文学史》《世界儿童文学史概述》等。由于多种原因,进入90年代,四川所已不复存在。所幸重庆师范学院中文系已于1998年成立了西部儿童文学研究所,弥补了四川所停办的遗憾。

七、儿童文学丛书"出版热"

丛书是一种集多种单独的著作冠以总书名成为一套的出版物,有综合性与专门性之分。有的一次性出齐,有的则逐册连续多年出版。由于丛书集中了同一类型题材的多种单本读物,具有系统性、整体性、连续性、大分量等特点,故对图书市场、读者兴趣能够产生很大的影响,甚至能够左右读者的阅读兴趣与作者的创作走向。丛书的编著出版,既是文化积累的重要手段,又是检验文化发达与否的一个重要尺度。

我国儿童文学丛书的编著出版,早在"五四"以前就已开始起步,如《童话》丛书(商务

印书馆，1908—1923 年，共 102 册）、"少年丛书"（商务印书馆，1908 年开始出版，共 30 册）、儿童"小小说"（中华书局，共 100 册）等。20 世纪二三十年代丛书出版就更多了，据不完全统计，先后出版的丛书有："儿童万有文库"（上海新华书局，1930 年）、"小朋友丛书"（上海北新书局，1931 年）、"世界少年文库"（上海世界书局，1931 年）、"中华儿童丛书"（儿童书局，1933 年）、"儿童文学创作丛书"（上海北新书局，1933 年）、"幼童文库"（商务印书馆，1934 年）、"小朋友文库"（中华书局，1936 年）、"新儿童基本文库"（大东书局，1947 年）等。这些读物大多是综合性的，如由王云五和徐应昶主编的商务版"小学生文库"（商务印书馆，1933 年），内容涉及政治、历史、地理、文艺、科学常识等，共计 500 册；文艺部分又分童话、神话、小说、诗歌、故事等，包括《豪福童话》《安徒生童话》等，此外还有经过改写的古典名著，如少儿版《水浒传》《西游记》等。

出版儿童文学丛书、儿童读物丛书，一直是我国少儿图书出版事业的热门。新时期更是出现了一个持续不衰的"丛书热"，不少出版社都把丛书作为"拳头产品"与"传统项目"。少年儿童出版社先后推出的"少年文库""童年文库""彩图世界名著 100 集""十万个为什么"系列丛书，中国少年儿童出版社的"少年百科丛书""世界文学名著少年文库""中学生丛书""中华人物故事全书"，新蕾出版社的"童年文库""世界童话名著文库""世界儿童小说名著文库""故事大王画库""童话（丛刊）"，四川少年儿童出版社的"小图书馆丛书""小作家丛书"等，都是 20 世纪 80 年代很有影响的少儿读物丛书，其中多数属于综合性的。新时期以来，影响较大的纯儿童文学丛书主要有下列几种：

"中国儿童文学大系"，希望出版社 1989 年出版，收录 20 世纪中国儿童文学的重要作品，分为理论、童话、小说、散文、诗歌、儿童剧、科学文艺七类，共 15 册。

"中国幼儿文学集成"，重庆出版社 1991 年出版，收录 1919—1989 年 70 年间中国幼儿文学的重要作品，分为理论、童话、儿歌、故事、戏剧等 10 卷。

"新潮儿童文学丛书"，江西少年儿童出版社（今二十一世纪出版社）1987—1989 年出版，荟萃新时期以来反映中国儿童文学新的发展思潮、新的美学追求、新的创作手法的具有代表性的作品，绝大多数出自青年作家之手。丛书分为小说、童话、诗歌三种类型，包括《八十年代小说选》《八十年代童话选》《八十年代诗选》《探索作品集》《中国少女心理小说集》《中国少年探险小说集》《一百个中国孩子的梦》《八十年代乡村小说集》《中国少年诗人诗选》等。

中国少年儿童出版社自 1959 年起陆续出版中国著名作家的儿童文学作品选集。丛书以作品选的形式，集中介绍现当代著名中国作家的儿童文学佳作，已出版（以出版时间先后为序）鲁迅、柯岩、严文井、贺宜、胡奇、金近、叶君健、张天翼、冰心、袁鹰、郭风、管桦、孙幼军、陈伯吹、叶圣陶、秦牧、任大星等人的作品选。

"全国少年儿童文化艺术委员会理论丛书"，选题来源于 1985 年 7 月昆明"全国儿童文学理论研究规划会议"，之后由各地出版社陆续出版，已出版《中国当代儿童文学史》（陈子君主编，明天出版社，1991 年版）、《中国现代儿童文学文论选》（王泉根评选，广西人民出版社，1988 年版）、《论当代中国儿童文学》（陈子君等主编，湖南少年儿童出版社，1989 年版）、《论儿童诗》（陈子君等主编，广西人民出版社，1988 年版）、《论童话寓言》（陈子君等主编，新蕾出版社，1989 年版）、《论儿童小说》（陈子君等主编，江苏少年儿童出版社，1993 年版）等。

"儿童文学新论丛书"，由湖北少年儿童出版社自 1990 年起陆续出版。丛书以专题研究的形式,集中推出一批 80 年代成长起来的年轻理论工作者的最新研究成果,富于当代意识与探索精神。该丛书已出版《中国儿童文学理论批评与构想》(班马)、《比较儿童文学初探》(汤锐)、《童话艺术空间论》(孙建江)、《儿童文学的审美指令》(王泉根)、《异彩纷呈的多元格局》(彭斯远)、《儿童文学接受之维》(方卫平)、《儿童小说叙事式论》(梅子涵)等。

少年儿童出版社自 1983 年起陆续出版"文学大师和儿童文学"系列图书,集中反映现代著名文学家、教育家关心、从事儿童文学的实践,收集、整理他们与儿童文学有关的全部作品和文论。该丛书已出版《茅盾和儿童文学》《郭沫若和儿童文学》《冰心和儿童文学》《郑振铎和儿童文学》《叶圣陶和儿童文学》《巴金和儿童文学》《陶行知和儿童文学》《黎锦晖和儿童文学》等 13 册。

"中国儿童文学艺术丛书",海燕出版社 1989 年 5 月出版。该丛书共有 11 册,系统介绍了当代中国儿童文学艺术领域 110 位有较大成就的儿童文学作家、艺术家,因每种介绍十家,故又称"十家丛书"。丛书按不同体裁,分为儿童小说、科幻小说、儿童诗、童话、科学童话、散文、寓言、儿童剧、民间故事、儿童画、连环画等。

"世界儿童文学研究丛书",湖南少年儿童出版社自 1992 年起陆续出版,至 1999 年出齐,共 9 册:《中国儿童文学现象研究》(王泉根)、《日本儿童文学面面观》(张锡昌、朱自强)、《俄罗斯儿童文学论谭》(韦苇)、《美国儿童文学初探》(金燕玉)、《德国儿童文学纵横》(吴其南)、《英国儿童文学概略》(张美妮)、《法国儿童文学导论》(方卫平)、《意大利儿童文学概述》(孙建江)、《北欧儿童文学述略》(汤锐)。这是中国学者第一套全方位研究世界儿童文学的专著,对于中外儿童文学交流、中国儿童文学理论走向世界有积极的意义。

新时期儿童文学的丛书"出版热",除了注重文化积累与理论、文献的研究、整理外,还对原创作品生产方面投入了特别的关注与精力,尤其是进入 20 世纪 90 年代后,这方面的成绩更为明显。不少出版社在抓原创读物的出版方面舍得花时间、花精力、花成本,既推出了一大批新作,又培养造就了一大批新人。

少年儿童出版社从 20 世纪 90 年代初就开始调整出版部署,下大力气抓原创作品。该社的"巨人丛书"专门用来推出中长篇少儿小说、童话和科幻作品。其中,秦文君的《男生贾里》、梅子涵的《女儿的故事》、张品成的《赤色小子》等荣获全国优秀儿童文学奖。江苏、浙江、湖北三省的少儿出版社在抓原创作品方面也业绩不凡:江苏少年儿童出版社已出版"中华当代少年文学丛书" 14 册、"中华当代童话新作丛书" 10 册、"中华当代科幻小说丛书" 10 册,其中曹文轩的《山羊不吃天堂草》等获全国优秀儿童文学奖;浙江少年儿童出版社已出版"中国幽默儿童文学创作丛书" 17 册、"红帆船诗丛" 6 册、"寄小读者散文丛书" 11 册;湖北少年儿童出版社(现长江少年儿童出版社)推出了"鸽子树丛书" 7 册、"红蜻蜓少年随笔丛书" 15 册、"中国当代儿童诗丛" 8 册、"少儿教育纪实文学丛书" 3 册。后两家出版社也分别有原创作品获全国优秀儿童文学奖。

20 世纪 90 年代后期,各地出版社纷纷亮出自己的原创力作,而且均以丛书形式面世,以求更大的出版效应。重要者有:二十一世纪出版社的"大幻想文学中国小说"丛书(7 册);北京少年儿童出版社的《自画青春》丛书(9 册);新蕾出版社的"金狮王动物小说"丛书(6 册),郑春华"大头儿子系列故事"(4 册);福建少年儿童出版社的"花季小说"丛书(8 册);明天出版社的"金犀牛"丛书(6 册),"猎豹丛书"(7 册);湖南少年儿童出版

新中国儿童文学

社的"中国最新动物小说"（8 册），"红辣椒长篇儿童小说创作丛书"（9 册）；甘肃少年儿童出版社的"少年绝境自救故事"丛书（10 册）；安徽少年儿童出版社的"青春口哨"文学丛书（4 册）；沈阳出版社的"棒槌鸟儿童文学丛书"（6 册）；重庆出版社的"蒲公英儿童文学丛书重庆作家专辑"（4 册）；中国青年出版社的"刘先平大自然探险长篇系列"（5 册）；春风文艺出版社的"小布老虎丛书"；晨光出版社的"蓝宝石丛书"（6 册）。

以上 26 套原创作品丛书，基本上代表了 90 年代后期我国儿童文学创作的最新成果与总体水平，并成为跨世纪儿童文学的重要艺术积累。它们既是研究中国儿童文学现象的主要参考资料，也是研究新时期儿童文学思潮发展、美学追求和读者心理的重要依据。当然，它们更是为丰富广大少年儿童的精神食粮、提升他们的文学修养做出了重要贡献。这是我国八九十年代儿童文学系统工程建设的重点项目之一，理应大书一笔。

八、海峡两岸儿童文学的交流

台湾文学是中国文学的一个重要支脉，台湾儿童文学是中国儿童文学不可或缺的组成部分。当代台湾文坛涌现了一批儿童文学作家，他们创作了许多具有鲜明民族风格和浓郁台湾地方特色、风格流派异彩纷呈的作品，丰富了中国儿童文学。但是，由于历史的原因，海峡两岸多年的阻隔使两岸的小读者都无法读到彼岸的儿童文学。几十年的阻隔终于在 20 世纪 80 年代开始解冻。随着海峡两岸往来取得进展，儿童文学交流呈现出日益频繁的势头，在出版、评论、评奖、征文、访问等方面，都有明显的推展。"中国儿童文学要提升，两岸儿童文学要交流，世界华文儿童文学要发展"，这已成为两岸儿童文学界越来越强烈的共识。通过海峡两岸儿童文学的交流传播，引导两岸少年儿童到同文同源的万里长风中，到同根同脉的历史苍穹下，去感受中华文化的脉动，在由甲骨文传承下来的民族历史文化长河里得到精神的洗礼，使他们拥有一份关于中华民族共同的文化情结，从而加强并加深两岸少年儿童的精神对话和心理沟通——这是自 80 年代初海峡两岸开放以来所进行的文学交流活动的一个非常突出的现象，同时也是新时期儿童文学系统工程建设的重要内容。其时，海峡两岸儿童文学交流具有以下特点：

（一）延续时间长，且往来频繁

1989 年 8 月，以著名诗人、儿童文学家林焕彰为领队的台湾儿童文学作家一行 7 人，飞赴大陆访问。短短数天内，他们拜会陈伯吹、严文井、任溶溶等当代儿童文学泰斗，并与皖、沪、京等地的儿童文学界进行学术对话。"1989 夏季之旅"，无疑是海峡两岸儿童文学界的历史性聚会。自此以后，两岸儿童文学界又先后在长沙、海口、北京、天津、昆明、广州、金华、杭州等地举行了较大规模的学术交流和理论研讨活动，同时还在北京、上海分别举行了台湾儿童文学家林焕彰、桂文亚作品的专题研讨会。1999 年 9 月，"首届海峡两岸儿童文学教学研讨会"在北京师范大学召开，使两岸儿童文学教学交流与研究走向深入。1994 年 5 月至 6 月，大陆儿童文学界一行 14 人，首次飞越海峡，前往台北参加两岸儿童文学学术研讨会，并进行环岛之旅。1998 年，又有 8 人组成的团队再次到达台湾。这些活动都在两岸文学界、文化界、教育界产生了十分积极的影响，甚至常有成人文学作家羡慕儿童文学作家竟有如此频繁的两岸互访和交流活动，这在成人文学界是不多见的。

（二）举办活动多，内容门类广

交流是一种对话，一种探寻。共同的文化情结和文学课题，已将两岸儿童文学界紧密地联系在了一起。两岸不但合作出版了《中国当代儿童文学作家小传》(湖南人民出版社,1992年版)、"海峡两岸儿童文学选集"(台湾民生报社、四川少年儿童出版社,1993年版),而且还互相在对方的少儿报刊开辟了相关的专栏,如北京《东方少年》开设的《台湾儿童文学作品专辑》(桂文亚策划主编)、台北《民生报》介绍大陆儿童文学作品等。特别是《民生报》的桂文亚,经她之手,大陆儿童文学作品频频在《民生报》、美国《世界日报》等报刊载,至今已发表了上百位大陆作家的儿童文学佳作。由马景贤主编的《儿童日报》以及林良担纲的《国语日报》,也连续不断地刊出大陆儿童文学作品与理论文章。此外,两岸儿童文学界还举办了多次颁奖活动,表彰对儿童文学事业做出特别贡献的作家与优秀之作。例如,大陆已先后有洪汛涛、周锐、王泉根、沈石溪、金波、秦文君、樊发稼、韦苇、张秋生、郭风、任溶溶、孙幼军、班马、蒋风十余人获台湾"杨唤儿童文学奖",北京小作者葛竞还获得该奖的"评审委员奖";而台湾也先后有林焕彰、桂文亚、李潼等多人分获"宋庆龄儿童文学奖"等多种奖项。

(三)成效显著,影响深远

随着两岸儿童文学交流的日渐深入,《人民文学》《儿童文学》《东方少年》《儿童文学选刊》等大陆多家报刊相继刊发了大量台湾儿童文学的精彩之作;大陆的一些中小学语文、作文类杂志,也发表了不少台湾小学生的优秀作文。《文艺报》《台湾研究集刊》及一些大学学报发表了一系列探讨台湾儿童文学的论文,如《台湾儿童文学鸟瞰》《台湾儿童诗创作概况》《困惑的现代与现代的困惑——当今台湾童话创作现象研究》等。林海音、林良、林焕彰、林文宝、谢武彰、陈木城、桂文亚、马景贤、杜荣琛、邱各容、方素珍、薛林、管家琪、黄海、王淑芬、陈卫平、洪志明、张子樟、张嘉骅……一个个陌生的名字,逐渐为大陆儿童文学界与小读者所熟悉。

儿童文学面向的是中华民族未来的一代,两岸作家作品的交流、发表和传播,直接影响着海峡两岸亿万小读者的精神对话、心理沟通与文化传递。优秀的儿童文学作品更是能够深入孩子心田,让他们终生难忘。一位台湾作家的作品在大陆发表,其读者之广、影响之大,是台湾岛内所无法想象的。例如,桂文亚的《班长下台》等作品在上海《少年文艺》发表后,编辑部接到大量小读者的来信,"桂阿姨"一下子成了小读者关注的热点,而作家本人也连获1993年、1994年《少年文艺》小读者票选年度最受欢迎散文作家第一名。

谈到两岸儿童文学交流的影响,不能不提到1992年的征文活动。由台北《民生报》、河南海燕出版社、北京《东方少年》杂志社联合举办的"1992年海峡两岸少年小说、童话征文活动",是两岸文教交流中深具影响力的活动之一。是年5月11日,征文活动的新闻发布会在北京建国饭店隆重举行,时任全国人民代表大会常务委员会副委员长雷洁琼到会并接见三方负责人,北京新闻界、文学界、出版界200余人参加,各大报刊很快报道了这一消息。经过两岸儿童文学作家的共同努力,共有800多件作品入选,最后经两岸资深作家、评论家组成的评委会投票表决,于11月13日在北京公布评奖结果,所有获奖作品均在两岸同步出版。这次活动的影响之广、参与人数之多,不但在两岸儿童文学界引起强烈反响,在两岸文教交流中也是获得成功并引人瞩目的活动之一。

共建两岸少年儿童的文学殿堂与精神家园,首先是建立在两岸儿童文学界有着共同的文化情结的基础上。共同的文化情结来自共同的"以文学育人、树人、立人"的文化传统和关切民族未来一代精神生命成长的文化担当,而当代两岸儿童文学的发展态势与走向又有着许多相同相通之处。这些都使两岸儿童文学不约而同地共处于一种有对话、沟通的诉求与探索、创新的激情之中。

　　儿童文学系统工程的建设，是促进儿童文学发展的重要条件与基本保证，是与儿童文学的生态环境、社会重视、文化语境、经济投入等诸多外在因素密切相关的。没有改革开放的社会文化大背景，就没有一系列儿童文学良性循环的运作，也不可能会有以上这些系统工程卓有成效的建设。世纪之交的中国社会正在由长期奉行的计划经济转向市场经济。社会主义市场经济体制的逐步建立与完善，必将影响整个中国社会的生活——从物质生活到精神生活的方方面面，对文学事业包括儿童文学系统工程的建设也必将产生越来越深广的影响。21 世纪的中国儿童文学，将在全新的外部文学环境中开展其系统工程的全新建设。

　　　　　　　　　　（原载王泉根著《中国儿童文学史》，新蕾出版社 2019 年版）

[注释]
①[美]雷·韦勒克、奥·沃伦：《文学理论》，刘象愚等译，江苏教育出版社 2005 年版，第 69 页。

20 世纪八九十年代中国儿童文学的走向

蒋　风

20 世纪 70 年代末以来的 20 年，是中国历史转折时期。"文化大革命"后的中国大陆，经历了一场伟大的历史大变动，接受十年浩劫的沉痛教训，放松了对人的精神上的禁锢，使人们不再胆战心惊地生活在一统的思想观点下，有可能挣脱旧的观念，对待世界的方式，站到一个新的高度，用一种新的眼光去审视世界，思考生活。这给文学提供了一个前所未有的宽松环境，也给文学创造了一个极好的发展机遇。儿童文学也不例外。从 80 年代开始，中国儿童文学抓住了这个机遇，一方面延续着传统的题材、主题、视角、方法，在形象塑造、语言表现上都有新的突破；另一方面由于社会环境的改变，西方新文化思潮的又一次涌入，彻底打破了由来已久的中国儿童文学自我封闭系统，有可能使中国儿童文学由传统儿童文学向现代儿童文学过渡，这一历史进程成了中国儿童文学转型期。经过近 20 年的转型、发展，现在已经比较清晰地看出它在这一时期的走向。本文试从儿童文学观、儿童文学创作思想、儿童文学创作方法、儿童文学研究四个方面做一番探索，拟为它勾勒一条轨迹。

一、儿童文学观：从单一的教化功能走向多功能的认同

"文以载道"是中国有着悠久历史的文学观，对儿童文学有着极其深远的影响。我国历来都强调儿童读物的教化作用，认为儿童年幼、单纯、阅历浅，容易"近朱者赤，近墨者黑"，因此主张写给孩子们看的读物要有教育意义。长期积淀形成的伦理型和功利性的中国文化，也自然而然地熔铸入中国儿童文学，把儿童文学牢固地框死在一个教化的基调内。这种观念到了"文化大革命"期间发展到登峰造极的地步，当全国都沉浸在观看 8 个"样板戏"的热潮中时，"四人帮"炮制的"三突出"的论调，也在儿童文学中贯彻，彻底否定了儿童的特点和儿童文学的特殊性，即使提供给婴幼儿的儿歌，也要求塑造高大全的工农兵英雄形象，强调要为政治服务。千百年来受到统治思想禁锢的文学领域，把"文以载道"当作金科玉律，"为政治服务"也为作家自觉地尊奉。儿童文学也一样，"四人帮"从篡党夺权的阴谋出发，从狭隘的政治功利主义出发有意或无意地向小读者灌输种种有毒的思想观念和那些被篡改了的道德戒律。儿童文学与成人文学一样，"载道"为其第一目的，"服务"为其第一效用，"工具"为其第一特征。

直到"四人帮"被粉碎之后，全社会的"拨乱反正"和思想解放运动，清洗了长期以来禁锢人们头脑的极左思想，儿童文学界也有人提出要更新儿童文学观念。但教化主义的儿童文学观已深入人心。转变观念不是一朝一夕的事，1979 年鲁兵发表了论文《教育儿童的文学》。他本来的意图是批判"四人帮"期间否定儿童文学特点的错误倾向，明确提出儿童文学"应当给儿童以快乐的诗、有趣的故事、充满欢乐的戏剧和电影、富有积极向上的幻想的童话……我们许多优秀的儿童文学作品无不具有明朗的色彩和欢腾的气氛。

这样的作品,有力地激发儿童的积极性、主动性、创造性,帮助儿童树立克服困难的勇气和信心,使他们从小就学会昂首阔步地前进"①。他特别强调:"儿童文学是以儿童为读者对象的、教育儿童的文学,应该遵循党的教育方针,具有教育的针对性。它在艺术上的特点,当然还是儿童特点的反映。在儿童成长的各个不同年龄阶段中的一般的、典型的、本质的心理特征的反映。这种心理特征是生理的现象,同时也带有社会的色彩。生活在不同的社会和时代,出身于不同的阶级、阶层和家庭,接受不同的教育,那么同一年龄的儿童,其心理特征也会有所差别。只看生理的因素,全然不问社会的因素,笼统地说儿童具有一颗'童心',这是不全面的。"②这篇写于"拨乱反正"期间的论文,带有当时的时代烙印是很容易理解的。其实"儿童文学是教育儿童的文学"这一观点在中国流行了几十年,曾主宰了成就辉煌的 20 世纪 50 年代到 60 年代中期的传统儿童文学,并被老一辈儿童文学作家所认同。但从发展的眼光看,这种观点有一定的保守性,从内涵上分析,显然与"文以载道"的传统文学观是一脉相承的,在一定程度上确有束缚儿童文学作家创作思维的弊病。从科学性上看也带有一定的片面性,它把儿童文学的功能理解得过分狭窄了。

进入 20 世纪 80 年代以后,有一批年轻的儿童文学作家站出来批判上述观点,向"儿童文学是教育儿童的文学"观点提出挑战。他们认定儿童文学不一定要有教育性,只要能愉悦儿童,让他们得到快乐就够了。这批青年作家力求摆脱"教育工具论"的儿童文学观,并在创作实践中作种种艰苦的探索。郑渊洁童话的崛起,就是一个典型。他用荒诞的幻想,吸引了成千上万的小读者。他刚步入童话艺苑时,还曾受到"教育儿童的文学"观影响,如《黑黑在诚实岛》《脏话收购站》,从题目上就可以领略到它的教育因素。后来为了增强童话的趣味性,他大胆地将游戏因素注入童话内容之中,设想越来越荒诞,夸张越来越强烈,追求一种热热闹闹的喜剧效果。他反对那种"头痛医头,脚痛医脚"的做法,开始淡化教育成分,并且有意削弱"物性"对幻想的束缚,放纵他的想象,使幻想自由飞翔,创造了一种新颖别致的妙趣,吸引了广大小读者,获得了出人意料的成功,并由此带动了彭懿、周锐、郭明志、朱效文等一大批青年作家,从创作实践上冲破"儿童文学是教育儿童的文学"观念。接着便有人从理论上批判"儿童文学教育工具论",周晓以他敏锐的批评家眼光,早在 1980 年就指出:"时至今日,我们绝不能把儿童文学单纯作为达到某种思想教育目的的直接教具。过去,那种把作品的教育意义和政治性等同起来的'左'的观点,已经窒息了儿童文学创作生机;今天,我们如果把儿童文学的教育作用理解得过于直接、褊狭,仍然有导致忽视艺术规律和儿童文学作为文学的特点,回到'左'的老路上去的可能。"③文学与教育的关系是个老话题,到 80 年代又在中国大陆引起一场大讨论。本来,这也不是个很复杂的问题。任何时代、任何国家创作出来的优秀儿童文学作品,都蕴涵着一定的教育功能和思想感召力量。问题是这种功能绝不是狭隘的、功利的;这种思想感召力量也不应该是某种政治势力所钦定的、直接控制的,而应该是自然的、宽广的、能为儿童所理解和接受,符合儿童心理特点和规律,有利于他们健康成长的;不宜把干巴巴的露骨的道德教训当作艺术的尾巴硬安上去,而是要通过作品艺术创新而激起小读者情感上的共鸣,从而引发思考,从中得到感悟。

其实所有对"教育儿童的文学"观提出挑战的朋友,包括那些提倡写"没意思"作品的评论家,他们也并非否定儿童文学的教育性,而是反对过分狭隘地理解儿童文学的教育功能,"'没意思'不是瞎编乱造,不是无聊,不是浪费儿童的时间。周作人一再强调'没意思','原有它的作用'可见仍是有用。这不是实用,而是精神受用,即'审美'之用"④。他们反对的是用抽象的政治概念和道德概念取代儿童从文学作品获得的感悟中认识生活和客观规律，也反对把既成的观念当作作品的主题和结构的中心，用来判断善恶真假美丑的标准。

在对"教育儿童的工具"观点的种种质疑的大讨论中，最响亮也是最先获得大家一致认同的是"儿童文学首先是文学"这一命题。认为儿童文学是文学的一个独立分支，当然也是文学。文学的本质特征是审美，儿童文学的任何教育性都应该通过审美来体现。

经过一番热烈的讨论，不仅强化了儿童文学的艺术审美意识，而且它的游戏精神、娱乐功能也得到了人们的推崇和弘扬，大家的儿童文学观慢慢地形成共识。我在撰写《中国当代儿童文学史》时，曾在绪论中加以概括："文学具有审美、教育、认识、娱乐四大功能，而这四大功能又是互相联系的，不可分割的，而且都是通过审美来起作用的。不论是审美、认识功能，还是娱乐功能，从广义上讲都是教育。这是文学界包括儿童文学界在内一致认同的。所以产生上述纠缠不清的争论，主要问题在于对教育性如何理解。""儿童文学的教育性不是说教，也不是图解道德的内涵，它应该是作家在生活中获得有深切感受的人和事物，经过精巧的艺术构思，用生动的语言创造出来的有血有肉的丰满的艺术形象，让小读者从中得到熏陶感染，在潜移默化中受到教育。"⑤直至今日甚至有人提出"要让儿童文学真正走向儿童，就有必要让'没意思'的作品成为创作的主流"，这样"近乎怪论"的儿童文学观也被人所宽容、接受、赞同。

中国儿童文学观近20年来的发展轨迹，就这样清晰地呈现出来。

二、儿童文学创作思想：从单一的意识形态化走向多元化

作家的创作思想取决于作家的文学观。前文已经提到中国的儿童文学观，过去一向是与"文以载道"的观念一脉相承的，延续到十年"文革"期间，作家的创作思想已被迫高度意识形态化、高度政治化，被禁锢在一个非常功利化的铁圈圈内。文学除了作为武器、工具参加阶级斗争和路线斗争之外，几乎再也没有其他意义了。"文革"之后，痛定思痛，儿童文学界人士对传统儿童文学观进行了深刻的反省。随着改革开放的春风，社会、经济、文化都有了很大的变化，受到种种思潮的冲击，儿童文学作家也纷纷从传统的一元化的意识形态中挣脱出来。很多作家为孩子们拿起笔时，就会首先思考一个问题，为什么在十年"文革"中，"人"的价值会被少数人甚至个别人彻底否定了？经过全民族的痛苦思索，人本观念开始觉醒，人的价值得到肯定，并且认识到人不可能是神，也不是鬼，人应该是"人"，人既不可能高大全，也不会全然的一无是处。人是有血有肉有思想有感情的，人的本性重新被认识。文学是人学，儿童文学也一样。作家执笔创作时，他的思想深处就不再像过去那样简单化看"人"了。儿童也是人，也是在食人间烟火中成长的。作家从人本主义的创作思想出发，他笔下的人物也就不再用过去那样高度政治化了的模式来描画，而是有丰富的生活内容、复杂的思想感情，具有真正人情味的人。包括孩子在内的"人"的生活本来是极其丰富多彩的，他们的内心世界是非常斑斓绚丽的，反映到作家思想里的也应该是多元、多姿、多彩的。

而且，当人本思想重新确立时，作家的主体意识随之强化，这也为作家的艺术多元选择创造了条件，因此大陆的儿童文学创作思想出现了空前未有的活跃。作家不再以单一的眼光去看待生活，而是充分尊重自己的艺术个性，根据自己的具体情况不断寻找创作的突破口，寻找属于自己的艺术天地。

到了 20 世纪 80 年代，中国儿童文学文坛涌现出一大批才华横溢的青年作家，他们执着于自我感情的宣泄和自我内心世界的表现，强调作家的主体意识，勇于探索，因此在创作思想上就异彩纷呈，令人眼花缭乱，不妨随意举几个例子。

前文提到过的郑渊洁是位让小读者着迷的青年童话作家，他开始童话创作就想摆脱当时童话创作中平淡、沉闷的气氛和沿袭已久的创作模式，大胆地将游戏精神注入童话创作之中。他认为儿童的工作就是游戏，所以要把童话写成幻想的游戏，让孩子在游戏中增长才干和智慧。他以非凡的想象力，把孩子生活中种种抽象出来的概念，用幻想的有形的形式表现出来。脏话有专门的收购站、哭鼻子也可以比赛、耳朵里生存着一个靠听赞扬话维持生命的王国、弱者的泪水中会突然出现一个勇敢无比的小骑士……这些荒诞不经的奇思异想，一下子就抓住了小读者的心。郑渊洁的童话之所以赢得孩子的热烈欢迎，与他力求创新的思想分不开："童话创作应该开拓新的领域，无论在形式或内容上，都应该创新。"⑥这种创新的思想，我想也是作家主体意识炽热化的表现吧！

这一时期有位引人注目的青年人，他就是身兼作家与理论家双重身份的班马，他一开始提出"儿童反儿童化"的儿童文学观，就受到海峡两岸儿童文学界的注目。这匹闯入儿童文学文苑的"黑马"，在创作思想上也有不少令人一时难以理解的观点。他认为只有原始生命力以及前审美的种种特征，如野性、幻想、荒诞、动物性、游戏性、生长力、非现实性等基质，才能构成"儿童文学"的独特性和本体的魅力。他用自己的创作实践印证着他的理论，如《鱼幻》《野蛮的风》《那个夜，迷失在深夏古镇中》等作品，不仅充满荒诞的幻想，而且洋溢着雄奇的野性，用一种神秘的笔调，描画挣脱了现代城市文明的少年，在大自然感召下原始生命复苏的意念。在他笔下叙写的故事，明显带有非现实性，却又蕴涵着沟通远古与未来新人类的意识。班马结合他 20 多年的创作实践，刻苦探索，不断梳理，步步深化，终于完成了一部具有学术分量的专著《前艺术思想——中国当代少年文学艺术论》。在这部洋洋大观 56 万言的学术论著中，反映了今天多元化的中国儿童创作思想别具风采的一面。

在中国儿童文学转型期的过程中，从创作思想角度看，是不断创新的过程，有人说它是个"充满艰辛的突围表演"⑦。而在这场突围表演中表演最充分的要算梅子涵了。他说："我热衷于创新。我热衷设计新的语言和表达。……我讨厌重复，等到我只能重复了，我就不写了。我会去做旁的事。"⑧尽管他自己感叹："评奖年年进行，名单里就是没有我。我属于一个可以得到不少评论的作家，但我不属于一个可以得奖的作家。"⑨但他锐意创新的思想，使他的作品不断以新的艺术形式出现在读者面前，还是受到儿童文学界的重视。20 世纪 80 年代发表的《课堂》《走在路上》《蓝鸟》《双人茶座》，90 年代的《我们没有表》《林东的故事》《曹迪民先生的故事》《走小木桥》等都被一向以展示新人新作新观点而著名的《儿童文学选刊》选载。这足以说明他的创作思想的活跃态势，还可以用他自己 1997 年 10 月在江西三清山举办"跨世纪中国少年小说创作研讨会"上发言中的话来表达："一种更神驰意义上的构思和讲述能力，让故事有一种飞翔的感觉。"他认为："整个的人类就是由于想象力、幻想力的不断推进，弄假成真，科学才惊天动地，使人目瞪口呆。所以拯救想象力、幻想力也是推进中国下一代的智慧，我们不要低估了。"⑩正是在这样儿童文学观的指导下，他的创作思想"不再平庸"，时时处于"奋起直追"的飞翔状态中。

从绚丽多彩的年轻一代儿童文学作家的创作思想看，曹文轩是一位比较正统的学者型作家。他不那么刻意标新立异，但当他一开始投入儿童文学创作，就对当前儿童文学现状非常不满,"我们的作品,有相当一部分不能产生美感,更无从谈作家有什么美学理想、美学原则。相当一部分作者处于一种下意识的创作状态,不可能产生很多具有文学和美学价值的作品,儿童文学尤甚。这需要我们增强美学方面的修养。不然,我们只会产生大量平庸的缺乏美感的灰秃秃的毫无光彩的作品"①。他的不满来自他的使命感,他是带着重塑民族性格的神圣使命感投入儿童文学创作的。他认为:"作为这个民族的老一代和中年一代都已无太大的可塑性。而新生一代却可塑性很大。孩子是民族的未来,我们是民族未来性格的塑造者。儿童文学作家应当有这一庄严的神圣的使命感。"②正因为他的创作思想中融入了神圣使命感,且作为一位著名的学者,对待创作比较严肃认真,驱使他不断地在儿童文学创作领域作不懈的美学探索,写出了《云雾中的古堡》《再见了,我的星星》《古老的围墙》等别具美学色彩的优秀作品。

限于篇幅,我只能以那些最富才华、最具艺术个性的年轻儿童作家作为例证,作一鳞半爪的介绍。其实还应提到彭懿、周锐、冰波、程玮、陈丹燕、常新港、张之路、秦文君、金曾豪、董宏猷、吴然、谢华、高洪波、沈石溪……正是由于他们在创作思想上敢于标新立异,敢于大胆开拓,敢于自我表现,才使得儿童文学从已趋僵化的单一的意识形态中走出来,走向绚丽多彩的多样化,为中国儿童文学创造了一道道迷人的风景线。

三、儿童文学创作方法:从单一的传统模式走向多元

粉碎"四人帮"之后,中国文坛重新提出"文学是人学"的口号,文学便走上现实主义的道路,传统的现实主义对"拨乱反正"后刚开始复苏的文学来说,无疑也是一条比较顺当的道路。儿童文学也在这大潮中采取写实的方法,经历了"反思文学""伤痕文学""问题小说""新人小说"等阶段的嬗变。但是,文学观和儿童文学观伴随时代脚步在不断更新,同时由于思想大解放,西方各种文艺新思潮的涌进,创作思想显得十分活跃,儿童文学作家的主体意识也逐渐由觉醒走向强调,每个人都在寻找"自己的美学",探索适于自己个性的创作方法,有人重视写人、写生活、写真实;有人主张写感觉、写意象、写诗意;有人刻意追求写怪异、写荒诞、写魔幻;有的还在苦苦地探索,调整观念,寻找新的语言和新的表现方式,企图有新的艺术突破。一时间异彩纷呈,令人目眩。

为了突破创作方法上的单一模式,作家们纷纷在传统的现实主义和浪漫主义两大创作方法之外寻求新的表现方法,表现主义、象征主义、存在主义、感觉派、新感觉派、荒诞派、黑色幽默等创作方法都有人在借鉴、在试验。他们鄙弃传统的写实手法,在塑造形象时常常爱用大胆的夸张、变形等手法。例如郑渊洁,他突破童话"常人体""拟人体""超人体"等的约束,也很少考虑童话逻辑中老一套的"物性"与"人性"相统一的常规,而是将人性和物性、物性与物性作种种奇特的排列组合。他自己曾对创作方法作过这样的描述:"我的大脑经常处于排列组合状态,各种记忆不断交织迸出新童话。"他的这种"排列组合"不是按照传统的方式,将人性糅进物性符合一般常规的直接组合方式,而是敢于打破常规,标新立异地创造具有社会属性而又无现成原型的新奇形象,常常追踪当代科技发展的脚步,大胆模拟现代技术设备的神异力量加以魔幻化,使幻想在其中自由飞翔,这样一来极大地扩展了幻想的空间。如《开直升飞机的小老鼠》,让一只小老鼠开起了现代化的飞机;在《皮皮鲁外传》中,让皮皮鲁乘坐"二踢脚",像火箭那样离开地球直飞太阳;在《鲁西西外传》中,出现了能够拍摄内心世界的立体透视全息摄影机和清洗心灵"礁石"的舰队……这些具有现代化色彩的魔法和道具,给作家的幻想带来了极大的自由。它能使

童话中的主人公飞上天空,拨动魔力无边的地球之轴;又能使他们潜入人的心灵,窥视内心深处的秘密;还能将抽象无形的东西显示出奇妙的形状来,使场景的移换更加自由、迅速。

20世纪80年代涌现出来的这批才思飞扬的年轻的儿童文学作家都跟郑渊洁一样,不仅想要超越他人,更雄心勃勃地要超越自己,想在儿童文学王国里出人头地。在强烈的当代意识推动下,他们有一种主观的冲动,要表现,要创新,因此在创作方法上,他们怀着一种博大的星球意识,在思考,在探索,班马就是其中之一。

班马在儿童文学创作方法上作了一系列的探索。《鱼幻》是引起儿童文学文坛惊讶的作品,有的评论家说他采用了感觉派的手法。他不是按照事物本来的面貌去摹写客观世界,而是以一个城市少年的心灵去感觉陌生的江南水乡风物和神秘的远古文化气息。还有《野蛮的风》《大船》《那个夜,迷失在深夏古镇中》等,作家在努力体现他的理论,还原儿童审美的原生态,把客观世界放在作家主观感觉中去描绘,然后通过作品中人物的感官印象、内心独白、自由联想,营造一个感觉中的亦真亦幻的艺术世界,使作品带有一种浓重的神秘感和浪漫情调,产生一种自然、生命、艺术混融于一体但又扑朔迷离的美感。

这种强烈的自我表现欲望促使作家在创作方法上力争创新的现象,在梅子涵身上也体现得很突出。自从进入儿童文学艺苑,他就不断地从意识和情绪、结构方式上来提高儿童文学的艺术质量。由于他独特的创作方法,使他每发表一篇作品,都给读者提供一种新鲜感,例如,他的《走在路上》运用"闪回式段块结构"的方法表达对往事的追念与现在生活的交织,将"走在路上"与触景生情闪回式地想起小时候的事情,作交叉式的叙述和描写,虽然有一定的情节,但没有完整的故事。他的《蓝鸟》在写法上则给人一种充满随意性的艺术口述体印象,看似无逻辑的叙述,好似将"黑色幽默"的创作手法向儿童文学移植。"通篇作品有一种扑朔迷离的无意识的氛围。似乎作者本人并未意识到他做了些什么,似乎他的意识包容着比他所能写出来的更多东西,这些东西就让读者自己去找,凭着各自的经验去找,那温情的光晕、那朦胧的轮廓,会给你深刻的满意之感的"。班马说他是"一种高级的胡扯",即娓娓动人,别具一种魅力。他写的《双人茶座》采取独白式的"神吹"创造意象来结构小说的形象,以幽默的手法叙述了一位少年吹嘘他与想象中的女朋友同进双人茶座的故事。他的另一个引人注意的作品《曹迪民先生的故事》,用毫不经意的叙事方式,写一个叫梅子涵的作家和一个正上五年级的曹迪民先生之间的交往。看似随意叙述形式,其实是作者在刻意追求着一种叙述新方法。汤锐说:"他的作品在似不经意的叙述形式中仍然为我们提供了一种超越传统技术美学观念的文本形式。"⑬

创新的冲动,大大扩展了艺术空间。一些年轻的先锋作家,直接借鉴西方现代主义创作方法和当代成人小说创作经验。他们告别传统儿童小说的主题、情节、结构、语言,用新的美学观来建构新的创作方法。如程玮在《白色的塔》中用象征的手法表达了当代少年的意念,十分耐人寻味。她的《永远的秘密》只写了让人捉摸不透的一个意念,将智慧比作"极乐鸟"。为了演绎这一意念,又铺叙了一个故事,故事的叙写全依赖感觉来完成。又如鱼在洋的《迷人的声音》,借用电影剧本的写法,以"声音"和"少年"安置在9个场景的对话编织成章。此外如董宏猷的《渴望》、金逸铭的《月光下的荒野》、张之路的《橡皮膏大王》、陈丽的《飞》等作品,都表现出这班青年作家在创作方法上探求突破传统叙事模式,侧重表现人物内心的思想感情,不再以故事为轴心,情节趋向淡化,呈现出多样化发展的趋势。又如金曾豪的《魔树》,明显是受拉美魔幻现实主义的直接影响,创造出一种现代的神秘色彩和似真似幻的现实意境。

以上这些探索，除少数作家取得成功外，多数作家还比较稚嫩、生涩，不被小读者所接受。但作家们的探索，对推动儿童文学创作方法走向多元化是值得肯定的。

四、儿童文学研究：从单一的认识论视角出发走向多维联系的有机整体观

中国儿童文学研究进入 20 世纪 80 年代以后，一些青年学者对当前的研究现状极度不满。"结果，我们又逐渐有了当代儿童文学的树状理论模式。这里用了'逐渐'一词，是因为这一模式的基本构架早在 50 年代就已经奠定，而直到 80 年代初才以'概论'的形式得以最后完成。这一树状理论模式的两大主干是强调儿童文学的共产主义教育方向性和儿童年龄特征对儿童文学的特殊要求。它甚至没有比现代儿童文学理论向前迈出应该迈出的步伐。""更为严重的是静止、凝固的理论模式给人们的思维带来巨大的惰性。很显然，传统的理论模式已经在我们的大脑中形成了一种思维定式。""狭窄的理论视野与单一的研究方法则使我们更习惯于封闭型思维，而不善于进行扩散型思维。于是，我们的思维触角难以向广阔的思维空间延伸，而终年在以既定观念为半径所画定的理论圈圈内蠕动。"①

他们的不满是有道理的，但他们可能忽略了当时的社会环境和中国国情，当年的研究者是在毫无依靠的情况下冒着"走白专道路"的精神压力下艰难工作的。可在年轻学者看来不仅建构理论框架太缓慢，且缺乏自己的理论发现，是"移植"苏联儿童文学理论的产物，没有创造，没有发展，一直处于一种静止的凝固状态。我想要是老一辈学者也遇上年轻一代这样宽松的环境，他们也不至于甘心当蜗牛，封闭在一个禁锢的小天地里工作。

在这群青年学者锋芒毕露的批判冲击下，加上时代也确实为人们提供了十分宽松的环境，一个正常的健康的学术品位和理论气氛逐步形成，虽没有达到百家争鸣的活跃程度，但过去那种只代表一种声音的封闭式局面不复存在了。各种不同的学术观点可以在同一平面陈述自己看法的合理性，批评与反批评也可以各言其是，例如对常新港《独船》的评价及其悲剧意识的讨论；对班马《鱼幻》的评价及其神秘色彩的讨论；对丁阿虎《今夜月儿明》引起的儿童文学中好不好描写朦胧爱情的讨论；对班马"儿童反儿童化"观点的讨论，逐步深化成儿童小说的"儿童化"与"成人化"的论争，以及与此相关的"表现儿童感受"与"表现作家自我"的讨论；还有周作人在中国儿童文学史上的地位的讨论；还有两位青年学者对陈伯吹儿童文学观的批评……通过这一系列不能不说热闹的批判和讨论，说明中国儿童文学研究已由单一、单纯向多元、全方位的转变。我们可从以下几方面找到印证：

第一，在视野拓展的基础上，研究方法越来越多样

新中国成立以后一段时间内，以阶级论为基础的社会学方法在儿童文学研究领域几乎成了绝对的权威，主宰了理论的王国。儿童文学教育性和社会功能成了研究的中心和重点，由此派生出来的一些理论，严重违反了艺术规律，也否定了儿童文学本体的特点。对"作品主题思想给孩子们的影响"这一类课题十分重视，而对作品的审美本质很少涉及，偶有艺术分析，也常常空洞、浮泛，不着边际。这种单一的封闭的理论格局受到青年学者们的严厉指责。批评拓展了人们的视野，更新了人们的研究观点，学者们以一种开放的姿态，引申出多维的研究方法。有的从美学的角度切入，如杨实诚的《儿童文学美学》（山西教育出版社），左培俊的《童话美论》（华中师范大学出版社），王泉根的《儿童文

学的审美指令》(湖北少年儿童出版社);有的从接受美学探讨,如方卫平的《儿童文学接受之维》(湖北少年儿童出版社);有的从比较文学方法探索,如汤锐的《比较儿童文学初探》(湖北少年儿童出版社),有的从文化发生学作宏观的审视,如班马的《前艺术思想》(福建少年儿童出版社)等。此外还有人运用符号学、结构主义、阅读现象学、文艺阐释学、本体论、新批评派等学科的方法,或从宏观方面着眼,或从微观切入,从事儿童文学研究,林林总总,洋洋大观,令人大开眼界。

第二,新理论、新方法的借用

今天,中国也开始步入信息革命时代,许多自然科学领域的研究方法,纷纷进入人文科学,使儿童文学研究更加多样化。信息论、系统论、控制论等方法,本来都属于自然科学范畴,近年来也有人借来作为研究儿童文学的方法。例如系统论整体性原则对儿童文学社会功能的认识更深刻了,儿童文学的教育、认识、娱乐作用,都融化于美感结构中,是不可分割的,作为系统元素而存在,这大大有助于对儿童文学与教育关系的认识。又如用系统论中的结构性原则、层次性原则考察儿童文学,原来儿童文学就其本质来说,就是文学这一大系统中一个复杂的子系统,而幼年文学、童年文学、少年文学相对于儿童文学来说又是一个更小的子系统,这对认识儿童文学的层次性大有促进。

今天的中国儿童文学研究不仅借用其他领域的研究方法,有的还直接运用学术领域中的新理论来阐释,如皮亚杰的儿童认识发展理论、薛尔曼的人际关系发展阶段、罗文格的自我发展论等都已直接进入儿童文学研究领域。

第三,走向科际整合,出现了边缘科学

由于视野不断扩大,学科与学科之间相互借鉴、相互融合,出现了与儿童文学密切相关的新学科。例如上海社科院哲学研究所中年学者姚全兴,他以新学科创造学为基础,同时把儿童心理学、文艺心理学、思维科学等学科的理论结合起来,全面系统地探讨了儿童文艺心理的方方面面,建构了一门《儿童文艺心理学》。

第四,儿童文学的功能与应用性不断扩散

儿童文学的功用是多方面的,它的应用性研究与日俱增,例如童谣在音乐教学中的应用,谜语在知识方面的运用,数数歌在幼儿掌握数序和加减乘除运算方面的推广使用等。湖南省凤凰县箭道坪小学教师滕昭蓉采用"童话引路作文教学法"获得了引人瞩目的成功,被评为全国劳动模范。还有儿科医师也在研究运用儿童文学作品对病孩进行心理治疗。真可说是五花八门。

第五,儿童文学研究中的文化意识越来越浓

20世纪80年代以来,中国儿童文学界讲究文化品位的提高,因此在儿童文学研究领域文化意识越来越浓。1994年甘肃少年儿童出版社出版了一套"中国当代中青年学者儿童文学论丛",共6册,包括《游戏精神与文化基因》(班马)、《人学尺度和美学判断》(王泉根)、《文化的启蒙与传承》(孙建江)、《酒神的困惑》(汤锐)、《代际冲突与文化选择》(吴其南)、《流浪与梦寻》(方卫平)。用不着再做分析,单从6本论著的书名就可明显看出文化意识在今天中国儿童文学研究中的浓烈程度。文化是多视角的复杂体,也可想见当前中国儿童文学研究的多元化内涵。

第六,追求建立完整、独立、有中国特色的儿童文学理论体系

有一段漫长的时间,中国儿童文学界受外来文化影响,缺乏科学的分析,更没有很好地结合中国实际,把儿童文学放到中国文学的大传统中作纵向的历史考察,也未将它放到世界儿童文学的总体系中加以横向的审视,因此面对儿童文学中的种种问题,感到许多不解、困惑。直到近年来,经过不断的上下求索,才逐渐从理论的贫困中解放出来,进行多角度、多层次、多格调的研究,并开始不懈地追求完整、独立、有中国特色的儿童文学理论体系的建设。

本章从以上 4 个方面做了粗线条的探索,借此勾勒中国儿童文学的走向,并为它展现一幅多元化、多层次、多声部、多方位的图景。

从这一走向看,前途是光明的。明天,将更加阳光灿烂。

[注释]

①②鲁兵:《教育儿童的文学》,少年儿童出版社 1982 年版,第 18、20 页。

③周晓:《儿童文学札记二题》,载《文艺报》1980 年第 6 期。

④刘绪源:《敢不敢在"没意思"中争高下》,载《儿童文学研究》1994 年第 1 期。

⑤蒋风主编:《中国当代儿童文学史》,河北少年儿童出版社 1991 年版,第 18 页。

⑥郑渊洁:《我写〈脏话收购站〉》,载《儿童文学研究》1982 年第 11 期。

⑦方卫平:《寻求新的艺术话语》,载《儿童文学选刊》1995 年第 5 期。

⑧⑨梅子涵:《〈林东的故事〉和别的》,载《儿童文学选刊》1995 年第 8 期。

⑩梅子涵:《让故事飞翔起来》,载《儿童文学选刊》1998 年第 1 期。

⑪⑫曹文轩:《儿童文学家必须有强烈的民族意识》,载陈子君编选:《儿童文学探讨》,河北少年儿童出版社 1991 年版,第 357、361 页。

⑬汤锐:《暖冬 1995、1996 年之交儿童文学简评》,载《儿童文学研究》1992 年 2 月。

⑭方卫平:《我国儿童文学研究现状的初步考察》,载《文艺评论》1986 年第 5 期。

(原载马来西亚《资料与研究》第 33 期《中国文学新走向》专辑,1998 年 5 月)

儿童文学:40年艰难曲折的道路

——《中国当代儿童文学史》绪论

蒋 风

任何一个民族、任何一个国家,以至任何一个地区,儿童文学跟一般文学一样,它的发展既有它自身的发生、发展的内部规律,又不可避免地要受到社会、时代、政治、经济、文化等种种外部条件的影响和制约,而且这些内在的规律与外在的制约又是错综交织、互相联系的。儿童文学史的任务,就是把儿童文学种种现象放到一定的历史范畴内加以审视、辨析,力求能正确地描绘出某一历史特定阶段的儿童文学的历史面貌,揭示出它的发生、发展的规律和与之密切相关的种种外部条件及相互间的影响,肯定其成就,指出其不足和存在的问题,从中得出经验教训,为其以后的发展提供借鉴。

回顾新中国成立以来我国儿童文学所走过的道路,总结正反两方面的经验教训,审视创作实践,探索对我国当前儿童文学发展具有重要影响的理论和活动,是关系到我国儿童文学繁荣发展的一项十分迫切的任务。可是,有着数千年文化历史的中国,却从未有人撰写过一部《中国儿童文学史》,为了填补这一学术空白,我们不揣浅陋,于 1987 年出版了第一部《中国现代儿童文学史》。在商品经济冲击着神州大地的情势下,这部印数不多的书却受到国内外人士普遍的关注和好评,先后有 20 多家报刊作了推荐和评介。这给了我们莫大的鼓励和勇气,于是当年就着手编写《中国当代儿童文学史》。在编写这部文学史时,我们就是本着上述宗旨,试图通过对作家作品的分析评价及儿童文学基本状况的介绍,勾勒出一条新中国建立 40 年来的儿童文学发展的历史轨迹,为今后的中国儿童文学的繁荣发展提供必要的借鉴。

为了便于读者对它有一总体的认识,在分编分章展开叙述之前,我先对它所走过的道路、取得的实绩和经验教训作一简要的评述。

一、中国当代儿童文学发展的历史回顾

中华人民共和国建立以来的 40 年,中国儿童文学取得了长足的进展,但也经历了左的或右的错误思想的影响和干扰,走过了一段艰难曲折的前进道路。

1949 年是个群情振奋、众志昂扬的年代,中国人民结束了多年的战乱生活,怀着胜利的喜悦和当家做主的自豪感,站起来着手创建自己的家园,心中充满了对未来理想社会的信心和希望。这是一个民族翻身与奋起的转折点。尽管新中国建立之初,人们忙着医治战争的创伤,一时还来不及顾到儿童文学这个不很显眼的事业,在开始一个阶段,无论从品种或数量上看,儿童读物都还远远满足不了孩子们的需要,更谈不上儿童文学的质量要求。但是,从创建新的社会秩序的需要出发,从培养未来的接班人考虑,包括儿童文学在内的儿童读物,很快引起全社会的关注。中国当代儿童文学被当作培养社会主义

新人的需要而提上工作日程。人民政府采取了一系列的措施,用来丰富儿童的精神生活。这不仅为少年儿童的幸福生活和美好前途奠定了坚实的基础,也给新中国的儿童文学发展开拓了广阔的前景,把我国儿童文学推向一个新的发展时期。这是继"五四"之后中国儿童文学的又一个繁荣昌盛的阶段。

　　新中国建立后的第一个十年间,历史的变革带来新的思想、新的创作力量、新的描写对象,刚刚结束的战争历史、日新月异的新时代的现实,又为儿童文学作家展示了它们动人的风采和引人的魅力,使得我们的儿童文学与年轻的共和国一样,活泼向上,充满生机。生活在一个崭新的世界里,处于上升时期的政治氛围中,儿童文学作家们自然而然被激发出丰富的想象力,并转化为旺盛的创作力。这一时代赋予文学的特征,正好与儿童文学本身所具有的浪漫气质相吻合,于是描写新的人、新的气象和这个崭新的世界,对于作家来说,不是一种外在的要求,而是发自内心的一种内在情感和愿望。生活的新鲜感和蓬勃向上的时代精神,不能不在敏感的作家心灵中激发出新的灵感,于是新中国儿童文学出现了新的主题、新的题材、新的人物形象。作家们由衷地洋溢着一种高涨的政治热情。

　　人民政府又采取了种种措施从外部促进儿童文学的发展。1950年全国第一次少年儿童工作会议上,郭沫若作了《为小朋友写作》的报告,提出"文艺家多多创作少年儿童文学作品"的号召;1952年在上海创建了第一个专业的少年儿童出版社;1953年举办了第一次全国少年儿童文艺创作评奖,对儿童文学起了直接的鼓励作用;1955年又在北京成立了中国少年儿童出版社。同年,人民政府一方面大张旗鼓地取缔一切反动淫秽的儿童读物,另一方面《人民日报》于9月16日发表社论《大量创作、出版、发行少年儿童读物》。这一社论成了一个动员令,中国作家协会召开了第14次主席团(扩大)会议,专门讨论儿童文学问题,并发出通知,要求各地分会都要将儿童文学列入工作日程。这一工作首先得到中国现代儿童文学创建人叶圣陶、冰心等老一辈儿童文学作家的关心,他们提出每位作家每年都至少要为孩子们写一篇作品的建议。在全社会的关怀下,文坛上涌现出一大批新人,创造出许多孩子们喜爱的优秀作品,因此出现了一个为人们所称道的"第一个黄金时代"。20世纪50年代的中国儿童文学,无论是作者队伍还是作品的品种数量,都比新中国成立前有了显著的发展。

　　但是,正走向蓬勃发展的新中国儿童文学,从20世纪50年代末开始,就愈来愈甚地受到极左思潮的干扰和控制,被纳入"为政治服务"的轨道,随着政治趋向和内容的变化渗透了相应的政治内容,成了政治的形象化的图解。同时,反右扩大化和文艺界逐渐形成的简单粗暴、盛气凌人的批评方式,更在作家心灵上投下一道阴影,儿童文学也受到了无形的束缚。1960年以后连续三年严重困难,又在物质条件上造成极度匮乏,儿童文学作家的生活和创作受到严重的影响。加上当时教育尚未普及,整个社会文化水准不高,科技落后制约了印刷、出版、发行……这些外部因素都限制了中国当代儿童文学的进一步发展。但更直接的原因还在于儿童文学自身,特别是儿童观和儿童文学观的局限。传统的儿童观在新中国建立后虽受到了一定的冲击,但要求儿童规规矩矩听大人的话这一古已有之的传统儿童观,并未有丝毫的触动,因此强调"教化"的载道的儿童文学观与前一脉相承,把儿童文学的教育性强调到第一位,并把它凌驾于作为文学最本质的审美性要求之上,在越来越多的行政干预和越来越多的题材限制下,儿童文学也落入了对现实情况进行单纯的政治与伦理观照及把握的创作模式,作品成了概念的图解。特别是后来

新中国儿童文学

提出"以阶级斗争为纲"的口号,儿童文学作品几乎全落入阶级斗争的罗网之中。因此,进入60年代之后,中国当代儿童文学一步步走向衰微,成了图解极左思想的产物。例如50年代涌现出来的任大星、任大霖兄弟俩的作品,本来是很有灵气的,但由于极左思想的桎梏,不得不在自己的作品中几乎都套进阶级斗争的框架。在那一阶段诞生的作品,在反映中国社会生活的真实面貌方面、表现当时中国少年儿童心灵的深度方面,都受到了很大的限制。这不是说儿童文学不能写阶级斗争,问题是成了模式,致使作品主题的单调和作品的公式化、概念化倾向越来越突出,越来越严重。

20世纪60年代初开始的那场对"童心论"的批判,把许多纯属文学范围内的学术论争无限上纲,这几乎成为儿童文学作家身上的一副沉重的枷锁,束缚了作家的手脚,窒息了理论家的思想。从批判"童心论"的儿童文学观开始,逐步"深入"到把一些强调儿童文学特点、讲究艺术性的作品,当作"修正主义"的标本来批判,如《省城来的新同学》《"强盗"的女儿》《小蝌蚪找妈妈》等好作品都受到批判。由于这种左的思潮的干扰,使得儿童文学创作中干巴巴的说教越来越多,正如茅盾在《六○年少年儿童文学漫谈》中所概括的,这一时期的中国儿童文学成了"政治挂了帅,艺术脱了班,故事公式化,人物概念化"的东西。

由于越来越严重的极左思潮,历史的脚步跨进了一个悲剧性的时期,扩大化了的阶级斗争,人为地扩展到社会生活的各个方面。在十年动乱的"文化大革命"时期,林彪、"四人帮"推行文化专制主义,儿童文学遭到了毁灭性的打击,便成了一片空白。这是一个儿童文学在中国基本上消亡的悲剧时代。

1976年10月以后,中国当代政治进入了一个新的历史时期,经过两年时间的拨乱反正,1978年秋在庐山召开的全国第一次儿童读物创作、出版工作座谈会的推动下,中国当代儿童文学又进入了一个转折点。十年浩劫激起了中国人民空前的民族觉醒和人的意识的觉醒。从1978年底开始的全民族的思想解放运动,给儿童文学带来了勃勃生机。寻找失落了的童心,爱的主题的回归,人为的题材禁区的突破等,为儿童观的更新和儿童文学观的重新审视,为儿童文学的拓展展现了无限广阔的前景,中国儿童文学以新的姿态出现于世人面前。

老一辈儿童文学作家经过十年浩劫的磨难又焕发了青春,在愤然搁笔多年之后,又为孩子们创作了一大批高质量的优秀作品。20世纪50年代走上文坛的中年儿童文学作家,成了新时期儿童文学创作队伍中的骨干力量,而近十年中涌现出来的青年作家则成了异军突起的主力军,在老中青三代的合力耕耘下,小百花园地里出现了万紫千红的繁荣景象,迎来了为人们所称颂的第二个黄金时代。

以上将新中国创建后40年来的儿童文学作了简略的回顾,勾勒了一条曲折前进的发展轨迹。

二、中国当代儿童文学的实绩和成就

新中国建立以来的中国儿童文学虽然走过一条曲折、坎坷的路,但从整体看,走的毕竟是一条前进的路、发展的路、繁荣的路。40年来取得了令人瞩目的实绩,显示了它无可怀疑的出色成就。

(一)形成了一支专业化的队伍

新中国建立后,在儿童文学事业上最引人注目的一个现象,就是它从小到大,逐步形成了一支包括创作、翻译、教学、理论、编辑、出版等系列化专业队伍。以创作队伍为例，它不仅拥有20世纪20年代就曾为中国儿童文学做出过开拓性贡献的新文学创建者，如叶圣陶、冰心等名家，他们仍孜孜不倦地继续为中国当代儿童文学进一步的繁荣发展贡献自己的心血；还有在30年代和40年代就献身儿童文学事业的老一辈作家，如张天翼、高士其、陈伯吹、严文井、叶君健、贺宜、包蕾、金近、苏苏、何公超、仇重、郭风等，更可喜的是有一批年轻的儿童文学作家脱颖而出，如袁鹰、任溶溶、鲁兵、圣野、田地、郑文光、任大星、任大霖、葛翠琳、刘真、刘厚明、柯岩、胡奇、洪汛涛、萧平、张有德、徐光耀、吴梦起、杲向真、颜一烟、黄庆云、任德耀、管桦、胡景芳、刘饶民、宗璞、邱勋、沈虎根、金波、谢璞、杨啸、孙幼军、叶永烈、袁静、赵燕翼、王路遥、浩然、肖建亨等，陆续参加到儿童文学阵营中来，逐渐成为儿童文学中的主力军。这是中国当代儿童文学最强有力的拓荒者和最有实绩的收获者。还应大书一笔的是进入新时期后涌现出的一大批更年轻的新秀，如郑渊洁、曹文轩、夏有志、庄之明、王安忆、黄蓓佳、程远、程玮、程乃珊、乔传藻、沈石溪、常新港、刘健屏、张之路、谷应、詹岱尔、董天柚、董宏猷、陈丹燕、秦文君、梅子涵、葛冰、周锐、郭明志、冰波、彭懿、孙云晓、刘保法、郑春华、罗辰生、丁阿虎、方国荣、高洪波、关夕芝、康复昆、吴然、陈丽、李建树、张微、余通化、张成新、郑开慧、朱奎、李迪、纪宇、孙海浪、班马、王慧骐、刘丙钧、常瑞、姚业涌、尤凤伟、金振林、李凤杰、刘斌等。到了80年代，全国儿童文学创作队伍包括四代人，已达3000人左右，其中骨干力量就有1000人左右。儿童文学作家在整个作家队伍中的比例已达8%左右。又如儿童文学理论和评论队伍，也从建国初期的寥寥三五人，发展到200人左右，其中骨干力量五六十人，其他翻译、教学、编辑、出版队伍也有很大的发展。总之，当前中国儿童文学事业随着新生一代的茁壮成长和后备力量的不断扩大，已形成一支配备齐全的队伍。

（二）打破了儿童文学自我封闭的系统

延续了几千年的中国封建文化意识，在中国人的思想观念上形成了深厚的积淀，慢慢地建构了一个保守的、惰性的封闭系统。中国现代儿童文学从它诞生之日起，就在这样一个氛围中成长，儿童文学成了一个与外部世界隔绝的天地。"五四"以后，一度受到欧美传来的儿童本位观的冲击，但终究无法与根深蒂固的封建残余意识较量，致使中国儿童文学长期以来被桎梏于一个自我封闭的系统之内。直到进入20世纪80年代，改革开放的春风吹遍神州大地，由于社会环境的改变和新思潮的产生与涌入，价值观、教育观、儿童观、审美观等起了系列的变革，打碎了僵化的思维模式，也彻底打破了中国儿童文学的封闭系统，开创了一个儿童文学多边探索、多方选择、多元竞争的新局面。

这一可喜的变化首先体现在思想上的从政治意识的觉醒推进到审美意识的觉醒。新中国成立之初，我们的儿童文学与年轻的共和国一样，从长期压抑的政治意识的氛围中走出，处于血泊之中的生死存亡斗争记忆犹新，政治的标准是判断一切人和事的唯一标准，阶级的利益是至高无上的。儿童文学作家也都以高度政治意识的觉醒提笔为孩子们写作，因此歌颂中国共产党，歌颂伟大领袖、伟大祖国，歌颂人民军队，歌颂社会主义，描绘在新社会阳光下茁壮成长的少年儿童的幸福生活和昂扬的风貌，就成了新中国儿童文学清一色的主题。这是处于社会上升时期的政治氛围下所展示的政治意识的觉醒。

但是，这种政治意识的觉醒慢慢地形成一种思维定式，往往按照同一个政治概念去图解生活。在儿童文学领域中，往往会表现出过多的只有在政治制约下才具有的赤裸裸的观念说教。创作者失去了自由的创作心态，将想象力和创造力局限在急功近利的实用主义之中,而将文学的审美功能从属于其他的诸如教育、政治和政策宣传功能,从而使儿童文学创作趋向显得越来越单一,越来越苍白,丧失了自身独特的美学追求。

在改革开放的国策带来的东西文化相撞、交汇的特定历史时期里,随着文化视野的开阔,人们对以往儿童文学不注意美感的现象进行反思,越来越感觉到儿童文学在美学观念上落伍于时代,过去那种以歌颂光明为基调、以教化儿童为目的的儿童文学创作,明显地显示出它有悖于真正的儿童文学审美本质的局限性。

儿童文学是文学,它也是语言艺术,由于它的对象的特殊性,有时也用语言配合其他艺术形式创造美。审美才是它的本质特征,离开了审美就不成为文学。一个有出息的儿童文学作家,就不会满足于按照生活的框框编造故事情节去赢得小读者的欢心。今天的小读者也不再满足于那些理想化的人生图景和公式化的一般说教。缺少隽永情趣、缺少艺术魅力的作品,已在小读者中丧失市场。于是作家们决心改变儿童文学长期在艺术外围徘徊的局面,出现了一批属于"美文"的作品。这标志着中国儿童文学审美意识的觉醒。

当代中国儿童文学创作不仅在思想上打破了自我封闭系统,而且在内容上也突破了反映家庭和学校的小圈子。"五四"以来的中国儿童文学,由于儿童观的局限,长期以来都以儿童本位论为基础,强调表现儿童生活,提倡写儿童生活,成为儿童文学界一个非常响亮的口号,因此常常使主题和题材局限于与儿童生活有密切联系的家庭和学校的窄小天地里,儿童文学成了长在温室里的花朵文学,圈子极为窄小。新中国建立后,儿童文学作家普遍洋溢着一种幸福的感激之情,把自己的笔触伸向历史变革后的新人、新事、新世界,以满蕴感情的笔描绘新社会的生活,儿童文学的创作情况有所改变,不仅题材从狭窄的儿童生活圈子走向开阔的社会,主题也从单一的道德教育走向较丰富的歌颂光明的境界。但由于儿童观的局限,没有把生活大门朝天真的孩子拉开,让小读者在门外的虚幻世界里转悠,毕竟没有能真正走出自我封闭的儿童文学观念,儿童文学基本上仍局促于狭小的儿童王国之中。直到进入 20 世纪 80 年代,经过开放意识和封闭意识的激烈交锋,儿童文学才真正走出自我吹嘘的纯净的"圣界",突破家庭和学校的框框,把视野扩展到社会生活各个领域,以至全面介入生活,多方位、多层次地表现当代少年儿童的时代风貌,把孩子们面对的人生世态真实地刻画出来,引导他们走向真实的人生。这才充分显示出打破自我封闭系统之后的儿童文学主题和题材五光十色的多彩性和丰富性,也留给作家对生活的更多选择性。

（三）提高了儿童文学的文化品位

儿童文学是儿童的文学。尽管它也是文学,但受到社会的、文化的、观念的种种制约,一直缺少独立的文化品位。新中国建立 40 年来,经过众多作家、理论家竭尽才智的探索,开始逐步摆脱被人轻蔑的"小儿科"地位,从下述几个方面显示出自己独立的文化品位。

1.价值取向

由于过去中国儿童文学长期处于自我封闭状态,儿童文学界很少审视现实的变革对儿童心理的影响和作为人的儿童自身,更少审视儿童文学应有怎样的价值取向。经过40 年来的历史演变,尤其是近 10 年改革开放的浪潮激荡着每个人的灵魂,迫使每个人对人、对人生、对社会重新认识,逐渐形成了新的价值判断、道德判断和审美评价标准。生活在同一世界里的孩子当然也不例外。今天的中国少年儿童所面对的世界,是一个发生了巨变的仍然充满矛盾的世界,改革开放给我们这个古老的国家注入新的活力,也使孩子们面对一个过去不曾有过的复杂多彩的环境,他们的小脑袋里冒出一个又一个为什么，儿童文学有责任为他们做出正确的回答。它要求儿童文学面对现实，从哲学的高度思考作为人的儿童自身的存在，对儿童所面对的世界，对儿童因时代变革而引发的心理变异，做出更准确、更深刻的把握和观照。

随着作家素质的不断提高，他们对生活的认识和把握更深化、更全面，对儿童文学的价值取向也更准确、更全面。儿童文学作家应该是未来民族性格的塑造者，培养年轻一代成为人格健全、具有民族自信心和开拓意识、创造性思维的新人。这一论点，在中国儿童文学界引起共鸣，产生广泛反响。作家们不仅从一般的教育意义上去认识儿童文学，而且从不同层次的读者对象出发，从塑造民族性格的高度上，以自己独特的艺术去观照现实，创作出一批与这一意识相关的优秀作品，使得当代中国儿童文学的文化品位提高了一个档次。

2. 生活深度

所谓生活深度是个含义极为丰富、复杂的概念，它涵括了哲理的深度、文化的深度、人性的深度、感觉的深度等，体现了作品的艺术意蕴中所展示的对生活的体验，融合成一种美学的深度。

过去的儿童文学作品受到旧的儿童观制约，强调作品的通俗浅显，对生活的开掘也很不够，往往流于肤浅，从总体上说，感到缺乏生活深度。

新中国成立40年来，经过无数次的探索，经历了许多困惑和思考，儿童文学界获得了较一致的认识：要使儿童文学提高自己的文化品位，必须致力于追求作品的生活深度的开拓。

40年来，随着社会生活的发展，文学观念也起了变化。人们更新了文学观，同时不断地借鉴世界文学并批判地吸收其营养，还有成人文学迅速发展的影响，使得儿童文学具有以当代意识进行新的美学追求的可能。它改变了过去把儿童文学当作人工净化了的花朵文学的偏差，认识到人的生活永远处于矛盾当中，在矛盾中发展。儿童自己没有一个独立的王国，他们不可能孤立于整个人类生活之外，因此在儿童文学中，不能回避生活的矛盾，只是把生活端在儿童面前时应从儿童心理健康出发对生活慎加选择。但儿童文学创作同样要讲究生活深度的开掘，这就意味着不是一般地照搬生活的原貌，而是通过作家主体的审美感加以审视，用一定的艺术深度展示出生活的美。这也不是说在儿童文学中不能描写生活中的丑，而是要求通过作家自己的审美评价，把原始状态的丑，经过作家头脑的酶化作用，成为有艺术深度的美。40年来，作家们这种不懈地对生活深度的追求，大大提高了当代中国儿童文学的文化品位。

3. 美学质量

文学的本质在于审美，儿童文学是文学的一个分支，当然也不例外。因此，在创作上，儿童文学的美学质量是提高本身文化品位的基础。尽管不同的历史时代，不同的社会环境，会有各自不同的美学质量判断标准，但有一条，不论东方或西方，不管各色人种，都是一致认同的，那就是为了孩子的健康成长，作品应以富有美感的形象感化他们的心灵。

新中国建立后，儿童文学在将目光集中于教育功能的同时，也在一定程度上开始注意作为本位的文学性上讲究思想性与艺术性并重，作家从儿童的年龄特征和文化水准出发，努力将自己的笔伸进儿童的内心世界，使作品充满儿童的审美趣味。只是当时的儿童文学往往因过分关注教育性，而在某种程度上损害了它应有较大的生活容量和深刻的艺术意蕴，除少数优秀作品具有深远的激动人心的艺术力量外，多数作品美学品位不高。近十年来，儿童文学界对以往儿童文学不够注意美学质量的现象进行了反思，作家们在

中外文化撞击下,强化了主体意识,追求自我超越,不断吸收外来文化影响,借鉴了成人文学和外国儿童文学的有益经验,把审视的目光更加专注于审美的文学本质,因此大大提高了儿童文学的美学品位。今天,自觉地追求作品的美学质量已成为广大儿童文学作家创作活动的新流向。

建构儿童文学的文化品位,因素是复杂多样的,而且是多种因素融合于一体。为了阐述方便,抽取上述三个主要因素来说明我国当代儿童文学的文化品位的提高是它40年来的一大成就。

(四)初步建构了有民族特色的儿童文学理论体系

从理论体系看,中国儿童文学从它形成独立分支之日起,一直是在不同程度上接受着外国儿童文学理论的影响。"五四"以后,从反封建思想出发,接受了西方儿童本位的儿童文学理论,认为儿童文学是建筑在儿童生活和儿童心理基础上的一种文学,是为了适应儿童的需要、用儿童本位组织的一种文学。因此,儿童文学必须以儿童为中心,以儿童为本位。一方面要合乎儿童的本能、兴趣,投儿童心理之所好;另一方面要合乎儿童的理解水平,为儿童所欣赏。儿童文学最主要的目的,在于根据儿童的本能,满足他们的需要。所以,让儿童感兴趣是首要的,内容是否有意义倒是无关紧要的。

从20世纪30年代开始,苏联儿童文学的作品和理论陆续介绍进来,到50年代形成一个高潮,以阶级论为核心的儿童文学理论在中国广泛传播。它强调儿童文学的教育功能及共产主义教育方向性的社会主义性质,强调儿童年龄特征对儿童文学的制约作用,强调儿童文学的教育作用必须通过艺术途径得以实现。

上述两种各具格局的儿童文学理论传入中国这个具有数千年文化传统的古国,曾各领风骚数十年,其间既有斗争,又有交融。经过数十年来中国儿童文学理论工作者不断的梳理、辨析、批判、吸收,在中华传统文化的大背景下,结合自己的儿童文学创作经验,做了种种探索,痛切地感到新中国成立前由于指导思想不明确,在接受西方的儿童本位观的儿童文学理论和新中国成立后由于左的思潮干扰,在接受苏联的以阶级论为核心的儿童文学理论时,缺乏分析批判的科学态度,更没有很好地结合中国的实际,把儿童文学置于中国文学的大传统中作纵向的历史考察,也未将它放到世界儿童文学总体系中加以横向的审视。经过无数的困惑,不断地上下求索,中国的儿童文学近几年已从理论的贫困中解放出来,从僵化的思维模式中跳将出来,进行多角度、多层次、多格调的研究,开拓了思维空间,推动了理论研究的逐步深入,从新发表的数以千计的论文和百余种理论专著表明,已初步形成了具有自己民族特色的理论体系。

回顾40年来中国儿童文学所取得的实绩,虽不能说成就辉煌,但至少是巨大的。假如今天还有人带着蔑视的目光把它看作"小儿科"的话,不是无知就是偏见,因为事实是最有说服力的。

短短40年,尤其是近10年,中国儿童文学之所以取得如此巨大的成就,是与政府的大力扶植、社会的广泛关心、教育的开始普及、儿童观的更新推动儿童文学观的更新、科学技术的发展带动出版事业的蓬勃发展、作家的美学追求和使命感的确立等因素分不开的,它们都是巨大的驱动力。

三、中国当代儿童文学的历史经验和教训

40年来的中国儿童文学,走过了一条曲折前进的路。在取得巨大成就的同时,也有

过许多偏差和失误,归结起来有以下几点主要的经验教训:

(一)儿童文学的繁荣发展,需要一个政治稳定、经济发展、关心儿童的社会环境

从 40 年来我国儿童文学史上出现的两个黄金时代并呈马鞍形发展的历史看,没有一个政治稳定、经济发展的社会基础,没有一个全社会都关心儿童的良好的生态环境,就不可能有儿童文学的发展,繁荣昌盛更只能是纸上谈兵。

20 世纪 50 年代是我国当代儿童文学史的第一个黄金时代。当时儿童文学之所以能迅速发展,形成一个初步繁荣的局面,是与当时的社会条件分不开的。新中国刚建立,充满蓬勃生机,政治正处于一个上升时期,经济蒸蒸日上,百姓安居乐业,社会稳定,关心儿童健康成长成为全社会的风尚。儿童文学作家怀着一种神圣的使命感从事创造性劳动,总是尽力以最好的艺术形式、最新的艺术构思、最丰满的艺术形象来构思献给孩子的艺术品,因此才有那百花争艳的局面。

可是到了"文革"十年时期,由于逆向的强力介入,整个政局处于十分动荡的局面。错误的政治指导思想又导致生产力的毁灭性破坏,经济濒临崩溃,儿童文艺也被功利化,成为篡党夺权的工具,于是制造了一片文化沙漠。儿童文学园地也百花凋零,满目荒凉。

进入 20 世纪 80 年代后,由于思想解放,艺术民主,又有一个经济迅速发展的社会基础,因此带来一个有利于儿童文学繁荣发展的生态环境。儿童文学作家突破了创作方法的"样板化"和单一化的格局,从艺术的歧途回归到艺术的正道,进行艺术探索、艺术创新,主题和题材的思路大大拓展了,不仅传统的现实主义、浪漫主义焕发了青春,而且向西方现代派文学大胆借鉴表现手法,吸取营养,在艺术形式、艺术手法方面都做了有益的探索和尝试,创作出了许多受小读者欢迎的好作品。儿童文学呈现了一派姹紫嫣红的繁荣景象,于是中国当代儿童文学史又揭开了第二个黄金时代的新页。

(二)摆正儿童文学与政治的关系

文学与政治有着十分密切的关系。在现在的条件下,可以预见未来的文学是无法摆脱政治的影响的。文学要求正常的发展,关键在于摆正两者的关系。

过去提出"文学为政治服务"的口号,在那阶级斗争十分尖锐、激烈的历史条件下,不仅是现实的需要,也是有正义感的作家的自觉要求。因此在特定的历史条件下,文学为政治服务,有其一定的必要性和合理性。但在这种必要性和合理性之中又隐含一种否定文学本身特性的危险性,就是当历史条件发生变化之后,阶级斗争缓和了而其他社会矛盾突出了,就应该及时加以调整,把"服务""从属"的关系,调整为"相互作用""相互影响"的关系。

功利化了的文学观,也给儿童文学带来许多消极影响。首先就是对儿童文学的教育性作了过分狭隘的理解,认为凡是政治性不强的题材,都是缺乏思想性的,只能写爱祖国、爱人民、爱集体、爱共产党、爱社会主义、爱劳动、爱护公共财物的题材,回避现实生活中的种种矛盾,强调写光明面,于是出现"主题先行",按照预定的目标编造故事情节,塑造高、大、全的人物形象,作为广大少年儿童的学习榜样。把整个儿童文学纳入从属政治、配合中心任务需要的轨道,最后导致被政治阴谋家所利用,连儿歌都被利用来作为篡党夺权的工具。这一教训极其深刻。

摆正政治与文学的关系,意味着文学本身的特性得到尊重,作家的主体意识得到以通过创作渗透进自己的审美理想。儿童文学也可找到自己应有的文学本位位置,不再被捆绑在"工具论"上,真正从审美的本性上完成自己为儿童服务的神圣使命。

（三）正确理解儿童文学与教育的关系

儿童文学与教育的关系问题，是儿童文学界长期争论不休的问题。

其实，儿童文学与教育的关系是不难解释的。儿童文学是文学的一个分支；文学的本质特征是审美，儿童文学的任何教育性都是通过审美来体现的。文学具有审美、教育、认识、娱乐四大功能，而这四大功能又是相互联系的，不可分割的，而且都得通过审美来起作用。不论是审美、认识、娱乐功能，从广义上说都是教育。这是文学界包括儿童文学界在内一致认同的。所以产生纠缠不清的争论，主要问题在于对教育性如何理解。儿童文学的教育性不是说教，也不是图解道德的内涵。它应该是作家在生活中获得有深切感受的人和事物，经过精巧的艺术构思，用生动的语言创作出来的血肉丰满的艺术形象，让小读者从中得到熏陶感染，在潜移默化中受到教育。任何一位有责任感的作家，当他执笔为未成年的孩子写作时，都会考虑自己的作品对他们的健康成长究竟会产生什么影响，是起积极的引导作用呢？还是起消极的副作用？要是对教育性如此理解，那么儿童文学与教育的关系问题也就迎刃而解了。

40年来的创作实践经验告诉我们：要是过分强调教育性并把它理解得过分狭窄，就会导致作者刻意追求在自己的作品中体现某一教化的目的，这种作品容易流于说教，影响质量。但要是走向另一极端，认为"教育性"束缚了作家的头脑，必须彻底摒弃"教育性"，又等于抽掉了儿童文学的灵魂。儿童生活阅历浅，知识少，辨别能力弱，作为灵魂工程师的作家，不能不给予必要的引导。因此，任何否定儿童文学教育性的论调都是错误的。要对教育的含义做广义的理解，它的作用是多方面的，审美、悦情、益智、养性、娱乐、教化等无不蕴含教育性，当然这一切都得渗透于审美感受之中，让小读者从审美中受到感染、熏陶和启迪。

（四）处理好继承传统与吸收外来文化的关系

人类的文化实践证明，任何一个民族的文化都是在继承传统、发扬传统并与外来文化的相互撞击、相互作用的基础上不断发扬光大的，因此任何鄙弃自己的民族传统或排斥外来文化的思想都是错误的。

中华文化源远流长，有着光辉灿烂的传统，单从用文字记载下来的原始神话和歌谣看，已有4000多年历史，积累了十分丰富的艺术经验，特别是与儿童文学有着血缘关系的民间文学，蕴藏极为丰富。这是发展我国儿童文学极为有利的条件。同时，中华民族早在秦汉时代就不断与外来文化交流，汲取有益的营养，积累了十分丰富的文化宝藏。

可是，在如何对待继承民族文化传统和吸收外来文化营养的问题上，常有不同的见解，也出现过偏颇。在中国当代儿童文学的历史进程中，也有不少值得珍惜的经验和教训。

过去有人对外国文学采取关门的态度，这对我国儿童文学的发展和繁荣产生过滞阻的消极影响。但近几年来又有人走向另一极端，对民族文化传统持虚无主义的态度，认为五六十年代的儿童文学作家多持一种陈旧的带有封建毒素的儿童观，许多作品包括已有定评的优秀儿童文学作品如《罗文应的故事》《蟋蟀》等，都是扼杀儿童内在的禀赋和兴趣，把活泼可爱的孩子熏陶成"非礼勿视，非礼勿动"的小老夫子，把重视教育性的传统儿童文学观，说成是锁闭儿童文学创新的镣铐，非彻底砸碎不可。他们肆意贬低甚至全盘否定我国儿童文学的优秀传统，认为只有向西方儿童文学学习，尊重儿童的天性，尊重儿童的独立人格，建立全"新"的儿童文学观念，中国儿童文学才能走向世界，立足于世界儿童文学之林。这显然也是似是而非的偏颇之见。

无论是继承传统文化或是吸收外来文化,都应持科学分析的态度,做到取其精华,去其糟粕,才能促进我国儿童文学不断发展。

(五)一定要按儿童文学本身的艺术规律办事

40年来,我国儿童文学的历史发展进程中有一条最根本的经验,就是儿童文学要发展、要繁荣,必须从主观唯心主义、形而上学的影响中摆脱出来,切实按照马列主义的辩证唯物主义的观点,尊重文学艺术的客观规律。具体地说,就是一定要按照辩证唯物主义的基本原理,在处理好上述三个关系的同时,明确儿童文学是文学的一个组成部分,它与文学有一致性,是以人为对象,以形象思维为特征,通过作家个人独创性的劳动而生产的艺术品。没有独创性就没有生命力,宜鼓励作家大胆探索、大胆创新。在这里框框越多,限制越死,就越不利于它的发展。任何艺术的创造,都是艺术个性的创造,儿童文学也不例外。只不过它的艺术个性就是它对儿童世界的独特的审美发现,因此也要重视作家创作个性的发挥。

儿童文学作为一个独立分支,当然还有它的特殊性,有它自己的艺术规律。儿童文学的对象是少年儿童,他们的生理与心理特征都与成年人有明显的差异。儿童文学必须照顾少年儿童的生理、心理特征进行创作。而且,少年儿童正处于一个迅速发育的阶段,每个年龄阶段的儿童的生理和心理特征又有明显的不同,作家还应细心分辨他们年龄特征的差异性,考虑接受对象的理解力和领悟力。于是从不同年龄阶段少年儿童的心理差异和接受机制,又将儿童文学划分为婴儿文学、幼儿文学、儿童文学、少年文学四个层次,它们各自具有自身的美学特征和不同的思想上艺术上的要求。这就是儿童文学自身最主要的艺术规律。

我们希望当代的儿童文学创作都能按艺术规律办事,以期创造出一个儿童文学百花争妍的繁荣景象。"百花齐放,百家争鸣",就是严格遵照艺术规律办事的正确方针。我们相信这个方针将指引我国儿童文学走过40年艰难曲折的道路之后,踏上一条铺满灿烂阳光的康庄大道,向着美好的未来飞快前进!

(原载蒋风主编《中国当代儿童文学史》,河北少年儿童出版社1991年版)

《1949—1999 中国当代儿童文学作品精选》导论

樊发稼

这是 1949 年至 1999 年间中国儿童文学作品的一个选本。

20 世纪这后半个 50 年内，正式发表和出版的儿童文学作品，其数量之多，或可以"浩如烟海"为喻。我想任何一位高明的选家，欲从半个世纪无法数计的作品中择优遴选，真正将各个时期的代表性佳作荟萃于一集，都实在是一件极难的事。

冰心先生和我受命的，正是做这样"一件极难的事"。

我们知"难"而上，经过一段时间的紧张努力，现终于将这本选集基本编讫。以我个人多年对我国儿童文学创作历史和现状的了解、把握，觉得这个选本大体上反映出了半个世纪以来中国儿童文学的创作概貌和发展轨迹。

按这套《中国当代文学作品精选》的统一体例，须由各卷主编撰写一篇导论印于书前。本卷主编之一冰心先生因健康原因难于亲自执笔，只好由我来写。我想我把论述中心主要置于"回眸与思考"或"思考与回眸"上，在对历史进行回顾时，对一些重要的过程不能不有所记叙和描述，以便读者和我们一起来检视历史，获得较为具体的感受。为了在极为紧迫的时间内完成本文，在论述中将较多引用我个人的研究成果，就不一一注明出处了。

世有文学，复有儿童文学。中国亦然。

儿童文学是整个文学一个不可或缺的组成部分。从一个角度看，二者是局部和整体的关系；从另一个角度看，儿童文学由于其自身的"儿童"特点而有别于成人文学，成为相对独立的一个文学部门。

儿童文学者，给儿童阅读欣赏之文学也，为儿童服务之文学也。

儿童文学和成人文学同为文学，受制于同样的艺术法则，具有同样的或者说基本一样的文学功能。只是由于儿童文学的读者对象是入世未久的儿童、少年，所以比起成人文学来，一般地讲，它要求作家在构思、创作作品时，必须充分顾及少儿读者的欣赏接受心理和情感，包括作品健康的内容、贴近儿童生活的语言和孩子们喜闻乐见的形式等。

儿童文学实际上是包容相当丰富、宽泛的一个概念。从读者年龄层次着眼，儿童文学包含有幼儿文学、儿童文学（狭义，又称童年期文学）和少年文学三个方面。而从体裁样式加以判别，儿童文学则又囊括有小说、故事、童话、寓言、诗歌、散文、报告文学、科学文艺、戏剧，等等。

——所以，人们常常将儿童文学形象地称之为"文学小百花园"。

1919 年五四运动之前，我国儿童文学虽然已经存在，但还很难说它是一个相对独立的文学门类。中国儿童文学比较完整地形成一个文学门类，还是在"五四"之后。我们统称 1919 年至 1949 年新中国成立前 30 年的儿童文学为中国现代儿童文学，新中国成立至今的儿童文学为当代儿童文学，当代儿童文学中 1976 年 10 月以后的部分，又称新时期儿童文学。

中国现代儿童文学的发轫和发展，是和中国现代文坛一些杰出文学家的名字紧紧连在一起的。鲁迅在他的第一篇小说《狂人日记》里就发出了振聋发聩的呐喊："救救孩子！"这是对半封建半殖民地反动统治阶级残害儿童、摧残儿童心灵的强烈谴责，也是向整个社会呼吁重视儿童和儿童文学。鲁迅翻译的《爱罗先珂童话集》《桃色的云》《小约翰》《小彼得》《表》等许多优秀的外国儿童文学作品，以及其他作家、翻译家将安徒生、格林兄弟、王尔德、普希金等外国作家的儿童文学佳作译介到中国来，为当时十分匮乏的儿童读物提供了新的内容和品种，同时对许多中国作家创作自己的儿童文学作品，起到了一定的借鉴作用。

叶圣陶是较早为孩子们创作的一位著名作家。他的第一篇童话《小白船》写于1921年；到1936年为止，共创作了40多篇童话。《稻草人》创作、发表于1922年，是他的童话代表作。鲁迅曾经提出，叶圣陶的《稻草人》"给中国的童话开了一条自己创作的路"。在中国现代儿童文学史上，《稻草人》具有重要的里程碑意义，它是标志中国现代童话走向现实主义道路的一个崭新起点。

在《稻草人》发表的第二年，另一位著名作家冰心的文艺通讯《寄小读者》开始发表，从1923年7月25日至1926年8月31日，冰心共写了29篇通讯。这些优美的书信体散文作品具有很高的文学价值。女作家以十分细腻的笔触，在这些作品里深情抒写了她离开故土、在域外留学期间的所见所闻和所思所感，既有对一幅幅风光旖旎的大自然景色的生动描绘，更有对祖国、母亲和亲友的深挚眷恋。整个作品，是一部感人肺腑的爱与美的诗篇。它不仅为小朋友们所喜爱，也在成人读者中广为流传。

张天翼是继叶圣陶之后的又一位杰出的童话作家。他自20世纪30年代初开始从事儿童文学创作，代表作是长篇童话《大林和小林》（1932）。作品用极度夸张的幻想手法，通过叙述一对孪生兄弟选择不同的生活道路、他们迥异的遭遇，揭示出一心贪图享受、梦想无端发财者必无好结果，只有依靠自己的劳动、正直地生活、敢于同邪恶作斗争，才能有美好的前途。作品同时深刻揭露了旧中国统治集团的残酷、穷奢极欲和旧社会人剥削人、人压迫人的种种情景。这部童话以其独特的艺术表现手法和深刻的思想性，彪炳于中国现代文学史册。

从"五四"到抗日战争前后，儿童文学发展较快，原因之一是发表作品的园地增多，《儿童世界》《小朋友》《开明少年》《儿童良友》《儿童之友》等不少有影响的少年儿童刊物相继创办问世。当时不少成人报刊也积极倡导儿童文学，发表儿童文学作品，例如享有盛誉的《晨报副刊》《京报副刊》《时事新报副刊》等，都发表过一定数量的儿童文学作品。冰心著名的《寄小读者》，就是在《晨报副刊》上连载的。中国现代很有影响的成人文学刊物《小说月报》，几乎每期都发表儿童文学作品，还出过两期"安徒生专号"。张天翼的《大林和小林》，最早就是在成人文学刊物《北斗》上连载的。

三四十年代，中华民族处于危难之秋，人民饱受兵燹之苦。这一时期的儿童文学作品，多以揭露社会的黑暗现实为内容，以唤起和弘扬广大少年儿童的反抗、斗争意识，作品因之大都带有浓重的时代色彩。除了张天翼的童话外，这一时期比较著名的作品还有儿童小说《大鼻子的故事》（茅盾，1935）、《野小鬼》（贺宜，1939），童话《阿丽思小姐》（陈伯吹，1933）、《长生塔》（巴金，1937）、《小癞痢》（钟望阳，1938）、《四季的风》（严文井，1940）、《红鬼脸壳》（金近，1946），童话剧《雪夜梦》（包蕾，1939），科学小品《菌儿自传》（高士其，

1936）等。在解放区和抗日根据地的儿童文学作品中，以华山的《鸡毛信》和管桦的《雨来没有死》（均为儿童小说）最有影响。《鸡毛信》以曲折动人的故事情节，成功地塑造了儿童团长海娃的形象，热情讴歌了根据地少年儿童机智勇敢和大无畏的斗争精神。《雨来没有死》里的小主人公雨来，也是一位小英雄，他牢记"我们是中国人，我们热爱自己的祖国"，在凶恶阴险的汉奸和日本侵略者面前始终坚贞不屈。海娃和雨来的光辉艺术形象，曾经鼓舞了抗战中的千千万万少年儿童。

——在这篇概述中国当代儿童文学50年作品的文章中，我之所以"不厌其烦"地对现代儿童文学做如上的叙介，是希望大家能够认识并体察到，当代儿童文学绝不是无源之水，它是由现代儿童文学脱胎发展而来的。"现代"和"当代"，乃至一直到"新时期"，时代和历史背景诚然迥异，但同为中国儿童文学，自有其一脉相承的地方。因此，当我们对20世纪后半个50年的中国儿童文学进行回顾和梳理时，一方面绝不可以忘记那些可敬的现代儿童文学开拓者们筚路蓝缕的辛勤躬耕，另一方面应当充分把握当代儿童文学对现代儿童文学的承继性，只有这样，才能深刻认识中国儿童文学在任何一个历史时期以不同的程度和形式呈现出来的其特有的传统精神和民族特色。例如有的学者就作品的主要特征和倾向，将20世纪世界儿童文学分为温情型、教育型、游戏型、冒险型、力量型、现代型、未来型等诸种类型（见孙建江著《二十世纪中国儿童文学导论》，江苏少年儿童出版社1995年2月版），而细考中国儿童文学，无论是现代还是当代，乃至八九十年代，教育型作品一直占主导地位。我想这是和我国自古以来比较强调"诗教""文以载道"和文学的"兴观群怨"说有密切关系的。50年代以降，在广大少年儿童中产生广泛影响的著名儿童文学作品，几乎无一不是教育型的，例如张天翼的《罗文应的故事》（小说）、《宝葫芦的秘密》（童话），秦兆阳的《小燕子万里飞行记》（童话），黄庆云的《奇异的红星》（童话），刘真的《好大娘》和《我和小荣》（小说），严文井的《小溪流的歌》（童话），洪汛涛的《神笔马良》（童话），任溶溶的《"没头脑"和"不高兴"》（童话）、《爸爸的老师》（诗歌），柯岩的《帽子的秘密》（诗歌），葛翠琳的《野葡萄》（童话），孙幼军的《小布头奇遇记》（童话），赵燕翼的《小燕子和它的三邻居》（童话），陈模的《失去祖国的孩子》（小说），罗辰生的《吃拖拉机的故事》和《白脖儿》（小说），杨羽仪的《知春鸟》（散文），陈益的《十八双鞋》（散文），等等。多少年来，注重教育型作品创作的儿童文学作者之多，教育型儿童文学作品样式、题材涉及面之广，是注重其他类型创作的儿童文学作者及其作品无法企及的。

下面，让我们具体回顾20世纪后50年的中国当代儿童文学——

1949年10月1日中华人民共和国的成立，为儿童文学事业的长足发展，开辟了广阔的道路。党和国家十分重视少年儿童的健康成长，并把教育和培养下一代看作是整个社会主义建设事业的一个组成部分。发展儿童文学，给孩子们以丰富的精神营养，是培育祖国未来建设者的重要一环。正如已故国家名誉主席宋庆龄早在1950年4月为《儿童时代》杂志所写的创刊词中指出的："给儿童提供健康的精神食粮，启迪思想，陶冶情操，培养他们成为祖国建设的优秀人才。"

总的来说，新中国成立初期，儿童文学读物的数量、品种都比较少，远远不能满足孩子们的阅读需要。1955年9月16日《人民日报》发表了题为《大量创作、出版、发行少年儿童读物》的重要社论，指出了当时少儿读物匮乏的严重性，要求所有的作家和编辑、出版、发行工作者更多地重视少儿读物的创作、出版和发行。同年11月，中国作家协会发出《关于发展少年儿童文学的指示》，号召作家和社会有关部门重视儿童文学创作，尽快改变儿童读物奇缺的状况。1956年，党中央提出繁荣社会主义文化艺术事业的"百花齐放，百家争鸣"方针，有力地推动了社会主义文学事业的发展。儿童文学也初步出现了比较繁荣的局面。50年代中期，许多早在新中国成立前就从事儿童文学创作的作家继续热情地为孩子们创作；一批新的儿童文学作者脱颖而出；不少主要从事成人文学创作的作家、诗人，也满怀责任感，为祖国下一代努力奉献精神食粮。

值得指出的是，新中国成立以后的十几年中，我国曾翻译、出版了大量的俄罗斯和苏联儿童文学作品，例如盖达尔的儿童小说《铁木儿和他的伙伴》《丘克和盖克》和童话《一块烫石头》，诺索夫的儿童小说《马列耶夫在学校和家里》，伊林娜的儿童小说《古丽雅的道路》，卡达耶夫的儿童小说《团的儿子》，科斯莫杰米扬斯卡娅的纪实少年小说《卓娅和舒拉的故事》，比安基的动物故事，伊林的科普文艺读物，以及普希金、马雅可夫斯基、马尔夏克、米哈尔柯夫、巴尔托的诗歌，等等。这些优秀的儿童文学作品，既丰富了中国少年儿童的精神生活，同时对中国儿童文学作者的创作起到了有益的启示和借鉴作用。五六十年代成长起来的一大批儿童文学作家，他们的创作几乎都受到过比较注重作品爱国主义主题和教育性的苏联儿童文学的深刻影响。

从新中国成立初至60年代中期，尽管中间小有起伏，但总的来说，儿童文学作品数量不断增加，质量逐步提高。无论是革命历史题材还是取材于现实生活的作品，都有不少深受广大小读者喜爱的佳作：除上文提到者外，小说如呆向真的《小胖和小松》，萧平的《海滨的孩子》，胡万春的《骨肉》，任大霖的《蟋蟀》，任大星的《吕小钢和他的妹妹》和《双筒猎枪》，冰心的《小橘灯》，胡奇的《五彩路》，徐光耀的《小兵张嘎》，张有德的《妹妹入学》，王路遥的《画春记》，浩然的《大肚子蝈蝈》，邱勋的《微山湖上》；童话如严文井的《"下次开船"港》，贺宜的《小公鸡历险记》和《天竺葵和制鞋工人的女儿》，鲁风的《金斧头》，方轶群的《萝卜回来了》，彭文席的《小马过河》，方惠珍、盛璐德的《小蝌蚪找妈妈》，张天翼的《不动脑筋的故事》，陈伯吹的《一只想飞的猫》，金近的《狐狸打猎人的故事》；儿童诗如高士其的《我们的土壤妈妈》和《空气》，袁鹰的《时光老人的礼物》和《篝火燃烧的时候》，阮章竞的《金色的海螺》，郭风的《蒲公英和虹》，柯岩的《"小兵"的故事》，金波的《回声》以及刘饶民、鲁兵的儿歌等。

上面讲到的五六十年代"中间小有起伏"，主要是指1958年以后的几年内，由于政治、思想领域出现了一些严重的左的思潮，对儿童文学产生的消极影响。例如将儿童文学创作中注重儿童特点，错误地作为"资产阶级童心论"来加以批判；把加强作品的艺术性当作"修正主义"来反对等。这就导致当时一些儿童文学作品不同程度地疏离了小读者，内容乏味枯燥，缺乏生动鲜明的儿童特点，成为某种思想理念的演绎和图解。文学巨匠茅盾在《六〇年少年儿童文学漫谈》一文中，曾经一针见血地概括当时某些作品的通病："政治挂了帅，艺术脱了班，故事公式化，人物概念化，文字干巴巴。"

十年"文革"浩劫，给整个民族和国家带来一场大灾难。过去一直说"文革"期间儿童文学园地"百花凋零""一片空白"，实际不是这样。"文革"期间儿童文学并没有完全绝迹，尤其在1971年林彪集团覆灭之后，儿童文学的创作和出版曾有所恢复，各省纷纷创办了名字多数叫《红小兵》的少年儿童刊物。但是由于受到当时特殊政治、社会环境的影响和制约，许多儿童文学作品沦为政治说教的工具，公式化、概念化严重，表现在叙事作

品大都从阶级斗争的概念、从所谓"斗走资派"出发编造故事情节,1975年甚至出现过配合"反击右倾翻案风"的中长篇儿童小说《金色的朝晖》《钟声》。当时的大量所谓"革命儿歌",也几乎全部是政治口号或空洞概念的堆砌,毫无儿童情趣可言,当然也绝不可能真正为孩子们所喜爱。当然,即使在这种文学异化为政治工具的极不正常情况下,仍然有不少作家、作者怀着一颗真挚的赤子之心,坚持从生活出发,本着现实主义的创作原则,写出了一些比较优秀的儿童文学作品,如金波、李志、聪聪、李先轶、冬木等人的儿歌、儿童诗,特别是杨啸取材于现实生活的中篇儿童小说《红雨》,李心田革命历史题材的中篇儿童小说《闪闪的红星》等。

进入新时期之后的八九十年代,是中国当代儿童文学继20世纪50年代出现繁荣局面之后的又一个辉煌期。儿童文学长足的进步、丰硕的成就,不仅表现在儿童文学新人的不断涌现,创作队伍的明显壮大,而且特别令人欣喜的是,随着儿童文学观念的标新,作家们创作实践和艺术探索的空前活跃,出现了一大批在内容和形式上都令人耳目一新的优秀作品。可以说,无论是儿童小说、童话、寓言、诗歌、散文、报告文学、儿童科学文艺、儿童剧、儿童影视文学,还是分属不同年龄层次读者的少年文学、儿童文学(狭义,即童年期文学)和幼儿文学,都推出了不少创新佳作。80年代中期一批探索性作品的出现,大大激活了儿童文学生动热烈的创作空气,作家们的艺术思维空间进一步开阔了,初步形成了儿童文学繁复多样的艺术格局。这种可喜局面,进入90年代之后,又有所发展。

不可否认,新中国成立之后的相当长时期内,儿童文学深受"左"的"教育工具论"的影响,导致不少创作缺乏独特的个性,立意浅白直露,主题、人物、故事情节雷同;某种思想观念和道德规范的图解演绎,生硬的耳提面命式的说教训诫,都造成作品与小读者接受心理的疏离,儿童文学作品艺术品格的削弱乃至丧失,严重损害了儿童文学应有的文学价值。这种状况,在新时期特别是20世纪90年代以来儿童文学创作中,得到了极大的改善。儿童文学作家主体意识的觉醒和弘扬,使创作者不再将那些陈旧的有悖于儿童文学特点的"创作原则"视为圭臬,而是自觉地、大胆地突破种种束缚创作个性的条条框框,把自己的创作实践置于创新、探索的大潮中去,加上近年一些有关外国儿童文学理论和创作的图书陆续推出(理论专著如湖南少年儿童出版社的"世界儿童文学研究丛书",彭懿撰写、少年儿童出版社出版的《西方现代幻想文学论》;作品如中国少年儿童出版社出版的"纽伯瑞儿童文学奖丛书"等),使儿童文学作家们进一步开阔了艺术视野,这就必然会促进儿童文学之苑的日趋繁盛兴旺。1988年,中国作家协会举办了首届全国优秀儿童文学奖。从这次获奖的41部(篇)作品,大体可以看出中国80年代儿童文学创作的喜人成就。柯岩的《寻找回来的世界》(长篇),严阵的《荒漠奇踪》(长篇),程玮的《来自异国的孩子》(中篇),常新港的《独船》以及刘健屏的《我要我的雕刻刀》(均为短篇)等小说作品,都生动地体现了作者们对生活独具慧眼的深沉思考,以及敢于正视生活中种种矛盾并真实地、深刻地予以反映的勇气。与此同时,作家们的艺术个性不再为一般的"共性"所湮没,而是鲜明地展示在各自的作品之中。《寻找回来的世界》无疑是80年代一部出类拔萃的儿童小说力作,它不仅以题材的新颖见长,更主要的是作家以娴熟的艺术技巧,通过对生活中异常驳杂错综的矛盾冲突的生动展现和对特殊环境中种种人际关系的细针密线的揭示,撼人心弦地启动小读者乃至大读者对做人真谛的揣摩和思考,其题旨的张力、内蕴的深邃、思想的力度,都是儿童文学中所罕见的。《我要我的雕刻刀》或许在主人公形象的分寸把握上尚不无可商榷之处，然而，这篇作品的犀利锋芒直指教育领域长期存在、屡革不除的不尊重学生人格、抹杀孩子个性、禁锢活泼思想、缺乏民主以及形式主义等种种弊端，而且通过很富生活气息的故事情节和艺术形象获得生动的表现，这就不能不使整篇小说辐射出一种逼人的发人深悟的气势。其他如曹文轩的《再见了，我的小星星》、沈石溪的《第七条猎狗》、刘厚明的《阿诚的龟》、蔺瑾的《冰河上的激战》、关夕芝的《五虎将和他们的教练》、方国荣的《彩色的梦》、郑春华的《紫罗兰幼儿园》等儿童小说，孙幼军的《小狗的小房子》、葛翠琳的《翻跟头的小木偶》、郑渊洁的《开直升飞机的小老鼠》、洪汛涛的《狼毫笔的来历》、宗璞的《总鳍鱼的故事》、吴梦起的《老鼠看下棋》等童话，金波的《春的消息》、高洪波的《我想》、田地的《我爱我的祖国》、申爱萍的《再给陌生的父亲》等儿童诗以及张歧的《俺家门前的海》、乔传藻的《醉麂》、陈丹燕的《中国少女》、陈益的《十八双鞋》等儿童散文，都显示了作家们进行多方位艺术探索的可贵努力。他们这些不同体裁样式的作品，或以当代少年儿童丰富复杂的内心世界的传神刻画、细致展示，或以浓郁的情趣、机智的幽默感、温馨的人情美，或以深刻的社会内涵、深邃的哲理意蕴，或以高雅流利的语言、奇崛峭拔的想象、幽深蓊郁的意境，赢得广大小读者的由衷喜爱。

进入 20 世纪 90 年代之后，儿童文学可以说是尽占"天时、地利、人和"之利，尤其是江泽民总书记先后发出要重视"三大件"（长篇小说、影视、儿童文学）和"出版更多优秀作品，鼓舞少年儿童奋发向上"的指示，既极大地鼓舞了辛勤耕耘在儿童文学园地的广大园丁们，也吸引了一批成人文学作家加盟儿童文学创作，同时在中国作家协会、各地作家协会和少儿出版机构的大力支持、扶植和培养下，陆续涌现了一些有才华的青年儿童文学新秀。儿童文学创作队伍在原有的基础上有所壮大，创作和问世了大批优秀作品，为我国 20 世纪后半个 50 年的儿童文学的发展做出了可贵的奉献。

回顾 20 世纪行将结束的近几年的儿童文学创作，长篇儿童文学的实绩给人留下特别深刻的印象。很长时期以来，长篇儿童文学在整个儿童文学创作中一直是一个薄弱环节。它要求作家具有更为丰富的生活积累和精深的艺术功力，而且要在作品中塑造少儿人物群像，要细致展示少年儿童和成人的关系，要反映和概括更为深广的时代和社会生活内容。长篇儿童小说不仅在结构上有别于短篇或中篇，而且在作品的规模和容量上，都是中、短篇所不可及的。因此，创作一部成功的长篇儿童小说难度很大。无论在新中国成立后的十七年，还是新时期的前十几年中，长篇儿童小说的数量在整个儿童文学中只占很小的比例。这种状况，近几年得到了明显改观，进入 90 年代以来，发表和出版的长篇儿童小说有 200 部左右，其中不乏艺术质量较高的生动感人的佳作。最近几年，长篇儿童小说尤具崛起态势，成为儿童文学一道喜人的景观，例如——

秦文君的《男生贾里》。这部作品是以轻松活泼的轻喜剧笔致描写和反映当代中学生生活的成功范例。它以鲜活丰富的细节、独特的艺术结构、诙谐幽默的语言，塑造了贾里这个聪明机智、热情侠义、具有鲜明个性和时代特色的初中生形象。《男生贾里》及其姊妹篇《女生贾梅》被评论界认为是 20 世纪 90 年代最引人注目的儿童小说之一。《男生贾里》成功地写了续篇，合在一起为《男生贾里全传》，使作品小主人公贾里及其伙伴们的形象、性格更加丰满和立体化，因而更具令孩子们痴迷的艺术魅力和感染力。

郁秀的《花季·雨季》。作品为我们展示了繁复纷纭的深圳特区青少年校园内外的生活场景和画面。作者是一位很有文学智慧和才气的 16 岁女中学生，她以一个同龄人

的视角，十分真切地塑造了谢欣然、萧遥、陈明、王笑天等各具性格特点的中学生形象，生动地袒露了他们各自的情感天地和心灵世界，对现实的独特思考、认识和判断，以及他们的理想和追求。这部作品是第一部成功地描写、反映深圳特区青少年生活的长篇小说，被誉为"90年代的青春之歌"。作品问世后，已发行数十万册，许多中学生把它看成是"真正属于我们的书"。

黄蓓佳的《我要做好孩子》。作品主人公金铃是六年级女学生，学习成绩中等，但机敏、善良、正直。为了做一个让大人满意的"好孩子"，她作了种种努力，并为保留心中的那一份天真和纯洁，和家长、老师作了许多"抗争"。小说在艺术地展示小学生的学校和家庭生活的同时，不可避免地触及当前教育机制存在的种种弊端。母亲卉紫及其女儿金铃各自不同的性格和心灵活动，代表了当前商品经济时期两代人的典型心理，具有深刻的社会意义。

曹文轩的《草房子》。这是作者继《山羊不吃天堂草》之后，积淀多年、酝酿数载、精心构思和写作，献给中国小读者的又一部长篇力作。作品背景是20世纪60年代初这个特定的历史空间，叙述的是苏北农村男孩桑桑刻骨铭心、终生难忘的六年小学生生活和他眼中纷纭斑驳的世界。作品在人物（成人和孩子）形象的塑造及性格特征的刻画上，获得了巨大的成功，优雅晓畅而又精美的文学语言，生动有趣的故事情节及渗透其中的至纯至美的人性和乡情，都使作品具有慑人的魅力。作品向读者叙说和倾诉的是不论什么时候都会让人深深感动的情愫、思想和人格精神，从而激发起人们崇真、崇善、崇美的情怀和从真、从善、从美的愿望。这是一部文学品位和艺术质量都相当高的长篇儿童小说。

其他如福建少年儿童出版社推出的《花季小说》丛书（共8部作品，作者都是二三十岁的文学新秀），北京少年儿童出版社推出的《自画青春》丛书（共9部作品，都是年轻作者的长篇处女作，作者平均年龄17岁），以及董宏猷的《一百个中国孩子的梦》和《十四岁的森林》，毕淑敏的《雪山的少女们》（明天出版社"金犀牛丛书"之一种），肖复兴的《青春三部曲》，金叶的《都市少年三部曲》，梅子涵的《女儿的故事》，朱效文的《青春的螺旋》，金曾豪的《青春口哨》，从维熙的《裸雪》，关登瀛的《小脚印》等，都是20世纪90年代以来比较优秀的长篇作品。

儿童文学是一个多品种的文学部门，由一斑可窥全豹，单从以上对长篇儿童小说的简要述评中，也足以看到近年中国儿童文学蓬勃发展的态势。其他如中短篇儿童小说、童话、儿童诗、科学文艺、少年报告文学、儿童散文、寓言、幼儿文学的创作实绩，虽不如长篇小说那样集中和突出，但也有许多佳作不时进入到读者的视野。

总的来说，20世纪后50年的中国儿童文学，即中国当代儿童文学，虽然历经风雨和曲折，但总的趋势是逐步前进、不断发展的，特别是在八九十年代，儿童文学可以说进入到一个新的黄金发展期，在创作上取得了令人瞩目的可喜成就。到1999年，无论是20世纪中国儿童文学，还是中国当代儿童文学，都应当说是画上了一个比较圆满的句号。

"云霞出海曙，梅柳渡江春"。当这本50年儿童文学作品选出现在读者面前的时候，我们已经望见了新世纪的灿烂曙光。我们相信，随着人类居住的这个星球进入到一个崭新的世纪，中国的整个文化、文学——当然也包括一代又一代少年儿童健康成长所必需的精神食粮儿童文学在内———定会迎来新发展、新繁荣的辉煌期！

　　最后，需要说明的是：由于篇幅所限，本集所录均为短篇作品，中长篇不在选收之列；不少成就卓著的作家，由于无适当短作等原因，未能入选本集；所收香港、台湾作品，都是从大陆报刊上选录的，由于入选量较少（同样是因篇幅所限），只能从中一窥港台作品的风采，而难以代表这些地区儿童文学创作的总体成就。

1998 年 11 月 15 日于北京双榆树

　　（原载《1949—1999 中国当代文学作品精选·儿童文学卷》，北京十月文艺出版社 1999 年版）

新中国儿童文学

1949—2019

中国儿童文学的 1977—2000

秦文君

　　从 2006 年起,历时两年,我陆续选编《中国新文学大系》1977—2000 年间的儿童文学卷,我用感性的创作型思维来论说这个时代和作品以及作家时,会和人们所期待的有所不同,但是这并不意味着我们会对 20 多年的中国儿童文学本质的理解上存在落差。学者们各自的一些著名观点、专业的理论构建,我是非常佩服的。

　　总之,我花费了足足能创作一部长篇小说的时间,大量地从 20 余年的中国儿童文学的"抽屉"里寻找有价值的宝藏。好看的就通宵达旦地读,碰到原以为意思不大的作品,如若寻看出机巧来,就很有成就感,犹如寻宝的感觉,真是不赖。我暗自把那 20 余年的儿童文学历程分为话语时代、探索时代和趣味时代,这之间有交叉、有重合,这之间存在着巨大的阶梯,但也存在某种局限和危机。

一、话语时代的责任意识

　　"文革"结束后,一个新的文学时代必然来临,这时出现了一批震撼人心、与时代和读者产生强烈共鸣的作品。怎么说呢,它们是可敬的,激情澎湃,具有穿透性,激越、急促地出现,20 世纪 70 年代后期王安忆发表在《少年文艺》上的《谁是未来的中队长》是这个时期的代表作品之一,它点击社会具有深度而富有震撼力,揭示社会弊端。我觉得话语时代的代表性作品还有刘健屏围绕人的精神解放,写于 1982 年的《我要我的雕刻刀》。另外还有当时萦绕在耳的《彩霞》《一个颠倒过来的故事》等,它们无疑都是具有直面现实的艺术性和思想性作品。

　　丁阿虎的《祭蛇》和他 1984 年发表的《今夜月儿明》,应该属于话语时代的佳作。《祭蛇》这篇小说如此特别、大胆,现在来看也是独此一篇。作品的写作角度竟能如此出怪,孩子们发泄不满和愤怒的方式是带有挑衅意味的,仿佛是另类的宣言。首发在上海《青年报》的小说《柳眉儿落了》,一石激起千层浪,它和《今夜月儿明》在少男少女的情感话语上打碎了多少年的不成文的禁锢。

　　20 世纪 80 年代前期还有金逸铭的《月光下的荒原》和《长河—少年》,它们用文学存在穿透了一些什么,打碎了宁静,留下了一种可贵的可能性,常新港的《独船》则从人性层面来完善了话语时代更为丰富和自然的话题,那里的悲壮气质使话语时代的作品在艺术方面变得成熟、完整,艺术敏感在升温。

　　中国儿童文学在相当长的岁月中,是把儿童文学当成教育的工具,在"文革"期间儿童文学又变成政治观点的载体。从这个角度看,话语时代的儿童文学功不可没,它们是开路者,是先行者,用挑战的姿态、激情和动力,打破儿童文学在题材、观念、思想深度、话语姿态和情感力度的藩篱,用勇气建立了生机,一切都变得有了可能,而它们中的很多作品本身也是醒目的、傲然的。

中国儿童文学在回归文学精神的途中,走上了一条螺旋向上的线路,而蕴涵于中国儿童文学中的1977—2000年之间的台湾地区和香港特别行政区的作家和作品,也是富有特色、努力上升着的。大系里选编了台湾地区林良的诗作和马景贤的《友情的支票》,因为这两位前辈作家的知名度高,文品也高。大系选的桂文亚的作品《班长下台》和《感觉的盒子》,还有赖晓珍的《从盘子上飞出来的蓝龙》,卜京的童话《年轮出走》,以及陈木城的作品,等等,好像都是在《民生报》儿童版首次发表的。真可惜,写作了《秋千上的鹦鹉》等众多小说的实力派作家李潼英年早逝,当年孙幼军、汤锐、李仁晓、邱士龙还有我和他一同在日本参加中日研讨会,结下友谊。他和邱士龙后来还以兄弟相称,来往热情。这次选编在大系里的还有王淑芬的《巨人阿辉》,黄基博的《大小刘阿财》,晓风的《我希望我的房间是……》等。香港特别行政区的儿童文学作家的作品也选了,比如老作家何紫的作品,著名作家阿浓的《本班最后一个乖仔》,黄庆云的《想做大王的大熊》,吴婵霞的《奇异的种子》,还有王一桃,以及现在去了香港定居的关夕芝的作品,等等。

二、探索时代的艺术追求

20世纪80年代中后期的中国儿童文学创作稳中有升,随着时代的变迁,中国社会的开放,话语时代的文学失却了凌厉的势头,文学的审美作用被重视,这成了很多才华作家的共识。

这个探索时代涌现的佳作多得不胜枚举:程玮的《白色的塔》里灵动飞翔的象征意味深长,令人经久难忘,她后来在长篇小说《少女的红发卡》中又有新的建树。曹文轩的《古堡》中其前瞻意识和20世纪90年代后期的长篇小说《草房子》等作品塑造倾情,表现了华丽的美感。金波的作品如此纯粹,他的《迷路的小孩》《林中月夜》和《春的消息》,真的幽静和优雅,我很喜欢他的散文《雨人》,那里有诗兴,有文采,还有淡淡的、如月光般的忧郁。我的《四弟的绿庄园》,直到今天我还为写出它骄傲。

所选的张之路的《空箱子》,这部作品别人是学不会的。张之路的一些作品仿佛小说里有童话,童话里有小说,他大胆地用童话手段来表现现实的有趣、神秘和荒诞。他的《题王许威武》和写于1991年的长篇小说《第三军团》却在尝试着完全用写实的手法。

已故作家刘厚明的作品,也是我重读的重点。他的《黑箭》和《阿诚的龟》真的是好,非常独特、工整。

探索时代涌现的班马的小说《鱼幻》很值得一提,那部作品一定是在有雨的长夜里写的,仿佛水花浸透着纸面,那种感觉是很神奇的。在后来写作《六年级大逃亡》和中篇小说《没劲》时,班马则走向游戏精神的高端。

梅子涵的作品尤其值得提及,他出道很早,最早好像是写给青年人看的文学作品。他的《走在路上》和《林东的故事》对于文本意识的尝试是具有启示意义的,后来他的长篇小说《女儿的故事》和系列的"戴小桥"等,个中对语感和叙述方式,以及孜孜以求的追索精神都是罕见的。

记得当时动物小说是很兴旺的,沈石溪、李子玉、梁泊等都在那块文学园地里耕耘。沈石溪笔下的动物既具有动物张扬狂放的自然属性,更有一种动物作为生灵的智慧、理性和信念。我印象最深的是他的《退役军犬黄狐》,作品中的那份犀利的气势以及一种穿透性的力度,非一般作家所能驾驭。

韩辉光的《校园喜剧》,韦伶的《出门》,白冰的《坟》,陈丹燕的散文《中国少女》,陈丽的《遥遥黄河源》,刘海栖的《男孩游戏》等,当时也有很大的冲击力。那个儿童文学的峥嵘岁月,很多作家开始通过作品探索人,探索自身,探索如何用更高超的艺术手法来表现。

对童年的探索也是极有价值的,任大霖的《掇夜人的孩子》,任大星的《三个铜板豆腐》等作品有着很大的影响,不仅是对童年,对于寻根、乡情等文化关注进行了很好的诠释。

从某种意义上看,我的编辑业绩好像还行,我曾从大量的自发来稿中发掘出青年作者的重要作品,比如写《空屋》《丑姆妈,丑姆妈》的曾小春,写《小黑》的王蔚,写《风景》的玉清。后来我陆续编发了张品成的《园丁》和《白马》,他是个执着而又满怀激情的作家,特别是身在金钱味很浓的海南,却数年如一日,创作《赤色小子》三部曲。

常新港、左泓,以及后来的薛涛、老臣、肖显志等儿童文学作家在探索时代,对短篇小说有着出色的艺术追求与表现。常新港的短篇小说是很绝的,只是东北出的儿童小说作家几乎都是男性。

说到童话的成果,严文井发表于1978年的《南风的话》,陈伯吹发表于1982年的《骆驼寻宝记》,金近发表于1983年的《爷爷讲的故事》,都是选刊第一时间选的,有各自的光芒和不易。葛翠琳的《飞来的梦》和《问海》仿佛有着儿童梦想,倾情而单纯,着力于描绘人类最初的模样,它的醒世作用和净化心灵的功能是跟它的梦想联系在一起的。

冰波的作品选得很多,如《凡尔医生出诊记》《窗下的树皮小屋》《南瓜村的怪物》《花背小乌龟》《阿笨猫和傻大熊》《露珠项链》,我还比较偏爱《梨子提琴》,冰波的本事是把一种剔透的幽情,或伤忧或欣喜放在作品里。他的童话是很经读的,个人的色彩很浓。

《舞蛇的泪》《一只神奇的鹦鹉》和《白板》都是葛冰进行童话探索中的力作,而他的女儿葛竞的《鱼缸里的生物课》却和父亲的写作风格差别较大,别有意趣和情调。

写《住在摩天大楼顶层的马》和《红鞋子》的汤素兰,非常有才华,她最打动我的是一篇很短小的儿童故事《虎子弟弟的生日礼物》,这次我把它选上了。

谈到报告文学,不知怎的,我总要把《一百个中国孩子的梦》归结在里面,也许不讲理,董宏猷会愤怒的,但是,那时这本书的构思真是不得了,引起了文学界的广泛关注。如果它是作为报告文学,那永远有史料意义和文本意义,作为小说就会消解许多。此外,还有刘保法发表于1985年的《迷恋》,孙云晓发表于1993年的《隐患——中日少年内蒙古草原探险沉思录》。

高洪波的《鱼灯》《有魔力的小铲子》《我喜欢你,狐狸》和《鹅鹅鹅》等作品,侠骨倜傥中有一种难以言说的细腻和真挚的柔情,读的时候有点发怔。张秋生的《小巴掌童话》《一串快乐的音符》和《变成小虫子也要在一起》,郑春华的《圆圆和圈圈》《会长鱼的树》和《跟着夏夏的小黄叶》,圣野的《雷公公和啄木鸟》,诸志祥的《黑猫警长》等作品,也在那个时期开创了许多新的艺术风情;还有鲁兵的《小猪奴尼》等富有个性和儿童情趣的作品,产生了较大影响。

2000年的一天,我看到王一梅的《书本里的蚂蚁》,欣喜若狂,马上推荐参评中国作协的全国儿童文学奖。《墙上的窟窿》是辽宁的年轻诗人王立春写的。她的"扁人骑着扁马"等诗句,我现在仍然喜欢着。

中长篇小说,如果随口说说,就有《第三军团》《今年你七岁》《男生贾里》《花季·雨季》《草房子》《我要做好孩子》《狼王梦》《青春口哨》《少女的红发卡》《女儿的故事》《没劲》和《六年级大逃亡》,等等,没有列举的、可以收入到大系的中长篇小说还有不少。

记得同为探索时期,我的《十六岁少女》和《少女罗薇》,陈丹燕的《上锁的抽屉》和《女中学生之死》等作品,曾引起《文学报》的大讨论。我觉得像这一类少女小说或少年小说(西方称之为成长小说),应该有强大的活力,能表现男孩女孩内心的渴求和激情,并且能够暗示未来。

当时,我们极度留意的是那些"探索作品",不管它们是否成熟,在一个艺术门类中有人勇敢地去闯,去碰壁,去让艺术发出回声,是令人激动的事情,也是这个艺术门类的幸运。

三、趣味时代的感动

社会在矛盾中变化和前行,风气里有了浮躁。理想的平凡化、真实化打碎了许多虚幻缥缈的东西,生活中令人捉摸不定的成分在减少,激情和浪漫的萎缩,使探索类作品缺少故事和灵性。作家的审美个性和读者阅读需求的变化被推到了面前。

艺术个性是儿童文学的最高尊严,趣味能体现儿童文学的理性和尊严,儿童文学中很多成功之作,是以趣味带动其他艺术追求的。比如孙幼军的作品《小狗的小房子》,最早发表于1981年,但是它没有任何时代的痕迹,总是新的,说他是昨天写的作品也可以。他写出了孩子能够察觉又难倾诉、成人却早已遗忘的美妙感知,太有趣了。

很多成功的作家都是如此,任溶溶始终能幸运地飞翔在五彩缤纷的童心世界里。他的《奶奶的怪耳朵》发表在1982年,《我属猪》发表在1994年,同一年他还发表了《我是个可大可小的人》。那些作品看似游戏的、浪漫的、幽默的,其实在地下铺垫的是人文和艺术的底蕴。

朱自强教授在一篇文章中提出,由于游戏精神的勃兴因而出现热闹派的童话。热闹派童话最具代表性的作家是郑渊洁,他的《脏话收购站》等作品在1981年前后发表,多角度地满足儿童对热闹品格的需求。除郑渊洁之外,彭懿和周锐,也是热闹派创作举足轻重的作家。但是热闹派作品,有人叫好,也有人认为其幻想和夸张有着太大的随意性。周锐的《勇敢理发店》是非常具有创新意义的,可以说是探索时代的佳作。周锐下过乡,1976年当上轮机工,跟着油轮航行,所幸的是他的思想也开始航行,1976年他尝试了儿童散文、小说、诗,都不顺,直到1983年,他找到了童话。他病前和病后的作品差异较大,病后的《昨天的星星》奇特灵动。而和周锐齐名的彭懿,以《女孩子城来了大盗贼》引起文学界的广泛注意,他是一个有想法、有创意的作家,说话幽默,做事却能仔细为他人着想。我很喜欢他的《红雨伞·红木屐》,很唯美。还有戴臻的童话,他大致走的路子也有热闹派的影子。

整个新时期,确有很多作品没有标签,只单纯地表现着清新,有意思。我想提幼儿文学和一些小花似的诗,比如《岩石上的小蝌蚪》,那是谢华1988年发表的,嵇鸿的《雪孩子》也是很美的,写《草地上的联欢会》的吴然主要是写儿童散文的,任霞苓的《妈妈你别害怕》和《巡洋舰和海盗船》别具趣味,圣野的《妹妹的梦》和《竹林奇遇》,鲁风的《老鼠嫁女》,柯岩的《雨》(外三首)真是很剔透。读到樊发稼的《花,一簇簇开了》和《红月亮》,感觉看到了平时激动豪爽的人内心的柔软,情感上的纤细缠绵,诗人永远是神秘的。望安的《彩色的楼》,东达的《心声》,林染《这世界真大》,田晓菲的《绿叶上的小诗》,王宜振的《大自然的音符》,朱效文的《受伤的男孩》,关登瀛《为春天做巢》,还有薛卫民的好几首诗,让我读到了诗人们的意向之美。而李东华的诗《你使我忽然沉默,哥哥》,让我感到震

动,那里有生命之悲怆。

我还想提徐鲁的散文,他的《网思想的小鱼》等佳作中总有脱俗的香味,不知他是怎么修炼而成的。当然,发表于 1981 年的陈益的散文《十八双鞋》,发表于 1989 年的施雁冰的《喜庆筵席》,还有吴然发表于 1991 年的《遥远的风筝》,刘先平发表于 1991 年的《魔鹿》,彭懿发表于 1999 年的《独走青海》等,都是在儿童文学界得到好评、风格各异、打动人心的佳作。

我还发现,这一时期勤恳耕耘的作家群体本是非常壮观的,比如既写小说也写童话的北董,还有邱易东、薛涛、杨红樱、任霞苓、方崇智、薛贤荣、戴达、车培晶、范锡林,以及李志伟,等等。

我写于 20 世纪 90 年代初的《男生贾里》和《女生贾梅》,在 90 年代末走红后,到现在还受欢迎。孩子们喜爱浪漫的、自由的心灵,喜爱幽默诙谐的风格,喜爱所蕴含那种灵魂和情感的关怀。但我本人因为《十六岁少女》和《一个女孩的心灵史》有更多的亲历成分,所以情感上会更加偏爱一些。

四、新人涌现,冲刺多元时代

1977—2000 年间的年轻一代,好几位年轻作家的作品在目录中因按时间顺序,几乎连在一起,其中有彭学军的《北宋浮桥》,有李学斌的《走出麦地》,再有写《日子》的谢情霓,写《狂奔》的祁智,写《永恒的生命》的星河,还有写《昨夜星辰》的安武林,写《穿浅棕色大衣的女孩》的伍美珍,写《月光下》和《叫我一声乖囡》的张洁,还有王巨成、饶雪漫,等等。再有后来写出《纸人》的殷健灵,从事理论研究的谭旭东,写《回归》的简平和孙卫卫、唐兵、萧萍、陆梅等,一大批正在成长的儿童文学作家当时已崭露头角。他们在 2000 年后不断有佳作涌现,从中体现出他们具有多种艺术追求和创作潜力。

但是,因为这一辑大系的作品发表日截至为 2000 年,很多更年轻的作者未能加盟,希望大系中那些引人注目的作品,能激励年轻人去摆脱平庸探索生活,超越原有的艺术标杆。

20 多年过去了,我们面对的世界、自身的和他人的思维结构、社会形态,都发生了巨大的变化,但是人们还是同样面对着怀疑与辩护、睿智与极端、激进与保守、乐天与悲观。人类最神圣的理性和天性还在受到挑战。但我看到了中国儿童文学作家的光荣使命,写作者是幸运的,因为我们构造文字之美,始终和时代同成长,与儿童休戚与共,为未来描绘彩图。

(原载《中国少儿出版》2008 年第 4 期)

迎接儿童文学新纪元

——第二次全国儿童文学创作会议开幕词

束沛德

在即将迎来六一国际儿童节之际，中国作家协会、宋庆龄基金会联合召开的全国儿童文学创作会议开幕了。首先，我代表主办单位对出席这次会议的儿童文学作家、理论批评家、编辑、出版工作者和各位嘉宾，表示热烈的欢迎！向一切用自己的心血和汗水浇灌儿童文学小百花园的园丁们，表示由衷的敬意！向十多年来先后谢世的儿童文学老前辈叶圣陶、冰心、陈伯吹、高士其、叶君健及优秀儿童文学作家贺宜、包蕾、金近、何公超、韩作黎、袁静、颜一烟、任大霖、任德耀、刘厚明、胡景芳、刘饶民、张有德、童恩正等，表示深情的怀念！

这次会议是在世纪之交、千年之交的历史时刻召开的，是我国儿童文学界的一次跨世纪盛会。来自东西南北中的140多位儿童文学工作者欢聚一堂，回顾新时期以来，特别是20世纪90年代以来我国儿童文学的发展历程，展望21世纪儿童文学发展趋势，共议繁荣新世纪儿童文学的大计，这是一件富有前瞻性、意义深远的事情。

从1986年5月中国作家协会和文化部在烟台联合召开全国儿童文学创作会议到现在，已过去14个年头。十多年来，特别是贯彻落实江泽民总书记关于繁荣少年儿童文艺的指示精神以来，我国的儿童文学呈平稳、从容而又自由、活泼的发展态势，已经显露出走向新的繁荣的征兆。

我们有了一批引人瞩目的、思想、艺术俱佳的创作成果。特别是长篇儿童小说的兴旺，成了儿童文苑一道亮丽的风景线。第五届宋庆龄儿童文学奖和中国作家协会第三、四届全国优秀儿童文学奖的获奖作品，集中展示了我国20世纪90年代儿童文学创作的成就和水平。各种体裁、样式的优秀作品在贴近当代儿童的生活和心灵、塑造儿童典型形象、讲究美学品格、追求创作个性等方面，都取得可喜的、明显的进展。

我们有了一支新旧交替、相对稳定、充满朝气和活力的创作队伍。不少富有经验的老作家，依然宝刀不老，笔耕不辍。新时期之初崛起的、如今已步入中年的作家，在艺术上逐步走向成熟，当之无愧地成为当代中国儿童文学的中坚力量。20世纪90年代以来崭露头角的新生代作家生气勃勃，富有潜力，消除了人们"青黄不接，后继乏人"的忧虑。而成人文学作家的加盟和"自画青春"少年作者的介入，进一步扩大了儿童文学创作队伍。

我们有了一个有利于儿童文学发展的良好环境。从中央到地方，宣传部门、文学团体、出版单位同心协力抓原创性作品，花色品种之多，前所未有。实施精品战略，强化品牌意识，健全激励机制，改善创作条件，大大鼓舞了作家的创作热情，激活了儿童文学的生产力。

然而，毋庸讳言，我国的儿童文学在迈向新世纪的征程中，同样是挑战与机遇并存，困难与希望同在。在中小学生没有走出应试教育阴影，又是多种媒体并存、文化消费多元选

择的情况下，要改变小读者淡薄、疏离文学读物的状况，不是一件轻而易举的事情。而从当前创作的总体情况来看，思想性与艺术性完美统一、富有强烈感染力、为孩子们所喜闻乐见的文学精品力作也还太少。作家队伍的思想、业务素质、学识素养、艺术功力，有待进一步提高。理论批评方面，对儿童文学现状的研究，尤其是对少年儿童文学接受状况的研究，仍显得十分薄弱。所有这些，都是发展、繁荣跨世纪儿童文学面临的挑战和困难。

我们这次会议的主题是：迈向新世纪的儿童文学。这是一个严肃的、饶有兴味的话题。我们要站在新旧世纪的交会点上，回顾既往，总结经验，展望未来，认清我们今天所处的时代，明确世纪之交儿童文学的历史任务和作家的光荣职责，满怀信心地迎接儿童文学的新纪元。

21世纪是实现中华民族伟大复兴的新世纪。在21世纪里，将把我国建设成为一个富强、民主、文明的社会主义现代化国家。而建设四化、振兴中华的历史责任落在跨世纪一代少年儿童身上。

跨世纪的一代新人应当具有综合素质，努力做到德、智、体、美全面发展。人才素质的高低，关系到社会主义现代化事业的成败，关系到国运兴衰、民族复兴。而文学艺术在素质教育、美育中具有独特的、无可替代的作用，它对于铸造意志品格，陶冶道德情操，塑造新世纪的民族魂，可以产生润物细无声的、潜移默化的影响。作为儿童灵魂工程师的儿童文学作家，肩负着崇高的使命和神圣的职责，理应通过自己的创造性劳动，塑造以情动人、以美感人的艺术形象，帮助少年儿童培养高尚的理想信念，优美的道德情操，丰富的想象力、创造力和健康的审美情趣，为培育一代有理想、有道德、有文化、有纪律的社会主义新人做出自己的贡献。

思考、探索新世纪儿童文学的走向、格局，既不能离开我们所处的时代及时代赋予儿童文学的任务；也不能离开儿童文学的本质、特征及未来一代的审美需求、欣赏习惯。张扬爱国主义、理想主义、英雄主义的旗帜；弘扬人文关怀、热爱科学、崇尚大自然的精神；贴近未来一代的生存状态、内心世界、审美情趣；发掘艺术幻想、幽默品格、游戏精神等美学特质；强化面向网络时代、面向文化市场、面向世界的意识……这一切，既反映了我国20世纪90年代儿童文学观念的变化和创作态势的调整，也预示着世纪之交儿童文学的发展方向、趋势。这些话题是探讨迈向21世纪的儿童文学题中应有之义。我们这次会议采取论坛的方式，深切地期盼大家围绕主题，各抒己见，畅所欲言，自由讨论，广泛对话，力求在生动活泼的讨论和争鸣中得到有益的启迪。

小读者呼唤儿童文学精品，新世纪呼唤儿童文学大家。我们要有更多的与伟大时代相称、让亿万少年儿童爱不释手的精品名篇；要有新世纪的冰心、中国自己的安徒生。让我们加强学习，提高素养，热爱生活，熟悉孩子，潜心写作，勇于创新，同心同德，团结奋进，向着新世纪儿童文学的巅峰攀登！

预祝这次创作会议圆满成功！

2000年5月28日

（原载《文艺报》2000年6月6日）

中国作家协会关于进一步加强儿童文学工作的决议(2001年)

（2001 年 1 月 13 日中国作协第五届主席团第八次会议通过）

自 1986 年 6 月通过《中国作家协会关于改进和加强少年儿童文学工作的决议》以来,特别是 90 年代贯彻落实江泽民总书记关于繁荣少儿文艺的指示精神以来,我国的儿童文学呈现平稳从容而又生气勃勃的发展态势,在创作、评论、出版等方面都取得了新的、可喜的进展和成果。但是,与新时代赋予儿童文学的历史任务相比,与当代少年儿童丰富多样的审美需求相比,我国儿童文学创作的思想、艺术质量,作家队伍的思想、业务素质,理论批评的力度、风气,都还有待进一步改进、加强和提高。

21 世纪是实现中华民族伟大复兴的新世纪。建设四化、振兴中华的历史责任落在跨世纪的一代少年儿童身上。跨世纪的一代新人应当具有综合素质,努力做到德、智、体、美全面发展。而文学艺术在素质教育、德育、美育中具有独特的、无可替代的作用。为了促进新世纪儿童文学的发展、繁荣,更好地发挥它在培育一代"四有"新人中的独特作用,中国作家协会应当采取切实、有力的举措来进一步加强儿童文学工作。

一、坚持儿童文学创作的正确方向,树立精品意识,力求产生相当数量、思想性与艺术性完美统一、为广大少年儿童喜闻乐见的优秀作品。中国作家协会拟每 5 年召开一次全国儿童文学创作会议,探讨儿童文学的发展趋势、前景,总结提高儿童文学创作质量的经验。与有关出版社合作,编辑出版优秀儿童文学作品和年度佳作选。

二、改进和完善儿童文学的评奖工作,保证评奖的导向性、权威性、公正性。除继续奖励各种体裁、样式的文学创作外,还要适时增设儿童文学理论批评奖、新人奖和对儿童文学事业有特殊贡献的荣誉奖等奖项。

三、加强对儿童文学的理论研究和作品评论工作。巩固、扩大儿童文学评论队伍,提倡和发扬说理的、实事求是、与人为善的理论批评风气。继续办好《文艺报·儿童文学评论》;作家协会儿童文学委员会要与少年儿童出版社合作,办好《中国儿童文学》丛刊。各有关报刊,首先是中国作家协会和各地作家协会主办的报刊,要经常选登一些儿童文学作品、评论文章。

四、加强儿童文学队伍建设,大力培养儿童文学新人。鼓励、吸引更多的作家、业余作者为少年儿童写作。通过组织儿童文学作家学习理论、学习业务和鼓励、帮助他们深入生活、深入少年儿童等途径,努力提高队伍的思想、业务素质。作家协会儿童文学委员会、鲁迅文学院要与有关单位合作,不定期地举办讲习班、函授班、创作研讨班,给年轻的儿童文学作者提供学习进修的机会。

五、加强儿童文学作家与小读者和校园文学社团的联系。与有关部门通力合作,开展少年儿童读书活动,把优秀的儿童文学作品推广到小读者中去。举办夏令营、诗歌朗诵会、签名售书等活动,组织儿童文学作家与小读者见面。儿童文学评奖要听取小读者的意见。

六、与中国科协密切合作，做好文学家与科学家优势互补的联姻工作，共同促进科学文艺创作的发展。

七、加强儿童文学与影视、网络等现代传播媒体的联姻，推荐介绍优秀儿童文学作品改编成影视、卡通作品或上网，使它们迅速普及到广大小读者中去。

八、增进同台、港、澳地区和海外同胞中儿童文学作家的联系、交流和友谊，努力创造条件，加强、扩大中外儿童文学的交流。

九、现代文学馆要在广泛征集现当代儿童文学资料的基础上，创造条件争取及早建立儿童文学文库，并使之逐步成为我国儿童文学的一个研究中心、信息中心。

十、中国作家协会及各地作家协会要把儿童文学工作列入自己的工作日程，常抓不懈。各地作家协会中尚未建立儿童文学委员会或相应组织的，应创造条件及早建立。作家协会应继续加强与政府文化、教育、新闻出版、广播影视部门和文联、科协、共青团、关心下一代委员会、宋庆龄基金会的联系与合作，共同为繁荣儿童文学多办实事。

（原载束沛德著《守望与期待：束沛德儿童文学论集》，接力出版社 2003 年 11 月版）

新景观　大趋势：世纪之交中国儿童文学扫描

束沛德

　　站在世纪之交的门槛回望 20 世纪 90 年代中国儿童文苑，可以清晰地看到色彩缤纷、令人眼花缭乱的诸多景观：

一、一道亮丽风景——长篇少年儿童小说佳作迭出，蔚为大观

　　长篇少年儿童小说的崛起，始于 20 世纪 80 年代末、90 年代初。首先，江苏少年儿童出版社推出了《中华当代少年小说丛书》，该丛书先后出版了 20 多种。作者阵容强大，几乎囊括了当代中国儿童文苑最活跃、最抢眼的一批中年儿童小说家。收入这套丛书的不少作品，思想、艺术质量均属上乘，在全国性评奖中频频得奖。紧追其后的是《巨人丛书》《"青春口哨"文学丛书》等。到了 90 年代中期，由于江泽民总书记的大力倡导，把长篇小说、少儿文艺、影视文学列为重点扶持的"三大件"，因而给儿童文学的发展带来了新的活力和生机。从东到西，从南到北，各地宣传、出版部门和文学团体都花大力气抓儿童文学、长篇小说的创作，从而掀起了一阵长篇出版热。原创性的长篇少儿小说的题材、品种之多前所未有，丛书、套书、系列作品层出不穷。1996—2000 年这 5 年间，出版的较有影响的长篇少年儿童小说丛书就有《猎豹丛书》《棒槌鸟儿童文学丛书》《花季小说》《金犀牛丛书》《自画青春丛书》《鸽子树少儿长篇小说丛书》《红辣椒长篇小说创作丛书》《大幻想文学·中国小说丛书》《小布老虎丛书》《金太阳丛书》《七色草文学丛书》等。

　　长篇少儿小说在历次全国性的儿童文学评奖中往往独占鳌头，占得奖作品总数的三分之一左右。以中国作家协会举办的第二、三、四届"全国优秀儿童文学奖"为例，获奖的作品中，系 20 世纪 90 年代出版的长篇小说就有：沈石溪的《一只猎雕的遭遇》《红奶羊》，曹文轩的《山羊不吃天堂草》《草房子》，关登瀛的《西部流浪记》《小脚印》，金曾豪的《狼的故事》《青春口哨》《苍狼》，程玮的《少女的红发卡》，张之路的《第三军团》《有老鼠牌铅笔吗》，秦文君的《男生贾里》《小鬼鲁智胜》，董宏猷的《十四岁的森林》，从维熙的《裸雪》，梅子涵的《女儿的故事》，黄蓓佳的《我要做好孩子》，郁秀的《花季·雨季》。近两年出版的较为优秀的长篇少儿小说还有：黄蓓佳的《今天我是升旗手》、秦文君的《一个女孩的心灵史》、郁秀的《太阳鸟——我的留学，我的爱情》、张之路的《非法智慧》、张品成的《北斗当空》等。这些创作成果表明，80 年代成长起来的一批中年作家，在积累了相当的生活经验、艺术经验之后，思想、艺术上日趋成熟，已能比较自如地驾驭长篇小说这种篇幅长、容量大、结构更为复杂的文学体裁。他们在题材范围、生活深度、思想内涵、人物刻画上作了更为广阔、深入的开掘，力求把孩子生活的小天地与人生、社会、自然、历史的大天地联系起来描绘，着力探索、揭示当代少年的内心世界和性格特征，表现了他们朝气蓬勃、奋发向上的精神面貌和成长过程。在创作风格、表现手法、叙事方式、文学语言上也作了

新的、多样化的探索和追求，呈现出丰富多彩的景象。

长篇少儿小说的成就，反映了当前我国儿童文学创作在思想、艺术上所达到的高度，是小百花园里最亮丽、光彩夺目的一大景观。

二、两种艺术追求——秦文君贴近时代，感动当下；曹文轩坚持古典，追随永恒

在20世纪90年代中国儿童文苑，从创作个性、艺术风格的多样化追求上，呈现出各树一帜、色彩纷呈的格局。而"南秦北曹"——秦文君、曹文轩在追求艺术个性、讲究美学品格上，可说是最具代表性、最引人注目的。

被誉为"当今创作成长小说第一高手"的曹文轩，在文章、演说中不止一次地亮明自己的美学态度："我在理性上是个现代主义者，而在情感上与美学趣味上却是个古典主义者。""我永远只能是个古典主义者。"他喜欢浪漫主义情调，主张中国儿童文学"多一点浪漫主义"；还主张"文学要有一种忧郁的情调"，要具有"悲悯情怀"。他在创作实践和艺术追求上，坚定、执着地"追随永恒"。他坚信"感动人的那些东西是千古不变的"。

曹文轩的统称为"成长小说"的三部曲《草房子》《红瓦》《根鸟》，从一个农村少年或中学生的视角，讲述早已逝去的苦难、动荡而色彩斑驳的岁月、人生和艰辛、苦涩的成长历程。作品以优美高雅的抒情笔调揭示普通人的人性美、人情美、人格美，颂扬至真至善的亲情、爱情、友情、乡情，字里行间充溢着对人的情感、人的命运的真诚同情与关怀，因而产生了动人心弦的艺术感染力、震撼力。这雄辩地证明作者所说的"'从前'也能感动今世"，而且是老少咸宜。

被誉为"雕塑当代少儿群像高手"的女作家秦文君，对当代中学的校园生活情有独钟，坚持"以走入少儿心灵为本""以单纯有趣的形式讲述人类的道义、情感"。她在创作实践中始终不渝地追求"艺术的和大众的（儿童化的）"的完美统一。

从秦文君系列作品《男生贾里》《女生贾梅》《小鬼鲁智胜》《小丫林晓梅》中，我们深切地感受到，她贴近大时代，贴近小读者，她热情关注"当下"，对当代少年的生存状态烂熟于心，对他们的欢乐、苦恼、希望、困惑有着细致准确的了解和把握。同时，她找到一种少年儿童喜闻乐见的叙事结构和形式，即将幽默诙谐浸透于"糖葫芦串式"的系列故事中。

不论是古典主义还是现实主义，也不论是"追随永恒"还是"感动当下"，不同的创作理念、艺术追求，归根到底，是为着一个共同的目标，那就是让新一代的心灵得到滋养，情感得到锤炼，培养他们成为视野开阔、意志坚定、情操优美、心灵丰富的有血有肉的人。这是当代作家艺术实践和追求的"殊途同归"。

三、三面美学旗帜——大幻想文学、幽默文学、大自然文学

自20世纪90年代中后期，中国儿童文学领域的上空先后高扬起三面鲜明的、光辉夺目的美学旗帜。

大幻想文学的旗帜，是1997年10月二十一世纪出版社在三清山举办的跨世纪中国少年小说创作研讨会上首先举起的。大幻想文学的倡导者认为，幻想文学是一种艺术主张，是当今世界儿童文学的主导潮流，它将成为中国儿童文学创作革新的突破口。并认为，幻想文学契合儿童文学的本质特征，将进一步促进儿童文学的文学性与儿童性的紧

密融合,开辟一条进入少年儿童心灵世界的最佳通道。

从儿童文学现状来看,提倡大幻想文学,已经起到了扩大创作空间、加强幻想力度、促进艺术形态多样化的作用,并吸引了一批有志于这种样式创作的作家集结到这面旗帜之下。三年多来,二十一世纪出版社相继推出《大幻想文学·中国小说》丛书第一、二辑,共15种。这批作品可说是大幻想文学的初步创作成果。但这面旗帜要真正引导创作新潮流,还有待于有志者通过坚持不懈的创作实践,拿出具有强大艺术魅力的作品来。

继大幻想文学之后,浙江少年儿童出版社于1998年9月集中推出了《中国幽默儿童文学创作丛书》12种,在儿童文苑高高举起了幽默文学的旗帜。出版社的意图十分明确:一是强调幽默、轻松、好读,紧扣小读者的阅读兴趣;二是努力塑造张扬幽默精神的儿童文学形象,促使儿童文学的整体格局更加完整、合理;三是追求高品位儿童文学作品与市场效应的最佳结合。评论界和媒体高度评价出版社推出这套丛书的开创意义。有的论者认为:这套丛书"站在提升中华民族未来一代精神素质的制高点上,理直气壮地将幽默精神这一美学旗帜插上了当代儿童文学创作的巅峰。这是一种具有深刻的人文精神与文化眼光的出版理念和行动哲学"。

继大幻想文学、幽默文学之后,2000年10月举办的安徽儿童文学创作会上打出了大自然文学的旗帜。大自然历来是儿童文学的重要母题之一。随着现代工业、科学技术的发展,保护自然环境、关注生态平衡已成为全球普遍关注的时代课题。时代呼唤着大自然文学。新时代赋予大自然文学以新的艺术魅力和审美价值。当代大自然文学蕴涵的保护地球的意识,在审美中占据着主导位置;而吸取最新的科学成果,从新的角度观照自然的本质、生命的本质,审视自然的美、生命的美,又使它在审美视角、审美意识上进入一个新的层次,从而使大自然文学这面绿色文学旗帜在新世纪闪耀着绚丽的美学光辉。

《刘先平大自然探险长篇系列》的问世,对大自然文学的发展起了带头、开拓的作用。近年来有更多的作家加入大自然文学创作的行列。湖南少年儿童出版社推出的《生命状态文学》丛书可说是大自然文学创作的新成果。

四、四块驰名品牌——"中华"牌、"巨人"牌、 "花季"牌、"青春"牌

在20世纪90年代,随着市场经济的发展,中国儿童文学界、出版界的品牌意识得到培养和发展。各出版单位千方百计地打出自己的品牌,既有以质取胜的精品意识,也有吸引作家、招徕读者的市场意识。

20世纪90年代以来,儿童文学出版界给我们留下鲜明印象的驰名品牌,主要有以下四种:

一是"中华"牌,即江苏少年儿童出版社出版的《中华当代少年小说丛书》和《中华当代童话新作丛书》。前一套共出了长篇少年小说20部,后一套共出长篇童话15部。一个出版社以如此大的热情、人力、物力和规模来集中出版长篇儿童文学新作,充分显示了它的胆识和锐意开拓创新的精神。这两套丛书中获"全国优秀儿童文学奖"和"宋庆龄儿童文学奖"的小说有《山羊不吃天堂草》《少女的红发卡》等5部;童话有《狼蝙蝠》(冰波)、《绿人》(班马)等4部。江苏少年儿童出版社打出的"中华"牌,对当代中国少儿文学,尤其是少年小说的发展所做出的独特贡献,是有目共睹、功不可没的。

二是"巨人"牌,即少年儿童出版社出版的《巨人丛书》。从 1993 年初到 1999 年底共出了 6 辑。加上《巨人丛书·多彩年华特辑》一共出了 57 种,均为中长篇作品,包括校园小说、法制小说、历险小说、惊险小说、幽默小说、动物小说、科幻小说、历史小说、传奇小说、神话小说等。《巨人丛书》已有八年之久的历史,可说是块老牌子,它既选用了一些比较知名的中年作家的作品,也陆续推出了一些文学新人。收入这套丛书的《男生贾里》、《女儿的故事》、《赤色小子》(张品成)、《梦幻牧场》(牧铃)等曾获全国性的大奖。它正逐步成为"我国中长篇儿童文学创作的一个精品书系"。

三是"花季"牌,即海天出版社出版的《花季·雨季系列》丛书。该社出版的郁秀反映中学生生活的长篇小说《花季·雨季》1997 年问世后一炮打响,被誉为"90 年代青春之歌",连续 4 年稳居"全国畅销书排行榜"前 12 名之列,迄今已发行 110 万册。出版社还相继开发出版了"花季·雨季"的校园、幻想、侠义、启迪、海外等 5 个子系列,共 40 余种图书,发行 80 多万册。"花季·雨季"已成为一个初具规模的中学生课外读物书系。加上电台连播,拍电影、电视剧,出连环画和卡通版,五种媒体一起启动,进一步扩大了它的影响。"花季·雨季"这块家喻户晓的品牌,要持久地保持其知名度和影响,还有待不断拓展"花季·雨季"书系,进一步推出高品位、富有艺术魅力的优秀作品。

四是"青春"牌,即北京少年儿童出版社出版的《自画青春》丛书。1997 年、1999 年先后推出第一、二辑,共 19 部作品,其中 17 本是小说。出版社创意、策划、编辑出版这套丛书是为了"举'自画青春'旗帜,树青春文学品牌"。这套丛书的作者都是在校大中学生。他们怀着真情自己写自己,给儿童文苑吹来一阵清新的风。同时,这套丛书采取著名作家担任文学指导的方式,以弥补初出茅庐的小作者创作经验、艺术素养之不足。这也为培养文学后备军摸索了一条路。《自画青春》丛书第一辑一年内累计印数达 36 万册,由此可见市场覆盖面之一斑。

除上述四种驰名品牌外,《花季小说丛书》《金太阳丛书》《小布老虎丛书》《红帆船诗丛》《黑眼睛丛书》《小鳄鱼丛书》等,也都具有一定知名度。

五、五个创作方阵——老作家、中年作家、青年作家、少年作者、成人文学作家

随着儿童文学老前辈谢冰心、陈伯吹的先后谢世,中国"五代同堂"的儿童文学大家庭已变为"四世同堂"。老、中、青三代作家,加上少年作者和加盟儿童文学的成人文学作家,形成世纪之交儿童文学创作队伍的 5 个方阵:

一是宝刀不老的老作家。20 世纪三四十年代即驰骋儿童文苑的严文井、梅志、郭风、叶至善、任溶溶、袁鹰、鲁兵、圣野、黄庆云等,仍关注儿童文学的发展,有的还不断发表新作或译作。五六十年代涉足儿童文学园地的一大批作家,如吴梦起、任大星、萧平、于之、张继楼、赵燕翼、施雁冰、王一地、李心田、郑文光、柯岩、肖建亨、葛翠琳、刘兴诗、谢璞、孙幼军、沈虎根、邱勋、金波、张秋生、叶永烈等仍笔耕不辍。其中孙幼军、金波、张秋生等创作还很活跃,在全国性的儿童文学大奖中仍不时榜上有名。

二是 20 世纪 80 年代成长起来的、如今已步入中年的一批作家。他们在思想、艺术上日趋成熟,已成为当代儿童文苑的中坚力量。其中的佼佼者,写小说的有:曹文轩、秦文君、张之路、梅子涵、沈石溪、陈丹燕、黄蓓佳、金曾豪、常新港、董宏猷、班马、韩辉光、董

天柚、朱效文、彭懿、张品成等;写童话的有:周锐、葛冰、郑渊洁、冰波、郑允钦等;写诗歌、散文、报告文学的有:高洪波、刘丙钧、王宜振、滕毓旭、吴然、鹿子、孙云晓、刘保法、庄大伟等;从事低幼文学的有:郑春华、谢华等。这些作家包揽了全国性的儿童文学奖一半以上的奖项;有的作者频频得奖,成了名副其实的得奖专业户。

三是20世纪90年代涌现的、富有朝气和活力的青年作家。他们都还年轻,年龄在30岁上下,大多受过高等教育,起点较高,思想活跃,在创作上也做了一定的准备。他们的迅速成长,为儿童文苑注入了一股新鲜而充盈的活力。上海青年女作家群(殷健灵、张洁、萧萍、谢倩霓、张弘)和辽宁小虎队(老臣、薛涛、常星儿、车培晶、肖显志、董恒波)就是这一方阵的代表。走在这一方阵里的还有:写小说的曾小春、彭学军、祁智、玉清、王小民、简平;写童话的保冬妮、葛竞、杨红樱、汤素兰、谢乐军、向民胜、李志伟;写诗歌、散文的徐鲁、邱易东、薛卫民、庞敏;写科幻小说的星河、杨鹏等。这一方阵的不断壮大,消除了人们一度存有的儿童文学队伍青黄不接、后继乏人之忧。

四是自写花季、自画青春的少年作者。他们大多是在校的大中学生,平均年龄只有十七八岁。他们拿起笔来直抒胸臆,倾诉自己成长过程中的幻想、幸福、痛苦和困惑。走在这一方阵最前头的是《花季·雨季》作者、深圳女中学生郁秀。紧随其后的是《自画青春》丛书的作者。这套丛书第一辑的9位作者,平均年龄18岁。其中《转校生》作者肖铁加入中国作家协会时才19岁,成为该会目前最年轻的会员。近两年大中学校的少年作者纷至沓来,其中影响较大的有:韩寒(《三重门》)、彭清雯(《我们真累———一个女中学生的心灵之旅》)、唐玥(《高一岁月》)、金今(《再造地狱之门》)、黄思路(《十六岁留学美国》)、杨哲(《放飞》)、矿矿(《放飞美国》)等。这些少年作者中,有的可能成为文学大军的后备力量。但对这种少年作者写作现象似不宜过分吹捧和炒作。

五是加盟儿童文学的成人文学作家。20世纪90年代后期,各出版社相继推出长篇少儿小说丛书,组织、吸引了一批成人文学作家为少年儿童写作。加入这个方阵的有:刘心武、肖复兴、毕淑敏、王安忆、竹林、池莉、方方、马丽华、赵玫、冯苓植、王小鹰、陆星儿、迟子建、张炜、刘毅然等。他们的加盟,不仅扩大了儿童文学创作队伍,而且在开拓题材、转换视角、揭示内心世界、丰富表现手法等方面,也给予儿童文学作家以有益的启迪。

上述一道亮丽风景、两种艺术追求、三面美学旗帜、四块驰名品牌、五个创作方阵,反映了中国20世纪90年代儿童文学创作态势的调整、美学观念的变化和文学队伍的重组,也预示着新世纪中国儿童文学的发展趋势、前景。

在我看来,思考、探索新世纪儿童文学的走向、格局,既不能离开我们所处的时代及时代赋予儿童文学的任务,也不能离开儿童文学的本质、特征及未来一代的审美需求和欣赏习惯。

我们处在一个信息时代、高科技时代、知识经济时代。以信息科技和生命科技为核心的现代科技突飞猛进、日新月异,经济全球化的进程日益加快,综合国力的竞争也日趋激烈。在这个大背景下,能不能培养、造就大批高素质的人才,关系到国家和民族的命运、前途。

21世纪是实现中华民族伟大复兴的世纪。振兴中华的历史重任最终将落在一代又一代少年儿童身上。肩负振兴中华重任的新一代应当具有综合素质、精神道德素质和科学文化素质,要有远大志向、开阔胸襟、高尚品德、过硬本领和强健体魄。而文学艺术对

于提高综合素质、培养全面发展的人才，具有重要的、独特的作用。新世纪的儿童文学对于帮助未来一代陶冶道德情操、铸造意志品格、净化精神世界、提高审美能力，可以发挥润物细无声的、潜移默化的作用和影响。

在这里，我想就在大时代的背景下建设新世纪中国儿童文学，应当高扬什么旗帜，弘扬什么精神，注重什么内涵，发扬什么特色，扼要地讲一讲自己不成熟的、粗浅的看法。也可以说是用粗线条勾勒一下我所憧憬、向往的新世纪儿童文学的新格局。

（一）理想主义与人文关怀

高扬理想主义、爱国主义、英雄主义的旗帜，注重人文内涵，弘扬人文关怀的精神。

儿童文学的本质应当是理想主义的，应当具有浪漫的理想色彩，给少年儿童以梦幻、希望、信心和力量，帮助他们建立远大理想，为建设和平、繁荣的人间乐园、美好家园而不懈努力。

儿童文学肩负着用爱国主义、英雄主义精神培养下一代的光荣职责。要通过塑造具有理想色彩、有血有肉、性格鲜明的形象，激励少年儿童从小爱我中华，从小树立为振兴中华建功立业的远大志向；培养他们百折不挠、勇往直前、见义勇为、战胜困难的英雄主义、乐观主义精神。长篇儿童小说《今天我是升旗手》作者黄蓓佳的创作主张极其鲜明："少年一代中应该提倡理想主义，鼓励他们有英雄崇拜，张扬他们的好胜心和进取心，诱发他们天性中善良和富有同情的一面，引导他们感受崇高，感受一种阳刚的美和道德的纯粹。"

儿童文学在张扬理想主义的同时，还应当弘扬人文关怀的精神。人文主义精神的核心是以人为本。儿童文学应当充分体现对少年儿童生存状态的关怀，对儿童心灵世界的关怀。我们处在信息时代、高科技时代，儿童文学应该更好地适应时代发展的内在要求，丰富、弘扬人文关怀的精神，注重作品的人文内涵。这种人文关怀精神应当体现在：执着地热爱、歌颂生命，热爱、歌颂自然，呼唤强化生命意识；帮助、引导儿童心灵健康成长，树立有益于社会历史进步的价值理想；尊重、热爱优秀的民族文化传统，从人类的文化遗产中吸取伟大而卓越的人格力量；发扬同情、友爱、关注弱势群体的悲天悯人精神。

（二）贴近时代与拥抱自然

更加贴近当代儿童的生活和心灵，崇尚大自然，追求人与自然的和谐统一。

我们处在一个信息时代、电脑时代，"网络就是 21 世纪"。当代的少年儿童是在电视机、电脑前成长起来的，他们的价值观、知识面、理解力，大大有别于其父辈、祖辈。立足于大变革时代，深入了解、把握时代潮流冲击下少年儿童生存状态、心理状态、审美情趣的发展变化，是儿童文学作家应当做的第一位工作。

新世纪的儿童文学贴近时代、贴近生活、贴近小读者，最重要的是贴近当代儿童的心理，真正走进他们的感情世界、内心世界。既要了解、熟悉少年儿童的"小世界"与当今社会生活"大世界"不可分割的联系；更要关注属于孩子自己的独特的世界，捕捉他们心灵深处最细微、最敏锐的生命感觉、感情秘密，着力揭示他们在生命成长、精神成长历程中的真情实感。

儿童文学在拥抱时代、热爱生活与拥抱自然、热爱自然这两方面都能滋润小读者的心田。大自然是人类的母亲，也是文学艺术的源泉；而儿童文学又是最接近大自然的文学。在保护生态环境成为国际性话题的背景下，发展大自然文学，营造绿色文化，启迪、引导少年儿童热爱大自然、保护大自然，向他们传递地球家园意识、生态环保意识，已成为世纪之交儿童文学令人瞩目的一种创作走势。

为少年儿童写作的大自然文学，不仅要充分展示大自然的美丽、丰富、神奇，让小读者领略大自然的风光，了解大自然的奥秘，使自己的情操得到陶冶，胸襟更加开阔；同时还要表现人类不怕困难、历经艰难拯救、保护自然环境的斗争，激励小读者用自己的热情、智慧去为争取人与自然的和谐统一而建功立业。

（三）幻想文学与科学文艺

自由驰骋想象，扩大幻想空间，倡导热爱科学，勇于探索创新，启迪、培养下一代的想象力、创造力。

随着新世纪的到来，高新科技的发展，进一步激发起人们对未来世界的浓厚兴趣和大胆预测，这就为幻想、科幻、科学文艺类作品提供了广阔的市场。而少年儿童的天性又爱好幻想，追求新奇，喜欢惊险，崇尚新鲜、神秘、不平凡的事物，幻想文学正适应了小读者的这种心理特征和审美需求。幻想文学所具有的自由、奔放、奇幻、灵异的美学特征为全世界儿童所喜爱和接受。正因为如此，幻想文学越来越成为世界儿童文学的主潮。

儿童文学领域有着驰骋想象的广阔天地。开拓、扩大想象空间，以超凡、奇妙的想象、幻想去激发、陶冶孩子的想象力、创造力，启迪他们探索未来、创造未来的精神，这是培养、提高新世纪少年儿童一代精神素质的需要。

在高科技时代、知识经济时代，更高地举起科学文艺的旗帜，力求文学与科学的完美结合，使少年儿童在获得美的享受的同时，也得到科学知识的熏陶，唤起他们热爱科学、向往科学的精神，增强创造的激情和活力，这是新世纪儿童文学的又一走向。

科学文艺不仅要将丰富的科学知识寓于生动的故事情节和艺术形象之中，而且还要渗透、灌注浓烈的科学精神和人文精神。这就要求科学文艺作家立足科技前沿，具有广博的科学知识，增强科学底蕴；同时要有深厚的生活功底、文学功底。科技知识是艺术想象的有力翅膀，建立在丰厚学识基础上的科学想象力是科学文艺的灵魂。

（四）幽默品格与游戏精神

充分发掘儿童文学的幽默品格、游戏精神等美学特质，适应少年儿童天性，培养乐观开朗的性格。

新世纪的儿童文学必然更加尊重少年儿童的好动爱玩、喜欢游戏的天性，推动儿童文学艺术本性的回归。幽默品格、游戏精神是最能体现儿童文学艺术本性的美学特质。幽默是一种智慧，一种情趣，一种高雅的精神气质、文化品格。游戏也是一种智慧的角逐、一种感情的释放，二者都可说是儿童文学的看家法宝。随着时代、社会的变迁，儿童生活情状、精神需求的变化，儿童文学会更加注重张扬幽默品格、游戏精神。表现幽默、游戏精神的色彩、手段、方法多种多样，可以编织引人入胜的故事，也可以营造充满乐趣的游戏世界；可以刻画一个个性格诙谐的人物，也可以追求一种独特的、妙趣横生的叙事方式、语境；可以出奇制胜，充溢喜剧色彩，也可以寓庄于谐，寓理于趣。在这方面，作家可以八仙过海，各显其能，有着施展自己才华的广阔天地。

（五）立足中华与走向世界

扎根中华大地，面向亿万小读者；放眼五洲四海，与世界儿童文学接轨。

新世纪中国的儿童文学要走向世界，首先要走向 3 亿多小读者。要把儿童文学的根深深地扎在中华民族的土壤上，扎在亿万少年儿童的心灵深处。要写出我们自己的、富有时代特色和民族特色、为少年儿童所喜闻乐见的作品，既要熟悉、了解当代少年儿童的

生活、心理;又要善于从优秀的民族文学传统中吸取养料,丰富、提高自己的艺术表现力。同时,还要深入细致地研究在市场经济、多元传媒、电脑网络的冲击影响下,少年儿童阅读心理、审美情趣、欣赏习惯的变化。更加注重趣味性、娱乐性、可读性,力求大众化与艺术性的完美结合,势必成为众多儿童文学作家的一种艺术追求和选择。

他山之石,可以攻玉。要走向世界,当然还要博采众长,学习、借鉴世界一切优秀儿童文学的成果,了解国际儿童读物、儿童文学的潮流、走向、发展趋势。要打开窗户,呼吸新鲜空气,从外国同行那里学习创新精神和艺术经验,以开阔创作视野,提高艺术表现能力。只有尊重世界文化、世界儿童文学的多样性,学贯中西,兼收并蓄,知己知彼,取长补短,中国儿童文学才能更好地与世界儿童文学接轨。

杰出的、经典的儿童文学作品是超越时空、不分国界的。它们往往描写全人类普遍关注而又是普天下少年儿童心灵能共同感受的东西,讴歌真、善、美,颂扬爱的力量、道义的力量、智慧的力量,因而具有永恒的、经久不衰的艺术魅力和全人类共享的审美价值。新世纪呼唤代表中华民族的儿童文学大家。愿所有情系下一代的儿童文学作家携手并肩,同心协力,向着世界儿童文学的巅峰登攀!

2001 年 5 月 31 日

(原载《文艺报》2002 年 1 月 1 日)

为未成年人健康成长营造良好文学环境
进一步发展繁荣儿童文学事业

——在第三次全国儿童文学创作会议上的讲话

金炳华

同志们、朋友们：

为了学习贯彻全国加强和改进未成年人思想道德建设工作会议精神，认真落实《中共中央国务院关于进一步加强和改进未成年人思想道德建设的若干意见》，中国作家协会今天在深圳召开全国儿童文学创作会议。这是进入新世纪儿童文学界的一次盛会。来自全国各省、自治区、直辖市的100多位儿童文学作家、评论家、儿童文学工作者和获得第六届全国优秀儿童文学奖的作家汇聚一堂，共商繁荣儿童文学大计，具有十分重要的意义。我代表中国作家协会对会议的召开表示热烈祝贺，向获奖作者、责任编辑和出版单位表示热烈祝贺！对出席会议的各位来宾和作家朋友们表示热烈欢迎！

我们这次会议得到广东省委、省委宣传部和深圳市委、深圳市人民政府的大力支持；广东省作协、深圳市委宣传部、市文联、市作协、深圳读书月组委会办公室等有关单位为会议的顺利召开进行了精心筹备，付出了辛勤劳动。在此，我代表中国作协和全体与会同志，向他们表示衷心感谢！

中央电视台对本次会议给予了高度关注和积极配合。明天，中央电视台青少中心将和我会联合举办第六届全国优秀儿童文学奖颁奖晚会。中央新闻单位及广东、上海和深圳新闻单位也给予了大力支持。借此机会，我代表中国作协向新闻界的朋友们表示诚挚的谢意！

这次全国儿童文学创作会议的主要任务是：认真学习贯彻十六届四中全会、全国加强和改进未成年人思想道德建设工作会议的精神，回顾总结近几年来我国儿童文学创作的情况，交流经验体会，研究贯彻落实《中共中央国务院关于进一步加强和改进未成年人思想道德建设的若干意见》的具体措施；进一步激发广大儿童文学作家的创作热情，努力多出精品，多出人才，推动我国儿童文学事业进一步发展繁荣。同时，我们将举行第六届全国优秀儿童文学奖颁奖仪式。

自2000年全国儿童文学创作会议召开以来的5年时间，中国特色社会主义事业取得了令世人瞩目的巨大成就，国民经济持续快速健康发展，改革开放取得丰硕成果，民主法制建设、精神文明建设和党的建设取得新进展，人民生活总体上达到了小康水平。全国人民在以胡锦涛同志为总书记的党中央领导下，正前进在全面建设小康社会、实现中华民族伟大复兴的历史进程中。在党中央的高度重视和亲切关怀下，我国文学事业欣欣向荣。儿童文学界认真贯彻落实江泽民同志关于要抓好长篇小说、少儿文艺、影视文学的重要指示，儿童文学呈现出发展繁荣的新局面，儿童文学创作、评论和队伍建设等都取

得了可喜的成绩。儿童文学的发展繁荣主要表现在以下几个方面：

一、儿童文学创作进一步繁荣，涌现出一批思想内容积极向上、题材体裁丰富多样、艺术形式精湛的优秀作品。

近几年来，我国儿童文学创作进一步繁荣，硕果累累。第六届全国优秀儿童文学奖获奖作品集中展示了我国新世纪以来儿童文学创作的成就和水平。这次获奖的 16 部（篇）作品，是从全国各地推荐的 280 部（篇）作品中评选出来的。获奖作品除寓言外，涵盖了儿童文学的各个门类。长篇小说依旧保持着良好的发展势头，成就尤为突出。童话在数量上更加丰富，艺术质量有所提高。幼儿文学、散文、纪实文学、儿童诗、科学文艺等也都有较大进步。为了推动科学文艺的发展，中国作协和中国科协等单位联合举办了科学文艺座谈会、全国科普创作研讨会、优秀科普作品评奖等一系列活动；为了促进儿童诗、儿童小说创作的繁荣，中国作协儿童文学委员会与《儿童文学》杂志社联合举办了当代儿童诗、儿童小说研讨会。这些活动，对儿童文学各个门类的均衡发展和共同繁荣起到了积极的促进作用。

二、儿童文学作家的创新意识不断增强，艺术视野不断拓展，艺术风格、艺术表现形式和手法日益多样化。

近几年来，儿童文学作家的创新意识不断增强，艺术追求和表现形式日益多样化。以这次获奖作品为例，长篇小说如曹文轩的《细米》，在叙事方式、艺术结构上更加缜密、完整；沈石溪的《鸟奴》对动物小说创作进行了新的探索；常新港的《陈土的六根头发》实现了探求魔幻和现实的巧妙结合；杨红樱的《漂亮老师和坏小子》等校园小说系列及《淘气包马小跳系列》，在审美上更讲究趣味性、可读性，成为近些年来备受小读者青睐的儿童文学畅销书。童话如老诗人金波的《乌丢丢的奇遇》，体现了他在创作上一以贯之的唯美主义风格和浪漫主义情韵；王一梅的《鼹鼠的月亮河》，优美抒情、温馨动人；冰波的《阿笨猫全传》则诙谐幽默。幼儿文学如回族作家白冰的《吃黑夜的大象》，充满着想象力和童真童趣；熊磊的《小鼹鼠的土豆》，文字与图画、文学与美术相映成趣，将低幼图画书的品质提升到一个新的层次。儿童诗如满族女诗人王立春的《骑扁马的扁人》，诗意浓郁，地域特色鲜明。此外，刘东的短篇小说集《轰然作响的记忆》、妞妞的纪实文学《长翅膀的绵羊》、金曾豪的散文集《蓝调江南》等也都各具特色。这些艺术追求不尽相同的作家们，有一个共同的特点，那就是注重儿童文学的创新，更加贴近当代少年儿童的生活实际、内心世界、审美需求。在作品中不断开掘艺术幻想、幽默品格、游戏精神等美学特质，在坚持思想性和艺术性的基础上，强化了作品的趣味性和可读性，为赢得小读者做了可贵的探索和努力。

三、一支老中青少相结合的儿童文学作家队伍已经形成，呈现出几代作家为繁荣儿童文学创作共同努力的局面。

近几年来，为加强儿童文学作家队伍建设，中国作协与有关单位联合举办了两期全国儿童文学青年作家讲习班，还从第五届全国优秀儿童文学奖开始增设了青年作者短篇佳作和理论批评奖，以鼓励、扶持文学新人和儿童文学的理论批评。目前，在我国儿童文学作家队伍中，有至今笔耕不辍的老作家，如严文井、徐光耀、任溶溶、圣野、鲁兵、柯岩、张继楼、倪树根、沈虎根、樊发稼、葛翠琳、孙幼军、金波、张秋生等，为当代儿童文学事业做出了宝贵贡献；有和新时期文学一同成长的中年作家，如这次获奖的作家曹文轩、常新港、沈石溪、白冰、金曾豪、冰波和历届获奖的秦文君、张之路、刘先平、黄蓓佳、梅子涵、董宏猷、张品成、周锐、葛冰、王宜振、薛卫民、邱易东、吴然、孙云晓、郑春华、孙建江等,这是推动当代儿童文学不断繁荣发展的主力军;也有迎着新世纪的曙光,走上文坛的青年作家,如杨红樱、徐鲁、祁智、汤素兰、彭懿、彭学军、杨鹏、郁秀、殷健灵、张洁、薛涛、保冬妮、王一梅、刘东、熊磊、饶雪漫、林彦、王巨成、谭旭东等,他们在思想和艺术上日臻成熟,是我国儿童文学的未来和希望。在本届全国优秀儿童文学奖 16 位获奖作者中,有 9 位是首次获奖,40 岁以下的获奖者有 8 位,同时,一批更年轻的儿童文学新人,如三三、赵海虹、妞妞等也崭露头角。此外,儿童文学园地还涌现了一批自写花季、自画青春的少年作者。他们大多曾经是在校的大、中学生,拿起笔来直抒胸臆,倾诉自己成长过程中的幻想、幸福、痛苦和困惑,在小读者中引起不小的反响。对这些少年写作者要抱着关怀和爱护的态度,对他们进行正确引导,予以关心、培养和扶持,为儿童文学大军培养新生力量。

四、精品意识不断增强,儿童文学创作与图书出版相互促进,共同发展。

近几年来,中国作协和各团体会员不断加强与出版社的联系与合作,牢固树立精品意识,坚持贴近实际、贴近生活、贴近少儿内心世界,努力通过抓原创精品服务读者,深受广大少年儿童的欢迎,如浙江少年儿童出版社的《中国幽默儿童文学创作》丛书、《红帆船校园美文》丛书、二十一世纪出版社的《大幻想文学》丛书、春风文艺出版社的《小布老虎》丛书及北京少年儿童出版社的《蓝夜书屋》丛书等。各个出版社也千方百计推出自己的品牌和人物形象。如郑春华的《大头儿子和小头爸爸全集:新世纪里的新故事》;冰波的《阿笨猫全传》、杨红樱的《淘气包马小跳系列》、秦文君的《小香咕系列》。无论是大头儿子、小头爸爸、阿笨猫,还是马小跳、小香咕,都是通过系列故事,使人物形象更加丰满、鲜明,深入人心。教育性、故事性、想象力、幽默感的结合为这些作品赢得了广大读者,也为出版社开拓了市场,从而扩大了作家作品对广大少年儿童的影响。

五、儿童文学理论研究、评论、评选、评奖工作进一步加强,有力地促进了创作和出版繁荣。

近年来,儿童文学理论研究和评论工作得到了长足发展,科学的、健康的、说理的文学批评逐步加强。我们举办了一系列有一定社会影响的儿童文学作品研讨会、座谈会,倡导实事求是、坦诚直言、相互切磋、科学说理、允许批评和反批评的评论风气,坚决反对庸俗捧场、有偿评论等不正之风。同时,我们坚持每年召开一次儿童文学委员会年会,运用"三个代表"重要思想和马克思主义唯物史观、文艺观,对形形色色的西方文艺思潮,进行严肃认真的梳理,汲取其健康有益的成分,摒弃其腐朽有害的内容,积极推动儿童文学理论建设。儿童文学委员会还为关注少年儿童素质教育、加强儿童文学学科建设积极呼吁,引起了社会广泛关注。一批文学评论家如束沛德、樊发稼、王泉根、方卫平、刘绪源等继续驰骋于儿童文学论坛;李学斌、韩进、谭旭东等青年评论家也都比较活跃。儿童文学理论评论的著作不断增多,影响逐渐扩大。自 2001 年开始,中国作协儿童文学委员会与江苏少年儿童出版社联合坚持每年编辑出版《中国儿童文学年鉴》,至今已出版 3 本;还与漓江出版社合作编辑出版年度中国最佳儿童文学选和童话选。这些图书的编选,对儿童文学研究和资料积累都大有裨益。进一步加强和改进儿童文学评奖工作,增强评奖的公正性、权威性、群众性,并把评奖与推介优秀儿童文学作品结合起来,扩大了儿童文学奖的社会影响,有力地推动了我国社会主义儿童文学的发展繁荣。

回顾总结近几年的儿童文学工作,我们深深体会到:

第一,必须加强党的领导,坚持用"三个代表"重要思想指导儿童文学创作和儿童文学工作,认真贯彻党的文艺方针政策。党中央对文学工作的高度重视和亲切关怀,各级党委、政府对儿童文学工作的关心、支持和帮助,是发展繁荣儿童文学的根本保证。

第二,必须尊重文艺规律和作家的创造性劳动。作家和翻译家的劳动都是在文艺规律指导下的创造性劳动,儿童文学不仅要小读者看得懂,还要体现文学性。我们要牢固树立精品意识,鼓励儿童文学作家不断创新。只有这样,儿童文学才有生命力和吸引力。作协在做到两个尊重的前提下,要以倡导、引导和服务的方式,努力为多出儿童文学精品、多出儿童文学人才创造条件,营造良好氛围。

第三,必须重视作家队伍的建设,尤其要加强对儿童文学青年作家的培养。要引导他们认真学习"三个代表"重要思想,确立马克思主义唯物史观和文艺观,树立良好的职业精神和职业道德,不断提高思想道德修养、科学文化素养和文学艺术学养,努力提高创作水平,为儿童文学发展繁荣提供人才条件。

第四,必须进一步加强儿童文学理论建设和文学批评,做好儿童文学理论文章和著作的出版推介工作,让创作与批评这两个轮子共同推动儿童文学创作的发展繁荣。

党的十六大报告对社会主义文化建设提出了新的目标,全国加强和改进未成年人思想道德建设工作会议又对繁荣少儿文艺创作,为未成年人提供更多更好的精神食粮提出了明确要求。我们在充分肯定儿童文学创作取得令人欣喜成就的同时,还应看到存在的问题。原创少儿文学读物花色品种虽然很丰富,但读来让人眼睛一亮、难以忘怀的文学精品还不多;在多种媒体并存、文化消费多样选择的情况下,儿童文学作品对未成年人的吸引力和感染力需要进一步增强;寓言、科学文艺、儿童诗等文体的创作队伍相对较弱;各种体裁的创作多集中于表现城市少年儿童的思想和生活,关注并描绘当代广大农村少年儿童、进城务工的农民子女等的生活状况、精神面貌的优秀作品较少;儿童文学创作队伍还存在着地区不平衡的问题;理论评论工作相对滞后,不少优秀的儿童文学作品发表与出版后,不能及时地得到推荐与评介,以更快地进入小读者的视野。如何处理好继承与创新的关系;如何在学习借鉴外国文学时避免盲目模仿、照搬照抄;写作中如何坚持较高的艺术尺度和文学品位等都是需要认真思考和解决的问题。

胡锦涛总书记最近指出:"我们必须从全面建设小康社会的全局和实现中华民族伟大复兴的高度,深刻认识加强文化建设的战略意义,在推进社会主义物质文明和政治文明建设的同时,更加自觉地推进社会主义文化建设。"文学是社会主义文化建设的重要组成部分。党中央历来高度重视和亲切关怀文学事业。文学界要担负起繁荣文学创作、建设先进文化的重任,必须自觉地坚持和巩固马克思主义的指导地位,用"三个代表"重要思想作为行动指南,牢固树立正确的创作思想,牢牢把握先进文化的前进方向;坚持贴近实际、贴近生活、贴近群众,积极引导和组织作家到改革开放和现代化建设的第一线体验生活,积累创作素材;坚持把培育和弘扬以爱国主义为核心的中华民族精神作为文学创作极为重要的任务,用优秀的作品鼓舞人;坚持把满足人民群众日益增长的精神文化需求作为文学创作的出发点和归宿,把最好的精神食粮奉献给人民;坚持把多出优秀作品、多出优秀人才作为作协工作的中心任务,立足服务,多办实事,为文学创作营造良好的环境和氛围;坚持与时俱进,积极进行文学创新和作协工作创新;坚持一手抓繁荣,一手抓管理,积极发展文学事业和文化产业。

未成年人是祖国未来的建设者,是中国特色社会主义事业的接班人。现在我国约有3.67亿的少年儿童,他们的思想道德、文化素养和知识准备状况如何,直接关系到中华民族的整体素质,关系到国家前途和民族命运。社会主义建设者和接班人应当具备综合素质,要求做到德、智、体、美全面发展。《中共中央国务院关于进一步加强和改进未成年人思想道德建设的若干意见》指出:"要积极推动少儿文化艺术繁荣健康发展。加强少儿文艺创作、表演队伍建设,注重培养少儿文艺骨干力量。鼓励作家、艺术家肩负起培养和教育下一代的历史责任,多创作思想内容健康、富有艺术感染力的少儿作品。"儿童文学对未成年人思想道德建设、意志品格塑造和心灵健康成长,起着潜移默化的思想影响和情感熏陶的作用,发挥着独特的不可替代的作用。儿童文学工作者作为社会主义精神文明建设大军中不可或缺的重要力量,肩负着培育社会主义"四有"新人的神圣职责,我们要站在时代和全局的高度,深刻认识加强文化建设的战略意义,自觉地承担起繁荣少儿文学创作、建设先进文化的光荣任务,通过自己创造性的劳动,塑造以情动人、以美感人的艺术形象,培养少年儿童高尚的理想信念、优美的道德情操、丰富的创造力和健康的审美情趣,使他们成为德、智、体、美全面发展的社会主义的合格建设者和接班人。

从中央到地方都对儿童文学工作十分重视,创造了一个有利于儿童文学发展的良好环境。随着全面实施素质教育和中小学语文教学大纲及教材的改革,儿童文学已经作为中小学语文教材的重要资源而受到前所未有的关注,大批儿童文学作家、诗人的作品已经走进课堂,走进孩子们的心灵。应该说,我们的儿童文学创作面临着前所未有的机遇,拥有充满希望的未来。我们应该抓住机遇,与时俱进,潜心创作,大胆创新,把更多更好的优秀作品奉献给广大少年儿童。

首先,要坚持培育和弘扬民族精神,创作出更多为各民族少年儿童喜闻乐见的精品力作。文艺是民族精神的火炬,是人民奋进的号角。实现中华民族伟大复兴的时代,是需要伟大作品的时代,也是能够产生伟大作品的时代。党的十六大报告指出:"民族精神是一个民族赖以生存和发展的精神支撑。一个民族,没有振奋的精神和高尚的品格,不可能自立于世界民族之林。在5000多年的发展中,中华民族形成了以爱国主义为核心的团结统一、爱好和平、勤劳勇敢、自强不息的伟大民族精神。"中华民族精神的发扬光大,离不开儿童文学作家的创造性劳动。培育民族精神要从娃娃抓起,要贯穿于从幼儿园到小学、中学教书育人的全过程。广大儿童文学工作者要肩负起"人类灵魂工程师"的崇高使命,运用生动活泼、引人入胜的艺术形式,大力倡导和弘扬以爱国主义为核心的民族精神,让真、善、美和坚韧、自立与爱心滋润孩子们的心灵,努力为下一代的健康成长创造有利条件。

第二,要坚持贴近实际、贴近生活、贴近少年儿童。时代在发展,社会在前进,少年儿童的学习环境、生活环境、社会环境在变化,他们的生理、心理也在发生变化。要面向现代化、面向世界、面向未来,努力深入实际、深入生活、深入校园、深入少年儿童,切实了解当代少年儿童的生活实际和心灵世界,认真细致地研究在新的历史条件和社会环境下,少年儿童阅读心理、审美情趣和欣赏习惯的变化,创作出更多受小读者欢迎的精品力作。

第三,广大儿童文学青年作家要加强学习。儿童文学青年作家是儿童文学作家队伍中最富活力、最有进取精神的群体。青年作家谱写着文学的今天,更代表着文学的明天。儿童文学青年作家要坚持与时俱进,紧跟时代步伐,提高学习的自觉性,学习"三个代表"重要思想,学习马克思主义唯物史观和文艺观,掌握科学的世界观和方法论,学习文学创作所必需的各门知识,同时还要学习教育学、心理学,了解儿童的心理世界,努力提高自己的思想道德修养、科学文化素养和文学艺术学养。善于从优秀的民族文学传统中汲取

营养,注重学习、借鉴世界一切优秀儿童文学成果,开阔创作视野,丰富、提高自己的艺术表现力。

第四,要树立精品意识。精品不是一蹴而就的,而是作家在思想、生活、艺术上做了充分准备后,呕心沥血、厚积薄发的结果。要克服浮躁心态,摆脱名缰利锁,警惕商业化对儿童文学创作带来的负面影响,不要一味地跟风、趋时、猎奇而忽略了对儿童文学作品内容的特殊要求,要耐住寂寞,不畏艰辛,潜心创作出经得住时间和读者检验的传世佳作。希望文学界把这些年来已经形成的重视抓原创儿童文学作品的做法坚持下去,下大力气组织、吸引更多的作家为少年儿童写作。努力把文学品位与市场效应统一起来,推出更多为小读者津津乐道的精品佳作和雅俗共赏的畅销书。

第五,要重视面向广大农村少年儿童的创作。我国是一个农业大国,3亿多少年儿童中有两亿多在农村。文学界要与出版界加强合作,把目光更多地投向农村少年儿童,有计划地组织创作一批真实反映当代农村少年儿童生活和精神面貌的作品,满足广大农村小读者的阅读需求。

中国作家协会是作家之家,为广大作家服务是我们的社会责任和工作职责。我们要进一步加强儿童文学工作,加大对儿童文学创作、理论评论、作品翻译工作的扶持力度。近期主要做好以下八项工作:(1)继续组织儿童文学作家到我国改革开放和现代化建设的第一线采访采风,体验生活,积累创作素材,让更多的作家深入基层,走进校园,深入到少年儿童的生活和内心世界中去,让更多的作家获得开阔视野和学习交流的机会,尽可能地帮助儿童文学作家解决在深入生活过程中遇到的实际困难,使儿童文学作家在地点选择、时间安排及经费等方面得到及时的支持和帮助。(2)为了促进文学创作,我们制订并实施了《中国作家协会重点作品创作扶持工程暂行条例》,把儿童文学创作纳入重点作品创作扶持工程范围之中,重点是扶持那些反映时代主题、弘扬民族精神、有艺术追求的优秀儿童文学作品,帮助作家落实创作资金、体验生活、联系出版单位、宣传推介等。(3)要进一步发挥中国作家协会儿童文学委员会在团结队伍、繁荣创作方面的积极作用。坚持每5年召开一次全国儿童文学创作会议,及时总结交流儿童文学创作经验,探讨儿童文学发展趋势,研究繁荣儿童文学的措施。要进一步加强对儿童文学作家的培养,在鲁迅文学院中青年作家高级研讨班中适当增加儿童文学作家名额。(4)加强儿童文学理论研究和评论、评选、推介工作。继续办好《文艺报·儿童文学评论》;作协儿童文学委员会要与少年儿童出版社加强合作,继续办好《中国儿童文学》丛刊,编好《中国儿童文学年鉴》、优秀儿童文学作品和年度佳作选,要积极开展对具有代表性的儿童文学作品和作家的研讨;继续关注、支持高校儿童文学教学。(5)要加强和改进全国优秀儿童文学奖评奖工作。按照"三贴近"的要求,进一步改进和完善评奖机制,注意倾听作家和小读者的意见,确保导向性、权威性、群众性。(6)中国作协所属报刊、出版社和网站等,要采取措施,加强对儿童文学作家和作品的宣传、评介,中国现代文学馆要坚持免费向未成年人开放。(7)要增进同香港特别行政区、澳门特别行政区、台湾地区和海外华人儿童文学作家的联系和交流,积极为儿童文学作家访问、开展文学交流提供更多的机会,同时重视向国外介绍我国儿童文学作家和优秀作品。(8)中国作协要继续加强与教育部等政府有关部门和共青团中央、中国文联、中国科协、全国少工委、中国关工委、宋庆龄基金会等团体的联系与合作,努力为繁荣儿童文学多办实事好事。衷心希望与会代表面向新世纪、新阶段,为进一步繁荣发展儿童文学事业献计献策,并就中国作协如何进一步做好儿童文学工作、服务广大儿童文学作家,提出宝贵意见和建议。

同志们,新世纪的中国儿童文学呼唤富有时代特色和民族特色的、为广大少年儿童喜闻乐见的优秀之作。坚持以高尚的精神塑造人,以优秀的作品鼓舞人,培育社会主义"四有"新人,是当代中国儿童文学作家的神圣使命。让我们在以胡锦涛同志为总书记的党中央领导下,以"三个代表"重要思想为指导,全面贯彻党的十六大和十六届四中全会精神,认真落实《中共中央国务院关于进一步加强和改进未成年人思想道德建设的若干意见》,为创作出更多无愧于伟大时代和伟大人民、深受广大少年儿童喜爱的精品力作,为未成年人健康成长营造良好的文学环境,为培养社会主义事业的合格建设者和接班人做出应有的贡献!

祝全国儿童文学创作会议圆满成功! 祝同志们、朋友们身体健康,创作丰收!

2004 年 10 月 30 日

(原载中国作家协会儿童文学委员会选编《光荣与使命——2004 全国儿童文学创作会议论文集》,明天出版社 2005 年 7 月版)

改革开放 30 年来中国作家协会的儿童文学工作

束沛德

少年儿童是祖国未来的建设者,是具有中国特色的社会主义事业的接班人。把少年儿童一代培养成为德、智、体、美全面发展,有理想、有道德、有文化、有纪律的社会主义新人,是关系着提高中华民族的素质和祖国前途、命运的大事。我们的党和国家历来十分重视少年儿童工作,始终把它放在战略地位,号召全社会都来关心少年儿童的健康成长。

少年儿童文学对于未成年人熔铸意志性格、陶冶道德情操、提升审美能力、提高精神素质,可以发挥润物细无声、潜移默化的独特作用。它是少年儿童精神成长、心灵成长不可或缺的维生素。正因为如此,中国作家协会一向把发展、繁荣少年儿童文学当作自己的一项重要任务,努力为孩子们提供丰富、优质的精神食粮。

改革开放 30 年来,在党和国家的高度重视、亲切关怀和全体作家的共同努力下,少年儿童文学蓬勃发展、欣欣向荣,在创作、评论、出版和队伍建设等方面都取得了可喜的、引人瞩目的成绩。中国作家协会作为党领导下的一个以繁荣文学事业为己任的专业性人民团体,为促进少年儿童文学的发展也做了不少实事,采取了若干重要举措。我作为一个文学组织工作者,自始至终亲历并参与了这些工作、活动的策划、操作与运转。

三次创作会议 两个重要决议

为了贯彻落实中央关于加强社会主义精神文明建设、培养一代"四有"新人、繁荣少儿文艺的指示精神,推动我国儿童文学发展,改革开放 30 年来,中国作家协会先后在烟台、北京、深圳开过三次全国儿童文学创作会议,中国作家协会主席团曾审议通过了两个关于改进和加强儿童文学工作的决议。

1986 年 5 月,中国作家协会与文化部在山东烟台联合召开的全国儿童文学创作会议,是中华人民共和国成立以来儿童文学界前所未有的一次盛会。叶圣陶、冰心、严文井等前辈为会议题写了贺词。陈伯吹、叶君健、金近、任溶溶、黄庆云、徐光耀等近 200 位作家出席会议,可说是进入历史新时期后儿童文学队伍的一次大会师、大检阅。这次会议是在党和国家要求广大思想文化工作者为人民提供更多更好的精神产品,在建设精神文明中担负特别重要的历史使命的背景下召开的。会议围绕"如何进一步提高儿童文学创作质量"这个主题,着重讨论了儿童文学如何更好地体现时代精神,如何塑造更多闪耀时代光彩、能鼓舞少年儿童奋发向上的人物形象,如何在思想、艺术上创新,如何提高儿童文学队伍的思想、业务素质等问题。文化部部长、中国作家协会常务副主席王蒙在会上做了长篇讲话,讲了儿童文学与我们的未来、为儿童提供一个理想的精神境界、专心致志地创造新的作品等三个问题。我在题为《为创造更多的儿童文学精品开拓前进》的开幕词中,对新时期儿童文学的成绩和不足,以及儿童文学作家面临的提高创作思想、艺术质量的任务做了估计和分析。这些看法和意见,得到与会者的广泛赞同。

在烟台会议前,内蒙古、北京等地的中国作家协会会员曾先后写信给中国作家协会,要求切实加强对儿童文学的领导,并提出了若干建议。烟台会议期间,又集中听取了与会者关于改进儿童文学工作的意见和建议。中国作家协会第四届主席团第八次会议在听取中国作家协会书记处关于烟台会议的情况汇报后,于1986年6月14日讨论通过了《中国作家协会关于改进和加强少年儿童文学工作的决议》。这个《决议》在扼要分析了儿童文学发展现状之后,提出了改进工作的八项措施,比如:要求作协和各地分会真正把儿童文学工作列入议事日程,建立、加强儿童文学工作机构,设立中国作家协会全国优秀儿童文学奖,进一步加强儿童文学的理论研究和作品评论工作等。儿童文学界企盼已久的创作评奖终于落到了实处,《文艺报》创办了"儿童文学评论"专版,可说是1986年中国作家协会主席团《决议》的主要成果。

2000年5月中国作家协会与宋庆龄基金会在北京联合召开的全国儿童文学创作会议,是在世纪之交的历史时刻举行的,是我国儿童文学界的一次跨世纪盛会。来自全国各地的140多位儿童文学作家、评论家、编辑、出版人参加了会议。本次会议的主题是迈向新世纪的儿童文学。代表们围绕"90年代儿童文学创作的回望与思考""迈向新世纪的儿童文学发展趋势""理论批评、编辑出版与繁荣迈向新世纪的儿童文学创作"三个方面,做了比较深入的讨论。我在会上致题为《迎接儿童文学新纪元》的开幕词。中国作家协会党组书记、副主席翟泰丰在会上讲话,强调21世纪儿童文学必须面向现代化、面向世界、面向未来,是以崭新面貌陶冶21世纪接班人的现代化的儿童文学。

根据中国作家协会儿童文学委员会1999年会上提出的改进儿童文学工作的初步设想和陈昌本在2000年全国儿童文学创作会议小结中提出的中国作家协会拟尽快办好的十件实事,中国作家协会第五届主席团第八次会议于2001年1月13日审议通过了《中国作家协会关于进一步加强儿童文学工作的决议》。在《决议》中提出了促进新世纪儿童文学发展、繁荣的十项举措,包括:中国作家协会拟每五年召开一次全国儿童文学创作会议,编辑出版儿童文学年度佳作选,增设儿童文学理论批评奖、新人奖,鲁迅文学院不定期地举办儿童文学作家讲习班,把优秀儿童文学作品推广到小读者中去,促进科学文艺创作的发展等。从2001年初通过《决议》至今,上述这些举措已逐步一一落实。

2004年10月底、11月初在广东深圳召开的全国儿童文学创作会议,是继1986年烟台会议、2000年北京会议之后全国儿童文学界的第三次大聚会。出席会议的有120多位儿童文学作家、评论家、儿童文学工作者。这次会议是在举国上下深入贯彻落实《中共中央国务院关于进一步加强和改进未成年人思想道德建设的若干意见》的大背景下召开的。会议的主题是儿童文学的创作、出版与提高未成年人的精神道德素质。中共中央宣传部副部长李从军给会议写来贺信。中国作家协会党组书记、副主席金炳华在会上做了题为《为未成年人健康成长营造良好文学环境,进一步发展繁荣儿童文学事业》的讲话。这个讲话要求儿童文学工作者站在全局的高度,深刻认识加强文化建设的战略意义,自觉地承担起繁荣少儿创作,建设先进文化的光荣任务。与会代表围绕会议主题,分为三个论坛,就儿童文学与提高未成年人的精神素质,儿童文学创作、出版的现状、发展趋势及前景,如何做好优秀儿童文学作品的阅读推广工作等问题进行了认真的讨论和交流。

上述三次会议、两个决议,贯彻落实了中央关于思想、宣传、文艺工作和少年儿童工作的指示精神,紧密结合实际,探讨儿童文学的现状、走向和前景,总结了提高儿童文学创作质量的经验,制订了改进和加强儿童文学工作的规划和措施,对我国儿童文学的发

新中国儿童文学

展历程产生了积极的、重要的影响,在当代儿童文学史,尤其是新时期儿童文学史上,毋庸置疑应当记上一笔。

七届全国评奖　佳作新人迭出

全国优秀儿童文学奖是中国作家协会主办的全国性重要文学奖项之一。它创设于1987年,是根据1986年5月中国作家协会主席团《关于改进和加强少年儿童文学工作的决议》设立的。设立这个奖项,是为鼓励优秀儿童文学创作,推动我国儿童文学的发展,为少年儿童提供更多更好的精神食粮,促进新一代综合素质的提高。

中国作家协会设立的这个全国优秀儿童文学奖,迄今为止已举办过七届。在评选范围、时间上,它是与中国人民保卫儿童全国委员会、共青团中央、中国作家协会等单位举办的首届(1949—1953)、二届(1954—1979)全国少年儿童文艺创作评奖相衔接的。中国作家协会首届(1980—1985)、二届(1986—1991)全国优秀儿童文学奖评选的时间跨度均为六年。从第三届开始改为每三年评选一次。从第一届到第七届,中国作家协会全国儿童文学奖的评选范围覆盖了27年间(1980—2006)在中国大陆公开发表出版的作品,可说是基本上与改革开放30年同步。

每一届评奖都是对我国当前儿童文学面貌、水平和作者队伍的一次检阅和展示。评选标准坚持主旋律与多样化的统一,思想性、艺术性、可读性的统一,力求推出能鼓舞少年儿童奋发向上、艺术精湛、为广大少年儿童喜闻乐见的作品。纵观七届评选结果,获奖的作品都是该奖评选时段内的上乘之作、优秀之作,基本上体现了我国当前儿童文学的发展态势、特色和在思想上、艺术上所达到的水准。在题材内容上,城市或乡村,校园或大自然,动物世界或科幻天地,现实生活或革命历史……在表现手法、风格上,写实的或幻想的,艺术的或大众的,优雅的或幽默的,抒情的或热闹的……可说是应有尽有,异彩纷呈。力求更加贴近当代少年儿童的生活和心灵,富有时代色泽、生活气息,是获奖作品的一个鲜明特色。而在表现形式、艺术手法、语言、文体上,则显示出作者探索、追求、创新的勇气和智慧。曹文轩的《草房子》、秦文君的《男生贾里全传》,被中宣部、文化部、新闻出版署、中国作家协会等单位联合推荐,选入向中华人民共和国成立50周年献礼的10部长篇小说之中,标志着获奖的儿童文学作品,与当前优秀的成人文学相比,完全可以平起平坐,毫不逊色。

中国作家协会的全国优秀儿童文学奖是一个门类齐全、涵盖儿童文学各种体裁、样式的奖项,它包括:小说、诗歌(含散文诗)、童话、寓言、散文、报告文学(含纪实文学、传记文学)、科学文艺、幼儿文学等。从第五届起,又增设了理论批评奖和鼓励文学新人的青年作者短篇佳作奖(参评作者年龄限在40周岁以内)。七届评奖共评选出105位作家的156部(篇)作品。获奖作品中以小说为最多,共69部(篇),占总数的44%,其中长篇小说45部;其次为童话29部(篇),占18%;再次为散文17部(篇)、诗歌15部(篇),分别占10%左右。科学文艺、寓言、理论批评等体裁获奖的相对较少。

从获奖作者的年龄结构来看,老、中、青作家都有,而以中青年作者为主。获奖的老作家有郭风、鲁兵、田地、宗璞、柯岩、洪汛涛等。主要从事成人文学兼写儿童文学的作家如颜一烟、从维熙、严阵、苏叔阳、刘心武等也榜上有名。每一届获奖的作者绝大多数为年富力强的中青年作者。如第二届获奖的29位作者中,年龄在55岁以下的有23位,占获奖作者总数的80%,其中又有9位为40岁以下的青年作者,占总数的31%。第三届

19 位获奖作者中,中青年作者占 68%。又如,第六届获奖的 16 位作者中,40 岁以下的青年作者有 8 位,占 50%,第七届获奖的 13 位作者中,青年作者有 8 位,占 61%。郑春华第一次获奖时 29 岁,郁秀获奖时 25 岁,徐鲁获奖时 31 岁,庞敏获奖时 29 岁。他们生气勃勃,富有创作激情和潜力。

评奖讲究作品质量,只要符合评奖标准,达到相应的思想、艺术水平,一个参评作者可以连续或多次获奖。在这方面,没有做什么限制。因此,多年来出现了不少"三连冠""四连冠"的作者。五次获奖的有金波、张之路、曹文轩,四次获奖的有孙幼军、秦文君、金曾豪、沈石溪、郑春华,三次获奖的有葛翠琳、常新港、董宏猷、周锐、冰波,两次获奖的有邱勋、张秋生、刘先平、高洪波、程玮、刘健屏、罗辰生、吴然、关登瀛、郑允钦、薛卫民、张品成、汤素兰、王一梅、三三。这充分说明这批作者长期执着地坚持为少年儿童写作,富有创作实力,思想上、艺术上逐步走向成熟,他们已成为当前我国儿童文学创作的中坚力量。

中国作家协会的全国优秀儿童文学奖,从 1987 年创设到现在,已历时 20 多年。在评选工作中积累了一些经验,并制定了《中国作家协会全国优秀儿童文学奖评奖试行条例》。在这个《试行条例》中,对评奖的指导思想、评选标准、评选机构、评奖程序、评奖纪律等都做了明确规定。七届评奖,我主持了其中一、二、三、五、六、七届评委会的工作。我深切地体会到,严格按照《试行条例》办事,就能保证评奖工作顺利、圆满地完成。

把握导向性 评奖工作要鲜明地体现提倡什么,鼓励什么,促进儿童文学沿着有利于培养一代"四有"新人,有利于提高新一代道德品格、文化素质、审美情趣的方向发展,力求健康向上的思想内容与尽可能完美的艺术形式的统一,为广大少年儿童所喜闻乐见。既要按照儿童文学的特点坚持主旋律与多样化的统一,防止在创作思想上、审美情趣上误导;又要在保证质量的前提下,兼顾儿童文学中幼儿、儿童、少年三个层次,防止在服务对象上误导,即过于向某个年龄段倾斜。

坚持少而精 评奖工作一定要坚持少而精、宁缺毋滥的原则,完全按照作品的思想、艺术质量来评估,选精拔萃,不受作者的知名度、所在地区、出版单位等因素的影响,不搞平衡,力戒照顾,真正做到在作品质量面前一视同仁。评奖《试行条例》规定:"一般情况下,获奖作品不应超过 20 部(篇)。"第六届获奖作品为 16 部(篇),第七届则只有 13 部(篇),这充分表明评委会坚持评奖标准,讲究质量,以质取胜,力求评出的作品在思想艺术的总体水平上不低于历届获奖作品。某种体裁、样式,确实评不出符合评奖标准的作品,宁可空缺,也不滥竽充数。严格遵守《试行条例》规定的"参评作品获得不少于评委总数三分之二票数者,方可当选",也是保证获奖作品质量的一个不可或缺的规则。

认真读与议 无论是承担初选的审读小组,还是负责终评的评委会,都要保证他们有足够的阅读参评作品或列入备选篇目作品的时间。认真阅读文本,是搞好评奖工作的前提和基础。在认真阅读参评作品的基础上,在初选审读小组和评委会,还要展开认真的、深入的讨论。力求做到各抒己见,相互切磋,实事求是,与人为善,使不同的看法和意见得到沟通、交流,营造一种学术探讨的气氛和民主协商的精神,以便对一些较为重要的问题逐步取得共识,为最后无记名投票产生获奖作品打好基础。

关注创作现状 组织作品研讨

关注儿童文学现状,积极组织有关儿童文学创作、理论问题和有代表性的作品研讨,加强对优秀作品的评论、推介,是中国作家协会及其儿童文学委员会常抓不懈的重要工作之一。研讨作品，座谈创作问题，既是中国作家协会会员、儿童文学同行相互学习、交流的一种社会活动方式，也是富有经验的作家帮助青年作者学习、提高的一种有效途径。

改革开放30年来，中国作家协会除了召开过三次全国儿童文学创作会议外，还以中国作家协会及所属儿童文学委员会、报刊、出版社的名义，或与有关省市作家协会、党委宣传部、报刊、出版单位和高等院校，单独或联合召开过上百次创作座谈会、作品研讨会和纪念大师名家的会议。这些会议大体上可分为三类。

第一类是从宏观上考察、研究、分析创作现状或某种体裁样式、门类的总体状况的。

从宏观上考察儿童文学现状的研讨会，较为重要的有：1. 1988年10月中国作家协会儿童文学委员会在烟台召开的儿童文学发展趋势研讨会。参加会议的有来自14个省、自治区、直辖市的70多位作家、评论家、编辑。会上就新时期以来儿童文学的成就、特色做了分析、评价，并对儿童文学在我国整个文学多元化、多样化发展的大趋势下的走向、前景做了探讨。我在会上做了题为《更贴近大时代，更贴近小读者》的开幕词。2. 1995年8月中国作家协会儿童文学委员会、文艺报社在北戴河联合召开的儿童文学座谈会，研究如何贯彻落实江泽民总书记关于繁荣少儿文艺的指示精神。与会者就如何为新一代创作更多的儿童文学精品深入交换了意见。3. 2002年8月宋庆龄基金会和中国作家协会在大连联合主办、辽宁省儿童文学学会承办的第六届亚洲儿童文学大会。来自亚洲13个国家和地区的200多名儿童文学作家、儿童文学工作者参加了会议。会议的主题是和平、发展与新世纪的儿童文学。围绕这个主题，与会代表就本国、本地区儿童文学的发展现状，儿童生存现状与儿童文学，战争、和平与儿童文学，生态环境与儿童文学，传媒出版与儿童文学以及各国儿童文学交流等问题，做了较为深入的探讨。4. 2005年5月文艺报社和中国海洋大学文学院共同举办的中国原创儿童文学现状及发展趋势研讨会。到会的有作家、评论家50多人。会上就中国原创儿童文学现状、商业化写作、原创儿童文学与出版、推广的关系等热点话题做了探讨。5. 2007年"六一"前夕中宣部文艺局和中国作家协会儿童文学委员会联合召开的儿童文学创作座谈会。出席会议的有作家、评论家40多人。会上学习贯彻胡锦涛总书记在中国文学艺术界联合会第八次全国代表大会、中国作家协会第七次全国代表大会的重要讲话，回顾近五年儿童文学创作的成就，深入分析儿童文学工作面临的新形势、新问题，共商解决的对策。

按照文学体裁、样式分门别类召开的儿童文学创作座谈会、研讨会。有关儿童小说的有：京津地区部分儿童小说作者座谈会（1983.11）、华东地区儿童革命历史小说创作座谈会（1984.9）、当代儿童小说研讨会（2004.8）等。有关儿童诗的有：儿童诗现状座谈会（1988.12）、大港油田儿童诗会（1999.10）、太行山儿童诗会（2000.10）、当代儿童诗歌研讨会（2003.10）等。有关科学文艺的有：科学文艺创作座谈会（2000.3）、全国科普创作研讨会（2000.6）等。另外，还开过部分儿童文学报刊编辑座谈会（1982.2）、外国儿童文学翻译座谈会（1990.5）、少年儿童电影观摩、研讨会（1998.5）、全国首届校园文学论坛（2005.11）、中国原创图画书论坛（2008.5）等。这类会议的参与者大多是与探讨主题有关的作家、评论家、编辑，他们熟悉、了解情况，感受、体会深刻，讨论的话题又集中，因此往往收效较好。

第二类是研讨某个作家的作品或一个作家群体的作品的。

作品研讨会的研讨对象大多是正处于创作旺盛期、活跃于当代儿童文苑的中青年作家。有些当今知名作家的作品不止研讨过一次。如秦文君的《男生贾里》《女生贾梅》《天棠街3号》及《秦文君文集》,曹文轩的《草房子》《青铜葵花》及《曹文轩文集》,黄蓓佳的《我要做好孩子》《中国童话》《黄蓓佳倾情小说系列》,张之路的《第三军团》《非法智慧》,刘先平的《大自然探险长篇系列》《大自然探险系列》等,都曾一次又一次地召开过研讨会。此外,郁秀的《花季·雨季》、董宏猷的《一百个中国孩子的梦》、谷应的《中国孩子的梦》、金曾豪的少年小说、邱勋的儿童文学创作、张品成的革命历史题材小说、束沛德的《岁月风铃》等,也都在近10年间列为研讨会的主题。

选辑多位作家作品的儿童文学创作丛书或一个地区、一个创作群体的作品系列,先后研讨过的有:"棒棰鸟儿童文学"丛书、《中国当代儿童诗丛》、"花季小说"丛书、"少年教育纪实文学"丛书、"中国幽默儿童文学创作"丛书、"金太阳"丛书、"小霞客游记"丛书、"生命状态文学"丛书、江苏省儿童文学获奖作品、"小虎队儿童文学"丛书等。研讨的作品涵盖小说、诗歌、童话、纪实文学、散文、游记、科学文艺等多种体裁、样式,其中也以小说为最多。改革开放30年来,小说,尤其是长篇小说,一直是儿童文学中的强项。从事儿童小说创作的作家多,出版的品种也多。在获奖作品篇目和被研讨的作家名单上,小说一直居于首位,这成为新时期儿童文苑的一道亮丽的风景。

第三类是纪念儿童文学大师、前辈、著名作家的座谈会、研讨会。

为了缅怀儿童文学大师、名家的人格风范、文学业绩,中国作家协会于2005年4月召开过纪念安徒生200周年诞辰座谈会。同年12月,中国作家协会儿童文学委员会还与北京师范大学中国儿童文学研究中心、和平出版社联合召开过"安徒生童话的当代价值"学术研讨会。2006年7月、8月中国作家协会儿童文学委员会与上海宝山区人民政府、少年儿童出版社等单位先后共同举办过陈伯吹100周年诞辰纪念座谈会等纪念陈伯吹的系列活动。2006年9月中国作家协会儿童文学委员会与北京师范大学中国儿童文学研究中心联合召开了张天翼100周年诞辰纪念座谈会。在这之前,1986年9月曾举行过纪念张天翼逝世一周年的学术讨论会。1990年10月,金近逝世一周年之际,也曾在杭州召开过金近作品研讨会。

儿童文学老前辈冰心、严文井等逝世之后,《文艺报》《人民文学》等刊物都发表过多篇回忆与怀念的文章。

上述三类会议,无论是创作座谈会,还是作品研讨会,都是一次学术讨论会,一次信息交流会,也是以文会友的同行联谊会。要开好这些会议,收到预期的效果,要做到以下几点。一是要选好题目,要选择有代表性的作家作品和大家关注的儿童文学重要现象、热门话题来探讨。认真阅读作品,是开好研讨会的关键。要组织有准备的重点发言,尽量避免即兴式的、不着边际的泛泛而谈。二是提倡、发扬科学的、实事求是而又自由、生动活泼的批评风气。对作品进行具体中肯的分析,深入探讨它的成败得失,帮助作家总结创作经验,帮助读者提高鉴赏能力。三是要从总体上了解、掌握当前儿童文学创作的状况、走向、思潮,把对一部具体作品的讨论置于当下儿童文学发展的大潮流之下,力求对创作思想予以正确的导引。

培养新生力量　加强队伍建设

发现、培养文学新人,发展、壮大文学队伍,努力提高文学队伍的思想素质、业务素质,是中国作家协会的重要任务之一。改革开放以来,我国的文学队伍有了很大的发展。1978年中国作家协会恢复工作时,会员总数为865人;到2008年7月底,已发展为8522

人。儿童文学队伍也有了相应的发展。1978 年,从事儿童文学的中国作家协会会员仅为五六十人,现在已发展为近 600 人。30 年间增长到了 10 倍,真可说是与日俱增,人才辈出。

从目前儿童文学队伍的构成看,如按加入中国作家协会的时间来划分,大体上可分为五个时段:

一是 1966 年"文革"前入会,如今仍笔耕不辍或继续关注儿童文学的有:郭风、任溶溶、黄庆云、袁鹰、宗璞、柯岩、徐光耀、任大星、萧平、陈子君、邱勋、沈虎根、谢璞等。

二是新时期之初,即在 1979 年、1980 年入会的有:陈模、杲向真、圣野、于之、孙毅、叶永烈、葛翠琳、海笑、李心田、赵燕翼、吴梦起、张继楼、孙幼军、金波、杨啸、王一地、聪聪、蒋风、束沛德、樊发稼、萧育轩、童恩正、金振林等。

三是 20 世纪 80 年代(1981—1990)先后入会的有:罗辰生、金涛、肖建亨、刘先平、夏有志、李凤杰、刘兴诗、谷应、张秋生、黄蓓佳、程玮、金江、张微、尹世霖、庄之明、高洪波、曹文轩、陈丽、张之路、郑渊洁、刘健屏、沈石溪、乔传藻、吴然、汪习麟、浦漫汀、张锦贻、周晓、白冰、关登瀛、郑春华、韦苇、王宜振、孙云晓、董天柚、陈丹燕、秦文君、董宏猷、周锐、金燕玉、王泉根、葛冰、刘保法、梅子涵等。

四是 20 世纪 90 年代(1991—2000)先后入会的有:薛卫民、李建树、金曾豪、刘海栖、饶远、徐康、刘丙钧、常新港、郑允钦、刘绪源、徐鲁、汤锐、徐德霞、巢扬、冰波、谢华、吴其南、孙建江、方卫平、滕毓旭、朱效文、班马、彭懿、吴岩、车培晶、庞敏、邱易东、保冬妮、杨鹏、祁智、杨红樱、张品成、殷健灵、星河、常星儿、薛涛、张洁、彭学军、曾小春、韩辉光、汤素兰、葛竞、周基亭、韦伶、左泓等。

五是进入新世纪,2001 年至 2007 年入会的有:张玉清、伍美珍、谭旭东、朱自强、安武林、王一梅、王巨成、孙卫卫、林彦、刘东、萧萍、韩青辰、李东华、于立极、李学斌、谢倩霓、周晴、郝月梅、郁雨君、王立春、张国龙、三三、李丽萍、张晓楠等。

从上面开列的挂一漏万的名单中不难看出,中国作家协会自 20 世纪 80 年代以来一直坚持把有成就的儿童文学作家,特别是生气勃勃、有才华的新生力量及时吸收到会员行列中来,为文学队伍不断增添新鲜血液。如今,20 世纪 80 年代、90 年代加入中国作家协会的作家,已经成为儿童文学队伍的中坚群、主力军。而新世纪以来入会的青年作家,起点高,文化素质高,对文学执着追求,创作准备充分,思想、艺术上成长都比较快。他们是我国新世纪儿童文学发展繁荣的希望所在。

提高儿童文学队伍的思想业务素质,要抓好加强学习和深入生活这两个重要环节。多年来,中国作家协会通过举办讲习班、研讨班等具体举措,帮助青年作家学习理论、学习各方面的知识,不断提高文化素养和艺术功力。1997 年、1998 年,中国作家协会鲁迅文学院、儿童文学委员会与《儿童文学》杂志社联合举办了两期儿童文学青年作家讲习班。2005 年春,中国作家协会儿童文学委员会推荐两位青年作家参加鲁迅文学院中青年文学理论评论家高级研讨班学习。2007 年 5 月鲁迅文学院又举办了一届以中青年儿童文学作家为对象的高级研讨班。来自全国 27 个省、自治区、直辖市的 53 位作者中,40 岁以下的有 44 名,其中 14 人出生于 20 世纪 80 年代。为期三个月的研讨班,课程密切联系当前形势和创作实际,适合学员特点,注重创作导向,受到学员的普遍欢迎,收效较好。研讨班除组织大型的创作问题研讨外,还开设儿童文学论坛,由学员自己主讲。通过对儿童文学特点、创作规律和当前儿童文学热门话题的探讨,起到了开阔视野、活跃思路、交流经验、取长补短的积极作用。

引导儿童文学作家坚持贴近实际，贴近生活，贴近群众，贴近少年儿童，也是加强队伍建设的重要途径。多年来，中国作家协会采取多种方式组织儿童文学作家到改革开放和现代化建设第一线体验生活，采访采风，积累创作素材。主管儿童文学工作的中国作家协会副主席高洪波曾三次带领作家团队奔赴抗击"非典"、抗击冰雪灾害、抗震救灾第一线深入采访，体验生活。中国作家协会儿童文学委员会2006年、2007年先后在云南昆明和西双版纳、江苏昆山等地建立儿童文学创作基地，为儿童文学作家读书、采风、联系小读者创造了条件。近几年来，中国作家协会的重点作品扶持工程把儿童文学创作纳入范围之中，帮助作家落实创作资金、体验生活、联系出版单位、宣传推介等。中国作家协会协组织的各种采风活动以及在各地建立的生活基地都注意吸收儿童文学作家参加。儿童文学委员会宣传、推广优秀儿童文学读物的工作中，也有计划地组织作家走进校园，加强与小读者的联系。

精心选优拔萃　展示创作成果

努力办好少年儿童文学报刊，编选优秀儿童文学作品，也是中国作家协会及其所属部门、单位的一项重要工作。

为了集中介绍文学短篇创作的新成果，以便更好地把它们推广到广大读者群众中去，并便于文学工作者的研究，中国作家协会在20世纪50年代就按文学体裁编选年度作品选，儿童文学也在编选之列。改革开放以来，继承了这个传统。20世纪80年代中国作家协会编选过一本《1980—1985全国优秀儿童文学评选获奖作品集》。从2000年起，中国作家协会儿童文学委员会与漓江出版社合作，每年编选一本儿童文学佳作选、一本童话佳作选。迄今为止，已连续编选出版达8年之久。收入年度选的作品是从全国主要儿童文学刊物当年发表的作品中精心遴选出来的。编选的原则是：力求思想性、艺术性俱佳，题材丰富，风格多样，少年儿童特点鲜明，并能反映当前我国儿童文学所达到的思想艺术高度和最新的艺术探索。入选作者既有富有经验的知名作家，更多崭露头角的文学新秀。漓江出版社还出版了近几届全国优秀儿童文学奖获奖作品选《叶子是树的羽毛》等。从2005年起，中国作家协会儿童文学委员会还与接力出版社合作，负责审定推荐每年出版的中国幼儿文学精品彩绘版《快乐童话》《快乐儿歌》《快乐故事》各一本。这也是从当年发表在幼儿报刊的作品中精选出来的。它既是一套精粹的幼儿文学年度选本，也是一套适合亲子共读的优秀图书。

中国作家协会在中华人民共和国成立50周年之际，为了集中展示中国作家半个世纪的创作成就和新中国文学的发展历程，由作家出版社出版了一套《中华人民共和国50年文学名作文库》，儿童文学也是其中的一卷，由严文井主编，束沛德任副主编。这本选集收入两万字以内的诗歌、童话、寓言、小说、散文120多篇，大体反映了中华人民共和国成立50年来儿童文学短篇创作的成果。近年来，中国作家协会儿童文学委员会负责人和部分委员还参与编选湖北少年儿童出版社的《百年百部中国儿童文学经典书系》、新世纪出版社的《改革开放30年中国儿童文学金品30部》等大型书系。这些书系不仅为广大未成年人提供了优秀的原创儿童文学读物，而且为研究我国儿童文学留下了系统、完整、弥足珍贵的史料，可说是存史价值很高的文化积累的传承工程。

出版一本中国儿童文学年鉴，是文学界、学术界，特别是从事儿童文学创作、理论研究、编辑出版的朋友企盼已久的一个心愿。在新世纪之初，这件事终于落到实处。作协儿委会与江苏少年儿童出版社合作,从 2001 年起编选《中国儿童文学年鉴》,迄今已出版了 6 本。年鉴尽可能全面汇集当年有关我国儿童文学创作、评论、研究、编辑、出版、译介等方面的情况、信息、资料,力求使之成为一本于儿童文学工作者、爱好者均有所裨益的参考书、工具书。年鉴的内容分为《文件·报告·会议》《创作·评论·出版概况》《论文选辑》《论著简介》《年度纪事》《资料》等板块,从中可大致了解当年我国儿童文学的概貌。

为了加强儿童文学的理论研究和作品评论工作,《文艺报》从 1987 年 1 月起创办了"儿童文学评论"专版。该专刊从问世至今,20 年间已出版了 200 期。它已逐步成为观察、了解当前儿童文学发展趋势的窗口,连接、沟通作者与读者心灵的桥梁,培育、扶植儿童文学评论幼芽的苗圃。为专版撰写文章的作者,老、中、青结合,以中青年为主。所发文章,既有对儿童文学创作、评论现状的宏观扫描和考察,对名家佳作、新人新作的微观研究和评析,也有对儿童文苑热点问题、重要现象的讨论、争鸣。它对活跃评论,树立科学说理的批评风气,起到了积极的推动作用。

《儿童文学》杂志 1963 年创刊时,原系共青团中央与中国作家协会合办。进入新时期后,该刊改由团中央主管。但中国作家协会及儿童文学委员会一如既往地关注这本刊物的编辑方针、发展状况。该刊编委会成员 13 人中,有 5 位是编制在中国作家协会的作家、评论家、编辑家。上海出版的《中国儿童文学》从 2000 年 10 月起由中国作家协会儿童文学委员会和少年儿童出版社联合主办,该刊编委会成员 18 人中,有 11 位是中国作家协会儿童文学委员会成员。中国作家协会主管的、面向中小学生的《中国校园文学》,近年来也加强了与儿童文学委员会的联系。《人民文学》《诗刊》等刊物都不定期地选发一些儿童文学作品。《文艺报》于 2005 年 4 月至 2006 年 7 月还出过 28 期《少儿文艺》专刊。作家出版社也注重出版儿童文学作品。获全国优秀儿童文学奖的,秦文君的《小鬼鲁智胜》《属于少年刘格诗的自白》,杨红樱的《漂亮老师和坏小子》等均为该社出版。所有这些报刊、出版社,对促进儿童文学创作、为未成年人提供精神食粮,都贡献了自己的一分力量。

汇聚团队力量　齐心办好实事

儿童文学委员会是中国作家协会下设的由作家、评论家组成的专门委员会之一。它既是中国作家协会主席团在儿童文学方面的参谋、咨询机构,又是中国协助作家协会书记处开展儿童文学创作、评论、评奖、学习、采风、联谊等活动的工作机构。

1978 年中国作家协会恢复工作以后,于 1979 年 12 月建立了儿童文学委员会。第一任主任委员是严文井,副主任委员是金近、贺宜。从 1979 年至今,儿童文学委员会成员几经调整,束沛德、高洪波、樊发稼曾长期担任主任委员或副主任委员。现任主任委员为高洪波,副主任委员为张之路、王泉根、曹文轩。儿童文学委员会的成员大多年富力强,活跃在创作、理论研究、编辑出版第一线,在儿童文学界有一定声望和影响。

30 年来,中国作家协会儿童文学委员会在开展作品和创作、理论问题的研讨,组织创作评奖,举办青年作者讲习班,组织作家参观访问、采风,编选优秀作品和理论批评文章,加强作家与小读者的联系,推荐新会员,提出改进和加强中国作家协会儿童文学工作的意见和建议等方面,都做了不少切实有效的工作。

20 世纪 90 年代中期后,中国作家协会儿童文学委员会的工作逐步走向规范化、制度化。从 1997 年起,十年来坚持每年开一次年会。年会的议题开头侧重于对当年儿童文学委员会工作的回顾、小结和对下个年度的展望,制定工作计划要点。近些年,对年会的内容、开法逐步做了改进,力求围绕儿童文学创作、评论、出版现状,每年选择一两个热门话题或重要现象,做有准备的、深入的讨论,尽可能做到每年年会有一个主题、一个中心。比如,2002 北京年会着重研究如何深入贯彻落实党的十六大精神,用"三个代表"重要思想统领儿童文学,坚持创新,大力推动原创儿童文学的问题。又如,2003 浙江青田年会着重讨论儿童文学如何在加强青少年的道德教育——为他们的健康成长营造绿色的文化空间上发挥独特作用的问题。会议发出《全社会关注儿童文学学科建设与素质教育的呼吁书》。再如,2005 南京、扬州年会着重探讨了儿童文学的阅读、推广问题,介绍、观摩了扬州举办班级读书会的经验。

回顾 30 年来中国作家协会及其儿童文学委员会的工作,之所以能办成一些实事,取得一些成绩,有下列几点是值得重视和记取的:

一是要有大局意识

儿童文学是社会主义文学的一个重要组成部分;儿童文学队伍是社会主义精神文明建设大军中不可或缺的一个分队。开展儿童文学工作,也要用"三个代表"重要思想武装头脑,贯彻落实科学发展观,胸怀全面建成小康社会、实现中华民族伟大复兴的全局和大目标。中国作家协会的主要任务是团结作家、繁荣创作。儿童文学委员会的工作也要按照儿童文学自身的特点,紧紧围绕多出精品、多出人才来下功夫。广泛团结老、中、青作家,充分调动、发挥他们的积极性、创造性,为未来一代提供更多更好的精神食粮。

二是要有团队精神

儿童文学委员会的成员分布在创作、编辑、出版、研究、教学等岗位上,各自都有一份本职工作。参与儿童文学委员会的工作,对委员个人来说,是业余的社会工作,可说是当义工。如果没有关心下一代健康成长的爱心、责任心,就不会有当义工的满腔热忱和持之以恒的实干精神。儿委会的成员都热爱儿童文学,乐于为发展儿童文学事业奉献自己的聪明才智。儿委会能办成几件实事,主要是依靠凝聚力很强的团队力量,集中大家的智慧和经验,发挥各人的优势和擅长。做组织领导工作的,遇事同大家商量,既分工又合作,相互支持和配合。

三是要有务实作风

中国作家协会领导班子和儿童文学委员会的成员都有一个共同的愿望,那就是从实际出发,根据我国儿童文学创作、评论、队伍现状,力求每年扎扎实实地做一两件或两三件有利于儿童文学发展、繁荣的实事、好事。制定计划一般都量力而为,切实可行,不好高骛远,不放空炮,力求落到实处。中央的指示精神和作协主席团、书记处通过的关于儿童文学工作的决议、条例,使中国作家协会儿童文学工作有了规章和准绳。按照这些指示、决议、条例的精神,结合发展、变化的新情况,适时提出改进工作的具体举措,努力把实事办好,好事办实。

从上面叙述的中国作家协会儿童文学工作概况中,可以清晰地看出,30 年来的所作所为,归根结底,都是为给下一代建构美好的精神家园添砖加瓦,为点燃孩子心底希望的明灯充电加油。一切为了孩子的精神成长、心灵成长。

2008 年 6 月 20 日

241

新中国儿童文学

（原载高洪波主编《改革开放三十年的中国儿童文学》,少年儿童出版社 2008 年版）

记录中国儿童文学不平凡的 30 年

——《改革开放三十年的中国儿童文学》序

高洪波

2008 年是中国社会改革开放 30 周年纪念。1978 年迄今的 30 年,是当代中国社会发展最快、变化最大的时期,也是中国文学包括中国儿童文学突飞猛进的时期。改革开放 30 年以来,中国社会政治经济文化的深刻变化,带给儿童文学全新的精神资源、创新机制与宽松的创作环境,与此同时,以新时期文学的发轫之作——刘心武的校园小说《班主任》为代表,儿童文学从一个独特的角度积极参与了改革开放的全过程,以其卓越的文学成就直接投入当代亿万少年儿童精神生命的健康成长与未来民族性格的塑造。30 年间的优秀作品,已经影响了中华民族整整两代人。从中国儿童文学史的高度鸟瞰,我们可以毋庸置疑地说:改革开放 30 年的儿童文学是中国儿童文学发展最快、变化最大、成绩最显著的时期。改革开放 30 年的儿童文学给我们提供了十分丰富的内涵与十分宝贵的经验。

首先是儿童文学观念的变革。

儿童文学说到底就是为儿童的文学。但在改革开放以前的一个长时期内,我们却不能提为儿童服务,而是与整个成人文学捆绑在一起,为"运动"与"中心"服务,因而远离儿童的所谓"儿童文学",儿童也就必然远离了它,10 年"文革"更是达至极致。"以儿童为主体",这是改革开放 30 年儿童文学观念的根本转变。将儿童文学从以成人意志、成人教育目的论为中心转移到以儿童为中心,也就是以儿童文学的服务对象与接受对象为中心,这是一个革命性的变革。有了这一变革,改革开放 30 年儿童文学才有可能出现对"教育儿童的文学"之类的将儿童文学视为单一教化工具观念的挑战与超越,才能出现"儿童文学作家是未来民族性格的塑造者""儿童文学要为儿童打下良好的人性基础""儿童文学的三个层次""儿童文学的双逻辑支点""儿童文学的童年情结""儿童文学的叙事视角""儿童反儿童化""儿童文学的成长主题"等一系列执着儿童文学自身本体精神的学术话语与基本观念的探讨和建设。从整体上说,改革开放 30 年儿童文学经历了回归文学 - 回归儿童 - 回归(作家创作)艺术个性的三个阶段,但其核心则是回归儿童,让文学真正走向儿童并参与少儿精神生命世界的建设。"走向少儿"是中国改革开放 30 年儿童文学高扬的美学旗帜。"走向少儿"的中国新世纪儿童文学,必将在实现自我价值与艺术个性自觉的进程中,对培育中华民族未来一代健康成长产生更加深广的影响。

其次是创新意识的激扬。

创新即突破、超越、探险,创新是文学的活水、动力、加速器。创新意识作为人类独有的高贵品质,可以照亮自己也照亮别人,照亮生活也照亮精神。创新精神如同严文井笔下那一曲永不停歇的"小溪流的歌",绕过"下次开船港",不知疲倦地去破译一个个"宝葫芦的秘密"，带给儿童文学不断的惊喜与收获。于是，改革开放 30 年儿童文学才有了曹文轩坚守古典、追随永恒的《草房子》，秦文君贴近现实、感动当下的《男生贾里全传》，张之路集校园、科幻、成长于一体的《非法智慧》，董宏猷跨文体写作的《一百个中国孩子的梦》，沈石溪全新的动物小说《狼王梦》，杨红樱、郑春华独创品牌的《淘气包马小跳》《大头儿子和小头爸爸》……才有了金波的诗体童话，郑渊洁、周锐的热闹型童话，冰波的抒情型童话，张秋生的小巴掌童话，以及成长小说、动物小说、双媒互动小说……才能出现旗号林立、新潮迭出的创作景象，高举起大幻想文学、幽默儿童文学、大自然探险文学、生命状态文学、自画青春文学等一面面创新旗帜。创新意识为改革开放 30 年儿童文学提供了不断进取、不断超越自我的精神动力与文学标杆。

第三是队伍与阵地的扩大。

30 年前，面对百废待兴的中国和嗷嗷待哺的少年儿童，当时只有两家少儿读物出版社，20 多个儿童文学作家，200 多个儿童读物编辑，每年仅出 200 余种少儿图书，而且多数是旧版重印。那真是个令人万般无奈且酸楚的现实。而今，经过改革开放 30 年跨越式的发展，今日中国已成为名副其实的儿童文学、儿童读物出版大国，并正在向强国迈进。现在全国（以下数字未含台港澳）有 34 家专业少儿读物出版社，并有 130 多家出版社尤其是各地的教育出版社都设有少儿读物编辑室，目前国内 570 多家出版社中有 500 多家争相出版少儿读物，并有 140 多种少儿期刊和 110 多种少儿报纸。经过改革开放 30 年的发展，我国少儿图书的年出版品种已由过去的 200 多种发展到每年 1 万多种，年总印数由 3000 万册发展到 6 亿多册，优秀图书的重版率达到 50% 以上。2006 年，我们还出版了囊括百年精粹的《百年百部中国儿童文学经典书系》。这是何等使人鼓舞的业绩！尤其需要指出的是，儿童文学与儿童读物的传播形式，除了传统的纸质媒体，今天更有网络、音像、影视等多种途径。全方位、多层次、大面积的传播形式与途径，极大地促进并确保了儿童文学的发展，使亿万小读者真正享受到阅读的自由与快乐。

文学的生产力是作家。30 年前，我国仅有 20 多位儿童文学作家，而且大多已因"文革"封笔多年。而今天的作家则成为一支庞大的生力军。截至 2007 年，中国作家协会共有会员 8129 人，其中儿童文学作家有 800 多人，如果加上各省、自治区、直辖市作家协会中的儿童文学会员作家，则已达到 3000 多人，其中骨干作家有 1000 多人。综观百年中国儿童文学，我们大致可以将儿童文学作家分为五代。令人欣慰与感动的是，改革开放 30 年的儿童文学，我们曾经拥有过"五世同堂"的鼎盛局面，五代作家为繁荣发展改革开放 30 年的儿童文学同心协力，作出了巨大的贡献。这五代作家，第一代是新文化运动前后文学启蒙的一代，代表人物有叶圣陶、冰心、茅盾、郑振铎等，第一代主要是开创之功、奠基之功，而且一开局就是大手笔；第二代是三四十年代战争环境中革命和救亡的一代，代表人物有张天翼、陈伯吹、严文井、贺宜等，他们用文学直接切入现代中国的社会形态和革命救亡等时代命题；第三代是新中国"十七年"中奋力创作的一代，代表人物有金近、任大霖、葛翠琳、洪汛涛、鲁兵以及孙幼军、柯岩、金波等，他们创造了当代中国儿童文学原创生产的第一个黄金时期，同时在文学配合"中心""运动"的复杂背景下进行着不懈的探索与民族化追求；第四代是经历过"文革""上山下乡"后终于迎来改革开放的一代，代表人物有曹文轩、秦文君、张之路、葛冰、沈石溪、董宏猷、黄蓓佳、班马、周锐、冰波、郑渊洁、郑春华等，他们的特殊人生经历铸就了他们对儿童文学的文化担当与美学品格的执着坚守。他们不但是改革开放 30 年间，也是新世纪未来中国儿童文学的中坚与核心力量。

新中国儿童文学

70 年

1949-2019

　　创建新世纪儿童文学繁荣发展的新局面需要大批的后起之秀。使我们深感欣慰的是，那些"60后""70后""80后"以及在"低龄化写作"中涌现出来的年轻作家，正在踊跃加入到儿童文学创作中来，有的已是儿童文学界响当当的"品牌""大腕"，他们正是中国儿童文学风华正茂的新生代作家。这批作家的创作大致是在20世纪90年代开始的，如今正在成为中国儿童文学最具创造力、影响力与号召力的群体。在他们中间，寄予着中国儿童文学的希望。

　　如上所述，改革开放30年是我国儿童文学实现跨越式发展的黄金时期，这一时期的优秀作品已经影响了整整两代孩子。为了总结、回顾30年儿童文学，用优秀作品引领新主流阅读，促进新世纪儿童文学的进一步繁荣发展，地处改革开放前沿的广东出版集团新世纪出版社，已于年内率先推出了《改革开放三十年中国儿童文学金品30部》丛书，现在又由地处长三角黄金海岸的上海世纪出版集团少年儿童出版社精心出版《改革开放三十年的中国儿童文学》专书。新世纪出版社的《金品30部》重在作家个人的精品选粹，多为长篇，而少年儿童出版社的《三十年》专书不但汇编了100多位作家的短篇力作，而且又有30年儿童文学的理性思辨、现象透视与重要文献。两者各有特色与重点，相得益彰，形成互补，合在一起，正是全方位解读改革开放30年中国儿童文学的绝佳文本。无论是广东的那一套丛书，还是上海的这一部专书，都凝聚着30年间数代中国儿童文学工作者的智慧、才情与心血，寄寓着他们热爱儿童、献身儿童文学事业的绵绵不尽的童心、诗心与慧心，传承着百年中国儿童文学的崇高目标、人文精神与美学追求。那一套丛书与这一部专书，既是儿童文学界用以纪念改革开放30年的一份厚礼，同时也是为了回顾历史、弘扬传统、积累经验、激励士气、请教文坛、馈赠社会、凝聚力量、重新出发。因为我们清醒地看到，我们的儿童文学事业还有许多不尽如人意之处，还远远不能满足3亿多少年儿童的精神需求，实现儿童文学强国之梦还有许多路要走。

　　机遇与挑战并存，发展与希望同在。一切全靠我们儿童文学工作者的务实求进，不尚空谈，扎扎实实，多做实事，为中华民族未来一代精神生命的健康成长而努力。儿童是生命的未来，人类的希望。我坚信经历过改革开放30年的新世纪中国儿童文学必将是大有作为的。

2008年7月于北京

　　（原载高洪波主编《改革开放三十年的中国儿童文学》，少年儿童出版社2008年版）

新世纪中国儿童文学走向的思考

汤　锐

站在 21 世纪的门槛上,面对近年来创作与出版中一些发人深思的现象,不能不令人对新世纪中国儿童文学的走向产生些许疑虑,这些疑虑与思索积淀下来,就形成了针对下一个世纪儿童文学走向的一些问题。

第一个问题:社会文化背景的后现代走向是否会销蚀新一代的人文精神和历史感?

不容忽略的是,20 世纪 90 年代的中国面临着一种新的文化氛围——即在西方自六七十年代起就已出现的后现代文化氛围的包围和浸润:一方面,是整个社会文化生活在紧张的经济竞争环境下日趋商品化、休闲化、表面化;另一方面,由电子文化所造就的"读图时代"的来临,使我们过去那种关注精神、价值、真理、终极意义之类形而上事物的"深度阅读",正在日益被关注消费、时尚、流行、感官愉悦之类形而下的"平面阅读"所取代(从某种意义上也包括少年儿童对卡通、星座等的迷恋)。而且商品化趋势的强力渗透,使我们社会的高雅文化和通俗文化的界限日益模糊甚至消失,"诗意存在"的空间被迫大幅度缩减自己的地盘。在少儿文学创作领域也有类似的情况,90 年代伊始,中国儿童文学在整个80 年代所营造的那种追求深刻的、负载着厚重的历史意识的理性艺术氛围开始被打破被消解,从"忧患"走向"放松",从"思考"走向"感受",从"深度"走向"平面",从"凝重"走向"调侃"。此后有一系列儿童文学作家纷纷自觉不自觉地朝这个方向努力,放弃历史的观照与理性的沉思,放弃典型环境中的典型人物、放弃理想化人格的塑造,作品的内容越来越关注少年儿童生活状况的当下时态,作品中的人物逐渐出世俗化而走向流行化……

面对着一个新的世纪我们也许不得不思考:我们将如何在这种后现代文化氛围的平面化模式与 20 世纪 80 年代的历史深度之间寻找平衡? 新世纪的中国儿童文学还需不需要人文关怀? 我们的儿童文学创作与出版将如何弘扬人文精神?

就整体上来讲,文学是内在化、理性化的艺术。以语言文字为载体的文学,毕竟要向观念向理性倾斜,最终的浓缩结果是思想。无论它的表述形式多么形象,描写与叙述的细节多么生动,思想力量总是它的最大优势。大的艺术家都是大的思想家,作家尤其如此,因为文字就是思想的符号、思想的外壳,儿童文学也不应例外。

第二个问题:新世纪的中国儿童文学是否应建立新的价值体系和艺术准则?

这些年我们看到儿童文学的创作队伍在不断扩大,成人文学作家和少年儿童在出版社编辑的组织下,成批地从两极介入到儿童文学的创作队伍中来,他们给儿童文学带来了两种不同的价值体系和艺术准则:一种,是作为成年人的作家的角度——在主流文化基础上构筑一个"诗意空间",尽量使它与理念中的"儿童精神"相通(比如说"大幻想文学"的概念)。另一种,是少年儿童的角度——反叛与少儿天性相悖的正统价值观的意识状态,进行新一代真实的生存现状的自我展示,以及采用调侃的、游戏化的话语形式来张扬其独特的审美个性。事实上,来自少年儿童的反叛正统文化的意识状态比起过去来看其影响力正在扩大,尤其是那些由少年人自己写自己的青春自画像式的文学创作,除了其中有一部分是按照传统习惯的美学价值标准创作的以外,有不少作品体现出某种另类话语的倾向(例如小说《灵魂出窍》《你好,花脸道》和《"疯"流人物》等作品)。这些另类话语的一个突出特征,是一种处于当前社会主流价值边缘的生存状态的话语显现,它具有鲜明的反叛正统价值观念的"新新人类"的性格特征;还有一个突出特征就是它们所呈现出来的"游戏化"审美心理倾向,这些作品往往在语言和情节的营造上刻意突出一种调侃的荒诞的氛围,并通过卡通化的叙述方式来体现某种游戏性倾向。

由此我们看到,儿童文学创作要想真正获得少儿读者的青睐,关键还不在于是否反映描写了少年儿童的当下生活表象,更重要的是作品是否反映了生存在信息高速公路时代的一代新人正在形成的新价值观念和审美心理倾向。而一个新世纪的来临,恰恰标志着一种建立在新的生存方式基础上的价值体系将主宰世界,儿童文学也无法将自己排除在外。

第三个问题:电子媒体对儿童文学创作的介入乃至网络文学的异军突起将给新世纪的中国儿童文学带来什么?

实际上,我们已经生活在多种媒体并存的时代了,电子媒体介入文学创作势在必行,而且是不可阻挡的,尤其是互联网络,随着网络的发展和网民队伍的迅速扩大,网络文学的发展势头很快,越来越多的作家上网,甚至出现了网络文学的专栏作家。文学借助于网络走下了以往高不可攀的圣坛,使文学成为普通大众人人都可以"过把瘾"的东西。

而网络文学使用的话语与纸质媒体文学所使用的话语有着巨大差异,比如网络文学它并非印在纸上的文学作品的直接"转载"。由于因特网本身所特有的无限链接特征(也就是超文本特征),产生出可以无限伸展的开放性、立体化空间,因而网络文学也不可避免地是一种非线性的(不按顺序的,没有绝对的起点,也没有绝对的终点)、非情节化的、短篇的、高信息含量的文本;同时又由于网上交流所特有的大信息量和快速更新的特点,使网络文学不可避免地具有鲜明的口语化交流特征,也就是说,网络文学的话语形态往往是即兴的、破碎的、跳跃的、无始无终的、无限链接的和可涂改的,一言以蔽之,网络文学的文字自我约束力降低、随意性增强;此外,互联网络最本质的特征是互动性和超文本,作者与读者之间几乎"零距离"的快速反馈以及网络的无限链接功能,给网络文学的文本带来极大的可变性和不确定性,不像印刷在纸上的文学作品的文本具有固定的内涵与外延,所以网络文学又具有作者与读者之间界限模糊的特征。总而言之,网络文学以电子媒体特有的新概念消解着传统文学创作的神圣性、内省性、贵族化和创作主体的完整性等固有特征。

少年文学范畴内的网络化趋向应该说也是存在的,因为在我国的几百万网民中,青少年占了绝大多数,有统计数据表明,在目前中国的大中城市中,中学生拥有电脑者达30%~40%,其中上网者达5%。而随着我国信息高速公路的建设和发展,这些数字只会迅速递增。而网络化将会给儿童文学带来什么?其中最大的可能应该是少年儿童读者的参与性空前提高,少儿文学与读者的距离会相应拉近,少儿文学的游戏性、娱乐性都会随之强化起来,文学价值观的表述也会更接近少年儿童的本体世界。但不可避免的问题是,网络的互动与超文本特质会在一定程度上和传统儿童文学的阅读习惯产生冲突,甚至在一定程度上消解建立在线性阅读基础上的文学固有的理性深度。如何在准确把握印刷媒体和电子媒体各自优势的基础上互动互补? 也将是新世纪摆在少儿文学面前的课题之一。

(原载《中国少儿出版》2000年第2期)

新世纪中国儿童文学创作征候分析

王泉根

考察新世纪中国儿童文学的原创生产与发展思潮,首先应将今天的文学外部生态环境与 20 世纪八九十年代文学的外部生态环境作一比较。我认为今日中国文学外部生态环境最大的变化有以下三点:

第一是充分的市场化。今天的文学是在充分市场化的社会环境下进行的,包括作品生产、编辑出版、传播推广,以至读者的选择与阅读等,都深受市场经济、商品化的影响。而在 20 世纪 80 年代,中国还是计划经济的体制。今日世界"市场的逻辑"正在缜密地对接着"欲望的逻辑"。资本集团通过虚拟化更加集中,大众则通过虚拟化日益成为"无差别的大众"。

第二,传媒手段的多样化。20 世纪 80 年代的主流传播媒体是纸质的图书报刊,而今天已进入网络时代,新的媒体文化不断涌现,它包括互联网、电子邮件、博客、播客、电视、电影、手机、音像、网络游戏、数码照片等,世界已真正变成了"地球村"。今天的人们尤其是青少年儿童,对文化已有多种选择的便利,"文学"在多媒体的冲击下,面临巨大的挤压与挑战。无孔不入的影视动漫网络游戏使人特别是青少年儿童远离阅读体验。

第三,更为宽松自由的外部社会文化生态环境,使作家的创作有了更多的审美选择与自由,"70 后""80 后"出现的新一代作家对文学价值、文学观念有他们自己的理解,个人化写作、自由撰稿人已成为一种常态,这在 20 世纪 80 年代是不可想象的。

新世纪文学包括儿童文学正是在对以上这些文学外部生态环境的种种变化由不理解而逐渐理解,由不适应而逐渐适应,由不习惯而习以为常的过程中,一步步走出低谷,走出困境,走出一条新路的。因之我们必须看到:今天的儿童文学与 20 年前的 80 年代相比,已产生了很大的变化。正如我们在 80 年代不同意用五六十年代的眼光(如"儿童文学是教育儿童的文学")来看待和要求 80 年代的少年儿童与儿童文学一样,身处 21 世纪的今天,我们同样应警惕用 80 年代的眼光来看待和要求新世纪的少年儿童与儿童文学。还是那句老话:一时代有一时代的文学。我们应当用发展的眼光、与时俱进的姿态来观察和审视新世纪的儿童文学。

那么,今日中国儿童文学的状况究竟如何呢?

我的总的评价是:我们已经走出了 20 世纪 90 年代后期以来的低谷与困境,一个多元共生、充满希望的新世纪儿童文学新格局正在形成。

第一,原创儿童文学的生产已呈现出"东风压倒西风"之势。

20 世纪 90 年代后期至新世纪初,中国儿童文学的出版状况一直是引进大于原创,《哈利·波特》《鸡皮疙瘩》以及日本、韩国的动漫、卡通,还有口袋书,可谓铺天盖地,国内原创作品出版艰难,儿童文学一度面临迷茫,不知风从哪里来,该往哪里去。经过广大儿童文学工作者的艰苦打拼,从 2003 年起,这一局面终于得到了扭转。据国内权威的图

新中国儿童文学

书发行调查机构"北京开卷信息技术有限公司"的统计，现在国内本土原创少儿类图书在中国大陆小读者中受欢迎的程度已高于国外引进版，国内原创儿童文学的图书码洋已经占到整个少儿图书市场近半的比例。"东风压倒西风"，这并不意味着中国原创儿童文学的质量也已经超过西方，但没有一定的数量也就没有所谓的质量。在原创作品数量持续攀升的情况下，追求质量自然应是我们持之以恒的方向，儿童文学作家尤其是那些畅销书作家，特别需要集中精力打磨经得起时间检验的精品之作。

第二，第五代儿童文学作家正在崛起，这是新世纪中国儿童文学后继有人、繁荣发展的希望与根本保证。

综观百年中国儿童文学的发展历程、时代规范与审美嬗变，我们大致可以将儿童文学作家分为五代：第一代是新文化运动前后文学启蒙的一代，代表人物有叶圣陶、冰心、茅盾、郑振铎等，第一代主要是开创之功、奠基之功，而且一开局就是大手笔。第二代是三四十年代战争环境中革命和救亡的一代，代表人物有张天翼、陈伯吹、严文井、贺宜等，他们用文学直接切入现代中国的社会形态和革命救亡等时代命题。第三代是共和国十七年语境中的一代，代表人物有任大霖、葛翠琳、洪汛涛、鲁兵以及孙幼军、金波等，他们创造了当代中国儿童文学原创生产的第一个黄金时期，同时在文学配合"中心""运动"的复杂背景下进行着不懈的探索与民族化追求。第四代是经历过"文革""上山下乡"终于迎来改革开放的一代，代表人物有曹文轩、秦文君、张之路、沈石溪、班马、董宏猷、周锐、冰波、郑春华等，他们的特殊人生经历铸就了他们对儿童文学的文化担当与美学品格的执着坚守，无论是"追求永恒"还是"感动当下"，他们都在努力地践行用文学塑造未来民族性格，打造少年儿童良好的人性基础，他们不但是 20 世纪八九十年代，也是新世纪初叶中国儿童文学的中坚与核心力量。

建构新世纪儿童文学繁荣发展的新局面需要后起之秀与后备力量源源不断地补充。使我们深感欣慰的是，那些"60 后""70 后""80 后"以及在"低龄化写作"中涌现出来的年轻作家，正在踊跃加入到儿童文学中来，有的已是儿童文学界响当当的"品牌""大腕"，他们正是中国儿童文学的第五代作家。第五代作家大致是在 20 世纪 90 年代出道的，如今正在成为中国儿童文学最具创造力、影响力与号召力的群体。他们的成长经历和文学道路与前四代作家截然不同，他们是在一个安定和开放的社会环境当中，是在市场经济、传媒多样化的环境中长大的。他们的成长岁月正值我们中国改革开放的年代。

新世纪以来一些儿童文学创作实力强劲的地区，已形成了自己的第五代年轻作家方阵，其中最具影响力和特色的是：由殷健灵、张洁、萧萍、谢倩霓、李学斌、郁雨君、周晴、周桥等组成的上海作家群（又以女作家居多）以及祁智、王一梅、饶雪漫、韩青辰等江苏作家群组成的"江南方阵"；由杨鹏、安武林、李东华、孙卫卫、保冬妮、张国龙、汪露露、葛竞、熊磊等组成的"北京方阵"；由薛涛、肖显志、车培晶、刘东、王立春、于立极、黑鹤、李丽萍等组成的"东北方阵"；由汤素兰、林彦、黄春华、萧麦、邓一光、谢乐军、牧铃、邓湘子等组成的"楚湘方阵"；由玉清、肖定丽、周志勇、赵静、兰兰、贾为等组成的"燕赵方阵"；由郝月梅、张晓楠、李岫青、张锐强、鲁冰、刘北、刘青梅、周习、杨绍军、代士晓、王倩等组成的"齐鲁方阵"；由杨红樱、钟代华、汤萍、余雷、湘女、蒋蓓、简梅梅等组成的"西南方阵"。2007年 5 月 8 日至 8 月 8 日，中国作家协会鲁迅文学院举办第六届中青年作家高级研讨班（儿童文学班），来自全国各地的 53 名中青年儿童文学作家参加培训，他们正是第五代儿童文学作家中的佼佼者。同样是 2007 年，在中国作家协会举办的"第七届全国优秀儿童文学奖"的 13 位获奖作家中,第五代占了三分之二,他们是:三三、黑鹤、谢倩霓、李学斌、常星儿、张晓楠、彭学军、韩青辰、李丽萍。第五代作家中的杨红樱,以其将近 2000 万册的图书发行量与全球全语种版权的输出,创下中国当代文学的神话,为中国原创儿童文学在世界上赢得了巨大声誉。

从整体上看,第五代作家正处于创作的攀升阶段。未来前景十分看好。他们的创作紧贴时代社会生活,紧贴当代少年儿童的精神生命成长与审美接受心理,注重作品的时代性、可读性以及作品被转化为其他艺术产品(如影视、动漫)的衍生性;由于他们大多接受过高等教育,同时又是网络写手,有着比前几代作家更为突出的知识优势、信息优势、传媒优势,从而使他们的创作能及时与世界儿童文学潮流融为一体,具有明显的先锋性、时尚性与创新性。但是另一方面,由于他们是在市场经济环境下长大的,因而容易滑向商业写作,容易浮躁,缺乏精雕细刻,和前几代作家那种具有使命感意识的写作相比有一定距离。当然第五代作家有他们的优势、特色。他们带着更为青春、滋润的灵气,更富先锋、张力的姿态,更加紧贴、把握新世纪少儿世界的行动,正在日益成为新世纪儿童文学创作新的生力军。在他们身上,寄寓着中国儿童文学的希望。

第三,童年文学创作异军突起,彻底改变了儿童文学"两头大,中间小"的创作格局。

儿童文学是为 18 岁以下少年儿童精神生命健康成长服务并适应他们在不同年龄阶段审美接受需要的文学,因而在这个文学内部又可以分为:为中学生年龄段服务的少年文学,为小学生年龄段服务的童年文学,以及为幼儿园小朋友服务的幼儿文学。但长期以来,中国儿童文学创作存在着"两头大、中间小"的不平衡现象,即少年文学与幼儿文学创作势头强劲,作家较多,优秀作品也多,而适合小学生年龄段阅读的童年文学则相对要薄弱得多,尤其是儿童小说可谓长期稀缺。值得庆幸的是,进入新世纪以来,童年文学原创生产出现了重大突破,这集中体现在以第五代作家杨红樱的"淘气包马小跳系列"为代表的儿童小说创作的大面积收获上。杨红樱的"马小跳"已成为"既叫好又叫座"的品牌儿童小说,先后入选新闻出版总署向青少年推荐的优秀图书(2004)、首届"三个一百"原创出版工程(2007),其中《巨人的城堡》获得中宣部第十届"五个一工程"入选作品奖、首届中国出版政府奖(2007)等。杨红樱为小学生年龄段孩子们创作的小说《女生日记》《男生日记》《漂亮老师和坏小子》以及系列童话《笑猫日记》等,也都深受小读者欢迎。杨红樱为新世纪儿童文学塑造了一个叫"马小跳"的鲜明形象,与马小跳一起,还有唐飞、毛超、张达、路曼曼、夏林果等系列儿童形象。这与 20 世纪 90 年代后期秦文君塑造的男生贾里、女生贾梅以及小鬼鲁智胜、小丫林晓梅等系列儿童形象颇有相似之处,他们都是属于"热热闹闹,开开心心一天天长大"(秦文君)的当代孩子。

或许是受秦文君、杨红樱作品走红的影响,或许是儿童文学界已经意识到服务"小学生年龄段"的童年文学巨大的审美空间与阅读需求,这几年为小学生年龄段的孩子们"量身定做"的作品越来越多,最有影响的如:河南周志勇的《小丫俏皮 girl 系列》《臭小子一大帮丛书》,赵静的《捣蛋头唐达奇系列》,湖南汤素兰、河北肖定丽的《小学生校园派》丛书。曾经以创作幼儿系列故事《大头儿子与小头爸爸》饮誉文坛的上海女作家郑春华,最近也推出了以小学生为对象的《非常小子马鸣加系列》。我曾在一篇文章里这样评论杨红樱等作家的小学生题材儿童小说:"这些作品基调明朗、向上,作品风格追求幽默、快乐、轻松,在好读、好玩的故事情节中向孩子们传达一些浅近的立身、处事、为学的人生道理,同时倡导正面的精神价值,因而广受小学生年龄段孩子们的欢迎。"但同时我们也应

警惕,这类作品已出现了某种雷同化、脸谱化倾向,如写男孩必是淘气包、调皮蛋,而女孩则是鬼精灵、小辣妹。同时,几乎百分之百都是城市衣食无忧的孩子生活,看不到农村孩子,更看不到农村留守儿童、城里农民工子女、下岗工人子女等"苦难儿童"形象。因而如何拓宽题材、深入当代儿童生活,塑造性格更为丰富的儿童形象,已成为当下童年文学创作的一个重要课题。

第四,幻想文学创作方兴未艾,未来的发展势头将有可能扭转中国儿童文学长期形成的现实主义一元独尊的格局。

幻想文学,媒体称为玄幻文学、奇幻文学、眩幻文学,那是为吸引眼球进行的炒作,其实指的都是以超现实的创造性想象为基本审美手段的文学。中国现代原创儿童文学从新文化运动以来,由于受时代规范与自身文学资源、艺术选择等多种因素的综合影响,形成了以叶圣陶《稻草人》、张天翼《大林和小林》等为代表的现实主义创作格局与思潮,并一直持续至今。这一文学润滋了数代中国孩子的精神生命,积累了丰富的艺术经验,对中国儿童文学作出了巨大贡献。但同时也存在着凝重多于轻灵、写实大于想象、成人意志重于儿童经验的另一面,与西方儿童文学相比,最大的差异是很难飞起来。

新时期以来尤其是进入 21 世纪以后,由于受到以《哈利·波特》《魔戒》等为代表的全球性幻想文学风暴的冲击与互联网时代的到来,中国幻想文学创作正出现方兴未艾的势头,极大地拓展了儿童文学的艺术空间与想象世界。当今我国幻想文学创作有以下四方面的特点:

一是主体作家是"70 后""80 后"甚至"90 后"的年轻人,其中大多又是在校的大中学生,现在也有部分有影响的儿童文学作家开始投入到幻想文学创作中来。

二是以网络写作为主。从某种角度说,今天国内的幻想文学还是属于年轻人的事情,他们深受网络的虚拟空间、动漫的画面节奏以及美国好莱坞大片的影响。大量原创幻想文学作品都是由网络写手先在网络上写作、在线张贴,读者网上阅读走红以后,再由出版社出版的,因而也可以说是"网络幻想文学",如点击率很高的《诛仙》《小兵传奇》等。

三是与西方幻想文学相比,中国的幻想文学已开始与本土传统文化融合,更倾向于把奇幻、科幻、武侠甚至神仙文化、道家文化结合起来,骑士变成了游侠,巫术化为了道法,从而形成更加复杂而充满张力的中国化幻想文学世界。

四是如同任何新生事物一样,在其发展初期难免泥沙俱下,良莠混杂。当前幻想文学存在的主要问题是:商业化、快餐化写作倾向导致某些作品善恶不分,价值观混乱,有的缺乏艺术性,只有幻想而没有文学。

我认为,幻想文学将成为中国当代文学、儿童文学的一种重要文类,并将产生越来越大的影响,这已是一种可以预见的必然趋势。根本原因在于喜欢这种文学、从事这种文学创作的主体是"70 后""80 后"的第五代年轻群体,他们的文学观念、艺术兴趣、审美选择势必影响未来的中国文学格局,因为再过 10 年、20 年,中国文坛就是他们的天下。因而我们必须充分重视幻想文学。但现在的问题是:主流文学似乎还放不下架子,不予理睬,或是情绪化批评,简单地将幻想文学指认为"装神弄鬼",缺少真正有说服力的学理批评。而其根子,则在于我们的主流文学观念一向看重的是现实型文学,而视幻想型文学为时尚文学、大众文学或少年儿童文学,从心底里漠视甚至蔑视它们。在这方面,西方文学对幻想文学的重视态度可以作为我们的一个借鉴。据报道:全世界规模最大的《哈利·波特》学术研讨会于 2007 年 7 月下旬在加拿大多伦多市中心的喜来登中心召开,1500 余位各国学者在连续 4 天的会议中对《哈利·波特》进行了多种角度的学术探讨(《中华读书报》2007 年 8 月 8 日)。同样在西方,由哈佛大学、牛津大学等名校教授学者创办的《托尔金研究》年刊已成为研究幻想文学的重要学术平台。

第五,一个多元文化背景下的新世纪多元共生的儿童文学新格局正在形成。

多元共生的儿童文学新格局,更需要我们的作家践行多种艺术创作手法,多样文学门类的审美创造,为小读者们提供丰富的而不是单一的艺术作品。新世纪儿童文学在这方面已经表现出了出色的作为。这具体体现在:追求深度阅读体验的精品性儿童文学与注重当下阅读效应的类型化儿童文学,直面现实、书写少年严峻生存状态的现实性儿童文学与张扬幻想、重在虚幻世界建构的幻想性儿童文学,交相辉映,互补共荣,出现了一批有影响的作品。

曹文轩的长篇小说新作《青铜葵花》,黄蓓佳的长篇小说新作《亲亲我的妈妈》,金波的长篇童话新作《追踪小绿人》,谷应纪念唐山大地震 30 周年的长篇小说《二蛮漂流记》,张品成的革命历史题材小说《十五岁的长征》,黑鹤的长篇动物小说《黑焰》,张洁等年轻作家的《小橘灯·美文系列》等,是近年精品性儿童文学创作的重要文本。这些作品坚守文学的高雅格调与人文内涵,注重人物形象的典型刻绘,讲究文学语言的精雕细琢,力求艺术性、时代性与可读性的有机融合,为打造精品儿童文学提供了新鲜经验。在这里,我们还必须提及由湖北少年儿童出版社(现长江少年儿童出版社)出版的《百年百部中国儿童文学经典书系》、中国少年儿童出版社出版的《儿童文学典藏书库》、湖南少年儿童出版社出版的《中国当代儿童散文诗精品丛书》、江苏少年儿童出版社出版的《浅浅的海峡:两岸儿童文学佳作丛书》等四种意在使儿童文学精品艺术资源重塑新生的整合性书系。这4 种书系无疑都是坚持精品性儿童文学的路子,出版以后效绩显著,尤其是《百年百部》与《典藏书库》发行量十分喜人。

精品性儿童文学大多集中在少年文学(中学生)的层面。相对而言,类型化儿童文学的主体读者对象则是小学阶段的孩子。杨红樱的"马小跳系列"是一个突出的典型,因而杨红樱的"粉丝"也主要是小学生。此外,上文所述的周志勇、赵静等的作品,以及由饶雪漫、郁雨君、伍美珍三位江南女作家组合创作的中学生"花衣裳丛书",从整体上看也属于这一范畴。类型化儿童文学十分强调作品的可读性、幽默性、时尚性,校园、网络、情感、时尚文化是这类作品锁定的重要元素。杨红樱的"马小跳系列"中的某些单本,杨鹏的科幻《校园三剑客》,郁雨君的花衣裳新作《男生米戈》,周晴的"QQ宝贝"网络小说等,是这类作品中的代表性文本,他们的创作姿态是需要加以重视和肯定的。

直面现实,直面少年儿童的现实生存状态,紧贴中国土地,这是百年现代中国儿童文学的重要传统。21 世纪以来,有一批作家依然倾情于现实性儿童文学的创作,引领小读者展开对社会人生与精神成长的思考。这方面的重要成果是 2006 年出版的《辽宁小虎队儿童文学丛书》。薛涛、董恒波、车培晶、常星儿、刘冬、于立极、许迎波等 7 位辽宁男性儿童文学作家的 7 部小说,涉及当下农民工、下岗职工子弟,市场经济背景下的校园生态,当今社会人在金钱与信念、道德与良知之间的拷问和选择,同时具有浓郁的东北地域文化特征。7 位作家不同的叙事风格形成了东北少儿小说一个非常有意味的多重叙事空间。近年少儿题材的纪实文学与报告文学也出现了一批现实性力作。如江苏韩青辰的长篇报告文学《飞翔,哪怕翅膀断了心》,以未成年人的成长危机与挫折乃至扭曲人生为题材,满含着作家对这些未成年人"特殊群体"的深深关爱与期待,写得十分感人。上海简平的长篇纪实文学《阳光校园拒绝暴力》,以纪实的手法,详细记录了 16 起校园发生的暴力事件,简略记述达 50 余起,作品多角度多层次地揭示与反思了当下的校园暴力问题,堪称是一部不可多得的重磅现实性少儿文学。

幻想性儿童文学是新世纪原创儿童文学的一道特殊风景线,如上文所说其主体作家是"70 后""80 后""90 后"的年轻群体。一个十分喜人的现象是,当前已有一批儿童文学作家投入到幻想文学创作中来,其中不乏成功之作,如上海殷健灵的 4 卷本长篇《风中之樱》,辽宁薛涛根据本土传统神话演绎的《精卫鸟与女娃》《夸父与小菊仙》《盘古与透明女孩》,云南汤萍的《魔界系列》《魔法小女妖童话系列》。特别是一向以现实主义儿童小说写作见长的著名作家曹文轩,最近也倾情投入了多卷本幻想小说《大王书》的创作,其中的第一卷《黄琉璃》已由接力出版社出版。这些作品为新世纪原创儿童文学注入了一股飞翔、透明的诗性元素。

以上就是我对新世纪中国儿童文学发展现状的一个基本看法与审视,当然这是我的一家之言,我的一种角度。我相信,多元共生的新世纪儿童文学,必将为构建和谐社会、引领未来一代精神生命的健康成长作出更大的贡献,而第五代作家的崛起以及他们走向更为深广的审美世界的追求,则让人们看到了新世纪中国儿童文学繁荣的可能。

（原载《当代文坛》2008 年第 5 期）

新世纪中国儿童文学的发展走向

朱自强

对 20 世纪 80 年代和 90 年代的儿童文学走向，我在《中国儿童文学与现代化进程》一书中，曾经用"向文学性回归和向儿童性回归"来表述，并且说："比较而言，80 年代显示出更多向文学性回归的势头，而在 90 年代，向儿童性回归则成为普遍的主意识。"今天看来，这应该是一个大致不错的判断。

那么，对新旧世纪交替以来的儿童文学，还能不能像面对 20 世纪八九十年代那样，用一个语汇来概括其发展走向？ 或者说，在总体上，新世纪的中国儿童文学有没有呈现出一种发展的趋势？ 在梳理、分析近年来中国儿童文学的一些重要动向的过程中，一个能够揭示它们共通的特征的语汇——"分化"出现在我的脑海之中，而且，这个词语越来越明亮，照明了我的思路。

我借用"分化"这个概念来表述中国儿童文学的发展走向，则是指儿童文学本来应有的重要构成部分，由于各种原因的限制，此前一直处于发育不良的"未分化"状态，而这些"未分化"的"原始干细胞"，近年来终于开始出现了"分化"。所以，目前中国儿童文学发生的分化，是一种多元的、均衡的发展状态，是走向成熟所应该经历的一个过程。

幻想小说的成立

世界儿童文学中的幻想故事型作品的发展经历了三个阶段，即从民间童话（Fairy tale）到创作童话（Literary fairy tales），再到幻想小说（Fantasy）。幻想小说是儿童文学的一种重要的、支撑性的体裁。它从童话中分化出来，始于 19 世纪的英国，先驱性作品是《水孩子》（1863）、《爱丽丝漫游奇境记》（1865）、《北风后面的国家》（1871）。但是，在中国的百年儿童文学历史中，幻想小说（Fantasy）这一文体长期没有从童话中分化出来，即被当作童话来看待。在 20 世纪 90 年代初，我发表论文指出 Fantasy 是一种有别于童话的文学体裁，并用"小说童话"来称谓，到了 90 年代中期，彭懿发表了作为 Fantasy 的文体特征非常鲜明的《疯狂绿刺猬》，但却被收在"童话"丛书里，作为童话来看待。90 年代末，二十一世纪出版社推出了两辑"大幻想文学"丛书，自觉推动中国的 Fantasy 创作。进入 21 世纪以后，Fantasy 作为一种儿童文学的独特文体的意识逐渐落实，2001 年出版的《中国儿童文学五人谈》，我和彭懿都开始使用幻想小说一语来称谓 Fantasy。21 世纪里，殷健灵、薛涛、常新港等作家都出版了出色的幻想小说作品。

上述过程说明，在今天的儿童文学界，幻想小说这一文体不再像 20 世纪 90 年代末时遭人怀疑、批评，已经从童话中分化出来，作为一种独立的文学体裁约定俗成，获得了确立。幻想小说这一张扬人类幻想精神的文体的成立，显示了中国儿童文学的一个质的变化。

图画书的兴起

2001 年出版的《中国儿童文学五人谈》共展开了 12 个主题的讨论，其中第二个主题，

就是"关于图画书"。在谈论中,方卫平说:关于图画书的新观念"确实出现了,而这种出现我想可能是21世纪中国儿童文学发展的一个最有希望的增长点"。我也一直认为图画故事书肯定是中国儿童文学在21世纪一个非常大的生长点。

现在来看,"五人谈"5年前的预言正在成为事实。在应《文艺报》之邀,盘点2004年儿童文学创作时,我用了《收藏彩色的2004年》这一标题,文中主要论及了彩色的图画书。不久前,在中国澳门召开的世界儿童读物第30届世界大会(9月21日至23日)上,方卫平所作的报告的题目就是《图画书在中国大陆的兴起》。方卫平的报告首先分析了图画书在中国兴起的"背景",然后介绍了近数年间,"以十分密集的方式在中国大陆"出版的"译介"自外国的优秀的图画书。方卫平论述说:"作为一种出版和创作门类,图画书或准图画书的创作与出版在中国的历史上并非始于最近这些年。但是,作为一种自觉的、成规模的创作和出版行为、作为一种受到读者普遍关注的文学现象,原创图画书的兴起显然是世纪之交的一道新的创作和出版风景。在'读图时代'社会文化氛围的诱惑和境外图画书作品的启发下,中国的创作者和出版者们对图画书的艺术领地充满了跃跃欲试的好奇和冲动,于是,一批原创的图画书作品,也以前所未有的密集度进入了人们的阅读视野。"

北京少年儿童出版社于2000年出版了梅子涵文、赵晓音和沈苑苑绘画的《李拉尔故事系列》共4种;浙江少年儿童出版社2001年出版了汤素兰撰文的《笨狼的故事》系列6种;中国少年儿童出版社2003年出版了"睡前十分钟2~4岁"图画书共6种,2004年出版了《嘟嘟熊系列》丛书8种;明天出版社2003年出版了《袖珍精品图画书·中国卷》共8种,2006年出版了原创图画书系列9种;中国人民大学出版社2003年出版了《关爱生命绘本系列》6种(其中4种为原创作品);江苏少年儿童出版社2003年出版了"我真棒"幼儿成长图画书系列共20种……尽管是不完全的统计,这样的出版密集度,已经能够说明图画书的"兴起"言之确凿。

在近年原创图画书中,有3部作品值得特别提及。一部是熊磊文、卢欣和韩岩图的《小鼹鼠的土豆》。该作品在中国作家协会第六届(2001—2003)全国优秀儿童文学奖评奖中,以熊磊的文字故事获奖。作为评委,我还记得评奖时大家都认为,这个故事获奖很大程度上是得卢欣、韩岩的绘画相助,并且议论到,今后可否专门设立图画书这一奖项,透露了评委们对这一文体的关注和重视。另一部是熊亮文、图的《小石狮》。它所值得关注之点,在于它是由中国台湾的出版图画书较为知名的和英出版社出版(2005年),从台湾的出版社近年已经建立起与世界经典图画书接轨的、具有相当水准的图画书艺术标准这一点来看,优秀的图画书作品《小石狮》在和英出版社的出版,是大陆原创图画书在艺术性上的一次突破和提升。第三部作品就是二十一世纪出版社于2006年推出的周翔文、图的《荷花镇的早市》。这本书选取的题材独特(中国江南水乡的早市),绘画手法富于个性,作品的叙述谙熟于图画书的文体特征,采用了地道的图画书装帧,显示了作家纯正的图画书创作理念。

中国大陆图画书创作的兴起有多方面的原因,比如有方卫平在上述报告所指出的:由于中国经济的发展,形成了具有购买力的消费群体;图书出版和印刷业的逐渐发育和成熟;"读图时代"降临的社会共识形成和阅读心理支撑,等等。而从文学内部的角度看,我认为,根本原因则在于儿童文学思潮的转向。20世纪80年代儿童文学向文学性回归的过程,也是存在着失误的,那就是在整体上,创作和批评的主流偏重于儿童文学特征相对模糊的少年文学,而忽视甚至轻视儿童文学特征最为鲜明的幼儿文学。经过90年代的向儿童性回归，儿童文学思潮开始转向童年文学和幼儿文学。而在西方儿童文学发达国家，图画故事书就是幼儿文学的代名词。当幼儿文学进入主流儿童文学的主意识之后，图画故事书才具备了从幼儿文学概念中分化出来，成为一种特有的文学体裁的条件。

分化出来的图画书的创作，是对中国儿童文学作家们为儿童创作的素质、天分、才情的新一轮考验。

儿童文学走向语文教育

首先我要申明，我这里谈论的"儿童文学走向语文教育"并不是一个教育的话题，而是文学的话题，并不是儿童文学运用的话题，而是儿童文学创作的话题。

儿童文学与教育具有天然的血缘关系。儿童文学产生的一个重要原因是儿童教育的需要。从儿童文学与语文教育的关系来看，自清末开始，西方的现代教育思想和制度传入中国，到了民初，新式学校取代了旧式私塾，"五四"时期，儿童文学的传入给小学语文教材带来了根本性革命，儿童文学成了语文教材的重要组成部分。但是，小学语文的儿童文学化的程度依然不够。

自 1949 年至近年以前，中国的儿童文学创作和研究，与小学语文教育是疏离的。"五四"时期的儿童文学是"小学校里的文学"这一理念被搁置了起来，这是儿童文学画地为牢的自我束缚，是对自己本该担当的责任的放弃。近年的语文教育改革为儿童文学分化为"小学校里的儿童文学"提供了契机。2001 年颁布新的小学《语文课程标准》（实验稿）体现了对儿童文学的重视，明确提出小学语文教材要多采用童话、寓言、故事、童诗等儿童文学文体，建议小学阶段的课外阅读量不少于 145 万字。在这一背景下，各种课外语文读本如雨后春笋涌现出来。其中王尚文、曹文轩、方卫平主编的《新语文读本》（小学·12 卷），朱自强编著的《快乐语文读本》（小学·12 卷）是儿童文学研究者取得的语文教育的重要成果。我认为，导入和强化文学教育理念和方法是语文教育改革的当务之急，并倡导小学语文的儿童义学化。

儿童文学进入语文教育，开拓了儿童文学应有的广阔疆域，也必然对儿童文学创作提出艺术上的新的、更高的要求。比如，在日本的小学语文教材中，收入了足量的日本儿童文学作家创作的具有趣味性、艺术性、思想性、语文教育价值的经典的、优秀的儿童文学作品，可是检视我们的儿童文学作家的作品，可以说，资源就不那么富足了。

儿童文学在教育层面担负着培养民族精神、传承民族语言文化的重要历史责任，而全面进入语文教材和课外阅读，是完成这一使命的最重要的途径。在儿童文学分化为"小学校里的儿童文学"这一过程中，儿童文学作家和研究者，不能被动地等待别人的邀请，而必须主动出击，到语文教育中发挥主体性作用。

通俗（大众）儿童文学与艺术儿童文学分流

虽然我把通俗（大众）儿童文学的分化放在最后论述，但它却是 21 世纪里，中国儿童文学发生的最有意味、最为复杂、最大的变化。

"商业化写作""类型化写作""快餐式写作"等指称式评论语言，不断出现在近年儿童文学的评论中。通俗（大众）儿童文学这种重要类型正在清晰地开始从以前艺术与通俗混沌不清、搅在一起的儿童文学中分化出来，这是一件历史性大事！在我眼里，金波的

《乌丢丢的奇遇》、秦文君的《天棠街 3 号》、彭学军的《你是我的妹》等作品是对艺术儿童文学的坚守，而杨红樱的《漂亮老师和坏小子》《淘气包马小跳》(系列)、杨鹏的《校园三剑客》系列、肖定丽的"小豆子"系列等作品则是通俗儿童文学(借用日本作家山中恒的说法是"儿童读物")的代表。其中，杨红樱的作品发行量、影响力均为最大，成为众说纷纭的"杨红樱现象"。

通俗儿童文学和艺术儿童文学的清晰分化，显示出中国儿童文学开始出现了最为重要的一种多样化，是走向成熟的必经之路。当然，通俗儿童文学的很多要素以及文化产业式运作方式，在 20 世纪 80 年代中后期以来的郑渊洁的创作中已经出现，只是由于没有像现在这样有成批作家、作品的跟进，没有形成气候罢了。毋庸讳言，通俗儿童文学的出现并大规模地挤占图书市场，也给主要持凭纯艺术价值观的一些儿童文学作家和研究者带来了茫然无措，甚至是慌乱，一时失去了判断的尺度。其实，艺术儿童文学与通俗儿童文学，只是作为不同艺术类型，彼此间存在一定的不同和区别，而并没有艺术上的孰优孰劣的问题。针对目前一些艺术儿童文学作家和通俗儿童文学作家的心态，我想指出，我们应该避免犯两种错误：一个是以为只要是艺术儿童文学，就一定高于通俗儿童文学，持这种艺术偏见，就可能出现拿三流甚至不入流的所谓艺术儿童文学打压一流通俗儿童文学的怪现象；另一个是忽略通俗儿童文学也有一流二流三流之分，即通俗儿童文学也有不可降格以求的艺术标准，并不是畅销了，作品就一定非常优秀。

还需要指出的是，通俗儿童文学具有后现代艺术的特征，这也是分化的一个端倪。拿儿童文学中的爱情表现来说，艺术儿童文学在表现少年爱情时，拥有一个深度模式。少年的异性爱是其精神世界的重要支点，是他修正对世界和他人看法的一种方式，并且与自我意识的产生相联系。程玮的《走向十八岁》是 20 世纪 80 年代十分优秀的成长小说。作品里，女生姚小禾对夏雨老师的暗恋被作家坦然、优美、含蓄地书写出来。作家显然是把姚小禾的这一感情视为她心灵成长的重要关节："姚小禾正在艰难地迈过她生活中的一个门槛。这样的门槛，一生只有一个。而且，它只能是独立地迈过去，别人无法帮忙，也帮不上忙。"

但是，通俗儿童文学表现少年爱情时，具有明显的消解深度的平面化倾向。比如，杨红樱的《漂亮老师和坏小子》里，"小魔女回到教室，冲到米老鼠面前就高呼：'米老鼠，我喜欢你！'"她还会喊出"米老鼠，我爱你！"可是，喊了也就喊了，读者并不能看见她内心里的一丝波澜。作家在"淘气包马小跳"系列之《漂亮女孩夏林果》中，描述马小跳对夏林果的喜欢时，也完全回避了心灵的成长问题。杨红樱式的通俗儿童文学作品在本质上是一种"图像"语言，是平面的，不具备"文字"语言的深度、反思、批判的特质，而这正是后现代文化的特征。通俗儿童文学的出现，本来就与后现代文化思潮有关。

目前纷纭复杂、众声喧哗的中国儿童文学的面貌，并不是本文所能全面涵盖的，我在这里指出的是中国儿童文学近年的几个重要动向及其共有的重要特征——多形态的分化。有分化就会有更新，就会有生成；有分化就是动态的，就会有前行和发展。处于多元分化中的中国儿童文学值得我们期待。

（原载《文艺报》2006 年 10 月 17 日）

2000—2010 年中国儿童文学现象考察

张国龙

引　言

新时期以来,中国儿童文学突破了"政治功利性"和"教育工具论"等理念,摆脱了作为政治、教育的附庸身份——回归文学和儿童本位,呵护儿童的心灵世界,扶助儿童的身心成长,诞生了一批经典作品,从而确立了中国儿童文学"塑造未来民族性格"及"与成长同行"的重要地位。进入 21 世纪以来,随着互联网技术的兴盛,网络生活日益日常化,人们的思维、行为方式,以及书写、阅读习惯等受到了前所未有的冲击。加上中国社会商品化进程的深化,价值观念、审美趋向的多元,人们的自我意识和主体意识空前膨胀。面对新的文化语境,中国儿童文学创作已悄然发生了新变,呈繁荣之势——作家辈出,甚至出现了"创作组合";作品众多,仅每年出版的长篇儿童小说就近百部;"童年文学"勃兴;"青春文学""幻想文学"等"新"样式涌现;"成长"书写长足进步;"动物文学"有了新进展,等等。这些创作"新现象"势必在一定程度上改变少年儿童的阅读趋向,影响他们个性/人格的生成。尽管国内外学界对 21 世纪初(2000—2010)中国一些重要的儿童文学作家的作品予以了零星研讨,但遗憾的是,对此时期儿童文学发展的整体状貌,尤其是对诸多新现象缺乏系统研究。尤其是对"杨红樱(童年文学代表作家)现象""青春文学"和"幻想文学"等热点、焦点问题的批评,有失偏颇,且大多聚焦于文化现象考察而偏离文学,显然对创作难以产生实质影响。因此,本文旨在通过文本细读,力求深入、系统、客观、公允解读 21 世纪初中国儿童文学的新现象——这无疑为创作、阅读和潜移默化培养新时代少年儿童提供了具有可操作性的方案。

一、"童年文学"中兴

按读者年龄结构划分,儿童文学分为"幼年文学""童年文学"和"少年文学"三个层次。但是,长期以来,儿童文学呈"两头大,中间小"之势。即,幼年文学和少年文学相对繁荣,而童年文学无论是作品数量还是质量,皆无法与前两者分庭抗礼。其原因如下:①童年文学的读者群相对狭窄,主要是小学 3~6 年级的学生。②出版、发表不易,大多数儿童文学期刊的读者定位为小学高年级学生和中学生。③童年生活距离大多作家的当下生活较远,且童年体验与成人体验具有本质上的区别,写作难度较大。而幼年文学浅显,对文学本身的要求并不高;少年文学多少带有成人或准成人经验,写作者有更多的成人经验可借鉴。

然而,进入 21 世纪以来,由于杨红樱的童年小说"淘气包马小跳系列"大红大紫,在一定程度上扭转了童年文学的弱势地位。自 2003 年 7 月推出第一批作品《贪玩老爸》《笨女孩安琪儿》《四个调皮蛋》和《暑假奇遇》以来,2004 年度杨红樱又相继出版了《天真

妈妈》《漂亮女孩夏林果》和《疯丫头杜子真》等。在 2004 年 7 月全国少儿类畅销书排行榜上,"淘气包马小跳"系列竟然有 8 本书跻身前十名,全面超越了 J. K. 罗琳的《哈利·波特》系列。杨红樱作品备受孩子们喜爱的原因如下:与孩子的零距离接触,作品明白晓畅,通俗易懂。杨红樱做过多年小学教师,洞悉孩子们的喜怒哀乐,能逼真地再现孩子们自己的生活场景;把孩子真正当孩子看,不给他们贴上"好"或"坏"的标签,张扬他们童心的未泯,个性的无拘无束,想象力的匪夷所思,滑稽幽默,生动有趣,令人捧腹。因此,杨红樱笔下的主人公不是传统意义的好学生,而是令大人们头疼、像马小跳之类的所谓淘气包。当然,作为长篇小说,杨红樱的童年小说也存在明显的瑕疵:结构单调,对人物关系的处理缺乏严密的逻辑性;因受市场因素干扰而致系列作品推出速度过快,与林格伦的《淘气包阿米尔》相比,尚存不小差距;包装痕迹明显,日益模式化等。

尽管如此,杨红樱之于当下中国儿童的意义仍旧是非凡的。因为"淘气包马小跳系列"作品的成功,不少儿童文学作家(比如董恒波、童喜喜、赵静等)开始潜心童年文学创作,童年文学一跃成为儿童文学领域中最为走俏的品类,在相当大的程度上改变了儿童文学长期以来形成的"两头大,中间小"的格局。

二、"青春文学"勃兴

所谓"青春文学",乃以小说创作为主,亦称"青春小说"。此乃近年来被媒体爆炒的概念。但作为文学术语,它所具有的美学特征并未达成共识。笔者认为,其可大致归纳为:以处于青春期的青少年为叙述主角,展现他们丰富、驳杂的成长故事的小说文本,与"少年小说"和"成长小说"存在亲缘关系。进入 21 世纪以来,随着"低龄化写作"的人造神话式微,以"80 后"为代表的"青春写作"(主要是"青春小说")如日中天。2004 年甚至被誉为"青春文学"年。代表作品有《三重门》(韩寒)、《万物生长》(冯唐)、《告别薇安》(春树)、《幻城》(郭敬明)、《岛·柢步》(郭敬明)、《樱桃之远》(张悦然)、《红×》(李傻傻)、《草样年华》(孙睿)、《粉红四年》(易粉寒)、《我不是聪明女生》(董晓磊)、《愤青时代》(胡坚)、《麻雀要革命》(郭妮)、《左耳》(饶雪漫)等。青春写作从单兵作战升级为群体出击,并以巨大的内聚力拉动了退守边缘的文学出版市场。而且,不少"80 后"之外的作家也出版了众多青春小说(比如何大草的《刀子和刀子》)等。此外,还有众多寄居于青春文学旗号之下的作品,本文不再一一列举。

笔者认为,批评界对青春文学的批评还未回归学术本位,尚处于随市场之波而逐流的情状。总的说来贬多于褒,焦虑多于鼓励,诘问多于关怀。当然,大多数青春文学文本的确不过是附丽于文学华氅之下的一种时尚消费品。对成长的理性认知的贫血,削弱了作品的力度和深度。此外,将青春文学作为个案考察,显然不能一言以蔽之。一些作品不乏才气和灵气,其当下感和现场感非一般成人作家可比。写作技法的时尚、叙述语言的张力和写作激情的饱满,的确给文学注入了新鲜血液。比如冯唐、李傻傻、张悦然等,他们具有较好的写作天赋,受过良好的高等教育,写作意识明确,写作姿态严肃,应该值得读者期待。

2005 年以降,青春文学尽管依然热闹,却不复往年的大红大紫。经过几年的沉淀,青春文学渐趋成熟、理性。与风靡于 20 世纪 90 年代的"身体写作"相比,青春文学不再把"性殇"作为书写的唯一资源,"性"仅仅是青春期日常生活之一种。那种不惜以作践和伤害自身为代价的所谓"残酷的青春",不再是写作的主旋律。越来越多的写作者意识到

"青春书写"不应是一场"行为秀","残酷"绝非"青春"的本质。写作者们更偏重于书写孤独、感伤等所谓"青春期综合征",并由"残酷"转向"纯美","青春文学"正在悄然转型。"青春岁月"无疑是人生中最华丽的时光,激越、冲动、浪漫、抒情,具有诗的意境和画的质感。男孩的激越和女孩的清丽,应是青春情感的主旋律。无论是亲情、友情,还是朦胧、晦涩的恋情,皆纯粹、简单,蕴藉着一种本色的美,即"纯美"。一些成年作家的青春文学文本以庄重的语态展现了青春的"纯美"。比如,曹文轩的《青铜葵花》,着力展现了苦难岁月里苦难生存境遇和人生际遇中的"纯美",包括苦难本身之美、苦难中漫溢出的人性之美和苦难中少年相依相守的纯情之美。还有,张洁的《张洁月光少女小说》(3 册),叙说了发生在城市中学生身边的纯美故事,值得细读。

三、"幻想文学"(或曰"玄幻文学")风行

随着《哈利·波特》《魔戒》等引进版图书风行,一种被媒介命名为"玄幻"(或曰奇幻)的小说样式,成为中国儿童文学的热门话题。如果说 2004 年是"青春文学年",那么 2005 年则是"玄幻文学年"。小学高年级学生和中学生是玄幻文学的主要阅读群体,且大多通过网络阅读(比如玄幻书盟等)。经由纸质媒介畅销的玄幻文学,大多率先在网络世界走红,有数百万计的点击率。比如《搜神记》(树下野狐)、《诛仙》(萧鼎)、《镜·龙战》(沧月)、《昆仑前传》(凤歌)、《法老王》(水心沙狐)、《亵渎》(烟雨江南)等。此外,不少少儿出版社也竞相出版了玄幻文学,比如竹林的长篇玄幻文学《今日出门昨夜归》等。以《儿童文学》《少年文艺》等为代表的中国权威的儿童文学期刊,皆开辟了玄幻文学专栏,刊发了相当数量的中、短篇玄幻小说。2006 年,有关玄幻文学的论争[①],更是成了中国文学界的热点现象。

尽管学术界对玄幻文学的界定莫衷一是,对其美学特征的思辨乏人问津,尽管这种命名只有语言学意义上的"能指"而无"所指",但其的确已成为中国儿童文学界乃至中国文学界不可忽略的一种新现象。玄幻文学可看作当下青少年欲望和理想的化身,"从西方奇幻小说体系及中国本土的神话寓言、玄怪志异、明清小说以及诸多典籍获取灵感,综合西式奇幻、中国武侠、日本动漫风格,建立在玄幻之上,内容走得比魔幻更远。它写未来科技,却不需要科学理论验证;它写魔法,又不考证西方巫术学体系;它写武术,却比传统武侠更神奇强大,经常超越人类生理极限……不论是虚拟世界架构,还是人物经历,都强调想象的天马行空、漫无边际。"[②]通过对众多作品的解读,笔者认为玄幻文学的美学特征可粗略概括为:穷尽想象的智慧,拓展思维极限,展现不同于现实世界的"第二世界"的生存景观,诠释宇宙、人生、人性等终极命题。

玄幻文学何以骤然风生水起? 笔者认为,它是网络时代应运而生的产物。生长于电子时代的读者,大多习惯了网络阅读。而且,在网络日益生活化、日常化的当下,网络世界的虚拟生活(尤其是网络游戏世界)在一定程度上改变了他们的思维和行为方式,他们想象力空前膨胀。对现实世界的叛逆和对超现实的"第二世界"的迷恋,是这一代人共同的文化表征。随着以信息技术为代表的高科技文明的空前兴盛和生态环境的日益恶化,科技文明对人类未来的侵犯和人类将面临生存之虞的忧惧,以及对生存本相的幻灭感(科技文明越发达,人对时间/空间的感受和体验越虚无),从而催生了玄幻文学(大多以网络游戏为依托)。此外,网络阅读方便、快捷,且大多数作品一边写一边发表,可以和读者及时互动。阅读玄幻文学,如同 20 世纪八九十年代阅读"言情""武侠"小说一样是一

种时尚。玄幻文学作为一种"新"的文学样式,其天马行空、漫漶无边的想象力,颠覆传统价值观念的野心和勇气,以及建构"第二世界"的创造力,皆有可圈可点之处。但是,其价值观的芜杂、凌乱,映照出人文精神的瘫痪、崩溃,的确令人担忧。

竹林的长篇玄幻小说《今日出门昨夜归》无疑有鹤立鸡群之姿,尽管它远不如《诛仙》等畅销。小说沿魔幻思维的轨迹,探究了宇宙时空之谜,尝试着对诸如"人从何处来? 到何处去?"等终极命题做了大胆、新奇的破解。让读者在万花筒般迷人的奇异景观里,感受到非同寻常的深意。而且,深厚的情节意识,亦为这部小说增添了阅读的快感和美感。此外,作品语言鲜活、跳动,富含灵动的青春气息。加上气势磅礴的想象力,深挚的人文关怀,营造出了奇异、诡谲、迷离的诗性氛围。尤其值得一提的是小说的结尾,作者处心积虑留下文本空白,吸引读者穷尽奇思异想,进行创作互动。既缩短了作者与读者间的距离,又让文本具有了无限再生的可能,从而拓展了作品的艺术表现张力,是一部把科学、文学和幻想诗意地整合在一起的玄幻小说力作。

四、"成长小说"的新进展

20 世纪 90 年代以来,"成长主题"开始成为中国儿童文学书写的一种重要向度。由于对"成长小说"这一具有经典美学特征的小说样式认识和理解的偏差,许多被称为成长小说的文本不过是对成长主题的一种表现,或者说是对成长小说的庸俗化理解,即把所有涉及成长问题的小说称之为成长小说。因此,导致了作为少年文学之一极的成长小说一直游荡在少年文学之外。这不能不说是中国儿童文学的重大缺憾。进入 21 世纪以来,这种状况有了较大的改观。不少论者对成长小说进行了全面、深入的探讨,不少作家对成长小说有了新的认知。尤其是对于作为成长的核心问题——性,有了更为深刻的认识。因此,中国的成长小说书写有了长足的进步。其中,最值得关注的是王刚的长篇小说《英格力士》。小说对成长中的性给予了温情关怀,是对儿童小说写作禁区的突破。李学斌的《金色的手指》写出了成长的顿悟,无疑是近年来短篇小说书写成长所取得的一大突破。中国作家对成长主题的书写往往只关注成长的某个片段,缺乏对成长的完整性关注,尤其缺乏具有经典美学意义的成长蜕变,即成长者在成长之旅中遭遇了挫折,实现了顿悟,从而长大成人。在这样一种叙事逻辑中,成长者和成长小说同时完成了成长。《金色的手指》中的成长主人公木子,原本是一个不好好读书的少年。虽然出生在艰苦的农村,但他并没过多地感受到生活的不易,不知道通过努力去改变自己的命运。然而,当父亲在一次劳作中意外被脱粒机折断了一根手指之后,他幡然醒悟。遭遇切肤之痛而顿悟,从而改变了人生观和世界观,正是成长小说基本的美学特征。此外,常新港的短篇小说《麻烦你送我一个妹妹,弟弟也行! 》、黄春华的《越痛越笑》和南妮的长篇小说《我的恐惧无法诉说》等,皆对成长主题予以了深度挖掘。

五、"动物文学"红火

在当今这个全球化时代, 生态问题是全球性的一大热点问题。关爱我们的地球家园,关怀我们的邻居、朋友——动物,成为文学书写的重要主题。儿童"万物有灵"的思维特性,决定了儿童亲近、喜爱动物是一种本能。因此,讲述以动物为主角的故事就成了儿童文学领域中的重要品类,或称"动物文学"。主张人与动物和谐共处,与动物共同拥有地球家园,呼吁关爱动物,以及以"动物性"比照、鞭策"人性",是此类作品表达的主旨。进入21世纪以来,在成人文学中出现了畅销书《狼图腾》《藏獒》,儿童文学领域中的动物文学更是异军突起。其中,沈石溪是中国资深的动物文学大王,此时期他的创作仍旧如日中天。此外,黑鹤是此时期涌现出的专写"动物小说"的新人,他的短篇小说《驯鹿之国》《饲狼》,长篇小说《重返草原》《黑焰》和《鬼狗》等皆具有相当的艺术水准。此外,牧铃的"动物小说"亦深受读者喜爱。

总体说来,大多数动物文学作品并非源于对动物的真切了解,更多的是表现出对动物世界的某种想象,即按照人类世界的生存法则反观动物世界,以人性去比照动物性,从而导致作品中的动物形象不过是披着动物毛皮的人。作为地球上的生灵,动物必然与人类有相通之处。但是,人作为地球上最高级的生灵,之所以区别于动物就在于人的文明化。因此,动物文学若不能发现动物世界与人类世界的差异,其书写的价值和意义必将大打折扣。

六、"恐怖文学"繁兴

随着美国作家R.L.斯坦的"鸡皮疙瘩"系列"恐怖文学"在中国的风靡,加上《阅读前线》等期刊的大力扶持,中国原创恐怖文学渐成气候。代表作品有《鬼魂的假肢》(周锐)和《鬼店》(戎林)等。尽管中国文学不乏"写鬼说妖"等惊悚传统,但"敬鬼神而远之""子不语怪力乱神"等儒家思想,极大地限制了中国文学对鬼神世界的审美想象。从生理、心理学意义上考察,恐怖情绪和喜怒哀乐一样乃人的基本情绪之一种。七情六欲的波动刺激肾上腺激素的分泌,从而抗拒抑郁,消除精神萎靡,保持身心的舒适、平衡。因此,从此种意义上说,惊悚是人不可或缺的一种情绪律动。从人文意义上探究,品味惊悚,能够确证人们的安全感,从而更加深入地理解、珍惜安全。从文学层面解读惊悚,恐惧感是开掘想象力的重要催化剂。因为鬼怪等惊悚事物虚无缥缈,欲建构出一个诡谲的莫须有的世界无疑需要卓越的想象力和创造力。文学如果仅仅是再现、摹写生活,自然就失去了其恢宏、博大的艺术魅力(远不如照相机的拍摄功效)。"恐怖是因为恐怖小说或多或少地表达了现代人在潜意识中的某种对日常生活的崩溃的不安,而作为它的核心,潜藏在恐怖之下的'神秘'与'未知',更是满足了人们的好奇心……有光必有影,有了恶,才看得出善。从本质上来说,人是渴望'善'与'光明'的,通常被我们忽略或是遗忘了的这种倾向,在恐怖小说的阅读中都被如数地找了回来。"③需要警醒的是,中国儿童文学中的不少惊悚之作在写作态度上出现了偏差,甚至标榜"吓死你不偿命"。为了刻意制造恐怖效果而忽略了艺术提升,作品弥漫着暴力、血腥气息,丧失了小说应具有的审美品格。如同贺拉斯所说,"不要让麦地亚在众人面前杀害他的儿子"。"好的恐怖小说,既不能让读者感到不安,又不能让读者感到不快"④,这应是恐怖小说最基本的美学追求。

七、"创作组合"兴盛

某某组合原本是乐队、歌手等的代名词,但近年来却成了中国儿童文学的一道奇观。其中,以"花衣裳"创作组合成绩最为显著。花衣裳由三位女作家饶雪漫、郁雨君和伍美珍组成。她们创作风格相似,创作速度快,作品大多由某一家出版社同时推出。这种现象的出现,不排除具有与商业合谋的动机。仅2004年度,花衣裳便推出了20余部长篇。

其中包括"花衣裳·校园纯爱组"——《边走边爱》（郁雨君）、《我要我们在一起》（饶雪漫）和《小熊星月童话》（伍美珍）；"花衣裳丛书·超级校园版"——《咱们班》（饶雪漫）、《鬼马小女生》（伍美珍）和《男生米戈》（郁雨君）等。无论是创作数量，还是创作速率，花衣裳皆令人惊叹。这些作品销量可观，甚至登上了畅销书排行榜。在获得赞誉的同时，花衣裳也遭到了越来越多的质疑。笔者认为，花衣裳创作组合的出现，对于中国儿童文学来说无疑具有开创性意义。花衣裳创作组合完全可以把如下一些批评当作是艺术的苛责和鞭策。诸如，"文学创作是一种个人化个性化的创造性劳动，花衣裳创作组合模式过于商业化，不利于精品的产生""向读者和市场投降，对读者的阅读口味过于重视与迁就，放弃了文学和作家的尊严""过于频繁地出书，创作速度过快，作品的质量如何保证"等。在作品赢得了阅读市场的同时，更加自觉地引导、培育、提升读者的艺术感受力，无疑会提升花衣裳存在的价值和意义。此外，还有"小花衣裳""牛仔裤"组合等。这些组合的商业气息更为浓重，是对花衣裳组合的克隆、复制。

东北"小虎队"作家群自20世纪90年代群体出击以来，2006年度吸纳新生力量，再次群体下山。主要作品有《同一个梦想》（董恒波）、《沉默的森林》（车培晶）、《回望沙原》（常星儿）、《正午的植物园》（薛涛）、《站在高高的楼顶上》（立极）、《抄袭往事》（刘东）等。这些作品具有浓郁的地域特色，商业气息淡一些。不追求统一的写作风格，是基于作家的创作个性同时推出的作品。

总之，在商品化时代，小说创作不可能不沾染一星半点商业气息，小说的出版采取组合的形式无可厚非。如果不以"文学性""儿童性"和作家的"创作个性"为本位，无疑是舍本求末。

八、中篇小说触底反弹

在小说家族中，中篇小说的写作难度最大。长篇小说可以肆意展开情节，精心设计故事结构，深度塑造人物性格，尽情释放作者的各种艺术才情。即使出现了这样那样的瑕疵，只要在某一个方面取得了艺术成功，也可以被称道为瑕不掩瑜。短篇小说因为篇幅短小，人物单一，故事结构简单，只需将某一人某一事铺陈开去即可。但是，对于中篇小说来说，它既不能像长篇小说那样气势磅礴、一泻千里，又不能像短篇小说那样点到为止。它需要一定的容量，需要相对丰富的人物构成，以及相对复杂的结构编排。既不能有过多的枝枝蔓蔓，又不能一蹴而就。因为中篇小说的篇幅对刊发、出版的限制（对于期刊来说显长，而对于图书出版来说又显短），仅有《儿童文学》《少年文艺》等为其保留了立锥之地。随着上海《巨人》（专发中篇小说）杂志的一度停刊，中篇小说一度成为儿童文学创作的盲区。不过，自2006年《儿童文学》杂志举行"中篇小说擂台赛"以来，加上《巨人》杂志在2006年底宣布复刊，中篇小说呈现出触底反弹之势。而且，进入21世纪以来，也涌现出了诸如《少年刘大公的烦恼》（张之路）、《一滴泪珠掰两瓣》（黄春华）、《没有妈妈，那又怎样？》（姚鄂梅）等值得关注的作品。其中，张之路的《少年刘大公的烦恼》不愧是优秀之作。小说讲述了少年刘大公成长的心理郁结。关怀平常的大多数，聚焦被大多数人（尤其是中国人）忽略的心理问题，显然是《少年刘大公的烦恼》奉献给读者体人察己的一种新视野。此外，作者对人物性格的细致雕琢，对心理状态的深度揣摩，以及张弛有度的叙事节奏，简洁、素朴的文字，含而不露的主体情绪，大巧若拙的哲思感悟，构成了作品独特的文学性。

九、2000—2010 年中国儿童文学的八大误区

考察了 2000—2010 年中国儿童文学的各种现象,不难发现,此时段的儿童文学创作呈现出以下几种误区:

(一)对"儿童性"的误解

毋庸置疑,儿童文学应以儿童为本位,彰显儿童性。但是,不少作家为了遮盖作品中的成人气息,刻意蹲下身来,甚至拿腔捏调地模仿儿童口吻,企图以原生态的儿童语言进行叙事。这显然是对儿童性的误解。作品中不但不具有儿童性,反而流泻出矫揉造作的孩子气和娃娃腔(即"伪儿童性")。这种流弊在不少童年文学中表现得尤为明显。而且,纯粹把儿童当作孩子看,实为把儿童等同于智障者。殊不知成长于电子时代的儿童,他们的言、行、思已大异于前,他们内心世界的丰富、驳杂远远超乎成人作家的想象。捕捉鲜活的儿童语言不过是表现儿童性的一个方面,更为重要的是,作家应葆有一颗纯正的童心,用心观看、聆听儿童的心灵颤音,准确地解读儿童心灵的潮涨潮落,方能以审美的姿态去书写儿童世界的喜怒哀乐。

(二)对"教育性"的误解

不可否认,新时期以降大多数论者、作家便羞于谈论儿童文学的"教化功能",甚至视其为洪水猛兽。因为曾在作品中张扬过教化功能,竟然成了许多老一代儿童小说作家的墓志铭;因为义无反顾打倒教化功能,则成为不少所谓新潮儿童小说作家扬名的战旗。造成此种尴尬局面的主要原因在于:把儿童世界看作了一个封闭、纯粹的童话世界,一个自足的实体,一个类似于真空和隔离状态的狭窄禁区。片面强化儿童世界无边的想象力和自由自在的秉性,而忽略了儿童世界亦是一个开放的区域,是一个不断延展的具有多种可能性和复杂性的球形世界。事实上, 每一个孩子从小就会面对纷繁复杂的大千世界:他们要与家人和亲戚朋友接触,与幼儿园里的老师和小朋友接触,与小学和中学时的老师同学接触,乃至与一些社会上的人接触……总之,他们必然会接触到成人世界的方方面面,他们中的大多数在上初中之前,除不会面对性生活外,几乎将触及所有事情的边缘,只不过他们感受这些事件的深度和体验的视角不同罢了。从某种意义上说,他们的世界和成人世界虽然表现情态不同,但内容却是相似的。这才是他们所面对的完整的、本真的世界! 既然如此,他们如何去面对这个世界? 如何才能保持与世界的和谐关系? 难道不需要借鉴人类世代所积淀下来的处世哲学精髓? 仅仅依凭他们的直觉和无所顾忌、无所畏惧的莽撞就能成功地完成他们的成人仪式? 一言以蔽之,儿童文学不可成为教育的附庸,亦不可与教育势不两立。儿童文学应以审美的姿态观照儿童世界,以文学的诗性培养儿童的审美趣味以及认识世界和自我的能力。

(三)对"游戏精神"的误解

肇因反教化情绪,21 世纪初的中国儿童文学殚思竭虑竞相取悦、纵容孩子。这绝非危言耸听! 不少作品以张扬童心、个性为幌子,一不小心则变相教唆孩子不学好。与反教育性相对应的即为强化游戏精神。尽管游戏性是儿童文学不可或缺的元素,但失去了教育性的儿童文学也就失去了存在的合理性和有效性。儿童阅读的理想境界在于,在快乐的阅读中享受到审美教育。过度强化游戏精神,甚至以游戏性遮蔽教育性,以快乐教育替代儿童教育,明显是矫枉过正。儿童世界具有多维性,快乐仅仅是其中的一维。置身中国当下大转型的社会语境中, 人文精神的失落和异化势必会影响到儿童的文化生

态。成长于传媒化和网络化时代的儿童，多元化的价值景观令他们迷惑，甚至无法辨认诸如真善美等最基本的价值观。这是当下儿童小说不可回避的重大问题。然而，许多儿童文学作家却丧失了作家应有的人文良知，掩耳盗铃式地鼓吹快乐至上。

鼓吹快乐至上，实则是将快乐庸俗化。不少儿童文学作品所书写的快乐不过是表层的、原始的感官感受，是失重的、轻飘飘的甚至是没心没肺的、白痴似的快乐（白痴无疑是世界上最快乐的人）。然而，生活、人生的真相并非如此。这种片面的快乐观误导下的儿童，一旦面临不快乐的事情，他们心理的断裂显然是可怕的。真正的快乐是丰富、多元的，而审美愉悦、体验悲剧之美的愉悦、感受苦难之美的愉悦等，无疑是快乐的最高境界。快乐是一种心境，是看世界和他人的一种方式，而不仅仅是一笑而过，笑过无痕。

刻意的幽默、过分的调侃和恶俗的搞笑，伤害了文学的神圣性、庄重性和诗性。许多儿童文学作家为了取悦读者，不遗余力地幽默、调侃、搞笑。读者喜欢不过是文学作品获得成功的一种要素，并非唯一标准。把读者喜欢作为创作法宝，无疑是只见一棵树而忽视了一片森林。过度膨胀儿童文学的娱乐、消遣功能，竭尽轻松、幽默、夸张、变形之能事，实为"为搞笑而搞笑，不笑就胳肢你笑"。这不能不说是背离儿童文学本真世界的另一种形式的异化！谑近于虐是幽默文学的大忌。真正的幽默含而不露，隽永而不粗俗，俏皮、机智而不插诨打科。

（四）对"农村儿童"的忽视

中国作为农业大国，农村人口占总人口的 80%。因此，生活在农村的孩子，是中国儿童中的主体。然而，因为经济拮据、资讯匮乏，绝大多数孩子无法读到写给他们的文学作品。因为读者群主要是城市孩子，作家、出版家不约而同把工作重心放在城市孩子身上，从而导致了农村儿童题材小说的赤贫。这种忽视和冷漠，对本已处于弱势地位的农村孩子来说是极为不公平的，也不利于城市孩子的健康成长。事实上，中国当下农村孩子的生存境遇堪忧，已经成为一种亟待解决的大问题。尤其是在许多经济不发达的地区，农村劳动人口过剩，农民工大量涌入城市淘金。在农村生活的多是老幼病残者。那儿的大多数孩子的幼年、童年和少年时代，几乎是和爷爷奶奶一同度过的，他们大多在父母缺席的环境中成长。由爷爷奶奶养大的孩子与由爸爸妈妈养大的孩子相比，在性情等方面显然存在巨大的差异。自从中国第一代独生子女诞生以来，"小皇帝"和"小公主"便应运而生。然而，对于大多数生活在农村的孩子来说，他们却面临着另一番令人匪夷所思的成长环境。谁真正在意过他们的笑声和泪水？谁充当了他们成长的精神导师？谁能呵护他们不堪重负的童稚岁月？谁真正体恤过他们的心灵环保？尽管中国儿童文学界涌现出了曹文轩等坚持书写农村孩子的成长故事的优秀儿童文学作家，但屈指可数。而且，由于成长环境的差异，他们似乎难以有效书写当下农村孩子的成长。这的确是一种重大缺陷！

（五）对"叛逆"的误解

叛逆，是青少年成长的重要表征。随着青春期的来临，青少年生理/心理剧烈成长，他们求知求新的欲望空前高涨。他们处于主流文化边缘，往往受制于主流文化。因此，他们从骨子里来说反对一切文化的束缚，片面追求自由自在。青少年文化从总体上说是一种亚文化，不大可能跻身主流。这种文化大多无害，且对主流文化是一种激活，往往通过文化反哺来影响主流文化。从美国"垮掉派"的发展态势来看，他们中大多数人后来却成了社会的中坚。青少年亚文化与主流文化之间的代际差异永难消弭，但不会形成分庭抗礼的局面，矛盾冲突最终会自动消解。即一方面被敌对方认可、接受，另一方面进行自我调整。然而,中国的儿童小说在对待叛逆事件时,往往采取非此即彼的态度。要么鼓吹"听话的孩子没出息",要么宣扬"做一个好孩子"。这显然有悖于青少年成长的真实情状。正视叛逆的存在,以文学的诗性传达成人经验,潜移默化地疏导漫漶于青少年心灵深处的过剩的逆反情绪,只有这样才能确保儿童小说对叛逆的有效书写。

(六)对"成长"的误解

成长,无疑是儿童小说常写常新的话题。但是,大多数作品仅仅在成长的外部空间用力,对成长者内心的挣扎,以及对成长者诸多迷惑的人生问题书写的力度不够。直至文本结尾,成长者的惶惑仍旧是惶惑,成长者仍旧处于成长之中。无须赘述,儿童小说具有区别于成人小说的独特功效——运用艺术的力量启迪儿童混沌的心智,导引他们长大成人,而不能像成人小说那样更多地强化娱乐、消遣功能。一个处于成长之中的儿童小说文本,显然不是一个完整的成长小说范本。因此,许多论者认为中国至今还没出现真正意义上的成长小说,不能不说是中国儿童文学的悲哀。

"性"的成长,显然是所有成长问题中最核心、最棘手的事件。然而,中国儿童的"无性成长"生态仍没有得到综合治理(尽管王刚的《英格力士》对成长中的"性"给予了深度、温情的关怀)。大多数儿童文学作家笔下的儿童仍旧处于"无性"成长状态,文本中偶然呈现的"性之成长",也被善意地遮掩和虚饰。随着网络、传媒等的无孔不入,21世纪的儿童面临的成长环境已大异于前。他们所能获取性信息的渠道四通八达,而成人们试图制造出无性假象显然是自欺欺人。性的成长不可规避,对于儿童小说作家来说如何在作品中传达出性的诗意成长,是亟待突破的瓶颈。

(七)对"苦难"的误解

在物质条件相对富足的当下,绝大多数成年人的头脑里盘桓着一种错误观念:现在的儿童生活在蜜罐里,他们与苦难绝缘。殊不知,这是对苦难的狭隘理解。事实上,人的存在本身就具有悲剧性,人生就是一个充满苦难的过程。物质上的苦难不过是苦难的表象,而精神的苦难才是苦难的本质。对于任何一个成长者来说,都会遭遇成长的困惑,心灵的挣扎。这是成长永恒的主题。基于偏狭的苦难观,大多数儿童文学作家忽视了苦难的存在,或者说对苦难做了冷处理。片面强调儿童文学是快乐的文学,刻意制造出虚假、虚浮、浅显的快乐文字以取悦读者。作品中漂浮着甜腻的气息,柔媚无力,精神上严重缺钙。不管是男孩还是女孩,一律一口的娃娃腔或娘娘腔,要么刻意标新立异,要么莫名其妙玩世不恭。

当下不少中国的儿童文学作家偶尔书写苦难,往往注重对主人公苦难经历的再现,尽可能将主人公渲染成一个令人扼腕的苦孩子。而不像美国作家弗兰克·迈考特的《安琪拉的灰烬》那样,对苦难本身做淡处理,即苦而不怨,难而不馁。抑或有怨有恨,却隐忍不发。作者无意于再现、强调苦难的狰狞,而是将其作为生存世界中的一种习见的东西。这种对待苦难的心境,蕴藉了一种超然、一份达观:生存即折磨,苦难就是确证。我们既然已存身于世,别无选择,只能面带微笑,无怨无恨,默默承受。这不是对苦难的消极逃避,而是超越似乎难以超越的苦难的一种积极的生存策略。此亦为中国儿童文学作家书写苦难的高标。

(八)对"长篇小说"的误解

不少作家受市场利益驱使,一年内一口气能写出好几部甚至十余部长篇,数量之高产,令人咋舌。事实上,这些批量生产的作品大多不过是在重复自己,或者重复他人。这既是对自己写作才华的浪费,也是对出版资源的浪费,还是对读者阅读精力的浪费。而且,大多数长篇儿童小说见长不见精。无论是典型人物塑造，还是结构安排、艺术意蕴的营造，皆不够恢宏。结构单调，单线推进，不过是一个被无限拉长了的故事。人物形象单一，且不具典型性和经典性。不同作家的作品大体相同，似曾相识，形成鲜明创作风格的作家不多。

结　语

笔者认为，对"成长"的深度书写，即书写"完整""完美"的成长，应该是21世纪中国儿童小说的出路。

所谓"完整成长"，即回归成长的自然、健康状态，只有生理的成长不是完整的成长，只有将生理、心理的成长整合起来，成长才是健全的。一如一粒种子从萌芽、吐绿直至长成参天大树一样，自然而然乃成长的本性。但是，人的存在包括自然和社会两种状态，因此，成长者必须在保持自然状态的同时，努力完成个体的社会化。"完整成长"或成长完成时态的标识为：身体的成长完成；其参数为：性发育成熟，具有有效生殖能力等。心灵、人格、个性成长的成熟；其参照系为：认识自我、确立自我在社会体系中的位置、主体的生成等。所谓"完美成长"，即纯粹自然状态下的成长不是"完美"的成长，完美的成长状态在于通过潜移默化的导引，让成长者愉悦地受到真善美等基本人生价值观和实现自我等人类终极价值观的启迪，而"诗意"地成长。尤其是对成长的核心问题——"性"的诗意呈现在于：重"身体"之美而避免赤裸裸的"肉欲"暴露，重性意识、性心理和性的诗性之美，让"灵"与"肉"如影随形，从而实现文学性和教育性的有效互动！

进入21世纪以来，中国的文化语境呈现出了新的特质，而"成长"亦呈现出新质新貌。随着互联网技术革新的日新月异，网络生活已成为人们日常生活之一种，当下的成长者无疑烙印了E时代印记。因为物质生活的富足，生理成长提前，性的发育与成熟前所未有的迅猛，但性生理与性心理的发育明显不成比例；"早恋"不再是新鲜话题；"网恋"亦不再是时尚，大有取代传统恋爱方式之势；同居已被大众默认；"一夜情"潜滋暗长。因此，中国儿童小说对"成长"的诗意书写，必然应做出新的调整，以增强文本的当下感，从而实现督导当下的成长者的书写旨意。

[注释]

① 陶东风在《中国文学已进入装神弄鬼时代》一文中指出，以《诛仙》为代表的玄幻文学不同于传统武侠小说的最大特点是专擅装神弄鬼，其所谓"幻想世界"建立在各种胡乱杜撰的魔法、妖术和歪门邪道之上。玄幻写手们价值观的混乱，导致了作品缺乏人文精神。而郑保纯则认为陶东风对玄幻文学的了解并不深入，信口开河。江南、沧月、燕垒生、沈璎璎等人的作品更具代表性，不读他们的作品就谈玄幻是可笑的。与此同时，王干指出文学从来不惧鬼神，从《山海经》到《西游记》《聊斋志异》，中国文学始终有这样一种"鬼神传统"。他认为陶东风的观点有些以偏概全。无论是网络文学，还是整个文学，不是"幻"花一枝独秀，不能用装神弄鬼时代来概括。之后，无数"玄幻迷"对陶东风口诛笔伐，甚至极尽人身攻击之能事。而陶东风的拥趸则奋力还击。由此，一场"学术"之争演化成"武林搏斗"。

② 编者按：《中华读书报·书评周刊》，2006年6月21日第9版。

③④ 见彭懿：《R.L.斯坦来了》，载《中国儿童文学》，2002年第4期。

（原载《东岳论丛》2011年9月第9期）

百年中国儿童文学的历史经验与人文价值

——《百年百部中国儿童文学经典书系》总序

高端选编委员会

现代中国儿童文学已经走过了整整一个世纪曲折而辉煌的历程。回顾百年中国儿童文学,我们心潮涌动,激情难抑。

一

在中国,"'儿童文学'这名称,始于'五四'时代"(茅盾《关于"儿童文学"》)。更具体地说,作为一种新式文学类型的儿童文学是从 20 世纪初叶开始逐渐为中国人所认识和流传开来的。当时代进入五四运动,这种具有现代性观念和形式的文类得到了超常规的发展,因而"儿童文学"这名称很快被国人所接受。"儿童本位""儿童文学",一时成了文学界、教育界、出版界"最时髦、最新鲜、兴高采烈、提倡鼓吹"(魏寿镛等《儿童文学概论》1923 年版)的热门话题。

尽管"儿童文学"这名称是在 20 世纪初才出现在中国的,但这并不意味着中国古代儿童也即我们的祖先对文学的接受是一片空白。正如世界各民族的文化有其独特性一样,在中国文化传统与文学传统的影响和作用下,中国古代儿童接受文学的方式与阅读选择也有其明显的独特性,这有民间讲述、蒙学读本传播和儿童自我选择读物三种途径,尤其是民间讲述。证诸史实,中国古代儿童接受的文学形式,主要是民间群体生产的口头文学作品,其中大量体现为民间童话与童谣。学界的研究表明,中国古代民间童话的遗产相当丰富,例如"灰姑娘型"文本《酉阳杂俎·吴洞》比之欧洲同类型童话还要早出七八百年。因而有论者这样断言:"中国虽古无童话之名,然实固有成文之童话,见晋唐小说。"(周作人《古童话释义》)正因如此,当我们回顾历史时,那种认为中国儿童文学是从 1909 年商务印书馆编印《童话》丛书,或是从 1921 年叶圣陶创作《小白船》开始的说法是需要商榷的。如果我们承认民间文学是文学,民间童话与童谣(已被古人用文字记录下来的作品)属于儿童文学范畴,那么,很显然,中国儿童文学的来龙去脉自然可以提前到"儿童文学"这一名称出现之前。我们认为,那种对民族文化与文学传统采取历史虚无主义的态度是需要加以讨论和正视的。对待历史,我们必须采取审慎和"同情的理解"的态度。

二

我们一方面需要尊重历史,同时需要用发展的观念考察和疏证历史。尽管中国儿童文学的来龙去脉可以追溯到"儿童文学"这一名称出现之前,但现代中国儿童文学则是全部中国儿童文学历史中最为丰富、最激动人心、最值得大书特书的篇章。

现代中国儿童文学是指起始于 20 世纪初叶,用现代语言与文学形式,表现现代中国人尤其是中国少年儿童的现实生活与思想、感情、心理的文学，是一种自觉地全方位地服务服从于中国少年儿童精神生命健康成长的文学，至今已有一百年上下的历史。1902年黄遵宪尝试用白话文创作的儿童诗《幼稚园上学歌》，1909年商务印书馆出版孙毓修编译的童话《无猫国》，1919年《新青年》杂志刊发周作人翻译的安徒生童话《卖火柴的女儿》，是现代中国儿童文学生发兴起的重要文学事件与表征。特别是经过五四新文化运动的洗礼，周作人于1920年发表提出全新儿童文学观念的论文《儿童的文学》，郑振铎于1921年创办中国第一种纯儿童文学杂志《儿童世界》，叶圣陶于1923年出版中国第一部原创短篇童话集《稻草人》，冰心于1923年推出原创儿童散文《寄小读者》，这是中国儿童文学新观念、新作品、新思维形成与奠基的标志性象征与成果，其中的重中之重当数叶圣陶的《稻草人》。这部辑录了23篇短篇童话，体现出"把成人的悲哀显示给儿童"（郑振铎《〈稻草人〉序》）的为人生而艺术的儿童文学思想的童话集，得到了鲁迅的高度肯定与赞誉，被誉为"给中国的童话开了一条自己创作的路"（鲁迅《〈表〉译者的话》）。"稻草人"的道路实质上就是高扬现实主义精神的中国原创儿童文学的成长、发展的道路。这条道路经由20世纪20年代叶圣陶开创、30年代张天翼《大林和小林》的推进，源远流长地延续至今，形成了现代中国儿童文学的创作主潮，体现出自身鲜明的民族特色、时代规范与审美追求。这主要有：

第一，直面现实，直面人生，始终紧贴着中国的土地，背负着民族的希望。这中间有一个转换。20世纪早中期的儿童文学创作与观念，主要直面的是成年人所关切的中国现代社会问题和历史课题，围绕着成年人的革命、救亡、战争、运动、意识形态等展开艺术实践，从中展现出中国儿童的生存状态与精神面貌。八九十年代是中国儿童文学发展史上最重要的转型时期，这一时期观念更新所带来的最深刻变化，就是将以前的"成人中心主义"转向以儿童为中心，直面的现实则由成年人的现实转向儿童的现实，努力贴近儿童的现实生存与生活状况，贴近儿童的精神生命"内宇宙"，贴近儿童的审美意识与阅读接受心理，使儿童文学真正走向儿童。这是百年中国儿童文学的"革命性位移"。新时期儿童文学蔚为壮观的原创生产的突破、变革与发展，正是这一"革命性位移"的审美嬗变的结果。

第二，强调文学的认识、教化功能与作家作品的社会责任意识。从20世纪20年代郑振铎提出儿童文学要把"成人的悲哀显示给儿童"，郭沫若提出儿童文学要"导引儿童向上，启发其良知良能"（《儿童文学之管见》），30年代茅盾提出儿童文学"要能给儿童认识人生""构成了他将来做一个怎样的人的观念""助长儿童本性上的美质"（《关于"儿童文学"》《再谈儿童文学》），张天翼提出儿童文学要告诉儿童"真的人，真的世界，真的道理"（《〈奇怪的地方〉序》），50年代陈伯吹提出"儿童文学主要是写儿童""要以同辈人教育同辈人"（《论儿童文学创作上的几个问题》），到80年代曹文轩提出"儿童文学作家是未来民族性格的塑造者""儿童文学承担着塑造未来民族性格的天职"（《觉醒、嬗变、困惑：儿童文学》），21世纪初曹文轩又提出"儿童文学的使命在于为人类提供良好的人性基础"（《文学应该给孩子什么？》），受这些重要儿童文学观与价值取向的深刻影响，百年中国儿童文学在与社会与时代无法也无须割舍的联系中，一以贯之地承担起了自己对未来一代精神生命健康成长的文化担当与美学责任，并创造出自己的象征体系与文类秩序。

第三，不断探索，不断创新，不断追求民族化与现代化的统一，思想性、艺术性与儿童性的统一，追求儿童文学至善至美至爱的文学品质。

百年中国儿童文学与传统文学相比，是一种具有"文学的现代化"特质的全新文学。儿童文学的现代化首先体现在"儿童观"的转变上。从视儿童为"缩小的成人"的传统观念，到五四时期的"救救孩子""儿童本位"，到共和国成立后的"红色儿童""革命接班人"，到21世纪的"儿童权利""儿童生存、保护和发展"，百年中国儿童文学演进的各个历史时期无不与中国人儿童观的更新与转型紧密相联。儿童观导致建构儿童文学观，儿童文学观影响制约儿童文学的创作、批评与传播。百年中国儿童文学所经历的重要文学事件与理论交锋，例如20世纪20年代的"神话、童话是否对儿童有害"的辩论，30年代的"鸟言兽语之争"，40年代的"儿童文学应否描写阴暗面"的讨论，50年代有关童话体裁中幻想与现实的关系的讨论，60年代的对"童心论""古人动物满天飞"的无端批判，80年代以后关于儿童文学的教育性与趣味性、儿童化与成人化、儿童文学的特殊性与一般性的探讨，无一不与儿童观/儿童文学观相关。特别是新时期出现的一些重要儿童文学理论观念，如"儿童文学的三个层次""儿童反儿童化""儿童文学的三大母题""儿童文学的双逻辑支点""儿童文学的成长主题"以及"儿童文学的文化批评""儿童文学的叙事视角""儿童文学的童年记忆"等，同样无一不是儿童观/儿童文学观的更新的表征与产物，同时又极大地提升了儿童文学的学术品质，促进了儿童文学创作生产力的解放。百年中国儿童文学正是在螺旋式的矛盾张力中发展的。中国儿童文学作家、批评家为此展开了持续不断的思想交锋与艺术探索和实践，同时积累了丰富的经验和教训。

　　百年中国儿童文学的"文学现代化"更深刻地体现在文学语言与形式的变革，以及与此相联系的儿童文学文体建设与审美创造方面，这是一个关系到儿童文学之所以为儿童文学的复杂的艺术课题。经过整整一个世纪的探索与创造，中国儿童文学不仅在如何处理诸如"儿童文学与政治""儿童文学与教育""儿童文学与童心""儿童文学的继承与创新""儿童文学与外来影响""儿童文学与儿童接受""儿童文学与市场""儿童文学与影视网络"等这类艺术难题方面蹚出了一条行之有效的路径，不断做出自己的思考与选择，而且在创作方法的选择，文学语言的规范，小说、童话、诗歌、散文、儿童戏剧各类文体的内部艺术规律的建构，如小说中的成长小说、动物小说、科幻小说，童话方面的幻想性、逻辑性、夸张性、象征性问题，诗歌中的幼儿诗、儿童诗、少年诗，幼儿文学中的图画书、低幼故事、儿歌以及文学名著"少儿版"的改写等，经由几代作家以极大的艺术匠心前赴后继的创造性劳动，终于在世界儿童文学艺术之林中树立起了充满鲜活的中国特色与审美趣味的艺术华章。也正是在这样的艺术探索和审美追求过程中，终于产生了叶圣陶、冰心、张天翼、陈伯吹、严文井、曹文轩、秦文君这样的足以显示百年中国儿童文学已经达到的水平的标志性作家以及一大批各具特色的著名儿童文学小说家、散文家、诗人、戏剧家、儿童文学理论家与批评家。他们艰苦卓绝的艺术创造所获得的百年儿童文学经典，已经成为滋养中国少年儿童精神生命的文学养料、中小学语文教育的重要资源，并且创造出了20世纪中国文学新的人物谱系（20世纪中国文学创造的人物谱系除农民、知识分子、妇女外，还有儿童形象的谱系），极大地丰富了中国与世界儿童文学的艺术宝库。

三

　　文学是人学，儿童文学是人之初的文学。人之初，性本善。儿童文学是人生最早接受的文学。那些曾经深深感动过少年儿童的作品，将使人终生难忘，终身受惠。在今天这个传媒多元的时代，我们特别需要向广大少年儿童提倡文学阅读。文学阅读不同于知

识书、图画书、教科书的阅读。文学是以血肉丰满的人物形象和动人心弦的艺术意境，是以审美的力量、情感的力量、精神的力量、语言的力量打动人、感染人、影响人的。我们认为，用优秀文学作品滋养少年儿童的心田，促进未成年人的健康成长，来一个我们民族自己的原创经典儿童文学的社会化推广与应用，是一件意义重大、十分适时的新世纪文化建设工程。为此，我们特选编《百年百部中国儿童文学经典书系》（以下简称《百年百部》），并由一贯重视打造高品质、精制作图书品牌的湖北少年儿童出版社（2014年1月更名为长江少年儿童出版社）精编精印出版；同时，《百年百部》的选编出版，也是对已经过去的20世纪初叶以来中国儿童文学现代化进程的百年回顾、梳理和总结，用以承前启后，借鉴历史，促进新世纪儿童文学的发展繁荣。

经典性、权威性、可读性和开放性是《百年百部》锁定的主要目标。

第一，《百年百部》是有史以来中国儿童文学最大规模的系统梳理与总结。我们将精心选择20世纪初叶至今一百多年间的一百多位中国儿童文学作家的一百多部优秀儿童文学原创作品。《百年百部》的入围尺度界定在以下几个方面：一是看其作品的社会效果、艺术质量、受少年儿童欢迎的程度和对少年儿童影响的广度，是否具有历久弥新的艺术魅力，穿越时空界限的精神生命力。二是看其对中国儿童文学发展的贡献，包括语言上的独特创造，文体上的卓越建树，艺术个性上的鲜明特色，表现手法上的突出作为，儿童文学史上的地位意义。三是看作家的创作姿态，是否出于高度的文化担当与美学责任，是否长期关心未成年人的精神食粮，长期从事儿童文学创作。

第二，《百年百部》是现当代中国儿童文学最齐全的原创作品总汇。这表现在：囊括了自20世纪五四新文化运动前后以来中国五代儿童文学作家中的代表人物；入围的一百多位作家体现出中华民族的多民族特色，同时又有海峡两岸的全景式呈现；一百多部作品涉及现代性儿童文学的所有文体，因而也是文体类型最齐备的中国儿童文学原创总汇。

第三，精品的价值在于传世久远，经典的意义在于常读常新。我们认为，只有进入广大少年儿童的阅读视野并为他们喜爱、接受的作品，才具有经典的资质与意义。我们将以符合当代少年儿童审美习惯与阅读经验的整体设计和策划组合，让新世纪的小读者和大读者接受并喜欢这些曾经深深感动过、滋养过一代又一代少年儿童的中国原创儿童文学经典作品。同时，我们也把《百年百部》作为一个开放式的儿童文学品牌工程，计划在今后收入更多新人的优秀之作，努力将本书系打造成新世纪中国优秀儿童文学作品的建设、推广基地。

《百年百部》既是有史以来中国原创儿童文学作品的集大成出版工程，也是具有重要现实意义和历史价值的文化积累与传承工程，又是将现代中国儿童文学精品重塑新生的推广工程。我们坚信，继往开来、与时俱进的新世纪中国儿童文学，必将在不断实现艺术创新与高贵品质的进程中，对培育中华民族未来一代健全的精神性格、文化心理、国民素质产生更加积极、深广的潜移默化的作用和影响。

《百年百部中国儿童文学经典书系》高端选编委员会

（王泉根执笔）

2005年12月16日于北京

（原载《百年百部中国儿童文学经典书系》，湖北少年儿童出版社2006—2008年版）

关于"全国儿童文学理论研讨会"①

曹文轩

近十年间,世界发生了很大的变化,中国则发生了更大的变化。这个往日贫穷落后的国家在短暂的时间内,以令人瞠目结舌的速度在往前奔突。虽然显得有点无序,甚至是混乱,但却在一片甚嚣尘上中,正越来越大限度地争取世界的话语权。就在这样一个国度,它的儿童文学事业也出现了空前的变化。一家又一家少儿出版社的挂牌,一份又一份少儿杂志的发行,一本又一本、一套又一套儿童文学作品的出版,一场又一场的儿童文学作品的新闻发布会和研讨会,一期又一期的排行榜的公布,一波又一波的校园推广活动,儿童文学的出版与流行,几乎每天都在诞生着新的话题。旧有的儿童文学观念正在受到严重的冲击,新的文学现象则层出不穷。出人意料的、使人感到实在难以把握的变化,既令人兴奋,也令人困惑,甚至不安。无论是作家还是批评家,抑或是读者,对这些变化都显得有点无所适从。对这样一个格局到底如何评价?对儿童文学到底如何界定?如此局面到底是繁荣还是混乱?对那些新生的儿童文学形态到底如何命名?到底是让读者来左右文学还是让文学来左右读者?文学是顺从当下潮流还是追随历史?儿童文学是"儿童"为先还是以"文学"为先?当下最要紧的是回归"儿童"还是回归"文学"?成长文学是属于儿童文学还是属于成人文学?如何区别童话和幻想文学?图画书在中国究竟是什么样的命运?如何看待和准确估价外国文学的成就以及中国儿童文学的成就……问题杂乱无章。因为长久没有理论上的厘清和阐释,儿童文学已经积累了太多的问题,它已深陷茫然。

正是在这样一个背景之下,我们召开了全国儿童文学理论研讨会。与会人员一致认为这个会议的召开,是儿童文学的形势使然,合乎儿童文学界同仁的企盼。

研讨会涉及的问题较多,但也有一些相对比较集中的问题和焦点——

当下的儿童文学正面临着前所未有的分化

如何界定当下的中国儿童文学已经变得十分困难。从前的儿童文学,形态比较稳定和单一。何为"儿童文学",在相当漫长的岁月中,是一个不证自明的问题。就说文学的体裁,小说、童话、诗歌、散文,一直是分得清清楚楚的,几乎是用不着去加以辨别的,然而,现在的情况却大不一样了。在很短的时间内,儿童文学出现了许多新的形态。朱自强的论文就分化现象做了很有学理性的分析。"幻想小说从童话中分化出来,作为一种特有的文学体裁正在约定俗成,逐渐确立;图画书从幼儿文学概念中分化出来,成为一种特有的儿童文学体裁。"除了体裁的变化,"在与语文教育融合、互动的过程中,儿童文学正在分化为'小学校里的儿童文学'即语文教育的儿童文学;在市场经济的推动下,儿童文学分化出通俗(大众)儿童文学这一艺术类型"(朱自强)。

更重要的分化大概还是儿童文学观念的分化。由于现实环境所发生的日新月异的的变化，加之知识传播渠道众多而带来的知识的极大丰富性，从而使我们对这个世界有了多种解释的理论资源。今天的这个世界，各种道理并行不悖，几乎不管什么事物，我们都可以轻而易举、驾轻就熟地找到理论证明，从而使它合法化。这是一个相对主义的时代，一切都是相对的，因此，一切也就似乎都是合理的。从前那些被我们贬义看待的事物，现在却也有了冠冕堂皇的理由和证明。我们已经看到了一个事实：我们可以利用发达的话语资源，对这个世界上所发生的一切找到理论依据。这样就形成了一个局面，各自在一种理论的支持下心安理得地进行着自己所认定的写作。尽管这种写作可能不断遭到质疑甚至严厉的批评，但这丝毫也不能动摇他们的写作方式，因为有别样的理念在支撑他们的写作。由于同一标准的被忽略、被打破、被放弃，分化也就在所难免了。

在对这种分化局面作出正面的阐释之后，还是有学者对事情进行了辨析，清楚地指出了若干混淆视听的理论的简陋之处、虚妄之处，指出了它们与经典理论之间的根本区别。大多数人认为，儿童文学还是有基本面的，既是文学那么就自然有文学性。这个基本面、文学性是恒定不变的。但他们也并不排斥这些新兴的形态，并且肯定了它们的合法地位，只是要求给予它们单独命名，反对与纯粹的、经典的儿童文学混为一谈。

分化，在这次会议上更多的时候是被看成一个褒义词的。

儿童文学的独立性正处于丧失的过程中

当下儿童文学的语境已发生了重大的变化，它已经不再可能像从前那样保持自己的独立性。

这是一个商业化正在深入人心的社会，无论是在体制上还是在人心的欲望上，都决定了商业化的进程是不可避免的。无论是从现实利益还是从未来利益考量，中国都一定要选择这个过程，因为只有这个过程的实现，才能使中国成为世界强国。这个以物质是否丰盈来说长短论高下的世界，使中国没有别的选择，即使意识形态并不愿意就范，商业化还是成了我们的选择。这一选择的成功，又反过来坚定了我们的选择。

于是我们看到世道变了。

一切都不再可能独立存在，而必须纳入商业化的原则之中。尽管人文学者们一次又一次地呼吁人文领域应当在商业化的浪潮中保持它的独立性，但这种声音越来越成为装饰性的声音。商业化的无孔不入，使任何一块原地都无法再保持它原有的风貌。儿童文学这一过去被看作净土的园地同样被卷入到了这个浪潮之中，并且它使许多人切身感受到，儿童文学恰恰是创造商机的非常理想的物质和精神形态。《哈利·波特》的巨大商业利润，使全世界的人都看到了儿童文学所具有的天生的商业价值和巨大潜能。

中国儿童文学的商业化，几乎是在一个早上就进入了非常令人兴奋的状态。

商业化，是这次会议的重要话题。总的倾向是对商业化采取了批评的态度。在发言中，大家普遍表示了对儿童文学被市场绑架的担忧。

但我们也看到了一个事实，那就是我们实际上是根本无法阻止商业化的。现在的问题是我们究竟如何来面对商业化：难道商业化就一定是对儿童文学有害的吗？巨大的发行数，不正是凭借商业化而得以实现的吗？有没有一种可能，那就是凭借或者是利用商业化，将那些优秀的儿童文学送到更多的读者手中？商业化固然会对精神产品造成伤害，可是，优秀的精神产品也可以通过商业化而比从前有更宏大的前途。商业化也可以成就优秀的儿童文学。现在，是到了考验我们的良知、智慧的时候了。

除了商业化，还有包括网络文学在内的新媒介对儿童文学的冲击。不少人在论文中，对新媒介的扩张进行了冷静而详细的分析。不再是简单地分析，更没有采取不假思索的敌对态度，而是直面这样的形势，智慧地寻找着对儿童文学"有利可图"的缝隙和机会。有论文在最后应用了美国动画大师吉恩·迪奇的话："我们无力阻止视听大潮，但我们可以寄希望于这一潮流，从而使电信时代的媒介将孩子们领回书本中去，而不是远离书本。"

"艺术的儿童文学"和"大众的儿童文学"

　　这两个范畴的区分是有重大意义的。这一区分使我们减少了观念上的冲突和摩擦。过去，由于没有这样的区分，从而导致了在对待不同的东西时强行而专制地采取了只符合其中一种范畴的儿童文学的标准，而将不合这一标准的东西视为不正当的东西从而加以否决。现在，出台了两个概念，划分了儿童文学的不同的行政区域，而又不褒此贬彼，这大概算是一种成熟和进步。

　　有论文明确地表示：艺术的儿童文学与大众的儿童文学作为儿童文学的两大类别，各有各的读者针对面及其价值取向。艺术的儿童文学与大众的儿童文学各有所长，我们很难说谁比谁好。艺术的儿童文学更注重纵向接受，作品所显示的意蕴、美感等并非当时一定为读者接受、认可。强调的是历时效应。大众的儿童文学更注重横向接受，作品的意蕴、美感在当时很容易为读者所接受、认可。强调的是即时效应。没有横向基础，儿童文学谈不上发展；没有纵向深入，儿童文学只能原地踏步，永远不能提高。两者彼此影响，彼此促进。最理想的儿童文学应该既是"艺术"的又是"大众"的。

　　现在的问题是，这两者究竟怎样区分：何为艺术的儿童文学？何为大众的儿童文学？这两者的价值是否一样还是有所区别？又怎样使那些从事所谓大众的儿童文学创作的人能够心甘情愿地接受"大众的儿童文学"之命名，又怎能使那些从事所谓的艺术的儿童文学的人心悦诚服地承认那些大众的儿童文学在价值上是与自己的艺术的儿童文学同等的？

　　大家正在接近一个道理：一部完美的文学史，恰恰是由不断死亡的历史和不断成活的历史共同构成的。

对"儿童阅读"这一概念的界定

　　如何界定"儿童阅读"这一概念，存在着重大分歧。

　　在许多人的发言中，我们可以感受到，他们有着一个基本认识，这就是儿童的认知能力和审美能力，是正在成长中的认知能力与审美能力。换句话说，他们的认知能力与审美能力是不成熟的，甚至是不可靠的。

　　这些论文和发言的看法是：我们在持有民主思想与儿童本位主义时，忘记了一个常识性的问题，这便是我们是教育者，他们是被教育者。这是一个基本关系，这个关系是不可改变的，也是不可能改变的。我们在若干方面——包括阅读在内，负有审视、照料、管束、引导和纠正的责任。当然，我们可以在理论上讲，我们也要向他们学习，学习他们的纯洁，他们无边的想象，他们在精神上的无拘无束。但这一切并不能改变教育与被教育的基本关系。这一关系是客观存在，是天经地义的。这既是一种现实，也是一种伦理。

我们可以在这里张扬人权主义。我们要与这些还未长成"大人"的"小人"平等——人意义上的平等。但这与改变教育与被教育这一基本关系无关。我们尽可能地尊重"小人"，但尊重的是人格，而不是他们的所有选择。他们的选择应在我们的审视范围之内，这是毫无疑问的，并且是不可让步的——无论是以什么名义。当人权成为这一关系的颠覆者时，那么这种人权要么是错误的，要么就是被我们曲解的。

如何确定一些书籍算是好的、优秀的，大概要组织一个陪审团。这个陪审团肯定不只是有孩子，还应当有成人、专家等。只有这样，一个陪审团做出的判断才是可靠的。

与此相连的问题就是深阅读和浅阅读的问题。

从读书中获得愉悦，甚至以读书来消遣，这在一个风行享乐的时代，是合理的。对于一般阅读大众而言，我们大概没有必要要求他们放下这些浅显的书去亲近那些深奥的、费脑筋的书。因为世界并不需要有太多深刻的人。对于一般人而言，不读坏书足矣。

但一个具有深度的社会、国家、民族，总得有一些人丢下这一层次上的书去阅读较为深奥的书。而对于专业人士而言，他们还要去读一些深奥到晦涩的书。正是因为有这样一个阅读阶层的存在，才使得一个国家、一个社会、一个民族的阅读保持在较高的水准上。

因孩子正处于培养阅读趣味之时期，所以，在保证他们能够从阅读中获得最基本的快乐的前提下，存在着一个培养他们高雅的阅读趣味——深阅读兴趣的问题。道理非常简单：他们是一个国家、一个社会、一个民族未来的阅读水准。未来的专业人才，也就出于其中。如果我们不在他们中进行阅读的引导而只是顺其本性，我们就不能指望有什么高质量的阅读未来。

阅读行为——特别是孩子的阅读行为，当不是放任自流的。我们应当有所安排，有所倡导，有所规约，甚至有所裁定：一些书值得去读，而一些书可以不读或少读。孩子的阅读与成人的阅读不一样，它应是有专家、校方和家长介入的。介入的目的是让孩子的阅读从自在状态达抵自为状态。

这种具有深度的阅读依然是愉悦的。不同的是浅阅读的愉悦来自阅读的同时，深阅读的愉悦来自思索、品味与琢磨之后的刹那辉煌。阅读者的乐趣不仅仅在文本所给予的那些东西上，还在于探究过程中。浅阅读只给他们带来一种愉悦，而深阅读给他们的是两种愉悦，而这两种愉悦中的无论哪一种，都一定在质量上超越了浅阅读所给予的那一种愉悦。

但与以上的观念截然不同的意见是，儿童文学应以儿童喜爱为第一要义。喜爱是前提。如果离开阅读兴趣来谈论其他，几乎是没有意义的。一部儿童不喜爱的儿童文学难道能说是优秀的儿童文学吗？一部儿童不喜欢的儿童文学又从何谈起它是有价值的呢？这种朴素而有力的看法，大概是同样难以颠覆的。况且，这样的观点也是在理论的阐述中得以明确的。

到底如何确定一部作品的优劣，如何确定标准和参照，看来很难有一个一致的意见，我们能指望的就是时间——让时间去判断。

除了以上这些问题还有其他许多重要问题——典型化和类型化的问题、深与浅重与轻的问题、如何准确阅读外国作品的问题、游戏精神的问题、分级阅读的问题、"重读"和"一次阅读"的问题，等等，不再一一概括了。

这是一个既有结论又没有结论的会议。文学是复杂的，如果将一个关于文学的理论会议开成一个有结论的会议，也许是一次失败的会议。它背后就一定隐藏着什么我们不喜欢的东西。这种会议的意义在于它将各种观点露出地表，在于各自沿着自己的路线继续推进，不恰当的结论会在日后的推进过程中自然中断。又也许，不同的路线都可能不停地推进。

30多年的儿童文学是由一次又一次的会议串联起来的。贵阳会议、烟台会议、庐山会议、北京会议、三青山会议、青岛会议、济南会议，等等。所有这些会议，都对中国的儿童文学产生了深远的影响。我们相信这次桂林会议，将会和这些会议一起，成为中国儿童文学史上的话题。

当然，我们也十分清楚一个会议的能力究竟有多大。中国儿童文学的健康局面还依赖于诸位富有恒心的坚持。我们的眼光是最重要的——历史的眼光、科学的眼光、创新的眼光。

博尔赫斯问道：什么是天堂？

博尔赫斯答道：天堂是一座图书馆。

也许真的有天堂，但肯定遥不可及。因此，这样的天堂对于我们而言，实际上毫无意义——一个与我们毫不相干的地方，又能有什么意义呢？

但梦中的天堂确实是美丽的。它诱惑着我们，于是，我们唱着颂歌出发了，走过一代又一代，一路苍茫，一路荒凉，也是一路风景，一路辉煌。然而，我们还是不见天堂的影子。我们疑问着，却还是坚定地走在自以为通向天堂的路上。

后来，图书出现了，图书馆出现了——图书馆的出现，才使人类从凡尘步入天堂成为可能。由成千上万的书——那些充满智慧和让人灵魂飞扬的书所组成的图书馆，是一个神秘的地方。因为，任何一本书，只要被打开，我们便立即进入了一个与凡尘不一样的世界。那个世界所展示的，正是我们梦中的天堂出现的情景。那里光芒万丈，那里没有战争的硝烟，那里没有贫穷和争斗，那里没有可恶之恶，那里的空气充满芬芳，那里的果树四季挂果——果实累累，压弯了枝头……

书做成台阶，直入云霄。

我们是为孩子做台阶的人——通向天堂的台阶。

大概只有图书才能使我们完成宗教性的理想。

[注释]
①本文是作者2009年4月15日在全国儿童文学理论研讨会上的发言。

中国儿童文学的目光①

张之路

一、历史的目光

当年英国的首相丘吉尔说过：我们能够往以前看多远，我们就能够往未来看多远。今天，当我们进行中国儿童文学研讨的时候，我以为应该有一种历史的目光。

今年是中华人民共和国成立 60 周年，我们也刚刚回顾过改革开放 30 年，在这期间，中国儿童文学的观念、创作、评论、出版都发生了很大的变化。

中国的儿童文学从保守的时间来看，已经走过了近百年的行程。我们应该记住那些历史上曾经为中国儿童文学做过贡献的人们。无论是著名的还是默默无闻的。

正是因为他们的努力、他们的耕耘、他们的探索、他们的鼓励和培养，才有了我们今天的成长与繁荣。一个行当，一个文学门类只有尊重它的历史，记住他们前辈的经验和教训，记住他们的人和事，这个门类才能有根有脉，才能后继有人，才能人丁兴旺。

我们从中国的传统文化中汲取营养还不够，我们从中国当下整体的大文学角度来看，我们的视野还显得狭窄。究其缘由，一是有这种愿望的人还不够多。二是有这种愿望的人还有些食而不化。我们更多的气力是花在了仰慕、学习《哈利·波特》等外国文学的层面上。这种学习是有益的，但不能是片面的，这样的片面有时候会给我们一种"无根"和"漂泊"的感觉。

曾几何时，有些儿童文学从教育的文学渐变成了不要教育的文学。我们从一个极端走到了另外一个极端。在创作的意识当中以为只要吸引儿童就是好的作品，吸引儿童就是唯一的目的。我以为这是需要反思的。儿童文学中应该有教育的因素，少年儿童是未成年人，他们需要前辈精神的引领。当前问题是：他们不是不需要引领，而是需一只被他们信服的大手引领。这种引领包括智慧的启迪、艺术化的人文的熏陶。

曾几何时，有些文学创作从追求深刻、追求内涵渐变到了追求简单、追求娱乐，这也是从一个极端走到了另一个极端。

我以为有"意义"和有"意思"仍然应该是我们需要共同达到的目的。儿童文学和所有的文学规律是一样的，文学内涵和主题的复杂性、多异性、丰富性仍然是文学的魅力所在。当我们读到某个作品觉得貌似简单但却很有味道、百看不厌，就是这个道理。为了达到这个目的，从事儿童文学事业的人要以这种"深入浅出"的方式来表达自己的思想和情感，这正是我们的艰难，也是我们的光荣与骄傲之所在。

儿童文学让孩子哭也好、笑也好，都不是儿童文学的最高境界。我个人以为，当一个孩子看了你的书，可以笑，可以哭，但他还思考了一会儿，体会了一些人生的况味，这是最理想的……

二、科学与文学的目光

中国的儿童文学应该有一种科学的目光，在评价评论作品的时候尤其重要。我所说的科学就是仔细阅读文本之后负责任的批评，就是符合创作规律、理性的经得起时间检验的评价。

评价可以是多元的，但评价不能是违心的，评价可以是个性化的，但不能是霸道的。我们退几步来讲，评价可以原谅到人情化的捧场，也不完全拒绝商业的运作，但不能是歪曲的。尤其对儿童文学来说，它就是儿童的精神奶粉，这是评价的底线。

我们现在的评价有几个参照物，目前流行的第一个参照物就是国外儿童文学。按照目前的舆论，比他们好的还没有，和他们差不多的极少。但遗憾的是这些评价都是笼而统之，至今我们没有看到几篇具体的就某一个门类某一种题材甚至某篇国外儿童作品与中国的某篇作品比较的文章。我们在出版的时候为了宣传有时候也不得不屈尊说："这部作品就是某某国的某部作品的中国版。"我以为，对于一部优秀的作品，作为出版社和作家其实是用不着这样的，因为冷静一想，这样做是表扬我们自己还是贬低自己，还真是个问题。

我们不能否认我们和国外儿童文学尚有差距，但是我们也不能不看到中国当代的儿童文学也有许多优秀的可以和国外儿童比肩的作品。文学不是技术，更不是一般的商品，它的特殊属性决定了在相互比较的时候必须考虑地域语言不同的问题、文化差异问题、文化商业竞争的问题、强势文化的话语权的问题。因此用外国作品作为坐标评价中国的儿童文学可以成为一个标准，但不是全面的更不是唯一的标准。

这几年刚刚兴起的第二个参照物就是排行榜和销售数量。卖得好的书就趾高气扬，财大气粗，一好百好。

这不是儿童文学孤立的现象，电视要讲收视率，电影要讲上座率，网络要讲点击率……但是这一切都不能抹杀这样一个事实和道理，优秀的作品和卖得好的作品是两个概念，儿童喜欢的和儿童成长需要的作品也是两个概念。它可以统一在同一部作品上，也可以看到在一个作品上两个概念的背离。这里没有好与坏的区别，只是深层次的精神追求与眼前的需要不同而已。这是起码的文学常识。发展中的文化国度是这样，先进的文化国度里更是这样。目前坐标的迷失只是因为背后不同利益代表的不同立场，对不同评价上言论是否中肯、心胸是否开阔而已。

相比较而言，除了上面两个标准之外，我们其他的而且是更重要的标准，比如文学标准、儿童标准却失去了应有的地位。这是非常遗憾的。

守望和坚守没有过时，默默地耕耘和奉献没有过时，继承中国的文化传统没有过时，创新和探索更是我们需要的。仅用外国儿童文学和商业畅销作为参照物来评价，就不能不说这是一种片面的评价，畸形的评价。

三、创新的目光

中国儿童文学应有创新的目光。新世纪以来，儿童文学的创作和出版都出现非常繁荣的局面。但当下的儿童文学创作也出现了令人担心的情况。许多作家创作的相当数量的作品，共性大于个性。共同的场景，共同的人物，共同的矛盾，共同的结局，甚至书名

都比较相似。

在一个强调创作繁荣、创作多元、创作出新的时代，我们却遗憾地看到，许多作品有趋于单一化的倾向。

比如，读者的年龄段都向小学生汇集；用心的、认真的写作都向快速的、简单的写作汇聚；所有的生活都向校园汇集；所有的情感都向快乐聚集；所有的写作目的都向畅销汇集……

当《哈利·波特》进入中国的时候、当某一部中国作品畅销的时候，许多作家在受到启发和冲击的同时也开始进行模仿（不是学习）的一窝蜂地写作。从这个意义上来讲，中国的儿童文学是脆弱的，是不够健壮的。

中国的儿童文学作家尤其是年轻的儿童文学作家应该有高瞻远瞩的目光。我们可以有一个畅销书的目光但还应该有一个为艺术而写作的目光，有一个为创新而写作的目光。

探索和创新应该受到鼓励，而且应该受到隆重而热情的鼓励。否则中国儿童文学的进步将会被一片热热闹闹的繁荣所掩盖。

中国的童书最近卖得很好，我们必须看到，这是多方面的努力和原因造成的，除了作家的努力，出版社的努力，读者的支持，还有时代赋予我们的机遇。我们要怀着感恩的心情冷静地珍惜这个机缘，感谢这个时代。

四、和谐的目光

中国儿童文学应该有和谐的目光。我们希望在作品中看到文学性与可读性的和谐。我们希望看到门类、题材和内容上的丰富多彩。我们希望看到各个年龄段都出现优秀的作品。我们希望看到幻想类作品和写实类作品共同繁荣。我们希望儿童文学有对成人文学的关注与思考。我们希望儿童文学对社会与时代有关注、有担当。

除了作品，作为儿童文学工作者之间也有个和谐的问题。在谈到中国儿童文学生态的时候，我们看到这样一个现象，在广义谈到生态的时候，都赞成百花齐放，百鸟争鸣。但在谈到具体的尤其是和自己有关的作品的时候却都会强调自己的生长与繁荣。

儿童文学的和谐首先来自作家之间的和谐。作家之间的交往应该有宽广的胸怀、平和的心态。强调自己重要的时候不要排斥其他的作品。自己的作品与别人的作品除了竞争之外还应该和谐共存，有种承认别人存在的风度和实践。

以前我们互相讨论，评论也可以各抒己见。现在变得非常个人化，互相不说构想，怕人家盗窃，怕人家烦，怕人家没有时间。评论不说缺点，怕人家不高兴，怕人家说你嫉妒。

我们有钱了，但是我们寂寞了。我们出名了，但是我们没有朋友了。

俗话说：常相知不相疑。意思是我们经常了解就不会互相猜疑，我们现在老死不相往来，变成了不相知常相疑。我希望作家和评论家经常来往，经常交换意见。儿童文学有着团结和谐的传统。这种传统能够继承下来，发扬光大。

[注释]

① 本文是作者 2009 年 4 月 15 日在全国儿童文学理论研讨会上的发言。

（原载《文艺报》2009 年 5 月 16 日）

《共和国儿童文学金奖文库》序言

束沛德

伟大的中华人民共和国即将迎来成立 60 周年的盛大节日。摆在我们面前的这套《共和国儿童文学金奖文库》(30 部),集中展示了新中国成立 60 年来儿童文学的创作成就和概貌,是儿童文学界、出版界给新中国 60 华诞的一份厚重的献礼。

与共和国一起成长、前进的中国当代儿童文学,走过一条光荣的荆棘路,一条光辉灿烂而又曲折崎岖的路。60 个春秋,中国儿童文学经历的风雨历程,大体上可分为:新中国成立后 17 年、"文革" 10 年、改革开放 30 年三个阶段。《金奖文库》入选的 30 部作品,是新中国成立 60 年来儿童文学创作成就、实绩的缩影,大致勾勒出我国当代儿童文学发展的基本脉络。

新中国成立以后头 17 年(1949—1966),是中国当代儿童文学努力开拓、初步繁荣的时期。

中华人民共和国的诞生,为儿童文学的发展开辟了宽广的道路。广大作家沉浸在开国的喜悦、幸福中,政治热情、创作热情高涨。党和政府十分关心少年儿童的健康成长,要求大力改变儿童读物奇缺的状况。1955 年 9 月 16 日,《人民日报》发表题为《大量创作、出版、发行少年儿童读物》的社论,中国作家协会和广大作家积极响应,倡议每人每年为少年儿童写一篇作品。富有经验的老作家,生气勃勃的中、青年作家,无论是从事儿童文学创作还是成人文学创作的,都满怀激情拿起笔来为孩子写作。作家们遵循党的培养教育少年儿童一代的指示精神,学习、借鉴苏联儿童文学的经验,极其重视以爱国主义思想、共产主义精神教育年轻一代,作品题材内容侧重于反映学校、少先队生活和革命历史斗争两个方向。1956 年,党的 "百花齐放、百家争鸣" 方针的提出,又进一步激发了作家的创作热情,在创作实践中着力探求题材、样式的多样和作品的时代特色、民族特色,从而迎来 20 世纪 50 年代我国当代儿童文学初步繁荣的第一个黄金时期。

尽管 20 世纪 50 年代末和 60 年代初、中期,由于左倾思想的干扰,开展对所谓 "童心论" "儿童文学特殊论" "资产阶级人性论" 的批判,儿童文学被诸多条条框框所束缚,出现了如茅盾先生所尖锐指出的 "政治挂了帅,艺术脱了班,故事公式化,人物概念化,文字干巴巴" 的毛病。但从总体上看,儿童文学还是迂回前进、缓步发展的。应当说,新中国成立后 17 年,儿童文学创作在思想上、艺术上都取得了长足的进步,出现了一批为孩子所喜闻乐见的好作品。收入本 "文库" 的《宝葫芦的秘密》《骆驼寻宝记》《小溪流的歌》《神笔马良》《野葡萄》和金近、包蕾、孙幼军的童话,任大星、任大霖的小说,任溶溶、柯岩的儿童诗,以及未能收入的徐光耀的《小兵张嘎》等,都是这个时期优秀的代表作。

"文革" 10 年(1966—1976),是中国当代儿童文学百花凋零、一片荒芜的时期。

林彪、"四人帮" 横行时期,包括儿童文学在内的整个人民文学事业受到极其严重的摧残和破坏,儿童文学作家受到诬陷和迫害,大批优秀的儿童文学作品遭到禁锢和扼杀。

"三突出""高大全"之类的谬论也严重侵蚀、污染了原本纯净的儿童文学园地。然而,也还有一些作者从夹缝中求生存,凭着社会良知,坚持写自己熟悉的生活,努力按文学规律潜心写作,写出了相当出色的作品,如李心田的《闪闪的红星》就是一例。它可说是满目疮痍的儿童文学园地上罕见的一点收获。

改革开放30年(1978—2008),是中国当代儿童文学不断探索、进取、创新的时期,也是创作空前繁荣、成绩最为辉煌的时期。

粉碎"四人帮"后,批判了"文艺黑线专政"论及其他种种谬论,拨乱反正,落实政策;党的十一届三中全会精神和关于真理标准问题的讨论,大大推动了文艺界的思想解放。1978年10月,在江西庐山召开了全国少年儿童读物出版工作座谈会,随后《人民日报》发表题为《努力做好少年儿童读物的创作和出版工作》的社论,进一步打破了"四人帮"强加在儿童文学工作者身上的重重枷锁,冲破他们设置的诸多禁区。儿童文学作家心情舒畅,激情洋溢,重新拿起笔来抒写自己久埋心底的深切感受,满怀义愤地控诉"四人帮"对少年儿童心灵的戕害。这个时期短篇小说的成就,尤为引人注目。随后,经过对批"童心论"的拨乱反正和关于儿童文学与教育的关系、儿童文学的特点等问题的讨论,作家们的儿童观、儿童文学观得到更新,艺术上探索、创新的勇气得到鼓舞,不同题材、形式、风格的作品层出不穷。这样,20世纪80年代儿童文苑就出现了前所未有的繁花似锦的崭新气象,写下了异彩纷呈的新篇章,迎来了人们所说的我国当代儿童文学发展史上第二个黄金时期。收入本"文库"的张之路、陈丹燕、常新港、沈石溪等的小说,金波、樊发稼、高洪波、王宜振等的诗,张秋生、周锐、冰波的童话,郭风的散文,郑文光的科幻小说,鲁兵的低幼文学等,就是这个时期收获的优秀之作。

20世纪80年代末、90年代初,儿童文学创作曾一度略显徘徊、沉寂,创作队伍也显露出青黄不接。90年代中期,中央领导同志把长篇小说、少儿文艺、影视文学列为重点扶持的"三大件",要求创作出我们自己的、为少年儿童所喜闻乐见、富有艺术魅力的儿童文艺作品,从而给儿童文学的发展带来了新的活力和生机。80年代成长起来的一批中、青年作家,在积累了相当的生活经验、艺术经验之后,思想、艺术上日趋成熟,已能较为自如地驾驭长篇小说这种容量大、结构更为复杂的文学体裁,从而掀起长篇少年小说创作热、出版热。收入"文库"的秦文君的《贾梅的故事》和未收入的曹文轩的《草房子》等,都是这个时段问世的、具有广泛影响的精粹之作。长篇少年小说的兴旺,成了90年代儿童文苑的一道靓丽的风景。

进入新世纪,党中央对社会主义文化建设提出了新的目标,要求更加自觉、更加主动地推动文化大繁荣、大发展。《中共中央国务院关于进一步加强和改进未成年人思想道德建设的若干意见》,又对繁荣少儿文艺创作,为未成年人提供更多更好的精神食粮提出了明确要求。这就又一次给儿童文学带来良好的发展机遇。但是,面对市场化浪潮和外来畅销书引进的冲击,面对多种媒体并存、文化消费多元选择的现状,作家的价值取向、创作观念、艺术追求和读者的精神需求、审美情趣、欣赏习惯出现了越来越明显的"分化"。世纪之交的儿童文学呈现多元并存、活跃多样的发展态势:艺术的儿童文学,大众的儿童文学,雅俗共赏的儿童文学兼容并包,齐头并进。坚守文学品质、在艺术上不懈追求的,大有人在。如收入本"文库"的曹文轩的《青铜葵花》、黄蓓佳的《亲亲我的妈妈》等,就是例证。勇于尝试、积极投入类型化写作的也不乏其人。艺术的儿童文学和大众的儿童文学中的佳作一齐受到广大小读者青睐,并成了当今儿童文苑的热门话题,从一个侧面反映了多元发展、共存共荣的创作新格局。这可说是中国当代儿童文学走向更加丰富、成熟的征兆。

从上面对新中国成立60年来儿童文学发展历程的简要描述中,可以清晰地看出:入选这套《金奖文库》的作品,都是在一定的时代背景、社会氛围中产生的,是各个历史阶段的代表作。它们都闪耀着鲜明的时代光泽,烙上了清晰的历史印记。

编选《共和国儿童文学金奖文库》的目的,是为了集中介绍新中国成立60年来儿童文学创作的优秀成果,把它们更好地推广到少年儿童读者中去;同时,也是为了留下较为系统、完整、弥足珍贵的资料,便于儿童文学工作者借鉴、研究。《金奖文库》所收作品,力求思想性、艺术性与儿童性的完美统一,具有较为久远的艺术生命力;并为少年儿童所喜闻乐见,在小读者中产生较为广泛的影响。编选作品强调质量第一,选精拔萃,努力选编代表新中国儿童文学主潮的优秀之作;同时顾及作家代表性的广泛和不同的艺术风格、特色。

1949—2009年,60年间发表出版的儿童文学力作佳构浩如烟海,不胜枚举。入选《金奖文库》的30部作品,只是众多具有成就、特色的优秀之作中的一部分。还有一些具有代表性、理应选入的优秀之作,由于版权归属和本文库容量所限未能收录,这不能不说是一个不小的缺憾。下面以入选《金奖文库》的作家作品为主要依据,对新中国成立60年来儿童文学创作的收获、成就、特色作一概略的评述。

第一,文学观念的变革、更新。

通过多年的理论探讨和创作实践,我国作家的儿童文学观念有了巨大的变化和进步。儿童文学的接受对象、服务对象是少年儿童,作家更加牢固地树立起"儿童本位""以儿童为主体""以儿童为中心"的观念。在创作思想上,改变了长期以来存在的只重视文学的教育作用和对教育作用的狭隘化理解,对儿童文学功能的认识更完整、更准确了,越来越重视全面发挥儿童文学的教育、认识、审美、娱乐等多方面的功能。而且深切地认识到,文学的教育、认识、审美、娱乐作用都要通过生动的艺术形象和审美愉悦来实现,在创作上更加自觉地把握文学"以情感人""以美育人"的特征。同时,进一步明确了儿童文学的服务对象分为幼儿、儿童、少年三个层次,在创作实践上更加自觉地按照不同年龄段孩子的心理特点、审美需求、欣赏习惯来写作。

第二,题材、形式、风格的多姿多彩。

我们时代的生活五彩缤纷,日新月异,少年儿童读者的精神需求多种多样,与时俱进。这就要求作家不断探索、创新,在题材、主题、人物性格、艺术风格、表现手法、文学语言上不断出新。新中国成立以来,特别是改革开放以来,作家的艺术个性日益解放,艺术视野不断开阔,创新意识不断增强,逐渐形成一个生动活泼、多姿多彩的创作新格局。

在题材选择上,突破学校、家庭生活相对狭窄的天地,都市、乡村、历史、自然,各个领域、各个方面,凡是有孩子的地方或者孩子向往的世界,几乎都进入作家的视野。举小说为例,就有校园情感小说、成长小说、动物小说、探险小说、幻想小说、科幻小说、历史题材小说,等等。在童话世界里,古今中外、天上人间、宇宙万物、妖魔神仙,广阔的天地任凭作家的笔墨自由驰骋。在有益于孩子健康、快乐成长的前提下,在创作题材上,几乎是"百无禁忌"。作家在开拓题材上的新进展,还表现在:着力刻画孩子生活的同时,力求把孩子的小世界、小社会同成人生活的大世界、大社会联结、交融起来描写。在广阔的、色彩斑斓的社会背景下描写少年儿童的生活,或从少年儿童的视角来展现丰富多彩的社会生活。张之路的《第三军团》、黄蓓佳的《亲亲我的妈妈》等，都有着这样的内涵和特色。

在主题开掘上，讴歌、弘扬社会主义、爱国主义、集体主义、革命英雄主义，历来是儿童文学作家的共同追求。进入新时期，儿童文学疆域的上空，又高高飘扬起爱的旗帜，以善为美的旗帜，人道主义的旗帜，大自然文学的旗帜。很多作家在创作中着力弘扬生活中的真、善、美，弘扬人文关怀、悲天悯人、天人合一的精神，在孩子心田里播撒坚韧、善良、友爱、同情的种子。无论是从取材革命历史斗争的《闪闪的红星》，还是描写当代北国少年命运的《独船》中，我们都能强烈地感受到那种面对困难、勇往直前、不屈不挠的精神，也能捕捉到蕴涵其中的至纯至美的人性、人情光辉。

在艺术形式、风格、表现手法上，很多作家都有一以贯之的审美选择、艺术追求，努力探求同自己的经历、气质、个性、擅长、兴趣相适应的创作路子，寻觅符合少年儿童审美情趣、欣赏习惯的样式、文体。张天翼的奇特幻想、幽默夸张，严文井的诗情与哲理水乳交融，洪汛涛、葛翠琳的民族风格、民间色彩，这些老作家的童话创作各具鲜明的艺术特色。中青年童话作家更是敢于标新立异，大胆开拓。冰波的抒情型童话与周锐的热闹型童话自由竞赛，各显神通。张秋生独创的"小巴掌童话"，则是别树一帜的诗体故事样式。在诗歌创作上，任溶溶的奇妙风趣，柯岩的富于情趣，金波的清丽隽永，高洪波的幽默诙谐……他们各自在探索、追求艺术个性化的道路上，迈着坚实的步伐。

第三，努力贴近少年儿童的生活和心灵。

儿童文学是为少年儿童服务的文学。60年来新中国的儿童文学，十分重视理顺儿童文学与小读者的关系，尽可能多层次、多功能地满足小读者的精神需求和审美情趣。20世纪90年代，由于少年文学的崛起和家长关注独生子女的早期文学熏陶，曾一度出现少年文学、幼儿文学创作活跃而冷落童年文学的现象。进入新世纪，"两头大、中间小"的状况有了改变，三个年龄段的儿童文学开始呈现均衡发展的态势。随着素质教育的深入，儿童文学进一步走向中、小学语文教育，以及文学阅读推广活动的开展，小读者疏离文学读物的状况也逐步有了改变。儿童文学与小读者在思想感情上、精神生活上的联系大大加强了。

少年儿童文学作品，特别是叙事体的小说和被称作诗体故事的童话，也是要写人物、写性格，着力揭示主人公的内心世界、感情世界，力求贴近孩子的生活、贴近孩子的心灵。优秀的小说、童话之所以能吸引读者、征服读者，总是同它成功地刻画出具有丰富内涵和艺术魅力的人物形象紧紧联系在一起的。少年王葆、神笔马良、小布头、红军小战士潘冬子、女生贾梅，以及未收入本"文库"作品中的小兵张嘎、黑猫警长、皮皮鲁、霹雳贝贝、大头儿子、桑桑、乌丢丢、马小跳等一系列活灵活现、个性鲜明的人物形象，组成了儿童文苑里一条长长的人物画廊。这些艺术形象深深地镌刻在小读者的心坎上，成了他们的知心朋友或游戏伙伴。

第四，不断新陈代谢的创作队伍。

一支怀着强烈的社会责任感和纯真童心、同少年儿童生活保持紧密联系、具有较高的思想、业务素质的创作队伍，是我国儿童文学不断发展、繁荣的保证。新中国成立之初，我国就有一支老、中、青相结合、生气勃勃的儿童文学创作队伍，但规模较小，实力不够强大。进入新时期，随着党的知识分子政策、文艺政策的贯彻落实和改革开放巨大潮流的推动，逐渐形成了一支具有相当规模和实力、富有朝气和活力的"五世同堂"的创作队伍。这套《金奖文库》就充分展示了"五世同堂"的强大阵容，大体包括了第一代至第四代具有代表性、成就卓著的作家,如第一代的张天翼、陈伯吹;第二代的严文井、金近、郭风、包蕾;第三代的任大星、任大霖、洪汛涛、葛翠琳、柯岩、郑文光、孙幼军、金波;第四代的张之路、常新港、高洪波、曹文轩、秦文君、黄蓓佳等。随着一些前辈作家叶圣陶、冰心、张天翼、陈伯吹等的谢世和世纪之交一代文学新人的涌现,如今儿童文苑又形成新的"五世同堂"。队伍的不断新陈代谢、新旧交替,使文学生产力犹如一潭活水,永不枯竭。20世纪八九十年代崭露头角的作家,思想、艺术上日趋成熟,如今已成为当代儿童文学创作的主力军、中坚力量。新世纪崛起的一代新人,起点高,文化素质高,创作潜力大,是我国儿童文学发展的希望所在。

综上所述,新中国诞生 60 年来,我国的儿童文学创作取得了丰硕的、令人瞩目的成果,并形成了多元发展、共存共荣的新格局。之所以能取得如此骄人的成绩,除了党和政府的大力提倡、扶持,改革开放政策带来的社会经济迅猛发展这样一些根本条件外,就文学思潮、创作观念、队伍素质来看,归根到底,我以为,主要是正确处理了以下四个方面的关系:

一是儿童文学与少年儿童读者的关系。要坚定不移地为少年儿童服务,满腔热忱、千方百计走进小读者中去,深入小读者的心灵深处,尽可能满足他们多方面的精神需求。

二是儿童文学与教育的关系。明确认识儿童文学的教育功能是包含着净化心灵、陶冶情操、启迪智慧、培养审美能力的,坚持"寓教于乐",始终不离审美愉悦。

三是继承、借鉴与创新的关系。创新是艺术生命的活力之本。没有创新,文学艺术就不能发展,不能前进。继承中华民族优秀文学传统,借鉴世界各国优秀文化成果,都是为了出新,创造出富有时代特色、民族特色的中国儿童文学,立足中华,走向世界。

四是儿童文学作家与少年儿童生活的关系。生活是创作的唯一源泉。了解、熟悉少年儿童,是儿童文学作家的第一位工作。只有投身时代生活的激流,了解、把握当代少年儿童的生存状态、心理状态,了解他们的精神需求、审美情趣,才可能写出为他们所喜闻乐见的作品。

回顾、总结新中国成立 60 年儿童文学创作的发展历程、成绩、经验,是为了从新的历史起点上迈开坚实的步伐继续开拓前进。我相信,肩负塑造少儿心灵重任的儿童文学作家,将满怀激情和爱心,向着新世纪儿童文学的巅峰登攀,创作更多鼓舞少年儿童奋发向上、艺术精湛完美的精品力作,为培育一代"四有"新人、提高中华民族的整体精神素质,作出自己的新贡献!

2009 年 4 月初稿
2009 年 6 月 1 日改定

(原载《共和国儿童文学金奖文库》,中国少年儿童出版社 2009 年 7 月版)

沸腾的边缘:新世纪的中国儿童文学

李东华

新世纪中国(大陆地区)儿童文学缔造了市场神话,奇迹般地从 20 世纪末与读者相疏离、在困境中挣扎的局面中走出,迎来了发展的春天。我们可以来看一些数据。尽管文学不是经济学,数据不能成为论证文学发展好与坏的一个根本标准,但它也可以作为一个重要的参照系数。1998 年《儿童文学》杂志发行六万册,江苏少年儿童出版社的文学期刊《未来》、少年儿童出版社的文学期刊《巨人》《儿童文学选刊》停刊。当时还有句顺口溜描绘这个状况:"巨人"倒下了,"未来"没有了。十年之后,《儿童文学》杂志发行超百万,《巨人》等杂志纷纷复刊,此外,一些新的刊物在民营资本的运作下创刊了,比较著名的如《读友》杂志等,很多期刊都由月刊变成了旬刊或者半月刊。一些原本和儿童文学毫不沾边的出版社也开始积极介入这一领域,全国 581 家出版社,有 523 家出版童书。曹文轩的《草房子》十年间印刷了 130 次,杨红樱的"淘气包马小跳系列"累计销售 2000多万册。根据这些数字的今昔对比,基本可以做出这样一个判断:新世纪前十年的儿童文学赢得了市场,赢得了读者,与惨淡经营的成人文学相比,儿童文学是"风景这边独好"。然而,与儿童文学在市场上这种"沸腾"的状态相比,它依然是没有获得主流文坛承认的地处边缘地带的"小儿科",可谓是市场的宠儿文坛的弃儿。儿童文学在市场上的走红究竟是出于侥幸和偶然,还是潜藏着对整个文坛都富有价值的启示? 就儿童文学自身而言,在"扑向"市场完成原始积累之后该如何在艺术层面上进一步完成自我的提升? 这些都是值得思考的话题。

寻找自我:新世纪儿童文学的参照坐标

进入 21 世纪之后,面对市场化、网络化的时代新情势以及这个时代孩子们新的阅读期待,儿童文学创作进入了一个剧烈的转型期,在创作理念、审美追求和精神走向上都有了新的特征。笔者认为新世纪儿童文学的"井喷"状态不是偶然的,而是长期培育的结果。它凝聚着十余年来儿童文学作家和出版人探索突围的艰辛汗水,显示了他们感知时代新变化的敏锐、渴望进入世界儿童文学坐标的雄心和醇化锻压创作技艺的激情,积淀了更多理性的成功的艺术经验,获得了越来越明晰的方向感。当然,疯狂的"速度"也会导致偏离正常轨道的潜在危险,因而有评论家说当下儿童文学出版出现"大跃进"景象[①],虽为一家之言,也不失为一剂贴在狂热的儿童文学额头上的有益的清凉剂。

儿童文学的兴替演变从某种意义上说是一个不断寻找自我的历程,儿童文学作家和出版人对"写什么""怎么写""写给谁",这些创作中的核心问题进行了新的探索和思考。"校园幽默小说""幻想小说""全媒体小说""分级阅读"、大规模译介国外作品和整理回顾本土经典、阅读推广……这些值得人关注的现象都显示出这些年儿童文学处于一种"四处张望"的姿态,试图在不同的参照坐标系下确立自我的原点,看准发展的方向,汲取前行的动能。

——"向内看"。最近十年儿童文学作家和出版人基本以孩子喜欢不喜欢作为检验一部作品成功与否的重要标准,因而他们把相当的精力用在研究儿童的内心世界,把握他们的阅读心理和审美期待上。一句话,要到孩子们中间去。参与阅读推广活动是最近几年儿童文学作家们非常青睐的一种形式,至今乐此不疲。到 2009 年,一些出版社和阅读推广人开始尝试"分级阅读"。分级阅读起源于发达国家,在香港、台湾地区发展了十几年。少年儿童在不同的成长时期,阅读性质和阅读能力是完全不同的,分级阅读就是要按照少年儿童不同年龄段的智力和心理发育程度为儿童提供科学的阅读计划。这预示着儿童文学作家们在今后的创作中会更加细致,为"儿童"这个宽泛概念下的每一个亚群体,提供更为到位的有针对性的作品。我们不一定都选择要去阅读推广,但是,儿童文学是个特殊的文类,它主要是成年人写给少年儿童看的一种文体,是个特别顾及阅读者年龄层次的这样一种文体,它的分类需要很细,你写作的时候,有没有考虑自己的作品是为 0~3 岁,3~6 岁,6~12 岁,还是 12~15 岁、15~18 岁的孩子看的? 假如我们心里没有装着这样一个预设的阅读对象,我们的写作很可能会无的放矢。虽然阅读推广活动还有这样那样的问题需要规范,但笔者认为这是儿童文学能够如此迅速地进入课堂、进入孩子们心中的一个重要原因。

——"向外看"。评论家方卫平认为:"与 20 世纪 80 年代前后原创儿童文学的异常活跃而译介作品相对居于历史配角地位的状况相比,今天的儿童文学译介作品在某种程度上扮演了更为重要的时代角色。首先,译介作品所引起的不胫而走的阅读时尚和流行口味常常令人瞠目结舌,哈利·波特旋风、冒险小虎队在小读者中的阅读流行,都制造了这个时代儿童阅读的神话和奇观。其次,那些优秀的引进作品,为我们提供了儿童文学的一个令人兴奋和神往的艺术参照系,丰富着我们对于儿童文学的艺术了解和审美经验。"[2]这十年儿童文学的译介和引进也不外乎经典和畅销书这两大类,就经典类作品而言,不再是对一些耳熟能详的作家作品的重复出版,而是在强调经典性的同时也注重当代性,并把更广泛范围内的作家和作品纳入了视野。如新蕾出版社推出的"国际获奖小说系列"和湖南少年儿童出版社的"全球儿童文学典藏书系",里面大部分作品都是首次引进。"全球儿童文学典藏书系"更把目光投向了小语种国家。畅销书进入中国读者手中的速度几乎与国外出版同步,引进美国畅销小说《暮光之城》(斯蒂芬妮·梅尔著)的接力出版社这样宣称:"让你与全球流行的阅读前沿无限接近。"最值得关注的是,除了引进文学作品,中国儿童文学理论界还首次(自 1949 年之后)系统译介引进了国外研究成果《当代外国儿童文学理论译丛》(方卫平主编,少年儿童出版社出版)和《当代西方儿童文学新论译丛》(王泉根主编,安徽少年儿童出版社出版),作者均为西方当代长期致力于儿童文学理论研究的专家学者,这两套丛书带来了西方儿童文学学者和专家的新观念、新思维、新方法,必将影响和促进我国儿童文学创作和话语更新。通过最新的经典性的西方儿童文学作品来把握世界儿童文学走向,并从中获得精神资源和艺术滋养,从而提升我国原创儿童文学的艺术品格,寻找新的艺术生长点,并最终能够在世界儿童文学中占有一席之地,应该是当下儿童文学界最迫切的一种愿望。事实上,图画书和幻想文学的兴起和成长都是直接来源于对西方儿童文学的借鉴。

——"向后看"。对于本土经典作品大规模的回顾与整理是这些年一个值得注意的出版现象。尤以湖北少年儿童出版社推出的"百年百部中国儿童文学经典书系"为顶峰。这样"扎堆"的出版现象反映出在令人眩晕的斑驳繁复的多元的创作态势下,儿童文学作

新中国儿童文学

家和出版人想抓住一种经过时间和读者检验过的形成共识的艺术原则和价值标准，频频地回望其实是为了看清和坚定未来的路，而对经典的反复温习也是抵御商业化带来的喧嚣浮躁的有力武器。

——"向下看"。儿童文学作家和出版人的眼睛是朝下看的，他们努力想认清和把握自己立足的这个时代，渴望把根须深深扎进自己脚下的这片坚实的土地。电子传媒正深刻影响和改变着文学作品的传播方式，"全媒体"小说的出现就是对电子传媒阅读时代的一个积极的未雨绸缪的回应。所谓"全媒体出版"，即一方面以传统方式进行纸介质图书出版发行，另一方面以数字图书的形式，通过手机平台、互联网平台、数字图书馆、手持阅读器等终端数字设备，进行同步出版发行。如中国轻工业出版社推出了金曾豪的全媒体动物小说《义犬》，盛大文学与浙江少年儿童出版社联手推出了全媒体小说《查理九世》。这些作品以图书、网络、手机形式同步发行，它们的面世标志着少儿图书出版新潮流的涌动。

荣光与困境：新世纪儿童文学的特点

新世纪儿童文学一路走到现在，已经从最初面对市场化、网络化时的焦躁和迷惘多了一份从容和淡定。但它依然如一架超速行驶的飞机，很难保持两个机翼的平衡，常常顾此失彼。它的荣光往往也是它的困境，它的长处同时也可能是它的短板，从某种意义上说，新世纪的儿童文学一直是在悖论中前行。

——"通俗化"写作的热闹与"艺术写作"的寂寞。评论家朱自强曾经指出，"通俗"的儿童文学和"艺术"的儿童文学的分化，"是进入新世纪中国儿童文学发生的最有意味、最为复杂的、最大的变化"。③在儿童小说的创作上这一点尤其突出。事实上，通俗的儿童小说的兴起，在新世纪以后非常显眼，这也是应对儿童疏离阅读的一个产物。在通俗儿童小说里，主要有三类：第一类是以杨红樱为代表的适合小学生阅读的校园"顽童"小说，代表性作家还有郝月梅、赵静等，这一类小说主要突出其幽默、轻松、滑稽、搞笑的特点，目前在市场上最为畅销，以至于形成了"杨红樱现象"，它的喧闹甚至遮蔽了儿童文学作家们在其他方面的努力。第二类如成立于 2002 年的"花衣裳组合"，以青春、都市、时尚的青春小说作为自己的主攻方向，代表作家有郁雨君、伍美珍、饶雪漫等。如今，尽管"花衣裳"作为一个组合已经解散了，"单飞"后的三位女作家却都已成长为少儿畅销书榜上名列前茅的佼佼者。第三类是侦探、玄幻、奇幻等类型化小说。作家有李志伟、杨鹏、杨老黑等。

和通俗儿童文学大行其道相比，坚守"艺术写作"的作家相对比较寂寞和艰苦。除了曹文轩的长篇小说《青铜葵花》以及沈石溪的动物小说畅销不衰外，很多苦心孤诣在艺术上多有求索的作家的创作，他们的光芒被遮蔽在通俗儿童文学巨大的阴影里。很多对当下儿童文学没有深入阅读经验的人，随手垒起一本流行读物，难免会产生"太浅显""文学性"不够的判断，并进而以偏概全，以为这就是当下中国儿童文学的全貌了。事实上，除了上述提到的那些作家，我们还应该看一看黑鹤的动物小说如《黑焰》，三三的成长小说如《舞蹈课》，张之路的幻想小说《千雯之舞》，林彦的散文集《门缝里的童年》，曹文轩的"纯美绘本系列"（《痴鸡》《菊花娃娃》《一条大鱼向东游》《最后一只豹子》），熊磊、熊亮兄弟的图画书，汤素兰的短篇童话集《红鞋子》，冰波的长篇童话《阿笨猫全传》，金波的《乌丢丢的奇遇》，高洪波的幼儿童话《魔笔熊》，王一梅的短篇童话《书本里的蚂蚁》，汤汤的短篇童话《到你心里躲一躲》，王立春的儿童诗集《骑扁马的扁人》……这些作品虽然不是超级畅销书,但我仍然认为是它们代表了新世纪儿童文学的本质和高度。

"通俗"和"艺术"的写作虽然都是文学,但是它们还是有各自不同的创作规律和评判标准的。如果不把他们放到各自的评判标准下去言说,而仅仅以小读者的喜欢与否成为唯一的评判标准,自然,这将造成误读。对于当下的中国儿童文学来说,不是"通俗"类的儿童文学作品太多了,而是在庞大的数量之中可资筛选的精品太少了。尽管侦探、冒险、玄幻、校园等类型化的作品很受读者欢迎,但是,我们依旧不能说我们已经有了成熟的类型化作家。

——"童年文学"的风光与"少年文学"的黯淡。早在20世纪80年代,评论家王泉根提出了儿童文学应该分幼年(3~6、7岁)文学、童年(狭义,6、7~11、12岁)文学和少年(11、12~16、17岁)文学三个层次④。20世纪80年代末90年代初,少年文学一度十分兴盛,形成了"两头大中间小"的格局——即幼儿文学和少年文学多而童年文学少。但到新世纪以后,前面已经谈到,随着杨红樱的走红,适合小学生的童年文学迅速兴起,这本来是件好事,改变了过去不均衡的格局,但是,旧的空白填补了却又产生了新的空白——一度繁茂的少年文学衰落和黯淡了。那么原本看少年文学的那些读者跑到哪里去了呢? 这就牵涉到新世纪中国儿童文学的另一个重要现象——低龄化写作,也就是"80后"写作的前身,青春文学的始作俑者。1996年深圳16岁的高中女生郁秀写的校园小说《花季·雨季》出版,随后北京少年儿童出版社推出了由一群中学生创作的"自画青春"丛书。事后看来,这套丛书充满了预言性和对于低龄化写作的一个最为准确的口号——"自己写自己",这个口号透露着骄傲,同时也是传统儿童文学作家们的一种悲哀——这种悲哀事实上在曹文轩发表于1988年的一篇文章中就看到了端倪,他在这篇著名的《觉醒、嬗变、困惑:儿童文学》中说:"我们的少年所处的文化氛围与过去大大的不一样了。生活使现在的孩子组成了一种崭新的心理结构。现在一个10岁少年与10年前一个10岁少年,思维方式、感情方式都不一样。"他还引用小说家兼科学家C.P.斯诺说:"21世纪之前……社会变化如此之慢,以致人们在整个一生都感觉不到这种变化。然而,现在却不是这样了。变化的速度大幅度增长,甚至我们的想象力都跟不上。"⑤我认为正是这种令人头晕目眩的高速的变化,造成了儿童文学作家们对于这一代人生存状态的陌生。因而这一代成长起来的孩子就只能"自己写自己"。随后,在新世纪,韩寒、郭敬明、张悦然借助新概念作文大赛这个契机脱颖而出,使得低龄化写作现象演变成了一个更广范围内的文学现象,就是现在大家耳熟能详的"80后"现象。他们几乎一夜之间就抢走了"少年文学"这块地盘,易帜为"青春文学",把"少年文学"原本的读者群成功地吸引到了他们身边。整个儿童文学界从创作、出版到评论,对此都保持了沉默,也许是因为忙着巩固童年文学的地界,无暇他顾。传统儿童文学作家或许会以"80后"的文学技巧尚显稚嫩来掩饰,但是,韩寒小说中所传达出的对于应试教育的叛逆、郭敬明小说中无处不在的孤独、伤感的情绪,提示我们对于他们生存中的困境和他们内心的渴求,确实只有他们自己最清楚。2011年年末,二十一世纪出版社召开了"儿童文学与后儿童时代的阅读研讨会",会议的一个重要议题就是怎么把"少年文学"这块失地收复回来,这是沉默了近十年的儿童文学界对这个问题首次做出的公开的回应和认真的探讨。

——"市场"的扩大与消费主义写作。出版和发表阵地的迅速扩张,使得儿童文学作家们显得紧俏起来。但出手太快的稿子难免有欠缺打磨的遗憾,而缺乏竞争的队伍,常常会在艺术上产生惰性。商业化的写作氛围也难免会让创作心态变浮躁,作品艺术质量

变粗糙。为了追求畅销，新世纪儿童文学一度出现都市化、贵族化的倾向，淡化苦难，取消写作的难度，追求消遣的娱乐的消费主义的写作。中国 3.67 亿少年儿童有 2 亿多生活在乡村，更有 5000 万留守儿童，但在 2007 年之前，当下农村少年儿童的形象在儿童文学创作中基本是缺席的。儿童文学本应该是最具同情心的一种文学，如果儿童文学不关心弱者，只供一部分孩子消费，满足他们的消费的欲望，那么儿童文学必然丧失了其敢于担当的天性。幸运的是儿童文学界很快意识到了这一点，不久这一倾向就得到了遏制和转变。

——"丛书"的热闹与"单行本"的冷清。这些年儿童文学的出版讲求规模和速度，无论是经典还是原创，大都以"丛书"的形式出现。或者是一批作家集体亮相，或者是一个作家的一系列作品同时出版。一个初登文坛的新人，一出手就是三五本甚至七八本作品已经是屡见不鲜的事情。相比之下，单行本的出版就显得比较冷清。这些丛书的策划出版显示了少儿出版的实力和魄力，好处是让很多经典作品能够全面地展示给读者，让很多年轻作家得以集中亮相。但有些丛书，尤其是作家个人系列作品，也容易造成形式上的宏大和内容上的贫乏之间的矛盾。一个作家，短短的时间内就推出一套甚至几套书，每一套又是好几本，拿在手中，有时会有"鸡肋"的感觉——书中时不时会显现出作者的才情，但是，这些才情稀释了，摊薄了，题材也趋于同质化。艺术贵在创新，但这些丛书的一个致命伤在于单调与重复。认真地雕琢一部作品，使之内容丰富，在今天变成了一件很奢侈的事情。对于一个新人来说，"丛书"这种写作形式对于自身的艺术才情不可避免地存在着挥霍和浪费，从长远看，艺术才华被过度榨取，是不可能不影响到一个作家的艺术生命力的。

——长篇的"单调"与短篇的"繁复"。这些年来儿童文学在出版的数量上是相当繁荣的，但在题材上比较单一。受出版社青睐的基本上以长篇作品为主，在长篇中，又以校园小说为主，在校园小说中，又是以"顽童"为主角的适合小学生阅读的热闹型校园小说为主，因此，撇开长篇儿童小说惊人的发行量，我们会发现，对于儿童生存状态反映的深度与广度，对于儿童文学艺术探索的深度与广度来说，"短篇"创作以及包括童话、诗歌、散文等门类所取得的成就是远远地被忽视和低估了。

——寻找艺术生长点的热望与跑马圈地的浮躁。前面已经提到，在西方儿童文学的影响下，"幻想文学"和"图画书"这两个文体在中国发展势头很盛。这些探索开拓了创作和出版的空间，使之成为新世纪儿童文学新的艺术生长点。但是在市场的指挥棒下，一味地想用新颖的形式吸引读者的眼球，出版社和作家似乎都没有足够的耐心沉淀下去，而只有跑马圈地的浮躁。这使得一种文体还没有得到充分开掘就匆匆地一掠而过，比如校园小说流行了好多年，但基本上是对杨红樱模式的复制和跟风，使得这个类型的小说在"淘气包马小跳"之后没有产生更有深度和力度的好作品，而创作和出版的风向就已经开始转向动物小说了。2011 年的动物小说也开始出现跟风和同质化的问题。圈了地只浅浅挖几个坑就走，不肯下力气打出甘美的泉水，实在是有浪费资源之嫌。

重新出发：新世纪儿童文学的未来发展走向

——重视儿童文学的人文情怀。从最近出版的一些儿童文学作品中，我们可以看到，坚守人文情怀，少些商业化的味道，正在成为一种越来越明晰的写作理念。表现在艺术趣味上，就是以前流行的搞笑的、滑稽的、热闹的元素，正渐渐被一种硬朗的、关注少年儿童内心成长经验复杂性的写作所替代，这其中包括了对农村留守儿童等社会新生问题的关注,包括了动物小说和乡土小说的重新崛起。上海师范大学教授梅子涵说:"我们应当羞于把很多随随便便的文字拿来当儿童文学。我们不可以拎来一个'多元'的词,就把破破烂烂也当成儿童文学。我们心里的儿童文学就是应当很精致,很风趣,很干净,很像金色的向日葵,看着它,一个孩子能知道太阳在哪里,成年人也能知道。我们都不要飞快地写。我们想着安徒生的味道,想着爱丽丝和小王子的时候,我们就知道写作真正的儿童文学理应心里就是朝向那种味道,朝向经典的路途的。"⑥他所提倡的这样一种朝向经典性的"慢写作",应该会成为未来儿童文学创作的一种趋势。

——重视与世界儿童文学接轨。我国已经是儿童文学创作与出版的大国,但与之相对应的是我们的儿童文学产品真正进入欧美主流市场的还不多。方卫平说:"国内的文学翻译和出版生态长期存在着'文化入超'的现象,文学作品译入与译出之间在数量和投入上的巨大失衡被关注多时却始终难以改善。而在儿童文学领域,这一问题的表现或许更甚。当我们的读者越来越熟悉来自世界各国的重要作家与作品的名字时,中国儿童文学留在域外的足迹却显得稀少而又轻薄。"⑦如何才能改变这种现状,让我国的儿童文学能够屹立于世界儿童文学之林? 这将是在未来的儿童文学发展中迫切需要思考和解决的问题。

——重视数字阅读与数字出版的挑战。如果说过去十年我国儿童文学界成功应对了市场经济的冲击,那么在今后的日子里,我国儿童文学的主要"对手"之一应该是来自数字阅读与出版的挑战。接力社总编辑白冰说:"儿童文学作家应该密切关注孩子的喜好和行为习惯,在创作好的故事的同时,要考虑到这个故事是否具备多媒体开发的元素。而叫得响、让人记得住的儿童文学人物形象,才是最根本的东西,没有不朽的形象,电子化开发也是巧妇难为无米之炊。数字阅读冲击的并不是阅读,而只是阅读形式,儿童作家创造的独特的高品质的艺术形象才是儿童文学生存的命脉。"⑧无论社会文化语境如何变化,唯一不变的是,我国的儿童文学必须重视提升自己的艺术品质,这是儿童文学能够持续发展的根本保证。

[注释]

① 杨佃青:《儿童文学出版惊现"大跃进"乱象》,《中华读书》2009 年 9 月 30 日。

② 方卫平:《近年来的外国儿童文学译介》,《中华读书报》2008 年 5 月 28 日。

③ 朱自强:《新世纪中国儿童文学的发展走向》,《文艺报》2006 年 10 月 27 日。

④ 王泉根:《论少年儿童年龄特征的差异性与多层次的儿童文学分类》,见 1986 年《浙江师范大学学报》之《儿童文学研究专辑》。

⑤ 王泉根主编:《中国儿童文学 60 年(1949—2009)》,湖北少年儿童出版社 2009 年版,第 358 页。

⑥ 梅子涵:《论青年作家的写作》,见《童年的星空:2010 全国儿童文学创作会议论文集》,接力出版社 2011 年版,第 38 页。

⑦ 方卫平:《世界儿童文学版图上的中国书写》,见《童年的星空:2010 全国儿童文学创作会议论文集》,接力出版社 2011 年版,第 148 页。

⑧ 白冰:《中国儿童文学如何应对数字阅读和数字出版》,见《童年的星空:2010 全国儿童文学创作会议论文集》,接力出版社 2011 年版,第 99 页。

(原载《南方论坛》2012 年 2 月刊)

媒介角力与新世纪儿童文学图书出版格局之变

崔昕平

21 世纪以来短暂的十余年间，儿童图书读物品种板块呈现出两次鲜明的转变。其一是实现了由低幼、知识读物为主向儿童文学读物为主的巨大转变。其二则是伴随第二个十年开启而出现的网游图书出版潮。儿童文学图书用了 20 余年的时间，才逐步打破知识读物一统天下的局面，而网游图书仅用了两年左右的时间，便悄然改变了童书出版的格局。

一、新世纪十年儿童文学图书的发展状貌

自 2000 年《哈利·波特》创下销售神话以来，儿童文学图书呈现出销售升温势头。2004 年，引进版儿童文学作品盘踞畅销书榜的格局因杨红樱的本土校园小说"淘气包马小跳"系列而改变就此步入本土儿童文学飞速、多元发展的时代，儿童文学占据了童书出版 1/3 板块并逐步扩张。童书出版物各种类数据统计显示，童书出版最为集中的热点，在 G（文化、教育）类图书领域和 I（文学）类图书领域。且越来越多的出版关注点已被市场扯向文学板块。借助开卷公司提供的少儿类图书畅销榜，可窥全貌。2008 年至 2010 年入选开卷少儿类畅销榜年度 TOP30 的 90 种图书中，儿童文学图书已占据 81 个席位。90 种畅销图书，看似热闹非凡的榜单，却暴露出致命的问题——三年来上榜的畅销书，体现出三大集中：

其一，类别集中。开卷少儿类图书市场监控按照少儿类图书的内容、属性和用途，采取了如下分类：低幼启蒙、卡片挂图、少儿古典读物、少儿卡通、少儿科普、少儿文学、少儿艺术、少儿英语、游戏益智以及幼儿园教师用书 10 个细分类。10 种图书类别中，上榜最多的是儿童文学读物，90 种图书中儿童文学读物占据 81 个席位，比例高达 90%。

其二，品种集中，3 年上榜 90 种图书，其实系列中，杨红樱"笑猫日记"系列 21 次上榜，"淘气包马小跳"系列 8 次上榜，"校园小说"系列 5 次上榜，托马斯·布热齐纳"冒险小虎队"系列 14 次上榜，J. K. 罗琳"哈利·波特"系列 7 次上榜，伍美珍"阳光姐姐"系列 6 次上榜，曹文轩"纯美小说"系列 4 次上榜，沈石溪"动物小说品藏"2 次上榜；郁雨君"辫子姐姐"系列 2 次上榜。单本中，位列第一的是《窗边的小豆豆》，3 年始终位列第一；其次是《女孩子必读的 100 个公主故事》2 次上榜，《三国演义（青少版）》和《鲁滨孙漂流记（青少版）》《爱的教育》1 次上榜。

其三，作家集中，同样堪称屈指可数。除经典文学作品外，上榜的中外当代作家仅 8 位：杨红樱（上榜 34 次），托马斯·布热齐纳（上榜 14 次），J.K.罗琳（上榜 7 次），伍美珍（上榜 6 次），曹文轩（上榜 4 次），黑柳彻子（上榜 3 次），沈石溪（上榜 2 次），郁雨君（上榜 2 次）。

少量的新书上榜和单一的品种开发，令人产生担忧的同时，也产生期待。回顾改革开放以来的童书业从知识读物一统天下的局面，终于回归以儿童文学读物为主体的童书生态。但儿童文学图书一枝独秀，那么多童书类别中却不能产生佳作；畅销的儿童文学图书

品种、作家高度集中且经年不变，这样的问题同样令人忧心。在为儿童文学图书创作出版与阅读接受回归应然而击节叫好的同时，也不得不对儿童文学读物的发展趋势心怀忐忑。

二、网游图书牵动新世纪儿童图书格局悄然转向

步入新世纪的第二个10年，儿童文学统领的童书格局开始悄然转变。这一转变，与数字化媒介的变革直接相关。当数字化媒介环境全面来临时，网络媒介以强势的姿态将一种全新的儿童图书——"网游图书"推向了童书市场。这种网络传播时代独有的"网游图书"很快便在上万种童书出版物中崭露头角。自2009年开始，联合出版社开发儿童网游衍生类童书成为儿童网游产业新的关注点。淘米网在2009年年底开始联合出版社合作发展线下儿童图书产业，如海燕出版社出版的根据"奥比岛"游戏改编而成的辅助游戏书《小耶服装店》等，重庆出版集团出版的"摩尔庄园"衍生图书《摩尔庄园》《QQ宠物世界》和"海底世界"的衍生图书，外语教学与研究出版社推出的"海宝有约——奥比岛超级明星档案"系列；童趣出版社依托"摩尔庄园"游戏蓝本出版的"我爱摩尔时尚系列""玩转摩尔庄园""摩尔超级明星总动员"等；江苏少年儿童出版社依托"赛尔号"游戏蓝本出版的"赛尔号冒险王"系列、"赛尔号精灵传说"系列文学类图书，还有"智慧小花仙"系列、"魔法小花仙"系列等文学类图书；江苏美术出版社出版的《赛尔号精灵集合大图鉴》、"英雄赛尔号"系列文学类图书和《小摩尔历险记》，等等。

这些图书配合儿童网络游戏出现，并能瞬间吸引儿童的注意。2010年，5本配合儿童网络游戏"赛尔号"的衍生图书出现在开卷少儿类畅销书年度排行榜TOP30中。不过，当年上榜的网游图书除一部网游文学读物《英雄赛尔号——神秘的凶手》外，其余4部皆为通关秘籍《赛尔号精灵集合大图鉴》《赛尔号攻关秘籍》之类的游戏工具书，并未引起儿童文学界过多关注。然而，就在"赛尔号"衍生图书以"游戏益智类"出版物面貌登上少儿类畅销书榜的同时，一大批由儿童网络游戏衍生创作的"儿童娱乐图书"（上海童石）、儿童网游文学图书集中出版，悄然改变着少儿类畅销书排行榜的面貌。

自2011年下半年开始，儿童网游文学图书在积聚了创意与实力之后异军突起。2011年9月，江苏凤凰文艺出版社8月上市的以"洛克王国"为基础的"洛克王国魔法侦探"系列第一本《黄金大劫案》（谢鑫）位列月榜榜首。同年10月，江苏凤凰文艺出版社出版"洛克王国"衍生图书《洛克王国探险笔记（1）——龙骨被盗之谜》（亚凰）再次位列榜首。在该月的少儿类新书排行榜TOP10中，网游文学图书就占据了4个席位，分别是江苏凤凰出版社的《植物僵尸学校1——追捕大逃亡》《植物僵尸学校2——七彩花争夺战》（翟英琴），江苏凤凰文艺出版社的《洛克王国探险笔记3——月光宝盒》（亚凰）、《洛克王国魔法侦探3——马戏团的秘密》（谢鑫）。2012年，儿童网游文学图书的市场占有率与日俱增。中国少年儿童新闻出版总社1月份出版的《植物大战僵尸武器秘密故事（1）》2月份便已上榜，3月，该系列的6部作品同时上榜。中国少年儿童出版社的这套依托"植物大战僵尸"游戏创作的文学图书当年的销量便已突破200万册。

考察2012年开卷统计数据可知，自2012年3月，少儿类畅销书的榜单格局在惯性前行近10年之后终于发生了变化：月榜TOP30中，中国少年儿童新闻出版总社的《植物大战僵尸》系列6种图书加上浙江少年儿童出版社与盛大文学联合出版的全媒体儿童游戏故事书《墨多多谜境冒险系列——查理九世》4种图书，合计10种与网络联姻的新型童书出版物上榜，占据了1/3的席位。

三、媒介力量推动下的儿童文学图书出版格局预判

1.媒介整合效应逐步模糊童书业边界

在强调书业数字化变革的同时，媒介与媒介之间的整合效应，也是出版传媒发展过程中越来越鲜明的趋势。在多媒体生存状态下，单一媒体、单一功能产品的生存空间正在逐步缩小。书业在 20 世纪 90 年代已开始体现的书配录音磁带、书配 CD-ROM，在世纪之交逐渐转向为图书与影视动漫互动，图书与期刊互动。到了数字时代，这种互动进一步扩展到图书与网络的互动，转向产业链的一切可能延伸。

首先，从横向的角度，越来越多的少儿社在期刊与图书之间互动、纸媒与光电之间互动。无论是中国少年儿童出版社与《儿童文学》的文学互动、二十一世纪出版社与《知音漫客》的动漫互动，还是《淘气包马小跳》图书与影视动漫产品的互动，都形成了基于内容的"图书—报纸—期刊广播—电视—数字多媒体"横向产业融合。近年来，每到春节前后，少儿类畅销书榜单上便会出现如《喜羊羊与灰太狼大电影 5——喜气羊羊过蛇年（电影连环画）》、"巴啦啦小魔仙"系列、"洛克王国"系列和"赛尔号"系列等影视同期书的身影。这些影视同期书往往是伴随电视动画片和电影上映推出新书，形成影视与图书的强势互动，并形成短期内的大畅销。

其次，从纵向的角度，不少出版社都已涉足图书产品、动漫形象的衍生产品的开发与生产，由传统图书产业向多角度文化创意产业过渡，形成了基于价值链不断延伸的纵向整合。如福建少年儿童出版社尝试和大型玩具生产商合作，通过为系列玩具产品设计配套图书，拓展全新的售书渠道。中国少年儿童新闻出版总社已启动数字出版战略，第一款"云智能"玩具已上市，手机杂志也开始试运营。

这种基于内容出版基础上的多元服务功能的产品正日益被人们看好。"产业融合"的概念开始受到关注。产业融合指不同产业内部的产业主体由于受到技术渗透、产业政策等因素的作用而采取兼并重组、战略合作等行为而使得原本固定化的边界趋于模糊，甚至消失的现象。作为信息产业的一部分，出版产业与相邻的造纸业，与同样有信息加工和传递功能的广播电视业、通信产业、互联网产业之间边界不断发生重叠，并逐渐趋于模糊。这些原本独立的产业之间呈现融合发展的趋势。媒介的融合对于产业来讲，能够产生取长补短、优势互补的效应，进而提高核心竞争力。如 2005 年以来逐渐兴起的 MOOK（M 代表 magazine，杂志），已然显示出强大的生命力，并逐渐合法化。MOOK 借助期刊形成传播时段的密集化，借助书籍形成传播效应的延续性，从而达到书、刊出版效益的最大化。这些新鲜事物正在一点点模糊掉书与期刊的边界。

媒介融合大趋势下，传统的做书人须考虑在一个全媒体的市场格局中，如何拓展自己的生产观念，如何调整自己的生产模式，如何构建自己的产品体系，如何寻找自己产业链条中的合作伙伴。尤其是网络带给当下的传播领域"游戏规则"的演变——从"社会守望"到"社会对话"。也就是说，要实现传播权利的让渡，不再是我说你听的单一模式，而是要为受众的参与提供空间，提供平台，让受众充分加入传播活动中，行使参与权，包括选择权、分享权、评价权、决策权、表达权等，受众在传播者提供的媒介平台上充分地参与传播活动过程，或产生意见领袖，或形成群体倾向，或表达不同主张，进而对传播活动起到决定性作用。在这样的大趋势下，童书业不可避免地卷入这样的传媒剧变之中，须转变观念，充分发挥多媒体技术优势，借鉴儿童玩具和网络游戏的设计创意，展现少儿图书

的趣味性和互动性,提供参与的快乐。

基于网络互动功能所形成的立体化互动创意,已产生了不少运作范例。如2011年借助儿童太空探险虚拟社区娱乐产品"赛尔号"火爆的"赛尔号"各系列图书,如2013年占据少儿类畅销书年度榜单20个席位的"全媒体"冒险类小说《查理九世》。除电子媒介与纸媒的互动外,纸媒产品之间依托故事类图书开发的涂色迷宫等游戏益智图书、少儿手工图书等,也形成了丰富而绵延的产业链条。

可以预见的未来,多媒互动的大趋势下,书业自身的边界也将逐渐趋于模糊,最终将从多媒体运作走向媒介融合。综合性的文化创意企业将成为整合书业等传媒的核心价值载体。

(二)儿童网游文学图书逐步成为创作源

科学技术和生产力的发展是不可逆转的。综观文学发展史可见,文学传播方式发生的每一次变革,势必推动文学体式发生某种不可避免的变化。20世纪末,网络以崭新的面目充当了文学的又一载体,"网络文学""博客写作"由此诞生。这一载体的变化直接促成了受众群体甚至文学言说地位的改变,进而逐步模糊了书面语或口语的文学创作用语边界。当下,作为儿童文学创作者来讲,媒介的变革正悄然带来创作生态和作品传播生态的改变,数字化一代独有的产品正在从上万种童书品种中悄然杀出。

关于儿童文学媒介变革的探讨,为当下儿童文学应用性研究的重中之重。2010年10月,美国儿童文学学会第37届年会的会议主题为"儿童文学与媒介"。同年秋天,美国文学学会发布的2011年年会儿童文学论文征集函中明确指出:"儿童文学已来到一场数字革命的前端,这场革命将转变叙述故事、展开阅读的方式,改变对于写作的理解,并在影响既有文体的同时,创造出新的文类。"[①]

虽然人们对于网络游戏还有着这样那样的担忧,但信息时代的发展还是让多媒体时代的儿童将越来越多的时间和注意力放在了网络载体上。网络游戏作为一项与动漫互动的产业,形成了一个新的增长点。有学者指出:"这是一个庞大的经济产业,可取得巨额的经济效益。网络游戏产业是一个横跨互联网、计算机、软件、消费、电子等众多领域的综合体。网游产业的渗透力巨大,影响着电信业、信息产业、传媒业、出版业等,这个行业,真正成了一棵价值无限的摇钱树。"[②]

对出版社而言,携手网游是一种商业的借力行为。童书业从2009年开始真正的动作,短短两年时间便一发而不可收,《洛克王国》《摩尔庄园》《赛尔号》《植物大战僵尸》相继推出,并相继登上少儿类畅销书排行榜,让坚守传统价值取向的出版社措手不及。儿童网络游戏动辄几千万人次的注册用户数量,为网游衍生文学图书提供了一个巨大的潜在受众市场。资深童书出版人、儿童文学作家白冰对儿童网游文学的发展前景做出预判:"在多媒体互动作用下,为一种内容提供多种呈现方式是一种趋势。儿童网络游戏本身为儿童图书出版提供了很多机会。"中国社科院研究员、儿童科幻作家杨鹏也认为,网游文学将成为独立的儿童文学文体样式。他同时强调:这种新的创作形式具有"依附性"和"游戏性"——儿童网游文学创作行为依附于游戏的情节与结构设置,游戏与文学共存亡和更多强调了人机互动与游戏的可操作性的特点。[③]

同时,儿童网游文学这一新鲜事物是伴随网络媒介、伴随娱乐性定位与商业化运作模式而诞生的。冷静判断儿童网游文学图书的热销原因,不应忽视该类图书基于文本之外的另一重吸引力——随书附赠的游戏卡。孩子究竟是对衍生故事感兴趣还是对游戏

卡感兴趣,是一个不得不面对的尴尬问题。如果仅仅是利用了网络游戏的吸引力来驱动孩子购书的话,网游图书的命运也将是令人担忧的。在商业利益驱动下,儿童网游衍生图书已呈现出版本众多、争抢市场的趋势,作品质量良莠不齐。儿童文学评论家安伍林就提出:"如果大家无节制地顺应,流行什么就做什么,容易失去自身的独立判断力。这种倾向并不值得鼓励。出版机构对儿童文学更应有理性的眼光、谨慎的态度。"

尤其致命的是,儿童网游文学所依托的儿童网游已然面临亟待解决的发展困境。考察近两年新上线的儿童网络游戏,题材基本沿袭了收集精灵、角色扮演、休闲社区、益智游戏等模式,同质化问题严重。曾具有强大影响力的"摩尔庄园"和"赛尔号"两款游戏均逐渐走弱。儿童网络游戏自身的独创性与艺术性都成为迫切需要解决的问题。

(三)儿童文学亟须儿童文学化读物多面开花

儿童网游文学以其兼具的"依附性"与"再造性"带来了儿童文学创作面貌与性质的变革,儿童文学的独立性正在日渐消弭。作为一种新兴文化产品,如同网络游戏自诞生之日起就鲜明地呈现出的大众化、娱乐性文化产品的本质属性一样,儿童网游文学始终在主流舆论、主流文化中处于"边缘化"地位,这与21世纪初出版人对数字化出版存在的观望态度一样急需打破。媒介变革的力量将驱动儿童文学语言与内容两方面出现怎样的变革,应引起更多的儿童文学学者、作家与童书出版人的关注。

自2009年开始受到关注,再到2011年销售趋于火爆,儿童网游文学图书的发展轨迹其实并不乐观。当下依托儿童网游衍生文学类图书这一出版趋势虽已呈现,但同时也暴露出此类文学的"先天"局限。正如杨鹏所说,此类文学具有明显的依附特点,缺乏自身的独立性。某种儿童网络游戏流行,则其衍生的网游文学图书热销;当该网游趋冷,其衍生网游文学图书也便失去了市场。从开卷数据可发现自2011年以来延续至今的一个问题——某些儿童网游文学图书虽能迅速登上畅销童书月度排行榜,但很快便成为"明日黄花"。曾红极一时的"赛尔号""洛克王国"衍生图书至2012年已难觅踪迹。这正是市场对此类网游文学图书文学价值的检验。面对儿童网游文学图书创作的从属地位,该如何寻求其独立的文学品质;文学传统、文学品质的坚守与儿童网游的当下性与娱乐性之间究竟该如何磨合,是当下须面对的问题。

因此,一方面,儿童文学具有很强的时效性(因受众"小读者"每时每刻都在发生着的变化,每每会对新生事物做出最快的反应),儿童文学作家需随时充电,敏锐体认新鲜的媒介带来的变化。在数字化时代,网络带来无限大的创意空间;另一方面,应在创作观念上突破儿童文学与儿童读物之间的界限。很多的儿童读物需更优秀的儿童文学作家参与进来,共同创作,为儿童提供丰富多彩的各式儿童读物。回顾当年连环画文学样式的颓败,除市场的畸形膨胀扰乱了图书创作生态、除艺术形式不能适应时代的发展之外,更重要的是脚本问题。没有好的脚本,连环画便没有新的生命力,因囿于改编自旧有作品,即便成立了"连环画协会"大力呼吁,仍不能形成文化的合力,不能从根部治愈连环画不合时宜的顽疾。如果将缺乏生机的科普读物出版思路与网络游戏创编相结合,让小读者以"玩家"的身份直接参与游戏互动,而不是被动接受居高临下的长篇累牍,将为科普创作注入无穷活力。早在2007年,就有观点指出:"如果科普的内容和形式与公众的需求渐行渐远,科普的命运可想而知。要将青少年从痴迷网络游戏转向热衷科普活动,就必须开出比网络游戏更有吸引力的菜单。"①放眼当下的图画书创作不能涌现大批国产原创优秀作品,一个重要原因,是画家主导的图画书创作已调动起来,却缺少了"叙事高手"的文学家为作品注入语言艺术的生命力、巧妙构思的生命力,缺少了文学的表达,尤其是儿童文学的表达。

在强大的网络引力与市场引导下,当下的儿童网游文学图书虽势头强劲,却也同样让人顾虑重重,网游衍生文学读物的质量亟待更多的、更专业的介入。儿童网络游戏其实是一片大有可为的创作空间。无论是上面借助网络游戏而相伴诞生的故事创作需求,还是网络游戏脚本本身,都值得专业的儿童文学从业者认真探索。将优秀的故事创编成活泼的网络游戏,已是成人网络游戏产业发展中常用的手段。当网络游戏越来越成为数字化时代儿童生活的一部分时,儿童文学作家应像出版人一样,迅速接纳儿童所发生的改变,投注精力,研究网络游戏脚本的文学参与,研究网络游戏衍生文学读物的巨大空间与艺术可能。固守传统纸媒创作,将丧失大量新媒体时代儿童受众。如果能调动更多优秀的作家参与儿童网游脚本的互动开发,将形成对新媒体时代儿童阅读引导的良性跟进。

2012 年 2 月,王泉根撰文《喜看儿童文学作家进军网络游戏》,对优秀儿童文学作家参与儿童网络文学图书创作表示激赏,并呼吁儿童文学评论界介入儿童网络文学批评。⑤更多的儿童文学作家已投入到儿童网游文学的创作中,如中国少年儿童新闻出版总社邀请著名儿童文学作家金波、高洪波、白冰等以"植物大战僵尸"游戏为素材编创的低幼童话故事《植物大战僵尸》系列。在 2012 年少儿类年度畅销书排行榜 TOP30 中,《植物大战僵尸》系列上榜 2 种,成为唯一在榜单中延续下来的网游衍生图书,显示了该系列图书的文学底蕴。传统儿童文学作家参与这种网游儿童文学创作的长效价值不但在于对儿童网游文学图书品质的提升,更在于打通了媒介融合时代网络游戏与文本阅读的边界,使儿童纸媒文本阅读焕发了生机。

期待更多的儿童文学作家从纯文学的创作空间里走出来、走下来,合作知识读物、合作科普读物,参与动漫脚本创作、参与图画书脚本创作、参与网络游戏脚本创作,将更多姿多彩的、更生动活泼、美好健康、幽默智慧的儿童读物呈现给儿童。这种日常生活审美化的创作思考和始终如一的儿童关怀,实在是儿童文学介入"当下"的一条路径。台东大学荣誉教授林文宝曾言"所有的儿童读物都是儿童文学"。这句看似令儿童文学创作者有些泄气的话,实际上道出了儿童文学之所以存在、之所以独立于成人文学的源头,尤其对于针对幼儿与小学阶段的儿童读物来讲。面对新媒介带来的日新月异的传播方式的变革,面对那么多中图分类号统计中童书出版物的缺席,面对那么多需语言艺术等多种艺术形式协同发力的读物样式,期待消弭儿童文学与儿童读物边界后,童书出版呈现出又一片令人惊艳的多彩空间,为儿童文学在新媒体情境下的走向、为儿童网游文学的良性发展提供又一重基于专业色彩的理性建构。

[注释]

①赵霞:《新媒介:童年的"数字诗学"——美国儿童文学界电子媒介研究新趋向》,《文艺报》2011 年 5 月 6 日。
②熊晓萍,赵菁:《网络动漫游戏的产业化前景》,《新闻知识》2007 年第 7 期,第 78 页。
③崔昕平:《网游文学:儿童文学新景象》,《文艺报》2012 年 5 月 14 日。
④余建斌:《科普向网游学什么》,《人民日报》2007 年 4 月 19 日。
⑤王泉根:《喜看儿童文学作家进军网络游戏》,《文艺报》2012 年 2 月 28 日。

(原载《编辑之友》2014 年 6 月刊)

新中国的儿童文学与少儿出版 70 年

海 飞

少年儿童是国家的未来，是民族的希望。童书出版，是专门为少年儿童健康成长提供服务的文化板块，是一项神圣而美丽的事业。新中国的童书出版业与共和国同步，70年来，在党和国家的高度重视下，从短缺到繁荣，从弱小到强盛，从封闭到开放，成为中国出版强劲的"领涨力量"。

新中国初创与童书出版的艰难起步

党和国家高度重视新中国出版事业的发展，新中国成立的第二个月，即 1949 年 11 月，国家就成立了出版总署，开始新中国出版业的起步、规划、发展。作为社会主义新中国出版业重要组成部分的新中国少儿出版，也开始了童书业的起步。

1952 年 12 月，新中国第一家专业少儿出版社——少年儿童出版社在上海成立。1953 年 9 月，中宣部召开了专门研究少儿读物出版工作的工作会议，会议要求青年出版社加强对少年儿童出版社的领导，要求少年儿童出版社提高少年儿童读物的出版品种和数量，要求出版总署采取措施，有步骤有计划地整顿、改造私营出版业。1954 年，全国基本完成了对私营少儿出版业的社会主义改造，少年儿童的图书拥有量也有所提高，但全国少儿图书"奇缺"的现象依旧十分严重。1955 年 8 月，毛泽东同志先后两次就"少年儿童读物奇缺问题"作出批注、批示。1955 年 8 月 15 日，青年团中央书记处向党中央呈报了《关于当前少年儿童读物奇缺问题的报告》，提出"大力繁荣儿童文学创作"和"加强儿童读物出版力量"的措施。

这对新中国成立初期少儿出版形成了新的强大推动，迎来了第一个少儿出版的发展高潮。

从 1949 年 10 月 1 日到 1965 年 12 月，全国共出版少年儿童读物 19671 种，涌现出一批深受少年儿童读者欢迎的优秀作家作品。如张天翼的《罗文应的故事》《宝葫芦的秘密》，徐光耀的《小兵张嘎》，华山、刘继卤的《鸡毛信》，高士其的《细菌世界历险记》《和传染病作斗争》等，特别是 1960 年 7 月，上海的少年儿童出版社开始出版中国少儿科普读物的扛鼎之作《十万个为什么》，成为一部新中国普及科学知识的畅销书、常销书。

白手起家，从无到有，从小到大，新中国的童书业，伴随着新中国初创的豪迈步伐，脚踏实地地起步了。

改革开放与童书出版的飞跃成长

改革开放，带来了我国童书业飞跃发展的春天，经历过新中国初创时期起步和"文革"时期停步的少儿出版，有了翻天覆地的变化。

1978 年 5 月 28 日,国家出版局委托人民文学出版社在京召开少儿作家座谈会。中宣部、全国妇联、国家出版局等有关方面领导到会,叶圣陶、谢冰心、高士其、叶君健、管桦、柯岩、严文井等 40 多位著名作家、儿童文学翻译家、诗人应邀出席并发言,老作家张天翼在病榻上用左手写了书面发言。会议呼吁作家们打破精神枷锁,拿起笔来,为孩子写作,把孩子们从"书荒"中救出来。

改革开放 40 多年,成就了一批优秀出版社、一批优秀少儿出版家、一批优秀儿童文学作家画家、一批优秀儿童读物。特别是原创儿童文学快速成长,力作丛生,名家层出。著名作家秦文君,潜心儿童文学创作 35 年,出版了 60 多部著作,计 800 多万字,先后 70 多次获各种图书奖,有 10 多部中长篇小说被改编成电影或电视剧,其中《男生贾里》出版20 多年来,一版再版,畅销全国,累计印行了 220 万册。著名作家曹文轩,创作出了《草房子》《青铜葵花》《山羊不吃天堂草》《细米》等一大批精品力作,并于 2016 年获得国际安徒生奖文学奖。中国少年儿童新闻出版总社的《幼儿画报》,集结了高洪波、金波等全国最优秀的童话作家及插图画家,推出一批深受儿童喜欢的"红袋鼠"等艺术形象,月期发行量最高时达 170 多万册等。

新时代童书出版的高质量发展

党的十八大以来,高速度发展的童书出版,进入了新的发展阶段,突破了以"年"的概念来界定发展进程、到了可以而且也能够以"时代"的概念来界定的发展进程。中国迎来了一个高质量发展的童书大时代,一个强国发展的童书大时代,一个真正属于中国的童书大时代。

2014 年 12 月 9 日,中宣部和原国家新闻出版广电总局在北京京西宾馆召开了全国少儿出版工作会议。2015 年 7 月 9 日,中宣部和中国作协又在北京京西宾馆召开了全国儿童文学创作出版座谈会。两个京西宾馆会议,目的只有一个,这就是用国家力量推动我国儿童文学创作、童书出版的健康发展、跨越发展、高质量发展。

新时代高质量发展的中国童书,具有七个方面的重要标志。标志之一,主题出版旗帜鲜明。如中国少年儿童新闻出版总社,推出了"伟大也要有人懂"系列与"美丽中国·从家乡出发"系列等,向中国小读者讲述中国故事,也输出到海外引起国外许多小读者的强烈反响。标志之二,"中国好书"精品迭出。新时代的中国童书出版涌现出了一批精品力作。如曹文轩的《我的儿子皮卡》《丁丁当当》,黄蓓佳的《艾晚的水仙球》《余宝的世界》《童眸》,张炜的《少年与海》《寻找男孩》,金波主编的《中国儿歌大系》,海飞、缪惟、刘向伟等的《国粹戏剧图画书》系列,汤素兰的《阿莲》等,这些精品力作,都闪耀着新时代儿童文学创作、科普创作和童书出版的绚丽光彩。标志之三,图画书出版朝气蓬勃。图画书出版品种飞速增长,出版质量不断提升,有了不断壮大的创作队伍、翻译队伍和专业的、学术的研究中心,有了自己的奖项,图画书市场既现代又接地气等。标志之四,新出版格局充满活力。580 多家出版社 550 多家在出童书,几乎社社出童书。在童书高质量发展中,少儿出版集团应运而生,中国童书出版格局分散、个头不大、实力不强的局面得到改观。除此,童书出版的专业化格局进一步强化,如"华东六少"抱团发展,专业出版的视野更加开阔,专业出版的水准不断提升。一些非少儿专业出版社、民营出版机构、外资出版机构的童书出版也在迅速崛起。标志之五,"童书出版+"的融合发展竞争模式。科学技术日新月异的互联网、大数据、"5G"时代,为实现从童书的内容产品生产到儿童成长的全方位、产业链服务的新时代转型提供了条件。如外研社少儿分社充分利用外研社外语教育优势，做"童书出版+幼儿园"的"打包教育服务"。"童书出版+资本"的模式也应运而生。标志之六，国际合作异彩纷呈，已经不再局限于简单的你卖我买的版权贸易的单一模式，大致可以归纳为五种模式：合作出书；合作办出版公司；建立战略合作伙伴关系；举办中国的国际童书展，设立中国的国际儿童文学大奖；走出国门，构建"一带一路"童书出版平台。标志之七，儿童阅读的春天。据 2018 年全国国民阅读权威发布，我国 0~17 岁未成年人图书阅读率为 80.4%，人均图书阅读量为 8.91 本，与新中国成立之初 17 个孩子 1 本书相比较，今非昔比。

"不忘本来，吸收外来，面向未来。"我们在新时代不懈努力，期盼着在世界格局中出现真正属于中国的一个童书大时代。

（原载《人民政协报》2019 年 9 月 25 日）

中国少数民族儿童文学 70 年

张锦贻

中华民族中，55 个少数民族，不论人口多少，都有着自己的文化传统。在儿童文学这块小小园地里，兄弟民族各有自己的重大贡献，各有自己的独特创造。新中国建立以来，少数民族儿童文学，经历了艰难的历史进程，自有它的生成和形成、发生和发展。

一

1949 年，新中国建立。1955 年，中国作家协会推选满族老作家老舍主持民族文学工作。在当时的社会情况下，少数民族儿童文学，虽然还没有正式地、单独地被提出，但民族文学遗产的继承和发扬、民族民间文学的搜集和整理、民族新文学的创作和翻译等方面的工作，都是与儿童文学紧密关联的。这一切，为后来少数民族儿童文学创作的倡导、推进打好了基础。

这时，在新生活氛围里，一种重视儿童、培育儿童的全新观念，像一股清澈明净的泉水，毫无声息、自然而然地涸漫进不同民族人的心地上；加上中国作协对少数民族作家的格外关注和分外呵护，在主客观两个方面为促进民族儿童文学创作准备了良好的条件。事实证明了这一点。如，连续创作儿童小说的蒙古族阿·敖德斯尔，就在这时入中央文学讲习所学习，并参加了中国作家协会。如，常常为儿童写作的新疆维吾尔族祖农·哈迪尔，新中国成立后调任专业作家，并担任新疆维吾尔自治区文联副主席。又如，湖南省土家族孙健忠，20 世纪 50 年代中期担任小学教师时写出儿童文学处女作《小皮球》，随即调入湖南省作家协会；之后，继续创作儿童小说和童话等。又如云南省彝族普飞，一开始写的小说《我的舅母》《三个牧童》等，都写到了儿童，都有很好的社会反响，他得到了奖励，成长为儿童文学作家。显然，在新中国建立初期，少数民族儿童文学创作一开始就得到了国家的肯定、社会的鼓励。各民族儿童们的热烈情绪可想而知。

需要特别指出的是，在新中国建立以前，没有一个少数民族是有儿童文学作家的。那时，少数民族儿童文学中只有民族民间儿童文学。

在新中国，经济、文化发展较快的少数民族中，革命老作家们首先关心本民族和其他民族儿童健康成长中的精神需求，义不容辞地担当起领头为儿童创作的责任。他们开始写儿童小说，向孩子们讲述，为了推翻压迫各民族人民的反动统治，革命前辈前赴后继，儿童们也勇敢无畏、不怕牺牲的故事；讲述战争带来的苦难，也讲述了必须用正义的战争反对非正义战争。这方面的作品，如蒙古族岗·普日布的短篇小说《小侦察员》，布依族江农的短篇小说《血染山茶寨》，满族颜一烟的中篇小说《小马倌和大皮靴叔叔》等。苗族杨明渊的短篇小说《芦笙的故事》，则是写苗族人英勇抗击清朝大兵的历史故事。布依族王廷珍也写了新中国初期剿匪斗争的短篇小说《山谷月明夜》。这些作品写的，大都是老作家们的亲身经历、切身体验，丰富而凝重，惊险而曲折，使革命历史题材儿童小说创作

在 20 世纪 50 年代少数民族儿童文学中形成一股强大的潮流，波澜起伏，滚滚向前。与之同流并进的，还有老作家们描写新社会的新生活、新儿童，以及新儿童的新思想、新行为的现实题材小说。如蒙古族阿·敖德斯尔生动描绘草原上新一代牧民儿童的《小冈苏赫》，彝族作家苏晓星描叙彝家孩子热爱集体牲畜的《阿爹与荞荞》。彝族普飞则以第一人称细腻描写了"我"和全家怎样像对待家人一样地呵护一只八哥鸟的《七弟的翅膀》，更因其真实、真切而感人至深。而回族胡奇写解放军修筑公路到西藏的神妙与美妙的中篇小说《五彩路》，既写出了祖国建设的发展，也写到了民族团结的实现。这些作品，写了不同民族儿童心驰神往于热火朝天的新生活，他们的所想所做都令人耳目一新，也由此反映了各族人民共同建设新生祖国的昂扬精神和热切期待。

童诗创作也发展起来。面对各民族少年儿童，作为长辈的各民族的老诗人们，或借鉴民族民间传说、童话，写出长长短短、好听好读的故事诗，如蒙古族特·其木德道尔吉的颂马诗《巴林驹》、满族胡昭的诗集《雁哨》《响铃公主》、壮族韦其麟的长诗《百鸟衣》；或根据家乡翻天覆地变化的现实，写了颂扬党和祖国、弘扬民族、时代精神的抒情诗，如蒙古族纳·赛因朝克图的长诗《沙原，我的故乡》、巴·布林贝赫的小诗《理想》、哈斯巴拉的《我的祖国》，满族柯岩的诗集《"小兵"的故事》、李中申的诗集《城外的白杨》；或顺着各民族儿童好奇、好动的天性，来写探索自然、追究万物的幻想诗，如仫佬族包玉堂的长诗《虹》等。虽风格各异，但都呈现着爱党爱祖国的新的精神风貌，洋溢着向上向善的新的民族情感。

这时的儿童散文，则多描写大自然，多描述祖国的地理景象，引导儿童开阔眼界、热爱生活；大都清新隽永、活泼灵动。回族郭风致力于创作优美的、富于乡土气息的儿童散文，接连出版散文集《搭船的鸟》《会飞的种子》《洗澡的虎》。赫哲族乌·白辛在走遍祖国大西北之后写出的《帕米尔高原历险记》，也意外地拥有了广大的各民族青少年读者。就是这位乌·白辛，接着创作了无场次话剧《黄继光》，竟连演三百余场，在全社会连连掀起崇拜英雄、学习英雄的热潮。由于东北地区解放得早，宣传新思想的工作总是走在最前面，所以反映新社会新儿童的短剧创作在这时十分活跃，如满族女作家柯岩的小歌剧《娃娃店》《照镜子》，赵郁秀的独幕剧《五条红领巾》等。

需要谈及的是，那时，新中国的任何方面都是向苏联"一边倒"。各民族青少年，几乎没有不读苏联文学的——《卓娅和舒拉的故事》《青年近卫军》《普通一兵》《钢铁是怎样炼成的》《古丽雅的道路》，等等。少数民族儿童文学作家自然也深受影响，除了写解放战争中的小英雄、各条战线上的小模范，还写了有国际主义精神的小朋友们，如朝鲜族金昌锡的短篇小说《飞鸽传深情》、白族菡芳的短篇小说《界河上的红蜻蜓》等。

显然，新中国成立后的前几年，在文艺百花园中，少数民族儿童文学，虽是一枝嫩生生的小花，却也是花蕊饱满，花瓣展开了呢——满族颜一烟、回族胡奇、蒙古族阿·敖德斯尔的小说，满族胡昭、柯岩的诗歌，回族郭风的散文等，不仅在中国当代少数民族儿童文学乃至在中国当代儿童文学中占重要地位，而且形成了可以在整个文学史上能与其他阶段区别开来的艺术个性。

这一时期，民族儿童文学中，各种各样的作品都备受瞩目。影响最大的，是颜一烟写于 1958 年的中篇小说《小马倌和大皮靴叔叔》。作品描写东北抗日联军中一个小战士的成长过程，主人公是一个生长在严寒东北深山密林里的贫苦孩子——姓江的小马倌。日本鬼子侵占东北时他才 8 岁，父母双亡仍身负重债，只得以身相抵，给地主养猪、牧羊、放马。他长年里吃不饱、穿不暖，有割不完的牧草、干不完的杂活。但年年月月独自在荒山野岭调养马群，朝朝暮暮早出晚归，天热挨晒、天冷受冻的生活磨炼，练就了他一身无所畏惧的胆量和一副无比灵敏的手脚，造就了他一种无可形容的存世智慧与一套无往不适的生活本领。他不能忍受地主的虐待，逃到没有人迹的老林子里，正与一支抗联队伍相遇，被队伍收留下来。在革命队伍中，他逐渐去掉了捣蛋任性、散漫无纪的野蛮气，懂得了行动守纪律、做事有规矩的道理，并与这支队伍的指导员——大皮靴叔叔建立了亲密关系，成为一名正式的抗联战士。作品中，小马倌的形象真实、鲜活。他的生活、情感，成长、志向，生动地概括了帝国主义侵略和国内反动统治给广大中国百姓带来的深重灾难，反映出中国人全民抗战并坚持抗战到底的奋发、热烈的民族精神，并由此把一段反法西斯斗争的历史巧妙地浓缩在这本儿童题材的中篇小说里，这在中国当代儿童文学发展史上有着深刻的思想意义和审美价值，为比较完整、完美的革命历史题材儿童文学创作带了一个好头。

更重要的是，颜一烟的创作既充满了革命热情、昂扬激情，又善于运用适合儿童的艺术方式，使整部作品在表现小马倌残酷、凄苦的童年时，始终透露着热切的希望和愉悦的希冀。可以看到，作家非常注重灵传神的细节描写，使活泼泼的儿童情趣与刻板的部队生活相统一、相辉映，使小马倌的个性自然而然地凸显出来、真真切切地饱满起来。如写小马倌凭着熟悉山林和了解路径的本领，竟将400多个鬼子兵拖进了抗联战士的伏击圈，打了歼灭战，获得战利品，被记了一大功，使他真正感受到当一名抗联战士的光荣与使命。这个抗联队伍中的小马倌，就这样被铭记在各民族儿童读者的心灵里，成为中国当代儿童文学中一个革命儿童的典型形象。作品先后被译成朝鲜文、法文，并被改编成话剧、电影剧本，七场话剧《小马倌》由上海中国福利会儿童艺术剧院演出；北京电影制片厂拍成电影后，片名为《烽火少年》。

另一有大影响的作品是胡奇1957年创作的中篇小说《五彩路》。作品描写刚刚获得解放的西藏儿童——居住在偏僻遥远的雪山里、生活几乎与外界隔绝的三个同村、同龄的藏族孩子：曲拉、丹珠、桑顿。有一天，他们听到人们传说解放军叔叔要在雪山上修筑一条为藏族人打开通道、打开眼界、带来新生、带来幸福的"五彩放光的路"。他们激动、兴奋，怀着想看五彩路的好奇心、想过好日子的美妙愿望，他们三个偷偷地离开了家乡，决心结伴前往远方探个究竟。一路上，他们艰难地走进沙地，翻越雪山，穿过树林；白天以日出日落来认定方向，夜间靠星移星闪来看清道路；经历了说不尽的艰辛，道不完的困难。但他们打定主意，没有动摇过，没有退缩过。三个孩子终于找到了解放军，看到了太阳照耀下、横贯在崇山峻岭中的那条熠熠闪闪、光光亮亮的宽阔的无尽头的大路，这是他们的祖祖辈辈从来没有见到过的。他们也终于知道了修筑这条路将给藏族人、给新中国的建设事业带来怎样的好处；他们感受到了几千年来第一次降临的幸福带给他们怎样的快乐。他们决心要把五彩路修到自己的家乡。作家巧妙地采取藏族儿童的小视角，写了现实生活中的大题材。既写出了藏民族翻身得解放的新时代的到来，写出了新中国民族平等、民族团结的新的社会形态，也写出了西藏新一代人对幸福日子的渴望、对美好理想的追求。作家的写作充满了昂扬的朝气、勃勃的活力，洋溢着悠悠的诗意、欣欣的童趣，有一种独到的稚拙美感和独特的艺术魅力——作家所塑造的三个藏族儿童形象，活泼、生动，是中国当代儿童文学中最早走出来的少数民族儿童人物典型。

其他有较大影响的作品，如阿·敖德斯尔的短篇小说《小冈苏赫》。作品创作于新中国建立初期。作家在内蒙古草原飞速发展的社会环境里，在内蒙古历史上从未有过的组织起来放牧的生活中，塑造了一个受新生活、新思想的哺育，又具有蒙古民族彪悍气质和倔强性格的牧民儿童——小冈苏赫的形象，真实地生动地表现出那个特定历史时期里蒙古族儿童的思想、感情、理想和意志。并且，从小主人公所特有的思想方式、生活方式中，反映出内蒙古牧区的草原风光、社会状况、风俗习惯和人们的心理特征。这个牧民儿童形象使作品有了强大的艺术生命力。

作品中，作家全力写活小冈苏赫这个儿童形象，先着力描绘小冈苏赫的装束、动作、模样，透露着草原牧民的感情和蒙古民族的风貌，十分鲜明。再用两件在蒙古族牧童身上很平常而又不平常的东西凸显小冈苏赫性格：一枚佩戴在胸前的劳模奖章，一条用哈达包裹后藏在佛龛里的褪了色的红领巾；并由此细致地写出小冈苏赫在草原生活中关键时刻的言行举止，以小主人公的所喜所爱表达了他的所思所想。同时，作家也用心提炼牧区儿童语言，使作品从内容到形式，从采撷素材到艺术表达，都十分注重凸显草原游牧民族在历史进程中所形成的民族心理状态的发展、变迁，十分注意草原上牧人生活、儿童情感的新的进展、变化，使民族特点、地域特色与时代特征、儿童特性熔铸一体，具体、生动地写出少年儿童身上所体现的民族性格的新的内涵。

显然，好的民族儿童小说，必定深深植根于民族生活土壤。当然，民族儿童文学作家更需要与民族儿童心心相印、息息相通。

与此同时，柯岩的儿童诗《"小兵"的故事》成了家喻户晓的作品。作品发表于1956年，由《帽子的秘密》《两个将军》《"军医"和"护士"》三首饶有童趣的儿童诗组成。第一首描写一群一心想当海军的孩子的课外生活：哥哥是个一连得了几个五分的好学生，妈妈奖励他一顶蓝帽子，可是帽檐老是掉下来，妈妈缝了又缝，但每次哥哥从外面回来，帽子总是坏。妈妈就让弟弟去侦察，当弟弟发现哥哥扯下帽檐扮"海军"时，自己却当了"海军"的"俘虏"。诗人用"我"的口吻来讲述，又用对话的方式来表现，活泛也活泼。在富于戏剧性的冲突、细节中，把哥哥对"奸细"态度的严厉和果断、弟弟坚决不当奸细的倔强和不屈，勾画得生动而传神，从而写出新中国新儿童的理想和志趣，把他们勇敢、高尚、爱憎分明、胸怀大志的高贵品质一一地展现出来。诗的语言，既是儿童的、原生态的，又是文学的、锤炼过的，有节奏的音乐性伴着有故事的戏剧性，有声有色、有板有眼，顺畅而明快，诙谐而明朗，快乐中有着启迪，愉悦中有着启示。又真正是有情有趣、有理有智，通晓而明白，幽默而明丽。具有强烈的时代特征和艺术魅力。

这时，郭风开始专门为儿童写关于大自然的散文诗，如《丝瓜和瓢瓜》，这是南方院子里常见的，郭风一写，恰是另一番情景：

> 丝瓜是早晨开花的，它开着黄灿灿的花朵。……瓢瓜是晚上开花的。在太阳下山以后，丝瓜的花朵已经凋谢了，瓢瓜开放了雪白的花朵，好像是白绸编成的。……白天和夜晚，我们的瓜棚上都开放着花朵。白天，灿烂的黄花。晚上，沉静的白花。

再如《竹叶上的珍珠》：

> ……我看见校园里的竹丛，每片叶尖上都缀着一颗珍珠。比水晶还晶莹，

几万颗的珍珠，映着太阳闪亮闪亮地发光。……

更有一种独属于儿童的清纯的目光和清新的语言。这些作品后来结集为《蒲公英和虹》，受到各民族小读者的喜爱。

毫无疑问，这一时期是新中国少数民族儿童文学的第一个黄金时代。

二

20世纪50年代末至60年代初，中国各民族儿童文学作家努力把握儿童文学的现实主义精神，力图真实地、感情细致和深刻地表现生活，或以抗日战争、解放战争中的革命历史为背景，或以边疆少数民族儿童独特的生活遭遇为题材，或以南北各民族中的创世神话、美丽传说为参照，或以边陲广阔漠野上正在变革中的社会现实为依据，写出为各民族儿童所喜爱的不同体裁的儿童文学作品。以蒙古族作家来说，内蒙古土默特左旗人云照光根据抗日战争期间八路军在大青山建立革命根据地的亲身经历，于1962年10月写出中篇小说《蒙古小八路》。云照光并不专门写儿童文学。他是一位在革命斗争中成长的老作家，热爱革命，热爱祖国，热爱儿童。当年，他是实实在在的蒙古小八路。展现在我们面前的故事，并不只是天真的儿童世界和活泼的儿童天地，而主要是那个时代党领导各族人民抵抗日寇侵略斗争的缩影。从蒙古族儿童的特殊角度，描绘了当时艰难、残酷的斗争环境，既没有回避这一斗争的残酷性，也没有纯客观地渲染战争的恐怖性，而是通过小扎木苏和他周围的人们对凶暴敌人的不屈斗争和难免的流血牺牲这一严峻的生活现实，表现出我抗日军民不畏强暴、英勇战斗的英雄气概以及民族团结的伟大力量，使少年儿童具体地理解党的领导、党的民族政策、党的群众路线，理解革命胜利来之不易，是无数烈士流血牺牲换来的，也由此激发他们对前辈革命精神崇敬、热爱、向往的感情。

《蒙古小八路》在思想上、艺术上都有鲜明的特点。首先，作家善于在战争年代里发现和塑造本民族儿童英雄典型，又满怀深情地、真切地描写出来，既有使小读者感到亲切的真实感，又有动人心弦的理想的光彩。作品中，写了小扎木苏一家的遭遇。阿爸拉苏荣是地下党小组长，被日本鬼子绑着吊在旗杆上用火烧；阿姐乌云也遭杀害。阿妈巴达玛托起女儿的尸体逼向荣达赖，荣达赖竟命令伪军把她投进大火里。亲人们壮烈牺牲、受尽苦难，并没有吓住、压倒这个从小给牧主放羊放牛的小牧童。大地主、大牧主荣达赖的小子强迫他当马骑上玩，他不让；狗腿子把他摁住，还拿鞭子打他跑，他不依；狗腿子们又把他吊起来，打得血肉模糊，他不屈。阿妈把阿姐的血头巾交给了他，他把仇恨与痛苦埋藏在心底，只盼快长大，打尽这些坏蛋。八路军救了他，革命长者的爱怜和教导，使他懂得了蒙汉各族是兄弟，懂得了几十个民族都是祖国大家庭中的成员，懂得了打跑日本鬼子、打倒汉奸，就是为了建立一个各民族平等的、统一的、强盛的祖国。他第一次参加战斗，就用木头手榴弹换回一个真手榴弹；以后还亲手打死了一个鬼子，活捉了一个伪军；在抗日根据地村民代表大会上，他没有背宋指导员为他准备的讲稿，却讲得生动有力；深冬腊月，他能借着山沟里积雪的反光，一步一滑摸下山去侦察；他进赛乌素村后被奸细扣住，他却在煤堆靠墙的地方发现了一个小洞，等到荣达赖觉察，他已经钻进了这个正好容下他身子的洞口逃了出去；在又一次袭击敌人的战斗中，日本鬼子中村一枪打飞了他的帽子，荣达赖正要开枪，另一战士李银娃一枪打倒了这个奸细，等等。他——小扎木苏，一个被压在社会最底层的小长工，虽然小小年纪，却胸怀理想，渴望杀敌，向往胜利；一心报仇，出生入死，勇敢无畏。他，身经百战，终于在斗争中成长为真正的革命者和无产阶级先锋战士。这个带有鲜明的童稚印记、渗透着强烈的民族精神，然而又是早熟的小战士的性格，充分地发掘出蒙古族人民在灾难深重的阶级压迫、民族压迫之中、在曲折艰苦的斗争中锤炼出来的不屈不挠的精神特质，向读者展示的，是坚决追求革命的刚毅坚韧的个性和以斗争求生存的剽悍大胆精神的美好统一。这是一个既是儿童又是英雄的活泼泼的艺术形象，蒙古民族的威武不屈和整个中华民族的自强不息，如一种基本色调涸透在这个儿童主人公的全部斗争生活之中。但，他的勇猛机智、果敢大胆，既不同于成年人，也有异于众多作品中的抗日小英雄形象。小扎木苏，是一个在特定的反侵略战争年代中、在塞外大青山抗日根据地成长起来的土默特左旗蒙古小英雄典型。

这样一个有深度的小英雄典型的成功创造，是《蒙古小八路》对中国当代儿童文学的卓越贡献。特别应该提到的是，作家在细致地刻画小扎木苏形象的同时，还生动地描写了他周围的亲人、长者的形象，小英雄形象和人民英雄群像的光辉在历史进程中交相映照，照亮着光艳的现实，照耀着光明的未来。显然，作家洞察并把握了蒙古民族心理素质在那一特定年代特定儿童身上的具体体现，又饱含真情地、真挚地表达出来，既具活脱脱的现场感，又富于蒙古民族英雄史诗式的传奇色彩。在作家巧妙的艺术构思中，作品中浓郁的民族特色自然地融进鲜明的儿童特点之中，因紧张、好看而有了非同一般的艺术生命力。整部作品虽是传奇式的，奇谲奇诡，却通晓通畅，近乎说书；整篇故事虽处处出乎意外，常常突兀巍立，却也很真很实、入情入理，近乎白描。作品虽是写抗击日本鬼子，却有景有情、有头有尾，娓娓道来，动听动人，赏事赏心；于淳朴中见深情，于赤忱中显忠贞，是对蒙古族文学传统的弘扬、光大。

另一位来自科尔沁草原、用蒙古文创作的哈斯巴拉，则以内蒙古东部科尔沁草原上的朝图山起义为背景，写了一本反映蒙古族儿童跟大人一起反抗王爷压迫、打击日本侵略者为题材的中篇小说《故事的乌塔》。蒙古语"乌塔"是口袋的意思。这部小说的蒙文原作，从 1962 年 6 月起在《花的原野》杂志上连载，之后出版单行本。1963 年，小说的前几段译成汉文，用《巴特尔爷爷讲故事》的题目在《儿童文学》创刊号上发表后，茅盾在《人民日报》撰文称赞这个作品"一鸣惊人"。1967 年后正式出版。

作家以第一人称"我"——小巴特尔来讲述，奇巧地形成了一种故事连故事、故事套故事的艺术结构，曲拐接连，悬念迭起，波折再三。这是作家借鉴蒙古族说书艺术所得，从而使蒙古族儿童文学与民间文学的优秀传统更紧密地联系起来。作品中，这一点更明显地体现在小说所运用的既具民族情韵又有儿童情味的语言上，从而使小说的民族味儿更觉醇厚、儿童范儿更显非凡。如小说开头小巴特尔讲述自己一家：

> 我的爸爸阿拉德尔是个好样的牧人，他能辨别一千只羊的毛色；我的妈妈萨仁是个勤劳的妇女，她那一双灵巧的手，能把衣服上的蝴蝶绣活。可是我们这样勤劳的一家，竟连一头牲畜也没有，吃上顿没下顿，穷得叮当响。

与《蒙古小八路》中的小扎木苏相比，小巴特尔是另一类型的蒙古族抗日小战士形象。这是一个会思考、爱劳动、敢斗争的草原牧民儿童，由此也自然地勾画出当时的社会状况和时代本质。作品中，从小巴特尔八岁写起，写他的苦难、仇恨、巧遇、斗争、觉悟，在描画了内蒙古草原上色彩缤纷的风物风景和绘声绘色的风习风俗的同时，巧妙地展示出他生龙活虎的个性与铁铮铮、硬朗朗的民族性格的美好统一。更为美妙的是,这种描写没有既定的框框,也没有划定的禁区。作家是用民族儿童的目光去观察、审视周围世界的一切事物,去体会、看待民族儿童的心灵深处。书中写到小巴特尔想到的一个个问题,既是儿童小脑瓜里不能理解的,又是广大蒙古族牧民需要理解的,恰是发掘出蒙古族人民在艰苦动荡的游牧生活中、在曲折复杂的革命斗争中锤炼而得的阶级觉悟和政治觉悟。小巴特尔也因此成为蒙古族儿童形象中的"这一个"。

又如回族胡奇于1964年出版的中篇小说《绿色的远方》。小说描写了在西藏民主改革进程中,藏族少年扎西、阿江等在老师、家长的帮助教育下,在与妄图复辟农奴制的暗藏敌人的斗争中觉醒觉悟、长大长成的故事,反映出藏族一代代人的进步以及他们对幸福生活的渴望,折射出时代的进展以及人们对建设新西藏的心愿。

作家不是一般地、外在地描写西藏地域风貌的殊异和藏族少年民族生活的独特,而是紧紧围绕着历史中形成的西藏独有的宗教氛围以及由此而来的对一代代人的思想拘囿。作家的高明在于,通过真实、生动的细节,具体、实在地刻画藏族少年阿江的性格和情感,让人领略、领会到千百年来西藏反动统治者怎样利用宗教来制造精神枷锁、构筑思想囚牢,以压制广大人民的反抗、压抑新一代人的奋起,从而揭示出西藏民主改革的关键所在,昭示出西藏少年儿童健全成长的重要支点。使儿童小说的民族性与历史性、时代性相交融。如小说中写阿江的父母死于"舅舅"阿罗之手。这个"舅舅"披着宗教外衣干罪恶勾当,把阿罗收为"外甥",驱使阿江像奴隶一样为他干活,却把阿江所受的苦难和折磨归于前世积孽和佛智安排。阿江整日念经祈祷,沉默寡欢。在老师李侠的关怀和小伙伴的帮助下,他才有了生活的希望。当他偷偷观察到,这个"舅舅"并不是虔诚的佛门弟子,而是佛门败类时,就开始有了反抗意识;终于有一天,他对着佛大喊着"我是人!"在"神台下"那一节,阿江想着摆脱日复一日的精神压力,要试一试佛爷的"法力"。他面对着护法神像,鼓起勇气,圆睁双目,决意挑战;可是,随着对痛苦经历的回忆,又恐惧起来,"双膝不由自主地跪下来",说:"至尊至贵的神,你宽恕吧!"可见阿江心底所积淀的藏族人对神的敬畏感有多么深重!但,毕竟时代不同了,阿江又立刻想起学校、老师和一切关怀他的人对他的教导,他决心要看看佛爷是否会惩罚他。他的心终于平静下来。他的精神解放、思想觉醒就此开始。作家对阿江面对神像时的心理描写细腻而真切,极富感染力和震撼力,不仅写出了以往受尽苦难、折磨的西藏劳苦儿童自己起来砸烂精神枷锁的过程,也深刻地反映出百万农奴在党领导下自己解放自己的精神历程。阿江这个藏族少年形象极具典型性和当代性。作家还善于借鉴藏族民间故事中故露端倪、悬疑重重,曲径通幽、神秘莫测的艺术方式,写藏族儿童在新与旧、光明与黑暗的夹缝中所呈现的痛苦沉闷的内心世界、豁出命来的斗争行动,写藏地追风赶云的骏马,锋长刃利的腰刀,还有酥油茶、糌粑面、青稞糌粑……都使小说有一种别样的民族情味和地域情致。

需要注意的是,作家在这部作品中不仅塑造了阿江这样的藏族少年形象,还描写了性格性情迥然不同的其他少年形象,既避免了写人物的单调单一,又引导了广大小读者的审美取向和美学趣味。

显然,这一时期的民族儿童小说创作发展得最为迅速。尤其是艺术表现上逐步趋于完美。

这时,少数民族中的老作家们,因热爱儿童而巧妙地顺势创作。如满族老舍,1960年写了6场童话歌剧《青蛙骑手》,1961年写了6场童话剧《宝船》,都以民族民间童话作

为素材,有情趣,有神韵,久演不衰。满族佟希仁,一意地深情地描写大自然,诗集《柳树枝挂月亮》《孔雀与白头翁》,都表达出少年儿童爱家乡、爱祖国的真情实意,抒写少年儿童有理想、有志向的精气神。其他如彝族吴琪拉达的少年长诗《阿支岭扎》,锡伯族郭基南的地域小诗《伊犁春色》,满族端木蕻良的系列散文《在草原上》,白族那家伦的人物散文《然米渡口》,蒙古族阿·敖德斯尔的抒情散文《慈母湖》《马驹湖》等,都保持着文学的审美和心灵的纯净,客观上正为当时的中国儿童文学领域吹进一阵清新的风。

三

　　1978 年 10 月,党的十一届三中全会以后,全国少年儿童读物出版工作座谈会召开。政府对儿童文学事业更加重视,加上《民族文学》杂志的创办,以及培养少数民族作家、扶持民族文学创作等有关政策的制订,使人数虽少热情却很高的民族儿童文学作家受到极大的鼓舞。老作家焕发青春,老当益壮,创作了不少思想性艺术性都好的作品。如满族颜一烟的长篇自传体小说《盐丁儿》,舒群的短篇少年小说《少年晨女》,回族郭风的散文诗集《你是普通的花》,白练的短篇小说《儿童文学三题》,朝鲜族柳元武的中篇小说《我们的老师》、短篇小说《依布妮与百灵鸟》,哈萨克族夏木斯·胡玛尔的短篇小说《长满蒿草的原野》、蒙古族吉儒木图的儿歌集《团结的大雁》等。中壮年民族作家是新时期少数民族儿童文学创作的主力军,他们大都在"文革"前就致力于民族儿童文学创作且已有成果,这时的创作成就也很显著。如满族柯岩的长篇小说《寻找回来的世界》、胡昭的长诗《瘸狼》、佟希仁的儿童诗集《雪花姑娘》、张少武的抗日题材中篇小说《九月的枪声》、农村题材短篇小说集《远方的种子》,蒙古族力格登的短篇小说《哦,我的伊席次仁》、石·础伦巴干的短篇小说集《三个小伙伴和三个大伙伴》,高·拉希扎布的儿童诗集《你知道吗?》,土家族孙健忠的短篇小说《牛牛的故事》,壮族韦其麟的散文诗集《童心集》、黄钲的中篇小说《江和岭》,藏族益希单增的短篇小说《啊,人心》等。青年一代的民族作家成长较快,他们思想敏锐、勇于探索,他们的作品冲破了多年来因极左思潮影响而形成的创作模式和羁绊,在新时期少数民族儿童文学园地里做新的开拓,如藏族意西泽仁的短篇小说《依姆琼琼》《瞧,那儿还有两朵花》,满族王家男的短篇小说《松花湖上》,哈萨克族艾克拜尔·米吉提的短篇小说《天鹅》,维吾尔族穆罕默德·巴格拉西的短篇小说《流沙》,土家族李传锋的短篇小说《退役军犬》,苗族贺晓彤的短篇小说《新伙伴》等。显然,新时期民族儿童文学创作队伍已经壮大了许多。而且,创作势头不弱,使新时期少数民族儿童文学呈现出新的精神风貌、新的民族特色。

　　这些作品中,有不少在新时期中国当代儿童文学中占有重要位置。如颜一烟的《盐丁儿》,写的是一个出生在辛亥革命之后的满族封建贵族家庭的格格——鄂丁,在"五四"新文化熏陶和共产主义思想引导下成长为反帝反封建的无产阶级文艺战士的过程。作品总共 72 章。从第一章写 1912 年鄂丁降生、当时的家庭境况、时代背景,到最后一章写鄂丁 1938 年春来到延安,时间跨度 26 年,从小时候到长大,线索单纯,脉络清晰,包括童年、在校、流亡日本、归国抗战四个阶段。鄂丁的童年苦难多多。辛亥革命发生了,失败了。鄂丁二舅在日本参加了"同盟会",鄂丁还未出世就被官僚家庭视为"扫帚星",出世后就叫她"盐丁儿",意思是"嫌(咸)透了"。作家把这个称呼用作书名,满含着反讽、回击的意味,有着强烈的情感色彩。可以说,鄂丁最初的反抗性、叛逆性即从家庭的侮辱、虐待中来。在她的青年时期,级任老师石评梅成为她思想和文学的启蒙人。之后,她考进了河北省立女子师范学院国文系,结识了地下党员林克,后逃亡日本,考入日本早稻田大学文学部,并坚决拒绝父兄逼她改成"满洲国"籍的要求。期间,鄢丁积极参加中国留日学生的左翼文学活动。1937年"七七"事变后,毅然放弃了早稻田大学的毕业文凭,卖掉心爱的书籍,凑足路费,从神户登船回国。

作家在创作这部小说的时候已是古稀之年,但她青年时代的远大理想和革命激情依然。她热爱满民族,热爱中华大民族;憎恨腐朽、丑恶的清朝官僚、满族奸臣,憎恨贪心、卑鄙、甘做"满洲国"奸细的父兄。她爱憎分明,行动坚决,全在于方向正确,信念坚定。从书中可以看到,反帝反封建是中华各族人民共同的历史使命。这是一部引导今天各民族的少年儿童具体地认识革命、坚持、奋斗、进步的书,是一本令人具体地体察、体验中华各民族人怎样确立共同的正确人生观、世界观的书。

还如玛拉沁夫的短篇小说《活佛的故事》,不足七千字,却概括了一个人的一生。作品用"我"的童年目光和口吻来看、来说,主要写"我"的邻居、同岁的形影不离的好朋友小玛拉哈,怎样从一个眉清目秀、聪明胆大、健壮活泼的玩伴变成了一个身穿黄袍、两颊消瘦、眼窝深陷、毫无反应的活泥塑。几十年过去,活泥塑却又变成了一个研究蒙藏医学的专家。小说中对千百年来宗教迷信扭曲人性的揭露、对封建制度下百姓无知任凭愚弄的揭示,撼人心弦,动人心魄!其艺术特色十分深邃,不仅寓严肃深刻的题旨题材于天真烂漫的童情童趣之中。又总是从实际出发,在生活中敏锐地发现一些妨碍着、阻拦着民族发展、进步的思想因素和风俗习惯。比如宗教迷信、愚昧造神、任凭摆布,都使草原上蒙古族人在推翻了反动王爷的统治以后,并未达到精神上的真正解放。作家出于挚爱民族的忧患意识、追随时代的民族使命感和关怀下一代的社会责任心,使小说具有强烈的政治批判色彩和历史唯物主义精神,作家所写,是草原牧人真实的现实生活和内心世界,是草原牧区儿童真切的童年情景和稚真情怀,因此,能够打动大人们的心,更能引起儿童们的心弦共振和心灵共鸣。作家从拜佛、迷信的外在表层,开掘到思想解放、思维开放的内在深层,足见这一作品的深度和力度。整篇作品寓真实生动的草原生活场景情景于散文化的笔法笔调之中,寓鲜明活脱的民族特色地域特点于阜原儿童日常的生活细节之中。作品的蒙古民族味儿是从儿童生活中流淌出来,而不是故意、刻意地去写的。自自然然,实实在在,让人心领神会、记住悟到。作品中的民族特色、地域特点,并不只是在于特殊的仪式、心态的呈现,而在于对民族文化的思考、思索。

又如意西泽仁的短篇小说《依姆琼琼》。作品写于1981年6月,是意西泽仁儿童文学的代表作。作品写一个十一二岁的藏族牧民小姑娘依姆琼琼,小小年纪,却主动承担家庭责任。家里已经没有茶和盐了,她虽然有点感冒、发烧,却仍然冒着风雪,牵了驮着四袋干牛粪的牦牛到县城去卖。一路上"风啸着,雪砸着……",一路上,走在前头的牦牛等着她、呼唤她,却还是晕倒在风雪交加的野外。恰正遇县委书记尼玛下乡,送她到医院救治……作家着力写依姆琼琼为父母分忧的淳真情怀和实际行动,如此天真可爱!如此撼人心弦!小说不足一万字,一个品德好、行为好的淳朴笃厚的藏族小姑娘形象却跃然纸上。作家的艺术表现颇有深度,也别具一格;深层地展现当时藏族牧民贫穷、困苦的生活境遇,展露西藏牧区滞后、封闭的社会状态。作家善于从经典著作中借鉴、汲取,对域外童话的一些艺术方式采取"拿来主义"。既采取电影"蒙太奇"手法,将依姆琼琼的内心情感化作她不畏狂风暴雪、坚持勇敢前行的一个个具体、形象的镜头,给人留下深刻印象。小说的结尾,依姆琼琼得到尼玛书记的救助,住在医院里。既令人感到温暖,又表现出党和人民大众之间的真情。这篇小说思想性、艺术性都比较完美,在国内外都有较广泛的影响。

如夏木斯·胡玛尔的短篇小说《长满蒿草的原野》,着力地写一个名叫马格萨迪的孤苦瘦弱的哈萨克小男孩。他生下没多久,母亲就去世了。奶奶照看他6年后也去世了。父亲娶了继母,伯父伯母收养了他。因为穷苦,又缺劳力,他未满十岁就辍学当了牧童。但他渴望上学。因爷爷的恳求,他回到生父家里并上了学。可是,他来自荒野、穿着破旧,既遭继母歧视,又受同学奚落。他思念爷爷。在一个大雪纷飞的早晨,偷偷地爬上了一辆进山的卡车,他要去找爷爷。卡车在半路上坏了,他艰难地从车上爬下来,驾驶室里空无一人。风雪中他发现了司机的脚印,沿着脚印朝前走,却终于走不动了,太累太困了,无情的风雪吞没了他。作家以写实的笔法,写了这个可爱可怜的哈萨克小男孩凄苦、凄惨的命运,这是对哈萨克人脑袋里不懂儿童地位、不把儿童当人看的一切旧观念旧意识的揭示和展现,是对十年"文革"真情缺失、道德沦丧的遗毒最痛切最深沉的控诉和批判。这,正是作品深刻思想性之所在,也是民族儿童文学独特审美价值之所在。这一短篇,篇幅不是很短,作品中,家庭内部的三代人都写到了;而且,还从儿童视角来体察社会现实和人的内心世界,由此反映社会变革和民族心理素质的新变化。构思比较独到,意味深长。

显然,民族儿童小说创作在这一时期民族儿童文学中占据主要地位,不仅发展势头好,,而且,也丰富了儿童文学民族性理论。可以看到,这些作品的内容都不拘限于表现民族地区的大变化、也不拘囿于赞美民族儿童的好品德,而是真实、生动地写出民族生活本身、本来的丰富和复杂,具体、鲜明地写出日常所要面对的种种民族事象、事件的繁复和芜杂。民族作家们对民族特征、民族特色的理解、表达更加深入、更为深刻,不只是着意于外在的描绘和讲述,而是细致、活泼地写出历史急速前行中一个民族在观念进步中始终具有的那样一种精神气质,精当、确切地写出时代迅猛发展中某个民族在社会变动中始终坚守的那样一种文化心理;使民族儿童文学具有一种纵深的历史感和开阔的现实感,并使二者相交辉、相交融;使"典型环境中的典型性格"这一经典理论在新时期民族儿童文学创作中更具当代性和民族姓。民族儿童人物形象都显现出无可替代的民族性格、民族精神与时代精神、与儿童精神融合。民族精神因时代精神的灌注、因儿童精神的浸润而显示出它的新发展;民族儿童人物形象,也会因此在中国当代儿童文学的人物画廊中显示出他们的独一和独异。民族儿童文学艺术性与思想性、与民族性、与时代性、与儿童性熔铸一炉,提炼、提升,达到了一个高度。

新时期民族儿童文学在中国新时期儿童文学中开辟了一方新天地,不少民族儿童文学作家作品已被写进《中国少数民族当代文学史》,如柯岩《寻找回来的世界》,苏赫巴鲁《成吉思汗传》,玛拉沁夫《活佛的故事》,穆罕默德·巴格拉西《流沙》,李传锋《退役军犬》,乌热尔图《七叉犄角的公鹿》。其中,柯岩的《寻找回来的世界》已写进《中国当代文学史》。这些作品的文学史价值正在于思想、艺术上的开创性、开拓性。

四

20世纪80年代中后期,改革在深入,开放在扩大。少数民族儿童文学,在题材的拓展、题旨的深化,以及艺术方式的多元、文学语言的个性化等方面,都有非常明显的进步和发展。从1987年起,云南少年儿童出版社陆续出版南北方各民族民间童话丛书,1990

年，湖北少年儿童出版社（现长江少年儿童出版社）出版《中国北方少数民族故事精选》《中国南方少数民族故事精选》（一套两本）；同年，海燕出版社出版《中国少数民族儿童小说选》，这是中国儿童文学史、中国文学史上第一本由少数民族作家创作的儿童小说选集；1998 年，《中国少数民族儿童文学新作选》由贵州人民出版社出版。1989 年由人民文学出版社出版的《第二届全国少数民族文学创作获奖作品丛书》中，辑入的少数民族儿童文学作品就有中篇小说三部：蒙古族佳峻的《驼铃》、壮族黄钲的《江和岭》、朝鲜族柳元武的《我们的老师》；短篇小说七篇：维吾尔族穆罕默德·巴格拉西的《流沙》、土家族李传锋的《退役军犬》、藏族益希单增的《啊，人心！》、白族王云龙的《爸爸在遥远的扣林》、藏族意西泽仁的《依姆琼琼》、佤族董秀英的《最后的微笑》、景颇族岳丁的《爱的渴望》，以及土家族颜家文的诗歌《悲歌一曲》等。事实证明，在 20 世纪八九十年代，正确的民族观、儿童观、儿童文学观，已经逐步地在全社会牢固地树立；为儿童创作的少数民族作家一年年地多起来；少数民族儿童文学正在发展、走向繁荣。

20 世纪八九十年代，民族老作家们笔耕不辍，起到了很好的凝聚作用。1986 年，满族舒群在原稿丢失后重新创作出版了纪实文学集《毛泽东的故事》，蒙古族阿·敖德斯尔根据本民族世代流传的民歌、传说，在 90 年代中期写出中篇小说《云青马》《狗坟》。好几位作家出版了儿童文学作品集，如鄂温克族乌热尔图的《七叉犄角的公鹿》，蒙古族石·础伦巴干的《啊，妈妈》，白族张焰铎的《洱海的孩子》，彝族普飞的《普飞儿童文学作品选》（彝文汉文双语）、《蓝宝石少女》，土家族李传锋的《动物小说选》，满族佟希仁的《佟希仁儿童诗选》、儿歌集《蒲公英》、散文集《五十双眼睛》，满族赵郁秀的散文、报告文学集《为了明天》，蒙古族额·巴雅尔的散文集《天涯归心》，回族海代泉的寓言集《螃蟹为什么横行》《老灰狼作报告》，回族马瑞麟的寓言选《摇篮》（回文汉文双语）等。有的作家出版了中、长篇单行本，如哈尼族存文学的中篇小说《神秘的黑森林》，蒙古族哈斯巴拉等的长篇纪实文学《成吉思汗》，蒙古族乌·达尔罕的中篇小说《警犬黑豹》，土家族向民胜的长篇童话《外星猫人阿木哥》，以及 1996 年在内蒙古《锡林河文学》杂志连载的蒙古族巴根那的长篇小说《雪灾之后草青青》（出版时改书名为《雪冬》）等。可以看到，少数民族儿童文学，无论数量上、质量上，都在走向丰富和成熟。

应该专门论及的是，鄂温克族乌热尔图的《七叉犄角的公鹿》和白族张焰铎的《洱海的孩子》，均以其浓郁的民族、地域特色，在国内外文学界产生深广的影响。

短篇小说集《七叉犄角的公鹿》，共 19 篇作品，其中 13 篇都写了鄂温克孩子（《琥珀色的篝火》《越过克波河》《棕色的熊》《七叉犄角的公鹿》《老人和鹿》《马的故事》《鹿，我的小白鹿啊》《一个猎人的恳求》《爱》《森林里的梦》《小别日坎》《熊洞里的孩子》《森林里的歌声》），其余 6 篇也都是写鄂温克孩子身边的现实，是他们能懂、能领会的。可以说这是一本难得的鄂温克族儿童小说集。

用作书名的《七叉犄角的公鹿》是乌热尔图儿童小说代表作。作品写一个 13 岁的鄂温克猎人的孩子几次猎鹿的经过：(1) 被冷漠、暴戾的酒鬼继父毒打、怀着凄苦、郁悒而渴望自立的孩子，在严寒的清晨走出帐篷，走进冰封雪盖的山林，突然地遇见了一头公鹿。枪响了，孩子打伤了公鹿——作家着力写了公鹿的两只犄角，写了它的一瞥、一瞅的眼神，写出了这头公鹿的姿态和神采，写出了孩子以外的另一个艺术形象———头七叉犄角的公鹿。(2) 第二天，顺着雪地上的蹄印，孩子去寻找被他打伤的公鹿。找到它时，它正被狼追赶着。公鹿虽然受了伤，却毫不退缩，扬起粗壮、尖利的犄角，把狼甩过头顶、抛

越石崖、扔进深谷。那是对公鹿勇气、力量的赞美！作家写孩子痛惜地看着鹿的伤口，让他从自己的枪口前面走了过去，更是对孩子善良、爱心的称颂！一只无言的鹿，却生动地体现出鄂温克人的民族心理素质在新一代人身上的一种发展和变化。（3）当孩子和他那贪婪的继父一起伏在草丛里守候着那头公鹿来碱场时，孩子却"猛地从藏身的草丛里站起来"，故意地惊动了它。一个看似不经意的动作，一笔好像不起眼的白描，把鄂温克孩子纯洁、淳朴的心灵表现得更加明显和明朗。（4）当孩子再次见到七叉犄角公鹿时，狼群围住了它。它正处于危难之中。孩子举枪打死了狼。这时，鹿的犄角被皮索缠住，孩子又奋不顾身地扑上去，用猎枪打断了皮索，自己却受了重伤。孩子内心的光明、情怀的正大，使这个民族的精神气质、心理状态，非常具体、非常鲜明地呈现出来，真正是无可形容、无以言传。显然，小说虽然只是写了一个鄂温克孩子、一只七叉犄角公鹿，却表现了很深的民族文化底蕴，呈现了很强的民族精神气质。

短篇集《洱海的孩子》，共 17 篇作品，除末后的《圣地传真》《蜂儿蜂儿》是散文，其余15 篇都是短篇小说。篇幅都不长，却是面面俱到，写了白族的风情风俗，写了大理的风景风光，写了白族儿童的情感情思，写了大理乡人的心气心怀。难得的是，作家以白族儿童纯净的目光来看来写，不仅写了苍山洱海的格外凝重、分外壮丽、白族人的一身正气、一世正义，还写了"左"倾统治对传统美德的摧毁、对民族文化的玷污。写自然，也写人文，让人感觉到、感受到：白族人思想、观念有了新的进步、新的变革；民族心理素质在新一代人身上有了新的变化、新的发展；也令人感触到、感悟到：正，一定压倒邪；善，必定战胜恶。用作书名的那篇《洱海的孩子》，开头写夏天的洱海，宽阔的海面，晴雨交织，彩虹弯弯，到处有花；接着写，恰逢星期天，白族孩子阿明刚刚在全县数学比赛中得了第一名，村里老人就把心爱的船儿交给他。啊，驾着船尽情冲向洱海，是一件多么令人陶醉的事！可作家的笔不止于此，作家着力描写的，恰是一场夏季的暴风雨，以及阿明面对暴风雨的所见所闻、所作所为。当暴风雨过后，见到立在岸上焦急地等候他的多福阿老时，也见到了村里谁都讨厌的"小狗狗""小猴子"划着船回来，他俩身上都挂着汽车内胎，小狗狗手里还提着一个。一切都明白了。阿明在心里对自己说："人的心灵应该丰富些，更丰富些！应该比大海还要大……"这是真正的情景映衬，情景交融。作家把景和物的感情色彩写足，反过来，又映射出孩子的感情，即在孩子内心深处漾起的情愫。渲染愈深，感情愈浓。感情写得透，作品也就深邃、深情，有了较强的艺术感染力。显然，作家写了洱海，写了洱海边的白族村子、白族大人小孩，写了云南大理的天然风光，写了大理渔村的现实生活，把民族特色、地域特点、时代特征、儿童特性，全都囊括在内、蕴含其中；而且，活泼泼地塑造了一个热爱自己家乡、学习成绩优异、又能够独自战胜暴风雨、能够善待同龄的顽皮伙伴的白族少年形象！除了说明作家对本民族的熟悉、热爱，表明作家对儿童文学的理解、把握，也十分清晰地呈现出这一短篇小说的文学史价值和意义。

这个集子里的其他作品，也都描绘、塑造了不同长相、不同性格的白族少年儿童形象，如《山蛟》。作品用弟弟讲哥哥的口吻来写山蛟大胆、沉着地火烧马蜂窝，彻底消灭白族人养蜂酿蜜的死敌的故事。火烧马蜂窝，险恶多多，危难重重，是几代白族人要干而没干成的事。少年山蛟，有勇有智。他，登上接近天际的树顶、爬到伸向天空的树梢，一只手点燃绑在一丈多长火竿上的麦秸，另一只手用麻袋套住挂在枝头的马蜂王窝。只听得树枝断裂的"咔嚓"一响，山蛟被树枝往上一弹，抓住了上面的一根树枝；又"咔嚓"一响，山蛟却已抱住了大树的树干，平安地落到了树下的茅草堆上。十分真实，又非常亲切；让人读得心惊胆战,惊诧、惊讶之外,满心充溢了惊喜和惊奇。就这样,白族的民族心理素质在新一代少年身上体现得美妙而微妙。还如写出新一代白族少年儿童新观念的《第一颗鸡蛋》,写出白族少儿心底的善良愿望、美好憧憬的《圣地传真》,等等。应该特别提到的是,那篇以白族儿童的心灵感受来写的对抗、批判极左倾向,又蕴涵着民族团结深意的《蜂儿蜂儿》,是一篇政治性很强、艺术性极高的儿童散文,坦诚而委婉,直率而隽永。是民族儿童文学中罕见的真忧之作。

显然,从 20 世纪八九十年代发表的民族儿童文学作品中,明显地感受到改革开放以来的新时代气息,从各民族少年儿童生活和情感的变化中,反映出中国大地的变动和变革。还如维吾尔族艾克拜尔·吾拉木的短篇小说《卖哈密瓜的小姑娘》,侗族刘蓉宝的短篇小说《小河流水清亮亮》,以及彝族普飞的大自然散文《再见吧,扎腊么鸟》《神奇的鸟童》《蜜花》《青罗牯和小罗牯》,藏族贡卜扎西的短诗《我的帐篷》《草原之夜》《阿妈要摘的星》《童心》等。有一些民族作家不是专门为儿童写作,但,作品中所塑造的儿童形象、所展现的儿童天地,也使各民族的小读者感同身受,如哈萨克族居玛德力·马曼的短篇小说《宁静的草原上……》,朝鲜族崔清吉的短篇动物小说《林中悲曲》等,都从民族儿童特有的心态和神情中,从丛林野猪特具的抗争逻辑和决斗行动中,透露出一种北疆少数民族的淳朴、坦诚和彪悍、勇敢的气质。可以看到,这一时期民族儿童文学的独到之处,不仅在于写出了民族儿童的新生活,反映出民族传统的厚重和民族文化的深邃,更在于充分地展示出不同民族作家不同的创作个性。创作个性的殊异必然使作家的艺术构思千差万别,各民族儿童文学作品才会千姿百态,儿童文学百花园里才会百花齐放、姹紫嫣红。

20 世纪八九十年代的少数民族儿童文学,发展得快,繁荣得好。

五

21 世纪民族儿童文学,一直处于上升、上进的状态。

这种状态的明显标志是,民族儿童文学作品近年在全国性大奖中连连获奖:满族王立春的童诗集,回族白冰的幼儿童话,蒙古族韩静慧、维吾尔族帕尔哈提·伊力亚斯的幻想小说,回族郑春华的幼儿小说集,蒙古族格日勒其木格·黑鹤的长篇动物小说、中短篇动物小说集,满族胡冬林的科幻小说,都一次或多次获得全国优秀儿童文学奖、全国少数民族文学“骏马奖”全国精神文明建设“五个一工程”奖等。面对百里挑一的儿童文学赛场,人口少、作家更少的少数民族儿童文学创作竟能屡屡圆梦,这绝不是一种偶然、运气,而是国家改革开放、民族平等宽放、作家思想解放、文艺百花齐放的结果。

可以看到,民族作家们更加充分地利用自己独有的本民族生活积淀,开掘埋藏其中的历史的、文化的意义,揭示包涵其间的民族的、地域的意蕴,使题材优势发挥到极致,使语言特色渲染出韵味,从而使儿童文学民族性呈现得多姿多彩、丰富丰厚。

民族儿童文学的题材优势,最明显地体现在写动物、写大自然的作品上。蒙古族格日勒其木格·黑鹤的创作最具代表性。

21 世纪开始,他发表了短篇小说《冰湖》《睡床垫的熊》,出版了动物小说集《重返草原》。并接连写了长篇动物小说《黑焰》,中篇小说《美丽世界的孤儿》,短篇小说《静静的白桦林》《住在窗子里的麻雀》。《黑焰》中,作家赋予一只黑獒以灵性和情性,写出它像一团黑色火焰似的生命活力和生活热情。既开创了写动物的鲜明习性和鲜活情感相统一的独特风格，又开拓了刻画动物形象的审美视野，使动物小说创作的意义超越了自身，也超越了儿童文学领域。

之后，他又出版了长篇小说《鬼狗》、中短篇小说集《狼獾河》、长篇散文《罗杰、阿雅我的狗》《高加索牧羊犬哈拉和扁头》。并在21世纪第二个十年开始时，继续出版长篇小说《黑狗哈拉诺亥》，中短篇集《狼谷的孩子》，系列中篇小说《狼谷炊烟》《狼血》《狮童》，以及长篇散文《生命的季节》《王者的血脉》。与此同时，还发表短篇小说《冰层之下》《从狼谷来》等。他，一次次饱含深情地描述那些凶悍无敌、坚韧无馁的蒙古牧羊犬，描写那些与草地相依存、与巨犬共朝夕的蒙古族少年，描绘那些旷远而神奥、幽深而神秘的与异国相连的大草原和大森林；切实地、深层地揭示草原文化的意蕴、意义和弘扬民族精神的气势、气概。

另一位蒙古族许廷旺，近几年连续出版了《马王》《头羊》《草原犬》《狼犬赤那》《罕山雪狼》《狼道》《火狐》《绝境马王》《怒雪苍狼》《烈火灵狍》《黄羊北归》等作品。读这些作品，除了记住种种的动物和动物的种种，也会由此想到草原上民族儿童特有的情感、情趣，想到儿童与草原犬背后的历史与现实，并产生内心的共鸣。

这时，民族老作家们，也写了不同题材的动物小说。如重庆市土家族孙因写一只令日本鬼子胆战心惊的中国军犬的中篇《雪虎》，青海省蒙古族察森敖拉写老牧人达尔吉的孙子把狼崽当作狗崽来驯养的长篇《天敌》，云南省彝族张昆华写一只犹如洁白浪花的小鸽子的生命状态，折射出当下社会中的真假善恶的长篇《白浪鸽》等。吉林省满族胡冬林，扎根长白山，写出长篇科幻小说《巨虫公园》，使大自然中的昆虫都有了一种有价值、有尊严的生命状态，独具一格。

其他，长篇如白族杨保中的《狼部落》《野猪囚徒》《何处家园》，短篇如柯尔克孜族阿依别尔地·阿克骄勒的《三条腿的野山羊》。侗族龙章辉的《绝版牛王》。哈萨克族加海·阿合买提的《瘸腿鹿的故事》、拉祜族李梦薇的《闯入者》；鄂温克族德柯丽的《小驯鹿的故事》、回族泾河的《宰牲节》，都写了动物世界的复杂纷繁，写了人与动物之间的相存和冲突，也写了民族儿童与动物相处、相依的感人故事，并由此探索民族生活的底蕴。

也有的少数民族作家，以培育民族儿童的想象力创造力为己任，潜心于写探险、冒险、惊险的儿童文学作品。最早写这类作品并不断探索、开拓的，是土家族"80后"彭绪洛。

21世纪以来，彭绪洛连续出版"少年冒险王"系列、"少年奇幻冒险"系列、"时光定位钟"系列、"兵马俑复活"系列等少儿探险文学作品30余部。如《追踪丛林魅影》《天山天池水怪》《寻宝西安古城》《奇探高昌王陵》《惊魂险走珠峰》……作家不是客观地记游和探幽，而是书写民族人民的现实生活与内心情感，追寻先人所创造、所遗存的历代古迹与民族文化，表现当代民族儿童身上所透露的新的心理状态和精神气质。作品因此而具有了深远的审美价值。近年间，继续创作、出版《我的探险笔记》《绝地探险》系列，以及《丝绸之路的使者》系列，探险题材又有拓展，艺术手法也有新的表现。

云南省哈尼族存文学的长篇小说《黑蟒桥》，新疆维吾尔族穆罕默德·巴格拉西的中篇小说《心山》，是另一种少年探险文学。前者写南疆山寨里两个男孩和从省城来的女孩，带着一条猎狗，闯进了荒无人烟、野兽出没的峡谷。奇与险都在一刹那间。后者写三个年龄相仿、性格相殊的维吾尔族少年，因为被"心山"的传说所吸引，自作主张去探察、探寻那座天天被日头映照得像是刚被掏出来的心一样鲜红的"心山"。大漠中突发的狂风咆哮、黄沙漫天的沙暴，将"险"凸显到极点，将悲剧凸现到极度。这样的作品，明显地超越了以往的游历小说和惊悚故事。

这时,不同民族作家们也常以不同视角、从不同层面展现本乡本土民族儿童的生活现实,使乡土气息、民族气质、时代气氛在作品中相互泅渗、泅透;艺术方式也会延伸到各种各样的体裁。云南省回族白山的长篇《戴勋章的八公》,写一个大名叫姜石头、小名叫八公的云南山地少年,在抗日洪流中与云南各族人民一道,几个月内,修筑出一条跨越崇山峻岭、直达仰光出海口的汽车路:滇缅路。工地头儿就把一只家乡人用家乡树木制成的勋章轻轻地戴在八公的胸前。

乡土童年短篇小说不少。如云南省藏族永基卓玛的《九眼天珠》,甘肃省东乡族了一容的《揭瓦》,内蒙古蒙古族阿云嘎的短篇小说《第九个牧户》,宁夏回族马金莲的《柳叶哨》,拉祜族李梦薇的《扎拉木》,蒙古族郭雪波的《琥珀色的弯月石》等。

儿童乡野散文也时有佳作。如吉林省蒙古族陈晓雷的散文集《我的兴安我的草原》,以淳真的笔调描述内蒙古大小兴安岭原生态的山林风光及居住在这里的蒙古族、汉族、鄂温克族的小孩子们日常生活的点滴情趣,如《大岭高粱果》《爬犁小记》,都充满着家乡的泥土味、野果味、冰雪味,洋溢着大自然赐予民族儿童清甜山泉、酸甜野果,以及可以溜冰的湖面、能够滑雪的缓坡等无可比拟的活力和无可想象的乐趣。云南省回族阮殿文则写回族少年心中珍藏的乡情、亲情,充满了穆斯林生活气息。如《父亲挑书》《母亲的菜花》《大地和她的守卫者》《像头顶的星光喂养着夜空》《两只小麻雀》《河堤上的少年》《火把》《小街少年》。还如辽宁省满族佟希仁,以东北山地满族少年的独特视角,使抒写乡野自然与描述民族人文相融合,如《祖母》《泥火盆》《鞋子》《放爬犁》《家乡的火炕》《放鹰》等。裕固族阿拉坦·淖尔的《从冬窝子到夏牧场》《红石窝》,也浸渍了浓郁的裕固族味儿。其他,如东乡族钟翔的《包谷·麻雀·村庄里的路》,回族杨汉立的《我的山寨》,蒙古族唐新运的《一棵柳树》,达斡尔族安菁蕙的《莫力达瓦的原野》,等等,也都充满了独特而美妙的民族生活情味,体现着少数民族人在历史进程中形成的朴实朴厚的民族文化心理。

也有一些民族作家、诗人认为儿童更喜爱一种奇异、奇谲的幻想境界。辽宁省满族王立春2002年以来陆续出版了《骑扁马的扁人》《乡下老鼠》《写给老菜园子的信》《偷蛋贼》《光着脚丫的小路》《贪吃的月光》等诗集,都奇巧地运用儿童视角,把带有满族生活特色的氛围奇谲地渲染出来,从而使日常与奇异同在,哲理与奇妙共生。瑶族诗人唐德亮的诗集《住进小木屋的梦里》,那些饱含民族儿童情愫的诗歌中的奇异幻想,是能让人想到很多的。而维吾尔族艾尔西丁·塔提勒克却写了《聪明的母鸡》,在奇妙幻想中,以往被人认定蠢笨的母鸡聪明了,机灵了。在土族诗人张怀存写大自然的诗中,激情在奇异幻想中燃烧,诗意在奇丽幻想中升华。

回族女作家白山则用奇幻的艺术手段写了一部长篇《猩猩语录》。写一只有着丰富生存经验还会思考问题的黑猩猩,对人类所创造的文明进行了亲身体验,并表达了他的看法和见解,有一种无可比拟的艺术魅力。短篇奇幻小说中,哈萨克族合尔巴克·努尔阿肯的《灵羊》、布依族作家梦亦非的《布布和他的寨》、瑶族冯昱的《拔草的女孩》,也颇具代表性。

民族童话创作有了一点变化,满族肇夕的短篇童话集《绕树一小圈儿》、幼儿童话《小东西简史》,都以幼儿视角,从人们常见事物中生发出奇异幻想并编织成故事,又把一个个美妙的、玄妙的哲学命题,藏进每一则小童话中。

2011 年夏天,回族作家白冰出版了幼儿童话《小老鼠稀里哗啦》系列。虽然每一本每一页都洇漫了魔幻色彩,却每一篇每一处都表露着现代意味,极奇幻,极现实。

另有一些民族作家,从新的时代高度来关注、关怀已经在城市里的民族儿童的思想、情感,并在这方面创作中做出探索和努力。蒙古族韩静慧的校园长篇小说《M4 青春事》,写北方某城市一所私立学校里几个新入学的蒙、汉族富家子女的性格碰撞与思想变化。作家从一个全新的角度切入,力图探索民族传统文化在新一代心灵上留下的痕迹,深刻地透示着新时代中民族儿童文学的新的民族特色。之后,出版了"神秘女生"系列中篇(《咱不和女生斗气》《拯救懒女泡泡》《外国来的小女生》),"罗比这样长大"系列中篇(《无奈的罗比》《父子较量》《不该知道的秘密》)等。之后写出的长篇《一树幽兰花落尽》,又从校园中不同民族不同家庭少男少女的生活、思想、情感,辐射到社会的每个角落,思考、思辨社会伦理和道德问题;表现民族性格的现代发展。用蒙文创作的蒙古族力格登,译成汉文出版了长篇《馒头巴特尔历险记》,写牧区儿童巴特尔失学、外出、被骗、得救的经历,犀利而又智慧地揭示民族儿童问题。短篇小说大都在普通不过的民族儿童生活里,显示出民族作家们锐利、锋芒的艺术个性。瑶族陶永灿的《陀螺转溜溜》让人们触摸到了似曾经历却未曾注意的人性的隐蔽处,以及被濡染、被遮挡的童心的背面。其他如维吾尔族青年女作家阿依努尔·多里坤的中篇《伊尔法的日记》,藏族意西泽仁的中篇《白云行动》,都反映出民族少年对民族传统文化的热爱,表现出一种天然的民族意识、民族情怀。

诗歌方面,回族作家王俊康的校园朗诵诗集《向雷锋叔叔学习》。把孩子们学雷锋的日常生活诗意化,使孩子们参与其中的学雷锋行动重新以艺术的方式活泛起来。还如满族佟希仁的《那个夜晚——纪念抗日战争胜利 60 周年》《羊肠小道》;回族马克的《故乡人物》《共产党员》等。校园抒情诗多种多样,活泼泼地反映出当下小学生的思想情感,如满族匡文留的《孩子与鸟巢》,高若虹的《领树苗上山的少年》;布依族王家鸿的《把一群羊赶到天上》;普米族鲁若迪基的《最后一课》,蒙古族娜仁琪琪格的《我相信是这样》,等等。

彝族普飞坚持为幼儿写作。他写的《甜甜的课本》《金子换哨子》等故事中充满美妙的民族生活情趣与崭新的时代精神,使儿童文学民族性凸显出来。而回族女作家郑春华,则写了都市幼儿生活故事《奇妙学校》系列,对于至今还住在乡野林地、沙漠草原的民族儿童来说,也会起到开阔视野、树立大志的导引作用。

不少民族作家的视线在那些至今居住在僻远、贫困的小村里、盼望着上学读书的本民族贫穷儿童的身上。土家族苦金的短篇小说《六千娃》《听夕阳》,尖锐地揭示出民族地区最需要关注的教育问题。还如彝族黄玲的短篇小说《鹤影》、回族石舒清的《小学教师》、哈尼族朗确的《永远的恋歌》,也都是令人深深感动的少数民族儿童求学的故事,深刻地反映出新的时代潮流对于长期居住在大山里的少数民族人们的传统观念的冲击,以及少数民族与汉族之间的悠久而深长的情谊。这些儿童小说,题材内容不约而同,艺术表现却各各不同。作品的独特和真实,使其更具一种艺术性。

也有的民族作家写出了民族地区"留守儿童"题材的作品,引发了广泛的社会反响。毛南族孟学祥散文集《守望》中专写"留守儿童"的篇章,是这方面的代表性作品。这样的作品,不仅是民族儿童文学题材上的一种拓展,而且,在对民族儿童少年人物的描述手法上,在艺术陌生化的布局方式上,都有新的呈现和表现。如《家长》《无法兑现的承诺》

《山路难行》,写的都是爸妈外出打工、小孩子撑着家的凄凉情景,有着一种深深的忧患意识、一种沉沉的社会责任感。还如藏族觉乃·云才让的短篇小说《森林沟的阳光》,是另一种留守儿童的作品。作家从正面来写。把成年人犯罪对儿童成长的负面影响隐匿其间。

显然,写民族儿童成长的小说呈多元化趋势,思想更显深沉,艺术更觉灵动。如哈萨克族小七的《淘气的小别克》、回族马金莲的《数星星的孩子》、景颇族玛波的《背孩子的女孩》、拉祜族李梦薇的《阳光无界》、纳西族和晓梅的《东巴妹妹吉佩儿》、仡佬族肖勤的《外婆的月亮田》、苗族杨彩艳的《我们的童年谣》、蒙古族韩静慧的《赛罕萨尔河边的女孩》、达斡尔族晶达的《塔斯格有一只小狍子》,等等。而由此,我们又发现了一个"秘密":在21世纪民族儿童文学中,女作家群悄然形成。这是少数民族儿童文学发展中的巨大收获,也是少数民族儿童文学新发展的良好趋势。

值得特别提到的是,云南昭通的彝族作家吕翼,近年致力于民族儿童长篇小说创作,2014年出版了《疼痛的龙头山》,反映昭通鲁甸龙头山矿山因过度开采,青山绿水满目疮痍,母亲因此离家出走,孩子的遭遇令人心疼;2016年出版《云在天那边》,描述当年红军长征路过云南时所留下的太多太多的故事;2019年出版《岭上的阳光》,则写了彝族地区乡村少年与扶贫工作队员们一起,发展高原山地生态种植、养殖,使脱贫攻坚工作进行得更准更好。这些作品都奏响时代主旋律,在时代发展中表现民族儿童的成长。

在近年民族儿童文学中,显现光彩而又十分精彩的不仅是少数民族作家参与了红遍当下网络、火遍当代世界的绘本创作;而且,他们在新时代被唤醒的民族自觉、民族自信中,创作出反映不同民族儿童现实生活的独特而美妙的精致绘本。

其中的代表性作家是回族保冬妮。近年,保冬妮以散文的方式写民族儿童的生活"绘本",如写维吾尔族男孩沙迪克代替生病的阿爸及时给全村人送去信件的《小邮递员》,写哈萨克族女孩玛依拉向爷爷学驯鹰、到远方去求学的《玛依拉的鹰》,写乌孜别克族女孩再娜普一家喜气洋洋地冬季迁移的《冬季牧歌》,写在草原牧羊的蒙古族男孩巴图带着枣红色小马驹和羊群走进彩虹谷的《巴图和小马》,写已在城里上学的蒙古族男孩巴特尔来胡杨林深处接不想进城的爷爷的《老人湖》等,都营造出"绘本"世界中民族儿童的一次次奇遇、一个个奇观、一种种奇迹;都体现着本民族人心理状态在历史前行、时代进步中的新发展、新变化。

显然,无论世界潮流如何变化得奇,各民族一代代人的优秀品质是永恒的真。70年间,民族作家的儿童文学创作就在于从民族儿童真实的生活世界和内心情感中,探寻到他们最初的熠闪着的心智之光和隐约着的心灵之美。因其熠闪,作家就以美文靓图使其辉耀;因其隐约,作家就以诗情画意使其明朗。民族生活现实之美与民族儿童心灵之美,在民族儿童文学中相殊相异,却映衬映照;在妙趣和生趣中,折射着社会大格局、时代大氛围、历史大变迁。

民族作家的独具匠心,还在于使民族传统美德漫进现在的各民族的生活,使奇巧的想象发生于眼前的实际的生活。

民族作家热忱的哲学思考就在真切的艺术构思之中。

民族儿童生活中严肃的人生真谛就在美妙的艺术境界之中。

(本文系本书特约稿)

新中国儿童文学 70 年回顾与展望

李利芳

新中国儿童文学 70 年发展取得了卓越的成就。中国目前崛起成为童书出版大国,儿童文学是其中的主体与根本。在满足中国乃至世界儿童精神需求、健全童年精神生态、创造中国童年文化等方面,中国儿童文学做出了重要的成绩。最重要的是,当前我国儿童文学生产力获得极大解放,社会需求及关注度高,领域形态活跃,在文化现场已凸显为文学大门类中非常重要的一支有生力量。因此业界对其发展趋势预期很高,前景普遍看好。

我们可以从几个方面回顾新中国儿童文学 70 年发展,在总结经验与成绩的同时,更要发现目前存在的问题与不足,提出建设性意见。

一是在观念进步与社会引领方面。儿童文学是成人社会对儿童、对童年价值发现的产物。它主要服务于儿童的精神成长,也是人类基于童年维度发扬艺术创造力的一个主要通道或场域,但其核心是“儿童观”的观念进步,内含成人社会对儿童最前沿的价值观念与价值认识。因此,儿童文学引领社会儿童观的进步,它属于儿童观变革的先驱者。70 年儿童文学在发展、解放儿童,尊重并激发儿童主体性方面做出了艰苦的努力,逐步建构出成人与儿童双主体对话、和谐良性的关系生态。特别是新时期以来至今,儿童文学中的儿童观更是呈现出日新月异的状态,极大地丰富了文化建设中人文关怀视域及其精神内容。

自然,在这一方面的建设空间及发展任务还是非常艰巨的。主要表现在对幼年、童年、青少年不同年龄段的分段认知、协调综合及其观念建构上,特别表现在对幼年、青少年阶段认识不充分的问题上,而尤以青少年阶段为甚,很大程度上呈现出文学与青少年群体疏离、隔膜、干预性弱的特点。青少年文学整体发展滞后与观念的推进慢密不可分;其次还表现在儿童观发展的孤立与受限制性上,仅囿于儿童的生活世界与文化领地思考儿童发展的问题,很少融入整体社会、成人世界、人类现实的开合处去定位与把握,因此导致视野不宽,思想浅层,完成度不深入、不有力等问题。仅孤立地看待考察儿童的问题,儿童文学不会行之久远。儿童文学中儿童观建设最大的难点在于,如何在整一的“人”的范畴内敞开童年? 怎样才能打破儿童与成人间长期以来形成的观念壁垒?

二是在原创出版与文学自觉方面。经过 70 年的发展,原创儿童文学最大的成就是建立起专业的作家队伍,稳定的职业作家群体是保障这一事业发展的基石。近些年来,儿童文学一路上涨的市场空间与社会需求热度吸引了更多作家的注意力,包括很多成人文学作家也频频涉足儿童文学创作,有更多新人新作不断涌现,且很多都出手不凡。童书出版事业快速进步,优秀的出版社、出版人在助推原创儿童文学发展上功不可没。目前大量由出版社创办的儿童文学奖项,有力地刺激、促生、稳固了职业作家群的形成。进入 21 世纪后,中国儿童文学呈现“井喷式”发展,从“黄金十年”迈向“黄金二十年”。与之伴生的儿童阅读推广活动风生水起,家庭学校对儿童阅读的重视普遍提升,均是原创出版可持续发展的肥沃文化土壤。

总结 70 年儿童文学原创出版取得的辉煌成绩与现阶段的可喜态势，我们更多要思考的是与童书出版大国地位相匹配的、儿童文学原创能力的关键性突破问题，即透过繁华表象看我们的儿童文学真正能"传得开、留得下"的标志性作品究竟有多少？在最能体现儿童文学文类特征的文学性要素——人物形象塑造方面，我们的原创可持续性地提供出的经典形象能有多少？因为形象又直接影响到儿童影视、文化产业的开发。原创文学在儿童精神消费的构成中，远非纸本阅读的单一形态，而是作为一种核心内容存在。因此，其创造力的高下强弱直接决定了服务于广大儿童精神世界的能力与水平。今天我国每年出版的原创儿童文学品种数量都很丰富，其中也不乏精彩优秀之作，但最为奇缺的依然是辨识度高、能够产生巨大影响力的作品。间或也存在热销作品，受孩子们追捧欢迎，但原创指数其实并不高，与国内外经典做横向纵向比较，都面临内涵提升与创意突围的问题。"文学自觉"已然成为一个问题。它既表现在对原创精神的追求与超越，对艺术精致性的敏感与崇尚，也体现在对儿童文学各文体的重视与平衡发展，对新文体的拓新建设等方面。

三是在儿童文学学科地位提升与学术繁荣方面。我国儿童文学学科发展已逾百年，有丰硕的学术成果积淀。特别是新中国成立后，在组织机构与学科建制上更加落在实处，如 1952 年北京师范大学中文系在钟敬文的倡导下，率先成立了儿童文学教研室，首任主任是穆木天教授。北师大在我国儿童文学师资培养、教材建设、理论研究等方面走在国内前列。20 世纪 50 年代很多师范院校和综合性大学开设儿童文学课程。1979 年浙江师范学院中文系蒋风教授招收了第一位儿童文学研究生吴其南，当时是与杭州大学中文系联合招收。1982 年蒋风先生公开招收儿童文学硕士研究生。21 世纪以来，陆续有北京师范大学等高校招收儿童文学博士研究生，儿童文学高层次人才培养渐成规模，当前学界活跃的学术骨干都是 21 世纪以来成长起来的。近些年来，儿童文学学术领域也日益受到多方关注，新生力量介入更多，学术气象有明显变化，国家社科基金项目立项数量、教育部重大项目立项等都有突破与提升，这些都是儿童文学学科内涵发展的重要标志。

但整体来看，我国儿童文学学科地位还是边缘弱小的，研究人员数量还较少，学术气氛还有待进一步活跃，一些基础理论研究课题需要马上跟进。如迄今为止，我国尚没有一部全面深入的儿童文学研究方法论著述。学界既缺乏对儿童文学传统的、一般的研究方法的系统清理、描述与解释，更没有实现对国际儿童文学前沿研究方法的积极关注与深度引进。由此造成的学科窘况是：研究的方法论意识淡薄，缺失理论自觉，学术思想创新及话语体系创新乏力，学科影响力整体上难以提升。

还有像我国学界尚没有关于"百年中国儿童文学学科学术史"的专门研究成果，这是一个要填补的空白。儿童文学学科学术史的研究必须放置于我国现代科学体系，特别是人文科学的学术体系内去进行观照，必须从根源上论说清楚其发生的必然性与必要性，其独特的价值要素与学科属性等；学科学术史的梳理研究不在表层的事实与现象的罗列，重点在重要理论与思想问题的清理，以"问题意识"为统领去辨析清楚学科学术的传承、演进与发展，创新、经验与不足；围绕儿童文学的文化实践与意识形态属性，尤其要打破既有窄化封闭的研究范式，扩大儿童文学学科学术的研究视阈，在多学科交叉碰撞、域外理论视野的参照下，对研究对象做出更积极审慎的反思研究。

近期关于儿童文学的跨学科拓展研究学界有新趋势，朱自强老师领衔拿下了教育部

新中国儿童文学

重大项目，我本人也关注了此课题。由于童年问题的综合性与复杂性，理论上讲儿童文学的跨学科研究充满了无限的可能。因此，多学科包容并蓄、经纬交织的体系性的跨学科研究及其理论建构，估计在短期内会有突破，这也会较好地解放儿童文学的学术生产力。

四是在儿童文学的对外交流方面。新中国成立后，苏联儿童文学作品、理论被大量翻译。英国、法国、美国、德国等欧美儿童文学只有很少量译进。改革开放的八九十年代，译介西方儿童文学再一次形成高潮，且译介呈多元化、系统化、序列化趋势。21 世纪以来，图画书的译介也逐步加强推进。如今，翻译儿童文学在中国达到了历史上最高潮的时期。据史料呈现，中国学者第一次走出国门参加国际儿童文学交流活动，是 1986 年蒋风先生应邀赴日本大阪出席一个"儿童文学国际研究会"。近年来，儿童文学的国际学术交流已逐步推广开来，2016 年，曹文轩获国际安徒生奖后，中国儿童文学的文化交流愈益走向深入。

在对外交流上，目前我们谈得最多的是"中国儿童文学走出去""中国儿童文学走向世界的意义""中国儿童文学的国际化"等话题。随着少儿图书版权资源和自主知识产权的积累，我国在原创童书对外输出、童书插画艺术国际交流、童书创作的国际合作等领域均取得了突破性的成绩。2012 年 3 月，中国外文局海豚出版社出版"中国儿童文学走向世界精品书系"，收录了孙幼军、金波、秦文君、曹文轩、张之路、葛冰、黄蓓佳、沈石溪、高洪波、汤素兰、葛翠琳、董宏猷、郑春华、周锐、徐鲁等作家的自选代表作。这是我国第一次大规模的原创儿童文学译介工程。2016 年曹文轩获得"国际安徒生奖"，中国儿童文学的国际影响力发生了根本性的转折，目前曹文轩已经成为当代中国儿童文学作家中版权输出最多的一位。众多实力派作家作品走出去形势大好，如杨红樱、沈石溪、汤素兰、黑鹤、薛涛、殷健灵等。国内出版社在助推中国儿童文学走出去方面发挥了非常重要的作用。如中国少年儿童新闻出版总社仅在 2017 年一个年度版权输出图书品种数量就达 418 种，创历史新高；浙江少年儿童出版社收购了澳大利亚专业童书出版社新前沿出版社；湖南少年儿童出版社在打造"中国童书海上丝绸之路"项目；安徽少年儿童出版社发起成立"丝路童书国际联盟"；2018 年中国成为博洛尼亚童书展主宾国……在"一带一路"倡议与构建人类命运共同体的崭新时代背景下，中国童书已经成为中国文化走出去的重要板块，在参与世界童年文化建设中发挥着非常重要的作用。国际安徒生奖评委会主席帕齐·亚当娜表示，"在未来十年内，中国可能成为世界少儿出版的最重要的力量"。

少儿出版国际化的热潮提醒我们注意的依然还是原创作品的质量内涵问题，尤其要考虑解决的是世界级的儿童文学经典名著数量少，原创儿童文学文化原型植根不深、形象塑造不力、想象力不灵动、"中国精神"意蕴不足等这些方面的问题。可能我们聚焦思考的一个主要思想问题就是"中国童年精神"。它是"中国人"以童年为价值对象的创造，它自然刻绘了"中国"的国家身份与民族文化特征，它属于"中国精神""中国文化""中国思想"等的一个有机组成部分。其区别性就在于它是专门关乎童年生命的，始终从童年出发，为童年服务的。它代表了中国人对童年生命的认识与理解水准，对共性的童年精神的发现与阐释，对个别性与差异性品质的独特呈现，特别是对儿童的发展与成长寄寓的文化规训与理想期盼。对这一精神内涵的解析、概括、总结、阐释、建构，均是当前创作界与理论界值得重视与期待的一个领域。

（原载《文艺报》2019 年 9 月 20 日）

新中国成立70年来儿童文学的发展与成就：
童心无界　文学有情

行 超　教鹤然

从1949年到2019年，新中国儿童文学已经走过了70年不平凡的道路。儿童是民族的未来，儿童文学在塑造小读者的人生观、价值观等方面，具有重要的作用。新中国70年儿童文学是中国儿童文学史上发展最快、成就最为辉煌的历史时期。70年来，中国儿童文学在原创能力、队伍建设、理论研究、对外传播等方面都取得了重要成就，在中国当代文学史上留下了浓墨重彩的一笔。

新中国儿童文学发展的三个高潮

自20世纪50年代以来，党和国家一直十分重视儿童文学的发展。1955年，毛泽东主席高度重视儿童文学的一份批件，促使中国作家协会、团中央、文化部、教育部以及出版部门，在短时期内密集召开会议研究落实中央精神。特别是中国作家协会，制定了1955至1956年有关发展儿童文学创作的具体计划，敦促各地作协分会切实重视抓好儿童文学，并规划了190多位作家的创作任务，极大地激发了广大作家的创作热情。

在高洪波的记忆中，从庐山会议、泰山会议、烟台会议，到提出"提高全民族素质从儿童抓起""加强和改进未成年人思想道德建设"的"中央8号文件"，再到习近平总书记提到要引导青少年"系好人生的第一粒扣子"，新中国儿童文学的红色基因是一以贯之的。正是在这种红色基因的影响下，中华人民共和国70年来，不仅有许多杰出的作家创作出儿童科幻、儿童诗、童话、报告文学、故事、寓言、儿童剧等多门类的优秀儿童文学作品，而且还有大批成熟、敏锐的儿童文学评论家为作品的传播和评介推波助澜，他们用创作实践理论主张，一步一步地把中国儿童文学从一个弱小的文学门类，变成现在一个不可忽略的文学重镇。随着中国社会现代化进程的推进，物质生活水平和文明程度的提高，中国儿童文学得到了更广泛的接受与重视，逐渐形成了从"高原"到"高峰"的壮阔局面，可以说儿童文学已经进入了"黄金时期"。

王泉根认为，新中国成立以来中国儿童文学的发展经历了三次高潮，首先是新中国儿童文学的奠基，这期间儿童文学的创作集中在革命历史题材和少先队校园内外生活题材，加强革命传统教育，表现理想主义、爱国主义、英雄主义，是这一时期少儿小说创作的主脉。第二是20世纪70年代末以来，在改革开放的时代背景下，一个多重文化背景下的多元共荣的儿童文学新格局逐步形成，出现了旗号林立、新潮迭出的创作景象，涌现出大幻想文学、幽默儿童文学、大自然文学、少年环境文学、生命状态文学、自画青春文学等一面面创新旗帜。这一格局在进入21世纪之后显得更为生动清晰。第三是21世纪第二个10年，尤其是党的十八大召开以来，儿童文学与整个文学一样出现了不忘初心、砥砺前行的新气象，一个重要标志是儿童文学新力量的崛起，一大批"70后""80后"以及更年轻的"90后"作家成长为中坚力量，一些儿童文学创作实力强劲的地区，已形成自己的年轻作家方阵。

2016年4月4日，在意大利博洛尼亚国际童书展上，中国作家曹文轩荣获2016年国际安徒生奖，评委会认为"曹文轩的作品书写关于悲伤和痛苦的童年生活，树立了孩子们面对艰难生活挑战的榜样，能够赢得广泛儿童读者的喜爱"。以此为契机，中国儿童文学在国际儿童文学界、童书界越来越活跃，当代中国儿童文学的发展，已经愈来愈引起国际儿童文学界同行的好奇和关注。可以说，中国希望被世界了解，世界更想要了解中国。但中国优秀的童书想要成为全世界孩子的共同财富，还有很长的路要走。方卫平认为，要解决中外儿童交流现状的现实困境，首先要提升中国童书的文本质量，讲好中国故事，做到"自信但不骄矜，客观而不夸饰"。中国顶尖的童书在世界范围内也称得上是优秀之作，但我们儿童文学作品的整体水平还有提升空间。文本丰富有特点，并且具有世界性的中国童书才能更好地被国外所接受。第二是要解决童书翻译的问题。对于儿童文学图书的引进来和走出去来说，翻译的责任极为重大。中西方语言系统不同，将中国童书融入世界文化语境中的确有很大的难度，所以，我们特别需要优质的翻译力量来保证译介童书的文学质量。

五代学者持续推动中国儿童文学理论建设

自20世纪中期以来，中国儿童文学研究已经完成了四代人的学术接力：从周作人、郑振铎、赵景深等为代表的第一代学者，到陈伯吹、吕伯攸为代表的第二代学者，再到蒋风、浦漫汀等为代表的第三代学者以及曹文轩、梅子涵、朱自强、王泉根等为代表的第四代学者。在这些前辈作家、学者的努力之下，中国儿童文学逐渐构建起了相对完整而具有本国特点的理论体系、评价尺度。近年来，侯颖、李利芳、徐妍、谈凤霞、杜传坤、常立、李红叶、崔昕平等儿童文学界的青年学者悄然崛起，中国儿童文学研究的第五代学者逐渐受到瞩目。与中国儿童文学创作在数量和质量上的极大繁荣相比，中国儿童文学的理论评论似乎一直是"短板"。体系性的基础理论研究跟进与突破不够，批评跟踪、分析总结、价值评判与引领作用发挥得不及时、不充分，积极的、活跃的理论批评研究生态没有确立起来，不能全面深入地满足繁荣的文学态势提出的各种要求。儿童文学界对此的忧虑与呼唤已有多时，亟待获得一种有效的解决办法。

在新时代的大背景下，儿童文学理论研究的问题引起了广泛关注并正在逐步解决。李利芳认为，抛开这种面上的一般印象，如果去系统梳理、深入研究21世纪以来我国儿童文学理论批评取得的成果。我们对新时期、21世纪以来儿童文学学科建设成绩的总结与研究一直不够，对理论批评成果的彰显、运用不重视，对大量散见的理论批评成果没有做过全面的清理、细读与分析，进而也就不能以问题意识统领剖析理论现象，概括与呈现理论建设的具体业绩。特别是，我们没有素描出学人肖像与重要成果肖像，具体勾勒出理论发展的现状，它可汲取、发扬、传承的思想与精神资源。这些都是影响我们无法做出全面判断的根本原因。

现实与幻想是儿童文学繁荣发展的双翼

当我们谈论新中国70年来的发展给中国儿童文学带来了什么的时候，我们关切的不仅仅只是它的历史和现状，更应关注世界语境下中国儿童文学的未来发展方向和可能。曹文轩认为，与世界儿童文学相比，中国儿童文学存在着想象力不足甚至苍白的历史时期。但这一事实在近 20 年间已经被打破，中国的儿童文学现在并不缺想象力。他以为，现在的中国儿童文学面临着新的问题，就是在漫无节制地强调想象力的意义的同时，忽略了一个更重要的品质，这就是记忆力。对于作家来讲，特别是对于一个愿意进行经典化写作的作家来说，记忆力可能是比想象力更宝贵的品质。对历史和当下的记忆，才是更为重要的。在谈论经典作家时，我们在意的是他们强烈的现实主义精神和高超的现实主义手法，而这正是当下许多儿童文学作品所缺乏的。

与现实主义相伴的，是儿童文学的幻想主义。秦文君认为，新中国成立以来发展成熟的儿童文学，与世界范围内的儿童文学间存在着比较明显的差异性。世界儿童文学中比较繁荣的种类是幻想文学和图画书，现实主义儿童文学创作的繁荣在中国是一种特殊现象。我们的评价体系和市场销售方面比较受到关注的，主要是现实主义的儿童作品，而原创的幻想主义作品和图画书中虽然也有精品，但我们很难列出一长串的书单。就 70 年来的儿童文学成就以及未来的发展前景而言，中国有自己的儿童文学特色是非常好的，我们当然应该保持这样的特色。如果能够写出世界范围内最优秀的现实主义儿童文学作品，也可能会带动其他国家开始现实主义作品的创作。她提到，在此基础上，我们幻想的翅膀也应该更强健一点，这样才能够带领我们飞得更远。我希望年轻人能够有志于创作出更优秀的图画书和幻想作品，让我们的儿童文学更多样化、多品种，整体强大起来。

正如王泉根所说，儿童文学是"大人写给小孩看的文学"，儿童文学蕴含着两代人之间的精神对话和价值期待。因而通过阅读当今中国一流的儿童文学作品，既可以让世界看到今日中国儿童的现实生活与精神面貌，以及他们的理想、追求、梦幻、情感与生存现状，又可以看到中国文化、中国社会如何通过儿童文学作品，体现出今日中国对民族下一代的要求、期待和培养，还可以看到今日中国多样的文化和社会变革对民族下一代性格形成的做法和意义。童心是没有国界的。儿童文学是一种真正意义上的世界性文学，因为这种文学是一种基于童心的写作、基于"共通性的语言"的写作。因此，儿童文学既是全球视野的，又是立足本民族文化的；既是时代性的，又是民族性的；既是艺术性的，又是儿童性的。儿童文学作为世界文学的重要意义是显而易见的，世界各地不同肤色、不同民族、不同语言、不同文化背景的孩子们，正是在儿童文学的广阔天地里，一起享受到了童年的快乐、梦想与自由。

（原载《文艺报》2019 年 9 月 30 日）

中华人民共和国 70 年原创儿童文学的精神走向

——《中华人民共和国成立 70 周年优秀文学作品精选·儿童文学卷》序言

李东华

中国儿童文学从现代严格意义上来讲，是与中国新文学一道诞生、成长的。鲁迅、周作人、冰心、叶圣陶这些文学大师，同时也是中国现代儿童文学理论与创作实践的奠基者，中华人民共和国 70 年的儿童文学正是承继了他们的精神流脉。他们看向儿童的目光，至少包含着以下三种不同但又相互交织的内容：一、这个"儿童"是抽象的，他是民族国家的化身，代表着一个民族国家的未来。也正因此，中国儿童文学自诞生之日起就充满忧患意识和神圣的责任感，"十分注重对儿童进行精神教化的功能，即通过道德评价的主题传递本民族的文化传统、传递本民族的人格理想"（汤锐语）。二、这个"儿童"是具体的，是不同于成年人的具有独立人格的孩子，儿童文学应该从儿童本位出发，符合儿童的心理特征和阅读期待，解放儿童的天性，愉悦他们的身心。三、这个"儿童"是象征意义上的，和被污染的成人社会成为对比，从某种意义上说是成年人实现自我救赎的精神家园，甚至，"童年是一种思想的方法和资源"（朱自强语）。这三种看待儿童的目光会对儿童文学的走向产生不同的影响，但同时它们又是相互渗透的。由于社会语境的不同，政治、经济、历史、文化等种种因素或间接或直接作用于儿童文学创作，会使其中的某种倾向在某个历史时期占据较为主导的地位，并在不同的时代呈现出不同的特征。但经过大浪淘沙和岁月磨洗的经典之作，则基本是那些融合了这三种精神诉求的优秀之作。

中华人民共和国成立后的十七年（1949—1966），是当代儿童文学发展的第一个繁荣期。"50 年代以降，在广大少年儿童中产生广泛影响的著名儿童文学作品，几乎无一不是教育型的"（樊发稼《中国当代文学作品精选·儿童文学卷》导言）。因为在国家的主流意识形态里，少年儿童是"共产主义事业的接班人"，是祖国的"花朵"，儿童文学义不容辞地要承担起培养革命事业接班人的重任。因此，浓厚的教育色彩正是"教化"思想在这个年代的具体表现。尽管"教育性"是当时每个儿童文学作家所要遵守的艺术标尺，但并不是说他们的心中就泯灭了对"儿童性"的清醒坚守。张天翼当时就提出儿童文学一要"有益"，同时还要"有味"（《给孩子们》序）。严文井则反对"由乏味的说教代替生动的形象"（《1954—1955 儿童文学选》序）。陈伯吹则在《谈儿童文学创作上的几个问题》中提出了著名的"童心论"。也正因此，这一时期涌现出了一大批经得起时间检验的优秀之作。

1978 年 10 月，全国少年儿童读物出版工作座谈会在江西庐山召开，随后《人民日报》发表题为《努力做好少年儿童读物的创作和出版工作》的社论。备受鼓舞的儿童文学界在思想观念和创作实践上突破一个又一个禁区，向着"文学性"和"儿童性"复归。20 世纪 80 年代是一个儿童文学理论上众声喧哗、创作上佳作迭出的年代，其中短篇小说创作尤为突出。作家们在不同领域里激情满怀地开疆拓土,以开放包容的胸襟接受西方文艺思潮的洗礼和熏陶,以"寻根"的心态回望中国传统文化,怀着深厚的人道主义理想探索少年儿童的精神世界,探求人类童年文化的底蕴,把中国儿童文学推向了一个广阔的发展空间,在题材、体裁、主题、艺术手法等方面均有不小的突破。曹文轩提出的"儿童文学承担着塑造未来民族性格的天职",这可以视为是"教化"这一理念在改革开放大背景下新的时代表述。这种理念的最直接推动力是"文革"后中国和西方在经济、文化上所面临的巨大差异。对于国家民族未来命运的焦灼,使他们开始探索究竟少年儿童具备什么样的性格,才能使我们的民族屹立于世界民族之林。

20世纪90年代,随着市场大潮以及电视、网络等新兴媒体的兴起,儿童文学界在经过一段摸索之后调整了创作策略,增强了作品的可读性,更加贴近少年儿童生活,在长篇小说创作上取得了可喜的成就。进入21世纪以后,中国的儿童文学进入了多元共存的时代。老中青少作家四代同堂,中国儿童文学已经有了一支稳定的高产的创作队伍。这些作家人生阅历不同,艺术主张各异,既有对纯文学创作的痴情和坚守,也有对类型化写作、通俗化写作的热情与尝试,共同形成了一个和而不同的多声部的创作格局。这是个"儿童性"得到极大解放的年代。这个时代的艺术开始偏好轻松、幽默的基调和飞扬的想象力,进入21世纪后图画书的兴起,说明儿童文学的分类越来越精细,越来越注重在"儿童文学"这个笼统的大的分类之下,每一个小的群体的具体需求,从另一个层面讲,这是"市场细分"原则在儿童文学领域的具体体现。成年人投到儿童身上的目光,这时候也掺杂进些许讨好的意味。

21世纪的儿童文学可以说进入了"井喷"的状态。惊人的市场效益,少年儿童被唤醒的巨大的阅读热情,2016年曹文轩荣获国际安徒生奖……都呈现出新时代的儿童文学无论是在艺术水准上还是在传播上所达到的令人振奋的高度和成就。然而,当把中国原创儿童文学放到世界儿童文学的参照系中去考察,放到中国的少年儿童日益提升的审美需求和日渐多元的阅读需求面前去考察,在市场上体量很大的儿童文学,还亟须在艺术上扎实地、持续地成长。

《中华人民共和国成立70周年优秀文学作品精选·儿童文学卷》收录了中华人民共和国成立70年来的各个时期的儿童文学代表性作家的代表性作品,包含了小说、散文、童话、诗歌、寓言等各个文体的短篇作品。由一斑而窥全豹,从短篇入手来检索中国原创儿童文学的文学地图,不失为一种简捷有效的路径,在我看来,中国原创儿童文学里的短篇作品即便放到世界儿童文学范围里去比较也毫不逊色,无论是在艺术质量上还是在思想容量上,短小精悍的短篇作品完全可以和篇幅上占有优势的长篇媲美。尤其是这些作品集中式地出现,它的光照覆盖了辽阔的生活,忠实地反映了不同历史时期的中国孩子的真实生活——他们就是这样东西南北地生活于不同地域,传统的、现代的、中国的、世界的……不同的文化,共时地杂糅的同时也和谐地存在着。而我们的儿童文学作家们,从各自熟悉的生活出发,共同完成了一部交响乐般的大作品,以集体的力量完成了对多棱镜一样的时代经验的书写,在彼此的传承与呼应中实现了对时代肌理的全面而细致的扫描。

《周易》有云"蒙以养正"。习近平总书记勉励年轻人说:"人生的扣子从一开始就要扣好。"儿童文学的使命与担当也就在于此。从这本选集中,我们可以深切地感受到一代又一代儿童文学作家们正在努力地传递着文学的火炬,照亮一代又一代的童年,同时,也

是在照亮我们亲爱的祖国的未来和明天。

（原载《中华人民共和国成立 70 周年优秀文学作品精选·儿童文学卷》, 北京十月文艺出版社 2019 年版）

70年，见证新中国儿童文学发展历程

束沛德　陈菁霞

2011年，中国作协儿童文学委员会、北师大儿童文学研究中心、中国少年儿童少出版社为束沛德举行了祝贺八十寿诞暨儿童文学评论座谈会。会上，有论者称其"高屋建瓴地把握新时期以来儿童文学发展的全局，纵横交错地描绘了一幅立体的当代儿童文学地图"，"撰写了很多具有历史价值的重要文章，是当代儿童文学历程的见证者、参与者，成为当代儿童文学史上一个重要的坐标"。实际上，这也正是对束沛德在儿童文学领域辛勤工作70余年的高度概括和客观评价。

中学时代，束沛德就爱编编写写，写过一些散文小品、通讯报道，也写过诗，在《青年界》《中学时代》《文潮》《东南晨报·三六副刊》等报刊上发表。如果从1947年11月写的一篇小小说《一个最沉痛的日子》获《中学月刊》征文荣誉奖算起，到2011年10月新出版的散文集《爱心连着童心》为止，他与文字打交道，已整整70个春秋。"写作资历可谓不浅，但成果却乏善可陈。我是一个文学组织工作者，长期以来一直在文学团体、宣传部门做秘书工作、组织工作和服务工作。从20世纪50年代初担任中国作协创委会秘书到80年代初担任作协书记处书记，在工作岗位上始终离不开笔杆子。写报告、讲话、发言、总结、汇报这类应用文、职务性文字，几乎成了家常便饭。如把这类文字叠加在一起，也许能编选成四五卷。因此，原本不是作家的我，在60年代，就被同事们戏称为'文件作家'"。

束沛德曾在文章中将他同儿童文学的因缘，概括为五个"两"：即两个决议（参与起草1955、1986年作协关于儿童文学的两个决议）、两篇文章（50年代中期的《幻想也要以真实为基础》和《情趣从何而来？》）、两次会议（1986年、1988年主持在烟台召开的两次儿童文学创作会议）、两届评奖（1987年、1992年参与、主持作协举办的首届、第二届儿童文学创作评奖）、两种角色（既作为作协书记处书记又作为评论工作者参加各种儿童文学活动）。

1955年9月16日，《人民日报》发表了题为《大量创作、出版、发行少年儿童读物》的社论，批评了"中国作家协会很少认真研究发展少年儿童文学创作的问题"，并明确提出：为了改变目前儿童读物奇缺的情况，"首先需要由中国作家协会拟定繁荣少年儿童文学创作的计划，加强对少年儿童文学创作的领导"。在《人民日报》社论的推动下，同年10月，中国作协第二届理事会主席团举行第14次扩大会议，讨论并通过了近期发展少年儿童文学创作的计划，决定组织193名在北京和华北各省的会员作家、翻译家、理论批评家于1956年底以前，每人至少写出（或翻译）一篇（部）少年儿童文学作品或一篇研究性的文章。接着，又于11月18日向作协各地分会发出《中国作家协会关于发展少年儿童文学的指示》。当时，束沛德作为作协创作委员会秘书，参与了调查研究、文件起草等工作。

1955年春，负责创委会日常工作的副主任李季派束沛德参加了团中央召开的第三次全国少年儿童工作会议。从会上他了解到当时少年儿童的思想、学习、生活情况以及他们对文学艺术的需求，并聆听了胡耀邦所做的题为《把少年儿童带领得更加勇敢活泼

新中国儿童文学

些》的讲话。"作协主席团第 14 次会议前,李季让我根据《人民日报》社论精神,结合从少年儿童工作会议上了解到的情况,并参考第二次全苏作家代表大会上波列伏依所作的《苏联的少年儿童文学》补充报告,代作协草拟一个要求作协各地分会加强对少年儿童文学创作的指导意见。我写出初稿后,经过几次讨论,多位领导同志修改补充,最后形成 11 月 18 日下达作协各地分会的《中国作家协会关于发展少年儿童文学的指示》。这是我第一次接触儿童文学工作。也正是从这个时候开始,我把理论批评的兴趣和视野更多地投注于儿童文学领域。"

发表于 1956 年、1957 年的两篇儿童文学评论《幻想也要以真实为基础——评欧阳山的童话〈慧眼〉》《情趣从何而来?——谈谈柯岩的儿童诗》,被认为是束沛德儿童文学评论的代表作,自当年在《文艺报》刊发以后,先后被收入《1949—1979 儿童文学论文选》《中国儿童文学大系·理论(一)》《论儿童诗》《柯岩作品集》《柯岩研究专集》《中国儿童文学论文选(1949—1989)》《中国当代儿童文学文论选》等七八种评论选集。其中,《幻想也要以真实为基础》引发了一场持续两年之久的关于童话体裁中幻想与现实的关系乃至童话的基本特征、艺术逻辑、表现手法等问题的讨论。新时期以来出版的多种中国当代儿童文学史,儿童文学理论批评史、童话史、童话学等论著,对这场讨论都给予了肯定的评价,认为:"《慧眼》之争,开创了新中国成立后童话讨论的前声""不但促进了我国儿童文学的创作发展,而且也丰富了 50 年代尚不完备的我国童话理论"。

《情趣从何而来?》一文修改定稿时的情景,束沛德记忆犹新:那时女儿刚出世,他住的那间十多平方米的屋子,一分为三:窗前一张两屉桌,是他挑灯爬格子的小天地;身后躺着正在坐月子的妻子和未满月的婴儿;用两个书架隔开的一个窄条,住着他的母亲。"文章很快在《文艺报》1957 年第 35 号上刊出,这篇最早评介柯岩作品的文章,得到了柯岩本人和评论界及儿童文学界的好评,认为它是'有一定理论水平的作家作品论';对儿童情趣的赞美和呼唤'深深影响了一代儿童文苑'。"

"我到北方几十年了,至今还是南腔北调。共和国诞生的时候我 18 岁,刚从一个未成年人变成成年人。70 年过去了,我现在成了一个不折不扣的耄耋老人,不能不服老"。在年初广西师范大学出版社举行的"新中国成立 70 周年原创儿童文学献礼"丛书《儿童粮仓》发布会上,身为主编之一的束沛德向现场听众讲述了新中国儿童文学的发展历程和其间经历的艰难曲折。"共和国一路走到今天不容易,我见证了中华人民共和国在苦难中一步一步慢慢地从站起来到富起来,到走向强起来这么一个历程。像我这样的老儿童文学工作者,往往总有那么一份心情,总想为孩子们做点什么。我和徐德霞共同主编《儿童粮仓》就出于这样的想法,就像一首歌所唱的:'我要把最美的歌儿献给你,我的母亲,我的祖国'。"

除了歌声,在束沛德的身上,我们还看到了 70 年来儿童文学美好多彩的时光和面貌。

对　话

在赵景深、严文井引领下涉足儿童文学

《中华读书报》:1952 年,您从复旦大学新闻系毕业即被分配到中国作协工作。此后半个多世纪的时间里,您一直与中国儿童文学事业紧紧地联系在一起。在这一过程中,哪些人对您产生过影响?

束沛德：新中国诞生时，我 18 岁，刚跨进成年人的门槛，也是新中国第一代大学生。"国文"是大学一年级的必修课，我的老师是赵景深教授。他是我国儿童文学理论、创作、翻译、教学早期的拓荒者、探索者之一。由于在中学时代，我就在他主编的《青年界》杂志上多次发表过散文、速写，他对我可说是鼓励有加，倾情栽培。他特意为我开列了课外阅读书目，使我较早读到了《稻草人》《大林和小林》《鹅妈妈的故事》等名著，从而对儿童文学有了感情和兴趣。在我的文学之旅中，赵先生可说是第一个引领我向"儿童文学港"靠拢的人。

真是无巧不成书。我走上工作岗位，第一个上级恰好又是著名儿童文学家严文井。我饶有兴味地读了他的《蜜蜂和蚯蚓的故事》《三只骄傲的小猫》等；并在他的麾下，协助编选年度《儿童文学选》。他的言传身教，使我领悟到，儿童文学要讲究情趣，寓教于乐。他说，要善于以少年儿童的眼睛、心灵来观察和认识他们所接触到的以及渴望更多知道的那个完整统一而丰富多样的世界。这成了我后来从事儿童文学评论经常揣摩、力求把握的准则。

我涉足儿童文学评论，也忘不了著名文学评论家、时任《文艺报》副主编的侯金镜对我的鼓励和点拨。他热情鼓励我：从作品的实际出发，抓住作者的创作特色，力求作比较深入的艺术分析，要坚定地沿着这个路子走下去。

《中华读书报》：您发表于 1956 年、1957 年的两篇儿童文学评论《幻想也要以真实为基础——评欧阳山的童话〈慧眼〉》《情趣从何而来？——谈谈柯岩的儿童诗》在当时及此后都产生了很大影响。尤其是后者对"儿童生活情趣"的发现，对儿童文学"美学追求"的彰显，在强调儿童文学"教育功能"的 50 年代显得难能可贵。

束沛德：写这两篇文章，既不是报刊的约稿，也不是领导分派的任务，而是自己在中国作协创作委员会阅读、研究作品后有感而发。认真阅读文本，出于个人的审美判断，情不自禁地要倾诉自己的看法，于是拿起笔来加以评说。

现在看来，前一篇文章说理未必透彻，但它被认为"开创了新中国成立后童话讨论的前声"，或多或少活跃了当时儿童文苑学术争论的空气。后一篇文章，至今被朋友们认为是我的评论"代表作"。有的评论者甚至说，这篇文章是把自己"带入儿童文学研究领域的第一盏引路灯"。在他们看来，"对儿童情趣的赞美，与对'行动诗'的褒奖，深深影响了一代儿童文苑"；"这些即便在今天都显得灼灼照人的观点，在强调儿童文学'教育功能'的 50 年代会显得多么卓尔不群！"

《中华读书报》：作为一名在儿童文学园地耕耘了几十年的园丁，您写作了大量的儿童文学评论文章，请问在这些评论中，您一以贯之的主导思想是什么？

束沛德：以情感人，以美育人，是包括儿童文学在内的一切文艺的特征和功能。充分而完美地体现时代对未来一代的期望和要求，真实而生动地反映少年儿童丰富多彩的生活，鲜明而丰满地塑造少年儿童的典型性格、形象，勇敢而执着地探求孩子们喜闻乐见的新形式、风格，是摆在儿童文学作家面前光荣而艰巨的任务，也是提高儿童文学创作质量题中应有之义。要千方百计努力创造向上向善、文质兼美的作品，把爱的种子，真善美的种子，正义、友爱、乐观、坚韧、同情、宽容、奉献、分享的种子，播撒到孩子的心灵深处，让它们生根、发芽、开花。

儿童文学的接受对象、服务对象是少年儿童。从事儿童文学创作、评论、编辑、出版、组织工作的人,要更加牢固地树立起"儿童本位""以儿童为主体"的观念。在创作思想上更完整、准确地认识儿童文学的功能,全面发挥它的教育、认识、审美、娱乐多方面的功能,并深切认识儿童文学的教育、认识、审美、娱乐作用,都要通过生动的艺术形象和审美愉悦来实现。儿童文学的教育功能是包含着净化心灵、陶冶情操、启迪智慧、培育审美能力的,坚持"寓教于乐",始终不离审美愉悦,力求用爱心、诗意、美感来打动孩子的心灵。儿童文学的服务对象分为幼儿、儿童、少年三个层次,在创作实践上要更加自觉地按照不同年龄段孩子的心理特点、精神需求、欣赏习惯、接受程度来写作。

70 年,当代儿童文学走过一条光荣荆棘路

《中华读书报》: 回首中国儿童文学的发展历程,您将它分为新中国成立后 17 年、"文革" 10 年、改革开放到八九十年代、21 世纪至今四个历史阶段。对这不同历史时段的儿童文学,您作何评价?

束沛德: 由于自己的兴趣爱好,加上我又一直处在文学组织工作岗位上,可以说我是一个儿童文学园地的守望者,我见证了人民共和国成立以来儿童文学 70 个春秋的发展历程。当代儿童文学走过了一条光荣的荆棘路。

从 1949 年到 1965 年,由于党和政府的倡导和"百花齐放,百家争鸣"方针的鼓舞,作家创作热情高涨,纷纷披挂上阵,热心为少年儿童写作,从而迎来了我国儿童文学初步繁荣的第一个黄金期。这一时期佳作迭出,不胜枚举。张天翼、陈伯吹、金近、任大星、任大霖、任溶溶、肖平、洪汛涛、葛翠琳、孙幼军等,都奉献了为小读者喜爱的作品。这里仅举我更为熟悉的"三小"为例:严文井的童话《小溪流的歌》,诗情与哲理水乳交融;徐光耀的儿童小说《小兵张嘎》,成功地塑造了嘎子这个有血有肉、富有个性特征的人物形象;柯岩的儿童诗《小兵的故事》,既富有浓郁的儿童情趣,又富有鲜明的时代色彩。这些作品充分表明 20 世纪五六十年代,我国儿童文学在思想与艺术统一上所达到的高度。那时的作者普遍关注作品的教育意义,一心引导孩子奋发向上。

从 1978 年到 1999 年,作家思想解放,热情洋溢,创作欲望井喷式爆发。老作家宝刀不老,重新活跃于儿童文苑。一大批生气勃勃的青年作家脱颖而出,崭露头角,迎来我国儿童文学第二个黄金期。在儿童观、儿童文学观上的转变、进步,更加明确儿童文学"以儿童为本位""以儿童为主体",更加全面认识儿童文学的功能,摆脱了"教育工具论"的束缚,回归"儿童文学是文学",注重以情感人,以美育人。改革开放之初,短篇小说的成就尤为突出。刘心武的《班主任》、王安忆的《谁是未来的中队长》以及张之路、沈石溪、常新港、刘健屏等的小说都引人瞩目。到了 20 世纪 80 年代末、90 年代初,长篇小说热成了儿童文苑一道亮丽的风景。曹文轩的《草房子》、秦文君的《男生贾里全传》入选中宣部、中国作协等部门联合推出的向国庆 50 周年献礼的十部长篇小说之列,充分显示儿童文学的思想、艺术成就和影响力,与成人文学相比,完全可以平起平坐,毫不逊色。这一时期作品,在题材、形式、风格上多姿多彩,不少作家在思想、艺术上日趋成熟。金波、张秋生、高洪波、黄蓓佳、梅子涵、周锐、冰波、郑春华、董宏猷等都有佳构力作问世,他们沿着回归文学、回归儿童、回归创作个性的艺术正道不断前行。

进入新世纪之后,党中央要求更加自觉地推动社会主义文化建设,促进文化大发展、大繁荣。习近平总书记关于文艺工作的几次报告、讲话,明确要求创作无愧于时代的优

秀作品,这就又一次给儿童文学的发展带来良好机遇和强劲动力。作家们更加关注讲好中国故事,弘扬中国精神,努力追求文学品质与艺术魅力的完美结合,更加自觉地守正创新,勇于探索,敢于变革,在艺术上有更加新颖独特的追求。

作家按照自己的生活经历、个性特点、优势擅长,开拓不同的创作疆域,使创作题材、样式越发多样化。就拿小说来说,校园小说、动物小说、历史小说、战争题材小说、冒险小说、幻想小说、少数民族题材小说、童年回忆小说,应有尽有,丰富多彩。张炜的《少年与海》《寻找鱼王》、赵丽宏的《童年河》、曹文轩的《蜻蜓眼》、张之路的《吉祥时光》、黄蓓佳的《童眸》、董宏猷的《一百个孩子的中国梦》、彭学军的《浮桥边的汤木》、汤素兰的《阿莲》、李东华的《少年的荣耀》、萧萍的《沐阳上学记》、殷健灵的《野芒坡》、薛涛的《九月的冰河》、黑鹤的《叼狼》、史雷的《将军胡同》等,都是近些年问世的取材独特、风格各异的优秀儿童小说。郑春华的幼儿文学,王立春的诗,汤汤、郭姜燕的童话,舒辉波的报告文学,刘慈欣的科幻文学,也都受到好评。

在我看来,由于20世纪80年代崛起的作者人生阅历,创作经验越发丰富,世纪之交涌现的作者富于创作激情、创新精神,这两代作家成了当今儿童文学创作的中坚力量,加上成人作家的加盟,从而使得新世纪以来的儿童文学思想、艺术质量在整体上有了进一步提高。不少优秀作品走向世界,曹文轩荣获国际安徒生奖,越发增强有志气、有才能的作家攀登儿童文学高峰的自信。

《中华读书报》:如您所说,新中国成立后17年儿童文学出现了初步繁荣的第一个黄金时期,20世纪80年代儿童文苑迎来了第二个黄金时期。可否将新世纪初期开始的又一轮繁荣称之为第三个黄金时期呢?

束沛德:十年多以来,原创儿童文学的出版掀起了热潮,尽管好作品也不少,但"有数量缺质量,有'高原'缺'高峰'的现象"也还没有得到根本改变。具有鲜明的时代色彩、崇高的美学品质和强烈的艺术感染力,能传之久远的典范性作品还是太少;各种体裁、样式的发展也不平衡;儿童文学的阅读推广也有待深入。因此,若说当代儿童文学已迎来第三个黄金期,似还早了点。我想随着召唤写中国儿童故事的深入人心,创作环境、氛围的更加优化,创作力量的集结和作家素质的提高,潜心写作,锲而不舍,在不久的将来,在建党100年全面建成小康社会之际,也许就会迎来儿童文学花团锦簇的第三个黄金期。

新世纪,短篇小说创作依然薄弱

《中华读书报》:20世纪八九十年代,中国儿童文学发展陷入低谷,据说那一时期《儿童文学》杂志发行量跌到了六万,很多出版社撤销了少儿编辑室。造成这种低迷局面的原因是什么?

束沛德:我以为,主要是由于面临市场经济与网络多元传媒的双重挑战。市场化是一把双刃剑,它既给创作带来新的活力,拓宽了出版理念、思路;同时,也使一些作家、出版单位急功近利,写作态度浮躁,热衷于类型化、模式化、商业化的写作、出版,平庸浅薄的作品,随之而生。而面对网络时代,原本就被繁重的课业负担压得透不过气的少年儿童,大部分精力和课余时间都被吸引、转移到电视机、手机、游戏机旁,很少接触文学读物,有的也只看看卡通、小人书这些通俗、娱乐化的故事。正因为如此,儿童文学的发展一度呈现停滞、沉闷的局面。

《中华读书报》：21 世纪以来，儿童文学的生态布局有哪些新的表现形式和特点？

束沛德：我年届耄耋，近些年儿童文学作品读得不多，对儿童文学现状已无力做全面梳理和宏观把握。这里，只能粗略地谈谈我的总体印象：

一是从创作态势、格局来看，坚守文学基本品质，回归纯文学、经典写作，似已大势所趋，成为众多作家的共同追求。二是不断新陈代谢的"四世同堂"的创作队伍，随着成人文学作者的加盟，结构更加优化，代代相传，后继有人。三是题材多样，近些年抗战题材儿童小说集中亮相，引人注目。加强现实题材创作，关注现实，关注当下，讲好中国故事，讲好中国特色的童年故事，正逐步成为引领儿童文学写作的潮流。四是从创作文体、品种看，原创图画书备受青睐，方兴未艾，有了可喜的成果。相对于长篇儿童小说的收获和成就，短篇小说依然显得薄弱。五是理论批评状况引起关注，改善文学批评生态，树立良好批评风气，已成了当今儿童文苑的热门话题。

身处新时代、新世纪，有抱负、敢担当的作家都在努力探索，不断拓展儿童文学的思想空间、艺术空间，探索如何更好地贴近新时代，贴近小读者，把儿童小世界与大世界、大自然更巧妙地融合在一起，创造出更新颖独特的文本面貌和艺术形式，从而更好地满足当代少年儿不断提升的审美情趣和欣赏需求。

《中华读书报》：儿童文学作家曾出现过"五世同堂"的盛况，与前几代相比，您认为新一代作家的创作有哪些新的特点？

束沛德：世纪之交和新世纪崛起的一代作家，起点高，他们大多有大学本科以上的学历，文化素质和艺术修养较高。他们视野开阔，思想敏锐，富有勇于开拓、敢于创新的精神；他们又大半是独生子女的父母，对当下孩子的生活、心理更为了解、熟悉。新一代作家善于学习、借鉴中外儿童文学的优秀成果，勇于把中国的与外国的、传统的与现代的、时尚的艺术形式、表现手法结合起来。这样，他们就可能在创作上标新立异，创造具有高品位、新面貌、为广大少年儿童所喜闻乐见的优秀作品。

（原载《中华读书报》2019 年 5 月 29 日）

第二辑

新时代儿童文学的新作为

导　言

进入 21 世纪初的十余年间，儿童文学不断从文学的边缘走向市场的中心。

党的十八大以来，以习近平同志为核心的党中央高度重视和关怀少年儿童的健康成长。习总书记多次强调，少年儿童是祖国的未来，是中华民族的希望。为繁荣儿童文学创作出版，满足少年儿童阅读需要，中央领导同志多次就儿童文学、少儿阅读和出版做出重要批示。2014 年 10 月 15 日，习近平总书记在文艺工作座谈会上发表的重要讲话，是新的历史起点上指导中国社会主义文艺繁荣发展的纲领性文献，对儿童文学有很强的针对性。2014 年 12 月 9 日，中宣部、国家新闻出版广电总局在北京京西宾馆召开全国少儿出版工作会议；2015 年 7 月 9 日，中宣部和中国作协在京西宾馆召开全国儿童文学创作出版座谈会，百余位儿童文学作家、评论家和专业少儿出版单位主要负责人参加会议。2016 年 11 月 30 日，习近平总书记在中国文联第十次全国代表大会开幕式上发表重要讲话，以"文运同国运相牵，文脉同国脉相连"评价文艺工作的重要性，再度从民族复兴的战略高度深刻阐释了文艺工作的重要性。为国家、民族"培根铸魂"的文化使命与担当，也更加凸显了儿童文学工作的价值与意义。

进入新时代的儿童文学再次迎来跨越式发展的新机遇。儿童文学理论研究也呈现出与时代密切相关的新的理论建设与新的问题争鸣。自中央而下，多部门、儿童文学作家、评论家、少儿出版人共话儿童文学，从"回应时代变化，描绘中国式童年""坚守精神高地，打造儿童文学

精品""加强儿童文学评论，坚持说真话、讲道理"等议题中展开探讨，领导者、创作者、评论者、出版人多方的力量再次汇聚。

本辑所选，主要为21世纪第二个十年以来儿童文学领域具有重要意义、产生重要影响的文章，既有对儿童文学艺术品质与未来追求的宏观思考，也有对新时代儿童文学创作的新趋势、新现象、新问题、新成就的及时跟进；既有对基础理论研究的新开拓，也有对当下文学批评标准、方法、动向的新思考；既有对中国当代儿童文学70年发展的回顾与总结，也有对儿童文学外围传播生态、跨学科发展的关注与研判。

面向新时代的儿童文学，正日渐成为当代文学领域的一门兼具文学意义与社会意义的"显学"。多重力量的高度关注与积极合力，必将迎来儿童文学大有作为的发展盛世。

奉献无愧于民族无愧于时代的儿童文学作品①

铁 凝

来自全国的作家、评论家和出版界的朋友相聚北京,共同探讨如何进一步推动儿童文学的繁荣发展,这是儿童文学界的一件大事,也是中国文学界的大事。我谨代表中国作家协会向大家表示热烈的欢迎! 向全国各地的儿童文学工作者致以诚挚的问候和崇高的敬意!

在我的记忆中,由中宣部和中国作协共同召开关于儿童文学的全国性会议,这是第一次,由创作到出版到评论,覆盖了儿童文学生产传播过程的全国性会议,也是第一次。召开这样一个会议,意义重大,这是新形势下儿童文学创作出版工作的集结号,必将有力地推动我国儿童文学的繁荣发展。

党的十八大以来, 以习近平同志为核心的党中央高度重视和关怀少年儿童健康成长。习近平总书记多次强调,少年儿童是祖国的未来,是中华民族的希望。他要求全社会都要关心少年儿童成长,支持少年儿童工作。为少年儿童提供良好的社会环境,为他们的学习成长创造更好的条件。中央领导同志多次就儿童文学、少儿阅读和出版做出重要批示,要求我们切实采取措施,繁荣儿童文学创作出版,满足少年儿童阅读需要。

去年 10 月 15 日,习近平总书记在文艺工作座谈会上发表重要讲话,这是新的历史起点上指导中国社会主义文艺繁荣发展的纲领性文献。总书记的讲话不是专门针对儿童文学的,但是,为了这次会议,我把总书记的讲话重新学习了一遍,我感到,通篇都对儿童文学有很强的针对性。总书记说:文艺是铸造灵魂的工程,文艺工作者是灵魂的工程师,好的文艺作品就应该像蓝天上的阳光、春季里的清风一样,能够启迪思想、温润心灵、陶冶人生。他要求广大文艺工作者要高扬社会主义核心价值观的旗帜,充分认识肩上的责任,把社会主义核心价值观生动活泼、活灵活现地体现在文艺创作之中,用栩栩如生的作品形象告诉人们什么是应该肯定和赞扬的,什么是必须反对和否定的,做到春风化雨、润物无声。

我想,在座的同志们都会强烈地感到,这些话就是对着我们说的。少年儿童的健康成长关系到祖国的未来,广大少年儿童、广大的家长和老师迫切地需要更多更好的精神食粮,全国儿童文学工作者肩负着重大的责任和使命。我们的这次会议,就是要认真贯彻落实习近平总书记系列重要讲话精神和在文艺工作座谈会上的重要讲话精神,将中国梦的时代主题、弘扬社会主义核心价值观的根本要求贯穿融入儿童文学创作、评论和出版中去,进一步提高儿童文学的思想艺术水准,创作出版更多无愧于民族、无愧于时代的优秀作品。

改革开放以来,特别是 21 世纪以来,伴随着中国特色社会主义建设的伟大进程,中国社会发生了巨大变化,人口和家庭的结构、生活的观念和形态、审美的情趣和媒介也都发生了深刻的变化。这些变化为儿童文学出版带来了前所未有的机遇,为儿童文学创作

新中国儿童文学

提供了无限广阔的空间。儿童文学作家大批涌现，呈现出老中青少"四世同堂"的喜人景象，他们用手中的笔，描绘这个伟大的时代，讲述中国式童年和中国式成长，表现少年儿童多彩的生活和美好的心灵，创作出大量优秀的儿童文学作品，滋养和丰富着少年儿童的精神世界，真正起到了"树人""立人"的作用。同时，一批有代表性的儿童文学作家陆续走出国门，中国儿童文学正以鲜明的中国特色、中国气派、中国风格，日益成为世界儿童文学中最具生长活力的重要力量。

儿童文学事业取得的辉煌成就，是作家、评论家、编辑家、出版人等广大儿童文学工作者共同努力的结果。今天在座的诸位，都是各自领域的优秀代表，都为儿童文学事业的发展付出了辛劳、做出了贡献。在此，我以一个作家同行的身份，向你们表示由衷的敬意！

儿童文学是中国社会主义文学事业的重要组成部分，中国作家协会历来高度重视儿童文学工作，多年来一直在努力探索如何有效地引导创作，推动儿童文学事业的发展。在此，我向大家报告一下我们已经做的、正在做和将要做的工作。

首先是，充分发挥儿童文学委员会的作用。儿童文学委员会是中国作协下设的专门委员会之一，集合了一批在儿童文学界有代表性、有影响的作家、评论家。除了日常性地参与主办各种研讨活动，儿委会每年都要举办一次年会，有针对性地设定主题、引导创作。比如，2012年的主题是倡导"阳光写作"，2013年的主题是儿童文学如何表现"中国式童年"，2014年的主题是儿童文学作家的天职与责任。以儿委会年会为基础，中国作协定期召开全国儿童文学创作座谈会，总结儿童文学创作成就，探讨儿童文学的走向与前景，总结经验、制定措施，不断改进工作。儿委会是中国作协各专门委员会中最活跃、最有成效的一个委员会，已经形成了一套比较成熟的机制，是团结作家、引导创作的有效平台。在新形势下，儿委会的工作要进一步加强，要更加紧密地联系广大作家评论家，与社会各界特别是出版界合作，在加强理论评论、培育文学新人、引导社会阅读等方面发挥更大的作用。

第二是，充分发挥文学评奖的作用。中国作协从1986年起设立全国优秀儿童文学奖，现在，它是和茅盾文学奖、鲁迅文学奖、全国少数民族文学创作"骏马奖"并列的国家级文学奖，是中国儿童文学的最高荣誉。至今共有196部（篇）儿童文学作品获奖，包括小说、诗歌、散文、童话、寓言、科幻文学、幼儿文学和理论评论等。今天在座的作家许多都是获奖者。最近一次的第九届评奖是在2013年进行的，我们根据中央领导同志改进文艺评奖的指示精神和中宣部的部署，对评奖程序和规则进行了较大幅度的调整和规范，评奖的结果得到了儿童文学界的广泛认可。我记得第九届评奖结果出来之后，我把获奖作品找来读了一遍，我的印象非常深刻，感觉眼前一亮，作为一个以儿童文学写作开始文学生涯的作者，我看到今天的中国儿童文学有这么多好作品，达到了很高的思想和艺术水平；同时，获奖者中绝大部分是不太熟悉的、陌生的名字，这表明我们的儿童文学创作队伍新人辈出、不断壮大。评奖是为了激励创作，也是为了引导创作和阅读，下一届全国优秀儿童文学奖的评选将在后年，也就是2017年进行，我们将在总结经验的基础上，坚持公开、公平、公正的原则，维护和提高全国优秀儿童文学奖的权威性和公信力，真正把最优秀的作品推荐给可爱的孩子们。

第三是，进一步加强儿童文学创作队伍建设。儿童文学创作取得了很大成就，儿童文学创作队伍不断壮大。但是，我们必须看到，相对于少年儿童不断增长、不断提高，日益丰富多彩的精神文化需求,好作品还不够多,现有的儿童文学创作队伍还远远不能满足需求。中国作协一直注意把富有才华、创作活跃的儿童文学作家吸纳到会员队伍中来。到目前为止,中国作协会员中已有 263 位儿童文学作家,但我想这个数字其实是不多的。采取各种措施,大力加强儿童文学创作队伍的建设,特别是加强对青年作家的培训和支持,这是我们当前和今后一个时期的重点工作。鲁迅文学院举办过专门的儿童文学作家高研班;今年 9 月,中宣部、中国作协将共同举办以青年作家、评论家和编辑为对象的儿童文学专题研修班。在中国作协的重点作品扶持工程中,专门设置了儿童文学类别,每年都有多个儿童文学创作选题获得扶持。我们采取定点深入生活等多种方式,组织儿童文学作家深入生活、扎根人民,到改革开放和社会主义现代化建设第一线、到少儿生活的现场去体验生活,积累素材。我们还积极推动儿童文学作家与国外及台港澳作家的交流,前几天在上海,我们组织召开了两岸青年儿童文学创作座谈会,邀请了七位台湾作家与大陆作家、评论家深入交流。出精品,首先是要出人才,中国作协愿与各有关方面合作,积极采取措施,向儿童文学作家提供多方面的支持,特别是推动青年儿童文学作家的成长。

第四是,进一步加强儿童文学理论评论工作。儿童文学的市场越是繁荣、儿童文学的样态越是丰富多变,就越需要加强理论评论工作,在纷纭复杂的市场现象和创作趋向中激浊扬清,坚守儿童文学的社会价值和艺术品格。我们在《文艺报》设立了"儿童文学评论"版和"少儿文艺"专刊,定期发表儿童文学评论。今年,中国作协创研部与《人民日报》文艺部合作,开办了"繁荣儿童文学大家谈"专栏,组织一批知名儿童文学作家、评论家和出版人,梳理和讨论儿童文学创作出版的现状及问题。中国作协创研部和儿委会近期还召开了儿童文学"系列化"现象和问题研讨会,针对突出问题,展开坦诚的批评,做出诚恳的提醒,引起了一定反响。我们也清醒地认识到,相对于儿童文学创作的活跃,面对着广大的儿童文学读者,理论评论工作还处于相对滞后的状态,我们有一支优秀的儿童文学理论评论队伍,但人数还不够多,儿童文学理论评论的阵地和平台还很薄弱,这些问题都亟须在今后的工作中逐步加以解决。

总之,为儿童文学作家服务,促进中国儿童文学的繁荣发展,这是中国作家协会的光荣职责。我们将继续努力探索在新形势下改进和加强儿童文学工作的新办法、新途径。也诚恳地希望,与会的同志们向我们提出意见和建议。

我国现有 4 亿多少年儿童,拥有世界上规模最大的儿童文学市场,从父母到孩子,从学校到家庭,对儿童文学阅读都有着旺盛的需求,中国的儿童文学正处于一个迅猛发展的黄金机遇期。但机遇也是挑战,需求也是考验,习近平总书记在文艺工作座谈会上的重要讲话中指出,文艺创作存在着有数量缺质量、有"高原"缺"高峰"的现象,存在着抄袭模仿、千篇一律的问题,存在着机械化生产、快餐式消费的问题,这些问题在儿童文学领域也都有不同程度的表现。在新的历史条件下,儿童文学如何体现中国精神,弘扬社会主义核心价值观,塑造美好心灵? 面对市场的诱惑,儿童文学如何坚持把社会价值放在首位,力戒浮躁,精益求精? 面对时代的巨大变革,儿童文学作家如何深入少年儿童生活,讲述中国故事? 面对广大少年儿童的热切期待和人们生活方式、文学传播方式的变化,儿童文学如何锐意创新,切实提高原创能力? 儿童文学评论如何坚持"说真话、讲道理",旗帜鲜明地反对庸俗、低俗现象,更好地引导创作和阅读? 这些都是摆在每一位儿童文学工作者面前的迫切课题,需要我们深入思考并切实做出回答。

新中国儿童文学

在这里，我想与同志们交流几点我的粗浅认识。

首先，儿童文学工作者要牢固树立责任意识和担当精神。当下社会和文化中普遍存在着浮躁情绪，儿童文学有没有呢？我看也不必讳言，肯定是有的，在有些时候、有些问题上表现得还比较突出。习近平总书记严肃地提醒我们，文艺不要沾满了铜臭气。我想，儿童文学尤其不能沾染铜臭气。有巨大的市场需求，这是好事，我们的儿童文学作家因此获得了个人事业发展的广阔空间，但绝不能因此降低写作的思想和艺术标准，急功近利，粗制滥造，更不能走向庸俗、低俗和单纯的感官娱乐。把社会价值、社会效益放在首位，这需要社会各方面共同努力，针对少儿读物的特殊属性，建设良性的市场环境和文化生态，防止劣币驱逐良币。但同时，也需要我们每个人从自己做起，我们在写每一本书、出每一本书的时候，首先要问问自己，愿不愿意拿给自己的孩子看，愿不愿意拿给亲戚朋友的孩子看？如果它是精神食粮的话，那么它到底有没有营养？

五四运动中，现代儿童文学的先驱者们开始自觉地为儿童写作，他们的初心是为了"树人""立人"，是为了国家、民族的未来。现代文学时期和新中国成立以后，儿童文学事业始终坚持鲜明的社会价值和教育功能，我们在座的所有人，都会深刻地记起我们童年和少年时读过的那些书，那些书潜移默化地影响和塑造着我们，教给我们做正直的人、善良的人、有益于国家民族和社会的人。我想，无论时代如何变化，中国儿童文学的这份"初心"、这个传统绝不能丢。"人生的扣子从一开始就要扣好"，而孩子们在精神上最初的扣子能不能扣好，这是家长的责任，是学校的责任，也是儿童文学工作者的责任。如果说作家是灵魂工程师，那么儿童文学作家所负责的就是灵魂的基础工程，是心灵的根基和底色。所以，儿童文学当然有娱乐功能、市场价值，但是，它的教育功能、社会价值在任何时候都是根本的、第一位的。每一个儿童文学工作者都要把弘扬社会主义核心价值观作为儿童文学的根本要求，牢固地树立责任意识和担当精神，对每一个孩子的未来负责、对祖国的未来负责。

其次，儿童文学作家需要深入生活。深入生活的问题，过去在儿童文学中似乎谈得不多，好像是一些同行觉得，少年儿童的生活比较简单、没有很复杂的社会内容。但是我认为，深入生活恰恰是当前儿童文学面临的一个迫切问题。比如我们谈起儿童文学时，习惯上常常把对象限定为小孩子，但实际上，中国儿童文学的对象界定是从零岁到十八岁，既包括小孩子也包括进入青春期的大孩子。如果我们到书店里看看，就会发现，青春文学已经成为一个很重要的图书品类，这些书是给大孩子们看的，而这些书的作者主要也都是与读者年龄相近的同代人。在座有很多出版界的朋友，我想，这种青春期的精神需求主要由同代人满足的情况在世界各国都是比较罕见的。那么，我们也可以反过来想一下，三十岁、四十岁、五十岁的作家能不能写出让青春期的孩子们觉得贴心的作品呢？我想，一个重要的困难，是我们可能确实对这些孩子不了解，生活形态在急剧变化，人的经验在快速折旧，这些大孩子是怎样生活的，他们心里在想什么，他们的父母都常常不了解，我们这些作家就更不了解了。

——这仅仅是一个例子，由此，我们可以认识到儿童文学作家深入生活的必要性。我们的社会正经历着巨大的变革，这种变革也必然会影响到、深入到少年儿童的生活形态和心灵世界。例如近年来，很多作家关注到农村留守儿童问题，推出了一批反映留守儿童生活的优秀作品，这些作品不是只凭想象得来的，而是深入农家，与孩子朝夕相处、与老人倾心长谈的结果。作家们不仅从中获得了创作的素材，更重要的是，与人民群众建立了忧乐与共的深厚感情。

正如毛泽东同志所说,对文艺工作者来说,了解人、熟悉人的工作是第一位的工作。从零岁到十八岁,孩子们的生活和心灵都是有待打开、有待探索的丰富世界,这个世界不像我们想象的那样幼稚简单,而是有着自己的密码、自己的逻辑,在成长中不断延伸、不断变化。只有真正走入孩子们的内心,熟悉孩子们的语言,才能写出孩子们愿意读、喜欢读的文学作品。正是在这个意义上,深入生活对儿童文学作家来说,同样是一门必不可少的功课。

第三,要大力加强儿童文学评论,这是由儿童文学的特殊属性所决定的。一个成年人,他读什么书当然需要包括评论在内的文化机制的引导,但他应该有能力据此做出自己的判断和选择。而社会和家庭对未成年人的阅读负有更大的责任。这种责任首先就体现在价值观上,就要像习近平总书记说的那样,明确"什么是应该肯定和赞扬的,什么是必须反对和否定的"。这种责任不能仅仅依靠家长和老师,因为他们的信息是不对称的,很难要求一个家长或老师在浩如烟海的书籍中准确地选择出好书,这就需要建立起一套关于儿童文学的健全有效的评价机制,从思想上、艺术上较为准确地向社会提出建议、指导阅读。正是在这个意义上,儿童文学的评论家们承担着更大的责任,儿童文学的评论工作亟待进一步加强。

当然,理论评论工作的另一个重要功能是推动观念变革、支持艺术创新、引领创作风尚。不管是面对社会,还是面对作家或出版社,批评家们都应该坚持思想性、艺术性和儿童性相结合的标准,说真话、讲道理,还要敢判断、敢批评,实事求是、褒优贬劣。绝不能把文学作品等同于普通商品,更不能把一部送到孩子们手中的书的评价变成做广告、变成利益交换。良好的批评氛围,需要批评家们的努力,也需要作家和出版社的理解和支持。我想,我们大家能认识到,没有公正无私的、负责任的文学批评,没有不同观点的充分讨论、充分争鸣,就不可能有中国儿童文学的发展繁荣。

实现中华民族伟大复兴的中国梦,需要一代又一代中国人的不懈奋斗,少年儿童身上寄托着祖国的未来、民族的希望,儿童文学工作者使命光荣,责任重大。作为大家的文学同行,我热切地期待儿童文学作家、评论家和出版家,认真贯彻落实习近平总书记系列重要讲话精神和在全国文艺工作座谈会上的重要讲话精神,不辱使命,精益求精,创作出版更多更好的儿童文学作品,奉献给我们的孩子,奉献给我们的时代!

[注释]
①本文系作者 2015 年 7 月 9 日在全国儿童文学创作出版座谈会上的讲话。

(原载《文艺报》2015 年 7 月 15 日)

塑造时代新人　攀登文学高峰①

钱小芊

各位来宾、各位同志,各位青年作家朋友:

金秋时节,我们在北京召开全国青年作家创作会议,这是党的十九大之后我国文学界的一次盛会。在此,我谨代表中国作家协会,向从全国各地前来参加青创会的 300 多名青年作家,表示热烈的欢迎和诚挚的问候!向长期以来扶持青年作家成长的老作家和今天专门出席青创会开幕式的老作家代表,表示衷心的感谢和崇高的敬意!

这次青创会,是在全党全国人民深入学习贯彻习近平新时代中国特色社会主义思想和党的十九大精神、全国宣传文化系统深入学习贯彻习近平总书记在全国宣传思想工作会议重要讲话精神的背景下召开的。习近平总书记在全国宣传思想工作会议的重要讲话,深刻论述了新形势下宣传思想工作的使命任务,对文艺工作提出了新的要求。广大作家和文学工作者要进一步增强责任感、使命感,更加自觉地承担起举旗帜、聚民心、育新人、兴文化、展形象的使命任务,为人民群众提供更丰富、更有营养的精神食粮,更好地满足新时代人民群众对精神文化生活的新期待。今天上午,我们聆听了中共中央政治局委员、中宣部部长黄坤明同志关于推动文艺创作的重要讲话。黄坤明同志的讲话热情肯定了党的十八大以来文艺创作取得的成就,深刻阐述了文艺在新时代的地位和作用,对推进文艺创作、加强文艺队伍建设提出了要求,充分体现了以习近平同志为核心的党中央对文艺事业的关心重视,我们一定要认真学习领会,全面贯彻落实。

广大青年作家是中国特色社会主义文学事业的强大生力军,是中国特色社会主义文学事业的未来。青年作家的创作和成长,对于中国特色社会主义文学事业的大发展大繁荣,具有非常重要的意义。纵观我国新文学的历史,青年作家的写作,在中华民族追求民族解放和民族复兴的伟大历史进程中,建立起了辉煌而光荣的传统。每次重要的文学潮流中,我们都能看到青年作家的身影。今天,中华民族迎来了从站起来、富起来到强起来的伟大飞跃,我们比历史上任何时期都更接近、更有信心和能力实现中华民族伟大复兴的目标。在这样一个全新的历史方位上,文学创作大有可为。当代青年作家生逢其时,重任在肩,要积极做伟大时代的在场者、历史进程的记录者、人民心声的表达者、文化发展和社会进步的建设者。这是时代给予的重要机遇,也是历史赋予的庄严使命。

党的十八大后的五年多来,以习近平同志为核心的党中央对中国特色社会主义文学事业的发展和青年作家的成长,给予了高度重视和亲切关怀。在党中央的坚强领导下,我国文学事业进一步繁荣发展,文学界精神面貌焕然一新,青年作家队伍持续壮大、思想境界不断提升、优秀作品层出不穷,形成了生机勃勃的喜人景象。

五年多来,青年作家精神振奋,积极向上。关注现实生活,关心国家命运,记录时代伟大变迁,反映人民群众心声,成为广大青年作家的普遍共识和价值追求。青年作家坚持以人民为中心的创作导向,以弘扬和践行社会主义核心价值观为己任,有强烈的社会责任感和使命感,我们的青年作家队伍是一支党和人民可信赖的队伍。

五年多来,青年作家视野开阔,思想活跃。努力学习中华文化,积极汲取多种营养,文学创作题材体裁丰富多样,不断满足人民群众多样化的精神文化需求,努力提升文学原创力,在锐意进取的创新创造过程中,正在逐渐形成气象万千、富于时代特色的艺术风貌。

五年多来,青年作家创作活跃、成绩突出。青年作家创作的许多优秀作品,受到了人民群众的广泛喜爱,在茅盾文学奖、鲁迅文学奖、全国优秀儿童文学奖、全国少数民族文学创作"骏马奖"等重要国家级文学奖评选中,都显示了青年作家的实力。

五年多来,青年作家队伍不断发展壮大,形成了丰富的层次、显示出多元的构成。"70后""80后"青年作家继续保持旺盛的创作活力,"90后"等更年轻的写作群体开始涌现,逐步走上文学前台,网络作家、自由撰稿人等新的青年写作群体迅速成长,这都为青年作家队伍注入了新的活力。

同志们、青年作家朋友们,党的十九大描绘了决胜全面建成小康社会、开启全面建设社会主义现代化国家新征程的宏伟蓝图,使我国文化事业发展面临着新的重要历史机遇,也对我国文学事业新发展提出了新的要求,我们召开这次全国青年作家创作会议,恰逢其时、意义重大。本次会议的主题是:深入学习贯彻习近平新时代中国特色社会主义思想和党的十九大精神,团结动员广大青年作家,深入生活、潜心创作,塑造时代新人,攀登文学高峰,为新时代中国特色社会主义文学大发展大繁荣做出更大的贡献。

下面,我讲几点意见,与青年作家朋友们交流。

一、塑造时代新人,攀登文学高峰,广大青年作家要以马克思主义和习近平新时代中国特色社会主义思想为引领,认真学习习近平总书记关于文艺的重要思想论述。

"万山磅礴必有主峰,龙衮九章但挈一领"。我国是社会主义国家,我们党是马克思主义政党,马克思主义是中国特色社会主义伟大事业的根本思想引领。恩格斯说:"马克思的整个世界观不是教义,而是方法。它提供的不是现成的教条,而是进一步研究的出发点和供这种研究使用的方法。"马克思主义科学揭示了人类社会发展规律,以实现人的自由和全面发展为己任,不仅致力于解释世界而且致力于改变世界,是人们观察世界、分析问题的"伟大的认识工具"。马克思主义早已同中国共产党的命运、中国人民的命运、中华民族的命运紧紧相连,并深刻改变了中国,其科学性、真理性在中国得到了充分检验,迄今依然有强大的生命力。广大青年作家要深入学习马克思主义理论,努力掌握马克思主义的立场、观点、方法,由此夯实文学创作的思想根基,确立攀登高峰的时代坐标。

习近平新时代中国特色社会主义思想,是马克思主义中国化的最新成果,是立足时代之基、回答时代之问的科学理论,是我们在新时代统一思想认识、凝聚意志力量、应对风险挑战的强大思想武器。在这一思想的指导下,党的十八大以来,党和国家各项事业取得了历史性成就,发生了历史性变革。党的十九大和十三届全国人大一次会议把习近平新时代中国特色社会主义思想确立为我们党和国家必须长期坚持的指导思想。广大青年作家要认真学习习近平新时代中国特色社会主义思想,努力掌握这一思想的精髓要义和丰富内涵,以此作为观察和认识中国、观察和认识世界、观察和认识社会、观察和认识我们正在从事的事业的思想指引。

党的十八大以来,习近平总书记多次就文艺工作和文艺创作发表重要讲话,尤其是在党的十九大报告、文艺工作座谈会的讲话、中国文联十大和中国作协九大开幕式的讲

话、全国宣传思想工作会议的讲话中，习近平总书记深刻回答了有关我国文艺发展一系列重大的理论和实践问题。

习近平总书记强调，文化是一个国家、一个民族的灵魂，文艺是时代前进的号角，举精神之旗、立精神支柱、建精神家园，都离不开文艺。实现中华民族伟大复兴的中国梦，必须高度重视和充分发挥文艺和文艺工作者的重要作用。广大青年作家要深刻把握肩负的历史责任，不忘初心，牢记使命，自觉投身中国特色社会主义伟大事业，积极反映我国人民正在进行的创造历史的伟大实践。

习近平总书记强调，文化自信是一种更基本、更深沉、更持久的力量。没有高度的文化自信，没有文化的繁荣兴盛，就没有中华民族伟大复兴。广大青年作家要深刻把握坚定文化自信的重要意义，自觉地从中华优秀传统文化、革命文化和社会主义先进文化中萃取精华、汲取能量，用有骨气、有个性、有神采的作品振奋民族精神，鼓舞人们前进。

习近平总书记强调，人民是历史的创造者。社会主义文艺是人民的文艺，必须坚持以人民为中心的创作导向，在深入生活、扎根人民中进行无愧于时代的文艺创造。广大青年作家要深刻把握以人民为中心的创作导向，坚持为人民服务、为社会主义服务的方向，增强深入生活、扎根人民的自觉，真正在思想上、行动上、创作上解决好"为了谁、依靠谁、我是谁"的问题，不负时代召唤，无愧人民期待。

习近平总书记强调，文艺是铸造灵魂的工程，承担着以文化人、以文育人的职责。社会主义核心价值观是当代中国精神的集中体现，凝结着全体人民共同的价值追求。广大青年作家要深刻把握弘扬社会主义核心价值观的根本任务，把社会主义核心价值观生动活泼、活灵活现地体现在文艺创作之中，用栩栩如生的形象告诉人们什么是应该肯定和赞扬的，什么是必须反对和否定的，做到春风化雨、润物无声。

习近平总书记强调，我国文艺园地百花竞放、硕果累累，呈现出繁荣发展的生动景象，同时也存在着有数量缺质量、有"高原"缺"高峰"的现象，存在着抄袭模仿、千篇一律等问题。广大青年作家要深刻把握提高作品的精神高度、文化内涵、艺术价值的创作要求，志存高远、厚积薄发，以质量为文艺创作的生命线，坚持思想精深、艺术精湛，加强现实题材创作，推出更多讴歌党、讴歌祖国、讴歌人民、讴歌英雄的精品力作。

习近平总书记强调，一部好的作品，应该是经得起人民评价、专家评价、市场检验的作品，应该把社会效益放在首位，努力达到社会效益和经济效益相统一。广大青年作家要深刻把握社会效益与经济效益的关系，坚守文艺的审美理想，保持文艺的独立价值，不在市场经济大潮中迷失方向，不在为什么人的问题上发生偏差。

习近平总书记强调，文艺要塑造人心，创作者首先要塑造自己。养德和修艺是分不开的。要把崇德尚艺作为一生的功课，把为人、做事、从艺统一起来，提高学养、涵养、修养，努力追求真才学、好德行、高品位，做到德艺双馨。广大青年作家要深刻把握为人与为文的辩证关系，努力克服各种浮躁心态，自觉抵制各种不良倾向，坚决反对粗制滥造、追名逐利等不正之风，积极营造清朗和谐、昂扬向上的文坛风气。

习近平总书记强调，文艺批评是文艺创作的一面镜子、一剂良药，是引导创作、多出精品、提高审美、引领风尚的重要力量。文艺批评要的就是批评，要褒优贬劣、激浊扬清。广大青年作家要深刻把握开展积极健康的文艺批评的重要要求，把好文艺批评的方向盘，注重运用历史的、人民的、艺术的、美学的观点评判和鉴赏作品，构建中国文学批评话语体系，形成作家批评家围炉夜话、肝胆相照、砥砺并进的文学氛围。

习近平总书记强调，文艺是世界语言，国际社会想了解中国，文艺是最好的交流方式，发挥着不可替代的作用。广大青年作家要深刻把握讲好中国故事传播好中国声音的重大使命，继承和发扬中华民族优秀传统文化，学习借鉴世界优秀文化成果，创作出更多具有中国特色、中国气派、中国风格的优秀作品，不断扩大中国文化在世界范围的影响。

习近平总书记关于文艺的重要思想论述，是习近平新时代中国特色社会主义思想的重要组成部分，是新时代中国特色社会主义文艺的理论纲领和行动指南，是中国文艺事业繁荣发展的指导思想和根本遵循。它基于对中国文艺近百年来的历史经验和实践探索的科学总结，提出和解答的是中国特色社会主义文艺事业面临的一系列具有新的历史特点的重大命题，既形象生动又旗帜鲜明，既非常具体又关乎根本，既作用于当下文学现场又具有深远的历史眼光和高远的历史站位。对于广大青年作家来说，习近平总书记关于文艺的重要思想论述，是指引文学方向的路标，也是校正自身写作的坐标。认真学习、深刻领会、努力践行习近平总书记关于文艺的重要思想论述，是广大青年作家成为时代新人、攀登文学高峰的必由之路。

二、塑造时代新人，攀登文学高峰，广大青年作家要坚持以人民为中心的创作导向，深入生活、扎根人民。

今年是我国改革开放 40 周年。40 年来，我国社会发生了全方位的变革和翻天覆地的变化。这在中华民族发展史上是前所未有的。在座的青年作家，出生和成长于改革开放的伟大时代，是十分幸运的。党的十九大指出，中国特色社会主义进入了新时代。进入新时代，意味着我们国家的发展站在了一个新的历史起点上，进入了一个新的发展阶段。对于新时代，我们要从中华民族的历史、1840 年近代以来中国人民遭受欺侮的历史、1921 年以来中国共产党领导人民进行艰苦卓绝奋斗的历史、1949 年以来新中国的历史、1978 年以来改革开放的历史来深刻认识和把握，要从党的十九大描绘的"两个一百年"奋斗目标、实现中华民族伟大复兴的中国梦来深刻认识和把握。反映时代是文学工作者的使命，坚持以人民为中心的创作导向，就必须扎根人民，同人民在一起，积极反映人民的生活。新时代为文学创作提供了广阔天地和无限可能。我们所面对的生活是如此新鲜丰富、多姿多彩，社会的发展进步、人民的不懈奋斗、家庭的酸甜苦辣、百姓的喜怒哀乐，都值得我们去仔细倾听、用心书写。这是广大青年作家进行文学创作无尽的矿藏。

今天的时代特点和生活特质，给青年作家的写作带来前所未有的考验。一方面，生活内容丰富多彩、纷繁复杂，面对不断变化的生活图景和经验内容，青年作家如何避免"浮光掠影""浅尝辄止"，如何从"大致了解"的状态进入到"深刻把握"的境界，是文学创作必须完成的功课。另一方面，新媒体技术大大提升了人们信息获取的能力，却也带来了某种"遮蔽"。今天只要打开电脑、手机，各种信息铺天盖地向我们涌来。然而，屏幕里的生活不能替代真实的生活，碎片化的信息不能替代我们对生活的真实了解和思考。如果每日坐在家里，满足于用网上搜索得来的信息写文章、编作品，以为这就是生活、这就是创作，必然会陷入创作的误区和迷途。青年作家中的很多人社会生活的阅历相对不足，面对"术业有专攻"的更加精细的社会分工，多数年轻人对自己所在的行业领域可能比较熟悉，但对该领域之外广大人民群众的生活一般所知甚少。青年作家写自己的经历和悲欢，很容易"写疲""写尽"，当有限的经验被挖掘完之后，假如没有更多的营养补充，写作事业就难以为继。这是制约青年作家长期发展的瓶颈之一。

文学创作之路没有捷径。广大青年作家要充分开采时代生活这座富矿、从矿石里提

炼出金子般的作品，就必须扎扎实实地深入生活、扎根人民。著名作家赵树理写农村和农民是很生动的，为什么能够生动？因为他自己生活的根就扎在农村和农民那里。赵树理成名之初是这样，到了后来成了大作家，这一本色依然不变。他工作在北京，却最热爱深入农村，喜欢待在晋东南乡间，跟农民吃住在一起，像关心文学一样关心粮食收成和农业政策。周立波写《暴风骤雨》《山乡巨变》，专门去东北土改地区和湖南老家农村深入生活，一去就是一年甚至三年，最终写出了反映时代变迁的大作品。刘白羽 68 岁时去前线采访，拄着拐杖登上了最前沿的山头阵地。接待的人怕出危险，劝他不必那么靠前，他说"那怎么行？我这一辈子从来都是随先头部队行动"。这样的决心和勇气，值得今天的青年作家学习。

深入生活与扎根人民，在本质上是一组相互依存、不可分割的关系。不到人民中去、不在感情和思想上同人民站在一起，对生活的深入也只会是表面的、肤浅的。习近平总书记指出：人民需要文艺，文艺需要人民，文艺要热爱人民、服务人民。同时，他强调：文艺创作方法有一百条、一千条，但最根本、最关键、最牢靠的办法是扎根人民、扎根生活。2017 年 10 月 19 日，习近平总书记在参加党的十九大贵州省代表团讨论时，提到党政干部要学柳青，接地气。总书记说："'党中央制定的政策好不好，要看乡亲们是哭还是笑。'这句话我是听我们的人民作家柳青说的。人们说，如果你去农民里面找到他，分不清，你不知道谁是柳青，都一样。他就跟关中老百姓一样，穿着啊、打扮啊，连容颜都一样。他就是长期在农民里面，对他们非常了解。中央的文件下来了，他就知道他的房东老大娘是该哭还是该笑，他很了解老百姓的想法。党政干部也要学柳青，像他那么接地气，那么能够跟老百姓融入在一起。"

新时代的青年作家要在新时代的生活中，与广大人民群众融入在一起，就要像柳青等老一辈作家那样，不仅"身入"，更要"心入""情入"，感受人民的悲喜、传递人民的心声、描绘人民的梦想。只有那些从最生动的人民生活和最真挚的人民情感中提炼出的故事和形象，才最能够激荡人心、传之于世。

三、塑造时代新人，攀登文学高峰，广大青年作家要坚定文化自信，弘扬和践行社会主义核心价值观。

文学高峰不会从平地凭空拔起。古今中外，一切伟大作家和伟大作品的背后，都必然存在着特定民族的精神背景、文化谱系，以及对此种背景谱系的深入理解、深切认同与高度自信。我国现当代文学史上的文学巨匠鲁迅、郭沫若、茅盾、巴金、老舍、曹禺创造了文学辉煌，他们的根基就在这里。根深方能固本，源远才可流长。对本民族、本时代文化的高度自信，是文学创作的根脉，是优秀作品的源泉，是作家文学写作的支撑。坚定文化自信就要对博大精深的中华优秀传统文化有深刻的理解、对中华民族的文化理想与文化价值有发自内心的高度认同。为此，广大青年作家要学习中国历史，特别是中国近代史、中国革命史、中国共产党史、中华人民共和国史、中国改革开放史，提升文学作品的观察力、穿透力和纵深感。这正如习近平总书记所指出的："没有历史感，文学家、艺术家就很难有丰富的灵感和深刻的思想。"

坚定文化自信不仅与文学创作相关，也与国家兴衰、民族兴亡密切相关。习近平总书记强调，坚定文化自信，是事关国运兴衰、事关文化安全、事关民族精神独立性的大问题。当代中国，能够让我们建立起高度自信的文化，是一种什么样的文化？就是中国特色社会主义文化。党的十九大报告指出，中国特色社会主义文化，源自中华民族五千多年文明历史所孕育的中华优秀传统文化，熔铸于党领导人民在革命、建设、改革中创造的革命文化和社会主义先进文化，植根于中国特色社会主义伟大实践。中国特色社会主义文化拥有悠久的文化源流、鲜明的形成背景、强大的现实根基，广大青年作家要筑牢对中国特色社会主义文化的高度认同与高度自信，通过优秀的文学作品，帮助广大人民群众更广泛地建立起这种认同和信心，进而使全体人民在理想信念、价值理念、道德观念上紧紧团结在一起，坚定中国特色社会主义道路自信、理论自信、制度自信、文化自信，这是实现中华民族伟大复兴中国梦的必然要求，也是广大青年作家不可推卸的神圣责任。

核心价值观是一个民族赖以维系的精神纽带，是一个国家共同的思想道德基础。社会主义核心价值观是当代中国精神的集中体现，是我们这个时代在精神文化层面上的"最大公约数"，是广大人民群众最重要、最基本的认同基础。文化自信要体现在日常创作之中，就是要在思想上坚持、创作中弘扬社会主义核心价值观，坚决抵制虚无历史、泛娱乐化、泛物质化和低俗、庸俗、媚俗等错误影响。只有这样，才有可能使我们的作品反映人民的心声、获得人民的认可，成为彰显时代形象、凝聚时代力量的精品佳作。

广大青年作家应主动担负起弘扬、践行社会主义核心价值观的责任。立物易、立心难，要推动社会主义核心价值观转化为广大人民群众的思想自觉和行为习惯，需要文学创作充分发挥春风化雨、润物无声的作用。要用生动的故事、丰满的形象和鲜活的语言，把社会主义核心价值观融进广大人民群众心里，从而实现文学立德树人、以文化人的社会效益和社会价值。

从今年起，我们将不断迎来一些重要的时间节点，今年将庆祝改革开放40周年，明年将迎来中华人民共和国成立70周年，2020年将全面建成小康社会，2021年将迎来中国共产党成立100周年，在这些重要时间节点，我们期待并相信广大青年作家会创作出一大批反映中国人民"光荣与梦想"的优秀文学作品。

四、塑造时代新人，攀登文学高峰，广大青年作家要讲好中国故事，展现中国形象，为世界文明发展注入新的激情与活力。

今天，我们的国家正在从"中国制造"向"中国创造"转型。文学的声音，要有"中国制造"，更要有"中国创造"。用中国声音讲述中国故事、彰显中国精神、展现中国形象，是新时代对广大青年作家发出的召唤。

改革开放以来，我国综合国力和国际地位不断提高，国际影响力不断增强，国际社会对我国的关注前所未有，世界上越来越多的人想更多地了解中国发展、中国文化和中国文学，我国文学走出去、作家走出去面临着比以往更好的时机，作家在推动文化交流、文明互鉴和扩大我国的国际影响力方面承担着比以往更重要的责任。改革开放带来的文化碰撞和交流，国外的文学作品与文学理论的大量引入，拓展了我国作家的视野，对我国文学的发展产生了积极作用。但中国文学发展到今天，如果还仅仅是"引进"，显然已经不够。如果离开国外的理论和技巧就张不开嘴、下不去笔，那只能说明我们还没有找到自己的声音、没有发现自己的故事、没有深刻体认我们自己民族的精神特质。也就是说，还没有建立起足够强大的文化自信，没有建构起我们自己的美学自信。文化自信、美学自信建立不起来，我们的写作就容易耽于模仿、流于跟风，就不可能书写好中华民族的新史诗。

"工欲善其事，必先利其器"。在世界文化激荡中，广大青年作家应当更加珍视我们民族的美学传统，激活民族文化宝库里的思想资源，为建立我们自己的理论体系和话语体系做出积极贡献。中华民族在长期的历史中，形成了许多独特的思想理念、道德规范、审美风范。中华美学博大精深，拥有极其丰富的内涵。这些价值理念和美学追求，是中华文明几千年培育传承下来的宝贵精神财富，深深地影响着中国人的思想和行为。这是中华民族的文化基因，拥有永不褪色的吸引力、凝聚力和强大的生命力。我们要更加主动、更加自觉地学习和传承中华优秀传统文化，努力做到创造性转化、创新性发展，用中国声音讲述好中国故事，以中国故事建立起中国形象、展示出中国精神，在向世界讲好中国故事中呈现中国文学的精彩。

广大青年作家要树立宽广的文化眼光，拓展宽阔的世界文学视野。一方面，要在眼光和胸怀上保持开放的姿态，关注世界文学发展潮流、研究世界文学优秀成果，汲取其中的营养精华来滋养自身的写作。另一方面，要积极"走出去"，推动中国文学深度参与到世界文学格局建构之中，把中国的故事和中国人的形象更好地推送到世界人民面前，使他们感受中国文学的魅力，加深对中华文化的认知，增进对中国价值、中国精神的理解。广大青年作家要以更积极、更健康、更自信的心态，努力提高国际文化交往能力，促进中国文学的对外传播，展现中国独特的诗情和意境，以中国的精神为世界文明发展注入新的活力。

五、塑造时代新人，攀登文学高峰，广大青年作家要迎接艺术挑战，勇于探索创新。

创新是文艺的生命。对广大青年作家的写作而言，艺术创新尤为可贵、尤为重要。

一百年前，中国新文学发轫之时，文学革命的先驱们热切呼唤文学的创新和进步，提出了"今日之中国，当造今日之文学"的观点。新文化运动就是要"树立新时代的精神，适应新社会的环境"。鲁迅先生曾热情地鼓励青年们探索创新，希望能够勇敢地发出"我们现代的声音"。文学之"新"，意味着文学在思想内容、艺术技巧上的探索创新，乃至于对思想观念、社会风气的推动更新。可以说，创新是中国新文学的"初心"。回眸过往，展望未来，中国特色社会主义文学事业要保持生机、持续繁荣，也需要广大青年作家不忘"初心"，勇于创新。

艺术创新，呼唤的是题材内容的深化拓展。改革开放40年来，中国社会发生了深刻变化，我们的身边出现了大量新的事物，形成了大量新的经验，产生了大量新的观念。很大程度上，我们生活的许多内容是前人所未及书写或者书写不充分的。新时代的新故事、新内容，更需要有新的写作者来深入表现。我们讲加强现实题材文学创作，让现实主义焕发出强大的艺术生命力，听起来是一个老话题，其实是一个新任务！"现实"本身就始终是生生不息、最新鲜、最有活力的。新时代蕴藏着创新的无限可能。广大青年作家应当对此有所思、有所为。

艺术创新，呼唤的是个性风格的张扬。百花齐放，需要有不同的颜色；百家争鸣，需要有各自的歌喉。青年作家要立志在写作中确立自己的艺术风格，不满足于"老调重弹"，也不要仅仅止步于学习模仿，而要尽早学会"用自己的嗓子唱歌"，构建起自己的"文学辨识度"。

艺术创新，呼唤的是手法形式的新变。青年作家要广泛学习各种表现技法和艺术手段，既要有博采众长的"慧眼"，也要有为我所用的"匠心"。青年作家应当敢为"先锋"，勇敢地去探寻艺术的"新大陆"。

艺术创新，呼唤的是文学观念的变革。拥有更广阔更宏观的历史眼光，学会从人类文明和世界大势的高度去辨识和把握我们身处的现实，为自己的写作注入历史意识和史诗意识,这是我们文学观念与时代同行的一个重要要求。当下,文学的边界在不断扩大,网络小说、科幻文学、自媒体写作等,都已成为备受关注的新的文学现象。广大青年作家应当进一步打开视野,更新观念,及时关注、认知、判断、研究这些新的文学现象并积极参与其中。随着网络新媒体平台发展迅速,文学作品的阅读接受场域有相当一部分已经从纸质书籍转移到了网上,网上阅读、移动端阅读成为普遍现象。有许多青年作家就是充分利用网络、微信公众号等新兴媒体平台推出作品,获得了大量的读者。广大青年作家要积极利用新平台进行创作、展示作品、收获读者、引领风气。

艺术创新有自身的规律和要求。习近平总书记强调,创新贵在独辟蹊径、不拘一格,但一味标新立异、追求怪诞,不可能成为上品,却可能流于下品。30多年前,刚过而立之年的青年作家路遥,以一部《人生》引发全社会的广泛关注和热议,但他没有满足于一时的轰动与名誉,而是潜下心来,构思并着手创作一部更加宏大的作品。他为了这个更大的创作理想,阅读大量中外经典作品,阅读大量社会科学著作,广泛搜集各种信息,倾情倾力,最终完成了最能体现他艺术理想和美学抱负的鸿篇巨制《平凡的世界》。路遥把所有艺术上的创新投入到这部长篇小说的创作当中,但他又不跟风潮,不追时髦,坚持现实主义精神,为中国当代文学史留下一部经典之作。青年路遥的经历与成就,他的执着自信和创新精神,对广大青年作家有着重要的启示。

六、塑造时代新人,攀登文学高峰,广大青年作家要崇文尚德,德艺兼修,不断提升人格和精神境界。

青年作家,同时拥有"青年"和"作家"两种身份,这对我们的人格修养和精神境界提出了很高的要求。青年往往是时代风气的引领者,而作家作为"人类灵魂工程师"肩负着立德树人、以文化人的重大使命。作家对人民的精神与道德的影响,不仅通过创作出来的作品实现,也会经由作家自身的言行传播。读者既在阅读作品,也在了解作家,并从中受到潜移默化的感召和影响。因此,广大青年作家不仅要写好笔下的书,还要写好"自身"这部书,不断提升人格和精神境界,为青年乃至全社会做出表率。

崇文尚德,德艺兼修,不断提升人格和精神境界,既是对创作者的要求,更是伟大作品诞生的条件。"立言先立德",作家的道德水平及人格修养,从来不能与创作割裂开来。具有生命力的文学作品,天然地具备着歌颂真善美、鞭挞假恶丑的价值引领属性,应当成为社会正义与人性良知的体现。广大青年作家要从创作生涯的初期阶段做起,自觉培养高尚情操,树立正确的历史观、民族观、国家观、文化观,培养起高度的道德意识与社会责任感,把对正义的坚持、对光明的向往、对人民的热爱刻到骨子里,印在文字中。唯有经过苦心孤诣的艺术创造,才能够创作出真正有力量、有生命、为人民群众喜闻乐见的优秀作品,并以此实现文学对人类灵魂的塑造、对时代精神的凝聚。

作家的"德",既包括一般社会意义上的"道德""美德",同时也包括了文学工作特殊而具体的"职业道德""职业责任"。具体来说,抄袭模仿、千篇一律,是职业道德、职业责任的缺失;胡编乱写、粗制滥造,也是职业道德、职业责任的缺失;只想着越快越多出成果,没有耐心对作品进行细致打磨,同样是职业道德、职业责任缺失的表现。广大青年作家要努力建立对自身身份的自觉和责任、对文学事业的敬畏和热爱,始终秉持和坚守文学工作者的职业道德、职业责任,在创作中摆正作品质量与数量的关系、社会效益与经济效益的关系,注重质量、注重社会效益,使文学创作避免遭受"浮躁"的伤害。

习近平总书记在给牛犇同志的信中,对文艺工作者提出了"在从艺做人上做表率"

"做有信仰、有情怀、有担当的人"的希望和要求。新时代呼唤有筋骨、有道德、有温度的文学作品，而这样的作品只能是由同样有筋骨、有道德、有温度的高尚灵魂才能创造出来。衷心希望广大青年作家能够自觉地担负神圣职责，坚守艺术理想，崇文尚德，德艺兼修，不断提升自身的人格修养和精神境界。

同志们、青年作家朋友们，青年作家的成长需要全社会的重视、关心和支持。中国作家协会作为党和政府联系广大作家的桥梁和纽带，始终将团结、引导、发现、扶持青年作家作为工作的重要任务，始终着力于更广泛地发现青年作家、更有力地扶持青年作家，始终着力于为青年作家的创作和成长提供更好更有效的支持与帮助。最近五年来，中国作家协会党组书记处在每年的调研中，都把青年文学人才的培养作为重要课题。在2015年的调研中，铁凝主席和党组书记处的同志先后就新文学群体特别是网络作家的创作生活状况进行调研，为这几年团结引导网络作家和推动网络文学创作起到了很好的作用。在今年的调研中，我们又对青年作家尤其是基层青年作家在创作和成长中遇到的问题与难点进行调研，研究提出解决办法，推动地方作协、行业作协加强基层青年作家工作，各地方作协、行业作协等团体会员单位积极从工作机制、队伍建设、平台搭建等各个方面支持青年作家创作和成长，这都为本次青创会的召开打下了良好基础。

在支持青年作家创作和成长方面，当前和今后一个时期，中国作家协会将重点做好以下工作：继续推动广大青年作家深入生活、扎根人民，在未来五年内，遴选并支持1000名青年作家定点深入生活；以多种形式挖掘青年人才、扶持青年创作，加强对青年文学创作及队伍建设的研究、引导、规划，成立中国作家协会青年创作委员会；实施青年作家创作扶持计划，用五年时间支持1000名青年作家进行现实题材创作；加强青年作家文学培训工作，在未来五年内培训青年作家1000人；吸收更多创作势头好、文学潜力大的青年作家加入中国作家协会；拓展工作渠道、延伸工作手臂，进一步将青年网络文学作家、青年自由撰稿人等新兴写作群体纳入作协的工作范围；加强对青年文学创作优秀成果的研究和宣传推介，扩大青年作家及其作品的社会影响力。我们要根据青年作家的地区、职业分布，改进工作方式方法，为青年作家安心学习、专心创作和健康成长努力创造条件。同时，积极推动有关部门、有关地方党委政府更加切实地关心、爱护和帮助青年作家的工作和生活。

同志们、青年作家朋友们，"桐花万里丹山路，雏凤清于老凤声"，中国特色社会主义文学事业的繁荣发展需要广大青年作家潜心创作、勇攀高峰，中华民族伟大复兴的百年梦想呼唤广大青年作家牢记使命、砥砺前行。让我们紧密团结在以习近平同志为核心的党中央周围，肩负起人民的热切期待和历史的光荣使命，坚定理想信念，练就过硬本领，勇于创新创造，锤炼高尚品格，为中国特色社会主义文学事业的繁荣发展，为实现中华民族伟大复兴的中国梦贡献青春和才华！

[注释]

① 此文为作者2018年在全国青年作家创作会议上的发言。

（原载《文艺报》2018年9月22日）

儿童文学的再准备

李敬泽

　　过去十年是中国儿童文学的"黄金十年",儿童文学创作出版在强劲的阅读需求带动下,经历了令人目眩的井喷式发展。这是作家、出版人、批评家共同努力的结果,但从根本上看,还是大势使然。十多年间,中国经济高速发展,人口和家庭结构、社会一般消费水平、教育和文化形态都发生着急剧变化,各方面力量汇聚起来,巨大的繁荣几乎是猝不及防地来到我们中间。使用"猝不及防"这个词,是为了说明儿童文学过去十年的迅猛发展,一定程度上是匆忙上阵,准备不足,需求滔滔而来,来不及深思熟虑,只好马上行动,在创造和探索中顺应大势。于是,"黄金十年"成就辉煌,但可能也是粗放的、跑马圈地的发展,生机勃勃但也潜伏一些问题,过于热闹也就难免浮躁。

对于这个时代的儿童的认识准备不足

　　准备不足终究要补课。儿童文学创作出版在新的时代条件下面临新的更高要求。过去十多年中,涉及少年儿童的方方面面的因素都发生了重要变化,对此,需要做认真系统的研究。作为一个文学门类,儿童文学首先是由它的读者所界定的,它的对象是 0 岁到 18 岁的少年儿童,也就是法律意义上的未成年人,这就决定了儿童文学有着具体明确的社会属性和文化功能,它内在地预设着社会对未成年人的保护和培养,也包含着社会对少年儿童的理解和认识。那么,首要的问题是,对于这个时代的少年儿童,我们的作家、出版人到底知道多少,达到了什么样的认识水平?

　　谈起少年儿童,我们有太多诗意的、浪漫化的修辞,这当然很好,至少表明了我们多么爱我们的孩子。但是不要忘记,我们面对的不是抽象的、观念化的、均质的少年儿童,而是如此具体的这个时代的中国孩子,在这近 4 亿少年儿童中,存在着复杂的差异。以生活的地域而论,城市的孩子、农村的孩子,大城市的孩子、中小城市的孩子,东部的孩子、西部的孩子,一样吗? 可能很不一样。以年龄而论,我们通常分成低幼、儿童、少年或者学龄前儿童、小学生、初中生、高中生,并做出相应的界定,但这种区分是不是够了? 在有的国家,儿童文学创作出版是建立在对孩子的高度细分和深入研究基础上的,7 岁的男孩子是什么样、女孩子是什么样,16 岁的男孩子女孩子又是什么样,逐岁研究孩子的身心状况和成长中的问题。相比之下,我们爱我们的孩子,但我们在孩子身上下的功夫还不够细不够深,还是大而化之的。

　　生活的变化、时代的变化也深刻地印于孩子的身心。比如,就相同年龄接收信息的水平而言,这个时代的孩子远远超过了以往任何时候,这到底对他们的心智产生了怎样的影响? 又比如,现在孩子们的营养水平、身体发育水平普遍高于过去,他们的身体可能比心智跑得快,这也一定会带来新的复杂问题。更不用说,孩子们并非被隔离在绝对的保护罩里,家庭、社会、媒体、流行文化中的种种因素,都会反映、折射、渗透、参与到孩子

们的生活和成长中。

理论的、生活的和艺术的经验准备不足

这一切都给我们带来了认识上的巨大难度，不用说深入系统的理论认识，即使在直接的经验水平上，我们恐怕也不能说充分地了解孩子。儿童文学创作出版中一些畸轻畸重的失衡现象，一定程度上也是因为理论的、生活的和艺术的经验准备不足，不得不避重就轻。

在中国，儿童文学的对象是从 0 岁到 18 岁，中国儿童文学的最高奖——全国优秀儿童文学奖的评奖范围就是如此。但是多年来，提起儿童文学，大家通常认为是给小孩子看的，那么，那些进入青春期的大孩子们看什么？主要是"青春文学"。在书店里，"青春文学"铺天盖地，基本上是孩子的同龄人或稍大一些的人写的，成年作家的作品很少，现在的局面就是，青春期的大孩子相互抚慰，成年人默不作声。这在世界各国都是罕见的现象，是不正常的。一方面，社会和生活变化太快，经验的折旧加速，对于现在青春期的孩子，连他们的父母都会感到有隔膜；另一方面，在高速发展的时代，孩子们青春期的焦虑和困惑、成长的孤独和困难也在加剧，他们的精神需求非常复杂迫切，如果成人的作家不能提供相应的满足，他们自然就会倾向于同代人之间的相互映照和认同。但是，在孩子成长过程中的这个特殊时刻，恰恰特别需要我们用人类积累下来的经验、知识和智慧去帮助他们，失语、沉默、任由孩子自己去摸索，这是失职，是没有尽到文化上的责任。

问题是，我们现在可能缺乏尽到这份责任的能力和自信。为什么写儿童就比较有把握，写初中生、高中生就没有把握？因为年龄越小，经验构成就相对简单，一个四五岁的中国孩子和一个同龄的欧洲孩子，也许相差不到哪里去，但是，17 岁的中国孩子和 17 岁的美国孩子差别就很大了，社会和文化的差异已经非常鲜明地投射到他们身上。在这种情况下，很多现成的文学经验就不管用了，这是中国的青春期，不是美国的青春期，是这个时代的青春期，不是三四十年前的青春期，作家差不多是空无依傍，但又不能全凭想象，而必须下艰苦的功夫去了解、认识、思考。而且青春期的孩子是最挑剔、最任性的读者，他们有自己的判断和选择能力，甚至形成了自己的"亚语言"，不是扮儿童腔就能应付过去的，作家在艺术上、语言上也面临艰巨的考验。

理解了这些难度，我们就能理解为什么会形成现在这样一种大孩子写给大孩子看的局面。时代确实对我们提出了新的更高要求，孩子对我们提出了新的更高要求。中国儿童文学能不能延续过去十年的辉煌，继续健康发展，从根本上取决于我们能不能充分满足这些要求。

理论评论、跨学科研究等基础性工作有待加强

这里没有什么灵丹妙药，没有什么捷径可走。对作家来说，首要的工作是熟悉人、了解人，儿童文学同样需要深入生活，深入感受少年儿童的心灵状态，深入研究少年儿童成长的社会和文化背景。同时，就整个儿童文学的创作出版而言，既然准备不足，很多基础性的工作没有来得及做或者做得不深不细，那么，走慢一点，打牢基础就尤为必要。

儿童文学从来就不仅仅是"文学"，它体现着一个国家、一个民族最深刻、最基本的价

值取向和文化关切。对儿童文学作品的评价,也绝不仅仅是评论家的事,关于一部儿童文学作品好还是不好、该不该给孩子们读,其中涉及的争议性问题,固然儿童文学评论家们应该说话,而且要说真话、讲道理,但是作家、出版人、心理学家、教师、家长、孩子,也都应该充分地参与进来。需要在现有的各种机制基础上逐步探索,建立和完善有关儿童文学的社会性评价体系。这是一项复杂的工作,也是一项基础性工作。

同时,儿童文学的理论评论需要大大加强。随着时代的变化,有很多新的重要的问题需要我们去面对,去试着做出理论上的回应。比如,儿童文学同样要反映现实生活、人类经验,但这种反映有它的特殊性,和成人的文学毕竟不同。社会和人生的复杂在什么意义、什么分寸上进入儿童文学作品,需要深入研究。比如"儿童性"的概念,它不是抽象的,波兹曼在《童年的消逝》中说,童年是被建构起来的,这在学术上可能有争议,但"儿童性"必定是历史的、具体的,那么我们如何认识这个时代中国的儿童性? 当我们谈论"中国式童年""中国式成长"时,我们到底在谈论什么? 如何在本土的历史和经验语境中认识儿童生活中的种种现象,如何确立中国儿童文学的文化主体性? 这些都是摆在我们面前的重大问题。再比如价值观问题,这是儿童文学的首要问题,但是,任何一种美好价值落实到儿童生活中去的时候,都需要在具体的时代条件下做周详的辨析和妥帖的安顿。以"勇敢"为例,过去的儿童文学中与坏人做斗争是勇敢,但是现在,我们可能会认为孩子首要的是保护自己。诸如此类的问题,就文学谈文学是谈不清楚的,需要哲学、伦理学、社会学、法学、生理学、教育学乃至经济学的多学科参与,需要跨学科的深入研究。

儿童文学理论应该走在创作和出版前面,不仅是引导观念变革、艺术创新,更重要的是,要使儿童文学建立在对少年儿童生活和心灵的可靠知识与精微分析的基础上,使儿童文学的价值取向和文化关切建立在全社会的深思熟虑和充分共识的基础上。这个基础是否具备、是否牢固,很大程度上决定着儿童文学的发展前景。

满足少年儿童阅读需求,繁荣儿童文学创作出版,这是时代向我们提出的严肃要求。尽管有"黄金十年"的狂飙突进,但总体上说,创作出版不能充分满足需求,依然是中国儿童文学面临的根本问题。中国是当今世界上最大的儿童文学市场,中国的作家和出版人拥有世界上最大规模的读者群体,经过上一个十年,我们完全有理由期待中国的儿童文学以中国风格和中国气派站立在世界儿童文学的高地上。为此,儿童文学需要再准备,整个行业和每个儿童文学工作者都需要慢一点、沉着一点,耐心做好基础性工作,更好地迎接下一个"黄金十年"的到来。

(原载《人民日报》2015 年 7 月 17 日)

新中国儿童文学

全国儿童文学创作出版座谈会发言摘登

增强信心　远瞩未来

张之路

中宣部和中国作协此次召开儿童文学创作出版会议，是对儿童文学创作和出版的高度重视，极大增强了各位儿童文学作家、出版社和批评研究者的信心。

与会作家们重温和学习了习近平总书记在文艺工作座谈会上的讲话精神和重要指示，展开热烈而深入的讨论。近年来，儿童文学界涌现出了不少好作品，涌现出一批优秀作家和优秀出版单位。与会领导对儿童文学所取得的成绩的肯定令大家深受鼓舞，发言中提出的繁荣儿童文学创作和出版、推动精品工程的重大举措和建议，力度很大，具体得当，具有极强的针对性，又指出儿童文学存在的不足，明确了儿童文学发展的方向。

讲好中国式童年的中国故事

面向儿童、面向社会、面向未来、面向灵魂是儿童文学的根基。立足于本土经验，继承和借鉴民族文化传统，讲好中国故事、抒写中国梦成为当下儿童文学的主题和使命。中国儿童文学一直缺乏自信心，甚至妄自菲薄，存在一味模仿西方的问题，一定要转变这种心态。很多优秀的文化传统比如民间故事资源并没有及时转化到儿童文学创作中去。

当下儿童文学无论从创作还是出版来说都是空前繁荣的，有同志谈到我们已经进入到一个儿童文学的黄金年代。与国外儿童文学相比，中国儿童文学起步较晚，有时缺乏自信。但近年来儿童文学在数量和质量上都有明显提高，原创文学与中国儿童在血脉上更有亲近感。成绩是值得肯定的，但也应该注意到市场化时代儿童文学生态所存在的一些问题。

儿童文学要回应时代。尽管纸媒阅读在电子化的阅读时代受到一定冲击，但儿童文学的出版与阅读欣欣向荣。出版界的同志强调，纸媒阅读并不会因为网络手机等碎片化阅读而消失，儿童文学也是拯救纸媒文学最好的切入点。目前数字化阅读对纸媒阅读的影响被夸大了，传统写作与出版仍然存在，有其自身的合理性和不可替代性。书籍是人类不可缺少的，是可触可感的，是艺术品，具有阅读的仪式感。纸媒也培养了一代代的读者，而青少年正是纸媒阅读的重要组成部分。数字阅读对纸媒的冲击更多是阅读形式上的，而不是阅读本身。阅读是人类特有的文明形式，有人类就会有阅读。而作家必须保持作品质量，坚持高品质写作，才会有高水平阅读。商业利润对当下高品质的儿童文学阅读确实有影响，作家应该有应变准备。

儿童文学存在的问题

在讨论中，大家也中肯地谈到儿童文学所存在的问题，这体现了说真话、讲道理的批评底气。

此次会议指出了儿童文学批评的重要性。批评家的责任就是讲真话,说道理,而儿童文学作家也要有听取真话的勇气和胸襟。儿童文学批评要有文化品位,批评要从儿童文学创作的实际出发,切忌空谈。儿童文学批评要有历史担当意识,责任担当意识。从目前的儿童文学阅读和出版来说,儿童文学的理论和批评研究工作整体上不容乐观,理论批评队伍急需要建设。儿童文学批评并没有发挥及时而重要的引领作用。

商业化时代的产业化出版对儿童文学是双刃剑,既是机遇也是挑战。这成了20年来的新常态,并且各种社会问题以及市场对利润的寻求也对少儿出版环境形成影响。谈到目前儿童文学创作的缺点和不足的时候,我们经常会说有高原,没有高峰。有的代表认为当下确实涌现了很多好作品,但是比较平庸的作品更不在少数。儿童文学之所以有高原没有高峰,在于儿童文学多年来存在的程式化和表演腔,不能体现真实的儿童生活,作家创作心理有的非常浮躁和功利化。大作家也应该有否定自己、听取真话的勇气。

大家还谈到,中国少年儿童的科学精神和科学素养还远远不够,应该加强科幻等科学元素的文学,激励少年儿童的想象力,来应对危机。有代表提出,低质、幼稚的儿童文学值得警惕,强调儿童文学作家要阔大视野,必须"长大"。

目前儿童文学市场化的现象明显,应加强阅读引导,推动儿童文学的真正发展。儿童文学繁荣是不争的事实,但是地方发展不均衡,尤其在西藏和内蒙古等少数民族地区缺少甚至基本没有儿童文学作家,我们应当重视这个问题。另外,儿童文学是精神食粮,应该把社会效益放在第一位,给出版单位一些相应的政策,鼓励他们出版好看、耐看的好作品。

儿童文学要坚守精神高地

李学谦

此次会议是贯彻习近平总书记对少年儿童教育和文艺工作一系列重要讲话精神的重要会议,是对儿童文学创作出版的一次国家推动。会议既充分肯定了儿童文学所取得的成绩,又从唱响中国梦和社会主义核心价值观主旋律、打造精品力作、评论要说真话讲道理、加强儿童文学创作出版的领导和管理等方面提出了更新更高的要求。

儿童文学作家要接地气

李国伟说:"作家要坚守艺术底线,抵制商品化的诱惑,把个人理想融入实现中国梦的实践中。"董宏猷说,创作要像冰心等前辈作家那样,"耐得住寂寞,冷水泡茶慢慢浓"。萧萍说:"儿童文学作家捍卫原创领地,最重要的是要接地气,用自己的行动来追求艺术创新。"刘东则认为儿童文学作家应当直面当代少年儿童生理发育提前、心理发育延后等学习、生活中出现的新变化,在观念和创作题材上努力寻求新的突破。广西作家王勇英表示,要努力把广西少数民族古老悠久的文化同日新月异的外部世界联通起来,更深刻表现孩子的成长。徐鲁说,儿童文学作家应当关注现实,关注世道人心,表现真实的中国式童年。王巨成说:"儿童文学是种子,作家是给孩子播种的,要负责任地把做人做事的道理告诉孩子。"张锦贻说,"儿童文学创新关键在于作家对生活要有新的认识、新的体验。"汤萍说,要尊重孩子的想象力和创造力,重视幻想文学在培养孩子想象力、创造力方面的作用。王一梅说,儿童文学作家要关注孩子的生存环境,看到孩子内心的呼唤,通过自己的作品给孩子一个生态的童年。长期从事大自然文学创作的老作家刘先平说："自然文学作家的使命是按照建设生态文明的要求，还孩子一个绿色的大自然。而要做到这一点，最重要的是要扎根人民，扎根生活，同大自然亲密接触。同时要努力学习自然科学，提高儿童文学的内涵，打造精品。"他还建议中小学课本应增加大自然文学的数量，重点扶持大自然文学翻译。

少儿出版的责任自律

董宏猷说："出版以什么为出发点？孩子喜欢、能够畅销固然是一个理由，但必须是好书。"作为儿童文学教育的倡导者，陈晖特别注重儿童文学作品的教育功能和教育品质。她说，有的作家每天写几万字，出了几十本书，却说不出代表作是什么。她希望这些作家"慢一点，别写得那么快"。梅子涵也说，世界上没有一个国家是以畅销书来衡量文学成就的，他告诫自己应当把世界经典儿童文学大师作为镜子，写得慢一点。汪忠、周晴、张立新、董素山、王琦、吕晖等出版人都表示要坚守精神高地，担当责任，狠抓体现人民心声和时代风貌的精品力作；抓好编辑队伍的建设，编辑工作要前移，参与到作家的创作过程中去；要重视发挥儿童文学期刊的作用，及时发现、培养新人，提升作家队伍；要加大对盗版、伪书、跟风出版等现象的打击力度，净化少儿出版环境，不让劣币驱逐良币。彭学军在发言中特别强调了编辑的责任和作家的自律，左昡也强调儿童文学作家要"庄重地表达"。董宏猷、周晴等人还呼吁，目前儿童文学期刊数量过少，不利于发现、培养新人，他们建议文学期刊可通过增刊等方式，适当发表儿童文学作品。

儿童文学评论应坚持"说真话、讲道理"

崔昕平说，这些年儿童文学评论存在通俗化和过度精英化两种倾向，削弱了评论对儿童文学创作的引导作用和对读者的指导作用。这次会议明确提出要按照"说真话、讲道理"的要求，加强儿童文学评论工作，为评论工作发展提供了难得的契机。"当下是寻求儿童文学评论中国主体性的关键时刻"，她提出，首先，儿童文学评论要回归中国话语体系，不为西方文论所左右；其次，要准确判定儿童文学评论的专长；再次，儿童文学评论既要有引导当下创作的作用，又要有促进儿童文学各种流派形成的长期效益。还有同志提出，要发挥编辑、评论家、阅读推广人、机构排行榜在引导阅读和创作中的作用，这几方面应当形成合力。

儿童文学的"四律"

白　冰

儿童文学事业是三套马车：创作、出版、评论缺一不可。此次会议，作家、出版工作者、评论家济济一堂，不分界别，不分区域，互补合作，交流沟通，也是史无前例。

强化责任意识　坚守文化理想

一个时代有一个时代的青春，一个时代也有一个时代的青春文学。中国作协主席铁凝指出：现在，少年文学特别是青春文学，主要是由他们同年龄段的作者来创作。这种现象值得关注。原因之一是儿童文学作家对青春期的少年儿童生活不了解，这就要求儿童文学作家要深入生活，深入到孩子心中，了解他们的生活现实和心理现实，了解他们的喜怒哀乐，写出他们真实的生存状态，创作出思想性、艺术性、可读性有机统一的少年文学或者说青春文学作品。

儿童文学创作和出版必须恪守"有益于儿童"的原则，儿童文学作品要能够"启迪思想、温润心灵、陶冶人生，用光明驱散黑暗，用真善美战胜假丑恶"，要始终把社会责任放在首位。

张晓楠认为，儿童文学是人学，因此，应该为孩子建立健全的人格世界和情感世界提供价值标准和人生的正能量。汤汤认为，儿童文学不好写：童话不好写，一是要把童话写得有抚慰心灵的力量；二是要把童话写得真实，因为童话的内核是真实的。这种真实是抵达生命本质的真实。要创作好的作品，必须对儿童和艺术永远保持一颗敬畏之心，用心来写。祁智认为，创作是作家个人的事情，但作品是人民的作品。创作是自由的，但一定要有出版的组织和评论的监督。保冬妮说："儿童文学作家要心静，要在各种诱惑面前宁静淡泊，心静才能写出好作品。"

提升儿童文学的创作、出版质量

与会者认为，中国儿童文学创作和出版处于最好的繁荣发展期，但儿童文学的创作和出版确实存在着重视数量，重视体量，忽略质量的问题。原因有三：一是儿童文学作家数量仍然不能满足出版社出童书、读者要阅读的需求，造成了新书多、新作少的现象，青年作家队伍的培养和壮大仍然是迫在眉睫的问题；二是出版社迫于经营指标的压力，拼图书数量，拼经营规模，影响了质量的提升；三是儿童文学创作和出版缺乏创新，儿童文学评论缺少引领。就提升儿童文学的创作和出版质量，打造儿童文学精品的问题，很多同志提出了建设性意见。

何向阳提出，面对儿童的生存环境和语境的不断变化，帮助儿童建立正确的价值观，做正确的人生抉择，是我们非常重要的工作。要做好这项工作，作家要深入生活，评论家也要深入生活，只有这样，才能解读时代精神的奥秘，创作出精品力作。王宜振认为，要提高作品创作质量，一定要创作那些让人眼睛为之一亮、心灵为之一震的作品，应该有创新的人物、故事和细节。韩进建议，要做好少儿文学编辑的专业培训工作，实施儿童文学选题质量和专业出版的资质审核制度，提升儿童文学图书出版的门槛，对于出版少儿图书的出版社和编辑要有资质要求。刘国辉提出"四律"："大作家、名作家要自律，努力创作精品经典，起到引领作用；青年作家要自律，每一部作品都要有提升和创新；批评家要自律，说真话，讲道理；出版社要自律，要始终坚持把社会效益放在首位，认真严肃地考虑作品和图书的内容质量、艺术质量、编校质量和社会效益。"王泳波提出，出版社要抓好重点板块和特色板块，形成高地，催生精品；要培育重点项目和主打产品，带动产品集群；要强化营销宣传，引领精品阅读。

构建儿童文学评论舆论阵地

多年来，中国儿童文学的理论批评在中国儿童文学和出版的健康发展中起到了重要作用。在中国儿童文学新的繁荣发展时期，理论批评的作用尤为重要。对如何加强中国

儿童文学理论批评的作用,与会者也提了一些很好的建议。韩进认为,要把讲真话,讲道理提升到批评家人品文品的高度来认识,反对低俗庸俗。徐妍提出,21世纪中国儿童文学批评,需要在文学场域中重新辨析它的含义,包括什么是童趣和伪童趣,什么是故事与段子,什么是儿童文学与伪儿童文学。通过辨析,以审美本质论的批评内核,发现并推动原创优秀的儿童文学。李利芳提出三点建议:一、将儿童文学理论批评奖作为全国优秀儿童文学奖的一个子项,划归全国优秀儿童文学奖评委会评审;二、扩大儿童文学理论批评阵地,在办好现有《文艺报》"儿童文学评论"版的同时,应该至少出版一种面向全国的儿童文学理论核心期刊;三、规划一些儿童文学理论批评重大学术项目,组织理论批评界力量,共同攻关,取得成果。

注重儿童文学的雅俗平衡

刘海栖

作家体验生活与自我审视

对儿童文学作家来说,体验生活,深入生活是创作的第一步。作家周锐说:"儿童文学寻找素材,有两个向度。一是向内寻找。儿童文学作家都是带着尾巴的青蛙,天真,纯洁,是永不长大的人,可以向内寻找人类童年的共通感觉。二是向外寻找,观察生活,将生活中的细节移植到故事中,通过作家和读者都感兴趣的点进行融合。"

贺晓彤谈及自己的创作和成长故事说:"有一次观察一个孩子扯猪草,想到自己的童年,总是想写点什么。后来发现住在楼上的孩子,做作业居然一个字都不肯写,由此触发灵感创作了新作。"

段立欣经常深入学校,从孩子身上偷创意。她称自己熬汤式的坚持自己的创作风格,直到有一天得到认可。从小喜欢习作的赵菱也曾困惑自己的作品没有生命力。后来才发现只有真实的故事,才有一种天然的、浑然天成的魅力。自喻为井底之蛙的邱易东常常深入校园,讲阅读,讲写作,他希望儿童文学要坚持艺术性、思想性,"这是一个儿童文学作家的良心"。

黑鹤认为,作家对自己的创作能力、创作专长和作品发行量要有理性认识。要做纯粹的作家,创作纯粹的作品。同时他也建议儿童文学图书建立理性的市场秩序。

文学创作与时代的关系

文学创作必须和时代紧密结合。徐德霞谈到,儿童文学作品也要讲好中国故事。李学斌也谈到了儿童文学如何传播社会主义核心价值观,"要做有根基、有抱负的文学;有立场、有追求的文学;有价值、有寄托的文学"。

殷健灵表示,时代是变化的,但内心可以是恒定的。一个写作者,要追求属于文学的真生命。优秀的作品凝聚了作者的生命体验,只有心灵写作才是真正的写作。

林彦认为,中国的作家要有世界眼光,也要有民族味道。坚持良知和美学标准,就不会违背我们现在的核心价值观。

成人作家的儿童表达

童年经验对于作家是取之不尽的创作矿藏,童年情结甚至是有些作家一生绕不开的话题。成人文学的评论家、作家参与到儿童文学当中来,将为儿童文学带来新的风景线。当然,在写作内容上也需要重视,孟宪明认为,儿童文学作家要写健康、有希望、有眼泪的作品。侯颖则提醒要警惕儿童文学的过度文本化、儿童生活的过度文本化。阅读不能解决儿童生活的所有问题,儿童文学应是有生活、有生命体验的创作。

樊发稼认为,在某种意义上,儿童文学的重要性更甚于成人文学。儿童文学的多元及众生喧哗,提醒我们要注重儿童文学的生态、品种及门类。同时他提出,理论和创作如鸟之双翼,都非常重要。

儿童文学的市场化和出版

21 世纪以来,儿童文学作品一直在品质与市场之间博弈。但孙建江认为,儿童文学的市场化并不可怕,可怕的是,某些人非此即彼的价值判断。经过市场化检验的不一定是精品,但没有成功的市场化的作品,一定是苍白的。好的儿童文学作品,应该既是大人喜欢的,也是儿童爱读的,既是叫好的,又是叫座的。

朱自强则认为,如果通俗儿童文学与艺术儿童文学在厘清概念后,能进行很好的融合与平衡,也将对当下的创作起到推动作用。但当下,我国的通俗儿童文学发展并不成熟,讲故事能力弱,艺术品质差,思想深度也有问题。他认为:"好的儿童文学,应该做到雅俗平衡。"类型化创作要做到推陈出新。

少儿出版社在黄金十年中,原创、引进并举,同时也开始品牌化运作、国际化运营,取得了较大的成就和发展,但对比儿童文学发达国家,还是存在一些状况和问题,也需要政府进一步加强监督、引导、扶持、关注。

张克文认为,出版要立足长远,注重战略,强化原创,打通国际国内资源,最终做到百花齐放。同时也要进行深度的内容经营,实现原创、引进、理论三位一体的板块建设方略。吴双英认为,少儿出版要努力解决原创力的培养与挖掘、儿童文学创作与现实脱节、顶层设计和少儿出版结合等三大难点,要勇于做有难度的出版,不断发挥自己的创造力,引导作家进行有难度的创作,也激励自身进行有难度的出版。

针对儿童文学创作及阅读推广等现实问题,也有不少专家提出了自己的建议。黄蓓佳建议,寻找作家和出版社共同成长的一种方式,建立亲如一家、血肉相连的关系。

(原载《文艺报》2015 年 7 月 15 日)

儿童文学界学习贯彻党的十九大精神座谈会发言摘登

10月26日至27日,由中国作协儿童文学委员会主办的"儿童文学界庆祝学习党的十九大座谈会"在青岛召开。中国作协副主席、中国作协儿童文学委员会主任高洪波出席座谈会并讲话,部分儿委会委员,中青年儿童文学作家、评论家参加座谈。座谈会由中国作协创研部副主任赵海虹主持。

现摘登部分与会同志畅谈学习党的十九大精神体会的发言如下。

高洪波:习近平总书记指出:"没有高度的文化自信,没有文化的繁荣兴盛,就没有中华民族伟大复兴。"自信源于认知。中华民族的复兴是我们伟大的梦,需要我们每一个人付出努力。习总书记还提出,要重视社会主义核心价值观的培养,从家庭做起,从娃娃抓起。这一点对于儿童文学作家来说,更要引起充分重视,把社会主义核心价值观深入贯彻到自己的工作和创作中去。

深入生活是作家创作的保障,那些写出了真正感动人心、受到小读者欢迎的儿童文学作品,很多都是作者追踪多年、下了大功夫的成果,这样扎扎实实的写作态度是值得我们学习的。任何好的作品,都应该真正生活在那个时代,都需要作家本人对生活有一份感情、有一份挚爱,然后将这种爱转化成自己笔下的艺术、鲜活的文字。

习近平总书记还讲到,"青年兴则国家兴,青年强则国家强"。青年作家兴,中国文学兴;青年作家强,中国文学强。岁月的流逝是非常快的,青年作家应该牢牢记住自己的使命,应该保持一种舍我其谁的气势和气魄,要有一代胜似一代的自信。

王泉根:习近平总书记在党的十九大开幕式上的报告,犹如春风化雨、激荡人心,复兴一词生百福,未来征程惊环球。习近平总书记的报告为中华民族进入实现伟大复兴的历史新时代,指明了前进方向,规划了大政方略。习近平总书记在报告中对"繁荣发展社会主义文艺"特立一节,就社会主义文艺的性质、目标、任务、要求、途径等作了深刻阐释,提出"三精""三讲""三抵制",即要坚持文艺创作思想精深、艺术精湛、制作精良相统一,倡导讲品位、讲格调、讲责任,抵制低俗、庸俗、媚俗。同时要求文艺创作"一加强""四讴歌",要加强现实题材创作,不断推出讴歌党、讴歌祖国、讴歌人民、讴歌英雄的精品力作。这是习近平总书记对繁荣发展社会主义文艺做出的更进一步的目标定位与价值期待,是新时代社会主义文艺的纲领性文献。

习近平总书记对民族下一代寄予厚望:"青年兴则国兴,青年强则国强。"青少年儿童的健康成长与精神面貌直接反映着一个国家与民族的精气神。鲁迅先生说:"童年的情况,便是将来的命运。"今日青少年儿童的情况,既是他们生命个体将来的命运,也是我们民族群体将来的命运,中华民族的伟大复兴与"中国梦"的实现,无疑与今日青少年儿童的情况紧密相连。党和国家历来十分重视青少年的思想道德建设和包括儿童文学在内的文化产品的教育影响作用,优秀文学作品、文化产品的生产现状与传播接受,直接关系着民族下一代精神生命的健康成长。

　　繁荣发展 21 世纪儿童文学,需要我们认真贯彻落实习近平总书记在十九大开幕式上的报告,深刻领会习近平文艺思想。儿童文学作家更要做好人类灵魂的工程师,更需要倡导讲品位、讲格调、讲责任,抵制低俗、庸俗、媚俗,更应自觉加强现实题材创作,不断推出讴歌党、讴歌祖国、讴歌人民、讴歌英雄的精品力作,因为他们所从事的文学直接关系到中华民族下一代国民精神的塑造与良好人性基础的养成,关系到激励和引导民族下一代树立崇高的理想信念,打牢实现"中国梦"的思想基础。

　　优秀文学的永恒价值在于凝聚起社会与历史、人心与人性、上代与下代之间的向上向善向美的精神力量。让我们在习近平总书记十九大报告的精神指引下,共建新时代儿童文学的新气象,砥砺新时代儿童文学的新作为。

　　朱自强:党的十九大报告指出,要在继续深化改革开放的过程中,把中国建成具有中国特色社会主义现代化强国。我在思考一个问题,在民族复兴的进程中,儿童文学应该有什么作为? 在人类文明的现代化进程中,西方的现代强国,没有一个国家不拥有一个很好的读书社会。在这一点上,我们之所以还不是现代化的强国,可能和我们国家还没有建设成健全的读书社会有关。

　　目前,党和国家十分重视阅读,提出要建设全民阅读的读书社会。建成读书社会,中国才能成为社会主义现代化强国。建成读书社会,首要的是抓儿童阅读,一代代儿童养成阅读习惯,过一种有品质的阅读生活,阅读社会就有了坚实的根基。正是在这个意义上,儿童文学是大有作为的。

　　就目前的状况来看,原创儿童文学的思想和艺术品质还需要大力提升。我们应该创作有根基的而不是轻飘飘的儿童文学。幽默的儿童文学作品里面应该也有严肃的东西、智慧的东西在。只有为这个社会贡献有根基的儿童文学,我们才能对建设健全的读书社会有所贡献。

　　十九大报告里说"青年兴则国兴,青年强则国强"。1900 年梁启超写《少年中国说》,也说"少年强则国强"。我们的社会主义事业今后的发展方向、发展动力,都与我们的孩子如何成长有关。在这方面,儿童文学工作者应该意识到肩上的责任并做出我们应有的贡献。

　　方卫平:习近平总书记在党的十九大开幕式上所作的报告,对现阶段我国社会发展的特征、规律等,都做了新的重大创新性理论论断、概括和阐述,对未来发展的目标等做出了进一步的战略规划和部署。例如,以前关于社会主义初级阶段我国社会主要矛盾的表述,"是人民日益增长的物质文化需要同落后的社会生产力之间的矛盾,这个矛盾贯穿在生活的方方面面"。十九大对我国新时代社会主要矛盾的判断和表述有了变化,报告指出:"中国特色社会主义进入新时代,我国社会主要矛盾已经转化为人民日益增长的美好生活需要和不平衡不充分的发展之间的矛盾。"这里,有一个词组的变化值得我们注意,就是"美好生活需要",这句话的概括性很大,可以涵盖我们时代生活的方方面面。具体到童年文化领域,对儿童的阅读生活、教育生活来说,这句话也是精准的概括。近几年儿童文学的创作、出版、阅读推广等发展十分活跃,成绩非常显著,然而我们要思考孩子对童书的需求,他们有没有更丰富、更美好的文学需要,我们有没有发展不充分、不平衡的问题。

新中国儿童文学

对于中青年作家来说，我们如何写出更能够符合这个时代孩子的需要，更符合儿童美学的天性，更能够呼应我们这个时代的作品，这其中有许多值得思考和探索的问题。

董宏猷：聆听了习近平总书记的十九大报告，深感振奋，深感责任重大。我感受最深的，首先是总书记阐述的中国共产党人的初心与使命，就是为中国人民谋幸福，为中华民族谋复兴。要与人民同呼吸、共命运。习总书记在报告中还指出，社会主义文艺是人民的文艺，必须坚持以人民为中心的创作导向。在总书记的十九大报告中，写满了"人民"，这一名词共出现了193次。可见人民在总书记心中的分量。

对于儿童文学作家来说，初心就是童心，孩子就是人民，就是人民之初。保持一颗鲜活的童心，深入生活、贴近生活，去了解、理解今天的孩子，去体味他们的喜怒哀乐，写出他们喜闻乐见的作品，坚守与提升中国儿童文学的品格，从童书出版大国迈向儿童文学的强国，这是中国儿童文学作家在新时代的光荣责任与历史使命。

习近平总书记在十九大报告中发出了"坚定文化自信，推动社会主义文化繁荣兴盛"的伟大号召。作为儿童文学作家，坚定儿童文学的"文学自信"至关重要。今天，我们有充分的理由自信，儿童文学作家是一个光荣的、需要特殊才情的称号。儿童文学作家的前缀不是地位高下的标识，而是责任与担当的彰显。儿童文学不是可有可无的支流，而是本身就在文学大河的奔流之中。

在新时代的征程中，儿童文学任重道远。面对蓬勃兴起的阅读大潮，我们要有一种"引领自信"。我们要告诉孩子们、家长们、老师们，优秀的儿童文学作品是有独特的美学标准的。我们不能让孩子们被那些带有功利色彩的花花绿绿的推荐书单引领。我们要敢于承担为下一代打好真善美的精神底色的历史责任。

新的时代，新的征程，新的课题。有了这样的文学自信、创新自信、引领自信，中国的儿童文学就会更好地为人民为孩子而奉献精品，就会以更加广阔的视野与胸襟，走向世界、走向未来。

刘海栖：习近平总书记在党的十九大报告中，对于社会主义文化建设做了精辟的论述，为我们指明了方向。贯彻十九大精神，总结几年来儿童文学创作的经验，谋划今后的发展，为推动社会主义文化繁荣兴盛势必会起到重要的作用。

这几年儿童文学发展的成绩是大家有目共睹的。很多专家和评论家都进行了论证，非常有说服力。我国童书出版的年产值连续15年以两位数的速度增长，成为整个出版界最具活力、发展最快、竞争最激烈的板块。而在这其中，儿童文学占了整个童书细分市场份额的三分之一。这种情况的出现，是许多工作综合作用的结果，其中最重要的，自然与我们的党和政府强有力的号召和引领扶持是分不开的。2012年，"开展全民阅读活动"历史性地被写入党的十八大报告，此后，全民阅读热逐年升温，阅读日渐成为人们日常生活中的重要组成部分。

市场的作用是显而易见的，可以说，是儿童文学拉动了市场，市场又促进了儿童文学的繁荣。在今后，希望出版社能够把目光放长远，要有前人种树后人乘凉的雅量。如果出版社能够更多地把目光放在长远的发展上，投入更多的力量去关注新人，关注现在还不太被重视却应该被重视的产品上，而不是一窝蜂地去追逐热点，那么我们的儿童文学会走得更好更远。

徐德霞：新时代在呼唤，党的十九大报告对繁荣社会主义文艺提出了明确要求，特别强调"社会主义文艺是人民的文艺，必须坚持以人民为中心的创作导向，在深入生活，扎根人民中进行无愧于时代的文艺创造。要繁荣文化创作，坚持思想精深、艺术精湛、制作精良相统一，加强现实题材创作，不断推出讴歌党、讴歌祖国、讴歌人民、讴歌英雄的精品力作。发扬学术民主，艺术民主，提升文艺原创力，推动文艺创新，倡导讲品位、讲格调、讲责任，抵制低俗、庸俗、媚俗，加强文艺队伍建设，造就一大批德艺双馨名家大师，培育一大批高水平创作人才"。

我觉得这一段重要指示，针对当前文艺的现状，句句打在痛点上，说在文艺工作者的心坎上。特别是我们儿童文学界，肩负培养祖国下一代的重任，怎么坚持以孩子为中心，用文学的方式培养孩子健康成长是首要的根本问题。比如在创作上怎么做到思想精深、艺术精湛、制作精良，真正拿出精品力作来尚需下大气力。讴歌党、讴歌祖国、讴歌人民、讴歌英雄是儿童文学义不容辞的责任和义务。关键是怎么才能做好，怎么才能有所作为？什么样的作品才是好作品？其实都是在创作实践中要探索、追求的东西，要讲品位、讲格调、讲责任。十九大报告短短的一段话，思想内涵非常深刻丰富，既指出了文艺创作多年不治的顽疾，同时给出了方子，指明了方向、路径，明确了今后的奋斗目标，可见学习贯彻十九大精神，是一项长期任务。

应该看到，中国儿童文学是大有前途、大有希望的，这个希望就来自于中青年作家和理论家，儿童文学的新时代，是属于这一代作家的。作为一个代际，21 世纪中青年作家队伍规模不大，但很齐整，是新中国成立以来文化素质和艺术素养最高的一代。他们眼界开阔，思想敏锐，同时具有开拓创新精神，他们中的大多数人都受过高等教育，程度不同地懂一两门外语。这一批作家与新时代同步，是今后 30 年、50 年间中国儿童文学最有潜力、最有希望的一代。目前很多作家已经崭露头角，日渐成熟，创作出了一批品质上乘之作，一批有思想、有作为、有才华的中青年作家已经形成阵势。今后只要沉下心来，践行十九大精神，不急不躁，潜心创作，就一定能够创作出具有世界一流水平的精品力作，中国儿童文学将成为世界儿童文学中最璀璨、最靓丽的一道风景。

徐鲁：习近平总书记在党的十九大报告中指出：没有高度的文化自信，没有文化的繁荣兴盛，就没有中华民族伟大复兴。所谓"文化自信"，不仅意味着对中华民族传统文化的认同、敬畏与自豪，更是对未来的、新时代文化的创造、传承与担当。总书记的报告，字里行间鼓荡着一种大气磅礴的大国自信和文化自信，涤荡人心，提振中国人的精气神。

习近平总书记在报告里还特别强调，"要繁荣文艺创作，坚持思想精深、艺术精湛、制作精良相统一，加强现实题材创作，不断推出讴歌党、讴歌祖国、讴歌人民、讴歌英雄的精品力作"；文艺家们应该"讲品位、讲格调、讲责任，抵制低俗、庸俗、媚俗"。这份带着划时代性质的政治文献，其中有关文化与文艺的振聋发聩的话语，对于我们儿童文学未来的发展，有着直接的引领和启迪意义。

毫无疑问，儿童文学界在这些年里也一直带着一种高度的文化自信，快速地提升着自己的国际竞争力。我们这支队伍勤劳、智慧而自觉。近几年来有了不少沉甸甸的、像金黄的稻束一样的收获。

总书记在报告中，以一种坚定、自信的心态，向全世界、向所有中华儿女，也向我们的作家、艺术家们发出了伟大的号召：再奋斗 15 年，我们要走在世界创新型国家前列，要让

中华文化展现永久魅力和时代风采……这样伟大的目标和自信的展望，真是令人心潮澎湃，热血沸腾！

薛涛：习近平总书记的报告有高度、有宽度、有深度、有热度，令人振奋，受到鼓舞，报告梳理了过去五年的成就，也指出了国家民族未来的走向，像一盏明灯照亮了中国梦的前程。

儿童文学作家要了解、要知道、要顺应新时代新变化，开拓创新，忠实时代与生活的馈赠，反映新时代新变化。同时，我们更要沉下心来思考和创作，做恒定不变的灯塔守望人。儿童文学作家的写作对象是广大少年儿童读者，少年儿童纯净的心灵容不得玷污。所以，儿童文学作家尤其要注重修炼自己的道德情操，不管生活如何奔波、忙碌，都要把自己的灵魂放在最好的地方。

儿童文学要树立文化自信，用最美的中国文字书写中国故事，弘扬中国精神，塑造中国形象，描绘中国梦想。在取材上，要舍远求近。也就是写自己熟悉的生活，从自己的亲身经历、体验中汲取创作营养，提炼创作素材，用最接地气的故事打动当下的读者。我们的作品表现的是一个小人物、一个小天地，但是它的字里行间蕴含大气象、大境界，它的每一章、每一篇都关乎全人类的命运与福祉。习近平总书记关于"人类命运共同体"的论述对儿童文学作家来说，是一个深刻的启迪。优秀的儿童文学作品即是以孩子为主要读者对象的"小儿科"，更是关乎人类未来的"大文学"。因此，我秉持这样的儿童文学观，扎根中国大地，朝着梦的方向，向深处走、向高处走、向远处走。

李利芳：没有高度的文化自信，没有文化的繁荣兴盛，就没有中华民族伟大复兴。党的十九大报告为我们国家新时代新的文化使命指明了方向，提出了要求。中国特色社会主义进入新时代，这是我国发展新的历史方位。我国社会主要矛盾已经转化为人民日益增长的美好生活需要和不平衡不充分的发展之间的矛盾，这是关系全局的历史性变化。如何以此为思想认识的基石，以习近平文艺思想为引领，坚守中华文化立场，立足当代中国现实，坚持创造性转化、创新性发展，以培养担当民族复兴大任的时代新人为着眼点，担负起我国儿童文学事业繁荣发展的新使命，这是摆在我们面前光荣而神圣的重大时代课题。

近年来，原创儿童文学童年精神的艺术勘探向纵深方向发展，童书产业释放出巨大的生产力，更多原创优秀儿童文学作品"走出去"，获得国际认可，这些成绩都从一个侧面印证了我们这个伟大时代的文化进步。但是，在看到成绩的同时，我们也要清醒地面对问题，当我们穿透具有如此庞大创作数量的儿童文学现象，试图去抽取、概括、凝练一些在儿童文学层面产生的属于我们中华民族独有的精神特质时，我们发现还不是很充分。当下的很多作品是平面的、就事论事的，面貌不清晰，内在气质与风骨不硬朗，读完后印象不深，容易滑落。这正对应于我们通常所说的"有高原没有高峰"、精品力作少的现状，也是儿童文学领域发展不平衡不充分的具体体现。

因此，以党的十九大报告为精神指引，当下及未来我们事业攻克的目标就是出现更多饱含中国童年精神的儿童文学精品力作。

（原载《文艺报》2017 年 11 月 10 日）

儿童文学与时代同行

——浅议改革开放 40 年之儿童文学

徐德霞

  改革开放 40 年,我们这代人是亲历者,也是参与者、践行者。我们的整个职业生涯与改革开放紧紧联系在一起,我们的人生命运也与改革开放紧密相连。

  我恰好是 1978 年到《儿童文学》杂志当编辑的,整整 37 年,期间做主编 25 年。伴随着这本刊物,差不多经历了整个改革开放 40 年的全过程,其中有迷茫、焦虑、苦闷,更多的是挑战、拼搏、奋进。是这个时代赋予了我们改革的勇气,是这个时代激发了我们不断创新前行的信心和活力。改革开放之初的 80 年代,我所在的《儿童文学》这本老刊物的发行量从月发行 50 多万册,一直滑到 5 万多册。正是在这种情况下,迎来了出版界的深化改革。我们以背水一战的决心和勇气,经过十几年的努力,终于使《儿童文学》杂志走出低谷,成为全国知名的销量过百万的大刊,给坚持纯文学创作的作家们很大信心和鼓励,提升了纯文学创作者的士气。

  2009 年底,《儿童文学》杂志在发行突破百万的基础上,成立了儿童文学出版中心,开始涉足原创儿童文学图书的出版。我们提出全力打造中青年作家的构想,很快推出了一批年轻作家的原创长篇作品。这些新面孔一问世,立刻受到图书市场、新闻媒体和儿童文学出版界的关注。随后,我们每年推出三四十种原创长篇,平均印数 5 万册以上,再版率 100%,《儿童文学》的图书品牌一炮而红,实现了书刊互动,比翼齐飞。最重要的是一批年轻作家的推出,改变了作家队伍的结构和出版生态,老中青三代作家开始齐头并进。目前这批作家活跃在全国各家儿童文学出版平台,成为儿童文学创作的主力。《儿童文学》杂志也为整个儿童文学事业尽了一份绵薄之力。

  和整个儿童文学事业相比,《儿童文学》杂志只是儿童文学百花园中的一棵大树。回顾改革开放 40 年,我国儿童文学事业从改革之初的一片荒芜起步,经过了 80 年代的繁荣、90 年代的彷徨,直到进入 21 世纪,迎来了儿童文学的大发展、大繁荣,成就有目共睹。

  40 年来,儿童文学在创作上主要有"两个回归"。一是回归儿童。儿童从被教育的对象成为文学的主体,以儿童为本、以儿童为中心成为大家的共识,儿童真正成为文学作品的主人,儿童的天性受到保护、褒奖和张扬,出现了一大批故事生动、人物鲜活,贴近现实、贴近时代、贴近儿童的优秀作品。二是艺术的回归。儿童文学从"教育的文学"下挣脱出来,一改概念化、脸谱化,从简单的直面说教到润物无声的艺术滋养,儿童文学跨出了最重要的一步,回归到文学本体,出现了一大批思想内容健康、艺术质量上乘的作品。有了这两方面的回归,才可以理直气壮地说,改革开放 40 年来,儿童文学取得了巨大进步,我国的儿童文学才有了与世界儿童文学对等交流的基础。

  儿童文学的真正繁荣是在进入 21 世纪以后,在市场经济的推动下,童书出版进入了一个黄金期,儿童文学迎来了一个新时代。作为新时代的儿童文学,有以下几个重要标志:

新中国儿童文学

70 年

1949-2019

第一是儿童文学出版持续发力，潜力巨大。目前有 500 多家出版社涉足儿童书出版，每年有 4 万多种出版物问世，其中儿童文学图书占 45%左右，再加上新媒体、融合出版、互联网+等新的出版方式，持续为童书出版注入新的生机和活力，儿童文学新作如雨后春笋，不断强势推出，彰显了原创儿童文学的实力和潜力。

第二个标志是儿童文学的品质不断提升。如果说，十几年前，儿童文学在类型化写作、系列化出版的主导下，通俗浅薄的校园故事充斥市场，有高原无高峰现象还比较突出的话，近年来，儿童文学界通过反思创作来自我调整，自我提升，很多作家摒弃低俗化、庸俗化创作，自觉抵制市场诱惑，回归艺术本真，潜心创作，出现了一批题材新颖、思想深刻、艺术上乘的作品。

第三个标志是一代中青年作家迅速成长，已成新军。这支队伍由"70 后"至"90 后"中青年作家构成，他们大多是在改革开放中出生成长起来的，是新时代、新环境、新文化培养起来的一代新人，是具有国际视野的一代。目前他们正处于创作的黄金年华，相信在未来 10 年至 20 年间，这批作家将成为我国儿童文学创作的主力。

第四个标志是改革开放带来的全球化气象。如果说改革开放之初，是外国儿童文学经典大量引进的话，那么今天则是更多的儿童文学走出去。我们已经逐步具备了讲好中国故事的能力，越来越多的具有国际视野、并且带有浓郁中国精神、中国文化、中国传统、中国风尚的图书走出国门，中国儿童文学正以更好、更美的姿态融入全球化。

儿童文学之所以能够取得如此骄人的成就，是多种合力共同作用的结果，其中最重要的是得益于改革开放带来的深刻影响。首先，改革开放带来了思想的大解放和文艺创作观念的大开放；其次，改革开放带来了大市场，社会普遍重视儿童教育，大众需求旺盛；其三是改革开放之影响巨大，儿童文学敞开胸怀拥抱世界，大量优秀儿童文学引进来，中国儿童文学走出去，新思想、新观念、新流派互相交融，相互影响，互相启发，共同提升。可以说，没有改革开放就没有今天的儿童文学。

但是我们也要看到，商业化、市场化是一把双刃剑，一方面促进了儿童文学的大发展，另一方面也带来了一些不利影响，儿童文学发展并不平衡，还有一些短版。

首先是图书与杂志发展不平衡。每年我国有数千种原创儿童文学新书出版，而儿童文学杂志除了硕果仅存的老几家，这些年来只新创了一份杂志。另外，偌大的中国没有一家专业的儿童文学评论杂志，也没有一家大型儿童文学期刊。杂志是文学创作的重要基地，担负着发现新人、培养新人、交流信息，开展文学批评与研究的重要任务，如果文学杂志这块园地贫瘠而荒芜，会直接影响儿童文学的发展后劲。

与文学杂志不景气相关的是短篇作品创作乏力，产生广泛影响力的优秀短篇作品稀缺。试想，如果年轻作者没有经过短篇的历练，没有扎实的基本功，若干年后中国儿童文学创作事业将会怎样？

还有扎堆出版、过度消费知名作家的问题。出版社不肯花大气力做发现新作者、培养新作者的基础性工作，投机取巧心重、拿来主义盛行，重复出版，过度消费知名作家，吃干榨净著名作家，这无异于竭泽而渔。这种现象得不到缓解，会严重妨碍中国儿童文学的整体发展。

还有一个老生常谈的问题，就是新书出版数量多，但精品少，更缺少反映改革开放这一伟大时代的精品之作。改革开放 40 年，儿童文学出版了很多畅销书，但哪些书能成为经典流传下去呢？小兵张嘎、潘冬子是战争时代的典型儿童形象，今天的典型儿童形象又在哪里？另外，目前回望童年之作趋多，追忆自我童年固然美好，但更美好的是当代儿童生活，作家的目光不应只投向过去，更应该投向今天和未来。多出经典与精品儿童文学作品，是这个时代的深切呼唤。

总之，改革开放 40 年来，儿童文学走向了一个前所未有的新时代，相信儿童文学会以此为起点，走向更加辉煌的明天。

（原载《文艺报》2018 年 11 月 28 日）

为中国孩子讲好故事
——谈现实主义儿童文学创作

王泉根

百年中国儿童文学史上，那些优秀现实主义作品往往具有时代标杆意义，他们拥抱儿童，深入童心，扎根中国大地，紧贴儿童现实生活和精神世界，感动和影响同时代的少年儿童，成为一代人共同记忆，成为常读常新的文学经典。

社会发展瞬息万变，社会生活丰富多彩，为今天的孩子写作比以往更难，作家们需要沉下心来，真正深入儿童生活，熟悉他们的日常，了解他们的想法，体贴他们的内心，温暖心灵，鼓励成长。

儿童文学是 21 世纪特别是党的十八大以来发展最快的文学板块之一：儿童文学出版蓬勃发展，涌现一批广受孩子们欢迎的作家作品，以 2016 年曹文轩荣获国际安徒生奖为代表，优秀中国儿童文学越来越走进国际视野。与此同时，如何理解现实、把握时代、更好地塑造儿童文学的典型人物以加强现实题材儿童文学创作，推动中国从儿童文学大国向儿童文学强国迈进，既是新时代对儿童文学提出的新期待，也是儿童文学实现美学突破的内在要求。

弘扬现实主义传统

现实主义是百年中国儿童文学一脉相承的发展主潮，这一传统经由 20 世纪 20 年代初中国文学史上第一部原创童话集——叶圣陶《稻草人》开创，三四十年代张天翼童话《大林和小林》以及陈伯吹、严文井、金近等作家作品承继推进，源远流长地贯穿于整个现当代中国儿童文学艺术长河。特别需要提出的是，鲁迅先生以其敏锐眼光，1937 年就刊文充分肯定《稻草人》的时代意义："叶绍钧先生的《稻草人》是给中国的童话开了一条自己创作的路。"

鲁迅先生所肯定的这条路，正是中国儿童文学立足现实、讲好中国故事，立足儿童、重视典型人物塑造，立足本土、坚守中国风格和中国气派的现实主义儿童文学创作之路。改革开放 40 年来，中国儿童文学形成多样共生格局，各类文体尤其是少儿小说、少儿报告文学与童话创作，以其独特艺术实践奉献出一批具有现实主义品格的精品力作，对少年儿童精神成长发挥了重要作用。

百年中国儿童文学的艺术成就证明，那些优秀现实主义作品往往具有时代标杆意义，他们拥抱儿童，深入童心，扎根中国大地，紧贴儿童现实生活和精神世界，感动和影响同时代的少年儿童，成为一代人共同记忆，成为常读常新的文学经典。

2014 年六一儿童节前夕，习近平同志在北京市海淀区民族小学主持召开的座谈会上指出："少年儿童如何培育和践行社会主义核心价值观呢？应该同成年人不一样，要适应少年儿童的年龄和特点。我看，主要是要做到记住要求、心有榜样、从小做起、接受帮助。"在讲到"心有榜样"时，习近平同志特别提出优秀儿童文学艺术作品塑造典型人物的巨大精神价值、榜样力量与审美作用："心有榜样，就是要学习英雄人物、先进人物、美好事物""过去电影《红孩子》《小兵张嘎》《鸡毛信》《英雄小八路》《草原英雄小姐妹》等说的就是一些少年英雄的故事""榜样的力量是无穷的。大家要把他们立为心中的标杆，向他们看齐，像他们那样追求美好的思想品德。"习近平同志列举的这些 20 世纪五六十年代儿童电影，是一代又一代中国原创儿童文艺精品佳作的代表，这些作品深深影响感染几代孩子，成为他们美好的童年记忆，为中国儿童文艺打下了坚实而丰厚的现实主义传统。

儿童文学对塑造少年儿童精神世界、帮助儿童健康成长具有重要意义，优秀儿童文学作品会让人终身受益，因而这种文学创作应当具有高度自觉的社会责任感与美学使命。英雄人物、先进人物、美好事物是儿童文学创作的重要素材与精神资源，是现实主义儿童文学创作的重要审美设定。从抗战题材的《鸡毛信》《小英雄雨来》《小兵张嘎》《小马倌和"大皮靴"叔叔》《满山打鬼子》《少年的荣耀》，到校园题材的《罗文应的故事》《草房子》《今天我是升旗手》等，当代儿童文学弘扬现实主义精神，塑造了一批典型人物形象，极大丰富了中国与世界儿童文学艺术形象画廊，成为滋养儿童生命的丰厚精神养料。

挖掘现实题材富矿

当前，在如何加强儿童文学现实主义创作、如何更好塑造儿童文学典型人物、如何做大做强儿童文学等方面，还有一系列需要讨论的问题和需要开拓的空间。

如有人主张儿童文学应当远离儿童所不熟悉的现实社会，不涉及成人世界的社会、政治、历史等内容，而应将"纯粹的艺术审美"作为儿童文学创作目标，因此像叶圣陶《稻草人》之类直接反映社会现实的作品，并不是好的儿童文学，甚至是"最失败的一篇"。而那些大写"娃娃兵"的《小兵张嘎》等抗战题材儿童作品，则"会使下一代时时渴望进入战争状态，以致不惜打破和平美好的日常环境，还以为这是在创造英雄业绩"，这样的观点是需要反思的。

叶圣陶最初从事儿童文学创作时，何尝不想写美好单纯的童年梦？他早期童话如《小白船》《芳儿的梦》等作品充满幻想，用理想主义的弹唱编织童话世界。后来他发现"在成人的灰色云雾里，想重现儿童的天真，写儿童的超越一切的心理，几乎是个不可能的企图！"（《稻草人·序》）有了这样的觉悟，20 世纪二三十年代开始，叶圣陶等一批作家将现实题材引入儿童文学。可以说，扎根现实是作家的良知与担当的必然选择，也是儿童文学自身发展的必然逻辑。抗日战争时期，直面战争现实、反映社会生活的小说、报告文学、戏剧成为儿童文学最发达的文体，小说如《鸡毛信》《小英雄雨来》，童话如《大林和小林》等，都受到广大少年儿童欢迎，而那些远离现实的文体和作品，则比较薄弱。新中国成立后，经受抗日战争洗礼的那批作家创作抗战题材小说，其本意于铭记历史、弘扬正义、珍重和平，儿童文学创作当然有其独特视角和自身规律，但这不等于要无视历史、回避现实，更不意味着儿童文学不能书写战争。

我们注意到，21 世纪出现了新一波创作抗战儿童小说潮流，作家基本是"70 后""80 后"，这些作家出生、成长在经济社会快速发展的和平年代，战争早已成为历史，他们为何要书写战争环境中长大的少年儿童？他们想要表达的是什么？"80 后"女作家赖尔小说《我和爷爷是战友》中，两位主人公"90 后"高三学生李扬帆和林晓哲，感到迷茫、郁闷、找不到北。穿越到那一场残酷而壮烈的战争中，他们的灵魂受到洗礼。小说以感人艺术力量，鼓舞孩子们勇敢顽强、捍卫和平、追求光明。作家赖尔在小说后记中说：书写那个时代的故事，因为她发现其中蕴藏着许多值得今天孩子们思考的问题，有助于培养他们尚普遍缺乏的优秀品质，通过阅读这样的故事，孩子们"读到那个时代的价值，读到一种成长的责任"。从抗战历史中寻找有益于当代少年儿童精神成长的宝贵资源，是这一批抗战题材儿童小说的价值取向与审美愿景。

艺术重要使命之一在于以审美方式承载对人类命运和民族历史的思考。透过《我和爷爷是战友》《少年的荣耀》《纸飞机》等作品，我们看到新时代中国儿童文学创作不断进取的良好态势，更看到民族下一代茁壮成长、欣欣向荣的希望。

重点书写当下

中国儿童文学选择现实主义不是偶然的，不是兴之所至，而是时代呼唤与社会演进的必然结果，也是儿童文学自身发展的内在需要与审美逻辑。

当前在儿童文学创作方面有一种现象需要引起关注，即偏重"童年性"忽视"儿童性"。童年性是过去，儿童性是当下。童年回忆、童年经验、童年情结是作家创作的重要源泉，许多优秀儿童文学作品往往是作家"朝花夕拾"之作。近年来，抒写"我们小时候"的童年性已然成为一道亮丽风景，一批中老年作家推出《童年河》《童眸》《红脸儿》《吉祥时光》《阿莲》等精彩作品，这种创作潮流也催发一批年轻作家书写"我们小时候"故事的尝试。

作家们的选择无可厚非，但总让人感觉当下儿童文学创作少了些什么。当作家们一股脑儿转过身盯着"自己小时候"，很可能就丢下了今天的孩子，而他们的生活和心灵更需要文学观照。社会发展瞬息万变，社会生活丰富多彩，为今天的孩子写作比以往更难，作家们需要沉下心来，真正深入儿童生活，熟悉他们的日常，了解他们的想法，体贴他们的内心，更多书写他们成长中经历的场景、遇到的困难，温暖心灵，鼓励成长。令人欣慰的是，近年来一批中青年作家推出了多部有分量、贴近"儿童性"的现实题材作品，如董宏猷的《一百个孩子的中国梦》、牧铃的《影子行动》、陆梅的《当着落叶纷飞》、徐玲的《流动的课桌》、麦子的《大熊的女儿》、徐则臣的《青云谷童话》、胡继风的《鸟背上的故乡》、张国龙的《无法抵达的渡口》等。

加强现实主义儿童文学创作，除了坚持细节真实之外，还需努力塑造典型人物形象。这是百年中国儿童文学发展经验所在，也是新时代儿童文学新作为的重要课题。

鲁迅先生说得好："为了新的孩子们，是一定要给他新作品，使他向着变化不停的新世界，不断地发荣滋长的。"为了中华民族下一代健康成长，砥砺现实主义儿童文学创作的新作为，加强儿童性，塑造典型人物，讲好中国孩子的故事，为中国孩子讲好故事，我们依然任重道远。

（原载《人民日报》2018 年 8 月 10 日）

新时代中国儿童文学：自信与创新的目光

张之路

习近平总书记在中国共产党第十九次全国代表大会上的报告中，谈到祖国的未来，高瞻远瞩地讲道：从 2020 年到 21 世纪中叶可以分"两个阶段"来安排。第一个阶段，从 2020 年到 2035 年，在全面建成小康社会的基础上，再奋斗 15 年，基本实现社会主义现代化。第二个阶段，从 2035 年到 21 世纪中叶，在基本实现现代化的基础上，再奋斗 15 年，把我国建成富强民主文明和谐美丽的社会主义现代化强国。

作为一个为少年儿童写作的作家，我不由得想象，今天的小读者，如果他们现在是十来岁的话，15 年后就二十几岁了，再经过 15 年，他们正值 40 岁左右的青壮年，他们将幸福地经历这两个伟大的历史阶段。那时，他们将是建设祖国、保卫祖国的栋梁和中坚力量——他们是幸运的一代，也是肩负着祖国和人民重托的一代。他们今天听的课、今天读的书、今天经受的锻炼，将毫无疑问地为他们的未来积蓄力量。今天绽放的花朵将在金秋结出累累硕果……孩子的未来也就是祖国的未来。

想到能为孩子们写作，能为孩子们的成长提供自己的一份力量，我感到光荣和幸福，同时也深深感到肩上的责任重大。未来的幸福中也有我的一份，因为给孩子们写出好作品，就是为我们祖国美好的未来做出贡献。

儿童文学要有自信科学的目光

在这个继往开来的新时代里，我希望中国的儿童文学有一种自信、科学的目光。这在评论作品时尤其重要。所谓自信与科学，就是要在仔细阅读文本后做出负责任的批评，就是要给作品提出符合创作规律、经得起时间检验的理性评价。

评价可以是多元的，但评价不能是违心的；评价可以是个性化的，但不能是霸道的；评价可以原谅人情化的捧场，也不完全拒绝商业的运作，但不能是歪曲的。尤其对儿童文学来说，它是儿童的精神奶粉，这是评价的底线。

现在的评价有几个参照物，目前流行的第一个参照系就是国外儿童文学。按照目前的舆论，比他们好的还没有，和他们差不多的极少。但遗憾的是，这些评价都是笼而统之，至今也没有看到几篇具体的就某一门类某一题材甚至对具体的中外儿童文学作品的比较文章。有时候新书出版为了宣传，也不得不说是"某某国的某部作品的中国版"，我以为，对于一部优秀的作品，出版社和作家其实用不着这样，因为冷静一想，这样做是表扬自己还是贬低自己，还真是个问题。

我们不能否认和国外的儿童文学尚有差距，但是也要看到中国当代儿童文学有许多可以和国外优秀作品比肩的作品。文学不是技术，更不是一般的商品，它的特殊属性决定了在相互比较时必须考虑地域语言的不同、文化差异、文化商业竞争、强势文化话语权等问题。因此用外国作品为坐标评价中国儿童文学可以成为一个标准，但不是全面的更不是唯一的标准。在对外文学交流上，许多时候我们还处在创作不自信的阶段。有些作家总在想：我是写出很有中国特色的孩子形象好呢，还是有世界共通性的角色更能得到认同呢？我们的儿童文学创作需要与世界交融，但应该充满自信，在文学上下功夫，写出自己应有的风骨和特质。

近几年刚刚兴起的第二个参照系就是排行榜和销售数量。卖得好的书就趾高气扬，一好百好。这不是儿童文学孤立的现象，电视要讲收视率，电影要讲上座率，网络要讲点击率……但是这一切都不能抹杀这样一个事实和道理：优秀作品和卖得好的作品是两个概念，儿童喜欢的和儿童成长需要的作品也是两个概念。这两套评价体系可以统一在同一部作品上，也可以在一个作品中看到两种概念的背离。这里没有好与坏的区别，只是深层次的精神追求与眼前的需要不同而已。这是起码的文学常识，在发展中的文化国度是这样，先进的文化国度更是这样。目前坐标的迷失只是因为背后不同利益代表的不同立场。相比较而言，除了上面两个标准之外，其他更重要的标准如思想标准、文学标准、儿童标准却失去了应有的地位。这是非常遗憾的。

守望和坚守没有过时，默默地耕耘和奉献没有过时，继承中国的文化传统没有过时，创新和探索更是我们需要的。仅用外国儿童文学和商业畅销作为参照物，不能不说是一种片面的、畸形的评价。

儿童文学要有创新的目光

中国儿童文学应有创新的目光。21 世纪以来，儿童文学的创作和出版呈现繁荣的局面，但当下的儿童文学创作也出现了令人担心的情况。在一个强调创作繁荣、创作多元、创作出新的时代，我们却遗憾地看到，许多作品有趋于单一化的倾向。许多作家创作的相当数量的作品，共性大于个性：共同的场景、共同的人物、共同的矛盾、共同的结局，甚至书名都比较相似。比如，读者的年龄段都向小学生汇集，用心的认真的写作都向快速的简单的写作汇聚，所有的生活都向校园汇集，所有的情感都向快乐聚集，所有的写作目的都向畅销汇集……

中国的儿童文学作家，尤其是年轻的儿童文学作家，应该有高瞻远瞩的目光。在关注畅销书之外，还应该有为艺术而写作、为创新而写作的目光。探索和创新应该受到鼓励，而且应该受到隆重而热情的鼓励，否则中国儿童文学的进步将会被一片热热闹闹的重复所掩盖。

中国的童书最近卖得很好，必须看到，这是多方面原因造成的。除了作家的努力、出版社的努力和读者的支持，还有时代赋予儿童文学的机遇。儿童文学作家要怀着感恩的心情，冷静地珍惜这个机缘，感谢这个时代。我们希望在越来越多的儿童文学作品中看到文学性与可读性的共存，看到门类、题材和内容上的丰富多彩，看到各个年龄段都出现优秀的作品，看到幻想类作品和写实类作品共同繁荣，看到儿童文学有对成人文学的关注与思考，看到儿童文学对社会与时代的关注和担当。

"有意义"与"有意思"兼备

我以为，"有意义"和"有意思"仍然是优秀儿童文学需要兼备、不可偏废的品格。儿童文学和所有其他文学一样，内涵和主题的复杂性、丰富性是其魅力所在。而以深入浅出的方式表达复杂丰富的思想和情感，正是儿童文学作家创作的难度所在，也是他们的光荣和自豪之所在。

我以为，让孩子哭也好，笑也好，都不是儿童文学的最高境界。如果一个孩子看了书，在笑过或哭过后还思考了一会儿，体会到一些人生的况味，这才是最理想的。

中国儿童文学曾经把教育性当作作品的根本要素，忽略了儿童文学的文学性和娱乐性。在近几十年的儿童文学创作和阅读实践中，大家愈发重视儿童文学的文学性和娱乐性，这无疑是个巨大进步。但一些儿童文学作品却走向了另一个极端，从只要教育的文学变成了不要教育的文学，走向了简单和肤浅的感官刺激。这种认为"只要吸引儿童就是好作品""吸引儿童是唯一目的"的观念需要反思。儿童文学应该有教育的因素，在孩子们的心中打下正直、善良、正义、同情、乐观、悲悯的精神底色。少年儿童不是不需要引领，而是需要一只为他们所信服的大手引领，这种引领包括智慧的启迪、艺术和人文的熏陶。

从事儿童文学创作对我来说是一种机缘，也是一种幸福，更是我作为作家对少年儿童的责任。虽能力有限，但这种责任让我在创作每一部作品时不敢稍有懈怠和自满。作为一个儿童文学作家，我想努力保护儿童本来应该拥有的快乐和从容，让他们在真善美的熏陶下度过宝贵的人生阶段；在作品中弘扬匡扶正义、友爱助人的精神；用我的微薄之力净化保护孩子的心灵，培育孩子健康的精神世界。

（原载《文艺报》2018 年 1 月 10 日）

当代原创儿童文学中的童年美学思考
——以三部获奖长篇儿童小说为例

方卫平

在我看来，童年构成了一切儿童文学艺术活动的逻辑起点与美学内核。换句话说，儿童文学创作都以特定的方式指涉着一种有关童年的叙事——这里所说的"叙事"是一个广义的概念，它不但是指传统的文学叙事理论中最受关注的叙事技法，更指向着文学艺术表现的内在精神，亦即作为一种童年叙事形态的儿童文学总是以特定的话语方式，传递并建构着我们关于童年的立场、视角、思维和价值取向等。

正是在童年叙事的后一种意义上，对于当代原创儿童文学的童年美学思考成了一个重要和必要的话题。随着原创儿童文学的写作和出版事业日益得到来自社会环境、写作力量等各方面条件支持并得以迅速发展，这一文类对于童年的艺术理解和表现一方面实现了各种新的拓展与提升，另一方面也蓄积着一些深重的美学问题。考察当前原创儿童文学写作，我们会发现，对于童年生命、权利、价值的隔膜、偏见和误读，导致了原创儿童文学中童年叙事的诸多盲误和破绽。由于这类问题关涉到的是童年最根本的生命精神与文化价值，因而属于儿童文学领域基础性的美学命题，但也正因为这个缘故，它们往往容易被掩盖在题材、技法、观念等可见的童年叙事表象之下，从而未能引起人们应有的关注。

这里讨论的三部近十年间出版的长篇小说，分别出自三位知名的当代儿童文学作家之手。它们都获得过中国作家协会颁发的"全国优秀儿童文学奖"，并陆续获得了其他一些重要的奖项。本文标题所含的"思考"一词，是希望通过一种源初性的哲学和美学意义上的"辨正"，将原创儿童文学的童年美学坐标，调整到一个更具童年美学生长性的方位上来。

一、《腰门》：童年感觉与成长体验的错位

2008 年，作家彭学军出版了她的长篇小说新作《腰门》。小说以第一人称叙事讲述了名为"沙吉"的女孩在六岁至十三岁之间由父母寄养在一个边远小城的生活经历。在云婆婆家寄养的这些年里，"我"经历了许多事情，也从一个懵懂的小女孩逐渐长大起来，眼角眉间有了少女的美丽和忧郁。作为第八届"全国优秀儿童文学奖"小说类获奖作品之一，《腰门》获得了这样的评语："《腰门》以细腻、润泽的笔墨，表现少女的心理世界，勾画出了人物的心灵成长轨迹。作为动用童年经验的小说，作者智慧地采用了儿童——成人这一双重叙述视角，探求着儿童文学丰富的可能性，使作品获得了充盈的艺术张力。"[①]

在当代儿童文学界，彭学军的名字代表了一种童年写作的姿态和风格。自 20 世纪

90年代以来,彭学军以一种颇易辨识的富于"女性主义"色彩的笔法,为主要是少女的群体书写着她们的青春时光和成长体验。需要强调的是,她写的是尚在成长中的少女,用的却是大女性主义的底子,后者使得这些书写看似总未脱出少女生活的简单墙篱,却并未将女孩的世界局限在狭小的自我感觉中,而是自然地表现着她们与周围世界之间的生命关联。她的小说和童话笔法诗化,笔触细腻,擅长把握和描摹青春期婉约的少女情思。在我看来,彭学军从不流于粗疏的文字质感,也以其自己的方式,坚持并传达着对于儿童文学纯艺术创造的某种坚守。

不过,《腰门》是彭学军写作中鲜有的一次从幼年女孩的生活经验起笔的尝试。小说的叙事保持着作家一贯的诗意笔法和精致文风,它的浓郁的湘西文化色彩更进一步为小说增添了一缕文化的魅力。但在实践上述诗性文学追寻的同时,作者却未能很好地将她所惯于书写的少女身心感觉,准确地迁移到一个六岁孩子的感知方式中。这导致了小说前半部分对于年仅六七岁的小女孩沙吉的感觉和心理表现,不时会发生一些"偏差"和"错位"。例如,小说起首处便以六岁沙吉的独自这样表现她玩沙子游戏的感觉:

> 我喜欢对着太阳做这个游戏。眯起眼睛,看着一粒一粒的沙子重重地砸断了太阳的金线,阳光和沙砾搅在一起,闪闪烁烁的,像一幅华丽而炫目的织锦。
>
> 有时,我不厌其烦地将沙子捧起,又任其漏下,只为欣赏那瞬间的美丽。
>
> 我的神态庄重严肃,像一个七八十岁的老妪在做某种祭祀。②

毫无疑问,这段"自述"的修辞感觉大大地溢出了六岁女孩真实的感官边界,它很难让我们联想到这是一个年仅六岁的普通小女孩对身边物事的日常感受,而是透着青春期少女特有的精细与敏感。尽管小说开篇即言明"我从小就是一个有点自闭的孩子",但类似的敏感对于一个"有点自闭"的小女孩来说,仍然显得太过脱节。与此同时,它也难以被理解为成人视角与儿童视角相交叠的产物。我们知道,在许多采用儿童——成人双重叙述视角的童年回忆类叙事作品中,尽管文本之下无时不存在着儿童和成人两重叙述视角,乃至两个叙述声音,但在正常情况下,能够支配特定叙述片段的始终只是其中一种视角或声音。大多数时候,如果成人视角要加入对于相关童年回忆的后设叙述或评论中来,就应当有相应的叙述语言作为铺垫或提示,在这类叙述提示缺席的情况下,我们只能将它认同为童年视角的产物。因此,说《腰门》"智慧地采用了儿童——成人这一双重叙述视角",恰恰是对于小说中并未能得到准确把握和呈现的童年叙述视角的一种错位的褒饰。

熟悉彭学军的读者都知道,她的儿童小说格外擅长把握青春期少女对于"美"的特殊敏感,而在《腰门》中,这种趋于精致、复杂的少女美感经验,也多次出现在了六七岁的沙吉的叙述语言中:

> 门口的一棵树挡住了我的视线,那棵快枯死的树在夕阳中熠熠生辉,有着无比瑰丽的色彩。③
>
> 夕阳透过一溜雕花木窗落在灰白的地板上,依着花纹的形状,刻镂出形形色色的图形,斑驳的地板便有了几许别致的华丽。④
>
> 叶子已被岁月淘干了水分,镂空了,只剩下丝一般细细的、柔韧的叶脉,疏

新中国儿童文学

70年
1949
2019

密有致,贴在地砖上,如剪纸一般,有一种装饰性的美丽。⑤

从《腰门》前半部分的叙述中,我们可以找到许多类似的段落。这些文字令我们不时对沙吉的身份产生一种错觉,它不但影响了小说叙事的自然感、真实感,更阻碍着小说意图表现的"成长"主题的深入实现。从《腰门》的整体人物塑造和心理描写来看,沙吉从六岁到十三岁的感觉和心理,缺乏儿童成长过程中本来应有的变化和发展,或者说,作者将主人公的心灵历程做了扁平化和单一化的处理。与沙吉逐渐增长的年龄相比,她的生活经验的确有了较大的丰富,但她的感觉和心理方式却似乎并未发生多大变化。这导致了小说中这一段贯穿始终的"六岁到十三岁"的成长,看上去仅仅成了一种形式上的长大。

这当然并非作者的初衷。事实上,随着主人公沙吉慢慢长成十三岁的少女,小说的叙述也开始有意无意地触及"成长"的话题。当十三岁的"我"走进梧桐巷的木雕店,意外地与六岁时相识的"小大人"重逢时,作家为这两个有着忘年之交的朋友安排了一场特殊的对话。"我"告诉了"小大人""这些年来我攒下的故事和从我身边走过的人",在默默地听完这一切后,已经长成大人的"小大人"这样说道:"我明白了,沙吉,你就是这样长大的。"⑥在同一天,作者以少女初潮的降临为这段成长的岁月画上了一个标志性的记号。然而,在这里,有关"长大"的领悟是借小说中的人物之口直接"说"出来的,而不是我们从七年来沙吉的生活经历中自然而然地感受到的。对于一个成长中的女孩而言,"七年"的时间可能意味着巨大的身心变化,但这种变化感在《腰门》的叙事中恰恰未能得到充分的表现和展开。小说中,作者用她擅长的敏感、多情、多思的少女心理描绘,替代了对于主人公从幼年到少年时代心理和情感世界的长度和过程的描绘。

这一文本事实提醒我们,童年生命在生理或文化上的"长大"过程,并不如其外表所显现的那样易于描摹。在现实的童年生活中,儿童的成长是伴随着个体年龄的变化自然发生的,但在儿童文学的艺术世界里,仅仅是年龄的增长以及伴随而来的生活闻见的变化,尚不足以构成成长的充分条件。相反,儿童文学所表现的真正意义上的成长体验,恰恰不是由简单的年龄或生活变迁来标记的。

彭学军本人的另一篇题为《十一岁的雨季》的短篇儿童小说,可以作为这方面很好的例证。在我看来,《十一岁的雨季》在书写和表现少女的成长感觉和成长体悟方面达到了某种令人称道的高度。小名驼驼的体校长跑运动员出于青春期少女对身体美的敏感而暗怀着一份体操情结。在训练场上奔跑和休息的她总会不由自主地将目光投向体操区,在那里,少女邵佳慧优雅的体操动作莫名地吸引着她全部的注意力和激情。当她得知对于体操运动来说,自己已经"太老了"的时候,身体里的某种美妙的东西好像随着这个梦想的破灭而消失了,直到有一天,她从邵佳慧口中意外地听到了她对于跑道上的自己的由衷赞美。⑦透过两个少女远远地彼此观看和欣赏的目光交错,属于少女时代的那种如微电流般敏锐、精细而又捉摸不定的青春情感脉动,在小说的文字间得到了充分、生动和妥帖的呈现。小说只是截取了十一岁少女生活的某一段落,其时间跨度并不明显,个中角色的生活内容甚至没有发生什么变化,但这些"不变"的因素丝毫不影响作品成长题旨的表现。小说中,成长的意义在根本上不取决于童年生活环境的变迁,而是表现为生命意识的一种内在的感性顿悟与提升。在领悟到"我"和邵佳慧之间的彼此对望意味着什么的一刹那,少女生活中某个幽暗的角落忽然被点亮了。这样一种打开生命的光亮感,才是童年成长美学的核心精神所在。

这并不是说童年成长的美学表现与时间无关。《腰门》表现时间的变化，这不是问题；问题是，在时间的变化中，我们却看不到童年自身的内在变化，因为从一开始，作者实际上就不自觉地将主人公的童年感觉定格在了青春期少女的视角上，而这一视角原本在作家笔下可能获得的表现深度，又在这样的感觉错位中遭到了消解。这才是这部小说所存在的最大艺术问题。

多年来，我对彭学军儿童小说的总体艺术品质一直怀有充分的信任，但实事求是地讲，《腰门》在童年感觉和成长体验书写方面的上述缺憾，使它在彭学军的作品序列中算不得是一部成功的作品，这与近年来它从相关评奖机构和评论界获得的诸多肯定、赞誉形成了另一种事实上的错位关系。这些赞誉大多集中在对于作品个性化的童年题材、独特的文化背景和诗化的叙事笔法的肯定上，却未能关注到其叙事展开在童年美学层面的深刻问题。我要说的是，这种错位，同时也传达出了当前原创儿童文学写作和批评在童年美学判断方面的双重缺失。

二、《青铜葵花》：童年苦难及其诗意的再思考

与显然带有童年回忆性质的《腰门》相比，曹文轩的长篇儿童小说《青铜葵花》，其写作包含了明确得多的童年精神书写的审美意图。在题为"美丽的痛苦"的代后记中，作者强调了儿童文学写作直面童年的苦难以及表现童年生命如何理解和承担这类苦难的精神意义与价值。作家的这一立场具有鲜明的现实针对性和批判性，他严词批判当下流行的"儿童文学就是给孩子带来快乐的文学"的狭隘创作观念，认为"为那些不能承担正常苦难的孩子鸣冤叫屈，然后一味地为他们制造快乐的天堂"，同样是对童年不负责任的一种文化态度。他进而指出，在儿童文学能够提供给孩子的阅读快感中，理应包含另一种与苦难相关的"悲剧快感"，它比那类肤浅褊狭的快乐主义更能够丰富童年的生活体验，深化他们对于生命之真"美"的认识。《青铜葵花》的写作"要告诉孩子们的，大概就是这个意思"。⑧

这一富于现实批判意义的创作立场，代表了一种鲜明的童年理解的精神姿态。无论是从当下童年的生存现实还是儿童文学的艺术追求来看，这一姿态的积极意义都是毋庸置疑的。不过在这里，苦难本身是一个具有高度概括性的名词，落实到文学表达的实践中，这一苦难的所指究竟为何，关于它的书写又以何种方式在儿童文学的文本内部得到确立，这才是我们得以确认苦难之于童年和儿童文学写作之意义的根本依据。

在《青铜葵花》中，曹文轩为他笔下的童年角色安排的"苦难"经历，大抵集中在两个层面，一是贫穷的生活，二是不幸的变故，二者以典型的天灾人祸的方式先后降临在童年的生活中。小女孩葵花跟随知青父亲下乡，不料父亲意外溺亡，葵花成了孤儿。举目无亲的时候，收养她的是大麦地最贫穷的一户人家，这家里另一个同样不幸的孩子青铜，幼年时因高烧成了哑巴，再不能开口说话。两个孩子与家人在艰难的生活中相依为命，却又先后遭逢水灾、蝗灾，不但刚刚积蓄起来的一丁点儿生活的期待成了泡影，更要忍受饥饿、病痛和死亡的威胁。在所有这一切生存的现实"苦难"中，照亮青铜和葵花生命的，是他们彼此间患难与共的兄妹情谊，以及一家人之间毫无计较的相互爱护、关怀、理解和温暖。

《青铜葵花》对于童年苦难事件的上述集中书写和呈现，足以使它成为童年苦难母题在当代儿童文学写作中的重要代言作品。然而，这样一种密集、"典型"的童年苦难叙事，

与其说是对于那个特殊年代童年生活苦难的自然呈现，不如说透着更多人为的文学安排痕迹。这并不是指那时的孩子所经历的苦难不见得这样深重，而是指小说对于其中某些显然被界定为苦难对象的事件的文学叙写，似乎不自觉地离开了现实生活的自然逻辑，甚至赋予了它们某种脱尘出世的非现实感。这方面最典型的例子之一，是小说对于死亡意象的浪漫处理。例如，葵花的父亲，一位热爱葵花的雕塑家，是在一次意外的行舟中因落水而辞世的。对于女孩葵花来说，深爱着她的父亲的离去，是她在大麦地所遭逢的生活悲剧的序幕。然而，从小说的这部分叙述段落来看，雕塑家的溺亡更像是一场浪漫的"自决"。当其时，他手中的一叠葵花画稿被旋风卷到空中，继而又飘落在水面上：

> 说来也真是不可思议，那些画稿飘落在水面上时，竟然没有一张是背面朝上的。一朵朵葵花在碧波荡漾的水波上，令人心醉神迷地开放着。
> 当时的天空，一轮太阳，光芒万丈。[9]

这样一幅犹如天喻般的景象，使雕塑家如着魔般"忘记了自己是在一只小船上，忘记了自己是一个不习水性的人，蹲了下去，伸出手向前竭力地倾着身体，企图去够一张离小船最近的葵花，小船一下倾覆了……"[10]如此浪漫的意外很难使我们联想到与真实苦难相关的任何身体和精神上的强力压迫，反而像是一次超越生活的艺术表演。

事实上，这种对于"苦难"事件的浪漫呈现，是贯穿整部小说的一个基本手法。当老槐树下成为孤女的葵花面临着无依无着的命运时，青铜一家的出现令人恍惚感到了某种浪漫的侠士气息。"在奶奶眼里，挎着小包袱向她慢慢走过来的小闺女，就是她的嫡亲孙女——这孙女早几年走了别处，现在，在奶奶的万般思念里，回了。"[11]尽管叙述者反复渲染这是一个多么贫苦的家庭，但一家人对这个陌生女孩的无条件的疼爱，使这种贫苦的艰难远远地退到了叙述的远景处。当家里只能供养一个孩子上学时，青铜一家以善意的谎言把葵花送进了学校，聪慧的葵花又私下教会了青铜识字写字。家里的房子被大雨冲垮后，为了节省灯油，葵花不得不跑去同学家里借人家的灯光做作业。青铜别出心裁地把捉来的萤火虫放进南瓜花苞里，做成了十盏"南瓜花灯"，让这些"大麦地最亮、最美丽的灯"照亮了简陋的临时窝棚。[12]新年将至，漂亮、懂事、功课"全班第一"，又是"大麦地小学文艺宣传队骨干"的葵花被选中为学校的新年演出报幕，由于借不到同学的银项链，青铜就敲碎冰凌，用芦苇管在几十颗小冰凌上吹出小孔，拿红线把它们串在一起。演出当晚，挂在葵花脖子上的这一串"闪着美丽的、纯净的、神秘而华贵的亮光"的"冰项链"，"震住了所有在场的人"。[13]

读到这样一些情节，我们分明感到，尽管生活的现实艰辛一刻也不曾离开青铜和葵花的生活，但因此就说他们生活在苦难之中，实在有些偏离小说叙事所真实传递出来的审美经验。我的意思不是说，从苦难中还体验得到幸福的生活就不是苦难了。我一点儿也不否认儿童文学对于苦难的书写，其终点不是叙说苦情，而正是要借助于某些与童年有关的力量来穿透苦难，抵达童年和生命的某种审美本质。然而，小说的不少情节留给我们这样的印象：并非青铜与葵花一家的善良和温情穿透了苦难，而是苦难本身就主要被设置为叙事展开的某种衬托，它并不与叙事的内容紧密地结合在一起。或者说，那种属于日常生活的真实切肤的苦难感，在小说的叙述中并不明显。我们对于青铜一家艰难生活的想象，常常是从叙述者的叙述语言中直接得到的。例如，大水过后，家里得重盖房子,"可要花一大笔钱",于是,"没有几天的工夫,爸爸的头发就变得灰白,妈妈脸上的皱纹又增添了许多,"⑬这样的叙述,本身即是一种生活现实和感觉的间接呈现,它陈述了某种与艰难生活有关的事实,却并未传递出个体对于这生活的切肤经验。与此同时,小说中人物的情感和精神,有时也是透过第三人称叙述声音得到诠释的。例如,青铜跟随父亲出远门刈茅草,眼见得同伴青狗家的三垛茅草在火焰中化为灰烬,当他和父亲扯起风帆回家时,青狗父子不得不继续留在海边从头开始忙碌。"这一刻,他忽然明白了,原来他是这个世界上最幸福的一个孩子,一个运气很好的孩子。"⑮这样的间接诠释同样越过了具体生活细节的经验感觉,而成了一种多少有些游离的抒情。

这一切使得我们不能如此草率地将《青铜葵花》界定为一个童年苦难叙事的样本,换句话说,我们不应将艰难生活的题材简单地认同为童年的苦难。这就涉及我们如何在童年的美学视域内理解苦难的问题。对于童年而言,作为一个审美范畴的苦难究竟意味着什么? 显然,苦难本身不应该成为被美化的浪漫对象,真正有意义的是包括童年在内的个体从这一苦难生存中感受到的充满审美力的生命意志与精神力量,它在根本上不来自于跌宕起伏的生活变故,而来自最真实、最朴素的生活细节。

在这一点上,《青铜葵花》与曹文轩另一部儿童小说《草房子》相比,显然是有落差的。《草房子》的一些故事,并没有刻意瞄准苦难的话题展开叙事,却以其对于油麻地人生活细节的某些真实而又质朴的书写,让我们看到了童年的精神如何以它自己的方式穿透苦难,映照出人性最朴素的光华。小说中有关男孩细马的故事,讲述细马如何被家底殷实却没有孩子的邱二爷夫妇领养,如何在男孩自尊心的驱动下策划着返回老家,又如何在邱二爷因遭遇天灾而家道中落的时候,从回家的途中无言地折返,回到养父母身边,默默承担起了支撑一个破败的家的重担。作家一点也不避讳艰难的乡间生活在大人、小孩身上同时养成的势利习气。邱二妈不喜欢细马,因为她原本指望着丈夫领回来一个更大些的男孩,"小的还得花钱养活他","我们把他养大,然后再把这份家产都留给他。我们又图个什么? "⑯这是一个从贫穷中闯荡出来的乡间妇人真实的计较。对此,细马的回应也充满了一个乡间男孩真实的负气,他偷偷地攒起钱来,预备回到老家去。在与邱二妈的又一次冲突后,细马的回家成了确定下来的事情。然而,就在成行前夕,邱二爷的家产被大水冲毁。原本一心想要回家的细马,从出发的车站默默地又回到了油麻地。小说并未以叙述者的语言过多渲染一家子在这样的情形下重聚的感觉,而是以邱二妈反反复复的一句"你回来干吗",以"第二天,邱二妈看着随时都可能坍塌的房子,对邱二爷说:'还是让他回去吧'"这样简单而又蕴含张力的生活细节,传神地写出了这位要强的乡村妇人既无比爱重养子的归来、又因为这爱重而开始将孩子的生活考虑放在自己之上的细微情感变化。而"细马听到了,拿了一根树枝,将羊赶到田野上去了"。⑰无须叙述人代为抒情表意,在这样一个无比简单的生活行动回应中,我们同样感受到了男孩沉默而又深重的情义。

相比之下,《青铜葵花》对于童年苦难经历的呈现显然缺乏这样一些微小而又厚重的真实生活细节的支撑,这使得它的文学浪漫和诗意很多时候停留在了对于苦难生活的某种艺术美化上,而最终没有越过苦难,揭示出生命和人性更深处的复杂而微妙的自我克服和升华力量。小说中,作为养女的葵花与青铜一家之间的彼此"牺牲"几乎是无条件地超越于现实生活的艰辛之上的,从小说开始到结束,这份仿佛不食人间烟火的情感一直保留着最初的状态和强度。从它的表现方式来看,这份情感是现实生活的一部分,但从它与生活之间缺乏彼此孕生关系的事实来看,这两者之间又是绝缘的。这使得作家所倡

新中国儿童文学

导的"面对苦难时的那种处变不惊的优雅风度"，⑧在小说中更像是一种浪漫的艺术表演。

毫无疑问，苦难的话题对于日趋"娱乐化"的当下儿童文学创作来说，具有重要的现实和艺术意义，但苦难题材本身尚不足以构成一种有意义的审美价值的理由。在原创儿童文学的当代语境下，除了关注童年生活的真实"痛苦"之外，如何更深入地理解作为一种文学表现对象的童年苦难意象，以及如何在这一意象的叙写中凸显童年日常生活和生命的审美内涵，还是一个有待进一步思考的艺术问题。

三、《你是我的宝贝》："现实"的童年生活境遇与 "真实"的童年生命关怀

原创儿童文学在20世纪80年代以来的艺术发展，是伴随着童年表现题材的迅速拓展同时发生的。在新的社会文化中得以孕生或被推到公共视野下的现实童年的各种生活境遇，从不同的方向激发着新时期儿童文学作家们的创作热情。乡土的、城市的，校园的、家庭的，男孩的、女孩的，不同社会文化背景和不同年龄层次的，等等，这些多角度的童年生活表现既建构着当代儿童文学丰富的写作面貌，也传递着人们对于童年现象的一种更为宽广的文化理解与生存关怀。

从这个意义上说，黄蓓佳以一个罹患唐氏综合征的智障孩子为主角的儿童小说《你是我的宝贝》，代表了当代儿童文学在上述童年理解和关怀层面的一次重要的创作拓展。而我更看重的是，在创作动机上，作家并未将这一写作定位于"弱势群体关怀"这样一个带有自上而下的文化同情色彩的一般命题，而是有意要借助一种特殊的童年视角，来尝试拓展儿童小说的艺术表达形式与表达能力，而这种表达的目的，最终又落实在一种更为普遍的生命关怀上。"我写这样的一本书，不是为了'关注弱势群体'。绝对不是。我没有任何资格站在某种位置上'关注'这些孩子们。我对他们只有喜爱，像喜爱我自己的孩子一样。我对他们更有尊重，因为他们生活的姿态是如此放松和祥和。"⑨这意味着，小说写作的第一出发点不是任何社会性的功利意图，而就是小说自身的艺术考虑。换句话说，作者之所以采用这样一个特殊的题材和视点，乃是为了实现另一些独特的艺术表现目的。

概括地看，《你是我的宝贝》讲述了这么一个不同寻常的故事：六十岁的奶奶与患有唐氏综合征的小孙子贝贝相依为命。为了让孙子今后能够胜任一个人的生活，奶奶想在有生之年努力培养起他基本的日常生活自理能力。这个过程无疑充满了艰辛，希望看来也十分渺茫，但奶奶的这份自尊换来了小区周围人们的敬重，善良的贝贝也成了大家乐于随时照顾和关心的对象。奶奶因突发心脏病过世后，贝贝先是被送进福利院，后又由素不相识的舅舅、舅妈带回奶奶的房子生活。在这个过程中，贝贝既遭到过亲戚的苛待，又得到了包括自力更生的"富二代"吴大勇等人在内的成人朋友的帮助，并最终以他的善良、宽容感化了舅舅一家。小说因此有了一个"顺风顺水"的团圆结局。

看得出来，作家在贝贝这个角色身上的确倾注了由衷的喜爱之情，这份情感无时不寄托和融化在小说中那些发自内心地关心和帮助贝贝，同时也被孩子深深打动着的成年人的身影中。然而，这份"喜爱"显然是太过浓重了，以至于小说中，叙述者不惜以文学想象的方式来为贝贝小心地"规划"出一个合宜的生活环境。这方面最典型的体现之一，是在小说中，贝贝周围的人群基本上只有两类，一类是关心、照顾和帮助他的多数人，另一

类则是轻视、利用或欺负他的少数人，而后一类人最后又融入了前一类的队列中。从这个意义上说，小说处理童年生存环境的方式显然带有简单化的嫌疑，在这里，童年生活本有的复杂性，以及童年生命与其生活之间的复杂互动，都被一种观念化的童年关怀意图"清洗"掉了。这一意图在作者的一段创作自述中得到了较为明确的揭示：

一个智障的儿童，就是一块透明的玻璃，一面光亮的镜子，会把我们生活中种种的肮脏和丑陋照得原形毕露。在纯洁如水晶的灵魂面前，人不能虚伪，不能自私，不能狭隘，更不能起任何恶念。善和恶本来是相对的东西，一旦'善良'变成绝对，'恶'也就分崩离析，因为它无处藏身。[20]

这段话中的一系列"不能"被表述为一种绝对的道德命令，它意味着，童年的这种纯洁和善良是以绝对的姿态超越于人性与生活之恶的。这样一种被过于简单地理想化了的童年观念，在小说中造成了一些显然不那么真实的现实场景。很多时候，作家笔下的整个世界仿佛都自然而然地迷醉在了贝贝的"善良"中。例如，小说第一章这样表现贝贝捕捉蝴蝶的场景："在屏紧呼吸的花店老板看起来，不是小男孩在捕蝶，是蝴蝶要自投罗网，它心甘情愿被贝贝捉住，跟他回家，成为标本"，与此同时，被捕的蝴蝶也是十分配合地"落在网中，仰面跌倒，一副舒适闲散的姿态"。[21]在这样的叙述中，童年自身被表现为一种近于佛陀般的存在，它的主要意义在于感化世界，而不在于实现它自己。小说中，承担全知视角的叙述人不时发出这样情不自禁的抒情："这个让人心疼的小东西""对于如此纯洁和简单的孩子，任何的欺骗都是亵渎""碰上这么善良的孩子，恶魔也要收了身上的邪劲儿"……[22]类似的过度抒情出现在小说的叙述语脉中，其表意能力显然是十分单薄的。

这种对于童年生活的简单化理解，也体现在作品对于智障孩子教育方式的理解和表现上。例如，小说中有一段文字，叙述培智学校的程校长如何顺当地"收服"一个个让父母们感到无比棘手的智障孩子的情景。在其中一个场景里，名叫吴小雨的智障女孩由于辫子上的蝴蝶结落到地上并被同学不小心踩污，开始狂怒地揪打她的母亲。

程校长走过去，从背后别住小女孩的手："我看看这是谁呀？谁在做坏事？一定不是我们学校的吴小雨。"

叫小雨的女孩子手不能动了，就原地跺着双脚，口齿不清地叫："辫子！辫子！"

程校长笑眯眯地说："好，老师来给你扎辫子。小雨要扎个什么花样？还珠格格那样的，还是白雪公主那样的？"

女孩子破涕为笑，一头扎到程校长怀里撒起了娇："要还珠格格啊！"

程校长趁势教育她："还珠格格从来不打人，吴小雨也不应该打妈妈。"

吴小雨立刻就认错："妈妈，对不起。"[23]

通过类似的一系列场景描写，作者的本意在于凸显小说中理解并懂得如何与智障孩子相处的程校长作为成人典范的形象，以及来自成人世界的这种理解对于智障孩子的生活意义。但从小说的叙述事实来看，这些场景本身显然带有某种缺乏真实感的"公开课"性质，也因此难以给予我们内心深处触动。深入地看，程校长的教育方式还包含了隐在的居高临下的权位感，她处理孩子们的问题的姿态，更多地表现为一个做出亲切神态的教育者驯服学生的样子，而不是大人与孩子之间真诚的交流。

另一方面，尽管小说所表现的智障童年关怀显然缺少现实生活内容与关系的丰富依托，但这种关怀的目的，却又似乎局限于现实生活功利的层面。或者说，人们关心和帮助贝贝这样的孩子的最终目的，是为了让他们在生活能力上尽可能地向正常人靠近。为此，小说着意渲染了贝贝在生活中所面临的普通人难以想象的各种现实艰难，进而表现了贝贝周围的人们一心想要帮助他克服这些困难的努力。譬如奶奶在世时的主要生活内容，除了照顾贝贝，就是训练贝贝。为了让贝贝学会数字，她要求孩子在吃包子前，必须先准确地说出包子的数目：

> 曾有一次，居委会主任洪阿姨到贝贝家里送一份人口登记表，亲眼看见了奶奶训练孩子的过程。那时候贝贝还小，还没有上学校，被奶奶圈在餐椅上，一边颠三倒四地数数目字，一边瞄着桌上的小笼包，抓头发，咬手指，憋红了脸，蹲起来又坐下去，烦躁得像一头关进笼子好几天的小狼崽。
>
> 洪阿姨于心不忍地想：马戏团里驯狗熊识数字，怕也没有这么难吧？[24]

尽管这一系列训练的苦心无疑饱含了老人对贝贝的爱，以及她内心深处不愿让贝贝将来成为别人的负担的"刚强"与"自尊"，但对于一个智障孩子来说，以这样的方式来表现他的生活障碍和"尊严"感，到底是不是一种合适的做法？由生活向孩子提出的各种学习要求，当然是智障童年无时不面临着的困难，但在对于这些童年的艺术表现中，是不是还存在着另一些比功利性的生存预备更有价值的审美内容？优秀的儿童文学作品不仅仅是以特定的方式反映着现实中的童年，也是对于现实童年的一种哲学、美学上的提升。这并不意味着关于童年的文学表现与童年的生活现实之间是彼此分离的，而是说，在诚实地书写童年现实的基础上，我们还需要思考，这一现实中最能打动我们的生活之美，到底在哪里？

我想，它是在童年生活的日常精神对于这现实的某种审美提升和照亮中。正如黄蓓佳在她的另一部长篇儿童小说《星星索》中，写出了20世纪60年代的特殊政治环境下，童年游戏和欢乐的日常精神如何自然而然地越过政治生活的现实，传递出那个年代里唯一真实却被压抑着的普通生活的温情。小说的叙事没有落笔于那时同样充斥各处的童年的仇恨、恐慌与苦难之上，却以童年的单纯对于生活苦痛的天然过滤，以及童年的"小视角"对于细碎的日常生活的自然凸显，将一种珍贵的生活暖意赋予了那个缺乏温度的年代。[25]这是童年对于现实的一种重要的审美意义，是童年自身成为一种具有独特价值的审美对象的基本前提。

然而，这种童年立场与生活现实之间彼此的审美提升，在《你是我的宝贝》中并未得到很好的实践。小说中，智障童年的生活一方面被表现为一种游离于现实的脆弱的"至善"状态，另一方面又受限于现实生活向这些孩子提出的功利要求，而未能写出这一真实的童年生命状态相对于真实生活的诗性价值——这份价值才是我们向这些特殊的孩子表达"喜爱"与"尊重"的最好方式。因此，尽管作者的初衷是要超越"弱势群体"的文化主题，创作出一个视角独特的童年艺术文本，但严格说来，小说确乎只是在"弱势群体关怀"的层面上，完成了一次有价值的文学尝试。

四、童年美学问题与原创儿童文学的艺术可能

本文从童年美学的视角针对以上三部儿童小说展开的讨论，不只是为了完成一次个案性的儿童文学批评实践，更是为了借助这样的批评，探讨原创儿童文学写作应该进一

步关注的童年美学问题。这个问题关系到儿童文学写作对于童年生命的审美认识、价值判断以及对童年命运的理解，究竟是否真实地体现了童年自身作为一种独立的生命和文化存在的"尊严"，以及在此基础上，它是否真实地传达出了童年内在的审美精神。对于这一审美精神的文学表现，既是一个技术层面的问题，同时也超越了文学的技法，而指向着童年写作最根本的审美关怀。

在我看来，童年美学的话题已经成为原创儿童文学实现新的艺术突围和提升所不得不予以郑重考虑的基本问题。从20世纪初中国现代儿童文学诞生至今，在文学自身的规律尚能获得一定尊重的时代里，儿童文学界对于童年的审美理解也随着这一文类的艺术发展而得到了持续的推进。尤其是20世纪80年代以来，原创儿童文学在童年美学层面实现了诸多富有价值的探索与拓展。然而，从总体上看，尽管许多当代儿童文学作品旗帜鲜明地以童年作为其审美表现的核心，但在对于童年的生活、文化及其命运的审美理解、呈现和诠释上，这些写作却并未进入童年感觉、生命和关怀的最深处。很多时候，童年看似成了一部作品毫无异议的艺术主体与标识，实际上却仍然是服务于特定故事叙述和观念诠释的一个中介。这并不意味着这些作品不关心童年，而是更进一步意味着它对于童年的文学关切，最终并未真正落在童年的审美本体之上。

这让我们想起法国童书作家艾姿碧塔曾发出的感悟："我认为有必要区别以下的这两种情况：一是把自己当作孩子，来为其创造一个想象的情境；二是相反的，使用孩子自己也能运用的媒介工具来捕捉真相的方式和他接触。"②在前一种情况下，写作者的任务只是为孩子们提供在其感知和话语能力范围内的想象作品，而在后一种情况下，这种想象不只关系到童年的内容，还关系到世界和存在的"真相"。艾姿碧塔肯定的是第二种创作姿态。这里，"真相"的所指，是一种通过儿童文学的媒介方式得到传达、却与一切优秀的文学作品一样触及我们的生活与人性深处的审美质素。这种透过童年来书写人性与生命的"真相"的能力，或许也正是目前原创儿童文学创作所普遍面临的一个艺术瓶颈。

迄今为止，原创儿童文学的童年美学问题尚未引起批评界的足够关注，这种关注缺乏的表征之一，即是批评界对丁儿童文学作品中各种显在的童年美学问题的忽视。本文选择分析的三部儿童小说均获得过一系列重要的儿童文学奖项。如果说在今天的文化语境下，文学奖项本身往往并不必然决定和代言着作品的艺术层级，那么它至少构成了对于作品艺术的某种公共范围内的机构性认定。这就向这一认定行为本身提出了艺术判断方面的要求。对于童年写作的实践而言，这种认定不应当只局限于单纯的文学主题、题材、技法等因素，而应该包含对于作品童年美学问题的充分考量。也就是说，除了艺术的语言、个性的题材、趣味的故事之外，一部儿童文学作品的优秀程度，同样多地取决于它所表现出来的童年美学立场和姿态。实际上，我更想说的是，这一童年美学理解不是外在于技法的存在，它本身就参与建构和塑造着儿童文学作品的语言、题材和故事，它的美学层级，内在地决定着作品的艺术层级。

在这个意义上，有关原创儿童文学童年美学问题的关注与探讨，应该成为当代儿童文学艺术思考的一个核心命题。

[注释]
①中国作家协会主办：《作家通讯》2010年第6期，第31页。
②彭学军：《腰门》，二十一世纪出版社2008年版，第6页。
③④⑤⑥彭学军：《腰门》，二十一世纪出版社2008年版，第9、54、62、202—203页。

⑦彭学军:《十一岁的雨季》《读友》2009年第7期。

⑧曹文轩:《青铜葵花·美丽的痛苦(代后记)》,江苏少年儿童出版社2005年版,第245—246页。

⑨⑩⑪⑫曹文轩:《青铜葵花》,江苏少年儿童出版社2005年版,第38、38、60、103页。

⑬⑭⑮曹文轩:《青铜葵花》,江苏少年儿童出版社2005年版,第146、97、112页。

⑯曹文轩:《草房子》,作家出版社2003年版,第174—175页。

⑰曹文轩:《草房子》,作家出版社2003年版,第196页。

⑱曹文轩:《青铜葵花·美丽的痛苦(代后记)》,第245—246页。

⑲⑳㉑黄蓓佳:《每一个孩子都是我们的宝贝》《你是我的宝贝》后记,江苏少年儿童出版社2008年版,第252—253页。

㉒㉓㉔黄蓓佳:《你是我的宝贝》,江苏少年儿童出版社2008年版,第16、28、129、194、56、32页。

㉕黄蓓佳:《星星索》,江苏人民出版社2010年版。

㉖[法]艾姿碧塔:《艺术的童年》,林徵玲译,安徽教育出版社2005年版,第183页。

(原载《当代作家评论》2015年第3期)

新时代儿童文学的责任

左　昡

在今年政协会议期间,习近平总书记看望文艺界、社科界委员发表的讲话中,提出文艺社科工作是"培根铸魂"的重要工作。在一个儿童文学工作者的眼里,这四个字尤具分量,别有深意。儿童文学是朝向未来的文学,是面向青少年儿童的文学,面对的是国家的蓓蕾、民族的芽,正是如此,如何在中国特色社会主义新时代做好儿童文学工作,培根铸魂,培养和铸就合格的社会主义接班人,便值得更加深入地思考和体认。学习了习近平总书记重要讲话后,经过梳理和思索,我想新时代的儿童文学,应当有责任、有意识、有方向地培养青少年儿童作为社会主义接班人的四个方面:中国气魄、人民情怀、立德意识和创新精神。

新时代的儿童文学应当培养青少年的"中国气魄"

进入 21 世纪以来,中国童书出版业繁荣发展,广大的青少年在世界优秀儿童文学和儿童文化的滋养下茁壮成长,可以说,全世界最优秀的儿童文学都已经或正在中国引进出版,并拥有各自的小读者。那么,中国的小读者们,除了阅读优秀的世界儿童文学作品之外,该如何从阅读中国的原创儿童文学作品中获得关于"我是一个中国孩子"的文学体认,并能因这种体认油然而生身为一个中国孩子的骄傲和自豪,从而在童年、少年时便于灵魂深处生成属于他们,属于未来的文化自信呢?

这就要求儿童文学创作者和出版者更为准确,也更为专业地把中国故事讲给孩子们,于润物无声中培养青少年儿童的"中国气魄"。

近几年来,随着习近平总书记关于文艺工作的重要论述不断深入人心,我们可以欣喜地看到一批讲给孩子们听,孩子们爱听的"中国故事"不断涌现:从讲述抗战岁月的《野蜂飞舞》(黄蓓佳著)、《少年的荣耀》(李东华著)、《将军胡同》(史雷著),到讲述新中国成立时期的《吉祥时光》(张之路著),再到讲述 20 世纪下半叶的《蜻蜓眼》(曹文轩著)、《阿莲》(汤素兰著)、《野天鹅》(翌平著)等,一个以新中国建立、发展为线索的"中国记忆"儿童文学精品画廊在几年间迅速地建立,并不断丰富。在这些故事当中,孩子们可以读到中国人民和中华民族在黑暗中追求光明的光荣故事,体会到一个个"中国孩子"在历史发展的过程所经历的苦痛与艰难,所抱持的希望与决心。

世界纷繁浩大,只有走过的路能让我们和其他人区分开来,只有中国历经的曲折和在其中砥砺前行的勇气能让我们和其他国家的人区分开来。身为一个中国孩子,一个经历过烽火与贫弱、曲折和艰难却始终坚定向前的中国的后代,是值得骄傲和自豪的——这便是新时代儿童文学应当坚定不移地给予青少年的"中国气魄"。

新时代的儿童文学应当培养青少年的"人民情怀"

习近平总书记曾经在多次讲话中反复强调,文艺应当"以人民为中心"。在本次看望文艺界社科界全国政协委员的重要讲话中,习近平总书记再次强调:"人民是创作的源头活水,只有扎根人民,创作才能获得取之不尽、用之不竭的源泉。文化文艺工作者要走进实践深处,观照人民生活,表达人民心声,用心用情用功抒写人民、描绘人民、歌唱人民。"为人民创作,成为新时代文艺创作的基本立场。

落实到儿童文学工作中,新时代的儿童文学责无旁贷地应当培养青少年的"人民情怀"。这是一个需要迫切进行的工作,也是一个十分重要的工作。

在 2015 年发表的文艺工作座谈会重要讲话中,习近平总书记就曾一针见血地批评有的创作是"为艺术而艺术,只写一己悲欢、杯水风波,脱离大众,脱离现实"。如果我们的儿童文学也尽皆如此,孩子们将自童年起便习得"以自我为中心,视他人如无物"的利己风气,长大之后,又有多少能具有人民情怀,心系人民呢?恐怕更多的还是会成长为"精致的利己主义者"。只利己,何利民?不利民,何利国?

令人欣慰的是,随着习近平总书记关于文艺工作重要论述的不断贯彻落实,儿童文学中具有"人民情怀"的佳作也从市场价值边缘回归到文学价值的中心,一批各具特色、别具魅力的儿童文学作品陆续涌现,尤为可喜的是,中青年儿童文学作家的作品在其中占到了相当大的比例,如讲述疍家人生活的《摇啊摇,疍家船》(洪永争著),讲述使鹿鄂温克人生活的《驯鹿角上的彩带》(芭拉杰依·柯拉丹木著),讲述中俄边境生活的《九月的冰河》(薛涛著),讲述湖南西峒人生活的《唢呐王》(小河丁丁著),讲述塔吉克族生活的《雏鹰飞过帕米尔》(毕然著);再如讲述留守儿童生活的《花儿与歌声》(孟宪明著),讲述警察后代生活的《因为爸爸》(韩青辰著),讲述外来务工子女生活的《流动的花朵》(徐玲著),等等。自这些作品之中,青少年儿童可以从一己悲欢中跳出,用更加开阔的视野去关照发生在广阔大地上的丰富、精彩、动人的成长故事,去感受来自不同地域、不同生活状态、不同文化习俗的广大群众的生活历程,从而获得可贵的同理心与共情力,培养一种能在内心扎根的"人民情怀"。另一方面,独特的选材还能使作品具有强烈的"陌生化"吸引力,使作品获得更高的文学艺术价值。

新时代的儿童文学应当培养青少年的"立德意识"

在本次重要讲话中,习近平总书记特别提到"以明德引领风尚"。这句话,对于儿童文学来讲,是格外重要的。青少年处于人生成长的打基础阶段,如果不"系好人生的第一颗扣子",在以后的成长中便难免会走弯路。习近平总书记强调"明德"为先,明确地指出了文艺创作的价值观导向,就儿童文学而言,有责任尽力培养青少年的"立德意识",为孩子们的人生打好底子。

在培养"立德意识"方面,在儿童文学的诸多门类中,童话具有先天的优势。《爱丽丝漫游奇境》的作者刘易斯·卡罗尔曾说:"童话,就是把人类最美好的情感代代相传。"童话是幻想的世界,但优秀的童话同样具备现实主义的精神,甚至能够比现实更加反映现实。在童话中,作家所给予青少年的守候与期望是愈发深情也愈发深厚的。近年涌现的优秀童话作品,如以善良赢得尊重的《布罗镇的邮递员》(郭姜燕著),以善意穿透黑夜的

《小翅膀》（周晓枫著），以信任寻找希望的《青云谷童话》（徐则臣著），以守候等到奇迹的《大熊的女儿》（麦子著），以勇气求索自我的《天女》（周静著），以信念守望家园的《水妖喀喀莎》（汤汤著）等，都充满积极向上的光亮，抱持向善向美的信念，能够潜移默化地对小读者进行品德上的引领与浸染。而如小说《一诺的家风》（孙卫卫著），散文《爱——外婆和我》（殷健灵著）等作品，也以美好的情感与朴素的故事感染着小读者，为他们的童年打下光明的底色。

青少年处于价值观、世界观、人生观的形成时期，儿童文学对他们的精神塑造能够起到教育、熏陶、引领的作用，新时代的儿童文学应当注重对青少年"立德意识"的引导和培养，切切实实"以明德引领风尚"，并以儿童文学本身的向光性将其充分地表现出来。

新时代的儿童文学应当培养青少年的"创新精神"

习近平总书记在本次重要讲话中还指出："要坚持与时代同步伐。中国特色社会主义进入了新时代。希望大家承担记录新时代、书写新时代、讴歌新时代的使命，勇于回答时代课题，从当代中国的伟大创造中发现创作的主题、捕捉创新的灵感，深刻反映我们这个时代的历史巨变，描绘我们这个时代的精神图谱，为时代画像、为时代立传、为时代明德。"对文艺工作的发展提出了更高的要求，要求我们要做时代的记录者、书写者、讴歌者和回答者。从这一点上来看，创新精神便尤为重要。而新时代的儿童文学，应当通过创新性的文体裁变和艺术表现来培养青少年儿童的"创新精神"，尤其是在承担培养青少年儿童"中国气魄""人民情怀"和"立德意识"的责任时，"创新精神"将成为进一步推进儿童文学发展的根本动力。

如何打破局限，追求创新，不断地将儿童文学与习近平总书记对文艺工作提出的新时代新要求更加紧密、更加有机地结合在一起，这还需要我们在未来不断地思考和探索。

（原载《文艺报》2019 年 3 月 21 日）

新中国儿童文学

70年
1949—2019

少年文学的缺失意味着什么

李东华

在 21 世纪原创儿童文学的版图上，少年文学的缺失问题，早在几年前就引起一些出版人和写作者的思考和重视，比如二十一世纪出版社就有以引进作品带动原创作品的思路与举措。然而，几年过去了，似乎并没有出现诸如原创作品奋起直追的热闹场面，也没有诞生与我们曾经的期待相匹配的好作品。这个事实也给了我们旧话重提的必要性。

今天，当我们重新回过头来看看当时的基本判断：幼儿文学和童年文学呈现勃兴之势，而 20 世纪八九十年代曾经兴盛的少年文学却日渐式微，形成了一种结构性缺失。隔着一段较长的时间来看这个判断，我们是不是可以感觉到这其中所蕴含的乐观——儿童文学的整体是繁荣兴盛的；也可以明晰地感觉到潜藏在其中的悲观——比起幼儿文学和童年文学，少年文学是黯淡的。这样的判断很容易导向下面这个结论：儿童文学界在少年文学创作上所面临的失语状态，并非缘于儿童文学整体的问题，而只是个局部问题。开方子的医生，只要像西医那样，头痛医头脚痛医脚就可以了，只要把这个短板补上，儿童文学就能成为一个完美的整体。事实果真是这样吗？

几年前在谈到这个问题的时候，我曾经认为是儿童文学作家们丢失了少年文学这个阵地，似乎只要他们重视起来就能够轻易地重返。但是今天，我把"丢失"更换为"退却"。"丢失"一词有马虎大意的成分，"退却"一词以被迫无奈的成分居多。也就是说，这不是丢失阵地的问题，事实上，它可能意味着整个儿童文学创作面临困境的最初体现。其实，在幼儿文学和童年文学创作上也面临着同的问题，只是由于市场的繁荣掩盖了而已，如果不能够及时警醒，也许，少年文学的今天就是幼儿文学和童年文学的明天。

当我们把少年文学放到整个原创儿童文学里考察，我们会发现，其实儿童文学在整体上依然没能解决文学的一些基本问题，诸如人物形象塑造、语言、结构等——尤其是长篇小说的结构，这些技术层面的不成熟，由于受众的理解力和审美判断力尚显稚嫩，在童年文学、幼儿文学中或可被放过，把儿童故事当成小说也能轻松过关，但少年文学的读者已经成长为"准成人"，随着他们自身知识、情感、经验的丰富与发展，幼稚的文字和肤浅的内容对他们已经没有什么吸引力。按说，这样的状况会倒逼着作家升级自己的知识结构，提升自己作品的文学性，深入读者的精神世界。但是为什么反而出现作家放弃的局面呢？在这里，我们不得不提到"市场"这只看不见的手，这只手已经把儿童文学抓得越来越紧，对儿童文学创作生态和作家们的创作理念、创作姿态影响力越来越大。

首先，在这个全球化时代，在文学的引进几乎可以做到与国外出版同步的情况下，适合少年阅读的作品，在原创不足或不尽如人意的情况下，少年文学完全可以靠引进国外的作品来弥补。所以对于出版社来说，原创少年文学的好与坏、多与少，似乎没有那么紧迫；对于创作者来说，在幼儿文学和童年文学这些领地里耕耘可以名利双收，又何必要到少年文学这个在发行量和艺术水准上都充满不确定的领地里拓荒，做吃力不讨好的事情呢？因而，少年文学的问题，是在整个儿童文学界都缺乏一种紧迫感。对童年文学的创作都被掣肘的时候，只有当我们的小读者在来自全世界的童书面前建立起更高的审美需求，因而对原创儿童文学更加挑剔和苛求的时候，少年文学才会随着整个儿童文学水准的提升而提升。因此，我们是不是可以做出这样的盛世危言：少年文学的黯淡为儿童文学的未来命运敲响了警钟。

当我们把目光从少年文学和儿童文学的关系这个外部因素转向少年文学的内部时，我们会看到，无论是创作者还是批评家，对少年文学自身的创作规律、所承载的内容，尤其是对写作对象在这个时代具体新鲜的生活，我们都缺乏细致深入的研究和探寻。时代的巨变投身到少年内心光影的波动流转，需要我们专注的凝视，以期能够捕捉他们心灵深处那些稍纵即逝的思想表情。这些都需要下苦功夫、笨功夫，对于被市场娇纵的儿童文学作家来说，这也将是一场和自身惰性、惯性的较量，是对自身的冒犯。

谈到"冒犯"一词，儿童文学界也必须从已经形成的"儿童腔"里摆脱出来，在这种拿腔拿调的"儿童腔"里，作家有意无意地设置了很多禁忌，简化了儿童在这个丰饶多姿时代里多样化的生存状态，简化了童年生活的复杂性，从而简化了成长的难度，似乎"真善美"是不需要艰辛的步伐就能轻易抵达的。这对少年文学的创作在思维上是拦路虎，因为青春期正是未成年人思想和情感最变动不安的年龄，是寻找自我、确认自我最活跃因而也是最生动的时期。如果不能在创作上敢于冒犯一些既定的陈旧观念，就无法安放在这个浩瀚的时代里那些蓬勃的青春灵魂。而这一点，尤其是在这几年的年轻作家创作中，锐气依旧有所欠缺。

是到该谈一谈儿童文学"深度写作"问题的时候了，而少年文学正是检验儿童文学写作"深度"的最佳文体之一。如果我们认为儿童文学创作的黄金期已经到来，那么这个黄金期就不应该仅仅是指市场的繁荣，更应该有拿得出手的硬作品证明原创儿童文学真正拥有自己的真金白银。

（原载《出版广角》2018 年 5 月上总第 315 期）

新中国儿童文学70年 1949—2019

《新时代儿童文学观念及变革笔谈》开栏第一期

崔昕平

自 21 世纪以来,中国儿童文学创作在世纪之交引进版童书的带动下,发展迅猛。出版传播环节,少儿图书一跃而成中国出版业最具增长潜力的版块,新出品种从突破年 1 万余种到突破年 4 万余种,仅用了短短十余年。这其中,儿童文学图书新出品种的攀升最为最大。洋洋洒洒的数据,丰富热闹的创作样貌,一定程度上遮蔽了儿童文学理论研究的发展步履。需要沉淀、反思,进而形成理论发声、推出研究成果的漫长研究周期,与相对小众的关注度,都令人产生了儿童文学创作高度发达,而理论研究严重滞后的观感。而事实上,一方面,丰富驳杂的儿童文学创作样貌与动向,必然激发诸多理论言说的热情;足够分量的创作现象积累,也必然催生理论问题的探讨。另一方面,前代学人持续的儿童文学专业研究力量培养,已然为儿童文学理论研究实现了一次新生力量的造血,同时实现了对儿童文学研究领域更加全面的布局。散在的儿童文学理论研究文章、专著数量已非常可观,所涉及的研究领域也非常多样。21 世纪以来,尤其是新时代以来的儿童文学理论,亟待一次系统的、对当代问题、当代面貌的回应与探讨。

"新时代儿童文学观念及变革"笔谈专栏的开启,意在特定的文学史区间里,汇聚儿童文学研究的散在力量,朝向儿童文学的本体论、创作论、接受论、影响论等多重理论维度,凝聚纵深之思,呈现观点之辩,以此对当代儿童文学理论研究形成更具客观性与全局性的观照,也为新时代中国儿童文学理论的进一步发展提供更具前瞻性与价值意义的思考。首期刊出曹文轩与方卫平的两篇文章,《对文学的几点看法》侧重从儿童文学的文学之本探讨儿童文学的恒在的美学标准与文学使命,《当代话语和当代体系:关于中儿童文学理论批评当代进程的思考》则侧重对儿童文学理论批评做出了整体性的审视与思考。

当代话语和当代体系:
一个时代的理论和批评应该担负的职责

方卫平

一种意识,两个关键词

在 21 世纪至今中国儿童文学发展的现实语境下,在新的儿童文学现象不断向理论批评提出新要求的状况下,儿童文学理论研究的"现实性"与"当代性"应得到新的审视和思考。

我以为,中国当代儿童文学理论界应以一种高度的自觉意识,努力构建儿童文学理论批评的当代话语和当代体系。

这一意识里有两个关键词:一是"当代",二是"中国"。前者强调时间性、历史性,后者强调空间性、地域性。如果说很长一个时期以来，这两个关键词始终是当代儿童文学理论批评建设所面对的双重要求，那么，在21世纪至今中国儿童文学发展的现实语境下，在新的儿童文学现象不断向理论批评提出新要求的状况下，这一双重要求的意识，也应得到新的审视和思考。

近20年来，中国儿童文学的发展现实，也许超出所有人的预期和想象。只需想一想21世纪初以来，儿童文学如何从传统出版相对低迷的情势中逆势而上，持续攀升，在十余年间成为整个图书市场炙手可热的宠儿，便足以令人感受到现实本身的莫测与神奇。今天，这一现实无疑构成了人们谈论21世纪以来儿童文学发展进程的最基本的背景，而它自身也被敲上了"当代"和"中国"的鲜明烙印。

当代儿童文学的发展愈是演进，我们愈是感到，不论来自域外的资源提供了多么重要和巨大的参照，中国儿童文学注定要在自身特殊的政治、经济和文化语境中探寻它的发展路径。正是这种独一无二的当下性和本土性，向儿童文学理论提出了新的诠释力和有效性的要求。

仅以作为现代儿童文学思想起点的童年观为例。中国当代儿童文学无疑继承了整个20世纪东西方现代童年观的重要精神遗产，但与此同时，它在今天所面对的中国当代童年的分化程度以及童年现实的复杂状况，又都是空前的。对于当代儿童文学来说，它该以何种方式解开当代童年生活的文化密码，又以何种方式与中国童年的现状、命运和未来之间相互影响、彼此塑造，正是一个充满难度和潜力的新的理论课题。

再如，也许是受到域外儿童文学艺术的影响，中国当代儿童文学逐渐培植起了一种对于现代儿童文学艺术发展至为重要的中产阶级美学。然而，这个过程中，我们也在不断发现这一西式"中产阶级"美学与真实的中国童年体验之间的某些裂缝，以及它所导致的当代儿童文学艺术表现的一些潜在问题。如何重新思考、塑造中国儿童文学的典型美学，同样是一个极具"中国"性和"当代"性的理论话题。

总体上看，在儿童文学的文化观念、艺术创造、阅读推广、教学实践等各个领域，对于一种切合中国当代儿童文学发展特殊性的批评话语和理论体系的需求，既普遍又迫切。相比之下，当前的理论和批评本身，则还未能跟上这一现实要求的步伐。

三类话语资源的吸收与借鉴

针对新兴、复杂的文学现象，理论的解释力和批评的判断力，必然有赖于它自身的积累和见识。中国儿童文学理论批评话语的当代建设，应当重视对三类话语资源（历史资源、域外资源和普遍的文学与文化资源）的借鉴。

一种贴近当代和本土状况、契合当代和本土需求的儿童文学理论批评，不是简单的理论演绎或莽撞的实践概括的产物。针对新兴、复杂的文学现象，理论的解释力和批评的判断力，必然有赖于它自身的积累和见识。

因此，中国儿童文学理论批评话语的当代建设，应当重视三类话语资源的借鉴。

一是历史资源。中国儿童文学理论批评的历史话语资源对于其当代建设的价值，不但体现在一切历史相对于当下的某种共通的借鉴和提示意义上，也体现在透过这一历史话语资源的清理与追究，我们有可能发现与当代儿童文学理论批评的发展困境和趋向密切相关的文化根源。与西方现代儿童文学的状况有所不同，现代意义上的中国儿童文学理论建构，是以某种早慧的形态与现代儿童文学几乎同时诞生。在这个过程中，它兴起的初衷、关切的问题、批评的聚焦、理论的命运等，对于我们今天思考中国儿童文学理论批评的价值、意义，探问当代儿童文学理论批评的困境、问题，仍然深具启发。

我一向持有这样的观点：一部中国儿童文学理论批评史给我们留下了巨大的思想和文化遗产，针对这份遗产的当代整理和接收的工作，还远没有彻底完成。甚至，从现代儿童文学的诞生到今天，一个多世纪过去了，关于儿童文学的艺术规律，关于儿童文学的实践活动，在某些方面，我们并没有比前人走得更远。历史留给我们的资源，还有着巨大的探讨和反刍空间。对于当代儿童文学理论批评的进一步建构和发展而言，更充分地清理、收纳、消化这一历史资源，应是不可或缺的一桩工作。

二是域外资源。我在《中国儿童文学理论批评史》一书中曾经谈到，中国现代儿童文学理论批评在很大程度上起步于面朝域外资源的学习和借用，直至今天，儿童文学界仍然保持着这一姿态。当代西方儿童文学理论批评的发展，让我们看到理论和批评如何将儿童文学由一个最初仅在儿童阅读服务领域得到关注的边缘存在逐渐提升至一般文学研究对象的行列，以及一批新锐、前沿、开阔、深厚的理论批评著作的问世如何逐步开掘出儿童文学自身的广度和深度。在一个开放的文学和文化交流时代，这一域外资源尤其吸引着国内青年一代儿童文学研究者的关注，它的更丰富的理论面貌，也在这一进程中得到新的认识和揭示。近些年来，我在应约为长江少年儿童出版社编选年度中国儿童文学论文集的工作中，对这一现象尤有感触。

不过我也认为，针对域外资源的借鉴，首先，应以了解和吸收本土资源的学术养分为基础；其次，同样要学会识长辨短，去伪存真。尽管当代欧美儿童文学理论批评的确展示了强大的创造力，其中不乏重要的经验，但也要避免机械照搬的拿来主义，更要警惕理论武器的滥用、误用。了解域外资源，是为拓展眼界，增长识见，从中汲取有助于当下儿童文学理论与批评建设的借鉴。面对这一资源，我们自己的视点，应该落在更高更远的地方。

三是普遍的文学与文化资源。这些年来，我在《新世纪儿童文学的文化问题》《儿童文学作家的思想与文化视野建构》等文章里、在不少会议上，反复谈到儿童文学作家要不囿于儿童文学的小圈子，要在更大的文学和文化视点上思考儿童文学的艺术问题。这一点对于理论批评来说，同样重要。很多时候，令儿童文学界感到迷茫、胶着的一些当下问题，若从普遍文学和文化的大视野来看，常有重要的启迪。例如，近年儿童文学界关注的儿童文学应该表现什么样的"童年现实"的问题，一旦我们意识到，它其实也是人类文学史上关于文学可以和应该"写什么"的久远争论在当代儿童文学界的投影，那些已有的思想成果，就会成为我们从一个相对成熟、深透、完善的角度讨论、思考、解开这一艺术问题的重要理论支持。当然，普遍文学和文化的问题，不能简单地移植为儿童文学及其文化的问题，但它们所揭示的文学和文化的经验、教训等，应该成为我们思考儿童文学问题的基本起点。

关于儿童文学的一切特殊问题的思考，都离不开一种文学和文化的普遍视野的参照。从后者出发，能够有效地帮助儿童文学理论和批评摆脱它常易陷入的某种狭隘境地，既有助于现实问题的剖析，也有助于理论批评的推进。

两大理论体系的设想

当代儿童文学界应当有意识地规划、启动两大基本理论体系——基础理论的体系、应用理论的体系的建设。

对于当代儿童文学理论的发展而言，是否有必要、也有可能建立一套相对系统、完善的当代儿童文学理论体系？对于"体系"这样的用词，我一向抱有警觉，因为它太容易给丰富、细密、多样、复杂的文学观念、现象等带来不当的限制和武断的裁决。但在文学艺术发展的特定阶段，体系也有它不可替代的意义。建立在系统、全盘的现象考察、分析基础上的理论概括、总结、洞察和前瞻，对于我们摆脱身在局中的片面迷思，探向现象背后的深层问题，也有独到的意义和价值。同时，一个相对科学、系统、富于解释效力的理论体系的确立，对于作为一个学科的儿童文学研究来说，更是一种意义重大的支撑。

当代儿童文学界应当有意识地规划、启动两大基本理论体系的建设。

一是基础理论的体系。这是指围绕着儿童文学的观念、文体、艺术、文化及其他基本理论问题建立起来的理论体系。这一体系在当代儿童文学研究史上有其一贯的传统。新时期以来一直在陆续出版的一大批教材和教程性质的基础理论著作，在承现当代儿童文学的基础理论传统，同时也结合当代语境和状况，对这一传统做出必要、恰当的补充、完善。不过，这些著作的教材性质在客观上限定了其理论展开的广度和深度；同时，许多新兴、特殊、重要的当下文学现象带出的理论话题和理论思考，也难以在其简明的体系构架中得到充分体现。事实上，发生在当代儿童文学现场的大量新兴文学现实，以及这些现实带给传统理论的冲击和要求，它们所对应的理论话题，需要大量专题研究的介入和支持。这一体系的建设，总体上应有一种统筹意识，如何有效深化既有的理论课题，如何准确开辟新的理论场域，如何使它足以构成一个对当下中国儿童文学的历史和现实具有充分覆盖力、诠释力的话语体系，等等。

二是应用理论的体系。相比于基础理论，当代儿童文学的应用研究远未跟上其应用实践的现实，这或许是因为相比于欧美社会源远流长的儿童阅读服务体系和传统，中国儿童文学的应用实践原本就远落后于艺术创作的实践。近年来，国内儿童图书馆服务网络的快速建立和发展，儿童文学阅读推广实践的迅速铺展和加快成熟，以及学校、社会对于儿童文学教学实践的关注和重视，既让人们看到了儿童文学的应用实践带给整个社会的巨大文明福利，也进一步揭示了针对这一实践的理论需求与理论现状之间的巨大差距。与基础理论相比，中国儿童文学的应用实践更直接地受到它所处社会、文化、体制等特殊条件的影响和塑形。针对这一现实，儿童文学理论界亟须思考、规划、启动建立在科学调查与研究基础上的专业探讨和理论建设工作。这一理论体系的科学规划，以及基于理论成果的有效批评实践，将有助于我们在儿童文学的应用实践中辨清乱象，克服盲目，也将为当代儿童文学理论批评的发展带来重要的新成果。

还应当说明的是，上述观念、话语和体系的建设，终点并非理论和批评本身，而始终是当代儿童文学和童年生活中展开着的无比丰富、生动的现实。面对这一现实，理论和批评的最高意义往往也并不体现在为其指明出路、规划蓝图的能力上——对于文学而言，这样居高临下的指示和规划，很可能是空洞乃至危险的——而在于运用理论和批评特有的观察力、概括力、判断力、洞见力，随时为行走在其中的我们提供尽可能准确、必要的方位参考。在文学的阔大森林里，理论和批评扮演的是地图和指南针的角色。前路的景象始终有待未知的探索，但辨清身在其中的基本方位，总能帮助我们不致迷失在毫无方向的杂沓错步中。对于中国儿童文学而言，它正在经历的或许是当代儿童文学史上前所未有的艺术和文化变革的时代。从这空前激烈的革新和变迁里，寻找和确认其中"不变"的文学经纬和文化坐标，是一个时代有所追求的理论和批评应该担负起的职责。

关于儿童文学的几点看法

曹文轩

儿童是这个世界上最好的读者，但却是需要引导的

什么是"儿童阅读"？儿童阅读应该是校长、老师以及有见地的家长指导乃至监督之下的阅读。因为中小学生的认识能力和审美能力正在成长中。换句话说，他们的认知能力和审美能力是不成熟甚至是不可靠的。我们在持有民主思想与儿童本位主义时，忘记了一个常识性的问题：我们是教育者，他们是被教育者。这是一个基本关系，这个关系是不可改变的，也是不能改变的。我们在若干方面包括阅读在内都有审视、照亮、引导和纠正的责任，这是天经地义的，既是一种现实也是一种伦理。

人的认知能力和审美能力是在后天的漫长教化中逐步趋于成熟的，不可能一蹴而就。儿童的选择可以成为我们根本不必质疑的标准吗？因为他们喜欢所以优秀，这个逻辑关系成立吗？我们可以张扬人权，但当人权成为教育与被教育这一关系的颠覆者时，这种人权要么是错误的，要么是曲解的。

如何确认一些书籍是优秀的，大概要有陪审团，陪审团成员肯定不能只有孩子，必须有成人、专家等。只有结构合理的陪审团做出的判断才是可靠的。

我们所面对的是一个浅阅读时代，这一事实无法否认

儿童文学读者是谁？听上去这是一个荒诞的问题——儿童文学读者当然是儿童，可是儿童是怎样成为读者的呢？什么样的作品使儿童成为读者呢？我们可以毫不犹豫地说，那些顺从儿童天性并与他们的识字能力、认知能力相一致的作品使儿童成了读者，可是谁又能确切地告诉我们儿童的天性究竟是什么？古代并没有现代意义上的儿童文学，但那时候的儿童似乎并没有因为没有儿童文学导致精神和肉体的发育不良，从这个事实来看，儿童文学与儿童之关系的建立，其必然性是让人生疑了：儿童是否必须读这样的儿童文学呢？儿童喜欢的、儿童必须要读的文学是否就是这样一种文学呢？这个文学是构建起来的还是天然的？不管怎么说，随着文艺复兴发现了儿童，从而有了一种叫"儿童文学"的文学，并使成千上万的——几乎是全部儿童成了它的读者，这是历史的巨大进步。但问题是，他们成为读者是因为文学顺应了他们的天性，还是因为这样一种文学通过若干年的培养和塑造，最终使他们成了读者？一句话：他们成为儿童文学读者，是培养、塑造的结果，还是仅仅因为这个世界终于诞生了一个呵护他们天性的文学？

一些儿童文学在承认了儿童自有儿童的天性、他们是还未长高的人之后，提出了"蹲下来写作"的概念，可是大量被公认为一流的儿童文学作家则对这种姿态不屑一顾，嗤之以鼻。怀特说："任何专门蹲下来为孩子写作的人都是浪费时间……任何东西，孩子都可以拿来玩，如果他们正处在一个能够抓住他们注意力的语境中，他们会喜欢那些让他们费劲的文字的。"蹲下，没有必要，儿童甚至厌恶蹲下来与他们说话的人，他们更喜欢仰视比他们高大的大人的面孔。

"读者是谁"的发问，只是想说明一个问题：儿童文学作者并不是确定不变的，我们可以用我们认为最好的、最理想的文字将他们培养成、塑造成最好、最理想的读者。

书一定是有等级的

书分两种,一种是用来打精神底子的,一种是用于打完精神底子再读的。

书是有血统的——一种书具有高贵的血统,一种书的血统并不怎么高贵。并不是说我们只需要阅读具有高贵血统的书,把没有高贵血统的书统统排斥在外。而是那些具有高贵血统的文字毕竟是最高级的文字,它们与一个人的品位和格调有关,自然也与一个民族的品位格调有关——如果一个人想要成为高雅的人,或者一个民族想要成为高雅的民族,不与这样的文字结下情缘,大概是不可能的。

真正的儿童文学作家,不仅属于一个孩子的今天,也属于这个孩子的明天。

如果一部儿童文学只属于读者的童年,而这个读者在长大成人之后就将其忘却了,这样的作品、作家当然不是一流的。一部上乘的儿童文学作品,一个一流的儿童文学作家是属于这个读者一生的,"儿童文学"由"儿童"和"文学"组成,在适当考虑它的阅读对象之后,我们应该明确:就文学性而言,它没有任何特殊性。它与一般意义上的文学所具备的元素和品质完全一致——儿童文学就是文学。如果只有"儿童"没有"文学",那样的儿童文学只会停滞于读者的童年,根本无法跟随这个读者一路前行。

一部儿童文学作品,若能在一个人的弥留之际呈现在他即将覆灭的记忆里,这部作品一定是一部辉煌的著作。一个儿童文学作家最大的幸福就在于被一个当年的读者在晚年时依然感激地回忆他的作品。这个境界对我们而言非常遥远,却应是我们向往的。

不忘短篇

中国孩子现在习惯于阅读长篇,我以为是有问题的。当下一线作家几乎全部只写长篇,而冷落荒疏短篇。其实对于一个孩子而言,阅读短篇是十分必要的,从写作角度来讲,短篇有利于培养他们的写作能力,他们更需要短篇的训练。

对一个小作家而言,我以为,他的写作生涯最好从短篇开始。而在后来的写作中,已经习惯长篇写作的时候,能够理智地知道自己应该有一个短暂的停顿,重新写写短篇,不仅仅是因为孩子需要短篇,还因为长篇小说写作也需要短篇的操练。我衡量一部长篇是否优秀有一个简单的标准,就是能不能从他的作品中切割出许多优秀好看的短篇,比方说,从《战争与和平》中,我们就切割出许多优秀的好看的短篇。

(原载《文艺报》2018 年 7 月 18 日)

新中国儿童文学

抗战题材少儿小说的历史担当与艺术追求

王泉根

战争年代:"零距离"的接触

从现有资料考察,最早涉足抗战题材儿童小说创作的是陈伯吹。1933 年,陈伯吹接连出版了两部以抗日救国为主题的童话体中篇小说《华家的儿子》和《火线上的孩子们》。小说塑造了"华儿"这一象征中华民族精神的儿童形象,表达了"誓以全力抗战"驱逐日寇的意志。茅盾在 1936 年发表的《大鼻子的故事》《少年印刷工》《儿子开会去了》等儿童小说,以上海"一·二八"抗战为背景,反映了都市儿童高涨的爱国热情,在当时产生了重要影响。

抗战期间,无论是大后方(重庆)、根据地(延安)还是"孤岛"(上海)的儿童文学,都有直面抗战、砥砺意志的精彩儿童小说面世。如丁玲的《一颗未出膛的枪弹》、萧红的《孩子的讲演》、司马文森的《吹号手》、秦兆阳的《小英雄黑旦子》、周而复的《小英雄》、柯蓝的《一只胳臂的孩子》、苏苏的《小癞痢》、贺宜的《野小鬼》、董均伦的《小胖子》、苏冬的《儿童团的故事》、刘克的《太行山孩子们的故事》等。尤其是华山的《鸡毛信》、峻青的《小侦察员》、管桦的《雨来没有死》,把抗战题材儿童小说创作推向了新高度。

华山的《鸡毛信》以 12 岁的山区牧羊儿海娃为八路军送信、多次遭遇日寇为线索,刻画了海娃的勇敢机智、临危不乱,同时又不失孩子气,作品险象环生,一波九折,极具可读性。海娃是生活在大山深处的儿童,小说处处从"山区"落墨,使人物性格在"山区"的环境中得到充分自由的发展,作为小英雄与山区放羊娃的性格两面浑然一体,从而使人物形象更加真实可信,也恰到好处地体现了"山区少年"在对敌斗争中成长的方式。管桦的《雨来没有死》,则刻画了一位生活在水乡的孩子,同样也是小英雄与孩子气有机融合的典型。雨来善于游泳、淘气、好动、点子多,这些儿童行为的描写既丰富了雨来的性格,同时也成就了他的小英雄本色。海娃与雨来的成功,说明那个时代需要这样的形象来展现中国人的斗志,需要肯定、褒扬这些"有志不在年高"的少年英雄,激励、感召千千万万的孩子。

第一波抗战题材儿童小说,直接诞生于战火纷飞、全民抗战的激情燃烧岁月。与战争的"零距离"接触,是第一波小说的显著特点:作家本身就是这场战争的亲历者、参与者、目击者,因而作家本人与作品中的人物同处于战争环境,作品的题材、内容、形象完全来自战争一线,呈现出时代生活与英雄事件的本真状态,写的就是身边人身边事,具有强烈的现场感;作家的创作动机与作品的社会效果,都是为了直接服务抗战、赢得抗战,实现"文艺必须作为反纳粹、反法西斯、反对一切暴力侵略者的武器而发挥它的作用"(郭沫若)。第一波作品奠定了抗战题材儿童小说爱国主义、英雄主义的基调,将爱国情怀、英雄本色、儿童情趣有机地融为一体,其艺术魅力至今依然深植孩子心田,同时产生了海娃、雨来那样在百年中国儿童文学发展历程中难以磨灭的艺术典型。

"十七年"期间:"近距离"的观照

抗战题材儿童小说创作的第二波热潮出现于中华人民共和国成立后的"十七年"时期(1949—1966)。加强少年儿童的革命传统教育,用爱国主义、理想主义、集体主义引领儿童,是这一时期儿童小说创作的主脉。抗战题材的作品责无旁贷地发挥了这方面的重要作用,成为激励当代儿童崇尚英雄、追求理想的形象读本。

第二波抗战题材儿童小说的作者,他们在战争年代还是青少年,有的亲历过战争,也有的尚未成人,但对那场战争都有着刻骨铭心的记忆与感受。因而他们是"近距离"地观察抗战、回忆抗战、叙述抗战,所反映的人或事,有亲历、有目击也有虚构,他们期待用自己的作品在润泽新一代儿童的精神成长中发挥认识作用与教育作用。影响较大的作品有:徐光耀的《小兵张嘎》、胡奇的《小马枪》、郭墟的《杨司令的少先队》、王愿坚的《小游击队员》、杨朔的《雪花飘飘》、黎汝清的《三号瞭望哨》、王世镇的《枪》、杨大群的《小矿工》、萧平的《三月雪》、李伯宁的《铁娃娃》、任大星的《野妹子》等。

小兵张嘎是"十七年"抗战儿童小说塑造的一个突出的典型形象。小说再现了抗日战争最残酷年代冀中平原的斗争场景,以"枪"为线索结构故事。从游击队老钟叔送给张嘎一支木头手枪始,到区队长亲自颁奖真枪终,中间经历了嘎子爱枪、护枪、缴枪、藏枪、送枪等一系列事情,突出描写了村公所遭遇战、青纱帐伏击战与鬼不灵围歼战等三次对敌斗争高潮。作品将人物放在严酷的生存环境中,正面描写战争的艰苦性、复杂性,在运动中塑造了张嘎这样一位既机智勇敢、敢爱敢恨,又顽皮不驯、野性十足、满身"嘎"气的少年英雄形象。真实可信的人物性格与环环相扣、一气呵成的故事情节,使小兵张嘎赢得了小读者的广泛喜爱。小说改编成电影后,更传遍全国,20世纪五六十年代长大的那一代人,几乎没有不知道小兵张嘎的。

新世纪:"远距离"的反思

20世纪70年代以来,抗战题材儿童小说的创作以陈模描写战地"孩子剧团"的长篇小说《奇花》(1979)、王一地描写胶东半岛抗战传奇的长篇小说《少年爆破队》(1980)最为重要。两位作者在少年时代都曾经历了抗战,陈模本身就是孩子剧团团员,王一地还当过儿童团长,因而他们的作品具有一定的亲历性与现场感,是第二波抗战儿童小说的延续。这以后,由于整个儿童文学小说创作的兴趣与重点转向校园小说、青春文学与动物小说,抗战题材一度沉寂。进入21世纪,抗日战争再次进入儿童小说的创作视野,并奇迹般地出现了第三波热潮。

需要特别关注的是,创作第三波抗战题材儿童小说的作家,全是"70后""80后",他们生长在市场经济的和平年代,那场战争早已成为历史。他们只是从教科书、小说、影视以及长辈的口述中,才了解现代中国这样一场血与火的战争。因而远离历史与战争的他们,一旦选择抗战作为表现对象,就必须克服"隔"和"疏"的矛盾。想象抗战、诠释抗战、反思抗战,就成了这一波小说的重要特点。主要作家作品有:薛涛以东北名将杨靖宇浴血抗战为背景的长篇小说《满山打鬼子》《情报鸟》,毛芦芦以江南水乡抗战为背景的《柳哑子》《绝响》《小城花开》三部曲,殷健灵以上海滩"孤岛"为背景的长篇小说《1937,少年

夏之秋》,童喜喜以南京大屠杀为背景的童话体小说《影之翼》,赖尔以皖南新四军抗战为背景的长篇穿越小说《我和爷爷是战友》,李东华以山东半岛为背景的长篇小说《少年的荣耀》等。

第三波抗战题材儿童小说的年轻作者,为什么如此寄情于抗战? 钟情于那一代战争环境长大的少年儿童? 他们究竟要表现与表达什么? "80 后"女作家赖尔在《我和爷爷是战友》一书后记中的自白,可以代表第三波小说作家的心声:"我在故事的假设中找到了许多值得当代孩子们思考的问题,同时在故事中体会到当代孩子们普遍缺乏的东西。""读到那个时代的价值,读到一种成长的责任。"——试图从抗日战争中寻找当代少年儿童"精神成人"的宝贵资源与进取动力,这就是第三波小说的价值取向与审美愿景。

《我和爷爷是战友》中两位主人公——"90 后"的高三学生李扬帆和林晓哲,正是身处解构经典、嘲笑英雄、颠覆理想、娱乐至死的所谓"后现代"语境中,因而缺失理想、信念与追求,迷茫、郁闷找不到北。但正是战争——当他们穿越到那一场伟大的民族抗战,他们的灵魂经受了彻底的洗礼。两个"90 后",一个成了抗日英雄,一个为国捐躯,实现了自己的人生价值与理想。整部小说刻画了一幅气壮山河的"红色穿越"场景,赋予抗战儿童小说以深刻感人的艺术力量。理想的重建与召唤,精神的砥砺与升华,民族下一代重新寻找英雄、追求崇高、铸造精气神的浩然之气弥漫全书,这就是第三波抗战题材儿童小说的重要价值与审美追求。

2015:"烽火燎原"系列小说的集体登场

今年是世界反法西斯战争胜利 70 周年、中国抗日战争胜利 70 周年。早在 2014 年 4 月,中央党史研究室(现中央党史和文献研究院)宣传教育局、北京师范大学中国儿童文学研究中心、长江少年儿童出版集团在北师大共同主办了"烽火燎原原创少年小说笔会",邀请张品成、张国龙、薛涛、牧铃、肖显志、李东华、汪玥含、韩青辰、刘东、毛云尔、赵华、毛芦芦等儿童文学中青年实力派作家,共商加强抗日战争题材原创少年小说的创作,倡扬爱国主义、英雄主义精神。

经过一年多的锻造、打磨,"烽火燎原原创少年小说"首批八部作品终于集体登场。八位儿童文学作家,八部抗战题材小说,跨越半个多世纪反思中华民族的抗战史,在抗战小说的题材内容、人物形象、叙事视角、艺术手法等方面,都做了新的突破与探索,意在引领当下少年儿童精神生命的健康成长,体现了 21 世纪抗战题材儿童文学的艺术自觉。这八部长篇小说是:肖显志的《天火》、张品成的《水巷口》、牧铃的《少年战俘营》、汪玥含的《大地歌声》、王巨成的《看你们往哪里跑》、毛云尔的《走出野人山》、毛芦芦的《如菊如月》、赵华的《魔血》。

抗日战争是一场全民族参加的战争,既是全面抗战也是全民抗战,这一历史事实在"烽火燎原系列"中有着生动的展现。八部作品依循史实,都在告诉小读者们:这是一场全民的抗战、全国的抗战、全面的抗战。共产党领导的新四军奋勇抵抗誓死保卫衢州(毛芦芦《如菊如月》),巧传作战信息击败进犯苏北的日寇(汪玥含《大地歌声》),国民政府组织的中国远征军在缅甸孤军抗敌,野人山大撤退历尽磨难(毛云尔《走出野人山》)……八部小说把我们拉回到了那一个烽火硝烟、生死存亡、凤凰涅槃的特殊年代。

战争年代少年儿童的成长轨迹自然迥异于和平年代,但战争年代的少年儿童毕竟都一样是孩子。如何从儿童自身的维度与现实生存环境刻画抗战儿童形象? 八部小说在这方面均做了有益的探索,既坚持生活真实与艺术真实的有机统一,又努力探寻儿童世界与成人世界的合辙融合。这种"探索"主要体现在从儿童的角度看战争、写战争、感悟战争,从天真烂漫的童心入手,分析他们是如何一步步走向抗日的原因,刻画他们对战争与敌人是如何一步步"理解"和"醒悟"的。世界文学"成长小说"的艺术理念,大致遵循作品主人公经历"天真—受挫—迷惘—顿悟—长大成人"的叙述模式。用此尺度观照,我们的抗战题材儿童小说何尝不是另一种意义上的"成长小说"? 而且是一种更为"逼真"的成长小说,因为每一位主人公的成长,都面临着血与火、生与死的抉择与考验。

《大地歌声》(汪玥含)中的二嘎起初是个小戏迷,经历了朋友小顺子一家的惨死后,开始意识到周遭环境的突变,毅然冒死帮地下工作者传递情报。疯言疯语、江湖气十足的小叫花"黄毛",曾在鬼子手下混吃混喝(肖显志《天火》);受奴化教育影响的潘庆,一开始对宣扬武士道精神的教官还心生崇拜(张品成《水巷口》);牛正雄最初加入国军时还当了"逃兵"(王巨成《看你们往哪里跑》)。但黄毛最珍视的朋友串红惨遭日军杀戮,他惊醒了;潘庆亲历日军枪杀无辜的村民,他震怒了;牛正雄的家乡被烧被屠,他不再害怕打仗了。家园的毁灭、亲人的逝去,血淋淋的现实给幼小的心灵留下永远的创伤,也因此让少年们真正成长了起来,走上复仇之路。当然,促使少年成长的力量并不仅仅是"复仇",更深层次的力量来源于每个民族骨子里所具有的热爱和平、追求幸福的天性,在第二次世界大战期间,这种天性突出地转化成为反法西斯精神。《少年战俘营》中的刘胖是国军孩子,爷爷被红军打死;龙云是红军后代,母亲被国军活埋。然而二人在日本法西斯的罪恶面前舍弃了"小我"之恨,一致坚定起对日寇的民族大恨。面对鬼子的利诱、分化、打压、折磨,他们绝不投降,绝不屈服,最后携起手来,勇敢地杀向敌寇,双双牺牲。这些少年的成长,是其反法西斯精神的觉醒;他们的担当,也由此不仅具有民族大义,还具有了世界意义。

烽火长明,警钟长鸣

70年过去了,在21世纪成长起来的一代少年儿童,虽然身处资讯发达的现代社会,但对于那一段中华民族的惨痛历史,那一场席卷全球的反法西斯侵略的战争,尤其是对于70年前处于战争年代的中国同龄孩子的生存状况与精神面貌,今天的少年儿童又能知道多少呢? 是否有被遗忘的危险? 无论是战争年代"零距离"的接触,还是"十七年"期间"近距离"的观照,抑或是21世纪"远距离"的反思,以及2015"烽火燎原"系列小说的集体登场,这些出生于不同年代的作家,之所以要用儿童小说的艺术形式来直面抗战、描写抗战、反思抗战,并希望以他们的反思来感召与感染当下的少年儿童,其目的正是为了让我们一起来面对这段历史,反思这场全民族的抗战,加倍地珍惜和平,不忘历史,烽火长明,警钟长鸣。

(原载《文艺报》2015年5月29日)

探寻儿童文学的艺术新境

——第十届全国优秀儿童文学奖评述

方卫平

由第十届全国优秀儿童文学奖参评和获奖作品来看，以文学的笔墨追踪、记录、剖析、阐说这一现实，其迫切性和写作的难度，足以引起儿童文学界的新的思考。

从童年现实的拓展到童年观念的革新，本届评奖意在肯定和强调的一个重要方面，是以儿童文学艺术的阔大、丰富、厚重和深邃，抵抗商业时代童年文学经验的某种模式化、平庸化进程。

走进童年的广袤与深厚

作家借童年的视角来传递关于我们生存现实的某种生动象征、精准批判、深入理解和温情反思，也是以儿童文学特有的艺术方式和精神，为人们标示着现实生活的精神地图。在这样的书写里，作为儿童文学表现艺术核心的"童年"的广袤和深厚，得到了进一步的开掘与认识。

当代儿童文学的艺术发展正面临新节点，这个节点与当代中国社会急遽变迁而空前多元的现实密切相关。或许，历史上很少有像今天的中国这样，孕育、生长着如此辽阔、丰繁、复杂的童年生活现实和故事，它是伴随着技术和文化现代性的非匀速演进而形成的社会分化和差异图谱的一部分，其非统一性程度远超我们的想象。这些年来，对这一复杂现实的认识从各个方面溢出传统童年观的边界，不断冲击、重塑着我们对"童年"一词的基本内涵与可能面貌的理解。

由第十届全国优秀儿童文学奖参评和获奖作品来看，以文学的笔墨追踪、记录、剖析、阐说这一现实，其迫切性和写作的难度，足以引起儿童文学界的新的思考。本届获奖的儿童小说《一百个孩子的中国梦》（董宏猷），其独特的价值正在于，将中国当代童年生存现状与生活现实的多面性及其所对应的童年体验、情感和思想的多样性，以一种鲜明而醒目的方式呈示于读者眼前。作家选择在脚踏实地的行走和考察中走近真实的童年，这个姿态对于当下儿童文学的现实书写来说，显然富有一种象征意义。面对今天儿童生活中涌现的各种新现实、新现象，要使作家笔下的童年具备现实生活的真正质感，拥有儿童生命的真切温度，唯有经由与童年面对面的直接相遇。

甚至，这样的相遇还远远不够。要着手提起一种童年的素材，作家们不但需要在空间上走近它，也需要在时间上走进它。而很多时候，尽管怀着关切现实的良好写作初衷和愿望，我们却容易看得太匆促浮皮，写得太迫不及待，由此削弱了笔下现实的真实度与纵深度。因此，以十年跨度的追踪写成的纪实体作品《梦想是生命里的光》（舒辉波），除了呈现困境儿童生存现实的力度，也让人们看到了现实书写背后观察、积累和沉淀的耐性。这也是《沐阳上学记》(萧萍)这样的作品以及它所代表的写作潮流带来的启示——作家笔下生动的、充满鲜活感的童年,只有可能来自写作者对其写作对象的完全进入和深透熟悉。

这样的进入和熟悉,在作品中直接显现为一种突出的艺术表现效果。《一个姐姐和两个弟弟》(郑春华),将当代家庭父母离异背景上低龄孩童的情感和生活,摹写得既真挚生动,又清新温暖。读者能清楚地感到,作家对于她笔下的孩子以及他们的生活,了解是深入的,情感是贴近的。《我的影子在奔跑》(胡永红)是近年以发育障碍儿童为主角的一部力作,其边缘而独特的视角、收敛而动人的叙事,带领读者缓缓进入一个特殊孩子的感觉和成长世界,那种生动的特殊性和特殊的生动性,若非做足现实考察与熟悉的功课,几乎不可能为之。《巫师的传人》(王勇英),在亦真亦幻的墨纸上摹写传统文化的现代命运,却非空洞的感物伤时,而是站在生活的诚实立场,同时写出了这两种文明向度在人们日常生活和情感里各自的合理性,以及二者交织下生活本身的复杂纹理与微妙况味。这样的写作,更有力地彰显了"现实"一词在儿童文学语境中的意义和价值。

儿童文学不只是写童年的,或者说,儿童文学的童年里不是只有孩子。在细小的童年身影之后,我们同时看到了一面巨大的生活之网。在错综复杂的生活网络中理解童年现实的真实模样,而不是试图将童年从中人为地抽离、简化出来,这才是儿童文学需要看见和探问的现实。《小证人》(韩青辰)里,一个孩子的生活原本多么稀松平常,它大概也是童年最普遍的一种生活状态;但当日常伦理的难题从这样的平淡生活里骤然升起,当一个孩子身陷这样的伦理困境,她的感受、思考、选择和坚持,让我们看到了童年日常现实的另一种气象。《九月的冰河》(薛涛)写少年的不安,其实也是写成人的追寻。你想过的究竟是一种什么样的生活? 这个问题对于一个孩子和对于一个成人,具有同等重要的效力和意义。于是,童年与成年、孩子与大人在镜中彼此凝望,相互塑造。在《大熊的女儿》(麦子)、《东巴妹妹吉佩儿》(和晓梅)、《布罗镇的邮递员》(郭姜燕)等作品里,作家借童年的视角来传递关于我们生存现实的某种生动象征、精准批判、深入理解和温情反思,也是以儿童文学特有的艺术方式和精神,为人们标示着现实生活的精神地图。在这样的书写里,作为儿童文学表现艺术核心的"童年"的广袤和深厚,得到了进一步的开掘与认识。

塑造童年的力量与精神

在当代儿童文学史上,童年的个体性、日常性从未得到过如此重大的关注。但与此同时,这个自我化、日常化的童年如何与更广大的社会生活发生关联,亦即如何重建童年与大时代、大历史之间的深刻关系,则是这类写作需要进一步思考、探索的话题。

近年儿童文学的童年书写,蕴含着童年观的重要转型。这种转型既反映了现实中人们童年观念的某种变化,也以文学强大的默化力推动着当代童年观的重构塑形。正在当代儿童文学写作中日益扩张的一类典型童年观,在《沐阳上学记·我就是喜欢唱反调》一书的题名里得到了生动的表达。在洋溢着自我意识的欢乐语调里,是一种对于童年无拘无束、张扬自主的精神风貌与力量的认识、肯定、尊重乃至颂扬。在更广泛和深入的层面上,它体现了对于童年自我生命力、意志力、行动力、掌控力的空前突出与强调。

在这一童年观下,一种充满动感和力量的童年形象在当代儿童文学的写作中得到了鲜明的关注和有力的塑造。它不仅体现在孩子身上旺盛游戏精力的挥霍与发散,更进一步体现在这些孩子凭借上述力量去接纳、理解、介入和改变现实的能力。这些年来，当代儿童文学对童年时代的游戏冲动和狂欢本能给予了最大的理解与包容，尽管这一冲动和本能的文学演绎其实良莠杂陈，我们仍然相信，一种久被压抑、忽视的重要童年气质和精神正孕育其中。

透过《大熊的女儿》等作品，我们看到了它在如何促生一种真正体现当代童年独特力量和精神品格的艺术可能。在现实的困境面前，孩子不再是天生的弱者，表面上的自我中心和没心没肺，在生活的煅烧下显露出它的纯净本质，那是一种勇往直前的主体意识与深入天性的乐观精神。这样的童年永不会被生活的战争轻易压垮，相反，它的单纯的坚持和欢乐的信仰，或将带我们穿越现实的迷雾，寻回灵魂的故乡，就像小说中老豆和她的伙伴们所做到的那样。

一旦我们意识到童年身上这种新的精神光芒，一切与童年有关的物象在它的照耀下，也开始拥有新的光彩。包括如何看待、认识、理解历史上的童年。近年儿童文学创作的主要潮流之一，便是朝向历史童年的重新发掘和讲述。与过去的同类写作相比，这类探索一方面致力于从历史生活的重负下恢复童年生活固有的清纯面目，另一方面则试图在自为一体的童年视角下，恢复历史生活的另一番真实表情。本届参评和获奖作品中，出现了一批高文学质量的历史童年题材作品。

张之路的《吉祥时光》，在历史的大脉动下准确地把握住了一个孩子真切的生活体验和思想情感，也在童年的小目光里生动地探摸到了一段历史演进的细微脉搏，那运行于宏大历史之下的日常生活的温度、凡俗人情的温暖，赋予过往时间以鲜活、柔软的气息。黄蓓佳的《童眸》，亦是以孩童之眼观看世态人生，艰难时世之下，童年如何以自己的方式维护大人眼中微不足道的小小尊严，如何以弱小的身心担起令成人都不堪疲累的生活负担，更进一步，如何在贫苦的辛酸中，仍能以童年强旺的生命力和乐观的本能点亮黯淡生活的光彩。

或许可以说，在当代儿童文学史上，童年的个体性、日常性从未得到过如此重大的关注。但与此同时，这个自我化、日常化的童年如何与更广大的社会生活发生关联，亦即如何重建童年与大时代、大历史之间的深刻关系，则是这类写作需要进一步思考、探索的话题。在另一些并非以个人童年记忆为书写模本、而包含明确历史叙说意图的作品中，有时候，我们能看出作家在处理宏大历史叙事与童年日常叙事之间关系时的某种矛盾和摇摆。

史雷的《将军胡同》，从童年视角出发，展开关于抗战年代老北京日常生活的叙说，尽显京味生活和语言的迷人气韵。小说中，一个普通孩子的日常世界既天然地游移于特定时代的宏大时间和话语之外，又无时不受到后者潜在而重大的重构，两者之间的经纬交错，充满了把握和表现的难度。殷健灵的《野芒坡》，在对 20 世纪初中国现代化进程影响深远的传教士文化背景上叙写一种童年的生活、情感、命运和奋斗，文化的大河振荡于下，童年的小船漂行于上，大与小、重与轻的碰撞相融，同样是对文学智慧的极大考验。在这方面，可以说以上两部作品都贡献了珍贵的文学经验。

事实上，不论在历史还是当下现实的书写中，如何使小个体与大社会、小童年与大历史的关系得到更丰富多层、浑然一体的表现，仍是一个有待于探索的艺术难题。在充分认可、张扬最个体化、具体化的童年生命力量与生活精神的同时，发现童年与这个时代的精神、气象、命运之间的深刻关联，书写童年与这片土地的过去、当下、未来之间的血脉渊源,应是当代儿童文学不应忘却的一种宏大与深广。

探索儿童文学的新美学

在新经验、新手法的持续探索中,一种儿童文学的新美学可能正在得到孕育。艺术上的求新出奇远非这一美学追求的终点;在新鲜的经验和艺术技法背后,是关于当代童年和儿童文学艺术本质的更深追问与思考。

从童年现实的拓展到童年观念的革新,本届评奖意在肯定和强调的一个重要方面,是以儿童文学艺术的阔大、丰富、厚重和深邃,抵抗商业时代童年文学经验的某种模式化、平庸化进程。这也许是一个仅凭某些畅销作品经验的快速复制便能赢得市场的时代,但没有一位真正意义上的优秀作家会满足于这样的复写,他们会选择始终走在寻找新的经验及其表达方式的路上。

张炜的《寻找鱼王》,提起的是儿童文学史上并不新奇的童年历险题材,写出的却是一则新意盎然的少年启悟小说。这新意既是故事和情节层面的,也是思想和意境层面的。少年时代的扩张意志与东方文化的自然情怀,糅合成为中国式的寻找和成长的传奇。彭学军的《浮桥边的汤木》,对于尝试向孩子谈论生命与死亡的沉重话题的儿童文学写作来说,是一个富于启发的标本。作家让一个孩子在生活的误解里独自与死亡的恐惧相面对,它所掀起的内宇宙的巨大风暴,将童年生命内部的某种大景观生动地托举出来。小说的故事其实是一幕童年生活的日常喜剧,却被拿来做足了庄重沉思的文章,两相对衬之下,既遵从了童年生活真实的微小形态,又写出了这种微小生活的独特重量。

《水妖喀喀莎》(汤汤)、《一千朵跳跃的花蕾》(周静)、《小女孩的名字》(吕丽娜)、《云狐和她的村庄》(翌平)、《魔法星星海》(萧袤)等作品,在看似几乎被开采殆尽的童话幻想世界里另辟蹊径,寻求艺术的突破。《水妖喀喀莎》见证了汤汤才情横溢的精灵式幻想终于降落在了她的长篇童话中,《一千朵跳跃的花蕾》则向我们展示了一个年轻、丰饶、充满创造力的幻想灵魂。对于幼儿文学这个极具难度、却也极易在艺术上遭到轻视简化的子文类来说,儿歌集《蒲公英嫁女儿》(李少白)、幼儿故事《其实我是一条鱼》(孙玉虎)等作品,代表了与这类写作中普遍存在的艺术矮化和幼稚化现象相对抗的文学实践。童诗集《梦的门》(王立春)、《打瞌睡的小孩》(巩孺萍),在儿童诗的观念、情感、语言、意象等方面,也有令人耳目一新的创造。

在新经验、新手法的持续探索中,一种儿童文学的新美学可能正在得到孕育。艺术上的求新出奇远非这一美学追求的终点;在新鲜的经验和艺术技法背后,是关于当代童年和儿童文学艺术本质的更深追问与思考。以本届评奖为契机,当代儿童文学或许应该重新思考一个意义重大的老问题:在艺术层面的开放探索和多元发展背景上,儿童文学最具独特性、本体性的艺术形态和审美精神,究竟体现在哪里? 或者说,儿童文学作为一种特殊的文学样式,由何处体现出它既有别于一般文学、又不低于普遍文学的艺术价值?

上述追问伴随着儿童文学的发展史而来,在持续的探询和争论中,我们也在不断走进儿童文学艺术秘密的深处。长久以来,人们早已不满于把儿童文学视同幼稚文学的观念和实践,因此有了充满文学野心和追求的各种新尝试、新探索。但与此同时,仅以文学的一般手笔来做儿童文学,仅把儿童文学当作自己心中的一般"文学"来写,恐怕也会远离童年感觉、生活、语言等的独特审美本质和韵味。

一些儿童文学作品,有精雕细琢的故事,有鲜美光洁的语言,但从童年视角来看,其故事的过于斧凿和语言的过于"文艺",其实并非童年感觉和话语的普遍质地。如果说这样的"文学化"是儿童文学艺术从最初的稚气走向成熟必然要经历的阶段,那么当代儿童文学还需要从这个次成人文学阶段进一步越过去,寻找、塑造童年生活体验和生命感觉里那种独一无二的文学性。这样的写作充分尊重童年及其生活的复杂性,也不避讳生存之于童年的沉重感,但它们必定是童年特殊的感觉力、理解力、表达力之中的"复杂"和"沉重"。

那种经受得住最老到的阅读挑剔的"复杂"之中的单纯精神,"沉重"之下的欢乐意志,或许就是童年奉献给我们的文学和生活世界的珍贵礼物——它也应该是儿童文学奉献给孩子的生活理解和精神光芒。

(原载《文艺报》2017 年 9 月 21 日)

童年经验的治理:当成人文学作家走向儿童文学

侯 颖

近日,《光明日报》发文,"请成人文学的评论家参与到儿童文学当中来。从事儿童文学的人,如果有机会听听成人文学评论家的想法,或许也能从中受益"①。从评论的角度号召成人文学和儿童文学进行互动。从创作实践来看,成人文学作家早已向儿童文学迎面走来,集体亮相带有纪实性的丛书为《我们小时候》,包括王安忆《放大的时间》、苏童《自行车之歌》、迟子建《会唱歌的火炉》、张梅溪《林中小屋》、郁雨君《当时实在年纪小》、毕飞宇《苏北少年"堂吉诃德"》、阎连科《从田湖出发去找李白》、张炜《描花的日子》,其中张梅溪和郁雨君是儿童文学作家,其他六位均为中国成人文学当红作家,亦不乏国内外文学大奖的获得者。2014 年 6 月《人民文学》开辟儿童文学专号,刊载马原的中篇小说《湾格花原历险记》、张好好的长篇小说《布尔津光谱》等,虚构类的儿童小说还有张炜的《少年与海》、赵丽宏的《童年河》、虹影《奥当女孩》等,成人科幻文学作家刘慈欣的《三体》、王晋康的《古蜀》、胡冬林的《巨虫公园》成了儿童文学一道亮丽的风景。②一方面,这些作家在进入儿童文学之后,从思想价值、叙事技巧、审美趣味、语言风格等方面,呈现出与原有的成人文学作品迥异的创作气象;另一方面,"名家们跨界介入儿童文学写作,让儿童文学能够更充分地从当代文学的整体经验中汲取写作资源"③。儿童文学的活力和想象力,也激发着成熟的成人作家的好奇心和勇于突破自我的探索精神。他们积累的人生体验、故事话语、童年想象在表达时呈现出与儿童文学作家和而不同的创作倾向,形成一个摇曳多姿、令人回味的"准儿童文学"或"准成人文学"地带,在"像与不像""是与不是"的儿童文学之中,显示出文学整体的时代共性和个体作家无限的可能性,他们真诚而为的写作给中国儿童文学界不少启示。

一

20 世纪 80 年代的中国文学,"伤痕文学""问题小说""反思文学"中一部分以少年儿童为书写对象,卢新华的《伤痕》、宗璞的《弦上的梦》、刘心武的《班主任》、张洁的《从森林里来的孩子》、王蒙的《最宝贵的》等。张炜八九十年代的中篇小说《他的琴》《黄沙》《童眸》《海边的风》等基本上也以少年儿童为主人公,生命激情充沛,儿童的求知欲和探险精神强烈。迟子建文学天空中,童年是与自然和生命并置的一个重要主题,如她的《雾月牛栏》《北极村童话》等,围绕着童年、童心、童情、童眼,甚至用童语来构筑她文学世界的底色。无一例外地,这些作家在中国被禁锢的时代中成长着自然的生命,但是,他们步入文坛时恰逢 80 年代思想解放和追求自由的个性时代,那个时代人们对文学的敬畏和对自我的认同是与责任、使命、理想、民族甚至与人类的命运息息相关,不会小姿小态地迈入文学的殿堂,他们的文学使命与苏醒的人一起被"大写",这一次成人文学作家集体向童年出发,应该是文坛重返 80 年代文学呼声的实践和创作的不自觉,亦可以视为成人文

学主流下的一条波涛汹涌的暗河。王安忆理性深邃个人心灵史诗的记录，苏童悠远缠绵的情感透视，迟子建温暖抒情的自然絮语，毕飞宇带有鬼才般的另类人生把脉，阎连科在神奇与平常中发现人性的荒谬，张炜在历史传说与现实生活之中的志怪传奇，虹影文学书写的自足与诗意，赵丽宏散文的清丽优美等，均构成了当代文坛个性鲜明的文学博物馆，在这次集体重返童年的书写中，读者诸君亦能清晰地辨识出他们文学的故事品质、地缘文化、时代精神、语言风味，甚至情感的俗世与繁华。

童年经验无疑成为这一代作家书写的逻辑支点，即使是非虚构的"宣称"，人们还是从作家讲述的选点中看出了明显的审美取向。王安忆可谓写流言的圣手，她在《长恨歌》中看到了流言与鸽子之间的精神血脉，发现了流言与心灵之间的博弈是复杂而多变的，鸽子飞翔需要天空，流言成长需要胡同中的人们。在儿童中，流言一样生命力茁壮，作家意味深长地告诉你儿童之间的流言是不可靠的，却能够衰而不亡，即使成年之后，还在蛊惑着人心，上海狭窄逼仄的胡同里流言就从儿童中间起飞。苏童的香椿树街少年成长小说，始于20世纪80年代的《桑园留念》，这些故事大都发生时代背景为60年代末70年代初，与苏童的童年记忆和少年的生命体验有一种暗合。苏童近三十年的少年成长小说的写作，"见证了一个作家从先锋到民间，从逃离到回归，从人性恶到人性善，从晦暗到澄明的写作变迁"。⑤作家的心路走了一条与作品中的人物成长相反相承的路，可以看出苏童从"为赋新词强说愁"的青年作家走到"知天命"的中年作家人生观的演化过程，与荒唐残酷的现实相比，童年应是人生的一个避难所，重返这个诗意朦胧的避难所，苏童反问"童稚回忆是否总有一圈虚假的美好的光环？"⑤他遇见了在游泳池中程式化标准化游泳的"我"，童年是那么乏味和不快乐，倒是一家三口的狗刨使泳池中激荡着快乐的音符；群众点心店的小伙子与胖女人的风化案子在街上流传；在幸福就是红烧肉的年代，肉铺店操刀卖肉的中年妇女就是一个"权力与智谋兼备的人"——与煤球店的女人互通有无，损公肥私；一群少年对一个骑自行车姿势不雅的人齐声大骂："乌龟，乌龟。"骑车人想追打少年又怕自行车丢失，只能忍受无端的侮辱，苏童永远记住那个可怜人的眼神；孤身一人挎着篮子在余晖的街道上行走的女裁缝，竟是一个尼姑，当家人用黄鱼车把她载向火车站，"我"永远忘不了她愤恨的眼神。苏童的童年从来没有离开民间和社会这所大学校，一个人的童年经验带有鲜明的终身性，"童年持续于人的一生。童年的回归使成年生活的广阔区域呈现出蓬勃的生机"⑥。

童年经验在作家那里，成为他们创作的永远挖不尽的矿藏，坚硬的童年情结有的成为作家一生绕不开的话题，面对童年经验，童年的"我"、叙述人的"我"、故事中的"我"这三重叠加的视角和话语，构成了童年经验文学艺术空间的丰富多彩，同时也在这个空间内，童年经验经过不同作家的"翻炒"和治理，呈现了迥异的创作风貌。成人文学作家余华对自己的童年经验可谓"执迷不悟"，"童年生活对一个人来说是一个根本性的选择，没有第二或第三种选择的可能。因为一个人的童年，给你带来了一种什么样的东西，是一个人和这个世界的一生的关系的基础——我们对世界的最初的认识都是来自童年，而我们今后对世界的感受，对世界的想象力，无非是像电脑中的软件升级一样，其基础是不会变的——一个人的一生都跟着他的童年走。他后来的所有一切都只是为了补充童年，或者说是补充他的生命"。⑦余华的小说中的暴力和血腥来源于他童年生活造成的创伤性记忆，他的家在医院附近，看到了太平间太多的死亡。世界儿童文学大师林格伦的创作却是为心灵深处那个永远长不大的孩子——一个原生态的小女孩，她的创作动力来源于她要满足童年期自我的阅读愿望，她的每一部作品都帮助儿童满足一次心底的愿望，以及激发儿童更加善良和美好的情愫。童年是作家可以随性自由往来的精神原乡，在成人文学可能是血腥暴力和黑暗，在儿童文学可能是取之不尽用之不竭的"真""纯""美""乐"。儿童文学中有生就的天才型作家，有后天努力形成的勤奋型作家，他们的内在性格和精神气质也有一定的区别，有时他们仿佛行走在永远不能相遇的两个平面上。

二

　　这一批作家的童年，大多生活在"文化大革命"的社会动荡和物资极度匮乏的时代，却没有妨碍他们对童年快乐的回忆和品味。有那么一片属于自我的天空，这天空里虽有乌云翻滚，但童年澄明的眼睛还是发现了世界的霞光，不耀眼，或明或暗，却依然闪烁着温暖。农村儿童毕飞宇可谓广阔天地大有作为，童年生活丰富得如一座工程浩大的百科全书，吃喝拉撒生老病死无所不包。自然界长养了他的肉体，更滋润着他自由自在的心灵。"红蜻蜓真的是红色的"，当这些精灵在孩子们的头顶飞过时，"它们密密麻麻，闪闪发光，乱作一团。可是，它们自己却不乱，我从来没有见过两只蜻蜓相撞的场景"。⑧谁见过呢？这是孩子的天问，这是儿童心理的真实表达。更神奇的是，谁看过桑树会议呢？毕飞宇是参会者或者是会议主持人，他对会议现场有清晰的记忆，你看那会议的规格，在桑树上，"一到庄严的时刻"，也就是村里的孩子商量到哪里偷桃，到哪里偷瓜，这些会议带有一定的"秘密"性质。"我们就会依次爬到桑树上去，各自找到自己的枝头，一边颠，一边晃，一边说。"何等逍遥自在，"我们在桑树上开过许许多多的会议，但是，没有一次会议出现过安全问题。我们在树上的时间太长了，我们拥有了本能，树枝的弹性是怎样的，多大的弹性可以匹配我们的体重，我们有数得很，从来都不会出错。你见过摔死的猴子没有？没有"。⑨树不只是孩子的玩具，简直成了孩子身体的一部分，在孩子与树之间建立了怎样的身体的、物质的、情感的、精神的关系呀。这个精彩的细节，我们在世界著名的儿童小说黑柳彻子《窗边的小豆豆》里似曾相识，巴学园的孩子每人有一棵属于自己的树，下课时或者是体育课可以爬上去，与毕飞宇的桑树会议比起来，可以说小巫见大巫了。我们在惊叹当下孩子物质生活的丰富，学校现代化装备齐全，孩子拥有海量电脑信息，课后补习班辅导班林林总总，与那个时代童年的自由自在相比，现在的都市儿童仿佛生活在"囚笼"里，缺少身体生活。孩子正是通过他们的身体体验来认识世界和人生，没有与自然相拥抱的童年是何等匮乏和苍白。在《猪的死亡》中，毕飞宇说："我最早的关于死亡的认识都是从家畜那里开始的，无论是杀猪还是宰羊，这些都是大事"，"和天性里对死亡的恐惧比较起来，天性里的好奇更强势。这就是孩子总要比大人更加残忍的缘故"。⑩毕飞宇把杀猪过程娓娓道来，从猪出生到变成猪肉的过程，完成了一个生命的过程，作者深有感触："因为我们人类，猪从来就没有在这个世界上生活过，它的一生是梦幻的。它的死支离破碎。"⑪在看似轻描淡写风趣幽默的叙事中，生物种群之间的关系，生命的价值、生命的意义和生命的本质早已力透纸背了，使读者的心灵有了大震撼。

　　阎连科在接受《天天新报》记者采访时说："童年，其实是作家最珍贵的文学的记忆库藏。可对我这一代人来说，最深刻的记忆就是童年的饥饿。从有记忆开始，我就一直拉着母亲的手，拉着母亲的衣襟，向母亲要吃的东西。贫穷与饥饿，占据了我童年记忆库藏的重要位置。"⑫考虑到儿童读者，阎连科的《从田湖出发去找李白》一书中关于饥饿着笔并不是很多，贫困中的诗意篇章倒是比比皆是，对人性的淳朴善良、对儿童的天真和梦

想、对一段少男少女的朦胧恋情，充满尊重，饱含深情。一个又一个平凡的生活细节被作者讲得花团锦簇，城里来的女孩见娜随父母建设大桥到"我"家，对一个农村少年来说，"发生得惊天动地，突如其来，宛若刚刚一片阴云中，猛烈静静地云开日出，有一道彩虹悄然地架在我头上，拱形在了我家院落里，一下把这个农家小院照得通体透亮，五光十色，连往日地上墙角的尘埃都变得璀璨光明了"。⑬使小连科的内心世界产生了巨大的变化，两个人之间产生了如诗如画般纯真美丽的情感，后来，见娜随父母不辞而别回到了城里，在贫乏单调农村少年生活中如天使"快闪"，却给阎连科的精神和情感打下了深刻的烙印，丝毫不亚于《少年维特之烦恼》中纯真美好的情感，经过这样的情感历程，"我"长大了，亦激发了走出乡村到大城市去寻梦的美好愿望。那虽是一个物质生活极为匮乏的时代，但没有因为这种匮乏影响情感生活的丰富和人性的美好。寂寞里有喧嚣，荒诞中不乏暖情，他文学后面的童年背景，无疑成为阎连科小说神秘色彩后面永远的情感原乡。把一个个细小如沙的日常生活事件打磨得如金子般闪闪发光的故事，这也许会给一些胡编乱造的儿童文学作家敲起警钟。

《十月》杂志副主编、作家宁肯发现当前的成人文学和儿童文学创作是脱节的：儿童文学基本上有非常确定的主题，真善美、友谊、道歉，等等；成人文学，尤其到了现代主义文学之后，作家惯于写人性的丑恶，写人的精神分裂和变形，惯于解构传统价值。'作为一名成人文学作家，我总是把真实放在第一位，而真实里面有很多不确定的东西，丑恶与美好是夹杂在一起的。当我读到儿童文学作品的时候才突然意识到，我一直是沿着与儿童文学相反的另外一条路在走，这是我应该反思的。'"⑭童年经验无疑会架起儿童文学与成人文学的彩虹桥，孩童的天性是游戏，游戏的自由和自由的游戏为孩童健全的童年生活插上了一对翅膀，这对翅膀把孩童从自然人的世界带到审美人的天空飞翔。游戏的人和自由的人才可能是审美的人。世界上没有绝对的黑与白、对与错、真与假、善与恶，难道成人文学中的以丑恶为"真"的美学原则不值得思考吗？

三

儿童文学通常包括两种写作倾向：一种是童年经验型，如林海音的《城南旧事》，通过小英子的眼睛来看这个令孩童好奇而神秘的世界。既表达作家自我的人生观和价值取向，又把儿童的心理和情趣放置其中，把童年经验和成人感受进行有效而完美的融合，这种童心主义的文学被大人和儿童所共享，如李白《古朗月行》有云："小时不识月，呼作白玉盘。又疑瑶台镜，飞在青云端。"童心、童趣、童情演绎得浪漫、唯美而多情。另一种被称为"儿童本位"的儿童文学，创作者完全潜入孩子的世界中，以孩子兴趣、愿望、感受为主体，他们从生命之中升腾出一种强烈的力量，推动着故事向前发展，作家信任自己笔下的孩子并忠实地记录他们的成长，可谓纯粹的儿童文学，在儿童文学界被称为"无意思而有意味"的儿童文学，那意思不是成人作家添加在作品里的"意思"，而是童年天空的星星在闪烁。这是两种不同的儿童文学创作管道，童年经验型的儿童文学是人生的既定性加上回忆的浪漫性，故事的结局已经大白于天下。儿童本位的儿童文学如儿童的生命状态一样，具有无限的可能性，如梦幻般的色彩斑斓。

童心是可以溜在时局之外，即便灾难深重的时代，在复杂的时局中，只要有孩子出现，这世界就与众不同，如王尔德的《巨人花园》一样，有孩子有春天，无孩子无春天。成人文学作家在进入儿童文学之后，他们无论是表现自我还是书写世界，都表现得过于成熟老到，阅读时没有一丝跌跌撞撞的意外在场，倒是让人心生几分"不满"，大多数读者是怀有小坏的顽童，希望看出点破绽，儿童文学中的童年书写需要意想不到的效果。增添一些喜剧和闹剧的气氛。儿童文学毕竟是快乐的文学，而这些成人文学作家过度的矜持严肃和责任意识，把自己的童年生活讲述与读者"隔膜"起来。倒是王安忆《放大的时间》里的一个小故事，深得儿童文学之味，写她小时候，在一个招待所里与父母朋友家的小男孩一起玩牌，因为自己要输掉了，把珍稀的全套的牌撕坏了几张，撕完之后自觉理亏，便大哭大闹，一直闹到大人孩子不得安生，自己睡去，大人无法责怪惩罚自己，这种无理取闹的孩童把戏，读了之后让人觉得有力道，那是一种真实的儿童生命状态。在这一批成人文学作家的笔下，儿童都有些太过"懂事"，大都为长大了成熟了的儿童，为儿童的完成时态，而不是正在进行时态。顽童成长的母题是儿童文学的一种力量，也是一个重要的美学纬度。张炜的儿童小说《少年与海》，写了一群行动中不满现状的少年，他们在"听说"妖怪的故事中成长，又不满于"听说"，他们是怀着巨大的好奇心和行动力的群体，在探索的过程中勘破了成人的一个又一个的秘密，在成人的"情""性"被看见之后的喜悦与恐惧中成长起来。看林人"见风倒"是一个弱不禁风带有女性气质的男人，在偷偷地爱恋一个小妖怪——长着翅膀像兽像鸟又像人的小爱物，三个少年在猎人的帮助下捕捉到小爱物，小爱物遭受了令人难以想象的折磨，"见风倒"的精神和情感世界也行将坍塌，三个少年不忍心看到这种惨状，偷偷地放走了小爱物，看林人和小爱物再续前缘。在这个看似极为荒诞传奇的故事后面，是少年无意作恶→内心迷茫→良心受谴→忏悔自责→积极行动→精神释然的心路成长和精神救赎之旅。《少年与海》在结构上比较散淡。由不相联系的五个故事构成，只是故事的经历人——三个少年，"我"、虎头和小双没有变化，在每一篇故事里他们都是故事的倾听者和探秘者，并不主导故事。与张炜的成人小说结构故事的方式有一定的相似性，有许多情节在他的中篇小说中也反复出现，正如宇文所安所说："作家们复现他们自己。他们在心里反复进行同样的运动，一遍又一遍地讲述同样的故事。他们用于掩饰他们的复现，使其有所变化的智巧，使我们了解到他们是多么强烈地渴望能够摆脱重复，能过找到某种完整地结束这个故事、得到某些新东西的途径。然而，一旦我们在新故事的表面之下发现老故事又出现了的时候，我们就认识到，这里有某种他们无法舍弃的东西，某个他们既不能理解也不能忘却的问题。"可以看出，作家真正的对手永远是他自己，而不是他者，"看一个作家是否伟大，在某种程度上要以这样的对抗力来衡量，这种对抗就是上面所说的那种想要逃脱以得到某种新东西的抗争，同那种死死缠住作家不放、想要复现的冲动之间的对抗"⑧。民间故事和传奇色彩也许是他童年精神文化生活的主要形态，在儿童文学创作中，无疑也成为张炜复现的核心意象。

经营散文的作家赵丽宏一迈入儿童文学领地，仿佛就找到了"儿童本位"的入口，显示了儿童文学的创作天赋，作品的主人公均为第三人称，儿童主体性建立起来。他的《童年河》是一部感人至深唯美浪漫的儿童小说，亲情的至善、友情的纯真、人与人之间的无私互助，在上海 20 世纪六七十年代的小胡同里，像一朵朵纯洁美丽的莲花，在苏州河上绽放。作家亦不回避时代和社会的黑暗和复杂，突如其来的社会风暴把许多人的童年生活拦腰斩断。因带有鲜明的自传性质，这部小说鲜明的写实性和细节的可感性，成人经验和儿童生命体验融合反应后的升华，使《童年河》结晶成"质地纯正"的儿童小说。虹影的《奥当女孩》显出了自觉的文体意识和高超的叙事技巧，把现实中的少年桑桑与梦想中的奥当兵营中女孩的友谊，亦真亦幻、亦实亦虚地刻画出来，儿童的梦想成为每一个人存在的理由，也可以作为一部可以疗伤的心理小说。但是，与陈丹燕的幻想小说《我的妈妈是精灵》并置阅读，这部小说对儿童生命和生存困境的把握还显得不太准确有力，尤其在幻想的独特性和内容的丰富性方面还差强人意。

四

成人文学作家基本上形成了自己的创作个性和风格，当转入一种新的创作环境下，他们会在文本中表现出矛盾对立的心态。一方面保持自己已经形成风格的前提下渴望创新和突破，另一方面，这种确定性又阻断了多种神性和可能性，在儿童文学的空间内，把"儿童文学"作为一个过程和一种方法，还是作为本质的独立的儿童文学，对作家新的艺术作品的生成，会产生一定的影响。

童年经验经过"儿童文学化"的治理，至少要思考以下几种关系。首先，个人童年经验与整个人类童年愿望之间要保持一种良性互动，在互动中把自我经验的独特性和人类理想的普遍性相结合。安徒生《海的女儿》的个人愿望是人鱼公主对爱情的追求，人类普遍的理想是，人类不仅有高贵的灵魂，还有为了追求高贵的灵魂而牺牲个体生命的大无畏的勇气，这种深刻的思想和情怀是人类精神的本质力量，也是童话故事成长的内在生命动力。其次，在童年经验与儿童生活现状之间建立一种内在的关联性，将作家的自我童年经验与当下儿童生活的困境互动，避免成人作家"童年经验的自说自话"，甚至"独语"的文学，没有阅读对象"儿童"的文学，在以"儿童"为主体的儿童文学世界中难以容身。曹文轩的《草房子》虽写了 20 世纪六七十年代中国江南乡村儿童的生活，所指涉的却是儿童生存面对的永恒问题：疾病、苦难、隔膜、孤独、歧视、关爱，等等。回忆性的童年经验写作，会给人们情感的积淀带到一个遥远的时空，带有诗与梦的色彩，同时也坚守了古典的浪漫。亲情、友情、爱情等可以不变，但是，表达对当下儿童成长的深切关怀时，如若与当下儿童生命主体和日常生活产生断裂，形成儿童文学中的悬置和虚化，也是一种巨大的危机。儿童文学作为一种独立的文学存在，与主流文学实际上有一种内部勾连，作为正能量的审美价值往往是孩子成长的一种力量，"在当前'全球化'和文化多元的语境中，文化如果不能与经济生活、社会生活和日常生活的根本价值取向相结合，它就变成了一种毫无意义的抽象。离开'我们要做什么人'的问题，离开我们'如何为自己的文化做辩护，说明它存在的理由'的问题，文化就会沦为一种本质主义的神话，要么蜕变为一种唯名论的虚无"⑱。中国儿童文学对当下儿童生活现状的回避，也是不得不让人警醒的一种创作倾向。最后，成人作家的"童年经验"所暗含的"理性""启蒙"，要与儿童文学的"感受性""趣味性"和语言的独特性产生良性互动，用儿童文学理论家朱自强的话来说，"儿童文学作家应是儿童的同案犯"，共同面对人生和人性的大问题，一起在困境中成长，不能是高高在上的"教育者"。马克·吐温在《汤姆·索亚历险记》中，曾严厉谴责那些自以为是的大人，这些附在事情之上的道理，从某种程度上说，是观念的泛滥或成人保守僵化的表征，离"儿童本位"的感性的艺术的儿童文学大相径庭。

儿童文学的生命力，来自那种创造性的想象和妙趣横生的表达。儿童本位的儿童文学，是用梦的无限可能和快乐削弱着成人世界守成的价值观，是生命力和幻想力的爆发，演奏出的华美乐章将成为人类文明进步的一个又一个文化符码。为获得灵魂甘愿牺牲生命的丹麦"人鱼公主"，为挽救小猪威伯而牺牲性命的美国"蜘蛛夏洛"，在沙漠中出现并带着真善美感动世界的法国星王子，童心永驻的英国男孩彼得·潘等是世界文学一个又一个不灭的灯塔，面对这些，中国的成人文学界和儿童文学界亟须思考的是，我们中华文明为世界文学和文化贡献了什么样的儿童文学形象？儿童文学作家要带给人类怎样的"中国儿童"去感动世界？"一个作家不可避免地要表现他的生活经验和他对生活总的观念；可是要说他完全而详尽地表现了整个生活，甚至某一特定时代的整个生活，那显然是不真实的。"①这些作家童年经验书写的意义也就在于，对童年的注视，是一种人生态度，源于人们生命长河中沉淀的河床中金灿灿的金沙，作家可以不断打捞玩味自省。在对童年经验的想象与阐释中，这一批成熟成人文学作家书写童年的意义就在于，把五六十年代中国人的生活从一种社会的概念化的观念中还原为一个个鲜活的生命体验，避开了社会学意义上对童年苦境的定性，进而转换成一种审美的想象和诗意，凸显出童年生命的本质意义和多彩气象，真正的童年经验不是来自时代和社会给定的责任和义务，而是来自对生命本体的认知和超越自我的重新出发，把童年经验从个体的过往，上升到一种形而上的精神的情感的和美学的高度。

纵览中国现当代文学史，成人文学作家从来就没有远离过儿童文学，五四时期现代大作家中，鲁迅、周作人、叶圣陶、冰心等都有经典的儿童文学作品，新中国"十七年文学"中，也有一些游离于政治和主流意识形态之外的经典儿童文学作品，新时期文学的代表作刘心武的《班主任》，从思考儿童的命运开启了伤痕文学之后的反思文学。近二十年来，出现了儿童文学和成人文学所谓的"壁垒"，不只是也不可能是人为的壁垒，从某种程度上来说，这是文学发展到一定时期的必然结果，儿童文学读者对象的年龄跨度大，从零至三岁的婴幼儿到十五至十六岁的青少年，需要与他们年龄段相适应的文学作品，读者的需求也越来越精细。有像奶粉一样的婴幼儿文学，也有像牛奶和可乐一样的青少年文学，两者都很难互换。当下的成人作家集体向着儿童文学出发，是儿童文学的母集？并集？交集？子集？补集？最好不是空集。因作家的鲜明创作个性和多种复杂的因素使然，现在下结论还为时过早，还需假以时日。无论如何，这一次成人文学作家"以对逝去童年的诗性回望，把个体经验提炼为可与今天的孩子亲密交流的共同话语，为儿童文学提供了更多的艺术可能性"③。事实上，在世界文学经典的榜单上：安徒生《海的女儿》、王尔德《快乐王子》、圣埃克絮佩里《小王子》……永远是儿童文学和成人文学互动成长的硕果，你中有我，我中有你，经典的儿童文学应该是空气、水和阳光，成为不同年龄不同种族不同时代人类成长的生命元素，当下中国文坛亟须这样的文学：像空气、水和阳光一样，滋养人的一生。

[注释]

① 饶翔：《儿童文学与成人文学该如何互动？》《光明日报》2015 年 2 月 8 日。

② 刘慈欣的《三体》和胡冬林的《巨虫公园》获得了第九届"全国优秀儿童文学奖"，王晋康的《古蜀》获得了第一届"大白鲸世界杯幻想儿童文学特等奖"，在儿童文学界生了不小的震动。从某种程度上来说，儿童科幻文学是与儿童文学可以并肩而立的门类，与成人科幻沾亲带故，又不是成人科幻的亚种。它们有自己的一种存在方式，儿童科幻文学又不容易被儿童文学这个母亲所涵养，总是旁逸斜出，不同于一般意义上的儿童文学，笔者将另文展开这个话题。

③ 李东华：《2014 年儿童文学：瞩望高峰不断成长》，2015 年 1 月 9 日，见中国作家网 http://www.chinawriter.com.cn/ 2015/2015-2015-09/230393.html。

④ 吴雪丽：《从晦暗到澄明——论苏童的香椿树成长》《东方论坛》2009 年第 5 期，第 49 页。

⑤ 苏童：《自行车之歌》，明天出版社 2014 年版，第 6 页。

⑥ [法国]加斯东·巴什拉：《梦想的诗学》，生活·读书·新知三联书店 1996 年版，第 28 页。

⑦余华、洪治纲：《火焰的秘密心脏》，见洪治纲：《余华资料》，天津人民出版社2007年版，第3—6页。

⑧毕飞宇：《苏北少年堂吉诃德》，明天出版社2014年版，第109页。

⑨⑩⑪毕飞宇：《苏北少年堂吉诃德》，明天出版社2014年版，第86、122、128页。

⑫阎连科：《童年的最深记忆是饥饿》，《天天新报》2011月年4月7日。

⑬阎连科：《从田湖出发去找李白》，明天出版社2014年版，第56—57页。

⑭饶翔：《儿童文学与成人文学该如何互动？》，《光明日报》2015年2月8日。

⑮[美]宇文所安：《追忆——中国古典文学中的往事再现》，生活·读书·新知三联书店2007年版，第114页。

⑯张旭东：《全球化时代的文化认同：西方普遍主义话语的历史批判》，北京大学出版社2006年版，第2页。

⑰[美]勒内·韦勒克、奥斯汀·沃伦：《文学理论》，江苏教育出版社2005年版，第1页。

⑱李东华：《2014年儿童文学：瞩望高峰不断成长》，2015年1月9日，见中国作家网 http://www.chinawriter.com.cn/2015/2015-2015-09/230393.html。

（原载《当代作家评论》2015年第3期）

2015年中国童书出版状况探察

张国龙

据中国新闻出版网2015年3月发布的《2015年度全国图书选题分析报告：选题量五年来首降》显示，截至2015年1月31日，全国500多家出版社共报送图书选题229968种，比2014年同期少498种，同比下降0.2%。童书是出版社重点投入的板块，相关选题共计48588种，占总量的21.13%，同比减少8092种。教辅、低幼、儿童文学、科普分别占25.5%、13.1%、16.7%、11.6%。引进版图书占5.63%。童书销售量虽增长迅猛，但童书选题数量下降，表明童书出版从追求数量、品类转向提高质量、效益。纵观2015年年度童书出版，主要有以下几个亮点：抗战、科幻成为热门题材；科普童书日益升温；越来越多的成人文学名家尝试儿童文学创作；围绕名家进行品牌化、系列化营销；立体书、数字出版丰富了童书的表现样式；游戏、影视衍生书异军突起；原创绘本风生水起等。

一、抗战题材作品骤热

纪念中国人民抗日战争暨世界反法西斯战争胜利70周年，直接引发了抗战题材童书在2015年7—9月的出版高潮。抗战题材的儿童文学作品最早可追溯到《华家的儿子》《火线上的孩子们》（陈伯吹，1933），然而，自新时期以来儿童文学创作的重点逐渐转向校园生活和青春成长，抗战题材作品寥寥。既因作家的生活距离战争比较遥远，缺乏深切的战争体验，又因以儿童视角书写战争题材的难度让许多作家望而却步。进入21世纪，不少儿童文学作家书写历史和战争，原因有三：其一，在"红色经典"之后战争题材的儿童文学作品匮乏，此类作品可以帮助青少年审视战争。其二，抗日战争中中国人民众志成城抵抗外辱等民族精神是当代少年儿童成长的参照。因此，让孩子们"读到那个时代的价值，读到一种成长的责任"[1]是此类作品的书写意旨。其三，恰逢纪念中国人民抗日战争和世界反法西斯战争胜利70周年的契机，战争题材自然成为儿童文学出版领域的热点。主要作品有长篇小说《火印》（曹文轩，天天出版社）、《抗战难童流浪记》（刘兴诗，海燕出版社）和《沙家浜小英雄》（金曾豪，江苏教育出版社）等，"烽火燎原原创少年小说"系列8册（长江少年儿童出版社）和"抗日红色少年传奇"系列3册（安徽少年儿童出版社）等，以及《神圣抗战·纪念版》（中国少年儿童出版社）等，让孩子们对战争和革命先烈有了更多的了解。其中，《火印》尤为引人注目。《火印》讲述放羊娃"坡娃"和小马"雪儿"的传奇经历，展现了抗日战争波澜壮阔的历史画卷。该作品有如下特点：其一，崇尚反血腥叙事。如何让读者获得苦难的审美体验？如何避免战争的血腥污染稚嫩的心灵？曹文轩始终贯彻反血腥叙事原则，不随意渲染和丑化苦难，不血淋淋描写战争的残酷与悲苦，用文学的诗性弱化战争裹挟的浓郁的血腥气。其二，反思战争，关照人性。《火印》审视抗战，不夹带狭隘的民族情绪，而是纵深挖掘中日两国迥异的民族心理，试图救赎扭曲的人性。"我们该诅咒的是摧残人性的战争，而不是仅仅诅咒某几个人。"[2]这样

新中国儿童文学

的胸襟有助于儿童树立正确的战争观。其三，纯熟的艺术表现手法增添了儿童的阅读兴趣。双线架构的情节设置、鲜活丰满的人物塑造和丰富细腻的环境描写，无疑使原本略显枯燥的战争题材具有了色泽。

总之，当今的少年儿童虽身处信息发达的互联网时代，但70载时空终究阻隔了他们对于那段惨痛历史的了解。因此，以儿童文学的艺术形式促使少年儿童审视战争便尤为重要。值得注意的是，许多儿童文学作家囿于成长背景的差异，面临"隔"与"疏"的写作困境，严肃有余而生动不足，且有成人化倾向。如何跨越时代与历史的鸿沟，将战争元素与儿童趣味完美融合是儿童文学作家理应追求的艺术高标。

二、儿童科幻文学勃兴

进入21世纪，"龙族""哑舍"等玄幻类作品如日中天，科幻类作品退守边缘。近年来科幻文学重新回到大众视野，刘慈欣、王晋康、星河、韩松、陈楸帆、翌平等科幻作家颇受关注。"儿童科幻文学"渐露峥嵘，比如，《非法智慧》《小猪大侠莫跑跑》(张之路)强调科幻世界中的是非善恶，有助于儿童形成正确的科学观。曾获"全国优秀科普作品奖""中国畅销童书奖"的《校园三剑客》系列(杨鹏)以校园神秘事件为背景，以"校园三剑客"的探险为线索，既贴近少年儿童的生活，又将科幻元素融入跌宕的情节中。科幻军事小说《燃烧的星球》(中国少年儿童出版社，翌平)讲述未来地球少年制止了一场"地月大战"的故事，在大量的科技元素中展现了作者深厚的人文情怀。《未来拯救》(未来出版社，唐哲)洋溢着母子亲情，还观照医药垄断等现实问题。《十字》(重庆出版社，王晋康)、《替天行道》(时代文艺出版社，王晋康)等作品也颇具影响。

科幻文学为何能够在儿童文学领域逐步占有一席之地？首先，科幻文学与儿童文学之间有着姻亲关系。儿童文学可分为"儿童本位"与"非儿童本位"两类，前者专为儿童而写，后者虽不是为儿童而写，但具有吸引儿童的阅读元素。科幻文学因大多书写宇宙、未来等神秘题材而具有无以复加的想象力和神奇性，自然而然能够激发少年儿童的阅读兴趣。其次，成长于互联网时代的当下少年儿童，高科技渗透到他们日常生活的方方面面，科学技术已经成为他们不可忽视的成长滋养，他们的思维方式和价值观念自然不同于以往。第三，虚拟的网络构建了不同于真实世界的无限想象空间，极大地刺激了青少年对于超现实的"第二世界"的迷恋，从而使得科幻文学在童书市场获得了更为广阔的空间。

2015年8月《三体》获得雨果奖最佳长篇小说奖，无疑为儿童科幻文学注入了一剂强心剂。《三体》创作的立足点也许并非为少年儿童，但它在2013年就获得了第9届全国优秀儿童文学奖，即可证明颇受儿童青睐。《三体》的确具有吸引青少年读者的诸多亮点。首先，小说兼具宏大的场面和丰富的细节，极易触动青少年读者敏锐的感官和兴奋点。其次，超强的叙事能力和欲扬先抑、伏笔铺垫等叙述手法使得故事情节一波三折，不仅调动了小读者们的好奇心，还满足了他们爱探险、求刺激的阅读心理。第三，初高中生作为《三体》的核心读者群，已经具备相对独立的批判能力。作品对于世界格局的详细勾勒、对于人性的深刻剖析足以引发他们对于科技、宇宙和未来的思考。第四，采取游戏通关的故事形式，阅读如同打游戏，不卒读不罢休。《三体》引发了中国的科幻文学热潮，催生了一批儿童科幻作品。比如，《未来病史》(长江文艺出版社，陈楸帆)收录了16个题材迥异的短篇科幻故事，内容丰富，耐人寻味。《四级恐慌》(江苏文艺出版社，王晋康)、《时空平移》(江苏文艺出版社，王晋康)等作品也颇具影响。毫无疑问，科幻文学的逐渐升温丰富了童书市场的品类。但是,目前国内科幻文学整体上仍处于低迷状态,欲迎来真正的繁荣还有很长一段路要走。

<h2 style="text-align:center">三、科普童书日益升温</h2>

在童书出版领域少儿科普类图书相对弱势,作品多因编撰、拼贴而枯燥,无意中拒绝了读者的亲近。而且,编辑此类图书需要有深厚的相关知识储备,且殊为耗时费力。然而,少年儿童求知求新欲望强烈,少儿科普类图书无疑是他们获取知识的源泉。随着全面阅读理念深入人心,少儿科普阅读备受学校和家长关注。很多出版社看到了商机,纷纷抢占科普图书市场,纷纷推出了融知识性、游戏性和趣味性于一体的新品。例如,《我的野生动物朋友》(云南教育出版社)、"神奇校车"系列(贵州人民出版社)、"数学小子"系列(新蕾出版社)、《可怕的科学》(北京少年儿童出版社)和《万物简史》(接力出版社)等。这些图书逐渐成为童书畅销书榜的常客,与儿童文学和绘本类童书一争高下。③据中国出版传媒商报2015年4月发布的《商报·东方数据2015年3月图书榜单TOP50及出版社单品贡献率分析》显示,2015年少儿科普类图书风生水起。比如,《恐龙真相——解密古生物科普系列丛书》(航空工业出版社)高踞三甲。在《商报·东方数据2015年4月图书榜单及出版社单品贡献率分析》中少儿科普类图书更是密集登榜,包括"中国少年儿童科学阅读"系列7种(浙江少年儿童出版社)等。总体而言,2015年科普童书出版呈现以下特点:

其一,国内原创科普童书日益发展。"酷虫学校"系列(9册)(北方妇女儿童出版社)属中国原创昆虫科普故事书,由中国科学院昆虫专家刘晔特约审稿推荐,将昆虫们的个性巧妙纳入故事情景中,浑然天成,趣味盎然,已成知名科普品牌。"新小小牛顿"系列(浙江少年儿童出版社)为3~7岁的孩子量身打造,涉及"幼儿生活中的科学"、幼儿安全教育和性格培养等主题。新蕾出版社将2015年定位为"新蕾科学年",推出"果壳阅读·生活习惯简史"(第1辑)、"漫画万物起源"等科普系列童书,打造传统品牌,开发科学类新品。其二,引进版科普童书依旧火热。美国版《希利尔儿童世界地理》(东方出版社)全书261幅全彩原版插图和高清实物照片均配以专业的知识图解,堪称精品。法国版"拉鲁斯低幼小百科"系列共18册(安徽少年儿童出版社),涉及孩子感兴趣的18个主题,书中还有100多个动手小游戏,700余幅法式插画,2000多个认知事物,让孩子在情景中全面了解百科知识。英国版"孤独星球少儿版"系列之《你所不知道的世界》(海燕出版社)打破了传统地理读物规规矩矩、长篇大论的讲述模式,文章简短明了,在版式和编排上利用大切割和不规则的插入使得图书格外有生气。韩国版"我的第一本科学漫画书"系列新书《芬兰寻宝记》(二十一世纪出版社)则借助精彩有趣的故事引领孩子们穿越时空,环游世界,探寻珍贵的古代宝物,揭开历史的神秘面纱。法国版《我们,我们的历史》(光明日报出版社)和英国版《孩子提问题大师来回答2》(上海社会科学院出版社)被新京报评为童书版块的"2015年度好书"。此外,新蕾出版社引进了"发现更多"系列,海豚传媒引进了学前教育品牌"巴布工程师"系列等。其三,科普童书与高新科技结合,技术性、功能性增强。欲深入浅出讲述深奥的科技理论,必须借助各种先进科技手段让小读者们身临其境易于接受。近年来科普童书(尤其是引进版)大多改变纯粹纸质书籍的存在形式,将书本与高新科技结合。比如"新小小牛顿"系列(浙江少年儿童出版社)将平面图书与影音多媒体相结合,采取"五合一"的形式(即百科主题书+MP3语音课+DVD

影音课+智慧游戏本+亲子手册），开创了一套幼儿进行科普阅读和学习的有效模式。还有接力出版社出版的"香蕉火箭科学图画书"系列特别设置了"香蕉火箭AR"应用程序，利用3D动画让孩子们在玩耍中学习科学知识。

纵观2015年的科普童书，无论是以语言的诙谐吸引读者，还是以设计感夺人眼球，甚至凭借随书附带的体验工具赢得关注，都表明创作者和出版商们逐渐意识到科普童书除了给予儿童们认知功能，更重要的是告诉孩子们如何体验世界，激发孩子对于科学的好奇与热情。在此观念的影响下未来的科普童书将持续升温，并逐渐由知识灌输转向思维探究，从平面、呆板走向立体、生动，从辅导学习走向生命教育，从严肃向活泼转变。

四、成人文学名家创作儿童文学

纵览中国现当代文学史，成人文学作家从来没有远离过儿童文学。五四时期鲁迅、叶圣陶、周作人、冰心等创作了经典的儿童文学作品，"十七年文学"中一些儿童文学作品不受意识形态左右，新时期的"伤痕文学""反思文学"中仍有儿童文学的痕迹。近年来一些成人文学名家创作的儿童文学作品受到好评，比如《少年与海》（张炜）、《奥当女孩》（虹影）、《童年河》（赵丽宏）、《巨虫公园》（胡冬林）等。2015年马原和谷清平出版了儿童文学作品。童话《湾格花原》（马原）以马原特有的"叙事圈套"讲述一个名叫湾格花原的7岁男孩和"小风叔叔"在南糯山的经历。谷清平以往多书写情感类题材，而"汤小团"系列属历史题材儿童文学作品，讲述了主人公汤小团意外获得了进入书籍的能力，在书中开始了一次次关于历史的独特冒险之旅。

成人文学名家进行儿童文学创作无疑说明儿童文学正日益受到重视，并且，儿童文学在思想艺术上亟待注入新鲜血液。儿童文学界以开放的姿态吸引文学功力深厚的作家加入，有利于从当代文学中充分汲取写作资源，从而获得更大的艺术可能性。值得注意的是，不是所有的作家都能成为儿童文学作家，不是所有的成人文学名家都能写出高质量的儿童文学作品。儿童文学毕竟是一个具有自身特殊创作规律的门类，创作时既要考虑题材的局限和不同年龄读者的接受心理，又要揭示生命的真谛，可谓"戴着镣铐跳舞"。况且大多数成人在世俗的打磨中容易丧失宝贵的童心，难以把握少年儿童的阅读心理和审美需求。因此，出版社和读者不能盲目地认为成人文学大家一定能写出受小读者欢迎的儿童文学作品。而且，儿童文学在吸纳更多作家走进来的同时，也要学会"走出去"。很明显，中国3.67亿儿童形成的庞大童书市场对于任何一个儿童文学创作者来说都是难以抵制的诱惑，可观的发行量意味着似乎可以轻易得到市场回报，势必容易降低写作的深度，并以速度取代质量。然而，一个优秀的儿童文学创作者应该始终保持艺术的进取心，呼吁成人名家写童书正是源于对儿童文学品质的焦虑。真正优秀的儿童文学作品不是儿童生活的简单堆积，亦非对小读者的一味取悦，而应在看似清浅的文本中蕴藉深邃的人生哲理和坚执的生活态度。儿童文学创作者们只有跳出儿童文学自给自足的小圈子，拓宽艺术视野，提升创作修养和人文情怀，才能走得更远。归根结底，中国儿童文学最终需要的是能够把握儿童的成长心理和审美趣味、具有较高创作才能和艺术修养、能够抵抗利润诱惑和浮躁心态的作家，否则，无论有多少成人名家转向童书写作对儿童文学品质的提升都无关痛痒。

五、"系列化"现象引发关注

"系列化"向来是儿童文学创作、出版、推广的普遍现象,也是近年来童书市场行之有效的营销模式。"淘气包马小跳"系列和"笑猫日记"系列(杨红樱)、"阳光姐姐小书房"系列(伍美珍)、"丁丁当当"系列(曹文轩)等均是知名畅销系列品牌。2015年这些品牌依旧占据着畅销榜单,同时"优活女孩心灵美读"系列(中国少年儿童出版社)、"作家小书房"系列(作家出版社)、"花季雨季"系列丛书(海天出版社)等也在童书市场占有一席之地。儿童文学作品系列化有存在的合理性与必然性。第一,从文学创作来看,系列化产品是展现作家创作深度和广度的有利平台,可以让作家充分挖掘创作潜能和作品价值。优秀的系列化作品通常是名家的代表作,比如"寄小读者"系列(冰心)、"马小跳"系列(杨红樱)、"纯美小说"系列(曹文轩)、"贾里贾梅"系列(秦文君)等。第二,从出版来看,打造"系列化"产品是出版社提升童书出版的专业水平,打造自身品牌优势,增强精品策划力、市场竞争力和行业影响力的有效手段。第三,从读者阅读的层面来看,成熟的系列化作品由于相对稳定的人物和主题而具有较好的故事连续性,适合儿童特定的阅读思维习惯。加上不少儿童对于某位作家或者某类作品有着长久的阅读期待,系列化作品可以满足他们的阅读偏好。无论是英美还是日本,但凡童书出版强国都拥有经典的儿童文学"系列化"作品,一流的儿童文学"系列化"作品是儿童文学产业繁荣的表现之一。进入21世纪中国儿童文学在探索自身道路的同时逐步迈向世界,优秀的系列化作品无疑可以推动中国儿童文学的国际化。

然而,"系列化"存在的合理性并不能掩盖"伪系列化"的诸多硬伤。"伪系列化"可分为两类:一类是创作方面的。要么将短篇撑成长篇,要么由于某作品市场反响良好,出版社鼓励作者再"创作",推出数本续篇,从而导致题材重复、情节相似、人物雷同和语言粗糙等。毕竟,一部作品是否优秀不在于篇幅长短,而在于是否能凭借丰富的文本内涵引发读者的想象与思考。另一类是出版方面的。出版社通过大量加图、留白的方式将一部长篇进行拆分,将单本硬撑成系列,或将原本不是系列化创作的作品按系列化模式出版,甚至将写给高年级甚至中学生的图书改为注音版。此外,出版社把已经出版的作品冠以不同的新系列名称进行反复组装,出现子系列与原著组装出版的"母子"系列(即"拼盘式组合系列"),甚至出现一部作品的N个版本的乱象。①这种"为系列化而系列化"的行为无疑造成出版资源浪费、原创影响力减弱、恶性无序竞争等问题,甚至倒逼作家进行系列化创作,成为阻碍中国儿童文学发展的一颗毒瘤。

"伪系列化"现象的出现是多种因素共同催生的恶果。出版商无疑应负主要责任。一旦出版社将追求市场利润作为首要目的,降低童书出版门槛,大量滥竽充数的系列化作品难免充斥市场。儿童文学作家也难免跟风,只注重作品数量,忽视作品质量。不够理想的版权环境和童书监督评价体系无形中助长了"伪系列化"这股不正之风。总之,刹住儿童文学"伪系列化"歪风,切实提高"系列化"作品的水准,不仅需要改善童书出版环境,建构良好的儿童文学监督评价体系,倡导儿童文学出版从数量到质量的战略转移,更需要作家和出版社将社会效益放在首位,提高儿童文学创作、出版的责任感和使命感。

六、童书表现形式多样化

随着出版装帧技术的进步、数字媒体的普及以及高新科技的发展,童书也在产品形态上发生了转变,由原本单一的纸质童书向全媒体、多元化方向发展,以更加丰富的品种和表现形式满足读者多方面的阅读需求。

首先,传统纸质图书立体化、游戏化和功能化。这在幼儿图书中表现得尤为突出。空间创意 4D 游戏书《洞》(接力出版社)可谓是代表。《洞》与传统书籍的不同之处在于书脊处有一个镂空的半圆,平摊开来就在书中间形成一个圆洞。孩子们可以发挥创造力,将各种材料以不同的花样放置在洞中,通过听觉、视觉、触觉进行神奇的 4D 体验,锻炼立体思维,提升空间认知能力。除此之外,还有文学类的儿童图书一改纸质书籍与平面插图相结合的传统方式,将立体设计引入书籍装帧更好地再现了故事场景。比如,《小王子》立体书中文版(陕西人民出版社)插入了 22 个立体页和 10 个立体翻页,并且采用了浮雕、转轮、拉拉页和翻翻页等多种纸艺,借用立体效果展现了充满想象力的故事情节。

其次,纸质图书与影音多媒体、网络数字技术相结合,形成有声书、电子书甚至配备专门的 APP。这种童书出版方式又可细分成两种类型:一是将童书与相对传统的影音多媒体(如 DVD、CD、MP3)相结合。比如,"新小小牛顿"系列(浙江少年儿童出版社)就加入了 MP3 语音课、DVD 科学影片等辅助材料,全方位培养孩子读、听、看、说、唱等多种能力。还有被打造成中英双语有声桥梁书的"棚车少年"系列(长江少年儿童出版社),每个故事都配有英文音频,将英语学习功能最大化。二是让互联网技术、新媒体参与到童书出版中来,打造数字化童书。这类图书可谓方兴未艾。绘本诗集《爱》(春风文艺出版社)就是一本加入新媒体 MPR(多媒体印刷读物)技术支持的高品质有声读物。APP 也成为童书数字化的一大推动因素。比如,北岛选编的《给孩子的诗》(中信出版社)与其同名 APP 相继面世,后者如同一本在不断更新扩充的电子书,对纸质书籍进行补充和延伸。还有中文类儿童诗歌 APP"竹堑风城童诗",将地方风土、人文历史和童诗巧妙结合,并根据诗歌内容设计互动游戏,让儿童自觉自愿参与到读诗活动中。至于融合了传统出版内容和新型技术的 4D 认知卡和可交互的 AR 动画,皆可视为童书数字化出版的一大佐证。

需要强调的是,所谓童书的数字化并非只是纸质书的电子版或纸质版框架下的配图说明,更重要的是在数字技术支持下进行再创作。同时,数字化童书固然会随着新媒体等技术的普及而逐渐发展,但并非所有的童书都适合数字化。比较而言,知识科普类、能力训练类和外语学习类童书更具成为数字化童书的潜力。此外,中国庞大的儿童数量、有待提高的家庭经济水平和纸质图书对于幼儿视力的保护等因素决定了纸质童书很难被取代。当然,在大数据时代多媒体阅读必将渗入日常生活,数字化童书将拥有广阔的市场。可以断言,纸质童书和数字童书将在共存中增长。

七、游戏、影视衍生书异军突起

在网络游戏和影视媒体盛行的今天,游戏和动漫影视衍生书以其独特的形式和不俗的市场效应日渐引起业内关注。这类图书通常根据游戏、动漫或影视改编而成,一般在游戏或者影视上市之后和读者见面,市场影响力与游戏普及程度或影视上映周期有关。

2015年根据同名游戏改编的"保卫萝卜"系列（中国少年儿童出版社）热卖。该系列作品由多名著名儿童文学作家创作，以游戏形象为主角，用趣味故事传递人生道理，充分调动儿童阅读兴趣。在《中国出版传媒商报》发布的2015年2月图书飙升榜中，该系列中的《嘿！我是瓶子炮》《萝卜萝卜我爱你》分列榜首和榜眼。同时，该系列的其他图书也多次入围飙升榜。而影视和动漫衍生书也受到小读者的欢迎。受同名大电影暑期档上映影响，"赛尔号大电影"系列（北方少年儿童出版社）也在8月份入围图书榜单。全真剧照版《超能陆战队终极电影故事》（人民邮电出版社）和影像青少版《狼图腾》（浙江摄影出版社）也借助电影热映，取得社会和经济效益双丰收。游戏和影视衍生书之所以热销，一方面，品牌已经成为图书畅销的基本因素。游戏和影视衍生书有庞大的受众群体和一定的品牌效应基础，以品牌为依托开发产品大大降低了图书出版的市场风险。另一方面，影视媒体、网络与图书相结合实现了营销模式的创新。除了在传统书店销售之外，这部分图书通过网络游戏、电影上映与读者进行线上线下互动，销售渠道更加广泛多样。不过，游戏和影视衍生书虽然热销，也存在局限性和潜在问题：不是所有的游戏或动漫、影视都能改编成图书，真正优秀的衍生书除了与游戏本身的受欢迎程度相关，还要求游戏或动漫中的人物、故事有充足的拓展空间；游戏、影视、动漫与出版分属不同产业层面，只有用成熟的构架体系将不同行业完美结合，衍生书才能进一步发展。总体而言，衍生书的出现无疑丰富了童书品种，也为童书市场的发展提供了新思路。但是，由游戏、动漫、影视改编的童书尚处于起步阶段，良莠不齐，盗版混杂，偏重娱乐化，同质化明显。

八、原创绘本（图画书）进一步发展

进入21世纪，中国童书出版日益崛起，绘本备受瞩目。以2014年为例，中国童书出版品种总量超过40000种，而绘本出版品种超过4000种，占整个童书出版的十分之一。其中，引进版2000多种，本土原创版2000多种。[⑤]2015年原创绘本出版更上层楼，聚焦中国文化题材是2015年原创绘本的一大亮点。涉及中国古典文化且具有中国传统艺术美感的绘本既为孩了们带来了审美体验，又成为他们了解中国传统文化、民俗节日和神话传说的重要载体。"国粹戏剧图画书"系列（新疆青少年出版社）于2014年11月上市，2015年重印，可谓传统文化题材绘本的代表。该系列由知名出版人海飞担任主编和文本编创，选定《窦娥冤》《盗御马》《西厢记》《桃花扇》等剧目作为主要内容，在图画装帧方面采用中国传统绘画形式，融合了散点透视、工笔人物等表现技法，还吸收了京剧脸谱、民间年画、壁画等艺术特色，并以古韵花纹贯穿全书。整个系列既具有古朴典雅的美感，又成功传递了原著精髓。该社还打造"'故事中国'图画书"系列和"'小时候'中国图画书"系列，前者以水墨画表现中国传统文化，后者凭借水粉和铅笔绘图体现老北京食俗文化和市井风貌。《妖怪山》（彭懿著、九儿画）则将中国神话传说中的妖怪形象与成长主题相结合，既展现了孩子内心成长之路，又在故事讲述和绘画风格方面体现了鲜明的民族特色。另外，《老糖夫妇去旅行》（中国少年儿童出版社）虽不是以中国传统文化为主题，却以中国人特有的思维方式和审美自觉勾勒了当代中国人的生活状态，亦批判人性的弱点。还有一些原创绘本与儿童教育相结合，比如北京师范大学出版社出版的"0~10岁关键期的关键阅读"系列作品，依托儿童发展心理学实现了文学和教育的有效互动。一些知名儿童文学作家与插画家联袂参与绘本创作，比如，"秦文君温暖绘本系列"（明天出版社）。曹文轩也意识到绘本对儿童成长的奠基作用，推出了"曹文轩纯美绘本"系列

（明天出版社）。"沈石溪动物绘本"（新蕾出版社）作为中国第一套动物绘本销量超过44万册，版权输往约旦。儿童文学名家涉猎绘本创作既反映了原创绘本的关注度上升，又提高了原创绘本的影响力。

凭借中西跨文化合作的形式创作的绘本也获得了成功。中国少年儿童出版社自2013年提出"好故事，一起讲"，邀请中国作家（或画家）和外国画家（或作家）联手创作绘本。该社出版的《比利的工厂》由比利时儿童文学作家瓦力·德·邓肯与中国画家徐开云共同打造，无论是构图上色还是人物造型都非常鲜活。快速翻动该书，原本静止的画面就会动起来，更加凸显图画的叙事性，一上市就广受好评。还有俄罗斯插画家安娜斯塔西亚与中国儿童文学作家薛涛合作的《河对岸》，亦受好评。

中国原创绘本在发掘中国特色、汲取国外先进理念的同时，"走出去"的步伐也逐渐加大。江苏少年儿童出版社的"东方宝宝原创绘本故事"婴幼儿图画书版权输出到越南和英国，"中华原创绘本大系"的版权销往英国，"子涵童书"版权输出至法国、越南。此外，《云朵一样的八哥》（接力出版社，郁蓉）《辫子》（天天出版社，黑眯）先后获得了布拉迪斯拉发插画双年展的金苹果奖。[①]中国原创图画书正逐渐摆脱"积贫积弱"的局面，呈破茧成蝶之势。

然而，本年度外来绘本依旧不容小觑。在《新京报》评选的"2015年度好书"中，10本童书共有6本是绘本。而在6本绘本中只有《会说话的手》《黑白村庄》属于原创，其余4本《雪晚林边歇马》《极地重生》《旅之绘本·中国篇》《地下水下》则属引进版。另外，获2015年"凯迪克绘本金奖"的美国作品《小白找朋友》（中信出版社）和日本绘本《朋友》（连环画出版社）等均属热销产品。国外绘本发展已逾百年，而中国绘本却刚刚起步，原创队伍不足，推广力度不够，经典品牌相对较少。所幸的是，原创绘本积极吸收外来经验、开发自身创作潜力，出现了诸如接力出版社、明天出版社、二十一世纪出版社等精心经营绘本的专业出版社，许多本土作家、画家也摸索出了自己的创作经验。"21世纪的第一个十年，以原创儿童文学的崛起为标志；21世纪的第二个十年，以原创图画书的崛起为标志。"[②]我们有理由相信，原创绘本会越来越好。

九、经典童书畅销不衰

近年来时常位列童书畅销书榜单前几十名的图书大多是系列图书和经典图书。本年度名家经典童书依然是童书畅销榜单的常客，尤以杨红樱、曹文轩、沈石溪、雷欧幻像等的作品为主。在《新京报·书评周刊》评选的童书榜单中，杨红樱的《笑猫日记：云朵上的学校》几乎次次上榜，并且排名相对靠前（两次位列榜首，三次位列第二名）。在《中国出版传媒商报》提供的《商报·东方数据2015年7月图书榜单及出版社单品贡献率分析》中，《笑猫日记：云朵上的学校》位列榜首，《笑猫日记：青蛙合唱团》紧随其后。杨红樱的另一代表作"淘气包马小跳"系列推出的新作《淘气包马小跳系列：白雪公主小剧团》（典藏版）位列2月畅销榜第六名。曹文轩的《草房子》《青铜葵花（新版）》在童书市场依旧反响良好，"曹文轩纯美小说"系列（江苏少年儿童出版社）仍旧畅销。另外，曹文轩的《根鸟》《野风车》《红瓦黑瓦》《山羊不吃天堂草》，以及"我的儿子皮卡"系列、"丁丁当当"系列跻身开卷少儿月度榜单前30名。"动物小说大王"沈石溪5月推出新作《吃狼奶的羊》（明天出版社），在8月份的图书榜单中位列第23位。其《狼王梦》《最后一头战象》虽不是2015年新作仍在畅销榜单上占有一席之地。雷欧幻像作为国内奇幻冒险小说新锐,一直以"怪物大师"和"查理九世"系列深受小读者喜爱。2015年雷欧幻像推出《怪物大师(13)——幻惑的荆棘王座》和《怪物大师(14)——邪恶暗影中的迷失者》,甫一上市就热销。"查理九世"系列在2015年保持热销。其中,《查理九世(24):末日浮空城》曾两次占据童书榜单第一名,三次位列第二名,一次位列第三名。《查理九世(23):香巴拉,世界的尽头》一次位列第二名。根据《中国出版传媒商报》提供的2015年4月图书榜单,雷欧幻像的作品更是占据了包括榜首书在内的半壁江山。此外,《婷婷的树》(金波)、《逃逃》(秦文君)、"阳光姐姐小书房"系列(伍美珍)、"熊小雄成长"系列(孙卫卫)等名家经典也引起业界关注。

总之,儿童文学名家凭借扎实的文字功底、相对成熟的创作技巧和别具一格的审美风格打造出经典品牌,吸引了相对稳定的读者群,具有相当的市场号召力。即使在品种日益多元化、新人辈出的童书市场依然保持着良好的销量,堪称童书出版和儿童文学发展不可忽视的中流砥柱。

回顾本年度的童书出版,无论是题材类型还是表现形式都取得了引人瞩目的发展。在题材类型上,除经典童书畅销不衰,抗战题材凭借纪念抗日战争暨国际反法西斯战争胜利70周年的契机炙手可热,科幻文学依靠《三体》获奖引发市场关注,科普童书突破自身调动读者兴趣,游戏、影视衍生书聚集人气占据畅销榜,原创绘本挖掘自身潜力、打造品牌价值。此外,财商类图书"柠檬水大战"系列和《青柠系列儿童金融知识读本》传达了财商理念,有助于培养孩子的理财意识,填补了多年来童书市场的空白。还有少年武侠小说、生存教育和亲子互动等图书也出现在童书市场,可能成为未来市场的新切口。在表现形式上,功能书、立体书花样翻新,数字化出版令人眼前一亮。成人作家进入儿童领域创作、童书"系列化"现象也引发人们思考。总的来说,中国童书出版虽然存在各种问题,但正在从数量、规模增长型向质量、效益增长型方向发展,并且日益国际化。我们笃信终有一天中国会由童书出版大国转变为童书出版强国。

[注释]

① 王泉根:《抗战题材少儿小说的历史担当与艺术追求》,《文艺报》2015年5月29日。
② 桂琳.访谈曹文轩:《用〈火印〉触及人性的底部》,《中华读书报》2015年6月10日。
③ 郑杨:《少儿科普再发力》,《中国出版传媒商报》2015年1月13日。
④ 韩进:《警惕儿童文学"系列化"两种倾向》,《文艺报》2015年6月19日。
⑤ 海飞:《图画书与中国印记——写在〈国粹戏剧图画书〉系列再版之际》,《中华读书报》2015年3月25日。
⑥ 海飞:《关于我国童书出版的3个预判》,《中华读书报》2015年11月11日。
⑦ 陈香.海飞:《让国粹走进孩子心里》,《中华读书报》2015年5月6日。

(原载《中国图书评论》2016年第2期)

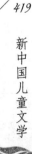

繁荣与可持续的动力

——2016 年儿童文学综述

王利娟

21 世纪的第一个十年，被称作中国儿童文学的"黄金十年"①，在此基础上，第二个十年的中国儿童文学各个方面依然保持强劲发展；2016 年春天，来自博洛尼亚有关曹文轩获国际安徒生奖的消息，犹如一颗能量巨大的种子，在中国儿童文学界引发了轰动效应。儿童文学受到了空前的关注，达到了一定程度上的繁荣，与之相关的诸多大事也将注定被载入史册。那么，21 世纪以来儿童文学所谓的"井喷式"②发展在今年主要表现在哪些方面？其背后有何动力，又面临何种阻力？不同主体如何趋利避害以助力中国儿童文学的持续发展，再上新台阶？这些都是值得探讨的话题。

本年度，中国儿童文学界最重要的大事无疑是曹文轩摘取世界儿童文学的最高奖——国际安徒生奖，这是对曹文轩四十多年来高质量、高产量的儿童文学创作成果的肯定，也是对曹文轩所坚持的儿童文学理念的肯定：例如，"儿童文学应该为人类提供良好的人性基础""美的力量大于思想的力量""儿童文学必须是文学"等。在当代文坛，这些看似不言自明的理念曾经是曲高和寡的。而国际安徒生奖的颁布，在一定程度上扭转了国人对儿童文学的轻视与忽略的局面，同时也使得这些来自象牙塔的理念逐渐深入人心，成为常识。曹文轩的获奖一方面与其个人的创作成就息息相关，另一方面也得益于国内外日渐成熟的出版团队、翻译团队的种种努力。可以说，在中国儿童文学走向世界的漫长征途中，今年，"曹文轩"这个名字已经成为一张闪闪发光的名片，唤起了国外出版人对整个中国优秀儿童文学作家作品的注目，与之相关的版权洽谈活动也在如火如荼地展开，其中 2016 年 7 月 8—17 日举行的第二届中国童书博览会（CCBE）和 2016 年 11 月 18—20日举行的第四届上海国际童书展（CCBF）都为此提供了良好的平台。除了国际安徒生奖，天天出版社和曹文轩儿童文学艺术中心举办的首届"青铜葵花图画书奖"、北京师范大学中国图画书研究中心和安徽少年儿童出版社联合举办的首届"中国原创图画书时代奖"、中国童书博览会举办的首届"张乐平绘本奖"、北京师范大学中国儿童文学研究中心和大连出版社共同主办的第三届"大白鲸世界杯原创幻想儿童文学奖"、台湾信谊基金会举办的第七届"信谊图画书奖"以及已经成功举办多届的陈伯吹国际儿童文学奖等的颁布及推出的《中秋节快乐》《那只打呼噜的狮子》《大脚姑娘》《十二生肖鹅卵石》等多部优秀作品都成为人们瞩目的焦点。值得注意的是，这些奖项多是专为绘本（图画书）设立的，在一定程度上昭示着近十年来席卷中国儿童文学界的"绘本热"在持续升温后所达到新沸点。

奖项的公布往往是一瞬间的，是对过往成果的肯定，2016 年儿童文学的繁荣更主要地体现在创作实绩上，即优秀新作的频频涌现。曹文轩、梅子涵、殷健灵、萧萍、陆梅、黄蓓佳、安武林、李秋沅、孙玉虎等不同年龄梯度的儿童文学作家都以其勤奋和才华捧出了各具风格的精彩之作。其中，小说方面，《人民文学》第6期全文刊发的曹文轩获奖后首部长篇《蜻蜓眼》是一大力作。《人民文学》主编施战军认为，"如同影响巨大的《草房子》，《蜻蜓眼》"可以视为'儿童文学'，更应该看作是经典文脉上的文学"③。殷健灵《野芒坡》以一百多年前真实存在过的上海"土山湾"孤儿院为原型，其创作建立在对大量历史资料的搜集整理和创造性剪裁安排上，作品既隐含着客观历史的轨迹，又流淌着创作主体的心灵关怀。刘绪源称："这是一个重大而独创的题材，是一部有历史深度与一定涵盖面的小说，也是一本好看而感人的书。"④而在李秋沅《天青》中，历史元素与神话思维自然相融，贯穿始终的角色、亦人亦神亦物的"天青"辗转流浪、上天入地，成就了故事的跌宕起伏。黄蓓佳《童眸》在文体上介于儿童小说、记事散文和回忆录之间，通过一条小巷中几个小伙伴儿的成长经历书写着人性善恶。陆梅《像蝴蝶一样自由》采用清丽的散文笔调穿梭于现实与幻想之间，引发读者对战争与和平、文明与野蛮、自由与囚禁等重大问题的思考，被称作儿童文学中少见的"哲学小说"。被称为"草原之子"的新生代动物小说家格日勒其木格·黑鹤推出了包含一百五十余幅照片的首部全彩色印刷纪实性作品《我的草原动物朋友》，书中内容大多来自他在草原亲身游历中与动物相处的日常点滴，海量图文并茂的细节展示着作者深切的动物情怀，唤起了读者对自然的敬畏之心；曾在第三届"新概念作文大赛"中凭借《朝北教室的风筝》斩获一等奖的青年作家、翻译家梅思繁在《爸爸的故事》之后，又推出了儿童小说《小红豆》系列，其国际化的视野为中国儿童文学带来了新的风景，儿童文学推广人、人民教育出版社小学语文编辑室王林认为：作者"选取她最熟悉的领域和环境来写，一不小心，已经为中国儿童文学别开生面"。在儿童戏剧领域颇有研究的萧萍推出了以现实生活中的儿子为原型的新话本小说《沐阳上学记》，让读者在生动活泼的日常故事中品咂着新一代儿童成长中的苦乐酸甜。在童话方面，安武林、王一梅、汤素兰、唐池子、汤汤等都有新作展示，并积极参与到中国原创童话绘本的实践中去。此外，儿童诗、儿童散文以及较为新颖的儿童文学形式——"桥梁书"都有佳作出版，如董宏猷《一百个孩子的中国梦》等。与几年前相比，成人文学作家、学者"跨界"儿童文学取得了更为成熟的收获，在题材和文体上都有所突破，代表作有张炜的《兔子作家》、肖复兴的《红脸儿》、刘慈欣的《动物园里的救世主》等。北京大学中文系教授韩毓海新作《伟大也要有人懂：一起来读毛泽东》与之前所著《伟大也要有人懂：少年读马克思》一样，甫一出版，就输出了海外版权，在青少年读者中引起广泛反响。

在2016年儿童文学新品中，原创文学绘本成为最引人注目的关键词之一，以至于2016年被称作"绘本元年"⑤。在整体思路上，原创绘本大多依然执着于讲述地道的中国故事，但与早期的《年》《屠龙族》《兔儿爷》《一园青菜成了精》等注重挖掘民间文学资源、重温古老传说歌谣的思路不同，近来，作者们更多地将目光投向自身记忆。于大武的《一辆自行车》，通过回顾儿时与小伙伴们一起骑父亲的自行车的经历，让读者看到了原汁原味的北京胡同，是朴素而动人的中国故事；梅子涵与满涛合作的《麻雀》既带有鲜明的时代背景，又有着超越时代的象征寓意。青年绘本作家孟亚楠《中秋节快乐》、郭婧《独生小孩儿》也都取材于儿时印象。他们讲述的是个人的童年故事，也是当代中国的故事。此外，熊亮、崔莉等人合著的绘本《这是谁的脚印》聚焦生态环境和动物保护主题，兼具故事性和知识性，画风真实、严谨，将水獭妈妈和水獭宝宝的一次日常散步演绎得妙趣横生，是来自雪域高原的特别收获。

在2016年的儿童文学创作场域中，以家庭、学校为单位的"文学共同体"现象成了一道别致的风景。上海师范大学教授、博导梅子涵和女儿梅思繁分别创作、相隔二十年出版的《女儿的故事》和《爸爸的故事》并肩诠释着三十多年来两代人"共同成长的幸福"，北京航空航天大学教授、中国艺术研究院博导颜新元和女儿弯弯合作完成绘本《大脚姑娘》，图文高度契合；而在 2016 年上海童书展亮相的"梅家将系列丛书"收录的则是梅子涵与其多位儿童文学专业毕业的研究生魏捷、许东尧、顾爱华、郁雨君等的作品。"文学创作中的共同体"现象在古今中外的成人文坛本来常见，其存在本身就意味着文化的传承。在儿童文学界，以学科设置、课堂传授、言传身教为基础的文学创作共同体的生成和壮大所凭借的不仅是以个体为单位的因缘际会，还有赖于中国儿童文学几代人的积累，也是儿童文学学科的大树上所结出的硕果。

儿童文学创作的欣欣向荣之势体现了整个中国儿童文学作家群在过去三十多年间的成熟。这与当下中国文学创作整体的繁荣密切相关。与成人文学相比，儿童文学似乎得到了更多领域的关注。除了出版社，政府、学校、儿童文学作家、民间儿童阅读组织等力量都踊跃参与到儿童文学的阅读推广活动中。在 2016 年 9 月份新学期首次投入使用的、由北京大学语文教育研究所温儒敏总主编的"部编本"中小学语文教材中，儿童文学的比重得到明显加强，这对于儿童文学的推广无疑是莫大的鼓励。与之相应的是，儿童文学作品的课堂化进程也在加快。例如，2016 年 10 月 12 日到 14 日，第一届全国小学绘本课程与教学研讨会在北京师范大学举行，通过"老鼠娶新娘绘本剧""当曹文轩遇上李欧·李奥尼"主题绘本示范课、专家点评、讲座等形式，诸位师生共同感受着文学绘本的魅力。儿童文学作品的恰当运用在活跃语文课堂，丰富孩子精神世界等方面颇有潜力，也许能给语文教育改革带来些许推力。

在儿童文学这项系统工程的进展中，市场是最为强劲、最为复杂的一种作用力。近年来，童书出版的高额利润与附加值吸引了众多资本、人才的涌入。在这种情况下，重点作家作品成为出版社激烈竞争的核心资源。与简单的版权合作制不同，新媒体时代的儿童文学作家与出版社的合作关系也呈现新的态势。例如，人民文学出版社旗下专业少儿出版社天天出版社于 2014 年 1 月 10 日在北京成立了"曹文轩儿童文学艺术中心"，这是国内第一家以儿童文学作家为中心的"全版权"运营机构，该中心取得了曹文轩所有作品的影视改编、海外代理、数字出版和游戏开发等方面的版权，并负责对曹文轩各类版权的分销进行全面专业的管理。几年来，该中心策划出版了"中国种子世界花"系列绘本、《鸽子号》儿童文学杂志，在版权输出和作品改编方面也成绩斐然，随着今年曹文轩获奖效应的扩展，2016 年 8 月 30 日《皮卡系列》、舞台剧《背叛的门牙》反响热烈，而《青铜葵花》《中国种子世界花》的舞台剧以及相关衍生品也在制作中。⑥该模式得到不少效仿，地方少儿出版社纷纷与儿童文学作家强强联合，采用全产业链运营模式，致力于打造作家品牌形象。继"汤素兰工作室"落户长沙（2013 年）、"商晓娜工作室"落户福州（2014 年）、"郑春华工作室"落户杭州（2014 年），2016 年 7 月 28 日，浙江少年儿童出版社"汤汤工作室"成立暨战略合作签约仪式在第 26 届全国图书交易博览会上隆重举行。与传统的版权合作制度相比，艺术中心、工作室等运营形式在一定程度上把作家从必不可少的商业洽谈等出版环节中解放出来，使作家更有余裕专注于创作本身。

然而，市场毕竟是一把双刃剑。方卫平曾谈道："如果说 90 年代的中国儿童文学还只是在市场经济的环境里小试身手的话，那么，近年来市场对于儿童文学发展的影响和左右，就已经成为一个必须应对的巨大的生存现实。"⑦在这样的环境中，坚持创作有益于世道人心、真正经得起读者考验的精品儿童文学变得越发艰难,泥沙俱下成为基本的事实。11月中旬,《文艺报》发表文章讨论儿童文学所谓"黄金十年"的"含金量"问题⑧,早些时候,海飞在接受文艺报关于儿童文学的采访时,也谈到"繁荣总会有泡沫伴生"⑨。儿童文学的繁荣在一定程度上与童书市场的"码洋"效应有关。而"童书"不一定是"儿童文学",诸多冠以儿童文学之名的儿童读物在文学性、艺术性上良莠不齐。

在瞬息万变的市场中,伴随着出版体制的改革,传统的儿童文学出版面临多方挑战,并反过来影响到作品创作。这主要是因为随着多种新媒体更加深入当代儿童教育和家庭生活,"阅读"的含义也发生了空前的变化。与成人相比,儿童更容易受到影像、声音的影响,因此"儿童阅读"蕴藏着更多商机,这使得儿童文学的产业化链迅速地从理念变成了实践。例如,以一部绘本为核心,可以发展出学习资料、儿童玩具(手工材料包、毛绒玩具等)、儿童服装、儿童配饰等一系列衍生品。这一点在2016年上海国际童书展上得到了充分的体现。通过儿童文学品牌的确立,建立各类儿童生活用品的品牌,实现"IP"运营,成为诸多商家的战略规划。但在这样的出版模式下,"儿童文学"的艺术性很有可能被忽略,文化价值被迫让位于商业价值,商品性成为第一属性。商品的批量化生产需求将导致儿童文学的类型化写作。长此以往,无疑会催生大量粗制滥造之作。

儿童文学创作自身也面临亟待突破的困境。评论家李敬泽谈道:"儿童文学在思想艺术质量、风格样式创新、结构品种等方面,还不能充分满足不断增长变化的需求。可以说,'供给侧'问题也是儿童文学面临的主要问题,有数量缺质量、有'高原'缺'高峰'的问题依然突出。"⑩对此,作协、评论家、作家包括出版社都有所警觉并采取了相关举措共同来扶持儿童文学的创作。2016年9月7日到11月11日,鲁迅研究院举办了专门面向儿童文学家的第30届中青年作家高级研修班,期间举办了"朝向本真——世界视野中的中国儿童文学"等主题的研讨会;2016年10月28日到29日,由二十一世纪出版社主办的"儿童文学的潮流——井冈山儿童文学创作出版研讨会"在井冈山举行。"中国儿童文学需要贵族气息""快与慢的思考""'朝向童真'应成为儿童文学作家的基本姿态"等成为与会者的共识,相信这些讨论会帮助儿童文学家更好地调整思路、磨砺技巧,促使更多优秀作品的涌现。⑪在这多重力量的联合介入和作用中,儿童文学成了一盘形势与走向都更加复杂暧昧的大棋。儿童文学作家和评论家如何能保持相对的独立性,也是值得思考的新话题。

随着儿童文学阅读热的持续升温,对儿童文学理论的需求也显得迫切。2016年,一些重要的原创儿童文学理论书籍得到再版。例如,明天出版社推出了装帧精美的十册本"儿童阅读专家指导书系"⑫。但是,常态的儿童文学理论研究文章的发表园地较少。值得期待的是,中国作协正在与一些大学探讨合作,试图采取共建儿童文学理论评论基地的方式,切实加强儿童文学的理论研究。此外,儿童文学期刊方面也存在有待完善的环节,例如集中刊发长篇儿童小说的刊物较为缺乏。由曹文轩任主编的《十月少年文学》在2016年10月25日的创刊可以说填补了这一空白。

如果说,儿童文学的作家作品是花木林苑,那么编辑就是园丁、护林人、园林艺术家。有眼光的编辑、出版人对作家的成长、作品的发掘甚至新作的孕育、诞生,都有着不可估量的作用。但目前,相比对儿童文学作家作品的关注,对编辑的重视程度远远不够。要想真正实现中国儿童文学的繁荣强大,在呼唤新的、优秀的作家作品的同时,还应该加强对优秀编辑、出版人的发现、培养与奖励,与之相关的良性循环的出版机制将有助于中国儿童文学的稳步发展和真正成熟。

[注释]

①②行超、海飞:《海飞:"中国儿童文学行进在春天"》,《文艺报》2016 年 7 月 8 日。

③施战军:《人民文学·卷首》,《人民文学》2016 年第 6 期。

④刘绪源:《殷健灵写〈野茫坡〉:旧城新史与永恒人性》,《中华读书报》2016 年 3 月 16 日。

⑤余若歆:《2016 上半年少儿出版盘点——"新黄金十年"的新起点》,《出版商务报》2016 年 7 月 27 日。

⑥李婧璇:《曹文轩儿童文学艺术中心版权价值》,《中国新闻出版广电报》2016 年 11 月 7 日,转引自作家网 .http://www.zuojiawang.com/xinwenkuaibao/22997.html.

⑦方卫平:《中国儿童文学三十年——一种历史概貌的考察》,《童年写作的重量》,安徽少儿出版社 2015 年第 59 页。

⑧行超:《"黄金"十年究竟有多少含金量》,《文艺报》2016 年 11 月 11 日。

⑨行超、海飞:《海飞:"中国儿童文学行进在春天"》,《文艺报》2016 年 7 月 8 日。

⑩李敬泽:《当前儿童文学发展状况》,《文艺报》2016 年 4 月 13 日。

⑪曹文轩:《曹文轩在井冈山儿童文学创作出版研讨会上的总结:今天的儿童文学需要新的标准与理论》,《出版人》2016 年第 10 期。

⑫其中,赵霞《幼年的诗学》为新作初版。

(原载《艺术评论》2017 年第 1 期)

精神观照下的童年书写
——近期儿童文学短篇创作的新趋向

何家欢

孟繁华先生曾在《2014 年短篇小说：短篇小说与我们的文学理想》的开篇中这样写道："短篇小说是否已经成为小众文学的判断并不重要，一个作家的文学理想从来就与时尚和从众没有关系。"[①]就儿童文学而言，短篇创作一直以来就是作家实现其创作理想的重要园区，它不仅是年轻作家接近文学梦想的阶梯，更承载着这个时代的儿童文学写作发生某种改变的萌芽与希望。在近期的儿童文学短篇创作中，我们看到了作家们对文学理想的坚持，看到了他们对童年纯真的信仰与满怀诚意的书写。

一、叙事空间的敞开与童年的"现实"

近年来，当围绕城市儿童校园家庭生活展开的儿童故事书在童书市场上大行畅销之势时，短篇创作一直在为突破这一题材的局限性而做出切实努力。在儿童所熟悉的日常化的生活场景之外，儿童文学作家从历史、文化、民族、乡土、底层等多重维度突入儿童生活，以敞开的叙事空间丰富了儿童文学的创作视野，呈现了童年生活的广阔天地和多元镜像。这种对童年生活的多元化书写绝不仅是对某种陌生化情境的简单套用，而是越来越趋向于对生活细部的发现和对精神纵深度的开掘。这显示出作家在儿童文学难度写作上所作出的尝试与努力。

要突破儿童文学创作题材的局限，首先要从城市儿童狭小、闭锁的校园、家庭生活空间中突围出来，建构起更为广阔的童年成长空间。一两琴音的《策马少年》借助蒙古族少年的视角和口吻，将我们的目光引向了辽阔的蒙古草原。故事中，十四岁的哥哥是家族中的相马好手，受雇主所托为其挑选参加那达慕大会的赛马。由于选择了一匹野性未驯、满身伤痕的小矮马作为训练对象，哥哥受到了雇主的蔑视和爸爸的责备，但他却始终坚信小矮马的实力，而小矮马也没有辜负我和哥哥的期望，在那达慕大会上一举夺魁。当雇主厚着脸皮前来讨要小矮马时，哥哥却没有将小矮马交给他，而是把它放回了大自然，因为在哥哥看来，血统纯正而又野性未驯的小矮马属于广阔的天与地，属于山川、河流，不属于任何人。无论是在哥哥，还是在小矮马身上，都流淌着蒙古草原桀骜不驯、自由不拘的血液。更令人为之震撼的是蒙古牧民心中对自然的崇高敬畏。哥哥既爱惜小矮马与众不同的灵性和潜质，又不忍对其施以驯化让其完全为己所用，他深知只有自然才是性灵永恒的栖居之所。可以说，小矮马就是哥哥精神与灵魂的一个化身，而哥哥最后将小矮马放回自然，也意味着他将自己的心与灵魂放归到自然之中。人与自然合二为一，实现肉身与灵魂的自由、和谐，这正是蒙古牧民崇高的精神信仰与生命态度。作者在以少数民族儿童生活题材拓展儿童文学叙事空间的同时，也表达了自身对民族精神和民

族信仰的见识与体认。

近年来，在书写城市的繁华舒适和乡村的惬意诗性之外，城市流动儿童和乡村留守儿童的生活状态开始进入到儿童文学作家的创作视野，这类题材深入到城市和乡村的生存缝隙中，逐渐开掘出一个不为人所熟知的底层童年世界。近期的儿童短篇小说仍然持续着对底层的关注。毛云尔的《守秋》将笔触转向了日益衰败和凋敝的乡村。伴随着进城务工人口的增加，大片土地被抛荒，碉堡一样的水塔被齐腰深的蒿草淹没，昔日由青壮劳动力组成的浩浩荡荡的守秋队伍也不见了踪影，只剩下大麦和小麦两个孩子孤零零地守候在夜色下的乡村，承担着一个不可能完成的艰巨任务。郭凯冰的《洁白明崖枝》讲述了几个在乡村留守的孩子等待和盼望父母回家的心情。为了迎接回家过年的父母，布米和谷穗上山采来了他们最喜欢的地皮菌和明崖枝。他们细数着每一分和父母相聚的时光，但是在短暂的团聚之后又免不了要经历离别之痛，那种心痛的感觉布米的妈妈曾在外公去世时体会过，而如今，年少的布米已经提前品尝到了这样一种滋味。王天宁的《张知了》将视野聚焦在了因城镇建设而面临拆迁的宽窄胡同，为了留住老屋，女孩张知了不惜帮助同学作弊，甚至为此遭到父亲的责打。知了一番努力的结果是，他们一家获得了最后搬离胡同的"殊荣"，在一个清晨，以一屉"惩香的包子"向宽窄胡同进行了最后的告别。无论是毛云尔的《守秋》、郭凯冰的《洁白明崖枝》，还是王天宁的《张知了》，都流露出一种浓重的乡村挽歌式的"告别"情绪。这些小说作品触及一个无法逃避的社会隐痛，即由城市化进程所带来的乡村的衰败、凋敝，及市井胡同的消失。对于成长于其中的儿童来说，他们所面临的不仅是与骨肉至亲或童年居所的分离，从更深层次上说，他们这一代人所经历的是城乡变迁中的一种被撕裂的阵痛，是与整个乡土中国进行最后的告别。在这个过程中，人们纵有太多不舍的情绪，也难以抵挡滚滚而来的城市化建设的大趋势，最终只将心中的痛惜之情化作一曲无言的挽歌。故乡的凋敝、骨肉至亲的离散，以及老屋的拆迁，从精神的分离到物质的消失碎裂，这一切无不在宣告这场告别的残酷与不可抗拒性。对于像大麦、小麦、布米、谷穗和张知了这样的孩子们来说，他们或许还不能完全体会到这告别背后的真正意味，但是，他们在这个时代中所承受的每一分痛楚却是真实而清晰的。

近期的儿童短篇创作为我们掀开了现实中国的一隅，它们以不同以往的视角和侧面切入儿童生活，将广阔而丰富的童年面貌以文学形式呈现在我们面前。我们在看到童年的诸多面相的同时，也深深地感受到这种种童年镜像背后所隐现的精神力度。作家们在创作中不再局限于对生活现象的描摹，或对某类社会问题的揭示和追问，而是开始从精神层面出发去体察儿童的生存境况，观照中国社会现实下儿童个体的生命状态。儿童小说的生动和鲜活不仅源自对童年现实生活的呈现，更源自其通过对现实生活的反映所表达出的精神层面的东西。正如贺绍俊先生所言："小说对现实的反映最终是要进入精神层面的，只有进入精神层面的小说才是真正具有现实感的小说。"[②]对于儿童文学作家而言，如何在表达童年生活现实感的同时，深入到儿童的精神世界，实现对童年的现实观照，是创作中需要面对的一个重要问题。从这一点来看，近期的儿童文学短篇创作已经迈出了踏实的一步。

二、个体成长的精神关怀与理想成人——儿童关系的建构

当广阔的现实童年生活空间向我们敞开之际，各式各样的生命成长画卷也在向我们

徐徐展开。近期的儿童文学短篇创作不仅书写着对儿童生存境况的关注,同时也将目光聚焦在了儿童个体的精神成长之上。伴随着时代和社会文化形态的变迁,人们有关儿童成长的诠释与定义在不断发生着改变,当作家们从各自不同的视角出发去看待儿童,也会对童年成长有着截然不同的呈示。在近期的儿童文学短篇创作中,我们看到了儿童文学作家对童年成长的理解和期待,特别在对理想的成人——儿童关系的书写与建构上,作家们纷纷做出了积极的尝试与努力。

一直以来,成人在儿童成长的过程中都扮演着非常重要的角色。近年来,随着"儿童本位"观在儿童文学出版业的甚嚣尘上,人们在儿童文学的创作、评论和阅读推广中往往热衷于强调对儿童天性的呵护,强调童年有别于成人世界的独特性。有些时候人们甚至矫枉过正地滑入某种误区之中,认为儿童可以完全摆脱成人社会的监护和规约,实现审美自决和无约束的成长。事实上, 这种将童年推举得过高的行为并不是真正地理解童年,更不是真正地尊重童年,这反而损害了童年生长的可能性,透露出认知的粗浅与商业化的味道。正如赵霞在文章中说的那样:"对童年来说,过早地抛掉那个既约束着它却也育养着它的成人文化的躯体,等于过早地抛弃了把握文化的真正'权力'。"③尊重儿童的天性并不意味着儿童在成长中可以完全摆脱成人的干预,事实上,正是因为有了成人悉心关怀与睿智引领,才有了卫护童年成长的铠甲和指引童年成长的方向。

廖小琴的《夏日歌》讲述了一个男孩的夏日奇遇。男孩小天因为和爷爷赌气离家出走,却由于忘记带钱在县城停留下来,并遇到了捡破烂的九爷。身无分文的小天得九爷收留,并被要求一起捡破烂、做家务以"偿还"他的招待。经过几天的相处,小天由最初对九爷的惧怕、怀疑,到慢慢了解九爷的身世经历,逐渐对九爷心生亲切与敬意。与此同时,通过身体力行,小天也更懂得去体谅长辈们的辛劳付出。《夏日歌》中的小天是一个留守儿童,但是在廖小琴的笔下,这种"留守"的身份被弱化了,成为他离家出走的一个契机,而真正被凸显出来的是男孩在夏日际遇里的精神成长。小天的成长和九爷的睿智引导是密不可分的,九爷的智慧在于他从来没有试着将大人的想法灌输给小天,而是完全让小天在实践中自己去体悟,当小天在劳动中感受到生活的艰辛时,他也体会到爷爷奶奶日常劳作的不易,从而实现了精神的成长与蜕变。

同样,在马三枣的《鸟衔落花》中,小和尚慧宽也有着异于同龄人的处世智慧,他不仅聪颖过人,而且性格圆融通达、与人为善,通过两次赛棋,慧宽巧妙地帮助有绘画才华却不善交际的男孩儿融入集体之中。作品中的慧宽虽然是个12岁的小和尚,但是他的一言一行都显露出超凡的人生智慧,仿若一位智者的化身。细读之下便会发现,慧宽的超凡智慧绝非来自儿童本身,而是源自作家的成人理性和对童年的睿智关怀,他如布置棋局般步步为营的手法几乎和九爷同出一辙。在《夏日歌》和《鸟衔落花》中,我们看到了一种睿智而成熟的引领,无论是九爷还是小和尚慧宽,他们都懂得恰如其分地对在成长过程中身陷泥泞的孩子施以援手。正是因为有了这些来自成人智慧的睿智引领,才有了童年成长之花的盛放。相较于以粗浅的幽默故事去娱乐儿童,取悦儿童,这样的成长故事更能体现作家对童年成长的真诚关怀,也更具有恒久的文学魅力。

强调童年的特殊性也并不意味着儿童与成人分属于两个完全不可融通的世界。从本质上来说,童年的存在是一种精神的存在,认识童年实际上就是认识人类自我。童年是精神个体走向成熟的必经阶段,"是孕育着成人的人格与未来生活走向的精神萌芽,是生发人类精神的母体或根茎"④。童年虽然已经逝去,但童年精神却依然保留在成人的体

内,蕴蓄着精神成长的根基和力量。对于成人来说,童年经验已经成为不可重现的过往,但是他们仍可以通过某种路径抵达童年世界。

圣埃克絮佩里曾在《小王子》的扉页中写道:"每个成人曾经都是孩子,只是很少有人记得。"在黄颖曌的《木古与扫夜人》中,木古就是这样一个忘记了自己曾经是个孩子的大人。木古曾经因不被父亲理解而受到伤害,但是当他长大成为一名父亲后,他却忘记了自己童年经历过的痛苦,又对儿子木亚做了相同的事情。木亚在和父亲的一场争吵后变得昏睡不醒,为了唤醒沉睡的木亚,木古前往梦境之城一探究竟。在扫夜人的帮助下,木古找回了自己儿时的记忆,他认识到自己的错误,并理解了木亚的心事。最终,木古借助一场焰火向木亚表达了自己愧疚和歉意,将木亚从梦境之城带回到现实世界中。通过这样一次神秘的幻境之旅,木古打通了成人与儿童之间的那堵屏障。所谓的"梦境之城"其实就是儿童精神世界的一个缩影。儿童心理学研究认为,儿童通过游戏活动来了解和把握外部世界,儿童的生活即游戏的生活。游戏满足了儿童内心深处强烈的"参与"愿望,同时也为儿童创造了精神上的愉悦和自由,让他们可以在虚拟的幻想世界中体验他们所向往的某种情境,实现他们在现实生活中无法实现的愿望,从而使精神世界中所积蓄的压抑之感得到宣泄。无论是现实游戏还是幻想游戏,都是儿童借以摆脱现实焦虑的一种方式,当我们理解了儿童的这种生活思维方式,我们也就理解了童年。

如果说黄颖曌的《木古与扫夜人》借助幻想方式找寻到了一条通往童年的秘径,那么许东尧的《上海两日》则将这种融通的方式寓于现实的爱与沟通之中。小说中女孩星月因为做作业的时候听音乐而受到爸爸的训斥,爸爸一气之下掰碎了星月心爱的唱片,导致她伤心过度突发急症。一夜未眠的爸爸带着女儿从家乡小城到上海求医,开始了父女二人的上海两日之行。经过上海的两日之行,竖立在星月和爸爸之间的屏障已经悄然瓦解,曾经的隔阂就这样化解在了父女之间的爱与沟通之中。

从近期的儿童文学短篇创作可以看出,作家们对于童年成长有着更为成熟的认知与体认,他们深刻地认识到成人在儿童成长过程中所肩负的重要使命,并在创作中积极地建构起一种理想的成人———儿童关系。而这样一种书写在表达童年关怀的同时,也给成人们带来深深地反思,它在提示成人如何去智慧地引导儿童成长,如何真正地走近童年、理解童年。

三、诗性精神与文学灵魂

儿童文学之美与童年之美是密不可分的。人类对童年的美好想象一方面源自人类对童年时代的不舍回眸,另一方面也因为童年成长总是指向未来,而被赋予了人类对未来的美好期待。一部优秀的儿童文学作品应该是建立在这样一种对童年的美好想象的基础之上的,从某种意义上来说,儿童文学有别于一般文学的品质也正在于这样一种独特的童年美学的存在。

近期的短篇童话创作向我们呈现了一个如梦似幻的美好世界。贾颖的《星光灿烂》讲述了一个友情与守候的故事,故事中,"我"得到了一颗可以实现任何愿望却不能转送给别人的小星星。为了让好朋友能够从自卑中走出来,"我"甘愿变成一颗小星星,静静地守候在她的身边。而在故事的最后,我的好朋友也同样化作了一颗小星星,守候在那些不快乐的孩子身边。在小河丁丁的《小麂子的指路牌》中,温暖的亲情照亮了迷失者回家的路。故事中漂亮的雌麂在小镇上开了一家补衣店。为了送还一只雄麂留下的衣物,雌麑在过年的前一天登上了去往南山坳的路。一路上,雌麑看到了小麑子们留下的指路牌,它们横七竖八地立在山间的小路上,用温暖的提示引着雌麑来到了雄麑的家。小麑子们的热情懂事让记忆恍惚的雌麑找到了一种熟悉的感觉,直到喝下雄麑递给她的"茶",雌麑才如梦初醒,原来这就是自己的家。在何新华的《花婆婆的小吃店》中,陌生人之间的信任与友爱拉近了人与自然的距离。开小吃店的花婆婆在打烊后迎来了三个衣着单薄的小客人,她没有赶走他们,而是拿出厚厚的小棉袄和甜甜的果子蜜招待了这三个远道而来的小家伙。大快朵颐之后,三个小家伙趴在桌子上酣然入睡。直到第二天早上他们醒来才发现,自己竟以小野猪的样子躺在花婆婆暖暖的被窝里。从那以后,花婆婆总会隔三岔五地在门前的台阶上放上一罐米酒或是甜甜的果子蜜,而她也会时不时地收到小野猪们送来的礼物。作品在书写陌生人间的信任与友爱的同时,也将主题引向了人与自然的和谐共生。在这些作品中,我们看到了一种美好而又富于诗意的精神存在,友情的守候、亲情的指引、陌生人间的友爱与信任以及人与自然的和谐共生,这一切宛如夜空中的点点星光,照耀着童年的精神世界。

即便是面对死亡这样一个沉重的话题,儿童文学也以诗意的话语诠释了对生命的理解。在《死神先生第一天上班》中,两色风景用一个善良温暖的死神形象消解了死亡所带来的恐惧之感,表达了人对待死亡的从容态度。第一天上班的死神先生要去收割一位老奶奶的灵魂,因为毫无经验,他稀里糊涂地帮老奶奶收割了整片麦田,又听她讲了好多老爷爷生前的故事。正当死神先生因为不忍收割老奶奶的灵魂而想要独自离去时,老奶奶却叫住他,告诉他自己已经没有了对死亡的恐惧,并愿意让他带着自己离开。在作者笔下,死亡不再是一件恐怖的事情,而是充满了柔软与温情,它让人走出对迈向生命终点的恐惧,有了对待死亡的从容态度。同样,何家欢的《橘爷爷的婚礼》也将死后的世界看作是一个很遥远,但每个人都会到达的地方,在那里,我们会和自己所珍惜的、深爱过的人得以团聚。从这个意义上来说,死亡虽然是和生者的分离,但同时又是和逝者的重逢。借助于对死亡的诗意书写,儿童文学将死亡由肉体的消逝转化为精神与灵魂的融通,从而消解了死亡的冰冷之感和由其所带来的心理恐惧。而有了这样一种对死亡的富于诗意的理解与认识,生命在面对自己或他人的生老病死时,也可以有更加豁达与从容的态度。

儿童文学的诗性精神在近期写实题材的短篇作品中同样有所体现。王勇英的《小九街的路灯》讲述了一对兄弟血浓于水的骨肉之情。从小到大,弟弟灯都把智障哥哥路当作自己的弟弟一样照顾对待。不仅如此,他的妻子火和儿子毛豆也将这份爱与呵护延续着。关晓敏的《不错的快递员叔叔》、吴洲星的《一头野猪》等作品中,我们看到了一种爱的传递和回应,它于无声之中照亮了童年,驱散了生命中的寒冷与灰暗,那不仅是儿童文学诗性的显现,更是爱的诗性,是生命的诗性。

诗性精神是儿童文学的灵魂,它让儿童文学成为温暖的文学、美好的文学,同时它的这种诗性品质又是紧紧指向现实中的童年成长的。方卫平先生曾在文章中写道:"童年最'真实'的精神内涵之一"就是"即便在最沉重的生活之下,童年的生命都想要突破它的囚笼,哪怕在想象中追寻这自由的梦想,除非童年自身被过早地结束。这是童年有别于成年的独特美学,也是儿童有别于成人的独特生命体验。"⑤从这个意义上来说,优秀的儿童文学作品所体现的正是对这样一种自由不拘的童年精神的人文关怀与温暖观照,它们用成熟而丰盈的生命智慧悉心地呵护着儿童纯真而美好的天性,卫护着儿童对自由的追

逐和向往。儿童文学总是美好的。它的这种美好不是将儿童封闭在与世隔绝的象牙塔中,用美好的幻境去欺骗他,而是通过让儿童去亲近那些美好的情感,在他们的心灵深处播撒下浪漫的种子。儿童文学所传递给儿童的种种体验,其最终理想是要转化为他们未来迎接人生的生命态度。它将会变成童年生命中浪漫和快乐的因子,让他们以乐观的态度去想象人生,以从容的姿态去面对人生,这正是儿童文学的启蒙意义之所在。

从现实观照到成长关怀,再到诗性精神的表达与呈现,近期的儿童文学短篇创作在走近童年生活的同时,将更多地目光投向了儿童的精神世界,从不同侧面与维度实现了对童年的精神观照。与此同时,我们也看到了作品中散放出的一种独特的灵性光芒,在类型化写作日趋泛滥的今天,我们越发需要这样一种光芒,它们是儿童文学的明天与希望。

[注释]

①孟繁华:《2014年短篇小说:短篇小说与我们的文学理想》,载《文艺报》2015年1月19日。

②贺绍俊:《波澜不惊的无主题演奏——2008年中短篇小说述评》,载《小说评论》2009年第2期。

③赵霞:《童年权力的文化幻象——当代西方童年文化消费现象的一种批判》,载《文艺争鸣》2013年第2期。

④丁海东:《儿童精神:一种人文的表达》,教育科学出版社2009年版,第2页。

⑤方卫平:《中国式童年的艺术表现及其超越——关于当代儿童文学写作"新现实"的思考》,载《南方文坛》2015年第1期。

(原载《南方论坛》2018年第2期)

第五代学者登场：直面儿童文学新时代课题

陈 香

刚刚过去的 2016 年，少儿图书市场持续奔腾向前，以世界图书市场都少见的 28.84% 的同比增长率，一举超越社科图书，成为全国零售图书市场的最大细分市场，码洋比重达 23.51%。2016 年，全国零售图书市场的增长几乎有一半是来自于少儿类，而少儿图书中，儿童文学和被视为儿童文学新类别的图画书，占比约达 50% 以上。

正当理论家、评论家和出版人还在为"少儿出版是否会迎来下一个黄金十年"而争论不休时，市场数据已经显示，少儿出版的下一个"黄金十年"似乎已经展露了它隐约的面貌——旺盛的市场需求，纷繁的创作和出版现象。

如果说，在 20 世纪 90 年代中期市场经济体制确立以前，中国儿童文学批评的定义无论有多少差异，都是以"文学语境"为定义前提；则在 90 年代中期之后，尤其是 21 世纪以来，对儿童文学评价标准的重塑，批评尺度的重建，对类型、通俗、幻想、图画书等新儿童文学写作形态如何评价，其中的哪些文本可纳入经典写作范畴的讨论，各方话语则始终烽烟四起、鏖战频频。

在经历了以周作人、郑振铎、赵景深等为代表的第一代学者，以陈伯吹、吕伯攸为代表的第二代学者，蒋风和浦漫汀为代表的第三代学者，及曹文轩、梅子涵、朱自强、吴其南、刘绪源、王泉根、方卫平、孙建江、班马、汤锐等第四代学者的学术接力后，中国儿童文学研究与评论的生力军——中国儿童文学的第五代学者已然作为一个新学术集体登场亮相，直面中国儿童文学的诸多新时代课题。这既是对第五代学者的考验，更是时代赋予他们的学术机遇。

由此，1 月，由中国儿童文学研究会、伊春市委宣传部主办的中国儿童文学第五代学者论坛吸引了多方关注。这支学术生力军与一个新的中国儿童文学场迎头相遇——这里不仅意指作家的创作环节，也意指出版人的出版、发行人的发行和消费者的消费所构成的复杂文化场域；他们需要披荆斩棘，在混沌多面的创作出版现实中，为儿童文学生态重塑价值体系。

侯颖、李利芳、徐妍、谈凤霞、杜传坤、常立、李红叶、崔昕平、郑伟、王黎君、陈莉、殷健灵、薛涛、王一梅、舒辉波、乔世华、张梅、宁娴、孙莉莉、许军娥、常青、何卫青、涂明求、齐童巍、刘颋、陈香等青年理论家、作家、评论家与会。作为中国儿童文学第四代学者，朱自强主持了论坛的学术策划和组织工作。中国儿童文学第四代学者的代表曹文轩、吴其南做了主题讲演。与会代表就儿童文学理论新问题、儿童文学史研究新视野、儿童文学评论何为、儿童阅读理论研究、儿童文学与儿童教育（家庭教育、幼儿园教育、小学语文教育）研究、儿童阅读推广研究等问题，发表论文并展开了激烈而具有深度的研讨。显然，虽然文学艺术形态与思想内涵不断丰富与扩充，但评价与理论既需贴近和关切文学现实，更应建立在开阔的人类思想和文学艺术视野基点上。

评价尺度变了吗

关于儿童文学的种种争议,直指当前儿童文学生态环境,以及儿童文学批评现状,诸如儿童文学批评标准、批评尺度、批评难度、"文学"与"市场"纠缠不清等问题。兰州大学教授李利芳开出的药方是,应回归到儿童文学"价值体系"的建设。在她看来,对儿童文学的研究正在从"事实认知"走向"价值认知",从"本质论"思维立场转向"价值论"理论视阈,即不再追问"儿童文学是什么?"而是关注"儿童文学如何存在"或"儿童文学应该如何"。由此,儿童文学的研究者和评论者的新课题,应该立足于既有中外儿童文学理论与批评实践的基础上,突出价值思维与价值评价观念导向去建构一个理论系统,力图去解决"儿童文学究竟对谁有用、有什么用、用处有多大"等一系列涉及价值判断和评价的根本性问题。

确实,无论喜欢与否,一个由新的权力格局组成的中国儿童文学场域开始形成。中国儿童文学评价的定义前提由此需要在文学场域中重新思考。"场域中的各方——儿童文学作家、儿童读者、出版人、教师、父母、大众传媒、图书管理员、书店店主、书摊摊主等之间的关系博弈,都有可能改变儿童文学的生产方式和传播方式。"中国海洋大学教授徐妍说。

那么,在文学场域的各方权力话语博弈过程中,21 世纪中国儿童文学评论应将什么视为核心内涵呢?

21 世纪之后,中国儿童文学不再将训导观作为其创作观念,但也迷失于居于文学场域中的新型权力话语——商业性潮流中。在徐妍看来,当 21 世纪中国儿童文学被定义为"一本出现在出版商儿童书籍清单上的书"时,一种刻意追求销量的商业性童书不可避免地产生了。那么,销量可否作为评价儿童文学的重要指标呢?对此,徐妍认为:"这类童书属于商业性的实用主义制作,而非创造性的审美主义写作。实用主义制作最重视儿童读者所寻求的东西,而审美主义写作则重视儿童读者所需要的东西。"

由此,徐妍提出,21 世纪中国儿童文学评价的核心内涵应是"审美本质"。"可以说,儿童文学的审美本质,对于儿童文学的童趣、故事和文本,具有准宗教般的神圣位置。离开了审美本质,21 世纪中国儿童文学文学研究批评便成了沙雕,当各种时尚的潮水漫溢过来时,将一无所从。"

C.S.刘易斯曾列举了三种儿童文学写作方式:第一种方式是从表层迎合孩童心理和爱好,通过投其所好,自认为自己所写的东西是当今孩童喜欢看的东西,尽管这些东西并不是作者本人内心喜爱的,也不是作者童年时代喜欢读的东西。这样的"投其所好"往往导致作者本我的迷失,本真的迷失;第二种方式表现为作者为特定的孩子讲述故事,有生动感人的声音,有现场的即兴创作和发挥,也有后来的艺术加工和升华。在这一过程中,具有丰富人生阅历的成人与天真烂漫的孩童之间形成了一种默契,一种复合的人格得以形成,一个卓越的故事诞生。第三种方式即把儿童故事看成表达其思想的最好的艺术形式。

"以孩童为读者,不仅仅意味着对目标读者的理解力的关怀,不仅仅意味着对现实孩童的尊重,更重要的是,将'童年这段超凡拔俗的时光'独立出来,成为文学建构的关键词。因此,它也意味着一种新的思维模式、新的观察世界的视角的形成。"湖南师范大学教授李红叶表示,优秀儿童文学的评价标准始终未曾改变,那就是,"为人类提供良好的人性基础"、为孩子的精神成长打底的文学,一种具有诗性深度的文学,一种维持人类内心纯洁的文学,一种使任何时代的孩童都能从中获得勇气和爱心的文学。

儿童文学评论何为

当儿童文学作品以前所未有的速度与规模走向广大的阅读群体,当对儿童文学作品价值功能的认识日益多元喧哗时,儿童文学批评如何发挥评论引导的力量,是必须正视的问题。

资本经济与文化产业背景下的儿童文学评论,正逐渐从过去学院化、游离于大众的状态走入更为广阔的话语场,对儿童文学的创作热情与言说热情都不再仅仅是儿童文学"圈子"内的事情。同时,市场化也将儿童文学创作与出版推向文化属性与商品属性、教育属性与娱乐属性的艰难博弈。面对这种文学乱象,出版人、大众读者都将理论引导的期待寄托在评论家身上。"但遗憾的是,当下儿童文学批评要么世俗化,有意无意地充当了新书宣传的推手;要么精英化,决绝于市场而走向书斋。"太原学院教授崔昕平表示。

文学评论家作为特殊的读者群,对文学作品的评价具有导向作用。文学评论家可以帮助大众认识一部作品的审美价值,进而使某部作品在文学史上占有一席之地;也可以将一部作品排除出文学史之外。因此,在崔昕平看来,儿童文学评论家不应囿于精英文化的尺度而忽视"儿童本位",应重视儿童文学门类的特殊性,以儿童文学的美学标准评价作品;同时,应对当下作品给予及时、客观、有效的评价,发现当下的经典作品,推动其进入历时性的检验,剔除低俗作品,为儿童读者提供有效的评论引导,切实参与到儿童文学史的建构过程之中。

另外,目前的儿童文学领域,虽每年均有大量作品问世,却缺乏热点或焦点,部分作家个人风格变化不定,创作局面散乱,使得儿童文学创作步入一种寻求突破而未果的"高原期"。突破这个"高原期",急需来自理论层面的梳理、总结与引导。"因此,评论家的力量不应仅仅局限于就作品论作品,还应该体现在评说风格和培育流派上。独树一帜的创作风格与旗帜鲜明的文学流派的生成,才是一个时代文学走向繁荣的重要标志。"崔昕平表示,这些工作,都是儿童文学评论家义不容辞的责任。

显然,儿童文学评论工作,还需要评论家们做更多的评论准备。在辽宁师范大学文学院副教授乔世华看来,评论家更需要不断提高自身学养,储备儿童文学知识,放开眼界,在海量的儿童文学作品中择选、发现,及时跟踪阅读,并给出忠于自己内心也经得起时间检验的评判。在媒体上发出评论的声音是必需的,但学者们还需要走出书房、走进校园,与当下儿童面对面交流,充分了解了今天儿童的心灵世界、精神需求;评论家不仅仅要阅读儿童文学作品,不仅仅要掌握儿童文学相关知识,也要懂得儿童语言、儿童心理、儿童教育,如此才能更好地贴近当下儿童,了解审美风尚的变化,也才会穿过重重数字和宣传造势所形成的表象,抵达真实的核心,更好地判断一部作品是否真正走进了儿童的内心。

警惕儿童文学之"红线"

近年来,越来越多的成人文学作家加入儿童文学写作,"以其反思性甚或颠覆性的品质来建构少年小说这一儿童文学分支所能达到的审美高度"。(南京师范大学教授谈凤

霞语）儿童文学的面貌越来越多元丰富,这显然是好事。但需要注意的是,与成人文学相比,儿童文学有其"红线",即儿童文学可写人性与社会之恶,使作品更具张力、更有魅力,但儿童文学毕竟是"以善为美"的特殊文学门类,儿童文学真正迷人的,并非形形色色的"恶",而是,"恶"即便有时很强大,最终却一定会被善击败。

合肥师范学院副教授涂明求对比了两部作品。一部是英国作家巴兰坦发表于1857年的小说《珊瑚岛》。这是一个荒岛故事,讲的是拉尔夫、杰克、彼得金三少年因船只失事,漂流到大洋中的一个珊瑚岛上。该岛风光旖旎生态奇特,一开始很令孩子们着迷,但不久他们就发现了岛上的"恶"——食人者的暴行。三少年见义勇为,向受害者巧施援手,最后还觅得良机,踏上还乡之旅。另一部作品是英国作家威廉·戈尔丁发表于1954年的小说《蝇王》,这同样是一个荒岛故事,其情节乃至主角乍看都跟《珊瑚岛》惊人相似——实则这正是戈尔丁有意为之,目的就是促使读者同《珊瑚岛》两相比照,对人性中鲜被省察的部分加以痛切反思。故事说的是,一群孩子因坠机事件受困于一个四面汪洋的孤岛,一开始,他们尚能和睦相处、齐心协力,共同应付眼前的困难,但是到后来,出于对想象中可怕"野兽"的莫名恐惧,这些孩子渐渐分裂成以拉尔夫和杰克分别为领袖的对立的两派。与《珊瑚岛》中那团结互助的同名好友迥乎不同的是,《蝇王》中的拉尔夫和杰克,前者代表着文明与理性,后者则代表恶、野蛮、兽性。这两派孩子展开了残酷争斗,直至最后互相残杀。

不难看出,两部小说虽然都写了"恶",但在审美取向上却大相径庭:前者底色更单纯、明亮、乐观,显然是"以善为美";后者却复杂、阴郁、悲观,是"以真为美"。"由此我们也就不难判定:前者是儿童文学,后者却不是。"涂明求表示,的确,戈尔丁小说的主角虽然是儿童,但实际上他只是借孩子来探讨他所关注的人性恶,因而是不折不扣地写给成人看的成人文学。从没有哪本文学教科书或理论专著把《蝇王》划为儿童文学,就是明证。此书的确够锐利深刻,甚至长期以来被视为"人性本恶"观念最为出色的一个寓言式表达,但却不是写给儿童看的,尤其不适合低幼儿童阅读。

由此,与成人文学写"恶"以逼真、详尽、感官化为其主要表现形式不同,儿童文学中的"恶",其表现形式应多变形、简省、游戏化,最典型的例子是美国动画系列片《猫和老鼠》。

阅读推广的学术思考

对于第五代学者而言,儿童阅读推广也纳入了其学术视阈。显然,走向理论自觉的儿童阅读推广有许多问题值得我们去关注和研究:如阅读、阅读行为和儿童阅读文化,儿童阅读推广基础理论问题,儿童阅读推广实践问题,儿童阅读推广活动效果研究,阅读推广材料研究,儿童阅读推广效果评估体系等。对这些问题的研究,将为儿童阅读推广把脉定向。

儿童阅读的能力是从他律到自律的动态转化过程。"儿童正处于阅读的启蒙时期,作为阅读教育的外在手段和他律形式,制度建构在儿童阅读启蒙教育中的作用不容忽视。正确认识制度建构之于儿童阅读教育的意蕴与价值,科学、合理地规划制度建构并督促力行,有利于达到理想的儿童阅读推广活动效果。"咸阳师范学院教授许军娥表示。

山东淄博师范高等专科学校副教授常青长期研究的课题是,在教学活动中,如何对不同年龄段的儿童进行不同的阅读指导。

在常青看来，低年级段儿童文学阅读指导重点是培养学生的阅读兴趣，在培养学生的儿童文学阅读兴趣的基础上建立和巩固文学阅读的习惯。这个年级段儿童文学阅读指导方式主要是：大声朗读、分角色朗读、建立读书角、参观书店、儿童剧表演、故事接龙、长篇故事连播等。

中年级段儿童文学阅读指导重点是阅读方法的指导，教师要引导学生列出阅读计划，并督促学生执行。在阅读活动中要注意激发学生的阅读兴趣，培养学生的阅读习惯和阅读方法。在书籍的选择上要引导他们阅读已经被时间检验的世界儿童文学名著，为他们选择较为经典的儿童诗、故事、童话、散文等。具体指导方式是：引导学生建立自己的书架、制定读书计划；组织参观当地图书馆和社区儿童文学阅读中心；组织作品朗诵比赛、作品续写、"读书明星"评选、"我最喜爱的书评选"等活动。

高年级段儿童文学阅读指导的重点是有意识培养学生对语言艺术的理解能力和鉴赏能力，鼓励学生自我创建阅读活动。在书籍的选择上，应继续阅读世界范围内经典的儿童文学作品，为他们选择儿童诗、长篇童话、长篇儿童小说、长篇儿童报告文学、儿童散文集等。具体指导方式是：读书笔记书写及交流、读书节、师生共读一本书、儿童文学作品朗诵会、儿童剧表演及组织"向你推荐一本书"活动等。

（原载《中华读书报》2017 年 2 月 15 日）

少儿出版社自设文学奖：培育原创儿童文学的沃土

刘秀娟

"24年后我仍能清晰地记得，当自己的作品第一次变成铅字并获得当年银河奖首奖所带来的喜悦。那时我正是本职工作（石油机械设计）最忙的时候，若没有这次获奖及编辑部的约稿，也许我在科幻领域只是浅尝辄止，不会继续下去。"科幻作家王晋康至今感念《科幻世界》对自己这样一个误打误撞的写作者给予的培养与引领，"这些奖项对于已经成名者当然也有激励作用，但最获益的，是那些刚刚开始写作、对自己的才华还不自信、人生之路也还没有确定的年轻作者，一次获奖甚至可以决定他们的一生——也大半决定了该作者和出版社、杂志社终生的缘分。"

王晋康所说的"银河奖"是《科学文艺》杂志社（今《科幻世界》杂志社）与《智慧树》杂志社于1985年设立的科幻文学奖，遗憾的是，第一届评奖还没完成，《智慧树》杂志就停刊了。势单力薄的《科学文艺》只好独自撑起这个奖项，于1986年第一次颁奖，1991年（第三届）之后，每年一届，从未中断。在王晋康看来，《科幻世界》完全是凭着一份情怀和责任维持了这个奖项。"当时该杂志正处于最艰难的时刻，工作人员的工资都难以为继，但他们仍然艰难地维持着银河奖的运行。虽然这个奖只是《科幻世界》杂志社的奖项，但由于他们长期的坚持，由于他们评奖的公正与眼光，至今它仍是中国科幻界最为权威的奖项。"

相比当年"银河奖"的艰难与"寒酸"，现在的童书出版社和杂志社越来越有实力打造自己的品牌奖项，大连出版社的"大白鲸世界杯"原创幻想文学奖、天天出版社的"青铜葵花儿童小说奖"、凤凰传媒集团等单位联合主办的"曹文轩儿童文学奖"、接力出版社的"金波幼儿文学奖""曹文轩儿童小说奖"等相继推出，声势浩大，引人瞩目。这种由出版社主导的评奖模式，是否能够探索出童书出版的新机制，能否引领新的创作方向？

鼓励原创　发现新人

虽然这些奖项各有侧重，却无一例外都是"高奖金""重原创"，足见童书市场的持续繁荣让很多抓住机遇的少儿出版社拥有了雄厚的家底；另一方面，富有远见的出版人逐渐意识到激烈的竞争也带来了出版资源的过度开发，如果没有丰饶的原创文学，童书出版也难以实现良性循环。

"随着这些年利润的增长，拿出一部分资金来做一些公益事业，对我们来说不是什么难事。我们设立金波幼儿文学奖和曹文轩儿童小说奖，主要目的就是传承两位作家的文学追求，鼓励原创儿童文学创作，发现有潜力的写作者，能够给儿童文学创作和出版输送新鲜的血液。"接力出版社总编辑白冰坦承，出版社并不急于获得回报，而更愿意去培育健康的土壤，他们有这样的财力，更有这样的耐心。

接力出版社的两个奖项，无论是不限题材和篇幅的金波幼儿文学奖，还是明确征集"中短篇"的曹文轩儿童小说奖，并不能在很短的时间内给出版社带来利润。"如果是长篇小说，我们可以很快把获奖作品推出来，但是幼儿文学和中短篇小说并没有那么容易，要把单篇作品结集，寻找到恰当的出版形式，需要的周期会很长。"但是从长远来看，白冰认为这种投入非常有价值，"通过评奖，我们多了一双发现的眼睛，多了一条能够联系更多写作者的途径。我们很希望通过十几年的努力，发现、培养一批儿童文学新生力量，推出一批新人新作"。在白冰看来，虽然引进版图书能带来非常可观的回报，但原创才是根本，有了原创作品才有自主版权，才谈得上国际竞争力，才能有文化自信。

"发现和出版原创精品是我们设立青铜葵花奖的出发点。"天天出版社总编辑张昀韬介绍说，在青铜葵花奖设立的 2014 年，原创儿童文学新作相对缺乏，新人新作难以引起关注。当时，大多数儿童文学奖项评选已经出版或者发表过的作品，很少征集未出版的新稿。因此，天天出版社将征集优秀作品、发现有潜力的作者作为青铜葵花奖的基本目标。"对于出版社的发展来说，作为一个具有原创先天血统却缺少资源的年轻新社，设奖是打造天天出版社原创新作精品平台，形成高品质、有影响力的出版品牌的良好方式。我们的目标是推动原创儿童文学在作者队伍和作品上的真正的丰富、繁荣，这样的目标与国家鼓励的方向、创作追求的方向、出版发展的方向是一致的。"张昀韬认为，最近的两三年里，原创儿童文学创作和出版变化就很明显，从低水平的重复出版、数量增长、轻薄系列出版，到对精品力作的追求，创作和出版的环境正在改变，正向着建设儿童文学高地、高原的方向发展。天天出版社的设奖会坚持精品初衷，进一步树立自身的品牌，吸引更多的优质出版资源。

"如果说以往的评奖模式多是锦上添花，这种针对未出版作品的评奖算得上是雪中送炭，它为大量醉心于儿童文学创作，但寻求不到发表渠道的写作者找到了一条快捷的成长通道。"儿童文学评论家崔昕平曾多次参与"大白鲸世界杯"原创幻想文学的评选工作，她认为这种"英雄不问出处"的匿名评奖方式屏蔽了很多干扰因素，完全靠作品说话，为文学新人提供了平等竞争的机会，许多青年作家如王林柏、麦子、周静、王君心、方仙义、马传思、龙向梅等，都曾获得这个奖项，也因此受到越来越多的认可与关注，"这在一定程度上避开了扎堆向名作家约稿的状况，为新作家起飞搭建了良好平台，为儿童文学补充了大量新鲜的血液"。

在儿童文学作家左昡看来，在各出版社争抢名家的环境下，这些奖项的设立不仅仅是对儿童文学作家的鼓舞，而且能够召唤那些潜在的写作者，壮大儿童文学的创作队伍。"很多优秀的年轻人的注意力可能不在文学领域，或者因为成见，一直认为文学创作很清苦，通过评奖活动，通过高调的奖金和仪式感，把儿童文学创作的荣誉感和获得感传递给整个社会，可以吸引更多有才华的写作者。"

增强专业性　呼唤"美学主张"

文学奖项的意义不仅在于奖掖佳作，更重要的是引领方向，评奖本身就是一种评价机制，按照什么样的艺术标准，倡导什么样的艺术风格，尊重什么样的创作态度，实现什么样的文化定位，都是一个成熟的、负责任的文学奖项应该加以考量的重要尺度，假以时日，能够在这些奖项的大旗之下，凝聚起一批风格独具的作家作品，一个奖项才能真正在文学的意义上实现其价值。

然而，对于要兼顾经济效益和文化责任的出版社来说，经济效益和社会效益的双重收获肯定是每一个出版人最圆满的期待，要使自己的奖项形成口碑、成为导向并不是容易的事，不仅仅是财力和精力的投入，更需要清晰而坚定的艺术眼光与文化情怀。比如台湾九歌出版社的"九歌现代少儿文学奖"，至今已经举办20多年，发现、培养了一大批台湾本土儿童文学作家，成为台湾儿童文学界和出版界非常有影响力和标志性的奖项，而且，随着两岸儿童文学交流的深入，这个奖项又非常有远见地颁发给大陆儿童文学作家，带领很多优秀的大陆大家走进台湾读者的视野并获得认可。

这些新设的奖项也一直在寻找、确立自己的价值追求。"纯文学、真童心"是青铜葵花奖的文学主张，在张昀韬看来，这个奖项对获奖者和其他作者的激励作用正在显现。她介绍说，首届青铜葵花奖的获奖作品《将军胡同》《父亲变成星星的日子》出版后被纳入中宣部原创儿童文学精品工程；《将军胡同》赢得2015年度中国好书，发行十余万册；正在进行的第二届青铜葵花儿童小说奖的投稿数量是第一届的两倍。

对于接力杯的两个奖项，白冰也笃定地表示，一定是以纯粹的文学标准作为评奖标准，而不会以是否在目前的图书市场上畅销为标准，希望这两个奖项能够发挥引领作用，其中鼓励中短篇小说创作，尤其是现实主义精神的小说创作，是白冰特别期待的。"和长篇小说相比，短、中篇小说更难写，可是现在很多年轻儿童小说作家一开始就写长篇，驾驭能力不够。如何引导儿童小说年轻作家写好短中篇，这对提升中国儿童小说创作水平和小说质量非常重要。几年前我就跟曹文轩教授商量，能不能由接力出版社承办一个以鼓励短、中篇儿童小说创作的一个奖项，促进中国儿童小说的发展，培养和壮大儿童小说的创作队伍。"经过几年的协商，这个奖项得以启动，白冰希望它能够实现自己的价值。

"大白鲸"则明确以幻想类儿童文学为征集对象，越来越多的幻想类儿童文学作品汇聚到这个平台，本土原创幻想儿童文学作品的类型和风格更加多样化。崔昕平认为，在历年评奖过程中，逐渐形成了四大类幻想作品的分类需求。这一分类、细化需求的产生，本身就意味着幻想类儿童文学创作的逐渐繁荣，意味着文学史意义上对此种文类研究的逐步深入。更为可喜的是，获奖的号召力，启发、带动更多的作家进入到各异的创作领域，进而真正丰富了本土幻想类儿童文学作品的发展路径。"如王晋康的《古蜀》，以博大厚重的中国古代神话传说作为创作资源，展开富有鲜明中国文化特色的幻想，作品在首届'大白鲸'评比中受到评委一致认可，获得特等奖，这样面貌一新的作品的问世与获奖，明显起到了引领与带动作用，激发了更多对中国传统幻想文学心怀挚爱的儿童文学作家，寻找到了自己擅长的创作路径。"

"虽然奖项众多，但是看上去却面目模糊，我们需要有'美学主张'的文学奖项。"左昡认为，要真正发挥对创作的引领作用，需要更加专业、细分和权威的奖项，尤其是要鼓励那些不被市场重视的、竞争力弱的然而又非常有价值的门类，比如散文奖、诗歌奖、童话奖，甚至能够有一个专门针对校园小说的奖项，来匡正这个题材存在的问题，告诉写作者什么才是真正好的校园小说。"我们对校园小说创作普遍不满，但是并不能因为存在问题就放弃它，对儿童文学来说这是非常重要的一个题材。我们能不能就某一个创作方向或者题材设立一个奖项，建立起较高的艺术标准，给写作者一种相对清晰的美学主张？对出版社来说，也能形成差异化竞争，避免同质化。"

比如"银河奖"，设立之初并非因为科幻文学发达，恰恰是因为它处于低潮，很长的一段时间里,它是科幻文学界唯一的奖项。"过去我们看不出来一个奖项对某个文学门类的明显作用,但是'银河奖'通过 30 年的努力,确实把一批最好的科幻作家发掘出来,一点点去培养,成为各时期科幻文学具有代表性的作家和作品,代表着当时科幻文学发展的水平。"科幻文学作家吴岩表示,现在的这些文学奖项刚刚开始,是否能够留下标志性的作品,需要经受时间的淘洗。

"不忘初心"才能走得更远

随着奖金额度的不断攀高,以及对获奖作品出版与宣传的跟进,不可避免地,在给儿童文学创作与出版带来活力的同时,越来越多的奖项也考验着主办方和写作者的"初心"。

"依托于出版业的儿童文学评奖,如没有公益基金的不断注入,则必然依托于出版社的经济力量,必然脱离不了市场因素、经济效益的影响",崔昕平认为,要提前预想到一些可能的干扰因素,提前考虑解决方案。比如,先行者所发挥的聚拢优质创作资源的功效,必然带动越来越多的相似模式,会不会使评奖过于频繁? 目前的奖项数量已不在少数,许多作家已经不由自主地陷入一种赶场评奖的状态,既有的创作节奏被打乱,使得本应出现的好作品因缺乏酝酿而失之平庸。"面对众多的儿童文学评奖,作家与出版人都需要一种耐心与诚信。目前多频并进的评奖,使得一些作家不断转换门庭,出版社也匆匆推出一批又一批获奖新书。一切都有待沉淀。"崔昕平提醒说。

即便是"银河奖"这样已经享有良好口碑的奖项,实际上也面临着如何升级转型的问题。随着科幻文学创作的繁荣,尤其是近年来科幻领域 IP 需求的旺盛,科幻文学发表出版的平台已经远远不止《科幻世界》这块园地,那么,"银河奖"如何保持它在科幻领域的标杆性? 虽然面临这样的难题,《科幻世界》主编姚海军依然坚持这个奖项能保持它最初的纯粹性,不希望有太多商业行为,尤其是追逐 IP 的资本介入。"这个奖项的奖金并不高,但它对作家是精神上和艺术上的肯定,它树立起了中国当代科幻文学的标杆,告诉作家和读者什么是好作品,什么样的倾向是值得肯定的。相比起来,现在的环境肯定要浮躁得多,但是我还是希望这个奖项能够不受影响,坚持推出新人、推荐佳作的初衷。"姚海军表示,他们也是在不断地调整中探索今后可行的模式。

"目前,各个奖项的细则并不相同,有的更偏向于鼓励本地创作,有的偏向于短篇,各个奖项的设置也在建设自身的特点。青铜葵花奖自身也是在不断探索,以做出更好的改进。"张昀韬介绍说,2016 年他们在"青铜葵花儿童小说奖"的基础上增设了"青铜葵花图画书奖",与小说奖隔年交叉举办,这样既能够全方位鼓励不同形式的原创儿童文学的创作,也给新创作留出了必要的创作时间。

儿童文学作家史雷因获得"青铜葵花儿童小说奖"而引人瞩目,在他看来,与普通的投稿出版相比,出版社评奖显然是一个更高的平台,因为从投稿的一开始,各个作者之间处于一种公平竞争的态势,作品的质量才是最高标准,而不是作者的名气。越来越多的出版社开始设立奖项说明出版界对原创的重视,同时也说明出版界竞争之激烈,这对于作者尤其是年轻作者无疑是一件好事。"只要这些文学奖公平公正,就一定会促进原创儿童文学的发展,对整个儿童文学创作也是很好的促进。但对于作者本身而言,最应该做的还是静下心来,不要受评奖的诱惑,不急不躁、踏踏实实地打磨好自己的作品。"

屡获各种奖项的王晋康深知一个奖项对于写作者的意义,他认为近年来文学奖项的增多对作者来说是好事,"奖项越多,越能沙里淘金,甄选出有才华的年轻人,在他们的起步阶段给予一大助力",但是,在资本进入之后,如何坚持评奖的公正和严格也是一个考验。作为一个受益者,他认为"只有那些不忘初心的奖项才有生命力"。

（原载《文艺报》2017 年 7 月 20 日）

儿童文学研究与语文教育发展

王 蕾

中国儿童文学学科属于汉语言文学专业下属的独立学科,在绝大多数中国高等院校里,儿童文学课是师范院校文学专业的课程,但是否为必修课程,要看该学校对于儿童文学学科的重视度而定。但近10年来,儿童文学课俨然成为各大师范院校教育学专业的核心必修课,甚至有些学校还开设了儿童文学课程群,由超过五门以上的儿童文学必修课、选修课构成了一个系统的儿童文学课程体系。儿童文学课程主流化、多元化,在师范院校的教育学院,尤其是初等教育(即小学教育)学院体系里儿童文学学科得到了充分的发展。

在中国主流的儿童文学学科研究中,对于文学本体的研究是重点,比如儿童文学的特质、作家作品、历史发展等,但在教育学院里,儿童文学的研究不再仅限于传统学科本体的研究,而是指向不同教育形态的结合研究,比如儿童文学与语文教育、儿童文学与生命教育、儿童文学与教师教育、儿童文学与戏剧教育等不同研究维度。这些全新的儿童文学学科研究形态的出现与21世纪以来中国基础教育的一次次改革有着直接的关系。以儿童文学与语文教育研究为例,语文教育一直都是中国教育改革的重镇,为什么儿童文学与语文教育会在近10年成为儿童文学学科的一个重要研究方向?

我们知道,目前基础教育课程改革的重中之重是中小学语文教学的改革。中小学语文教学改革以及新课程标准的全面实施,一个儿童文学全社会推广和应用的局面正在出现,儿童文学正在全面进入中小学语文教学:

一、儿童文学作为中小学语文课程资源已被大量选入教材和必读书目之中。这说明儿童文学已经成为中小学语文课堂教学的主要资源,在中小学语文教学中扮演着重要角色。此外,教育部公布的《义务教育语文课程标准》(2011年版)所规定的学生课外读物建议书目中,绝大多数作品属儿童文学范畴,如《稻草人》《宝葫芦的秘密》《安徒生童话精选》《格林童话精选》《鲁滨孙漂流记》《格列佛游记》《童年》等。

二、儿童文学与中小学语文教学改革的紧密关系还直接体现在《义务教育语文课程标准》对语文课程的教学要求中。新课标规定:低年级课文要注重儿童化,贴近儿童用语,充分考虑儿童经验世界和想象世界的联系,语文课文的类型以童话、寓言、诗歌、故事为主。中高年级课文题材的风格应该多样化,要有一定数量的科普作品。童话、寓言、诗歌(儿童诗)、故事以及科学文艺等,都是儿童文学文体,这充分说明:中小学语文课文的儿童文学化已成为一种必然趋势。儿童文学与中小学语文课文的接受对象都是少年儿童,必须充分考虑到少年儿童的特征与接受心理,包括他们的年龄特征、思维特征、社会化特征,契合他们的经验世界和想象世界的联系。因此,从根本上说,小学语文实现儿童文学化是符合儿童教育的科学经验和心理规律的。

三、随着中小学语文教学的改革和新课标的实施,儿童文学作为课外阅读或延伸读

新中国儿童文学

物正被大量应用、出版。教育部颁布的新课标明确规定必须加强学生的课外阅读："要求学生九年课外阅读总量达到400万字以上"，并提出了"适合学生阅读的各类图书的建议书目"，其中有大量读物正是我们熟知的中外儿童文学名著。为了适应课标实施的需要，各地出版部门纷纷组织专家学者编选相关读物。根据新课标选编出版的中小学生课外读物，实际上是一种儿童文学的全社会推广，中外优秀儿童文学作品正通过新课标的实施源源不断地走进课堂，走进孩子们的精神世界。这为我国儿童文学的发展提供了十分难得的机遇，同时也提出了更新更高的要求。

随着时代的发展、语文教育的变革、新课标的实施，尤其是千百万未成年人也即广大学生精神生命的健康成长，基于语文教育发展的儿童文学研究，即儿童文学与语文教育的结合研究成为当下儿童文学学科的重要发展方向是必然趋势。以首都师范大学的儿童文学研究团队为例，近年来，该团队牵头全国师范院校小学教育与学前教育系统，进行了成体系成规模的儿童文学教育研究。

自2012年6月揭牌成立以来，该中心主要围绕中国儿童文学教育、儿童文学家园阅读推广、国际学术交流与合作三项内容开展工作。中心汇聚了海内外一流专家、学者及一线教学名师，在儿童文学与教育之间嫁接桥梁，引领国内儿童文学教育教学和研究的前沿理论与实践，至今已发展涉及各主要高等师范院校初教院及学前教育学院的理事单位，并成功举办各类学术报告、学术会议、阅读推广活动等，对儿童文学教育研究的发展发挥了重要的作用。具体来说有以下几点：首先，有鉴于加大阅读教育已成为目前中国教育改革的重点方向之一，近年首师大在阅读教育领域进行了诸多方面的研究，重点方向有分级阅读教育研究、绘本阅读研究、学校阅读教育与家庭阅读教育研究等，同时还为儿童阅读教育研究与实践的大学、中小学、幼儿园、产业机构等构建阅读教育的重要交流平台。其次，儿童文学与语文教育结合研究既然属于一个新兴的研究方向，其本体理论研究相对较薄弱，首师大儿童文学研究团队推出了将儿童文学与语文教学结合研究的首部高校教材《儿童文学与小学语文教学》，教材内容涵盖儿童文学的理论与教学运用，不仅包括儿童文学的核心原理、中外儿童文学发展通论等理论内容，更重点介绍了儿童文学各类文体的理论与教学应用，包括童话、寓言、儿童诗歌、儿童散文、儿童小说、图画书等在小学语文教育中最常涉及的六大文体的理论与教学应用，突出阐述了如何进行教材内各类儿童文学文体的教学，及在小学语文整体教育中教师如何有效运用儿童文学实现语文教育工具性与人文性统一的培养目标。此外，首师大初教院成为国内第一个开设儿童文学教育研究专业硕士生培养方向的高校，这些研究生入学后会更多参与儿童文学教育研究的科研课题，毕业论文也会按照此方向进行设计，对有针对性地培养语文准教师起到了更有效的师资建设价值。最后，由于近年生命教育与戏剧教育成为基础教育领域的新生研究热点，而儿童文学作为重要的教育资源成为这两个领域的内容主体，首师大儿童文学研究团队适时出版了国内首部生命教育图画书教学工具书《生命教育如何教？100本图画书告诉你》，研究团队中既有国内高校从事儿童生命教育、儿童文学研究的理论工作者，也有具备丰富教育实践经验的一线教师，力求通过这样的研究行为让优秀的生命教育图画书能真正走进教育现场，让儿童文学服务于基础教育，成为教育的重要资源。

这些不同的研究方向、不同的研究成果，正体现出我国当前儿童文学教育研究的丰富形态与多元特质。同时，我们可以看到，一方面儿童文学作为重要资源，以其自身儿童本位的学科特点推动着基础教育的发展,同时,基础教育不同形式的教育形态也推动着儿童文学学科自身容量的增长,儿童文学研究不仅是传统意义上的文学本体的研究,在新时代更融入了多元教育的现代性与应用性研究特质。

　　总之,儿童文学作为基础教育重要的课程资源,要得到充分的利用,要发挥其应有的作用。因此,我们应该继续把儿童文学教育研究工作深入开展下去,关心儿童是全社会每一个人的义务,关注儿童文学是每一个教育工作者的责任,我们有理由相信,随着基础教育改革的不断深入,儿童文学对少年儿童的重要意义会得到越来越普遍的认识。

(原载《文艺报》2019 年 6 月 17 日)

市场化时代儿童文学评论的责任

崔昕平

纸质媒介和印刷文化的发展曾使人类的文学创作达到了高峰。进入 21 世纪,图像、影视、网络及数字化新媒介等"视觉革命"极大冲击和改变着人们的阅读习惯,文学作品的文学性遭遇商业化的侵蚀,肤浅化、娱乐化、碎片化、平庸化、快餐化成为包括儿童文学在内的一切文学创作所面临的巨大挑战。同时,资本经济与文化产业又在拉动着文学生产,文学产品,尤其是儿童文学作品以前所未有的速度与规模走向广大的阅读群体。面临这种新的格局,对儿童文学作品价值功能的认识日益多元,儿童文学批评如何发挥评论引导的力量,是我们必须正视的问题。

儿童文学评论的客观错位

资本经济与文化产业背景下的儿童文学评论,正逐渐从过去学院化、游离于大众的状态走入更为广阔的话语场,对儿童文学的创作热情与言说热情都不再仅仅是儿童文学"圈子"内的事情。同时,市场化也将儿童文学创作与出版推向文化属性与商品属性、教育属性与娱乐属性的艰难博弈。面对这种文学乱象,出版人、大众读者都将理论引导的期待寄托在评论家身上。但遗憾的是,当下儿童文学批评要么世俗化,有意无意地充当了新书宣传的推手;要么精英化,决绝于市场而走向书斋。

前者存在的重要原因在于:虽然儿童文学创作与出版已逐渐升温,但是,对儿童文学这一文学门类特殊性的理解和尊重还远远不足。1988 年,《中国儿童文学十年》编委会在《迎接儿童文学的新十年》中曾经感慨:"中国这样大一个国家,儿童这么多,儿童文学这样一项战略性的事业,竟然没有一个儿童文学研究所,也竟然没有一张儿童文学评论报。"遗憾的是,时至今日,儿童文学研究所虽然已经在部分师范类院校建立起来,《文艺报》等报已经持续开辟儿童文学评论专版,但儿童文学仍没有一份专业的、受到认可的学术期刊,儿童文学批评的专业性仍没有得到足够的重视。由于中国儿童文学评论既没有独立的理论阵地,也没有受到主流文学评论期刊的关注,有些时候,不依托于出版社与媒体的联系,评论家就发不出自己的声音。而借助出版社宣传活动在报纸上发声的文学批评,或由于种种原因屏蔽了评论家的独立观点,或囿于篇幅限制而只能是"蜻蜓点水"。

而批评精英化问题的存在,较之上面的"硬件"问题,则更应引起我们警觉。很多时候,不少畅销儿童文学作品往往在广大儿童读者群以及出版人圈子里受到高度评价,而在评论家圈子里却被有意或无意地"无视"了。期盼理论引导的出版人和读者得不到来自评论家的呼应。反之,评论家并非不关注儿童文学现状。面对市场时代的儿童文学,评论家们忧心忡忡,极力规劝孩子们阅读"纯文学",阅读儿童文学"经典",但却得不到儿童读者的呼应。这同样形成了儿童文学批评的错位,值得我们警醒。

评论功能错位的深层原因

当下,儿童文学生态发生巨大变化。21世纪以前,我国的儿童文学创作与接受基本上是以成人意志为主宰的,儿童的本体需求、真实的阅读反馈并没有机会得到呈现。而进入21世纪,大众传媒时代无孔不入的信息传递功能和市场经济强大的助推力量,使儿童直接参与了阅读的选择与评判。儿童文学真正的受众——小读者浮出水面。创作生产方对小读者的态度从"你应该读什么"转向为"你想读什么"。儿童的意识与喜好决定着畅销书的走向,而成人精英意识则体现在儿童文学奖项的评选结果中。这导致了部分儿童文学获奖作品"叫好不叫座",在儿童读者中缺乏阅读口碑的"小众化"现象。同时,直面市场的儿童文学创作又显现出精英文化与大众文化日益交好的趋势,不断撕扯着精英的评价尺度。

然而我们必须认识到,儿童文学理论批评生态中,如果仅以文学精英的立场强调"艺术本位",其实仍然是一种"成人本位"。当我们面对儿童读者时,尤其是当我们面对低龄儿童时,"为艺术"的儿童文学标准,直接导致对儿童受众的疏离。回溯我国现代出版业发端期的"新文学"出版物,作家以一种"敢为天下先"的气度,努力传达个体的某种文学理想,是一种"努力达到文学制高点的英雄姿态"。然而这种创作姿态,主观上忽略了读者的存在,客观上远远超出了一般读者的欣赏能力。回顾改革开放以来儿童文学作品的传播历程,我们会看到成人意志的积极介入,比如20世纪70—80年代在"教育儿童"主体意志下创作出版的儿童文学作品,流传至今并深受儿童喜爱的少之又少;而在20世纪80年代末90年代初,伴随文艺理论研究的热潮,为凸显某种创作理念、美学思想,以作家独创性美学追求为主导的"新潮儿童文学""探索儿童文学"等作品,虽具文学创新意味,但因没有顾及儿童的阅读能力,仅仅成为作家对文学理想的实验性表达。大量被成人盛赞的儿童文学出版物陷入无人(儿童)喝彩的尴尬。正是这种与儿童读者的疏离状态,形成了20世纪70—80年代以来20余年儿童文学读物出版的边缘地位和以知识读物为主的儿童读物出版格局。

无论20世纪80年代的教育倾向、90年代的文艺倾向,还是当下的精英倾向,其思维源头极其相似。那就是面对儿童文学这一特殊的文学门类时,"儿童"这个阅读主体"本位"的抽离,导致了理论本身的不能自洽。IBBY(国际儿童读物联盟)秘书长雷娜·迈森介绍国际安徒生奖的评奖时曾经说过:"评价一部儿童读物就是在我们自己的审美期待和孩子们的阅读期待之间寻找一种微妙的平衡。"在每一届的评审团中,讨论最热烈的问题莫过于:一本提交上来的书是否对孩子具有感染力,是否评委最终仍是以成人的眼光来做评判的。在我国,儿童对图书的评价并未被成人重视,虽然束沛德在2004年就曾呼吁:儿童文学评奖应当充分倾听小读者的意见。"儿童喜欢不喜欢"虽然不是"判断儿童文学优劣的唯一标准",但却是一个重要的、不可忽视的尺度。

儿童文学评论应有的理论姿态

高高在上的批评态度,一方面造成了出版人的压迫感,本应合力共谋的出版文化,变成了正负两极;另一方面,对儿童喜爱的热点作品不屑一顾的态度,又造成了儿童文学评论引导作用的实际缺席。21世纪初,面对因海外畅销书引发的幻想文学创作"无序"状

态,王泉根曾指出:"主流文学放不下架子,不予理睬,或简单地将它们指斥为'装神弄鬼',缺少负责任的学理批评。由于'放任自流',幻想文学创作可谓泥沙俱下。"

理论引导的缺席,并不代表大众不需要批评的引导。在大众疏远批评的同时,我们看到大众对来自普通读者评价的依赖。当当网俞渝曾谈道:"在一个缺乏好的评价机制的地方,顾客更愿意听到其他顾客的反馈或者熟人的声音""一般顾客的声音决定着图书的销售命运"。这样的儿童文学评价生态,应该引起理论研究者高度重视。跟着宣传走,跟着一般顾客的声音购书,导致了当下受众购书的两大趋向:一是厚今薄古,追时尚,使文学图书成为一种时尚性消费。二是崇洋抑中,追西方。据当当网近期的数据统计显示,本土原创儿童图画书的销量占比仅有 7%左右。

文学评论家作为特殊的读者群,对文学作品的评价具有导向作用。文学评论家可以帮助大众认识一部作品的审美价值,进而使某部作品在文学史上占有一席之地;也可以将一部作品排除出文学史之外。因此,儿童文学评论家不应囿于精英文化的尺度而忽视"儿童本位",应重视儿童文学门类的特殊性,蹲下来,贴近儿童的审美心态,以儿童文学的美学标准评价作品;应对当下作品给予及时、客观、有效的评价,发现当下的经典作品,推动其进入历时性的检验,剔除低俗作品,为儿童读者提供有效的评论引导,切实参与到儿童文学史的建构过程之中。

另外,目前的儿童文学领域,虽每年均有大量作品问世,却缺乏热点或焦点,部分作家个人风格变化不定,创作局面散乱,使得儿童文学创作步入一种寻求突破而未果的"高原期"。突破这个"高原期",急需来自理论层面的梳理、总结与引导。因此,评论家的力量不应仅仅局限于就作品论作品,还应该体现在评说风格和培育流派上。独树一帜的创作风格与旗帜鲜明的文学流派的生成,才是一个时代文学走向繁荣的重要标志。这些工作是儿童文学评论家义不容辞的责任。

（原载《光明日报》2015 年 8 月 10 日）

儿童文学批评价值体系建构的问题意识与方法路径

李利芳

"儿童文学批评价值体系"研究"儿童文学批评"的价值评价属性,研究批评主体与批评客体价值关系的建立,以及对这一关系起关键影响作用的儿童文学价值观念、价值标准以及伴随的批评理论方法等,它是一整套和价值评价行为相关的理论范畴和意义系统。这一研究提出的背景主要基于当前我国儿童文学创作出版事业繁荣发展与理论批评滞后、评价标准模糊之间的失衡,是文学实践发展推动学科观念进步、解决时代课题的一个具体体现。

一

儿童文学的价值判断与生俱来,可以说,儿童文学的产生就是价值判断的结果。人类社会对"儿童"特性给予价值肯定,认为其足够特别而需要他们自己的文学,因此这类文学自自觉发生起,便因其特殊价值而自足存在。儿童文学是人类对于"儿童主体性"价值选择的结果。儿童文学虽以满足儿童的精神需求这一根本目标而自在,但由于儿童是正在成长中的"社会人"这一基本事实,儿童文学便与社会议题紧密关联,其文化实践与意识形态属性不言自明,价值评判也便必不可少。受哲学、美学、社会思潮影响,价值判断研究属儿童文学领域的难点问题。正如儿童文学学者约翰·斯蒂芬斯(1995)指出的,在价值判断问题的研究上,当代理论似乎对儿童文学研究无所作为,我们除去对价值与品质做冒险判断外别无选择,因为儿童文学是如此彻底地被各种社会立场、意识形态所卷裹,同时也或隐或显地密切联系着儿童的文化适应与社会同化,批评者和评论者不能不负社会责任地逃避判断,我们能做的,是对于我们的判断基石持开放和自省的态度。①联系当前我国具体社会语境看,儿童文学已经历黄金十年的发展,并正在进入第二个黄金十年的事实,使得多元社会力量介入、干预儿童文学价值评判会更加凸显。立场、利益、目标的多样化既能有力丰富、活跃儿童文学生态系统,解放其审美生产力,同时也会极大扩容价值选择,刺激多元价值观念的形成,加大价值判断的难度与争议性。充分的文学实践迫切地吁求理论研究的观念转型,有关"儿童文学是什么"这样的事实认知研究会更加转向基于现实的、可靠的社会语境的"价值认知"。也就是儿童文学学者彼得·亨特(1991)指出的,过去二三十年来理论批评界转向,认为"品质"或"价值"不再被作为文本的一个本质属性,而是被接受语境所决定。②约翰·斯蒂芬斯(1995)承接他的观点具体解释,实际上"品质"就依赖于在特别的历史时刻中的社会文化价值观、理想抱负、意识形态、读者意愿、日常生活观念、社会群体被授权对图书的判断等这些更复杂的内涵的结合。③彼得·亨特对西方儿童文学学术界的走向考察,现在看来正吻合我国现阶段儿童文学学术界面临的转型趋势。因为稳定的、静态的儿童文学观念体系已经被打破,我们前所未有地被置于现时代的儿童文学生产、发行、消费、接受的特定的文学场域中,被置

于其中勾连有更多复杂权力关系的社会关系网中。因此,抽象的、想象视阈中的儿童文学观念对此无力应对。"价值认知"更强调对实践文学活动场域的关注,它以价值思维为导向,重视网状权力结构中各类价值生成的复杂机制,透视儿童文学活动中多重价值关系建立的时代性与社会性特征。它以更为开放、系统、前瞻的儿童文学价值意识,去对发展中的、可以被儿童致以价值确认、典型的"占位"文本做出学理性的价值分析,给予其更为客观的价值判断。"价值认知"追求多元整体的价值视点考察路径,对儿童文学活动中的价值主体做多向度多层次内涵分析,以更全面深刻理解儿童文学作为独特文类的审美价值和应用价值。"价值认知"重点自然是对儿童文学文本具有的共性的价值属性或价值要素做理论发现与概括,此是回答"儿童文学何以有价值"或"儿童文学何以对儿童发生价值"的根本思想素材。在廓清儿童文学多重价值功能的基础上,"价值认知"的重任可能更在于明晰价值体系中的"核心"部分,即那些构造为"儿童文学之于儿童终极影响力的部分",也即儿童"价值观"的建构。"价值认知"研究理路直指儿童文学的文化实践属性,关注其在落实目标读者社会化进程中价值实现的合理性、有效性。"价值认知"的最终目标是建构起科学实用的儿童文学评价标准,这一标准属于儿童文学批评价值体系中的"硬核"部分。这一标准显示在文学范畴内,使儿童文学更呈现其纯粹的经典的文类特质,但其精神使命是使儿童走上健康的社会化道路,它与使儿童社会化的价值标准具有同一性。

二

西方儿童文学批评价值问题的研究一直与成人文学领域关联紧密,受各类哲学美学思潮影响深刻,其中儿童文学的文化实践特质属于被重点关注的对象,例如有关青少年主体性形成、文本意识形态与读者主体性、隐藏的成人与影子文本等方面的研究,究其实质均深度关联于儿童文学的价值意义与社会价值标准。近年来,儿童文学学者罗伯塔·特里特斯(2014)利用认知语言学、认知文学理论等方法研究青少年文学中"成长"的文学概念化问题,指出青少年文学所关注的主要是成长的叙述及其隐喻,而与此相伴随的文学批评也就主要关注于各种成长的隐喻。主体性的个人主义价值取向加强了这二者的联合,20世纪60年代以来英语儿童文学的成长叙事模型偏好——第一人称叙事以及单一故事主人公所主导的叙事焦点均深刻凸显出对社会价值进行评判的主人公,显示出小说(尤其是给青少年的小说)和批评都推崇年轻人在发展自律性、崇尚自我价值以及自己的身份时对于成人权威的对抗。西方儿童文学批评对价值问题的关注及所内含演绎的价值标准,是我们建设中国本土儿童文学批评价值体系时必须了解掌握的学术趋势。

现代中国儿童文学萌生于近现代以来的社会变革与思想启蒙运动,从诞生起便属于社会文化实践的有机组成部分。它是西方现代儿童观、儿童科学研究普遍影响的直接产物。中国"儿童文学"是"儿童问题"觉醒时表现最敏锐、最活跃的部分,它直抵对于儿童天性的发现与尊重,直抵从健全童年走向良好人性发展,进而革新国民性、民族性格的光明道路,因此被新文化运动的倡导者与推动者们全力引荐与建设。现代中国儿童文学发生时的价值起点很高,"从社会史方面说,儿童文学的发现已被认作中国进入现代社会的一个因素与标志"[①]。儿童文学是"现代性"的一个症候,也是结果。学者玛丽·安·法夸尔研究中国儿童文学的著述被纳入"现代中国研究"系列丛书之一,足见西方社会看取现代中国的独特价值视角选择。玛丽·安·法夸尔在《中国儿童文学:从鲁迅到毛泽东》的引言开篇即指出："从 20 世纪早期开始，现代中国儿童文学就被置为一种意识形态的工具来重塑中国。围绕童年、教育、语言的观念引发了深刻的争论。而争论的核心就是儿童文学在中国走向现代化过程中的作用。"⑤由此可见西方学者对现代中国儿童文学的价值判断基座。

作为一种积极的价值选择，儿童文学在"五四"时期被先进的文化人士致以非常丰富的价值内涵解读，鲁迅、周作人、郭沫若、郑振铎、叶圣陶等一批学人，围绕"父与子"的关系、"儿童本位""儿童世界"等关键词，联系其时知识分子的精神处境及文化追求，与儿童文学及其内含的深刻的童年精神生态建立起了非常紧密的价值关系。这种关系的意义由"儿童问题"上升至"中国问题"，在民族国家想象维度释放其巨大的思想解放力。但其具体落实支点却在"童年"与"文学"各自的价值发现及其内在的精神生命关联上。"新文化"思想启蒙使"文学"与"人"建立起了新的关系，作为"人之初"的儿童，他们开始拥有自己的文学，这种新的文学形态专为儿童所创作，与新的儿童互为一个整体。"文学"与"儿童"以自觉的思想观念创立起了"生动"的关系，这种关系是日常性的，是儿童愿意并能够接受的。它改变了儿童的生活方式及其内容，其接受效果又直接关乎社会"让儿童成为什么样的人"这样的宏大命题，因此现代儿童文学的发生其意义是划时代的，因为它在日常性中找到了"儿童"与中国现代化关联的有效通道。

在 20 世纪早期，中国儿童文学即已建构起多元价值观念形态。⑥"现代儿童文学"的观念是从西方引进的，但具体落地、建设与发展却是本土化的，属于中国自己的文化传统、社会语境、政治形势、教育基础等综合因素影响使然，儿童文学一直紧随社会发展进程，探索调整着自己的价值方向。特别是 20 世纪三四十年代左翼文艺运动为中国儿童文学的发展注入新鲜的血液，为其赋予了更高的社会价值地位，张天翼、严文井等在革命与文学之间对儿童文学展开美学实践，从现实出发，有力地回答了中国儿童文学"应该如何"方面的问题。

当代儿童文学在 20 世纪五六十年代曾经一度在教育论的观念上走向极端，呈现出儿童文学在主体性的探求问题上的曲折与艰难。新时期以来儿童文学实现了向"儿童"与向"文学"的双重价值回归，围绕这两大价值支点，儿童文学重启价值内涵建设，尤其在儿童主体性的认识上有重大突破。刘健屏写于 1982 年的《我要我的雕刻刀》被文学史视为标志性作品，因为作品正如题目所灌注的强烈情感指向一样，出现了敢于向成人权威挑战、敢于对社会价值进行评判的儿童主人公。此后，范锡林的《一个与众不同的学生》、庄之明的《新星女队一号》、李建树的《蓝军越过防线》、铁凝的《没有纽扣的红衬衫》等都延伸了新儿童形象的理念认同，共同汇聚出儿童主体性解放的时代气象。在童话领域，"热闹派"童话主打"游戏精神"，以对儿童生命能量、生命展现形式的极大尊重，迅速打破儿童文学界沉闷已久的道学气，带来了久违的活跃的属于儿童文学特有的文类审美特质，代表作家郑渊洁随之也成为知名度极高的儿童文学作家。新时期儿童主体性问题属于当代文学主体性思潮的有机组成部分，是对社会进步、时代发展之于"人"的主体性建设的价值呼唤的积极应答。与创作呼应，80 年代儿童文学理论在观念上也很有创新突破，有两个观点一直以来影响深远。班马于 1984 年提出"儿童反儿童化"，曹文轩于 1984 年提出"儿童文学作家是未来民族性格的塑造者"⑦，这两个观点有力呼应，正好互补指向儿童文学中的"成人"与"儿童"两大主体，明确了各自的价值目标。我们把两个观点联系起来作整体看，更有建设意义，正好说明儿童文学中多重价值主体性共在的复杂情形。

新时期以来儿童文学40年的发展历程，也就是不断革新价值观念、迎接多重价值关系挑战、逐步丰富价值追求的过程。20世纪90年代以后的儿童文学，开始面临市场经济与多媒体电子语境的大环境变化，儿童文学突然被置于前所未有的另一个开放的空间格局中。特别是21世纪以后，商品化形态直接刺激了儿童文学的创作、生产、传播、销售，快速对接到现实中的数亿计儿童，各类阅读指导与阅读推广活动也应运而生。伴随教育观念进步与教育改革的推进，以及社会经济发展与家庭收入的提高，儿童文学在更广泛层面上被作为丰富的教育素材使用。原创儿童文学生产力被极大解放，童书出版成为国内出版链条中最活跃的板块，这一现象一直在持续推进。

充分的儿童文学实践带来了价值评判的难度。孙建江早在20世纪90年代即提出了艺术的儿童文学与大众的儿童文学的区别⑧，指出了分类指导发展的思路。进入21世纪以来，朱自强用"中国儿童文学正处于史无前例的'分化期'"⑨这一判断来把握这一时代。在面对消费文化对儿童文学的巨大冲击时，方卫平提出儿童文学在顺应消费文化的同时，要致力于通过培养儿童读者的文化批判意识来推动当代童年文化与未来社会文化的积极建构⑩。

在多元共生的儿童文学黄金发展时期，对儿童文学的经典品质或其终极价值使命的坚守，一直是一些儿童文学学者力主倡导的。曹文轩在1984年提出的"儿童文学作家是未来民族性格的塑造者"的基础上，于1997年在《草房子》的后记中，提出了"追随永恒"的儿童文学美学价值思想，之后将其发展为儿童文学"为人类提供良好的人性基础"⑪。从"人类"与"人性基础"层面立论儿童文学的价值功能，显然其艺术使命意识更强，文化意义更为深远，深刻映现出中国儿童文学作家宽广的人文胸怀与深邃高远的价值追求。此一价值立足点契合我们国家、目前在世界范围内所倡导与推动的"人类命运共同体构建"的理念，在以童年为起步走向"民心相通"的大道上，中国儿童文学的重要性无与伦比。2016年曹文轩获得国际安徒生奖，有力地证明其所坚守的价值观念获得了国际认同。此一观念是我们建构儿童文学批评价值体系时着重要纳入的思想资源。

三

"儿童文学批评价值体系研究"主要以20世纪初以来中国儿童文学的批评理论与批评实践为考察对象，分析和阐发不同历史时期中国儿童文学批评中的不同"价值评价"问题，在学术史梳理的基础上，基于中国当代社会价值转型和价值重塑对人的特殊性要求，研究中国儿童文学批评活动的价值评价属性，批评主体与批评客体价值关系的建立，以及对这一关系起关键影响作用的儿童文学价值观念、价值标准以及伴随的批评理论方法等。这一体系建构的学术创新主要在引入世界儿童文学价值问题研究的学术视野，积极呼应当下我国儿童文学批评价值标准模糊、价值评价混乱的现状，以培育和践行社会主义核心价值观为目标，追求"儿童文学批评价值体系"理论建设的主体性与原创性，开拓出儿童文学新的研究空间。

具体方法路径将立足中国儿童文学历时与共时的文学语境，以体现继承性与民族性为首要出发点，以价值思维为导向清理与概括学科既有发展成就中有关"价值评价"内容的学术思想，为坐实"儿童文学批评价值体系"本土精神向度提供充分的学理支撑。成果将突破既有研究中对价值标准的界定或过于宏观或囿于"经典论"而缺失具体内涵的局限，从人类儿童文学的共性与民族个性出发，力图从学理上解析清楚"儿童文学究竟对谁有用、有什么用、用处有多大"等一系列涉及价值判断和评价的根本性问题,进而提出作为"硬核"的、以社会主义核心价值观引导的儿童文学"评价标准"。

具体方法路径从论证儿童文学批评价值体系建构,尤其是评价标准建立的历史必然性与现实紧迫性起步,儿童文学批评价值体系建构主体内容重点是解决儿童文学批评"价值体系"的基本架构及其理论内涵。当前文论界界定的文学批评的价值体系是"包括评价标准在内的价值观念或意识,价值选择或取向等一系列范畴及相关的机制"[12]。而"儿童文学批评价值体系研究"要展开的是,儿童文学作为一种独特的文类,其在满足一般文学批评共性的基础上,其个别性与特殊性在价值体系建造的根源、基础,价值体系构成要素上的具体表现。因此,具体研究将依照建构价值体系的内在逻辑及其理论内涵进行。包括五个拟定要解决的问题,五个问题及其内在逻辑关系为:其一,儿童文学艺术价值形成及价值实现机制研究,这是逻辑起点;其二,儿童文学价值观念研究,这是理论基石;其三,儿童文学批评价值体系之内的批评理论研究,这是批评方法论资源;其四,儿童文学批评"评价标准"研究,这是价值体系的"硬核";其五,基于儿童批评价值体系理论的批评实践研究。前四个以逻辑递进的关系建构为"价值体系"的主体内容,第五个是对建成的价值体系的批评实践验证研究。

(一)儿童文学艺术价值形成及价值实现机制研究

儿童文学批评的对象是作品的价值属性、特征以及围绕潜在的多维价值可能性所相关的价值活动现象。因此,从根源上说清楚儿童文学的艺术价值形成及实现机制,才能对应做价值分析,并从学理上辨清"为何存在价值高低优劣"这样的价值判断命题。儿童文学的产生基于"儿童的发现",基于对"童年期"之于"人"的个体生命和"人类"的集体生命的"根性"的价值意义的领悟。"儿童的发现"是人类自我认识的一种推进,至今为止也不到 400 年,人类对"儿童"所知其实还非常有限。儿童文学的艺术价值形成于人类对"童年"价值的自觉确认,离开人类有关"童年"的价值态度,便无所谓儿童文学的存在。"儿童的发现"内含着一个基础的结论——儿童与成人是不同的,他们是"特别"的一个群体。但具体究竟是怎样的一种"特别",这就是"发现儿童"之旅,它一直在进行而没有终结。"儿童文学"是一种艺术形态,但却是"发现儿童"思想形态中非常重要的组成。它开辟了一种亲近儿童的特别通道,它探求论证的就是文学思维方式之于"发现儿童"的唯一性价值,同时包括解放儿童的特殊价值。儿童文学艺术价值形成及实现机制主要研究"儿童"与"文学"的价值关系建立,以及其双向互动的复杂关联。

随着社会物质生活的变化,以及因此而起的社会心理、社会文化结构的不断变化,儿童文学艺术价值形成及实现机制均会演绎变化。我们应该特别立足时代与现实语境,聚焦儿童文学价值构成的"合理性",研究多元价值的历史发展及其社会实践特征。还要去深挖与细剖各种显性的"艺术价值"之所以"成立"的依据所在,甄别各类"价值"的"真实性"与"虚假性",澄清"虚假价值"的危害,并找到对应的解决办法。

(二)儿童文学价值观念研究

儿童文学价值观念是人们世界观中之于"儿童文学"形成的一种范式性的东西,具有相对稳定性,它支配人们对"儿童文学"这一价值关系对象做出价值选择与取向。也就是说,评价主体能够做出"儿童文学有价值"或"有什么样的价值"这样的认识判断,前提基于其所持有的价值观念。具体来看,儿童文学价值观念其内涵又不仅止于人们对"儿童文学"的观念,还特别显著体现在对"儿童"的观念,也即我们通常所说的"儿童观"上。"儿童观"是儿童文学价值观念的基础构成。也就是我们已经达成的共识,儿童文学的问题究其根本首先不是文学的问题,而是儿童的问题。

人类儿童文学的发展过程就是儿童文学价值观念的发展过程。或者说,儿童文学价值观念变革是推动儿童文学变革的第一生产力。儿童文学价值观念的主体构成有其复杂性,表现为"儿童"与"成人"两大向度及其伴随的差异的文化内涵。而就"成人"内部,也有参与的多重主体力量,如作家、出版人、发行人、销售员、阅读推广员、图书馆员、书评人、学者、教师、父母等家庭成员等,也即多重社会组织机构会作为主体力量影响到儿童文学价值观念的形成。今天来看,价值观念主体构成已愈来愈趋于复杂化,愈来愈呈现为"众声喧哗"。

因此,我们将立足于历时与共时的文学语境,澄清价值观念形态的历史发展及现实格局,透视与厘清不同观念的"价值主体",界定主体的身份特征,科学合理地解释各种"身份"的必然性及其意义,既要确立更为宽容的多元价值主体共存的构成体系,又要确立基本的规则与边界、关于主体的站位及对其的价值规约等。

(三)儿童文学批评价值体系之内的批评理论研究

儿童文学批评价值体系就是支持批评的价值理论,它立足价值学角度对批评展开研究,与从一般文学原理角度对批评的研究有区别,但也有联系。价值哲学是运用于此研究的最直接的理论资源,但文艺美学、文学社会学以及儿童文学自身的多元理论方法论资源均与此密切相关。由于没有现成的儿童文学价值学理论,因此我们所建构的价值体系本身就内含价值体系视野内的批评理论研究。研究将关注我国儿童文学自现代发生以来,批评界聚焦、引介、自我建设、使用的理论方法有哪些? 在不同历史时期这些理论的发展变化情况是怎样的? 这些理论方法中内含的价值思维、价值评价有怎样的表现形态? 然后考察既有批评理论中哪些部分可以直接纳入目前的价值体系? 或者说在什么层面上可以具体使用,或辩证使用? 哪些部分又是可以作转换建设,要指明其路径。

在对待儿童文学理论方法论的问题上,我们一定要持开放自省的态度,要提倡两种借鉴:一是对世界范围内儿童文学理论研究、方法论趋势的掌握,理解其精髓而建设性学习汲取经验;二是对儿童文学之外成人文学理论研究发展的借鉴,儿童文学一定不能缩在自己的小圈子里故步自封。

(四)儿童文学批评"评价标准"研究

评价标准是整个价值体系中的"硬核",这个硬核的凝练与获得不是完全新生的,它基于"历史的"与"时代的"意义要素的统一。国外儿童文学批评者和书评人在评价中隐含的评价标准有一定共识,表现在儿童文学的审美价值与实用价值两大方面,可以概括为"有品质的快乐,故事的呈现、讲述、聚焦,意义的多层,角色、自我、社会、母语,圆满的结尾"①等若干方面,其中一些观念具有儿童文学的共性特征,可以为我们借鉴。20 世纪初期魏寿镛、周侯予、朱鼎元、周邦道、张圣瑜、王人路等研究者均对优秀儿童文学的选择标准从形式、内容、审美要素等各方面展开过研究。百年来我国儿童文学理论批评史中沉积着大量的有关评价标准的观点,本研究将在充分梳理中外既往儿童文学理论与批评资源中丰富的"标准"言说的基础上,立足当下中国的社会文化语境,建立起以主导价值观引导的儿童文学评价标准,并在实践性批评中不断获得验证与修正。

(五)基于儿童批评价值体系理论的批评实践研究

批评实践是对价值体系理论的检验,主要考察将具有普遍性、稳定性特质的价值体系应用于具有个别性、活跃性特质的批评实践中的可行性与科学性,验证反思其适用性与被接受的信度与效度。

综上,基于从问题意识到方法路径的呈现,儿童文学批评价值体系研究切实面向我国儿童文学事业发展过程中价值评价滞后的实际问题,去建构具有自身特质的、科学实用的、真正坐实的儿童文学批评价值体系。自然,价值体系的基本架构及其理论内涵、儿童文学批评评价标准的提出、用于价值评价的儿童文学批评理论的整合等均是未来探讨的重点议题。

[注释]

① ③ ⑬ John Stephens, "Children's Literature, Value, and Ideology", *Australian Library Review,* 1995.

② Hunt, Peter Criticism, *Theory and Children's Literature,* Oxford:BasilBlackwell,1991.

④ 王泉根:《现代中国儿童文学主潮》,重庆出版社 2000 年版。

⑤ Farquhar, MaryAnn, *Children's Literature in China:from Lu Xun to Mao Zedong*, New York: M.E. Sharpe, 1999.

⑥ 李利芳:《论中国现代儿童文学价值观念》,《江汉论坛》2017 年第 2 期。

⑦ 班马:《视角研究——中高年级儿童文学的审美特点》,曹文轩:《儿童文学家必须有强烈的民族意识》,1984 年 6 月"全国儿童文学理论座谈会"论文。见陈子君编选:《儿童文学探讨》,河北少年儿童出版社,1991 年 12 月第 1 版,第 396—417 页,第 335—374 页。

⑧ 1997 年 8 月 4—9 日,孙建江应邀出席在韩国首尔召开的"世界儿童文学大会",在会上他发表了题为"艺术的儿童文学与大众的儿童文学"的大会主题演讲。

⑨ 2006 年,朱自强基于对新世纪儿童文学发展走向的深入思考,提出了"分化"一词来试图厘清一些儿童文学重要动向的"内在关联",后来他成文系统表达了"分化期"的具体表现,特别提出了要建立通俗儿童文学理论的问题,实际是建立不同评价标准的问题,见朱自强:《论"分化期"的中国儿童文学及其学科发展》,《南方文坛》2009 年第 4 期。

⑩ 方卫平,赵霞:《论消费文化背景下的儿童文学创作与出版》,《南方文坛》2011 年第 4 期。

⑪ 曹文轩:《为人类提供良好的人性基础——关于文学的意义》,见《曹文轩论儿童文学》,海豚出版社 2014 年版。

⑫ 毛崇杰:《颠覆与重建——后批评中的价值体系》,社会科学文献出版社 2002 年版。

(原载《西南民族大学学报》2018 年第 6 期)

453

新中国儿童文学

70 年

1949-2019

新时代民间团体儿童阅读推广特点探究

王 蕾 陈云川

进入新时代以来,全社会在政府的大力倡导下对儿童阅读的重视被提升到了新的高度。当前,构成儿童阅读社会支持系统的支持节点主要有少儿图书馆、民间团体、专业研究机构以及家庭阅读。民间团体推动儿童阅读是一种非官方性的社会行为,社会上推广儿童阅读的民间团体主要有公益性儿童书屋、专业研究团体、阅读项目、志愿者团体、读书俱乐部等多种形式,以自下而上的形式为我国儿童阅读文化的提升带来源源不断的动力。本文将重点讨论民间团体新时代下的儿童阅读推广特点。在此,针对本文所讨论的儿童阅读的社会性概念及其范围,我们仅讨论除学校及家庭两大阅读平台以外,儿童在社会公共文化场所参与的各类阅读活动。

一、变革儿童阅读理念

对儿童阅读观的讨论,从字面上可把握"儿童"和"阅读"两个关键词。通常意义下的"儿童观"即为人们对"儿童"这一概念和群体的普遍看法及态度。但从不同学术研究角度出发,对儿童观的定义又不尽相同,在这里,我们尝试从教育视角和儿童文学视角去探讨儿童观的转变对儿童阅读所带来的影响。卢梭通常被认为是第一个"发现儿童"的人,他认为教育应遵循儿童的自然成长,长期以来,"儿童观"的缺失是我国教育领域和文学领域的共同问题,对"儿童"的认识空白造成了儿童教育的主体缺失等现象,"五四"时期,伴随着对传统儿童教育问题的批判与反思,"儿童"被发现,"儿童文学"得以发现,"儿童本位"的儿童观得以确立,"五四"时期儿童文学理念的传播及国外作品的翻译引入,刺激了传统的儿童阅读。

然而,在之后的很长一段时间里,儿童阅读又走入了"沉默"的阶段。虽然出现了几代具有时代影响的儿童文学作家,大量优秀的儿童文学作品问世,而在将"儿童"引向"阅读"的过程中却遇到了理念传播及实践的困境,大众观念中对儿童阅读观的认识和讨论缺少了"必要性"意识。

21世纪到来,儿童阅读的神秘面纱被逐渐揭开,个中因素涉及时代教育变革、人类迫切的阅读需求、经济文化发展等,在此无法一一论述。政府层面对儿童阅读观的理念认识推动了教育、文化领域的理论研究和实践,形成了大众意识形态下的"儿童阅读观",它更关注儿童主体成长,在此将其综合概括为:根据儿童年龄特点和心理发展阶段的不同,以"阅读"为其心理活动内容,对其阅读行为、阅读心理所持有的认识和态度,同时,对这种认识和态度处在不断建构的过程中。

儿童阅读观念的变革体现在教育改革、读物出版关注儿童心理层面的需求、文化事业单位为儿童阅读提供支持、学术研究的专业化等方面。这些变化带来了儿童阅读的实践性成果。从受众方面来说,为儿童推荐或提供优秀的童书资源,提供阅读交流和情感表达的平台,创新阅读形式、延伸阅读活动,给予儿童更丰富更完整的情感体验和成长教育,引导儿童阅读并培养良好阅读习惯;从影响传播来说,在社会上广泛传播阅读理念,通过活动,反馈真实的阅读效果;从优势上说,教师资源、专家资源、出版资源、图书馆资源等多方资源汇聚,其独特的活动形式更易吸引少年儿童的阅读兴趣。

二、阅读推广的专业化发展

重视对儿童阅读的理性研究是近年来民间团体推广儿童阅读的鲜明特点。他们从提倡、开展阅读活动起步,发展到成熟的阅读推广,形成自己的儿童阅读推广模式,在实践中探索,引入新思考,将阅读研究纳入阅读推广体系中去。

(一)重视阅读研究

民间团体进行的阅读研究具有非常强的实践性,这是基于其多元化的角色,包含了理念传播者、活动举办者、信息采集者、阅读研究者、合作沟通者等,可以说,一个成熟的民间团体在常态化运作中具备相对独立、完善的儿童阅读推广体系。

研究的受益主体是儿童,研究的目的、内容、范围、主题、受众都紧密围绕着 18 岁以下儿童阅读行为的发生。研究领域涉及多方面,是立体化的研究,有从社会学角度进行的针对儿童阅读现状的综合性研究,有从阅读心理角度切入的对儿童阅读行为的内隐性研究,也有关注阅读活动外在表现形式的外显性研究。由于民间团体的非官方特点,在开展阅读活动的同时即能及时收获效果反馈,研究的时间弹性大,数据信息流动快。相较于政府层面的阅读活动,民间团体具备了数量优势,也正是这种优势,让儿童阅读活动精彩纷呈,研究内容多元化,活动形式灵活创新。

民间团体进行阅读研究的外在表现形式通常以研讨会、论坛以及研究成果的呈现为主。目前影响力较大、社会认可度较高的阅读论坛主要有新阅读的领读者大会、北京国际儿童阅读大会、中国儿童阅读推广人论坛、海峡两岸儿童文学与儿童阅读交流论坛等,与会人员来自教师团体、儿童文学研究者、阅读志愿者、出版界、图书馆界、阅读推广人、儿童文学作家等,研究团队庞大,研究内容涉及儿童读物出版、儿童阅读现状、儿童阅读心理研究、阅读推广模式等,为构建儿童阅读社会系统工程汇聚了专业力量。

(二)合理构建资源体系

21 世纪以来小学语文教育的改革深刻影响着儿童文学与儿童阅读运动,课标中加大了对学生课外阅读的要求,尤其是近年来部编版语文教材中对儿童阅读的大力倡导,这让儿童阅读进入了蓬勃发展时期。校内课外活动的时间和空间毕竟有限,民间团体作为一类新兴的阅读推广组织,新颖的活动形式能够吸引众多儿童的参与,同时公益性特点及阅读理念的广泛传播也为其阅读活动的推进带来了丰富的社会资源,包括阅读推广组织和阅读材料资源,它们在大量实践中逐渐形成阅读资源体系。

社会性资源让民间团体的阅读推广更具活力和灵活性,也拓展了阅读活动的形式,民间团体也作为社会资源与其他机构相互作用。从社会层面看,可将这些社会资源视为一个坐标系。从横向上看,包括各类儿童阅读推广组织如政府机关、图书馆、出版社、书店、民间团体、网络等;从纵向上看,主要围绕阅读材料进行,包括童书创作、出版和销售。

民间团体之所以能将各类社会资源汇集成一个资源系统,一方面在于它具有极强的灵活性和自主性,主办者根据儿童的实际需求提出不同的阅读主题,寻找可利用资源构思特色阅读模式,如民间团体与出版社合作开展好书推荐、作家见面会、阅读分享会等活动；与书店合作，书店提供合理的阅读空间和适宜的阅读氛围，民间团体给予专业的阅读引导，开展亲子阅读、经典阅读活动。另一方面，社会资源与民间团体的合作反过来促进其自身发展，作家在与儿童的接触中不仅能获得大量创作素材，更能以儿童视角观察童心，反思个人写作，同时也能提升社会知名度；出版社作为童书出版者，能在合作中扩大童书出版影响力，了解儿童阅读需求和阅读兴趣，改进童书出版现状，走出品牌化道路；书店更能在与民间团体的合作中培养大批读者群，拓展书店单一的童书销售功能。

民间团体能够根据资源优势、儿童需求和自身能力而开展不同的活动，形成自身特色活动，并在这过程中逐渐实现资源整合，将推动儿童阅读的社会性资源汇聚起来，在相互合作及磨合中构建起合理的资源体系。新颖的活动形式把儿童从传统僵化的阅读模式中解放出来，从"静"阅读走向"动"阅读，让儿童的阅读体验更加丰富有趣，在阅读中享受快乐，体会成长，在潜移默化中促进其心智发展，提升人文素养。

（三）民间团体的专业师资：儿童阅读推广人

在民间团体兴起的同时，有一批致力于儿童阅读推广的热心人士，他们分散在社会的各个领域，从社会职责和实际出发，助力于儿童阅读，我们称他们为"儿童阅读推广人"。儿童阅读推广人兼具推广人与研究者的双重身份，是国内阅读推广的中坚力量，他们的职业构成非常多元，有儿童文学作家、儿童文学研究者、儿童阅读研究者、中小学教师、全职妈妈、图书编辑、媒体人、评论员以及其他领域的阅读热心人士。他们在儿童阅读的推广中发挥了巨大的社会号召力，深刻影响着阅读理念的传播，一定程度上，儿童阅读活动的开展与他们的推广行为密不可分。

首先，儿童阅读的践行应基于对阅读理念的认识和支持，在将阅读文化视为提升民族文化素养的重要内容后，推广人顺应社会阅读理念的变革而产生。其次，儿童是阅读过程中的核心主体，但他们往往是被动的，需要成人引导的，而大多数成人并未将儿童阅读理念内化到自己的意识主体中去，阅读推广人正是传播理念并使其内化到成人观念结构中去的重要媒介。最后，阅读推广人也是某时期引领儿童阅读的风向标，儿童"读什么"和"怎么读"是阅读前要解决的关键问题，推广人所具有的媒介性特点让其理念和研究得到迅速传播。

三、创新阅读活动形式

民间团体开展的儿童阅读活动从最初的完全自主性、无序化，向规范化、品牌项目化发展。近年来分级阅读在我国的提出和发展，让阅读推广开始遵循儿童不同年龄段的心智发育程度为儿童制定科学的阅读计划，并提供合理的读物参考范围。在重视儿童分级阅读的基础上，民间团体推广阅读的形式更加灵活，具有区域性特点。当前，民间团体开展儿童阅读活动主要有以下几种形式。

（一）读书会

读书会是开展儿童阅读活动最常见的方式之一。广义的读书会即指以儿童为主要参与者，以分享阅读为核心，通过诵读、朗读、阅读体会交流、游戏、角色扮演、写作等各类形式开展起来的读者聚会。狭义的读书会即指由成人引导一定数量的儿童共读一本书或交流读书体会的活动。在此，我们以广义的读书会为讨论范围。

从具体操作和内容来划分，读书会主要分为两类：一类是以"读"为主要内容，一类以读后交流为主。以"读"为主的读书会，根据参与儿童年龄选取合适的阅读材料，由于时间较为固定,多为短篇儿童文学作品,如短篇童话、诗歌、小说、戏剧,或有趣的图画书。通常在活动前儿童就已完成相关阅读,在读书会上根据自己阅读中所出现的问题和阅读后的体会进行交流,可以是随意地发言,也可以是成人引导者根据阅读材料设置相应的活动环节或交流问题。有部分读书会以亲子阅读为主题,邀请父母与孩子共同参与活动,促进了亲子关系的推进与"深阅读"的实现。

(二)户外阅读活动

户外活动是民间团体开展儿童阅读的特色活动,虽然普及性不及政府层面的活动,但同时这也是它的优点,不限形式、不限地点,思维发散性活动较多,属于阅读延伸类活动。户外阅读包括读书类和动手类两类活动。户外读书活动需要家长陪同参加,组织者根据每期阅读主题选择不同的活动场所,在室外环境中开展读书活动,能够充分调动儿童的阅读兴趣,将自己与室外环境融合在一起,举办室外读书活动的场所大多选在公园、草地等相对安静的地方,有利于阅读活动的顺利进行和阅读情感的养成、表达,如在森林里开展的露天故事会,在公园里开展的图书漂流活动等。还有一些属于"阅读后创作"的动手类活动,是儿童在自主阅读或他人引导阅读后,根据自己的思想和情感体验,进行"表达"和"创作"的过程。这个"表达"过程表现为诵读会、迷你剧表演、手工艺制作、游戏、书写字画、剧本创作等多种形式。

(三)网络平台

阅读活动推广需要媒体宣传力的影响,除报刊、书籍外,构建网络平台是民间团体选择的又一低成本、高效率的推广渠道。儿童阅读通过网络形式推广,将理念和大量阅读活动放到一个公共平台上,不仅起到传播作用,更在无形中吸引了大批关注者和参与者。

儿童阅读的网络平台不仅提供了交流阅读的空间,更为家长和儿童选择优秀读物提供了丰富的参考意见和图书资源。民间团体通常将阅读推广分为线上、线下两种方式同时进行,线上即为网络平台,阅读论坛、网络书店、民间团体主页等,为儿童架设了阅读、交流、创作、获取图书资源、了解一手好书信息的平台。

(四)相对完善的阅读推广体系

一些较为成熟的民间团体在自身已有经验、实践和反思的过程中形成了一套独特的儿童阅读推广体系,通过理论研究、教学实践、社会实践、成果研发等环节,形成相对完善的阅读推广项目,将理论与实践真正融合。再经过这个推广体系,将其儿童阅读理念传播出去,实现阅读理念和阅读形式的创新。以"毛虫与蝴蝶"项目为例,在新教育实验发起之初,并未研发这一项目,但在该实验推广实践的几年之后,面对"晨诵、午读、暮省"的提倡,出现了"读什么""怎么读""儿童喜欢的是合适的吗"等一系列关于儿童阅读的问题,"毛虫与蝴蝶"就是在这样的背景下应运而生。目前独立运作的民间团体数量不多,推广儿童阅读的形式比较零散,依据活动组织管理者而定。但构建儿童阅读推广体系已成为其未来发展趋势,功能综合化是主要特点,从单一的组织活动向阅读研究者迈进,这同时也需要强大的人才资源,包括理论研究、宣传、实践等领域的复合型人才。

四、新时代民间团体阅读推广发展建议

加强对民间团体阅读推广的系统研究。民间团体是21世纪以来涌现的儿童阅读推广组织,它们是儿童阅读的重要支持力量,针对儿童开展了大量形式新颖、充满审美趣味的阅读活动,而目前学术界对民间团体支持儿童阅读的研究较少,未形成专门的研究领

域,民间团体的学术研究、阅读实验项目和阅读推广缺乏人才资源。

　　明确阅读理念,形成体系化的儿童阅读观。民间团体是儿童阅读社会支持系统中灵活性最强的支持主体,其非官方性的特点,在阅读推广环境上也具有最不可控性。民间团体推广儿童阅读的自主性较强,有专业研究队伍构成的,也有非专业人士自愿发起的,体现出儿童阅读推广效果的不同。基于其广泛而零散的发展状态,打造良好的阅读推广环境是突破当下发展瓶颈的关键,必须明确核心阅读理念,形成独具特点的个性化儿童阅读观,是民间团体提升其阅读推广环境的第一步。

　　加强与政府、文化机构的合作。民间团体应该创新阅读推广渠道,引入独特的宣传媒介,利用民间团体的新颖性,开发与政府有关部门、文化机构、学校的多方合作,扩大社会影响,同时拓宽推广面,利用网络、电视媒体,开展线上线下活动。

　　吸纳更多专业力量加入推广人队伍,系统构建儿童阅读推广的民间师资。良好的阅读推广环境还需要专业的推广团队,目前在社会上发展较好、活跃度较高的民间团体共同特质便是专业的阅读推广人队伍,民间团体的专业性体现在媒介宣传、组织管理、儿童阅读研究及实践上,其中儿童阅读研究及实践是核心,研究涉及阅读资源的挖掘和创作、儿童文学与语文教学研究、儿童心理学、社会学等方面,因此民间团体的阅读推广应吸引有相关背景的专业人士,如一线教师、高校研究者、儿童文学作家等,发散式培养专业儿童阅读推广人,让人力资源得以循环利用并得到不断开发。

[注释]

①李东来:《书香社会》,北京图书馆出版社 2008 年版第 130—131 页。

②宋贵伦,刘勇:《北京人的读书生活》,文化艺术出版社 2007 年版。

③[新]史蒂文·罗杰·费希尔:《阅读的历史》,李瑞林等译,商务印书馆 2009 年版。

　　　　　　　　　　　　　　　　　　　　　　　　（原载《中国出版》2019 年第 10 期）

分级阅读研究现状及研究价值探析

李　丽

阅读关乎一个民族的未来。基于对阅读重要性的认知,世界上许多国家,例如美国、英国、意大利、法国、新加坡、日本等早在 20 世纪便启动了一系列旨在提高儿童阅读能力的举措,分级阅读便是其中最为成功的阅读模式。"分级阅读"在美国教育界和出版界,相应的称呼有:"阅读分级"(Reading Level)、"指导阅读"(Guard Reading)、"年级阅读"(Grade Reading)。分级阅读模式 19 世纪初源发于美国,20 世纪 30 年代起开始在欧洲各国流行,20 世纪 90 年代传入台湾、香港,取得良好成效,21 世纪伊始引入大陆地区受到广泛关注,并很快成为推动儿童文学阅读的有效模式之一。

一、分级阅读在中国的发展脉络

在大陆最早读物上标有"分级"二字的是 2001 年"亲近母语"总课题组发布的中国第一个小学阶段的儿童"分级"阅读书目,该书目由丁筱青老师领衔研制。

分级阅读真正走入学者的研究视野,并开始成为一股风潮则是从 2007 年开始。台湾和香港学生在这一年的"国际阅读素养"测评中取得良好成绩,引起了国人的注意。究其原因,研究者发现早在 20 世纪 90 年代,台湾就开始大力倡导儿童阅读并推行分级阅读。先从给幼儿园的小朋友推行绘本开始,逐渐发展到"桥梁书"的推介,孩子很好地完成了从"亲子阅读"到"独立阅读"的转变。

2008 年上半年,儿童文学博士、长期从事儿童阅读推广工作的工林及作家徐鲁等共同倡导"桥梁书",引发了一场关于儿童与适读图书之间的大讨论,也拉开了中国分级阅读践行之路的帷幕。

南方报业集团得风气之先,率先于 2008 年 7 月成立了中国第一个分级阅读研究中心。并很快颁布了我国大陆首个少年儿童分级阅读标准,包括《儿童阅读选择内容标准》和《儿童阅读水平评价标准》,研发了中国首套儿童分级阅读丛书。2009 年 7 月 15 日《标准》和《书目》申请国家专利。此外,我国国内第一个分级阅读网站——小伙伴网也由南方分级阅读研究中心创建、推广。

2009 年华东师范大学出版社以国家课题的方式进行分级阅读研究,并取得了实效性的成绩。具体来说有几个方面的特点:第一,适用群体大众化。在项目伊始,教育司原本希望以周合为核心的团体能够引用英国"阅读树"的做法,但是周合等发现依据字母分级的方式完全不符合中国汉字的特征。所以,根据中国国情,结合儿童认知发展心理学的知识,对英美分级体系加以改造。第二,以年龄分级为主,兼顾能力分级。项目组负责人周合说:"本来我们讲按照阅读能力,但是无法操作……"于是她将儿童的年龄分级分为两个部分,一个是 8~9 岁以前,为学习阅读,8~9 岁以后为阅读学习。在前期以培养儿童的阅读兴趣和能力为主。后期则为学习时期,儿童此时通过前期训练已具有一定阅读

新中国儿童文学

70 年
1949—2019

能力,有良好的习惯,有学习的阅读动机,因此可以获取信息。第三,阅读素材选编上,结合儿童的语言发展规律和认知规律选取适合读物。为了让儿童逐渐形成一个递升的早期阅读体系,该团队坚持儿童阅读能力的逐步发展性,并尤为重视教育者在这个过程中对儿童阅读发展水平的分龄阅读引导作用。

2009年5月14日,接力出版社邀请国内知名儿童心理健康专家、儿童文学作家、教育研究专家、儿童阅读活动推广人等成立了接力儿童分级阅读中心,旨在于大力推进儿童分级阅读研究。同年7月该中心举办了"首届中国儿童分级阅读研讨会",发布了《关于推进中国儿童分级阅读的倡议书》,并出台"中国儿童读物分级阅读指导建议"及"分级阅读指导书目"。

2010年8月28日,"第二届中国儿童分级阅读研讨会"在北京师范大学英东学术会堂隆重举行。这是对首届分级阅读研究的进一步深入。与会者从宏观建议到微观操作都提出了重要的意见。专家们就阅读时儿童大脑的运行机制、现代理念下分级阅读的价值意义、新媒体在分级阅读发展中的运用、汉字字频和词频以及提取方式对儿童阅读的影响、西方分级阅读的理论基础、分级阅读在小学教育中的实践等问题展开了深入、细致的探讨,为进一步制定适合汉语体系的分级阅读标准,促进中国分级阅读模式建构起到积极推动作用。

自2011年之后至2015年初,分级阅读再未进行大型学术会议,似乎处于停滞状态。但实际上,分级阅读悄然地走进了中国儿童的学习、生活之中,一些地区已然开始进行分级阅读试点。还有一些民间团体和专家们在继续进行分级阅读理论研究、书目创建甚至测评体系的研发,这个状态在2015年前后开始呈现出井喷状态。

2011年起,多家幼儿园开始进行幼儿分级阅读实践,前期集中在厦门、广州等地,后逐渐向我国中西部地区蔓延。一些中小学也开始进行分级阅读实验,代表性的有遂宁市中小学。另外如北京、江苏、江西、温州、焦作、福建、杭州、黑龙江等地的图书馆也逐渐地开始了儿童图书的分级阅读实践。分级阅读观念逐渐走入儿童生活。

2013年"亲近母语"成立了专门的分级阅读研发小组,通过对全国各大出版社的资源整合和研究,每年更新书目,定期发布季度书目,开发出系统性、主题化的分级阅读课程,切实起到了帮助家长和老师更好地进行儿童阅读指导的效果。

2014年7月深圳"悦好教育"成立,该机构在分级阅读研究计算机化方面做出了有效探索,已开始与深圳十几家小学进行阅读试点合作。并于2015年7月通过了《中国儿童阅读内容分级标准1.0》《中国儿童阅读能力评估标准1.0》两项标准申报。据悉,这是目前相关部门收到的关于该标准的唯一申报。

2015年5月22日,北京师范大学儿童文学中心联合清华附小、福建少年儿童出版社等机构,共同举办"2015北京国际儿童阅读大会"。会议主题为"儿童文学与儿童阅读",会议邀请国际知名分级阅读专家、美国伊利诺伊大学阅读研究中心理查德·安德森教授、国际知名儿童文学阅读专家王泉根、林文宝、吴岩、陈晖、李文玲、窦桂梅等做主题讲座和讨论。国际先进儿童阅读理念如蓝思分级阅读框架、图书难度分级研究以更直观、深入的方式进入我国学者的视野。

2015年8月6日,亲近母语研究院召开"第十一届中国儿童阅读讨论会",向60多位儿童文学阅读专家和社会各界广泛征求意见,形成了2015年分级阅读书目。该书目的最大特色在于,它包含课程书目和拓展书目两部分。课程书目有图画书书目和整本书书目,是儿童拟定必读部分。而拓展书目分为"图画书书目、整本书书目、人文百科书目"三部分,是儿童选读部分。书目在配置上充分考虑了儿童身心发展节奏、语言学习能力、情感发展需求等特点,体现了阅读的梯度。

朱自强于2015年9月2日发文《儿童阅读为什么要分级?》,力倡分级阅读。他认为既然让同一年龄的孩子穿一样的衣服不科学,那么让同样年龄的孩子读一样的书,也存在不合理性。他从语文观、学生观、教师观三个方面入手进行论证。2015年朱自强推出了《儿童文学300种·小学生儿童文学阅读书目》,以年级分级的方式推进分级阅读发展。[①]

另外还有一些专家、学者虽未打出"分级阅读"之名,但是在整个运作过程中,体现出分级阅读精神,推动了分级阅读模式建构进程的发展。如朱永新与"新阅读研究所",陈晖与"中国儿童阅读推广计划",亲近母语课题组的"点灯人教育"等。尤其是"点灯人教育"于2015年11月8—14日,在江苏南京金陵中学仙林分校小学部,召开"首期儿童阅读素养评测研修班",主要课程有:徐冬梅《儿童阅读素养评测的宗旨、目标和纬度》《国际儿童阅读素养评测的扫描和分析》《阅读兴趣和习惯、环境调查》,张鼎政《职业汉语能力测试体系介绍》,岳乃红《编制一份对整本书阅读的评测方法》《学校阅读的测评方法》,刘咏春则《编制一份阅读试卷的基本方法》,朱雪梅《小学语文课堂观察和学校教育综合评测》,胡冬梅《望湖小学儿童阅读黄江和教师队伍建设》。可见,研究者已经开始把阅读理念逐渐细化到评测量表上。虽然并未提到分级阅读之名,但确然是以分级阅读之实去做的探索和研究。

通过对中国分级阅读现状的综述,可以看出,自2001年至今,中国分级阅读践行之路走过了近16年的探索,经历了从引入时的"热捧"到发展过程中"高烧退去,理智思索"阶段,又迎来了2015年之后"井喷"与"深入"研发状态。在专家、学者及一线工作人员的共同努力下,从理念到行动上都逐渐趋于理性和成熟,受到越来越多人的关注,推进了中国儿童阅读发展进程。但是同时我们也看到一些亟须解决的问题,以下部分将做重点探讨。

二、分级阅读在中国遭遇发展"瓶颈"

(一)分级理念尚未准确认知

分级阅读在中国发展至今,依然处于理论层面建构,很难渗入到儿童学习、生活当中去。究其原因,虽然与国家教育政策、儿童成长环境和推广手段有重要的关系,但是不排除其自身存在的一些的原因。

对分级阅读概念理解不明晰就是其中一个。"儿童分级阅读,它被简单等同于依据不同年级或年龄等单一因素来划分阅读内容"[②]。对于绝大多数的分级阅读研究者来说,分级阅读似乎仅仅指向对图书的分级,所以我们能够看到与分级阅读相关最多的就是琳琅满目的分级阅读推荐书目。这些推荐书目总体来说可分为两类:一类是以年级(年龄)为依据来划分的图书。一类是以儿童的身心发展特征为依据来划分图书。这些图书分级自然有其合理性和价值意义,但是就分级阅读而言,仅仅观照到一个维度,即图书的难度,这是远远不够的。这就好像你做了一件很好的衣服,但是你希望所有这个年龄的孩子都能穿上,这是不科学的。所以分级阅读在研究维度上必须同时观照到儿童阅读能力的分级与图书难度分级两个维度。

另外分级阅读作为现代科学背景下的阅读指导系统，它还指向科学化和系统化两个区间。就科学化而言，包含具有信度的测评量表、可操作的阅读测评方式等。就系统化而言，它涉及家庭、校园、图书馆，出版社三位一体的阅读指导方案及出版社依据分级阅读标准编辑出版的图书等多种因素。

总之，对分级阅读理念的认知应该从简单地将分级阅读看作是一种给儿童推荐图书的阅读方法深入到科学化、系统化、可操作化方面，切实做到让儿童走进自己适合的书，让适合阅读的书引领儿童成长。

（二）分级阅读标准公信力不足

分级阅读标准是分级阅读研究的重要问题。分级阅读指向两个维度：图书难度和阅读能力，因此分级阅读标准的制定离不开对这两个维度的深入研究。

对于图书难度而言，它涉及书籍自身特征，包括生僻字比率、篇幅大小、词汇及情节的难易程度、主题深浅的适合性、图书分类、辅助阅读手段（如拼音、图画）等问题。也涉及读物之外的一些因素，诸如个体儿童本身的阅读储备、背景知识能否够理解文本。在分级阅读发展较为成熟的美国，图书难度分级主要是通过"文本可读性公式"实现，该公式自1921年提出以来，经历了三个发展阶段，从多元线性模式建构到多元素难度评估再到多模型建构阶段，具有较强的可信度。我国目前对于读本的推介则是从"经验+儿童心智发展水平"角度入手，未曾深入到儿童阅读学、语言学角度进行研究。所以呈现出分级标准多样甚至互相矛盾的现象。诸如同一图书，在不同的分级阅读书目中"适合"的年龄并不统一。以入选率较高的《逃家小兔》《一园青菜成了精》等为例，接力分级阅读研究中心提供的推荐书目上的推荐阅读年龄是"0~3岁"，上限为3岁；而在《亲子阅读》中却将其放到了3岁以后。接力给出的推荐理由是：3岁以下幼儿社会性发展刚刚起步，认知能力发展有限，情感则集中在家人及"获得爱与情感的生活故事"，所以适合阅读此类作品。而《亲子阅读》给出的理由是：《一园青菜成了精》在篇幅上对于3岁以下的儿童来说过长，在内容上过难，因而难以体会其趣味性。同一书籍在两个不同分级阅读指导书目上的不一致并不是个案，深究其原因，是因为图书难度分级还没有出现具有公信力的标准，研究还需继续深入。

对儿童阅读能力的分级层次也尚未确定。分级层次主要是指按照何种参照系数分级。儿童阅读推广人王林在《浅谈影响儿童分级阅读标准的一些因素》中，从阅读对象、阅读媒介、社会环境和阅读环境等方面来综合阐述了对儿童阅读能力产生的影响。在阅读对象上，少年儿童读者的年龄、性别、阅读兴趣、家长的教育理念和引导方法等都是影响因素；在阅读介质上，在社会环境和阅读环境上，阅读的氛围、书籍的数量、老师和家长对阅读的态度等都会影响到儿童的阅读能力，但并未确定哪些因素更具决定性。西方对于儿童阅读能力，往往会通过一些经典测试方法来达到。比如美国蓝思系统采用"项目反应理论"来检测学生，在测试题制定过程中依据"可观察学习结构 SOLO"进行试题设置，将儿童思维发展过程分为从低到高五个层次体现到试题上，学生在给出答案后，再依据拉希模型（Rasch Model）进行系统分析，从而能给出相对具有科学性的能力评分。但目前我国在阅读能力测评上采取的依然是经典测试法，不能满足分级阅读对儿童阅读能力的定位，也无法依据此给出有效的指导方案。

因此，分级标准的公信力不足成为我们必须要进一步进行分级阅读研究的重要原因之一。

(三)两种分级维度之间缺乏有效连接方式

2009 年中国出版科学研究所全国国民阅读调查课题组发布了《中国儿童(0~8 岁)阅读现状分析》,该文通过大数据调研发现:"整体上来看,虽然我国各年龄段的大部分儿童对阅读感兴趣,但随着儿童年龄的增长,不喜欢阅读或者很少看书的儿童比例逐渐升高。"[③]这是一个非常值得深入思考的现象。2011 年,邓香莲通过提取并实证分析新闻出版总署每年面向全国青少年发布的阅读指导书目阅读情况大数据,发现推荐书目的阅读引导效果确实不佳。[④]她将主要原因归结为各相关部门的协同性出现问题。实际上推荐书目乃至分级阅读践行不力,各部门之间的协同性未做好依然只是此问题的表象而已。真正的原因在于两种分级维度(图书和读者/图书难度和阅读能力)之间缺乏有效的连接方式。

反观西方分级阅读模式,美国蓝思分级阅读框架之所以能在全美 50 个州的各类学校进行推广,并提供 3000 万个蓝思分值/年,成为最具影响力的分级阅读模式,最大的特色在于实现了"图书难度和阅读能力的同步化",而实现同步化最主要的连接点则是"蓝思指数"。蓝思指数是衡量图书难度和阅读能力的难度单位,蓝思分级阅读系统通过细密的测算,将图书难度和阅读能力都用同样的分值去界定,只要儿童知道自己的阅读能力蓝思值就可以便捷地找到相同等值的书,达到了书和人之间的匹配。而我国图书和读者之间从"难度等级"上还缺乏这样一个"共同的单位"让二者对等起来,缺乏连接点成为推广不力的一个重要原因。

另外,我国也缺乏便捷、科学具有普众化效果的测评系统。蓝思在这方面是通过电脑测试完成的。该测试完全免费,且并不为销售图书而为,学生登录以后如若要测自己的阅读能力,会出现"文本+试题",学生给出答案后,蓝思分析器会给出相对科学的分值,学生根据阅读能力分值可以找到对等分值的图书推荐。在我国还没有研发这样可大面积使用的测评系统。我国最早儿童阅读能力测评网站是 2009 年南方分级阅读中心研制的"小伙伴网",点击该网站的"儿童阅读能力测评"一项会出现完全来自读本内容的选择题,但是没有文本可以去读,点击书本提示后,出现的不是文本内容,而是购买信息。所以,根本无法真正测出儿童的阅读能力。接力中心在推出系列分级读物的同时,也做过阅读能力测试方面的尝试,将《中外少年》转型为分级阅读测评月刊,举行大范围的分级阅读测评。杂志提出"阅读力就是学习力"的口号,借鉴美国三大阅读素养测评体系(PIRLS、PISA 和 NAEP)的阅读框架,设计内容板块,聘请测评专家编制测评试题,并于 2012 年 4 月组织广西 9 大城市、19 所学校、94 个班级的小学三四年级、五六年级和初中年级的近 4000 名学生参加真题测试,但是该测评在便捷化操作、试题的科学性、测评体系的影响度上还远远不够。

综上所述,中国分级阅读在经历了多年的探索之后,积累了一些有价值的研究成果,在理念和行动上都有所推进,这为中国进一步分级阅读研究奠定了基础,但是同时我们也能看到,中国分级阅读研究存在一些亟须解决的问题,如概念的模糊不清、分级标准的欠缺及阅读能力和图书难度之间的失联等,都在激励着研究质的突破。

三、分级阅读研究价值探析

(一)分级阅读研究的教育意义

分级阅读研究的教育意义最根本一点,在于它通过标准化测评系统将分级阅读理念落实到行动，搭建了阅读能力和图书难度之间的桥梁。

　　"什么年龄的孩子应当读什么书"，这是一个先进的理念。但是具体到行动中，具体到不同的生命个体上，究竟该让"这一个"孩子读什么书却不仅仅是理念能够解决的，它需要进一步内化到行动上，也就是说需要一个标准化的科学流程通过具体的步骤来完成。什么叫标准化流程？通常涉及两个方面，一个是细化，一个是量化。具体到儿童分级阅读上，儿童阅读能力目前处于何种水平？在阅读方面的欠缺和优长是什么？儿童要阅读这本书到底是哪一个难度级别？为儿童制定的阅读培训方案如何提高儿童阅读能力？都需要从经验层面转向具体的步骤分解。分级阅读模式与以往传统的推荐模式相比其优点恰恰如此，它细化了图书难度和儿童阅读能力水平，并通过一套完整的可操作模式系统来实现。以蓝思为例，蓝思分级阅读系统以可相匹配的蓝思指数作为衡量读者阅读水平和标识出版物难易程度的单位。儿童想要测自己的蓝思指数，只需要登录蓝思网站，输入自己的蓝思值就可以得到等级的图书推荐。这些图书在难度上与儿童的阅读能力相匹配。如果儿童没有蓝思值，则可以进行现场测评。蓝思试题的设置也是标准化操作的一个典型反映。蓝思的测评系统基于项目反应理论，通过拉希模型实现，该理论的优势在于它吸取了认知发展理论中的合理因素，并进行了修正和发展，从关注儿童认知发展的阶段，转向关注儿童对问题的反应中所表现出来的思维结构。具体测评中，以客观题为主要测试方式，依据"关键词筛选理论"进行关键信息的测试，该关键信息通常包含阅读时思维结构复杂程度的五个不同层次：前结构、单一结构、多元结构、关联结构、拓展结构。儿童给出答案的过程，实际上就体现出儿童思维发展的过程和所达到的能力水平，所以说分级阅读在阅读能力上细化了儿童思维的过程，利于发现儿童阅读中存在的具体问题，从而使引导变得高效。

　　当然，作为一种成功阅读模式，分级阅读不仅仅可以给儿童给出"指数"以达到图书和阅读能力的匹配，在对儿童阅读信心的呵护、阅读习惯的养成及阅读能力提高的指导方案上，分级阅读也做到了标准化、流程化的操作。以英国分级阅读为例，分级阅读在英国隶属于国家课程教育阅读级别（National Curriculum Kay Stage），具体来说，在儿童培养自主阅读能力的关键期 5~7 岁，儿童阅读的图书是进行难度划分的。通常以色彩和内容复杂度体现。如 KS1 中图书被分为从粉色到彩虹色的 12 个颜色，这些颜色意味着阅读难度的逐级递进。其次，从教学系统上老师也遵循具体的操作步骤，从学生入学前下半年预备班开始，根据学生的实际阅读能力，要求学生带书回家看（这是三年级前英国小学生唯一的家庭作业），在下周换书的时候，让学生尝试朗读。初期要求并不是很多，能读就可以了，但老师有一套完整的能力发展表，教师会根据儿童读的水平判定他是否达到下一个水平。第三，就阅读习惯的养成，英国分级阅读模式也将其具体到可操作的行动上，教师坚持学生一周一换书，这对于学生阅读习惯的养成具有极大的督促作用。在家庭教育中，父母也被要求参与进来，要做的主要是协助儿童寻找其他相关图书并积极参与到儿童的阅读分享中，分享结束后不仅是签字，还要写简单的分享感受。正是这样一种具体到每个细节的阅读模式，让儿童自觉遵守阅读规则，自觉进入阅读状态。与阅读相关的信心、习惯、阅读水平的达到也就是情理之中的事情。

　　美国则是通过 75%定律作为标准化操作来调控图书和儿童阅读能力以保证儿童的阅读信心。"蓝思之父"斯特尔进行了大量的测验后，认为 75%的图书难度对儿童来说是最合适。"一方面不会让学生因为阅读材料过难而产生挫败感，另一方面又会留有激励学生前进的能力空间。"⑤所以,蓝思进行图书分级的时候,图书难度本身就是取平均值后的结果,在一本书里,儿童能感觉到能力水准不同带来的阅读愉悦感和挑战。在图书难度和阅读能力分值之间,看似相等,但实际上75%的正确率早就被考虑了进去。正是这些被细化、量化的细节帮助了分级阅读理念成为现实。

简而言之,分级阅读研究最大的意义在于将高高在上的抽象理念,通过标准化操作,定量定性到具体的指标上。学生、家长、老师都可以方便地领会和操作,让先进理念的普世化成为可能。

(二)分级阅读研究的文化意义

作为一项跨专业研究,分级阅读体现了一种文化自觉,是对我国目前阅读研究的一种拓展。

费孝通认为中国的文化自觉首先是要对自己的文化有自知之明。这包含两层意思:"一是要充分认知自己的历史和传统。另一方面是要加强文化转型的自主能力,取得适应新环境、新时代文化选择的自主地位。"⑥《论语·为政》讲述了子游问孝、子夏问孝后孔子给出不同答案的故事,朱熹集注引宋程颐曰:"子游能养而或失于敬,子夏能直义而或少温润之色,各因其材之高下与其所失而告之,故不同也。"可以说"因材施教"的观念,依据每个儿童的特性为其选择合适的教养方式,包括合适的书籍的观念像种子一样植根于国人的心中。但是一种思想光有种子不行,它还需要发展,否则在新的文化背景下,就会举步维艰甚至僵死。儿童阅读从古代推荐书目开始,一直到"五四"妇女和儿童从历史尘埃蒙蔽的幕后走到了文明的前台之时,并未得到很好实现。现代以来,"一切设施,都应当以儿童为本位"。是鲁迅为孩子发出的第一声呼喊。周作人在对儿童心理做过细致的观察后,在《儿童的文学》中"将儿童划分为幼儿前期(3至6岁)、幼儿后期(6至10岁)与少年期(10至15岁),并根据这三个年龄阶段孩子的心理特征,详细探讨了适合于他们阅读的各类问题及其要求"⑦。1985年,王泉根在此研究的基础上,面对纷争不断的儿童究竟应该读什么的问题,发表了《儿童文学的三个层次两大门类》一文,将儿童做更细致的划分,0~6岁为幼儿期,6~12岁为童年期,13~18岁为少年期。"少年儿童年龄特征的差异性与儿童文学标准单一性之间的矛盾是儿童文学本质找不到普遍接受的原因所在,儿童文学必须适应各个年龄段的少年儿童主体结构的同化机能,必须在各个方面契合'阶段性'读者对象的接受心理与领悟力。"正如王泉根所说:"任何国家、民族的儿童文学在走向自身成熟的进程中,总是从不自觉到自觉,越来越深入地注重儿童心理,尊重儿童的个性。"⑧到了21世纪初,推出了各种以年级为主要区分标准,结合儿童心智发展研制的儿童阅读推荐书目。"因材施教"的观念有所体现,但是还是没有前进到可以解决个体儿童阅读需求的地步。中国儿童的阅读方式依然以经典读本的成人推荐为主。经典自然是好的,但是对儿童的成长来说,适合是最好的,如何让经典恰适合"这一个"儿童,这是我们要突破的难题。作为西方舶来品的分级阅读无疑给了我们一些启思。

费孝通所讲的"加强自我转型能力"指的是通过对西方分级阅读模式的学习和借鉴,研制出适合中国特色的学术能力,以适应国际竞争的需要。这种学习和借鉴,反对全盘照搬,提倡发现分叉点,分叉点就是我们民族独特的地方,也是研究的重点。苏东坡也曾讲过"观斯人画,如看天下马"。之所以能从一个人的画里,看出天下马,是因为他看的不是皮和毛,而是看到皮和毛分叉的地方。透过皮和毛看到马的共性。马的气质不在皮毛之间,但是要透过皮和毛生发出来。分级阅读研究目前在中国还处于一个"混沌"状态,

新中国儿童文学70年 1949—2019

研究限于对理念的辨认和国外分级阅读的一些引荐。分级阅读价值和意义到底在哪里？分级阅读到底如何分？分级阅读模式建构是否可行？都是一个个尚未论明的问题。但正是这种不确定给研究带来无限的可能。中国的分级阅读模式构建，需要去借鉴已有的先进模式，去融合已有的学科成果，在对国外分级阅读研究结果精髓的借鉴上增强"自我转型能力"。

（三）分级阅读研究的哲学意义

分级阅读作为现代技术对人类经验世界的规约，它是人类对不可知世界的一种操作的上手。所谓"上手"是由海德格尔提出的一个概念，他把存在者分为上手存在者和现成存在者。而上手存在者并不是指这些事实的存在，而是指处于"操劳"关系中的事物，也就是说它的性质不由本身决定，而是由关系决定。海德格尔认为上手状态有如下两个特征：一是存在必须在关系中才能彰显其意义。因而他强调通过在整体中的用具来观察，或者在使用过程中的事物来揭示该物的本质。二是存在之物在其使用中而获得自在。此观点的先进性在于它揭示出事物并不显现自身。没有它所属用具的多样性，人们不能领会它。对于儿童阅读而言，当图书作为物存在时，它的性质并不能被认知，只有在被儿童使用，并且在儿童通过阅读建构自我的时候，其属性才能在多样的揭示中被领悟。

当然，上手操作并非简单地使用，在海德格尔那里，他用"寻视操劳""转化认识""先行筹划"，完成了将一个自然之物转化为上手操作之物，然后重新认识，最终转化为自然之物，通过筹划对其更深"悟"与"知"的过程。分级阅读体现的正是这样一种哲学思辨，图书作为自然之物时，并不被真正认知，在与儿童发生关系，在个体儿童的使用中，图书被多样性解读，其属性被更多面地认知，此时图书是操作之物，其属性在关系中被确认。确认后的儿童阅读成为新的自然之物。而作为阅读研究的一种深入方式的分级阅读则是利用现代技术对儿童阅读进行筹划，从而达到更深层次的"悟"与"知"。这个"悟"与"知"的过程表层呈现是通过各种现代知识的融汇，甚至包括"数学"知识对文学的操作，实际上，其背后是"数"对思维的规约，是理性对经验的提升。① 人们通过对自然之物的预测、量度、计算、验证捕捉住自然的运作规则，使之为人类服务。这种理念成为现代技术文明兴起的重要前提。到了近代，马克思对其做出过更精辟的论断，他认为"科学只有成功地运用数学时，才能达到真正完善的地步。数学化是现代科学发展的基本特征之一。"确然，"数"将对"事"与"物"的规律性把握通过抽象、集约、普世的数学方式表达出来，其中所包含的辩证思维、理性的逻辑推理及定量分析和计算的处理方式，为科学研究提供了一种简明、精确的语言形式，使其成为一种有效的研究工具。利用"数"的观念来衡量儿童阅读，充分显示了人的主体能动性，表现出人在充分发挥人的理性，利用人的力量来控制和改造经验的世界，以使他达到更好的效用的努力。

当然，现代技术的发展是无止境的，正如哲学对于世界的认知也是没有尽头的。人虽然需要技术来实现价值，但是人的价值并不能完全由技术来决定。儿童的阅读需要分级提供更进一步的支持，以达到更好的效果，但分级阅读不会成为儿童阅读展开的唯一方式，分级阅读的研究也不会有穷尽，人类只能在对儿童和图书不断研究的基础上，更多地认知，更全面地"悟"与"知"，才会不断地朝着理想的阅读目的的迈进。

结　语

通过对已有分级阅读模式的探索，可以看出：分级阅读的深入发展必然需要从经验、理念的提倡逐渐走向标准化、可操作阶段。目前中国分级阅读研究已取得一些成果,在研究价值上也有了更深一步的理解和认知。但是对分级标准的制定、分级测评系统的研发及分级阅读如何建立与社会、学校、家园一体化系统,实现学生使用便捷化、指导系统化、阅读科学化,是分级阅读研究下一步亟须解决的问题。

[注释]

①朱自强:《小学语文儿童文学教学法》,二十一世纪出版社 2015 年版,第 455—467 页。

②李芳:《国内儿童分级阅读图书出版窘况》,《出版广角》2011 年第 6 期。

③郝振声:《中国阅读蓝皮书》第一卷,中国古籍出版社 2009 年版,第 206 页。

④邓香莲:《基于销售行榜的青少年推荐书目引导效果实证分析——以新闻出版总署发布的青少年推荐书目为例》,《出版科学》2011 年第 4 期。

⑤Benjamin D.Wright,with A.Jakson Stenner, Read ability and Reading Ability, *Paper Presentation to Australian Councilon Education Research*(*ACER*), Australian,1998.

⑥费孝通:《文化的传统与创造》《费孝通论文化与文化自觉》,群言出版社 2005 年版。

⑦王泉根:《周作人研究》,浙江少年儿童出版社 1985 年版,第 8 页。

⑧王泉根:《周作人研究》,浙江少年儿童出版社 1985 年版,第 19 页。

⑨高亮华:《人文主义视野中的技术》,中国社会科学出版社 1996 年版,第 29 页。

（原载《海南师范大学学报》2016 年第 12 期）

中国当下青少年文学创作现状及引导策略

张国龙

儿童文学是为 0~18 岁的未成年人服务的文学品类。按阅读对象接受心理与领悟能力的差异,国内学术界普遍认同王泉根对儿童文学的"三个层次"的划分,即幼年文学、童年文学和少年文学①。所谓少年文学(或称青少年文学),是为 13~18 岁的青少年服务的文学样式,主要文体形式为小说。青少年文学注重全景式的生活描写,着重讲述有关成长的故事,主要包括"少年小说""青春文学"和"成长小说"。本文旨在考察中国当下上述三类青少年文学的创作现状,并提出相应的引导策略。

一、少年小说:聚焦成长横断面,乏全景关注意识

少年小说作为书写成长主题之一种的小说样式,是青少年文学的重要组成部分,且与下文将考察的"青春文学""成长小说"唇齿相依。西方文学中的少年小说(Teenage Novels 或 Young adult fiction)是除成长小说外书写成长主题的重要文学样式。一般认为,此概念源于 20 世纪 30 年代的美国,以《让风暴怒吼吧》(罗丝·威尔·德雷恩)为代表。尽管之前已出现以青少年为主人公,专为青少年写作的小说,但并未形成少年小说概念。专为少年人创作的小说大量出现在 19 世纪,代表作有《金银岛》(斯蒂文森)、《汤姆·索耶历险记》(马克·吐温)等。概而言之,少年小说是一种为 13~18 岁的青少年服务的小说样式,主人公大多进入了青春期——儿童向成人的过渡阶段。突出的特点是生理、心理迅猛发展,尤其是性发育(包括性生理和性心理)的突飞猛进,又称为性成熟期。性意识的萌动、发展是少年人告别童稚岁月、跨入成人之门的重要表征,亦是童年和少年的本质区别。少年小说"特别重视美育与引导,帮助少男少女健全地走向青年,走向成熟……强调正面教育的同时,应注重全景式的生活描写,引导少年正确把握和评价社会人生的各个方面"②。由于少年人的感知和认知能力较童年期有了质的飞跃,阅读能力大大增强,少年小说除主要运用现实主义创作手法外,还应适当尝试运用意识流、隐喻等多种现代派创作技法,以增加作品的深度、厚度。既满足少年人旺盛的求知欲,又能提高他们对文学作品的理解力和感受力。

少年小说中一部分符合成长小说审美规范的作品属成长小说。从对成长主题书写的深度来看,国内的少年小说大体可分为两大类:①描写完整的成长过程。比如《青铜葵花》(曹文轩),哑巴男孩青铜一家给予孤女葵花不是亲人胜似亲人的关爱,当葵花返城后,青铜终日坐在高高的大草垛上盼她归来,日复一日,奇迹发生了:青铜似乎看见了葵花归来的身影,极度的兴奋让他大声喊出了她的名字……小说着力展现了苦难岁月里真情真爱驱散了苦难的荫翳,驱散了多舛命运的梦魇,甚至驱散了病魔的阴魂,从而照亮了成长天空,被命运欺愚的成长得以完整、完美。②仅仅描写成长的某一片段,成长主人公的个性、人格仍处于成长之中。比如《花彩少女的事儿》(秦文君),林晓梅等逐渐褪去童

年的稚嫩,但她们在生理、心理、个性等方面皆未能完成化蛹为蝶的质变。此类作品可看作成长小说的未完成状态。

总之,中国大多数少年小说只关注成长的某个片段,缺乏对成长的完整描述,许多处于成长主人公并未长大成人。因此,这样的成长主题书写不完整不完美。从此种意义上说,中国的少年小说刚刚起步。

二、青春文学:自画青春的真实与虚妄

青春文学(亦称青春小说)乃近年来媒体爆炒的概念。作为文学术语,其所具有的美学特征尚未达成共识。可大致归纳为以处于青春期的青少年为叙述主角,展现他们丰富、驳杂的成长故事,仍属"少年小说"和"成长小说"范畴。青春文学往往关注青春中后期的成长事件,少年小说多关注青春早期,成长小说通常关注青春期后的成长。进入21世纪以来,随着低龄化写作的人造神话式微,但以"80后"郭敬明、韩寒、张悦然等为代表的青春文学却如日中天。青春文学从单兵作战升级为群体出击,并以巨大的内聚力拉动了退守边缘的文学出版市场。纵观青春文学十年发展历程,其存在的价值和意义主要体现在以下几个方面。

(1)中国文学向来崇尚宏大叙事,聚焦乡村题材,反映社会变迁。青春文学大多摒弃宏大叙事传统,以都市搭建叙事舞台,在一定程度上体现了文学的革新。

(2)以处于青春期的准成年人为叙事主角,全面、深入、细致展现人生过渡时期的状貌,填补了儿童文学与成人文学之间的空白。

(3)以"自画青春"的方式吸引青少年进行文学阅读,从而拯救了日益边缘化的文学。20世纪90年代以来随着市场经济大潮的来临,中国文学式微,纯文学图书乏人问津。青春文学横空出世,写作者多为处于青春期的未成年人,作品中的主人公多为写作者的同龄人。因"自画青春"具有亲历性、当下性和现场感,颇具原生态意味,从而"激活了青少年阅读文字的愿望,在图像文化冲击下让青少年通过自己的感受接触文字,从而让他们养成阅读的习惯,这对于他们接受经典的文学和传统的文学界的写作都大有裨益。"③许多青春文学作家成为青少年的偶像,作品中偶或提及文学大师的作品(郭敬明关注过苏童,七堇年推荐过清少纳言的《枕草子》、韩寒推崇钱锺书、王小波),客观上推介了一些被冷落的经典名著。偶像效应明显强于老师等所谓专家权威的苦口婆心。

(4)真实、真情、真诚,引起强烈共鸣。青春文学作家们的书写大多非常真诚,满怀真情,真实地表达所见所闻所思,深入展现当下摇曳多姿的青春风景。青春期通常被冠名"叛逆",是雷区和沼泽地,代际冲突、初恋忧伤、升学压力等是核心事件。青春文学作家们作为代际冲突的当事人和代言人,往往能够宣泄出大多数同龄人骨鲠在喉的情绪,从而引起共鸣。以文学的诗性特质缓解青春期压抑、焦虑等情绪,在一定程度上实现了文学和教育的双重功效。比如,《风中密码》(刘莉娜)聚焦少女暗恋、《七天里的左右手》(郭敬明)质疑高中文理分科制度、《稻城》(七堇年)铺写高考落第的绝望、《年华是无效信》(落落)直面友情的复杂,等等,令青少年读者感同身受,狂热追捧。

当然,大多数青春文学不过是附丽于文学华鬘之下的一种时尚消费品。对成长的理性认知的贫血,削弱了作品的力度和深度。青春文学存在的诸多问题可归纳如下:

(1)忽视边缘群体,漠视中国文化传统。前面已述,青春文学主要聚焦都市,忽视乡村、少数族裔、残疾人等底层、边缘群体。深挚地书写边缘群体之作可谓寥晨若星,仅有

《圆寂》(笛安)、《仰望》(马天牧)、《五月女王》(颜歌)和《大地之灯》(七堇年)等。这与中国当下高速城市化的现状相契合,即城市侵吞乡村,乡村文明遭都市文明挤兑几无立锥之地。李傻傻、小饭、水格等长于乡村的青春文学作家最初的作品弥漫着浓郁的乡村气息,但很快被都市化。水格说:"我不得不承认,城市最终俘虏了我。我的大部分文字背景都是城市,我有时候觉得我很卑鄙,我用文字掩盖了我从村庄走出来的事实。"随着中国改革开放的深化,西方文化潮水般涌入。当下青少年对西方文化的熟稔与趋同、对中国文化传统的冷漠令人担忧。"国外的现代文化湮没了东方文青的心灵,青春文学在中国文化与外国文化之间呈现出单边倒的结构,表现出以都市有产文人风貌为主的西式文化正在青春文学中强势延伸。"①大多数青春文学的审美风格或"哈日",或西化,具有民族特色的寥寥。呈现在作品中的 21 世纪初的中国青年千人一面,大多有一副"优越而任性""高贵而忧伤"的面孔。

(2)真诚失落,个性缺失,千篇一律。亲历性、当下性和现场感乃青春文学的魅力所在,需要写作者报以极大的真诚。然而,在利益的驱使下许多写作者把写作当作获取名利的行为秀,与真诚渐行渐远。作品失去了灵魂,袒露出空虚和浅陋。此外,由于韩寒等大红大紫,效仿者甚众,从而导致审美风格的趋同。比如,郭敬明柯艾文化公司为麾下的写手,作品大多烙印着"郭敬明式"的"明媚忧伤""45 度角仰望天空"。

(3)对成长的理性认知不足,玩味无病呻吟,玩味绝望和灰暗。人生并非总是风和日丽,青春是美好的,但交织着忧伤,掺杂着残酷。灰色的青春事件自然不可回避,但灰色并非青春的本色,或者说青春并非只有单一的灰色。即或写灰色,亦应让读者从中看到希望,给读者以诗性拯救。然而,许多青春文学作品满纸颓唐、悲哀和绝望,他们似乎一出生就被世界抛弃,除了死别无他择。这无疑背离了当下青少年生活的本真状态,无疑是"为赋新词强说愁",把绝望和灰色当作博得关注的表演道具。比如,《蔷薇求救讯号》(卢丽莉)讲述"自杀宣言"网站众多青年男女的自杀宣言。他们成长的背景各异,但都被绝望所裹胁。人生的每一条路都是迷途,铺满了绝望,自杀是唯一的选择。当下大多数青少年的生存本相果真如此?

而今,"80 后"作家们大多走过了青春期,青春事件不再是他们书写的重心。郭敬明的《小时代》目标读者群为后青春期的都市白领。落落封存了青涩男女生的校园恋情故事,转而讲述"剩女"故事。一部分"80 后"走进了婚姻,初为人父人母,属于他们的青春时代渐渐远去。"90 后"一代不再狂热追逐青春文学,"穿越""校园轻文学""网络玄幻"和"网络言情"成为新宠。这些所谓新的文学品类在一定程度上能激发青少年的想象力,但它们远离现实,颠覆传统价值观,毫无节制的"戏说",无所顾忌的放纵、宣泄,被称之为典型的"意淫文学",显然给青少年的健康成长造成了干扰。

三、成长小说:完整/完美成长书写和主体生成之殇

20 世纪 90 年代以来,成长主题成为中国儿童文学书写的重要向度。由于对成长小说认知的偏差,即将所有涉及成长问题的小说称之为成长小说,许多被称为成长小说的文本不过是涉及成长主题,或称成长主题小说。进入 21 世纪,此种情状大有改观,不少论者对成长小说进行了全面、深入的探讨,不少作家对成长小说有了理性认知,中国的成长小说书写有了长足进步。

前文已探讨了成长小说与儿童文学间的姻亲关系。中国儿童文学作家的成长书写

状貌概略如下：①由于以儿童为本位的儿童文学之年龄上限为18岁，故大多数儿童文学作家的成长小说塑造的主人公并未走过青春期。成长并非一蹴而就，此类成长小说并未展示成长主人公由幼稚走向成熟的全貌，严格说来不过是成长小说的雏形。②关注当下青少年成长问题，具有当下意识，能引起青少年的共鸣。③缺乏成长小说的基本理论知识，对成长的书写处于自发状态，流于表象，未能穷尽成长的方方面面，未能窥破成长真谛，难以成为成长的参照。

本文考察的成长小说文本大致可分三类，见下表。

类别	作者	读者	叙说重心	代表作
第一类	成年人	成年人	已发生的成长往事	《与往事干杯》
第二类	未成年人	处于成长中	正在发生的成长故事	《柳眉儿落了》
第三类	成年人	未成年人	关注、呵护成长者的成长	《草房子》

从叙述时态看，第一类成长小说多用过去时，后两类多用现在进行时。第一类成长大多已成往事，成长结局明了，文本不过充当了成长的刻录机。后两类成长因未完成，具有多种可能性。文本处于开放状态，留有大量空白。写作这类作品的作家通常被命名为儿童文学作家，作品大多出现在中国不多的几种少儿文学刊物中。比如《儿童文学》《少年文艺》等。与成人文学相比，他们的生存环境逼仄：发表场所稀缺，且置身"儿童文学不过是小儿科"之恶劣生态中。但是，他们对成长者的影响却是大多数成人文学作品难以媲美的。仅从发行量来看，明显不可同日而语。毕竟，任何一个国家主要的阅读群体显然是中小学生。

作为舶来品的成长小说经过意识形态干预、改造迈进当代中国本土。由于中西文化的差异，中国的成长小说内质已发生变异，导致中西成长小说审美的区别。20世纪90年代以来，由于中国社会体制和传统价值观念的转型，成长小说再度发生审美位移。作为主体的成长者表现出了与林道静（《青春之歌》）等截然不同的精神面貌，但是，他们的成长仍旧迷茫、混沌，精神的超越仍旧亟待完成。比如棉棉、卫慧书写的"残酷的青春"，为实现自我而不惜以伤害自我为代价，把生活的表象当作人生的本质，沉湎于感官的刺激、享乐。

总之，中国成长小说书写的病症表现如下：①缺乏顿悟与主体生成。欧美经典成长小说叙说成长主人公历经磨难，遭逢"死亡""再生"等标志性事件之后实现顿悟，长大成人，主体性得以生成。然而，大多数中国成长小说中的成长主人公大多离不开精神导师的导引，一定程度上映衬了作家成长观的陈旧：以成年人的优越感面对未成年人，忽略了成长者成长的自主性。与其说是成长者在成长，毋宁说成长者不过充当了傀儡，成长者的主体性自然难以生成。②缺少长大成人的结局。欧美经典成长小说中的主人公最终都能长大成人完成成长，而中国成长小说的主人公们大多未能长大成人。成长小说与其他文学样式的重要区别在于，必须实现文学性和教育性的互动。若成长主人公未能实现顿悟、长大成人，也就无从实现启迪读者的教育功效。③忽视对非常或反常的"成长之性"的关注。常态下的成长之性自然应成为成长书写的永恒主题，然而，中国作家（尤其是儿童文学作家）在书写常态下的成长之性时"犹抱琵琶半遮面"。这对创作题材的丰富性，以及表现成长的全面性、完整性来说显然是一种缺憾。中国儿童文学作家的无性成长书写，无疑是对成长的蓄意改写。突破成长的书写禁忌，无疑有益于复归完整的人性。

结语：青少年文学的隐忧及引导策略

综观此时期三种类别的青少年文学的创作现状，存在以下几方面的隐忧。清除这些流弊，将促使青少年文学的生产更为有效。

（1）对青少年这一独立群体的误解。青少年文学应以少年儿童为本位，但是不少作家为了遮盖作品中的成人气息刻意蹲下身来，甚至拿腔捏调地模仿青少年口吻，作品中流泻出矫揉造作的"孩子气"和"娃娃腔"。这显然是对青少年的误解。

（2）对教育性的误解。新时期以降大多数论者、作家羞于谈论儿童文学的教化功能，甚至视其为洪水猛兽。青少年文学不可成为教育的附庸，亦不可与教育势不两立。应以审美的姿态观照少年儿童世界，以文学的诗性培养少年儿童的审美趣味和认识世界、自我的能力。

（3）对游戏精神的误解。肇因反教化情绪，21 世纪以来的中国青少年文学殚思竭虑取悦、纵容孩子。不少作品以张扬个性为幌子，一不小心变相教唆孩子不学好。尽管游戏性是青少年文学不可或缺的元素，但失去了教育性的青少年文学也就失去了存在的合理性和有效性。阅读的理想境界在于，在快乐阅读中享受审美教育。过度强化游戏精神，甚至以游戏性遮蔽教育性，以快乐教育替代整个教育，明显是矫枉过正。少年儿童世界具有多维性，快乐仅仅是一隅。置身中国当下大转型的社会语境中，人文精神的失落和异化势必影响到少年儿童的文化生态。成长于传媒化和网络化时代的少年儿童，多元化的价值景观令他们迷惑，甚至无法辨认诸如真善美等最基本的价值观。这是当下青少年文学不可回避的重大问题。然而，许多作家却丧失了应有的人文良知，掩耳盗铃般鼓吹快乐至上。

（4）对农村青少年群体的忽视。中国农村人口占总人口的 80%，生活在农村的青少年无疑是中国青少年的主体。然而，因为经济拮据、资讯匮乏，绝大多数青少年无法读到写给他们的文学作品。因为读者群主要是城市青少年，作家、出版商不约而同把工作重心放在城市青少年身上，从而导致了农村青少年题材的赤贫。这种忽视和冷漠对本已处于弱势地位的农村青少年来说极不公平，也不利于城市青少年的健康成长。

（5）对叛逆的误解。叛逆是青少年成长的重要表征，处于青春期青少年生理／心理剧烈成长，求知求新的欲望空前高涨。他们往往受制于主流文化，骨子里反对一切文化束缚，片面追求自由自在。青少年文化属亚文化，大多无害，且对主流文化是一种激活，往往通过文化反哺的形式影响主流文化。青少年亚文化与主流文化之间的代际差异永难消弭，但不会形成分庭抗礼的局面，矛盾冲突最终会自动消解。然而，中国青少年文学在处理叛逆事件时往往采取非此即彼的态度。要么鼓吹"听话的孩子没出息"，要么宣扬"做一个好孩子"。这显然有悖于青少年成长的真实情状。只有正视叛逆的存在，以文学的诗性传达成人经验，潜移默化疏导漫漶于青少年心灵深处过剩的逆反情绪，才能确保对叛逆的有效书写。

（6）对成长的误解。成长是青少年文学常写常新的话题。但是，大多数作品仅仅在成长的外部空间用力，对成长者内心的挣扎，以及诸多迷惑的人生问题书写力度不够。惶惑仍旧是惶惑，仍处于成长之中。处于成长之中的青少年文学作品，显然不是完整的成长小说范本。

（7）对苦难的误解。在物质条件相对富足的当下，绝大多数成年人头脑里盘旋着一种错误观念：现在的青少年生活在蜜罐里，与苦难绝缘。这是对苦难的狭隘理解。人的存在本身就具有悲剧性，人生就是一个充满苦难的过程。物质上的苦难不过是苦难的表象，精神的苦难才是苦难的本质。对于任何一个成长者来说，都会遭遇成长之惑之痛。这是成长永恒的主题。大多数作家忽视了苦难的存在，或者对苦难做冷处理。片面强调青少年文学是快乐的文学，刻意制造出虚浮的快乐文字以取悦读者。作品中漂浮着甜腻的气息，柔媚无力，精神上严重缺钙。

总之，书写"完整""完美"的成长，应该是 21 世纪中国青少年文学书写的出路。进入21 世纪以来，中国的文化语境发生新变，成长亦呈现新质新貌。随着互联网技术革新的日新月异，网络生活已成为人们日常生活之一种，当下的青少年无疑烙印了 E 时代印记。因此，中国青少年文学对成长的书写必然应做出新的调整，以增强文本的当下感，从而实现督导青少年成长的书写旨意。

[注释]
①王泉根：《现代中国儿童文学主潮》，重庆出版社 2000 年版。
②王泉根：《现代中国儿童文学主潮》，重庆出版社 2000 年版，第 504—505 页。
③张颐武：《当下文学的转变与精神发展以网络文学和青春文学的崛起为中心》，《探索与争鸣》，2009
　　年第 8 期。
④焦守红：《当代青春文学生态研究》，湖南师范大学出版社 2008 年版，第 180 页。

（原载《南方文坛》2013 年第 3 期）

关于童书的原创性思考

王家勇

所谓大众传媒，即大众传播媒介的简称，是新闻传播的工具和载体；报纸期刊、广播电视、新闻纪录片等的总称。当然，时下比较火热的微博、微信等自媒体也应属于大众传媒的范畴。大众传媒的核心内涵还是传播方式在不同时代的演变，很显然，当下大众传媒的主要传播方式是电子传播方式，尤其是网络以及电子书等媒体的出现，使传统印刷传播方式开始极速消亡。中国童书本就是一个极度依赖传统传播方式（即纸媒）的文学形态，即便是目前最为流行的绘本童书，其主要的传播载体依然还是纸媒，尽管部分绘本已经开始将纸质版本与电子版本同步营销，但儿童更易和更广泛接受的仍是前者。这与人类固有的传统阅读习惯有关，同时也与家长在儿童和现代传媒之间人为设置的某些障壁有关，比如很多家长因担心孩子迷恋网络和电子产品或出于健康因素的考虑等而禁止其过多接触。可是，面对大众传媒的新发展，纸媒童书的创作资源逐渐被瓜分，原创生命力迅速流失，这是摆在纸媒童书面前的一道生存难题。其实，纸媒童书的原创性不先不应去质问作家，我们要关注的是其背后所隐藏的深层原因。

一、从文化立场入手重新建立童书原创性的可能性甚微

文化立场其实是一种文化态度和价值取向，也就是人们在对待某种文化时褒贬、取舍的心理状态，而童书创作的中国文化立场就是指在童书创作过程中，以中国文化为根基和出发点并对中国文化持认可态度的文学场域。中国传统童书，如《三字经》《百家姓》《千字文》《幼学琼林》和《龙文鞭影》等都是持中国文化立场的经典儿童启蒙之作，可是，中国童书的文化立场自近现代以来便发生了变化，即由中国文化立场转向西方文化立场，这是一个让我们难以接受却又无可奈何的转变。

如果熟悉 20 世纪中国文学创作与出版的发展史，我们可以得出一个毋庸避讳的话题，那就是从晚清中国文学现代性生发起始，中国文学就一直在模仿、追随西方，童书亦如此，这是中国新文学的三大来源之一。即使是热切呼唤和热衷追求文学原创性的历史新时期，这种模仿和追随其实一直都存在。就拿文学史公认的原创性极强的先锋探索性儿童文学思潮而言，无论梅子涵、曹文轩、班马等作家多么努力，无论《在路上》《云雾中的古堡》《鱼幻》等作品多么标新立异，他们的童书原创不也始终是成人先锋文学的附庸吗？而成人先锋文学又是西方现代派的忠诚拥护者，所以，归根结底，20 世纪 80 年代中后期那一场声势浩大的先锋儿童文学浪潮虽然以"高蹈"（吴其南语）的姿态开辟了童书的新疆域，但却不可避免地在孩童们"不懂"的困惑中"寂寞"地落幕，这种以模仿和追随西方文化模式为主的原创性是不具强劲生命力的。美国学者艾布拉姆斯在《镜与灯：浪漫主义文论及批评传统》中认为：文学作为一种活动，是由世界、作家、作品和读者四要素构成的，并且是这四个要素构成的整体活动及其流动过程和反馈过程。[①]也就是说，一个

完整或者成功的文学创作必须由这四要素构成,且四要素间要发生相互关系。那么,由此可以推断,在先锋儿童文学浪潮中出现的那些作品是难以被贴上成功的标签的,因为其在读者与作品间中断了联系,缺少了阅读接受这一重要的环节,最终导致其原创尝试的失败。另外,我曾在自己的博士毕业论文中研究了中国儿童小说的主题在现代和当代的发展演变,令人惊奇的是,本应更为发达的当代童书主题竟然始终没有脱离现代童书的主题表达,只是更为深入和扩展了。换言之,我们的童书原创性在现当代文学近百年的发展历程中,似乎始终停留在西方的原点上。

上面的论述只是说明了一种文学现象,其根源还是中国童书原创性的文化立场问题。19世纪中后期的"西学东渐"让全体中国人有了一种始终无法改观的文化立场,即东方不如西方。在我看来,这就是一个笑话,几千年的东方文化文明史又岂能不如西方呢?贾平凹曾说过:"现在,当我们要面对全部人类,我们要有我们建立在中国文化立场上的独特的制造,这个制造不再只符合中国的需要,而要符合全部人类的需要,也就是说为全部人类的未来发展提供我们的一些经验和想法。"②对中国童书而言,要想获取丰厚的原创性资源,就需要彻底改变中国童书创作已经持续了近百年的西方文化立场,毕竟中国文化资源才是当代童书原创性的支点,不再模仿和追随西方,而是为他人提供我们的"经验和想法"以供他人模仿和追随,做到这一点,中国童书的原创性也便水到渠成了。遗憾的是,当下中国童书创作的西方文化立场仍然没有改变,而要想改变,则尚需一段时日,因为当代童书创作对西方文化的依赖仍然在潜移默化地发生着,比如著名作家于立极的新作《美丽心灵》,虽然这部作品以"心理咨询小说"之名引领了一种全新的儿童文学潮流,但其核心内涵却仍来自西方,即弗洛伊德的精神分析学说及相关方法论。当然,我们也在一些中国当代童书的少数创作者身上看到了可喜的变化,比如薛涛的《山海经新传说》、周锐的《琴棋书画》,等等,这些作品都是从中国文化或者思想中寻求原创的立足点,以中国文化立场为根基,书写优秀的中国文化传统和思想内核,其好似20世纪80年代出现的寻根文学的一种"类似再现"。另外,这里需要说明的是,对童书创作的中国文化立场的倡导绝不是对中国传统文化思想的简单复辟,而是一种精神回归,是对中国文化资源和经验的一种有效利用。就这一点而言,中国当代童书的出版要比创作更早开始这种文化立场的转变,这从目前童书出版中的国学经典大热便可窥见一斑了。

二、从现代性体验之中寻找童书原创性的希望较大

既然向传统文化系统寻求原创资源的难度因文化立场的选择、读者文化素养的差异、作家文化掌控能力等各种因素的影响依然较大且难以在短时期内实现,那么中国当下童书的原创性该向哪个方向努力呢?与传统文化相对的就是现实资源或称之为现代性体验,这里的"现代"应有两个含义:一是时空概念,即指1917年至今的现代中国;二是心理体验,正如美国学者马歇尔·伯曼所说:"所谓现代性,就是发现我们自己身处一种环境之中,这种环境允许我们去历险,去获得权力、快乐和成长,去改变我们自己和世界,但与此同时它又威胁要摧毁我们拥有的一切,摧毁我们所知的一切,摧毁我们表现出来的一切。"③我们便于某种环境中通过这种获得和失去的过程而拥有了现代性体验。通俗地说,中国所经历的现代性体验是指在中国现当代近百年的发展史中,我们获得了什么又失去了什么、如何获得又怎样失去,在这种获得和失去当中我们积累了哪些心理体验等,这是我们用一个世纪的时间换来的宝贵现实资源。于是,挖掘这些现实资源和增强

童书向现实发问的能力便成为保证童书原创性的重要手段。

童书挖掘现实资源的尝试早已有之，"五四"时期鲁迅在《故乡》《社戏》等作品中对美好童年经历的怀想凸显和批判了现代社会转型时期中国人的奴相和精神麻木；冰心在《三儿》《庄鸿的姊姊》等作品中对现实社会问题的暴露以及对儿童死亡现象的深切思考；抗战时期丁玲在《一颗未出膛的枪弹》中配合革命战争年代的环境和背景叙写了一个革命儿童的成长历程；"十七年"及"文革"时期的《小兵张嘎》《闪闪的红星》等红色经典无一不在展示中国儿童在现实环境中所获得的心理体验和生命感悟，可以说，这些童书作品都极好地挖掘了现实资源并结合作家自身的现代性体验使作品有了很强的原创性和独特个性，它们既不拘泥于中国传统文化，也不受困于西方文化思想的窠臼，因此而成了童书经典。到了大众传媒日渐盛行的历史新时期，中国童书创作也并非没有关注过现实，甚至我们挖掘现实资源并向现实发问的力度还曾一度达到一个极难超越的高度，比如程玮、秦文君、刘东、于立极等作家，尤其是刘东，他是利用文学来展示与疗治现代儿童心理困厄的行家里手，同时这也是其向现实发问的一种特有的方式。他的《轰然作响的记忆》向读者展示了很多"埋藏在主人公内心深处不愿触及、也无法向人倾诉的一段发生在上中学的时候'最刻骨铭心最振聋发聩的记忆，让读者体验最多的不是欢笑，而更可能是叹息，是哭泣，是呐喊，是沉默'"。作家的"目的是给那些正身处花季岁月中的中学生们提供一种借鉴，让他们多享受阳光和鲜花，少一些挫折，少走一些弯路"。①这种对现实的观照是极具深度和力度的，但这种力度的现实发问精彩却少见。同时，也有作家对现实中的某些问题提出了让人震撼的美学思考，比如曹文轩对"苦难"的深度探析以及一些作家对"死亡""残缺"等童书主题的书写，都是他们观察现实并向现实发问的一种角度和方式。需要指出的是，有关"死亡""苦难"等主题的表现，中国童书创作和出版界仍有争论，有学者、作家和出版机构并不赞同将这些内容呈现给儿童读者，他们认为其有悖于童书积极、健康的思想主旨，可我认为不论是阳光、顺境还是风雨、逆境都是儿童成长过程中可能经历到的，这才是一个完整的人的现代性体验，我们又何必虚假地粉饰太平呢？在这些全面而深度观照现实的童书中，我们感受到了令人惊心动魄的美学力量。可是，这样向现实深度发问的优秀童书虽不能说凤毛麟角，却也屈指可数。可以说，这些优秀童书从现实这个纬度出发去寻求原创资源的尝试确实取得了成功，也为中国童书的原创提供了有价值的参照物，但一个问题也随之出现了，那就是关注现实体验的原创童书出现了越来越严重的同质化倾向。

同质化写作突出、异质化写作缺失是当下童书向现实发问并向现实寻求原创资源的一种必然的副产品，因为我们从第一次接受文化教育的时候就开始了整齐划一、缺乏个性的现实培养，现当代中国自身所经历的几十年的现代性体验赋予了这种同质化教育以最堂皇的理由和最有效的手段。所以，当下童书的同质化批量生产也就不足为怪了。可是，越是同质，就越是欠缺原创性，这使我们可以不再去模仿和追随西方，但却不可避免地成了希腊神话中纳西索斯所化身的那株自恋的水仙花，既然模仿别人不好，那就模仿自己吧。那么，在校园、家庭、爱情等现实题材资源愈加枯竭的当下，如何加强我们向现实发问的能力和向现实寻求原创资源的力度呢？我认为辽宁儿童文学的地域性创作就是一个非常好的示范和榜样，辽宁童书作家在关注现实、发问现实的基础上，加入了东北地域文化的因子，让本是同质化的写作有了完全异质化的审美体验，比如常星儿的《回望沙原》、老臣的《盲琴》、肖显志的《北方狼》、董恒波的《天机不可泄漏》等，这些作品让读者感受到了浓浓的东北味道和辽宁地方文化色彩，让人耳目一新，如这般带给读者新鲜审美体验的原创童书才是当下最急缺的。其实，除了东北童书外，江浙地区的吴越文化、西南地区的大自然生态文化、西北地区的游牧文化等地域特征都逐渐地被童书作家们融入了自己的现实思考中，他们的成绩同样斐然。

三、文学过滤体系与文学生产习惯对童书原创性的影响

当我们找准了童书创作的文化立场和现实资源后，就需要进一步关注原创性童书的生产机制了。在大众传媒的时代背景和中国文学的现代性体验下，童书原创性的强弱一直受到政治权力话语和经济力量下的文学过滤体系与文学生产习惯的深刻制约。中国文学在"左翼"革命文学正式成为文坛主流后，又经过了《讲话》、"十七年"甚至是"文革"时期的各种文艺政策规制后，便让政治话语成了不可替代、不可动摇和不可挑战的权威。2012年的5月23日是纪念《讲话》70周年的日子，"政治标准第一、艺术标准第二"的文学创作原则仍让人记忆犹新，政治权力话语对文学创作的控制和把持是历史的必然选择和时代的迫切要求，是无可厚非的，但这种文学生产模式却成了一种思维惯式深深地影响着早已身处不同时代的当下童书创作与出版。万事不逾"矩"，是最基本的政治要求和文学原则，也是童书创作与出版的第一道过滤器。正如福柯在其"权力话语理论"中所表达的思想"主体行为对权力的反抗是一面，在反抗的同时，又以受体的身份出现，即对强势话语主体表现出认同或屈从的立场"⑤。就像上文我所提到的一部分人反对将"死亡"等内容写入童书就是对政治权力话语的"认同或屈从"，很显然，这种"认同或屈从"是有碍童书原创性的，而与其背道而驰于作品中书写"死亡"等内容的作品则是对权力的一种反抗，在无伤正统"三观"的前提下，这种反抗倒成了一种原创的契机。所以说，这种政治权力话语既有"压制性"，又有"激发性"。同时，市场经济体制下传媒与出版社在强大经济力量的支配下，成了童书创作的第二道过滤器。尽管这些传媒也知道求新、求异、求真的童书创作是保有童书原创性的重要内容，但在更为强大的政治权力话语面前，它们也不得不忍痛割爱地屏蔽掉了某些原创内容，否则，一方面会因为出版的图书不合社会主流话语而销量可怜并进而严重影响出版社的经济效益，另一方面会因为某些内容未被屏蔽而导致图书无法通过审查并造成出版社前期人力、物力和财力投入的巨大浪费，因为我们知道"越是原创性强的作品，越是对文学体制既定成规的冒犯，会表现出对原有文化体制的疏离、背叛，甚至冲击"⑥。所以，就目前的文化体制而言，传媒机构还没有这样的勇气。总之，过滤是必需的，但也在一定程度上破坏了当下童书创作与出版的原创性，形成了同质化严重的倾向。

除了政治权力话语和经济力量对童书原创性的影响外，当下大众传媒的权力新宠——文学网站对原创性的影响也是显而易见的，因为它们对异质文学的态度同样含混暧昧，再加之其独特的文学发表和传播方式，对网络童书的过滤则更为直接和通透。只需敲入一个简单的关键词，该屏蔽掉的内容就绝不可能出现，这也许正是大众传媒对童书原创的一种最为直接的伤害。另外，大众传媒也在迫使当下的童书创作与电子传播这一主流传播方式进行合作，比如童书的网络游戏化写作或改编就是当下极为火热的文学现象，周锐、苏梅、李志伟、伍美珍等童书作家都投入其中，甚至几位老牌童书作家如白冰、高洪波、金波和葛冰等还将大热的网游《植物大战僵尸》改编成了故事书并由中国少年儿童新闻出版总社出版，可谓创意新鲜十足，这种童书与网游的结合确实是当下童书

新中国儿童文学

创作的一种全新尝试，且在一定程度上提升了童书的原创性，但模式化、金钱化、技术化等弊端也随之出现了，这是大众传媒带给我们的关于童书原创的一个亟待深入研究的课题。

以上便是我对大众传媒背景下纸媒童书原创性的几点认识，要想完全解决中国纸媒童书原创性难的问题，要想使中国童书在原创资源日渐枯竭中寻求新生，将是一个长期而艰难的任务。

[注释]

① [美]M.H.艾布拉姆斯：《镜与灯——浪漫主义文论及批评传统》，郦稚牛等译，北京大学出版社1989年版，第5—6页。

② 贾平凹：《我们需要有中国文化立场的文学原创性》，《中华读书报》2009年11月4日。

③ [美]马歇尔·伯曼：《一切坚固的东西都烟消云散了：现代性体验》，徐大建等译，商务印书馆2003年版，第15页。

④ 刘东：《轰然作响的记忆》，中国少年儿童出版社2003年版，第263页。

⑤ 王泽龙：《论20世纪40、50年代中国现代文学转型原因》，《文艺研究》2003年第5期，第44—50页。

⑥ 房伟：《"原创性焦虑"与异端的缺失》，《艺术广角》2011年第4期，第25—28页。

（原载《出版发行研究》2014年第10期）

促进原创儿童文学的发展

纳　杨

改革开放以来,到 2015 年前后,中国原创儿童文学在童书大发展中迎来了一个爆发期。相比于新中国成立初期的儿童文学,在数量和销量上都大大增长,艺术特色和题材样式也更加多样,特别是"儿童本位"思想的树立,使原创儿童文学得到了广大少年儿童的广泛阅读和喜爱,诞生了一批有口碑、有市场号召力、为小读者们熟悉和喜爱的作家、作品。这批作品现在已成为常销书,一些作品已成为必读经典,那批作家现在仍是原创儿童文学的中流砥柱,并且在世界儿童文学版图中点亮了一盏明灯,打出了一面旗帜。但是,那个时期原创儿童文学的短板也是显而易见的,甚至因为过度受市场影响,催生了一些"短平快"的"儿童文学",影响了原创儿童文学的整体质量。这一问题,从 21 世纪的"第二个十年"开始得到了重视,提升作品质量逐渐成为儿童文学作家和编辑的共同目标。时间来到"第二个十年"末,儿童文学呈现出更加积极健康、朝气蓬勃的整体发展态势。其中比较引人注目的一个新变化,就是多股创作力量的加入,为原创儿童文学的发展带来了新的刺激,也形成了新的冲击和挑战。

在第九届和第十届全国优秀儿童文学奖获奖作家中,连续出现了两位"非典型"儿童文学作家——刘慈欣和张炜。如果说刘慈欣的获奖尚有科幻文学的特殊性因素的话,茅盾文学奖获得者张炜的儿童小说《寻找鱼王》获奖,则完全是因其作品获得了认可。儿童文学最高荣誉颁给并非专门为儿童写作的作家,这件事本身就体现出中国儿童文学的格局和开放性。

我国儿童文学作家中,有的作家一生专门为儿童写作,也有一些作家既写儿童文学,也写非儿童文学,还有一些作家的创作从儿童文学开始,后来转向写非儿童文学。近 5 年来,越来越多原来不写或很少写儿童文学的作家转而写儿童文学,甚至专门为儿童写作,成为儿童文学创作中一个突出现象。除了张炜,还有赵丽宏、肖复兴、阿来、马原、虹影、徐则臣、周晓枫、杨志军、叶广芩、刘玉栋、肖勤等,都是近年来进入儿童文学领域的代表性作家。他们之前有的接触过儿童文学,有的则是第一次写,有的已经写了几部作品,并且计划创作更多的作品,有的则仍处于尝试阶段。他们的作品各有优点,也有不足,但他们开始创作儿童文学的动因却几乎是一样的,那就是要为儿童写一部自己心目中理想的儿童文学。这是作家对自身创作的要求。儿童文学对儿童的重要性赋予儿童文学作家们责任和使命,儿童文学对作家文学生涯的意义,也正在得到越来越多作家的认同。

儿童文学首先是文学。优秀而成熟作家的加入,对儿童文学产生的影响已经开始显现。从近几年的作品来看,儿童文学的主题开掘更深更广,艺术性和文学性也得到大大提升。"跨界"写作的刺激,促使儿童文学作家们以更加开阔的视野看待当下少年儿童的生活,把少年儿童放置在一个更加现实的场域中去言说,从而突破了儿童文学原来的一些所谓的"禁忌"。比如战争、苦难、死亡、历史等较为宏大的或比较负面的题材,进入了儿童文学的表现领域。《渔童》《吉祥时光》《鬼娃子》《野蜂飞舞》《纸飞机》《正阳门下》等作品，从儿童视角去书写历史和现实，用作家的智慧为孩子尽量还原真实的世界。题材的拓展也对作品的艺术创新提出了更高要求，寻求更多、更好、更合适的表现方式。可以看到，作家们在艺术探索上更加努力，表现手法更加纯熟多样，语言更具艺术性，艺术风格也各有千秋，给儿童阅读带来了更丰富的选择。

在跨界写作的过程中，儿童本位问题、儿童观、儿童文学的教育功能等儿童文学的基本问题重新引起关注和讨论，并且达成了一些共识。目前的一个共识是，儿童文学应该是贴着孩子写的，创作目的非常明确，就是要给孩子读的，这就给作家的创作提出更高要求。认为儿童文学是"小儿科"的观念几乎不见了，更多的作家看到儿童文学写作的难度，对儿童写作抱有更多的敬畏之心。这也是原创儿童文学能够大发展的一个重要原因。多位"跨界"作家都表达过转向儿童文学写作以后才体会到儿童文学创作的不易。小到字词句的使用，要考虑目标读者的年龄特征，大到作品的价值观问题，比如一些习以为常的思维观念，写到儿童文学作品中就需要再三审视，是不是恰当，会不会带来不良影响，等等。而最难的还是如何让孩子喜欢，是否能与孩子心心相印、息息相通。实际上，这也是儿童文学作家的努力方向。许多优秀儿童文学作家都是通过各种方式长期保持与儿童的近距离交流，以保持与儿童的心灵共振，或向儿童学习，保持心灵的纯粹。许多儿童文学作家同时也是儿童心理学家，他们理解儿童的情感以及表达方式，能够从儿童的角度去看问题、想问题，从而能够从儿童的视角去写作。

非儿童文学作家的加入，主要集中在小说和童话两大门类，有一些散文和报告文学，几乎没有诗歌和幼儿文学。这与儿童文学本身的复杂性和发展不平衡有关。儿童文学是一个内涵和外延极为丰富的文学概念。简单来讲，因其与儿童阅读紧密相连，需要从年龄上细分，大致分为幼儿、儿童和少年三大阶段，各个阶段中还要再分，且年龄段越低分得越细。每个年龄段对文学作品的要求不尽相同，特别是幼儿文学，更具专业性、独特性。体裁门类的划分也与其他类别不一样，童话、寓言、儿歌、童谣都是儿童文学的独有门类，诗歌、散文、报告文学、少儿科幻则是各个门类中的一个细分类别。每个门类都有各自独特的美学范式和阅读需求。门类再与年龄段相结合，创作的难度和复杂度就更加明显，需要长期地、反复地琢磨、研究、练笔。

然而，儿童阅读的需求并不会因为创作的难度而减少。有一类专门为儿童改编的文学作品，在努力尝试给孩子们提供所需要的阅读对象。比如杨克主编的《给孩子们的一百首新诗》、叶嘉莹选编的《给孩子的古诗词》、王安忆选编的《给孩子的故事》、树才的《给孩子的 12 堂诗歌课》等。这些书籍是不是真的适合孩子阅读，适合哪个年龄段的孩子阅读，孩子是否爱读等，可以讨论，但这些书确实比较受家长欢迎，一是因其内容的经典性，二是因其填补了一些阅读空白。

中国正在进入新时代。新时代对儿童文学提出了新的更高要求。如何满足 3 亿多少年儿童的阅读需求，应该是儿童文学作家、编辑、研究者、评论家共同努力的根本目标。儿童文学作为儿童阅读中一个重要门类，其价值和意义不言而喻。现在原创儿童文学已经取得了很好的成绩，作家队伍不断壮大，创作活跃，作品数量、质量双提升，但相比当下少年儿童的阅读需求仍是远远不够的。一是优秀作品仍然太少，思想性、文学性、趣味性、可读性俱佳的作品太少。二是对优秀作品的推介还需做更多的努力。一方面，要继续加大对原创儿童文学经典化的推进力度，另一方面，必须看到，当前儿童阅读的主要渠道,比如幼儿园、学校、阅读推广机构等推荐的作品中,原创作品还没有成为主流,儿童真正阅读原创儿童文学,尤其是优秀当代原创儿童文学作品太少。三是在全民阅读推广背景下,儿童的阅读能力大幅提升,已经呈现阶梯式发展,家长对儿童阅读也越来越重视,对作品越来越挑剔,这些实际上对原创儿童文学形成倒逼之势。

在此背景下,儿童文学必须以更广博的视野和胸襟,吸纳一切以提升儿童阅读质量为目的的创作力量,寻求一切能够创作儿童文学精品的可能,共同为中国少年儿童奉献优秀的文学作品。

（原载《文艺报》2019 年 9 月 20 日）

第三辑

70年儿童文学理论观念

导　言

　　儿童文学是文学大系统中的一部分，因而儿童文学的理论观念与整个文学理论的基本问题具有一致性，诸如文学的性质、特征，文学与世界、文学与作家、文学与作品、文学与读者的关系问题等。文学之为文学，自然有其一些根本属性，即"文学性"。文学性无疑也是儿童文学理论的根本问题之一。古今中外文学观念中形成的"文学性"共识主要有四个方面：一是语言性，文学是语言的艺术，语言是文学的媒介；二是情感（心灵）性，审美情感是文学创作的重要内容，文学是审美情感的语言呈现；三是形象（意象）性，文学的基本样态是由文学语言塑造的生动可感的艺术形象；四是想象（虚构）性，文学思维是一种创造性思维，主要表现在其想象意义以及对现实的虚构关系上。以上有关文学理论的基本问题与观念，同样是儿童文学理论所必须遵循和坚守的。

　　但是，儿童文学同时又是一种具有自身特殊性的文学。儿童文学与一般文学（成人文学）的根本区别是：一般文学（成人文学）是成年人之间的文学活动与精神对话，而儿童文学则是"大人写给小孩看的文学"。因而这种文学生产者与消费者是两代人的"悖论"与"代沟"关系，构成了儿童文学最基本的特征，儿童文学的一切问题均由此而生。儿童文学与生俱来存在着一个"两代人"之间互相了解、尊重、沟通和认同的问题，这既要求儿童文学作家建立正确的、科学的、符合时代潮流的"儿童观"；同时，还需要作家熟悉和把握儿童的一切特征，包括儿童的年龄特征、思维特征、社会化特征与时代特征，真正熟悉、理解"儿童世界"，树立正确的、全心全意为儿童服务的"儿童文学观"。

儿童文学是一种重在表现少年儿童生活世界及其精神生命成长的文学，优秀的儿童文学作品将影响人的一生，因而这种文学具有明确的社会责任意识与美学使命。儿童文学总是把导人向上、引人向善、养成儿童本性上的美质、夯实人之为人的人性基础写在自己的文学旗帜上，这实际上体现了人类对未来一代的人性规范与文化期待，也是儿童文学价值功能特殊性的体现。

　　以上内容无疑是儿童文学理论的基本问题，同样也成为70年中国儿童文学理论观念的重要内容。本辑所选文章涉及儿童文学的性质、特征、价值功能，儿童文学与时代、与作家、与读者、与传媒，儿童文学的美学品性、儿童观、童年书写，儿童文学审美创造的有关问题，以及我国儿童文学研究状况等。文学理论需要一种对话和交流的研究姿态，进行一种建设性的探询，以期有助于理解文学的多义性和复杂性，从而达到审美的共振。新时代儿童文学理论依然需要"建设性"的学理和研究。建设是难的，而颠覆总是相对容易的。

儿童文学笔谈会（一）

笔谈儿童文学

冰 心

谈到儿童文学，那实在没有什么理论。我也写过几篇给儿童看的作品，如当年的《寄小读者》，开始还有点对儿童谈话的口气，后来和儿童疏远了——那时我在国外，连自己的小弟弟们都没有接触到——就越写越"文"，越写越不像。同时我还写一些描写儿童的作品，如《寂寞》等，对象也不是儿童。这已是几十年以前的事了。

新中国成立以后，就有意识地想写点儿童文学作品，我就去找儿童文学的定义，就是说儿童文学到底是什么东西？我得到的答案，和大家所了解的一样：儿童文学是供少年儿童阅读的各种体裁的文学作品，其中包括童话、寓言、故事、诗歌、戏剧、小说等等，都是通过形象来反映生活，这生活一定要适合少年儿童的年龄、智力、兴趣和爱好等等。

毛主席《在延安文艺座谈会上的讲话》里，曾经给我们深刻地指出："我们是马克思主义者，马克思主义叫我们看问题不要从抽象的定义出发，而要从客观存在的事实出发，从分析这些事实中找出方针、政策、方法来。"

我们现在儿童的客观存在的事实是什么呢？摧残儿童身心的"四人帮"被粉碎了以后，儿童也得到了解放。少年儿童摆脱了所谓"反潮流""交白卷"的精神枷锁，而奔向好好学习、天天向上的大道。在这摆脱枷锁、走上大道的过程中，就有他们自己不少的问题，有他们自己的苦恼，也有他们自己的欢乐。这其间就有说不尽的事实，讲不完的故事。我们能不能从这些故事中，汲取为儿童所需要而又便于接受的东西，写成有益于他们的作品，使他们能够惊醒起来，振奋起来，向着我们新时期的总任务、三大革命运动、四个现代化的伟大目标前进？

底下就是如何能写好儿童作品的问题了。要写好儿童所需要而又便于接受的东西，我们就必须怀着热爱儿童的心情，深入儿童的生活，熟悉他们的生活环境，了解他们的矛盾心理，写起来才能活泼、生动而感人。生活本来是创作的唯一的源泉。"主题先行"的创作方法，是最要不得的！坐在书案前苦思冥想，虚构情节和人物、开头和结尾，最后只能写出一篇没有生气、没有真实、空洞而模糊的故事。这种故事，儿童是不爱看的。俗话说："会写的不如会看的，会说的不如会听的。"据我的经验，儿童往往是最好的儿童文学评论家，他们的眼睛是雪亮的！这例子在此就不多举了。

有了生活以后，怎样才能写得生动、活泼而感人，这就要看儿童文学作者的技巧了。技巧是从勤学苦练来的。勤学就要多读，多读关于儿童文学和其他文学或文学以外的古今中外的书，越多越好，开卷有益。苦练就是多写，遇到一件有意义的事实，就写下来，听见一句生动的语言，就记下来。长期积累，偶尔得之，到了你的感情一触即发的时候，往往会有很好的作品出来的。

我讲的这些，也依然是空洞而模糊的，没有具体的作品来作为谈论的依据，往往是不着边际的。总之，只要是眼里有儿童，心里有儿童，而又切望他能做一个新中国的建设者中的文艺工作者，而不是因为想做一个儿童文学作家而来写儿童文学的人，才能写出真正的好的儿童文学作品。

我这个人也是眼高手低，但我愿意和热爱儿童的文艺工作者们共同努力。

童话也是一朵花

金　近

在儿童文学范围里，童话是最有特色的一种形式，它是现实和幻想交织成的艺术品。当然，文艺作品需要幻想，但在童话里幻想则成了不可缺少的东西。童话也是从现实生活中来的。在我们的现实生活里就有好多幻想，比如，一个热爱集体的饲养员，他对自己饲养的牲口就有感情，有时也会自言自语地和牛马骡子讲话。在年龄较小的孩子们的生活里，童话色彩更浓了，他们会想到自己怎样像鸟一样地飞到天上去摘星星。童话就是运用了这方面的幻想，加以提炼、夸张，使它典型化，向孩子们进行教育。在童话世界里，确实充满幻想，它同样能培养孩子们高尚的道德品质，引导孩子们去为真理、为美好的未来而斗争，这是童话的使命。

可是，这十多年来，"四人帮"大搞文化专制主义，童话也成了他们"专政"的对象。在"四人帮"看来，你的童话里如果写了猴子，怎么用上他们的"三突出"这个套套呢？猴子该算是第几号英雄人物呢？要是把猴子当成英雄，又要说你是在污蔑他们，那就帽子棍子一起来了。再有，在童话里也没法安排他们所发明的"造反派"和"走资派"。所以"四人帮"排斥童话，仇视童话。在那个时候，你不要说见不到一本新出的为孩子们所喜爱的童话书，连那些世界著名的老童话书也见不到了。你想借来看吧，图书馆里的童话书也被封存起来了。弄得这些年来，孩子们看不到一本喜欢看的童话书，也不知道什么叫童话了。

党中央一举粉碎了"四人帮"，文艺大解放，童话也得到了解放。如今在文艺百花园里正开着童话之花，一朵一朵争艳吐香，迎接我们党召来的春天。

童话这个文学形式还需要提倡，需要用童话来反映我们这个战天斗地、降龙伏虎的伟大时代。我相信，只要大家努力，今后童话之花将会越开越好，越开越旺盛的。

空手而回与满载而归

陈伯吹

亲爱的少年朋友们：你们好！你们都是《少年文艺》的最忠诚、最亲密的读者，眼巴巴地每个月都在欢迎它早日来到你们的手里。这很好，我就借它一角，得到和你们笔谈的机会——我是不肯错过这机会的，你们呢？想来也有同感吧。

不错，咱们都还不相识。这，没有关系，反正你们为革命而学习，我也是为革命而工作，这就有了共同的思想基础，共同的良好愿望，从而共同关心着、爱护着《少年文艺》。希望它并祝贺它天梯般逐渐提高，日新月异地长足进步。你们就从它成长得越来越健康的身上，得到了有益的东西，主要是得到了思想。

人的一切行为，完全受思想的指导和支配。

谁都想做好人，但先得有好思想。"人的正确思想是从哪里来的？是从天上掉下来的吗？不是。是自己头脑里固有的吗？不是。人的正确思想，只能从社会实践中来，只能从社会的生产斗争、阶级斗争和科学实验这三项实践中来。"这一教导，你们肯定学习过的，而且也知道的。

投身到三项实践中去，过的是革命的生活，是好的生活。在好的生活实践中，必然获得好的思想，就能做个好人————一个高尚的人，一个有道德的人，一个脱离了低级趣味的人，一个有益于人民的人。那些革命英雄、革命烈士、劳动模范和先进工作者，不全都是这样的吗？请想想刘胡兰，想想雷锋，想想王进喜，想想李四光吧。

你们是少年，是刚刚升起来的七八点钟的太阳，有朝气，有理想，有一分热想发一分光。这太好了！但由于你们年纪还小，当前你们的主要生活是好好学习、天天向上的学习生活，为今后投身于更大规模的、更激烈火热的三大革命运动（三项实践）中去做好准备，打好基础。

基础是要从小打起的，而且也是要从小打好的。

你们除了亲爱的老师指导你们学习以外，《少年文艺》也是帮助你们的许多好朋友中的一个————它选取了不同的题材，使用不同的体裁，发表着多种多样的作品，反映青少年儿童在各方面的生活，当然也反映成年人的形形色色的各种生活。好的它赞美，坏的它批评，它歌颂社会主义，它斥责修正主义……少年读者就能从中吸取经验教训，作为自己精神食粮的营养，来壮大自己，成长得更加坚强、结实，将来为壮丽的革命事业多出力，多干活，多作贡献。

你们可能要问了，《少年文艺》它有多大本领，能使我们成为身体好、学习好、工作好的三好学生？

是的，这问题说来话长，现在只能简单些说。

正因为《少年文艺》是文艺，文艺是个富有思想性、艺术性的精神产物，它"作为团结人民、教育人民、打击敌人、消灭敌人的有力的武器"，同时也是鉴别人和社会的真、美、善和假、丑、恶的有用的工具。它向读者展示了色彩鲜明的图画，提供了具体生动的形象，你们一眼看得出来：哪个优，哪个劣；要学这，不要学那；长了你们的认识和辨别的能力，还给了你们勇气和力量，更逐渐地形成了你们的性格和意志。它怀有饱满的政治热情，正确的思想路线，却用风趣的艺术语言，和你们娓娓动听、津津有味地聊着。你们对它的处处引人入胜的教导，只感到有兴趣，不觉得疲倦，而且记取了终生难忘的印象……这就是它对你们的教育作用。可以这么说：《少年文艺》是你们的良师益友。

既然它是你们的良师益友，就该多和它亲近亲近啊，难道不该如此吗？

有这样的一个故事，不知道你们爱听不爱听。

在那遥远的地方，有一座山，山里头全是宝石。张三听到了，骑了骡子去到那里，只见满山怪石嶙峋，草木丛生，他想："即使山肚子里真有宝石，要开掘出来，一定非常辛苦，不如回家去睡大觉，养息养息身体吧。"他的朋友李四也听到了，划了木船去到那里。他不怕吃苦，挽起袖管就干，干得浑身大汗，没挖出什么宝石，可他不灰心，继续干，第四天早晨，明亮的阳光照耀着大大小小的宝石，闪射出五光十色，多美丽啊！于是他满载了一船，划回村里，马上向县里报矿。经过化验，这座山里不但有金矿，也还有银矿、铜矿、铁矿和锡矿，所以给它取了个"百宝山"的好听的名字。这以后，像李四这样不怕累、不怕苦的一伙人前去，会发掘出更多更有用的矿石来呢！

故事很平凡，讲到这儿为止。它虽然不真，却有意义：张三进宝山，空手而回；李四进宝山，满载而归。同样的事件，两样的结果。这问题在哪里？这个，我且不说，还是请你们琢磨琢磨吧。

不过，我要反过来问："假定《少年文艺》是座宝山，你们每月（每次）遇上它，是空手而回，还是满载而归？"

你们的答案一定是完善而正确的。祝福你们！

我对发展儿童文学创作的一些意见

韩作黎

《少年文艺》辟了一个笔谈儿童文学的专栏。我感到这样做很好。

我们要繁荣儿童文学创作，首先就要深入揭批"四人帮"。"四人帮"在教育战线、思想战线、文艺战线散布了大量的毒素。他们宣扬"头上长角，身上长刺"的以天生革命派自居的反革命野心家；他们赞扬那些无视科学、无视人类智慧的利欲熏心的"交白卷"的跳梁小丑；他们鼓吹反老师就是反潮流，打砸抢就是小闯将，搞无政府主义就是好汉，遵守革命纪律却是小绵羊。这些东西严重侵蚀了青少年的身心，使青少年不仅有外伤，也有内伤。外伤好治，内伤难医。去年第 11 期《人民文学》发表了刘心武同志的短篇小说《班主任》，这篇小说提出了一个带有社会性的问题。他写出了受"四人帮"毒害的不仅有打架斗殴的小流氓，还有那些在我们看来表现不错、本质好的学生，而且受害也不轻。这篇小说给我们提出了一个非常重要的问题，即怎样深入地批判和彻底肃清"四人帮"的流毒、救护我们青少年一代的问题。

在"四人帮"横行时，他们推行"儿童斗走资派"的作品，大搞形而上学、唯心主义、口号化、公式化、成人化的东西。他们严重干扰破坏毛主席的革命文艺路线，违背儿童文学发展的客观规律。对这些流毒，我们一定要彻底肃清。

我们要繁荣儿童文学创作，还要把广大的专业和业余儿童文学作者很好地动员起来，组织起来，形成一支为儿童创作的强大队伍。有了这样的队伍，就能写出更多更好的作品，使广大少年儿童受到深刻的形象化的教育。

回想 1955 年，《人民日报》专门发了社论，提倡又多又好地创作儿童文学作品。全国作协张天翼、谢冰心等作家负责儿童文学创作组的工作。张天翼同志还带头在《人民文学》上发表了两篇儿童文学作品。自那以后，儿童文学阵地确实出现了一个朝气蓬勃的大好形势，而且很多非儿童杂志也刊登儿童文学作品，每年还出了一个儿童文学选集，各地成立了不少业余儿童文学创作小组。

党中央粉碎了"四人帮"反党集团以后，一年多来，随着各条战线的大干快上，儿童文学的创作也正在出现一个令人振奋的大好局面。我们应趁此大好时机，把儿童文学创作队伍很好地发动起来，组织起来，让儿童文学这个领域，百花齐放，繁荣灿烂！

当前，少年儿童需要能增进科技知识的生动的科学幻想故事；需要生动的革命传统教育故事；需要描写德智体全面发展的值得学习的少年儿童好榜样的作品；需要描写转变好的少年儿童的作品；需要富有现实意义的童话。

我们一方面要创作更多更好的新的儿童文学作品；另一方面，过去"文化大革命"前出版的好的、较好的书，也可再版。

（原载《少年文艺》1978 年第 6 期）

儿童文学笔谈会（二）

把孩子们从"饥荒"中救出来

张天翼

《少年文艺》举办"儿童文学笔谈会"，是件大好事。我现在重病，不能到孩子中去，也不能创作，但在这里，我要为孩子们讲几句话。

我国有两亿儿童，要把他们教育成共产主义接班人，教育成为对四个现代化有所贡献的人，儿童文学是重要的教育工具。一部好的儿童文学作品，往往可以解决需要教师长时间去解决的问题，它们是"特别"教师，应当受到充分的重视。

但是，为孩子们写作的叔叔、阿姨太少了。过去毛主席、党中央一再关心儿童文学。过去出现过一些好作品，但都被"四人帮"打入冷宫，孩子们读不到。"四人帮"这些个狼外婆，不是让孩子们饿肚皮，就是给孩子们毒药吃，或者硬塞给他们根本消化不了的东西。打倒"四人帮"，孩子们也得救了。党中央非常关心、重视儿童文学，我们又有了写作条件，让我们赶快把孩子们从饥荒中救出来吧！

我希望有更多的专业作家为孩子们写作，更希望有广大的业余作者——中小学教师及其他做少儿工作的同志，拿起笔来。因为后者最熟悉、了解少年儿童的思想、生活、兴趣和语言，这是搞好儿童文学的第一位工作。

我还希望各有关部门能经常关心、注意儿童文学——组织儿童文学创作，评论儿童文学创作。

至于我呢，只要一息尚存，一定努力锻炼，争取将来继续为孩子们写作，为培养、教育我们可爱的后一代，贡献我的全部有生之年。

从一首小诗谈起

柯 岩

我是一个学习写儿童诗的人，所以一看到好的儿童诗就特别高兴。粉碎"四人帮"后，百花争艳，出现了无数好作品，被"四人帮"摧残得奄奄一息的儿童文学也复苏了过来。《少年文艺》《小朋友》等儿童刊物深受广大少年儿童和儿童文学工作者的欢迎。我呢，一直是它们忠实的读者。

这一次，翻开第二期《小朋友》，又发现了一首好诗：《字典公公家里的争吵》。

一看题目，脑子里就出现一个问号。字典那么厚，要说是"家庭"的话，可真是一个大家庭了。那么多字句，真是浩如烟海，争吵起来可真够热闹的！可是，到底是谁和谁吵，又为了什么吵呢？

往下一看，我就情不自禁地笑起来了。嗬！原来不是正主儿，而是一群小标点符号。从小，我对标点符号就很头痛，常常因为它们受老师的批评。以后，学习写作，为它们也常常很伤脑筋。它们一个个这样可爱、有趣,我还是第一次看到:感叹号那样激烈,小逗号那样头头是道,省略号那样有学问,句号那样会作总结报告,爱动脑筋的小问号原来这样善于思考……我一边读一边对照:写得好,画得也好,真是互增光彩;我一边对照一边笑:诗也好,画也好,使人情思如潮。原来它们一个个这样形象鲜明、性格突出,我再也不会把它们忘掉了。

可是,它们原来也都各有缺点呢!这些缺点是孩子们常常容易犯的,字典公公批评了他们。我想,读了这首诗的孩子也会像它们一样,下决心把缺点改掉。

作品怎样吸引孩子的注意力?怎样在对孩子进行思想教育的同时也给他们以知识教育和美的感受?我想,这首小诗已经做得很好了。然而,作者却还不满足。最后,他还要问:"小朋友,心里想的啥?能否让我知道?"言已止而意未尽,它引起孩子们的情思将是十分丰富、意味无穷的。

从生活中来,有目的、有针对性地写和画,同时又那样形象,那样有兴味,使孩子能情为所动,思有所进,这是符合无产阶级文学要求的。根据儿童需要,为教育的目的服务,但又从儿童心理出发,不是灌输而是启发诱导,给孩子留下了难忘的印象,这又多么符合教育学的要求。

一首小诗能做到这些,谈何容易!但愿我也能做到。

几幅小画能做到这样,也是谈何容易,诗给画提供了想象,画反过来又丰富了诗,诗情画意,相映生辉。我想:如果任何诗人在写出这样的好诗时也能同样得到这样的好画,孩子们该是多么高兴啊!

喜谈儿童文学

任溶溶

粉碎"四人帮",儿童文学得解放,儿童文学工作者得解放。对这一点,我和同志们一样深有体会。举例来说,从上海少年宫成立以后,我一直在那里同孩子们交朋友,听他们对我的作品提意见,跟写作的同志们一起交流经验。在"四害"横行时期,我有 10 年之久不能做儿童文学工作,也没有进过一次少年宫。"四人帮"一粉碎,谢谢少年宫的同志,让我到那里去同小朋友们一起庆祝。我接到通知,反复看着,如在梦中,不知不觉在本子上写下了两句:"我为什么突然感到腼腆,因为我又要同小朋友见面。我为什么竟然这样激动,因为我又要到少年宫。"当我第二天踏进少年宫大门时,真是如醉如痴,小朋友来接待我,我马上想起两句唐诗:"儿童相见不相识,笑问客从何处来。"

现在好了,儿童文学解放了,儿童文学工作者又归队了。我们儿童文学工作者要在新的长征路上迈大步,迅速清除"四人帮"的流毒,繁荣社会主义儿童文学。

这些日子常跟一些年轻同志聊天,有老师,有工人。他们有生活,又有志于为儿童写作。可是他们说很难写,很苦恼。我听下来,深深感到"四人帮"对儿童文学破坏的严重性,要繁荣儿童文学,有些问题必须解决。

例如,儿童文学有没有特点,这特点是什么?儿童文学是文学的一部分,有文学的共性,但儿童文学既然在文学上面加上儿童两个字,当然又有它的个性。儿童文学是写给儿童看的,儿童有特点,儿童文学自然就有特点。儿童拍球、跳橡皮筋要唱歌,于是有拍球歌、跳橡皮筋歌,大人打乒乓球、踢足球就不唱歌了。但这还不够。儿童从娃娃到少年,随着年龄不同,还有不同特点。儿童读物一向分为幼、低、中、高和初中几种程度(学制改变的话,可能会改),这是儿童成长过程中几个阶段,相互衔接,又有区别。给低幼孩子写作要适合他们正在开始认识世界、识字不多等特点,写得浅些,由浅入深。可要是用对低幼孩子讲话的口气去同大孩子讲,就变成幼稚可笑,大孩子也嫌你把他们看作娃娃,不高兴。到了一定年龄,儿童特点就越来越少,以致最后消失,他们长大了嘛。给不同年龄的儿童写作,同他们讲革命道理,心中就要有具体的儿童,熟悉他们,怎能不管他们的特点?儿童文学特点并不是神秘的东西。"四人帮"否定儿童文学特点,一提儿童文学特点就说是儿童文学特殊论,这是别有阴谋目的的。

又例如,"四人帮"全盘否定中外古今优秀的儿童文学作品,不准出版。许多年轻同志既读不到我国的传统民间故事、民歌和叶圣陶、张天翼等老作家的作品,也读不到外国革命的和古典的儿童文学作品,也就无从借鉴。老话说,熟读唐诗三百首,不会作诗也会吟。写儿童文学作品,开始时不全是先研究过儿童文学理论的,而是读过点作品,懂得儿童文学是怎么回事,自己有生活,又想给儿童讲点什么,就写起来了。在写的过程中,看人家的好作品对自己也很有帮助,有借鉴和没有借鉴毕竟是不同的。因此在大量出版新的创作的同时,有计划有选择地重印一些中外古今的儿童文学作品,不但对儿童来说有必要,对作者来说也有必要。甚至有一些给儿童看也许不太合适的作品,也应该介绍给儿童文学工作者看看。

当然,我们和广大文艺工作者一样,还有深入生活问题等等。

所有这些问题,我相信都是会很快得到解决的。

去年上海文艺界开座谈会,我看到了久别的老师、朋友和年轻人,十分兴奋,也想起了一首唐诗而反其意写下了几句:"前得见焕发青春的前辈,后得见朝气蓬勃的后生,喜形势之大好,共高歌而猛进!"我们一定要在新的长征路上加快步伐,因为孩子们在等着更多更好的作品。

闲话神话与童话

包 蕾

美术片《大闹天宫》放映了,在影院里,观众看到了孙悟空的七十二变、一个筋斗十万八千里、拔毛变猴、金箍棒能大能小等神奇变幻的场景,不时发出惊叹声、赞美声。散场以后,这些五彩缤纷的镜头,还深深地印在观众脑际。

有一位小观众告诉我:"这样的影片,我还是第一次看到。"听了他的话,我不禁陷入沉思。

是啊,这样的影片已经绝迹十余年了,以这位小观众的年龄来说,他的确不可能看到。而且,岂止"这样的影片",举凡神话剧、童话剧以及神话、童话等文学作品,都被打入冷宫,划进禁区,不要说看,连提都不敢提一句。若不是党中央一举粉碎了"四人帮",执行毛主席的双百方针,文艺得到解放,这位小观众只怕到如今还看不到"这样的影片"呢。

少年儿童是多么喜爱神话、童话这样的文艺样式,"四人帮"却像在儿童嘴里夺下了甜蜜的蛋糕而掷在地上,用脚把它踩得粉碎。这帮魔鬼,真是什么都打、都砸、都抢。神话、童话何罪，也要受到这样的迫害和戕杀？马克思说过，最好的神话具有"永久的魅力"。"四人帮"却剥夺和取消了青少年欣赏神话或童话的权利。

原来，"四人帮"要把我们整个下一代培养成为他们所需要的人——文盲加流氓，没有文化，没有知识，愚昧无知，目光短浅，头上长角，身上长刺，善于打砸抢，善于搞阴谋诡计。这样的人才符合他们篡党夺权的需要。因此在文艺上，他们要的也是"阴谋文艺""帮派文艺"。对他们不满意的文艺形式或作品，便扣以帽子，打以棍子，必欲置之死地而后快。神话、童话云何哉，当然是在被打之列。

"四人帮"粉碎以后，神话、童话之类得到了复苏，一些神话片、童话片得以重新上映，一般文艺报刊上也刊登这类形式的作品，并且深受少年儿童观众（读者）的欢迎。但由于这十余年来，"四人帮"的流毒既深且广，到今天，也不可能完全肃清，因而作者心有余悸，读者或观众之中也还可能有各种不同的看法和想法。例如，认为这类作品荒诞无稽或宣扬封建迷信。

在旧的神话之类作品中，荒诞无稽或宣扬封建迷信的糟粕是有的，这就需要我们做一番去芜存菁的工作，但不能因此把它全部否定。如《西游记》中，也有些三教合一或宣传佛教的思想，但它毕竟还是创造出一个天不怕地不怕、机智勇敢的"斗战胜佛"孙悟空来，不论是在大闹天宫时或去西天取经时，都和天上地上的神仙鬼怪斗争到底。这种精神，我们还是要为之欢呼的。

也有人认为这类作品没有教育作用。

好的神话与童话常常寓有深刻的教育，发人深思，给人以启发。此外，神话或童话一般都要求有丰富的想象。这对青少年来说，也能培养他们的想象能力，使他们对事物的认识不囿于事物的本身，不是静止地僵死地看待事物，而能看到事物的能动性、发展性。

想象力不单是从事艺术工作者不可缺少的，世界上有伟大创造的人都有着丰富的想象。哥白尼从看星星想象出天体的运动；张衡的浑天仪正是他想象的产物，由于这些想象而后得出了科学的根据。

今天我们要实现四个现代化的伟大宏图，难道不需要有丰富的想象吗？一张建筑设计蓝图的形成，在建筑师的脑中，必先有一个完美的造型。一种创造发明，在研究者的心目中，必先有他的科学的假定。

有人说过这样的话，一个人不能在一块潮湿的墙壁上看出一幅画来，他就永远不能成为一个艺术家。我觉得他这话不无道理。

其实，就少年儿童来说，他们是喜欢想象并有想象能力的。你可以看到一些幼儿园的孩子，在家里又把他们在幼儿园里的生活，重新扮演一番，一个扮演"老师"，其他的扮演"小朋友"，一会儿上课，一会儿做操，甚至演出不守秩序的孩子怎样受责，家长来接孩子时与"老师"的对话。虽说是"生活的模仿"，但也有他们想象的发展。这正是这样大孩子的年龄特征，也正因为如此，他们特别喜爱神话、童话这种文艺形式。这种作品有助于他们想象的飞跃。

也有人认为这类作品都是脱离生活的。

其实不然，创作不能没有生活，想象也不能面壁虚构，它仍得有生活基础。

吴承恩写《西游记》，他对他所处时代的现实生活有他深刻的认识，当时社会的黑暗，封建阶级鱼肉人民，犹如妖魔鬼怪吃人；封建阶级内部钩心斗角而又官官相护，在《西游记》中就表现为地上的妖魔常常是和天上的神仙有亲；当时社会上的贪赃、枉法、敲诈、勒索,在作品中便写出了西天极乐世界也要讨门包索规仪,这些在他诙谐的笔调下,包含着深刻的讽刺。

今天我们写童话,也需要到生活中去观察、体验,只有深刻地认识生活,才能创作出更好的童话来。

拉杂写来,想到什么就谈什么,不当之处,在所难免。希望得到同志们的指正。

（原载《少年文艺》1978 年第 7 期）

促进少年儿童文艺创作的新繁荣

　　中国人民保卫儿童全国委员会、共青团中央、中国作协、中国科协、教育部、文化部和国家出版局共同发起的全国少年儿童文艺创作评奖即将揭晓。这是继 1954 年评奖后的第二次评奖活动，反映了我们党、政府、人民和革命文艺工作者对少年儿童成长的关怀和对发展少儿文艺创作的重视。这次评奖，不仅是对近 25 年来我国少儿文艺创作成绩的一次很好的检阅，而且将有力地促进新时期少儿文艺创作的繁荣。在此，我们谨向得奖的同志表示热烈的祝贺；同时，发表一组儿童文学作家的笔谈，以期我们的少儿文艺之花，在社会主义文艺园地里，开得更加灿烂芬芳。

——编　者

提高我们的创作水平

金　近

　　中国有句老话，叫作"熟读唐诗三百首，不会作诗也会吟"。我领会这话的意思，并不是说一个人根本不会作诗，读了唐诗三百首，马上拿起笔来就会作诗了。而是说，你要作诗，熟读唐诗三百首，对你作诗会有很大的帮助。拿现在的话来说，就是你要搞创作，必须多读人家的作品，读得越多越好，而且范围要广。这里有个爱好问题，选择问题。有的人偏重于某几个作家、某几部作品，有的偏重于读历史的、科学的东西，有的偏重于读抒情的、幻想的东西。这些都可以，正是由于作品的题材、体裁和风格是多样的，读者的兴趣应该得到满足，从中吸取营养。当然，要读总希望读到好作品，特别对于刚走上创作道路的作者来说，首先要读一些优秀作品，然后来培养自己的识别能力，读一些有争论的，或者有某种倾向的作品，这也是需要的。从事儿童文学创作的同志，读的作品不能只局限于儿童文学方面的，也需要读一些专写给成人看的作品，比如巴尔扎克、塞万提斯、果戈理、歌德、杰克·伦敦、泰戈尔、小林多喜二，还有好多外国作家的作品，以及中国历代著名作家的作品，我们都需要读。因为儿童文学虽然有自己特殊的东西，但也和成人文学有共同的东西。我们只有从多方面吸取精华，才能提高自己的创作水平。如果我们写得多，读得少，或者只读有关儿童文学方面的书，不读成人文学方面的书，那是一种缺陷。

　　林彪、"四人帮"否定了文学创作需要借鉴，割断了文学传统的继承，把"文化大革命"以前的古今中外的文学名著统统扣上修正主义的帽子，好为他们的阴谋文学开路。他们的罪恶之一，是使有志于创作的青年读不到一些应该读的世界名著，成为孤陋寡闻的作者。"四人帮"只准按照所谓"三突出"的破框框去创作，造成的恶果是不堪设想的，流毒之深，到现在还没有彻底肃清。

　　我们平常总是这样说，一个作家应该有自己独特的风格，这风格并不是一开始创作就形成的，而是根据作家所熟悉的生活，他的性格、兴趣，他所读的古今中外文学作品对他的影响，逐渐形成的。除了熟悉生活，读书也是个很重要的方面，书读得多不多，对风格的成熟是有一定影响的。俗话说，熟能生巧，我们把各种类型的风格看得多了，研究透了，在创作实践中，结合自己的生活、思想，就摸索出一种自己所特有的风格，能够灵活掌握一种自己最善于表现、运用得最恰当的风格了。因此，自己对某几个作家和某些作品有偏爱，也是应该的。这就要求我们对作家和他的作品做一些分析研究工作，研究他的作品的构思，人物的塑造，情节的提炼。我们这样做，并不是要去模仿他，或者想借用某个具体表现手法，甚至某个情节，套到自己的作品里，而是从他的表现手法里得到启发，想到自己应该怎样来表达会更好些，也就是创造出自己的风格来。

我总觉得，我们的老一辈作家读的书比我们多。他们那种勤奋读书、刻苦钻研的精神，是值得我们学习的；他们各人所特有的那种鲜明的风格，也是我们需要借鉴的财富。一个作家的作品具有高度的思想性和艺术性，那是他经过多少艰苦的探索、尝试的结果。打个不很确切的比喻，就像厨师做菜一样，要把各种菜肴的原料搭配好，要把调味处理好，又要把火候掌握好。这不是一天两天就学会的，而是在烹调的实践中，参考了老师傅们的技术，慢慢摸索出来的，最后就成为自己所专有的技术。同样一条鱼，张师傅做出来的口味是这样，李师傅做出来的又是另一种味道。这是创造，有他们自己的独到之处，是名菜。

搞文艺创作，是一种创造性的劳动，也是一种创新，而且应该是创新。我们读了各个名家的许多作品，从思想感情上有所领会，然后根据自己所熟悉的生活，找到最适合的表现手法，这样写出来的作品，才是艺术。艺术绝不是模仿，模仿不能算创造，鹦鹉学人话学得再像，它还是鹦鹉，因为它没有通过自己的思想感情，来表达自己要说的话，只会在形式上照搬。唐代三大诗人李白、杜甫和白居易，他们生活在同一朝代里，他们各有自己的生活经历，都读过前人的许多作品，但是他们写出来的许多诗篇，艺术成就都很高，都各有自己最出色的风格，真像珍珠和玛瑙，一看就很分明，绝不会混同。我们今天来读他们的诗篇，不论是写诗的，还是写小说、散文的，甚至写童话、寓言的，都会从中得到益处，说明真正的艺术能做到以情动人，使读者在思想感情上引起共鸣。这也说明一点，一个作品的好坏，不仅是作家掌握技巧的问题，也有个作家的思想修养的问题。我们读前人的作品，也得从这方面去钻研，去借鉴。

这篇短文主要讲了借鉴的问题，对文艺创作来说，儿童文学创作也一样，一方面要解决一个熟悉生活的问题，这就是毛泽东同志所说的源。文艺创作必须要有生活的源泉，这是首先要解决的；再就是借鉴的问题，这是流。这两者是缺一不可的。我们搞儿童文学创作，在这两方面都得下苦功夫。儿童文学要帮助孩子们了解社会，掌握知识，懂得应该具备的道德品质。我们培养接班人，就得从小给他们打基础，因此，我们自己要学的东西也很多，就拿自然界的知识来说，虫鱼鸟兽，花卉草木，日月星辰，风雨山川，凡是在我们的作品里接触到的，都需要有个正确的了解。我有时候拿起笔来，就感到自己的知识不够，还需要补课。给孩子们写东西，有了差错，或者有不健康的内容，将会害了他们。孩子缺少识别能力，我们有责任帮助他们对社会、对各种认识都有个正确的认识和理解。当然，我们不要板起脸去教训他们，但我们应该以大朋友的身份，同小朋友们讲一些生动有趣的故事，使他们乐于从中接受一些道理和知识。现在我们的祖国正向着四个现代化进军，我们搞儿童文学所担负的任务也是很繁重的，我愿和同志们一起，努力写出一些具有一定的思想性和艺术性的儿童文学作品，为培养我们未来搞四化的主力军做出贡献。

新中国儿童文学

498

童话随想

——摘自创作手记

洪汛涛

世界上有人类，就有儿童；有儿童，就一定有童话。

我们能离得开童话吗？

童话，是儿童文学中特有的文学样式，是属于儿童所独有的。正如母亲的乳汁，为自己的孩子才有一样。

一个3岁的孩子走路，摔了一跤，她姥姥扶她起来，用脚在地板上跺了几下，哄着说："地板不好，地板坏！"（当然这教育方法不好，摔跤怎么怪地板呢？）可是这一哄，孩子不哭了。这姥姥把地板拟人化了，3岁的孩子很乐意接受。

你注意一下，我们的日常生活中，时时都在产生原始的童话。

一位幼儿园老师说：她见到一个不肯洗脸的孩子，讲了个王小明爱清洁的故事，他不听；讲了个小白兔爱清洁的故事，他听完就肯洗脸了。老师问这孩子，孩子说："小白兔爱清洁，我也要爱清洁。"

第一个向孩子讲童话的，是孩子的母亲，因为母亲最了解她的孩子。一个童话作家如果不能像母亲那样了解孩子，他一定写不出孩子所喜爱的童话。

儿童对面前的这个世界，是用他们许多奇特的想法去理解的。

不同年龄的儿童，有不同的童话要求。我们就应该写出不同的童话，去满足他们。

幼儿喜欢和爱清洁的小白鹅、守纪律的大雁、聪明机灵的猴子做朋友。

大一些的儿童则要求汽车长出翅膀，闹钟会说人话，电影银幕上能跳下人来……

爱幻想，是每个儿童的权利。

给儿童以童话，让他们的幻想插上翅膀，在广阔的天地之间，任意地飞翔。

童话，是儿童生活之河上的桥梁。

这桥的彼岸，也许是数学，也许是物理学、化学、医学……

一张平面的图，儿童看起来会是立体的。一张单色的图，儿童看起来会是五彩的。儿童的视网膜是特殊的。

童话作家的视网膜也应该是特殊的。

每个人都有童年。童年倏忽过去了，愈离愈远。童话作家可以骄傲的是——他的童年和他的童话创作常在。

童话,看上去它似乎离开了生活的轨道,实际上它并没有离开生活的轨道。

写神仙鬼怪吗？是写人。写动物、植物,都是写人。

但是,它绝不是人披着神仙鬼怪、动物、植物的外衣。

它既是人,又是神仙鬼怪、动物、植物。

如果说,文学是生活的反光镜,那么,童话是生活的聚光镜。它,把生活的某一部分,放大,放大,再放大。

它不但能把形放大,而且可以把意放大。

童话和儿童小说是孪生兄弟。他们相同之点,是都要有故事,有形象。

但小说的故事,要求从真实中求真实;童话则要求从不真实中求真实。

小说的形象,要求形似神似;童话则要求形变神似。

童话这孩子,有时爱穿别人的衣服。她穿小说的衣服,穿散文的衣服,穿诗的衣服,穿戏剧的衣服,穿电影的衣服,甚至于穿相声的衣服,都非常合体。

那就是童话小说、童话散文、童话诗、童话剧、童话电影、童话相声……

有谁能这样呢？

童话,虽然爱夸张,但它不是大话。童话,虽然是虚构的,但它不是假话。童话,虽然漫无边际,但它不是空话。

童话,虽然可以写做梦,但它不是梦话。

童话和其他为儿童写的作品一样,要鲜明如画,也要含蓄如谜。不能使儿童不知所云,也不能使儿童一目了然。一个好童话,应该言近旨远,能启发儿童的心灵。

引起儿童的联想,这是童话的要点。

孩子的父母亲们:

你们的父母曾用童话来哺育过你们,现在你们应该以童话去哺育你的孩子们。

对童话的误解,就是对自己孩子的误解。

童话,历来都是反映生活的。

说童话"有很大的局限性,不能反映现实生活",这不是事实。

一个儿童刊物在排目次的时候,童话总是排在许多样式的后面。

一个儿童出版社在制订选题的时候,童话往往只是作为照顾一种花色品种而存在。

我不知道,在儿童文学里,童话算老几？

我反对儿童文学里这样的"论资排辈"！

童话，在我们儿童文学这间已经够小的屋子里，它却被挤在一个很小的角落里。

试想，世界上，前人给我们留下的大宗儿童文学宝库中，数量最多的，该是童话吧！那些最光耀夺目、灿若明星的珍品，该是童话吧！

试想，儿童文学的历史上，那些没有被后人遗忘、他的名字被历代儿童们所传诵的儿童文学作家，恐怕绝大部分是曾给儿童写下优秀童话的大师吧！

童话是儿童精神食粮的主食。

童话是儿童文学中主要的样式。

我不知道可不可以这样说！

科学文艺小议

郑文光

新中国成立前，儿童文学，在中国一直不被重视；科学文艺，科学幻想小说，更是不登大雅之堂。而在外国，这是不成其为问题的。

新中国成立后，我们从苏联引进了科学文艺这个词，原来的意思是指伊林式的为儿童写的文艺性科学读物。但是这名词一进了口，范围就扩大了，甚至包括了科学小品、科学幻想小说、科学童话乃至科学诗和科学相声。科学小品，我国是早已有了的。科学幻想小说，我那时也试着开始写，最初写的一篇叫《从地球到火星》，是写几个孩子到火星去。宇宙航行，在1954年那阵子还不曾成为现实，所以属于幻想之列。后来，我又写别的科学故事，例如《黑宝石》。

但是科学文艺到底算什么，我自己心中也是没有一定之规的。十年浩劫之后，大约正好是两年前吧，北京开了个儿童文学作家座谈会，主持会议的文井同志点了名，我就在会上为科学文艺讲了几句话，大意是说，现在科学文艺成了童话中的蝙蝠，兽类认为它是鸟类，鸟类却认为它是兽类，弄得两头够不着。我的意思是很明显的：科学文艺，跨科学与文学两个行当，会不会也落到这样的命运？

这段话后来在报上发表了。我再也想不到会引起一系列反响：有人写文章论证了，蝙蝠当然是兽类，属于哺乳动物翼手目嘛！——其实我说的是童话（其实是克雷洛夫寓言）中的蝙蝠，谁跟他讨论生物学呢？又有人写文章，说我"主张"科学文艺是蝙蝠。当然，蝙蝠是益兽，纵令我真的如此"主张"，也绝不会构成诽谤罪；但是，我什么时候"主张"来着？还有人出来争辩说，科学文艺应该改名为"文艺科学"——这位老兄却忘了"文艺科学"是古已有之的东西，是中国社会科学院文学研究所的研究对象，它跟我们所说的科学文艺是风马牛不相及的。但是，这位老兄又说，科学文艺如果是文学，那也是"灵魂出窍的文学"，这就有点儿离棍子和帽子不远了——客气一点儿说的话。

不过，这么一闹腾，也有好处，大家都注意了这个品种。科学界方面，中国科普创作协会成立了个科学文艺委员会，今年还要开有关科学文艺创作的学术年会。文学界方面，人民文学出版社要出5卷本的中华人民共和国成立30年文学选集，《科学文艺》也列为一本，与小说、戏剧、诗歌、童话并驾齐驱；中国作家协会成立的儿童文学委员会，委员中包含了两名科学文艺作家；许多文艺刊物，像《人民文学》一样，也发表科学幻想小说了,并且在1978年全国优秀短篇小说评奖中,还给科学幻想小说《珊瑚岛上的死光》发了奖。

这一来,仅仅两年,科学文艺的创作可就大大繁荣起来了。

我一向说,新中国成立30年,科学文艺有两个黄金时代。头一个是20世纪50年代中叶,党中央相继发出了"繁荣儿童文学创作"和"向科学进军"的号召,科学文艺创作着实热闹了一阵子,产生了一批好作品,最早的一批科学幻想小说和科学相声也出现了。第二个是粉碎"四人帮"以来这两三年。最近一年来,我因为给人民文学出版社编《科学文艺选》,后来又参加了全国儿童文学评奖,读了许多作品,深深感到,这两三年间科学文艺的繁荣,达到了历史上任何时候都不能比拟的程度。

但是有一点,仍然使我感到遗憾的,就是科学文艺理论方面的落后。科学文艺是科学和文艺的结合,这话是不错的,但是怎么个结合,讲究就多了。现在流行的公式是,用文艺形式去讲述科学知识。这个公式在指导创作实践上已经产生有害的影响。我看到有些作品,作者竟然用猪的口吻化装讲演,说自己的肉怎么好吃,皮毛怎么有用,这当然不是文学,也不是科学,而是令人恶心的说教。

我上面说过,我国科学文艺包括的门类很广,其中一部分,如科学小品、科学故事,也许可以称之为文艺性的知识读物;但另外一部分,如科学童话和科学幻想小说,却应当是真正的文学作品,而且科学幻想小说也不完全属于儿童文学。科学童话是传统的童话在科学技术突飞猛进时代的发展,但是它和传统的童话一样,要求幻想的童话式的境界,拟人化的形象,诗意的语言等,它的美学原则和传统的童话是一致的,只不过传统的童话偏重品德教育,而科学童话偏重智慧教育。科学幻想小说则是古老的幻想小说(如我国的《封神演义》《西游记》,外国的《一千零一夜》《格列佛游记》等)在科学技术突飞猛进时代的发展。20世纪二三十年代时,外国科学幻想小说还未能脱离通俗小说、情节小说的俗套,确实不能登大雅之堂;但是近一二十年来,许多优秀的科学幻想小说已经以它们新颖的题材、精巧的构思、深刻的人生哲理和栩栩如生的人物性格刻画而进入了世界优秀文学作品的行列。科学幻想小说要不要科学性呢?当然要的,不过不能要求科学幻想小说普及科学知识。科学幻想的科学性,我以为在于如下两点:不能容许有常识性的错误(我看到有的科学幻想小说甚至连小学课本的常识都违反了,这当然是很不应该的);同时,在思想方法上,在世界观和方法论上,科学幻想小说必须是科学的——用我们自然科学界一句术语说:它的内部结构必须是自洽的。

我很希望有人能对科学文艺的各种形式作一些认真的理论上的探讨,用以指导创作,而不是一再背诵什么科学性、思想性、文艺性等条条儿。尤其是,我国已经踏上了现代化的征途,科学技术正在越来越进入我们的生活中。向少年儿童讲述这个为现代科学技术武装的世界,这个世界的昨天、今天和明天,在这个科学技术不断创造奇迹的时代所发生的真实的或幻想的故事,以及大自然所具有内在的诗意,都应当成为科学文艺的主题。希望我们的文学家、科学家、教师和少年儿童工作者,都把自己的汗水浇灌在这块园地上吧!

路子应该开阔一些
——学习童话札记

葛翠琳

20世纪50年代,曾经有过童话遍地开花的旺季。那时候,不仅创作的作品多,作者面广，而且翻译介绍了大量外国的童话。可以说，古典的、现代的、各种流派风格的都有，真是百花争艳，光彩夺目。但是后来，童话就逐渐少了，甚至1954年得过少年儿童文艺创作奖的作品《小燕子万里飞行记》都不见了。到了"四人帮"横行时期，则连童话这种形式也被取消了。所以，有位美术爱好者曾经创作了这样一个艺术品：一朵美丽的鲜花，被一条金纸链做成的绞索紧紧勒住，悬挂在光秃秃的十字架上。花朵上套着一块牌子——"童话"。

不错，童话这朵美丽的花儿，曾经被套上绞索，拉上了绞架。所以，编选30年《童话寓言选》时，实际上，其中的10年里是没有什么作品可选的。

终于，"小燕子"又在万里长空自由地飞了。许多优秀的童话从封存中解放出来，有的还重新出版了。很多老的童话作者又拿起了笔，一些年轻的同志也加入了童话创作的队伍，这是多么令人高兴的事情啊！

现在，伟大的祖国进入了新的历史时期，全国人民正迈开实现"四化"的新长征的步伐。广大少年儿童都在如饥似渴地学习，伸手向我们要求更多的精神食粮。童话，作为深受广大少年儿童喜爱的文学形式，如何更好地为他们服务呢？

我们现在看到的新创作的童话作品，以表现儿童生活的、拟人化的动物童话为多。这当然是需要的。但是，还不够。童话的内容和表现形式应该更加多样化。因为只有多样化，才能更好地反映丰富多彩的生活，更生动地表现时代精神，满足广大读者多方面的需要，并且促进童话创作的繁荣。而要做到这些，除了童话作者在创作实践中勇于探索、创新以外，还需要向古今中外的优秀童话学习，借鉴它们的经验。否则，就很难开阔我们的路子，提高童话的创作水平。

不少优秀童话，取材于现实生活，通过童话的形式，反映了社会生活中的矛盾和斗争，塑造了社会主义新人的形象，较好地表现了新的时代精神，为我们创造了宝贵的经验。例如《南风的话》，作者以瑰丽的画面，鼓舞人心的战斗激情，把读者带进了诗情画意的社会主义新生活里去；《星星小玛瑙》，以优美的抒情笔调，丰富的想象，歌颂了社会主义新人舍己为人的高尚品质；《湖底山村》通过对十三陵水库水底的描写，唱了一曲热烈的劳动赞歌；《画廊一夜》和《一本没烂的童话》生动地揭露了"四人帮"；《一个天才的杂技演员》讽刺了懒惰。这些作品，或者以奇异的幻想，或者以引人入胜的故事，或者以优美的抒情，产生一种动人的艺术魅力，赢得了读者的喜爱。像这一类的作品，反映了现实生活，又有着鲜明的童话特点，它们的经验是很值得学习的。

优秀的古典童话，也值得我们很好地借鉴。如安徒生的《没有画的画册》，以月亮向孤苦小孩讲见闻的形式，把发生在世界各地的故事摄了进来，构成了一幅又一幅感人的画面，深深地打动着孩子的心，也使孩子随着月亮讲述的故事，周游了世界。作者在表现丰富而深刻的生活内容时，采取了拟人化的手法、童话的语言、一个接一个地讲故事等表现方法，使小读者感到亲切有趣。当我们表现辽阔的祖国大地和壮丽的时代生活的画面时，不是也可以从这里得到借鉴吗？

乔治·桑写的童话《玫瑰云》，通过一朵云的变幻，表现了作者对人生的理解和体会，故事优美动人，寓意深刻，耐人寻味，表现手法上幻想和现实的结合协调自然，也为我们的童话表现新时代美好的理想，提供了很好的经验。《小约翰》中用梦、幻想和隐身法，使小约翰观察了社会上各阶层的人物，从而洞悉了各种人物内心的秘密。这个手法，不是有助于广而深地表现现实生活吗？

古典童话有一种表现手法也是很好的。比如，本来生活中牧童是很难惩罚残暴的国王、善良的小姑娘是很难战胜凶狠的妖魔的，但童话的作者，运用幻想和现实对立的结构安排，以浪漫主义的夸张的手法，将生活中不可能的事情，合情合理地颠倒过来，令人信服地写出牧童惩罚了国王、小姑娘战胜了恶魔。这种童话独具的表现手法，能够反映生活的本质，艺术效果更强烈，可以增强读者对实现美好愿望的信心和力量。有人认为描写王子、公主一类人物的古典童话，对今天的孩子没有意义，其实，主要的不在人物身份，而在于人物的行动和品德。王子、公主的善良勇敢、自我牺牲精神，对培养儿童的好品质也是有益的。如读安徒生的《野天鹅》时，谁不敬佩那位勇敢救出哥哥们的、纯洁坚强的小公主？谁不为她即将被柴堆烧死而捏一把汗，又为那柴堆忽然开出美丽的玫瑰花而高兴啊？当我们的新童话在表现壮丽的事业、塑造感人的形象时，这种浪漫主义的手法是可以借鉴的。

向民间童话学习也是一个方面。运用民间童话表现手法创作具有时代精神的新童话，也有不少作家进行了探索和实践。如"返老还童"是很普遍的传说，盖达尔采用这一题材，写出了新童话《一块火烫的石头》，抒发了高尚的革命情感，寓意深刻，生动感人。《宝葫芦的秘密》采用民间故事得宝的题材，运用宝物善变的表现手法，生动地表现了社会主义时代的儿童生活。万能的宝葫芦能满足孩子所幻想出来的许多愿望，也带给他说不尽的苦恼和麻烦。通过一个得宝的故事表现了社会主义的道德观念，嘲笑了不劳而获的幻想，形象地教育了孩子们要靠自己刻苦努力，实现美好的愿望。《小鲤鱼跳龙门》采用"跳龙门"这一古老传说，展现出新中国社会主义建设的美丽画面。

对脱胎于民间童话、采用民间题材或在民间童话题材影响下创作的童话，应给予支持。有一种意见认为这类创作不算童话，也有一种意见认为民间文学不能改动。如果从民间文学研究工作方面要求，可以出民间文学原始资料和科学研究本，包括一个故事的几种说法和不完整的故事片断。从儿童文学角度，则需要鼓励多种做法，对民间文学整理、加工、改写或再创作，都是可贵的创作实践。张士杰、肖甘牛、陈纬君、董均伦等同志在这方面做了有益的工作，而且各有自己的风格，都受到读者的欢迎。取材相同的《大灰狼》《果园姐妹》《狼姥姥》风格完全不同，都受到欢迎。《金色的海螺》国内外得到好评，《神笔马良》在国际电影节曾四次得奖……如果能鼓励多种风格、各种内容、各种类型的童话作品问世，作者们勇于实践，大胆创新，不断地探索如何创作具有时代精神的新童话，童话创作一定会繁荣起来。假使带着固定的框框，认为这样不是童话那样不是童话，童话创作的路子就会越来越窄。重要的还是鼓励多实践。

冰雹和暴风雨曾毁坏了童话这小小的花儿，但它的根子深深扎在人民的土壤里，温暖的阳光、及时的春雨，又使它吐芽长叶，开出鲜艳的花朵来。我们常看到公园里花圃上竖着一块木牌，"勿损伤花木"。如果提醒一下，"请爱护童话这美丽的花儿"，"让童话创作的路子再开阔些"，似乎不是多余吧！

（原载《人民文学》1980年第5期）

从人物出发及其他①

张天翼

　　初学写作的同志，开始时往往容易先注意事件和故事，以为只要故事有头有尾就行了。从故事、事件出发，容易落套，要不就很干巴。有的在写作中注意主题思想、注意表现问题，但又容易从思想、问题出发去找事件，找人物。这样一写又容易概念化。怎么办好？——只有从人物出发（注意人物的思想、感情、性格、心理活动，做某一件事的动机等等），这样，故事和事件就出来了。事件是跟人物走的，即使故事落套也不要紧。比如同样是写舍己救人，替别人做好事，如果重点在写人物，那么这个孩子和那个孩子做某一件事的思想、动机，以及通过事件过程所表现出来的性格、气质、心理活动、言谈举止等等，都不会是完全一样的。因此，同样的主题写出来也会有所不同。像《红楼梦》，如果单讲故事，就很简单，主要情节就是林黛玉与贾宝玉相爱，中间又出来个薛宝钗，结果是个悲剧。但一写人物，就不那么简单了，《红楼梦》主要成就是写出人物来了。如王熙凤讲过的那些话，只有她这个人才讲得出来，换个人就不会那么讲。并不是曹雪芹有个笔记本，把王熙凤讲过的话都记录下来了，而是由于他对这个人物很熟悉，知道像她这号人在各种场合会讲什么话，所以他把人物写活了。如果平时对人物很熟悉，那么一接触某一件事，这个事件就会成为一条引线，平时在你头脑中积累的人物就会在脑海中再现，就可以作为写这一事件、这一主题的人物的补充材料。如果你平时缺乏生活积累，只抓住一件事、几句话就想写一篇作品，等于把一点糖放在一大杯水里，味道就淡了。这样的材料，只能作为一则笔记或者一段插话，想写成小说或者剧本就不够了。

　　写一篇作品事先往往有个计划（或者说是提纲、梗概），如果从人物出发，在写作过程中很多情节自己就出来了，细节也是这样。只要人物想定，随着人物的活动，写着写着细节就会出来的。不要从细节出发，如果细节都要事先想定，创作就太苦了。平时记一些细节，只是为了训练自己对生活的观察能力。人物的发展怎样，是肯定的，还是否定的，如果写作前想定了，人物的种种表现、思想、感情问题是从生活来的，不管作家自觉不自觉，它自然而然就出来了，主题思想也自然而然在其中了。

　　怎样能做到从人物出发？我认为首先要深入生活、熟悉人物。不要以为写大人才需要生活，搞儿童文学就可以不必了。其实同样需要深入到孩子们的生活中去。我们写东西给少年儿童们看，是为了使他们通过作品受到教育，把他们培养成无产阶级的革命接班人。少年儿童不是抽象的，不都是一样的。我们要具体地了解他们成长中的各种问题，在一定的社会思潮影响下有什么表现，他们的思想、感情、性格、习惯、爱好，以及语言、动作等特点如何，这样才能写出为孩子们所需要和所喜爱的作品。接触、了解孩子，有它特殊的规律。一般教师、辅导员对孩子是有特定要求的，如要求他们好好学习、团结友爱，等等。有时是围绕这些特定要求来了解孩子的。但要搞创作就要更全面地了解、熟悉孩子（当然教师也要全面了解孩子）。

　　在生活中，不要把你接触的人仅仅当作"材料"看，要把人当人看。有的作者认为生活中有些问题和他的创作无关，不是可用的材料，他就不管，认为是创作材料就赶紧记下来，这样未必能搞好创作。应该首先全心全意地做好工作。儿童生活当中问题很多，不是每桩事都可以写童话、小说的。在儿童中发现了问题，要首先帮他们解决，该用什么方式解决就用什么方式解决，不一定是为了写。我认为这样才能深入到生活的斗争中，才能抓住主要矛盾，深刻地了解各种人物。有人在儿童中间生活很久，写不出东西，就以为主要是技巧问题，不是深入生活不够，也不是其他问题。我觉得这虽与技巧有关，但不是单纯的技巧问题，而是和思想水平、生活积累的深度如何分不开的。

在生活中作家和孩子的关系，作家在接触、了解孩子的时候，不应当是创作者和材料的关系或工作者与工作对象的关系。而应当一方面像教师，一方面像母亲，还要是朋友，以平等的态度对待孩子，真心实意地关心孩子。孩子是很敏感的，他对你亲近不亲近，首先看你对他怎么样。如果对孩子不平等，他内心的另一面就不肯在你面前表现。而这一面对儿童性格的发展是很重要的，也是搞创作的人需要了解的。以平等的态度对待孩子，孩子的本色就会很自然地在你面前表露出来。对大人、对孩子，你都不要直接去询问他们的思想感情，这种做法是很笨的。作家要观察到他们自己还没有感觉到、还不了解的东西，正如批评家应该讲出作家自己还不觉察的东西一样。作家观察人物，对外表行动固然要注意，但更重要的是了解人物的内心。要像母亲一样，设身处地、将心比心、体贴入微。例如老托尔斯泰写马，屠格涅夫看了说，我真以为你当过马。这说明托尔斯泰在观察马的时候不仅细致，而且对马很体贴，因此才能写得那么真切动人。至于写的时候，是用粗线条还是细线条，那倒无所谓，只要能把人物写出来。

有人说，儿童不爱看写他们自己生活的作品，这是因为有些作品所写的，还没有孩子们自己了解的多；或者写得假，他们觉得不是那么回事，不是他们所说的话，因此不爱看。这就要求我们写得真实、生动、深刻，具有典型性，符合孩子的生活、语言等特点。

关于情节问题。情节要想写得离奇曲折并不难，编个故事还是容易的。但重要的是要写人，人物写得活，自然吸引人，如果人物写得不真实、不典型，读者就只好要求故事的离奇曲折了。

最后谈谈童话形式问题。有同志提出什么叫童话？搞清楚了什么叫童话，不一定能写出童话，写出童话的人，不一定能讲清楚童话是怎一回事。我的出发点是：小孩子发生的问题，能讲清楚的，就用几句话讲清楚，讲不清楚的，非用小说、戏剧形式来写，就用小说、戏剧形式，如只用童话才能讲清楚的，就用童话。新中国成立前我写《大林和小林》等童话，是因为那时不用童话形式写就不能发表。新中国成立后我写《宝葫芦的秘密》是因为用这种童话形式更容易表达出我那个想要表达的思想内容，为了想把这个思想内容表达得更集中、更恰当、更明显，更为孩子们所能领会。用寓言形式，也是为了通过比喻使含义更为鲜明突出，容易把问题讲清楚。如，有的孩子问我什么叫矛盾，我把矛盾的寓言给他讲了，他就明白了。学龄前的孩子，你给他讲道理，他不懂，非得讲猫猫狗狗，虽然浅薄，但解决问题。总之要看是什么思想内容，什么题材，写给哪种读者看，这才决定怎么样写，用怎样一种表现形式。不是从定义出发，不是从形式出发，而是从事实出发，从教育效果出发，是内容决定形式。

今天就谈到这里。我的意见不一定正确，仅供同志们参考。

[注释]
①这是张天翼 1961 年 8 月 10 日在北京市儿童文学座谈会上的发言。

（原载《人民文学》1979 年 7 月号）

"童心"与"童心论"

陈伯吹

在儿童文学创作道路上：
童心啊，童心啊，
你是一只拦路虎，
还是一匹千里马？

一

1960年，文艺界承受着上年文艺思想批判的惊涛骇浪的冲击，从批判修正主义文艺思想开幕，于是进而批判文学作品中的"人性论"，批判"现实主义道路广阔论"，以及"现实主义深化论"，批判"中间人物论"，批判"有益无害论"，等等。

这年春上，在上海掀起了历时49天的"批判18、19世纪欧美古典文学"尾声中，一波未平，一波又起，在儿童文学领域里，批判了所谓的"童心论"。会开了三四次，终于开不下去，不了了之。至此，长达两年之久的这一场"文艺批判"才算闭幕。

这一系列的批判，从字面上、口号上、提法上看来，似乎是各不相同的，但其性质是一致的，矛头都是指向资产阶级的文艺思想。如果是作实事求是的批判，这本来是十分重要的，而且也是必要的，为党的文艺方针——"百花齐放，百家争鸣"的贯彻，鸣锣开道，大张旗鼓，吹起无产阶级文艺大军前进的一支响亮的前奏曲。

所以在文学艺术领域里展开批评和自我批评（不论其为批评也好，批判也好），各抒所见，畅所欲言，集思广益，真理愈辩愈明，本来是一件正常的大好事，是繁荣创作，提高作品质量的大功率动力之一。问题在于论争中是否发扬了民主，既有批评的自由，又有反批评的自由，艺术民主得到了保障？论争中是否遵循着"实践是检验真理的唯一标准"这个颠扑不破的真理，作实事求是的分析研究？论争是否划清了政治问题与学术问题的界限，不混为一谈，不乱扣帽子，不乱打棍子？

从文艺批评的大体上说来，最起码是要具备这三点，才能明辨是非，收获成果，尽管在《关于正确处理人民内部矛盾的问题》中再三谆谆说了的，但是都没有能做到。而这场思想学术性的文艺批评，竟变质成为一场政治性的整风运动。

"运动"在表面上从1959年进入1960年逐渐平静下来了，实际上，迄于1965年11月《评新编历史剧〈海瑞罢官〉》破门而出之前，未尝真正停止过。其间对一本书，一出戏，一首诗，一篇论文，一部影片……不论其是属于文学的，还是属于音乐的、美学的，乃至于哲学的，所谓"小批判""小整风"，像海洋底下的那股潜流，水面上是看不出来的，却从来没有中断过，直到1966年5月史无前例的"文化大革命"运动开始。

林彪、"四人帮"包藏祸心，意在篡党夺权，拉大旗作虎皮，凭借"文化大革命"运动，因利乘便，另搞一套，肆无忌惮地破坏社会主义革命和社会主义建设，而文艺界则首当其冲，受害最烈。什么"反题材决定论"，什么"反火药味论"，什么"离经叛道论"，什么"全民文学论"……巧立一些似是而非的名目，大加批判，穷凶极恶地破坏文艺革命。

这个反党集团既然妄想改朝换代，那么，对于祖国的花朵——社会主义革命事业的接班人，当然不肯轻易放过，而是要紧紧抓住这最有力量、最有效果、最能转变人的思想的文艺——儿童文学，黑手伸了进去，重新捡起他们认为"奇货可居"的破烂货"童心论"，大做批判文章了。

"童心论"从何而来？它的来龙去脉又如何？这个事实是不是应该首先弄清楚？

二

革命胜利了，新中国建立以来，在图书、报刊上，谁也没有发表过"童心论"的论文和有关"童心论"的专著，即使短篇零章，也没有见到过。可能我读书不多，所知有限，但也查阅过大量的有关图书、报刊，仍然只有这么一个结果："零。"在这样"前不见古人，后不见来者"的情况下，那些阴谋家、野心家，只能"事出有因，查无实据"地且找一只"替罪羊"。

1958 年 2 月，我在作为内部刊物出版的《儿童文学研究》第 4 期中，发表了《漫谈当前儿童文学问题》，在它的第二段里（1959 年 4 月收入《儿童文学简论》中去时，加上了《培养编辑也是当前的急务》的小标题），谈到了编辑审稿工作，有这么几句话：

> 如果审读儿童文学作品不从"儿童观点"出发，不在"儿童情趣"上体会，不
> 怀着一颗"童心"去欣赏鉴别，一定会有"沧海遗珠"的遗憾；那些被发表和被出
> 版的作品，很可能得到成年人的同声赞美，而真正的小读者未必感到有兴趣。
> 这在目前小学校里的老师们，颇多有这样的体会。这没什么奇怪，因为它们是
> "成人的"儿童文学作品啊！

这在当时，有部分编辑同志的编辑思想，在重视所谓"大题材"（这当然是好的，一般指的是革命斗争、工业建设、农村土改等这类属于国家大事的题材）的同时，却忽视了学校、少先队和家庭的、社会的一般生活的题材。针对这一具体情况，作为一种初步的、不成熟的意见，提出来和大家商量，可能说得还有道理，也可能说得没有道理，本来可以分析研究，展开讨论。然而在当时以"阶级斗争为纲"的左倾文艺思潮之下，以后更在林彪、"四人帮"炮制的"文艺黑线专政论"的极左路线之下，辫子抓到了，小鞋穿上了，硬说这是反动的资产阶级思想的"童心论"（请注意！在"童心"两字后面别有用心地加个"论"字，这是自古以来"刀笔之吏"的绝招），布置了一场批判，并把材料放进档案中去。这在"四人帮"横行的日子里，法西斯文化专制主义气焰熏天，是不可理喻的，只能听之任之。

"天兵怒气冲霄汉"，党中央一举粉碎了"四人帮"，迎来了文艺的春天。在文艺界发扬艺术民主的今天，自己应该有错认错，有理说理，然后虚心地、从善如流地认真听取来自客观方面的群众意见。

很显然，我那写得简单，又不完善，也不深透的这一小段话，其前提无非是重视儿童文学作品本身所具有的特点，要求编辑同志心中有儿童；尽量了解他们的心理状态，他们的身体成长，他们的思想感情和兴趣爱好，从而有可能、也有保证在大量的稿件中，选用真正为儿童喜闻乐见的作品。但绝没有要求编辑同志在任何时间里，任何工作上，都以

"童心"为主,一以贯之地以此去思考问题,处理业务,甚至在政治生活、文化生活以及日常生活中,听凭"童心"主宰一切。看得出来,我丝毫也没有这样的意图。

简单些说,我主观上只是认为作为担负起儿童文学这一特定工作的编辑同志,能以具有儿童思想感情的"童心",作用于编辑工作上,才有可能比较深刻的理解,正确的选择,为广大的小读者们提供良好的精神食粮。这些话中的"童心",不是目的,只是手段,从属于方法论的范畴,不属于原则论的领域,不能把方法当作原理原则来批。

何况,"童心"与"童心论"是两个不同的概念,理应予以分别对待。例如自然界中的金刚石和石墨,按它们的化学成分来说,都是同一种元素,那就是碳。但在物理性上截然不同,一硬一软,一透明一不透明,在工业上的作用也各不相同,尽管它们很相类似。"童心"和"童心论"中间是划不上等号的。这好比有人谈论自由,就给它插上"自由主义"的标签,这可以吗?这是武断!有人说要吸取"经验",就训斥它是"经验主义",这像话吗?这是胡扯!我们的儿童文学作品要的是"兴趣",不是"兴趣主义";要的是"童心",不是"童心论";实实在在地说,要的是"儿童特点"。

如果概念不清,事理不辨,是非不明,批判压根儿没有思想基础,也就失去了它的意义和作用了。

三

事物总得研究分析,才有结论。退一步说,"童心论"即使是资产阶级的思想产物,但是如果它还有合理的成分,可取的内核,把它放在积极的前提下,正确的方向性和目的性上,起到更有助、有利于进行共产主义思想教育的作用,那又有什么不好呢?"童心"是不搞阴谋诡计的。在今天,可以光明正大地说,世界上那些资产阶级的物质产物和精神产物,为我们所需求,为社会主义所利用并限制的,多着呢,应该有历史唯物主义和辩证唯物主义的观点。

所以:"我们讨论问题,应当从实际出发,不是从定义出发。"①看一看在儿童文学的编辑(创作也一样)工作上,存在着童心和不存在童心有哪些不同?排除了童心和不排除童心又怎么样?童心有没有带来好处还是带来了什么坏处……这些,都应该在实际工作中加以检验,有所分析,有所发现,实践是检验真理的唯一标准。只有走"实践出真知"的大道,才能得到比较正确的文艺科学论点。

这,特别是在对待文艺上的问题,正是"对于科学上、艺术上的是非,应当保持慎重的态度,提倡自由讨论,不要轻率地作结论"。②因为"文艺批评是一个复杂的问题,需要许多专门的研究"。③但是林彪、"四人帮"恰恰反其道而行之,虽然他们信誓旦旦,口口声声"高举,高举","最,最,最",实际上是"反,反,反",最后还是狐狸尾巴藏不住,暴露了两面派的卑鄙无耻的嘴脸。

他们在那些猖獗横行的日子里,惯于强词夺理,含血喷人,为中外古今史书上所不见,历史老人也只能愕然搁笔——

你在《游泳池边》中描写小女孩在老工人教育鼓舞下的场景,为的是穿上了游泳衣,犯有裸露"大腿"的嫌疑,就被指责是黄色作品,宣扬色情;你改写伊索的寓言《龟兔赛跑》,他斥责你提倡奴才爬行主义;你创作童话作品,写上禽言兽语,他就一手高举"小红书",一边厉声地喝问:"猫会讲话吗?公鸡会唱歌吗?"道貌岸然,辞严气正,独独忘了朝夕"口而诵,心而维"地恭读着的《语录》190页上的那两句:"一个虾蟆坐在井里说'天有一个井大。'……"诸如此类的所谓"大批判",难道不是众所周知的事实吗？

本来法西斯主义的专横,比诸封建主义的独断,是有过之而无不及的,那套粗暴无比的"指鹿为马"的鬼花招,"四人帮"是优于为之。可不是,一册"浅显而且有趣"①的《小蝌蚪找妈妈》,明明是一篇幼儿的科学童话,主题是在叙述青蛙成长的过程,由此而认识了一些同类水族,也得到了不少经验教训,它被摄成图文并茂的美术影片(它也可以被看作是一部优秀的科教片):主要是对儿童进行科学知识教育,但也毫不缺乏思想教育意义(茅盾同志在举行"电影百花奖"时写的那首赞诗可以证明:"……只缘执一体,再三错认娘。……认识不全面,好心办坏事……"),实实在在地在科普教育工作上做出了贡献,却被批判为宣扬"母爱""人性论"的毒草。真是欲加之罪,何患无辞。但是,在少年儿童心目中,无论它是作为书或作为影片,永远是一朵香花!"四人帮"呵,你们无视于实践,无视于社会检验,再神通广大,也改变不了这一铁定的事实。你们只能被钉在历史的耻辱柱上长叹息吧!

"四人帮"承继着 5 年以前在文艺革命阵地上刮起的一股"左"的风,从"人性论""人类之爱""小资产阶级温情主义",直刮到"'人性论'的翻版'童心论'","张冠李戴"地扣上反动的资产阶级文艺观和反对儿童文学为无产阶级政治服务的罪名的大帽子。无须抱怨,这是理所当然的"莫须有",否则,他们不成其为篡党夺权的"四人帮",搞"影射史学"和"阴谋文艺"的老手了,也不会在他们被粉碎后,万众欢腾,人心大快,普天同庆了!

四

在中外古今文学大师们妙语如珠的口头上,或者在他们生花彩笔的笔尖下,"童心"这个词儿,却是屡见不鲜的;可是"童心论"的专论专著,则未之见也。

曾经被"四人帮"竭力捧抬为尊法反儒的"法家代表人物之一"的李贽(1527—1602),在他的著作《焚书》卷三中,写有一篇《童心说》。这篇议论文,篇幅不长,大约只有千把字,与其说它是"童心说",毋宁说它是"童心赞"。它与"童心论"有相同之处,又有不同之处。不过,对于"什么叫作'童心'",这个问题上,倒可以参考、借鉴一下。

> 夫童心者,真心也。若以童心为不可,是以真心不可也。夫童心者,绝假纯真,最初一念之本心也。若失却童心,便失却真心;失却真心,便失却真人。人而非真,全不复有初矣。

在明代这位博学多才、具有朴素唯物主义的学者看来:人都应该有童心;要不,人就不是真人,也就是坏人了。他在那个愁苦离乱的岁月里,对于人,也对于文,不能没有较深的较多的感触,所以他在篇末长叹一声:

> 呜呼! 吾又安得真正大圣人童心未曾失者而与之一言文哉!

看来这位被"四人帮"百般颂扬的大法家,却唯恐为人没有童心,从而为之立说。而"四人帮"虽则尊法攘儒,却一股猛劲地批判"童心论",这叫作大水冲毁龙王庙,孝子贤孙顶撞了老祖宗。"四人帮"阴谋虽多,野心虽大,却不学无术,以致弄巧成拙。在政治上、经济上、学术上,这类可恨可恼的笑话多着哩。

"童心",从字面上理解,简单说,是儿童的心。儿童的心是怎么样的,从自然科学方面说，是儿童的心脏，主管血液循环的器官；但是从文艺方面说，却是个丰富的多义词，正如曹丕在《又与吴质书》中写道："东望于邑，裁书叙心。"这心，指的是心思、心情、心意。所以童心也就是儿童的思想与感情的结晶体。我们平时常说的"心里想"，实际上是"脑筋动"，但是为了说得雅致些，审美些，往往说是"你心里怎么想"，而一般不多说"你脑筋怎么动"，只有形而上学的、死板教条的"四人帮"，才会批判"心里想"是一种唯心主义的资产阶级思想的说法，但是事实上人们不仅说"心里想"，还爱说"肚皮里转念头"。人们总是喜欢说"肚子里货色多"，似乎更形象些；而不大说"脑袋里装满了知识"，因其乏味。这是语言的艺术，也是语言的妙用，这当然又不是"四人帮"一伙所能理解领会了的。

正如哲学大师黑格尔老人认为：一个复杂的有机整体，它的每个部分、方面，只有当它们处在有机联系之中的时候，才会有它应该有的那种具体意义。帮派体系的一伙就是到不了这个认识水平！

成人也是从儿童生长起来的，由于客观条件的社会环境长期地熏陶着，主观条件的生理、心理方面不断地发展着，变化着，逐渐习惯于日新月异、与世推移的生活方式，无论是对问题的思维方法，对事物的关注探索，对活动的兴趣爱好，对人和自然的态度，以及他自身的个性特点和行为表现，都和童年时代的不同了。所谓"少成若天性，习惯成自然"，说的就是这个意思吧。

李贽在这个课题上，虽然摆的是发展观点，对人的童心逐渐消逝，作了分析：从细节看，差不离；但从主体看，不免是消极的，尽管在于非议孔孟之道。

　　盖方其始也，有闻见从耳目而入，而以为主于其内而童心失。其长也，有道理从闻见而入，而以为主于其内而童心失。其久也，道理闻见日以益多，则所知所觉日以益广，于是焉又知美名之可好也，而务欲以扬之而童心失；知不美之名之可丑也，而务欲以掩之而童心失。

从今天来对"童心"作比较科学的评价是：童心是天真的、纯洁的、公正而坦率的，诚实又美好的，热衷于好奇，殷切地求知，富有勇敢冒险精神……只是它有幼稚，易变，少见识浅，甚至无知的这一面。从儿童文学创作来说，为了要求作品的主人公——儿童的形象写得生动活泼，写得有真实感，写得有浓厚的生活味儿，特别是对于鲜明的性格的深刻刻画，等等，那么，作家如果理解、通晓、并且掌握着童心，笔底下将如鱼得水，写来亲切动人。既能写得畅，写得透，又能写出喜怒哀乐，真挚感人。

是的，作家在创作过程中，正是由于深切了解儿童的心理状态，才有可能艺术地技巧地运用童心的积极方面——真、美、善，必然大大地有利于进行政治思想品德教育，以及革命传统教育，共产主义理想教育。但是值得注意的是：在塑造好儿童艺术形象，更天真烂漫，更虎虎有生气，更有真实感的同时，绝不能自然主义地一味迁就着儿童，一切如实地现状地照搬、照写，其中也没有一点儿"向上"的理想的因素，甚至于追求消极的一面：撒娇、任性、贪玩、无礼、顽皮等，只是为童心而童心，单纯地为了写真实，自然主义地被"童心"牵着鼻子走，没分寸，没限度，不掌握住"火候"，净出儿童的洋相。这样，也许就可说是"童心论"了。一往情深地陷入不论什么概以"童心"为主的"童心论"的泥坑里去！

世界上的事物都有个限度。无论从原子到星球也好，从无机界到有机界也好，从自然界到人类社会也好，客观世界中万千事物，每一个具体事物在它发展的过程中都有一定的限度,过此,量变就要引起质变,走向它的反面了。所以列宁警告着说:"只要再多走一小步,仿佛是向同一方向迈的一小步,真理便会变成错误。"若说"童心论"有错误,恐怕就在这上面吧。

现在让我们看看几个正面的例子,领略一下文学作品里的"童心"吧。

> 胡子伯伯的胡子真是又多又长……一直拖到地上,把他身子也裹住了。南南想,"如果他没有衣服,这胡子可以当作一件袍"。(《南南和胡子伯伯》)

作家要是不熟悉儿童生活,了解儿童心理,善于观察体会儿童的心灵,就不可能写出这百分之百的儿童的"心里话",(就这么一句"心里话",把一个名叫南南的孩子写得多么传神啊!)也就不可能勾勒出一个真正的儿童形象。当然,作家还不能忘记他所描画的对象在不同的年龄阶段里有他不同的年龄特征。

> 跟弟弟去看电影,
> 你就不要想太平:
> 问题好像机关枪,
> 嗒嗒嗒嗒开不停。
>
> 只要看到电影里,
> 一有坏人害好人,
> 他就急得哇哇叫:
> "快快来啊,解放军!"(《弟弟看电影》)

念着这首诗(全首共九小节,只引了两小节),诗里头描绘的看电影的弟弟,几乎要从白纸黑字的诗的行间里蹦出来了。每当电影院放映儿童影片专场时,这类真实的带有普遍性的生动活泼的情景,往往使得场子里的气氛沸腾起来,热烈又愉快。诗人捉住了孩子们爱憎分明的心的典型事例,写出了这样好的诗,主要是能够体察中国儿童崇敬中国人民解放军的真诚的心。

另一首题作《雨后》的诗,写小妹妹在后面跟着在泥地上摔过一跤的小哥哥,一块儿走。

> 小妹妹撅着两条短粗的小辫,
> 紧紧地跟在这泥裤子后面,
> 她咬着唇儿
> 提着裙儿
> 轻轻地小心地跑,
> 心里却希望自己,
> 也摔过这么痛快的一跤!

这位女诗人体察小女孩的心灵多么深啊! 如果她不懂得儿童的心灵,不能心心相印地"心有灵犀一点通",那怎么也不能写出小妹妹的"心声"的好诗。而小妹妹的这份心情,在成人看来是非常可笑的,但在小妹妹的心坎里,却是十分真诚的。把这点真实感写出来,小妹妹的艺术形象就大为生色而有光彩了。

> "我没有红领巾,你不要以为我念书不好,爱和同学吵架。才不呢,完全是
> 因为我还没到9岁,9岁!"(《小胖和小松》)

这几句又天真、又稚气,也实实在在的老实话,是公园中姐弟俩的悄悄话语,要不是作家在平时关心并留神孩子们的那颗童心,懂得他们既有自尊心,又有自信心,就不可能写下这如闻其声,如见其人的儿童口语,从而突出了一个作为姐姐的8岁女孩子的形象。

我们的儿童文学在党的教导、关怀、支持下,从1949年在新中国成立后,一年比一年发展,欣欣向荣,十七年来优秀的作品,几乎如雨后的春笋,正在逐渐呈现一片繁荣起来的景象,不幸横遭林彪、"四人帮"十年的破坏、摧残,虽然如此,像上面举例的"从生活中来,具有儿童特点"的好作品,还可以举出许许多多,显示了并证实了作家对儿童生活和儿童心理的了解与体验,和创作作品的关系。

那位从革命激情中孕育出来的、高唱暴风雨即将到来的《海燕》的诗人,他从社会底层深处、抓住它的主动脉,预见地写出社会主义的革命火花已经闪光了的《母亲》的作家高尔基,他是列宁、斯大林时代的苏联儿童文学的奠基人。他乐于用自己的大手笔,为少年儿童创作童话,在完成《叶夫谢依卡》《茶炊》《小麻雀》等篇之后,当他接着写完《早晨》的时候,就有这样的感觉:

> 我写得很沉闷吗? 那有什么办法呢? 当一个孩子长到40岁,他就比较
> 沉闷了。

这按照李贽的观点,那就是:

> 天下之至文,未有不出于童心焉者也。苟童心常存,则道理⑤不行,闻见⑥
> 不立,无时不文,无人不文,无一样创制体格文字而非文者。

高尔基的感叹,是不是也就是对自己在创作实践中,感觉到了"童心之失"的遗憾与惋惜吧。

儿童是人,但不等于成人;儿童文学是文学,但不等于成人文学。成人与儿童在一起生活、工作的时候,会产生许多相互不协调、不适应的事儿,从而有些或小或大的差别,甚至是矛盾。具体到文学创作的艺术规律上:尽管理论性是一致的,但在实际运用上既有同一性,却又有差异性,不然,就无从区别成人文学与儿童文学了。

事物是千差万别的。后者是从前者派生出来的。如果它不具备自己的特殊性,也就失却它存在的意义和存在的地位了。即使在儿童文学自身中,也由于儿童年龄特征的关系,各个不同年龄阶段的儿童,各有他们不同的心理状态和社会环境,从而产生不同的特殊的需要。年龄愈小,这方面显得愈特殊。所以,高尔基感叹的乃是"童心",而李贽所议论的则是"童心说(论)"了,因为他是对"无一样创制体格"的文章都要求童心。

五

有人这么说,作家是不会关注到童心不童心的,特别是那些写出世界名著的杰出的大作家。不见得吧,说这话的大概忘记了都德的《最后一课》,安徒生的《卖火柴的小女孩》,金斯莱的《水孩子》,莫洛的《无家可归的孩子》和斯比丽的《小夏蒂》,等等作品,也记不起契诃夫的《万卡》,马克·吐温的《汤姆·索亚历险记》和《哈克贝利·费恩历险记》了……

且不谈国外的,回头来说说我们国内的吧。

伟大的革命家、思想家、文学家鲁迅先生,他老人家就在《爱罗先珂童话集·序》中这样写道:

> ……而我所展开他来的是童心的,美的,然而有真实性的梦。……但是我愿意作者不要出离了这童心的美的梦,而且还要招呼人们进向这梦中,看完了真实的虹,我们不至于是梦游者。

鲁迅先生并不讳言诗人、作家有"童心",而且赞美着要有童心,并且还要招呼人们能进向童心的梦。不知道这些话(其含义深远,岂仅童心已焉)算不算"童心论"?也不知道有没有人敢于祭起这顶帽子?

这位可敬爱的当年中国的文坛主将,在翻译完了那位盲诗人的《狭的笼》以后,在"附记"中,进一步地这样写着:

> 我掩卷之后,深感谢人类中有这样的不失赤子之心的人与著作。

不知道有没有人会说:"这是在宣扬'童心论'了!"其实,说也徒然,自有后来人嘛!

最近读到龚朴同志出于政治热情写的赞扬党的好女儿、革命英雄烈士张志新同志的那篇真挚感人的杂文,就冠以《可贵的赤子之心》的题目(载《人民日报》1979年8月1日第三版),只觉得非常妥适精当。纯洁、正直无私的赤子之心,的的确确是可贵的啊!

如果说鲁迅先生这些犯有"童心论"嫌疑的话,是在被爱罗先珂充满着"爱人类"的思想感情的散文诗般的童话作品所挑动起来的,并非出于他老人家的本意(原始思想),那么,请再读一读他老人家由于热爱少年儿童,关心民族国家的命运,而为下一代呼吁精神食粮所写的精辟有力的杂文——《看图识字》中的一些话吧。

> 凡一个人,即使到了中年以至暮年,倘一和孩子接近,便会踏进久经忘却了的孩子世界的边疆去,想到月亮怎么跟着人走,星星究竟是怎么嵌在天空中。但孩子在他的世界里,是好像鱼之在水,游泳自如,忘其所以的,成人却有如人的兔水一样,虽然也觉到水的柔滑和清凉,不过总不免吃力,为难,非上陆不可了。

看来鲁迅与高尔基东西方两位大文豪,他们在这个问题上,有着不约而同的共同语言吧。不知道有没有人为了他们都怀有"童心"而担忧他们倒退,没有阶级感情和无产阶级政治了,因此迫不及待地大声疾呼"批判资产阶级思想的'童心论'"了?

> 孩子是可以敬服的，他常常想到星月以上的境界，想到地面下的情形，想到花卉的用处，想到昆虫的语言；他想飞上天空，他想潜入蚁穴……

不怀有童心的作家能"入木三分"地道出儿童的心曲来吗？

应该万分钦敬，这位为了革命文化事业而在战线上正处于"夹攻""围剿"中的大作家，在不断地掷出匕首、投枪的激烈紧张的战斗中，不但不忘怀孩子，而且理解孩子的心理如此细微深入。所以，是不是可以老老实实、坦坦白白地这样说，不是真正热爱孩子的作家是不会怀着童心的。没有童心或者不关心童心的作家，是会影响着他写出精彩的作品来的吧。当然，创作儿童文学作品更应如此。

也不必"杞人忧天"，作家怀有一颗童心，就会变成老莱子了。

> 孩子的心，和文武官员的不同，它会进化，绝不至于永远停留在一点上，到得胡子老长了，还在想骑了巨人到仙人岛去做皇帝。因为他后来就要懂得一点科学了，知道世上并没有所谓巨人和仙人岛。倘还想，那是生来的低能儿……

更不必忧心忡忡地为年逾古稀的作家，因为犹有童心，会败坏了他的创作欲望和思想情绪，恰恰相反，他们的作品依然像山巅上的蓬勃的小青松，生意盎然。

> 但这一篇民间故事诗，虽说事迹简朴，却充满着儿童的天真，所以即使你已经做过90大寿，只要还有些"赤子之心"，也可以高高兴兴地看到卷末。（《勇敢的约翰》校后记）

这一阐说多好！儿童文学作品原是为儿童而创作，为儿童服务的，童心又有什么可怕呢？可怕的倒是那些长着花岗岩头脑的好心人，也有可能别有用心的，说什么"鼓吹'童心论'，就是鼓吹'儿童文学特殊论'，它抹杀儿童文学的阶级性，促使儿童文学脱离无产阶级政治，并游离了思想性而只着眼于艺术性，会陷入'艺术至上论'的泥坑中去……"反正帽子是可以一顶又一顶地叠上去的。天有多高，不怕叠不上！

童心，只不过是在儿童文学创作上（也在编辑工作上）形象思维方面的一个艺术因素，对不对，有没有道理，存在不存在，还得看实践——生活实践和艺术实践。只有通过社会检验，真理就屹立在实践检验之中！

在民间，流传在人民群众中的口头禅，什么"长生不老"，什么"返老还童"，都是希望着青春永驻不衰，这是人民善良而又美好的愿望。倘使以为这是迷信、邪恶之念，那就"失之毫厘，谬以千里"了。

马克思在他的《政治经济学批判》的《导言》中写道：

> 一个成人不能再变成儿童，否则就变得稚气了。但是，儿童的天真不使他感到愉快吗？他自己不该努力在一个更高的阶梯上把自己的真实再现出来吗？在每一个时代，它的固有的性格不是在儿童的天性中纯真地复活着吗？为什么历史上的人类的童年时代，在它发展得最完美的地方，不该作为永不复返的阶段而显示出永久的魅力呢？……

这些话大家都熟悉，而且大家都知道指说的是希腊的艺术宝库中的希腊神话，然而他老人家所以要这样说，看来赞美童年之意，溢于言表，难道发现剩余价值、倡导阶级斗争的马克思，也在怀念着儿童的天真、眷恋着人类的童年时代吗？

已经在工业革命后过了一个多世纪的本土上，有一位英国作家巴利（SirJ. M. Barrie 1860—1937），他创作剧本《一个不愿长大的孩子》（一名《彼得·潘》），1904 年的圣诞节初次上演于伦敦的剧院。其后这出童话剧风行于美、德、法、奥等国，7 年之后，在社会上一片欢呼声中，《彼得·潘》的童话作品也出版了。于是每年圣诞节前后，至少在伦敦、纽约两地，一定排演这出童话剧，以致这个戏剧活动成为欧、美整个圣诞节活动的一部分。如按观众数量、时间久长来计算，成绩几乎超越了莎士比亚的戏剧，至于那本童话，当然天天成了全世界孩子们的好朋友（不说是"恩物"吧），那更是不必说了。

巴利是不是一位真正的"童心论"的作家呢？他的世界观、文艺观指导了他自己的文学创作，构思了一个非常浪漫主义的故事：一个会飞的孩子，和那些说话叮当作声的仙女，以及肚子里吞下"滴答！滴答！"发声的钟的鳄鱼，月夜里出现的人鱼……演出一幕幕有趣的、动人的悲喜剧。它塑造了一个永远纯朴天真的孩子彼得以外，还创造了一个与人物、环境相适应的虚无缥缈的永无岛，显示宇宙中永远存在的儿童精神——游戏精神……

有人说这是一本通透了孩子的心的书，描画了孩子的心的游历，作家在文学创作上简直把"童心"形象化了，而且表达到了极致，尽管作品是不现实的，思想不但不先进，而且是不正确的，更脱离生活实际的，但是到了现代科学昌明的 20 世纪，欧美各国人民群众仍然喜爱这出戏和这个作品，那又该怎么解释呢？难道只有唯一简单可用的"资产阶级思想'童心论'"这一贬词，就能一棍子把它打倒的吗？

我主观上片面的理解是：这作品所以不仅受到儿童的欢迎，并且也被成人喜爱阅读，是因为作品写出了那些具有好奇心、模仿心、冒险心理、勇敢行为，并且性格坚强、聪明机智、动作活泼的孩子们—— 真正的孩子们的缘故。而这个，正是作家要有一颗童心，才能游刃有余地描画出孩子们的心。

据说法国的著名画家柯罗（Jean-Baptiste Camille Corot, 1796—1875），曾经在他的日记里这么写过：

> 我每天所祈求于上帝的，就是要他永远留着我做一个小孩子，使我能够用一个小孩子的眼睛来看和画这个世界。

又是多么"童心论"的一个名画家呵！他竟要用孩子的眼睛去看，然后才画，画出杰作来。这里头究竟有什么奥秘啊？难道那儿童的天真使他愉快？那永久魅力的人类的童年时代美好得驱使他要藏放在画里？他不怕被批斗？

不怕批斗的还大有人在：把莎翁戏剧改写成著名的《莎士比亚戏剧故事集》的杰出的散文家查尔斯·兰姆（1775—1834）和他的姐姐玛丽·兰姆（1764—1847），他们是具有孩子的眼睛和孩子的心，才能写出这部不朽的名著。他们自己就这样说过，"……用幼小的心灵所容易理解的语言写出来"，这就非具有童心不可了。

小孩子的两只眼睛虽然生得和成人的一模一样（只是眸子清、亮得更可爱些），但是他们观看世界上的事物，确凿和成人的不同。他们看到的是：金鱼穿着薄纱裙在水晶宫里跳舞,白鹅昂着头排队到游泳池去比赛游泳,喜鹊叽叽喳喳地在梧桐树上开茶话会,蚂蚁在石阶上一队连接一队地急行军,溪水里的花瓣就是飘飘荡荡的船,小河里的漩涡就是水孩子的笑涡,大茶壶就是母亲,而小茶杯就是它的孩子……这些,也正是为鲁迅先生所敬服之处:孩子们有活泼的幻想,有美好的理想。他们看得活,什么东西在他们眼睛里都是动的,不是静止的,而且看起来都是美的,有趣的。他们的眼睛富有想象力,也有观察力。他们会说那个游街的皇帝身体是赤裸裸的,什么也没有穿(见《皇帝的新装》)。可不是!卖火柴的小女孩居然在一点火柴光里看到了黄铜炉档的铁火炉里火烧得多么旺;看到墙壁变得透明,房间里铺着雪白台布的桌子上,放着精致的果盘,里头堆满着梅子和苹果,还有冒着香气的烤鹅;看到了自己坐在美丽的圣诞树下,还看到了已经死去了的老祖母出现在天堂里……这些星星般的眼睛多逗,多怪,多奇异,又多美丽呵!

是呵,100多年前的安徒生,他早已在用孩子的眼睛看了,用孩子的心灵在想了。他真走运,也由于创作的出色的成就,不但没有被批判为"童心论",而且被褒奖为世界名人中的童话大师。

如果说在这方面所举的例证,都是生活在资本主义国家里的资产阶级的作家和画家,他们的资产阶级思想,正是滋长"童心"的肥沃的土壤。所以,从统计学上来说"取样"是偏向的,没有说服力的。那么,再举一位布尔什维克、战士、作家、在反法西斯卫国战争中牺牲在战场上的盖达尔,他怎么样在他儿童文学作品中描写孩子的呢。瞧吧,他在《丘克和盖克》中写的小兄弟俩:

> ……当妈妈读信时,丘克和盖克就非常注意地看着她的脸。开始的时候
> 妈妈皱起了眉头,他们也皱起了眉头。但接着妈妈微笑起来了,他们就断定:
> 这封信是快乐的。
>
> "爸爸不能来,"妈妈把信放在一边,说,"他还有很多工作,大家不让他来
> 莫斯科。"
>
> 被逗弄的丘克和盖克迷惑地相互瞅了一眼,那封信正好是使人最不高兴
> 的信。他们立刻嘟起小嘴,吸着鼻子,生气地望着不知道为什么还在微笑的妈
> 妈。

在这里,不禁想起了加里宁的几句话,作为这个作品细节的注解,是再好、再适当也没有的了。

> ……须知天地间再没有什么东西,能比孩子的眼睛更加精细,更加敏捷,
> 对于人生心理上各种微末变化更富于敏感的了,再没有任何人像孩子的眼睛
> 那样能捉摸一切最细微的事务。

这位无产阶级革命作家的作品中的孩子们,无论是在《革命军事委员会》中的箕姆卡,在《远方》中的王西迦和白季迦,在《林中烟》中的伏洛佳,以及在《铁木儿和他的队伍》中的一些孩子们,都写得活泼泼的栩栩如生。他们的音容笑貌,跃然纸上,完全是可爱的真实的孩子。由于作家写出了孩子们的儿童思想、儿童感情、儿童的兴趣爱好、儿童的游戏精神,因而他笔底下的这些"小人物",仿佛在作品中可以看得见,听得到,捉摸得着的。

六

　　作家创作,遵循着创作的艺术规律,通过形象思维,塑造人物,要求创造出匠心独运、精雕细琢的艺术品。这对儿童文学作品来说,为了教育革命事业的接班人,培养实现四个现代化的明天的生力军,应该要求得更高,更严,在思想性、艺术性上都是第一流的艺术珍品,是理所当然的。那么,作家在进行他的儿童文学创作时,为了写好儿童的艺术形象,怀着一颗童心,善于以儿童的眼睛去看,以儿童的心灵去体会,充分地给读者以美的享受,寓教育于娱乐之中,实在也没有什么坏处,也没有什么不对的地方。正如著名的京剧表演艺术家张英杰演出《景阳冈打虎》,演武松这个角色时,他在舞台上有意识地自己化身为武松,随后以武松的眼睛察看冈上的景色,以武松的耳朵倾听冈上的风声,以武松的心灵寻思在打虎时如何摆开架势猛揍那条吊睛白额大虫……他只有这样地"深入角色",才能演好这出戏,在社会大众的检验下,使自己享有"盖叫天——活武松"的声誉。这个道理可以说是尽人皆知的。唯独对于作家在进行儿童文学创作时,却否认他可以设身处地地深入在他笔底下所要描绘的角色——儿童的心理状态和精神面貌,这是一种什么样的事理?

　　在罪行滔天的"四人帮"被粉碎以前,谁也不敢谈"儿童文学特点",他们把它和"童心论"等同起来,所以在理论上碰到"童心"两字,谈虎色变,认为在创作上是个禁令森严的禁区,以致从根本上取消了儿童文学,只剩下它的假象(成人的儿童文学),迫使它与一般文学无甚差别,只在篇幅上短小点儿,字句上浅显点儿,以致"扑朔迷离",难以辨别,因此不得不在出版书籍的封面或者封底上加印"少儿文艺读物"字样,以资识别。这种硬贴标签的办法,岂不是个书林中的笑话。

　　今天,"四人帮"被粉碎已逾三载,儿童文学创作大有起色,可是在理论上他们的流毒还没彻底肃清,"恐'童心'病"还存在着。这个病不医治好,大大地妨碍儿童文学的苗壮成长、发展繁荣,安得从《本草纲目》中找出一味对症的良药来?

　　笔者限于水平,能力又很差,上面所云,不仅没有"疗效",诚恐药石乱投,还会增重病情,只是为了引起儿童文学战线上同志们的注意和重视,解放思想,发扬艺术民主。先谈这么一些不成熟的、很可能是错误的想法和看法,作为自己的检查,也作为学习;并以此抛砖引玉,恳切地求得广大作者和读者的批评,指教。

[注释]
①③《在延安文艺座谈会上的讲话》。
②《关于正确处理人民内部矛盾的问题》。
④《华盖集·通讯》。
⑤⑥均指孔孟之道与儒家思想而言。

(原载《儿童文学研究》1980 年第 3 辑)

新中国儿童文学

儿童文学创作的一个关键问题——儿童化

贺　宜

一

有一句很时兴的话,叫作:"凡是优秀的儿童文学作品,也一定是为成人所喜爱的。"

当然这句话不是儿童读者说的,而是成人"读者"说的。这句话实在很有道理,因此可以用作衡量儿童文学作品的一根标尺。

既然好的儿童文学作品都是为成人所喜爱的,那么是不是可以说,凡是成人所喜爱的儿童文学作品,也都是优秀的儿童文学作品呢?

不行。颠倒过来说不行。

事实上,没有人这样颠倒过来说,可是却有人把前述的那句话颠倒过来理解它。

二

信不信由你:现在事实上有两种儿童文学。

是哪两种呢? 一种是属于小孩子的儿童文学,也就是通常我们所理解的那种儿童文学;还有一种是属于老孩子的儿童文学——那就是属于成人的"儿童文学"。

叔叔阿姨们要些儿童文学来欣赏欣赏,我觉得也无可厚非,因为他们的兴趣也很广泛,喜欢换换口味,喜欢阅读的花样多些,这是他们的一种权利和要求,谁也不能反对。正如在生活中我们也常常看到有些成年人爱上了小孩的玩意一样。

有一种"泡泡糖",既能吃,又能在嘴里卜卜地吹成泡泡。这主要是孩子们的恩物,他们对这种糖非常有兴趣。可是,如果有时你看到叔叔阿姨们在嘴里卜卜地吹泡泡,也不会十分奇怪。摇马大概是专为孩子们设计的, 不过好奇的成人偶然坐上去摇摇荡荡,也会感到一种不平常的生活乐趣。假使有人不是在儿童公园里,而是在自己家里骑骑摇马,我想也不会受到别人反对的。

如果叔叔阿姨们的 "儿童文学" 是只准备让叔叔阿姨们看的,那就什么麻烦也没有了。可是问题是作者们宣称他写的儿童文学是地地道道的儿童文学,有些刊物编辑都也宣布他们愿意发表一些具有一定艺术水平的地地道道的儿童文学创作,以便起一些示范和提倡的作用,而最后又通过出版社儿童读物编辑部门的工作,属于叔叔阿姨们的儿童文学也就属于小弟弟小妹妹们了。

而小弟弟小妹妹们却又不好"侍候",他们撅起了嘴,说他们对这种作品不感兴趣。

就有这么一些儿童文学创作,成人们爱看,可是孩子们却不爱看。怎么办呢? 当然只能承认这只是属于成人的儿童文学了。

这种儿童文学有它自己的特点,主要是作者们太顽强地要对小孩子们表现自己。他们乐于用详尽的近于琐细的心理描写,用冗长的使孩子们厌烦的对话,用华丽而含意极抽象的辞藻来装饰作品,甚至还不放过机会对孩子们大谈其哲学和一些在孩子看来难以理解的东西。这些东西在成人读者中间还不难取得谅解,但小读者们却未必能了解作者的苦心。相反,他们抱怨作家叔叔们谈了太多的自己有兴趣的事情。

于是,孩子们仍然大声叫着:"作家叔叔(阿姨)们!给我们些好东西吧!"有什么办法呢?作家自己很满意而且还经编辑同志和成人读者们点过头的东西,"不识货"的孩子们却对它大摇其头!

那么,还是多给孩子们一些真正属于他们的儿童文学吧。

三

什么是真正属于儿童的儿童文学作品呢?

要弄清楚这点,最好还是先来看一看:为什么有些作品只能算是成人的儿童文学?

问题不在于这种作品是刊载于成人的文艺刊物上还是刊载于儿童刊物上,也不在于它们是不是印成了专供儿童阅读的单行本。问题在于:这种作品是不是对儿童有用,是不是为儿童所喜爱。

说也奇怪,有些人写作儿童文学作品时根本没有想到过是写给谁看的。要是我说其中有人以为他的儿童文学作品是只准备给编辑和成人读者看的,恐怕也不算言过其实。可不是吗!——凡是优秀的儿童文学作品也一定是为成人所喜爱的。在他们看来,优秀的文学作品首先必须为成人所喜爱,而不是首先为孩子们所喜爱,于是,他们从各方面来揣度编者和成人读者的口味,而把孩子丢到一边去了。

当然,这样的人很少,遗憾的是,还不是没有。

绝大多数的作者是在为了孩子而写作。可是,说得恰当些,他们是想为孩子们写些好东西,只是写着写着,写滑了笔,就忘记了儿童。他们凭着成年人的兴趣和主观愿望,而不是多方考虑孩子们的需要、爱好和理解能力,来决定写什么和怎样写。

这样在儿童文学创作中就出现了一种现象,这种现象,我们通常叫作"成人化"。

"成人化"大概也可以算是儿童文学创作中的一种疑难杂症。病人自己感觉不出来,成年读者和编者往往也很难诊断出来,相反,或者大家还觉得有这种病并不坏哩。

可是,无论如何,这种病会损害健康的。既不利于儿童文学创作的正常发展,也不利于对儿童的教育。

那么怎么办呢?当然,事情很清楚:愿意留着这种病的人是没有的。我们需要治好这种病。

那么,让我们先来看看症状吧。

四

"成人化"倾向实际是一种主观主义思想在儿童文学创作中的反映,是作者忽视了儿童的特点和要求而产生的。

有这么几种现象:

首先是对儿童文学的认识上,有些大人跟孩子们看法不同。孩子们要想从作品中认识许多东西,知道许多事情,懂得许多道理。他们不但要知道孩子自己的事情,也要知道成人们的事情。他们要了解全部生活，要了解整个世界。可是好心的作家叔叔（阿姨）们总是怕噎了他们，怕他们闹积食，只肯让他们知道一点点——这一点点，就是孩子们自己的事情。因此儿童文学无形中就成为一种只是描写儿童生活的文学。

似乎有这么一种默认。是反映儿童生活的吧？好，这是儿童文学。是反映儿童以外的生活吧，嗯，这可有点儿不像儿童文学。于是在儿童文学作品里面，小读者们跟丰富的生活和广阔的世界隔离了，好像给关禁闭了。当然，他们不是给关在黑屋子里，而是软禁在"儿童乐园"里。他们要永远跟什么"小明""小英""小毛"在一起做游戏，一起温习功课，一起过队活动……大约一直要继续到有一天不看儿童文学作品为止。

如果翻一翻一些文艺刊物，就可以发现所发表的儿童文学创作，除了某些童话之外，凡是以现代生活为题材的作品都离不开儿童。这种现象说明，有些同志把儿童文学应该反映生活的这一任务缩小到仅仅反映儿童的生活上去了。

儿童文学创作多反映些儿童生活，本来也是很自然的，因为孩子们也的确很愿意知道孩子们自己的事情。但是，这并不应该妨碍儿童文学在更广阔的程度上反映当前的时代和人民各方面的生活。所以要作为问题提出来者，也不是为了儿童生活反映得太多了，而只是因为其他方面反映得太少了——少得不像话。

原因是什么呢？就是因为有些人把儿童文学看成了只是描写儿童生活的文学，因而把它的主题压缩在极狭小的范围里。这也是作者们没有从孩子们的需要出发来考虑问题的必然结果。

另一种成人化的现象是有些作者习惯于按照自己的兴趣，自以为是地为孩子们写作。他们不是设身处地地为孩子着想。这样写，孩子愿看不愿看？能懂不能懂？有用没有用？只是热衷于在作品中表现自己，卖弄才情；有时是追求辞藻，刻意求文，到了孩子不能理解的地步；有时是长篇累牍的心理描写，絮絮不休的对话，使得孩子昏昏欲睡；有时是正襟危坐、道貌岸然地在作品中大谈道理，使得孩子们望而却步，而他却自炫为"严肃"；有时又是热心过分，把一些不必要对孩子谈的东西，例如男女恋爱问题，讲给孩子听……一句话，这些都是脱离了儿童实际（他们的生活、年龄、生理、心理、理解水平、接受能力和阅读兴趣）。

<h2 style="text-align:center">五</h2>

要避免"成人化"倾向，就要求作品能做到"儿童化"。

不能把"儿童化"看作是一种倾向。"儿童化"是儿童文学区别于一般文学（即成人的文学）的所在。它涉及儿童文学的内容和形式两个方面。现在有些同志对"儿童化"还有些不正确的看法，这种看法不改变，对儿童文学创作的发展是不利的。

是哪些不正确的看法呢？

第一种是把"儿童化"看作仅仅就是"通俗化"。当然，儿童化一定包含着通俗化。因为一个作品要被广大的少年儿童所理解，所接受，不通俗是行不通的。但是儿童化的含义要比通俗化更广些，除了通俗以外，还要求更多的东西。

其所以要如此，是决定于读者对象的不同。通俗读物、通俗文学的读者对象是成人，而儿童读物、儿童文学的读者对象是少年儿童。把儿童化与通俗化混为一谈，结果就会出现忽视儿童特点的倾向，无意中削弱了作品对孩子们的教育效果。

儿童与文化程度较低的成年人，在语文知识的水平上有些接近，但彼此的生活体验、思想感情以及对作品思想内容的要求和体会上，都是很不相同的。对事物的理解，对生活的感受，对作品的阅读兴趣，对贯穿在作品中的中心思想和主题的接受能力，也都有很大差别，甚至在孩子们中间也不是一样的。不同年龄的儿童，由于智力发展和生理发展阶段的不同，也存在显著的差别。例如学前儿童及低年级学龄儿童之间就有差别，至于他们与小学高年级儿童的差别就更大了。

所以仅仅把作品写得通俗浅显，只能算是一篇通俗化的作品，却未必能决定它是否就是一篇儿童文学作品。在形式上做到通俗浅显固然是必要的，但更重要的是在内容上要求能符合儿童的特点，能够恰如其分地（就是不太多地超过某一阶段的儿童理解水平，也不低于某一阶段的儿童理解水平）在作品的内容上贯穿着儿童的思想感情，在表现方法上根据不同的年龄的儿童对象，采用为一定的读者对象所喜见乐闻的多种多样的形式。

第二种不正确的看法是把"儿童化"当作"简单化"。有些人以为儿童就是"具体而微"的小大人。例如说给孩子穿着吧，只要衣服鞋帽小一点儿就行了。给孩子吃东西吧，只要食物分量少一些就行了。……至于写东西给孩子们看吧，那么，在他们看来，只要把一个原来可以写一万字的小说写成2000字就行了，一句话，只要抽筋剔骨，削头砑脑，长的变短，多的变少，繁的变简，大的变小，问题就解决了。

然而问题并没有真正解决。这样的东西孩子们不喜欢看。他们还是挑精剔肥，嫌多嫌少。看来着实很"调皮"哩！

可是又有什么办法！既然你是为孩子们写的，就得听听他们的意见。有时小孩子的意见还比我们提得正确呢。假使我们诚心诚意要给孩子们做些事情，就是在孩子们面前也该虚心些。试想，如果连我们自己都难下咽的东西，怎么能硬要孩子们吃下去呢？

显而易见，把简陋粗糙当作"儿童化"是不对的。几乎可以说，这是对孩子们不尊重。如果没有条件把最好的东西给孩子，那么，起码也不应该把最坏的东西给他们！

第三种不正确的看法是把"儿童化"当作"小儿腔"的别名。

有些人胡子都很长了（当然如果他是作家叔叔的话），可是还跟孩子们牙牙学语。例如说小鸟吧，他就说"鸟鸟"；黄牛吧，他就说"牛牛"；吃饭吧，他就说"吃饭饭"；另外像"小了一个便""体过了操""走呀走的"……不一而足。如果说这些是出现在小孩子们的对话中间，出现在需要表现孩子的幼稚无知的场合，那当然无可非议。奇怪的是这些都出现在作者的通篇文章中。据说从前有个老莱子"彩衣娱亲"，是个大孝子。不想今天又出现了不少新式的老莱子，他们彩衣娱"儿"，虽然用心良苦，可是总使人看了觉得很别扭。

实在，他们也未必愿意在人前大出洋相，问题只是他们以为这样就是"儿童化"罢了。

还有一些作者，在他们的笔下，所有的人物——不管是谁，甚至是老头子、老奶奶，他们说的话都是小孩子说的话，他们做的事也都是小孩子做的事。例如我在《儿童诗创作中的几个问题》一文中引过的一个例子是非常典型的：

> 爷爷是个老园丁，
> 他自己说是树木的娘亲，
> 他常常抚摸着树干对树儿谈心，
> 嫁接果树就说是替它们结婚。
>
> 领导上决定让爷爷养老，

他却故意骑上松树乱晃乱摇：
"松树儿虽老还那么苍劲，
我比青松还年轻十分。"

读者们可以看到：这位老爷爷的"天真烂漫"到了使人吃惊的程度，如果他不是神经上有些毛病，那一定是已经"返老还童"了。

这些毛病之所以发生，是由于作者们用成人的想象来代替孩子自己的想象，他们想当然地把自己的看法当作就是孩子们的看法。这样的毛病就是在描写孩子们本身的生活时也常常发生。例如在柯岩同志写的《小红马的遭遇》[1]一诗中，写幼儿园里的一个玩具小红马忽然失踪了，孩子们到处找它，最后才发现它原来被一个叫作洪洪的孩子埋在地里了。孩子们把小红马刨了出来，一面心疼，一面骂洪洪自私，光想藏起来一个人玩。作者说：

洪洪奇怪地张大了眼，长长的睫毛直忽闪，
"怎么说我自私呢？ 我埋它当然有道理！"

"种子种下能开花，小树浇水就长大。
我想组织骑兵队，所以种下小红马。"

"让它快快来长大，让它结出很多马，
咱们一人骑一匹，给解放军叔叔帮忙去呀！"

柯岩同志写了不少优美的反映儿童生活的诗，例如《小兵的故事》《小红花》《看球记》等都是非常深刻地揭示了孩子们的内心世界，生动地描绘了孩子们的生活图景。但是像上述的这首《小红马的遭遇》却是失败的。看来作者的用意是想通过小红马失踪的事件，来表现小孩的一种可爱心理——组织骑兵队，给解放军叔叔去帮忙。可是，由于作者所设想的洪洪的那种想象力和理解力，大大地低于一般幼儿园孩子的想象力和理解力，因此使这首诗里出现了一种矫揉造作、不大真实的气氛。问题不在于洪洪（或者别的孩子）埋小红马的时候有没有这种想法，因为艺术是容许虚构的，只要这种虚构是按照孩子们的生活逻辑和思维方式安排的；问题是在于作者把一个幼儿园的孩子写成了一个两三岁的孩子，连动物和植物也分辨不出来！如果在幼儿园里当真有这样"糊涂"的孩子（哪怕是一个），那么，要求这样的孩子"组织骑兵队，去帮解放军叔叔打仗"，这种在儿童生活中较复杂较高级的理想，就很困难了。作者这样写的结果，并不能增加艺术的魅力，相反，由于不合乎生活的逻辑，因而也就削弱了艺术的真实性。

第四种不正确的看法是把"儿童化"理解为仅仅"写儿童"。

前面我已经说过，把儿童文学局限于反映儿童生活，只会堵塞住儿童文学从广阔的生活中吸取养分的源头，使它逐渐枯竭，从而也严重削弱了儿童文学对广大少年儿童的教育力量。不过我还想提一下这个事实，就是在我们所看到的那些描写儿童生活的作品中，有些还没有（或者很少）具备儿童文学本身所应有的对儿童的教育力量，因而也不能很好地完成它对儿童读者的教育任务。这样的作品虽然称之为儿童文学，实际却是抛弃了儿童读者的儿童文学。

有些作者喜欢在儿童生活——特别是在儿童游戏中，找所谓有"情趣"的东西。自然，儿童生活中的确有"情趣"，但是，要注意的是：到底这是我们成年人看来是有"情趣"的东西，还是连小孩子自己看来也是有"情趣"的东西？有些人甚至强调只有通过儿童游戏才能表现儿童性格，仿佛孩子生活的全部就是游戏。当然，游戏里面可能有很多的所谓"情趣"，然而，要说到反映儿童的生活或者刻画他们的性格的话，必须从单纯的儿童游戏中跳出来，而触及儿童生活的各个方面，因为生活——儿童生活——本身就是无限丰富的，游戏仅仅是儿童生活中的一小部分罢了。

即使作者注意到从儿童生活的各个方面来吸取题材，也还要同时注意到除了"情趣"以外更重要的东西——那就是那些能够启发、激励、鼓舞和教育孩子们自己的东西。

在有些作品中，作者是怎样来描写儿童生活呢？他们是从成人的角度来欣赏这些东西。似乎有那么几个大人，背叉着手，站在一群做着游戏的孩子旁边，然后其中有一个苍老的声音叫起来："嘿！你看孩子们多逗！有意思！有意思！"

这样就成了成年人的一种娱乐或享受，因为它帮助他们回到逝去的童年时代。

可是，儿童文学绝不能仅仅只完成这个任务，只起这个作用；它有更大更重要的任务，在反映儿童生活的时候，首先要看它对孩子们自己有没有什么积极意义。因为，儿童文学主要是服从儿童的需要，而满足成人的需要只能是附带的，次要的。本末倒置是不好的。

在儿童文学创作中，我们描写儿童生活的目的应该很明显，要让孩子们一看就能明白：这不是叔叔阿姨们在拿孩子们的事情作为博得成人们一笑（或者为了让儿童情趣唤起成人们的童心），而是实实在在帮助孩子们在自己的生活中肯定了什么，否定了什么，帮助他们认识什么，提醒他们记住什么，告诉他们一些什么新鲜事物，而这些就存在于他们的生活中间，是经常遇到或可能遇到的，是经常发生或可能发生的。如果不是作家叔叔（阿姨）们把这些东西艺术地集中、概括，那么孩子们自己也许不能那么容易体会出来，不能那么容易感觉到就在他们自己的这些平常的生活中间，有许多许多事物对他们有意义（甚至有重大的意义），值得他们学习，或者值得他们警惕，或者值得他们高兴，或者值得他们牢牢记住。

所以，要注意到两点。第一，不能仅仅是写儿童；第二，在描写儿童生活的时候，也要考虑对小读者们是否有教育意义。

这第二点特别需要强调一下。为什么呢？因为儿童文艺作品之需要明确鲜明的教育目的，较之一般成人的文艺作品更为重要。孩子们年龄小，生活经验不丰富，知识不够，理解能力薄弱，年纪越小，对那么复杂的、过分含蓄的事物就越不容易接受，对那些成人们复杂微妙的感情也难以体会理解。例如有些作品，虽然描写了儿童生活，但是对小读者说来，却是隔膜的，莫测高深的。它到底要给小孩子们一些什么，孩子们看过以后不易体会出来。

我来举一个具体例子。石灵同志的遗作《友爱》②是一篇描写儿童生活的极生动的小说。这个作品通过两个五六岁孩子的生活和友谊，对那个男孩小拳的爸爸的教养方法作了辛辣的讽刺和有力的斥责。作者在这里通过艺术形象，给普天下父母教师和一切成人对于应该如何进行正确的儿童教育一个最好的忠告。我非常喜欢这篇小说，我觉得这是一篇描写儿童生活的好作品，但是我认为与其说它是儿童文学作品，还不如说它是教育

小说更确切些。这样的作品还是非常需要，因为它对成人——特别是父母教师们很有用。然而从儿童的角度来看，它不能起到像它对成人读者所起的同样作用，因为，如何对儿童进行教育的问题是成人的问题，不是儿童的问题。

六

那么，"儿童化"到底是怎么回事呢？

这个问题其实很简单。"儿童化"是针对"成人化"而提出的。本来，儿童文学不是儿童写的文学，而是成人为儿童写的文学。既然是成人写的，那么有点儿"成人化"，也是很自然的。问题是，当一篇儿童文学作品只有成人看得懂，而孩子们不大能看懂；只有成人感兴趣，而孩子们感到索然无味；只有对成人们有用处，而对孩子们不大有用的时候，这样的"成人化"就对儿童文学的发展不利了。因此我们说，儿童文学应该尽量做到"儿童化"。

但是，很明显，"儿童化"并不是要求叔叔阿姨们"化"为儿童。这种"化"法谁也办不到。要"化"也只能化做个老莱子，扭扭捏捏，让人看了不舒服罢了。

"儿童化"只是要求作者们能够设身处地，多为孩子们着想，使自己的作品充分做到：孩子们看得懂，喜欢看，看了的确有好处。这就是"儿童化"的全部，除外没有别的了。

有一种"儿童文学特殊论"，这是一种吓唬人的说法，读者最好不要上当。持这种说法的人有两种，一种人以"特殊论"文其简陋浅薄，或掩饰他脱离政治的错误倾向，或者借以吓唬别人，以炫其高深；另一种是轻视儿童文学的人，怕别人要他给孩子写东西，"降低"了他的身份，于是就装模作样地说："啊呀，不行呀！不是我不肯写，实在是不懂儿童文学的特点，对不起！对不起！'"特殊论"之所以有害，是因为它把许多人吓退了。有些同志很天真，相信了这种说法，果真连碰也不敢碰了。容易轻信固然是一个缺点，另外也表现了要负起自己对我们下一代的神圣职责的决心不够。我觉得，这种情况要改变改变了。

儿童文学"特点"是有的，但并不"特殊"。因为儿童文学也是一种文学。它的特点也就是文学的特点。文学的特点我不谈，大家知道的比我更清楚。儿童文学跟一般文学有没有不同之处？有的。不同在于读者对象。它是给孩子们看的，它是对孩子们进行社会主义共产主义教育的。

有人说，就因为儿童文学是给孩子们看的，因此儿童文学还是应该有它的特点的。这句话如果不用来作为儿童文学可以写得幼稚些、粗糙些、简陋些，或者可以特殊到脱离政治脱离现实的护身符，那我也不反对。但是，我觉得比较恰切些呢，还是说因为儿童文学是给孩子们看的，因此要注意"儿童化"较好。

"儿童化"并不包含着神秘特殊的意思，就只要求每个作者下笔之时，多想到一点孩子们，多照顾一点孩子们。因为儿童文学是一种文学，如果强调它有自己的特点，那么就会和一般文学的特点对立起来。如果我们能熟悉和掌握文学的特点，同时充分照顾到儿童读者，那么，写儿童文学作品不会是很困难的。有些同志写的作品，孩子们看不懂、不爱看，或者看了毫无所获，这不是因为别的，首先是因为它没有文学（不是儿童文学）的特点（从孩子们爱看有些文学作品如《林海雪原》《铁道游击队》《青春之歌》《苦菜花》……及古典文学作品《水浒传》《西游记》等的情况，也可以获得一个反证）；其次是因为作者忘记了作品究竟是给谁看的。

不要忘记读者对象,这是一个非常重要的问题,实际反映了作者有没有群众观点。如果你口口声声是为孩子们写作,而你写的作品孩子们却看不懂、不爱看,只能供自己、供编辑欣赏,试问这怎么能说你有群众观点呢?

有这么一种奇怪现象:我们在日常生活中跟孩子们打交道的时候,总是尽力用一种能为他们所懂的话语来跟他们说话。例如:我们跟3岁的小毛说话时,总不会用跟10岁的阿明说的话来跟他说,10岁的阿明跌跤的时候,你也不会说:"明明乖,明明不哭,明明真勇敢……嗳,不哭,爸爸喜欢明明。"可是,在写作的时候却不这样。对低年级的孩子,用高年级才能懂得,才能感兴趣的话(包括语法和思想内容);对高年级的孩子,用低年级孩子感兴趣的话。

这是什么道理呢? 没有别的,就因为忘记了在给谁写。忘记了孩子们并不是一样大,并不是懂得一样多。至于老年、中年、青年跟孩子的差别,那自然更大了。有些东西适合于成年人看而不适于孩子看,有些则成年人能了解而孩子则不能了解,有些则成年人感兴趣而孩子感到毫无兴趣。为什么只有儿童文学而没有什么老年文学、中年文学和青年文学呢? 其原因就在于此。

弄清对象,有的放矢,这是"儿童化"的根本要求。

七

"儿童化"并不神秘,这已经很明白了。

不过,要做到"儿童化",也并不是简单得毫无应加注意的地方。我觉得提到这点还是有必要的,为了使我们的作品更适合一定读者对象的阅读,更能使他们感兴趣,更能对他们有帮助,除了注意小读者的年龄特点以外,还要力求做到:

一、形象化具体化。这是因为孩子们的思维是具体的而不是概念的,年龄越小越是如此。对于儿童文学创作来说塑造形象、创造典型的任务是与一般文艺创作一样的,除外它还要求整个作品叙述和描写的形象化具体化。但是任何具体描写还必须吻合一定年龄的儿童智力水平和不过多地越出他们的知识范围和生活经验,否则就不易为他们所接受。例如《小朋友》杂志(1959年第6号)上有一幅画,上面画着一棵大树,长着5只大"果子"(实际是5个圆圈里面画着钢、铁、煤、粮、棉)。树下有两个人(代表工人和农民)踮起了脚,正在摘"果子"。画中有一首儿歌:

> 跃进果子,挂在树梢,
> 一跳再跳,把果摘到。

这首儿歌,一经配上画,可以说是"形象化"了,可是一二年级的孩子是绝不能懂的。因为对于幼小的孩子们说来,他们总是从具体的东西,根据他们自己的智力和经验(二者的综合构成他们的理解力)来理解事物。"跃进果子"是什么? 为什么它们是长在树上的? 为什么他们从来没有在树上看到过这种奇特的果子? "一跳再跳"意味着什么? 这些问题都是他们所不能解答的。——即使在家长和老师的帮助和解释下,也很难真正弄明白。为什么呢? 就因为这种经过形象化了的概念,远远地越出了他们的知识范围和生活经验。

二、主题突出,教育目的明确。任何文艺作品都有它的教育目的,但是什么也比不上儿童文学作品更需要明确鲜明的教育目的。从教育学的观点看来,童年时期正是接受基础教育——(不论是思想品质还是知识方面)的最重要的阶段。这个时期的学校、家庭、社会的教育对于每一个孩子所发生的作用都是深远的,对于他的思想、生活和性格的形成都有极大的影响,儿童文学作品对于孩子们的影响也是如此。所以每一个作者应该把儿童文学创作,当作是对孩子们进行共产主义教育的严肃任务。

但是在完成这个任务的时候,不但需要作者的正确思想,而且还需要根据孩子们的年龄特点,用他们能懂的话,把这种思想表达得又清楚又准确。如果作品的主题含糊不清,模棱两可,既可这样理解,又可那样解释,对于孩子们是极不相宜的。例如有些目的是为了向儿童进行劳动教育的作品,描写孩子们夜以继日地开山劈石、破土挖塘,甚至受伤流血也坚持劳动。由于把孩子们的劳动写得过分紧张,过分艰苦,这样就使孩子们产生了两种想法,一种是以为只有要求自己的劳动强度跟成人们一样,才无愧于做一个新时代的儿童,而这样却不但会影响孩子们的学习,并且也会损害儿童的生理健康;另一种是以为这样的劳动只是那些"特殊材料做成"的小英雄才能办到,而不是普通孩子们所能实行的,甚而还使孩子们对劳动产生一种畏难情绪。这样就跟作者的愿望背道而驰了。

有些作品,洋洋洒洒,写了很多,可是到底要告诉一些什么,孩子们却看不出来。文章不论大小,字数不论多少,给孩子们看,就得让孩子们懂得你是告诉他什么,就得让孩子们得到什么。否则,就是无的放矢,白费力气了。有人说,给孩子看的东西,不能"说教"。这句话当作不要对孩子们板着脸教训来解释,那是对的;但是有些人说这话的意思,实际是要取消作品内容的教育性。这就很不对了。又有人说,给孩子们看的作品硬是不能要求每篇东西都有明显的教育目的。他们还可以提出笑话、急口令、拗口令等体裁的作品来作证明,说这类东西如果要求有显明的教育意义,那就只好从根本上否定它们了。是不是这样呢?不是的。即使是这些看来只是供孩子们娱乐的东西,也不应该没有它的教育目的。既然我们承认我们的一切文学艺术不是什么消遣品,而是进行共产主义教育的武器,为什么儿童文学就可以有例外呢?娱乐性强并不能作为取消教育内容的借口。相反,文学作品的娱乐性是达到教育目的的一种手段。就拿笑话、急口令、拗口令来说,看来并没有什么大道理,实际却无不与教育有关。笑话里面,如果只是一些什么放屁、撒尿、恶作剧等的笑料,那只会培养孩子们一些庸俗低级的趣味,而凡是好的笑话,那总是健康愉快、教人深思的。这样的东西,目的就在于培养孩子们的愉快乐观的性情。至于拗口令、急口令之类,看来毫无思想内容,实则这种东西本身就是为了培养儿童的语言能力,训练他们的口齿这个教育目的而服务的。如果没有这个教育目的,拗口令、急口令也就失去存在的意义了。

至于儿童文学中的几种主要的文学形式,如小说、童话、戏剧、诗歌(包括儿歌)等,要求有明确的教育目的,那更是不用说了。

三、文字通达流畅,语言简洁精确。文字通达流畅是任何文学作品的基本要求,但是儿童文学作品则尤其要做到这一点,因为孩子们不能忍受那种枯燥呆板的叙述,也不乐意去探索那种艰深晦涩的辞义。例如有一首题名《山村夜景》的诗中说:

彩霞挂锦,到处一片喧腾。
鼓风机唱出嘹亮的歌声,
工地的蓝烟袅袅上升,

钢花、铁水、红旗相映。

像"彩霞挂锦"这样书腐腾腾的词句，到底指的什么，连成人也猜不透，要让孩子们看懂就更困难了。还有一首叫《罱泥》③的诗里，一共9行，抄在这里：

> 明月高挂在天上，
> 蓝蓝的湖水亮光光，
> 静悄悄不起一点波浪。
>
> 谁把山歌轻轻唱？
> 引出了一阵笑声朗朗……
> 蓝天碎了圆月藏。
>
> 船儿在水面航，
> 公社里姐妹罱泥忙……
> 瞧，打捞起月亮满舱！

第二节里，"蓝天碎了圆月藏"，看起来"诗意"似有之，文意则莫测多深。"山歌轻轻唱"引出了一阵笑声朗朗还可解，而唱山歌使得蓝天碎了圆月藏，则孩子们恐怕懂不了。第三节里末了一行"诗意"更浓，可是也更难懂。诗人诗兴大发，如果只准备念给自己听倒也罢了，如果要让孩子们来领会这个意思，我看非常困难，说老实话，连我这样的大人也还揣摩不出来。

还有不少作者喜欢在孩子们面前卖弄才情，自炫渊博，不是摇头摆尾套用陈词滥调，就是佶屈聱牙，来些洋腔洋调。如果说这是一种坏习惯，那么要赶快改掉，如果是特意要这样，那么未免存心要让孩子们受罪了。

语言的简洁精确也是必须的。对于小读者说来，文学作品不仅是进行思想品质教育的武器，而且也是进行语言教育的工具。孩子们很天真，他们以为叔叔阿姨们写的东西总是没错儿的，（哪知有些作者竟连文法都还弄不通哩！）赶着向书上写的学习，结果却吃亏了。例如《别看我的年纪小》这本儿歌集中：

> 跟妈妈，返外家，
> 告诉外婆共姨妈。（看花花）
>
> 小麻雀，四下看，
> 男女老少围剿战。（小麻雀）
>
> 小木匠，巧又灵，
> 斧头木上飞，刨子板上行，
> 叮当，叮当响，一条板凳又诞生。（小木匠）

从那些加着重号的地方，读者们可以想象孩子们会学到些什么。以最后一例来说，先不论做板凳是否像打铁一样"叮当叮当响"，只就做好板凳来论，若是板凳做成功了，叫作板凳"诞生"，那么，以后做一把扫帚叫作"扫帚诞生"，做一只水壶叫作"水壶诞生"，热闹倒是热闹，只是可惜倒霉了孩子们！

我觉得儿童化的问题，就作品的语言文字方面来说，一不是学小儿语，二不是容许作者的语言文字的表达能力跟小孩子一样低。重要的是在文字深浅程度上适合一定读者对象的阅读能力（或者稍高于他们的阅读能力），在语言文字的运用上，能够做到纯洁、健康、规范化，充分、完美、准确地表达作品的思想；并且，应该使作品在儿童语文教育上起它的作用。如果作者们不注意这点，这也表现了对孩子们缺乏严肃的责任感。

四、要有趣。读者们只要回忆一下自己童年时候的阅读心理，就会明白儿童文学为什么必须注意趣味了。

但是，对趣味有两种不正确的看法。有一些同志根本怕谈趣味，以为一谈趣味，就会犯错误。他们要"严肃地写作"。因此他们把作品写得枯燥乏味，看作是严肃的具体表现。但是，他们不知道，我们要求"严肃"的是写作的态度，而不是那种在作品中正襟危坐、道貌岸然、厉言疾色、冷若冰霜的严师态度。另外有些同志刚巧完全相反，只求有趣，而不问这种趣味是否健康高尚，是否有助于培养儿童纯正、健康、愉快、幽默的性格，只把追求趣味作为他们作品的主要目的。他们多方迎合儿童的趣味，就是明知这种趣味是低级下流的，也毫无顾忌地廉价贩卖，就像市侩们贩卖劣货一样。

这两种看法都是不对的。当然，后者比前者的坏处更大。我们认为儿童文学必须有趣味，但是这种趣味首先必须是正当的、健康的、有益的。趣味并不是目的，而是一种手段，用以更好地吸引小读者以发挥作品的积极教育作用。如果没有趣味，儿童文学就会成为一种枯燥乏味，使孩子们厌倦的东西；如果只有趣味，就会使儿童文学降低到只是逗乐凑趣的消遣品。前者是一种教条主义在儿童文学创作上的反映，后者是资产阶级文艺观点在儿童文学创作上的表现。

趣味要正当、健康、有益，这是一个必须坚持的原则问题。趣味的健康不健康，实际决定于整个作品思想内容是否健康，因为趣味并不能从整个作品中分离出来，而是融合在作品的思想和故事的全部结构中的。有些同志写着写着，忽然自己也觉得有点枯燥了，要想"趣味"一下，就让故事中的人物临时插科打诨，说："你们别吵，让我来说一个笑话。"接着就果然说了个笑话，听的人（故事里的人）都笑了。可是小读者们却不笑，他们甚至还没来得及看到那说笑话的地方，就已经把书扔下了！可见趣味不能是外加的东西，必须跟整个故事水乳交融才行。

趣味是许多因素构成的，并不只是一些笑料。首先，儿童文学应该尽可能有有趣的情节，这需要作者巧妙的艺术构思。没有情节的东西，孩子们多半是不感兴趣的。有些作品孩子们不爱看，常常就因为它故事简单，不是让人物絮絮不休地说话，就是热衷于长篇累牍地发议论，或者自我陶醉于那种与人物的性格及故事发展没什么关系的风景描写和心理描写中。有时简单得只要读者看了个头，就可以知道如何结尾。这样的故事要孩子们爱看当然很困难。要知道这不是孩子们不好"侍候"，实在应该责怪作者们太懒惰，不肯多动脑筋。

丰富的想象，优美的感情，高尚的情操，故事中的惊险和夸张，使人发出会心微笑的幽默，生动活泼的语言，不落俗套的开端与结尾……这些都将以它们各自的魅力来吸引小读者。当它们和谐地和故事融合在一起的时候，就会出现一股奇妙的力量，让小读者们情不自禁地沉浸到故事中去，而心悦诚服地接受作品的教育思想。

或者有人会说，这样看来，"儿童化"还是有点麻烦。要说使儿童文学作品充分儿童化一点也不"麻烦"，那也是不符合实际的。困难是有一点，特别是对年龄越小的孩子们写东西越难些。但是，难道在其他方面不怕困难的人，在这个小小的困难前面却逡巡不前吗？难道一个对我们的下一代具有严肃的社会责任感的人，会害怕这种"麻烦"吗？谁都可以明白提出"儿童化"的问题，绝不是要使儿童文学神秘化，目的是要使作品更为儿童所喜爱，更好地为儿童服务，更充分地发挥它的教育力量。前面谈的，只是有关"儿童化"需要注意的一些问题。真正要解决"儿童化"问题，关键在于热爱儿童。热爱儿童的人当然有对儿童的强烈的责任感，也当然关心他们。这样的人写东西给孩子看，自然会千方百计使自己的作品写得有用和有趣。如果他一时还不能熟悉孩子的话，也一定会想法经常和孩子们在一起，做他们的朋友，了解他们的生活和思想，分享他们的快乐和幸福，分担他们的烦恼和愁闷。这样再加以不断的创作实践，"儿童化"的问题必然就迎刃而解了。

[注释]
①《人民文学》1957 年 3 月号。
②《友爱》，少年儿童出版社 1957 年版。
③这首诗和上面那首《山村夜景》是同一作者创作的，发表在《少年文艺》1959 年 3 月号上，冠以总题名，叫作《公社的第一个春天》。

（原载《火花》1959 年 6 月号）

再谈扩大儿童文学创作的领域

叶君健

在去年 5 月间人民文学出版社召开的在京儿童文学作家的座谈会上,我曾做了一个关于《扩大儿童文学创作的领域》的发言,其中有这样一段话:"外国儿童文学中的财富确实很多,其中经过外国作家加工和改写的民间故事更占有相当大的比重。把这些作品介绍给我们的少年儿童读者,不仅可以增进他们对国外人民生活、思想和感情的了解,也有助于对他们进行国际主义教育。只是由于时代和社会制度的原因,它们都不免或多或少地含有某些消极的因素,因此我们搞翻译的同志也不敢太去碰它们——我自己就有过这样的顾虑。但我们为什么不能取其精华、去其糟粕,针对我国少年儿童的需要而加以改写呢?"

现在我仍想谈谈这个"改写"问题。但在谈这个问题之前,我还想谈谈"不改写"的问题。过去有些被贴上了"资产阶级人性论"和"资产阶级人道主义"标签的西方作品,我们一直视为禁区,确实不敢碰。自从那次座谈会后,经过一段时期的思考,再加之从各方面所听到的一些有关当前青少年犯罪的情况(包括在庐山开会时所听到的),我觉得把这些作品翻译过来,供我们今天的少年儿童阅读,仍然有极现实的意义。

过去多年来,林彪和"四人帮"在全国范围内,煽动天真烂漫的青少年搞打、砸、抢、抄、抓,破坏国家法制,搅乱社会秩序,后来甚至发展成为武斗,互相残杀;近几年来,有的还走向极端,变为盗窃杀人犯;另有些青年则如梦初醒,看破红尘,表现出一种玩世不恭的态度,正如《班主任》那篇小说里所描写的,头脑里是一片空虚。人生究竟有什么意义,他们更是茫然,三句话不对头就可以捅人一刀子。就是判死刑,他们也是"淡然处之,无所谓"。

这里不仅谈不上有任何无产阶级的人道主义,就连资产阶级人道主义的影子也没有了。事实上,资产阶级人道主义,对封建专制主义而言,是革命的,在历史上起过进步作用。这就让人不由想起了意大利作家亚米契斯(1846—1908)写的那本《心》(中译为《爱的教育》)。它是以日记体裁写一个小学生对他所接触的一些人和事的看法和感受。这里面充满了对于生活的热爱和对于人类的同情。它的调子是非常"温情"的。我在中学时曾读过它的英文译本,至今不能忘。另一本是法国作家法朗士(1844—1924)写的儿时回忆《我的朋友的书》。这里描写的是作者童年的幻想和天真行为,也充满了对于生活和周围的人物的爱与同情,也是一本"温情"的书,也同样使人读后不能忘。我个人的感受是,这种书可以帮助我们培养高尚的情操,使我热爱我们周围的人和这个世界,因而也就鼓励我们去创造更美丽的生活。本来,在我们的这个社会,我们周围的人绝大多数都是属于人民内部,我们有什么理由不去爱他们和尊重他们呢?对于我们的父母、老师和同学那就更不用说了。这些书,虽然带有"资产阶级的人情味",我觉得绝不能视为禁区,我们完全可以把它们忠实地翻译过来,不须改写,供我们今天的青少年阅读。何况它们本身就是名著，还可以帮助提高我们的文化修养和水平呢？

但有些外国东西则需要改写。这主要是民间故事。这些故事，经过不同人在不同时代的转述和加工，差不多都被渗进了不少的消极因素，把其中许多健康的东西都淹没了。本来，人民在劳动实践和与他们的压迫者的斗争中，学得了许多聪明和智慧，表现出巨大的毅力和坚韧的精神。但这些特点和优良品质往往被歪曲成为取得生活上"成功"的手段。具有这些特点和品质的人最后不是当了驸马就成了财主，反过来统治和剥削别人。这类的作品无法翻译，即使配备以"批判继承"性质的文章或按语也无济于事，少年儿童读者也不一定能看得下去或看懂。要还原它们的本来面目，如实地反映出它们内在的民间感情，它们就必须加以改写。

基于这种考虑，我也曾尝试过改写一些这类作品。但实践的结果，我又觉得根据我们社会制度下少年儿童读者的需要，其中还有些作品要进行更彻底的再创造。事实上，一篇民间故事的产生，总有它特定的历史和社会背景。要确定它所反映的一定历史时期的人民思想和感情，我们还必须了解有关它的更多的东西，也就是它所产生的时代、社会和历史背景。只有这样我们才能比较完整地了解它的真实意义，把它真正如实地传达到我们少年儿童读者的心中。在这个意义上来移植一篇外国民间故事，这就不单纯是改写一下，而是要用历史唯物主义的观点对它进行一次恢复本来面貌的工作，也就是重新创造。

根据这个意图，我又作了一些进一步的尝试。在我所收集的一些外国民间故事中，前些时我曾挑选了一批性质类似的作品，在确定了它们是欧洲封建主义没落、资产阶级兴起——也就是文艺复兴时期——的产物以后，我又围绕它们找了一些相应的历史和社会背景资料，最后根据我们少年儿童读者的情况，把它们加以重新创造，希望在保持民间创作的真正内容和特色的同时，还能反映出一点时代精神。新近我在《儿童文学》第5期上所发表的童话《磨工、修道院长和皇帝》就是一例。这种尝试也是我企图"扩大儿童文学创作的领域"的另一种方式，是否行之有效，还得由实践来证明——包括同志们的意见。

（原载《出版工作》1979年第1期）

从《小兵张嘎》谈起

徐光耀

许多同志要我谈谈创作经验，还说要听"十响一个麻雷子"。我没有什么本事，肯定达不到这个要求，只想说一点情况和感受，同大家交流，一块儿学习。

前几年，听说有个写孩子戏的编剧组，奉到"四人帮"一员干将的指令说："不要向《小兵张嘎》靠拢。"这个话，如果指的是不要模仿，不要抄袭，不要追着别人屁股跑，那是对的，我很赞成。因为文学贵在创新，它不应像驴子拉磨似的老在一个地方转圈圈。然而"四人帮"不是这个意思，他是想一膀子把别人推下悬崖去，单剩他作文坛的霸王。正是为此，这位黑干将还给《小兵张嘎》的创作强加给一个公式，叫作：故意让主人公犯个错误，捅个娄子，然后再去纠正他，从这样的矛盾中制造出人物来。这个"公式"，与他们的"高大全""完美无缺"、写儿童也不准写成长过程等那套"原则"一对比，就更成了不可饶恕的罪状。

然而，这是冤枉的，是在创作问题上的又一种诬陷。"四人帮"惯于颠倒黑白，栽赃害人。这也是实例之一。

《小兵张嘎》当然有缺陷，有不足，创作方法也难说有什么高明。然而说是故意让主人公犯错误，捅娄子，然后再变戏法似的从纠正过程中制造出戏来，以取悦于读者和观众，这跟我的做法是毫不沾边的，我从来没有这样想过。一个写东西的人，在方法上大凡各有自己的着眼点和注重点，就是都有自以为对的"巧别子"。我在创作上向来注重两个"出发"：一个从生活出发，一个从人物出发。我至今仍以为这是正路。脱离生活，就成了无源之水，其结果是干涸；不写人物，就成了无本之花，其结果是枯枝。"四人帮"之所以坠入悬崖，其本意是要独霸文坛，打倒一切不合他们帮派口味的东西，以便推行"阴谋文艺"，为其封建法西斯专制主义扫清道路。在他们这样干的时候，从来是不择手段的。

我们这些人挨"四人帮"的棍子太多了，长期来满耳尽是江氏"三字经"的喧嚷闹嚣，尽管对那套"三突出"之类明显的谬误有所抵制，但总是形成了一些"条件反射"，总受到一些熏染。要肃清流毒，明摆浮搁的荒谬东西较为好办。最麻烦的是那些长年累月熏进脑子去的东西，就像擦玻璃，明面上的污秽，湿手巾一抹就掉了；但那一层年深日久渐熏渐厚的黄色积垢，就是用酒精也很难擦得下来。更可怕的是，我们对这种积垢，甚至已经处之泰然，形成习惯，不但不以为非，还时常有意无意地用它来指导我们写作和生活，仿佛真的已经"溶化在血液中"，受害而不自觉，这才是最糟糕的事。

有一次，我在一个省的创作座谈会上发言说，写东西，要敢于投进自己的感情去。没有感情的作品，不可能打动读者……话还未说完，便有位同志拦住我问："你说的感情是什么感情？"我一下愣住，晓得处境不妙。该同志还算厚道，接着说："感情投进去之前，先得分清是无产阶级的还是资产阶级的。老徐你说对不对？"我感谢他给我个逃脱棍子的台阶下，忙说"对对"，就此打住话头，连忙退避，心下很失悔于这个"不甘寂寞"遭到的惩罚。

这件事出在粉碎"四人帮"以前。现在，一般不至遭逢这种事情了。但我却还亲见过这样的两件事：前不多日子，我们有一群作家共同采访一位青年女工。这女工很活泼，很坦率，思想开朗而纯洁，讲了不少动人事迹，大家都听得入神。可惜正听到兴头上，有一位作家突然问了："你这些事迹，是在什么动机支配下做出来的呢？思想动力是什么呢？"仿佛飞来一种什么阴影，一下子把这位天真爽快姑娘的脸色罩暗，场面也立刻木然乏味起来。这是一种很熟悉的问话，在采访场合出现过多少次了。有些英雄单位的群众，一见作家和记者来就知道要找什么，总不外"崇高的思想，英雄的行为，发光的语言"一套，他们都烦死了。真是无独有偶，距此不久，这一群又访问一位汽车司机，他谈起初进柴达木的艰苦生活来，怀着诚恳崇敬的心情提到一位工程师，说这位工程师待工人同志如何如何好，谈得十分感人。又在此时，有人突然提问说："这工程师是个什么家庭出身？"于是又一个全场哑然，大家发僵，一场热烈的谈话，几乎夭折。事实证明，"四人帮"的"积垢"，不仅危害着我们的创作，而且还在危害着我们对生活的观察、体验、分析和研究，还在把一切生动的生活形式和艺术形式强按进一个僵死的老套子中去！

在采访英雄模范或其他人物的时候，当然必须注意他们的行为或思想动力，问题在于我们不能满足于现成的答案，不能沿着老套子套出两句"崇高思想"来就算完。从概念到概念，把活人的思想硬按到一个千篇一律的模子里去是不行的。我们应该去挖掘，去发现，去创造，通过辛勤劳动，把那些埋藏在生活中的思想意义和社会价值捕捉得来，这才会有自己的独特感受和特色，才可甩掉千部一腔、千人一面，才不至上空话、假话、大话的当，才可摆脱给"四人帮"做奴隶的状态，从精神上抬起头来。

同样，写作必须投入感情。要鼓荡感情的波涛，像长江大河一样，汹涌奔腾，一泻千里，这才是理想的状态。自己不动情，又如何能以情动人？写作，也必须有自信。如果一面写，一面还要分析自己的感情是哪个阶级的，弄到犹犹豫豫，瞻前顾后，一步三回头，又怎能使想象飞翔，思接千载，吐纳珠玉，卷舒风云呢？没有法子进行形象思维，还谈什么文学创作？当然，由于我们世界观还没有彻底改造，会给作品带来这样那样的缺点甚至错误。我们可以在写二稿时，多听意见，细心修改。写初稿，我以为一定要把感情撒开。

"四人帮"的胡作非为，给我们无产阶级文学事业造成了极大损害。它搞乱了理论，搞乱了思想，搞乱了"双革"创作方法，搞掉了有悠久历史的现实主义传统，一直搞得我们8亿人口的国家没有戏剧，没有电影，没有小说，更没有儿童文学……有的只是令人烦腻生厌的帮风、帮气、帮味、帮腔。不管什么体裁，什么样式，放在一块儿都是一个味道，不是互相雷同，便是彼此'撞车'，实在使人厌恶！

《小兵张嘎》幸而不是"四害"横行时写的，否则，很难设想会成个什么样子。不过，那时候也有公式化、概念化了，不少框框已在束缚人。从那时起，长期来耳濡目染，潜移默化，实已害人不浅，经"四人帮"再一"发扬光大"，危害更为剧烈，真成了长上身来的痼疾与顽症。要彻底克服它，只痛恨是无济于事的，还须作长期自觉的艰苦奋斗才行。而要完成这个战斗任务，归根结底，还是要解放思想，打碎牢笼，开动机器，认真思考问题，以开启生动活泼的创造生机。

刚才曾提到我在创作上的两个注重点：从生活出发和从人物出发。如果说《小兵张嘎》还有什么让人喜欢的东西，大约就是沾了这两个"出发"的光。生活，毕竟是最根本的。抗战时期，我13岁参加八路军，自己是"小鬼"，也结识了不少同辈"小鬼"，一块儿在

战火中滚了七八年，打过仗，吃过苦，经受了锻炼；同时，还亲见亲闻了许多"小鬼"们创造的英雄事迹，受过强烈的感动和吸引。记得，抗战时期，我在宁晋县大队当特派员，搞除奸保卫工作。邻近的赵县有两个小侦察员非常了不起，经常摸进敌人据点去活动，我听了许多关于他们的故事，但一直没有机会见到他们。直到1945年，我们与赵县大队一起围攻敌人据点，才见到其中一个外号叫"瞪眼虎"的。新中国成立后，下乡搞合作化的几年中，因是在老根据地活动的关系，也曾连带搜集到不少抗战故事。例如上房堵人家的烟囱，就是我家乡一个中级合作社社长小时候的故事。出事正逢过春节，他一大早就害得家家吃不上饺子，村里人都说这是个嘎小子。这些汇总在一起，便是我的生活基础。《小兵张嘎》的题材和人物，便是从这个基础上孕育、提炼、淘洗、熔裁出来的。它不是生编硬造、图解概念的游戏，不是靠"主题先行""赶时兴"或对编辑意图的猜测和赌博，更不是"四人帮"那个黑干将所说"犯错误——再纠正"公式的产儿。他的一枝一叶，的确是从生活的泥土中长出来的。因此，才给人以真实感。而真实，是作品的生命。否则，一看就是假的，读者认出你是在搞欺骗，在"买空卖空"，还谈得到什么感动？还有什么社会效用可言呢？

从人物出发的原则，又是一个值得再加强调的问题。文学是人学。文学的最终目的是要写人的，是靠人的形象去感染、打动和影响读者的。特别在叙事的文学里，抽调了人——社会的阶级的人，就不可能反映现实，更谈不上什么形象和社会意义。伟大作品，都是因为很好地写了人，写了富有时代精神和特征的典型性格。这些典型，就在人们中间生活，参与着斗争，在意识形态领域中起着特殊的作用。请看诸葛亮、武松、孙大圣、贾宝玉、阿Q……以及现代好多作品中的典型人物，都还在我们中间活动着，影响着我们的行为和思想，表现了他们深远的、历久不衰的力量和作用。而有些作品，特别是"四害"横行时的一些东西，人们读不上劲、觉得没有味道，没有特色，干瘪无力，一个主要的原因，便是没有注意写人物。

从人物出发，也叫从性格出发。本来是个极其重要的常识性问题，可惜相当长的一个时期以来，我们的文艺理论文艺批评很少谈论它了。要谈，也是囫囵吞枣，只谈共性，不谈个性，只谈一般，不谈特殊。文艺创作不讲个性描写，文艺批评不谈个性分析，这就从反面助长了概念化的发展。而世界上没有个性的人是没有的。作品不写性格，当然也就不会有丰富多彩、栩栩如生、血肉丰满的形象。这一点，似乎至今还心有余悸，不敢深谈。仿佛一谈多了，就又怕陷入"人性论""人情味"或什么"资产阶级思想"里去。应该是冲破这些"禁区"的时候了。

据我粗浅的理解，对如何表现性格，首先应有个正确的认识。共性和个性的关系，不是两者的相加，也不是婚姻似的"结合"，更不能贴标签似的在共性之外再贴上什么个性。而应是共性存在于个性之中，共性只能通过个性获得表现。中心就是这个"通过"。脱离开个性去表现什么共性，不仅荒谬，也完全脱离了事物的逻辑。哪有离开了具体形象而能单独存在的抽象呢？创造人物不是兴方配药，把各种因素一味味抓了来，混到一块就算成功。而必须给具有普遍意义的因素找到合适的特殊形式，并通过这形式恰当地表现出来。张嘎的思想和品德，我是紧紧抓住并通过"嘎"这一个性来表现的。生活中的素材，凡符合"嘎"这一个性特征的，就吸取就保留，凡不符合的，就淘汰。他对敌仇恨带"嘎"，对党忠诚也带"嘎"，他一切思想行为的表现都带"嘎"，从"嘎"掌握这一人物，也从"嘎"塑造这一性格。在这一点上如果不能贯彻始终，稍有游离，便可能把人物肢解，落个半死不活、苍白木化的结果。总之,要在人物性格上多下苦功,想得多些,想实在些。如果一闭眼,人物就站在你的面前了,在写作进程中,他甚至敢于抗拒你的不合理"调遣"而按自己固有的本性(规律)去行动,他不是作为你的傀儡,而是作为活人自主地前进并成长,那么,笔下一定会顺利得多,也愉快得多。

很可能有说错或说不清楚的地方,诚恳地希望大家指正。

1979 年 7 月

(原载《儿童文学创作漫谈》,中国少年儿童出版社 1979 年版)

导思·染情·益智·添趣

——试谈儿童文学的功能

刘厚明

儿童文学之所以重要,是由它的读者决定的。它的读者有两个明显的特点:第一是多,据估计我国有阅读能力的少年儿童达两亿之众,比起成年人,他们读书的兴趣也较大,时间也多些;第二是小,从三四岁到十四五岁的孩子,是儿童文学的读者群,对一个人来说,这个年龄阶段可塑性最强,极大地影响着他的性格、气质、志趣和理想的形成,且最易接受形象化的教育。承认读者的这两个特点,那就会把儿童文学看成整个文艺事业的十分重要的组成部分了。"要发家,看娃娃"这是一句老话,要建设具有高度物质文明和精神文明的社会主义国家,要看我们能不能把少年儿童工作,包括儿童文学搞好。

儿童文学的创作问题很多,我感到其中最重要的,是我们对儿童文学的教育功能看得太狭隘、太机械,也存在着"从属于政治"的倾向。重视教育作用理所应当,但把这种作用当作对小读者的政治思想或道德伦理的单纯灌输,就未免片面了;如果这种灌输又是说教式的、图解式的,那就更糟!对儿童文学教育功能的狭隘观点,影响了创作的繁荣,阻碍了百花齐放和艺术质量的提高。

儿童期和少年期,是人的蓬勃发展的黄金阶段。孩子们睁大好奇的眼睛,认识着世界,学习着做人,寻找着能满足他们求知欲的事物,追求着生活的乐趣。儿童文学应该适应他们多方面的需求,尽可能广泛地开拓题材领域,不拘一格地扩展主题内容,从不同年龄的小读者的接受能力和欣赏趣味出发,依靠艺术形象的魅力,潜移默化地影响他们的心灵。儿童文学对于小读者,不是头疼医头、脚疼医脚的"药方",而是含在色、香、味俱佳的食品中的"养分"。

说具体一点,儿童文学对小读者可以起些什么作用呢?似乎可以概括成八个字:导思、染情、益智、添趣。我试以这八个字为题,联系创作问题,谈谈自己的看法。

导思。儿童文学要引导小读者思考生活,认识生活。借用马雅可夫斯基一首儿童诗的标题,就是引导孩子们分辨"什么是好,什么是不好",分辨是与非、真善美与假恶丑。

要引导小读者分析、认识生活,就必须真实地反映生活。对社会生活(包括孩子们自己的生活)的粉饰或丑化,都会"误人子弟"的。而且,虚假的东西小孩子也会嗤之以鼻,鲁迅曾说:"小孩子多不喜欢'诈'作,听故事也不喜欢是谣言,这是凡有稍稍留心儿童心理的都知道的。"

但是,不能真实地反映社会生活,回避矛盾斗争或浅尝辄止的现象,在我们的儿童文学作品里,似乎比成人文学更严重些。为什么?有个创作思想问题,就是担心触及了生活里的矛盾斗争,写了阴暗面,会使小读者的思想受"污染",他们的"抵抗力"弱呀!其实，生活里的阴暗和丑恶，你不写，孩子也要接触，倒不如写出来，引导他们分析、认识，增强抵抗力为好。十年动乱给我们的教训之一，就是许多青少年把我们的社会看得完美无缺，比太阳还光明，连个黑子也没有，结果，阴暗、丑恶的东西一经暴露，他们就感到不可理解，甚至认为受了骗，信念动摇了，甚至所谓"看破红尘"。这个教训难道还不够深刻吗？我们相信，那样的浩劫不会重演，但现实生活里的矛盾，阴暗的、丑恶的东西，现在有，将来还会有，孩子们还要时时刻刻地接触，要求我们帮助他们去思考，去认识啊！

我这么说，绝非鼓励儿童文学要大写生活的阴暗面。我赞成高尔基如下的观点：他说儿童文学"过分强调生活的阴暗面"，是一种"错误的风气"；还说"不真实是不对的，但是，对儿童必要的并非真实的全部，因为真实的某些部分对儿童是有害的"。他主张儿童文学"放在首要地位的，不是在小读者心里灌输对人的否定，而是要在儿童们底观念中提高人的地位"。高尔基说得言简意赅：第一，"不真实是不对的"；第二，不要去写"对儿童有害的""真实的某些部分"，照我看，这"某些部分"既包括诲淫诲盗、低级下流的东西，也包括孩子们难于理解，因而容易错误地理解的某些政治的、社会的复杂问题。人的思想发展也要"循序渐进"，有些问题等他们长大些再了解，也不为迟吧？第三，高尔基主张儿童文学首要的任务，"不是在小读者心里灌输对人的否定，而是要在儿童们的观念中提高人的地位"，就是说我们不妨反映生活的黑暗面，但同时要写出光明比黑暗更强盛，真善美比假恶丑更富生命力，人的尊严比之人的卑鄙要高尚而且恢宏。使小读者对生活、对人生抱有信心和热望。近几年来，我们的儿童文学里，也出现了一些"伤痕"作品，这些作品大都没有停留在渲染"伤痕"上，着意表现出我们的人民必将战胜"伤痕"及其制造者的潜在力量。是的，儿童文学的悲剧性作品，不妨悲得使小读者潸然泪下，但基调应是明朗的、向上的，而不是灰色压抑的。都德的《最后一课》，写了一场民族灾难，但他把民族自尊心和爱国主义感情，写得多么深沉感人啊！

儿童文学作品，要不要有一定的思想深度？如果不讲思想深度，你写的不比小读者自己的感受更深一些，甚至还要浅，还要简单，又怎么能谈得到引导他们思考和认识生活呢？过浅、过简单是我们儿童文学作品的常见的毛病。那些受到广大小读者欢迎的作品，往往既符合孩子们的思想实际，又比他们想得深，如张天翼同志的《宝葫芦的秘密》，沿着一个孩子天真的幻想，形象地剖析了不劳而获这种思想的来源、本质和危害，妙趣横生又发人深思。我们切莫把小读者的理解力估计过低，尤其是 20 世纪 80 年代的少年儿童，思想带有早熟的征候，没有一定的深度的作品，他们会觉得毫无意思。

导思，就是儿童文学作家以自己对生活的独到见解，以自己追求真善美、反对假恶丑的鲜明态度，带着小读者们，去"阅读"真实生活"译本"。

再谈染情。儿童文学作品要用美好的、高尚的和正义的感情，感染小读者。

文学作品有别于理论性文章，最明显的也在"以情感人"上。一般地说，孩子们比起成年人来，更重感情，对人对事往往从直感出发，更容易"感情用事"；感情大于理智，先于理智，是少年儿童的共性。这就为儿童文学的染情作用，提供了好条件，也加重了责任：儿童文学作品应该写得感情丰富而真挚，最忌干巴巴。

事实上，有不少著名的儿童文学作品，并不是以反映生活的深度和广度见长，而是在一个平平常常的故事里，创造出一种饱和着美好感情的意境。如脍炙人口的《卖火柴的小女孩》，比起许多揭露资本主义贫富悬殊的作品来，写得不见得深刻，社会背景也不那

么广阔，但它为什么流传至今，打破了民族界限，拨动了一代又一代少年儿童的心弦？就因为安徒生在这个生活故事（而非童话）里，倾注了同情贫苦孩子和渴望幸福的真诚之情，创造了令人动心的那么一幅图画、一种意境。有人说，我们的儿童文学没出现过"引起整个社会轰动"的作品，"没有突破"因而成绩不佳，这种看法起码失之片面。我看儿童文学要取得"爆炸性"的社会效果恐怕很难，追求这种效果也不见得对头。它所追求的，是在孩子们的心田上，撒播美好情思的种子，并施之以细雨和风。我觉得严文井、金近和郭风等同志的童话和散文，任大霖、肖平等同志的儿童小说，是写意境美、感情美的佳作。近几年出现的儿童文学作品，敢于写情更多了，说"敢于"，是因为过去写情束手束脚，怕人家扣"人性论"的帽子。这难道不是一个"突破"？

一些搞儿童文学创作的同行，时常谈到要培养孩子爱的感情——爱祖国，爱人民，爱亲人、师长和小伙伴，爱世上一切美好的事物。的确，人类的任何美德，都是建立在人们之间互相关爱、关怀、同情和尊重的基础之上的。要培养孩子们高尚的道德情操，就要培养爱的感情。我在工读学校体验生活，听到那些有一定违法犯罪行为的青少年说："人和人的关系，就像狼和狼的关系"，既然是狼和狼，那就互相争夺、撕咬吧，还有什么道德情操可言？十年动乱在一部分青少年心灵上，种下了什么？人和人互相争斗、怀恨！打砸抢也就不足为奇了！阶级斗争扩大化到那种程度，真要把人与人的关系变成狼与狼了！那是对我们中华民族传统美德的一次大破坏！对善良的人们的爱，是可以转化为对敌人和坏人的憎恨的；何况孩子们在实际生活里，接触的主要是亲人、老师、同学呢？

人性有两面，善的、美的一面和恶的、丑的一面，纵观古今中外的儿童文学名著，都是以表现善和美的一面为主的，以人道主义精神陶冶小读者感情，表现人的心灵美、人格美，是儿童文学的永恒的主题。

少一些说教，多一些感情！

儿童文学的另一个功能是益智，对小读者智慧的发展有所助益。

人的智慧总要以知识为基础的。文学作品的主要功能不是传播知识，但或多或少带有知识性的描写，则是常见的。读者从文学作品里，获得一些社会的和自然的科学知识，乃至生活常识，也是好事。除了科学文艺作品，我们不能要求任何题材的作品，都要有很强的知识性，不过应该指出，我们的儿童文学作品，知识性描写太差，例如写景："红的花，绿的树"，至于那些花和树的品种、名称，以及根、茎、叶、花、果实的特色，就写不出来或写不真切了。这多半与作者知识贫乏有关。我自己在创作中就常常为此而苦恼。必要的知识性描写，会使作品增加艺术色彩和魅力。孩子们的求知欲很强，每一部儿童文学作品，都要为他们打开一扇通向未知世界的窗子。文学作品里涉及的知识面，比学校课本要广得多，比老师讲课也更形象、更艺术，易于小读者吸收。因此，加强儿童文学的知识性描写，扩大孩子们的视野，提高他们对科学知识的兴趣，理所应当。

观察力和想象力，是人的智慧发展的两翼。文学作品是作家观察生活的产物，反过来又能帮助读者提高对生活的观察力。特别是细节描写，对读者捕捉人的个性和事物的特征，尤有助益。想象和幻想是童话的主要手段，却不是童话的专利，我认为富有想象和幻想色彩，是各种体裁的儿童文学作品的共同艺术特色。拿小说来说，我们有不少写少先队员帮助军烈属做好事的作品，多半写得很平淡；盖达尔的《铁木儿和他的队伍》，写的也是这类题材，却充满了想象和幻想：铁木儿和小伙伴们，找到一个破阁楼，挂了许多绳索，还安了转盘、警报器等，这阁楼就变成一只"舰艇"了；警报一响，孩子们就跑来集合，像开真正的军事会议那样，研究怎么去帮助和保护红军家属……这些描写是来自生活的，孩子们由于生活天地小，求知欲又强的矛盾，时常生出许多奇妙的想象和幻想来，三四岁的孩子玩"过家家"，不就是他们想象力的表现吗？善于观察和热衷于想象、幻想的孩子，智慧发展得就快，就比较聪明，怕就怕呆头呆脑，"一脸呆相"。让儿童文学作品插上想象和幻想的彩翼，飞腾起来吧！

儿童文学的第四个功能是添趣：既要满足小读者的欣赏要求，又要帮助他们提高欣赏趣味。

儿童文学首先必须是文学，不能因读者是小孩子，就降低文学性方面的要求；在人物的鲜明、结构的严谨和语言的准确、生动上，应比起成人文学毫不逊色。儿童文学创作似乎存在一种倾向：注重故事性，不够注意人物的刻画，提起人物就是罗文应、张嘎，个性鲜明的小主人公的画廊显得太过零落了。注重故事性无可厚非，小读者喜欢故事性强的作品；有些短篇作品，写出了发人深思的寓意或情思优美的意境，而人物的个性化不很强，也不失为佳作，如契诃夫的《万卡》。然而，就一般情况而言，塑造个性鲜明的人物形象，仍然是创作所追求的主要目标；在儿童文学里，人物的刻画也应高于故事的铺排，情节也应为塑造人物服务。《罗文应的故事》和《小兵张嘎》等作品，所以给小读者留下了深刻印象，道理也在于此。说到这里，我不由得想到我们这代人青少年时，受苏联革命文学的影响之大，《钢铁是怎样炼成的》《卓娅和舒拉的故事》《古丽雅的道路》《普通一兵》等作品中的英雄形象，曾使我们热血沸腾……我国的英雄人物也不少，刘胡兰、董存瑞、黄继光、雷锋、刘文学……但为什么没有一部作品把他们的形象写出来，点燃起青年和少年儿童读者的心灵之火呢？这种题材的作品是有的，但作者先有个"英雄"的概念，然后用故事去演绎这个概念，甚至从概念到概念，塞进去许多格言、豪言壮语之类，英雄形象也就看不见了！英雄也是活生生的、具有个性的人啊！我们谈论儿童文学创作，绝不可忽略了文学作品的基本要求，特别是塑造人物。至于如何塑造新的历史时期的少年儿童典型形象（各式各样的形象），则是摆在我们儿童文学作家面前的一个新课题。

儿童文学作品，首先够得上是文学作品，才好谈是否富有儿童情趣。儿童情趣当然要讲，否定儿童情趣，也就否定了儿童文学存在的必要。什么是儿童情趣？有的同志提出两条：一条是新奇惊险，一条是幽默逗笑。孩子们的好奇心强，天生倾向于欢乐，新奇惊险、幽默逗笑的确为他们喜闻乐见。但是，光注意这两条就把儿童情趣看得太窄了，孩子们的欣赏趣味不尽相同，即便一个孩子也不能光给他一两种味道的东西吧？何况儿童文学不仅要适应，还要提高小读者的审美力，丰富他们的欣赏趣味呢？

儿童文学应该是最美的文学，使小读者从中得到美的艺术享受——这样提，我觉得比较全面。新奇惊险如果表现了机智勇敢，幽默逗笑如果不至庸俗浅薄，也都是美的。此外，还有抒情的美，质朴的美，清新明丽的美，含蓄深沉的美，如诗如画的美，悲壮豪迈的美，喜剧美和悲剧美……只要是美的，又能为小读者所欣赏，和他们的思想感情具有"亲和力"，如水和乳的交融，禾苗对雨露的欢喜，那么，就都可称之为富有儿童情趣。儿童情趣还涉及不同年龄的小读者的心理学问题，这就不是本文能够说清楚的了。

儿童文学要担负起美育的任务：提高孩子们欣赏文学美和艺术美的能力。

导思、染情、益智、添趣这四种功能，是互相渗透的。对于一个具体的作品，又不能求全，即使只能起添趣作用，没有明确思想主题的作品，也应允许存在。对于儿童文学创作，题材方面不宜分大小，或提出以什么为主。写一位科学家如何为"四化"做出贡献，固然有教育意义；但写蚂蚁搬家或蜜蜂筑巢，如果写得引人入胜，引起小读者的研究兴趣，说不定也会为四化培养出个昆虫学家呢！

儿童文学是塑造新生一代的灵魂的文学，是教育的文学，娱乐的文学，最富感情和最有想象力的文学。少年儿童的灵魂远未定型，是人生的春天，我们应该趁着春天赶快播种，播下精选过的优良种子！

我习作儿童文学时间不算太短，理论学习却很差。有感于儿童文学理论研究工作的寂寞，在朋友们敦促下，赶鸭子上架写了这篇文章。幼稚自不必说，错误也难避免，如能得到读者的教正，我也就得到提高。

1981 年 3 月 30 日，北京

（原载《文艺研究》1981 年第 4 期）

关于儿童文学创新的思考

束沛德

1985年9月举行的党的全国代表大会又一次强调重视社会主义精神文明建设，提出思想文化教育卫生部门都要以社会效益为一切活动的唯一准则，思想文化界要多出好的精神产品。

文学队伍是"四化"建设大军中的一个特殊兵种，儿童文学队伍则是这个特殊兵种的一个分队。在建设社会主义精神文明大厦、塑造未来一代心灵的巨大工程中，儿童文学作家担负着"建筑师"的光荣职责，理应为孩子们创造出更多更好的精神食粮，为培育一代有理想、有道德、有文化、有纪律的社会主义新人，做出自己的贡献。

党的十一届三中全会以来，特别是近两三年，我们的儿童文学创作已经取得了明显的、令人可喜的成绩。同成人文学一样，无论是在题材的开拓、主题的发掘、人物的塑造、手法的探索、风格的追求方面都有了新的进展。尤其引人注目的是，我们的儿童文学也正进入一个更新换代期。这里所说的"更新"，是指儿童文学观念的进一步开拓和更新，这表现在对儿童文学的功能有了更为开阔的理解；对新时期少年儿童的特点，从自然属性与社会属性的结合上有了更为深入的认识；在创作思想上摆脱了一些陈陈相因、过了时的传统观念、道德规范的束缚。"换代"是指新时期已经涌现出一批年富力强、朝气勃勃、与少年儿童生活有着紧密联系、在思想、艺术上勇于探索的新作者。他们是活跃在儿童文学战线上的一支生力军。

不能忽视或低估新时期儿童文学创作的新进展、新收获。然而，无论是作者、编者或读者又都不满足于已经取得的成就。我们从儿童文学创作座谈会上，从报刊发表的评论文章和教师、辅导员、家长和孩子们的来信中，经常可以听到这种呼声：能够深深打动孩子心灵、为孩子爱不释手的精品太少了；新时期的儿童文学中，还没有塑造出足以与罗文应、小兵张嘎、小冬子相媲美的20世纪80年代少年儿童典型形象，等等。造成这种状况的原因可能是多方面的，儿童文学作家在思想、艺术上开拓、创新的精神不够，不能不说是其中的原因之一。我以为，认真探讨儿童文学的创新问题，对提高儿童文学创作的思想、艺术质量，必将起到积极的推动作用。

创新是文学艺术的生命。整个文学艺术的历史，可说是在批判地继承传统的基础上，不断地推陈出新的历史，不断地标新立异的历史。鲁迅说："没有冲破一切传统思想和手法的闯将，中国是不会有真的新文艺的。"没有创造，没有革新，文学艺术就不能前进，不能发展，也就不能适应新时期人民群众的精神需要。儿童文学也是如此，不创新，就不会为新一代的小读者所喜闻乐见。创新，是时代的需要，读者的需要，也是文学自身发展的需要。因此，我们应当热情鼓励、支持儿童文学作家去进行大胆的、有益的探索、突破和创新。

创新，包括思想内容上的出新和艺术风格、形式、表现手法上的出新。创新，是为了建设具有中国特色的社会主义儿童文学。这种具有中国特色的社会主义儿童文学，应当体现伟大社会主义时代对少年儿童一代的期望和要求；真实而生动地反映新时期少年儿童丰富多彩的生活；丰满地塑造20世纪80年代少年儿童新人形象；采用为中国当代少年儿童所喜闻乐见的形式和风格。我们探讨儿童文学的创新问题，应当从中国的实际情况出发，正确地认识和回答创新与时代、创新与当代儿童特点、创新与传统的关系等问题。

时代的呼唤

儿童文学的创新，应当更好地反映新的时代精神，更加切合当前时代的需要。从根本上说，就是要有利于社会主义精神文明建设。我们面临的是变革的时代，振兴的时代。按照我国教育工作面向现代化、面向世界、面向未来的方针，要努力培养少年儿童一代具有开拓型、创造型、建设型的素质，使他们思想活泼、视野开阔，不畏艰苦，不怕困难，敢于探索，勇于创新。开拓的精神，创业的精神，改革的精神，创新的精神，振兴的精神，献身的精神，正是我们这个时代的精神。我们的儿童文学应当遵循自身的特殊规律，充分地、完美地体现这种新的时代精神。在过去的年代，儿童文学作家曾经塑造出一系列饱含着时代精神的英雄形象，对形成、培养少年儿童勇敢顽强的性格，发挥了极大的潜移默化的作用。如苏联儿童文学中的铁木儿、马特洛索夫、卓娅、奥列格、古丽雅，中国当代儿童文学中的海娃、小英雄雨来、小兵张嘎、潘冬子等形象，激励、鼓舞了成千上万个少年儿童读者，给了他们勇气、力量和信心。新时期的小读者热切地呼唤当代的马特洛索夫、卓娅，呼唤当代的海娃、小兵张嘎。从生活出发，敏锐地感应时代的脉搏，捕捉现实变革中的新事物，把握新一代少年儿童的性格特征，努力塑造20世纪80年代少年新人典型形象，是摆在儿童文学作家面前的光荣的、不可推卸的责任。儿童文学的创新，应当在描写和培养社会主义新人方面，在表现新的人物、新的性格，反映时代精神、时代情绪方面，呕心沥血地探索和追求，以期取得更丰硕的成果。这样，儿童文学作家才能更好地担负起伟大时代赋予自己的重要使命。

我们要进一步克服"左"的思想影响，纠正对儿童文学功能的片面、狭隘的理解。但是，也不必讳言儿童文学的教育、陶冶作用。我们的儿童文学，就是要理直气壮地用爱国主义、集体主义、社会主义、共产主义思想教育年轻一代。但作品中的共产主义思想并非抽象的议论、空洞的说教，而是要按照文学艺术的特征，通过对生活图景的真实描绘，借助生动、具体的艺术形象体现出来。也就是说，社会主义精神、共产主义理想是同生活的真实性、血肉丰满的艺术形象水乳交融地交织在一起的。

在儿童文学领域里，作家的才华、激情、想象、幻想有自由驰骋的广阔天地。只要自觉地把创作自由与培养一代"四有"新人的责任结合起来，与加强两个文明建设、振兴中华的责任结合起来，儿童文学的创新就会沿着正确的轨道健康地发展。

心中要有 3.6 亿孩子

儿童文学的创新，必须从我国当代少年儿童的实际状况出发。我们的儿童文学作家心中要有个数，要牢牢记住我国有3.6亿少年儿童这个"数"。这是我们的工作对象、服务对象。为社会主义服务，为人民服务，对儿童文学作家来说，就是要为3.6亿少年儿童服务，"俯首甘为孺子牛"，满腔热情地为他们提供有益又有趣的精神食粮。儿童文学的探索、创新，不能离开对我们时代少年儿童的生活、思想、感情、心理和欣赏趣味的了解和研究，力求使我们的作品为亿万小读者所接受和喜爱。

我们要深入研究当代少年儿童的特点，从自然属性与社会属性的结合上把握 20 世纪 80 年代少年儿童的特点。不仅要了解、研究他们与五六十年代的儿童具有哪些共同的心理特征、性格特征，更重要的是了解、分析他们在时代大潮的涌动下，思想、感情、心理状态出现了一些什么新的变化。我们深切地感受到，搞活、开放和改革已经使人们的精神面貌、生活方式、思维方式、道德观念、价值观念开始发生深刻的变化。现实生活变革的错综复杂，现代科学技术的迅猛发展，大量社会信息的迅速传递，日常生活节奏的不断加快，所有这些，自然会影响到当代少年儿童心理发展的趋向。在我看来，思想活跃，眼界开阔，上进心强，求知欲强，善于独立思考，勇于探索创造，对四化大业充满激情和幻想，已经成为 20 世纪 80 年代少年儿童生活、思想感情的主旋律。儿童文学作家努力把握 80 年代少年儿童的特点，坚持从生活出发，真实、生动地表现出伟大时代丰富多彩的生活在孩子心灵上的投影和折光，塑造出当代少年儿童的独特风姿，这样的作品就会富有时代的新意。

我们还要认真研究当代少年儿童审美趣味、欣赏习惯的发展、变化。作家、评论家、文学编辑都要细心听一听小读者的呼声和意见，切不要用老眼光来看 20 世纪 80 年代的少年儿童，不要低估了他们的理解、鉴赏能力。我不止一次地了解到这样的读者反映：现在很多小学生爱看《红岩》《青春之歌》等成人文学作品，初中二三年级的学生看杂志，读《收获》《十月》的约占 60%左右。有些写给成人看的历史题材小说，在少年儿童中也拥有大量读者；而专门写给孩子们看的革命历史小说，却反而被冷落。这难道不值得我们深长思之么！？它提示我们：创作上的探索、创新，一定要与当代少年儿童的阅读能力、欣赏水平相一致；作品内容太浅、太简单，形式、手法陈旧单调，就不能满足他们的审美要求。另一方面，我们也还要考虑到，同成人读者一样，小读者的审美要求也是多层次的。即使属于同一个年龄阶段的孩子，由于生活环境、家庭教养、了解社会信息机会的不同，他们的欣赏趣味、理解和接受能力也不尽相同，甚至有较大的差异。在最近召开的一次儿童文学创作座谈会上，我听到一位来自四化建设第一线的业余作者发自肺腑的声音："现在的儿童文学，更多地注意城市儿童，有点像城市儿童文学。"这是相当尖锐而又中肯的批评。我们应当清醒地看到，正像全国还有部分地区农民的温饱问题有待于进一步解决一样，有些农村、山区精神食粮供应严重不足。儿童文学作家要关注农村和老、少、边（老区、少数民族地区、边远地区）的小读者，千方百计地为他们提供足够的、合适的、优质的精神产品。如果我们在创作上的探索、创新，只是一味考虑为城市的或高层次的小读者"锦上添花"，而忽视了以至忘记了为农村、山区的或较低层次的小读者"雪中送炭"，那能说是尽到了关心、培育下一代的责任么！？

借鉴为了出新

儿童文学的探索、创新，既不能离开我们民族优秀的文学传统，又不能拒绝借鉴外国的一切于我们有用的东西。历史虚无主义要不得，闭关锁国主义也不成。应当坚持"古为今用""洋为中用"的原则，从中外一切优秀文学成果中吸取养料，化为自己的血肉，创造出为中国当代少年儿童喜闻乐见的作品。

不少儿童文学作家，特别是一些中青年作家深感自己文化知识、艺术素养不足，怀有博览群书、开阔视野的强烈愿望。诚然,要提高儿童文学创作的思想、艺术质量,除了加强思想理论武装、丰富生活积累外,还需要锤炼表现技巧,掌握语言艺术。这就要下功夫向中外文学大师、名著学习,认真地研究、借鉴中外儿童文学的优秀成果。继承、借鉴正是为了创新,为了创造具有中国特色的社会主义儿童文学。古今中外文学成果中,各种艺术形式、风格、表现手法,凡是有助于更好地表现当代中国的社会生活、儿童生活的,有助于增强作品的艺术魅力的,都应当采取"拿来主义"。革命现实主义或浪漫主义,传统的表现手法或外国引进的新手法,写实的或象征的、哲理的或抒情的写法,雄浑、厚实的风格或恬淡、空灵的风格,可以八仙过海,各显其能。只是有一点必须考虑:写出的作品要力求为不同层次的小读者所易于接受,乐于接受。淡化主题、淡化情节也好,空灵超脱、缥缈悠远也好,总要让小读者看得懂,喜欢看。如果多数小读者看后,莫名其妙,如堕五里雾中,这样的探求总不能说是成功的吧。

创作贵在独创。我们尊重艺术的独创性,鼓励作家标新立异,标社会主义之新,立民族之异,努力创作富有时代精神和民族特色的好作品。在借鉴、吸取中外文学的精华时,要多分析,多消化,融会贯通,不能生吞活剥,简单照搬;还要多思考,多了解自己,走自己的路,也就是要注意探求同自己的经历、气质、个性、擅长、兴趣相适应的创作路子、风格,扬长避短,充分发挥自己的优势,不勉强从事自己所不熟悉、不擅长的题材、样式的创作。继承、借鉴还必须同了解、研究现实生活结合起来。对艺术形式、手法的探索,是从表现新的生活内容这个需要出发的。对生活有了新的独特的感受、思考和发现,才会寻求新的独特的艺术表现形式和手法。正像作家柳青说的:"每一个时代的文学都有新的手法。谁来创造这种手法呢? 就是那些认真研究了生活的人,而不是认真研究了各种文学作品的手法,就可以创造出一种新手法。"我们的文学评论,要善于总结作家把借鉴与创造结合起来,把艺术探索与生活实践结合起来的经验,勇于支持作家在创作上标新立异、兼容并包,广开文路,为儿童文学的探索、突破、创新打开一条宽广的路子,切忌用一种形式、一种风格、一种手法去排斥另一种形式、风格和手法。文学创新的成败得失,要通过平等的、说理的自由讨论去解决。对于艺术探索中的失误,要采取宽容态度。

创新需要勇气。勇气从何而来? 来自作家对国家、对民族、对未来一代的历史责任感,来自作家对生活的真知灼见。我们热切地期望儿童文学作家更自觉地学习、掌握马克思列宁主义理论,加强思想武装,增强社会责任感,更好地投身于沸腾的四化建设和改革热潮,把学习理论与深入生活紧密地结合起来,把对生活、对艺术的追求、探索建立在活生生的马克思主义基础之上,为孩子们写出更多的紧扣时代脉搏、贴近儿童心灵、富有中国特色的优秀作品。

1986 年 1 月 8 日

(原载《儿童文学研究》第 24 辑,少年儿童出版社 1986 年版)

衡量儿童文学发展水准的尺度及其他

韦 苇

衡量儿童文学发展水准的尺度

评估一个国家、一个地区的儿童文学发展水准,理当有客观尺度。一个国家、一个地区的儿童文学处在什么水准上或已达到什么水准,不能光看该国家、该地区的作家和评论家自己怎么说。这和该国家、该地区的历史长短、人口多寡都没有必然的正比关系,与经济发达程度的关系也不直接和密切。尺度的客观性拒绝承认"人多势众""财大气粗""历史悠久""物产丰富""霸权地位"。

世界儿童文学独立发展已经至少有一两百年的历史。我们已经有可能从对这一两百年儿童文学现象的考察中,从对儿童文学读物流传、影响和受儿童欢迎的情状中,从儿童文学实践活动的经验中,归纳出一些国际公认的衡量儿童文学发展水准的尺度来。事实上,确也有人做过这方面的努力。我归纳了一下,这些尺度大体是:

看具体一个国家、一个地区把儿童即国家和民族的未来放到国家或地区的一个什么地位上来重视;看具体一个国家的国策怎样对待儿童;看具体一个国家的领导人、精英集团和广大民众怎样认识儿童,对儿童和他们的世界了解、理解和研究到了什么程度。儿童文学的创造往往是从对儿童和儿童世界的认识和研究始发的。也就是说,任何一件专意为儿童创造的作品,都打上了作者对儿童认识的胎记。并且,有多少种儿童观就会有多少种儿童文学观,也就会有多少种儿童文学。

看这一国家或地区的作家与儿童思维相适应相投合的那种文学想象力解放到了什么程度,我们不能去指望一个文学想象力受到多方多种束缚(例如来自宗教的束缚,来自政府、政府领导人的束缚)的国家和民族,能产生卓越的、天才的、不朽的儿童文学作品。艺术想象的自由和艺术表现的自由,是作家创作高水准、高品位作品的前提条件和精神条件。因此,摆脱束缚和干预,在有的西方国家就被认为是解放艺术生产力的前提。

看一个国家产生和积累了多少其影响超越国界的作品。一个国家的儿童文学其穿越国界、政体隔阂和宗教樊篱的能力,其被介绍被翻译的状况,其被他国被国际认可和接受的程度,其被世界儿童文学史肯定的程度,乃是衡量一个国家、一个民族、一个地区儿童文学发展水准的重要标尺。人的意志、资产等外在条件不能在这上面有什么作为。而公认的国际性儿童文学奖颁授的状况自然成了衡量该国家该地区的儿童文学发展水准的较为可靠的依据。这类评奖也可能存在偏见,存在不公正的问题,但倘在"偏见""不公正"之类的诿辞中寻找自慰,于本国本民族的儿童文学发展定然有害无益。

看一个国家或地区专门为孩子创作文学读物的作家的数量——即平均多少人口中有一位为孩子进行文学写作的作家。

看一个国家或地区的孩子挑选儿童文学作品的余地是否宽广,看内容、形式、风格的

多样性能否满足各种年龄性别的少年儿童的需求。在一个内容、形式、风格上多有创新，不断拓展艺术表现领域，且儿童喜闻乐见的文学书籍琳琅满目的国家和地区，那里的儿童应该是幸运的。

看一个国家为儿童文学图书配图、插画的艺术质量在多大程度上提增了儿童文学图书的生命强度。

对儿童文学发展起推进、保证、辅助作用的研究、批评的力量，和有关的儿童文学机构设施，如专业书店、图书馆、阅览室、出版社、剧院、研究所、各种协会和学会以及它们的运作、活动的数量和质量，也是检视一个国家或地区儿童文学发展水准的愈来愈重要的方面。

还要看一个国家或地区对真有艺术力量的优秀作品、真有指导意义的理论批评著作是否受到鼓励和奖掖，奖掖的程度和力度如何。

通过上述尺度，我们大致能够勾勒出一个国家或地区的儿童文学发展轮廓，也大致能客观地衡量出其发展的水准。泡沫性质的繁荣一定经不住以上尺度的衡验。

儿童文学和成人文学

我们研究儿童文学，往往需要将它置于同成人文学的比较中来进行，从比较中考察它与成人文学的联系和区别。联系，可以从成人文学中获取丰富的借鉴；区别，则是因为儿童文学毕竟需要强调它对特定年龄读者的适应性。

从历史上看，几乎每一种文学思潮都影响过儿童文学的发展。浪漫主义成熟了童话，而现实主义则加强了童话与现实生活的生动联系，同时促成了儿童小说的产生、发展和成熟。

几百年来，儿童一直在成人文学中攫取自己的读物，纵然是世界儿童文学如此丰赡、繁富、多样的今天，孩子也依然在成人文学中攫取自己的读物。儿童的"胃口"总是特别好，天性使他们爱"生吞活剥"。

成人文学和儿童文学之间，历史上本来存在一个"中间地带"。这一中间地带里有儿童文学最美丽的风景。中国人已经熟知的有《最后一课》（法国：都德）、《万卡》和《渴睡》（俄罗斯：契诃夫）、《最后一片藤叶》（美国：欧·亨利）、《热爱生命》（美国：杰克·伦敦）、《吹牛大王历险记》（德国：拉斯别、毕尔格尔）、《小耗子》（埃及：台木尔）等。这片"中间地带"的风景美丽而宽阔。仅就马克·吐温的两部"历险记"而论，难道它们仅仅是巍峨葱茏，而没有广远的延伸么？况且还有莎士比亚戏剧故事、列夫·托尔斯泰的《高加索的俘虏》、高尔基的《燃烧的心》，还有拉·封丹和克雷洛夫的寓言、普希金的童话诗、王尔德的童话也在这个范围，就是中国读者熟知的作家的名字也能排列很长一串，而当今中国研究者和读者不太熟悉却已经多见于理论书和选本的一些作家的名字，例如沙米索、肖洛姆·阿莱汉姆、卡·恰佩克、艾·巴·辛格，他们的作品令涉猎者拍案叫绝、叹为观止。当然，它们首先是诱俘了成人读者。热心于为孩子提供精神营养品的热心人、选家、出版家遂将它们挑选出来，作为精品向孩子们推介，认为这是孩子应该接受、可以接受，成人应该帮助孩子接受的文学精华。希望孩子们通过对这些作品的阅读，加深他们对人性和人生的理解，带引他们早早进入文学艺术瑰丽的殿堂。

儿童文学和成人文学的终极标准，都是艺术生命力——由文学灵气、艺术才华、魅力、震撼力、渗透力和影响力所决定的艺术生命力。在艺术生命力面前，儿童文学和成人文学平等地受到世界的时间的无情检验。一首不朽的儿歌和一部文学巨制应该是平等的。艺术生命力的强大和持久，不在于作品是谁写的，也不在于书写得有多厚，而在于其本身的美学内涵，在久年磨砺中是否残损得不足取不足道了。

很多西方作家认为文学就是文学，"儿童文学"是某些人为了理论研究的需要才提出来的。他们认为文学之外有非文学，文学之内没有成人文学与儿童文学之区别。当然，专为孩子提供文学读物的作家队伍 20 世纪在各国都已先后形成，他们更强调儿童文学是一个以自己的整套法度和规矩区别于成人文学的独立王国，它拥有自己的主权，它不是成人文学的附庸，它是站在成人文学大树旁边的另一棵大树。

应该强调的是，儿童文学和成人文学创作的逻辑起点是不同的。儿童文学为使孩子乐于接受，必须鲜明地张扬自己的特质，它具有童心世界那种独特的纯真美、欢愉美、变幻美和简洁美。儿童文学也不像成人文学那样强调民族和历史的文化纵深感，它的时间、空间常常被虚化，背景常常被淡化，环境常常被乌托邦化，在以大幅度艺术假定为创作原则的童话中尤其如此。所以儿童文学先天地便于流传。它是文学中最世界最人类的文学。

儿童文学和成人文学相比较，它是一种更理性的文学。理性表现在社会要求儿童文学作家要有更强的社会责任感，需要作家去引导孩子思考真理与谬误、正义与非正义、高尚与卑鄙、美善与丑恶、诚实与虚伪、勇敢与懦弱，思考个人对社会的责任和义务，思考一个人活在世上究竟为的什么，等等。

儿童文学作家为了赢得读者，愈来愈懂得真实性、趣味性、游戏性、神奇性、惊险性、热闹性和喜剧性在内容和艺术表现上的特殊意义。

同成人文学相比较，儿童文学的创作更多倚重、利用民间文学的因素。在研究儿童文学尤其是在研究童话的理论活动中忽视、轻视、无视民间文学的丰富滋养，是与国际研究状况背离甚远的现象，是一种理论盲视是一种自我愚蠢。

成人文学拥有儿童读者，儿童文学则更易拥有成人读者。儿童文学通向成人读者的途径和渠道比我们想象的要多。当有的成人文学评论工作者以趾高气扬的贵族姿态对待儿童文学的时候，寻常百姓却饶有兴味地接受着儿童文学。优秀的儿童文学作品，读者一生都在"反刍"它们，咀嚼它们，一生从它们中间汲取营养。

当然，要让读者读一生的儿童文学，确实有千万条理由应当比成人文学写得更好些。

更重视宝库文学的参照价值

不妨将我国近半个世纪存在过和存在着的儿童文学分成这样几类：

第一类是体现长官志趣的儿童文学。封闭是这类文学产生的前提，一统是这类文学普遍的特征。它和非人格化的政治体制相一致，和绝对统一的计划经济相一致。在这类文学中，创作构思和写作技巧都自觉地成了服务于政治宣传的工具且不论这种政治宣传的确当与否。

第二类是旨在教喻实用的儿童文学。它明显的图解性和药物性很容易被一部分缺乏艺术涵养的作者、教师、辅导员、家长所接受，孩子在他们的热心推广中神会了儿童文学的实用性；在此，儿童文学的本质在孩子心目中一开始就被曲解了。

第三类是在艺术上有着自觉而独立追求的儿童文学。中国儿童文学的希望和幸运正在于艺术上自觉独立追求的作家数量越来越多，形成艺术表现上的多元化格局。

第四类是世界各国用几百年时间积累起来的宝库文学。这类文学作品的艺术生命力和艺术影响力已毋庸置疑,它们是全人类特别是全世界儿童共同拥有的文学财富。

这一部分宝库文学对当前的文学实践有重要的指导意义和参照价值。我们这十多年对宝库文学的译介和出版虽然较为零乱和散漫,但毕竟把东西方广为流传的宝库文学基本上陆续出全了,它们已经在我们面前形成了一个庞大的参照体系,只是我们一些被出版机构娇宠的作家总是来不及从它们中间汲取艺术营养,以增强与世界儿童文学优秀作家并驾齐驱的能力。

参照就是把中外优秀儿童文学作品的示范功能充分发挥出来,从一个个卓越的范例中寻找、归纳出评价自己、评价他人作品的价值尺度。这种价值尺度既可以是抽象的,也可以是具体的。如果我们能够充分重视宝库文学的参照价值,那么超越自己、突破自己也就有了理想的标准。

曾经有一个女学生问俄罗斯的著名儿童文学作家盖达尔:你是怎样当上作家的? 盖达尔不是把问题回答得玄乎其玄、神乎其神,而是把问题回答得很具体:你到图书馆里去把果戈理整套全集统统借来,按顺序一卷一卷地读下去;读完之后,再摆到自己面前,再从头读起。盖达尔自己确实是这样做的。当然这只是一个实例,但其中深长的意味却使我们领悟到参照的意义。中国如果要出现一个、几个或许多个像盖达尔这样被世界公认和敬佩的作家,难道不该从盖达尔的范例中获得一些启示吗?

反观新时期以前数十年的中国文学,由于某种程度上模糊了文学和非文学、文学与宣传的界限,疏离了文学作为一种以语言为表现手段的艺术、作为一种美的载体的本质,我们的文学一定程度上已经"沙碛化",已经难于期待在这样的苑域生长百花和繁树。究其原因,其中之一即是我们失去了一个足以构成体系的文学参照。文学"沙碛化"乃是闭关锁国在文学方面的必不可免的惩罚。而新时期文学的多元艺术追求所造成的百花齐放、百舸争流的局面,原因之一即是此时我们可以很方便地从四面八方、全方位地获得世界文学的参照。创作实践和理论研究均是如此。相对来讲,理论研究或许是更清醒、更理智地重视了这种文学参照的价值和意义。

为了超越,为了突破,我们应该从对宝库文学的参照中去建立我们的文学期待。

呼唤生就的儿童文学作家

1970年,联合国教科文组织所辖的世界性儿童图书评议机构"国际少年儿童图书协会",把镌有安徒生头像的金质奖章授给意大利的一位世界儿童文学泰斗贾尼·罗大里(1920—1980)。这位出身面包师家庭,"在面粉口袋和煤炭口袋之间"度过童年的童话大师,在领奖时说:"我认为写童话之类的幻想故事是一件很有意思的工作。从某种意义上说,这是件娱乐工作,而且很少有这样的工作,既能娱乐,又有利可图,还值得给个奖。"

世界上真的很少有像写童话这样的工作。写童话的人用幻想娱乐自己,同时又向世界上最可爱的人类群体——孩子们提供幽默和欢笑。在阅读的欢笑声中,孩子的想象受童话小马达的牵引驰上了五彩缤纷的大道:去假设一个比我们现在生存的世界还要美好的世界,并为它的实现而努力奋斗。在欢笑声中,童话给了孩子们一把钥匙,孩子们可以用它去打开人生、世界之门。于是,在孩子眼前顿然展现奇妙又平常的社会现象,由于童话作家的筛选提炼和艺术加工,这种纷纭复杂的社会现象变得可以被孩子理解了。

罗大里在结束自己的领奖演说词时说:"我们必须一起来探索,用各种语言、激情、真诚和幻想审慎地为孩子们写些故事——写些逗他们大笑的故事。这个世界再没有什么比孩子的笑更美的了。如果真有那么一天，全世界的孩子一个不漏地全笑了，那必然是个伟大的日子，让它到来吧！"

罗大里说的是童话，其实儿童小说、童诗，都应该写得让孩子看了轻松愉快。我以为罗大里说的创作儿童文学是一件"娱乐工作"，是说作家创作儿童文学作品时，应该具备一种"玩耍"的心态，即游戏心态。

一个人的成熟往往是以丧失童真为代价的。童年时代能把一切都变成游戏，却又能把一切游戏都当真。孩子的生活内容主要就是"玩"。淘气是孩子内心的一种渴望，就是说，渴望淘气是孩子尤其是男孩子的一个规律；疯闹、瞎起劲，对于孩子来说，自然又正常；如果再从婴幼儿时期看，那么，谁都知道，在客人裤子撒一泡尿，在客厅里拉一泡屎都是他们可享受的权利。人一天天长大，就一天天学会负责任。离开童年，意味着离开家庭这个充满温馨的堡垒。当人学会了独立和负责的时候，他就获得了一件人生礼物——成熟。而人一旦成熟，对游戏就再不会持以儿童那种认真的态度了。

儿童文学作家应当具有一种独特禀赋——这种禀赋就是一直到老都保持与自己童年和人类童年的精神联系。具体地说，他们应当是一辈子都在记忆中保留童年时代游戏生活的体验，能回味在游戏中如何奔跑、嘶喊、打闹，如何进入痴迷的、幻想的状态。

游戏的本质是愿望的达成。它能幻化、实现儿童在想象中的自我形象。每一个想要把作品打进孩子群中去的儿童文学作家，都应当让小读者沉醉在洋溢趣味的阅读中，达成他们的愿望。因此，如何秉持童真、反观自己的童年，察悉儿童的生活，揣摩儿童的心理，把握儿童的游戏性思维特点，以丰富活跃的想象力，以生动活泼、诗意盎然的幻想力，来打动孩子，实现孩子的心灵期待，就成了儿童文学作家面临的一个挑战。19世纪俄罗斯伟大的文学批评家维·格·别林斯基（1811—1848）有一句名言："儿童文学作家应当是生就的，而不是造就的。"能否胜利地回应面临的挑战，乃是儿童文学作家是"生就"抑或"造就"的分水岭。一个为孩子提供文学读物的作家有没有足够的天赋、才华和灵气，也就在这一考验中泾渭分明。

一个"生就"的儿童文学作家，他总是具有这样的心理素质：随时都能以轻松愉快的心态进行创作，自由自在地听从心灵的驱遣，表达自己的心象世界和生活体验。

最能以游戏心态写作的作家中，北欧有林格伦、扬松、埃格纳和普廖申，德国有普雷斯勒，英国有罗·达尔，美国有埃·怀特和琼·艾肯，俄罗斯有尼古拉·诺索夫……他们的幻想作品和写实作品简直是给儿童文学闹了一场开心的革命；他们的作品向世界频频发出幽默冲击波，为孩子们的生活倾注了无穷趣味。

（原载《儿童文学研究》1996年第1期）

论儿童文学作家的类型

黄云生

作为一个特殊的作家群体，人们似乎已经赋予儿童文学作家比较明确的类的规定性含义了。然而，当我们翻开儿童文学史来作具体审视和系统考察时，又会发现这里存在着错综复杂的情形，有时甚至会觉得眼前飘过了一阵烟雾，那个本来还算清晰的儿童文学作家类群印象忽然又变得模糊不清了。

于是，进一步划分儿童文学作家类型的必要性被强调了出来。

划分作家类型，其意义是显而易见的。因为它本来就是研究作家的一种手段，一个角度，对于深入剖析作家的主体构成，了解作家的社会联系及其在创作中的地位，都是十分必要的，不失为一种有效的系统研究方法。

按照不同的标准，可以把作家划分为不同的类型，比如，按社会职业可划分为专业作家和业余作家，按体裁专长可划分为诗人、小说家、剧作家、散文作家，按创作心态可划分为思索型和激情型，抑或按性格特征可划分为知觉型、感觉型和幻觉型，等等。这些标准，自然也适用于划分儿童文学作家的类型，但是我并不打算照搬这些标准，因为这样划分儿童文学作家的类型，还是难以理清儿童文学作家群体的那些纷繁的头绪，也无法揭示儿童文学作家的自身特点。

儿童文学作家类型的划分，应该有自己独特的角度。这个角度起码应该为揭示儿童文学作家的自身特点提供可能性。

作家是以作品而存在的，只有他们写出来的作品被人们称作儿童文学，他们才会被认为是儿童文学作家。同时，儿童文学作品主要是给儿童欣赏阅读的，儿童文学作家的创作思想和创作方法就有必要和儿童读者年龄阶段上的种种特点相一致。因此，考察儿童文学作家的特殊性，必须首先提出的问题应该是："他们为什么创作儿童文学？"或者是："他们为什么能够创作出儿童文学？"正是从这里获得的答案中，我们看到了儿童文学作家千差万别而又殊途同归的个性。

由此可见，从人们之所以走上儿童文学创作道路的主观原因，从他们创作儿童文学的内在动力来划分儿童文学作家的类型，也许是比较切合实际的。

我们不妨把这样划分出来的类型叫作动机类型。

这里所说的"动机"，毫无疑问是指创作动机，人们把创作动机的研究看作是创作理论研究的重要环节，它可以从一个特定的角度加深我们对于作品产生原因的理解；而我们通过对它的分析和归总来考察儿童文学作家的类型，更是期待着有益于深入了解儿童文学作家特殊心理构成的规律。

一般地说，所谓创作动机，乃指人类文学创作行为的心理驱力，也就是指那些引发、推动并维持作家进行文学活动的内在力量。心理学家认为，这种创作上的"内驱力"，是由那种导致创作行为发生和发展的需求、愿望或观念等引起的。而不同作家往往有各不相同或不尽相同的需求、愿望或观念。于是,不同的作家类型产生了。

在儿童文学日益走向自觉的今天,绝大多数儿童文学作家都有明确的"为儿童创作"的目标。而这一明确目标正是"自觉"的儿童文学作家的标志。但是在"自觉"的儿童文学作家类群中,仍然还有几种有一定差异的儿童观或儿童文学观,从而形成了几种具有一定代表性的动机类型:

第一种是"教育"型的儿童文学作家。他们抱着一种教育责任心来从事儿童文学活动,总是把儿童文学和儿童教育联系在一起,从儿童文学的历史发展来看,这一类型的儿童文学作家占有毋庸置疑的主导地位。尤其在中国,历来重视"文以载道",儿童文学作家对于自己所负的教育培养新生一代的责任,从来不敢掉以轻心。鲁迅在"五四"时期喊出的"救救孩子"的声音,一直回荡在中国现当代儿童文学作家的耳畔。"儿童文学是教育儿童的文学"这一响亮的口号,至今还具有相当广泛的权威性。"浇灌祖国花朵"也罢,"塑造民族灵魂"也罢,提法各有所异,教育之心则一。如果对儿童文学作家的出身作一调查分析,中小学和幼儿园教师或其他教育工作者占了绝对优势。这本身就很能说明问题。尽管也有一些人抱着"开辟新路"的愿望,试图摆脱教育动机的规范,但在创作行为上似乎至今还没有多少越规逾矩的动作。而对文学教育的功能和途径的认识却在作家的创作心理中悄悄地演变、更新和深化。

第二种是"社会使命"型的儿童文学作家。这一类型的儿童文学作家往往同时又是成人文学作家,或者至少是把自己纳入整个时代和社会的文学大局之中,他们的儿童文学创作总是和特定时代的社会思潮和文学流派相合拍的。最有代表性的是"五四"时期文学研究会的作家们,他们高举"为人生"的旗帜,不论在成人文学创作还是在儿童文学创作中,都以展示社会、认识人生为目的。叶圣陶终于从"孩提的梦境里"惊醒而"把成人的悲哀显示给儿童"①。20世纪30年代的张天翼也是如此,他主张儿童文学应该描绘"真的世界"、刻画"真的人"、讲"真的道理",让儿童正视现实,直面人生,认识社会。这一类型的儿童文学作家,和"教育"型的儿童文学作家在愿望和观念上是基本一致的,他们都有一个"育人"的目标;只是着眼点有所不同,一个强调社会使命,一个突出教育责任。

第三种是"娱乐"型的儿童文学作家。这一类型的儿童文学作家在观念上是和前两种类型相对立的。主张"儿童文学是教育儿童的文学"的儿童文学作家尽管也讲究儿童文学的趣味性和游戏性,但只是把它们当作手段,其目的仍在教育。"娱乐"型儿童文学作家则不然,他们认为那些严肃的说教会使孩子感到疲劳和厌倦,儿童年龄阶段上的特点决定了他们只需要游戏娱乐,因而儿童文学是"无意思之文学",只要孩子们喜欢看、有兴趣就好了,用不到人教的。这类作家在西方一些国家比较普遍,而在中国则不多见。对于那些前几年被称为"热闹型"的童话作家也要作具体分析,因为其中不少童话(甚至可以说是多数童话)看上去十分"热闹",其实并非以"娱乐"为主要目的的,他们的宗旨依然是"寓教于乐"。

这三种儿童文学作家的动机类型,是统一在"为儿童创作"这样一个总的动机之下的。"教育"也好,"娱乐"也好,都是为他们的儿童读者着想的。因此,都可以把他们称作"自觉"的儿童文学作家。

值得注意的是,儿童文学史上错综复杂的情形告诉我们:除了"自觉"的儿童文学作家外,还有那么一些被公认的儿童文学作家,就其创作的初衷来说,并非"为儿童",也压根儿没有想过自己所写的作品能够适合儿童欣赏阅读,而他们的某些作品又偏偏奇迹

般地被儿童文学所认同。据说贝洛当初创作《鹅妈妈的故事》的情况就是这样。贝洛只是想通过这些童话故事含沙射影、旁敲侧击地揭露宫廷贵族的阴险奸诈，因为他卷入了当时法国文坛的一场严肃的大论战。不料想，他却因《鹅妈妈的故事》而成为享有世界声誉的、具有里程碑意义的童话作家。更令人吃惊的则是荣格在接受 1964 年全美国图书奖时发表的那番演讲了。他说道："经历了 20 多年的写作生涯之后，我至今仍然不知道我写的书是为什么年纪、什么年级、什么读写能力的儿童写的。我不过是写出我内心的东西，而且我写作的目的也是为了我自己……"[②]如果说，贝洛的事例发生在 17 世纪末，儿童文学尚处于不自觉的时代，还不足以说明当代儿童文学作家的创作动机，那么荣格的"为自己"写作的声明却发表在儿童文学早已进入自觉时代的当今，又该怎样解释呢？

由此可见，从创作动机看，儿童文学作家的诸类型并不能全部归统在"为儿童创作"的目标之下，还有一些儿童文学作家是没有明确的"为儿童创作"的目的的，也许可以把他们称作"自发"的儿童文学作家。

然而，"自发"的儿童文学作家也有他们各不相同或不尽相同的创作动机，他们无意创作儿童文学却能写出适合儿童欣赏阅读的作品，这是因为他们有一种特殊的心理驱力。构成这种特殊的心理驱力的因素十分复杂，包括某种气质、性格，某种特殊的心理变异，某种特殊的感情力量，某种特殊的记忆和体验等。综合一下，大致也可划分为三种类型：

第一种是"童心"型的作家，即日本儿童文学理论家上笙一郎称为"具有儿童般天性"的作家，"他们虽已成年，但在心理上却保留着比一般人远为强烈的精灵崇拜的倾向，属于具有非常丰富的幻想力的性格类型"，"其作品自然而然地成为儿童文学"[③]。一般地说，一个真正的儿童文学作家，就其性格、气质而言，比起成人文学作家，大都更多一些"童心"。但这里所说的"童心"型作家，乃指那些并非自觉于儿童文学创作的作家，只是他们的创作心理非常接近儿童心理。这类作家最容易在两个天地里激发起创作冲动和创作灵感：一是神话天地；一是儿童天地。在这两个天地里，他们如鱼得水，自由腾跃，追溯儿童文学的历史，我们很快能够发现许多作家连他们自己也不明白，为什么会从神话领域、民间文学领域走进儿童文学领域。天真烂漫的儿童世界，或许可以称作现实生活中的神话天地。当作家和这个世界心心相印、融成一体时，他们奉献给读者的艺术之果也就自然而然地与儿童文学联系在一起了。泰戈尔被人们称作"孩子的天使"，他总是喜欢化身为孩子来和大千世界对话。他的《新月集》，尽管如郑振铎所说，"它并不是一部写给儿童读的诗歌集"[④]，但是许多人还是把这部诗集中的一些作品称作"儿童文学的典范之作"。事实也是如此，《新月集》中的一些佳作，丝毫也不会比通常所称道的那些儿童诗更少儿童味。

第二种是"儿童崇拜"型的作家。这类作家，和"童心"型作家，从表面看毫无二致，其实不然。这里需要说明一下的是：我国古代的"童心"说，其核心论点恰恰是"儿童崇拜"；我在这里所使用的"童心"概念，无非是现在人们常用的"儿童心理"的意思。虽然"儿童崇拜"型的作家也赞美儿童，认为儿童世界是纯真美好的理想国，但是他们和"童心"型作家的立足点不同。"童心"型作家一味地"沉浸在孩提的梦境里"，他们化身为儿童而不能自已，是他们特殊的性格和气质使然；而"儿童崇拜"型的作家却始终站在成人立场上，他们赞美儿童，主要是一种反社会情绪的表现，是一种厌世和避世的感喟。他们与现实社会格格不入，试图寻觅一方精神上的"净土"和"乐园"。"儿童崇拜"的情绪和意向，正是在这个意义上产生的。因此他们崇拜的"儿童世界"和陶渊明幻想出来的那个"桃花源"，乃至信徒心目中那个上帝居住的天堂，也没有多大的区别。但是，这种"儿童崇拜"的内在驱力引发和推动作家去追求儿童心理、儿童生活中的妙谛，并加以艺术表现，这就是他们的某些作品也被儿童文学所认同的原因所在了。

第三种是"童年回忆"型的作家。粗一看，"童年回忆"是一个题材问题，其实这里要强调的是一种创作心态。这类作家往往有一个难忘的童年，也许是充满苦难的，也许是幸福和美的，但是他们长大之后一回忆起来就心旌摇荡，情不自禁。按照儿童心理学的观点，童年的那些最深刻的记忆，往往构成一个人的基本的思维类型。在文学创作活动中，那些最先进入生命意识的深刻印象最容易复现出来，并形成强大的驱力，产生创作动机。这就可以明白为什么有那么多经历坎坷的作家都在自己的作品中叙述过童年时代的美妙记忆了。列夫·托尔斯泰在桑榆晚境中还时时怀念自己的童年时光和写作《童年》时的情景（《童年》是托尔斯泰的第一部作品），他在《童年》中对母亲给予他的温存抚爱的回忆，叙写得那样真切感人，他把童年回忆当作照亮自己的精神境界的明灯，当作快乐幸福的源泉。在这样心境中描绘出来的作品是最容易具备儿童文学的自然气质的。马克·吐温在美国西部边疆和密西西比河畔度过他的童年。他说道："……我用心灵摄下的成千上万张视像，只有早年那很清晰、最分明的一张留了下来。"这就是他笔下的《汤姆·索亚历险记》和《哈克贝利·费恩历险记》两部被世人称作当之无愧的儿童文学名著。这类事例，在中国也是不胜枚举的。如果说刘真现在是一位"自觉"的儿童文学作家，那么1951年她之所以写出第一篇儿童小说《好大娘》，其创作的内在原动力却是比较单纯的"童年回忆"。"童年给我印象最深的那几年生活，总是在脑子中转……"她这样说，"于是，我又写出了第二篇小说《我和小荣》。从文学讲习所学习完以后，我又写了一些童年的故事，比如《长长的流水》《在路上》《核桃的秘密》《红枣儿》等。总之，是我的童年不平常的生活，使我写起儿童来的。"⑤

以上三种类型的儿童文学作家，尽管有不尽相同的创作愿望，但是有一点却是完全一致的，这就是：他们的创作都指向"自我表现"。"自我表现"这一命题，在一般文学创作活动中，并不会引起人们的多少注意；但在以儿童为主要读者对象的文学对话中，却不能不引起人们深深的思索：成人作家的"自我表现"，为什么会被儿童文学所认同？为什么能够被儿童读者所接受？这自然是因为其中有一种机缘，有一个契合点。当我们把这些并非以"为儿童创作"为目标的、"自发"的儿童文学作家划分成三种动机类型加以考察时，似乎已经看到了其中机缘和契合点。

至此为止，我们已经把儿童文学作家划分为两大类六小型，即"自觉"类和"自发"类，"教育"型、"社会使命"型、"娱乐"型和"童心"型、"儿童崇拜"型、"童年回忆"型。

其实，这样划分儿童文学作家类型也并非出自我的别出心裁。日本儿童文学理论家上笙一郎在他的《儿童文学引论》及其他一些论文中，大致上也是这样划分儿童文学作家类型的。只是他没有明确使用"动机类型"的概念，但他所说的成人从事儿童文学的"态度""立场"，和我所说的"动机"，其意思也是大同小异。他虽然也没有把儿童文学作家划分为"自觉"和"自发"两大类，但他在划分具体类型时又考虑到了这两大类动机的有关内容，比如在《关于两种儿童文学——艺术的儿童文学与大众的儿童文学》一文中把成人从事儿童文学的态度划分为三种类型：第一种是"出于儿童的天性"，第二种是"出于对自己

童年的怀念"，第三种是"出于想要把某种东西传授给儿童的成人的愿望"。

此外，美国学者基梅尔在他的《儿童文学论初探》中按照人们不同的"童年观"，归纳出儿童文学四种不同的基本倾向，其实也反映了儿童文学作家动机类型的划分。他在总结四种基本倾向时写道："总之，我们可以说，神话倾向的作家与孩子们融为一体；说教倾向的作家却教训孩子；卢梭主义倾向的作家使孩子们愉悦；虚无主义倾向的作家则赞美孩子，可是最终又抛弃了他们。"⑥

在中国，人们也注意到了儿童文学作家群体的复杂情形。王泉根在题为《一种蠡测：中国儿童文学的流派》的论文中，首先肯定中国儿童文学有流派（亦言学派），接着就将"五四"迄今，我国儿童文学客观存在的流派"列出五种："儿童文学社会学派""儿童文学游戏学派""儿童文学教育学派""儿童文学心理学派""儿童文学未来学派""儿童文学比较学派"。虽然我以为他的有些提法还可以商榷（比如这些文学现象值不值得称作流派，所谓文学流派是否可以笼而统之地"亦言学派"等），但是他注意到了"产生儿童文学各种流派的根本原因在于成人作家的'儿童观'"。这是说到本质上的。从创作的角度看，"儿童观"乃是作家从事儿童文学活动的"动机"。王泉根在这篇论文里写道："儿童文学社会学派主张引领儿童，通过文学作品的艺术世界引导、带领儿童进入社会人生的大千世界，帮助下一代正确认识、理解与把握社会人生的各个方面，从而使之由一个'自然的人'逐步成熟为'社会的人'。儿童文学教育学派主张教育儿童，教育在任何时候都是必要的，通过文学作品教育、感染年幼一代，使之符合社会既定规则与既定的文化模式，并在其中发挥作用，这是教育学派的终极目的。儿童文学心理学派主张顺应儿童，按照少年儿童身心发展的规律与特点，为他们提供尽可能丰富与适契的作品，伴随着他们的人生黎明时期，积极愉快地走向成熟，走向人生。儿童文学未来学派主张锻造儿童，塑造新的国民性，使未来一代成为适合未来社会发展需要的新人。"这段话，其实比较明白地阐述了几种类型的儿童文学作家的创作动机。

从上面所引国内外三位学者关于儿童文学作家群体分析的例子看，他们的基本思路可谓不谋而合。他们对儿童文学作家现象的研究，归根结底都落实到了成人作家的"儿童观"和"儿童文学观"上。

把儿童文学作家划分成几种类型，三种类型或者五种类型，这并不重要，重要的是这种类型考察的基本思路，应该为深入研究儿童文学作家提供启示。

那么，把儿童文学作家按照动机标准划分为两大类六小型，是否也给人们提供了什么启示呢？

明眼人也许早已看出这种划分，并非十全十美的，当我们拿这些类型来具体衡量一个儿童文学作家时，很快就会发现一些互相交叉和互相矛盾的现象。比如安徒生，这位人们一提起儿童文学就会想起他的名字的伟大童话作家，他属于哪一种类型呢？毋庸置疑，他是一位"自觉"的儿童文学作家，他在1835年出版第一部童话集《讲给孩子们听的故事》时就声言："我现在要开始写给孩子们看的童话了，我要争取未来的一代。"他有时在童话中深刻地描绘社会现实，抨击剥削者的残暴、虚伪和愚蠢，同情被剥削者的悲惨命运，有时又把对人格的追求精神、人生的痛苦经验和崇高的道德观念寄寓在艺术的叙述里，而有时却只看到他在自己的作品里和孩子们尽情地游乐和逗趣……那么他是属于"社会使命"型？"教育"型？还是"娱乐"型？不仅如此，我们知道安徒生是一个"自我表现"意识强烈的作家，因此他实在也是一位地道的"自发"的儿童文学作家。他是一位有最丰富的童心和诗才的作家。别林斯基说过："儿童文学作家应当是生就的,而不应当是造就的。这是一种天赋。"⑦安徒生是童话天才。他不仅有儿童般的天性,而且是个十足的"儿童崇拜"者,同时他的童年"像一件永远穿不破、也不嫌小的色彩斑斓的外衣,从这件奇异的织物上他剪下鲜明灿烂的各色小布片,来点缀他的童话故事,使它们光华四射,栩栩如生"。⑧他是一位名副其实的"童年回忆"型的作家……

通过对安徒生的衡量,我们似乎会忽然感到这样的类型划分毫无意义。真的毫无意义吗? 不。需要说明和值得思索的问题,正是在这里。

首先,心理学家们认为,每个从事文学活动的人,其创作动机都不是单一的,马斯洛说:"人是永远有所要求的动物。"他认为人有多种基本需要的目标,而"这些基本目标是互相联系的,并排列成一个优势层次。这意味着,最占优势的目标支配着意识,将自行组织去充实有机体的各种能量。不怎么占优势的需要则被减弱, 甚至被遗忘或否定。但是,当一种需要得到相当良好的满足时,另一优势(更高)的需要就会出现,转而支配意识生活,并成为行为组织的中心,因为满足的需要不再是积极的推动力了"。⑨这就是说,任何一个作家的创作动机完全可能因优势目标的转换而转换,此时和彼时出现不尽相同的创作动机是不足为怪的。以此理由来解释安徒生何以会兼具多种动机类型的特征,也就顺理成章了。

其次,儿童文学作家的动机类型,并不是用来让现实生活中的儿童文学作家对号入座的。它只是一种观念性的作家类型,或者说假定性的作家类型。事实上,在现实生活中,并不存在纯粹的儿童文学作家。安徒生也不是纯粹的儿童文学作家。且不说他一生写过在数量上大大超过他的童话作品的小说、剧本、诗歌、散文等成人文学,即使在他的被人们称作童话的 168 篇作品中也有不少篇章其实并非儿童文学。然而,这并不影响我们把他称作儿童文学作家。因为当我们用动机类型来衡量他时,就毫不犹豫地主要抓住在他的文学活动中的儿童文学因素。同样,我们用动机类型来解释儿童文学作家群体中各种错综复杂的现象,使之条理化。这正是动机类型的存在价值之一。

再次,也是更主要的,儿童文学作家动机类型的划分,引起了我们对深入研究儿童文学作家特殊心理构成规律的兴趣和思考。我们已经注意到了创作动机作为一种文学活动的心理驱力,其构成因素确乎十分复杂;而不同类型的创作动机的考察,更展示出儿童文学作家异彩纷呈的心理状态。此外,我想特别强调的是两大类的划分。因为在通常情况下,人们只关心"自觉"的几种儿童文学作家类型,仿佛"为儿童创作"这一目的性已经把儿童文学作家的全部动机涵盖其中了;而事实上,如前所说,任何一个作家从事儿童文学创作,都不止一种动机在诱发和推动,尤其是被称作"自觉"的儿童文学作家,往往同时还有一种并非属于"自觉"类的潜在的动机在发挥诱发和推动作用,那些不是有意识指向儿童读者的"自我表现"动机,或多或少地存在于每个优秀的儿童文学作家的创作心理之中,"自觉"的动机和"自发"的动机往往互为表里,综合成一种非常独特的心理驱力,引发和推进他们的儿童文学创作活动。不论是张天翼还是贾尼·罗大里,他们鲜明的政治倾向和强烈的社会使命感,让人一下子便知道他们属于"自觉"类的儿童文学作家;但是,他们如果不具备与儿童息息相通的那种"童心"和机智幽默的性格以及幻想奇才的表现欲望,张天翼要创作出《大林和小林》、罗大里要创作出《洋葱头历险记》,是绝对不可能的。这就是说,一个真正的儿童文学作家,除了支配意识的正确的"儿童观"外,还应该有优质的适宜于创作儿童文学的心理机能(包括情感、思维、气质、性格等方面),因为正是这些独特的心理机能，经过整合成为诱发和推动儿童文学创作最根本的原动力。这是考察儿童文学作家动机类型得出的必然结论。

此外，儿童文学作家动机类型的划分，也为儿童文学其他方面的研究提供了基本思路。比如，我们可以把考察儿童文学作家的动机类型和解剖儿童文学的历史发展结合起来，进行中西儿童文学的比较研究。汤锐在《比较儿童文学初探》一书中，通过对中西儿童文学的起源、独立和发展过程中多种内在动机的历史考察，得出了这样的结论："西方儿童文学内在的驱动力是来自母爱般的力量"，"中国儿童文学的内在驱动力则是来自一种类似父爱的责任感"；于是形成两种性格各异的儿童文学类型：西方是"慈母的原则：'快乐'"，中国是"严父的原则：'树人'"。这样的研究自然是很有意义的，也是饶有趣味的。

最后，需要简单说明一下的是：按创作动机划分儿童文学作家类型，并不是唯一有效的方法。我们完全可以根据研究的需要，选择新标准新角度来划分儿童文学作家的新类型。我们可以相信：每一种有意义的类型考察，都会对深入研究儿童文学作家作出贡献。

[注释]

①《稻草人》序，见《郑振铎和儿童文学》，第 37 页。

②⑥《外国儿童文学研究》第 2 辑。

③[日]上笙一郎：《儿童文学引论》，第 41 页、第 46 页。

④郑振铎：《〈新月集〉译者自序》。

⑤刘真：《一些往事回忆》，见《我和儿童文学》，第 352 页、第 353 页。

⑦《俄苏作家论儿童文学》，第 7 页。

⑧[美]哈·阿顿：《神奇的世界》，《世界文学》1980 年第 3 期，第 249 页。

⑨[美]马斯洛：《人的动机理论》，见《人的潜能和价值》，第 176 页。

（原载《浙江师范大学学报》1991 年儿童文学研究专辑）

谈儿童文学的主旋律及其他

束沛德

在这天高云淡的深秋时节,国内外这么多儿童文学作家、评论家在上海聚会,怀着对未来一代的关心和挚爱,认真探讨繁荣儿童文学、提高创作质量的问题,这是一次十分难得的、很有意义的盛会。我受中国作家协会书记处和作协儿童文学委员会的委托,对'90上海儿童文学研讨会的召开,表示热烈的祝贺!预祝会议圆满成功!

我发言的题目是:《谈儿童文学的主旋律及其他》。

近年来,在我国文学艺术战线上鲜明地提出了强化和高扬社会主义文艺主旋律问题。儿童文学是整个社会主义文学的一个组成部分,它当然也不能例外,同样应当更加重视和弘扬主旋律。

什么是社会主义文艺的主旋律?对这个问题的理解,还不尽一致。在我看来,所谓"主旋律",简而言之,就是我们时代的旋律,足以充分表现我们时代精神的旋律。也就是要奏响有利于社会主义"四化"建设,能激发、鼓舞人们积极进取、开拓创新、奋发图强、艰苦创业的时代主旋律。在儿童文学领域里,对主旋律应当有更为宽泛的理解。凡是有利于培养一代有理想、有道德、有纪律、有文化的社会主义新人,表现了社会主义、爱国主义、集体主义、革命英雄主义精神,讴歌和弘扬我们时代生活中的真、善、美的,都可以说是体现了主旋律。几年前,我在一篇题为《关于儿童文学创新的思考》的文章中曾经谈道:"开拓的精神,创业的精神,改革的精神,创新的精神,振兴的精神,献身的精神,正是我们这个时代的精神。我们的儿童文学应当遵循自身的特殊规律,充分地、完美地体现这种新的时代精神。"我还谈道:"思想活跃,眼界开阔,上进心强,求知欲强,善于独立思考,勇于探索创造,对四化大业充满激情和幻想,已经成为 20 世纪 80 年代少年儿童生活、思想感情的主旋律。"我们提倡和鼓励儿童文学作家更好地描绘当代少年儿童绚丽多彩的生活,着力塑造当代少年新人形象。近年来儿童文学园地上出现了描绘当代英雄少年赖宁的作品,如孙云晓的长篇小说《赖宁的世界》、夏有志的报告文学《生命的原色——对赖宁小传的注释》等,都较好地体现了社会主义文学的主旋律。我们的儿童文学画廊里需要树立起更多的鲜明的、令人难忘的赖宁式的少年新人形象。但是,强调弘扬主旋律,并非要把儿童文学引向一条狭窄的死胡同。既要高扬主旋律,又要提倡多样化。儿童文学的题材应当更加丰富多样,艺术风格、表现方法也应当更加丰富多样。主旋律与创作题材有联系,但并非只有现实题材才能体现主旋律。革命历史题材的作品如果能感应时代的脉搏,同时代的激情、时代的精神相一致,同样可以完美地体现主旋律。如徐光耀的问世不久的中篇小说《冷暖灾星》,描写的虽是老百姓在反扫荡中掩护、送别几个小八路的故事,但它赞美和弘扬的是善良、淳朴的冀中人民所表现出来的革命英雄主义精神和我们中华民族百折不挠、宁死不屈的韧性和顽强的生命力。整个作品富有强烈的时代精神,奏出了雄壮、高昂的主旋律。就文学体裁来说,也并非只有叙事体裁的小说、报告文学等能体现主旋律，一首诗、一篇童话，同样可以激荡着我们时代的壮志豪情，充满崇高、壮美的气韵。所以，作品能否体现主旋律不在于题材、体裁、样式、表现方法，重要的是作家要有强烈的社会责任感，投身大时代的生活激流，掌握我们时代的先进思想，把握时代生活的脉搏。

强调社会主义文艺的主旋律，这是社会主义文艺的性质、方向所规定和决定的。儿童文学之所以也要高扬主旋律，是同我们党和国家期望把少年儿童一代培养成热爱祖国、热爱人民、热爱劳动、热爱科学、热爱社会主义的社会主义事业接班人这一目标和要求紧紧相连的。从这一点来说，我们可以理直气壮、旗帜鲜明地声称：儿童文学肩负着用爱国主义、社会主义、共产主义思想、革命英雄主义精神培养教育下一代的义不容辞的职责。我们不必讳言儿童文学的教化功能、教育作用、教育意义。当然，不用说，我们应当尊重儿童文学的艺术特征、特殊规律，按照儿童特点，通过生动的艺术形象来完成它的职责。前些年批判"教育工具论"，只是为了纠正把儿童文学的功能局限于教育，而根本忽视它的认识、审美、娱乐等功能，并不是也不能取消儿童文学的教育功能。何况，教育并不只是思想教育、政治教育，从培养新一代在德、智、体、美、劳诸方面全面发展的要求来说，教育本来就是包含了德育、智育、美育的。我们的儿童文学对少年儿童的教育，也是包含着净化心灵、陶冶性情、启迪智慧、培养审美能力的。我们似乎不必过于敏感，一听到弘扬主旋律，重视儿童文学的教育意义，就武断地说"教育工具论"又复活了。面对这些问题，更冷静地思索一下，把不恰当的儿童文学观念重新调整一下，还是有好处的。

弘扬主旋律，要有坚实的、深厚的生活根底。如果疏远了同人民群众和少年儿童的联系，对生活的观察、了解浮光掠影，缺乏真切的、独特的感受，对改革者、建设者、创业者的心声和赖宁式少年的精神风貌不甚了了，那么，在创作中体现主旋律也就无从谈起。孙云晓在《赖宁的世界》一书"后记"中写道："我以为赖宁最可贵的并不在于他的牺牲，而是一个小小少年的伟大追求。……我自信这是世界上最宝贵的东西。假若地球上的孩子都具有这种追求，一个辉煌灿烂的时代还会远吗？因此，我毫不犹豫地将此作为整个作品的主旋律。"他之所以能够敏锐而又准确地捕捉到当代少年新人身上体现时代主旋律的阳刚、崇高、壮美的品格、气质，对时代生活、对少年新人独具慧眼，这同他深入考察和实地采访赖宁事迹分不开，也同他长时间与少年儿童保持密切联系、富有生活积累分不开。至于徐光耀之所以能写出基调崇高、悲壮而又充满生活情趣的《冷暖灾星》，这是由于他经历了抗日战争、解放战争和抗美援朝战争，在长期的战争生涯中，同人民群众建立了血肉联系，从血与火的斗争中汲取到题材、主题、情节、语言。生活确实是不会亏待作家的。一分耕耘，一分收获，只有生活会馈赠给作家以创作的灵感、激情和诗意，别的捷径和窍门是没有的。为了提高儿童文学创作的质量，很重要的一条还是要强调更自觉、更深入地投身时代生活的激流，更加熟悉生活，熟悉孩子。

弘扬主旋律，要求作家从纷繁复杂的现实生活中敏锐地发现那些代表时代前进方向的新人物、新事物，着力表现生活中那些崇高、美好、先进的事物。当然，这并不意味着不能批判和鞭挞生活中那些落后、阴暗、丑恶的事物。在儿童文学领域里也是如此，应当让孩子们从作品中看到更多的光明，感受、领悟到生活在新时代、新社会的幸福、欢乐，激发他们爱祖国、爱人民、爱社会主义的热情，增强他们追求真、善、美事物的勇气、力量和信心。在这个意义上，我赞同有些同志所说的，儿童文学应当给孩子们更多一点欢乐。儿童文学本来就该"寓教于乐"么。至于笼统地说"儿童文学是快乐文学"，我觉得未必确切。因为整个儿童文学毕竟不能再回到过于甜腻的、透明纯净的、田园牧歌的境地。儿童文学同样不应当回避生活的艰辛、苦涩、严峻、困难，不能粉饰生活，掩盖矛盾。苦难的童年，坎坷的人生，不幸的遭际，斗争的失败，都是可以写的；当然这种描写要充分考虑到少年儿童的年龄特征和接受能力。相对来说，低幼文学、儿童文学可以更多一点快乐和幽默，因为他们稚嫩的心灵还承受不了，也理解不了生活的艰难、人生的痛苦。对于少年读者来说，适度地、有分寸地让他们早一点懂得人生的酸甜苦辣，使他们逐渐学会面对现实、直面人生，确是十分必要的。不论是给儿童看，还是给少年看，这类题材作品的基调都应当是明朗的、乐观的、健康的，要激起小读者战胜困难的勇气和信心，而不能让他们被困难、痛苦所压倒、所征服。《冷暖灾星》之所以被誉为是"一个乐观的悲剧"，就在于它淋漓尽致地表现了支撑我们民族的脊梁——冀中人民在战争年代面对死亡、视死如归的革命乐观主义精神。作品激越、昂扬的调子和充满生活情趣的描写，是少年读者可以理解、乐于接受的。

围绕儿童文学的主旋律与多样化的统一问题，我不揣浅陋地提出上述这些不成熟的意见，目的在于引起进一步更深入的探讨和研究，以促进我国少年儿童文学创作的发展和提高。

我的发言到此结束，谢谢！

1990 年 10 月

（原载《儿童文学研究》1991 年第 3 期）

为什么为孩子写作

高洪波

100年前，哇，多么遥远的岁月，100年，有人肯定会这样惊叫！对，就是100年，我想说的是一个叫高尔基的老爷爷，在1902年给第三届家庭国际会议写了一封信，注意，100年前还没有现今热闹无比的联合国，第三届家庭国际会议肯定引起了100年前人们的关注，否则大作家高尔基不会冒冒失失地乱写信，他是一个很矜持、有修养的名作家，不久前我刚参观过他在莫斯科的故居，他居然收藏着许多中国古代和近代的象牙雕刻艺术品，而且爱不释手。扯远了，还是说说100年前的高尔基在信上说些什么吧，他居然这样讲："我们会衰老、死去；他们（指儿童）将处于我们的地位，像新的光辉的火焰一样地燃烧着。正是他们使生活创造的火焰永不熄灭。因此我才说：儿童是永生的！"高尔基觉得意犹未尽，又补充道："是人类整个伟大事业的继承者。"

事实上高尔基讲的的确是一种真理，在我集中阅读完6部加拿大著名儿童文学作家创作的小说之后，愈加强化了这种印象。

这套丛书反映的是当代加拿大少年儿童生活现状，表现的是男孩女孩的少年心态，在我来说，既是一种理性的文学阅读，又是一种感性的诗意积累。借助这套丛书，通过这套荣获过加拿大各种奖项的青少年读本，我觉得自己进入了加拿大少男少女们的内心世界，也介入了他们单纯而又复杂的生活状态，感受着他们的欢愉或痛苦，无助或无奈，体味着在富裕的物质生活中依然存在的青春期苦闷。这6本书写的是不同家庭背景下的少男少女，具体说是写了3个女孩和3个男孩，表现手法也不尽相似，有的是主观叙述第一人称，有的则是客观叙述甚至时空交错，类似幻想小说，如《破旧的日记本》，但毫无疑问它们都代表了加拿大当代儿童文学创作（主要是小说创作）的最高水准，是我们了解世界上其他国家和地区同龄人生活的一个窗口，所以我愿意推荐给少年朋友。

这6本书的读者年龄定位在十五六岁，应该是我国的初二到高二的年龄段，当然，由于社会制度的不同、时代背景及民族文化背景的差异，这6本书表现的主题有些是陌生的，譬如《两极女孩》和《幽灵作证》，前者写两个女孩子之间的友谊，是一本感伤甚至有几分忧郁的书，一本记述少女心灵成长乃至裂变的书，一本真实而深刻的成长小说，同时准确、形象地描绘出两个不同类型但又互相吸引的少女的书，一本呼唤理解与友谊的真诚之作。少女朵洛莱颇具吉卜赛风格，维萝则文静万分，但朵洛莱追求的"永不一般，永不令人乏味"一旦影响了维萝，维萝的内心起了巨大的变化，"就如同那些蹦极的人，蹦过之后，他们继续生活，表面上看不出什么，可他们自己心里清楚……"用"蹦极"这样一项典型的现代生活中极富挑战和冒险的运动来象征维萝的变化，表现她内心深处的悸动，准确而又形象。当两个女孩最终达到理解乃至和解时，作者为我们展现的主题"宽容和理解"顿显深刻和具体起来。

如果说以上的作品让我们有一定陌生感的话，《钢琴课》则让我想起了苏联作家巴乌斯托夫斯基的名著《盲厨师》，他写的是大音乐家莫扎特的故事，内中贯穿了音乐伟大的魔力，让临终前的盲厨师看到了青春和幸福。《钢琴课》同样是一部以音乐为主题、以人生为旋律的小说，说是"诗意小说"也不过分。音乐少年樊尚，"一个处于青春期危机的女孩的出气筒"，这是他在与另一个少女蕾拉交往后得出的自我判断，他曾一度自卑、消沉，还差一点冻死在野地。但在成长中，在与祖父祖母的交流中，在与母亲、继父的相处中，以及贯穿全书的对早逝的音乐天才父亲的追忆中渐趋成熟。樊尚的成熟标志是终于理解了音乐那无比丰富的内涵，不再自寻烦恼也不再害怕孤独，他成为一个选择音乐而同时又被音乐选中的人，他的人生从此也如音乐般神奇、丰富与宽广起来。《钢琴课》的作者无疑如米兰·昆德拉一样是个精通音律的人，他将自己的小说按音乐一样结构，将自己对音乐的理解仔细地融入文字当中，他写祖母生病一节描写尤其独特：死亡这个大无赖此时正在调弦，准备即将表演阴森恐怖的独唱。这是我所读到的关于"死亡"的一段最独特的叙述，而《钢琴课》中这类描述比比皆是，不胜枚举。因此这是一部唤起我们内心隐秘的激情和遥远的诗意的书，一部音乐人与普通人（如祖父与父亲）两相对比但同样努力生活的书，读完《钢琴课》你会变得清澈透明，在无比宁静中感受天籁。

《离家出走》有点类似《苦儿流浪记》，不幸的孤苦少年马丁离家出走，忍受了诸多坎坷艰辛。他被叔父醉后痛殴，又被姑母误解；他被引为知己的女朋友"出卖"，又被警察追捕；他把小狗米夏视为最真诚的伙伴，但米夏又被他当成出气筒……马丁在飘零中成长，又在成长中飘零，历尽人生坎坷之后，他突然发现一个真理："尽管我受尽苦难，生活还在继续。"这个表现加拿大底层生活的少年漂泊者的故事，让我们窥见了西方社会的严酷的一面，但由于作者稔熟的对于少年心理的把握，使严酷中显现出温馨的人情味，让你意识到正是由于生活中无法逃避的严峻，那些同情与温暖、关怀与帮助才显得异常珍贵，才需要你倍加珍惜。

总之，这套丛书的 6 个小主人公将在快乐阅读中成为我们的朋友，借助于他（她）们的成长故事，使我们中国的同龄人了解一个陌生国度中新鲜的故事，知道一个托尔斯泰式的定理：幸福的孩子幸福都是相同的，不幸的孩子各有各的不幸。

本文写到这里，突然想起美国作家辛格在接受诺贝尔文学奖时以"我为什么要替孩子写作"为题发表的演讲，辛格认为："上乘的儿童文学便是唯一的希望、唯一的安庇所，有许许多多的成人阅读及爱上孩子的书籍，我们并非单为孩子而写作，同样也是为了他们的父母。"

人类会衰老，而儿童将是永生的，生机勃勃、朝气四溢。未来寄托在少年朋友身上。

让我祝福你们……

（原载《中华读书报》2003 年 7 月 2 日）

拿什么感动我们的孩子

张之路

一、我希望孩子快乐

我到许多地方和孩子们见面,他们会拿着我的书让我签名,并希望我写些什么。如果有家长在场,家长总希望我为他的孩子写上励志的话,如果是孩子本人,总是希望我写"不想当将军的士兵,不是好士兵","走自己的路,让别人说去"等文字。如果让我"随便写",我便一律写上:"希望你做个快乐的孩子!"

"做个快乐的孩子"是我对少年儿童最真诚的愿望和祝福。

因为我深深体会到,一个快乐的孩子,他就会豁达开朗,他就会是一个心理健康的孩子。他看待世界的眼睛就会是明亮的、善良的、自然的。快乐的孩子是心灵自由的孩子!快乐不单单是开怀大笑,快乐其实是一种看待这个世界的乐观精神!

我知道,做个快乐的孩子不是一件容易的事情。在中国,即便是现在很"幸福"的孩子,他们也要面对考试和升学的压力。他们要面对教师和父母传达给他们的竞争意识。何况家庭贫穷的孩子!发生不幸的孩子!如果在贫困山区和农村,有的孩子生活还十分艰苦,他们连学费和书本费都要靠他们自己"卖鸡蛋"来筹集……

我愿意写让孩子看了以后快乐的作品,让他们看了有意思的作品,让他们心灵自由翱翔的作品。我不是告诉他们应该做什么,怎样做,而是让他们想想,这个世界是怎么回事,我要做什么。

我写了小说《霹雳贝贝》和同名电影剧本。

中国北方的天气是很干燥的,北京也是如此,尤其是冬天和春天。下班回家用手触摸金属门把手的时候,用钥匙打开金属信箱的时候,甚至用手触摸水龙头的时候都要被"电"一下,而且手和这些金属制品之间都要爆发出一个小小的电火花。我知道,这是静电。这种现象萌生了让我为儿童写一点东西的愿望。

一个刚刚出生的婴儿名叫贝贝,他身上带有强烈的静电。妈妈在给他喂奶的时候,也要被电一下。随着孩子年龄的增长,带电现象越来越强烈。上学之前,爸爸给孩子规定三条:不许摸别的小朋友!一定要戴手套!不要对别人说自己"带电",以免被人说成是怪物。可是贝贝希望与同学们交往,渴望同学们的友谊,而"带电"让他不能过正常人的生活。贝贝带电的现象越来越神奇。他可以使被吃到小狗肚子里的电子表响起音乐,可以使游乐场的飞船自己飞转起来,他可以使一个盲人在一个雨夜又重新看到了光明……贝贝成了"国宝",贝贝被送到科学院进行研究。可是贝贝却跑到长城呼唤外星人,希望去掉他的"巨大的能量",他要成为和同学们一样的孩子。

这部小说和电影是我的成名作,我不能说这部作品有多么高的艺术或文学价值,但是在中国,几乎每一个孩子,包括已经长大了的孩子都知道《霹雳贝贝》,不论在什么场合，人们只要说起我，都会首先提起《霹雳贝贝》。

为什么呢？它为什么比我其他的作品名气大呢？我想，我这部小说和影片给了孩子们快乐。但这个"快乐"不仅仅是笑，而是读者和观众对孩子命运的关心。如果仅仅是神奇，仅仅是搞笑，仅仅是对孩子说些玩笑的话语，他们都不会这样快乐，他们更不会"印象深刻"，永远记住这份快乐！

我常想，真正的快乐是孩子被一种精神、被一个人感动，孩子愿意与他相伴为伍的时候！同样，我写《有老鼠牌铅笔吗》《我和我的影子》《乌龟也上网》，就是希望给予孩子快乐。

二、我希望孩子乐观

我当过十几年的教师。记得许多小事。有些事情虽然小，但让我久久不能忘记。

每次班上同学重新调整座位的时候，一个长得很好看的女生总要找到我，要求靠窗的座位。靠窗有许多好处，明亮、空气新鲜，还可以看看窗外的景色。次数多了，我便说："大家都是平等的，你为什么总提出这样的要求呢？"这一次女孩儿脸红了，接着便显得局促不安。她回身走了两步，又回转身来对我几乎用我听不见的声音说："老师，我有狐臭，腋窝有味儿……"说完，她眼泪哗地流了下来……我恍然大悟，但不知道怎么安慰她。只是连连说："没关系、没问题……"

事后我想，我为什么要逼着人家说出不愿意说的事情呢？一个成年人可能没有把狐臭当回事，可是对于一个女孩子，这就是她最大的隐私。我很不安。我要是一位和蔼可亲的年龄大的女教师就好了……那个女生可能会向她平和地诉说，就不会这样难过了。

我经常遇到这样的长辈和家长，当孩子学习成绩不好，或犯了什么错误的时候，总是严厉地追问：你说说你到底为什么？为什么！说啊！但是孩子就是不说。大人以为孩子不说实话，这时候就更加焦急和恼怒！后来我明白了，孩子不是不想说，而是不知道怎么说。他们要是真正知道了为什么，找到了原因和解决的方法，他们的问题还用面对家长吗？

孩子们有时候不想说，有时候不会说，他们不知道怎么表达。倾听他们的声音，告诉他们，他们的"痛苦"是可以勇敢面对的，他们的痛苦别人也有，他们就会有种释然的轻松。

我的小说《蝉为谁鸣》要表达的就是这样一种不安。因为将来成为精英的孩子是少数，绝大多数的孩子都是普通人，只要他们善良正直，我们有什么理由不让他们做个快乐开朗的孩子呢！况且谁知道这样的孩子长大了不是国家的栋梁呢！我对这些孩子怀有极大的同情，我的作品《我和我的影子》和《乌龟也上网》里面的主人公都是这样普通的甚至学习成绩还比较落后的孩子。我在作品里不是鼓励他们一定能考上什么名牌大学，而是告诉他们这个世界很广阔，我们应该怎么与人相处，怎样面对这个世界。

励志教育是儿童成长的一部分，但不应该是儿童文学的主要部分。

近年来，儿童文学的创作在选题和表现的内容上，校园题材的作品占有相当大的数量。城市校园题材的作品有许多表现了学生们在衣食无忧之后的"苦闷"，在表现这些主题和内容的同时，也折射出城市的浮华，时尚因素的加入——篮球、网络、歌星、名牌、酷哥靓女、与老师家长斗智、男女生之间的爱慕、渴望别人理解但不去理解人、怨天尤人。快餐文化的影响都不同程度地在这些作品中得以体现。

面对经济的发达，物质的丰富，我们应该怎么看待物质丰厚的生活，是所有人，尤其是一个儿童文学作家应该冷静看待的问题。如何让孩子在精神上也健康和丰富起来。儿童文学不能一味地助长儿童对享受的需求，而是应该引导他们不能光想到自己，要有健康的人格，帮助别人，体谅别人，具有悲悯情怀，有那种当"义工"、当"支援者"的愿望。

上面提到的小说《有老鼠牌铅笔吗》说的就是一个孩子在"冒险锻炼"的过程中，不但遇到了各种神奇和好玩的事情，同时也体会到在他的家庭以外的其他家庭的酸甜苦辣。

在当前农村题材的作品中，选题和表现内容上与城市大相径庭，大多都是表现贫穷和励志。因为贫穷，他们还没有资格扮酷，也没有资格享受城里学生的"痛苦"，更没有条件谈论城市富裕起来以后带来的物质文明。在一些创作者的心中就自然地从"贫"和"富"的不同上将它们分成了两类，它们似乎承载着不同的社会功能。因此这类作品没有达到人们希望的品质，也是创作者主观上对农村和城市校园生活了解的肤浅造成的。

我写了一篇小说名叫《空箱子》，表现的是一个正在开发的农村。学校没有人重视了，教育没有人重视了。老师生活很困难。有个孩子为了帮助爸爸，"发明"了一个擦皮鞋机。其实他是让幼小的身躯藏在一个电冰箱大小的机器里，别人把脚伸进来，他在里面擦。有人检举了这件事情。当市场管理人员让他的父亲当着众人的面，打开机器的时候，机器里空无一人。大家惊呆了，最惊讶的还是孩子的父亲。夜深人静的时候，一只蜜蜂从机器里飞出来，围着父亲和奶奶各绕了三圈，然后朝着月亮飞去……对这些没有办法读书的孩子，我表示了我深深的同情。

表现欢乐和痛苦，表现轻松和沉重都不应该是儿童文学的禁区。关键是我们怎么表现它。在写到痛苦和沉重的时候，我一定要让孩子们对未来充满希望，同时也懂得战胜这些困难是要付出努力和汗水，因此他们的生命和人生才会有意义。

三、我希望孩子坚强

现在正在长大的少年儿童比起他们的父母，无论是物质生活，还是精神生活，条件都好多了。但与此同时，社会各界、老师家长都担心孩子养尊处优，怕孩子是温室中的花朵，将来到社会上吃不了苦，受不得气，不能自立，不会与人相处。于是坎坷教育、军事训练、到艰苦贫困地区和那里的孩子一起生活，这些都是好事情！但我们必须看到，这当中的许多教育都是物质层面的，大多谈的是生活上的艰苦，吃什么，穿什么！形式的教育多于心灵的启发和感悟！

在精神层面，因为家长都希望自己的孩子成才，有的家长希望孩子出人头地。因此，要奋斗成才就成了大家共同努力的目标。于是，"励志"教育成了许多地方、许多家庭唯一的教育内容。这种精神层面的教育是偏颇的。对于一个成长的孩子还有更为重要的东西，人生的意义、生命的意义、如何与人相处、尊老爱幼、匡扶正义、爱的启迪、美的感受、环保的重要等等。

经济的发展，信息的爆炸，网络的普及，使孩子从来没有像今天这样接触到如此丰富或者庞杂的思想和知识。但我们也遗憾地看到，每个家长在对自己孩子全身心投入精力、财力、情感的同时，对"别人家"孩子的关注、对全社会孩子的关注却淡漠了。我们更惊讶地看到，有些孩子变得脆弱了，有些孩子变得凶狠了，犯罪年龄降低了，未成年人在犯罪案件中的比例扩大了。孩子们似乎变"酷"了，他们之间的情感，他们对父母的情感、对老师的情感却变得疏离了。

我在一次和孩子们见面的聚会上遇到这样一件事。在一家饭店的房间里，有大约

20个小学和初中的孩子,他们来自不同的省份和学校,但都是文学爱好者。我走进去的时候,他们都围上来递上他们的作文让我评价好坏。我们正在谈话的时候,一个女孩在椅子上忽然换了姿势,显出很难受的样子。我连忙问她怎么了。因为上午开大会的时候,我就知道她身体有严重的疾病。就在这时,居然有孩子对我说,老师你不要管她,接着给我们讲……我当时很震惊……看到周围有人得了病,怎么能这样冷漠!

我的作品《非法智慧》里写了一个叫陆羽的中学生,他是个开朗快乐、乐于帮助别人的少年,就是学习成绩不太好。他的父亲是著名的脑神经外科的医生。为了让儿子变得聪明,于是在腹部(人的第二大脑)为他植入了智能芯片。陆羽变得非常聪明,但却变得非常冷酷,居然不认识自己的父亲……作品是带有幻想色彩的,但道理和精神却是与客观现实紧密相关的。

我们给孩子一味地吃奶油和巧克力,是一种物质上的娇惯。而一味地把孩子本来应该承担的责任和应该受到的锻炼都错误地简化为成人世界带给他们的痛苦,这是一种精神上的娇惯。这种娇惯的结果会使我们的孩子怨天尤人,会让他们得软骨病。孩子尽管年轻,尽管他们的肩膀稚嫩,但在道德这个层面上,他应该与父母和老师一样的负起责任。我们可以想象一下:一个未成年的还不具备完全社会和生活经验的孩子因为犯了错误在受到家长严厉训斥的时候,他可能觉得这是正常的,最多他认为自己很倒霉,他没有流泪。这时候忽然来了一个邻居埋怨他的家长说:你怎么这样训孩子呀? 孩子的眼泪就会夺眶而出! 不是因为感动,而是觉得委屈。在那个时候,在孩子的心目中,邻居是好人,是理解他的。这是不是也是一种娇惯呢!

鼓励是引导孩子走向健康成长道路的方式之一,而批评同样是引导孩子健康成长的方式之一。当孩子有了过错,你必须告诉他,孩子你错了,你要自己负责! 一个养尊处优,处处受到呵护的孩子是不容易被感动的!

儿童文学是以陶冶儿童情感为主要目的。同时,儿童文学也与社会其他力量共同担负着教育儿童对美的认知,担负着人生的价值取向以及责任感的形成等诸多目的。陶冶两个字乍看起来有缓慢渐进的意味,但它是润物的细雨。表面柔软如丝,但却能力克金石! 尤其对正在成长中的孩子,它的作用是巨大的,深远的!

一个儿童文学作家对孩子的爱应该是博大的深远的,而不是对孩子一时一事的满足。急功近利地对孩子愿望给予满足不是真的爱,那是对爱的误解。我喜欢孩子,我爱孩子,但我不喜欢过于讨好孩子的东西!

四、我希望孩子爱这个世界

社会环境和舆论环境无时不刻在影响着孩子,也影响着我们儿童文学的创作。这种影响有正面的也有负面的;这种影响既有来自表层的,也有来自深层的;有显而易见的,也有隐蔽的;这种影响有历史遗留的,也有我们最近创造和批评的实践形成的;有我们暂时无力改变的,也有我们从事这个行业的朋友可以通过交流加以调整的。我以为,提出这些影响并简要地加以分析对当前的儿童文学创作是有意义的。

应试教育的利害得失给儿童文学创作带来的影响是显而易见的。应试教育形成的历史和好处大家都不再提及,但它的不足,尤其是它的弊病已经成为许多作家关注和创作的主题和素材。这是无可非议的。有教育家开玩笑地说:中国的足球要上去,方法很简单——高考中加试足球就行了! 素质教育和应试教育这两个表面上可以包容的课题,在实践中却产生了很大的矛盾。

时代的急剧变化，给孩子和他们的家长提供了许多差别，包括不同的生活和文化环境。这让成人对教育帮助孩子成长的过程缺乏充分的准备和切身体验。孩子通过影视、书籍看到的相当数量的文艺作品表现的不是"团结友爱互相帮助"，而是一种"尔虞我诈钩心斗角"。表现的不是"悲天悯人同情弱者"，而是一种"胜者王侯败者贼"，吹捧封建帝王的文治武功。"皇家气派""王者风范"的自吹自擂比比皆是，就连一辆需要安全行驶的汽车也要起名"霸道几千"。

面对这样的局面，我们更应该告诉孩子，我们应该爱这个世界。爱和正义往往成为我创作儿童文学作品的最主要的精神。孔子提出的"仁"，佛教倡导的"恕"，基督精神的"博爱"，我们中国当前提出的建立"和谐社会"等等都告诉我们，要爱人类要爱这个世界。

我在20世纪90年代初写过长篇小说《第三军团》，早些时候写了长篇童话《傻鸭子欧巴儿》。最近的2004年，我写了科幻小说《极限幻觉》。我在这些作品里试图告诉孩子，不论遇到什么样的坎坷和困难，你都要勇敢地面对这个世界。我们所面对的丑恶是暂时的，总会有爱和正义的力量去战胜他们。爱和正义是永世长存的。

我最大的愿望就是我的作品能让孩子们感动。如果他们能告诉我，为什么感动，我就心满意足了。

（原载《中国少儿出版》2005年第2期）

附：

读《第三军团》

韩少华

这是一部富于魅力的作品，一部在主题开拓上具有独特追求的作品。

在以中学学校生活为题材、以中学师生为主要人物的长篇小说作品里，之路同志，你这部《第三军团》，无论是从主题的开拓上，还是从艺术形式的选择和完成上，都有自己的创意和自己的风路。其思想品格与文学品位，都是高层次的。

你的故事的建构，无疑带有相当的假设性。据熟悉社会治安情况的同志说，像这种类似"第三军团"的"团伙"，恐怕是极罕见的。读者从作品得知，这"团伙"每有行动，必留一纸卡片，署名"第三军团"，除警告性的留言，必有七言四句：

> 七尺男儿不为民
> 愧对父母枉为人
> 世间自有正气在
> 路见不平有须眉

这简直是誓词，是宣言。特别是他们的行动，总是同人民群众的利益和愿望相一致，总是立足于正义一边。例如你在第 6 章所写的公共汽车上那次"遭遇战",就足以说明这"团伙"多么言行一致,又多么耐人思考。话说回来,这中间的传奇色彩十分强烈,甚至会被人们认为是"不一定实有其事,却是可能发生的事";也就是说,这是那种以虚构为基础的文学作品。那么,任何到现实生活中去寻找作品里某个人物的原型而加以印证的企图,都会被看成是违背小说阅读常识的。众所周知,虚构是小说创作的特权。

作为《第三军团》的作者,之路同志,你正是积极地、自觉地并颇有成效地行使了这项艺术特权的。

不难看出,你是从本质上尊重生活真实的,同时,也是从本质上尊重人民群众意愿的。由于多种久远而复杂的原因,现实中确实存在这样的现象:一件发生在公共场合的坏事,引不起公众的义愤,或是众人敢怒而不敢言,结果行凶作恶的人得不到警戒和惩罚,受害者也得不到救援,甚至个别敢于见义勇为者,只因人单力薄,反遭其害,也得不到在场众人的支持……总之,之路同志,这种时有发生的情景,以及相关的公众心理和社会风气,就是你在假设性的前提下,进行这部小说的虚构性构思的生活依据。"第三军团"中的陆文虎、骆强等人组成的集体形象之所以能够立起来,被广大读者所接受,并且关注他们,喜爱他们,甚至尊敬他们,只因为现实生活中存在着这样的依据;同时,读者也怀有这样一种心理需求:期待着惩恶扬善,正气得以维护和发扬。而你已确认:这需求是天然合理的。

《第三军团》的意义似乎还不仅如此。你构思的初衷,不仅真挚,而且深沉。

如果联系到我们民族两千余年间处于封建统治下,因而在精神上不能不承受着种种旧思想旧观念的负荷,那么,如同鲁迅先生几乎终其一生都在坚持批判的"国民劣根性",今天还远不能说已得到清理。在人类历史进程中,越是古老民族,其旧的精神传统的沉积性和滞后性,就越不容低估。特别是每当进入一个庄严而深刻的改革时代,社会生产力要响应时代的召唤,要适应人民的需求,因而不可避免地要突破原有水平的时刻,也必然引起种种形式的新与旧的矛盾。诸如旧的体制、旧的传统观念,也都必然地使改革所面临的局势复杂化,困难严重化,矛盾的性质也因之深刻而严酷起来。如《第三军团》中所描写的蒲乐章和甄宏这两个人物,就相当典型。如果说蒲乐章侧重于代表着"钱",那么,甄宏就侧重于代表着"权"了。这都是他们同社会主义事业和党的准则呈势不两立的严峻态势的具体反映。而"第三军团"对他们所采取的行动,虽然还表现出某种简单和幼稚的局限,但是,其正义性是无可怀疑的。不言而喻,任何伟大的事业都需要进程规范,任何伟大的政党都需要行动准则,正如任何个人的社会行为都需要约束一样。但是,社会生活的复杂,改革事业的艰巨,都必然会在国法规范之外,在党纪准则之外,甚至在社会道德约束之外,依然存在着某种"空白"和"缝隙"。于是,你的"第三军团"行动了,那些未到享有公民权最低年龄,却甘愿承担公民义务的少年人,开始以自己的行动、自己的良知、自己的道义准则和社会责任感而采取直面广大人民群众的公开行动了!这无疑是对这集体及其每个成员的考验,也是对一定范围内的社会承受力和群众识别力的考验。让人振奋的是,那次"公共汽车"事件的现场效应和事后效应,都证明了社会的良知和群众的正义感——当然,这是在"第三军团"一股正气的激发之下而得以表现的。

这不正是《第三军团》的魅力之所在么。

而你,《第三军团》的作者,之路同志,你自己是不是也经历了一次独特的考验呢?这也如临风沐雨一样,是不会不有所自知的吧,不容置疑,你通过《第三军团》的构思立意,是表明了你的良知,你的勇气,你的作家的社会责任感的。因为,你站在人民一边,站在党的准则一边!

不过,创作中的全部艰辛,恐怕只有你自己才深知其详。而光荣总寓于艰苦之中。属于人民的文学事业,毕竟是崇高的。你以自己的创造性劳动再次证实了这一点。唯其如此,你才理所当然地获得了来自读者和友人的敬意与贺忱。

1991年春,于北京

(原载张之路著《百年百部中国儿童文学经典书系·第三军团》,湖北少年儿童出版社2006年版)

觉醒、嬗变、困惑：儿童文学

曹文轩

中国的历史处在变更时期。

整个世界在旋转，我们的生活在不断发生变化，新的意识在增长，旧的价值观受到冲击和扬弃。20世纪80年代的中国，在勇敢地审查、沉思和反叛自己的过去，毅然决然地在争取和创造一个新的时代。

文学艺术的各个领域，也像怒涛一样在冲决束缚、拘囿、再也无法容纳新精神的古老崖岸，朝着更广阔的河床奔泻。对过去不满足或不满意，已成为一种普遍的社会心理。文学艺术的各个领域根据生活的需要，历史的变迁，在艰难地调整，在痛苦地抉择，在奋力地打碎一系列落后的，惰性的，甚至是有害的旧观念，而不顾一切地伸开双臂去迎接先进的、活跃的、有益的新观念。

在这一总的大趋势下，儿童文学也在更新自己的观念，并且是大幅度的。它在觉醒、嬗变，生成许多新的精神，又陷进新的困惑。

一

中国作家肩负着塑造中华民族的崭新性格的伟大的历史使命。如果对这句话没有什么疑问的话，那么对于儿童文学作家来讲，这方面的责任则尤其重大。道理很简单，作为这个民族的老一代和中年一代已都无太大的可塑性。而新生代可塑性却很大。孩子是民族的未来，儿童文学作家是民族未来性格塑造者。儿童文学作家应当有这一庄严的神圣的使命感。

中华民族当然是世界上最优秀的民族之一。我们应当为我们这个伟大的民族而感到骄傲和自豪。它历史悠久，为人类创造了光辉灿烂的文化。它具有聪明、勤劳、朴实、勇敢和坚韧诸种美德。中华民族无愧于人类。作为炎黄子孙，我们理所当然地要有一种民族优越感。

但，说中华民族是优秀民族，并不等于说我们这个民族就尽善尽美。更不等于说我们就可以对我们这个民族在性格上的明显缺陷视而不见。任何民族都负有不断改造、革新进步的历史重任。像世界需要前进一样，民族也需要前进。

事实上，在我们民族优秀的那一面，却沉淀着巨大历史的惰性力。古老是它的光彩和荣耀，而同时又是它需要忍痛割爱的弱点和缺陷。对此，鲁迅讲了很多：

"中国人的不敢正视各方面，用瞒和骗，造出奇妙的逃路来……怯弱，懒惰，而又巧滑。"[1]

"其实，中国人是并非'没有自知'之明的，缺点是在有些人安于'自欺'，由此并想'欺人'。譬如病人，患着浮肿，而讳疾忌医，但愿别人胡涂，误认他为肥胖。妄想既久，时而自己也觉得好像肥胖，并非浮肿；即使还是浮肿，也是一种特别的好浮肿，与众不同。"[2]

"假如有一种暴力，'将人不当人'，不但不当人，还不及牛马，不算什么东西；待到人们羡慕牛马，发生'乱离人不及太平犬'的叹息的时候，然后给他略等于牛马的价格……则人们便要心悦诚服，恭颂太平的盛世。为什么呢？因为他虽然不算人，究竟已等于牛马了。"③

他说，中国人少敢为最先和"不耻最后"的精神。"所以中国一向就少有失败的英雄，少有韧性的反抗，少有敢单身鏖战的武人……"④

他认为中国人民缺乏开拓和进取心。他始终认为，在忍受痛苦方面所显示的勇敢程度不应当超过摆脱痛苦、开创新世界的勇敢程度。

反对保守、盲从、愚昧、奴性、中庸、听天由命、自欺欺人、阿 Q 精神胜利法、狭隘、无以复加的忍耐等苟活心理，构成了鲁迅小说和杂文一个重大的主题。这一主题像一条线贯穿于他全部艺术生涯。他一边在歌颂中国的"脊梁"，一边毫不留情地指出历史残留在它性格中的劣根性。对此的"研究、揭发、攻击、肃清，终身不懈"⑤。直到去世前不久他还建议大家去读一读美国传教士史密斯所著的《中国人气质》这本书："看了这些，而自省、分析，明白那几点说的对，变革、挣扎，自做工夫，却不求别人的原谅和称赞，来证明究竟怎样的中国人。"⑥

关于鲁迅对我们民族昔日的论述，而今当然不能简单、生硬地照搬过来，加以我们民族的今天。作为整个民族的灵魂，它毕竟还是强悍的。一部悲壮的现代革命史已经证实这一点。但，作为基因的一部分，一些性格上的弱点则一同被带进了社会主义大门，痕迹犹存。我们是一个同时背负着历史的光荣和历史的负担的民族。这是一辆同时装着人类丰富文化遗产和历史惰性沉淀物的沉重马车。汪洋大海般的小生产，给它的前进带来了很大的困难，它要比一个没有历史的民族艰巨得多。

儿童文学作家在承认了我们的民族性格确实有待于发展和完善这一事实以后，对我们过去的儿童教育中的观点以及儿童文学的一系列主题倾向作了重新审核，发现有许多精神与发展和完善民族性格是格格不入的。他们抨击了过去的顺从观念、老实观念、单纯观念，写了许多尊重孩子个性，承认他们具有独立人格的文学作品。20 世纪 80 年代的儿童文学作品向人们表明：它喜欢坚韧的、精明的、雄辩的孩子。它不希望我们的民族在世界面前是一个温顺的、猥琐的、老实厚道的形象。它希望让全世界看到，中华民族是开朗的，充满生气的，强悍的，浑身透着灵气和英气的！

只有站在塑造未来民族性格这个高度，儿童文学才有可能出现蕴涵着深厚的历史内容、富有全新精神和具有强度力度的作品。也只有站在这个高度，它才会更好地表现善良、富有同情心、质朴、温良等民族性格的丰富性。一位国外思想家这样说：统治这个世界的 17 世纪是西班牙，18 世纪是法国，19 世纪是英美，20 世纪上半期是美国，下半期是苏联。如果中国人活得有点志气，21 世纪将属于中国。而那时的中华民族的中坚力量，就是今天正在阅读和将要阅读儿童文学作品的成千上万的男孩和女孩。

"儿童文学承担着塑造未来民族性格的天职！"——这是过去的儿童文学所没有的意识。我们从《我要我的雕刻刀》（刘健屏）、《新星女队一号》（庄之明）、《蓝军越过防线》（李建树）等作品中看到了这种意识的渗透。

二

儿童文学只能是文学。这本来是一个简单的，不需重申的，更不需争论的问题。然而，长期以来，我们无论在理论上，还是在实践上，都不愿或不敢正视这一问题，严重地忽略和冷淡了它的文学的基本属性，而生产出不少的标着"儿童文学"字样而实非文学的平庸之作。这些冠以文学的作品，没有为我们创造多高的文学价值。

文学当然具有教育作用，排斥了这一作用，文学是不完善的。但，我们过去把教育作用强调到了绝对化的程度，将教育性提到了高于一切的位置，甚至将教育性看成是儿童文学的唯一属性。而过去的所谓教育，和政治又是同义语，教育即政治的说教。

对儿童文学作这样的定义，显然是"左"的产物。在很长一段历史时期内，儿童文学也被纳入了配合政治的轨道。且莫说它对文学特性的扼杀，更为可悲的是，它所配合的政治有许多是非道德的，非人民的，非历史规律的。它所配合的，是一些损害民族身心健康，阻碍中国社会正常发展，培养畸形心理的事业继承人的政治。它所产生的恶果，至今未能消失，并还将长久地发生不良的效应。

即使教育观点是正确的，我们也不能把教育性作为儿童文学的唯一属性。因为，儿童文学是文学。它要求与政治教育区别开来，它只能把文学的全部属性作为自己的属性。它旨在引导孩子探索人生的奥秘和真谛，它旨在培养孩子的健康的审美意识，它旨在净化孩子的心灵和情感，它旨在给孩子的生活带来无穷无尽的乐趣，而在这同时，它也给了孩子道德和政治方面的教育。它只能根据生活，塑造出一具具活着的艺术形象来，而不能强行使它成为教育的工具，借一个影子般的形象，拨动它的唇舌，代一个政治辅导员说出他准备在上思想教育课时说的那些赤裸着胸膛的政治观点来。

由于我们对这一简单然而又十分重大的问题未能进行拨乱反正，以至于我们今天还有一些儿童文学的写作者，仍然习惯地按照过去的写作程式写作。"孩子们，我要教导你们懂得这样一个道理！"似乎儿童文学只不过就是：观点加形象。但大多数儿童文学作家已经注意到：我们创造的应是一枚真正的艺术品。他们像扳道岔一样，把儿童文学从过去的非文学轨道上，扳回到文学自己的轨道上。《贝壳，那白色的贝壳》（程玮）、《还有一个老船长》（董宏猷）、《五颗青黑枣》（董天柚）、《树叶小船儿》（卢振中）、《山野里吹来的风》（夏有志）……我们有了大量的可以标上"文学"字样而无愧的作品。

三

我们的儿童文学过去所占有的一块天地是比较狭小的，时间的领域也比较狭窄。我们的一些作品只是注目于眼前仅仅几米远的地方—— 一所小学校里所发生的一些微不足道的小事情。

我们把一个无头的过去和一个无极的未来忽略了，把一个巨大的空间排斥了，造成了儿童文学画面大量重复，人际关系十分简单（老师和学生，大胡子伯伯和小朋友，小哥儿俩，爷爷和孙子）。其实，我们孩子的足迹无处不在：漠漠荒原，滔滔大海，无垠的沙漠，茫茫的草原和莽莽苍苍、深不可测的大森林。其实，我们的孩子在广阔的社会生活中无处不在：随父亲游牧马群，由于海外关系的获得，小姑娘从中国来到了芝加哥，山中酒肆，一个少年和他18岁的姐姐在为客人沽酒，而在遥远的北方，发生了一场雪崩，几个孩子连同小屋一起被埋在雪中……天地广阔，时空无限，我们怎么就从小学校的铁栅栏里挣脱不出来，光在那50平方米的气闷的小教室里挤来撞去呢？我们丝毫没有反对写学校生活的意思——学校生活毕竟也是孩子生活中的很重要的一部分。但，光写学校生活够吗？

我们的儿童文学显得小气、拘束，很重要的一个原因是时间和空间距离太短。儿童文学需要走出铁栅栏，需要追溯流逝的生活和幻想未来的生活，需要表现小景小物，也需要表现一个无限的宇宙。儿童文学作家应凭借想象的翅膀，放任自己，漫无边际地翱翔。这对开阔少年的视野，扩大思维空间也是有益的。

进入20世纪80年代以后，儿童文学的时空距离正在扩大。《阿诚的龟》（刘厚明）、《我的第一个先生》（任大星）、《树荫》（黄世衡）、《题王许威武》（张之路）、《一只神奇的鹦鹉》（葛冰）、《独船》（常新港）、《祭蛇》（丁阿虎）、《遥遥黄河源》（陈丽）、《第七条猎狗》（沈石溪）等，便是佐证。

四

一个普遍流行的儿童文学理论：儿童文学要情节性强。这一观点，按说是没有什么谬误的。问题是，这里的情节和故事是同义语——儿童文学情节性强也就是故事性强。这也许仍然没有太大的谬误，谬误是我们把这一观点绝对化强调了，认为写儿童文学就是编一个曲折引人的故事。这一观点，在很长的一段时间里，左右着我们的一些儿童文学作家。

然而，我们现在却要说：这一观点需要修正。

事实上，那些没有什么故事性的作品，一样能强烈地吸引他们。一篇没有什么故事，只是用琐琐碎碎的细节刻画出一个活灵活现的艺术形象来的作品，一篇没有什么故事，只是抒写内在的善的感情的作品，不也使孩子们如痴如迷，流连忘返吗？黑柳彻子的《窗边的小姑娘》剖析的是一个小姑娘的心理历程，没有大波大澜，也无悬念、扣子之类，平平常常，不也使孩子读得津津有味、爱不释手吗？谁又能说《卖火柴的小女孩》有多么强的故事性呢？看来，儿童文学不仅仅是《汤姆·索亚历险记》（即使《汤姆·索亚历险记》，马克·吐温也没有把注意力单单放在故事上，它的成功，在于人物的成功）。

吸引小读者的可能是故事性，但不一定非要靠故事性。

像生活中有许多错误和偏颇的意识一样，我们的儿童文学也有许多错误或偏颇的意识。儿童文学必须讲究故事性——这一意识导致了我们一些儿童文学作家养成了一种并不高级的构思方式：一个抓人的开头，接着，中心故事略见端倪，再往下，小小波澜，中等波澜，激化，高潮出现，故事完结，落幕。构思方式，千篇一律。这种作品，我们很难恭维它。我们以为，以刻画人物形象为基本意识，并且获得成功的儿童文学作品才是上乘的。

人们习惯于一种传统意识，而不太愿意对它重新检验。而对"儿童文学必须讲究故事性"这一意识的重新检验证明，它是不能够成立的，至少是倾斜的。进入80年代，《洁白的茉莉花》（白冰）、《白色的塔》（程玮）、《彩色的梦》（方国荣）、《飞翔的灵魂》（舒婷）等一批作品相继出现，反叛了这个一直统治着儿童文学的观念。

五

我们有一些搞儿童文学创作的人习惯了众口皆云，几乎程式化了的儿童文学语言（圆圆的脸蛋儿，高高的鼻梁儿，脸儿红得像朵花儿，像快乐的小燕子，捏紧了小拳头之类）。这些语言不说它死了，也至少可以说它远远地不够用了。严格地讲，旧有的语言系统如果说还可以用来为低幼、低年级和中年级孩子写作，那么要想用它来为现在高年级和中学生写作，已不太适应了。儿童文学的语言系统需要扩建。

像过去的成人文学一样，我们过去一部分儿童文学作品单词量也很小，这是一个明显的缺憾。"奇怪""愤怒""伤心""蔚蓝""绚丽""晶莹"……使用的只是较少的一些常用词，这篇作品是这些，下一篇作品仍然是这些。单篇作品也许还看不出破绽，合成集子，便立即露馅，我们会立即感到语言的重复单调和枯燥。儿童文学当然不比成人文学，在单词的选择上，本来局限性就大一些。但，这并不等于说，我们的儿童文学语言靠这些单词就已经是完善的。

单词量小，再加上我们对生活中的语言未能很好采纳，因此，使儿童文学的叙事能力无法达到令人满意的水平。本来可以凭借丰富的词汇把丰富多彩的生活准确、生动、比较立体地表述出来的，但由于单词量小，事物的丰富性也随之简单、贫乏了。

我们的一部分儿童文学作品语言很缺乏文采。其实，儿童文学照样可以写得文采斐然、洋洋洒洒。冰心的《寄小读者》的语言，就很漂亮。严文井和金近的一些童话，语言也很空灵、美妙。我们一些老作家和一些年轻作家的一些作品，其实是很讲究文采的。

儿童文学既也为文学，语言岂能舍文学色彩而不顾呢？

语言的文采，是形成作品美感的一个极为重要因素。语言的灰暗，想使作品产生美感，是完全不可思议的。再说，作家还担负着净化民族语言，提高民族素质的天职。语言直接关系到一个民族的趣味的高雅和平庸。作为儿童文学作家，即使在语言运用上，也应当有一个民族意识。他要用圣洁的心灵去过滤语言，创造语言，让一个人在他的童年时代就惠受优美语言的雨露，使他们从小就养成一种高雅的情调。

我在《文学语言的演变》一文中曾说，就语言的深浅而言，它是有层次的，浅层次，很浅层次，深层次，很深层次。我们的不少儿童文学作品普遍采用的是一种浅层次的语言。这一层次的语言是一种与低幼、低年级和中年级的孩子相适应的语言，而我们把这种语言扩大到了高年级和中学生的生活领域里来了。而且，将此误认为语言具有儿童特点。呀呀啦啦，哼哼呢呢，再加圆圆的、大大的、红红的诸如此类的双音，努力制出一种所谓的儿童语言。这种语言实际上是牙牙学语的小儿语言（根据有关材料，即使幼儿也不宜使用这种语言）。拿腔拿调，人为制作的小儿腔，根本不是我们生活中的少年所正常使用的语言。这是天大的误解，而我们有一些儿童文学作家一直被这种误解所困扰，不能回到生活中来采摘与表现对象、欣赏对象层次相适应的语言。

生活中，少年所使用的语言很有一点深度了，尤其是今天，由于不断完善的幼儿教育，电视机前的时间量和书籍阅读量的增加，文化生活的范围扩大和密度加大，这一切，都在潜移默化地将语言层次推向纵深。这已不是一个月光下老奶奶拍着芭蕉扇向围着布兜、留着桃子头的小孙儿哼唱"老鸡带小鸡，走东又走西"的古老童谣的时代，而是"飞碟""百慕大三角""铁臂阿童木""星球大战""雀巢咖啡""雷达"和"精工"表、"海鸥飞往洛杉矶"的时代。新名词、新术语、新的童谣在涌入我们的儿童生活。同时，由于少年的理解能力与20世纪五六十年代相比普遍提高，他们的语言层次也加深了，他们甚至能部分地理解成人文学中意义深奥的语言，并引向他们的生活，在对话时，在日记本上，在作文里，在他们的习作中出现。而我们的一些儿童文学作品（除低幼文学）还在那里哼唱天真的小儿腔。

再说，除了人物语言，还有一个叙述语言。作者在进行创作时，可以作两种姿态。一是将自己幻变为孩子，用孩子的口吻叙述故事。一是保持作者本人的姿态，用作者自己的口吻叙述故事。他完全可以以读者的理解能力为依据，以并非为孩子日常生活中所使用的语言为叙述语言。当然，它与成人文学的叙述语言还是有区别的。

儿童文学也应讲究语言风格。而语言风格主要是由叙述语言形成的。作者在向读

者讲述故事时，同时也就把富有个性的语言教给了孩子。儿童文学作者在使用叙述语言时，是主动的，而非被动的，他除了让孩子听清楚事情以外，还承担着一个给孩子语言熏陶的责任。这就要求作者的语言层次至少不低于读者的理解能力，而采用略微有些难度的语言。在这同时，又保持各自的独特风格，使孩子从小就受到语言的丰富营养，掌握各有所长的多种风格的语言。既然我们过去的儿童文学语言系统是我们作家自己形成的，为什么不能再重新根据变化了的生活形成一个更好一些的儿童文学语言系统呢？（这个工作正在进行。我们可以对比一下今天的一些已经被编辑和读者们承认的儿童文学作品和过去的一些儿童文学作品的语言区别。）

六

有人将今天某些程度深了一些的儿童文学作品冠以"成人化"三字，这是需要商榷的。首先，我们反对儿童文学成人化。其次，我们反对给这些作品冠以"成人化"三字，因为，它实际上并非成人化。得出"成人化"这样的印象，是这些同志对读者领域的宽度大概发生误解。我们把儿童文学所服务的一个广阔的读者领域，无缘无故地缩减成为一个仅仅只含有低幼和低年级、中年级孩子的领域。极而言之——我们说的是极而言之，几十年来，如果还有一些为高年级孩子所阅读的作品，那么，很少有给广大中学生所阅读的作品。久而久之，我们就忘记了这一事实，以给低幼、低年级和中年级准备的作品代替了整个儿童文学；而我们却未发现这样一个事实。又久而久之，一些适合于低幼、低年级和中年级文学的文学理论观念，被笼统地作为全部的儿童文学理论观念了。目前有些同志对新的儿童文学现象产生怀疑，就失足于此。难道没有看到这样一些事实吗？"文化大革命"以前，广大的中学生们很少有适合他们阅读的作品，于是他们大多数阅读的是《青春之歌》《红日》《红旗谱》《红岩》《创业史》和《钢铁是怎样炼成的》。今天，我们的广大中学生们还在成人书架上寻找他们要阅读的作品，尽管艰涩，但毕竟比读那些适宜低年级、中年级孩子阅读的作品有劲。

还有我们在刊物上所见到的那些水平颇高的中学生们的习作，看看他们思想深度多深，语言层次多高。一个误会，造成一个领域广阔的读者贫民区。中学生，那些十四五岁以上的孩子，至今还是赤贫。这是儿童文学不可原谅的失职。面对一个明显的事实，还在那里要求一切作品都必须写出属于低幼孩子的生活范畴，都必须用浅显的语言写作，要求主题单一而袒露，要求人物优劣分明，恐怕不是很合适的吧？事实上，目前一些所谓有"成人化"味道的作品，除极个别作品外，绝大多数是孩子们能够领略也是被孩子们所承认的新的儿童文学作品。

我们不能再低估包括低年级、中年级在内的读者的欣赏能力了。我们似乎该从他们与大人一起看《血疑》，看《四世同堂》时两眼泪水盈盈这样一些事实受点启发了。仔细考察一下，他们的感情层次，对美的感受力、对哲理的理解力，会使我们感到惊讶的。

儿童文学似乎已经开始意识到这些变化，它的烛光正在朗照一个广阔的、本来就应当由它所管辖的"贫民区"！

七

能否写"朦胧爱情"？能否写坏孩子的形象？等等这些困惑，进入20世纪80年代以后，渐渐消失了。但一系列新的困惑又出现了。儿童文学像成人文学一样面对生活的全面挑战。首先是我们所描写和服务的对象在很短的时间里，忽然变得陌生，甚至使我们感到不可理解。过去，我们的对象在相当长的时间里没有什么变化。谁也不能对20世纪60年代和70年代的儿童各具有什么不同的特征下明确的界定，可现在却可以对80年代的儿童下界定——他们好像中了魔法，忽然在一个早上变得根本不像以前。

1. 孤独感

知识的竞争剥夺了孩子的群体活动。中国社会曾一度煽起过对知识的仇恨，社会往愚昧倒退了一大步。后来觉醒，重新昵近和拥抱知识，这乃是幸事。但，过激了，从某种意义上讲，知识又在行抑制和扼杀人性之能事。孩子需要阳光，需要蓝天，需要绿草地和群体。可是，我们在巨大的社会压力下——上大学、工作选择以及由此带来的人的一生前途——我们不得不把孩子与社会，与自然，与群体强制性地隔离开来，赶回到10平方米的小屋里去，压迫着，诱惑着他们坐到小桌子跟前去。家长又何尝不想让自己的孩子轻松一下？可做不到。因为社会有一种盲目的力量在威胁着他们。他们不断把力量转嫁给孩子以后，这种盲目的力量又会越来越大，就这样失去控制，恶性循环下去。

孩子不能不孤独。报上曾报道过的北京那个没有尝试人生就厌倦生活，用磁带留下遗言而告别人间的小姑娘，已使我们深深地感到了这种孤独。

2. 简约的社会关系

西方是现代文明自然带来了计划生育（有些国家出重金鼓励妇女生育），而我们是强制性地实行计划生育以向文明逼近。但，由于中国特殊的历史，我们只能暂时选择这条道路。

"只生一个好！"这个口号对于今日之中国，无疑再正确不过的。因为中国面临着很多问题：住房、交通、保健、公共厕所、就业、教育、人才拥挤而智囊外流等。我们没有足够的力量来承担无限制的生育。中国无路可走，只能开动所有的宣传工具宣传"只生一个好"的优越。然而，不久，我们将会在看到"只生一个好"的同时看到"只生一个不好"的情况，它甚至可能导致民族性格的弱化。这些问题我们无法预料，我们就说一个很现实的问题：社会关系简约。

几千年的中国社会是以家族制为基础的。对血缘关系的重视，这是中国社会区别于西方社会的一大标志。五伦关系（君臣、父子、兄弟、夫妇和朋友）中，有三伦出自家庭。一个婴儿出生，便立即置入高度复杂、系统庞大的家族关系之中。使他很快懂得这个家族成员的不同名分和权利，很快领受到这种关系要求各成员的不同责任和强制性给予的义务。据一个社会语言学家讲，世界上没有一个国家的亲属称谓像中国那么烦琐。但以后的情况很可能是没有一个国家的亲属称谓像中国那么简约。哥哥、弟弟、姐姐、妹妹、姑姑、叔叔、阿姨、舅舅等等称谓皆不存在。

过去我们的儿童文学惯用的人物关系，生活中不复存在。生活不再提供晨雾中小哥俩驾船捕鱼的故事，不再提供假日去海边渔村舅舅家跟着小表哥弄潮的故事，不再提供秀美的姐姐背着弟弟到村头看社戏的故事。那些在我们写作时让我们感动得泪水盈盈的一个哥哥对弟弟的感情，或是一个弟弟对哥哥的崇拜，一个姐姐对妹妹的关心，或是一个妹妹对姐姐的依恋，这些感情在现在和未来的生活中不多见了。以后的少年，要比现在成年人缺少若干种感情经验。现在成年人的感情是立体化的。以后的少年，感情则比较简单，趋向平面化。实际上，我们过去的几乎全部儿童文学作品，都是建立在这些人物

关系和这种种的情感之上的。但生活将要向文学宣布：以后我不再大量提供这一切关系和情感。

3. 旧秩序的破坏和新道德体系的建立

如果我们仔细地观察一下生活，将会发现，指导我们今天的生活原则与仅仅是五六年前的生活原则相比，已是迥异！

电视刺激，无孔不入的商业广告，快餐文化，用完就扔的生活方式，地板漆，夜市，二道贩子，农村万元户，强烈的购买欲，杂志上穿"三点式"泳装的女性形象，夏日数十万人往海滨迁徙，试管婴儿，航天飞机的坠落，国际恐怖主义……我们的少年所处的文化氛围与过去大大的不一样了。生活使现在的孩子组成了一种崭新的心理结构。现在一个 10 岁少年与 10 年前一个 10 岁少年，思维方式、感情方式都不一样。事实：旧的秩序像古城墙上的砖，在一块块地风化、剥落。

4. 知识的堆积

电视、广播、智力竞赛、漫天飞的杂志、家庭教师以及父母全力以赴的知识灌输，现在的少年所输入的知识信息量，是过去根本无法相比的。一方面，他们表现了很差的独立生活能力，而另一方面，却又在知识的占有方面显出惊人的优势。由于对知识的片面理解，社会将少年看成是一台知识接纳机器，进行强化性灌输。用不了多久，我们就将会发现这种畸形的知识传授的弊端（已经作了调查：学生的独立思考能力和实际工作能力普遍下降）。这是人工合成智能，是知识的堆砌，实际意义并不大。但，它使我们的学校和家庭陷入无能为力的窘境。一个中学教员的 6 岁儿子很骄傲，你说他，或者教导他什么，他总是头也不抬地回答："我知道。"这使这位中学教员很伤脑筋，下决心要纠正孩子这个毛病。费了很大的功夫，找到了一篇用以教育的童话。这篇童话说天气凉了，小鸟劝树上的知了早做越冬准备，知了说："知了。"还有很多动物都来提醒它，它都如此作答。结果冬天来了，知了冻死了。6 岁的儿子没等他讲完就嘲笑父亲："它不会死的，它繁殖了后代，以后又会从泥土里爬出来。是电视上讲的。"那位中学教师很丧气，他的精心准备被儿子一句话给抹杀了。

"今天的孩子，没法教育！"我们随时听到这种叹息声。

5. 提前到来的性成熟

性早熟，几乎不用再作证明。性早熟不仅仅是生理方面的原因所导致，还有心理方面的原因。现在再争论少年之间是否有两性互相吸引，实在毫无意义，剩下的问题只是：怎么看待。

6. 强化的欣赏力和短暂的记忆

事实不可否认：今天的少年，艺术欣赏力空前强化。

整个社会的欣赏能力都在强化。中国进入中华人民共和国成立以来的高水准艺术欣赏期。

与此同时，我们的记忆变得十分短暂。

现代社会的快速运转，使生活价值标准的变易周期大大缩短。一种标准的持续时间短得惊人。当一些人深恶痛绝喇叭裤的时候，喇叭裤全国流行开来，但当这些深恶痛绝者习惯了喇叭裤的时候，却又流行起细裤腿来。这简直是一种嘲弄。去年的北京街头，从中年妇女到年轻姑娘，从有身份的到没有身份的，都穿起运动裤来。进入 20 世纪 80 年代，似乎没有固定的价值标准和审美标准。

现代生活形成了一种疲倦心理——我们的记忆非常容易疲倦。昨天,我们还在张开双臂迎接一个新作家的问世,但过不了几天,我们就要冷淡他、忘记他。从 20 世纪 80 年代出现的众多的文学现象,我们也能得出这种印象。

这记忆力的短暂使我们陷入一片惶惑。搞儿童文学的一样处于这种尴尬的境地里。今天孩子的审美趣味,欣赏姿态,变化是十分迅捷的! 还应当注意到,因为电视的冲击,小读者正大批转变成小观众。据未来学者的预测,以后的少年儿童还要进一步脱离纯文学而喜爱科幻之类的作品。

现象很多,不再——列举。

小说家兼科学家C.P.斯诺说:"本世纪之前……'社会变化'如此之慢,以致人们在整个一生都感觉不到这种变化。然而,现在却不是这样了。变化的速度大幅度增长,甚至我们的想象力都跟不上。"⑦中国虽然还是一种农业节奏,但它也在迅速地变化。越来越浓重的工业情调,正在侵占农业生活的伊甸园。生活节奏在向世界节奏靠近。事实上,中国社会已经开始显示现代社会的某些特征。面临生活的全面挑战,现在和将来的儿童文学必将更大幅度地更新观念。

儿童文学 "是以通过其作品的文学价值将儿童引导成为健全的社会一员为最终目的……就是说,要使灵长类的人类的能力得到最高度的发展。"⑧观念的更新和生成,又一定要符合这一总目标。

[注释]
①鲁迅:《坟·论睁了眼看》。
②⑥鲁迅:《且介亭杂文末编·立此存照(三)》。
③鲁迅:《坟·灯下漫笔》。
④鲁迅:《华盖集·这个与那个》。
⑤许寿裳:《怀忘友鲁迅》。
⑦[美]托夫勒:《未来的震荡》,四川人民出版社 1985 年版,第 19 页。
⑧[日]上笙一郎:《儿童文学引论》,四川少年儿童出版社 1983 年版,第 13 页。

(原载曹文轩著《中国 80 年代文学现象研究》,北京大学出版社 1988 年版)

追随永恒

曹文轩

"如何使今天的孩子感动？"这一命题的提出，等于先承认了一个前提：今天的孩子是一个一个的"现在"，他们不同于往日的孩子，是一个新形成的群体。在提出这一命题时，我们是带了一种历史的庄严感与沉重感的。我们在咀嚼这一短语时，就觉得我们所面对的这个群体，是忽然崛起的，是陌生的，是难以解读的，从而也是难以接近的。我们甚至感到了一种无奈，一种无法适应的焦虑。

但我对这一命题却表示怀疑。

作为一般的，或者说是作为一种日常性的说法，我认为这一命题可能是成立的。因为，有目共睹，今天的孩子其生存环境确实有了很大的改变，他们所临对的世界，已不再是我们从前所面临的世界；今天的孩子无论是从心理上还是从生理上，与"昨日的孩子"相比，都起了明显的变化。

然而，如果我们一旦将它看成是一个抽象性的或者说具有哲学意味的命题提出时，我则认为它是不能成立的。我的观点很明确——在许多地方，我都发表过这样的观点：今天的孩子与昨天的孩子，甚至于与明天的孩子相比，都只能是一样的，而不会有什么根本性的不同。

我对这样一个大家乐于谈论并从不怀疑的命题耿耿于怀，并提出疑问，是因为我认为它是一个极重要的问题，它直接影响着我们的思维取向、观察生活的态度、体验生活的方式乃至我们到底如何来理解"文学"。

遗憾的是，在这短小的篇幅里我根本无法来论证我的观点。我只能简单地说出一个结论：今天的孩子，其基本欲望、基本情感和基本的行为方式，甚至是基本的生存处境，都一如从前；这一切"基本"是造物主对人的最底部的结构的预设，因而是永恒的；我们所看到的一切变化，实际上，都只不过是具体情状和具体方式的改变而已。

由此推论下来，孩子——这些未长大成人的人，首先一点，他们是能够被感动的。其次，能感动他们的东西无非也还是那些东西——生死离别、游驻聚散、悲悯情怀、厄运中的相扶、困境中的相助、孤独中的理解、冷漠中的脉脉温馨和殷殷情爱……总而言之，自有文学以来，无论是抒情的浪漫主义还是写实的现实主义，它们所用来做"感动"文章的那些东西，依然有效——我们大概也很难再有新的感动招数。

那轮金色的天体，从寂静无涯的东方升起之时，若非草木，人都会为之动情。而这轮金色的天体，早已存在，而且必将还会与我们人类一起同在。从前的孩子因它而感动过，今天的这些被我们描绘为在现代化情景中变得我们不敢相认的孩子，依然会因它而感动，到明日，那些又不知在什么情景中存在的孩子，也一定会因它而感动。

"如何使今天的孩子感动？"我们一旦默读这一短句就很容易在心理上进行一种逻辑上的连接：只有反映今日孩子的生活，也才能感动今日的孩子。我赞同这样的强调，但同时我想说:这只能作为对一种生活内容书写的倾斜,而不能作为一个全称判断。感动今世,并非要一定写今世。"从前"也能感动今世。我们的早已逝去的苦难的童年,一样能够感动我们的孩子,而并非一定要在写他们处在今天的孤独中,我们表示了同情时,才能感动他们。若"必须写今天的生活才能感动今天的孩子"能成为一个结论的话,那么岂不是说,从前的一切文学艺术都不再具有感动人的能力,因而也就不具有存在的价值了吗?

再说,感动今世,未必就是给予简单的同情。我们并无足够的见识去判别今日孩子的处境的善恶与优劣。对那些自以为是知音、很随意地对今天的孩子的处境作是非判断、滥施同情而博一泡无谓的眼泪的做法,我一直不以为然。感动他们的,应是道义的力量、情感的力量、智慧的力量和美的力量。而这一切是永在的。我们何不这样问一问:当那个曾使现在的孩子感到痛苦的某种具体的处境明日不复存在了——肯定会消亡的——你的作品将又如何? 还能继续感动后世吗?

就作家而言,每个人有每个人的一份独特的绝不会与他人雷同的生活。只要你曾真诚地生活过,只要你又能真诚地写出来,总会感动人的。你不必为你不熟悉今天的孩子的生活而感到不安(事实上,我们也根本不可能对今天的孩子的生活完全一无所知)。你有你的生活——你最有权利动用的生活,正是与你的命运、与你的爱恨相织一体的生活。动用这样的生活,是最科学的写作行为。即使你想完全熟悉今日孩子的生活(而这在实际上也是不可能的),你也应该有你的自己的方式——走近的方式、介入的方式、洞察和了悟的方式。我们唯一要记住的是,感动人的那些东西是千古不变的,我们只不过是想看清楚它们在什么新的方式下进行的罢了。

追随永恒——我们应当这样提醒自己。

(原载《作家通讯》2004 年第 5 期)

文学应给孩子什么

曹文轩

儿童文学是用来干什么的？多少年前我提出了一个观点：儿童文学作家是未来民族性格的塑造者。前几年，我将这个观念修正了一下，作了一个新的定义：儿童文学的使命在于为人类提供良好的人性基础。我现在更喜欢这一说法，因为它更广阔，也更能切合儿童文学的精神世界。

换一种说法：包括儿童文学在内的语文教学、作文教学等，其目的都是为人打"精神的底子"。

如果今天有人觉得用神圣的目光看待文学是可笑的话，我想是不会有人去嘲笑用神圣的目光去看待儿童文学的——如果他是人父人母。

道 义 感

文学之所以被人类选择，作为一种精神形式，当初就是因为人们发现它能有利于人性的改造和净化。人类完全有理由尊敬那样一部文学史，完全有理由尊敬那些文学家。因为文学从开始到现在，对人性的改造和净化，起到了无法估量的作用。在现今人类的精神世界里，有许多美丽光彩的东西来自于文学。在今天的人的美妙品性之中，我们只要稍加分辨，就能看到文学留下的痕迹。没有文学，就没有今日之世界，就没有今日之人类。没有文学，人类依旧还在浑茫与灰暗之中，还在愚昧的纷扰之中，还在一种毫无情调与趣味的纯动物性的生存之中。

某些病态的现代理论，却要结束这样的文学史，鼓励与滋长对文学的一种轻慢态度，我以为这是在毁灭文学。

文学——特别是儿童文学，要有道义感。文学从一开始，就是以道义为宗的。

必须承认固有的人性远非那么可爱与美好。事实倒可能相反，人性之中有大量恶劣成分。这些成分妨碍了人类走向文明和程度越来越高的文明。为了维持人类的存在与发展，人类中的精英分子发现，在人类之中，必须讲道义。这个概念所含意义，在当初，必然是单纯与幼稚的，然而，这个概念的生成，使人类走向文明成为可能。若干世纪过去了，道义所含的意义，也随之不断变化与演进，但，它却也慢慢地沉淀下一些基本的、恒定的东西：无私、正直、同情弱小、扶危济困、反对强权、抵制霸道、追求平等、向往自由、尊重个性、呵护仁爱之心……人性之恶，会因为历史的颠覆、阶级地位的更替、物质的匮乏或物质的奢侈等因素的作用而时有增长与反扑，但，文学从存在的那一天开始，就一直高扬道义的旗帜，与其他精神形式（如哲学、伦理学等）一道，行之有效地抑制着人性之恶，并不断使人性得到改善。没有道义的人类社会，是无法维持的；只因有了道义，人类社会才得以正常运转，才有今天我们所能见到的景观。

由此而论，不讲道义的文学是不道德的。不讲道义的儿童文学更是不道德的。

文学张扬道义,自然与道德说教绝非一样。道德说教是有意为之,是生硬而做作的。而张扬道义,乃是文学的天生使命,是一种自然选择。在这里,道义绝非点缀,绝非某个附加的主题,而是整个文学(作品)的基石——这基石深埋于土,并不袒露、直白于人。它的精神浸润于每一个文字,平和地渗入人心,绝不强硬,更不强迫。

一件艺术品,倘若不能向我们闪烁道义之光,它就算不上是好的艺术品。

情　调

今日之人类与昔日之人类相比,其区别在于今日之人类有了一种叫作"情调"的东西。而在情调养成中间,文学有头等功劳。

人类有情调,使人类超越了一般动物,而成为高贵的物种。情调使人类摆脱了猫狗一样的纯粹的生物生存状态,而进入一种境界。在这一境界之中,人类不再是仅仅有一种吃喝及其他种种官能得以满足的快乐,而且有了精神上的享受。人类一有情调,这个物质的生物的世界从此似乎变了,变得有说不尽或不可言传的妙处。人类领略到了种种令身心愉悦的快意。天长日久,人类终于找到了若干表达这一切感受的单词:静谧、恬淡、散淡、优雅、忧郁、肃穆、飞扬、升腾、圣洁、素朴、高贵、典雅、舒坦、柔和……

文学似乎比其他任何精神形式都更有力量帮助人类养成情调。"寒波澹澹起,白鸟悠悠下。""疏影横斜水清浅,暗香浮动月黄昏。"文学能用最简练的文字,在一刹那间,把情调的因素输入人的血液与灵魂。但丁、莎士比亚、歌德、泰戈尔、海明威、屠格涅夫、鲁迅、沈从文、川端康成……一代代优秀的文学家,用他们格调高贵的文字,将我们的人生变成了情调人生,从而使苍白的生活、平庸的物象一跃成为可供我们审美的东西。

情调改变了人性,使人性在质上获得了极大的提高。

而情调的培养,应始于儿童。

情调大概属于审美范畴。

现在的语文教学、作文教学,往往一说就是思想的深刻性,全部的注意力都放在思想上,就像现在的理论与现在的文学一样,玩命地追求思想的深刻性。有些人对思想的深刻性的追求甚至到了变态的程度。一些看似深刻的东西,甚至离开了常识。所以我常对学生说:首先回到常识。这种气氛是怎么形成的? 三言两语说不清楚。我这里只说,文学忘了:这个世界上,除了思想,还有审美,这两者都很重要。我一贯认为,美感的力量、美的力量绝不亚于思想的力量。

再深刻的思想都可能变为常识,但只有一个东西是不会衰老的,那就是美。我们再打个比方,东方有一轮太阳,你的祖父在看到这一轮太阳从东方升起的时候,会感动,你的父亲一样会感动,而你在看到这一轮太阳升起的时候也一样会感动。这种感动一直到你的儿子,孙子,子子孙孙,一代一代地传下去。每当我们看到这一轮天体从东方升起的时候,我们都会被它感动,这就是美的力量。

然而,现在中国的语境里面却有一个非常奇怪的现象,"美"成了一个非常矫情的字眼。我在课堂上讲课的时候,每当说到"美"这个字眼的时候,就觉得非常矫情。这个年头你怎么还会谈美呢? 这是非常非常奇怪的。我告诉大家,现在的中学语文选课文,很难从中国当代作家的作品里选出一些文本,只能从现代作家的作品里选。为什么? 现在的作家很少有适合给中学生看的散文和小说,因为里边都有一些很脏的东西。我在许多地方都表达过这样一个观点:中国作家把丑和脏混为一谈。西方的文学和艺术一直在

写丑，这是没有问题的，丑是它里面很重要的一脉，但是它不写脏。丑和脏是两个完全不同的概念。打个比方，我们说这个人长得很丑，但并不意味着这个人很脏，也许这还是一个非常非常干净的人。所以脏和丑是两个不同的概念。非常令人惋惜的是中国现在有许多作家对这两个概念区别不开。另外，中国作家还有一对概念区别不开，就是"虚伪"和"假"。虚伪是道德品质的问题，假是一个必要的东西。当人类第一次把一片树叶遮在他的羞处时，假就已经开始了。他并没有说我的身体在炎热的天气之下，为什么还要拿个东西遮住，拿掉不是更真实吗？但是不，这是文明的开始，这是文明的第一步。假从这个地方已经开始了。康德把"假"和"虚伪"区别得非常清楚。我们却把这对概念混为一谈。只要认为是不真实的，就是虚伪。那么我就在想，在一个特定的场合比如说去签订一个国际条约，你能穿一个三角裤衩去吗？那不行吧。天气再炎热，你都得西装笔挺，非常庄重地到那个地方签字。你总不能穿个三角裤衩跑到长安街街头吧。不能因为夏天热，不管什么场合都袒胸露背。这个就是假，假是必要的。

新时期的小说，写厕所的不少。我曾建议一个学生写一篇论文：新时期小说中的厕所意象。一个人与一个人认识，是蹲坑认识的。一个了不起的创意，诞生于便桶之上。不久前看了一部电影，导演是一位很有思想的新生代导演。其中有一个镜头：一个人追着一个人办事，那个人说，我上一趟厕所，你等我一会。那人就进了厕所，于是我们就听到了一股水流声。等在外面的这位，等得不耐烦了，也进了厕所，于是我们听到了更为宏大的水流声。就在最近，还在电视里看过一个叫《厕所》的舞蹈，就见那些人从这个便桶挪到那个便桶。中国究竟是怎么了？一谈美，人家就说你附庸风雅。我要说，附庸风雅不比你附庸恶俗好吗？一个风雅之人，一个风雅民族，其实都是从附庸风雅开始的。附庸就是模仿，就是亲近，没有附庸之心，则永远与风雅无缘。请文学不要随地吐痰，不要随地大小便。文学应当讲一点卫生，讲一点修养。脱裤子撒尿，撒不出现实主义来。靠脱裤子撒尿来制造所谓的真实感，也实在是到了山穷水尽的地步了。不要误读西方，以为西方的大街上到处都是嬉皮士。西方的精神标尺始终没有倒下。去看一看那些代表西方文学主流艺术获奥斯卡奖的影片就会有这个深刻的感受。如果这个高度不存在了，也就是文学下滑的开始。我们是作洼地文学还是作高地文学？总得在脑子里过一过吧？

一个未经证明但感觉上仿佛对的观念是：深刻不存在于美的物象之中，深刻只隐藏于丑陋与肮脏的物象之中。这一观念来自现代派的实践与理论，几乎形成了一个公式：丑（脏）等于深刻。

不是说文学不能写厕所，不能写小便。加西亚·马尔克斯在《霍乱时期的爱情》中也写过厕所。作品中的男主人公，上了岁数，上厕所解小便时，总是稀里哗啦，弄得便桶很脏，他的老伴就时常指责他，搞得他很伤心。他回忆起他年轻时上厕所撒尿的情景——那是一番什么样的情景啊！又稳又准又狠。这里写的是生命流逝、青春不再的伤感。

这个对比，可以看出中国作家与这些大师们在境界上的高低来。

文学家的天职，就是磨砺心灵、擦亮双目去将它一一发现，然后用反复斟酌的文学昭示于俗众；文学从一开始，就是应这一使命而与人类结伴而行的；千百年来，人类之所以与它亲如手足、不能与它有一时的分离，也就正在于它每时每刻都在发现美，从而使枯寂、烦闷的生活有了清新之气，有了空灵之趣，有激活灵魂之精神，并且因这美而获得境界的提升。

人类现今的生活境界，若无文学，大概是达不到的；若无文学，人类还在一片平庸与恶俗之中爬行与徘徊。这也就是文学被人类昵近与尊敬的理由。

我横竖想不通：当下中国，"美"何以成了一个矫情的字眼？人们到底是怎么了？对美居然回避与诋毁，出于何种心态？难道文学在提携一个民族的趣味、格调方面，真是无所作为、没有一点义务与责任吗？

成人文学那里有对于"美"的忽略，但在儿童文学这一块，我们还是要讲一讲的。不打这个底子不行。没有这个底子，人性是会很糟的。且别急着深刻，且别急着将人类的丑行那么早地揭示于他们。钱理群先生本是一个思想很锐利、很无情的人，但说到给孩子的文字时，他却说，人的一生犹如一年四季，儿童时代是人的春天。春天就是春天，阳光明媚，充满梦想，要好好地过。用不着在过春天的时候就让他知道寒冷的冬天。让他们过完一个完整的春季。钱理群先生懂得这个人性的底子、精神的底子到底怎么打。

美育的空缺，是中国教育的一大失误。这一失误后患无穷。蔡元培担任中华民国第一任教育总长时，在全国第一次教育讨论会上，提出五育（德、智、体、世界观教育、美育）并举的思想，其中就有美育。但美育的问题引起激烈的争论，几乎被否定掉了。后来是作为中小学的方针被肯定下来的。但对美育的理解存在趋窄的倾向，仅仅将它与美术、音乐等同了起来。在蔡元培看来，五育为一个优质人性培养的完美系统，德智体为下半截，世界观、美育为上半截。

恢复完整的教育系统，不仅是少儿社的事，也是教育社、所有出版社的事。不仅是出版社的事，也是政府、全社会的事。

悲悯情怀

台湾将有关我的评论文章收成一本集子，电话中我问责编书名叫什么，她说叫"感动"。我非常感谢她对我作品的理解。

悲悯情怀（或叫悲悯精神）是文学的一个古老的命题。我以为，任何一个古老的命题——如果的确能称得上古老的话，它肯定同时也是一个永恒的问题。我甚至认定，文学正是因为它具有悲悯精神，并把这一精神作为它的基本属性之一，才被称为文学，也才能够成为一种必要的、人类几乎离不开的意识形态的。

在我们看来，陈旧的问题中，恰恰有着许多至关重要，甚至是与文学的生命休戚相关的问题。而正是因为这些问题是一些基本问题，所以又极容易被忽略，其情形犹如我们必须天天吃饭，但却在习以为常的状态下，不再将它看成是一个显赫的问题一样。进入这个具有强烈现代性的时代之后，人们遗忘与反叛历史的心理日益加重，在每时每刻去亲近新东西的同时，将过去的一切几乎都废弃掉了。

悲悯情怀（或叫悲悯精神），就正在被废弃掉。所以，我们有必要重说这一情怀、这一精神。

对文学而言，这不是一个什么其他的问题，而是一个艺术的问题。

我对现代形态的文学深有好感。因为它们看到了古典形态之下的文学的种种限制，甚至是种种浅薄之处。现代派文学决心结束巴尔扎克、狄更斯的时代，自然有着极大的合理性与历史必然性。现代形态的文学大大地扩展了文学的主题领域，甚至可以说，现代形态的文学帮助我们获得了更深的思想深度。我们从对一般社会问题、人生问题、伦理问题的关注，走向了较为形而上的层面。我们开始通过文学来观看人类存在的基本状态——这些状态是从人类开始自己历史的那一天就已存在了的，而且必将继续存在。正是与哲学交汇的现代形态的文学帮我们脱离了许多实用主义的纠缠，而在苍茫深处，看到了这一切永在，看到了我们的宿命、我们的悲剧性的历史。然而，我们又会常常在内心诅咒现代形态的文学，因为，是它将文学带进了冷漠甚至是冷酷。也许，这并不是它的本意——它的本意还可能是揭露冷漠与冷酷的，但它在阅读效果上，就是如此。对零度写作的某种认同，一方面，使文学获得了所谓的客观性，一方面使文学失去了古典的温馨与温暖。现如今，这样的文学，已不再是漂泊者的港湾、荒漠旅人的绿洲。文学已不能再庇护我们，不能再慰藉我们，不能再纯净我们。

上面说到古典形态的文学，始终将自己交给了一个核心单词：感动。古典形态的文学做了多少世纪的文章，做的就是感动的文章。而这个文章，在现代形态的文学崛起之后，却不再做了。古典形态的文学之所以让我们感动，正是在于它的悲悯精神与悲悯情怀。当慈爱的主教借宿给冉阿让、冉阿让却偷走了他的银烛台被警察抓住、主教却说这是他送给冉阿让的时候，我们体会到了悲悯。当祥林嫂于寒风中拄着拐棍沿街乞讨时，我们体会到了悲悯。当沈从文的《边城》中爷爷去世，只翠翠一个小人儿守着一片孤独时，我们体会到了悲悯。我们在一切古典形态的作品中，都体会到了这种悲悯。在沉闷萧森、枯竭衰退的世纪里，文学曾是情感焦渴的人类的庇荫和走出情感荒漠的北斗。

我不想过多地去责怪现代形态的文学。我们承认，它的动机是人道的，是善的。它确实如我们在上面所分析的那样，是想揭露这个使人变得冷漠、变得无情、变得冷酷的社会与时代的，它大概想唤起的正是人们的悲悯情怀，但，它在效果上是绝对失败了。

人类社会滚动发展至今日，获得了许多，但也损失或者说损伤了许多。激情、热情、同情……损失、损伤得最多的是各种情感。机械性的作业、劳动的重返个体化的倾向、现代建筑牢笼般的结构、各种各样淡化人际关系的现代行为原则，使人应了存在主义者的判断，在意识上日益加深地意识到自己是"孤独的个体"。无论是社会还是个人，都在止不住地加深着冷漠的色彩。冷漠甚至不再仅仅是一种人际态度，已经成为新人类的一种心理和生理反应。人的孤独感已达到哲学与生活的双重层面。

甚至是在这种物质环境与人文环境中长大的儿童（所谓的"新新人类"）都已受到人类学家们的普遍担忧。担忧的理由之一就是同情心的淡漠（他们还谈不上有什么悲悯情怀）。什么叫"同情"？同情就是一个人处在一种悲剧性的境况中，另一个人面对着，心灵忽然受到触动，然后生出扶持与援助的欲望。当他在进行这种扶持、援助之时或在完成了这种扶持、援助之后，心里感到有一种温热的暖流在富有快感地流过，并且因为实施了他的高尚的行为，从而使他的人格提升了一步，灵魂受到了一次净化，更加愿意在以后的日子里，继续去实施这种高尚的行为。我们已看到，今天的孩子，似乎已没有多少实施这种高尚行为的冲动了。

种种迹象显示，现代化进程并非是一个尽善尽美的进程。人类今天拥有的由现代化进程带来的种种好处，是付出了巨大代价的。情感的弱化就是突出一例。

在这一情状之下，文学有责任在实际上而不是在理论上做一点挽救性的工作。况且，文学在天性中本就具有这一特长，它何乐而不为呢？现代形态的小说家们过于形而上的人道主义，在客观效果上，可能恰恰是对情感弱化之趋势的推波助澜。现代派理论对现代小说的阐释无论多么深刻，它在效果上的那种推动情感进一步冷漠化的作用却是无法否认的。大概正是因为如此，人们才创造了《廊桥遗梦》《泰坦尼克号》《克莱默夫妇》之类能够让人直接体味到悲悯但并不高级的作品。

我们如此断言过：文学在于为人类社会的存在提供和创造一个良好的人性基础。而这一"基础"中理所当然地应包含一个最重要的因素：悲悯情怀。

文学没有理由否认情感在社会发展意义上的价值，也没有理由否定情感在美学意义上的价值。它一样也是人类存在的基本问题。

文学有一个任何意识形态都不具备的特殊功能，这就是对人类情感的作用。我们一般只注意到思想对人类进程的作用。其实，情感的作用绝不亚于思想的作用。情感生活是人类生活的最基本部分。一个人如果仅仅只有深刻的思想，而没有情感或情感世界比较荒凉，是不可爱的。如果有人问我，你喜欢康德还是歌德，我会毫不犹豫地说：我喜欢歌德，这个人有思想，也有感情，知道谈情说爱，知道浪漫。而康德这个人只有思想，他连女人都不喜欢，很冷血的样子，是一个思想的动物，不可爱。

（原载《文艺报》2005 年 6 月 2 日）

漫谈儿童文学的价值

秦文君

对儿童文学的价值会有不同的解释，但是我想为它做一个最美丽的解释。

衡量中国原创儿童文学的发展，其实取它横向和纵向交叉的坐标最好。作为一个亲眼目睹或亲自实践于此的人，我觉得新时期中国儿童文学的发展是巨大的，是符合美学规律的。我们经历了向艺术回归、向读者回归，而即将向儿童文学的自然天性回归 3 个过程，这 3 个回归，无一不是巨大的阶梯。

这第 3 个回归更具美学意义，因为它更和谐，更有归属感和民族性，而且更能体现人类自省的能力和某种预见性。当然，还要有更多的童年的秘密和童年的趣味。如今有些作品缺少心灵的力量，找不到文学的甘露。心灵的力量，永远是儿童文学的甘露，这是全世界都共同的，从心灵里流淌出来的文字、趣味和情感是有价值的。

当我们在把优秀的儿童文学作品介绍给孩子们阅读时，也会发现书店里总是有着不少格调比较低下的读物，迎合着市场的需要，面对儿童文学创作中呈现的越来越多的消遣性、实用性、娱乐化、模式化的倾向，人们视线里的艺术标杆也许会有片刻的模糊，但很快就会清楚这是需要有所抗拒的，中国儿童文学应该更多地提供思想资源，对于生活的真相它必须要有所揭示。因为它是文学，它要以单纯有趣的文学形式回答人究竟是怎样的，回答世界是怎样的，要传递民族精神，并表达全人类的道义和人们内心最真诚的呼唤，以及生活的真相。

好的儿童文学作品应该是大人和小孩能共读的，小孩读了有小孩的想法，大人读了有大人的感悟。在以往的几十年中，中国孩子都是通过自然的方式来感受儿童文学的光芒的。

我的写作开始于 1982 年，从一开始起就怀有一种强烈的追寻童年的情结：从热爱自己的童年直至珍惜他人的童年，关注人类所有人的童年，我相信这是一个有趣的开端，足可以引出任何涵盖大意义的命题，我写了快 25 年，出版了 40 多本书，50 次获各种儿童文学奖，我的《男生贾里》出版 10 年以来，这个系列累计已印行了 120 万册。

到了新世纪，我发现自己还需要做另一件事情，因为我先后收到小读者的来信 8000 余封，仿佛他们的阅读诉求是很"走浅"的，感动心灵，关注他们情感，尊重他们审美意趣的图书是深受欢迎的，而且当前少儿的阅读诉求是有规律可循的，他们的阅读诉求中有积极的提议，也有盲点，现总结一些：1. 幽默一点，再幽默一点，让我们会心一笑。2. 多写写我们自己的故事。3. 来点幻想作品，让我们到梦想里去。4. 写点有关校园恋爱的事，告诉我们如何与异性相处。5. 想在阅读里玩一玩，什么侦探，惊险，武侠，好玩最好。6. 最好是连续的系列书，不断告诉我们书里的家伙后来怎么样了。7. 有好看的科普书最好，等等。

当然这是孩子的呼声，也是他们的权利，然而这并不意味着如今是一个让人简单的时代。深入地研究这些信，就会看到那底下有着当代少年儿童心灵层面上的许多惊人的东西：对学习压力的极力抗拒，对环境的忧虑，对社会某些阴暗面的不平，对人与人之间冷漠的不安，他们的确有着作为一个人的深度，他们生活在一个格外需要思想和思考的时代。

另外，我发现周围的很多孩子在与阅读儿童文学失之交臂，在我所去的100多所学校中，小学生人数都在1000以上，最多的有5000，可是他们之前真正有过独立地阅读儿童文学体验的只占10%左右。

关键是媒体生态的变化动摇了人的思维结构，影响了人的社会形态和生活，以电视为代表的新媒介的门槛非常低，让孩子非常容易接受，从接受的角度上虽然说是退化和被动地接受，但是它很容易打动人。而很多的父母，把电视机等新媒介当作孩子的保姆。一旦孩子对新媒体产生深深的依赖之后，他对阅读这种有难度的活动就产生了一定的排斥，甚至于敌意。因为阅读具有文字赋予的理性和特点，它的门槛比较高，可能要经过一定的培养和引导。因为文学提供的符号意义是具有理性的，提供情感的历练，提供经验，提供精神，提供巨大的美感，提供各种内涵。所以在接受上是有一些高度的。这些高度就非要让孩子跳起来才能够摸到，应该说阅读跟其他的新媒介相比，在争夺孩子这一点上处于一种劣势，这将会是一个社会问题。我们走了很多学校，发现阅读量的丧失和减少使当代的孩子存在着的一定的语言缺失，尤其是口语表达上的缺失。他们的表达是越来越直接，越来越简单。现在的小孩连表达都有模式化，他们以明星的感觉或者主持的感觉，告诉你我的网名是什么，血型是什么，他们对情感上的东西也受了成人化的影响，以前跟我交流的时候，可能会来一封信，然后慢慢告诉你一点儿他和别人之间的交往。但是现在的孩子一上来就告诉你，后面的男同学对她有意思，有的坦率到了惊人的地步。缺失感情也是大问题。电视媒介和一些游戏是以好玩的形式出发的，但是最后是体现了一种暴力的征服，很多的孩子相信力量是一切，所以在情感上也容易出现一些冷漠、愤怒、抵制。很多孩子告诉我说他受伤了，很多都这样，写到伤心的东西孩子特别能接受，这反映了一代未成年人缺失的东西。

优秀的儿童文学使孩子懂得了雅致和怜悯，远离野蛮和荒谬。童年时打下基础的阅读文学的习惯会像最忠心的伙伴。徜徉于文学构起的大厦内，才能深度发现人的思想可以如此辉煌，人的情感原来是这样深弘广博；人生的故事竟能如这般跌宕起伏，悲欢离合。这让我深深同情那些缺乏阅读的孩子，他们错失了那么多，那么多。

这些年，我走过很多城市和乡村，作鼓励孩子阅读儿童文学的报告，也倾听他们的各种提问和困难。2004年我作了30多场对孩子的文学的辅导，2005年作了50场左右，那两年基本上是城市的学校占多数。2006年我跑得更多，半年间就去了几十所学校，主要去了江苏无锡、通州，浙江的诸暨、宁波，辽宁沈阳、大连、鞍山、抚顺，还有新疆等地，这一次侧重的是各县城和农村的中小学，有时一天要演讲3场。

在浙江的一些农村的学校，中午有两个多小时的午休时间，我们尝试说服孩子在这里面抽出半个小时来进行阅读儿童文学，通过孩子的反馈，我听到了人间最真诚的声音，也看到了人类最早期成长的灵性和我们的工作是何等美妙。

孩子是能够亲近优秀的儿童文学的，对此的感情会越来越深厚，因为通过阅读独特的文本他们会获得非常微妙的精神上和心智上的沉淀。当然鼓励孩子阅读优秀作品实际上是有很多层次的，比较有效的是通过几个步骤来进行。

1. 培养对文学的感情——趣味为先

总是以讲故事的形式，以孩子的认知水准能够接受的形式开始；孩子们是最能接受的。好的儿童文学作品是大人和小孩都喜欢读的，小孩读了有小孩的想法，大人读了有大人的感悟。孩子们对一个作品感兴趣的时候，首先是认为它有趣。但是小孩也有人类最早的脑筋和心思，甚至复杂。只是那是一种"微妙的复杂"，儿童文学作家的本事是能把这些羽化成妙趣。仅仅给了孩子有趣是不够的，因为支撑一个作品能够长久，能够感动人，能够给人以一种真正启发的，还是那些有趣背后的东西。就是说按照孩子的天性，让孩子快乐应该是很容易的，因为孩子天生是有一种乐观的东西的。如果说孩子的快乐，他们的笑声对于我们来说是一种奖赏，我承认这是最高兴的事。但是，如果仅仅有笑声的话，笑声背后就是遗忘，因为他的笑声过后，必须留下东西才有意义，这个支撑就是人类的情感资源，思想资源，这能唤起人们内心深处的很多触动，这才是我们追求的文学理想。

2. 学会体验故事、意境、人物——感动为上

我觉得要感动孩子，特别要注意孩子向善的要求。虽然说现在的孩子存在着各种各样的毛病，但是内心是有一些向善的要求的，比如说《女生贾梅全传》里面有一个细节，我没有想到会感动孩子：一对双胞胎的兄妹，妹妹被校园的恶霸欺负了，很多人告诉她说你应该叫你的哥哥帮你报仇，但是她最终没有把这个事告诉她的哥哥，她觉得如果她的哥哥去较量的话，又会被恶霸欺负。结果很多孩子对这一点特别感动。孩子们认为这是一声叹息，觉得这个东西写了他们在校园里面的无奈或者是内心的一些东西。实际上人与人存在同情关爱，它存在于孩子的心里，如果不去点亮的话，就会灭掉。点亮的话，内心的东西就得到深化。我们不是外在给孩子什么，而是人内心本来存在的美好被焕发了。我很喜欢把它比喻成是"一根点燃的蜡烛，照亮原本可能被遗失的珍贵"。

3. 从容细化的欣赏——审美为本

要多注重孩子审美上的要求，快乐的东西能打动孩子，但是忧伤的东西同样能打动孩子，在给很多孩子们说故事的时候，说到美的地方孩子们会非常向往，表现出有很多沉淀的东西在心里的。必须注重一种人性化的关系，实际上人性化会体现在很多微小的方面，2004年北京东城、崇文、宣武、朝阳、海淀等7个区几十所学校共同参与"我们的小香咕"活动，孩子在阅读"小香咕"中把小说的内容发挥，演出，更有乐趣地理解书中的内涵。我去辅导过孩子们用简单的道具来自编自演小说，孩子很有创造力，他们来演狗的时候就夹着一把尺来做尾巴，他们还把白色的棉絮拉碎来做雪花，在演到"和蜡梅精灵说心语"时，孩子们沉醉其中，纷纷流下了眼泪。

4. 吸收世界儿童文学经典——从童话入手

作为一个阅读很广泛的读者，我在推荐中低年级的儿童文学读物中，很多都是童话，有怀特的《夏洛的网》，达尔的《女巫》以及安徒生的作品，和法国的《小王子》，芬兰的《魔法师的帽子》和瑞典林格伦的《长袜子皮皮》等作品，我也喜欢《彼得·潘》，每每读它们会有由衷的喜悦，仿佛从心底开出一朵小花。它们的优雅、童趣、诗性，非常灿烂，妙不可言，它们激活了人们对儿童文学的想象与期待。探索这些作家，并为一个不凡的人的幽秘而宽大的心灵所打动。

孩子们在阅读世界儿童文学时，对童话的接受度要比其他门类要好一些，他们倾心爱着自己"熟悉"的作品，这种"熟悉"并不是狭义意义上的，既可以是描写他们原汁原味

的校园生活，找到自己真实的身影，让他们会心一笑，也可以是他们所幻想的另一个虚幻的影子。儿童有极为丰富的精神世界，他们既生活在现实生活中，又时常游走在幻想的空间里。优秀的童话是唤醒他们内在的原本模糊的想象力、良知、审美情感。那东西是他们"似曾相识"的，这也能大面积地激活他们的内心世界。

儿童文学的价值在于它不是一种简易的文学，而是要用单纯有趣的形式讲述本民族甚至全人类的深奥的道义、情感、审美、良知，唯有这样，才能写出真正感动自身，感动儿童，同时感动全人类的作品。

真正的儿童文学应有创造天赋。太"现实"了，会缺乏完美和前瞻以及独创性，好像都很聪明，很能取巧，可创作上应有些"死心眼"，憋着气儿，不紧紧地跟着人走，往往倒会成气候，憋出自己独创的东西来。

儿童文学另一个美丽是描绘人类最初的模样，它的醒世作用净化心灵的功能是和它的梦想联系在一起的。它是美的，个性的，才情的，虚怀若谷的，诗性和妙趣的，诗性的有着人类内心声音的。天性的成分关系到儿童文学的高度。寻找优雅和天性的缺失，不能真心描绘出童年的根底，不能勾勒出人类灿烂丰实的精神世界和无限的可能性，大气的儿童文学作品首先必须是心底开出的花儿。

（原载《南方文坛》2007 年第 1 期）

多媒体时代的儿童文学

汤 锐

认识和把握一个时代也有各种不同的角度。如果说我们正面对的这个时代有什么突出的区别于上一个时代并且影响最广泛的特点的话,那么其中之一就是以电子计算机为代表的现代大众传播媒介的发展,它是构成我们这个时代文化背景的最重要的因素之一。

一、电子媒介给儿童生活带来什么变化

20 世纪 70 年代末开始至 80 年代,随着电视在中国大陆的迅速普及,中国人也进入了大众传播的新时代。

20 世纪八九十年代出生的儿童,是在现代大众传播的环境中成长起来的,这个新的时代给儿童生活带来了几个根本性的变化。

第一,比起上几代儿童,这一代儿童面临着更多的媒介消费选择,除传统媒介报刊书籍、广播、电影、唱片之外,还有电视(包括有线电视、卫星电视)、录像、录音磁带、电子游戏机、电子计算机、激光唱盘、影碟、卡拉 OK 等等,媒介种类的争夺带来了信息数量和种类的剧增。这一代儿童(在目前特别是一些经济发达地区的儿童),从各种媒介接触中认识到的是一个远远超出了他所能直接体验的限度的更丰富多彩、更立体化的世界。

第二,电子媒介,尤其是电视的介入,使儿童接受的信息发生了质的改变。在以印刷媒介为主的时代,儿童的阅读与成人的阅读基本上是分开的,儿童世界与成人世界相对隔绝,而电视等媒介则向儿童开放了成人世界,儿童的电视活动几乎没有成年与童年的界限,成人世界的一切都可以通过电视屏幕进入儿童的视野。而录音磁带、卡拉 OK 等媒介则将小学儿童也卷入了成人社会的流行文化之中①。20 世纪 80 年代以来涌现的青少年追星族问题就是一个鲜明的例证。

第三,现代传播媒介的发展,已经开始改变了儿童作为受众在信息传播过程中的传统地位。在过去,儿童基本上是书报杂志、广播影视等媒介传播信息的被动接受者,而现代儿童已不仅仅依赖大众媒介传递的信息去认识世界、去了解他人与自我、去调整自己的思想与行为、去获得交往和娱乐,而且以前所未有的勇气和热情积极参与大众媒介的传播,如中小学校里的孩子们举办的报纸、刊物甚至红领巾电视台,还有更多的孩子热衷于拨打广播电台和电视台的各类热线电话,向报刊投稿,等等,甚至随着计算机互联网的发展和逐渐普及,少年儿童在网络中参与信息传播也正在成为越来越普遍的事实。现代大众传播媒介系统的发展也为他们的参与提供了更多的机会。

由此可见,新兴媒介系统使儿童的生活发生了巨大的变化,他们的视野、知识结构等已经大大超出了我们的想象,随之而来的是成年人(家长、教师、作家……)在儿童成长过程中的权威地位也在逐步削弱,大众传播媒介正以其对儿童思想及判断力的强劲影响,越来越频繁地介入到以往由家庭、学校、同龄群体等构成的儿童教育系统当中。

二、电子媒介给印刷媒介带来什么挑战

现代大众传播媒介的发展给人类的生活带来了各种影响和变化,而这些影响和变化中,也许我们最关心的是:印刷媒体一统天下的时代结束了。

前面已经提到,在新的传播时代中,儿童面临着多种媒介消费选择,其中电子媒介(电视、录像机、电子游戏机、电脑等)对儿童的影响尤为重要,在电子媒介的冲击下印刷媒介(书籍报刊等)对少年儿童的影响有所减弱,这是因为电子媒介在传播方面有着印刷媒介所不具备的多种优势。譬如同样是儿童戏剧类内容,印刷在纸上的童话故事与电视屏幕上的卡通节目、童话剧、幻想题材的故事片等相比,无疑后者在直观性、刺激娱乐性等方面占有明显的优势;而知识类、纪实类的内容,电视等电子媒介也由于鲜明的纪实性、直观性等优势而正在大量的取代同样内容的印刷物。如前些年,各出版社印刷出版的中小学校教学参考资料铺天盖地,几乎每个学龄少儿人手一套甚至数套,而近几年随着电视机录像机的普及和电子计算机的进入家庭,各种教学辅导录像带、录音带和教学软件、光盘以印刷品所不具备的音像优势正在拥有越来越多的消费者。

由于儿童面临多种媒介消费选择,选择的多向性与信息的分流就不可避免地造成儿童对印刷媒介消费数量的下降。又由于当代社会对于高升学率的一味追求,日益激烈的升学竞争将儿童抛入大量的功课堆中,再加上各类业余奥校、强化班、特长班等的活动,使儿童能够自由支配的课余时间比起上几代儿童已大幅度减少,这或许从总体上刺激了儿童对学习类、知识类印刷品的消费,但对文艺类印刷品的接触则无疑有所减少。这也许就不难理解为什么近10年来我们一直听到来自各儿童报刊关于订数下降的抱怨了。

三、多媒体时代的儿童文学面对着什么

在现代大众传媒时代,印刷媒体一统天下的局面的确一去不复返了,但并不是说印刷媒体从此将被逐出历史舞台,事实上,印刷媒介仍有着其他媒介不可企及的优势。当然,与电子媒介相比,印刷媒介在纪实性、直观性、刺激娱乐性等方面不如前者,但是电子媒介往往有时间、地点和内容方面的限制,而印刷媒介则没有或极少有这些限制,儿童可以在任何时间、任何地点(包括旅途中、睡榻上及其他地方)选择阅读任何内容;而且电视、电子游戏机等电子媒介的内容转瞬即逝,而报刊书籍的内容则可以很方便地为儿童尽情、反复地欣赏玩味,变被动娱乐为主动娱乐;此外电子媒介尽管在视觉、听觉等直观刺激方面给人以丰富多彩的外在享受和认知活动的兴趣强化,但在心理疏通、情感交流等的深度和广度上,乃至对学习资料的细致掌握方面等,却又明显逊于印刷媒介,或者说印刷媒介在满足儿童学习需要和解决心理问题等方面的功能大于电子媒介。

由此可见,印刷媒介的特殊性决定了它在大众传媒时代仍有自己牢固的位置,并且据有关调查统计,我国少年儿童在满足其媒介需要(学习需要、新闻需要、交往需要、情绪刺激需要、缓解焦虑需要和消磨时间需要)的时候,主要还是依靠电视和书籍,也就是说,文字和声像各占一半,分庭抗礼。随着年龄的增长,儿童接触印刷物的数量也大幅度增加[2],这些无疑都表明了即使在现代大众传媒十分发达的今天,少年儿童仍然有着对于书籍的渴求,特别是在那些正处于成长的微妙时期,有各种莫名困惑的青少年,报刊书籍尤其是文艺类读物仍是他们所需要的(在儿童的媒介需要中占多数比例的儿童戏剧类、纪

实类内容恰恰是儿童文学的主要内容），只是这种需要已不是唯一的了。

但是这又并不说明今天少年儿童对于文学的需求毫无变化，电子媒介高频率快节奏的声光影像在很大程度上影响着少年儿童的审美趣味，譬如卡通的兴盛（电视卡通片在电视节目中所占的比重越来越大、形形色色的卡通读物成为各种大小书摊上的畅销品）就具有典型的电子媒介时代的特色，其强烈鲜明的通俗性、直观性、快节奏、刺激娱乐性及其信息传递的短、频、快等特点无不构成流行的重要原因。

多媒体时代正快步向我们走来，这种高科技的时代背景对 20 世纪 90 年代的中国人精神生活和物质生活的深刻影响正在潜移默化地发散开来。近几年电脑在我国城市家庭中的占有率正在迅速递增，除了一部分专业技术人员和一些搞文字处理的人员如作家之类，大部分家庭购买电脑是为了给孩子进行智力投资，而大量的电子游戏、三维卡通、VCD 等声光影像正在制造与 80 年代成长起来的那一代拥有不同文化背景、不同生活方式、不同精神追求、不同审美趣味的新一代年轻人。

在这儿，我们应当注意到一个事实：多媒体时代给我们带来的绝不仅仅是在过去的生活、思维方式、价值观念、审美趣味之外再加一个电脑而已，它正在带来一套全新的生活方式、思维方式和价值观念，乃至审美趣味。

首先，是信息传播的内容方面。比如，作家通过作品传递的信息只是这一代少年儿童在多元化的媒介接触中的一元，儿童们通过各种媒介完全可以接收到不亚于成年人的信息量及信息范围，这种信息分享的趋向平等，使成年人（家长、教师、作家等）的教育主导地位正在受到威胁和挑战，其意义就在于电子时代信息的开放程度已经使成人世界对少年儿童无秘密可言，儿童完全可以凭借自己的观察来认识和评判这个世界，因此这一代儿童讨厌说教、重视实际、对上一辈人缺乏崇拜之心是势所必然的，儿童文学作家的作用恐怕更多地在于传递以自己的人生阅历奠基的生命体验，因为这种"体验"来自阅历、来自成长、来自丰厚的文化积淀，而这恰恰是少年儿童所缺少和向往的。

从儿童文学创作的角度来看，新的时代环境中儿童的生活背景的改变决定了他们的需要也在改变，儿童文学创作的内容急需相应改变，作家们必须要看到这一点，"以不变应万变"并不完全适合这个时代儿童文学的继续生存（要说有永恒的东西，适者生存什么时候都是永恒的）；而这种改变已经不仅仅是改写科幻题材、写点电脑啦、网络啦之类就齐了的，否则大家只要一窝蜂去写科学幻想小说就得了，就像眼下的大多数卡通连环画那样，别看现在的卡通连环画满大街都是，让人眼花缭乱，其实目前我们的卡通连环画的内容还是相当狭窄、单调和雷同的。但有一点必须看到，卡通连环画的作者在一定程度上抓住了这个时代儿童审美心理的某些特点。像现在的少年儿童视野比过去的儿童视野要广，信息密度要大，知识结构和观念结构更现代化，他们所关心的事情、他们所遇到的问题都不可能与上一个时代的孩子完全相同，他们看待事物的眼光、审美趣味也已经有了极大的差别。儿童文学需要更进一步强化与当代少年儿童之间的联系，或者说更加贴近当代少年儿童的实际生活。所谓贴近当代少年儿童的实际生活，一方面是意味着当代少年儿童的实际生活内容已有了巨大的改变，另一方面随之而来的是当代少年儿童的心灵结构也已发生了巨大的变化，当代少年儿童由于各种生存的压力、心理的压力其精神世界已变得比过去几代少年儿童更复杂更实际了，只要看看这几年少儿报刊中各种对话性的纪实性的文体正在占据越来越多的篇幅和版面，便可以了解到"实际"对于今天的少年儿童有多么重要（甚至少儿散文等纪实类文体也开始有了更大的发展空间）。当然，这并不是说，今天的儿童文学不再需要浪漫、幻想和理想，但肯定的是，今天的儿童文学将更关注现实，更关注精神的成长。譬如少儿报纸杂志中虽然纯文学类数量下降，但综合类数量却上升了许多，不少原本属于纯文学的刊物也在悄悄地转型，朝综合方向发展（例如北京的《东方少年》杂志），这也从另一个方面反映了现代大众传媒时代少年儿童由于生活节奏的加快和信息量剧增而产生的各种精神问题，有一种心理疏导和与智者对话的渴求，而少年儿童这方面需要的满足往往是通过某种纪实性、非戏剧性读物来实现的。更不要说与我们这一代人的差别，今天成长于电子媒介时代的少年儿童与我们这一代人的成长背景已经迥异，很多差别已经不完全是年龄造成的了，还有时代（生活方式、文化背景）的差别，代沟在这个时代正在加速形成，人类文明进程的加快使时代更替的时间跨度也在缩短，比如在18、19世纪，也许一个时代能够延续80年，20世纪初一个时代能延续三四十年，而现在也许20年、10年一个时代就更新了，所以如果我们的儿童文学作家还让自己的作品过多地沉浸在上一个时代的生活氛围中，或上一个时代的知识氛围及观念氛围中，就会与现在的儿童产生某种距离感。我们常常提到文学艺术有一些永恒的母题，但永恒的母题在不同的时代是有不同的具体内容的，而这个不同就是各个时代的生活方式所决定的。

再比如，信息的传输和接收方式（信息交流方式）。电子媒介带给我们的诸多新观念中，恐怕"交互式"——人机交互、人机对话是其核心（特别是电子游戏的出现，带来了现代媒介传播史上的一个崭新而重要的转折，这就是交互式的概念，使人机对话成为现实），过去我们也讲儿童文学是两代人之间的对话或"交流"，但这个对话的含义与电脑带来的"交互"概念的含义是极其不同的，交互，最直接的意义在于读者或信息接收者一方的参与，在现代大众传播媒介环境中，参与性不仅仅是电子游戏，像广播热线、卡拉OK等等都强调听众的参与，而在电脑游戏中，这种参与能够直接改变信息的内容和结构，能导致信息发布方与信息接收方双方关系在一定时空中发生根本性变化，过去单向的关系，即发布→传输→接收，变成了双向的可逆的。游戏操纵者与电脑程序之间不断互动、交流信息，每个不同的游戏者由于性格、智能、趣味等的不同都会导致不同的反应，而这又直接影响着游戏过程的具体发展。这样一来信息的发布过程和接收过程变成了一个有生命的、个性化的过程。这种个性化不仅来自发布者的个性，还来自接收者的个性。

这种"交互性"的信息传输方式一旦产生很快就不止于电子游戏的范畴，在信息高速公路——国际互联网络中，"人机互动"是信息传输和接收的基本方式，人人都有（包括儿童都有）平等参与信息发布与传播的机会，人人都可以在信息的发布与传播中表现自己的个性。在计算机网络上，没有成人与儿童的区分或者男人和女人之分，甚至有句笑话说："在网络上，你就是一条狗也没人知道。"计算机网络的迅速发展，对儿童也在产生不可估量的影响，"数字化生存"是新一代年轻人的生活方式。在一些发达国家，儿童12岁上网、14岁受正规的互联网教育已经不是天方夜谭，即使在我国，一些有条件的少年儿童也已经先于他们的长辈掌握了进入计算机互联网络的手段。由于网络信息的平等共享，儿童上网不可避免地有成人化趋势，因为网络中无年龄的区分，互动的成人化的网络氛围对正处在成长发育期的儿童人格的形成将产生重要的影响。

应当看到，电子媒介的交互式概念带来的不仅仅是一个纯传输方式的问题，不仅仅是一个纯粹的形式问题，过去很多例子都说明形式问题会带来内容的问题。有人曾说，20世纪对于文学来说是个形式的时代，但实际上信息时代大众传媒方式的改变给文学

新中国儿童文学

带来的绝不会仅仅是形式上的变化。其实"交互式"概念的出现本身就表明了现代人对于世界的一种新的认识。在互动中，认识者不是单纯被动地旁观和破译认识对象，而是通过直接参与和反馈来影响和改造认识对象。"交互式"体现了信息交流中的平等以及深度。

电子媒介正在塑造一代具有新的审美心理结构的少儿。

我们会发现，我们正在面对一代具有新的审美心理结构的少年儿童，而这给我们的儿童文学创作将带来较大的影响。

A.具有现代化的知识结构和心理结构。

前面我已经提到过，在电子媒介环境中的少年儿童，他们接触到的信息量远远大于过去的同龄人，特别是由于现代大众传媒已将一个五色纷呈、眼花缭乱的世界几乎毫无禁忌地展现于他们面前，今天的少年儿童视野的开阔程度已超出了我们的想象，比如一个十来岁男孩的脑袋里可能就杂七杂八地装满了有关电子游戏、汽车、现代武器、航天飞机、信息高速公路、希望工程、海湾战争和波黑战争、英格兰足总杯或者意大利足球甲级联赛、NBA篮球明星与艾滋病、克隆技术、阿迪达斯运动装、风靡全球的日本卡通，乃至恋爱、离婚等五花八门的知识……有些方面甚至比专家以外的许多普通成年人知道得还多，今天的少年儿童已不可能再满足于过去的儿童文学那种单纯狭小的天地、境界与氛围，而开始追求更多方面、更多数量的现代生活信息。

除了电子媒介带来的现代化、成人化的知识结构，还有商品经济下生存竞争越来越紧张激烈的生活方式，使得这一代少年儿童变得更加讲究实际和理性化。从整体上看，这一代少年儿童是比任何一代同龄人都知识丰富、眼界开阔的，同时又是比以往任何一代同龄人都更讲究实际的。他们也有理想，但绝不虚无缥缈、浪漫不着边际，而是和具体的物质利益息息相关的；他们也懂哲学，但绝不钻形而上学的牛角尖，因而显得更具有社会适应性。

由于儿童现代观念的生成和文学读物有直接的密切的关系，这就使强化儿童文学的现代文化信息含量成为对今天儿童文学创作的基本要求之一。

B.信息爆炸导致信息接触的短频快。

网络——信息高速公路已使今天的信息传送速度极大地加快了，而多种媒介消费选择又带来信息量的剧增，生活在这个时代的人们（无论是成人还是少儿）对于信息的接收正在不知不觉地习惯于短、频、快，换句话说，一个人要了解更多的信息，他的注意力在每个单个信息上停留的时间就不得不缩短，比如说，今天人们阅读印刷品的方式更多地就是浏览而不是精读。特别是对未知事物、新鲜事物永远充满好奇心的少年儿童，今天的少年儿童的好奇心不费点力气已经是不大容易满足的了，除了适宜的题材，还有适宜的节奏张力、刺激度等，比如抒发感情的方式和格调就不能还是田园牧歌时代的那些格调和方式，甚至不能还是我们这代人所习惯的方式，那种缓慢的抒情和叙事节奏，今天的孩子们会贬之为拖沓。打个比方，像京剧艺术要赢得今天的年轻观众，也要部分地适当地吸取其他现代艺术的表现手段，使之"好看"起来，这里就不仅仅是形式包装的问题，而是审美心理的问题。

C.多感度的审美趣味。

电子媒介高频率快节奏的声光影像对少年儿童的影响是潜移默化而又相当深刻的，可以说，今天的这一代少年儿童，他们和我们成长背景中诸多重要的区别之一就是，我们可以说基本上是在印刷的文字的媒介影响下成长起来的，我们的思维方式、观念、情感和审美趣味，是与文字紧密相连的，借助于文字来传输和表达的，而他们，在电视、录像、CD盘和铺天盖地的卡通读物等造成的声光影像中成长起来的一代孩子，他们的思维方式、观念、情感和审美趣味等，在很大程度上是与画面、声音之类紧密相连的，现代大众传媒手段的多样化，已经使当代少年儿童认识世界的方式发生了某种改变。虽然在国外已经有研究者提出，儿童看电视过多、接触印刷读物过少，会影响其逻辑思维的正常发育，但时代是不可逆转的了，而且我们不得不看到，在电子媒介环境中长大的这一代少年儿童，他们对世界的认识更加丰富化感性化，在电子媒介的帮助下，他们的感觉触角延伸的能力正在极大地增强，延伸的范围也越来越广，覆盖全国的电视网特别是多媒体电脑的多感度刺激，已构成对传统媒介（包括书籍报刊、影视等）的单一感知度、单向信息传输方式的有力挑战。因此，一方面视野狭窄的或观念陈旧的东西写出来不受他们青睐，另一方面刺激度不适宜的也不易引起他们的兴趣，对于儿童文学作品来说，应该强化其审美体验性和感受性，增强其在审美过程中对小读者的感觉冲击力，是十分重要的。

儿童文学面临传播途径与文体表现手段的多样化。传播技术的日新月异使固守传统形式的儿童文学面临严重的挑战，传播手段的多样化导致的信息分流也给儿童文学的生存和发展带来了一些难题，但我们换个角度看，说是时代赠予儿童文学新的发展机会也未尝不可，儿童文学与广播、影视的联姻早已不是什么新鲜事了，但这毕竟还只是外部的合作，而电子媒介，特别是"交互式"的概念所暗示的未来儿童文学创作与欣赏的新型方式、新型的审美空间，必将引发儿童文学的创作和出版模式的深刻变革。事实上，近一两年已有一些敏锐的作家和出版社进行了这方面的努力，如少年自我历险小说、北京少年儿童出版社的"漫画奥林匹克科幻游戏"系列丛书等，将童话、科幻故事与游戏结合了起来。再如甘肃少年儿童出版社1996年底推出的"少年绝境自救故事"丛书，注重编、创、读三方的共同参与和交流等，都是从不同的角度对于"交互式"新概念的大胆尝试，当然，这些尝试的质量如何、成功与否还有待进一步分析评说。此外，安徒生童话、格林童话等的光盘版、世界童话名著故事游戏一体化系列光盘等的出现，则以全新的多感度和交互式的形式，在儿童文学的创作者、出版者和欣赏者面前打开了一个充满诱惑力的世界。可以想见，未来中国儿童文学的发展会更富戏剧性和出人意料，世纪之交多媒体时代的高科技背景绝不会仅仅作为创作题材进入儿童文学，它给予儿童文学的深刻影响或许是划时代的。

[注释]
①卜卫:《进入"地球村"——中国儿童与大众传媒》，四川少年儿童出版社1994年版，第20页。
②卜卫:《进入"地球村"——中国儿童与大众传媒》，四川少年儿童出版社1994年版，第66—73页。

（原载《儿童文学研究》1998年第2期）

发展原创是繁荣儿童文学之根本

樊发稼

一、摆正引进与原创的关系

发展原创是繁荣儿童文学之根本。衡量一个国家的儿童文学水准,自然要看这个国家的儿童文学作家(含理论家、批评家)队伍及其原创作品的状况。引进作品再多再好,归根结底是人家的东西。当然,外国好的作品,我们应当欢迎,应当介绍进来,在这一点上,我们绝不可以"只用国货",抵制"洋货"。引进域外精品,一是可以直接供我国小读者阅读欣赏,作为他们的精神食粮;二是有助于我们扩展视野,且可用于借鉴,从中汲取有益的东西,他山之石可以攻玉嘛。但在我们相对有限的出版能力内,对引进外国作品,应该有个"度",应该有所节制,要精心选择,经过比较调查,挑最优秀的作品翻译介绍过来。不可否认,个别少儿出版社受经济效益驱动,存在原创与引进比例失调问题。引进国外作品,有个语言符号转换——翻译的问题。好的外国作品,应当有上佳的翻译文本与之匹配。一个合格的、优秀的儿童文学译本,要求译者必须精通外文,同时他又应该是一位有相当高的文学素养的儿童文学行家。这样的儿童文学翻译家目前在国内不是很多。有的域外作品,出版社为了抢占市场,只请几个人在短期内搞突击翻译,导致同一部作品内的译文质量不整齐,语言风格不一,这种做法不可取。

二、对我国儿童文学及当下现状要有正确评估

对我国儿童文学及当下儿童文学现状的评估,历来有不同的声音。有不同看法并不奇怪。令我不解的在于,有些论者总是无视事实,持肆意贬低乃至否定的态度,我认为,新时期以来以及近几年来,我国儿童文学总的来说处于平稳发展的状态,总有一些年轻新秀、好作品(包括各个年龄层次的作家创作的,如曹文轩、秦文君、张之路、金波、孙幼军、冰波、周锐等等)涌现出来。农业收成还有"大年""小年"之分呢,你能只凭偶遇的"小年"就断定农业总是一团糟吗? 即使某一时期创作稍显沉闷,也不应当成为整体贬低乃至否定我们儿童文学业绩的理由。奇怪的是,有的论者似乎一贯瞧不起我们自己的儿童文学,每每"言必称希腊",一说起外国作品便赞不绝口,一提起本国儿童文学,便一副鄙夷不屑的神态。不久前有个批评家在一次儿童文学研讨会上说当下的中国儿童文学是处于最低谷状态,这个意见随即披露在一家有影响的文学报纸上。这种"最低谷"论者,我怀疑他们是不是认真研读了"当下的"儿童文学。如果经常浏览一些儿童文学刊物,对儿童文学现状做一点起码的调研考察工作, 我想他们绝不会发出这样悲观的论调。其实,不说别的,就说中国少年儿童出版社稍早些时候推出的《儿童文学典藏书库》以及最近推出的《纯真年华》丛书(一套 6 本,每本 20 余万字),这两套颇受欢迎、相当畅销的书

里,就有许多是近年发表的儿童文学佳作。至于去年 10 月底在深圳隆重举行的中国作协第六届全国优秀儿童文学奖颁奖会上公布的十几部获奖作品,就更不用说了。我非常赞成作家曹文轩教授的如下看法:"中国儿童文学与世界儿童文学果真有这样遥不可及的差距吗? 不,差距虽有,但只是表现在某些方面,而不是全部与整体。我甚至认为我们在某些方面,是与世界儿童文学并驾齐驱的——我们还拥有世界儿童文学所不具备的一些独特而优良的品质。另外,拿整个世界儿童文学与中国儿童文学进行比较,也是一种不合理的比较。组织一个世界明星猛士队来进攻一个平常国家的球队,这肯定不是一场公正的较量。世界儿童文学,固然高峰座座,但这些高峰并不矗立在一个国家,而是散落处处的。将这些高峰聚在一起,然后比试,然后说事,说中国的儿童文学,这显然是不公允的。"(曹文轩著《纯真年华·序》,中国少年儿童出版社 2005 年版)

三、建构、建立和谐的儿童文学原创生态环境

儿童文学之苑繁花盛开局面的形成,有赖于一个和谐良好原创生态环境的建构和建立。我愿意在此重申今年 5 月 31 日《文艺报》所发一篇拙文里的几点:(1)童年文学创作的持续薄弱(作者少、作品少)的状况,应尽快引起关注并积极加以改善。小说,特别是少年小说以及童话,是儿童文学的重要品种,但绝非是儿童文学的全部。儿童诗在儿童文学中不可忽视的地位和作用,应该引起大家的重视。还有儿童散文、儿童寓言、儿童故事、儿童歌谣、儿童科学文艺乃至儿童戏剧、影视文学等,都是儿童文学大家庭中不可或缺的成员,轻视它们乃至无视它们的存在,就会导致儿童文学的不完整,导致儿童文学生态的不和谐、不平衡。(2)从创作者的"成分"来看,老、壮、中、青、少,应该是一个完整的梯队。但由于自然规律,上了年纪的前辈老作家会陆续淡出甚至永远离开这个队伍。"壮、中、青"作家,任何时候都是儿童文学的主要生产力。对已经谢世的和现已年迈体弱不能从容写作的前辈老作家,我们应该对他们心怀感激、敬重乃至敬畏之情。须知我们是踩着他们的肩膀一步一步上来的。他们是中国儿童文学的拓荒者、奠基者。我们要用历史的眼光来科学地看待他们的创作及理论成果。由于时代的局限和其所处的特定的社会政治环境,老作家们的作品存在的这样那样的不足和缺陷,应予充分理解,不可生硬地以当下的尺度去衡量。对少年作家要热情鼓励、积极引导,不能一棍子打死,也不可以无原则吹捧。应该承认和重视儿童文学早慧人才的存在,同时要劝导稚龄儿童不要过早从事需要丰厚生活积累和深刻人生体验的长篇作品的写作。(3)容许给孩子带来一定轻松和快乐的、无害的、类似一次性快餐的儿童文学读物的存在。但原创儿童文学的主流,永远是对孩子具有启智、染情和建德功能的佳作甚或艺术精品。崇尚儿童文学作品的恒定价值,坚决摒弃精神垃圾式的泡沫作品。

四、宁可少些,但要好些

我指的是创作。儿童文学创作是一种精细的创造性劳动,对一个严肃的创作者来说,作品不是韩信用兵多多益善。一定要有精品意识,要厚积薄发,要有十年磨一剑的耐心、恒心和甘于寂寞之心。创作必须精益求精。现在成人长篇一年的产量达到 1000 部,数量可谓惊人! 其中究竟有几部真正是好作品,难说了。据说有的作家一年出版六七部长篇。有人给算了一下,这个作家一年 365 天,平均每天至少要写 5000 字! 不堪设想!

新中国儿童文学

我认为这是不正常的。儿童文学好像还没有如此惊人的多产写手。但也有一些作家，作品数量相当多，多到令我感到忧虑的程度。对此我不想多加评说，我只是恳切地希望他们记住一句话：宁可少些，但要好些。作品一定要以质量取胜。写得太多，写得太容易，难免泥沙俱下，难保质量。儿童文学事业是神圣的事业，儿童文学作家面对物欲的横流和金钱的诱惑，应该保持一颗平常的、冷静的、纯洁的心。在当前商品经济的大情势下，写儿童文学书的人，关注市场是可以的也是应该的，但不可一味迎合市场，更不可以被市场牵着鼻子走。因为你是文学作家、艺术家，是精神产品的生产者，而不是具体的物质商品的制作者、复制者。

五、对儿童文学事业要有一种宗教情怀

这里我绝不是在宣扬宗教迷信。我只是一种比拟、比喻、比附。我觉得搞儿童文学的人应该有一种宗教情怀，对于我们所从事的圣洁事业，要像教徒那样执着、那样虔诚、那样全身心投入地崇善、行善、积善。写儿童文学作品，做儿童文学工作，对我们的国家、民族、未来，都是一件极大的善事；献身儿童文学，就是献身我们3.7亿的未成年人，就是献身我们伟大的祖国！我们中国人是绝顶聪明的，是有无穷智慧的，今天，我们已经成功地发射了载人的"神五""神六"飞船，成为世界上第三个航天大国，我们的高科技是顶尖的，可是，也要看到我们所处的当下生活中有的负面东西也是相当严重的，要从根本上克服、铲除那些负面的东西，必须如邓小平同志生前一再告诫我们的：要从娃娃抓起！在这方面，儿童文学大有其用武之地。人之初，性本善。幼小的孩子，心地是那么纯净、那样善良！儿童文学的功能之一就是要用动人的作品，来启迪、感染、诱导孩子，使其善的本性不仅不受污染，而且要得以保持和升华，长大后形成完善的人格，成为一个具有健康人性的、富有爱心的中国公民。从小受到文学艺术的熏陶，加上科学的健康的学校教育、家庭教育和社会教育，人民的综合素质普遍提高了，我们国家民族的富强振兴，才有了坚实的基石。让我们从认认真真、踏踏实实写好每一首儿歌、童诗，写好每一篇小说、童话，写好每一篇评论文章做起，为实现这个理想境界尽一份绵薄之力。

2005年11月12日于北京南方庄

（原载《给孩子一个美好世界：樊发稼儿童文学评论集》，接力出版社2007年版）

建设原创儿童文学的和谐生态

韩 进

一、原创儿童文学的含义

评判一部儿童文学读物是否为原创作品,应从3个方面来考量,即:(1)由本土作家创作的;(2)首次正式发表(出版)的;(3)作为商品进入市场供读者选购的文学作品。

本土作家的作品,引进的不能算;作家创作的作品,编写译述的不能算。编写译述的作品也会有某种程度的创作成分——这里的"创作"类似于创新,是局部的非本质的创作——原创作品中的"创作"在本质上是一种"创造",是从无到有"诞生"的新作品;首次发表出版,非首次的不能算;出版后放在仓库里,未被摆上书架或被读者购买的也不能算。尚未被市场或读者"发现"的作品,还只是潜在的、非完全意义上的作品,因而我们评判当下原创儿童文学现状的一个重要考量,就是原创儿童文学作品的销售情况,又因为销售统计的繁杂不便,统计原创儿童文学作品的出版量便成为一种简易的可能。由此可见,原创儿童文学的生产涉及创作、出版、销售亦即作家、编辑、读者3大基本要素(环节),是一个"鲜活"的生产流程和一个"自足"的产业系统。没有作家的创作,原创儿童文学就成为无源之水;但没有编辑出版,作家的创作只能是胎死腹中的"习作",不能算作原创作品;即便过了这两道"工序",没有销售与读者阅读行为的发生,原创儿童文学的生产仍然不能正常进行——产品的市场命运对再生产有着决定性作用。而在创作、出版、销售3大生产流程中,出版是承上启下的中间环节。而这个环节不通畅,出现严重的"肠梗阻"现象,是当下发展原创儿童文学的最大症结所在。这也是由出版的性质决定的。

二、出版对于原创儿童文学的意义

作家有创作的自由,创作是一种极富个性化的私人行为。创作是作家的权利,作家却没有出版的权利。出版是一种社会行为,不仅有着强烈的意识形态色彩,作为文化产业的出版经济,还要自主经营、自负盈亏、自我发展。出版者选择文学出版的前提也必然是"有利可图",遵循供求关系的法则,这种"趋利"(社会利益与经济利益)选择的结果之一,就是出版可以不选择文学(出版在文学之外有多种选择)而且"过"得很好,选择了文学可能要付出更多;出版掌握着文学生产的主动权、"准生证",面对出版选择,作家往往充满抱怨却又无能为力——作家的创作只有通过出版才能成为我们所说的"原创作品"。创作与出版、作家与编辑的矛盾,也因此有愈演愈烈之势。只有那些受到市场和读者欢迎的少数几位作家,才能享受"出版自由"的特权——儿童文学出版中出现的秦文君现象、杨红樱现象,就是如此,这也从一个方面说明,出版不是不关注儿童文学作家,不关注儿童文学创作,而是受到"利己"原则的驱动,只对那些能够给它带来社会影响和经济效

新中国儿童文学

益的名家名作感兴趣,一旦发现一个"杨红樱",出版者都蜂拥而上,甚至恨不得将其"包"下。你能说出版不关心儿童文学吗?而现实的情形是:作家抱怨自己的作品得不到出版社的重视和出版,编辑抱怨好的作家作品太少,即使出版了也难以得到市场与读者的认可;读者则抱怨作家和出版者,不能为他们生产优秀的儿童文学原创作品。至此,作家、编辑、读者都对当下原创儿童文学的发展现状感到严重不满。

三、儿童文学原创生态令人忧虑

多年以来,作家的创作不可谓不努力,但作家努力了,创作就一定繁荣了吗?出版者不可谓不努力,但出版者努力了,文学就一定发展了吗?很显然,没有作家与出版者的努力,原创儿童文学的发展与繁荣就无从谈起,但仅有作家与出版者的努力是远远不够的。作家和出版者只是整个原创儿童文学生产流程中具有"源头"意义的重要环节,创作与出版的运行质量还取决于运行环境的状况,也就是影响儿童文学原创质量的生态环境。

一部原创儿童文学的诞生,需要通过作家创作、编辑出版、营销推广等必要环节,才能将作品最终呈现在读者面前。从产品生产的系统动力学角度看,儿童文学原创系统至少有以下5个方面的"系统内程序驱动":创作力(作家水平)、出版力(出版水平)、推广力(营销水平)、购买力(经济水平)、阅读力(教育水平)。这些驱动从单个来看,可能都很优秀,但整合在一起形成一个相互影响相互作用的合力时,也许会难以正常运行。就像电脑的运行一样,单个优秀的程序组装到一台电脑里时,各程序间不一定就能和谐共容,形成合力,提高计算机的整体运营能力。相反,很多情况下,会发生相互冲突,甚至发生严重冲突,导致系统运行缓慢,甚至让系统瘫痪,无法工作。所以,各要素对原创儿童文学的影响,既不是"线性"的因果关系,也不是"一加一等于二"的几何关系;而是非线性的、复杂的、通过各要素相互消长形成的"合力"对原创儿童文学发挥作用。不仅如此,仅有系统内各程序的作用还不够,还要有良好的系统运行环境,也就是影响儿童文学创作、出版、推广与阅读的外部环境,主要有政策因素(导向与保护)、经济因素(生产力与购买力)、教育因素(价值取向与文化程度)、社会儿童观及社会儿童文学意识(是否重视儿童的精神需求以及对儿童文学价值的认识)。上述影响儿童文学原创生产的内外要素间相互支持相互作用相互联系的共生关系,就构成了一个自足的原创儿童文学生态系统。

当前,原创儿童文学生态系统已经遭到了相当程度的破坏,各要素间存在着明显的不和谐音和不协调力,相互抱怨、相互拆台、相互推诿,乃至相互对立的情形时有发生。不仅如此,创作中出现的抄袭、注水、低俗现象,出版中盛行一时的伪书、盗版、媚外之风,营销推广过程中的恶意炒作、高价低扣、钱色交易,凡此种种,都严重阻碍了原创生产力的发展,影响了原创儿童文学的声誉,侵害了读者的根本利益,出现了一些与主旋律相违背、不利于未成年人健康成长的文化垃圾和不良信息。有些作家打着"青春读物"的牌子,宣扬低级趣味。有的出版者为着一味地吸引读者,出版像《偷心小天使》《偷偷摸上床》《思春期少女》那样的图书,不仅从书名到内容充斥挑逗性的字眼,还有意识地将书前广告写得诱惑肉麻:"描述男女之间爱与被爱的笨拙,情色的攻击战直接挑逗你的性感"(《思春期少女》)。甚至有些写给幼儿看的读物里,也有接吻、拥抱之类很刺眼的插图,有意无意地将"中学生校园恋"升级到"小学恋""幼儿园恋"。未成年人读物中的成人内容正在对少年儿童的健康成长带来侵害;有些作家以标榜"幻想文学""魔幻文学"为名,实为胡思乱想,胡编乱造,渲染因果报应、前世注定与预测未来等迷信宿命的观点;还有些引进版文学图书,不顾国情、民族习惯与未成年人阅读特点,过分宣扬恐怖魔力,一时间儿童文学读物里妖魔鬼怪横行,天使精灵满天飞。在这股潮流冲击下,有不少原创儿童文学,也着意描写魔幻世界,甚至到了借魔界、阴间贬损人间社会,宣扬魔界掌管人世、地狱惩罚人生、好人死后变成天使精灵的厌世哲学,潜意识中诱引读者沉迷于子虚乌有的魔幻世界,不能自拔;更有一些有害的卡通画册、淫秽"口袋书"等非法出版物,充斥色情暴力,已经成了突出的社会问题。拿这些不健康的读物来诱惑心智还不成熟的未成年人,轻则危害他们的心理健康,重则诱使他们走向毁灭的道路。而今天的孩子,就是明天的希望,"杀了现在,也就杀了未来"(鲁迅语)。可见,当下儿童文学作家、出版者的责任何等重大!

四、当前优化原创儿童文学生态的十点愿景

原创儿童文学现状的不如人意,是我们今天召开这样一个"原创儿童文学现状与发展趋势"研讨会的直接原因。但我们不能只把眼光盯在如何创作与出版这个重要但并非全部的一个环节上,更要看到原创难、出版难的表象背后有着纷繁复杂的社会原因,是儿童文学原创生态遭到了严重破坏,其最终结果是对未成年人成长环境的侵害。所以,这必然会引起党和政府的高度关注。2004年上半年,中共中央、国务院颁发了《关于进一步加强和改进未成年人思想道德建设的若干意见》,中宣部、新闻出版总署也颁发了《关于进一步加强和改进未成年人出版物工作的意见》,这两个《意见》的核心问题,就是对我们以未成年人为服务对象的创作与出版提出明确要求——"重点组织生产一批适合未成年人阅读特点,知识性、娱乐性、趣味性和教育性统一的优秀读物。尤其要在民族精神和爱国主义教育、理想信念和文明行为规范、原创少儿文学、少儿科普4个方面,打造一批国内一流、世界著名的名牌产品,发挥其巨大的影响作用。"毫无疑问,这两个《意见》的精神应该成为我们今天发展与繁荣原创儿童文学生产的指导思想。

要加强与促进原创儿童文学的发展,需要进行综合治理,不仅要尊重文学生产的一般规律,还要尊重儿童文学创作的特殊性,同时要善于营造一个有利于原创儿童文学发展的良好环境。作家、出版者都要站在民族、未来的角度,以历史使命感、社会责任感和做人的良知,坚持"有益有趣"原则,建立"健康准入"机制,优化创作生态,发展原创生产力,以优秀作品为未成年人构筑一道精神上的"病毒防火墙",帮助他们有效抵制"不良文化"侵入,健康成长。为此,笔者以为当前可以从以下10个方面来做些工作。

首先是加强原创儿童文学作品的出版力度。出版连着作者与读者,在原创儿童文学生产中担纲重要角色,尤其在现在实行出版审批制的政策下,掌握着作品出版的生杀大权。这个中枢环节不打通,整个原创儿童文学生产系统就要陷入瘫痪;这个环节一旦打通,其他问题都能找到迎刃而解的办法,就有可能一通百通。所以当务之急是采取有效措施,强化原创儿童文学出版的力度,增加出版数量和提升出版质量,这是衡量一个国家儿童文学水平的最重要的标志。

其次是推出与原创作品密切相关的培养儿童文学创作与出版队伍。没有一批恒定的高质量的创作队伍,不可能产生一批优秀的儿童文学作品;同样,没有一支懂得儿童文学、热心儿童文学出版的高素质的出版队伍,有了优秀的作品也无法出版。中国儿童文学不仅要有世界影响的名作家,还应该有世界影响的儿童文学编辑家、出版家。儿童文学的作家水平与儿童文学的编辑水平直接影响中国儿童文学的发展水平,而在当前作家队伍基

本形成的情况下，培养一支高素质的儿童文学出版队伍显得尤为重要。出版是文学发展与繁荣的基础。出版在推出新作品的同时，还肩负着培养儿童文学新人的责任。

第三是营造有利于儿童文学创作的舆论环境。应该营造一个有利于儿童文学创作与出版的宽松环境，尤其是党和政府的高度重视与政策支持非常重要。各级文化主管部门首先要根除视儿童文学为"小儿科"的歧视态度，对儿童文学创作与出版采取扶持政策，同时要开展多种形式宣传儿童文学，提高全民的儿童文学意识。在重要的图书奖评奖中，加大儿童文学作品的入选力度；设立儿童文学出版基金，确保优秀儿童文学作品与理论著作的出版；对那些长期坚持编辑、出版儿童文学作品的编辑与出版者要给予表彰与一定奖励。

第四是尝试儿童文学出版基地建设。集中创作与出版的优势资源，策划儿童文学重点出版工程，推出儿童文学精品。在条件成熟的情况下，甚至可以以股份制形式成立中国儿童文学出版社，专门出版原创儿童文学作品。

第五是大力开展儿童文学读物推广（营销）活动。创作、出版与推广（营销）是一个完整的文学生产过程，是一部作品从作者走近读者不可缺少的环节。商品经济下的作品推广与营销已是作者与出版者的共同责任，儿童文学队伍的建设也自然包括儿童文学推广与营销队伍的培养，而这项工作我们几乎还没有开始。

第六是加强国际儿童文学交流。不仅要将那些真正优秀的儿童文学作品引进来，更重要的是要将中国优秀的儿童文学作品介绍出去。引进的过程应该定位为一种学习、一种交流、一种借鉴，终极目标是为发展与繁荣中国原创儿童文学服务。

第七是要将儿童文学创作与出版的目光更多地投向农村。我国是一个农业大国，在3亿少年儿童中，有2亿在农村。没有农村儿童文学读物的发展与繁荣，就没有我国儿童文学的发展与繁荣。儿童文学应该属于所有的儿童，它不应是城市儿童的专利。可现实是，反映农村孩子生活、适合农村孩子购买和阅读的作品非常之少，这种情况应该得到根本的改变。

第八是要警惕各种不良文化对少年儿童的侵蚀。当今社会开放，各种文化观念相互交陈，对少年儿童的成长发生着潜移默化的作用。创作与出版是传播文化观念的重要手段，有着鲜明的导向性与意识形态性质，必须坚持先进文化的前进方向，以优秀的作品鼓舞儿童，以正确的舆论引导儿童，儿童文学生产者必须要有高度的社会责任感和严格把关意识，自觉将各种不良文化拒之门外。

第九是正确开展儿童文学批评。发挥文学批评在培养作者、扶植原创、引导读者方面不可替代的舆论力量，以及浇花锄草、惩恶扬善、扶优扶弱的社会批评力量；同时，更要注意发挥批评在建设原创儿童文学"和谐生态"方面的突出作用。要善于批评，善于联合一切批评力量，形成批评合力，为原创儿童文学的生产与发展鼓与呼。

第十是加强儿童文学理论建设和学科建设。没有理论的创作是没有前途的，同样没有相应的学科地位做基础，理论研究就难以深化。而在没有理论指导与学科背景下的儿童文学要想得到大发展大繁荣，是难以想象的。

（原载朱自强主编《中国儿童文学的走向》，少年儿童出版社2006年版）

慎重考虑市场需求与艺术追求

李东华

2008 年的儿童文学是热闹喧天的,无论是对经典的重新包装,还是对原创作品的大力襄举,这一年本土儿童文学图书的出版数量之多,足以让读者在眼花缭乱中感到选择的艰难。这当然和 2008 年正好是改革开放 30 年而 2009 年又是新中国成立 60 周年不无关系,一些"献礼"和"纪念"性质的大部头丛书隆重出版,如少年儿童出版社推出了《改革开放 30 年的中国儿童文学》,新世纪出版社推出了《改革开放 30 年中国儿童文学金品 30 部》,烘托出一种喜庆氛围。但这不是决定性的因素,2008 年儿童文学的繁盛应该是中国儿童文学长期积累后的一次"井喷",更离不开"市场"这根魔术棒在背后强有力的推动,因而有很多的现象值得关注和思考。

"市场"的扩大与"人才"的紧俏

2008 年更多原本和儿童文学毫不沾边的出版社开始积极介入这一领域,如 2008 年上半年,中国轻工业出版社成立了青少年图书事业部,计划推出"中国原创冒险文学书系",并已和李志伟签约,于年底出版了"李志伟冒险小说系列"。而前些年停刊的一些儿童文学期刊开始"复活",如少年儿童出版社一度停办的以发表中篇小说为主的《巨人》,今年重新开始试刊;甚至一些民营出版力量开始创办一些新的儿童文学杂志,并取得了不俗的业绩,如 2008 年创刊的《读友》(少年文学半月刊)。而一些老牌的期刊如《儿童文学》《少年文艺》《东方少年》《中国校园文学》等纷纷采取增加下半月刊,选萃、小学版和中学版分开办等办法,不断扩大刊物的容量。这些都表明,在出版市场相对疲软的今天,儿童文学的市场前景却是"风景这边独好",原因很简单,少年儿童是当今中国的阅读主体,而这个人群高达 3.67 亿,如此巨大的一块蛋糕,难免会吸引众多的出版社来分割。

出版和发表阵地的迅速扩张,使得儿童文学作家们显得紧俏起来。也许还没有哪一年的日子像 2008 年这样好过,相信每位作家都已没有多少存粮,甚至长在地里的庄稼也已经作为收成被预订了出去,真是有点"皇帝的女儿不愁嫁"的滋味。这当然是儿童文学作家们的福音,但出手太快的稿子难免有欠缺打磨的遗憾,而缺乏竞争的队伍,常常会在艺术上产生惰性。因而,去除对儿童文学的"小儿科"的偏见,呼吁更多的富有才情和天赋的作家加入到这个圈子里来,是个常说常新的话题,在 2008 年,显得尤为迫切。

"丛书"的热闹与"单行本"的冷清

2008 年的儿童文学出版依旧讲求规模和速度,继续以"集团军"的面目示人。无论

是经典还是原创，大都以"丛书"的形式出现，或者是一批作家集体亮相，或者是一个作家的一系列作品同时出版。而且这种"丛书"的规模有越做越大之势，自从前些年湖北少年儿童出版社推出"百年百部中国儿童文学经典书系"，并一炮打响之后，追求宏大似乎已成为儿童文学出版界的风尚。把不同艺术风格、不同门类的作品或作家纳入一个书系，使得一套套丛书如同阅兵式上的方阵一样壮阔而整齐。

一种丛书形式是很多作家的集体"大合唱"。2008 年，在冰心奖创办 20 周年之际，由海豚传媒集团策划、上海美术出版社推出的"冰心奖获奖作家书系"，已经出版了 30 本，还将继续推出 20 本。这套丛书囊括了获得过冰心奖的几代儿童文学作家的各种体裁的原创作品，尤其以"60 后""70 后"的年轻一代作家为主。安徽少年儿童出版社的"小橘灯·校园纯小说"系列和江苏少年儿童出版社的"当代实力派作家原创精品小说"系列也推出了不少优秀的原创作品。此外，春风文艺出版社的"小布老虎丛书"正值 10 周年纪念，推出了"10 年纪念珍藏版"，精选过去 10 年中出版过的优秀作品重新包装推出；中国少年儿童出版社的"皇冠书系"、人民文学出版社的"中国当代获奖儿童文学作家书系"、少年儿童出版社的"陈伯吹桂冠书系"，2008 年都在继续出版新书；不可不提的还有湖南少年儿童出版社推出的"全球儿童文学典藏书系"，所收俱为世界著名的儿童文学经典作品。

还有一种丛书形式是作家个人的系列作品集中推出。这是最近几年作家出版作品的一种最主要的出版形式。一个初登文坛的新人，一出手就是三五本甚至七八本作品已经是屡见不鲜的事情。相比之下，单行本的出版就显得比较冷清，长篇小说《会跳舞的向日葵》（秦文君）、《腰门》（彭学军）、《真情少年》（李建树）、《家有谢天谢地》（谢倩霓）、短篇小说集《狼獾河》（黑鹤）等是其中的优秀之作。而这些作品都出自名家之手，新出道的作家很难看到他们的作品以单行本的形式面世。

"丛书"这样一种出版策略，当然还是和市场这个指挥棒分不开的，因为丛书更容易吸引读者的眼球，而单行本很容易形单影只地淹没在图书的汪洋大海之中。当然，丛书比单行本更容易提升发行量，这也是个不争的事实。这些丛书的策划出版显示了少儿出版的实力和魄力，好处是让很多经典作品能够全面地展示给读者，让很多年轻作家得以集中亮相。但有些丛书，尤其是作家个人系列作品，也容易造成形式上的宏大和内容上的贫乏之间的矛盾。一个作家，短短的时间内就推出一套甚至几套书，每一套又是好几本，拿在手中，有时会有"鸡肋"的感觉——书中时不时会显现出作者的才情，但是，这些才情稀释了，摊薄了，题材也趋于同质化。艺术贵在创新，但这些丛书的一个致命伤在于单调与重复。认真地雕琢一部作品，使之内容丰富，在今天变成了一件很奢侈的事情。郑春华从 2007 年开始推出系列丛书《非常小子马鸣加》，2008 年又有后续作品面市，这套书是本年度的丛书中比较优秀的一套，这当然源于作者多年扎实的生活和艺术积累。对于一个新人来说，"丛书"这种写作形式对于自身的艺术才情不可避免地是一种挥霍和浪费，从长远来看，艺术才华被过度榨取，是不可能不影响到一个作家的艺术生命力的。

"长篇"的单调与"短篇"的繁复

相比较来说，"长篇"往往比短篇小说在艺术上更考验一个作家的综合功力，因此，"长篇"的优劣常常作为判断一个时期创作水平高低的最重要的因素。但是从最近两年儿童文学创作的情况来看，我觉得"长篇"尤其是长篇儿童小说的创作，却有着趋向"单调"的误区，这当然和前面提到的"丛书"热、单行本出版较难不无关系，况且容易受出版社青睐的题材又比较单一地指向校园小说。尤其是以"顽童"为主角的适合小学生阅读的热闹型校园小说。因此，撇开长篇儿童小说惊人的发行量，我们会发现，对于儿童生存状态反映的深度与广度，对于儿童文学艺术探索的深度与广度来说，"短篇"创作所取得的成就是远远地被忽视和低估了。

2008年是"短篇"儿童文学作品大有收获的一年。目前，市场上至少有5家少年儿童出版社同时推出儿童文学短篇作品年度选，这也显示了短篇创作的数量之丰。短篇儿童文学作品反映出的社会内容更加全面和广阔，题材更加丰富，艺术探索更加活跃。像短篇小说《姊妹坡》（陆梅）、《秀树的菜窖》（三三）等对于童年心灵图景的深入挖掘，让读者更能体会到一种深度阅读的魅力；汤素兰的童话《天堂》让我们再次感受到作者短篇童话创作的精致和诗意；而且，繁茂的儿童文学期刊使得一些新人得以崭露头角，像写童话的汤汤、流火，写小说的李秋沅、舒辉波、庞婕蕾，甚至像写诗歌的年轻的"90后"慈琪和张牧笛，都显示了一种蓬勃的创造力和不羁的想象力。虽然，各大出版社紧盯着的基本是一群相对成熟的作家，但我们也应该把目光盯向短篇写作领域，其中所显现出的新人特有的创作活力，可以让出版社发现更多的人才资源。

"通俗化"写作的成长与"艺术写作"的坚守

评论家朱自强曾经指出，新世纪儿童文学的一个重要走向就是通俗（大众）儿童文学从整个儿童文学中分化了出来，当下，中国儿童文学创作中的通俗儿童文学与艺术儿童文学两种类型刚刚开始了比较清晰的分化。我觉得这个观点有助于把当前儿童文学中存在争议的一些问题厘清。事实上，"通俗"和"艺术"写作没有高低优劣之分，更重要的是，这两种写作，虽然都是文学，但它们还是有各自不同的创作规律和评判标准。如果不把它们放到各自的评判标准下去言说，去要求，那么一派就会把小读者的喜欢与否和图书的发行量作为评判图书优劣的唯一标准；而另一派则会认为作品艺术性和思想性才是给小读者推荐作品的标准；二者都容易抹杀彼此所作出的不同贡献。尤其是其中一种声音压倒性地占了上风之后，都会对儿童文学的创作生态、创作秩序带来不利影响。

"通俗"的和"艺术"的当然应该并存，但是，在儿童的童年阅读中，"通俗"的读物和"经典"读物究竟应该是一个什么样的比例，才能使之获得的精神营养处于一种均衡的状态，这是出版界和创作界不能不思考的问题。"儿童文学是给人性打底子的文学"，这个"打底子"的给精神补钙的作品和"就是要给小读者带来笑声"的比较轻浅的阅读之间，是需要有一个恰当的比例的，否则，一个完全在大众文学中浸淫长大的民族，他的精神成长必将在未来的一天呈现出偏颇和脆弱。

从2008年的儿童文学创作中可以看出，还是有很多作家一直在坚守着"艺术写作"的原则的。而"通俗"类的作品则继续保持良好的出版势头。2008年，杨红樱的"淘气包马小跳"系列又有新作面世。而葛冰则在中国少年儿童出版社出版了侦探推理类的童话小说"皮皮和神秘动物"系列；曹文轩的幻想小说系列"大王书"的第二部《红纱灯》也已面世；彭懿则在江苏少年儿童出版社出版了"彭懿精灵飞舞幻想小说集"；李志伟在北京少年儿童出版社推出了"开心学校幽默丛书"、年底在中国轻工业

出版社推出了"李志伟冒险小说系列"。

事实上,虽然"通俗化"写作大行其道,但其主要的问题依旧不是数量太多了,而是精品太少了。尽管侦探、冒险、悬疑、校园、幻想等类型化的作品都很受读者欢迎,但是,我们依旧不能说我们已经有了非常成熟的类型化作家。这些名家的介入,一定会不断提升我国"类型化"儿童文学写作的艺术品格,不断开拓新的写作空间。

(原载《文艺报》2009 年 2 月 7 日)

论少年儿童年龄特征的差异性
与多层次的儿童文学分类

王泉根

本文在回顾"五四"以来有关儿童文学的种种界说之后,对几十年一贯制的研究方法提出了质疑,指出离开了少年儿童年龄特征的差异性这个根本之点去探讨儿童文学的本质特征,容易导致以偏概全的失误。文章认为儿童文学是幼年文学—童年文学—少年文学3个层次文学的集合体,少年儿童年龄特征的差异性及其对文学的不同需求决定并制约着幼年文学、童年文学、少年文学各自具有的本质特征与思想、艺术上的要求。文章探讨了这3种文学的本质特征,论证了按照少年儿童的年龄差异进行多层次儿童文学分类的必要性与现实意义,对儿童文学理论界长期以来意见分歧的一些问题——关于教育性与趣味性、成人化与儿童化、写光明与写阴暗、类型与典型作了分析,提出了作者的独立见解与思考。

本文旨在以一种新的角度探讨儿童文学的本质特征,抛砖引玉,以期就教于同行。

凡是值得思考的事情,没有不是被人思考过的;我们必须做的只是试图重新加以思考而已。

—— 歌 德

一、回 顾

关于儿童文学的本质特征,一直是儿童文学理论界至为关注的问题,也是长期以来混沌一团的问题之一。茅盾说过:"'儿童文学'这名称,始于'五四'时代。"①自从中国在"五四"时期出现了"儿童文学"这一崭新的文学门类之后,对儿童文学本质特征的理解,一直有着种种界说。大致说来,"五四"至1949年前,以"本位说"居多;1949年后,以"教育说"居多。最近几年出现了新的思考,争鸣的锣鼓越敲越热闹。"本位说"注重的是儿童心理、儿童的情趣与需要。鲁迅先生早在1919年10月就说过:"孩子的世界,与成人截然不同;倘不先行理解,一味蛮做,便大碍于孩子的发达。所以一切设施,都应该以孩子为本位。"(着重号系引者所加)②这里的"一切设施"自然也应包括为孩子服务的儿童文学。郭沫若认为:"儿童文学,无论采用何种形式(童话、童谣、剧曲),是用儿童本位的文字,由儿童的感官以直愬于其精神堂奥,准依儿童心理的创造性的想象与感情之艺术。"③郑振铎给儿童文学下过明确的定义:"儿童文学是儿童的——便是以儿童为本位,儿童所喜看所能看的文学。"④叶圣陶认为,创作儿童文学应"对准儿童内发的感情而为之响应,使益丰富而纯美"⑤。周作人的表述尤为明白,"儿童文学只是儿童本位的,此外便没有什么标准",主张"迎合儿童心理供给他们文艺作品"⑥。中国第一部《儿童文学概

新中国儿童文学

论》(魏寿镛、周侯予著,商务印书馆1923年版)也有同样的表述:"儿童文学就是儿童本位组成的文学","是由儿童的感官可以直诉于其精神堂奥的,拿来表示准依儿童心理所生之创造的想象与感情之艺术"。我们只要翻开"五四"以来的儿童文学论著或教科书,就会发现,几乎所有阐述儿童文学本质特征的文章,都是以"儿童本位"作为立论依据的。从20世纪50年代起情况起了变化。"本位说"受到了大张旗鼓的批判。对"本位说"的批判都是以胡适、周作人作为靶子,因为胡适曾是杜威的弟子,对儿童文学也说过类似"本位"的话[②];周作人就更应批判了。至于鲁迅、郭沫若、郑振铎、叶圣陶等赞同过"本位说"的文字,则统统视而不见,讳莫如深,似乎他们压根儿没有提过"本位"的观点。在批判"本位说"的同时,陈伯吹先生的"童心说"也在60年代被大批一通。"童心说"现在已经平反了,这是一件好事。形成于五六十年代批判"本位说""童心说"的基础上出现的"教育说",其特点是强调成人功利,把儿童文学作为成人对儿童实施教育的一种工具。我们不妨试看几种影响较大的"儿童文学"定义。四川少年儿童出版社出版的五院校《儿童文学概论》说:"儿童文学是根据教育儿童的需要而专为少年儿童创作、编写的,适合他们阅读的文学作品。"有的同志认为"儿童文学担负的任务跟儿童教育是完全一致的","儿童文学作为一种教育工具,它辅助学校教育,成为对广大少年儿童进行全面教育的完整的系统的教育部署的一个重要环节"[⑧]。有的同志还提出过一个著名的定义:"儿童文学就是教育儿童的文学。"[⑨]最近几年,随着儿童文学创作实践的发展与理论探讨的深入,人们对儿童文学的本质特征又作了许多新的思考。有的同志提出儿童文学的特征是"导思、染情、益智、添趣"[⑩]。有的认为当前妨碍进一步提高儿童文学艺术质量的关键,在于不适当地强调了"儿童文学的教育特点",而忽视了儿童文学的文学素质。也有的认为儿童情趣是儿童文学的一个很重要的特征。比较多的同志认为儿童文学和成人文学一样,应具有教育、认识、审美的多种功能。[⑪]这几年对一些有争议的儿童小说如《祭蛇》《我要我的雕刻刀》《今夜月儿明》等的讨论中,也关涉到对儿童文学本质特征的理解。

本文无意对"本位说""教育说""情趣说""多功能说"等加以评议,也无意别出心裁提出儿童文学的新界说。本文只是想提出一个问题,请读者诸君思考:为什么大家搞了这么久的儿童文学,反而对"儿童文学"的本质特征找不到共同的易于普遍接受的语言呢?是不是需要对我们几十年一贯制的研究方法作一番检讨?是不是有什么问题卡了壳?我看,是的,是被一个问题卡了壳,这就是少年儿童年龄特征的差异性与儿童文学标准单一性之间的矛盾。下面,具体剖析一下这个矛盾问题。

二、质 疑

众所周知,所谓儿童文学,是指为3岁的幼儿到十六七岁的少年服务的文学,它是以读者对象为依据区别于成人文学而自成一系的。3至17岁这个年龄阶段的孩子可以分为幼年、童年、少年三个层次。他们的共同特点是:在成人眼里,他们都是孩子,都是不懂事的要大人操心、大人供养的小人儿;在封建时代,他们都没有独立的人格与社会地位,被看作"缩小的成人"(鲁迅语);在精神文明高度发达的现代社会,他们都被看成"祖国的花朵""人类的希望"。这是他们的共性。但从儿童心理学的科学角度考察,这3个层次的孩子无论在生理、心理、智能、性意识还是社会阅历、生活经验、兴趣爱好等方面,都存在着很大的差异。下面我们且以权威性的著作——朱智贤著《儿童心理学》(1980年版)

与新版《辞海》为依据来看看这种差异。

先谈幼年。幼年时期（3岁至六七岁）又叫学前期（进入学校以前的时期）或幼儿期（进入幼儿园时期），其特征是：（一）具有从事独立活动的愿望，但这种愿望与能否从事独立活动的经验及能力之间存在着重大的矛盾。解决这一矛盾的根本方式就是游戏，游戏推动幼儿心理的不断发展。因此游戏是幼儿的主导活动。（二）幼儿的各种心理过程带有明显的具体形象性和不随意性，抽象概括性和随意性只是刚刚开始发展。他们的语言水平低，第二信号系统不够发展，因而主要是以直观表象的形式来认识外界事物。（三）幼儿已开始形成最初的个性倾向。

再看童年。童年时期（六七岁至十一二岁）相当于小学教育阶段，又称学龄初期。其特点是：（一）开始进入学校从事正规的有系统的学习，学习逐步成为他们的主导活动。（二）大脑机能（兴奋性、抑制性、第一和第二信号系统的相互关系）发展迅速，生活中充满幻想。逐步掌握书面语言，从具体形象思维逐步向抽象逻辑思维过渡。（三）开始有意识地参加集体生活。

再来看少年。少年期（十一二至十六七岁）大致相当于初中阶段，亦即"青春期"。这是一个从儿童期（幼稚期）向青年期（成熟期）发展的过渡时期，是一个半幼稚、半成熟、独立性和依赖性、自觉性和幼稚性错综矛盾的时期。其突出特点是：（一）有广泛的兴趣，但知识尚未成熟，情绪亦不稳定。（二）独立性、对外界反应的敏感性增强，抽象逻辑思维迅速发展。（三）生理上的性发育是少年期的重要特点，第二性征日见明显，开始意识到两性关系等。这是幼年期与童年期根本不可能有的。

通过以上分析，我们可以看出：幼年—童年—少年这3个层次的孩子在心理、生理上存在着很大的差异，尤其是少年与幼年的差异更为悬殊，有些甚至是风马牛不相及的"代沟般"的差异，如性意识。少年儿童心理发展的年龄差异性决定了他们对文学的爱好、取舍、理解接受能力也存在着很大的差异。例如，十四五岁的少年喜欢的读物，七八岁的儿童就接受不了，至于三四岁的幼儿就更不用说了；同样，适宜给七八岁的儿童看的读物也不适宜给三四岁的幼儿。少年喜欢看有一定深度的小说，儿童热衷于童话，而幼儿的恩物则是儿歌和短小的故事。这是显而易见的，毋庸赘述。

既然幼年、童年、少年这三个层次的孩子存在着如此众多的差异，有的甚至是"代沟般"的差异，这就向我们提出了一个必须思考的问题：我们要不要研究少年儿童的年龄差异对他们吸收文学作品有着怎样的影响？要不要对以往只有一个统一提法（而且根据我国的现状往往只是根据适合幼年特征的情况而提出）的儿童文学标准重新加以思考？这种方法是不是科学的？要不要按照少年儿童的年龄差异来建立适应这种差异性的多层次的儿童文学？要不要探讨这种多层次的儿童文学各自在思想、艺术上应有怎样的要求？集中到一点，即我们有没有必要去探讨为3到16岁这一整个年龄阶段的孩子服务的文学（儿童文学）的本质特征？

我认为，正如儿童心理学只注重研究幼年—童年—少年的不同心理特征而从来不研究3到17岁这一整个年龄阶段的少年儿童有什么共通的心理特征一样，我们的儿童文学也完全没有必要去探讨为3到16岁的整个少年儿童服务的文学有什么统一的本质特征，而应当集中精力去探讨为幼年—童年—少年这三个层次的孩子们服务的文学各有什么本质特征，及其思想、艺术上的要求。用不着再把它们生拉活扯捆绑在一起，试图提出一个统一的而结果又往往是混沌一团、各说各有理的标准。换言之，我们应当作的是：第一,把"儿童文学"一分为三,明确提出并肯定幼年文学、童年文学、少年文学的概念,把它们从"儿童文学"这个单一概念中独立出来,自成一系;第二,探讨这3种文学各自的本质特征与思想、艺术上应有怎样的要求。当然,为了适应约定俗成的历史习惯,我们仍然可以把这三种文学总称为儿童文学,就像我们把幼儿、儿童、少年总称为孩子一样。据此,我对儿童文学的理解是:

儿童文学是成年人为适应3到17岁的少年儿童的健康成长而创造的文学,是幼年文学、童年文学、少年文学三个层次文学的集合体。少年儿童年龄特征的差异性及其对文学的不同要求决定并制约着幼年文学、童年文学、少年文学各自具有的本质特征与思想、艺术上的要求,这三个层次的文学都以其作品的文学价值——认识、教育、审美、娱乐等作用,将少年儿童培育引导成为灵肉健全的社会一员为最终目的。

三、思　辨

也许有人会说我的这个意见是荒谬可笑的,但我希望读者诸君能坚持看完我提出这个意见的如下理由。

首先谈谈把儿童文学分为3个层次的文学(幼年文学、童年文学、少年文学)进行研究的必要性。

第一,这样做可以明确不同层次的儿童文学的不同服务对象与思想、艺术上的要求,从而使我们的创作更有针对性。

我的理解是:

幼年文学(或幼儿文学)是为3到六七岁的幼儿服务的文学。由于幼年期的生活是以游戏为主导,知识极端贫乏,故幼儿文学应特别注重娱乐与趣味,顺应满足幼儿心理发展的需要,培养幼儿的学习能力,丰富幼儿的语言。应强调正面教育,创作方法以浪漫主义为主,人物形象多系类型。主要文体有儿歌、短小生动的童话与故事,也可以有"无意思之意思"的作品。

童年文学是为六七岁到十一二岁的儿童服务的文学。由于童年期是以学习为其主导活动,富于幻想,求知欲旺盛,故童年文学应注重想象与认知,培养发展儿童的想象能力与认识世界的知识。应强调正面教育,创作方法以浪漫主义与现实主义相结合为其特色,人物形象多系类型,也应注重塑造典型形象。主要文体为适合儿童发展想象力的童话、科学文艺及小说、儿童诗等。

少年文学是为十一二岁至十六七岁的少年服务的文学。由于少年期是从幼稚向成熟发展的过渡时期,情绪的不稳定与性发育为其突出特点,故少年文学必须重视美育与引导,帮助少年健康地走向青年,走向人生。少年文学在强调正面教育的同时,应注意描写生活的真实,帮助少年正确把握和评价社会生活的各个方面。创作方法以现实主义为主,亦可引入意识流、浪漫主义等多种多样的手法,允许有成人化的因素,应努力塑造典型形象。主要文体为少年小说(这是因为小说最能广泛地、细致地、多方面地反映社会生活的真实面貌)与散文、诗歌。

如果我们真能明确地认识到幼年文学、童年文学、少年文学的不同特征——它们的目的、功能、形式、创作手法等,如果我们能科学地把握这些特征并付诸创作实践,那么,完全可以预期,由于这三类文学服务对象明确、针对性明确、创作思想与艺术上的要求明确,因之我们的儿童文学必将有一个较大的革新与发展。这是必然的,毫无疑义的。

第二，这样做可以提高儿童文学的文学地位。

以前我们不是经常听到有人抱怨幼儿（幼年）文学地位太低了吗？仿佛为幼儿写的作品都算不上是儿童文学，即使勉强"挤"进去了，也要低人一等。现在，通过分类，我们可以理直气壮地说：幼儿（幼年）文学是整个文学不可分割的一个组成部分，有其自身的独特的创作规律与思想、艺术上的要求。幼儿文学完全有用自己的理论来保护自己按照幼儿文学的特殊规律办事的权利！在文学之林完全有着自己不允被蔑视、不可被剥夺的地位！同样，童年文学与少年文学也有着自己不允被蔑视、不可被剥夺的地位，有着在文学之林中存在的价值！

第三，这样做可以回答和澄清儿童文学理论方面一些长期纠缠不清、混沌一团的问题，可以划清一些"政策界限"。这个问题需要用较多的篇幅加以论述。

（一）关于教育性与趣味性

儿童文学要不要坚持教育的功利性，要不要富于趣味性？对此问题一直是有分歧的。强调教育性的同志多是从文学的社会功利立论，认为"古往今来，无论封建社会，还是资本主义社会，儿童文学都是教育工具"。他们也承认儿童文学需要趣味，但这趣味只是一种手段，其目的是使儿童"通过有趣的故事使他们在欢乐中接受教育，就像儿童不愿吃药一样，我们要加一些糖，或者包上一层糖衣"⑫；强调趣味性的同志一方面以高尔基的名言"向孩子说话必须惹人发笑"，"游戏是儿童认识知识的方法，也是他们认识世界的工具"⑬作为立论依据，另一方面又联系过去儿童文学创作中"政治挂了帅，艺术脱了班，故事公式化，人物概念化，文字干巴巴"⑭的现象来论证注重趣味性的重要意义。这两种意见对不对？有没有道理？我认为都对，都言之有理。问题是要看你强调的教育或趣味是针对哪一个层次的儿童文学？如果你是针对少年文学强调作品的教育作用，这无疑是正确的。少年文学担负着帮助少年健康成长，引导他们成为健全的社会一员的任务，从这个意义上说，少年文学就是教育少年的文学。但如果对幼年文学、童年文学也一味强调教育作用，那就需要商榷了。幼年、童年期的孩子尚未到考虑社会人生、"四化"建设等大问题的年龄，他们关心的只是玩耍（幼儿）与学习（儿童），你的作品内容再好，教育性再大，如果脱离孩子的实际，那么孩子们是不会欢迎的。这在我们过去的创作实践中还少见吗？再说说趣味性，如果你强调的趣味性是针对幼年文学、童年文学而言，这无疑是正确的。但如果对少年文学也一味强调趣味而不注重教育意义，那就成问题了。这种倾向如果侵入少年文学，势必影响文学的社会作用与对少年读者的认识、教育功能。

（二）关于成人化与儿童化

对儿童文学的成人化倾向，文坛时有批评。有的同志认为"成人化"是"儿童文学创作的一种疑难杂症"，"既不利于儿童文学创作的正常发展，也不利于对儿童的教育"，儿童文学必须摒弃成人化，紧紧拥抱儿童化，儿童化乃是"儿童文学创作的一个关键问题"⑮。可是成人化的倾向却始终像幽灵一样游荡在儿童文学领域，过去有，现在同样存在，而且大有愈演愈烈之势，尤其是儿童小说的创作。上海《儿童文学选刊》1985 年第二期选登了一篇题为《独船》的小说，同期发表的评论文章对《独船》推崇备至，认为这是一篇"带有浓重的悲剧性，甚至会使成人产生战栗感的作品"。小说通过一个船家儿子的心灵世界不被父亲理解最终造成失子悲剧的描写，向成人提出了鲁迅先生早在"五四"时期就提出过的严重问题："我们现在怎样做父亲？"显然，《独船》表现的是"似乎只有成年人才能理解的深

邃的人生内容"。像这种成人化倾向相当浓重的小说是不是属于儿童文学？适宜给小读者看吗？这一期的评论文章试图回答这个问题，但又吞吞吐吐，不够理直气壮。我的回答是：《独船》属于儿童文学，而且是很好的儿童文学作品。因为儿童文学可以有成人化，而且应当有成人化的因素。我们应当怎样看待儿童文学中的"成人化"呢？这一问题的关键是：成人化出现在哪一个层次的儿童文学作品？如果出现在幼儿文学、童年文学，那是不适当的，幼年、童年期的孩子所关心和理解的主要是属于他们自己的儿童世界、幻想世界及他们亲近的家庭生活、学校生活，他们未涉人世，没有道德观念或只有道德观念的初步表现，不可能对成人心理、成人社会产生兴趣，因此创作幼年、童年文学的一个关键问题是要特别注重儿童化，尽力避免成人化。与之相反，少年文学倒是需要有一点成人化的因素。少年期正在由人生的幼稚期走向成熟期。根据心理学的研究，少年已经对人的内部世界、内心品质发生了兴趣，开始要求了解别人和自己的个性特点，了解自己的体验和评价自己，同时也希望别人尤其是成人能够了解他；少年的道德信念、道德理想已初步形成，世界观也开始萌芽。他们既懂事，又不懂事；既能独立思考，又往往看问题不全面、不深刻；既有很大的独立性，要求大人把他们也当成"大人"看待，但又不善于监督（管住）自己，在行动上常常表现出不稳定与稚气；既渴望了解成人世界同时也有了一定的了解，但又是片面的、表面的。一句话，他们真是既像大人又像小孩，既有了一点成人的因素，又还停留在儿童世界。他们正在作着种种努力，迈步青年，走向成熟。少年期的这些特点要求我们必须用很大的机智来对待少年文学的创作，一方面不要把少年再当作幼年、童年期的"小孩"来看待，而应当适当地在作品中渗入一些成人世界的东西，有意识地"拔高"作品的深度与难度，有那么一种"成人化"的味道，使少年读者感觉他们在作家心目中已经是"大人"了，他们正在通过作品走向成人世界；但另一方面，也不要把少年当作成熟的青年来看待，成人化宜淡不宜浓，我们的笔触还须较多地投射于少年正在留恋着的儿童世界，机智而巧妙地把儿童化与适度的成人化因素结合起来。少年期的特点给儿童文学创作带来了一定的困难。从某种意义上说，少年文学是最难把握、最不易写好的一种文学。因为它的服务对象处于由幼稚向成熟转化的过渡时期，少年文学可以说是由儿童文学（指更偏重于小年龄读者的儿童文学）向成人文学转化的"过渡文学"。过渡时期总是各种矛盾错综交叉的复杂时期，也是较难把握的时期，这也就是为什么儿童文学的争议大多集中在少年文学的原因。例如，这几年争论较大的小说《谁是未来的中队长》《我要我的雕刻刀》《祭蛇》《新星女队一号》《今夜月儿明》等，无一不是供少年阅读的作品；又如儿童文学理论界争论过的或正在争论的许多问题，如儿童文学可不可以揭露生活的阴暗面、可不可以描写少年朦胧的性爱意识等，也无一不是集中在少年文学的范畴。

我认为，少年文学可以有成人化的因素，那种不分作品的读者对象，一味批评指责成人化，这是不公正、不恰当的。儿童文学作家用不着畏首畏尾、瞻前顾后，而应当理直气壮地在作品中加入成人化的作料——只要认准你的作品是为少年读者创作的就行了。少年文学完全有保护自己的作品促使少年读者走向成熟的成人化的权利！

（三）关于写光明与写阴暗

这实际上是儿童文学如何反映生活真实的问题。总是有同志不赞成儿童文学也来干预生活，认为小读者天真纯洁，儿童文学作品应当尽量写得单纯一些，不要告诉他们本来尚不知道的复杂和消极阴暗的东西，他们往往以高尔基的下列一段话作为立论依据：儿童文学"放在首要地位的，不是在小读者心里灌输对人的否定态度，而是要在儿童们的观念中提高人的地位。不真实是不对的。但是,对儿童必要的并非真实的全部,因为真实的某些部分对儿童是有害的"⑯。有的同志则认为,儿童文学应当直面人生,描写生活的真实,"生活中有光明,也有阴暗面,把它真实地反映出来,可以引导孩子们全面地思考和认识生活","孩子们需要多方面的精神养料,通过文学作品对人生的酸甜苦辣都品尝一下,对教育和培养他们健全的思想认识能力是必要的",⑰其目的是为了"培养孩子们在复杂事物面前的分辨是非的能力",引导他们满怀信心地走向未来。⑱当代儿童文学创作(主要是小说)出现了不少敢于触及成人社会的时弊、引导小读者思考的作品,如《吃拖拉机的故事》(罗辰生)、《被扭曲了的树秧》(刘岩)、《破案记》(王路遥)、《我发誓……》(张微)、《弓》(曹文轩)、《祭蛇》(丁阿虎)、《独船》(常新港)等。这些作品引起了小读者的强烈反响,也引起了儿童文学理论界的不断反思:儿童文学到底应如何把握生活的真实?如何理解写光明与写阴暗? 我认为,对此问题的理解也与少年儿童年龄特征的差异性紧密相关。儿童文学是文学,文学是人学,是研究人、写人的。既然人类社会存在着光明面与阴暗面,既然成人文学可以两者都写,为什么儿童文学就不可以呢? 儿童文学应当写光明但也用不着回避阴暗。问题的关键是:你写的阴暗是出现在哪一个层次的儿童文学。如果是少年文学,适度的描写那是合适的;如果是幼年、童年文学,那就需要商榷了。幼年、童年期的孩子既不熟悉社会人生,更不理解成人世界种种复杂微妙的矛盾纠葛,体验不了人生的酸甜苦辣。因此如果对幼年与童年期的小读者也来谈什么"阴暗面",写什么不正之风、社会弊端等,这只能是"对牛弹琴",既无益也无效。幼年文学、童年文学需要强调的是描写光明与正面教育,需要在幼儿、儿童心目中"提高人的地位",对他们来说,真实的某些部分倒是确实有害的。他们刚刚来到这个世界上,睁着兴奋、好奇的眼睛,望着蓝天白云,探求着一切,他们需要挚爱与温暖,阳光与雨露。为什么非要把那些压抑心灵的、使人酸鼻的东西过早地告诉他们,损伤他们稚嫩纯洁的心灵呢? 反之,对于少年文学来说,我们倒是应当谨慎地在作品中把握生活的各个方面,力求使少年读者通过作品折射地看到这个真实的世界:既看到这个世界光明灿烂、振奋人心的一面,也不应当回避客观存在的落后消极的因素,让他们通过作品间接地接触到社会的深层,了解现实,洞悉人生。这样,当他们一旦走向社会,就不会对复杂的社会生活感到茫然无措。事实证明,这样做对少年读者的精神发展是有好处的,一些作家的作品已经在这方面作了有益的尝试。因此,我认为,对少年文学来说,需要讨论的不是可不可以写阴暗面的问题,而是如何正确把握生活,引导少年读者正确认识人生,评价社会,健康地走向成熟的问题。

(四)关于类型与典型

有的同志抱怨儿童文学创作的典型化不够,翻来覆去就是那么一些类型化的人物,认为这是儿童文学所以被人瞧不起、所以不景气的一个重要原因,他们要求儿童文学向成人文学看齐,努力塑造新的儿童典型形象。的确,与成人文学相比,儿童文学的典型是太少了。优秀的成人文学作品曾经塑造了一系列不朽的艺术典型,如:堂吉诃德、哈姆莱特、葛朗台、林黛玉、阿Q、孔乙己……都给人留下难忘的印象。可是,中外古今的儿童文学又出现了多少个典型呢? 我们应当如何理解这种现象? 为什么儿童文学的人物大都是类型化的? 儿童文学的典型塑造应如何突破? 我觉得这个问题需要从少年儿童年龄特征的差异性、理解文学形象的差异性中去寻找答案。

出现在文学作品中的人物无论是类型还是典型,他们都是文学形象。文学形象具有两大特点：第一，文学形象是以语言作为造型工具，具有间接造型的性质，它不像表现艺术（如戏剧）、造型艺术（如绘画）、综合艺术（如电影）的形象那样具有强烈的直观可视性。第二，文学形象可以从多方面用多种多样的方式来展示广阔而复杂的社会生活，乃至于表现社会生活的发展过程，展示人与人之间的错综复杂的社会关系和人物内心的精神世界。读者的阅读，总是以作品所提供的形象为根据产生的感受、体验和认识来理解作品，同时又根据自己的思想水平、生活经验来理解、解释以至丰富和补充形象的内涵。正由于文学形象具有这样两个特点，因此如何理解文学形象和形象所揭示的审美意义，直接取决于读者的思想水平与生活经验。读者的思想水平愈高，生活经验愈丰富，艺术的接受能力和理解能力愈强，就愈能透彻地了解作品形象的意义与美学价值，从中得到思想上的启发与艺术上的陶冶。而少年儿童恰恰在理解文学形象的"基本功"——生活经验与思想水平方面存在着严重的局限性与差异性，年龄愈小这种局限与差异也就愈大。处于幼年与童年时期的孩子的生活天地狭小，主要是家庭与幼儿园、学校，生活经验十分贫乏；幼儿由于第二信号系统还不够发达，主要以直观表象的形象来认识外界事物；儿童在心理发展方面虽然有意性和抽象概括性已开始发展，但无意性和具体形象仍占主要地位。这就必然给他们认识文学形象与理解形象带来了相当的困难。一般地说，他们认识形象往往只停留于表象，比较简单，也比较肤浅（比如，通过人物的脸谱、服装、动作来判别"好人"与"坏人"），年龄愈小，愈是如此。他们还不善于通过自己的感受、认识和体验来理解文学形象，更谈不上对形象进行丰富和补充了。正是在理解文学形象的局限性与差异性上，类型化的形象恰恰可以适应与满足幼儿与儿童的认识水平。所谓类型，是指文学作品中具有某些共同或类似特征的人物形象，英国当代小说家福斯特称之为"扁平人物"。"扁平人物"的好处是形象的鲜明性，第一，"易于识别，只要他一出现即为读者的感情之眼所觉察"；第二，"易为读者所记忆，他们一成不变地存留在读者心目中，因为他们的性格固定不为环境所动；而各种不同的环境更显出他们性格的固定"⑳。这种类型化的人物在供幼儿、儿童阅读的童话、故事、小说等叙事性作品中十分突出，人物形象描写的类型化差不多成为一种通例。人物的共性掩盖了个性，有的人物的出现只是作为某种思想的图解；人物的生活和细节趋于单一化，往往只是为了说明人物某一方面的品质；同一类型人物之间的区别，往往只在于职业、地位、称谓、习惯动作等，看不见特定环境中特定的行为心理的具体描写。㉑恰恰是这些类型化的形象最为儿童所喜爱，最适合他们的理解接受能力。无论是安徒生、格林兄弟，还是叶圣陶、张天翼、严文井、贺宜、金近、鲁兵等的童话中，我们都可以用"感情之眼"觉察出这类形象。

但是，对少年读者来说，类型化的形象已不能适应和满足他们的理解鉴赏水平了，少年的性格正在日趋丰富复杂，他们的生活经验与思想水平正在逐渐成熟，对社会人生的理解也正在逐渐积累感性知识，他们需要比类型化更高级、更复杂、更有集中性与概括性的形象，这就是典型形象。典型的性格是丰富的，多侧面多层次的，福斯特称之为"圆形人物"。"圆形人物"无法用一句话将他"描绘殆尽"，他们"消长互见，复杂多面，与真人相去无几，而不是一个概念而已"㉒。这种具有高度概括性的形象比较适宜于有一定的生活经验与思想水平的少年阅读，也为他们所理解和接受。例如安徒生笔下的小人鱼（《海的女儿》），张天翼笔下的王葆（《宝葫芦的秘密》），王安忆笔下的李铁锚和张莎莎（《谁是未来的中队长》），铁凝笔下的安然（《没有纽扣的红衬衫》）等。我认为，儿童文学如果要塑造新的典型形象,那就得从少年文学中去突破,尤其是少年小说,至于幼年文学与童年文学,就让类型化的人物去占据吧。我们需要讨论的一个重要课题应当是:如何在少年文学中塑造出富有时代特点的足以振奋读者心灵的新的典型形象,而没有必要,也用不着去指责与期待幼年文学、童年文学为什么不爆出一串典型形象来。

以上这些问题——教育性与趣味性、成人化与儿童化、写光明与写阴暗、类型与典型,都是儿童文学理论界长期以来颇有分歧的问题。对具体事物进行具体分析,这是马克思主义活的灵魂。我们对儿童文学本质特征的探讨,也应当作一番具体事物——不同年龄的读者对象对文学的不同要求——具体分析的工作,切忌"一刀切"。事实证明,以往那种离开了少年儿童年龄特征的差异性这个最根本之点去谈什么儿童文学的本质特征,容易导致以偏概全,陷入片面性的泥沼。

最后,简单谈谈按照少年儿童年龄特征的差异性进行多层次儿童文学分类的现实意义。

为什么过去我们的儿童文学老是受到干扰,无所适从?讲童心挨批,谈趣味不对,写真实为难,接触朦胧的"爱情"更是大忌……可谓禁区重重,关卡道道,比之成人文学,儿童文学的禁区更多。我认为,除了"左"的干扰以外,不重视、不研究少年儿童的年龄差异对他们吸收文学有怎样的影响,不重视、不研究少年儿童的年龄差异对各类儿童文学在思想、艺术上应有怎样的要求,这不能不说是一个重要原因。"儿童文学"这名词从"五四"时期出现至今已有 60 多年了,60 多年来,我们很少看到专门探讨少年儿童心理发展的年龄差异性与各类儿童文学关系的论著。这一问题,钱光培同志曾在 1980 年提出过(见《儿童文学研究》第 6 辑),但没有引起应有的重视。今天,随着文学春天的到来与思想解放的促进,我们的整个文学研究领域——无论是现代文学、古典文学、外国文学,还是民间文学、影视文学、比较文学等,都呈现出一派蓬蓬勃勃、开拓前进的可喜局面。独有儿童文学,还是几十年一贯制,抱住旧理论、旧观念不放。难怪儿童文学理论被人看不起了。儿童文学的研究现状必须革新,不革新是没有出路的。要革新,就应当从研究少年儿童的年龄差异性对各类儿童文学的要求这一根本点入手。这是一个突破口,牵 发而动全身。各种争论不休、混沌一团的问题无不与这问题相关。当然,这是一道难关,需要有心人以革新的精神去开拓、求索。

按照少年儿童的年龄特征来研究、创作各类儿童文学,这并非我的发明,国外早已在这样做了。当今欧美、日本等发达国家的儿童文学都十分强调少年儿童的年龄差异对文学的不同要求,有的还注意到性别、家庭、民族、遭遇等的差异对吸收文学的影响。各种年龄、学年的儿童都有自己相应的文学读物,而且分类越来越细,不但有供幼儿、儿童、少年阅读的各类读物,还出现了以独生子女、父母离了婚的孩子、女孩子、初中快要毕业的少年等为特定服务对象的读物。世界儿童文学发展的这种新趋势不能不引起我们的关注与深思。如果我们的儿童文学作家、理论研究者,如果我们的儿童文学报刊、出版机构,大家都有自己比较明确的服务对象与创作研究方向,你专搞幼儿文学,我注重童年文学,他主攻少年文学(当然这三种文学也是互相联系互相影响的),那我们的各类儿童文学创作、研究、编辑工作将会出现一种令人振奋的景象!由于服务对象明确,分工明确,对各类儿童文学思想、艺术上的要求明确,我们就能为孩子们提供多种层次、多种多样的儿童文学读物。小河有水大河满,各类儿童文学都搞上去了,整个儿童文学事业自然是兴旺发达、欣欣向荣,这难道还用怀疑吗?在这方面,上海的《幼儿文学》已经做出了样子,取得了实绩。《幼儿文学》作为一个层次的儿童文学园地，由于它的服务对象与思想、艺术上的要求十分明确，因此受到了成千上万的幼儿与家长的热烈欢迎！这个成功的先例在鼓舞、召唤着我们，"为最可爱的后来者着想，为将来的世界着想"（叶圣陶语），让我们赶紧创作、研究适合少年儿童年龄差异性的多层次的儿童文学吧！

1986 年 7 月写于重庆

[注释]

①茅盾：《关于"儿童文学"》，《文学》第 4 卷第 2 号，1935 年 2 月。

②鲁迅：《我们现在怎样做父亲》。

③郭沫若：《儿童文学之管见》，《沫若文集》第 10 卷。

④郑振铎：《儿童文学的教授法》，浙江宁波《时事公报》1922 年 8 月 10 日—21 日。

⑤叶圣陶：《文艺谈·七》，《晨报副刊》1921 年 3 月—6 月。

⑥周作人：《儿童的书》《儿童剧》，见《自己的园地》，北新书局 1923 年版。

⑦胡适曾这样说过："儿童的生活，颇有和原始人类相似之处，童话神话，当然是他们独有的恩物；各种故事，也在他们欢喜之列。有兴趣了，能够看的，不妨尽搜罗这些东西给他们，尽听他们自己去看，用不着教师来教。……过了一个时候，他们自会领悟，思想自会改变，自会进步的——这不是我个人的私意，是一般教育家的公论。"原文载赵景深编：《童话评论》，新文化书社 1924 年版。

⑧贺宜：《小百花园丁杂说·一百三十九》，少年儿童出版社 1979 年版。

⑨鲁兵：《教育儿童的文学》，少年儿童出版社 1982 年版。

⑩刘厚明：《试谈儿童文学的功能》，《文艺研究》1981 年第 4 期。

⑪《全国儿童文学理论座谈会综述》，四川少年儿童出版社《少年书友》第 10 期，1984 年 8 月 10 日。

⑫鲁兵：《教育儿童的文学》，第 25 页。

⑬《高尔基对儿童文学的论述》，兰州《社会科学》1980 年第 3 期。

⑭茅盾：《六〇年少年儿童文学漫谈》，《上海文学》1961 年第 8 期。

⑮贺宜：《儿童文学创作的一个关键问题——儿童化》，见《1949—1979 儿童文学论文选》，中国少年儿童出版社 1981 年版。

⑯《高尔基对儿童文学的论述》。

⑰黄云生、蒋风：《谈儿童文学如何反映现实生活》，《儿童文学研究》第 10 辑。

⑱陈子君：《〈新星女队一号〉引起的杂想》，《儿童文学选刊》1982 年第 3 期。

⑲㉑[英]福斯特：《小说面面观》，花城出版社 1981 年版。

⑳陈道林：《论张天翼的童话创作》，《华中师范学院学报》1984 年第 2 期。

（原载《浙江师范大学学报》1986 年儿童文学研究专辑）

儿童文学的三大母题（提要）

刘绪源

一个分类原则的提出

（1）《简明不列颠百科全书》关于儿童文学"教育性"与"想象性"的论述，可以理解为一种类型研究。虽然中外儿童文学作品大多能归入这两种类型中去，但毕竟存在不少例外。

（2）类型研究的深化有待方法的更新。黑格尔的"历时性"研究与普罗普的"共时性"研究，都难以避免自身的缺陷。中国现代的儿童文学分类也存在明显的缠夹。

（3）"母题"在本书中是一个居于更高层次的概念，每一母题都有自己的审美眼光（视角）、艺术氛围及一定的审美范围。本书将儿童文学分为"爱的母题"（内分"母爱型"与"父爱型"）、"顽童的母题""自然的母题"。——它们分别体现着"成人对儿童的目光""儿童自己的目光""人类共同的目光"。

（4）母题研究的目的：①寻求各个母题下的儿童文学作品的同等合法性；②探寻各个母题的独特意义；③摸索各个母题的审美特征；④把握各个母题的过去与未来的发展。

爱的母题（上）

（5）被视为世界儿童文学开端的《贝洛童话》，作品本身与作者特别指点出的道德教训相割裂。各国初创期的儿童文学多有这一现象，《伊索寓言》亦然，中国更甚。《贝洛童话》的真正价值是"母爱"。

（6）早期民间童话的主题几乎都是母爱。通达主题的途径不是故事，而是"语境"。它们的共同特点是：①创作时大多没有教育目的，随意性、即兴性较强；②故事离现实遥远，所涉及的却都是母亲们感兴趣的话题；③情节曲折但不过于刺激，最后多以"大团圆"作结；④结构上采取反复回旋的方式，一般篇幅不大；⑤叙述语言体现母性的慈祥与安详，也有适度的幽默与夸张，这是由发自内心的喜爱激发起的玩笑心态，合乎儿童渴求游戏的心理。

（7）现代的"母爱型"作品是"带着自己丰富的人生体验"来作这种爱的传达。它让孩子不仅感受到爱的迷人与伟大（这是过去作品所具备的），也感受到爱的无奈——人生并不是由于爱的存在而变得轻松（这却是过去作品所缺乏的）。这种变化在安徒生童话中已开始出现。

（8）现代主义对于儿童文学的影响是积极的，它促使本来易于保守的儿童文学创作走向"更新换代"，催生了许多新作品与新形式。例如特拉弗斯的"玛丽·波平斯"系列。现代有些作品无拘无束，信口调侃，看似百无禁忌，却又"不离其宗"——所宗者，仍是深

藏的母爱。

（9）不是文学的概念大于审美，而是审美的概念大于文学。审美与理性认识相并列，是人类从精神上把握世界的两大主要方式之一。

（10）文学功能包括：①创造欲的满足；②形式嗜好的满足；③激情的宣泄；④心灵的补偿；⑤审视自我；⑥体验环境；⑦回味与叹息；⑧憧憬与渴望；⑨从"静观"到超脱；⑩"撄人心"而入世。——如将它们纳入审美过程去考察，会发现一个有趣的秘密：这 10 个方面分属审美各个阶段，正是由它们共同组成了完整的审美序列。以往的理论（包括儿童文学与成人文学）多只强调文学某一二方面的功能（甚至只强调文学以外的功能），一般不从整体上把握，更看不到它们可能只是完整的审美过程的一个个断面。这正是不少理论难题得不到解决的原因。

（11）"激情的宣泄"与"心灵的补偿"组成了审美情感的"高涨"，"审视自我"与"体验环境"组成审美情感的"深化"，"回味与叹息"和"憧憬与渴望"组成审美情感的"升华"。在成人文学中，审美侧重越向后移（即越靠近"升华"），审美价值越高；儿童文学则相反，审美侧重越向前移（即越靠近"高涨"）价值越高。随着幼儿—少儿—青春期的到来，儿童与成人这一审美差异逐渐缩小以至于无。

（12）"母爱型"作品的内涵，使其审美侧重趋于"审美情感的升华"；但表现形式极合儿童口味。儿童从语境中获得"心灵的补偿"，而对其"形式嗜好"的提高更有不可忽略的意义。

爱的母题（下）

（13）文学总要涉及人生难题。"遇到难题绕道走"是"母爱型"童话的基本构思手法，具体则有仙女降临（如《灰姑娘》）、亲人相助（如《蓝胡子》）、恋人相救（如《白雪公主》）等，这种解决方式是虚幻而随意的。"父爱型"作品处理人生难题的方式，却是现实的、深刻的。"父爱型"的最大特征是"直面人生"。它已向成人文学的方向跨出了一大步，其审美追求也开始转向"揭示人生难言的奥秘"。它往往具备"撄人心"的力量。

（14）某种传统眼光中的"教育意义"，常常只是指合于某几项政治或道德伦理的律条，甚至连作品中的现实性因素也排斥在外。其实文学是环绕"人生"的，具体的政治伦理问题（例如"反战"）只有纳入人生的普遍而深刻的大前提中，才会有审美价值。衡量"父爱型"作品现实性因素的最高标准，是看它是否有利于儿童更顺利地度过未来的"分裂时期"。

（15）过去的文学概论和儿童文学理论，多将现实性因素的价值统称之为"认识作用"。此处则称为"审美中的现实性"，因其有益于强调它仅仅是审美过程中的某些部分。它仅存于审美之内，而不在审美之外，更不在审美之上。

（16）《木偶奇遇记》的创作最初是为了还债，《阿丽思漫游奇境记》是为邻居小女孩顺口编织的故事，《长袜子皮皮》是作者陪伴病中的女儿时每天编一段而连缀成的。儿童文学史上的许多名著常常是这种偶然得之的漫不经心之作。所谓"漫不经心"，其实是远离了正襟危坐的固有的创作姿态，丢开了束缚思想与心理的传统的功利目的，在一种很轻松很随意的状态中，将久积于内心的审美情感自由地释放出来。

（17）《木偶奇遇记》中的审美情感是丰满的，也是自然形成的；但审美情感在奔涌的途中远远地受到了不很深刻的（甚至可说是浅薄平庸的）理性的吸引，并被它渐渐归拢到单一的河道中去了。所以阅读时总令人兴致勃勃，读完之后就难免有"原来如此"乃至"不过如此"之感。当成年后的读者回忆这部作品时，那浮想联翩的情绪和重读一遍的欲望，远远不如《阿丽思漫游奇境记》与《彼得·潘》等。可见创作过程中理性对于审美情感的束缚，总要以作品审美价值的损耗为代价的。《洋葱头历险记》与《大林和小林》也有类似的问题。

（18）审美与理性在发展方向上可能一致，在发展曲线上却是很不同的。按审美曲线构筑作品还是按理性曲线演绎作品，结果必然不同。这种区别也可从创作动机来解释：作家为什么投入创作？是为了传递积极的思想、知识、经验或能力，还是为了奉献更丰富的审美对象？——前者可能是"尽责"的，后者才可能是"尽才"的。"尽才"的作品也可以包含倾向的或理性的因素，但它们总是溶化在整个创作主体之中的，而作品首先必须是一个审美的整体。

（19）有3种与此相关的理论：一、儿童文学是教育的，艺术作为手段完全服务于教育目的；二、艺术既是手段同时也是目的，作为手段它运载教育内容，作为目的是指载体本身也有审美的价值；三、艺术不是手段，而是审美整体，对艺术品来说艺术审美就是它根本的和最高的目的。儿童文学理论界过去大都赞成第一种观点，这与中国文化中"文以载道"的观念有着根深蒂固的联系，只有极少数例外，如周作人。近年来，许多作家、理论家开始信奉第二种观点。本书则力倡第三种观点。

（20）以往的文学概论或儿童文学评论中说到的"教育性"，多指作品中的理性因素。本书称之为"审美中的理性"，这是为了强调：离开审美它们就是作品的外在因素或破坏因素；只有当它们自然流露于作品这一审美整体之中，成为审美情感运行过程的有机部分时，才会在文学中获得自身的价值。

（21）"父爱型"作品的审美侧重，多集中于"审美情感的深化"这一阶段。在作为审美起点的主体中，被调动得最充分的是"人生经验"这一项；而作为审美结果，则更突出"撄人心"的心理效应。通常所谓的"教育作用"仍应看作整个审美过程的一个组成部分。

（22）儿童文学不依附于教育，但二者有着平行发展的关系。在近现代教育史上，从洛克—卢梭—杜威—皮亚杰的理论与实践中，体现着一个总的趋势是：让受教育者去"主动地发现现实"。这是今天"日益突出的当代教育学的主要问题"（皮亚杰语）。这应给儿童文学界以根本的启迪。现在儿童文学作家讲到"尊重儿童"，有的还停留在300年前洛克的水平（注重方法）。真正像卢梭那样"发现儿童"，将儿童期也尊视为一种真正的人生，让儿童毫不心虚理亏地享受这段人生，也许还是一个亟待解决的大课题。

（23）与现代教育发展趋势相呼应，现代的"父爱型"作品不再是作家的"告诉"和儿童的"被告诉"，不再是成人"把他所要传授给儿童的东西用好一点的陈述讲授给儿童"，而是让儿童从渗透着现实感的艺术形象中，自己去"主动地发现现实"。毫无教育的意味或暗示，让儿童（书中的儿童与正在读书的儿童）"自己教育自己"，正是它们的最大特征。

顽童的母题

（24）任何事物或理论，只要长期在自身范围内活动和发展，迟早总会循环往复，陷入难以继续发展的"怪圈"。唯一的解救办法，就是突破自身原有的框架，在更新的层次上否定自身。西方教育理论的高度发展，促成了对于教育本身的某种"否定"。儿童文学同样避不开"怪圈"的笼罩，如果只有"爱的母题"的单向发展，终将使自己走向荒芜。

（25）早期的"顽童型"作品数量并不多,但它体现了另一种重要的文学大类的存在,展示了与正统眼光截然不同但却充满生气的另一种文学的眼光。它的意义不在于量的增添,而在于质的互补。这些"顽童型"作品的客观存在并深受欢迎,犹如警钟一般提醒一代代作家,使他们的创作不至与儿童的审美眼光愈益远离。"顽童的母题"弥补了"爱的母题"的不足,使儿童不仅在审美中获得爱抚和导引,同时也能保持甚至激活儿童内在的热爱自由的天性。它不仅促成"父爱型"与"母爱型"创作走向现代形态,并且终于引发了 20 世纪以来"顽童的母题"创作高潮的到来。

（26）卢梭既崇尚自然,又崇奉理性,本身构成了严酷的悖论。而他的"理性"还高居于"自然"之上,于是这位天才地"发现儿童"的大思想家,也成了"教育主义者"。教育主义天然地排斥"顽童型"作品,因这些作品难以纳入教育范畴,并有相反的趋势;但教育主义的思路总是越走越窄,最易陷入"怪圈"。"顽童的母题"对于儿童文学史的最大贡献,是抑制了教育主义的无限发展。

（27）林格伦的成功之处,在于她能敞开博大的充满童趣的心,毫不掩饰地、直率乃至放肆地表现"顽童"的任性与调皮。她笔下的顽童形象突破了儿童文学创作的一些框框,为儿童文学发展注入全新的生机。这些顽童与盖达尔笔下的铁木儿们无法同日而语,判断它们的审美价值得用另一种尺度和视角。

（28）渴望母爱,追寻家庭与社会的温暖,体现了人类现实性的一面,起源于现实的人的生存发展的需要。——这是"爱的母题"根本意义之所在。渴望自由,向往无拘无束尽情翱翔的天地,体现了人类的未来指向,是对于未来社会中人的自由而全面发展的一种深情呼唤。——这是"顽童的母题"根本意义之所在。二者都是人类精神向前发展的产物,在人类精神宝库中都应有其合法存在的理由。

（29）"顽童型"作品的审美特征可概括为:在意外的认同中获得审美的狂喜。它总能让人感到一种意外的兴奋,心中滋生起痒痒的、蠢蠢欲动的感觉。它总要打破一些熟悉的框框,冲决一些习以为常的束缚,使你感到突如其来的痛快淋漓。这种美感常常是狂野的、蛮勇的,在趣味横生中带着某种豁出去的放纵感（其外表甚至还带着一点破坏性）,但它确是一种令儿童们欣悦异常的、合乎儿童天性的审美情感。

（30）"顽童的母题"的审美侧重,在审美情感的"高涨"阶段。这种情感高涨,既可体现为被审美对象所感动,也可体现为因审美对象的新奇而被吸引并引起兴奋。对儿童来说后者价值更高。审美对象的新奇,既可通过人所未见未闻的奇事奇物来展现,又可通过奇特的、公然违反常规的思路、情感和情绪来体现。虽然两种方法常常融为一体,后者的价值又显然高于前者。

（31）《闵希豪森奇游记》的独特贡献,是在文学中肯定了一种儿童式的思维。儿童由于自身的弱小和不成熟,常有"吹牛"的习惯。这体现为:将平时受到的启示任意延伸到成人难以想象的、毫不相干的范围中去;在想象中夸大自己,并炫耀这种夸大;想象各种忽然得到的外援（比如得宝）,而又划不清想象与真实的界限。这成为闵希豪森历险故事的三种主要构成方式。这本身并不就是创造性思维;但如果儿童的思维从小受到压抑,自小丧失思维自信,未来的创造性思维必然难以建立。这部奇书使儿童在审美中获得强烈的认同感,平时所受的此类压抑得到"宣泄",认同本身又给他们以意外的"补偿"。

（32）《阿丽思漫游奇境记》则进一步肯定了包括儿童思维在内的一种生活理想,其内容为:放手让儿童自己去玩。本书称此为"纯游戏精神"。在有关阿丽思的研究中,周作人与赵元任是独树一帜的。周的名言："有意味的没有意思"，可看作对此类作品的独特而又极高的评判标准。

（33）《彼得·潘》又发展了阿丽思精神，以儿童的生活理想与成人根深蒂固的生活理想相抗衡，发出了童年的顽强呼唤，而又表达了对于童年的无限留恋。"母爱型"作品体现了愿儿童摆脱一切灾难、快快长大的母性渴望；"父爱型"作品则希望儿童切实体验人生，更坚韧地度过童年期，——那目光的落点，总在未来，总在儿童的"成长"上。"顽童的母题"则与此相反，它只关注儿童期本身，并不认为童年应快快结束、快快过渡给成熟的人生。它将童年视为最自然的人生，或人生中最可宝贵的阶段。

（34）林格伦的《小飞人》三部曲与《彼得·潘》存在着影响与师承的关系。如果说，阿丽思的顽童精神，还只体现在奇异环境中与一些童话形象间的非现实交往上；《彼得·潘》中的顽童集体毕竟还离现实生活相当遥远；那么，《小飞人》中的顽童则是在现实中"无法无天"，以独立的"顽童精神"与成人的生活秩序相抗衡。这也是《彼得·潘》没有遭到激烈反对而林格伦的创作一再引起争论的原因之一。林格伦作品终于被接受，无疑是"顽童的母题"的重大胜利，也是今日儿童进一步被"发现"的明证。

自然的母题

（35）好的儿童文学并不低于成人文学。儿童文学的三大母题，与成人文学中"爱与死与自然"这三个永恒的主题，存在着对应转换关系。随着儿童的成长，其心理侧重必然发生位移，对于"母爱"的关怀渐渐转向"情爱"，对于未来的遥望则渐渐被越来越沉重的现实感所淹没，以致被"死"的忧虑所替代。这就规定了在审美选择中，儿童文学的母题向成人文学永恒主题（爱与死）演变的轨迹。"青春期"文学，表现少男少女"分裂时期"的作品，正处于这种母题转换的临界点上，内涵往往最丰富，有可能成为最有深度的文学。然而，不仅"顽童型"作品与"青春期"作品可以超越一般的成人文学，儿童文学中"自然的母题"的发展更为成人文学所望尘莫及。

（36）成人文学中"自然"这一永恒主题已被渐渐淡忘；儿童文学界的情形正好相反，20世纪以来还出现了"动物文学"的创作高潮。这是因为：①根据"复演说"的理论，儿童年龄越小，与大自然越亲近，正如原始的初民与大自然保持着更纯朴更天然的联系一样。②在审美需求上，儿童永远是"好奇"的。③儿童对一切抱有热情，在审美选择上有近乎无限的宽泛性；成人的眼界则狭小得多，只注重最与自己目下切身相关的题材。好在人类发展有着自动调节的机制，文学的布局也在无形中受此摆布。所以，当"自然的母题"在成人文学中不能占据更多的地位时，它在儿童文学中的地位就愈益突出。

（37）从来文学都是表现人生的，儿童文学与成人文学皆然，"自然的母题"却是个例外。它的表现对象是自然万物，"人只是唯一的见证者"。但它对于人生仍有意义，从深层本质上看它其实也是一种反异化的母题。它让你在审美中产生"超脱感"，让你暂时脱离碌碌尘世中人因自身的"不完整"所带来的一切烦恼；它也让你产生"惊异感"，使你感悟到自然宇宙的无限宏大和人类的无知与渺小，这正是人类走向自身"完整性"的新起点；而动物身上真实存在的"类人"的特性，还能激起你与大自然的"亲近感"，使你意识到人不是一种孤立的存在物，意识到人与大自然之间密不可分的血缘联系。这都有利于人类打破精神生活上的自足状态，以在未来走出人类社会种种异化的"怪圈"。

（38）人类除了社会化的一面外，还存在着非社会化的另一面，可惜这另一面越来越被淡忘和抹杀，这恰恰是人类本身不完整的标志。同样，作为个人，既有社会化的价值需求，也有非社会化的价值需求，后者包括人的自然天性的袒露和满足，也包括人回到大自然中去，与自然融为一体时的那种恬然和惬意。因此，用审美的方式把握人的自然天性，将人与大自然作为一个整体进行观照（例如屠格涅夫的《白净草原》），对人的非社会性的一面进行审美提炼（例如表现纯粹的"童趣"），并将它们纳入"自然的母题"，不会贬低人在自然界的位置，反而有益于人摆脱异化的现状。这样，我们就不必再在纯粹描绘和赞赏童趣的作品中费力地寻找思想内容了。它们可以确实没有思想的意义，然而有审美的意义，那就是以"童趣"这一人类的自然天性，给读者以深邃的愉悦，使人不知不觉间滋生走向完整的愿望。诺索夫的儿童小说便多有如此之妙。

（39）"自然的母题"的审美侧重，在于"回味与叹息"和"憧憬与渴望"。本来儿童的审美在这一情感的"升华"阶段，总是很匆促地一晃而过的；"自然的母题"由于自身的特性，再次成为一个很特殊的"例外"。

（40）儿童只有潜入各个母题的审美过程中经受丰富的体验，心灵才会变得温柔、坚韧、聪慧、自信和博大。——而这，正是我们所企盼的新世纪的福音。

（原载刘绪源著《儿童文学的三大母题》，少年儿童出版社 1995 年版）

当代儿童文学观念几题

班 马

中国当代儿童文学正在出现创作上的新潮和理论上的裂变。这里主要涉及有关儿童文学创作主体观念意识上的四点议题。

一、传递自我

儿童文学的一大美学难题在于：其创作主体是成人作者，其接受主体是儿童读者。然而，长期以来我们偏重于强调后者，却轻率地抹杀了前者的主体性，回避了儿童文学成人作者自我意识的存在，似乎这种自我意识在儿童接受对象面前，是应自然取消的。传统观念对"儿童"总是作出"层次"的理解，以年龄划分和社会生活圈为限定，区分出了一个有别于成人和成人文学的独立美学范围，超越了这一范围就是超越了儿童文学的特性，这实际上造成了一种自我封闭的状态。

其一，是在儿童观上的"时间"自我封闭，局限于年龄界内的"儿童状态"，丧失了生命现象的线性参照位，从纵向闭锁住了把握人生的历史感。

其二，是在描写范围上的"空间"自我封闭，一旦对儿童只作反映现在状态的理解，势必提倡注意"儿童生活"，实际则演化成了"学校生活"，造成儿童文学与学校的单一联姻，从横向闭锁住了把握社会的覆盖面。

其三，是在文学功能上的"审美"自我封闭，热衷于儿童相的状态，导致了"儿童情趣"的标准，从而悖于儿童反儿童化的审美视角，在艺术上闭锁住了心理时间和心理空间。

这就带来了其四一点，便是在儿童文学作者身上的"创作心理情绪"的自我封闭，在这样的文学框架中，很难表现出历史深度、社会广度和审美的张力，无法容纳表现自我，最终在创作动力上闭锁住了儿童文学作者在十年动乱后与成人文学作者同样积累的意识的释放。

传统儿童观的精神是尊重儿童作为"一"的初始、低级的层次，它注重了理解，但失却的是发展，实际上造成了追求"儿童水平"的结果。其实，成人本能地都把自己的自我强烈地投射到下一代的身上，将其视为第二个自我；与此同时，儿童反儿童化的心理需求，则促使着儿童将其目光强烈地投向成人——儿童文学在此可以完全不失特性地建立起一个审美的双向结构。这一当代儿童文学观念，似可表达为"一生万物，万物归一"的理解，"儿童"作为单纯的、起始的"一"，却也许再不仅仅是那个封闭的"一"了，它将在朝向两端的延伸开放中，耸起新的观测点，促使人们对"儿童"和儿童文学作更高层次的把握。

二、童年研究

"童年"在观念上区别于"童心"的不同之处，在于离开了稚情模拟。"童年"被作为文学眼光所关注的人生一大现象来对待，是把"童年"置身于由各阶段组成的、人生的总结构之中。它不再是一个独立的层次，而是被看作为人生线性发展中一个极其重要的中介，突破了纯粹生理年龄和社会生活圈的界定，从封闭的模拟走向开放的参照——这个"一"具有着各向"生"与"长"这两端伸展的两条延伸线。

童年，向前延伸出一条带来回寻角度的未来发展线——

生命的生长性，寄寓了无限的未来时光。现代儿童观看待儿童的眼光已开始出现一种可称回寻或回望的意识，即从将来的角度回过头来看待"早期"的童年现象，以将来时态来处理现在时态，在此，我国当代儿童文学已鲜明地出现了主题曲"未来忧患"和人物性格的"早期强化"，将成人所体味、所认识到的忧虑、期望和寄托投射到作品中。这种未来角度的另一突破性，是与儿童反儿童化的心理视角相重合，打开了只写"儿童生活"的狭窄天地，鼓励涉及成人和成人社会的种种活动，转而进入更具儿童审美特征的"儿童心理生活"，将使儿童文学走上具有当代意识的预习性学习的发展轨迹。这样处理童年的未来角度，回复到了人类的"成年仪式"和"发蒙"的精神，不是俯就童年状态，而是鼓励摆脱童年状态。入世，正是人类对儿童和未来关系的最深沉的思考。

童年，向后又延伸出一条带来透明度的历史遗传线——

我们习惯于儿童是新生的观念，却还比较陌生于儿童又是最古老的这一认识。儿童身上所载有的（人类，尤其是本民族整体历史心理的）"古老的残余"，是由生而带来的一笔包括生理、心理、行为和文化背景的遗产，启示着我们从中去探寻童年期特有的、比成人更易流露的无意识内容，去发现童年期更纯正的本民族的遗传信息。对儿童，其实应有一种"东方儿童"的观照。作历史遗传延伸认识的另一内容，是突出对遗传信息作后天传递的理解，在成人与儿童的"对话"中，本能地产生出一种过滤和净化了的历史情绪，它具有穿透性，往往穿透成人社会观念的堆积层而重新直接回复到童年的最初信息上，而这天然唤起的童年信息则又是他的前一辈在他童年期所传递的，这传递圈，除内容上的歌谣、民间故事、民族游戏等之外，更融有审美上的民族情绪、规则和基本信条。从这一点上去观照，才会感悟到儿童文学将独具的一种透明度，其中，可引申出两个较主要的功能：第一，是寻找母题，明净地显示出本民族起始而又具贯穿性的根的基本心态。第二，是折射异化，以儿童视角去透视出最深地积淀在儿童身上的人类初衷的原本。

我们有理由把童年当作一种"文化基因"来看待，它既控制着未来生长的进程，又携带着历史的密码原本。

三、模糊边界

儿童文学的边界出现了争端，归属引起了争议，不少新作品被疑犯有"成人化"倾向。所谓越界的某些地方，其一，是"释放"。他们一反儿童文学传统的阴柔气质，追求力度和悲剧感，其作品的含量是成人认识和感受事物的水平。其二，是"形式挪前"。他们不再服从那面写有"浅显"的审美旗帜，尝试将最高级的主题简化成单纯的形式在早期就传递给儿童，追求在第二理解层中埋下寓言性质的哲理内核。其三，是"空灵"，他们开始进入神秘感的探寻，超现实主义的笔触，不再沿用朴素的、儿童体的文体原则——这一些艺术上的分歧，正来自他们对局限于"儿童水平"传统认识标准的挑战。

其实，儿童文学的本身正具有着"模糊"现象和功能。一部儿童阅读史，就完全打乱了儿童文学和成人文学许多人为界限，可以说，存在着一大片中间地带。其缘由正在于儿童读者所特具的"模糊阅读方式"，其一，是在选择上的模糊含量。其二，是在理解上的模糊处理。"精确"地对儿童知识能力加以限定，反而丧失了儿童阅读能力上的张力。此外，这种"模糊"的意义还出现在优秀儿童文学作品本身的传播过程中，它往往并不随着儿童期的一次阅读之后就完全地成为过去，而享有在人生旅途中可以数次接受的重读机会，这便带来了"儿童读者又是生长中的成人读者"这一意识。

模糊边界既是文学上过渡期的必然现象，也是儿童文学出征美学新领地的极好机会。

四、游戏精神

儿童美学新边疆的开发和扩展，同时提出了如何避免失控的问题。儿童文学本性中的"游戏精神"似可作为创作主体进行自我控制的一种前馈，由此决定创作心理定式。游戏精神就是"玩"的儿童精神，也是儿童美学的深层基础。这里仅涉及儿童文学作者在实际写作中的三点自省。

其一，线性思维与儿童文学角色体验的关系。当代写作技巧中对"故事"的丢弃，似值得儿童文学加以怀疑的。"故事"的线性思维方式也许正对应着儿童读者的阅读思维方式、即进入心理动作的"体验"特点，这和儿童由游戏走向文学的心理动机有关，是从身体的角色扮演走向精神的角色扮演。一旦对时、空进行切割、重组，则打断了阅读时线性思维的流畅，丧失了进入体验的忘我状态，取而代之的是对结构安排的意图猜测，是对时空颠倒的主观整理，是间离效果的思路休止，这种"表现"艺术的思辨特色，难以赢得儿童读者的阅读快感。

其二，感知性动作与儿童文学兴奋点的关系。在当前追求感觉、心理的潮流中，如更多地发展那种情绪外化的动作性，似更具儿童美学的特征。儿童，以至少年期对"情绪"的表达和接受，正是以动作为标志，以外显为方式，在阅读中也仍呈现为一种内心动作，是一种操作性思维，这都突出了儿童文学文体上的——传感。把"情绪"化为"动作"，从"感觉"走向"感知"，使语言更具视觉感、触感……让文体直接带上一种生理的活力，将比那种仅仅传达心理活动的文体更能触及儿童读者的兴奋点。

其三，游戏性心态与儿童文学作家写作心理状态的关系。游戏精神是人人自小首先获得的心理快乐，真正纯粹的儿童文学作家，正是在于游戏性心态超人地得到了特别的发展，以致许多真正透露儿童气息的神使天成式的作品，往往产生于一种"戏作"的写作心理状态之中，写作的本身，对作者的本体来说则已是一种融为一致、合为一念的游戏性快乐，这并不是儿童文学创作的不认真态度，而正是绝少道学气的游戏精神可能产生的真正儿童气，它暂时丢弃了思辨，丢弃了法则，升起了本体中狂野的想象、玩闹的情绪，实际上深藏着儿童美学的规律。

我国中青年一代儿童文学作者中的许多人都极具这样的天赋，十年动乱的冷酷环境也没能磨灭他们的游戏精神。如前所述，他们积累了深沉的意识，凝聚了透彻的哲理，强化了自我的使命——但愿这一切理性的财富都能融化于他们富有游戏精神的艺术气质之中，不失本性，不失儿童文学的本色。自觉地保存和发展自身游戏精神的人，注定了是儿童文学的传人。

（原载《文艺报》1987年1月24日）

论儿童文学的基本美学特征

王泉根

一

什么是儿童文学的美学特征，或曰儿童文学作为一种具有独特文学价值与艺术规范的文学类型，其在美学意义上的基本特征到底是什么？这无疑是儿童文学研究非常核心的问题。就其理论实质而言，实际上涉及儿童文学之为儿童文学的本质问题的展开，也就是从"真理"的角度逼近儿童文学的本质。由于这一问题的重要性，在我国儿童文学理论批评史上，不乏积极的探索者，从不同方面提出了一些值得重视的观点。从已有的文献考察，一般都将儿童文学的美学特征与这类文学的接受对象——少年儿童的精神特征相联系，提出纯真、稚拙、欢愉、质朴或儿童情趣是儿童文学的基本美学特征。

笔者认为，提出纯真、稚拙、儿童情趣等是儿童文学的美学特征，这都有一定道理，都可以构成我们探讨儿童文学美学特征的一个思路，但这只是枝叶不是树木，还远远不够。儿童文学之所以能作为一种独立的文学门类，在人类文学艺术版图中占有不可或缺的重要位置，自然应有其远比纯真、稚拙、儿童情趣更具丰沛张力的艺术内涵，更为深刻重要的美学原因。

探究儿童文学的美学特征，我以为需要从儿童文学发现与发生的"源头"高度加以把握，也就是说，人类在已经有了一般文学（成人文学）以后为什么还要创造出儿童文学？儿童文学到底承担着什么样的不同于成人文学的特殊美学任务？儿童文学与成人文学比较，它的特殊的目的性使命，即价值，又是什么？

众所周知，在人类文学史上，儿童文学的发现与独立艺术形式的出现要远远晚于成人文学。人类社会早期是没有成人世界与儿童世界的严格区分的，人类群体童年时期的思维特征与生命个体童年阶段的思维特征具有几乎一致的同构对应关系，万物有灵、非逻辑思维等是这种关系的最具体表现。因而原始时代人类的图腾崇拜、巫术、神话等，都一致地为成人世界与儿童世界所理解和激动。儿童的文学接受与成人的文学接受，在人类由野蛮进入文明以及漫长的农业文明岁月里具有几乎完全的一致性。成年人的神话、传说以及魔幻、幻想型等民间故事，如欧洲的女巫、菲灵（小精灵）类故事，中国的《白衣素女》《吴洞》等等，也同样是儿童最适宜的文学接受形式。人类文学接受的这种一致性，在由农业文明进入工业文明的历史大转型时期这才产生了严重的分裂。中世纪晚期以来，在西欧出现了一系列旨在不断瓦解农业文明并进而直接影响到人类文明走向的重大事件，并最终导致了人类向工业文明的转型。工业文明创造出了一个全新的生产力与一种全新的文明。伴随着这一系列人类文明演变的巨大历史事件与工业文明的世界性扩张，人类的理性思维、科学主义、功利主义等观念急剧膨胀。人类童年时期那些充满感性思维与整体观念的神话传说终于被成人世界所彻底放弃，而只成了儿童世界几乎独享的文学资源。成人世界与儿童世界的距离已是遥遥几千年乃至几十万年了。

工业文明使人类世界最终形成成人世界与儿童世界的两极客观分离。正是由于这种分离，才能见出区别、对立乃至代沟，人类只有在这个时候才意识到了儿童的独立存在，儿童世界的问题这才日渐引起了成人世界的关注。经过文艺复兴运动及其持续不断的思想启蒙与解放运动，人类在发现人、解放人，进而发现妇女、解放妇女的同时，最后终于发现了儿童。儿童的发现直接导致了人类重新认识自己的童年，认识生命个体的童年世界的存在意义与在精神生命上的特殊需求。这一次发现经由 17、18 世纪包括卢梭、夸美纽斯等一大批杰出思想家、教育家、心理学家对儿童世界问题殚精竭虑的探究和奔走呼吁，再经由 18、19 世纪包括安徒生、卡洛尔、科洛迪、马克·吐温等一大批天才作家的创造性文学成果，终于使儿童的发现直接孕育出了"儿童文学的发现"这一伟大的人类精神文明成果。世界儿童文学的太阳首先从欧洲的地平线上升起，进入 20 世纪放射出了绚丽多姿的光芒。今天，人类不但通过《联合国儿童权利公约》等国际性规则，确立了普世遵守的儿童不可被侵犯和剥夺的各种权利，而且通过国际儿童读物联盟（IBBY）、国际儿童文学研究会（IRSCL）、国际安徒生奖、国际格林奖等机构和奖项，将儿童文学、儿童读物的生产、研究与社会化推广应用做成了一个全球性的文化事业。儿童文学、儿童读物已经成为考察现代化国家的重要指标与文明尺度。联合国儿童基金会官员曾明确宣布："看一个国家儿童读物出版的情况，可以看出这个国家的未来。"

综上所述，人类之所以还要在成人文学之外，再创造出一种专为未成年人服务的文学，创造出一个专门属于儿童的、并能为他们的心灵所愉快地感知的语言的世界，其根本原因与价值所在，就是为了充分呈现人类社会（成人世界）尊重儿童的权利与社会地位，充分理解和满足儿童世界具有不同于成人世界的特殊的精神需求与文学接受图式。这就是为什么人类要创造出儿童文学的第一个原因，这既是人类对现实儿童世界的尊重，也是对人类自身曾经经历过的儿童世界的尊重。人类不能没有童年，不能没有儿童世界，不能没有儿童文学。

第二，人类之所以要创造出儿童文学，还在于需要通过这种适合儿童思维特征和乐于接受的文学形式，来与下一代进行精神沟通与对话，在沟通和对话中，传达人类社会对下一代所寄予的文化期待。因此，从这个意义上，我认为儿童文学是两代人之间进行文化传递与精神对话的一种特殊形式，是现世社会对未来一代进行文化设计（也即人化设计）与文化规范的艺术整合。我曾在 1996 年发表的《共建具有自身本体精神与学术个性的儿童文学话语空间》一文中表达过这一观点，我至今依然坚持这一观点。我认为我的这一观点是基于儿童文学作为一种人类文化实践本性的需要，并对更美丽的人类未来发展抱有充分自信这样一种观念中产生的。

儿童文学不是由儿童生产的，这是一种整体上是由"大人写给小孩看"的文学。因而儿童文学从根本上体现了"大人"（成人社会）的文化期待与意志，儿童文学的基本美学特征显然也只有从"大人"为什么需要创造儿童文学这一角度去加以考察，换言之，"大人"必然有认为已有的文学（成人文学）不适合儿童、已有文学有关方面不适宜于儿童接受，因而需要另造出一类文学用于专门为儿童所需的必要性与客观性。据此，探讨成人文学与儿童文学最基本的区别在于什么，正是我们考察儿童文学之为儿童文学的基本美学特征的重要切入点，也就是我们只有在与成人文学基本美学特征相比较之中，才能发现和验证儿童文学的基本美学特征。

那么,成人文学的基本美学特征又是什么呢? 对此问题的回答自然是见仁见智的,困难的。但是,我们可以从古希腊柏拉图《理想国》关于文学就好比是一面镜子,可以把面对它的一切东西映照出来的著名的"镜子说"中;从俄国别林斯基关于文学的"显著特色在于对现实的忠实,它不改造生活;而是把生活复制、再现"的著名的"再现说"中①;甚至还可以从美国当代批评家M.H.艾布拉姆斯的文学理论名著《镜与灯》关于把文学比喻为写实的、再现的"镜子理论"和创造的、表现的"灯火理论"中,找到一些具有共同思辨特征意义的启发,这就是艺术在接通心灵与世界的关系问题上。成人文学更注重于艺术与真实世界、与社会、与人生、与人心的联系,注重于作家的主观认识与客观事物的一致性,注重于艺术在多大程度上穿透了现实尘世的本质,把真实社会的丰富细节乃至宏大事件形象化地、真正地化解到文学的精神世界中,以生动而逼真的生命形象与艺术意境表现出来。从这个意义上,我们可以说,成人文学的美学特征更多地体现在(或倾向于)"以真为美"。"真"总是那么情有独钟地伴随着文学生产的历史以及文学理论批评的历史。在这里,我们无须举出恩格斯把巴尔扎克誉为"法国社会的书记",举出罗丹"只有真才美,只有真才可爱",举出鲁迅要求作家"取下假面,真诚地、大胆地、深入地看取人生,并且写出他的血和肉"等经典性的言说,我们只需以普通读者为什么总是那么喜欢把文学作品的"真与假""世上有,戏里有"作为评判作品标准的普世习惯,就可以大致说明这一问题了。诚然,艺术的真实不等于生活的真实,艺术中的自然也不等于现实中的自然。但是,艺术的真实总是无法阻断生活的真实,艺术的真实性原则在本质上总是指向文学本质问题的展开。美与真的达于统一,在本质上就是对于文学本质的一种理解和领悟。因为不论怎样,"艺术作为一种精神现象,它总不可能是主观自生的,说到底是直接或间接地对生活的一种反映形式;因而人们在阅读和评价艺术作品时,总不免要拿现实生活作为参照,并把是否符合生活实际看作是艺术作品真实性的一个不可缺少的品格。若是读者在阅读中发现一个作品的生活内容是虚假的、思想情感是造作的、艺术表现是不合情理的,那么,美感也就无从谈起,它也自然无法在读者心目中存活和在社会上流传了。这就是长期以来真实性被许多艺术家视为艺术的生命,并成为许多理论家殚精竭虑地去进行探究的一个问题的原因"②。

二

与成人文学大致倾向于"以真为美"的美学取向不同,儿童文学作为一种寄予着成人社会(创作主体是成年人)对未来一代(接受主体是未成年人)文化期待与殷殷希望的专门性文学,其美学取向自然有其不同于成人文学之处。我认为,这就是"以善为美"——以善为美是儿童文学的基本美学特征。

以善为美,并不意味着儿童文学要去担当道德教训的使命,或去完成教育工具的任务,恰恰相反,以善为美是断然拒绝"儿童文学是教育儿童的文学"这种狭隘工具论的。从本质上说,以善为美是为了在人类下一代心灵做好一个人之为人的打底的工作,是为着下一代精神生命的健康成长,是一件涉及"人的目的"的伟大事业。在关于艺术目的的问题上,黑格尔曾有过这样精辟的论述,他认为"由于艺术在本质上是心灵性的",所以它的"终极目的也就必须是心灵性的",是为填补心灵的需要而存在的。"因此,只有改善人类才是艺术的用处,才是艺术的最高目的。"③在文学艺术的实践性上,人们更把这种"改善人类"的"最高目的"寄厚望于儿童文学艺术。"童年的情况,便是将来的命运"(鲁迅语),

儿童是生命的开始,在儿童身上,总是寄托着人类的希望。儿童文学也就是在这一意义上被赋予了比之成人文学更具体、更实际的"改善人类"的"最高目的"的文学实践本性。别林斯基认为:"儿童读物的宗旨应当说不单是让儿童有事可做和防止儿童沾染上某种恶习和不良的倾向,而且更重要的是,发扬大自然赋予他们的人类精神的各种因素——发扬他们的博爱感和对无尽事物的感觉。"④在中国,最早关注儿童文学"改善人类"实践本性的是那一批现代儿童文学的开拓者和奠基者。叶圣陶在1921年就明确提出:"创作这等文艺品(按:指儿童文学),一、应当将眼光放远一程;二、对准儿童内发的感情而为之响应,使益丰富而纯美。"⑤郭沫若在1922年发表的《儿童文学之管见》一文中认为:"人类社会根本改造的步骤之一,应当是人的改造。人的根本改造应当从儿童的感情教育、美的教育着手。"为此,他提出儿童文学"是用儿童本位的文字","准依儿童心理的创造性的想象与感情之艺术"⑥。在有关儿童文学"改善人类"意义的论述方面,茅盾的见解应该说是最具有深刻性,他在20世纪30年代写的一组儿童文学与儿童读物的评论文章中,对此作过多方面的思考。他认为:儿童文学"要能给儿童认识人生","构成了他将来做一个怎样的人的观念",儿童文学"应当助长儿童本性上的美质——天真纯洁,爱护动物,憎恨强暴与同情弱小,爱真爱美……"⑦我认为,茅盾在30年代提出的这一儿童文学"应当助长儿童本性上的美质"的观点,实际上已经树起了"以善为美"的儿童文学美学旗帜,值得中国儿童文学理论批评史加以重视与探究。

以善为美作为儿童文学的审美价值取向与基本美学特征,有着丰富的艺术内涵。这一内涵直接来源于"人是目的"这一人生实践的坐标与人生价值的最高目标。康德在《道德形而上学的基础》一文中提出了"人是目的"这一口号,他认为道德律令集中地体现在这样一句话上:"你的行动,要把人性,不管是你身上的人性,还是任何别人身上的人性,永远当作目的看待,绝不仅仅当作手段使用。"⑧人生在世,自然有为一己生存、欲望等进行努力的目的,但在康德看来,与实现人自身人格的完善和人生的终极目标相比,那只不过是手段,是不足道的。如果人的全部活动只是为了求得自然欲望和个人存活,那就等于把自己当作物质的奴隶,也即意味着把自己降为手段,而不是作为目的本身而存在了。人的生命有一个比个人的欲望远为高尚得多的目的,理性的使命就是要达到这个目的,这个目的就是人自身所要实现的最终价值。黑格尔高度赞赏康德的这一观点,认为"人是目的"这一口号大大地唤醒了人的自我意识。⑨

在"人是目的"这一问题上,中国古代孟子所提出的"性善说",所谓性善,是说"人之初,性本善",按孟子的见解人人都具有生来就有的四种善端,即恻隐之心或不忍人之心、善恶之心、恭敬之心或辞让之心、是非之心,其中恻隐之心或不忍人之心是根本的,这四种善端又是仁、义、礼、智四种德行的萌芽和基础。《孟子·公孙丑章句上》说:"恻隐之心,仁之端也;羞恶之心,义之端也;辞让之心,礼之端也;是非之心,智之端也。人之有是四端也,犹其有四体也。"孟子举例说,当人们看到一个儿童将要落到井里时,无论任何人都会去救他,这绝不是为了名利,也不是怕人责备或讨好孩子的父母,而是出于人的一种本性、真心的发现。孟子又认为,既然人性本善,为何社会上还有恶人呢?原因是为物欲所困,人为满足物欲,一是丧失本性,二是自暴自弃。所以要保持人的本性,必须克服人的那种违背本性的欲望。人不能将追求物欲作为人生目的,人应有更高尚的目的,这种高尚的人生目的追求能使"人皆可为尧舜"。

人之初,性本善。人性的本善,在很大程度上存在于儿童的精神世界之中。老子《道

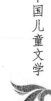

德经》多次提到童心对于超越人生的意义："含德之厚,比于赤子。"(第五十五章)"常德不离,复归于婴儿。"(第二十八章),"专气致柔,能婴儿乎?"(第十章),"圣人皆孩之。"(第四十九章)。李贽在《童心说》中对童心的阐释和肯定更为人性的展开提供了具有精神标本的意义："夫童心者,真心也,若以童心为不可,是以真心为不可也。夫童心者,绝假纯真,最初一念之本心也。若失却童心,便失却真心;失却真心,便失却真人。人而非真,全不复有初矣。童子者,人之初也;童心者,心之初也。夫心之初,曷可失也?"

童心是一片尚未被异化的精神空间,在那里,正保存和生长着人类精神的希望之所在。无论是"改善人类"的"最高目的",还是实现"人的目的"的终极价值,倘若失去了儿童的精神世界,倘若连童心也被污染、熏黑了的话,那才是人类真正的悲哀,哪里还谈什么"最高目的"呢? 王富仁对此有一段话说得实在深刻,他在《把儿童世界还给儿童》一文中,几乎是用斩钉截铁的语气肯定童心之善对于人类社会的巨大意义:"如果你不是一个宗教家,不是一个宿命论者,不是一个认为科学万能、知识万能的科学主义者,你就必须承认,恰恰由于一代代儿童不是在成人实利主义的精神基础上进入成人社会的,而是带着对人生、对世界美丽的幻想走入世界的,才使成人社会的实利主义无法完全控制我们的人类、我们的世界,才使成人社会不会完全堕落下去。我们不能没有儿童世界,不能没有儿童的幻想和梦想,不能用成人社会的原则无情地剥压儿童的乐趣,不能用我们成人的价值观念完全摧毁儿童的懵懂的但纯净的心灵。"⑩

三

儿童文学在人类文化与文明中的作用在于实现人类社会对下一代的文化期待,这是一种具有生命意义和"改善人类""最高目的"的价值期待,也就是希望通过儿童文学这种特殊的艺术形式使下一代建构起应当成为什么样的人、"构成了他将来做一个怎样的人的观念"。儿童文学"以善为美"的内涵正在于人(儿童)自身,在于指向人(儿童)的自身的完善,即通过艺术的形象化的审美愉悦来陶冶和优化儿童的精神生命世界,形成人之为人的那些最基础、最根本的价值观、人生观、道德观、审美观,夯实人性的基础,塑造未来民族性格。

那么,儿童文学应如何坚持"以善为美"的美学理想呢? 我认为:首先要通过文学审美的途径来充分地、妥帖地保护和珍视儿童精神生命中的本性之美、本善之美,使童心努力地不为恶俗所异化;与此同时,则要将这种儿童精神生命中的本性之美、本善之美艺术地导向现实的人世,建构起一种具有艺术实践本性的儿童文学审美创造形态。在这里,我想提出对这一审美创造形态基本构造的一些想法。

第一,儿童文学的艺术真实不同于成人文学的艺术真实,儿童文学在对待生活真实的问题上,应当与成人文学拉开距离。因为生活真实的某些内容是不适宜于在儿童文学中展现的,如同现实社会的某些场所"儿童不宜"进去一样,儿童文学不必、也没有精力朝成人文学相同的生活题材与艺术范式靠拢。苏联作家、同时也是杰出的儿童文学作家高尔基说过一段深刻的至今依然引人深思的话:"儿童的精神食粮的选择应该极为小心谨慎。父辈的罪过和错误儿童是没有责任的,因而不应当把那些能够向小读者灌输对人抱消极态度的读物放在首要地位,而应当把那些能够在儿童心目中提高人的价值的读物放在首位。真实是必须的,但是对于儿童来说,不能和盘托出,因为它会在很大程度上毁掉儿童。"⑪高尔基又说:"心灵由于过早熟悉生活中的某些东西而受到毒害;为了使人不变得胆小,变得庸俗,不熟悉这些东西倒是一件大幸事。"②

为什么儿童没有必要知道生活真实的全部秘密？根本原因在于儿童自身的特点与精神兴趣。儿童有自己的心灵状态,有自己感知世界的方式。那么,儿童文学应在生活真实的哪些方面与成人文学拉开距离呢？实际上,世界上一切优秀儿童文学作品已经为我们提供了这方面具有艺术实践本性的审美范式,这就是四个远离:第一,远离暴力;第二,远离成人社会的恶俗游戏与刺激;第三,远离成人社会的政治权力斗争;第四,远离成年人的性与两性关系。

暴力是一种杀伤力很强的暴烈性行为,如战争、凶杀、恐怖等,最后导致生命的毁灭。儿童刚来到世上,他们对世界充满了无比美好与光明的想法。人们如果硬要用暴力这种"真实"去打破他们的梦,那就会彻底扭伤儿童心理的正常发育。倘若一个孩子从小接触到的都是那些充满暴力行为与凶杀场景的枪战片、恐怖片、卡通片、图画书,那就会在幼小的心灵种下恶的种子、仇恨的种子,他就会认为这个世界就是充满暴力与仇恨的,人与人之间的关系就是一种暴力的行为关系,就是你死我活的血淋淋的残酷的紧张关系。因而儿童文学是十分忌讳将这种成人社会真实存在着的现象展示给儿童的,如果确实因为作品的情节需要无法回避,那就必须采用一种"淡化"的处理方法,将负面影响降至最低。"成年人的社会也有娱乐,也有享受,也有刺激神经的办法,甚至也有游戏文学,但所有这一切都或多或少地带上了恶俗的性质,吸毒、赌博、卖淫、战争、暴力、凶杀。我们的感觉迟钝了,需要的是强烈的麻醉和刺激。在这时,你不留恋于自己的童年吗？你不亲近于现在的儿童吗？"③你又怎么能忍心将成年人的那种恶俗游戏与刺激展现在提供给儿童的作品中呢？尽管那是社会上鲜活地存在着的"真实"。因此,任何负责任的、有良知的儿童文学作家,都会在自己的作品中,让儿童远离龌龊之地,不蹈恶俗之境。成年人的恶俗是不知羞耻,丧失"共同羞耻感";儿童文学必须要让儿童懂得羞耻之心,一个灵肉健全的人必须有羞耻感。儿童文学为何要远离成年人的政治权力斗争呢？成年人都明白,政治权力斗争是一个极其错综复杂的社会历史现象,它既与体现各种不同价值观念与利益关系的不同历史时期的政治文化纠结在一起,又与特定政治背景与场合下的阴谋诡计有着千丝万缕的联系,这对于从根本上来说还不了解社会、更不了解政治文化的儿童,从根本上还没有形成任何确立的社会目标的能力的儿童来说,显然是无趣的、无益的,难以理解的,如果硬要将这种复杂的政治文化现象强加给儿童,那只会造成儿童心灵的倾斜与紧张。"文化大革命"时期,那些"红小兵,气昂昂,满腔怒火上战场,挥笔参加大批判,阶级斗争天天讲"的革命儿歌以及"批林批孔批水浒"之类的"革命"故事,所造成的儿童畸形心理和对儿童精神的戕害不是十分触目惊心吗？至于儿童文学为何要远离成年人的性与两性关系,那就更是显而易见的了。儿童的年龄特征与性发育还远不到那个层面,他无法理解与想象这些对儿童来说尚属神秘与遥远的东西。社会上那种"早熟的苹果好卖""性教育要从娃娃抓起"之类似乎是为儿童幸福着想的做法,实质上只是过早地破坏儿童的心灵,剥夺他们的幼年梦、童年梦,骚扰了儿童的精神世界。儿童文学当然也要表现男生女生之间的"来往过密",但那只是在精神层面,而且那是一种十分美好的情窦初开的朦胧吸引,具有本性之美、本善之美的诗意情感展开,这在中外优秀儿童文学,主要是少年小说中,有着动人心扉的审美表现。自然,这与成人文学中的那些赤裸裸的两性关系、那种厚颜无耻的"恋爱不如做爱"的腔调是根本无涉的。

作为一种精神现象的文学作品的阅读与欣赏,是离不开读者的感受和体验的,而这

新中国儿童文学

1949-2019

70年

种感受和体验是需要由读者自身的人生阅历、人生经验体悟作为心理背景的。高尔基认为，唯有"文学家和读者的经验结合一致才会有艺术真实——语言艺术的特殊魅力"㉝，读者也才能充分地理解和评判作品的内涵与价值。由于少年儿童的人生阅历与心理背景还远没有进入到成年人那样的层次，因而难以理解与体验成人社会错综复杂的人生百态与心理图式，即使天才少年想要窥破成人社会的秘密和炎凉，最多也不过是"少年不知愁滋味""为赋新词强说愁"而已。因而儿童文学在题材内容的选择上，自然应当、而且必须与成人文学有所区别，甚至是"井水不犯河水"，至于上面提到的那四个方面的内容自然更应当是儿童文学需要远离的。儿童文学的题材内容主要指向少儿生活世界及其内在的精神生命世界，指向儿童思维特别敏感与趣味盎然的幻想世界、动植物世界、大自然世界、英雄世界乃至神魔世界（对此将在下面详述）。

必须说明的是，我们认为儿童文学的题材内容应当而且必须与成人文学有所区别，应当而且必须坚持四个"远离"的审美取向，这并不是说儿童文学可以回避真实的现实社会人生，对儿童进行"瞒和骗"。恰恰相反，儿童文学从来不主张回避真实人生，更反对儿童采取"瞒和骗"的做法。真实的现实社会人生有光明也有阴暗，有幸福也有苦难，有春风化雨也有严寒冰霜，儿童文学不但不回避阴暗、苦难与严寒冰霜，而且一贯坚持将这些真实的人生告诉儿童，将丰富驳杂的社会百态纳入儿童文学的创作视野。无论是外国作家安徒生的古典童话《卖火柴的小女孩》、狄更斯与马洛的批判现实主义长篇儿童小说《雾都孤儿》《苦儿流浪记》，还是中国作家叶圣陶的现代童话《稻草人》，柯岩、萧育轩的当代长篇少年小说《寻找回来的世界》《乱世少年》，董宏猷的跨文体小说《一百个中国孩子的梦》等等，都在将真实的社会人生"撕破"给孩子看，用艺术的形象化的审美途径，告诉孩子们"真的人""真的世界""真的道理"（张天翼语）。在中国儿童文学理论批评史上，更有强调"把成人的悲哀显示给儿童，可以说是应该的，他们需要知道人间社会的现状，正如需要知道地理和博物的知识一样"重要的著名理论主张，这一主张实际上就是对 20世纪中国儿童文学的现实主义发展思潮产生了重大影响的、20 年代以沈雁冰（茅盾）、郑振铎、叶圣陶、谢冰心等为代表的文学研究会发起的"儿童文学运动"的基本理论观念；这一观念经由郑振铎 1923 年在为现代中国第一部短篇童话集——叶圣陶创作的《稻草人》所做的序言中首次明确提出以后，直接影响和促进了二三十年代儿童文学创作的批判现实主义倾向，以后茅盾又在 1933 年发表的《论儿童读物》等系列评论中，提出了儿童文学"要能给儿童认识人生"等看法，使这一观念得到了进一步深化。鲁迅在 1926 年写的《二十四孝图》中，更是旗帜鲜明地反对在儿童读物中对孩子的"诈作"行为，他说："小孩子多不愿意'诈'作，听故事也不喜欢是谣言。"儿童文学一贯反对"瞒和骗"的"诈作"行为，"诈作"是一种阴谋诡计，这是与儿童善良的心地和开放升腾的生命绝对悖反的，因而也是儿童文学所深恶痛绝的。儿童文学主张告诉孩子们人生的真相，主张"把成人的悲哀显示给儿童"，但绝不是主张把成人的"恶俗""诈作""暴力"，甚至"做爱"显示给儿童看。

苦难与恶俗、诈作、暴力等虽然都是尘世的真实，但它们是完全不同的两回事。苦难是人生的无奈、不幸，需要同情与拯救；而恶俗、诈作、暴力则是人生的污秽与脓疮，需要彻底抛弃与割除。至于"做爱"，对于儿童无论如何是要"远离"的。儿童是人生个体生命的开始，是人类群体希望之所在。不管在什么时代、什么社会、什么民族，儿童总是与希望、未来和理想联系在一起，因而也总是被视为需要特别加以呵护的对象。"虎毒不食子"，这是人性的底线。"我们只有在儿童时期才没有私有的观念，没有对金钱的崇拜，对权力的渴望，没有残害别人求取个人幸福的意识，而所有这一切恰恰是使人类堕落的根源。人类堕落的根源在成人文化中，而不是在儿童的梦想里。"⑮正是为着人类未来的健康发展，人类对为下一代服务的儿童文学必须选择小心地、妥帖地保护儿童的本性之美、本善之美这一审美价值取向。

第二，儿童文学的艺术真实是以儿童的精神特征作为审美创造基础的，也即要契合儿童的思维特征、心理特征、社会化特征，特别是儿童的思维特征。

在成人文学的审美创造中，"真实性"的概念是基于艺术是生活的反映这一认识提出来的，是指反映在作品中的作家的主观认识与客观事物的一致性，就其内容来说强调的是"事理之真"与"情意之真"的有机统一，即"既反映了生活的真实关系，又真切地表达了人们的意志、愿望"。艺术真实所反映的生活本质真实，"是通过一些具体人物的关系和行动所体现出来的生活的特殊本质"⑯。与成人文学不同，儿童文学的艺术真实并不要求作家的主观认识与客观事物的一致性，即不要求反映客观世界生活的真实关系；儿童文学的艺术真实强调的是作家的主观认识与儿童世界的一致性，即作家所创造出来的具体人物的关系和行动是否与儿童的思维特征、儿童的心理图式相一致。只要是符合儿童这些特征的，就能为儿童所理解和接受。要而言之，儿童文学的审美创造是以儿童特征(思维特征、儿童心理等)为出发点的，同时又以是否契合儿童特征作为儿童文学艺术真实的落脚点。别林斯基深有感触地说："童年时期，幻想乃是儿童心灵的主要本领和力量，乃是心灵的杠杆，是儿童的精神世界和存在于他们自身之外的现实世界之间的首要媒介。孩子们不需要什么辩证法的结论和证据，不需要逻辑上的首尾一致，他需要的是形象、色彩和声响。儿童不喜爱抽象的概念……他们是多么强烈地追求一切富有幻想性的东西，他们是何等贪婪入迷地听取关于死人、鬼魂和妖魔的故事。这一切说明什么呢——说明对无穷事物的需求，说明对生活奥秘的预感，说明开始具有审美感；而所有这一切暂时都还只能在一种思想模糊而色彩鲜艳为特点的特殊事物中为自己求得满足。"⑰古今中外儿童文学作品中存在着层出不穷的变形、魔幻、拟人、荒诞、极度夸张、时空错位、死而复生等情节与描写，这在以理性思维判断世界的成年人眼里，简直是十足的荒谬与不科学，是严重违背客观事物真实性的。但在儿童看来，却是那么真实可信、生动逼真。安徒生童话中那个赤身裸体上街游行的皇帝(《皇帝的新装》)、那个皮肤细嫩得能对压在几十床垫被下面的一颗豌豆产生剧痛的公主(《豌豆上的公主》)、那位穿上神秘的套鞋就能自由进入他要想去的任何地方甚至可以回到童年时代的幸运儿(《幸运的套鞋》)，格林童话中那位被大灰狼吃进肚子又能蹦跳着从狼肚子出来的小姑娘(《小红帽》)，毕尔格童话中那个骑着只有前半段身子的战马却能追歼逃敌，又能骑上正打出炮膛的炮弹进入敌占区的男爵敏豪生(《吹牛大王历险记》)；还有，中国作家张天翼笔下那个懒到吃饭要由仆人为他上下合动上腭与下巴然后用棍子将食物戳下食管的大富翁(《大林和小林》)、那个想要什么就能得到什么给小主人既带来快乐又惹出麻烦的宝葫芦(《宝葫芦的秘密》)，洪汛涛笔下那支画啥变啥的神笔(《神笔马良》)，等等，儿童文学尤其是其中的童话，不但为儿童也为人类文学打造出了一个无比奇特与瑰丽的精神世界。在这方面，儿童文学显然会感到成人文学想象力的贫乏。卡夫卡的《变形记》写了人睡了一夜醒来变成了大甲虫，就成了现代主义的典范之作；而在儿童文学那里，人不但能变大甲虫，还能变大老虎，大老虎也能变人呢。在儿童眼里，变形、魔幻实在是小菜一碟而已。成人文学根据艺术作品与客观世界真实的关系，分别出很多种主义，比如现实主义、浪漫主义、自然主义、现代主义、后现实主义,还有什么超现实主义、魔幻现实主义等等。儿童文学没有这个主义、那个主义,儿童文学的艺术创造只要契合儿童精神世界,那就是真实的。如果儿童文学一定也要有个主义,那么只有一个主义,即"儿童主义"。

在这里,我们特别需要提出的是,当人们感叹文学将亡、纸质图书风光不再的网络时代,一本《哈利·波特》竟掀起了世界性的"我为书狂"的旋风。戴着圆形眼镜、骑着飞天扫帚的英俊少年哈利·波特的横空出世,征服了世界上千百万不同肤色的少年儿童。少年哈利与魔法学校的同学们一起在半空中飞来飞去打"魁地奇"球,魔法学校里有会说话的院帽、三个头的大狗、带翅膀的钥匙,照片里的人物会自己眨眼睛,伏地魔的一丝阴魂隐藏在日记本里,还有能使人起死回生的药水,以及巨龙、金蛋、魔眼、咒语、魔杖等等,更奇的是设在伦敦火车站的"$9\frac{3}{4}$站台",开出的列车竟是从现实世界通向魔幻世界的捷径……这些在成年人看来简直荒唐无稽,甚至还有宣扬"巫术"嫌疑的情节,却使少年儿童读得如痴如醉,同时也让那些犹葆童心的成年人读得忘乎所以。所有这一切,都是无法在客观世界里发生的,但在儿童文学却被演绎得如此生动传神,酣畅淋漓。这是为什么?在这里,我们发现,成人文学关于艺术真实问题的那一套理论,比如"于事未必然,于理必可能""事理之真与情意之真的有机统一"[38]等,显然无法解释得通儿童文学中的艺术真实,将成人文学有关艺术真实的论断拿来用在儿童世界几乎都"此路不通"。而当一种理论不能面对客体存在的多样性时,这种理论的普遍性、实践性自然会受到客体的质疑。那么,儿童文学的艺术真实又为什么会与成人文学的艺术真实如此不同呢?在我看来,根本原因就在于儿童文学的主体接受对象——少年儿童的思维特征决定和制约着儿童文学艺术真实的法则。根据瑞士心理学家皮亚杰的发生认识论理论和发展心理学理论,我们知道,儿童思维与原始思维具有同构对应关系,由此导致儿童思维中的"泛灵论"(万物有灵)、"人造论"(万物皆备于我)、任意结合(前因果观念)与非逻辑思维等,明显区别于现代成人思维模式的思维特征,从而直接导致和影响到儿童对文学作品"艺术真实"问题的接受个性,这就是生命性、同一性与游戏性三大原则。

所谓生命性,即用儿童的眼睛看世界,一切都是生命的对象化。在儿童的思维中(年龄越小越明显),世界上的万事万物,无论花草树木、飞禽走兽,还是桌椅板凳、图书工具等,尤其是他们手上的布娃娃、小泥人、玩具猫、机器狗,都禀赋着人的灵性,与人一样具有生命与七情六欲,与人一样有思想、有情感、有语言。因而儿童思维中的世界是一个充满着鲜活、丰沛的生命的世界,而不是冷冰冰的物理世界。他们坚定地相信月亮在对他笑、月亮在跟他走,小鸟在向他招呼、为他歌唱。这就是为什么儿童文学永远是那些小狗小猫小花小草(动植物形象)、山精树怪蛇郎鹿姑(神魔形象)等拟人化、超人化形象大摇大摆得意扬扬地活动的天地的原因。在儿童看来,假如狮象虎豹狗狼猫鼠不会讲人话做人事,假如童话中的英雄不会在空中飞、不会变化,假如小红帽不能从大灰狼肚子里活着出来,假如王子不能吻醒已经昏睡一百年的公主,那才是假的,不可信的。正由于儿童思维的生命性原则,才使世界在儿童眼里变得如此美好与光明。在儿童看来,他们想要什么就能得到什么,想要使什么成为什么就能真的成为什么,甚至连"死而复生"这种人类永恒的难题在儿童那里也能轻而易举地解决。世界为他们准备得是如此周到、妥帖。因此,儿童的理想(梦想)总是高于天的,只有当他一天天长大最后成为成年人(社会人)时,他的理想才从云端跌落到地面,成了成年人的思维模式,也就"社会化"了。

所谓同一性,即儿童的阅读是完全不会去考虑作品中的文学世界与客观世界是否具有一致性的,他是以一种完全"信以为真"的阅读期待与接受心理进入文学作品的,并进而与作品中的人物融为一体,主客不分,歌哭嬉笑,即以己身同化于艺术形象,代替艺术形象,与其同一。所以我们说儿童的阅读是一种真正的情感投入与生命体验,他会为作品人物的有趣遭遇哈哈大笑,也会因作品人物的不幸而难过落泪。因此,优秀的文学作品会深深地影响儿童的精神素质,甚至使他终生难忘。儿童思维的这种同一性原则与成年人完全不同。成年人阅读文学作品是在一种"明知是假"的阅读状态下进入作品的,读者之所以把明知是作家虚构的人与事当作真实生活来接受,主要原因在于渗透在艺术形象中的作家感情的真挚所产生的一种情感说服力深深打动了他们。但是成人读者一旦从作品中脱离出来,就不会再像儿童那样"难以自拔",成年人走出作品之后也就完成了"明知是假,姑且当真"的阅读带来的审美愉悦与感动,这与儿童思维的同一性原则所带给儿童的阅读的审美愉悦与感动有着生命体验意义上的深浅厚薄之分。我至今依然清楚地记得,当我的女儿与她的小伙伴在她们童年时期看完中央电视台播放的动画片《米老鼠和唐老鸭》,片中说故事已经结束"再见"的时候,她们那种发自心底的难过与号啕大哭。她们已与米老鼠和唐老鸭融为一体,无法接受这两个快活的卡通形象要与孩子们"再见"的事实。一直过了很久,当中央电视台又播出日本动画片《蓝精灵》时,这才把她们的悲伤情绪安慰过来。

所谓游戏性原则,即儿童看取世界有其自己的一套按自己的思维逻辑构建起来的规则。客观世界是一个具有自己内在规律的物理世界,这个世界是被成年人所理解和把握的,成年人按照自己的思维模式与生存本领来适应这个世界,并建立起一套只有成人世界方能理解与运用自如的"游戏规则"和语言(如法律、制度、等级、政权、货币、交易等等)。因而这个客观的物理世界以及成年人适应这个世界所运用的那些"游戏规则"与语言(成人文化),对儿童世界来说完全是隔膜的、神秘的,儿童既无从了解也根本没有兴致去了解。儿童为了适应这个世界,也会按照自己的思维模式与逻辑去建构起一套属于他们自己的游戏规则与语言。这种游戏规则与语言,一方面存在于儿童自己的游戏活动中,另一方面则大量地存在于成年人努力按照儿童的游戏规则与语言所创造的儿童文学中。"在现当代的社会,成人文化占领了整个世界,儿童的梦想在我们的现实世界上几乎没有形成的土壤。真正能够成为它的土壤的几乎只剩下了儿童游戏和儿童文学。只有在儿童文学里,儿童才有可能在自己的心灵中展开一个世界,一个在其中感到有趣味,感到自由,感到如鱼得水般地身心愉悦的世界。也就是这样一个世界中,儿童才自然地、不受干涉地用自己的心灵感知世界,感受事物,感知人,并形成真正属于自己的感知方式。"⑧

儿童思维的生命性、同一性与游戏性三原则,正是我们理解儿童文学艺术真实不同于成人文学艺术真实的区别原因之所在。与成人文学的艺术真实强调作家的主观认识与客观真实世界的一致性不同,儿童文学的艺术真实更注重于作家的主观认识与儿童思维特征所理解的那个幻想世界的一致性,亦即儿童文学的艺术真实更注重与虚拟幻想世界的联系,追求一种幻想世界的艺术真实。只有以儿童思维特征为基准而创作的作品,才有可能实现儿童文学的艺术真实。这既是儿童文学审美创造的一条基本规则,也是儿童文学坚持"以善为美"的美学理想的重要途径。唯有如此,儿童文学才能真正为儿童创造出一个如鱼得水般身心愉悦的语言的世界。

因此,儿童文学坚持"以善为美"的美学理想,必须而且应当按照儿童思维所规约的艺术真实,去为儿童创造出一个充分张扬幻想精神的、愉快的、充满无限生命力的文学世界。

新中国儿童文学

第三,儿童文学坚持"以善为美"美学理想的艺术创造,在题材内容方面有其不同于成人文学的明显区别。除了我们上面论述的需要远离成人世界的某些内容之外,儿童文学的题材内容有其自身的独特性,这种独特性集中地大量地指向以下两个方面:第一是重在表现少儿生活世界及其内在的精神生命世界,表现儿童思维特别敏感与趣味盎然的幻想世界(动植物世界、大自然世界、英雄世界以至神魔世界等);第二是重在表现那些体现全人类共同的文化理想,以及直接影响到未来一代普遍人性要求倾向方面的题材内容。

关于第一方面的题材内容之所以为儿童文学所必须首选,其原因正如以上所述,是由儿童文学接受对象少年儿童的特征所决定和规约的。具体细说,第一方面的内容主要体现在以下几方面:

一是表现成长。文学是人学,文学诞生于人,其目的也全在于人。儿童文学是人之初的文学,儿童文学的目的与意义全在于人之初——儿童生命的成长。儿童文学与儿童的成长总是极为紧密地联系在一起的,因而可以说成长是儿童文学的永恒主题。虽然儿童的成长不可避免地主要体现于向社会生成,但只要恢复文化的和谐,人的全面发展、人的个性高扬、人的素质优化、人的诗意成长是完全可能的。在这一过程中,儿童文学发挥着极其重要的作用。成长对于生命当然是一个全过程,有人说小孩早在娘胎中就开始成长了,直到他的生命终点。这说法自然有其道理,但儿童文学所要表达的"成长"远比这笼统的成长要深刻、具体。成长在儿童文学中,密集地汇聚在"少年人"这一年龄阶段,也即小学高年级以上、成年人以下这一段(大致在十二三岁至十七八岁)。因而儿童文学的成长总是与少男少女在这一年龄阶段巨大的身心变异所带来的困惑、烦恼、憧憬、期待,与青春年少的生命之间朦胧的情感吸引乃至"来往过密",与自我意识的觉醒和家长、学校、社会之间的"亲子关系隔阂"即所谓"代沟"的出现,与成长中的少年儿童的人格独立性、自主性、自尊性、自信心的尊重与理解等,紧密地交织在一起。成长的艺术主题,大量地出现在儿童文学中的小说创作,主要是那些以少年人为主体艺术形象的少年小说、校园小说里。在当代外国儿童文学中,如《麦田里的守望者》《绿衣亨利》《在轮下》《世外顽童》《阿拉斯加的挑战》《纽约少年》《古莉的选择》等,在当代中国儿童文学中,如《草房子》(曹文轩)、《非法智慧》(张之路)、《男生贾里全传》(秦文君)、《上锁的抽屉》(陈丹燕)、《六年级大逃亡》(班马)、《我可不怕十三岁》(刘心武)、《寻找回来的世界》(柯岩)、《我要我的雕刻刀》(刘健屏)、《花季·雨季》(郁秀)等,都是探索"成长"主题的富于创造性的艺术作品,对于成长中的少年儿童产生过广泛的影响。

二是张扬幻想。幻想对于儿童文学来说,犹如鱼之于水。当提到"儿童文学"这四个字时,人们仿佛在冥冥之中就会进入一种特殊的语境,产生一种特殊的交织着浪漫与想象、梦幻与诗意、神秘与瑰丽的意境。这种由特殊的语境与意境创造出的世界,人们常常称之为"童话世界"。在现实中,童话世界是既虚无缥缈又令人着迷的海市蜃楼,但在儿童文学中,童话世界则是生动的、具象的、鲜活的真实存在。如果说文学是作家的白日梦,那么儿童文学则是一个永远清晰的童年梦、童话梦。这梦直接来自于儿童思维,来自于儿童蓬勃生长着的生命世界。

没有幻想,就没有儿童文学。因而儿童文学的审美创造无论在任何时候,总是与幻想世界紧密地联系在一起。大致而言,在广义的儿童文学的三个艺术层次(少年文学、童年文学、幼年文学)中,如果说表现成长主要体现在少年文学,那么张扬幻想则大量地体现在为年龄段偏低的儿童服务的童年文学与幼年文学那里;就文体而言,则相比较地集中于童话、寓言、科幻、动物小说等。儿童文学幻想世界中的艺术形象，最常见也最易激起小读者一连串无穷的想象与阅读快感的是动植物形象，尤其是动物形象。动物形象在儿童文学中大致有这样几种情况：或是直接描写动物世界，动物形象是作品中的完全艺术形象。这类形象最为常见，如安徒生的童话《丑小鸭》、伊索寓言、克雷洛夫寓言、莱辛寓言中的大量动物形象，中国作家沈石溪的动物小说《狼王梦》《一只猎雕的遭遇》《红奶羊》，汤素兰的童话《笨狼的故事》等；或是动物形象与人物形象共生于同一平台，动物与人类交织成无比神奇、丰富的互动关系，如格林童话《小红帽》、沈石溪的动物小说《第七条猎狗》等；或是动物形象作为人物形象的一种陪衬与互补，也即在以人类活动为主调的平台上出现动物形象，这类形象相对而言比前两种要少。

儿童文学幻想世界中的艺术形象除了大量的动植物形象外，比较常见的还有神魔形象、超人形象、英雄形象、特异人物（如巨人、小精灵、小矮人）形象等。如果将幻想艺术形象与人类关系作一比较的话，我们可以将其分为这样四类：第一类是拟人体形象，即赋予非人类的形象以人类的性质和本能。大量的动植物形象即属于此，甚至连河流（如严文井《小溪流的歌》）、歌声（如严文井《歌孩》）、风云（如严文井《四季的风》）、纸币（如丰子恺《伍元的话》）、稻草人（如叶圣陶《稻草人》）等自然景物、无生物、意念等也一样可以成为幻想世界中的当然角色。第二类是超人体形象，大量的神魔形象、变形形象、特异人物形象即属于此。这些形象具有超越人类的多种多样的本领，如能在空中飞行（J.K.罗琳《哈利·波特》）、会变形（安徒生《海的女儿》）、形体特异（斯威夫特《大人国和小人国》，即《格列佛游记》）、永不长大（《彼得·潘》、汤素兰的《阁楼精灵》）。在西方童话中，经常出现的小精灵（Elf）、小仙女（fairy）、小矮人（Dwarf），还有巫婆、巨人、魔法师、幽灵、吸血鬼等这样一些独特的个体和群体，都属于超人体形象范畴。第三类是智人体形象，这类形象既不存在于人类也不存在于动植物，甚至在神魔世界中也难觅踪影，而是存在于科学幻想的四维空间，这主要是科幻文学中的机器人、外星人、克隆人、隐形人形象等。第四类是常人体形象，虽然这类形象就是人类社会中的普通人，但由于经过艺术夸张、加工以后，同样成了幻想世界中才能出现的角色，如安徒生《皇帝的新装》《豌豆上的公主》，张天翼《大林和小林》等作品中的皇帝、公主、大林、小林等。

儿童文学中的幻想，大量地表现为创造性想象，而非再造性想象，艺术幻想为儿童文学打造了一个秀华光发、神奇无比、无所不能的童话世界。鲁迅说："孩子是可以敬服的，他常常想到星月以上的境界，想到地面以下的情形，想到花卉的用处，想到昆虫的言语；他想飞上天空，他想潜入蚁穴。"⑱只有在儿童文学里，在由艺术幻想创造的语言的世界里，儿童的这种自由天性与想象力才能感到如鱼得水般的全身心愉悦和满足。

三是挥洒人间的爱。儿童的成长不能没有爱。爱的主题总是弥漫在儿童文学的艺术空间，尤其是在散文类作品以及为年龄偏小的孩子欣赏的幼儿文学作品中。人类之"爱"大致可以分为两大类：第一大类是以自我为中心的爱。首先是欲望，如对物质、生存、性的基本要求；其次是审美，如对某种艺术品的欣赏，例如集邮；再次是友谊，具体有以利益为重的友谊、以兴趣为重的友谊和以道义为重的友谊等。第二大类的爱是超越之爱、博爱，是以他人为中心的爱，是抛弃自我欲望、无所求、无功利目的的爱。浸透在儿童文学中的爱主要是后一种爱，即超越之爱、博爱。这种爱对于儿童人文精神的养成是极其重要的。我们在泰戈尔的《新月集》《飞鸟集》等优美的散文诗中，在冰心抒写的"我在母亲的怀里，母亲在小舟里，小舟在月明的大海里"的小诗，以及架起"人和万物种种一切

的互助和同情"的桥梁的散文《寄小读者》中，在当代作家郭风、金波、吴然那些自由灵动、舒缓柔和的儿童诗、儿童散文、儿童散文诗中，甚至在冰波着意渲染的夏夜、梦幻、春光、雨雾、琴弦、虫声的诗意型童话中，都能感受到一种通达人心、联系人心的激情澎湃的爱。安徒生说过："爱和同情——这是每个人心里应该具有的最重要的感情。"中外优秀儿童文学作品正是以这种最温暖人心的感情深化、亮化和美化着少年儿童的精神生命。这是儿童文学"以善为美"价值意义的具体、真切的体现。

关于儿童文学坚持"以善为美"美学理想的艺术创造，在题材内容上的第二方面选择，即重在表现那些体现全人类共同的文化理想以及对未来一代的普遍人性要求，这实际上已经成为当今世界儿童文学一个具有普遍性的审美倾向与创作思潮。在这里，我愿引用 2002 年 8 月在中国大连召开的第六届亚洲儿童文学大会上，亚洲儿童文学学会共同会长、韩国著名儿童文学理论家李在彻教授在题为《和平、发展与 21 世纪儿童文学》中的一段话来说明这个问题。他认为："儿童文学是一种原创文学，它将爱和理想植根于儿童心灵来建立人类社会的和平与幸福。因此，儿童文学必须反映如下四个方面，使得此类主题的体裁和所有体裁的文学作品的内容没有区别。第一，我们必须结束战争，并以拒绝任何名义的暴力的方式来达到真正的和平。第二，我们必须用爱心超越国界、宗教和等级的界线，我们也需更加用爱心接受那些残疾人和被疏远的儿童……通过对生活的思考而感到对动植物的爱的重要性。第三，我们必须正确地在文学作品中反映过去的历史，以此来分享邻居的快乐与悲哀……我们应该把东西方文化巧妙地融合在一起，创造出真正的带有普遍意义的世界文化来。第四，现在，全球正在进入物质文明和技术第一的时代。然而，这也导致了支撑人类社会的宝贵的精神、伦理价值正在荒废；维护一切生命体的尊严，保护自由和平等权利的信念正在动摇。我们应该确保把这样的信念作为文学作品的基础，并通过艺术的形象化，把这样的信念生动地传达给儿童们。"①

21 世纪的世界儿童文学，在经济全球化、政治多元化、交通立体化、信息网络化的"全球化"浪潮中，承担着比以往时期更为重要而实际的关心、教育人类未来一代精神生命健康成长的使命。这个世界变得越来越小。有关战争与和平、生态环境与灾害防范、动物保护与可持续发展、现代人的生存困境与拯救、伦理道德的荒废与青少年犯罪激增等，这些折腾人类的共同问题，已日益成为世界文学与儿童文学关注的焦点、热点与难点。儿童是没有仇恨的，童心总是相通的。儿童文学是没有国界的，儿童文学是最能沟通人类共同的文化理想与利益诉求的真正意义上的世界性文学。因而，在这样一种背景下，当我们提出儿童文学"以善为美"的美学特征与价值理念；当我们期待着通过艺术形象化的审美途径，用儿童文学这种普世都能被接受的文学载体，把以善为美——劝人向善、与人为善、避恶趋善、惩恶扬善、择善而从，这样的信念生动地传达给儿童们；当我们重提 20 世纪 30 年代一位中国作家茅盾所呼吁的"儿童文学要助长儿童本性上的美质——天真纯洁，爱护动物，憎恨强暴与同情弱小，爱真爱美"的观念时，我们认为这是及时的，必须的。"科学在思想上给我们以秩序，道德在行动中给我们以秩序，艺术则在对可见、可触、可听的外观把握中给我们以秩序。" 21 世纪的世界文明秩序依然需要儿童文学，需要儿童文学高扬"以善为美"的美学旗帜。

[注释]

①[俄]别林斯基：《论俄国中篇小说和果戈理君的中篇小说》，见《别林斯基选集》第 1 卷，人民文学出版社 1959 年版。

②王元骧:《文学理论与当今时代》,浙江大学出版社 2002 年版,第 27—28 页。

③[德]黑格尔:《美学》第 1 卷,商务印书馆 1979 年版,第 63 页。

④[俄]别林斯基:《新年礼物:霍夫曼的两篇童话和伊利涅依爷爷的童话》,见周忠和编译:《俄苏作家论儿童文学》,河南少年儿童出版社 1983 年版,第 7 页。

⑤叶圣陶:《文艺谈·七》,原刊于《晨报》副刊 1921 年 3 月 12 日。见王泉根评选:《中国现代儿童文学文论选》,广西人民出版社 1988 年版,第 50 页。

⑥郭沫若:《儿童文学之管见》,写于 1922 年 1 月 11 日,见《沫若文集》第 10 卷,人民文学出版社 1957 年版。

⑦茅盾:《再谈儿童文学》,《文学》第 6 卷第 1 号,1936 年 1 月 11 日。

⑧[德]康德:《道德形而上学的基础》,见《西方哲学原著选读》(下卷),商务印书馆 1982 年版,第 314 页、第 318 页。

⑨王元骧:《文学理论与当今时代》,第 62 页。

⑩⑬⑮⑲王富仁:《把儿童世界还给儿童》,《读书》2001 年第 6 期。

⑪[苏联]高尔基:《为外国儿童图书目录作的序》,见周忠和编译:《俄苏作家论儿童文学》,河南少年儿童出版社 1983 年版,第 162 页。

⑫[苏联]高尔基:《苦命的巴维尔》,见《高尔基妙语录》,甘肃人民出版社 1989 年版,第 232 页。

⑭[苏联]高尔基:《给初学写作者》,见《论文学》,人民文学出版社 1978 年版,第 225 页。

⑯王元骧:《文学理论与当今时代》,第 38 页、第 36 页。

⑰[俄]别林斯基:《新年礼物:霍夫曼的两篇童话和伊利涅依爷爷的童话》,见周忠和编译:《俄苏作家论儿童文学》,河南少年儿童出版社 1983 年版,第 13 页。

⑱王元骧:《文学理论与当今时代》,第 38 页。

⑳鲁迅:《"连环图画"辩护》。

㉑[韩]李在彻:《和平、发展与二十一世纪儿童文学》,见《当代儿童文学的精神指向:第六届亚洲儿童文学大会文选》,辽宁少年儿童出版社 2002 年版。

(原载《北京师范大学学报》2006 年第 2 期)

对儿童文学整体结构的美学思考

班　马

一、新观测方位的儿童文学观

1. 问题的提出

中国发展较迟的儿童文学，至今还未能产生出一种具有系统性和应用性的理论体系。但长期以来，有一个十分带有中国色彩的观念影响着我国的儿童文学界，也广泛渗透在一般中国人的意识中，那就是"童心"的提法。

"童心"一词虽早在《左传》中便已出现，在几千年的中国传统文化之中，它也屡屡地被运用于诗文论述中，但始终是一个模糊性很大的、缺乏具体理论内容的玄妙观念。同中国传统观念中的"道""气"等提法一样。"童心"的模糊性，却也带来了很大很广的概括性，是一种朴素直观的整体把握。

由信息论、系统论和控制论所形成的现代研究方法，重新提出了需要进行更高层次水平上的整体把握的思想。这为我们运用当代研究语言来探讨"童心"的具体理论内容，探讨儿童文学审美整体结构提供了机会。

毋庸讳言，由于"童心"观念缺乏具体的理论内容，所以在理解上是十分混乱的。特别应指出的是，在实际的传播当中，"童心"往往成了一种片面强调"儿童本位"，一切以"儿童"为出发点的儿童文学意识。这种意识造成了忽视儿童文学作者—儿童文学作品—儿童读者之间的整体结构关系。我认为，也正是这种意识的流行，造成了我们的儿童文学产生了一种自我封闭的基本状况。

2. "自我封闭系统"

近年来，人们越来越感觉到儿童文学在美学观念上落伍于时代，在理论和创作上都感觉到了一种束缚。我认为，这种束缚十分明显地表现为两大特征。

（1）表现为对"儿童"和"儿童文学"观念上的自我束缚。我们强调的是儿童的年龄特点，在人生的发展线上框定了一个儿童以下的界限，带来了十分浓重的"层次"的意识，并把这个儿童的层次明白地区别于成人。所以，我们也谈人物，但谈的是"儿童特点"；我们也谈文学性，但谈的是"儿童化"；我们也谈美学追求，但谈的是"儿童情趣"。我们总在提倡成人作者应尊重"儿童"的什么什么，应照顾"儿童"的什么什么，把再现和模仿"儿童状态"看作是最完美的儿童化。我们总在围绕着"儿童"谈儿童文学。我们在这个界限之内建立起一个儿童王国。

有人提出要在儿童的生理属性之外，再加上一个儿童的社会属性。我认为，这仍然没有摆脱那个以儿童为中心的"层次"的意识。

在成人对儿童本身进行研究的各门学科中，"层次"是一个极为重要的概念。90岁老人齐白石的画同7岁儿童卜镝的画具有各自的美学价值，因为他们是两个不同层次内的美感表现，但是，当我们把儿童文学的目光也同样放在注视儿童本身的美，追求儿童层次水平上的儿童表现之时，却无意中违背了一个明显的文学阅读接受上的事实：那就是忽视了儿童读者的审美心理投射，颠倒了成人和儿童谁才是儿童文学的审美主体这一位置。这种把儿童和儿童文学理解为与成人和成人社会是两个不同层次的意识上的界限，实际上造成了我们一味向下去追求"童心"，一味钻进儿童王国的狭小天地的自我束缚之中。这种"以小为美"的儿童文学观念，几乎有意或无意地笼罩了我们的理论、创作和出版的整个气氛。

（2）表现为自囿在儿童文学同学校的单一关系上的自我束缚。长期以来，我们无论在儿童文学的功能作用、作品的题材和主题、甚至在儿童文学作者队伍的成分、评论的价值标准、理论研究的目的等方面，都深深打上了学校的印记。从出版来看，学校更有几乎主宰儿童文学命运的控制力量。

这与上述追求儿童本身生活的文学观念是紧密相关的，"儿童生活"的现实似乎自然地就成了学校生活。同时，许多本属于学校的种种观念，却十分强烈地影响和渗透到了儿童文学。它突出地表现为把儿童文学所含有的教育功能，无形中纳入到了学校教育的功能认识范畴，带给了我们理论和创作上无尽的自扰，带来了单一联姻的近亲退化，带来了笔墨所至的自我束缚。这种束缚，也危及儿童文学受儿童读者欢迎的接受程度。因为这种束缚的本质，也同样地反映出是一个忽视了儿童审美心理的精神投射这一儿童文学观念问题。

我认为，正是这两个主要特征所表现出来的意识上的界限，形成了我国儿童文学在美学上的"自我封闭系统"。

这种"自我封闭系统"容纳不了气象万千的作品，容纳不了视野宽广的理论体系，也容纳不了我们为之叹喟的、那些有深沉美学追求的所谓出走的第一流作家。与此同时，也滋生了我们自己在创作心理情绪上的自我封闭状态，对成人文学或抱一种阿Q态度，或抱一种对立情绪。

虽然，这种自我封闭的现实和情绪的形成，有着深刻的中国封建传统观念的背景，也有着儿童文学界的痛苦经历，但是，我们献身儿童文学事业的命运，我们的自信力，都暗示着我们只有走向挑战，只有从这种"自我封闭系统"走向与社会和世界息息相关的、与各学科领域息息相通的、开放式的儿童文学系统。

3. 对儿童文学的整体把握

现代的研究方法正在改变着理论的面目，特点之一就是开始从理论的蚂蚁变成理论的鸟，从埋头于局部的分析研究，上升到笼括全局的鸟瞰研究，采取了一种新的观测方位。

将儿童文学当作一个系统来看，我们首先可以在纵向的"时间"和横向的"空间"上探寻其动态开放的特点。

（1）突破闭锁在"童心"观念上的——时间自我封闭。

这一点也就是前面提到的将儿童和儿童文学局限在年龄界限之内的"层次"的意识，其实带来了一种对"儿童"的生命时间的封闭。我认为，对儿童的理解，是一个涉及生命体的由来和生长的时间概念，对待一种活的生命体，恰恰应取一种"线性"的观点，而不能把儿童仅仅当成 0~14 岁的阶段及其表现，应从儿童现阶段向前后两个方向做出开放延伸的两条线。

——向前，儿童作为一个生命体要成长，长大，则延伸出一条"儿童"的未来发展线。现代的儿童观有一种从未来的角度来回寻地看待儿童的特点。人们回寻毕加索画中所含有的他早期童年画里那些半人半兽的形象来源，精神分析学说回寻人的早期童年行为，探索人类思维认识规律的皮亚杰回寻早期儿童心理的发生。这种"早期"的认识强烈地渗透进了"儿童"的概念之中。这不能不使儿童文学重新考虑对"儿童"所做的那种"单纯幼稚"的处理。

——向后，则延伸出"儿童"的遗传承继线。现在，我们已经不再能说一个孩子是空手来到这个世界上的，实际上他带来了许多的财富。现代心理学和美学的研究向我们提示，本民族的文化特性通过"积淀"的形式在人的审美心理结构上留下痕迹。在儿童的思维和行为上，都残留着本民族远祖的原始信息。在我们的儿童文学中，写出"东方儿童"的文化背景尚是一个未加触及的领域。

显然，这种开放延伸的"线性"的意识，要求我们从新的观测点上来把握"儿童"在人生（时间）总结构中的位置。儿童的生命线向遗传和未来延伸，大大扩展了"儿童"的概念。

（2）突破闭锁在"学校"方位上的——空间自我封闭。

而这一点也正是联系着前文中提到的儿童文学不断强化同学校的单一关系的自我束缚。

我认为，是否应对提倡写"儿童生活"的提法作更深层的理解？——是"儿童生活"？还是儿童的"精神生活"？

我们仍然是在读者接受这一问题上忽视了儿童读者主动性的审美活动，而这种文学阅读的活动是想象的、心理的活动，把儿童文学的视野、区域，局限在儿童本身具体的生活空间显然是没有理会到儿童精神生活上的"投射"要求。对这种"投射"的理解正是我们最为缺少的。

我国儿童文学已快成为"学校文学"了，无疑，学校生活是很大的一个方面，但是将此视为是正宗的儿童文学，则会出现一种极大的偏差。在目前的教育时代，其实真正值得注意的，倒是学生的"逆反心理"：沉重的学习负担已经剥夺了孩子们许多的乐趣，从而在阅读上，促使着儿童读者去寻求学校之外的精神世界，以此得到精神上的"补偿"。儿童读者的审美投射以及这种对学校的逆反心理，正为我们打开了一个儿童文学的新空间——那就是"心理空间"。

心理空间区别于像"学校"那样的现实区域的物理空间，它把儿童读者对文学的"接受"因素考虑在内，重视儿童读者在审美态度上对外部世界的主动追求性，从而能突破局限在"儿童状态"的描写空间。

在这里，有必要着重提出"家长"对儿童的心理空间产生社会化倾向的影响这一问题。儿童文学摆脱学校的单一区域，开始走向社会的全方位，已成为未来发展的一个重要迹象。其中"家庭"的影响作用十分巨大。我国儿童文学的注意力主要放在学校方面，对儿童文学与家庭的关系关注较少，没有充分认识家庭对儿童文学的重要影响。这种影响主要是通过"家长"来发挥的。

我认为我们应该对我国家庭中家长的结构变化给予注意。可以说，几千年的历史，直至"文化大革命"的十年动乱之前，我国家庭中长辈和孩子的最亲密关系，是呈现出一种社会学上称为"祖孙隔代对话"的结构形式，日常生活中，祖父母辈的老人同孩子的接触为多。而随着现代独生子女的 3 人核心小家庭的普遍出现则正在呈现出一种"父子直接对话"的结构形式。这一代的家长，由 20 世纪五六十年代的学生组成，是亲身经历了十年动乱的坎坷遭遇，社会阅历丰富的一代人，他们在同自己孩子的直接对话中的态度将大大有别于祖孙对话。祖孙对话往往会表现为一种宁静的、温馨的"出世"态度；而这一代的父子对话，"入世"的态度十分明显，这一代家长大都具有强烈的社会意识，对现实具有反思的认识，对孩子的心理空间带来了扩展的意义，也促使着孩子的心理过早地社会化。这一代家长也许正在形成一个观念上的趋势，一为历史教训，二为顺应信息社会的到来，所以他们关注的将不是对儿童状态的欣赏，而是想促使孩子缩短儿童状态，早早成熟，早早进入社会状态。

这些，都要求儿童文学扩展自己对儿童生活的封闭处理，把握儿童在社会（空间）总结构中的位置。因为这种儿童的"心理空间"，明显地反映出全方位的兴趣。

从上述的儿童文学"自我封闭系统"，我们首先看到：

在纵的方面闭锁住了对人生时间总长度的——历史感。

在横的方面闭锁住了对社会全方位空间的——覆盖率。

这正是我们的作品缺乏分量的地方：深度和广度。

在自我封闭起来的时间、空间里，我们营造了一个局促其间的儿童王国小天地。

（3）必须要在时间、空间之外，再加一个心理的维度，以此来透视作为文学活动的儿童文学整体结构。它包括儿童文学作者的创作心理动力和儿童读者的审美心理动力相对应的两方面。关于儿童文学作者的创作心理动力问题，我们留待本文的结束语中阐述。这里我们要涉及的是：突破闭锁在"儿童情趣"上的——审美心理动力自我封闭。

我认为，对"儿童情趣"的追求是对儿童审美心理特点的极大倒错。这种颠倒主要表现为倒置了儿童文学作者和儿童读者谁是审美主体的位置，而错误地追求儿童状态的情趣，忽视了儿童读者对作品"接受"的审美心理动力。

文学作品的功能只有在读者的主动接受下才能发挥出来，读者的意义正在被现代美学日益加以认识。从这一点来说，儿童文学的精神实质，并不在我们所追求的"儿童"，而在"儿童读者"。儿童读者的审美视角，正是我们长期以来未加探讨的重大问题。

可以说，我们所表现出来的是一种"向儿童"的态度，总在主张成人作者要蹲下身子，去俯就儿童，去化为儿童状态，角度完全是取自成人的。我认为，从儿童审美主体的视角出发是否存在着一种"反儿童"的儿童态度？

这就提出了一个"儿童视角"问题。

当我们怀有尊重儿童特点的美好愿望去竭力"向下"俯就儿童的时候，却不知儿童自己的心理视角恰恰是"向上"的！"儿童情趣"的观点究竟是一种成人欣赏的角度，还是儿童投射的角度？当我们致力于对童年的种种赞颂时，竟没有理会到儿童的那种极欲摆脱童年状态而向往成年的心情。

是否存在着"儿童反儿童化"这样一种美学的悖论？

尽管在儿童的身上存在着许许多多的"小"，但儿童心理的视角却正渴望着许许多多的"大"。尽管在儿童的身上存在着许许多多的"幼稚"，但儿童心理的视角正渴望着许许多多的"成熟"。

"儿童反儿童化"的审美特点，正可以解释长期以来的一个视而不问、问而不答的文学现象——那就是儿童读者往往热衷于读并非为他们所写的大人书。这种现象大量存在,这里仅简述如下:有中国的《三国演义》《水浒传》《铁道游击队》等;有外国的《鲁滨孙漂流记》《堂吉诃德》《格列佛游记》等;有人物传记、侦探小说、冒险小说等。可见,这是一种世界性现象。我国当代少年儿童表现出对广播、电视中那些非儿童文学作品的浓厚兴趣,几成文学热潮,则更突出了上述这一现象。

其实,儿童的这种审美要求对广义的儿童文学源流来说,自古以来就产生着重大的影响——如果对神话、童话和民间故事加以系统考察,便可清楚地看到,其间正充满了战争、恩仇、悲欢离合等社会题材的故事,充满了勇士、水手、君王等成年人物形象,充满了大山、海洋、宇宙的广阔活动背景。这些,都相当显露地暗示我们:吸引儿童读者的魅力所在,并不在于对儿童状态的反映。

值得注意的是,这种"儿童反儿童化"的审美特点,也强烈体现在那些真正属于儿童文学的现实主义成功作品之中——如我国的著名儿童中篇小说《小兵张嘎》《微山湖上》苏联的《铁木儿和他的队伍》,美国的《哈克贝里·费恩》等。

对这种儿童审美特点,仅以"好奇"做出对答,是极其流于表面的。其实,正是在这里,启示着我们去认识在潜层底下的儿童审美心理动力。

我认为,"儿童反儿童化"正是这种动力的重要表现。儿童是在通过阅读文学作品的想象活动中,把儿童期所特有的那些愿望、向往和渴求,投射在文学想象中,并在想象中积极扮演着"角色",也在想象中寄托着自我。由此,形成了儿童审美问题上的一个最大特征:模仿。

而我们也许恰恰在"模仿"这一问题上犯了视角颠倒的错误。我们从成人作者的角度去竭力"模仿"儿童状态,却没有理会到儿童读者的视角正在积极地"模仿"成人和成人世界的种种表现。

这种视角之别,带来了儿童文学观念上的重大偏差,带来了对儿童读者在文学接受性这一重要作用上的误解,产生出了儿童审美心理动力的自我封闭。

这导致我们的儿童文学出现了缺乏"力度"的美学病症。

儿童向往着"大",我们追求着"小"。儿童想摆脱的"软性",却成了我们所追求的审美情趣。

把握儿童读者在儿童文学审美功能潜结构中的位置,可以使我们从俯视的目光转换到仰视的广阔视野,可以使我们从褊狭的"儿童情趣"美学追求走向儿童所渴望着的体现社会总态的未来实践。

对儿童文学进行上述的整体把握,其实就是要从宏观上显示出——儿童文学应是一个与外界(成人社会)存在着交互作用的开放系统!

长期以来,是我们自己断绝了探讨这一重大的功能问题。在反对"成人化"、追求"儿童化"的意识中,我们索性划清了界线,与成人社会远远地隔离开来,造成了自我封闭。

我们忽视了去认识——儿童文学作品其实是一种"中介"。儿童文学作品中介着儿童文学作者和儿童读者的双方态度——儿童文学作品其实是一种成人与儿童进行"对话"的结果。

所以,当我们只取成人的单方面角度,提出"儿童文学是教育儿童的文学"时;或当我们只取儿童的单方面角度,提出"儿童文学是为儿童的文学"时,便都在探讨解决儿童文学与教育的关系问题上陷入了困境——都无法摆脱这种"教育"对"文学"的外加性;也无法从功能的根本规律上去真正统一起这个极重要的问题,反而使这种教育性成为对文学特性的干扰。

二、儿童文学——教育一体化

如果我们能摆脱"自我封闭系统"的束缚,认识到儿童文学作者同儿童读者的关系,那么,有必要进一步从更宏观的高度来探讨儿童文学与教育之间所存在的极内在的和谐的关系,探讨教育是如何不可缺少地"同化"在儿童文学的审美根本规律之中的。

1. 天生的干预带来天生的亲缘

我们可以发现,尽管有在前面所提到的儿童文学种种的自我封闭,但是,却有一个无法自我封闭住的现实:那就是儿童文学的存在(流通形式)受到成人和成人社会的强烈"干预"。

无论在哪种形态的社会中,儿童文学都不可能领到一张"童心"的特别通行证。这种干预来自下述的家庭、社会、美学和出版方面。

家庭——儿童文学的存在和传播受到家庭的很大影响,自古以来就表现出家庭性的特色, 是一种要靠成人传播的夏夜乘凉故事和冬夜炉边谈话。选择权并不全在孩子一方。至现代,这种家庭制约不是减弱而是得到强化,家长开始直接关心、安排和审查孩子的读物内容。父母在对孩子审美观点形成上的介入,完全是人类本能的表现,是将自我投射到下一代身上的期望。此外,在购书的权利上,没有经济能力的儿童,则更完全依附家长。书要到儿童手里,存在着这种现实的成人干预。

社会——时代思潮指导着现行的主流审美观念,儿童文学不可能摆脱这一主流。特别是当一个社会在损耗之后,想重新复活之时,整个社会会滋长起一种异常关注下一代去向的情绪,这种情绪常常表现出强烈的控制色彩,这也是社会和民族进行延续本能。当代中国文学所出现的深刻的现实主义美学精神,就是对十年动乱的反思,这种寻根的反思必将指向儿童和儿童文学。此外,社会对儿童文学的干预更为直接地反映在学校方面,学校对儿童来说常常表现为家庭的延伸,老师也常常作为第二个妈妈介入孩子审美观点的形成过程。

美学——儿童文学本身的形态上存在着一个无法解脱的对立矛盾现象,这就是成人作者的创作过程同儿童读者接受过程之间的天生矛盾。一个成人是再不可能重获"童心"的,但是可以做到通过模拟去表现"童心",然而这种模拟在过程中已渗透进了成人的种种意识。创作过程中,在主题、意图、效果追求等方面,成人更无法处在"儿童状态"。显然,儿童文学的主动权归于成人。

出版——儿童文学出版物的商业性远远地比其他文学出版物更为突出,因为它常常表现出一种并不是本书读者的人来买书,儿童文学书籍常常作为礼物或其他有意味的表示。儿童文学的繁荣,也往往更受商业性的影响,而这种商业化带来的繁荣,又直接受制于教育时代的来临。20世纪二三十年代我国儿童文学和儿童读物曾一度繁荣,它明显地受到"五四"以来传入中国的近代西方教育生活方式的刺激。第二次繁荣起自五六十年代,直接受益于新中国对教育的倡导。十年动乱以后的今天,儿童文学出版读物正在进入一次更大的繁荣。原因十分清楚,显然是对当代早期教育思潮、信息社会和教育时代到来的迅速反映。

由此可见,儿童文学在非常大的程度上受制于成人和成人社会,出现了一种天生的干预！

"教育"正是从这种角度——即成人、成人社会对下一代的一种本能的关注——来介入儿童文学的。

我认为恰恰是这种"干预"，对儿童文学产生了极重要的意义。正是这种"干预"，表现出了教育同儿童文学的天生的亲缘性，对儿童文学的存在、发展和获得社会地位都起着维护作用。这种亲缘性更表现在教育同儿童文学之间所存在着的内在和谐，它的"干预"不是外加的，而是恰恰能得到"响应"。它的"干预"是为了解除儿童文学长期以来的自我封闭状态，而儿童文学要突破自我封闭状态却正是要凭借外界的这一"干预"。这是一个更大的"符号—响应系统"。

天生的干预带来了天生的亲缘。

教育与儿童文学，教育性与文学性，两者相容而不产生排斥性，决定了两者之间存在着"功能"上的亲缘关系。

2. 功能：追求未来的能力

当我们从整体去把握儿童文学的开放系统之时，可以发现，其间以各种形式同外界成人社会进行积极的交互作用时，最活跃的"接触点"——都紧紧联系着"发展"的因素。

无论在时间、空间、审美心理动力还是流通上的开放形式方面，都摆脱了儿童中心主义的观点，都不局限在儿童本身的状态上，而是取一种从"未来能力"的发展眼光来看待"儿童"。这样的儿童文学观，不再把追求儿童状态作为美学目标，而把追求儿童的未来实践作为自己的美学目标。这里，"儿童"成了渴望长大成人的"儿童"，"童年"成了盼望长大的"童年"。

正是这种对未来能力的积极追求，带来了向外延伸、扩展和投射的活力，使儿童文学开放系统显现出了一个同外界成人社会产生交互作用的动态系统。同时，也正是这种追求未来能力的动态特点——显露出了它作为儿童文学整体结构中"功能"的作用。

我认为，"能力"的功能，也充分体现了儿童美学中一个根本规律上的重大特征——"学习大于欣赏！"

长期以来，在对待儿童文学的文学性问题上，我们基本上是沿用了成人文学中的一系列观念，在人物、语言、结构、色彩等文学性标准上，我们常以成人文学为比较对象，还未能形成一门我们自己的儿童美学。如果在对待儿童文学的文学功能上也照搬"情感"和"欣赏"的观念，是很值得怀疑的。

不错，美感确实来自于"欣赏"，而文学所给人最大的美感也正是在于"情感"。然而，儿童审美心理特点，却表现出了"学习大于欣赏"的现象。儿童期的审美还只是呈现出一种与自身相关性很强的早期美学特征，可以说是一种实用美学观，生理快感的成分往往大于真正的美感。美学史上认为，愉快在先还是判断在先，是美感与快感区别的关键。由判断在先所产生的美感需要拥有感知、想象、理解和情感多种因素的复杂心理活动过程，成人的"欣赏"活动即是这样。这种"欣赏"还需要能把自身的实用利益排除在外。而儿童却往往是快感先于判断，需要大于欣赏，尚明显地处在审美的初级阶段。恩格斯也曾经表述过，人类是由需要的感觉力走向审美的感觉力的。

儿童阶段的最大（生理和心理）需要，就是获得能力，表现出"以大为美""以强为美""以智为美"的特色。这些都与儿童期的精神投射有关。

在儿童反儿童化的审美心理现象中，为什么儿童从不会选择《红楼梦》《安娜·卡列尼娜》等写"情感"的大人书,而又总是把兴趣指向那些写"能力"的《水浒传》《鲁滨孙漂流记》以及历险记和破案小说等等? 显然,这里存在着学习大于欣赏、能力胜于情感这一儿童审美的根本规律。

所以,我们认为正是对未来能力的追求和学习——成为符合儿童文学审美规律的重要功能。

——这种旨在"能力"、旨在"学习"的儿童文学功能,同教育的功能表现出了一致,两者在这一功能的根本规律上融洽地、对应地统一了起来,产生了宏观的一体化形态。

3. 一条同步的历史线索

教育与儿童文学在功能上的亲缘关系,还可以看到在历史线索中呈现出一种令人深思的"同步"的现象。

漫长的中古时期,在农业社会的宗法气氛中,教育是以伦理性的面目出现的。那时期的儿童故事(也就是广义儿童文学的童话、民间故事)所传达出的也正是伦理的主题,是永恒的善与恶、好人与坏人的故事。

17—18世纪,近代教育随着工业社会的兴起而出现,为了时代的需要,近代教育所重视的是知识的教育。儿童读物上则出现了宣扬资产阶级上升时期知识万能的《鲁滨逊漂流记》,介绍瑞典地理、民俗的《尼尔斯骑鹅旅行记》,凡尔纳的科学小说。特别值得指出的是,《安徒生童话》正处于这道近代教育崛起的时代观念的分水岭上。我们仅注意安徒生早期的童话色彩浓的作品,而未加注意他后半生作品中极明显的知识性的特点。

现当代教育思想在儿童观上采取了明显的指向未来、开发能力的态度。布鲁纳关于"学习是一种主动的发现活动"思想,维果茨基关于教学应在超出学生水平之前的"最近发展区"思想,以及早期教育、创造性教育等思想都如此。这些都显示出了一个重要的动向,那就是注重对未来挑战应付能力的培养! 当代著名未来学派罗马俱乐部的一部研究教育的新著,提出了"预期性学习"和"参与性学习"的思想,其精神令人深感是一种向人类原始时期"成年仪式"教育方法的回复,意在促使儿童在走向未来之前获得能力上的准备和心理上的准备。

现当代世界儿童文学的情况如何?

联邦德国"格列泼斯"儿童剧院的纲领明确表示:我们的目的是要帮助儿童和青少年认识生活,评价社会,增加他们的自信心和立足社会的能力。国际安徒生奖获得者、联邦德国儿童文学作家克斯特纳写于战后的《埃米尔捕盗记》和《两个小路特》,都体现出一种鼓励儿童在突然面临的困境和生活挑战面前去自主地积极应付,依靠自己的能力去解决问题的精神。苏联的根据小说改编的儿童电影《白比姆黑耳朵》,如实地告诉儿童,社会是一个有善有恶、善恶斗争的社会,以增强其适应能力。日本20世纪70年代的著名影片《狐狸的故事》,表现了赞赏脱离父母羽翼的保护,要勇敢地走向冰天雪地,走向竞争的未来这种精神——类似这样的旨在写逆境中自主地战胜未来挑战的主题,在各国儿童文学作品中都已显示出一种主导的倾向。

——这条如此同步的历史线索,正启示我们看到,儿童文学的功能同教育的功能在演变过程中始终的一致性。这种一致性的基础往往是反映在"儿童观"的演讲上。

我认为正是在儿童观上,才使得儿童教育和儿童文学得以产生出天生的亲缘关系。教育和文学是两个不同的系统,有着各自的规律,如果错误地把本属于学校范畴的思想教育、道德教育、伦理教育等"教育观念"介入审美的儿童文学,这种外加性便会十分明显。而只有在"儿童观"这一功能的根本来源上，这两种不同规律的系统才呈现出共同的基本形态：

成人教育者—儿童受教育者

成人作者—儿童读者

教育只有在"功能"上，才能有益地同化进儿童文学。

我认为我国儿童文学正是在儿童观念的功能问题上，落后于历史演进的发展。至今尚在我们意识中流行的儿童观，仍然是"五四"以后传播进中国的近代教育思潮的"儿童本位"，而还未能发展到当代更深认识水平的儿童观。

4. 双向结构

当代教育思想在儿童观上发生了重大的变化，那就是更加认识到了儿童在"接受"过程中的主动性地位，认识到了儿童应该参与到教学活动中来，使教育成为教授者同接受者之间的一种相互作用关系。这一认识改变了整个当代教育的面目。

儿童文学将从中深受启示。

这两者（儿童文学和教育）在共同的基本形态上，都应表现为不是单独一方在说话，不只是成人一方在灌输和说教，也不只是儿童一方的直白和话语，而是呈现出一种双方"对话"的性质！

它们的功能形态应该做出新的表述：

成人教育者⇌儿童受教育者

成人作者⇌儿童读者

这就显示出了一种"双向结构"。

在这种突出相互作用的双向结构中，双方进行的应是一场趣味相投的对话，而它们的共同语言就是——"能力"。儿童所想要的，正是成人所想给的；儿童渴望着获得能力，成人期望着儿童得到能力的培养。

就在这种双向结构中，将"儿童特点"与"社会化"和谐地统一了起来。

同时，这种双向结构也为我们引导出了儿童文学的整体结构。显而易见，作为一种文学活动，双向结构中的成人作者与儿童读者并不像在日常生活中那样相互对话，他们的交流其实是通过"作品"来完成的。这就产生了儿童文学作品这个双向结构中的"中介"，是由它来联系着、完成着成人作者的创作和儿童读者的接受，这就最终呈现出了儿童文学的整体结构形式：

儿童文学成人作者—儿童文学作品—儿童读者

成人作者对儿童读者审美上期望的视线，与儿童读者在审美追求上渴望的视线相交叉，这一交叉点就是"能力"的儿童文学功能。通过研究这一交叉点上所产生的美学内容，我们尝试着去探讨双向的现代儿童文学的艺术精神。

三、现代儿童文学技巧的游戏精神

游戏，几乎就是童年的象征。

而游戏精神，其实也就是"玩"的精神。

我认为这种游戏精神正可以充分体现儿童文学双向结构由交叉所形成的美学内容。它十分明显地反映在一切优秀的儿童文学作品的艺术技巧之中，是儿童读者和成人儿童文学作者都乐于接受的形式。采用游戏的形式，是把社会的教育同儿童的审美特点最巧妙地融合一体的做法,在"玩"之中实现了成人和儿童双方的追求。

游戏的精神,具体体现了本文中所探讨的儿童文学的美学精神。(1)它的假想性、虚拟性的特点,沟通起了儿童读者通过文学作品来达到想象中的自我投射这一现象,共具"模仿"的意义。(2)沟通起了"儿童反儿童化"的审美心理特点。举凡游戏,都为儿童摆脱掉自己的儿童形象,而去扮演成人角色的活动。(3)沟通起了追求"能力"的儿童审美的实用性,从儿童游戏的内容上可以看到,都表现出是一些并非儿童状态本身行为的"未来实践"。(4)沟通起了"学习大于欣赏"的儿童期审美初级形态,儿童沉浸在游戏过程中的目的,并不为追求对游戏本身形式的欣赏,而是关注于游戏中可供自己模仿的社会内容。(5)沟通起了暗示性的审美方式,它们的认识作用都是通过调动非特定心理的潜移默化去达到。

所以,我认为通过研究和把握这种"游戏精神",通过探讨"玩"的意义,可以让我们更加深刻地认识儿童文学中文学性的精神所在。

1. 释放

中国的民族精神中,在对待儿童的态度上,十分缺少游戏精神,对儿童需要这种"玩"的意义更缺乏认识。我认为这种文化背景也深深影响着我国的儿童文学,教化的精神取代了游戏的精神。所以,长期以来在我们的理论和创作上,没有一种"释放"的观念。

这种"释放"观念与对儿童期精神现象的理解直接有关。随着现代儿童研究的深入,人们已经越来越认识到儿童时期并不是一个无忧无虑的时期,而是一个充满着"焦虑"(霍妮)、"自卑感"(阿德勒)、情感波涛起伏的备受烦恼和压抑的时期。

承认儿童期存在着压抑,其实指的是儿童自一出生之后同环境之间所发生的冲突。这在人类学和社会学上都有深刻的研究。我国社会学家费孝通指出,儿童存在着"生理性断乳"和"社会性断乳"这两次带来较大心理上影响的结构性断裂,一是脱离了哺乳期无微不至的照顾而独立,二是脱离了家庭温馨可爱的对待而走上社会,都使得儿童开始发现自己处在软弱的地位,开始感受到与环境的种种冲突。

以儿童而论,确实常常处在一个受压制的世界里,到处存在着禁忌。这种禁忌从家庭中即已开始,不许这,不许那,儿童的自然本性处处都迎头碰上管束的力量。此外又到处存在着挑战,接触社会以后,直接受到各种各样的社会性刺激,而凭借自己的儿童状态又无法战胜全部的挑战,于是一次次痛苦地意识到自己的软弱地位。

这种压制,其实是一种使儿童社会化的过程,家庭的禁忌和社会的挑战都是在执行着社会化的职能,训导着儿童去适应社会生活。然而,在这一过程中,不可避免地遗留下了儿童压抑的"情绪",正是这种"情绪",与审美产生了关联。

正是在儿童与环境的冲突之中,儿童的自我开始生成。这刚出现的自我首先是寄寓在儿童想象之中的,在儿童这种常有反抗性质的想象中,他成了不可轻视的勇士和男子汉,暂时抛掉了自己的儿童形象,借以达到这一阶段情感上的"平衡",使受压抑的情绪从另一个地方得到"补偿"(我认为,"平衡"和"补偿"是我们在理解儿童精神现象问题上所特别缺乏的认识),而这一切,都指向了一个重要的观念——"释放"。

以今天的现实生活来看,处在当今教育时代中的儿童,显然将在情绪上继续不断地受到繁重课程和竞争要求的压抑。同时这也是一种训导儿童适应未来信息社会的社会化过程。然而,这一普遍存在于当代儿童中的压抑情绪,在我们的一篇引人注目的小说《祭蛇》中得到了释放,其内容正是通过一群农村孩子的游戏活动来反映的。

新中国儿童文学

在儿童的游戏中，正普遍带有这种释放的性质，他们在生活中根本不能实现的那些行为，通过游戏痛快地得以实现。在游戏中，儿童无所不能，为所欲为，往往沉浸在一种狂放的气氛中，且含有一种神秘、符咒的情绪。在此，儿童游戏极令人联想到人类原始时期的巫术活动，两者之间的相通之处，就是都表现出某种超自然地把握事物的特点。

从人类学的角度，周作人曾经阐述过儿童具有一些"混沌""野蛮"的气质。美国心理学家霍尔认为儿童时期含有人类原始时期的发展特征。我认为，从儿童游戏的释放情绪上来看，他们的某些见解对我们从审美上把握儿童的精神现象是有启示的。

我们的儿童文学长期以来总是无视或回避去反映儿童精神现象中的狂野、荒诞、神秘、暴力和梦游等内容的一面，由此使我们的作品（尤其是小说）比较缺乏儿童文学应该所特具的"活气"。如果我们从释放的角度去对待这些似带有反传统、反现实的儿童精神现象，则可以看到这些现象潜层中的情绪要求。从儿童的审美情绪特点出发，完全以成人文学的"真、善、美"追求去对待，是值得商榷的。儿童对"假、丑、恶"所表现出来的强烈兴趣，是值得我们再深思、再探索的。我认为在儿童的现阶段认识水平中，对这两组文化标准呈现出一种不同于成人的理解态度，儿童对"真、善、美"的兴趣，和对"假、丑、恶"的兴趣，统统都只不过指向一个追求——"力"。儿童的压抑情绪和儿童初级审美的实用态度，都促使着他们去追求生命力，力量，能力，智力，自信力。对儿童精神现象的这一面加以轻率的否定，也许会使我们失去一个重要的儿童审美特点。这种"释放"，并不会释放出一个潘多拉盒中的魔鬼，而会是一个儿童仰慕的阿拉伯瓶中的巨人。

儿童时期的压抑情绪是一个事实。现代西方的学者过多地关注并局限在这种"压抑"上。而我们社会主义的儿童文学却应关注儿童在解脱这种"压抑"上所表现出来的指向"未来能力"的投射。这种投射的要求，给了双向结构中成人作者如何运用游戏精神来作参与提供了机会。这是我们探讨"释放"这一问题的目的所在。

（在游戏精神中，在"释放"的同时，对应地存在着一种"游戏规则"的管束力量，将在后面加以探讨。）

2."叔叔"型的强者人物

从古今中外真正为儿童所喜爱的文学作品中，可以发现这样一个十分显著的现象——那就是"叔叔"型的硬汉、强者人物形象几乎对他们的选择起着决定性的作用。这一定有着儿童读者心理上的根由。

可以开出很长一批这种"叔叔"的名单——中国的水浒好汉、三国英雄、孙悟空、铁道游击队、杨子荣等；外国的罗宾汉、鲁滨孙、西部牛仔、超人、牛虻、佐罗、瓦尔特，以至姿三四郎等；加上侦探小说中数不清的警长和冒险小说中数不清的船长……总之，一到中高年级的儿童读者层上，立刻就出现了蔚为壮观的"叔叔"人物群。

这种触目的现象理应受到儿童文学工作者的关注。

在低幼儿童文学作品里面，往往更多出现的是老爷爷、老婆婆、白眉圣诞老人或童颜鹤发的老神仙。这也许与祖孙隔代相亲的原理有关，也许与长者易持"第二儿童期"的浅近态度有关。但儿童一到中高年级所普遍出现的这种对"叔叔"型人物的文学崇拜，我认为仍是十分明显地与"能力"这一问题密切相关。上述这些"叔叔"无一不是强者！

儿童正是通过文学在扮演这些"角色"。

这种文学想象中的角色扮演，直接与游戏精神的渊源相连。儿童在游戏中，鲜明地表现出"儿童反儿童化"的倾向，他们确实是在用身体直接地模仿成人的能力行为。从抱娃娃、办家家的游戏开始，到打仗的游戏，追捕的游戏；从古代骑竹马的游戏，到现代游艺机的游戏；从中国民间抬轿当老爷的游戏，到美国儿童蒙面大盗的游戏，无不指向着"成人"。

游戏活动显然与戏剧表演有着类似之处。斯宾塞曾认为儿童游戏属于一种成年人活动的戏剧性表演。斯坦尼斯拉夫斯基对儿童在游戏中能轻易地"进入角色"一再赞叹不已。儿童能惟妙惟肖地扮演他所热衷的角色，从中实现着自己想象中的自我形象。

然而，儿童通过游戏来满足他渴望成年和渴望能力的愿望，仅是初级的形态；随之而来发生的，就是一种游戏精神的迁移现象——儿童开始将这种扮演角色的愿望转而投射向文学艺术作品，他已不再满足于那些幼稚简单的身体模仿，而欲在（头脑里的）想象领域内来达到扩展这种日益增长的精神需要。文学，恰恰最适合这种需要。而且，存在着这一现象：越是成熟得早的儿童，越会更早地放弃身体的游戏，而过渡到文学想象的角色扮演上。

儿童对这种自己未来角色的选择，总是十分明显地指向强者——"叔叔"型的人物形象，正符合着儿童的心理要求。

往往就在儿童模仿的成年人物形象身上，正凝集着上一代对下一代成长的标准和期望，凝集着本阶级的价值观念和道德标准，凝集着先人希望交付给后辈的传统。

我认为这种"未来角色"是双向结构所交叉显示出的一个重要美学内容——儿童通过注视着文学中强有力的成年人物，寄托自己的自我形象；社会通过塑造文学中强有力的成年人物，期望着儿童的自我发现。这是一种双方关注的"角色"。

3. 写不想做孩子的孩子

错将冰心的一些温柔的、抒情的、有很高意境的母爱精神当作儿童文学的精神，也许会导致儿童文学作品风格的女性化。把情趣的追求放在对儿童状态的玩味上，更是造成一些儿童人物塑造上出现男孩女性化倾向的理由。

我们很久以来似乎便已失去了那种"顽童"形象：失去了三毛，失去了嘎子，失去了哈克贝里·费恩，失去了那个鬼机灵的女孩阿丽思和了不得的长袜子皮皮……

"顽"就是"玩"。

顽者非劣，而正是儿童的游戏精神所在。

现代研究对儿童"玩"的意义有了深层的理解，儿童时期的一切所获都在"玩"中得以最大的收效。苏联教育家克鲁普斯卡娅认为玩就是创造。美国教育家布鲁纳认为玩就是学习。中国的封建传统意识从没能允许儿童在玩之中为所欲为，我们的儿童文学随之也缺少让儿童人物形象在文学中能有痛痛快快地"玩"的精神。

然而显而易见的是，在那些刻画成功的儿童人物形象身上，总透露出一种"嘎劲"，都散发出一种"野气"，都是一种"不想做孩子的孩子"。他们很难成为所谓的正面人物，他们常动不息，花样百出，屡屡闯祸，却又屡屡得意，他们是可爱又莽撞的牛犊，活力和无知融于一身。他们永远是成长中的人物。

他们目前只能处在成长的过程之中，显然，是直接关联着"能力"这一问题。他们的"人小心大""力不从心"的特点，便成了这一时期"顽童"的行为特征。

优秀的儿童文学简直是一种写成熟的文学。

成功的儿童人物形象的塑造似乎也都体现出一个共同的特点：走向成熟。

——盖达尔的《学校》中，鲍里斯在战争的过程中由顽童成熟起来。《小兵张嘎》和《小马倌和大皮靴叔叔》中，孩子们在游击队的活动过程中由顽童成熟起来了。《哈克贝

利·费恩历险记》中，哈克贝利在漂流密西西比河的过程中由顽童成熟起来。《微山湖上》中，三个孩子在进湖放牛的过程中由顽童成熟起来。《以革命的名义》中，彼嘉和瓦夏在遇见列宁的几天中由顽童成熟起来。都德的《最后的一课》中，那个法国男孩甚至在一堂课中由顽童大大地成熟起来……

所谓成长（自然的成长），还并不一定就是成熟。成熟——就是抛弃掉童年的一些东西，就是抛弃掉幼稚、软弱无能，就是抛弃父母羽翼的保护，抛弃甜甜蜜蜜的境遇。

孩子，是多么想抛弃他们的孩子形象。

但我们有些作品写的却不是"抛弃"的主题，而是拾取，是留恋和欣赏着童年时代的这些产物。

在这里，"成熟"紧连着"发展"的现代教育观念。

其实我们人类祖先在对待孩子的态度和方法上，早就采取了这种"发展"的观念。在久远的历史年代，许多部族的"成人仪式"都以种种困苦、磨难和自谋生路的考验，在痛苦中去促使孩子抛弃掉从小养成的童年态度，以完成准备走向成年的心理转换。

这种心理转换，在儿童的游戏中是一种愉快的乐趣（皮亚杰曾认为儿童游戏就是心理和行为的"调整"），而在生活中则确是以某种程度的痛苦为代价的。在挫折的社会化过程中，儿童原来的童年态度和心理结构才会受到挑战，他在心理转换的调整中，才会得到最大的学习。

儿童学得的最重要的东西也许并不是知识，而是一种"自我发现"的思想意识能力——就像印第安儿童在成年仪式的困苦中，懂得了他的生存同玉米的关系；就像那个法国男孩在最后一堂法文课上，懂得了他同祖国的关系；就像小兵张嘎在想枪、藏枪、最后交枪的过程中，懂得了他同游击队队伍的关系。

"自我发现"，就是儿童逐渐摆脱以自己为中心看世界的态度，获得能够用别人的观点来看事物，从别人的角度来看自己这一能力，从而领悟到自己在社会整体中所占有的位置。

这种"自我发现"从游戏中走到了文学中，成为儿童文学双向结构所交叉显示出来的又一个重要美学内容——双方对"成熟"的共同渴望。

4. 句法的文字游戏

在儿童对待艺术的审美态度上，存在着这样令人深思的现象——孩子往往拒绝那种一意模拟他们幼稚笔触的所谓"儿童画"，他们认为那都是些糟糕透顶的画。同样，孩子也往往难以忍受那种一意模拟他们不成熟口气的用语，那种一味地使用呀、呵、嘛、啦的"小儿腔"，是完全达不到追求儿童化目的的。

在儿童文学的语言特色问题上，双向结构能为我们交叉出什么样的美学内容呢？

我们认为，它，是建立在"说"的文学性之上的。

先从成人和社会的角度来看。十分明显，成人和社会对中高年级儿童的说话能力往往给予特别的关注。这一时期孩子的"说话"，往往成了评价他们智力程度的表现，往往把它当成走向文字表达能力的准备期，也往往成了日后孩子立足社会、适应实际生活的一门重要的课程。这门课程常常是家庭教育中最重要的，就因为"说话"所包含的社会内容实在太丰富了。国外的未来教育学已正式将培养交际能力，明确表达出自己的思想并影响对方，讲话引人注目等等，作为适应未来时代的一个重要问题。利用儿童文学去影响儿童语言能力，则是显而易见的。

我们再从儿童的角度来看。由于中高年级的孩子在身心方面的发展，使他们开始有了想表达出自己的情绪和态度的愿望（这时显然要比想表达出"思想"可能更为主要一些）；同时，也由于他们步入社会，处在家庭圈和社会圈之间，所以开始有了初级的交际要求，极需要其他的人理解自己的意思。这一年龄阶段，孩子非常强烈地渴望着增强自己的语言能力，而且应该注意到，这时他们在语言方面往往产生一种反而失去了幼儿时期的自信心的表现，他们不再只以自己为中心地说话，而开始考虑别人是否能听懂，开始考虑起符合语言的标准。他们的学"说"表现成极力地"听"。

在这里，可以明显地看到，中高年级孩子对语言能力的渴望，主要表现在——口语。

我们认为，这一点对探索儿童文学语言的文学性特点，十分重要。

这一种对"口语能力"的兴趣，在审美现象上则表现为他们异乎寻常地喜爱相声这一门艺术，喜爱一切拗口的语言游戏，喜爱能说会道的阿凡提，喜爱绘声绘色的评话，喜爱妙语连篇的笑话——这一切不能不让我们深思：在孩子们追求喜剧性文学的现象底下，隐藏着什么样的内在根由？难道不正是在这些语言艺术之中，最充分地显示出种种口头说话的能力吗？那正是一些孩子们渴望而未能及的能力——论辩的表达，惊叹的表达，嘲讽的表达，说服的表达，推理的表达，反问的表达，诘难的表达，机智的表达，等等。

儿童反儿童化的语言追求，正是在追求着一种"句法的文字游戏"。

我们认为，文字游戏，在儿童文学语言上存在着自己应有的正确地位。它正是双向结构所交叉出的美学内容。儿童对口语能力的练习存在着追求，成人则给予游戏化的艺术处理，两者是对应的。这种游戏的精神，在儿童审美上还有着延续性，儿童从身体表演的游戏进入到语言表演的游戏，是符合其发展的。如果说幼儿文学语言上存在着大量的字音的文字游戏，那么，在中高年级儿童文学语言上则存在着明显的句法的文字游戏。

就在那些一句句游戏化了的句子里，透露出了儿童文学语言文学性上的特点。这一特点十分显眼地突出了高于儿童本身言语水平的"形式美"。这一特点也十分显眼地突出了受口语影响的能唤起听觉的"音乐美"。

比如，在任溶溶的儿童诗和童话的语言运用上，就往往表现出这种特色——它们常常是一系列使儿童读者感到"有劲"的特别句子，这些句子不是书面语言而是口头语言；这些句子中的机智和俏皮是孩子一时还说不出来但却趋之若鹜的，这些句子是一种文字游戏式的长句，有着一种儿童气的、艺术性的"啰唆"，准确地体现出了这一阶段的孩子酷爱使用联结词，以及把话"说得长"这一种语言特点；这些句子中的叠字、绕口令、颠来倒去的反反复复等形式特点，给人以儿童文学语言的独特美感。

5.形式挪前

儿童文学的主题也只能追求"浅显"吗？

对此，是令人怀疑并深思的。

为什么在许许多多童话和民间故事之中，却往往使人领受到一种主题内含的分量？就在那些简简单单的故事之中，不正活跃着本民族的道德伦理法则和最根本的信条吗？故事，可以浅显；主题，是绝不浅显的。

儿童，是人之初。儿童文学，难道不是一种"根"的文学吗？

做人的根本，民族的根本，大自然的根本，社会行为的根本，人类情感的根本——这些根本性的主题，正是赋予儿童文学本身的荣耀。

它的体现方式有什么特点？

从双向结构的观点来思考这一问题,我们认为,这些根本性的主题,其实就是一些根本性的"规则"。正是在"规则"中,积淀着人类和社会进化的核心内容。儿童文学应该探讨如何触及和运用这种"规则"。

首先,可以看到儿童和社会都十分强烈地关注着这种"规则"。

在儿童游戏中,就已存在着孩子对游戏规则的兴趣。凡有游戏,都有规则(也即"玩法")的存在,不遵守规则,游戏就无法进行。中高年级孩子后来日益参加得多的一些竞争性的体育活动,其实也是一种游戏,同样存在着规则。正是在这种规则中,凝聚着最精练的社会形态——秩序性、伦理性、时间性和标准性等。在游戏中,游戏规则自然地会抑制儿童本身原有的欲望,限制他的过分活跃和自由,但这种抑制和限制又是大家能一起玩游戏的"契约"。所以,儿童在游戏中对游戏规则的首先关注,正是他们积极学习社会法则的反映。

在家庭中,父母的教育难道不几乎就是种种关于规则的教育吗? 不许这,不许那;管束这,管束那,不就是为了让孩子学习社会的规则,从而增长适应社会的能力吗?

尤其是正在渴望着"未来实践"的中高年级孩子,那些成年人物的活动和那些未来生活的秘密,对他们来讲就是一系列的行为方式、处理办法,就是规则。孩子们懂得,只要他学会了那些还未知的规则,也就学会了参加那些未来生活的能力。

儿童与成人社会所共同关注的这种"规则",在儿童文学上是以种种审美的"形态"出现的。

正像牛郎织女的故事格局所显示的中国家庭观念;正像贪财的老大和善良的老三这类故事格局所显示的东方生活态度;正像刘、关、张的故事格局所显示的民族忠义精神;也正像中国古典诗词留在人们心中对大自然的众多意境一样——这些,都成了一种审美的形式,从而帮助我们把握这个美好的世界。这种"形式"掌握得越多,也就越扩展了这个美好的世界。

苏联当代教育家苏霍姆林斯基曾经研究了教堂的那些利用了审美形式的宗教仪式,是如何培养起了某些孩子毕生的宗教感情这一情况,来说明审美的形式对儿童期的巨大影响。

当前,独生子女时代正在对中国儿童文学提出一个严峻的课题——那就是如何解决家庭同社会之间在审美能力培养上的矛盾。

独生子女容易被培养成软性的态度,甜腻的趣味,只追求喜剧性;几乎没有什么悲而壮、悲而动心的悲剧感;也存在着洋化的趋向。今天的孩子往往缺少人类情感精神世界的多样性,对各种美好的境界(自然的、人类的),掌握得太少,太贫乏。

独生子女的小天地,应以文学的大天地来补足细琐的精神世界,应以广阔的想象力去开拓。我们的儿童文学要多为儿童读者提供种种的审美形式,多创造出一些民族化的情境,道德行为的境遇,险峻的境地,人类理想的境界——以此在这一代儿童读者心中播下无数"心境"的种子。

这种"形式"的种子将扎下深深的根。

掌握和利用这种"形式",也许对我们儿童文学具有独特的功用。因为,这其实是一个"形式挪前"的问题,它把许许多多儿童文学原来未加触及的重大的未来主题,提炼成为基本的"形式",以使儿童在早期就能接触到。童话和民间故事的做法大可启示我们。我国美学研究工作者从数学中提炼出几种审美基本规律的形式,使一年级小学生可以提前掌握代数,已进行了成功的实验,那么,对儿童文学来说,也许更可应用。

6. 结束语:一种理论应是一种理想

一个民族从历史动乱的痛苦中重新复活,总会产生出一种对本民族童年的反思情绪,总会有一批有识之士带着深远的意图走向重新组建本民族儿童心理结构的文学道路。

我们的儿童文学理论体系建设,应充分估计到中国当代儿童文学的中青年作者在"创作心理情绪"上的时代倾向,从而闪烁出相应的召唤力。

为什么我们的儿童文学只能发出一种类似入教的"献身"召唤?似乎从此走进一个甘愿寂寞,备受冷落,但虔诚依旧,守着一个与世无争的纯美儿童世界。我们亟须从这种创作心理情绪的自我封闭状态中摆脱出来,走向一种开放的、万物皆备于我、我为万物之始的——自我意识。

我们意识到的是儿童文学"根"的位置。

我们相信一门研究"发生"和"发展"的儿童美学正在出现。

我们自信我国的儿童文学将会参与下一代人新的审美方式的形成。

我们尤为追求的是儿童文学同祖国命运之间的重要对话。

本文粗疏的、纲目性质的探讨,是想从整体把握的角度上来寻找儿童文学美学内容的课题,这些课题似有待做详尽的研究。

1985 年 4 月

(原载《儿童文学评论》1987 年第 1 期》)

对大自然探险小说美学的蠡测

刘先平

　　探险文学作品在儿童文学创作中占有特殊的地位,数量大,佳作多;不假思索就能报出一连串"奇遇记""历险记"的书名。但其中绝大部分是童话,以小说体裁直接反映现实生活的作品并不多,因为小说的诸多特点增加了创作的困难,然而,唯其"困难",才使直接反映现实生活的探险小说对青少年读者具有特殊的魅力,具有较大的影响,这就使得研究它的美学具有特殊的意义了。

　　我曾有幸跟随野生动物科学考察队生活,参加过多次考察,写过4部长篇探险小说(《云海探奇》1980年中国少年儿童出版社;《呦呦鹿鸣》1981年人民文学出版社;《千鸟谷追踪》1985年中国少年儿童出版社;《大熊猫传奇》1987年人民文出版社)。这些小说都是反映研究自然保护的科学考察的现实生活,描写了一群小探险家出发于"保护自然",参与揭示动物世界奥秘的故事,因而也被称为"动物科学探险小说""大自然探险文学"或"人与自然"主题的探索,当1980年《云海探奇》问世时,即被评论为:开拓了(儿童)文学新领域。

一

　　创作主体和接受主体在审美活动中的相互感应和融洽,是儿童文学创作达到审美境界的基础。儿童文学作家的审美意识,用通俗的语言来概括,就是在充分把握儿童心理素质和生活情趣的基础上自觉或不自觉地在生活中追求美、发现美、表现美、创造美。然而,任何文学艺术创作的审美活动都不是单向的,而应是和对象主体(读者),有着相互作用的过程。这种过程是在相互适应的特定水平上和规定中,才能产生相互交流,相互感应和融洽。这时作家的创作意图才不是"一厢情愿"。作家的作品才能在读者中达到审美教育的目的,才能创造出懂得艺术和欣赏美的大众。儿童文学的读者是孩子,成长中孩子的心理、生理、环境(时代、社会、文化等)……的诸多特征,构成了文学创作接受主体的特殊性,也规定了创作主体,即作家审美趣味及审美要求。忽略这一点,就难以取得良好的审美效应。

　　可以说人类初开混沌,从童年到成年,以及社会的进步,是依靠对于未知世界的不断探索和开拓。少年在这方面表现出更强烈的渴望,更高的热情,只有不断扩展对外部和未知世界的认识,他们才能得到更大的生存、活动和发展的空间。因为生活的关系,或者说因为人是动物进化的最高阶段,孩子们对于生存环境——大自然母亲,对于动物世界,尤其怀有复杂的亲近、热爱之情。从一定的角度说,孩子们往往是通过自己的生活环境或动物而认识世界的。这也就是无论寓言或童话,其主角多数是动物并以它们来寓意或折射人类社会的原因。再是随着城市的兴起和繁荣,人类对自然疯狂的破坏,愈来愈多的孩子生活在空气混浊、污染严重的建筑群中,他们难得见到崇山峻岭和莽莽森林,更难以见到生活在山野中的珍禽异兽、花鸟鱼虫。因而，探险自然、寻找失却的自然美、考察珍贵野生动物题材的作品，无疑是适应他们这种审美要求的。在乐趣无穷的对大自然的探险中，秀丽壮美的山河，将激发孩子们对每片绿叶、每座山峰、每条小溪的喜爱，直至升华为对祖国的热爱，对人类生活环境优美与否的关注，对保护自然的倾心，使他们认识到保护自然至关人类切身利益，而能否保护好自然，完全取决于人类的科学文明和进步……使孩子们在纯洁、丰富多彩的大自然中成长。

我们无数的优秀文学篇章，不都是诗人和作家受了大自然的感召灵感顿生的产物吗？

无论是本质还是现象，儿童文学都是更贴近大自然的文学。

很显然，这类题材的作品，首先是要有"奇"可看，有"险"可探，有"趣"可享。"奇"和"险"首先是孩子们眼中的，是适合他们审美水平的，过分高于相互适应的水平，其结果往往是艰深难懂；低于相互适应的水平，读来乏味无趣。但是，在创作主体审美时应该注意对"水平"的超前。"超前"的尺度是难以把握的，然而又必须把握得恰到好处，才能得到较好的审美效应。

如果仅仅停留在险、奇或知识性上，那往往只能是科普或其他的读物，作为小说还必须有其特有的任务：将娓娓动听的人生故事，载入探险小说惊心动魄的情节之中。用文学将知识性和趣味性融为一体。

二

探险小说比之于其他探险文学作品，其鲜明特点和诱惑力，显然在于艺术的真实性，与孩子们的生活贴近。作品中的人物很可能就是同学或朋友；所展示的生活场景是经历过的，或向往去经历的；所遇到的问题，能启发他们思索，或便于学习和模仿……与童话中的夸张与虚拟迥异。如：在森林中迷路后怎么办？在山野中怎样区分狼与狗？怎样才能有效地躲避毒蜂的攻击，防止毒蛇的伤害？甚至在山区跋涉时应怎样走路，携带哪些生活必需品？更别说如何观察和识别鸟类、各种野生动物，以及采集植物标本……

毫无疑问，探险小说的魅力，来源于作品中美的形象的丰富多彩性。

尽管关于"自然的人化""人化的自然"还有着各种的诠释，但是，作家在审美中，必须以"自然的人化"去理解自然界的美，才能使人化的自然闪现出艺术光彩。人类、动植物都是大自然的住客，相互之间有着千丝万缕的关系。自然界的美的象征意义是公认的，即使是未加改造的自然对象的美，也曲折隐晦地含有人类社会实际的内容。科学上自然保护、生态平衡所研究的也是整个自然界——人类与动植物世界、山川河海和气候土壤等之间相互依存、排斥的种种关系。《云海探奇》中短尾猴社群的组织、层次结构，雄猴争王，雌猴、仔猴、老弱病残猴受群体的保护；《呦呦鹿鸣》中雄鹿为了保护茸角的各种怪癖，母鹿为了帮助茸鹿摆脱猎人的追杀所做的牺牲；《千鸟谷追踪》中相思鸟集群、迁徙历程中女王的非凡才能；《大熊猫传奇》中大熊猫在箭竹开花后的逃难，等等。又如我们在考察中，多次发现了野生动物对于人的依恋，当它们脆弱或危险时，寻找人类朋友的保护：母鹿分娩时，常是寻找居民点附近隐蔽处，山雀的巢也往往选在村落附近，受到豹子追击或伤病的大熊到居民家中，等等。所有这些，通过文学的描写，就不仅仅是很多读者闻所未闻的山野趣事，而是透出或折射出更多的思想内涵，令人联想到人类社会的种种（在近年动物行为学研究突飞猛进，有成就的研究者屡得诺贝尔奖，其意义可见一斑）。

"自然的人化"体现了审美主体的创造性的本质力量，艺术形象只有贯注了人的生命活力才能焕发出迷人的艺术光彩。其关键是描写对象——艺术形象的个性化,这也是儿童文学作品的价值取向所在。同样是崇山峻岭,但《云海探奇》中是云遮雾绕、奇松怪石的原始森林,《呦呦鹿鸣》中是草深如海的绵绵不绝的三十六岗,《千鸟谷追踪》中是幽谷深峡,《大熊猫传奇》中是雪山冰川和高原。这固然是所描写的主要动物的典型栖息环境,如短尾猴就不可能跑到梅花鹿生活的三十六岗,但更是审美的要求。即使同是高山小溪,也各有风采:《云海探奇》中的竿竹溪穿山越岭,奔腾向前;《呦呦鹿鸣》中浮溪变幻莫测,飘逸空灵。总之,是使每座山峰都有片崭新的世界,每条小路都有串故事……

着力描绘野生动物最具生命光彩的场景,展现动物形象的魅力。在《云海探奇》等4部作品中,审美情趣和描写手法是多方面的。

在描写野生动物日常生活时,撷取最富有情趣的场面。通过对晚霞迷离的浮溪边4只仔鹿嬉戏的描绘,表现了它们或憨厚、或顽皮、或撒娇耍赖、或文静优雅的个性(《呦呦鹿鸣》)。对猴群小憩、仔猴互相打闹场面的描绘,着力表现它们的各种顽皮劲(《云海探奇》)。大熊猫对幼仔的抚爱则是通过教它进食来表现的(《大熊猫传奇》)。相思鸟花样翻新的沙浴,各种姿式的蹭痒,表现它们惬意和舒畅的情绪(《千鸟谷追踪》)。这些情趣饱含了天真、幽默、纯洁、稚拙,无疑是童趣的溢露。

在描绘野生动物形体美时,选取的是虎跃的瞬间,梅花鹿如箭出行的刹那,天鹅扇动巨翅轮足水面翔起的一刻,金钱豹腾起在空间完成繁杂动作的霎时……用慢镜头的手法,将它们在稍纵即逝的动作中,所表现出的力度与柔韧——天然和谐的美,细腻地刻画出来。

如果说这是在谱写一首生命的柔情诗,那么,野生动物生存竞争中的生死搏斗,则是雷霆万钧的生命交响曲。两者的互相变奏,不仅使情节有了张弛有致的韵律,更主要是浓彩重墨、多维地描绘野生动物的美。它们的审美价值各有千秋,但我更常常醉心于野生动物生命交响曲的描绘。

弱肉强食是野生动物世界生存竞争的法则,折射了人类世界真善美与假恶丑的抗衡和较量。这种竞争往往是以激烈的搏斗、残酷的猎杀惊心动魄地表现出来的(包括某些动物的爱情角逐,即争偶)。这时激发出的生命光华电闪雷鸣,震撼人心。读者和评论家多指出《云海探奇》等作品中:大熊猫和独眼豹的拼杀;红嘴蓝鹊与毒蛇的搏斗;斑狗大战野猪;云豹猎食猴子;小狗追逐黄鼬;鹰兔空对地大战;猴群争夺王位的阴谋、流血和政变……这些章节写得酣畅淋漓、惊心动魄。这些角斗中攻战双方的力量基本上可分为:

一方力量强大,弱者无法抵御进攻。在漫长的进化历史中所形成的表现常常为弱者俯首贴耳,任对方宰割。在森林中是那样喧嚣、顽皮好斗的猴子,甚至在嗅到云豹来临时,立即鸦雀无声,躲在树上悚悚以待云豹挑肥拣瘦。直到云豹饱餐而去,长时间还难以从恐惧中恢复。如不亲眼见到,实在是令人难以相信。小狗追逐黄鼬,那优势是绝对的,但就在小狗手到擒来的瞬息,黄鼬放出救命法宝——臭液(通常误传为"臭屁"),且极准确地射中狗鼻,其结果令人瞠目:黄鼬得意扬扬地回头欣赏痛苦万状的小狗,小狗从此失去了嗅觉。大自然就是这样造化和选择,才有了丰富多彩不断进化的世界。

另一种是双方力量相当,一方并不轻易发动进攻,需就当时的形势而言。在树上时,蕲蛇常常主动攻击红嘴蓝鹊;在地上时,则是红嘴蓝鹊常常从空中发动袭击,但谁都有生存的自卫本领,结局难以预料。《云海探奇》中的红嘴蓝鹊从空中俯冲攻击时,采取的是集群轮番作战，它们运用了智慧，既避开了蕲蛇的致命的反击，又堵住了它钻洞逃逸的可能，最后取得了胜利。

再一种是虽然攻战双方力量悬殊，但弱小的一方并不屈服于命运的安排，而是奋起抗争。鹰抓兔是自古以来的自然法则，但发生在毫无遮挡的赭石坡上（《呦呦鹿鸣》）的一场空对地大战中，小兔凭着勇气、智慧、力量与恶鹰展开了生死存亡的搏斗，经过三个回合的较量，终于取得了大快人心的胜利。金钱豹并不敢轻易动手，因而它们专找带仔的大熊猫。这时，因要保护幼仔，大熊猫处于最弱的地位。大熊猫是以憨拙美博得世人喜爱的，一般人很难见到它发怒和对天敌时的凶猛，尤其是护仔时。它的祖先毕竟是食肉动物。《大熊猫传奇》中，被饥饿摧残得奄奄一息的大熊猫母子，就是在风雪弥漫中，被红狼和独眼豹前堵后截逼上了绝路。大熊猫先是用它有力的巨掌，数次击退了红狼的围攻，但也受了重伤。就在这时，埋伏在一旁的阴险恶魔独眼豹发动了偷袭。战斗空前惨烈。鲜血淋淋的大熊猫至死都紧紧地咬住独眼豹的后腿，用血肉之躯作为屏障，保护了儿子。母爱焕发出翻倒宇宙的力量！母爱的伟大光芒甚至洞亮了偷猎者贪婪的灵魂……在力量的巨大悬殊下，弱者的胜利所产生的反响，格外震人心魄。

审美中，恶的形象也具有美学意义，如上文提到的对鹰和独眼豹的俊美、勇猛、机智都作了充分的展示和刻画。美正是在与丑的搏斗中，才能充分地表现出其底蕴，正如黑格尔观念中的"恶"，是历史发展的动力所借以表现出来的形式。生存竞争中选优汰劣是自然的法则，有了这个法则，才使生物得到进化。没有五彩缤纷的"恶"的形象，也就难以描绘出"美"的形象的光彩夺目。它们是相辅相成的。向孩子们展现"恶"的形象，也就是向他们揭示自然界中的辩证关系，人类历史发展中的辩证关系。而这一点往往是在创作主体审美时被忽略的。再是，写野生动物之间的征战，尤其是弱者打败强者时，一定要注意：符合科学，符合艺术的真实。只有这一切是无比真实可信时，所爆发出的生命光华，才能照亮鉴赏主体的心灵，才能得到感应、共鸣和启迪。这是"小说"有别于其他文学作品的审美效应。

必须注意，也不应忘记的是，作品中的"大自然"——山川、野生动物等，应是塑造人物形象的典型环境。也即是说，无论是森林、莽莽山原、云海、飞瀑，还是野生动物的生存搏斗等，既是独立的美的形象，更是塑造人物形象的典型环境。如上提到的红嘴蓝鹊和毒蛇的搏斗，或大熊猫和独眼豹的拼杀，无不是和塑造人物形象息息相关的。否则，这些章节就不是小说中的有机组成。处理好这两者之间相辅相成的关系，在创作中是存在着很多困难的。但是，只有在创作过程中使两者水乳交融，才能产生较佳的审美效应，才能使创作意图得以实现。

三

阳刚之美，使探险小说产生特殊的魅力。大自然有其温馨、宁静、纯洁、山清水秀，但更有严酷、乖戾、"穷山恶水"。野生动物可爱、俊美，但也有凶猛、残忍。香花和毒草是生长在同一片土地上的。有险可探的地域，一般说来多是荒僻之地，探险者必须具有大无畏的精神，和在艰难困苦中跋涉的顽强毅力。每个探险者都需要在危险和困难面前得到检验。在面对生命攸关的危险和困难时，潜伏在勇敢者心底的阳刚之美能得到充分的表现，大自然不仅能陶冶人的情操，且能荡涤被扭曲的灵魂。尤其可贵的是，在探险队集体的纪律和友谊中，往往能使弱者变为强者。《呦呦鹿鸣》中的独子小叮当体弱胆小，在受到恶狼攻击时，他吓得腿肚发抖，但看到好友翠杉陷入危险境地时，却毫不犹豫地冲上去和狼搏斗。当然，这种勇敢也不是翠杉那种将狼当作狗的"糊涂胆大"，真正的勇敢是建立在科学和智慧基础上的。关于这一点，在我们独生子女增多，有识之士普遍忧虑"小皇帝"的软骨病、"四二一"综合症危害的今天，更有其特殊的审美效应。这或许就是许多朋友和孩子告诉我，在电台连播《云海探奇》和《呦呦鹿鸣》的近一个月中，他们早已等在收音机旁或急急赶回家收听的原因之一。

探险小说的魅力，还在于表现出人对自我价值的认识。这里所说的"自我价值"，其主要内涵是：更强烈地表现为社会责任感和历史使命感，以及为担负起这些责任，而对应有的勇敢、智慧、灵敏、顽强、坚毅品质的培养。记得孩提时代能有的一切冒险活动，我都狂热地参加，而巢湖和湖滩又总是慷慨地提供各种机会，我从其中得到很多乐趣，甚至是生活的真谛，但更多的是落得狼狈不堪。可是，等到下次机会来临时，我无论如何又抗拒不了冒险的诱惑。这种狂热以及对大自然的热爱，似是随着年龄在增长，即使到今天我也不放过可能有的一切机会。也正是在荒山野岭中的探险活动中，我偶然地结识了一批在野外考察的动物学家，他们将我领入一个崭新的科考生活世界。这或许就是寻找到了创作主体和对象主体相互感应的"契机"。我将审美眼光转注于此，是基于探险生活对孩子心灵影响的判断，是基于阳刚之气、责任感的认识和培养对于孩子们成长的重要性；因而所塑造的小探险家形象，似乎全部都不是"循规蹈矩"的孩子，无论是偶然的机遇，或醉心于探险，他们的动机中"好玩""好奇"都占着较大的比重，都或多或少地带有这样那样的缺点，他们不断地"捅娄子""出问题"，盲目自信得令人啼笑皆非，胆怯得最好不要剪断"脐带"……但在探险的生活中，在大自然的严酷考验下，在科学家叔叔的感召和耐心细致的帮助下，他们成长了。曾借《千鸟谷追踪》中班主任王黎民对学生评论时说过："危险时刻，他虽然腿肚发抖，在生命攸关时，能吓得魂不附体，但那种令人颤抖的冒险中，同时有着令人难忘的快乐。这种快乐一生中也只有那么几次。这是因为和危险、恐怖搏斗时，心中油然升起一种自豪。这是一个懦夫永远体会不到的情感，当然也根本得不到这种快乐。这种精神，只要加以正确的引导，把它和祖国、人民、事业结合起来，那将会哺育他成为英雄，培养他成为科学领域中的开拓者。"孩子对自我认识并不是一次完成的，以勇敢、机智、顽强、责任感……这些优秀品质，在探险生活中的必要性，不断启发他们自觉地培养、巩固和发展。而这些才能体现出自我价值的意义。这就是大自然陶冶了人们的情操，从更深的层次说，人类对于大自然的热爱并不仅仅在于赏心悦目，更多的是能使灵魂得到净化。当然，这些"小探险家"形象所表现出的"阳刚之美"都还仅仅是"童年"。

曾有好心的朋友说：你把孩子们放到荒无人烟的大森林中去，让他们碰到毒蛇猛兽，出了危险怎么办？太不负责任了。温室里可能最安全，但长久之后，霉菌也有毒害。在马路上行走更不安全，上楼梯安全吗？其实，引导孩子们如何面对危险和困难，并战胜它们，才是最大的负责。

纵观古今中外优秀的儿童文学作品，之所以能流传千古，百读不厌，在审美上总是满足了多层次的需要：例如安徒生童话《皇帝的新装》，孩子能从中得到审美情趣的满足，成人也可得到迥然不同的审美需要。儿童读物中有些作品的读者对象是要划分年龄段的，但长篇小说，尤其是探险小说的对象主体，是完全不应再去划分年龄段的。一部优秀的儿童长篇小说，成人也应是很喜爱的；当然，首先是满足少年儿童读者的审美需求。

安徒生曾郑重地说："我的童话不只是写给小孩子们看的，也是写给老头子和中年人看的。小孩子们更多地从童话故事情节本身体味到乐趣，成年人则可以品尝其中的意蕴。"这也是我在创作中的审美追求。

1991 年 5 月

（原载束沛德主编《人与自然的颂歌：刘先平大自然文学评论集》，安徽少年儿童出版社 1999 年版）

在运动中产生美

——兼论儿童文学的美感效应

孙建江

我们在这里提出的运动这个观点，它既是指作为审美客体的儿童文学，也是指作为审美主体的儿童读者，然而更是指审美主客体之间的相互融合，指一个过程。确切一点说，就是指一个运动中经过同化、调节的平衡过程。这个问题的提出，自然有它的目的。长期以来我们对于儿童文学本身内在的特质的探讨是不能令人满意的。人们习惯用成人文学的理论来套用儿童文学，其结果往往似是而非，既说不透也说不清。比如不少人指出儿童文学作品应该情节生动、曲折，内容紧凑、富于变化。这些的确是儿童文学所应有的，但这毕竟是表层的现象。因为人们有理由进一步问，这些现象的本质是什么，是什么原因决定并制约着它们。又比如，儿童文学理论界曾有过这样的争论，有人认为儿童文学不宜心理描写；有人不同意，认为可以心理描写，问题在于怎样描写。后者显然是对的。但怎样描写呢？作者虽然作了回答①，但并不能使人很满意，因为作者没有能把视点放在儿童文学本身应具备的特征和儿童读者所特有的生理、心理属性以及两者的关系上。我认为，运动问题的提出和研究，可以解决、明晰以上诸问题的争端和模糊，可以促使儿童文学的研究朝着更加科学化的方向发展。

一

贾勒德在《美的探索》一书中指出："美属于那些被图画所'培养'的人。对我们来说，图画有一种美，那也就是说，图画是它所是的那种存在，而我也是我所是的那种存在，当我和图画进入到一种关系中去的时候，我所经验到的是那种我把它归于图画本身的力量、能力以及它对我所提到的一切。"换言之，"客观对象必须是一个适当的对象，而主体也必须是准备就绪的主体，……而美就出现在这两者之间的关系之中"②。这就是说，在贾勒德看来，美感效应所以产生，是由于主客体之间都存在着美的潜能，是由于这两种潜能的融合。我认为儿童文学的美感效应同样需要"潜能"的"融合"。而运动正是双方潜能的内容，运动可以完成主客体潜能的融合，当然这还需要借助像皮亚杰发生学中的那种结构建构的过程来完成。

如果我们把儿童文学的美感效应看作是一个整体，那么我们就比较容易解释运动这个过程了。因为若是把审美主客体分离开来，特别是避开主体对客体的积极反映，那势必会使我们的研究陷入一种孤立的境地。从整体的观点来看，自然界（有生命和无生命）的任何一个独立部分的存在，都是与其内部的诸因素以及这些因素的复合体，同永恒运动着、永恒变化着、永恒发展着的周围现实保持那种接连不断的平衡和连续不停的关系相联系着的。每一个独立的部分，只有在那正确地反映发展着的、永恒变化着的现实的条件下，才能够生存和发展。另外现代心理学将生理学作为其研究的基础，这也给我们探讨运动过程带来了很大的启发。

文学作品是作家对生活审美的反映，而不是一般的反映，它的内涵不仅在于表现什么，而且在于怎样表现。从某种意义上说，后者比前者更为重要。因为从接受一方来看，"怎样表现"是"表现什么"的前提，就是说作品的寓意是以读者适宜和乐于接受为前提的。

几乎谁都承认这样一个现象，即孩子们特别喜欢看"探险记""奇遇记""漫游记"一类作品。我们稍加分析不难看出，这除了作品主人公具有一种正义感、勇敢精神等优良品质外，还有一个很重要的原因就是，这类作品的一个共同特点是它们都有着很强的悬念性、情节性和新奇性。而这几点我以为恰好是运动内涵的外化。比如悬念性，当读者的阅读随着情节的发展步步深入时，作品用以表现情节变化的人或物突然陷入了异常境地，尽管这时故事还在进行，但这个人或物却紧紧维系着读者的心绪，而只有到这个人或物又峰回路转，化险为夷的时候，读者才为之释然。就作品来说，这个悬念好像是山峰与峡谷的关系，情节的发展则是从山峰到峡谷，又从峡谷到另一山峰的过程。这样，情节的发展就呈现出一种曲线形的运动。所以我们说，悬念性是运动内涵的外化。孩子们特别喜欢童话，这也是个事实。童话的最显著的特征就是强烈的幻想和极度的夸张。童话的这种超现实的艺术创造，使作品具有了一种弹性和张力；而童话幻想和夸张的过程其实本身就是一种运动。这一运动恰好吻合了儿童的思维特征。孩子们也很爱读动物故事，究其原因，仍然是个运动的问题。从比较的角度看，"动物故事"作品较之其他体裁的文学作品，前者运动的因素显然要多得多，也富有特点得多。它不论刻画哪一类、哪一个动物都是少不了"动"的。我们还可以看一看这样一种文学现象：有些原不是为孩子们创作的作品，作品也并不写孩子，孩子们竟会很喜欢。比如《堂吉诃德》《鲁滨孙漂流记》《西游记》等。这是因为这些作品含有一种运动的特质。这种特质是各有偏重地外化在悬念性、情节性以及幻想、夸张等形态上的。而有些作品尽管写到孩子，孩子们却不爱看，比如像《红楼梦》，林黛玉进大观园时，也不过十三四岁，还是个少女，但小读者的阅读兴趣显然不如前几部作品浓。这其中的原因固然很多。但运动的特质不明显，恐怕不能不算是一个原因。这是运动观点反映在审美客体上的一方面。另一方面，作为审美主体的儿童读者，情况又怎样呢？

儿童从生下来到十五六岁，这中间的时间跨度是很大的。他们在各个年龄阶段的心理、生理状况也不尽相同。但从总的方面来看，他们较之成人还是有着共同的区别的。

儿童的思维离不开儿童自身的动作和动作感知的对象，儿童的思考往往是在动作过程中进行的。这在幼儿中最为明显。比如，孩子手边有布娃娃和小木床，她就会玩布娃娃睡觉的游戏，以体验母亲照顾孩子入睡时的思想感情；想的是如何让"孩子"快些入睡一类的事。一旦布娃娃和小木床被拿走，这种游戏及游戏中的思维活动便会停止。这时，原有的思维活动便由与新的活动对象有关的思维活动代替了。儿童的思维又是主要凭借事物的具体形象或表象，凭借具体形象的联想进行的。比如孩子看罢武打的电视，他可以一个人自言自语，动手动脚，但是如果电视缺乏具体的形象，孩子的思维就很难集中，也就很难独自言语、动作，因为他们的思维具有不稳定性，他们(特别是幼儿)的"记忆多半是运动记忆"③。再从儿童的心理发展上来看，作为审美主体的儿童具有运动的特点也是明显的。儿童心理上的新的需要和已有水平或状态，一方面是统一的、互相依存的，因为需要是依存于一定的心理水平或状态的；另一方面，两者又是互相斗争、互相否定的，因为心理发展的水平或状态总是满足不了新的需要的。一定心理水平或状态的形成，意味着对原来的需要的否定。儿童心理的发展，就是在这种需要和已有的心理水平或状态不断处于矛盾统一的运动过程中进行的，这一运动过程显然是儿童心理发展的动力。我们都知道，儿童有着强烈的好奇心、求知欲和模仿力，其实这正是儿童心理运动内涵不同的表露。

自然，上述的审美主客体所具备的运动特质，还仅仅是产生美感效应的条件。要最终获得美感效应还须通过两者之间运动的融合。

二

儿童运动的天性具备了融合客体运动的能力。关于这一点，美国心理学家乌特洼说得再清楚不过了。他认为，儿童的"天性不但预备了外面刺激的收受，及运动的产生，并且还预备了某某运动和某某刺激的连结"④。

让我们先来看一下悬念性。在美感效应这个整体中，悬念性的作用就是把人的思维导入运动状态。从结构上来看，悬念性是一个回环结构。因为尽管作品用以表现悬念的人或物时而明显，时而隐蔽，时而清晰，时而模糊，但其最初的亮相必然要得到末了的照应。也就是说，作品必然要出现一次或几次重复。当然这不是简单的重复，而是一种递进意义上的、螺旋形的重复，这样，作品就形成了一个回环结构。悬念性显示的须是人所感兴趣和需要的事物的信息，而这又必须是暗示性和诱导性的，不能是目的的本身，否则就会失去主体的积极的思维活动。思维活动的目的在于实现生命体与外界的协调。每当这种协调被减弱时，生命体就会感到不快，这时，思维就会积极活动起来，以期恢复原有的协调。而当这种协调得到了满足，思维活动的积极性便随之降低。这个现象在儿童的身上表现得尤为突出和频繁。就是说，儿童的各个感觉部分是较难同时得到满足的，是否可以说，这里也存在着一个回环结构。儿童感受部位存在的这种回环结构，造成了审美过程中的时间差。而悬念性却正好照应了这一点。它凭借着自己回环运动的特点，有效地避免了儿童各个感觉部位的非同步性，把儿童的全部感觉活动都引入最佳活动状态，最后完成主客体间的美感效应。

再看情节性。情节性的一个重要特征就是它的连续性。情节性表现为一种起伏的运动。当这种起伏的运动照应于审美主体时，其作用同样是把思维导入积极的运动，使思维对客体不断作出分析、推理、判断，找到统一性，产生联想。巴甫洛夫认为，"在达到某一点以前，思维不是什么别的东西，而是一些联想，起初是与外界对象有关的基本联想，以后就是联想的锁链了。"⑤情节性的出现正好满足了儿童联想发展的需要。随着现象的连续不断地展现，儿童的审美感受得以不断向深层推进。儿童思维的不稳定性在这一运动过程中得到了起伏张弛，形成了"联想的锁链"。于是，想象便腾飞了。因为当主体遇到了适应的对象，必然会调动起思维的积极运动，从而更进一层地欣赏作品，评价作品。不过，这里有一点应该指出，儿童的思维一旦积极活动起来，它便相对地有了针对性。它是围绕一定问题，一定目标的对象不断深入的。因而，情节的连续性也须表现为围绕特定事物或问题的一致性，不可漫无边际，无章可循。也就是说作为审美客体的儿童文学的运动须有一个较为明确的形态，应该做到既单纯、明了，又不贫乏、浅薄。这个问题本文将在后面进行论述。总之，情节性起着把思维层层导向深入、使儿童更加全面理解作品的作用。

新奇性在美感效应这个整体中,其作用主要在于引发和加强思维的运动。只有思维积极地运动,想象力才能充分地调动起来。作品越新奇,审美主体的思维运动就越频繁,思维运动越频繁,想象力就越发达。从某种意义上说,艺术魅力产生于想象。因为魅力往往蕴藏于它的尚未出现之时和人们对它的热烈期待之中。儿童总是希望事物处于运动的状态,时时迭现出新鲜的东西。爱迪生在《论洛克的巧智的定义》中说:"凡是新的不平常的东西都能在想象中引起一种乐趣,因为这种东西使心灵感到一种愉快的惊奇,满足它的好奇心,使它得到它原来不曾有过的一种观念。"⑥对于儿童来说,想象不需要太多实在的确知,他们倒宁可求助于幻想。孩子们的想象不愿受到过多的约束。新奇性满足了儿童想象的自由性。审美感情的激发来自想象的活动,而想象又可以对形象进行加工创造和发展,这样,新奇性又满足了儿童想象的创造性。这是一种更高层次上的运动。可见,新奇性满足丰满了想象力的发展,引发并加强了儿童思维的积极运动。

　　至于童话作品强烈的幻想和极度的夸张,这在美感效应这个整体中,显然更容易找到积极的反映对象了。因为幻想和夸张的过程,本身就是一种运动。而这种运动与儿童的心理特征是十分合拍的。儿童的思维方式带有童话的这种幻想和夸张的色彩。在日常生活中我们常常可以看到幼儿拿竹竿当马骑,拿玩具当朋友,他们往往将自己的真实感情注入到身边的客体上去。当儿童的这一心理状态与作品的幻想和夸张发生"共振"的时候,美感效应也就随之产生了。

　　然而,如前面我们提到的,这里主客体之间要发生"共振",双方的潜能(运动的)要达到融合,产生美感效应,还须通过一个结构和建构的过程来完成。皮亚杰指出:"认识起因于主客体之间的相互作用,这种作用发生在主体和客体之间的中途,因而同时既包含着主体又包含着客体。"⑦皮亚杰所说的"中途",就是认识的结构与建构问题。他认为人的认识获得是一个认识结构的形成以及这个结构的不断建构的过程。主体只有通过结构的同化作用才能了解、觉察外界刺激所包含的客观属性,才能产生认识。但结构本身又是相对运动的。当原来的结构无法适应外界的刺激时,就必须通过主体的调节来自我建构,以便用新的结构来同化客体,达到新的平衡。平衡既是一种状态,又是一个运动过程。关于结构和建构的具体内涵以及主客体全面的组合,这是个很复杂的问题,需要专门进行研究,那不是本文的目的。但皮亚杰的这个理论却告诉我们,客体能否对主体产生反应,除了客体本身要具备刺激能力外,还要看主体有着什么样的审美结构。形成这种结构的因素是多方面的,其中年龄是一个重要因素,而这一点对于儿童文学的读者,就尤其重要了。审美主体的认识结构是历史的产物,可以说是一部浓缩了的主体审美认识的历史。它曾参与主体所有的审美活动。它既是对客体审美的起点,又是主体全部审美活动的结果。年龄不仅制约着生理状况,同时也反映了智能、文化等的一定程度。很显然,儿童与成人在感受生活的方式、接受事物的能力上是各不相同的。他们的思维、想象、心理活动有着很大的差异。正是由于这种不同性和差异性,才显出了儿童文学运动概念的重要性。

　　一般来说,儿童要认识物体,须在认识的进程中对物体施以动作。须对物体进行移动、合并、拆散以及再聚拢,尔后去获得最后的认识。当文学作品呈现在儿童面前时,由于符号代替了物体,使得儿童对原物体施以的外部动作内化了。就是说其运动的能量并没有消失,而是转化了。这时,儿童的思维中却保持了动作的特点,这一特点使得儿童读者在心理上对作品进行欣赏、分析、认识以致评判。总之,儿童自己的身体和动作必须参照客体，从而取得两者之间的客观关系，取得两者之间的运动平衡。

价值的判断首先需要一个客观对象来作为开始，审美物质首先必须被感觉后才能被加以判断，而感觉本身需要一个客体。任何文学作品要给人以美感首先得获得读者的兴趣，再好的作品如不能引起读者的兴趣，仍然起不了作用。兴趣作为一种需要的延伸，它体现着主体与客体之间的关系。因为我们之所以对于一个对象发生兴趣，是由于它能满足我们的需要。对儿童来说，兴趣是每一心理同化作用所趋向的明确方向。兴趣又是一种能量，主体具备了能量即是说主体具备了运动的动力，而能量总是与某种过程联系在一起的。因此，兴趣对于儿童，实际上就是一个运动过程的开始和进展。另一方面，兴趣又是一个价值系统。因为在儿童的心理发展过程中，行为具有了越来越复杂的目标，并分化成为许多具体的兴趣。由于这些现实的内容，满足了主体的需要，因而就主体言它便具有了价值。儿童的需要又回过来依赖于当时的心理平衡状态。因此，我们当然也可以把运动理解为是儿童对作品的要求。

儿童的思维是不定向的，他们的注意力是跳跃、分散的，他们不能对某一事物进行长时间的思考，这就出现了儿童思维中意向的闪现。儿童的这一思维特征使他们在审美评判的时候，常常容易把目标与原因混同起来。正因为如此，儿童文学特别应注意作品的运动特质。因为只有这样，才有可能使儿童把作品散发出来的信息同化到主体的审美结构中来。比如作品中，一条波涛汹涌的大河冲卷着一条小船。孩子问："大河为什么要冲卷小船呢？"人们告诉他，这是地心引力的作用，而儿童却不满足这样的解释。他还会问："那么小船为什么不离开大河呢？"儿童时期是否存在"泛灵论"思维特征，这是个尚待深入探讨的问题。⑧但即使有，我以为我们也不应该把这一结果仅仅解释为是"泛灵论"所致。机械的答复并不能使人满意。因为对儿童来说，运动能给他们生理上带来快感；运动必然是倾向于某一目标的。这样，运动便具有了一种朝着一定方向的、模糊不清的、闪现的意象。因此，儿童既想要知道大河卷浪的原因，也想要知道大河向着什么目标冲卷。也就是说，在适应儿童阅读的、富于运动变化的特质的作品中，儿童既愿意了解作品的内容，也愿意接受作品的主旨。而这种了解和接受却是在不知不觉中完成的。

然而也正是由于儿童注意力的跳跃性和分散性，使他们对运动变化的客体保持着好奇心和新鲜感。对对象强烈的求知欲促使他们积极地调动着自己有限的感知，去感受呈现在他们眼前的新事物。换句话说，运动变化着的客体促使儿童对自己原有的审美结构进行调节，进行建构，以适应新的情况，从而完成运动中平衡的过程。这里我们看到，主客体双方运动协调的过程就是使客体发生位移的过程（说到底，这就是儿童希望作品是富于运动变化的问题），而儿童的自我调节，可以把位移逐步变成为"位移群"。这样，美感效应便产生了。儿童文学作品的认识作用，教育作用，审美作用等就成了可能。于是，作品获得了一定的时空的永恒性。

三

我们说在运动中产生美，并非说运动是儿童文学唯一的特质，而是想说明在儿童文学中运动这个长期为人们所忽略的问题的重要性。运动并不是一个僵死的模式，在具体作品中它的表现形态是各不一样的。

运动有明显的外部的运动。它可以是时空的变化。这在童话里尤为突出。一部作品，时间可以纵跨几个世纪，甚至几千年几万年。"洞中方七日，世上已千年。"可以向前延伸，一下子写到远古，可以朝后拓展，一下子又写到未来。地点环境可以从东到西，从南到北，可以横跨乡里，横跨国界，还可以从地球到星球。大到天体宇宙，小到质子粒子。可以是人物形体的变化。比如科洛迪笔下的皮诺曹，他的鼻子一说谎就会被拉长，真是说长就长，说短就短。又如张天翼笔下的大林唧唧，由于他甘愿认富翁叭哈为父，贪图安逸，追求享受，结果一下子成了个奇特的大胖子，连笑一笑都要派两个人把他的嘴巴拉开才能进行。可以是内容情节的曲折、多变。这既可通过人物的接连活动来完成，也可以通过事件事物的不断迭出来表现。比如班台莱耶夫的小说《表》，其运动的特质，主要是通过表的几番得与失体现出来的。彼蒂加一会儿得到了表，一会儿又失去了表，一会儿又得到了表，一会儿又把表埋了，一会儿表又被一堆木材盖住了……小读者很难推测，下面将会怎样，而这又恰恰是儿童所盼望的。运动抓住了儿童，作品便赢得了儿童。

运动也有隐逸的内部的运动。这个问题需要用稍多一点的篇幅来加以论述。它可以是人物的心理描写、心理刻画。比如严文井的童话《"下次开船"港》中布娃娃的几段心理描写。当唐小西和他的同伴，经过紧张的筹划奔波，克服了重重困难，终于来到布娃娃被关押的白房子，看到了布娃娃，正准备救她出来的时候，布娃娃却出现了这样的心理活动："眼泪啊眼泪！你为什么老往外流？是不是你想到外边去？是不是你要去浇花？""眼泪啊眼泪！……你为什么老往外流？是不是因为你在想妈妈？"而当唐小西和他的同伴们救出了布娃娃，但他们却又被洋铁人一伙紧紧追赶着的时候，布娃娃又突然说："我好像冷得很。怎么办呢？怎么办呢？"这时，伙伴们安慰她，让她和大家一道渡水摆脱身后的坏人。她又说："水很冷，要是把我的衣服打湿了，那怎么办？还有，我也没学过游泳啊！"很显然，这几段心理描写都是在人物活动最紧张激烈的时候插入的。这里，初看起来似乎是在写静，其实是在写动。布娃娃伤心地哭着，正是说明她向往自由，盼望有人来救她。布娃娃想到游泳，正是想快一点摆脱洋铁人们的追赶。这样，布娃娃静的心理描写就与唐小西们紧张的营救过程，融为了一体。静的描述转化成了动的效果，静态的美转化成了动态的美。这样就达到了像莱辛所说的那种"化美为媚"的艺术效果。莱辛说："诗想在描绘物体美时能和艺术争胜，还可用另一种方法，那就是化美为媚。媚就是动态中的美……我们回忆一种动态，比起回忆一种单纯的形状或颜色，一般要容易得多，也生动得多，所以在这一点上，媚比起美来，所产生的效果更强烈。"⑨这也说明，儿童文学的心理描写是完全可以写的，问题是怎么个写法，是不是以动来统摄全篇，让儿童读者在动的总体气氛中接触静，在静中感受动，从而去把握、获得作品中的"媚"。内部的运动自然还有不少具体的形态，比如对紧张气氛的渲染等，这里就不一一例举了。不管怎样写，关键是要有一种运动的特质。

运动对儿童文学有如此的重要性，但这个运动并不是作家随心所欲、不着边际、无章可循的运动。作品中的运动特质，是需要作家进行精心组织、精心设计的。正是在这个意义上荷迦兹才说："没有组织的变化，没有设计的变化，就是混乱、就是丑陋。"⑩一般来说作品的运动，以一条主线、一个主题，通过一两个主要人物（也可以是动物、植物或其他非人体形象）来结构全篇，设置时序、场景、事件等为宜。因为这样能使作品增添缤纷感，加强清晰度，能使作品显得单纯、明了，但又不贫乏、浅薄；能使小读者对作品保持着很强的好奇心和新鲜感，使他们看到很多东西，又不致分散注意力。关于这一点我们从信息论的角度看，就看得更清楚了。

信息论美学认为，美是一种信息。作家是信息的传递者，儿童是信息的接收者，传递者与接收者的艺术感觉系统就是信息传递的载体。文学作品要获得审美主体的接受，传递者通过作品发出的信息必须达到最优化。而最优化又是信息的新颖程度与可理解性两者之间关系的体现。如果一部儿童文学作品一点也不富于运动变化，一点也没有新鲜感，那么这部作品尽管有发送着的信息，但对于审美接受者的儿童来说，其信息质等于零。但是，另一方面，如果这种运动变化，这种新鲜感是杂乱无章、含混不清的，那么这种信息对于接收者来说，其信息质仍等于零，因为人们难以接受。这是一个矛盾，也是一个辩证的统一。正因为这样，儿童文学对作家才有着特殊的要求。儿童文学作家的工作就是寻找两者之间的最佳点。也就是说，儿童文学作家应特别注意自己作品的运动特质——这种特质是经过精心构思和安排的。做到了这一点，儿童文学美感效应的产生，才成为可能。

安海姆在《艺术与视知觉》一书中引述达·芬奇的话说：如果一幅绘画缺乏一种运动特质，它就会"双倍的死板，因为它不仅是件本来就是无生命的虚构的事物，而且当它表示出它既无心灵的跳动，又无躯体的运动时，它还得再死一次"[11]。我想我们也可以这样说，儿童文学这种具有"心灵的跳动"，富于变化，充满活力的艺术，如果不具备运动的特质，那么，它一定是"死"的。

[注释]

①刘厚明：《试谈儿童心理活动的描写》，见《儿童文学论文选（1949—1979）》，中国少年儿童出版社 1981 年版。

②朱狄：《当代西方美学》，人民出版社 1984 年版，第 222 页。

③[瑞]皮亚杰、英海尔德：《儿童心理学》，商务印书馆 1980 年版，第 71 页。

④[美]乌特洼：《动的心理学》，商务印书馆 1933 年版，第 66 页。

⑤[苏联]C.A.彼特鲁舍夫斯基：《巴甫洛夫的哲学基础》，科学出版社 1955 年版，第 66 页。

⑥《西方美学家论美和美感》，商务印书馆 1980 年版，第 97 页。

⑦[瑞]皮亚杰：《发生认识论原理》，商务印书馆 1981 年版，第 21 页。

⑧[瑞]皮亚杰：根据自己的实验观察认为，儿童特别是幼儿具有一种"泛灵论"的思维特点。但是，近年来我国心理学家和美国心理学家合作研究的实验表明并非如此。见方富熹：《儿童有"泛灵论"的思维特点吗？》，《父母必读》1985 年第 7 期。

⑨[德]莱辛：《拉奥孔》，人民文学出版社 1979 年版，第 121 页。

⑩[英]荷迦兹：《美的分析》，《古典文艺理论译丛》第 5 期。

⑪朱狄：《当代西方美学》，人民出版社 1984 年版，第 15 页。

（原载《浙江师范大学学报》1986 年儿童文学研究专辑）

游戏精神：再造童年和自我超越

——论童年文学的审美价值取向

李学斌

一、宣泄或补偿：童年文学的审美机制

在儿童文学领域，当我们将整体意义上的儿童文学三分天下之后，童年文学就特指给 7~12 岁儿童提供的适合他们阅读的文学作品。

一般而言，这个年龄段的孩子，正好在小学阶段学习、生活，因此，童年文学又被称之为"小学生文学"。童年文学因其对 7~12 岁儿童作为童年人群主体的涵盖和应对，被视为儿童文学的核心部分。所以，通常当人们说到"儿童文学"，如果没有加以特殊的读者年龄限定，其实际指称范畴就是指"童年文学"。鉴于此，下文论述中，笔者在无特定范畴情况下，也以"儿童文学"之泛称来特指"童年文学"。

以上年龄划分指的仅是"心理年龄"或"认知年龄"，它与"儿童读大书""少年读小书"等跨界阅读是两个概念，两者并不矛盾。

根据皮亚杰发生认识论的观点，儿童在 7~12 岁的"具体运算阶段"，其认知心理的典型特点是"能量守恒概念和思维可逆性"意识的获得。这一智力发展前提使儿童在同具体事物相联系的情况下，其逻辑推断能力得到初步发展。也就是具备了对事物认识上的把握和"对事物应该如此"的坚定期待。而一旦有了这种认知期待和逻辑运算能力，儿童就能够对不同情况下的行为结果进行初步的预测及推断，进而予以智力选择和优化组合，以期实现最佳的游戏效应，并由此满足自我内心的情感需求。可以说，正是这种在"运算"能力基础上的"自我把握"，使得儿童在自觉的游戏中追求着自觉的趣味创造这一游戏方式成为可能。

而在美国当代心理学家、多元智能理论创始人加登纳看来，"从学校生活开始，自我与他人的分化意识就已经相当巩固了。儿童此时已经获得了第一层次的社会知识。他已经了解到由其他人担任的许多不同角色，而且也日渐清晰地知道他是个有自己的需要、欲望、活动与目标的独立的人"[①]。

也就是说，随着社会生活面的逐渐扩大、展开，随着儿童在这一时期包括语言、逻辑、空间、动觉、认知等在内的多元智能的进一步开启与获得，儿童的生命方式和心理结构都发生了显著的变化。其中最明确的一点就是"自我意识"的逐渐苏醒。而有了"自我意识"，儿童在现实和想象中的游戏体验、游戏创造也就呈现出更加鲜明的"自我表现"特征。

这里需要说明一下，其实，在幼儿阶段，幼儿的游戏体验和创造也蕴涵着"自我表现"的因子，只是氤氲在"自我中心"或"主、客体互渗"认知心理状态下的幼儿，其语言、行为、情感方式更多无意识的自发色彩。他们的游戏体验和创造活动通常是心理能量释放、发

散意义上的行为和想象展开,而不是出于深层精神需求的自觉自为的有意识扮演。也正因如此,在具体的儿童文学审美实践中,童年期文学和幼儿期文学各自呈现出迥然不同的游戏机制。

这要从儿童文学作家审美创作和儿童读者审美阅读两个维度进行解说。

先来看作家层面的审美游戏创造。

从前文的论述中,可以知道,根据伽达默尔游戏理论的观点,游戏从情景构造上说,是一种虚拟的现实存在,而其本质则在于自我表现。这一点,落实到童年期文学的创作上,就是作家自我表现意义上的情感宣泄和精神补偿。

确实,和一般的成年人相比,儿童文学作家是一类特殊的成人。他们葆有儿童心性,洞悉童年世界的奥秘,也心甘情愿地充当与孩子们一路同行的伴游者和引路人。他们是一些沉浸在童年幻想和无边梦境中的"长大了的儿童",他们因为想象力的超拔、语言创造力的茂盛而自由穿梭于现实与童年之间,带领着一代代孩子往返于魂牵梦萦的"永无乡"。从这个层面上说,儿童文学作家就是人类精神意义上那个"永远长不大的男孩"——彼得·潘。他们的存在,让人类在远离童年之后,还能时常复归童年,感受生命初始阶段的稚拙、诗意,还能不断沐浴到那缕神使天成的生命之光的照耀。

但是,儿童文学作家毕竟不是为孩子献身的殉道者,更不是泽被人间、慈悲为怀、不食烟火的"观世音"。他们在"为儿童"的同时,也富含"为自己"的心理动机,他们通过儿童文学作品点亮了孩子心灵的同时,也照亮了自己,将自己从世俗人生的幽深隧道里牵引了出来。这种"点亮""牵引"就是作家的自我表现。说得更具体一点,就是作家"童年情结"的释放和"再造童年"的慰藉。

不可否认,中外儿童文学史上,有许多儿童文学作家,他们在童年时代,曾遭遇过各种各样的人生境遇,有的郁结在心,久久不能释怀;有的造成遗憾,迟迟不能弥补;有的形成体验,回忆历久弥新;有的构筑快慰,趣味经年难忘……

所有这些记忆、感受、情绪、心理,都需要借助一定的"通道"得以缓解、释放、弥补、升腾。这时,缓释、消弭童年情结,再造、重塑童年人生,以虚拟的、审美的方式重新走过童年,就成为儿童文学作家自然而然的心灵寄托。

也正因如此,中外儿童文学作家中,时常有一些人宣称:他们进入儿童文学创作,根本就不是纯粹"为儿童",而是"主观为自己,客观为儿童"。这样的代表性作家首推安徒生。作为世界儿童文学殿堂的"宙斯",安徒生一生创作了260多篇童话,其中很大一部分,都来源于他的感受、观察、情感、记忆,深深镌刻上了他颠沛一世、孑然一身的命运印记。正因如此,所以,安徒生说"我的童话不仅是写给孩子的,更是写给站在孩子身后的大人"。

与安徒生类似,德国儿童文学作家、1960年国际安徒生奖获得者艾利奇·凯斯特纳也认为:一个人能否成为儿童读物作家,不是因为他了解儿童,而是他了解自己的童年。他的成就取决于他的记忆而非观察。持这种观点的,还有因创造了"玩闹成性"的"长袜子皮皮"形象而风靡整个儿童世界的瑞典儿童文学作家林格伦。当被人问起成功的秘诀时,林格伦明确表示:在她看来,女性和母性,在儿童文学写作中并不起什么大作用。她把自己的成功归功于这样的原因——与自己的童年保持不受损害的、依然活生生的联系。她认为,生儿育女、了解孩子的人不见得就能写出优秀的儿童文学作品,要紧的是了解过去的那个孩子——自己。因为好作品首先不是观察的结果,甚至不是以母性去观察的结果,而只是记忆的结果。因此,林格伦宣称,"长袜子皮皮"就是"愿望里的小时候的自己"。

上述世界儿童文学作家的成功,明确昭示我们:儿童文学不仅是儿童文学作家"为儿童"的精神成果,更是他们"为自己"的审美结晶。"拜儿童文学之玫瑰,赠天下孩子以芬芳"与"借儿童文学之酒杯,浇成人心中之块垒"对儿童文学作家来说是一双艺术之手的手心与手背,一面审美魔镜的正面和反面,休戚与共、唇齿相依。

在此心理观照下,当儿童文学作家进入创作,一方面,他们通过自己精心编织的情节、故事为童年构筑城堡、搭建乐园、树起塑像,让儿童在属于自己的王国里恣意漫游、尽情玩闹、充分体验、身心畅达;另一方面,他们也在虚拟的空间里,借助想象的神奇力量,将自己童年时代体味的种种快乐、轻松、嬉闹、感动,或者心灵深处郁结、尘封的丝丝缺憾、不满、无奈、忧伤尽数诉诸笔端,或让它们在心灵的体验里绵延、流连,经年不去;或使它们在幻想的世界里化茧成蝶、蚌病成珠,最终于梦想成真的虚拟现实里获得心灵的释放和补偿。毋宁说,这样的儿童文学创作既是对现实孩子的精神馈赠,也是儿童文学作家自我表现意义上的心灵回归与升腾。此可谓作家层面童年文学游戏精神的完满价值途径。

我们再来看儿童读者意义上的游戏效应又是如何实现的。

我们仍然先从心理学层面上来作分析。和幼儿期相对自由畅快、无忧无虑的"诗性"状态相比,儿童期实际上是一个充满压抑感、焦虑感的困惑时期。儿童与环境的最大冲突就是发现了自己面对成人世界的无力和软弱。以成人意识为本位的社会机制对于成长中的儿童,无疑是一种痛苦的现实。本性处处迎头碰上管束的力量。这种种的针对儿童的禁忌从整个人生个体发展的角度看,显然是合理的,它是成人和成人社会对儿童所进行的一种有益的社会化过程。然而这种社会化过程在孩子的情绪里却不能不说是一种无奈和压抑。这种压抑感不仅在很大程度上抑制了儿童许多富有想象力、创造性的生命冲动,而且也使他们率性而为的纯真生命状态常常陷于委顿。而要恢复这种本真的生命活力,游戏是最佳的可供选择的方式。在游戏中,儿童或将现实中所受的委屈、压抑一股脑儿地忘却掉;或将之转移到替代物上去,从而使受阻的情绪通道重现畅通,并由此复现生命状态的昂扬和蓬勃。从这种意义上说,儿童游戏的过程也就是宣泄、释放、补偿的过程。

现实如此,儿童文学阅读作为审美游戏亦然。

对此,当代儿童文学批评家班马认为:游戏审美发生上的意味,本身就正在形成和内容的互溶体中及其形象外显地反映着早期审美的特征——释放和模仿。在此基础上,班马定义游戏为"既寄寓着儿童过剩的生命力,也有着儿童对未来生活的试探,是一种儿童的心理能量的发散形式"[2]。也就是说,在班马看来,游戏活动中,儿童的意识明显具有某种精神投射和精神补偿的倾向。换句话说,儿童在游戏中追求着想象中的自我实现,体味着心理能量中本能冲动和社会性压抑感被悬置的轻松和愉悦。

事实也是如此。我们面前那么多世界儿童文学经典就是明证。不是吗?当进入童话阅读"神驰"状态中的儿童随着7岁小女孩"爱丽丝"掉进兔子洞,从而进行了种种奇妙漫游之后(《爱丽丝漫游奇境记》);或者说,当儿童在"幻化"情景中领受了安徒生所描绘的从星期一到星期六的梦境的无比缤纷和美好之时(《梦神》);再或者说,当儿童真切地体味到格林兄弟笔下风烛残年的驴子、公鸡、狗和猫以一种群体的智慧赶走了远比自己

强大许多倍的强盗的动人场景的时候（《不莱梅的音乐家》）……我们也许没有理由不承认，在这种以语言的动感追求和视觉形象的极度丰富为主导的审美阅读中，儿童所体味到的乐趣，一点也不比进行一次"魔方游戏"或"模拟打斗"少。更有甚者，它促成了儿童在激发想象力基础上的精神飞翔和对创造性思维的智能开发。最根本的，也许还在于它为儿童提供了多层次的间接表现情感、体验情感和控制情感的机会，从而有助于他们审美情感的培育和心智的成熟。

以上所述，仅是童年文学阅读审美心理的一个方向，儿童审美阅读心理的另一个特征则是精神扮演。这同样是一种心灵能量的释放与补偿。

恩格斯说过，人类是由需要的感觉力走向审美的感觉力的。而在儿童阅读心理中，这种需要的感觉力和审美的感觉力是同时存在的。诚如上文所说，因为儿童在生命成长中与环境的最大冲突，就在于发现了自己面对成人世界的无力和软弱，所以，对能力的渴望就成为童年期最主要的心理需求。在这一点上，班马在20世纪80年代曾提出儿童具有"反儿童化的"审美心理视角。这无疑是极为深刻的理论发现。它带给后来的研究者诸多思维启迪。一定程度上，正因为面对现实中成人世界中种种既定的强大的异己力量时，儿童体味到深深的无奈和苦涩，才热衷于种种假扮性游戏，才追求着想象中的自我实现。这无疑是一种情绪释放。其中寄寓着心灵的替代性满足与补偿。

在童年期的文学阅读中，这种精神扮演的审美倾向主要是通过对"超人体"童话、神话中英雄形象、半人半神童话形象或力量、智慧超凡的现实杰出人物的神交式阅读或感知体验来获得的。这也是诸多儿童喜欢阅读童话、神话、传奇、英雄冒险故事的深层原因所在。当儿童的想象穿梭于许多超越自然法则和人间秩序的神灵、巨怪、妖魔、精灵的时候，当他们"幻化"地体验到一种上天入地、腾云驾雾、无所不能、无往不胜的自由境界的时候，他们就从诸如孙悟空、哪吒、红孩儿、赫拉克勒斯、庞大固埃、格列佛、神笔马良、铁臂阿童木、战神奥特曼、吹牛大王闵希豪森、神医杜里特、玛丽·波平斯阿姨、小魔法师哈利·波特等童话、神话、传说、民间故事、幻想小说所提供的人物形象身上获得了一种能力的想象性补偿和精神性满足。这种精神投射和精神扮演的审美指向具有浓郁的游戏性，它既为儿童带来阅读感受的全身心愉悦和放松，又告慰了他们在现实中因无力和无告而造成的情绪压抑、委屈心理，意义可谓非凡。

同样，在儿童所喜欢的"常人体"童话中，对"叔叔"型人物能力的渲染和突出，也具有类似的情感投射和精神补偿的审美功能。所不同的只是后者的现实感更强，功利性审美的意图更加明显。

二、"出走"与"回归"：游戏效应的叙事结构

加拿大儿童文学理论家佩里·诺德曼教授在《儿童文学的乐趣》一书中，对儿童文学的"畅销书模式"作了如下归纳：1.简单、明快的写作风格；2.主人公与想象读者很贴近，他们通常开始是弱者，贫困、弱小、脆弱，需要对付更强大的对手，后来逐渐强大，直到最终战胜对手；3."好人""坏人"一目了然，在道德标准上很少模糊成分；4.情节直截了当，关注行动本身，对于人物的动机和思想描述得比较少；5.能充分满足读者的愿望。[③]当然，单从"儿童畅销书"这个层面说，这个概括也并不完全。但是，尽管如此，我们从中还是能看出"儿童喜欢"的一些端倪。其中最主要的有两点：故事精彩，满足愿望。

事实也是如此。数年前，一份由中国社会科学院新闻所"媒介传播与青少年发展研

究中心"和《中国图书商报》联合举行的"全国五城市儿童阅读状况调查"的结果,很大程度上印证了我们的判断。

比如:在对"儿童阅读需求"的调查反馈中,调查者发现,以"幽默""冒险"为代表的"娱乐性需求"(选择率为51.1%)和以"摆脱现实压力""忘掉烦恼""摆脱孤独寂寞"为代表的"心理调适需求"(选择率为38.1%),在"儿童阅读需求"总量中占了相当大的比重。而且,在考虑到学习压力的因素时,相关数据更是说明,学习压力越大的儿童,其"社会性学习""知识性学习"的需求越低,而"娱乐需求""心理调适需求"则越高。

不仅如此,当儿童被分为小学组和中学组时,调查者发现,儿童在对下列读物的"最佳选择"中,其阅读兴趣、阅读需求并没有呈现出普遍性的小学和中学的年龄差异。这些读物按受儿童欢迎的比率排名依次是:幽默故事(67%);冒险、探险故事(64%);日本卡通或漫画(59%);科幻作品(46%);外国童话(42%);幻想小说(39%)……[4]

可见,现实中,儿童诉诸文学阅读的心理需求,更多是一种"游戏效应"。寻求释放和补偿,实现愿望的满足与精神的平衡。这样看来,文学阅读,就是儿童现实生活的一种延伸,是儿童生命世界更加自由、合理、充沛的呈现与展开。循着这样的阅读心理路径,当我们在世界经典儿童文学的浩渺洋面上巡览时,就会发现,"离家"与"回归"作为儿童文学中的经典叙事模式,对儿童文学"游戏效应"具有异乎寻常的表现力。

《奥茨国历险记》(又译《绿野仙踪》)是美国人自己创作的第一部长篇童话,曾经创下了惊人的图书销售记录,后来又以轻歌剧、电影、动画片等多种形式在全世界广泛传播。

故事情节大致是这样的:

> 多萝茜是堪萨斯州某农场里一个7岁小女孩。一天,她和小狗托托连人带房子,被一阵龙卷风卷起,一直吹到一个叫作奥茨国的地方。她的房子在落地时正好压死了欺压芒奇金人的东方恶女巫。北方好女巫和芒奇金人对多萝茜万分感谢,并请她取下东方恶女巫的银鞋子。多萝茜请北方女巫用魔法送她回家,好心的女巫做不到,告诉她需要到翡翠城去,向住在那里的伟大的奥茨魔法师求助。于是多萝茜穿上银鞋子,带着小狗托托,开始了去往翡翠城的历险。一路上,她遇到了稻草人、铁皮樵夫和胆小的狮子。稻草人希望有一个脑子,铁皮樵夫希望有一颗心,胆小的狮子希望获得勇气,而这一切都只能求助于奥茨魔法师。共同的愿望让他们团结起来、结伴而行。在经历了一系列惊险遭遇之后,他们终于到了翡翠城。可是此时,变化多端、威严神秘的魔法师却告诉他们,必须杀死西方恶女巫后才能满足他们的愿望。

> 无奈中,多萝茜和朋友们只好去与西方恶女巫交锋,并最终凭借不屈不挠的意志杀死了恶女巫,夺得了金王冠。可是,当他们重回翡翠城,却发现所谓的奥茨魔法师只是一个骗子。好在,他的骗术已使稻草人、铁皮樵夫和胆小的狮子真的获得了大脑、心和勇气。可是,他却无法满足多萝茜回家的愿望。困窘之中,南方好女巫告诉多萝茜一个最简单的办法。通过这个办法,多萝茜告别三个朋友,飞回了堪萨斯……

故事从头到尾都是缤纷绚丽、神奇曼妙的幻想,让小读者们目不暇接。从多萝茜和她的小狗随着房子从空中降落在芒奇金人的土地上开始,悬念丛生的故事情节走向就如同一个巨大的童话主题公园，时而溪流潺潺，时而波涛汹涌；时而温情脉脉，时而惊心动魄。山穷水尽处处显，柳暗花明一路春。只要打开书页，目光就会顺流而下，在波峰浪谷间迂回、穿梭，欲停不止、欲罢不能，直至多萝茜和她的朋友们梦想成真。

仔细分析《奥茨国历险记》，我们发现，它融合了多种审美心理体验：离家出走、异域冒险、神秘奇遇、浪漫邂逅、友情合作、圆满回归，等等。所有这些，相当程度上，都具有着儿童审美需求的心理依据。这一时期的儿童，处于"心理性断乳"的前奏期、渐进期，其典型的心理特征是：既想摆脱能力局限、生活缺憾、心灵束缚，获得能力上的自我提升、心理上的自我把握、精神上的自由飞翔，同时又留恋家园与亲情的温馨，无法消除心理上的自卑感、依赖性。这样的心理特质决定了他们从根本上难以获得精神的真正独立。这样一来，孩子们的"离家出走"在很大程度上，只能是愿望层面的、"精神"意义上的。"离家"的过程，就是他们获得能力、自由飞翔的过程。于是，种种奇妙经历、动感场景都在另一个空间里出现了。孩子们是这里的主人和主角，他们依靠自己的智慧、力量，依靠超自然的、神秘的魔法，纵横捭阖，无所不能。在这里，孩子们现实中软弱的形象、卑微的地位、无奈的情绪、哀怨的眼神彻底消失了。他们的热情被点燃、灵感被激活、形象被放大、精神在升腾。这是真正属于孩子们的王国。孩子们是这个王国的立法者。作家则是获得孩子们认可、拥护的代言人、书记官。他创造、并记录童年生命所孕育着的种种奇妙景观。并使之永远耸立在孩子们的心灵深处——它比现实更完满，也比现实更真实。它因为永远无法真正抵达而显得魅力无穷，也因想象给予现实的补偿、支撑而弥足珍贵。

当然，对这个神奇的王国，无论作家还是小读者，都是头脑清醒的。梦境是美好的，但梦总是有尽头的。飞翔尽可以很高、很远，但双脚最终的归宿还是地面。于是，经历了"离家"的种种神奇之后，"回归"总是不变的结局。这种故事结构对作家来说，是良知与责任的体现，对孩子，则是梦想对现实的靠岸，智慧对生活的攀附。当小鸟收拢双翅，重新栖上枝头，那份蓝天白云赋予的高远情怀、心绪悸动，已经长久在血脉中融合，在记忆里停留了。从这个意义上说，"离家"与"回归"作为儿童文学经典的故事模式，无疑进一步印证了游戏的虚拟结构、幻想功能：一个神奇而空灵的幻想王国，释放了孩子们现实中的种种情绪，也补偿了他们的种种渴望，让他们在精神上获得了一种自我实现。

当然，《奥茨国历险记》所呈现的"离家"与"回归"故事模式，其主体更多是在幻想层面展开的，它的游戏效应带有很强的象征性。那么，同一结构在现实层面的审美效应又将如何呢？

我们来看《蓝色的海豚岛》。

与笛福的《鲁滨孙漂流记》类似，《蓝色的海豚岛》也是根据真实历史事件演绎而成的作品。小说以第一人称"我"的视角展开叙述，情节大致如下：

> 卡拉娜是一个 12 岁印第安小姑娘。她的爸爸科威格是村里的头人。在一场与入侵的阿留申人的殊死战斗中，爸爸遇难。遭此重创，村人只得向外求援。一个月后，一艘白人的商船来到岛上。海潮到来前，商船必须离开，6 岁的弟弟拉莫却因贪玩被落在了岛上，卡拉娜挂念弟弟，不顾人们阻拦，从船上跳进大海，游回岛上。商船离开了，岛上只剩下了姐弟俩，还有一群饥饿的野狗。
>
> 随后，弟弟在与野狗的搏斗中死去，卡拉娜悲痛之余，独自在岛上顽强地活了下来。孤寂中，卡拉娜深深爱上了这个小岛，也学会了很多生存的本领。

她还成功驯养了最凶狠的头狗。有狗做伴，从此，卡拉娜摆脱了孤独的处境。

18 年后，卡拉娜终于被一艘路过的商船解救⋯⋯

和以往历险故事中氛围的荒蛮、凄苦相比，《蓝色的海豚岛》则多了几分诗意的温情与美丽。这让卡拉娜在蓝色海豚岛上的历险生活尽管艰险，但始终氤氲着和谐与静谧。

阅读中，小读者会与卡拉娜一起体验离群索居、身处凶险的环境所带来的种种生存危机，也一起品味了小女孩处变不惊、机智乐观心态所孕育的心灵成长。这会给予现实中的孩子深深的提示和警醒："离家"的生活固然令人遐思、神往，但是，假如一旦成为现实，却并非是连接着天堂的入口处。许多时候，当看到想象远比现实更美好的同时，也别忘了，"现实"也很可能远比想象更残酷。毕竟，绝对自由的尽头，往往就是无边的心灵孤独与深重的生存危机。所以，"离家"的现实性对于物质和精神上都尚未独立的孩子来说，是"生命不能承受之重"，太过残酷、凶险，审美中固然可以体验，现实里却轻易不能移植。

由此可见，卡拉娜"历史还原"意义上的生活历险，同样满足了儿童现实中"离家"的渴望。同多萝茜"奥茨国"的历险一样，"回归"对卡拉娜来说是必然的。所不同的是，回归路上，多萝茜心头荡漾着友情陪伴下光怪陆离、缤纷绚丽的神奇魔法记忆；而卡拉娜心头闪现的则可能是险象环生、不堪回首的生命挣扎。同样是"离家"，彼岸世界既可能是神奇、美妙、惊险、刺激的趣味空间，也可能是凄凉、苦难、无奈、孤独的真实画卷。这都是儿童生命里可能存在的真实；是现实生活在另一个空间的扩展与延伸。它带给儿童不同的体验，不同的精神享受，也让他们在与现实的比照中获取了截然不同的情感释放和心灵补偿。

这样的价值模式在世界儿童文学中，还有很多：《鲁滨孙漂流记》《木偶奇遇记》《格列佛游记》《金银岛》《爱丽丝漫游奇境记》《爱丽丝镜中奇遇记》《北风的背后》《彼得·潘》《纳尼亚王国传奇》《尼尔斯骑鹅旅行记》《讲不完的故事》《比比扬奇遇记》《骑士降龙记》《假话国历险记》《洋葱头历险记》《莫吐儿传奇》《吹小号的天鹅》《汤姆·索亚历险记》《哈克贝利·费恩历险记》《小拉格尔斯奇遇记》《怪医杜里特历险记》《好兵帅克历险记》《阿丽萨外星历险记》《小布头奇遇记》《舒克和贝塔历险记》，等等。限于篇幅，这里不再一一陈述。

可以说，"离家"与"回归"模式是儿童文学典型的审美游戏结构，它所蕴涵的价值取向代表了人类生生不息的对于儿童的生命关怀与精神守望。

三、"顽童"和"能者"：游戏精神的价值形象

近两年，笔者在与一些幼儿园、小学阶段孩子的座谈中，曾经无数次问过孩子们一个同样的问题：生活里，你最喜欢做的事情是什么？几乎每次，孩子们都异口同声地回答：玩。是的，从表层意义上看，"玩"就是"游戏"，"游戏"就是"玩耍""玩闹""嬉戏"。"玩"是孩子的天性，是他们生存的本体状态，生命的本质形式。不管在什么时间、什么地点，也不管采取什么形式，具有什么内容，"玩耍着""嬉戏着"的孩子是最有想象力、创造力的孩子，他们的生命正如同"早晨八九点钟的太阳"，灿烂、诗意、昂扬、蓬勃，象征着希望在前，预示着前程似锦。

这一点，也体现在世界主流儿童文学的形象塑造上。具体形态之一，就是"顽童"成

为 19 世纪后期以来,儿童文学中最主要的形象类别与价值范型。从瑞典作家拉格洛芙笔下骑上鹅背开始神奇旅行的"尼尔斯"(《尼尔斯骑鹅旅行记》),到意大利儿童文学作家科洛迪童话里,在仙女的魔棒下复活的淘气木偶"皮诺曹"(《木偶奇遇记》);从英国卡洛尔随口编造的因掉进兔子洞,才经历一系列缤纷幻境的小女孩"爱丽丝"(《爱丽丝漫游奇境记》),到保加利亚作家埃林·彼林笔下被小魔鬼哄骗上当,轻易弄丢了自己脑袋的男孩"比比扬"(《比比扬奇遇记》);从 19 世纪德国作家毕尔格·拉斯伯系列故事里天马行空的吹牛大王"闵希豪森伯爵"(《吹牛大王历险记》),到 20 世纪法国小说家都德笔下经历"最后一课",才收起"玩心"大大成熟起来的"小弗朗士"(《最后一课》);从苏联作家盖达尔故事里在战场上成长的顽童"鲍里斯"(《学校》),到马克·吐温笔下精力旺盛、异想天开,不经意间就做出惊世骇俗举动的顽劣男孩汤姆·索亚、哈克贝利·费恩(《汤姆·索亚历险记》《哈克贝利·费恩历险记》);从南斯拉夫作家布·乔皮奇小说里的捣蛋鬼"布兰科"(《两个小淘气》),到俄国犹太作家肖洛姆·阿莱汉姆故事中"让人哭了又笑了"(高尔基语)的贫苦男孩"莫吐尔"(《莫吐尔传奇》);从 19 世纪英国作家巴里童话中家喻户晓的"长不大的男孩""彼得·潘"(《彼得·潘》),到 20 世纪英国作家伊芙·加尼特小说里冒险成癖的"小拉格尔斯"……世界儿童文学此前一直涓涓流淌的"顽童"主题,终于在 19 世纪末,汇聚成为汹涌澎湃的审美"游戏"河流,并迎来了奇趣丛生的"林格伦时代"。

作为瑞典继拉格洛芙之后最负盛名的儿童文学作家,林格伦以自己天才的创作,将儿童文学中的"顽童"形象推至艺术的巅峰。在她生平创作的超过 120 多种作品中,有相当一部分与"顽童"形象有关。无论是《长袜子皮皮》中的皮皮,《小飞人卡尔松》中的卡尔松,还是《淘气包艾米尔》中的艾米尔、《疯丫头玛迪琴》中的"疯丫头"玛迪琴,都充分表达了作家儿童文学创作中的"顽童"美学——游戏精神。毫无疑问,在对儿童文学之游戏精神的考量中,林格伦及其作品是世界儿童文学园地里最具有代表性的典范。

应该说,上文所列诸多塑造"顽童"形象的世界经典儿童文学作品,其诞生都不是偶然的。究其因,首先应该得益于人类文明进程中,成人社会童年意识、儿童观、教育观不断嬗变的时代背景。正是在这样的氛围里,一些葆有童年心性的天才的儿童文学作家,才得以凭借自己敏锐的艺术眼光、优异的文学才情,深深沉潜到了童年深处,凿出了一条直抵儿童心灵的艺术通道(在这个通道的最深层,则耸立着那些堪称童年秘密的精神因子)。其核心便是以释放和补偿的深层心理需求为内容的童年游戏精神。体现在儿童形象上,便是一些浑身充满顽劣之气,敢于和教育对立、和家庭分离、与社会抗争的"胆大妄为"的孩子。在传统眼光和标准里,他们往往都是一些让父母爱恨交加、令老师头疼不已、使社会忧心忡忡的孩子。他(她)们不喜欢做乖男孩、小淑女。他(她)们总是一不小心就"野出去"。他(她)们也是一些个性桀骜、我行我素的孩子。他(她)们似乎天生长着"反骨",总是选择和家长、老师作对。惹父母大发雷霆,让老师暴跳如雷,似乎是他(她)们乐此不疲的游戏。但是,现实里的孩子们却给予他(她)们欢呼,为他(她)们鼓掌,本能而狂热地欢迎他(她)们、追捧他(她)们。视他(她)们为明星、待他(她)们如挚友。他们乐于一而再、再而三沉浸在"他(她)们"的喜怒哀乐、悲欢离合中。喜欢让"他(她)们"带着自己逃离故事之外这个规矩多多、条理重重的现实世界。

这就是儿童文学中"顽童"世界的魅力所在。不愿做"乖孩子"的孩子;喜欢"野出去"的孩子;总是闯祸的孩子;善于冒险的孩子;离经叛道、胆大妄为的孩子;特立独行、我行我素的孩子;自作主张、自以为是的孩子……所有这些,都代表孩子意识中真正的"孩子"。

他（她）们是各个不同、朝气蓬勃的；他（她）们也是自由独立、潇洒恣意的。他（她）们是许多孩子心底里被抑制、被框范的那个真正的"自己"；也是许多孩子愿望里想充当、想扮演的那个想象的"自己"。这样的孩子，让现实里的儿童觉得放松、感到宽慰、体会理解、品味弥补。这样的孩子使生活里的儿童获得参照、平衡心情、引以为鉴、调整自我。

总之，在这些儿童文学"顽童"形象的身上，寄寓着儿童审美阅读的深层心理动因，体示着作家对童年拳拳的理解之心、体察之意。儿童成长的心理现实和精神需求，决定了"顽童"形象将是儿童文学葆有游戏效应、实现游戏精神必不可少的环节。这是世界经典儿童文学昭示的屡试不爽的经典律条，也是在数百年的儿童文学阅读史上被一再验证了的颠扑不破的艺术法则。

除此之外，童年文学游戏效应的另一个法宝是"能者"形象。这是和"顽童"形象相对应的成人在儿童阅读视野中的典型形象定位。这样的形象，我们在中外儿童喜欢阅读的文学作品中也可以举出很多：外国作品，有《鲁滨孙漂流记》中的乐观坚定的鲁滨孙；《随风而来的玛丽·波平斯阿姨》中智慧热情的玛丽·波平斯；《魔法师的帽子》中的幽默风趣的魔法师；《杜立特医生和大篷车》中才能超凡的杜立特；《骑士降龙记》里机智勇敢的骑士圣·乔治；《金银岛》中足智多谋的斯莫利特船长；《勇敢的船长》中精明强悍的屈劳帕；《了不起的狐狸爸爸》里聪明绝顶的狐狸爸爸；《哈利·波特》中睿智宽厚的邓布利多校长，等等。中国作品则有：《花木兰》中女扮男装的花木兰；《西游记》中"大闹天宫"的孙悟空；《三国演义》里智慧超凡的诸葛亮，武艺超群的关羽、张飞、赵云；《水浒传》中，忠勇双全的武松、鲁智深等梁山好汉；《阿凡提故事》里才智出众的阿凡提；《怪老头儿》中童心不泯的怪老头；《草房子》中宽厚、仁爱的桑顿校长；《一个女孩的"心灵史"》中的妈妈；《你是我的宝贝》里古道热肠的李大勇；《题王"许威武"》中倔强刚直的许威武；《老 K 其人》中知人善任的老 K；《女儿的故事》中善解人意的袁老师，等等。

以上中外文学形象的共同点就在于他们身上，都集中闪烁着人类文明所推崇、维护、弘扬的体现核心价值的人格、人性光彩：勇敢、无私、智慧、善良、忠厚、正直、诚信、侠义、英俊、美丽、仁爱、细腻、宽厚、温和，等等。从形象特征上，他们大致可以分为四类：强者型、智者型、美者型、复合型。强者型的人格魅力主要表现在"能力"上。或力量超凡，或武艺超群，或魔法出众，或勇武过人。这类文学人物常常是男孩子异常膜拜的，其"强者"特征也往往集中在英雄、侠客、武士、枪手、警探、船长、球星、超人、魔法师、海盗王……身上。这种审美阅读的心理趋向，应该和男孩子成长心理中普遍存在的对"力"的崇拜息息相关。力量、能力、勇力、魔力、魅力、权力、智力，这些都是为男孩子所看重的。而在这其中，力量、能力、勇力、魔力、魅力等外显的"力"尤为童年期的男孩所推崇。正因为这样，现实的街区、乡村、校园生活里，那些在同龄人中长得挺拔高大而又身手矫健、口齿伶俐、活泼好动的男生，往往在班级里、伙伴中具有很强的号召力，是孩子们民选的"首领"。这种"英雄崇拜""强者渴望"意识，也是传统意义上男孩文学阅读的心理选择。

当然，随着年龄增长，伴随身体发育与情感、心理变迁，对于网络、电子时代的男孩来说，传统的"能力崇拜"之外，他们对外在形象之美感和内在智慧之优越的着意程度也逐渐加大、加深。而这些，曾经更多是少女期的女孩们文学阅读的心理倾向专利。

事实上，和男孩类似，童年期的女孩文学形象的阅读心理倾向也是在"强者型"人物之外，渗透了对"智者型"和"美者型"人物的喜爱。尤其在涉及"智者型"人物形象时，无论男孩还是女孩，都体现出非常一致的倾向。那就是，普遍喜欢聪明，而不喜欢愚蠢；喜欢灵巧,而不喜欢愚笨。这一点,在现实生活里,也已经成为一种公开的秘密(这也是孩子们在《乌鸦和狐狸》的智慧较量中总是站在狐狸一边,而并不同情乌鸦的原因所在。因为在孩子们看来,狐狸代表了聪明、灵巧,而乌鸦代表了愚蠢、呆笨)。只不过,相比起男孩,小女孩们对"智慧"和"美丽"更加敏感,体味也更加细腻一些。

这一点,在儿童心理学研究中,也可以得到某种印证。法国哲学家萨特的夫人、女性主义"鼻祖"西蒙·波伏娃曾经指出:"直到12岁左右,一个小女孩和她的兄弟同样强壮,智力也相同,在任何方面,她都能和他们匹敌。"正因如此,从《狮子王》《小鹿班比》到《迪加·奥特曼》《猫和老鼠》;从《长袜子皮皮》《哈利·波特》到《皮皮鲁外传》《怪老头儿》;从《杜立特医生和大篷车》《骑士降龙记》到《金银岛》《了不起的狐狸爸爸》……强者型、智者型人物形象基本上成为男孩、女孩共同的喜好。当然,相比男孩对"强者型"形象的迷恋,女孩子们往往对那些聪明灵巧、能言善辩、机智幽默的"智者型"人物更加情有独钟。在她们看来,这是一种内在的"能力",它比掰手腕、炫车技、秀脚法、飙网瘾等男孩热衷的"本领比拼"更有内涵、深度,也更有意义。

此外,女孩们逐渐清晰起来的,还有另一种倾向——对"美者型"人物的追捧。因为,在小女孩们的意识里,一个女孩子仅仅有聪明灵巧的大脑还不行,那种"黄月英"(诸葛亮夫人)式的人物尽管智慧不凡,但是外貌却是难以弥补的缺憾,只能让人敬而远之。理想的人物形象应该是"李清照式"的"才女+美女","曹子建型"的"才子+帅哥"。既有聪明绝顶的大脑,又有美丽脱俗的容颜。这样一来,相比起以往儿童文学作品里,传统的海盗、船长、侠客、武士等"强者型"形象,贴近现实的故事里,那些"帅哥型"的男老师和"美女型"女老师就成为小女孩们的最爱。也就是说,和男孩们比较普遍的诉求于外在力量、能力的"英雄膜拜"心理类似,小女孩们有着比较明显的渴望漂亮、灵巧、优越的"公主意识"。

当然,上述倾向、意识都指的是一种普泛的情况。这其中不排除男孩子只喜欢"智者型""美者型";或女孩子仅钟爱"强者型"的情况存在。这也从一个侧面表明,浸淫于当下多元文化的氛围中,儿童阅读的心理趋向也呈现出丰富、驳杂的形态,无论男孩还是女孩,喜欢的都不仅有单一型的人物形象,更有复合型、混合型的成人形象。

但是,无论是"强者型""智者型",还是"美者型",都是儿童追求能力、渴望完美、希求补偿的心理需求的释放与投射,是儿童渴望长大之精神扮演的心理满足。这种心理满足和精神渴望不仅与身体能力、相貌认同有关,而且更多地反射出儿童在自我意识逐渐苏醒过程中所扩展、衍生出来的人格、精神趋向。具体说来,小学阶段,男孩子往往通过文学阅读中对"强者型""智者型"人物的认同和精神扮演,释放了心中的惩罚性、正义感、是非观,体味到一种类似"鲁提辖拳打镇关西"(《水浒传》)的惩恶扬善的畅快淋漓感或诸葛亮式的"运筹帷幄之中,决胜千里之外"的雄才大略的智慧超群。而小女孩则通过对"智者型""美者型"人物的欣赏、钟爱表达出性别意识逐渐萌苏境况下,身体和情感需求的"审美内化"倾向。这样一来,男孩愿望里能力卓然、形象俊朗、才智不凡的自我,女孩想象中聪明伶俐、活泼可人、相貌俊秀的自己,就在对"强者型""智者型""美者型""复合型"等不同类型文学人物的虚拟现实的阅读、体验中——复现。这是一种心理自我的幻化,更是一种精神需求的投射。它所蕴示的释放与补偿功能正是童年文学审美阅读之游戏效应、游戏精神的集中体现。

综上,童年文学的游戏效应可从审美机制、叙事结构、价值形象三个层面来把握。审美机制上,它既是作家"自我表现"基础上"童年情结"的情感释放和"再造童年"的心灵寄托,也是儿童读者"精神扮演"意义上心理能量的宣泄与补偿;它通过"出走"与"回归"的叙事结构来实现具体的游戏效应,并以"顽童"和"能者"的价值形象来体示其游戏精神。这样的审美机制和价值方式显示了童年文学独特的审美价值取向和阅读接受功能。而这些,又恰恰是我们所要凸显的童年游戏精神之所在:写作层面,它是作家对儿童生命需求的审美呼应和引领,其中也寄寓了作家"再造童年"的游戏冲动;读者层面,它不仅是儿童现实渴望的替代性满足、现实游戏的幻想延伸与心理转移,更是童年人格的审美建构和内在自我的精神超越。

要做到这一点,就要求我们的儿童文学作家不断走近儿童、理解儿童,做孩子审美游戏的参与者、见证人;通过对童年文学游戏效应的描绘和传达,参与孩子心灵的建构与精神的放飞,让游戏精神真正成为伴随孩子成长灵犀相通的心灵憩园和精神依托。

只有这样,儿童文学作家才会真正站在儿童的立场上,真正将游戏精神融入自己的文字,让昂扬、乐观、幽默、豁达、自由、和谐、创造、超越等这些精神因子、价值元素深深根植于童年生命,陪伴孩子一路,并化成他们一生的笑容。

[注释]
①[美]霍华德·加登纳:《智能的结构》,沈致隆译,中国人民大学出版社 2008 年版,第 291 页。
②班马:《游戏精神与文化基因》,甘肃少年儿童出版 1994 年版。
③[加]佩里·诺德曼、梅维丝·雷默:《儿童文学的乐趣》,陈中美译,少年儿童出版社 2007 年版,第 188 页。
④卜卫执笔:《关于全国五城市儿童阅读状况及其市场研究的报告》,中国社会科学院新闻所。

(原载《上海师范大学学报(哲学社会科学版)》2012 年第 1 期)

童年：儿童文学理论的逻辑起点

方卫平

一、寻找逻辑起点

每一理论体系的构筑都必须首先寻找和确立自己的理论出发点；这一出发点不仅提供了理论自身逻辑衍发的起始，而且也预示着理论展开过程中的运思方向和整体面貌。那么，作为一门相对独立的学科，儿童文学理论的逻辑起点是什么呢？首先应该肯定，它与普通文学理论的逻辑起点是不同的。如果我们重复儿童文学是文学，儿童文学是语言艺术，那么我们可能什么也没说（当然这种强调在某些情况下是必要的）。如果我们意识到我们的研究对象是整个文学活动系统中一个相对独立的子系统，并在这个意义上认定儿童文学研究是不同于普通文学理论的一个专门学科的话（普通文学理论是构筑儿童文学理论的基础学科之一），那么我们就有理由将普通文学理论所要解决的问题用"悬挂法"存而不论，而应该寻找和确定自己的理论起点并由此展开思考。

基于这样的认识，我认为"童年"这一概念，是我们所有关于儿童文学的理论思考的出发点。主要理由如下：

1. 从儿童文学理论的系统化的方法（逻辑手段）来看，它运用的是历史与逻辑一致的方法，而"儿童观"（即童年观）的变更是导致儿童文学走向自觉的最直接而重要的历史契机，因而它也是儿童文学理论的运思契机。

我们知道，理论系统化的逻辑手段通常有两种，一种是公理化的方法，即选择一些最基本的理论命题作为公理，由此导出其他定理，使之系统化，就可以建立公理化的演绎系统。另一种是历史与逻辑相一致的方法，即按照对象发展的历史规律性来确定理论系统的逻辑顺序。这种逻辑顺序不过是对象发展的历史过程在理论上纯态的、概括的再现。

从历史与逻辑相一致的观点看，儿童文学从自在走向自觉的历史起点，也就应该是儿童文学理论展开的逻辑起点。换句话说，在科学上是最初的东西，在历史上也应该是最初的东西。恩格斯曾经指出："历史从哪里开始，思想进程也应当从哪里开始，而思想进程的进一步发展不过是历史过程在抽象的、理论上前后一贯的形式上的反映；这种反映是经过修正的，然而是按照现实的历史过程本身的规律修正的。"[①]从中外儿童文学走向自觉的历史过程看，儿童观的变更无疑是促成这种自觉的直接历史动因。所以，我们关于儿童文学的理论思考，也应该从这里开始。

2. 从整个儿童文学活动系统看，它是成人作者与少年儿童读者之间的艺术对话和交流；在这里，成人与儿童、创作者与接受者之间的相遇、联系和融合，决定了这一活动与成人文学活动的根本差异。而导致这种差异的根本原因，是因为儿童的参与，或者说，全部儿童文学活动系统内部的特殊性，首先都是由儿童读者的特殊性决定的。

从时间上看，儿童文学活动作为一个过程，总是创作活动在前，文本居中，接受活动在后。但从整个传达、流动和接收的动态过程看,首先是儿童接受心理对创作心理的潜在制约,其次才谈得上创作者借助作品参与对接受者审美心理的塑造。因为在文学活动过程中,作者与读者的沟通和交流并非仅仅存在于读者对文本的接受阶段,而是在读者阅读作品之前就已经存在了。苏联文艺理论家梅拉赫认为,艺术家从最初的构思到创作的完成,始终不断地要在创作中同想象中的读者打交道,即作家在创作中都有自己的"接受模型",并且都得依靠一定的"接受模型"来进行创作。"儿童文学"这一概念本身,说明它强烈地意识到自己的接收者是儿童。儿童文学作品要成为儿童读者的审美对象,就必须考虑到读者对象的审美心理,因为儿童文学作品作为以儿童为接受主体的审美客体,其价值的实现不能脱离儿童审美心理机制的作用。所以,未来小读者的影子必然会深刻地影响着儿童文学作家的创作过程。安徒生说:"我在纸上所写的,完全和口里所说的一样,甚至连音容笑貌都写了进去,仿佛我对面有一个小孩在听一般。"[②]读者"接受模型"的这种制导作用,要求儿童文学作家在创作中必须熟稔儿童心理;因此,儿童文学创作是一种自觉的导向目的的活动。在这里,"童年"观念的确立无疑是重要的。

于是,我们确定了我们理论思考的起点。

二、童年的意义

那么,童年的意义何在?它究竟意味着什么?

认识到童年具有自己独立的人格和独特的精神现象,这相对于无视儿童独立性的儿童观来说不啻一次伟大的历史进步。然而仔细检视一下,我们对童年意义的认识和理解还是很成问题的。通常,我们总是习惯于把童年看成是一种独立的、仅具有自身意义的生命现象,并且仅仅从不成熟的、幼稚的意义上去理解这一生命现象。因此,我们强调儿童的年龄特点,但这种特点的基本内涵便是天真、幼稚、不成熟。于是,童年生命意义的下限只是一张白纸,或者说是洛克所谓的"白板",其上限便是趋向成熟的少年。这样,除了现实的童年存在外,我们很难再从中透视、发现到什么。

其实,无论从生理、心理、行为,还是从文化背景的意义上去考察,童年现象都远远不像普通人所想象的那么简单。即使是儿童的随意涂鸦、游戏,在具有现代科学眼光的人们看来,其中也向我们传递着某些极为隐秘而深刻的生命的和文化的内容、消息。据说,有一次爱因斯坦在同皮亚杰作了关于儿童游戏本质的谈话以后,不无感慨地说:"认识原子同认识儿童游戏相比,不过是儿戏。"[③]而儿童游戏,正是一种重要的童年现象。皮亚杰通过对个体认识的发生、发展过程的描述,揭示了认识主体如何反映客体的复杂机制,因而从微观个体的角度论证了人类宏观的认识发生、发展过程及其机制,为当代认识科学的发展做出了重大贡献。皮亚杰从儿童思维发展着手研究而又能上升到哲学认识论的高度,这在某种意义上也启示我们,不应把童年看作是一种孤立、封闭的人生现象,而应该从更广阔的背景和更深刻的意义上来认识和把握它,如此,则我们对童年的认识就有可能上升到一个新的理论层面。

首先,从生命传递和文化延续的角度看童年的初始状态,我们会发现,童年的初始状态不是"白板"一块,而是包含着丰富历史文化内容的生命现象。

黑格尔和列宁都曾经谈到过,研究个体智力的发生和发展情况,有可能帮助我们认识哲学史是怎样经过它的各个发展阶段而达到目前状况的。[④]将人类学的成果与儿童学的研究成果放在一起就不难发现,儿童的思维和体质及其发展与原始人有许多惊人的相

同或相似之处。根据现有研究资料看，这种相同或相似主要有这样几个方面：⑤

1. 主客体不分。这是人之初的自然现象。幼儿们总是自然地同动植物、星星、白云对话，你可以是我，我也可以是你，甚至你我不分。这些特点，不论对个体心理或集体心理的历史来说，都是思维处于较低级阶段的必然现象。

2. "自我中心"思想。这是与主客体不分状况密切联系的一种观念。皮亚杰认为，"自我中心"是 7 岁以前儿童的语言和思维的突出特点。这时儿童认为自己知道的别人也都知道，认为外界事物是围绕着自己并以他为中心的。就群体而言，如"地球中心说"，也可视为人类童年时代的"自我中心"思想的表现。

3. "泛灵论"。儿童的"泛灵论"与原始人的"万物有灵论"观念极为接近，即把自然现象和自然力量人格化。现代儿童的"泛灵论"，可以看作是对人类童年的一种回忆。

4. 思维的具体直观性或形象性。儿童的思维要借助于感知形象来进行，同样，原始先民的思维也具有具体性、直观性和形象性。

但是，现代儿童与原始人毕竟生活在两种有着巨大差异的不同的时空环境里，因此不能在两者之间简单地画上等号。其差异主要表现在：

1. 生理基础不同。与原始人类相比，现代人的大脑在体积上虽然没有继续增大的趋势，但脑子的形状还在变化，内部结构日趋完善和精致，脑细胞的数目在增多，密度在增大，新的联络在发展。因此，现代儿童的思维器官——大脑的生理结构和功能，是原始人类无法与之相比的。

2. 社会文化环境的不同。现代儿童与原始人类所处的社会发展阶段不同，他们可以从人类的文化积累中获得益处。恩格斯指出：现代科学和哲学"由于它承认了获得性的遗传，它便把经验的主体从个体扩大到类；每一个体都必须亲自去经验，这不再是必要的了；它的个体的经验，在某种程度上可以由它的历代祖先的经验的结果来代替"。⑥由于人类的物化的智力是不断加速发展的，因而人类智力发展的总趋势也是加速度发展的，早期人类学者如摩尔根就在《古代社会》一书中专门讨论了这个问题。他说："在蒙昧阶段，人们要从一无所有的环境里想出最简单的发明，或者要在几乎无可借助的情况下开动脑筋，这是极其困难的；在这样一种原始的生活条件下要发现任何可资利用的物质或自然力量也是极其困难的；因此，当时人类心智发展之迟缓自属不可避免的现象。"而"每一项准确的知识既经获得之后，就变成了进一步获取新知识的动力"，"就会成为继续向前推进的基础"，"一直推进到错综复杂的现代知识"。⑦这种文化的积累和传承，必然会给现代儿童带来迥异于原始人类的文化面貌。

3. 原始人类还没有形成表示更高抽象的一般概念，现代儿童则不然，在他们那里逐渐出现了感性的具体思维与理性的抽象思维并存的现象，并且抽象思维的发展并不消灭形象思维，两者在现代儿童（乃至成人）那里完全可以并存。关于这一点，列维·布留尔曾经有过论述。他认为原始思维是以受互渗律支配的集体表象为基础的、神秘的、原逻辑的思维，同时又认为："在人类中间，不存在为铜墙铁壁所隔开的两种思维形式——一种是原逻辑的思维，另一种是逻辑思维。但是，在同一社会里，常常（也可能是始终）在同一意识中存在着不同的思维结构。"⑧法国结构主义文化人类学家列维·斯特劳斯也在《野性的思维》一书中探讨了未开化人的具体性思维，并认为它与开化人的抽象性思维"二者能并存和以同样的方式相互渗透"⑨，同时又各司其不同的文化职能。

通过以上比较可以看到，儿童不仅是新生的，在特定意义上也可以说儿童是最原始的;人类早期的经验在童年那里更容易流露和表现。同时,童年本身并不能解释自身心理内容的全部,新生儿的心理也绝不只是一张白纸,这张纸在婴儿出生前就已经被刻上了许多难以辨认的、由千百代人的心理活动凝结而成的遗传信息。马克思把这种现象称为"精神的隔代遗传"。从这样的角度来透视童年现象,我们才有可能认识到童年所蕴含的丰富的文化学、人类学的意义,才会把童年看成是一种具有历史纵深感的生命现象。

其次,从未来的发展的角度来考察童年状态,我们可以发现,童年状态并非只具有单纯的"现在时态"的意义,而是蕴含着无限的生长可能,并会对未来产生巨大的影响。

童年并不单纯是一个从幼稚到成熟的生长时期,它的意义并不伴随着生长发育的成熟而消失。奥地利心理学家阿德勒认为,儿童到 5 岁之时,他对环境的态度大致已经固定而且变成机械化,在其以后的岁月中多半循着同样的方向和模式进行。正因为如此,有人曾探寻过毕加索画中所含有的他早期童年画里那些半人半兽的形象来源,而我们也不难从安徒生的童话作品如《丑小鸭》《卖火柴的小女孩》中觉察到童年经验的影响和流露。诗人威廉·华兹华斯写道:"孩子是成人的父亲。"这话我们不妨理解为成人世界是儿童世界延伸和发展的结果。皮亚杰指出:"每一个成人,即使他是一个创造性的天才,还得要从儿童开端;史前时代如此,今天亦复如此。"⑩同时,人的认识结构(心理结构)的发展是整合的。每一整体结构渊源于前阶段的整体结构,把前阶段的整体结构整合为一个附属结构,作为本阶段的整体结构的准备,而这整体结构本身又继续向前发展,或早或迟地整合成为次一阶段的结构,正是在这个意义上,皮亚杰曾经认为:"儿童能部分地解释成人","儿童的每一发展阶段能部分地解释随后发生的各个阶段"。⑪童年的这种无限的发展可能及其对未来生活的影响,无疑将提醒人们重视发掘其潜在而巨大的、生命和文化的意蕴。

第三,童年的意义还应该从第三个角度即从作为现实的社会存在实体的角度加以考察。在整个社会生活中,儿童虽然不是主体部分,但他们也并不是与社会绝缘的,儿童身上同样载有丰富的社会学内容,而不同时代的儿童,也必然会以自己独特的方式反映着乃至参与着一定的社会生活。随着现代社会对儿童及儿童问题的日益重视,儿童也在更大程度上成为现代生活中不容忽视的一个组成部分,并且能够在一定程度上反映出一定社会生活的流动和变迁。比如在苏联,人们就已经认识到,今天少年儿童的生活观比以往任何时候都自由、开放,他们身上具有时代的新意以及这种新意的外部征兆。有的评论家形象地比喻说:"他们像一张酸纸,能反映社会心理的变化和生活的更新。"⑫儿童与现代社会的这种密切联系,意味着我们不能脱离特定的社会现实背景来看待儿童,而应该充分认识到童年所可能具有的广泛而深刻的社会学内容。

因此,童年不仅仅只是幼稚的、不成熟的,它还联系、融合着历史的古老、现代的年轻和未来的无限可能。单纯中寄寓着无限,稚拙里透露出深刻,这或许便是童年所呈现和传递给我们的独特状态和意味。

三、童年观念及其所提供的理论生长点

对童年的认识、理解和把握构成一定的童年观念。关于童年的观念既是儿童文学理论的出发点,同时又蕴含和提供了儿童文学研究的潜在的和可能的理论生长点。换句话说,儿童文学理论可能的展开方向是以我们对童年这一现象的理解为基础的,一定的理解角度、方式和认识水平规定着理论思维的相应的深度和广度。这是因为,特定的童年

新中国儿童文学

70年

1949-2019

观念总是要借助一定的儿童文学作品来传达的,而对童年现象的认识越全面,把握越深刻,则相应的创作就越可能拥有较可观的深度和厚度,当然,它所能提供的理论生长点就越多,理论所具有的活力也可能越强。(对于童年观念与儿童文学作品之间的复杂联系,笔者拟另文详述。)

关于这一点,执教于美国俄勒冈州波特兰市的波特兰州立大学的艾里克·A. 基梅尔在《儿童文学理论初探》一文中为我们提供了一些例证。他认为:"一个社会、一个时代为它的儿童所生产的那种类型的文学,最好地标示出那个社会所理解的儿童究竟是什么样子。"⑬这也可以说,对儿童的理解,规定着儿童文学的生产,当然也规定着儿童文学的理论研究。基梅尔探讨了儿童文学的四种基本倾向,并认为"这四种倾向反映了人们看待童年的四种方式"。这提示我们,对童年的不同理解,规定着理论的展开和创作的实践。我们不妨来看一看这四种基本倾向,它们是神话倾向、说教主义倾向、卢梭主义倾向和虚无主义倾向。

1.神话倾向。如果一个社会给自己涂上一层神秘虚幻的色彩,那么这个社会对宇宙万物就有一种敬畏心理。这种心理的文学显现方式便是神话。神话倾向认为儿童文学也具有神话文学的种种特征,因为儿童思维与原始思维有相似之处。这种倾向为人们从人类学、神话学等角度研究儿童文学提供了可能。

2.说教主义倾向。它拒不接受神话文学的观点,并认为这种观点是蒙昧主义,是胡说八道。说教主义倾向认为,人完全有能力去塑造他赖以生存的世界。这个世界有道德和物质这两个侧面。强调世界道德这一个侧面,是宗教改革的一种衍生物。16 世纪德国神学家马丁·路德和法国神学家约翰·加尔文认为,人的基本天性是有罪的。如果听任不管,人就会堕落。上帝给道德高尚的人委以重任,要他们帮助误入歧途的兄弟去走正道、走直路,而帮助儿童走正道尤为重要,因为儿童最容易上当受骗,沦为撒旦攻击的目标。教育儿童的方法是利用儿童喜爱书籍和故事的天性进行夸奖和诱导。至于物质世界的一面,说教思想认为,推动世界前进的力量是知识,而不是精神。知识必须传给下一代。在说教世界里,作者与读者的关系是师生关系,把老师讲授的东西写成书,就产生了说教文学。它是儿童文学史上历史最长、势力最大的一种儿童文学倾向。这一倾向重视儿童文学的教育性,因而为从教育学角度探究儿童文学提供了依据。

3.卢梭主义倾向。卢梭等启蒙时期的哲学家认为,人性是善的而不是恶的,这与宗教改革时期神学家们的观点刚好相反。卢梭认为,最善良的人是最没有受文明浸染过的人,是那些受政治和宗教影响最少的人。这些人就是野蛮人和儿童。儿童代表着人的潜力的最完美的形式。按《爱弥儿》中所提出的理论,真正的教育是让儿童去探索自己的天性、去探索自己周围的环境,应让他们自然而然地成长。与说教主义相反,卢梭主义认为让儿童愉快地生活是一件好事,愉快是儿童内在和谐的象征,让儿童感觉愉快比认识ABC 更为重要。在这种童年观念的支配下,卢梭主义倾向认为凡是给儿童愉悦的儿童文学都是好书。这一倾向的理论展开是以"娱乐"观念为轴心的。

4.虚无主义倾向。这一倾向把焦点放在成人社会的邪恶上。社会由成人创造,而且受成人支配,这样的社会是完全使人失望的,因为它虚伪堕落了。倘使社会的前途还有什么希望的话,这样的希望只能到孩子们的身上去寻求。尽管它拒绝接受说教主义倾向的信仰,实际上却仍在教训儿童说,成人世界没有什么东西可以传授给他们。由于虚无主义倾向往往抱着消极、虚无的态度批判社会,因而其理论思考往往也带有较多的社会学意味。

上述四种关于儿童文学的观念，都是从特定的童年观念即从特定的对儿童的理解出发才得以生长和构建起来的。同样，在我国，"五四"时期周作人等人接受了西方人类学派和儿童本位论等学说的影响，认为儿童文学应以儿童为本位来构建其艺术系统；新中国成立以后"教育儿童的文学"的儿童文学观则强调儿童文学的教育功能。这些不同的儿童文学观都联系着相应的童年观念。在这个意义上可以说，有什么样的童年观，就会有什么样的儿童文学观念。

当代儿童文学创作已经进入了一个新的探索和调整时期。对于儿童文学研究来说，它也应该在整个当代科学背景下，结合儿童文学创作实践，不断寻找新的理论生长点，开拓新的研究思路和层面，从而重新确立自己的理论形态和学术个性。而对儿童文学理论的逻辑起点——童年的重新审视和深入把握，无疑将为儿童文学研究乃至整个创作实践带来一种新的思路和深度。青年作家班马在谈到儿童文学文体的未来可能性时表现了一种乐观的态度，其"理由正是来自于'儿童文学'这一文体形态本身所含有的潜在因素——它的沟通神话的古老，它的通向科幻的年轻，它的泛神论的亲近自然。它的哲学气的寓言本色，它最善于谈生态圈，它正可涉及异化。它拿手的就是梦、幻、魔。它等于发生论——这些艺术因素如果有所融合而形成一种文体，难道不有点当代世界文学的最新气度？难道不有点艾特马托夫的'星球意识'？难道不有点反人本主义文学的气息'"？⑭这种开放的、深刻的儿童文学观念，正是建筑在一种开放的、深刻的童年观念的基础之上的。

因此，一种新的童年观念也将有可能把我们的儿童文学研究带向一片更广阔的理论天地。

[注释]

①《马克思恩格斯选集》第 2 卷，第 122 页。
②[丹麦]勃兰兑斯：《安徒生论》，《世界文学》1962 年 11 月号。
③[苏联]斯托洛维奇：《美学怎样研究自己的对象》，见《美学文艺学方法论》上册，文化艺术出版社 1985 年 10 月版，第 179—180 页。
④参见《列宁全集》第 38 卷，第 399 页，《精神现象学》上卷，第 59 页。
⑤张浩：《略论儿童思维与原始思维之同异》，《人文杂志》1986 年第 2 期。
⑥《马克思恩格斯选集》第 3 卷，第 564—565 页。
⑦[美]路易斯·亨利·摩尔根：《古代社会》上册，商务印书馆 1977 年版，第 33 页、第 34 页、第 37 页。
⑧[法]列维·布留尔：《原始思维·作者给俄文版的序》，商务印书馆 1981 年版，第 3 页。
⑨[法]列维·斯特劳斯：《野性的思维》，商务印书馆 1987 年版，第 249 页。
⑩[瑞]皮亚杰、英海尔德：《儿童心理学·序言》，商务印书馆 1980 年版。
⑪同上书第 5 页。
⑫四川外语学院外国儿童文学研究所编：《外国儿童文学研究》第 1 辑，第 8 页。
⑬四川外语学院外国儿童文学研究所编：《外国儿童文学研究》第 2 辑。
⑭班马：《你们正悄悄地超越》，见《新潮儿童文学丛书·探索作品集》，江西少年儿童出版社 1989 年版。

（原载《浙江师范大学学报》1990 年第 2 期）

童年:征服心中那只狂野的野兽

彭 懿

　　《野兽出没的地方》(又译《野兽国》)是一本薄薄的图画书,它一共只有 37 页,18 个画面,文字也不多,英文是 380 个词,译成中文多了一点,也不过就是 447 个字。一个大人,如果从头至尾把它读一遍,不会超过 10 分钟。可就是这样一本原本是写给五六岁小孩看的图画书,却让成千上万个大人走火入魔,整整研究了 50 年。有人甚至夸张地比喻说,关于它的研究书都能装满一个火车的车厢了。

　　说它是图画书的"圣经"也不为过。

　　在欧美儿童文学圈,如果你说你不知道这本图画书,那一定会被对方当成一只来自"野兽国的野兽"了。

　　《英语儿童文学史纲》的作者约翰·洛威·汤森说,《野兽出没的地方》至少在美国"是一个家喻户晓的故事"。不过,在中国,它的知名度却远不如另外一本名叫《猜猜我有多爱你》的图画书高,卖得也不如《猜猜我有多爱你》好。它 4 年里只重印了一次,一共卖出了 6.5 万本。而《猜猜我有多爱你》重印了 9 次,一共卖出了 49 万本——图画书的销量,是不是大得令人咋舌? 要知道,现在的图画书多数都精装,可一点儿都不便宜,《野兽出没的地方》一本要卖到 29.8 元,《猜猜我有多爱你》一本要卖到 32.8 元。

　　卖得不如预期的好,是因为有的大人读不出它好在哪里。相比之下,他们更喜欢《猜猜我有多爱你》。那是一个读了就会让人心头温润的故事:一只小兔子站在大兔子面前,"猜猜我有多爱你?" "喔,这我可猜不出来。" "这么多。"小兔子把手臂张开,开得不能再开……原来,爱还可以这样衡量,还可以这样告白。特别是读到结尾,当听到小兔子对大兔子说"我爱你一直到月亮那里"时,年轻的父母们都恨不得能和大兔子一起说出"我爱你一直到月亮那里,再从月亮上回到这里来"那句著名的台词。

　　《野兽出没的地方》不像《猜猜我有多爱你》那么受欢迎,是因为它读上去,似乎只是一个简单的幻想故事:一个名叫麦克斯的小男孩惹恼了妈妈,受罚不许吃饭就直接上床去睡觉。于是他在自己的卧室里幻想自己坐船来到了一个野兽国,他征服了那里的野兽,成为野兽之王,率领一众野兽在森林里大闹了一场。最后,他突然饿了,想回有人爱自己的地方了,便又坐船回到家里,他发现他的晚餐就摆在桌子上,还是热的呢。

　　当然只是似乎,其实它一点儿都不简单。要不,它怎么会收获美国图画书的最高奖凯迪克奖,怎么会收获那么多"语不惊人死不休"的好评? 安徒生奖得主艾登·钱伯斯说:"因为这本书,图画书成年了。"彼得·亨特在《儿童文学》里说,这本书是 20 世纪最成功的图画书之一。朱迪思·希尔曼在《发现儿童文学》里说,它开拓了现代童年的意义……

　　不过要想读懂这本图画书,首先需要弄清楚的是,这本图画书里的野兽到底象征着什么。它们仅仅是一群吓唬小孩的怪兽吗? 显然不是。

　　这本书的原书名是 *Where the Wild Things Are*。Wild Things 里的 Wild,除了"野生

的"，还有一个意思就是"无法控制的"。所以，这些野兽，应该是一种比吓唬小孩的怪兽更可怕的"无法控制的东西"。那么，它们是什么呢？是孩子心灵深处的负面情绪，是童年里的黑暗时刻。正如它的作者莫里斯·桑达克所说："当孩子恐惧、愤怒、痛恨和受挫折时会感受到无助——所有这些情绪都是他们日常生活的一部分，而他们认为那是难以控制的危险的力量。"天真无邪的小孩心中还有漆黑一团的东西？50年前，它确实是挑战了人们的认知，打破了童书的概念。但是面对非议，莫里斯·桑达克没有退缩，他坚信在每一个小孩的内心深处，都藏着一只黑暗的、狂野的、随时可能失控的可怕的野兽，但孩子们可以依靠自己的力量，来打败它，征服它。这来自他的童年经验，他说他创作这本图画书，是因为他清楚地记得"童年某些特定时刻的情感"，他就是要用这本图画书来改变人们对儿童的看法。

当我们知道野兽象征了什么之后，再重读这本图画书时，我们就会发现这原来是一个小孩战胜内心负面情绪的故事：遭到妈妈惩罚的麦克斯，心中充满了恐惧和愤怒，他离家出走，来到野兽国。在这里，"他对它们施了魔法——盯着它们的黄眼珠一眨也不眨，它们好害怕，都叫他最野最野的野兽"。就这样，麦克斯征服了他内心负面情绪化身的野兽（野兽也是对他发号施令对他滥用权力的妈妈，即大人的象征）。

这一切都是孩子的幻想。大人可能会嗤之以鼻：这有用吗？对大人没用，但对于一个小孩来说，它太有用了。除此之外，一个小孩还能找到比它更好的办法来征服自己心中那只张牙舞爪的野兽吗？他们仅仅拥有这样一种想象的力量。所以，莫里斯·桑达克才会说："为了征服野兽，孩子们会求助于幻想，在想象的世界中那些令人不安的情绪得到解决，直到他们满意为止。通过幻想，麦克斯消解了对妈妈的愤怒，然后困倦、饥饿和心平气和地返回到真实的世界里……正是通过幻想，孩子们完成了宣泄。这是他们驯服'野兽'的最好方法。"有人说，麦克斯的这趟野兽国的冒险之旅，实际上是他的一趟"自我心灵深邃之旅"。为什么这样说呢？因为他是坐船抵达野兽国的，而穿过水面这个意象，就代表着他进入了深层的潜意识的世界。

既然是图画书，当然不能只看文字不看图画了，其实，被人们研究最多的，还是它的图像叙事艺术。

比如，在这本图画书的封面上，画着一只正在闭着眼睛睡觉的野兽，它长着牛头和两根尖犄角。它是谁，整本书里只字未提。但故事里出现的野兽中，只有它长着一双人脚。在后面麦克斯征服了野兽和野兽们狂欢的时候，我们会看到这样一个画面：麦克斯骑在这只长着一双人脚的牛头野兽的身上。一般的情形下，小孩只会骑在自己爸爸的身上。所以我们可以说，这只牛头人脚的野兽是麦克斯爸爸的化身。麦克斯为什么要把爸爸想象成一只野兽呢？这是因为这趟野兽国之旅，虽然是麦克斯幻想出来的，但毕竟是一次冒险的旅行，路途遥远不说，前面又有无数吓人的野兽等在那里。而他还是一个小孩，会害怕，需要大人的保护，于是他就把爸爸想象成一只野兽，让他陪伴自己走完了全程。

再比如，书里有三个麦克斯与野兽们在森林里胡闹的无字画面。第一个画面，就是他和野兽们在月夜里对天嚎叫的那个画面中，他处于一个最低的位置。到了第二个画面，他和野兽们吊在树枝上，这时他与它们处在同一条水平线上。而到了第三个画面，他骑在那只牛头人脚的野兽身上，与野兽们狂欢庆典时，他已经处于一个最高的位置，凌驾于所有的野兽之上了。莫里斯·桑达克就是通过这样三个连续的画面，用隐喻的表现手法告诉我们，麦克斯已经完全战胜了自己的负面情绪。

最让人惊叹的是，莫里斯·桑达克还巧妙地利用版式设计，来展示麦克斯从陷入失控状态到最后通过幻想，化解内心的愤怒与不安，走出失控状态的全过程。如果阅读得足够细心，我们会看到这本图画书的图画的大小是在不断变化的。开头第一页，愤怒的麦克斯被禁锢在一个小小的画面里，这时图画只有一张明信片大小，他显得又压抑又无奈。可是等到他在卧室里幻想长出一片森林来时，图画已经变成了满满一页。当他和野兽们在森林里彻夜狂欢的时候，图画已经占据了两个页面，变成了一个横长的跨页。正是透过这种图画尺寸大小的变化，画家让我们用眼睛"看"到了小主人公处理自己内心冲突的心路历程。

说起来好玩，这本图画书刚刚出版的时候，曾经遭到了美国小学图书馆馆员的抵制，理由是这些怪模怪样的野兽会吓坏了孩子。但是 50 年过去了，没有一个孩子被吓坏，正相反，孩子们喜欢这些胖嘟嘟、面孔有点滑稽，像一个个可爱玩偶的野兽。喜欢到什么程度呢？有一个小读者写信给作者："到底要花多少钱才能到达野兽国？如果票价不是太贵的话，我和妹妹都想去那里度假。"

今天，已经没有人会怀疑孩子具有强烈情感了。可是，世界上还是有那么一些愚昧无知的人，明明知道孩子的内心会受到创伤，会留下阴影，还是会用令人发指的手法去凌辱幼小的孩子，比如去年发生的幼儿园老师"虐童事件"。那个被年轻的女老师大头朝下塞进垃圾桶里的孩子，恐怕这一生都无法抚平心中的负面情绪创伤了吧。

这，或许就是今天我们阅读《野兽出没的地方》的现实意义。

（原载《读书》2013 年第 2 期）

论儿童文学的关键词："儿童"

马 力

历史进入新时期以来,我国儿童文学创作有了飞跃发展,但也存在明显不足,即一些儿童文学创作缺乏厚重的文化内涵,以致被儿童读者戏称为"弱智"。造成这种状况的根本原因是我们对儿童文学的关键词——"儿童"的理解出现偏差,致使我们在儿童文学的基础理论上迷失了自己。要使 21 世纪的儿童文学走出低迷状态,必须正本清源,从重释儿童文学的关键词——儿童开始。

一、"儿童生来是人"①

(一)儿童与成人相同的生命结构决定二者相同的生命本质

儿童的生命本质问题是儿童观的核心问题,国人自觉认识这个问题始于"五四"时期。中国儿童文学的理论先驱周作人曾指出:"中国向来对于儿童没有正当的理解","不是将他当作缩小的成人,拿'圣经贤传'尽量灌下去,便将他看作不完全的小人,说小孩懂得什么,一笔抹杀,不去理他。"②因此在"五四"之前,"中国还未曾发现儿童——其实连个人与女子也还未发见,所以真的为儿童的文学也自然没有。"③"五四"儿童观的确立,就以对此种封建儿童观的批判为肇端。周作人从文化人类学的观点出发,指出儿童在心性上与大人不同,但与原始人类相近,是非社会的、自然的。周作人的论述标志着"五四"现代儿童观的诞生,它为中国现代儿童文学的诞生奠定了理论基础,其影响一直持续到20世纪末叶。黄云生指出:"学前儿童与学龄儿童之间,在主要方面的大致分野还是有的,这就是:学前儿童主要还处于自然生存的状态,'自然人'是他们的主导方面;而学龄儿童则由于正规的学校教育的规范,开始逐步进入社会生存的状态,逐渐显现出'社会人'的特征。"④学前儿童果真是处于"自然的生存状态"的"自然人"吗? 新的社会科学研究成果并不支持这种观点,甚至得出与之截然相反的结论。我们认为,儿童的本质是由儿童的生命结构决定的,儿童的生命结构与成人相同,因此儿童与成人具有相同的生命本质。

1.儿童与成人的生理结构相同

当代遗传学的研究表明,儿童不属于任何一部分自然,只属于人:"生命是个整体……所有现存的活的生物都来自相同的材料,按照相同的原则发挥功能,并互有联系……不同的生物如微生物、谷物、蝴蝶、人类皆具有相同的蛋白质和核酸。"⑤"所有的生物都基于世代相传的模板而构建。鼠疫杆菌繁衍鼠疫杆菌,兰花繁殖兰花,螨繁殖螨,人繁殖人。因为这个原因,模板被称为'遗传性'(词根 gen 与 genesis 中相同,源自希腊语,意为'出生')。遗传模板由很多单位(或者说基因)组成,它同时形成了生物的基因组或基因型。基因有两种特性:(1)它可以被复制,传递遗传信息。(2)它们可以表达生物的特性,即生物的表型……DNA是基因的支柱,因为这个原因,它在生命符号中扮演了无与伦比的角色。然而,它的功能被所储存的遗传信息严格控制着(对信息复制也是如此,这样可以保证在细胞分裂时两个子细胞都有一个相同的拷贝）。"⑥"人的体格或身体结构主要由遗传决定"，⑦"基于世代相传的模板而构建"，因此儿童与成人在整个宇宙生命圈中同类、同种，在生理上同质、同构。

2.儿童与成人的心理结构相同

儿童与成人生理同构是二者心理同构的基础。荣格认为：人的心理结构是先天形成的："人生下来就具有思维、情感、知觉等种种先天的倾向，具有以某种特别的方式来反应和行动的先天倾向，这些先天倾向（或潜在意象）的发展和显现完全依赖于后天的经验。"⑧荣格还阐述了人类心理先天形成的途径及意义："人的心理经由其物质载体——大脑而继承了某些特性，这些特性决定了个人以什么方式对生活经验做出反应，甚至也决定了它可能具有什么类型的经验。人的心理是通过预先进化确定了的，个人因而是同往昔连接在一起的。不仅与自己童年的往昔，更重要的是与种族的往昔连接在一起。"⑨大脑进化是儿童心理遗传的途径，通过遗传使人类祖先的心理在现代儿童身上复活，这就是心理遗传的意义。不管儿童们从自己的祖先那里继承来的经验类型有多大差别，进而决定他们对生活的反应方式及可能具有的经验也有所不同，但是这一切都不能改变这样一个事实，即每个儿童都受共同的精神进化机制的制约——通过遗传获得心理内容。这种共同的进化机制决定了儿童有共同的心理结构。人的心理结构所具有的先天性，泯灭了儿童与成人之间的年龄差异的意义，儿童是未来的成人，成人是长大的儿童。因此儿童的心理结构就是长大的儿童——成人的心理结构，因为年龄的增长并不能使人的心理结构发生改变，这就是"先天"所具有的决定性力量。因此儿童与成人的心理结构相同。

3.儿童与成人的人格结构相同

儿童的人格结构与成人是相同的。弗洛伊德认为，人有三种人格系统："本我（id）：儿童的本我是人格中全部遗传的和无意识的部分……自我（ego）：自我是人格中多半能意识到的、理性的和适应的部分……自我的存在是依赖于从本我汲取得来的心力……'超我'（superego）则以道德性和理想主义占据支配地位为特征。因为超我是由良心（conscience）（道德准则）和自我理想（egoideal）（理想的自我）所组成。"⑩弗洛伊德所说的人格结构，没有儿童与成人之分。荣格认为，每个人的人格中都有四种原型，即人格面具、阿尼玛和阿尼姆斯原型、阴影和自性。这种人格的原型结构同样是泛指整个人类。因此我们没有理由认为成人与儿童的精神结构有什么不同。

儿童的人格结构是先天的。平时我们常听到要健全儿童人格的说法，似乎儿童的人格结构先天不完整，这种认识是不科学的。荣格说："人一生下来人格就是完整的，人要做的是在此基础上，最大限度发展它的多样性、连贯性和和谐性，谨防分裂。分裂是一种扭曲。"⑪倘若儿童先天没有一个完整的人格结构，就谈不到后天完整人格的发展。无论是"多样性""连贯性""和谐性"，抑或是"分裂""扭曲"，都不是针对儿童人格结构是否健全、完整而言，而是就儿童先天人格结构在后天发挥功能的状况而言。人格结构与它的结构功能完全是两个概念，不能混为一谈。否则就会犯逻辑上的错误，不可能得到正确的认识。荣格还认为："人格的潜力是诸如先天的倾向、潜在趋势那样一些东西。"⑫这一认识表明，不但儿童的人格结构是先天的，它潜在的发展方向也是先天的。我们假设成人的人格是人格发展的成熟状态，那也不过是儿童潜在的人格发展方向的一个显示，二者没有本质的区别，只不过呈现的明显度有些区别罢了。

4.儿童与成人的精神结构相同

弗洛伊德认为，人的精神结构包括无意识、前意识、意识三个部分。荣格认为，人的精神层次可以分为意识、个人无意识和集体无意识。意识"在生命过程中出现较早,很可能在出生之前就已经有了。幼儿辨别父母、玩具靠意识"[⑬]。尽管弗洛伊德与荣格两位心理学家对人的精神结构层次的认识有所不同,但他们都承认人的精神结构的存在。而且无论是在弗洛伊德看来,还是在荣格看来,人的精神结构都是不可改变的。后天的改变只是结构功能,而非结构本身。与弗洛伊德相比,荣格更强调人的精神结构的先天性:"集体无意识直接依赖于大脑的进化……集体无意识的内容就给个人的行为提供了一套预先形成的模式……这样,集体无意识的内容,就决定了知觉和行为的选择性。"[⑭]荣格的论述表明,人的知觉和行为倾向取决于人的集体无意识中的潜在意象,这种潜在意象对人的知觉与行为倾向的影响是先天的,先天的就意味着无论是儿童还是成人都无法改变的。

承认儿童与成人有相同的精神结构与知觉、行为机制,对于我们认识儿童的生命本质具有特殊重要的意义。儿童一旦从集体无意识中继承了人类祖先的智慧(其中既包括人类征服自然的经验,也包含人类社会生活的经验),其心灵就不再是"白板"一块,换句话说,它意味着儿童不再是"自然人",而是有潜在文化基因的文化人了。儿童一生下来就处于特定的社会环境之中,即便是儿童所处的家庭关系,说到底也还是社会关系,这决定了儿童从生下的时候起,就不是处于"自然生存状态"之中的"自然人",而是处于一定的社会关系之中的社会人了。儿童的知觉和行为从表面上看是出自"最初一念之本心"(李贽语)。其实这"最初一念"就受他的集体无意识中原始意象的制约,祖先的社会经验与聪明才智成为其知觉与行为的选择性机制。这就是人都是种族的人、文化的人、社会的人,而不可能是孤立的"自然人"的道理。儿童先天的选择性机制将伴随他的一生,制约他的一生,绝不会因为后天年龄的增长而发生改变。发生变化的只不过是随着儿童年龄的增加、儿童的社会性行为的增加,其文化性与社会性表现得越来越充分罢了。

既然不存在儿童是"自然人"的问题,当然也就不存在儿童由"自然人"向"社会人"转变的问题了。儿童文学创作坚持"儿童本位",不应体现为对儿童自然本性的张扬,而应体现为对儿童人性的探索与表现上。"五四"以来以周作人为代表的儿童观的偏颇之处,正在于把儿童看作有着原始心性的自然人,否定儿童生来具有的社会性、文化性,这是对儿童真正"人"的本质的扭曲与遮蔽。

(二)儿童与成人的差异是生理与心理结构功能上的,而非结构上的

儿童出生后身体需要一个发育的过程,其生理、心理机能有一个释放的过程,这个过程就叫作成长。然而"生物的生长是指各种器官系统形态大小和复杂程度的增加"[⑮]并不意味着儿童各种内在结构的改变,而是意味着各种器官形态的增大与结构功能的增强。"在婴儿出生的头半年内,他们的视觉系统是不成熟的,因此基本的视觉能力比较差,主要表现为他们的视敏度和对比敏感性的水平低……婴儿视敏度改善极其迅速,大约6个月至1岁便能达到正常成年人的视敏度的范围之内。"[⑯]"一些研究者认为,胎儿就具有了听觉功能……新生儿已具有一定的听觉能力。"[⑰]"最近美国的一些研究人员发现,婴儿的头脑可以辨别各种语言中的不同声音,在10个月时就可以模仿本语中的音调,其原因在于人的头脑里有一种惊人的计算能力……儿童生下来时其头脑中就存在着所有语言共同的基本结构模板,他们在听父母说话时,就把听到的一切贮存在原来存在的样板中,通过这种方式获得本语的能力。"[⑱]

儿童感觉器官与发音器官、语言能力的发展,为儿童认知心理功能的发展奠定了基

础。美国心理学家南婷认为：“大约 3 岁开始，儿童已有足够的认知能力。”⑱这意味着“在儿童的思维与成人的思维之间，不存在理论上的中断性”⑲。因此将儿童与成人认知上的差别看得很大，甚至将二者对立起来是缺乏理论根据的。

从儿童精神结构功能的发展上看，弗洛伊德认为：“意识大约在 10 至 18 个月的时候产生，这是皮层结构成熟以及对外界环境有较多熟悉的认识的结果。在这时候，儿童能觉察到外部世界并不是他们自身的扩展。而是一个独立的实体。儿童的意识心理在整个童年期继续生长和展开着。”⑳儿童意识功能展开的过程就是儿童精神结构功能不断增长的过程。

从儿童人格结构功能的发展时间上看，心理学家们的认识目前还不统一。荣格说：“我用‘个性化’这个术语来表示这样一种过程，经由这一过程个人逐渐变成一个在心理上‘不可分的’，即一个独立的、不可分的统一体或‘整体’……意识与个性化的发展同步，在个性化中产生自我。”㉑英国心理学家梅森认为“超我”是儿童先天就有的。从儿童出生的时候起，它就开始发挥自己的人格功能。她说：“没有人告诉婴孩应与周围的人友好相处，这个想法天生就有，是他作为人的一部分。”㉒“我认为一个孩子，还不会说话，却能拖一把椅子让来访者坐下，可见，即使是没有受过教育的人都有友善的冲动。”㉓她还认为：“我们每个人生而有勇气。”㉔“忠诚不是盖在我们每个人身上的印戳，而是我们天生就有的。”㉕“谦逊是我们内在的，内在于我们的胸怀中。”㉖荣格以及梅森的实验结果各有不同，对此问题的认识自然各持己见。然而这些分歧点都不在儿童人格结构的有无上，而在其结构功能何时得到明显的表现上，说到底还是对儿童结构功能发挥时间的先后、大小与强弱程度上的分歧。

无论儿童与成人之间各种内在结构功能上有多大的差别，充其量是情商的差别，不能成为儿童与成人之间有本质区别的依据。任何事物的本质都是由事物的内在结构决定的，儿童与成人生理、心理、人格、精神上的相同结构决定了二者具有相同的生命本质与社会本质。“儿童生来是人”㉗，儿童的本质属性是人性。文化遗传决定了儿童是有社会潜质与文化潜质的人，文化性与社会性则是儿童人性结构中的两大支柱。

二、儿童文学是表现人性的文学

（一）儿童文学对儿童认知能力的体现不是“适应”，而是提高

近一个世纪以来，在儿童文学的字典中，童心是使用频率颇高的词。然而令人遗憾的是，对于童心这样一个具有多元的内涵的词，多给予一元的理解：“大多只把它当作‘儿童心理’的简缩，并无深刻新鲜的理论阐释。”㉘更令人遗憾的是，对于多元的儿童心理内涵的解释，通常将它简单地等同于儿童的认知心理。这种认识对于我国的儿童文学创作产生了巨大影响：“所谓儿童文学的特点，实质上不过是儿童年龄的特点。”㉙儿童文学作家要“善于从儿童的角度出发，以儿童的耳朵去听，以儿童的眼睛去看，特别以儿童的心灵去体会。”㉚作品务求“文字合于儿童的程度，事物合于儿童的了解，顾及儿童的生理和心理，以及阅读的兴趣，务使成为儿童自己的读物，而不是成人的儿童读物。”㉛只有这样，我们才“会写出儿童能看得懂、喜欢看的作品来”㉜这种关于儿童文学特点的狭隘理解，几乎统治中国儿童文学文坛一个世纪，这种认识像“紧箍咒”一样套在一些作家头上，限制了作家对儿童生活的深入思考，阻碍了作家在创作中深入开掘作品多元、深邃的文化内涵。

儿童文学顾名思义应该有“儿童本位”意识，表现童心也是儿童文学的题中应有之意，

但它只是儿童文学应表现内容的一部分，而非全部，儿童文学不仅应该表现儿童身内身外广阔的社会生活，而且在表现题材上不应有禁区，问题不在于表现什么，而在于怎样表现。单就童心的表现而言，童心也是个内涵丰富的概念，可以从心理学、文化学、美学等多重视角进行剖析。倘若我们只从心理学的视角来认识童心，甚至将童心等同于儿童的认知心理，势必会抹杀童心本应有的多重内涵。从这种简单化的认识出发，将儿童文学的特点看成是儿童的年龄特点，似乎儿童文学只要体现出儿童的年龄特征，儿童读者就会"喜欢看"，就会使儿童文学创作一味追求符合儿童年龄特征的倾向。这种认识还会导致在儿童文学理论批评中，将能否符合儿童的认知心理作为批评的准绳。这种创作与批评的倾向，必然导致儿童文学简单化的倾向。即便儿童文学作家在创作时，要考虑到儿童的认知心理，也不应以"合于"儿童的认知心理为限，因为儿童的思维不是一个僵死的概念，始终处于发展变化之中，它与成人的思维不存在理论上的中断性，没有无法逾越的"鸿沟"。因此儿童文学作家的创作既要了解特定年龄段的儿童的认知心理发展的程度，又要考虑到儿童思维发展的连续性，以及思维发展本身的复杂性。这正如苏联心理学家维果茨基所说："发展的情况原本是复杂得多，各种发生形式都是共存的……人的行为总是处于同一高层或最高级的发展层次上。最新的、最年轻的，人类历史刚刚产生的形式能在人的行为里和最古老的形式肩并肩地和平共处……在儿童思维发展方面同样的现象也是确定的。这里儿童正在掌握最高级的思维形式——概念，但他绝不与较为低级的形式分手。这些基本形式还将长时期地在数量上占优势，是一系列经验领域思维的主导形式。就连成年人，也像我们曾经指出过的那样，并非始终是用概念思维的。他的思维经常是在复合思维的层次上进行的，有时甚至降到更为基本的、更为原始的形式。"⑧因此他主张在儿童教育上，"无论何时我们都不能只是限于单一地确定一种发展水平。我们应当至少确定儿童的两种发展水平。"⑧儿童教育如此，儿童文学创作也如此。以往的儿童文学创作常常只考虑到特定年龄阶段儿童的一般认知心理发展状况，很少考虑到儿童认知心理发展的连续性、复杂性和兼容性，所以儿童文学创作大多偏于浅显、幼稚。除此，儿童的认知心理发展还具有个别性："儿童且有各种不同的发展可能性，也就是说，具有不同的最近发展区。"⑧儿童文学创作与成人文学创作一样，永远不以表现"一般性"的生活为满足，而是要表现"这一个"儿童的特殊生活经历，展示他的思想成长历程。只有表现了儿童心灵的特殊性和全部复杂性的作品，只有表现儿童思维与灵魂成长的作品，才是活生生地表现了儿童生命特质的文学，才会得到儿童读者的喜爱。否则，将儿童文学创作只定位在"合于"儿童的接受能力上，不考虑儿童认知心理上的最近发展区，"把孩子的世界降低到'孩童水准'，是愚弄孩子"⑧。

（二）儿童文学的根本属性不是儿童的自然性，而是人性

以往儿童文学界对童心所做的文化学阐释是儿童的"原始心性"与"自然心理"，他"未经教化""纯真无邪"。这种认识与"五四"时期周作人的认识一脉相承。其影响从"五四"一直延续到 20 世纪 90 年代，这正如黄云生所说："值得注意的是：即使在古代，'童心'也是指人的'最初一念之本心'……指人类婴幼儿时期所具有的原始心性，是纯真无邪的心境，是未经教化的自然心理。显然是因为这样的缘故，当走向自觉的现代儿童文学在我国发生时，'童心'这个观念便很快为儿童文学的倡导者和实践者们所关注，他们几乎是理所当然地认为儿童文学应该表现'童心'。这种不约而同地形成的共识，虽然掺和着各个不尽相同的复杂的中西文化思潮，但有一点却是一致的，这就是出于'儿童本

位'的考虑。"③这种关于"儿童本位"的考虑，即儿童是具有"自然心理"的"自然人"的童心观，在我国儿童文学界根深蒂固，影响久远。对此，上文已经作了心理学上的剖析，不赘述。这里再从文化学层面加以阐释。关于儿童性本善还是性本恶的问题，理论界的认识历来存在分歧。古今中外大多数儿童文学作家都倾向于儿童性善说，在他们的作品中，儿童形象大都美好得像天使，可与天上的神仙与星辰相媲美。其理论根基在于李贽的"童心说"、约翰·洛克的"白板说"、卢梭的"自然教育"理论以及保罗·亚哲尔的童年"黄金时代"说之中；但是也有人不同意这种说法，比如英国著名作家威廉·戈尔丁的长篇小说《蝇王》，既表现了儿童的善，也表现了儿童的恶。它揭示出环境对于儿童道德观念的决定性影响，小说通过一系列情节具有说服力地表明，即使将儿童完全置于自然的环境之中，远离成人、远离人类社会，儿童也表现不出"纯真无邪"的"自然心理"，无所谓是"自然人"。相反，他们中的一些人还是表现出强烈的权利欲、占有欲以及对同类的残忍，表现出为恶的道德行为，具有十足的社会本性。这正如英国心理学家梅森所言："他们不是生来性善、性恶，而是有向善或向恶发展的可能性。"③戈尔丁与梅森的认识打破了人类神化儿童的梦想，恢复了儿童"人"的本来面目。从当代精神分析学、遗传工程，以及儿童心理学提供的新的研究成果看，威廉·戈尔丁和梅森的认识更具有当代性，更符合人的本性。既然儿童的本性既非善，也非恶，但却既可以为善，也可以为恶，它就与成人的本性没有什么区分。也就是说，无论从心理的角度看，还是从文化的角度看，儿童都与成人具有共同的人性本质。儿童生来是人，人性是儿童的根本属性。虽然如此，我们仍然看重李贽、约翰·洛克、卢梭和保罗·亚哲尔这些近代进步儿童观的始作俑者，没有他们的皇皇大论，儿童就不会被发现。对于他们的时代来说，他们永远是伟大的灵魂。但是真理总是不断发展的。捍卫真理的最好方法就是发展真理。抱残守缺才是对真理的亵渎。

再从创作实践上看，过去的儿童文学创作大都有童心崇拜的倾向，将童心作为美的最高境界的体现。在创作论上，中国第三代儿童文学理论家有将成人作家的心灵与童心相切之说，即便在相切、相叠的论述上有所不同，但是其基本理论前提却是一致的，即承认儿童心灵与成人的心灵有本质的差别。儿童的心灵是自然的，成人的心灵是社会的，二者是对立的。从这种认识出发，天才的儿童文学作家都被看作是老小孩，如安徒生、刘易斯·卡洛尔等；没有这种天赋的儿童文学作家，在进行创作时就要尽量将自己"化"为儿童，所谓"用儿童的眼睛去看，用儿童的耳朵去听，特别用儿童的心灵去体会"是也。其实成人作家是否真的能将自己"化"为儿童，以及在什么程度上将自己"化"为儿童，是很难量化的。作家在灵感来袭、进入创作状态之际，文思泉涌，笔跟不上自己的思路，怎么可能再去顾及自己现在是否已经化为儿童了呢？况且灵感、直觉这些制约文学创作的思维方式，根本就没有儿童与成人之分。如何寻找成人心灵与童心的共同点，实现所谓的"相切"或"叠合"呢？由此可见，从创作实践的角度看，儿童文学要表现"自然心理"的"自然人"也是行不通的。

一部世界儿童文学发展史，就是一部表现儿童的根本属性——人性的历史。我们且不说古老神话、英雄传说、民间口述童话体现了古代人类的梦想，凝结着人类古老的智慧和善恶观念；也不必说17—18世纪拉斯伯、塞万提斯、迪福、斯威夫特等人的创作都是近代人类的生命史、灵魂史的缩影，表现了人的本质力量；就是到了18世纪下半叶，那些标志着现代儿童文学诞生的大作家马克·吐温、安徒生、刘易斯·卡洛尔等人的作品，也无不以极富个性化的方式揭示着儿童深刻的人性内涵；更不要说20世纪中后叶以来，法国圣埃克絮佩利的《小王子》、英国托尔金的《魔戒》、德国恩德的《毛毛》等创作，更是以表现他们对人性的独到之见，对当代人性异化现象揭示之深获得读者的青睐了。大凡世界儿童文学经典之作，无不蕴藏着作家观察、探索人生与世界的真知灼见，无不从形而上层面思考儿童生命的意义与价值。再从接受美学的视角看，凡是被儿童抢着看的作品，成人无不喜欢。可见一部成功的创作，在读者范围上是没有界限的，因为这些创作表现了共同的人性；反过来，那些刻意迎合儿童认知能力、缺乏深刻人性内涵的作品，儿童不喜欢看，成人也不喜欢看。因为它缺少儿童与成人共同的人性内涵。世界儿童文学正反两方面的创作实践表明，人性才是儿童文学的真正本质。成人作家在进行儿童文学创作时，真正与儿童读者的心灵相切、叠合之点是人性。所谓儿童文学坚持"儿童本位"，不仅要正确表现儿童的认知发展、表现童心更广阔的内涵，更要表现人性。人性是儿童文学的根本属性，儿童多种多样潜在的、显在的文化性、社会性，是构成儿童人性特征的两大支柱。

若论儿童文学与成人文学的区别，那就是儿童文学需要比成人文学写得更好，因此创作难度更大。要"以最浅之文，存以深意"㊵。这里的"浅"不是浅薄、简陋，俗气，而是"华而近朴"㊶，"不失祖国文学之精粹"㊷。"存以深意"是说作家对人性的深切感悟要能深入浅出地表现出来。"盖文太雅则不适，太俗则无味"㊸，要达到"陈意其高，措辞诙谐"的艺术境界㊹。"真非易也"㊺。

儿童是儿童文学的关键词。正如很难说清我们是谁一样，对儿童是谁的问题也很难说清楚。这就是我们要不断对儿童提问，并不断言说的意义所在。但愿这种言说能对认识历史新时期儿童文学在哪里迷失了自己的问题，提供探索的起点。

[注释]

①⑯⑰⑱㉖㉗㉘㉙㉚㉛㊴㊷[英]夏洛特·梅森：《儿童生来是人》，邵燕楠、朱利霞译，中国发展出版社 2003 年版。

②王泉根：《周作人与儿童文学》，浙江少年儿童出版社 1985 年版。

③周作人：《儿童的书》，见《自己的园地》，北新书局 1923 年版。

④黄云生：《人之初文学解析》，少年儿童出版社 1997 年版。

⑤⑥[比利时]克里斯蒂安·德迪夫：《生机勃勃的尘埃——地球生命的起源和进化》，王玉山等译，上海科技教育出版社 1999 年版。

⑦⑩[美]玛戈·B.南婷：《儿童心理社会发展——从出生到青年早期》，丁祖荫译，人民教育出版社 1993 年版。

⑧⑨⑪⑫⑬⑭[美]霍尔等：《荣格心理学入门》，冯川译，生活·读书·新知三联书店 1987 年版。

⑮同⑦，第 40—44 页。

⑲申继亮、李虹、夏勇、刘立新：《当代儿童青少年心理学的进展》，浙江教育出版社 1993 年版。

⑳㉑逸文：《婴儿都是语言天才》，《环球时报》1998 年 9 月 27 日。

㉒同⑦，第 82 页。

㉓㊲㊳㊴王振宇编著：《儿童心理发展理论》，华东师范大学出版社 2000 年版，第 186 页。

㉔同⑦，第 234 页。

㉕同⑧，第 31—32 页。

㉜㊶黄云生：《人之初文学解析》，少年儿童出版社 1997 年版，第 12—13 页。

㉝陈伯吹：《谈儿童诗》，见《儿童文学简论》，长江文艺出版社 1982 年版，第 229 页。

㉞㉟陈伯吹：《谈儿童文学创作上的几个问题》，见陈伯吹：《儿童文学简论》，长江文艺出版社 1959 年版。转引自方卫平：《中国儿童文学理论批评史》，江苏少年儿童出版社 1993 年版，第 337 页。

㊱陈伯吹：《儿童读物的编著与供应》，《教育杂志》第 23 卷第 3 号。

㊸曾志忞：《告诗人》，见胡经之：《晚清儿童文学钩沉》，少年儿童出版社 1982 年版，第 40 页。

㊹徐念慈：《余之小说观》，见《小说林》1908 年。

㊺刘半农：《洋迷小影·译者引言》，《中华小说界》1914 年 7 月 1 日。

（原载朱自强主编《中国儿童文学的走向》，少年儿童出版社 2006 年版）

儿童精神发生学对儿童教育、儿童文学的影响

刘晓东

儿童精神世界在其先验形式(康德语)上是人类历代祖先(包括生命进化史上的所有祖先)的遗产。儿童精神世界在其形式以及部分内容上是人类历代祖先生生不灭的典型生活的沉降。因而我们对儿童精神世界的认识,也是对成人心灵深处的认识,是对人类心灵深处的认识。儿童研究、童年研究,尤其是哲学层面的研究,可谓有巨大魅力。遗憾的是,真正能够体会因而能够支持的人目前并不多。

一、精神发生与儿童教育

胚胎学研究揭示了动物界的胚胎在发育顺序及其相应的结构上是类似的,与此相同,精神发生学发现,人与一般动物界在精神发生方面是连续的、一致的。精神发生学可以理解为精神胚胎学或精神古生物学。恩格斯就曾认为,黑格尔的《精神现象学》就是类似精神胚胎学或精神古生物学的学问。海克尔在其著作《宇宙之谜》中曾试图提出生物发生律的精神发生学理论。

一些科学家试图发现精神现象在大脑的定位,试图发现精神发生与脑进化(或发育)之间的关系。美国脑进化和脑行为专家麦克莱恩(Paul Mac Lean)在这方面的研究为儿童精神发生学研究提供了脑生物学的证据。著名的美国科普专家卡尔·萨根(Carl Sagan)和法国学者埃德加·莫兰(Edgar Morin)对麦克莱恩的这种研究表现出浓厚的兴趣。[1][2]

精神发生研究对儿童教育具有重要的启示。皮亚杰告诉我们:"每一个(认识的或心理的)结构都是心理发生的结果,而心理发生就是从一个较初级的结构过渡到一个不那么初级的(或较复杂的)结构。"[3]"从研究起源引出来的重要教训是:从来就没有什么绝对的开端。"[4]这些话是谈论精神发生的,但是对于思考教育学问题具有重要价值。

传统教育的误区恰恰可以归因在没有认识到儿童的精神发生现象和发生规律,没有认识到成人的精神世界与儿童的精神世界存在结构性差异,没有认识到成人的精神世界是要经过儿童的精神世界的数次结构性转换才能达成(也就是说,儿童的世界、儿童的生活、儿童的心灵即便在儿童时代也是按发展阶段的严格顺序发生数次结构性转变的;每次结构性转变,儿童的世界和儿童的需要以及儿童成长的任务都将发生相应的转换)。传统教育将成人认为有价值的成人世界的东西灌输给儿童,过分强调教育的"塑造"功能,揠苗助长地进行"神童教育"等做法,归根结底,就是因为对儿童精神发生现象是无知的。这种无知是成人本位的儿童教育之所以能够大行其道的根源之一。中国传统教育和传统儿童文学创作所强调的将成人世界的"大道理"教给幼小儿童、陈伯吹所批评的新中国成立后儿童文学创作中一定要反映所谓(社会改造和建设的)"大题材"、时下流行的儿童读经运动,等等,都是以成人为本位的,都是脱离儿童世界的。

儿童拥有植物性生命(或称为生理层面的生命)、动物性生命和人独有的精神生命。

这三重生命是分层有序地整合在儿童生命中的。在拙著《儿童精神哲学》中，我先后提出认识层论、道德层论、审美层论，最后总括起来，将它们整合在"精神层论"之中。我试图指出：在进化上最先出现的是较后出现的基础和条件，较后出现的则是较前出现的"花朵""果实"、目的。儿童有一种植物性的成长（主要表现为肉身，包括各种器官和神经系统的发育和生长），也有一种动物性成长（主要指动物所特有的成长的内容，即本能和无意识，事实上，任何动物又都拥有植物性的成长）。儿童还拥有人所特有的一种成长，那就是人独有的精神（意识）生命的成长。不过，对幼小儿童来说，他成长的最主要的任务是植物性和动物性的成长。在幼小儿童那里，人所特有的意识成长还处于萌芽时期，而且它的萌芽的根系在于植物性和动物性成长，意识生活能否拥有深而密的根，是以植物性层面的成长和动物性层面的成长为基础的，同时也需要适当的社会文化环境的刺激（人这种动物——最高级的动物——的身体发育是离不开文化环境的，即文化环境是人的肉身发育为人的身体的必要条件，没有文化环境的支持，人的直立行走所需要的身体素质将无法自动发生）。

儿童植物性层面（即生理层面）的成长，取决于外部环境条件，这包括一般性植物成长的外部条件——空气、阳光、水，同时也包括母乳等食物和亲子之爱等。植物性层面的成长是由一般植物学定律决定的。

儿童动物性层面的成长主要是本能和无意识的释放。弗洛伊德精神分析理论和荣格分析心理学在研究儿童的动物性层面的生命方面有重要贡献。例如弗洛伊德认为幼小儿童的生活所遵循的是快乐原则，对幼小儿童本能和无意识的过分压制可能会造成种种精神障碍，如固著（发展停滞在现有水平）、退著（发展倒退到以前的水平）等。而荣格在儿童动物性成长方面则别有贡献。他提出了原型、集体无意识、个体化等概念。儿童的成长就是将这些潜在的原型释放出来（原型是经过每一代远古祖先与无法逃避的典型情景相互建构而形成的，它们是"自然的人化"，同时，原型又通过接触每代人都无法逃避的典型情景而被释放、表达出来），从而让人类祖先所赋予人的精神财富成为个人的精神财富，这实际上就是"个体化"（荣格的概念）的过程——我们可以将这一过程理解为人从一个抽象的、潜在的、几乎没有多少个体差异（不是说绝对没有差异）的人类基因的规定，逐步变成一个具有独特生活经历和独特个性的人，这个人是这样的人：他逐步现实地拥有人类祖先的精神遗产，并在命运所安排的现实环境和社会关系中成长，从而成为一个独特的人。

儿童不仅拥有植物性生命（或称为生理层面的生命）、动物性生命，还拥有着作为最高级的物种所独有的精神生命。人的精神生命的成长主要是靠人的意识层面的文化创造所启动的，但它却以人的植物性生命和动物性生命为成长的根基。荣格的个体化概念便是以人的植物性生命和动物性生命为根茎进而植入人所独有的精神生命层面。

传统的教育主要是针对人独有的精神生命并在意识层面的文化历史财富中展开的，但它抑制或忽视了人的植物性生命和动物性生命的充分展现。然而，人的精神生活的充分展现却依赖于人的植物性生命和动物性生命的充分展现。而人的精神生活的充分展现，又为人的植物性生命和动物性生命赋予了属人的精神品质。人所具有的三重生命的竞争和协调才能为人带来幸福的、精彩的、创造的人生。

二、"儿童的心理是在两架不同的织布机上编织出来的"

在为《儿童的语言与思维》一书所写的序言中，著名心理学家克莱巴柔德认为，皮亚杰的这一著作揭示了儿童心理具有这样一个重要特征，用克莱巴柔德的话来说就是："儿童的心理是在两架不同的织布机上编织出来的，而这两架织布机好像是上下层安放着的。儿童头几年最重要的工作是在下面一层完成的。这种工作是儿童自己做的……这就是主观性、欲望、游戏和幻想层。相反，上面一层是一点一滴地在社会环境中构成的，儿童的年龄越大，这种社会环境的影响越大。这就是客观性、言语、逻辑观念层，总之，现实层。"⑤从这里可以看出，皮亚杰的研究工作揭示出儿童心理世界由两部分构成，最原始最基础的部分实际上就是通常所谓无意识层面，而在此层面之上还有另一层面的内容，即意识层面。"儿童头几年最重要的工作是在下面一层完成的"，这一观念实际上与杜威、维果茨基、荣格、蒙台梭利等人的有关思想是一致的。

既然儿童头几年的工作是自发的，是无意识的，那么学前教育的主要任务也就在于帮助儿童做好这一层面的工作。克莱巴柔德概括得非常准确，他将无意识层面说成是"主观性、欲望、游戏和幻想层"，既然儿童的生活主要处在这一层，那么学前教育所提供的教学大纲也应当以这一层面的"主观性、欲望、游戏和幻想"等为主要内容。

但我们也不要忘记，儿童在这一原始的、无意识的层面工作时，意识层面的内容会逐步从底层之中萌生，儿童在与周围世界建立对象性关系的过程中，对象的客观性逐步被发现了，主体的自我意识与此同时也逐渐地萌生了，这便是意识层面或"现实层"里正在发生的事情。

正如蒙台梭利所描述的那样，儿童在无意识层面做着惊人的工作，而皮亚杰、维果茨基等人发现，儿童在"现实层"也做着同样惊人的工作。维果茨基就曾指出："学前儿童，正如研究所表明的那样，自己会创立理论，创立完整的关于世界和物理起源的理论。他自己试图解释一系列事物的依从性和相互关系。这一年龄的儿童处于以形象性和具体性为特征的思维阶段。他创立自己的关于动物起源、婴儿降生和往事的种种理论。"⑥儿童所创立的种种理论在皮亚杰早期所发表的一篇论文中被称为"儿童的哲学（Children's Philosophies）"。可以看出，皮亚杰把儿童看作了"哲学家"。后来的学者马修斯和李普曼等人对儿童的哲学曾做过更进一步的研究，他们对儿童的哲学趣味、哲学思维以及儿童言语中丰富的哲学意蕴给予了高度评价。近年来，我国也有学者对儿童的哲学进行了一些研究。

正如维果茨基所指出的："学前儿童不仅有理解个别事实的倾向，而且常常喜欢做些概括。儿童发展中的这些倾向性应当在教学过程中予以利用……"⑦既然儿童在其早期便开始在现实层开展了工作，那么学前教育的大纲中便应当包含这一部分内容。但值得注意的是，这一部分内容在学前教育中不应当占据主要的地位，占据主要地位的应当是无意识层面的工作。对于这一点，维果茨基、蒙台梭利、杜威等均有论及。克莱巴柔德和皮亚杰也有类似的观点，用克莱巴柔德阐释皮亚杰的话来说，"一旦上层的负担过重，它就会弯曲、叽嘎作响乃至崩溃。"⑧也就是说，在儿童早期的生活与教育中，居于主导地位的应是无意识层面的工作；如果让意识层面的工作居于主导地位，那么对儿童的发展非但无益，反而有害。后来的心理学家费舍尔等人对此还进一步地做过实验研究。然而现实中的学前教育，特别是我国传统的学前教育，只是注重儿童意识层面的学习活动，往往忽视了儿童无意识层面的工作。这与杜威、维果茨基、蒙台梭利、皮亚杰等人的主张恰恰背道而驰，是一个亟须走出的大误区。

三、儿童有意识的生活是儿童心理发展和精神发生的结果

儿童有意识的生活不是儿童心理发展或精神发生的起点，而恰恰是儿童心理发展和精神发生的结果。

儿童教育不应当在起点处只盯住心理发展的结果，而应当看到这一结果的出现要经历怎样的过程、怎样的形式上的演变，因为只有认识到结果产生之前的那个过程和到达结果前的种种形式的演变，儿童教育才能为理想的结果的诞生提供各种环境的、文化的、教育的条件。

儿童的意识世界是儿童精神发生的结果。正如任何一株植物的果实作为植物生命的成果，其产生来源于上一代的种子和它的萌生、成长、开花、结果一样，儿童意识世界的产生也经历着与一株植物生命的演变类似的历程。儿童精神发生就是揭示这样的一个发生历程：精神发生的依据、精神发生的各种样态的演变以及精神发生的最终结果。

儿童是学习者，这种说法并没有错。然而，仅将儿童看作是学习者，却是有失全面的。事实上，帮助幼儿将生命进化赋予他的种种"财富"充分表现出来，这可能是最重要的。这个工作实际上相当于让种子发芽和成长的工作。

农民不是不知道他们需要的是粮食，然而为了得到粮食，他们懂得播种、培植，耐心等待种子的发芽和自然成长，而他们付出的劳动主要不是直接针对粮食本身的，而恰恰是前果实的阶段。一分耕耘，一分收获。经过辛劳和等待，最后终于收获了粮食。

为什么对待儿童教育不能像对待种庄稼那样呢？过去，我们只知道意识层面的智慧是有用的，我们对儿童的植物性层面和动物性层面的成长往往视而不见，更毋庸谈论对它们重要价值的认识和发现了。夸美纽斯说得好："自然绝不产生无用的事物。"[⑨]其实，儿童的植物性层面和动物性层面的成长是意识层面智慧成长的根源和根系，它们是儿童高级层面获得茁壮成长的前提。为了使儿童后来的意识层面的智慧得到充分发展，为了收获儿童意识层面的智慧成果，儿童教育应当先帮助儿童的植物性成长和动物性成长。

儿童教育工作者应当向农民学习。

四、心理原型、文学母题与儿童读物的编制和儿童文学的创作

知识不是智慧，智慧也不是知识。智慧从根本上来说，是各种精神器官的一种综合性功能。"工欲善其事，必先利其器"可以部分地揭示知识与智慧的关系。"器"是智慧，"事"可看作知识。器利，而后能善其事，有了智慧便不愁没有获得知识的本事。

精神器官的发育对于智慧的成长起决定性作用，智慧的成长又是知识习得的前提条件。

激发好奇心和探索活动，以及习得一定的知识，可以有助于精神器官的健康成长。但是，过度的学习压力和死记硬背会破坏精神器官及其成长。儿童之所以出现过度的学习压力和死记硬背，是因为成人将精神成长等同于知识习得。这是传统教育的最大误区。因而，新教育应当注意到，智慧的成长依赖于精神器官的自然成长方面，而欲保障精神器官的自然成长，就要尊重儿童身心成长的秩序和规律。这个成长的规律是不可改变

的,硬性改变就是揠苗助长。

文化和教育是智慧成长的前提条件,但是过度干扰会破坏人的天然智慧。即使是原始人,他们也有人的智慧。即使是穷乡僻壤的乡民,由于他们没有受到文化、教育的过多的干扰,他们的智慧有可能在一些方面优越于都市人。见了世面的、有许多见识的城里人往往瞧不起"没有文化"的农民。然而,海德格尔却从农民的生活中找到了巨大的智慧,他对城里人的"心眼儿"和"花花肠子"表示了极端的鄙夷。

从肉身、本能及无意识层面生命的成长方面来说,人是离不开大自然母体的,当然也离不开社会,但这个社会是以血亲为主要内容的,也包括周围自然出现的人群。值得强调的是,文化沉淀中的神话、英雄传奇、民间故事和童话、童谣等儿童文学、民间文学资源对于本能和无意识的唤醒和表达具有重要意义。

心理原型和文学母题是人类心灵丰富的词典。母题可以开启人的本能和无意识的仓库,因而最能滋养天性,最能培养人的"根器",最能培养人的情操。伟大的文学、艺术作品之所以伟大,是因为它们表现了人所共有的原型和精神世界的母题——大自然、母亲、童年、太阳、月亮、水,以及人类生活中永恒的体现真善美原则的种种事件,等等。这些母题是写不尽、写不厌、常写常新、永恒存在于人心的话题。人类的文学史、艺术史、宗教史乃至哲学史,实际上是不断重复地表现宇宙人生中的永恒对象,不断重复地表现和建构精神世界中古老的原型和母题,并让这些原型和母题逐渐地进化、丰富和成长。

儿童教育,特别是幼小儿童的读物,应当主要以原型和母题为主要内容和永恒不变的内容,而这些内容主要集中在神话、童话、传奇民间故事等原始文学题材中。儿童文学的创作应当对原始文学、民间文学有所学习、借鉴和模仿,领悟其中的文学精神。只有这样,成人创作的儿童文学才能深入儿童心灵,才能为儿童提供其心灵深处最需要的营养,才能使儿童对其刻骨铭心并发挥儿童文学滋养心灵、培育心灵的神圣使命。

不过,对于原型和母题的具体目次、内容和相互联系,除了神话学和荣格心理学有初步的研究外,人类对它们知之甚少,还有待深入研究。

五、文以载道的中国教育传统与
儿童教育的近现代观念在中国的缺席

南怀瑾曾批评新教育"从小学一年级开始,拼命教儿童们背诵现行课本上的许多大可不必要的知识",他认为小学教材中"小猫三只四只""猫儿叫,狗儿跳""开学了!开学了""老师早,老师好"等内容便是"大可不必要的知识"。[⑩]而旧教育就不是这样,"当时为了考功名,背'经''书',背了以后,一辈子受用不尽而学无止境。""只要问一问,我们现代六七十岁以上有所建树的老少年们,请他们平心静气地谈一谈,哪一个的学问知识不是从这种旧教育方式中打下基础。"[⑪]南怀瑾对旧教育的留恋态度体现了传统教育的顽强生命力。

中国传统教育里有一种普遍的现象,那就是教给小孩子的东西都要有"教育性",也就是说,都应当微言大义,有教训在里边。"向来中国教育……对儿童讲一句话,眨一眨眼,都非含有意义不可。"[⑫]中国传统教育强调的是"文以载道",重视的是"有用"知识的传输。

针对中国的这种教育传统,英国汉学家麦高温大约在100年前评论说:"西方人一般是从'猫''狗'之类的词开始他们的学习的,这种方法,在这个国土上的学者和圣人们看来,确实是太幼稚了,因而是不可取的。中国人采取的教学方法是让八九岁的孩子读一本写有深奥伦理观点的书,由此开始他们的学习生涯。"⑪让这位外国人费解的是,中国的"学者和圣人们"为什么让小孩子读那些远离了儿童生动生活的经书?为什么拒绝从"猫""狗"等贴近儿童生活的内容开始他们的学习呢?他这样评价中国旧式教育的课本:"中国的课本,也许是学生手中最枯燥、最陈腐、最古怪的东西了。书的作者恐怕从来就没有考虑过学生们的兴趣爱好。书的内容因单调而显得死气沉沉,既缺乏幽默又少机智,他们最大的'功劳'似乎就在于从来不会在孩子们那活泼爱笑的脸上增加一点儿轻松。"这一评价其实也包含了困惑、讥讽和批评,同时也指出了中国旧式教育的病灶,那就是这种教育脱离儿童生动的生活,因而便反过来压迫儿童。而这种现象恰恰为南怀瑾自己童年的生活所佐证。

据南怀瑾回忆:"当时旧式读书受教育的方法"曾经使他和伙伴们感到"无比的烦躁"。⑫然而遗憾的是,南怀瑾没有对这种"旧式读书受教育的方法"进行检视、反省,自己老来反而鼓吹这种旧教育。与传统的中国学者和圣人们一样,南怀瑾恰恰认为"猫""狗"等内容是"大可不必要的知识",恰恰主张儿童们都应当像他童年时那样在"无比的烦躁"中享用"旧式读书受教育的方法",在死记硬背里生吞活剥和逐渐反刍经书里"一生取之不尽,用之不竭""一劳永逸"之"有用的知识"。

南怀瑾的观念与麦高温可谓泾渭分明。他们在教育观念上的尖锐冲突,实际上是传统教育观念与近现代教育观念的冲突。类似的冲突在100年前便已凸显在中国的历史上。

20世纪初,西方的童话、寓言等读物被引入中国,再加上新文化运动中对儿童的发现,童话、神话、寓言、儿歌等文学读物来到了一些小孩子身边。许多人认为,这些读物是"鸟言兽语""猫话狗话",它们如此荒谬不经,毫无用处,一无是处,怎能跟传统教育中的圣贤列传和古代经典的微言大义相提并论呢!于是有人提议予以取缔。而鲁迅、周作人等新文化运动中的新人物对这种怀旧论调展开了斗争。结果是新人物、新观念、新教育在斗争中占了上风。然而半个多世纪过去了,南怀瑾又说出了20世纪初期那些反对新教育的人士说过的话,历史在进步中的曲折和在曲折中的进步在这里得到了生动表现,教育变革之艰难在此亦可略窥一斑。

南怀瑾批评"现行课本上的许多大可不必要的知识",他没有看到,新教育试图尊重儿童的兴趣、儿童的需要、儿童的生活,这本身便是进步。显然,现行课本有各种各样的缺点,然而南怀瑾批评的不是这些缺点,他看到的是这些课本中无用的知识,这本身便暴露了南怀瑾对现代教育的旨趣大概是无知的。在我看来,中国亟待建设的是以人为本位的文化,与此相应,中国需要建设的是以儿童为本位的教育。如果文化脱离天性,如果教育不以人为本位,不以儿童为本位,都是需要从根本上改造的。从人之初就被剥夺了天性,就被扼杀了生机,这些小孩子们还能成长为健全的人?还能成为健壮的国民吗?

另外,南怀瑾看到了新教育中儿童背书的一面。背书如果在现行的教育中处于重要地位,那便需要调整,应当减少背书的任务。然而南怀瑾却由此想到过去的对古书的"记诵",从对目前小学生背诵内容的不满,到对往日记诵经书的美好回忆,并试图以此取而代之,这显然是不足取的。显然,南怀瑾的心中有对中国文化发展走向的忧思,然而却没有对儿童生活的认识,没有对儿童的精神世界的体察。

国学大师对现代儿童教育观念竟是如此的陌生。所以,我曾经指出,儿童教育的中国状态实际上是普遍的无知状态，尽管周作人、鲁迅、陈鹤琴、陶行知等人先后在过去的一个世纪里宣传现代儿童观和教育观。

儿童教育的中国状态实际上是普遍的无知状态。我提出这种观点后也不禁反省，是不是自己走了极端。"上下五千年，纵横十万里，经纶三大教，出入百家言"的国学大师南怀瑾竟然没有现代教育观念，王财贵没有现代教育观念，然而许多名家竟然支持他们儿童读经运动的主张。中国社会科学院一位研究儿童教育问题的研究员竟然听信"中国第一月嫂"刘洁的教育神话，甘愿付大量人民币购买她的教育"服务"。教育专家都听信江湖教育神话，也就无怪乎普通群众会上当了。这位教育专家体现了教育学术界的某些状况。如果教育专家们没有建立近现代的儿童观和教育观，那么他们的学术研究以及成果的宣传和转化，就可能与近现代的儿童观和教育观背道而驰。他们会"新瓶装旧酒"，在错误的立场上通过"科学研究"来制造错误观念。中国儿童教育需要立场上的更新，而这方面的研究往往又会被一些专家视为"不科学"而备受阻挠。其实文化立场层面的研究，本来就不能直接用自然科学性质的实证方法来研究。而立场错了，基本观念错了，理论基础错了，再多的"科学"研究也不过是助纣为虐，只是为错误的教育观念打造一件件"科学"的不断翻新的时装。

再看早期教育书籍在倡导家长们怎样培养神童，看看《如何让你的孩子打败美国人》这样的书籍焦急地等家长掏钱，看看美国教育思想家《我们怎样思维》被公然篡改了题目而冠以《天才儿童的思维训练》。就连因教育智障儿童、贫困儿童（然后才是普通儿童）而开始闻名于世的意大利女教育家蒙台梭利，反而被教育骗子宣传成培养天才儿童的大师……呜呼！尽管也有学者甚至普通家长已经具有正确的儿童观念，他们也在不断呐喊。然而在无知的海洋里，他们只是汪洋中与风浪搏斗的孤单小船。所以，现在想来，我的话没有走极端，儿童教育的中国状态实际上就是无知——对现代教育观念的无知——状态。

中国文化还没有在自己的深层结构中吸收近现代教育观念。20世纪初期，鲁迅在其《狂人日记》《今天我们如何做父亲》等文中，发现了中国传统文化和传统教育对儿童的毒害，从而发出了"救救孩子"的呐喊。他是从文化批判角度切入教育批判的。然而21世纪的中国迄今没有在文化的深层结构中容纳近现代教育观念，原因何在？或许中国文化传统在深层结构上与近现代教育观念有相互矛盾不可调和之处。这就从教育学的角度发现了中国文化传统需要进行深层改造的一个理由。可以看出，教育批判无法脱离文化批判，教育改造无法脱离文化改造，在中国文化正在发生转型的这个大时代，更是如此。

儿童教育及儿童文学创作应当在这场文化变革中有所作为。儿童文学和教育应当"肩住了黑暗的闸门"（如儿童读经运动等），通过采择新文化而培养新人，而一批批新人的生成和步入社会将会不断实现文化的翻新。经过数代人的努力，中国人才有望实现文化的现代转型。

[注释]
①[美]卡尔·萨根：《伊甸园的飞龙——人类智力进化推测》，吕柱等译，河北人民出版社1980年版。
②[法]埃德加·莫兰：《复杂性理论与教育问题》，陈一壮译，北京大学出版社2004年版。
③④[瑞]皮亚杰：《发生认识论原理》，王宪钿等译，商务印书馆1995年版。
⑤⑧[瑞]皮亚杰：《儿童的语言与思维》，傅统先译，文化教育出版社1980年版。

⑥⑦[苏]维果茨基:《维果茨基教育论著选》,余震球选译,人民教育出版社 1994 年版。

⑨[捷] 夸美纽斯:《大教学论》,傅任敢译,教育科学出版社 1999 年版。

⑩⑪⑭南怀瑾:《亦新亦旧的一代》,复旦大学出版社 1995 年版。

⑫周作人:《儿童的书》,见钟叔河编:《周作人文类编·上下身》,湖南文艺出版社 1998 年版。

⑬[英]麦高温:《中国人生活的明与暗》,时事出版社 1998 年版。

（原载《上海师范大学学报(哲学社会科学版)》2008 年第 1 期）

儿童文学：尽可能地接近儿童本然的生命状态

陈思和

儿童是人的生命历程的一个特殊阶段，每个人都有过自己的儿童时代。按理说，只要有儿童就会有儿童文学，但是儿童文学的特殊性，就在于儿童与儿童文学的写作是分离的。

譬如说，女性文学，多半是由女性作者自己来写女性；女性的生命内在痛苦、女性人生中很多问题，她自己可以直接感受，把它写出来。这是女性文学的特点。同样，青春文学，作者多半也是在读的中学生和大学生，或者是青年作家，他们对青年的生命骚动、身体欲望、朦胧理想都能够感同身受。

儿童文学却不行，儿童文学是由成年人来写的，年龄上隔了一代，甚至隔了两代，老爷爷也经常写儿童文学。年龄跨界来表达儿童生命感受，准确不准确？这个难度就比较大。成年作家为儿童写作，脑子里经常想的是：我要给儿童提供什么？而不是儿童本来就具备了什么。所以，儿童文学创作只能接近儿童本然的状态，但很难与儿童的精神世界完全叠合，浑然一体。儿童文学的这一特点，决定了它一定会含有非儿童的功能。比如教育功能，教育的内容可能不是儿童自己需要的，而是长辈觉得应该让儿童知道的；再有社会认知功能，我们在儿童文学里讲" 益虫和害虫 "："瓢虫是害虫"，" 蜜蜂是益虫"，其实这些都是成年人的标准。儿童可能有另外一个标准，哪个孩子不小心被蜜蜂刺了一下，他可能就会认为蜜蜂才是害虫。在这一点上，作为一个儿童文学创作者，或者儿童文学研究者，都要有这个自觉。对于儿童文学中含有的非儿童功能，要有一个"度"，这个" 度 "到底该怎么表达？太多了不好，太多就超过了儿童承受的能力，使儿童文学发生异化。但完全没有非儿童功能也做不到，也是乌托邦。这是儿童文学自身的特点所致。

成年人创作儿童文学，如何能够达到写作文本的儿童性？——尽可能地接近儿童本然的生命状态。当然观察生活、接近儿童都是重要途径。我今天想谈的是另一个方面，也就是从作者自身的生命感受出发，通过童年记忆来再现儿童性的问题。

我说的"童年"，不是宽泛意义上的童年，而是指特定的年龄阶段，大约是从人的出生，到小学一两年级，七八岁左右，刚刚开始识字不久。这是人的生命的初期阶段。我们一般所说的童年记忆，大约就是指这个阶段的记忆。它是对生命意识的一些模糊感受。

在我看来，人的本质就是人的生命形态在社会实践中形成的带普遍性的特点，儿童处在生命的初级阶段，还带有不完整的生命形态。但是不完整不等于不存在，孩子的生命形态里还是孕育了成年人的生命特点。譬如我们一般理解生命两大特征：一要生存，二要繁衍。儿童生命阶段只有生存的需要（吃喝），没有繁衍的自觉，但是在孩子的自然游戏中，往往有模拟繁衍的行为。譬如喜爱宠物、宠爱娃娃，喜欢过家家，等等。在这里，宠物、玩具、游戏……都是儿童对生命繁衍本质的象征性模拟。再往下就涉及儿童文学的范围了，如童话故事里的王子、公主的题材。

新中国儿童文学

优秀的儿童文学，将帮助儿童从"小野蛮"逐步向"小文明"发展

那么，儿童文学与儿童的生命特征构成什么样的关系呢？一般来说，儿童的生命阶段具有这样几个特征：1. 从无独立生存能力到能够独立生存的身体发育过程；2. 从母亲子宫到家庭社会的环境视域界定；3. 从生命原始状态到开始接受文明规范的教育自觉。这三大特征其实也是制约儿童文学的母题所在。优秀的儿童文学作家一般不会有意把自己禁锢在成年人立场上创作儿童文学，他一定会努力接近儿童的本质，模仿儿童的思维，努力让自己的作品得到儿童的喜爱。我这里用的"模仿"和"接近"都是外部的行为，其实创作是一种内心行为，那就是通过童年记忆来挖掘和激发自身具有的儿童生命因素，也许这种因素早已被成年人的种种生命征象所遮蔽，但是仍然具有活力。通过记忆把自身的童年生命因素激发出来并且复活，通过创作活动把它转化为文学形象，那是儿童文学中最上乘的意象。从这个意义上说，儿童文学的创作离不开上述的儿童生命阶段的三大特征。

简而言之：第一个生命特征表明：人类是所有哺乳动物中最脆弱最需要帮助的种类，哺乳动物一般脱离母体就本能地从母体寻找乳汁，具有独立行动能力，而人却不会，初生婴儿无法独立行动，需要被人呵护，需要得到他人帮助，从无独立生存能力到能够独立生存，譬如饿了会自己取食物吃，冷了会自己选择衣服穿，这需要好几年的时间。所以人类特别需要群体的关爱和帮助，需要母爱、家庭成员的爱，以及社会成员的爱。这就构成儿童文学的一大母题——爱和互相帮助，引申意义为团结。

第二个生命特征表明：人类的环境视域是逐步扩大的。人从母亲子宫里脱离出来，最初的文学意象就是床和房子。孩子躺在小床上，用枕头围在身体四周，就有了安全感。低幼故事的场景一般离不开房子，房子坚固，就给了生命以安全保障。我在童年时候读过一个低幼故事，故事很简单，写一个老婆婆坐在小屋里缝补衣服，窗外下着大雨，刮着大风，一会儿一只鸽子飞进来避风，一会儿一只猫进来躲雨，这样一次一次，鸡啊猪啊牛啊都进来了，每一样动物的敲门声都是不同的，老婆婆都收留了它们。故事结尾时，那许多动物都围着老婆婆，听她讲故事。60 多年过去了，我现在还记得这个故事，为什么？因为这个故事很典型地表达出孩子的内心空间感，每个孩子读了这个故事都会感到温馨，这是他所需要的。在这个基础上才能加上各种非儿童本然的主题，譬如教育孩子要勤劳，把小屋造得很坚固，不让外面的威胁侵犯小屋（见低幼故事《三只小猪》），等等。但是人的生命慢慢会成长，逐渐向外拓展开去。于是儿童文学就出现了离家外出旅行的主题，或者身体突然掉进另外一个空间，由此开始了历险记。这也是儿童文学的重要母题。西方有名的儿童文学像《小红帽》《木偶奇遇记》……都是这个主题延伸出来的。

第三个生命特征表明：孩子的生命是赤裸裸诞生的，是一种无拘无束的原始形态，也可以说这是一种野蛮形态。"五四"时期学术界经常把儿童的这个生命特点说成是"野蛮人"的特点，但这里说的"野蛮"不带有贬义，它揭示出生命形态中有很多非文明规范的因素，它是自然产生的，是孩子生命形态的本然。这个特征与文学的关系比较复杂，既强调了教育在儿童文学中的地位——人自身从"小野蛮"逐步向着"小文明"的形态发展；但同时，也肯定了某种儿童生命的野蛮特点。我可以举一个不太雅观的例子：儿童拉便便，在成年人看来是脏的，但是儿童并不这么认为，小孩子坐在尿盆上拉便便会很长时间，他会有一种身体快感。有时候这类细节也会出现在文学作品里。电影《地雷战》

是一部主旋律电影,表现游击队用地雷为武器消灭侵略者。有一个细节,日本工兵起地雷的时候,起到了一个假地雷,里面放的竟然是大便,日本工兵气得嗷嗷直叫;电影镜头马上切换到两个孩子在哈哈大笑,一个悄悄告诉另一个:是臭粑粑!如果镜头里表现的是成年人这么做,就会让人感到恶心,然而孩子的恶作剧反让人解颐一笑。为什么?因为在这个细节里突然爆发一种儿童生命的蛮性特征,用在战争环境下特别恰当。再说《半夜鸡叫》,假如——仅仅是假如——现在的孩子完全没有受过"地主剥削长工"这样的阶级教育,他看到一群壮汉故意设计好圈套,在半夜里集体殴打一个骨瘦如柴学鸡叫(也许在孩子眼中这种行为很好玩)的老汉,会有什么想法?但就这个剧情来说,小观众还是会自我释放地哈哈一笑。为什么?因为打架是孩子生命的野蛮性因素,在人的童年时代,打架会产生一种游戏似的快感。有很多孩子的游戏——斗蟋蟀、斗鸡(人体的独脚相撞)等,都是这种"打架"快感的延伸。如果再被赋予某种正义性,快感就会更大地释放出来。这就需要教育。不经过教育,人是不会自我文明起来的。但这个教育,如何使"小野蛮"的本性不断在受教育过程中淡化稀释,不断朝着"小文明"过渡。这是我们今天的儿童文学需要关注的问题。

上述儿童生命阶段的三大特征,每一个特征都构成儿童文学创作的重要内容,都值得我们深入地去研究。但我更强调第一个生命特征:儿童的生命是需要被帮助被呵护的,儿童的生命是不可能独立成长的,一个人的成长过程必须在群体互助的状态下才能完成。

最近有部黎巴嫩电影《何以为家》正在影院上映,非常之好。这是一部表现中东难民的现实主义的艺术电影,如果从生命的意义去品味,它描写了两个孩子在艰难环境中的挣扎,一个12岁的孩子努力保护着一个两岁的孩子,喂他吃,为他御寒,强烈体现出儿童的生命意识:没有互相帮助就没有人的生命。《何以为家》不是儿童文学,但涉及到儿童的许多问题。

美国经典儿童文学《夏洛的网》故事也很简单,但是风靡了全世界,它讲述的是一只老蜘蛛夏洛用智慧挽救它的朋友猪的生命的故事。圣诞节主人要杀猪做菜,可怜的猪无法逃避这一厄运,但最后被一只老蜘蛛所拯救,创造了奇迹。我想多数儿童读者在阅读这篇童话故事时,都会在潜意识里把自己幼小无助的生命感受融汇到对小猪命运的理解上,这才是这篇儿童文学作品获得成功的原因所在。

我常常在想:儿童文学里不缺少爱的主题,但在此基础上写好生命与生命之间的互相帮助、团结,这才是儿童文学最贴近生命本然的基本主题。

中国古典文学名著《西游记》虽然不算儿童文学,但它是中国的儿童接触最多的古代文学作品。唐僧师徒四人一路互相扶持、互相帮助去西天取经,是最感人的生命互助的经典故事。我们向儿童讲述《西游记》的故事,多半着眼于孙悟空的神通广大,降妖灭魔,但这只是符合了孩子喜欢顽皮打斗的小野蛮的本性,却忽略了《西游记》里最伟大的故事是取经途上的互相帮助的故事。小读者看到唐僧被妖怪捉去的时候,就会急切希望孙悟空的出现,这就是生命互助的本能在起作用。我们可以想象,唐僧就像刚出生的婴孩,单纯得像一张白纸,手无缚鸡之力,在妖怪面前毫无自我保护能力,然而他之所以能够完成取经大业,靠的就是三个徒弟的帮助。那三个徒弟也都不是完美无缺、战无不胜的,他们之间就是靠互助的力量,才完成了生命成长的故事。所以,生命的团结互助本能,才是爱本能的前提。

发扬儿童生命中的爱的因素，书写善恶与分享的主题

还有两个主题与爱的主题是相辅相成的，也不能忽略。一个是善恶的主题，这涉及儿童文学中的正义因素。爱的主题在西方文化背景下，往往被理解为人与神之间的关系，爱是无条件的，爱的对立物、破坏爱的力量，往往出现在上帝的对立面，所以，魔鬼或者女巫代表了恶的力量；而在中国现代文化的语境下，爱被理解为人与人之间的关系，人总是有善恶之分别的。一般来说幼儿童话里是不存在善恶概念的，像"猫和老鼠""米老鼠与唐老鸭"，基本上不存在执善执恶的问题；儿童稍微成长以后，文学里才会出现"女巫""妖怪""大灰狼"之类"恶"的形象。像《狮子王》这样模拟成人世界的政治斗争的故事，大奸大恶，要到年龄段更高阶段才能被领悟。"惩罚邪恶"的主题之所以构成儿童文学的正义因素，是对儿童文学里爱的主题的补充，如果没有正义因素的介入，爱的主题会显得空泛。但是我们特别要警惕的是，在儿童文学中，"惩罚邪恶"的主题只能表现到适可而止，不要在弘扬正义的同时，宣扬人性邪恶的因素。其实人性邪恶也是小野蛮之一种。在以前儿童自发的顽皮中，就会出现肢解昆虫、水浇蚂蚁、虐待动物等野蛮行为，这是不可取的。相应地出现在儿童文学里，就会有表现人性残忍的细节。我总是举《一千零一夜》里的著名故事《阿里巴巴和四十大盗》为例，故事设计了聪敏机智的女仆马尔基娜用热油灌进油瓮，把 30 几个躲在油瓮里的强盗都烫死了。这个故事很残酷，充满了谋财害命的元素，作为一个中世纪阿拉伯的民间故事，这也很正常，但移植到儿童文学领域就很不合适，就算谋杀强盗属于"惩罚邪恶"的主题，也不能用邪恶的手段来制止邪恶本身。我在网上看到这个故事被列入儿童文学的"睡前故事"，真不知道如果是一个敏感的孩子听了这样的故事，是否还睡得着觉？是否会做噩梦？至少我到现在回想起童年时期听这个故事的感受，还会浑身起鸡皮疙瘩。

另外一个主题，我觉得儿童文学的研究者不太关注，其实很重要，就是分享的主题。人的生命在发展过程中需要互助，也需要被分享，这也是人类生命伦理学的重要组成部分。这种生命形态在西方的儿童文学中渲染得比较多，比如王尔德童话《快乐王子》，那个王子的铜像愿意把自己身上所有金光闪闪的东西都奉献给穷人；《夜莺与玫瑰》，那个夜莺用玫瑰枝干刺着自己的心脏，一边唱歌一边把鲜血通过枝干流入玫瑰，让玫瑰花一夜之间在寒冷中怒放。夜莺、玫瑰花、血，都象征了美好的爱情。这些故事里都有生命的分享和自我牺牲，都是非常高尚的道德情操。周作人不太喜欢王尔德的童话，但我很喜欢，王尔德的童话达到了一种很高的精神境界。孩子可能还不能完全理解王尔德童话的真谛，但是这些美丽的思想境界，对儿童们的精神成长——脱离小野蛮，走向小文明，是有非常大的提升作用的。

我之所以要这样说，因为我隐隐约约地感觉到，我们儿童文学理论工作者都似乎非常希望儿童文学能够还儿童的纯洁本性，都觉得儿童文学里最好不要添加教训的成分，要原汁原味地体现儿童本性，其实这是一个美好的乌托邦幻想。当年周作人出于批判封建传统道德文化的战斗需要，提倡过这种儿童文学的观点，但周作人自身没有创作实践。因为我们不可能绝对地还原儿童的本然，我们是做不到的，虽然做不到，我们还是应该通过童年记忆，把儿童生命特征中某些本质性的健康因素，用儿童文学的形象把它发扬出来。我认为这才是儿童文学创作和研究中应该提倡的。既然儿童文学只是尽可能地接近儿童本然的生命状态，而不是完全等同于儿童本然的生命状态，儿童文学就不可避免

地含有非儿童性的部分。如果说,儿童性的部分更多地是从文学审美的功能上来呈现儿童文学,那么,非儿童性的部分,则要从知识传播、成长教育等功能上来发挥儿童文学的特点,儿童性与非儿童性的完美结合,才是优秀的儿童文学的最高境界。

（原载《文汇读书周报》2019 年 9 月 23 日）

童年的消逝与现代文化的危机

赵 霞

20 世纪 80 年代起开始引起人们广泛关注、讨论的"童年之死"的命题，是相近时期在文化界逐渐蔓延的"死亡病灶"的表征之一。从上帝之死、自我之死、历史之死到意识形态之死、文学艺术之死、理论之死、乌托邦之死……近一个世纪以来在现代文化各个领域先后兴起的"死亡"学说，代表了弥漫于当前社会的一种紧迫的文化变革意识。"童年危机的存在反映了成人身处'新时代'的焦虑与不安"①，这种焦虑感尤其与新的媒介技术变革密切相关。然而，从童年消亡说提出至今，在激起短暂而又强烈的公众情感回应的同时，它的内在的批判精神与文化深意，却始终没有得到很好的理解和落实。这进一步导致了在童年文化界，童年消亡说似乎越来越被贴上了一个并不那么引人青睐的保守主义标签，其文化警醒的重大意义也越来越倾向于被人们所淡忘。这使得在当代文化环境下重新理解和反思童年消亡的文化危机，格外具有其重大的现实意义和价值。

一、当代文化变迁与童年的消逝

1982 年，美国学者尼尔·波兹曼出版了《童年的消逝》一书。对于许多读者来说，该书提供了一次关于现代童年历史的生动而又富于创见的梳理，同时也提出了一个具有足够震撼力的观点：从现代社会开始确立起来的童年概念，在今天已经濒临消亡。《童年的消逝》一书由简洁的两大部分构成，前半部分是"童年的发明"，后半部分是"童年的消逝"。这一从童年的诞生到消逝的历史，充满了一个时代行将结束的挽歌色调。而波兹曼也似乎有意要突出这一挽歌式的情绪，他借用马歇尔·麦克卢汉的话说道："当一种社会产物行将被淘汰时，它就变成了人们怀旧和研究的对象。"②这一引用中所暗示的"行将被淘汰"之物，正是童年。20 世纪后半叶是童年研究作为一个方向开始在学术领域得到重视的时代，也是普通大众对于童年的热情开始被全面点燃的时代，当这种巨大的热情被波兹曼拿来论证其对象正在"消逝"的现实时，它所激起的反响之强烈是可以想见的。

有关童年的"现代发明"的说法并不是波兹曼的首创，它在 1960 年艾里耶那部知名的童年史学著作《童年的世纪》中就已初露端倪。③从该书前半篇的文献引用来看，艾里耶的著作也在很大程度上启迪了波兹曼的思考。同时，波兹曼也不是最早指出当代童年的"消逝"危机的学者。就在《童年的消逝》出版前一年，美国儿童心理学家、与波兹曼同年的大卫·艾尔金德名为《还孩子幸福童年：揠苗助长的危机》的著作问世。④这本著作从儿童蒙养和教育的视角批评了当时美国社会普遍存在的对于儿童的"揠苗助长"（the hurried child）现象。作者认为，在本应享受童年游戏和欢乐的年纪，儿童被过早地推入到成人生活的准备之中，由此导致了当代童年生活的危机。艾尔金德从儿童教育实践的立场出发，将论述的焦点集中在一个揠苗助长的社会对于生活在其中的儿童所施加的巨大压力及其所带来的伤害性后果上，并对这一儿童教育的现实表达了由衷的忧虑和变革的呼吁。

这一事实促使我们思考,在20世纪下半叶以来陆续出现的有关童年历史和命运的各种思考中,使波兹曼的童年消逝说显得如此重要和不可替代的究竟是什么?应该说,以上三位学者对于童年问题的关注各有其侧重。作为一名历史学家,艾里耶的关切落在童年发生的历史事实之上;作为一名儿童心理学家,艾尔金德的关切落在儿童生活的现实问题上;而作为一名传媒文化学家,波兹曼在有关童年历史和现实的论说方面都不及前两者专业,但或许也正得益于他的这一偏离童年研究的局外人身份,使他所提出的童年话题超越了艾里耶与艾尔金德的学科边界,进入到了童年与人类文明的关系深处。

《童年的消逝》一书所提出的创见正在于此。与艾里耶笔下客观的史实梳理相比,在论证"童年发明"的相关篇章中,波兹曼提出了有关童年如何被发明的独到见解:印刷技术的发展(实际上是书籍和阅读的普及)以及在这一过程中得到培育的人类理性文化(现代文明的象征),促成了童年的诞生。这一观点构成了该书论证的一个至为重要的大前提,也统摄着整部著作的论证过程演绎,它意味着波兹曼有关童年现状的批判不只是要解决童年自身的问题。与此相应地,尽管波兹曼和艾尔金德的论证有着同一个潜在的起点,即充分肯定童年在人类文化中的特殊而又重要的价值,但他们论证的终点却有所不同,如果说艾尔金德的目光始终停留在对于童年成长的关注上,波兹曼的关切则最终落在对于文明成长的关注上。换句话说,《童年的消逝》不只是一部有关童年命运的著作,更是一部叩问文化命运的著作。在此前提下,当波兹曼从童年的消逝现象来推演其消逝的原因时,他所要触动的就不仅仅是一个简单的童年生存话题了。

波兹曼的"童年消逝说"由三个关键概念构成,它们分别指向他在《童年的消逝》以及另两部代表性学术著作《娱乐至死》和《技术垄断》中着意批判到的三种文化问题;这三者之间又密切关联,彼此衔接,构成一个以童年范畴为基本立足点的文化批判体系。

第一是"读写能力"的概念,它所针对的是现代新媒介的视像语法危机所导致的童年问题。在波兹曼看来,建立在印刷技术的发明普及基础上的读写能力的发展,是现代童年概念诞生的一个基本的媒介和文化语境。而今天,随着以电视为代表的视像媒介逐渐取代了印刷媒介的统治地位,由一个需要一定长度的书面知识习得过程圈围起来的童年概念,也开始变得模糊起来。由于视像媒介主要是以直观的图像而非象征的文字作为言说方式的,它就不像印刷媒介那样向其读者要求一种只有经过时间的浸淫才能获得的特殊读写能力。读写能力的获得在形式上与童年教育的时间密切相关,在实质上则与童年教育的文化目标内在相关,它在根本上指向由读写文化培育起来的人的一种成熟的思想能力。

第二是"秘密"的概念,它又分为两类。一类是与读写能力的概念紧相关联的那些知识"秘密"。在识字文化的框架里,儿童和成人之间除了生理分野之外,更存在着重要的文化分野,后者不是指两种文化之间简单的面貌差异,而是它们之间内在的价值层递关系。然而,新媒介的视像语法恰恰取消了这一文化分野的必要。以电视为例,基本上,儿童无须通过复杂的学习来理解电视的内容,与此相应地,"无论对头脑还是行为,电视都没有复杂的要求"⑤。这就使得它所呈现的一切内容对儿童来说变得全无"秘密"可言。这样,现代社会努力在成人和儿童之间建立起来的文化差异,也在平面化的视像生活中迅速缩小。

另一类是与一个社会的伦理自省意识相关的那些生活"秘密",它所针对的是呈现出

整体娱乐化趋势的当代文化"自由化"趋势所导致的童年危机。这些"秘密"是指被现代社会认定为暂时不适宜于童年接触的文化讯息,如色情、暴力等内容。在童年的生活中注意屏蔽这些讯息的行为,代表了现代文化在面对儿童群体时的一种伦理自觉。然而,在不断侵占人们日常生活的视像媒介消费(尤其是娱乐消费)中,面对童年,文化的这一伦理标准常常被远远地抛到了身后。视像文化敢于以大众文化的名义当着童年展示一切,实际上,这种展示也成了它借以吸引观众的一个重要噱头,在这样的景观性展示中,对于童年的文化保护责任被丢弃了。应该说,在社会"秘密"的问题上,波兹曼并非如他的有些文字所显示的那样是一位道德清教主义者,⑥但在童年"秘密"的问题上,他以明确无误的立场强调了文化自我伦理约束的必要性。

第三是童年"纯真"的概念。在波兹曼看来,纯真童年的"消逝"是一个轻视读写能力、放弃文化秘密的社会对于儿童生命的直接戕害。他在《童年的消逝》一书引言中说道:"不得不眼睁睁地看着儿童的天真无邪、可塑性和好奇心逐渐退化,然后扭曲成为伪成人的劣等面目,这是令人痛心和尴尬的。"⑦他进而指出了当代文化中日益告别纯真的"成人化"儿童在各种场合留下的庸俗身影。

概括地说,在波兹曼看来,由印刷时代转入视像时代、由读写文化转入娱乐文化的现实导致了童年纯真世界的不复存在,进而导致了童年在我们文化中的消逝。这一"童年的消逝"成了 20 世纪后期有关现代童年命运的一个基本命题。1983 年,紧继艾尔金德和波兹曼之后,另一位美学学者玛丽亚·温恩出版了《没有童年的儿童》一书。该书通过对于电视、电影、童书、杂志、游戏、家庭结构变迁等多个童年文化环境要素的考察,再度呼应了"童年正在消逝"的观点,并且强调这是一场真正具有普遍性的童年危机。波兹曼著作中的一个中心观点,即不可控的讯息世界对于童年文化边界的肆意冲撞,在温恩的著作中也得到了进一步的演绎。⑧1993 年,斯蒂芬·克莱恩出版了延续同一话题的《走出花园:营销时代的玩具、电视和儿童文化》一书。在该书开卷的致谢中,克莱恩以一种"压倒性的沮丧感"来描述当前以电子媒介消费为代表的童年文化带给人们的总体印象。⑨临近 20 世纪末,有关"童年消逝"的观点伴随着某种世纪末情绪的氤氲,在童年文化界播撒着它的影响,并呼应着整个文化界的某种集体怀旧氛围。在一个世纪的太阳即将落下的时刻,童年文化仿佛与成人文化一道处于沉沦的边缘。

二、"消逝"抑或"再生":有关童年文化命运的争论

在这一现实下,英国研究者大卫·帕金翰的《童年死亡之后——在电子媒介时代成长》⑩一书于 2000 年的出版,似乎代表了一个特别的征兆。伴随着新千年的曙光,一股有关童年文化命运的乐观主义气息朝我们扑面而来。在这部著作中,帕金翰提出了与波兹曼针锋相对的观点:童年并没有死亡,相反,在新的文化环境下,它以新的方式存在于我们的社会和文化之中。该书标题中的"之后"一词,指向一种新的童年文化观的言说策略。帕金翰总结了 20 世纪后期以来"童年死亡"学说的基本观点及其存在的问题,针对这一学说,他最后评点道:"最终,'童年之死'的理论为积极介入或转变提供了非常有限的理论基础。尤其是波兹曼和桑德斯,似乎陷入了一种对于未来夸大的宿命论中去了。"⑪

帕金翰用以批判童年消逝说的一个重要理论武器,是世纪之交在童年研究界得到热议和追捧的童年建构论。在童年文化的问题上,以帕氏为代表的一批研究者持一种明确

的建构主义立场（"'童年'应该被看作是一种社会性的建构"⑫），并试图以这一立场取代波兹曼式的对于一种普遍童年本质的认定。站在这一立场上，他们的发问逻辑是：既然童年从一开始就是文化建构的产物，那么为什么随着文化的变迁，它只能趋于消亡，而不是被重新建构？可以想见，从帕金翰的立场推演下去，波兹曼有关童年的现代发生的看法，同样值得怀疑。

当然，帕金翰所关心的并非童年的历史，而是它的当下："作为一个特殊的社会群体，儿童的地位与经验在过去二三十年间已经发生了重大的变化"⑬，由这一变化的事实，他认为我们对于童年的看法也不可能停留在同一个标准上："'童年'是一个变化的、相对的词汇，它的意义主要是通过它与另一个变化的词汇——'成年'——之间的比较而被定义的"，"成人与儿童之间的界线必须没完没了地被一划再划；而且，它们必须经历一个持续不断的协商过程"。⑭帕金翰的意思很明白：一时代有一时代之童年，不能将时代的变化和随之而来的童年的变化，等同于童年消失的症状。

在这一观念的基础上，帕金翰将童年的内涵及其文化都变成了一个建构中的概念，由此避开了波兹曼所面临的对于童年文化特征的描述难题。波兹曼的著作始终包含了一个十分明确的有关"童年是什么"的看法，尽管他并未清楚地阐明这里的"什么"究竟包含哪些具体的要素；而在帕金翰的论说中，波兹曼式的令人头疼的本质追问被轻而易举地替换成了另一个"童年现在是什么"的建构性命题。他从作为受众的儿童身份出发，批驳了当前社会有关童年的一组矛盾的看法："一方面，有一种传统的观念，认为儿童是纯真而易受影响的；另一方面，有一种同样感情用事的观念，认为儿童是老练的、见过世面的，在某种程度上天生便具有个人能力与批判力。这两种论述都是对于童年的建构，并且两者都有真诚的情感诉求……不过最终，这两种论述好像都过度简化了儿童与媒体关系的复杂性与多样性。"⑮表面上看，帕金翰的论说棒打两头，走的是折中的路线，但他实际上倾向于摒弃前一种观念而认同后一种看法，只是将其中的"天生"改换成了"教育"，主张通过成人界"连贯一致的创始行动"，将儿童塑形为媒体文化中"见多识广的、具有批判力的参与者"。⑯

这种态度集中表现在帕金翰等人对波兹曼"童年消逝说"的三个关键概念的批判上。

首先，他们认为，"童年消逝说"制造了一个有关印刷媒介和"读写能力"的"神话"，也就是说，通过强调印刷媒介及其文化相对于新兴的电子媒介和文化的优越性，波兹曼把读写能力的意义"神化"了，它实际上是对一个由印刷时代的文化精英掌握文化权力的时代的"神化"。这样，波兹曼对印刷媒介与"阐释年代"的格外钟爱，就被诠释了一种媒介和文化上的精英主义姿态。与《童年之死》同年出版的另一部理论著作《偷走纯真》的作者亨利·吉罗克斯这样说道："与其说波兹曼的叹惋表达了对于保存童年纯真的忧虑，不如说它表达了这样一种呼吁，即一个流行文化威胁到高雅文化，以及印刷文化失去其对读写能力和公民教育的限制与统治观念的控制的时代，应该尽快过去。"⑰这里的"控制"是波兹曼在行文中频繁使用的原词，当它被他的批判者挑拣出来加以突出和放大时，有关波兹曼作为保守的媒介控制论者的形象变得越加清晰了。同时，也有研究者争辩道，回顾历史，因社会文化变迁（包括媒介变迁）而引发的童年文化转折一直存在。例如，19世纪末20世纪初，当视觉和商业文化的最初兴起使得青少年和儿童开始能够借助它们越过成人文化管制的樊篱时，也曾引发人们对其负面影响的忧虑。如果从这样的视角来看，今天有关童年消逝的论断，似乎同样只是一种文化上的杞人忧天，或者说，一种历史变革期特有的思虑过度。

其次，紧继"读写能力"的话题，在童年"秘密"的问题上，童年消逝说的批评者们同样认为，文化的秘密在这里被用作了等级化读写能力的一个手段，在比较温和的层面上，它属于一种可以理解的"道德保守主义"，[⑧]而在更为激烈的层面上，它则与另一种隐秘的文化权力诉求联系在一起。这么一来，"秘密"似乎成了成人世界用以维持对儿童的权力的一个重要手段。在乐观的建构论者们看来，正是这一"秘密"的隔离造成了成人对儿童的文化控制，如今，秘密的篱墙在新媒介的介入下被不断拆除，在短暂的"道德恐慌"之后，童年或将迎来另一个新的文化发展契机。

再次，结合以上两个方面的批判，针对波兹曼所哀叹的那个"纯真"童年的消逝，批评者们认为，传统的对于童年的"纯真"理解实际上将儿童从生活的现实中隔离了出去，也相应地降低了儿童处理生活的能力。他们"倾向于质疑这一与童年纯真的历史'黄金时期'相连的、关于童年的被理想化了的成见的价值（或者说准确性）"[⑨]。在帕金翰等人看来，以纯真来定义童年的方式本身即掩盖了童年生活所需要面对的各种复杂的现实问题，这是一种"真空"的童年观，它的退场反而可能给童年生活带来某种解放。按照这一推论的逻辑，传统的纯真童年观念主要反映了成人的愿望，它在主张保护儿童的同时，也损害了儿童的文化自主权力。当代文化要求我们把这一文化的权力交还给儿童，因此，它所导致的"童年的消逝"，可能包含了更为积极的童年建构潜能。

下面这段评说传达了童年研究界对于消逝说的典型质疑："以如此之多的当代版本呈现在我们面前的童年危机究竟是真实的情形，还是更多地暗示了我们对于自身所处境地的媒介恐慌？同时，假使我们承认这一危机的其中一些方面是对于儿童生活的准确表现，这就必然意味着童年灾难性的终结和未来一代的遭劫吗？"[⑧]针对童年正在消逝的观点，持有异见的童年研究者们致力于证明，这种消逝并不是真正的消失，而是一次童年文化的转折，它所带来的可能是童年从概念到内涵的全面"重生"。这一观点要求我们调整童年考察的视点，以更为乐观的姿态来看待童年文化在今天发生的各种新变。

在今天的童年文化研究界，以帕金翰为代表的建构说逐渐占据着主导性的理论位置，人们认为，"过去的许多研究将儿童描述为信息技术迷宫中被动的游戏者。随着儿童逐渐学会控制自己与媒体的互动过程，在这些符号化的互动过程中儿童进行主动的选择和做出自己的决定的现象将变得越来越普遍"[⑧]。卡宁翰则认为，"我们太过习惯于给我们的孩子一个长久和快乐的童年，以至于我们轻视了他们的能力和韧性。视儿童为需要保护的潜在受害者的观点只是一种相当现代的看法，它可能对谁都没有好处"[⑧]。于是，有关童年消逝的"危言"似乎也随着时间的移易而逐渐淡去。从情感上来说，童年研究界对于消逝说的辩驳，也许令许多关心童年命运的人们长吁了一口气。毕竟，童年没有消亡，它只是以新的面貌出现在新的文化背景之上。虽然有关童年生存现状的争论依然存在，但有关童年之死的焦虑情绪，则仿佛随着新世纪的浮云，逐渐飘散在了辽远的天边。

三、重辨"童年消逝"说

然而，在波兹曼的童年消逝说与其后出现的童年再生观的对峙中，有一个话题始终没有得到很好的回应和对接。我们甚至可以说，它完全没有引起人们应有的注意，那就是关于童年与它所诞生于其中的那个大文化之间的命运联结。就童年自身的历史来看，它的被建构性可以一直延续下去；但就作为文明一部分的童年范畴而言，我们还要进一步追问的是,这一延续自身的文化意义又在哪里? 换句话说,我们如何理解波兹曼选择以童年作为入口来谈论当代文化的危机? 如何理解童年的消逝在波兹曼的笔下会与文化的"普遍衰落"联系在一起?

帕金翰显然看到了波兹曼式的童年观背后的那个文化情结,因此,他以嘲讽的笔法这样写道:"文化———就像是童年———在这儿典型地被定义为一个纯洁的、像伊甸园似的地方,是正面的道德与艺术价值的源泉,是充满了'想象'与'纯真'的地方,现在却被商业的死亡之手逐渐侵入,而遭到毁坏了。"㉒在帕金翰看来,这样一种天真而保守的文化观本身即是需要质疑的。文化的伊甸园,正如童年的伊甸园一样,只是保守主义者们一厢情愿的想象,它既不曾真实地存在过,也无关"消逝"的危险。显然,以帕金翰为代表的童年建构论者对于文化的理解和对于童年的理解是一致的。因此,有关童年消逝与否的不同判断所反映的,归根结底是文化观的问题。

必须承认,作为文化学者的波兹曼在由文化进入童年的话题时,显然缺乏童年文化领域一些专业研究者的驾轻就熟,在谈论儿童生存的现实语境时,他也缺乏后来不断科学化的童年研究有关当代童年生活现实的系统考察。因此,挪威研究者让－罗尔·布约克沃尔德对波兹曼提出了这样的批评:"波兹曼是作为大众传媒的研究者,而不是儿童文化(的研究者),卷入这场辩论的。他并没有科学、系统的关于美国儿童文化的数据来支持他的诊断。他的论点仅仅是建立在轶事的叙述和主观印象之上的,并不实在。"㉓

然而,正是这类科学主义的态度在很大程度上限制了童年文化界对波兹曼"童年消逝说"遗产的真正领会和继承。波兹曼的确不是一个童年文化研究者,但也正因为这样,在从童年进入文化的话题时,他的研究恰恰显示了当代童年文化界正在日益失去的一种重要的人文视野和文化精神,其所关心的不只是童年文化的生存价值,更是这一文化根本的人文价值。相比于帕金翰等功利性的"现实主义"策略,在波兹曼关于童年的理解中,包含了一种在今天的功利社会或许显得不合时宜的浪漫主义精神,它指向着对于文化的理想精神的一种认可和坚执。人类的文化与其理想同在,一旦这一精神的根基开始动摇,文化自身也就会令人质疑了。在波兹曼的体系中,童年的消逝正代表了上述文化理想的消逝。

从这一认识回过头来看"童年消逝说"的三个核心概念,我们注意到,这里的每一个概念都在社会话题的表象之下包含了文化精神的深意。正是这些文化深处的内涵,而非被其反对者常常断章取义地拈出来加以指责和批评的术语,才构成了"童年消逝说"的真正深度。

第一,读写能力表面上只是一个有关媒介变迁的话题,但波兹曼要谈的远不只是一种主流媒介及其话语方式的历史变迁。在这里,代表印刷媒介的"书籍"是一个具有特殊内涵的隐喻符号,它的根本所指实际上是人的一种深度思维能力,进而也是指一种有深度的个体和自我。在波兹曼笔下,成熟的读写能力代表了"所有成熟话语所拥有的特征":"富有逻辑的复杂思维,高度的理性和秩序,对于自相矛盾的憎恶,超常的冷静和客观以及等待受众反应的耐心","一个识字的人必须学会反省和分析,有耐心和自信"。㉔玛雅内·沃尔夫在其阅读生理学研究中延续了波兹曼的观点:"阅读最核心的秘密就在于可以让读者的大脑获得自由思考的时间,而这种思考所得远远超过他们在阅读之前所拥有的认识。"㉕因此,在波兹曼这里,视像媒介的根本问题不在于它以图像的媒介取代了文字的媒介,而在于它把深度的"阅读"变成了简单的"观看"。正是在这个意义上,童年的消

新中国儿童文学

逝,亦即儿童与成人之间界限的消失,意味着一种具有深度的文化精神的消失———这才是波兹曼关于"读写能力"的阐说所包含的那个最终意图。"随着印刷术影响的减退,政治、宗教、教育和任何其他构成公共事务的领域都要改变其内容,并且用最适用于电视的表达方式去重新定义。"[①]这意味着,一种普遍的文化精神和深度的衰退,正随着视像观看和消费的普及以相同的速度发生。在这里,童年的消逝乃是上述文化精神消失的一种显在表征。因此,当波兹曼以一个看上去十分激进的媒介决定论者姿态做出以下论断时,他并不是在认同一种简单的技术决定论思想,而是深刻地指出了新媒介时代我们文化中某种日趋失控的危险动向。

第二,波兹曼主张在童年面前维持一些文化"秘密"的观点很容易造成这样的成见,即他的目的是要控制讯息从成人向儿童世界的流通,这一观点也因此受到了许多开明的当代童年研究者的诟病。但我们同样应该看到,波兹曼对于电视媒介的批判并没有停留在单向的媒介影响之上,在他的论述中,童年消逝最根本的病因不在于我们把一个没有秘密的世界开放给了儿童,而在于我们的文化已经越来越不看重"秘密"的价值。在这里,"秘密"代表的并非文化中不可言传之物,而是我们的文化需要儿童花费时间来学习和吸收的那些重要的内容,比如人的成熟的理性。因此,"秘密"的缺失透露出的是整个现代文明(或者说现代理性文明)衰退的现状。与此同时,由"秘密"所造成的成人与儿童之间的文化分野事实,也不像波兹曼的批评者所说的那样,只是一种童年文化控制的手段———虽然由于针对"秘密"的相关论述未能充分展开的缘故,波兹曼的立场容易被误读为一种简单的童年文化控制论。深入地看,针对成人与儿童之间文化等级分野的认识,代表了我们对于一种"更好"和"应有"的文化的主动判断、认同、靠近和求取的意图。通过教育使儿童逐渐获得文化的"秘密",走向成熟的较高文化等级的过程,正指向着上述意图的实践。但在当代社会,由于文化自身价值感的衰落,这样一种鲜明的价值判断的自信和责任感,也在逐渐淡去。这正是文化的"秘密"在童年面前消失的根本原因。

第三,在上述两个层面的基础上,波兹曼笔下反复出现的那个传统意义上的纯真童年形象,并非是对于童年的保守理解,而是对那个以童年作为文化符号之一的现代文明的理解。"现代童年的范例也是现代成人的范例。当我们谈论我们希望孩子成为什么的时候,我们其实是在说我们自己是什么。"[②]因此,当他说"儿童天真可爱、好奇,充满活力,这些都不应该被扼杀;如果真被扼杀,则有可能失去成熟的成年的危险"[③]时,这里的"天真""好奇"和"活力",不是任何只具有观赏性的审美对象,而是我们自己以及我们的文化从中生长起来的那片最初的人性土壤。在波兹曼的语境中,只有在这片土壤得以保存的前提下,与"秘密"有关的文化价值和与"读写能力"有关的文化深度,才有可能获得实现。如果对波兹曼笔下的纯真童年作进一步的解读,那么在这里,"纯真"并非浅薄的无知,而是指生命新鲜的活力和天真的精神,这份"纯真"是我们应该在童年的身上致力于保存的一种质素,也是值得我们的文化永远去爱护和追寻的一种精神。

这样,透过波兹曼的论说与批判,我们看到的童年就不再只是一个与儿童群体有关的概念,也不只是一种归属于儿童主体的亚文化现象,而是从一个独一无二的层面诠释着整个现代文明的应有之义及其最珍贵的那些价值内容。在现代童年的观念之上,寄托了现代文化内在的深度意识、伦理意识以及对人性应然图景的信仰和追寻,而这三个方面,恰恰是日益屈从于电子媒介逻辑的现代文明正在不断丢失的文化内涵。在童年文化界(包括认同"消逝说"的研究者)迄今为止对于《童年的消逝》的解读中,绝大多数人都漏读了波兹曼的童年意象背后这些属于大文化的重要讯息,这又进一步导致了人们从一般童年文化的论域出发对波兹曼各种观点的误读。但我要说的是,正是在这样的误读或漏读中,我们开始倾向于过早地抛掉波兹曼的传统。不论《童年的消逝》在其关于童年文化的具体论述中存在着哪些可以指摘的偏颇之处,它关于童年与现代文明之间、童年危机与现代文明危机之间关系的初步清理,无疑为我们指出了解读当前童年文化问题的一个重要的视角:一种文化,如果失去了某些根本的文化精神支撑,不论它看上去多么适宜生存,也不能真正成为我们居住的家园。

正因为这样,重温波兹曼的传统在今天显得意义重大。在童年文化事实上不断遭遇困境的当代社会,我们有必要重提在《童年的消逝》中尚未能得到充分展开的那个文化话题,亦即童年与人类文明之间的血缘关系,以及童年困境与文化困境之间的内在联结。

首先,现代童年的概念内含了一种与个体深度有关的现代发展观,亦即个体的成长是他在持续的文化学习、理解和思考中使自我理性不断臻于完善的过程,这一过程进而构成了文化自身的深度。现代文明拉开了儿童与成人之间的距离,其根本缘起即是由于发展的文化向人提出了更高的理性要求。"随着成人所践行的自我控制程度增加,孩子也不得不学习更多的东西,才能发展出文明化的身体,成为完整的、可被接受的社会成员。"[③]在这里,"文明化"一词不应被理解为一种简单的文化规训,相反,它在最基本的意义上乃是指文化对人的要求,正是这些要求诠释着文化存在的意义与价值。然而,这一以有深度的理性为目标的"文明化"进程,在电子媒介时代的童年生活中却变得越来越不重要了。随着视像媒介的语法全面占领了我们的社会生活,在现代文明进程中逐渐形成的儿童与成人之间的文化距离被逐步取消,童年时代的文化要务不再是步入一种文明的深处,而是与成人一道漂浮、嬉游在文化的各种表象之上。毫无疑问,新媒介时代的儿童的确在变得像成人一样"见多识广"和"老于世故",但如此轻易养成的"见识"和"世故",恰恰折射出了现代个体和文化的某种浅薄化倾向。

其次,对于童年的现代伦理关切牵连着我们的社会、历史、文化以及人性的某个核心范畴,对于这一核心的一种表述,是由德国社会学家埃利亚斯主要提出,并在波兹曼的论述里得到进一步明确和强调的"羞耻感"(sense of shame)问题。在埃利亚斯笔下,羞耻感不是一个纯粹心理学意义上的情绪范畴,它是随着文明的发展,相应的社会和文化在某些特定的事务上形成的"羞耻"意识,这种意识构成了对于社会机制、文化惯例以及个体行为的一些不可打破的"禁忌",并逐渐内化为特定文化自身的一种要求。人类羞耻感的发展促成了人的"心灵结构的演变",这一演变也正是文明自身的进程。[③]值得注意的是,现代童年的观念代表了现代文化羞耻感的某种门槛和底线。[②]然而,这一在现代文明中逐渐发展起来的对待童年的文化羞耻感,却在新媒介时代迅速瓦解和崩塌。当代电子媒介向成人、也向儿童袒露一切,这其中包括各种理应被我们引以为耻的事情,而我们远未能寻找到一种为童年维护文化羞耻感的有效途径。如果说现代以降的几个世纪里,人们越来越意识到,不论是出于自我控制还是社会的强制,在文明化的社会里,有些事情是我们不应该当着孩子的面随便施行的,也是不应该在孩子的生活中被随便对待的,那么今天的新媒介文化似乎已经不屑于当着童年的面有所忌讳。文化羞耻感的童年底线的失守,或许意味着我们的文化将不再有任何它可以为之再感到羞耻的事情。这是一个引人警醒的征兆。我们要问的是,在现代童年所指向的文化和人性的羞耻感消失之后,"能取代孩子而成为人类社会道义资源的将是什么? 换句话说,有什么是可以让人类社会有所顾忌、自设底线的？当'孩子'真的消失的时候，成年人既不必承担什么天然职责，也不必为什么'未来'担忧，那么还有什么是人们必得承担的？有什么是人们无法承受的？"㉝

在以自由化的快感生产为重要特征的当代新媒介文化中，这样的提问和反思大概显得不合时宜，但它却代表了技术时代一种正在失落的文化责任感、判断力以及对文化何所作为的信仰。自童年消逝说提出以来，人们的关注始终集中在有关童年自身命运的讨论和思考中，以至于这个话题在童年文化界寻找到抵抗童年消逝的话语武器之后，被过快地遗忘了。时至今日，我们可以肯定地说，童年作为一个已经被确立起来的现代文化概念，的确没有消失，它或许永远也不会消失；但随着童年的"发明"而得到传递和建构的现代文化精神，却在今天的童年文化中不断流逝。这才是"童年消逝说"应该引起我们警惕的最重要的原因。随着有关童年文化的危机意识在高速运行的新媒介生活中被日渐淡忘，重新反思童年消逝说所蕴含的丰富的文化内涵，更重要的是，重新召回这一思想所内含的深刻的文化批判精神，将促使我们意识到童年文化相对于人类文化的根本存在意义，进而更深入地认识和理解当代童年文化乃至整个现代文化的命运。

[注释]

①⑳ Mary Jane Kehily, *Childhood in Crisis? Tracing the Contours of "Crisis" and Its Impact Upon Contemporary Parenting Practices*, Media, Culture & Society, 2010.

②⑤⑦㉕㉘㉙ [美]尼尔·波兹曼：《童年的消逝》，吴燕莛译，广西师范大学出版社 2004 年版。

③ Phillipe Ariés, *Centuries of Childhood: A Social History of Family Life*, Trans. Robert Baldick, New York: Alfred Knof, 1962.

④[美]大卫·艾尔金德：《还孩子幸福童年：揠苗助长的危机》，陈会昌等译校，中国轻工业出版社 2009 年版。

⑥"主张一个健康的社会把死亡、精神病和同性恋当作阴暗和神秘的秘密，这是没有多少理由的。要求成人只能在很局限的情况下讨论这些话题，更是没有道理。"如果我们注意到波兹曼行文中不时出现的这样一些补充意思，那么我们也会看到，他所反对的不是一种健康的文化开放性，而是以这一开放的名义大行其道的文化自由化现象，正是后者使文化失去了内在的价值秩序。

⑧ Maria Winn, *Children Without Childhood*, New York: Penguin, 1984.

⑨ Stephen Kline, *Out of the Garden: Toys, TV, and Children's Culture in the Age of Marketing*, London & New York: Verso, 1993.

⑩该书英文正题名为"*After the Death of Childhood*"，直译作"童年死亡之后"；中译本大概出于书名效果的考虑，将"之后"的意思撤掉，译作了"童年之死"，倒容易使不知情者将帕金翰的这部著作误认为《童年的消逝》的后继声援之作。

⑪⑫⑬⑭⑮⑯⑱㉓[英]大卫·帕金翰：《童年之死》，张建中译，华夏出版社 2005 年版。

⑰ Henry A. Giroux, *Stealing Innocence: Youth, Corporate Power, and the Politics of Culture*, NewYork: St.Martin's Press, 2000.

⑲ Roger Smith, *A Universal Child?*, Hampshire & New York: Palgrave Macmillan, 2010.

㉑[美]桑德拉·L.卡尔弗特：《信息时代的儿童发展》，张莉、杨帆译，商务印书馆 2007 年版。

㉒ Hugh Cunningham, *The Invention of Childhood*, London: BBC Books, 2006.

㉔[挪]让-罗尔·布约克沃尔德：《本能的缪斯》，王毅等译，上海人民出版社 1997 年版。

㉖[德]弗兰克·施尔玛赫：《网络至死》，邱袁炜译，龙门书局 2011 年版。

㉗[美]尼尔·波兹曼：《娱乐至死》，章艳译，北京大学出版社 2007 年版。

㉚[英]克里斯·希林：《身体与社会理论》，李康译，北京大学出版社 2010 年版。

㉛[德]诺贝特·埃利亚斯：《文明的进程》，王佩莉、袁志英译，上海译文出版社 2009 年版。

㉜埃利亚斯的分析显示,中世纪以后,随着人类社会文明羞耻感的前移,大人们越来越意识到有些事情是不应该当着孩子的面谈论和作为的,人们在处理孩子的问题时也越来越表现出一种审慎的道德态度。我们从中可以看到童年的观念在现代文明羞耻感的形成中所占有的特殊位置。

㉝陈映芳:《图像中的孩子——社会学的分析》,山东画报出版社 2003 年版。

（原载《学术月刊》2014 年第 4 期）

中国当代儿童观与儿童文学观

陈　晖

一、"教育儿童的文学"：儿童文学的性质与意义诠释中的儿童观

　　世界各国的儿童文学观与儿童观之间都有着深刻的联系,中国的儿童文学观与儿童观因为中国社会的历史进程而呈现特殊的发展性状。近代中国"西风东渐",开始吸纳西方儿童观的影响,五四运动前后发端的中国现代儿童文学,直接肇始于外国儿童文学翻译潮流,将"本位的儿童文学"作为了起点。1919 年,美国实用主义教育家杜威访问中国,带来了"在整个教育中,儿童是起点,是中心,而且是目的"的教育思想,这一理论极大地影响了"五四"时期的中国小学教育界及儿童文学领域,周作人、郑振铎等就明确将儿童文学定义为"以儿童本位的,儿童所喜爱所能看的文学",认为儿童文学应当"顺应满足儿童之本能的兴趣与趣味"。[①]儿童本位主义的儿童文学观包含对封建主义儿童观教育观的反叛与否定,在现代儿童文学诞生的特定历史时期具有积极进步的意义。"五四"新文化运动后,在左翼社会思潮的牵引下,中国儿童文学跟随中国现代文学主潮转向了"现实主义"和"教育主义"方向。1949 年新中国成立后,以政治思想及品德教育为核心的、"教育的"儿童文学观完全占据了主导地位,具有代表性的表述是"儿童文学是教育儿童的文学",由鲁兵 1962 年提出。20 年后的 1982 年,鲁兵仍以这一表述作为书名出版了专著,并在卷首篇中开宗明义地论述了"儿童文学作为教育工具的实质"。[②]20 世纪 80 年代中期,伴随社会变革带来的思想转变,儿童文学界已有了向文学主体回归的讨论,儿童文学被定义为"适合于各年龄阶段儿童的心理特点、审美要求以及接受能力的,有助于他们健康成长的文学"[③],在注重儿童文学读者的特殊性及其文学属性的同时,曹文轩等作家致力于倡导儿童文学"塑造民族未来性格"的责任与使命,可以说是在更高的意义上诠释了儿童文学的教育性。进入 21 世纪,中国儿童文学开始逐步呈现出教育与娱乐、文学与文化、艺术与技术、商业与产业的多元发展格局,而儿童文学要"促进儿童的精神成长""为儿童打下良好的人性基础"仍然是被广泛认同和接受的观念,"教育"仍然牢固地植入儿童文学包括创作、研究、推广、应用的各个领域并发挥着至为关键的作用。

　　纵观中国儿童文学观的历史变迁,与西方儿童文学 20 世纪中期逐渐弱化教育与训导目的总体趋向不同,"教育"一直是中国儿童文学观的中心构成与影响因子,是中国儿童文学创作与研究基本而核心的元素。"教育"在中国儿童文学性质、地位与意义上的主导,与儿童文学题材主题的紧密结合,对中国儿童文学内容、形式的潜在制约,贯穿于百年中国儿童文学的历史现实,未来还会存续于中国儿童文学的发展进程中。"教育"在中国儿童文学观中的这种绝对"权重",与中国数千年传统中"教育的"儿童观息息相关,也与中国几千年的文学教化传统相呼应。在"儿童需要被教育"的前提下,为儿童专门创作的儿童文学当然应该具有教育性,儿童文学工作者关注的只是"教育什么"和"怎样教育",

比如是"道德教育""情感和心理教育"还是"审美教育",以及如何让儿童文学的教育"符合儿童身心发展欣赏趣味""寓教于乐"等。

20世纪90年代前后,随着世界范围内历史学、人类文化学、儿童学、儿童发展心理学等学科视域的打开与交叉互动,国外的儿童文学界已然认识到,以人类童年期重新定义的儿童已不再被简单置于接受教育的地位,伴随对儿童与成人各自独立、彼此平等概念的更为深广的理解与阐释,现在的作家们已经"从长期的探索和错误中认识到","为儿童写作并不是把成人的思想、信条强加给儿童",儿童文学创作"有待儿童的任意选择","其内容和结构应符合并激发儿童的兴趣",儿童文学作者"应持有与儿童共鸣的思想和心绪"。④与世界同步接轨的中国当代儿童文学,受此启发也开始深入探讨赋予儿童文学教育内涵的必要性、程度与效能。或者我们终将认识到,儿童文学应该首先从性质与意义上回归文学本体,儿童文学不必把教育儿童当作首要的责任与义务,而应更多承担陪伴儿童成长、慰藉儿童心灵的使命。只有更多地卸下了那些道德、思想、人生观意义的教育负载,儿童文学最有价值的游戏精神和想象力才有可能获得更大能量的释放,作家创作才有可能赢得追求独立个性、创造性与诗性的更大空间,中国儿童文学也才能真正成为反映记录我们时代、我们民族儿童体验与童年印象的精神产品。

二、"童心说"与"童年的消逝":关于儿童和童年的想象与现实

中国明代学者李贽著有《童心说》,认为"童子者,人之初也;童心者,心之初也",认定"有闻见从耳目而入""有道理从闻见而入""以为主于内而童心失",⑤这一中国古代的儿童观,表达了对童心形而上的、唯心的崇拜。童心崇拜其实是世界各国各民族共有的观念和思想,根深蒂固地留存于我们人类社会心理层面及世代沿袭的文化基因中。可任何时代的儿童观,不仅带有传承而来的集体无意识,还都是社会生活的产物,有着鲜明的时代特征。美国学者尼尔·波兹曼20世纪80年代初版的《童年的消逝》指出,"童年和成年的分界线正在迅速模糊","童年作为一个社会结构已经难以为继,并且实际上已经没有意义",他认为在电视等电子媒介影响下,当代"儿童的价值和风格以及成人的价值和风格往往融合为一体","多数人已不理解、也不想要传统的、理想化的儿童模式,因为他们的经历或想象力并不支持这样的模式"。⑥这一学说提示我们,在文明发生异化、"童年消逝"的当下,许多传统的童年意象和观念,已不再具有普遍性或真实性。正是在"不得不眼睁睁地看着儿童的天真无邪、可塑性和好奇心逐渐退化"的"痛心和尴尬"中,世界各国儿童文学及文化研究者们亦不得不承认,那些关于儿童和童年的既往认知,那些植根于人们内心的童年印象,那些被视为成熟典范的童年创作艺术形态与模式,很多已不切合现今儿童身心发展的实际状况。即使儿童文学要坚守和捍卫童年,我们也要认识到所有关于童年的既有定见与过往经验,如果是主观的、虚幻的,很可能会限制和干扰我们对当下儿童现实的深入发现和表达,让作家的创作不能切近当代儿童生活的矛盾复杂、多元化及丰富个性。

人类的童年期涵盖着0~18岁年龄跨度,是一个漫长而不断发展变化、时刻受到环境刺激和影响的过程。我们一直遵循着的——在"儿童读者特殊性"的名义下——儿童文学的思想、艺术、美学标准,儿童文学的内容、题材、表现方法、审美趣味,包括儿童阅读与接受方面的看法和体认,很可能是经验主义、泛化和固化的,并不直接、准确、深刻地针对和联系着各个儿童年龄阶段,由此生成的儿童文学基本法则也难免失之于宽泛和笼统。

比如我们中国儿童文学作家大都倾向于接受和认定:"少年儿童具有天真纯洁的内心世界和向善的品格,明确而积极的思想主题对孩子更具有教育意义和感召力";"儿童文学是给予儿童快乐的文学,叙述、描写要富有儿童情趣";"儿童偏爱结构完整、脉络清楚的故事,儿童诗歌也最好有点情节";"幻想文学比写实文学更契合儿童的兴趣和心理需要";"表现社会阴暗面的题材、晦涩隐晦的主题、悲剧性人物命运不适合儿童欣赏";"喜剧化人物、卡通造型、明丽的色彩风格更能得到儿童的喜爱",等等。这些儿童文学观念反映在儿童文学理论研究与评论中,也显现在我们儿童文学众多作品的创作中,更成了儿童文学的指导性原则。相应地我们的儿童文学创作似不擅长于写实性地表现死亡、性、国家政治、社会阶级、人性罪恶等领域,对儿童关注的复杂社会及成人关系,对儿童外在和内在的矛盾纠葛,对儿童遭遇的困顿与误解,对他们焦虑、无助、不安、恐惧、压抑等情绪的刻画与表达也较为肤浅。就最近十年中国儿童文学创作来看,部分畅销儿童文学作品引领的"都市化""娱乐化""时尚化"渐进地成了流行方向与趋势,中国广大乡村儿童的生存状况、城市儿童的情感缺失与精神压力、社会转型期复杂错乱的文化教育环境及家庭关系对儿童的负面影响、留守失学及流浪儿童等特殊群体边缘化生活现实,还有包括青春性心理、校园暴力、家庭虐待、犯罪、吸毒、自杀、网络成瘾等在内的青少年成长敏感问题,我们的儿童文学创作显然缺乏深切的关注与深刻的表现,与此相联系,部分发表、出版甚至获奖的儿童文学作品招致了少年儿童读者"不真实""没意思""太幼稚"的反应与批评。

"童年消逝"与"童年异化"是当今时代与社会的现实,是我们无可回避、不能忽略的客观存在,即便我们拒斥其对我们内心童年情结的瓦解、冲击、破坏,一如既往地坚持对"童心""童真"的守望与信念,我们也需要真实面对、重新审视今天的儿童与今日的童年。中国的儿童文学创作者、研究者,当前确实有深刻思考和全面检视儿童观及儿童文学观的紧迫的必要,我们要通过关注那些与儿童、儿童文化相关的社会学科研究成果,结合中国现今的时代、社会及文化环境的整体观察,对我们过往的儿童概念和童年观念进行认真梳理和甄别,着意辨析那些在各种社会力量作用下逐渐"消逝"和正在"生成"的童年征象,逐一探讨其对于儿童文学创作的启示和意义,我们要辨别出那些与童年本质相关的儿童精神表征,让我们的儿童文学语境中的儿童观更具有当代特征、更贴近客观真实、更具有开放性,更符合儿童的状态和他们自己的体会、理解与愿望。

三、"成人化"与"儿童化":儿童文学创作的立场、角度与方式

是否"为儿童"、怎样"表现儿童"、是否"适合儿童"一直是儿童文学区别于成人文学的主要衡量标准。我们一般将儿童文学在内容和表达上缺乏对儿童读者的适应性和吸引力的状态称为"成人化",而将"以儿童的眼睛看、以儿童的耳朵听、以儿童的心灵去体会"等贴近儿童的姿态与路径称为"儿童化",我们认为儿童文学由成人创作的格局决定了成人作者通常需要通过"儿童化"让作品更适合儿童欣赏,并尽量避免带有"成人化"弊端。可是,自 20 世纪后半期开始,世界儿童文学的内涵、外延及概念理解都有了新的发展和变化,儿童文学作者、读者及阅读现实也随之改变,在此背景下,联系儿童文学中的"成人"与"儿童"角度与身份,所谓儿童文学"成人化"与"儿童化"有许多需要认真辨析的层面。

过去带贬义或批评意味的"成人化"主要是指将某个成人思想意念以抽象、机械、生

硬的表现方式强加给儿童,是指代儿童文学创作中一种不圆熟、有缺陷的形态,一种对成人和儿童都缺乏吸引力的作品状态。"成人化"无关于"写成人"还是"写儿童",无关于"成人写"还是"儿童写"——我们想必也见过儿童写作或创作中的"成人化",而主要关乎于作者观察表现生活的角度与方式是否能被儿童理解与接受,是否能与儿童读者达成理解、领会和共鸣。即使是严肃的成人话题与成人生活,只要具有儿童的立场与态度,有贴近儿童的视角,也可能被儿童很好地感知。世界儿童文学创作的历史和事实证明,一些没有设定给儿童读者的作品,因为作者对童心、童真、童趣的热爱和充分表达而天然具备了"儿童化"的特征,反而是一些本为儿童读者的创作因欠缺"儿童化"功力而流于粗略的"成人化"。"成人化"如果主要是艺术表现水平范畴的问题,就不应作为儿童文学的标识以屏蔽成人社会、切割儿童与成人生活,不应作为评判作品属性、衡量其是否适合儿童欣赏的标准或尺度,进而成为儿童文学题材、内容、主题及表现方法等方面的限制。

20 世纪中期后的世界各国儿童文学倾向于不再将儿童文学与一般文学截然分开,强调要考虑到儿童的理解力,却并不局限于儿童的生活或仅仅表现面向儿童的内容。比如在图画书领域,众多的西方当代作品会选择严肃认真地为儿童表现死亡、种族歧视、战争罪恶,表现社会与历史中残酷的事实与真相,表达人性的善与恶、矛盾与复杂。美国康乃狄格大学英语系副教授凯萨琳·卡普肖·史密斯在其《儿童图片文本中的民权远动》一文中,曾举例美国作家沃尔特·迪恩·迈尔斯的《又一道有待跨越的河》、卡罗尔·波士顿·威德福的《伯明翰,1963》以及诺曼·洛克威尔的《与我们所有人相伴的难题》等作品,说明了多元文化理念下的美国儿童文学如何通过图像叙事,向孩子直观呈现充满血腥与恐怖的杀戮场景,以"实现'真相'的隐性诉求",凸显"文化童真的幻灭",并特别指出洛克威尔如何有意将"种族融合运动的复杂性与暴力性放置在一个甜美可人的小孩身上",威德福的作品如何在孩子无法实现的愿望中结束作品,让儿童读者"被置于信仰破碎和生命陨落的伤痛之中"。①2012 年 6 月中国青岛中美儿童文学高端论坛上美国学者列举的众多作品,其题材与主题在我们看来都相当的"成人",或者是他们完全没有考虑"儿童"与"成人"作为预设读者的界线与区分,或者就是他们设定与理解的标准和我们有很大的不同。我们似乎一直都特别强调儿童文学作品对于儿童读者特殊的针对性和适应性,以此对作家的儿童文学创作加以引导与限定。而以美国为代表的西方国家,除了特殊年龄段的婴幼儿文学,其少年儿童文学内容及表现上都趋于"成人化"。这其中有"童年消逝""儿童成人化"的时代环境作用,也有对儿童和童年整体而宏观的认识角度,儿童世界和成人世界毕竟是叠合、关联、交互影响着的,童年是人生的一个阶段,童心是人性的基本构成,儿童始终处在长大成人的社会化进程中。

20 世纪 80 年代班马等作家曾特别讨论过"儿童反儿童化"趋向,认为我们应该注意儿童读者是在不断成长中的读者,少年儿童对成人世界有着本能的向往、有着方向上的趋近。由此看来,儿童文学的"儿童化"程度与效果也有辩证的必要。对儿童读者而言,过度模拟儿童幼稚情态的儿童文学,未必能让他们感到特别的兴致,"低幼化"并不是实现"儿童化"的捷径,过于渲染儿童的无知与蒙昧,是对儿童天真的曲解,是对儿童的轻视、对儿童情感愿望的漠视。"蹲下来"写作在成人有是否能真正"蹲下"的困顿,在儿童则更有需不需要成人"蹲下来"的问题。作家创作如果执着于"儿童化"的方向,过于偏好表现儿童幼稚情态或情趣,又缺乏必要的审美提炼与提升,很容易会陷入手法和表现上的狭窄、单薄与浅近,降低其儿童文学作品的艺术质量、减损其阅读欣赏的价值。

"成人化"与"儿童化"实际上也内在关联着儿童文学是"为成人"还是"为儿童"。无论是整体来看还是就具体篇目而言，儿童文学都是既给儿童也给成人包括成人作家自己的。人类创作儿童文学给予儿童，陪伴促进儿童的成长；人类创作儿童文学给予自己，怀想和记录童年。安徒生童话题名"说给孩子们的故事"，但他明确指认他的童话"要写给小孩看，又要写给大人看"，认为"小孩们可以看那里面的事实，大人还可以领略那里面所含的深意"。⑧安徒生童话因此而包含人类生活中最重要的因素，生命、死亡、梦想、爱、美、理解、同情、勇气、奋斗、希望、欢乐、痛苦、悲悯……这些无疑是我们所有成人和孩子所应共同继承和拥有的、属于人类生存历史和现实中最有价值的那一部分思想成果，安徒生对人类本性的描写，足以唤起人们对自我的认知，这种认知可以超越时间、空间，超越儿童与成人文学的界限，达到哲学与人类文化的高度。儿童文学在这个意义上为成人和儿童共有，是理想而自然的状态。或者通过表现孩子、表现童年与童真，能打动成人，给成人以美好的体验与感受，给成人以启迪与教益，同样是儿童文学的使命与价值之所在。

当代儿童文学艺术成熟的标志就是它已经具有足够吸引成人读者阅读的表现力和水准，发展到成年人也可以尽情欣赏的程度。儿童文学在诞生之初力求以特定内容和艺术表现独立区别于成人文学，现在已逐渐融入成人文学成为整个人类文学的组成部分，即使幼儿文学（包括文学基础上创作的图画书），也有了兼容成人读者的层次和张力。卓越的儿童文学，是具有思想文化及审美意蕴的艺术品，是给成长中儿童、给未来的文学作品，需要经得起儿童成人后的回望，要能感动现在的儿童，还要让他们留存于心、在成长中持续收获一份长久的感动。世界优秀的儿童文学创作已经证明，不能感动成人的儿童文学作品，也未必可以期待其能感动儿童，而真正能感动儿童的作品，则必然能感动成人，至少感动他们中的很大一部分——所有的成年人都是曾经的孩子。

我们要在关注儿童现实的基础上，从先进的儿童观出发，检视中国既有的儿童文学观，深切洞察儿童与成人、童心与人性、童年与人生的本质关联，进一步确立并提升儿童文学创作的艺术标准、文化价值和美学品质，让儿童文学拥有和成人文学同样的书写人类生命体验、记录时代社会的深度、高度和力度，赋予中国儿童文学新的当代品格和风貌，实现与世界儿童文学交融互动，促进共同发展与繁荣。

[注释]

①蒋风主编：《中国现代儿童文学史》，河北少年儿童出版社 1987 年版。

②鲁兵：《教育儿童的文学》，少年儿童出版社 1982 年版。

③浦漫汀主编：《儿童文学教程》，山东文艺出版社 1991 年版。

④日本儿童文学学会编：《世界儿童文学概论》，郎樱、方克译，湖南少年儿童出版社 1989 年版。

⑤霍松林：《古代文论名篇详注》，上海古籍出版社 1986 年版。

⑥[美]尼尔·波兹曼：《童年的消逝》，吴燕莛译，广西师范大学出版社 2004 年版。

⑦Katharine Capshaw Smith, *Remembering the Civil Rights Movement in Photographic Texts for Children*, University of Connecticut, China-US.Children's Literature Symposium, 2012.

⑧[丹]安徒生：《我作童话的来源和经过》，赵景深译，见《我的一生的童话》，《小说月报》1925 年版。

（原载《文艺争鸣》2013 年第 2 期）

论中国当代儿童文学的儿童观

朱自强

中国当代儿童文学长期处于落后状态,这在目前的儿童文学界已经成为定论。毫无疑问,是多方面的合力阻碍了中国当代儿童文学的发展。但是,在这些力量中,总有一股最强大的、规定方向的力量。寻找这股力量,应该成为儿童文学理论的自觉意识。

在儿童文学创作中,儿童观是一个必然的客观存在。可是,儿童观问题却一直是中国儿童文学理论研究的盲区。对儿童观问题不应该有的忽视绝不仅仅因为儿童文学理论的蒙昧和愚钝,根本原因在于掌管创作和理论的成人们面对儿童时的居高临下的姿态和傲慢自大的心理,持着这种姿态和心理,必然对儿童观问题不屑一顾。我认为,审视当代儿童文学的儿童观,对于探寻中国当代儿童文学落后的根本原因,即使不能切中肯綮,也将给人以启示。

儿童观是一种哲学观念,它是成年人对儿童心灵、儿童世界的认识和评价,表现出成人与儿童之间的人际关系。持有什么样的儿童观,决定着儿童文学作家的创作姿态。

在人类文化史上,曾出现过多种不同形态的儿童观,而进入现代社会以后,主要有两种对立的儿童观,那就是如同日本著名的儿童文学作家、理论家秋田雨雀所说的:"一种观点是成人把成人的世界看成是完善的东西,而要把儿童领入这个世界;另一种观点是,意识到自己的生活不完善和不能满足,而不想让下一代人重蹈覆辙。""从前一种观点出发,便产生了强制和冷酷;从后一种观点出发,便产生了解放和爱。"①

中国当代儿童文学类很长时期内便持着秋田雨雀说的第一种儿童观。这绝不是说我国没出现过优秀的作家和出色的作品,但是,20世纪五六十年代的"教育儿童的文学",给人的总体感觉是:作家为儿童之"纲",君临儿童之上进行滔滔不绝的道德训诫甚至政治说教,仿佛儿童都是迷途的羔羊,要等待着作家来超度和点化。在儿童文学中得到满足的常常不是儿童的合理欲望和天性,倒是儿童文学作家的说教欲。儿童文学作家十分虔诚地相信自己尊奉的教育观念的正确性,一心坚决而又急切地要把儿童领入成人为他们规定好的人生道路。这是一种带有强制和冷酷色彩的儿童观。历史已经令人可悲地证明了两点:一是我们的作家们过去所信奉的许多教育观念是错误的,二是在作家们高高在上的道德训诫和说教之下,遭到压抑甚至扼杀的是儿童们合理的欲望和宝贵的天性。这两种不幸,存在于20世纪五六十年代的许多儿童文学作品中,甚至有些获奖的"优秀"作品也未能幸免。小说《蟋蟀》(获第二次全国少年儿童文艺创作评奖一等奖)中的赵大云是作家着意肯定、褒扬并寄予期望的少年形象。他小学毕业不参加中学考试,回到农业社铁心务农,他认为割稻、犁田这些原始式的劳动便是"学习"。有的评论者赞扬《蟋蟀》以一个小角度来反映一个大的主题,真正是"寓教于乐"的。但是,人为地把游戏与工作对立起来,进而取消对少年儿童来说也是"最正当的行为"——游戏,就谈不到"寓教于乐",而把不屑于参加中学考试,却对割稻、犁田这些笨重原始的劳动一往情深的

赵大云树立为少年儿童的楷模，则是多么愚昧落后的教育思想！

儿童小说《罗文应的故事》（获第一次全国少年儿童文艺创作评奖一等奖）是目前仍被儿童文学界奉为经典的作品。小说写的是，小学生罗文应因为贪玩总是耽误时间，影响学习，后来在同学们的帮助和解放军叔叔的期待下，他管住了自己，养成了遵守时间的习惯。小说的确把罗文应玩时的心理写得活灵活现，罗文应的可爱之处正在这里。糟糕的是，小说把这些都看成是造成他耽误时间影响学习的缺点，他必须丢掉那些欲念和游戏，才能像解放军叔叔希望的那样"你自己管得住自己"，成为一个规规矩矩的好孩子。事实上，这篇小说使人很难过地看到罗文应最后是丢掉了对一个儿童来说最为宝贵的东西。据说罗文应这一儿童形象成为推动生活中千千万万"罗文应"改正缺点的力量。非得这样来教育孩子们改正缺点吗？——缺点改了，可爱、活泼的孩子也成了非礼勿视、非礼勿动的小夫子。其实在罗文应贪玩这所谓缺点里，已经透露出他的强烈的好奇心和丰富的想象力以及在某方面的兴趣。苏联教育家苏霍姆林斯基说过："如果一个学生到了十二三岁还没有在某方面显示出自己的兴趣，那么，教育者就应当为他感到焦虑，坐立不安。"心理学研究也表明，人（尤其是儿童）的内在禀赋的发展机遇瞬息即逝，我们很难做到把这种机遇像某种物品一样装在保险箱里长久保存下去。在科学文献中有大量确定无疑的事实证明：人的语言、思维、创造能力都有其产生、发展和完善的特定的相应年龄阶段。《罗文应的故事》显然只看到了罗文应"贪玩"的表面，而没有看到"贪玩"的深层已显示出罗文应在某方面的特殊兴趣和天赋能力。这一偏颇是由于儿童文学观念造成的，即作家只对教育观念负责，当"遵守时间"这一教育观念胜利后，罗文应的个性和兴趣作家就都甩手不管了。从小说来看，罗文应的内在禀赋和兴趣极有可能遭到阻止和延缓。

不知何故，儿童文学作家往往人为地将儿童的欲望和天性与教育理想对立起来。落后儿童经过教育成为模范儿童，这是许多儿童文学作品的模式。儿童文学作家非常喜欢这样的标签：《骄傲的小××》（××处可填上公鸡、花猫、蝴蝶等等）、《××国历险记》（××处可填上任性、说谎、肮脏等等）。这类作品显然是挑儿童毛病的。不是说儿童的缺点不能批评，问题是这类训诫作品的大量出现，将对儿童心理造成一种压抑。儿童文学总是过分注意、强调或夸大儿童的弱点、缺陷、错误，这对儿童心理健康不利。因为对儿童所做的心理测试清楚地表明，当一个疲惫的孩子受到赞扬时，他会产生一种明显的新的向上力量，相反，当孩子受不到赞赏或受到批评时，他们现有的体力也会戏剧性地减退。由此可见，儿童需要在早年生活中就体验到成功，感觉到自己的价值。但是，我认为，面对我们的简直可以称为"羞耻文学""过失文学"的那些儿童文学作品所描绘的儿童形象，儿童极易产生自卑感，沮丧，失去自信，从而降低自己的能力，在身心发展过程中出现障碍。

20世纪五六十年代的儿童文学，很少以赞赏和鼓励的目光来看待、描写儿童。儿童文学作家们似乎认为，对少年儿童稍稍放松教育，他们就会步入歧途，走上邪路。儿童的心灵和世界真的如此令人悲观、沮丧吗？儿童真的生来就是迷途的羔羊吗？现在我们看看另一类人对儿童世界所作出的评价。

苏联著名教育家克鲁普斯卡娅曾经指出："马克思、恩格斯、列宁都是怀着深切的敬意来看待儿童的；他们把儿童看作是未来。"②马克思在做《政治经济学批判·导言》中说："一个成人不能再变成儿童，否则就变得稚气了。但是，儿童的天真不使他感到愉快吗？他自己不该努力在一个更高的阶梯上把自己的真实再现出来吗？在每一个时代，它的固有的性格不是在儿童的天性中纯真地复活着吗？为什么历史上的人类的童年时代，在它发展得最完善的地方，不该作为永不复返的阶段而显示出永久的魅力呢？"在这段话里，赞美儿童之意溢于言表。

鲁迅在"五四"时期就曾提出"儿童本性"的儿童观以及"彻底解放"的儿童教育思想。虽因急遽的社会斗争，鲁迅未能专门给儿童进行创作，但他却以《故乡》《社戏》以及散文集《朝花夕拾》中的一些作品对儿童的心灵世界做出了评价。鲁迅所崇尚的童心，天然地具有憎恶的本能，能对人和事提供一个合理的价值标准。它虽然是朴素的、直感的，却也是鲜明的和正确的。可以说，鲁迅崇尚童心的儿童观成为他猛烈抨击封建思想和文化的锐利武器。

歌德对儿童的尊崇更是来得彻底，他甚至说："小孩子是我们的模范，我们应得以他们为师。"③英国诗人华兹华斯也说："儿童是成人之父。"④

我们再来看心理学科提供的答案。被称为世界心理学的第三思潮的马斯洛心理学，在西方评论界被认为是人类了解自己过程中的又一块里程碑。马斯洛的人本主义心理学反对弗洛伊德学派仅以病态的人作为研究对象，提出心理学家应该研究人类中的出类拔萃之辈——即"自我实现的人"。马斯洛认为自我实现的人的许多优秀之处是与儿童的天性一致或相似的。比如自我实现的人有着一种谦虚态度，这种谦虚态度也可以表述成一种孩童般的单纯与不自大——孩童往往具有这种不带成见却又早下结论地听别人意见的能力。孩童们睁着天真的不带批评的眼睛看世界，只注意事情的本来面目，既不争辩，也不坚持事情是别的样子。同样，自我实现的人也这么看待自己与别人身上的人性。再比如，创造性是自我实现的人的普遍特点。马斯洛认为，这些人的创造性与孩童还没有学会害怕别人的嘲讽，仍能带着新鲜的眼光毫无成见地看待事物时所表现出来的创造性是相似的。马斯洛相信，当人们长大时，这一特点常常丧失了，而自我实现的人不会失去儿童这种新鲜天真的观察能力，即使失去了，也能在后来的生活中找回来。⑤评论界认为马斯洛人本主义心理学巩固了对人性的信念，强调了人的尊严。我认为这一评价与马斯洛人本主义心理学对作为人类未来的儿童的天性所做出的肯定甚至崇尚是分不开的。

上述思想家、作家、心理学家所描绘的儿童形象显然与我国20世纪五六十年代的儿童文学所描绘的儿童形象截然不同。我总觉得，五六十年代的相当数量的儿童文学作品从总体上看，给儿童带来的不是解放而是压抑。我国五六十年代的儿童文学之所以没有产生具有世界影响的作品，就是因为太小看儿童，太压抑儿童。世界优秀的儿童文学作品，如安徒生的《皇帝的新装》、马克·吐温的《哈克贝利·费恩历险记》，其中的儿童形象，或者是成人不敢正视的真理的代言人，或者是黑暗腐朽的蓄奴制的勇敢挑战者。再如当代世界著名儿童文学作家、瑞典的阿林格伦，她的《长袜子皮皮》《淘气包艾米尔》《小飞人三部曲》都以赞赏的笔墨描写儿童的淘气、顽皮，从而解放了儿童那狂野的幻想天性。而我们的儿童文学恰恰与此相反，欣赏的是循规蹈矩的道德儿童形象，一本正经、听话懂事的小大人形象。这些形象缺少个性，缺少生气和活力，这恰好成了我国五六十年代儿童文学精神面貌的写照。

1976年，中国政治局势的突变，给在"文革"中濒临绝境的儿童文学带来了转机，但是仍然不能过于乐观。在儿童文学缓慢的复苏和发展过程中，旧的儿童观仍有着很强的惯性，表现出不容忽视的力量。

在创作方面，幼儿文学中以说教来压抑儿童天性的作品还屡见不鲜。很多人一提笔写低幼文学便自然而然地为了寻找儿童的毛病而操起了"放大镜"。什么"贪吃的河马""肮脏的小猪""任性的小狗",乃至吹牛的什么、撒谎的什么等,这些作品所指出的儿童缺点,有的是为了教训儿童而杜撰出来的,有的则是指美为丑,歪曲了儿童的美好天性。虽然有的作品确实发现了儿童的问题,但其教育模式又往往是儿童(作品中的小动物)受到某种惩罚后知过改悔。

在少年文学中,宣扬错误思想甚至封建道德观念的作品也时有出现。少年小说《今夜月儿明》《少年的心》就是突出的例子。传统道德观念势力之强大,在《失踪的女中学生》这部影片中表现得最为突出。这部影片以同情美化少年早恋感情而始,以牺牲少年的人格尊严和权力而终。影片的这种结局并非编导的本意,但是,她毕竟承受不了拍片过程中来自上上下下的压力。《失踪的女中学生》的妥协说明了我们的孩子还没有一个作为完全的人的资格,在教育者(家长、教师)和孩子之间,有时人格是不平等的,当发生矛盾冲突时,受到伤害、委屈的往往是孩子。《失踪的女中学生》的命运表明,无论怎样强调儿童文学的文学自律性,也无法否认教育观念对它的强大制约力、统摄力。因此,我们前面否定了儿童文学作家君临儿童之上的教育姿态以及其错误的教育思想,本意绝不是主张儿童文学不要教育,而是试图寻求一种新的教育姿态和正确的教育思想。

新时期的儿童文学理论,在某些方面也遗留着旧儿童观的基因。新时期儿童文学理论在意识到儿童文学不应该是教育学的翻版,不应该是苍白的教育学讲义之后,更加强调儿童文学要"寓教于乐"。应该说,这也是一个进步。从一般意义说,"寓教于乐"并不错,但是儿童文学理论常常把教育与趣味性(乐)解释成目的与手段的关系。署名中国少年儿童出版社的一篇题为《关于少年儿童读物的特点问题》的文章就说:"趣味不是我们的目的,而是我们为了达到一定教育目的所采取的手段。"⑥仅仅把趣味性看作手段不符合作品实际和儿童的接受情况。很多作品并不想达到什么教育目的,给儿童以情趣和欢乐就是他的目的。比如沃特·迪斯尼的动画片《米老鼠和唐老鸭》便是。从儿童接受情况来看,即使有思想教育意义的作品,儿童也恐怕不会接受了思想内容之后,就把趣味扔掉,儿童可能会再三回味作品的情趣,从中得到享受和满足。我们甚至敢说,有的孩子也许会绕过作品的主题、思想什么的,直奔作品中的情趣,享受一番转身就走,而对主题什么的不加关心。从某种意义上说,儿童文学是快乐的文学。把"乐"仅仅看作是完成教育目的的手段,这种观念,说得轻一些是对儿童欲望、天性缺乏了解,说得重一些,是对儿童的心灵和精神需求缺乏尊重。

儿童文学界目前还普遍地持着一种理论,即"白纸"说。一些著名的儿童文学作家、理论家都说过类似儿童的心灵是一张白纸的话。"白纸"说实际上是对儿童心灵的片面认识,是一种错误的儿童观。儿童文学界的这种"白纸"说与心理学上的"白板直观感觉"论是一致的。主张"白板"说的心理学家洛克认为,在人的意识中没有先天的思想和观念,儿童一诞生,其心灵像一张白纸,可以无限地发挥环境、教育的威力。

"白纸"说只看到儿童心灵的受动性的一面,即受客观外在事物制约的一面,而忽视了儿童心灵的能动性一面,是错误的机械决定论。瑞士著名心理学家皮亚杰的发生认识论认为:"一个刺激要引起某一特定反应,主体及其机体就必须有反应刺激的能力。"按皮亚杰的学说,任何外在刺激要引起人的神经反应,必须与大脑中已有的"图式"发生"同化"作用,外来刺激如果不能被纳入固有的"图式"不能被"同化",人就不能做出相应的反应。苏联著名学者科恩有一段话也表达了相近似的观点:"人的'自我'的本质不仅是由制约它和'进入'它的东西(心理生理素质、社会条件和教育等)规定,而且还由'出自'它的东西,它的创造积极性所创造的东西规定。"⑦根据上述观点,儿童文学对于儿童来说就永远不是像面对一张白纸那样从外面灌进去的,而是要包含着儿童心理的积极开展,包括着儿童从心理内部开始的有机的同化作用。儿童文学对儿童不是单方面的作用,而是双向活动过程,不是一种灌输,而是一种激活。

如果比喻的话,我想把儿童心灵比喻成一颗种子。儿童文学作家面对一颗种子不能像面对一张白纸那样,以为可以单方面随心所欲地书写,他也受到制约,必须考虑到要激活这颗种子的潜在生命力所必需的合适的土壤、阳光和养料。如果再打一个比喻,儿童的心灵不是一张白纸,而是一首诗篇的"初稿"。"初稿"这一比喻是苏联作家、哲学博士科夫斯基用来形象说明儿童复杂的精神世界的。苏霍姆林斯基就十分赞赏"初稿"之喻。他认为成人不能用自己笨拙而漠不关心的手把这个"初稿"本身所具有的能力、气质、爱好和才华这些好的东西给损坏了,而要精心地润色、修饰,使这"初稿"变成一篇美好的诗歌。

如果把儿童心灵看成白纸,必然对童心的可贵之处视而不见。阿·托尔斯泰曾说:"旧时代的教育家把儿童看作是一张白纸,他们可以在上面任意涂写一条条抽象的哲理和僵死的道德箴言。说来奇怪,这种教育家有的竟然活到了今天。他们对儿童自己也能够反过来教会教育家一些东西,感到不能理解,甚至有时还感到愤怒。"⑧儿童文学创作和理论把儿童看作一张白纸,很容易忽视童心世界的人生哲学价值,抹杀儿童心灵的丰富性和复杂性,从而夸大教育的力量,导致主观随意性,由于习惯而又不知不觉地君临儿童之上。

以上,我们指出了新时期儿童文学的儿童观中存在的问题。我们也不能不看到,新时期里,许多儿童文学作家的思想观念有了很大变革。特别是青年儿童文学作家们那些探索和创新的作品,显示着中国儿童文学的儿童观正在悄然位移。稍感遗憾的是,儿童文学理论对当代儿童文学的儿童观出现的这种位移现象还比较麻木。我们的儿童文学理论家应该及时捉住儿童文学创作中迸出的火花,点燃手中理论的火把。如果儿童观问题能成为儿童文学创作者、理论工作者在理论上的自觉意识,无疑将加快中国儿童文学发展的进程。

[注释]

①秋田雨雀:《作为艺术表现的童话》,见《日本儿童文学大系》。

②[苏联]克鲁普斯卡娅:《论儿童读物》,见《俄苏作家论儿童文学》,河南少儿出版社1983年版,第205页。

③韦苇:《郭沫若用诗为我国现代儿童文学拓荒》,《浙江师范大学学报》第26期。

④[美]黛安·E.帕普利、萨莉·W.奥尔兹:《儿童世界(上)》,人民教育出版社1981年版,第7页。

⑤[美]弗兰克·戈布尔:《第三思潮:马斯洛心理学》,上海译文出版社1987年版,第27页、第28页。

⑥《出版工作》1987年第18期。

⑦[苏联]科恩:《自我论》,三联书店1986年版,第8页。

⑧[苏联]阿·托尔斯泰:《论儿童文学》,见《俄苏作家论儿童文学》,河南少儿出版社1983年版,第266页。

(原载《东北师范大学学报》1988年第4期)

以新"童年观"重塑儿童文学

杜传坤

儿童文学凝结着一个民族和社会的梦想与希望,它给儿童打下精神的底子,影响着未来民族性格的养成。儿童文学应当如何校准自己的童年观,是每一个儿童文学"种梦者"需要严肃对待的问题,也是缔造儿童文学新梦想的第一步。

当今儿童文学的处境表现出两重性:一方面,儿童文学因其指涉对象和叙事艺术的特殊性,已在文学王国取得"独立主权",合法且自足;另一方面,自足也意味着一定程度的隔绝,正如媒介理论所认为的,儿童文学通过它的独特编码,将儿童与成人隔离在彼此的场景之外,儿童文学逐渐成为极具特殊性的文学类型,意味着这是儿童能够阅读的唯一一种类型的文学,而且通常也只有儿童才阅读。前者强调儿童认知能力的欠缺,后者则突出儿童文学的简单贫乏。从这个意义上讲,"儿童文学是一个信息贫民窟,既是隔离的又是被隔离的"(约书亚·梅罗维茨语)。媒介理论在此显示出某种洞察力,但对造成儿童文学特殊性的根本原因——童年观——缺乏深入省察。作为以儿童为专门创作对象的文学,它跟儿童专享的玩具、游戏、服饰、节目及课程等一样,其后隐含着成人对于儿童的想象与期待,而童年观也内在地决定着儿童文学的精神特质。

童年观不仅是一种形而上的假设,更是一种实践力,因为它预设了儿童的阅读能力,也设定了儿童文学的美学原则,并可能通过阅读实践把这些预设变为现实。童年观不但可以隔离儿童与成人,也隔离不同年龄的儿童。文学的分级阅读是一个典型的例子,不能否认它提供了基于某种科学理论的阅读参照,但对其局限或者说可能的后果亦应有清醒的认知:不仅成人不再读儿童的书,而且年长儿童也不再读年幼儿童的书,儿童的文学趣味与阅读能力就依据年龄段的分级而细化了,也武断了。这种精细划分未必就是对各年龄段孩子阅读本质一劳永逸的客观反映。当成人不再读儿童的文学,5岁的孩子不好意思去听封面上印有4岁孩子标签的故事,从而被隔离在一岁差距的门外,这亦可能是某种童年想象与分级阅读造成的结果。儿童内部的分化与隔离,不过是成人与儿童隔离的进一步延伸。这样也造成在被隔离的儿童文学"贫民窟"之中,又有了相对独立的更小的"贫民窟",用以容纳不同年龄段的孩子。2014年在韩国举办的第三届世界儿童文学大会,主题就是"文学:为孩子种梦",儿童文学被称为"赋予梦与希望的文学",但"信息贫民窟"的忧虑使得这个主题并不像看起来那样浪漫单纯。

专门针对儿童的文学与现代儿童观的确立密切相关。现代以来,童年与成年的隔离就建立在对儿童"异质性"身份的认定上,这也是成人与儿童"二分"的前提基础,儿童文学不过是这种"二分法"在文学领域的产物。在这种童年观的前提下,不管童年的纯真是否值得尊重,童年都未被视为一个值得永久停留的阶段,童年与成年之间的距离必须被跨越,因此童年需要"教化",对儿童所要播种的梦与希望亦孕育其中,儿童文学隐含着精神教养。西方19世纪上半叶开始的儿童文学的制度化,是伴随着格林童话的7次修订得以确立的,这个时期儿童文学故事里就普遍存在着对儿童"想象力的驯化"。而19世纪后半叶,随着反思的深入与想象力的解放,文学开始质疑以现代文明"教化一个男孩"的必要性。接下来的一个世纪,对教化本身的质疑很快被"如何教化"的热情所取代,儿童文学也陷入对教化手段"有效性"的探究之中。

　　虽然今天儿童已经"被发现"并被称作现代意义上的主体,但儿童是否真的获得了尊重仍然是个很可疑的问题。当我们以"种梦者"的身份、以文学的方式去填充或建构儿童的某种主体性时,是去建构我们想要的儿童主体性,还是儿童天性和潜力充分开掘的主体性?换言之,儿童文学是要帮助我们劝服儿童成为我们所希望的样子,还是帮助儿童成为他们自己?将天真、无知、脆弱等视为童年的本质,使得儿童在享有更多关爱的同时也受到更多限制,尤其以"爱"为教化手段时,儿童往往都会乖乖就范,在故事结尾变成一个"好孩子",同时让故事外的小读者分享和认同这一标准化的童年,从而极大提升了儿童规训教育的有效性。因此有理由追问:儿童文学将童年"纯真"的假设本质化,是否有可能把对童年的过度保护与控制合理化,从而强化社会规训的"正当性",进一步造成儿童天性合理发展的弱势地位?当儿童文学蜕变为这样一种有效教化方式时,它所编织的梦想究竟在多大程度上是属于儿童自己的?

　　事实上,成人的"捍卫童年"常常与儿童的"逃离童年"形成反讽式对照。在朱迪·布卢姆的儿童故事《超级骗子》中,5岁男孩早已知道圣诞老人不存在,为迎合成人对自己"天真可爱"的愉悦想象,便假装相信圣诞老人的存在,以取悦父母并得到期待中的圣诞礼物。这是儿童的天真还是成人的天真?儿童文学是否还要继续"纯真"地"假装"下去?对儿童文学特殊性的过度强调,还隐含着另一种危机,就像游戏史中提到的"滚铁环"游戏,它从中世纪末成人与儿童共享的游戏,到17世纪末的儿童专有,滚铁环的孩子也越来越少,最后这一游戏终于被抛弃。这或许证明了一个真理:玩具要引起儿童的注意,它应该让孩子们想到这东西与成人世界有点关系。那么同理,当儿童文学意味着是儿童唯一能够阅读的文学以及只有儿童才阅读的文学,是否儿童也要抛弃这样的儿童文学?因此,在尊重儿童与成人、儿童文学与成人文学必要界限的前提下,寻找二者之间可以对话的语言才更具现实意义。

(原载《人民日报》2015年1月23日)

演进与发展中的"童心论"

乔世华

就如同茅盾在《60年少年儿童文学漫谈》一文中所提到的那样："1960年是少年儿童文学理论斗争最热烈的一年。"①在这一年，我国儿童文学领域里发生了批判陈伯吹"童心论"的运动。这场批判运动缘起于陈伯吹在1956年和1958年先后发表的《谈儿童文学创作上的几个问题》和《漫谈当前儿童文学问题》两篇文章，这两篇文章后来又都被收录在陈伯吹1959年出版的《儿童文学简论》一书当中。在《谈儿童文学创作上的几个问题》中，陈伯吹认为存在着年龄差异的儿童会有不同的阅读需求："即使在儿童文学自身中，也由于儿童年龄特征的关系，各个不同年龄阶段的儿童，各有他们不同的心理状态和社会环境，从而产生不同的特殊的需要。"他进而提出来："一个有成就的作家，能够和儿童站在一起，善于从儿童的角度出发，以儿童的耳朵去听，以儿童的眼睛去看，特别以儿童的心灵去体会，就必然会写出儿童所看得懂、喜欢看的作品来。"②在《漫谈当前儿童文学问题》一文中，陈伯吹有感于自己在编辑审稿工作中的体会而格外强调编辑在赏读儿童文学作品时要拥有一颗"童心"，否则就会出现成人读者叫好而儿童读者并不感兴趣的成人化儿童文学作品：

> 如果审读儿童文学作品不从"儿童观点"出发，不在"儿童情趣"上体会，不怀着一颗"童心"去欣赏鉴别，一定会有"沧海遗珠"的遗憾；那些被发表和被出版的作品，很可能得到成年人的同声赞美，而真正的小读者未必感到有兴趣。这在目前小学校里的老师们，颇多有这样的体会。这没什么奇怪，因为它们是"成人的"儿童文学作品啊！③

无疑的，上述这些看法均显现着作为儿童文学作家和理论家的陈伯吹对如何创作出令孩子们喜闻乐见的儿童文学作品的精准而清醒的认知。但在高度强调意识形态和阶级斗争的政治年代里，陈伯吹的上述观点很容易被认为是"资产阶级人性论在儿童文学领域中的反映"，是在"鼓吹'儿童文学特殊性'，它抹杀儿童文学的阶级性，促使儿童文学脱离无产阶级政治，并游离了思想性而只着眼于艺术性，会陷入'艺术至上论'的泥坑中去……"④，"企图在儿童文学领域内，以资产阶级的'童心论'，来代替马克思列宁主义的阶级论，以资产阶级庸俗的、低级的儿童趣味，来代替生动活泼、丰富多彩的无产阶级政治思想教育"⑤。因此，像《人民文学》《上海文学》《文汇报》《文艺报》《儿童文学研究》等权威报刊在1960年较为集中地刊登了诸如左林《坚持儿童文学的共产主义方向》、杨如能《驳陈伯吹的童心论》、徐景贤《儿童文学同样要为无产阶级的政治服务——批判陈伯吹的儿童文学特殊论》等文章，对陈伯吹的儿童文学理论主张乃至创作进行了火力集中的清算与批判。这场旨在大破儿童文学领域中的资产阶级思想的批判运动令正常的也是可贵的儿童文学的艺术探索与理论研究遭遇了重创，可也长时间地造成了一种理论错觉，很容易让人们简单地将陈伯吹与"童心论"直接画上了等号。就是到了今天，研究界在历数陈伯吹的儿童文学贡献时，还会特意提到是其"提出了著名的'童心论'"⑥的。

而如果稍加体察，我们就会看到，仅在文学领域而言，"童心论"绝不会是某一个人的理论贡献，而一定是不同时代的儿童文学作家和理论家们对童心或深或浅的认识与理解的汇总，陈伯吹个人对"童心"的阐说只是"童心论"中比较有代表性、比较有影响的一种观点而已。对于这一切，我们有必要清醒地体认到。如果贴标签似的把它归结于某一个人的理论发现或发明，那就有可能一叶障目，造成理论认识上的误区与盲点。在中国，"童心论"向上可追溯到明代李贽《焚书》中的大量相关论说，诸如："夫童心者，真心也。若以童心为不可，是以真心不可也。夫童心者，绝假纯真，最初一念之本心也。若失却童心，便失却真心；失却真心，便失却真人。人而非真，全不复有初矣。"⑦自然，李贽的"童心说"还并不在于唤醒人们认识儿童，而是在借机呼唤和赞美人的真心真情的，其"童心说"的文学主张旨在将文学创作从代圣人立言而拉回到对现实人生和真性至情的热切观照上来。

在中国，真正发现儿童和认识儿童，是要到了五四运动之后。在这之前，中国人"对于儿童多不能正当理解，不是将他当作缩小的成人，拿'圣经贤传'尽量的灌下去，便将他看作不完全的小人，说小孩懂得什么，一笔抹杀，不去理他"⑧。儿童的独立人格和社会地位尚且得不到应有的重视，也就不可能产生严格意义上的独立的儿童文学创作。而"五四"以后随着西方理论家诸如杜威"儿童中心主义论"等先进儿童观被引进和广为接受，国人逐渐树立起了现代的新型的儿童本位观。一个人、一个时代、一个国度具有着什么样的儿童观，就决定了这个人、这个时代、这个国度具有着什么样的儿童文学观，并因此会有与之相应的儿童文学实践活动。所以，中国儿童文学真正形成一个独立的、自觉的文学门类，只能是在"五四"时期儿童被发现之后。像鲁迅、周作人兄弟相继在1919年和1920年撰写的《我们现在怎样做父亲》《儿童的文学》两篇文章，不但有对陈腐的传统儿童观的无情批判与质疑，也有对西方"儿童本位论"的倡导："孩子的世界，与成人截然不同；倘不先行理解，一味蛮做，便大碍于孩子的发达。所以一切设施，都应该以孩子为本位"，"父母对于子女，应该健全的产生，尽力的教育，完全的解放"⑨，更对儿童文学创作应顾及儿童"内外两面的生活的需要"而有着积极的思考："在诗歌里鼓吹合群，在故事里提倡爱国，专为将来设想，不顾现在儿童生活的需要的办法，也不免浪费了儿童的时间，缺损了儿童的生活。"⑩只有当成人们真正意识到儿童的特殊性，与儿童心理接轨的儿童文学的产生才是可能的。

因此，"五四"时期对儿童的发现，令中国产生了真正意义上的儿童文学，而与"发现儿童"相伴而生的"认识儿童"，则令儿童文学的发展变得规范、细致，也更加科学可行。只是人们对儿童生理和心理特征的认识与理解不可能一朝一夕之间就完成，因此"童心论"的沿革演变也必然要有很长一条道路要走，必然会在不同时代被注入新的内容或代以新的名称。早在《儿童的文学》一文中，周作人就已经借助自己掌握的儿童心理学知识，依据有关儿童的不同生长阶段——婴儿期（1~3岁）、幼儿期（3~10岁）、少年期（10~15岁）和青年期（15~20岁），而着重探讨了儿童文学的幼儿前期（3~6岁）、幼儿后期（6至10岁）和少年期（10~15岁）的不同心理特征，并对此间儿童对诗歌、童话、寓言、故事和戏剧等不同文体的喜好与接受进行了较为细致的分析。进而言之，在周作人看来，儿童文学

新中国儿童文学

创作应该遵从儿童的心理特征。这种认知虽未必就能说明周作人一定是现代中国儿童文学"童心论"的首倡者，但足以说明他的儿童本位主义主张者的身份，其据此对儿童文学的认知殊为宝贵；只是他这有价值的见解在其后因为种种复杂原因而被有意无意地忽视了，如20世纪30年代为配合阶级革命乃至民族救亡等时代需要而令儿童本位观遭到了搁置与冷落，那种全力展现儿童情趣的儿童文学创作也因此搁浅。

到了和平建设的20世纪50年代，对儿童内在经验世界与想象世界的重视不免会被提到日程上来。类似陈伯吹"童心论"的相关理论认识得以抬头也属于必然。其实，在陈伯吹"提出"童心论"的前后，许多作家就都已经对童心以及儿童文学特殊性有着或多或少或深或浅的认识了。比如作家冰心在1957年2月15日写就的《〈1956儿童文学选〉序言》中表示：

> 所谓"童心"，就是儿童的心理特征。"童心"不只是天真活泼而已，这里还包括有：强烈的正义感——因此儿童不能容忍原谅人们说谎作伪；深厚的同情心——因此儿童看到被压迫损害的人和物，都会发出不平的呼声，落下伤心的眼泪；以及他们对于比自己能力高、年纪大、经验多的人的美慕和钦佩——因此他们崇拜名人英雄，模仿父母师长兄姐的言行。他们热爱生活；喜欢集体活动；喜爱一切美丽、新奇、活动的东西，也爱看灿烂的颜色，爱听谐美的声音。他们对于新事物充满着好奇心，勇于尝试，不怕危险……
>
> 针对着这些心理特点，我们就要学会用他们所熟悉、能接受、能欣赏的语言，给他们写出能激发他们的正义感和同情心的散文和小说；写出有生活趣味，能引起他们钦慕仿效的伟大人物的传记；以及美丽动人的童话，琅琅上口的诗歌，和使他们增加知识活泼心灵的游记，惊险故事，和科学文艺作品。[①]

冰心不但看到"童心"与生俱来的天真活泼的自然本性，更看到"童心"后天成长中的社会属性，其对"童心"的认知带有那个时代对儿童社会道德规范的明显烙印，也因此对理想的儿童文学创作有她的期冀。甚至就是陈伯吹"童心论"的批评者们，事实上也对童心和儿童文学有着与陈伯吹近乎一致的认识，虽然可能是浅尝辄止或者蜻蜓点水。如杨如能就认为："创作和研究儿童文学，应该研究儿童的年龄特征，看不到或者否认这一点是不对的。"[②]左林认为："儿童文学作品既然是写给少年儿童看的，那末，它要达到教育少年儿童的目的，它就必须切合少年儿童的水平，为他们所喜闻乐见。为此目的，作者就应当努力了解儿童的心理、儿童的思想感情，了解他们的生活，熟悉他们的语言。"[③]再如同样是陈伯吹"童心论"批判者的贺宜早在《火花》1959年6月号上撰文《儿童文学创作的一个关键问题——儿童化》时，就举出自己看到的一些儿童文学作品中的种种怪现象："对低年级的孩子，用高年级才能懂得，才能感到兴趣的话（包括着语法和思想内容）；对高年级的孩子，用低年级孩子感到兴趣的话"，并对其中原因进行剖析，认为那是因为写作者"忘记了在给谁写。忘记了：孩子们并不是一样大，并不是不懂得一样多。"因此他主张："对于一个儿童文学作者重要的是善于了解不同年龄的儿童的阅读兴趣。只有这样，才可以使作品更儿童化，更吸引小读者。"[④]其对童心以及儿童文学所持有的观点与陈伯吹如出一辙。又如对"童心论"这场论争予以重视并进行评述的茅盾在《60年少年儿童文学漫谈》中一面肯定"童心论"是从资产阶级儿童文学理论"童心论"或"儿童本位论"引起来的，"还是资产阶级的世界观"，一面认为对"童心论"中的合理成分要认真分析对待："从4岁到14岁这10年中，即由童年而进入少年时代这10年中，小朋友们的理解、联想、推论、判断的能力，是年复一年都不相同的，而且同年龄的儿童或少年也不具有完全相同的理解、联想、推论、判断的能力。这种又由年龄关系而产生的智力上的差别，是自然的法则，为儿童或少年服务的作家们如果无视这种自然法则，主观地硬要把8岁儿童才能理解、消化的东西塞给五六岁的儿童，那就不仅事倍功半而已，而且不利儿童智力的健全发展"。在茅盾看来，儿童文学作家"了解不同年龄的儿童、少年心理活动的特点，却是必要的；而所以要了解他们的特点，就为的是要找出最适合于不同年龄儿童、少年的不同的表现方式。在这里，题材不成问题，主要是看你用的是怎样的表现方式。你心目中的小读者是学龄前儿童呢，还是低年级儿童，还是十三四岁的少年，你就得考虑，怎样的表现方式最有效、最有吸引力；同时，而且当然，你就得在你的作品中尽量使用你的小读者们会感到亲切、生动、富于形象性的语言，而努力避免那些干巴巴的、有点像某些报告中所用的语言。"[15]

至于作为"童心论"批判运动中众矢之的的陈伯吹本人，在《谈儿童文学创作上的几个问题》中引用了无产阶级作家高尔基"每一个进入儿童文学的作者都应当考虑读者年龄的一切特点。否则他的书就成为没有用的书，儿童不需要，成人也不需要"的经典阐述为自己的"理论"开路，借此呼吁要"正确地、深刻地理解儿童文学的特殊性"。他还看到了儿童年龄层次的差异性和因此产生的不同阅读需求："学龄前的幼童，小学校的低年级、中年级、高年级生，以及中学校的初中生，因为他们的年龄不同，也就是他们的心理、生理的成长和发展不同，形成思想观念和掌握科技知识也是在不同的阶段上，儿童文学作品必须在客观上和它的读者对象的主观条件相适应，这才算是真正的儿童的文学作品。"[16]即令在1960年遭遇了铺天盖地的批判，陈伯吹在稍后发表的《幼儿文学必须繁荣发展起来》一文中还是对自己先前的观点有所保留，并小心翼翼地提出来儿童文学创作与阅读分层次的必要性问题："在儿童文学中，是否也还存在着幼童文学（或者叫作低幼儿童文学）、儿童文学、少年文学的分野？从特定的教育对象的儿童年龄阶段上来看，是否有这样划分的必要？更从教育的任务上来看，这样划分了是否更利于教育效果的丰收？这，当然是个人意见，有待于深入讨论。"[17]其本人的"童心论"无非是根据自己的创作心得呼唤儿童文学创作者们能深切地了解儿童的心理状态，并能有针对性地艺术而技巧地创作出为不同年龄段儿童所喜闻乐见的作品来。

在进入新时期以后，现代的、进步的、文明的儿童观重新得到了确认，现代儿童文学观也因之得到了大力张扬。儿童文学作家鲁兵1981年发表长文《教育儿童的文学》，其中就有对"童心论"老调的重弹："生活在不同的社会和时代，出身于不同的阶级、阶层和家庭，接受不同的教育，那么同一年龄的儿童，其心理特征也会有所差别。我们说的儿童，包括三四岁的幼儿到十三四岁的少年，人在这10年中变化很大，幼儿刚刚离开妈妈的怀抱，可以说是乳臭未干，而少年再往前迈一步，就是青年了。幼儿还不识字，给他们阅读的书是以图画为主的，而少年已经能啃大部头的小说了。因此，我们很难笼统地列出一些儿童文学特点。因为幼儿还只能接受主题单一、人物较少、情节简单的故事。少年就不同了，他们热衷于曲折离奇的故事。这种差别，不仅仅表现在作品的篇幅之大小、容量之多少、程序之深浅，同时表现在题材、形式、构思、语言等各方面。将供少年阅读的作品，篇幅缩短一点，文字改浅一点，就当作供幼儿阅读的作品，这是不行的。有的同志

提出这样的意见，将我们现在所说的儿童文学一分为三，幼儿文学，儿童文学，少年文学，再来探讨它们的特点。这个意见是可取的，如果要将儿童文学特点作为一个专题来研究，就得这么办。"[18]虽然此文对儿童文学按照儿童年龄层次划分的思考还不够细致，还只是一种设想，并没有做出更明确的理论阐析，但无疑是对从前包括周作人、陈伯吹、茅盾等诸位大家有关儿童文学见解的承继与发扬，更直接启发了后来的儿童文学理论者们。到了20世纪80年代中期，王泉根那篇对儿童文学理论发展具有重要推动作用的《论少年儿童年龄特征的差异性与多层次的儿童文学分类》文章就明显得益于前人的理论探索，其中有提到："正如儿童心理学只注重研究幼年——童年——少年的不同心理特征而从来不研究三到十五岁这一整个年龄阶段的少年儿童有什么共通的心理特征一样，我们的儿童文学也完全没有必要探讨为三到十五岁的少年儿童服务的文学有什么统一的本质特征，而应当集中精力去探讨为幼年——童年——少年这三个层次的孩子们服务的文学各有什么本质特征，及其思想、艺术上的要求。用不着再把它们生拉活扯捆绑在一起，试图提出一个统一的而结果又往往是混沌一团、各说各有理的标准。换言之，我们应当做的是：第一，把'儿童文学'分一为三，明确提出并肯定幼年文学、童年文学、少年文学的概念。把它们从'儿童文学'这个单一概念中独立出来，自成一系。第二，然后再去探讨这三种文学各自的本质特征与思想、艺术应有怎样的要求。"[19]在其后20年间，他相继在《儿童文学的三个层次与两大门类》《论儿童文学审美创造中的艺术形象、艺术视角》《论新时期儿童文学》《论少年小说与少年心理》等诸多文章中进一步对此论断进行了更为细致的阐发和合理的深化，产生的巨大影响有目共睹。而此间真正在儿童文学创作中践行"童心论"并获得小读者衷心拥戴的儿童文学作家更是数不胜数，如张之路、曹文轩、秦文君、杨红樱、薛涛等均取得了文学成功，像有着"中国童书皇后"之美誉的杨红樱，其作品总销量至今早已经远远超过了6000万册，而这就得益于其对童心深刻而独到的理解与表现，得益于其对自己作品目标读者的成功定位。

还要提到的是，进入新世纪以后在我国推广和实践的分级阅读观念及相关推广活动，看上去既像是一个新生事物——属于新理念、新方法，同时也更像是一个地道的舶来品，因为以"分级阅读"这一术语本身来看，可以追根溯源到西方英美国家在20世纪20年代出现的分级阅读体系，甚至还可以上溯到18世纪70年代美国成立之初的阅读教学。但事实上，分级阅读不过是人们按照儿童不同年龄段的心智发展特点而为其量体裁衣设置和提供的较为科学、合理的阅读计划而已。归根结底，分级阅读仍然不过是"童心论"的理论变种与另类表现模式，是人们在对童心有了充分、深入的理解与认识之后，基于儿童本位立场而对包括儿童文学作品在内的儿童读物所做的自觉有序的区分与认定。它并没有超出前面文中引用的诸如陈伯吹、茅盾、贺宜、王泉根等对童心的理解和对儿童文学分层次、分年龄段的见解，只不过是换了理论"马甲"并更具有可操作性而已。

回眸"童心论"，我们不难发现，其绝不是某一个人的理论发明与贡献，而一定是不同时代、不同地域从事着与儿童有关工作的人们——儿童心理学家、儿童教育学家，自然也包括着诸多儿童文学作家与理论家们——智慧的凝结。一切正如歌德所说："凡是值得思考的事情，没有不是被人思考过的；我们必须做的只是试图重新加以思考而已。"[20]随着人们对儿童身心发展规律的成功"破译"与尊重程度的加深，"童心论"这一理论体系还会不断地得到完善，而其对儿童文学健康发展的引领作用仍然值得我们期待。

参考文献:

①⑮茅盾:《60年少年儿童文学漫谈》,《上海文学》1961年第8期。

②⑯陈伯吹:《谈儿童文学创作上的几个问题》,见王泉根编:《中国儿童文学60年(1949—2009)》,湖北少年儿童出版社2009年版,第23页。

③陈伯吹:《"童心"与"童心论"》,见王泉根编:《中国儿童文学60年(1949—2009)》,湖北少年儿童出版社2009年版,第293页。

④陈伯吹:《"童心"与"童心论"》,见王泉根编:《中国儿童文学60年(1949—2009)》,湖北少年儿童出版社2009年版,第300页。

⑤⑫杨如能:《驳陈伯吹的童心论》,《上海文学》1960年第7期。

⑥刘颋:《陈伯吹先生诞辰100周年纪念座谈会在京召开》,《文艺报》2006年7月20日。

⑦李贽:《童心说》,见北京大学哲学系美学教研室编:《中国美学史资料选编(下)》,中华书局1981年版,第125页。

⑧⑩周作人:《儿童文学小论》,河北教育出版社2002年版,第37页。

⑨鲁迅:《鲁迅全集(第1卷)》,人民文学出版社1981年版,第135—136页。

⑪冰心:《〈1956儿童文学选〉序言》,见王泉根编:《中国儿童文学60年(1949—2009)》,湖北少年儿童出版社2009年版,第19页。

⑬左林:《坚持儿童文学的共产主义方向》,《人民文学》1960年第5期。

⑭贺宜:《儿童文学创作的一个关键问题——儿童化》,见王泉根编:《中国儿童文学60年(1949—2009)》,湖北少年儿童出版社2009年版,第304—350页。

⑰陈伯吹:《幼儿文学必须繁荣发展起来》,《儿童文学研究》1962年第12期。

⑱鲁兵:《教育儿童的文学》,《编创之友》1981年第1期。

⑲王泉根:《担当与建构——王泉根文论集》,接力出版社2013年版,第45页。

⑳[德]歌德:《歌德的格言和感想集》,程代熙、张惠民译,中国社会科学出版社1982年版,第1页。

(原载《大连海事大学学报》2014年第5期)

中国式童年的艺术表现及其超越

方卫平

中国当代社会生活与文化的复杂性,分化出了中国当代童年生存境况的复杂性。

在短短 30 余年的时间里,我们的孩子们从一个相对单纯的生长年代进入到了另一种充满复杂性和变数的社会生活环境中。这个环境的若干显在表征包括:中国独特的现代化进程对于当代城市和农村儿童生活及其精神面貌的持续影响和重塑;主要由经济方式变迁导致的中国社会分层和流动对于传统童年生活方式的根本性改变;迅速发展变更中的新媒介文化施加于儿童群体和个体的日益广泛的影响;以及所有这些因素之间的交互影响和协同作用导致的更为复杂的各种当代童年生存问题。

中国当代儿童文学亟须对这些独属于中国童年的新现象和新命题做出回应。或者说,对于中国式当代童年的关注和思考,应该成为中国儿童文学的一个核心艺术话题。这一话题不只是关于中国儿童文学应该写什么的问题的思考,它也在衍生出对中国当代儿童文学艺术发展而言具有重大意义的新的美学问题。可以想见,这样的思考和实践拓宽的不只是中国儿童文学艺术表现的疆域,更将提升这一表现的艺术层级。

童年生活的"新现实"与儿童文学写作的新话题

我在《童年写作的厚度与重量》一文中曾谈及当前儿童文学写作的两个主要趋向:一是幻想题材的创作,二是童年现实的书写。①我在这里所说的童年现实,在当代儿童文学的书写中又表现为一种比较狭隘的现实,它实际上是以一批当代畅销童书为代表、以轻松怡人的城市中产阶级儿童生活为主要对象的现实。在这些作品中,一大批儿童和他们的生存现状被遗忘在了儿童文学艺术世界的边缘。

也许可以说,当代儿童文学总体上缺乏一种深厚的现实主义精神。20 世纪 70 年代末 80 年代初,受到中国社会文化转型思潮的影响,中国儿童文学也曾经历过一次面向儿童生存现实的创作转型。《谁是未来的中队长》《祭蛇》等一批在当时引发热议的作品的面世,表达了儿童文学想要在真实的社会情境中书写儿童生存的状况、想要思考对当代童年成长来说休戚相关的现实问题及其出路的愿望。这一富于文化责任感的愿望在童书创作和出版高度市场化的今天,已经很难再成为作家们的一致追求。很多时候,儿童文学作家们选择书写的现实,往往不是对当代孩子来说最具普遍性和最重要的现实,而是最受市场认可和读者欢迎的一类现实。由此形成的创作与市场间的彼此循环,进一步加剧了这一文学生态的单一化趋向。我从未否定商业和市场经济因素在现代儿童文学艺术拓展进程中发挥的积极作用。但我认为,童书市场经济发展到今天,作为其重要构成乃至支撑力量的儿童文学,正亟须一次新的现实主义的洗礼,以使其超越市场化的狭隘现实,走向更为开阔、深远、脚踏实地的中国童年现实。

这一现实应该包括:约 1.6 亿中国当代农村儿童的生活现实,逾 6000 万农村留守孩子的生存现实,超过 3500 万中国城乡流动儿童的生存境遇与状况,等等。②这些数量庞大的儿童群落分布在中国城市和乡村的各个角落,却是儿童文学中远未受到充分关注的群体。2012 年 11 月发生在贵州毕节的流浪儿童死亡事件,2014 年 5 月发生在北京奶西村的留守儿童恶意欺凌与被欺凌事件,2014 年 6 月发生在河北蔚县的留守儿童遭围殴致死事件,以及近年频发于城乡各地的留守或流动儿童校园被虐事件,这样一些新闻事件所指向的当代童年生存现实,不要说远远超出了当下儿童文学笔墨的表现范围,也挑战着我们对童年现实的既有期望和理解。对儿童文学来说,它们揭示的不仅仅是关于儿童生存的某种特殊现实,更是一个尚未被触及、关注和理解的当代中国儿童的现实世界。

但儿童文学面对的"新现实"也不能被狭隘地理解为处境不利儿童的生活现实。当代童年生活的内外变迁是全方位的。例如,除了迅速告别传统童年成长模式的农村儿童外,城市儿童的生活也经历着同样巨大的变迁。中国特殊的城市化进程迅速改写着城市生活的传统面貌,也改变着城市儿童的生活观念及日常文化。一方面,他们有着自己明确的亚文化圈,这个圈子对成人来说是空前陌生、前位和独立的。另一方面,他们又以孩子特有的能力快速接收和消化着都市成人世界的各种生活方式,其生活边界因而越来越与成人相接壤。尽管我们今天拥有大量描写都市童年生活的儿童文学作品,但真正切入这一生活的内在肌理并包含了对于它的总体观察和深入思考的作品,则并不多见。因此,发生在当代都市环境下的各种新兴童年生活现象,在儿童文学领域还存在着有待填补的巨大写作空间。此外,城市与农村儿童、城市不同阶层儿童之间特殊的生活交汇与碰撞,也构成了上述"新现实"的重要内容。

所有这些"新现实"为当代儿童文学提供了大量新的写作素材和艺术话题,这些素材和话题烙有显在的中国印记;而如何以文学的方式处理这些现实,则显然缺乏可以直接借鉴的艺术先例。这或许是导致这类现实在儿童文学写作中较少受到关注的重要原因之一。需要说明的是,这里所说的"较少受到关注",不仅仅是指我们的儿童文学作品中缺乏相应的文学笔墨或文学形象指涉这些现实。以留守和流动儿童为例。实际上,近年来,这些儿童的生活也在陆续进入一些儿童文学作家的写作视野,在不少长短篇儿童小说中也都可看到这些中国式童年的身影。例如,翻阅 2009—2013 年漓江出版社出版的"中国年度儿童文学"系列,其中涉及农村留守儿童或城乡流动儿童形象及其生活的作品几乎从未缺席。

不过,迄今为止,这些孩子的文学形象和他们的日常生活还没有给读者留下过特别深刻的印象。谈到儿童文学作品中的都市儿童,我们会很容易联想到秦文君笔下的贾里、贾梅,杨红樱笔下的马小跳等。谈到过去的乡村童年,则有曹文轩的《草房子》这样的作品。而在当代留守和流动儿童生活的书写中,还没有出现令人过目难忘的文学形象或生活故事。在一些作品中,这类形象是应小说表现"另一种"生活的观念需要并作为次要角色被安排入故事进程的。这些孩子的性格往往是单薄的(普遍的自卑与沉默寡言),他们的形象则大多是模式化的(衣着落后,举止过时,总是被他人轻视、误解,性格中因此带有某种"问题"倾向)。在另一些作品里,这些孩子虽然成为小说的主角,但他们的故事在记录一种特殊的童年生活的同时,却往往缺乏能够打动我们的文学力量。很多时候,这样的写作主要是作为一种文化承担的姿态和责任,而不是作为一种艺术上引人注目的拓展和突破,得到作家、出版者和读者的共同关注的。

然而,对于当代儿童文学的艺术思考而言,中国式童年的话题关系到的不只是对于

当下中国儿童特殊生存现实的关注，更是如何以儿童文学的独特艺术方式，来思考和呈现这些现实。因为唯有这样的思考和呈现，才能赋予它们所关注的童年现实以独特的文学质感和强大的艺术力量，从而真正把我们带进关于这些中国孩子及其生活的深度认识、体验、关切和思索中。

有关"新现实"的写作思考："写什么"与"怎么写"

文学应当反映生活的现实，这是一个古老的艺术命题。然而，在纷繁多样的生活版图中，一种文学创作活动选择表现什么样的现实，则取决于写作者本人的文学观念和艺术趣味，当然，它也在一定程度上关系到这一写作行为本身的价值。在当代中国儿童文学的艺术语境中，选择那些尚未受到充分关注、却代表了当代中国孩子基本生存状况的童年生活现实作为书写对象，本身即包含了一份值得肯定的童年关怀与忧思。在当下，这样的写作无疑有其不可替代的价值。

然而，从文学的规律进一步看，这一现实素材的选择其实还只是写作的起点。在文学反映生活的理念背后，还有一个隐含的命题，即文学乃是以"文学自己的方式"来反映生活，它使文学在根本上有别于同样具有叙事性的新闻、历史等语言作品。文学是以虚构的叙事来书写现实，这一虚构尽管建立在现实生活的基础之上，但却需要对这一素材进行文学化的处理，以使其具备文学作品特有的感染力和洞察力。因此，对于文学创作来说，最后起决定作用的不是作家选择哪一类现实作为写作表现的对象，而是面对这些现实，作家能够通过什么样的文学表现途径和方法，来思考、书写和呈现这一现实。正是这一点体现了文学作品有别于其他叙事文体的独特艺术价值。

这样，我们实际上回到了另一个古老的文学命题中，即对于文学创作而言，最重要的不只是写什么的问题，更是怎么写的问题。或者说，文学作品所采用的艺术手法比它的表现内容更决定着作品的表现力和艺术价值。今天，人们的思考进一步超越这一简单的二分法，认为文学的"怎么写"其实不是游离于"写什么"之外的艺术命题，它就是文学"写什么"的必要构成部件。也就是说，对于文学而言，仅仅谈论它的现实生活摹本还远没有解决它"写什么"的任务——文学作品"怎么写"，最终也决定着它将写出什么。

就此而言，当代儿童文学缺乏的其实不是对童年生活现实的关注，而是关注这一现实的合适而成熟的艺术表达方式，后者能够赋予作家笔下的现实——比如留守孩子的生活——以文学生动的表现力和深刻的感染力，并且是以这样的文学表现力和感染力，而不是某种道德或伦理的理性要求，引发人们对这一童年群体生存现状及命运的关切和理解。举例说，在关注农村留守儿童生活题材的儿童文学写作中，能否出现一部真正从文学表现力的层面征服读者的作品，比关注这一现实素材的作品数量的增长，或许具有更重大的意义。

乍看之下，"怎么写"首先是一个文学技法的问题，它包含怎么构思作品、怎么结构篇幅、怎么塑造角色、怎么讲述故事、怎么安排语言等一系列子问题。尤其对于儿童文学的写作来说，这些技法的因素往往在很大程度上影响着作品的可读性。假使一个儿童文学作品能够把一则童年生活故事真正讲得生动流畅而又跌宕有致、引人入胜，它所表现的那种童年生活也就自然而然易于引起人们的兴趣和注意。然而，一个通常并不被言明的事实或许是，对于那些以较少受到关注的儿童生活为表现对象的儿童文学作品，我们很可能出于对其写作素材价值的认同而在潜意识中放低了对它们的文学技法要求。或者说,面对这样的作品,我们的期待主要放在题材本身还鲜有人关注这一事实上,从而自觉不自觉地倾向于对它们采取一种艺术上的宽容态度。这样的作品最易于在各类儿童文学评奖中得到特别的关注,但至于出版后,究竟有多少读者阅读它,传播它,受到它的感染和影响,则并不在上述考量的范围之内。

当然,这里面有一个很大的现实困难,那就是面对当代中国独特的童年生活现实,我们的儿童文学写作越来越发现自己缺乏可资借鉴的艺术经验。新时期以来为中国儿童文学发展提供了丰富而重要的艺术营养的19、20世纪西方经典儿童文学传统,主要是一个属于相对富足的中产阶级童年的艺术表现传统。在商业时代中国儿童文学的美学突破和转型中,这一艺术传统发挥了显而易见的启蒙功能。巴里笔下没心没肺的彼得·潘,林格伦笔下埃米尔式的淘气包,凯斯特纳笔下聪慧机灵的小侦探等,这些童年文学形象的艺术趣味及其美学内涵被迅速吸收入中国当代儿童文学的表现框架,并催生出一批受到小读者青睐的活泼、机敏、富于创造力的中国式中产阶层儿童形象。

但这样的趣味、蕴涵以及由此形成的一套文学表现技法似乎并不属于这一群体之外的童年。例如,一旦进入当代乡村留守或城乡流动儿童的生活书写(不包括传统乡村童年生活题材的作品),这样的轻盈、流畅、称手的感觉就不见了,不少作品从形象、故事到语言都变得凝滞无比。面对另一种往往充满沉重感的童年生活现实,作家手中的笔就像他们笔下的儿童形象一样,难以冲破生活笼罩于其上的那张无形的经济之网。这其中,大部分作品完成的主要是图解生活的初步任务,它们以作家所观察或听闻到的现实为摹本,致力于表现特定儿童群体生活的现实艰难乃至苦难。正如一位作家在自己的一个以留守儿童生活为题材的短篇小说创作感言中所说:"说起来,这篇作品的创作冲动,缘于我在某报纸上看到的一张新闻照片:一群孩子,大概七八个吧,正在高楼大厦的背景下,被一群衣衫不整的大人紧紧地搂在怀里,泪流满面。下面的说明是:在某商家的赞助下,一群农村的留守儿童正和他们在城市打工的父母相聚……看到这里,我脑子里不由自主就想起我农村老家的那些孩子们,他们的父母也多是在城市打工的。……某商家也能想到他们,也能给他们提供一次这样的机会,他们却是很难见到他们的父母的。"[3]实际上,这些作品在诞生之初往往就带着一个明确而单纯的目的,即要把这些不被关注的儿童的生活呈现在世人面前,并使其他人(尤其是优裕生活条件下的孩子)知晓他们的苦难:"世界上总有一些人,他们身上集中了全人类的苦难,是最最不幸的一个群体。"[4]至于如何使这些孩子以及他们的生活同样富于文学表现的力量,或者追溯到更初始的源头,如何发现、书写这些孩子以及他们童年生活中最独特、最打动人的艺术趣味,则尚未成为这类儿童文学写作的自觉追求。

而这已经不是单纯的文学技法可以解决的问题了。

从"现实"的童年到"真实"的童年

我们已经谈到,如果儿童文学作家仅仅把反映某种童年生活的现实作为写作的基本目标,而未能就这一现实的文学表现技法展开成熟的思考和有效的实践,相应的作品自然就缺乏优秀作品应有的艺术品质,进而也就体现不出其作品作为关于当代童年的文学而非纪实的独特价值。反过来,文学作品运用什么样的技法,在某种程度上也取决于作品所面向的现实,或者,更确切地说,取决于作家对这一现实的观察和理解。例如,如果作家仅仅把留守孩子的童年理解为一种有别于正常童年的不幸社会现实,继而,仅仅把

这一现实的书写理解为一种别样生活的呈现，他的书写自然难以跃出镜像表现的限制，传达出属于这一童年现实的独特而深刻的美学蕴涵。

因此，当代儿童文学要在上述新现实书写的文学技法上有所突破，还需要带着文学的目光，来重新反观它所面对的现实。我们要看到，最优秀的文学作品不仅是以文学的方式叙说一种现实，它还应当带我们穿越现实生活的迷障，发现比"现实"更透彻、深刻的生活的真谛；或者说，优秀的文学作品应当能够带我们从生活的"现实"进入生活的"真实"。这一看似有些饶舌的表述，实际上关乎文学作品内在的真理性价值——文学不是对现实的客观摹写，它的核心价值在于穿透现实的表象，发现其中内藏的有关现实的真理判断。当亚里士多德说"诗比历史更真实"时，他所强调的正是文学艺术的这一真理性意义。相对于那些如实记录生活的文字作品，包括文学在内的艺术作品还告诉我们生活应该是什么样的，这个"应该"揭示了唯有人类精神才具有的认识能力和价值维度。文学当然要关注客观的"现实"，但它更需要在对现实的思考、把握中，发现和呈现对生活来说最"真实"的价值。我们不妨借德国哲学家本雅明对于"经验"的反思来进一步理解"现实"与"真实"的上述区别，他这样说道："假如至今我们所有的考虑都是错误的，那么真理还是客观存在；或者说，假如至今的我们谁都是不诚实的，那么诚实这个品质，还是应该守卫的。我们不能把这意志奉献给经验。"[⑤]本雅明所暗示的"经验"与"真理"的区别，也正是"现实"与"真实"的区别。它让我们看到，现实的不一定是对的，客观的不一定是真实的；越过客观的"现实"，走向内在的"真实"，才体现了文学之为文学的最大价值。

落实到儿童文学的问题上，我们也有必要区分"现实"的童年和"真实"的童年之分。简单地说，"现实"的童年是指我们眼中见到的童年生活的模样；"真实"的童年则是指我们看到一种童年生活现在的模样，同时更从中发现它最"应该"是的模样，进而从它的"现在"中写出"应该"，从它的现实中写出"真实"。这"真实"揭示的是对儿童和儿童文学来说最重要、最有价值的童年精神。

为了更具体地说明这一问题，我们仍以留守或流动儿童的童年生活题材为例，来看一看"现实"的童年与"真实"的童年在儿童文学写作中的不同表现层级。在现实生活中，这些身处弱势的孩子面临的首先是一种经济上的处境不利，他在生活中承受的各种超越一般孩子耐受力的委屈、压迫和不幸，主要也由这一经济的主因衍生而来。对此，我们的不少儿童文学作品往往倾向于将关注和表现的重心放在其生活中各种处境不利的事实以及孩子如何艰难然而懂事地应对这些生活不利状况的过程上。如果我们观察这些作品中的儿童主角，往往会发现他们身上有着与其年龄不相宜的自卑（自尊）和早熟，它是特定生活境遇塑造下童年的特殊面貌。这固然是这些孩子中的许多人生活于其中的现实，但是，对于儿童文学的艺术而言，写出这样的现实就足够了吗？我们应该看到，童年最"真实"的精神内涵之一，在于儿童生命天性中拥有的一种永不被现实所束缚的自由精神。即便在最沉重的生活之下，童年的生命都想要突破它的囚笼，哪怕在想象中追寻这自由的梦想，除非童年自身被过早地结束。这是童年有别于成年的独特美学，也是儿童有别于成人的独特生命体验。然而，阅读上述类型的作品，我们会强烈地感觉到个中孩子为生活的重负所累的沉重，却很少看到童年的精神如何冲破生活的网罟，向我们展示童年生命独特的应对、驾驭进而飞越现实的力量。很多时候，作品中的这些孩子实际上被描写为了早熟的小大人，受生活所迫，他们过早获得了与成人差不多的生活观念和能力，并带着这些观念和能力，过早地进入了一种成人式的生活。

这并不是说，这类写作可以不顾现实自身的逻辑，为了童年的飞翔而把生活的沉重远远地抛在身后，而是说，当童年生命与这样的现实相遇时，它对此做出回应的方式，应该体现属于它自己的最独特的生命美学。我想举一个具体作品的例子，它所书写的童年生活有别于我们谈论的这些中国式童年，但它写到的童年如何以自己的方式化解生活的痛楚，如何在对苦难的敏感中仍然凭着天性飞翔的精神，对我们的写作或许有着一定的借鉴和启示价值。

　　它是巴西作家若泽·毛罗·德瓦斯康塞洛斯的自传体小说《我亲爱的甜橙树》。小说中的男孩泽泽生在一个巴西贫民家庭，父母拼命工作仍难以维持家中日用，圣诞节更买不起给孩子们的小礼物。像许多贫苦家庭的孩子一样，泽泽的生活中充满了穷困潦倒的艰辛、挨揍受罚的泪水以及各种各样令人难过的误解和失望。小说毫不回避这一艰难的生活现实对泽泽的压迫，以及它在这个天性顽劣的孩子身上造成的贫穷家庭孩子特有的生活敏感。然而，再苦难的生活都没能吞没童年精神的自由，窘困中的泽泽总能发现属于他自己的快乐。他拥有一棵可以和他对话、游戏的甜橙树明基诺，拥有一个随时能够变成动物园或野性亚马逊丛林的后院，而这一切都是他用想象力为自己造出的世界。他生活得如此沉重，却又玩得如此洒脱而尽兴，这两者的结合赋予小说的叙事以一种奇妙的韵味，它是沉重的，同时又是轻盈的，是引人落泪的，同时又是令人微笑的。在经历了无数打骂之后，一次莫名其妙的委屈挨揍看上去成了压垮泽泽的"最后一根稻草"，并促使他萌生了撞火车"自杀"的念头。他带着这个念头去和唯一的好朋友老葡道别："真的，你看，我一无是处，我已经受够了挨板子、揪耳朵，我再也不当吃闲饭的了……今天晚上，我要躺到'曼加拉迪巴'号下面去。"简单的话语传达出一个敏感孩子对生活的彻底失望。老葡试着安慰他，并告诉他，自己准备星期六带他去钓鱼，这时，"我的眼睛一下亮起来"，"我们笑着，把不开心的事情全都丢到了九霄云外"。最后，作为大人的老葡带着成人的关切和细心看似不经意地顺便问道："那件事，你不会再想了吧？"作为孩子的泽泽的回答却令人忍俊不禁："那件什么事？"⑥他曾经那么认真地咀嚼过的悲伤，现在又被完完全全的欢乐所取代。这是一个孩子真实的世界，他对生活的苦难怀着最深切的敏感，也对生活中微小的幸福报以最灿烂的笑容，后者使童年的生命拥有了一种超出我们想象的承载力。读着泽泽的故事，我们会由衷地感到，生活这样充满不幸，童年却在深深领受这不幸的同时，这样创造和吸收着属于它自己的生命欢乐与温情！直到驾着汽车的老葡在"曼加拉迪巴"事故中过世，对泽泽来说，生活的苦难才终结了这童年才有的欢乐。一场大病过后，他的想象力消逝了，明基诺也离他而去，只留下无言的甜橙树。泽泽的童年结束了。但我们知道，他的确曾经拥有一个童年，它留下的悲伤而甜美的记忆，是童年时代留给生命的最宝贵的礼物。

　　有意思的是，泽泽的故事结束的地方，恰恰是我们许多关于现实童年的叙事刚刚开始的地方。这些作品里的孩子被过早地投入到了一种成人式的生活忧思和劳烦中，孩子自己的世界、童年自己的精神则被生活重重地遏制住了。从这些作品里，我们经常读到类似的"小大人"形象："在学校里，他不仅是个品学兼优的三好生，还是班里的学习委员呢；在家里，他是个勤快懂事的好孩子，小小年纪，就已经能做许多只有大人们才能做的事情了。"⑦这虽然也反映了儿童正在经历的一种现实生活，却没有真正进入童年独特的感官和它真实的精神，也就没有写出童年生命带给我们的最重要的审美力量。阅读这样的作品，我们往往更多地感受着一种居高临下的怜悯心和同情感（实际上，这种同情的唤起，在很多时候也成为作家创作这类作品的主要目的），却不像阅读泽泽的故事那样，为孩子独特的生活感觉和蓬勃的生命力量所全然迷住。

毫无疑问，中国当代儿童有着属于他们自己的生活现实，这现实带着中国社会和文化自己的特殊烙印，也因此区别于其他任何文化圈内的童年。但对于儿童文学的美学表现而言，有一点是相通的：中国儿童文学对于中国式童年的关注，不应只停留在某类童年生活的现实表象层面，而需要进入这一表象内部，去发现和揭示童年最独特的生命精神，书写和呈现童年最真实的审美内涵。在这里，儿童不是作为早熟的大人，而是作为儿童自己，向我们展示唯有童年时代才拥有的看待世界、拥抱生活的姿态和力量。做到了这一点，关于中国式童年的文学书写将不再仅仅是关于中国当代童年生活现状的记录，也将最终创造出可以走向世界的中国式童年的独特美学。

最后，我想说，儿童文学不但书写着童年的现实，更塑造着这一现实。我们选择什么样的方式表现童年，不但意味着我们想要把一种什么样的童年生活告诉给孩子，也意味着我们想要把一种什么样的童年精神传递给这些孩子。如果作品仅仅停留在现实记录的层面来书写童年，孩子从阅读中接收到的主要也是一种生活现状的描述，他看不到童年以自己的方式超越这一现实的可能（相反，他们能做的唯有屈从于现实，即成为现实要求他们成为的样子，比如早熟的大人）。而如果能够从现实的把握中进一步写出童年真实的精神，写出人的幼小的生命在被现实生活驯化之前的独特力量和美感，则通过这样的阅读，孩子们也将获得一种真正能够提升他们自己生命感觉的力量，进而通过这最初的文学塑造，走向一种更美好、更有力量的童年。

这不正是我们对一切儿童文学书写怀有的最高期望吗？

[注释]

①方卫平：《童年写作的厚度与重量——当代儿童文学的文化问题》，《文艺争鸣》2012 年第 10 期。

②相关数据参见全国妇联 2013 年发布的《我国农村留守儿童、城乡流动儿童状况研究报告》，http://acwf.people.tom.cn/n/2013，0510/c99013-21437965.html。

③⑦胡继风：《想去天堂的孩子》，见高洪波、方卫平主编：《2008 中国年度儿童文学》，漓江出版社 2009 年版，第 1—16 页。

④黄蓓佳：《平安夜》，江苏人民出版社 2010 年版，第 121 页。

⑤[德]瓦尔特·本雅明：《本雅明论教育》，徐维东译，吉林出版集团有限责任公司 2011 年版，第 12 页。

⑥[巴西]若泽·毛罗·德瓦斯康塞洛斯：《我亲爱的甜橙树》，蔚玲译，天天出版社 2010 年版，第 204—207 页。

（原载《南方文坛》2015 年第 1 期）

书写中国式童年的思索

崔昕平

近5年来，儿童文学正逐渐从相对独立、游离的状态走入文学家园的话语圈。当下之所以产生聚焦儿童文学的现象，既不是源自某种文艺思潮的盛行，也不是源自某股教育思潮的触发，更不是源自某项政令法规的推动——尽管在我国儿童文学的现代化历程中，这些都曾经是某一时期儿童文学发展的主要推动力，而是源自儿童文学步入传播接受环节的重要渠道——出版领域的经济变革。而当某种文学创作热因出版热而引发时，必然伴随着一些有悖于文学创作自身发展规律的因素。我国当下的儿童文学发展即如此。一个被出版热倒逼产生的问题随即出现。这便是儿童文学如何表现"中国式童年"的问题。

改革开放以来，童书出版业走过了计划经济时代、有计划的商品经济时代，并逐步过渡到市场经济的新阶段。新世纪之初，引进版超级畅销书《哈利·波特》直接引发了儿童文学出版热潮。市场化时代的童书业迅猛发展。"开卷"数据显示，童书零售市场各年度同比增长率明显高于同期整体市场的发展速度，部分年份达到了整体市场增速的2.5倍以上。与此同时，儿童阅读环境在国民经济水平提升、整体阅读环境改善与儿童阅读推广活动不断深入的情况下得到优化，激发出更大的市场需求。儿童文学畅销书不断涌现，动辄销量几十万册、上百万册，甚至上千万册，成为文坛一股新异的力量。

然而，巨大的市场需求与日益开放的书业经营模式，吸引了越来越多的出版社投身童书出版。《2009年大众出版九大现象》所阐述的现象之一就是"人人都来做童书"。近几年，全国579家出版社中，始终有500家以上在出版童书。童书市场竞争日益白热化、"买方市场"的特点日益明显。自2009年开始，童书出版领域频频被以"大跃进"这充满历史意味的名词来形容。为了谋取利益最大化，出版者倾注精力制造、捕捉儿童的阅读时尚，迎合儿童的喜好需求，满足儿童的阅读快感。看似以儿童为中心的童书出版，不再以利于儿童健康成长为中心，而成了以掀动儿童消费欲望为中心。

恰恰是童书出版迎来业内所称的"大年"的同时，儿童文学如何表现"中国式童年"的问题受到广泛关注。2013年底，中国作协儿童文学委员会年会设定的主题即为"儿童文学如何表现中国式童年"。这其实是一个被出版热倒逼产生的"伪"问题。由中国作家执笔抒写中国儿童的儿童文学创作，理应表现中国式的童年。然而，当我们将它作为一个问题提出来时，恰恰说明了当下儿童文学创作需要警惕的某种趋向。这个问题，不单单在儿童文学中存在，在文化大融合大交汇的开放时代，先进文化势必形成一股强大的吸引力，吸引后进文化去模仿、去追随。而在这样的过程中，文化的类属、文化的边界将日渐模糊。

中国的儿童文学较之世界儿童文学而言，历史较短，中国儿童文学的发端就是建立在对异域儿童文学的引进、翻译、模仿基础之上的。20世纪80年代林格伦等作品的引

入中国，牵动了热闹派童话创作热。新世纪以来的儿童文学热，同样是在大量引进国外儿童文学作品的基础之上开启的。随着新世纪儿童观念的逐步开放，西方幻想文学作品大量引进，我国儿童文学阅读趋向与世界儿童文学潮流亦步亦趋。各种充盈西方文化色彩的儿童文学世界如在身侧，中国儿童的生存现实却仿似"彼岸"。这正像当下城市儿童的生存状态——人手一个平板电脑、一个智能手机，有滋有味地生活在全球通用的虚拟世界中，而现实的生活、与身边亲人的真实交流却变得可有可无。儿童文学是每一个儿童最早接触的文学，是通往当代儿童心灵世界的最优质、最美妙的交流通道，是引领未来一代形成健康的人生观、世界观、生态观的最佳载体。儿童阅读口味的西方化已经是目前必须纠偏的趋势性问题。

如果一个时代的儿童文学创作多数源自一种对潮流的"效法"与"追随"，那是该时代缺乏某种文化自信的表现。如果一个作家的儿童文学作品源自对某种创作潮流的"效法"与"追随"，那么该作品必然不是上乘之作。作为中国当下的儿童文学创作，关注我们生活中真实的孩子、身边的孩子、时代的孩子，提炼并展现中国孩子视角中的童年的儿童文学作品，是儿童文学创作应该遵循的发展路径。

提到生活真实的问题，会让我们联想到当下现实主义儿童文学作品影响力相对较弱的现实问题。虽然我国现代儿童文学的先驱们所开拓的中国儿童文学之路，是以现实主义为主流的，但随着20世纪80年代与21世纪初的引进热潮，轻松时尚的校园题材与丰富多彩的幻想题材作品大量涌现，具有历史感的、厚重的现实主义题材作品呈现出相对匮乏的状态。比如曾经在儿童文学创作中占据主流地位的战争题材作品，就出现了很长一段时间的空寂期。战争题材的儿童小说，其实是儿童阅读趣味选择中占很大比重的一支。早在1933年吕伯攸撰写的《儿童文学概论》中，就汇聚当时的调研成果，归纳整理了儿童的阅读取向。其中，自11岁开始，"战争和冒险故事，伟人传记和英雄故事"就成为儿童，尤其是男孩子最感兴趣的读物。战争题材也曾经是儿童文学创作与阅读的重心。在中国儿童小说的发端期，伴随着水深火热的抗日战争和解放战争，儿童文学创作涌现了大量战争题材的作品，如丁玲在抗战前夕创作的儿童小说《一颗未出膛的枪弹》，陈伯吹的《华家的孩子》《火线上的孩子们》，直接将小读者带到了血与火的严酷战争之中。之后，描写战争背景中小英雄的成长的战争题材代表了儿童文学现实主义创作的主流，一直延续到新中国成立初的几年间。其中像华山的《鸡毛信》、管桦的《雨来没有死》、徐光耀的《小兵张嘎》、李心田的《闪闪的红星》都成为此类题材的经典。

这一时期的儿童文学创作观，强化了文学与现实、文学与社会进程的合辙，致力于使小读者因阅读同构效应而得到精神层面的提升。但动荡不定的文学外部环境以及对文学社会功用的急切，也使这些作品的创作呈现出某种图式化、概念化的粗糙表现，缺乏审美化的从容的沉淀和提炼。离开战争背景进入和平年代之后，此类作品的概念化、图式化就成为无法掩饰的缺陷，与当下儿童的生活经验、阅读趣味严重不符。战争题材作品因寻求不到突破而走入困境，进而伴随着和平年代的生活化、娱乐化，包括近年来的引进版童书制造出的阅读时尚而淡出了儿童文学创作与阅读的主流。

然而，战争题材作品展现了救亡图存的时代主题，是激励少年儿童健康成长的精神养分。这些精神养分对于儿童而言是不可或缺的，正像历史不容忘记一样。许多儿童文学理论家都曾多次反复提到儿童文学读物中现实主义作品匮乏的问题。最近几年来，我们欣喜地看到，在一些作家的不断努力下，战争题材作品的创作逐渐升温，如薛涛的《满山打鬼子》、李东华《少年的荣耀》、殷健灵的《1937，少年夏之秋》、毛芦芦的《战火中的童年》等优秀作品。当代优秀战争题材作品的回归，较之前述作品，更加弥漫着人性的温度，闪烁着童心的光辉。如李东华的《少年的荣耀》，这部由父亲的回忆所触发的小说深沉而热烈地讲述了少年人、普通百姓视角中的战争，诠释了战争的残酷，战争对孩子童年的剥夺。主人公虽然从始至终没有被卷入战场，但他们的生活中却弥漫着令人窒息的压抑与死亡的气息。更可贵的是，虽然这样一段严酷的历史现实"摆脱不了战争的梦魇"，却顽强地焕发着纯净美好的生活本真气息与阳刚硬朗的性格气质，套用作家李东华的话说，"他们活得那么硬朗直接，酣畅淋漓"。还有毛芦芦新近创作出版的战争题材的《战火中的童年》，以儿童文学的视角传达纪念中国抗日战争和世界反法西斯战争胜利70周年的历史使命。这些作品在历史回望中，更加具有了震撼人心的力量。它们引动我们当代衣食无忧、乐而忘忧的孩子直面了一扇沉重的门和门内一番沉重的同龄人生，将蜜罐中的儿童引领到一个完整版的生活面前，用苦难、艰辛、彷徨、恐惧、黑暗、挫折等丰富儿童的心灵体验，教他们认识另类的人生，反观成长中的自我。我想，这便是这些历史题材作品所具有的当下意义与恒久生命力。这些对于生活在当下的儿童来说，是至关重要的阅读体验，难能可贵的精神"钙质"。这样的作品所表现的，是属于我们本民族的历史记忆，是具有不可替代性的"中国式童年"。

关注当下中国儿童现实生活的作品同样有着丰富的创作可能。在轻巧欢快的校园题材作品大量产生、热销并快速沉寂之余，意在成为儿童成长旅途中的诤友的优秀作品显示出恒久的艺术生命力。如秦文君取材于现实中受到伤害或挫折的儿童的《逃逃》，捕捉了一个极为敏感的现实问题：每年，我国都有一些孩子被家庭、被学校、被社会等方面推搡给他们的烦恼、困境而被迫出走，过早地面对这本不应属于他们这个年龄的苦涩、寒冷、艰辛，甚至恶的诱惑。作品历经10余年后再版，仍然因为那种对儿童现实生存状态的热情关注与努力疾呼，而温暖着无数儿童读者，甚至成人读者。还有表现我国当下生存环境下的少年青春期的复杂、苦闷的成长状态的作品，如张玉清的《画眉》、张国龙的《梧桐街上的梅子》、梦儿的《小城故事》、海伦的《小城流年》，都是深植中国记忆、深入少年内心，陪伴他们度过成人礼的优秀作品。这些作品，为我们推开了一扇扇通向儿童生活现状、情感成长的现实主义大门。这些源于生活又高于生活的现实主义作品，成为孩子们中国记忆中不可或缺的部分，也使儿童文学图书在娱乐阅读至上的时代里，有了震撼人、温暖人、鼓舞人的力量，为儿童的精神生命成长注入了正能量，为儿童文学创作注入了厚重与担当，注入了阳光与阳刚。

同时，所谓"中国式童年"，绝不仅仅存在于现实主义作品之中。其实，古老中国也有着植根于九州大地的幻想元素。它们散落于乡土民间，闪烁于典籍卷册。发掘本土的幻想元素，跳出幻想文学模仿西方的路径，展现属于本民族美学特质的幻想天地，同样意义重大。新世纪，我国的幻想小说创作热是以"哈利·波特"图书的热销为开端的。反观曾经红极一时的"魔法"和"巫术"，在西方自有《魔戒》等为代表的幻想小说和吸血鬼等民间文化传统为依托，但对我国来说，显然不是一个幻想谱系，不料竟大为风行，引发本土儿童幻想小说创作者的纷纷效仿。但是，以国人文笔构架一个魔法族系，这是西方路数，随着故事的发展就越来越远离现实，发展为魔族的家族争斗，全部是超能力，超超能力，路数单一。全盘西化，毕竟无根，势必带来创作中的生硬效仿。

新世纪以来的10余年间，寻求幻想之根的思索一直存在，比如薛涛等儿童文学作家

做出的努力。近年来，越来越多的作家开始参与到本土儿童幻想文学的创作中，为其注入了更多具有中国意境的传统美学风范。如张炜的《少年与海》，将传统的民俗风情与具有海滨独特幻想色彩的民间传说在童心视角中自然圆融地呈现出来；让我们民族岁月积淀中的记忆瑰宝重新照亮了当代孩子的心灵。作品扎根于中国传统文化的幻想模式，显示出与西方幻想文学截然不同的生长血脉，幻想元素与现实生活如盐在水，自然圆融。还有如在大连出版社"大白鲸世界杯原创幻想儿童文学奖"中获特等奖作品——王晋康的《古蜀》，作品以奇异瑰丽的古蜀文化为背景，将中国古代典籍中对于古蜀文明的点滴记载、华夏先民留下的昆仑神话和金沙、三星堆的出土文物巧妙结合，用瑰丽的想象构筑着壮阔的民族史诗。作品充盈的本土特色与民族想象同样令人倍感振奋。

　　儿童文学图书出版热已经将儿童文学创作推向了舞台的中央，儿童文学亟待把握好这样的发展契机，沉静下来，沉淀反思，寻求自我，寻求突破。我们期待，更多充满厚重思考与质朴生命感的作品呈现给我们中国的孩子们，期待展现中国儿童精神风貌的作品，期待展现在传统记忆中逐渐淡忘但无限美好、需要铭记的中国历史的作品，期待有自己灵魂之根的作品，让"中国式童年"的作品成为主流，让"中国式童年"的命题尽快淡去。

（原载《博览群书》2015 年第 11 期）

寂静、想象与对话:现代童年书写的诗学途径

谈凤霞

中国现代(成人)文学中的童年书写于"五四"时期浮出地表,在近百年来或隐或显的发展中以其浓郁的生命意识推进着中国现代文学中"人"的发现与建构,具有诗性的生命启蒙意旨,同时也因其回望童年生命的创作姿态而生成了独特的诗性艺术质地。回忆是富于诗的品格的一种心智活动,与文艺审美关系密切,它是作为诗化感受和理性观照的"诗与思"的聚合。回忆作为对时间的充分个性化的感知方式,凝聚着作家对于生命独特的感受与认识并形成其独特的艺术世界。本文分析童年书写中"回忆"这一时间感知方式及其带来的艺术表现方式,探讨寓于童年书写文本之中的作家审美心理体验的深度及其诗学创造的途径。

一

童年书写中鲜明的回忆意向决定了一种保持时间距离的书写方式,形成了"距离"修辞及诗化效果。汪曾祺曾把小说比作是回忆:"我以为小说是回忆,必须把热腾腾的生活熟悉得像童年往事一样。生活和作者的感情都经过反复沉淀,除净火气,特别是除净感伤主义,这样才能形成小说。"[①]童年书写的回忆中隔着漫长的人生时光,大多已经"除尽火气",这就意味着童年书写含蕴着接近"诗美"的极大可能。

保持距离的审美姿态由其创作心境来决定。诗性记忆的出现需要一种孕育它的心境——静,静有助于除尽火气,催发想象与深思而产生纯粹的审美。当心灵不是贴近或置身于现实,而是遁入远距离的沉静的观照,便会因为这空阔的时间距离而变得虚廓澄澈。这种"静"的心境常常被作家们称为"虚静""清静""寂静"或"寂寞"等情形,诗性就由此"静"中的沉思与冥想而来。以乡土童年书写来论,鲁迅的那些关及童年回忆的小说《故乡》《社戏》等都是他在"寂寞"中"至今不能忘却的'梦'",而1926年秋天创作《朝花夕拾》的心境是:"一个人住在厦门的石屋里,对着大海,翻着古书,四近无生人气,心里空空洞洞……这时我不愿意想到目前;于是回忆在心里出土了,写了十篇《朝花夕拾》。"[②]这种排除世事纷扰的"空空洞洞"正是滋生回忆之花的土壤,而最芬芳的花朵无疑当属生命中那些美好的童年回忆。又如萧红,她在远离家乡且重病缠身的寂寞之中创作了与童年回忆相关的《呼兰河传》《小城三月》这样的小说佳作,前者批判国民性的愚劣本应充满"火气",后者表现美丽生命的凄凉消逝本应洋溢感伤气息,然而隔着遥远的空间和时间距离的回望,小说基本除尽了"火气"与"感伤主义",以平静的调子表现得如诗如歌。端木蕻良的《早春》、骆宾基的《混沌》等童年忆旧之作,也都是在时代的边缘、于寂寞和感伤之中开放的回忆的花朵。与鲁迅等人书写童年回忆的"寂寞"心境不同,沈从文创作童年"抒情诗"《边城》时的心境是出于幸福生活开始后的宁静,"是在一小小院落中老槐树下,日影同样由树干枝叶间漏下,心若有所悟,若有所契,无滓渣,少凝滞。"[③]正是这种虚静清

明的心境孕育出了《边城》这首"与生活不相黏附"的"纯粹的诗"④。汪曾祺自称抒写童年生命情态的《受戒》是源于"四十三年前的一些旧梦"⑤，时间造成的心理距离使他以一种审美静观的态度回顾过去。当代深情书写童年故土的迟子建创作的《北极村童话》《原始风景》等则是搭上记忆的马车驶向梦中的家园。

即便是非关乡土的另一些回忆自我成长经验的童年书写，其之所以对童年生命的体验那般真切灵动，也得归之于远离尘嚣的"静"。林白的《一个人的战争》真切地表现了隐幽的童年成长，她明确表白自己的艺术追求是"寂静与诗性"⑥，她分外钟爱"回望"的写作姿态，"在我的写作中，回望是一个基本的姿势。我所凝望的事物都置身于一片广大的时间之中。时间使我感怀、咏唱、心里隐隐作痛"，"只有眺望记忆的深处，才能看到弹性、柔软以及缝隙。个人记忆也是一种个人想象。"⑦"回望"是一种沉静的姿态，在回望中记忆呈现出一种幽深感，并且从时间之树上结出的回忆之果往往饱含生命的汁液。魏微关于童年的《流年》中也流淌着这种寂静而诗意的记忆之水，将一个关于"永恒"与"永逝"的时间主题表达得婉转流丽。陈染在关于童年成长的《私人生活》的开头即道出其回忆性话语的来由："时间和记忆的碎片日积月累地飘落，厚厚地压迫在我的身体上和一切活跃的神经中。……时间是由我的思绪的流动而构成。"⑧小说从童年回忆开始写起，这种类似于普鲁斯特在《追忆似水年华》中绵延流淌的时间意识，浸染着怀想中幽寂的调子，因其思绪在时间距离中的飞翔而生出空灵之气。

无论是寂寞还是幽静，它们作为一种文化心理因素形成了艺术创作的内驱力，并使之直达审美的诗性目的地。如席勒在《新世纪的开始》一诗中云："你不得不逃避人生的煎逼／遁入你心中的静寂的圣所／只有在梦之园里才有自由／只有在诗中才有美的花朵。"而"在孤独的梦想深处经过沉思的童年，开始染上哲学诗的色调。"⑨沉醉于童年梦幻来写作生命之诗的顾城说："大诗人首先应该具备的条件是灵魂，一个永远醒着微笑而痛苦的灵魂，一个注视着酒杯、万物的反光和自身的灵魂，一个在河岸上注视着血液、思想和情感的灵魂，一个为爱驱动、光的灵魂，在一层又一层物象的幻影中前进。"⑩这种"注视"是一种孤独、寂静中对生命的诗性注视，童年书写在寂静中对童年生命的回望性的"注视"，往往在不知不觉中悄然抵达诗意。

"回忆的季节是使万物美化的季节。当人梦想着深入这些季节的单纯性中，深入其价值准则的中心，童年的季节即成为诗人的季节。"⑪这种诞生于童年回望中、由"注视"而得来的"诗意"，在文本中往往表现为对于意境或意象的营造，这是隔着时间距离的回忆与当下情思相叠合而创造出的新的情感方式和审美方式，从而给这些文本飘扬起诗意气息并灌注了注视生命的诗性底蕴。从维熙晚年创作长篇自传体童年回忆小说《裸雪》，自称"立意在于写童年的摇篮诗情"，由"摇篮诗情"营造的意境成为其叙事中熠熠生辉的抒情断片：

> 我常常把童年在大自然中的陶醉，比拟成一朵长睡不醒的睡莲。细长细长的枝蔓，支撑起我的骨架；圆圆的绿色叶子，编织成我一个个梦的摇篮。我在一条东流的春水中，起伏颤动，每次一朵童腮般的粉艳的花蕾里，都藏着我幼小的精灵。我睡卧花丛，任风儿摇摆，任春水的颠簸；不管它流向哪里，都流不走我的精灵，我的梦境……待睡莲的花蕾睁开睡眼，则童年的岁月，已被流驮走，东去的春水，便再也回不了头了。⑫

童年回忆重现的是回忆者心灵的价值准则,在寂静的回忆与梦想中再次体验到的童年生命风景,其实是心灵深处的一首对幻象的赞歌或挽歌,其意境带有梦幻色彩的浪漫性,意味着作家对世界的一种超验性的诗意化把握。浪漫派诗哲诺瓦利斯强调:"世界必须浪漫化,这样,人们才能找到世界的本意。浪漫化不是别的,就是质的生成。低级的自我通过浪漫化与更高、更完美的自我同一起来。"⑬童年书写者在寂静的回忆中复现的童年时空蕴含着他们对生命的"浪漫化"领悟,他们以此想象来重新设定现实世界,试图获得诗意化的本质。

<h2 style="text-align:center">二</h2>

　　童年作为一去不复返的本真的生命年代,成为一盏生命的油灯,挂在昏暗的时间隧道那头幽光闪烁。充满诗意的童年生命,因为久远的时间之光的照耀而呈现出别样的诗意景观。童年书写中浓郁的诗意,主要来自于回忆引起的一个心理活动"想象"。对过往童年生命的言说在本质上是一种诉诸心灵的内容,是一种向情感和思想发出的呼唤,而这一时空中迢递而来的记忆是对往事的想象性的重构。童年书写,尤其是从 20 世纪 20 年代以来的乡土童年书写等对作为生命时间端点的童年吟唱赞歌或挽歌,体现了某种程度的"乌托邦"。

　　对于汇聚了真、善、美这三大价值系统的天真童年的描绘其实是一种美丽的想象,童年并不真是美好得无以复加,鲁迅在抒写童年回忆时已经清醒地看到了它的哄骗性,可他却故意把真实改写成"诗",执着地采用"一种诗的描写"⑭。而在京派为代表的乡土童年书写中,对童年人生的这种"诗的描写"更是臻于至美之境。关于京派乡土小说的抒情性,人们多着眼于乡土空间来谈其诗意,然而其诗意在很大程度上依仗的是时间性(其空间也是过去时间的空间)。此类小说对清纯、活泼的童年生命格外垂青,其回忆是隔着时间距离的审美观照。废名在 1925 年出版的第一本小说集《竹林的故事》的卷首语中引法国象征派诗人波德莱尔的《窗》中的诗句来表达他的艺术趣味,认为透过"烛光所照的窗子"所看到的会更深奥、更神秘、更有趣。这个"窗子影像"类似于勃兰兑斯所评价的"水中映像","真正的风景同它在水中的映像相比是枯燥的。所有明晰的轮廓、清楚的图形都是枯燥的散文,水中的映像倒是二次幂的图像,是浪漫主义的精妙处,是它的反映和升华。"⑮隔着"玻璃窗"的所见也是在想象中被美化的朦胧映像,这种美学趣味使废名的写作弃写实而尚反刍式的回忆,他在《说梦》一文中谈道:"创作的时候应该是'反刍'。这样才能成为一个梦。是梦,所以与当初的实生活隔了模糊的界。艺术的成功也就在这里。"⑯这一"模糊的界"是有意为之的审美距离,以达到一种间离和美化的效果。沈从文说:"创作不是描写'眼'见的状态,是当前'一切官能的感觉的回忆'。"⑰京派作家的乡土童年回忆一般都濡染着回忆带来的"梦"的境界与调子。

　　童年书写中重现的时光不是原有的实相,创作者为了重建值得眷恋的往昔生命时光常常会自觉或不自觉地加以美化,时间为回忆加上了某种"光环",即使沉重惨淡的现实体验经过时间的洗涤后也会变得美丽。"时光重现"的实质是对记忆的一种润饰,也是一种重构。卡西尔指出:"我们不能把记忆说成是一个事件的简单再现,说成是以往印象的微弱映象或摹本。它与其说只是在重复,不如说是新生,它含着一个创造性和构造性的过程。"⑱创作了《在细雨中呼喊》等童年书写文本的小说家余华这样谈论自己的创作体

验："写作是过去生活的一种记忆和经验。世界在我的心目中形成最初的图像，这个图像是在童年的时候形成的，到成年以后不断重新地去组合……"隔着时间距离对记忆的丰富性组合，不仅表现为"锦上添花"，有时还表现为"凭空捏造"，如李冯在《碎爸爸》中所描述的那样："每个人在他的一生或一生中的一个时期，都可能被某种隐秘的幻想所吸引，比方说，要是你童年正好生活在一个表姐妹成群的大家庭，一天，你偶然地撞见了一位沐浴完光着身子的表姐，她惊叫一声，嗔怪着披上衣服。那美丽的裸体仅是一瞬，在你的眼前只是一闪，但这一瞬间却完全有可能深深地植入你的记忆，并长久地对你的生活起作用。……也正由于它的不可重现，你才会在日后的回味中反复地对它进行加工，直至它成为某种美好得无以复加的事物，并促使你长久地去追寻这梦中的景象，那难以忘怀的温柔。"这种经过"加工"的记忆鲜明地表现了想象介入后的重构性和不同方式与程度的诗化，映现着回忆者的态度或旨趣。

立足于个人回忆的童年书写鲜明地具备艺术的个体性和纯粹性，具有自己独特的敏锐、独特的力量、独特的美，而这种"独特"往往依赖于某种"眼光"，"所有伟大的小说家，都是使我们通过某一人物的眼光，来看到他们所希望我们看到的一切东西。"童年书写主要是通过在叙述中"化身"为过去的儿童来描摹心灵所熔铸的想象并形成独特的美。频频书写童年记忆的迟子建说："童年视角使我觉得，清新、天真、朴素的文学气息能够像晨雾一样自如地弥漫……从某种意义上来讲，这种视角更接近天籁。"这种视角之所以"接近天籁"，是因为它包含了"童心"即一种直觉性的审美经验。童年书写者在回忆中采用儿童式的审美直观这种有别于纯理智观照的形式来跨越时空，根据自我内心所体验过的内在时间来想象性地重现童年风景，并往往借助别具想象力的"儿童化"语言。如萧红在《呼兰河传》中书写童年的后花园，用孩提时代活泼顽皮的小女孩"我"的视角和语言来表现后花园里生机勃勃的景物："花开了，就像花睡醒了似的。鸟飞了，就像鸟上天了似的。虫子叫了，就像虫子在说话似的。一切都活了，都有无限的本领。要做什么，就做什么。要怎么样，就怎么样。"这种自在自为的生命状态是童年萧红的喜好，也是其成年回忆时的向往。构成萧红"永久的憧憬和追求"的是整个童年的后花园意象，不仅是她在散文《永远的憧憬与追求》里直接点明的祖父给予她的"温暖与爱"，而且也包括童年后花园里欣欣向荣的自然万物以及与之一样自由不羁的自我童年的生命活力。维特根斯坦指出"想象一种语言就意味着想象一种生活形式"，想象一种儿童化语言也就意味着想象了这种语言所代表的诗意的生活形式，即认同了它代表的审美文化价值，这样的语言富有新鲜的知觉，直通真切的生命与艺术之诗境。

童年书写以其穿越时空的梦境般的或儿童化的个体性想象给沉沦于晦暗不明中的生命存在带来诗意之光。生命本体的诗化，代表着"想象所建立、给予、设定的一个与日常生活和交谈所经历的世界截然不同的第二世界的出现（诗的事件的发生）。它使生命个体摆脱了现实的羁绊，进入一个与现实的生存相对立的世界，从而使生存的意义又彰显出来，并为人们提供一个新的自由"，即意味着感性生命个体的超越性生成。童年书写中的"想象"反映了作家心理体验的独特维度，并呈现出某种脱离尘寰的自由性的审美价值。作家们对于在回忆的光晕中次第开放的想象之花的描写，无不氤氲着一种或浓或淡的写意气息，其虚化的回忆心理与诗化的笔墨情调相生相融。

童年书写在由想象介入的回忆中渲染"诗"意的同时,也试图通过和时间保持对话去把握内里的"真",寻找和建构自我,如吉登斯所言:"和时间保持对话是自我实现的真实基础,因为在任何给定时刻,它是使生命趋于完满的基本条件。"㉕"和时间保持对话"成为具有回溯性的童年书写的一大特征。

从具体的发出者来看,回忆中的"对话"主要发生在现在时间的成人视角话语与过去时间的儿童视角话语之间。钱理群对童年回忆的叙事特征有较为中肯的解释:"所谓'回忆'即是流逝了的生命与现实存在的生命的互荣与共生;'童年回忆'则是过去的'童年世界'与现在的'成年世界'之间的出与入。'入'就是要重新进入童年的存在方式,激活(再现)童年的思维、心理、情感,以至语言('童年视角'的本质即在于此);'出'即是在童年生活的再现中暗示(显现)现时成年人的身份,对童年视角的叙述形成一种干预。"㉖童年书写中大多存在"复调",它由两种话语声音构成:其一是儿童与成人的叠合性视角即"儿童化视角",它外显为"儿童视角",这是主要的、最明显的视角,用来叙述过去时态的童年生活;其二是纯粹的、独立的成人视角,其话语时间只属于现在,从其文本中所占篇幅比例来看,它似乎是一种次要存在,但就其作用而言却是统领、整合全篇或者奠定基调的叙述视角,诸如在开头或文中经常出现"隔着那么多岁月望去""现在想来"之类的现在时态的叙述。前者表现的是成年之人对童年生活想象性的重新体验,后者是现在的成人对童年经验的清醒认知,表明了回忆中"思"的存在。海德格尔指出了回忆所具有的"思"的品格:"回忆,九缪斯之母,回过头来思必须思的东西,这是诗的根和源。"㉗童年书写通过回忆来召唤"在场"并进行去蔽。童年回忆主要是表达经由对童年人生的感性体悟及理性省思而得的时间中的生命体验,而并非仅仅停驻于回忆表层的儿童视角的生活。对于此类童年书写的读解,也应穿越表层的儿童视角而把握其中内蕴的作家的心灵密码。对童年书写多有眷顾的王安忆说:"童年往事因现在的我的参与,才有了意义。所以首先的,还是我与童年的我的关系。"㉘这种关系在众多作家的童年书写中往往表现为一种发生在两个生命时间场之间的自我对话:以现时之"光"去观照并理解隐蔽在时间隧道中的过往生命,使过去现身并向现在生成,同时也以过去之"镜"来映照和反思现时生命。

回溯性的童年书写文本中,作者常用第一人称的"长大后"对"小时候"发出对话来"拨云见日",如陈染在其《私人生活》中告白:"那时候,我觉得禾是一个非常孤傲的女人,……长大后我才懂得,孤独其实是一种能力。"㉙一般而言,人称一致的时间对话富有一种亲密性与连贯性,不仅许多女性作家喜欢运用这种对话来进行内省(如王安忆的《忧伤的年代》、林白《一个人的战争》等),不少男性作家的成长童年叙事也采用这种基本方式(如余华的《在细雨中呼喊》、王刚的《英格力士》等)。从回忆的心理展示来看,第一人称是极自然的一种进入方式,因为第一人称的叙事会使作家将叙事者身份与自己相迭合而不自觉地进入叙事者角色,可以较自由畅达地表达作者的意绪和感觉,因而此类童年叙事带有颇多的倾诉性。

此外,还有一些童年书写在叙事人称上表现出较为复杂的对话形式,呈现出颇有异趣的美学风景。王朔的长篇小说《看上去很美》采取了第一人称和第三人称之间的混用性对话。对于这部沉寂七年后复出之作的创作原因,王朔在《自序》中称这是回归本真体验。对童年的追怀,即意味着对自我来处、生命存在的追寻。他将成年和童年分别付诸两个角色：小说中的"我"代表现在的成年时间，方枪枪或"他"代表的是过去的童年时间。二者似为一体，如小说中常常这样称呼："我和方枪枪一起"，其实却相区别、相分离也相交流。附着于童年方枪枪身上的成年之"我"对过去生命的省察以及二者的对话，深刻地揭示出生命内在的秘密信息。这种发生在第一人称与第三人称的同一个体之间的对话比起人称统一的叙事更多一些复杂的意味，显得冷静而又尖锐，传达出富有理解力的同情心和时间造成的沧桑感。

另有一种颇为殊异的对话则发生在同一个体的第一人称与第二人称之间，这鲜明地体现在刘震云的四卷本小说《故乡面和花朵》的压轴卷中。这一卷采用典型的童年视角来写作发生在过去的 1969 年的童年人事。卷四开篇处交代了本卷叙事者的角色变化及选择童年视角的原因，1969 年的故事叙述者少年白石头其实就是现在时间的"我"的过去。现在时间的成年之人与过去时间的童年之人在小说中均以两种人称出现：一是作为现在和过去的叙事者的第一人称"我"，另一则是忽而指向此时、忽而指向彼时的第二人称"你"。尤其要关注的是第二人称的"你"，无论是现在成年的"你"还是过去少年白石头的"你"，都是从现在的"我"的角度所言的。当以过去的"我"展开 1969 年的叙事时，现在的"我"仍然不断插进来"指手画脚"，在这种对话中，过去的"我"旋即成了"你"。此外，现在的"我"在指点了过去的江山之后又会自我反省这种不应该的"多嘴多舌"，于是现在的"我"又分裂出一个"你"。第二人称"你"的加入使得在叙述与反思的步步推进中，人物的内心现实被毫不留情地层层揭露，而小说中前后两种时间中的"你"更是鲜明地揭示了人物在回忆中穿梭时空的心理流程。作者常以 30 年前和 30 年后的事件、心态来做对比，展开的时间性对话不仅发生在现在与过去之间，而且还频繁地发生于现在时间的内部。不同矢向的时间之流往来穿梭，显得错综复杂、意味深长。现在与过去总是难以"剥离"，想要"抛弃"过去却往往成了"寻找"与"合成"。回溯性童年叙事在遍地开花的各类对话中对童年和成年人格进行交叉比照、反复审视，体现了创作主体试图去把握人的全部真实的艺术努力。

回溯性童年叙事把当下的经验介入回忆的语境中，使得这种当下经验历史化，使回忆的语境充满现在的意向和对话的动力，这种时空的频繁转换，造成了文本时间的立体感。从表达方式来看，过去式的童年景观的想象性复现多用"描写"，是叙事者尽可能消泯现在与过去的时间距离，或者说是一种"近距离"的表现；而对话中的成年告白则多用"概述"，且往往带有抒情或议论色彩。"概述"是一种"远距离"的拍摄，不仅可以披露作品中的深层意蕴，而且"可赋予作品以简洁精炼的美感，它比场景具有更多的功用。概述赋予小说以深度和强度，使作品生动多姿，跌宕流转，富于变化"[②]。童年书写中概述性的现时话语对过去时间进行"远距离"审视，在距离感中诞生了一种智慧而冷静的诗意。从小说艺术效果来看，距离控制举足轻重，交错变化的不同距离的叙述激活了创作者对生命经验的真切感知与把握，也使得叙述本身伸缩自如。

综上，回忆这一审美心理的两种演绎图式——偏重于情感的"想象"与偏重于省思的"对话"，给童年书写带来了"诗"与"真"的结合。卞之琳评价废名写小说"像蒸馏诗意，一清如水"[③]，回忆就是这种升华诗意的"蒸馏器"。在回忆性的童年书写中，作家往往把经验和事物推到一定的时空距离之外，不自觉地赋之于想象而构成"诗"，又因自觉的内在反思性对话而抵达某种"真"。由此，童年书写因寂静中生发的想象与对话的并存而获得了充满张力的诗性审美空间。

[注释]

①汪曾祺：《〈桥边小说三篇〉后记》，见《汪曾祺自选集》，漓江出版社 1987 年版，第 551 页。

②鲁迅：《故事新编·序言》，见《鲁迅全集》第 2 卷，人民文学出版社 2005 年版，第 354 页。

③沈从文：《烛虚》，见《沈从文文集》第 11 卷，花城出版社、生活·读书·新知三联书店香港分店 1984 年版，第 268 页。

④沈从文：《水云——我怎么创造故事，故事怎么创造我》，见《沈从文文集》第 10 卷，花城出版社、生活·读书·新知三联书店香港分店 1984 年版，第 279 页。

⑤汪曾祺：《关于〈受戒〉》，见《晚翠文谈》，浙江文艺出版社 1988 年版，第 3 页。

⑥林白：《置身于语言之中》，见《一个人的战争》，江苏文艺出版社 1997 年版，第 253 页。

⑦林白：《记忆与个人化写作》，见《一个人的战争》，江苏文艺出版社 1997 年版，第 293—294 页。

⑧陈染：《私人生活》，经济日报出版社 2000 年版，第 1 页。

⑨[法]加斯东·巴什拉：《梦想的诗学》，刘自强译，生活·读书·新知三联书店 1996 年版，第 159 页。

⑩顾城：《答记者》，见顾工编：《顾城诗全编》，上海三联书店 1995 年版，第 917 页。

⑪[法]加斯东·巴什拉：《梦想的诗学》，刘自强译，生活·读书·新知三联书店 1996 年版，第 148 页。

⑫从维熙：《裸雪》，华艺出版社 1993 年版，第 197 页。

⑬[德]诺瓦利斯：《夜颂中的革命和宗教》，刘小枫编、林克译，华夏出版社 2007 年版，第 134 页。

⑭周作人：《父亲的病》，见《知堂回想录》，河北教育出版社 2002 年版，第 36 页。

⑮[丹]勃兰兑斯：《十九世纪文学主流》第 2 册，人民文学出版社 1997 年版，第 141 页。

⑯废名：《说梦》，《语丝》1927 年第 133 期。

⑰沈从文：《秋之沦落序》，见《沈从文文集》第 11 卷，花城出版社、生活·读书·新知三联书店香港分店 1984 年版，第 11—12 页。

⑱[德]恩斯特·卡西尔：《人论》，甘阳译，上海译文出版社 1985 年版，第 65 页。

⑲张英编著：《文学的力量：当代著名作家访谈录》，民族出版社 2001 年版，第 6 页。

⑳李冯：《碎爸爸》，长春出版社 1998 年版，第 81 页。

㉑[英]弗吉尼亚·伍尔夫：《论小说和小说家》，瞿世镜译，上海译文出版社 1986 年版，第 243 页。

㉒文能、迟子建：《畅饮"天河之水"：迟子建访谈录（代序）》，见《迟子建》，人民文学出版社 2000 年版。

㉓[英]维特根斯坦：《哲学研究》，汤潮等译，生活·读书·新知三联书店 1992 年版，第 35 页。

㉔刘小枫：《诗化哲学：德国浪漫美学传统》，山东文艺出版社 1986 年版，第 175—176 页。

㉕[英]安东尼·吉登斯：《现代性与自我认同：现代晚期的自我与社会》，赵旭东等译，生活·读书·新知三联书店 1998 年版，第 88 页。

㉖钱理群：《文体与风格的多种试验——四十年代小说研读札记》，《文学评论》1997 年第 3 期。

㉗[德]马丁·海德格尔：《什么召唤思》，孙周兴译，见《海德格尔选集》，上海三联书店 1996 年版，第 1214 页。

㉘王安忆：《纪实和虚构》，见《王安忆自选集之五》，作家出版社 1996 年版，第 379 页。

㉙陈染：《私人生活》，经济日报出版社 2000 年版，第 57 页。

㉚[美]利昂·塞米利安：《现代小说美学》，宋协立译，陕西人民出版社 1987 年版，第 19 页。

㉛卞之琳：《序》，见《冯文炳选集》，人民文学出版社 1985 年版，第 7 页。

（原载《江苏社会科学》2014 年第 6 期）

消亡抑或重构

——童年变迁与儿童文学生存危机论

胡丽娜

儿童文学是一个由目标读者所定义的文本集。儿童文学是什么以及成人对它的思考都跟社会对于儿童的观念——儿童是谁？他们如何需要阅读？他们需要阅读什么？——纠缠在一起。①我们往往将社会对儿童的观念称为儿童观或童年观。可以说，目标受众——儿童维度的变化始终是儿童文学这一文类生存和发展的前提。日本学者上笙一郎认为如何把儿童作为一个整体对待的"儿童观"是构成儿童文学理论的要点。②国内也有学者将童年视为儿童文学理论的逻辑起点，指出儿童文学理论可能的展开方向是以对童年这一现象的理解为基础的，一定理解角度、方式和认识水平规定着理论思维的相应深度和广度。③儿童观或童年观之于儿童文学的重要性已成为儿童文学研究界的共识，这就不难理解为何五四时期儿童的发现成为标志中国现代儿童文学诞生的重要节点。只是，"我们无法将儿童当作一个同质的范畴来谈论他们：童年的意义是什么以及童年如何被经验，很显然是由性别、种族或民族、社会阶级、地理位置等社会因素决定的"④。社会对于儿童的观念始终处于动态发展而非一成不变。尤其是在传媒化生存的当下，童年生态已然发生翻天覆地的变化。而对于儿童文学生存来说，冲击最大的无疑是"童年消逝论"的观点。以简单因果决定论来看，如果童年不复存在，那么建基于童年观念的儿童文学就失去了生存之本，换言之，童年的消逝势必导致儿童文学的消亡，儿童文学面临严峻的生存危机。问题在于，儿童文学存在危机论的立论之本——童年消逝论是否合理？童年消逝论是否能精准而全面反映媒介变迁对童年生态的影响？除却童年消逝的悲观论调，西方童年研究的众声喧哗中是否有其他异质的声音？如何理性审视媒介变迁与童年生态变化对儿童文学存在的影响？

一、媒介变迁与童年生态

1962 年菲力普·阿利埃斯的《儿童的世纪》揭开西方童年史研究的序幕，此后 20 世纪 70 年代和 80 年代，研究者对童年研究的热情持续高涨，使得童年史研究几乎成为西方社会史研究中的一门显学。根据普林斯顿大学的劳伦斯·斯通教授的统计，在 1971 年到 1976 年间出版的有关童年的历史和家庭生活的重要著作和文章有 900 多部/篇之多。相比之下，在 20 世纪 30 年代每年仅出版大约 10 部/篇学术著作和文章。归纳这一时期的研究，主要循着两条轴线：一是 20 世纪 70 年代开始的"社会建构论"，认为童年的概念是一种社会现象，非生物上的必然。童年的概念是一种文化产品，为儿童所处的社会环境和历史脉络所激发、培育。二是 20 世纪 80 年代奠基于批评社会建构论的"生活经验论"，即结合儿童的概念与儿童生活的研究。⑤随着电视文化兴起和普及，20 世纪 80

年代的童年研究开始呈现鲜明的媒介化趋势,即关注媒介文化对于童年的影响成为研究的一大主潮。以电视为代表的传媒文化带给童年以怎样的影响,较之传统的印刷媒介,电子传媒"一览无余"的特质在多大程度上改变童年的状态? 在电视、网络等层出不穷新媒体的冲击和浸润下,童年生态如何,是否如有些学者忧虑的童年已然消逝? 围绕这些问题,西方童年研究者从不同的立场对媒介时代童年命运作出不同判断,形成悲观消逝论、乐观革命论和温和建构论三种主要观点。

(一)电视文化与童年的消逝

尼尔·波兹曼在《童年的消逝》一书中指出电视文化导致童年的消逝。他认为印刷媒介的兴起导致了童年的被发现。波兹曼格外看重印刷术的发明对新成人和童年概念形成的意义,并具体阐述了印刷机的发明如何创造了一个全新的符号世界,这个全新的符号世界要求确立一个全新的不包括儿童在内的成年的概念,并促使童年从成人世界分离而获得独立。而儿童从成人世界中的分离,也就形成了童年。因此,到了 19 世纪 50 年代,几百年的童年发展已颇具成效,在整个西方世界,童年的概念已经成为社会准则和社会事实。⑥

印刷媒介创造了童年,而电子媒介的发展则把童年的命运推向了死胡同:"凭借符号和电子这样的奇迹,我们自己的孩子知道别人所知道的一切,好的、坏的、兼收并蓄。没有什么事是神秘的,没有什么是令人敬畏的,没有什么事不能在大庭广众下展示的。"⑦以电视为代表的电子媒介使童年概念诞生的符号环境缓慢地瓦解,侵蚀了童年与成年的分界线,进而将童年的命运推向消逝的边缘。而与一览无余的电子媒介发展相对应的是图像革命的展开。相对于作为抽象经验的语言,图像则是经验的具体再现,对头脑具有催眠的作用,因为它只要求人们去感觉,而非思考,由此电子媒介和大批量的图像生产对保证童年概念存在所需要的社会和知识的等级制度造成了冲击。波兹曼选择了 1950 年作为一个标志性的年份,在这一一年电视在美国家庭中牢牢地扎下了根。正是通过电视,电子和图像革命走到了一起,童年和成年之间界限的历史根基逐渐被破坏殆尽,童年面临消逝的危险。⑧

同在 20 世纪 80 年代初,梅罗维茨也对电子媒介模糊成人和儿童的界限进行了深入的探查。他认为社会变化一个重要的方面是媒体环境的变化,媒介讯息对处于社会化不同阶段的人包括儿童都有着重要的影响。媒介的变化与童年和成年的观念的整体趋势有着很大的关系。印刷媒介倾向于将儿童与成人隔离开,而且使得不同年龄的儿童被隔离进不同的信息世界。而电视则倾向于将儿童与成人再融合。因为电视没有复杂的接触码,而是以声音和图像的形象化形式将信息毫无保留地向儿童敞开。"电视的革命性不在于它是否给了儿童'成人观念',而是它允许非常小的孩子'参加'成人的交往。电视去除了过去根据不同年龄和阅读能力将人分成不同社会场景的障碍。无论如何,电视暴露给了孩子们几个世纪以来成年人一直不让孩子知道的许多话题和行为。电视将儿童推进了一个复杂的成人世界,并且促使儿童去问那些没有电视他们就不会听到或看到的行为和语言的意义。"⑨因此,印刷媒介提供的许多过滤和控制在电视上却没有,电视向儿童暴露了许多成人的秘密,进一步同化了成人与儿童的角色演变。

戴维·艾尔凯德(David Elkind)的《萧瑟的童年:揠苗助长的危机》⑩(*The Hurried Child*,1981)、玛丽·威妮(Marie Winn)的《失落童年的儿童》(*Children Without Childhood*,1984)等著作,也认为以电视为代表的传媒文化是导致儿童早熟、青少年暴力、童年失落

等诸多负面影响的祸首，于是在传媒文化时代"童年之死""童年的消逝"成为童年不可逃避的悲观命运。

（二）新媒介与童年的解放

与尼尔·波兹曼等人的悲观论调相反，秉持"传播革命"观点的研究者却认为新的电子媒体解放了儿童和年轻人，并赋予儿童更大的权利。研究者认为儿童不是被动的媒体受害者，而是以一种成人无法拥有的自发天生的智慧，形成强有力的"媒介素养"，充分利用新媒体科技发挥自己的创造力，实现自我。因此，在传播革命论者的眼中，新媒介非但不是童年命运的噩梦，而是童年的乌托邦。对于童年消逝论大行其道的国内儿童文学界，传播革命论的观点无疑是很好的补充，并起到一定纠偏作用。

被誉为数字经济之父的唐·泰普斯科特是这种乐观革命论的代表人物。《数字化成长：网络世代的崛起》考察了网络之于童年变迁的影响。他认为，一场传播的革命会塑造出新的世代及世界风貌。对于出生于1946—1964年的人们来说，其童年阶段正是电视风行的时候，作为当时功能最为强大的传播科技，电视对于婴儿潮世代的价值观念、文化形成等产生了深刻影响。而对于1977年后出生的孩子，电视的本质及使用方式已经显得落伍和粗糙。他们是最先与新媒体同步成长的世代，他们不仅接触网络而且深受网络的影响。[11]为此泰普斯科特在该书开篇即观点鲜明地道出："网络世代已然形成！"他认为网络世代是最先在数字媒体环境下成长的世代。数字技术与现实生活的融合，互联网的产生和发展，影响和形成了与众不同的新一代的儿童——网络世代。网络世代通过数字媒体的使用，不仅发展出自有的格局，也对社会的文化产生巨大的冲击。[12]童年并未在电视文化中消逝，而是进一步畅游于网络文化，作为童年主体的青少年也由电视世代升级为网络世代。

此外，西摩·潘坡特《连结的家庭》(*The Connected Family*)、琼恩·卡兹《道德现实》(*Virtuous Reality*)、道格拉斯·洛西科夫的《游戏未来》(*Playing the Future*)等对新媒体技术对儿童和青少年的成长影响也持乐观态度。如洛西科夫认为新媒体（互联网、有线电视、计算机游戏、MTV、角色扮演与次文化时尚等）在本质上具有"互动性"，因而比先于它们之前等级制的"单一文化"更为民主。这些媒体容许年轻人凭其自身的能力成为文化生产制造者，并因此而躲避了"家长守门人"的控制。[13]

（三）温和建构论的童年观

大卫·帕金翰在《童年之死：在电子媒体时代成长的儿童》一书以"寻找失落的儿童"开篇，指出媒体目前将童年商业化而不断地受到人们的谴责——因为它们把儿童变成了贪得无厌的消费者，并且儿童被广告商的欺骗伎俩所引诱，想要得到那些他们并不需要的东西。[14]事实上，媒体卷入童年论争的方式有些矛盾，一方面媒体被指责为促成童年消逝的罪魁祸首，另一方面在童年性质的变化及童年建构的历程中，媒体是积极的参与者和主要的传输平台。较之悲观消逝论和乐观革命论等科技决定论的观点，帕金翰对媒介之于童年影响的认识更为温和与理性，他也因此自称为温和的建构派。他认为"现代童年概念的出现是一个复杂的社会网络运行的结果——这个网络包含了意识形态、政府、教育与科技之间的交互关系，其中每一项因素都有强化其他因素的倾向；结果是，现代童年的概念以各种不同方式、依据不同的速率、在不同的国家情境中发展"[15]。他主张将童年视为一种社会性的建构："童年的观念本身是一个社会的、历史性的建构；并且，文化与再现（representation）——尤其以电子媒体形式显示的文化和再现——则是这种建构在其中得以发展与维持的主要场域。"⑯将童年放置在大的语境中予以审视,那么传媒文化只是推动或者影响童年变迁的因素之一。而就传媒因素来说,也要关注各种媒介技术被生产和使用的真实社会情境,以及这些科技所特有的社会差异。以动态发展的眼光审视儿童与媒体的关系,认可变化的童年性质、变化的媒体性质。从这一意义上来说,传媒化生存时代的童年,重要的不是推断是消逝还是解放,而是要深入童年变化的文化现场,考察媒介之于儿童生活和童年性质的变化,以建构眼光重新审视童年生态。

二、童年变迁与儿童文学存在论上的危机

媒介时代童年观的变迁在多大程度上影响到作为独立文类的儿童文学的合理存在?国内儿童文学界所忧虑的童年的消逝引发的童年生态危机、儿童文学的存在危机是不是一个伪命题?

(一)不同童年变迁论对国内儿童文学的影响

在此,我们需要补充《童年的消逝》等童年研究论著在中国译介传播的情况。早在1999年,泰普斯科特的《数字化成长:网络世代的崛起》就由陈晓开、袁世佩翻译,作为"数字经济·网络世代经典译丛"之一,由东北财经大学出版社推出。而引发童年生态危机和儿童文学存在危机的《童年的消逝》的国内译本相对出现较晚。1994年台湾传播学界将《童年的消逝》作为美国传播学经典名著翻译出版。1996年台湾远流出版公司对《童年的消逝》进行再版。大陆对此书的关注始于卜卫于2000年在《读书》杂志刊发的《捍卫童年》一文。2002年朱自强《童年和儿童文学消逝以后》是较早将波兹曼观点运用于儿童文学研究的论文。直到2004年,《童年的消逝》的大陆译本才由广西师范大学出版社出版。而帕金翰的温和建构论的论著《童年之死》则在2005年引进。从时间上来说,泰普斯科特乐观主义的童年说早于波兹曼的悲观消逝论进入,或许是20世纪90年代末大陆网络文化正处于起步阶段,网络文化的影响力尚未完全显现,反倒是普及于20世纪80年代的电视文化之于青少年成长的负面效应表现较为充分。因此,就其现实影响力来说,悲观论后来居上,甚至成为主导论调。一旦谈及媒介时代童年,国内儿童文学界都无异议地倒向童年消逝论。也就是说,在媒介与童年变迁的三种学术观点中,悲观消逝论在儿童文学界影响最为深入。有学者说:"《童年的消逝》给我带来的是一种'失乐园'的惶恐。"⑰而更值得深思的影响在于,此后相当长一段时间,受制于童年变迁的偏视趋向,这种消逝论的悲观论调进而推导出童年生态危机、儿童文学存在论危机等。

当然,这种偏向还有一个背景是文学终结论的传播。这有一个时间上的巧合。2001年《文学评论》上刊载的希利斯·米勒的《全球化世代文学研究还会继续存在吗?》中,希利斯·米勒在列举了电讯媒介、因特网对文学、对全球化、对民族国家权力影响与渗透之后,忧虑地指出:文学研究的时代已经过去了,再也不会出现这样一个时代——为了文学自身的目的,撇开理论方面或政治方面的考虑而去单纯研究文学? 文学研究从来就没有正当时的时候,不论过去、现在还是将来。⑱两股潮流的汇聚,形成儿童文学研究界对童年消逝及其之于儿童文学研究的持续关注。如吴其南将儿童文学存在论上的危机拆解为两个层次,其一为儿童文学自身的危机,童年的消逝论为引发这种危机的根源,因为童年的消逝也就意味着以童年、儿童为主要对话对象的儿童文学无法存在;而第二层危机在于作为整体文学的可能消亡带来的儿童文学的可能消逝,这对儿童文学能否继续存在的影响更为紧迫,表现为儿童文学文学性的失落,为其他的意识形态所替代。⑲

应该说，以波兹曼童年消逝论一家之言为依据，阐述媒介时代儿童文学命运有失公允。退一步说，童年固然是评判儿童文学存亡的重要因素，但绝不是唯一因素。显然，在悲观消逝论、乐观革命论和温和建构论三种立场中，个人认为最为适用的还是温和建构论的观点。"我们不能孤立地来看待媒体——不管是把它看作导致童年死亡的动因，还是把它看作赋予童年更多权利的另类方式。与之相反，我们必须将儿童与媒体的关系，放置在更为广泛的社会与历史变迁的情境中去考察。"⑧以建构主义的观点来审视媒介时代童年的命运，放弃童年消逝论的一家之言，还原童年的丰富内涵，才能更好接近完整的童年的原生态。正如童年的发现是一种社会建构，儿童文学的诞生与发展也是一种发展的动态的社会建构。就媒介时代儿童文学的存在来说，其根本问题不在于童年消逝是否会引发儿童文学存在危机，而是媒介时代童年命运的变迁带给儿童文学怎样的新变，这些新变在多大程度上冲击并改写了传统意义上的儿童文学。

有意思的是，尼尔·波兹曼的观点恰好与国内儿童文学界哀叹的消亡论形成鲜明对照。他在阐释电视文化对童年影响时论及儿童文学的情况："在儿童文学方面，许多因其广泛讨论的变化跟现代媒体的趋势一脉相承。'青少年文学'的主题和语言要模仿成人文学，尤其当其中的人物以微型成人出现时最受欢迎？在儿童形象方面，我们的流行艺术正在经历一个需要重新定位的问题。"⑨波兹曼并没有宣告儿童文学的消逝，而是用了"重新定位"来描述其思考。依循波兹曼的启示，媒介时代童年命运之于儿童文学影响的关键，就从儿童文学是否消亡转换为儿童文学如何重新定位。

（二）童年变迁与儿童文学的重新定位

面对媒介时代童年的变迁，儿童文学如何进行重新定位？回到媒介时代童年变迁这一引发媒介时代儿童文学存在论危机的根源问题，在媒介与童年变迁论争的三种观点中，其核心在于儿童受众。而儿童文学存在危机论的核心也在于儿童受众，因为儿童受众的消逝意味着以儿童为目标受众的儿童文学失去了存在合理性，退一步说，如果儿童受众没有消逝而仅仅是改变，那么儿童文学存在的根基就没有丧失，只是需要顺应儿童受众的改变而相应作出调整。对儿童文学存在危机论的审视就可以儿童受众的重新建构为路径。

首先，媒介与儿童的关系问题，始终伴随媒介发展历程。美国家庭媒介教育专家Wendy Lazarus 等人指出，几乎每隔 10 年，人们就会对媒体进行一次"诘难"：20 世纪第一个 10 年：我应该带孩子去看电影吗？ 20 年代：为什么我的孩子比我更熟悉收音机的节目？ 30 年代：收音机里的暴力节目是不是太多了？ 40 年代：卡通漫画会对我的孩子有坏影响吗？ 50 年代：电视对我的孩子究竟有好影响还是坏影响？ 60 年代：我的孩子从摇滚乐里学到了什么？ 70 年代：电视节目怎么有这么多暴力镜头？ 80 年代：我的孩子是不是玩电子游戏玩得太多了？ 90 年代：我的孩子使用计算机了，上了网，他会变成什么样呢？⑩可见，每一种新媒介的普及都会引发人们对于童年的忧虑，对儿童成长的惶恐。由此，波兹曼视为童年消逝祸首的电视仅是媒介形态嬗变历程中的一环，也是童年经受媒介考验的环节之一。事实证明，作为能动的受众，儿童群体对于媒介内容的接触有其选择与判断。儿童受众经历了诸种媒介形态的冲击，安然成长，只是产生一些不同的新质，而这些迥异于传统意义童年状态的新质才是我们所要关注的重点。

"儿童文化可以看作为文化海洋中的一座岛屿，文化海洋拍打着这座岛屿的海岸，雕琢着它的周围，岛屿的其他部分则自由地滋长着。虽然成人环境施加给儿童文化以极大的压力,但正如同成人文化是成人社会的产物一样,儿童文化至少同样是儿童及其同伴群体的产物。"③美国学者巴特克对儿童文化的描述道出了整体社会文化之于儿童文化的影响,但同时也强调了构筑儿童文化的内核在于儿童受众的主动参与和建构意识。也就是说,浸润于成人文化中的儿童文化有其相对独立自主性。这种自主性一直抗拒着成人对童年话语的霸权压制,而且受惠于传媒文化而日益延展。20世纪90年代以来兴起的网络、手机等新媒体技术的互动开放性特点,赋予儿童受众更为自由的参与空间,极大扩张了儿童的话语权。只是,媒介的双刃剑作用,突出体现在媒介的商业性诱导或者直接制造了儿童诸多越界行为,模糊了原本截然分明的成人与儿童的边界,并在一定程度上消磨了儿童的"纯真性"。正是媒介与儿童"合谋"的张力,凝聚成为传媒语境中儿童独特的存在。理解媒介时代的儿童受众和童年状态的最为根本而实用的方式,是深入传媒与儿童文化现场,进行"田野"调查、分析,考量媒介文化对于童年状态的方方面面影响,而不是惶恐地抗拒每一种新媒介形态,哀叹着命名一次又一次危机而无力应对。

其次,以开放和重构的姿态迎接儿童文学的新变。"文学变化是一个复杂的过程,它随着场合的变迁而千变万化。这种变化,部分是由于内在原因,由文学既定规范的枯萎和对变化的渴望所引起,但也部分是由于外在原因,由社会化、理智的和其他的文化变化所引起。"㉙而媒介时代童年生态变迁或者说儿童受众的变化仅是推动儿童文学发展变化的一元,儿童文学绝非一成不变的概念。抛开受众维度的变化不论,儿童文学的存在形式就受惠于媒介技术发展而不断推陈出新:从口传形态的民间文学到安徒生等开创的创作童话,再到图画书、动漫书刊以及方兴未艾的网络儿童文学等诸种儿童文学的存在样式,儿童文学的外延和内涵都随着时代发展有着明显的变化。而就儿童文学创作主体来说,长期以来成人主导的格局也逐渐被打破,依托网络、博客等新媒体的开放性,传统文学生产的"把关人"功能淡出,青少年群体的创作被赋予更自由平台,低龄化写作、商业化写作、通俗化写作等蔚为大观。媒介时代儿童文学一直在创造这些层出不穷的新变,如果静态地以传统儿童文学概念、审美特质来衡量以上现象,难免会得出儿童文学存在危机的结论。为此,媒介时代的儿童文学需要以更开放的姿态重新建构儿童文学的版图,在认可儿童受众维度的变化的同时,接纳来自儿童文学生产转型、存在形态更新等诸多方面的变化。

[注释]

①[加]佩里·诺德曼、梅维丝·雷默:《儿童文学的乐趣》,陈中美译,少年儿童出版社2008年版,第122页。

②[日]上笙一郎:《儿童文学引论》,郎樱、徐效民译,四川少年儿童出版社1983年版,第194页。

③方卫平:《童年版:儿童文学理论的逻辑起点》,《浙江师大学报(社会科学版)》1990年第2期。

④[英]大卫·帕金翰:《童年之死:在电子媒介时代成长的儿童》,张建中译,华夏出版社2005年版,第67页。

⑤陈贞臻:《西方儿童史研究的回顾与展望——阿利斯及其批评者》,见陈恒、耿相新主编:《新史学(第4辑):新文化史》,大象出版社2005年版,第129页。

⑥[美]尼尔·波兹曼:《童年的消逝》,吴燕莛译,广西师范大学出版社2004年版,第74页。

⑦[美]尼尔·波兹曼:《童年的消逝》,吴燕莛译,广西师范大学出版社2004年版,第138页。

⑧[美]尼尔·波兹曼:《童年的消逝》,吴燕莛译,广西师范大学出版社2004年版,第108页。

⑨[美]约书亚·梅洛维茨:《消失的地域——电子媒介对社会行为的影响》,肖志军译,清华大学出版社2002年版,第208—209页。

⑩此书台湾译本名为《萧瑟的童年：揠苗助长的危机》，和英出版社 1998 年版；大陆译本名为《还孩子幸福童年：揠苗助长的危机》，中国轻工业出版社 2009 年版。个人以为台湾译本的翻译更为贴近作者本意。

⑪[英]唐·泰普斯科特：《数字化成长：网络世代的崛起》，袁世佩译，东北财经大学出版社 1999 年版，第 4—5 页。

⑫[英]唐·泰普斯科特：《数字化成长：网络世代的崛起》，袁世佩译，东北财经大学出版社 1999 年版，第 1 页。

⑬[英]大卫·帕金翰：《童年之死：在电子媒介时代成长的儿童》，张建中译，华夏出版社 2005 年版，第 55—56 页。

⑭[英]大卫·帕金翰：《童年之死：在电子媒介时代成长的儿童》，张建中译，华夏出版社 2005 年版，第 2 页。

⑮[英]大卫·帕金翰：《童年之死：在电子媒介时代成长的儿童》，张建中译，华夏出版社 2005 年版，第 37 页。

⑯[英]大卫·帕金翰：《童年之死：在电子媒介时代成长的儿童》，张建中译，华夏出版社 2005 年版，第 4 页。

⑰朱自强：《童年和儿童文学消逝以后……》，《中国儿童文学》2002 年第 1 期。

⑱[美]J·希利斯·米勒：《全球化时代文学研究还会继续存在吗？》，国荣译，《文学评论》2001 年第 1 期。

⑲吴其南：《大众传媒和儿童文学存在论上的危机》，见方卫平主编：《在地球的这一边：第十届亚洲儿童文学大会论文集》，外语教学与研究出版社 2010 年版，第 51—53 页。

⑳[英]大卫·帕金翰：《童年之死：在电子媒介时代成长的儿童》，张建中译，华夏出版社 2005 年版，第 83—84 页。

㉑[美]尼尔·波兹曼：《童年的消逝》，吴燕莛译，广西师范大学出版社 2004 年版，第 176 页。

㉒卜卫：《大众媒介对儿童的影响》，新华出版社 2002 年版，第 3—4 页。

㉓郑金洲：《基础教育改革与发展的世纪走向》，《华东师范大学学报（教育科学版）》2003 年第 3 期。

㉔[美]雷·韦勒克、奥·沃伦：《文学理论》，刘象愚等译，生活·读书·新知三联书店 1984 年版，第 309 页。

（原载《文艺争鸣》2011 年第 11 期）

儿童文学叙事中的权力与对话

金莉莉

儿童文学最受影响的因素莫过于社会对儿童所扮演的角色提出了太多要求：儿童应学什么和怎样学，儿童的责任和权益，和儿童读物应有的内容。而儿童文学的内容往往会受成人影响，这使得这种特殊的文学形式永远存在一个争论性的问题——作品里到底应该有或应该没有些什么内容。这是有关儿童文学较为普遍的思考，由此可以看出，儿童文学比其他文学样式更加强调文本功能和读者对象思维、年龄的选择，在其创作中带有较多的文化因素，比如成人对儿童特点的想象与界定、对儿童主体性建构的考虑等，而这又直接规范了儿童文学文本的叙事方式。

因此，要考察儿童文学的叙事特色，仅仅局限于文本内的语言研究是无法找到导致这种叙事产生的根源的，儿童文学本身所具有的跨学科的文化特性使文本与存在的外部语境形成了密切联系。也就是说，语境是形成文本叙事特色的原因，必须将二者结合起来才能更深入地探究儿童文学的特质。

当叙事理论发展到后经典叙事学阶段，对文本的分析便突破了传统叙事学过于科学和近乎残酷的解构，开始采用跨学科研究方法融入外部语境中的文化因素对文本进行研究。后经典叙事学将文本内外结合的研究方法正切合了本文对儿童文学的思考。

一、后经典叙事学的研究方法

叙事学理论是研究叙事性文本的重要方法，但以西方20世纪80年代以前结构主义和形式主义为基础的经典叙事学过于注重对文本的条分缕析，企图寻找所有故事共通不变的结构规律，而割断了文本与历史及社会的联系，叙事学家们往往关注叙事作品的共性而忽略了作家的艺术独创性和丰富性。

经典叙事学的这种弊端在八九十年代以来的后经典叙事学理论那里得到了不同程度的超越和发展。六七十年代以后，叙事学也面临着精神分析学说、阐释学、接受美学、女性主义批评、意识形态理论等各种学术思潮的冲击，叙事学家们开始在理论研究中反思、发展，不断注入新的因素。20世纪80年代以来，西方学者在文本研究中开始注重文体外的社会历史环境和意识形态的影响，但一味进行政治批评和文化批评而忽略文学的美学规律将必定给文学研究带来灾难，于是叙事学重新被关注，"他们再度重视对叙事形式和结构的研究，认为小说的形式审美研究和小说与社会历史环境之关系的研究不应当互相排斥，而应当互为补充"。[①]文本的外部研究恰恰弥补了经典叙事理论的不足，叙事学开始走向更为复杂、全面的跨学科研究之路。

因此，后经典叙事学重新审视或解构了经典叙事理论的一些概念，逐渐改变只专注于文本内部结构的研究模式，有意识地从其他学术思潮中吸收有益的分析模式和独特视角，开始注重读者和社会历史语境的分析。

二、儿童文学叙事研究的后经典叙事学视角

后经典叙事理论对文本叙事语境的强调和跨学科的研究方法给本文探讨儿童文学问题提供了重要支撑。

如果将儿童文学文本看作是作者与读者交流的中介和结果，那么这次对话同样不会抽象进行，而必然存在于作者与读者组成的交流语境——一种特定的社会历史环境中。外部环境预示着双方的身份和地位，决定了二者对话的方式：谁在说，为什么说，怎样说，说了什么或没说什么，这便形成文本内部的叙事方式。因此，与文本叙事直接关联的是文本外作者与读者的交流语境，在儿童文学中，即是在一种社会文化情境中成人与儿童的复杂关系，有权力的生成，也是对话的表达。

（一）儿童文学的叙事语境：成人与儿童权力关系的生成

儿童文学范围中的主要部分通常被界定为成人创作、儿童阅读的文学，其所负载的功能不仅仅是纯粹的美学精神，而被规范为"教育功能、美育功能、娱乐功能、再现人生"等多种功能的统一，作家对童年的重塑也"意味着'在更高的阶梯上再现童年的真实'，意味着对童年的理性反顾与提升，其中已融入了作家大量的人生阅历与思悟，融入了大量的社会与历史的深厚意蕴。"[②]可见，"再现"儿童和童年的叙事内容既积淀有社会历史的因素，也受制于这些文化意蕴，它关系到成人以怎样的态度创作儿童文学。

在国外对儿童文学本质特色的讨论中，也有着类似的论述，比如澳大利亚儿童文学理论家约翰·斯蒂芬斯认为，儿童书主要处理的是"关于人们在社会族群中如何生存、互相影响并铸造自己身份的事"，"儿童文学的生产和传布总是委付于特定的价值和程式。它致力于发扬成熟、自由和卓越的品质"。[③]

这些论述表明，儿童文学需要承担太多的责任和意义，因为文本读者还处于童年——一段被认为是不具备"成熟品质"、必须接受知识以及道德储备的时期，他们的文学在主题和叙事上应该是区别于别的文学样式的。于是作者与读者的关系演变为成人与儿童的关系，无论是成人在文本中对童年和儿童的想象以故事形式加以体现，还是成人作者理所当然对儿童读者担负的"道德义务"和"品质塑造"，都显示出作者与读者、成人与儿童之间一种复杂的关系。

当同一种资源的分配不对等，且一方对另一方形成依赖时，权力就会产生。成人与儿童永远是儿童文学文本中最本质的两极。儿童文学中的"儿童"由于缺少"成熟、自由、卓越的品质"，以及正处于完成社会化的学习阶段，而通常被认为还不具备"准确"表达自己的话语能力，成了被"说"的对象。"儿童文学"是为"儿童"创作的文学，而儿童的不在场和话语能力的缺失，又无疑使他们的童年生活和精神世界具有了被成人无限想象和言说的可能性：或写实或魔幻的校园小说、充满幼儿朝气的儿童诗歌、有着无边幻想的童话等。很显然成人在知识、教育等方面的优越性使他们在儿童文学这个领域中占据了较多的资源，同时儿童又是以进入成人世界为成长目标，于是成人在儿童文学中对儿童的想象性言说方式就成了一种"合法性"规范中获得的权力。

在这种情况下，儿童文学文本作为成人与儿童对话交流的中介，则是在二者的权力关系中产生的，同时，这种关系也获得了丰富的社会文化因素。在对儿童文学从概念到叙事文本的考察中，我们看到："儿童文学"的界定、写作以及评论、出版等话语权力始终掌握在成人手里，"儿童"处于被"说"、被形塑和被假设的地位。对于一个已经远离而且

不可能再回去的陌生的世界,解读的方式只有假设与想象。"成人建构出'去掉了威胁性的童年意象',然后我们把建构出来的形象在文学作品中呈现给孩子,好说服他们的生活的确是我们替他们想象的样子","因此儿童文学代表了大人殖民孩子的大规模努力,让他们相信他们应该变成大人希望的样子,并且让他们对于本身所有不符合大人模式的部分感到惭愧"。④可见,想象就是一种体现权力关系的意识形态,它使成人有权从宏观和微观上将叙事内容纳入到成人世界规定的体制规范中来,他们能选择有利于表明自己意识形态的"合法化"的儿童生活和精神内容、展示人类获得自我的成长经历,同时虚构故事以帮助儿童从角色和情节中学习认同自我身份、完成社会化的自我建构。

文学叙事建构了想象中的成人与儿童的合法秩序,又反过来规范了文本外二者的互动关系和行为规则,通过文本成人强化自己的权威地位,儿童也在叙事中明确了成长目标,顺利进入由成人确定的社会体制。于是,文本外的权力关系与文本叙事形成无法分离的因素。

法国思想家福柯极力强调作者的功能就是话语生产,这种生产被某种复杂的权力关系制约着,使得文学与体制和意识形态有着千丝万缕的联系。事实上儿童文学的产生和存在方式同样与体制密切相关,并且通过作者(成人)与读者(儿童)的关系体现出来。

因此,本文认为,成人与儿童之间的权力关系以及运作方式构成了儿童文学文本的叙事语境,也是文本产生的重要前提,对文学内部的研究无法回避对叙事语境的探讨。

(二)儿童文学叙事:权力关系中的对话表达

儿童文学遵循文学领域的基本美学和创作规律,但叙事语境的特殊性使作者与读者具有不同于成人文学的互动关系,这直接决定了文本产生方式、叙事技巧和阐释的特性。

同时,儿童文学文本叙事涉及的是作者与读者、隐含作者与隐含读者、叙事者和叙事接受者三组对应关系,叙事就在这些言说主体之间、以及文本中的人物或显在或潜在的对话中完成,他们形成了一种双向叙事和多方叙事的局面。而文本外成人与儿童间的权力关系又直接决定了上述几组言说主体在文本叙事中的交流方式。文学理论家术哈伊尔·巴赫金重点研究了这种对话关系,认为整个文本就是说者和他者对话的集合体,而每个人的声音又都是由社会性的他人话语组成的。巴赫金的对话理论因同时关注语言中的个性与共性而成为一种超语言学,同时又与话语权力的论述有暗合之处。比如布迪厄认为,任何一句语言都不是简单的对话行为,而是预先假定了合法的言说者和接收者,是关于具有特定权威性的说者和认可这一权威地位的听者之间错综复杂的权力关系。

事实上,后经典叙事学常常借用巴赫金的超语言学分析方法探讨文本内外的叙事特征,而在儿童文学叙事中,作者(成人)与读者(儿童)恰恰也是在权力关系中凸现出了对话的努力。巴赫金对作者与读者对话性的强调揭示出了"作者与交流对象的哲学上的本质——相互补足"⑤。本文认为,儿童文学叙事中这种本质上的对话性不仅是作者与读者间的相互补足,对对方资源的相互借鉴,而且是在一种权力话语的框架下成人对儿童意识的努力凸现,或者"代替"儿童建构理想的童年成长方式,或者帮助和"代表"儿童展示自己的精神世界。于是无论成人作者叙事如何复杂,意蕴如何深邃,或者如何超出儿童的心理"主体结构",读者却总能从这些优秀的文本中找到能够达成对话的因素。

新中国儿童文学

1949—2019

那么儿童文学叙事中为什么会形成一种独特的对话因素？文学是一种使社会准则内在化的有力方式，通过讲述别人的故事承载意识形态，使读者站在这种主体位置上认同故事和人物，并进一步认识自我。比如关于童年和童年的发展阶段、关于性别、年龄、文化、传统、交往和各种道德判断、价值观等，所有成人认为有利于促进儿童成长为像他们一样"合乎规范"的个体的观念，都以知识的形式传达给儿童，文学就是这种知识的载体，但它是以更加有趣和充满美的魅力的形式让儿童愿意接受规范。

因此，儿童文学叙事一直在为交流双方提供一种主体的属性（即身份的归属）地位，文学是对自我以及自我和社会关系的一种重新叙述，儿童文学叙事虽指向童年世界，但实际体现的却是成人对社会秩序、结构关系的重新描述、想象与建构，作者在不同的角色、个性或群体属性中也描述了自己。虽然文本再现的是不同人物，甚至儿童、动物或其他无生命物体的行为，但从角色努力顺从社会规范和对自我的期待中，在虚构世界建立的主体间的关系模式中，作者确立并强化了自我认识，并力图在叙事中通过聚焦、对话、声音、结构等设立一系列主体位置来表现出这种主体性。

因而作者（成人）与读者（儿童）主体性的确立是相互建构和塑造出来的，这使二者形成了不可避免的对话关系，而且具有丰富的话语内涵。

叶圣陶的《稻草人》被认为是中国儿童文学走向现实主义道路的开篇之作，但从另一方面来说，文本叙事的主题、急切的情感表达其实是具有相当多的成人话语的。那么如此叙事的《稻草人》是否因为过多的成人强势话语而失去了"对话"的表达呢？本文认为，《稻草人》叙事语境中的权力关系恰恰体现了那个时代作者谋求与读者对话的努力。

在《稻草人》时代，作者强烈的情感表达和焦虑的国家与民族情结使成人表现出急于引导儿童走向救国之路的强势态度，历史文化语境迅速改变了成人对儿童的未来期待，此时儿童观已经走出"儿童本位"的层面，而走向现实教育和引导儿童成长的中国现代儿童文学之路。这就是《稻草人》产生的叙事语境：成人以更强势的权力话语想象理想的童年，并为儿童预设具有强烈时代感的成长道路。所以在《稻草人》叙事中作者与读者的"对话"实际体现为：作者（成人）在权力话语中为儿童代言，为其建构新的童年成长方式。成人在叙事中极力塑造自己的"引导"身份，而儿童则在对《稻草人》叙事方式的接收中，也不自觉地认同"被引导"的角色和地位。

但对于给叶圣陶创作《稻草人》提供直接启发的王尔德的《快乐王子》来说，叙事方式却更多地显示出儿童的精神特征，比如故事结尾的乐观处理（快乐王子的铅心被天使带到天国）、叙事修辞中的隐喻与幽默等等，常常被认为更贴近儿童的审美情趣和接受心理。而这正是因为《快乐王子》的叙事中，作者与读者采用了不同的"对话"方式，不是成人借用强势话语在叙事中直接为儿童预设成长道路，而是作者顺应读者的阅读体验，始终在俯身寻找与儿童读者平等沟通的途径。

因此，语言的对话性质实际上也暗含着具有不同权力关系的声音之间的交流与争辩，尤其是在作者与读者、叙事者与叙事接受者、人物之间以及人物内心的话语既包含了双声以及复调的语体模式，又体现出声音主体间互动的复杂关系，谁的声音、谁在听、说的目的以及效果成为文本叙事的重要因素。儿童文学作者（成人）与读者（儿童）权力关系的复杂性，导致了叙事中不同的对话表达方式，也形成了不同的叙事特色。

儿童文学作为成人与儿童对话交流的中介，是在二者的权力关系中产生的。同时，作者与读者、成人与儿童又努力在这种权力关系中寻找对话的途径和表达方式。这也构成了儿童文学文本复杂的叙事语境。后经典叙事学对文本叙事语境的重视和跨学科的研究方法,对重新审视儿童文学的叙事特色提供了极好的研究思路。

[注释]

①申丹:《新叙事理论译丛·总序》,北京大学出版社 2002 年版,第 13 页。

②蒋风主编:《儿童文学原理》,安徽教育出版社 1998 年版,第 67 页。

③[澳]John Stephens:《儿童文学与文化研究》,陈中美、张嘉骅译,台湾《儿童文学学刊》2003 年第 9 期,第 54 页。

④[加]培利·诺德曼:《阅读儿童文学的乐趣》,刘凤芯译,台湾天卫文化图书有限公司 2001 年版,第 104 页。

⑤董小英:《再登巴比伦塔——巴赫金与对话理论》,三联书店 1994 年版,第 299 页。

(原载《湖南大学学报》2006 年第 6 期)

论儿童文学的主体间性

李利芳

主体间性是西方现代哲学的一个重要概念,它基于现代哲学家对生存本身的新的理解而产生。其直接生成背景是西方主体性思想所遭遇的难题之一——对"他我"的确认问题。现象学家胡塞尔基于对其学说"唯我论"困境的摆脱,最早提出并讨论了主体间性的问题。之后,海德格尔从"交谈"的范畴,伽达默尔从解释学的"视域交融"、罗蒂从对话对于"陈腐的自我"的解放、拉康从自我概念的形成过程,布贝尔从"相遇哲学",哈贝马斯从交往理性等,各自丰富并发展了主体间性的哲学思想。各家学说虽有很大出入,但共同的理论旨趣都在于从思想上突破单一主体的局限,将目光转向主体间的关系范畴,在间性中追寻存在本身。不在对立而在对话的关系中寻求人类解放的主体间性既是一个过程,也是一种状态。过程体现于主体之间相互尊重、相互承认、相互沟通,从而相互影响的建构性行为之中,它暗示了人类在绵延不绝的生活世界中追求理想存在的主体努力;而状态则贯穿于时空性的过程进行之内,却又脱离过程的轨道,以相通的心灵与心灵之间达成的体验存在于超时空的现在进行时的永恒境域之中。因此,主体间性既实现于由主体性趋向于主体间性的实践行动与努力,又存活于主体间心灵世界、意识范畴内的感应与体验。主体间性哲学理念的提出标志着人类思维范式由本质论、认识论的二元对立向生存论、实践论的间性统一的深刻转变。扬弃"自我"而转向"他人",已成为今天西方的"第一哲学的话题"。在国内文学领域,近年来已出现文章在一般的文艺学视角上谈主体间性的方法论变革问题,但具体到儿童文学这一文学种类中的特殊门类,国内还没有见到引进主体间性的方法论意识的研究文章。本文认为,儿童文学具有主体间性之内在属性。因以"童年"作为审美发生的艺术视角与艺术表现对象,儿童文学呈现出与成人文学相异的主体间性形态。从学理上廓清这一理论假设是主体间性研究方法在儿童文学研究领域进一步深化的必要前提。

一、逻辑起点——童年原生性的间性趋向

作为文学的一种样式,儿童文学符合由"世界—作家—作品—读者"这四要素构成的文学活动的一般特性。但是,儿童文学因为关注的视角与表现的审美对象领域与成人文学不同而又呈现出一些特别的艺术价值质素。这主要体现为儿童文学是以"儿童世界—童年"为审美发生的最终根源与归属的。揭示这一审美对象域的"原生性"间性趋向是确认儿童文学主体间性属性的学理起步。

对人类童年期天然的间性趋向的发现,开辟的是真正意义上的通向主体间性的大门。新近的有关个体早期发展的研究文章指出:建立情感连通性或主体间性的动机是人类与生俱来的特性。这种特性在婴儿一出生时就是活跃的,甚至连接到他还在胚胎生命时。最初的间性关系主要在婴儿和他的照看者之间发生。这种发生是自然的,它直接来

自婴儿创造并保持一种情绪上的安全感的内在需要,而并不必然表现为一种有意识的知识的后天行为。从研究现状得出的假定甚至认为:如果婴幼儿没有和世界的情感上的沟通,没有努力去感知和"学习"他人,就是一种高度的非自然的和病理的状态。①如果把这一研究与生活中我们的实践感知对照,就会得到更有力的证明。婴儿(甚至新生儿)都是积极的、本能的亲近这个世界。如果我们真正用心去品味孩子的目光,就会惊奇地发现他们"馈赠"回来的真诚,而且是长时间的。这种亲近、无声的交流不附着任何文化的偏见,几乎在一刹那间就完成了,如果说有什么条件的话,那所需的就是一颗尊重儿童主体生命的心灵。而这恰恰正是阻碍成人进入童年生命世界的一道鸿沟。因为, 在后天文明、理性的屏障中,我们本能的间性姿态似乎是一点点泯灭了。我们太习惯于以对立的思维模式将"我"之外的树立为"他者",习惯于在支配、控制等欲念中彰显自我,而不可能在关系的模式中与他人共存。皮亚杰的研究指出了儿童的自我中心、我向思维趋向。对这一理论的偏执理解会误导我们形成儿童是自私的、自我中心的、排他的等错误的印象。实际上,当儿童在"自我中心"地与他人言谈、交往时,他一方面固然只是在对自己说话,不按照他的听者的观点说话,但是另一方面这种看似"独白"的"自我中心"诉求的却是更为深层的间性意识。儿童自然地以任何偶然出现在他身边的人作为言谈对象,如果没有现实中的人,他也在幻想中和他的听众说话并相信那人在听且能听懂。这种自然的诉求并不要求产生什么后果,即儿童并不想影响他的听者。这表明儿童天然地趋向于他人且不去"伤及"他人。在童年期儿童还没有建立起系统的理性机制,他不可能在二元对立的世界中去分辨、判断他人,并以此支配、控制他人与世界。儿童的方式是不符成人的"常理"的,但我们不能说儿童就是自我中心的。没有理性机制的束缚,儿童生命与世界的接触更是无私利的、发自内心的,儿童表现的生命情态更是真诚的、健康的。可以说,儿童是自在的把世界当作权力主体来对待的。他丝毫没有任何贬损、践踏别一主体的意图,而这应该是主体间性理念追求的理想状态。

在自然界中,人类这一特别的种群在进化的历程中,确实获得了许多为别种生物不具备的生命特性。这些特性以"原型"的样态存在于每一个体的"身体"中,然后在其发生、发展史上表现出来。属"人"的这一类显然在基本特征上具有着构成上的"同一性"。新生婴儿不论诞生在什么国度、哪一文化圈内,他与世界主体间性的建立都是自然的、亲近的。在之后孩子与世界的接触中,他在生物发展、认知发展、情感发展、社会发展等方面逐步成长起来,并渐次在身上打上"文化"的烙印。不过,即便文化的影响如此巨大,而在实际上,在人的个体成长历程中,不同文化背景的人却有着相同的模式,表现在认识世界的方法、关注的范围、情感的建构等方面。这也是英国著名人类学家、伦敦经济学院人类学系主任布洛克教授在近年展开的认知人类学研究中所力图指出的:儿童认识外部世界或许有着天然赋予的因素在起作用……这和文化相对主义者们主张的"儿童是被动接受文化特质的主体"是对立的。布洛克的研究告诉我们,人类可能确实存在普遍的共同性,而文化之间的差异或许并非人类学应该专注的唯一问题。②

相比已经被经济、政治、宗教、哲学等文化层面的东西意识形态化了的成人,人类在童年生命期更具普遍性而较少差异性。这意味着思维方式、价值观念、社会规范等不会以差异的形态去阻遏儿童和世界建构主体间性的关系。儿童和世界主体间性的建构可以概括为三个层次:儿童和自然、万物的间性关系,儿童世界内各主体之间的间性关系,儿童和成人世界(社会)的间性关系。应该说,在每一个层次,儿童自身都是积极的、主动

的，他们在不受任何意义、价值等理性观的支配下最为自在地呈现着生活世界的原初生动性、丰富性。儿童世界的主体间性是自足的、也是自主的。对前两个层次，主体间性是和谐存在着的，而对后一个层次，却表现出不和谐的因子。导致这一结果的直接原因在于关系的另一方——成人特定的"主体"姿态。在人的世界中，每一个被给定的生命都由负载于理性之上的权力将其划分在某一个类别里。个体因文化"身份"的不同可以被按照各种各样的属性来归类，并烙上相应的"权力"特征。如果按照个体年龄的大小、发展成熟的程度划分的话，成人世界与儿童世界就是此一划分的产物。在这一分类里，成人是权势者，孩子是无权者，他们的关系是权势者对无权者的独白。成人几乎是无意识地、却又决绝地堵塞了与孩子建立主体间性的通道。人类童年生命自足完善的存在姿态被他们从骨子里抛弃了。在成人的生存视域中，生存主体仅指向于成熟的人，孩子也是人，不过是"具体而微"的成人，此外，并不存在异于成人之外的人的"主体"。成人自觉而理性地否定了人类童年生命的原初生动性、自足存在性，也就谈不上这两个世界的间性关系的建立了。

主体间性的研究思路引导我们关注人类童年生命天然的间性趋向，这一趋向是现代主体间性哲学建构的坚强支撑。对它的彰显直接有助于现代人在更高的理性层次上认同其重要的哲学人类学上的价值。在现代性与后现代性对峙的语境中，人们从各自的角度提出解决现代性危机、实现主体间性的途径，而这些多诉求于社会语言、文化的层面。忽略的恰是在超语言、文化的领域探求、还原人类"原生性"间性存在的可能性。对童年生命的关注，意味着挣脱文化、语言等人类理性维度的制约，意味着去"蔽"，在最原初的平面上彰显人类最鲜活的本色。儿童文学以审美的方式诉求于人类童年生命的存在，她既是这一生命样态的一面镜子，又是照亮人类童真心灵的一盏明灯。无论如何，其最终旨归都在于对这一存在的真谛进行勘探。总之，儿童文学对"间性"的关注意味着把握住了童年生命的根本特性，意味着开辟出成人进入儿童世界的真通道。

二、儿童文学活动就是与童年对话的过程

新近有研究者在主体间性的方法论思路下将文学揭示为是主体间性的存在方式。文学活动不是主体对客体的认识和征服，而是主体间的共在，是自我主体与世界主体间的对话、交往，是对自我与他人的认同，因而是自由的生存方式和对生存意义的体验。[③]儿童文学作为文学的一种，同样具有以对话为基质的文学的主体间性品格。但是，儿童文学因"儿童性"的特征又体现出特别的主体间性内涵。

儿童文学是应儿童个体发生成长的需要由成人提供给儿童的精神食粮。当然我们也不能排除儿童文学的一部分是由儿童自己发现或者为满足自我创作与阅读欲望而作的。赵侣青与徐迥千在《儿童文学研究》中将前者称作是"儿童化的文学"，后者才是"儿童的文学"。[④]但是，由于儿童自身发展程度的局限，构成儿童文学生产主体的还在于成人。因此，儿童文学活动就是成人与儿童两个世界的主体共同参与的精神行为。故其间性的对话品性就显得复杂起来。如果我们把文学活动理解为是自我主体与世界主体的对话。那么，儿童文学的自我主体就必须分出两个层面——成人、儿童。他们与世界主体的对话关系如下所示：

成人⇌世界主体（童年）⇌儿童

与成人文学不同的是，儿童文学的"世界主体"有其所指的限定——"童年"。不过这个语词已具有了意指的双重性，包括客观形态的实体童年，也涵盖了意识形态的观念童年。"与童年对话"属于儿童文学发生学的命题。儿童文学因儿童而存在，是为儿童的，因此也是写儿童的。只有将儿童文学的"世界主体"限定在"童年"这个层次，才可能并可以与儿童的"自我主体"对话。这样，成人的儿童文学作家的对话对象就是儿童，是儿童生活，童年经验世界。这样说我们很容易就指向了当下，指向现实中存在的实有童年世界。儿童文学作家要贴近这个世界，同情体验这个世界，然后才有文学意味上的个性化的对话结果。进一步要追问的是，作家的这种对话体验如何打通呢？毕竟我们已是成人。自然的逻辑推理是，因为每一个成人都有过童年，"童年"的图式牢牢地刻印在我们的思维结构中。只要我们能做到自觉反观自我童年，努力追寻童年的某种性状、某个形象，重新建构起"自我功能"中属于童年认知的这一部分，就可以时时和现实中具体的童年场景呼应、映射，从而达成成人与儿童"主体间性"之关系的形成。这就是儿童文学何以可能存在于成人的精神创造视域中的根本原因。

"与童年对话"的过程实际上涉及的是两种形态的童年：其一是作家的童年，它是过去时的；其二是当下孩子的童年，它是进行时的。作家的创作游走于这二者之间。当下童年是刺激，自我童年是图式，成人作家以既有的童年图式来同化这个刺激，将其经验内容同化为自己的思想形式。但是，在作家童年认知的过程中，同样存在皮亚杰认识结构的另一部分，即顺应或称调节。为什么这样说呢？因为童年形态在本质上固然有一致性或曰相似性，如种族童年与个体童年，或不同历史时段上的个体童年，都有作为"童年"实体的基本特性。但是也要注意的是，人类本身处于进化发展中，社会生活、文化形态一直处于动态的历史演变中，本质上作为意识形态的童年不可能独立于社会而存在，因此童年存在的姿态与内涵也在不断地发生变迁。成人作家自我童年图式在面对进行时态的童年新质时，后者必作用于前者而使成人主体的态度与行为与新质的童年适应或者配合。对于作为成人的儿童文学作家来说，应该具备自觉的童年调节意识，这样才能在"自我功能"的基础上形成崭新的童年认同，真正实现"与童年对话"。

在儿童文学领域中提出的"与童年对话"这一极富理论感的现实命题，具有普适意义，可以扩展于整个成人与儿童的世界。我们可以在三个层次上理解这个命题：①它暗含了两个世界间问题的存在——这是富于历史特征的；②它指出了解决问题的关键——这诉求于主体之一理念的转变及伴随的实践行动；③它对解决结果给与理想预设——这指向于对人类主体间性理想的对话状态的描述。

上述分析显示，"与童年对话"这一命题的落实最终在第二个层次——即必须诉诸成年人理念的转变及实践行动的实施。从理念的转变来看，主要涉及儿童观的问题。

作为历史范畴存在的儿童观的变更是建立两个世界主体间性的根源，也是解决儿童文学对话理念的关键。"在历史上，一直到18世纪中期止，对人在整个一生中的发展过程的基本解释便是'胎中预成说'（preformationism）。那些科学界的人教导说，男性精子里包含着一个早已预先形成的微型成人，它只需要食物和时间来完成身体和心理特征的实现，而这一切在生物意义上早就完全决定了。"⑧这一学说直到显微镜发明之后才被摒弃了。因此，好几个世纪里，人类秉承有这种成见，儿童是"缩小的成人"，比之成人不过是"具体而微"，婴儿与成人的差别只是"分量"而已。在早期的绘画中出现的儿童形象便是小大人。一直到19世纪以前，还没有真正的儿童读物。

从 1787 年儿童心理学的创始人蒂德曼首先对早期心理、身体、情绪、语言和社会发展等做出详细的描述记录开始⑥，一直到 20 世纪上半叶，有关儿童的心理发展、智力测验、生物成熟、环境影响等科学的研究才丰富发展了人们对儿童的科学认识。这些研究最重大的贡献在于打破了长期以来统治人们的儿童观，建立了儿童与成人不只是"分量的"，而且是"性质的"区别的科学的儿童观。这不仅体现在生物有机体的结构与特征上，而且同样体现在精神心理现象、道德生活、行为方式等层面。

我国对于儿童的科学研究起步更晚。从 20 世纪 20 年代左右起，才陆续出现儿童学、儿童心理学方面的著作。有凌冰著《儿童学概论》（1921）；Dr. Miller 所著《儿童论》，余家菊译（1921）；日本关宽之所著《儿童学》，朱孟迁、邵人模、范尧深译（1922）；曾作忠编《儿童学》（1926）；邵瑞光著《儿童心理学》（1921）；艾华编《儿童心理学纲要》（1923）；德国高五柏著《儿童心理学》，陈太齐译（1925）；陈鹤琴著《儿童心理之研究》（1925）等。这些著作在当时对于树立我国国民崭新的儿童观的启蒙作用是巨大的。我国儿童研究经过近百年的发展，在学理层面上已树立起了科学的儿童观，并将这些崭新的观念逐步渗透在了社会、家庭、学校教育等各个方面。但是，不可否认的是，由于我国特定的传统文化的因袭力量与目前社会文明发展进程的局限，还尚未在全社会普遍形成关注儿童、尊重儿童、理解儿童、承认儿童、健康发展儿童的良好局面。在中国，相当一部分地区人们的儿童观还很落后。即便是在城市发达地区，人们旧有的儿童观还根深蒂固。不去了解孩子身心发展的需要、不尊重孩子自身的精神生活、不维护孩子的尊严、不承认孩子独立存在的价值、不试着走进孩子的心灵世界、不向孩子学习等这些现象应该是举目皆是。这些话可能会引起众多家长、老师的反感与怨言。因为今天社会之重视孩子的程度应该是前所未有的。可是，这种重视带来的不是福音，而是新一轮的不健全人格的形成，今天的孩子在拥有他们前辈所没有的优裕的物质条件的同时，却也在接受着他们前辈所没有的家庭溺爱的败坏。可以毫不夸张地说，儿童问题已成为今天社会问题中较严重的一种。

实际上，无论如何评价已有的成人对儿童的态度，都可能指向这样的一个存在于这两个世界的本质问题：即对于成人来说，儿童从来就没有处于和成人对等的地位。这一格局就如布贝尔哲学中的"我—他"范畴，也即成人之于儿童的认识的、利用的关系范畴。在此关系中，成人把儿童视为外在于"我"的对象性的客观存在，根据自己的需求、态度、观点等认识其并在此基础上为"我"所用。譬如说我们的家长都关注孩子的成长，希望他们有一个美好的未来，但最终很多家长往往会遭遇尴尬的结局，这一美好的愿望往往因他们的"一厢情愿"而破灭。这是因为在对待处理孩子的未来时，家长立足的只是自我的感受，投射的只是自我的意愿，很大一部分动因出自于自我在社会上的"面子""地位"，以及传统中国的"光宗耀祖"等。所有这一切都顾及到了，唯独忽略的是执行这一未来的当事人的感受、意图，所有的"定向"没有一样是从"他"的心灵中自由滋长出来的。

在主体间性哲学观念的启发下，我们提出儿童观的解放应该由"我—他"关系进入"我—你"关系。据布贝尔的观点，"我—你"关系是将对方"你"视为另一个"我"的存在，作为工具的它者转变为目的自身，我与你不是在认识、利用的关系范畴中，而是在超越这种关系的"相遇"（meeting）范畴中存在。这种关系中没有对象与客体，只有超越对象性的主体性存在。

实际上，成人之于儿童、童年也是天然亲近的，只不过每每迫于物质生存的压力将这种美好的情愫耗散在了琐碎的现实之中。在某些特定的时刻，成人可能都或多或少地体验过与孩子"相遇"的那种心境。在其中,他会完全忘却一切现世的烦恼、喧嚣、躁动与不安,而整个身心的投入童年情境的体验中。在用孩子的心灵体验万物时,他的眼前骤然豁然开朗,一切都是那么明亮、绚丽,一切都是那么生机勃勃、欣欣向荣,自然界微笑着向他敞开了所有生命的奥秘。留恋于此,他会感慨于一个最简单不过的哲理——最有意义的事物是生命的创造,作为万物之灵,能有心灵的能量去关怀这一切,去享受这一切,该是作为人多么幸运的事啊!

　　与孩子"相遇",穿越现实这面阻碍我们视线的魔镜,因为它反射回来的多是利益、权力、金钱、堕落等这些可怕的字眼。到它的背后去,眼前伸展的是另一个清凉的世界。耶稣曾说:"让幼儿们上我面前来,不要阻扰他;因为天国是这样的人的。"而安徒生则说:"我真希望活在童话世界里,能够照着自己的心意,去过一种奇妙的生活。"童年——儿童世界是众多经过心灵历练的人渴望归属的处所。

　　现实中每个个体都持有一套有关"人是什么"的观念,这种人性观最终会在自我与他人、与世界的接触中表现出来。"他人"问题是任何一个人最终都必须落实、无法回避逃脱的问题。对儿童、为儿童和关于儿童是有关"他人"问题的一种。以何种动机、态度、行为去对待,这是"他人"问题提出之后进而深化的另一方面。以主体间性的理念透视:成人必须在与儿童的对话中,在自觉还原进入童年的"奇境"中,才能参透儿童世界的奥妙。也才能彻底从理念上转变对儿童的现实态度,承认儿童属"人"的独立品性。

　　另外,从完整的人的观点看"与童年对话"也是饶有趣味的一个话题。发展心理学指出,人的一生是一个不断持续发展成熟的历程。童年—少年—青年—成年—老年,我们不能说哪一阶段的生命优于另一阶段,每一阶段都构成真正的生活,阶段之间都不是断裂的,它们一体的构成一个完整的生命。精神分析学的研究早就指出个体童年经历对于成人期精神生命质量影响的重要性。如果从完整的人的一生来看,与童年对话的"他人"问题实质上属于与"自我"对话的范畴。每一个体在人生发展中,都会经历不同时期的"自我"的认识、情感、思想等经验范畴,每一阶段因为"自我"的发展任务的不同,呈现出的面貌会截然有别。这些不同的经验范畴共同丰富了个体整个的发展历程。在实际生活中,每处于一定发展阶段的人们都能有意无意地去回顾"自我"在之前所走的路程,不断地对比、品味,从而沉浸于"一个人"的世界中。在人生发展的所有阶段中,对童年的反顾又是最特别的,这可能和它作为人的"根性"存在的地位有关。文学家、诗人、哲学家、教育家等都会以自己的方式表述出与童年对话的感受,他们甚至是自觉地在成人的发展阶段上将自己再"还原成"一个具备同情的好奇心、不偏不倚的敏感性和坦率的胸怀的儿童。这是非常值得我们深思的一个问题。

三、存在于"主体间性"意识中的经典儿童文学作品

　　惠特曼有一首这样表现孩子的诗歌:"有个天天向前走的孩子/他只要观看某一个东西,他就变成了那个东西/在当天或当天某个时候那个对象就成为他的一部分/或者继续许多年或一个个世纪连绵不已。"诗歌在后面写到了"早开的丁香、青草、红的白的牵牛花、三月的羔羊、母马小驹、雏鸟、鱼、田地里的幼苗、醉老汉、小姑娘、赤脚的黑人娃娃、父亲、母亲……"[⑦]这一系列存在于孩子身边,而为我们再熟悉不过的世间万物都可以成为孩子生命的一部分,甚至他就变成了那个东西。天然自在的童年间性姿态在惠特曼细腻的诗歌语言中缓缓地被描述出来。惠特曼的写作可能不是基于儿童文学的目的,但是它

对于童年生命状态的表现却是精当的、经典的。

经典儿童文学作品的魅力也在于此，即它能以人类童年的视角透视平淡、乏味、沉沦、虚假的现实世界，替之以新鲜、热情、执着、真诚的另一个新的天地。在那里，正如惠特曼笔下的孩子，人类正在走，并将永远天天向前去。在人类的现世存在中，经典儿童文学以自己特有的方式为我们揭示着理想性的东西。这些理想来自于弱势群体的声音，他们永不停止地诉诸希望、乐观、美、善良、和谐、快乐……这些与人类的主体间性密切相关的字眼。在对理想间性存在的肯定中，经典儿童文学作品无疑具有深刻的社会批判性质。没有丝毫伪饰，它的批判是真诚的、正义的，常常是悸动心灵的。它直接诉诸绝大多数处于弱势地位的主体，以普适性的审美体验在那个想象的、充满可能性的梦幻世界中捕捉着真理性的细节。也许这就是这些作品可以跨越千万年的历史时空、跨越文化的阻隔而永久栖居于人类心灵之中的终极原因。

主体间性务求解决的是"他人"问题。经典儿童文学在关注存在于对立世界中的权势对弱势群体的独白这一问题时，它始终保持的是永不妥协的批判姿态。让我们先从那些现实主义的经典作品说起。在《促织》《卖火柴的小女孩》《万卡》等作品中，我们获得的是什么样的阅读经验？对其震撼人心、令人发指的对于人类"在世"丑恶的揭露，我们竟无以言说，也不知从何说起。儿童天然秉持有一颗同情心，他会"情不自禁"地走进弱者的世界，去抚慰他们受伤的心灵。在满足、发展、培养人类伟大的同情心方面，儿童文学具有天然的优势。在人类还距离最终的解放遥远之时，儿童的世界不会呈现为自由自在的一片光明。这里同样有贫穷、饥饿、战争、征服、抛弃、寂寞、孤独、死亡等人类不愿意面对的阴暗。儿童文学在间性意识的观照中，具有以弱势的立场去摒弃丑恶、呼唤解放美景的内在动力。因此，对儿童"在世"场景的真实描述与对"童真"世界的真实描述一样，构成了儿童文学间性结构互为补充的两个方面。前者落实的是具体的现实问题，后者肯定"原生性"的人类自由状态，并以审美的形式掘进人类未来主体间性实现的潜能。

生命意识——包括对生命的发现、探究、理解、肯定、尊重、关注与呵护等是经典儿童文学"文学性"必备的审美质素，也是其为经典的根本原因。这固然也是成人文学主要的审美表现领域。但是因为审美观照的视角不同，文本阐释的内涵也就多有区别。经典儿童文学对于生命意识的审美表述是强烈地渗透了主体间性理念的，不过基于同样的童年视角而进入的间性领域产生的却是多样的审美形态。

安徒生《海的女儿》引入了"爱情"——人类对尘世幸福生活渴望的归属之一。爱情是"间性"范畴中重要的一种，爱情的观念要求个体克服单子式的孤独状态，意味着在真正的两人世界的相互联合中实现超越性的精神价值。真正的爱情是无条件、非现实性的，它摒弃个体在社会秩序中被给定的偶然境遇而完成于人类美丽灵魂的深处。爱情是个体在光荣的荆棘路上肉体与灵魂经受拷问的历程，最终存在于有形生命的终结处。安徒生在对"爱"的诠释中回答了对他人、为他人和关于他人的问题。

比之安徒生精致的古典爱情，圣埃克絮佩里则在荒芜的现代人的精神沙漠上构建着另一种爱的神话。安徒生在涌荡的大海中实践了爱的诺言，圣埃克絮佩里则在浩渺的宇宙空间里踏寻着爱的真谛。"自我"性是在世的任一个体都不会轻言放弃的追求，小王子在孤独的小星球上，在一日43次日落的观赏情景中尽心品味了克尔凯郭尔"单独者"的人生体验。然而，所有无法排遣的个体性的忧郁、苦闷最终诉诸的还是"他人"范畴。正如黑格尔所言，"不同他人发生关系的个人不是一个现实的人"。小王子与圣埃克絮佩里,两颗童真的心灵在游历了人世间贪婪、虚荣、占有等 6 种平面的、物质的人的存在状态后,终于体悟了包裹在"形式"里的间性生命存在的真谛。"如果你爱上了一朵生长在一颗星星上的花,那么夜间,你看着天空就感到甜蜜愉快。所有的星星上都好像开着花。"这是《小王子》告诉我们的至为简单的主体间性存在哲学。

"长不大的孩子"彼得·潘泰然自若地飞翔在"永无国"里,抗拒时间、抗拒成熟,生命竟可以永远自由自在,精神竟可以永不衰老,而与世界万物同在(巴里《彼得·潘》);蜘蛛夏洛为了蠢笨的小猪韦伯而吐尽了自己的最后一根丝。生命逝去而灵魂永生。面对卑微生命遭受的歧视,小姑娘"芬"在呼喊着"可是这不公平!"一样的生命,相通的情感,不分贵贱,没有高低。这就是怀特在《夏洛的网》中启示于世人的……同样,在日本当代动漫大家宫崎骏的作品中,人类文明的恶果被作家置于唯美的田园乡土情调的审视批判视野之下。宫崎骏甚至将拯救人类的希望完全交给了纯真的孩子。正是千寻,将忘记了人类之"名"的父母从贪婪的饕餮之欲中解救出来(宫崎骏《千与千寻》)……

我们可以说,在处理现实的生存问题,在科学技术、社会经济层面,成年人是优于儿童的;而在精神维度上,在精神境界的"修炼"上,成人可能永不及儿童。经典儿童文学一直致力开拓的就是这一向度。长期以来,我们恰恰忽视了"儿童文学"这一不敢言大的文学种类的神奇力量。而实际上,在关注生命的深度、在开掘人性的内涵、在飞翔心灵的自由等方面,儿童文学已创造产生的艺术价值是令世人震惊的。这些艺术珍品既为后世儿童文学提供了主体间性的创作"模本",也启迪着我们以主体间性的方法论意识开始进入儿童文学研究领域。

[注释]

①Gisèle Danon M. D. Ouriel Rosenblum M. D. Annick LeNestour M. D.*The Development of Self in Early Experience*. 2003 年 4 月 7 日,见 http://www.acat.org.uk.

②马戎、周星主编:《21 世纪:文化自觉与跨文化对话(一)》,北京大学出版社 2001 年版。

③杨春时:《文学理论:从主体性到主体间性》,《厦门大学学报》2002 年第 1 期。

④赵侣青、徐回千:《儿童文学研究》,上海中华书局 1933 年版。

⑤⑥[美]詹姆斯·O. 卢格:《人生发展心理学》,陈德民、周国强、罗汉等译,学林出版社 1996 年版。

⑦李野光编选:《惠特曼精选集》,山东文艺出版社 1997 年版。

(原载《兰州大学学报》2005 年第 1 期)

论原始思维与儿童文学创造

王泉根

作为发生认识论创始人的皮亚杰(J. P. Piaget, 1896—1980),其影响早已超越了瑞士本国,闻名全世界。他对幼年到少年的儿童思维发展作过详尽的研究,第一个提出了作为"自我调节"结构系统的精神视觉理论,从而回答了主观想象与周围环境相互作用的问题。他的儿童心理学理论在心理学界赢得了最高声誉,被称为心理学领域中独树一帜而又经受了考验的里程碑。他的学说不但影响了整个心理学的发展方向,而且还直接导致了儿童教育、学校教学与儿童文学的深刻变革。皮亚杰的学说与儿童文学有着十分密切的联系,这不仅因为这个学说的研究对象与儿童文学的接受对象具有一致性,而且由于它对考察带有原始思维精神的儿童文学及其接受对象的审美心理结构有着哲学认识论上的意义,同时还对儿童文学的创作实践与理论建构发生着实质性的影响与启迪。皮亚杰的学说对儿童文学的启迪是多方面的,下列几点尤为值得我们注意。

一

皮亚杰认为,儿童的思维是一种处于"横向思维"与社会化思维之间的思维,谓之"自我中心的思维"。这种思维的基本特征是主客体不分。同原始人一样,儿童缺乏自我意识与对象意识,不能区分主体与客体,把主观情感与客观认识融合为一,即把主观的东西客观化,把世界人格化。这在处于"前运算阶段"的儿童身上表现得尤为明显。皮亚杰把儿童意识中物我不分、主客不分时,客体对主体的依赖关系称作依附(adherence)。随着儿童智力的发展,主体与客体就逐渐分化,这种依附也就逐渐减弱;不同程度的"依附"有不同的表现形式①,儿童的"泛灵论"即是最重要的一种。

儿童意识中的"泛灵论"是与原始意识中的"万物有灵论"同构对应的。这种观念认为大自然的万事万物由于各种看不见的精灵而具有生命;不但许多无生命的东西有生命,而且还和人一样有感觉与意识。在生产力水平极为低下的洪荒时代,当赤身裸体的原始人面对喜怒无常的自然现象,惊恐和疑惧就同时笼罩着他们。天上有日月星辰、风云雷电,地面有滔滔洪水、森林大火、毒蛇猛兽……原始人无法理解这一切,便只好求诸幻想和虚构,按照人的面貌,把自然万物人格化,这就产生了"万物有灵"的观念。这种观念的进一步发展,就衍化为图腾崇拜、神话与巫术。图腾崇拜是人类在最低级的社会中对安全期望的非理性投影;神话是"人类最初发展阶段的体验的遗产",是使人"胆战心惊"的诗(荣格语);而巫术则是人类童年时代任意组合的逻辑思维所产生的神秘交感。作为生命黎明时期的儿童,他们的思维对外在物理世界的把握与原始人一样处于模糊的混沌状态,分不清物理世界与心理世界,分不清思维的主体与思维的对象,所以也分不清现实的与想象的东西,这就导致了儿童的泛灵观念。在儿童眼里,太阳会对人笑,月亮会跟人走,夜空闪烁的星星是在调皮地眨眼睛,闪电惊雷、狂风大雨是天公在发怒;如果儿童不小心跌倒在地,大人只要用脚狠狠地踩几下地面,再批评几句,他就以为土地已遭到了惩罚,就满足了。儿童正是这样通过泛灵观念把情感和意识赋予整个世界,使活动着的有机世界更加活跃昂扬,使僵死的无机世界充满蓬勃的生命力。

泛灵观念在由儿童自己创作的艺术品中常常有极生动的反映。他们总喜欢把太阳画成笑脸,再添上两撇胡子,给气球画顶草帽,给小鸟在树杈上画间小屋。在儿童编写的儿歌故事中,泛灵观念更是大显身手,奇特的想象经这个突破口宣泄而出,流布成斑斓奇妙的文学画面。请看鲁迅先生早年搜集的一首北京儿歌《羊羊羊》:

羊羊羊,跳花墙。/花墙破,驴推磨。/猪挑柴,狗弄火,/小猫儿上炕捏饽饽。

再请看四川大巴山区一个 11 岁的小学生写的诗《太阳下山了》②:

太阳下山了/但它没忘记/刚才它在天空上看见的——/花儿在/百灵鸟唱着快乐的歌/白云像手帕一样/不断地擦洗着天蓝的玻璃/孩子们也在树林里悄悄地/与树上的鸟儿对话/太阳下山了/它含笑地下山了

透过这两件不同年代的儿童作品,我们不是可以看到儿童泛灵观念所折射出的那一幅充满生命力的天然图景?不是可以看到一种带着晨露般透明的、天趣可掬的童趣美吗?

正确理解与把握儿童自我中心思维中的泛灵观念,对于认识和表现儿童的审美情趣、审美意识,强化儿童文学的审美功能,具有重要意义。事实上,一些有作为的作家对此早已"心有灵犀"。老资格的浙江儿童诗人田地,曾写过一首别出心裁的儿童诗《寻梦》:

我一睡着/梦就来了/我一醒来/梦就去了/梦从哪儿来的/又到哪儿去的/我多么想知道/多么想把它找到//在枕头里吗/我看看——没有/在被窝中吗/我看看——没有/关上门也好/关上窗也好/只要一合眼/梦就又来了

梦怎么可以寻呢?但在幼儿的心目中——就像在原始人的心目中一样,梦同样是有生命、有意识的,他们还不懂得梦是一种生理现象。既然梦是有生命的,那就可视可触,就一定能找到:"在枕头里吗/我看看——没有/在被窝中吗/我看看——没有。""看看"两字,逗人传神,简直把儿童的泛灵观念写神了!要说"诗眼"的话,这就是"诗眼"。枕头、被窝里都没有梦,那梦一定是从外面进来的。于是他关上门窗,不让梦跑出去。孩子寻梦的举动是多么认真焦灼,他完全沉浸在泛灵观念构建的虚幻世界之中,思维的对象完全被思维的主体同化了。

游移在儿童意识中的泛灵论是童话、神话之所以具有永久魅力的哲学依据,是儿童文学之所以特别需要幻想、拟人、夸张、变形等艺术手法的根本原因,也是"小儿科"永远充满小狗小猫小花小草(动植物形象)、蛇郎鹿姑、山精树怪(神魔形象)的直接注脚。成年人已不能再回归到儿童时代去,他们常常惊叹儿童世界的美好自由,赞美儿童情趣的纯真无邪。殊不知,酿成儿童世界甜酒的酵母正是泛灵观念的元素所组合成的。泛灵观念的"发现"为我们把握儿童的审美意识与接受心理开启了一条具有永久价值的通路。

二

除泛灵论以外,皮亚杰认为主客不分的儿童自我中心"依附"关系还有另一种重要表现形式,即"人造论"。由于儿童是从自我出发来观察事物的,于是产生了这种观念:万事万物都是人造出来的,为人服务的,一切都安排得于人有利。在儿童看来,山是供他爬的,河是为他玩水用的,太阳给他温暖,和风为他送凉,鸟儿为他歌唱,星星送他进入梦乡。一句话,"万物皆备于我"! 这种自我中心的思维突出地表现在儿童的"象征性游戏"中。儿童显然不是生活在真空里,他不得不使自己适应社会,但是这个社会是由成年人的意志和习惯组成的;他还不得不使自己适应物理世界,但是这个世界对他却是那么难以理解与把握。现实无情地制约了儿童不可能像成人那样充分有效地满足自己理性上与感性上的需求,为了实现理性上和感性上的平衡,儿童就必须另辟一个属于他们自己的活动领域,这就是游戏。游戏需要借助语言与规则,但这些都是社会传授,而不是儿童自己创造的;为了充分表达儿童自己的意愿、经验和情感,他们"需要一种自我表现的工具,需要一个由他创造并服从于他的意愿的信号系统,这个信号系统就是象征性游戏。在象征性游戏中,儿童按照自己的想象来改造现实,以满足自己的需要。在这里,就不是儿童顺应现实,而是把现实同化于自我"③。因此,按照皮亚杰的解释,儿童是生活在他自己构想的童话世界(象征性游戏)中,而不是生活在现实世界中。

"万物皆备于我"是儿童在象征性游戏中必然采用的法则,这种法则使他们的自由意志和愿望在理性上和感性上达到最佳平衡状态。他们可以呼风唤雨,要啥有啥,想怎样就怎样,指挥一切,调遣一切,改变一切,创造一切。月亮不但能跟着自己走,而且还必须跟着自己走。有一首儿歌这样唱道:

> 月亮走,我也走;/我和月亮手拉手。/星星哭,我不哭,/我给星星盖瓦屋。

月亮和星星都成了臣服于他的"乖娃娃",不但要听他的话,而且要由他来安排归宿。在儿童看来,世界本来就是如此,万物本来就安排得于他有利。这就是为什么童话(尤其是民间童话)、神话故事中各种神奇的宝物形象最使儿童入迷、最具有吸引力的原因。藏族民间童话《神奇的必旺》中的小王子,手托金瓶,只要说一声:"金瓶,金瓶,我要一座宫殿。"话音刚落,自己就已经坐在9层高的黄金殿里了。《猎人海力布》中的那块宝石只要含在嘴里,就能听懂世上各种动物的话,知道天上人间的许多秘密。④诸如此类的宝物还有能治百病的泉水,能屙金子的毛驴,能使瞎子重见光明的夜明珠,以及飞毯、魔镜、宝盒、仙草,等等。它们可以随主人的意愿变出金银珠宝、美味佳肴、奇花异卉,当然只要主人需要,也可以变出各种玩具、画片、刀枪;它们还能随心所欲地满足主人的运行要求,比如上天入地、来去无踪、穿墙而过,甚至能产生一种神秘的力量扬善惩恶。儿童意识中的"人造论"在这些宝物形象所建构的童话世界得到了充分的宣泄,获得了极大的满足。

机智地利用儿童的"人造论"意识,借助幻想、夸张等艺术手法,塑造契合儿童审美心理结构的文学形象,是实现儿童文学价值尺度的又一条重要途径。18世纪的德国作家埃·拉斯伯和戈·毕尔格创作的《吹牛大王历险记》是这方面的成功范例。在作家笔下,敏豪生这位"吹牛大王"经历了一系列世界上荒诞却又奇妙无比的事情:在没有发火石的情况下,敏豪生急中生智,利用眼睛里爆出的火星去点燃猎枪的火药,一枪竟打死了10

只从苇塘里飞起的水鸟；将一块生火腿油串上铅丝做子弹，一枪就串住了一群野鸭，飞走的野鸭竟自动掉进烟囱，进入炉膛把自己烤成了美肴；用樱桃当子弹射进了鹿的脑门，一年以后鹿的两只犄角之间居然长出一棵枝叶繁茂的樱桃树，供敏豪生打猎途中尝果；敌军放落的要塞闸门，把战马切成前后两半，敏豪生骑着前半匹马继续追歼逃敌大获全胜，直到给马饮水时，才发现马嘴里喝进的水都从后面哗哗流走了；一条被钉住尾巴的狐狸因为受不了鞭打的疼痛，从皮里蹿出去光着肉身子逃跑，于是敏豪生得到了一张完好无损的狐皮。还有，骑上正打出炮筒的炮弹进入敌占区，攀着豆藤上月亮去取回一把银斧，把一只猛扑过来的恶狼像翻手套似的翻了个里朝外……随心所欲、无所不能的敏豪生把小读者带进了一个彻头彻尾的按照"人造论"原则建构起来的荒诞世界，在吹牛大王的"象征性游戏"中，自然界的万事万物都同化于人的自由意志和愿望了。行笔至此，我们自然会想到中国作家创造的"人造论"形象。张天翼笔下的那个要啥有啥的宝葫芦(《宝葫芦的秘密》)，给小主人王宝带来了那么多意想不到的快乐，也惹出了那么多丢人脸面的麻烦；洪汛涛笔下的那支画啥变啥的神笔(《神笔马良》)，帮助穷人解脱了苦难，把贪官污吏葬入了大海。中国当代儿童文学创作曾推出过数以千计的童话，但这两篇作品却一直为孩子们所津津乐道，这里的奥秘难道不值我们深思吗？我们还要自豪地提到古典名著《西游记》塑造的孙悟空形象的巨大魅力。孙悟空既迎合了儿童的泛灵观念，也符合儿童的人造论精神。变化腾挪、幽默开朗、乐观勇敢、机智灵活的孙猴子已成为充满民族特性的独创形象，它是以神性、人性、动物性三者融合的方式塑造而成的儿童文学的永恒典范。孙悟空之所以吸引儿童，完全在于这个形象契合了儿童意识中"自我中心思维"的敏感神经，契合了儿童审美经验中的那些最富有特征的东西。

三

皮亚杰指出："自我中心的思维必然是任意结合的。"⑤自我中心思维使儿童从自己的感觉出发，以自己的感觉为尺度，根据自己的看法来判断一切事物。儿童不习惯受别人看法的支配，因而不能适应别人的看法；越是不适应别人的看法，就越把自己的看法看成是绝对的。同时，自我中心思维使儿童的感觉不能忠实地反映客观现实，不能细察客观的关系，而把现实同化于自我，把主观的图式强加于外在世界，把过去的图式同化于新的经验，用同化于自我来代替对外在世界的适应。这就势必使儿童产生任意结合的逻辑思维。所谓"任意结合"，即不懂得事物的联系有其内在根据，把两件毫不相干的事物(或现象)按照主观意愿任意联系在一起。儿童意识的这一特点同样可以在原始意识中找到对应关系。原始人看待事物是按照接近、类似、对比等原则发生联想，再进行组合、调配，产生新的意象。例如著名的埃及狮身人面像(即斯芬克斯)，就是原始人根据主观意愿把人的智慧(人面)与狮的力量(狮身)结合在一起的复合物。在古希腊和西亚，另有一种与此成对的"狮身鸟首兽"，这也是一种复合怪物，起保护神的作用。在中国，"龙"的形象显然是上古先民任意结合的杰作了。根据学者们的研究，大概在我国原始社会末期，夏人和他们的部落联盟，战胜了其他以兽类为图腾和以鸟类为图腾的部落，成为一个强大的部族。为了表现这一事实，便把兽的角和鸟的爪等，组合在夏人自己的图腾崇拜物蛇的身上，于是就复合成了"龙"，成为夏人图腾崇拜的新神物。由于夏代文化为后人所继承，于是龙的形象就发展成为华夏文化的象征。

任意结合的逻辑思维犹如"推波助澜""火上加油"，使本来因"泛灵论""人造论"作用而沉湎于幻想的儿童,又添加了"荒诞"的羽翼,世上的一切在他们眼里变得更加随心所欲、任人摆布了:一件事物可以与另一件毫无关系的事物联系起来,一个现象可以用另一个意想不到的现象来加以说明,甚至可以用某种风马牛不相及的理由和假设来回答任何问题与解决任何困难。他们可以给太阳画上胡子,给月亮画上眼镜,在杂乱无章的涂鸦中指出那是小花、小树和小鸟;屏幕上无所不能的米老鼠、唐老鸭、七十二变的孙悟空、猪首人身的猪八戒、力量超人的铁臂阿童木……是他们最喜欢、最崇敬、最熟悉的形象;他们即兴创作的儿歌、故事可以毫不费力地应付各种问题。苏联作家诺索夫的《幻想家》叙述两个孩子在一起编故事,其中有这样一段对白:

"有一次我在海里洗澡,"小米沙说,"忽然给一条鲨鱼撞上了。我捶了它一拳,它一口咬住我脑袋,嚓地给咬断了。"

"你撒谎!"

"不,不撒谎!"

"那你怎么没有死?"

"我干吗要死?我游到岸边,走回家来了。"

"你不是没有脑袋了吗?!"

"当然没有脑袋。我要脑袋干什么?"

"没有脑袋怎么走呀?"

"就是这么走的。没有脑袋又不是不好走路!"

"那你现在怎么有脑袋的呢?"

"另外长的。"

想得太妙了!没有脑袋照样走路,需要脑袋可以另长一个!这就是孩子的逻辑,任意结合使他们无所不能,无往不胜。世界在孩子眼里实在太微不足道了。

我们的作家如能正确认识儿童"任意结合"的逻辑思维,把握儿童意识结构中的这一特征,可以写出很美的作品来。李其美的低幼故事《鸟树》可谓深得个中三昧。幼儿园的冬冬和扬扬偶然捉住了一只小鸟,他们十分疼它,又是喂食,又是抚爱,可是不知为什么小鸟却默默地死了。这使孩子非常难过,他们从"花生埋在泥里就能长出好多花生来"得到启示,认为把小鸟埋在泥土里,也一定会长出好多小鸟的。于是就把死去的小鸟埋在泥里,并在土堆上插了一根葡萄藤。"有意栽花花不发,无心插柳柳成荫",小鸟当然不会复活,那根枝条却在春天长出了绿芽。"这就是鸟树呀!冬冬和扬扬告诉他们的朋友:这棵树长大了,会开出很多很多的鸟花,鸟花又会结成很多很多的鸟果,鸟果熟了,裂开来就跳出了很多很多的小鸟。到那时候,小鸟每天从树上飞下来和我们玩。"

孩子的心地是多么纯洁美好,孩子的想象又是多么荒诞奇特!任意结合的逻辑思维使他们把毫不相干的花生结果与小鸟复生沟通了起来,轻而易举地解决了"死而复生"这一成年人的永恒难题,演出了一幕"种鸟树"的喜剧。正是这种在成人看来荒诞无稽而在儿童眼里却十分自然的行为,凸现出了孩子们的那一片甜美纯真,细腻地传达出童心世界的天真、善良,使整个作品洋溢着一种诗意的美,给人以强烈的艺术感染和审美体验。

在儿童的天性中实在有着几分"荒诞"的基因,儿童意识深层结构的"任意结合"正是他们实践荒诞心理的内驱力,也是某些具有荒诞因素的文学作品对他们具有巨大吸引力的直接原因。懂得这一点，我们就可以理解为什么精彩的民间故事从古至今总是那么深受孩子们的青睐，为什么中外儿童文学作家对塑造具有"特异功能"的超人体形象总是那么兴趣十足。无论是丹麦安徒生笔下那个追求不灭灵魂的鱼尾人身的小人鱼(《海的女儿》)，还是瑞典作家林格伦笔下背上有螺旋桨的小飞人(《小飞人三部曲》)，美国作家笔下以美妙演奏轰动全纽约的蟋蟀柴斯特(《时代广场的蟋蟀》)，以及中国作家笔下长出榨菜鼻子的偏食小公主(方圆《榨菜公主》)、移植了老虎胆和人工心脏的猫王国国王小白鼠(郑渊洁《舒克和贝塔历险记》)……无一不是契合儿童"任意结合"意识的成功形象。儿童的审美情趣与审美观念在这里找到了自由发挥的广阔天地。它启示我们：美的表现形式，是多元的而不是一元的；儿童文学的美，有着多种传达方式，包括通过"荒诞"的中介来契合儿童"任意结合"的逻辑思维。

四

皮亚杰曾仔细地研究过儿童的因果观念，他把儿童因果观念的发展分为三个主要时期⑥：第一时期，因果观念是心理的、现象主义的，最后目的的和魔术的；第二时期的因果观念是人造论的、泛灵论的和动力学的；第三时期的因果观念才是反映事物真实因果联系的物理因果观念。皮亚杰把前两个时期的因果观念称为"前因后果观念"。所谓"前因后果观念"，即是一种不反映事物之间真实因果关系的因果观念。儿童的前因后果观念与原始人的因果观念是对应的。

原始人没有"偶然"观念，认为原因与结果的联系是普遍的，一事物与相邻或相随的事物必发生因果联系，一切事件的发生都由于某种神秘力量的作用。在原始人看来，某人突然生病死去，与他曾经冒犯了某物(如打死过一只熊、砍倒过一棵树)有关，他的死是这些事物的神秘力量在起作用。神秘力量无所不在，无时不在。所以世界上根本没有什么偶然的事件，而是神秘力量在起作用，是某种天意的表现。列维·布留尔在《原始思维》一书中，列举过不少非洲原始部落土人的这种"荒唐"因果观。例如，1908年发生在南非巴苏陀人(Basuto)中的一次偶然雷击事故："闪电击中了我的一个熟识土人的住宅，击死了他的妻子，击伤了他的孩子，烧毁了他的全部财产。他清楚地知道闪电是从云里来的，而云又是人的手摸不到的。但是有人告诉他说，这闪电是由一个怀着恶意预谋反对他的邻人指引它到那里去的。他相信了这一点，现在还相信，将来也永远相信。"⑦这就是原始思维对因果关系的理解。列维·布留尔认为："一般地说，对这种思维来说，没有也不可能有任何偶然的东西。这并不是因为它相信严格的现象决定论。相反的，它对这种决定没有丝毫观念，它对因果关系是不关心的，它给任何使它惊奇的事物都凭空添上神秘的原因。"⑧儿童思维的前因后果观念恰好与原始人的这种因果观念同构对应。在儿童心目中，也同样没有"偶然"的观念，他并不知道客观的因果联系，认为一切事物都是有目的的，都是按照一个既定的计划事先安排好了的。既然一切是安排好了的，那么一切事物的发生就都必须有其原因，就一定能找出其中的"为什么"——这就是儿童式的"好奇心"的基本特征，也是他们一个劲地问"为什么"的直接契机(他要给自己在经验中遇到的现象找出原因)。儿童的好奇心与成年人的好奇心的根本差异即在于此。从思维角度考察，儿童式的好奇心来自他的前因后果观念；前因后果观念显然是儿童任意结合的逻辑思维的一种重要表现形式，而"任意结合"的逻辑思维则是儿童"自我中心思维"的产物。我们可以将这种关系用图作如下表示：

儿童自我中心思维→任意结合的逻辑思维→前因后果观念→儿童式的好奇心

研究儿童式好奇心的产生原因及其特征是我们把握儿童审美意识的重要一环,对于儿童文学创作同样有着不可忽视的意义。

第一,儿童有着极强的好奇心(探索欲),而这种好奇心往往是"荒唐"的,不合逻辑的。对此,我们一方面应采取理智的顺应与巧妙的引导,使儿童的好奇心得到充分满足,并在满足过程中得到知识的营养与审美的提升。另一方面,儿童的好奇心固然"荒唐",但却包含着丰富的创造性与敏锐的直觉观察力,这种"异想天开"的激情往往是成年人所缺少的。为使自己的作品契合接受对象的审美心理结构,成人作家同样需要熟悉儿童的好奇心,把握之,吸纳之,以丰富和充实自己的想象力。鲁迅先生说过:"孩子是可以敬服的,他常常想到星月以上的境界,想到地面以下的情形,想到花卉的用处,想到昆虫的言语;他想飞上天空,他想潜入蚁穴。"®孩子的这种强烈探索欲正是儿童文学创作的源头活水,也是开启作家想象闸门的钥匙。

第二,儿童文学需要出奇制胜,以"奇"见长,满足儿童的好奇心理。没有上帝,创造他一个。没有神仙,创造他一批。没有龙,把蛇和兽凑起来。没有凤,把孔雀和鸳鸯加在一起。儿童文学的新奇包括:一、异国风情、幻想世界、奇人奇事、超人神物之类的故事;二、神秘离奇、悬念迭出、探险破案、上天入地之类的情节;三、魔幻变形、荒诞夸张、想象独特、设计新颖的手法。这类作品能使小读者从沉重的课堂作业和平庸的读物中解脱出来,张开自由的翅膀,做一个异想天开的"梦"。他们可以和星星打电话:"喂喂,你离我们有多远? 你那上面有点啥? "(张秋生《我给星星打电话》)也可以和皮皮鲁一起坐上"二踢脚"飞升天空,拨动控制地球转速大钟的指针,好让地球加快转动(郑渊洁《皮皮鲁全传》)。他们体验到尼尔斯骑鹅旅行的惊险与愉快(拉格洛芙《尼尔斯骑鹅旅行记》),领略了宝葫芦带给王宝的各种滋味(张天翼《宝葫芦的秘密》),也理解了为什么小人鱼宁愿放弃可活300岁的生命,忍受巨大的痛苦而追求一个不灭的人的灵魂(安徒生《海的女儿》)。当然,他们也可以跟着小茉莉去假话国历险(罗大里《假话国历险记》),或者和林格伦一起去会见长袜子皮皮(林格伦《长袜子皮皮的故事》)。

第三,儿童文学的"新奇"想象应契合儿童前因后果观念。毋庸赘言,前因后果观念是违反客观真实的,不科学的;但是在儿童思维作用下的特殊王国,不科学有时就是"科学",荒诞有时就是"美"。明乎此,我们就能上天入地,纵横捭阖,乃至打破时空界限、改变循序渐进的时间流程,依据"主观时序"自由调度人物、倒插、跳跃、切割情节,使故事的发生与发展,一事物与他事物的组合,一现象与他现象的关联,完全按照儿童的"前因后果观念"原则,将它们"生拉硬扯"地和"因果"联结在一起,通过小读者的主观理解去建构一个新的艺术载体。

五

皮亚杰的研究就像阿里巴巴"芝麻开门"的秘语一样,为我们洞开了通向儿童审美意识迷宫的大门。透过皮亚杰学说的"神镜",我们可以从诸多视角去感悟和把握儿童文学的审美创造。

第一,儿童文学要实现其审美功能,最大限度地赢得接受对象真心实意的欢迎,必须熟悉和把握儿童思维与审美意识的特点。叶圣陶曾勉励"有志献身于儿童文学的人不要脱离少年儿童","要给少年儿童写好东西,必须先了解少年儿童,向少年儿童学习"。⑩熟悉儿童、了解儿童,这个口号在儿童文学界可谓老生常谈了。但是,过去我们往往只满足于熟悉儿童的日常生活与心理发展的一般规律等表层的东西,还没有意识到探索儿童思维特征和审美意识结构等深层问题的重要意义,至于具体的理论研究成果就更缺乏了。然而,如果对儿童世界的这些最深刻、最基本、最隐秘的精神实质缺乏认识的话,我们就不能从哲学的高度把握儿童文学的艺术精神,不能造就儿童文学的深厚文化意识与使多层次读者感奋不已的艺术力量,也不能实现理论对实践的指导和验证功能。皮亚杰的学说使我们懂得了儿童思维与原始思维的同构对应关系,从哲学认识论的角度明确了儿童的泛灵论、人造论、非逻辑性与前因后果观念等思维特征对形成儿童审美心理机制的作用。从文化人类学的观点来看,作为个体生命初始的儿童时代与人类整体初始的原始时代一样,更接近自然,更接近生命的源头。人类的文化原型,总是更多地在原始先民及与之对应的儿童生命中保存着。从原型批评的角度来说,一种文学越接近儿童,就是越接近自然,越接近人类生命的源头,也就是越接近民族文化的"根"。正是在这个意义上,我们认为皮亚杰关于原始思维与儿童思维关系的论断,为我们弄清儿童审美意识的本原及其历史发生,把握儿童文学的审美本质提供了新的参照系,也为打破儿童文学研究长期处于一个平面上的简单作业的局面,进而从文化学、审美学的角度构筑儿童文学理论的立体框架提供了一个新的支撑点。这是皮亚杰给予我们的第一点启示。

第二,读者选择文学,文学也选择读者,作为儿童文学创作主体的成人作家对儿童思维、儿童审美意识的把握应当是一种"高层次的"自觉把握,即既要敢于"蹲下来",真正熟悉和理解儿童世界的深层精神,又不能把自己封闭在儿童王国,局限于儿童的认识水平;而应充分发挥创作主体的主导作用,通过自己的审美意识来暗示、引导和提升儿童的审美活动。这是因为,作为现代艺术家,他的意识乃是一种文明人的意识,即是从根本上区别于原始意识和儿童意识的现实意识。反思能力与自我意识是文明人与原始人、成年人和儿童在意识方面的根本区别。所谓"反思"是对非自觉意识进行整理、抽象和重新构造,从而形成自觉意识体系。所谓"自我意识"即自觉意识,它一旦形成,原始—儿童意识即自行消解,同时便产生现实意识系统。由于原始人和儿童思维水平的局限,不具有反思能力与自我意识,故视自然万物为有生命、有意识的存在,这完全是自发的,是人类思维在那个时代、那个阶段所不能逾越的。因而由儿童"自我中心思维"所释放出来的泛灵论、人造论、非逻辑性与前因后果观念等建构的虚幻图景,在儿童眼里就被认为是一种完全真实的、实在的存在。从这个意义上,我们说,儿童是生活在他自己构造的童话世界当中,而不是生活在现实世界当中。儿童文学接受对象的审美意识就是从这一基准出发放射与延伸开来的。与此相对,作为创作主体的成人作家所接受和理解的是一种代表着文明人类现实意识最高水平的自觉意识,它摆脱了原始思维状态,由人类社会文化心理素质的历史积淀,与后天形成的智力结构、不断发展着的社会生活的印记结合在一起。因此,他们创作的儿童文学从一开始就是一种不同于原始艺术的现代社会的艺术品。作家把客体对象人格化,完全是出于一种现实意识上的自觉,出于一种艺术表现和艺术感染的需要。在这里,人格化实际上是一种拟人化,是一种受理智支配的、在理智上对艺术画面的真实虚假一清二楚的艺术操作。正是在这一点上,将儿童文学的两种不同审美意识——成人作家的审美意识和儿童读者的审美意识区别了开来:创作主体的审美意识是现代人通过自我体验模式的对世界的自觉把握;接受主体的审美意识则是与原始意识相通的、通过自我体验模式的对世界的不自觉的认同。于是,我们的结论也就清晰跃出:儿童文学作家既要真正地认识和把握儿童思维、儿童审美意识的特点,把心紧紧贴近儿童,又必须超越儿童,引导儿童,提升儿童,发挥创作主体对儿童文学的主导作用。

应当指出,长期以来我们只强调创作主体顺应儿童心理、满足社会对儿童的教育要求,把儿童文学的创作秘诀归结为"以儿童的眼睛去看,以儿童的耳朵去听"的"童心"复活。这种观点固然重视了接受对象的心理机智。但却排斥了作家的主体意识,忽视了创作主体的思想情感、审美理想、观察力、想象力、幻想力及其激情、气质、禀赋、灵感等诸多主观因素对完成艺术作品的作用。如果我们不在理论上将童心与艺术家之心加以区别,将儿童—原始意识的非科学性、非逻辑性、虚幻性等特征与成人—现实意识的科学性、合逻辑性、真实性等特征区别开来,那就容易滑入对"童心"的盲目崇拜,影响到儿童文学价值尺度的实现,阻碍真正艺术品的诞生。而真正的儿童文学艺术品应是既扎根于儿童又超越于儿童,既紧紧把握住了儿童审美意识又自觉地引导与升华这种意识;这类作品"大抵是属于第三世界的、这可以说是超过成人与儿童的世界,也可以说是融合成人与儿童的世界"(周作人语),它是充满童趣的别一番"诗的意境",充满生命的别一种"象外之象"。

1989年3月写于重庆

[注释]

①③⑤⑥雷永生等:《皮亚杰发生认识论述评》,人民出版社1987年版,第202页、第187页、193页、210页。

②此诗由四川省儿童文学作家邱易东向笔者提供。

④刘守华:《中国民间童话概说》,四川民族出版社1985年版,第169页。

⑦⑧[法]列维·布留尔:《原始思维》,商务印书馆1987年版,第363页、359页。

⑨鲁迅:《看图识字》,见《鲁迅全集》。

⑩叶圣陶:《给少年儿童写东西》,《东力少年》创刊号。

(原载《西南师范大学学报》1990年第1期)

儿童文学的趣味性

蒋　风

儿童的天性是快乐的，提供给少年儿童阅读的文学作品也应是快乐的，才能满足他们的需要。高尔基说："儿童文学是快乐的文学。"确是一句至理名言。因为，孩子们总是喜欢阅读那些充满趣味性的作品，厌恶那种枯燥乏味的东西。所以趣味性就成了儿童文学的重要特点之一。它也是儿童文学创作中的一个重要问题。

一、儿童文学为什么要强调趣味性

儿童文学应该给孩子们以愉快和兴趣，这是大家公认的。法国作家福楼拜说："像洗澡使身体爽快一样，故事的讲述使人心神愉悦。"我认为优秀的儿童文学作品确实具有这样一种艺术效果。它为什么会有这样强大的精神力量，使孩子们的心灵为之激荡，从而受到潜移默化的作用？要探索这个问题，得从这种现象的心理因素着手。因为，从儿童的心理需求来看儿童文学，有许多问题值得好好思考。例如，孩子们为什么都喜欢读文学作品？什么样的故事孩子们最喜欢听？什么样的主题、题材、人物孩子们最感兴趣？用什么样的形式和语言来表达孩子们最爱不释手？等等问题，都包含着对儿童心理机制的探讨。我们的儿童文学作品能否起到它应有的社会效果，儿童心理起着制约作用，且都跟趣味性有着某种联系。儿童文学作品只有当它具有浓郁的趣味性时，才能激起小读者的阅读兴趣，吸引他们读下去，为他们所乐于接受、所消化，也才能成为塑造儿童灵魂的精神营养。

从儿童教育的角度看，儿童文学趣味性是与儿童文学的教育任务——以共产主义思想教育下一代——紧密联系着的。我们的儿童文学要顺利地完成它自己的任务，关键在于趣味性。因为，儿童文学是儿童的课外读物，不是教科书。教科书虽然也要求有一定的趣味性，但它毕竟是必读书，有一定的强制性。而且，它有老师的讲解，即使内容比较枯燥，经过优秀教师的讲解，也可以变得生动有趣，引人入胜。作为课外读物的儿童文学作品，具有很大的选择性。孩子们可以自己选择，只有那些写得有趣的作品，才能引起儿童阅读的兴趣。缺乏趣味的作品，孩子们就不愿看。不管作品的立意如何好，如果孩子们不感兴趣，不愿看，那就起不了教育作用。只有当作家以高超的艺术技巧，把生活中美的事物用生动有趣的形式揭示出来，才能对小读者起到潜移默化的作用，把我们的下一代培养成为充满信心的乐观开朗的未来的建设者。

从心理学的角度看，人的兴趣具有选择性。引起人们兴趣的有两个条件：第一是在某种程度上，与他已知的或体验过的事物有一定程度的联系；第二是能提供某些新鲜的或尚未被他完全理解的事物。人总是对那些既有点了解而又不全了解，能为他提供新知或为他急切想获得答案的事物最感兴趣。这对少年儿童来说，更是如此。他们的头脑中，有着"十万个为什么"，迫切地希望从作家为他们提供的具有强烈趣味性的作品中找到答案。所以，趣味性作为儿童文学的艺术要求来看，不仅关系到儿童文学教育任务的完成，也对儿童心理的发展，有着不可忽视的作用。

首先，儿童文学的趣味性有助于培养儿童的好奇心。儿童的天性是好奇的。他们对周围的一切都感到很新奇，内心就会产生一种了解它的冲动。因此，这种好奇心正是儿童求知欲的萌芽，促使他们由表及里、由此及彼地去认识事物。在日常生活中，这种好奇心往往通过兴趣、爱好表现出来。儿童时代的兴趣、爱好是非常宝贵的。它是引导一个人走上成功之路的最早的向导，决定他未来的道路。爱因斯坦说过："热爱是最好的老师。"如俄国的齐奥尔科夫斯基就是在童年时代读了凡尔纳的科学幻想小说《飞向月球》之后，萌发了研究宇宙飞船的志愿，后来成为世界著名的宇航科学家的。这说明具有浓郁趣味性的儿童文学作品，书中有趣的人物和事件，能激发孩子们的好奇心，培养他们对某种事物作进一步探索的兴趣和爱好。

其次，儿童文学的趣味性有助于培养儿童的注意力。孩子们的注意很容易转移、变化，缺乏稳定性。但有趣的事物不仅可以吸引儿童的注意力，而且可以使之保持一定的稳定性。一本趣味性强的作品，可以使孩子们入迷到废寝忘食的地步，注意力高度集中。富有经验的老师，在课堂上发现孩子们注意力分散时，往往讲一个简短有趣又与教学内容有关的故事，立即把孩子们的注意力吸引过来，然后再引导到教学内容上来。一个儿童文学作家也应具有同样的艺术——善于把小读者的注意力吸引过来，并且使之较长时间持续下去。

第三，儿童文学的趣味性有助于加强记忆的效果。童年时代听过的优美的儿歌、有趣的童话故事，往往令人终生难忘。这是很值得我们思考的：那些有趣的儿歌和童话为什么能给人留下那么深刻的印象，永生保存在记忆之中？儿童在记忆方面的一般特点，是以具体、形象的记忆为主，抽象的东西就容易淡忘；同时，他们的记忆还受到兴趣的支配。凡是孩子们感兴趣的事物，印象鲜明、强烈，就容易记住，不会忘却。动听、有趣的儿歌和童话，正是由于儿童这种形象记忆和情绪记忆的特点，产生了终生难忘的效果。相反的，枯燥乏味的作品，就容易淡忘，不可能长期保存在孩子们的记忆里。

第四，儿童文学的趣味性有助于发展儿童的思维和语言。儿童的思维带有很大程度的形象性和具体性。年龄较小的儿童，往往借助事物的具体形象（形状、颜色、声音等）进行思维，随着年龄的增长，抽象的逻辑思维才逐渐发展。趣味性强的儿童文学作品，往往总是很形象的，有助于促进儿童的思维。那些具体鲜明的形象和生动有趣的生活画面，能帮助小读者更好地理解作家所描绘的事物，以及事物所包含的深刻含义。例如，剥削阶级这个概念是抽象的，孩子们不大容易理解。但是要让他们看《大林和小林》，通过叭哈、唧唧等一系列具体生动的形象，他们就能较深刻地领会剥削阶级这个概念的含义，帮助他们理解本不容易理解的事物，这就无形之中促进儿童思维的发展。而语言是思维的外衣，语言的发展与思维的发展有直接的联系。鲜明、生动、有趣的文学作品，不仅帮助儿童思维的发展，同时也促进了语言的发展。

第五，儿童文学的趣味性有助于发展儿童的创造性想象。创造性想象是发展儿童智力极为宝贵的因素。只有那些具有浓郁趣味性的作品，才能使儿童读者沿着作家所指引的方向发展他们的想象力，让他们的思维在广阔的天地里展翅飞翔。叶永烈的《小灵通漫游未来》受到小读者的热烈欢迎，绝不是偶然的。书中所描绘的那些有趣的科学幻想，引起孩子们探索未来世界的极大兴趣。因而激发了他们的创造性想象。

如上所述，无论从儿童教育或从儿童心理看，儿童文学需要强调趣味性。它是使作品发挥应有的作用，更好地完成儿童文学的共产主义教育任务不可轻视的一个带关键性的特点。

二、如何正确理解儿童文学的趣味性

儿童文学需要强调趣味性，但是，我们提倡的是健康的、高尚的趣味，不是轻佻的逗笑，不是油滑的噱头，也不是用那种庸俗的低级的趣味去博取孩子的笑声。例如《给我咬一口》写一个哥哥想吃弟弟的苹果，他就对弟弟说："给我咬一口，我只要咬一口。"弟弟同意了，他就咬了一大口，把大半个苹果吞下了。这个小故事是有趣的，孩子们看到这里，也会情不自禁地笑出声来的，但它给孩子们以什么教育呢？又如《阿宝的耳朵》：

> 阿宝不爱洗耳朵，泥土积了半寸厚。
>
> 一天到外面走呀走，一粒种子飞进耳朵沟。
>
> 春天到，太阳照，耳朵里长出一株草。
>
> 小牛见了眯眯笑，追着耳朵吃青草。

这个作品是很有趣的，然而这趣味是健康的。它在笑声中教育儿童养成爱清洁的习惯。

由此可见，趣味不是我们创作的目的，它仅仅是一种手段，是表现主题、达到一定的教育目的的艺术手段。因此，趣味必须服从主题的需要，不能为趣味而趣味。例如有个作品写一个小孩踢球，一脚踢出去，把鞋子也带出去，打碎了电灯泡。这个细节也是有趣的，但对刻画人物和表现主题却没有意义。趣味绝不是外加的作料，好似一碗汤里撒上一点味精来提味。他应该通过所描绘的事物本身自然地体现出来。

要使趣味很好地起到它艺术手段的作用，还有几个有关联的问题值得我们探索的。

（一）趣味的时代性

趣味有时代性，不同时代的儿童有着各不相同的趣味。例如，20世纪30年代的儿童，曾对《爱的教育》入迷，书中人物的际遇曾强烈地震撼过他们的心。可是，今天80年代的孩子，对这本书就不感兴趣。我想，不同的时代有不同的生活。今天的孩子对书中反映的生活缺少亲切感有关。这也许还与生活节奏加快有关。因为时代在发展，科学技术突飞猛进，生活的一切速度都在加快，生活节奏也加快了。在一个生活节奏感很快的社会环境里，要求人们跟它适应，谐调，对儿童的影响更加明显。这就使得他们对那些婆婆妈妈、感伤情调较浓的作品不感兴趣了。

同时，随着科技事业的迅速发展，电影、电视、广播的普及，孩子们的兴趣受到"视听艺术"的影响，也带着明显的时代色彩。

因此，在探索儿童文学趣味性时，不能不考虑到今天80年代少年儿童的特点，对他们的兴趣、爱好作些深入的调查研究。

（二）趣味与年龄的关系

趣味也有个年龄特征的问题。不同年龄阶段的儿童有着不同的艺术趣味。苏联儿童文学作家马尔夏克说："一本《小红帽》对幼儿来讲，就等于一部《安娜·卡列尼娜》。"成人喜爱的文学作品，儿童不一定喜爱。成年读者可以把一部《红楼梦》读上五遍、十遍，仍然爱不释手,但儿童却不感兴趣。文学作品对少年儿童读者来说,有一个可接受性的原则问题。

有人把儿童文学按年龄阶段分成幼儿文学、儿童文学,少年文学。随着时代的发展,这种划分越来越细致、严密,如日本就把儿童文学读物按一年级、二年级、三年级、四年级……编印出版。当然,这与每个年级的儿童的智力、知识面、语言文字能力等因素不同有关,但也和不同年级的儿童有不同的兴趣爱好有关。

就是儿童情趣本身也有个年龄特征问题。因为,成年人眼光中的儿童情趣和儿童自己眼光中的情趣是不一样的。例如,罗辰生的《葵葵和老师》和郭风的《油菜花的童话》,都写了结婚,也都写得很富儿童情趣。我认为前者是成人眼光中的儿童情趣,而后者是儿童自己眼光中的儿童情趣。这种微妙的区别,在从事儿童文学创作时,也是值得加以注意的。

(三)趣味与美学问题

有一类文学作品却是打破了年龄界限,不仅使儿童着迷,也使成人爱不释手。例如安徒生的童话。有的本来是专为儿童创作的文学作品,如《丘克和盖克》《猪八戒吃西瓜》《马兰花》等,幼儿园小朋友看了感到兴趣盎然,白发苍苍的老人也看得津津有味。有的是成人文学范畴的名著,如《西游记》《格列佛游记》《堂吉诃德》等,可是孩子们却把它们占为己有了。这种令人费解的文学现象,我想只能从美学的角度加以解释。一个思想内容能为孩子们所理解、所接受的优秀成人文学作品,或者是一个诗意浓郁的出色的儿童文学作品,只要它是一个真正的艺术品,就能给人以美的享受,具有美的价值。它也就往往打破年龄的界限,使不同年龄的读者都感到极大的兴趣。

我们儿童文学提倡健康的趣味。健康的趣味是符合美的本质的。它表现真、善、美,揭露假、恶、丑,把现实生活中的美,提炼、升华为艺术中的美,或用喜剧,或用悲剧的戏剧冲突表现出来。由于儿童文学是快乐的文学,因此宜更多地运用喜剧的戏剧冲突来表现。作家要善于用富于趣味性的素材,塑造出优美的艺术形象,作用于儿童的审美意识,从而起到它潜移默化的作用。

三、儿童文学趣味性包含哪些因素

什么是趣味性? 简言之,就是让小读者读起来津津有味,觉得有意味,有情趣,愿意读下去。这就是富于趣味性的儿童文学作品。

儿童文学趣味性究竟包含哪些因素呢? 儿童文学之所以能给儿童以极大的愉快,有各种各样的因素,大体上可分为以下三类。

(一)心理的因素

一是亲切感。儿童有儿童自己的生活天地。每个年龄阶段的儿童都有他们自己感到亲切的生活内容,都有他们自己特别关心的事物。他们往往兴致勃勃地全身沉浸在自己感到亲切的生活之中。例如,罗辰生的《白脖儿》是篇极富趣味性的儿童小说,其中有几个特别引起小读者兴趣的情节,如方小明坐在"民主人士专座"上看妹妹入队的心理活动;方小明偷了妹妹的红领巾到照相馆拍照;在北海公园做跟踪追击的游戏等。这些情节之所以使小读者特别感兴趣,原因就在作者所写的都是孩子们自己的生活和心理,并且加以生动的描绘。这种亲切感就产生了一种强烈的趣味,吸引着小读者们。

在孩子们感到亲切的生活中,如能抓住儿童们最关心的问题,就能写出使小读者感到有趣的作品来。例如,王安忆的《谁是未来的中队长》,作品一发表,编辑部就收到好几百封小读者的来信,反应很强烈。他们说:"作者是多么了解我们啊,说出了我们心里想说的话。"还说:"像李铁锚、张莎莎这样的人物几乎每个学校都有,每个班级都有,情节真实,感人之处也就在此。"从这些小读者的反应就可以看出,亲切感是构成儿童文学趣味性要素之一。作品中的亲切感强,趣味性就浓。道理很简单,由于儿童年龄小,生活经验少。正因为如此,当他们有机会再体验一下他们曾经经历过的事物时,就感到特别亲切,流露出一种感兴趣的热情来,于是产生一种快感。这种快感成人也有,但儿童更为强烈。所以,从心理的角度看,作品所描绘事物的亲切感,是儿童文学趣味性的因素之一。

二是丰富的想象。儿童有丰富的想象力,只要有什么东西触动他们的想象,使之活动起来,就会产生浓郁的趣味。作品中想象的因素越多,就越能使儿童感兴趣。童话之所以特别受到儿童的欢迎,也跟它有丰富的想象分不开的。例如《吹牛大王历险记》中"屋顶上的马""奇妙的打猎"等篇章,那些异想天开的想象,会使小读者情不自禁地笑出声来。

三是神奇性。儿童富于好奇的天性,因此离奇的情节、奇幻的故事,对儿童读者有着极大的艺术魅力。那些带有神奇色彩的事物,孩子们很感兴趣,有很强的吸引力。例如《阿丽思漫游奇境记》,突破国界,受到全世界儿童的热烈欢迎,《西游记》打破了年龄的界限,使小读者也为之着迷,都与作品富于神奇性有关。

四是惊险性。儿童不仅好奇,也好动,往往把冒险当作最大的乐趣。因为冒险使他们好动、好奇的天性得到满足。同时,冒险就意味着成功,而成功的目击或体验,都能使人产生一种快感。因此,儿童文学中惊险的故事情节,能为小读者提供浓烈的趣味。在世界儿童文学宝库中,如《鲁滨孙漂流记》《吹牛大王历险记》《木偶奇遇记》《阿丽思漫游奇境记》《汤姆·索亚历险记》《洋葱头历险记》等,这些书之所以受到孩子们热烈的欢迎,从书名上就可以看出,是与书中富于惊险性的情节分不开的。

五是强烈的动作性。儿童身心两方面都好动,要让他们处于安静状态,就会感到难受。这是生理条件决定的。因为儿童正处于成长阶段,整个躯体都在发育,生理决定他们好动。他们把自己的活动和他人的活动,都当作极大的乐趣。所以儿童文学中富于动作性的描绘,也就构成儿童趣味的因素。因为,小读者在这些富于动作性的情节中,看到自己生活中的需要,产生了一种快感。如《老鼠嫁女》的故事,东方各国儿童都耳熟能详,广为流传,与它的故事情节极富动作性不无关系。

与动作性有联系的是,在幼儿文学中,如包含游戏的成分,就能赢得幼儿更大的欢心。例如《大萝卜》,幼儿园小朋友为什么百听不厌? 主要原因之一,就是它的游戏成分。小朋友听完故事,马上可以表演。

(二)美学的因素

在美学诸因素中,最使儿童感兴趣的是幽默和滑稽。孩子们天性是乐观的,爱好幽默的人、滑稽的事。幽默和滑稽能为儿童带来极大的趣味和快乐。例如《木偶奇遇记》中的匹诺曹,每说一次谎,他的鼻子就长出一截,越来越长,极富滑稽的色调,孩子们对此很感兴趣。又如任溶溶的《人小时候为什么没有胡子》,是孩子们很感兴趣的一个作品。它那风趣的语言,诙谐的格调,形成了一种强烈的幽默感,引起了孩子们极大的兴趣。这种幽默和滑稽构成了儿童文学中喜剧的因素。

其次,是悲壮美。悲壮是悲剧的戏剧冲突所产生的艺术效果。《董存瑞的故事》是一本富有艺术魅力的儿童读物。主人公舍身炸碉堡这一情节,形成一种悲壮美,强烈地震撼孩子的心，具有一种吸引小读者的艺术力量。

第三，传奇的色彩。这是离奇的戏剧性冲突所产生的一种艺术效果。《吹牛大王历险记》之所以具有强烈的趣味性，是和它的传奇色彩分不开的。邱勋的《三色圆珠笔》中"选举小偷"那个带有时代色彩的有趣情节，也颇有点现代的传奇色彩。

第四，崇高美。在一次课外阅读调查中，有的小朋友说："刘胡兰英勇不屈，在敌人的铡刀面前面不改色，我认为《刘胡兰》是一本最有趣的书。"这位小朋友没有准确地表达他的意思，我想他的本意是，因刘胡兰崇高的牺牲精神感动了他，才激发了他阅读的兴趣。有的小朋友说："保尔的坚强的意志、惊人的毅力和自我牺牲精神感动了我。我觉得《钢铁是怎样炼成的》这本书很有趣。"由此可见，崇高美能激发儿童的阅读兴趣，也就是崇高的形象形成的美感能增强作品的趣味性。

第五，纯真美。例如《卖火柴的小女孩》是儿童文学的名篇，曾激动过千千万万小读者的心弦。它开头一段写女孩的大拖鞋，真是妙趣横生，那个顽皮的男孩抢走她的大拖鞋时说，等他将来长大有了孩子，可以把这拖鞋当作摇篮来使用。这段话很切合儿童的心理，既写出拖鞋之大，也写出了男孩纯朴天真的感情。《小兵张嘎》也写出了小嘎子的纯朴美，洋溢着儿童的情趣，受到小读者的欢迎。

第六，优美的情操。例如程远的《弯弯的小河》，出色地描绘了儿童的优美的心灵，刻画了张秀萍的美好的内心世界，非常亲切感人，受到小读者的赞赏。由此可见，优美情操的生动描绘，也是加强作品趣味性的因素之一。

（三）艺术手法上的因素

在儿童文学中，夸张往往能产生特殊的艺术魅力。例如《大人国游记》和《小人国游记》中，作者巧妙地运用了夸张手法，大大地加强了作品的趣味性。在儿童文学中这类例子是不胜枚举的。《皇帝的新衣》《豌豆上的公主》《拇指姑娘》等都生动地运用了夸张手法，大大增强了趣味性。

儿童的天性爱好动物、植物，所以拟人手法，也能增强趣味性。童话大多运用拟人化手法，这种文学体裁特别受到孩子们欢迎也非偶然的。

悬念常常可以产生强烈的艺术效果。例如罗辰生的《在三七线上》，作者设计了一系列悬念，引人入胜，吸引小读者一口气读下去。

反复和游戏成分一样，特别为年幼儿童所喜爱。优秀的幼儿文学作品，常常采用反复手法，也包含游戏的成分。如《大萝卜》《三只熊》《三只羊》等。

当然，趣味的因素不仅上述这些，也不只这三类，有待于我们作进一步探索和发掘。

四、如何发掘儿童文学的趣味性

趣味性的因素很多，问题是从何发掘。我认为最根本的源泉在于生活。浓郁的趣味来自于生活。尤其来自于儿童生活。儿童生活中趣事很多，只要深入生活，做个有心人，就不难获得。

首先，我们要学会用儿童的眼光来观察世界。天地间的一切事物，在孩子们的心目中，都是非常新奇有趣的。有些司空见惯的东西，在成人的目光中是十分平淡的，然而当它出现在儿童的眼睛中，却会发出魅人的光彩，如樊发稼的《小雨点》："小雨点，你真勇敢！从那么高的天上跳下来，一点儿也不疼吗？"雨点，在成人看来是太平淡了，可是当作家以儿童的眼光去看并用拟人化手法表现出来，就趣味盎然。

其次，要善于展开符合儿童心理状态的想象的翅膀。文学需要想象。儿童文学也一样。不过儿童文学的想象，有它自己的特色。它的想象是孩子式的。例如金逸铭的《字典公公家里的争吵》中所描绘的：感叹号"拄着拐杖"，认为自己的感情最强烈，文章里谁也没有他重要；小问号"张大耳朵"，提出了抗议，"哼，要是没有我来发问，怎么能引起读者的思考？""调皮的小逗号急得蹦蹦跳跳"，它和顿号反驳说，"要是我们不把句子点开，文章就会像一根长长的面条"；涵养最好的要推省略号，它的说话老是含义深长，"要讲我的作用么……我，不说大家也知道"；句号总爱留在最后作总结报告："只有我才是文章的主角，没有我，话就说得没完没了。"这些极富趣味的想象，都是孩子式的。只有当作家展开符合儿童心理状态的想象的翅膀时，才能揭示出儿童内心世界的情趣来。

第三，还要善于用儿童的口吻表达出来。文学是语言的艺术，儿童文学也不例外，所不同的在于它所运用的语言不仅要准确、鲜明、生动，还要洋溢着天真和稚气，才能使作品童趣盎然。当然，这种蕴藏天真和稚气的语言，并不是儿童口语的原始记录，而是经过作家认真提炼和加工的儿童语言。

（原载《浙江师范学院学报》1983 年第 1 期）

荒诞之于儿童文学

韦　苇

儿童文学对生活、时代作审美反映和艺术概括，大体不外乎采取这样三种形式：生活本身的形式、抒情形式和假定形式。这和成人文学没有两样。所不同的是，儿童文学采取假定形式是大量的。首先是童话寓言故事，其次是科学幻想文学作品，还有部分小说中的假定性内容。因此，假定形式在儿童文学中有特殊的地位，也最能发挥自己的优势。

就世界儿童文学而言，童话占着儿童文学的半边天；从世界儿童文学史看，"儿童文学"的意思在最初发展的近百年里，几乎就等于是童话寓言故事；就世界儿童文学的发展趋势看，从霍夫曼、安徒生那里开始的小说和童话二者靠拢、亲和的情形，到了20世纪的当代更有许多发展，我们越来越多地看到这样的事实：小说和童话间的隔墙被推倒了，形成"童话小说"这样一种儿童文学新品种。假定形式的势力范围扩张，雄辩地证明着它的生命力之旺盛。

假定形式以其荒诞区别于非假定形式。

生活本身的形式以其性格的丰富、真实和典型来概括生活。在外国，如马克·吐温的两部"历险记"，在中国，如徐光耀的《小兵张嘎》。而假定形式概括生活的法则可以简约言之为：荒诞。荒诞之于儿童文学的突出意义由此可见。

这里所说的"荒诞"是一种"荒诞感""荒诞性"，是一个宽泛的概念，包括了英语中的fantastic和nonsense这两个词的意思，那就是"幻想""梦幻""空想""怪异""稀奇""善变""荒诞可笑""无稽之谈""难以置信"等意思都涵括在其中。正是这种宽泛意义上的荒诞，能产生趣味盎然的效果，能俘虏最广大少年儿童的注意，并且，倘考察一下文学史，则会发现事情从来就是如此。在西方，最早吸引少年儿童的是伊索寓言、希腊神话故事、狐狸列那的故事、杀巨人的杰克的故事；在东方，流传最广的是著名的阿拉伯故事、源于印度《五卷书》的卡里来和笛木乃的故事、阿凡提故事和中国《西游记》的精彩故事。它们无一不是文学中的假定形式，无一不以荒诞取胜。继而，西方世界流传的《拉封丹寓言》《格列佛游记》《贝洛童话》（《鹅妈妈的故事》，1697）、《吹牛大王历险记》（1786）、《侏儒查赫斯》（[德]霍夫曼作，1776—1822）、《格林兄弟童话》《克雷洛夫寓言》等，它们也无一不是因为奇妙的荒诞才对儿童产生诱惑力。到19世纪中叶，赢得广大儿童读者的还是闪耀着荒诞异彩的作品——安徒生的童话《海的女儿》《丑小鸭》《拇指姑娘》《野天鹅》《国王的新衣》等，普希金的童话诗，《爱丽丝漫游奇境记》《水孩子》（[英]金斯莱作，1863）、《神奇的书》（[美]霍桑作，1852）、《木偶奇遇记》。19世纪末到第二次世界大战前，在孩子们中间信誉最高的多数依然是以荒诞为特色的采取假定形式完成的作品：儒勒·凡尔纳和威尔斯的科幻作品，《彼得·潘》《青鸟》《骑鹅旅行记》《多立德医生的非洲之行》等。

值得注意的是，东方传到西方的首先是《一千零一夜》中的阿拉伯故事，它们和土生土长的杀巨人的杰克的故事一起，被欧罗巴大陆的孩子们传读，直到成了破残的书片。

西方传到东方的，首先是伊索寓言故事、安徒生童话和格林兄弟童话，其中简短的篇章在20世纪的前几个年代就收为小学和中学的课文。这种现象的发生绝不是偶然的。我们从并非偶然的现象中分明看到荒诞的魅力。

是的，荒诞有一种特异的魅力。我们也可以用这一点来解释精彩的民间童话故事为什么从古到今那么牢固地占据着孩子们的书包，以至于一代又一代作家都被吸引了去研究民间童话故事的魔力所在。在俄罗斯，像列夫·托尔斯泰和阿·托尔斯泰这样饶有艺术天赋的作家都被民间故事所吸引，都在民间童话故事上下过功夫，尤其是阿·托尔斯泰，由于他的努力，并注入了他的才智，俄罗斯儿童读到了最好的俄罗斯童话文学选本。

我们当然也可以用这一点来解释为什么在神魔故事类民间故事基础上写成的作品，总是特别让孩子迷恋。李泽厚在考察中国美的历程中的浪漫思潮时，曾这样高度评价"充满智慧的美"的《西游记》对儿童文学的影响："七十二变的神通，永远战斗的勇敢，机智灵活，翻江搅海，踢天打仙，幽默开朗的孙猴子已经成为充满民族特性的独创形象，它是中国儿童文学的永恒典范，将来很可能在世界儿童文学里散发出重要影响。"（《美的历程》，1984）除了《西游记》，《神笔马良》《野葡萄》和《渔童》都是这类作品中可以一提的例子。

我们还可以用荒诞的魅力来解释当代世界儿童文学泰斗罗大里、林格伦、涅斯玲格的作品中既有童话又有小说，但毕竟以童话作品更为著名。罗大里的《假话国历险记》和《洋葱头历险记》比《三个小流浪儿》著名，林格伦的《小飞人》和《长袜子皮皮》比《大侦探小卡莱》著名，涅斯玲格的《黄瓜国王》比《达尼尔在行动》（《小思想家在行动》）更著名。

同样，我们也可以用"荒诞魅力说"来解释为什么小说会跟童话亲和起来。例如美国作家乔治·塞尔登获纽伯里奖的童话小说《时代广场的蟋蟀》，它如果只是写男孩马里奥在时报广场的报摊生活，那么也许它是一般的儿童故事，或者它是一个普通的伤感故事，但作家往作品里加进了一个淘气却又能以美妙的演奏轰动全纽约的蟋蟀柴斯特，这就往小说里注入了荒诞，作家利用蟋蟀大显神通。这样一来情形就大不一样了，当柴斯特柔曼的乐曲声在时报广场涟漪似的悠然荡开：

> 交通停顿了。公共汽车、小汽车，步行的男男女女，一切都停下来了。最奇怪的是：谁也没有意见。就这一次，在纽约最繁忙的心脏地带，人人心满意足，不向前移动，几乎连呼吸都停止了。在乐声飘荡萦回的那几分钟里，时报广场像黄昏时候的草地一样安静，阳光流进来，照在人们身上，微风吹拂着他们，仿佛吹拂着深深的茂密的草丛。

这一天，纽约有许多从不迟到的人第一次迟到了！这样的奇事当然很荒诞。但是作家就用这荒诞写出了处在像纽约这样繁华的商业城市的人们力图摆脱的是什么，内心深处向往的又是什么。

小说和童话以多种多样的方式亲和，以复杂的方式相互融渗，其结果，排除了远离现实生活的彼岸感，却又能以超脱现实生活的视点来表现作家的审美理想。

美国具有山峰地位的埃·怀特是善于以童话小说来表现自己的审美理想的成人文学作家。怀特在成功写作了名作《夏洛特织网》和《小鼠斯图亚特》之后，又以《哑天鹅的故事》赢得了广大儿童的喜爱和各种年龄层次的读者的好评。《哑天鹅的故事》写男孩山姆在蒙大拿森林的一个小池里发现一只雌天鹅孵出 5 只小天鹅,其中一只小天鹅心肠特好却不能发声。哑天鹅和山姆建立了友谊。通过山姆的努力,哑天鹅还得到跟山姆一道上学的机会,学会了用小黑板交谈,后来哑天鹅的父亲冒险进乐器店抢来一只喇叭,哑天鹅就跟山姆到夏令营去吹号报告作息时间。为了能学会用号演奏贝多芬、莫扎特等人的名曲,哑天鹅甚至要求山姆用刀片把它右脚的蹼割开。于是哑天鹅被波士顿公园的天鹅游艇雇用演奏乐曲,从而轰动了波士顿,接着又被费城以高薪相聘。作品通过奇妙却荒诞的构想把人、鸟、大自然三者的美谐和起来,赞赏了情谊的温馨和不屈不挠的奋斗精神,堪称童话小说的典范。

荒诞是儿童文学作家用以进行艺术创造的手段。在具体运用的时候,常常离不开幻想、夸张和变形。这三者中主要是幻想。英国当代童话作家托尔金教授在《幻想故事的世界》一书中说:"幻想是人类自然的活动,它不是破坏理性,也不是轻视理性。……理性越敏锐、明快,越能产生好的幻想。"在幻想的世界里,人类的一切都可能实现,不可思议的事情也能当作事实的体验。按照无限的形象和丰富的表现创造出来的第二世界,比我们生活的第一世界还要准确,能够窥望到人生的幽微。

幻想、夸张和变形都以牺牲"自然的可能性"为代价,同时在保全"内在的可能性"中得到补偿,从而创作出少年儿童见所未见、闻所未闻的别开生面的形象来,以满足小读者的好奇心理要求。20 世纪末美国的一位美学家乔治·桑塔耶纳在《美感》一书中谈到这个问题时曾经指出:"正是内在的可能性构成这些创造的真正魅力。"他还指出,只要新的创造本质上是合情合理的,那么起初看起来是不可能而又可笑的东西,过后会被公认为是人类理想的形式,"神驼和羊怪不再是畸形怪象,这种典型被人们接受了"。因为人们在形象的奇异中看到和感到它新的和谐与统一。"正如出色的机智是新的真理,出色的荒诞也是新的美。"

既然荒诞要出色才能造就新的美,那么就有个什么样的荒诞才算是荒诞得出色的问题。出色的荒诞应是:荒诞得出奇,荒诞得真实,荒诞得新鲜,荒诞得美丽,荒诞得幽默。

荒诞得出奇。《孙子·势篇》说:"凡战者,以正合,以奇胜。故善出奇者,无穷如天地,不竭如江河。"这就是"出奇制胜",讲究的是策略上的变化运用,袭其不测。有时荒诞到了极度,夸张到了超乎常人想象的程度,使幻想、想象和生活的真实造成强烈的"反差",最佳效果就出来了。世界上最好的寓言中,有些就是靠出奇、出格让读者猛一震动,三番咀嚼之后让人拍案叹妙而心不忘。德国古代文学名著《吹牛大王历险记》中的 46 则故事,就是荒诞得出格离奇才让人感到趣味无穷,愿意一读再读的。敏豪生这位"吹牛大王"想出了一个有把握潜入敌人心脏的办法:骑上正打出炮筒的圆球形炮弹,让炮弹把他扛进敌人要塞。但他飞到半路忽又踌躇起来:他匆忙间连制服都没换一换,不作一番化装,敌人会一眼就看出他是间谍的,于是他当机立断,又从自己的炮弹上纵身一跃跳到敌人打过来的炮弹上,结果安然无恙地返回了自己的阵地。过后,他说:"炮弹太滑,要保持平衡真不容易。"好在敏豪生那时正年轻,没出危险。这就是吹牛大王"骑着炮弹前进"的著名故事。同样荒诞得出奇的还有"半匹马上建奇功"的故事。敏豪生骑着骏马乘胜追击土耳其逃敌,直到把敌人全部赶出其盘踞之要塞。但当他饮马时,发现后半匹马没有了,嘴里喝进去的水都从后面哗哗淌出去了,所以马总也喝不饱水。这时他才想起,由于追击速度过猛,"进要塞时敌人突然放落闸门,一下子把马的后半截切掉了"。然而这却毫不影响他全歼溃逃之敌。

上面几则故事让孩子读出了笑容,是由于故事的创造者敢于荒诞,荒诞得大胆,荒诞得透彻。记忆总是无情地、不断淘汰平庸的形象、情节和细节,而不能忘却这种荒诞得奇中出妙的人物和故事。

荒诞得真实。鲁迅有句名言:"幻灭之来,多不在假中见真,而在真中见假。"可见,假中能否"见真"是成败的关键。荒诞的真实品格,必须从荒诞中去求得。有时淡化荒诞,反而产生令人讨厌的虚假感,荒诞有一种荒诞逻辑,例如中国古代寓言《刻舟求剑》《揠苗助长》《掩耳盗铃》等,它们是合乎"荒诞逻辑"的,因而是真实的。荒诞的真实有时可以从生活真实的引申中去求取。例如贾尼·罗大里有部《新年枞树星球》(笔者译为《马尔珂漫游奇城记》)的科幻性童话,写到一个外星球上的美丽城市,那里没有车辆的烦嚣,而是用静静滑动的宽传动带代替人行道,这"人行道"上排满了椅子,坐上去就随滑行的"人行道"上街了,又方便又安静,又不花一文钱,好极了。但荒诞的逻辑也可以把违背常识的故事说得似乎真有其事,让人感到似乎真的发生过、存在过。伊索寓言中的那则"狐狸吃不到高悬在墙上的葡萄就认定那葡萄一定是酸的"著名故事,就违背了狐狸不贪吃葡萄的动物常识,但由于狐狸和葡萄的关系中间表现的狐狸形象是真实的,读者就忘了去计较狐狸根本就不爱吃葡萄这一常识问题了。

捷克杰出的人道主义童话寓言作家卡雷尔·恰佩克(1890—1938)曾往一个日常生活故事中注入了荒诞,从而加强本质的真实感。童话小说题为《流浪汉的故事》。呼的一阵风,把一位先生的礼帽吹跑了。他把自己手上提着的一只箱子托给一个当时从他身边走过的人,请他看管一分钟,他自个撒腿去追礼帽了。这个路人就是流浪汉"大王"小弗兰特。这位先生去追礼帽,追呀追呀,结果不是追了一分钟,而是追了整整一个年头。因为这顶恶作剧的礼帽不愿回到主人头上去了,它自由自在地飘呀飘,飘过了欧亚好几个国家。礼帽主人心疼他的礼帽,就随着自由飘飞的礼帽满世界地追。就在先生穷追不舍的时候,流浪汉把人家的箱子送进了警察局。警察局说他"犯了杀人罪","杀死了一个陌生人,从陌生人那里抢劫了一百三十六万七千八百一十五克朗零九百二十盖列尔的钱,并一把牙刷",他被判了刑,投入了监狱。好在那位先生终于抓住了那顶已经破烂得不成样子的礼帽回来了。先生的突然回来救了身陷囹圄的流浪汉。这是个绝妙的喜剧故事,满世界追礼帽和礼帽不愿回到悭吝主人的头上,以此来反衬被世人认为最不诚实的流浪汉可贵的诚实品格。一切都荒诞得很真实,尤其是发生在那个社会里,出自一位以讽刺幽默见长的人道主义作家笔下,"假中见真"了。

荒诞得新鲜。荒诞作为假定形式不可或缺的素质,也忌模式化,忌样板化,忌落入窠臼,忌步人后尘、拾人余唾。毛毯飞起来,好!后来,床飞起来,就至少不算作家的创造了;狼被狐狸骗到河边去用尾巴钓鱼(到夜间被冻结在河里),好!后来,猫用尾巴去钓鱼,至少就似曾相识了。荒诞得新鲜(其实有时也包括荒诞得大胆)的例子,首先应该举到《爱丽丝漫游奇境记》中的那只阔嘴猫。它笑起来嘴就咧到耳根。这只猫出现时先出现猫的微笑,然后出现猫头,最后出现猫身;它消隐时与出现时倒过来,最后,读者见到没有了头的微笑还好端端挂在枝头上。

日本聪明的女作家中川李枝子(1935—)写一条大狼要吃幼儿园小朋友茂茂,可一看茂茂的嘴、眼、鼻都很脏,脑门儿上还有泥巴,它想,这样脏里巴几的孩子吃了准得肚子疼。

大狼一看见茂茂的手,又吓得跳起来了。"哎呀呀,这是什么手哇!这手根本就没洗过！指甲可真黑！要是吃了这种孩子,我狼老爷的肚子里头,准得长蛔虫,要不'嚓嚓'地洗干净再吃,那可太危险了,太危险了！"

狼于是去取水,取肥皂、毛巾和刷子,让茂茂洗干净,可茂茂洗着洗着又去玩泥巴团去了,又弄得一身泥,狼只得又去提水来洗,当狼走开时,幼儿园的小朋友们来把茂茂叫到幼儿园去了,狼流着涎水再回来时已不见茂茂的身影了。

意大利当代著名作家卡尔维诺(1923—1985)的代表作《分成两半的子爵》是一部寓言小说,构思十分新奇。它写梅达尔多子爵在战场上被当胸打中,顿时纵向分成均匀的两半,一半被军队收伤员的收去救活了,另一半被两个修道士抬进洞中,也救活了。军队救活的一半回到城堡后尽干坏事,把树上的梨、地上的蘑菇、跳着的青蛙统统切去一半。被修道士救活的另一半尽做善事,送给孩子们无花果和薄煎饼;给寡妇送柴;给穷人送礼物;给毒蛇咬伤的狗治伤……邪恶的半身对慈善的半身恨之入骨,后来因故决斗,决斗中又劈开原来的伤口,一位医生又把它们合并为一个完整的人。这个人跟所有的人一样了,灵魂里既驻有天使,也驻有魔鬼,善恶兼具。

以上故事因为新鲜、别致,给读者留下终生难忘的印象。但新鲜、别致之不易也正考验着作家的敏锐、机智和创造力。

荒诞得美丽。常有人形容美丽就像"进入了童话境界"的说法。其实美丽应该将人情的温暖、心灵的美好、高尚的情操都包括在内。法国著名作家莫里斯·德吕翁(1918—)写了一篇《一个长绿指头的男孩》,男孩虽为军火工厂大老板之子,却痛恨他父亲的罪恶事业。他容不得任何不公道。他的绿指头摸一下监狱的墙,监狱就成了鸟语花香的所在,成了一个奇妙无比的花园了;他用手指去碰炮口,大炮顿即就怒放出了鲜花。

苏联卓越作家卡达耶夫(1897—1986)的《七色花》给人留下的记忆十分美丽。一朵雏菊似的小花,黄、红、蓝、绿、橙、紫、青,七瓣各一色,美丽极了。女孩珍妮只要撕下一片花瓣来,那么她想要什么就能做到有什么。珍妮已用了六瓣,剩下的一瓣显得特别珍贵了,她想过要许多她想要的东西,一件一件想过去,却越想越拿不定主意。后来她遇见一个跛脚的男孩,他精神很痛苦。珍妮毫不迟疑地把最后一瓣花献给了男孩,把男孩的跛脚治好了,珍妮心灵的美丽感染这一代又一代的儿童。

英国当代作家罗·达尔(1916—1990)有一本叫《The BFG》的童话,写一个善巨人像网兜儿捉蝴蝶似的收集了亿万个轻雾般漂游于空中的梦,分别装在亿万个瓶子里,然后把美好的梦、金色的梦、给孩子幸福愉快的梦,用"吹梦器"(形似长筒喇叭)吹进千家万户熟睡孩子的卧室,让孩子睡得甜甜美美。

以上童话的意境、心灵的美好,撼动全世界儿童的心魄。而这美丽是用荒诞创造出来的。

荒诞得幽默。幽默和荒诞在许多情况下是联翩出现的。幽默通常可以理解为是一种意味隽永的笑趣。有些假定形式的耐读性就来自幽默。幽默是高层次的艺术素质。当木偶皮诺曹因一次次撒谎而鼻子一截截长长,以至于可以停落成百只鸟雀时,小读者笑了。当小偷钻进了阿凡提家,偷了他家的东西跑了,阿凡提当即抱起被子紧追到了小偷家,小偷拦住他说:"你到我家来干什么？"阿凡提回答说:"怎么？我们不是搬到这房子来住了吗？"读这样的故事,我们不能不笑。

挪威童话作家和儿童剧作家土·埃格纳(1912—)是当代能以浓郁的幽默情趣写作

的卓越的儿童文学作家。他的代表作《豆蔻镇的居民和强盗》(1955)已由我国著名翻译家叶君健译介。书中虽没有儿童,但这却是儿童情味十足的优秀童话小说。一些善良的人们在宁静的豆蔻镇上住着。令人遗憾的是镇外一块荒地上还住着三个强盗。他们原是街头音乐家,后来因好吃懒做而成了强盗。可作家写这三个强盗完全越出类型化的窠臼,他们一点不凶残,他们最不好的地方是嘴馋一点,不讲整洁,屋里乱七八糟,身上又脏又臭。三个强盗觉得贼窝得收拾一下了,于是他们把酣睡中的苏菲姑姑"偷"来做"管家婆",苏菲姑姑把贼窝来个大洗大刷,要他们劈柴烧水、种豆蔻,自食其力,"改变成善良、有用的公民"。可强盗们觉得这样被管起来,宁可去蹲监狱了。于是又把酣睡着的苏菲姑姑送了回去。强盗被捉起来,警察就把他们带到自己家里"坐班房",让他们住在阳光充足的舒适房间里,给他们洗换一新。于是,他们抛弃了强盗职业,还在救火中为豆蔻镇立了一大功。这部作品用荒诞的艺术在荒诞的环境里写出了荒诞人物,在字里行间弥漫着同情、关爱、谅解、宽厚的同时,弥漫着幽默。请看他们的口号:"打倒洗碗!"请看他们的对话多么妙趣横生:

> "你们投降不投降?"杂货店老板问。
>
> 强盗们考虑了一会儿。
>
> "我们投降吗?"贾斯佩(盗首——笔者)问伙伴。
>
> "假如你们再给我三块姜糖面包,我们就投降。"乐纳丹说。
>
> 他们给了他们几块姜糖面包。

这哪里是在捉强盗! 这分明是孩子之间的游戏! 难怪挪威人民自豪地称埃格纳为"当代安徒生"了。

凡够得上称为"艺术"的人类精神创造物,都不能在随意中、在诀窍中、在模式中"速成",以荒诞为特点的假定形式的儿童文学当然也是如此。荒诞并没有给作家提供什么诀窍。

出色的荒诞迫使作家苦苦求索。

(原载《儿童文学评论》1988 年第 1 期)

论中国儿童文学的母爱精神

孙建江

一

或许是由于儿童与母亲具有的天然的"脐带"关系,儿童文学的发生与发展从来就与"母亲"有关。"母爱"精神永远是儿童文学的一个恒定的主题。

在 20 世纪的中国儿童文学中,表现"母爱"不仅是许多作家的自觉意识,而且也是不少作品之所以为读者喜爱,之所以成为经典之作的重要原因。可以说,"母爱"精神贯穿了整个 20 世纪的中国儿童文学。

在 20 世纪初叶,冰心在她的杰作《寄小读者》中充满激情地倾诉说:

> 从母亲口中,逐渐的发现了,完成了我自己! 她从最初已知道我,认识我,喜爱我,在我不知道不承认世界上有个我的时候,她已爱了我了。我从三岁上,才慢慢的在宇宙中寻到了自己,爱了自己,认识了自己;然而我所知道的自己,不过是母亲意念中的百分之一,千万分之一。
>
> 小朋友! 当你寻见了世界上有一个人,认识你,知道你,爱你,都千百倍的胜过你自己的时候,你怎能不感激,不流泪,不死心塌地的爱她,而且死心塌地的容她爱你?
>
> 有一次,幼小的我,忽然走到母亲面前,仰着脸问说:"妈妈,你到底为什么爱我?"母亲放下针线,用她的面颊,抵住我的前额,温柔地,不迟疑地说:"不为什么——只因你是我的女儿!"
>
> 小朋友! 我不信世界上还有人能说这句话! "不为什么"这四个字,从她口里说出来,何等刚决,何等无回旋! 她爱我,不是因为我是"冰心",或是其他人世间的一切虚伪的称呼和名字! 她的爱是不附带任何条件的,唯一的理由,就是我是她的女儿。总之,她的爱,是摒除一切,拂拭一切,层层的麾开我前后左右所蒙罩的,使我成为"今我"的原素,而直接的来爱我的自身!
>
> 假使我走至幕后,将我二十年的历史和一切都更变了,再走出到她面前,世界上纵没有一个认识我,只要我仍是她的女儿,她就仍用她坚强无尽的爱来包围我。她爱我的肉体,她爱我的灵魂,她爱我前后左右,过去,将来,现在的一切!
>
> (《寄小读者·通讯十》)

是的,"母亲"对"女儿"的爱是不附带任何条件的——它"不为什么"! 是的,"母亲"对"女儿"的爱永存于"过去""现在"和"将来"。

20世纪中叶，葛翠琳在她的童话《雪娘》中，这样讲述一位母亲对儿子的爱：为了自己的儿子，母亲雪娘宁肯舍弃种种享受。她舍弃了可能得到的"让所有的女人都羡慕"的"绝世的美貌"，她舍弃了可能得到的"人间最大的权柄"，她舍弃了可以"世代传名"的"最高的荣誉"，她舍弃了可以成为"举世无双的富翁"的机会。为了保护自己的儿子，母亲雪娘宁肯承受惩罚和灾难。为了拯救自己的儿子，母亲雪娘宁肯走遍天涯和海角。正因为如此，那位欲抢走雪娘儿子的神娘，最后也不由得"两眼含着晶莹的泪珠儿"对雪娘说："雪娘，你是对的，真正的幸福是在人间。为了你的坚强、勇敢和忘我，让我加倍偿还你的美丽、聪明和智慧。""你那善良、纯洁的心灵感动了我，你那自我牺牲的精神感染了我，使我也有了人间的情感。"而雪娘仅仅只是说："我所做的，只是一个母亲要做的事。""只是一个母亲要做的事"，难道这不正是冰心笔下母亲温柔地说"不为什么——只因为你是我的女儿"！母亲的爱就是这样平凡而又深邃。

20世纪末叶，吴然在他的散文《妈妈教我一个字》中这样述说：

> 你喜欢打扮我，妈妈。你给我绣了好看的"兜肚"，用碎布拼接了好看的"百宝衣"。有一次绣花针戳伤了你的手指，我捧着你的手轻轻地吹，吹。我说，吹吹就不疼了。你笑了，把我亲了又亲。真的不疼了吗？妈妈。

> 有一段时间，我们家里生活很苦。爸爸帮人家做事去了，你带着我过着很艰难的日子。我们吃了很多野菜汤。我的那碗野菜汤，总是放了盐的，你那碗却没有放盐。妈妈，你为什么还说很香呢？我没有鞋子穿，赤着脚去放牛，脚上戳了刺。妈妈，你给我挑刺的时候，手在颤抖，你说你看不见刺，一点也看不见。妈妈，那是泪水模糊了你的眼睛。妈妈，你是流着眼泪给我挑刺。

而刘丙钧在其诗作《妈妈的爱》中则吟唱道：

> 在一个很热很热的夜晚，/我从梦中醒来，/妈妈正为我扇着扇了，/汗水却湿透了她的衣裳。//啊，妈妈的爱是清凉的风。//在一个很凉的雨天，/妈妈到学校接我，/一把伞遮在我的头顶，/雨水却打在她的身上。//啊，妈妈的爱是遮雨的伞。//有一回，我病了，/妈妈抱我去医院，/摸着我很烫很烫的额头，/她着急地哭了。//啊，妈妈的爱是滴落的泪。//有一天，我打破了暖瓶，/又对妈妈说了谎，/妈妈的批评叫我脸红，/我不敢看她的眼睛。//啊，妈妈的爱是责备的目光……

这就是母亲的爱，这就是母亲伟大的爱。很难设想儿童文学可以不表现母爱。

当然，儿童文学表现的母爱并不都是那种具有血缘关系的亲子之爱。儿童文学的母爱同样表现在非血缘关系之爱上。曾小春的小说《丑姆妈，丑姆妈》就表现了一位非血缘关系的母亲对他儿子的深深的爱。丑姆妈，人长得不美丽，而且眼睛、腿又有毛病，还穷。她曾有过一位丈夫，但丈夫已一去不返。这位靠拾破烂为生的妇女压根不曾想再找一位丈夫，这样，她失去了做母亲的可能。但她又是那么强烈地想做一个母亲，那么强烈地想将自己的爱给她的"孩子"！而随着年龄的一年年增大，年轻的她不再年轻。随着眼圈越来越糜烂，随着脚越来越跛，年轻的母亲们都不再像过去那样让她接近她们自己的孩子。

新中国儿童文学

她想做一个母亲的愿望反而变得越发强烈。她很快从孤儿院里领来了瘦条条的儿子"瓦片"。从此，她在这位非亲非故、毫无血缘关系的儿子身上倾注了全部的爱。她买了新书包，让瓦片上了学；她"把新衣新裤新布鞋叠放在床头"，让上学的瓦片用；她炖了仔鸡让瓦片吃，她想这样"读书郎子就会有出息"。她怕瓦片肚子疼不让瓦片摇空风车；她怕牛角划破肚皮，不让瓦片去摸牛角。她"恨不得一根绳子拴了瓦片系在裤腰上"。这就是一位没有文化的小镇妇女的母爱。的确，你可以说她的这种母爱近乎"愚昧"，爱得近乎"扭曲"。但你却不能不说这种母爱又爱得那么真诚、热烈和毫无保留。而这，恰恰是一种最真实的爱。

儿童文学作家们不仅仅表现人类的母爱，他们同样也倾情于动物世界的母爱。邱勋的小说《雀儿妈妈和它的孩子》所表现的正是这一动物世界的"母爱"。雀儿妈妈为了自己的孩子，不顾生命危险叼了蚂蚱小虫一而再，再而三地前来给自己被关在鸟笼子里的孩子喂食。"我"终于设法抓住了雀儿妈妈。"我"把雀儿妈妈和小雀一起关进了鸟笼。可是第二天，"我"却发现鸟笼被撞开一个缺口，小雀不见了，而雀儿妈妈则静静地躺在被撞开的缺口旁，嘴角上、爪子上，沾着一片片凝固了的血迹。原来，这里曾进行了一场殊死、神圣的攻坚战。一位母亲为了营救自己的孩子，毅然付出了自己的鲜血和生命。也许任何动物小说，都涵纳着象征意味。因为动物的生存法则，毕竟是"人"观照下的生存法则。雀儿妈妈"安静地躺着，一动不动。那眼睛却睁得大大的，露出一双僵呆的、暗灰色的眼珠，好像还在寻找它的孩子……"，"万物一理，为儿为女"。你能说雀儿妈妈的爱，不同于我们人类伟大的母爱？

二

"母爱"如此为作家们所重视，这当然与"母爱"自身所拥有的深刻内涵有关。

母爱是人类亲情的自然流露。

在人类的亲情中，母爱是从不须掩饰，从不须附加条件的。母爱是所有母亲"与生俱来"的一种爱的本能。十月怀胎，母亲与孩子共营养，同呼吸——这是母亲与孩子先天的契合。一朝分娩，母亲给孩子哺乳——这既是孩子的需要，同样也是母亲生理的需要（或者说是母亲的一种生理本能）。而且重要的是施以了哺乳，孩子变得愉悦、满足，母亲的生理机能也得到了平衡。显然，这一"与生俱来"性的重要意义在于：母亲对孩子的爱是一种内在的自然生成关系，它不特别受外界的影响。而恰恰是这一内在的自然生成关系，决定了母亲对孩子的爱（从小到大，直到一生）不可避免地带着先天的自觉性。换句话说，母亲对孩子的爱是完全出自内心的，是自发的。母爱当然不可能是纯"生理"的，它必然受"社会"因素的制约（而且随着孩子年龄的增长，"社会"的因素会愈发明显）。然而，"社会"因素并不影响母亲对孩子的爱。母亲与孩子一同游戏，母亲教孩子学习，母亲教孩子劳作，是一种爱；母亲有感于孩子的不懂事，有感于孩子的不遵守社会行为规范，批评孩子，甚至斥责孩子，同样是一种爱，同样是一种出自内心、自发的爱。"社会"因素的介入，丰富了母爱的内容，丝毫没有改变母爱的"性质"和初衷。在人类亲情中，母爱是最具"直接"关系的一种爱。在腹中，母亲通过脐带，"直接"向孩子传递着自己的爱；在襁褓中，母亲通过哺乳，"直接"向孩子传递着自己的爱；在以后的岁月，母亲通过看护，"直接"向孩子传递着自己的爱。这种直接的关系，一方面显示了母爱的特殊性，另一方面，也显示着母爱的必然性和某种意义上的不可选择性。正因为如此，在儿童文学中，母爱总是显得那样自然、可信——毕竟,儿童文学是一种同母亲与儿童有着特殊关系的文学形式。也正因为如此,在冰心笔下,母亲的爱完全"包围"了整个孩子。母亲爱孩子的肉体,也爱孩子的灵魂;爱孩子的过去,也爱孩子的现在和将来。而这一切对母亲来说,又是那样自然而然——"因为你是我的女儿"。真的,再也没有什么能比母亲对"女儿"(孩子)的爱来得更重要,来得更必然,来得更自然了。

母爱是人类亲情的一种最高表现形式。

这首先要归于母爱所具有的普遍性。所谓普遍性,乃是指在人类生活中,母爱是最为常见、最为普通、最为广泛的一种亲情关系。母爱当然是人类亲情关系中的一种,但母爱与其他关系的爱相比,明显有着自己的不同。从理论上讲,凡是人,均有自己的母亲。而有自己的母亲,则一如我们前面所论述的那样,必然会得到母亲的爱(虽然在实际生活中有出生后便失去母爱者,但这并不说明母爱本身不具普遍性)。而其他关系的爱,如兄弟姐妹之爱、祖辈孙辈之爱等,则并不一定是这样。因为实际生活中,一个家庭可能只有独子,也可能只有两代。换句话说,兄弟姐妹之爱、祖辈孙辈之爱远不如母爱来得普遍。母爱的这一普遍性特征,客观上为母爱的发生和发展提供了恒定而又坚实的基础,从而促成母爱的完善与充实,直至最终使母爱升华为一种至善至美的人类之爱。事实上,20世纪以"母爱"为主题的中国儿童文学所展示的正是这样的景观。冰心将母亲对自己的爱推及群体的母爱:"世界上没有两件事物,是完全相同的。同在你头上的两根丝发,也不能一般长短。然而——请小朋友们和我同声赞美!只有普天下母亲的爱,或隐或显或出或没;不论你用斗量,或是用心灵的度量衡来推测;我的母亲对于我,你的母亲对于你,她的和他的母亲对于她和他;她们的爱是一般的长阔高深,分毫都不差减。""她的爱不但包围我,而且普遍的包围着一切爱我的人;而且因着爱我,她也爱了天下的儿女,她更爱了天下的母亲。小朋友!告诉你一句小孩子以为是极浅显,而大人们以为是极高深的话,'世界便是这样的建造起来的!'"(《寄小读者·通讯十》)刘丙钧把母亲升华为祖国,把母爱升华为祖国之爱:"有一次,老师让我用'最'字造句,/我说:'我最爱妈妈。'/妈妈告诉我:'最爱的应该是祖国,/祖国是我们所有人的妈妈。'"(《妈妈的爱》)葛翠琳则把献出所有爱的母亲(雪娘)比作纯净无染的白雪,让母爱成为一种象征:"雪娘拉着孩子的手说:'儿子,我怀里抱着你走遍了大地,尝过了人间各种艰苦。你是我的未来和希望,去为人们创造幸福吧!让所有勤劳勇敢的人都生活得快乐!'……为了纪念雪娘,神娘让白雪变得又温柔,又美丽,又纯洁,又清静。所以也就有了现在的白雪。"(《雪娘》)

母爱是人类人格力量的集中展示。

冰心笔下的母亲如是说:

> 我心灵是和你相连的。不论在做什么事情,心中总是想起你来……
> 我们是相依为命的。不论你在什么地方,做什么事情,你母亲的心魂,总绕在你的身旁,保护你抚抱你,使你安安稳稳一天一天的过去。
>
> (《寄小读者·通讯十二》)

所以冰心笔下的女儿慨叹道:

> 我透澈地觉悟,我死心塌地的肯定了我们居住的世界是极乐的。"母亲的

爱"打千百转身，在世上幻出人和人，人和万物种种一切的互助和同情。这如火如荼的爱力，使这疲缓的人世，一步一步的移向光明！

（《寄小读者·通讯十二》）

这是母亲人格力量的展示；这是母亲人格力量的感召。的确，从传递主体的角度讲，母爱的升华必然要展示一种人格的力量。

母爱是母亲对孩子的一种爱。一个人要爱他人，首先自己要具备一颗爱心。而一个人要具备爱心，则离不开自身健全的人格。没有健全的人格不可能有真正的爱；不是真正的爱也无从展示人格的力量。传递者的爱与传递者的人格是相辅相成的。一般来说，所谓"爱心"当然包括爱自己。但是母爱恰恰超越了这一点。母爱往往是不考虑自己的。正因为不考虑自己，所以母爱显出了它的无私，显出了它的博大。这也是母爱较之其他形式的爱更为突出的地方。由于具备健全的人格，母亲的爱往往不是通过"说"（通过表面的形式），而是通过"做"（通过实实在在的行动）来自然展示的。诚如吴然在他的《妈妈教我一个字》里所说："我从妈妈那里学会了一个字。妈妈，你是普普通通的农村妇女。你没有文化，你不是从书本上教我这个字；你是在生活里，用你的心让我感受，让我懂得这个字的含义。""啊，妈妈，你也是我的老师，我的第一位老师！你把世间最宝贵的一个字——爱——教给了我。从你的爱中，我认识了美丽的人生，我也懂得了爱的真谛：爱就是给予，就是牺牲自己给别人，像妈妈你一样。"这是母亲无私的爱，这也是母亲人格力量的展示。

可以说，真正的母爱，展示着一种伟大的人格力量。

母爱从不需要张扬，所以冰心笔下的母亲对她的孩子们说，她对孩子的爱"不为什么"；母爱是对弱者的同情，所以冰心笔下的母亲，对自己幼小的孩子百般地呵护；母爱是一种勇于牺牲的精神，所以葛翠琳笔下的母亲，为了孩子宁肯失却美貌、财富、权力，宁肯遭受惩罚和灾难，直至最后化作一片白雪；母爱是无条件的，所以刘丙钧笔下的母亲，她对孩子的爱可以是清凉的风，可以是遮雨的伞，可以是滴落的泪，可以是责备的目光；母爱是超越了血缘关系的人类之爱，所以曾小春笔下的母亲，对一位非亲非故、无血缘关系、从孤儿院里领来的孩子，可以毫无保留地给予自己的爱。是的，母爱最终展示的正是一种人格的力量。

（原载《光荣与梦想：孙建江华文儿童文学论文集》，明天出版社1999年版）

网络儿童文学的正负文化价值透视

侯　颖

　　网络儿童文学这个概念的界定现在似乎还没有统一的说法，就我们的理解，网络儿童文学似乎应该包括以下三种形态：第一种，儿童文学网站将中外传统儿童文学经典作品在网络上登出来，供读者阅读、欣赏和评论；第二种，当代儿童文学写手乃至作家们将自己已经写作完成并发表在正式儿童文学刊物上的作品登在网上，供读者阅读、欣赏和评论；第三种，当下一些作家或爱好者将自己的原创儿童文学作品首先在网络上发表出来，供读者阅读、欣赏和评论，便于自己快速听取读者与受众的反馈意见，从而，使自己极大缩短了获取读者反馈意见的时间和修改的周期，乃至有的作品在网络上发表三五分钟之后便可获得相应的反馈意见，这些作者中的部分人不仅有文字稿，还有画片、插图，乃至 flash 动画和影视视频的制作相配合，试图通过此种方式吸引读者眼球，以达到通过现代技术领先于文化竞争市场的目的。本文拟以网络后童话写作这一网络儿童文学的典型代表作品进行教育性与反教育性的正负文化价值的辨证思索，并试图深入到中国文化的深层，以透视出网络儿童文学作家的创作心态，分析出他们创作的优长与不足，以此为网络儿童文学的健康、持续与稳定的发展，做一点基本的文化上的梳理与铺路的工作。

净土坚守的尴尬

　　首先，这些作家作品中的优秀之作是极具文学性和教育性的，同时又能辅之以娱乐性与审美性，确乎是网络儿童文学佳作的代表。这类作品虽少，但由于其有超凡的艺术魅力，而给人过目不忘的深刻印象，在成人读者的世界里确乎有着更强大的影响。比如濛濛和小筱小筱的《想吃熊猫去兔子的饭店》，讲述了一个维护自然、保护动物的故事，由于人类对熊猫等动物的猎杀和肆意残害，导致兔子们的义愤，促使颇有侠义心肠的兔子群起而攻击人类。小说采用了拟人化手法，对愚昧无知、纵欲无度和贪口腹之欲的人类进行了酣畅淋漓的讽刺，乐感和悲感相互渗合并渗透于字里行间。令我们慨叹作者纯净的内心世界，他们在以自己的纯净的心笔勾画着心中的一方净土。从本质上说，这个故事不但具有人道主义的关怀，而且具备世界主义的关怀，因为它关涉了包括人类在内的所有生灵的生命生存关怀。

　　再比如小碗的《谁邮给了我一只小象》，亦是一篇人道主义与世界主义关怀兼具的佳作。话说由于人类野蛮砍伐森林、猎杀大象并获取象牙，促使象妈妈担心自己孩子未来的生存，在自己生命的最后时期，象妈妈知道远方有个好心的姑娘叫阿熏，于是将自己的孩子小象打包邮到阿熏家里，让她帮忙照顾，虽然阿熏对照顾小象有些不大在行，但她还是全力以赴、竭尽所能。这样的作品确乎充满了智慧的因子，通过人们愚昧行为造成的可怕后果来起到发人深省的教育意义，加上带有某种未来幻想的成分，其文学性、审美性、娱乐性与教育性融合得近乎完美。

新中国儿童文学

但这类努力维护心中净土、勿使沾惹尘埃的优秀作品毕竟相对较少,不足以代表网络儿童文学的大气候与滚滚主潮,且这些优秀佳篇中精华与糟粕同在,促使我们梳理和分析网络儿童文学文化价值与内涵的工作变得尤为重要。更不容忽视的是,由于"网络后童话写作"的这部分优秀佳篇深受小读者喜爱,其糟粕与精华的文化强势影响会同样强大,因此,不可不重视,也不能不关注这部分作品的文化梳理工作。

媚俗的时尚

当下,在网络儿童文学中,各种童话作品或在浪漫传奇的演绎中,或在悲剧的抒写中,或在"无忌"的童言中,或在冷静的叙事中,演绎着色彩斑斓的多元图景。透过重重的迷雾与斑斓的色彩,其核心精神似乎一反中国儿童文学传统以教育性为核心,以此向外衍发出审美性与娱乐性的文化价值取向,而是以反教育性为导向,给予中国孩子的是一个另类的世界。

那么,在网络信息通信技术异常发达的今天,人们的心态也异常浮躁、生存环境异常喧嚣的当下,这些反教育性因子对孩子们究竟意味着什么? 限于篇幅,本文将主要解析以下三种网络儿童文学姿态。

(一)浪漫传奇的娱乐姿态

这部分作品以娱人娱己为主要目的,带有空灵之美与奇特曼妙的想象,但却似乎是由于对现实观察与思考不足所带来的突兀式的浪漫传奇,这构成了"网络后童话写作"的一种主要潮流与姿态。比如疾走考拉的《入梦羊》,这部作品写了一个想离开现实世界到梦国去的女孩,通过数羊,并与第107只羊对视,最后与第107只羊互换了身体而常驻梦国。在梦国,她真心思念起现实世界,因为梦虽美,但永远无法触及、无法拥有自己的所爱。所以,她体悟到"梦国再美丽,我也会更加幸福于每个醒来的清晨,比梦乡更迷人的是真实的生活"。[①]整个故事充满了空灵之美与曼妙的想象,同时也形象地表达了作者对梦与现实的思考,如果从纯艺术价值上来衡量无疑这是篇上佳之作。而从教育价值这个角度来看,斩获却会有所降低。我们在这种作者所渲染的空灵曼妙的气息里,难以切实感受到作者对梦与现实思考的根基,从而,很容易就将作者诉诸读者的人生领悟如虚幻般轻弃,这样的接受效果似乎与作者娱乐化的创作初衷有一定的关联。

当然,这些作品中没有以拼杀和征服为标志的男性儿童作家印记,但其至阴至柔的柔弱与缠绵有时虽无爱情之名,却有着爱情的情感心理状态之实,这也是我们的隐忧所在。比如:小碗的《小巫婆的故事》确乎凄楚动人,小巫婆因为对王子的爱,而颇具自我牺牲精神。可见,作家自己首先建立起理性精神的重要,特别是建立起以智慧为皈依的意志品质体系尤为重要。当然,我们也不能说儿童文学的全部指归就在于理性、智慧与品德的教育,但作为儿童文学作家,应该有这种"虽不能至、心向往之"的较高的精神追求与道德责任。儿童文学教育如果不能助力理性精神和以智慧为皈依的意志品质教育体系的建立,那么,这样儿童文学的负面价值定会在审美想象等教育旗帜下彰显出来。

我们都不想让自己的孩子沉溺于妄念与无根的幻想之中,不想让孩子以失之理性与智慧的眼光情绪化地来看待这个世界。儿童文学的存心长善、动心忍性的意志培养、寡欲淡泊的人格养成、知耻改过的勇气造就,这都是作家应给予孩子的,如果儿童文学不能为这些意志品质的铸就提供强大的助力,至少不应该先培养孩子们的妄想性情感和欲望型想象,即使这些情感与想象确实令人眩目与眩惑。

事实上,我们认为,儿童文学的理性精神的建立和以智慧为皈依的教育的最后完成,主要是通过家庭教育中的文化经典的教育和父母对经典演绎的言传身教来完成,而后才是父母为之拣择的文学、音乐、美术和书法等审美教育作补充似较为妥当。

(二)叙传式悲剧审美姿态

"网络后童话写作"存在着一种准叙传式的贵族化悲剧,这种悲剧的效果能令成人都为之动容,其美学效果令人称道,但由于对个性化自由写作的追求,有使儿童陷入是非善恶混淆乃至易位的泥淖中的嫌疑,因为,毕竟儿童文学从根本上还是良心的事业,所以,建议作家在这一点上应慎之又慎。比如:小碗的童话《我的小鲸,永不沉没》中讲述了生活在鲸背上的人鱼族,他们都长着美丽优雅的鱼尾。其中一个叫陶子的女孩,她出生时就长着畸形的鱼尾。因此,她受到人鱼族其他成员的歧视,她为此难过和自卑。可是,有一天,老天让充满爱心的陶子获得了一颗生命的种子。她将种子放在自己的衣兜里,在外仔细缝好,并每天让它接受阳光呵护、风儿抚慰与雨露的滋润,终使这小生命得以孕育和诞生。当这个小生命小鲸第一次叫陶子"妈妈"的时候,陶子是何等的欢跃与幸福啊!但小鲸出生后30天就生病了,小鲸拼尽最后一丝力气将陶子带到了传说中的陆地,只活了40天的小鲸自己却沉入大海,而陶子最终获得了人生命的依托——陆地,这也是因为小鲸的存在和帮助才使她获得了新生与人生的新感悟。陶子在心里高声呼喊:"小鲸,你在妈妈心里,永不沉没。"②无疑,这是生命感悟的悲剧,因作者那充满爱心的情感诠释,使这个故事弥漫着凄楚之美与真诚之爱。个人凄惨的境遇,给人以启迪和思考,并促使人们对生命的价值与意义有了新的领悟。无疑,作者运用了转移与变形的笔法,但我们还是看到了这种叙传式的痕迹。实际上,青少年读者往往感受不到生命的苦难与阵痛,而能感到的与可能效仿的恰恰是那种传奇的现实经历。

作者小碗在给竖琴天使的信《谢谢你喜欢我的童话》中说:"过于善良便可能软弱,而一颗真的充满爱的心要能做出一些事情来,一定要有力量,我现在正在努力使自己变得更有力量,这样才爱得更智慧,生活得也更好。"③诚然,作者也意识到仁、勇、智三者一而三、三而一的关系,实际上作者的感悟早在中国传统文化典籍《大学》里就已经阐释透彻,这个道理可以指导、印证我们从事各项事业,包括童话的创作,而我们绝大部分的"网络后童话作家"大都是凭一时之灵感、灵动之想象、创作之冲动与充沛之情感来创作。他们对于生活中那些真正属于平民的苦难和人生路上的苦难却没有深刻的体验,这决定了"网络后童话写作"的贵族化倾向与悲剧精神根本的滑落。

(三)"童言"无忌式的无礼姿态

这种"童言"无忌式的无礼姿态具体表现为:作品情感动人有余,文化底蕴不足;清澈坦率有余,含蓄蕴藉不足;无忌式"童言"有余,礼仪之美不足。比如童话《两只鱼的故事》中有这样一段:

> 小鱼也看到他了,很热情地打了个招呼:"嗨,老头鱼,你好啊?"嗯?这只鱼吓了一跳,我有这么老吗?她居然叫我老头鱼?他很生气地说:"你好没有礼貌啊,我还很年轻呢,怎么能叫我老头呢?"小鱼哦了一声,装作明白了的样子,重新打招呼说:"你好啊,老爷爷鱼。"他气得咬牙切齿。小鱼嘻嘻笑着说:"再敢提意见,就叫你老不死的鱼。试试哦。"他没办法……

无疑，篇中的小鱼连基本做人或做"鱼"的礼貌都谈不上，那就更不用说什么礼仪之美了，再加上作家潜在欣赏态度的描绘，我们可以了解到文本具有某些媚俗的价值取向。这媚俗形态的成因是作家的文化底蕴与礼仪有待于进一步提高？还是作家在市场经济的强势之下所做出的无奈之举？我们认为，无疑后者的可能性更大，这种潜在欣赏态度及其文化底蕴状态衍生到他们的具体创作中，还会有种情感紊乱心理状态存在。比如：《装象》中是"我"让爸爸装象，"我"装爸爸的妈妈等，角色互换让人感觉"我"对爸爸的感觉很奇异，不仅仅是父女之间的感觉，还有天真无邪的朋友间的感觉，和角色互换之后的微妙感觉。这些微妙情感确乎令我们动容，但动容之余总感觉有种种缺憾，这些缺憾促使笔者真情感动之后，感到了人与人之间礼仪的消失与距离的消泯，人与人之间微妙过界的情感，致使读者在面红耳赤之余，在记忆里只留下了一个复杂变化的情感轨迹，而没有留下更有益的文化上的深度智慧启示、心灵净化与升华以及持久的感动与震撼。

综上所述，当下网络儿童文学确实取得了一定的成绩，比如：具有娱乐性、审美性与教育性结合较为完美的佳作，并以真情动人，为我们开拓出一片心灵的净土，从而让人眼前一亮。但由于很多作品从最初的心灵追求，到最后公开发行而对销量的追求，于是有了作家心态的转化，表现在文本上有了喧嚣热闹好看和充满曼妙想象的呈现，但这些表面的好看由于文本深度智慧和教育因子的缺乏，导致作品思想教育价值的降低，事实上也使作品的艺术价值停留在浅薄的表面，而使这些作品常常成为好看的空洞或唯美的花瓶，这似乎已经成为我们当下网络传媒时代的时尚潮流。而且这些作品也没有给我们塑造出具有理想人性的中国儿童文学的人物形象，似乎还存在着传统文化底蕴不足的嫌疑。当然，我们相信，网络儿童文学作家有能力来弥补这些缺憾，使他们的童话作品既有高度智慧的教育性又有极具审美高度的娱乐性，可以达到贺拉斯所推崇的"寓教于乐"。如果我们的作家就只能以激情和各种奇特复杂的故事动人，以浪漫传奇和曼妙奢华的想象让我们眩晕和迷惑，以对西方童话的模仿与追随来获得网友的支持和点击，这样的写作永远不会成为大气的写作，且终有黔驴技穷的一天。

[注释]

①疾走考拉：《e 蜘蛛丛书·入梦羊》，中国福利会出版社 2005 年版。

②③小碗：《e 蜘蛛丛书·谁的心里藏着谁》，中国福利会出版社 2005 年版。

（原载《文艺争鸣》2007 年第 6 期）

商业化趋势中儿童文学的建设

汤 锐

我们讨论儿童文学的问题，是不能离开它所处的社会环境的，21世纪的中国儿童文学面对的是一个完全不同于上一个世纪的商业化时代，时代的转型已经带来了生活方式的巨变、价值观念的巨变，在这个时代中，对当下中国儿童文学产生重要影响的有两个因素：一是阅读环境，二是营销环境。

一、商业化时代的大众阅读环境

大家都说现在是读图时代，一方面是电子媒体的发展，另一方面是社会竞争的激化导致生活节奏加快，因此人们（包括儿童）的阅读口味日益倾向休闲化、功能化和简单化，阅读或者是为了娱乐和放松，或者是只为了获取分类信息，形而下的操作更多地取代了形而上的思索，那种为了提高自身修养或探索人生意义的阅读已经日益淡出或压缩，浅层次的阅读越来越占上风。"名著缩编""速读"之类读物的大量出版，即为此种阅读倾向的引导和暗示。这种阅读环境，导致了儿童文学创作方向的分化。

儿童文学界对儿童本位的重新重视，是从20世纪90年代中期开始的，这恰恰是与前述转型时期的人们阅读心理的普遍变化相一致的。现实是中国儿童文学正越来越从理性、深刻走向轻松和娱乐，同时这种走向正在受到来自市场的怂恿和推动。

市场，是商业社会中谈论最多的概念之一。儿童文学在商业化时代中是通过营销运作来实现其市场化的。

二、儿童文学的商业化运作

2002年哈利·波特在中国的登陆，是一个偶然中孕育着必然的事件，它以一种空降的方式将儿童文学的商业化时代强加给了我们。

（一）营销具有巨大的市场推动力

哈利·波特本身是一个儿童文学商业营销在全球范围内的成功典范，它的全球销售额高达几十亿美元。这种营销首先是通过对媒体力量的整合利用展开立体多维的宣传攻势以强行树立品牌，便于使它的图书在发行渠道中赢得第一层面的利润；接下去则是通过授权将这个已经建立起来的儿童文学品牌向图书以外的影视、数码游戏、文具、服装等各种相关的文化及消费品领域延伸，使该品牌的商业价值在这种多层次立体化的产业链经营中达到最大化实现。除了哈利·波特，我们熟悉的还有如迪士尼的米老鼠、唐老鸭，迪士尼是从动画片起家的，而迄今以米老鼠、唐老鸭形象为品牌的图书已经出版了70多年，品牌延伸到音像、数码、服装、文具、食品、游戏娱乐等多个领域，形成庞大的卡通产业，以米老鼠、唐老鸭等卡通形象为主的迪士尼乐园，在世界上有好几个。仅美国迪

士尼乐园，在 2003 年一年中，就已经接待了 4.5 亿人次。在中国，由于立体营销的产业链尚未真正形成，因此目前儿童文学的营销运作还仅限于在出版发行这个单一经营层面上展开。但是，即使仅仅在出版发行这个单一层面上，营销的力量也已经相当惊人，已经对传统的发行概念形成了颠覆。一个最极端的例子是，前些年，上海三联书店出版过一本《学习的革命》，一个做软件的科利华公司拿来进行发行炒作，就这么一本书在 1999 年的发行量达到了天文数字。有报道说 800 万册，也有说 500 万册，科利华公司名声大震，当年就成了上市公司，而且股价从 4 元人民币一度飙升到 30 元。最近三年，像《鸡皮疙瘩》《冒险小虎队》《淘气包马小跳》等图书，单册的发行量也都在十几万到几十万。

从这个意义上来说，21 世纪的中国儿童文学面临着一个巨大的市场机遇，营销——这个商业化时代的重要工具对儿童文学的繁荣有巨大的推动意义。

（二）营销的性质和运作特点决定了它对中国儿童文学来说是一柄双刃剑

首先，营销是资本增值的工具，它只对市场负责、只对利润的最大化负责，这是它的最终目的，因此它对作品的选择标准是以市场需求为尺度，而非艺术的尺度。所以营销的力量的确很惊人，它能够捧红优秀的作品，同样也能够捧红不那么优秀的作品。中国儿童文学在商业时代的命运是微妙的。

其次，营销运作的特点决定了现代营销的概念包括了对产品的全程开发、包装设计和推广销售，已经置身于产业化运作过程中的儿童文学自然不能例外。作为营销的不可分割的环节，这种开发、包装、设计和推广是完全一体的，即从选题内容、表现方式、外观形式直至宣传口径、出版时机与上市节奏到卖场管理等，是完全贯穿到底的。在商业包装中，某种价值观会以"概念炒作"的方式被无限放大（比如娱乐、刺激、享乐主义等），左右着读者对作品的理解和诠释，调动起读者的购买冲动。因而此时的产品——包括儿童文学作品已经不纯粹是作家个人的主观创作了，因为在市场营销的产业链中，资本对利润回馈的预期已经作为一种条件介入创作阶段。尤其是系列化、规模化的作品，这种营销的干预和介入的痕迹越发鲜明。

而这种营销主体的干预与介入，正是商业化写作的催生剂。

商业化写作是作家艺术家自觉地为迎合市场迎合大众口味而进行的写作。商业化写作从某种意义上说是对作家艺术个性的背叛，因为这种写作从一开始就受到来自市场需求的强烈制约。商业化写作也有几个鲜明的特征：第一，商业化写作以市场覆盖率为直接追求目标，而在大众（包括儿童）的阅读需求中覆盖面最广的是"放松""娱乐"，因此，商业化写作的主题和题材往往娱乐性较强，为了获得消费市场的最大认同，最具普遍性的大众口味就是商业化写作自觉遵守的标准。第二，商业化写作以标准化取代个性化，因此商业化写作往往是模式化的，譬如好莱坞的电影就不厌其烦地翻制美女帅哥领衔的爱情至上和英雄主义的神话，中产阶级的欣赏口味已被分解为构成作品内在质地的若干艺术元素。第三，模式化的写作给产业链的营销运作带来了便利，这就可以解释为什么那些超级营销产品往往是大规模的或系列化的产品（作品），如迪斯尼的动画片、哈利·波特等。从 20 世纪 80 年代后期一群文化人集体创作的电视连续剧《渴望》开始，商业化写作就已经在中国大陆出现了，中国儿童文学的商业化写作出现得较晚，这与营销介入儿童文学较晚有关。近两年在我们的儿童文学创作队伍中，商业化写作已经悄然浮出水面，例如一些青春文学作品、一些惊悚作品等，甚至还有一些工作室根据市场热点或流行口味策划一些类型化的情节元素、人物关系，然后以流水线的方式来快速和大批量地生产一些为市场量身定制的系列作品。我们无法回避这样的现实,因为我们无法拒绝一个时代的到来。实际上,商业化写作也曾有过相当出色的作品,例如金庸的武侠小说、迪士尼的卡通《米老鼠唐老鸭》《狮子王》、好莱坞的《魂断蓝桥》《泰坦尼克号》等。但是毋庸置疑,商业化写作潮往往泥沙俱下,大量格调不高的作品会贴上营销的标签混迹于市场。

营销的上述性质与特点,正如水可以载舟,也可以覆舟一样,好的营销能够引导市场需求乃至创造市场需求,点燃消费者内心的高尚的渴望、引导消费者认识高雅的文化产品的内在价值;而平庸的营销则只会一味迎合市场、迎合人类更接近本能的那部分心理需求,远离文化良心,甚至怂恿低级趣味,这后一种营销盛行的结果就是大量的文化垃圾被制造出来,阻碍文明的进步。前一阵市场上"伪书"泛滥就是一个恶劣营销的典型例子。

况且,在阅读浅化与功利化的今天,有媒体称,中小学生心理问题的发生率已高达百分比的两位数了,而这种心理上的困惑、情感障碍,甚至道德感严重缺失等,并不是一味的娱乐、休闲所能够疏导纠正的,而需要具有一定人文深度的作品来给予他们精神的滋养,拓宽和丰富他们的精神空间。今天我们的儿童文学的确已经有了相当大的发展,但这个发展主要是在数量上,比起 10 年前,可以说我们在艺术成就方面突破性的进步太少了,这无疑与我们今天的阅读环境和营销环境密切相关。

优秀的儿童文学作品永远是独创的、充满艺术个性魅力的。在商业化时代,儿童文学的发展必须要借助于营销这个有力的市场工具,利用它来推广优秀的儿童文学作品;而同时,我们也必须强化营销主体的文化责任感,树立更长远的眼光。同时相应地,我们的儿童文学理论研究应当加强应用性的研究,为儿童文学的营销主体探求将市场规律与艺术提升相结合的发展道路,另外我们还应该调动各种社会机构的力量来倡导、鼓励优美、高品位的儿童文学创作。

总之,我们对新的商业化时代儿童文学所处的环境要有充分的认识,相信在各方面的共同努力下,中国儿童文学应能获得健康的发展。

(原载《中国出版》2006 年第 6 期)

儿童文学呼唤现实主义精神

李东华

如何书写中国式童年？这是近年来儿童文学作家、评论家、出版人一直在频繁讨论的话题，探讨的热切缘于这样的共识和判断：中国经济的迅猛发展带来的社会巨变，使当下中国儿童的生活经验、精神世界呈现出既不同于父辈也不同于国外同龄人的独特面貌。正如学者方卫平所说："中国当代儿童文学亟须对这些独属于中国童年的新现象和新命题做出回应。或者说，对于中国式当代童年的关注和思考，应该成为中国儿童文学的一个核心艺术话题。"今年，曹文轩获得国际安徒生奖，显示了来自世界范围内的读者对中国童年、中国故事越来越浓厚的兴趣，这可能形成又一种驱动力，使得"关注当代中国式童年"这一命题的紧迫性进一步加强。

"现实储备"捉襟见肘——写作与生活存在较大隔膜

现实主义写作是百年来中国儿童文学持续的主流，几乎每个时代都留下了折射着那个时代光谱的儿童形象。这些年我国现实主义题材的儿童文学创作取得的成就有目共睹，尤其是幼儿文学和童年文学方面，郑春华的"马鸣加系列""小饼干和围裙妈妈系列"、杨红樱的"淘气包马小跳系列"，等等，都是被万千小读者所认可的；曹文轩的《草房子》《青铜葵花》等作品更是抵达了国际一流水准；张炜、赵丽宏等文学名家跨界写作，根据自身童年经验创作的作品也都有很好的社会反响。

但是，在一系列荣耀和成绩面前，当下儿童文学的现实主义写作依然面临着待解的挑战，面临着困境——其中最重要的一点，就是儿童文学作家和这个时代的儿童存在着隔膜。网络时代的到来和全球化的快速推进，使儿童的经验出现了同质化的倾向，但深入分析却发现儿童经验在趋同中其实又产生了更为巨大的差异。比如，留守儿童与城市儿童经验的差异。比如，伴随科技快速进步和经济飞速发展，社会变化空前迅速，造成了成人和孩子间的代沟加大加深。比如，不断暴露出来的独生子女的心理问题，等等。而这种儿童经验的差异性在当前儿童文学创作中体现得远远不够。

新时期以来，中国儿童文学出现了持续繁荣的局面，但仔细分析就会发现，我们的写作其实很大程度上是在借鉴西方和本国前辈的写作经验，借助于我们自身的童年经验，甚至塑造的儿童形象都有原型可以追溯。如今，儿童自身阅读水平的提高和其自身经验表达的诉求，使其对儿童文学作品阅读提出了更高、更精细的要求。此时，面对当代中国式童年，作家们过往的经验有可能不足甚至失效。事实上，自 20 世纪 90 年代中期以来，这样一种因为陌生而无法产生共鸣的危机已经呈现：一群中学生创作的"自画青春"系列小说和深圳女生郁秀的《花季·雨季》出版后均获得热烈反响；新世纪以后，韩寒、郭敬明、蒋方舟等人更是拉起"青春文学"的旗帜，形成低龄化写作的热潮，迅速占领了本属于传统儿童文学的"少年文学"的地盘。李敬泽在《儿童文学的再准备》（刊载于 2015 年 7

月 17 日《人民日报》第 24 版）一文中说："'青春文学'铺天盖地，基本上是孩子的同龄人或稍大一些的人写的，成年作家的作品很少，现在的局面就是，青春期的大孩子相互抚慰，成年人默不作声。这在世界各国都是罕见的现象，是不正常的。"这也从一个方面提示我们在面对浩瀚繁复的时代经验——尤其是当下经验中年龄层次较高的孩子时，我们在认识上无法做到游刃有余。

然而解决这样的难题并没有捷径可走，必须像考古学者或者社会学者一样下苦功夫、笨功夫，要长期和孩子们生活在一起，了解他们的生活和内心世界，而不是依靠蜻蜓点水、走马观花式的采访。当下儿童的经验、内心世界需要我们去了解，同时也需要在更高的精神层面加以观照，这样我们的作品就不再是对童年生活表象的描摹，而能够深入少年儿童的内心，进入到孩子们生活的内部。

事实上，这些年来"当下性"较强的，反映留守儿童生活、反映边地少数民族少年儿童生活、反映当前都市儿童生活的优秀作品其实也有很多。比如阿来描写藏族少年成长故事的《三只虫草》、毕飞宇写校园生活的《家事》、韩青辰写乡村儿童的《小证人》，以及陆梅、王巨成、胡继风、孟宪明对留守儿童的书写，等等，应该说都是表现当下现实的优秀作品。然而，这些作品散落在不同的出版社，或者隐藏在某一套系列作品中，面对市场的喧嚣，难以像轻松好读的畅销书那样得到足够的策划、宣传与重视。从这个意义上说，呼唤儿童文学的现实主义精神，既是朝向作家的，也是朝向出版人的。

文学储备尚需增强——对现实精神体认不够

可以说，当代中国式童年书写的困境，不全是数量上的，甚至也不是表现生活宽度上的，那么问题究竟出在哪里呢？我以为是儿童文学创作在总体上对现实主义精神的体认还不够强。就拿"写实"这项基本功来说，那种在叶圣陶、林海音、张天翼、徐光耀等老一辈作家笔下的对生活细节的精准把握和细腻描写的能力，在曹文轩、秦文君、沈石溪等作家的笔下体现得依旧很强健，但在年轻一代作家的写作中却有弱化的迹象。

写实能力弱化的另一个表现，是对儿童生活简单的故事化的表达。这样的写作基本上把儿童孤立了起来，斩断了儿童和家庭、时代、社会、成人世界的丰富联系，把文学等同于故事，不仅简化了生活，更简化了孩子的精神世界。这样的作品必然是飘忽、不接地气、缺乏生活质感的。事实上，当前幻想文学的创作同样存在着写实性不强的问题。作家的虚构能力和想象力不是指天马行空地胡编乱造，而是能够把幻想世界"写实"，让幻想世界具有深切的现实感，否则幻想就会呈现出无根的、轻飘的特质。所以，"写实"并不只是一种手段和技巧，更是一种作家从整体性上建立与这个时代、与当下社会关系的能力。

有评论家指出，我们书写当代中国式童年时还停留在生活的表象。这样的判断有时会消解作家们付出的努力。我常常想，难道我们的作家"成心"要把作品写得浮躁而浅显吗？如今，得益于少儿图书引进的便捷，我们几乎可以和国外读者同步地欣赏到当前最优秀的世界儿童文学作品，可以说，我们正在成为"世界读者"——全世界任何优秀作品都可以进入我们的视线——这样优越的阅读条件惠及的不应该仅仅是普通读者，更应该惠及写作者。但是，我在一次原创儿童文学作品评审中发现，当前很多写作者的阅读面还不够开阔，其借鉴、模仿的还是很古老的民间文学，最多止于安徒生童话和格林童话，而看不到经过了几百年的发展后当前儿童文学最前沿的写作已经抵达的高度，看不

到世界儿童文学丰盛的精神财富对其写作的滋养和提升，这就相当于机械化生产技术已经普及之时，我们还在"刀耕火种"。试想，以这样的阅读视阈来写作，怎么可能创作出能够征服当前见多识广的新时代儿童心灵的作品呢？对生活深入的体验是创作的基础，而深厚的文学修养和扎实的表达能力，则是创作出优秀作品的重要保证。

面对现实困境与问题的冲击，儿童文学写作呼唤现实主义精神，这是要我们的儿童文学写作能够打赢一场在艺术上、思想上实现根本性突破的攻坚战，增强表达现实的能力，同时，这也是儿童文学对"大时代产生大作品"的呼应，是不可错失的时代机遇。正如方卫平所期待："童书市场经济发展到今天，作为其重要构成乃至支撑力量的儿童文学，正亟须一次新的现实主义的洗礼，以使其超越市场化的狭隘现实，走向更为开阔、深远、脚踏实地的中国童年现实。"

近年来，儿童文学创作与出版迎来高峰期，大众对儿童阅读的重视也与日俱增。前不久，作家曹文轩获得国际安徒生奖，代表中国作家首次获此殊荣，更是聚集起国内外对中国儿童文学创作成绩的瞩目。与此同时，我们的儿童文学创作是否也存在着有待突破的瓶颈，有待面对的挑战呢？伴随时代的快速发展，少年儿童的阅读需求有哪些变化，这些变化对创作者提出了怎样的要求？六一国际儿童节到来之际，特推出《儿童文学呼唤现实主义精神》一文，希望对儿童文学的未来有所裨益。

（原载《人民日报》2016 年 5 月 31 日）

中国儿童文学的增殖空间："中间地带"书写

张国龙

新世纪以来，随着中国经济大发展，相当一部分富裕起来的中国人意识到"儿童是未来的希望"，开始注重"教育从娃娃抓起"，儿童文学借此迎来了黄金时期。据开卷公司2014年公布的图书销售数据显示，"少儿图书市场持续稳定增长，2013年达到10%。少儿书的细分类别成长性差异较大，少儿文学占据将近一半的比重"(《少儿图书零售市场分析》)。儿童文学作家占据作家富豪榜前十名的半壁江山。在图书市场日益萎缩的当下，儿童文学图书却异军突起一枝独秀，促使众多非少儿出版社纷纷进军童书市场以求分一杯羹，一些图书经销商甚至发出"如果没有儿童图书我们卖什么"的感慨。儿童文学品类如雨后春笋，出现了"幼儿文学""童年文学""少年文学""青春文学""成长小说""校园文学""校园轻小说""幻想文学""玄幻文学""动物文学""网络文学""穿越小说""网游文学""动漫文学"等。事实上，新世纪以来中国童书市场的火爆已超乎想象，一个儿童文学作家的作品卖到数千万册不是神话，且绝非个案。一部长篇儿童小说销售三万册，顶多说明还凑合。毫无疑问，除了性生活，人生的大多数问题儿童必然会面对。然而，从整体上来看，作品缺乏丰富性和多元性。尤其是几乎不关注儿童生活中必然存在的"中间地带"，使得大多数作品单纯有余而深刻不足。什么是"中间地带"？儿童文学书写"中间地带"的可能性有多大？儿童文学应该怎样书写"中间地带"？

一、什么是"中间地带"

按照"文学是人学"(高尔基语)的界定，书写"人性""人情"乃文学的本真。人性多呈球形、多面性，平面化、单向度的人是小众或个案。囿于二律背反的传统文化心理定式，中国人对人的认识往往偏狭，一边倒或非此即彼。惯于给立体、丰满的人贴上单一、确定性的标签，诸如好人/坏人、先进/落后、善者/恶人，等等。弘扬人性中的真善美无疑是文学书写的普世价值，但人性之假丑恶无处不在。"人来源于动物界这一事实已经决定人永远不能完全摆脱兽性，所以总是永远只能在于摆脱得多些或少些，在于兽性或人性的程度上的差异。"(恩格斯《反杜林论》)人类文明就在于尽最大可能抑制、清除兽性，伸展、光大人性。英国作家戈尔丁说过，"经历过那些岁月(世界大战)的人如果还不了解，'恶'出于人犹如'蜜'产于蜂，那他不是瞎了眼，就是脑子出了毛病"[①]。因此，鞭挞人性中存在的"假丑恶"是文学书写的一种常识或共识。大多数作家通常不自觉扮演了法官或道德评判家的角色，站在正义与邪恶之间，不假思索就倒向了前者。如同"黑"的对立面不只有"白"一样，在正义与邪恶之间必然存在着一个巨大的"中间地带"。它与二者既唇齿相依，又保持着一种永难消弭的距离。或因投鼠忌器，或因不具备敏锐的洞察力，许多作家对人性中的"中间地带"往往态度暧昧，或者说漠视、视而不见。不可否认，"中间地带"通常具有反道德性，法律在它面前束手无策。概而言之，文学所书写的"中间地带"介乎正面/反面、真善美/假丑恶之间，指称着生命存在的多样性，人生价值的多元性，人性的驳杂性，人生道德的相对性和模糊性，文学表现的广阔性以及深度、广度和厚度等。

许多经典文学作品因书写人性中普遍存在、往往又容易被宏大叙事惯性忽视的"中间地带"而独树一帜，比如莫言的"红高粱家族"系列。笔者20岁上下的年纪时初读这部作品，完全沉醉在莫言恣肆汪洋的文字里，诸多非常态的人生体验通过狂欢化的语言酣畅淋漓地表达出来。笔者读得过瘾读得解气读得血脉偾张，完全是粉丝式的阅读。20多年后重读，冷静且挑剔，"研究"并追问。这个作品为什么能成为经典？与同类题材相比有什么独特之处？莫言为什么能获诺奖？这才惊异地发现，这个作品与笔者小时候通过各种文艺载体了解到的"抗日故事"完全不一样，居然写了土匪、奸夫淫妇抗日的诡谲故事。"我"爷爷是土匪，和"我"奶奶是姘居关系。按传统道德标准衡量，他们皆为人所不齿。然而，国难当头，"我"爷爷这个曾经杀人越货、抢夺人妻的土匪为了国家民族大义走上抗日前线英勇杀敌保家卫国。读者在骂"我"奶奶不守妇道时一定会犹疑。试问，一个被父亲卖给麻风病人做老婆、换了几块大洋和一头大骡子的女人，她的憋屈谁人堪怜？与其嫁给麻风病人，还不如被一个生理健康的土匪糟蹋。因此，她在高粱地里被强奸时不喊不叫不反抗。人性的极端扭曲难道仅仅是她的错？她最终散尽毕生积攒的家财支援抗日，并率领夫儿冲锋陷阵为国捐躯。无论是作为杀人越货的土匪，还是作为奸夫淫妇，他们都精忠报国，该不该为他们树一块"民族英雄"的丰碑？莫言独辟蹊径既展现了人性中的暗斑与光辉，又表现了人生价值观尤其是道德观念的相对性和模糊性。这无疑是书写"中间地带"的经典之作。毫无疑问，在20世纪80年代初的中国这种写法是标新立异的，甚至离经叛道，当然极其高明。"诗小说"《芒果街上的小屋》的作者美国作家希斯内罗丝曾说，她在艾奥瓦州立大学写作班读书时教写作的老师告诫她，"写别人写不了的，写别人写不好的，你才有出路"。莫言之所以能把一个土得掉渣的抗日题材故事写出新意，确实做到了"写别人写不好的""写别人写不了的"，深度书写了"中间地带"的幽微、隐秘。

或许有人会质疑，成人和儿童是完全不同的两极，成人文学的书写经验不可与儿童文学相提并论。儿童文学书写"中间地带"的可能性究竟有多大？

二、儿童文学书写"中间地带"的可能性

儿童之于成人是他者，儿童世界的确是一个自足的实体。作为儿童的监护人、引路人和呵护者，破译儿童世界的密码是成人的共同目标和公共想象。不过，抵达童真世界腹地是一条无极之路，无限接近应该是较为准确的答案。儿童文学的写作者主要是成人，而主要阅读者却是儿童，势必导致儿童文学作品中的儿童往往是被成人作家建构和想象的。儿童的天真烂漫的确异乎成人，成人世界的确光怪陆离蝇营狗苟，促使成人作家笃定儿童世界如同童话般瑰丽、曼妙，并大胆虚拟儿童和儿童世界。然而，儿童并非如成人想象的那般单纯、清白，儿童的天宇里间或飘过一片荫翳，扬起一阵浮尘。比如，一个孩子对另一个孩子说："给我五元钱，我们才能成为朋友。""别和他玩耍，他身上有扫帚的味道。""你怎么可以和她一起跳皮筋，她长得那么难看！"这些似乎与生俱来的贪婪、自私和残忍，无论如何是不能用"童言无忌"加以遮掩的。戈尔丁在谈及《蝇王》的写作动机时更是直言不讳："我看厌了将儿童形容为天真清白的《金银岛》那类小说。我何不写一本形容在荒岛上儿童如何作乱的暴露人的真面目的小说！"一方面儿童和儿童世界并非纤尘不染，另一方面儿童世界和成人世界并非彼此孤立，二者必然存在着交集，儿童必

然会接触到成人世界的林林总总。

基于人之存在的丰富性、差异性和多元性,儿童的存在亦然。尽管儿童较之于成人个体的差异性不明显且具有类型化特征,但是,差异性、丰富性和多元性依旧存在。且不说男孩/女孩的性别差异,成长于不同文化语境中的孩子呈现的差异性特质一目了然。差异性折射出个性,是文学书写的命脉。因为忽略了儿童单纯、明净生活之外的诸多因素,因为害怕暴露阴暗面而污染了儿童的纯真,因为儿童观和儿童文学观的守旧和偏狭,中国的许多儿童文学作品往往只表现正面,努力遮掩反面,漠视介于正、反面之间的"中间地带"。儿童对于正面的接受是一种本能,对反面的抛弃从某种意义上说是一种必然。但是,对"中间地带"的质疑和迷惑往往无以复加,却常常被成人善意地虚饰或忽视,概因成人对这个地带理解的苍白和把握的疲软。

关注、书写"中间地带",并非颠覆传统价值观,并非僭越一切伦理道德樊篱,并非在暧昧的情绪中导致审美和审智的双重失范。书写"中间地带"是一种姿态,抑或是一种襟怀:不用谎言去虚构晶莹剔透的童话世界,正视儿童固有的人性弱点,接受儿童世界/成人世界的唇齿相依,承认人生中充满许多不可求解的悖论、诘问,看清了所有的儿童必将长大、必将独自面对光怪陆离的成人世界,看清了所有曾经是孩子的大人一旦长大就忘记了过往……这无疑为孩子们打开了观察、思考人生和世界的第三扇窗户,无疑为治愈儿童成长之殇创造了契机,无疑建构了儿童开放的襟怀。由是,许多书写"中间地带"的儿童文学作品成为老少咸宜的经典。那些真正的儿童文学佳作无一例外受到了成人和儿童的追捧,读者甚至忘记了作品的"儿童文学"标记。比如,《城南旧事》《独船》《芒果街上的小屋》和《穿条纹衣服的男孩》等。

三、儿童文学怎样书写"中间地带"

既然儿童文学书写"中间地带"具有多种可能性,那么怎样书写"中间地带"才更具有效性? 坚守"儿童本位"立场是前提,脱下道德家和全知全能圣人的外衣,通过儿童的眼睛观察,通过儿童的耳朵聆听,通过儿童无邪的疑问去追问,儿童视角与成人视角的交相辉映,举重若轻地揭示诸多重大的人生命题。

儿童看到的成人往往视而不见,儿童听见的成人往往假装听不见。而且,儿童所看到的和所听见的往往和成人有"质"的区别。在成人那里是习以为常、无动于衷的人和事,往往能引起儿童格外的关注,甚至能发现不平、不公和不正常。并非儿童有特异功能,亦非成人生理上出现了功能性障碍,而是儿童被文化规约改写的程度较轻,儿童沾染的世俗功利较少,更自然更率性更接近本色。比如,《城南旧事》中所有的大人都认为秀贞是个疯女人,而小英子却发现她"不疯";当所有的大人漠视小桂子的遭际,小英子却给予了深深的同情。这疯/不疯、冷漠/同情背后隐藏着一大片人性"真空地带"或"中间地带",显然无法用"善"/"不善"加以评判。大多数成年人对不幸的疯女人和弃儿小桂子的冷漠似乎理所当然——非亲非故,且她们的遭际并非由自己亲手制造,似乎谁也没有理由苛责他们。这恰好映照了人性"中间地带"的真实情状,而且体现了道德的相对性和模糊性,以及仅凭道德救赎人性的有心无力。无独有偶,《穿条纹衣服的男孩》中的纳粹司令官的儿子小男孩布鲁诺跟随父亲来到奥斯维辛集中营,看见铁丝网那边那些穿条纹衣服的人被荷枪实弹的纳粹士兵呼来喝去,犹如过家家一般好玩儿;当他看见打人等血腥场景嘴巴不由自主张成了"O"形;他邀请犹太小男孩希姆尔到家里来玩,面对纳粹警卫的逼问不敢挺身而出庇护……在这里，成人世界的罪恶和儿童明哲保身的本能折射出"中间地带"的隐秘和幽微，读来令人骨鲠在喉。

长大成人就意味着妥协，认同或臣服于各种社会规约和伦理秩序。殊不知，不少规约、秩序并不合理，甚至不人道。但是，大多数成人明明发现了问题，因为深谙明哲保身之道，因为忌惮"以卵击石""枪打出头鸟"，还因"事不关己高高挂起"，故而选择了默认或承受，客观上为不平不公提供了存在的合理性和合法性。久而久之，就形成了一种被大众认同的世故的处世原则，一种难以铲除的文化劣根性和毒瘤。比如，安徒生童话《皇帝的新装》里的所有大人明明看出了皇帝一丝不挂招摇过市，却都在啧啧称赞皇帝的新装是多么的华美，唯独一个小孩大声喊出了"他什么都没穿啊"。《城南旧事》中的小女孩林英子面对成人世界有太多太多的疑问。诸如，"为什么宋妈不在家里看自己的孩子却来我家照顾我的弟弟妹妹？""贼被抓了，他的母亲和弟弟谁来养活啊？"通过天真无邪的疑问，去质疑、追问那些显而易见的生存本相。

此外，儿童视角与成人视角的交相辉映，是有效书写"中间地带"的王道。萧红的《呼兰河传》第三章属于典型的儿童小说，对儿童视角和潜隐的成人视角的双重运用是该作品成功的要素之一。运用儿童视角，有意而又合理遮蔽了作品中其他人物的内心世界，凸显了他们灵魂的麻木。儿童因为心智不成熟无法洞察幽微的人情、人性，但是，这里的成人大多麻木、委顿，并不"幽微"，没有丰富、驳杂的心灵律动，正好与儿童视角的"简单"相契合。运用儿童视角还巧妙地实现了对成人世界的荒谬性的拷问，天真的儿童成为成熟的观看者、沉思者，因为真理往往能被未泯的童心发现，如同《皇帝的新装》里那位喊出"他没穿衣服"的小男孩。儿童的口无遮拦和纯真无邪映照了成人世界的龌龊、世故和麻木；儿童视角帮助作者完成了一个寂寞的边缘审视者的批判使命。儿童在社会体系中所处的边缘地位决定了他们虽置身其间，却又游离其外。这种局外人的身份反而成就了他们评判的客观、公允。《呼兰河传》第三章一方面用儿童的纯真视角观看已逝的童年家园，用纯真的语言展现童真、童趣，并以儿童的眼光打量人生百态；另一方面作者作为成年人的情感和思想隐伏于字里行间，娓娓的叙说中隐含着一个成年人深重的悲哀，还有作为智者博大的悲悯情怀。因为以童年视角为主，成人视角巧妙退居幕后，甚至自然隐蔽，让作品生成了一种"另类"的美感，类似于"反串"、逆向审视。又因成人视角的存在，从而填补了纯粹童年视角的"空白"——毕竟，许多人情的冷暖、是非的曲直乃儿童无法彻知的秘密。两种视角的交相辉映生成了文本恢宏的艺术时空。

总之，文学书写"中间地带"的诸多悖论无疑需要相当的洞察力和巨大的勇气，更需要与各种不合理的社会规约保持距离，甚至保持永不合作的姿态。作家绝对不能充当道德评判家，绝对不能以全知全能的圣人情怀去消解矛盾。需要以敢于冒天下之大不韪的勇毅直指问题所在，虽然不能解决所有的迷惑和悖论，即或仅仅是现象呈现，亦能促发思考，必然会迎来启迪心智的契机。"中间地带"之于中国儿童文学书写可谓真空地带，从某种意义上说，书写"真空地带"为中国儿童文学拓展了更为广阔的天空，是中国儿童文学巨大的增殖空间，使得中国儿童文学书写具有了多种可能性，甚至是医治"片面的单纯"等沉疴的良方。

[注释]

① [英]威廉·戈尔丁：《蝇王》，龚志成译，上海译文出版社2006年版，第2页。

（原载《当代作家评论》2016年第2期）

关于童书写作的两个维度

陆 梅

之一：建构一种有故乡的写作

我想从正在写着的一个小说讲起，在完成小长篇《像蝴蝶一样自由》后，我的小说写作处于停滞期，忙算是个理由，但我不想拿来作为借口。其实是自己跟自己过不去。一面是外环境太过强大：城市化进程抹平了乡村和城市的差别，我们生活着的环境越来越趋同。我们的城市大同小异，我们的房子大同小异，我们接收同样的资讯。我们一刻也离不开手机。我们越来越依赖现代化和新科技所给予的一切便利。这一切，正在消磨和同化作为写作者的内宇宙。另一面，我们也都已然习惯了城市所给予我们的舒适与便捷，我们在不自觉中步入一种惯性。有写不完的稿约，有大同小异的故事框架，这时候，如果我们自己不设法慢下来、停一停，我们其实是在惯性跑步。惯性跑步不伤脑筋，知道哪里转弯，哪里绕而行之，哪里路更好走……总之，前所未有的，我们遭遇这样一个两难：外环境太过坚实强大，以致内宇宙不足以挣拔出来，凝神屏气，独自积累并强大内在功力。

这么说，难免失之于空。我举自己的写作为例。两年前我曾在一篇散文里发愿，我要写一部小说，献给地理意义上消失了的家乡和我的爷爷。起意是新一轮的旧城改造全面启动，家乡很快被夷为平地。父亲母亲和村子里住了一辈子的乡亲都得迁往别处去居住。家里至亲的墓地也不得不迁出。古话说："穷不改门，富不迁坟。"而我爷爷的墓就在2015年3月31日的清明前迁出。我万般空茫愁绪无语凝噎，脑海里翻出鲁迅一句话："虽说故乡，然而已没有家。"

也是这个因由，我打算写一写爷爷。书名都想好了：《再见，婆婆纳》——还是以漫生野长的乡间草木为引子——我的前一本小说《格子的时光书》里写的是鸭跖草，这本爷爷的故事里是阿拉伯婆婆纳，它们都开蓝莹莹的小花，都是女孩格子熟稔并喜欢的。鸭跖草花顶着晨露而开，只开一上午，太阳一出就凋零了。一如小说里格子和男孩小胖的叹息：原来美的东西都不长久啊……而阿拉伯婆婆纳却有着强劲的生命力，田间、坡地、山冈、坟头，到处是云母般闪烁着蓝光的小碎花。它们就像爷爷的生命。

可是这个念头在我陆陆续续读到比如梁鸿的非虚构"梁庄系列"、熊培云的《追故乡的人》、耿立的《消失的乡村》等目不暇接的记忆乡愁的文字后，又有些迟疑了。在儿童文学界，同样有着很多面向故乡，或是把童年安放在故乡里的作品（这里不一一列举，挂一漏万），这进一步消解了我原本强烈的念头。如果超越不了前一本《格子的时光书》，那么我的这本《再见，婆婆纳》写的动力就不够；如果仅仅只是为乡村的"失去"唱一曲挽歌，那么再怎样试图回望童年和故乡，都不足以揭示和呈现童年最独特的生命精神。我在停滞中困惑着，思考着。这个小说终究搁置下来，此后写了《像蝴蝶一样自由》，如果给这小说

一个主题,那就是:尊重一切自由美好的生命,设身处地为他人的生命着想。此话题下面再讲。

重新唤起我想写一写故乡的念头——不只是写意念里的家乡,而是试图从家乡出发,最终抵达故乡的一场漫长旅途,是缘于一次中日作家对话。这个2017年10月在上海思南读书会举行的以"文学中的都市想象"为题的对谈,触发我对自身写作的思考。究竟,属于我自己的写作根据地在哪里?家乡吗?是,又不尽是;城市吗?心灵上,我只是一个观望者。对谈中,作家小白有个趣谈,直接否定了乡土小说这个概念,认为充其量不过是"农家乐",他认为小说就是城市化的产物。在那个语境里,结合小白自身的写作实践和文学理念,我们都心领神会。但始终,我对这个"农家乐"说耿耿于怀。且不说乡村山水中寄放着我们的性情和自在,我们的生和死、苦难和悲痛……过去与将来,在中国,乡村还意味着一种文化和信仰,是从《诗经》《庄子》《楚辞》、汉赋、唐诗宋词以及山水画里一路营造出来的精神家园。小白否定的,也许是现实意义上的乡土写作。以写实或虚构为名,关注的还是土地上的运动,百年沧桑,家族历史,生老病死……能写好这些已经不易,但确实还不够。

那么儿童文学呢?我想我们同样面临这样一个普遍性问题。有一回和一位成人文学作家聊天,因为熟稔,话就直截了当。她说你们儿童文学界怎么那么多写乡村写苦难的啊!那些作品,我看来看去都大同小异……这话不排除偶或一瞥的偏激和偏见,但我相信,那是她的直观印象。由此我在想,时代飞速发展到今天,我们需不需要重新定义故乡?我们在写作中如何呈现中国乡土?如何安顿乡土心灵?即便是给孩子写作,我们又该如何重塑个人经验,寻找到自己的写作根据地,如老作家金波所言:"写自己的童年,不是怀旧,不是追忆,而是唤醒自己的童年,启迪别人的童年。"[①]

这个时候我看到了作家刘亮程和青年评论家李德南对"故乡"的思考和阐述,可谓深得我心,这里做一援引。刘亮程认为"家乡"和"故乡"是两个维度的概念,遗憾我们常常混用,他说:"家乡是地理的,故乡是精神。我们都有一个大地上的家乡和身体心灵里的故乡。优秀的文学具有故乡意义。"[②]李德南在谈及当下城市写作时也强调:"在一个全球化的时代,我们需要重新定义故乡。当我们在新的世界视野或世界体系中来思考故乡,故乡就不再一定意味着乡村,而可能是城市,甚至就是中国本身。故乡经验的生成,不再局限于中国内部,而可能是来自美国与中国、中国与日本等多个国度的比照。"[③]

也即是说,新的生存经验确实已经打破了相对传统的城市文学与乡土文学的书写模式,敏感的作家已经开始在中国—世界的架构中描绘他们的文学图景。对于儿童文学作家而言,如果我们有能力从自己的家乡出发,在漫长的文学旅途中建立和怀揣一个心灵的故乡,无论你的家乡有没有变化,无论你居住在世界的哪个角落,文学的层面上,你把家乡上升为了故乡。而童年所在,才是故乡。

之二:设身处地为他人的生命着想

前面说到我正写着的一个小说,写写停停,其实还只刚开了个头,大抵写作者都不乐意在未完稿时拿来"透气",这里节录一段小说里"作家妈妈"写作时的"长考",是为引出我的这第二个问题:儿童文学如何彰显一种更自信的童年精神?

小说里有这么一段话:"一直以来,她自认为是在给孩子写作,可当她写着的时候,从来就没有把自己当作一个纯粹的'儿童文学作家'。她很喜欢在文字里思考——思考生和死，信仰和尊严，战争，灾难，美，自由，清洁，爱，唤醒……简直像在走迷宫，兜兜转转，寻寻觅觅，可总也走不出——也许，这就是所谓的文学里的人生吧。放开了想，我们每一个人的现实难道不也如此吗？只是在时间的长河里，对一个孩子来讲，一切都还刚开始。妈妈想不好在慨叹生命的时候，怎样让今天的孩子获得美的能力，怎样不以偏概全地面对（看待）一场战争、一个灾难，又怎样让孩子设身处地为他人的生命着想。当你在时间里走着的时候，怎样不因为恨而消磨掉爱的能力、唤醒自己的能力，怎样再累再忙还能始终保持内心清朗，正直善良，怀有理想……"

诸如此类的思考，大抵也是我本人的写照。每个作家都有自己的写作领地，自己的声音、气息、风格、表情，乃至命运、经历、一路走来的坚守和探索……一个只属于他自己的文学世界。那么给孩子写作之于我的动力在哪里？我曾在一篇文章中表达过我的观点："儿童文学作家和成人文学作家一样，也需要知道自己的来处，需要了解那些先行者筚路蓝缕趟过的足迹，而后，你才可能看清来路，才可能建立起自己的坐标——你为孩子写作，你同时也在为辽阔的心灵世界写作，那些成长中的孩子，随着这指引，看得到远方、有信有爱、有觉醒和悲悯的能力，用美的心唤醒人的心，进而真正地完成人们的生活。大抵，这才是有筋骨、有道德、有温度的写作。"

我想我们都有一个共识：优秀的儿童文学作品既是儿童的，又是成人的。也即是说，好的童书或许无关年龄，既适合给孩子看，同时也让大人们欣然接受。这样的例子不胜枚举，典型如圣艾克絮佩里的《小王子》、冰心的《寄小读者》、安徒生的童话，等等。那么优秀的儿童文学应当必备哪些要素？比如关怀弱者、抚慰人生，比如众生平等、万物有灵，比如写出爱的光、爱的宽恕和一切自由美好的生命……也即是设身处地为他人的生命着想。

基于这样一层思考，我在小说《像蝴蝶一样自由》里虚构了一场以二战为背景，10岁中国小女孩和二战中被纳粹毒气室毒死的13岁女孩安妮的相遇。穿越生死与时光，两个异国女孩会怎样对话？我希图借助一个"故事"，传达一份信仰与信念，和生命有关，和尊严有关。日本作家大江健三郎有句话："我无法从头再活一遍，可是我们却能够从头再活一遍。"——信然！

虽说作家们都是孤军奋战，写作在本质上是孤独的，但是我的这些思考还是有着不少的同盟。比如我们都敬重的老作家金波说："凡是为儿童写作的作家，在写作的实践中，不但创作着全新的作品，也在发现着全新的自我。当自己的生命和儿童的生命相融合时，便是走进了一种新的境界。"④比如儿童文学作家、评论家李东华说："在我眼里，儿童文学不仅仅是一种文体，它还是一种信仰，一种世界观。"⑤比如儿童文学作家薛涛说："不要把儿童文学仅仅圈囿于儿童范畴考量，它同样应该是关注人的存在的'大文学'。"⑥

我想表达这样一层意思：作家最重要的生活是他的内心。内心深处，需要存在（积聚）大的东西。如此，才有能力做强烈个人化的表达，才有信心听从自己的内心，进而彰显独特深刻壮阔的中国精神、中国童年精神。

关于童书写作的维度还有很多，这里不惮浅陋，如实说来，是为向同道们学习，并在互相砥砺中继续前行。

[注释]
①④ 金波：《活力与思力并重的儿童文学精神》，《文艺报》2017年10月13日。
② 刘亮程："书香木垒·西部作家班"讲稿，2017年7月18日。

③ 李德南:《有风自南》,花城出版社 2017 年版。
⑤⑥ 李东华:《成长的想象》,接力出版社 2017 年版。

（原载《人民日报（海外版）》2018 年 2 月 7 日）

凄美的深潭："低龄化写作"对传统儿童文学的颠覆

徐　妍

在世纪末最后的日子里,孩子,作为造物主赐给人类的最可塑的面团,被推至一个一切都有待重估的新的地平线上,以步成人的后尘。然而,孩子并没有完全遵循既定的轨道:他们在文字里,保留了原初的顽皮与机智,一边追逐,一边颠覆。

一、白日里苍老的心灵

"低龄化写作"的命名不只是为了应对少年作家的写作现象而采用的临时表意策略。这一命名更意味着它只关涉低龄自身,而不关涉低龄所派生出来的让人们产生的一系列常规联想。或者说,"低龄化写作"是相对于成人写作而言,且,依据低龄化作者的年龄特征来作的分类。但,"低龄化写作"并不标志必然地与传统观念中的儿童写作有着一脉相承的联系,更不说明它与成人的写作有着天然的隔绝与对立。事实上,"低龄化写作"已经消解了孩子与成人的边界:"低龄化写作"不再符合人们以往的假设,不再保有着一切低龄孩子所具有的童稚与幻想,它甚至已经超出了孩子的边界,浸染上成人的复杂与破灭。此外,"低龄化写作"与儿童作家的写作也截然不同。北童的《飞碟狗》、车培晶的《爷爷铁床下的密室》无论多么努力地想博得孩子的青睐,都无法真正走入这忧伤的早熟的心灵深层。因为当成人作家一经如"大篷车"等儿童栏目一样模拟着孩子的声音,也便暴露了成人的假声。

低龄化作者大多出生于 20 世纪 80 年代。当他们拥有记忆时,正值世纪末。传统儿童文学中的"向日葵"意象根本没有进入他们的记忆。或者说,他们是"向日葵"后的一代。他们根本无意把自己扮作孩童,虽然他们流连童年的风景。当他们意识到已经无奈于心灵的负重时,索性在文字里比成年还老成。作家曹文轩在韩寒《三重门》序言中谈及了自己感到惊奇的原因:作者的早熟和早慧。由此,他素描了传统意义上的儿童文学特征:天真与稚拙,并进而指出:"在《三重门》的作者韩寒身上,却几乎不见孩子的踪影。若没有知情人告诉你这部作品出自一个十几岁的孩子之手,你就可能以为它出自于成年人之手。可以这么说,《三重门》是一部由一个少年写就,但却不能简单划入儿童文学的一般意义的小说。在我的感觉上,它恰恰是以成熟、老练,甚至以老到见长的。"这段论述,实际上扩大了儿童文学研究的视点:儿童文学并非一块泾渭分明的地域。它不会取决于作品的主人公是否是一名儿童,也不应该取决于作家是否是一位少年学生。那划入儿童文学地域的人物与作者没有日期。试图将一个确定的日期固定在一个不确定的文本世界里,是与文本与作者的初衷相违背的。如郭敬明所说:"我觉得自己是一下子就在风里面蹿成了一个 17 岁的大孩子,一恍神就出落成现在这副古灵精怪的样子。"所以,我们很难根据日期判断生命是否成熟与稚嫩。这样,我也就不难理解韩寒的《三重门》,还有郭敬明的《爱与痛的边缘》、甘世佳的《十七岁开始苍老》,甚至 11 岁的蒋方舟的《正在发育》

中所进行着的一种跨越儿童文学界的写作。也许，唯其如此。他们才能以叛逆之心反抗他们所受到的压迫。

以今天的生存空间而言，没有什么事物比孩子的心灵更为隐秘。孩子的孤独比成人的孤独更难以言说。孩子的人格比成人的人格更为复杂。孩子不会如实地回答心理学家的任何测试，不会对自身以外表露自己的孤独，更不会明白为何在人前作假。心理学家提出过的"心理降生"概念，认为少年的成长要经历两次降生：第一次主要指母子分离，分离后的痛苦可以在追忆中得到治愈。第二次则要艰难得多。因为第二次是个别化的过程。它是一个刚刚经历与母亲分离之后的无助的生命所必得经历的更孤寂的痛苦。这个孤寂的生命的一个本能的反应就是用行动或用心理对抗成年人为中心的压迫性文化的压迫。当然，这种对抗不一定永远都是矛盾性对抗，少年的心理降生完全可能是一个成功，如果他或她的生理、心理、情感、智性、生存能力等诸多方面能够获得总体性的发展。然而，令人遗憾的是，他们生不逢时，或者，也可以说恰逢其时，因为这个现代社会不再将生命的降生看作庄严与神圣的事情，可也同时为这批降生者提供了降生的无限可能。更确切地说，这批降生者刚一与母亲分离，就遇到了一个没有价值判断，或者说，怎么判断都行的多元的社会。这样，如果说成人可以在十几年内走完欧洲几百年的历史，那么，少年也可能在十几年里走完所有年龄的历程。这样，我也就不会感到惊诧，当少年以一颗衰老之心说："一个 17 岁的人说自己的年轻生活流过了，听起来怪怪的。或许是我看的书多了，灵魂就成熟或者说苍老起来。就像台湾的米天心一样，被人称为'老灵魂'。"17 岁，按照以往的阅读经验，正是生命即将进入青春之际，可"向日葵"后们已经毅然决然地告别了那个原本有憧憬有梦想的童年的旷野。

那么，究竟是何种缘故让"向日葵"后们一降生就开始苍老？或者说，"向日葵"后们获得了怎样的写作经验才变得比成年人还老成？我想，这是一个难以考证的追问。因为没有人能说得清一个人的成长究竟是由于哪本书，哪件事，哪个人。但是，在此，我拟以文本作为考证对象，追踪"向日葵"后们早熟的原因。由于生活局限，"向日葵"后们似乎更多地以阅读的形式度过自己的时光。但是，需要说明的是，"向日葵"后们的阅读对象除了在《三重门》里主人公林雨翔从 5 岁起就背诵的《尚书》《论语》《左传》等传统书籍，在《十七岁开始苍老》里"我"所说的连环漫画、童话、作文选，杂乱的武侠小说，尼采和弗洛伊德的著作，圣经及杂乱的后现代文学，在《爱与痛的边缘》中，"我"随口引用的普鲁斯特、杜拉斯、苏童等人的话语外，还包括现代社会里的大量的纸媒、图媒和网媒。尤其，与书籍相比，这些多媒体对于"向日葵"后们吸力愈来愈大，如安妮宝贝的网上小说已经成了他们的一种安慰："安妮对我来说就像是开在水中的蓝色鸢尾花，是生命里的一场幻觉。"王菲的歌曲已经成了一种自然的幻灭，"王菲唱，当时的月亮，曾经代表谁的心，结果都一样，一夜之间化作明天的阳光。于是我们哭。"王家卫的电影填补了一片寂寞的空白："王家卫。写下这 3 个字的时候我的指尖很细微但很尖锐地疼了一下。"可以说，正是这些媒体阅读，催发了低龄化一族的早熟。或者，更确切地说，"向日葵"后们大多更倾向于与媒体语言为伍。他们吸纳了媒体语言的新奇与活脱，俏皮与机智，可也感染上了媒体语言的虚幻与短暂、凌乱与感伤。于是，原本就空旷的心灵就更加飘荡在半空之中。

二、夜里本能的颠覆

"向日葵"后们从此不再憧憬白日的梦想。他们沉湎于夜的梦里。尽管"夜里的梦是劫持者，最令人困惑的劫持者：它劫持我们的存在。"但，他们毕竟还是孩童，他们瘦削的肩膀、稚嫩的脸庞都不能让他们真正如成人一般，以理性的维度面对这个世界上白日里各式逼仄的寒光。他们只有被夜选择，在夜的梦里沉没又上升，上升又沉没。夜以它的乌有之乡成为他们的依托。于是，他们思索着，在夜的梦的庇护下，"我就是这样一个孩子，我诚实，我不说谎。但如果有天你在街上碰见一个仰望天空的孩子，那一定不是我。因为我仰望天空的时候，没人看见"。于是，他们逃避着，在夜之梦的接纳下："他们面对巨大的现实阴影，不像父辈那样呐喊，不像兄长那样深陷，他们更愿意去寻找阴影中丝缕的阳光，给他们以温暖和慰藉。"可是，"向日葵"后们是否只满足于在夜之梦里安睡？或者说，夜之梦者能否找到让他安睡的保证？显然不能。生命在夜之梦中不是一个主体的存在，夜之梦是主体不在场的梦。这样，"向日葵"后们实际上只有一种选择的可能：不再奢望安睡，借助夜之梦，听凭生命的本能，颠覆白日里的秩序。

　　"向日葵"后们既然是以写作的方式进入白日的世界的，低龄化写作便首先消解了传统儿童写作的神话。或者说，低龄化写作重新确定了"向日葵"后们的写作观。如 11 岁的蒋方舟借助妈妈之口说她如何看待写作：作家就是有一个破笔头，几沓稿纸，钱就哗啦啦啦地来了，低龄化写作不过是一个涂鸦的游戏行为，并伴随着悦耳的银子的声响。甘世佳的写作是与网络朝夕相处的，因此，写作被他称作"网络上的文字舞蹈"："写作若能即兴，若能忽略所谓好坏那是最好。"低龄化写作不是为了告诉你讲述什么，写作的意义永远是模糊的。郭敬明则认同于杜拉斯的一句话：写作是一种暗无天日的自杀。并说："我只是善于把自己一点一点地剖开，然后一点一点地告诉你们我的一切。"低龄化写作，已经与成人的个人化写作达成某种同谋，甚至更在意于个人的疼痛："哪怕我想写一个宋朝勤劳的农民，写到最后还是攥到自己身上来。"韩寒作为低龄化写作的发起人，写作观更为明确："尽管情节不曲折，但小说里的人生存着，活着，这就是生活。我想我会用全中国所有 Teenager，至少是出版过书的 Teenager 里最精彩的文笔来描写这些人怎么活着。"低龄化写作不再听命于传统儿童文学的写作观。"向日葵"后们以自己的经验出发，结束了"向日葵"的写作时代。也许，在历史的记忆里，共和国以后成长起来的孩子一向视写作为一件神圣的事业。因为在共和国之后孩子所读到的教科书里，写作多是与许多令他们肃然起敬的作家如鲁迅、茅盾、巴金、冰心等名字联系在一起的。写作即使不是"经国之大业，不朽之盛事"，至少也是具有精神质地的高尚劳作。用那一时期的一句歌词来表达，即是"党是阳光，我是向日葵"。然而，20 世纪 80 年代中后期，市场经济与个人化写作的相互配合，让八九十年代的孩子们——"向日葵"后们一降生就获得了更为真实、可感的生活教科书。所以，他们根本还来不及与神圣写作的神话进行对话，就随同成人进入了一个消解写作神圣的队伍里。而且，由于他们一方面承继了成人的消解成果，另一方面由于他们原本就不知神圣写作为何物，他们的行动往往比成人更能感受到消解的轻松与快乐。

　　由于"向日葵"后们感受到的最深切的压迫即是现存的不够完善的教育制度，低龄化写作便把主要火力集中于对它的挞伐与轰炸。即传统儿童文学的教书育人的职能成了低龄化写作的主要颠覆目标。低龄化作者的代表韩寒曾经明确地自认："韩寒是完完全全彻彻底底反对现在教育制度的小混混。"郭敬明比韩寒乖巧一些，因为他懂得：谁反对教育制度，谁就会被现存制度反对掉。他只能以柔弱之音来倾诉："而我留在理科班垂死坚持。学会忍耐学会麻木学会磨掉棱角内敛光芒。学着 18 岁成人仪式前所要学会的一

新中国儿童文学

切东西。"这里，"向日葵"后们的反抗也许有些极端或片面，但他们的反抗又的确来自他们的生命体验。蒋方舟不加掩饰地慨叹："作文课太难上了，现代书生写不出作文。"甘世佳不动声色地调侃："高三。在语文老师的训练下，渐渐丧失写字的能力。"正如"向日葵"后们所言，不健全的教育制度不仅扼杀了孩子的灵性，而且，让孩子们的心灵笼罩着巨大的阴影。在阴影的笼罩下，孩子们失去了童贞、自然与清新的品性。而失去了灵性、又不可能建立健全理性的心灵没有了栖居之地。终于，"向日葵"后们陷入了难以承受的二元对立：即孩子与孩子本质的分离。当然，由于缺少理性的支撑与判断，他们常常不能分辨压迫者与被压迫者之间的区别，往往将庞大复杂的体制化作一个个具体的形象与事件。结果，一节课，一位老师，一位校长甚至家长便成了他们反抗的目标。于是，在低龄化作者的作品里，学校、课堂与师长总是作为他们或嘲笑，或反抗，或怜悯的对象出场的。《三重门》里的马德保是一个搞笑版的教师形象：把屠格涅夫教成涅格屠夫，还以为同学不会发现。《爱与痛的边缘》中的校训散发着咄咄逼人的寒光："宁可在他校考零分，也别在二中不及格"。《十七岁开始苍老》中的政治老师不得不接受某班学生一边高举着《驳斥中国人权报告》，一边责问中国有没有人权的事实。《正在发育》中"有奖的思品老师"每次上课都给学生发奖。《社会课上》中老师每讲一个条约，都要换一件新衣服。可见，在低龄化写作中，老师似乎是教育制度的执行者，就是孩子心灵的压迫者。不仅老师，家长也同样不被放过。如果说学校里的老师扮演了在职的心灵压迫者，家长们则充当了压迫他们心灵的非在职者：林雨翔的家长强迫他不断地在不同的课外班穿梭。《爱与痛的边缘》里"我"的妈妈让"我"在左右手间选择。可以说，除了"文革"文学及后来王朔的写作，还没有任何时期的作品，将学校、老师、家长描写得如一张恶作剧的漫画。何况，这些漫画的作者竟然是他们用心血培养的继承者。那么，我不禁有一个疑惑：低龄化作者怎么能在作品里如此冷漠？当成人以冷漠之心教孩子如何冷漠地看世界的时候，实际上已经给这种冷漠贴上了"正常"的标签。低龄化作者作为一代早熟儿，很快地学会了成人的对于情感的压制。

低龄化写作除了将写作与现存教育制度作为颠覆的中心目标与主要对象外，还用文字消解了传统儿童文学里孩子们的生命根基——友情与朦胧的爱情。经历过少年时代的成人大多知道，友情与朦胧的爱情在一位少年心目中的重量。可以说，它们中任何一项，都足以让少年产生无限的联想，从而进入到一个美好的意境。然而，这个世界已经毫不留情地污染了天空并粉碎了梦想。在低龄化作者的作品里，友情的推心置腹已经衍变为敌我之间的兵不血刃："不要告诉我高中生有着伟大的友谊，我有足够的勇气将你咬得体无完肤。友谊是我们的赌注，为了高考我们什么都可以扔出去。"爱情的地久天长已经沦落为随时消散的虚妄："17岁以后不相信爱情与诺言。也不相信别人的爱情与诺言。"花季的少年具有这样的清醒似乎有悖常理，但是，如果我们将这种散发着透骨的寒气的话语与"向日葵"后们视角中的生存境况——他们真正的教科书相联系，就不会感到诧异。我认为，这是一代只相信视觉的孩子。各种书籍只有配上生活的图画，他们才会产生兴趣。反过来说，还没有哪一代孩子如他们对自己所见到的生活的看图说话深信不疑。当他们眼中的成人世界在为了权力、金钱与美女等竞相追逐时，他们便也很快如模拟电子游戏一样模拟起友情与爱情的游戏。甚至将友情与爱情消解到一种极致："朋友就是速溶的粉末，一沉到距离这滩水里，就无影无踪了。""感情的事情有时就是这样，没有感情可言。"虚无之气已经浸透于"向日葵"后们的生命深层。

三、悬崖边上的写作

应该指出，低龄化写作对于传统儿童文学的一切经典要义所进行的颠覆，并没有让"向日葵"后们获得真正的解放与自由，相反，"向日葵"后们时刻都陷入一种无方向的焦灼之中。虽然他们手中执有长矛，但由于他们所面对的恰是一个价值多元而又价值混乱的时代，他们追寻的目标又常常超出他们判断的界限之外，他们在反叛之时很难适度且不产生负面效应。换言之，在他们手持长矛冲向目标时，他们更多听从于一种本能。他们或者根本不知什么是真正的风车，或者在他们看来，满眼都是风车。他们或者做出冲杀的姿态，以示自己的标新立异；或者到处出击，以剔除一切不合他们心意的对立物——也许这个对立物恰是路基。从此，低龄化写作纷纷用文字剖开"向日葵"后们在夜里的各种疼痛的感觉。而且，他们竟然沿着疼痛的感觉，走到了悬崖的边缘。这样说，我想并不算夸张，如果我们平心静气，姑且把"向日葵"后们的年龄隐去，然后再细读他们的文字。可以说，这个现代社会里成人们思虑的许多生命之谜他们都有所进入，且抵达到了一种感官的极致。这样，传统儿童文学的边界被"向日葵"后们从内部拆除。

进一步说，低龄化写作不再用画笔画下传统儿童文学的意象如"阳光""雨露""松树""星星"与"白雪"，也不再将"坦克""飞机""变形金刚""洋娃娃"与"仿真枪"作为进入虚拟世界的通行证。原初自然风光的消失与都市玩具的泛滥，尤其是心灵压迫感的剧增使得"向日葵"后们或者遗忘了自然的家园，或者厌烦了喧嚣的噪音，开始了对迷惘生命的猜想。于是，低龄化写作将体验痛苦作为文字游戏的乐章。当然，他们囿于年龄的局限，不可能如哲学家一样能够在各种悖论中获得一条敞开的路，也不可能如成人作家一样拥有深厚的阅历。但是，唯其如此，他们任文字放荡开去，一路追随想象力的方向，让晦暗的星光照亮心灵的创伤——虚无、孤独甚至死亡。郭敬明小说《消失的天堂时光》中的"我"在目睹了一场血染的爱情很快就烟消云散之后，没有吃惊，仿佛一切都在意料之中："当彩虹出现的时候，人们停下来欣赏、赞叹；当迷人的色彩最终散去的时候，人们又重新步履匆匆地开始追逐风中猎猎作响的欲望旗帜，没有人回首没有人驻足。"这里的文字没有一滴泪，一滴泪的声响太巨大，不能表达世界的虚妄。还是坦然地接受虚无吧，虚无是一种宿命。然而，纵然虚无的宿命可以不想，难耐的孤独还是难以忍受："你说一个人孤零零地站在沙漠上守着天上的大月亮叫作孤独我是同意的；如果你说站在喧哗的人群中却不知所措也是孤独我也是同意的。但我要说的是后者不仅仅是孤独更是凌迟。"低龄化作者缘此下去，自然联想到了死亡："只有回去。生命是最不自由的。""向日葵"后们对痛苦的书写也许有夸张之嫌，但如果想象一下已经吸取了丰富养分的种子身上还覆盖着钳制它成长的庞然大物，就会估量出他们痛苦的重量。

所以，承认低龄化写作对于"向日葵"后们痛苦的书写，并不意味着未来的儿童文学应该认同这种冷漠、近乎麻木的书写方式，更不意味纵容"向日葵"后们向痛苦的极致沉迷。从这个意义上说，倘若低龄化写作继续沿着虚无、孤独、死亡的方向再前行一步，便很有可能面临坠落悬崖的危险。这样说，并非有意危言耸听：写作，当然包括低龄化写作，如果真的泯灭了对这个世界的幻想与憧憬，理想与信念，那也就失去了行走于人生的最起码的热情与对写作最基本的使命。诚然，解构现存秩序中不合理的因素固然合理，但，写作不应解构生存底线。即是说，低龄化写作可以反抗现存教育制度所代表的一切理性压迫，但，应该由此更加珍爱少年世界中的所有珍贵之物——童年的清新，少年的憧憬,诚挚的友情,单纯的眼睛……道理很简单:无论何种写作,何时写作,最动人之处不是展示痛苦本身,而是写作者直视痛苦并将痛苦化作光辉的态度。事实上,低龄化写作在文字深处时亦无法掩饰"向日葵"后们对一个失去了的好天堂的怀念。虽然他们习惯于扮演一个很"酷"的形象,而不愿透露他们内心中最隐秘的地方,但还是难以掩饰他们无法压抑的心声:渴望纯洁,渴望情感,渴望温暖。甘世佳《倾岛之恋》的"我"虽然"穿着黑色的 Nike 汗衫,豹皮纹的短裤",倾心的却是一个"穿白色的衣裙,十几岁的样子,漂亮而充满童真"的女孩子。韩寒在《三重门》安排了林雨翔的雨中痴恋。郭敬明在《消失的天堂时光》中的"我"始终都在呼唤人世间淡忘了的基本情感:"我以为我们已经没有眼泪了,我们以为自己早已在黑暗中变成一块散发阴冷气息的坚硬岩石了,但是我们发现,我们仍有柔软敏感的地方,经不起触摸。"可见,低龄化写作中虽然以极端的姿态反叛着传统儿童文学的一切要义,但在反叛途中,又何尝不想驻足、回返。只是他们已经起舞,巨大的惯性带动着他们的肢体和语言不停地旋转。在旋转中,他们寻找着自身,但又迷失了自身。而且,仅仅依凭他们自身,恐怕不能涅槃。

低龄化写作虽然给儿童文学注入了活力,但,它又将儿童文学带入了一个悖论之地。这样说,包含两个含义:一方面,低龄化写作冲击了成人目光里的儿童文学,突破了"寓教于乐""白雪公主"与"变形金刚"等模式写作,直接呈现了一个孩子在白日与夜晚的迥异的世界。另一方面,低龄化写作在实现了用文字敲打幽闭的心灵并亲自书写自己的思想之时,却展现了一个色彩缤纷然而异常混乱的价值观,如同他们的文字:一会儿是先哲语录,一会儿是时尚作家的引言;时而背诵古典诗词以扮风雅,时而借用外来语言以示渊博。此外,低龄化写作是否能够免疫于商业社会的陷阱?"向日葵"后们是否由于一本书的走红而以作家的勋章来嘉奖?一切都不得不让人心怀警惕:低龄化写作是否意味着一个凄美的深潭?

(原载《文艺报》2002 年 3 月 5 日)

陷入儿童文学之"洞"

王　欢

　　"陷入兔子洞"是世界经典童话《爱丽丝漫游奇境记》中的著名情节,爱丽丝追随看怀表的兔子掉入一个又深又长的洞,由此开始了她的荒诞幻想之旅——兔子洞正象征着作家远无止境的卓越想象力。其实儿童文学也是一个洞,是一个深洞,是一个大洞,作家必须深陷并沉潜其中,才有望挖到罕见的珍宝、看到别样的美景。

　　何以陷入"兔子洞"? 作家为何会陷入这个"儿童文学之洞"? 是好奇、是偶然? 说到底,是心性使然,是命中注定。一流的儿童文学作家往往在天性中贴近儿童,他们善于唤醒自己的童年,并将儿童文学作为自我表达的最佳艺术形式。正如安徒生在写童话之前,已经因小说和剧本而出名,但当他发觉童话才更有利于他发挥幻想和寄托情感时,便一举创造了文学童话的巅峰之作,就像他的挚友丹麦物理学家奥斯特所预言的:如果长篇小说能使他出名,那么童话将使他不朽。

　　真正的儿童文学作家,其创作绝不是出于功利的追求,而是出于内心的需求。挪威作家托莫德·豪根认为他写作儿童文学是出于生命的需要,否则,"恐怕我就不会感到我活得完整"。由此,我想到儿童文学研究,只有那些对儿童和儿童文学出于本能的亲近和热爱的人,才会虔诚地为之奔走呼号,才有持续为之潜心研究的动力,才有可能成就学术之大境界。而现实中有太多学子,选择做儿童文学论文只是图新鲜、求简单,拿到学位后便将儿童文学远远抛开,这种现象是令人惋惜的。再观儿童文学创作,当下童书市场鱼龙混杂,充斥着许多千篇一律的浅薄而俗套的童话故事,它们大多速成、缺乏情感、毫无惊喜,究其原因,我国有不少作者选择或转向儿童文学创作是因为其出版易、销量高、收益大、读者多、名气广,将儿童文学视为帮助自己名利双收的工具(当然也有很多优秀作家是在做新的艺术尝试和寻求自我突破)。儿童文学是从作家心里滴出的血,是童年凝聚的魂,是挥之不去的梦,它不能允许被玷污和诋毁。作家们如果出于"为稻粱谋"的目的,在儿童文学这个至真至纯的精神圣地,一定是走不远也登不高的。看来能不能掉进这个"兔子洞",能不能成为一个杰出的儿童文学作家,在某种程度上说,心性就决定了一半。

　　你要相信洞中奇境。英国数学家刘易斯·卡洛尔创造了兔子洞中的奇境,小读者们跟随着爱丽丝的脚步,就像是他们自己一会儿变大,一会儿变小,一会儿和蘑菇上的毛毛虫对话,一会儿听红心皇后高喊:砍掉他的头! 种种游戏般的情节令他们身临其境,快活极了。有位作家回忆他儿时着迷于一本历险书,一直以为那是在世界上某个地方真实发生的事情,以至于他会自动忽略封面上的作者名字,无法接受是那个所谓作者编造了这一切。没错,由于儿童的思维特质,小读者经常分不清幻想与现实,他们对童话故事里的虚构情节会报以惊人的投入和热情,因为他们相信洞中奇境是真实的存在。

　　然而,这些还不够,我们要求的是作者,作者必须相信自己所创造的洞中奇境,相信

现实以外还存在着另一个世界,并将自己幻化其中。日本女作家上桥菜穗子说:"如果我对自然报以爱和尊重,那不是因为自然是身外之物,而是因为我感到我是整个天地万物的一部分。"当她写一块石头时,她会觉得自己就是那块石头,仰视着地面上的一切和人类,有石头的感知。这应该是一种移情或共情作用,儿童文学作家应该拥有这种天真和纯粹的特质。就如表演艺术家揣摩角色时的完全陷入,拍完戏后可能很久都走不出来,因为角色和本人合二为一了,这样塑造出来的角色才会有血有肉、打动人心。如果作家自己都不相信自己笔下的故事,那这首先一定不是个好故事,其次他缺乏对儿童应有的尊重和了解,认为一些拙劣的想象和浅薄的笑料就可以博得孩子的喜爱。其实,少年儿童包括幼儿的理解能力大大高于我们的"本以为",过于甜腻幼稚的"儿童腔"反而会让他们倒胃口。加拿大学者李利安·史密斯说:"一个优秀的儿童文学作家若有想要讲述的内容,他会尽可能用最好的方法来讲述,并充分相信儿童的理解能力。"无论是幻想儿童文学还是写实儿童文学,都需要作者设置的故事情节甚至每个细节都是真实可信、经得起推敲的,是可以让读者产生强烈的代入感的,而在这之前,作者必须自我代入。

谁在洞外向内张望? 换句话说,兔子洞内的奇境到底在向谁展示? 儿童文学的直接读者必然是儿童,隐含读者有可能是对之有兴趣阅读、评论或研究的成人。而在考察多名世界经典儿童文学的作者创作谈之后,我们发现事实恰恰相反,写出传世儿童文学的作者几乎都不是为当下的儿童而写作, 他们都是为自己而写。1962年安徒生奖获得者美国门德特·戴扬说:"当我写书的时候,我不会而且也不必想到我的读者,我必须全然主观……是为自己而写。"1966年安徒生奖获得者芬兰作家多维·扬森说道:"我其实是在对我自己讲故事。"而且他鼓励这种方式,"他尽可以为自己而写,或许这故事会因此写得更好、更真实"。这引出了当下儿童文学创作的一个现实问题,或者说是儿童文学作家对儿童真实状态的认知问题。一些所谓的儿童文学作家,一没有打通自己的童年,二不够了解当下的儿童,总以为写些鸟言兽语、花言草语的简单幻想故事就是儿童文学,认知和观念一直停留在上个世纪(甚至更早),在这种观念指导下的儿童文学,写得浅薄而模式化。文学只有成为忠于作者自己内心的写作,才能引起读者情感的共鸣。而儿童文学是最讲究情感投入的。因而,将自己作为儿童的参照系,用不辜负自己童年的态度写出的作品,才是真正流淌着生命能量的活的作品。儿童文学的隐含读者,应该是作者自己。那个站在兔子洞外向内张望并被吸引的,首先是回到童年的作者自己。

儿童文学需要"跌落感"。爱丽丝是跌落进兔子洞的,我们借用一下她的"跌落"这个动作。我们在睡梦中常有这样的体验,突然踏空时脚下用力一蹬,猛然醒来还心有余悸。小时候妈妈告诉我们这是在拔节——长个子,但是我们记住了那个"跌落"的感受,心里空落落的,无依无靠。那样一种怅然若失的感觉,就是我想要表达的,儿童文学需要的"跌落感"。

儿童几乎是最爱大团圆结局的群体。所有的民间童话都指向"幸福"和"团圆",这是儿童最初对于人类社会的美好幻想和隐约认知。但是,儿童不仅需要糖,也需要一点盐;不仅需要圆满和补偿,也需要缺略和遗憾。过度迎合儿童的团圆思维和圆满期待,是对真实现实世界的遮蔽。而怅然若失的遗憾,会带给孩子更独特和更深刻的审美体验。法国学者保罗·阿扎尔认为儿童文学应当"忠于艺术本质,简单能令人立即察觉,同时拥有能够激起儿童的灵魂震颤的能力,并将这种震颤注入到他们的生命中去"。记得我小时候看过一本日本漫画是北条司的《阳光少女》,主人公是一个初三男生,和转学来的女生成为好友,共同经历了一系列冒险,心底对她产生了朦胧的情愫。后来女生转学走了,他一直难以忘怀。人到中年以后,有一天他在街边看见一个熟悉的背影,一下激动地泪流满面,失声叫出那个女孩的名字,女孩回头灿烂一笑——她没有长大,依然还是当年的少女。因为她的命运从出生就被诅咒,永远停留在15岁,所以她和父亲只有不断地迁徙,来躲避人们的质疑。最后一幕玲珑少女与中年大叔同框,画面呈现的违和感令人心酸不已,当时这一幕让我产生了异常复杂的情绪,时隔20多年依然记忆犹新。后来我读到巴比特的《不老泉》,感到二者的异曲同工之妙,男孩永远停留在17岁,而他心爱的恋人早已老去并葬身坟墓,天人永隔。这样一种遗憾,这样一种对原本期待的"跌落感",正是阿扎尔所说的"灵魂震颤"。用鲁迅的话说,就是"撄人心"的力量。

那种跌落感,是彼得·潘看见妈妈关上了留给他的窗户;是小王子为了回到自己的星球,主动让蛇毒死自己;是蜘蛛夏洛终于保住了小猪威尔伯的生命,自己却抵达了生命的尽头;是小男孩从女巫手中拯救了英国的孩子,自己却永远被变成了老鼠;是洗过用花汁染蓝的手指后,再也看不到用手指搭的小窗户和里面已逝的风景(安房直子《狐狸的窗户》);是傻路路一次又一次轻信孩子被他们偷取心上的珠子(汤汤《到你心里躲一躲》);是虎斑猫抱着白猫的尸体号啕大哭后终于死去(佐野洋子《活了一百万次的猫》);是霸王龙"爸爸"独自忧伤地离开甲龙宝宝"很好吃"(宫西达也《你看起来好像很好吃》)……这些情节令孩子揪心,也令他们深深着迷,而我们却并没有很好地继承。当然,儿童文学不是一定要写得沉重、写得悲观才深刻,希望当然要有,跌落过后的希望如同雨后彩虹,才象征着一种更美的重生。

每一个洞都不可复制。每一位作家的童年都是独一无二的。每一个成功的作品,成为经典的作品,都是在某一方面做到了极致。比如《毛毛》的哲学意蕴、《木偶奇遇记》的寓教于乐、《女巫》的扣人心弦、《爱丽丝漫游奇境记》的荒诞游戏,它们各有所长。有些作者模仿名家,依葫芦画瓢,只学会了面子,里子却不像。有些作者开杂货铺,既有哲理、又有教育,既讲热闹、又讲诗意,什么佐料都放点,什么味儿都尝不出;均匀用力只能造就四平八稳,而文学最忌四平八稳。还有一些作家在自己创作的某种模式或范式成功之后,就陷入了自我复制,甚至批量生产,都是沿着一个路子行进,必定会有撞车。朱自强认为:儿童文学是一种非常简单朴素的艺术,不能重复,不能来第二次,按照这个模式再创造,就没有意思了。可见,每一个典范的"儿童文学之洞"能称为"经典",却不能成为"范例",因为它们是作家独创而无法复制的。

说到底,"儿童文学之洞"是一个充满丰沛想象的富足之地,又是一个幽深孤寂的清冷之地,作家必须陷入洞中,彻彻底底地沉溺、沉潜、修炼,才有望出佳作,出精品,出经典。

(原载《文艺报》2018年12月14日)

杨红樱童书:一个有意味的话题

乔世华

早些年听说过,有的文学批评者可以在没怎么读作家作品的情形下,照样写出洋洋洒洒的评论文章来且还获得这个好评得到那个奖励的。那时打心眼里羡慕人家有这才能,只恨自己智商太低没这本事。近的就不说了,且说说那个德国汉学家顾彬吧,即使对中国当代文学了解的只是皮毛而已,也照样不耽误他对中国当代文学指手画脚,更不耽误他写出厚厚的《二十世纪中国文学史》来。作为一个在高校里多年从事中国现当代文学教育和研究的工作人员,我虽说一直没能成为心向往之的那种学术"大拿",可也多多少少濡染了点这样的习气,有时就算没有亲临文学现场,却也照样能根据各种二手材料而好恶着一些作家作品。

就譬如说有着"中国童书皇后"之称的杨红樱吧。差不多10年前,我就知道她并对她深不以为然。这种坏印象当然不是得自于对她作品的阅读,而是得自于对杨红樱的一些负面评论,都是出自那些让我仰慕已久的儿童文学研究专家之口的,诸如"杨红樱作品缺少文学价值",属于"商业童书","不是真正的儿童文学"等言论,我想当然地就把专家的观念直接转化为我的认识。所以,当八九年前上小学的女儿从书店里捧回一本又一本杨红樱的书如《淘气包马小跳》《女生日记》《五·三班的坏小子》时,我心里是老大不情愿的,觉得女儿应该如饥似渴地阅读我书架上的中外文学名著,而不是捧着这样"简单搞笑的系列书"读得如痴如醉,这简直就是玩物丧志嘛!可是后来,女儿在每晚临睡前要我们把她已经读了不知多少遍的杨红樱的作品再读给她听,为着哄她睡觉,我不得不拿起杨红樱的书逐字逐句地阅读起来。也正是在这种阅读中,我很惭愧地发现,因为武断与偏狭,我曾经长时间地误"读"了杨红樱。在认真地阅读了(有的还是反复阅读)几乎杨红樱所有的作品后,我感觉杨红樱童书的可圈可点之处太多了,它不仅引我开怀大笑,也引我掩卷沉思,不仅让我获得了重返童年的愉悦,也令我对儿童、对教育、对儿童文学有了更透彻的领悟。比如说,在接触杨红樱童书之前,我曾经固执地以为:儿童文学只属于儿童,成人不需要儿童文学的陪伴。但在接触杨红樱童书之后,我深切地感到:优秀的儿童文学作品不仅仅安慰孩子,也慰藉成人;不仅仅化育孩子,也塑造成人。我还发现,我所熟悉的诸多为人师者、为人父母者以及我所教过的和正在教着的大学生们,其实都或多或少从杨红樱富有意味的文学书写中窥见了童年的秘密,感受到艺术的灵光,获得教育的智慧。真正的儿童文学原来不仅仅属于儿童,更属于全人类。杨红樱真是当下一位值得我们用心阅读的优秀儿童文学作家。

不过,就是这样一个在小读者中、也包括在他们的父母师长中有着很高认同度的童书作家,却会被某些研究者戴上"中国商业童书的领跑者"的桂冠,其作品被看成是"电视'图象'式通俗儿童文学创作",大众读者和某些专家的阅读分歧何以如此之大? 还有,即令是在专家当中,这些年对杨红樱童书的认识也同样分歧很大:肯定者认为"杨红樱改写了中国当代儿童文学史"，"为中国原创的儿童文学填补了一个空白"，是"正在崛起的第五代作家队伍中""具有独特追求与影响的一道生动的风景"，"'淘气包马小跳'系列是艺术含金量、文化含金量、市场含金量三者统一的优秀儿童文学原创作品"；否定者则认为，杨红樱是在"商业文化深处"，阅读杨红樱的童书是"伪阅读"，具有"危险性"。毫无疑问，遭遇着冰火两重天评判的杨红樱童书是一个值得人们认真探究的有意味的话题。

杨红樱文学上的"高产"常常被认为是其商业化写作的例证，如其《淘气包马小跳》系列在 2003 年一下子推出了前 6 本，这让人觉得她的写作速度是不是太快了些？所以有非议者就说："畅销和盈利成了主要目标"，"最好能快速成书，前一本销售势头刚过，下一本随即接上，就像一张接一张连续发传真似的"。其实，如果了解了《淘气包马小跳》这部总计 20 册共 160 万字的系列的前尘影事也就不足为奇了：该系列是从 1998 年就开始了写作的，最初在杂志上发表时命名为《顽皮巴浪》，到 2003 年相对集中地出版，也已经是有一定的时间与量的积累了，而且这一系列到 2008 年完成最后一本写作，前后写作也历时 11 年。还有，据我估算，杨红樱的总写作字数到 2013 年上半年为止应该是在 460 万字左右。这样的写作总量在当下，对于一个有 30 余年写作史的作家来说，应该是很正常的。譬如，王蒙、贾平凹、莫言等作家少说都有个四五百万字的创作量了，作家张炜光是2010 年出版的《你在高原》这一部长篇小说就有 450 万字。就是在"刀耕火种"的手写年代里，诸多作家同样是高产的：鲁迅估算过自己的著作字数有 300 多万字，翻译也是同样的 300 多万字；郭沫若在文学、历史和考古等方面的文字总计有 1200 万字以上；茅盾的文学创作和理论批评文章等同样有 1200 万字；巴金写作字数在 950 万字左右；老舍写作了 1000 多部作品，总字数也在 700 万到 800 万字之间；沈从文总写作字数有 1000 万字；曹禺少一些，也有 400 万字……而上述这些作家在文学写作活动之外还有着诸多其他社会活动和教书、编辑、出版、研究、公务员等职业活动啊。长久以来，我们似乎已经习惯于接受"XX 年磨一剑"的写作观念了：作品写作时间越长，质量就越可能好，就越可能不朽。这大约是受着曹雪芹写作《红楼梦》时"披阅十载，增删五次"的艰辛写作历程的启发吧。所以一有作家出新作了，"X 年磨一剑"就成为评论家和媒体高频率使用的一句话。精琢细磨是有可能出精品，但更多时候，精品的出现是和作家的写作状态有直接关系的，文学作品是否进入文学史或者能否成为经典可并不是用写作时间长短来衡量的。郭沫若那首最重要的 240 余行长诗《凤凰涅槃》只是在一天之中分两个时间段(上课听讲和晚上行将就寝时)写出来的，到今天文学史课堂上不还在大谈特谈它的主题思想抒情主人公形象吗？曹禺写出震动剧坛的 12 万字的剧本《雷雨》，连反复修改也不过七八个月，我们今天不还是对它视若至宝高谈阔论它的戏剧结构人物性格吗？表面看，歌德写《浮士德》是用了 60 年，马克思写《资本论》是用了 40 年，托尔斯泰写《复活》《安娜卡列尼娜》《战争与和平》是用了 37 年……可写作者并非这几十年时间都只盯着这一把"剑"磨炼——写作状态佳好，当然要一气呵成，就像莫言写作《生死疲劳》这部 46 万字的小说只用了 43天那样；写作状态不佳，就暂时搁置，转而去"磨"别的"剑"就是了，什么时候有激情有状态了再回头接着来。这才应该是作家最正常的写作生活。读者千万不能只见树木不见森林啊！

在 2000 年之前，在某种程度上，杨红樱可能因为"循规蹈矩"地创作童话、作品卖得不温不火而还有些"寂寂无闻"，不大会有研究者关注这位已经有 19 个年头创作时间的童书作家。但是在 2000 年当她以校园小说《女生日记》一举成名之后，情形开始发生了变化,特别是在 2003 年她的《淘气包马小跳》系列畅销之后,连锁反应似的,她的童书本本畅销件件有人气,她更由此成为一个风口浪尖上的人物。截止到 2013 年 5 月 31 日,《淘气包马小跳》系列有超过 2600 万册的销量,杨红樱的另一个童话系列《笑猫日记》有超过 2000 万册的销量,其图书总销量已经累计超过了 6000 万册。在近些年的"中国作家富豪榜"上,杨红樱的名字差不多总会在每一年的前面几位出现,甚至有一年还以版税收入 2500 万元而蹿升为第 1 位。在文学期刊、图书市场普遍不大景气的情形下,杨红樱的红火是不是挺让人服气? 杨红樱童书的热卖,是不是打破了那些说三道四者们都认可的文学"秩序"、利益格局乃至于心理平衡?"木秀于林,风必摧之"。于是,一种逻辑被推演出来:纯文学创作受众不多,而你的作品畅销、流行,恰好说明你的作品不是纯文学,而是为了谋取巨大商业利润而投合大众读者的通俗读物。其实,没有哪位作家不希望自己的作品畅销,文学畅销绝不该是作家被讨伐的理由。莫言在获得诺奖之后,书籍热卖,在 2012 年一下子以 2150 万元的版税收入蹿升到了当年中国作家富豪榜第 2 名的位置,你能因此就说莫言的写作是"因甩脱文学的羁绊而更为畅销"? 鲁迅、茅盾、巴金、老舍、曹禺这些现代文学大师的作品初问世时卖得也不坏,以鲁迅来说,钱基博《现代中国文学史》中就有关于其著作在当时畅销而获利的表述:"张若谷访郁达夫于创造社,叹其月入之薄,告知鲁迅年可坐得版税万金以为盛事。"当这些现代文学大师因为著作畅销而收入不菲时,你能据此就指责他们是在从事商业化写作? 文学作品完全可以既"叫好"也"叫座",作品卖得好坏多少和作家作品质量高低并没有必然联系,而判定一个作家是否利欲熏心、其作品是否具有商业化写作的特质,得从作品内容、作家实际写作态度上来分析,若只看到了畅销现象而没能认真研读作品,那就是舍本逐末了。

拿备受争议的《淘气包马小跳》来说,这个系列何以能畅销 10 年之久,成为常销的品牌书,为众多孩子们如痴如醉地喜欢着,并得到越来越多成人的首肯的? 如果总是拿"营销""炒作""包装"等关键词来"说事"试图道出其中秘密,那只可能距离真相越来越远。不论在什么年代,"内容为王"的实质不会改变,只有与现实世界气息相通、能感动人心灵的作品才会有恒久的生命力,而一部低品质的创作是不可能靠着"包装""炒作"等手段而能流行 10 年以上时间乃至于蒙蔽千万双眼睛的。只有当我们真正走进杨红樱的文学世界中,了解了她的文学理念和教育理念,才能找到理解《淘气包马小跳》畅销的那把钥匙。而且,若只凭着"淘气包"的字眼而断定杨红樱是在为一个"坏"孩子"树碑立传"是在哗众取宠,而不明了杨红樱的儿童观、教育观,那就难以理解其书写"淘气包"的创作苦衷了。在杨红樱看来:"淘气""调皮"恰是孩子朝气蓬勃活力四射的表现,属于十足孩子味儿的自然流溢。所以,她对孩子释放出来的是善意的理解:"人的一生中,有不同的生命过程,我尊重生命的每一个过程,包括尊重一个孩子在成长过程中所犯的错误。因为成长的过程,就是犯错误、改错误的过程。"因此,杨红樱才会动念以马小跳这样一个"淘气包"、一个有真正孩子味儿的孩子来完整呈现童心世界,呼吁人们尊重儿童的个性发展。事实证明,她成功地以这样一个艺术形象进入到了当下孩子们的生活与心灵空间,她的教育理念也得到了诸多成人读者的认可。

有评论家自称是拿整个世界儿童文学史和无数优秀作品在作支撑来评判杨红樱作品,并以此对其作品商业属性做出最终认定的。但往往这些评论家根本没有认真阅读过杨红樱的作品,没有来到文学现场进行艺术分析,仅是根据外在的现象——儿童读者对杨红樱作品的热读,部分童书作家对杨红樱"淘气包"写作的跟风模仿,就率尔操觚充当起了文艺评判的法官和裁判的角色,以此向杨红樱挥舞着批评的大棒,就不免太自负太武断了。还有,他们所依据的所谓"标准"是一成不变的,其实是在用过去的儿童文学创作和评论中形成的已经僵化了的、与现代儿童和儿童文学不相适用的标准,来要求瞬息万变的文学创作的。一直以来,文学的边界都处在游移变化当中,新文体在不断产生,旧文体在不断消亡,非文学的因素时时在进入到文学中而使得原有的文学因素产生着新的变化。所以,如果用一种既定的"标准""框框"来衡量今天的和今后的文学,拿成人的审美趣味来规范儿童的审美趣味,拿既有的陈腐的儿童文学观念来指导和评价当下的儿童文学创作,是不合时宜的、毫无意义的,也是没有任何效力的。比如说,如果今天依然按照南朝刘勰《文心雕龙》中对于文体的三十三类的划分方法,那么,能够归入到现代的纯文学家园中的就只能是诗、骚、乐府、赋四类。稍微有点脑筋的人就会知道这是多么不符合实际的事啊!"一时代有一时代之文学"。文学的江河是在汤汤流淌的,需要不断融汇进新的河流才能成就它的浩大。否则,就会静止不动成为一池死水。今天儿童的现实生活、儿童读者的心理感受和阅读意愿、审美取向已经同过去发生着很大的差异了,我们的儿童文学作家完全没有理由再去漠视这种事实上的差异而闭门造车了,我们的儿童文学批评家更没有理由从自己已经定式了的脑筋、眼光出发,假"审美"之名凭恃着话语权来任意说东道西了。事实上,我们要看到,不但批评家自命所秉持的"真理"——所谓批评标准、评价体系往往严重滞后于作家的创作,就是批评家们对于文艺作品的艺术水准和艺术价值往往也不能度量得那么准确,文学史上无数事实都说明了这一点。

以奥地利的卡夫卡来说,他在世时不被重视,作品难得发表,而死后却因为小说揭示了一种荒诞的充满非理性色彩的景象,以及运用象征式手法而在 20 世纪三四十年代为超现实主义余党视为同仁,在四五十年代被荒诞派视为先驱,在 60 年代为美国"黑色幽默"奉为典范。美国诗人奥登对卡夫卡的评价就是:"他与我们时代的关系最近似但丁、莎士比亚、歌德与他们时代的关系。"当初,美国诗人惠特曼曾将《草叶集》寄给许多文坛大家,他们根本不予理睬,有的甚至翻看了几下就将其扔进炉火,惠特曼被认为不懂艺术;惠特曼自费将诗集印了出来,送到书店代售,一个星期连一本都没有卖出去;后来《草叶集》增订出版,也只卖出了 11 本。可是时至今日,《草叶集》已经是美国诗坛划时代的著作!司汤达 1830 年出版的《红与黑》在法国遭到评论界的冷遇,普通大众反应也非常淡漠,第一版只印了 750 册,后来依据合同又勉强加印了几百册便被束之高阁。因此,在这本小说扉页上,司汤达写的是"献给少数幸运者",他一再寄望于自己在未来获得知音:"我将在 1880 年为人理解","我所看中的仅仅是在 1900 年被重新印刷","我所想的是另一场抽彩,在那里最大的彩注是做一个在 1935 年为人阅读的作家"。当年,赵树理写出《小二黑结婚》,在一些评论者眼中就算不上好作品而无法出版,若是没有彭德怀的支持,这书又怎么能够在解放区出版发行?太行山又如何能出来这样"一个了不起的青年作家"(毛泽东语)?以上这些文学大师出现之时,与他们同时代的批评家是不是缺席与失职了呢?说到底,批评家并非三头六臂高人一等铁面无私,批评家也常常会看走眼说错话笔走偏锋,也免不了会眼界狭隘会有私心作怪会有意气用事啊。

在《淘气包马小跳》中有这样一个有意味的情节:马小跳们的跳跳电视台制作了两档电视节目《别不把孩子当回事》和《儿童电影,谁说了算》,质疑的是这样一个事实:为什么孩子们感觉好无聊的电影却在众多德高望重的领导、专家、学者的评选下成为"最受儿童喜爱的电影"?儿童电影的好坏到底应该由谁来判定?在《笑猫日记》中,也有一个类似

新中国儿童文学

的桥段：马戏团的表演，孩子们并不喜欢，但在盛大的颁奖典礼上，专家们却一致论证其为一流的高雅艺术，获奖演员们为自己的表演艺术能得到专家的高度肯定而哭得稀里哗啦；但在孩子们自己的乐园里，所有孩子用质朴而真心的语言和自制的奖状奖杯为他们发自内心喜欢和热爱的西瓜小丑进行了一次简朴而庄重的民间颁奖。这样两个"分庭抗礼"色彩浓厚的颁奖典礼分明是现实世界的艺术"变形"，童话对现实的讽刺意味是极其浓厚的，甚至隐喻着现实生活中杨红樱非同寻常的为读者接受的路径———一般的童书作家是在得到了专家认可后再经由成人推荐而进入孩子们的世界中的，而杨红樱就如同她笔下的那个西瓜小丑，是首先被孩子们所发现，得到了孩子们的认可，而后经由孩子们的推荐才一步步进入到家长、老师等成人视野中的，而且一直以来在成人专家那里争议不断。杨红樱童书那耐人玩味的"儿童电影，谁说了算"的书写以及杨红樱童书"自下而上"的接受历程，都给我们抛出了一个值得深入思考的话题：何以儿童和成人对给孩子看的"电影""马戏"有着迥然相异的理解？换言之，儿童文学作品的优秀与否到底该由谁来裁决？是把控着话语霸权的成人专家、权威媒体？还是儿童文学的接受主体儿童？成人专家和儿童在思维方式、审美趣味等方面存在着偌大的差异，成人专家如果不懂得儿童的审美心理，在评判儿童文学方面，他们是否能保持着公平公正？我们更有必要进一步反省：一向对儿童想当然和颐指气使的成人话语体系和思维模式是否还存在着某种缺陷与不足？从我们对当下儿童文学的评判来看，是不是存在着双重标准？比如说，本来，一篇儿童文学作品需要经历儿童的标准和成人的标准两重标准的考量，而实际情形是：成人的标准往往越俎代庖成为了儿童文学评判的最终标准！还有，在今天的童书评价体系乃至整个文学评价体系中，是不是存在着评判者为着维护既定的文学秩序与格局而漠视当下文学变化，无视文学天性的现象？

杨红樱一直自称"童书作家"，有人以此诟病其没有更高的成为"儿童文学作家"的艺术追求。杨红樱曾经表示过："儿童文学作家只有一个标准，也是唯一的标准，就是小孩子喜欢看"，"我的作品能安慰孩子的心灵，满足他们的心情需要。人的一生都在阅读，我的书只会在一个阶段陪伴孩子们，但这就够了。"有人将杨红樱的这些话征引出来，并引用所谓来自儿童文学理论经典的话语———"10 岁的时候所读的，有价值的书，到了 50 岁时再读它，仍然一样的觉得有价值，甚至比小时候发现更多的价值……，如果是到了成人的时候再读，会觉得没有什么价值的书，那最好是从小的时候就不要去读它"，"儿童期是感受性的形成很强烈的时期，很容易接受感染，且时间短促，因此阅读上比成人更不需要庸作，而且也没有必要为它浪费时间的必要"，以此来挞伐杨红樱，并提醒着我们"必须对杨红樱的创作观保持相当的警醒"。其实，今天我们笼统所说的儿童文学所面对的读者千变万化———儿童既有 3 岁的，可也有 13 岁的；而我们的儿童文学作家如果没能够回到儿童本位上来，没有能够深入到他所要表现的那一年龄段的孩子们的生活世界、心灵空间的话，总是以"不变"应"万变"，成人腔调浓厚、语言干涩枯燥，自然无法击中儿童读者的情感神经，更无法捕获孩子的心灵。而杨红樱充分尊重了孩子们之间的年龄差异，而且也知道自己对于哪一个年龄段的孩子的生活和心理掌握得比较熟悉，所以明确表示过自己所能写到的最高年龄段的儿童只是七年级女生，在回答有关是否会去写作成人文学作品的询问时更斩钉截铁地表示"那绝对不可能"。她对自己的写作能力和特长局限有着很清醒的认知。对自己的创作定位准确，因而在写作中也很尊重儿童读者的智商和接受能力，这当然会成就她写作上的成功。还有，人的性格特征、精神禀赋以及生活阅历等方面的差异,会使得人在对作家作品的接受上都不大可能"从一而终",进而言之,人的阅读一定是阶梯式的,不可能一步登天。换言之,在吃完第七张饼后才感到吃饱的人无须为自己"白白"吃了前六张饼而懊恼不已。清代人张潮在《幽梦影》里有说:"少年读书如隙中窥月,中年读书如庭中望月,老年读书如台上玩月,皆以阅历之浅深为所得之浅深耳。"不论是在少年、中年还是老年这任一阶段,人与"月亮"之间的关系、人对"月亮"所产生的感情都应该是优美的、各有各的妙趣。即使一个人从生下来就一直接触所谓经典作品,真正能和他相伴终生的经典作品也一定是凤毛麟角的。作家冰心对名著《三国演义》就读读放放:"这本书我是从 7 岁就看到了,以后又看了不知有多少次,十一二岁时看到'关公'死后,就扔下了;十四五岁时,看到诸葛亮死后又扔下了。一直到大学时代才勉强把全书看完。"丁玲"十四五岁时,喜爱看冰心的小说,到了十六七岁就喜欢看巴金的小说了。人大了一些点,已经不大喜欢小猫小狗了。对家庭也感觉得太腻,尤其是男孩子们,……也感觉到社会也不是完满的,于是就幻想革命。巴金的小说正好告诉你要革命。"两位前辈作家的读书经历与偏好就有耐人玩味的地方,都恰好说明着人的审美能力是一直处在发展中的,每一阶段都各有特点各有偏重。

在人一生阅读的无数作家作品中,一定会有那么几部作品能与人相伴始终,但也一定会有一些作品只能是在某一个人生阶段里成为人的最爱。我相信,没有哪个作家不想追求自己作品的永恒、读者的众多,但最终又的确没有谁能决定自己作品的接受命运,一切都只能交由最公正的时间和最广大的读者来决定来检验。以杨红樱童书来说,商业与否、命运如何,绝不是靠着几个专家碰碰嘴唇就可以认定的,我们不妨拭目以待。

(原载《文化学刊》2013 年第 6 期)

儿童文学评论的价值学视角

李利芳

"儿童文学评论价值体系建设"是针对当下儿童文学发展状态提出的一个迫切的时代课题，也是儿童文学理论研究积极汇入并与文艺理论研究语境对接的结果，它对开辟我国儿童文学价值学研究的新领域，以"价值思维方式"推进儿童文学理论批评现状具有重要的理论与实践价值。

从世界范围来看，儿童文学产生的前提是"发现儿童"，是对儿童独立存在主体性的一种价值认定。作为文学大门类的一个特殊类别，儿童文学的真正发展还不到300年。我国现代儿童文学观念是从西方引进的，现代儿童文学的发生是五四新文化启蒙运动的具体结果，近百年来的发展完全是一条基于中国社会、文化土壤而摸索实践的本土化经验道路。

价值思维使儿童文学批评更"接地气"

在具体的研究过程中，"价值学"视域是系统勘探、深度清理中国儿童文学本土经验的有效路径，这决定于儿童文学多重价值主体对话的文学属性。"价值主体的多重对话性"也是我们研究儿童文学评论价值体系建设的一个基本立足点或切入点。

儿童文学是大人写给小孩看的文学。"大人为什么要写""小孩为什么要读""写什么"以及"怎么写"，这是儿童文学最基本的理论问题，也是不同时期儿童文学与社会各界争鸣、纠结的焦点问题。它随时代变化而发展演化，到今天我国儿童文学进入繁荣期，它的内部层次复杂构成与价值维度的多样性，已经使得厘清其机理组织、建设价值体系成为亟待解决的学科难题。

解决这一难题，既要从历史维度总结分析儿童文学价值观念演变的规律性，特别是紧紧围绕中国社会历史发展的轨迹理解其价值功能选择的"合理性"；又要从共识维度考量儿童文学价值功能形成的系统性与综合性，辨认其显著的跨学科属性与充分的社会实践特征，确定多种价值主体构建其文学内涵的"合法性"，如国家民族精神、文化传承与教育目标、家庭意愿、相关文化机构的利益，以及成人作家的童年情感表达诉求与儿童自身的精神满足需求等。"价值思维"路向使得我们科学理解儿童文学活动的过程、界定儿童文学美学形态最终构成的要素、制定具有可指导意义的评价标准等都成为可能，它也使得儿童文学批评基本原理的研究更"接地气"，是深入儿童文学腹地的元问题视域。

双向价值干预建构儿童文学特征

儿童文学的艺术发生，是儿童主体性作为审美对象进入成人主体性视域后的结果。这一审视依赖于成人对儿童的科学认知，以及对童年世界自觉的精神体验，基于此展开的审美再现,就是"由成人而儿童"的创作过程。从儿童的接受来看,阅读文本即为与童真审美世界产生共鸣的过程,是与自我同一性的对话,但绝不止于"童年"的单一维度。成人以童年为对象的审美过程,既是成人主体被儿童主体同化与浸润的过程,也是成人主体穿透童年的"限制性",主动关注、引领成长,积极渗入社会规范与价值标准的过程,即"由儿童而成人"的接受过程。

这种双向的对话对成人与儿童两类主体都存在价值干预,一方面,儿童牵引了成人对童年精神生态价值的发现与体认,"儿童世界"的非现实性或超现实性丰富了人类的精神家园;另一方面,成人引渡儿童朝向必然性的成长,以务实的、功利的社会化去面对生活,执掌自我人生。这两种基本的价值趋向在审美对话中融通发生效应,互为影响,无涉轻重,处于对等交际状态。

"对话生成"的属性意味着儿童文学活动的"建构"特征,它随主体背景变化而变化。特别是"成人主体"这一维度意蕴丰饶,承载着来自其个体、文化传统、民族国家等更多意识形态层面的价值指令,这些价值主体内涵都希望通过"文学"的途径落实于儿童,以达到"塑造"儿童成长的目的。但"对话生成"推进的前提是"平等交际",即儿童与成人两大主体的"共在",是可能性的"对话"关系的建立,而不是一厢情愿。如果忽略或没有实质性地对儿童主体的尊重,成人的"塑造"目的完全无从落实,这时便显示为"过重"的成人主体性,双向价值互渗的失衡;另一种倾向是成人刻意地"讨好"或"俯就"儿童的接受能力,任其"低层次"地重复阅读,出于某种利益诉求而降低或逃避"成人主体性",没有价值引领,作品虽然很畅销,表层显示为对儿童主体性的尊重,但其实质是对儿童创造可能的蔑视,是成人主体不负责任的表现,不存在真正意义上的价值对话,因此是另一种更可怕的失衡。

多元儿童文学现象呼唤复合价值体系

新时期以来,我国儿童文学学科获得了长足发展。特别是新世纪以来,受社会经济发展、文明进步、家庭教育、学校教育变革的有力推动,童书出版迎来了前所未有的繁荣发展期,国内各种原创儿童文学奖项的设置,原创儿童文学生态环境的巨大改变,使得原创作者队伍快速扩大。一些成人文学作家,甚至是知名作家也开始纷纷涉足儿童文学创作领域。因此,当下及未来的儿童文学现象正在变得愈益丰富多样,儿童文学的文本形态会更加趋向多元。

伴随童书出版热,儿童阅读推广也逐步盛行。这是一种逐步渗透于教育领域、社会、家庭、学校、公益组织中的活动。阅读推广者分布在民间商业儿童阅读推广机构、新教育实验领域、中小学语文教师、儿童文学作家、评论家、公益组织等之中,是主流教育体制之外不可小觑的力量。值得注意的是,童书阅读是教育观念变革的一个载体、一种途径、一个信号。秉持更新教育理念的人,都会诉之于"儿童阅读",特别是儿童文学阅读。在现行教育体制还存在许多发展障碍的背景下,阅读已经被认为是弥补其不足的最好的方法,是促进中国教育观念转变、对其产生实质性影响的最有效的途径。

与上述创作、出版、阅读推广风起云涌的大潮相比,儿童文学基础理论研究、儿童文学文艺评论工作明显滞后。基于儿童文学的跨学科特质以及进入"门槛低"的固有印象,儿童文学批评者的身份呈现多元化或者多重性特点,批评的立场、角度受干扰因素多,最为欠缺的是专业、学理化的"客观"批评。以价值思维为导向的、具有评价功能的儿童文学批评理论匮乏。有关儿童文学的批评标准、反思童书评价体系等是近几年的热点话题，但对立的观点仍单一地聚焦在"对商业童书的批判、以儿童接受而对畅销书作家认可"等表层维度，在评价标准上简单沿用"西方经典"作裁判，真正立足本土文化语境的、体现世界视野与中国特色统一的、有说服力的、有理论内核的儿童文学评价标准亟待建立。

价值学研究视角的介入，就是要以"价值思维"去细致考察儿童文学活动过程，去认真甄别"儿童文学"究竟对谁有用，有什么用，用处有多大，怎样才能有用。只有在一种复合整体的价值体系中理性客观地回答这些问题，才能从根本上解决当前儿童文学认识与评价方面的瓶颈问题。所以，强调"多重价值主体的对话性"及其建构特征，就是要把儿童文学真正放置在它赖以存在发展的历史传统、社会文化、时代进步的大语境中，就是在对我国现代以来儿童文学价值观念的多元形态、发展演变规律做系统梳理与经验总结的基础上，客观辩证地汲取世界优秀儿童文学经验，以紧迫的问题意识去观照、规范、解决当下的价值评价滞后的窘况。

（原载《中国社会科学报》2016 年 12 月 5 日）

当代儿童文学批评的精英情结与儿童本位缺席

崔昕平

一、当代儿童文学批评趋向描述

在儿童文学界，屡屡看到理论批评家们的忧虑，忧虑于"俗文学"的泛滥，忧虑于通俗文学阅读损害孩子的欣赏水平，忧虑于"纯文学"亟待坚守，等等。其间涉及一系列名词：俗文学、纯文学、经典，和与出版业紧密联系而诞生的名词：畅销书。

这一系列概念，是不少关注儿童文学理论的人耳熟能详的。它们频频见诸当下的儿童文学理论批评中，指向当下的儿童文学创作与阅读接受；并且，每每是以势不两立之势呈现出来的。批评家们、阅读推广人们面对市场时代的儿童文学忧心忡忡，感叹现在的时代难以诞生像某作品一样的经典，呼吁要对文学胸怀神圣之感，呼吁作家不要沉迷于通俗的、类型化的"商业"写作，奉劝作家要写经典的东西，奉劝孩子们读经典的纯文学，不要沉溺于通俗文学，尤其是畅销书阅读之中。

在这些论述中，"俗"，往往和粗浅、市场利益相关联；而"纯"，往往和神圣、经典相关联。这样的现象，令我们深深感受到了儿童文学理论工作者们对儿童的挚爱与呵护，对"未来一代"人生塑造的理念坚守与实践努力。但这样的言说方式，仍呈现出一种精英情结作用下的文学观和对阅读活动中"儿童"这个阅读互动主体的本位观的缺席，存在着理论本身的不能自洽。

二、精英情结作用下的文学观

（一）神圣情结

在市场化大潮中，儿童文学理论界提到了文学的坚守，学者们提出了对文学要怀有"神圣"的情结，要仰视之，敬畏之。这不由先让人产生了疑虑。

文学的神圣情结缘何产生？追本溯源，文学是为了让人膜拜而产生的吗？古今中外的优秀文学作品的诞生，是源自创作者对文学的"神圣"的情结吗？显然不是。文学艺术的起源，有游戏说、镜子说、巫术说、情感说、劳动说等观点，都谈到了其与人类的生活劳作、精力释放、情感宣泄等密切相关。无论我们认可文学艺术起源观中的何种观点，可以明确的是，文学创作的源头动力，显然不是源于一种神圣化的追求。文学之所以上升为艺术，是因为它是人类一种自由的、个性化、创造性的精神劳动。回顾创作史上许多经典之作的诞生：有如亚米契斯历经 8 年呕心沥血那样的缜密构思下诞生的《爱的教育》；也有如林格伦完全出于因女儿肺炎生病住院陪伴床边时，应女儿要求讲一个关于"皮皮"的故事而展开创作的《长袜子皮皮》；还有如卡罗尔闲暇时兴之所至给友人罗宾逊的女儿们讲的故事《爱丽丝漫游奇境记》。这些经典，无论快慢，都不是出于对文学顶礼膜拜之后

"慎写经典"而成的,而是源自个体一种自然本真的创作状态——适宜的创作动机、飞扬的创作姿态,激发了潜在的生活素材,达到了情思与物象的完美结合,进而拥有了跨越时空的艺术感染力,成为了世界儿童文学发展史中的扛鼎之作。

文学创作,包括儿童文学创作,绝非可以刻意操控的活动。尤其在当今网络带来的人人皆可为文学的"全民写作"时代,期待一种对文学顶礼膜拜的神圣态度,似乎并不是提升儿童文学创作品质的良药。是否从深入儿童生活、调适儿童观、把握儿童文学的美学特质、艺术表现手法等方面多做切实的思考和引导,会更有效一些呢?

(二)高雅情结

接着,来审视文学的纯与俗这个老问题。当下,儿童文学作品批评再次有了"纯"与"俗"两个阵营,代表了两种品质高下差异的文学。

何谓"俗文学"?郑振铎先生在《中国俗文学史》中解释:"俗文学就是通俗的文学,就是民间的文学,也就是大众的文学。"这个称谓,是典型的阶级社会的产物,"换一句话说,所谓俗文学就是不登大雅之堂,不为士大夫所重视,而流行于民间、成为大众所嗜好、所喜悦的东西"①。回顾中国文学发展史,汉代的乐府、唐五代的词、元明的曲、宋金的诸宫调,唐传奇、宋元话本而至明清小说,"俗文学"出身的例子不胜枚举。进入当代,这个带有阶级色彩的文学划分已不适应时代发展。早在 1993 年,胡平的《1991—1992 年通俗文学创作概述》中也做出描述:"1991—1992 年是纯文学节节退却、通俗文学顺利进展的两年,旷日持久的纯文学与通俗文学论争终于告一段落,现在人们不再计较两种文学的孰优孰劣、孰为正宗了。……中国的通俗文学正逐步由传统俗文学向现代通俗文学转化。"②赵勇教授在《透视大众文化》中描述了进入 20 世纪 90 年代后文化空间被主流文化、精英文化与大众文化一分为三,并且,"在后现代文化的语境中,当大众社会和消费主义成为全球一体化进程中的一个重要内容时,高雅文化与大众文化的界线已经模糊","所有的文化都成了大众文化"③。

当下,在大众文化、通俗文学的背景下,再对儿童文学作品进行所谓的"纯"与"俗"的定性划分,是存在理论术语上的混乱的。

(三)小众情结

上述"纯文学"词汇的使用,是基于市场经济、大众传播时代到来,为对抗商品化大潮、对抗大众文化对精英文化的冲击,再次复苏的。使用状况是,一提到文学经典,就为纯文学;一提到畅销书,基本被划归俗文学。这就转而形成另一对名词的对立:"畅销"和"经典"。

儿童文学创作、出版和热销形成的、学界称为的"表面繁荣",引发学者们的许多担忧。当下畅销的儿童文学作品,具有类型化模式写作的童年文学作品,儿童争相传阅的儿童文学作品,理论界多投以审慎的、漠视的或否定的评价;并指出,大量此类的畅销书阅读不利于儿童的阅读品味的养成。这种担忧里,存在一个潜在的命题:畅销书不会成为经典,当下的热闹必然伴随时代发展而淘洗殆尽。

这个命题颇使人生疑。畅销书和经典之间真的那么对立吗?首先我们无法否认,当下的儿童小说创作量是惊人的,创作水平是良莠不齐的,而大量作品诞生,蜂拥上市,时隔不久,许多作品就会销声匿迹。但是,是否就可以因此界定畅销书不会成为经典呢?或者,只获得"小众"阅读和喜爱的作品才会成为经典呢?

现实的文学史展现给我们这样一些实例:有些经典,在作家所处的时代,曾遭冷遇,但在他之后的某个时代畅销了；也有些经典，在作家所处的时代大卖，但当时仅被视为"畅销书"，经历了时间的淘洗，终显其独具的艺术价值，逐渐成为"经典"。翻开中国图书馆学会科普与阅读指导委员会主编的丛书之一《畅销书风貌》，我们可以借编写者们整理编写的资料，透视近百年来中国的畅销书。在以"选介的畅销书多考虑其销量及社会影响方面，并不以其价值高低作为取舍的标准"①的编写思想下，我们得以一睹"当时"畅销书的风貌：20 世纪初的畅销书有《官场现形记》等四大谴责小说，《啼笑因缘》等社会言情小说；20 世纪 20 年代以来的新文学畅销书有《尝试集》《呐喊》《女神》《沉沦》《寄小读者》《子夜》《家》《骆驼祥子》《传奇》……其中，被我们文学理论界"日后"奉为"经典"的身影比比皆是。回到儿童文学领域，以前面所提到的作品为例：1886 年，亚米契斯《爱的教育》一经发表即轰动意大利，仅在当年出版的头两个多月，就再版 40 余次；1945 年，林格伦的《长袜子皮皮》出版，引起持不同观点的正反两方的强烈争论，在只有 830 万人口的瑞典，这本书竟然售出了 100 多万册，后来陆续被译成 50 多种语言流传世界……这些脍炙人口的经典儿童文学作品，大多首先是畅销的、受到儿童喜欢的作品。

通过这样的回顾可以明确，"畅销"与"经典"之间，并无壁垒与等级，只是角度不同的两个词汇，二者之间，时有交叉。"畅销书"一词，是伴随近现代出版业发展而出现的新词汇。这个在我国仅有百年历史的新词汇，在我们的批评领域里变成一个贬义词，实为不妥。王泉根教授曾敏锐地指出："优秀和畅销虽不能画等号，但是畅销与庸俗也不能画等号。托尔斯泰的作品、莎士比亚的作品、中国古代四大名著都是畅销书，影响了多少代人，这说明畅销必定有受读者欢迎的深层次原因。儿童文学自然也有畅销书，如安徒生童话。"②面对畅销书，我们需要这样一种理性而客观的态度。况且，经典作品是具有历时性的，经典作品的阅读接受又是具有共时性的，它是需要经过时间的淘洗才能最终确定下来的。不经过时间的检验，不经过历代审美主体的检验，我们又怎么能断言当下有无经典呢？这种在大众文化背景下基于"当下"的经典界定，势必越来越走向边界的模糊和区分的艰难。

基于以上情结的剖析，我们可以归因于一点，即批评者的精英情结；同时我们还必须正视一点：生活方式变化了，文化也必然变化。一个时期的文化都有它主导的东西（简姆逊语）。我们身处在一个大众文化时代，这个"大众"，不是阶级社会里的劳动人民、下层百姓，我们每个人其实都是"大众"，是现代大众传媒的"受众"。用李春青教授的话来讲，不应该把大众文化与精英文化、传统文化看成共时性的二元结构。从历史眼光看，它实际上是"历时性"的接续关系。在发展过程中，大众文化将精英文化化为"自有"，并逐渐成为文化的基本形态。在这种情况下，人文知识分子一方面被"大众化"，另一方面保留自己的独立思考，但又必须是以大众的身份进入研究，而不是"高高在上的精英"的态度。从儿童文学理论工作者的角度来看，对儿童进行文学作品的阅读推荐是必要的，但屏蔽掉"儿童"读者，圈定提升所谓"纯文学"，贬低所谓"俗文学"，指认当下的"经典"，简单否定"畅销书"，是概念的混用。吴其南教授在第十届亚洲儿童文学大会上的发言颇有意义："将文学区分为大众文学和精英文学，快感和美感，可能仍是从现代性、从二元对立的思维模式出发的，是以精英文学为主要评价尺度的。"③

三、儿童本位缺席的阅读引导

面对评论界这种精英情结，我想说，"阳春白雪"本是好事，但若伴随而来"曲高和寡"，

虽是一种境界,却未见得是好事了。尤其是对儿童文学这个拥有特殊接受对象的文学,既不能撇清大众文化背景,更不能不顾儿童个体的接受能力和喜好。当我们以成人意志评价儿童文学作品并介入儿童阅读引导时,这种精英情结与儿童本位之间必然形成此消彼长的博弈关系。

(一)不应漠视的"个性化"与"娱乐性"

曾经见到这样的比喻,畅销书好比是糖块,经典则是营养丰富的蛋白片,并奉劝孩子阅读经典,远离畅销书。这里首先存在一个潜在命题,即:阅读接受行为的最终培养目标,是一个既定的阅读品味。

但是,阅读品味是可以既定的东西吗? 显然不是。阅读,是人的一种个性化的接受行为。肯·古德曼在《谈阅读》中谈到:"读同一篇文章的两个读者永远不会建构出相同的意义","你从文章里读懂的意义取决于你带到文章里来的意义"⑦。这里强调了阅读是阅读主体自身的一种精神实践活动,是充满个体性的。具体到文学作品的阅读,则更是一种取舍好恶从心所欲的个体审美行为。试想,成人读者的好、恶、取、舍,是可以硬性规定的吗? 作为一种个性化的审美接受活动,成人面对小说阅读时,经常可以对某类自己不喜欢的作品甚至对某些经典说"不"。那么,我们是否考虑过,儿童也有权利说"不"?

畅销书如同糖块,言下之意吃多了有害;经典如同蛋白片,言下之意食之无味但营养丰富。问题便出现了:好作品、经典作品,它们的阅读感受应该是甘之如饴的,应该是"余音绕梁,三日不绝"的。意大利作家伊塔洛·卡尔维诺在《为什么读经典》中,从阅读感受的角度解释经典:"经典是那些你经常听人家说'我正在重读……'而不是'我正在读……'的书。""经典作品是这样一些书,它们对读过并喜爱它们的人构成一种宝贵的经验;但是对那些保留这个机会,等到享受它们的最佳状态来临时才阅读它们的人,它们也仍然是一种丰富的经验。"⑧如此美妙的经典阅读,怎么在面对儿童时变成食之无味但营养丰富的蛋白片了呢? 孩子们快乐的文学阅读活动,何以搞得如同吃药了呢? 如果一本小说的阅读功效仅等同为吃蛋白片,那这本小说应该不是文学作品,而是科普读物或是教科书。如果长期用这样的"蛋白片"引导孩子的阅读活动,我恐怕,在当今丰富多彩的全媒体时代阅读更要惨败了。儿童阅读活动本身的个性化和娱乐化特性不容忽视。请记住美国马里兰大学琳达·贝克的发现:"那些认为阅读是娱乐活动的父母比那些强调阅读是一种发展技能的父母更有助于提高儿童对阅读的积极性。"在《阅读与儿童发展》中,学者同时指出,那些为了兴趣而阅读的孩子更容易获得长远的发展。⑨

(二)不可忽略的"儿童本位"

由此让我们产生另一个疑问:是经典本身出了问题吗? 堪称经典的作品就都是营养丰富而口感欠佳的吗? 显然不是,这里浮现出的,是我们选什么样的书推荐给孩子去读的问题。如果这本经典远非儿童的认知、情感和理解能力能够接受的,即使很有价值、很有意义,儿童也无法产生共鸣。用这样的"蛋白片"代替"糖块",对儿童的阅读兴趣与阅读习惯的养成,显然是个致命的"打击"。

笔者曾亲临并参与建构儿童阅读的现场,并挑起一场成人意志与儿童意志之间的"战争":上三年级的孩子成天捧着马小跳、米老鼠一本接一本地看,身为"业内人士"的我以成人的权威和苦心,要求他去读《苦儿流浪记》。孩子以孩子的小聪明 3 天后告诉我读完了,我以成人的大智慧提出几个关于内容的问题,孩子无以对答。在我抨击孩子说谎的时候,孩子委屈地哭诉:"没意思,我读不下去。""非业内人士"的祖辈们不可理喻地看着我：“孩子有孩子的兴趣，干吗逼他看这个呢？”

显然，不是经典本身出了问题，而是我们以成人意志屏蔽了儿童本位，以成人的高瞻远瞩的功利期待遮蔽了儿童主体的阶段性成长。当我们以成人主体的意志区分什么是通俗的、只能浅阅读的作品，和什么是艺术的、有深度、有意义的作品时，这个区分标准中，是否有儿童主体在场？是否明确自己在针对哪个年龄段的儿童？

再深究一步，如果一部艺术的、深刻的文学作品不为儿童所喜爱、所接受，那么，我们将它从文学的大圈子里拽进儿童文学的小圈子里称之为“儿童文学”的评判标准又是来源于哪里呢？记得赵景深曾经不无感慨地与周作人探讨：“文学的童话现在变迁得愈加厉害，安徒生以后有王尔德，王尔德以后又有爱罗先珂，就文学的眼光看来，艺术是渐渐地进步，思想也渐渐进步了！但就儿童的眼光去看，总要觉得一个不如一个。”⑩

这就是问题所在。不少学者提出，“童年”不是一成不变的，而是基于成人意志的“发明”。成人通过他者形象的儿童的建构以确定自身。与其说儿童本来是这样，不如说成人希望儿童是这样。当我们在塑造“理想态”的“儿童”时，“儿童本位”已然悄然缺席。当年张天翼朴实的话语“和孩子们交朋友”“孩子们的反应是检验作品的标准”，如今竟显得有些遥远。如果仅以文学的维度展开儿童文学批评，以成人的审美阅读经验、评价标准、评判能力，挑选出经典的、有深度的文学作品，强势介入儿童阅读并实施干预，以培养儿童形成成人所期待的、理想状态中的阅读品味，这是何等风险性的“事业”啊！忽视儿童的审美接受心态、忽视儿童的个体兴趣差异、忽视儿童的阅读能力发展状态、以成人姿态全权代言儿童文学评论，不信任儿童的自然成长、不信任儿童伴随成长和阅读而逐步提高的阅读品鉴能力、甚至不肯给儿童试错、摸索、比对的机会，这样尽心尽力的“搀扶式”行为，对处于阅读成长期的儿童来讲，未见得是有效的。

四、结语

大众传媒时代的到来，裹挟着大众文化，对精英文化与主流文化产生强大的冲击，主流与精英文化一步步走下神坛，向大众文化妥协、靠拢。而儿童文学场域中，精英的意识仍然起着决定性的作用。基于儿童的弱势地位，儿童文学的话语权集中体现为精英和主流说了算。但是当下，大众传媒无孔不入的信息传递功能，市场经济强大的助推力度，都使儿童能够参与评判。毕竟，读者是儿童自己，儿童可以不买账。于是，部分儿童文学获奖作品出现“小众化”接受情况，少儿畅销书排行榜不断撕扯着精英文学的评价尺度。在事实面前，我们往往看到了成人儿童文学界的精英情结的坚守，并艰难地在精英文化与大众文化日益交好的时代费力地划界：哪些是追求畅销的俗文学，哪些是坚守经典信念的纯文学。

我无意为市场上良莠不齐的儿童小说创作辩护，更不是为所有畅销的儿童小说助阵，而是为我们失之于简单化并逐渐形成惯性的言说方式担忧。我想，儿童小说，不应再用“纯”或“俗”做划分比照；而“畅销书”受众之多或“经典”受众之少，更不应该成为一个衡量作品高下的标准；培养儿童阅读兴趣与阅读习惯，也不会是只要选择了具有普世价值的“经典”作品就是最有效的。简单定性，是一件很可怕的事情。

我极度赞成培养儿童的阅读兴趣与品味，但精英本位的立场忽视了儿童本位的基准，忽视了儿童个体真切的接受能力与接受兴趣，使得批评日益高高在上。在我们时刻疾呼“儿童本位”的时代，请在儿童文学阅读培养中也蹲下身来，感受一下孩子的感受吧。

同时,正像我们不应低估成人大众的审美水平一样,不是庸俗取悦小读者的作品就一定成功,而是有特色的作品、好的儿童文学作品才会拥有畅销的生命力。

在《2010 年中国文学发展状况》中这样描述儿童文学:"在繁荣发展的同时,关于儿童文学的娱乐功能和教育功能的讨论依然持续。如何适合儿童心理特点、坚持正确的价值导向,做到寓教于乐、开发儿童的想象力,仍是儿童文学面临的重要课题。"⑪"如何适合儿童心理特点",始终是培养儿童、促其发展的基点。

注释

①郑振铎:《中国俗文学史》,中国文联出版社 2009 年版。

②胡平:《1991—1992 年通俗文学创作概述》,见《中国文学年鉴》,中国出版年鉴社 1994 年版,第 268 页。

③赵勇:《透视大众文化》,中国文史出版社 2004 年版,第 21 页。

④陈幼华:《畅销书风貌》,武汉大学出版社 2007 年版,第 3 页。

⑤王泉根:《儿童文学:写给有童心的人——北京师范大学教授、博士生导师王泉根访谈》,《语文建设》2010 年第 2 期,第 4—5 页。

⑥吴其南:《大众传媒和儿童文学存在论上的危机》,2011 年 8 月 20 日,见 http://news.zjnu.net.cn/10thertong/view article.asp? new sid=153。

⑦[美]肯·古德曼:《谈阅读》,洪月女译,台湾心里出版社股份有限公司 2005 年版,第 3 页。

⑧[意]伊塔洛·卡维诺:《为什么读经典》,黄灿然、李桂蜜译,译林出版社 2006 年版,第 1—2 页。

⑨王文静、罗良:《阅读与儿童发展》,华东师范大学出版社 2009 年版,第 108 页。

⑩王泉根:《中国安徒生研究一百年》,中国和平出版社 2005 年版,第 24 页。

⑪《2010 年中国文学发展状况》,《人民日报》2011 年 4 月 21 日。

(原载《昆明学院学报》2011 年第 5 期)

儿童文学产业化发展之理论思考

乔世华

早在 1857 年,马克思就已经在《〈政治经济学批判〉导言》中涉及"艺术生产"的话题:"就某些艺术形式,例如史诗来说,甚至谁都承认:当艺术生产一旦作为艺术生产出现,它们就再不能以那种在世界史上划时代的古典的形式创造出来。"① 文艺具有商品属性,艺术家又是生产劳动者,这决定了文学既可以是一种社会意识的产物,也理所应当是一种能创造利润的产品。进而言之,文学艺术发展到一定阶段,走上产业化道路是无可阻遏的大趋势,唯有如此,不同人群日益增长的、多种多样的文化需求才能得到充分满足。

一、儿童文学产业化的前景

有未来学家认为,人类在经历狩猎社会、农业社会、工业社会和信息社会之后,将进入一个以关注梦想、历险、精神及情感生活为特征的梦幻社会。在商品世界中,不仅娱乐业,而且日用品行业也在产品中加入想象、故事和情感,人们消费的注意力将从物资需要转移到精神需要,从科学和技术转移到情感和逸闻趣事,人们在未来从商品中购买的主要是故事、传奇、感情及生活方式,因此未来收入最高的人要数那些"故事大王",一个产品价值的大小取决于他们给产品所编的故事。② 所以,好的创意或故事就如同阿基米德撬动地球的那个支点,可以带动起一个甚或多个相关行业的发展,在无边界的文化融合中产生新的业态并带来可观的效益。这方面最成功的范例莫过于 1923 年创办的美国迪士尼公司了,发展至今,它已经从最初米老鼠、唐老鸭这样的卡通形象,变幻出一本又一本绘画故事、一部又一部电影产品、一个又一个主题乐园,还同时开发了迪士尼手表、饰品、少女装、箱包、家居用品、毛绒玩具、电子产品等多个产业,其巨大的文化影响和商业运作的成功遍及全世界,数十亿人成为迪士尼产品的消费者。另一个典型例子要数《哈利·波特》了,英国作家 J.K.罗琳花费 10 年时间把哈利·波特的故事讲得家喻户晓,以此盈利近 10 亿美元,美国华纳兄弟电影公司又花费 10 年时间将其搬上银幕,在获得 70 亿美元的全球票房收入的同时,还以此为契机在电子游戏、玩具、主题公园等多个领域掘金 200 亿美元。系列动漫片《青蛙王子》在中央电视台热播后,投资制作方青蛙王子(中国)日化有限公司凭借着"动漫加创意"的发展模式令自家的动漫产品及儿童洗涤用品等获得了消费者的认可与青睐,企业在短短几年间实现了产值年均增幅 30% 以上。

在整个文学产业中,儿童文学产业所面对和拥有的巨大消费市场都注定了儿童文学产业必然是最引人注目的"永远的朝阳产业"。以中国来说,现今有近 4 亿未成年人,偌大群体对儿童文学及其相关衍生产品的购买意愿和能力之强大,是可想而知的,而新世纪以来 10 余年间中国儿童文学创作出版的持续"井喷"趋势也正印证了这一点。过去,儿童文学出版属于专业出版,但进入新世纪以来已演化为大众出版了,儿童文学市场成为各出版单位纷纷争抢的"蛋糕",以 2014 年为例,全国 583 家出版社中,就有 528 家出

新中国儿童文学

版社出版儿童文学读物,年出版童书品种也由 10 余年前的 10000 多种跃升为 40000 多种。③再如本是综合出版社的大连出版社在 2011 年就确立了幻想类儿童文学出版的专业方向,在此基础上向数字出版、动漫、校园剧、文化旅游等领域延伸开发,其之所以敢于在产业布局上如是除旧布新,正是因为看好儿童文学产业巨大而持久的市场需求。

儿童读者队伍具有更替周期短、喜欢重复接受和反复购买等特点,一旦某个作家能深得其意,则该作家所有作品都会连带着受到追捧而在销量上呈几何数增长;同时作家也会自觉不自觉地被带入到产业化写作和出版的道路上,一旦某一部作品走红,接下来便推出此作品的续作——往往是包括了十几部二十几部甚至更多部的一个系列;如是持续不断地推出为儿童所关注的文学产品,这也令作家收益颇丰,近些年来的中国作家富豪榜单上,郑渊洁、杨红樱、郭敬明等面向儿童写作的作家屡屡名次居前甚或居于榜首,就是明证。童话大王郑渊洁所有作品销量在 2014 年就已经突破 4 亿册。"中国童书皇后"杨红樱自 2003 年正式推出校园小说《淘气包马小跳》系列以来,仅仅 10 年时间,这一系列就有了超过 3000 万册的销量,她还由"马小跳"系列的写作过渡到了系列童话《笑猫日记》的写作,《笑猫日记》至 2015 年底也已有超过 3 400 万册的销量。这还只是就他们作品的出版而言。上述作家的巨大声名及他们所塑造的人物形象的家喻户晓程度令他们在生产和推广衍生产品时同样顺风顺水:渊洁借着笔下人物皮皮鲁、舒克等的名头相继出版涵盖了安全、法律、科普、语文、数学、历史、地理、性教育等内容的系列家庭教材,还致力于皮皮鲁的品牌产业化,创办《皮皮鲁》杂志,开发普法网络游戏《皮皮鲁和 419 宗罪》,开办皮皮鲁讲堂等;杨红樱主编《马小跳》杂志以及"马小跳玩数学""马小跳学作文"等系列教辅图书,《淘气包马小跳》被以电影、电视剧、动漫片、音乐剧、舞台剧、木偶剧、漫画等多种艺术形式屡次搬演,在受众那里均有较好的反响。正是因为他们将自己的作品及相关文化产品的目标读者准确定位为儿童,才使得他们在写作、出版、教育、编导等多个领域屡有斩获。④

无疑,儿童文学产品如能得到有效的开发和建设,不但自身能创造出较好的经济效益与文化效益,更会带动一个巨大产业链,这一链条会将看似不相联系的不同媒介和行业都凝聚集结起来。当然,当儿童文学成为儿童文学产业链条的一个环节之时,还会有一系列的问题随之产生。譬如产业化的写作、出版及改编可能会导致对自我的简单重复,甚至可能会降低艺术水准而迎合市场低俗趣味。这其实是一切产业化了的文学所不可避免要面对的现实矛盾:是追求市场,还是追求艺术?而且,当某一个文化产品、某一个文化产业渐次成长起来规模壮大之时,读者的艺术欣赏趣味会不会变得单一?会不会越来越追逐表面的时尚符号而因此日渐疏远最本质的文学阅读?也因此,儿童文学产业者有必要时刻铭记自己的社会责任与文化责任,秉持对文化艺术的尊重精神与严谨求实的创作态度,以厚重的思想内容和精湛的艺术质量为文学产品注入更多的精神文化内涵,以更好地引领儿童的精神成长。

二、儿童文学产业化的理想路径

要看到,中国文化产业起步时间不长(有人视 2006 年为中国文化产业元年),作为这一新兴产业重要组成部分的儿童文学产业也还处在初步阶段,有关儿童文学产业的理论研究也相应薄弱,但这种研究又非常紧迫而必要,它可以为正在试水的儿童文学产业者提供重要的理论依据和支撑。目前主要研究成果是王泉根主编的《中国幻想儿童文学与文化产业研究》一书,从该书的相关研究文章来看,对儿童文学产业化的理论探讨主要集中在对其前景的展望、固有经验的总结以及发展道路的探寻等几方面。其中尤有价值的是研究者对儿童文学产业的分类，这直接关系到了儿童文学产业化发展道路的践行问题。如研究者将儿童文学产业分为核心产业、延伸产业、附加产业和综合产业等几大类。核心产业就是全方位给儿童提供的包括图书出版、影视剧、动漫、游戏制作等在内的精神产品；延伸产业是由核心产品延伸开发出来的如电子书、点读笔等亚产品；附加产业是指以儿童文学作品的艺术形象、品牌以及作家名号作为号召力的涵盖了儿童衣食住行的日常生活用品；综合产业是以文学形象、品牌打造的跨行业、跨艺术形式的儿童主题公园、儿童培训机构等综合产品。⑤这种对儿童文学产业的"四分法"显然是在对迪士尼等成功文化企业的发展路径及生长触须进行充分考察后而得出的理论总结，在现阶段，它确实指明了儿童文学产业所有的可能的发展路径，廓清了人们在对儿童文学产业之路认识上的种种迷雾，这是值得充分肯定的。

如果按照这样的产业分类理论和发展思路来观察当下国内的儿童文学产业，则前面提到的郑渊洁、杨红樱、郭敬明等几位流行儿童文学作家作品的产业化仍然是很不充分的，因为他们的产品基本上还只停留在图书出版、影视动漫改编之类的核心产业区域，而与核心产业相关联的延伸产业、附加产业和综合产业都存在着巨大的产业发展空白。这其实也是目前国内儿童文学产业化发展的真实缩影。不过，正是在对诸种中外儿童文学产业发展经验的总结回望中，我们会发现，目前此种儿童文学产业分类理论只是提供了一种产业全方位发展的思路，但在实践中，要达到如此规模的建设目标、形成齐头并进、全面铺展开来的市场格局，可能并不容易，也完全没有必要。因为有关儿童文学产业化路径的理论探讨虽然比较详尽，但其只是在目前阶段描绘出了最理想的产业化图景，具体到对某一作家作品的产业开发来说，是否需要都涉足上述的任一种产业领域，究竟应该怎样走一条适合自己的特色发展之路，还需要因应具体情形。毕竟像迪士尼这样能面面俱到渗透并延伸至儿童生活各个层面的文化产业帝国还不多见，而迪士尼能在其发展壮大的过程中相继完成对电视频道 ABC、福斯家庭频道、漫画巨头漫威、动画巨头皮克斯以及影业巨头卢卡斯等 5 大文化企业的成功收购，实现全方位跨领域发展，达到今天的规模与效应，是凭借着其多年的持续发力、成熟运作机制以及各种不可多得的机遇而达到的。迪士尼的成功确实有重要的启示意义，但其成功模式是无法原样照搬的。它的经验在丰赡了产业化理论的同时，还让我们看到，想要把一个文化产业做好做强做大，就应当具有开放的视野和宏阔的思路，具有建立一个相互关联和指涉的完整产业链的意识，不仅仅要考虑文化产品本身，还要考虑由这一文化产品衍生出来的副产品以及与这一产业同在一个链条上的有着紧密联系的其他产业。

可能一切从事儿童文学产业开发的企业都有着一个打造迪士尼的发展规划和终极目标：以文学作品为核心来构建一条完整产业链，进而延伸至周边产品并借势打造旅游乐园或培训机构，即全面耕作播种、全面开花结果。大连出版社就希冀通过上下游的协同发展打造中国的"迪士尼"，故此自 2013 年开始每年拿出高额奖金连续举办"大白鲸世界杯"原创幻想儿童文学奖，通过对优秀儿童文学作品亦即优秀原创内容的征集，带动图书出版及相关产品的动漫制作、舞台剧演出等，意图延长产业链条，为在全国主要城市开发建设并推广具有体验性质的大白鲸世界儿童乐园提供智力支持。这一发展计划固然激动人心，但实践起来也有相当难度。尤其是从大连出版社目前的文化产业链条来看，该社的确在上游通过高额奖金征集汇聚了不少优秀原创儿童文学作品，但要让这些在小圈子内受到专家和小读者评委都认可的优秀作品能在更广大范围内得到众多儿童读者的阅读、欣赏

和喜爱，这还需要相当时日；同时，大连出版社目前在下游衍生产品的设计开发上还无法完全配套跟进上游的发展步伐，这意味着要达到真正的产业化目标，还要有较长的道路走。

2010 年，《中共中央关于制定国民经济和社会发展第十二个五年规划的建议》已经为中国的文化产业发展确立了目标，那就是要建设文化强国，推动文化产业成为国民经济支柱性产业。中国儿童文学产业会乘此东风上升飞扬，我们在乐观其成的同时，还需要保持足够的清醒，意识到残酷的竞争现实。从有关数据来看，中国每年投拍的电影真正上线的不足 1/3，而上线的电影中赚钱的又不足 1/3；目前年生产动漫产品早已达到 20 多万分钟，但有效放映不足一半。⑥再者，中国动漫产量虽已接近世界一半，但仅获得世界动漫市场份额的 11%，而且其中 80% 以上的利润额均流向了海外，中国动漫产业对 GDP 的贡献现在还不到 1%，而邻近的日本动漫产业对其 GDP 的贡献超过 10%，美国动漫产业的出口仅次于计算机产业，产值达 2000 多亿美元，中国动漫全行业的年销售额只占到美国迪士尼公司的 10%。⑦据不完全统计，目前中国的主题公园已经由 1989 年的 30 多家发展到超过 2500 家，这当中盈利的只有不到 1/10；与此形成鲜明对比的是，美国的主题公园数量虽不及中国的 1/10，却普遍盈利。⑧也就是说，并非一部文学作品一触"电"、一动漫、一变身游戏、一成为主题公园或者一壮大为产业了，就立刻财源滚滚。儿童文学的产业化其实是一个浩大的工程，并不就是对成功作品进行漫画改编、投拍影视片、制作游戏及衍生产品之类，这里所涉及的问题方方面面，也千头万绪，文学品牌的推广、作家作品的市场号召力、文学形象是否深入人心、产品开发的精神内涵与市场认可度、产业发展规模、文化创意人才和营销人才是否具有国际视野等诸种因素都可能会影响到儿童文学的产业化效果。⑨理论容易归纳，经验容易总结，但所有在文化产业发展浪潮中赢得真金白银的企业或个人的成功都是无法复制的，具体问题还需要具体分析。

三、结　语

儿童文学产业工作者如果没有真正认清自己的产业优势和特色所在，没有看到自己的发展瓶颈和不足，只是照猫画虎般依循迪士尼的发展道路、依着宏阔的理论蓝图遽然走上追大求全、盲目开发的产业化之路，结果就很可能是竹篮打水一场空。唯有规避短处发扬长处，据实走自己的特色发展之路，才是王道。

[注释]

① 马克思、恩格斯：《马克思恩格斯全集》第 2 卷，人民出版社 1995 年版，第 28 页。

② 王泉根：《幻想儿童文学与文化产业研究》，大连出版社 2014 年版，第 112 页。

③ 海飞：《我国童书出版的三个预判》，《新闻出版广电报》2015 年 11 月 11 日。

④ 乔世华：《与发展中的"童心论"》，《海事大学学报》2014 年第 5 期。

⑤ 王泉根：《幻想儿童文学与文化产业研究》，大连出版社 2014 年版，第 82—87 页。

⑥ 傅才武：《文化产业生产不足与供给过剩同时并存》，2015 年 12 月 26 日，见 http://culture.people.com.cn/n/2013/0908/c172318-22846892.html。

⑦ 朱东亮：《文化产业漫谈》，人民出版社 2014 年版，第 102 页。

⑧ 王泉根：《幻想儿童文学与文化产业研究》，大连出版社 2014 年版，第 103 页。

⑨ 张佰英：《我国文化产品贸易逆差与应对策略》，《辽宁师范大学学报》2015 年第 1 期。

（原载《大连民族大学学报》2016 年第 4 期）

当前儿童文学理论批评建设的几点思考

李利芳

近年来,我国儿童文学事业繁荣发展,优秀原创儿童文学作品层出不穷,更多新人新气象不断涌现。在国家综合实力与人民生活水平急速提升的背景下,儿童教育在社会各界获得了前所未有的重视程度,随之而起的是人们对儿童文学的认同与投入也达到了前所未有的高度。

在这样的历史背景下,可以说,我国儿童文学学科迎来了真正意义上的黄金发展时期。

在这样一个学科发展转型的关键时刻,儿童文学学人所要做的,就是要实实在在面对学科的发展现状,回顾反思总结学科发展成就,以务实求真、兼容并蓄的研究态度面对学科存在的问题,提出创造性的意见与建议,为建设一个开放多元的儿童文学理论批评研究格局做出自己的努力。本篇论文从学科建设的一些基础工作、文学现象研究的几个要点、理论研究资源的获取等三个层面对这项工作进行了思考。

一、学科建设的一些基础工作需要系统展开

在百年中国儿童文学学科的发展史上,改革开放30年是最新的阶段,也是成绩最充分的阶段。20世纪80年代以来,一代学人在此辛勤耕耘,热情奉献了他们的智慧与心血,奠基了代表本学科形象的学术硕果。这一代学人至今也是学科发展的主体学术力量。他们的成绩不仅体现在大的文学语境中确立了儿童文学的合法性,营建了健康活泼的儿童文学话语氛围,在促进儿童文学的社会影响力方面做出了出色的成绩,而且在学科建制,尤其是人才培养方面做出了突出的贡献。90年代末新世纪以来,一批出生于60、70年代的年轻学者就是在他们的精心培育下成长起来的。这一批新人正在逐渐开始承担本学科发展的重要任务,所积淀的成果也正越来越以凝聚的力量在学界开始产生影响力。可以说,目前学科发展的整体势头是良好的,而且其更喜人的成绩在未来几年会有更显著的体现。在这样一个大背景下,怎样整合学界力量,厘清学科发展中的一些问题与不足,并对症性地提出思路与办法,以更为积极的建设的姿态促进学科的发展,是摆在我们面前的一个重要任务。

蒋风先生曾在其主编的《儿童文学原理》的"引言"中指出:儿童文学研究是由若干亚系统组成的一个科学系统。儿童文学这门学科经过一个世纪的探索,发展到今天,逐步形成下述四个亚系统:1.儿童文学理论;2.儿童文学史;3.儿童文学批评与鉴赏;4.儿童文学文献与资料。[①]近30年学科的发展在上述几个方面都取得了重要成绩。围绕当前学科建设需要加强的工作,笔者有下述两个方面粗浅的思考。

(一)对30年学科的发展需要进行系统总结研究

30年学科发展的成就与经验现在需要一个及时的总结。目前我们已经看到了这方

面工作的展开。不过笔者想提的是应该有更为全面系统的研究，有具体的研究成果。这种研究会涵盖本学科发展的各个方面。在此主要谈谈理论成果与学科建制两个方面。

30年的理论成果有很多，仅新世纪以来，从2000—2006年，据王泉根先生的统计论著就有110种，发表研究论文与批评文章等约3800篇。②从乱花迷眼的成果现象中，我们要在整个新时期以来文学理论发展的大语境中，在儿童文学的学科平台上全面厘清与细读理论成果，进而以问题意识统领剖析理论现象，集萃性地概括与彰显理论建设的具体业绩。重要的是，我们要素描出学人肖像与重要成果肖像，具体勾勒出理论发展的现状，它可汲取、发扬、传承的思想与精神资源，在此基础上反思存在的问题、理论的盲区与空白点。这是个系统工程，是由下而上的阶梯式的行进过程。对20世纪80年代以来的重要学人，更需要个案式的独立研究，分别去归纳他们个体的学术旨趣、思想脉络、研究视野与方法、具体成绩与贡献，以及他们现在的发展趋向与学术兴奋点等，只有扎扎实实地进行了这些工作，我们才可跟着我们的前辈"接着说"，我们对我国儿童文学理论研究状况的认识与理解才是稳妥慎重的。

对于大量散见的批评成果，更需要做全面清理与分析的工作。借由这个过程，我们可窥见批评领域所获得的成绩与存在的问题，学界整体批评的动态，批评者们的兴趣所在，批评对象的选择，批评方法的运用，批评价值观念的倾向等，以及批评成果所依托的媒质类型与特征，批评所发挥的文学功能、社会功能，批评之于理论话题的形成与理论思想的创建等的效用。只有展开了这些基础的工作，我们才可了解批评领域的现状，提出具体的关于批评的批评。

对年轻学人的研究，要有及时的跟踪，了解他们研究的动向与发展的潜力，积极创造新人成长的平台与条件。近年来，儿童文学硕士生、博士生的培养取得了很好的成绩，一批专业从事儿童文学研究的硕士、博士已经进入了科学研究的状态。一系列具有较高学术质量的博士学位论文已经产出，填补了已有研究的很多空白。这些成果也需要阶段性的梳理研究，为后来的学人提供整体性的借鉴资料。

就学科建制来讲，主要考虑的是支持我们这个学科发展的硬件与软件条件，硬件主要指研究所、研究中心、相关的学术机构等的设置。对高校儿童文学研究所、研究中心的发展状况要有通盘把握，包括他们整体的发展思路、发展方向、已取得的工作成绩、经验累积等，对相关的儿童文学学术机构，要考察他们的主体功能、位置、学术声誉、在促进儿童文学国内与国际交流方面所取得的成绩与存在的问题等。此处主要提的还只是纯粹的儿童文学研究机构，其实还有更多的外围硬件设置，也在不同程度发挥着推动学科发展的作用，如来自于高校教育专业的、政府教育机构的、出版业的、民间商业性的（如网上书店）、图书馆的，等等。

软件指的是支撑硬件设施的一些系统工程，包括人才智力、文化、知识、信息、经济等要素，如对本学科从业研究人员的学源结构、专业背景、年龄分层、专职或业余等情况的掌握，对支持本学科发展的可能的社会、文化、经济资源等的分析，知识与信息要素则主要指文献资料的储备、获取途径，外来资源的引进，本土儿童文学资源数据库的建设等。就高校人才培养来讲，主要有三大问题：师资、资料、教材。要全面调研目前各高校从事儿童文学教学的师资状况，以及教材建设的状况等。在这些资源全面汇总研究的基础上，就可以相应地提出针对各个面向的对策思路，澄清发展的方向，可以更深入地展开一些实质性的工作。

（二）多种途径启动研究项目，获得系统性、综合性的学术成果

项目是展开科学研究、获得集束性成果的有效通道。从多种途径的资助展开项目的规划与研究，是促进学科发展的有效思路。以新世纪以来国家社科基金项目的资助为例，儿童文学类的项目逐步增多，且有重点项目立项。项目设计愈来愈具体地针对到儿童文学的各分体、类别、地域研究中，已完成的项目已经产生了系统性的研究成果，对于促进学科发展很有建设意义。如吴岩从学科体系建设的角度推出的系列科幻文学理论丛书，更具有代表性的价值。王泉根、方卫平、朱自强等先生更早一些所承担的国家社科基金项目、教育部项目，也都取得了很丰厚的成果。

在未来学科的发展中，我们要考虑整合有生力量，开展更大规模的重大项目研究，以期获得大视野、大角度的研究成果。加强儿童文学资源数据库的建设，便于文化产业的开发利用。在此概念上，也便提出一个国内相关资源如何进一步加强合作、互通有无、协调发展的问题。限于学科资源的有限性，所以就要形成一种凝聚性的力量。相关学会的作用需要进一步加强，活跃学术气氛，推动高质量的学术活动。为整体繁荣理论批评，可以考虑设置专项的理论批评成果奖，激发学者从事理论研究的积极性。

二、文学现象研究的几个要点

近年来我国儿童文学创作繁荣发展，而理论批评则相对滞后，这是一个急需引起理论界重视并尽快提出解决方案的问题。

（一）本土文学精神的提炼与凝聚

本土原创文学的发展必然深深植根于我们中国文化的土壤内，因为我们主流儿童文学的创作，是用汉语言文字写作生长生活在中国大地上的中国孩子，中国人的童年经验与童年体验。因此，无论是现实文学世界，还是幻想文学世界，无论它所体现的是传统文化，还是现代文化，无论作者的视野在乡村，还是在展现都市，文学世界的主体意蕴必然始终是中国的。因此，从逻辑推理上讲，一种属于中国式的本土儿童文学的精神应该是可以被提炼与凝聚出来的。虽然不同作家的写作路数与文学风格千差万别，但文学精神的脉络应该是贯通的。

中国儿童文学精神的凸显会促进原创儿童文学的发展。因为它会增进作家的文化自觉意识，切实立足于中国文化传统与中国孩子的生存生活现状去进行创作。这样的精神也会建构到我们评价判断作品的价值标准中去。儿童文学是传承中华文化的重要纽带，包括传统文化和现代文化。传统文化作为一种文化基因自然渗透在文本中，现代文化在不断的建构发展中，依然需要作家理论家去思考，诠释，表现。新时期以来，儿童观与儿童文学观都获得了极大的解放，文本中儿童性、文学性，以及二者结合后的儿童文学性的内涵表述越来越现代，人物形象的塑造越来越体现出我们现代中国孩子的健康生命姿态，语言与审美思想的呈现也愈益呈现现代中国的精神特征。一种深刻的民族文化精神与文化理想正在被我们的儿童文学作家们用心地表述着，建构着。这切实需要理论界从宏观的视野高屋建瓴地概括出来，凝聚出来。

本土儿童文学立足本国与走向世界都要依靠其本土特质。在本土儿童文学文化输出的过程中，世界人民凭借文本想了解的，应该是中国的孩子是怎样的，他们的生活环境与生活内容是怎样的，他们的性格气质是怎样的，他们的所思所想是怎样的。外国的小朋友想认识中国的孩子，外国的大人想凭借中国的孩子了解中国的社会，中国的未来。

当然，他们最直接的还是想获得具体的审美感受，那种感受必然是非西方的，令他们感到陌生新异的，所以，那只能是中国的。

新时期以来，我国已有一批作家获得了重要的创作成就，他们的作品已经走向世界。代表作家如曹文轩、张之路、秦文君、杨红樱等。对这些作家，更要进行深度的总结研究，研究他们的成长历程，创作理路的发展演变，文学创作的文化、社会、思想资源，作品中语言表达、人物塑造、审美意象、意境、思想意涵的独创性与中国特征。以文化输出的视野来看，中国内涵的析出更是非常关键。因为这一方面有助于确立作品在国际市场上的文化品牌，形成连锁的文化产业效应。另一方面可以促成本国与世界人民对作品的理性认知，深刻理解作品。也有助于典型性地凝聚中国儿童文学事业的文化向心力，使我们在面对国际市场时，以统一的中国人的面貌出现。

(二)文化多样性的研究

在确立了中华民族的整体视野之后，还要注意文化多样性的问题。中国版图辽阔，民族众多，东西部差异，汉民族与少数民族的差异，城乡差异，商业文化，大众文化，电子时代信息和影像产品的多媒体化，网络文化，以及西方文化的深刻影响等，这些都使得文化多样性的问题日益凸显。在全球化进程中，文化多样性已成为国际社会的前沿学术问题。它在儿童文学、儿童文化中的投射力与影响力同样关键。因为孩子所生活的文化环境，他们的文化个性，以及他们拥有文化差异和对立的程度等，都关涉影响到"今后他们对自己文化的态度，也影响了对其他文化的态度。从很大程度上说，它关乎着接纳和拒绝，容忍和偏执，热爱和平或是钟情战争"③。随着中国现代化进程步伐的加快，我们与国际社会的交流越来越频繁，越来越深入，孩子会愈益置身于一种多元文化的生活空间中，文化多样性的问题也势必会愈益受到中国作家的关注与表现。

近年来我们的学者在这方面已有很敏锐的关注。接下来我们的研究要有意识地发现、概括文化多样性在文本中的具体表现形态。要关注不同民族、不同文化背景地区的作家的创作。一直以来，我们关注的都是汉语言儿童文学，其他少数民族语言写成的儿童文学也应该逐渐被纳入关注视野。

(三)细读文本是增进理论问题意识、研究儿童文学文学性的可靠手段

儿童文学学科具有跨学科的学科属性，可以从各种学科立场与学术视野去展开具体研究。但是一些基本儿童文学理论问题的形成与儿童文学文学性的研究，还是得从细读文本入手。这样一种思路能使我们牢牢握定研究对象，真正切实地面对研究对象，具体细致地掌握与理解研究对象。作为人文科学的文学研究其根本路径是审美感受与价值体验，这奠定了其主观性的基本特质，这与自然科学"客观""物质"的特性有本质的差异。但我们依然要向自然科学学习，学习自然科学的科学精神，做科学实验时的态度与方法，科学研究的姿态与工作状态，对对象的无穷逼近、解剖，对真理的不懈探求等。文学理论批评如果能就作品内部的世界分析出具体的东西，就这一个作家的创作概括出具体的理论问题，并以此形成与作家的交流对话，这样才能真正起到促进创作的作用。

总之，文学现象的研究不能泛泛而论，无的放矢，文学成绩与经验的总结，问题与不足的反思是一个由个别而整体的过程。要能以学理性的结论去向社会敞开原创儿童文学的成绩，促使作家去认识反思自己的创作，要增进他们对文学资源与个体优势的自觉认识，要帮助他们逐渐走上个性的原创道路，不跟风，不随波，增进自我原创的信心与可能性。对新人新作要有及时的跟踪把脉，展开趋向性的分析研究，以鼓励为主，有问题适时纠偏,充分体现出批评的功能。从当前儿童文学资源的勘探与利用的现状看,中国儿童的生存现状依然是创作主导的表现领域,在此基础上作家以文学性的理想途径干预现实的、超越现实的意识也要自觉加强。这些方面都亟须理论界对创作的引领。

(四)理论研究与少儿出版状况的对接

少儿出版是推动儿童文学事业的第一平台,这一功能越来越显著。理论研究滞后于创作,其实一定程度上也就是滞后于出版状况。理论研究还没有有效地和出版界获得嫁接与联通,甚至,在面对大量的出版现象与文学现象时,搞研究的一下还跟不上这个节拍,搞出版的可能更显示出是行家里手。当然,二者的研究视野、兴趣、结论会各有倾向,纯粹的理论批评研究是任何其他角度的研究所无法替代的。但我们现在要思考的一个问题是,如何落实一种机构,使理论界和出版界对接,使研究者能在更及时、畅通的渠道下掌握儿童文学创作的新面貌,跟踪进行分析研究。

三、理论研究资源的获取,与国际交流的重要性

在笔者自己从事批评的过程中,总感觉到理论资源、理论储备的不足。很多时候还是依赖审美感受,结合自我的童年体验,与对童年现象的观察与思考等,进行了一些概括性的分析研究,通过对作品内部世界的理解而获得一些理论话题。也就是说,是作品赋予了笔者理论的活力与阐释的激情,进而上升到对一些理论问题的思考。笔者第一个较为系统的研究成果是对我国早期儿童文学理论批评成绩的梳理与总结,限于攻读博士学位的时间性,研究成果还很不全面,也不是很满意。但就是通过这个研究,从我们国家最早的儿童文学理论的拓荒者们那里,继承了很多理论思想资源,并内化为自己的学术思想与研究能力。这个基础性的研究工作对笔者帮助很大。为了给早期成果定位,研究中还阅读了一些西方儿童文学理论著作,尽管很粗浅,但感觉受益匪浅。在阅读英文原文的过程中,总是很新鲜很兴奋,著作有理论的魅力吸引你读下去,并能获得很具体丰富的感悟与认识,能和自己实际的研究工作结合起来。

在做上述工作的过程中,笔者非常遗憾与不满意的一个问题是,因为时间与经历的限制,只涉猎了这么两部分资源,对新中国成立以后我国儿童文学的理论状况,尤其对新时期以来我国儿童文学理论的发展,没有系统梳理研究,导致了自己对20世纪下半叶我国儿童文学理论思想资源的学习、借鉴不足,这是一种"瘸腿"的状况,所以希望自己尽快把这个缺憾补上。

近30年来我们学科的发展已经积攒了许多很宝贵的理论资源。现在我们要以更自觉的意识去反顾、总结这些成果,让它们更充分地作为我们研究的资源。这其中如蒋风先生的中国儿童文学史建设、儿童文学史论研究,韦苇先生的外国儿童文学史建设,王泉根先生的文学思潮研究、儿童文学分层研究、文学史料收集整理研究、对学科发展的呼吁倡导,方卫平先生的理论批评史建设、儿童文学的接受美学研究、文学思潮研究、图画书研究,曹文轩先生的"儿童文学作家是民族未来性格的塑造者""追随永恒"等美学理念的提出,班马先生的儿童文学美学思想研究、"儿童反儿童化"命题的提出,朱自强先生的现代化进程思路、理论研究方法论的倡导、幻想小说研究、日本儿童文学研究,刘绪源先生的三大母题研究、周作人研究,梅子涵先生的儿童小说叙事研究、儿童阅读推广、经典文本阐释研究,孙建江先生的童话空间理论、儿童文学史论研究,吴其南先生的文化阐释视点,汤锐先生的比较儿童文学的理论视点、现代儿童文学本体论的研究,彭懿先生的幻想

文学理论、图画书研究等。这个陈列并不全面细致，概括也不一定完全准确，但我们已可初步窥见这些理论视点的价值及其可持续发展的空间。在全面厘清彰显这些理论成果的基础上，我们要将系统理论工程建设作为长项任务来做，要将本土原创理论建设与翻译文论结合起来做。考虑可以获得政府或其他形式的资助，以项目规划的形式拟定选题、有计划地推出理论成果。在这个过程中，年轻一代学者恳切希望我们的前辈热心指导，能具体参与到理论工程的建设中去。面向高层次人才（硕博士）培养的系列理论教材，也是最急需解决的问题，这是学科发展的一个重要指标。在这其中，理论研究方法论方面的专著尤其欠缺。朱自强先生在此方面曾有倡导与呼吁，我们需要系统的方法论著作去教授学生。

就外来理论资源的引进与学习上，我们还有很长的路要走，这一方面我们已经落后了台湾。因为对一些经典理论著作，我们的学者要么是看日译本，要么是从台湾买汉译本。近年来，学界也力图在这方面做一些促进工作，一些理论原典已经被译进。有两套丛书最有代表性，一是王泉根先生主编的"当代西方儿童文学新论译丛"，包括约翰·史蒂芬斯的《儿童小说中的语言与意识形态》等6本：一是方卫平先生主编的"风信子儿童文学理论译丛"，包括佩里·诺德曼的《儿童文学的乐趣》等4本。相信未来几年内，我们这方面的工作会越做越好。近年来，儿童文学的国际交流越来越多。国外优秀作品译进很多，在对译进作品的研究与传播方面，学者们做了很多工作，代表性的如梅子涵先生，这对促进我们了解世界儿童文学，对比反思自己的不足，增进儿童文学研究的国际性方面有积极的理论意义与实践价值。不过，文化交流中译进与译出是不对等的，这一方面固然反映出我们的儿童文学发展还很滞后，但另一方面我们也要思考是不是因为自己在文化输出方面的努力还不够。在2008年台湾召开的"海峡两岸儿童文学研讨会"上，林良先生作了专题演讲《翻译：让作品出国》，他立足儿童文学的国际化视野，探讨了华文儿童文学的文化输出问题。指出，台湾儿童文学的"译进"与"译出"呈不对等现状。我们不是没有作品，而是没有翻译。我们不能期待世界孩子学会汉语才来看我们的童书。④林先生的这番言论可谓深刻。在全球文化竞争与文化交流日益加重的当下，林先生自觉的文化身份意识，与对如何传播与发扬本土文化的远见卓识对我们有很深的教益与启迪。林先生指出，当前我们迫切需要解决两个课题：第一是怎么培育翻译人才；第二是怎样找到拥有阅读中文人才的外国出版家来合作。

受启于林先生的思路，笔者思考的一个问题是，从学科发展的角度来看，我们理论界要考虑的是从研究方向的设置上，如何强化翻译人才的培养；其次，从理论研究的国际化视野出发，如何将我们的研究成果推广反映到世界儿童文学领域。在此，就又提出一个儿童文学国际学术交流的问题。前辈学者在和亚洲国家，尤其是日本的学术交流方面已很频繁，借鉴了很多资源，并取得了具体的研究成果。但我们欠缺的是和欧美国家的交流。在欧美国家主办的国际学术会议上，缺少我们中国学者的身影。这个现状得尽快改观。年轻一代的学者尤其得在此方面下大力气，这只能靠自己的努力，去跻身于他们的行列。只有通过那样的平台，我们才能知道国际儿童文学学界在干什么，都有哪些知名的机构，他们已积累的学术资源与当下的学术理路，最关心的前沿学术问题等。实际上，可能一次会议的议题对我们就是很深刻的刺激，从中可以学习到非常新鲜具体的研究思路与研究方法。

总之，儿童文学国际交流的空间很大。自然，这一方面需要我们文学实力与研究实力的加强与夯实,另一方面也需要研究界与文化各界的努力。本土儿童文学的繁荣发展与走向世界是一个相辅相成的过程。文化交流的意识越早,行动越快,可能我们就越不被动。对研究,对创作,这都是一样的。

[注释]

①蒋风主编:《儿童文学原理》,安徽教育出版社 1998 年版,第 8 页。
②王泉根:《新世纪中国儿童文学研究的主要趋向》,《中国儿童文学》2007 年第 4 期,第 47 页。
③引自 IRSCL(国际儿童文学研究会)第 19 届国际会议的论文征集方案中,该学术会议 2009 年 8 月在德国法兰克福召开,http://www.irscl2009.de/jom/index.php/Call-for-papers/。
④林良:《翻译:让作品出国》,《2008 海峡两岸儿童文学学术研讨会论文集》,第 9—11 页。

(原载《学术界》年 2013 第 6 期)

1949—1989 年:40 年来的中国儿童文学研究

蒋 风

从五四运动开始形成一个独立分支的中国儿童文学,是在古典文学和民间文学的优秀传统滋养下,在域外进步儿童文学的撞击和影响下,伴随着新文化运动而诞生的。它经历了 30 年艰苦的历程,始终处于一个发展滞缓、不受重视的"灰姑娘"位置上,并未得到社会应有的重视。直到 1949 年中华人民共和国成立,中国儿童文学才进入一个新的历史阶段。可是中国当代儿童文学成长和发展的道路也不平坦,更不是一帆风顺的。40年风风雨雨,历经沧桑,走过了一条非常艰难曲折的道路。中国儿童文学研究当然也不可能不与它的研究对象同呼吸共命运。它有过蓬勃萌发的生机,也有过万马齐喑的暗淡时光,至今仍是一棵较为稚嫩的幼芽。迄今为止,整个中国学术界对儿童文学的探讨和研究,都与 12 亿人口的大国很不相称。时代在前进,中国儿童文学走过了一段艰难曲折的道路后,开始走向繁荣。一定的文学创作总是要求和呼唤着人们进行相应的文学理论建设。为了加快中国儿童文学事业的发展,儿童文学研究成了一项刻不容缓的迫切任务。为了更快地前进,这里拟用粗线条对近 40 年来的中国儿童文学研究状况作一番回顾,为它勾画一条发展的轨迹。

一

新中国一建立,人民政府就从关怀少年儿童一代健康成长出发,一方面取缔旧社会遗留下来的反动、淫秽、荒诞的儿童读物,另一方面采取种种措施大力倡导作家、艺术家都为孩子们创作,当时许多著名作家都积极投入到儿童文学创作中。20 世纪 50 年代的中国,儿童文学出现了一个空前繁荣的局面。面对着创作中存在的一些问题,尤其是从一片废墟上站立起来的新中国,人们的精神世界和审美心理也普遍发生了深广的变化,儿童观和儿童文学观也随之发生了深刻的变化,这一切,都引起理论界的关注,由此带动了儿童文学理论研究的开展。

有人认为新中国成立初期 17 年的儿童文学理论研究的成绩是不大的。因为除了译介苏联儿童文学理论外,从中国自身来看,只有批判,没有建设。这种看法确也有一定的道理。新中国成立后 17 年间,有关儿童文学的理论探讨和作家作品的评论,几乎都为政治运动所淹没。从电影《武训传》批判开始,胡适批判、胡风批判、反右斗争、"文艺路线上的一场大辩论"、巴金批判、巴人批判……直到"文化大革命",几乎无不涉及儿童文学理论领域。如儿童文学应该塑造什么样的形象问题,培养什么样的儿童个性问题,儿童文学的社会功能问题,儿童文学应该不应该暴露阴暗面的问题,儿童文学要不要反映人民大众的政治斗争问题,反映了政治斗争会不会就成了公式化、概念化的作品问题,儿童文学要不要为工农兵服务以及如何为工农兵服务的问题,儿童文学可不可以描写少年男女之间的朦胧的爱情问题,童心论就是人性论的翻版问题,等等,差不多就是一场场政治运动中派生出来的。这些问题如果能平心静气地作些深入的学术性的研究和探讨，对儿童文学的理论建设无疑也是有其积极意义的，可惜它们都被强烈的政治性批判所淹没。被批判者不仅不能作探讨性的发言，甚至连申辩的权利也被剥夺。因此这些讨论的学术价值是有限的。

20世纪50年代的中国，尽管儿童文学创作迅速发展，理论研究工作却无法跟上去作必要的科学概括，创作实践又迫切要求理论的指导，于是苏联儿童文学理论几乎成了整个50年代中国儿童文学研究寻求外来理论借鉴的唯一可供选择的对象，翻译介绍苏联儿童文学理论就成了一时的风尚。新中国成立初17年间，散见各报刊的苏联儿童文学论文不计，单以编印成书的儿童文学论著就达25种以上。这对促进新中国成立初期儿童文学的繁荣发展和建设中国儿童文学理论，都起过一定的积极作用。

在翻译介绍苏联儿童文学研究成果的同时，不能说中国自己的儿童文学研究毫无建树。首先是一支儿童文学理论研究队伍逐渐形成。这支队伍主要由两部分人员组成，一是热心于儿童文学研究和评论的作家，如陈伯吹、贺宜、张天翼、严文井、高士其、欧外鸥、金近、袁鹰、鲁兵、肖平、何公超等人；二是专门从事研究的理论和教学人员，如宋成志、陈汝惠、蒋风、陈子君、舒霈、刘守华、李岳南等人。这支队伍不大，但中国当代儿童文学理论的第一期工程就是由这支为数不多的人所奠基的。经过他们的辛勤耕耘，中国儿童文学研究取得了一定的进展，主要反映在以下三个既有区别又密切联系的研究领域：

一、在儿童文学作家作品论方面，发表了一些在当时有相当理论水平的评论，如舒霈的《情趣从何而来——谈谈柯岩的儿童诗》、黄昭彦的《科学和诗的结晶——略谈高士其的儿童科学文艺创作》、李蕤的《试谈刘真的创作》等，对某些作品，如欧阳山的童话《慧眼》，还展开了热烈的讨论。更可喜的是出现了一些从宏观上评述儿童文学发展概貌的论文，如陈伯吹的《关于儿童文学的现状和进展》、袁鹰的《关于少年儿童文学创作的一些问题》、金近的《试谈当前儿童文学创作的几个问题》等。

二、在儿童文学基本理论研究方面，也开始在新的起点上起步，如宋成志的《试论儿童文学和教育科学的关系》、于贞一的《儿童文学的特点》、贺宜的《儿童文学创作的一个关键问题——儿童化》等，都力图联系创作实际展开研究。此外在体裁论方面，对诗歌、童话、小说、戏剧、电影、科学文艺等不同文体，都作了有益的探索，撰写了一系列有价值的学术论文。

三、在儿童文学史的研究方面，由于当时史料的发掘、收集、整理方面都未来得及很好地开展，准备不足，除了翻译介绍了马克·索利亚诺的《儿童文学史话》、格列奇什尼科娃的《苏联儿童文学》、勒·柯恩的《苏联国内战争时期的儿童文学》等作为借鉴外，宋成志的《略论儿童文学的成长与发展》是值得重视的一篇儿童文学史论。1959年3月江苏文艺出版社出版的《中国儿童文学讲话》（蒋风著），对中国儿童文学的历史发展作了最早的系统勾勒，受当时史料条件的限制，虽比较粗疏，但被当时的评论家认可，说它是《中国儿童文学史》的雏形。

总之，在陈伯吹、贺宜等为数不多的拓荒者的心血浇灌下，中国儿童文学研究取得了令人可喜的收获。人们对儿童文学的认识提高了：比较全面地明确了儿童文学的概念和功能，认识到儿童文学扩大题材和样式的必要性，大大促进了儿童文学创作的繁荣。这一切研究成果，对建立具有中国特色的儿童文学理论体系，都是有积极意义的。

但是，儿童文学研究作为一种上层建筑意识形态，不能不受到它所依附的特定社会

历史条件的制约,不能不受到它所处的那个时代整体文化思潮的影响,新中国的儿童文学研究也不例外。随着政治领域极左思潮的萌发和蔓延,正常的科学意义上的理论研究常常被一种非学术性的政治批判所取代。1957年的反"右"斗争之后,一种泛政治化的意识闯入儿童文学研究领域,"突出政治"的批判文章几乎逐渐布满整个儿童文学论坛,使儿童文学研究的学术品格逐渐丧失殆尽。

二

极左思潮的蔓延发展,为政治野心家创造了一个可乘之机。对中华民族来说,"文化大革命"是一场空前的灾难。从儿童文学领域看,绝大多数的作家、学者都被打成了"牛鬼蛇神",关进了"牛棚"。绝大多数的作品,包括流传数千年不衰的《伊索寓言》这样的文学典籍,都被打成了大毒草。在林彪、"四人帮"的极左文艺思潮的大棒下,儿童文学研究园地成了一片空白。

其实,这场灾难早在1964年的中国文艺界批修就已开始孕育,后来,林彪和"四人帮"一小撮野心家,出于反动政治的需要,相互勾结,利用极左思潮的错误,于1966年2月炮制了一个《林彪同志委托江青同志召开部队文艺工作座谈会纪要》,他们颠倒黑白,把新中国建立后的文艺界说成是被一条与毛泽东思想对立的反党反社会主义的黑线专了政。这条黑线就是资产阶级的文艺思想、现代修正主义的文艺思想和30年代文艺的结合。到"文化大革命"开始,把新中国建立后17年的文艺包括儿童文学在内,无论是创作还是研究成果,一律当作"彻头彻尾彻里彻外"的"修正主义黑货",几乎是人无好人,文皆毒草,人为地制造了一片空白。当时从事儿童文学研究的学者,不是慑于林彪、江青反动集团的淫威不敢执笔,就是鄙视他们人妖颠倒的作为而不屑为之。说句实话,即使有人创造了立意新颖的儿童文学研究成果,也找不到发表的场所。当时能公开发表的文章,几乎都是大批判取代了科学研究。主要内容不外以下几种:

1. 从"儿童文学是两个阶级争夺接班人的重要阵地"观点出发,强调儿童文学的功能及其重要性。

2. 批"文革"前17年的儿童文学作品,把它们全当作毒草铲除。说《小蝌蚪找妈妈》是宣扬母爱和人性论的毒草,说《龟兔赛跑》是提倡"爬行主义"的毒草。

3. 以坚持儿童文学的党性和阶级性为借口,否认儿童文学的特殊性。

4. 要让工农兵英雄形象在儿童文学阵地上牢牢地扎下根,贯彻"三突出"原则,塑造英雄形象,结果是"人物形象高大全,情节结构模式化,老师个个成活靶,坏人好抓一大把"。这样塑造出来的儿童形象,也个个成了神童。

5. 批判"无冲突论",提倡儿童文学也要表现重大主题,写批林批孔,写评法批儒,写限制资产阶级法权,写"走资派",提倡写阶级斗争、路线斗争。凡儿童文学作品不写这些重大主题,都是"无冲突论"的表现。

由于极左思潮的长期影响,尤其是"文革"十年文化专制主义的肆虐,对中国儿童文学无论是创作思想或是理论研究都造成了极其恶劣的影响及后果。

三

"四人帮"反动集团被粉碎之后,中国儿童文学研究界面临一个十分紧迫而又繁重的任务就是理论清理工作。因为如果不清除那些偏激的、病态的、反科学的荒谬绝顶的所谓儿童文学理论，儿童文学研究就无法走上正常的学术发展的轨道。

20世纪70年代后期，中国儿童文学研究领域进行了理论上的拨乱反正的工作。如吴岫原的《"三突出"是儿童文学创作的绞索》、陈伯吹的《在儿童文学战线上拨乱反正》、尚嵛的《肃清流毒，解放思想，繁荣儿童文学创作》等文章，都是正本清源之作，对那些被扭曲、走样的荒谬论点，进行了科学的批判，为中国儿童文学研究寻找正确的、健康的新起点。同时，对那些被横加批判的却具有一定科学性的观点和理论作了深入的探讨，得到了新的理解和认识，例如关于"童心论"讨论就是一例。

在拨乱反正阶段最具历史意义的一件事，就是国家出版局等8个单位于1978年秋在江西庐山召开了第一次全国少年儿童读物创作出版工作座谈会。它一方面大造舆论，呼吁全社会都来关心少年儿童读物；另一方面破除"四人帮"在儿童文学领域内制造的种种清规戒律。同时还认真地讨论了儿童文学的艺术规律问题，重新认识儿童文学的特点，解除了作家、理论家、出版家的种种顾虑，解放了思想。这次座谈会不仅肃清了"四人帮"在儿童文学界的恶劣影响，也为一些有影响的儿童文学著作平了反，使儿童文学研究逐渐恢复了科学精神。

经过拨乱反正之后，中国的儿童文学开始呈现复苏局面。儿童文学理论研究从整体上看，虽然进展缓慢，落后于创作，但与过去相比，20世纪80年代的中国儿童文学研究已取得了令人欣喜的进展。这种进展可从内外两个方面来加以考察和把握。

从外部发展看，首先是一支专业的研究队伍开始形成。长期以来，中国儿童文学理论研究一直处于无组织、无规划的自生自灭状态，虽然也有少数学者不问得失、不计报酬，在这块荒芜的园地上默默地开拓、耕耘，取得一些收获，但由于社会的轻视，以及自身力量的单薄，形不成中心，建不成体系。进入20世纪80年代后，这种落后的状况有了明显改观。1980年成立了中国儿童文学研究会，这是新中国建立以后成立的第一个大规模儿童文学学术团体。此后又有全国儿童文学教学研究会、全国幼师普师儿童文学教学研究会、幼儿读物研究会等群众性学术团体的建立，这对更好地团结全国儿童文学研究工作者、交流信息、开展儿童文学研究活动都起到了积极的作用。其次，全国各地高校陆续设置了一些专门的儿童文学研究机构。其中成立较早的是浙江师范学院创建于1978年的儿童文学研究室（即今天的浙江师范大学儿童文学研究所）。北京师范大学的儿童文学教研室，也是一个值得重视的儿童文学教学和研究机构。此后还有四川外语学院外国儿童文学研究所和广州师范学院儿童文学研究室等研究机构的建立。还有中国社科院及各省社科院的文学研究所内，也有少数专门或兼事儿童文学研究的学者。这说明中国开始拥有一支比较稳定的儿童文学研究队伍。第三，儿童文学研究园地的开辟也促进了儿童文学理论的建设。停刊达16年之久的《儿童文学研究》于1979年1月复刊，从1988年起改为双月刊定期出版。1985年又有《儿童文学评论》创刊，步履虽十分艰难，但已出了5期。《文艺报》从1987年起开辟了"儿童文学评论"版，基本上做到每月一版。浙江师范大学儿童文学研究所则于1984年创办《中国儿童文学年鉴》，因故未能持续下去，于1985年起改为《浙江师范大学学报》，每年出版"儿童文学专辑"一期。《未来》丛刊也每期划出一定的版面发表理论研究文章。此外还有一些内部刊物，如《小朋友笔谈会》《少年文艺创作之友》《中国儿童通讯》《儿童文学通讯》《中国少年报通讯》，还有四川外语学院的内部刊物《外国儿童文学研究》等，都为儿童文学研究提供了发表园地。第四，一些高等和中等师范院校陆续开设儿童文学课。浙江师范大学于1979年最早开始招收儿童文学硕士研究生，现已招收了8届。后来北京师范大学、华中师范大学、东北师范大学、南京师范大学也都招收少量儿童文学硕士研究生。第五，各种儿童文学学术活动也日趋活跃，各种年会、讲习会、进修班、作品讨论会、理论讨论会、理论规划会议、创作会议以及其他各种形式的理论交流和研讨活动都较频繁。其中，1984年6月文化部在石家庄召开的全国儿童文学理论工作会议，1985年7月文化部在昆明召开的全国儿童文学理论规划会议，都是具有历史意义的会议，对中国儿童文学研究的开拓，起了很好的促进作用。

近10多年来中国儿童文学研究的内部发展，主要体现在理论观点和理论体系本身的演进。学者们在继承传统的同时，接受了当代科学文化思潮的影响，摆脱了过去封闭狭窄的研究格局，而以当代文化思潮为背景，从观念、方法、体系等方面推动了当代儿童文学理论研究的进程。这一进程反映了中国儿童文学研究的基本走向。首先，儿童文学研究更多地关注着发展变化中的儿童文学创作实践，并从现实的实践中不断汲取新的理论滋养。例如1981年周晓的《儿童文学创作要有大的突破》《儿童文学的报春燕》和陈伯吹的《灿烂的童话创作前途》等文章都是体现了理论界对当前儿童文学实践的关注。稍后《文学报》《儿童文学选刊》等报刊曾对《新星女队一号》《我爱我的雕刻刀》《祭蛇》《独船》《今夜月儿明》《柳眉儿落了》《黑发》《鱼幻》等作品，展开了热烈的讨论。同时，一些创作中的问题，例如，如何认识并把握20世纪80年代少年儿童的特点，怎样塑造具有时代特点的少年儿童艺术形象，写少年儿童应不应该放到现实生活矛盾的漩涡当中去，作家如何了解、把握今天少年儿童的思想脉搏，儿童文学可否和如何描写少年儿童的朦胧爱情等，也引起了人们思考和探讨的兴趣。许多学者力图结合创作实际来更新那些显得陈旧、落后的儿童观和儿童文学观。这些研究不仅对儿童文学创作实践起到鼓励和启迪作用，也使儿童文学理论本身提高了学术品位。

其次，近10年来的中国儿童文学研究正在使基本理论课题向纵深推进。例如，如何正确理解儿童文学的特点及其特殊性问题，是儿童文学研究的基本课题之一。对于这个问题历来众说纷纭，莫衷一是。新中国建立后，接受苏联的观点，强调了它的教育方向性和儿童的年龄特征。近年来学者们已发现这两者虽都与儿童文学特殊性有着密切联系，但并非儿童文学本身的特性。儿童文学是文学的一个分支，它首先是文学，其次才是儿童的。离开它最基本的文学特性而把儿童的年龄特征提到第一位，强调它的教育方向性，容易在儿童文学与教育的关系、文学的一般规律和儿童文学特点之间的关系等问题上纠缠不清。经过反复的探索，学者们认为：由于儿童文学读者对象是未成年的儿童，人生观和世界观都尚未形成，强调儿童文学的教育作用是正确的，但把儿童文学说成是"教育儿童的文学"和"教育的工具"，作为一种文学观是不科学的。把儿童文学当作"一种教育的工具"，就容易忽略儿童文学的本身特性，而把儿童文学的教育作用孤立起来强调，就会忽略儿童文学作为文学的一个分支而忽视文学应遵循的一般艺术规律，妨碍它艺术质量的提高。学者们从对当代儿童文学历史发展的考察中，对儿童文学是"教育儿童的文学"这一观念进行了认真的反思，认为"把教育作用当作儿童文学的出发点，在客观上却造成了儿童文学本身文学品格的丧失。但这并不意味着对儿童文学教育功能的怀疑及否定"。20世纪80年代末，中国儿童文学研究界由陈伯吹与两位青年学者之间引起的一场关于儿童文学与教育关系问题的论战，大大加深了人们对儿童文学特性的了解和认识,也显示了中国在儿童文学传统理论课题研究方面所取得的进展。

第三,努力建设和发展具有中国特色的儿童文学理论体系。这是从"五四"开始,经过几代人努力的一个共同的目标。新中国成立以前,由于指导思想不明确,在接受西方的儿童本位观的儿童文学理论和新中国成立之初,在接受苏联儿童文学理论经验时,都缺乏分析的科学态度,更没有很好地结合中国的实际,把儿童文学置于中国文学的大传统中作纵向的历史考察,也未将它放到世界儿童文学体系中加以横向的审视,因此进展较慢,至今没有建立起具有中国特色的完整的理论体系。近几年来,中国的儿童文学界都有一种建立自己的理论体系的紧迫感,认识到中国儿童文学绝不是一个孤立的存在,而是在传统文化和现代文化、中国文化和世界文化相互撞击中发展的,只有从这个视角出发,把宏观的考察和微观的审视结合起来,作出深刻的思辨,科学的概括,才能建立起真正具有中国特色的儿童文学理论。人们开始深切地感到加强儿童文学理论建设的重要性和必要性,吸引了更多的学者投入到这一工作中,研究成果大量涌现。近十多年来,发表在各地报刊上的儿童文学论文数以千计,出版的各类儿童文学专著不下百种,大大超过新中国建立后的前27年,更不必与"五四"以后的30年相比。这些论著既有从纵横多方位进行的宏观研究,也有对个别作家作品的微观的深入探讨;既有对儿童文学基本理论的进一步探索,也有对儿童文学不同体裁的系统研究。而且还出版了《儿童文学概论》《中园现代儿童文学史》《中国当代儿童文学史》《世界儿童文学史概述》《比较儿童文学初探》《童话学》《童话艺术空间论》《中国儿童文学理论批评与构想》等填补中国学术研究空白的专著。学者努力立足于本国土地上,结合自己的创作实践,放眼世界儿童文学研究发展的新趋向,拓宽思维空间,开拓新的研究领域。

第四,方法论的问题也开始引起中国儿童文学研究者们的重视。学者们感到,过去陈旧单一的方法,也是阻碍儿童文学理论研究繁荣的原因之一。他们在寻找研究方法的突破。一种新的理论提出,总是伴随着研究方法的新突破。而一种重大的研究方法的突破,也总是为理论探索展现出新的角度和层次,产生新的广度和深度。近几年来,除了从文艺学、教育学、社会历史学的角度研究儿童文学外,已扩大到从美学、心理学、文化学、人类学、民族学、民俗学等角度去研究儿童文学,系统论、信息论、控制论等现代科学方法,也正渗透到儿童文学研究之中。尤其可喜的是,有一支年轻的儿童文学作家和理论家队伍,他们要雄心勃勃地创造一个新流派并闯出一条新路来,他们提出了一系列的新观点,引起儿童文学界注目。

总之,中国儿童文学研究已经出现了一个新的势头,它开始从僵化的思维模式中跳将出来,开始从理论贫困中解放出来,开始从困惑的儿童文学研究中、从自身的反省与批判中站起来。只要稍稍留意一下近些年来的儿童文学研究,就可以发现其中论题五花八门,思辨各具特色,科学的与审美的,历史的与现实的,客观的与主观的,洋洋洒洒,大大改变了过去那种狭隘的、单一的面貌,与儿童文学创作中的创新意识遥相呼应,以多角度、多层次、多格调的研究,推动中国儿童文学研究的逐步深入,触及了一些深层建构,更接近了儿童文学的本质。可喜的是,一支年轻的儿童文学作家和理论家队伍兴起,为中国儿童文学理论研究灌注了新鲜血液。

在充分肯定近十多年来中国儿童文学研究所取得的成就的同时,当然也应看到它的不足:

1. 跟整个世界文艺理论大潮相比,仍有不少薄弱的环节,例如对儿童文学本质的探

索,如何从接受者和创作者两个方面来理解和把握儿童文学以及对儿童文学作家的创作思维和创作规律的研究,都很不够。

2. 有些论文搬用新名词新术语过多,而对儿童文学本身的艺术规律的探索却少进展。

3. 与整体儿童文学实践仍有脱节的现象,儿童文学理论不能及时地捕捉和反映儿童文学创作中最新动向和存在的问题,不能指导和影响儿童文学创作的发展趋势。

4. 与建立具有中国特色的完整的儿童文学理论体系这一宏伟目标还有一段很大的距离,而这正是中国学术界殷切希望的,也是世界儿童文学界翘首以待的。

中国儿童文学研究毕竟比较年轻,从"五四"至今还不过 70 多年的历史,从新中国成立至今,仅仅 40 多年历史,40 年来又走过了一段风风雨雨的曲折道路,已印下了一行行前进的足迹,为后人留下了一大堆宝贵的精神财富。在新的历史条件下,封闭着的精神门户已经打开,中国儿童文学研究在新老学者的同心协力努力下,定会跟上千姿百态的世界文学大潮,不断开拓思维空间,取得全面的突破,以令人瞩目的姿态,大踏步地走向世界。

（原载蒋风著《儿童文学史论》,希望出版社 2002 年版）

我国儿童文学研究现状的初步考察

方卫平

一

对儿童文学研究现状的议论和抱怨早已不是什么私下里的秘密了。可是，当我们试图对我国儿童文学研究现状进行一番考察以便更准确地理解和把握它们的时候，我们面临的困难是显而易见的：贴近现象本身使我们难以取得一个宏观的视野，考察结果的可靠性预先就被打上了问号。然而尽管如此，对历史的透视将为准确地理解和把握现实提供某种可能性。我们十分明白，任何事物都处于不断的变化过程中，现实不过是这一动态过程因果链中的一环，它诉说着过去，也昭示着未来。于是在我们看来，现实并不应当成为阻止我们把视线投向历史的屏障，至少在主观上，我们对现实的考察应该力求保持一种历史的纵深感。

那么，当"诗言志"说唱出了中国古典文论的第一个音符以后，当1400多年前刘勰创制出光照千秋的皇皇巨著《文心雕龙》的时候，人们可曾对儿童文学发表过什么高明的见解？如果带着这样的疑问去翻阅四大卷的《中国历代文论选》，或者上、下两册的《中国美学史资料选编》，我们将会感到失望：不必说取精用宏、阂中肆外的巨制，即便是零星的片言只语，也难以寻觅。李贽的"童心说"令我们感到眼熟耳热，却并非直接论述儿童文学。李氏说得很明白："夫童心者，真心也。"他是针对当时华而不实、虚假失真的创作倾向乃发此说的。

当然，在浩如烟海的古代文论中，我们也能够发现关于童谣起源的"荧惑星"（即火星）之说，也能够找到类似吕得胜的《小儿语》那样的文字，但这些东西或流于荒诞谬误，或失之粗浅简陋，远远未能构成一种完整系统的儿童文学理论形态。

毫无疑问，任何理论形态的形成都不能离开现实为之提供的客观材料，换句话说，一旦某种现实要求和呼唤人们从理论上予以概括和说明时，理论的诞生就具备了客观的现实前提。而在我国古代，儿童文学理论却从未获得过这前提。这首先是因为封建时代囿于封建专制主义精神桎梏的冰冷严酷的"儿童观"扼杀了儿童的独立人格，于是，儿童文学在儿童精神生活中应有的位置被取消了。我们并不否认，古代不幸的儿童们曾经通过各种渠道获得过补偿性的儿童文学的滋养。但是仅此而已，儿童文学并没有成为一种自觉的文学。皮之不存，毛将焉附？作品不旺，遑论研究！结果，我们在古代儿童文学理论的沙滩上，终于难以拾到美丽耀眼的贝壳。

19世纪后半叶，绵延数千年的我国封建社会专制保守的精神文化系统受到猛烈冲击，中国文化意识的封建根基开始松动，依附于这种封建文化意识的无视儿童独立人格的儿童观逐渐解体。显然，儿童观的变更在促成我国儿童文学走向自觉的历史进程中的巨大作用是难以估量的。一代文人学士为儿童文学奔走呼吁，创作身体力行；梁启超、黄

新中国儿童文学

遵宪、吴趼人、周桂笙、曾志忞、林纾、李叔同、沈心工等人,都曾为儿童文学事业立下了筚路蓝缕的草创之功。①在倡导和创作儿童文学作品的同时,理论思维的羽翼展开了。被认为是最早从事近代儿童文学理论建设的梁启超以及徐念慈等人,为近代儿童文学理论建设贡献了第一批砖瓦。梁启超在《饮冰室诗话》《译印政治小说序》等著述中,谈论了儿童诗歌、儿童小说、儿童戏剧(当时称为"学校剧")等体裁的教育功能、艺术特征等问题,并且热情评价有关作品。徐念慈则在《余之小说观》的"小说今后之改良"方案中提出:"今谓今后著译家,所当留意,宜专出一种小说,足备学生之观摩。其形式,则华而近朴,冠以木刻套印之花面,面积较寻常者稍小。其体裁,则若笔记或短篇小说。或记一事,或兼数事。其文字,则用浅近之官话,倘有难字,则加音释。全体不逾万字,辅之以木刻之图画。其旨趣,则取积极的,毋取消极的,以足鼓舞儿童之兴趣,启发儿童之智识,培养儿童之德性为主。其价值,则极廉,数不逾角。如是则足辅教育之不及……"②这里不仅明确倡导要为"高等小学以下"的学生"专出一种小说",而且还具体论述了这种小说在形式、体裁、文字、插图、旨趣、价值等方面的特殊要求。从史的角度看,这些论述无疑是具有重要历史价值的。

但是,晚清有关儿童文学的论述仍然属于理论形态的准备阶段,并未形成多么气势磅礴的宏大音响,它们只是像沉沉黑夜中的一声呐喊。当然,也正是作为一声呐喊,19世纪的先声在20世纪得到了有力的回响。

我们看到,一踏进新世纪的门槛,儿童文学就加快了它走向自觉的历史进程。正如许多人都承认的那样,真正现代意义上的儿童文学作品在我国是"五四"前后才大量涌现的。伴随着这一进程,儿童文学理论也在时代的褟褓中迅速成长起来。周作人、鲁迅、茅盾、郑振铎、赵景深、顾均正、严既澄等人在儿童文学理论园地奋力开拓,功勋卓著,他们的有关著述几乎涉及了儿童文学理论研究的各个方面。举凡儿童文学的地位、教育作用和社会功能、儿童文学的特征和艺术规律、儿童文学的作家论、体裁论、儿童文学的批评和阅读指导、儿童文学的传统遗产等,都进入了现代儿童文学研究的视野。大批儿童文学理论著述问世。据笔者根据有关资料统计,"五四"以后出版的现代儿童文学理论专著和论文集有30余种,其中光是以《儿童文学概论》为书名的专著即不下5种,单篇的论文就更多了。这些著述已经形成比较完整系统的理论框架。以最早出现的专著——魏寿镛、周侯予编著的《儿童文学概论》(商务印书馆1923年初版,1924年二版,1930年三版)为例,该书凡6章,标题分别是:一、什么叫作儿童文学;二、儿童有没有文学的需要;三、儿童文学的要素;四、儿童文学的来源;五、儿童文学的分类;六、儿童文学的教学法(据第3版)。尽管该书论述简略,但人们不难从这些标题中发现作者构筑初具规模的儿童文学理论体系的意图。因此我们可以说,中国现代儿童文学理论已经进入了常规科学阶段。

如果再深究一步,我们就会发现我国现代儿童文学理论实际上存在着两种树状模式:一种是以儿童本位心理为主干的树状理论模式,其理论枝丫都生长在儿童本位心理这一主干上,我们姑且称之为单茎形树状理论模式;一种是以儿童心理和儿童教育为主干的树状理论模式,其理论枝丫都生长在儿童心理和儿童教育这两大主干上,我们姑且称之为双茎形树状理论模式。这两种理论模式都包含着合理的因素,但前者由于忽视了儿童心理和儿童文学的社会性因素而暴露了致命的缺陷,另一方面,它仍然以其具有合理性的理论内核给后者以有力的支持和补充。

二

纵观历史能够使我们获得一个考察现实的参照系,当然特别重要的还是对现实本身的观察。

新中国成立初期,沐浴着共和国早晨的阳光,新时代儿童文学的幼苗迅速成长。现代儿童文学理论模式已经不适应文学实践的发展要求,建设我国儿童文学理论新体系的要求历史地摆到了人们面前。这也许可以说是儿童文学理论的第一次科学危机。

结果,我们又逐渐有了当代儿童文学的树状理论模式。这里用了"逐渐"一词,是因为这一模式的基本构架早在 20 世纪 50 年代就已经奠定,而直到 80 年代初才以"概论"的形式得以最后完成。这一树状理论模式的两大主干是强调儿童文学的共产主义教育方向性和儿童年龄特征对儿童文学的特殊要求。我们隐约感觉到,它与现代双茎形树状理论模式似乎存在着某种联系。

但是实际上,与其说我国当代儿童文学的理论模式是纵向继承现代儿童文学模式的产物,还不如说它是横向移植苏联儿童文学理论体系的结果更恰当些(现代儿童文学理论当然也受到过苏联的一些影响,这里暂且不论)。20 世纪 50 年代,我们曾经翻译、出版了大量苏联儿童文学理论书籍和论文,其中专著和论文集就不下 15 种。特别是 50 年代前期我国出版的儿童文学理论专著和集子,几乎都是从苏联翻译的。如伊林的《论儿童的科学读物》(中国青年出版社 1953 年版)、《苏联儿童文学论文集》第一集(中国青年出版社 1954 年版)、格列奇什尼科娃的《苏联儿童文学》(中国青年出版社 1956 年版)、密德魏杰娃编的《高尔基论儿童文学》(中国青年出版社 1956 年版)等,都是当时很有分量和影响的儿童文学理论书籍。因此,正像成人文学理论曾经全盘接受了苏联文学理论体系一样,我国儿童文学理论也几乎是从苏联的模子里浇铸出来的。例如作为我国儿童文学理论两大主干的"共产主义教育方向性说"和"儿童年龄特征说",便是照搬了苏联的理论。特·考尔聂奇克在《论儿童文学的特殊性》一文中就说过:"儿童文学的特殊性是在于它具有教育的方向性,在于照顾少年读者的年龄特点,照顾少年儿童心理机能的特殊性,在于要求用艺术的方法根据马列主义关于青年共产主义教育的目的和内容的学说来培育(丰富)并指导青年一代。"③事实上,这些论述几十年来一直是我们的不容置疑的理论信条,规定着当代儿童文学的基本观念和理论框架。

然而文学实践绝不会因为理论的权威性而改变自己生动活泼的性格,恰恰相反,文学现象总是以其瞬息万变的面貌不断向试图"以不变应万变"的凝固的理论模式发出挑战。人们发现,就在当代儿童文学理论为自己的结构框架终于形成而庆幸的时候,它与活跃的儿童文学现象之间的断层也同时形成了。儿童文学理论的新的常规科学刚一建立,新的科学危机就跟踵而至,人们甚至得不到喘息的机会!

的确,儿童文学正要求理论做出机敏的反应和深刻的思辨,然而理论却未能报以有效的感应。理论自身的凝聚力维护着现有的体系,使人们难以冲出它的规范;当理论与现实之间形成错位时,人们便陷入"理论痛苦"的磨难之中。当代有责任心的儿童文学理论工作者正在承受着这种痛苦的折磨。那么,摆在人们面前的,究竟是怎样一种现实?且让我们抛弃"说忧先报喜"的常见程序,直接面对当前我国儿童文学研究中存在的问题。

1. 畸形的研究格局

儿童文学研究理应由儿童文学基本理论、儿童文学史、儿童文学评论三部分组成。

研究儿童文学史，开展儿童文学评论，对于建立儿童文学理论体系是必不可少的重要环节，而科学的儿童文学理论，又能够为史的研究、评论的展开提供正确的理论指导。正如韦勒克、沃伦说的那样："文学理论如果不植根于具体文学作品的研究是不可能的。文学的准则、范畴和技巧都不能'凭空'产生。可是，反过来说，没有一套课题、一系列概念、一些可资参考的论点和一些抽象的概括，文学批评和文学史的编写也是无法进行的。"①因此，这三个部分应该互相促进，协调发展，以构成正常合理的研究格局。

然而我国儿童文学研究的实际状况却并非如此。多年以来，我们对儿童文学基本理论的研究很不重视，研究力量极为薄弱。有的同志以反对学院式研究为理由，轻视甚至蔑视基本理论建设，满足于随感而发、零敲碎打，致使我们儿童文学研究的理论感极为贫弱，缺乏应有的思辨色彩；而作为儿童文学研究另一分支的儿童文学史，更是没有很好地得到系统的研究，其标志之一便是我们至今仍然没有一部自己编写的儿童文学史——无论是中国的，还是外国的，不管是通史，或是断代史。结果，儿童文学史上的一些基本课题至今仍是悬案。例如，中国古代究竟有没有儿童文学？如果有，又有哪些遗产？由于没有开展深入细致的研究工作，缺乏一部（更不必说多部）有史有识、史论结合的儿童文学史专著，人们对此一直缺乏明晰的认识，这就影响了我们对我国儿童文学历史及其发展规律的科学认识。另一方面，儿童文学评论工作似乎稍为景气，但实际上也存在着内部比例失调的问题。例如，正像有些同志指出的那样，我们十分缺乏胸襟开阔、立意不凡而又扎扎实实的着眼于宏观研究的评论文章，而书评式的，就事论事的评论文字却唾手可得，随处可见。这种畸形的研究格局，使儿童文学研究的三大组成部分难以彼此支持、和谐发展。与成人文学研究相对平衡的研究格局比较起来，儿童文学研究就更显出它的不协调了。

2.缺乏独特的理论发现和研究个性

人们经常对儿童文学研究缺乏独特的理论发现和研究个性表示不满，认为儿童文学理论不过是成人文学理论的不算高明的"翻版"。这种抱怨听起来十分刺耳，却多少表现了正视事实的勇气。的确，我们的儿童文学研究缺乏自己的理论发现和建树，又很少有自己的理论用语，我们的研究个性也终于消失在成人文学理论的神圣的折光中了。

所以会如此，一个重要的原因是我们没有开辟出自己的研究天地。例如，儿童文学的创作心理应该是我们驰骋的研究天地。从心理的动态因素来看，儿童文学的接受者——儿童的心理结构正处于从较低阶段向较高阶段不断发展的过程中，与成人的心理结构存在着巨大的"时间差"。当作为儿童文学作家的成人（当然也有儿童自己创作儿童文学作品的情况，但这属于极小概率，可以忽略不计）进入创作过程时，这种时间差必然要通过心理时间的调整得到缩短，以使作家的创作心境逼近儿童的心灵。这是一种奇妙的、不同于成人文学创作的心理转换与组合，也正是需要我们加以研究的现象。但是，我们却从过去的成人文学理论那里搬来了"思想+生活+技巧"的呆板公式，除了再发一些诸如"要熟悉儿童心理"（这当然不错）之类的议论外，我们竟没有进行更多一些的理论探索！留下了一片理论研究的处女地，同时也失去了理论发现的机会，失去了自己的研究个性。

3.静止、凝固的理论模式

缺乏自己的理论发现，缺乏创造和发展，结果，我国当代的儿童文学理论模式一直处于静止的凝固的状态。回顾历史我们发现，当代儿童文学理论的总体构架和基本观念存在着20世纪50年代到80年代的"一贯制"，它甚至没有比现代儿童文学理论向前迈出应该迈出的步伐。我们不妨仍以魏寿镛、周侯予编著的《儿童文学概论》为例来说明这一点。该书在第二章谈儿童对文学的需要时，曾列表如下：

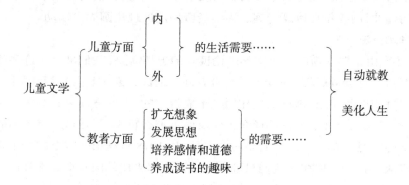

除剔去了"自动就教"的说法（这一剔除的合理性令人怀疑），明确提出"共产主义教育作用"以外，我们对这个问题就几乎没有什么理论发展了——无论从深度还是广度来说都是如此。

理性模式的稳定性本身也许并不是一桩坏事。问题在于，这种稳定性应该是随着现实的不断流动，通过变异和发展，从平衡到不平衡，再到建立新的平衡来获得的，而绝不能借助保守、盲从的意识或得过且过的心理来维护。当代儿童文学理论模式的"稳定性"便是如此：它对儿童文学现象的感应极为迟钝粗糙，既缺乏对现象的跟踪和评断，更缺乏对未来的想象和预言，如前所述，评论往往只是运用既有理论模式和陈旧观念的就事论事。理论一旦与创作实践脱节，不能回答创作中提出的问题，不能给创作以切实有效的指导，它本身就只能是一堆毫无生气、毫无益处的僵死教条。

更为严重的是，静止、凝固的理论模式给人们的思维带来了巨大的惰性。很显然，传统的理论模式已经在我们的大脑中形成了一种思维定式。这种思维定式几乎与变异绝缘，带有强烈的保守性。

4. 狭窄的理论视野与单一的研究方法

今天，科学研究已经越来越倾向于把对象看成是一个复杂的系统，爱因斯坦心爱的简单性思想在整个科学体系中的突出地位已经日趋下降。⑤这正如著名学者普里高津指出的那样："科学今天所经历着的变化导致一种全新的局面。科学的兴趣正从简单性向着复杂性转变。"⑥同时，不同学科之间的彼此渗透和科学成果的相互利用也已成为科学研究中司空见惯的现象，固守一隅的单打一的方式越来越同时代的要求相扞格。在文学研究领域，人们也逐渐认识到文学是一个复杂的系统，因而力求开拓理论视野，丰富研究方法。苏联美学家莫·萨·卡冈就认为："不管怎样，现在已经可以完全确切地断言，艺术活动是复杂的多层次的系统，因此对它的研究不仅允许，而且无可争议地要求一系列科学的努力。"⑦然而我们的儿童文学研究领域，人们似乎是不屑（或者是无暇？无力？）顾及井外发生的一切，理论视野十分狭窄。我们很少从诸如心理学、美学、社会学、伦理学、教育学这样的学科中去汲取新鲜的理论滋养，更不曾向其他自然科学伸过手，而宁愿盯着眼前的那一小块天地自我陶醉、厮守度日。殊不知这更加剧了儿童文学理论的"贫血症"。研究方法的单一化也是如此。特别是当整个当代文学研究领域掀起更新思维方法和研究方法的巨大浪潮的时候，儿童文学研究领域仍如一个"平静的港湾"的现状，就更加令人触目惊心和不能忍受了。

凝固的理论模式使我们形成了保守的思维定式；狭窄的理论视野与单一的研究方法则使我们更习惯于封闭型思维，而不善于进行扩散型思维。于是，我们的思维触角难以向广阔的思维空间延伸，而终年在以既定观念为半径所划定的理论圆周内蠕动。

5. 缺乏国际学术交流

20世纪50年代，由于建立新的儿童文学理论模式的迫切需要，我们翻译了许多苏联儿童文学理论书籍。虽然苏联模式在今天看来带有许多消极因素，但它曾对我国儿童文学理论的建设起过积极的作用，这种历史作用是不能否定的。另一方面，与50年代相比，今天我们对外国当代儿童文学理论的译介工作反而不那么重视了。在这一点上不能不说历史呈现了某种倒退的趋势。一个明显的事实是，从1978年秋第一次全国少年儿童读物出版工作座谈会召开到现在，我们只翻译出版了一部当代外国儿童文学理论书籍，即日本的上笙一郎所著的《儿童文学引论》（四川少年儿童出版社1983年版）。另外还出过一部《俄苏作家论儿童文学》（河南少年儿童出版社1983年版）。这与50年代的翻译盛况是一鲜明的对比。实际上，当前国家安定团结的政治生活空气和文化界日趋活跃的气氛，为我们开展国际儿童文学研究学术交流创造了十分有利的客观条件，而我们却没能很好地开展这项工作。这与同一时期成人文学理论界积极译介外国文学理论著作的活跃景象，也形成了鲜明的对照。

总之，30多年"一贯制"并不是我国儿童文学研究的幸事。当代儿童文学理论并不是一个"睡美人"，"而是一觉醒来之后，发现自己已变成一个深中魔法之毒，步履蹒跚、老态龙钟、口齿不便的李柏·凡·恩格尔了"。⑧

三

造成我国当代儿童文学研究落后状态的原因是多方面的，而以下几点无疑又是最主要的原因。

首先是历史的原因。正如上文已经指出的那样，我国儿童文学直至"五四"前后才成为一种自觉的文学，儿童文学理论研究的起步也特别晚，真正的研究工作是"五四"前后随着现代儿童文学的崛起才逐渐展开的。因此，我国儿童文学研究的底子薄、基础差；新中国成立以后，又长期受到"左"的思潮的影响。每当成人文学理论领域舞起"左"的大棒时，儿童文学研究领域也总是难于幸免。同时，儿童文学研究领域还有自己的"左"的"小灶"，对"童心论"的挞伐就是一例。多年的折腾，使本来就不那么兴旺的儿童文学研究事业更加气息奄奄了。

其次是社会的原因。我们的儿童文学研究事业尚未得到整个社会的充分重视和支持，要办成一件事往往十分困难。我们既缺乏自己的阵地，又难于得到成人文学报刊的支持。我们现在很少有在全国有影响的或知名的成人文学作家、理论家关注儿童文学理论建设。而在现代儿童文学史上，鲁迅、郭沫若、茅盾、郑振铎、叶圣陶、周作人乃至胡适等著名文学家都曾关注过儿童文学研究，并为之做出贡献。同样在苏联，由于以高尔基为代表的一大批优秀作家热心儿童文学创作和理论建设，极大地提高了儿童文学创作和研究事业的社会地位，所以苏联儿童文学理论队伍人才济济，事业兴旺。反观我们的现状，不能不令人感到心寒。

最后一个重要的原因，是我国儿童文学研究队伍自身建设中存在的问题。我们这支队伍人数少，力量单薄，其中不少同志还是以创作为主，兼及理论研究的。这些同志多年来不求闻达，在儿童文学研究园地默默耕耘，辛勤劳作，为当代儿童文学研究事业做出了自己的贡献。但是必须承认，我们这支人数稀少的队伍还存在着自身理论素养差、知识结构单一和知识老化的致命弱点，这是我们难以在力所能及的范围内卓有成效地开展研究工作的最主要的原因，而在当今知识激增、观念不断更新的时代，如果我们不加紧自身素质的培养和提高，不加快知识的更新和知识结构的调整，那么我们儿童文学理论的研究意识就会日益拉大与整个当代文学意识之间的距离。

当代文学研究领域气象万千的局面加剧了儿童文学研究的危机感。结束这场危机以开创儿童文学研究的新局面，是我国儿童文学理论界面临的艰巨而又富于时代光彩的任务。为了推动我国儿童文学研究尽快赶上整个发展中的当代意识，儿童文学理论的发展不应表现为累进性的演变，而应该是一场革命性的演变。批判传统、更新观念是这场演变的"显性性状"，而继承传统则是它的"隐性性状"。创造是艰难的，但我们将十分乐观。"面包会有的，粮食也会有的"，我国儿童文学研究事业的前程是远大的。

1985 年 9 月

[注释]

①胡从经：《晚清儿童文学钩沉·小引》，少年儿童出版社 1982 年版。

②同上书，第 77 页。

③[苏联]特·考尔聂奇克：《论儿童文学的特殊性》，《中苏友好》3 卷 9 期；见《儿童文学参考资料》（第二集），北京师范大学 1956 年版。

④[美]韦勒克、沃伦：《文学理论》，三联书店 1984 年版，第 32 页。

⑤朱亚宗：《爱因斯坦简单性思想述评》，《哲学研究》1985 年第 7 期。

⑥谌垦华等编：《普里高津与耗散结构理论》，陕西科学技术出版社 1982 年版，第 203 页。

⑦[苏联]莫·萨·卡冈：《美学和系统方法》，中国文联出版公司 1985 年版，第 72 页。

⑧贺宜：《上海儿童文学选（1949—1979）序言》，少年儿童出版社 1979 年版。

（原载《文艺评论》1986 年第 6 期）

新中国儿童文学

新时期中国儿童文学理论景观

竺洪波

一、新的景观

中国新时期儿童文学理论所取得的进展是前所未有的,其理论形态、方法和学术特征的变化是根本性的。新时期儿童文学是现代儿童文学发展史上最有成就、最富特征的时期。它一方面吸纳了"五四"时期儿童文学理论的传统和成就,另一方面则着眼于发展、进步,并且是有意识地克服、修正、弥补了过去理论中的缺陷和局限,注重于儿童文学理论的独立品位和作为理论形态自身的建设。如果说新时期儿童文学从20世纪80年代初期开始切入其理论的发展进程,那么,经过十余年的生长期,在90年代,它已显示出一个趋于成熟和全面丰收的征兆,取得了非凡的实绩。其标志是:以刘绪源、王泉根、班马、黄云生、吴其南、方卫平、朱自强、梅子涵、汤锐等为代表的新生代理论家在老一辈先驱者的策引、指导下,在学习、融化、发展以往的儿童文学研究成果的过程中迅速崛起崭露头角,他们带着新时代的清新气息、凭借自己对理论的特有悟性和热情,并以自己各具的艺术个性和风格,在儿童文学理论园地勤勉探索、奋勇开拓,向许多理论的空白、禁区发起了全面的冲击,或是向一直悬而未决的命题挺进,从而使我国的儿童文学理论从整体上出现了巨大的嬗变,出现了开放、多元和活跃的新气象。大量具有现代意识和理论深度的学术著作如雨后春笋,竞相问世,构筑起一道新时期儿童文学理论景观和繁荣气象。

1990年年初,湖北少年儿童出版社(现长江少年儿童出版社)审时度势,率先推出显示新时期儿童文学理论成就的"儿童文学新论丛书",陆续出版了班马的《中国儿童文学理论批评与构想》、汤锐的《比较儿童文学初探》、孙建江的《童话艺术空间论》、王泉根的《儿童文学审美指令》、梅子涵的《儿童小说叙事式论》、方卫平的《儿童文学接受之维》等理论专著。诚如该丛书的编辑说明《愿我国儿童文学理论更加繁荣》中说的那样,丛书称为"新论",在于这些著作的共同特点是"面对新情况,研究新问题",吸取新成果,追求新的理论深度,还有作者也都是儿童文学理论界崭露头角的"新人"。丛书第一次显示了我国儿童文学理论研究新生代的强大阵容和理论锐气,初步展现了新时期儿童文学理论研究的活力和成果。

1991年,江苏少年儿童出版社以后发先至的强劲势头,以更大的规模出版"中华当代少年儿童文学理论丛书",包括孙建江《二十世纪中国儿童文学导论》、方卫平《中国儿童文学理论批评史》、韦苇《外国童话史》、金燕玉《中国童话史》等4部以史论为特色的学术著作。另有汤锐《现代儿童文学本体论》等讨论儿童文学基本理论的专著随后出版。其中孙建江《二十世纪中国儿童文学导论》和方卫平《中国儿童文学理论批评史》是站在新的时代高度,以现代意识阐释历史、评述历史、构筑中国现代儿童文学史和中国儿童文学理论发展史的成功尝试。著作具有新时期特有的"当代精神和当代学科特征"(方卫平语),这使它们突破了单纯"治史"的范畴,而融汇到构筑新时期儿童文学理论体系的潮流中去,并且显示出从根本上扭转儿童文学向来无史局面的十分必需和迫切的理论意义。

1994年甘肃少年儿童出版社另辟蹊径,推出"中国当代中青年学者儿童文学论丛",可以说是对新生代理论家的一次全面检阅。已出的第一辑包括班马《游戏精神与文化基因》、王泉根《人学尺度和美学判断》、孙建江《文化的启蒙与传承》、汤锐《酒神的困惑》、吴其南《代际冲突与文化选择》、方卫平《流浪与梦寻》等儿童文学论文集。新时期理论界有代表性的青年作家集体亮相、联袂登场。这些著作几乎囊括了这一代理论家的全部理论的精髓,许多新时期儿童文学理论的重大建树、讨论和论争,都在此有所反映,从中可以找到来龙去脉。

前事不忘,后事之师。他山之石,可以攻玉。新时期儿童文学理论的繁荣、深入,离不开过去历史时代理论积累的启迪和借鉴,也离不开世界儿童文学理论的催生和推动。20世纪90年代以来,少年儿童出版社和湖南少年儿童出版社先后成批出版了"大师和儿童文学丛书"和"世界儿童文学研究丛书"。前一种目前已有《鲁迅和儿童文学》《郭沫若和儿童文学》《茅盾和儿童文学》《巴金和儿童文学》《叶圣陶和儿童文学》《冰心和儿童文学》《郑振铎和儿童文学》《陶行知和儿童文学》《老舍和儿童文学》《黎锦晖和儿童文学》等,后一种包括王泉根的《中国儿童文学现象研究》、班马的《台港儿童文学探论》、张锡昌和朱自强的《日本儿童文学面面观》、方卫平的《法国儿童文学导论》、汤锐的《北欧儿童文学述略》、吴其南的《德国儿童文学纵横》、金燕玉的《英国儿童文学初探》、孙建江的《意大利儿童文学概述》、韦苇的《俄罗斯儿童文学论谭》等。这些著作的出现,既为我们提供了历史纵向的坐标,也为我们提供了世界横向的坐标,极其有利于我国儿童文学发展的定位、发展和自我认识。

除了以上这5套自成体系、各有特色的丛书之外,许多学者还出版了大量的单本学术专著,在报章杂志上发表了数量难以计数的单篇学术论文。重要的著作有王泉根的《现代儿童文学的先驱》(上海文艺出版社)、杨实诚的《儿童文学美学》(山西教育出版社)、吴其南的《中国童话史》(河北少年儿童出版社)、刘绪源的《儿童文学的三大母题》(少年儿童出版社)、班马的《中国当代少儿文学艺术论》(福建少年儿童出版社)等,单篇论文则散于各地,遍布海外。特别值得称道的是:《浙江师范大学学报》为了扶植重点学科,克服了出版经费短缺的重重困难,从20世纪80年代中期起连续数年推出《儿童文学研究专辑》,集中刊出了许多有质量、有影响的理论文章;少年儿童出版社的《儿童文学研究》作为全国唯一的专门性理论刊物,作为中国儿童文学理论的窗口,则一以贯之地注力于理论探索,在导引研究方向,倡导学术争鸣,扶植理论家新锐方面功效尤显,为新时期儿童文学理论的深入推波助澜,做出了突出的贡献。由该社编辑出版的另一本《儿童文学选刊》由于其创作和理论的天然结合、及时传布,反映儿童文学创作和理论的动态信息,其功不可没。

新时期儿童文学理论的发展是迅猛的,成就是巨大的,其理论景观是迷人的,其生长的气势是令人振奋的。显然,这里不可能对之做出全面的梳理、勾勒和评价,这是一部《中国当代儿童文学理论批评史》的内容和任务,我只想从本书学术论的角度,对其中有代表性的,具有突破性意义和突出的理论建树的作品作一简单的描述和粗略的评论。我把我的论题归纳为:两论齐发、三大母题、四史同堂。

二、两论齐发

所谓"两论"指的是两个在 20 世纪 80 年代中后期中国儿童文学理论界产生重大影响的理论观念(体系):一是班马的"儿童反儿童化"理论,另一是王泉根关于儿童文学层次、门类划分的理论。其中,前者于 1984 年 6 月石家庄"全国儿童文学理论座谈会"上"横空出世""闪亮登场",后者紧接着于 1985 年 8 月大连"全国高校儿童文学教学研究会第三届年会"上"拨云而出",一石激起千层浪,适应了当时儿童文学崛起、兴旺的形势,并在儿童文学理论界研究中形成了两论竞发、新论迭现的可喜景象。

关于班马的"儿童反儿童化",我在前面已有详细评论,这里不再赘述。但必须指出,用"儿童反儿童化"的命题来概括班马在新时期的理论贡献其实并不准确、完整,班马的理论视野和研究领域比之远为开阔。班马提出这一"惊世骇俗"的儿童文学观(作为儿童文学观其实也是人们约定俗成的称谓),其本意并非孤立地来论述这种高年级读者的阅读现象,他把命题规定为"中高年级儿童文学的审美特点",也即首先认定这种心理视角和读者欣赏现象其实并没有很大的普遍性。他关注这一现象,其真实的理论意图正在于以此为突破口,对既有的理论观念进行必要的鉴别和反思,特别是对以儿童趣味和儿童教育为特征的儿童文学理论进行重新的思考,是出于对儿童文学理论进行整体构建的目的,表现出建立一种全新的儿童文学理论体系的强烈的理论指向。他把这种不同于以往理论的体系称之为"儿童美学体系"。对儿童文学现象,特别是鉴赏的审美心理现象进行鉴别、思考、关注便是建设的前馈。显然,"儿童反儿童化"的命题只是其建设过程中的一个引子,是实现构建其完整的"美学体系"的第一步,对中高年级儿童文学审美特点的透视和解剖也可以说是一次必要的试验,作为美学命题也可能被容纳其内,成为这一美学体系的一部分。当然也不必否定,这一命题的提出及其轰动性效应,也在一个侧面反映出班马灵性、激动、鲜活的理论个性,它既反映出充分的特殊性,又具有广泛的普遍性意义,能够以小见大,层层推进。关于这些,在他的《中国儿童文学理论批评与构想》中就已有所反映,在后出的《游戏精神与文化基因》中则有更清晰更明确的表述。他说,他的"儿童美学体系"主要针对"儿童的前审美心理发生机制"与"儿童文学的前艺术的儿童美学味"之间的基础探讨和应用开发,儿童文学的审美发生论则是他的"一个理论方向"[①]。在谈及游戏精神时又说,游戏精神"似可作为创作主体进行自我控制的一种前馈","也是儿童美学的深层基础"[②]。检阅这两本著作,我们可以理出他的"儿童美学理论体系"的建设线索:

> 1984 年,提出我国儿童文学界实质上盲目地受控于一种低幼文学性质的观念基础。
>
> 同时,提出与"童心"观念旨趣相悖的关于"儿童反儿童化"的中高年级儿童审美特征。
>
> 1985 年,提出突破儿童文学原有美学观念上的"自我封闭系统",走向一种儿童与成人(社会)之间有机对话的双向结构。
>
> 1986 年,提出不可剔除儿童文学成人作家的"自我",而合理确立儿童文学中的创作主体性。
>
> 1987 年,提出对流行模式中追求社会性的"认知"创作倾向的质疑,探讨

"感知"的儿童审美效应。

同年，提出"原生性"的儿童文学创作形态；不同意惯于社会性（成人）读解的所谓"接受"定式。

1988 年，提出文学释放出儿童的"野性思维"及心理能量的必要；质疑儿童文学是"爱的文学"这一框架的局限性，提出"力高于真善美"的儿童审美心理动力特征；强调儿童原生性的"原始心理动作"（主要表达在专著《中国儿童文学理论批评与构想》之中）。

1990 年，提出儿童游艺性的原型心理动作快感，即"操作型思维"；提倡审美无意识功能的"形式挪前"，质疑直接的社会性传导。

1992 年，提出对"儿童文学现实主义创作道路"的主流观念意识的反驳。③

这里，我们可以清晰地看到，班马正是从对既有理论的质疑出发，以"儿童反儿童化"为切入口，而所强调的是儿童文学的审美心理、审美机制、审美特征、审美感知、审美效应、审美意识、审美情感、审美发生等基本的美学范畴，其研究的中心是儿童文学的审美本质和审美特征，"儿童美学味"十足，初步具备了一个相当完整的"儿童美学"的理论体系。所以我说，把"儿童反儿童化"的命题视为班马的全部（或主要的）理论内容其实是不恰当的，而如果由于这一命题对传统理论的实际上的冲击效果而仅仅是孤立地将其当作对儿童文学根基的有意识、有预见的动摇、否定，则更是没有发现班马的探索对新时期儿童文学理论建设的重大意义，甚或可以说是对班马的一种误解。我这里重提这一理论命题，是因为它毕竟在新时期儿童文学理论中曾经有过石破天惊、"惊世骇俗"的效果和深远影响，"儿童反儿童化"甚至作为一个词条，被一些儿童文学辞典所收录，而且至今为理论界所津津乐道，也有一些顺水推舟、将"错"就"错"的味道。

当然，应该说，对儿童文学进行美学关注、美学研究并非班马一人，甚至也并非从班马开始。审美研究特别是审美现象学研究可以说是新时期整个文学研究的一大潮流，美学的观点和方法论对新时期文学研究和学术方向影响深远，形成了学术研究的新思维和新视野，它对儿童文学理论的渗透是顺理成章的。据我所知，刘绪源的儿童文学理论基本属于审美研究的范畴，他对儿童文学本质的审美界说有相当的影响；杨实诚的《儿童文学美学》、王泉根的《儿童文学审美指令》也是新时期儿童文学审美研究的重大成果。不过，就儿童文学审美研究的自觉，明确和清晰来说，举他们不如举班马更为恰当了。可以说是班马的理论是其中最具系统、最有理论新意和深度的儿童文学美学体系，如果将他们进行比较对读，则更能显出班马理论的巨大价值。当然，以上诸位先生的努力，所取得的成果，也在很大程度上推动了儿童文学审美研究的深入，这一点，同样是不应忽略的。

王泉根现象（如将其作为一种现象）无疑是新时期儿童文学研究界的一大佳话。他是新时期最活跃的新生代研究者，在儿童文学理论研究中频创第一，并且在许多方面有着突破性的意义。王泉根是我国进入新时期以来最早的硕士研究生之一，当然也是最早的儿童文学研究生，后来又成为新生代中最早的儿童文学教授，成为儿童文学界公认的最有成就和影响的理论家之一。他的研究视野广阔，以儿童文学为核心，涉及许多领域，他是最早把文化学研究、民俗学研究和美学研究引入儿童文学，与儿童文学研究结合起来的研究家，并有《现代儿童文学的先驱》《周作人与儿童文学》《华夏姓名面面观》《儿童

文学审美指令》《人学尺度和美学判断》《中国儿童文学现象研究》以及《中国现代儿童文学史》（与人合著）、《中国现代儿童文学文论选》（评选）等一批专著问世。可以说，在他涉及的儿童文学研究领域，都留下了他辛勤耕耘的足迹和奉献的果实。其中特别具有开创性意义的当数编辑、评选洋洋 70 万言的《中国现代儿童文学文论选》；早在 20 世纪 70 年代末 80 年代初，伴随着我国儿童文学事业的复苏、兴旺，儿童文学研究的不断深入，由于不正常的十年动乱对儿童文学事业的摧残带来的资料匮乏、研究水平低下，理论观念模糊混乱等现象日感明显。为此，国务院文化部相继在石家庄召开"全国儿童文学理论座谈会"，在昆明召开"全国儿童文学理论研究规划会议"，着重研讨旨在迅速改变儿童文学落后现状，推动儿童文学理论研究，建设有中国特色儿童文学理论体系的儿童文学发展战略。王泉根受此鼓舞，着手编撰评注《中国现代儿童文学文论选》。《文论选》几乎囊括了中国现代儿童文学史上的全部理论资料，其中有许多早已散失的珍贵文献也由其于各大图书馆四处搜寻、钩沉而重见天日。这本砖头一般的《文论选》成为我们研究儿童文学必备的工具书而备受欢迎。现在，随着儿童文学研究的进一步深入，王泉根又编选出版了《中国当代儿童文学文论选》，使一部"中国儿童文学文论"成为合璧，确乎功德无量。当年鲁迅先生留下殷切期望："倘有人作一部历史，将中国历来教育儿童的方法，用书作一个明确的记录，给人明白我们的古人以至我们是怎样被熏陶下来的，则其功德，当不在禹下。"（见《我们怎样教育儿童的》）王泉根编选评注《中国现代儿童文学文论选》时曾以此自勉，是非常贴切的，对于儿童文学，"禹德"之谓也当之无愧。

　　然而，真正为王泉根奠定其在新时期儿童文学研究中的学术地位，造成声名著于海外的是他的"关于儿童文学层次、门类划分的理论"。

　　这一理论从酝酿到成熟经历了近 10 年时间。于 1985 年 8 月在大连召开的"全国高校儿童文学教学研究会第三届年会"上，王泉根宣读了题为《论少年儿童年龄特征的差异性与多层次的儿童文学分类》一文。他在回顾"五四"以来有关儿童文学的种种界说后，对几十年一贯制的研究方法提出了怀疑，指出离开少年儿童年龄特征的差异性这个根本之点去探讨儿童文学的本质特征，容易导致以偏概全的失误。他提议将儿童文学"一分为三"：幼年文学—童年文学—少年文学，或者说儿童文学是以上三个相互联系而又相互区别，且能反映其内在发展的不同层次文学的集合体。幼年文学、童年文学、少年文学附属于儿童文学，也可以把它们"从儿童文学这个单一概念中独立出来"，因为决定它们各自的本质特征与思想、艺术上要求的依据便是少年儿童年龄层次的差异性。为了论证其分类的合理性，王泉根进一步对儿童文学界长期以来意见分歧的一些问题——关于教育性与趣味性、成人化与儿童化、写光明与写阴暗、类型与典型作了分析，提出了不乏新意的独立见解与思考。[④]

　　5 年后，王泉根正式提出了"三个层次与两大门类"的儿童文学"新界说"，完成了他关于儿童文学层次、门类划分的理论。在发表于《百科知识》1989 年第 2 期（后又为《新华文摘》、新加坡《文学》半年刊分别摘载和转载）的《三个层次与两大门类："儿童文学"的新界说》一文中，他在再一次论述幼年文学、童年文学、少年文学的层次分类之后，又提出了将儿童文学划分为"儿童本位的儿童文学"和"非儿童本位的儿童文学"两大门类。如果说"三个层次"的划分依据是少年儿童自身的年龄特征和生理心理特征，那么"两大门类"的划分依据则主要是考虑到儿童文学创作主体的创作机制和创作目的，其表述如下：

于是，少年儿童实际上认定和阅读的"儿童文学"就有了这样两大门类：一是"儿童本位的儿童文学"，即上文所论及的以儿童为本位而创作的、契合小读者审美趣味与接受心理的文学，用郑振铎的话说就是："儿童文学是儿童的——便是以儿童为本位，儿童所喜看所能看的文学。"这里的儿童本位，即是儿童中心：作品的中心读者是少年儿童，它是以表现少年儿童眼光中的现实世界或心灵中的幻想世界为中心内容、以再现少年儿童的审美情趣为重要美学特征的文学。很明显，这一部类的儿童文学断然排除了那些以宣教、传道、惑众为目的的名义上的"儿童文学"。第二类是"非儿童本位的儿童文学"。这类文学的中心读者是成年人而非孩子，它是以表现成年人眼光中的现实世界或心灵中的幻想世界为中心内容、以再现成年人的审美情趣为重要美学特征的文学。但是，由于这类文学作品的某些艺术因素吸引了小读者——如童年人格、少年心态、魔幻手法、变形组合、动物形象、拟人方式、荒诞情调、游戏精神、喜剧意识等，于是就被小读者"拿来"当作了自己的读物。在中国文学中，最典型的例子莫过于《西游记》（这是一部标准的成人小说）中孙悟空、猪八戒的故事对孩子们的吸引力了。因之，我以为：儿童文学实际上是一种"模糊"文学，儿童文学与成人文学之间没有泾渭分明的界限；只有比较意义上的相对独立的儿童文学，没有严格意义上的绝对完善的儿童文学。[5]

于是，他以儿童文学的层次、门类的划分为基础，结合儿童文学的六大体裁：童话（含寓言）、小说、散文、诗歌、戏剧、科艺作品，建构了一个完整的儿童文学构成体系。见下图：

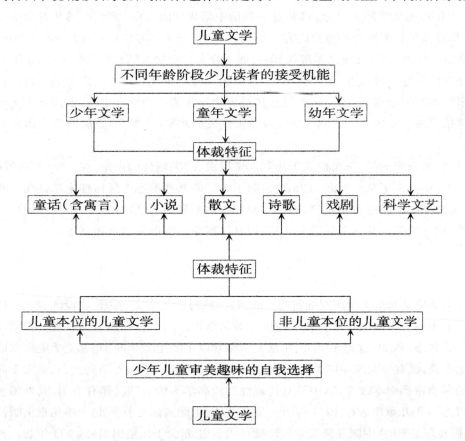

新中国儿童文学

这一理论,对于我国儿童文学研究现状有很强的针对性和现实性。尽管当时儿童文学已初露勃兴的新气象,但由于长达10年之久的萧条、停滞和倒退的影响,儿童文学积重难返,儿童文学理论缺少建设,许多僵化、陈腐的观念未能得到清除。一方面儿童文学禁区众多,另一方面儿童文学又无理可依的现象相当突出,学术研究从总体上尚处于浅层次和朦胧状态,观念的混乱和理论的困惑严重制约着儿童文学的创作和理论研究的进一步发展。王泉根关于儿童文学层次、门类的划分的理论,以其全新的立论和缜密的推论,引起了广大儿童文学作家和理论家的广泛兴趣,产生了极大的影响,并且在很大程度上得到了普遍的认同。广大的儿童文学作家因此而找到自己合理而自觉的定位,评论作品也有各自的准则和"依据"。1985年9月21日《青年晚报》发表题为《儿童文学研究要跟上时代步伐》的署名文章,介绍儿童文学研究的新动向、新成果,其中特别评介了王泉根的理论,认为他"第一次明确提出按照少年儿童年龄特征的差异,将儿童文学分为幼儿文学、童年文学、少年文学",是突破旧有理论束缚的"有益的尝试",并从其理论的锐气、勇气预言,包括王泉根在内的年轻研究者"将会成为推动儿童文学事业迅速发展崛起的一代"。而后又有许多评论盛赞他在儿童文学研究中的重大理论价值和历史性地位。有的称其为我国新时期儿童文学理论"顿悟"的表现,"针对儿童文学研究的混乱状态","起到了拨开迷雾、廓清发展道路的重要作用",有的说"王泉根提倡的将儿童文学一分为三的方法,是一个很大的进步,推动了儿童文学理论研究的发展",特别是"儿童小说实际上是少年小说"的命题"便是少年文学自身意识回归的表现"。⑥

现在,这一理论已被一些儿童文学教科书吸纳,例如上海王晓玉、王建华主编之《儿童文学通论》特置《阶段论》一编,就是将儿童文学分为婴幼儿文学、童年期文学、少年前期文学、少年后期文学四大部分,即从这一理论中衍化而出。而"多层次的儿童文学分类"作为儿童文学基本原理的重要内容,也已被一些儿童文学辞典收入,如1991年四川少年儿童出版社出版的《儿童文学辞典》即有如下释义:"多层次的儿童文学分类,关于儿童文学基本原理的一种观点。于1985年8月全国高校儿童文学教学研究会第三届年会上由王泉根较系统地提出。这一观点是从接受美学与儿童心理学立论的,强调儿童文学必须适应接受对象主体结构的同化机能及阶段性发展水平(下略)。"其影响之广由此可见一斑。

不过,值得补充的是,王泉根关于儿童文学层次、门类划分的理论,在一个时期的深入人心之后,也受到了某些方面的挑战,引起了人们的某些困惑。任何理论总是在不断地发展,在发展中不断地走向完整和科学。我们相信王泉根对这种困惑和担忧会做出合理的解释,使他的关于儿童文学层次、门类划分的理论变得更为成熟和完备。

三、四史同堂

儿童文学史是儿童文学研究的重要方面,我国新时期儿童文学理论建设的成就和特点也在文学史研究中体现出来;相反,我国儿童文学理论的严重滞后也即表现为长期以来的"无史"状态。从20世纪80年代儿童文学崛起以来的十余年间,儿童文学史研究取得可喜的收获,已有一大批不同类型、不同学术风格的儿童文学史专著问世,儿童文学向来无史的局面得到根本改变。其中较有代表性和较高学术价值的著作有韦苇的《外国童话史》(江苏少年儿童出版社1991年版)、吴其南的《中国童话史》(河北少年儿童出版社1992年版)、方卫平的《中国儿童文学理论批评史》(江苏少年儿童出版社1993年版)、孙建江的《二十世纪中国儿童文学导论》(江苏少年儿童出版社1995年版)。我把它们称之为"四史同堂"。

在这四部著作中,似又可分为两个系列:一是韦苇的《外国童话史》和吴其南的《中国童话史》,一是方卫平的《中国儿童文学理论批评史》和孙建江的《二十世纪中国现代儿童文学导论》。现分别作评述如下:

韦苇是我国新时期最主要的儿童文学研究者之一,他对外国儿童文学的评介、研究成绩斐然,处于全国的领先地位。在近20年的治学(儿童文学)生涯中,已有《世界儿童文学史概述》《外国童话史》《西方儿童文学史》《俄罗斯儿童文学论谭》《世界童话史》等5部系列外国儿童文学史著作问世,计200余万字,加上他对外国儿童文学作品的翻译、评述和欣赏导读的文字,规模就更加巨大。韦苇研究外国儿童文学史,最大的特点是视野开阔,资料翔实,有的放矢。早在他的《世界儿童文学史概述》问世时,这一学术风格就深受儿童文学界的好评。德高望重的陈伯吹先生欢喜万分,称赞他为我们打开了通往世界儿童文学这一汪洋大海的一条渠道,对于我国的儿童文学有"他山攻玉"的效益。[⑦]这一评价是十分公正的。

《外国童话史》第一次向读者完整地介绍了世界童话从萌生到成熟,上下千年的发展历史,对17世纪世界童话鼻祖佩罗(贝洛)以来的现代童话发展史更有详尽的评述。从横向而言,包含了世界五洲,而又以北欧、苏俄这两大童话大国为中心,各地童话交相辉映、详略有致,显示出一种前所未有的宏阔视野。全书所涉,凡重要的作家作品无有偏漏,评点作品总在千篇之上,而且力求精当、客观,其资料的翔实、繁杂和丰富令人赞叹不已。据我粗浅的估计,在此之前为我国读者闻所未闻的篇什当不在少数,占其一半左右。有许多史实直接来自外文书刊,生动、完整、可信,保留了儿童文学创作的原始性和生动性。如:介绍佩罗童话,作者重点论述17世纪法国文坛一场旷日持久、影响深远的"古今之争",以此来揭示出佩罗童话本身的奠基性意义和它对世界文学的划时代意义;又如:评论格雷厄姆《柳林风》(即《柳林风声》)时,不仅介绍了作者创作过程中的有趣故事,还真实地评述了从美国总统到一般读者对作品的广泛反应;又如在《拉格洛芙及其〈骑鹅旅行记〉》一章,材料尤其丰富,不仅详细地介绍了这本在世界儿童文学史上占有重要地位的童话名作,而且对作者拉格洛芙的生平、创作心理、创作成就等方面做出了生动的描述。其中有:作者童年的幻想经历,《骑鹅旅行记》的雏形《贝林的故事》,瑞典教育部的要求,在家乡目睹猫头鹰攻击小男孩而产生创作《骑鹅旅行记》的最初灵感和创作冲动,今日瑞典尼尔斯·豪尔耶松形象随处可见的盛况,雅·阿尔文和古·哈塞尔贝里《瑞典文学史》对作品的高度评价,世界各国人民按照世界和平理事会的决定纪念拉格洛芙的历史事件,以及拉格洛芙1909年成为世界第一位女性诺贝尔文学奖获得者,等等,令读者大开眼界。正因为韦苇的著作中包纳了如此丰富的史料,信息量巨大,因而在儿童文学界有"宝典"之美誉,对于中国的文坛,其意义就尤为明显,说他为我们打开了一扇窥视世界儿童文学的美不胜收的风景的窗户当不会错。如此在纷繁的世界儿童文学发展现实中,既拥有宏阔的理论视野,又要保持论述的公正,做到有的放矢,确实不是件容易的事,韦苇先生取得的研究成果,难能可贵,值得钦佩。

纵观韦苇的外国文学史著作,我们可以感到一个异常鲜明的特点:自信。他治史的

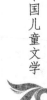

清醒、严谨、宏阔、翔实,都表现出他特有的自信。

他自信他对童话本质的理解。面对已经拥有的数百种关于童话的定义,他毫不犹豫地写下了如下文字,并且以醒目的字体印在《世界童话史》精美的扉页上:

> 童话是以"幻想"为一岸,以"真情"为另一岸,其间流淌着对孩子充满诱惑的奇妙故事。
>
> 童话是以幻想滋养人类精神的故事家园。
>
> 童话是被故事逻辑所规范的童梦世界。
>
> 童话是用幻想沟通现实、超现实和儿童心灵三个世界的一种故事通道……

他自信地评论世界儿童文学(特别是童话)发展的历史、现实、意识和面临的问题,甚至果断、明确地来评定许多儿童文学作家(包括一些已有定论的大作家)的成败优劣,随心所欲而不逾矩。他遵奉的主张是"只要能揭示本质、说到位,不管怎么说都行"!所以他说出了一系列为前人未说的,具有一定超前意义(所谓超前意义即是指若干时日以后被人们认可了)的话,如:

> 外国儿童文学的历史(包括童话史)是一部儿童文学的"独立国"形成和发展的历史;
>
> 儿童的发现是儿童文学发展的关键,民间文学是儿童文学的源头;
>
> 中国是先有一批通晓外国语(外国文学)而又热心于建立中国儿童文学的作家,然后才有现代意义上的中国儿童文学;
>
> 衡量一个国家儿童文学发展水平的标准只能是"超越国界影响的第一流的作品的数量",而不是夜郎自大、目空一切地"自己说了算"……

他甚至还说,外国儿童文学史不应是"作品赞颂史",评论应实事求是,公正客观,他对有些评论对一些世界儿童文学大师其人其文一味赞誉,不以为然,所以他曾说被鲁迅当年所推崇的俄罗斯"童话大师"爱罗先珂的童话"在俄罗斯并无影响,在任何一部俄罗斯文学史中都不曾提及爱罗先珂其人";他还刻意找拉格洛芙的茬,指出《骑鹅旅行记》这部诺贝尔文学奖获奖作品,世界儿童文学史上的典范之作也有缺点和不足;他甚至还说"安徒生不是儿童文学家,现在不是,将来也不是"(当然这是在特定场合,某种意义上说)。

这些不乏超前意识的论断,有许多已被儿童文学界普遍接受,成了常被引用的公理,有的也不可避免地遭到了批评,韦苇先生对后者泰然处之,对前者无疑深感欣慰,有一种诸葛亮的愉快——我早就算到你要走这一步!

据我所知,在新时期出现的《中国童话史》不止一部,以研究中国童话史为重点的也不止吴其南一人,然而我以为吴其南的中国童话史研究是独具一格的,他的《中国童话史》也是有其独特的学术特征和理论价值的。这也是新时期儿童文学理论研究的一项重大收获。

在我看来,这部《中国童话史》的特点是:它不仅注重于对中国童话发展历史的勾勒、梳理,也强调对童话发展规律的总结和有关童话理论的辨析;它用心于在浩繁的中国文化典籍中钩沉、搜集童话材料,更是有意识地对它们进行在中国童话史上的定位、确证和评价;它论题广泛,史实详尽,涉及神话、传说、寓言、民间故事、佛经、传奇、小说与童话的关系,兼及政治、文化、教育、科学等社会现状对童话发展的影响,古今贯通,中外融合,同时也十分注意童话自身独立的艺术品格和发展规律,充分发挥童话的艺术特征和功能价值;总之,《中国童话史》的最大特点在于,它对中国童话的发展过程有着宏观、明确的掌握,对童话艺术(特别是中国童话艺术)有着深刻、准确的理解。

下面谨举两例为证。

其一,关于中国童话的自觉。

这是我们研究中国童话史,对从古代童话艺术萌芽到"五四"以来中国现代童话成熟的历程作出一番巡视以后,必然要作深刻探寻、反思的理论问题。众所周知,中国远古的神话、传说,如《女娲补天》《精卫填海》《后羿射日》以及盘古开天辟地、女娲造人等故事,想象奇特、情感强烈、语言优美、结构精致,很有童话的特征和韵味,特别是在元明之际的16世纪更有《西游记》这样伟大的神怪故事(神魔小说)风行于世,但真正意义上的现代童话却迟迟未能出现,直到20世纪"五四"前后才由叶圣陶、茅盾、巴金等新文化作家来"给中国的童话开一条自己的路",从而走上迅速发展、成熟的轨道。对此,吴其南《中国童话史》描述出一个中国童话从孕育、发展到成熟的大致轮廓,特别指出了在"五四"以前中国童话尚未真正自觉的严峻现实:

> 从上古神话蕴含的童话因素到六朝志怪、唐人传奇中的童话萌芽到准童话到明清文言小说中基本上具备童话形态的作品,一方面,中国童话前进着,发展着,逐渐孕育成熟并从其他孕育它的文学形式中挣脱出来;另一方面,这一前进或发展的速度又极为缓慢,到19世纪末,中国童话作为文学中一种相对独立的文学样式事实上尚未出现。⑧

显然,对于一部有见地、有建树、有特点的《中国童话史》,重要的不在于指出这一"中国童话迟迟不能自觉"的现象,而在于寻找产生这一"中国童话迟迟不能自觉"现象的历史原因,总结其中的历史教训。对此,吴其南作了认真的研讨,以《关于中国童话迟迟不能自觉的原因探讨》为题设专章、近万言的篇幅进行详论。他广泛地应用了文化学、心理学、人类学、社会学的理论与方法,从中国社会、中国文化固有特征、整个人类文明进程、文学自身发展传统和规律等方面作了全方位、多层次的"探讨"。他的结论是:一、童话的自觉决定于文学的自觉,中国文学为中国童话提供的条件并不十分理想;二、童话植根于文化的土壤之中,而中国文化也未给童话的发展提供特别有利的条件;三、童话的自觉有赖于儿童的发现,但中国社会的现实和思想体系制约了儿童的发现,在那么漫长的时间里,中国文学一直"没有意识到少年儿童的文学期待视野"。其中不乏客观、精当、深入的论证。

其二,关于童话与神话的关系的辨析。

这一问题的研究,对于中国童话史和中国儿童文学理论都有重大的理论价值和现实意义。一般来说,我觉得理论界对此重视极为不够,以至于许多人对神话和童话缺少正确的认识,两者界限模糊,而且这一模糊认识业已表现出令人不安的后果。

现在,当我翻读这本《中国童话史》时,却惊喜地发现,作者吴其南对这一问题其实早已作出了详细的辨析。他指出：远古神话是童话艺术的最初孕育者，其中有许多童话的因素，"不仅作为源头哺育了童话，有许多还直接成了童话的组成部分"，"原始神话不仅在一般意义上强烈地影响着童话，它的一些母题也必然在童话中一再表现出来"。但是，神话在本质上不等同于现代童话，它甚至"并不是纯粹的文学"。因为神话作为原始人类"借用幻想和想象力来支配自然力，将自然力借以形象化"的产物，是人类原始思维的结果，"它的想象是不完全的"，"在童年人类尚无自我意识，不能清楚地将自己和客体世界区分开来的情况下，他们是不可能将自己的创造视为创造并加以审美观照的"，而童话却是一种成熟、独立的文学样式，来源于艺术家自觉、完美的艺术创造，是艺术家"按照美的规律（艺术规律）来创造"的果实，是人类审美实践的结晶。他关于"神话与童话"这一理论问题的最后结论是："神话是不知其幻而信以为真，童话是知其幻而姑妄言之；神话是神秘体验，童话寄寓道德教训。"⑧将神话与童话等同、混淆起来，是完全不应该的。正是出于这样明晰的肯定，《中国童话史》才把"五四"以前的孕育、萌生期称为中国童话的"史前期"，把《西游记》称为"准童话"。

这样令人豁然开朗或使人产生如释重负般快感的论述，当然表现了吴其南先生对中国童话发展史的宏观、明确的掌握，对童话艺术本质和特征有着深刻、精确的理解，也反映出《中国童话史》的学术特征和理论价值。

第二个系列是方卫平的《中国儿童文学理论批评史》和孙建江的《二十世纪中国儿童文学导论》。在《新时期儿童文学理论景观》一节中，我已作过总体而粗略的评论，说它们是"站在新的时代高度，以现代意识阐释历史、评述历史，构筑中国儿童文学史和儿童文学理论发展史的成功尝试"。确实，对于我国现代儿童文学理论建设，这两部著作是具有开拓性和标志性的成果。

说它们具有理论建设的开拓性，是显而易见的：《中国儿童文学理论批评史》是国内外第一部系统论述中国儿童文学理论批评发展历史的皇皇鸿篇，《二十世纪中国儿童文学导论》则是第一部对20世纪中国现代儿童文学进程进行整体论述的洋洋大著，这是事实。以后的治史者必将超越它们的学术水准，取得更多更新的理论发现，但都必将站在它们坚实的基础上；它们作为后来超越者高瞻远瞩的"肩膀"是不会被轻易忽视和遗忘的。这也是事实。

这两部著作具有相当多的共同性：视野开阔，材料翔实，研究方法开放多元，严谨而活泼，立论新颖、大胆，具有"当代学精神和当代学科特征"，充满求索的激情而又处处显示出治学的理性。两位作者都是扎根于新时期儿童文学研究的前沿，具有极高理论天赋的青年学者，既对儿童文学的历史和现状有着冷静、清醒的认识，对自身的艺术命运有着实在充分的准备，同时抱有关于我国现代儿童文学未来前途的宏放、达观的态度。总之，是不乏某种厚道、大气、精深的理论风度。

然而，它们的学术个性也是相当分明的。相对而言，《中国儿童文学理论批评史》更注重于对丰富、生动而又驳杂、零星的中国儿童文学理论批评实践进行梳理、发掘和总结，寻找、理顺历史的线索，总结评论历史的经验，具有凝重的历史感。所谓"当代精神"和"当代意识"，对历史的"评价性"认识，所谓"评价层次上的文学史建构性"，说到底还是为了使自己所记载的"历史"更科学、更符合历史本身，所建构的文学史理论体系具有坚实可信的"历史的"基础。没有历史意识便没有当代意识。方卫平反复强调，他的研究的目的是"不仅知道儿童文学批评的演进过程中曾经发生了什么,而且更重要的是知道这一切对当时、对后来乃至对我们今天意味着什么";"不仅在于要描述、呈现批评的客观进程,更在于要理解、阐释这一进程"。⑩我们理解是恰恰基于对这一儿童文学理论批评进程的确认,也即是对历史本体以及对这本体抱有的牢不可破的信仰,他要努力"标出"儿童文学批评这个"在人类精神漫游旅行图"上被湮没的"方位",就在于他"信仰"这个"方位"的实际存在以及它对于人类文明的重要性。方卫平的努力是相当成功的。对此,黄云生评价说:

> 然而,比较全面地占有史料,对方卫平来说只是一个开端。他把更多的精力投放在对这些史料的梳理、考察和发现上。他严格地按照批评史的要求,在社会文化背景、理论思潮、学术特征和理论代表等各个方面,展开了纵向的横向的分析比较,然后构筑起自己的历史描述和理论阐释的框架。我们在这部批评史里,不仅可以看到中国儿童文学理论批评从自在走向自觉的曲折的历史进程,而且,还可以清晰地了解到这一历史进程的复杂的外部联系和特殊的内部变化。它是一部独特的文学批评史,其间所展示的儿童文学理论批评历史发展的特殊规律、特殊视角,是任何其他文学批评史所无法替代的。⑪

黄云生是我国新时期资深的儿童文学理论家,又与方卫平有长期同仁之谊,熟悉、了解这部批评史著作孕育、写作的全过程,对方卫平的理论特征、学术个性都也了如指掌,他的评论当不会净是溢美之辞。

《二十世纪中国儿童文学导论》作为一部描述我国整个现代儿童文学发展历史的文学史专著,当然也十分重视历史的发展线索,贯穿着厚实的历史感,但我们感受最为强烈的是它的"20世纪意识"。"20世纪"在这里不仅是其框定的时间范围,更重要的是一个历史概念,一种在世纪之交,20世纪即将过去,21世纪即将来临的历史关口具有整体连贯和承前启后意义的历史概念,"20世纪意识"无疑具有高屋建瓴、完整宏观的史家眼光和学术气派。

我们知道,中国现代儿童文学基本与20世纪同步,它的发生、发展都在20世纪,是一个纯粹的20世纪的"世纪儿"。于是"20世纪意识"便成了作者别无选择的宏观视点和历史尺度。纵观本书描述的内容,有关于文化背景、儿童本位与儿童文学、儿童文学思潮、作品的价值取向,以及《台港儿童文学》等5编共17大章,涉及创作、理论、思潮、观念等儿童文学现象;又由于20世纪中国社会的特殊原因分为大陆和台港地区两大完全不同的儿童文学板块。粗粗看来,其中并无足以并列的逻辑依据和理论线索,体系似嫌杂乱。但是,如果我们洞察其20世纪意识,将20世纪意识作为贯穿全书的一条红线。那么,它的逻辑依据是充足的,理论线索便是清晰的,体系是完整的。它把丰富驳杂的内容从总体上分为前后两部分,前一部分为"五四"时期我国儿童文学从发轫到自觉成熟阶段,后一部分为新时期我国儿童文学勃兴到繁荣的阶段。这在整体上与20世纪中国社会发展进程的特点相适应,也与20世纪中国儿童文学发展进程的特点相适应。(见本书《引论》)在前半部,"20世纪东西文化碰撞中的中国新文学""20世纪世界儿童文学格局中的中国儿童文学""儿童文学观的确立""儿童本位与儿童文学""世纪初存照:翻译与改编"等章节,面面俱到而又层层推进,详尽地论述了我国现代儿童文学得以发生、发展的

文化背景、时代条件，并从中西比照、古今承传的宏大视角，从文化、哲学、伦理、心理学、教育学、美学等原理清晰地勾画出20世纪"五四"时期儿童文学发展的框架和线索。在后半部，则置"游戏精神的凸现""少年文学的崛起""塑造未来民族性格""崇尚大自然"等篇章，在新时期潮起潮落、不断涌现的儿童文学思潮、理论、流派、口号等繁复现象中摘取几个主要议题，作为全方位展现新时期儿童文学历史的中心节点，从而显示出新时期儿童文学的整体性。可以说，如果没有20世纪意识的贯注，这部《二十世纪中国儿童文学导论》是不可能有如此在理论与史论、介绍与评价、前一阶段与后一阶段、广度和深度上的完整结合的。20世纪意识正如一个支点，支撑了中国现代儿童文学发展史研究的体系的大厦。

四、三大母题

刘绪源的《儿童文学的三大母题》（少年儿童出版社）是新时期以来众多儿童文学理论著作中最晚出的一部（迄今为止）。由于其显而易见的学术价值，引起社会各方关注，它得到上海市新闻出版局学术著作出版基金资助，由少年儿童出版社作为重点书目隆重推出。起点高、立意新、发掘深，自然就成为当初儿童文学理论界的共同期待和要求，也自然成为我们现在评述它的理论意义的切入口。

对儿童文学进行母题研究是此书的最大特征，这已从《儿童文学的三大母题》的书名中得到明示，它同时也点明了这部理论著作的集中的理论成就。

把古往今来的儿童文学按照"爱的母题""顽童的母题"和"自然的母题"分为三大类型，这是对儿童文学所做的全新分类，在理论上提出了一个新的分类的原则。

分类即是一种关于对象的整体鉴别，大凡合理、成功、并为历史认可的分类既反映着一定时代认识的水准，同时又反映出特定阶段认识（研究）的成果；而每一次新的分类原则的提出都体现着在某一方面对已有认识的否定和超越，对已有的理论体系的修正和突破，因为它总是建立在对既有分类、特别是既有分类日益显露出尴尬、矛盾和弊端的鉴别、修正和扬弃的基础之上，适应了新的现实界定和理论概括的需要。

所以，首先值得我们注意的是，作者对过去曾经有过的文学分类的鉴别，从黑格尔的艺术类型（象征型、古典型、浪漫型），席勒的创作原则（素朴的诗、感伤的诗，即后来公认的现实主义和浪漫主义），尼采的艺术精神（日神型、酒神型），到传统的儿童文学功能分类（教育型、想象型），题材分类（家庭生活型、社会生活型、异域生活型、学校生活型、成长型、浪子回头型、英雄型、集体奋斗型、少男少女型、冒险型、苦儿型、顽童型、童趣型、奇思异想型、动物型、自然风物型）等，表现了他对以往儿童文学和儿童文学理论研究的全面了解和整体把握。他在对众多分类做出详细审察、鉴别以后，指出主题或遗漏，或缠夹，或混淆，或剥离，并不能涵盖丰富的儿童文学实际，提出新的文学分类势在必行，既具有总结历史、梳理理论逻辑线索的特征，同时又赋予了某种前瞻未来、指向建设的理论意义。

刘绪源的"母题"，无疑不是一般的内容（题材）概念，而是"居于一个更高的层次"，它"打破了体裁、题材、风格、流派这些通常用以划类的界限，打破了'历时性'（黑格尔）与'共时性'（普罗普）相分离的研究格局，把内容与形式放在一起进行观照，力图做出那种虽或相对朦胧但却尽可能完整的把握"[②]。"它不再拘泥于作品主人公的身份、作品展开的环境以及故事情节等具体事物"[③]。总之，它具有自己独特的理论内容、逻辑顺序和价值取向，以及说明问题、解决问题的理论针对性。

对此，刘绪源归结为"一种审美眼光，一种艺术气氛，一个相当宽广的审美的范围"。① 具体说，"爱的母题"体现了"成人对于儿童的眼光——一种洋溢着爱意眼光"，其艺术的气氛或表现为"亲切温馨"（母爱型），或表现为"端庄深邃"（父爱型），在儿童文学中，这一母题占据了最为广大的"审美的范围"。"顽童的母题"则"体现着儿童自己的眼光"，一种儿童对于世界的感觉和关于自我的意识，是一种"无拘无束、毫无固定框架可言的眼光，充塞着一种童稚特有的奇异幻想与放纵感"，它的艺术气氛表现为"奇异狂放"，它的审美范围集中于"顽童型""冒险型"等题材，相对于"爱的母题"无疑要狭小一些，但诚如作者所说，总结"顽童的母题"的独特意义在于"保证了儿童文学园地的丰富多彩，而不使它们变得单调贫乏"，尽管它范围较小，数量较少，"但它毕竟体现了另一种重要文学大类的存在，展示了与正统的眼光截然不同但却充满生气的另一种文学眼光"，他认为"它们的意义不在于量的增添，而在于不同的质的互补"。"自然的母题"所体现的则是"人类共同的目光"，指的是人类与自然界的休戚与共的密切关系。有意思的是，作者站在儿童文学的角度，尖锐地指出"这目光对成人来说已渐趋麻木，儿童们却能最大地拥有它们"。诚然，少年儿童赤裸着身体拥抱着自然，用天真好奇的童心欣赏着大自然，是否如一面镜子映照出当今社会对大自然司空见惯的冷漠和不敬。儿童文学热衷于表现自然，歌咏自然，是否就是对我们损害自然、毁坏自然的种种行径的警示，"不敬衣，不重五谷"可是当年如来佛祖对我们现实社会破坏自然和谐关系所做的严厉警告！所以，刘绪源认为"自然母题"的儿童文学的艺术审美气氛可以用"悠远率真"来概括，它的审美范围遍及自然风情、动物、异域探胜等充满童趣的广大的艺术创作领域。

我以为，这一"母题分类"比之于其他分类"高出一头"，更具包容性和针对性，除了它具有自身的整体性、体系性依据，还应指出一点：母题，作为文学创作中的"原型"，指的正是文化和文学中经常出现或被反复表现的主题（包括客体对象和主体情感），它是经过长期的历史发展（包括文学历史的发展）而自然形成的一些固定模式。它往往积淀着异常丰富的历史性成果，同时又结合了一定时代的社会现实特点，从而表现为凝重、厚实、生动、开放的艺术内容和审美气氛。世界文学史上关于生与死的母题、爱和恨的母题、牺牲和永恒的母题，还有关于春和秋的母题，高昂和低沉的母题，莫不如此。儿童文学中"爱的母题""顽童的母题"和"自然的母题"也正是如此，以此为特征构成了儿童文学的基本类型，从而展现出各自的社会意蕴和美学风格。西方现代审美理论中风行于世的神话（原型）学派，运用原型（母题）研究人类远古文明（包括历史、文化和艺术）取得了令人瞩目的成果，刘绪源的儿童文学母题研究理所当然也取得了不乏新颖和深度的研究成果。

[注释]

① ② ③ 班马：《游戏精神与文化基因·后记》，甘肃少年儿童出版社 1994 年版，第 137 页、第 5 页、137 页。

④ 王泉根：《论少年儿童年龄特征的差异性与多层次的儿童文学分类》，见《人学尺度和美学判断》，甘肃少年儿童出版社 1994 年版，第 7—29 页。

⑤ 王泉根：《三个层次与两大门类："儿童文学"的新界说》，见《人学尺度和美学判断》，甘肃少年儿童出版社 1994 年版，第 34 页。

⑥ 王泉根：《人学尺度和美学判断》，甘肃少年儿童出版社 1994 年版，第 26—28 页。

⑦陈伯吹:《世界儿童文学史概述·序》。

⑧吴其南:《中国童话史》,河北少年儿童出版社1992年版,第111页。

⑨吴其南:《中国童话史》第一章,河北少年儿童出版社1992年版。

⑩方卫平:《中国儿童文学理论批评史》,江苏少年儿童出版社1993年版,第7页。

⑪黄云生:《照耀求索历程的理论之光》,见《黄云生儿童文学论稿》,漓江出版社1996年版,第242页。

⑫⑬⑭刘绪源:《儿童文学的三大母题》,少年儿童出版社1995年版,第10页、第16页。

（原载竺洪波著《智慧的觉醒》,少年儿童出版社1997年版）

论"分化期"的中国儿童文学及其学科发展

朱自强

中国儿童文学正处于史无前例的"分化期"

文学史的开展是否存在规律？文学的历史中发生的诸多现象是偶然的，还是必然的？是偶然中有着必然性，还是必然中有着偶然性，或者是两者兼而有之？文学史中的现象之间是彼此孤立的，还是彼此相关联的？在试图描述十余年间的中国儿童文学的展开过程时，这些问题一直在我的脑海中环绕不去。

我想起了郑敏论述过的解构主义文学史观。她认为："文学史的客观存在是一团由文学作品(包括各种文种与批评)所集合成的开放的无定形的银河样的星云，不断地在活动，这些星云是由踪迹(trace)所汇集而成，踪迹本身是恒变的，它们所留下的痕迹(trace—track)之间有着内在的联系。修史者的研究对象就是那隐藏着踪迹间的内在联系，他必须用科学分析和创造性的想象去揭示它们。"①(重点号为引者所加，下同)在郑敏看来，"我们所修的史只是对历史的客观存在的一种阐释，而不能等同于历史客观存在本身"②。

"现在"一进入我们的言说，就已经成为"历史"。历史并不仅仅是陈年旧事，历史也在我们眼前。如果意识到这一点，面对改革开放30年这一记忆犹新的不久前的"现在"——历史，我们将更愿意"用科学分析和创造性的想象"进行富于学术个性的阐释。

10年前，我在《中国儿童文学与现代化进程》一书中曾经说："从总体来看，新时期儿童文学的向文学性回归是与向儿童性回归同步进行的，因此，新时期儿童文学的总趋势实在只有一个——向'儿童的文学'回归。我将向文学性回归与向儿童性回归分别进行论述，实在是理性分析面对感性化文学这一对象的没有办法的办法。不过，比较而言，20世纪80年代显示出更多的向文学回归势头，而在20世纪90年代，向儿童性回归则成为普遍的主意识。"③我注意到，与我有同样感受，并作过相似阐述的研究者不止一两个人。

2006年，我开始思考新世纪里中国儿童文学的发展走向这一问题。在一篇文章中，我提出了"分化"一词，以此来描述新旧世纪交替以来的一些儿童文学重要动向的"内在关联"或曰"共通的特征"。当时，我指出了四种"分化"现象：幻想小说从童话中分化出来，作为一种独立的文学体裁正在约定俗成，逐渐确立；图画书从幼儿文学概念中分化出来，成为一种特有的儿童文学体裁；在与语文教育融合、互动的过程中，儿童文学正在分化为"小学校里的儿童文学"即语文教育的儿童文学；在市场经济的推动下，儿童文学分化出通俗(大众)儿童文学这一艺术类型。④

时隔两年的今天，在持续关注儿童文学的发展状态之后，我确信，以新旧世纪交替的几年间为分水岭，中国儿童文学步入了史无前例的"分化期"。

我所使用的"分化"借用的是生物学上的一个概念。所谓分化(differentiation)是指在某一正在发育的个体细胞中发生的形态的、功能的特异性变化并建立起其他细胞所没有的特征这一过程称之为分化。分化形成形态功能不同的细胞，其结果是在空间上细胞之间出现差异，在时间上同一细胞和它以前的状态有所不同。对个体发育而言，细胞分化得越多，说明个体成熟度越高。

"分化"对于儿童文学特别是中国儿童文学是一个非常重要的概念。与自然界发展的规律一样，分化也是儿童文学产生、发展、变化的动力。

分化使儿童文学由单一结构变成多元、复合的结构，由执行单一功能，变成执行多元功能（分化出的新形态的儿童文学分支，执行各自的功能），是儿童文学发展的必然规律。因此，目前中国儿童文学发生的分化，是一种多元的、丰富的、均衡的发展状态，是走向发展、成熟所应该经历的一个过程。从这一认识出发，的确可以说，中国的儿童文学的发展是进入了最好的时期。

中国儿童文学为什么会在近年出现"分化"？

刘勰在《文心雕龙》中说："文变染乎世情，兴废系乎时序。"一个时代有一个时代的文学。中国儿童文学在新世纪交替之间开始出现较为广泛的分化现象完全是拜改革开放的这个时代所赐。我们不能想象这样广泛活跃的分化能够出现于此前的任何时代。

简而言之，中国儿童文学在近年出现分化的原因有三：首先，是儿童文学的基因作用的结果。儿童文学的胚胎里，本身就有这样丰富多元的发展蓝图，之前之所以没有出现多元的分化，是因为环境尚未提供催化的条件。其次，是社会发展提供了必要的条件基础。再次，是整个儿童文学界的执着努力。

在上述三个分化原因中，恐怕社会发展提供的条件发挥了更大的整合、活化的作用。下面结合两个具体的分化现象作一说明。

儿童文学与教育具有天然的血缘关系。儿童文学产生的一个重要原因是儿童教育的需要。从儿童文学与语文教育的关系来看，自清末开始，西方的现代教育思想和制度传入中国，到了民初，新式学校取代了旧式私塾，"五四"时期，儿童文学的传入给小学语文教材带来了根本性革命，儿童文学成了语文教材的重要组成部分。但是，目前小学语文教材和教法的儿童文学化的程度依然不够。

自 1949 年至近年以前，中国的儿童文学研究与小学语文教育是疏离的，"五四"时期的儿童文学是"小学校里的文学"这一理念被搁置了起来，这是儿童文学画地为牢的自我束缚，是对自己本该担当的责任的放弃。近年来，素质教育国策和语文教育改革为儿童文学分化为"小学校里的儿童文学"提供了契机。2001 年颁布新的小学《语文课程标准》（实验稿）体现了对儿童文学的重视，明确提出小学语文教材要多采用童话、寓言、故事、童诗等儿童文学文体，建议小学阶段的课外阅读量不少于 145 万字。在这一背景下，各种课外语文读本如雨后春笋涌现出来。其中王尚文、曹文轩、方卫平主编的《新语文读本》（小学·12 卷），朱自强编著的《快乐语文读本》（小学·12 卷）是儿童文学研究者取得的语文教育的重要成果。在儿童文学走入语文教育的实践展开的同时，也出现了"语文教育的儿童文学"的学术成果，比如有儿童文学视角的语文教育研究著作《小学语文文学教育》（朱自强），有语文教育视角的儿童文学研究著作《走通儿童文学之路》（陈晖）。

最近，我出版了一本谈论小学语文教育和儿童教育的讲演集。出版这样一本书，对我个人来讲，是在意料之外，但是对儿童文学与语文教育、儿童教育的学科关系而言，又属情理之中。我在该书的自序中就坦言：这本讲演文集能够面世，不是因为我有多么深入的研究，而是因为中国的小学语文教育、儿童教育越来越需要儿童文学，需要儿童文学的资源和方法。

从通俗儿童文学的分化中，更可以见出社会发展进程的巨大影响。

以一般的通论，儿童文学的出版起源于18世纪的英国，约翰·纽伯利是其创始人。纽伯利是一个商人，他一开始就是把图书出版作为一桩生意经营，而且图书出版只不过是他众多生意中的一笔。在西方，儿童文学的出版、传播，一开始也是一种商业行为，儿童文学书籍在一开始就同时具有商业属性。

在中国，由于经济的落后，教育的不发达，特别是1949年以后计划经济体制的制约，儿童文学的出版一直缺乏商业运作。非商业化的出版模式，使儿童文学的写作缺乏明确的读者意识和市场指向。1984年10月，中国共产党十二届三中全会通过了《中共中央关于经济体制改革的决定》，决定中说："社会主义计划经济必须自觉依据和运用价值规律，是在公有制基础上的有计划的商品经济。"1992年初，邓小平"南方谈话"为确立社会主义市场经济的改革目标铺平了道路。1992年10月召开的中国共产党第十四次全国代表大会正式宣布"我国经济体制改革的目标是建立社会主义市场经济体制"。正是由于社会主义市场经济体制的运行，中国的儿童文学的出版也变成了真正的商业行为，儿童文学书籍也真正成了商品。

由于儿童文学面向的儿童读者的阅读兴趣和品味还没有出现明显的分化，因此儿童文学在总体上具有通俗性、大众性倾向。但是，在儿童文学内部，相比较而言，依然存在着较为通俗和较为艺术的两种作品类型。不管人们对通俗文学是褒是贬，都会承认它的最基本的特征是"流行性"，而"畅销"则是一部通俗文学成功的必要条件。中国的儿童文学出版一经"商业化"，通俗儿童文学的写作就有了巨大的市场需求。此前，散布于儿童文学（艺术儿童文学）创作中的一些通俗文学元素，在商业出版的召唤下，渐渐凝聚到了一些思路活泛、追逐流行的作家们的笔下，通俗儿童文学由此分化出来。

可以断言，改革开放的社会发展形态如果持续下去，中国儿童文学已经出现的分化会进一步发展乃至实现成熟，新的分化也还将出现。

分化期：儿童文学学科建设和发展的关键期

分化期既是中国儿童文学发展的最好时期，同时也是儿童文学学科建设的关键时期。

在分化期，儿童文学创作和研究中出现了很多纷繁复杂、混沌多元的现象，提出了许多未曾遭逢的新的课题，如何清醒、理性地把握这些现象，研究和解决这些课题，是儿童文学理论研究和学科建设的题中之义，不能回避，不能掉以轻心。

分化期的有些重要课题如果破解得不好、不及时，儿童文学就会出现相当范围里的迷失、混乱和停顿。我认为，以下几个领域的问题应该是儿童文学理论在分化期里需要用力解决的。

1.关于建立通俗儿童文学理论的问题。毋庸回避，面对通俗儿童文学的创作和出版中呈现出的一些现象，评论界是发生过很大争议的。比如，以对杨红樱的"淘气包马小跳"系列作品为中心的讨论，就出现了很多观点、立场不同的文章。其间的是非曲直另当别论，我感到的一个有意味的重要问题是，有的评论张冠李戴，移花接木，硬把艺术儿童文学的思想和艺术的向度，套在某些通俗儿童文学作品上，比如将其与安徒生、亚米契斯相提并论，从而抬高其艺术品位的身价。这种艺术标准错位的评价方式具有双重危害

性:一方面,被这样拔高的通俗儿童文学作家可能被冲昏头脑,看不到自己的作品离那须正干、山中恒等通俗文学作家的水准尚远;另一方面,一旦舆论和公众真的接受了这种对通俗儿童文学作家作品的风马牛不相及的误判,将严重伤害到艺术儿童文学作家们的自尊和努力,其中的缺乏艺术定力者还会对通俗写作趋之若鹜,果真如此,将会使本来就有待提升的艺术儿童文学的创作受到打压。

目前,虽然通俗儿童文学的相关批评还是有一些的,但是,我们期待的是更具理论体系的通俗儿童文学评论和研究通俗儿童文学理论的专著尽早出现。如果儿童文学分化出了比较成熟的通俗文学理论,建立起了一套通俗文学的评价标准,可能就会避免批评标准的错位和张冠李戴的现象出现,可能面对某些作为通俗儿童文学其实是劣质产品的作品,就不至于看走眼。

2. 关于儿童文学的文化产业研究。儿童文学的文化产业问题既与上述通俗儿童文学,也与后现代问题有着密切的联系。我认为在儿童文学文化产业的诸多问题中,较为迫切地需要研究的是儿童文学文化产业是否需要建立双重尺度这一问题。文化是否也有负面因素?我认为一定有。因为文化是人制造出来的,凡是人制造出来的东西都可能出错,文化也不例外。

法兰克福学派的批判质疑到文化产业本身的存在合理性。虽然在当前,即使是后发国家,文化产业也是方兴未艾,愈演愈烈,但是,还不能证明当年法兰克福学派对文化产业可能导致的人类文化前景的担忧是多余的。对文化产业的合理批判、矫正,正是文化产业健康发展的必要动力。

文化产业生产的商品是"文化",消费者消费的也是"文化"。文化产业的效用应该用人文精神和市场经济规律这两个向度来衡量,评估文化产业应该建立双重尺度。因此,人文立场的批判意识是文化产业研究的题中之义。这一批判意识不是简单否定文化产业本身,而是对文化产业的商品"内容"保持一种审视的目光。在文化产业的运作中是否有一种倾向,就是过度地强调了文化产业的经济学属性,将利润最大化作为文化产业的追求目标。这种倾向是否是过于关注文化产业的"产业"二字,而对文化产业的"文化"有所忽略所造成的呢?

强调文化产业的"利润"不应该只是经济数字所体现的金钱,是不是也应该包括所生产和消费的人文精神这一文化的价值?这是不是文化产业这一特殊产业的特有的"经济学"问题?

3. 建立儿童文学的"儿童阅读"理论。2008年,新蕾出版社推出了《中国儿童阅读6人谈》。我在该书的"代序"中说:与《中国儿童文学5人谈》时隔7年,虽然,中国的读书社会还远远没有到来,但是,从我们的这种标志性的对谈,从'儿童文学'到'儿童阅读',一词之差却昭示出中国社会在阅读方面的发展和变化。如果编写一部2000年至今的《时代用语词典》的话,我想'亲子阅读''儿童阅读推广''儿童阅读推广人'这些新词语是应该收入其中的。在中国,儿童阅读推广正渐成气候,蔓延开来。"

儿童文学要获得社会尊重的地位,一定要强化自己在影响社会发展方面的功能。阅读可以改变社会,这是历史的经验,因此,儿童文学理论应该担当起建设儿童阅读理论的责任。"中国儿童阅读6人谈"只是儿童阅读研究的一次上路,真正的儿童阅读理论还在等待儿童文学界用学理化的建构行动来呼唤。

4. 进一步开展"语文教育的儿童文学"研究。近年来,儿童文学走入小学语文教育,其语文教育的功能和价值已经进入很多人的认识之中,所提出的小学语文教育需要儿童文学化这一主张,也正在得到一些有识之士的认同,下一步的任务就是要探讨如何儿童文学化,这才是语文学科、也是儿童文学学科的最关键一步。完成这一课题,需要儿童文学理论深入地融入语言学、教育学、语文教学论,整合出有自身功能和特色的儿童文学教学论。从目前的情势来看,走向这一目标显然是任重而道远的。

5.进一步建构图画书理论。图画书作为重要的儿童图书而存在,这已经是不争的事实。图画书的分化,使幼年文学显示出与童年文学、少年文学的不同形态和功能,凸显了幼儿文学的视觉文化的特性。儿童文学研究者对这一文体越来越重视。彭懿的《图画书:阅读与经典》一书是图画书研究的厚重成果,具有开拓性的理论意义。儿童文学概论式著作,比如方卫平、王昆建主编的《儿童文学教程》(高等教育出版社,2004年版)和朱自强撰写的《儿童文学概论》(高等教育出版社 2009 年版)在文体论部分,都将图画书列为专章来彰显它在儿童文学中的地位。

在今后的图画书研究中,有很多重要问题需要讨论,比如,图画书是否是儿童文学的问题,从幼儿文学作家到"图画书作家"的问题,文学与美术的关系问题,图画书的视觉思维问题,等等。

结语:建构跨学科的"儿童文学共同体"

中国儿童文学的已经露出端倪的分化还在进行,今后一定还会出现新的分化,比如,可能会分化出儿童教育的儿童文学、中国现代文学的儿童文学(儿童文学进入中国现代文学史研究)、网络儿童文学,等等。"分化"有助于儿童文学成为具有结构性、辐射性、多元功能性的一个学科,从而使自己不是作为一个孤立的存在,而是成为"社会性"的存在。

同时也要意识到,儿童文学的分化是对儿童文学现有学科能力的一种严峻考验。面对分化,既成的儿童文学研究者需要进入新领域、新学科的再学习,甚至可能需要学术上的转型;年轻的学人一方面需要获得儿童文学的整体性学养,一方面要在某一两个领域深扎根须,凝神聚力,成为专才;最为重要的是,儿童文学整体需要打破与其他学科的壁垒,一方面主动融入相关学科,另一方面以开放的姿态,接纳相关学科的研究力量,结成跨学科的"儿童文学共同体",把学科做大做强。

总之,中国儿童文学理论研究应该抓住"分化"这一宝贵机遇,积极应对、处理"分化期"中国儿童文学出现的纷繁复杂、混沌多元的诸多现象,通过这一处理过程,使中国儿童文学学科真正获得跨学科的性质,进一步走向成熟,一方面为学术积累做出贡献,另一方面使儿童文学与社会发展实现互动,更多地贡献于社会。

[注释]
①郑敏著:《结构——解构视角:语言·文化·评论》,清华大学出版社 1998 年版,第 52 页。
②郑敏著:《结构——解构视角:语言·文化·评论》,清华大学出版社 1998 年版,第 51 页。
③朱自强:《中国儿童文学与现代化进程》,浙江少年儿童出版社 2000 年版,第 367—368 页。
④朱自强:《新世纪中国儿童文学的发展走向》,《文艺报》2006 年 10 月 17 日。

(原载《南方文坛》2009 年第 4 期)

新世纪中国儿童文学研究的主要趋向、理论热点与学科建设

王泉根

文学研究领域包括文学理论、文学史、文学批评这样三个既有联系又有分工的专业，因之，儿童文学研究自然应由儿童文学理论、儿童文学史、儿童文学批评三个方面所组成。进入 21 世纪以来，中国儿童文学研究界本着与时俱进、开拓创新的精神，无论是高校与媒介(书籍、报刊)、专职与兼研、北方与南方、中老年与青壮年，都在积极努力，潜心耕耘。尽管有这样那样的浮躁、利诱、怀疑、焦虑，尽管这支研究队伍并不壮大，但他们的工作却是卓有成效的，充分积极地推动当代中国文学与中国文化建设。据不完全统计，自 2000 年至 2006 年，我国共出版了 110 种儿童文学论著，发表研究论文与批评文章等约 3800 篇。2007 年至 2014 年期间，我国问世的儿童文学研究成果不断增多，仅就儿童文学论著而言，据不完全统计，2007 年至 2014 年的出版数量达 240 余部。儿童文学研究的理论队伍不断壮大，批评生态逐步改善。本章拟从六个方面对 21 世纪初叶中国儿童文学研究的主要趋向与思维成果及存在问题，做一概略透视。

一、开拓新的研究空间

每个学科都有自己的研究领域、理论体系、研究方法和专门的术语系统。学科的发展主要体现在拓宽新的研究领域，创建新的理论体系，运用新的研究方法，提出新的理论话语。21 世纪初叶中国儿童文学面对市场经济、多元传媒，特别是面对网络时代的新媒体文化——互联网、电子邮件、电视、电影、博客、播客、手机、音像、网络游戏、数码摄像等对儿童文学的影响、冲击与挑战，直面现实，紧贴当下，积极开拓新的研究空间，不断提出新的研究成果，为 21 世纪初叶儿童文学的发展把脉支着儿，有力地激活了儿童文学研究领域。开拓新的学术研究空间主要有以下数端。

(一)儿童文学的多媒体研究

多媒体是指以计算机为中心的文本、图形、动画、静态视频、动态视频及音频等多种媒体的有机组合。儿童文学的多媒体研究系指通过丰富的现代媒介手段，探讨与儿童精神成长密切相关的儿童文化艺术样式的当代形态与艺术规律，这有儿童文学与美术联姻的图画书、卡通读物，儿童文学与银幕、荧屏结合产生的儿童影视节目，儿童文学与戏剧交融的儿童戏剧，儿童文学与网络牵手的网络儿童文学等。21 世纪初叶的儿童文学研究在这些方面均有自己的思维性成果。

1.儿童文学与美术:图画书、卡通读物

最早研究卡通的是杨鹏，他的《中国卡通"卡"在哪里》曾被《新华文摘》2004 年第 15 期转载。湖北少年儿童出版社在 2003 年出版的《卡通叙事学》是运用结构主义和叙事学的原理探讨卡通故事创作的论著，全书主要以美国和日本的商业卡通为研究对象，旨在探讨卡通故事创作的艺术规律以及中国原创卡通的出路问题。同样出版于 2003 年的谢

芳群所著的《文字和图画中的叙事者》，是较早探讨儿童文学文字与图画关系的硕士学位论文。图画书作为 21 世纪初叶儿童读物、儿童文化的"新宠"，受到了众多研究者的关注，彭懿、王林、阿甲、方卫平等在这方面用力尤勤。彭懿的《图画书：阅读与经典》（二十一世纪出版社 2006 年版）介绍了国外 64 种经典图画书，通过实例传递给读者如何从头到尾阅读一本图画书的经验，向中国读书界与儿童文学界做了一次卓有成效的图画书"普及教育"。但其资源是从外国借来的，相对而言，对中国原创图画书的解读、研究却少有人关注。对中国图画书较早产生研究兴趣的，是来自日本的北京师范大学留学生中西文纪子、浅野法子等。

随着 2005 年以后图画书出版热潮的不断升温，尤其是 2008 年以来我国对本土原创、中国风味的图画书创作的积极追寻，带动了本土图画书研究者的研究热情。2007 年，康长运著《幼儿图画故事书阅读过程研究》（教育科学出版社）出版，余耀著《由图画书爱上阅读》（北京师范大学出版社）出版。2009 年，保冬妮著的《宝贝儿，我们一起走进图画书》（外语教学与研究出版社）、彭懿著的《图画书与幻想文学评论集》（接力出版社）出版。2011 年，朱自强著的《亲近图画书》（明天出版社）、梅子涵著的《童年书·图画书的儿童文学》（明天出版社）出版。2012 年，林美琴著的《绘本有什么了不起——绘本入门案头书》（新疆青少年出版社）、方卫平著的《享受图画书》（明天出版社）出版，2015 年，王蕾著的《幼儿图画书主题赏读与教学》（复旦大学出版社）出版。除上述理论论著外，尚有数十篇关于图画书专题研究的学位论文先后完成。这部分学位论文，有的来自儿童文学专业学生，以儿童文学的视角品鉴图画书的当下创作；也有部分来自出版专业学生，侧重从图画书的出版传播环境对这一新兴的出版热点展开相关研究。

2. 儿童文学与银幕、荧屏：儿童影视

儿童影视对少年儿童的影响不仅在于发展其视觉艺术感知能力，更涉及他们的知识结构、行为方式、审美情趣乃至人格与素质的养成。目前国内研究儿童影视的主要是一批北京学者。2005 年欣逢中国电影百年华诞，张之路的《中国少年儿童电影史论》，颜慧、索亚斌的《中国动画电影史》，由中国电影出版社同步出版，填补了中国儿童电影发展研究的空白。此前林阿绵编著的《中国儿童电影 80 年》（远方出版社 2003 年版）以及《20 世纪中国儿童故事片概述》《20 世纪中国美术电影发展概述》等论文，也对中国儿童电影做了梳理钩沉。特别是北京师范大学郑欢欢的博士学位论文《儿童电影：儿童世界的影像表达》（中国电影出版社 2009 年版），注重儿童电影与儿童生命世界之间的深层逻辑关系，从"人性建构""青春关怀""幻想张扬"三个层面，深入探讨中国当代儿童电影中的战争题材、中学生题材、幻想题材等三类影片的审美嬗变过程，揭示了儿童电影的艺术本质，对儿童电影首次给予了专题式的、系统化的研究，对儿童电影研究具有突破性的意义。此外，《中国儿童电影的现状与发展》（侯克明主编，中国广播电视出版社 2006 年版）、《北京影视传媒精品论文集》（北京影视艺术家协会组编，中国大百科全书出版社 2005 年版）等，也对儿童电影做了多方位的思考。马力主编的《中国儿童电影三重奏：文化·艺术·商品》（北京师范大学出版社 2011 年版）、侯克明编的《再创儿童电影的新辉煌：第十届中国国际儿童电影节论坛文集》（中国电影出版社 2010 年版）、周晓波著的《儿童电影艺术欣赏》（清华大学出版社 2013 年版）先后出版，使儿童电影这一专业研究方向不断得到开拓。

新中国儿童文学

3.网络儿童文学

1994 年国际互联网进入中国,21 世纪初叶网络文学迅猛发展。儿童文学充分利用互联网这一媒介,寻求新的传播渠道。网络儿童文学包括首先在网络上发布、储存、传播和阅读的网络原创儿童文学,以及传统纸媒体儿童文学作品的网络化形态。互动性、游戏性、超文本是网络儿童文学的重要特征。集游戏、影视、聊天、flash 动画、MP3 音乐、搞笑元素等于一体的网络文化,对青少年儿童具有巨大的诱惑力。郝月梅的《电子传媒文化与儿童文学》(《上海大学学报》2000 年第 6 期)、阮咏梅的《对网络儿童文学的浏览和思考》(《广西社会科学》2003 年第 6 期)、陈昕的《穿行在光影交错的空间里——略论网络对儿童文学创作主体的影响》(《浙江师范大学学报》2004 年第 3 期)、陈文高的《多媒体时代儿童文化消费与儿童文学的选择》(《学术交流》2005 年第 1 期)、王治浩的《多元媒体背景下的当代儿童文学》(《河南社会科学》2005 年第 5 期)等论文,就网络对儿童文学的多方面影响及存在问题和对策提出了自己的思考。网络儿童文学批评大多文风自由轻灵,直抒胸臆,但也存在着某种不负责任的现象。如有人在网上发帖"要向安徒生吐口水",有人百般责难儿童文学畅销书,说什么"卫生纸最畅销"。看来,如何利用互联网这一特质媒介加强儿童文学建设,还有很多问题需要探讨。

随着 2010 年"数字出版元年"的到来,数字出版、网游文学等新的研究对象逐步进入人们的视野,崔昕平发表了《中国儿童文学当代传播之数字化征程——少儿出版界数字出版的趋势与展望》(《中国儿童文化》第七辑,浙江少年儿童出版社 2011 年版),探讨传播媒介变化对儿童文学的当代发展产生的影响,并发表《网游文学:儿童文学新景象》(《文艺报》2012 年 5 月 14 日),探讨当代多媒互动环境下新生的儿童文学创作样式。胡丽娜的专著《大众传媒视域下中国当代儿童文学转型研究》(中国社会科学出版社)也于2012 年问世。

（二）儿童文学与语文教学研究

儿童文学与语文教学之关系,在很大程度上可以说是"一体两面"之事。叶圣陶早就说过:"小学生既是儿童,他们的语文课本必是儿童文学。"[①]进入 21 世纪以来,随着中小学语文教学改革的深入,儿童文学的重要性及其对语文教学的影响作用,已成为儿童文学研究的一个重要生长点。方卫平、曹文轩等积极介入《新语文》的选编工作。周晓波主编的《当代儿童文学与素质教育研究》(少年儿童出版社 2004 年版)、朱自强著《小学语文文学教育》(东北师范大学出版社 2002 年版)、曹文英著《儿童文学应用教学研究》(黑龙江教育出版社 2007 年版)、王林的博士论文《论现代文学与晚清民国语文教育的互动关系》(2004 年)等,从不同层面探讨了语文教学与儿童文学的深层逻辑联系,以及儿童文学作为语文教学重要课程资源的历史经验与教育策略。被列为"教育部哲学社会科学研究重大项目"子课题,由王泉根、赵静等著的《儿童文学与中小学语文教学》(广东教育出版社 2006 年版)一书,从课程资源研究、比较教育研究、对策研究、文体教学研究、实践研究五个方面,系统探讨了儿童文学与中小学语文教学的关系,并就当前语文教学存在的问题及解决对策等发表了看法,呼吁小学语文教学应"儿童文学化"。

在众多学者的鼓与呼之下,儿童文学在语文教育中应有的地位和值得发掘的功用越来越受到重视,相关论著相继问世:2009 年,朱自强著《朱自强小学语文教育与儿童教育讲演录》由长春出版社出版;2010 年,孙建国著《儿童文学视野下小学语文教学研究》由光明日报出版社出版;2011 年,侯颖著《论儿童文学的教育性》由中国社会科学出版社出版;张心科从语文教育的角度搜寻史料,先后出版了《清末民国儿童文学教育发展史论》(北京师范大学出版社 2011 年版),《民国儿童文学教育文论辑笺》(海豚出版社 2012 年版);王蕾等著《儿童文学与小学语文教学》(人民教育出版社 2015 年版)。关于儿童文学与儿童教育的研究成果呈不断增长的态势。

(三)儿童文学阅读研究

梅子涵、王林、阿甲等是 21 世纪初叶儿童文学阅读推广的积极倡导者和实践者。梅子涵在《中国图书商报·书评周刊》上开设的《子涵讲童书》专栏,倡导经典阅读,以后结集为《阅读儿童文学》(少年儿童出版社 2006 年版)一书。王林发表《以儿童阅读运动推动儿童文学的发展》《班级读书会的组织与开展》《看台湾的儿童阅读运动》等文,陈晖著《通向儿童文学之路》(新世纪出版社 2005 年版)、"红泥巴读书俱乐部"创办人阿甲著《帮助孩子爱上阅读:儿童阅读推广手册》(少年儿童出版社 2007 年版)、《让孩子着迷的 101 本书》(时代文艺出版社 2002 年版)等,就如何向家长和老师推荐儿童阅读的观念和方法,如何通过推广儿童阅读的途径来改善儿童文化的社会生态环境,以及如何理解经典、阅读经典,做了多方面的探讨。

随着全民对阅读意义的关注和倡导,在众多阅读推广人的大力推广下,儿童文学阅读在 21 世纪的第二和第三个五年中不断升温,大量相关的阅读指导书籍问世:阿甲著《帮助孩子爱上阅读:儿童阅读推广手册》(少年儿童出版社 2007 年版),梅子涵等继"5 人谈"后,推出了《中国儿童阅读 6 人谈》(新蕾出版社 2008 年版),徐冬梅著《徐冬梅谈儿童阅读与母语教育》(长春出版社 2009 年版),周益民著《儿童的阅读与为了儿童的阅读》(长春出版社 2009 年版),陈晖著《图画书的讲读艺术》(二十一世纪出版社 2010 年版),朱自强著《童书的视界——文学·文化·教育》(接力出版社 2010 年版),汤锐著《童话应该这样读》、吴岩著《科幻应该这样读》、徐鲁著《散文应该这样读》、彭懿著《图画书应该这样读》由接力出版社出版(2012 年),余雷著《文学阅读分级指导的策略与方法》由南方日报出版社出版(2014 年)。在电子媒介、游戏机汹涌如潮的年代,推广儿童阅读特别是经典儿童文学的阅读,其意义不仅关系到儿童文学系统工程的有效建设,更关系到儿童文化的生态环境与精神素质的建设,因而具有重要的现实意义与社会需求。

(四)儿童文学出版传播研究

21 世纪初叶有关儿童文学、儿童读物出版传播研究的重要文章,主要刊发在北京的《中国少儿出版》季刊,重要理论著作与论文集有:海飞著《童书海论》(明天出版社 2001 年版)、《童媒观察》(明天出版社 2005 年版),中国编辑学会少年儿童读物专业委员会组编的《创新与开拓》(少年儿童出版社 2000 年版)、《迈向新世纪的少儿编辑》(重庆出版社 2003 年版)等。这些论著的作者上至国家新闻出版总署、中国出版工作者协会领导以及各地少儿出版社社长,下至辛勤耕耘在第一线的编辑、营销人员等,既有宏观性、战略性、指导性的评论、综述、总结,也有具体到一本书、一个选题、一幅插图的编辑心得、经验甘苦;既有追踪反映国内少儿读物和儿童文学编辑策划、阅读推广、理论批评等方面的专题、专论,又有介绍世界少儿图书、儿童文学出版现状、发展趋向以及中西对话交流的专稿、专论,为中国儿童文学与童书的出版传播研究提供了十分丰富的经验,有力地拓宽了21 世纪初叶儿童文学研究的思维空间。特别是发表在《中国少儿出版》上的一些兼具出版人与评论家双重身份的作者的文章,对儿童文学界更具启示意义,如海飞《中国少儿图书出版概论》、汤锐《新世纪儿童文学的走向》《商业化趋势中儿童文学的建设》、郑开慧

《儿童文学呼唤畅销书》、李学斌《我所理解的幻想文学》、汪晓军《隐忧·尴尬·主体意识——儿童文学出版浅谈》、徐鲁《在阅读感觉与编辑理念之间》等。北京师范大学陈苗苗的博士学位论文《出版文化视野下的中国当代儿童文学——以 20 世纪 90 年代末以来为个案》(2007 年),直面 21 世纪初叶商业化趋势下的少儿图书市场与儿童文学产业化运作的复杂景观,深入探讨了"儿童文学产业化运作"的建立过程、现状、特征,细致地分析了市场对儿童文学创作与生产传播的影响关系,就少儿出版的价值观念、生产方式、生产体制、传播渠道等对儿童文学整体发展的制衡提出了思考与批评,深化了出版传播研究的论题。崔昕平则在博士学位论文的基础上修改完善,出版了专著《出版传播视域中的儿童文学》(中国社会科学出版社 2014 年版),以改革开放以来的儿童文学图书出版为研究对象,对这段历程做出"政令主导""文化力量主导"与"市场主导"的出版形态分期,并深入探讨上述各阶段意识形态、出版人、媒介、市场等因素与儿童文学间的互动关系,对研究当代中国少儿出版史与儿童文学史具有"补白"意义。

在开拓新的学术研究空间方面,浙江师范大学儿童文化研究院等主办的《中国儿童文化》年刊(2004 年创办),对此做了积极努力。该刊所涉内容广泛,有儿童哲学、儿童文化、儿童文学、影视戏剧、出版广角、图画书、海外视域等角度新颖,研究视野开阔。如:第一辑中的钱理群《关于〈新语文读本〉小学卷的通信》、郝月梅《"趣"与卡通片》、周汉友《我国儿童戏剧发展之历史回眸与现实描述》;第二辑中的郑欢欢《中国儿童电影:机遇与挑战并存》、李晨《八十风雨香如故——谈国产动画片的民族风格》、陈颖《视觉文化中的影像暴力研究——以动画片为例》、王宜清《1995—2005 美国部分 CG 动画散论》、彭懿《图画书中关于死亡与生命的思索》;第三辑中的方卫平《图画书在中国大陆的兴起》、陈乐华《以经典引导儿童:〈新语文读本〉小学卷的编写指导思想》等。

二、批评新的创作现象

文学批评是一种以文学产品为中心而兼及一切文学活动的理性分析、公正评价与实事求是探究的精神活动。文学批评应追求批评观念和批评方法的多样化,应坚持一切从生动具体的文学实践出发,将批评置于实在的文学创作沃土之上。21 世纪以来的儿童文学批评,针对不断发展变化的创作现象,及时地积极地做出了自己的观察与评价。

(一)宏观批评

宏观批评力图整体地把握当今儿童文学在社会变革、传媒多元与文化冲突中的创作思潮、创作现象与重大文学事件,阐明当下创作的总体特征和精神走向,提出存在的问题与未来愿景,试图通过把脉支着儿激励士气,引导创作的发展。21 世纪初叶儿童文学宏观批评的重要文章有:束沛德《新景观、大趋势——世纪之交中国儿童文学扫描》,金炳华《为未成年人健康成长营造良好文学环境,进一步发展繁荣儿童文学事业——在全国儿童文学创作会议上的讲话》,朱自强《中国原创儿童文学的困境和出路》,方卫平《论儿童文学先锋作家的创作心理轨迹》,韩进《建设原创儿童文学的和谐生态》,张锦贻《新世纪初中国少数民族儿童文学的发展》,吴其南《20 世纪中国儿童文学中的儿童形象》,汤素兰《中国儿童文学现状审视》,王泉根《"百年百部中国儿童文学经典书系"总序》等。此外,由中国作家协会儿童文学委员会选编、江苏少年儿童出版社出版的 2001—2006 年各卷《中国儿童文学年鉴》所特约撰写的年度儿童文学创作、评论、出版综述,就本年度的儿童文学相关现象,从宏观立论,做出全面系统的批评与探究,为研究 21 世纪初叶的中国儿童文学提供了重要参考。

　　21世纪以来召开的多次重要儿童文学会议及其公开出版的论文集,更是从多角度、多层次、多方面地考察探讨当下儿童文学现象,提出了许多中肯的批评和富有深度的观点。这方面的重要成果有:2002年8月在大连召开的"第六届亚洲儿童文学大会"论文选集《当代儿童文学的精神指向》,54篇论文围绕本届大会"和平、发展与21世纪儿童文学"的主题,就本国、本地区儿童文学的发展现状、儿童生存现状与儿童文学,战争、和平与儿童文学,生态环境与儿童文学,传媒出版与儿童文学,以及各国儿童文学交流等具体论题,展开了深入探讨;2004年10月在深圳召开的"第三次全国儿童文学创作会议"论文集《光荣与使命》,与会代表就2000年在北京召开的第二次全国儿童文学创作会议以后五年间我国儿童文学的创作、出版现状、发展趋势及前景,特别是如何全面贯彻落实《中共中央国务院关于进一步加强和改进未成年人思想道德建设的若干意见》,充分发挥儿童文学在未成年人精神生命健康成长中的作用,发表了重要意见与观点;2005年5月在青岛召开"中国原创儿童文学现状和发展趋势研讨会",之后出版了论文集《中国儿童文学的走向》,与会代表的38篇论文,涉及儿童文学的原创生产、文化意识、本土风格,幽默儿童文学、成长电影、图画书、动漫产业、商业化趋势中儿童文学的建设等一系列当下儿童文学的热点、焦点问题,有力地活跃了21世纪初叶的儿童文学批评;2010年在浙江召开的第十届亚洲儿童文学大会,催生了《在地球的这一边:第十届亚洲儿童文学大会论文集》,收录亚洲各国与会者论文50余篇,分为"东方的视角""描述与思考""文体研究""出版与传播"四个板块,围绕"世界儿童文学视野下的亚洲儿童文学"的主题展开论述。

　　关于儿童文学的宏观批评,我们还应提到《中国儿童文学5人谈》(新蕾出版社2001年版)。"5人谈"观点鲜明,对儿童文学创作与研究中的热点问题做了梳理与辨析,儿童文学作家、理论家们的对谈中不时出现的思想火花,尤其是渴望21世纪儿童文学有所创新、有所突破的那种焦虑感及儿童文学工作者的社会责任意识,给人留下了深刻印象。

(二)"低龄化写作"批评

　　低龄化写作是21世纪初叶文学的一个突出现象。所谓低龄化写作,即智慧早熟的少年儿童的写作活动,媒体对此称谓不一,或称"少年写作""神童写作""青春写作""80后写作""90后写作"等。低龄化写作很难纳入儿童文学范畴,但由于是少年儿童的写作现象,因而自然会影响到儿童文学。这方面的重要文章有:苏叔阳《关于"少年作家"的几点议论》、徐妍《凄美的深潭:"低龄化写作"对传统儿童文学的颠覆》、王林《大陆低龄化写作的文化意味》、王泉根《"神童"出书病在哪里?》、易舟《低龄化写作要引导不要炒作》、徐妍《满目繁华与遍地危机:2005年青春文学的文化批判》《文学史视野下的"80后"写作:粉碎泡沫或重新出发》等。对低龄化写作的主要批评意见是:有这么多的孩子热爱文学,这是好事,"但是,一、别把他们惯坏了;二、也别把他们损坏了"(苏叔阳语),需要的是正确引导;尤其应警惕商业利润诱惑下的"早熟的苹果好卖"(王泉根语);低龄化写作也反映出当前儿童文学创作的某些困境,"孩子们厌倦了主流文学对他们的叙述,跳出来'自画青春',自己生产符号"(王林语);"低龄化写作冲击了成人目光里的儿童文学,突破了'寓教于乐''白雪公主'与'变形金刚'等模式写作,直接呈现了一个孩子在白日与夜晚的迥异的世界","实现了用文字敲打出幽闭的心灵并亲自书写自己思想"的快感(徐妍语)。低龄化写作正是以这种同龄人写同龄人,以少年的眼光写自己、写校园、写社会的亲历性、亲和力,赢得了广大少年儿童的共鸣,创下畅销的奇迹。

"低龄化写作"的年轻群体已经成长起来，由他们书写的文学无论是称作"青春文学"还是"校园文学"，正渐趋成熟、理性，越来越多的写作者意识到"低龄写作""青春写作"不应是一场"行为秀"，"残酷"绝非"青春"的本色，向真、向善、向美正在成为青春写作的关键词。因而对从21世纪初叶勃兴的"低龄化写作"，批评界理应做出"与时俱进"的回应。徐妍《文学史视野下的"80后"写作：粉碎泡沫或重新出发》一文，从"文学史视野下的反叛话语""以断裂方式接续或重写文学史"两个方面，细致地考察了"80后"文学的实绩与存在问题。徐文认为："80后"写作表现出对现当代文学史中"反叛立场""青春疼痛期主题""理想主义话语""形式探索"的断裂式接续、书写、重建与实验，但同时也存在着诸多遗憾。"青春文学"始终是中国现当代文学史的文学生长点。每一时代的"青春文学"在文学史中都有不成熟之处，总会遭遇各种批评。正是在各种批评中，每一时代的"青春文学"成长并壮大起来。张永禄的《"80后"成长小说得与失》从成长小说的角度考察了"80后"小说。"现在进行时写作"是"80后"成长小说的突出特点，因而更多带有即时感发的意味，以及很强的情景化色彩和生命现场感。"80后"作为在市场经济语境中长大的"独生一代"，他们的成长小说叙事语言具有鲜明的独特性，这包括"引导类型上的伙伴情谊"与"主人公的'半成人'形象"，因而使作品中的风格具有"独立/依赖；坚强/脆弱；狂欢/孤独"的分裂性特征。"80后"近乎本能的自便性写作，无意中冲击了现当代成长小说的一些艺术陈规，呈现出了某种艺术新质，但它仍是一种"远未成熟的成长小说"，需要从各方面加以努力。

2006年在网络博客上闹得沸沸扬扬的"韩白之争"，说明对"低龄化"或"80后"的写作已引起了批评界的高度重视。白烨对"80后"的评价可以视为批评界的重要立场："从总体上看，'80后'带给我们的一个重要意义是，由他们现在从观念到手段的不一而足，预示了我们的文学在将来可能发生较大的变化。""'80后'一个突出而共同的特点是率性，而且表现得相当自觉和充分，对社会人生的看法以及相应的表达都不藏不掖，具有一种自然状态的真实性。""这批写手在艺术感觉上和文学语言上都很有个性，很有天分，几乎个个都有属于自己的别致之处。"此外，张未民的《关于新性情写作——有关"80后"等文学写作倾向的试解读》，也发表了与白烨相似的观点，认为"直抒胸臆，率性率真，秉具童心，倾笔言情"是"80后"写作的重要特点，张未民将其概括为"新性情写作"。"他们根本不同于从前'儿童文学'式的'阳光'概念写作"，"他们所表现的那种真性情，那种未泯的童心，因纯洁而被灼痛的童心性情、天真性情、理想肌质，是值得珍视的，那是真性情的阳光，在主流文学中难得一见。"这些批评应当引起儿童文学界的重视。

（三）"杨红樱现象"批评

21世纪初，一位来自成都的女作家如同"空降"般地横空出世，短短数年创造了儿童文学畅销品牌的奇迹。这就是杨红樱的儿童小说"淘气包马小跳"系列、童话"笑猫日记"系列以及《女生日记》《漂亮老师与坏小子》等校园小说。据不完全统计，截至2007年，"马小跳"系列的发行量已超过1000万册，如果再加上其他系列，杨红樱作品的发行总量已超过1700万册。杨红樱作品连续多年荣登全国少儿类图书排行榜榜首，被国际著名出版公司哈珀·柯林斯出版集团一次性购走"马小跳"世界全语种版权，创造了中国原创儿童文学大举进入世界少儿图书市场，而且主要是欧美市场的奇迹。同时，杨红樱作品还先后获得"五个一工程"奖、全国优秀儿童文学奖等奖项，并多次被国家新闻出版总署、中国作家协会等作为优秀读物向全国少年儿童推荐。

但令人费解的是,杨红樱在受到小读者明星一般追捧的同时,南方评论界对其几乎是一片责难。这些文章集中刊发在上海的《中国儿童文学》杂志上,主要有刘绪源《试论杨红樱畅销的秘密》、陈恩黎《儿童文学中的幽默之光——三部获奖幽默小说的文本分析》、朱自强《再论新世纪儿童文学的走势》。这些文章的主要观点认为:杨红樱作品"缺乏文学性,但具备了一些搞笑故事特有的畅销因素(颇接近于《故事会》杂志中的'笑话'栏)"(刘绪源语),"必须对杨红樱的创作观保持相当的警惕",否则儿童文学将"蜕变成一种庸俗的大众娱乐"(陈恩黎语),杨红樱作品是一种"电视'图像'式通俗儿童文学创作""读杨红樱的童书是'伪阅读'",用于孩子们的语文课外阅读,"这实在是太不幸,太荒诞了。如果归咎责任,我认为主要不在杨红樱身上,而是在盲目炒作的媒介,不负责任的、缺乏洞见的童书评论界,还有'阅读'能力低下的成人社会(家长、教师),只贪图后现代'图像'媒介的经济利益的儿童文化产业"(朱自强语)。在这些批评者看来,杨红樱作品的出现实在是一个大祸害,阅读杨红樱实在是一种愚不可及的行为,而向社会公众推荐杨红樱作品的则是一群智力低下("阅读能力"显然是最起码的智力)、不负责任、盲目炒作、只贪图钱财的人! 杨红樱作品在北方和南方遭遇如此冰火两重天的待遇,实在是 21世纪初叶儿童文学的一大奇观!

对杨红樱作品做出积极评论的文章主要有:李虹《把纯真留给孩子》、李蓉梅《成长小说的另类叙事:论杨红樱的顽童成长小说》、卫民《孩子心里想什么,我的书里能找到》、余人《孩子为什么喜欢"马小跳"》、李增彩《淘气得有理》、金菁《可以走得更远——"淘气包马小跳"系列浅谈》、邓平《"马小跳"现象浅析》等。对于"棒打杨红樱"提出批评的文章有:李学斌《"杨红樱"该不该挨骂? 》、李东华《2005,儿童文学的新声音》、王泉根《儿童读物的好坏到底谁说了算? 》《"三分天下"的品牌与杨红樱》《为什么又是杨红樱》。这些文章的主要观点认为:在文化多元的时代,应当允许作家有多样的创作自由与艺术个性的追求,对不同层次的儿童文学作品应该有不同的评价尺度。杨红樱的作品在儿童文学的三个层次中属于专为小学生量身定做的童年文学,她的创作"有一个明确定位:服务、服从于童年阶段(小学生)的孩子,作品内容集中在小学校园生活与家庭社区生活,作品角色以小学生与老师为主,作品基调明朗向上,作品风格追求幽默的、快乐的、轻松的,在娓娓道来的有趣情节中,融入一些浅近的立身、处世、为学的人生道理"。杨红樱作品的畅销以及由此带动的为小学生量身定做的童年文学的攀升势头,彻底改变了我国儿童文学长期存在的"两头大,中间小"的现象,即服务幼年期的幼年文学与服务少男少女(中学生)的少年文学作家多、作品也多,而服务童年阶段(小学生)的童年文学长期以来显得势单力薄。

杨红樱的作品之所以深受孩子欢迎,"这说明孩子们从她所创造的'顽童世界'和'成长天空'里找到了他们向往的东西。他们会有抑制不住的喜欢,有说不出的快乐和幸福。这喜欢和快乐就是作品的奇异魅力,有了这魅力才能牵引儿童的心,而这魅力源于作者对童心的破解"(李蓉梅语)。杨红樱笔下的"马小跳'文化形象'的创造顺应了中国儿童的精神需求","融入了现代人文关怀精神,架起与儿童沟通的桥梁"。因而杨红樱的成功是"深刻地理解了一个'真正的童年世界'与'成人诉求的童年世界'差别之所在"(邓平语),是一种成人作家真正理解、把握与融入儿童精神世界的成功。而这不正是儿童文学长期以来一直呼吁并希望看到的格局吗?

对杨红樱作品的争议,实际上是文学创作现象的丰富性与儿童文学标准单一性之间的矛盾错位,这种现象与 20 世纪 80 年代关于《独船》《今夜月儿明》等小说是不是属于"儿童文学"的争鸣颇有几分相似。如同广义的儿童是幼年—童年—少年不同年龄段孩子的集合体一样,广义的儿童文学实际上是由幼年文学—童年文学—少年文学三个层次组成的。在文学王国,无论幼年文学、童年文学还是少年文学,都是整个文学不可分割的组成部分,都有其自身独特的创作规律与艺术章法,都有用自己的艺术理论来保护自身文学的特殊规律办事的权利,在文学之林中完全有着自己不可被蔑视、不可被剥夺的文学地位与存在价值。为什么我们可以客观公正地用"浅语艺术"的尺度来评价奶声奶气的幼儿文学作品,而不能同样客观公正地来评价专门为小学生(主要是中低年级)量身定做的童年文学作品呢?杨红樱的作品果真是没有文学性吗?那些动辄就喜欢把外国的经典和中国作家拉扯在一起进行比较的批评者,如果看到现今"马小跳"大举进入欧美少年儿童的阅读空间,不知道将做何感想?是不是也会说这是欧美儿童的"不幸"与"荒诞"呢?

关于杨红樱现象及其批评,近年出现了更具理性而非情绪、更注重深入作品细读而非泛谈的研究成果,这有:乔世华著《杨红樱的文学世界》(湖北少年儿童出版社 2013 年版),张利芹著《话说马小跳:探秘杨红樱童心世界》(浙江少年儿童出版社 2015 年版),张陵主编《杨红樱现象》(作家出版社 2016 年版)。看来,杨红樱的作品已成为研究 21 世纪初叶中国儿童文学绕不开的话题。

(四)幻想文学批评

幻想文学是以超现实的创造性想象为基本审美手段的文学。媒体为吸引眼球,将其称为玄幻文学或奇幻文学。进入 21 世纪,由于受到以"哈利·波特""魔戒"等为代表的全球性幻想文学风暴的影响并借助互联网虚拟空间的优势,我国幻想文学创作方兴未艾,尤其是青少年网络上的在线写作、阅读、传播,更如同燎原烈火一般蔓延开来。儿童文学界对幻想文学的热情在 20 世纪 90 年代就已形成,其突出表现是二十一世纪出版社倡导的"大幻想文学"翻译作品与本土原创作品的出版行为。彭懿的《西方现代幻想文学论》、朱自强与何卫青合著的《中国幻想小说论》,对中西方的幻想传统与幻想小说的精神品性等提出了自己的思考,从一个方面丰富了幻想文学批评的话语。对当今幻想文学创作尤其是网络幻想文学提出批评的文章主要有:李学斌《我所理解的幻想文学》、李为《幻构人类心灵之镜——〈魔戒〉的文化解读》、王为《对当前网络玄幻小说趣味的评析》、盖博《中国玄幻小说热潮现象的多元解析》、王泉根《殷健灵与〈风中之樱〉》《中国需要飞起来的儿童文学》等。2006 年 6 月 8 日,《文艺报》就上海作家殷健灵的幻想小说《风中之樱》的出版,发表陈建功、樊发稼、吴秉杰、范咏戈、蒋巍、牛玉秋、曹文轩、张之路、李东华等在研讨会上的发言;《文艺报》又于 2006 年 12 月 23 日,就广东中学生王虹虹创作的长篇幻想小说《湖蛙》的出版,发表了高洪波、樊发稼、雷达、金波、黄树森、曾镇南、张颐武、谢有顺、张梦阳、安武林的专题文章。

2012 年,由金涛等著的《中国幻想文学创作研讨会论文集》由中国少年儿童出版社出版,汇聚了北京幻想文学研讨会与会者的主要观点。同年,大连出版社启动幻想儿童文学"十个一"工程,明确提出"保卫想象力"的口号,并连续举办了三届"幻想儿童文学高层论坛",五期"幻想屋儿童文学主题沙龙"。这些活动中,先后有 300 余位专家学者、作家、评论家、教师分别从幻想儿童文学创作、阅读、产业化等角度发表了自己的观点。2014 年,王泉根主编的《中国幻想儿童文学与文化产业研究》(大连出版社)出版,汇聚了上述论坛与沙龙的重要发言与论文。大连出版社还与北京师范大学儿童文学研究中心联合举办"大白鲸"原创幻想儿童文学优秀作品阅读与征集活动,该活动已经成功评选了三届征集的作品,吸引了国内外幻想儿童文学原创者的热情,凝聚了一大批儿童文学作家,发掘了幻想儿童文学创作新人,对幻想儿童文学的发展起到了积极的引导作用。

从整体上看,评论界对当前幻想文学创作持一种积极审慎的评价,充分肯定幻想文学对于激励当代文学的浪漫品格、拓展想象空间的意义。张颐武认为现代中国幻想文学之所以薄弱,是"因为民族悲情太痛苦了,中国人的幻想就是用幻想来写苦难,就好像脚上附了两块大铁球往上飞,那是飞不起来的"。21世纪初叶的幻想文学之所以越来越红火,原因就是"中国人开始告别百年的民族悲情","中国经济的高速发展为他们提供了机遇和条件——没有那么多历史的惨痛的记忆了,拥有了自由想象的空间"。[②]李学斌认为"相比起童话文体、现实题材小说品种的局限性来说,幻想小说无论在艺术表现手法,还是在文体的审美指向上都更加开放,更加多元,存在着无限的可能性"[③]。从这个意义上说,在幻想小说的文体特质上实际寄寓着儿童文学现代性的种种趋向,预示着儿童文学的未来走向和文体活力,它的引入必将极大地丰富和拓展中国当代儿童文学最具活力和前景的文体、样式。

幻想文学从整体上说是一种"飞起来"的文学,它对于激活当代文学与儿童文学的浪漫激情和想象张力具有深刻的现实意义。王泉根认为,"飞起来文学的特色就是幻想文学的特色。所谓幻想,我认为是一种创造性思维。所谓创造,就是无中生有。现实性的文学强调的是再造性的想象。所谓再造性的想象就是制造,制造就是对已有的东西进行再加工,对我们原有的现实生活进行提炼、概括、集中,使它更加典型化。这就是我们现实性文学创作的最主要的特点。""我们一方面要继续高扬现实性的、现实主义文学的大旗,另一方面我们也同样需要幻想性的文学创作。幻想性的文学创作从某种角度来说,会更加切合少年儿童生命的本质特色,更加切合儿童的思维方式,儿童的情感世界。"[④]

幻想文学在我国文坛还是一种新生文学,难免存在这样那样的问题,因而如何对待幻想文学尤其是青少年的网络幻想文学创作,是批评界必须慎重对待的。我们不能以一种漠视甚至蔑视的态度,简单地将幻想文学一笔抹杀,笼统地指认"这类作品文学性、艺术性都很差,主要看点在于胡编一些不着边际的故事,情节荒诞绝伦,以满足青少年的所谓叛逆心理"[⑤]。幻想文学之所以能在21世纪初叶蓬勃生长,是有着深刻的社会及文化原因的。"对待当代作品最要紧不是考证、比较和探本溯源,而是'品鉴'。""熟悉天性,热爱天性,尊重天性,并由此产生一种热情。"[⑥]幻想文学是属于青少年的文学,青少年的重要特征就是幻想产生追求,追求激发意志,意志雕塑人生。批评家应当积极地关注和引导青少年富于幻想的天性,并对其中的不足加以合理的判断与中肯的批评。批评是一种向作家提出有益的忠告的艺术,对待幻想文学,当下尤其需要具有学理深度的、以理服人的忠告艺术。

(五)"第五代儿童文学作家"批评

所谓"第五代"作家,系指出生于20世纪六七十年代而在90年代出道并逐渐成名的那一代儿童文学作家。2003年7月16日,《中华读书报》发表王泉根的《中国儿童五代人》,将百年中国儿童文学作家群体按时代规范与审美嬗变,大致分为五代。文章认为:第五代作家是在改革开放、市场经济、传媒多元环境中长大的,因而他们对文学、儿童文学的理解与前几代都不一样,一个重要区别是"把文学作为自己的爱好,作为他们个人

化、私人化的事情"。第五代作家有他们的优势、特色（如网络写作），他们成了 21 世纪初叶儿童文学创作的生力军，但同时也"容易滑向市场化的写作，容易浮躁，缺乏精雕细刻，因而和 20 世纪 80 年代那种具有使命意识的写作有一定的距离"。李学斌《当前青年儿童文学作家的创作现状和误区》一文，在充分肯定第五代作家创作自由度、年龄因素、教育背景等优势的同时，对这一群体存在的突出问题提出了批评："首先是小说精神旨趣的软骨和社会功能的贫血"，"其次是作家自我意识的退场和主体性的弱化"，"第三是审美价值趋向上的功利化"，"第四是小说的文学功能发生迁移。审美作用退居其次，让位于娱乐、消遣、抚慰等现实效应"。产生这些情况的原因是多方面的，但"审美意识的萎缩和商业因素的介入"是重要原因。

商业化选择及其与之相关联的"类型化写作"，是 21 世纪初叶儿童文学创作绕不开的话题，这种现象主要发生在第五代作家身上。"类型化写作"是一位重要的第五代作家杨鹏所竭力倡导的。他在《类型化：中国儿童文学的强大之路》中认为：儿童文学自诞生以来就可分为"纯文学系"与"娱乐系"两种类型，两类文学应当有不同的评价标准，"娱乐系"的儿童文学也即通俗化、大众化、类型化的作品，"不应当以所谓的'文学性'为标准"。杨鹏提出"纯文学系"与"类型化系"有三方面的区别："纯文学系"是不可复制的、由作家独立创造、以文学形式独立存在；而"类型化系"则具有可复制性、可批量生产、由团队集体创作，并具有改变成影视、游戏、动漫以及开发衍生产品的潜力。"类型化"的好处实在多多，因而杨鹏呼吁：强大 21 世纪中国儿童文学，应"重点扶持与发展'娱乐系'的类型化儿童文学"，而"以'文学性'为唯一标准在 20 世纪 90 年代误导了中国类型化儿童文学的发展，抑制了一些有相关特长的作家的文学探索。从这一点上讲，这种写作理念是有害的"。

杨鹏此论遭到了其他某些第五代作家的批评。薛涛在《握紧"纯文学系"的手心》中强调儿童文学坚持和加强"纯文学系"的意义，现在需要的应是握紧"纯文学系"，然后再考虑"类型化"。李学斌《质疑"类型化儿童文学"的商业化选择》，肯定杨鹏对中国儿童文学结构失衡所做的诊断，但无法认同他所开的"药方"。一方面，"纯文学系"儿童文学完全可以审时度势，走向读者，大有作为；另一方面，即使是"类型化"儿童文学，也需要按照文学的规律办事，如果只是一味依傍"商业化""类型化"，最终只会消解儿童文学。"类型化儿童文学不管如何'类型化'，它终归还是'儿童文学'，还必须穿戴着儿童文学的绣花鞋、小红帽跳舞，还必须具有一些个性的文学的要素。而那种完全模式化的、可以流水线生产的'格式化'的作品已经完全背离了'文学创作'的本质规律性"，因而也就不再是文学了。

围绕着第五代作家为中心而展开的儿童文学的类型化、纯文学之争，体现出第五代作家们对强大 21 世纪中国儿童文学之路的忧患意识与寻求出路的焦虑感，同时也说明他们在有关儿童文学的一些基本价值理念、人文关怀与审美尺度上的复杂状况。看来，如何坚守儿童文学的人文性、纯文学性，如何把握儿童文学的美学尺度与儿童的认同度，还有不少话题需要进行讨论，毕竟儿童文学是文学。德国当代哲学家海德格尔这样描述文学：文学是在大地与天空之间创造了崭新的诗意的世界，创造了诗意生存的生命。中国文学家鲁迅则把文学比喻为国民精神前进的灯火。文学正是给生命以力量和诗意的瑰宝，是永远照耀精神领空的灯火。儿童文学也是如此，它所照耀的是儿童精神生命的领空。

三、选择新的研究方法

学术研究作为最高层次的精神性创造活动，自然极为重视方法。方法是抵达彼岸的途径与中介，方法注重优选与效率，重在发现与创新。儿童文学作为文学大系统中的组成部分与特殊学科，其研究方法自然与一般文学的研究方法有相通、相同之处，如伦理学的、社会学的、历史学的、美学的，心理学的、语言学的、文献学的，以及阐释学的、人类学的、文化学的研究方法，等等。由于儿童文学理论队伍相对薄弱，儿童文学理论自身内在的活力与价值并不彰显，因而我们的研究方法也显得相对单薄，这与学科本身所面对的充满无限生机活力和蓬勃生命状态的研究对象甚不相称。注意研究方法的更新，寻找新的更能切实有效地激活儿童文学学科的研究方法，是 21 世纪以来儿童文学界的一种气象，这主要体现在一批中青年学者的研究成果上。

（一）"儿童视角"研究

所谓"儿童视角"，是指作家以儿童的感受形式、思维方式、叙事策略乃至语言句式去诠释和表达外在的现实世界或心灵中的幻想世界。叙事视角研究属于文学创作的美学研究范畴。叙事视角的多样化选择被视为现代中国小说包括儿童小说确立起独立品质的标志之一。"儿童视角"作为现当代文学叙事视角之一种，自然不是属于儿童文学所专有，事实上不少现当代成人文学作家都将儿童视角作为重要的叙事策略。正因如此，关于"儿童视角"研究在现当代文学研究中引起了相当的重视。如王黎君的《中国现代文学中的儿童视角》（《文学评论》2005 年第 6 期）、张宇凌的《论萧红〈呼兰河传〉中的儿童视角》（《中国现代文学研究丛刊》1997 年第 1 期）、方守金的《儿童视角与情调模式：论迟子建小说的叙事特征》（《深圳教育学院学报》2001 年第 1 期）等。"儿童视角"由于是一种"以儿童的眼睛去看，以儿童的耳朵去听，特别要以儿童的心灵去体会"（陈伯吹语）的叙事策略，因而不少以儿童视角切入的现当代成人文学作品（主要是小说），也被儿童"拿来"当成自己的读物，如鲁迅的小说《社戏》、林海音的小说《城南旧事》、萧红的小说《呼兰河传》等。

王富仁教授认为："所有杰出的小说作品中的'叙述者'，都是一个儿童或有类于儿童心灵的成年人。"[⑦]自然，所有杰出的儿童小说的"叙述者"必然是立足于儿童本位的写作立场，以儿童视角切入叙述的。"儿童视角"已成为儿童文学研究的重要方法。首都师范大学出版社 2007 年出版的《儿童文学教程》（王泉根主编）、东北师范大学出版社 2002 年出版的《儿童文学名著导读》（王泉根主编），都列有"儿童视角研究"的内容。见诸报刊的重要论文有王黎君《儿童视角的叙事学意义》（《绍兴文理学院学报》2004 年第 2 期），乔世华《以纯朴童心烛照世界：现代小说中的儿童视角》（《江苏行政学院学报》2002 年第 4 期），时翠萍《谈安徒生童话的叙事视角》（《连云港师专学报》2003 年第 1 期），王文玲《新时期儿童视角小说创作论》（《东北师大学报》2006 年第 1 期）等。中国社会科学院朱勤的博士学位论文《中国现代文学中的儿童叙事》（2005 年），也涉及现代儿童文学创作中的"儿童视角"问题。

（二）成长小说研究

"成长小说"概念在中国学界的提出及研究是进入 21 世纪以后的事。儿童文学界最早呼唤成长小说的是曹文轩，2002 年 8 月，他在大连召开的第六届亚洲儿童文学大会上发表了《论"成长小说"》一文。宁波大学芮渝萍教授的《美国成长小说研究》（中国社会

新中国儿童文学

70 年
1949—2019

科学出版社 2004 年版），是国内第一部系统探讨成长小说的专著。虽然此书的研究对象是美国小说，但芮渝萍对成长小说的定义，成长小说与儿童文学、青少年文学的界说，成长小说的人物与读者定位等的研究，对中国文学界尤其是儿童文学界具有重要的启示意义。事实上，国内现在有关"成长小说"研究的不少话语，都是受到了芮渝萍此书的影响。芮渝萍在综合国外成长小说研究的基础上，提出了自己的观点："成长小说就是以叙述人物成长过程为主题的小说，就是讲述人物成长经历的小说。它通过一个人或几个人成长经历的叙事，反映出人物的思想和心理从幼稚走向成熟的变化过程。"成长小说的艺术特征集中体现在四个方面：第一，成长小说的叙事必须包含人物的成长，主人公的年龄段主要在 13 到 20 多岁的青少年时代；第二，成长小说的内容具有亲历性，主要反映个人的成长体验和心理变化；第三，成长小说的叙述结构相当模式化，表现"天真—诱惑—出走—迷惘—考验—失去天真—顿悟—认识人生和自我"的心路历程；第四，成长小说的结果总是主人公经历了生活的磨难之后，获得了对社会、对人生、对自我的重新认识。

成长小说研究已成为 21 世纪初叶当代文学与儿童文学研究的一个亮点，这既是新的研究方法，也是新的研究对象。北京大学李学武的博士学位论文《蝶与蛹：中国当代小说成长主题的文化考察》（中国社会科学出版社 2003 年版）、北京师范大学张国龙的博士学位论文《成长之性：中国当代成长主体小说的文化阐释》（2006 年），是研究中国当代成长小说的重要收获。李学武的论文第一次全方位地考察、梳理了中国当代小说有关"成长主题"的丰富性、复杂性、矛盾性，揭示了成长主题的发展演变轨迹及其脉动其后的中国社会的文化选择、文化观念在对待青少年"成长"问题上的复杂现象。论文评述了《小兵张嘎》《韩梅梅》《班主任》《我要我的雕刻刀》《上锁的抽屉》《红瓦》等众多儿童小说的"成长主题"。张国龙的论文提出了"完整、完美成长"，即生理之性与心理之性的统一的理念，对成长小说创作中的"无性成长"进行质疑与思考，深化了儿童文学理论研究的话题。有关儿童文学与成长小说研究比较重要的论文还有：朱自强《"成长故事"：21世纪中国儿童小说创作的艺术富矿》（《中国儿童文学》2004 年第 6 期）、芮渝萍《英国小说中的成长主题》（《宁波大学学报》2004 年第 2 期）、李蓉梅《成长小说的另类叙事：论杨红樱的顽童成长小说》（《当代文坛》2005 年第 5 期）、王仁芳《成长小说美学初探》（《中国少儿出版》2002 年第 4 期）等。2010 年，张国龙著《审美视阈中的成长书写》由安徽少年儿童出版社出版，2013 年，张国龙的又一部论著《成长小说概论》由安徽大学出版社出版，使这一领域的研究更具有了学理性和基础性积淀。

（三）动物小说的伦理/文化研究

21 世纪以来对儿童文学动物小说的研究，除了传统的社会学、审美学的方法外，还力图从伦理学、文化哲学的层面揭示动物小说的深层内涵。何西来《方敏"生命系列"小说的价值——读〈生命状态文学〉的几点感想》（《文艺报》2001 年 4 月 3 日）一文，从伦理学的角度对动物小说的意义做了新的思考："以前，文学作品中的道德伦理和价值取向，只是着眼于人类自身各种关系的协调。如今，人与周围世界，与其他物种的关系，也带有伦理的性质了。拯救濒危动物，就是拯救人类自身，这就有了一个伦理的问题。"何西来认为，新时期以来的动物小说创作，包括以方敏《大绝唱》为代表的"生命状态文学"，突出体现了文学的"伦理价值"，"把长期以人为中心的文学（也包括过去的动物小说、寓言、童话等）观念和创作实践变成了……站在生物多样化和生态系列多元构成的立场上，来看待物种之间和物种内部的关系"。李蓉梅的《中国当代动物小说动物形象塑造视角研究

——以 20 世纪八九十年代动物小说为中心》(《重庆社会科学》2006 年第 6 期)、《论动物小说动物形象的悲剧美学意蕴》(《中国少儿出版》2006 年第 4 期)，施荣华的《沈石溪动物小说生命文化的美学追求》(《云南师范大学学报》2001 年第 6 期)，也主要是从伦理/文化的角度探讨动物小说的。李蓉梅提出了动物形象塑造的三种叙事视角："人看动物"的视角、"动物看人"的视角、"动物看动物"的视角。动物形象塑造的多种视角使人类能多角度地了解他物、了解自己，让我们自知自己也是动物，但"由于他自知是一个动物，他就不再是动物，而是可以自知的心灵了"。以这"自知的心灵"回望动物，就会发现动物和我们一样渴求幸福、承受痛苦和畏惧死亡。因此，"我们要像体验自己的欢乐、忧虑和痛苦一样去体验他人的一切"。在地球家园里，人类就是与其他生物共振的弦，为了共振协调，我们必须"满怀同情地对待生存于我之外的所有生命意志"(李蓉梅《中国当代动物小说动物形象塑造视角研究》)。2010 年，由国内有着"动物小说大王"之称的沈石溪撰文《动物小说的艺术世界》，从创作者的视角对动物小说给予了理性的回溯和剖析。

（四）儿童文学女性主义研究

女性文学或文学的女性主义研究，在现当代成人文学研究中早已是十分热闹了，不但有多种论著，还有专门的刊物。什么是女性文学？国内学界大致有三种观点：一是以性别分类，认为只要是女性写的就是女性文学；二是从创作立论，认为女性文学是女性所写的表现女性生活并体现女性风格的文学；三是从女性意识出发，认为凡女作家创作的富于女性意识的文学文本才是女性文学。第三种观点认同度较高。此种观点对女性文学的具体阐述是：女性文学是由女性作为写作主体并以与世抗辩作为写作姿态的一种文学形态，它改变着并改变了女性作家及其文本在文学传统的"次"类位置，对主流文化、主流意识形态介入又疏离，体现着一种批判性的精神立场(王侃《女性文学的内涵和视野》)。儿童文学界较早关注女性话题的是周晓波，她发表的《新时期儿童文学女作家创作的情感投入与关注热点》(《浙江师大学报》1994 年第 6 期)、《20 世纪 90 年代女性儿童文学创作论》(收入《中国新时期儿童文学研究》一书)，注意到了新时期儿童文学女性作家的创作心理与性别意识。唐兵的《儿童文学的女性主义声音》(湖北少年儿童出版社 2003 年版)是以女性主义立场投入儿童文学研究的一部专著。全书的重心是对"五四"以来中国儿童文学中"女孩形象"的历时态梳理，从陈衡哲、冰心、凌叔华笔下的"闺阁女孩"到萧红的"自我女孩"，从刘真、杲向真红色作品中的"假小子""小大人儿"，到新时期程玮、陈丹燕、秦文君塑造的"当代少女"，及至殷健灵对女孩性意识觉醒的描写，从中"不难发现女孩们首先反抗的是她们传统的'在家'的角色，其次才是建构起对自我的认识和内心的声音"。唐兵借助李小江的女性主义理论，对此做了有意味的分析。北京师范大学陈莉的博士学位论文《从冰心到秦文君——中国儿童文学中的女性主体意识》(2007 年)，从"女作家的历史性出场""女性言说的通道""主角女孩的成长之路""女性生命的象征与思考" 四个方面切入。陈莉还发表了《结盟与分离：中国女性儿童小说作家笔下的母女关系》(《妇女研究论丛》2005 年第 6 期)、《蝶与蛹：解析中国当代女性儿童小说作家笔下少女的成长》(《广西社会科学》2006 年第 2 期)。此外，香港梁敏儿的《儿童文学的母爱想象》(《重庆社会科学》2006 年第 7 期)，也涉及女性主义话题。戴岚从比较与借鉴的视角，著有《女性创作与童话模式：英国 19 世纪女性小说创作研究》(上海文化出版社 2010 年版)，陈莉则从中国儿童文学作品出发，撰写了《中国儿童文学中的女性主体意识》(海燕出版社 2012 年版)，系统探究了中国儿童文学中的女性主体意识及其深刻内涵。

（五）儿童文学的文化研究

文学的文化研究（或文化批评）以文化视角观照文学，拓展了文学研究的视野，使文学批评更为丰富与厚重，同时又加强了对大众文化与文学、流行文化与通俗文学的关注与探究，因而文化研究自 20 世纪 90 年代形成气候以来，一直是文学研究的重要方法之一。相对而言，儿童文学的文化研究则是进入 21 世纪以后的事。北京师范大学张嘉骅的博士学位论文《儿童文学的童年想象》（2004 年）较早采用文化研究的路数探讨儿童文学。论文从"权力关系""集体记忆""互文性""文学场域""民族""话语"等入手，对儿童文学中的"童年"问题进行了富有理性深度的探讨，提出了"重造童年""变动童年""复数童年"的概念，而"互文性儿童观"的提出更是发前人之所未发。论文强调文化力量对于儿童文学"童年"话语的形塑，不主张一体化和原质性的儿童文学研究，观点新锐，呼应了国际儿童文学研究的新变化。儿童文学的文化研究所涉及的内容较多，朱自强有关儿童文学的"身体生态"研究，如《童年的身体生态哲学初探》（《中国儿童文化》第 2 辑，2005 年）、《童年的诺亚方舟谁来负责打造》（《中国儿童文化》第 1 辑，2004 年），马力的《对儿童的文化身份重新提问》（《文艺报》2004 年 2 月 28 日），张嘉骅的《文化研究：切入儿童文学的一种视角》（《中国儿童文学》2003 年第 1 期），金莉莉的《儿童、动物与成人的文化想象——对现当代童话中的动物形象的文化解读》（《中国儿童文学》2003 年第 4 期）等，均是儿童文学文化研究的产物。吴其南的《20 世纪中国儿童文学的文化阐释》（中国社会科学出版社 2012 年版）是这方面研究的用心之作。

这里应特别提出刘晓东的研究成果。刘晓东是南京师范大学教育科学学院的教授，他本是学前教育专业出身，但其研究范围涉及儿童哲学、教育哲学、学前教育、道德教育乃至儿童文学，由于他对儿童与儿童教育的研究主要落脚在文化哲学层面，从"更儿童的"角度去看待儿童和儿童教育，因而他的研究成果如《儿童精神哲学》（南京师范大学出版社 1999 年版）、《儿童文化与儿童教育》（教育科学出版社 2006 年版），给儿童文学与儿童文化带来深刻的学理冲击与启示。例如，他关于"儿童是谁"（见《儿童文化与儿童教育》）的发问与阐释，从"儿童是人，但不是小大人""儿童是'探索者'和'思想家'""儿童是'艺术家''梦想家'和游戏者""儿童是自然之子""儿童是历史之子""儿童是成人之父""儿童是成人之师""儿童也是文化的创造者"等八个方面，对"儿童"观念做了全面系统的解读和检讨，将儿童的地位、意义与价值提升到了前所未有的高度。这对以"儿童"为服务对象与表现中心的儿童文学来说，无疑具有重要的启示作用与现实意义。儿童文学界有关"儿童本位"与"过本位"，儿童文学的"成人化"与"儿童化"，儿童文学要不要坚守儿童本位、儿童视角、儿童趣味的写作立场等的讨论与顾虑，都可以从刘晓东那里得到有益的借鉴与启示。此外，刘晓东还发表过《试论儿童精神发生学对儿童文学创作及儿童教育研究的影响》（朱自强主编《中国儿童文学的走向》，少年儿童出版社 2006 年版）、《童年研究："根"的探寻》（《中国儿童文化》第 2 辑，2005 年）等。

四、重绘新的文学图志

儿童文学史研究、作家作品研究是儿童文学学术研究的重要内容，它们既是对已经成为历史的文学过去式的整理和探究，也是通过以史为鉴、促进和引领文学现在进行时态良性健康发展的重要手段。21 世纪初叶儿童文学研究在文学史、作家作品及其史料文献的整理研究方面，出现了新的突破，其实绩令人鼓舞。

（一）作家作品研究

首先我们应提到由蒋风、樊发稼主编的"中国著名儿童文学作家评传丛书"。这套丛书由希望出版社出版，其研究对象是五四运动以来中国第一代、第二代作家中的代表性人物。20世纪90年代以来，已经出版张锦贻著《冰心评传》（1998年）、汪习麟著《贺宜评传》（1998年）、王炳根著《郭风评传》（1998年）、马力著《任溶溶评传》（1998年），之后又出版了巢扬著《严文井评传》（2000年）、张锦贻著《张天翼评传》（2000年）、韩进著《陈伯吹评传》（2001年）、汪习麟著《洪汛涛评传》（2003年）、彭斯远著《叶君健评传》（2004年）等，总计文字在300万字左右。这套丛书的出版，不但为研究传主的文学道路、创作成就与艺术经验积累了丰富详尽的史料与成果，同时对研究20世纪中国儿童文学的发展历程与文学思潮，提供了充分有力的细节与借鉴。因为正是这些作家的创作成就与儿童文学思想，支撑起了现代中国儿童文学秀华光发的艺术大厦。

2005年是著名儿童文学作家张天翼、陈伯吹诞辰100周年。中国作家协会、上海作家协会等单位分别在北京、上海举行了纪念座谈会和研讨会。《文艺报》的儿童文学评论专栏分别于2006年7月29日、2006年9月21日发表整版文章，纪念和研究这两位文学大家，重要文章有：金炳华《毕生保持鲜活童心的文学大家》、束沛德《忆张天翼》、张章《笑对沧桑的父亲》、高洪波《百岁陈伯老》、束沛德《陈伯吹与儿童文学建设》等。研究张天翼、陈伯吹的重要文章还有：杨宏敏、王泉根的《叶圣陶、张天翼童话之比较》（《中国文学研究》2006年第3期）、吴其南的《张天翼童话的反欲望叙事》（《浙江师范大学学报》2006年第6期）、公日的《为小孩子写大文学——陈伯吹儿童文学桂冠书系总序》（《中国儿童文学》2006年第3期）等。2006年，有两部陈伯吹传论同步出版，即王宜清著《陈伯吹论》（少年儿童出版社2006年版），中共上海市宝山区委党史研究室等编《陈伯吹》（中共党史出版社2006年版），发掘了不少陈伯吹研究的珍贵史料。如《陈伯吹》一书中樊发稼的《陈伯吹先生的十七封信》、束沛德的《默默耕耘七十三春秋——怀念陈伯吹》、盛巽昌的《陈伯吹在解放战争时期》、周基亭的《陈伯吹儿童文学奖的创立和发展》等。

现当代儿童文学重要作家作品研究在21世纪初叶义学研究中占有重要位置，这方面的论著与文献有：樊发稼著《追求儿童文学的永恒》（河北教育出版社2000年版）、赵郁秀主编《生命的绿洲：胡景芳纪念文集》（辽宁少年儿童出版社2001年版）、《张美妮儿童文学论集》（重庆出版社2001年版）、王俊康主编《饶远绿色童话评论集》（新世纪出版社2001年版）、《金江文集·评论集》（中国戏剧出版社2002年版）、《郭大森散文评论集》（时代文艺出版社2002年版）、樊发稼著《回眸与思考》（希望出版社2002年版）、《杨实诚儿童文学论集》（天津教育出版社2002年版）、湖南省寓言童话文学研究会主编《湖南当代童话寓言作家略论》（湖南少年儿童出版社2003年版）、《守望与期待：束沛德儿童文学论集》（接力出版社2003年版）、彭斯远等编《少年精神世界的守望者——邱易东诗歌研究》（新疆人民出版社2003年版）、刘绪源著《文心雕虎》（少年儿童出版社2004年版）、《周晓评论选续编》（少年儿童出版社2004年版）、《希望的文学：苏平凡与儿童文学》（安徽少年儿童出版社2004年版）、周更武主编《守望的情绪——蒋风的儿童文学世界》（香港新天出版社2005年版）、陈洁著《亲历中国科幻——郑文光评传》（福建少年儿童出版社2005年版）、孙建江著《童年的文化坐标》（明天出版社2006年版）等。吴其南著《守望明天——当代少儿文学作家作品研究》（宁夏人民出版社2006年版）是一部厚重的作家论，探讨了柯岩、孙幼军、曹文轩、秦文君、班马、梅子涵、周锐、邱易东、韦伶等9位

作家的文学实践，并细致深入地阅读分析了这些作家的文本，力图"对发展中的中国儿童文学有一个近距离的感受"。像这样进行具体文本审美解读的作家论，在文坛已不多见。韦苇著《精典伴读：点亮心灯》（湖南少年儿童出版社2006年版），也是精读作家文本的扎实之作。

近年来，作家作品研究始终保持了稳定的发展节奏，每年都有一些专著问世。如2008年，许宁主编的《重返孩子的世界：薛涛儿童文学创作研究》（春风文艺出版社）出版，胡继明、李丽编著的《苏州作家研究：金曾豪卷》（复旦大学出版社）出版。2013年，乔世华著的《杨红樱的文学世界》（湖北少年儿童出版社）出版，同年还有研究者以地域角度切入作家作品研究，如李利芳的《中国西部儿童文学作家论》（中国社会科学出版社）。值得关注的是方卫平主编的《红楼儿童文学对话》（明天出版社2014年版），汇总了浙江师范大学对当下儿童文学创作热点作家作品的争鸣研讨。上述成果，都是给予一线创作的非常及时的跟进与反思。2014年，吴其南著的《从仪式到狂欢——20世纪少儿文学作家作品研究》由人民文学出版社出版，吴著选取了20余位最有代表性的现当代儿童文学作家，并对他们的作品进行了批评阐释。

（二）中国儿童文学史研究

在儿童文学史的研究方面，张永健主编的《20世纪中国儿童文学史》（辽宁少年儿童出版社2006年版），无疑是一部厚重的著作。虽然有关中国现当代儿童文学史已经出版多种著作，但这部85万字的著作，无论在儿童文学历史的梳理与探究、文学史料的发现与开掘，还是全中国儿童文学景观的全方位把握等方面，都显示出了自己的特色与优长。例如关于"五四"以前的"学堂乐歌"、启蒙报刊中的儿童诗，关于凌叔华、梅娘的儿童文学创作，关于冯雪峰的寓言，关于刘知侠《铁道游击队的小队员们》，关于乔羽的儿童剧，以及有关港澳台地区儿童文学的梳理，都给人以新的发现与评判的欣喜和启示。但由于此书是由多达43人执笔的集体之作，加之部分执笔者是初涉儿童文学的在校研究生，因而难免有鲁鱼亥豕之憾，如论及王泉根的《现代儿童文学的先驱》，认为这部专著"对鲁迅……张天翼等在中国现代儿童文学史上产生过重大影响的理论家、作家进行了一次清晰的勾勒和中肯的评价"。其实此书研究的是20世纪20年代叶圣陶、郑振铎、茅盾等发起的"儿童文学运动"，根本没有涉及鲁迅、张天翼，显然这是执笔者想当然而已。南开大学李利芳35万字的博士学位论文《中国发生期儿童文学理论本土化进程研究》（中国社会科学出版社2007年版），是中国儿童文学理论批评史与现代儿童文学早期历史研究的突破性成果。全书从儿童文学新观念新思维的形成、儿童文学重要文体研究、儿童文学与中国现代教育的关系三方面入手，将西方儿童文学理论发展趋势置于比较视野，系统考察了中国发生期（从1912年至20世纪30年代中期）儿童文学理论建设及其本土化过程。纵深的历史眼光、宽阔的学术视野、严谨的学理评判以及诸多新的文献史料的发掘，使这部博士论文成为21世纪初叶儿童文学史论研究最具原创品格的理论收获。著名现代文学专家、北京大学温儒敏教授认为："本书探讨我国发生期儿童文学本土化进程，是儿童文学学科的基础性研究课题，有重要的学术价值。以往学界对这类课题也有过一些成果，但相比之下，这部专著显然更系统、全面和扎实。"在儿童文学史论研究方面，还有蒋风的论文集《儿童文学史论》（希望出版社2002年版），蒋风主编的《中国儿童文学发展史》，韦苇著的《外国儿童文学发展史》，方卫平著的《中国儿童文学理论发展史》，吴其南著的《中国童话发展史》（以上四部书皆由少年儿童出版社于2007年出版），胡健玲主编的《中国新时期儿童文学研究资料》(山东文艺出版社 2006 年版)。虽然这些论著的文字工作是在 20 世纪完成的,有的是改版重印,但对于丰富 21 世纪初叶儿童文学的学术成果与文学史研究,依然有着重要价值。2009 年,杜传坤的《中国现代儿童文学史论》(中国社会科学出版社)出版,以史论结合的形式梳理中国现代儿童文学的发生。2012 年,刘绪源的《中国儿童文学史略》(少年儿童出版社)出版,以专题讨论的形式对中国儿童文学的发展提出了自己的思考。2009 年适逢中华人民共和国成立 60 周年,王泉根主编的 350 万字的《中国儿童文学 60 年(1949—2009)》由湖北少年儿童出版社出版,本书全面梳理、探讨了中华人民共和国成立以来中国儿童文学发展的方方面面,具有实质性的研究价值与文献价值。2014 年,朱自强著的《黄金时代的中国儿童文学》(中国少年儿童出版社),以中英文对照的形式对改革开放以来的中国儿童文学发展脉络做出了多维度的勾勒。

(三)地域儿童文学与少数民族儿童文学研究

地域儿童文学史与少数民族儿童文学史研究,以往比较薄弱,使人欣慰的是,在 21 世纪初叶出现了重要收获。已经出版的有:哈斯巴拉等著《蒙古族儿童文学概论》(辽宁民族出版社 2002 年版)、张锦贻著《发展中的内蒙古儿童文学》(内蒙古人民出版社 2004 年版)、陈子典主编《广东当代儿童文学概论》(广东高等教育出版社 2005 年版)、金万石等著《中国朝鲜族儿童文学作家作品论》(延边人民出版社 2006 年版)、彭斯远著《重庆儿童文学史》(重庆出版社 2009 年版)、汤素兰等著《湖南儿童文学史》(湖南少年儿童出版社 2015 年版)、马筑生著《贵州儿童文学史》(贵州人民出版社 2016 年版)。2009 年,张锦贻的《中国少数民族儿童文学》由内蒙古人民出版社出版,该书对少数民族儿童文学做了综合、系统的研究,这在中国少数民族儿童文学史研究方面还是首次。

此外,张洁、胡俊、冯臻合著的《现代性与中国科幻文学》(福建少年儿童出版社 2006 年版)对晚清以来的中国科幻文学现代化进程的探讨,徐萍关于清代诗人袁枚的儿童文学实践(徐萍《袁枚与儿童文学》,《云南民族大学学报》2004 年第 4 期),李丽、秦弓有关 20 世纪初叶儿童文学翻译的研究(李丽《清末民初(1898—1919)儿童文学翻译鸟瞰》,《三峡大学学报》2005 年第 1 期;秦弓《"五四"时期儿童文学翻译的特点》,《中国社会科学院研究生院学报》2004 年第 1 期),李丽著的《生成与接受:中国儿童文学翻译研究(1898—1949)》(湖北人民出版社 2010 年版)等,均从不同侧面丰富了中国儿童文学的历史长度与宽度,都是值得引起注意的儿童文学史论研究成果。

(四)外国儿童文学研究

有关当下外国儿童文学重要作家作品如《哈利·波特》等的批评,本文已在"批评新的创作现象"专节中讨论,这里只涉及对外国儿童文学史与历史上的外国儿童文学作家作品的研究。

2005 年是世界童话大师安徒生诞辰 200 周年纪念,正如曹文轩所说"安徒生对中国儿童文学恩重如山"。中国儿童文学界满怀对安徒生的崇敬之情,展开了一系列的研究活动。2005"安徒生年"发表的重要文章,主要刊登在以下三家刊物上:一是《湖南科技学院学报》2006 年第 3 期的《安徒生童话的当代价值笔谈》,这组文章是 2005 年 12 月 20 日首都文学界、学术界在北京师范大学召开的"纪念安徒生诞辰 200 周年学术研讨会"的文章选载,作者有高洪波、于友先、乐黛云、樊发稼、张之路、金波、曹文轩、王泉根、叶念伦、李红叶等;二是《中国儿童文学》2005 年第 2 期;三是当年出版的《中国儿童文化》第

2 辑。在《中国儿童文学》《中国儿童文化》两刊发表文章的作者有金波、刘绪源、孙建江、韦苇、安武林、冰波、汤素兰、万岩竹、赵霞、平静、吴山等。2004 年和 2005 年，国内出版了多部安徒生研究论著。孙建江的《飞翔的灵魂：安徒生经典童话导读》（湖北少年儿童出版社 2004 年版），是对安徒生《丑小鸭》《海的女儿》等 15 篇名篇的精彩解读，诚如作者所言："重读安徒生童话不仅让我重温经典的魅力，更为我提供了一种经典的参照。"郭泉的《解构主义的童话文本：一项以自由为中心对〈海的女儿〉进行的哲学阐释》（群言出版社 2005 年版），运用哲学阐释学对《海的女儿》进行了逐段深入的哲学阐释，令人耳目一新。王泉根主编的《中国安徒生研究一百年》（中国和平出版社 2005 年版），汇编了 20 世纪初叶以来中国作家学者研究安徒生的重要论文 23 篇。另有安徒生童话的中文翻译研究等专辑，较为全面地呈现了安徒生在现代中国的影响、地位与传播概况。安徒生研究的突破性成果是湘西女学者李红叶 32 万字的专著《安徒生童话的中国阐释》（中国和平出版社 2005 年版）。作者采用比较文学"影响—接受"的跨文化研究范式，全方位梳理、考察与论述了近一个世纪以来安徒生童话在中国的传播、阐释与变形，勾勒出不同历史语境中安徒生的中国形象，并重点探讨了安徒生童话对于现代中国儿童文学的发生意义、建设意义和参考意义。2009 年，王蕾继续跟进研究，出版了《安徒生童话与中国现代儿童文学》（华东师范大学出版社 2009 年版）。

在外国儿童文学作家作品的研究方面，除了关于安徒生童话的讨论，彭懿研究日本童话大师宫泽贤治的专著《宫泽贤治童话论》（少年儿童出版社 2003 年版）以及研究安房直子童话的论文，梅子涵、李利芳对法国圣埃克絮佩里童话名著《小王子》的探讨（梅子涵《沙漠上的童话和冷清的生命》，《中国图书商报》2002 年 11 月 15 日；李利芳《今夜我们一起遥望星空》，《珠海教育学院学报》2004 年第 3 期），张瑷对林格伦童话的研究如《林格伦儿童文学的经典性与现代性》（《外国文学研究》2004 年第 2 期）等，都是应当引起关注的文论。此外，关于英国米尔恩《小熊温尼·菩》、美国塞林格《麦田里的守望者》和怀特《夏洛的网》以及德国幻想小说《毛毛》《大盗贼》等的评论文章也有许多篇。2009 年，易乐湘的《马克·吐温青少年小说主题研究》由东方出版中心出版。2010 年，彭懿的《走进魔法森林：格林童话研究》在外语教学与研究出版社出版，曹雅洁、方玮的《追求梦想的童话作家：宫泽贤治》在南京大学出版社出版，陆霞的《走进格林童话：诞生、接受、价值研究》在四川文艺出版社出版。上述专著的出现，开拓了儿童文学研究的比较视野。

韦苇的专著《外国童话史》（河北少年儿童出版社 2003 年版）对外国童话史的书写进行了新的建构。除了对传统经典作家作品的研究外，本书的创新之处是将"现代幻想故事"也即小说童话或小说性童话作为重要考察对象，并对"二战"后的童话史按地区进行了系统梳理，丰富了外国童话史研究的学术思维。国别儿童文学研究专论中，重要的有：朱自强著《日本儿童文学论》（山东文艺出版社 2007 年版），刘文杰著《德国浪漫主义时期童话研究》（北京理工大学出版社 2009 年版），胡慧峰、史菊鸿著《加拿大英语儿童文学概述》（花城出版社 2010 年版），舒伟著《从工业革命到儿童文学革命：现当代英国童话小说研究》（中国社会科学出版社 2015 年版）。尤其值得提出的是，湖南少年儿童出版社集中了国别儿童文学研究力量，于 2015 年出版了大型丛书——"世界儿童文学研究丛书"。该套丛书包括十种，分别是：王泉根著《中国儿童文学概论》，汤锐著《北欧儿童文学述略》，吴其南著《德国儿童文学纵横》，韦苇著《俄罗斯儿童文学论谭》，方卫平著《法国儿童文学史论》，金燕玉著《美国儿童文学初探》，朱自强著《日本儿童文学导论》，孙建江著《意大利儿童文学概述》,舒伟著《英国儿童文学简史》,何卫青著《澳大利亚儿童文学导论》。

五、打造新的学科平台

儿童文学学科建设,在世纪之交曾面临严峻的挑战与危机。由于有关教育主管部门学科设置的不合理性,从 20 世纪 90 年代后期(1997 年)开始,儿童文学已从高校《授予博士、硕士学位和培养研究生的学科、专业目录》中彻底消失,只是作为一个研究方向,挂靠在"中国现当代文学"二级学科名下。受此影响,高校的儿童文学学科无论在研究生招生培养、教研室设置、本科生的儿童文学开课等方面,都受到严重冲击。21 世纪初,全国高校仅有北师大、浙师大、上海师大、东北师大等少数几所高校还在坚持儿童文学教学研究,全国在职的儿童文学教师不到 20 人,也即平均一个省还摊不到一人(新华社《瞭望》周刊 2002 年第 22 期)。面对如此局面,一些高校儿童文学教师满怀悲情,撰文呼吁抢救儿童文学学科,这有:王泉根《"中国儿童文学学科"现状堪忧》(《中华读书报》2001 年 5 月 30 日),蒋风《儿童文学在中国:作为一门学科处境尴尬》(《文艺报》2003 年 9 月 2 日),朱自强《高等师范院校加强儿童文学建设的重要性和紧迫性》(《娄底师专学报》2003 年第 1 期)等。中国作家协会儿童文学委员会先后在 2004 年 1 月 3 日的《文艺报》、1 月 7 日的《人民日报》上刊文,呼吁全社会关注儿童文学学科建设与素质教育。中国作家协会儿童文学委员会还通过全国政协委员、著名作家王巨才,在 2003 年 3 月召开的全国政协十届一次会议上提交了关于呼请重视儿童文学学科建设的提案。教育部于同年 8 月 20 日复信王巨才,表示要重视儿童文学教学。

《学术界》2004 年第 5 期发表的王泉根《新世纪中国儿童文学学科建设面临的机遇与挑战》,全文披露了教育部给王巨才的复信。《新世纪中国儿童文学学科建设面临的机遇与挑战》一文认为 21 世纪儿童文学学科建设需要从四个方面加以努力:一是努力建设具有中国特色、时代精神、原创品格的儿童文学理论体系,也就是抓好儿童文学基础理论的研究;二是建立科学的、多层次的、开放的儿童文学课程体系;三是积极介入当下儿童文学的社会化推广与应用,这是将儿童文学学科的学术智慧转化为大众接受的应用研究;四是做好研究生培养工作,这是学科建设的"希望工程"。

事非经过不知难。高校儿童文学作为 21 世纪初叶中国儿童文学研究的一支重要力量,克服重重困难,终于使学科建设有了一定起色。浙江师范大学抓住机遇,以原有的儿童文学研究所为核心,整合全校学术力量,发展成立儿童文化研究院,并创办《中国儿童文化》年刊。北京师范大学除了于 2001 年、2003 年在全国高校率先招收儿童文学方向的博士生、科幻文学方向的硕士生,又从 2005 年起,将儿童文学作为独立的二级学科,单独招收儿童文学方向的硕士生,这在全国高校范围内是第一家。

据统计,21 世纪第一个 10 年全国高校儿童文学研究机构有:北京师范大学中国儿童文学研究中心(王泉根),北京电影学院儿童电影研究中心(侯克明),天津理工大学外语学院外国儿童文学研究所(舒伟),上海师范大学儿童文学研究中心(梅子涵),浙江师范大学儿童文化研究院(方卫平),中国海洋大学儿童文学研究所(朱自强),重庆师范大学西部儿童文学研究所(彭斯远),延边大学朝鲜—韩国学学院儿童文学研究所(金万石),昆明学院民族儿童文学研究所(王昆建),包头师范学院儿童文学研究所(李芳),广州大学文学院儿童文学研究所(杨锋)等。全国高校招收儿童文学研究方向博士生的有:北京师范大学、浙江师范大学、东北师范大学、兰州大学。此外，北京大学、南开大学、吉林大学、四川大学等也以儿童文学作为博士学位论文内容。一批年轻而活跃的儿童文学批评人才，有不少正是从相关高校毕业的儿童文学博士生、硕士生。

在儿童文学教材建设与基础理论研究方面，21世纪以来也有一定创获，已出版的有：黄明超主编《儿童文学教程》（西南师范大学出版社2001年版），朱自强著《小学语文学教育》（东北师范大学出版社2001年版），王泉根主编《儿童文学名著导读》（东北师范大学出版社2002年版），方卫平、王昆建主编《儿童文学教程》（高等教育出版社2004年版），黄云生主编《少年儿童文学》（高等教育出版社2004年版），陈晖著《通向儿童文学之路》（新世纪出版社2005年版），吴岩等著《科幻文学入门》（福建少年儿童出版社2006年版），王瑞祥著《儿童文学创作论》（浙江大学出版社2006年版），王泉根主编《儿童文学教程》（首都师范大学出版社2008年版），朱自强著《儿童文学概论》（高等教育出版社2009年版），王昆建著《儿童文学初探》（云南人民出版社2009年版），吴其南、吴翔之编著《儿童文学新编》（浙江大学出版社2009年版），王泉根主编《儿童文学教程》（北京师范大学出版社2009年版），吴其南主编《儿童文学》（华东师范大学出版社2011年版），邱源海、胡达仁编《儿童文学》（湖南大学出版社2012年版），蒋风主编《外国儿童文学教程》（浙江大学出版社2012年版），方卫平著《儿童文学教程》（复旦大学出版社2014年版），王蕾主编《儿童文学与小学语文教学》（人民教育出版社2015年版）等。其中，王泉根主编的北京师范大学版《儿童文学教程》，被教育部连续列为"十一五""十二五"普通高等教育国家级规划教材。

此外，幼儿文学教材也不断涌现，其中包括：杨佳利、卜庆亮著《幼儿文学教程》（郑州大学出版社2008年版），周杰人、李杰编著《学前儿童文学》（华东师范大学出版社2009年版），方卫平主编《幼儿文学教程》（高等教育出版社2012年版），任继敏编著《幼儿文学》（陕西师范大学出版社2013年版）。上述教材显示了作为儿童文学分支幼儿文学研究的不断深入，也显示了幼儿文学在学前教育专业的实践价值和存在价值。

[注释]

① 叶圣陶：《我和儿童文学》，少年儿童出版社1980年版。
② 张颐武：《"我能"：强者精神》，《中国新闻周刊》2004年第24期。
③ 李学斌：《幻想与现实的双重变奏——我所理解的"幻想文学"》，《文艺报》2006年1月9日。
④ 王泉根：《中国需要飞起来的儿童文学》，《中华读书报》2007年9月12日。
⑤ 赵强：《别让玄幻"玄花"了眼睛》，《中华读书报》2007年10月10日。
⑥ 郭宏安：《读〈批评生理学〉——代译本序》，见［法］阿尔贝·蒂博代：《六说文学批评》，赵坚译，生活·读书·新知三联书店2002年版。
⑦ 王富仁：《鲁迅小说的叙事艺术》，《中国现代文学研究丛刊》2000年第3期。

（原载《中国儿童文学史》，新蕾出版社2019年版）

百年中国儿童文学演进史的研究述评

吴翔宇

在中国古代，没有专门"为儿童"而创作的儿童文学作品或读物。相对封闭和有缺陷的"儿童观"扼杀了儿童的独立人格，蒙学教育本身的缺憾及中国古代的文体也都限制了儿童文学的出场，儿童文学在儿童培养中应有的作用与地位没有得到彰显。直言之，儿童文学并没有成为一种自觉的文学，儿童文学生产、理论批评的开展及文学史写作并未获得现实基础。这一现状直到"五四"时期才有了实质性的突破。诚如茅盾所说："'儿童文学'这名称，始于'五四'时代。"[①]随着"五四"时期"儿童"的"被发现"，专门为儿童而创作的文学作品产生了，中国儿童文学也由此创生。从"五四"至今，中国儿童文学已走过百年的风雨历程。自"百年中国儿童文学"创生之日起，它就显示育化新人的思想品格，其百年的发展历程始终与民族国家的命运休戚相关。这种鲜明的时代性和强烈的社会功能性使其没有离弃现代中国文学的人文传统，自觉汇入现代中国文学的洪流之中，成为一个未曾断流的文学传统，延传百年。

与百年中国成人文学创作与批评相比，"儿童文学"概念的提出、儿童文学的研究是相对滞后的。周作人《儿童的文学》（1920 年）的发表无疑是有里程碑意义的，它第一次提出了"儿童文学"概念。此后，对儿童文学的关注及研究也逐渐展开，一些以"儿童文学"命名的著述也出现在人们的视野中。魏寿镛与周侯予的《儿童文学概论》（1923 年）、朱鼎元的《儿童文学概论》（1924 年）、张圣瑜的《儿童文学研究》（1928 年）、徐调孚的《儿童文学 ABC》（1929 年）、周作人的《儿童文学小论》（1932 年）、陈伯吹的《儿童故事研究》（1932 年）、赵侣青与徐迥千的《儿童文学研究》（1933 年）、王人路的《儿童读物的研究》（1933 年）、葛承训的《新儿童文学》（1933 年）、吕伯攸的《儿童文学概论》（1934 年）、钱耕莘的《儿童文学》（1934 年）、陈济成与陈伯吹的《儿童文学研究》（1934 年）、仇重等人的《儿童读物研究》（1948 年）等关于儿童文学的定义、分类、定位、教学方法的研究与思考的著述，以"历史在场"的方式构成了百年中国儿童文学发展过程中的有机组成部分，为百年中国儿童文学史的建构提供了初步学理依据。

新中国成立以后，儿童文学成为儿童教育的重要理论资源，在一定程度上也推动了中国儿童文学的研究。陈伯吹的《儿童文学简论》（1957 年）、方纪生的《儿童文学试论》（1957 年）、蒋风的《中国儿童文学讲话》（1959 年）、贺宜的《散论儿童文学》（1960 年）、鲁兵的《教育儿童的文学》（1962 年）以及各高校内部印发的《儿童文学参考资料》，延续了前述著述"何谓儿童文学""儿童文学的分类""儿童文学如何教学"等思路。在此基础上有意识地探讨儿童文学的源流等问题，这为后来的儿童文学学科建史奠定了基础，但尚无治史的自觉意识。

真正意义上的中国儿童文学史的书写，始于 20 世纪 80 年代。在"重写文学史"的大潮下，儿童文学理论界也提出了"重写儿童文学史"的学术主张，开启了重构中国儿童文

学史的宏大工程。当然，这种"重写儿童文学史"不可避免地要面临着来自现实语境、文献保存、研究传统以及自身批评精神等因素的阻滞。这一时期被视为"重写儿童文学史"开端性的论著是胡从经的《晚清儿童文学钩沉》（1982年），该著属于史料的"钩沉"，也有著者独特的眼光和识见。但"史"的特点不明显。应该说，直到20世纪80年代中期之后，中国儿童文学史的书写才真正自觉，第一部真正意义上的中国儿童文学史是蒋风教授1987年出版的《中国现代儿童文学史》。该文学史在史料的搜集与整理上都值得肯定，由于没有可参照的摹本，从选材到方法到框架均为首创，而且有史的贯通意识，呈现了中国现代儿童文学发展的大致轮廓与基本特点。可以说，该史著是具有填补空白的文学史价值的。此后，中国儿童文学史的书写逐渐地形成了较好的发展态势，张香还的《中国儿童文学史（现代部分）》（1988年）、张之伟的《中国现代儿童文学史稿》（1993年）、陈子君的《中国当代儿童文学史》（1991年）、蒋风的《中国当代儿童文学史》（1991年）、金燕玉的《中国童话史》（1992年）、吴其南的《中国童话史》（1992年）、方卫平的《中国儿童文学理论批评史》（1993年）、孙建江的《20世纪中国儿童文学导论》（1995年）、蒋风与韩进合编的《中国儿童文学史》（1998年）、王泉根的《现代中国儿童文学主潮》（2000年）、朱自强的《中国儿童文学与现代化进程》（2000年）、张永健的《20世纪中国儿童文学史》（2005年）、杜传坤的《中国现代儿童文学史论》（2009年）、刘绪源的《中国儿童文学史略（1916—1977）》（2013年）、方卫平的《中国儿童文学四十年》（2018年）等，对百年中国儿童文学史的稳定格局的形成、儿童文学的学科门类的建构与发展都起到至关重要的作用。

从"儿童文学"概念的提出到儿童文学史的书写，中国儿童文学学人筚路蓝缕、薪火相传，经过近百年的学术探索使得中国儿童文学研究逐渐进入了快速发展的阶段。围绕着百年中国儿童文学发展史中出现的新问题、新现象，研究者在儿童文学史的书写、儿童文学思潮与流派的梳理、儿童文学创作的阐述等方面取得了诸多成果。这些研究成果主要聚焦于时间层面的历史演进、空间层面的横向拓展和学理层面的学术史梳理等方面展开，为百年中国儿童文学的演进史研究提供了三种研究的路向。

一、纵向贯通：从源流上延展中国儿童文学发生发展的历史畛域

文学史时间的纵向贯通不仅体现了文学史发展脉络的问题，而且也涉及文学史的观念问题。对中国儿童文学起止范围、分期、划分阶段实质上反映了研究者在选择、阐释、评价中国儿童文学现象时所依据的理论原则，它涉及了中国儿童文学史的观念问题，即用怎样的儿童文学史观来定位中国儿童文学的历史价值与现实意义的问题。换言之，中国儿童文学史所关注的不仅仅是文学的时间发生问题，也是处在时间中的特点的文学思想情感与艺术性的建构问题。具体论之，在"史"的维度上，研究者在如下三个层面展开了比较集中阐释与研究。

（一）关于百年中国儿童文学的起点问题的讨论与研究

中国儿童文学的纵向贯通首先要讨论的是关于中国儿童文学的起点问题，它实质上关涉到百年中国儿童文学的性质及重构中国儿童文学史的大问题。这其中，一种说法是中国儿童文学是"古已有之"的。早在1914年，周作人在其《〈古童话释义〉引言》中就曾以"童话"为例，指出"中国虽古无童话之名，然实固有成文之童话，见晋唐小说，特多归诸志怪之中，莫为辨别耳"②。他进而从唐代《酉阳杂俎·支诺皋》篇所载少女叶限故事是"灰姑娘"民间童话在中国的最早记录。王泉根的《中国儿童文学现象研究》认为，中国儿

童文学确是"古已有之",并明确地提出"中国古代儿童文学"的说法,并指出晋人干宝《搜神记》里的《李寄》是"最值得称道的著名童话"。③方卫平的《中国儿童文学理论批评史》也提出了"古代儿童文学""古代儿童文学读物"等说法。同时,他意识到中国传统读物都不是"专门"为儿童所创作的自觉的儿童文学作品,它只是"史前期"的样态。④

对于上述"古已有之"观点,有研究者以中国儿童文学的现代性来界定其性质,这样一来,类似于"中国古代儿童文学"之类的说法就不具有了合理性,因而被排拒出这一现代性装置之外。在《中国儿童文学与现代化进程》(2000年)一文中,朱自强指出:在人类的历史上,儿童作为"儿童"被发现,是在西方进入现代社会以后才完成的划时代创举。而没有"儿童"的发现作为前提,为儿童的儿童文学是不可能产生的,因此,儿童文学只能是现代社会的产物。它与一般文学不同,它没有古代而只有现代,"如果说儿童文学有古代,就等于抹杀了儿童文学发生发展的独特规律,这不符合人类社会的历史进程"⑤。针对朱自强所提出的,"古人的意识里没有'儿童文学'这一概念,因此中国古代没有出现'建构'的'观念'的儿童文学,所以中国古代是不存在儿童文学"的观点⑥,王泉根也并不认同,他撰文《中国古代有儿童文学吗?》指出:"建构论"是从西方文论批发至中国的理论,只有"建构"的"观念"的儿童文学才是儿童文学显然是站不住脚的。他认为提出中国儿童文学"古已有之"这一文学史概念,显然是基于中国儿童文学发展成熟后对自己"身世"起源的追溯,是一种"后见之明"的谱系的"发明"。⑦

上述关于儿童文学起源讨论的意义并不旨在考察儿童文学究竟起源于哪个时期,也非儿童文学发生起点"前后移位"的问题,而是意在探究为什么有此"起源"。杜传坤在《现代性中的中国"儿童话语"——从中国现代儿童文学的起源谈起》指出,问题的关键并不在于儿童文学究竟起源于"晚清",还是"清末民初",还是"五四",关键的问题在于所有这些对"时期"理解的不同都指向一个共同的"计划",即儿童文学史建构儿童意义的成人的自觉书写。不管哪一种起源说都承认:中国儿童文学到"五四"时期才成为"现代的",在这些说法的背后,都有一种"现代性"的标准意识在支撑。在她看来,这种现代性的意识形态对儿童文学的发生造成了"遮蔽"是从现代性的"内部"看儿童文学的现代性起源。⑧抛开理论的缠绕,当我们返归到历史现场不难发现,中国古代儿童接受文学的方式和阅读选择有其独特性,以那种对民族文化和文学传统采取历史虚无主义的态度是不可取的。同时,我们应从文学发生学的角度来命意,而不是从本质主义的观念出发,从中国儿童文学"文学现代化"的性质中考察其现代发生的内外机制,这才是客观公允地研究中国儿童文学的科学方法。

(二)关于百年中国儿童文学的历史分期与历史轮廓的勾勒

与其他文学史无异,中国儿童文学史的书写离不开"史"的发展脉络,于是,对中国儿童文学史分期的划分就成了一个绕不开的话题。很多研究者没有在文学史界标与历史界标之间的分歧进行太多的讨论,而是力图以"史"为线索,勾勒出中国儿童文学发展演变的历史轨迹。

在这方面,何紫的《中国儿童文学一百年》试图梳理中国儿童文学的历史轮廓,第一次指出中国儿童文学有两个"黄金时期":一是五四运动到抗日战争前夕,二是新中国开创的前10年。⑨该文主要从少年儿童刊物出版、各大书店竞出儿童丛书、一大批儿童文学作家和编译人才、儿童课本教材的新改革等方面来梳理中国儿童文学的历史图景。1987年蒋风主编的第一部真正意义的儿童文学史《中国现代儿童文学史》的出版,无疑

是有拓荒意义的。该著将中国现代儿童文学的发展历程分为"史前足迹""1917—1927年间的中国儿童文学""1927—1937年间的中国儿童文学""1937—1949年间的中国儿童文学"四个阶段。此后出版的多部儿童文学史著也多按此时间分期来展开史的论述。1991年,蒋风又出版了《中国当代儿童文学史》,这是第一部"当代"儿童文学的史著。该著接续了儿童文学发展的百年历程,梳理了自新中国成立后至80年代末中国当代儿童文学的发展状况。2007年,在《中国现代儿童文学史》和《中国当代儿童文学史》的基础上,蒋风将两书修订和合并为《中国儿童文学发展史》,时间跨度为清末民初到20世纪末,这也是迄今为止第一部中国儿童文学发展通史。蒋风的"儿童文学史"最大的特点是历史的贯通,对重要作家作品的论述细致而清晰,有史的线索,一些史料的开掘和提出都很有价值。当然,限于特点的历史语境,蒋风的儿童文学史著中也存在着用既定的"史观"来解读文本的现象。樊发稼的《中国儿童文学发展的一个轮廓》从"五四"到新中国成立前夕、从新中国成立到"新时期"两个阶段梳理了中国儿童文学艰难的现代化之旅,较为完整地揭示了中国儿童文学所呈现出的新面貌、新气象。⑩梅子涵以"转型""代际"为关键词,试图建构中国儿童文学的"整体观"。方卫平的新著《中国儿童文学四十年》以亲历者和建构者的双重视角,对自1978年至2018年中国儿童文学发展历程的一次系统性的梳理和勾勒。该著以"复出"作家、青年作家的创作为视点,探询了商业化、市场化视野下中国儿童文学创作的新变,系统地剖析了中国儿童文学与体制、市场之间的关系。

（三）视角前移,将中国儿童文学研究置于古今融通的对话平台上

尽管中国古代没有严格意义的儿童文学,中国儿童文学创生于"五四"时期而非中国古代,但这并不意味着中国传统文化的土壤里没有可供搜集和化用的内源性资源。在古今演变和融通的视野下审思传统资源的现代化转换实质上也从时间的维度上拓展了中国儿童文学研究的畛域。在"儿童的发现"归并于"人的发现"时,儿童文学的发展获得了现代思想资源的支撑,在批评中国古代社会缺乏真正"为儿童"写作的读物及传统文化戕害儿童身心发展的伦理道德观念的同时,研究者也试图从传统资源中找寻推动中国儿童文学现代化演变的有益因子。

早在1909年,中国传统儿童文学资源的发掘、整理工作就已启动。曾志忞对儿歌的研究与改编开了历史之先河。"五四"时期,鲁迅、周作人、郑振铎、叶圣陶、茅盾等人对传统儿童文学资源(如民间故事、神话、童谣、儿歌、寓言等)的整理利用是从中国儿童文学自身发展出发的,同时考虑到中国现实的困境,对传统儿童文学资源中的封建糟粕,特别是戕害儿童成长的观念予以极力地颠覆和批判。研究者将民族性和现代化的特点视为中国儿童文学两种重要的文化特质。李岳南的《谈民间传统儿歌的艺术特色和技巧》在肯定传统儿童文学资源的可化用的基础上,提出民间传统儿歌在形式、体裁的多样化和寓知识教育于趣味性、娱乐性和形象性的艺术特点可为当前儿童文学创作提供"现活的样本"。⑪张占杰、周永超的《五四前后作家对中国传统儿童文学资源的现代阐释》认为,中国儿童文学进入建设期,中国传统儿童文学资源的现代阐释是在现代儿童文学理论视野下,对中国古代经典作品中儿童文学资源和民间文学中儿童文学资源的发掘、整理,在"民族性"与"现代性"的关联中其理论成果和整理之后的各种形态的作品是中国现代儿童文学重要的组成部分。⑫

二、横向拓展：从多元文化的视角重构中国儿童文学的历史框架

百年中国儿童文学的发展演变自有其内在的文化内涵和精神气度。研究者在重构中国儿童文学史的过程中，有意识地延展儿童文学内涵的宽度。这种"宽度"表现为建构起完备、丰富、开阔的文学史叙述，从中国儿童文学内在结构与外部世界两个维度来拓展其所能辐射的话语空间。

（一）从地域文化的角度扩充中国儿童文学内在文化构成

百年中国儿童文学的聚焦点之一是"中国"。中国地大物博，孕育了多元丰富的地域文化。通过地域文化这个中间环节以及区域的人文因素的总结和概括，探究儿童文学的民族性的特质，业已成为学界研究的一个热点。从地域文化的角度着眼，出现了一系列有地域文化特色的儿童文学史。比较有代表性的有汪习麟的《浙江籍儿童文学作家作品评论集》（1990年）、马力等的《东北儿童文学史》（1995年）、刘鸿渝的《云南儿童文学研究》（1996年）、彭斯远的《西南儿童文学作家作品论》（1998年）、金燕玉的《江苏儿童文学发展之回顾》（1999年）、董宏猷的《湖北儿童文学的上升势头》（1999年）、谢清风的《湖南儿童文学的湘军方阵》（2004年）、李凤杰的《陕西儿童文学创作队伍与作品》（2004年）、哈斯巴拉等的《内蒙古儿童文学概论》（2002年）、张锦贻的《发展中的内蒙古儿童文学》（2004年）、刘先平等的《安徽儿童文学发展论析》（2004年）、孙海浪的《江西新时期儿童文学综述》（2004年）、张中义的《河南儿童文学观察》（2004年）、陈子典的《广东当代儿童文学概论》（2005年）、彭斯远的《重庆儿童文学史》（2009年）、王泉的《儿童文学的文化坐标》（2007年）、李利芳的《中国西部儿童文学作家论》（2013年）等。这些论著以某一个特定区域的有代表性的作家作品为研究重心，探究了地域儿童文学发生发展的轨迹。显然，此类地域儿童文学史书写在重构整个中国儿童文学地图的作用不言而喻，但是其在勾连地域文化"远传统"与现代中国"近传统"方面还有进一步拓展的研究空间。

在中国儿童文学的空间探索上，文学史家还将视野拓展到了少数民族创作的儿童文学领地。少数民族儿童文学是中华文化、东方文明宝库中极重要的一个部分。民族儿童文学寄寓着各民族长辈们对新一代人的热切期盼和殷切希冀，民族传统美德和民族文化精粹自然地深藏其中。在历史前行、时代发展中，民族儿童文学成了民族文化的一种独特积淀和独特符号。在这方面，最有代表性的学者是张锦贻。她著有《民族儿童文学新论》（2000年）、《少数民族儿童文学的主题嬗变与创作衍变》（2000年）、《中国少数民族儿童文学》（2009年），主编作品集《中国少数民族儿童小说选》《中国少数民族儿童文学选（1949—1999）》《中国当代少数民族儿童文学原创书系》《民族儿童文学新论》《发展中的内蒙古儿童文学》，选编作品集《中国北方少数民族故事精选》《中国民间童话·蒙古族》等。其研究将笔触带到了少数民族聚居的村落与荒原，开掘少数民族儿童文学独特的精神表征与艺术形态。此外，扎哇等人所编的《藏族儿童文学概论》（2005年）等主要聚焦少数民族儿童文学的"民族性"特征，将少数民族儿童、民族的心理素质与时代的发展趋势有机地融合为一个整体，丰富了中国儿童文学的民族性、民俗性的品格。

值得注意的是，中国儿童文学史空间拓展的触角还延伸到了港澳台地区，汇聚为"大中华"儿童文学的有机组成部分。蒋风的《走向21世纪的香港儿童文学》（2002年）在对香港儿童文学作了历史考察后，还阐述了其现状，并对21世纪的香港儿童文学进行了展望。周密密主编的《香江儿梦话百年（20—50年代）》《香江儿梦话百年（60—90年代）》

（1996 年）对香港儿童文学的基本面貌进行了梳理，对作家作品"散点"的介绍也能透析香港儿童文学史的行进历程。陈国球的《香港文学大系（1919—1949）》（2014 年）专设了"儿童文学卷"，收录 20 世纪 30 年代中期到 40 年代末在香港出版的儿童文学作品，涵盖理论、诗歌、童话、故事、戏剧、寓言及漫画，展示香港早期儿童文学发展的面貌。洪文琼的《台湾儿童文学史》（1994 年）较清晰地梳理了台湾儿童文学在不同阶段发展的状况，对其中重要的作家作品也以专题的方式予以阐释，在史的维度上基本上能把握其发展的足迹。张永健的《20 世纪中国儿童文学史》（2005 年）专门设置了一个章节《台港澳的儿童文学》，以概述及作家作品分析的方法较为详细地梳理了其独特的历史发展轨迹和发展特征。遗憾的是，在勾勒港澳台儿童文学的发展状况时，著者未能将其纳入中国儿童文学整体发展的脉络当中去分析，造成了彼此分立、孤立的状况，还缺乏勾连彼此血脉联系的整体意识。

（二）在跨文化的空间对话视野上考察中国儿童文学的发展状貌

研究中国儿童文学离不开中外文化的对话，百年中国儿童文学就是在"西学东渐"的背景下发生的，而此后这种跨文化空间的交流虽有起伏，但从未中断过。基于此，学界学人在研究中国儿童文学的过程中也加入了中外文化的"互视"与"比较"的视野，试图将中国儿童文学带入到世界儿童文学的视界中来。韦苇主编的《世界儿童文学史概述》（1986 年）是国内第一部关于世界儿童文学的史著，该书比较全面地介绍了世界儿童文学发展的一般状貌，从 18 世纪儿童文学的发生一直论述到当代儿童文学的发展，在叙述世界儿童文学史的过程中偶尔会加入了一些对中国儿童文学的讨论，但遗憾的是并未为"中国儿童文学"单独设立一个章节来论述。5 年后，张美妮主编的《世界儿童文学名著大典》（1991 年）弥补了韦苇没有将中国儿童文学纳入世界儿童文学版图的缺憾。该书分为上下两卷，上卷为外国部分，分别介绍了英国、法国、德国、意大利等 49 个国家和地区的1135 篇儿童文学作品；下卷为中国部分。该书对古今中外上千篇儿童文学名著，包括小说、童话、诗歌、散文、科学幻想作品等作品内容及作者生平，进行了简洁的介绍和精辟的评价。但是限于研究体例和方法，该史著没有梳理世界儿童文学发展的脉络，也未能阐述和探析中国儿童文学与世界儿童文学的关系。蒋风的《世界儿童文学事典》（1992 年）是一部世界性儿童文学百科类辞书，涉及亚、欧、非、大洋洲、北美洲、南美洲 60 个国家约1350 位儿童文学作家，950 则世界儿童文学作品及形象，61 个国家的儿童文学概括，181种各国儿童文学奖等。这些研究成果比较全面地展示了世界各国儿童文学发展情况，但是中外文学对话的意识还不强，也未能将中国儿童文学纳入世界儿童文学的范畴予以整体性的考量。

与韦苇、张美妮、蒋风以"概论""事典""词典"来展示世界儿童文学风貌不同，汤锐的《比较儿童文学初探》构筑在中外儿童文学比较的视域上。该著始终贯彻着"中西儿童文学的差异正是中西文化差异性的生动艺术体现"思路[①]，整体性地从中西文化交流的视野上来比较中外儿童文学，从童年经验、生存意识、群体与个体等理论方面展开比较。与汤锐文化的纵向延展不同的是，刘绪源的《儿童文学的三大母题》则集中于中外儿童文学共性的概括，提出了"爱的母题""顽童的母题""自然的母题"三大母题。在此共有的主题下，中外儿童文学被统摄于文化的普世性的范畴内，这种概括对儿童文学本体话语而言无疑是有价值的。中国儿童文学的发生发展与域外儿童文学资源的引入是密不可分的，西方的儿童文学理论资源既包括儿童教育学和心理学理论，也包括儿童社会学、儿童文化、儿童艺术等理论资源。班马的《前艺术思想——中国当代少年文学艺术论》将皮亚杰"发生认识论"及儿童思维发展的理论运用于中国儿童文学的领地之中，提出了"儿童反儿童化""儿童审美发生论""前审美""前艺术"等一系列关乎儿童文学审美艺术的观念。彭懿的《西方现代幻想文学论》可以算得上是最早将日本"幻想文学理论"引入中国的著作，该著以生动优美的诗化语言对欧美等国的现代幻想文学进一次全景式的扫描，并对经典作家作品进介绍和评述。这本专著的意义并未止步于此，它还开启了 21 世纪中国儿童文学发展的新空间，推动了中国儿童文学界"大幻想文学"的浪潮。此外，杨义主编的《二十世纪中国翻译文学史》以"翻译活动"为主线，对安徒生童话、拉封丹寓言、王尔德童话、格林兄弟童话、《艾丽思漫游奇镜记》等西方儿童文学资源在中国的译介过程予以深入开掘，将中国译介者的文化心理、接受机制与译介行为较为清晰地呈现出来了。宋莉华的《近代来华传教士与儿童文学的译介》考察了近代西方来华传教士译介儿童文学的历史及其文学和社会影响，揭示了中国现代儿童文学早期的复杂性和多元准备，并对传教士的儿童文学翻译展开文学社会学的研究。

外国儿童文学的介绍和研究主题的开辟，开拓了中国儿童文学的世界性视野，然而，对于外国儿童文学的广泛介绍并没有与中国儿童文学的海外传播保持同步，在西方"他者"与中国"自我"的关系网络中，传播与接受并不是一个完全等同的概念，两者之间的共通性和差异性成为研究者关注的重要议题。关于自我与他者的冲突、互动的问题，赵霞的《儿童文学：重新发现的难度与限度》就曾指出，西方儿童文学的现代性，是中国儿童文学自觉接受的话语资源的。但是，中国儿童文学在接受西方影响时，西方儿童文学精神更容易在"理念的层面"上进入中国儿童文学的理论的机体，而在"感性的层面"上进入中国儿童文学创作时，则由于中国自身文学传统和特殊的时代生活的深刻影响，而受到了很大的阻碍。[④]吴翔宇的《"五四"儿童文学接受外国资源的机制、立场与路径》认为，因为存在着"为成人"的现代性与"为儿童"的现代性的两歧，发生期儿童文学在接受域外资源时会出现自然性与社会性的失序现象，进而在接受过程中产生了不可避免的思想性和艺术性的冲突，也生成了价值导向相异的译介群体及过滤策略。该文进而指出，对于这种现象的分析应置于中国情境及中国译介群体的内部构成中理性辨析，不可将域外资源的中国化视为"铁板一块"的中国化过程。[⑮]

三、从文学史到学术史：从学理的层面多维度地研究中国儿童文学

前述两个方面的问题与现象集中反映了重构百年中国儿童文学史的新态势，体现了研究者试图重构更为完整而全面的文学史叙述，进而拓展儿童文学研究的视野，提升其影响的努力。但就百年中国儿童文学发展的全局来考察，更为重要的是转向儿童文学的本体问题上来，提升中国儿童文学自身的学术含量。从世界儿童观念的变革来看，过去一百多年时间里，世界儿童观经历了被埋没、遮蔽到走向科学的曲折历程，中国的儿童观和儿童生存境遇也大致经历了与世界相似的进程，经历了从被湮没到被发现的曲折历程。现代儿童观的确立为中国儿童文学的发展带来了新的价值标尺，也为中国儿童文学研究提供了思想资源。就此研究来看，主要围绕如下议题展开论述。

（一）关于中国儿童文学研究的逻辑起点的讨论

20 世纪 80 年代以来，学界对于儿童文学基本理论问题的研究，其中最大的突破点之一就是对"儿童"或"童年"作为儿童文学研究基点的确认。在这方面，方卫平的《童年：

儿童文学理论的逻辑起点》最具代表性。在他看来,成人童年的唤醒以及其对于儿童的预设是催生儿童文学的基本前提,确立了这个"逻辑起点",儿童文学的定义和基本属性也就确立起来了。⑯儿童文学背后折射的成人"儿童观念"作为一种话语被很好地揭示出来了,而"儿童"一旦发现,一种适合其身心发展和需要的文学就产生了。但是遗憾的是,围绕"儿童观"或"童年观"的转变来整体探讨中国儿童文学的发展演变的专著目前还没有。

前面提到,"儿童的发现"观念催生了"儿童文学"的产生,而儿童文学的发生也自觉融入了现代中国进程之中。强调儿童主体性的确立对儿童文学意义的生成逐渐成了学界研究的热点。在这方面,曹文轩的《中国八十年代文学现象研究》(1988年)最早提出该议题:"儿童文学承担着塑造未来民族性格的天职。"他认为,塑造未来民族的性格是新时期儿童文学"主题的核心","只有站在塑造未来民族性格这个高度上,儿童文学才有可能出现蕴涵深厚的历史内容、富有全新精神和具有强度力度的作品"。⑰王黎君的《儿童的发现与中国现代文学》(2009年)就是这一思路推导出的研究成果。在她看来,儿童的独立人格和精神现象并没有跟随人类历史的发展而得到肯定和张扬,无视儿童的独立性是占据古代中国和西方社会漫长历史主流的儿童观念。近代以来儿童及儿童主体的发现为中国现代文学带来了诸多意义,儿童视角和儿童形象的文学表达体现了现代中国的独特文化生态。⑱基于儿童的新人身份以及凝眸中国的努力,儿童文学从其诞生时就具有了"想象中国"的社会使命感。吴翔宇的《五四儿童文学的中国想象研究》从中国儿童文学为什么想象中国、何以能想象中国、怎样想象中国、想象了怎样的中国形象、如何评价儿童文学想象中国的话语实践等问题展开专题论述,该著紧扣现代中国转型的背景,将发生期的儿童文学理论体系、价值品格和艺术审美等特性的建构过程深入地揭示出来了。⑲

然而,儿童观与儿童文学之间并非隶属关系,也绝非前者决定后者,或前者推导出后者的逻辑关系,在一定的时期可能会出现并不对位的关系。对于这种复杂的关系,李利芳的《论中国现当代儿童文学中的儿童观》从"重群体的儿童教育观"和"重个体的儿童本位观"的内在张力来分析两者的关系。⑳杜传坤的《中国现代儿童文学史论》则对其原因作了如下概论:儿童观属于文学范畴,儿童文学属于文学范畴,中间有一个转化过程,而这种转化可能会导致"初衷"的变异。㉑方卫平、赵霞的《文化视角与童年立场——当代西方儿童文学研究中的文化批评》则从"重群体的儿童教育观"和"重个体的儿童本位观"的内在张力来分析两者的关系。㉒

由儿童观与儿童文学之间不对等的关系而延伸出来的是"写儿童"还是"为儿童"的讨论。"儿童文学"概念内含了成人作家与儿童读者之间的对话。对于成人作家而言,其开启与儿童对话的途径是成人自身童年的唤醒。由于个体生命体验的无法复制性,成人创作的儿童文学作品势必打上作家自身的印记,并且与所处时代语境紧密相关。这种成人"观念性童年"与儿童"实体性童年"的错位,致使儿童文学概念具有开放性和混杂性的特征。由此也引起了儿童文学是"写儿童"还是"为儿童"的讨论,与此相关的是"儿童视角""写儿童""回忆童年"的文学作品是否算是儿童文学的作品。早在1959年,贺宜的《儿童文学创作的一个关键问题:儿童化》就提出了有两种儿童文学:一种是儿童的儿童文学,另一种是成人的儿童文学。在他看来,真正的儿童文学"不在于刊载于成人的文艺刊物上还是刊载于儿童刊物上,也不在于它们是不是印成了专供儿童阅读的单行本",问题的核心在于"这些作品是不是对于儿童有用,是不是为儿童所喜欢"。㉒贺宜以"儿童化"来衡量文学作品是不是儿童文学的观念并未真正廓清儿童文学的概念,"儿童化"的标准很难从根本上区别"写儿童"与"为儿童"。对于这个问题,鲁兵的《我国儿童文学遗产的范围》沿着贺宜的思路往前推进。他首先指出儿童文学界存在着两种声音:一种是以作品是否写儿童为标准,写儿童的就是儿童文学,否则就不是儿童文学。另一种则以作品是否为儿童创作的为标准:为儿童创作的就是儿童文学,否则就不是儿童文学。在他看来,是否为儿童创作,这只能说明作家的动机,而我们是不能单纯从动机去判断效果的。一个作品是否属于儿童文学,只能从作品的本身去检验,这才是最可靠的办法。"一个作品是否属于儿童文学,就要看它是否具有儿童文学的特点。"㉓正是基于这两种共在的因素,使得一些中国儿童文学史著在选取儿童文学作品时不免陷入困境,导致文学史显得"繁杂有余"而"纯"度不足。

(二)关于"本质论"与"建构论"的讨论

这一分歧关涉中国儿童文学史研究的重要理论问题:中国儿童文学到底是一个客观存在的实体,还是后天建构出来的概念?在对儿童文学概念的整体性把握后,一些研究者认为儿童文学是有本质的,这一本质以儿童主体为内核,确立了儿童主体,其艺术形式和审美追求也就确定下来了,其遵循的逻辑是从儿童的确立到儿童文学生成。关于儿童文学本质问题的讨论,杨实诚的《从儿童文艺的产生看儿童文艺的本质》是最早的理论文章,他指出,从心理和生理的角度出发考察儿童文学的本质,其实反映了儿童与成人最为体己的内在需要,这和将自己塑造成什么人等外在社会功能并不构成直接对应关系,完全是指向儿童主体的创造性审美活动。㉔杨实诚的看法也得到了很多研究者的认可,儿童主体性的发现和确立成为研究者探究儿童文学主题及思想的重要维度。

受西方后现代派的影响,一些学者主张"建构论",即是反对"本质论"的建构论,在他们看来一切都是文化的产物,而文化本身是由人建构的,所以就可以解构,也可以重构。有感于儿童文学研究界建构论越来越多,儿童文学没有审美本质等言论的虚无主义倾向,刘绪源以杜传坤的《中国现代儿童文学史论》为例对此问题展开讨论,他指出如果推开本质论,摒弃儿童文学本质的文化积累,一味地强调儿童文学对于儿童的建构是"经不住时间的考验的"。㉕在他看来,儿童是第一性的,儿童文学是第二性的,儿童文学的产生是先有儿童,这是确定无疑的。事实上,刘绪源慎作"建构"的批评文章之前,国内学者反本质论的声音一直存在。在对《当代西方儿童文学新论译丛》推介时,吴其南认为,进入新世纪,中国儿童文学理论领域正在发生深刻的变革,当代西方儿童文学理论采取的视角是:对儿童文学的理解首先和主要是从社会、作家、成人出发的。不仅作品是成人、作家创作的,"儿童""读者"、读者的兴趣、接受心理等也是作家创造的。概而言之,儿童文学理论的主要问题是关于"儿童主体性建构的探讨"㉖。在《20世纪中国儿童文学的文化阐释》中,吴其南进一步重审了其对过去儿童文学研究所持"本质论"的批评:"这种文学观、批评观不仅不能深入地理解文学,还使批评失去其独立的存在价值。"㉗对于上述反对"本质论"的建构论的言论,朱自强的《"反本质论"的学术后果》认为其把"世界"与"真理"弄混淆了,把"事实"和"观念"弄杂糅了,进而出现了对文学史的"事实"进行随意"建构"的倾向。㉘对于这场讨论,方卫平撰文《从"事件的历史"到"述说的历史"》认为其本源于儿童文学"事件的历史"与"述说的历史"之间的内在张力,前者对应的是儿童文学史自在的、原生态的历史,而后者对应的是儿童文学被研究操控的主观的历史。认同前者则笃

信本质论,而认同后者则滑向建构论。㉟

（三）关于"思想性"与"艺术性"何者为第一性的问题

强调"儿童"主体对于儿童文学创构的优先意义不可避免地制导了"思想性"与"艺术性"的矛盾。自周作人《儿童的文学》（1920年）以"儿童的"和"文学的"两面来概括儿童文学始,前者因儿童本体的文化价值与时代发展的主潮契合而一度高扬,而后者则遭受冷遇。日本学者柄谷行人的《现代日本文学的起源》曾以"颠倒的风景"来谈论"儿童"的被建构过程,在他看来,儿童只是儿童文学概念生成的一个方法论上的概念,并非实体性存在。对此,英国学者戴维·拉德的《理论的建立与理论：儿童文学该如何生存》也提出了"儿童既被建构的也能建构的"类似看法。儿童文学起源过程中"儿童性"的理论过剩,制约了"文学性"的阐发,这也逐渐成为学界讨论和反思的又一课题。对此,在《早慧的年代——20世纪中国儿童文学理论体系建设回眸之一》中,方卫平将此概括为"早熟"㊱。

由思想性与艺术性关系延伸出的是关于教育性与文学性的讨论。1962年,鲁兵提出的"儿童文学是教育儿童的文学"开启了儿童文学教育工具论的时代。新时期以来,林良从"文学性"与"教育性"两个维度来审思儿童文学的功能。在他看来,"我们不能承认缺乏'文学性'的儿童文学创作是'文学创作',但是也不认为缺乏'教育性'的儿童文学创作是适合儿童欣赏的"。㊲这为此后儿童文学界开始反省"教育工具论"提供了话语资源。周晓的《儿童文学札记二题》指出："儿童文学的本质是文学,教育作用只是儿童文学的一种功能,要把儿童文学从狭隘的机械的政治思想和道德伦理的灌输中解放出来。"㊳刘厚明认同周晓的儿童文学是文学的说法,他以"导思、染情、益智、添趣"作为儿童文学的功能㊴,这实质上将儿童文学从工具性的单一价值指向中抽离出来了。之后,引发理论界关于儿童文学教育问题的讨论导源于陈伯吹的《卫护儿童文学的纯洁性》,该文认为："文学的高贵处,不仅在于让读者全身心地获得愉快的美的享受,更重要的在于以先进的思想启示人生的道路,促使人做出道德范畴内的高尚行为,推动社会前进。"㊵对于陈伯吹的这种将儿童文学的教育性视为"纯洁性"的看法,方卫平和刘绪源先后发表文章与其商榷与争鸣。方卫平的《近年来儿童文学发展态势之我见——并与陈伯吹先生商榷》在肯定儿童文学教育功能的前提下,认为"把教育作用当成我们儿童文学观念的出发点,在客观上造成了儿童文学自身品格的丧失"㊶。刘绪源的《对一种传统的儿童文学观的批评》重申儿童文学的审美的重要性,指出"儿童文学的本质只能是审美","只有以审美作用为中介,文学的教育作用与认识作用才有可能实现"。㊷此后,沈虎根的《教育性——一种文学争议的剖析》、胡景芳的《写"自我"的效果不好》、李楚诚的《关于儿童文学的教育作用问题》、鲁兵的《从"尊重儿童"说起》、亦古的《当代意识和历史眼光》、韦苇的《文学史如是说——我对儿童文学教育性和艺术性的思考》、汤锐的《教育性不是评论儿童文学的标准》等大约有20篇文章讨论了儿童文学与教育的关系问题。

除此之外,"儿童"与"成人"两种话语关系也是思想性与艺术性的讨论而延展的议题。班马的《对儿童文学整体结构的美学思考》首倡要突破儿童文学缘由美学观念上的"自我封闭系统",走向一种儿童与成人（社会）之间有机对话的双向结构。㊸在其后两部著作《中国儿童文学理论批评与构想》（1990年）、《前艺术思想——中国当代少年文学艺术论》（1996年）中,他提出了"成人—儿童"的交互主体性的观点,这其中"童年"是中介,在成人方面,这种交互主体性主要是体现在成人为儿童的"代言"和对儿童的"精神扮演";在儿童方面则主要体现在"儿童反儿童化",正准备以"告别童年"为目标的"成人仪式"。

在班马的理论体系中,成人作为儿童文学的创作主体与儿童作为儿童文学的接受主体,在交互主体性的运作上显示着两代的精神对话。此外,吴其南的《从系统结构看儿童文学的创作思维》(1986年)、杨实诚的《是奴隶,也是主宰》(1986年)、方卫平的《儿童文学本体观的倾斜及其重建》(1988年)、黄云生的《简论儿童文学创作的读者意识》(1988年)等文章都从不同角度论析了"成人—儿童"双逻辑支点的理论构架及实践的可行性与限度。这无疑对中国儿童文学建构系统严密的理论体系、强化了其与中国社会历史之间的关系具有重要的理论价值。

此后,关于"成人—儿童"结构关系的讨论还在继续。相对于班马理论体系的繁复,方卫平《儿童文学的当代思考》有关"成人—儿童"交互主体性的观念相对简单,即"成人世界"与"儿童世界"的交融性,儿童文学的本体是个由"成人世界"与"儿童世界"相互碰撞、融合而成的有机整体。⑳关于这一点,汤锐的《现代儿童文学本体论》认同方卫平关于两种话语的碰撞,只不过她更强调这种交融化合的"圆满性"趋向。㉑张嘉骅的《儿童文学的童年想象》并不否定儿童世界与成人世界的分立,但他认为交融的前提是儿童主体和成人主体都是具有"裂隙"的主体。而正是这种并不完全封闭的对话才使得中国儿童文学的本体更具开放性。㉒在承认成人与儿童两极区分的基础上,杜传坤的《转变立场还是思维方式?——再论儿童文学中的"儿童本位论"》认为,儿童本位论建立在儿童与成人具有本质差异的二分式假设之上,儿童本位论批判的实质不是立场批判,不是批判"以谁"为本位,而是思维方式的批判。[42]在此基础上,儿童文学需要突破二元对立的现代性话语框架,尊重差异也认同共性,从本质主义的思维方式里走出来,走向问题,走向实践。

[注释]
①矛盾:《关于"儿童文学"》,《文学》第4卷第2号,1935年2月1日。
②启明:《〈古童话释义〉引言》,《绍兴县教育会月刊》第7号,1914年4月20日。
③王泉根:《中国儿童文学现象研究》,湖南少年儿童出版社1992年版,第19页。
④方卫平:《中国儿童文学理论批评史》,江苏少年儿童出版社1993年版,第43页。
⑤朱自强:《中国儿童文学与现代化进程》,浙江少年儿童出版社2000年,第77页。
⑥朱自强:《"儿童文学"的知识考古——论中国儿童文学不是"古已有之"》,《中国文学研究》2014年第3期。
⑦王泉根:《中国古代有儿童文学吗?》,《文艺报》2018年7月20日。
⑧杜传坤:《现代性中的中国"儿童话语"——从中国现代儿童文学的起源谈起》,《学前教育研究》2010年第1期。
⑨何紫:《中国儿童文学一百年》,《开卷》1980年第6号。
⑩樊发稼:《中国儿童文学发展的一个轮廓》,《资料与信息》1987年第11号。
⑪李岳南:《谈民间传统儿歌的艺术特色和技巧》,《儿童文学研究》1981年第2期。
⑫张占杰、周永超:《五四前后作家对中国传统儿童文学资源的现代阐释》,《石家庄学院学报》2009年第6期。
⑬汤锐:《比较儿童文学初探》,江苏少年儿童出版社1990年版,第34页。
⑭赵霞:《儿童文学:重新发现的难度与限度》,《南方文坛》2012年第3期。
⑮吴翔宇:《"五四"儿童文学接受外国资源的机制、立场与路径》,《学术月刊》2015年第9期。
⑯方卫平:《童年:儿童文学理论的逻辑起点》,《浙江师大学报》1990年第2期。
⑰曹文轩:《中国八十年代文学现象研究》,人民文学出版社2010年版,第365页。
⑱王黎君:《儿童的发现与中国现代文学》,中国社会科学出版社2009年版,第25页。
⑲吴翔宇:《五四儿童文学的中国想象研究》,北京师范大学出版社2014年版,第9页。

⑳李利芳：《论中国现当代儿童文学中的儿童观》，《兰州大学学报（社会科学版）》2000年第1期。

㉑杜传坤：《中国现代儿童文学史论》，中国社会科学出版社2009年版，第18页。

㉒方卫平、赵霞：《文化视角与童年立场——当代西方儿童文学研究中的文化批评》，《文艺争鸣》2011年第7期。

㉓贺宜：《儿童文学创作的一个关键问题——儿童化》，《火花》1959年第6号。

㉔鲁兵：《我国儿童文学遗产的范围》，《文汇报》1961年7月19日。

㉕杨实诚：《从儿童文艺的产生看儿童文艺的本质》，《求索》1986年第2期。

㉖刘绪源：《尊重"本质"，慎作"建构"》，《文艺报》2010年9月3日。

㉗吴其南：《中国儿童文学理论的转折性变革：从"儿童本位"到"创造儿童"？》，《中华读书报》2011年12月7日。

㉘吴其南：《20世纪中国儿童文学的文化阐释》，中国社会科学出版社2012年版，第76页。

㉙朱自强：《"反本质论"的学术后果——对中国儿童文学史重大问题的辨析》，《中国海洋大学学报（社会科学版）》2013年第5期。

㉚方卫平：《从"事件的历史"到"述说的历史"：关于重新发现中国儿童文学的一点思考》，《南方文坛》2012年第3期。

㉛方卫平：《早慧的年代——20世纪中国儿童文学理论体系建设回眸之一》，《儿童文学研究》1999年第3期。

㉜林良：《儿童文学的"文学性"》，见《中国儿童文学大系（理论1）》，希望出版社2009年版，第666页。

㉝周晓：《儿童文学札记二题》，《文艺报》1980年第6期。

㉞刘厚明：《导思·染情·益智·添趣——试谈儿童文学的功能》，《文艺研究》1981年第4期。

㉟陈伯吹：《卫护儿童文学的纯洁性》，《解放日报》1987年6月4日。

㊱方卫平：《近年来儿童文学发展态势之我见——并与陈伯吹先生商榷》，《百家》1988年第3期。

㊲刘绪源：《对一种传统的儿童文学观的批评》，《儿童文学研究》1988年第4期。

㊳班马：《对儿童文学整体结构的美学思考》，见《中国儿童文学大系（理论2）》，希望出版社2009年版，第670页。

㊴方卫平：《儿童文学的当代思考》，明天出版社1995年版，第149页。

㊵汤锐：《现代儿童文学本体论》，江苏少年儿童出版社1995年版，第165页。

㊶张嘉骅：《儿童文学的童年想象》福建少年儿童出版社2016年版，第183页。

㊷杜传坤：《转变立场还是思维方式？再论儿童文学中的"儿童本位论"》，《山东师范大学学报（社会科学版）》2018年第1期。

（原载《扬州大学学报（人文社会科学版）》2019年第1期）

研究中国儿童文学史的维度与难度

王泉根

一般认为，文学史、文学理论、文学批评构成文学研究的三大板块，但也有论者把文学史直接纳入文学理论之中，如美国雷·韦勒克在《文学理论》一书中，就将"文学史"作为专章列入。撰著文学史是文学研究中最为困难的，难在既要有文学理论的"哲学"基础，又要有文学批评的"实学"功夫，同时还需要有文学史的史识、史胆、史德的"史学"修炼和文献积累与辨析能力。撰写儿童文学史更为困难，除了具备以上三方面的素养外，还得理解儿童的方方面面，这又需要有教育学、心理学、人类学等方面的"跨学科"知识与修养。撰写中国儿童文学史难度更大，因为直到今天，学界对于中国古代是否有儿童文学之存在还是"雾里看花""心存疑惑"。

但是，儿童文学毕竟是整个文学系统中相对独立的组成部分并在现代社会日显重要，中国儿童文学更是已经发展成为整个中国文学系统中的重要门类，因而撰写中国儿童文学史理所当然已成为文学研究的一个不应被小觑的课题。中国儿童文学史的研究，既涉及儿童文学理论，也涉及儿童文学批评，同时对研究者如何理解、对待儿童的观念与行动即"儿童观"密切相关。这既是把儿童文学作品作为艺术品的审美研究，也是把儿童文学的发展作为一门历史的研究，同时也是把儿童作为儿童的文化研究。因而中国儿童文学史的撰著，与著作者的审美意识、历史意识、当代意识、儿童意识密切相关，同时又有民族立场问题。

一、"文学"的观念从来都是开放性的

研究文学是难的，这既是由于人类语言表达的有限性，也是由于人类形象思维的复杂性。谁能用语言描述清楚"风是什么"，谁又能解释清楚"美是什么"。

所以2000多年前古希腊哲人柏拉图说："连这美的本质是什么都还茫然无知。美是难的。"所以现代德国哲学家路德维希·维特根斯坦说："凡是可以说的东西都可以说得清楚，对于不能谈论的东西必须保持沉默。"所以当代美国学者刘若愚在考察了文学与文学研究的现象之后，得出了这样的结论："正如所有的文学和艺术企图表现那不可表现的东西一样，所有的文学和艺术的理论也都企图解释那不可解释的东西。"[①]

就像"什么是人"对于社会学、"什么是生命"对于医学、"什么是存在"对于哲学一样，"什么是文学"是文学理论与文学史的原初问题与总问题。然而，如同一百个读者心中有一百个不同的哈姆莱特，一百个文学从业者心中也有一百种不同的文学。"什么是文学？""文学到底是什么？"对于这一原初之问，古往今来的无数大作家与学者都曾为之定义，据说林林总总的权威定义已不下千百种。在国外，黑格尔认为文学是理念的感性呈现。莎士比亚认为戏剧（文学）"始终反映自然"。塞万提斯认为自然是文学的唯一范本。列夫·托尔斯泰认为文学是人类普遍感情的传达。别林斯基与车尔尼雪夫斯基认

为文学是现实的"再现"②。按照海德格尔的描述，文学是这样一种景观：它在大地与天空之间创造了崭新的诗意的世界，创造了诗意生存的生命③。在中国，曹丕认为文学是"经国之大业，不朽之盛事"。鲁迅认为文学是"国民精神所发的火光，同时也是引导国民精神的前途的灯火"④。茅盾认为"文学是为表现人生而作的"⑤。一位当代作家说："文学是我最无欺的感情试纸和精神伴侣。"⑥

纵观中外文学理论的发展史，对"文学到底是什么"的认识在不同民族文化、不同历史阶段一直存在着不同的声音。西方文论从古希腊的"摹仿"说、"理式"说、"灵感"说，到古罗马的文学修辞说，17世纪古典主义的程序说，18世纪以后的现实主义的程序说，浪漫主义的激情说、想象说、天才说，文学是生活的再现说、反映说，文学是被压抑欲望的升华说，等等。中国文论从最早的"言志"说，到两汉以后的"教化"说、"缘情"说，六朝到唐的"物色"说、"意象"说，直至明清的"意境"说，等等。古今中外对于"文学"的定义如此千差万别，实在令人叹为观止。

由于文学观念的不同，具体到文学体裁（文体）和文学种类（文类）自然也有种种不同的分类法。中国古代有所谓"文""笔"之分或"诗""笔"之分，即分为"韵文"和"散文"两类。五四新文学运动以后的中国现代美学通常把文学分为小说、诗歌、散文、戏剧文学四种体裁，所谓"四分法"。在西方古典美学中，或把文学分为诗歌与散文两类，或分为叙事的、抒情的、戏剧的三大类。现代西方也有人把文学分为虚构与非虚构的，成年人文学与未成年人文学，等等。

有意味的是，作为具有世界文学风向标意义的诺贝尔文学奖，近年屡屡战似乎已成定势的文学观念。2015年诺贝尔文学奖授予创作纪实文学与新闻报道的白俄罗斯女记者斯韦特兰娜·阿列克西耶维奇，奖励她在对揭发和纪念人类普遍关注事情的纪实。《纽约客》当时就认为，她获奖是非虚构战胜了诺贝尔，而不是她的文学技巧。2016年更使全世界的文学教授大跌眼镜——诺贝尔文学奖授予美国摇滚歌手、民谣艺术家鲍勃·迪伦，获奖理由是他"在美国歌曲传统中创造了新的诗意表达"。诺贝尔文学奖评委恩格道尔认为：鲍勃·迪伦获奖传递了一个信号，即拓宽对文学的定义，这是诺贝尔文学奖委员会已经讨论了一段时间的话题——不仅扩展诗歌的概念，将音乐诗歌包括进来，同时，文学应该将非虚构作品囊括进来，只要这些作品在形式和创作上带有文学品质。

一时代有一时代的文学，一时代的文学具体呈现于一时代的文学体裁。文学体裁的产生与发展，首先是为了适应时代的需要，表达作家反映生活和生命体验的需要；同时又是文学本身创作经验和技巧的不断积累，作家对各种体裁反映生活的特点及其优势和劣势的认识日益深化、并力求使之日趋完善的必然结果。文学体裁的发展在今天并没有终止，儿童文学文体也是如此。

到底何为文学？这真是你方唱罢我登场，雾里看花越看越花，对文学的定义自然会不断延续下去。何为文学？这既涉及对文学的价值功能的认识，也涉及文学与社会现实关系的认识，同时涉及"文学性"的问题。尽管文学理论界对"什么是文学"以及"文体分类"有不同看法，但只要是文学，总有文学之为文学的一些根本属性。这些属性正是形成我们有关文学观念的基本共识。有论者认为古今中外文学观念中形成的共识主要有四个方面⑦，这四个方面或许正是文学要坚守的"文学性"原则。

一是语言性，文学是语言的艺术，语言是文学的媒介。二是情感（心灵）性，审美情感既是文学的本源，也是文学创作的重要内容，文学是审美情感的语言呈现。三是意象（形象)性,文学文本的基本样态是由文学语言塑造的生动可感的艺术形象。四是想象(虚构)性,文学思维是一种创造性思维,主要表现在其想象意义以及对现实的虚构关系上。

儿童文学是整个文学系统不可或缺的组成部分,如同完整的家庭不可能没有孩子一样。儿童文学既然是整个文学系统的组成部分,那么有关文学的基本原理与一般规律,自然也是儿童文学的基本原理与一般规律。显然,以上有关中外文学理论史上对文学概念、文学体裁、文学性等根本问题的讨论与资源,自然而然是我们研究儿童文学与儿童文学史的出发点与理论准绳。

二、定义"儿童文学"的难度与寻找可能的共识

儿童文学的特别之处在于它是一种因读者对象(儿童)而命名的文学类型,因而如何理解儿童,就势必成了如何理解儿童文学的前义。如果说研究文学是难的,那么研究儿童文学更是一件困难的事。研究儿童文学之所以尤为困难,是因为人类对于究竟什么是儿童竟然长时期地茫然无知。

在西方,权威的《简明不列颠百科全书》这样写道:"接近工业革命前夕时,儿童文学仍处于不太明显的地位,主要原因可能是:儿童虽然存在,可是人们却视而不见,所谓视而不见,指不把他当儿童看待。在史前社会,人们是从他与部落的社会、经济和宗教的关系去考察。儿童一直是当作未来的成人看待,因此,经典文学作品,要么看不见儿童,要么就是误解了他。整个中世纪以迄文艺复兴晚期,儿童仍然像以前一样,是一个未知之域。"⑧

在中国,鲁迅曾这样说:"往昔的欧人对于孩子的误解,是以为成人的预备;中国人的误解,是以为缩小的成人。"⑨周作人说得更激烈:"中国还未曾发见了儿童——其实连个人与女子也还未发见,所以真的为儿童的文学也自然没有,虽市场上摊着不少的卖给儿童的书本。"⑩

没有儿童的发现,也就没有儿童文学的发现,这一观点很容易说服人,而且很现代。因而如何考察与梳理儿童文学的历史显然是一件比之成人文学的历史显得更为困难的事。但儿童文学史研究的难度与魅力也正在于此——我们注意到,人们在讨论中国儿童文学史时,往往是矛盾的、两难的甚至是"互相打架""自我否定"的。典型者如周作人。他一方面认为中国在没有发现儿童之前,真正的儿童文学是不存在的。这是他作为一个思想者、社会批评家时的观点。但当他作为一个文学家、文献研究专家时,他又得出了完全相反的观点:"中国虽古无童话之名,然实固有成文之童话,见晋唐小说,特多归诸志怪之中。"⑪又说:"中国童话自昔有之,越中人家皆以是娱小儿,乡村之间尤多存者。"⑫因而他批评商务印书馆宣称1909年出版的翻译童话《无猫国》是"中国第一本童话"时,就断然棒喝"实乃不然"⑬,类似《无猫国》的西方童话,中国也早已有了。

须知,童话是儿童文学的核心文体,儿童文学如果抽取了童话,那就如同抽筋去骨,因而现代中国儿童文学在很长时间里(20世纪二三十年代)是把童话等同于儿童文学的。例如由赵景深选编、1924年上海文化书社出版的《童话评论》,收录了从"五四"到1923年间散见于北京、上海等地报刊的18位作者的30篇儿童文学论文,作者包括胡适、郭沫若、张闻天、周作人、郑振铎、夏丏尊、胡愈之、赵景深等,因而这是我国第一部儿童文学论文集,但当时却标明为是研究"童话"的集子。既然"五四"时期前后童话几乎等同于儿童文学,那么周作人斩钉截铁地说"中国童话自昔有之"是否可以理解为中国儿童文学也是

自昔有之呢?

定义儿童文学之所以困难,还在于人们对待儿童文学的立场、视角不同,所谓"屁股决定脑袋"。站在成人意志、成人中心与社会责任的立场,有的认为儿童文学"要能给儿童认识人生"(茅盾语)[⑭],"儿童文学是教育儿童的文学"(鲁兵语)[⑮],"儿童文学作家是未来民族性格的塑造者""儿童文学的使命在于为人类提供良好的人性基础"(曹文轩语)[⑯]。站在儿童中心、儿童生命与儿童文化的立场,有的认为"儿童的文学只是儿童本位的,此外更没有什么标准"(周作人语)[⑰],"儿童文学是儿童的——便是以儿童为本位,儿童所喜看所能看的文学。"(郑振铎语)[⑱]"儿童文学,无论采用何种形式(童话、童谣、剧曲),是用儿童本位的文字,由儿童的感官以直诉于其精神堂奥,准依儿童心理的创造性的想象与感情之艺术。"(郭沫若语)[⑲]如果我们对当今中国儿童文学作家与研究者做一番"你认为什么是儿童文学"的问卷调查,恐怕答案也是异彩纷呈。被教育部两度列为国家级规划教材、由北京师范大学出版社出版的《儿童文学教程》,对儿童文学的定义是:"儿童文学或称少年儿童文学,是以 18 岁以下的儿童为本位,具有契合儿童审美意识与发展心理的艺术特征,有益于儿童精神生命健康成长的文学。这一特殊文学内部,因读者年龄的差异性特征(如身心特征、思维特征、社会化特征),而又将其具体区分为少年文学、童年文学、幼年文学三个层次。"[⑳]但这一定义自然只是北师大版教材的定义,相信其他版本的儿童文学教材,也会有自己的定义。

定义儿童文学之所以困难,还有一种原因是出于阅读实际即接受美学的考虑。英国作家乔治·麦克唐纳有段著名的宣言:"我写作不是为了儿童,而是为了仍保有赤子之心的人,不论是 5 岁,50 岁,或是 75 岁。"因此他提出应该从阅读的维度来定义儿童文学。[㉑]无独有偶,中国学者李泽厚也持此观点,因而他认为明代吴承恩著的《西游记》是一部了不起的儿童文学:"七十二变的神通,永远战斗的勇敢,机智灵活,翻江搅海,踢天打仙,幽默乐观和开朗的孙猴子已经成为充满民族特色的独创形象,它是中国儿童文学的永恒典范,将来很可能要在世界儿童文学里散发出重要影响。"[㉒]儿童文学研究家金燕玉更是把《西游记》称之为"中国第一部古典长篇童话,为后代的童话树立了光辉的典范",并直接写进了她著的《中国童话史》[㉓]。须知,在中国文学史的叙述中,《西游记》从来只是一部专属于成人社会的小说,最多也不过是称为神魔小说,从来不会想到《西游记》还是一部具有世界意义的童话。究竟如何看待《西游记》现象?这自然涉及如何定义儿童文学。

究竟应该如何理解"儿童文学"与"儿童文学史"的这种矛盾、差异与悖论呢?我以为,我们需要将儿童/儿童文学/儿童文学史放在一个人类文学/文化的大视野下进行考察,而非局限于一特定研究领域所占的位置。我们应当小心地而不是"大胆"地,辩证地、实事求是地而不是片面地、主观地加以探究。

在这里,我愿重申我在《论儿童文学的基本美学特征》[㉔]一文中的观点。我认为,在人类文学史上,儿童文学的发现与独立艺术形式的出现要远远晚于成人文学,这与人类文化在很长时期内的思维形式相关。人类社会早期是没有成人世界与儿童世界的严格区分的,人类群体童年时期的思维特征与生命个体童年阶段的思维特征具有几乎一致的同构对应关系,此即"儿童/原始思维",万物有灵、非逻辑思维等是这种关系的最具体表现,因而原始时代人类的图腾崇拜、巫术、神话等,都一致地为成人世界与儿童世界所理解和激动。儿童的文学接受与成人的文学接受在人类由野蛮进入文明以及漫长的农业文明岁月里具有几乎完全的一致性。成年人的神话、传说以及魔幻、幻想型等民间故事,如欧洲的女巫、菲灵（小精灵）类故事，中国的《白衣素女》《吴洞》，等等，也同样是儿童最适宜的共享的文学接受形式。人类文学接受的这种一致性在由农业文明进入工业文明的历史大转型时期这才产生了严重的分裂。

中世纪晚期以降，在西欧出现了一系列旨在不断瓦解农业文明并进而直接影响到人类文明走向的重大事件，这些事件包括：文艺复兴、宗教改革、地理大发现、工业革命等，并最终导致了人类向工业文明的转型。工业文明创造出了一个全新的生产力与一种全新的文明。伴随着这一系列人类文明演变的巨大历史事件与工业文明的世界性扩张，人类的理性思维、科学主义、功利主义等观念急剧膨胀。人类童年时期那些充满感性思维与整体观念的神话传说终于被成人世界所彻底放弃，而只成了儿童世界几乎独享的文学资源。成人世界与儿童世界的思维距离（现代理性思维与儿童原始思维）已是遥遥几千年乃至几十万年了。

工业文明使人类世界最终形成成人世界与儿童世界的两极客观分离。正是由于这种分离，才能见出区别、对立乃至代沟，人类只有在这个时候才意识到儿童的独立存在，儿童世界的问题这才日渐引起了成人世界的关注。经过文艺复兴运动及其持续不断的思想启蒙与解放运动，人类在发现人、解放人，进而发现妇女、解放妇女的同时最后终于发现了儿童。儿童的发现直接导致了人类重新认识自己的童年，认识生命个体的童年世界的存在意义与在精神生命上的特殊需求。这一次发现经由 17、18 世纪包括卢梭、夸美纽斯等一大批杰出思想家、教育家、心理学家对儿童世界问题殚精竭虑的探究和奔走呼吁，再经由 18、19 世纪包括安徒生、卡洛尔、科洛迪、马克·吐温等一大批天才作家的创造性文学成果，终于使儿童的发现直接孕育出了"儿童文学的发现"这一伟大的人类精神文明成果。世界自觉儿童文学的太阳首先从欧洲的地平线上升起，进入 20 世纪放射出了绚丽多姿的光芒。今天，人类不但通过《联合国儿童权利公约》等国际性规则，确立了普遍遵守的儿童不可被侵犯和剥夺的各种权利，而且通过国际儿童读物联盟（IBBY）、国际儿童文学研究会（IRSCL）、国际安徒生奖、国际格林奖等机构和奖项，将儿童文学、儿童读物的生产、研究与社会化推广应用做成了一个全球性的文化事业。儿童文学、儿童读物已经成为考察现代化国家的重要指标与文明尺度，联合国儿童基金会官员曾明确宣布："看一个国家儿童读物出版的情况，可以看出这个国家的未来。"

如果我们对"儿童文学"的这种全球性演进的文化人类学意义上的普遍规律形成共识，那么我们再来看中国儿童文学史的传统资源就容易找到源流与线索了。显然，我们需要讨论的不是中国古代到底有没有"儿童文学"一词，中国儿童文学具体"诞生"于何朝何代何时何氏之手，而是要从整体文化精神的高度去梳理、把握与认识中国儿童文学的脉络与走向。

三、研究中国儿童文学史的维度

文学史与文学理论、文学批评共同构成文艺学学科的三驾马车，这三者之间既有联系又各有分工。文学理论重在逻辑的层面研究文学的基本原理和一般规律，可谓文学之"哲学"。文学批评着重探讨和评价具体的文学现象，主要是从批评标准出发对同时代的作家作品进行具体的阐释与评价。文学史的任务则侧重于研究文学的演变历程，总结文学沿革、发展、嬗变的规律，考察各种文学内容、文学形式、文学思潮、文学流派的产生、发展和演化的历史。因而中国儿童文学史的撰著，面临的任务是探讨中国儿童文学的传统

历史、现代进展与当代现象，寻求它们前后相承相传、沿革嬗变的内在逻辑，揭示不同历史时期的儿童文学与社会政治、经济、文化、教育的互动关系，考察中国儿童文学的外来影响与对外交流，对各个历史时期的重要作家作品在文学史上的历史地位和作用做出评价，同时也要注意不同历史时期的教育内容与教育思想与儿童文学的关系。

书写文学史是难的。美国学者雷·韦勒克与奥·沃伦在《文学理论》中这样写道："写一部文学史，即写一部既是文学的又是历史的书，是可能的吗？应当承认，大多数的文学史著作，要么是社会史，要么是文学作品中所阐述的思想史，要么只是写下对那些多少按编年顺序加以排列的具体文学作品的印象和评价。"㉕文学史撰写的难度是多方面的，但有一点可以确信，文学史家必须首先是文学理论家与文学批评家，尤其是批评家。正如雷·韦勒克引用福斯特的话所强调的那样："文学史家必须是个批评家，纵使他只想研究历史。"㉖

文学理论是文学史研究的"哲学"，起着观念与方向性的作用。文学批评是分析与阐释具体作家作品的艺术经验与美学价值的"实学"，只有长期的批评操练才能从更宏观的角度把握评论的历史与历史的评论。研究文学史自然受制于研究者的文学理论气象与观点、文学批评的经验与操练。而且，更重要的是，文学史研究是把文学当作文学，当作一门艺术，即把文学作品看成美的艺术品，这就势必涉及文学史研究的审美尺度问题，涉及研究者的审美经验与审美判断。由于文学史是介于"美与历史"之间的研究，文学史作为历史，又必须体现出文学史研究者的历史意识与历史视野，包括知识考古与文献积累。研究儿童文学史还与研究者自身的儿童文学观与审美观尤其是与"儿童观"密切相关，研究中国儿童文学史同时还与研究者自身的民族意识与文化自信联系在一起。

关于如何理解与研究中国儿童文学史，在这里，我愿鲜明地亮出自己的观点，我认为以下四个维度是撰著中国儿童文学史必须加以把握的。

第一是儿童观。儿童的弱势地位天然地决定了儿童文学的生产者（包括创作、批评、编辑、阅读推广）与话语权掌控者只能是成年人，实际上儿童文学是大人写给小孩看的文学。因而，成年人如何理解儿童与如何对待儿童的观念与行动，也即"儿童观"，就成了决定儿童文学的根本。一部儿童文学史，实际上是成人社会儿童观的演变史，有什么样的儿童观，就有什么样的儿童的社会地位、权利、生存与发展，也就有什么样的儿童文学的题材内容、艺术表达与语言形式。在一切儿童文学现象背后，有一双无形的手在掌控着儿童文学，这就是成年人的儿童观。而儿童观的背后，则联系着社会历史文化的变革与时代思想精神的脉动。因而，解读某一历史时期的儿童观及其演变，就成了解读这一时期儿童文学的"钥匙"。对于中国儿童文学史的研究，尤其是如此。中国古代既有老子《道德经》中的"圣人皆孩之"，但又有在父为子纲与祖宗崇拜观念影响下视儿童为"缩小的成人"这样两种矛盾的儿童观；近代梁启超发表振聋发聩的"少年智则国智，少年强则国强"的全新儿童观，开启了晚清儿童文学开放、刚健的格局；鲁迅在"五四"前夕进一步提出的"一切设施，都应该以孩子为本位"的科学儿童观对现代儿童文学发展的时代意义。这些都是我们认识与把握中国儿童文学发展历史的钥匙。

第二，文学的发展，从民间文学到作家文学是必然途径。对文学的理解，既有作家文学，也有民间文学，民间文学是整个文学的组成部分。因而可以这样说，只要有民间文学的存在，就有文学的存在，也就有儿童文学的存在，因为民间文学在很长的历史阶段是成人和儿童一致接受与共享的文学。《简明不列颠百科全书》的"童话"词条有这样的说法：

"法国童话集佩罗的《鹅妈妈的故事》,集中收有《灰姑娘》《小红帽》等篇,而《美人和野兽》篇则忠实地保留了口头传说形式;德国格林兄弟的《儿童和家庭童话集》则直接根据口头讲述记录而成。佩罗和格林的影响一直很大,他们收集的故事大都成为西方有文化的人所讲述的童话。""艺术童话大师,其作品与民间故事一样能够永远不衰的,是丹麦作家安徒生。他的童话虽然植根于民间传说,但却带有个人的风格,内容包括自传和讽刺当时社会的各种成分。"[20]

约翰·洛威·汤森在《英语儿童文学史纲》中对此也有相同的认识:"口耳相传,一代传给另一代的民间故事,这一切都是所有人共有的财产;并没有人区分哪些故事是成人的或儿童的。甚至到了伊丽莎白女王的时代,菲利普·悉尼爵士在他的《诗论》一书中仍写道:'一个使孩童忘了玩耍、引导老人走出烟囱角落的故事。'他根本没有想到儿童应该听适合他们幼龄的故事,而坐在角落里的老人也有更成熟的题材应该谈论。任何故事都是老少咸宜。"[21]中国儿童文学也是如此,只要有民间文学的存在,就有中国儿童文学的存在与发展的前提。试问中国古代的灰姑娘型民间童话《叶限》、小红帽型民间童话《虎媪传》,你能说清楚这是专属于成人的文学还是儿童也一样分享并接受的文学?

西方新马克思主义批评家,同时也是当代西方童话研究与儿童文学研究的代表性学者杰克·齐普斯,曾对民间故事与童话故事的价值有过一段深刻的论述,他认为这种价值是属于每个人的——无论对儿童还是成人,这对于帮助我们如何理解儿童文学史很有启迪意义:"我们的生活是由民间故事和童话故事所塑造的,但是在这个框架中,我们从来没有为自己去填充意义。它一直是虚幻缥缈的,恰如我们自己的历史一直是虚幻缥缈的。从呱呱坠地到辞别人世,我们整个一生都在聆听和汲取民间故事和童话故事的内容,而且感到它们能够帮助我们把握命运。""民间故事和童话故事为每个人的人生道路提供启迪,它们展望了千年盛世,它们洞察到了深藏心底的愿望、需求和渴求,同时显示出它们如何才能全部得以实现。"[22]

第三,文学是一个"类词",好有一比,如同"水果"是一个类词一样。水果包含着苹果、桃子、李子、杨梅、香蕉、樱桃等具体的果品,因而只要有具体果品的"实体"存在,就有水果这一"观念"的存在。人们去超市买的总是具体的苹果、桃子、李子,而不会去买、实际上也买不到"观念"的水果。文学也是如此,文学包含着小说、散文、诗歌、童话、寓言等多种具体文体,因而只要有具体的文体存在,就有文学的存在。由此观察中国儿童文学,中国古代有童谣、童话的存在,我们就很难否定中国古代儿童文学的存在,尽管中国古代文献中没有"儿童文学"一词。

但有一种观点认为,儿童文学不是一个客观存在的"实体",只有"建构"的"观念"的儿童文学才是儿童文学,由于中国"古代文献里从未出现过'儿童文学'一词,可见古人的意识里并没有'儿童文学'这一个概念",因此中国古代没有出现"建构"的"观念"的儿童文学,所以中国古代是不存在儿童文学的。[23]按照这一说法,我们是否可以推断那些被周作人反复论证了的"中国童话自昔有之"的童话、童谣等"实体"儿童文学自然也不是儿童文学。我们再据此推断,人只有建构起人的观念,搞清楚了人生在世的目的、意义之后,才能称之为人,而那些没有建构起人的"观念"的人是不配称作人的;同样,在人类还未发明"人"这一文字之前,或者那些只有语言没有文字(当然没有"人"这个字了)的民族也是不配称作人的。皮之不存,毛将焉附。实体的人都不是人了,不知道那"观念"中的人究竟是何方之人?连苹果、桃子、香蕉都不是水果了,不知道那"观念"中的水果又是来自何方之果？

又，如果根据中国古代文献没有"儿童文学"一词，就没有儿童文学的说法，那么是否可以反证中国古代文献只要出现"文学"一词，就说明古人的意识里已建构起了"文学"这一概念，也就有了文学呢？果真如此吗？据查证，春秋时孔子的《论语·先进》里就已出现了文学："文学，子游、子夏。"这是不是孔子在表扬子游、子夏两位弟子有文学创作的才华或有志于文学研究呢？但遗憾的是此"文学"非今"文学"，孔子不过是表扬他们爱好文献，即孔子所传的《诗》《书》《易》而已。①即使到了晚清，章太炎在《国故论衡·文学总略》中所言"文学者，以有文字著于竹帛，故谓之文；论其法式，谓之文学"中的"文学"，也不是现代美学意义上"文学"，而是另有所指。在传统学术观念中，"学"是学识，文学是关于"文"的学识。中国文论史上的"文学"从来都是开放性的，对于文学的认识一直处于不断的变化之中。同样，对于"儿童文学"的认识，也是处于不断变化与演进之中。

第四，据此，我认为文学的概念是发展的，而不是先建构起了"文学"这一概念以后才有"文学"。儿童文学的概念也是发展的，而不是先建构起了"儿童文学"这一概念以后才有"儿童文学"。

如上所述，中外文论史上有关"文学"的概念是不断演变发展的，如同人不可能是先搞清了"人"的定义之后才做人一样，文学也不是先有了"文学"这一定义，才出现文学。文学的要义是渐进的，发展的，不断充实、扬弃、完善的，一时代有一时代的文学，不同时代会有不同的文学定义与解释。就中国文学而言，中国古代"文学"的内涵显然不同于今天意义上的文学。我认为，中国古之"文学"由"文"与"学"两义组成：

文——与"言"对应。古代写作的条件十分艰难，或刻于石，或刻于龟甲，或刻于竹简，或书于帛，当能书于纸张，已是很进步很奢侈了。因而古人自然惜墨如金，十分强调"书写"的文字，强调文必有采——富于文采。"言而无文，行之不远"，此"文"是对应于言——平时日常说话的口头语言而言，口语可以大白话，滔滔不绝，但书之于器（石、龟、简、帛、纸）必须简精，而且必须深具文采，以尽可能少的文字，包容、反映尽可能多的内涵、思想、心绪、情感。文与言由此分家，文必具采，如同织锦，因而文章又叫"文锦"。

学——是指学养、学识、内涵，指写作者的修养、修炼，高人一筹，非凡俗之辈，所谓"文质彬彬，然后君子"。

故，中国古之"文学"，连起来理解就是：富于文采，深具学养——凡能写出富于文采之人，必是深具学养之辈。因而，古代富于文采的随笔、奏章、书信、序跋、策论、箴铭、传状、碑志，甚至公务员的公牍（如表、议、疏、启、令、制、檄）都被视作"文学"。

由此足见，古今文学的内涵相差甚大，因而考察中国儿童文学史，我们既不能以今鉴古，以今苛古，用今天的标尺去衡量和要求古人；也不能厚今薄古，扬今抑古，而应当尽可能客观地从历史出发，从文学概念不断演化的文学历史事实出发，对历史抱有"同情的理解"，而不能用历史虚无主义对待中国儿童文学。

毋庸违言，提出中国儿童文学"古已有之"这一文学史概念，显然是基于中国儿童文学发展成熟后对自己"身世"起源的追溯，是一种"后见之明"的谱系的"发明"。如同在凡尔纳时代，人类还没有建构起 Science Fiction 这一概念，所以凡尔纳本人也不会意识到自己是一位科幻文学作家，但这并不妨碍他在今天为世人视为科幻文学的卓越代表。②同样，尽管中国古代没有出现"童话""儿童文学"之词，但这并不妨碍《叶限》《白水素女》《旁䇲兄弟》《虎媪传》等作为古代童话与儿童文学经典文本的意义，因为即便用今天"纯出版社 1957 年版。

⑳王泉根主编：《儿童文学教程》，北京师范大学出版社 2009 版，第 7 页。

㉑[英]Deborah Cogan Thacker：《儿童文学导论：从浪漫主义到后现代主义》，台湾天卫文化图书有限
公司 2005 年版，第 17 页。

㉒李泽厚：《美的历程》，文物出版社 1981 年版，第 199 页。

㉓金燕玉：《中国童话史》，江苏少年儿童出版社 1992 年版，第 119 页。

㉔王泉根：《论儿童文学的基本美学特征》，《北京师范大学学报》2006 年第 6 期。

㉕[美]雷·韦勒克与奥·沃伦：《文学理论》，刘象愚等译，江苏教育出版社 2005 年版，第 302 页。

㉖[美]雷·韦勒克与奥·沃伦：《文学理论》，刘象愚等译，江苏教育出版社 2005 年版，第 39 页。

㉗见《简明不列颠百科全书》第 7 卷"童话"词条，中国大百科全书出版社 1985 年版，第 830 页。

㉘[英]约翰·洛威·汤森：《英语儿童文学史纲》，台湾天卫文化图书有限公司 2003 年版，第 11 页。

㉙[美]杰克·齐普斯：《冲破魔法符咒：探索民间故事和童话故事的激进理论》，舒伟译，安徽少年儿
童出版社 2010 年版，第 10 页。

㉚朱自强：《儿童文学的"思想革命"》，青岛出版社 2017 年版，第 163—164 页。

㉛孔子：《论语·先进》，见杨伯峻译注：《论语译注》，中华书局 1980 年版，第 110 页。

㉜贾立元：《"晚清科幻小说"概念辨析》，《中国现代文学研究丛刊》2017 年第 8 期。

㉝刘守华：《中国童话概说》，四川民族出版社 1985 年版，第 235 页。

（原载王泉根著《中国儿童文学史》，新蕾出版社 2019 年版）